擷芳集校補

（一）

〔清〕汪啟淑 選輯
付瓊 校補

人民文學出版社

国家出版基金项目
NATIONAL PUBLICATION FOUNDATION

圖書在版編目（CIP）數據

擷芳集校補：全4册／（清）汪啟淑選輯；付瓊校補．—北京：人民文學出版社，2019
ISBN 978-7-02-014757-1

Ⅰ. ①擷… Ⅱ. ①汪… ②付… Ⅲ. ①古典詩歌—詩集—中國—清代 Ⅳ. ①I222.749

中國版本圖書館CIP數據核字(2018)第278406號

責任編輯　徐文凱
裝幀設計　劉　静
責任印製　任　褘

出版發行　人民文學出版社
社　　址　北京市朝内大街166號
郵政編碼　100705
網　　址　http://www.rw-cn.com

印　　刷　三河市中晟雅豪印務有限公司
經　　銷　全國新華書店等

字　　數　1600千字
開　　本　880毫米×1230毫米　1/32
印　　張　90　插頁4
印　　數　1—3000
版　　次　2019年4月北京第1版
印　　次　2019年4月第1次印刷

書　　號　978-7-02-014757-1
定　　價　365.00圓(全四册)

國家古籍整理出版規劃項目
國家出版基金資助項目
全國高等院校古籍整理研究工作委員會資助項目

前言

一

《擷芳集》八十卷，是乾隆末年成書的清代女性詩歌總集。編者汪啟淑（一七二八——一七九八），字慎儀，號秀峯，又號訒庵，安徽歙縣綿潭村人，以經營鹽業寓居杭州，後捐納入仕，補工部都水司員外郎，官至兵部車駕司郎中。

汪啟淑的少年時代主要在綿潭度過，那時他的父親汪光鉞正在杭州經營鹽業，擁有自己的莊園〔一〕。乾隆元年（一七三六），其父去世；乾隆九年（一七四四），其母方氏去世〔二〕。次年，作爲長子的汪啟淑遷居杭州小粉場北街汪氏莊園（又稱小粉牆，今建國中路横河橋附近）〔三〕，不過他的户籍仍在歙縣〔四〕。汪啟淑一度師事沈德潛、方岳薦、張湄學舉子業，寓居杭州後爲家事所累，又熱衷結社，學業荒廢，至遲在二十二歲時已罷去舉子業，從其所好〔五〕。

從乾隆十年（十七歲）僑寓杭州到乾隆三十九年（四十六歲）捐官入京的三十年間，汪啟淑以杭州爲中心的活動主要是結客、收藏、旅遊和著述。

汪啟淑『慕顧阿瑛、徐良夫爲人』〔六〕，『少喜結客，名流滿座』〔七〕，時人亦有顧阿瑛之比〔八〕。其所與結者，除厲鶚、杭世駿、周京、張湄等浙派詩壇老宿之外〔九〕，尚有丁敬等著名印人。當時印壇『海內高手，大半皆出』丁氏之門〔一〇〕，汪啟淑得其製印不下萬餘鈕，其杭州小粉場莊園的飛鴻堂和開萬樓成爲東南文人和印人往來出入的一大淵藪〔一一〕。

汪啟淑『多資而好古』〔一二〕，『嗜古有奇癖』〔一三〕，凡見古印、古硯、古瓶、古籍、名墨等物，不計貴賤，甚至不惜顏面，傾力收入囊中。比如古硯，『自唐、宋、元、明以迄我朝，苟聞潤如玉、黝如漆、聚墨多、可飽霜毫者，不計地遠近、金多寡，必購求而得』〔一四〕。再如古籍，其十八歲時從松江府購得元人莊蓼塘舊藏珍貴古籍甚夥，舟載以歸，厲鶚爲作『雪壓扁舟浪有棱，載來書重恐難勝』之句相賀〔一五〕。尤嗜古印，自稱『印癡』、『印癖先生』〔一六〕。錢泳曾説：『余在秋帆尚書家，與秀峯時相過從。見余案頭有一銅印，鼻鈕刻「楊惲」二字，的是漢人，秀峯欲豪奪，余不許，遂長跪不起。不得已笑而贈之。其風趣如此。惟少鑒別，不論精粗美惡，皆爲珍重，亦見其好之篤也。』〔一七〕

汪啟淑『于歙之南鄉築綿潭山館爲讀書處，緣山下上，即景而分題其勝者以數十計』〔一八〕，此館『環峯穿壑成結構，剪伐豐腴露筋骨。淙淙飛瀑濺珠玉，落落長松響羌鬌。就中更起百尺樓，南北峰頭相髣髴』〔一九〕，規模宏大。不過其收藏之富，尚不及汪氏杭州的飛鴻堂和開萬樓。其飛鴻堂有『圖書一大都會』之稱〔二〇〕。至於開萬樓，汪啟淑曾自豪地説：『江浙藏書家，向推項子京白雪堂、常熟之絳雲樓、范西齋天一閣、徐健菴傳是樓、朱竹垞曝書亭、毛子晉汲古閣、曹倦圃古林、鈕石溪世學堂、馬寒中道古樓、黃明立千頃齋、祁東亭曠園。近時則趙谷林小山堂、馬秋玉玲瓏山館、吳尺鳧瓶花齋及予家開萬樓。』〔二一〕樓外『秀石玲瓏，清池窈窕』〔二二〕，樓內『左圖右史，牙籤玉軸與雌彝敦盤之屬，紛綸斑駁而雜陳』〔二三〕，融圖書館與博物館爲一體。據同時人描述，汪啟淑二十歲時已『藏書萬卷』〔二四〕，二十八歲時『所儲蓄卷以十餘萬計』〔二五〕，五十七歲時已『藏書數十萬卷』〔二六〕，數量鉅大，而且增長迅速，汪啟淑將其自列爲當時全國四大私人藏書樓之一，可以説言大而非誇。其所藏印章，除當代名手製印萬餘枚而外，尚有古印不下萬餘枚。據丁敬説，汪啟淑二十四歲時已『得古印幾盈萬鈕』〔二七〕，至於晚歲，『所集秦漢、魏晉、唐宋、元明諸印，古銅、玉石、象齒、水晶、瑪瑙、蜜蠟、犀角、檀香、黄楊，至數萬紐』〔二八〕，稱得上古印收藏家。

『嗜古癖』而外，汪啟淑還有『山水癖』。汪啟淑『好遊歷山川，西子湖頭，山陰道上，蘭亭禹穴，天台鴈宕，以及虞山虎阜，三泖九龍，出京口，溯大江，繫馬石城之旁，憑弔六朝之舊，凡夫幽奥之境、名勝之區，興之所到，無不裹糧以遊』〔二九〕。時人稱『君多山水癖，江上寄情賒』〔三〇〕，『生平好遊，遊輒有詩』〔三一〕，『其所至，必成一集』〔三二〕，其詩歌創作與遊蹤相伴隨，大抵因地成集，記述見聞，描繪古跡，偶寓感慨。入仕前的結集有《綿潭漁唱》（乾隆十一年）、《飛鴻堂初稿》（乾隆十五年）、《蘭溪櫂歌》（乾隆二十年）〔三三〕、《學稼吟》（乾隆二十二年）、《甌江遊草》（乾隆二十八年）、《邗溝集》（乾隆三十五年）、《客燕偶存》（乾隆三十七年）、《潄霞軒詩鈔》（乾隆三十八年）〔三四〕，共八種。

汪啟淑善於將結客、收藏、旅遊與著述打成一片，上述八種詩集就是其入仕前『遊輒有詩』的産物。至於結客、收藏與著述的關係，也同樣密切。汪啟淑對當時的刻印名家，或重金延致，或迂道往訪，在二十歲左右的年紀，居然能够『間關四方，訪精于此藝者，輒與定交，得一佳印，勝于得官。宗不一家，要歸渾厚，日月既多，已滿囊篋』〔三五〕，『遊跡所至，殫意搜羅，得當代名手鐫印及萬數，都爲印譜五集，流播藝林』〔三六〕。其《飛鴻堂印譜》五集四十卷，爲著名的『三堂印譜』之一，所收『俱係國朝現在名手』〔三七〕，可以説係其早年結客的衍生品。此後三十年間，汪啟淑幾乎與此書形影不離，逢人乞序，當時名流，題識殆遍。這些序跋、題詩和題字，無疑豐富了《飛鴻堂印譜》的内容，從一個側面反映了汪啟淑借重結客以成著述的又一『癖』性。

汪啟淑對自己的收藏弗忍終秘，製譜行世，如《飛鴻堂印譜》收所藏當代名家印，《秋室印粹》（乾隆二十一年）收日常所用之印，還有許多著述收其所藏古印和古董，如《飛鴻堂硯譜》（乾隆十一年）、《飛鴻堂墨譜》（乾隆十二年）、《飛鴻堂瓶譜》（乾隆十五年）、《飛鴻堂鼎爐譜》（乾隆十五年）、《漢銅印叢》（乾隆十七年）、《集古印存》（乾隆二十三年）、《退齋印類》（乾隆二十七年）、《漢銅印原》（乾隆三十四年）等，不勝枚舉。據吴林統計，『汪啟淑一生所出版的印譜至少有三十種』〔三八〕，這些印譜絶大部分出版於其入仕之前。

二

借助文人和印人的延譽以及其詩集和印譜的發行，數年之内，汪啟淑似有聲名鵲起、譽滿東南之勢。爲這個好古、好學又好客的年輕富商延譽的，除厲鶚、杭世駿等『吟社中先達長者』之外〔三九〕，還有他的同學和當地的官吏。如十七歲時自稱『同學弟』的閻沛年説他『超群軼類，爲一時名士』〔四〇〕，十八歲時杭州鹽官鮑鈐説他『性豪邁，姿瀟灑，雖席豐履厚，而能洗滌塵襟，不與世俗伍，其殆矯矯出群、超然物外者歟！一時名宿，咸折節樂與之交，或花間聯句，或月下分題，每一詩出，膾炙人口，幾同洛陽紙貴，以故地無遠近，莫不知錢塘之有汪秀峯矣』〔四一〕。這些讚譽的溢美之處自然不免引發時論的懷疑。在入杭的第三年，汪啟淑請丁敬刻唐人張爲『下調無人采，高心又被瞋。不知時俗意，教我若爲人』詩入印，丁敬爲此印作邊跋云：『此唐張洪崖先生句也。雖辭氣亢傲，而矩矱中庸、和光同塵之意，了然言外。吾友秀峰汪君有會於懷，求予篆勒，以代韋弦。予素不喜作詩句閑散印，今一旦應秀峰之請者，蓋喜吾友之能希蹤於先覺也。』〔四二〕汪啟淑請刻此印『以代韋弦』，其不甘『下調』又不敢『高心』的鬱悶隱然言外，反映了他對杭州這個複雜環境的深入認識和個人作適應性調整的初步意向。首先爲他招致批評的是《飛鴻堂印譜》。乾隆十四年，周宣武認爲汪啟淑『操鐵筆從事於點畫蝌蚪之場，意欲窮精極渺，盡造化之能事』，係『雕鏤鐫鎪，争奇錯巧』，勸其『不如且已，爲造物人心略留方寸渾樸』〔四三〕。乾隆十八年，吴蒙認爲以『詩文語』入印、以『鐘鼎奇字』入印，有乖古制〔四四〕，薛雪批評此譜『摘取詩詞警句，或用老生常談，甚至今以秦漢以前之文刻秦漢以後之語，不分派别，任意奏刀』〔四五〕。很顯然，以七十三歲的薛雪爲代表的幾位長輩，對這位二十多歲的年輕人憑借個人財力迅速成名的事實，不願意欣然接受，其評論的矯激措辭之中實不無妒意。

這種『佳境易遭妒，俗士横謗傷』的局面，持續時間很長，到汪啟淑四十歲前後臻於嚴重。在四十歲的那年，他一度被這些謗傷弄得『三日卧匡牀』，爲此汪沆給他寫詩説：『我年六十四，君今四十强。衰老我不懼，所懼學殖荒。羡君保先業，束髮事文章。力祛膏粱習，結交多老蒼。聚書十萬卷，四部紛琳瑯。築樓高貯之，臨風誦琅琅。佳境易遭妒，俗士横謗傷。不平不得鳴，三日卧匡牀。昨朝訴鬱悒，觸熱登我堂。我有一言告，芻蕘慎莫忘。寡交事可息，能施名自揚。有谷德乃大，作善天降祥。微言在六經，探討理本常。力行苟不倦，期頤壽且康。勿蹈我之轍，追悔秉燭光。』〔四六〕大意勸他通過『寡交』、『能施』、『有容』、『作善』四個方面的個人修爲的調整緩和這個局面。汪啟淑結交過廣，於『能施』、『作善』二端付出過很多努力，但畢竟不能盡如人意，毀譽交加，勢所不免。其突出的問題是在當時的人看來不够『有容』，汪啟淑二十七歲時，杭州的輿論已『多謂其乖崖不可近』〔四七〕，那一年其業師沈德潛也説他『性剛直，不能俯仰隨人，多忌之者』，一度『守佩韋之戒』，或試圖通過涵泳詩歌『以和易其性情』〔四八〕，但終究没有太大改觀。在他剛入京做工部都水司員外郎的乾隆三十九年，歙縣同鄉鮑廷博攜錢塘藏書家郁禮往借《庶齋老學叢談》，汪啟淑『秘不肯宣，僅録林吉人兩跋相授』，即其一例〔四九〕。據焦循嘉慶五年的回憶，『秀峯來揚，訪江都汪容甫明經，見面兩相争詈。嘗飲於汪對琴比部家，擘盃忽大慟，舉座爲之罷席，亦奇士也』〔五〇〕。事發何時，不能確考，焦循比汪啟淑小三十五歲，其所見汪啟淑『争詈』、『大慟』二事，必在汪啟淑中年以後，其剛直和任性之一如既往，可見一斑。

當時的環境和個人的性格相互作用，給中年時代的汪啟淑帶來了强烈的挫折感和不遇感。其三十五歲時説『世路艱難，有似蠶叢鳥道』，又説『世路於今更險巇，思歸卻恨買山遲』〔五一〕，四十二歲時金兆燕説他『以倜儻磊落之才埋照舊俗中，屢經坎壈』〔五二〕，四十三歲時王鳴盛説他『遇困境窮』，以『才士不遇』相比擬〔五三〕。四十四歲時汪啟淑描述其境況云：『吾少即孤露，半生苦邅回。賦性復剛直，到處遭忌猜。二豎兼憂患，身志俱摧頽。辜負聖明時，徒慚樗櫟材。蹉跎逾不惑，行恐没蒿萊。悲歌强自遣，懷抱何時開？』又云：『煙霞成痼疾，尤愛明聖湖。無如爍金口，住久遭揶揄。幾回愜遊賞，終未暢清娛。溪山時在目，霜雪俄染鬚。回首六橋月，蝶夢空蘧蘧。』〔五四〕在這種情況下，汪啟淑一度患上了『幽憂之疾』〔五五〕，已經到了『二豎兼憂患，身志俱摧頹』的嚴重程度。

汪啟淑家世『素封』〔五六〕，富埒王侯，散財結客，著述等身，到頭來卻陷於『身志俱摧頹』的困境之中，其故云何？倪承寬於乾隆二十九年臘八日寫詩說：『丈夫身不見用心恬然，世間富貴於我如雲煙……君才於世自合珪璋選，故爲鳳皇山下長高眠。即今利器鬱鬱尚懷抱，衹此雅玩亦足消流年。腰間何啻佩印數千顆，豈必若若組綬肘底懸。』〔五七〕說他懷抱『利器』，而『身不見用』，觸到了痛處；以古印這類的『雅玩』與『組綬』相比，愈解愈紛，十分無力。不過倪氏抓住了問題的關鍵，即『身不見用』是汪氏困境的總根源。罷舉子業之初，其業師方岳薦曾說：『余惟秀峯雖未克終舉子業，取科名，紆青紫，翔步於金門玉堂之間，然少而好學，嘯詠自得，數年間已裒然成集，洵乎克自振立，不爲流俗所染者。況復秀峯年甚富，學甚力，不懈而及於古，又烏能測其所志哉！』〔五八〕也是圍繞他『身不見用』的境況加以開解，開解之中實寓教誨。在此後的二十多年間，汪啟淑真正做到了『不懈而及於古』，並將其作爲彌補舉業中輟、重塑個人價值的主要手段。十三年後，汪啟淑似乎猛然發現，用這個手段無法從根本上解決問題，於是自嘆『名場潦倒一無成，酒盞詩瓢悮半生』〔五九〕。依靠『酒盞詩瓢』這樣的民間結客活動無法彌補『名場潦倒』的嚴重後果，只有取得了與經濟地位相稱的政治地位，這些問題纔能迎刃而解。

經過了這樣的反思，尋找政治出路就成了他中年以後的重大追求。所以當杭州知府彭永年動員他獻書時，他做出了積極響應，獻書五百二十四種，與范懋柱、鮑士恭、馬裕並稱爲全國獻書最多的四大藏書家〔六〇〕。《歙縣志》載：『乾隆三十七年，（汪啟淑）應詔獻書五百餘種，極邀宸獎，賜《古今圖書集成》一部，別於啟淑所進《建康實録》、《錢塘遺事》親題二詩以賜。後四年，賜《平定伊犁戰圖》一冊。五十二年，賜《小金川戰圖》一冊。』〔六一〕得到皇帝嘉獎之後不久，又出現了一個難得的機會。乾隆三十九年，停止多年的捐納制度因爲金川戰事的曠日持久再次啟動，按川運軍糧例的規定，捐文官者須有貢生或監生以上資格，『捐郎中九千六百兩，捐員外郎八千兩』〔六二〕。汪啟淑捐監生出身當在此前，至此復以八千兩銀捐得工部都水司員外郎，『議從七品職銜』〔六三〕。關於此事，金兆燕説：『癸巳冬，會詔訪遺書，秀峯以數百種秘本進呈，且急公資軍餉，得厠水部員外。』〔六四〕獻書與捐納連説，並非漫無所謂，實皆汪啟淑爲改變政治地位而採取的兩個重要舉措，其結果就是如願以償地『得厠水部員外』。

『水部員外』即工部都水司員外郎的簡稱。『都水司執掌天下海塘、河渠、橋梁、道路、織造、船政、藏冰、器用、關税之事』〔六五〕。其間一度督修泰陵（雍正皇帝陵）。乾隆四十三年七月，也就是爲官四年後轉任户部山東司員外郎，其自作履歷引見折云：『臣汪啟淑，安徽徽州府歙縣監生，年五十一歲。遵川運例捐員外郎即用，於本年七月分籤掣户部山東司員外郎缺。敬繕履歷，恭呈御覽。謹奏。乾隆四十三年十月初二日。』〔六六〕三年後陞任兵部職方司郎中，其履歷引見折云：『臣汪啟淑，安徽徽州府歙縣監生，年五十四歲，現任户部山東司員外郎，論俸籤陞兵部職方司郎中缺。敬繕履歷，恭呈御覽。謹奏。乾隆四十六年十月二十七日。』〔六七〕此後汪啟淑又轉任兵部車駕司郎中，旋於車駕司郎中任致仕歸里，事在乾隆四十八年（五十四歲）。吴鈞爲汪啟淑妾胡佩蘭詩集作序説：『（乾隆）乙巳，予復館駕部家，於是駕部歸里已二年矣。』〔六八〕『乙巳』爲乾隆五十年，前推二年當爲四十八年，此序應汪啟淑之邀而作，而且作於綿潭汪啟淑老家，所言斷然不誤。

汪啟淑致仕後的心情頗爲平夷，甚至有些恬静。乾隆五十四年（一七八九），潘奕雋説：『訒葊居京師既以交於賢士大夫爲樂，退而居於鄉，復以山水文字自娱，於時俗所榮競奔走惟恐不及者，漠然絶無所攖於懷。』〔六九〕五十七年，錢大昕説：『汪訒庵先生，生新安山水之邦，擁書百城，專意撰述。及含香郎署，公務之暇，丈室蕭然，鉛槧不去手。請告南歸，宴坐綿潭山館，觴詠之樂不減輞川。』〔七〇〕看來，汪啟淑『紆青紫，綰印綬，望丹墀而舞蹈，入粉牆而迴翔，車服之榮，視爲固有……處困則爲蠖之屈，山林可隱也；履亨則爲豹之變，廟朝可登也。』〔七一〕從利場轉入名場，從江湖躋身廊廟，體會了十年的郎署榮華，見識了京師的達官貴人、碩學才子之後，入仕以前懷才不遇的心頭塊壘徹底融化。

汪啟淑急於歸老而且歸老後的心情不再像入仕前那樣憤鬱的另一個原因，是他愈來愈深地體會到自己原來向往的仕宦生活也不過如此。清代實行低俸制，汪啟淑初爲工部都水司員外郎，『議從七品』，年俸爲『銀四十五兩，米四十五斛』〔七二〕，平均每月俸銀不足四兩。十年京官，只是循例從員外郎陞遷爲郎中，薪俸所入，與其捐官所費的八千兩之數比起來，不能不説很菲薄。到入仕的第四年，也就是乾隆四十二年（一七七七），他已經覺得興味索然了。其《偶成》云：『薄宦真堪笑，家山負好春。退齋花似錦，輸與灌園人。』〔七三〕多年經營而來的『薄宦』，現在居然覺得有些『堪笑』了。

之所以如此，另一方面是因爲汪啟淑入仕後繼續擁有大量財富，其個人生活對這些俸禄的依賴性很小。從其當時在全國各地的房産情況，可以略見一斑。在入職工部都水司的第二年（乾隆四十年），汪啟淑先在歙縣孝女鄉建起御書樓，又在皇宫西北側的宛平城建起别墅〔七四〕。與此同時，『自武林、鴛湖以至吴會，皆有別業』〔七五〕，『杭、禾、松俱有宅』〔七六〕。武林別業在杭州小粉場，吴別業在松江婁縣金沙灘，嘉興（即『鴛湖』、『禾』）以及會稽（即『會』）別業的具體位置，尚不清楚。此外在金華府的蘭溪縣，也有寓館〔七七〕。家財豐饒，無親老家貧之累，没過幾年就宦意闌珊，剛到兵部車駕司郎中任就欣然『勇退』了。好友潘奕雋描繪其退休生活云：『高懷厭承明，野性便滄浪。勇退欣合志，離懷悵各方。衡門掩兩版，沉默窺縹緗。竹影静棐几，桐花落長廊。』〔七八〕致仕九年後，他過著閉門謝客、下帷著書的平静生活，陪伴他的不再是達官名流，而是竹影桐花，原來鬱鬱不得志的牢騷，也已爲『沉默』所代替。

汪啟淑歸老綿潭，往來於吴越間，晚歲移居松江府，卒於婁縣西關外金沙灘別業〔七九〕，時在嘉慶三年戊午（一七九八）九月三十日，距生雍正六年戊申（一七二八）七月二日，享年七十一歲〔八〇〕。其四十六歲之前，已有『著述箋注，不下廿餘種』，其中詩文集有『《訒菴詩存》四十卷、《訒菴文鈔》四卷』〔八一〕。今存《訒菴詩存》有六卷本和八卷本，尚未見四十卷本，而《訒菴文鈔》四卷下落不明，不見於《中國古籍總目》〔八二〕。

汪啟淑的一生可以四十六歲入仕爲界分爲前後兩期，其後期的活動也以結客、收藏、旅遊和著述爲主，著述成就尤有可觀。此期有印譜《安拙窩印寄》，詩文選本《歷朝詩髓》、《古文輯要》、《諸子粹》，筆記《水曹清暇録》、《山居雜記》，詩集《春遊小詠》（乾隆四十一年）〔八三〕、《于役新吟》（乾隆四十二年）〔八四〕以及《酒簾唱和詩》（乾隆四十八年刻四卷本、乾隆六十年刻六卷本）。《酒簾唱和詩》『凡二百十六人，共詩三百九十三首，皆爲七言律，皆次一韻，皆摹寫物情，刻畫工妙』〔八五〕，係多人對同一首七律詩的和詩的結集，非汪啟淑别集。

汪啟淑入仕後創作的《春遊小詠》、《于役新吟》，加上前期創作的八種詩集，共成十種。晚歲結集成《訒菴詩存》六卷本，收《綿潭漁唱》、《飛鴻堂初稿》、《蘭谿櫂歌》、《甌江遊草》、《邗溝集》、《客燕偶存》六種，計古今體詩四百八十七首。後來又再度結集成《訒菴詩存》八卷本，增入《學稼吟》、《于役新吟》二種，計古今體詩六百一十一首。汪啟淑早年即『好爲歌詩』，其業師方岳薦云：『汪子秀峯束髮受經於予，天姿秀特，思理絶人，呫嗶之暇，即好爲歌詩，予以時方有事帖括，戒使勿作，而秀峯竊爲之不已。其篤好蓋天性然也。』〔八六〕後來幾乎一官一集，遊必有詩。時人稱其詩『語淺情深，興高韻遠』〔八七〕、『沖遠閑澹，質而自腴』〔八八〕、『森秀雅潔，足名一世』〔八九〕、『整贍密緻，率與題稱』〔九〇〕、『一屏噍殺悲鬱之音，而歸於恬適和雅』〔九一〕。至於其派别，王鳴盛以爲『大約筋力在皮陸蘇黄之間，而偶入於元遺山、楊升庵諸家，移步换形，節短味永，詩家逸品也。較近日厲樊榭，有其精雅而化其鬱轖矣。』〔九二〕顯然把他歸入浙派詩人，與時人方之綱『訒菴詩宗浙派』的結論一致〔九三〕。汪啟淑初入杭州時經錢塘張湄（字鷺洲，號柳漁）引介，參與浙派詩人的早期活動，並與厲鶚、杭世駿、丁敬、周京等詩壇老宿結識〔九四〕。後來張湄之子張霽說：『秀峯爲先大夫門下士，年弱冠自歙來杭，講經奪席，聲譽赫然，與吾鄉周穆門、厲樊榭、杭堇浦、丁敬身諸前輩結社西泠，日相倡和。當其操觚立就，咳吐生珠，輒共驚歎，以爲絶倫。即先大夫亦未嘗目以弟子之列。迨梓澤丘墟，諸賢木拱，秀峰如碩果僅存，南遊吴越，北陟幽并，過黄公之酒壚，聞山陽之笛韻，往往於詩歌見意焉。』〔九五〕浙派詩領袖杭世駿說：『方余之歸畊也，逭暑於南屏讓公之房，壇坫既設，舊雨新雨麇至，倚高峰而架不律，蘸明湖以磨隃麋。抒情則霞彩澄鮮，落韻則華鯨四應。歌詠太平，追擊壤而安耕鑿，何其樂也。訒菴以終、賈之年騁妍抽秘，進而與諸宿老相抗行。集中所存者，若枯棋數著，佈置於楸枰間，歷歷可數。訒莽以爲初藁，值吾社事之初也。廿年以來，山水神明之茂宰，投簪解紱之耆英，漉囊之名德，寫鞍之寓公，凡衣黑帽之高士，相率而登鬼籙。其偷息人世者，惟余與吴兄甌亭而已。甌亭調痾閉户，不復關預外事；余以垂死之年，龍鍾獨揹風雅之殘局，將伯助予，於訒莽不無厚望焉。』〔九六〕凡此皆説明，無論從實際情況，還是從當時的評論特别是浙派領袖的意見來看，汪啟淑都稱得上浙派詩人群體早期活動的積極參與者和後期『碩果僅存』的代表性作家。

三

與《飛鴻堂印譜》、《訒菴詩存》等著述一樣，汪啟淑的《擷芳集》也是其收藏、結客與旅遊的衍生物。

汪啟淑認爲清代『文教蔚興，化及閨幃，百數十年以來，閨中傑出，不惟吟弄風月，且能理學，兼而有之經濟，頗多卓然可存』，但迄今『未有專選，每附見於方外之後，寥寥無幾』，因而『特爲專輯，以見國朝閨秀之盛尤超越前代』〔九七〕。大判斷引發大理想，他是要將《擷芳集》編成第一部清代大型女性詩歌總集，以此反映清代女性詩歌創作『超越前代』的盛況。爲了實現這個理想，他不遺餘力地蒐羅材料。其主要材料來源是個人藏書，他説：『予生長江左，交游未廣，博訪無從，不過就所有書翻閲。』（《擷芳集凡例》）如前所論，汪啟淑位於歙縣的綿潭山館、御書樓，位於杭州的飛鴻堂、開萬樓，和位於京師順天府宛平縣的別墅，都有大量藏書，其『所有書』不下數十萬卷，《擷芳集》入選的詩作及詩人生平資料主要來源於此，所謂『不過就所有書翻閱』看似輕描淡寫，實有自矜之意，可以理解爲『僅僅』依靠『自己的』藏書就基本編成了這部鉅著。

其《凡例》又說：『更望同志有所見聞，郵寄指教，當續補刊，匡予不逮。』上引所謂『交游未廣，博訪無從』意在爲『郵寄指教』張本。『博訪』固然『無從』，但汪啟淑『爲憐香茗句，不惜採訪頻』〔九八〕，其對『一二友朋』的『採訪』還是很下功夫，這構成了其《擷芳集》資料的又一來源。例如，卷六所選鍾令嘉的十餘首詩原收於其《柴車倦遊集》，但鍾氏於此集『不輕以示人』，汪啟淑『固請』於其子蔣士銓纔得以寓目〔九九〕。卷七陳瓊圃乃汪啟淑子婦胞妹，所選詩得於其子婦扇頭〔一〇〇〕。卷五十方壽詩得於方壽弟方昂案頭〔一〇一〕。汪啟淑的採訪活動歷時長而且用心專，其自道辛苦云：『吾欲從事於此，凡足跡所至，搜輯遺聞，其有流傳佳什，必録而藏之。至於地志家乘、叢編雜記，一切刻本所載，無不徧採。積之既久，今始成集，誠未易也。』〔一〇二〕其對『一二友朋』的採訪並非一帆風順。有一次訪詩至揚州，就與歙縣老鄉汪中產生了衝突。時人李斗云：『（汪啟淑）因《纈芳集》少二十卷，徵詩來揚州，持論與汪中多所抵牾，拂衣而去。』〔一〇三〕此與焦循關於汪啟淑、汪中揚州『兩相争詈』説相合。在清代詩壇，揄揚閨秀詩者（如袁枚）與非毀閨秀詩者（如章學誠）壁壘森嚴，持論格格不相下。汪啟淑徵詩所到，聞見非毀閨秀詩歌者，不惜『拂衣』乃至『争詈』，其揄揚閨秀詩歌的熱情和網羅閨秀文獻的艱辛可見一斑，作爲『誠未易也』一語的注腳來看未嘗不可。戴璐稱其『研匣琉璃得句多，不辭收采到岩阿。苦心百倍然脂集，長恐幽芬閟女蘿』（《擷芳集》題詞），詩內小注云：『王西樵所輯《然脂集》，歷朝僅百餘家。』《然脂集》收『歷代』詩，只有百餘家，最終没有刊行；《擷芳集》收清代前期一百餘年間的女性詩歌，多達一千九百餘家。就此而言，戴璐用『苦心百倍然脂集』來描述汪啟淑的『採訪』活動，並不誇張。

以操選政者的號召力向海内『同志』徵詩，以彌補『交游未廣，博採無從』的局限性，是《擷芳集》資料的又一來源。例如，卷四十六江都楊氏的《父書樓稿》係由楊氏孫王周謨呈寄囑選〔一〇四〕，卷六十黄鳳的《瞻雲閣詩草》由汪啟淑族姪汪文亭呈寄囑選〔一〇五〕。汪啟淑説：『吴門友人知予選國朝閨秀詩，頃以康熙時人符受徵《百果詩》刻本見寄。』此詩收於《擷芳集》卷十六。此類情況不一而足。

《擷芳集》材料的第四個來源是旅遊時的所見所聞。《擷芳集》卷七十五的采香女史詩，即其一例。汪啟淑説：『丙寅春，予薄遊吴門天平山石鉢菴，登一小閣，壁間有采香女史題詩云：「羣峭摩霄漢，春雲碧似煙。筍輿閑裏到，粥鼓静中緣。已悟無生理，羞參杜撰禪。憑闌凝睇好，梅竹劇嬋娟。」墨痕未燥，書法纖媚。詢之菴僧，云：「頃有大家内眷數人來遊，曾索筆硯，想必題詩也。」惜無由考其姓氏。書中偶檢得舊抄，漫録於此。』〔一〇六〕『丙寅』爲乾隆十一年，汪啟淑十八歲，爲已知其蒐採清代閨秀詩歌的最早記載。

從乾隆十一年（十八歲）在蘇州天平山發現並抄録采香女史題壁詩，到乾隆五十年（五十七歲）《擷芳集》八十卷開雕的四十年間，《擷芳集》書稿曾遭兩次火焚。汪啟淑説：『余留意選輯此編，雖積歲時，苦爲家事間輟。草創甫定，兩厄祝融，收拾灰燼之餘，十存五六，原本已失，校對維艱。白首頹齡，誠恐汗青無日，故就所現存者急壽棗棃。閲者幸勿哂其草率。』（《擷芳集凡例》）兩次火災都發生於歙縣綿潭山館，第一次是乾隆二十六年辛巳（一七六一）春天，綿潭山館的書室爲鄰火所延。汪啟淑説：『辛巳春，山齋被鄰火所延，鬱攸收去幾半。』〔一〇七〕第二次是乾隆三十三年戊子（一七六八）。汪啟淑《續印人傳》『嚴源傳』云：『辛巳、戊子兩遭祝融之厄，凡所筆述，或未竟者，咸被六丁取去。』其中包括其妾楊瑞雲的書函〔一〇八〕。從『草創甫定，兩厄祝融』的話來看，乾隆二十六年第一次失火前，《擷芳集》已經『草創甫定』；第二次火災過後，《擷芳集》書稿僅僅『十存五六』。經過十七年的增補，到乾隆五十年開雕時，汪啟淑對已有的資料並不滿意，只是因爲『白首頹齡』，擔心『汗青無日』，姑且編爲八十卷授梓，這與他編成百卷的理想還有一定距離。關於《擷芳集》原定百卷的説法，除上引李斗《畫舫録》所載汪啟淑因《擷芳集》『少二十卷，徵詩來揚州』的資料外，尚有袁枚『刻本朝閨秀詩一百卷』的記載〔一〇九〕。潘奕雋也説：『昔亡友汪水部訒庵有《擷芳集》之選，始於國初，以至近日閨中之作，得八十卷付諸梓。續爲搜采，欲薈成百卷而未竣。余嘗惜之。今綺琴之卷帙雖不富，倘有《續擷芳》之刻，編輯閨中韻語者，當必以《繡墨軒詩》爲首選也已。』〔一一〇〕潘奕雋與汪啟淑爲『中表親』〔一一一〕，乾隆五十四年，潘氏爲汪啟淑《漱霞軒詩鈔》作序，五十九年爲汪啟淑妾楊芳卿畫海棠卷題詩〔一一二〕，六十年爲汪啟淑玩印圖題詩〔一一三〕。這些活動都發生在《擷芳集》八十卷開雕的乾隆五十年以後，説明潘氏此時與汪啟淑過從甚密，其晚年『續爲搜采，欲薈成百卷而未竣』的記載十分可信。

四

《擷芳集》八十卷付梓之後，汪啟淑爲『薈成百卷』而『續爲搜采』的資料下落如何呢？

大約從乾隆五十年（一七八五）《擷芳集》開雕到嘉慶三年（一七九八）汪啟淑去世的十餘年間，汪啟淑用『續爲搜采』的新材料對《擷芳集》至少進行了四次較大規模的增訂，但並没有在八十卷外增加卷數。其增訂之法約有三種。一是初刻初印本未收的新詩人，則依其節婦、貞女、才媛等不同類别增刻於相應的卷尾。具體操作是，剷平該卷卷尾的最後一個板面，將新增詩人的姓名、小傳、生平資料、詩作重刻於原卷末詩人之後，就此接續新板，新板的多少視新增材料的多少而定。例如，《擷芳集》卷三十七初刻初印本最後一位詩人是『俞浚』，此卷刻竣之後，汪啟淑收到了王文治寄來的鮑之蕙詩一卷〔一一四〕，又得到了鮑之蘭、鮑之芬的詩，於是在後來的增訂中將鮑氏三姐妹詩續刻於卷三十七同是才媛的『俞浚』詩之後。現存《擷芳集》增訂後印本中鮑氏三姐妹詩所在的該卷第二十一至二十四葉皆由續刻新板刷印而來。增訂後印本卷四劉文貞、張藻，卷五方筠儀、吴静，卷十程慰良、魯氏、朱静閑，卷二十一沈倩文、孫玉貞、陳華、高韞珍，卷三十九黄楨、趙性成、張氏、吴綺霞、吴静娟，卷五十二張浣江、余玉馨等一百八十五人，皆係初刻初印後新增詩人，爲初刻初印本所無。

二是初刻初印本已有的詩人，如果有新發現的材料可以補充，則視材料多寡，或删除次要内容，爲新材料騰出板面；或剷平此後該卷的所有板片，加以重刻。例如，卷七王湘波詩，初刻初印本原爲五首，在後來的增訂中，汪啟淑爲了給後面同頁的徐氏增加一則新得《上海縣志》的材料，就近删掉了王氏『御爐煙靄尚氤氲』一詩，變爲四首。顯然汪啟淑認爲這則《上海縣志》的材料比那首詩更爲重要。再如，卷二魏禧室謝秀孫，初刻初印本只作『謝氏』，不著名字，僅收《賦得弄花香滿衣》一首，在增訂後印本中則增爲三首，小傳增入『名秀孫，字季蘭』等重要信息。由於新增詩篇幅較大，位置又不在卷尾，汪啟淑只好對『謝秀孫』及以下所有板片加以重刻，因而增訂後印本第十九至二十四葉皆由新刻板片刷印而來，其斷板等各處細節均與初刻初印本有別。如『賦得弄花香滿衣』詩題正上方初刻本初印本有明顯斷板，增訂後印本則無。

汪啟淑對此書初刻板片的加工不僅在於增加新材料，還有訂誤、刪冗、調整、替換等局部修訂。例如，初刻初印本卷六十目録末位詩人誤刻爲『袁氏』者，增訂後印本改正爲『方氏』。再如，初刻初印本卷十五第二十葉原有『李氏』，與卷三十三同名者爲一人；卷二十二第十葉原有『姚棲霞』，與卷四十八同名者爲一人，汪啟淑在增訂時均加以刪除，並將卷三十三『李氏』改爲『李瓆』。再如，『方月容』在初刻初印本卷五十七，在後來的增訂中調整到卷二，方月容爲節婦，而卷五十七爲才媛，後來的調整顯然因爲初刻歸類不當。又如，初刻初印本卷二十七第五至七葉原有『沈蕙玉』，實與卷四十四同名者爲一人，汪啟淑在後來的增訂中將卷二十七沈蕙玉剷除，增入『徐致善』和『鍾韞』，新增內容剛好覆蓋剷平板面。初刻初印本卷三十二『姜淑齋』與卷十七同名者爲一人，增刻後印本於卷三十二增入『歸蘭珍』替換姜淑齋。初刻初印本卷三十六第十二至十五葉原有『徐媚』，實爲『季嫺』之誤，而季嫺詩已見於卷二十一，增刻後印本於卷三十六增入『王範』替換『徐媚』。初刻初印本卷四十第十二至十三葉原有『陳珮將』，實爲『陳珮』之誤，而陳珮已見於卷二十一，增刻後印本刪除『陳珮將』，將『趙貴珴』從五十八卷調至本卷替換『陳珮將』，因爲板面所限，不得已刪趙詩二首。至於初刻初印本各卷目録詩人名下收詩數量的統計錯誤爲後來增訂本改正者，則不止一處。

由此可以看出，汪啟淑對於《擷芳集》出版後得到的新材料十分珍重，只言片語，弗忍終棄，必增入

《擷芳集》而後已，戴璐説他『零紈斷素總香芸』（《擷芳集》卷首《題詞》），大略近是。比如錢塘徐裕馨（內閣大學士徐本的孫女），原不載於《擷芳集》初刻初印本，後來汪啟淑得到了她的材料，始增入卷二十五末尾，收其詩五首。後來又得到了另外三首詩以及盧文弨序、陳鴻壽題詩等新材料，遂於第三次增訂時再次補入。這些反映了他對於揄揚閨秀詩歌念念在心的熱誠和戚戚汲汲的態度，説他於『收藏癖』、『山水癖』而外尚有『閨詩癖』，也未嘗不可。

總之，汪啟淑在《擷芳集》出版後的十餘年間，不斷對此書板片加以增訂，每當增訂工作告一段落，他都會再次刷印發行，這就形成了基於同一套書板的不同時期的不同印本。從當代館藏來看，它們可以分爲初刻初印本（如中國科學院圖書館藏本——臺北經學文化事業公司《稀見清代四部輯刊》影印過）、增訂再印本（如北京大學圖書館藏本）、增訂三印本（如國家圖書館藏本）、增訂四印本（如上海師範大學圖書館藏足本和貴州省圖書館藏四十四卷殘本）。卷五十目録頁最典型地反映了四個印本的不同，可以作爲鑒别的簡便而可靠的依據。大致説來，卷五十目録末位詩人爲『方壽』者爲初刻初印本，爲『沈持玉』者爲增訂再印本，爲『李心蕙』者爲增訂三印本，爲『邵齊芝』者爲增訂四印本。從各印本的實際情況看，印本越早，字跡越清晰，斷板越少，品相越好，但所收詩人越少，錯誤也越多；印本越晚，字跡越模糊，斷板越嚴重，品相越差，但所收詩人越多，錯誤也越少。上海師範大學圖書館藏增訂四印本是我目前所見到的最晚印本，比中國科學院圖書館所藏的初刻初印本增加詩人一百八十五人，錯字、一人重出等錯誤也明顯最少，係本次校補工作所用的底本。

五

關於《擷芳集》的總卷數，或者認爲汪啟淑『將清代婦女詩作輯編成《擷芳集》八十卷，附以無名氏及仙鬼，因鄰里失火連累失去原稿，重輯四十四卷於乾隆三十八年（一七七三）以飛鴻堂爲號自刊行世』〔一一五〕。其實，『重輯四十四卷』之事並不存在。《擷芳集》書首倪承寬、沈初二序及汪啟淑所作《凡例》均不説明總卷數，也不列全書總目録，後世殘本是否爲足本，難於作出直觀判斷，許多殘本被誤爲足本，即起因於此。管見所及，《擷芳集》只有八十卷本一種，一切所謂『四十四卷本』、『五十卷本』，皆係八十卷本之殘本。

《擷芳集》的初刻竣工時間，與卷首倪承寬、沈初二序的署期並不相同。倪承寬乾隆三十八年序並没有關於刊刻事宜的記載。《擷芳集》所載沈初乾隆五十年序始云：『（汪啟淑）今年來謂余曰：「吾將所選國朝名媛詩授梓。」』沈初《蘭韻堂文集》所載此序作『吾將以國朝名媛詩選授梓』〔一一六〕。看來，『今年』（乾隆五十年）只是『將授梓』，也許已經開雕，但肯定没有竣刻，有任兆麟乾隆五十四年所作《吴中女士詩鈔序》爲證。任序云：『戊申冬，選録清溪詩藁竟，攜質吾師竹汀錢先生。先生許其詩格清拔，爲正一二字，亟寓書仁和汪訒菴兵部，編入《擷芳集》矣。』〔一一七〕乾隆五十三年戊申（一七八八）冬，汪啟淑的同學錢大昕（號竹汀）受任兆麟委託，將任妻張允滋的《潮生閣詩稿》寄給汪啟淑，冀其編入《擷芳集》。倘若此時《擷芳集》已經竣刻印行，初刻初印本當無張允滋詩。但實際情況是，張允滋詩位於初刻初印本卷六十六之首。很顯然，乾隆五十三年冬汪啟淑收到張允滋詩時，《擷芳集》

仍然没有刻竣。也就是説，《擷芳集》的刻竣暨初刻初印本的發行，不會早於乾隆五十三年冬。《中國古籍總目》將此書著録爲『乾隆五十年飛鴻堂刻本』〔一一八〕，固然大致不錯，嚴格地説可以著録爲『乾隆五十年飛鴻堂序刻本』或『乾隆末年飛鴻堂刻本』。如果分别不同的印本，則可以根據不同印次著録爲『乾隆末年飛鴻堂初刻初印本』、『乾隆末年飛鴻堂增訂再印本』、『乾隆末年飛鴻堂增訂三印本』、『乾隆末年飛鴻堂增訂四印本』。

《擷芳集》的最終定稿及初刻後的增訂經歷了一個漫長而曲折的過程，其所收女詩人數量是一個動態的數字。汪啟淑三十三歲時，《擷芳集》書稿已經草創甫定，後來兩遭火焚，汪啟淑收拾餘燼，再加蒐羅，經過十二年的努力，到四十五歲時重新結集，請倪承寬作序，但並没有刊刻。此後汪啟淑捐貲入仕，相繼在工部、户部、兵部經歷了約十年的郎曹生活，交結愈衆，聞見愈多，《擷芳集》又有增廣。到致仕後的第三年，也就是乾隆五十年，五十七歲的汪啟淑始將此書釐爲八十卷，陸續付梓。刻竣之後以迄嘉慶三年去世的十餘年間，汪啟淑仍然留心採訪，運用新得材料對此書做了至少三次增訂，形成了至少四個不同印本，今見最晚增訂後印本比初刻初印本新增詩人一百八十五人。其書稿開雕前所收詩人的增加速度可通過沈初序加以考察。沈初《擷芳集序》有兩個版本。一收於沈初《蘭韻堂文集》，稱汪啟淑爲『汪農部』，謂《擷芳集》收『作者一千五百家有奇』〔一一九〕；一收於《擷芳集》卷首，稱汪啟淑爲『汪駕部』，謂《擷芳集》收『作者二千家有奇』。二序一爲初稿，一爲定稿，前後相隔數年，稱謂不同，數量各異。『農部』是户部的别稱，汪啟淑於乾隆四十三年至四十六年任職户部山東司員外郎，從『汪農部』的稱謂看，《蘭韻堂文集》所收沈序初作於此間，當時《擷芳集》所收女詩人只有『一千五百家有奇』。乾隆五十年正月將經過修改的沈初舊序手書上板時，汪啟淑已從兵部車駕司郎中任致仕歸里，故改稱『汪駕部』，此時《擷芳集》所收女詩人已經增加到『二千家有奇』。也就是説，在四至七年的時間里，《擷芳集》所收女詩人增幅爲五百人上下。此次以上海師範大學圖書館藏乾隆末年增訂四印本爲底本的校補本，在合並了一人重出的部分詩人之後，實有一千九百一十八人，收詩六千餘首（不含斷句）。

《擷芳集》是專門輯録清代女性詩歌的斷代總集。其輯録範圍，明清之際女詩人，以卒年入清爲據；同時代的女詩人，則不論出生晚近，存歿兼收。汪啟淑説，方維則『康熙年間尚在，故予《擷芳集》亦選入焉』〔一二〇〕，王微『國初尚存，予故選入《擷芳集》』〔一二一〕，其斷限非常明確。也有少量卒於明代而誤收者，如卷七十三所收張喬，今知『卒于崇禎癸酉年七月廿五日午時』〔一二二〕，可能源於對其卒年的誤判。至於託名仙鬼的女詩人，其斷限不是以詩人生活的時代爲據，而是以仙鬼活動的時代爲據，如卷七十九所收上海縣錢月娘，係元末錢鶴皋之女，其鬼入清而与人倡和，即視爲清代的『仙鬼』。

袁枚《隨園詩話補遺》卷四云：『吾鄉時多浙派，專趨宋人生僻一路。』作爲浙派詩人，汪啟淑格外强調『翻新』。他説：『詩貴翻新，又貴脱卻窠臼。』〔一二三〕但翻新須以『立論繩正』爲邊界，一旦越過這個邊界，便墮入『魔道』。又説：『詩品貴乎翻新，脱去前人窠臼，方是自己詩，然須立論繩正，不落魔道，纔是上乘。如閩縣魏憲《明妃怨》一章，怨而不怒，其詞曰：「婉轉辭明主，迢遥嫁異鄉。青蛾傷漢月，紅淚染胡霜。暫得恩波日，徒成怨別腸。無金酬畫士，是妾誤君王。」』〔一二四〕歷來詠明妃的詩歌，大都歸怨漢帝，歸罪畫師，而此詩以明妃個人的口吻把這場個人的悲劇和帝妃之間的情感糾葛完全歸因於明妃自己——『無金酬畫士，是妾誤君王』。這就既『脱去前人窠臼』，翻新出奇，又僅於自怨之中微露怨人之意，不至於顯暴君過，可以説達到了『翻新』與『繩正』的有機統一。汪啟淑詩爲袁枚稱道的一首，就很新奇，其詩云：『煖日烘雲景物新，衣香鬢影漾芳津。少年綺扇篷牕下，不看龍舟只看人。』〔一二五〕又如其《蘆溝橋》云：『時清敢抱請纓心，客鬢霜毛況見侵。料得知予惟曉月，不關名利也相尋。』〔一二六〕皆别出心裁，不落俗套。從《擷芳集》的現有作品來看，汪啟淑最爲看重的就是這類『上乘』作品。例如，《擷芳集》初刻初印本卷一原收方維儀詩十首，在第三次增訂的時候，汪啟淑爲了在後面的方維則小傳後增加新材料，需要删除方維儀的部分詩，以便騰出板面。其删除的是《楚江懷節婦吴妹茂松閣》兩首詩意較爲平淡的七絶，保留下來的是《征婦怨》。其詩云：『霜凍圁河風暮號，征人薊北枕金刀。從來皆説沙場苦，誰惜春閨夢裡勞。』在增訂時，汪啟淑在詩後加入《農隙筆談》一則，突出其『措意極正，然從未經人道』的特徵。再如卷二所收吴永和《虞姬》：『大王真英雄，姬亦奇女子。惜哉太史公，不紀美人死！』卷六所收袁枚姑母的《責郭巨》：『孝子虚傳郭巨名，承歡不辨重和輕。無端枉殺嬌兒命，有食徒傷老母情。伯道沉宗因縛樹，樂羊罷相爲嘗羹。忍心自古遭嚴譴，天賜黄金事不平。』如此選詩都反映了他對清代女性詩歌『新正』品格的推重。

六

清人對《擷芳集》的評價，褒者謂其『載閨秀詩甚備』〔一二七〕，貶者謂其『收閨秀詩太濫』〔一二八〕。有代表性的評價來自錢泳，他説：『本朝文運天開，文章日盛，而間及于女子，亦著作如林，惜無人爲之選録成大部者。近時某君雖有《擷芳集》，何足數也？』《擷芳集》從『草創甫定』到三次增訂，歷時三十餘年，終成洋洋大篇，稱得上『大部者』，而錢泳以爲甚不『足數』。他曾説汪啟淑對於古印『惟少鑒別，不論精粗美惡，皆爲珍重』，又對汪啟淑爲得到他的一枚古印『長跪不起』事加以張揚，其於汪啟淑的個人偏見非常顯然。這種偏見在重科舉而賤工商的清代具有廣泛的代表性，與當時江南流行的『對徽州典商和鹽商的仇視』心理也有關聯〔一二九〕。其實，求備與求精，意圖不同，勢難兩全，不可執一而論，是此非彼。《擷芳集》是一個求全求備、誇多鬥靡的收藏家一生心血的結晶，無疑地打上了其個人身份的印記。

汪啟淑大量彙集所選女詩人生平資料，附於小傳之後，有時作者生平資料數倍於所選詩歌作品，這種近乎任性的畸輕畸重的獨特體例，反映了他對清代女性詩歌的熱烈揄揚和不同於當時一般選家的價值觀。在清代的詩壇和出版領域，倡導女性詩歌的力量固然形成了一種風氣，但與此同時，以科舉的成功和男性的本位藐視女性詩歌的現象也普遍存在，甚至與前者形成了尖鋭的對立。汪啟淑是科舉中的失意人，他没有以科舉勝敗衡量一切的驕矜和狹隘。他説：『古來才人，文詞卓然可傳，不必有其遇，不必永其年，獨挾此區區爲世俗所不能争，而賢豪差足以吐氣。』〔一三〇〕有『文詞卓然可傳』就是『古來才人』拔出『世俗』、與衆不同的價值所在，就有揚眉吐氣的理由。他在罷舉子業後長期從事的著述事業，就是在這一價值觀的催動下進行的。可以説，他對自己著述的價值認同導致了他對女性詩歌的價值認同，因爲他與當時所有女詩人一樣，都是科舉中的失意人。他對女詩人的揄揚就是基於這樣一種諱莫如深又源自心靈深處的高度同情，頗有『同是天涯淪落人』的義氣在裏面。他又説：

『士有德醇養粹，而不爲之傳，以述其梗概，致令一鄉善士舉世莫知，可乎哉！』〔一三一〕《孔子家語》『困誓』云：『雖有國士之力，而不能自舉其身，非力之少，勢不可矣。夫內行不修，身之罪也；行修而名不彰，友之罪也。』〔一三二〕爲『德醇養粹』者彰名的古道熱腸和朋友般的義氣，最突出地表現在其《續印人傳》一書中。當時的印人多科場蹭蹬之人，汪啟淑對他們的文戰不利，窮愁失意，或處窮守困而不易品節，每致同情，情詞真摯，嗚咽動人。如《沈硯亭傳》云：『（硯亭）屢赴童子試不售，遂棄帖括，學丹青篆刻，頗能深入堂奧。然厚自矜貴，俗人以金帛餌之，岸然不顧也。至於絲竹管絃，彈棋六博，莫不嫻習。時爲小詩，便娟妙麗，直通中晚，多不存稿，亦不輕示人……辛卯秋，慕長安之樂，西向而笑，襆被入京，無所依，僑寄僧寮。有求其鐵筆者，奏刀剨然，皆臻絶妙，但賞音落落，技雖工，曾不能以餬其口。性兀傲，不肯投刺豪貴門，即鄉人之宦於京者，裹飰往則受之，無端而乞監河之米，攫諛墓之金，不屑也。生平未嘗名一錢，乞一絲，山雌捽茹，泊如也。戊戌冬，竟窮餓客死旅邸，鄉人醵金以殮之。嗚呼，此誠古之所謂獨行君子也。』〔一三三〕這種强烈的情感投入同樣給予了《擷芳集》的一千九百餘位女詩人，只不過採取了以作品和生平材料呈現其各自才華和人生的『述而不作』的方式。如果不從這個角度理解《擷芳集》，其成書時間之長、彙集材料之富、增訂頻率之高的特色，就得不到充分的解釋。

從文字多少看，《擷芳集》爲勾勒詩人生平事蹟所加的小傳、輯録生平材料和詩後小注，文字總量已經超過了所選詩歌，小或百言，大或數千，有的密密麻麻，累累相貫，數倍於其作品，其數量之鉅、來源之富，爲歷來詩歌總集所不及。如卷十四黄媛介小傳後附生平資料十三則，計兩千餘言，是所選詩歌文字的五倍。這些資料具體呈現了清代知識女性所處的文學生態，以及社會生活的許多方面，其於清代女性文學研究乃至清代婦女生活史研究所具有的重要文獻價值，是顯而易見的，並不需要特別加以證明。其中所收的部分資料，原本已經失傳，唯賴此本以存，因而其對文學輯佚等也有一定價值。例如，卷六十姚益敬小傳後生平材料所收厲鶚《芬陀利居遺稿序》，不見於其《樊榭山房文集》；卷七十汪佛珍小傳後生平材料所收王鳴盛《貽孫閣詩序》，不見於其《西沚居士集》。卷四徐德音《中州瑞雪詠一百韻》不見於其《緑淨軒詩》初續二集，卷三十朱文毓《燈花詩》不見於《旦華樓草》附詩，卷六十三袁棠《哭步蟾三兄》一詩不見於其別集《繡餘吟稿》。再如，卷三十七所收鮑之蕙的十首詩係從王文治郵寄給汪啟淑的詩稿中選出〔一三四〕，當時鮑之蕙詩尚無刻本，其中絕大部分詩歌與今存《清娛閣吟稾》嘉慶十六年刻本所收者有很大差別，其詩歌改動之跡灼然可尋。《擷芳集》開雕時，鮑之蕙尚在；嘉慶十六年其《清娛閣吟稾》付刻時，鮑之蕙已經去世。將兩個版本的同一首詩進行對比，對於例證清代女性詩歌被本人或男性改動的情況，頗爲有力。《擷芳集》刊印時，江珠（卷五十九）纔二十一歲，所選詩較多地保留了其未經後來選家改動的原始面貌。就此而言，《擷芳集》的文獻價值是多方面的，並不限於上面的簡單總結。

汪啟淑的側室，有兩位被收入《擷芳集》，一位被收入《續印人傳》，但並没有她們參與《擷芳集》編校工作的可靠記載。其側室胡佩蘭，字畹芳，號國香，江蘇太倉州人，十五歲歸啟淑，生子汪繩祖。《擷芳集》開雕時，汪啟淑請塾師吴鈞將其詩二百餘首删定爲八十首，編成《國香樓詩鈔》〔一三五〕。莊璧，字月波，江蘇婁縣人，乾隆二十四年歸啟淑。二人詩俱收入《擷芳集》卷七十。又有楊瑞雲，字麗卿，乾隆二十八年歸啟淑，二十一歲病殁於從杭州至蘇州求醫的船上。楊氏篆刻『秀潤娟静，楚楚可觀』〔一三六〕，而且『吹竹彈絲事事工』〔一三七〕，最爲啟淑知重。關於汪啟淑的側室，《名媛詩話》有一則記載：『姑蘇王紺仙碧珠《詠黄梅》云：「天寒祇合藏金屋，心淡誰知托玉壺。」皆能刻劃。二珠爲汪訒菴郎中啟淑側室，訒菴選閨秀《擷芳集》，二珠分任校讎，故所學日進。太倉胡畹芳佩蘭，亦訒菴側室，有《國香樓詩鈔》。畹芳工畫蘭竹，兼精聲律。』〔一三八〕王碧珠（字紺仙）、朱意珠（字寶才）詩收於《隨園女弟子詩選》（嘉慶道光間刻本）卷四，二人姓名下小注均爲『蘇州人，汪心農簉室』。《隨園女弟子詩選》由汪穀（心農）主刻，其卷首所載嘉慶元年汪穀序明確指出，『碧珠、意珠二人皆穀侍者』，則『二珠』爲汪穀側室斷斷無疑，沈善寶所謂『訒菴選閨秀《擷芳集》，二珠分任校讎』事，純屬子虚烏有。

七

陳尚君先生指出，唐代『保存至今的女性詩歌，其錯訛傳誤的程度，也較男性作者更顯嚴重，實在有必要加以甄辨澄清』〔一三九〕。清代女性詩歌也是如此，總集往往經過編選者『善意』的加工和『故意』的篡改，再加上『無意』的錯訛，比別集的情況更爲嚴重。《擷芳集》的編選者對所得到的女性詩歌基本採取了比較尊重的態度，但迫於時代環境所作的修改還是歷歷可見。例如，乾隆皇帝討厭錢謙益，全書引錢謙益詩文，俱稱『無名氏』（見卷十四黄媛介校記等）。再如，『清絶』往往改成『幽絶』（見卷二十九陳品閨《雨後望中條山》等校記），『虜庭』改爲『氊廬』（見卷五十梅芬《王明君》校記等），『明月』改作『皎月』、『朗月』、『蟾月』之類（見卷十六柴貞儀《題卧遊障子》等校記），以免遭遇像戴名世那樣因『清風』句賈禍的事情。《擷芳集》所收已故作家詩歌爲汪啟淑改動者，所收生存作家詩歌後來爲其本人或他人改動者，倘若其別集尚在，均可以與《擷芳集》對校。無別集存世者，將收録其作品的現存其他總集與《擷芳集》對校，也可以尋繹其改動之跡，揣測其改動之由，發現各種力量對清代女性詩歌的影響。

《擷芳集》在各詩人小傳後所附的生平資料及詩後所附的相關本事及評價等資料十分豐富，其總量超過了所選詩歌。但汪啟淑生前已有的資料爲汪啟淑所未經見到者，去世後纔有的資料爲汪啟淑所無法見到者，也爲數不少。本次校補從上述兩大類的存世資料中擷取有關於《擷芳集》所收近兩千位詩人的生平、詩集版本等内容，分別繫於相關詩人名下，作爲『輯補』。『輯補』只列舉材料，不作闡發，材料本身另需説明或補充者，則於『輯補』之末酌增补案語。『輯補』的規模與《擷芳集》原有的生平資料相當。本次輯補所增的生平資料與原書已有的生平資料加起來，已經是《擷芳集》所收詩歌作品的兩倍以上，從而使《擷芳集》以詩人生平資料見長的特色更加突出。

徐文長云：『解書惟有虛者活者，可以吾心體度而發明之。』〔一四〇〕吕晚村説：『論道必須直窮到底，不容包羅和會，一著含糊，即是自見不的，無所用争，亦無所用調停也。』〔一四一〕以上對汪啟淑行跡基於文獻的全面勾勒和對於其心跡近乎『直窮到底』的『體度發明』，是否符合實際，本次校補對原書以生平材料見長的固有特色的顯著加强，是否得當，敬請海内同仁批評指正。

註釋

〔一〕汪啟淑説，開封畫家周溽『甲寅春過浙時，先君子曾留下榻園中』（汪啟淑《水曹清暇録》卷八，乾隆五十七年飛鴻堂刻本）。『甲寅』爲雍正十年（一七三四），汪啟淑四歲，那時汪氏已在杭州擁有莊園。

〔二〕王振忠《清代藏書家汪啟淑的商業經營與社會生活》（《學術月刊》二〇一九年第一期）據汪氏『金銀袋簿』考見其父汪岐亭，字左黄，卒於乾隆元年。據《汪氏通宗世譜》（乾隆四十年刻本），汪啟淑父爲汪光鉞，字左黄。道光《歙縣志》卷七之七第十一頁『封廕』亦云：『汪光鉞，以子啟淑封工部都水司員外。』其父爲汪光鉞無疑，『岐亭』可能係其號。汪啟淑説，『吾少即孤露』（汪啟淑《客燕偶存》載《述感》四首其一），『甲子歲，予持服里居』（汪啟淑《續印人傳》卷五）。幼而無父曰『孤』，失去庇護曰『露』，乾隆元年其父去世時，汪啟淑纔九歲，與『少即孤露』相合。乾隆九年甲子去世的應該是他的母親方氏，那一年汪啟淑十六歲。

〔三〕據《汪氏通宗世譜》，汪光鉞有三子：啟淑、啟源、啟泗；啟淑居長。袁枚《子不語》卷八『梁武帝第四子』：『杭州汪慎義家園亭極佳，園在小粉牆北街。』見臺灣《叢書集成三編》第七五册，第六一五頁。

〔四〕時人謂『新安汪君秀峯，寓居古小粉牆』（汪啟淑《飛鴻堂墨譜》孫陳典乾隆十二年序），『汪君與余同里閈，惜僑居武林，不得昕夕相討論』（汪啟淑《秋室印粹》程瑶田乾隆二十一年序）。其捐貲入官後履歷引見折俱稱安徽歙縣人。

〔五〕汪啟淑稱沈德潛爲『長洲沈業師歸愚先生』（汪啟淑《水曹清暇録》卷三），時人稱『吾聞汪君出於吾同學少宗伯沈公之門』（汪啟淑《飛鴻堂印譜》五集卷七薛雪乾隆十八年序）。沈德潛乾隆十四年爲汪啟淑作序自稱『同學友生沈德潛』（汪啟淑《飛鴻堂印譜》三集沈序），似有不合。觀其業師方岳薦乾隆十五年《訒菴詩存》序末『友生屏山方岳薦』之自稱，可知沈德潛自稱『同學友生』，與方序一樣，皆取『亦師亦友』之意，大略時俗如此，與其『業師』身份並不矛盾。方岳薦乾隆十五年序云：『汪子秀峯束髮受經於予……嗣以虀鹽家累，罷去舉業，僑居虎林。』（汪啟淑《訒菴詩存》方氏乾隆十五年序），這一年汪啟淑二十二歲，其『罷去舉業』，不晚於此年。

〔六〕袁枚《隨園詩話補遺》卷五，乾隆五十一年序刻本。

〔七〕汪啟淑《訒菴詩存》（乾隆時期刻八卷本）卷三《蘭谿櫂歌》載沈德潛序。

〔八〕汪啟淑《飛鴻堂印譜》三集卷五周宣武序。

〔九〕汪啟淑初居杭州，即因錢塘張湄（號柳漁）引介，入西湖吟社，又稱東皋吟社、南屏詩社，與靈隱寺釋明中，以及顧之挺（字月田）、金志章（號江聲）、周京（號穆門）、厲鶚（號樊榭）、杭世駿（號堇浦）等名流相唱和。其《續印人傳》卷三《丁敬傳》云：『乙丑春，予因柳漁夫子闌入西湖吟社。』卷八《釋明中傳》云：『乙丑歲，與予暨月田、江聲、穆門、樊榭、堇浦諸宗工結吟社相酬倡。』『乙丑』即乾隆十年，爲汪啟淑僑居杭州的第一年。

〔一〇〕乾隆十七年丁敬爲汪啟淑所刻『藏之名山，傳之其人』印邊款，見秦祖永《七家印跋》。

〔一一〕其東皋吟社社友朱樟云：『吾友汪君秀峯，嗜古有奇癖，藏書百廚，工吟詠，得古印幾盈萬鈕……又凡近時工鐵筆者，不惜重聘，延之家園，親與參訂商榷，務斬悉合于古，亦盈萬餘鈕，彙爲汪啟淑《飛鴻堂印譜》四十卷，海內高手大半在焉。』（汪啟淑《漢銅印叢》乾隆十七年鈐印本朱樟序）當時印人爲汪啟淑所製印竟達『萬餘鈕』，其與印人交結之盛可想而知。

〔一二〕汪啟淑《飛鴻堂墨譜》（乾隆摹繪本）載乾隆十二年孫陳典序。

〔一三〕汪啟淑《漢銅印叢》載朱樟序。

〔一四〕汪啟淑《飛鴻堂硯譜》（乾隆摹繪本）載乾隆十一年方岳薦序。

〔一五〕厲鶚《樊榭山房續集》（光緒十年振綺堂刻本）卷六《汪秀峯自松江載書歸招同人小集分韻（銷寒第二

會)》：『雪壓扁舟浪有棱，載來書重恐難勝。排聯清興惟同鶴，增長多聞似得朋。歸洛舊傳東野句(孟郊有《喜盧仝書船歸洛》)，入杭新並蓼塘稱(元上海莊蓼塘藏書七萬卷)。銜杯不獨相忻賞，欲賃鄰居翦燭膽。』

〔一六〕金兆燕《棕亭古文鈔》(道光十六年贈雲軒刻本)卷十《汪秀峯印譜跋》：『秀峯先生來游揚州，一襆一笥，蕭然如窶旅人，而秦漢印章數百，皆襲以古錦，列置几案間。客有過之者，即出以相質，一黝一黚，辨之必精，考之必確，口吟諷而手摩挲，朝夕不輟。嘗謂余曰：「昔人錢馬皆有癖，吾惟癖此冷銅數片耳。」』汪啟淑《續印人傳》卷八《楊瑞雲傳》云：『予有印癖。』黃易『印癖』印跋云：『訒庵先生喜集古人印信，尤篤嗜近人各家篆刻，延請四方佳士至家，集刻汪啟淑《飛鴻堂印譜》，屬余治「印癖」章。余不揣固陋，勉附驥尾，恐不入水部鑒賞也。秋盦易倣漢印。』(秦祖永《七家印跋》)

〔一七〕錢泳《履園叢話》(道光十八年述德堂刻本)卷十二『藝能』。

〔一八〕吴玉綸《香亭文稿》(乾隆六十年滋德堂刻本)卷五《安拙窩記》。

〔一九〕汪啟淑《訒菴詩存》卷一《綿潭漁唱》姚德存題詩。

〔二〇〕汪啟淑《飛鴻堂印譜》五集載乾隆十八年薛雪序。

〔二一〕汪啟淑《水曹清暇録》卷一。

〔二二〕汪啟淑《飛鴻堂印譜》二集卷五載顧于觀序。

〔二三〕汪啟淑《飛鴻堂印譜》二集卷七載孫彦序。

〔二四〕汪啟淑《飛鴻堂印譜》二集卷五載顧于觀序。

〔二五〕汪啟淑《飛鴻堂印譜》四集卷五載梁詩正序。

〔二六〕汪啟淑《擷芳集》(乾隆末年增訂三印本)載沈初序。

〔二七〕丁敬爲汪啟淑所作『藏之名山，傳之其人』印跋，見秦祖永《七家印跋》。
〔二八〕錢仲聯主編《廣清碑傳集》（蘇州大學出版社，一九九九年版）卷九載金天翮《汪啟淑、巴慰祖合傳》。
〔二九〕汪啟淑《訒菴詩存》載方岳薦乾隆十五年序。
〔三〇〕汪啟淑《訒菴詩存》卷三《蘭谿櫂歌》載朱樟題詩。
〔三一〕汪啟淑《甌江遊草》載乾隆二十八年王永祺序。
〔三二〕汪啟淑《訒菴詩存》卷六《邗溝集》載乾隆三十六年王鳴盛序。
〔三三〕汪啟淑《蘭溪櫂歌》，又稱《蘭江雜咏》，見汪沆《槐塘文稿》（乾隆五十一年刻本）卷一《蘭江雜咏序》。
〔三四〕潘奕雋《三松堂集》（嘉慶刻本）卷一《汪訒莽漱霞軒詩鈔序》。
〔三五〕汪啟淑《飛鴻堂印譜》三集載乾隆十四年沈德潛序。
〔三六〕汪啟淑《飛鴻堂印譜》初集卷七載乾隆十一年張湄序。
〔三七〕汪啟淑《飛鴻堂印譜》初集載汪啟淑《凡例》。
〔三八〕吴林《汪啟淑〈飛鴻堂印人傳〉研究》，渤海大學二〇一七年碩士學位論文，第一〇頁。
〔三九〕汪啟淑《飛鴻堂印譜》二集卷一載周宣猷序。
〔四〇〕汪啟淑《飛鴻堂印譜》初集卷四載乾隆十年閻沛年跋。
〔四一〕汪啟淑《飛鴻堂印譜》初集卷二鮑鉁跋。
〔四二〕丁敬《硯林印款》，光緒六年刻本。
〔四三〕汪啟淑《飛鴻堂印譜》三集載周宣武序。
〔四四〕汪啟淑《飛鴻堂印譜》五集卷六載吴蒙跋。

〔四五〕汪啟淑《飛鴻堂印譜》五集卷七載薛雪序。
〔四六〕汪沆《槐塘詩稿》（乾隆五十一年刻本）卷十三《贈秀峯弟四十初度寓規於頌竊取古人之誼也》。
〔四七〕汪啟淑《訒菴詩存》卷六《邗溝集》載金兆燕序。
〔四八〕汪啟淑《訒菴詩存》卷三載沈德潛《蘭谿櫂歌序》。
〔四九〕盛如梓《庶齋老學叢談》（臺灣《叢書集成初編》本）卷尾鮑廷博跋。
〔五〇〕汪啟淑《焠掌録》（國家圖書館藏汪氏開萬樓刻本）載焦循墨筆題跋。
〔五一〕汪啟淑《甌江遊草》之《寄内四首》。
〔五二〕汪啟淑《訒菴詩存》卷六《邗溝集》載金兆燕序。
〔五三〕汪啟淑《訒菴詩存》卷六《邗溝集》載乾隆三十六年王鳴盛序。
〔五四〕汪啟淑《訒菴詩存》卷七《客燕偶存》所載《述感》四首。
〔五五〕汪啟淑《續印人傳》（道光二十年海虞顧氏刻本）卷八《楊瑞雲傳》。
〔五六〕汪啟淑《飛鴻堂印譜》初集卷七載乾隆十一年張湄序。
〔五七〕汪啟淑《飛鴻堂印譜》二集卷七載倪承寬所題九言詩。
〔五八〕汪啟淑《訒菴詩存》載方岳薦序。
〔五九〕汪啟淑《甌江遊草》載《寄内四首》。
〔六〇〕《纂修四庫全書檔案》，上海古籍出版社，一九九七年版，第九七頁。
〔六一〕道光《歙縣志》卷八之五，第一九頁。
〔六二〕許大齡《清代捐納制度》，《近代中國史料叢刊續編》第四〇輯，第八二、四四頁。

〔六三〕《汪氏通宗世譜》，乾隆四十年刻本。

〔六四〕汪啟淑《訒菴詩存》卷八載金兆燕《于役新吟序》。

〔六五〕汪啟淑《水曹清暇録》卷一。

〔六六〕秦國經主編《清代官員履歷檔案全編》，華東師范大學出版社一九九七年版，第二十一册，第六三頁。

〔六七〕秦國經主編《清代官員履歷檔案全編》，第二十一册，第三五六頁。

〔六八〕汪啟淑《擷芳集》卷七十『胡佩蘭』小傳後所録吴鈞《國香樓詩鈔序》。

〔六九〕潘奕雋《三松堂集》卷一《汪訒菴潄霞軒詩鈔序》。

〔七〇〕汪啟淑《水曹清暇録》載乾隆五十七年錢大昕序。

〔七一〕汪啟淑《飛鴻堂印譜》五集卷二載張燾跋。

〔七二〕崑岡等修，劉啟端等纂《欽定大清會典事例》（光緒石印本）卷二百四十九，第一頁。

〔七三〕汪啟淑《訒菴詩存》卷八《于役新吟》。

〔七四〕汪啟淑《訒菴詩存》卷四《學稼吟》載魏攀龍題詞云：『古新寧，秀靈所。飛鴻堂，圖書府。富菑畬，辨帝虎。憶亥春，傾蓋語。叨過訪，締新雨。八年別，撑愁緒。今我來，散内聚。鳳城西，築別墅。退自公，招舊侶。藥欄開，羽觴舉。出一編，妙千古。學爲耨，藝爲圃。春華敷，秋實貯。繄爲誰，汪水部。』『亥春』即乾隆三十二年丁亥（一七六七），後推八年爲乾隆四十年，此時汪啟淑已於『鳳城西，築別墅』。『鳳城』即皇城之雅稱。汪啟淑《續印人傳》卷六《黄掌綸傳》云：『（黄掌綸）數奇，屢躓場屋，因赴北闈，遂僑居宛平，與予寓爲比鄰。』可見其『鳳城西』別墅的具體位置在順天府『宛平』縣（縣治在地安門外積慶坊）。

〔七五〕王昶《春融堂集》（嘉慶十二年塾南書舍刻本）卷四十四《汪秀峯春遊小詠題詞》。

〔七六〕祝德麟《悦親樓集》（嘉慶二年刻本）卷二十五《汪秀峯啟淑自新安至三首》。

〔七七〕杭世駿《道古堂集外詩》（光緒十四年汪曾唯刻本）第一三頁載《蘭溪城下宿汪啟淑寓館》。

〔七八〕潘奕雋《三松堂集》卷八《雨窗讀潄霞亭詩寄懷汪訒菴水部》。

〔七九〕光緒《婁縣續志》卷二十：『汪啟淑，字慎儀，號秀峯。其先爲歙縣人，因業鹾於松，居松之西關外金沙灘，遂家焉。』《國朝杭郡詩續輯》（光緒二年刻本）卷四十五：『（汪啟淑）歸老松江，間來湖上，其清興猶不少減云。』國家圖書館藏清抄本《閱耕餘録》所見汪啟淑手跋末署『嘉慶二六閏六月三日訒莽汪啟淑跋於金沙灘適安草廬』。嘉慶《松江府志》卷八十三：『汪啟淑字慎儀，歙縣人。父某，業鹾，徙婁縣，居金沙灘……年七十二，卒於松。』汪啟淑《静樂居印娱》（望雲草堂藏鈐印本）載王芑孫墨跋：『秀峰晚居泖上，余爲華亭教官時，還往相好也。』『泖』即『三泖』，位於『（松江）府西三十五里』（見乾隆《婁縣志》卷四），與汪啟淑祖居所在的婁縣金沙灘甚近。『晚居泖上』與『卒於松』等記載相合。

〔八〇〕汪啟淑《飛鴻堂印譜》初集卷六第二十三頁有徐鈺刻『生于戊申』印。王振忠《清代藏書家汪啟淑的商業經營與社會生活》（《學術月刊》二〇一九年第一期）載綿潭汪氏『金銀袋簿』所見汪啟淑生卒年是：『雍正戊申年七月初二日子時，嘉慶戊午三年九月三十日。』其他信息如汪啟淑妻方氏，妾胡（佩蘭）、莊（璧），以及胡佩蘭爲太倉人且爲汪繩祖生母等，皆與汪啟淑自述及《汪氏通宗世譜》相合。汪啟淑《静樂居印娱》（望雲草堂藏鈐印本）載王芑孫嘉慶十五年墨跋云：『秀峰下世，今忽忽十年。』『十年』蓋舉其成數，吴林《汪啟淑〈飛鴻堂印人傳〉研究》（渤海大學二〇一七年碩士學位論文）據此推斷其確切卒年當爲嘉慶五年，失當。古人記年計虚歲，近於今天所謂過了幾個年頭。若必以『十年』爲確數，則應推爲『嘉慶六年』，其失愈遠。

〔八一〕汪啟淑《水曹清暇録》載乾隆四十六年汪存寬序云：『秀峯七姪藏書萬卷，廣覽博綜，著述箋注，不下廿餘種。出汪啟淑《水曹清暇録》求序於余……余於秀峯賢姪所著《訒菴詩存》四十卷、《文鈔》四卷，以及所選《歷朝詩髓》、《古文輯要》、《諸子粹》諸部，尚未窺全豹，而於是録已知爲輯舊聞所必欣賞也，因敘而歸之。』

〔八二〕中華書局、上海古籍出版社，二〇一二年版。

〔八三〕王昶《春融堂集》卷四十四《汪秀峯春遊小詠題詞》：『秀峯裒其游吴越詩爲《春遊小詠》，索序于余。余夙好汗漫游，自乙亥春遍歷上下沙東西兩崦，丁丑秋居西河浹月，遂入京師，迄今二十年。』

〔八四〕汪啟淑《訒菴詩存》卷八金兆燕《于役新吟序》。

〔八五〕王昶《春融堂集》卷四十《酒帘倡和詩序》。

〔八六〕汪啟淑《訒菴詩存》載乾隆十五年方岳薦序。

〔八七〕汪啟淑《訒菴詩存》卷三《蘭谿櫂歌》載乾隆二十年沈德潛序。

〔八八〕汪啟淑《訒菴詩存》卷四載乾隆二十二年吴玨《學稼吟序》。

〔八九〕汪啟淑《飛鴻堂印譜》二集卷四載趙大鯨跋。

〔九〇〕汪啟淑《甌江遊草》載乾隆二十九年葉端跋。

〔九一〕汪啟淑《訒菴詩存》載乾隆三十五年金兆燕《邗溝集序》。

〔九二〕汪啟淑《訒菴詩存》卷六《邗溝集》載乾隆三十六年王鳴盛序。

〔九三〕汪啟淑《訒菴詩存》卷七《客燕偶存》載方之綱題詩小注。

〔九四〕汪啟淑《續印人傳》卷三《丁敬傳》：『乙丑春，予因柳漁夫子闌入西湖吟社，得訂交於先生，垂三十年，心折其爲人。』『乙丑』即乾隆十年，爲汪啟淑定居杭州的第一年。

〔九五〕汪啟淑《訒菴詩存》卷八《于役新吟》載乾隆四十一年張霽序。

〔九六〕汪啟淑《訒菴詩存》卷三載乾隆三十四年杭世駿《飛鴻堂初藁序》。
〔九七〕均見《擷芳集》卷首《凡例》。
〔九八〕祝德麟《悦親樓集》卷二十五《汪秀峯啟淑自新安至三首》。
〔九九〕汪啟淑《水曹清暇録》卷一。
〔一〇〇〕汪啟淑《水曹清暇録》卷二。
〔一〇一〕汪啟淑《水曹清暇録》卷二。
〔一〇二〕《擷芳集》卷首沈初序。
〔一〇三〕李斗《畫舫畫》（乾隆六十年刻本）卷十。
〔一〇四〕汪啟淑《水曹清暇録》卷二。
〔一〇五〕汪啟淑《水曹清暇録》卷十五。
〔一〇六〕汪啟淑《水曹清暇録》卷十四。
〔一〇七〕汪啟淑《續印人傳》卷三《沈祚昌傳》。
〔一〇八〕汪啟淑《訒菴詩存》卷六《邗溝集》有《追悼楊姬》四首，其三云：『簪花妙格仿歐陽，寄我書函字字香。堪恨鬱攸偏肆虐，不教薹篋剩餘芳。』
〔一〇九〕袁枚《隨園詩話補遺》（乾隆五十一年序刻本）卷五。
〔一一〇〕潘奕雋《三松堂集》卷二《繡墨軒詩序》。
〔一一一〕潘奕雋《三松堂集》卷一《汪訒菴漱霞軒詩鈔序》。
〔一一二〕潘奕雋《三松堂集》卷九有《題汪訒庵水部亡姬楊芳卿畫海棠卷》。

〔一一三〕潘奕雋《三松堂集》卷十一《題汪訒庵玩印圖》。

〔一一四〕汪啟淑《水曹清暇録》卷六。

〔一一五〕徐学林《『印癡』汪啟淑》，《編輯學刊》，一九九四年第三期。

〔一一六〕沈初《蘭韻堂文集》（乾隆六十年刻本）卷二。

〔一一七〕《吴中女士詩鈔》，乾隆五十四年刻本。

〔一一八〕《中國古籍總目》集部，中華書局、上海古籍出版社，二〇一二年版。

〔一一九〕沈初《蘭韻堂文集》卷二。

〔一二〇〕《擷芳集》卷一方維則小傳後附《小粉場雜識》。

〔一二一〕汪啟淑《水曹清暇録》卷四。

〔一二二〕張喬《蓮香集》（乾隆三十年刻本）美道人《謌者張丽人墓誌銘》，詳見《擷芳集》卷七十三張喬小傳後『輯補』第二條。

〔一二三〕汪啟淑《水曹清暇録》卷八。

〔一二四〕汪啟淑《水曹清暇録》卷十六。

〔一二五〕袁枚《隨園詩話補遺》卷五。

〔一二六〕汪啟淑《訒菴詩存》卷七《客燕偶存》。

〔一二七〕郭麐《靈芬館詞話》（民國二十三年鉛印本）卷一。

〔一二八〕王英志《清代閨秀詩話叢刊》（鳳凰出版社，二〇一〇年版）第一卷《然脂餘韻》卷一，第六五六頁。

〔一二九〕王振忠《清代藏書家汪啟淑的商業經營與社會生活》。

〔一三〇〕汪啟淑《續印人傳》卷一《徐夔傳》。

〔一三一〕汪啟淑《續印人傳》卷四《錢雲樵傳》。

〔一三二〕《孔子家語》，上海古籍出版社，一九九〇年版，第六〇頁。

〔一三三〕汪啟淑《續印人傳》卷三。

〔一三四〕汪啟淑《水曹清暇録》卷六。

〔一三五〕見《擷芳集》卷七十胡佩蘭小傳後生平資料。

〔一三六〕汪啟淑《續印人傳》卷八《楊瑞雲傳》。

〔一三七〕汪啟淑《訒菴詩存》卷六《邗溝集》載《追悼楊姬》。

〔一三八〕沈善寶《名媛詩話》（光緒鴻雪樓刻本）卷五。

〔一三九〕陳尚君《唐女詩人甄辨》，海豚出版社，二〇一四年版，第一頁。

〔一四〇〕徐渭《徐文長三集》（萬曆二十八年商濬刻本）卷十六《奉師季先生書》其二。

〔一四一〕吕留良《晚邨文集》（雍正三年吕氏天蓋樓刻本）卷一《與施愚山書》。

校補凡例

一、《擷芳集》原刻八十卷，初版之後，汪啟淑曾對書板進行了至少三次較大規模的增訂，形成了基於同一套書板的不同時期的不同印本。本書以上海師範大學圖書館藏乾隆末年增訂四印本爲底本整理，同時參考中國科學院圖書館所藏初刻初印本、北京大學圖書館所藏增訂再印本、國家圖書館所藏增訂三印本，以及貴州省圖書館所藏增訂四印本的四十四卷殘本。

二、《擷芳集》輯録清初至乾隆末年約一百五十年間女詩人一千九百餘家，詩六千餘首，序跋、碑狀、方志等生平資料四十餘萬字。本書取清代女性詩歌別集、總集以及各種其他相關文獻約數百種校之，校勘情況列入校記。校勘時，底本原文倘非顯誤，一般不作改動。

三、《擷芳集》初刻初印本中一人重出現象較多，汪啟淑在後來的增訂中已作了部分的合併，但並不徹底，本書在整理時，仍發現有十餘位詩人重出，已視情況作了合併，具體情況在相關校記中已作説明。

四、汪啟淑對於當時所見『行狀墓誌，詩集敘跋』，只是『節録其要者』（《凡例》），往往將文末署期刪除，於考見詩人行實頗爲不便。本書據所見資料對刪除的署期以及其他重要信息加以補足，將其結果附入校記中。

五、《擷芳集》於詩人名下多附生平資料，本書依據新發現的材料對之進行輯補，以便於讀者閱讀使用。輯補只列舉材料，不作闡發，材料本身另需說明或補充者，則於輯補之末酌加案語。

六、具體點校之事，均遵今通行之例，如異體字、俗體字，一般統改爲規範用字。

七、書後列詩人姓氏音序索引，以便讀者參考。

目録

卷之二　節婦詩

卷之四　節婦詩

卷之五　節婦詩

卷之七　節婦詩

卷之八　節婦詩

卷之十　節婦詩

卷之十一　節婦詩

卷之十二　貞女詩

卷之十三　貞女詩

卷之十五　才媛詩

卷之十六　才媛詩

卷之十七　才媛詩

卷之十八　才媛詩

卷之十九　才媛詩

卷之二十一　才媛詩

卷之二十二　才媛詩

卷之二十三　才媛詩

卷之二十四　才媛詩

卷之二十六　才媛詩

卷之二十七　才媛詩

卷之二十九　才媛詩

卷之三十　才媛詩

卷之三十一　才媛詩

卷之三十二　才媛詩

卷之三十五　才媛詩

卷之三十六　才媛詩

卷之三十七　才媛詩

卷之三十八　才媛詩

卷之三十九　才媛詩

卷之四十　才媛詩

卷之四十一　才媛詩

卷之四十二　才媛詩

卷之四十三　才媛詩

卷之四十四　才媛詩

卷之四十五　才媛詩

卷之四十六　才媛詩

卷之四十七　才媛詩

卷之四十九　才媛詩

卷之五十　才媛詩

卷之五十一　才媛詩

卷之五十三　才媛詩

卷之五十四　才媛詩

卷之五十五　才媛詩

卷之五十七　才媛詩

卷之五十八　才媛詩

卷之五十九　才媛詩

卷之六十　才媛詩

卷之六十一　才媛詩

卷之六十二　才媛詩

卷之六十三　才媛詩

卷之六十六　才媛詩

卷之六十七　姬侍詩

卷之六十八　姬侍詩

卷之六十九　姬侍詩

卷之七十　姬侍詩

卷之七十一　方外詩

卷之七十二　方外詩

卷之七十四　青樓詩

卷之七十五　無名詩

卷之七十七　仙鬼詩

卷之七十八　仙鬼詩

卷之七十九　仙鬼詩

卷之八十　仙鬼詩

序

《關雎》居《詩》之首，聖人以爲温柔敦厚之教，必自宫闈始矣，而委巷之婦人女子，亦往往歌詠其性情之所至，故十五國風，閨門之言十蓋六七，貞淫正變錯出其間，而褒譏備治忽章已。考亭夫子過疑《序》説，如《木瓜》美齊桓，《蘀兮》刺鄭忽，一切指為淫者之詞，或非其義。夫君臣朋友之際，有難言之隱，則托於夫婦以文之，義起於此，端見於彼，詩之感人綦微哉！

汪君訒菴所選本朝閨秀詩，海澨山陬，高門緜薄，章搜句討，亙以年歲，薈萃於兹，名曰《擷芳集》，蓋本古者太史命輶軒采歌謡之意。既又别白流品，紀載本末，使其言不涉於疑佀，而讀其詩，則其人與其事可知，此以見國家之文治涵濡於百有餘年之深，自公卿士大夫，外至於佩鍼管、容膏沐之倫，而其詞章之變態，亦百出而不可窮。歈歟，何其盛也！

《三百篇》之音既遠，而烏鵲黄鵠、山高水深之詠興，彼夫秋風之扇、御溝之流、苞桑之鳥，皆有以抒其怨恨無聊不平之氣，故其詞皆足以不朽。若乃廬江小吏之貞信、木蘭之勇武、秋胡妻之義烈，雖非其人之自作，而傳之者亦必以詩，信乎詩之能傳人也。雖然，不有好奇博愛之士如汪君者，其凋零漫滅，又何可勝道哉！　時乾隆三十八年歲次癸巳暮春敬堂愚兄倪承寬拜序。玊田吴均書。

序

汪駕部秀峯藏書數十萬卷，手自校讐者數十種。嘗出其《説文繫傳》付剞劂，蓋藝林傳鈔，未覩完帙之書，駕部以數十年心力集諸善本點勘參合而後成書者，人皆服其精核。余以為表彰前哲，以嘉惠來學，其功為更大。今年來謂余曰：『吾將所選國朝名媛詩授梓，凡若干卷，作者二千家有奇。』余曰：『何若是之多也！是非百倍於我所見聞，何以能致是？』駕部曰：『吾欲從事於此，凡足跡所至，搜輯遺聞，其有流傳佳什，必録而藏之。至於地志家乘、叢編雜記，一切刻本所載，無不偏採。積之既久，今始成集，誠未易也。』

駕部之博聞嗜古，窮覽載籍，歐陽子所謂『物聚於所好』，有如是夫！駕部嘗集古印章與國朝名家所摹刻者，次第為譜，各有專書，裒然數十餘種，是亦嗜古之一端。昔至京師，甫踰年，所購古銅玉印不下百許。余見而異之，駕部曰：『此即得之市中者。』余曰：『余亦日驅車過市，何未嘗得一耶？』此益足以信歐陽子之言矣。遂書之以為序。乾隆乙巳新正平湖愚弟沈初拜撰。

題詞

烏程戴璐菔塘

萬卷胸羅鄴架齊，嫏嬛秘笈荷天題。千秋盛業增彤管，妙寫烏絲裹緑緹。

研匣琉璃得句多，不辭收采到岩阿。苦心百倍然脂集，王西樵所輯《然脂集》，歷朝僅百餘家。長恐幽芬閟女蘿。

稗官野史證遺聞，地志無遺訪更勤。每憶酒邊殷采拾，零紈斷素總香芸。

豈徒大雅擅林風，藍袖寧無學步工。不是詩翁勤拂拭，獨教佳話賦泥中。

凡例

一、閨閣中吟詠，多自寫其幽思，不盡表著，故蒐羅為難。然古來明慧博識、抑塞幽怨之女，往往托於詩以見意，非有人專輯而傳之，殊多湮没可惜。况吾聖朝文教蔚興，化及閨幃，百數十年以來，閨中傑出，不惟吟弄風月，且能理學，兼而有之經濟，頗多卓然可存。至如貞女烈婦殉節絶命之篇，雖詞意樸率，而浩然正氣，自不可掩。誠恐選家漏而不録，予故匯為一編。

二、自韋縠《才調集》中已列閨秀專門一卷，前明則江緑蘿《閨秀詩評》、李時遠《詩統》、《名媛璣囊》諸書。而國朝未有專選，每附見於方外之後，廖廖無幾，予故不揣管見，特為專輯，以見國朝閨秀之盛尤超越前代云。

三、是集中稍為分類。蓋婦德首重貞節，而緇素豈宜溷於褘翟，平康未合厠乎副笄，故特區别，附以無名氏暨仙鬼焉，共成十類。

四、體裁先列小傳，繼以省志、縣志，文同即不復載。如有行狀、墓志、詩集序跋，則節録其要者。至所采取詩話、説部，則悉照原本。

五、余留意選輯此編，雖積歲時，苦為家事間輟。草創甫定，兩厄祝融，收拾灰燼之餘，十存五六，原本已失，校對維艱。白首頹齡，誠恐汗青無日，故就所現存者急壽棗梨。閱者幸勿哂其草率。

六、予生長江左，交游未廣，博訪無從，不過就所有書翻閱，或得之一二友朋，更望同志有所見聞，郵寄指教，當續補刊，匡予不逮。幸甚幸甚！古歙訒葊汪啟淑拜白。

卷之一

顧若璞十二首

字和知，浙江仁和縣人。上林苑丞顧友白女。適同邑副榜黄茂梧，茂梧卒，孀居教子。著有《卧月軒稿》。

《浙江通志》：顧若璞，仁和人，適黄茂梧。茂梧早卒，二子纔七八歲，若璞日為課説詩書，又陳諸史百家言命之。老年纂《黄氏宗譜》，立祭田，事事井然。著《卧月軒集》。年九十，無疾終焉。

《池北偶談》：武林黄夫人顧氏，名若璞，著有《卧月軒文集》，多經濟大篇，有西京氣格。常與婦人宴坐，則講究河漕、屯田、馬政、邊備諸大計。副笄中乃有此人，亦一奇也。

《仁和縣志》：顧若璞，按察使汝學孫女也。適諸生黄茂梧，茂梧為江西參議汝亨子，早卒。時汝亨方宦游，遺孤皆未毀齒，每從外傅入，輒為陳説《四書》。汝亨聞而善之。已又與讀《易》、《詩》、《莊》、《騷》、秦漢百家言。汝亨分守湖西，致政歸，若璞日候中堂，汝亨未出，則手持一編書，屏立以待，有所須，輒先意具。海内賓客滿座，治酒食立備。汝亨歎曰：『今日正猶兒在也。』天啟末，汝亨疾，若璞手調湯藥，目不交睫者浹六旬，竟不起。方汝亨未病時，遊西湖，過魏監祠，慨然而歎，小豎隨而詬之。歸，憤憤形於顔色。會疾作，遂有傳其遭毆憤鬱死者。崇正改元，録忠臣子孫，前語流聞京師，至形章奏。親黨謀以此乞廕，若璞愕然曰：『奈何欺君，且誣吾翁冒廕以官其子！』又為書數千百言，署子燦名，徧質薦紳先生，讀之無不肅然改容曰：『非特義正，文亦剴切。』已事得寢。又念宗法亂，乃手自排纂，為《黄氏宗譜》，且置祭田，以永祀事。生平慕范希文義莊而力不逮，日後踵為之。著有《卧月軒稿》。燦妻丁玉如，字連璧，好讀書，工書法，早卒，若璞為作壙志。

陳維崧《婦人集》： 武林顧若璞，黄少參名汝亨之子婦也。早年稱未亡人，盛有綺才。著《卧月軒稿》行世，中有舅姑墓志銘、行狀，文章詳贍，學者韙之。孫女埈兒，法名智生，生而端麗，能詩歌小令。記其《宫詞》一首曰：『長信宫中侍宴來，玉顔偏映夜光杯。銀箏彈罷霓裳曲，又報西宫侍女催。』又《詠雪》一首：『霏霏玉屑點窻紗，碎碎瓊珂響翠華。乍可庭前吟柳絮，不知何處認梅花。』清警殊甚。顧性喜學佛。歲癸巳，病甚，父母痛之，女曰：『金鎗馬麥，定業難逃，大人獨不聞之乎？且女特身痛耳，心無所苦。』年十九夭。

《今世説》： 若璞，上林署丞顧友白女，學使黄寓庸長子文學東生婦。生具夙慧，尤好讀史，上自班、馬，以迄列朝典故，能陳説或論著其大旨。又以其餘力自肆於詩古文。每夜分執卷，諷詠良苦，曰：『使吾得壹意讀書，即不能補班十志，或可詠雪謝庭。』嘗於食頃作《七夕》詩三十七首，一時歎其敏妙。文章節行，為武林閨秀之冠。

《香閨秀句集》： 若璞，錢塘人，上林署丞顧友白女，文學黄東生婦。若璞生而夙慧，幼嫻詩書。東生工古文詞，以病卒，所遺二子女，彬彬有文，皆若璞教之也。

《湖船録》： 顧夫人若璞，黄東生配也。為子維含造船，泊斷橋孤嶼幽絶處，使吟諷其中，名曰『讀書船』。作詩紀事，有『且自獨居揚子宅，任他遥指米家船』之句。

《卧月軒稿自序》： 嘗讀《詩》，知婦人之職，惟酒食是議耳，其敢弄筆墨，以與文士争長乎？然物有不平則鳴，自古在昔如班、左諸淑媛，頗著文章自娱，則彤管與箴管並呈〔一〕，或亦非分外事也。璞也不才，少不若于母訓，笄而執箕帚名門，所懼增羞父母，酒漿組紃，勤不告勞，盡數十年如一日。歸于東生之歲，君舅謝鍾陵，令待命京師，父母故憐愛余，不欲令遠去，乃就貳室，余得無廢膝下歡。而東生蚤失恃，體羸弱不勝衣。君舅廉吏，既不事家人生産業，室中之藏，止書數卷，余脱簪珥佐雞窻讀。又連不得志于棘闈，憤懣噴血，遂漸不可止〔二〕。嗚呼，余事東生十有三年，彊半與藥爐為伍。後子女漸長，食費漸繁，未暇覃精文苑，或稍有所誦，抄略不全，間事詠歌，大抵與東生相對憂苦之所為作也。俄而東生溘逝，骨鑠魂銷，帷殯而哭，不如死之久也。豈能視息人世，復有所謂緣情靡麗之作耶？徒以死節易，守節難，有藐諸孤在，不敢不學古丸熊畫荻者，以俟其成。當是時，君舅方督學西江，余復遠我父母兄弟，念不稍涉經史，奚以課藐諸而俟之成？余日惴惴，懼終負初志，以不得從夫子于九京也。于是酒漿組紝之暇，陳發所藏書，自四子經傳以及《古史鑑》、《明通紀》〔三〕、《大政記》之屬，日夜披覽如不及。二子者從外傅入，輒令篝燈坐隅，為陳說吾所明，更相率咿吾，至丙夜乃罷。顧復樂之，誠不自知其瘁也。日月漸多，聞見與積，聖賢經傳，育德洗心，旁及騷雅詞賦，遊焉息焉，冀以自發其哀思，舒其憤悶，幸不底于幽憂之疾，而春鳥秋蟲，感時流響，率爾操觚，藏諸笥篋。雖然，亦不平鳴耳，詎敢方古班、左諸淑媛，取邯鄲學步之誚耶？年來君舅歸老寓林，時令孫輩呈覽，蒙賜郢削。余即不慧，異日者，其有一言之幾于道乎？題曰『卧月軒稿』；『卧月軒』者，東生所嘗憩息，志思也〔四〕。

【輯補】

顧若璞《黄夫人卧月軒稿》（順治八年刻本）載吴本泰《刻集紀言》：黄夫人所著《卧月軒稿》，余既以燦、煒二子請，手加刪選評次而弁其端矣。今年夏六月，夫人六十帨旦，二子圖所以壽母者，母汪然大慼曰：『余稱未亡人三十年，啜血茹荼，勖汝輩於成也，以有今日。恨不即從而父地下，而忍舉介眉之觴，言笑晏晏乎？且禮俗必割牲擊鮮，吾白髮僾婆夷，安用此？』二子逡巡退。已又念母氏詩文可藉不朽，盍壽梓以壽吾母乎？母猶固不許，壹意却樽醴，屏庖饌，以齋素作佛事，為亡者資冥福。而二三親知無所效其觴祝，則已醵金授剞劂矣。余擊節稱善曰：壽母不以詩文傳，詩文政以壽母傳也。且杭俗靡極矣，絃匏羶薌，綺繡屏障，一稱觴而暴殄無算，是不為親祝禧，而為親造孽也。令自今壽其所生者蔬素真率，自黄氏始，夫人之可傳，又寧渠詩文而已？辛卯維夏初吉海昌吴本泰藥師識。

同集載吴本泰《黄夫人卧月軒合集序》：文章節行，俱不朽盛事，然歷選人代須麋丈夫罕或兼擅，矧閨闥縱笄乎？女子之正，無非無儀，其以節行顯者，亦其遭之不幸也。若夫絺句繪章，與文士争伎倆，抑非壼職所宜矣。然謂文辭遂妨于節行，亦不可。匪直無妨也，而黄鵠鳴哀，青陵矢志，節行且彌增其光烈。又其異者，春容典則，並家世之節行文章，以一女士揚詡而封殖之，以詒之無窮，斯豈尋常弄柔翰、繡鞶帨者等乎哉？吾浙以文章享盛名者，無若寓庸黄先生。先生非廑文人也，根柢忠孝，刻厲名檢，雖談諧詼笑，而有寒鐵之色；雖生徒雲擁，而有山立之介；雖藻采葩流，命辭爾雅，而有引繩批根不可一世之規矱。晚達蚤退，巖棲穴研，至感憤侘傺以終。人知其文章之必傳，而不知其節行之不朽也。乃所以不朽先生者，不在乎趨庭之鯉，而在乎述祖之伋；不在乎廑存之羊舌氏，而在乎未亡之共姜。蓋自伯子東生先修文去，婦顧夫人忍死茹荼，持家秉肅，壼政斷斷如也。其訓二孤尤篤。二孤嚮從余受經，每講肄訖，退而省侍。詰旦，覆説經義，多所解析，且旁及子史傳記，每與余意相發。余訝問，則對曰：『此吾母氏所指畫而口授者。』其吟箋賦墨，秘諸篋笥，不以示二孤，余未與寓目焉。比余宦游歸，幾二十年所，而夫人老而傳矣。二孤蔚爲聞人，孫輩亦能操不聿學雕蟲矣。始得盡讀其《卧月軒稿》、《宗譜》、《祭田》、《析箸》等篇及它纂述作，而歎曰：余欽夫人節行久矣，不知其文章若是！大都茹苦含毫，灑淚滲墨，皆情摯語、腹悲語、典誥訓戒語，亡論蔡琰、徐穆，即班、左，將遜席矣。所稱鳴哀矢志而彌增其光烈者非耶？而寓庸先生之卓軌鴻業，穀詒有訓、紹聞衣德有人，揭日月而敝天壤，非夫人三十年苦節，先生曷成此千秋哉？雖然，斷杼卻鱃，微賢嗣，亦不傳。圖所以不朽母氏，而載揚先烈者，丈夫子安所辭責也？二孤拜手謝唯唯。歲在丙戌玄月書于匏苦齋。

同集載顧若羣序：自余高曾以來，言詩者數世矣。古以科第世其家者不乏，而文章之事，父子祖孫代興，未易指屈也；若中郎之傳女，尤難焉。羣不佞，不能讀父書，而緣情綺靡之作，遂獨工于姊氏。姊氏早為黄伯子婦，其翁貞父先生，海内鉅工也。伯子過庭言詩，不幸早夭。而吾姊教其二藐孤，自小學至古文辭，無不手畫口授；陶、歐二母，弗過矣。伯子既早歿，貞父先生又宦游； 子幼，未能持門户。姊所爲拮据卒瘏者備至，而猶能以其餘力自肆于詩古文之間，每夜分執卷，諷詠良苦，曰：『使吾得壹意讀書，即不能補班十志，或可詠雪謝庭。今所爲學語，皆出枯腸柔腕，未足以揚清芬而攄麗彩，紀銀管而擲金聲也。』嗟乎！ 女子能爲詩者鮮矣。吾姊尤好讀史，上自班、馬，以迄國朝典故，能陳説或論著其大旨，蓋不獨五言七字之爲工。是集也，姑見一斑耳。學日益進，則所爲日益富且奇。紹吾先滄江以來藩、臯二祖數世之業，而大貞父之傳于其後人，端在是矣。天啟丙寅夏日母弟若羣再拜書。

同集載顧若羣又序： 古傳列女，詳矣。顧母儀婦順，取義成仁，經變不同，要以婦德足垂，風示千古。至其立言昭訓，片語琬琰，彤管遺徽，於今爲烈，兩者並不朽云，而兼之者難矣。吾姊夫人所遭不幸，嫠而育其二孤燦若煒，髧髦之貞，熊荻之慈，而義固已無愧昔人。而下筆灑灑，博通古今，創法立制，補輯廢墜，又以其幽憂伊壹之意，發爲詠歌，溯清風而戞哀玉，如《追述先姑沈孺人狀》、《分析二子引》、《黄氏譜牒》、《哭夫》、《哭母》、《哭舅》諸詩，體莊事重，辭與情又何悽惻也。舅寓庸黄先生，以文名海内，事業未竟，不無望于後之人。夫子東生又早世，惟是遺孤，藐然僅孺子泣也。而今漸爲聞儒，有以纘寓庸先生未竟之業，則母教多哉！ 向者二子哀其母夫人之詩，羣不佞，既爲序。今日月漸多，所著亦漸積，二子者合文與詩併輯焉。夏，嘉定馬先生過武林，有西州門之慟，余復從馬先生，爲整理寓林遺籍留兩月。而二子者出其先後所哀母夫人詩若文，跽而請序于馬先生，且以屬不佞。不佞烏足序姊氏哉！ 即序，無以踰勝馬先生。顧不可以辱辭二子，二子亦知母夫人之爲詩若文耶？ 母縱幼慧，通《孝經》、《論語》、《易傳》、諸詞賦，顧未嘗攻進取，操筆學爲文章。逮事而父，琴瑟静好，彊半藥鑪，和女倡余亡幾耳。兩孤呱呱，而後乃不欲生，而後乃忍死而以詩書之業，代而父而玉女于成也。而猶記篝燈熒熒，執經坐隅，杜鵑月落，盍旦不鳴，而而母猶嗚嗚啼血耶？ 而母且斆且學。而祖寓庸先生宦四方，即歸老不數年，而而母以而襄大事，風雨漂摇，下民無侮，音嘵嘵，羽譙譙，母氏之心力殫矣。而後乃創法立制，補輯廢墜，發爲詩歌，蓋自憂患勤苦中來。晚構西園自娱，授二子媜家乘，蒔藥種樹以老，更肆力于詩古文，以無墜寓林清風，而待二子之沖舉，援令甲邀哀錫，以下見先夫子于九京，而母志也，豈曰工鞶帨之辭，擅纂組之技，翱翔文苑，決驟騷壇，以獵取浮薄之譽乎哉！二子識之。才不必盡掩古人，要以其志，百世而下，聞者猶將興起也。嗚呼！讀所自序，淚淫淫下矣。敦節惠，盛文藻，德也言也，古之人亦未必兼至而兩有之。異日請傳列女，以備惇史。而近世女士，固多文焉。他不具論，吾杭數十年以來，子萩田先生女玉燕氏則有《玉樹樓遺草》，長孺虞先生女浄芳氏則有《鏡園遺詠》，而存者爲張瓊如氏之書，爲梁孟昭氏之畫，爲張姒音氏之詩若文。皆閨閣秀麗，垂艷流芬，宜馬先生謂錢塘山水蜿蜒磅礴之氣，非搢紳學士所能獨擅。嘻，異矣！而先生尤嘖嘖余亡妻黄字鴻氏所爲《閨晚吟》，謂其篇首自述，縱横百千言，窮工盡變，至擬之杜之《北征》、韓之《南山》，則吾豈敢？顧謂吾姊氏之文，五穀也，不徒以五言七字争奇于險韻。知言哉！豐年之玉，儉歲之穀，二子者亦惟是藨之蓘之，實穎實栗，載刈載獲，以畀祖妣，以洽百禮，則無負母夫人硯田播種乎！先少參，先文學，翼子詒孫，在是二子。勖矣！不佞縱繁稱，卒無以踰勝馬先生矣。崇禎丁丑陽月母弟若羣頓首又序。

同集載包鴻泰《小序》：顧若璞字和知，錢塘人，上林署丞顧友白女，督學黄寓庸長子文學東生婦。若璞生而夙慧，幼閑詩書。東生亦工古文詞，無奈善病，竟以病卒。所遺二子女，彬彬有文，皆若璞教之也。觀其自序《卧月軒稿》，其品亦可概見焉。夫寓庸爲世文宗，少許可，而若璞詩皆所刪定。其誌於東生曰：『婦慧哲，曉文理，能爲母。』蓋實録也。又顧自滄江至西岩、悦菴、友白，四世皆有文名，則若璞之能詩，蓋其家學云。

同集載黄家舒跋：古名媛貞姬，著述甚多，予獨首重宋韓希孟《殉節詩》『塞北有王猛，江東無謝安』，慷慨激越，談德祐、至元事，片言居要，老杜賦《北征》，無此典論也。我宗顧夫人，栢舟、熊丸之節，海内頌言，維含示予《卧月軒集》，意亦陶嬰、徐淑、班大家流耳。讀其《壽丁母張夫人序》，規畫江左事，有『大將軍率勁旅而擣關中，大行人齎重寶而渡易水』語。嗟乎！使當時宰相知此，則上可爲鄴侯，下亦不失爲王謝；使當時節鎮知此，則進可爲汾陽，退亦不失爲韓劉。恤緯有心，前籌莫借，黍離麥秀，誰爲爲之？豈抗、遜、機、雲没，扶危定傾之略，亦復不鍾男子，而鍾婦人也哉？爰筆數行，爲夫人識其大者。讀《卧月軒集》，無徒以夫人爲陶嬰、徐淑、班大家可也。九龍宗姪家舒敬跋。

趙棻《濾月軒文續集》（嘉慶間《荔牆叢刻》本）載《黄夫人卧月軒集跋》： 近代婦人能古文者不多見，余生平所見婦人别集中有古文者，唯明季錢塘顧和知《卧月軒集》而已。和知名若璞，副榜黄東生茂梧之妻，早寡，教二子二女成立，皆彬郁有文采。自言喜讀經傳史冊、《皇明通紀》、《大事紀》之屬，旁及騷雅詞賦，暇乃肆力於詩古文辭。晚年每與諸孫男女倡和以自娱。入本朝順治初始卒。集凡六卷，前四卷皆詩，後二卷則文也。爽朗蒼堅，無渙涊脂粉態，如《先夫子行狀》、《先舅姑行實》、《子婦壙志》，質直疏快，不加文飾，而立言得體，饒有勁氣。他如《述古警女》、《分析小引》、《創宗譜》、《置祭田》諸篇，無意為文，而委曲肫摯，言皆有物。壽序數首，並能脱離窠臼，敘次有法。雜文亦古雅秀潤，當推作者，一時殆罕其匹，宜乎《池北偶談》稱為副笄中奇人也。其子婦丁氏，好論屯田、水利、鹽筴諸大政，蓋丁之母張氏當甲申之變，嘗為《討李賊檄》，伉爽有大夫氣，丁承母與姑之訓，故能講求經世之學如此。是亦皆婦人之能文者，足與和知競爽，惜其文並不傳矣。是冊楮墨故敝，乃吾家百餘年前所藏舊帙，歷水火之劫而幸存者，當珍弆之，勿易視也。道光中河帥麟公之母惲太夫人編選《國朝閨秀正始集》，嘗以重價購求是集，而終不可得，則希覯可知矣。

和〔五〕夫子西溪落梅

邐迤〔六〕入西溪，溪深深幾曲。斷岸掛魚罾，茅簷覆修竹。翠羽何啁啾，滿林香撲簌。晴雪飛殘英，坐愛傾蟻緑。鹿門跡未湮，與子同歸宿。

原倡： 短棹隨飛鷗，引我西溪曲。溪路何瀠迂，古梅映深竹。二月雪始晴，春風吹簌簌。翠嶂落寒香，相對眉髮緑。日暮憺忘歸，抱影和雲宿。

和集字詩

超士弟同兩兒集唐周賀六言律，為五言絕十一首，更為六言律一首，其約法詳於超士弟序中。余謬為學步，殊覺捉襟肘見也。

風蕩柳斜青，日遠山餘紫。歌發落溪花，黃鶯聲未已。

歌聲蕩遠溪，落日澹歸路。別飲餘青尊，風生禁城樹。

擣衣篇

自惜盈盈十五餘，不施粉黛嘆幽居。忽驚流浪雙頭鯉，帶得交河一紙書。讀書宛轉愁不息，征人正在天山北。天山高插礙星流，漫駕紅鸞過十洲。君掛雕弓控輕騎，妾聞胡雁怨高樓。滿眼風光轉眼歇，昨夜紅顏換白髮。擣衣聲斷咽霜風，掩袖啼多慘秋月。秋月孤帷漏正長，香奩寶篋耀華堂。嗚璫四面鴛鴦結，羅帳團迴錦繡香。嗚璫羅帳芙蓉錦，華燭蘭膏明未寢。解將珠鏡光如刀，留待君來照鴛枕。飲盡金罍不見君，湘簾怨卧煙氤氳。羽書猶欲征邊塞，願逐巫山一片雲。

江上〔七〕繅絲曲

桃花花繁楊柳垂，纖腰嫩臉香風吹。鶯兒調聲聲正滑，堂上絲車鳴軋軋。少年騎馬挾金彈，青冪朱舷紛夾岸。繅絲終日不忍看，寒螿早晚啼秋幔。

艇軒夏晚次壁間韻

日暮炎威静，閑庭月乍盈。野螢流箇箇，鍾梵度聲聲。荷卷銀塘緑，蘋含晚岫青。琴尊不復對，鄰伴夜泉清。

秋日過偕隱園

自分窮愁合避喧，便攜竹杖到西園。蕭蕭三徑人蹤絶，寂寂雙扉樹影繁。舒卷無心雲出岫，升沉莫問月臨軒。紙窻閑静無些事，寫幅幽芳寄九原。

自君之出矣

自君之出矣，不理釵頭玉。思君湘水深，啼痕猶在竹。
自君之出矣，鸞鏡不曾開。思君如璧月，皎皎照妝臺。
自君之出矣，羅幔月娟娟。思君如絡緯，輾轉一絲牽。

湖中

湖光渺渺冷煙微，江鷺沙鳧〔八〕佇不飛。恰〔九〕欲抱琴輕别去，芰荷分緑上羅衣。

感懷

不堪愁病强搔頭，二十三年感百憂。却也不知方寸內，如何容得許多愁。

【校記】

〔一〕呈：顧若璞《黄夫人卧月軒稿》（順治八年刻本，下稱順治本）作『陳』。
〔二〕此句後順治本有『而夫子以罔極恩未報，先得沉疴，益伊亖不樂，日夜攻苦，而神氣愈索矣』數語。
〔三〕《明通紀》：順治本作『《皇明通紀》』。
〔四〕此序順治本末署『天啟丙寅春暮武林未亡人黄顧若璞識』。
〔五〕和：顧若璞《卧月軒稿》（光緒間嘉惠堂丁氏刻本，下稱光緒本）作『追和』。
〔六〕邐迤：光緒本作『逶迤』。
〔七〕江上：順治本、光緒本作『湖上』。
〔八〕江鷺沙鳧：順治本、光緒本、《國朝閨秀詩柳絮集》（咸豐三年蕉陰小梘刻本，下同）作『汀鷺沙鴛』。
〔九〕恰：《國朝閨秀詩柳絮集》作『却』。

徐燦二首

字湘蘋，一字明深，號紫箮，江蘇吴縣人。善詩文，工書畫。海寧大學士陳之遴繼室。著有《拙政園詩》並詞。

《海寧縣志》：徐燦，字湘蘋，江南吴縣人，内院大學士陳之遴繼室也。封一品夫人。陳公職史館時，夫人常登寓中山亭，望西山雲物。好為長短句，梓有《拙政園詩餘初集》。後從公謫居奉天七年，而公即世，子孝廉輩亦先後夭折。夫人遂布服茹齋，不復以吟詠落人間矣。康熙十年九月，恭逢聖祖謁陵還蹕，夫人瀝血手疏引咎，得荷俞旨扶櫬歸里。其著《絡緯集》之徐少淑，即夫人之祖姑；其貞娥徐文琳，即夫人之族女，後聘為李子堪永婦。

陳維崧《婦人集》：徐湘蘋才鋒遒麗，生平著小詞絶佳，蓋南宋以來，閨房之秀，一人而已。其詞娣視淑真，姒畜清照，至『道是愁心春帶來，春又歸何處』及『衰楊霜遍灞陵橋，何處是前朝』等語，纏綿辛苦，兼撮屯田《淮海》諸勝，真可憑衿。

《圖繪寶鑑》：徐燦，吴縣人，海寧陳中堂素菴夫人。長齋繡佛，善寫大士像及宮粧美人，筆法古秀，衣紋如蓴葉，設色雅淡，大得北宋人傳染意。

《觚賸》：京城元夜，婦女連袿而出，踏月天街，必至正陽門下摸釘乃回，舊俗傳為走百病。海寧陳相國夫人有詞以紀其事云云。夫人姓徐，名燦，字湘蘋，才華敏贍，此其從宦京邸所作。

《林下詞選》：燦字湘蘋，茂苑人，陳之遴相國夫人。善屬文，兼精書畫，詩餘真得北宋風格，絶去纖佻之習，其冠冕處，即李易安亦當避席，不獨為當代第一也。

《國朝畫徵録》：徐燦，吴人，海寧相國陳之遴素菴公淑配。善畫士女，工浄有度。晚年專畫水墨觀音，間作花草。

【輯補】

徐燦《拙政園詩集》（嘉慶八年刻本）卷首《海寧陳氏宗譜家傳》：夫人諱燦，字湘蘋，家世吴門人，少保素菴公繼配也。幼穎悟，通書史，識大體，為父光禄丞子懋公所鍾愛。素菴公原配沈夫人早世，請繼室於徐，時素菴公舉孝廉三年矣，徐公故有二女，夫人其季也，有貴徵，遂許婚焉。既結褵，事舅中丞公、姑吴夫人至孝。早膺華膴，婉約無貴倨氣，妯娌中忘其為笄珈命婦者。晚遭坎壈，從素菴公謫居塞外十二年，卒能哀籲動天，扶櫬以還。當時同被謫者例不得還，即家屬叩閽，悉不准，准者惟徐夫人一疏。夫人歸時，宗人逆于境，問夫人何以得此，夫人曰：『君父之恩，天高地厚，雷霆雨露，無非教也。人疏嗚冤，我獨引咎，故荷鑒憐耳。』其卓識過人如此。早年雅好吟咏，尤喜為長短句，素菴公手編次之，題曰《拙政園詩餘初集》刊刻行世。自塞外稱未亡，即停吟管，不留一字落入人間矣。嘗以從宦不獲親奉吳夫人甘旨，發大洪願，手寫大士像五千四十有八，以祈姑壽。晚益皈依佛法，更號紫管氏，繪寫幾及萬卷，人爭寶之，靜坐內養，神明不衰，迨歿，異香滿室，雖盛暑，顏色如生。於戲！夫人歷患難，出險阻，不懾不竦，雖大丈夫不是過也。末後一着，鎮定如歸，不迷覺路，殆所謂再來人非耶？

同集載吳騫《新刻拙政園詩集題詞》：予少日嘗重刻徐夫人明深《拙政園詩餘》，迄今且數十年，復得《詩集》於其六世從孫奉峩，亟謀剞劂，合入《海昌麗則》集以行。按，《拙政園詩餘》一卷，海昌相國在日，曾序而刻之，板尋燬，《詩集》則初未授梓。故世第傳夫人長短句，而罕知其詩。是編通得古近體二百四十餘首，未詳當日何人所輯，並無歲月序跋可稽。然予細觀，辭格清醇，丰神靚淑，非所謂饒有林下風者邪？至其身際艱虞，流離瑣尾，絕不作怨悱語，即與相國唱和諸作，黽勉慰勗之意，時見乎言表，為不失風人之旨，尤非尋常巾幗所易及。昔廬陵李梅公司馬序其夫人朱氏《遠山隨草》云：『余既遭時弗造，賦命不猶，從刀鋒劍血中萬死一生，皆內子周旋而左右之。境遇亦良苦矣，然平常絕尠侘傺怨懟之色，遇變復無兒女牽顧之情。每閑居，相與揚扢風雅，凡古今人物之賢否，及世道之治亂興衰、升沉顯晦之迹，未嘗不若燭照而數計之。』噫！夫人之境遇，亦何以異是。《詩餘》始刻於順治癸巳，逮今百五十載，而《詩集》方克壽梓。延津之劍，久湮復合，固由奉峩搜訪之力，要亦作者之精誠，有不容終泯者。梅公著《石園全集》，斯編也出好古之士。試憑廬陵之説，取《石園隨草》，與夫《浮雲》、《拙政》參五以觀，雖世殊事異，其能無撫卷而增欷乎？奉峩名敬璋，生平力學，訪求先世著録不遺餘力，至手輯《乾初先生全集》，勒成數十卷藏於家，則尤有功於山陰劉子之門者也。

嘉慶八年歲在昭陽大淵獻病月望日吴騫識。

同集載徐敬璋跋：　璋案，昔素菴公序夫人詞有云：『湘蘋所為詩及長短句多清新可誦。』又云：『余愛香蘋長短句愈於詩。』故當日為之編次詩餘初集以傳，而不聞有詩集之刻。是以流傳頗尠，心竊憾焉。今歲仲春，從弟敬持出家藏抄本見示，凡得古今體詩二百四十六首。余受而讀之，不禁狂喜，亟以進之兔床吴丈。吴丈積學好古君子也，嘗以《拙政園詩餘》刊入《海昌麗則》，今得斯集，獲償夙願，尤欣然付梓，與《詩餘》並垂不朽焉。竊惟夫人始歷恬愉，晚遭坎壈，其境有順逆之殊，故其詩有哀樂之異。然其樂也，寧静可風；其哀也，和平有度。洵乎《葛覃》、《卷耳》之遺音，而彤管之極則也。既以告于吴丈，乃援筆而誌之，且以不忘斯集之所自來云。歲在玄黓閹茂孟夏既望六世從孫敬璋謹跋。

張紈英《餐楓館文集初編·國朝列女詩傳》（道光三十年刻本）載徐燦小傳云：　徐燦，字湘蘋，又字明深，號紫箮，江蘇吴縣人，海寧大學士陳之遴繼室也。封一品夫人。海寧初官秘書院侍講大學士，尋遷禮部侍郎右都御史，晉禮部尚書、宏文院大學士加少保，夫人皆從官京師。順治十三年，御史魏裔介、給事中王楨並劾海寧植黨徇私，以原官發遼陽居住，旋釋回。十五年，復以賄結内豎吴良輔流徙盛京，夫人亦從居七年。海寧歿，子並夭折，夫人布衣茹苦。康熙十年，聖祖謁陵還駕，夫人瀝血上疏，乞歸夫骸，得旨俞允，乃扶櫬歸。夫人工填詞，風格似李易安、朱淑真，陳維崧稱為『南宋以來閨房第一』。善寫大士象及宫妝美人，間作花草。筆致古秀，衣紋如蓴葉，得北宋人傅染法。著有《拙政園詩詞集》。

隴頭水

西去窮荒恨，東看〔一〕故國愁。一心懸兩地，雙淚落風流〔二〕。羽檄秋偏急，戎車夜不休。壯夫輕出塞，未到隴山頭。

秋日漫興

帝苑芳春鳳吹諧，看花曾遍雒陽街。行吟緩控青絲轡，擊節頻抽白玉釵。共挽鹿車歸舊〔三〕隱，幾浮漁艇散秋懷。霜風掃盡煙霞況，愁見龍城葉滿堦。

【校記】

〔一〕看：徐燦《拙政園詩集》（嘉慶八年刻本，下同）作『來』。

〔二〕風流：《拙政園詩集》作『分流』。

〔三〕舊：原作『響』，據《拙政園詩集》改。

方維儀 八首

字仲賢，安徽桐城縣人，明大理卿大鎮〔一〕之女也。適同邑姚孫棨，年十八即賦柏舟，壽至八十四而卒。著有《楚江吟》、《歸來歎》、《清芬閣集》諸稿。

《江南通志》：姚孫棨妻方維儀，桐城人。歸姚，再期而夫亡，乃請大歸守志。與弟婦吴令儀以文史代織紝，刪古今《宫闈詩史》，主於刊落淫哇，區明風烈。有《清芬閣集》七卷。

陳維崧《婦人集》：桐城姚夫人，名維儀，無可大師姑女也。酷精禪藻，其白描大士尤工。所著《清芬閣集》，文章宏贍，亞於曹大家矣。

《池北偶談》：徐元歎《落木菴集》云，訪江城毛休文於竺塢慧文菴，出其母汝太君畫扇十八面，山水草蟲，無不臻妙。三百年中，大方名筆，可與頡頏者不過二三而已。近日閨秀，如方維儀之大士，倪仁吉山水，周禧人物，李因、胡靜鬘草蟲花鳥，皆入妙品。安丘張杞園説，曾見邢慈浄〔二〕髮繡大士極工。慈浄，子愿之妹。又崔子忠青蚓二女，亦工畫。

《國朝畫徵録》：桐城閨秀方維儀，同里姚孫棨妻，早寡，大歸守志，亦善白描大士像。阮亭嘗稱之。

張秉文《清芬閣集序》：憶予辛丑與姚前甫俱為侍御公之快壻，並轡燕市，揚榷風雅，驩相得也。而内子與姚夫人，篪塤協叶耳，屬高行邈儔，若詠雪之競秀。侍御公居恒咨咨二難，廼内子固自巽，清新獨映矣。天厄俊人，前甫茂年奄忽，予浮沉宦海，每歸，經其廬，不勝車過腹痛之戚。間從内子悉夫人近狀，則茹荼嚙蘗，形影相吊，纂組酉室，尚友漢昭，以自況耳。丙寅入閩，内子《紉蘭集》成，歸而索夫人近什。痛定之餘，强為謳詠，輒削其幅，今《清芬閣》所存，僅什百之一二者。夫風雅湮微，大歷、開元奉如蓍蔡，即明興崛起諸公，不無刻畫優孟。而夫人沿源審音，不滅不靡，浸浸《三百》之遺，明霞蒸鮮，洪流奮響，夫人即欲秘之，亦烏得而秘之？緬惟江漢，風教未遠，琬琰之業正何藉？副笄善價，景仰德輝，必有齧指以相泣者。大雀東征，休明一代，今之視昔，亦猶後之視今也。異日頌宜人之篇詠，以想見前甫之生平，死者不朽，生者不愧，前甫亦可無憾於地下矣！

【輯補】

江元祚《續玉臺文苑》（明崇禎刻本）卷三載其姊方孟式《清芬閣集序》：皇甫玄晏隻語千金，名公鉅卿事也。我輩嚅唲深閨，終日行不離咫尺，何足當弁簡之贄。雖然，吾姊弟間子墨酬唱，可得而更僕數也。憶吾姊弟稚孱時，從家侍御遊天雄及燕，侍雪而詠，輒津津嚮林下風。歲月流易，分飛中落，備極斷腸之嘆。余幸托副笄車塵，女弟姚則已哀清臺而號柏汎矣。生涯苦辛，賴有文史問難字，差足慰藉。乃吾女弟玉節冰壺，加慧益敏，而不炫其才。居恒仰天曰：『女子無儀，吾何儀哉！』離憂怨痛之詞，草成多焚棄之。偶一繪施金相，競炙莊嚴，即沉閣弗録，鄙爲末技。窺其學，不減女博士祭酒，下上古今，娓娓成章。偶示扇頭，衛楷永真，咸捧如寶，常諱之爲餘藝。嗟乎，阿妹墮體黜聰之意，固已遠矣。余抱病適志，小有積什，附遊豫章、閩、粤山水奇勝，復納交名媛，印可以娱雕殘。顧當吾身，而令懷瑾握瑜、啖荼噛蘗之碩人，不顯于名媛方幅哉！半百窮愁，空悲腐草，發洪鐘而撾雷鼓，何忍須臾忘之。于是載其近編，用覿寤寐。其有名公鉅卿流攬彤管者，當必擇琳瑯之一枝，存湘閒之斑淚云爾。

方以智《浮山文集前編》（康熙此藏軒刻本）卷二《清芬閣集跋》：智仲姑母，適姚公前甫氏，再期不夭，乃請大歸，守清芬閣中，此清芬閣之所以有集也。姑少好詩書，善白績古先生，不事諸娣儐笑。有丈夫志，常自恨不爲男子，得樹事業于世，又不幸罹此窮苦，膺心居矜，又安敢以女子著書名哉。自丙午歲，與余母朝夕織紝以下俱共事，殷勤之餘，時或倡詠，伯姑間歸而和之，閨門之中，雍雍也。爾智未束髮，夢夢不知所奉，暨稍長，離經小學，克共侍命，而吾母即世，嬛嬛饘凷，莫適與歸，問我諸姑，仲氏任之，葢撫余若子者，八歷年所，無間色矣。嘗曰：吾不幸不獲從地下，長累父母，父母故罔極，吾姊妹皆安榮備福，月朔歸寧，屢辱顧問，我何言哉！宜人知吾心，亦復蚤逝。嗟夫，家事大小，一莫敢問。《禮》曰：内言不踰閫。《詩》曰：無非無儀，況寡婦乎！自感宜人意，諸子女飲食當治，衣裳當澣，俱身先操作，間命婢，必慰諭遣之。其淑慎如此。於乎，自智不得逮事吾母，以不得不子於姑，敢不母事吾姑，以不敢死其親乎！其所著述，每從幃下紀諸篋，至今以帙積録存之。偶執吾母《黻佩居遺稿》示余曰：印無若，弗與言也已。所與言惟淑人，淑人又傷無子，女子慷慨而有所發憤，獨非肰耶！肰所爲輙棄，存者十半。以爲女子不以才貴，故其删《宫閨詩史》也，斷斷乎必以邪正別之。嗟乎，女子能著書若吾姑者，豈非大丈夫哉！今年伯姑自任中選其生平篇什，以書屬余壽諸木以不朽，余亦因以盡所逮事北堂之意，庶其妥而。崇禎己巳冬以智書。

伯姊之粤有贈

昨歲長溪來，今歲粤中去。此别又數年，離情復何語。明發皖江城，山川隔煙霧。皓月臨蒼波，春風滿江樹。

北窗

緑蘿結石壁，垂暎清芬堂。孤心在遥夜，當窗皎月光。悲風何處來，吹我薄衣裳。

秋雨吟

高樹秋雨時，事事異往昔。骨肉東南居，田疇稻不獲。樹葉色將變，寒蟲語幽石。孤愁多苦心，四顧成蕭索。雲暗遠山峯，獨坐苔堦夕。

擬古

八月天高雁南翔，日暮蕭條草木黄。與君别後獨彷徨，萬事寥落悲斷腸。依稀河漢星無光，徘徊白露沾衣裳。人生壽考安得常，何為結束懷憂傷。中夜當軒理清商，援琴慷慨不能忘，一心耿耿向空房。

旅夜聞寇

蟋蟀吟秋户，涼風起暮山。衰年逢世亂，故國幾時還？盜賊侵南甸，軍書下北關。生民塗炭盡，積血染刀鐶。

病起

空齋無事晚風前，雨過苔階草色鮮。遠岫雲開舒翠髻，新荷池畔疊青錢。衰年轉覺多愁日，薄命何須更問天。閑坐小窻初病起，西林皓月幾回圓。

讀蘇武傳

從軍老大還，白髮生已久。但有漢忠臣，誰憐蘇武婦。

征婦怨

霜凍闉河風暮號，征人薊北枕金刀。從來皆説沙場苦，誰惜春閨夢裡勞。

《農隙筆談》：　桐城姚夫人方維儀，能古文，善丹青，著有《清芬閣集》。其《讀蘇武傳》絶句『但説漢忠臣，誰憐蘇氏婦』，又《征婦怨》『從來皆説沙場苦，誰惜春閨夢裡勞』，措意極正，然從未經人道。

【校記】

〔一〕大鎮： 原作『大鉉』，誤，據康熙《安慶府桐城縣志》卷之七方孔炤《臣門三節疏》改。《疏》云：『臣父大理寺左少卿方大鎮，臣叔户部主事方大鉉，世修家學，罔敢失墜，閨幃遺則，爰及三女。其二爲臣胞姊： 長適山東左布政使臣張秉文，以殉難殁於濟南； 次適儒童姚孫棨。其一爲臣同堂姊，適儒童吴紹忠。皆幼年孀居，忽六十年矣。伯姊方氏，勵懷樛木，隨宦冰清，兼通文藝，手著《紉蘭》之編，相夫子於道。濟南陷，臣姊曰： 臣當盡忠，妻當盡節。遂分囑遺事，同妾媵齊赴後院池中死。仲姊方氏，年十七而孀，歸寧反舍，誦習詩書，不出户庭，女成士行，著有《清芬集》、《閨選》、《尼惑》等編。私謚其夫爲良隱子，自撰墓文，治壙待盡，侍養臣母，與人子之服勞無異也。叔姊方氏，亦年十七而孀，臣叔父母已即世，遂依吴門老姑，朝夕紝紡，以資孝養，暇則言咲無矧，惟奉《搴蘭舘家集》而詠言之。』參以此文可知，方大鎮長女方孟式，適張秉文，著有《紉蘭閣集》； 次女方維儀，適姚孫棨，著有《清芬閣集》，俱爲方孔炤胞姊。適吴紹忠之方維則，實爲方維儀叔方大鉉女，本卷『方維則』名下汪啟淑所撰小傳謂其爲『維儀從妹』，甚是。

〔二〕慈淨： 原作『静慈』，與後文不合，據王士禛《池北偶談》（《文淵閣四庫全書》本）改。

方維則 一首

字□□〔一〕，大理寺卿大鉉之女，維儀從妹也。適諸生吴紹忠。著有《茂松閣集》。

《小粉場雜識》： 安徽桐城閨閣能詩文者最多，國初如方維儀、方維則才尤博洽。年十六俱賦柏舟，壽皆八十有四。以文史當織紝，尚論古今女士之作，編為《宫閨詩史》，分正、邪二集，區別風烈，刊落淫哇，君子尚其志焉。康熙年間尚在，故予《擷芳集》亦選入焉。

題竹

小院何空寂，相依獨此君。雪深愁易折，風急不堪聞。白石移花影，青苔擁籀文。樓頭蟾月〔二〕上，空翠落紛紛。

【校記】

〔一〕□□：《國朝閨秀詩柳絮集》作『季準』。

〔二〕蟾月：《國朝閨秀詩柳絮集》作『明月』。

王氏一首

浙江永嘉縣人，戴大聖之室也。

書案

汝不識父面，汝當體母心。詩書手澤在，何必累千金。

《温州府志》：戴大聖妻王氏，年二十夫亡，課遺子讀書，刺指血書其案云云。壽八十終。子志逵，貢成均。

紀映淮 四首

字阿男，江蘇上元縣人。適莒州諸生杜李。夫亡守節，康熙中有旨旌表。

《漁洋詩話》：余辛丑客秦淮，作《雜詩》二十首，多言舊院時事。內一篇云：「十里清淮水蔚藍，板橋斜日柳毵毵。棲鴉流水空蕭瑟，不見題詩紀阿男。」阿男，詩人伯紫映鍾之妹也。幼有詩云：「棲鴉流水點秋光。」後適莒州杜氏，以節聞。伯紫與余書曰：「公詩即史也，乃以青燈白髮之嫠婦，與莫愁、桃葉同列，後世其謂之何？」余謝之。後入為儀郎，乃力主覆疏，旌其閭。笑曰：「聊以懺悔少年綺語之過。」

劉云份《翠樓集》：映淮，金陵人，莒州諸生杜李妻也。壬午城破，夫被難，淮與姑先避深山洞中，毀面覓衣食供姑得不死，身與六歲兒皆忍饑凍。柏舟三十餘年，以節孝旌閭。詩系少時作，稱未亡日，曰：「此非婦人事也。少作誤為人傳，悔不及。」遂絶筆不作。

陳維崧《婦人集》：秣陵紀映淮有《秋柳》句云：「棲鴉流水點秋光。」世多誦之。

《山左詩鈔》：壬午之難，杜君殉城中，淮奉姑避深谷，得不死，身攜六歲孤兒，茹荼席草。三十餘年，以節孝旌門閭。詩詞皆少作，及稱未亡人，即廢吟詠。

即景

杏花一孤村，流水數間屋。夕陽不見人，牯牛麥中宿。

桃葉歌

清谿有桃葉，流水載佳人。名以王郎久，花猶古渡新。檝摇秦代月，枝帶晉時春。莫謂供憑覽，因之可結鄰。

秦淮竹枝詞

棲鴉流水點秋光，愛此蕭疎樹幾行。不與行人綰離别，賦成謝女雪飛香。

《池北偶談》：金陵紀青，字竺遠，能詩。少為諸生，棄去，入天台國清寺為僧。久之，復捨去。其子映鍾伯紫尤負詩名，女名映淮，字阿男，嘗有《秦淮竹枝詞》云云。及笄，嫁莒州杜氏，早寡，年五十餘，以節終。予在儀制時，下有司旌表之。後其從子啟大，官莒學正，訪得其遺詩數篇。其《桃葉歌》云云，《即景》云云。

春日幽居

細竹深陰覆碧紗，石牀書帙盡〔一〕拋斜。半簾細潤侵寒雨，一衲孤馨染落花。流水穿林尋野雀，夕陽歸樹護棲鴉。春山淡漠無人共，遥倩詩囊貯亂霞。

【校記】

〔一〕盡，原本作『書』，據《國朝閨秀詩柳絮集》改。

竇氏四首

直隸大名府人，敬松老人竇日嚴之第三女也。適陳元城，二十守寡，又二十年而卒。著有《貞奩閣集》。

賦得愛月夜眠遲

銀蟾喜對宵如晝，夜涼寂静三更後。素魄將移花影斜，清光已射窻紗透。斗轉銀河碧漢流，牡丹帶露弄輕柔。熏爐香燼渾忘寐，倚遍欄杆幾曲樓。

垂絲海棠

依然西府墜柔條，露染蔫紅濕絳綃。弱態如同飛燕舞，輕盈争似小蠻腰。風前婉轉疑無力，雨後參差更吐嬌。静院無人明月夜，錦屏拂檻影摇摇。

秋晚

西風吹木葉，萬户動寒砧。静院憑欄久，愁心無限深。

立秋

梧飄一葉送秋聲，風動涼生暑氣清。萬户寒砧催木葉，草根深處亂蟲鳴。

倪仁吉三首

字心惠，浙江浦江縣人。適義烏進士吴之葵，早寡守志。著有《凝香閣稿》。

《義烏縣志》：吴之葵妻倪氏，名仁吉，浦江人，能詩，善書畫。夫病革，矢以身殉，夫力阻之，且屬以立嗣奉姑。仁吉含泣順承，時年二十，慟絶復蘇。事姑猶母，撫教為後之子。行不窺堂，衣不易素。姑亡，刻像奉之。間以吟詠自適，有《凝香閣稿》。康熙十二年奉旨建坊旌表。

《漁洋詩話》：董樵，萊陽高士也。康熙初年游金華郡，閨秀倪氏仁吉高其人，制方竹為杖遺之。

倪晋駘《凝香閣稿跋略》：余家祖姑之長於唫詠，蓋天性然也。嘗讀其全稿，以所天有早世之感，故窮苦之言居多；獨於《山居四時雜詠》若干首，則又即景興懷。夫詩以情而作，情以景而生，以余祖姑素嫻丹青，凡景之足娱人意者，無不入諸繪染，即無不形之嘯歌，擬諸摩詰『畫中詩，詩中畫』，殆不是過。令人讀之，恍在白雲深處、疎林斜日中也。雖然，《柏舟》之詩，誠可歌而可泣，人將言愁而欲愁，則余祖姑生平寄託，亦在全稿耳。今春秋日以高，行且盡發其藏，壽之梨棗〔一〕。

《竹嘯軒詩侍》：仁吉工寫山水，嘗種方竹於庭，以自況也。有同志者，斫一竿與之。

【輯補】

倪仁吉《凝香閣詩稿》（嘉慶二十一年仰止堂刻本）載王澧序：　蓋詩道之日敝也，充筐篚則天真特少，盛餖飣則比興用希；　二者惟閨詠絶無之，較於風人之義爲近。　顧襜屏之際，有江漢之廣永，則作者或不傳；　藾澤之侶，罕直諒之切劘，則傳者或未工。　若夫上瑶阜以徵奇，適芸館而搜秘，則烏傷倪孺人所著，爲難能矣。　孺人乃前進士浦陽葵明公女，曰嬪於吴，是爲年家季兄穉游氏之元配，蓋不啻若叔皮之有蕙姬，而秦嘉之得徐淑也。　時惟其先大司寇襄毅公，名在景鍾，慶流裔葉，而孝廉介石公以丙辰公車，年伯字名公以己酉乙榜，後先捐館於燕之京。　懿惟年伯母龔太孺人，乃憲副日池公之季女，雅號禮宗，凜持風軌。　晉公子之婦，蚤戒懷安以敗名；　魯文伯之母，終思在勤而不匱。　孺人雍容姊姒之後，以敬奉太孺人之教。　洗手作羹，視滫瀡於昏旦；　紉緘請補，聽砧杵於清秋。　在堂無跛倚之容，處室絶勃谿之色。　閫言不出，内職允修。　既而君子遐棄，驟聞黄鵠之聲；　尊姑繼逝，孑留女貞之樹。　乃能不替先訓，佐以小心，周旋井臼之間，綢繆牖户之内。　履畝而斂粢盛，恒致虔於伏臘；　負土以栽松檟，亦斟酌乎斧堂。《檀弓》深於變禮者也，孺人其有焉。　久之，覓字燼餘，發藏壁裏，得見以南以雅之什、白雲黄竹之篇，以及騷歌樂府、古近諸體，口誦手披，浹乎歲月。　心也憤悱，杼軸斯靈。　開琉璃之硯匣，墨瀋焕綃縠之文；　展翡翠之筆床，毫端散蕙荃之氣。　謂《葛覃》、《芣苢》之賦，蓋自古而有之矣。　余不佞，辱與尊伯氏神山子同籍。　酉春登婺星之樓，攬風聲於遒鐸；　卯秋過明月之館，得義問於旦評。　亦嘗見其墨妙，旁及丹青，並逸妙之絶倫，幸大雅之可繼，乃心欽賞，爲賦二詩，迄今十有六年矣。　邇者省侍陳情，歸自郎署，神山子貽我尺素，獲見兹編。　如謁麻姑之坐，拾米而得丹砂；　恍遊帝子之祠，爲裳而收香草。　亦可洗夙昔之塵土，暢平生之拳踻也已。　夫物以希有爲珍，亦以乍見爲貴。　龍泉既出，則赤土以拭其光；　文錦方舒，則江波以濯其彩。　惟此區區之言，又烏可已哉！　要以區明風烈，而昭我彤管，願陳溪郡之詩，用佐太師之采云爾。　旹康熙甲辰春月之吉，賜進士出身任金華府知府年家眷弟虞山王澧息庵氏題於樹滋之堂。

同集載倪晉駱《小引》： 詩之爲道，難言之矣。風人敦厚，一變而爲離憂之音；然婉轉悠揚，不徒激越，雖離憂，猶敦厚也。故必得斯旨，而後凡所吐納，綴景比事，罔不臻妙。顧無如言詩於閨閣，而詩更難。豪壯之氣，無所用也；慷慨之情，無所施也。且言不出梱，凛凛自持，惟恐或蹈失言之過；觀者亦樂指摘其辭，以滋談柄。則閨閣何易言詩。乃十五國風，多閨閣之作，抑何其怨而不怒，哀而不傷，可詠可歌，有典有則乎！夫亦以道存敦厚、婉轉悠揚之是尚，而雖有所謂離憂激越者，亦自不覺也。余祖姑不幸際所天之變，鬱黄檗之心，故其爲辭自悼，今昔異感，俯仰傷懷，無不怦怦動人者。若乃幽窗自遣，時而命侣園林，舉夫芳菲之迎眸，睍睆之悦耳，風竹之淒清，蕉雨之點滴，以至山月松濤，溪光琴韻，探梅烹雪，繪染煙雲，凡有所得，輒寄於詩，即景言景，即事言事，所謂發乎情，止乎禮義，渢渢乎一唱三歎，鏗有餘音焉。寧非有得於十五國風之變，而不失其正者乎？今以甲子既周，乃得請而壽之梓。四海名流，深於詩者，知不以余爲私譽也，又何敢以閨閣之詩爲易言哉！時康熙歲次壬寅季秋姪孫晉駱敬題。

同集載陳雲友《再刻凝香閣詩序》：《凝香閣詩稿》，稠州大元吴穉游公倪氏夫人仁吉所著也。向流播人間，甲寅變亂，閣居詩板悉罹兵燹，印冊亦無存者，軼幾二百年，知音之士，欲求之而不可得。予亦迭索遍訪，每流連嘆想，不能已已也。今予徒吴子復元持抄冊來，云：『昨於峴東盧氏家見之，懇爲索借，而乃堅拒不予。』噫，是其珍惜寶重之意，其虞秦璧之見棄而去而不返乎？曾見太史朱竹垞氏稱夫人《贈董樵》詩『擷騷合雅』，惜不得見其全集。可知響應同聲，不徒爲一鄉一邑之阿私所好也。嗟乎！是集埋没於荒草瓦礫之場，閱幾遍星霜矣，一旦忽如驪珠之得象罔，是夫人之貞節茂行，造物固不忍沉埋，而詩詞之至寶，珍英聲光，終不墜於地。今復元欲以壽諸梓，而後裔踊躍以襄盛事。懿哉！孝思之不忘，固甚盛心而鉅舉哉！吾聞天下之寶，當爲天下惜之，尤當與天下共之。是集也成，吾知名材碩德，必有如景星卿雲，争先睹之爲快者。至詩詞之合乎正則，諧乎風雅，諸序已詳，毋庸更贅。況又如繪事之精工，刺繡之神妙，流落散布，幽想結於無涯，但得是編而存之，是鳳凰得其一羽也。予故即其求之不得、得之而不勝欣喜之意，以弁諸簡首云。嘉慶丙子孟秋欽授國子監學正後學鶴亭陳雲友拜撰。

同集載倪仁吉《山居雜詠小引》：余家居蘭浦之間，溪山深秀，壑樹窅幽，既車馬跡所不到，而村人多朴野，自治田外，無所事事，里中或稱『小桃源』云。歲在未、申，東義烽警相接，余避地歸，而姪女官子亦於上元過探，與吾嫂氏暨二三女伴選勝，盡日盤桓山徑中。於時殘雪凝巒，梅馨初逗，竹聲戛玉，澗溜鳴琴，野況撩人，清思可掬，宜子曰：『是可圖也。』乃翦素，索余作仕女數十幀，以爲真色難生，丹青易寫，而余亦作天際真人想。既卒業，爲一粲曰：『秪能繪出東鄰，如西子何？』餘意未已，復擬即景分題，爲佳山水寫照。未果，已而宜子下世，不任人琴之痛。雖胸臆間山光水色，月痕樹影，歷歷宛在，而幽事不復可得。戊戌春，焚蕤小軒閱大癡老人《秋山圖》，偶憶前語，乃濡禿毫，追紀其意，得百四十餘絶，蓋皆家山野寂之景，聊攄俯仰今昔之懷，存幽居故事，與樵歌牧唱相和于雲深水流之外，不敢自以爲詩也。時己亥春初凝香閣主人書。

同集正文《觀先大夫詩榜》後小注云：不孝吉憶承先大夫授書時甫十歲，蓋見視猶小男也。迨十四，不幸失先太孺人，則父也而兼母矣。乃二十四又不幸失之。嗚呼痛哉！尋罹寇燹，遺文罕存。歲庚寅，姪立昌喜從里人處購得《詩榜》見示，手澤宛然，真吾家世寶。余觀序，知丁未歸自吉州，為余始生命名之年。言念昊天，悲來橫集，亟視浣去其塵，而懸之緑邊樓上，俾世世瞻仰焉。有感斯作，自愧不知，庶托遺詩，千秋是問。抑亦以明不孝雖未能述，而先大夫固非無可傳云爾。不孝吉謹識。

山居雜詠

照影雙飛燕，新來補舊居。芹塘泥最淤，慎莫墮琴書。

紅葉〔二〕恰翻階，露氣曉如沐。山雨忽欲來，新香時斷續。

宫意圖

調入蒼梧斑竹枝，瀟湘渺渺水雲思。聽來記得華清夜，疎雨銀釭〔三〕獨坐時。

《池北偶談》：女郎倪仁吉，義烏人也。善寫山水，尤工篇什。予嘗見其《宫意圖》詩云云，先考功兄曾得其全集。

【校記】

〔一〕此跋倪仁吉《凝香閣詩稿》（嘉慶二十一年仰止堂刻本，下同）有『若兹帙也，聊以誌吉光片羽云爾。時己亥春日姪孫晉驕敬識於香艸園』數語。

〔二〕紅葉：《凝香閣詩稿》作『紅藥』。

〔三〕銀釭：《國朝閨秀詩柳絮集》作『梧桐』。

秦氏 一首　句

江蘇宜興縣人，湯溪令秦延默之女。適湯振商，早寡，訓子有方。著有《依桂》、《紉蘭》二稿。

句

松柏春不花，寒天亦常碧。《詠署中柏》

三載倡隨今已矣，百年懷抱竟如斯。《哭夫》

訓子

聰明勿可恃，力學當以勤。意氣勿可施，與人當以誠。

《宜興縣志》：秦氏，湯溪令秦延默女也。八歲隨父任，對署中古柏吟詩云云，人以為詩讖。父母早亡，效《蓼莪》體作詩四章，人稱其孝。歸湯振商，生子一、女一。振商苦讀病卒，氏方二十歲，作《哭夫》詩云云，聞者憫之。子思孝稍長，口授《四書》經史，作《訓子》詩云云，是以思孝學行為士林推重。事翁士望、姑陳氏，孝敬弗懈。積鬱成疾，年三十九而亡。著有《依桂》、《紉蘭》二稿行世。

周淑履 六首

山東萊陽縣人，侍衛周世祐女，膠州高蔭楙之室也。夫亡守節。著有《峽猨草》、《綠窻小詠》。

《國朝詩別裁集》：婦為相國曾孫女，幼工詩。于歸後夫婦如師友，然蔭楙早歿，家盡落，母家亦落。貧無依藉，織紝以生，教三子讀書成名下士，遠近以女師尊之。

高鳳翰《峽猨草序》略：族子婦周氏，侍衛世祐女，周氏世以文章名家，以故婦雅能詩。歸余族祖前相國曾孫蔭楙，才而能文，不幸早世。家且益窘，婦乃提三孤兒走萊陽，就食母家。未幾，母家亦中落，婦乃復還膠西。數年之間，奔走枝梧，風雨漂搖，婦詩之所為傷心也。婦既歸，故業盡失，乃僦屋為人傭針縫紉以給衣食，而教其子讀書。今三子兩為諸生，曰淳，曰堂。婦年已六十餘，其操作勤苦無少間。婦既老，出《峽猨草》一編授其子淳曰：『少時吟紅詠絮，了不足録。獨此未亡人心血所在，不可不令後人知我辛苦耳。』淳以問序於予，因點次其語，弁諸卷首而傳之。

【輯補】

周淑履《峽猿草》（《清代閨秀集叢刊》影印清抄本）載張謙宜序：高太傅硜齋先生嫡孫曰蔭栐，字山公，有文行而無年。其婦周氏，萊陽名家女，嫻婦道，工詞翰，予每欲索觀，以中表行尊，避嫌而止。自山公歿，守志已三十餘年，子亦貧諸生，力不足以白母節。予哀其夫家、母家皆蕭索零落，不足以振饑寒，於苦節中尤為艱辛。丙申八月望，偶從法峴山家見其詩一帙，得古體九章，悲痛宛轉，而堅貞不悔。此可以採風教世而人不知，又可恨也。嗟乎！愚婦厲操，猶或為學士所稱，以聞之有司；周氏以名家女為名臣家婦，有詩如此，而流離窮愁，沉埋幽翳。吾恐其泯没而不傳也，故為存其梗概，以待後之君子。山南稚松老人張謙宜序。

同集載高鳳翰序：族祖故相國硜齋公，有曾長孫婦周氏者，萊陽巡撫公諱伯達之孫，一等侍衛諱世祐之女，而名進士方山先生諱正之胞妹也。周氏世以文章名其家，以故婦雅能詩。婦之來歸相國家蔭栐也，時相國以殉節江南，覆巢之餘，僅延眎息，所賴得賢夫子，才而能文，閨中倡和，相樂也。已而夫蚤世，家且窘，婦乃提三孤兒走萊陽，就食母家。未幾，母家亦中落，婦乃復還膠西。數年之間，奔走枝梧，風雨漂摇，無所不有，婦詩之所為傷心也。婦既歸，故業盡失，無所依，於是乃僦屋為人傭，縫紉以給衣食，而教其子讀書。今三子兩為諸生，曰淳，曰湰。婦已年六十餘，其操作勤苦無少間。嗚呼！是可悲也已。婦生平所為詩，率不示人，以故人無知者。今老矣，因自出其《峽猿草》一編，授其兒子淳而告之曰：『婦人職司中饋，文字非其事。余少從父兄學，既略識之無，遂不免弄筆墨。自汝父之背汝曹去，而余焚棄不作者三十年矣。平昔閨閤常語，了不足存，獨此編是余為未亡人心血所在，不可不令後人知我辛苦耳。』淳既受而泣，思得能言者為之序，以傳其母，而謬以問余，且述其母云云。余聽未及終，瞿然起立而嘆曰：『是可以序若母矣，尚他求耶？』用是點次其語，弁諸卷首，而論之曰：婦以名族淑女為相國家婦，而又得賢夫子以為託，可云幸矣。顧乃遭家不造，未四十為未亡人，流離困苦，幾不自活，又何不幸也！及讀《峽猿草》，激昂慷慨，凜然有古烈風，百世而下，將使人人仰賢母而悲清操，非流離困苦，何以有此耶？自古珠鈿繡襦，唱隨懽晏而老死没没者，不可勝數，而婦獨以迍邅苦節名垂後世，亦烏覩所謂不幸者哉！康熙丙申九月廿有九日族叔南村鳳翰序。

同集載法輝祖跋：康熙壬辰，從吾師鶴田先生受舉子業，每見先生日手一編，哀吟不輟，伏壁竊聽，未解也。久之，乃得其所藏《峽猿草》者，則先生太夫人勵志詩也。捧讀之餘，字字血漬，苦節冰操，凜然可見，峽猿之吟，烏足盡其幽貞哉？用是敬告先大人，謀梓以傳，而僻處荒山，良工莫購。越十二年癸卯，以赴試來歷下，乃付剞劂，庶使潛德幽光，得示來茲，而吾師苦心孝思，亦可以少慰矣。雍正改元癸卯春三月法輝祖頓首拜識。

周淑履《緑窗小詠》（《清代閨秀集叢刊》影印清抄本）載法輝祖跋：《峽猿草》古詩九首，已承先君之命，謀梓以彰苦節矣。今復檢得近體詩四十首，清艷絶倫，誠香奩中佳構也。再為付梓，以附於後，庶節與才可並傳不朽云。乾隆辛未嘉平旂原法輝祖識。

擬古

寒松幽谷中，苦竹南岡下。山空人境絶，嗚咽哀泉瀉。嗟彼蕙與蘭，零落委中野。蕭蕭風雨來，我亦無告者。

志士在首陽，飴甘薇與蕨。無勞天地寬，矢言江海竭。死生不以形，心血先銷滅。嗟嗟未亡人，朽骨對霜月。

軋軋機杼聲，漠漠空天雪。操作入中宵，十指皆皴裂。積絲豈易成〔一〕，不忍中道絶。著此縞素衣〔二〕，怡然歸同穴。披史教孤兒，心折古杵臼。自裁亦何難，孺子正黄口。咄哉彼程嬰，烏忍釋重負？仰希烈士心，何以告無咎。

秋懷

殘暑方銷歇，西風已漸涼。高柯憐墜葉，疎雨咽寒螿。入夢新愁積〔三〕，思家舊恨長。百年應幾許，端的為誰忙？

獨坐思諸弟

含愁寂寂掩柴扉，疎柳横窻映繡幃。鴻雁幾行聲嚦嚦，可能一夜向西飛？

【校記】

〔一〕豈易成：《國朝閨秀詩柳絮集》作『匹難成』。

〔二〕衣：周淑履《峽猿草》（《清代閨秀集叢刊》影印清抄本，國家圖書館出版社二〇一四年版，下同）、《國朝閨秀詩柳絮集》作『裳』。

〔三〕積：《峽猿草》作『黯』。

吴氏五首

江蘇元和縣人，布政使吴暘女，鄒延玠之室也。

《七十二峯足徵集》：氏，方伯吴暘女，適鄒延玠。鼎革後，疑案牽涉，延玠系獄，久之竟罹無妄之禍。按律應籍家口，氏度不能獲免，先數日部署家政，纖悉登籍。母太夫人自往視之，留同宿。沐浴竟，引杯相慰勞，了無戚容。母語之曰：『兒行矣，律有贖例，便當生還，毋自苦！』氏曰：『兒少長深閨，足未踰閾，能作萬里行乎？又安能以秉禮守節之軀屬人指視乎？憶壬午之歲，夫子在縲絏，兒拮据薪粟，費無所出，脱腕鐲，質銀數锊饋之。夫子詢知其情，撫案不樂，曰：「奈何以女子臂上物俾佀儈摸索哉！」兒聞之，愧入心髓。今乃遍受物色，曰：「此某人婦耶！」』語絮絮及更深，奚婢皆酣寢，母亦睡熟，氏起整衣理妝，投繯自盡。母醒，呼之不應，急披幃視，形神離矣。家人驚號，解置於榻，面色如生，一手持其所自畫小像，一手握袖，袖中裒其夫獄中所寄書及一箑，書古忠孝貞烈之行以貽之者。其女秀姑，年十歲，痛母之亡，旦暮悲涕，不食而死。

雨後

斷虹初截雨，徙倚小窻前。亂水衝籬過，斜陽隔樹懸。簾開來戲蝶，院静落驚蟬。正好攤書坐，蕭然一几偏。

春暮

欲覓春歸路，抛書〔一〕遶徑尋。花香縈袖薄，樹色染衣深。舞看風前〔二〕蝶，歌聞竹裏禽。年光無限好，誰解惜分陰。

題竹

愛看窻外蕭蕭竹，未許閑窻盡日扃。煙雨却添新染碧，冰霜不斷舊來青。家貧已自無閑謝，俗傳竹生花，主門户衰。春去何因有醉醒。五月十三為竹醉日。最是夜闌殘月裏，伴他疎影立空庭。

瓶梅

小玉殷勤採早梅，一枝移向膽瓶開。雖非明月羅浮夜，時有幽香入夢來。

雨中渡湖

亂山深處有輕雷，潑墨春雲鎖不開。穩夢未醒驚唤起，滿船風雨過湖來。

【校記】

〔一〕拋書：《國朝閨秀詩柳絮集》作『蕭然』。

〔二〕風前：《國朝閨秀詩柳絮集》作『風雨』。

蔡潤石一首

字玉卿，浙江□□縣人，黄石齋先生配也。本朝康熙中年九十餘尚存。

《居易録》：黄石齋先生蔡夫人，名潤石，字玉卿，工書法，與先生逼似。康熙庚辰春，得其楷書律詩一卷，楷法稍雜分隸，題云：『偶寄夏太守，時山中聞警。崇正丙子秋八月，蔡氏玉卿書於石養山中。』時多崇正中魔道語，蓋先生作也。

《香祖筆記》：李少司馬厚菴説，黄石齋先生配蔡夫人，今年將九十而無恙。能詩，書法學石齋，造次不能辨。尤精繪事，常作《瑶池圖》遺其母太夫人云。

看海棠

無緒罷彈棋，窻外鶯聲巧。閑看海棠花，今歲開多少。蜂喧只益煩，英落不忍掃。微吟獨持頤，誰識我愁惱。

董琴九首

字嶧藴，浙江烏程縣人。副榜董量女，適國學生蔡雲，夫婦皆能詩。雲中年捐館，嶧藴銜悲茹痛，遂爾焚筆，越六年亦卒。著有《静吟集》三卷。

聞話八月朔日登海寧城外寺樓看日月並出最爲奇觀因賦長句以紀其事

聞話海間日月翕，此景奇絶世無匹。夜半移舟抵僧寺，登樓遥望星辰密。四維茫茫八表昏，天外諸峯霧中失。轉眼驟見水面瑩，琉璃灼爍沸聲急。須臾照耀萬頃紅，奔鬬驚吼波濤立。五色晨霞錦不如，鼉鼉趨避蛟龍蟄。金烏玉兔大如輪，共浴鯨波吞復吸。徐徐並起水中浮，忽然一躍争先出。千尋金柱入雲霄，寶鏡旋收光隱匿。乾坤豁達扶桑清，飄渺如見蓬萊窟。晦冥開朗景不窮，變態百出難盡述。返棹入城雞未鳴，九衢寂寂人閉室。静思奇景神欲飛，惜我無緣到難必。人生願若酒家仙，醉騎黄鶴弄白日。不然直爲費長房，縮地千里如咫尺。何堪寂寞墮塵中，坐對秋風心悒悒。

登樓晚眺

登樓方日暮，春色滿窻紗。宿鳥喧高樹，斜陽照落花。天隨平野闊，山作翠屏遮。久望渾難去，憑欄待月華。

秋日自潯溪歸道中作

路入丹青裏，帆飛蒼翠間。舟行如岸轉，山静覺雲閑。木落鐘樓出，村深溪水灣。獨歸誰作伴，明月送人還。

晚發

撥棹出溪口，雞聲起草廬。星稀天漸曉，風動暑微蘇。遠樹低將没，遥山淡欲無。行行入幽境，宛在輞川圖。

初夏幽居

曲逕疎籬護短牆，衡門寂寂掩茅堂。雨餘濃翠侵書潤，風過殘紅入硯香。詩句却從閑裏得，世情漸向病中忘。倦來抛卷唯支枕，一榻清風午夢長。

新秋雨夜聞草蟲鳴口占

露井梧桐落，紗廚涼意生。荒村一夜雨，砌下起秋聲。

新月

蛾眉初上遠山頭，淡影斜光照畫樓。休道貧家門户薄，雲霞為幔月為鈎。
半窻樹影夕陽紅，新月纖纖映碧空。疑是嫦娥妝束後，玉梳抛在暮雲中。

遣興

淺碧紗幮白石床，冰紋笛簟徹肌涼。北窻浴罷更衣後，一枕松風幽夢長。

程德輝 句

浙江山陰縣人，程鑰女也，適天津縣孫泓。泓歿後六年，繼嗣定，夢泓來迎，因作書告舅，遂闔户自經。

句

梨花空自落。

《天津縣志》：程烈婦，名德輝，鑰女也。幼沉敏，讀書過目成誦，嘗取殘燭藏之，以佐夜讀。長工詩，性謹密，不以示人。隨父客懷慶，得故人子孫泓，天津人也，妻之。初婚之夕，夢吟『梨花空自落』之句，意以為不祥。久之，泓客夷門，歲或一二返，返則相對一室，往復今古，雖嚴師友不過也。已而泓病没，無子。程氏以死自誓，旋因繼嗣未立，復强起。泓之未歿也，氏依父居，常在懷慶。至是以舅在津，宜奉養，遂返津焉。朝夕進甘旨，無不先意承志，綱紀家政，咸有禮法，鄉黨翕然稱之。泓没六年，弟明生子曰紹賢，程氏以為己子。越明年，程氏夢泓來迎，遂作書告舅，自明從死之志，闔户自縊，卒年三十三。卒之夕，有白氣起於室中，赤烏翔於户內。生平作詩甚多，卒前一日盡焚之，存者《雨霽》、《幽蘭》等數首而已。

高景芳一首　句

靖逆侯張宗仁之夫人也。著有《紅雪軒稿》，惜未之見。

【輯補】

高景芳《紅雪軒稿》（康熙五十八年刻本）載其夫張宗仁序：　余年十九，即受知於今大司空武原陳夫子，得與賢書。先恪定欲其速底於成也，日課以制藝，凡四子六經外，案頭無他卷帙，蓋不使旁好，或分其心。是以風雅一途，實未能造夫堂奥。越二年，就婚渤海。合巹以後，覩内子粧閣多唐宋名人詩集，往往組紃之暇，拈筆伸紙，俛首沉思，似有所作，顧秘不示人。詢以所書何事，輒面赬弗對。已而偕□雲間，伉儷既洽，稍稍與余商推聲調，推敲字句，始知其能詩。及舉篇章相質，皆文采斐然，居然一閨中益友也。余因亦留意古學，每花前月下，互相倡和，藁幾疊篋中。無如心凛庭訓之嚴，念三年計偕，日月易邁，初不敢嗜歌吟而廢揣摩。痛自壬午迄己丑，天禍洊臻，兩先人相繼見背，門户攖心，學業益踈。兼之善病掩關，精神既弱；　交訌外侮，情緒更劣。其間春秋佳日，適興觴詠之樂，終歲不能四三。時内子緣余多病，獨操家政，未免過於勞瘁，染恙未痊。數年以來，藥爐經卷，枯坐一室，其於筆硯，亮亦荒落。戊戌秋，病初起，瀹茗相對，忽以彙成之稿六卷示余，且謂余曰：　『二十年繡餘病後之緒言，俱在於是。欲屬君點勘，知君性不耐劇，壺中語又不宜外出，茲擬寄都中一二兄弟，為之較讐，何如？』余曰：　『甚善。』爰為之披而閲之。見其篇什清麗，托興高遠，大半皆懷二人、憶諸昆之作。即間有諷俞，莫不忠厚悱惻，能使閲者憬然自悟，確乎古風人之遺。余因慨夫曩者識力未定，類爲甘言所中，輕信輕議，弗納逆耳之諍，遂致家日以削，閨幃之内，負此良友寔多。然則茲集也，直可當座右格言觀，豈區區尋章摘句之才媛所能量長而絜短也耶？　室左有軒，顔曰『紅雪』，即以名其藁，而併為之序，非以譽内也，蓋以志内愧云尔。時康熙五十七年初秋世襲一等侯前内閣中書己卯科舉人張宗仁安公氏書於深柳亭。

同集載其弟高欽《敘語》：從來閨閣才人，自曹大家而後，習見習聞者，晉則有衛、謝兩夫人，唐則有宋若憲姊妹。然此數人者，名固甚著，求其全稿，概未之有見。他如上官昭容、李易安輩，縱聲稱藉藉，而又品不足取。自是以外，幾於劊下無譏矣。不謂一門之内，乃有吾姊。吾姊著述之富，辭章之妙，不惟可使衛、謝、諸宋避席，其卓識定見，足以直接班姬，不誠巾幗中之雋偉者歟？顧淵脩默記，從未肯輕以著作示人，故欽自幼肩隨，而卒莫之知也。因憶先大夫守建昌，一時同氣咸在署，大兄、長姊而下，惟吾姊最聰慧。母夫人親授以詩書，組紃之餘，端坐誦讀，不異諸生。以是兩大人獨鍾愛之。及歸清河，燕、吴遥隔，回思盱江官舍，姊弟聚首之樂，杳乎其不可得。歲癸巳，大兄出守韶州，欽以恭侍板輿，道由金陵，復與吾姊相見。間從几案覩吟藁成帙，廼以期迫禮闈，忩忩北上，不暇細閲。越三年，母夫人殁於韶，大兄因哭母成疾，奄然旅次，骨肉之慘，痛甚屠割。欽於時擬作楚辭數章，稍雪胷中憤懣，而口呿舌喬，輒格格不能吐一字，愧可知已。適三弟鈺自南攜《紅雪軒稿》至，且傳姊語索敘，並屬以評次，始得披而讀之，不啻貧士登大賈之舶，觸處皆木難火齊、明珠紫貝，幾於目眩神摇，自歎其才之相去，豈但什百？然後乃知『家有名士，三十年而不識』之語，寧獨王濟云爾哉！吾家自達夫、青丘而後，代不乏賢。及至本朝，而松石、西白兩伯父，由巍科陟鰲禁，一時聲望赫然。今即相次凋謝，而都門人士，往往猶稱道弗衰。惜吾姊負如此才華，終不能踰壼閾以鼓吹休明，僅僅頫首緑窓，寄興翰墨，不綦爲之扼腕乎！然以閨房之秀，爲勳侯儷，不惟榮膺一品之封，而兩次朝見三宫，再承恩賜，前後稠疊，其章服簪珥之盛，照耀今古，不可不謂際遇之有獨隆者也。且集中篇什，無非哀慕父母、致思兄弟之作，語語皆從性靈中流出；若留連景光，適興花鳥，不過偶見一二，殆所云得風雅之至正者乎？欽弟兄上蒙聖恩，雖倖邀一命再命，然賦質椎魯，鄙陋無文，今兹之評次，有慙於吾姊多多矣。夫以吾姊之才之識，誠足以上掩曩哲，然使向者不有母夫人之諄諄慈誨，亦烏能若是之淵博也耶？稿凡分六卷，賦一卷、詩四卷、詞一卷，丹黄甫竣，即付梓工。惟是欽以侍從大駕，暇日甚少，較讐之力，三、四兩弟居多，欽不過捴其大端而已。是爲序。時康熙五十八年歲次己亥孟夏穀旦萬壽科進士出身欽點御前侍衛加一級弟欽頓首拜撰。

晨粧

粧閣開清曉，晨光上畫欄。未曾梳寶髻，不敢問親安。妥貼加釵鳳〔一〕，低徊插佩蘭〔二〕。隔簾呼侍婢，背後與重看。

句〔三〕

高捧名花求插髻，偏尋佳果勸嘗新。

《隨園詩話》：閨秀能文，終竟出於大家。張侯家高太夫人著《紅雪軒稿》，七古排律至數十首，盛矣哉！其本朝之曹大家乎？夫宗仁襲封靖逆侯，家資百萬，以好客喜施，不二十年，費盡而薨。夫人暗埋三十萬金於後園，交其兒謙，始能襲職。其識力如此。夫人名景芳，父琦，爲浙閩總督。作女兒時，年十五，《晨粧》云云。又《示謙兒》云云。

【校記】

〔一〕加釵鳳：高景芳《紅雪軒稿》（康熙五十八年刻本，下同）作『釵頭鳳』。

〔二〕插佩蘭：《紅雪軒稿》作『佩裹蘭』。

〔三〕此題《紅雪軒稿》（卷四）作『謙兒五歲亦能隨姊定省詩以嘉之』，全詩云：『膝前跪起不須人，始信孩提解敬親。高捧名花求插髻，偏尋時菓勸嘗新。鳩車戲覺輕隨步，鳳錦裁宜窄稱身。知汝明年從外傅，莫忘母誨日諄諄。』

吴黄 八首

字文裳，浙江嘉善縣人，駕部蘧菴之女，適孝廉錢栻。善丹青。孝廉即世，矢志柏舟。著有《荻雪集》。

吴亮中《伯姊文裳小傳》：嗚呼，中不天之酉，喪我先君子，煢煢在疚，洊丁兵燹，專厲强壯逢氣，幾蹈於不測，惟我寡姊相見也，相持而泣。歲丁亥免喪，亂亦稍定，收召魂魄，將圖寧宇，詎意戊子而我姊又舍我以逝也耶！甥熹率其弟請余為立傳，握管間，追溯年來同氣急難之情，即淚涔涔糜紙札，或投筆大慟而罷，蓋再屬草再毁而成也。嗚呼，孺人諱黄，字文裳，先君子駕部蘧菴先生女，嫡母陸孺人出。資性明慧絶儕輩，嗜書，好《風》詩與《楚辭》，雅善吟詠，亦工繪事。意志蕭散，涉筆絶無閨幃氣，居然櫛士也，而貞静婉嫕，不欲以才自見，先君以故奇愛之。擇配得相國塞菴錢公伯子孝廉君栻，于歸後事尊章，先意承志，凡可以得其歡心者，無不至。念相國公生孝廉君年已强仕，思早所以為廣嗣續者，既舉熹，猶廣置姬媵，以奉宗祀。庶出也，撫愛與出腹等。姑孫夫人嘗曰：『此吾佳兒婦也。』憐愛之滋甚。孝廉以弱冠魁鄉薦，出漳沛石齋黄公門，石齋講學禹航之大滌山，孝廉負笈從。每歸省，孺人輒舉先君當年講學錫山所以艱苦刻厲者相勗，戒勿自燕逸，隮進道心，孝廉亦相敬如賓焉。壬午孝廉即世，遺子女各二，孺人承相國命，茹哀撫孤，教誡如嚴師，婚嫁皆得禮意。申、酉間，叔氏文部君毁家紓難，自一篩以上皆廢以餉軍，孺人亦撤環瑱，及先君所分質庫助義，數日都盡。主者以會冊進，孺人慨然曰：『世受國恩，固當。恨力止此耳！』命火其冊。嗚呼，髧髦偕老，義無二天，至《雞鳴》戒旦，《樛木》逮下，此世俗所難，而賢知固能之。若乃《無衣》之義，何與佇弱女子？乃不恤其緯，而宗周是憂。讀其《聞王節婦淑英倡義》詩『吾亦髧髦者，深閨愧執殳』句，貞明執操，冠幘其慙哉！孺人歿戊子七月一日，距生於戊寅三月十八日，年止四十一。其殁也，相國哭之慟，曰：『天乎！奪我二子，又奪我賢媳！』命裒其遺集，得詩賦雅文共五卷。集舊名《荻雪》，以余家茜溪、鶴湖、文水暎帶左右，當霜清月白時，荻花縞潔如雪，孺人懷之不忘，有肥泉竹竿之思，其孝猶可思也。畫亦蕭疎，有丘壑間意，得之者比拱璧云。

曹爾堪《荻雪集序略》：余亡友錢孝廉去非淑配吴孺人，吾姨也。其次子子明又壻余，嘗手抄孺人《荻雪集》詩文請予序以梓之。予諾而未作，子明竟殀。余且傷心，不忍復視矣。一日過得求堂看女，見其架上一編在焉。未亡人泫然而告曰：『此亡壻所手輯也。生前每欲梓之，今則已矣。』予聞愴然，既感東床之痛，復紉西州之誼，爰為序曰：夫詩文之作，根於情性，情性所觸，緣於境遇。境遇有菀枯，而情性無轉移，是非涵浴詩書，漸陶德義，求其樂而不荒、思而不貳，哀而不傷、怨而不怒者，難矣，況笄幃乎？孺人以明慧之姿，長膏粱之第。南都石魚，最發蛾青；東國機杼，足供紈素。乃駕部儒者，孺人能婉娩承之。芸窻借硯，惟愛編蒲；菊葉留銘，只憐勁草。其有作也，貞静而不流，從容而合度，静而讀之，居然櫛士也。及其言辭鏡閣，作嬪鼎門，君舅為黄閣之元臣，夫壻復烏衣之才子，不啻青鸞翡翠之婉孌矣。乃發三花於墨瀋，每勸從師；萃五岳於筆峯，惟懷偕隱。覽《畫蘭》、《古柏》諸篇，倡予和汝，其有雞鳴昧旦之思乎？若乃從夫子舍，隨任官齋，渡長江，陟鍾山，仰豐鎬之舊都，吊齊梁之殘闕，臨風舒寫，眺古籌躕，曹大家之賦東征，何以過也。至於捧賜紈而紀恩，展妙容而作頌，則又於香奩彤管之中，聿兼清廟明堂之製。嗟乎，以此清才，復兼令德，姬姜遜美，翟茀何慙。詎意頓遘家屯，旋艱國步。夫子修文於天上，叔氏抗節於汨羅，而孺人亦播遷荒野。愀愴虚房，恨極黍離，悲深荼毒。平津之閣，惟聽啼烏；廷尉之門，真堪羅雀。於是擬班姬以自悼，彷王粲之《七哀》，宛轉悲涼，悽愴惻恤，卒之守共姜之明誓，詠《柏舟》之清歌。向平遺累，甫慰於所天；荔帶深盟，遽從於下地。此其志節矯矯，不誠極境遇之菀枯，而情性無轉移者哉？嗚呼，有才無命，自古所悲，立德不朽，傳諸在昔。雖坎坷於晚歲，終照爛於他年。夫何蘭摧玉折，又至此也。嗟爾未亡，念哉母德，序兹遺草，以付嗣孫。雖一編自壽，不矜元晏之序言；而九原有知，聊慰亡倩之遺志云爾。

《小粉場雜識》：分湖閨秀吴文裳，名黄，著有《荻雪集》。聞詩甚高古，遍訪惜未得見，頃蒙友人抄寄其《分湖賦》，果佳。恐散逸，因録之，俾後之修邑乘者可採入焉。其賦云：稽古帝王，體國經野，憑山川以正域，溯有截其分湖。實表鎮於澤國。洸瀁華亭之南，澎濞嘉禾之北，襟帶禾松，控引浙直。其廣也，環十里而有奇；其深也，垂千綆而莫測。五湖遥瀉，衍三湘七澤之波；一水分馳，壯三泖九峯之色。能止朗陵之争，不借左慈之力。高焉中斷，似剪并州之刀；豁爾平分，絶勝蓟丘之植。乃吴根越角所剖判，而武水松陵之表識。其為水也，紆餘宛潬，擻烈汪洋，滈乎滈滈，汩乎湯湯，澄焉如練，平焉如莊，激焉如矢，立焉如牆，虚涵玉宇，直走銀塘。蹙微風以瀲灩，騰越羅楚練之文章；鼓奔濤而震蕩，若黄鍾大吕之鏗鏘。春水灌而不溢其量，秋潦盡而不涸其藏。遶以灘瀨，環以阡陌，汀渚縱横，沙礫所積。於是乎溪毛争披，野卉紛拆，蔆蘅菁莪，薔薇蘿薜，薰風十里芙蓉，春雨千畦韭麥。乘流翠荇千尋，照水新篁百尺。尊絲縈逸士之思，草帶表義塾之澤。緋桃碧柳，和曉露以迎曦；朱蓼青蘋，拂涼飀而向夕。參天緑雪，松圍鮑老之園；噴日紅霞，花老陸郎之宅。於是乎潛鱗飛羽，呼朋引雛，娱戲翔集，卵育涵濡；金衣玉羽，黝甲青襦，公名美舌，國號長鬚。碧海舍人之皓潔，紅襠祭酒之清腴。春殘帝魄，秋盡王餘，鳩有婦而鶯有友，魚有婢而雁有奴，錦鱗比目以游泳，文禽共命而相呼。算首莫能計，畫史不勝圖。既時以旨，洵美且都。擁劍紫鰲，伴橙香而佐筯；披綿黄雀，漬蘭酒以充廚。豈必雪翮雲横，獨下華亭之鶴；霜刀縷切，别慕松江之鱸。若乃舟楫争馳，舳艫競騖，煙篙共浪槳交横，青雀鬪黄龍軒翥。毛生捧檄以南來，季子懷書而北赴。商歸陽翟，緑鬢倚柁樓春生；客去浮梁，皓腕抱檀槽夜訴。持竿漁父，趁明月以投綸；荷鍤田夫，倚斜陽而唤渡。白足沙頭蕭寺僧，紅衣水面蓮舟婦。日落樵歌隔水聞，風微牧笛穿林度。皆足以點綴雲物之華，增長溪山之趣。爰有東山逸客，南國詩豪，初辭軒冕，乍返林皋。有良朋以結伴，有難主以相招。挾飛瓊之麗質，泛釣雪之輕舠。流連煙水，跌宕風騷。紅袖捧紅螺之盌，白蓮泛白玉之醪。餞鴉輪於柳岸，佇蟾影於松梢。鐵篴一聲，吹起湖邊宿鷺；冰絃三弄，驚浮洞底潛蛟。別有吏隱蓬萊，官閑昔藿，擅玉屑之清辭，企鐵仙之高躅，駕短棹兮夷猶，趁寒波而洞渡。逢江上之老漁，話斜陽之孤鶩。蘸月露之清芬，寫霞天之巨幅。日落平蕪，煙高古木，吐雲鳳之襹褷，燦江花之簏簌。流珠噴雪，光摇泉客鮫宮；裂石穿雲，聲振馮夷鱗屋。然而日月如梭，人生幾何，林催後葉，水讓前波。嗚呼，玉貌絳脣，既魂消於朽壤；錦心繡口，亦骨冷於山阿。諷武林之篇，空餘衰草；訪節制之墅，老盡青柯。蕭條雲水，寂寞林蘿。幸文章之可托，留姓字於不磨。矧余躬之渺末，獲勝境以婆娑。敢興懷於往哲，爰撫手而清歌。歌曰：一曲分湖清可俯，湖水沄沄自前古。鳳琶鶴氅最風流，金粟珠簾共歌舞。玉龍沉波化不回，金鰲失水更堪哀。惟有松巔一丈月，照人好去讀殘碑。

題畫竹

平生愛此君，拂紙作數筆。直幹淩雲霄，清風奪炎熱。桐孫初倚雲，松花如落雪。北窗午夢回，恍聽聲蕭瑟。

夜坐

虛帷淡明釭，文窻饗密雪。詠絮少清才，殘編試繙閱。蘭膏黯欲消，香篆微看滅。侍兒呼不起，嚴風振林樾。

春曉曲

曒光欲上春窻曉，窻前百轉啼黄鳥。聲聲似為報幽人，勸我花開應起早。徐呼侍女著春衣，獨對花壇望欲迷。彷彿武林溪上路，輕紅一片自霏微。

秋夜聽琴

秋山寂寞秋月明，秋風瑟瑟增秋聲。幽人夜坐淡無思，閑呼侍女調鳴琴。徐撥冰絃拂焦尾，一縷香煙縈玉几。凝神覽譜辨宫商，先作高山次流水。高山流水續續操，眼前未覺名山遥。劃然匡廬出窗户，珠璣歷落飛奔濤。左手循絃右手撫，孤鶴泠泠語煙渚。七絃次第忽亂鳴，萬斛松風響茅塢。松風蕨蕨怡我情，一彈再鼓渾忘曙。蛬聲初罷鍾又鳴，耿耿玉蟾墮西嶼。

山居

我愛山居好，山花足賞心。緑雲連野徑，紅雨點芳林。桂老巖堆粟，籬疎菊滲金。幽人淡無事，趺坐對瑶琴。

春閨

韶光潛入幕，暖色滿蘭房。蝶影翻紅葉，鶯聲碎緑楊。神閑花自淡，境静晝逾長。春恨何由擾，朝朝凭繡床。

西溪觀梅

十載西溪繞夢思，扁舟今喜繫花枝。人如姑射逢仙日，景似山陰訪戴時。細嚼冰澌清沁骨，亂飄雪色冷侵肌。問他翠羽羅浮夜，似此幽馨知未知。

蓼花

冷落西風澤國秋，枝枝摇曳滿汀洲。白蘋老盡殘荷歇，粧點池塘景物幽。

卷之二

吴永和十五首

字文璧，江蘇元和縣人，明布政吴暘女孫也，適國子學生董玉蒼。著有《苔窻拾藁》。

《七十二峯足徵集》：氏名永和，字文璧，方伯吴暘之女孫，文學淑盛之女，宫詹莊澹庵之甥女也。生而淑慧，舅父母愛之，撫以為女。莊故世家，宫詹早貴，多才藝，廣賓客，家有園亭聲伎之奉，服食器玩，一往綺靡。女居其間，泊如也。勤習女紅，誦讀經史，悉通大義。宫詹器重之，不欲嫁凡子，適故人子董玉蒼以國子生入都應試，憐其才，欲妻之。董生時喪偶而有子，無意再娶，感宫詹意厚，且聞女賢，遂應命，歸而娶焉。生祖寅如，官大參；父天來，官通政，以清節聞，遺産無幾。生少孤，連遭内外喪，日近窘迫，至鬻所居之半，人或非笑之。因内自傷，思振家聲，發憤力學，累試不售，鬱鬱成疾。將卒，呼内子與訣曰：『吾有三事未了：先大夫墓碑未立；前室吴氏未葬；子幼未成立。以是累汝！』語畢而逝。時氏欲死者數矣，念未可以死，勉起治喪。念孤兒不可一日廢學，節縮衣食，延師教之。具禮幣，求名人為通政公作碑銘，勒諸墓道。又卜地，舉夫與前室之柩合葬焉。子學有成，為之娶婦。數年之中，諸大事畢舉，中外翕然稱之。氏早喪父，念母老而貧，贖所鬻故居之半，迎母共居。殁，喪之。使幼弟與己子同學，飲食教誨之。待前室之母如其母，視其兄弟如己兄弟。性度嚴重，遇可喜事，未嘗露齒；當極拂意，不聞怨怒聲。内外斬斬，家政肅然云。夫殁二十餘年，凡夫所未及言而心欲為者，皆次第為之，俾無遺憾於九原。少能詩詞，嫠居屏去筆墨，有請者，輒不應，曰：『此非未亡人事也。』所存有《苔窻拾藁》。

《見山樓墨話》：閨秀吴永和《苔窗賦》：敝廬之北，鄰圃之前，縱横半畝，欹側數椽，蒙翳於蔓草，迷漫於荒煙。廼葺小齋，營狹室，逍遥兮容與，偃仰兮棲息。任平行之礙眉，審易安於容膝。爾廼左排藜床，中列棐几，琴拂嶧陽之桐，詩裁浣花之紙，書裝玳瑁之籤，硯浴薔薇之水。則復面以素垣，帶以紅欄，花疎疎兮三五樹，竹嫋嫋兮數十竿。簾非水晶而不下，屏非琉璃而不寒。當其新葉並抽，繁英齊吐，杏蕊紅兮覆屋，棗花白兮罨户，紫燕壘於風檐，黄蝶翻於蔬圃，飛絮撲人，遊絲横路。及夫高樹蔽日，清波送涼，扇襞素紈，團來小月，初裁白紵，翦落清霜。埽逕則竹籜盈砌，拂簟則花瓣半牀。又如涼風欲來，裌衣换早，哀斷雁之宵征，驚疎砧之夜擣，響敗葉於空階，泣亂蟲於衰草。至若歲聿云暮，天寒白屋，朔風吼樹，凍雪折竹，户掩雙鐶，窗扃六幅，摇竹爐之初紅，試鄰缸之新緑。若乃朝日晃耀，晴煙霏微，苔痕上階，草色侵衣，鳥送歌來，蜂抱花飛。時而雨濛濛兮如絲，雲黯黯兮潑墨，樹濕新痕，花蔫故色，倚薰篝以生潤，對紙楞而易黑。至於疎鐘初動，仄徑無塵，疎星在天，纖月窺人，豈持燭而書誤，亦聚螢而稱貧。於是撫流光以怡顔，感造物之無盡。或擷畦上之蔬，或劚林間之筍，或撲皺玉之棗，或採連珠之菌，憂藉萱草能忘，年有昌陽可引。況乎志先淡泊，心非崇侈，撿書課蓬頭之子，潑茶訓赤腳之婢，地僻則喜其面城，景幽則忘其背市。優哉游哉，完矣美矣。笑介蟻之浮沉，歎風燭其奚俟。

【輯補】

吴永和《苔窗拾稾》（清刻本）載孫讜序：古者歌公卿大夫之賢，必本于《關雎》、《雞鳴》之德，而婦人詩歌之美，亦附以見焉。至考劉向撰次《列女傳》，多太史公、班掾父子之所不録，并爲志士仁人之所難。竊疑戰國先秦好事者爲之，而非其素也。又或載古者女氏之教，師傅保姆，詩書圖史，靡不詳盡，而漢以來女教不聞久矣。則衡才于巾幗中，安得有全才也？乃余承乏毗陵，取邑志閲之，多載婦人之賢者。今又得董母《苔牕稾》一帙，清真秀逸，合庾、鮑而一之，才蓁美矣。且幼而嫠居，得渭陽莊氏之教，謝諸璣翠，刺繡晝計米鹽，以世家風雅之女，儼若田里媪者。然吉凶大事，次第畢舉，訓其子以成立，固不徒玉映冰清，有林下風而已。豈不與劉子所傳隱有合乎哉？昔歐陽文忠公常云，自古賢才，有藴于中而不見于外，或委身草莽，雖顔子之行而名不彰。蓋深慮其沉淪于下，湮没而無聞也。余自下車後，憫士之有才而賫志以没，因刻《六逸詩鈔》及陳子《香奩集》。而閨閤中之才且賢者，亦取其稾而登諸木，使後人讀之，庶知南蘭陵之有董母，其猶得國風之遺也夫。是爲序。康熙戊戌閏八月下浣椒圃孫讜。

同集載邵坡序：天之生才寔難，才而兼以節則更難，矧可求之巾幗中哉？間嘗讀趙細君『白藕作花』之句，風流足賞，而以此自媒，則群薄其行。至若束髮斷臂，史不絶書，而其文辭之傳者絶少。衛敬瑜妻大義凜然，僅載其《咏燕》一詩，而其餘絶無所流播，殊堪惜也。秋間與蓀服莊太史讌集，誦其鄉董母詩一聯，合座驚歎。及取全稾閲之，清新雋逸，聞見相符，固不僅『楓落吴江』一語耳。且爲未亡人者數十年，克承夫志，訓子義方，嗣君已聲噪儒壇，以視古之賢母節婦，何多讓焉。此豈非山川清淑之氣所鍾者哉？昔至正間，鄭氏著《肅雝集》，剗棄故方，脱略凡近，嘗自題云：『自下女子作詩，無感發懲創之義，不過吟嘲風月而已。』其言高出閨閣之上，故所咏較勝于《竹枝曲》，亦《緑牕遺稾》所不及者也。茲吴孺人以冰雪自矢之志，發爲詞章，温雅而不流於軟媚，其淒婉處正如辟纑夜月之咏，字字酸辛，才可珍，節尤足重哉！嗟余幼孤，念母氏之苦而至今未報劬勞，讀孺人詩，不禁淚涔涔下也。康熙戊戌閏八月下浣蕙水邵坡。

同集載沈德潛序：吾友董子九徵，每相見，輒道繼母吴太夫人苦節，謂非母氏，幾不能成立，自搘拄家政，葬薶、祭祀、教育、婚娶，凡所以成先君子未竟志者，無弗周也。又言母氏期望過切，今匏落無成，不能承前人緒業，以慰母氏心，深用媿恨。又言母氏嫻於詩教，左圖右書，如經生然。稱未亡人後，不暇從事簡編，而中有感悼，時或託之於言。調膳侍食餘，見母氏手跡，謹録而誌之，弗敢忘也。暇日手一編示予，系孫明府代為鐫刻，用以表微闡幽者。予受而讀之竟帙，喟然興曰：是非尋常詩格，藉為吟風雪、弄花草之具，節母四十餘年苦心，于是見焉，可以風世而厲俗也。嘗念二南之詩，載婦人女子之賢者，秖及勤儉不妒，家室和平，閔君子之憂勞，循婦德之和敬，不必有奇節高行，處人世之極難也，而聖人取之，以爲十五國之風首。今節母之見於詩者，如《葛覃》、《卷耳》、《采蘋》、《采蘩》之外，凡《白華》之孝，《柏舟》之節，《鳲鳩》之仁，咸具備焉，而謂不足挽末俗而進於敦厚者耶？惜世無采風之人，不能使之登於天府也。因序而歸之九徵，爲家乘光，俾子孫之念前德者，知諷詠而起敬焉。雍正乙巳仲冬，年家小姪長洲沈德潛拜撰。

同集載潘耒所作《傳》：節母，毗陵方伯吴南谷公之女孫，文學敬承之女，莊澹菴宮詹之甥女也。生而淑慧，舅父母愛之，撫以為女。莊故世家，宮詹早貴，多才藝，廣賓客，家有園亭聲伎之奉，服食器玩，一往綺靡。女居其間，泊如也。勤習女紅，誦讀經史，悉通大義。宮詹器重之，不欲嫁凡子。適故人子董君玉蒼以國子生入都應試，憐其才，欲妻之。董生喪偶而有子，無意再娶，感宮詹意厚，且聞女賢，遂應命，歸而娶焉。董生祖貞谷，官大參；父天來，官通政，以清節聞，遺産無幾。生少孤，連遭內外喪，貧甚，至鬻所居之半，人或非笑之。生內自傷，發憤力學，思振家聲，累試不售，鬱鬱不得志。成婚一月即出游，抵大梁而病。扶歸，卧數月，竟卒。將卒，呼內子與訣，曰：『吾有三事未了：先大夫墓碑未立；前室吴氏未葬；子幼未成立。以是累汝！』語畢而逝。節母欲死者數矣，念未可以死，勉起治喪。其嫁時裝頗厚，以生病久，斥賣且盡，喪畢而室無餘貲。然念孤兒不可一日廢學，節縮衣食，延師教之。具禮幣，求名人為通政公作碑銘，勒諸墓上。又卜善地，舉夫與前室之柩合葬焉。子學有成，為之娶婦。僅數年，而諸大事畢舉，中外翕然稱賢，謂玉蒼其瞑目矣。節母早喪父，念母老而貧，贖所鬻故居之半，迎母與居，殁而喪之。使幼弟與己子同學，飲食教誨之如子。待前室之母如其母，視其兄弟如兄弟。少能詩詞，嫠居，屏去筆墨，有請益者，輒不應，曰：『此非未亡人事也。』性度凝重，遇可喜事，未嘗露齒；極拂意，不聞怨怒聲。措置從容，鉅細合節，內外斬斬，家政肅然。去夫殁二十餘年，凡夫所未及言而心欲為者，皆次第為之，俾無遺憾。即他節母，亦遜謝弗如焉。子翼，字九徵，能文砥行，有聲士林。歲甲申，母年五十，為翼友者多壽母以言，而屬余為之傳。

詠緹縈

隨父西上書，天子憫其語。能令為父心，不復悔生女。

虞姬

大王真英雄，姬亦奇女子〔一〕。惜哉太史公，不紀美人死〔二〕！

題山中舊居

舊宅空山裏，蕭閑白板扉。路侵松葉暗，徑長藥苗肥。曉鏡湖光入，春衫花氣飛〔三〕。鄰姬逢穀雨，時見採茶歸。

地僻耽岑寂，閑居事事幽。窻開雲作幔，簾捲月為鈎。撲漉山禽下，琤淙〔四〕澗水流。更饒憑眺興，女伴共登樓。

偶題

節物最關心，年華兩鬢侵。鶯桃初上市，燕筍漸成林。罷繡看山色，移琴揀樹陰。未須嫌嬾慢，聊欲散煩襟。

宿莊表姊放園即事

背郭名園景色幽，連宵樽酒共淹留。玲瓏窗檻琴書静，窈窕溪山花木稠。坐久每遲明月上，談深不覺篆煙浮。秋光到眼多佳句，愧我蕪詞未敢投。

奉贈澹蓀舅氏赴召

十年林下足詩狂〔五〕，又被徵書赴上方。馬勒〔六〕曉銜郵店月，貂裘寒擁客途霜。鳳池重沐恩波闊，鸞掖還聞禁漏長。共此一尊千里别，渭陽何日再持觴？

雨後

隱隱輕雷夕照中，薰風送暖入簾櫳。芭蕉着雨抽新緑，芳草和煙襯落紅。小榻夢回消茗椀，虚窗人静檢詩筒。啼鶯〔七〕漸老添雛燕，却訝年光似轉蓬。

語外子玉蒼

他年偕隱卜幽居，流水空山一草廬。風外鳥啼移晚竹，雨中客至剪春蔬。低窗〔八〕茗椀隨棋局，小榻爐香讀道書。安覺〔九〕此心貧亦好，眼前漂泊欲何如？

苕窻秋夜

静夜新寒重，虚窻落葉輕。伴人愁坐處，殘月亂蛩聲。

苕窻四時絶句〔一〇〕

香裊晴窻六扇紗，窺梁燕子語周遮。青苔初長無人掃，簾外輕風落杏花。

石徑花闌側數椽，竹牀拂簟枕書眠。桐陰滿地日當午，幾樹啼鶯幾樹蟬。

踈欄如帶繞迴廊，香逗簾鈎桂子黄。可愛晚來幽絶〔一一〕處，一痕新月竹風涼。

銀葉香寒煙透遲，蠟梅瓶裏響〔一二〕冰澌。添衣曉並欄杆立，貪看山茶雪後枝。

語女伴

莫訝隨行步每遲，難將愁緒訴心知。比來欲識儂懷抱，試看芭蕉未展時。

《蓮坡詩話》：毘陵董玉蒼妻吴文璧永和，以貞節聞。所著《苕窻集》着語清新，有《語諸女伴》句云云。吴江潘稼堂為作傳。

【校記】

〔一〕此句吴永和《苕窻拾稾》（清刻本，下同）作『美人奇女子』。

〔二〕此句《苔窻拾稾》作『乃不紀其死』。

〔三〕飛：《苔窻拾稾》作『微』。

〔四〕琤淙：底本作『琮』，據《苔窻拾稾》改。

〔五〕詩狂：《苔窻拾稾》作『清狂』。

〔六〕馬勒：《苔窻拾稾》作『玉勒』。

〔七〕啼鶯：《苔窻拾稾》作『殘鶯』。

〔八〕低窻：《苔窻拾稾》作『疎窻』。

〔九〕覺：《苔窻拾稾》作『竟』。

〔一〇〕此題《苔窻拾稾》無『四時』二字。『時』原作『詩』，誤。

〔一一〕幽絶：《苔窻拾稾》作『清絶』。

〔一二〕響：底本作『嚮』，據《苔窻拾稾》改。

劉氏 一首

浙江鎮海縣人，同邑林鼎新之室也。

《古檀詩話·節烈不磨·鎮海林氏雙節祠》：氏為兵亂，矢志捐軀，於《黄庭帖》後題《絶命詞》云云，遂同殉。悍帥聞二氏事，稍止淫掠，兼寬出郭之禁。年友丁容溪，蕭山人，修志時為立傳，並吊以詩云：『西風夜雨讀黄庭，遺句千秋照汗青。鶴唳頻傳枌社恨，蛾眉頓化海風腥。死生分定輕溝瀆，節烈名高炳日星。楓荻蕭蕭陰火緑，荒祠江上吊湘靈。』容溪與余同教習宫館，以吟箋見貽，因悉記之如此。

絶命詞

生有命，死有命。生兮妾身危，死兮妾心定。

《鎮海縣志》：李氏，諸生林穎新妻。劉氏，林鼎新妻，善詞翰。順治丙戌，定帥蓄異志為亂，邑中人惴惴不自保。李、劉交以死誓，李常提幼女，用色絲繫其臂而泣。劉於所臨《黄庭本》尾題詩云云。亂起，李、劉各繫帛於頸，聞急自勒。穎新兄弟急解之，李已不可救。劉復甦，謂鼎新曰：『一死一生，人謂我何？』遂絶。邑令喬鉢表其事，立祠祀之，碑存梓山。

何桂枝 一首

廣西桂林人也。幼失父母，賣為人婢，攜之揚州，後嫁浙人官給諫為妾。自怨己命，作歌一篇，士林為之傳誦。詳見後注。

悲命詩

六月六夜雨聲急，有女不眠悲思集。側耳東方人睡酣，倚床低首羅巾濕。有恨無可伸，有語向誰陳？坐對中宵雨，長嗟薄命身。我本廣西城裏女，此處爺孃非我親。暗想八九年前事，寸心耿耿獨傷神。憶我六七歲，父母雙拋棄。寄養向貧親，貧親無好義。潯梧將軍門下客，一時假虎烈威勢。與得金錢知幾何？甘心鬻我作人婢。爾時幼小只從他，薄命漂零可若何？當年攜到揚州地，山程水程萬里多。揚州一人主翁宅，年復一年誰愛惜。朝捧茶飯暮捧湯，寒缺衣裳饑缺食。主翁有時稍見憐，主母鞭箠那禁得。忽然年來情意改，當作親生女兒待。許我呼爺與呼孃，梳頭裹足勤勞倍。不知奸計險於坑，謾道厚恩深似海。簫管琵琶學已終，牙牌雙陸亦教通。纔延李姐傳歌舞，又向張姑習繡工。事事求全勤督責，朝謀夜議誰能測。春來春去時忽忽，道我長大好顏色。嫁得富翁貴公子，終身享用無盡極。昨朝客到敞華堂，逼我堂前見客忙。不識誰家輕薄子，周身上下細端相。但見爺孃喜滿面，我正無顏歸繡房。驚猜不敢問，自知徒自恨。耳聞堂上言，贏得心中悶。方知堂上賓，乃是浙中人。工科給事官名重，六十無兒娶妾新。豈是尋常行禮節，只聞次第講金銀。怪殺爺孃心慘絶，千金百金争未歇。我生時日我不知，朦朧造作與人說。初五聘定初七嫁，却道行程圖快捷。可憐我貌空如花，可憐我命真如葉。今日人家呼作兒，來日人家呼作妾。以此傷心怨復嗟，夜深掩涕肝腸裂。蚤知粉面换黄金，悔不當年墮江月。已矣哉，且莫哀，不見揚州舊風俗，親生兒女嫁天涯。天涯復海角，骨肉之間豺虎惡，我復何須淚零落。淚零落，情未休，長江之水無西流，風俗不改古人愁。寄語紅顔緑髮閨中女，來生誓莫生揚州。

何偉然《廣快書》：桂枝姓何氏，本桂林人。五六歲時失父母，母族人收養之，以貧鬻於潯梧將軍門下客所。客揚州人也，愛其白皙，萬里攜歸。歸作婢充使令，貫幼且嬌，不任供役，主母嚴切是畏，漸嘗諸辛苦者四五年，顔色反不如五六歲時。十有二歲，偶夏日沐浴，竟徙倚檐楹間，面目頓生光艷。主母為之心動，語主翁曰：『此奇貨也，幾失之矣！』揚俗喜養女嫁富貴人為妾，雖遠而蠻狄，得金多，無復顧忌也。其女亦多屬貧而鬻者，兩城内外，日日媒嫗絡繹於道。鬻女例一歲值一金；稍稍有姿容，輒昂其直。其買之者，不盡多財家也，或有典物以買女者，大率利其後來嫁富貴人，可得多金，且或以美色專房，或以生男見寵，則養女之家，一切賴之。故俗號曰『養瘦馬』，瘦馬而肥，價必高矣。何氏女既有貌可售，其主翁主母一旦喜之，釋其賤役，呼之為女，令女呼己為父母，二三年珍愛之如己出。女得其珍愛之也，肌態遂備諸好，而慧性亦發，所教者無不能焉。偶一文士過而見之，嘖嘖稱羡，謂其父曰：『此非桂林之枝耶？』其父遂請更美名，文士曰：『即名以桂枝可。』自是其父無女而有女，驕語於人及諸媒嫗。是年，桂枝甫交十五。夏六月，有浙人官給諫者，年六十無子，覓妾於揚，來睞桂枝。初出見客，羞澀萬狀，心不樂甚。顧給諫公一見當意，遂以寶簪授媒嫗，插桂首，不恡多金以聘，一切如其父母所希求也。時自燕來，亟還於越，以初五日晨聘，即以初七日夕登舟。初六日大雨，桂獨不能寢，前後記憶，憂切涕零，乃作歌一篇，以悲己之命，因以閔揚之俗云云。是夜於燈前作小楷書錦箋一幅，藏卧簟下。明日給諫公命駕肩迎去，其母送之，渡江至崖而反。一日於於桂卧簟下得所書錦箋，以白其父，其父以送向文士觀之，文士大加惋歎，曰：『惜哉！桂林一枝，乃不屬少年郎折，宜其怨也。』亟使搜他墨跡，一字不可得。因録其歌而傳誦之。後逾數年，桂父母家大陵替，議往桂處有所求，而桂適信至，蓋侍給諫公不一年，已作古人，桂無出也。其嫡初欲遣歸，已於衆妾中獨憐桂性不妄言，動能順意旨，留以為伴。桂遂一志謝朱粉，長齋奉金仙矣。

張氏山東德州人　四首

山東德州人，處士張禎之女，適知麗水縣田緒宗，大中丞雯、翰林院編修需之母也。封太夫人。著有《茹荼吟》。

王士正《田母張太君墓表》略：　母張氏，德州儒家女。父曰禎，女紅之外，教以書史，輒能通知大義。笄歸於田，齊魯間所稱蓼庵先生者也。先生壬辰登第，知浙江之麗水縣，未幾屬疾不起，母髽踊稍間，則取倉庫冊領，勾稽籌算，年經月緯，具有條理，不以假胥吏。既而攝篆者果難之，母手自削牘，請太守盤督。處州守王君臨縣，母以籍進，攝者頫首服，無以難也，乃得攜諸孤間關四千里扶櫬以歸。督諸子讀書，而身自紡績，往往至戌亥。長子中丞雯、中子太史需，相繼登朝居華要。母四膺誥封，稱太恭人。

《山左詩鈔》：　張太恭人年七十時，司寇及太史官、中外親鄙議張屏設宴，為恭人壽。恭人聞之，為書以示諸子曰：『示雯輩：　女昨來言，里中先達及學校父老謀欲醵錢，作為屏幛，為吾壽者，此親輩盛心。然揆諸情理，則甚有所不可。今詳為女曹言之。按禮，婦人無夫，稱未亡人，凡吉凶交際之事不與，不為主名，故《春秋》書「紀履緰來逆女」。《公羊傳》曰：「紀有母，何以不稱母？母不通也。」何休學云：「婦人無外事，所以遠別也。」後世禮意寖失，始有登堂拜母之事。戰國時，嚴仲子自觴聶政母前，進百金為壽。此蓋任俠之流有所求而然耳，豈為禮當如是耶？吾自汝父歿於官，提攜細弱，千里扶櫬，含辛茹蘗三十餘年。閤户辟績，以禮自守。今幸汝曹皆成立，足慰餘年，然此中嘗有隱痛。歲首膢臘，兒女滿前，牽衣嬉笑，輒怦怦心動，念女父之不及見。故或中坐歎息，或輟箸而悲，蓋三十年於此矣。三十年吉凶交際之事不與知，而今更强我為主名，其可謂之禮乎？頃者米價踊貴，井里蕭然，親故類多貧乏，若復合錢市饔，為未亡人進一日之甘，是重有戾矣！女曹備官於朝，宜曉大體，其詳思禮，以安老人之情，惟勿忽也。』君子讀恭人書箴，以為知禮，不異敬姜之訓文伯云。

自句容歸里

流水青山在眼前，歸途恰值早春天。官貧一路無車馬，覓得江南鴨嘴船。

戊申京邸示兒

金馬門前玉漏殘，經年索米向長安。悲歌莫逐荊高侶，且耐官同易水寒。

示兒

一部楞嚴户晝扃，木魚竹杖倚圍屏。老人自覺修齋好，不為兒曹講佛經。

送長兒之楚

黄鶴樓前白浪生，江流滾滾鄂王城。倘從鸚鵡洲邊過，一吊才人禰正平。

陳永静一首

字閒軒，浙江海寧州人，贈太傅容菴公之女也。歸華亭葉忠節映榴，忠節死陳夏包子之難，夫人攜太夫人以歸，教養三子，咸登仕籍。

與圓明女師談禪

不落機鋒豈鈍根，茶瓜留客話桑門。蓮臺色相依然在，龍龕經函具共論。幾杵霜鐘消白晝，半龕鐙火定黄昏。繁華勘破真生受，我亦生平拜佛恩。

林氏 廣東新會縣人　四首

廣東新會縣人，林奇鳳季女也，適襄陽宣威將軍申有功。相夫訓子，以貞節著聞。兼工吟詠，著有《畫荻草》。

霜竹

孤挺三冬日，枝枝映楚湘。蕭疏持健節，蒼翠帶寒霜。月色籠陰薄，風聲引韻長。林中還有實，留得鳳毛香。

菩提樹

智藥曾培植，攜來西域船。高枝成寶蓋，清影散諸天。虞苑流陰遠，唐朝得法先。自從盧祖悟，色相總非禪。

大通寺

海暖風和放小舟，滿天煙景好追遊。青山疊疊渾無影，緑水漫漫静不流。佛祖昔年留妙偈，頭陀今日繼靈修。菩提自是西來種，今古禪參尚未休。

秋夜獨坐

日來秋氣滿林塘，獨坐閑庭過夕陽。颯颯西風鳴晚樹，蕭蕭殘葉落東牆。閉門自喜紅塵遠，顧影偏宜白髮長。惟有淩霜真節操，歲寒不使後凋傷。

陳皖永十三首

字倫光，號汲雲老人，浙江海寧州人。工部尚書文和公妹，適副榜楊語可，侍郎楊雍建子婦也。生三子：長庭玉，仲雅度，三開緒。皆自課誨。著有《素賞樓稿》八卷、《破涕吟》一卷。

《西湖志》：陳皖永字倫光，海寧人，兵部侍郎楊雍建子婦，康熙戊午科副榜楊慎言妻。著有《素賞樓稿》若干卷。

楊大晟《素賞樓稿跋略》：《素賞樓詩集》系吾母所編訂，先兄庭玉公力疾讐校，釐為八卷，不以輕示當世，承母志也。及先兄殁後，吾母重傷先兄之心，因跋數語，授之大晟，弆篋笥者三閱歲矣。念吾母秉外王父母家學禮教，來歸先君子，時祖父司馬公方以文章氣節為海内推重，庭饒賜書，擩古香，染柔翰，差足樂也。自後家運崎嶇，中年傷於懷抱，時時獨絃哀歌，一寫其悲憂憤懣之志。今集所録，强半皆然。丁酉春正月，吾母六十正誕，子婦謀乞言稱壽，殊不色喜，為詩四章，切誡晟勿作無益。晟勿敢違。顧念吾母春秋〔一〕，唯晟一人侍膝下，晟又譾劣無似，不克恢宏前烈，屆兹祝嘏之辰，尠焉寡歡。惟是吾母數十年苦心勞慮行吟坐愁之所為作者，家門榮落之概，得諸親歷，懿訓徽音，亦於此乎在，非借手他人祝嘏之章務觀美於屏障者比。爰啟丘嫂沈、中嫂蔡，僉謂庶藉是仰娱萬一，請脱簪珥，佐晟授之開雕，以侑康爵，皆取諸是編足矣。吾母笑而頷之。凡鳩工三月乃竣。其《破涕吟》一卷，則年來弄孫之暇，口授居多焉〔一一〕。

【輯補】

陳皖永《素賞樓詩稿》（康熙五十六年楊大晟刻本）載其兄陳慈永序：人生不朽者有三，求其兼之者恒不易覯。余側聞先大夫庭訓，自束髮受書，思欲毅然有為於世，迺僅一官承乏，抱病家居，碌碌無所建樹。今年踰六十，放浪湖山詩酒間，自分丘壑老矣。迴憶髫齡時，弟昆課業之餘，間與姊妹之年相若者時聯唫，時分詠，天倫歡洽，忽忽若前日事。厥後姊氏適佟，遠羈瓊海；妹氏適楊，又悲寡鵠。數十年來，弟昆凋喪殆盡。舉凡廬事滄桑，千蹊百徑，當境不能無感，過焉輒忘；惟是同氣藹然，此倡彼和，則耿耿於懷，迄今尚入夢寐焉。明年春，妹氏楊年六十，自念一生荼苦，戒其子勿壽，作四律以自寫其心。而宅相大晟以母德表表，謀所以稱觴之，因以《素賞樓稾》秘之篋中者，欲壽諸梨棗，冀垂不朽，乞余一言以弁其端。余不禁喟然歎曰：『爾母之可傳於世而卓然自立者，不第在兹也；世之重爾母而肅然起敬者，亦不第在兹也。自爾父即世以來，茹蘗飲冰，幾三十年，婦道而兼子道，慈母而兼嚴父。方其行事，與仁人孝子媲美者，指不勝屈。經理內外，綱紀大小，特其餘耳。烏用雕蟲末技為？』既而閱其篇什，味其意旨，或敷陳直言，或託物見志，如遇古仁人焉，如遇古孝子焉，以視髫年倡和風雲月露之章，迴不侔矣。乃余妄以不朽者視為雕蟲之技，不已過乎！獨是吾妹與其夫子語可，蓋梁孟也，使天假語可之年，則倡隨佐理，戮力皇家，其於社稷民生，當更有不朽者在。乃語可徒負不世之才，竟賫志以没，俾藉艱辛苦，畢萃於吾妹一人，殆横渠先生所謂天庸玉汝於成歟？同懷兄慈永序。

同集載楊瑄序：　黄梨洲先生之稱卓母錢孺人也，謂高明之家而荼苦一生。余讀之，歎其與吾嫂陳孺人絶相類。顧梨洲之文，述錢婦德良備，猶未稱其能詩，豈非才分有所限歟？海昌陳氏，族望甲海内。孺人為相國之從女，司空文和公之女弟。幼承姆教，嫺習風詩，甫事聲律，便擅閨房之秀。洎歸吾宗語可兄，眉案相莊，儼如賓友。時舅司馬公升華臺省，祖姑陸太夫人、姑唐夫人皆在堂，孺人滫瀡之餘，寄情吟詠，頌椒銘菊，彤管有煒。於戲！何其盛也。未幾而唐夫人下世，司馬公方拜撫黔之命，諸兄弟或留輦下，或走軍中，無在者，一切醫藥之需、飯含之具，取辦孺人隻手，悉中禮節。而哀慕之忱見於篇什間者，益悱惻可誦。語可兄負雋才，連不得志於有司，意氣豪邁，不屑問家人生産，四方賓客之至止者，文酒留連無虚日。孺人出奩具佐之，猶不給，以故家日益落，而語可兄尋病，鬱鬱賫志以殁。孺人鞠育諸孤，綢繆風雨，拮据捋荼，有單門窮嫠所未嘗者。間一操翰，淚痕與墨瀋交和。今集中《侍疾》、《悲懷》諸什，雖三峽猿啼，中宵鶴唳，無以喻其酸楚也。孺人長子曰渟玉，自少英敏，饒幹局，年十七，代司馬公經理高堰堤工，訖用底績，諸長老咸歎異之，乃不幸與仲子雅度相繼摧折，獨季子開緒存耳。孺人疊遘閔凶，慘裂焦府，捐棄筆墨者且經年。舊歲九秋，開緒偕同社諸子有詠菊之作，孺人觸物寫懷，先後得七言律詩十六章。一時才俊，皆為閣筆。蓋孺人之遇益酷，而其詩乃益工。豈造物忌才，文人多阨，即女士亦不免耶？抑有意抑塞困苦之，以發皇其靈秀耶？吁！其可悲也已。孺人雅不欲以詞章自表暴，平昔所作，頗多散逸，渟玉嘗手録成帙。今開緒續加編輯，將以授梓，而問序於余。余觀古今諸名媛集，大率蘭苕翡翠，僅可供耳目朝夕之玩耳。若孺人之詩，原本性情，止乎禮義，音節悲壯，含藴深長，天咫人倫之故，纏綿肫篤，斯固追蹤騷雅，而有功名教者也，詎可使其湮没不傳哉！開緒以聞諸孺人，孺人曰：『此非未亡人志也。』然一生閲歷，略具其中，則此舉未為不可。余遂諾開緒之請，為序而傳之。康熙丙申嘉平上浣弘農宗人瑄頓首拜撰。

同集載陳皖永自序：　余幼秉庭訓，命學詩，然不敏，未嘗工詩。結褵後，酒食組紃是議，不暇多作，偶有小詠，以非女子事，即棄去。間有所存，夾注於米鹽籍內耳。長男守文每云：『母詩不欲傳，一生所處之境亦不欲留示後人耶？』庚辰，侍先司馬袁浦歸，服勞餘力，彙集其半；癸巳試畢，養疴小室，復繕寫全稿。不幸甲午仲冬，守文病歿，斯稿塵封笥篋者兩月餘。乙未初春，偶一翻閱，傷心慘目，因跋數語於後，遂絕意筆墨矣。而次也姪自平涼歸里，來問予起居，索近稿讀竟，喟然嘆曰：『審如是，衰年多感，不籍此何以自遣？』予頷之，乃留姪行李於弗過軒。姪連夕傷酒病肺，予聞而心悸，一夜數起。明日，有《弗過軒聽雨有感》二律欲予和，予感其意，兼喜其才，破涕一笑，依韻和之。自此悲愁感歎，復寄之詩。今秋冢婦沈請予稾授梓，為予六十壽，是善體亡兒之意也。偕其兩娣蔡、任，脱簪珥為剞劂費，而季子大晟復不揣予之鄙陋，請序於予六兄暨吾宗華亭學士。辭之不獲已，彙刻已成，大晟復編斯帙，因命曰《破涕吟》，並附卷末。時康熙丙申嘉平月上浣汲雲老人書於弗過軒。

陳皖永《素賞樓詩稿》（國家圖書館藏嘉慶八年張步萱抄本）書尾載張步萱跋：　余自十齡時從陳半圭夫子學，漸曉聲韻，針黹之暇，間事吟詠，然質魯，未能有進。夫子以《拙政園集》及《素賞樓詩》見示，余受而讀之，愛不忍釋。《拙政園集》為相國徐深明夫人所著（《別裁集》作字明深，誤），洵閨媛中大家；《素賞集》為汲雲老人所著，則相國之女姪而適於楊者，又閨媛中名家也。兩集俱膾炙人口，卓乎可傳。《拙政園集》向已散佚，近為夫子得之，而吳氏拜經樓以付諸梓；獨《素賞樓》板本遭祝融之厄，久為灰燼，余深痛惜之。爰為手録一冊，藏諸巾笥，以備展玩。至其詩之纏綿清麗，怨而不怒，深有得於風人之旨，則序文中已詳論之，余亦未敢多贅云。時嘉慶癸亥茱萸節横山女史張步萱貽令氏謹跋。

陳皖永《素賞樓稿》（浙江省圖書館藏民國二十一年管元耀抄本）載楊晉拔序：　余自垂髫時隨先君子侍先大父側，先大父嘗述曩在都下時，與海寧二伯祖語可公最友愛，時曾叔祖少司馬公方擢副憲，先大父執經門下，以猶子而列弟子之班，朝夕趨侍函丈。故時與二伯祖以古文相切劘，賞奇析疑，每至達旦不寐。未幾，司馬公拜撫黔之命，二伯祖隨侍軍中，而先大父亦隨曾大父臨江公之任蕩陰，遂與二伯祖相間隔者凡五載。甲子秋，先大父應試入都，而司馬公方奉召還朝，得晤二伯祖於邸寓，握手相勞苦。維時相國陳文簡公未成進士，為二伯祖母陳孺人之堂兄，故與二伯祖同寓京邸。三人相聚，必相與討論古今，間以諧謔，因得悉二伯祖母工於詩，然猶未及見之也。越明年，文簡公擢鼎甲，二伯祖稱賀時，猶諧謔不止，其佻達不羈如此。不意未及數載，二伯祖遽赴玉樓，維時先大父悼之甚。又二十年，開緒叔方刻伯祖母《素賞樓稿》成，先大父展卷之下，擊節歎賞。既而授諸先君子曰：『吾嫂之詩，不特女子中所罕覯，即男子中亦豈易得哉？吾所以授之汝曹者，蓋吾與語可兄最友愛，今集中之詩，强半為哀楚之詞，吾不忍卒讀也。汝其好藏之。』先君子拜而受之，每於誦讀之暇，輒出以披吟，嘗閱至『隻手難扶已墮天』之句，未嘗不廢書而三歎也。越數載，鐵硯齋叔祖借去，竟飽白蟻之腹，斯編竟不可復得矣。先君子深為惜之。乙丑夏，適與獻可大兄談及斯稿，知此板已散失矣；所僅存者，獻可大兄處一帙耳。特往假歸，手録是冊，庶不失先大父授諸先君子，並先君子珍重之意，俾知先大父之授是書，不第在詩；而先君子之珍重是書，亦不第在詩；即晉拔之録是冊，亦不僅在詩也。其獻可大兄所來之札珍惜此編者倍至，故並録之，以見吾宗之珍是編者有同志云。乾隆十一年歲在丙寅上元日金山姪孫晉拔拜手識。

同集附録《乾隆乙丑六月初十日獻可大兄來札》：《素賞樓稿》，從前不知珍惜，妄加圈點，置之笥中，忽忽忘之矣。昨聞欲借閱，因再看一遍，工穩俊逸，誠閨閣中之佼佼者，覺以前圈點，全然掛漏。我弟暑閣餘閑，得獨出心裁，不妨用筆評閱，以闡作者之意，最妙最妙。十五年前，卣虎十叔到武林，曾造廬求覓一部，而素賞主人已皤然白髮，回首往事，惟增浩歎，問其板存何處，則云劫灰澌滅，久不印訂矣。目下家日益落，後人不識尚有存者否？想當年一段苦心，殆化為烏有。我輩屬在一家，有志者各存得一部為是，而已不可得矣。惜哉！

同集書尾陳其謙跋：吾家湘蘋徐夫人為七世從祖素菴公之繼室，著有《拙政園詩集》及詩餘行世。汲雲老人為相國之從女，定菴封公之第五女，大司空文和公之女弟。幼稟庭訓學詩，姊適廣東瓊山令三韓佟世南，並能詩，著有《佟陳氏稿》。老人歸同邑少司馬以齋楊公之次子語可副車，副車自少英發績學，早世，老人守節撫孤，所歷艱危，其悲憤憂鬱之志，一寄之詩。長子守文編鈔成帙，不幸與仲子均歿。老人晚境益窮，遂停吟管，既而猶子次也太守歸自平涼，留弗過軒，偶有所作，太守為晚研中允子，司馬之孫，詩名籍甚，老人顧而色喜，因名是時唱和等什為《破涕吟》。按邑乘《藝文志》載，老人著有《素賞樓集》八卷、《破涕吟》一卷，為其季子大晟校刊，迄未寓目。乙卯，館於南潯張氏，從其家適園藏書中得見《素賞樓稿》抄本三冊，讀而嚮往之，隨摘若干首，未及徧録。明年丙辰仲冬，將全稿補抄，顧淩亂無次。己未，移硯滬上，欲繕正而又止者十一年矣。今年仲夏，自里門出，行篋挾此，日繕數頁，藉消長夏，閲四旬而始竣。夫封公以名孝廉教諸子成名，詩禮之訓，且及閨媛，其能得司馬公歡心，宜矣。惜其遇窮而其志可哀，詩中多愁苦之音。他日得重付剞劂，以媲孅《拙政園詩詞》，亦闡揚先芬之微意也夫。己巳孟秋上澣六世從孫其謙謹識。

同集書尾管元耀跋： 吾邑閨秀之能詩者，頗不乏人，而陳氏則素菴相國配湘蘋徐夫人為最著，同邑吴兔床明經曾刊入《海昌麗則》。此《素賞樓稿》八卷，並《破涕吟》一卷，為汲雲老人所作，即素菴相國之從女。早歲工詩，時與同堂弟兄姊妹輩相唱酬，誠家庭韻事也。旋適同邑楊氏以齋少司馬次子語可副車為室，摒擋家事，吟詠少輟。又值姑唐夫人攖病床褥，其時家人輩均遠適京國，汲雲老人侍疾治喪，倍形勞苦，憂懷鬱結，輒寄之以詩。其後連遭不幸，哭夫哭子，相繼而起。其境遇至為慘酷，故其所作半皆愁苦之音。余近託寄滬江，時與故鄉諸老相晤敘，以破旅寂。辛未秋日，過陳吉堂孝廉寓齋，因假是集以歸，展卷讀之，輒為唏噓不置。是冬家兄偉子來滬，適值日人內侵，滬北烽火燭天，宵晝炮聲盈耳，死傷累累，行路戒嚴，遂滯跡焉。白頭兄弟，風雨連床，因出此集共讀之。以愁苦之時，讀愁苦之詩，一段愁苦之情狀，不可不有以紀之。即相約將此集分録之。以後四卷並《破涕吟》一卷，為家兄偉子所手録； 前四卷則余所録也。書成，爰述之以為鴻爪之留，而跋其後焉。並以書吉堂孝廉之本以歸之。時民國二十一年壬申春初同邑管元耀振志甫跋。

瓊案：陳慈永序與楊瑄序皆作於楊開緒將欲授梓《素賞樓詩稿》之時，當系同年，即康熙五十五年。據陳序『明年春，妹氏楊年六十』，又據《破涕吟》書尾其子楊大晟跋『丁酉春正月，吾母六十正誕』，及《素賞樓詩稿》卷三《四十詠懷八首》題下小注『丁丑正月九日』，則康熙三十六年（丁丑），陳皖永四十歲，康熙五十六年（丁酉）六十歲。三處皆合。由此可推，陳皖永生於順治十五年正月初九日。

君馬黄

君馬固神駿，我馬非駑駘。伏櫪良可歎，世無黄金臺。

海棠歌

立竹堂前花散綺，紛紛佳麗矜紅紫。主人惜花惜分陰，日日憑欄看不已。開時欣賞落時悲，詠歎有詩哀有誄。所嗟榮瘁瞬息間，妖艷濃香何足恃。梨花雨裏杏花風，簾影低垂窻掩紙。花少愁多且晏眠，朝來又被鶯呼起。海棠一株更奇絶，昨夜春風折芳蕊。亭亭獨立庭西偏，賦質清妍無塵滓。桃李無顔蘭蕙愁，羣芳辟易失其美。珍重名葩故後開，天與陽春〔三〕相礪砥。傾國姿容本絶倫，神仙標格誰能比。朱唇鮮綻點臙脂，粉面微瑕補獺髓。淡煙籠景更幽閑，清露滿身嬌欲倚。纖弱紅絲裊裊垂，玲瓏翠葉層層庀〔四〕。不肯有香供褻玩，雖然絶艷〔五〕非奢侈。晴暉照耀自為容，夜雨飄零死知己。淵才有恨亦癡絶，杜陵無詩未嘗是。華清宫裏何如人，春睡嬌酣敢輕擬。石家欲貯金屋中，誠哉肉食言可鄙。昔人唐突非一端，詩成為君雪前恥。酌酒與花花莫愁，千秋幸有吾知爾。好對樽前聽我歌，雖愧無文質不俚。含情無語意若何，玉暈微紅半嗔喜。

敝衣行

秋光漸老羅衣薄，江楓墮冷木葉飛。處處坐月急砧杵，霜風催我尋故衣。短襦浣濯去塵垢，連歲補綻〔六〕新間舊。尚可著絮未忍棄，庶免肘見換長褏。我思古人真我師，繡多〔七〕曲折老杜詩。布裙操作風足尚，何況杼柚〔八〕空無絲。縫紉完好喜温輭，狐白貂茸孫輕暖。夜寒初試出熏籠，素綾被覆和香卷。

夏日遊蓮池尼菴

齋心過蘭若，參默〔九〕致精虔。聞布黄金地，來皈白法筵。道心安止水，霽色浄諸天。得侍維摩室，時聆上乘禪。

殘暑猶思避，淩晨出郭行。衰扶藤杖瘦，穩坐筍輿輕。莞爾瞻旛影，泠然聞磬聲。松壇緇樹遶，輟講下階迎。

千秋不翦拜，祇樹蔽甘棠。桂老幽巖古，松高深殿凉。遠峯青入牖，斜月淡侵廊。荷渚清無暑，微風暗遞香。

竟日開簾坐，悠然對遠峯。茶煙颺風細，香篆結雲濃。閑置忘言拂，疎傳出定鐘。風幡任自轉，根鈍欲參慵。

豆腐

屑豆〔一〇〕成佳品，磨礲絶可憐。無端遭浸潤，有力碎勻圓。縫布千鈞壓，然萁幾度煎。一方完趙璧，百叶疊吴綿。玉糝餘渣滓，璚漿泛粥饘。調鹽凝鼎内，借箸析尊前。至味惟宜澹，恒情頗尚鮮。茹冰甘欠蘗，嚙雪滑無氈。勝肉能消鄙，如酥喜不羶。盡歡供滫瀡，示樸佐盤筵。潔以孤行見，馨從衆口傳。咄嗟貧易辦，藉爾養衰年〔一一〕。

戲詠不倒翁

頗矜文采列〔一二〕衣冠，鎮定閑嬉品自端。孤立無依能禦侮，高眠不穩敢偷安。摇頭似畏人情薄，裹足因知世路難。推重傾危多莫論，雲泥自向一身看。

上巳日清明二首

秋千風定祓除天，上巳清明景共妍。待燕簾櫳人悄悄，餞花庭院雨綿綿。新分幾點榆〔一三〕根火，不禁千絲柳葉煙。蹋遍青青觴曲水，賞心還勝永和年。

輕雲弄日〔一四〕晚晴天，萬户青蔥柳色妍。留得夜燈從乞火，既成春服未除綿。桃花水暖初修禊，榆莢風高已禁煙。一片詩情删不得，錦囊有句駐流年。

松

不改冰霜操，凌寒翠色新。可憐桃李樹，回首路旁塵。

獨坐看雪

垂簾深坐一身閑，靜看沉煙〔一五〕起博山。天上誰施修月手，霏霏玉屑滿人間。

【校記】

〔一〕春秋：陳皖永《素賞樓稿》（浙江省圖書館藏民國二十一年管元耀抄本，下稱民國抄本）作『春秋高』。

〔二〕此文《素賞樓稿》（康熙五十六年楊大晟刻本，下稱康熙本）末署『晟並為鋟次如右，男大晟百拜跋』。

〔三〕陽春：康熙本作『春工』。

〔四〕庀：民國抄本作『庇』。

〔五〕絶艷：民國抄本作『艷質』。

〔六〕補綻：民國抄本作『補綴』。

〔七〕多：康熙本作『移』。

〔八〕杼柚：民國抄本作『機杼』。

〔九〕默：《國朝閨秀詩柳絮集》作『點』。

〔一〇〕屑豆：民國抄本作『層立』。

〔一一〕此詩後康熙本有識語云：『此作成於甲午仲春，録示兒子守文，莊誦者竟日。自此兒病日深，予憂皇廢筆墨。不幸仲冬朔有二日，兒病歿。嗚呼！而今而後，尚忍言詩哉！此予之絶筆也。乙未春日，録舊作拭淚識。』

〔一二〕列：民國抄本作『到』。

〔一三〕榆：康熙本作『槐』。

〔一四〕日：康熙本作『月』。

〔一五〕静看沉煙：民國抄本作『坐看沉輕』，《國朝閨秀詩柳絮集》作『静看塵煙』。

嚴姜句

福建長泰縣人也。

句

蒲葦紉如絲，磐石難轉移。

《福建通志》：嚴氏名姜，長泰人，失夫名。年十一，忽吟曰：『蒲葦紉如絲，磐石難轉移。』父怪而問故，答曰：『夢中得之耳。』長歸王，未幾夫得惡疾，性暴甚。嚴曲意順之，不為忤。夫卒，哭七日，縊死。無子，年二十三。

錢鳳綸十一首

字雲儀，浙江錢塘縣人，進士安侯之女也。適同邑黄子式序，式序曾祖母顧太夫人以詩名，鳳綸能嗣其家學。著有

《古香樓集》《散花灘集》。

茅應奎《絮吴虀》：孫青峙云與顧姒啟姬、柴静儀季嫺、林以寧亞清、馮嫺又令、張玉琴槎雲、毛媞安芳，號『蕉園七子』，皆有集。

毛際可《古香樓集序》略：余先銓部公與黄貞父先生先後令鍾陵，以清節相友，而錢子安侯同余戊戌成進士。貞父先生之冢婦和知顧太夫人《卧月軒集》傳誦海内，其曾孫婦雲儀錢夫人復以詩聞；大人，安侯同母女弟也。歲癸亥，安侯墓木已拱，其弟石臣過余，請曰：『姊氏少工吟詠，積成卷軸，今春秋四十矣，同里梓其詩，以繼《卧月》，而弁以先生之嘉言。』余曰：『夫人善持家政，與夫子式序相敬如賓。其為五七言古及律絶體，沉雄妍秀，各擅其勝，而比事屬辭，尤有合於風人之旨。嗚呼！天之生材不易。夫人既嗣音和知，而集中所與倡和者，若柔嘉，則夫人之娣；若重楣，則夫人中表之妹；以及馮、柴、林、顧，號稱女中大家者，莫不雲蒸霞蔚，聚於一時。豈虎林山川之靈異，名公鉅卿、騷人墨客所不能盡者，而畢萃於閨房之秀耶？』

《見山樓墨話》：雲儀錢夫人，詩筆高古，脱盡巾幗纖媚之氣，所著《古香樓詩》，決為可傳。其《射潮賦》、《墨君頌》、《祭玉蘭文》、《送愁文》、《游湖心亭記》皆高古，具八家筆力。漫録《彤管箴》一篇於此，其自序云：『古者后宮女史二人，朝夕簪彤管隨王左右，掌后妃宮室之事，將以懲淫慝，儆宮邪也。揚雄作《二十五官箴》，而不及女史，向疑其必有闕焉。余幼習姆訓，長淹經傳，竊知婦道一二，遂欲仰宣聖化，内淑閨門。女紅之暇，綴辭補之，若謂與子雲、茂先齊驅先後，則吾豈敢。』其《箴》云：『煌煌憲章，昭兹來服，崇勳攸載，眚慝咸録。昔在周王，動言斯謹，左右史臣，既疏既引。肅雝令德，王假有家，嬪御維賢，女史無譁，亦詳而法，亦正而葩。始於宮闈，浸及江漢，惇俗媲行，聖時幽贊。迨其後嗣，淫荒以逞，曒曒為汙而昏昏為醒。主志既移，女德乃衰。人之齊聖，己或昵之，碩人放廢，顛倒以嬉。人之僉壬，己或比之，揄狄再加，婦功用隳。善善無寧遲，疾惡不可長。疾惡之甚，是為妒媒；取默以容，乃婦之期。二儀既建，動静素分，磽磽者詘，猶猶者尊，獨不見夫思媚之姒、思齊之任？藝事用諫，隸在《尚書》，史臣司鑒，敢告屬車。』

【輯補】

錢鳳綸《古香樓集》（康熙四十二年刻本）載其弟錢肇修序：《古香樓集》者，余仲姊黄夫人所作詩若文，哀而輯之，自名一家者也。溯姊之生，長予八齡，少時同問業於先太夫人。太夫人時隨宦京師，從先大人得見中秘書，以其緒餘教子若女。余幼未能句讀，姊則琅琅成誦，通曉大義。嘗與伯兄辯難，兄深異之，一時論説，傳之姻黨，遂有謝庭之目。及余少長，出就外傅，歸而考業，或有遺忘，姊嘗私教我，卒獲嘉譽，以是深德姊。姊亦時問家塾所課習，相與考訂無虚時。姊年十六歸於黄，祖姑黄太君即先太夫人之姑也。太君及太夫人皆顧之自出，家庭讌集，率以詩篇更唱迭和，有《卧月軒集》、《梱内言》、《亦政堂詩鈔》諸刻，傳世已久。姊歸黄之日，太君孀居，秉家範，雍雍肅肅，門内秩如。姊從問寢視膳之餘，更得親承指授，所學益進。太君年九十時，嘗為姊序其近詩曰：『孫婦學植雖富，顧齒猶未也，欲老其材而序以傳之。今吾已耄及，恐奄忽不及待，姑為之序而藏於家。』太君之意，欲俟其孫成立，藉一命之榮，以酬婦佐讀之勤，而後梓以問世，此太君不言之隱也。曾不幾時，而姊壻先殁，遽稱未亡人，境遇坎坷，至吾姊而已極。余同懷兄弟三人，余與伯兄先後成進士，雖未貴顯於時，已食稽古之力；姊明慧不讓諸昆，而所成就僅此，豈不惜哉！雖然，世之邀餘榮、膺翟茀者何限，而以詩學名世者幾人？蘇子云，王公大人求一言之幾乎道而不可得，固知天之所靳者在此而不在彼也。記與姊論詩，姊欲獨出心裁，一空前後作者，於古名媛詩少可而多否，故其為詩巉刻峭厲，一洗鉛華陋習，亦時有和平莊雅之音。詞則《花間》之亞也。少之時同侍先太夫人側，常以唱酬吟詠奉北堂之歡，暨其壯也，猶得篤昆弟之誼，賁藥焚鬚，亦所不惜。後以微禄，奔走四方，不見十年許。今秋姊年六十，余亦五十有二，回憶兒時，彷彿緑窻問難時事，胡可得哉？乃為序其生平，弁諸簡首，而壽諸金石，成太君之志云。康熙癸未三月既望母弟錢肇修石臣甫拜手敬題於長安邸舍。

同集載其夫黄式序序：　予内子錢，少隨外父宦游，且遭家難，往返道途，多歷年所，姑蘇、毘陵、震澤、齊、魯、燕、趙之區，皆其所盤迴者也。賦性穎悟，日從事筆墨，凡耳目之所睹記，一一於詩中寫之，故波濤瀰湃之勢，煙霞繚繞之態，凫繹文學之氣，邯鄲游俠之風，莫不入其奚囊，以供吟詠之助。況既歸余，又以清白之遺，食貧株守，而衿尚青，拮据之苦，放棄之悲，又足以動其牢騷感憤之嘆；　即或花晨月夕，稍可破顔，而履逆時多，處順時少，宜乎其胸之不平而托之詩以為鳴也。外母顧，余祖母之姪女也，工於詩，内子固童而習之矣。祖母苦節數十年，手不釋卷，著有《卧月軒》，膾炙人世，口吟腕録，至老不衰，婦與四婦姚亦遂時時唱和就正焉。積而成帙，命曰『古香樓集』，自娱而已；　授之剞劂，非其意也。祖母閲之，以其可以問世也，既已序之矣。今年秋七月為内子四十初度，親友醵金刊是集，代屏以為祝，予弗能却，或亦可備采風緝史者觀覽焉。爰是弁其端而行之。時康熙乙巳年孟冬望日錢塘黄弘修式序氏題於聞光閣。

同集載顧若璞序：　詩三百篇，多婦人女子之作，比興一端，遂足千古，豈皆從呫嗶中來，蓋亦其性近焉。自歐陽子有言，『詩窮然後工』，於是學士大夫鏤肌鍥骨，皓首窮年，設為幽憂之辭，以求當于『窮而後工』之語，雖形神宛似，而求之天籟，其失愈遠，曾不若候蟲之音自鳴自已也。余家本西河，吾祖滄江公而下，代有詩名，閨中雅集，亦以文詞競勝，余與弟婦孝昭夫人鸞牋酬答，遂有《閨晚吟》、《卧月軒》諸刻。姪女玉藻夫人，才名鵲起，藻績益工，果然積薪居上矣。孫婦錢鳳綸，玉藻夫人次女也，自其兒時弄墨，花鳥品題，已有謝家風致，父母絶愛憐之。年十六歸余仲孫，適余家中落，組紃之餘，不辭操作；　陳饋之隙，亦事染翰。間就正于余，余觀其詩，如好鳥哢春，如新花映日，雖學力未充，而穎姿逸思，有大過人者，豈非其得于性者優與？　既而仲孫屢戰棘闈輒報罷，抑鬱寤歎，時時對泣牛衣中，然而篝燈共讀，午夜不休，意欲以緑窗之勤，為他山之助也。余覘知之，嘉其志而悲其遇焉。如是有年，取材於漢魏，覽興於騷雅，以詠以陶，出而為幽折淡遠之筆，未嘗刻畫古人，而時有雋永之致逸其毫端。余觀其詩，校鄉者于歸定情之作則有進。由此觀之，性固不可强也，學亦不可少也。溯余往昔，自少至老，稱未亡人者六十年，險艱荼苦，罔不備嘗，若余之遇，可謂窮矣。然而間事詩書，或逆境紛來，悲憤填膺，輒投筆而起，詩以窮工，亦以窮廢。今婦之所遭，幸不至是，坎坷幽憂，足以堅其志；芸編緗帙，足以竟其學，有窮之益而無窮之損者，其在斯乎！且又年齒甚富，由其性之所近，積學以俟之，及余之年，何所不届？余之所望于婦者，豈僅三劉五宋已哉？自今以後，竭力宗陶柳一派。性之近者，引而愈親；學未至者，積而能化。氣欲其邃而昌，詞欲其清而厚，久而跂之，自有得焉，可以作西河之後勁，接南國之前徽矣。因其請益，而序以發之。八十九老人和知氏題于卧月軒，時康熙庚申孟冬三日。

冬日讌柴季嫺宅

星紀歲將徂，天寒氣蕭摵。百卉萎嚴霜〔一〕，零露晞朝日。喜逢素心人，並坐芝蘭室。笑語春風生，雍容事文墨。圖書紛綺閣，棐几陳琴瑟。鳥散庭除静，雲披簾影黑。幽居遠囂塵，超然思曠逸。流光迅擲梭，良會恐易失。既醉發長歌〔二〕，終始飽嘉德〔三〕。

迎燕曲

斜日繫春春寂寞，美人罷繡開珠箔。雙飛海燕翠羽新，一聲驚破梨花雲。銀蟾老兔銜華屋，花裙夜轉聲肅肅。緘書難寄玉門關，征夫遠隔燕支山。瀟湘不斷水潺湲，梁〔四〕空𤪌瑁生曉煙。

關山月

驚烏啞啞啼不休，征夫遠戍關山頭。尺書頻寄〔五〕秋復秋，深閨好女愁復愁〔六〕。涼蟾玉色當我樓〔七〕，團光〔八〕濕露空悠悠。玉兔〔九〕半昏冷湘篝，金壺淒清咽更籌〔一〇〕。天河明滅横斗牛，飛激冰輪使倒流。繽紛桂葉枝幽蓼，多結子花何處求？却憶城邊〔一一〕安石榴。

美人梳頭歌

新林一聲啼緑鳥，三十六宫春欲曉。牀上轆轤牽素綆，秋水溶溶鏡光冷。漸看紅日捲珠簾，雙彎却月眉纖纖。玉鳳斜飛彈金蟬，珮環摇摇曳湘煙。下階獨自摘芳蕤，櫻桃笑儂不結子。

玉津園懷古

湯湯湖水鳴千古，風翻雪浪蛟螭舞。曾説〔一二〕鑾輿講射回，雕鞍千騎屯江滸。笙歌曉簇鳳城雲，旌旗暮卷龍山雨。遠渚秋風吹緑蘩，海棠飛作杜鵑魂。舊日繁華今已矣，江村殘照清砧起。重華宫中凉月明，德壽殿前春草生。世事浮雲豈有定，湖流嗚咽循荒城。落日驚心凝望眼，不見紫雲南國晚。

奉和母氏謁武侯祠

侍謁〔一三〕先賢廟，香臺薦白蘋。烏棲喬木古，蟲蝕斷碑新。石陣迷荒霧，金鑾降舞神。指揮承漢統，羽扇一綸巾。

秋日簡亞清

城闉咫尺即天涯，惆悵離羣兩不知。日暮涼風棋散後，夜深微雨雁歸時。窻前橘柚垂多少，檻外芙蓉發幾枝。同入清秋不同賞，却憑青鳥寄相思。

秋日憶長兄雪原客豫章

空庭月落漏遲遲，猶憶同趨問寢時。一自哀鴻催客夢，頻驚寒杵動離思。霜凋樹色秋江冷，風撼潮聲孤嶼危。遥望匡廬雲靉靉，歸帆何日可能期？

西窻寒詠

雨過芳花潤，風來緑葉柔。研硃讀周易，更覺小窻幽。

採蓮曲

芙蓉灼灼鬬紅妝，雙槳中流蕩夕陽。頻囑小姑輕笑語，莫教驚起宿鴛鴦。
盡日輕風泛畫船，波摇翠袖舞翩躚。何緣花裏忘歸路，貪看湖心並蒂蓮。

【校記】

〔一〕嚴霜：錢鳳綸《古香樓集》（康熙四十二年刻本，下同）作『繁霜』。

〔二〕長歌：《古香樓集》作『清歌』。

〔三〕嘉德：《古香樓集》作『明德』。

〔四〕梁：原作『染』，據《古香樓集》改。

〔五〕頻寄：《國朝閨秀詩柳絮集》作『頻年』。

〔六〕愁復愁：《國朝閨秀詩柳絮集》作『背人愁』。

〔七〕玉色當我樓：《國朝閨秀詩柳絮集》作『夜色當高樓』。

〔八〕團光：《國朝閨秀詩柳絮集》作『霏雲』。

〔九〕玉兔：《古香樓集》作『玉蟲』。

〔一〇〕此句《國朝閨秀詩柳絮集》作『銅龍小咽淒更籌』。

〔一一〕城邊：《古香樓集》作『邊城』。

〔一二〕說：《古香樓集》作『記』。

〔一三〕侍謁：原作『待謁』，據《古香樓集》改。

廖雪松 一首

名雪松，江西奉新縣人。夫亡守志。

涼夜

月皎池光浮，風淒蛩語咽。課兒坐危樓，挑燈劇愁絶。

《西江志》：廖氏名雪松，奉新廖需女。少淑慧，通書史。適靖安生員許煒，煒卒，廖年二十六。守節自課，二子慕芬、慕芳勵行積學，並餼於庠。康熙四十七年督學楊顒題請旌表。

葉招男 句

安徽婺源縣人，提學副使葉份孫女，適同郡詹民先。

句

雲山千古恨，金石一生心。

《婺源縣志》：葉氏名招男，雲莊提學副使份孫女，慶源詹民先妻也。生而婉婉，幼閑禮教。一適詹門，婦道克修，於高堂甘旨，愛敬備具，且勗夫力學，以光前烈。民先因下帷發憤，竟以羸卒。時氏年甫三十，號慟幾絶，妯娌再三慰諭，乃勉視事，哀毁如禮。服闋，翁姑憐其無子而貧，恐苦節難甘，氏齧指出血，書於鏡臺，有句云云。翁知其不可奪，遂成其志。厥後孝敬逾加，凡遇疾病，湯藥必親嘗，饘粥必親進，蓋數十年如一日。晚立叔子為夫後，撫育如親生。里人嘉其志，咸稱為孝節云。

謝秀孫三首

名秀孫，字季蘭，江西寧都州人。適魏禧，夫亡，絶粒而死。《贛州府志》：謝氏，寧都魏禧妻。性娩婉，喜讀書，能詩，為禧閨中良友。禧客死儀真，訃至，謝號慟跌仆泥塗中，即於是日不食，積至十三日死。

自翠微山望金精

薄暮秋初風，木葉下庭圃。夫君招我遊，盤姍出坡樹。山菊垂好花，陰影隨行步。幾折臨高厓，斂足不敢顧。夫君指金精，謂此汝所慕。吴王洞口來，仙女雲中舉。至今千百年，煙霞生其處。自憐長閨房，荏苒秋草暮。結廬十五載，不識金精路。夜月明空山，時聞鐘聲度。憶我七八歲，曾一隨諸婦。巾車到洞門，嘿然生疑懼。洞中忽有光，雲殿淩丹艧。翠竹揺空寒，白日蒙雨霧。彷彿記曲水，海棠緣石户。草色映羅裙，逐伴踏花去。澗水濕弓鞋，逡巡避母怒。忽忽三十年，仍向峯頭住。世事幾興衰，家門亦多故。徵蘭不可期，弄瓦杳無與。出户淚如絲，入户淚如雨。人生能幾何，年光如馳鶩。安得辭人間，灑掃侍仙馭。

池上秋海棠

芳草依碧池，佳花〔一〕點秋石。緑葉與紫莖，何數秋蘭色。主人策杖行，三徑偶相值。采之置鉼中，顔色照几席。有如浣紗女，斜立石潭側。幽芳獨自憐，忽遇五湖客。沼吴果何人，撚花長太息。

賦得弄花香滿衣

濃豔含芬曲檻邊，搴條偶爾立蒼煙。清香暗襲羅衫透，舞蝶遊蜂已滿前。

【校記】

〔一〕佳花：《國朝閨秀詩柳絮集》作『桂花』。

孫思姙三首

字文窻，安徽桐城縣人。適姚君山。

哭夫子十首選三

淚血斑斑漬繐帷，展眉舊願已無期。夫子《寄懷》詩有『鹿門唱答詩千首，酬爾平生未展眉』之句。斷腸默憶平生恨，三十年中苦别離。

遊遍寰中興漸闌，何曾一日卸征鞍。長堤芳草年年緑，無復人歌行路難。

避喧有願是幽居，疊石栽花俗累除。覓得一椽君不見，案頭惟剩手抄書。

范氏六首

浙江秀水縣人。適魏塘計駿。事父事翁姑，皆以孝稱。夫亡，翁姑相繼卒。營葬畢，自沉於溪。

三月八日夜作自怨詩三首

舉目以四顧，豈無同室人。同室各自謀，難以悃愊申。吁嗟乎命之薄兮，敢謂天心之不仁。

心與口相語，影與形相隨。煢煢一嫠婦，有力何能為。吁嗟乎命之薄兮，敢謂天道之無知。

入亦復苦愁，出亦復苦愁。一朝獲死所，此外夫何求。吁嗟乎涕交隕兮，予魂魄長汎汎於中流。

痛悼夫亡

傷哉薄命實堪憐，夫死何如妾替捐。本欲相隨同一處，只因姑在且捱年。

哭太翁仙逝

少微星影落虚空，驚化堂前白髮翁。此去亡孫定相見，各霏清淚九原中。

哭姑亡

幾年飲蘗鎮含辛，姑亦閨中一鮮民。痛絶附棺兼附槨，獨留寡媳更無人。

湯尹嫺 一首

字洽君，江蘇吴江縣人。善天文曆律、開方立方籌算，工丹青。適同邑計僧來。來卒，絶粒以殉。

計東《改亭集》：嫂洽君，吾兄僧來配。善詩歌、填詞，畫花卉翎毛，其父俊民家教也。

【輯補】

計東《改亭集》（乾隆十三年計濱刻本）卷十四載《族嫂烈婦湯氏墓誌銘》：嫂烈婦湯氏，諱尹嫺，字洽君。年二十來歸我兄僧來，數年生一子一女。我兄没，嫂絶粒死，遂合葬。烈婦父俊民，諱三俊，我父友也，我師也；弟仲舒，諱孫咸，我父弟子，我友也。其舅氏，陳礌庵先生。俊民、仲舒皆負才譽爲諸生，有遺集。礌庵先生有著作尤富，凡數十種。烈婦善詩歌、填詞，畫花卉翎毛，其父俊民家教也。善天文曆律，口誦《步天歌》，手指天文，教我母。及予八九歲時，從嫂學觀星緯，指示歷歷。又善測晷、開方、立方、籌算、皇極、統韻、諸葛鼓音、射覆之學，其舅氏礌庵先生所教也。善洞簫及鼓琴，則與其兄輔嗣、弟仲舒、妹渭君皆能之。性穎悟過人，知大體。舅姑以力田起家，時時以井臼事督烈婦，烈婦承命惟謹。其舅與我祖最相善，故我母與烈婦常往來。我母見烈婦文雅可敬愛，稱善不啻口。兄資雖魯，然謹質有真性。兄從我父學，去其家數里，每别婦或旬日、或半月，必相對泣移時。崇禎庚辰，吾父館吴中丞家，讀書楞伽山，我兄從遊，去家益遠。嫂寄書藏襪中，以别紙書諸葛鼓音爲隱語，使尋其家書。我兄雖習鼓音，未工也，悮索家書不得，心怏怏，遂病。病四月死。死之日，烈婦抱其首泣曰：『君先行，我來從君矣。』兄已氣絶，復張目顧之曰：『諾。』烈婦遂誓不食，七八日不死。我母泣而語之曰：『爾舅姑止生爾夫一人，爾有子有女，；爾死，獨不念爾子，爲舅姑後嗣計乎？』烈婦變色對曰：『新婦頗讀書曉大義，見昔才婦人如李易安、花蕊夫人輩，皆以一念不引決，後失節如此。新婦若今日不死，恐他日爲我舅姑、我父、我夫辱，所以速死者，爲我舅姑、我父、我夫地也。我舅姑年力尚壯，我死，必善視我子。我計決矣，勿復言！』絶粒至二十日，歐血不已，竟死。其弟仲舒爲譔《行狀》甚詳。又六年，仲舒以赴我父難，死於我家之東一里。另有誌。

悼亡

昔夜寒牀雙聽雪，今夕秋窻獨愁月。凝眸視我綺羅衣，哀被霜花侵白骨。

吴氏二首

適張某，夫亡守節。世次未詳。詩由倪秀才一擎所寄。

繡招魂旛詩

遥從人口訃音傳，是是非非倍慘然。血淚半枯誰共訴，肝腸寸斷自相憐。人逾勸慰情逾切，路益迢遥心益堅。但得靈輀歸故里，好參彌勒送殘年。

驀然入夢便相憂，偕伴人歸語未周。幾度風波幾度恨，一番磨折一番愁。不辭瘴癘身偏往，豈憚山河骨未收。綏綏神魂應不昧，好隨旛影上歸舟。

方月容四首〔一〕

字素玉，安徽歙縣人。適祁門縣諸生謝天恩。

吴珏《古歙詩存》：方月容，字素玉，祁門縣諸生謝天恩妻也。方為歙大族。生而潁慧，讀書，工詩文。有至性，嘗兩封臂療父母疾，以孝稱。幼許字謝。謝大父存仁，歷官兵部尚書；父庭椿，出為從父相國存位後，由口北道擢監團營軍；母游氏，封夫人，晚居廣平。甲申，夫婦殉國難。謝孑身歸，尋舊盟，贅於方氏。方兄繼貴，忍人也，誘妹改適，陷謝逆案中，幾斃極刑。繼貴僞以凶問至，方念有身，不可驟死，拔利刃剜出左目，以矢無他。已念兄鷙忍，即幸生男，恐勿免。適有鄰汪氏婦生女，欲弗舉。方免身，生男，密令保母向汪通其意。許之，潛以女易男去。繼貴從外來，發褟見女，擲於地，踐殺之。方抱女屍，痛幾絶。私念兒幸得所天，未忍絶忠烈祀，或異日兒歸有期，作詩四章，不食死。時順治甲午六月也，年二十耳。謝賴義僕劉子成控制府，白其冤，得釋歸。十餘年，繼貴以他見法。謝後從保母得詩，泣而和之。又傳聞易嬰事，心動，繹其詩，始悟『鷞鳳』實有指，而言『玉冰』，則析『汪』之合體也。乃大慟，哭覓兒歸，間關萬里，越數十年，卒不得，鬱鬱成疾以歿。先是，謝慮先澤斬然，復娶婦，生一子，名善信，痛母烈未揚，父志未遂，乞汪君于鼎為傳，載《新安女史徵》。今撮其大略如此。

絶命詩

平生摧折已多年，至死從君不二天。安得倩將青鳥去，便刳丹血寫文牋。

生憎骨肉虎狼横，拚却良緣斷此生。若使蒼天還有耳，難聞午夜杜鵑聲。

樊籠摧翮一鸞單，鷞鳳分飛顧影寒。心逐玉冰君不見，何年回首月中看。

君家忠孝久相傳，千古聲名志欲堅。青史但能留白日，紅顔何惜掩黄泉。

【校記】

〔一〕方月容詩後貴州省圖書館藏後期增補殘本復有劉氏七絶十首（據目録），但正文第二十四葉缺，唯餘二十五葉第五首末句『意痛君仇女伴娘』及後五首全詩。其詩云：『士兵劫去又官兵，日望征人不欲生。疋練有絲紅粉盡，堤邊一撮是匡城。』『木稼原知冠蓋凋，夕陽古道冷蕭蕭。耳邊似聽真魂泣，柳絮因風却為招。』『日前送别囑陽關，立意當如張别山。音信憑誰隴外寄，暗傳汝婦已投繯。』『凶莫凶兮國喪亡，内庭無救各奔忙。佳人命薄成何用，離却塵氛骨也香。』『禾黍離離最可憐，火焚無與救頭燃。心雖猶念舊夫子，愁殺家園盼杜鵑。』

卷之三

陳氏一首

福建連江縣人，黃金榜之室也。

訣母

兒生半歲父沉舟，母守孤貞備百憂。孝養有兄兒已矣，從來忠孝不兼優。

《福建通志》：陳氏，連江人。夫黃金榜夭折，未有子。翁姑諭以祭奠需人，不即殉。終制三年，其母以身當守節諭之，氏曰：『母寡不死，兄在抱也。兒奚俟哉？』遂作詩訣母云云。對燭揮毫，從容就縊。

章有湘十九首

字玉筐，又字令儀，號橘隱，江蘇華亭縣人。明羅源知縣章簡次女，適龍眠進士孫中麟振公。有湘女兄弟共五人，咸通書史。振公舉南宮，五日而殁，有湘扃居一室，長齋事佛，媚戚罕見其面。著有《澄心堂詩》、《望雲草》、《再生集》、《訴天雜》、《記》等書。

《安慶府志》：章氏，雲間給事簡之女，進士孫中麟繼室也。克嫻内則，秉性幽閑静一，曉詩書大義，相夫登賢書、成進士。及聞中麟卒於邸，遂悲號投地，引繩自經者再，姑救之，得不死。會中麟柩歸里，章往迎之，又經於輿，侍婢覺，又救之。為未亡人十七年，事舅姑承歡盡禮。從子曰璉，立夫祀，撫孤茹荼，長齋布服，竟以悲號致病殞。

《龍眠風雅》：章有湘，字玉筐，又字令儀，號橘隱，華亭行取縣令章公簡之次女，進士孫振公之繼妻也。女兄弟五人，咸通書史。幼時常背誦《擣衣篇》、《長恨歌》，一字無譌，父奇之。隨宦遊閩中，絜鹽唱和，流傳八閩。乙酉，父抗節殉城，玉筐始歸振公。生子殤，生女亦殤。早夜佐讀，刺繡其旁，相莊如賓。振公舉南宫，五日而歿，玉筐搶地呼天，絶而復甦，以有後，勉為撫之。扃居一室，長齋事佛，姻戚罕見其面。所著《澄心堂詩》、《望雲草》、《再生集》、《訴天雜紀》，皆孤猿寡鵠，自寫其憂傷哀怨之音，君子讀而悲其志焉。

晚眺

嶺峻隱青猿，松高飛白鶴。山雲挂樹梢，風捲殘英落。新蒲已抽芽，細草媚岀壑。景物最傷心，桃李還如昨。誰家少女郎，背立鞦韆索。貌態衣不勝，歡笑風前樂。春來無所爲，鬭草争花蕚。何事深閨人，終朝常寂寞。

秋日寄家姊俞夫人

八月秋風振山谷〔一〕，黄花初放銀塘菊。一枝手折欲贈君，遠道茫茫〔二〕愁極目。聞〔三〕將玉紙寫新詩，新詩賦就動遠思。蕭蕭鴻雁隨雲度，寂寂虬燈擁漏遲。憶昔同在翠微閣，飛文聯句誇奇作。那知江海各天涯，青鳥無情雙寂寞。蘇合房中愁索居，尺素遥傳錦鯉魚。爲問江淹五色筆，擬〔四〕成團扇近何如？

陳維崧《婦人集》：雲間章玉筐，名有湘，龍眠孫進士名中麟婦也。工才調，常作詩寄姊云云，亦何減唐人韓君平也。玉筐著作有《澄心堂集》、《望雲集》。姊瑞麟、妹玉璜並擅詩名，妹迴瀾、妹掌珠俱以文章顯。

曉思

窻外雞初唱，花間露未乾。欲臨明鏡照，猶怯翠眉寒。宿鳥翻林樹，歸鴻振羽翰。不知鄉國信，何日〔五〕報平安。

九日雨中有感

每到茱萸節，思親淚滿衣。難禁心耿耿，況對雨霏霏。故國秋蓴老，他鄉客夢稀。登臨憐弟妹，竟作彩雲飛。

秋懷

露華寒夜滴柴扉，留滯天涯未擬歸。吴下雲深鴻雁杳，楚江秋老鷓鴣飛。穿針結縷人誰共，詠絮吟風事已違。聞道故園蓴菜熟，他鄉回首淚沾衣。

次玉璜妹來韻

記得西窻翦燭時，鴒原回首忽天涯。夢魂不覺吳山遠，愁緒惟應夜月知。畫閣焚香春汎汎，繡簾飛燕晝遲遲。相期泖水歸寧日，重與殷勤話別離。

哭夫子十首

一自公車去不還，從今信有望夫山。赤繩虛繫三生約，紅淚惟餘兩袖斑。訣別〔六〕未親真恨事，夢魂時傍見懽顏。也知修短原無定，豈料榮枯頃刻間。

千里良緣合倡隨，于歸不滿十年期。最傷薄命分鴛侶，猶幸高名占鳳池。故國泥封聞信日，長安春色看花時。無端遽赴修文召，不管空閨怨別離〔七〕。

日日傷心静掩門，每因春草憶王孫。空閨形影那堪問，滿架圖書今尚存。十六年前靈谷夢，夫子讀書靈谷寺，夢謁帝，有『五日進士』之語。三千里外杜鵑魂。孤燈厭聽梧桐雨，偏送愁聲漬淚痕。

父子夫妻總幻因，夫子先有鼓盆之感，又屢罹西河之痛。夜臺相見可相親。無端生死偏摧我，不定功名却誤人。遺得文章驚四海，寄來錦字恰三旬。三月得泥金報，四月訃聞矣。待乘雙鳳君先去，寂寞蘭閨未死身。

幾度悲秋秋已闌，廻紋裁就向誰看。錦衾人去鴛鴦冷，銀蒜簾空翡翠寒。無復音容還故國，空餘旅櫬返長安。昨宵夢裏分明見，依舊看花倚畫欄。

遥憶牛衣相對悲，那堪富貴便分離。姓名始入黄金殿，麗藻終傳白雪詞。淚灑在原當此日，魂歸華表竟何時。孀閨寂寂腸應斷，玉鏡臺空忍畫眉。。

銀漢霜華下井梧，愁心曾耐夜啼烏。月移妝閣侵書幌，風動形容出畫圖。夫子臨別，以寫照一幅示予。咫尺相看言笑隔，依稀偏怪夢魂無。含情獨對芙蓉帳，一任香銷金鵲爐。

挑盡殘燈淚滿衣，空階細雨正霏微。愁凝長夜難成寐，夢到相逢不忍歸。夢同夫子至雲間省母，二人相對泣下。人去依然同色笑，覺來何處覓庭幃。悲涼此際還家日，楓冷吴江一雁飛。

瘦影臨風憶所思，冰心裂碎更誰知。分棲怕覩連枝樹，續命空傳五色絲。閣下招魂憐有弟，墓前執紼痛無兒。閑來到處搜遺稿，開篋篇篇黄絹辭。

蜀魄啼鵑道路長，鶺鴒無復雨連床。中郎事業書千卷，子敬人琴淚幾行。不死丹心終化石，餘生青鬢總成霜。與君不共齊眉案，紙閣蘆簾瘞孟光。

閨情

坐對鴛鴦草，行看蛺蝶花。那知春復夏，遊子未還家。

至日泊舟江上大風有懷

令節初逢起問程，停橈還喜片帆輕。旅魂欲到親幃側，一夜江聲夢不成。

家園白牡丹

天風昨夜曳仙裙，縹緲高臺一段雲。好共海棠春睡足，不將濃艷嫁東君。

【校記】

〔一〕山谷：《名媛詩緯初編》（康熙六年清音堂刻本，下同）作『海谷』。

〔二〕茫茫：《名媛詩緯初編》作『莊莊』。

〔三〕聞：《名媛詩緯初編》作『閒』。

〔四〕擬：《名媛詩緯初編》作『疑』。

〔五〕何日：《本朝名媛詩鈔》（康熙五十五年凌雲閣刻本，下同）作『何以』。

〔六〕訣別：《名媛詩緯初編》作『訣絶』。

〔七〕以上四句《名媛詩緯初編》作『故國魂歸芳草外，長安春去落花時。玉樓痛絶修文召，不遣簪毫報主知』。

章有渭 五首

字玉璜，知羅源縣章簡第三女，適嘉定縣侯泓。與姊有湘並擅才名。著有《淑清遺草》。

《練音續集》：章有渭，字玉璜，華亭人，侯掌亭泓之室。幼即長齋，信内典。善詞翰。于歸後以上谷多難，夫婦遁跡偕隱，有桓鮑風。既而仍還故里，相保於敗巢破卵之餘者，皆氏力也。有《燕喜樓草》。

行園

爛漫花如繡，閑行碧沼邊。浴鳧還泛泛，舞蝶自躚躚。羅袂香風襲，紗窻翠篠連。徘徊看落日，彩霧絢青天。

春感

舞蝶莊生夢，啼鵑蜀帝魂。紫芝逢勝友，芳草想王孫。小閣聞雞唱，閑庭聽鳥喧。曉煙迷麥隴，香霧〔一〕鎖柴門。魚戲青萍動，風吹碧葉翻。綵毫題玉柱，緑蟻引金尊。乍摘葳蕤草，長依翡翠軒。避秦無絶境，何必問桃源〔二〕。

舟行即事

曉霧迷離彩鷁輕，櫂歌徐動見秋晴〔三〕。臨湍鷺子亭亭立，夾岸蒲花漫漫生。遥指小山遮塔影，忽經深樹出鐘聲。晚涼不覺羅衣薄，自愛澄河〔四〕片月明。

懷瑞麟姊〔五〕

一聲啼鴂覺春闌，懷舊離魂不自寬。猶憶繡牀人病起，殷勤頻為囑加餐。

再懷玉筐

臨別殷勤置酒盃，西風揮手畫船開。春來苦雨音書滯，幾度聞簫憶鳳臺。

【校記】

〔一〕香霧：《宮閨文選》（道光二十六年刻本，下同）作『春霧』。

〔二〕桃源：《宮閨文選》作『花源』，《國朝閨秀詩柳絮集》作『花園』。

〔三〕秋晴：《國朝閨秀詩柳絮集》作『新晴』。

〔四〕河：《國朝閨秀詩柳絮集》作『湖』。

〔五〕姊：《國朝閨秀詩柳絮集》作『妹』。

童氏 句

浙江平陽縣人，朱彥士妻也。

句

夫君早歲赴黃泉，薄命完真四十年。

《平陽縣志》：朱彥士妻童氏，年二十二歲夫亡。事姑盡孝。撫孤，口授經書。頗知吟詠，病篤，有句云云。

寧若生五首

字璀如，江蘇吴江縣人，大理寺評事繩武之女孫也。適嘉定太學生侯汸。著有《春暉詩草》。

《練音續集》：寧若生，字璀如，壬午副榜侯汸繼室。少與李氏名蒞生者為閨閣友，日課詩文。迨歸上谷，妯娌相賡酬，或討論經史，氏最稱淹貫。有《春暉詩草》。

松陵行

松陵濱具區，澤國水淼淼。桑海已三變，平蕪愁遠眺。余初尚齠齔，嬉嬉膝前繞。姊妹亦齊肩，相呼棃與棗。甲第城西偏，飛革驚高鳥。玳梁乳雙燕，拂羽依井藻。處巢安知外，寧識秋風早。無何陡失怙，依依集於蓼。有女愧中郎，緒言委伯道。母氏獨懷霜，制淚傷孤藐。余未脱提攜，小妹復懷抱。堂前跬步間，歎息音容悄。泣露花垂簷，臨風葉未掃。少長髮覆眉，春蠶手自繰。素絲無端委，焉得成魯縞。觸緒思因煩，治棼心如擣。誰知機中斷，宵永漠難曉。雙親閉靈幃，遺訓忽已杳。寂寂塵空閨，摇摇揚丹旐。死者不復生，生者猶尚小。人或利所有，匍匐争傾倒。我寒妹啼饑，日夕不自保。垂涕循几筵，含聲奠清醥。倏忽各分散，庭背荒蘐草。崑陽有舅氏，憐余甫窈窕。珍重掌中珠，有心不敢摽。及歸逾廿年，何處瞻華表。庭榭已榛蕪，坐愁使人老。松楸吴山隈，荒堆没蓬葆。回首怨潮生，余懷方浩渺。

六娣章玉璜于歸次韻索和

秦樓日暖鳳簫吹，聲叶于飛之子宜。母氏結褵連理帶，夫君催賦合歡詩。雙移彩鷁來銀漢，並坐文鴛映碧池。喜溢門楣多樂事，大家風範是吾師。

稽公忠節動穹廬，繡閣争誇謝藴如。龍起早傳遺愛頌，雞鳴還問復仇書。紅蕉一卷春生夢，緑綺初調月滿裾。腹笥五車兼百兩，敢邀白雪當瓊琚。尊人為羅源令，殉節。

和荊隱悼亡

燕喜雲和憶舊蹤，芳年行樂太匆匆。聞香簾幙琴書静，得月樓臺笑語通。人並玉壺丘壑裏，才分綵筆黛螺中。秪餘華表魂歸去，夜夜星辰夜夜風。

同荊隱集玉璜閨中次韻感懷

十年往事不堪論，憑仗清樽減淚痕。獨有雲和樓上月，天涯還照幾人存？

李氏一首

廣東廣州人。

絶命詞

恨絶當時步不前，追隨夫壻越江邊。雙雙共入桃花水，化作鴛鴦亦是仙。

《新語》：林氏者，廣州之河南鄉人。丙戌城破，林氏投珠江而死。番禺羅賓王吊之，有曰：『黄泉隨母逝，白璧為夫全。抱玉雲漂海，沉珠月在淵。』又李氏者，番禺三元市人，庚寅廣州被圍，朔騎抄掠得之，不辱，賦詩十章而縊。味其辭，其夫必先自沉者。又有王桂卿者，廣州人，為張參戎之妾，丙戌年始二十，兵至，拜辭其夫，彈琵琶一曲，自經死。鄺湛若吊之，有曰：『墜樓未散香煙夢，披髪猶存石鼓歌。雁柱只今餘玳甲，為憐落木晚風多。』

《廣東通志》：李氏，庚寅為步兵所掠，賦詩三十章而縊，有詩云云。

葉宏緗 七首

字書城，江蘇崑山縣人，進士葉宏綬之姊〔一〕也。適嘉定諸生闞宗寬，年未三十即寡，壽至八十三而卒。著有《繡餘草》。

《崑山新陽合志》：庠生闞宗寬妻葉氏，名宏緗，字書城。幼聰敏端淑，博覽，工詩詞。歸宗寬，年二十九夫亡，撫嗣子守節，年八十三卒。著有《繡餘詩詞草》若干卷行世。妹燦英適衍聖公孔毓圻、蘭谷適胡秩亭，並工詞翰。

《國朝練音初集》：葉宏緗，字書城，號曉莽。崑山葉氏，幼即為詩，尤嗜填詞。長適疁定庠闞宗寬，為進士選孫婦，家於疁邑。氏年未三十而寡，又無子，每當孤燈夜雨，形影相吊，悉發於詩詞。有《繡餘草》。

余起霞《繡餘草序》：庠生闞宗寬妻葉氏，名宏緗，字書城。幼聰敏端淑，博覽，工詩詞。歸宗寬，年二十九夫亡，撫嗣子守節，年八十三卒。著有《繡餘詞草》若干卷行世。妹燦英適衍聖公孔毓圻、蘭谷適胡秩亭，並工詞翰。

《見山樓墨話》：閨秀葉宏緗，字書城，善詩古文，亦工倚聲。有寄外《蝶戀花》調甚佳，其詞云：『滿院秋陰寒料峭，不卷湘簾，花影紛紛裊。望斷鱗鴻空自惱，所嗟夢不由人好。 夢若由人隨處到，化蝶何妨，夜夜君前繞。豈怕陽烏催曙早，只愁夢斷秦淮杳。』

【輯補】

孔傳鐸《安懷堂文集》（國家圖書館藏清抄本）卷上《玉峰書城葉夫人繡餘詩詞序》：詩道至今日，濫觴極矣。略諧聲韻，輒自命爲專家，鐫梨鏤棗以問世者，比比皆是。幸而其所刻者之未必傳也；即傳之一時，而未必其能久也。不然，即令以大地作架，真亦安頓不下。于是嘆能詩之難，直可使鬚眉閣筆，況欲求之裙笄巾幗，謂閨閣中之有詩也，謂閨閣中之有詩人也，其孰從而信之？顧安所得狂瀾之砥柱盡若是編者乎？編名『繡餘』，爲玉峰名媛書城氏葉夫人之所作也。夫人與余爲中表女兄弟。猶憶余方弱冠時，即熟聞吾姊賢而多才，女紅之暇，不離硯匣筆床，遂於詩詞諸體，靡不畢嫻，而集唐尤所專長。方諸古名媛中之能詩者，即班婕妤、謝道韞、徐淑、蘇蕙之徒不是過，而近今罕有其匹，洵爲南陽之女博士云。凡此皆余侍立北堂，得之先慈親告語者，故能歷歷誌之，迄于今不忘。丙申之春，余以就婚浙西，道經玉峰，冀得拜晤懿範，一展冰雪之卷而讀之，詎又值吾姊歸省膠城，弗獲北面請益，有悵悒而返耳。迨至庚子夏五，贊王表姪自南來，攜有是集抄本，出以示余。余盥手卒讀，見其詩詞音律一歸于醇雅雋永，不屑屑規形矩似，摹仿前人，而巧思靈腕，自臻神品，一種澹遠幽閑之致，溢于筆墨之表，覺北部臙脂、南朝金粉之舊習，爲之洗刮一空，夫然後乃知閨閣中之有詩也，夫然後乃知閨閣中之有詩人也。不禁駭而嘆之曰：此非藍田之玉、豐城之劍耶？烏有天下之奇寶，不與天下共之，顧令其韜光匿采，久塵埋湮没而不彰者？且稽吾姊畢世之苦心，而曾不使其名垂于後也，不大可惜乎？于是力勸之梓，不數月而剞劂告竣；重承吾姊之命，囑余一言以弁其端。余自惟比年來藥裹時親，丹鉛久廢，日頹然自放于紙窻竹屋間，悶則展卷兀坐，聊以永日。然每至興慵意倦，便昏然欲睡，惟于是集也，每一諷詠，移晷忘疲，有不自覺其爲病夫也者。昔人謂檄愈頭風，豈虚語耶？余因不揣疎陋，略綴數語，以附兹編于不朽。又隱痛先慈之早世，而不及見是集之告成，未免惻愴于余懷而不能已也。

織女歎

有女終朝織，微微聞歎息。舊絲織為端，新絲未盈疋。永夜銀釭懸曲房，還邀明月照流黃。天寒手凍絲轉亂，絡緯聲聲泣夜長。辛苦織成機上錦，不知誰作嫁衣裳。

秋曉曲

金風驚醒芙蓉睡，枝枝裛露垂紅淚。促織聲遲玉漏長，梧葉輕翻落寒翠。曙色臨窻壁月低，玉人秋倦惱鄰雞。暗回紫塞懷人夢，强坐銀牀對鏡啼。種藕横塘墜粉絶，小山叢桂香空咽〔二〕。最喜瑶堦秋海棠，宿花到有雙蝴蝶。

次韻答侯思谷見懷

緑窻傳麗則，筆妙孰相方。魂夢勞縈繞，音書恨渺茫。柳濃煙作市，花落水成章。對此情何極，懷人欲斷腸。

上茹夫人十二韻

千古人文藪，無如越地偏。湖山鍾間氣，閨閣誕名賢。嬌面夭桃妒，纖腰弱柳憐。甘為黄卷蠹，恥鬬緑雲蟬。讀史藜然杖，窮經韋絶編。縹緗書架滿，翡翠筆床聯。字製簪花格，詩吟詠絮篇。閑來還潑墨，静裏更調絃。鴻案春風繞，龍池翟茀傳。邀人理玉佩，不自貼金鈿。豈止蘭房秀，真同桂殿仙。謬承葑菲採，草草達妝前。

春日過表妹村莊賦贈

編竹為籬屋結茅，愛耽野趣遠塵囂。窻臨曲澗看鷗浴，户捲疎簾讓燕巢。柳妒纖腰枝更瘦，桃偷粉靨色偏饒。扁舟相訪茶剛熟〔三〕，互把新詩仔細敲。

即事

楊柳飄綿撲短牆，穿花鶯燕共銜香。江南三月春如此，不是愁人也斷腸。

寶篆拈來懶更薰，為憐花落思紛紛。日斜愁向欄前立，無限春光送夕曛。

【校記】

〔一〕姊： 原作『女』，誤。《吴中葉氏族譜》（宣統三年增刻本）作葉天機女，葉宏綬姊。詳見今人水淩波《清初女詞人考論》（南京大學碩士論文）第二章第一節。其名『宏緗』，題名及所引《崑山新陽合志》等均作『宏湘』，與字『書城』不合，實誤，俱改為『緗』。

〔二〕此句《國朝閨秀詩柳絮集》作『小山露冷蛩聲咽』。

〔三〕茶剛熟：《國朝閨秀詩柳絮集》作『煎茶熟』。

趙氏 二首

漢軍□□旗人，自號殘夢主人，平樂太守佟鍈之配也。

祭竈

再拜東廚司命神，聊將清水餞行尊〔一〕。年年破屋多塵土〔二〕，須恕夫亡子幼人。

《蓮坡詩話》：平樂太守佟鍈妻趙恭人早寡，依兄公鋐喬居天津，鞠子濬成進士。生平作詩最富，不輕示人，而絕無脂粉之態。其《祭竈》詩云云，又《題邊塞圖》詩云云，二絕為世傳誦。所居曰『殘夢樓』，因號『殘夢主人』。

題邊塞圖

黄沙漠漠迴無垠，萬古關河不度春。今見畫圖腸欲斷，可知當日戍邊人？

【校記】

〔一〕行尊：《國朝閨秀詩柳絮集》作『行塵』。

〔二〕塵土：《國朝閨秀詩柳絮集》作『灰土』。

馬生佩 四首

安徽桐城縣人。適姚某，無子，青年夫故，志矢柏舟。惜詩不多見。

東皋作

秋風何處來，秋色至於此。我來秋院中，坐看秋池水。院中寬且閑，池水清且瀰。不知秋可悲，但覺秋可喜。曰秋曰秋秋九月，秋兮秋兮秋十里。

祀竈

搦管忽如癡，醉心〔一〕只自知。境窮無處訴，命薄望神司。白水三杯潔，清香一炷遲。莫嫌儀太薄，夫死又無兒。

貧家婦

辛苦貧家婦，雙眉不敢顰。終年事機織，裙布不遮身。

哭夫

風風雨雨薄羅衣，如醉如癡是耶非。最是無情閨燕子，雙雙梁上去來飛。

【校記】

〔一〕醉心：《國朝閨秀正始續集》（道光十六年刻本，下同）作『愁心』。

王慧 九首

字蘭韞，江蘇太倉州人，學使王長源長女。兄妹七人皆能文辭，風雅萃於一門，可謂極盛。適秦川朱方來。著有《凝翠樓集》。

《蘇州府志》：朱雲集妻王慧，字蘭韞，太倉人。乙未進士發祥女，丙辰進士吉武姊。讀書秉禮，早喪所天，簾櫳深掩。所著《凝翠集》，不示外人，年至七十餘，吉武見之，乃付梓行世。

《池北偶談》：王慧，字蘭韞，太倉人，同年長源督學發祥之女。有雋才，所著《凝翠軒詩》一卷，極多佳句。《閨詞》云：『輕寒薄暖暮春天，小立閑庭待燕還。一縷柳花飛不盡〔一〕，和風搭在繡床前。』又五言如『杏花都掩屋，楊柳半垂溪』，『花陰依略彴，竹色卷瀟湘』，『風懷看緑柳，愁緒比黄楊』，『紈扇三春月，緗琴五夜霜』；七言如『别去新篁方解籜，重來芳樹欲過頭』，『蕭蕭竹影遮紅藥，細細波紋暎白魚』，『纔過輕雷收筍箬，旋斟新水試茶芽』，『一枝香供宜金屋，半醉紅扶待畫叉（鶯粟花）』，『楊柳溪橋初過雨，杏花樓閣半藏煙』，『淚淹紅袖傷離日，愁在黃昏細雨中』，『硃添小印思題扇，釧劈輕羅憶點籌』，『墻角紅殘桃結子，石盆青淺菊分芽』，『柳絮飛殘青滿徑，豆花零亂緑圍村』，『棠梨謝後猶花信，櫻筍過時已麥秋』，『幾處溪山留薜荔，一秋風雨在芭蕉』，皆佳句也。又《宿田家偶見粘窗破紙乃韓偓香奩詩惜而賦絶句》云：『麗情佳句有誰知，暫見窗前字半欹。為惜風流埋没甚，自攜紅燭拂蛛絲。』〔一〕此等懷抱，亦非尋常閨閣所解。

《國朝詩別裁集》：蘭韞，一門風雅，得所承受，故其詩清疎朗潔，其品最上。王漁洋祇賞其『一縷柳花飛不定，和風搭在繡床前』，猶以尋常閨閣待之也。

【輯補】

王慧《凝翠樓集》（康熙四十七年刻光緒二十三年印本）載王吉武跋云：余同産女兄弟三人，皆知書，能吟詠，然大雅不羣，尤推長姊蘭韞氏。姊幼穎異，十餘歲時，見先父母作詩，即能屬和，有清新之句。稍長，勤於女紅，未獲多讀古名家詩集，然間一瀏覽，輒能得其大意。或與余輩遊戲柔翰，拈題分韻，姊所作往往擅場，大要結體清真，運筆蒼秀，舉止大家，絶無閨閣脂粉氣習，亦其天性然也。適虞山沛國後，有室家之累，筆墨事或不暇以爲。所居在唐墅之東，百年地僻，殊尠可語。適沛國親串中，有清河羽卿氏者，秀擅閨房，才兼清綺，與姊一見，即如素心。於是鬭墨拈毫，此唱彼和，暇則相訪，别則相憶，累月過從，言笑無厭，雖尹、班之好，不是過也。其間花晨月夕，昔人所云『詩有共賦，酒無孤斟』，庶幾近之。故自丙午後，集中篇什，大率與清河君贈答者爲多矣。生平跡不逾梱，惟蚤歲一渡江至維揚，晚數至武林及越州，探西湖、南屏、蘭亭、禹穴之勝，並見諸留題。此遊覽之可考者也。或謂古今來女子有才者，每薄於福命，以姊之英華吐納，定屬上流，乃自于歸後，操作拮据，枝梧賦役，中年稱未亡，有風雨飄摇之慮，長年綦縞，不獲邀榮翟茀，似乎所際之不偶。然吾家自祖父母以來，率不及下壽，姊年届古稀，起居方健，子女承顔，孫曾繞膝，一經足以勤菑畬，二頃足以給滫瀡，所得亦已多矣，而又何欲爲？初新城西樵先生有《燃脂集》之選，廣徵閨秀詩文，姊早年諸作，曾爲郵寄，採録最多，會先生蚤逝，未得成書爲悵。厥後篇什益富，閉置篋衍，未敢質諸通人，惟汲園叔見而歎賞之，殘紙渝墨，久而不無散佚。己卯冬，掇拾前後存稿，得數百篇，屬汲園叔選定。時叔疾寢劇，披帙甚喜，病中朱黄塗乙，點勘極細，共選三百餘首，釐爲四卷，論次甫畢，而叔已不起。今手其稿，遺筆宛然，亦可為悲感也。茲又數年，念一生苦心，不忍終棄，因付剞劂，而余為粗識其梗槩於卷末云。康熙戊子且月弟吉武謹跋。

同集書尾載王壽慈《志凝翠樓詩集後》：右集四卷，先六世祖姑著，先冰菴公鋟，祖姑裔孫常熟朱藴輝茂才璞藏其板，鄉居窅僻，人罕知者。今歲春月，始荷狄仁甫姻家嘉麟，箋札四出，代訪得之。稽是板雕竣，當康熙戊子，去茲幾二百年，而完好精善，若新出剞劂氏手。或云紅梨之性，堅韌耐久，故少蟲爛。然髪寇一劫，文書蕩盡，祖姑斯集獨存，非神物護持，奚脩而獲此哉？若冰菴公之情敦姊弟，琹録遺墨，朱氏之珍守佳槧，狄君之畢力蒐訪，俾我後人藉窺祖姑之藻翰於弗朽者，善何如也，幸何如也！祖姑姓王氏，諱慧，字蘭韞，太倉人。《譜》云，適常熟諸生朱雲集，字方來。狄君曰，即藴輝八世祖。其文學義行，具詳《蘇州府志·列女傳十六》、《太倉州·藝文志》、《國朝別裁集小傳》暨東江先生、冰菴公序跋，不敢贅一詞。光緒丁酉夏假板印竣，太倉六世姪孫壽慈謹誌，同邑後學狄嘉麟填諱。

同集載唐孫華序：吾觀詩三百篇，首述后妃之化，自《葛覃》、《卷耳》以至諸侯大夫之夫人，下逮閭巷之間，游女思婦，觀草木之變衰，聆禽蟲之音籟，觸物感事，往往寫之於詩，要以始乎情，卒乎禮義，故孔子有取焉。至於後世，乃謂女子之所識者在於箴紉綦組、中饋酒食之事而已，詩非其所有事也。然自漢唐以來，如班昭、左嬪、蘇蕙、宋照之倫，振華落藻，芬芳翰簡者，指不勝屈。昔鍾嶸《詩品序》云：『漢李陵始有五言之目。王、揚、枚、馬之徒，詞賦競爽，吟詠靡聞。從李都尉訖班婕妤，將百年間，有婦人焉，一人而已。』孰謂巾帨之流無與於文章之事哉？吾鄉有王夫人蘭韞者，督學王長源先生之長女也。先生學府文宗，世推哲匠，四子三女，竝擅才華。夫人生自高門，嬪於名族，姿性朗悟，習禮明詩，經史百家之書，靡不觀覽誦記，常與諸弟妹分題鬬韻，互相師友。中歲嫠居，生産寥落，女工之暇，躭習篇章，類多言愁之作。其中表女姑清河君，亦閨房之秀也，夫人與之相得甚驩，唱酬往復，如壎篪之應和。性好山水，嘗因事一至維揚，三過武林。晚年偕其仲弟憲尹太守之官越州，覽鏡湖、秦望之奇，而詩益進。夫閨閣之能詩者，間或有之，大都鬬葉儷花，施朱和粉，短章小言，嬋娟娬媚而已。夫人則琬琰為心，綺繡成質，長律或至千言，古體輒成數十韻，吐屬風華，氣體清拔，學富而才長，采高而音亮，即文人學士，此境未詣，況閨閣乎？觀其寄興遥深，措詞雅正，真有合於《二南》、《國風》禮義之訓，而非後世《玉臺》之篇、《香奩》之詠纖妍柔曼者所可同日而語也。憲尹將刻其伯姊之詩問世而屬予序之，予故為識其簡首。世有評詩如鍾仲偉其人者，其必以為百年所未有也夫。康熙戊子秋七月，東江唐孫華頓首拜撰。

花下讌集

城南落日緑滿田，柴門恰與青蕪連。歸霞返照霽景鮮，丹楓黄菊相争妍〔三〕。主人擁裼愁難眠，坐對古樹吟秋蟬〔四〕。桂屋風來影亂翩，恍如瓊宇逢癯仙。笑傾美酒雙玉船，數枝清香拂几筵。捲簾試向金鈎懸，起看皎月來窻前〔五〕。侍兒花底調冰絃，一彈再鼓聲綿綿。露寒墮蕊粘珠鈿，人面恰可欺紅蓮。更長燭滅兔魄圓，花露羃羃輕於煙。却思分韻擘錦箋，揮毫落紙孰後先。醉筆模糊醉語傳，嫦娥應笑人如癲。急吹活火分新泉，博爐石銚親烹煎。夜涼風露且莫旋，來朝擬復到花邊。

端午日再晤羽卿見贈長句賦酬〔六〕

蕤賓時屆天中節，競渡凫車亂如雪。畫舫簾開粉面紅，輕紗艾虎香風熱。君家何事獨耽幽，花竹蕭疎净若秋。書窻點綴新時景，自汲清泉插火榴。我亦村居了無事，挈伴探奇過橋去。萬緑叢中一徑微，柴門斜掩藤花墜。扣關喜見主人迎，一笑風前最有情。旋撥竹爐吹活火，石銚泉響松風鳴。開函更出新詩句，字字珠璣散花雨。林下芳名獨擅奇，閨中錦字應輸步。皓如冰雪燦如花，自是仙家緑蕚華。吸露餐雲清可掬，定由詩骨帶煙霞。慙予鄙陋何堪録，反辱驪珠引魚目。久已低眉拜後塵，從兹不敢汙箋牘。日色斜銜欲别難，一番微雨弄輕寒。歸來燈下重開卷，添得爐香仔細看。藏拙恐違知己意，續貂又愧心先醉。强將蕪語達幽情，嘲笑從君無所避。

冷泉亭

泉聲檐檻外，林壑杳然深。人世熱何處，我來清到心。松林藏日色，潭底卧峯陰〔七〕。一自樂天記，山光寒至今。

夏日題所居

銷夏渾無事，柴門盡日關。倦抛書卷卧，閑把藥畦删。緑借鄰家樹，青分郭外山。蕭疎遺俗慮，差可適冥頑。

三月十五日同二弟泊舟澱橋二十韻

山嵐浮暮靄，野水漾晴坡。帆趁斜風便，舟移遠岸迤。杏花都掩屋，楊柳半垂河。霧氣連峯頂，煙光繞澗阿。粉香沾草木，金碧耀藤蘿。翠幕茶寮煖，紅欄酒旆多。燈圍珠錯落，屏簇錦盤陀〔八〕。汗細揮紈扇，塵輕曳綺羅。靚妝俱粉靨，掃黛盡青蛾。溪女籃輿載，吴姬細馬馱。盈盈堪妬影，的的會淩波。掛紙聊停石，攜壺好藉莎。有心逐遊冶，何意向檀那。水面星橋滿，山腰月駕過。長堤人似蟻，畫舫酒如鵝。檀板低聲緩，瑶箏促調和。佳人傳軟語，狂客發清歌。煖氣妨花醉，喧聲混曲訛。扣舷還欲和，欹枕旋聞訶。輸與垂綸叟，滄江卧緑蓑。

禹陵

明德彌〔九〕蒼昊，神功邁大庭。懷襄方盡力，胼胝極勞形。草木開蒙昧，龍蛇滌穢腥。鑄金九土貢，誌怪八方〔一〇〕經。蒼水先呈簡，防風後至刑。相傳弓劍棄，此地隧泉扃。三古遺祠廟〔一一〕，千秋共薦馨。壁牲前代典，碑版列朝銘〔一二〕。深殿從羣后，空山走百靈。舊聞雲罕駐，今見翠華停。心法傳河洛，天章焕日星。殊恩沾後裔，異數出彤〔一三〕廷。肅穆瞻新像，登臨泊小舲。墄垣辭鏤琢，户牖炯丹青。莫覓藏書穴，徒看窆石亭。蘿長聒竄跡，松老鶴修翎。衆水環襟帶，諸峯列嶂屏。橋山同故事，寂寞對秋〔一四〕坰。

移居茜里舊宅

新塘一水繞街東，舊是柴桑五畝宫。松菊尚存思祖德，蓬蒿不剪見家風。花深雞犬疎籬外，潮落魚蝦小市中。却愛堂前雙燕子，還尋故壘入簾櫳。

芝塘候潮因憶亡女

水淺舟膠日半斜，扣舷閑望似天涯。煙深竹塢鳩呼雨，潮落蘆根蟹聚〔一五〕沙。愁緒縈纏同蔓草，年華衰謝感殘花。劇憐弱女常同泊，相對蓬窻數晚鴉。

閨詞

輕寒薄暖暮春天，小立閑庭待燕還。一縷柳花飛不定，和風搭在繡牀前。

【校記】

〔一〕盡：王慧《凝翠樓集》（康熙四十七年刻光緒二十三年印本，下同）作『定』。

〔二〕此詩《凝翠樓集》作『朔風敗紙透茅茨，瞥見冬郎舊麗詞。爲惜殘膏舊狼藉，自將衫袖拂蛛絲』。

〔三〕菊：《凝翠樓集》作『槲』。

〔四〕對：《凝翠樓集》作『聽』。

〔五〕皎：《凝翠樓集》作『明』。
〔六〕羽卿：原作『羽鄉』，據《凝翠樓集》改。
〔七〕以上兩句《凝翠樓集》作『青松凝石氣，白日礙峰陰』。
〔八〕陀：原作『佗』，據《凝翠樓集》改。
〔九〕彌：《凝翠樓集》作『高』。
〔一〇〕方：《凝翠樓集》作『荒』。
〔一一〕此句《凝翠樓集》作『萬古還祠廟』。
〔一二〕此句《凝翠樓集》作『碑板歷朝銘』。
〔一三〕彤：《凝翠樓集》、《國朝閨秀詩柳絮集》作『明』。
〔一四〕秋：《凝翠樓集》、《國朝閨秀詩柳絮集》作『林』。
〔一五〕聚：《凝翠樓集》、《國朝閨秀詩柳絮集》作『帶』。

温慕貞 六首

浙江烏程縣人。適朱時發，結縭三載，時發即世，矢志柏舟。著有《隱硯樓詩》。

錢鳴泰《隱硯樓詩序》：吾里温孺人，適表内兄時發朱君，女弟適王氏。兩孺人素以詩名，皆少喪所天，零丁孤苦，依母氏為命。予於温氏有葭誼，先後延兩孺人訓課吾妹及女輩，壼範淑儀，知之備悉。然兩孺人苦節異常，行道聞之，曷勝酸鼻，況予得之親睫者。今集中所載諸詩，兩孺人不得已自道其奇窮之況，原不必有意求其詩之工拙也〔一〕。

温廉貞《隱硯樓詩跋》：胞姊温孺人，時發朱君之淑配〔二〕。生而静慧，動必以禮。稍長，遵姆教，讀書通大義。

年十九〔三〕，歸朱君。偕朱君事翁姑，深得歡心。太孺人性嚴峻，子婦侍側，不敢出一語。姊奉養左右，不失意指，一味之甘，必奉堂上〔四〕。結褵甫三載，朱君即世〔五〕。姊慟不欲生，願相隨地下，得兩尊人勸慰而止。爾時垂白之親在堂，黄口之孤在抱，家無負郭，復鮮伯叔，惟辛勤紡績，以供菽水。迨翁姑前後殁，姊則百計綢繆，殯葬如禮。杼軸之旁，設書案課子，使無隳先人業。吾母年高，因依母氏〔六〕。其事吾母，一如事姑。即氏之飲食教誨，亦藉姊力。時雲翔三兄尚未娶，姊為經營完娶，此又賢而才也。乾隆三十一年，姊年六十有四〔七〕，擬援例請旌，因有事粤西，依永康牧眷屬赴任，乃以勞瘁過甚，一旦病疴不起，殁於客途，其事遂寢。甥曾三又自傷坎壈，不克顯揚其親，私竊抱恨，因出姊生前所詠三十餘首，囑氏陳詞。氏慮朱氏姊一生節孝，艱苦備嘗，久而漸泯，故略言其梗概，俾生持此以為請旌之有徵也〔八〕。

孤雁

楓林紅葉落，月暈有微茫。古寺鐘聲遠，飛泉水氣涼。朝鴉隨日影，孤雁帶秋霜。牧笛無腔調，偏能引恨長。

秋海棠

經秋芳樹已先凋，惟有仙葩異樣嬌。清露時承魂欲睡，晚霞纔照色偏夭。離愁此日腸堪斷，别恨於今淚未消。一段柔情渾是醉，隔簾紅粉好相招。

三過宋氏園三首

殘花摇曳一簾風，幾點莓苔襯落紅。最愛壁間圖畫好，平臺棧道與山同。

雨餘風細送春寒，柳絮毬飛小鳳團。更有荼蘼花似錦，一庭鶯粟映西欄。
綠陰澹澹繞庭前，最喜桃源近旱船。閑坐桂軒頻悵望，碧池初透小荷錢。

寄弟

骨肉相離已卅年，家鄉迢遞隔山川。寄言吾弟須歸早，免使慈幃望眼穿。

【校記】

〔一〕此序《隱硯樓詩合刊》（乾隆三十三年刻本，下同）末署『乾隆戊子暮春上浣同里錢鳴泰序』。

〔二〕此後《隱硯樓詩合刊》有『廉貞之同母姊也』一句。

〔三〕年十九：《隱硯樓詩合刊》作『年二十二』。

〔四〕此後《隱硯樓詩合刊》有『未一載太孺人辭世』一句。

〔五〕『結褵』二句《隱硯樓詩合刊》作『朱君家徒四壁，姊脱釵鬻釧，悉力佽理，俾朱君克殫子職。越五年，朱君又赴玉樓』。

〔六〕『姊痛不欲生』至此：《隱硯樓詩合刊》作『惟時膝遺藐孤，生計益艱，以天荒地老之身，肩撫孤教誨之任，日惟績紡，以謀朝夕。其辛勤概可見矣。厥後以吾母年高，歸依母氏』。

〔七〕年六十有四：《隱硯樓詩合刊》作『年五十四』。

〔八〕此跋《隱硯樓詩合刊》末署『胞妹温廉貞識』。

温廉貞 五首

慕貞之妹也。適長興王静甫，無子，矢志守節，竭蹶葬姑與夫。著有《隱硯樓詩》。

《隱硯樓詩自序》：氏産自烏程之七里鄉。年二十三，適長興王公遡洄三子静甫為室。纔三載夫歿，氏痛不欲生，父母過而曲諭曰：『汝殉節，良是；其如爾姑在堂、爾夫未葬何？』氏遂飲血吞聲，冀有以殫婦職。越一載，竭蹶措置，葬夫於藝香山麓。姑年老，氏苦力綿，愧未能先意承志。迨於乾隆八年，姑歿，氏隨經營馬鬣，附葬於五畝膳田之内。惟時父故，母年逾七十，雖上有三兄，均遠幕，不得已，隨母赴天津、奔西粵，於龍言、天桂兩兄處謀膳資，庶奉養稍可支給。庚申冬，自粵歸湖旋里，日展舅姑墓畢，念父櫬於乾隆五年浮厝曾祖先太傅墓傍，傾圮不堪言狀，氏哀號泣血，即於厝地而營葬焉。氏乃歸母於七里鄉之故宅。母耄而多病，行住坐卧，不克自主。氏扶持不離左右，俟母百年後，誓相從地下，以生不能奉菽水於舅姑父母，冀於死之日畢之。有里言數十首，詩不成章，聊遣傷懷耳。因朱甥曾三刊伊母詩，囑合訂焉。

梅花篇

梅花瘦，楊花肥，梅花羞逐楊花飛。不是梅花多傲冷，本來情性自相宜。春風寒峭香寂寞，漫山桃李紛紛落。黄鸝莫再駡春風，人情還比春風薄。

小江道中

極目春田外，離離麥正肥。新帘邀過客，嫩柳趁斜暉。遠寺鐘聲細，幽溪水浪微。推篷閑望處，雛鳥傍林飛。

秋蟲

門掩寒林落葉遲，閑聽唧唧不勝悲。高低自譜無絃調，斷續如含飲恨思。孤館酒醒霜月夜，荒園人静夕陽時。可憐無限傷心事，著意鳴秋秋不知。

過常玉山

常玉山前路逶迤，歸輿已過草坪司。蕭蕭疎竹通幽徑，漠漠殘花護短籬。田畔蛙聲喧雨後，澗邊桐葉報秋遲。回思南北傷心事，孤雁渾疑助我悲。

灘河風阻

春江寥闊景蕭然，風阻山邊繫客船。灘勢自流三月暮，斜陽欲汲〔一〕一溪煙。

【校記】

〔一〕汲：《隱硯樓詩合刊》（乾隆三十三年刻本）作『没』，《國朝閨秀正始續集》作『吸』。

褚氏二首

江蘇長洲縣人，張世恒妻也。

臨終詩

待死光陰日抵年，關心菽水百憂煎。高旻不改蒼蒼色，獨有寒門墜却天。

破鏡歌殘夢亦愁，此身久已現浮漚。黄泉有路津休問，收拾歸裝趂柏舟。

《昭文縣志》：張世恒妻褚氏，二十夫亡，守節秉禮，通書史。其《臨終詩》云云。

孔繼瑛六首

字瑶圃，浙江桐鄉縣人。適同邑贈中憲大夫沈廷先，即山東河庫道啟震之太夫人也。誥封太恭人。善書工畫。著有□集。

沈觀察啟震《孔太恭人行略》：太恭人姓孔氏，名繼瑛，字瑶圃。外祖景修公諱傳志，邑庠生。外祖母施太孺人生六人，吾母居其長。甲寅，先大夫補弟子員，丙辰始就婚於外伯祖之家。丁巳，太恭人有身，先曾祖妣張太安人卒，先大夫乃偕太恭人攜一婢歸於家。甫入門，即操井臼，衣布茹蔬，安之若素。先大夫遠客在外。每日黎明，必促震起，令入學；晚歸，輒問一日中所習業。夜率小婢終夜紡織，而令震坐於側。是以寄先大夫家信中有云：『窻下看兒談魯論，燈前教婢揀吴棉。』又云：『夜枕先愁明日米，朝寒又典過冬衣。』皆當時實事也。不孝年十五，隨先大夫之蘇州。壬申，太恭人哭外祖母於嘉興，時堂舅珵如公相繼而卒，因有『愛女因憐壻，思親更哭兄』之句。不孝先在嘉興舅氏家課諸表姪，復至竹林高姨母家課兩表弟，太恭人因與姨母詩筒往來，離別之感，見於楮墨。時外祖姑馮太夫人就養入都，太恭人賦詩寄訊，和詩云：『人憐瓊樹雙枝秀，詩到梧桐一葉飛。』蓋風雅之盈於一門者如此。乙酉，震應召試，蒙恩賜綺，震為先大夫暨太恭人製衣各一，太恭人有詩云：『賜錦初披新樣紫，遺氊莫忘舊時青。』癸巳，太恭人病，先大夫寒疾陡作，易簀時，太恭人一慟幾絶，哭詩云：『甘回蔗境亦何曾，卅八年來感廢興。七品頭銜添白髮，一編手澤共青燈。醫從隔歲求無益，命入殘冬續未能。風雨南窻追往事，偷生此際獨沾膺。』去年我病君還病，今日君亡我未亡。半世窮愁全不減，一生離別此尤長。貧依八口留京邸，夢逐孤兒返故鄉。最恨同來不同往，潞河煙柳劇淒涼。』痛哉斯篇，不忍終讀也。惟時先大夫靈櫬尚寓京師，於是泣示不孝以詩曰：『旋櫬倘能歸故土，殘生聊復度今年。』不孝既送父柩南歸，吾弟應留侍母側，方躊躇間，而太恭人手書適至，寓詩有云：『看雲南北存亡隔，踏雪東西去住難。』又手示不孝以《寄南中諸女伴》：『或以故物，或隨住他所，其現處故鄉而為吾極關念者，惟族嬸楊孺人、徐姊、夏妹及勞氏嫂、朱氏弟婦而已。因寄詩各一章，系以短序。』其略曰：『余自庚寅歲就養入都，甫四歷寒暑，旋抱未亡之痛。近復以孤兒負米，僑寓北平；地是盧龍，人同旅雁。記兒時與諸姊妹讀《長城》、《塞下》諸篇，輒感慨系之，不謂頹齡竟來茲土。重以素衣欲別，丹旐將歸，愁緒萬端，夢魂千里，每下他鄉之淚，誰憐失路之人。感昔悲今，得詩五首。』嗚呼！太恭人濡筆之時，動關至性，震讀之，至今不敢忘也。一夕謂震曰：『憶昔庚寅歲出門時，吾二人與汝兄弟夫婦皆無恙，聚首甚歡。今六人之中，已去其三，能保其更無他故乎？』因口占以示云：『六親存已半，三偶變為奇。到此不歸去，寧無及我時？』嗚呼，太恭人明察幾先，已若逆料今日之事。復云：『同鎮至親中，惟三舅母一人為吾老伴，歸時當數與往還。』並有『歸裝聊自檢，老淚向誰彈』之語。

《小粉場雜識》：青齋沈觀察啟震母孔瑤圃太恭人，諸姊妹皆能詩，而瑤圃集聞尤富，惜未得一讀。頃從其內親扇頭見《題訪真集調寄如夢令》詞云：『凝眺無邊雲岫，訪个真仙難遘。消得竹林間，甘與梅花同瘦。知否？知否？添個香山老友。』又《感賦調寄菩薩蠻》詞云：『長安永別愁雲結，小祥塞上驚飛雪。六管動葭灰，陽回人不回。三遷來歷下，已是週年也。哀慟憶家鄉，孤兒獨捧觴。』

梅花

雅澹偏宜雪，横斜合有詩。月明清夢遠，風冷暗香遲。庾嶺春先占，秦樓笛謾吹。江南空有信，不解寄相思。

震兒設教永平移家就養途中即事有作

有子悲風木，饑驅到北平。移家聊遠道，就食悵餘生。載主親封篋，棲神宛倚衡。同車頻險阻，共命判幽明。渡水潛相唤，登山恐或驚。崎嶇輪易折，觳觫馬難行。攬袖看孫哭，烹茶有婦迎。為言官道近，齊説郡侯清。地繞岡巒勢，人多絃誦聲。疎花開小院，斜日下高城。聚似萍波汎，來當麥浪晴。黄泉誰問路，白髮獨添莖。每憶黔婁被，徒憐考叔羹。蕭條愁客館，何日送歸旌。

遊大明湖

大明湖景似蘇隄，也向熏風策杖藜。歷下亭環流水曲，會波樓遶遠山齊。香飄花浦蓮初放，歌入蘆洲舫又迷。一抹煙雲催夕照，回看月掛柳梢西。

述懷

漁樵圖畫已難全，每念清門一愴然。少日嗟君違鯉訓，經年別我寄鴻箋。諸生執業吴山久，三鳳蜚聲雪水傳。祇藉殘書消白日，更無長物伴青氈。硯田已熟寧多望，室磬常懸不受憐。修德漫期身食報，傳經惟最子承先。天書乍捧雲霄裏，祖德還陳考妣前。已喜頭銜封二代，便看目瞑赴重泉。年符羲畫纔過一，路隔燕臺悵幾千。歸計未成雙淚湧，感今追昔紀長篇。

章夫人見惠蘭花

空谷猗猗香自幽，曉粧偏稱玉搔頭。一枝相贈消煩暑，坐對南窻静似秋。

熏風無那日偏長，珍重分來九畹香。供向膽缾清午夢，幽芬滿室簟紋涼。

于潔二首〔一〕

字□□，漢軍鑲紅旗人。于紫亭農曹之女。適宗室魁明，二十而寡。

寄兄滄來

織盡人間寡女絲，三更涕淚一燈知。近來焚却從前稿，不為懷兄不作詩。

兒女乾啼濕哭餘，偷閑才得寄家書。望兄好繼襄勤業，莫使官聲竟不如。

《隨園詩話》云：　鰲滄來明府有妹名潔，爲紫亭太史之女，性愛吟詩。年十六，適四品宗室魁明，年二十而寡，守志撫孤。常寄滄來云云。滄來，襄勤公成龍之曾孫也，歷宰吴下，清慎勤敏，綽有祖風。

【校記】

〔一〕于潔詩底本未收，據貴州省圖書館藏後期增補殘本補。

卷之四

姚鳳儀八首

安徽桐城縣人。樞部戊生先生長女，適諸生方于宣。著有《蕙綢閣詩集》。

《龍眠風雅》：姚氏鳳儀，樞部戊生公之長女，諸生方于宣之妻也。所著有《蕙綢閣詩集》。

方維儀《蕙綢閣詩集序》：吾姪女幼而敏慧，隨宦瀫水，輒效謝庭韻事，適吾宗遂高，益覃心風雅。生一子二女，不幸遂高早世，女年甫廿一。其境愈苦，其節愈堅，其詩亦愈工。不意癸卯冬，又棄我而逝。傳其詩，正所以傳其節耳。

丁酉仲秋曾祜十歲初度予歡甚回思夫子去世兒在繈褓中撫稚之難有誰憐惻諄諄示汝讀書成名不負孀母之艱辛偶成一章用誌勉策

有子有子名曾祜，歲纔踰周已失怙。繈褓之時多疾患，輟寢忘餐倍荼苦。卜居截髮敢言貧，侍側時教中規矩。煢煢弱質掌上看，阿母百事盡艱難。天寒視衣饑視食，飲冰茹蘗耐霜寒。今汝十齡喜及肩，凝眸待著祖生鞭。新秋雙桂當筵吐，祈爾繩繩望爾賢。

初月

新月如弓曲，含輝渾著霜。微微臨小檻，宛宛過前廊。桂魄摇初影，銀河漾淡光。移時雖漸落，流照亦何長。

孤鴻曲

夜静蟲吟寂，開簾見爾飛。數聲和漏永，隻影共星稀。塞外霜風勁，天邊列宿微。可憐同此恨，輾轉淚霑衣。

秋月

夜半階前似有霜，閑看秋色轉蒼茫。金波宛宛臨朱户，玉樹依依上畫堂。露濕青苔侵砌潤，風吹黄菊滿籬香。清光偏照羅幃冷，倚徧欄干子夜長。

九日憶夫子

去年令節君同去，今日登臨我斷腸。野色宜人添悵望，秋山如畫總凄涼。征鴻塞外全無信，叢菊籬邊初有香。和淚題詩君不見，千峯忽忽又斜陽。

春日遣懷

空階小樹漸垂陰，旭日初融嵐氣侵。半捲珠簾人寂寂，斜薰寶篆晝沉沉。三眠楊柳舒新翠，百囀流鶯報好音。春到更添愁與病，憑欄不覺淚盈襟。

上元前二日祜兒讀書二兄竹笑軒作此勉之

王正淑氣正新鮮〔一〕，好鳥關關韻似絃。柳意知春條漸緑〔二〕，梅花趁暖色偏妍〔三〕。雞窻燈火休虚夜，鵬路風雲定有年。莫道一貧無長物，青箱舊業有〔四〕家傳。

河邊新柳

青青柳色拂河濱，千縷長條日日新。輕掠波紋浮水面，風來亂挽釣魚人。

【校記】

〔一〕此句《國朝閨秀正始續集》作『元正淑氣喜晴天』。

〔二〕漸緑：《國朝閨秀正始續集》作『放嫩』。

〔三〕偏妍：《國朝閨秀正始續集》作『增妍』。

〔四〕有：《國朝閨秀正始續集》作『守』。

曹氏 一首

浙江海寧州人，諸生曹顓洙女，適同邑唐之坦。于歸六載，之坦病，氏奉湯藥，衣不解帶者半年。洎病革，氏欲殉，咸為家人所救。後卒投繯，時康熙十六年事也。邑令許為具詳，得建坊旌表。

《海寧縣志》：曹氏，諸生曹顓洙女，唐之坦妻。之坦疾亟，氏預治殮具。夫將死，即不食，母强之食。比夫死，取向所蓄砒霜服之，不得死。更啜灰水，又不死。次日取錢吞之，又不死。夫既殮，中夜服滷，忽大吐，終不得死。乃大慟，絶食二十二日，而猶不死。夜半啟户出，投舍旁池中，家人覺，救之，氣絶復甦，於是復飲食操作如故。尋剪其機軸，製衣一襲，時庭中臘梅方開，婦視而歎曰：『昔董節婦有《菊花詩》，美其不落也。此花亦不落。』因為詩云云。夜夢其夫邀之曰：『百日為期。』時十二月望也。歲除，内外倥偬，失婦所在，行視柩前，麻衣纍然，懸帨在梁矣。邑令許三禮親詣其閭，姚江黄宗羲為作志銘。

黄宗羲《唐烈婦曹氏墓誌銘》：烈婦曹氏，諸生顓洙之女，海寧之翟墩里人。年十九，歸同邑唐之坦；之坦之父焕，亦諸生也。歸六年而之坦病，烈婦悉賣其簪環裝奩，以佐醫藥，衣不解帶者半載。疾革，謂其夫曰：『君死，我不獨生。』乃營砒霜以待。丙辰歲九月二十八日，之坦卒，烈婦治喪，衣衾必有副，家人阻之不得，因斥去其砒霜。烈婦瀝桑灰為汁飲之，腹痛而不死。明日，夫將殮，恐死之不及是時也，碎錢為屑，吞以速之，又不死。夫既殮，而防之者愈密。烈婦曰：『頃欲與夫同殮，既失此期，何日不可死，而必以今夜乎？』家人信之。人定，烈婦潛起，飲滷升餘，號呼宛轉，毒裂經時，復吐下而解。烈婦曰：『我求死不得，計惟有絶食耳。』不食二十二日，而容貌如故，神理烱然〔一〕。夜半啟户出，投於旁舍池中，久之而家人始覺，出之池，已死，覆以衾而復活。烈婦謂其舅姑及母曰：『大人非愛我，徒苦我也。我志已決，遲速總一死耳。』於是復飲食，起而操作如常。尋剪其機軸，製衣一稱，餘布七尺，有小婢乞之，不與。家人竊議曰：『尺布尚惜，其不死明矣！』其時庭中蠟梅方開，烈婦視而歎曰：『昔董節婦有《菊花詩》，美其不落也。此花亦不落，吾試吟之云云。』十二月望，起而嚴妝，於天地影堂靈座舅姑舅之姊，各設四拜，曰：『婦從此別矣。孝養之願，以俟來生。』家人皆哀慟，烈婦從容自若，從此又不食。除夕，得間取其七尺之餘巾，自縊夫柩之旁，始知不與小婢之故也。及殮，目瞑口闔，不同乎世之為縊者，此固獨行其願之一徵矣。年二十五。許邑侯詣廬祭之，聚觀者數千人，莫不為之歎息泣下。

詠蠟梅

添得冰霜枝葉無，此花自與眾花殊。共知秋菊貞心在，尚有黃梅抱樹枯。

【校記】

〔一〕烱：原作『燭』，據黃宗羲《南雷文定前集》（康熙二十七年靳治荊刻本）改。

曾如蘭 一首

福建長樂縣人，曾子駿之女也。適錢塘林邦基。邦基病危，許以身殉。洎歿，仍奉舅姑三載。後舅姑卒，如蘭絕粒而死。

《錢塘縣志》：曾氏，林邦基妻。年二十一歸林，善事高堂，克襄中饋。林忽染危症，醫禱莫效，彌留之際，若猶有待者。氏知之，許必以身殉，目遂瞑。既殮停棺，氏曰：『虛其右以待我。』鄰里以其事聞於邑令，邑令某勸慰再三，並頒粟帛，婦含痛任事。亡何，舅姑相繼死，附身附棺，一切皆經紀周備。忽自念曰：『永訣一言，尚何待耶？』遂絕不食者十四日而卒，年三十有六。時當酷暑，玉質如生。先是，氏嘗鎔金十餘粒，置懷袖間，以備倉卒，蓋矢志若此。鄰媾嚴氏，以貧乏將改適，氏曉以禮義，教以女紅，卒無他志。

絶命詩

鏡裡菱花冷，三年淚未乾。已終姑舅老，復咽雪霜寒。我自歸家去，人休作烈看。西陵松柏下，夫子共盤桓。

《柳亭詩話》：長樂曾如蘭，適同邑林邦基，寄籍武林。癸未夏，邦基以哭母得疾死，曾誓以身殉。其舅漢朝白於邑令，令以立孤終養勉之。至丙戌秋，漢朝亦死。曾葬畢，遂絶粒十四日，正襟危坐，索筆賦詩云云，擲筆而逝。

汪氏 一首

浙江錢塘縣人，家效文之女也。夫歿，作此詩，絶粒而死。

絶命詞

于歸唐氏甫三秋，萬苦千愁靡日休。堂上甫離塵市境，所天相繼白雲遊。從來未獲占熊夢，叩地相依矢柏舟。迴想眉郎終莫報，首陽風景好相酬。

龔淑貞 二首

江蘇太倉州人，諸生挺之女也。適同郡呂雲奇。乙酉，雲奇死國難，淑貞斷指自誓。以苦節著。

《鎮洋縣志》：國初太倉烈婦龔淑貞，明諸生挺之女也。十歲詠雪，有『梅花繡歲寒』之句，挺之奇之。十六適呂生雲奇。氏初名淑英，雲奇易今名。乙酉七月，太倉歸順，氏翁死之，雲奇殉父，氏以有身，不敢死。及殯大雨，室隘，勿能將事。氏猝起，引刀斷左手小指，指墮地，躍躍動，血淋漓几席間。衆駭愕，氏徐拾指，焚諸香爐，拜且哭曰：『所不終為呂氏嫠者，有如此指！』衆皆哭，雨亦驟止，天忽開朗，乃克禮殮。於是賣屋築壙，葬雲奇及翁，而結茅窮鄉，力耕操作，亂頭破服；食不給，則豆渣雜糠咽之。兄弟病其不堪，以『餓死事小』對，不妄有乞貸也。丁亥春，江南訛言將選幼女寡婦入都，氏自紉其衣，投園中池，池水騰沸，園嫗驚視，挾之起，得不死。方雲奇死時，氏年二十三，所娠以過悲而殞，因嗣姪龍星。丙戌夏，龍星痘殤，乃嗣元星。氏吟詠甚富，惜未梓行。孝廉陳瑚作《孝子節婦生死合壙誌》。

自悼

殘菊含霜點翠苔，孑然零落帶愁開。冰心懶向蒼天問，知是陽和不復回。

自古名園費賞吟，春風搖蕩百花林。可憐惟有霜天月，照徹寒梅夜夜心。

董文 一首

字學舒，四川閬中縣人。適焦士宏。年二十七，稱未亡人，矢志守節，撫孤養姑。事載《閬中縣志》。

書感

機杼聲中絡緯鳴，未亡人已久忘情。玉樓赴召今何在，不問三生問再生。

陳克毅五首

字盈素，浙江海寧州人，知府藺侯先生之女也。適當湖曹山補。以苦行著。著有《餘生集》。

當湖閨秀陸蕙《餘生集序》略：《餘生集》者，陳盈素哭母哭女而作也。余與盈素同歸曹門，而盈素為余姪山補婦，故其生平所歷之艱苦，余知之特詳。盈素系出海昌，為實齋宗伯孫女、藺侯太守之次女。母夫人汪氏，久以博學聞，姆師之訓，涉及書史，有自來矣。年二十一歸山補，甫四載，山補棄世，遺腹一子，亦未期而殤，所撫者，惟髫齡一女耳。時或歸寧海昌，一博母夫人歡。老親弱女，聚首一堂，月夕花晨，間事吟詠，計其一生之樂境，無過於斯。嘻，已足悲矣！歲戊午，一女猝以病死，未幾母夫人相繼殁。仰無依，俯無育，煢煢隻影，有莫可控訴者，因一一托之於詩，以自寫其伶仃孤苦之況。深宵燈火，舉筆悽然，泣罷而吟，吟罷而泣，真字字皆血淚痕也。今年夏，盈素出其詩一卷，題曰《餘生集》，屬余序之。余讀其詩黯然。夫余不能詩，竊聞詩之道不貴綺靡，以能抒性情為尚。今《餘生集》緣哭母哭女而作，蓋發之至情至性，直以吟哦當哀者，豈徒誇尚綺靡、爭勝於閨門之秀哉？閲是集者，當勿第以聲律繩之。

即景思女

幽窻人跡絶，深院日移遲。風細穿書幌，花飛侵硯池。偶成惟苦句，無事即思兒。自昔天難問，愁懷暗自知。

有悟

嗟吾與世復何求，冷淡風光閲幾秋。好勝有心偏少勝，埋愁無地轉多愁。道成原解生還寄，智達方知死即休。斷却塵根通慧業，已拚心跡付浮漚。

閑遣

庭院蕭閑意自舒，更無煩惱動嗟歔。春歸秋去知榮落，葉謝花開悟破除。偶貸朱顔還賴酒，飄殘華髮懶添梳。雙鬟窻下勤機杼，燈火深宵伴索居。

自恨

舉筆吟多苦，淒涼思轉迷。可憐蓬牖下，只有暮鴉啼。

感懷

閑居萬事心多懶，觸景無端淚易傾。把卷小窻還覓句，簾前乳燕冷窺人。

劉氏句

湖南臨湘縣人。適沈某，早寡。

句

惜此分陰短，無奈晨光趲。

《湖南通志》：劉氏，湖南臨湘縣人。其先政事文章利濟當世。劉氏生而性烈。每誦閱經史，必講明義理。歸沈某，二十而寡，守貞十七年殁。有詩二句，人以為讖。其子建領鄉薦，所歷仕途卓有政聲，官至大中丞。

徐德音 七首　句

字淑則，浙江錢塘縣人。徐清獻公女孫、旭齡之女。適江都縣進士許迎年。著有《緑净軒集》、《續集》、《紀瑞詩》。

徐旭齡《緑净軒詩鈔序》略：憶昔先清獻公制府淮南時，吾女德音生甫數歲，每長者故人至，輒效男子長揖，衣袴亦稱之，一切瑱耳釵鈿之飾，勿御也。及遇賓僚賦詩，先公呼之侍側，即能作五七言韻語，而意殊便給。先公絶愛憐之，謂若生男如是，當不誤改金根，惜乎其為女子也。未幾，先公捐館，遂持喪還武林。女年稍長，能略涉羣書，所居在湖山之間，每當煙雲入户、魚鳥親人，輒復留連景光，率吟小詩以自適。一衣著最久，視之墨瀋斑駁，色若古彝，保媪以他衣進，亦弗易也。其無他好如此。江都許太史耒菴故為先公所得士，有孫曰迎年，儁才也。當先公疾革，鄭重語予曰：『異時擇壻，舍許生，無可屬意者，當折輩妻之。』余卒從其言。女之歸於許也，生猶列博士弟子員，至是益好學，遂得兩闈俱儁，能以經術世其家。親黨咸謂新婦有以相之也，豈果然耶！先是，吾鄉林亞清夫人倡為蕉園吟社，知吾女能詩，挈曾以縑素相遺，通殷勤焉。會吾女于歸邗上，亞清亦隨宦洛陽，竟不果相見。閲十餘年，至乙酉之歲，許生擢試舍人，挈女北去，時亞清先在京師，始得把臂定交。輒相見恨晚，間以詩卷相質。亞清喜而敘之，且曰：『蕉園之社，作者數人，人皆有集。今既晨星寥落，幾令韻事銷歇，得子之詩，政復後來居上矣。其可不梓之以傳乎？』女辭不獲，遂畀剞氏。而或者以為婦人職主中饋，《禮》『無出閫』之言，審如是，則凡跡涉藝文者，皆非也。然竊觀往棄所載，若班若劉之屬，頌椒銘菊之家，何更代有其人、人有撰著？似亦未盡非也。第恐今之視古遠不相逮，設為之不工，是可已焉耳。昔中郎賜書五千卷，傳之仍屬愛女，今者丹黄甲乙，手澤俱存，女盍追思先訓，益勵將來？苟得詩人温柔之教，必且能為禮樂〔一〕之言，是亦先公疇昔之意也。遂書以示之〔二〕。

歸愚沈宗伯《緑浄軒續集序》略：許年伯母徐太夫人，為清獻公季女，少歲研討典籍，誦揚清芬，已克傳家學矣。及歸許門，許為維揚鉅族，代有偉人，而年伯茘生先生以名進士官中翰，於行己致身大節，太夫人有以佐之。暇則發為詩歌，更迭唱和，不啻《雞鳴》夫婦之相贈答者。洎稱未亡，持家政，教二子，艱鉅之役，一身任之，而詩之境界悉變為風雨漂摇之音矣。既而長君雙渠學優出政，將母官齋，忽焉殂謝，次君聖泉遠宦河防，內患頻陵，外侮沓至，而詩之境界又變為『苕華』『萇楚』之音矣。然而所值彌艱，詩格彌上，豈真『歡愉之辭難工，愁苦之言易好』哉？由其所以發言為詩者，有立乎未始有言之先者也。從來作詩之病，恒多取材於《詩》，故其意其辭每局於古人之詩之內。太夫人學宗乎經，識准諸史，熟精《文選》，旁又瀏覽乎諸家之集，而一以靈敏之思，運乎性情之真，以合乎倫紀之大；無論處常處變、為欣為戚，而總不失乎風人之旨也。此豈潢潦無源之學所得而竊攀者耶？〔三〕

【輯補】

瓊案，方芳佩《在璞堂吟稿》（乾隆十六年刻本）徐德音序末署『乾隆己巳夏四月上澣同里許徐德音漫書，時年六十有九』。徐德音《緑浄軒續集》（乾隆十七年刻本）有《乾隆十五年歲在庚午嘉平之月為予七十初度撫今追昔百感填膺漫成長句四首》詩。兩處所記相合，可知徐德音生於康熙二十年。

王明君辭

才士執高節，美人矜令姿。富貴豈不欲，窮達安其時。漢皇重顏色，詔選良家兒。王穰有好女，秀色可療飢。麗容難自棄，一旦進彤墀。長門與金屋，權乃在畫師。先容所不屑，賄賂非無資。丹青既失意，粉黛將安施。曲逆久殂謝，誰復出六奇。龍城老飛將，長信索蛾眉。孤憤幽永巷，寧隨秋草萎。顧影徒自惜，慷慨吐芳詞。乃陳掖庭令，逝將靖邊陲。從容別丹陛，左右皆驚疑。朱霞映白雪，眄睞生光輝。朝廷恥失信，抱恨出漢畿。殷勤托父弟，猶幸少憐之。驅馬向絶漠，加號為閼氏。黄雲迷白草，毳漠驚沙飛。胡笳鳴四野，中夜肝腸摧。琵琶時獨語，泠泠一何悲。哀鴻唳青冢，朔雪冷瓊枝。遂令千載下，長懷漢明妃。和戎非得已，廟算良在茲。借令老宮掖，後世何由知。鉏蘭與泣玉，古今傳者誰。疇昔六王畢，燕趙多彼姝。阿房作焦土，艷骨成香泥。折腰翹袖舞，恩寵未嘗移。四皓兆人彘，傾城乃禍機。豈若慷慨節，使我興遐思。

白紵歌

羲和六轡回蒼龍，長紅小白粉作叢。纖肢綽約隨流風，翩翩冶態如驚鴻。一寸眉峯暈春碧，酒潮欲上蓮顋赤。熱心擬化百枝鐙，長倚君王照瑶席。

湖上行

芳隄載酒恣遨游，湖上〔四〕湧作青螺浮。桃蹊李蹊花零落，奇艷惟留紅芍藥。暖風遲日倍宜人，夾衣初試纖羅薄。松風吹袂聲泠然，白舫閑消半篆煙。紫筍釵頭分建茗，青甆蟹眼瀹山泉。酒酣日晏清吟歇，懷古無端意飄忽。憑高更指鳳凰山，蔓草遥連宋宫闕。

題投筆圖

豈薄雕蟲技，翻思汗馬功。生當封定遠，夢合笑文通。昭代烽煙静，儒生意氣雄。百年同一擲，感慨畫圖中。

《古檀詩話》：繆穀齋孟烈囑畫師繪一小像，帶劒乘馬，鄭板橋燮題其籤曰：『《投筆圖》，文士題詠甚夥。邗江許夫人五律云云，意既周匝，筆復渾融。』夫人系出錢塘，著有《緑浄軒集》行世。

中州瑞雪詠一百韻有序

癸丑十月二十九日，恭遇萬壽聖節。是日中州大雪，積可盈尺，占為上瑞。竊見制府平越公撰有百韻詩，淵涵再三，蓬心頓啟，摛辭顥噩，遠媲典謨，振響和平，直追雅頌。是可播為太常正樂，洵稱盛世元音者矣。不揆固陋，謬繼斯篇。土鼓之音，豈敢與鐘鏞並奏；寒機之製，奚堪偕黼黻俱陳。方將焚硯未遑，詎可操觚妄作。然生居舜壤，首戴堯天，伏念吾許吾徐兩家，累世或位崇旄節，或踐歷清華，並受國恩，素叨深厚。爰洎弱息佩璜，猥以小臣，仰蒙特受。又受河東兩憲府及諸憲使公協衷賞批，曲賜裁成。夫詩稱言志，歌以永言。列國采風，半多媍女；史書彤管，不没閨房。則是詩也，上以紀天朝之殊瑞，中以揚前使之嘉猷，下以攄感頌之末悃。言雖不文，而志則有取焉矣。緘存家塾，竊比擊壤之謡；貽我子孫，永觀泰階之盛。

中州千里雪，聖節萬年卮。帝德遐昌日，皇心丕冒時。百蠻修職貢，五老覲彤墀。璧彩留宸矚，瑶華擬睿詞。寒光凝象魏，虚白朗罘罳。仙籞璚為樹，靈臺玉作螭。屢豐歡億兆，上瑞慶維祺。南極星重潤，東郊秀兩歧。六田感霡霂，四海被恩慈。玉屑飛鼇禁，瓊英集鳳池。輕揚偕率舞，飄灑詠來思。元德隨時上，葭灰應律吹。繽紛濡豹尾，繁鶩拂龍旗。銀燭光同燦，銖衣羽共披。土膏滋八表，甘露下三危。肅肅周官禮，雍雍漢殿儀。康衢徵有慶，靈鑒孔無私。但上丹丘頌，疇歌黄竹詩。晶瑩堆苑囿，皎潔映宫帷。神女摇珠珮，靈妃纚素絲。脱簪思聖后，辭輦羨賢姬。揖揖仁風在，振振福履綏。葛覃傳刈濩，荇菜愛參差。廻轉如紈袖，光華映玉姿。《關雎》誦雅化，《樛木》頌坤維。繞電曾符夢，高禖已敬祠。典謨邁虞夏，神武並軒羲。睿智高千古，天威振九夷。生申作藩屏，夢弼佐端揆。銅鼓鳴威鳳，商山茂紫芝。三槐原相裔，姒姓本周支。優詔宣綸綍，中區授節麾。湘波芳沅芷，雲澤偏江蘺。俗化文翁教，恩留杜預碑。王言深倚毗，臣職竭驅馳。期月民歸厚，經年績允釐。吹臺添雅韻，洛水更清泚。啟沃侔周召，勳猷勒鼎彝。昌言逢禹拜，文思值堯期。遐睇羣山皓，欣邀萬彙滋。來牟貽率育，林總半龐眉。白粲均分給，青鳧費不貲。秖期無量壽，仰報億千施。香縷雲堂合，蓮幢覺路垂。曇花現寶座，善眼刮金鎞。我見猶人見，無為即有為。八埏光舍利，一芥納須彌。刹宇耶維窟，菩提琪樹枝。
雪山生忍草，德水沛平陂。西望霓旌繞，東來紫氣隨。芝田融玉液，瓊屑醖仙醨。絳節高千尺，瑶臺築
九逵。鶴翎齎翠笈，象簡拜青辭。顧保昇平歷，長綿至道基。大椿同歲月，比户樂雍熙。帝日咨良佐，
公心丹若葵。劻勷勤稷契，寅亮比皐夔。棫樸開文學，冰霜洗陋規。聖朝多聘辟，巖穴采英奇。奉詔
常疑後，求賢或恐遺。懷文蒙鼓鑄，抱質望爐錘。自忝廉官息，堪嗟薄祚隳。家君撫青社，宸翰賜清
漪。先君任山東撫巡，恭遇聖祖巡方，朝見行在，御書賜『清漪』二字，尋遷漕運總督。卒謚清獻。失怙方髫齔，于歸慕縞綦。
緑窻晨試墨，班管夜燃脂。鴻案同賡韻，芸編共析疑。右垣曾珥筆，左掖亦吟棃。忽抱漳濱疾，俄驚舟
壑移。舅姑兼養送，堂構獨維持。孱質嘗荼蓼，噍音歷嶮巇。中郎惟弱女，宣孟有孤兒。户牖綢繆定，
蘋蘩家室宜。影摇憐獨活，心斷摘蒼葹。暎雪能勤爾，丸熊復憫斯。棘圍頻被擯，版築竟忘疲。奉檄
朝歌郡，須條淇水湄。小才漸寡識，末學得真師。旅進隨羣彦，卑趨厠百司。雕蟲蒙藻鑒，曲木遇班
倕。海若徒欽仰，風塵久受羈。倚閑思古道，晏歲悵天涯。郊甸青陽動，雲霄緑字貽。雅音含律吕，頒
體掞龍彲。元氣廻磅礴，卿雲眩陸離。曹劉應退避，燕許敢攀追。嵩嶽呈蒼翠，黄河勢渺瀰。世儒皆
矻矻，庶女也孳孳。溟渤持蠡測，昭容學管窺。茁芽看碧蕙，出谷聽黄鸝。妄擬莛鐘叩，希邀匠石知。
多慚垂耳驥，略試處囊錐。續史師前哲，飛龍驗吉蓍。重華咨岳牧，黎獻出藩籬。刷羽摶空便，修鱗縱
壑遲。上游先示的，鏽鐵快逢磁。建學傳經術，安人教淑熹。天高瞻北闕，風動自南箕。積潤流膏澤，
迎陽解凍澌。萬方齊蹈舞，億禩享平治。一德明良會，無疆錫瑞禧。

試劍石

石上痕如切，純鈎性最剛。陽山饑渴日，何不試夷光？

出塞

六奇枉説漢謀臣，後此和戎是婦人。能使〔五〕邊庭無牧馬，蛾眉也合畫麒麟。

句

旅思摇風鐸，歸心縱壑魚。
竹籜含新粉，藤花落細香。
潮來初拍岸，雲起忽遮樓。

《蓮坡詩話》：開封司馬許渭符佩璜，學有淵源，少禀母訓，所著詩文具見根柢。贈余云：『庇人孫北海，置驛鄭南陽。』又：『胸能貯丘壑，性本嗜林泉。』後奉太夫人來游水西莊，太夫人有句云云。太夫人，錢塘徐清獻公旭齡女，名德音，熟精《文選》，流覽滿家，至今老年，猶日閲書一寸。

【校記】

〔一〕禮樂：徐德音《緑净軒詩鈔》（康熙四十六年刻本，下同）作『禮義』。

〔二〕此序《緑浄軒詩鈔》末署『康熙丁亥除夕前三日餐霞老人漫識』。

〔三〕此後徐德音《緑浄軒續集》（乾隆十七年刻本）有『且猶少至老，未嘗廢書，讀書之餘，未嘗廢乎有韻之語。其於詩學，猶衣服飲食之不容舍置也。韓子云：「用功深者，其收名也遠。」世有終身從事而不能卓乎自立者，未之前聞，則其信為大家而得韋母之經、班氏之史，推為女子詩之獨絶者以此。潛於長君同膺徵召，於次君同列秋榜，嘗登堂拜母，辱賜贈言，殷然以古道相勗，皆正論也。茲承命序《緑浄軒詩》，因舉太夫人生平之學行而序之。乾隆壬申初夏年眷姪沈德潛題於袁江舟次』數語。

〔四〕湖上：《緑浄軒詩鈔》作『湖山』。

〔五〕能使：《緑浄軒詩鈔》作『若使』。

袁潔 二首

江蘇嘉定縣人。年二十而寡。黄静御稱其詩『幽峭清麗』，誠非謬賞。

清明

簾捲微寒獨坐時，東風滋味病中知。梨雲未冷三春夢，杏雨争催二月詩〔一〕。愁怯花魂輕欲墮，恨消蝶骨瘦難支。不知今日江城柳，留得青青第幾枝？

秋閨

懶向妝臺詠白頭，幾曾教去覓封侯？多情惟有秋天月，曾伴離人長夜愁。

【校記】

〔一〕詩：《名媛詩緯初編》作『時』。

張湘文二首

夫亡矢志。惜其字里不著。

輓曾如蘭

一鞭先我義從容，節孝聲名奏九重。絶粒已今歸去也，玉樓人在好相逢。

羨君志烈我當隨，奈有翁姑膝下兒。令德於今傳國史，投崖斷臂又何奇。

李氏一首

江蘇崑山縣人。適同邑周道行，于歸甫五月而寡。

梅花

香魂世外裝，誰識冰心苦。任他風雪欺，含酸能結果。

《崑山新陽合志》：周道行妻李氏，道行為百總，結褵五月，遠赴漳州而卒。時氏年二十三，有勸氏更醮者，氏曰：『人各有志，惟求無愧於地下。無相强也。』因題《梅花》詩云云以見志。守節而終。

孔麗貞 四首

字蘊光，山東曲阜縣人。世襲博士毓埏女。適濟南太僕少卿戴璠子文諶。著有《藉蘭閣草》。

《曲阜縣志》：歷城戴文諶妻孔氏，毓埏女，傳鉅妹，名麗貞。適戴一載，夫亡，守節四十餘年。麗貞能詩，與興焯妻顏氏相倡和。著《藉蘭閣詩草》，發乎情，止乎義，君子稱之。

蘊光氏《藉蘭閣草自序》略：境有順逆，固不能强諸天；情有悲樂，亦不能必諸已。余幼居深閨中，蒙二親顧復，朝夕不離左右。每花晨月夕，吾父與伯兄，共四方執友，流連詩酒，竟日方休。我母春則烹新茗，夏則設盆冰，秋則焚蘭香，冬家煮家釀，以待我父歸來。興若未闌，或評詩，或玩月，或理琴敲棋。彼時余同長兄怡怡侍側，天倫之樂，至此為極，故有『雙親兩意同』之句，以誌其喜。未幾，長兄謝世，余賦于歸。結褵一載，夫君與幼弟相繼淪亡於一月之中，我父我母復棄余長逝於八年之內。人世之苦，亦莫此為極。形諸墨瀋者，亦遂易喜為悲矣。情隨事遷，意緣境移，不信然乎哉？至若往來於歷水濼山，徘徊於繡户紅窗，偶有吟詠，無不可於悲樂間分之。此小集之大概也。癸卯春，紅萼軒長兄憐余苦衷，解囊付梓，告成之日，余始得知。紅萼兄敘於前，怡齋兄跋於後。既感且愧，竊恐世人見之，譏予為不揣固陋爾。

【輯補】

孔傳鐸《安懷堂文集》（國家圖書館藏清抄本）卷上《適戴氏妹蘊光藉蘭閣詩序》：世之言詩者，動上溯『三百篇』

迄漢魏三唐之盛，究之論議過高，而靡靡成風，孰是得其指歸者夫？立乎輓近，欲冀超乎古人而得其神似，即當代名士大夫，亦未易數數覯，況求之裙笄巾幗中乎？則言詩于今日也難，言詩于閨閣又難之難者。吾意不然。詩以道性情，則凡舉天地間，目遇之而成色、耳得之而成聲者，苟爲我性情之所寄，即無往而非詩矣。余妹蘊光者，余叔父之愛女也。幼即敏慧，能辨四聲。比長，授以書史，了然大義。至女紅之細，匠心巧妙，靡不絶倫，猶其餘事耳。所恨造物之不仁，賦紅顔以薄命。于歸未久，頓喪所天，而妹亦安于義命，絶無怨尤。天性至孝，余叔父以中年而抱西河之痛，幸得吾妹依依膝下，稍爲寬解。是少長之教養，叔既以父而兼師；而旦夕之承歡，妹更以女而代子也。刺繡之暇，或即景以抽毫，或感物而言志，微吟閑咏，積有篇什。然每恐爲世所知名，不輕出以示人，故人亦罕有知之者。癸卯之春，余既痛叔父之即世，而嗟妹之失所依，又豈忍以妹半世之苦心而漫滅不彰乎？因力勸出所著作，解囊付之棗梨。其以『藉蘭』名篇者，蓋具松柏之性，兼冰霜之操，非蘭蕙之幽芳，不足與寄托也。至妹之詩，直自道其性情耳，又何嘗規規于古而揣摹其形似哉！

哭亡夫二首

親老妾心悲，哭君無盡期。月圓分鏡日，雨滴斷腸時。生死魂難聚，幽明路已歧。縱為華表鶴，留語復誰知。

孝友繼家聲，温恭自性成。如愚何默默，守拙獨硜硜。澹泊恒為樂，炎涼素所輕。冷言聊作誄，那得盡生平。

中秋對月

玉宇無塵萬籟幽，捲簾一派暮煙浮。飛飛歸燕方辭社，寂寂寒蛩已報秋。桂蕊迎風香滿袖，桐陰繞座月當樓。世情争似清虚好，不染人間半點愁。

讀玉峯書城葉夫人詩因步其韻

卜宅臨江志自伸，柴門常閉不知春。汲泉瀹茗全抛俗，繞舍栽蔬未是貧。曲徑花鋪鶴夢穩，茅齋雨過燕泥新。只憐落落無儔侣，同調難逢我輩人。

趙氏三首

號秋浦，浙江錢塘縣人，知府本植之女兒也。適鴛湖胡氏子某，早寡。著有《紅餘小草》。

詠並頭盆蓮

苹華妙爽總天機，相映朝霞與夕暉。水淺未容鴛竝宿，香遥時引蜨雙飛。紅綃碎剪瓊為珮，翠蓋交加錦作圍。默向花神乞靈種，年年開放莫將歸。

酬采芝山人賜和詠蓮

報章重疊詠芙蕖，麗句妍辭愧不如。擕向南窻日三復，謝家風調右軍書。
寫生賦物稱雙絶，今見西崑妙絶倫。料得丰神似秋水，故教摩詰認前身。

陳齊宋 句

福建福清縣人，葉惟烺之室也。

句

二載錦囊成百歲，一繯冰骨係三綱。

《福建續志》：陳齊宋，葉惟烺妻也。歸葉惟烺僅一年，夫卒，服喪三年。一日作詩云云，遂自縊。

孫淑 一首

字静谷，江蘇常熟縣人。諸生許灝之室。著有詩集四卷。

《國朝詩别裁集》：孫淑集中有《達哉行》，作於九十歲時，述孫許兩家門户之盛衰、一已終身之閱歷，皆樂天安命語也。共五百餘言，一時遠近傳誦。

【輯補】

孫淑《繡餘集》（南京圖書館藏康熙間許進益抄本）載許灝序：　昔謝家有詠，閨閣生香；　竇婦成章，關山生色。斯固聰明出于天性者也。　若夫郤夫人之饁餉從畊，不忘恭敬，桓少君之提甕出汲，能樂清貧，非又淑德過人者乎？　余妻孫氏，太守沂水公孫女，國學嘉子公第三女也。　幼絶聰穎，性甚端莊，就師僅閱三載，記誦不遺萬言。　稍長而縱觀群書，尤樂七篇之訓；　讀詩而欣追貞正，能為五字之吟。　其歸余也，不厭黔婁之貧，欲勵杜羔之第。　親操井臼，未嘗悔色稍形；　佐我篝燈，惟望功名立就。　勤勤終日，更兼抱哺之勞；　黽勉旦晨，復益針指之助。　固無暇于博覽揮毫矣。　然而操作之頃，間聞婉轉微吟；　刺繡之餘，時見抑揚成詠。　不加雕琢，出語自見清新；　無事推敲，落句乃能輕雋。　言無哤襍，意自深長。　蓋其文出於賦資，而非出於學力；　猶其德出於自然，而非出于勉然也。　綴集如干首，名曰『繡餘』，庶幾聰明不媿謝、竇，淑德無慚郤、桓也夫。　此余己卯望日所題也，閱一年庚辰，始得遊泮。　明年春過閶關，謁孫赤崖表叔祖，時赤翁已病篤。　猶憶其憑床謂余曰：　『我已不能揖，盍來前，試一執手，以代揖客乎？』遂執余手而言曰：　『前采芹音至，吾心甚喜，汝能力學，殆未可量也。　尚勉之。』又曰：　『姪孫女近日曾作詩？』余對以貧困，躬親操作，無暇為也。　赤翁曰：　『貧乃士之常，亦何病？　我姪孫女，美才也。』余察其意色，有惓惓眷念之意。　又閱幾月，而赤翁已易簀矣，惜不及請序此詩也。　今偶念及，感其至親情重，不覺愴然，並誌于此。　時康熙乙酉孟夏許灝輿宗氏書于東城舊第之函雅堂。

同集卷一《由命歌並序》：　予生於望族，命也不辰，因外祖給諫嚴公遭丁酉科場之變，舅氏夭于戍路，外祖母歿于黄姑寺中。　吾母及母姨以適人故免戍，共念外祖門户彫瘁，欲兩甥為耦，以毋忘外家。　姨遣使求婚於吾母，母許之，時父在都中，不及謀也。　無何翁以疾廢，家政皆家奴秉之，沃産腴田，盡歸烏有，官逋私負，悉任仔肩。　重以天災流行，人事齟齬，遂使夫婦憔悴，無一舒眉之日。　命也如斯，為之奈何！　夫命固夫子所罕言，而不知命亦君子所深戒。　歲在壬子，夏秋之交，陰雨連綿，雨窗悶坐無聊，因漫述一生大概，名曰『由命歌』。詞雖不文，言皆實録，庶幾兒輩異日見之，有以悉此苦心云爾。（詩云）淑也為名孫也姓，生於甲族科第盛。兄弟方伯曾祖行，大父黄堂篤家慶。予告終養孝道全，政聲洋溢至今傳（崇祀名宦）。父親國學號嘉子，豪俠性成未出仕。母生嚴氏給諫家，連舉二姊俱堪誇。一富一貴金妝束（長姊適中胡氏，二姊適郡城張氏），調脂傅粉顔如花。吾居第三年最幼，童年就傅身衣繡。詩書過口誦如流，師長為憂或不壽。十二倚筐看養蠶，纔生吾弟字雲含。□教五經都上口，鄴侯架書無不諳。時抛卷帙弄金針，先描花朵後飛禽。鸞舞鴻驚生腕底，光彩耀目人人稱。停繡臨池學寫字，姨氏議婚遣女使。母念外家門祚衰，甥年十六女十四。兩家閥閲亦相當，太岳之後太史裔。遂皆承順蹇修言，父在京師未及計。翁當髫歲已青衿，中年得疾緣驚心。家事全由下人手，遂令祖業俱消沉。父聞此議遥太息，素愛聰明殊絶特。幾經鄭重為相攸，惟恐鸞凰栖枳棘。説禮敦書夙所聞，柔姿那慣習辛勤。今雖重繼舊婚媾（孫、許本世親），竊恐憂勞詒日後。行年二十賦于飛，光景驚心逐日非。抵巇造釁無虚日，零落田園剩者稀。官逋私負餘三百，終日盈門相促迫。親情冷落朋友疎，掉頭不顧誰肯扶。可憐年少青燈客，家乏黄金如落魄。十處那貸九處虚，田荒售主無從覓。朝供針指夜辟纑，竛竮婉轉强支吾。雲鬟不梳眉不掃，窗中兒女聲呱呱。春來無處非芳草，堆徑落紅鮮婢掃。重門深守掩清貧，羞覩菱花見顔老。更嗟意氣不如初，日勉勤攻祖父書。三十五歲重陽後，得采芹香眉暫舒。功名富貴誰不重，鄰里親朋顔色動。情知衹屬眼前花，變衰摇落不旋踵。良人無命枉潛修，春月秋花訝白頭。雲含大弟名籍甚，東閣相延隆禮聘。甲辰春榜喜標名，母年八十親承慶。癡心盼望捷聯翩，用慰衰親遲暮年。還念所天誠莫信，七踏棘闈終見擯。每傷前事欲題箋，貧境沉溟思惘然。日坐愁城深杳杳，幽憾一生向誰道。初週花甲身未亡，繞室兒女泪千行。白楊青塚先歸土，忠厚惟留姓氏香。欲思清浄求不得，日常寧晷無一刻。夢幻泡影色是空，露雪電霜空即色。乞過無虚不厭貧，口持經咒手營生。心田一點存天理，方寸容留與後人。從心相近何所恃，膝下承歡有二子。惟望成名在眼前，一世行蹤略如此。

許在璞《小丁卯集》（乾隆三十二年刻本）卷二《祭先妣孫太孺人文》：維乾隆二十二年歲次丁丑十二月朔越五日，四女在璞謹以瓣香明燭清酌庶羞，致祭於皇清待贈孺人顯妣孫太孺人之靈曰：於戲痛哉！吾母裔出東吴帝胄，性鍾閨閣鬚眉，事父母則孝有婉容，睦姊弟則恭而友愛。生於科甲名家，長自華堂金屋。弱歲吟哦，奚讓謝庭飛絮詠；稚齡針線，尤欺魏帝夜來人。外王父母珍愛，逾於諸姨舅。吾先王母及外王母，俱外曾王父吏科給事中嚴諱貽吉公之女也。王母見吾母舉止有則，心竊愛之，時吾父潮音公纔九齡，吾母纔七齡也，兩姨兄妹遂締絲蘿。年二十，歸吾父，翰苑風清，食貧維素。吾母生長豪門，樂貧安分，聞雞戒旦，績火佐讀，孝事姑嫜，供必甘旨，奩資典盡，産業蕭然，而絶不以窮困為憂。嘗謂先君曰：『子惟經史為心，勿墜先人貽緒，我之願也。』年三十餘，先君始採泮芹，而王父母相繼去世，乃佐吾父竭力喪禮，經營窀穸，若堂之封畢，太息而言曰：『喪葬雖不成禮，然古語入土為安，吾心稍無罪矣。』兄五人，姊三人，弟一人，皆吾母親懷乳哺，兼躬井臼，雖形神憔悴，而針黹紡績不倦，以資先君讀書膏火。天胡不德，竟阨文人，七赴棘闈，將録而放。先君花甲逾二年得驟症，痛遭易簀，喪事一無措置。吾母謂諸兄姊曰：『宣聖有言，喪之易也寧戚，又云稱家之有無。』賢哉吾母，治吾父喪，衾不覆足，必以正，豈愧黔婁之婦；行獨深知，雖作誄，何慚柳下之妻。時三姊俱已適人，三兄幼殤，一弟痘殤，惟長兄牧之、次兄德園及在璞在幕，煢煢無告，皆賴撫恤教誨，功名婚嫁，俱吾母一人之力。於戲痛哉！欲報之德，昊天罔極，每誦《蓼莪》，斷腸淚血。長兄兩娶，惟舉一女孫，次兄連舉女孫四人，吾母以祖宗血食為憂，因禱天祈佛，寒暑不替。年逾八旬，次兄連舉兩孫，母曰：『此上天所賜，毋忘恩德。』因命乳名曰『天恩』『天慶』。自後怡然自若，惟誦經念佛，兒孫遶膝，或戲彩庭前，或含飴堂上，鶴髮童顔，可博百齡人瑞。何期九十有一，時值中秋，桂香月皎，瘧作兩天，藥石罔效，鶴唳聲淒，香烟户繞，竟棄在璞等而長逝矣。痛哉！吾母生平著作曰《繡餘集》，並詩餘皆經當代名公批閲，謹藏於家。女腸欲斷，女淚將枯，具此空花之相，幸無墮劫之根，將欲訪清虚，叩玉扃，隨母問學也。嗚呼！吾母之懿行志節，豈短才能悉耶！淚眼凍筆，略書其概，非敢云文。

五日吊古

田文五日生，屈原五日亡。吉凶同此日，理固難推詳。原與國休戚，一死分所當。漁父柤自鼓，詹尹龜宜藏。抱石投湘流，心與日月光。文從狡兔計，高枕樂未央。後合魏秦趙，伐齊何披猖。身死薛隨滅，高户仍不祥。文生雞狗雄，原死荃蘅〔一〕芳。世人何夢夢，悲屈羨孟嘗。我心獨不然，臨風慨以慷。撫時懷往事，聊進菖蒲觴〔二〕。

【校記】

〔一〕荃蘅：《國朝閨秀正始集》（道光十一年紅香館刻本，下同）作「蘅荃」。

〔二〕全詩孫淑《繡餘集》（南京圖書館藏康熙間許進益抄本）作「孟嘗何局蹴，三閭太慘傷。死生同此日，理固不可量。原與國休戚，除死惟佯狂。漁父柤自鼓，詹尹龜宜藏。抱石江之心，乃與日月光。子蘭亦何為，坐令楚國亡。宋玉賦招魂，魂兮楚一方。千載精靈存，憑吊永不忘。馮驩不自活，草具充饑腸。誰知三窟計，竟脱君于殃。雞鳴函谷月，狗盜狐白裘。取濟權一時，未免詒雌黄。誰令過薛地，萬民呼道旁。得士僅若斯，公等徒勞攘。身死國分滅，舉子誠不祥。人或怪屈平，轉欲雄孟嘗。興感各隨意，且進菖蒲觴」。

張佩華二首

浙江仁和縣人。詩見《雙節堂贈言集》。

汪氏雙節詩

同貞勁節絶人寰，彤史分題倩馬班。霜月兩娟寒鬭影，瀟湘萬竹淚勻斑。機頭斷處文章出，天耳通來綸綍頒。獨惜泥金傳帖子，後先鶴馭杳難攀。

嗟余身世等枯桑，廿載零丁痛未亡。辛苦已甘蟲食蓼，禳褦敢笑鼠銜薑。嫠帷孑影誰同調，石闕雙輝奉瓣香。滿卷淋漓臚壼德，一回展讀一迴腸。

曹氏六首

自稱虚全子，浙江秀水縣人。許字姚生鼎黄。夫亡，矢志守貞。著有《睡餘集》十卷。

萬光謙《睡餘集序》：戊子秋，姚君駿和手一編示予曰《睡餘集》，屬予為之序。集為虚全子所著。虚全子曹氏，秀水人，生長閨幃，性聰敏，樂觀古人書。許字駿和之兄鼎黄。鼎黄勤學，早折。虚全子植志守貞，端行孝友，習女工外，時作詩以自遣。篇中於父母昆弟存殁間，三致意焉。予維古來詩之流傳，視乎其人之行可以不朽，則詩亦與之俱傳。虚全子食貧居寂，潔己敦倫，其詩篇所在，將與堅貞之操並垂久遠，寧第假景懷情、吟詠一時已哉？

曹大文《睡餘集跋》云：《睡餘集》十卷，吾妹虚全子所著述。吾妹幼即穎悟，好流覽羣書。許字同里茂才姚鼎黄。姚君早折，守貞自矢。事兩大人，存殁盡孝。故其發為詩歌，實根至性，非徒以吟椒賦菊自矜才華也。今年五十六矣，會將集其苦節，以告當事，時乙酉歲春王月也。

感賦宿鳥擇深枝

鬱彼林樹深，晻曖相周遭。知饑來眾鳥，争飛鳴嘈嘈。一枝欣所托，四顧自遊敖。胡為紇千山，有鶡常苦勞。饑不羡飲啄，寒不羡衣毛。特棲邈儔侶，僻處絶猿猱。風雪起暮時，中夜恒悲號。悲號亦何求，托枯乃其操。

螢

因時化腐草，向晚弄微明。爐綴青莎好，光翻紈扇輕。遠飄金殿静，轉送玉階行。寂寞書齋裏，還勞作夜擎。

紙鳶

巧製霜藤出化工，好乘春煖度晴空。幾番摇曳因風勢，一片光輝借日紅。輕薄未隨雲影散，浮華恐逐雨聲終。浪傳霄漢身高致，猶在童兒掌握中。

白秋海棠

不隨繁艷競春光，冷淡秋風别有香。已悟緣空真色相，非關命薄洗紅妝。露華點綴瑶階静，月色虚明玉砌凉。為憶古人詩句好，碧苔永夜醉相將。

湯婆子

自煮清泉絶點塵，一團長許老人親〔一〕。煖〔二〕分天上陽和氣，温〔三〕奪人間錦繡春。獨枕有緣稱老婦，專房無意妬夫人。梅花帳底尋消息，偏愛温柔別有因。

南樓雪望

寒鎖頑雲白日昏，瑶華頃刻徧乾坤。郊原已失當時景，林樹全非舊日村。何處還來乘興棹，幾家肯掩養高門。蕭騷獨倚南窻下，贏得詩懷衹自論。

【校記】

〔一〕老人親：《國朝閨秀正始續集》作『夜來親』。

〔二〕煖：《國朝閨秀正始續集》作『平』。

〔三〕温：《國朝閨秀正始續集》作『暖』。

劉文貞句

字里未悉。

句

桃花暮雨煙中閣，燕子春風月下樓。

《逸樓論詩》：節婦劉文貞，有詩集行於世。云云，其最著也。此與唐人『雞聲茅店月，人跡板橋霜』，皆不入一虛字成句，若胡兆麟『十里鶯花桃葉渡，半帆煙雨木蘭舟』，抑其次矣。文貞，蓋邑士大夫私謚云。

張藻 四首

字于湘，江蘇長洲縣人，印江令張笠亭之女、畢尚書沅母也。著有《培遠堂集》。

王昶《培遠堂詩序》：《培遠堂詩》四卷，畢太夫人所作也。秋帆中丞之母，出張氏，母顧恭人有《挹翠閣集》。昶壯與少儀觀察游，觀察於太夫人為兄，知其上承母教，因以能詩若此。今誦其詩，為女貞，為婦順，為母肅而和，皆可於此見之。當中丞之開府西安也，貽詩作誡，尤切於民生國是。及迎養官舍，則以勤儉仁厚之意風示。然雅不欲以詩自著。比其没，中丞始集而録之，而屬昶序其端。太夫人之上承母教，而中丞所治，適在周南、豐鎬之地，且鎮撫至十餘年，民之獷悍者日益馴，而禮化日益洽，皆推勤儉仁厚之旨以行之。太夫人之詩不為虛言，中丞又能推衍其訓以佐國家葛覃麟趾之盛，豈不休哉〔一〕！

袁枚《培遠堂集題詞》：當代欽陶母，中朝説敬姜。恩榮承北闕，離象著南方。系出清河族，家開緑野堂。閑情躭翰墨，妙詠富琳琅。我昔燕臺住，恒多角逐場。未曾逢畢萬，先已識張蒼（謂少儀觀察）。氣誼膠投漆，招遊鳳引皇。時聞詩謝妹，閫可解王郎。聽講依紗幔（太夫人從母受詩），拈題傍雁行。風騷心竊慕，佳話記能詳。從此名臣業，都由母教彰。丸熊資仲郢，晝荻啟歐陽。身躡金鼇頂，枝攀月桂香。主知邀特達，職守歷封疆。陝右分符節，庭闈正壽康。才原兼福命，天更與聰强。處貴猶操約，施仁乃發祥。揮毫書訓誡，馳傳寄吟章。教把官箴厲，毋將國事荒。眷隆期報稱，任重亟周防。僚吏齊抄誦，軍民盡仰望。慈雲來覆照，赤子起痍傷。就養秦關道，欣看萱草芳。兒童争識認，旌旆更飄揚。韋曲花扶輦，西園夜舉觴。鶺鴒仍唱和（少儀觀察常至節署，太夫人喜唔作詩），桃李聚門牆（幕府多諸名士）。筆取珊瑚架，思抽錦繡腸。牀前堆玉軸，膝下列銀黄。此日榮華極，當年苦節償。俄驚歸閬嶠，未見督荊襄。屏掩金泥色，星沉寶婺光。淚雖彈孝水，阡已立瀧岡。往歲尚書駕，蒙過野叟莊。忘形留棨戟，小住獻壺漿。客貴鄰驚問，談深漏覺長。雲泥今遠隔，瓊玖每貽將。賜我遺編讀，傾心闡德臧。詞源追四始，詩格駕三唐。共仰徽音播，真如廣樂張。應留人世海，歌詠一千霜。

【輯補】

張藻《培遠堂稿》（清刻《河間詩集》本）卷尾識語：高祖母張太夫人向有《培遠堂集》四卷行世，庚申變後，板既被燬，印本亦無一存者。兹於各處蒐得數首，爰付剞劂，以永世澤云。元孫蔭笏識。

張藻《培遠堂詩集》（乾隆刻本）載嚴長明序：昔蘇文定謁韓忠獻，譬諸山見嵩華之高，水見黄河之深。吾嘗佃其言，謂嶽非不高也，河非不深也，若與雲將御辨，以升崑崙之丘，而探星宿之源，則所謂高且深者，又有辨矣。河間中丞，當代之韓公也，其敷陳乎帝載，而經緯乎人文，仰而企者，孰不以河聲嶽色相擬？然長明自弱冠誦公之文，比通籍，直綸閣，踐機地，步公後塵，解組後追隨幕府，又十餘年，見公敭歷中外，才略足以冠天下，顧欿然自視，若未嘗自有其功，而人之誦公者，亦多歸美於聖善之教，然後知祥源慶本，固有所自來也。太夫人系出吴淞張氏，爲常山令松南公女孫，印江令笠亭公女，母顧恭人若憲，兄即息圃觀察，門内自相師友，不啻曹大家以叔皮爲之父而孟堅爲之兄者。生而淑惠，於經典罔不涉獵。至於四始六義，尤所亶心，少以是爲學，長即以是爲教。中丞未就傅時，嘗繪《授詩圖》以志慈訓，長明蓋猶及見之。生平著録甚富，顧深自韜晦，没後就篋衍輯而録之，僅得詩四卷。其中成就不名一家，家不名一體，綜而論之，大都澡雪清神，疏瀹靈氣，歸於安雅麗則，以上合乎風人之旨。至於寄中丞開府秦中、送寧都牧之官江右暨訓示諸孫讀書等作，推闡化源，弼成教本，居然訏謨定命、遠猷辰告，又所謂雅頌之音，加於漢魏一等者。歲庚子，天子省方吴會，中丞以奉諱里居，迎鑾行在，奏及賢母義方之訓，特賜『經訓克家』四字。公爰築祠於靈巖山阯，祠前建樓供奉宸翰，今歲復議刊是集，藏諸篋以示後世。長明竊謂《詩》三百篇，推『二南』爲『風』始，其間閨帟之詩居十之九，所謂正始之道，王化之基也。今太夫人本詩以貞諸教，中丞復由教而施諸政。是由太夫人言之，則爲克家；而自中丞言之，即爲經國。克家之訓，以爲内則女憲焉可；經國之謨，以爲政經治譜焉亦無不可。《易》曰：『坤厚載物，德合無疆。』《禮》曰：『天降時雨，山川出雲。』其是之謂與？時長明引寓節署，獲與校讐之役，因援筆志之，用以宣延風美，兼明母教之重於天下，且以示世之謁韓公者知後海先河之義，毋徒震於發見之迹，遂謂足以盡天下之偉觀而無憾也。江寧嚴長明謹序。

送子沅巡撫陝西〔二〕

讀書裕經綸，學古法政治。功業與文章，斯道非有二。汝宦久秦中，洊膺封圻寄。仰沐聖主慈，寵命九重賁。日夕為汝祈，冰淵慎惕厲。譬諸欂櫨材，斲小則恐敝。又如任載車，失誡則懼躓。捫心五夜慙，報答奚所自。我聞經緯才，持重戒輕易。教勅無煩苛，廉察無猥細〔三〕。勿膠柱糾纏，勿模棱附麗。端己勵清操，儉德風下位。大法則〔四〕小廉，積誠以去偽。西土民氣淳，質樸鮮糜費。豐鎬有遺音，人文鬱炳蔚。況逢郅治隆，陶鈞〔五〕綜萬類〔六〕。民力久普存，愛養在大吏。潤澤因時宜，撙節善調理〔七〕。古人樹聲名，根柢性情地。一一踐履真，實心見〔八〕實事〔九〕。千秋照汗青，今古合符契。不負平生〔一〇〕學，不存温飽志〔一一〕。上酬高厚恩，下為家門庇。我家祖德詒，箕裘罔或〔一二〕墜。痛汝早失怙，遺教幸勿棄。歎我就衰年〔一三〕，垂老筋力瘁。曳杖看飛雲，目斷秦山翠〔一四〕。

抵署三首〔一五〕

驂騑乍解路三千，風物琴川〔一六〕慰眼前。到處聽來人語好，頻年豐樂使君賢。

連朝話舊到更深，不盡婁江望遠心。莫怪老人添白髮，兒童幾輩換鄉音。

周遭竹嶼與花潭，檻外雲光映翠嵐。儘有瑣窻詩料在，不須回首憶江南。

《隨園詩話》：古陶太尉、歐陽少師之母，俱以教子貴顯，名傳千古。然兩母之著述不傳。即宣文夫人講解經義，幾與孔子並稱，而吟詠亦無聞焉。近惟畢太夫人，兼而有之。夫人名藻，字于湘，印江令笠亭先生之女，余同徵友少儀觀察之妹也。《偶詠梅》云：『出身首荷東皇賜，點額親添帝女裝。』首句本出無心，未幾秋帆尚書果殿試第一，繼王沂公而起。吉人之詞，便成詩讖，事亦奇矣。太夫人雖在閨閣，然即以平日素嫻經義，自能通達政體，出之裕如，當夫秋帆尚書出撫陝西時，太夫人作詩箴之云云。讀其詩，可謂訓詞深厚，不減顏家庭誥。未幾太夫人就養官署，一路關心，訪察政聲。聞長安父老俱稱尚書之賢，太夫人喜，抵署又賦詩云云。太夫人受封極品，考終官署。庚子上巡江浙，尚書居憂里門，謁於行在，具陳母氏賢行。上賜『經訓克家』四字。尚書建樓於靈巖岩別業，以奉宸章，當世榮之。有《培遠堂詩集》行於世。

又：《培遠堂集》中，美不勝收，摘其尤者。五古如《靈巖山館夜坐》云：『圓景下絶壁，山館忽已暝。石磴静張琴，雪泉清瀹茗。不知夜已深，月上青松頂。』五律如《正月十二夜》云：『銀缸暗畫堂，坐數漏偏長。雁影半牆月，雞聲萬瓦霜。夜吟多遣興，春夢不離鄉。庭下微風起，梅花入幕香。』《落葉》云：『微霜零木葉，秋氣乍蕭森。亂逐西風下，多隨涼雨深。紙窻延皎月，苔磴失層陰。偶爾憑闌立，平林露遠岑。』七律如《小園》云：『小園半畝寄西城，每到春深信有情。花裏簾櫳晴放燕，柳邊樓閣曉聞鶯。《漢書》舊讀文猶熟，晉帖初臨手尚生。自笑争心仍未忘，閑招鄰女對棋枰。』七絶如《探梅》云：『光福寺前日欲曛，上陽邨外望絪緼。千林萬壑浩無際，不辨湖光與白雲。』《春殘》云：『棐几熏鑪百衲琴，緑陰門巷晝沉沉。春來小苑無人掃，花落窻前一寸深。』《松徑》云：『曲徑彎環石級高，滿亭山色緑周遭。松風似厭泉聲小，自寫雲門百尺濤。』五排如《雁字》云：『一片雲藍紙，鴻文絶點瑕。《禽經》殊古雅，羽檄等紛拏。每作纏聯起，何曾敘次差。銜蘆如運筆，遊霧類塗鴉。凡鳥徒貽誚，家雞詎用誇。緘情來塞北，傳信向天涯。四出驚風急，低横遠岫遮。諧聲呼伴侣，破體遇弓靫。行斷疑從缺，書空點不加。奇姿多縹緲，取勢故攲斜。斂翰停摛藻，臨池戲劃沙。鶩羣猶遜巧，鳳策足聯華。水映騰清稿，煙籠護碧紗。揆天才不媿，逸興寄雲霞。』五言絶如《雨夜》云：『向晚花冥冥，獨坐理琴譜。一縷茶煙生，疏簾散春雨。』六言絶如《夏日作》云：『撥火鑪香颺來，捲簾梁燕飛去。吴門六月猶寒，雨在江南何處？』皆有清微淡遠之音，真合作也。其他名句，五言如《望華》云：『日生常夜半，雲到衹山腰。』《嘗新茶》云：『未乾春露氣，猶帶曉雲香。』《虎丘》云：『隔花皆有閣，入寺始知山。』

《江村寓目》云：『山吞將落日，風抵欲來潮。』七言如《梅花》云：『獨與白雲如有約，遥疑積雪亦生香。』《聞蟲》云：『花徑雨過苔乍冷，豆棚風定月初明。』《野望》云：『雨餘霜葉紅於染，風定炊煙白欲凝。』《靈巖懷古》云：『香徑花開人去後，屧廊風響月明中。』《登澄觀樓》云：『積雪明多能淡日，遠山寒極不生煙。』

【校記】

〔一〕此序張藻《培遠堂詩集》（乾隆刻本，下同）末署『乾隆乙巳孟春日青浦王昶謹書』。

〔二〕此題《培遠堂詩集》作『寄大兒沅關中』。

〔三〕以上兩句《培遠堂詩集》作『忽以求煩苛，忽以察猥細』。

〔四〕則：《培遠堂詩集》作『而』。

〔五〕陶鈞：《培遠堂詩集》作『鈞陶』。

〔六〕此後《培遠堂詩集》、《國朝閨秀詩柳絮集》有『閭閻守耕鑿，饁畝士依媚。大田歲屢豐，多遺秉滯穗。鼓腹徧康衢，擊缶樂酒饎』六句。

〔七〕調理：《培遠堂詩集》作『調劑』。

〔八〕見：《培遠堂詩集》作『貫』。

〔九〕此後《培遠堂詩集》有『曩蹟永不磨，昔賢可無跂』二句。

〔一〇〕平生：《培遠堂詩集》作『生平』。

〔一一〕此後《培遠堂詩集》、《國朝閨秀詩柳絮集》有『卓哉韓范賢，治績前史備。事事規模之，其乃克有濟』四句。

〔一二〕或：《培遠堂詩集》作『攸』。

〔一三〕此句《培遠堂詩集》作『衰年逼桑榆』。

〔一四〕此後《培遠堂詩集》、《國朝閨秀詩柳絮集》有『睡起日高春，乾鵲噪新霽。披衣攬鏡匳，霜雪滿鬢髻。惟餘望汝心，任大勤自毖。書此遠寄汝，汝宜日誦記。勉旃矢弗渝，用作官箴肆』十句。

〔一五〕此題《培遠堂詩集》作『抵西安節署後喜而有作』。

〔一六〕琴川：《培遠堂詩集》作『秦川』。

卷之五

嚴乘三首

字御時，江蘇長洲縣人。適鄭董如。通《周易》、『葩經』，精術數，工詩文。早寡。

《七十二峯足徵集》：氏諱乘，字御時。幼有志操。通《周易》、《毛詩》。適鄭董如，年二十有五而寡。無子，以猶子茂敬嗣，慈愛無間。茂敬復早喪，遺孤棟方數齡，教育備至。棟常病，死且兩日夜，氏卜《易》，謂必不死；詳推命理，謂當以《麟經》發解。至康熙戊子鄉試，棟果以第三名魁春秋房。人咸神之。性孤介端重，撫孤兩世，苦節終身。乾隆六年建坊旌表。

懷親

卓犖英標迥軼羣，湖山清爽絶纖塵。嚴霜飽鍊蒼松晚，膏雨勻占芳草春。金玉韜光懷世寶，鼎彜留範作家珍。山頽木壞今安仰，斷簡殘編最愴神。

憶兒

閱盡繁華不解顔，清風明月足承歡。焚香講易天心復，翦燭談詩午夜寒。且喜晨昏甘菽水，共憐身世屬艱難。衹今雲樹霜林句，撥觸酸辛不忍看。兒嘗寄詩，有『霜林自染懷親淚，雲樹徒傷遊子心』句。

課孫夜讀

吾宗兩世盡衰微，賴汝庭闈命共依。日對聖賢猶未是，暫親花鳥便全非。孤燈影伴三更月，勤讀聲隨五夜機。他日學成安出處？錦衣不與换斑衣。

王静淑五首

字玉隱，號隱禪子，浙江山陰縣人，宗伯王季重先生之長女也。適陳樹勷，早寡。與妹玉英齊名。著有《清涼集》、《青籐書屋集》。

初夏偕玉映妹遊山〔一〕

欲覓清幽處，山高恐不深〔二〕。閑雲飛别岫，野鳥定花陰。筍嫩留饑採〔三〕，茶香〔四〕待渴吟。深閨無限意，觸景破愁心〔五〕。

秋日菴居

空齋度深夜，高卧一牀秋。苔老渾無色，溪清淺欲流。塵隨紅葉埽，心付嬾雲收。蕭瑟聞征雁，空歸萬籟休〔六〕。

贈鄰姬

梅影疎窻瘦，衾裯薄又寒。侍兒不解意，指月上闌干〔七〕。

九日遲玉英妹不至〔八〕

細雨淒風阻雁行，竹籬茅舍薄羅裳。登樓嬾看黄花瘦，山老林紅一夜霜。

柳

乳燕黄鶯三月時，春風拂地柳垂垂。長條不繫行人住，猶向江南送别離。

【校記】

〔一〕此題《名媛詩緯初編》作『初夏同玉映玉曠兩妹徐子貞祁悟因姜遂箴三弟婦游山分得心字』。

〔二〕此句《名媛詩緯初編》作『相攜步翠深』。

〔三〕此句《名媛詩緯初編》作『笋老堪爲杖』。

〔四〕香：《名媛詩緯初編》作『新』。

〔五〕以上兩句《名媛詩緯初編》作『溪流無限意，觸起易愁心』。

〔六〕此句《國朝閨秀正始集》作『添將萬斛愁』。

〔七〕闌干：《名媛詩緯初編》作『欄干』。

〔八〕此題《名媛詩緯初編》作『九日約玉映妹不至』。

顏氏八首

號恤緯老人，山東曲阜縣人，考功司郎中光敏之女也。適同邑孔興焯，早寡守節，奉旨旌表。著有《恤緯齋詩》。《山東通志》：孔興焯妻，夫亡，誓以身殉，數日不食，其姑勉以代終大義，乃遵姑命守貞。事姑甚謹，問寢視膳，夙興夜寐者，數十年如一日。所生子殤，以姪毓埈嗣，教之成立，人稱其賢。《曲阜縣志》：孔興焯妻顏氏，光敏女。夫死，絶粒五日，誓不欲生，所親以大義諭之，乃强食。孝事堂上，數十年如一日；既侍夫及舅姑疾久。博涉古書。常製丸散，以濟鄉里之煢獨者。工文翰，著有《恤緯齋詩》《晚香堂詞》。顏懋价曰：先姑自幼端慧，從父授書，旁及琴弈。夫既早亡，矢節甘貧，踰六十載，被旌如例。教嗣子及孫皆為諸生。集名《晚香堂詩》，後更名曰《恤緯》。

哭母

我母辭人世，淹忽八閱月。卜時清和初，歸窀禮罔闕。雪涕挽靈車，腸斷輪不發。寡女啼血盡，麻衣慘白髮。但恨地下土，不使肉生骨。皎日入西海，荒林人影没。

遣病

夢迴芍藥香相續，暖風吹雨梅子熟。階下石榴駐晚霞，繞池竹暎湘簾緑。家貧無力種茯苓，病久應知疎骨肉。草堂泥新絶纖塵，道書攜就窻中讀。多應貓捕鼠，觸動素琴絃。

西窻獨坐

獨坐秋宵裏，西窻月正圓。竹踈風細細，花静露涓涓。得句吟蟲候，更衣暮杵天。

贈别藉蘭主人歸濟南有序

孔麗貞，字蕴光，博士宏輿公之女，太仆卿戴公之兒婦也。精詩畫翰墨。結褵甫一載，夫旋死。未幾，其同産兄亦死。博士公無子，復逆蕴光歸居里第。其兄先聘李氏，未成婚，矢志不他適，蕴光與同事博士翁媪，無間言，時有『兩家奇節，萃於一門』之稱。迨博士翁媪謝世，喪葬如禮，乞於大宗為立嗣焉。蕴光復以在魯無所依，返之夫家，還於濼水上。瀕行矣，遣老婢來，贈余畫箑一，《藉蘭閣詩刻》全册，用為留别，且索余作詩。余自夫君亡後四十餘年，茹荼集蓼，與蕴光同其悽楚，而蕴光之天親骨肉，凋零欲盡，則視余為更烈。晚窻脱稿，遂成悲風怨雨之音；素紙寄將，誰和别鵠離鸞之調。當世不乏名媛，睇觀此詩，庶知余兩人之苦衷云爾。

蓬轉信無定，人間多别離。曰歸愁短髮，分手易前期。閨閣神仙品，綺羅冰雪姿。長成惟嗜學，生小自吟詩。黄鵠歌何速，青鸞舞已遲。既傷慈母背，旋痛阿爺隨。黽勉營喪葬，倉皇誓墓碑。一門同作鬼，兩世竟無兒。婦烈箕裘重，女孀繼述奇。翦刀收破碎，書篋理殘遺。反魯尋田宅，辭齊閲歲時。

蕭條君與我，邂逅友兼師。就正疑難字，還傾深淺巵。曉葵和露折，香糯共煙炊。事往常中變，途窮每遇歧。駕車辭里閈，秣馬向天涯。洗黛换行色，賣琴充路資。昨朝詢婢媪，來日賦驅馳。留贈團圞扇，重題絶妙詞。庭篁存密節，河柳挂長絲。看劍孤懷迥，牽衣獨淚垂。他鄉應健飯，故國總相思。未卜鷦鷯穩，難逃斥鷃嗤。遥知圓月〔一〕夜，新有夢參差。

夏夜

雨歇雲邊露玉弓，匡牀移向樹當中。荷方舒卷明新露，蟬趁虚涼語上風。破鏡詩殘塵夢遠，素琴絃折世緣空。坐來寂寂更初動，竹裏螢光數點紅。

觀物

蚓非求飲食，蛙不辨公私。落日芳塘上，争鳴何太癡？

秋

門閉窮秋最寂寥，西風吹雨晚瀟瀟。無眠數盡樓頭鼓，一夜閑愁滿緑蕉。

禽言

春雲漠漠日昏昏，花裏禽言最斷魂。聽到不如歸去好，東風吹淚濕衣痕。

【校記】

〔一〕圓月：《國朝閨秀正始集》作『明月』。

張令儀十四首

字柔嘉，安徽桐城縣人，圃翁第三女，研齋中堂同懷女兄也。適姚湘門，鴻案倡酬，人争企羡。著有《蠹窻集》。

《茶餘客話》：曹能始《得家信》詩云：『驟驚函半損，幸露語平安。』當時推為佳句，亦平平耳。張令儀為文端公女，《得家信寄母》詩云：『心知本是平安字，猶自遲疑不敢開。』情真語真，妙是閨閣語，故不妨耳。

《國朝詩别裁集》：張文端公長女也，工古文，不專韻語。端本殖學，比於韋逞母之授經。

張廷玉《蠹窻集序》：三姊生而聰慧，工織紝組紃，性嗜學。少侍太夫人讀書京邸，簡帙及案，無不披覽。先公退食時，嘗試以粤事，應對了然。所為詩文，輒衷前人法度。論古有識，用典故精當。先公甚異之。及笄，歸吴興，與姊夫湘門先生閨門相屬和。湘門世家清宦，室靡長物，吾姊總持内政，湘門得以殫心於帖括之學。憶吾姊居棠花館時，余與諸弟先後受室歸里門，常與湘門鬮題角藝，吾姊亦時時出其所為詩歌、古文辭，每酒闌燈灺，辨析古今事不少休。彈指十數年内，吾姊裨益於諸弟者良多。及先公予告，偕太夫人南還，棠花咫尺，吾姊時親色笑，問起居。而先公暇日與子孫徵引掌故，背誦古人詩篇，吾姊援筆歌賦，動輒數千言，所以娱先公於衰年者，尤為曲至也。嗟乎！曾歲月之幾何，兩大人音容已不及見。予與三弟繫官於朝，廻念當時團聚之歡，邈不可得，而湘門中年多病，又永歸道山矣。今幸兩甥成立，家業不墜，吾姊猶得以藉餘閑斟定其生平未竟之業。跡其所得，雖惠姬、文君之屬，何以加於此哉！

張廷璐《蠹窻二集序》：叔姊既刻其二十年前之詩為《蠹窻一集》，已行於世矣。越數歲，次甥為通州判官，迎養潞河，往來京師，每寓居於澄懷園中。高館長廊，方亭曲榭，水香蓮開之旦，露華松籟之夕，明月入懷，好風披袖，目之所遇，耳之所受，意興之所恬適，無不寫之於詩。越歲南歸，長甥復之官楚中，叔姊獨留里門秉家政，迺構城南別業，築屋十數楹，堂廡亭館之屬，靡不畢備。為小樓以觀山，疏方池以納泉，以至一花一木，皆出其胸中之丘壑，以經營而布置之。卜築既成，署曰南園。向之寄暢於澄懷園者，一旦得之於手構之餘，以寢興食息於其中。春朝秋夕，流連景光，儔侶魚鳥，又無不於詩寫之。楚南燕北，兩甥皆懇請就養，叔姊堅不欲往，其視榮膴紛華之境，泊如也。蓋叔姊天資明慧，博覽載籍，以高朗之襟懷，契山林之勝槩，如閑雲老鶴，超然於塵壒之外。故其晚年之詩，格律益細，風骨益堅。無雕琢之跡，而摛藻清華，無靡漫之音，而寄情深遠。頃復彙其二十年以來之詩，共若干首，為《蠹窻二集》，而授之梓。予謂《詩》三百篇，尚矣，其間婦人女子，感時覩物，皆能言其性情，以登采風之選。漢魏而降，所稱班姬、謝女，與夫秦嘉之妻、孝儀之妹，見於簡策者，代有其人，而其詩或一二篇，多者或十數篇，已是名當時而傳後世，而要未有如《蠹窻》之詩之多而愈工者。予知其必傳於後無疑也。輝映藝林，鼓吹風雅，且將與古作者埒，又豈僅彤管香奩之盛事已哉？

令儀自作小傳：蠹窻主人者，生於華胄，早事梁鴻，頗厭紛華，能甘淡薄。當其鐘鳴鼎食之際、歌珠舞翠之場，主人視之蔑如也。唯愛焚香静坐，獨處一室，左琴右書。湘簾棐几、古玉尊彝之屬，貧不能致，然雅愛圖史，有未見之書，雖鬻簪珥，必購得之。或見其室中牙籤插架，縹帶盈牀，遂目為蠹窻主人云。間為吟詠，衹自道其離愁積抱，秘不示人。而性又酷嗜花木，居室前地不盈丈，嘉木參差，雜花掩映，幾無置足處，主人顧而樂之，不以為隘也。與世無求，寄情草木，亦灌園氏之儔歟？

【輯補】

張令儀《蠹窻詩集》（雍正二年刻本）其父張英《蠹窻學詩序》：余第三女未嘗學詩，幼從余宦京華，隨其母夫人授句讀，能誦《論語》、《毛詩》，粗解其大義。稍長，竊取唐人之詩讀之，詩卷紛披雜羅於鍼管綵繡之間，窮晝夜，寢食不輟。余不知之，而其母夫人亦不識也。既而稍出其所作詩以示兄弟，皆奕奕然老成，講求聲律、比偶，起結皆有法度。余在京師，間見其一二，作詩貽之，所謂『蕉窗對鏡圖書滿，紙閣拈鍼筆札隨』，意深喜其不學而能。且論古有識，用典故精當，筆力清穎，時出新意，此蓋其出於天性然也。余乞休園居，衰老謝賓客，與麋鹿漁樵為伍，每與子孫徵引掌故，背誦古人詩篇以相娱樂，而三女輒能舉其事與詞，亦由其記誦之多而攻苦之力也。昔者謝道韞止傳『柳絮』之句，而餘不多見。由今觀之，豈得謂古今人不相及耶？由《蠹窗學詩》而益加精進，足以與彤管女史互相輝暎矣。圃翁大清康熙歲次戊子三月望日書於雙溪草堂。

同集載馬源序：姚湘門先生德配張夫人，為相國文端公第三女。自幼聰穎，習聲韻，繼而益勤且博，所作遂踰千篇，曰《蠹窗集》者凡五卷，曰《澄碧樓集》者二卷，曰《静齋集》者二卷，詩餘自為一卷。湘門於予為從叔舅，故以文章名一時，閨中宜有此良友為唱和。暇日出此集，命序于予。……康熙五十六年歲次丁酉三月既望愚甥馬源拜譔。

同集載張令儀自序：詩所以道性情也。凡人有所憂思鬱結，不能自去於懷，每託詩與詞以道之。無論《孤憤》、《離騷》，昔賢不免，即『采藍』、『采緑』之什，風雅猶采擇焉。予自弱齡于歸吴興，先太傅、太夫人作宦京師，弟兄皆隨侍，而予獨留故國，瞻望燕雲，寄聲北雁，情難當已，滋淚因之。先舅翁階州公為清白吏，壁立蕭然；夫子湘門懷才不偶，餬其口於四方者幾四十載。予索居窮巷，形影相依，草曛風暖，夏簟冬釭，觸事興懷，間發之於長章短句，信口吟成，工拙難計。乃昊天不吊，夫子以屢躓鎖闈，賫志而殁；兒子鑾鈜，衣食於奔走。予寂寞孤幃，風雨之悲，門閭之望，無可抒發，或歌以當哭，或詩以代書，叢雜無章，尤不自修飾，豈得自附於風人之末哉？姪女仲芝乃長姊次女也，高懷散朗，具林下風，素工吟詠，著有《畹香閣詩集》成帙。性癖嗜痂，憐予衰老多病，恐一旦溘然先草木湮没無聞，乃為收拾殘篇，捐資付災梨棗，予愧不克當，亦不能却也。古人有言，得一知己，死可不恨。謝景初類梅聖俞詩十卷，歐陽永叔猶稱之。今仲芝於予詩為藏弆之，並為剞劂之，較之古人，不幾幾過之耶？自念生平淹蹇困塞，無可比數，乃猶有恐予之湮没無聞而欲彰之者。知己之感，豈可多得？覽者略予之鄙陋，而傳仲芝之高義可也。蠹窻主人書於澄碧樓。大清雍正二年歲次甲辰清和月朔三日。

張令儀《蠹窻二集》（乾隆八年刻本）載其弟張廷玉序：先太傅以六藝教於家，一門之內，時以翰墨為娱。三姊於諸昆弟中最為穎異，幼承太夫人之訓，組紃之外，兼課以詩。即景命題，藻思綺合，先太傅絶愛憐之。時余兄弟方治舉子業，無暇肆力於詩；姊則用志既專，學殖益富，詩亦駸駸日上。每花晨月夕，羣從咸在，鬮韻賦詩，兩大人顧而樂焉，雖謝庭詠絮之雅不是過也。姊夫湘門以名家子負儁上才，紙閣蘆簾，唱酬無間。甲辰之歲，曾裒其前後所作，都為一集，名曰《蠹窻詩集》，一時思親念弟、流連光景之詞皆在焉，余為序而授之梓。識者謂其清真古雅，直可參作者之林，不徒於閨秀間置一席也。後余兄弟俱宦遊京師，余復謬蒙三朝知遇，洊歷清班，入參機務，退食少暇，詩學久荒。姊亦中年，牽於婚嫁之累，米鹽瑣屑，不廢吟詠，郵筒往復，必侑以詩。詩格愈蒼，詩律愈細，余每得一篇，輒為歎服不置。蓋其天分既高，而記問之博又足以達之，宜其詩之與年俱進而未有已也。雍正六年，次甥鉉蒙恩授通州判官，迎姊氏於官舍，便道過都門。余賜居戚里舊園，白頭姊弟，相聚一堂，上述君恩，下思庭訓；泛澄波，登廣榭，一花一木，悉入品題，寫恬適之高懷，極天倫之樂事。今年春，姊氏頤養里門，子姪請讀其全集，因發其未刻之作數千餘篇，屬方君貞觀及親串中善詩者嚴加别擇，得若干首，釐為六卷；其中《北遊草》二卷，則就養京師時之所作也。大抵姊氏之詩，發抒性情，陶鑄經籍，而出之以沖容秀潔，蓋兩大人之詩教如是，讀《蠹窻集》者自能辨之。第念姊氏春秋既高，雖康强善飯，而憚於舟車，不復能作北行；余則受恩深重，不敢遽作退休計。迴憶家庭聚首之歡，恍如昔夢，執筆書此，蓋不能無感於中云。乾隆八年歲次癸亥仲夏月二弟廷玉拜撰。

蠹窻對月

徘徊愛良夜，吾廬有佳趣。星稀月轉明，冷侵階前樹〔一〕。疎影自縱横，正對鈎簾處。藻荇散庭除，水光還四布。曲檻好尋詩，修廊宜緩步。寒花浮酒盞，落葉添茶具。鸛巢松樹顛，静夜如人嗽。高天鴻雁鳴，唳入秋雲去。坐久欲忘眠，煩襟感凉露。欲寫此時情，誰能展毫素。

烏棲曲

金谷園中百尺桐，慈烏將子巢其中。霜華墮地月如水，艷舞嬌歌畫燭紅。石崇沉醉緑珠醒，銀河半傾金翠冷。後夜高樓月自瑩〔二〕，不見珊瑚〔三〕美人影。

秋夜長

嚴霜倒浸簾櫳冷，半壁孤燈寒耿耿。秋老啼殘絡緯聲，月明瘦盡梧桐影。啼烏有意隔紗窻，窻裏愁人淚一雙。兩兩饑兒啼下國，迢迢頳尾滯寒江。機中錦字休裁怨，且織征衣還寄遠。天涯若問此時愁，一江春水猶嫌淺。

採蓮曲

消夏灣頭露華曉，風動芙蕖香嫋嫋。吴娃紅袖映花明，中流争羨鴛鴦好。西施一笑迴雙眸〔四〕，芳香滿載木蘭舟。酒酣玉簟涼如水，西風莫遣吴宫秋。

鬭草

緑窻曉夢鶯啼醒，粉薄螺輕粧不整。瑶琹罷軫玉笙寒，花慵柳困春閨永。東鄰女伴偶過從，相邀莫負芳菲景。共向南園鬭草嬉，搴芳拾翠搜求盡。稱奇〔五〕覓巧自挑泥，玉尖寧怯蒼苔冷。袖中别出謝公鬚，神彩如生光炯炯。低回暗自卜心期，小立花前垂素頸。榆錢輸盡拔金釵，人醉東風依露井。乳燕鳴鳩白日長，笑聲遠隔鞦韆影。

讀霍小玉傳

獸鐶鎖閟青苔院，豆蔻稍頭春一線。柳煙籠日翠顰輕，花霧著人紅玉艷。芙蓉繡帶寶奩開，風裊釵梁雙玉燕。芍藥裁成絶妙詞，簪花小試琉璃硯。侯門白璧自無瑕，誰教青鳥偷嬌面。楊花飛入惹春愁，門外王孫嘶紫騮。錯認牧之非薄倖，同心縷帶綰風流。畫眉窻下調螺子，翡翠蘭苕夙願酬。地老天荒情不變，烏絲素盟足千秋。銀箏錦瑟歡初洽，别鶴離鸞溝水頭。密誓俄成烏鰂墨，新歡又占鳳凰樓。蕭娘骨瘦心如鐵，宛轉纏綿難決絶。羸卧空閨若箇憐，鸜鵒窻前頻歎息。訪求消耗擲金錢，寶釵零落無顔色。長安三月牡丹時，契友相邀數陳説。眦裂髯張忿不平，多情感動黄衫客。鞭馬羞過勝業坊，胡雛强控黄金勒。支離病骨倩人扶，曉衾鞋夢芳心接。含情凝睇薄情人，聲聲訴出啼鵑血。穉齒韶顔飲恨終，一慟重泉沉怨魄。精靈苦妬後來歡，數教所愛生離拆〔六〕。曷不追取負心郎，貞魂化作紫鴛鴦。紅珠露冷蓮房老，雙宿雙飛向野塘。

晚春坐春暉亭

結構無多地，鄰園藉緑蔭。煙霞無俗態，花鳥得同心。雨足閑鋤藥，茶香静理琴。此中塵事少，頗似住山深。

北郭尋秋

野闊風吹袖，茫茫平楚間。秋隨人意冷，露共客心閑。鳥墮將殘夜〔七〕，煙生欲暮山。怪他烏桕樹，著意染衰顔。

小院殘春

幾樹殘紅瘦不支，緑陰滿地燕參差。春歸細雨斜風裏，客病輕寒薄暖時。鬬草簾櫳人寂寂，鞦韆庭院日遲遲。柳花飄蕩東西陌，閑殺青青百尺絲。

焚香

空階冷雨夜廉纖，寶鴨香消手自添。細爇幾絲縈斷篆，閑雲一片護疎簾。人同嗅味原離俗，詩沁餘芳覺轉恬。茗椀吟箋聊自適，幽窻韻事許誰兼。

早秋夜坐

冰簟涼生暑漸收，雨痕洗出一天秋。微風小院花香合，淡月空階竹影浮。繞砌亂蟲攙客話，誰家孤笛唤人愁。蕭蕭夜色清如水，坐看星河漸欲流。

秋夜作

雲外驚心旅雁，草根和我寒蟲。落葉打窻似雨，啼烏繞樹驚風。

詠十姊妹花

東風萬物荷生成，隊隊紅香照眼明。衰病天涯憔悴客，自憐同氣各枯榮。

蠹窻

沉水香中夜漏餘，月痕冷浸一牀書。百城未敢誇南面，且乞閑身作壁魚。

【校記】

〔一〕階前樹：張令儀《蠹窗詩集》（雍正二年刻本，下同）作『空堦樹』。

〔二〕瑩：《蠹窗詩集》作『明』。

〔三〕珊瑚：《蠹窗詩集》作『珊珊』。
〔四〕雙眸：《蠹窗詩集》作『明眸』。
〔五〕稱奇：《蠹窗詩集》作『争奇』。
〔六〕拆：《蠹窗詩集》作『折』。
〔七〕夜：《蠹窗詩集》作『葉』。

劉氏十一首

漢軍旗人。湖南臬司劉廷璣之女，兩淮分司張淵度繼室。夫亡守志，未幾亦卒。著有《繡餘詩》及《邃閣哀吟》。張浤《滇南憶舊録》：余同堂兄淵度行四，繼配嫂劉氏，為劉臬司廷璣在園公之愛女。性幽静，博覽羣書，常以班、謝自命。在園公憐之甚，因擇壻過嚴，及笄，尚待聘。適淵度先兄有悼亡之感，哀吟百音，頗為時流所傳誦。在園公既久知其名，曾目為天下才，及見悼亡什，益重之。乃倩媒議婚，逾期年而嫂于歸。主中饋，有荊布風，家門之間，無不欽其賢孝。暇時舉案倡酬，為閨閣中詩文友。後四兄分司兩淮，委濬泰州監場河，積勞病暑，卒於官。嫂毁慟不欲生，作《邃閣哀吟》數十首，甫三年亦殁。當易簀日，舉手謝諸弟姪曰：『未亡人今可謂張氏完人矣。』言訖而瞑。遺篋著作復有《繡餘吟》二卷。

寄兄秉一

無限家園思，啼痕時染衣。雲迷烏斷哺，風急雁分飛。堂上慈顏隔，庭前花蕚稀。音書頻寄問，何日澣裳歸？

承九書室落成書以勉之

静几明窻下，文思自不同。江花添筆底，謝玉長庭中。愧少三遷教，須勤萬卷功。春風他日裏，上苑杏生紅。

憶母

明珠朝夕掌中持，一旦于歸定省離。此後惟宜習勤儉，從今寧復敢嬌癡？未諳婦道時懷畏，欲慰親心强忍悲。廿日慢言音信少，夢魂夜夜繞慈幃。

望露筋祠二首

正氣存天地，新祠古道傍。草含貞色秀，千載烈名芳。
白鳥何其毒，紅顔數合奇。路過無祀物，遥望奠霞巵。

送含章表嫂隨任南城

玩花同上月明樓，刻燭詩成遜一籌。彤管從今難較勝，平分花月更分愁。
閨幃人有筆如椽，韻友交宜翰墨先。更勸從兹當節儉，俸錢不彀買書錢。

哭夫二十首選四

斯人不壽，誠天道之無知；吾命不辰，罹人生之慘酷。忍睹伶仃孤子，遽失帡幪；可憐孱弱雙嬰，甫離襁褓。故撫棺欲絕，一絲又續驚魂；碎鏡長號，三月仍留殘喘。其奈深悲極痛，鬱鬱於衷；是以灑血濡毫，哀哀而愬。眸枯心瘁，意愴神悽。才難擬彼黔婁、柳下之妻，慟更甚於華周、杞梁之婦。哭成廿首短章，悼紀千秋長恨云爾。

十餘年事憶如新，不信真成薄命身。艷彩嫁衣穿甫半，青絲已作未亡人。

聚散由來有夙緣，敢因慳淺怨蒼天？過頭五十君非夭，自恨遲生二十年。

積累仍多身後逋，清風誰信俸無餘？宦囊亦有頻年蓄，錦軸牙籤數〔一〕卷書。

兢兢十載事蘋蘩，分荷千鈞敢自安？今日欠君惟一死，衰親弱子慟難拚。

秋夜迴文〔二〕

傷心獨月伴庭前，句痛題哀悲展箋。腸斷日空書咄咄，黛顰時集恨綿綿。香殘怨思秋生倦，燭盡愁深夜懶眠。粧卸喚催嗔婢劣，黃花對語不儂憐。

句

八口相依惟五斗，一身須念重千鈞。室中休訝如鳩婦，門外從無題鳳人。

劉埥《片刻餘閑集》：從姊適張門者，先伯觀察公第三女也。幼隨觀察讀書袁浦署中。稍長，工詩賦。才思清麗，有父風。詩不多見。雍正癸卯夏，予晤姊丈張淵度於袁浦，淵度時爲淮安鹽運分司，以公務往來淮徐道上，病卧舟中，適接姊所寄家書併七律一首，出以示予。猶記中二聯云云。後二十餘年，予官畿東，與從姪永鑑時相見，蓋姊之胞姪也。每談及姊生平諸詩，永鑑偶於故帙中檢得《秋夜廻文》詩一首云云，此乃痛觀察公所作也。

【校記】

〔一〕數：《國朝閨秀正始集》作『萬』。

〔二〕此詩及以下文字皆由卷五十原『劉氏』名下移來，該卷小傳云：『遼陽人。淮徐觀察劉廷璣之女。適鹽分司張涵。』劉埥《片刻餘閑集》（乾隆十九年刻本）卷二『從姊適張門者』條有『予晤姊丈張淵度涵於袁浦』一語，可見張涵，字淵度，卷五十張涵妻劉氏與本卷張淵度妻劉氏爲一人無疑。

黄幼藻六首

字漢薦，福建莆田縣人，黄議之女也。適林仰垣，苦節。著有《柳絮編》。

宋比玉云：漢薦丰姿高秀。少受業於老儒方泰。年十三四，工聲律，通經史，知大節。儀部殁，傾家以事其姑。所居不蔽風雨，近戚罕見其面。年三十九，患心痛卒。生一子，名鍾，愛粤東山水，祝髮，名海印，亦能詩。

同諸姊春園鬭艸

小園花事盛，安敢負春光。褭薄穿煙重，苔深選草香。贏來珠共贈，罰以酒相將。最恨流鶯意，聲聲喚曉粧。

孤雁

渺渺高秋外，長空一雁遲。哀鳴關底事，澹遠寫相思。瘦馬征夫泪，廻文少婦詩。明年樓上過，莫向夕陽時。

雨中看紫芍藥

晨粧乍點〔一〕自傾城，冉冉香生繡户清。厭説廣陵春色暮，臙脂和淚雨中傾。

恨白芍藥不開

萬種花開鬭曉紅，含羞無語倚東風。素妝不理因誰倦，一段春藏粉黛中。

《筆精續訂》：莆田黄氏，名幼藻，家蘇州，倅公議愛女也。幼躭風雅，韻言駢語，皆臻妙境。世父給諫公謙，深加器賞，以方謝道韞，名其集曰《柳絮編》，孀居無子，散佚不傳，存者十二首。其《詠雨中紅芍藥》云云。《恨白芍藥不開》云：『灼灼花開鬭曉紅，玉顔寂寞怨東風。素粧不理因誰倦，一段春藏粉黛中。』

登樓望海〔一〕

遥山層疊海雲開，浴鷺飛鷗自去回。春水茫茫天不盡，片帆浮動碧空〔三〕來。

題明妃出塞圖

天外邊風撲面沙，舉頭何處是中華？早知身被丹青誤，但嫁巫山百姓家。

【校記】

〔一〕晨粧乍點：《名媛詩緯初編》作『粧樓初下』。

〔二〕海：《名媛詩緯初編》作『瀣』。

〔三〕碧空：《名媛詩緯初編》作『碧雲』。

黄幼蘩一首

字漢宫，幼藻妹也。

詠月

清切空階月，相依欲二更。寂喧非一致，千秋同此明。蕭蕭庭中女，俯仰觸中情。對此令人遠，況乃兼秋聲。淺深各有感，今昔寧無驚？秋在孤吟〔一〕外，愁從何處生？人生有代謝，萬物有衰榮。茫茫乾坤裏，相積為愁城。欲挽西江水，一洗萬古情〔二〕。虛窻來素影，清淚落寒檠。

【校記】

〔一〕孤吟：《國朝閨秀正始集》作『孤雲』。

〔二〕萬古情：《國朝閨秀正始集》作『襟懷清』。

姚氏二首

江蘇嘉定縣人。適同邑諸生王紱。著有《翠蘿居詩稿》。

《國朝練音初集》：姚氏，孝廉師魯女孫。嫁諸生王紱，伉儷相倡酬，紱時遜為不及。有《翠蘿居詩稿》。女瑞貞，才且艷。

踏青

曲塘柳色已青青，倦繡鴛鴦挈伴行。信步緑雲芳草軟，滿頭紅雨落花輕。鶯隨玉笛聲中巧，魚擲金梭水底清。挽棹歸來新月上，登樓取火晚粧成。

憶亡夫

冰輪初墮漏將殘，萬籟無聲青女寒。鳳去碧梧秋瑟瑟，香銷繡户夜漫漫。三山縹渺魂何在，一室淒涼淚暗彈。追憶當年歡笑處，等閑誰識會君難。

張學象 八首

字古圖，號淩仙，山西太原縣人，張佚第五女也。佚七女，皆能詩，學象尤工駢體。適林屋沈載公，中年而寡，以苦節旌。著有《硯隱集》。

《江南通志》：學象字淩仙，與學典孿生，詩名亦相埒，集曰《研隱》。中歲而寡，貧不能自存，學典分宅居之。學象年老，白髮絳紗，為世女宗。學典兩女芝、芳，女孫錦，並能詩。芝適當湖文學汪髟，早寡無子，依母氏以居，有《淑芳集》。

《七十二峯足徵集》：張孺人，名學象，字古圖，別號淩仙。吴門望族，與同懷姊羽仙俱工詩古文詞，羽仙為楊震伯先生德配。淩仙適西山鎮下沈載公，安貧樂志，井臼親操之暇，不廢吟詠。夫亡，自課其子如嚴師。時松江周礪巖太史金然，卜居石公山，與山中之詩人秦存古嘉銓、周覲侯公贊相倡和，聞淩仙名，乃介覲侯遺女雙以疊韻詩乞和，淩仙走筆立成。周太史驚喜，亦疊韻報謝云：『仙家浮玉北堂湖，秀絶心清玉映徒。采柏牽蘿幽谷致，焚香繡佛梵天圖。閑調林屋單棲鶴，静對蓮塘隻影鳧。珍重瑶華投贈句，虞翻從此恨應無。』『千樹梅花玉繞廬，亭亭素對洞仙如。獨吟豈譜青溪曲，靈境常搜赤字書。草解忘憂縈綺户，竹能抱節護幽居。臨風凝佇凴青鳥，正及銀牀抱葉初。』東山席氏嘗延之為女子師。所著《硯隱集》數卷，姊羽仙選序。

寫懷

人生同落花，幸爾墮茵席。雍容畫堂上，窈窕珠簾側。棠棣並芬芳，椿萱復珍惜。侍兒理雲鬟，保母供膏澤。容服既光華，禮儀復閑式。幼無適俗韻，宿負詩書癖。所佩惟芝蘭，所親惟翰墨。流覽古今篇，忻然每忘食。摛辭倣屈宋，選句摩元白。揮毫霞落紙，朗詠無晨夕。自擬樂無涯，詎知運有極。鸞鶴養修翎，八表期瞬息。忽遇宋都風，墜此青雲翼。誤為塵網羈，有志竟不獲。戢羽雞鶩羣，困蹤螻蟻域。懷瓊與握蘭，芳潔誰能識？從爾事文章，不蒙稽古力。已矣復何言，撫琴長太息。阮籍慟途窮，孔聖悲麟出。豈惟傷道喪，更有憂貧慼。運會既如斯，天意渺難測。翻成失馬翁，常灑牛衣泣。原生圭蓽門，仲蔚蓬蒿宅。陶亮〔一〕返東籬，楊倫〔二〕居大澤。峻節淩松筠，清名耀典籍。奈為寒餒驅，長歌行乞食。煢煢薄命人，念茲常慽慽。緬焉起深思，景仰先賢德。抱饑恒晏如，屢空誠不惑。莫訝鬢如霜，但令心似石。生同逆旅舍，寓形不滿百。豪奢非所慕，榮悴相尋繹。君子貴固窮，求仁而自得。在己何尤人，聊以寫胸臆。

春晴曲

三分春色纔過一，紫燕銜泥畫梁集。緑染〔三〕紅嬌帶淚痕，雨餘枝上花無力。佳人拾翠芳亭遠，虢國金車異香滿。簾幙低垂午漏長，萋萋芳草池塘徧〔四〕。流鶯百轉暖〔五〕風輕，蘭蕙吐芽芳氣盈。明媚韶光容易過，愁眉蹙破遥山横。

即事詠懷十四韻勉季兒

牢落愁身事，清吟强自寬。招魂徒擬宋，作誄漫追潘。苦志歌黄鵠，幽芳披紫蘭。幼男愁學廢，嬌女怯衣單。喬木俄驚萎，鴒原詎急難。天心忌巇嶮，世態極波瀾。差免燃箕逼，寧思負米歡。從教荊樹折，肯惜棣花殘。危比巢堂燕，哀同對鏡鸞。更憂懸磬乏，爭得覆盂安。莫訴愁腸結，空教淚血彈。頹波雖若此，造物豈無端。但向雕龍切，□成畫虎看。青雲如道在，未必棄孤寒。

歲暮感懷有序

山齋晨起，愁雲塞望，庖突無煙。葛帔練裙，猶作禦寒之服；湘蘭杞菊，難供卒歲之糧。嗟乎！嵇紹幼孤，長卿早喪，厚禄故人，音書斷絶，恒饑稚子，意色淒涼。昔之車笠申盟、麥舟相助者，復何人哉？聊詠二章，用抒悲憤。

緝柳編蒲志苦辛〔六〕，半生多難已忘身。橘林乏實供饘粥，突舍無煙薦藻蘋。空羨田真兄弟樂，堪憐任昉子孫貧。一函遺草誰為達，檢得〔七〕徒令淚滿巾。

玉粒為餐桂作薪，荊釵蓬鬢自悲辛。桑麻廢盡猶征稅，典籍遺來不救貧。論著孝標難覓友，詩哀承吉更何人？生存零落俱堪慟，却向塵中厭此身。

山居

泉脉淙淙石溜深，雙扉長掩五湖濱。樓前但看峯千朵，窻外惟容月一輪。已悟幻身同泡影，不隨庸俗肆貪嗔。梅芬竹瘦幽如許，合與靈威作近鄰。

擬古

夙昔愛鳴琴，流泉指下生。子期今已没，誰聽斷腸聲？

七夕

寶鼎香消欲卧遲，蕭蕭松竹夜涼時。人間一别成千古，莫怨仙家隔歲期。

【校記】

〔一〕陶亮：《國朝閨閣詩鈔》（道光二十四年刻本，下同）作『陶令』。
〔二〕楊倫：《國朝閨閣詩鈔》作『楊公』。
〔三〕染：《國朝閨閣詩鈔》作『輭』。
〔四〕徧：《國朝閨閣詩鈔》作『暖』。
〔五〕暖：《國朝閨閣詩鈔》作『晚』。
〔六〕志辛苦：《國朝閨閣詩鈔》作『太辛苦』。
〔七〕檢得：《國朝閨閣詩鈔》作『檢點』。

吴氏一首

浙江安吉縣人，庠生徐鞶錫之室也。早寡。著有詩集。

《安吉縣志》：庠生徐鑿錫妻吴氏，定福鄉黄墓村人，進士吴洪之女。秉性端莊，兼通文墨。廿六歲而寡，家徒四壁，苦撫遺孤，歐荻柳丸，洵無愧焉。守節四十餘年。遺有詩稿，具述嫠居苦志。略采一二，載入《藝文》。

村居上元夜

玉宇澂澂皓魄圓，銀花火樹太轟闐。一龕燈禮三生佛，厭聽兒童唱采蓮。

慕德琰 四首

江蘇上海縣人，庠生慕飛瞻之女也。適同郡賈乾照，結褵三月而夭死。年二十六而卒。著有《焚餘稿》。

方文耀《慕氏傳》略：德琰慕氏，為吾友飛瞻季媛。柔慧有則，禀母教，而女紅精巧，與兩女兄實為閨中三秀，而德琰尤工吟詠。飛瞻固粹儒也，為上海名諸生，膝前惟以三珠自娱，並授《孝經》、小學、《女誡》，令為儒門賢淑女，老懷足矣。及吟詠漸多，體裁又極工雅，飛瞻亦心竊喜之。余與飛瞻世親里閈，垂髫知愛，飛瞻取其詩以相質，此余之所以得讀其詩也。大抵不雕繪，不激越，温柔澹遠以為神者也。及笄後，許字湖塘賈氏。東床曰乾照，家本素封，人亦少雋，名噪文壇。無何，忽得瘵疾，結褵方三月，而玉樓遽召。父母為之慘痛，德琰曰：『兒命薄，勿傷大人懷。伯姑恩猶親姑，非兒莫事，相與安為可也。』伯母亦素賢德，雅重德琰賢孝，愛憐尤甚，常令歸覲，庶以天性之恩，少解其天懷之摯。孰知天之不吊，又奪其慈氏。集中《哭母》十六章，乃孝女之杜宇血也。從此身不忍離邁姑，心神尤繫於老父，恩義不能兩全，膠固日戚，德琰亦遂一病不能復起也。讀其《病中》詩云：『八旬姑苦悵何依。』《絶筆》章又曰：『叮嚀老父空留句。』是血是淚，當不復辨。今迎柩歸，與賈君合窆，則連理鴛鴦之誌，信為不誣。計其生平，僅二十有六歲。

春日閑窗

遲日〔一〕春光麗，庭階景色清。草鮮沾雨潤，花媚倚風輕。燕乳穿簾燰，鶯藏弄柳晴〔二〕。晝長人意懶，信筆寫閑情。

病中

薄命從來事事非，豈知於我更多違。傷心空具無窮望，瘦骨將從何處歸？兩月夫恩悲永別，八旬姑苦悵何依？有生倒是無生好，休怨回生藥力微。

春雨

陰雲連日合，寒透繡簾垂。何事排愁去，閑敲一局棊。

夏日西窗晚眺

閑窗極目景蒼茫，翠色參差遍野塘。萬縷垂絲籠暮靄，半潭清灩泛斜陽。雲鴉點點歸林静，風竹叢叢入晚涼。無限幽情來望裏，稀微月影度東牆。

【校記】

〔一〕遲日：《國朝閨秀正始續集》作『錦樣』。

〔二〕以上四句《國朝閨秀正始續集》作『草含宵雨潤，花倚曉風輕。燕羽穿簾影，鶯吭出谷聲』。

徐氏 三首

浙江海寧州人，陳之芳妻也。

述志

二十青春不見天，身穿麻絰淚漣漣。孤子生來纔週歲，公姑早已背堂前。

家貧夫死不勝悲，鬻子恩勤腸百迴。枯井汲泉無來路，有如孤雁落荒隈。

細葉菖蒲果是稀，盆中石上立根基。人人笑我根基淺，綠葉青青不帶泥。

《海寧州志》：陳之芳妻徐氏，年二十二嫠居，翁姑早亡，遺孤僅一齡。絡緯蓬户中，貧不克舉火。子長，娶婦而殀，又撫孤孫授室。所遇最為屯蹇。嘗賦詩四章見志，其詩云云。方古《柏舟》之詠，何遜焉？聞者墮淚久之。

方筠儀 一首

安徽桐城縣人。適同邑左文全。著有《含貞閣集》，惜未之見。

檢先夫遺草

鸚鵡才高屈數奇，未開篋笥淚先垂。平生映雪囊螢力，不見騰蛟起鳳時。獄底龍埋光詎掩，墓門鶴返事難期。九京應悔嘔心血，百卷文章待付誰？

《隨園詩話》：桐城女子方筠儀，嫁左君文全而寡，年二十有六，即守節以終。有《含貞閣集》，其《偶檢先夫遺草》云云。

吴静 二首

字定生，江蘇昭文縣人。適項肇基，早寡。著有《飲冰集》。

吴太史蔚光《吴節婦傳》略：節婦吴氏，名静，字定生。年十八，嫁項肇基。三年夫病革，婦矢以死殉，夫曰：『我長也，無子，待叔、仲有子而立之。且母在，毋徒殉我。』既殮，婦扃户自縊，婢春連聞聲，壞户入救，婦徐蘇。姑泣謂曰：『而無忘而夫言！』婦遂止。二年姑没，婦絶食七晝夜，不死；復自縊，幾死矣，叔母殷覺而解之。項氏多財，姑遺命析為三，而使婦主，婦勞而不私。及仲婚，遂悉以授仲。葬舅姑與夫畢，泣曰：『可以下報吾夫矣！尚何以生為？』未幾卒，年二十四〔一〕。喜觀《資治通鑑》。所為詩一卷，曰《飲冰集》。

吴太史蔚光《飲冰集序》：余既序項儒之父自超詩，思為項儒姊定生傳，則其詩可以無序，而有不能已於言者。序曰：定生夫死，先後兩自經，以救始免，烈婦也，豈以詩重？然今觀所為《飲冰集》，其旨嚴，其辭莊，可謂較然不欺其志已。詩之為道，入人也易，而移人也亦易。入人也易，是故婦人女子皆喜詠之。詠之不足，乃遂為之。為之者，情所感發也。情根於性，性可以制情，而情可以變性。性無不善，情有善有不善。一習於不善之情，而無不善之性，漸以遠矣。文人失德，志士累行，猶不免然，而況閨閫房幃之內乎？定生所觀之書則《通鑑》，所為之詩則《詠史》。其讀《高唐賦》及《游俠傳》，識解高超，皆老生宿儒所未能道，而『春風不須惜，愈練愈精神』、『一點清光塵不染，千秋心事月同明』數語〔二〕，貞烈之性，益久而不移焉。後世誦其詩，可以知其人，並可以知其父母昆弟。語雖間流於率，宜乎項儒之不忍没也〔三〕。

【輯補】

吳静《飲冰集》（《清代閨秀集叢刊》影印嘉慶七年刻本）載吳卓信《先姊節烈事略》：先姊姓吳氏，名静，字定生，昭文人。父勵堂府君，諱棟材，邑諸生；母孺人，顧氏。姊年十八適同里項君丕勳諱肇基，甫三年而君病篤，瀕危謂姊曰：『爾何如？』姊曰：『以死殉君耳。』君曰：『庸無也。爾勿以無子為憾，弟所出，猶子也。爾宜事吾母以終天年，襄二弟以有室。能如是，我心安；不能而殉我死，我之目不瞑也。』及卒，姊一慟殞絶。既視斂，拒户自經，侍婢春連聞喉絶聲，亟炷燈推户，不得入，男婦數人排闥入救，逾時始甦。姑徐太君謂之曰：『爾死誠不自惜，獨不憶爾夫垂殁之言乎？』姊乃勉進水漿，晨夕依其姑。二年姑殁，號泣曰：『我忍死偷生，所以事姑也；今若此，曷若從夫子地下？』絶粒七晝夜，不死，復自縊，叔母殷覺之，解其懸。族親長者咸諭曰：『三喪未葬，小姑幼叔未婚嫁，前後事綦繁，非爾翼之，如隕越何？』乃强起代匱。初，君殁時遺一女甫周歲，至是復痘殤，姊益煢然矣。既而為仲完婚，為季聘婦，二姑並許字，鬻產葬舅姑，以君祔其兆。既穸，手舉畚挶以封墓，曰：『此先妣之遺教也，今而後可告無罪於夫子矣。』竟以疾卒。生有至性，四歲，先府君殁，即哀痛如成人，屬先孺人遘席，泣禱竈神，願減己算以益母壽，以是孝聞於鄉。六歲，先孺人授以《孝經》、《論語》，輒能領略。嫺女紅，識大義，遇事頗了，年十三，居然女史矣。先孺人殁，哭泣過哀，形毁如腊，內訌外侮，蠭午而起，期功强近，掉首不顧，姊左右支持，免予虎口，請於祖母，延師課予舉業，米鹽瑣屑，一不累予，推燥就濕，複襦單衣，應時預置。既徐太君遺媒議娶，姊泫然曰：『我在，弟猶如此；我去，弟何以為生耶？且母服未終，急婚媾乎？』事遂寢。既歸君，猶往來予家，照理一切。君既歿，惟哭先祖母一至，遂絶不過予，弟婦嘗遣婢邀之，輒曰：『我以孀媳事孀姑，日慎一日，猶恐不終，敢無故歸家，滋外人議論乎？』方姊之初歸也，舅歿姑老，既廟見，凡闔以內碩夥纖屑，一以付姊，姊奉命惟謹。姑晚得風疾，仗任之若半體，疴癢抑搔無已時，即大小溲皆為料視也。家饒於資，徐太君歿時遺命三股均之，仍俾姊司其出入，姊晨夜屑屑，未嘗以劬勞鞅掌辭，一錢尺帛不為己有。仲既婚，遂悉以授仲。疾革，出嫁時簪珥衣服，徧授諸娣諸姑，曰：『我無用此，爾等櫝而藏之。』命兩叔勿作佛事，勿用鼓樂，姑喪未除，斂用喪服，奠用蔬食。遂卒。少善吟詠，喜觀涑水《通鑑》，至忠孝節烈事，輒淚下沾襟。嘗命予編輯二十一史中列女為《女鑑録》，時時展玩。深惡二氏，女尼、巫媼，尤所痛疾，謂婦女淫縱不德，多自此輩導之。既稱未亡人，遂焚棄筆硯，詩草無一存者，比年偶有所作，亦不留稿。易簀前二月，予固請背誦，手為代録，僅得八十首，自題曰『飲冰集』，蓋皆有為而言，非無病呻吟也。計姊一生，四歲喪父，十五喪母，二十二喪夫，二十四喪姑，鼠思泣血，寤辟有擗，精已銷亡矣。自來史傳所紀節烈之婦，或有舅姑可倚，或有子嗣可依，姊上無舅姑，下無子嗣，桃蟲荓蜂，進退狼狽，徒痛其夫垂歿之言，忍四年之死以畢乃事，然後下從九原，卒遂初志，可謂難已。生乾隆十八年三月十五日，歿以四十三年三月二十九日，得年二十有六。是時弟信遠館水鄉，旬闊音問，猝感一夢，遽假館歸，比至而姊已彌留矣。知信至，張目曰：『弟勿忘先妣之訓也。吾家孤貧，弟讀書不成，是終為人下也。』信曰：『不敢忘，不敢忘。』遂瞑。嗚呼痛哉！重念先孺人十一年貞心勁節，備歷艱鮮，素志未伸，溘然長逝，煢煢姊弟，髫穉相依，少盡其力，未獲一報，至死猶再申母命，姊之惓惓於信也如此，而信也何以為情哉！既格於例，未得請旌，心實痛之。惟是先姊二十餘年温仁貞烈，之死靡他，若不稍加詮列，使先姊由我而死，罪滋重也。用敢略述梗概，伏冀當世立言君子志之邑乘，垂之彤史，不獨卓信一人之幸，亦風教之攸關也。乾隆四十三年五月既望大功服弟卓信謹述。

同集載吴静自序：余不能詩，為女子時，先孺人授余近體唐詩數百首，稍通意指。久之，握管若有所得，偶效為之，略辨聲韻而已。既歸太原，操作餘閑，時亦偶及。良人見背，筆硯久焚，間有所作，不過自適己事，以當痛哭耳。今春卧病經旬，旦暮入地，舍弟頊儒勸余略存梗概，且為代録，辭不獲已，稍稍背識，十得二三，題曰『飲冰』，要皆有為而言，非無病呻吟也。乾隆四十三年歲次戊戌二月既望海虞吴静定生氏自識。

詠史

不學何須詆霍光，託孤寄命報先王。匡張孔馬多經術，青史於今若箇芳？

更有〔四〕名儒莽大夫，紫陽書法勝南狐。當年奇字人争問，曾識綱常二字無？

《隨園詩話補遺》：海虞女子吴静定生氏，嫁項生肇基而寡。婦扃户自經，姑救之曰：『我在，汝不得死！』婦泣而誌之。越二年，姑亡，婦又自經，叔母救之曰：『姑與夫未葬，汝不得死！』婦乃復生。遂析家財為三，分其叔、季，葬舅姑與夫，而不食死，年二十四。婦生時，好觀《綱鑑》。吴竹橋太史為之立傳，録其《詠史》云云。

【校記】

〔一〕二十四：吴静《飲冰集》（《清代閨秀集叢刊》影印嘉慶七年刻本）作『二十六』。

〔二〕『而』以下二十七字：《飲冰集》無，而别有數語云：『於世間一切纖妍華縟之體，煩促靡曼之音，蓋毅然不屑為之，而又畏而遠之如探湯，惡而棄之如坐塗，其發於情，無不善也。』

〔三〕『宜乎』以下九字：《飲冰集》無，而別有數語云：『重其人，當重其詩也。乾隆五十一年歲在丙午二月湖田外史蔚光序。』

〔四〕更有：《飲冰集》作『漢室』。

卷之六

張上慧二首

江蘇嘉定縣人，文學張銘之女也。適陳邁，早寡。著有《炙香集》。

《國朝練音初集》：上慧張氏，能詩及篆刻。文學銘女，香谷陳邁繼室，早寡。家貧，賴其子逸民授徒為養。有《炙香集》。

觀書有感

時光每恨逝如川，骨肉凋殘感昔年。無限閑愁添病後，幾行衰淚落燈前。兒攻儒業荒難救，父積圖書散不全。一片傷心誰解惜，後人曾否似前賢？

和香谷

休歎浮生夢幻，莫言世事短長。只看梅花竹影，滿階明月幽香。

鄭氏句

字里未詳。附詩見高晫《節母鄭孺人傳》。

句

仰止西歸不染身，信手拈來自荷擔。

高晫《節母鄭孺人傳》略：自移天後，即從尊行吴母委念空門，習梵唄，喜施捨。迨與蔣安人臨歧相輓，有句云云，此又孺人之達於觀化者也。

吴喜珠五首

安徽歙縣人。適環山方如麟。夫亡，矢志養姑教子，閫範有聲。惜所著散失。

方淇藎《吴孺人傳》略：吴孺人者，邑之枋塘人，環山如麟公之淑配也。孺人生而嫺静，母愛之如掌珠，因錫名『喜珠』。性至孝。未笄之先，會母疾，刲股以瘥。及笄，歸如麟公。如麟少嘗好赤松之術，後以父際元公訟淮揚，公亟向當事白之，事雪而父殁。公偕伯氏扶柩歸里門，居喪一遵古禮，族黨賢之。崇禎辛巳，徉狂而逸，然自是而孺人之節孝彰矣。無何，舅與其夫子相繼謝世。老姑在堂，稚子在抱，死固不易，生又誠難，當此之時，非有特立不拔之守，安能甘苦茹荼，養其姑，撫其子，立名節於當時，垂聲譽於後世哉？順治丙申，孺人以疾終。後十餘年，其子為傑嘗從家季遊，予得稔聞孺人節概，並讀其自述長歌，温和令德，托諸毫楮。然予私心益敬者，獨為其於甘苦茹荼中，夜必勤女紅、篝燈訓子，此其有功於方氏甚大。予故特著之，為後世之婦不幸而喪所天、負慙德而不能訓其孤者勸也。

粵城懷古

仙人不跨五羊〔一〕來，碧海丹山次第開。冼氏談兵名將氣，尉佗稱帝匹夫才。功留銅柱存冤魄，骨掩花田轉劫灰。此是炎方冠帶國，書生曾請棄珠崖。

月明夜夜聽潮雞，豈有珊瑚樹可棲？不嫁誰憐何泰女，成仙真愧葛洪妻。鱷移炎海驚濤静，蝶到羅浮好夢迷。只有包公賤巖石，五丁前此鑿端溪。

趙家塊肉付匡門，王氣憑他海氣吞。誰念宫人皆北去，可憐丞相尚南奔。江山豈許偏安藉，珠貝堪為貨殖存。莫檢新書添悵惘，唾壺敲落玉釵痕。

夢吹笛

殘燈微焰映窻紗，羅幌風摇月半斜。夢裏不知愁老大，猶將玉笛調梅花。

秋望

秋山積翠碧雲高，南望韓江路正遥。無數亂鴉翻日影，斷蒲野水共蕭蕭。

【校記】

〔一〕五羊：原作『五年』，形誤，據《國朝閨秀正始集》改。

虞源 一首

浙江德清縣人，董某之室也。以苦節聞。

題畫菊

移種春苗愛護周，柴桑無主為誰秋？寒芳甘抱枯枝死，羞見飄零逐水流。

蔣季錫 五首

江蘇常熟縣人，南沙相國之女弟。適華亭王圖煒。工書善畫。著有《挹清閣集》。

【輯補】

蔣季錫《清芬閣詩草》（清刻本）卷二《題自畫百花稿》：少小弄柔翰，遇物知道存。阿母督女工，無間晨與昏。朝刺五色鳳，夕繡雙文鴛。阿兄擅墨妙，相見不敢言。行年纔十二，四姊嫁出門。家中惟幼女，佐母理盤飧。賓至及承祭，羞洗供蘋蘩。十七嫁瑯琊，侍奉姑與尊。十年侍巾櫛，膝下有兩孫。廿七還鄉里，治家苦事繁。教兒復教女，夙夜詩書翻。荏苒二十年，繪事不復論。今年四十九，長男侍帝閽。五女俱已嫁，四男亦已婚。此身得暫閑，舊業始重温。庭花列態妍，不啻何偏反。輕煙籠淡月，紅艷飛朝暾。照水各有影，凝露亦有痕。寫物貴惟肖，物物通靈根。或如遊女笑，禋祀來姜嫄。或如處子静，金屋藏嬋媛。或輕如飄羽，江皋走朱轓。或愁如掩涕，湘女含清冤。疎林標淡遠，密葉成繽繙。繪畫成百幅，一一傳其魂。所志在名立，豈必乘魚軒。欣喜始願遂，珍重逾璵璠。翰墨雖小道，亦欲垂後昆。

春燕詞

游絲繫日摇東風，銀蒜押簾春晝融。捲簾十二蕩空碧，紫燕飛去如梭擲〔一〕。金刀涎涎啗杏梁，掠水還誇滿逕香。微軀敢羨雲霄翼，且將牖户綢繆亟。巧銜花片壘香泥，待得巢成自哺兒。畫簷故作兒女語，翠哥膠舌鶯聲舉。一夕涼飈敚團扇，海上冬歸春復見。乍可長從王謝遊，不尋儔侶昭陽殿。

車遥遥

車遥遥，揮駑馬，紅塵撲面金鈴遲，鞭呼侍有驅車者。路旁楊柳藏驛樓，十里五里行不留。蒙山之陽泗水北，石路險澀程途憂。僕夫告瘁往復來，行人多向黄金臺。晚月晨星競馳逐，三萬六千雙轉轂。車遥遥，駑馬驕，儂家家近白蘋浦，幾時歸去乘吴舠？

春日書懷寄呈家慈曹太夫人

經春風雨興闌珊，瞥見庭花暫解顔。十載未歸虞仲里，終朝長對陸機山。裁雲有句憑他巧，賦雪無才信我頑。最喜板輿無恙在，何當芳徑一追攀。

侍袁太夫人夜弈

小院梧桐月滿時，夜涼無事試敲棋。婦姑原有相傳譜，莫怪今宵下子遲。

家園新茶寄大兒興吾

纔交穀雨摘旗槍，焙得春芽寄遠嘗。晝省烹時須細品，可能比並婺源香？

【校記】

〔一〕此句蔣季錫《清芬閣詩草》（清刻本）作『燕飛來去如梭擲』。

彭貞八首

字冰淑，號筠山，又字橫江女史，江西崇義縣人。適上猶縣儒生蔡世浩，夫歿矢志。著有《翠筠山房詩鈔》。

袁嘉德《翠筠山房詩鈔序》略：彭氏名貞，字冰淑，號筠山。幼負宿慧，其尊人擎授以唐宋人詩，輒能彷彿其規矩。既適世浩，閨中韻事，人豔稱之。不數年，世浩賫志以歿。冰淑煢煢一人，紡績而外，惟筆硯是務。所作盈束，輒隨手散佚。其弟立煌、立烺為之彙集，並採世浩所遺稿，屬雪巢弟詳加訂校，而授諸梓。

送春次表弟蔡昌台韻

同是送春人，不識春歸路。鶯聲睍睆啼，似欲留春住。時序一低徊，人生泣朝露。閉閣寂焚香，獨坐有深悟。

廢塚

昂藏誰家子，瘞此山之麓。衣冠已如煙，枯骨尚盈簏。荒草緑年年，淒風號空谷。清明暮雨復蕭蕭，白楊花裏鵑聲哭。

賦得江春入舊年

扁舟過北固，淑氣度初春。野燒生微翠，清流動遠垠。岸容殘臘盡，節物舊年新。倚棹孤吟處，江空不見人。

哭夫

悲風颯颯正斜曛，天末秋聲不可聞。生死自來皆有命，顛連未必盡如君。飛殘紅雨心腔血，愁絶青春嶺際雲。無主花神終夜哭，園臺水榭草紛紛。

全受全終古訓垂，一擔枯骨强支持。腸迴燭影雞聲後，門掩山城木落時。翦紙招魂惟有淚，撫棺啼父竟無兒。可憐薄幔黄昏月，戀戀詩樓不忍離。

《水曹清暇録》：同司蔡主政奉均，江右上猶縣人。其孀母彭太夫人，秉性嫺静，雅善詞藻，所著有《翠筠山房詩鈔》。其《哭夫》二章情真思切，字字肝肺中瀉出，漫録於此。其詩云云。

寒食日掃墓感賦

抔土於今隔九泉，我來肅拜淚潸然。棠梨花發青山道，寒食風吹白紙錢。長劍已埋高士志，荒丘空鎖綠楊煙。茫茫四顧愁何極，落日啼雅下碧天。

春閨詞

春日春晴花滿枝，眾芳開盡杜鵑遲。阿儂獨把柴扉掩，愁寂東風總不知。

晴

綠槐青柳聽蟬鳴，日照窻紗喜早晴。十二欄干頻徙倚，薰風香送蕙蘭清。

潘淑清 句

江蘇常熟縣人，顧曉岳之室也。乾隆初，奉旨旌表。

句

老梅修竹相為伴，霜雪侵凌不記年。

《蘇州府志》：潘淑清，常熟縣人，顧曉岳妻。年二十九，夫與舅姑相繼歿，無子女。族人覬

覩遺貲，朝夕逼嫁。淑清誓죽後，以其家讓族人，孑身依母家。母歿，居家廟中，一婢相隨，紡績度日。常有句云云。乾隆六年旌。

王氏 一首

貴州綏陽縣人，張睿室也。

絶句

自尤妾命薄如箋，初賦桃夭失所天。未老姑嫜還有托，綱常豈獨讓人先？

《貴州通志》：張睿妻王氏，綏陽縣人。幼聰穎，通詩書。年二十而嫁，未期而夫卒。題詩云云，遂以身殉，知縣陳詢表其墓曰『張烈婦之墓』。

孫蕙媛 一首

字静畹，浙江秀水縣人，孫曾楠之次女。適桐鄉舉人莊國英，早寡。著有《愁餘草》。

《秀水縣志》：孫曾楠妻黄氏，夙嫺經史，伉儷聯吟，有《冰玉集》、《雪椒草》諸刻。曾楠歿，賦《蕉夢詠》百首，詞極悽惋。邑令齊旌其廬曰『節文賢媛』。子渭璜，庠生。媳屠蓰佩，女蘭媛、蕙媛，俱能詩。蕙適孝廉慈溪學諭莊國英，早寡，著《愁餘草》，侍母同居，世稱『雙節』。

《檇李詩繫》：孫蕙媛，字静畹，德貞次女。適桐鄉孝廉莊國英，蚤寡。著有《愁餘草》。詞工小令，與介畹爭勝。

讀縫雲閣草賦贈沈夫人次姊氏韻

綺疏高擷補天樓，銀牓新題藻翯流。月姊静窺三素粲，風姨不捲五華柔。寫情妙句針同聖，隱意迴文錦可酬。組練自知從研北，絲絲葉葉幾殘籌。

鄧氏一首

江西南城人，舉人梅國棟之室也。夫亡，自縊死。

《江西通志》：梅國棟妻鄧氏，南城人。幼淑慧，能讀《曲禮》、《女史》諸書。事翁姑孝謹。雍正甲辰，國棟赴公車，客死河南。鄧聞訃呼搶不欲生，念夫棺未歸、一子羸弱，不能舉兩喪，暫起食，拮据迎夫柩。營葬畢，作《絶命辭》暨《遺囑》累千言，家人不及覺，登樓自縊殉焉。

遣悶

眼看時事欲銷魂，寂寞餘香憶舊恩。梧葉秋風寒翠袖，梨花夜雨掩柴門。石榴慢染裙間色，湘水惟留竹上痕。賦就哀詞悲楚客，坐看明月到黄昏。

王儒姞一首

浙江錢塘縣人。

吴烈婦詩

烈婦姓戴氏，新安人，遷於杭，歸吴集生之子錫。錫以攻苦疾卒，氏不食以殉。遂安毛際可有傳。

幽蘭開並蒂，被摘心凄絶。烈婦今再見，冥冥來天闕。寂寂黄金花，萋萋瑶草葉。望之不可見，見之榮榮香。閨閣通大義，隳樓殊輝煌。冰心若秋月，烈志似秋霜。彤管垂億載，芳名常耿光。

李氏 一首

湖北孝感縣人，適熊贈君祚廷，即大學士賜履之母也。素嫻内則，兼工書史，守志教子。惜未見其全集。

《湖廣通志》：熊祚廷妻李氏，孝感人。少嫺書史，即知以禮律身。及笄歸熊，以孝敬聞。值流寇起，土豪藉讎生亂，熊闔門遇害。氏抱幼子匿荊棘中，母族擁以去，豪亦素聞其賢，不復追。長子適詣蒙師，均免於難，即大學士賜履也。氏痛不欲生，念夫亡子幼，忍死存孤。木棉長藿，手自經營，嘗併日以食。而課子最嚴，日就外傅，夜共一燈，懈即撻而數之。母織子讀，聲常達旦。既貴顯，猶服布素，即繒帛，亦澣補無算；課女工如故，接鄰嫗，不啻娣姒。初難作，父兄皆歿，氏親檢骸骨瘞之，哀感路人。後氏子每晉一階，即大慟。生平無歡笑容，嘗語子孫：『吾家荷國恩已極，然未亡人分定矣。』

寒月夜作

宵分蟾影印虚庭，為愛清光倚小亭。甦對青山頭已白，悶看黄菊眼還青。煙拖暮靄籠寒柳，風漾幽池蹴細萍。不歎空閨多寂寞，教兒猶喜有遺經。

施婉貞 四首

江蘇長洲縣人，適吴翰章。翰章早卒，繼姑謀奪其志，不屈而死。

《蘇州府志》：施氏名婉貞，東山人。知禮節，通文墨。年二十，適金灣吴翰章，越四載而寡。無子，氏忍死奉夫遺命，為立後。又拮据葬其先三世。繼姑弗恤，謀奪其志。氏知終不免，乃題《絶命詞》四首於壁，自經死。檢討張大受為作哀辭。

《七十二峯足徵集》：氏名婉貞，東山人。知禮節，通文墨，能為閨中人講説《孝經》、《女訓》，持身端正。適金灣吴翰章。事繼姑，曲意承順。翰章病將死，謂氏曰：『我父母未葬，今無子，日後誰為入土者？爾素有孝思，幸忍死為我成之！』氏含淚受命。孀居茹苦，無時不以此事為念。而其繼姑弗恤也，隱然有居奇想，百計勸之。氏心如銕石，無隙可乘。越五載，謀益甚。氏知終不免，乃題《絶命詞》四首於壁，自經死。顧秀野、張匠門兩太史皆詩以哀之，載諸邑乘。雍正年間，奉主入節烈祠。

潘檉《吴烈婦傳》：吴烈婦，姓施氏，吴縣東洞庭山人。年十九，適金灣吴翰章。逮事祖姑，孝敬無間言。未幾，祖姑及舅相繼歿。姑張，繼也，愛其子，因讎視前子婦。婦曲意承順，宗黨稱之。張性鷙毒，陰為壓魅，意為翰章祟。其子忽一日暴疾卒，越旬日，翰章亦亡，而吴氏再世宗祧斬矣。婦晝夜慟哭，誓一死。既而念曰：『夫死不葬，非義也；三喪未舉，非仁也；繼嗣未立，非孝也。負三罪而遽死，何面目見我夫地下？』以故隱忍不復言死事，而繼姑張且謂其志可奪也。張故有三女，未嫁。翰章歿時，所遺猶足自給，張乘間挈文券什物歸母家，與婦絶往來。於是家貲一空。婦朝夕恒不繼，不言也；諸姑偵知，憫而餉焉，不得也。兼以句讀授女徒，支拄百端，惟冀立嗣，為營葬費。如是五年，往請於張。張不為意，惟勒改嫁益亟。婦知事弗濟，且終不克奉姑以終也。因慟哭曰：『所以不死為未亡人者，徒以塋、嗣故。今若是，吾死久矣！』遂作書達父及翰章伯姆，囑售屋營塋，立所當為後者，且囑『毋以我死故累姑』。書發，自經死。康熙戊寅十二月十三日也。

葉張綬《施烈婦詩序》：　烈婦姓施氏，名婉貞，適金灣吴翰章。章早卒，無子，其父母皆未塋。施苦節自守，為立後舉，曩時拮据盡瘁，而奪於繼姑，積五載弗獲。知己志終莫售也，買席地為夫墓，臨視窆，歸則設苫褥於寢如殮具，蒙被結吭死。時康熙戊寅十二月十三日也。先一夕，作《絶命詞》四章粘之壁，遺書白父及翰章伯母，諄諄屬以塋、嗣事，冀成有志焉。

楊錫紱《節婦傳》：　施氏小字婉貞，姑蘇儒家女。幼穎慧，讀書，能文詞。長適士人吴翰章。翁姑早喪，繼姑張氏性悖戾，氏事之惟謹。年始十八而未有出。翰章病且死，氏淚盡血繼，亟請於張營葬奠，並請為夫擇所後。悉弗許，但云：『若無子，當早變。計諸惟在我！』蓋利娶者貲也。氏亦弗從。張遂罄家所有，悉歸其父母家，以窘之。氏集鄰童女，為閨中塾，藉館穀療凍餓者五年。仍抗詞請張立後，張恚甚，遣人逼其嫁益急，語益不堪。氏知終弗濟，乃作《絶命詩》四首，有『三喪我死誰人舉，四代無傳鬼餒多』之句；又云：『今日從容長逝矣，並無尤怨也無傷。』遂自經死，時年二十三。聞者哀之。

顧嗣立《讀吊洞庭吴烈婦詩》：　絶命詞終山鬼呼，可憐薄命遇嚴姑。四年血淚知多少，盡逐西風入太湖。

絶命詞

夫夭家艱薄命何，蓋棺猶有事蹉跎。三喪我歿誰人厝，四代無傳鬼餒多。

首如蓬亂志如霜，五載縗衣示未忘。今日從容長逝矣，並無尤怨也無傷。

柔綆高懸命即殂，此身久許殉兒夫。遺言枉自粘閨壁，不識人心遵也無？
一息甘休萬事完，此心凜凜雪霜寒。黄泉今夜居停主，應與共姜下榻看。

談氏 一首

浙江嘉興縣人，適史義堅。夫亡無子，營葬畢，遂以身殉。

蔣鳳起《史烈婦傳》略：史烈婦談氏，嘉興郡城人，史義堅之繼室也。年十八，歸史氏。史祖、父皆諸生。義堅亦讀書，應童子試，烈婦縫紉佐讀。居翁喪，盡禮。生二女，皆殀。為未亡人，方年二十一，哭必昏絶，誓從死。其姑曰：『汝雖無兒女，然有姪可繼，撫之以延汝夫一綫，不愈於死乎？』義堅兄弟三人，堅殁時，其兄有二子，其弟婦趙氏方娠。烈婦乃勉從姑言。既而應繼之姪與趙氏所生遺腹子相繼殀，烈婦死志益決。以其夫尚權厝淺土，日夜號泣於其姑曰：『夫死不葬，同穴無期，未亡人死不瞑目。』今雍正七年始克卜葬，葬以三月二十二日。當是時，烈婦之父已殁三年，將除服矣。先葬前，歸别其父靈，出一詩以示兄嫂云云。兄嫂心異之。將還家，其祖母送之曰：『何時當再來？』曰：『兒不來矣。』祖母驚問，漫應曰：『兒失口耳，本謂今年不來也。』既葬，周其墓曰：『此處甚好，在此勝在家多矣。』葬之明日，以金指環一付其姪積鈞，曰：『此汝叔臨殁時所授之物，今以授汝。吾有小像，藏某篋中，汝謹誌之。』像固與義堅像同日所畫也。至晚，手提熱水登樓，婢從，止之曰：『我將浴，汝不必從。』浴竟，整衣自經死，死年二十五，距義堅死五年矣。時雍正七年三月二十三日也。

示兄嫂

夫死失所天，況無兒女焉。若以義理論，雖死亦當然。

鍾令嘉十三首

字守箴，晚號甘荼老人，江西餘干縣人，贈君適園蔣堅配也。隨宦遊歷甚廣。卒年七十。著有《柴車倦遊集》。以子士銓貴封安人。

臘日寄銓兒八首

北地寒威重，憐伊客裏身。音書差慰我，貧賤莫驕人。失路皆由命，安時即報親。師言當服習，莫負誨諄諄。

汝婦能承順，無時離膝前。居然兼子職，久已得姑憐。生育宜佳氣，平安似昔年。傳聲語夫壻，孤館減憂煎。

汝妹依丘嫂，幽窻共食眠。穿針纔學繡，識字不成篇。閨訓麁知聽，童心未盡蠲。歸期寧解卜，時刻擲金錢。

頻年思子淚，前月抱孫纔。憶汝孩提似，原他祖德該。啼聲勞客試，秀骨或天來。歸日應過膝，聞當笑口開。

心情〔一〕憐下第，約略似前番。官道應扳〔二〕柳，家庭已樹萱。恃才防暗忌，交友戒多言。結習還當掃，新詩莫訴冤。

力學看駒隙，從游汝得師。遙分五秉粟，足供十人炊。汝友皆相念，肥甘數見貽。呼吾如若母，問慰過時時。

僕婢愛菘韭，同鋤半畝園。門關饒歲月，居僻遠塵喧。夜火機伊軋，家人樂笑言。眼昏今益甚，書帙嬾重翻。

夢爾天涯路，肩輿往復頻。師方為講學，客豈是依人？駟馬題橋志，雙親屬望身。而翁墳上草，今已四回春。

登太行山

絶磴馬蕭蕭，羣峯氣力驕。蒼雲横上黨，寒色滿中條。返轍當河涘，攔車指驛騷〔三〕。龍門劃諸水，真覺禹躬勞〔四〕。

送銓兒赴禮闈

半生常在别離間，又整行衣厚着綿。雙眼漸昏鍼線亂，寸心無着夢魂牽。關河此去風霜遠，骨肉何因聚散偏。不用登高望親舍，金泥〔五〕須早慰堂前。

題自繡梅花詩圖

屈鐵孤梅萼古苔，巡檐寒蕚凍難開。分明一幅鵞溪絹，繡出詩人小像來。

淚珠成串上殘絨，十指寒香敵朔風。驀地停鍼魂欲語，梅花如雪照房櫳。

身後君無封禪書，迴文老去底須摹？他時留與兒孫看，此是安人繡字圖。

《水曹清暇録》：甘荼老人鍾太安人，蔣心餘太史尊慈也。壼德素著，兼工文章。贈公非磷先生常出遊，太史生四齡，太安人口授四子書及唐詩。以幼不能執筆，太安人乃鏤竹枝為絲斷之，詰屈作波磔點畫，日教合之成字。以慈母而兼嚴父，丸熊畫荻，備歷艱辛。所著《柴車倦遊集》，不輕壽梓以示人。予固請於太史，因得選十餘篇入《擷芳集》。然美不勝收，漫摘數聯，附載於此。其《遊赤壁》云：『一官團練使，兩賦好文章。』《黃鶴樓》云：『文字風猶壯，江山氣不磨。』《采石磯》云：『山静羣峯定，江流萬派喧。』《金陵》云：『一片風流地，千秋醉夢餘。』《杭州》云：『趙家孤屢托，錢氏土先還。』《揚州》云：『那見人騎鶴，空煩蟻慕羶。』真名句也。

韓夢周《蔣母鍾太安人誄序》：太安人，父諱志順，籍南昌，有高行。是時贈公非磷府君以孝義聞於交遊間，翁必欲得以為壻，於是太安人歸於蔣。蔣氏世居鉛山，而贈公喜壯遊。閲一年，編修生，贈公急友人之難，遂赴澤州，太安人就食於母家。編修甫四歲，即教之讀。冬夜以衾覆下體，解衣護編修，置書口授。稍假寐，輒搖之曰：『醒，可讀矣。』編修年十五，熟九經，始出就外傅，皆太安人督課也。編修成進士，官翰林，太安人就養京師。既而曰：『兒才非適時者，不如歸也。』遂告歸。當事者争延致，主書院講席十餘年，遍歷吴越名區，而迎太安人於其地。編修以行誼文學推重於時，知編修者，皆登堂拜太安人。太安人顧而樂之，編修亦樂得致其養也，曰：『昔人以禄養，士銓以學養，猶昔所授於母氏者也。』贈公時，家故寠空。嘗於除夕大雪，太安人抱兩月兒坐冷屋中，括三錢市酒，與贈公對飲。贈公謂：『得毋戚於心乎？』太安人笑曰：『古人處此者多矣。君丈夫，亦動念耶？』兒即編修也。編修嘗曰：『吾母達觀卓識，非人所能及，而造次必於禮。士銓行年五十，不敢冒利棄義蹈不肖之愆者，誠安於母訓也。』

【校記】

〔一〕心情：《國朝閨閣詩鈔》作『心清』。
〔二〕扳：《國朝閨閣詩鈔》作『攀』。
〔三〕以上兩句《國朝閨閣詩鈔》作『返轍河如帶，攔車跡未遥』。
〔四〕此句《國朝閨閣詩鈔》作『禹力萬年昭』。
〔五〕金泥：《國朝閨閣詩鈔》作『泥金』。

黄氏 一首

福建建陽縣人。王權室。

絶命詞

暉妍雙洞穴，於今問水濱。團圓肯負約？直向刀頭尋。

《福建通志》：黄氏，建陽王權妻。權業儒而貧，為父行役，舟溺死。黄遺腹不育，隨自刎。啟梳匣，有詩云云。

周蘊香一首

順天遼東人，太平營參將周祺女。

《商丘縣志》：周蘊香，太平營參將周祺女。本遼東人，其父寓居歸郡。幼慧穎，知書，父嘗呼為女學士。九歲隨父官寧夏，都司金某為其子聘焉。已而金選粵東，三藩叛，路梗。丁巳，金以書來云為其子別娶，請祺改擇壻。蘊香聞之，哽咽曰：『父母有成命，尚何言？一死以明吾志可也。』父母驚且慰之。展轉自悲傷，遂不食，偃卧於床，不能起。一日，忽坐床上，索鮮衣，勉强櫛沐，臨鏡視粧，從容起，拜父母曰：『兒不孝，負鞠育恩。過午即長辭矣。』家人皆未信。至時低首不語，人視之，死矣。

秋夜

霜皋落木正無邊，塞雁南征九月天。讀罷葩經忘夜午，窻籠殘月抱愁眠。

杭澄九首

字清之，號筠圃，浙江仁和縣人，杭太史世駿之女弟也。適趙萬暻，早寡。

堇浦杭太史《亡妹吟草序》略：妹為先府君次女，母王太孺人，即吾母女弟也。甫毀齒，即知嚮學，未嘗就傅，亦未嘗問字於父兄。聞弱弟誦讀經書，則默記，試效其聲以識字，辨色而興，雒誦琅琅，聲殷户外。稍長，輒效余為制舉之文，旋棄去，壹意為詩。風格蒼樸，無脂韋之習，無金粉之氣，蓋夙成也。歸於趙聟曰萬暻，恂恂温克，雅相器重，閨房唱酬，而妹才較勝。聟以几案才參人幕事，恒他出。青燈苦雨，望遠懷人，皆妹攢眉覓句時也。余赴召之京，妹寄詩有『有金買書不買田』語，遂為吾一生實録。吾姻親有令直隸之新河者，招萬暻往，妹以無子偕行，余官京師，無從尼也。而妹尋悔，遺書酸楚，然有唱和遺日，亦安之矣。無何，轉客慶都〔一〕，而萬暻以痢疾卒於官舍。妹聞，驚慟欲絶，伶俜孤苦，挾一小婢、一老僕，遞其棺以歸里，艱難險阻備嘗矣。依母以居，驚魂稍定。一往之詩，皆牢愁血淚、悽心寒魄之語也。余被放歸田，舊居不足以容石，友方君滁山割宅讓余。滁山有女芳珮，有頌椒詠絮之才，妹來省母，輒相見歡甚，自是唱酬無虚日。家有女甥、女姪，妹親指授詩律，藉以梳雪結愲消磨時日。俄而兩母棄養，芳珮從其壻遠宦京師，甥、姪漸次出閣，益復無聊，病不可藥，神離形蜕，卒於吾家〔二〕。

閨秀方芳佩《湛堂書幃詩跋》：杭夫人名澄，字筠圃，堇浦太史女弟。性貞静，嗜讀書，太史鄴架甚富，咸資其涉覽。間為詩文，自然合矩。適同里上舍趙萬暻，高才積學，蜚聲藝林，閨房唱酬，詩學更進。然深自韜晦，從不出以示人；即愛才如太史，未之知也。上舍文戰不利，從事筆耕，幕直隸之慶都。時夫人同懷弟世瑞外舅令新河，夫人因偕弟婦北上，聞上舍抱病垂危，亟往視。星馳數百里，值狂風驟雨，衣裝盡濕。比至署，上舍已逝，一慟幾絶。思以身殉，回顧繼起無人，且時當盛暑，於是忍抑勉為部署。衾槨含殮，婦而兼子職，勺水不入口，死而復甦者五晝夜。復竭蹶扶柩，關河險阻，跋涉維艱，抱病撐持，備極困苦，七易舟船，越三閲月始抵里門。緣肢體受濕，加之哀慟辛苦，遂成風痺痼疾。夫人無子女，上舍故寒士，初嗣叔父，後叔父亦年邁，攜一妾幼子以居，杜門不出。同懷兄萬曦挈眷居淮陰。夫人無所倚藉，歸母家，依諸弟守志焉。然疾雖作，尚能步履，間一歸省舅氏，修子婦禮。時趙氏三世八棺未營窀穸，夫人念舅老伯遠，子姓凋替，恐淹露日久，竭力圖維。丙寅春，得地雞籠山麓，書達伯氏，於是秋卜葬；憫老婢貞義，亦瘞於壙側。勞瘁悲痛，疾益深固。且矢志不欲居人世，因高堂戀戀，姑為遷延。兹則筋骨攣拘，發為流注，不能踐地，惟坐卧呻吟於床笫間。間與余詩文往還。憶自癸亥歲，太史奉太夫人僦居舍間，夫人時來定省，承念通門之誼，誨導殷殷，相得無間。固請其著述，始出此作及書幃詩見示。屢思奉和，恐初學貽誚效顰，因循未就。先將原作録入拙稿，並附書幃詩，窺一斑可知全豹，即夫人之清心逸致，亦見大凡耳。尚有《吟草偶存》二卷，俟徐購付抄。他日倘有力，當代刊問世。余因之有感矣。昔大家、貴嬪與孟堅、太沖彪炳千古，令輝、令嫺並明遠、孝綽棣萼聯輝，今太史之文章氣節超乎班、左、鮑、劉，夫人亦不在惠姬諸人下，顧没没無聞，不獲媲難兄傳不朽，豈得名亦有幸不幸與？且境遇之榮悴，又視昭、芬輩判然，乃知天之阨才，雖巾幗亦難免也。

詠蘭

猗歟芳蘭，此焉游處。香本王者，其何可語。當門恐鋤，入室誰與？或采其芳，將以佩汝。

壽母詞

仁壽古聖語，今益信其然。吾母有盛德，高行媲昔賢。紛華屏勿御，嗜好在簡編。丁年挽鹿車，偕隱厲貞堅。克相先君子，養志怡林泉。既復念同氣，安忍各一天。猗歟連理枝，同歸斯慰焉。效彼皇與英，共調琴瑟絃。恪奉堂上姑，甘旨罔所愆。内外諸姻戚，恩禮相周旋。貴賤殊一致，至性無黨偏。吾父先捐棄，中心恒悁悁。教子慈且仁，殷勤師三遷。閫範自可法，徽音難具宣。今歲届古稀，矍鑠勝少年。兒孫繞膝下，萊彩何翩翩。仲兄蘊經術，對揚聖主前。恩綸來帝闕，丹詔五色鮮。于以答慈惠，褒德福始全。癡女愧無似，陳詞徒戔戔。寸草雖有心，安報春暉妍。雙萱並秀挺，亭亭北堂前。長跪獻壽酒，願祝如增川。

書湛堂帳幃

嘗聞不朽世有三，緬維立德何其難。其次立功與立言，得一亦足泯訢慙。男兒事業差可數，不學為文便為武。武如李將軍彎弓，拔箭異域成大勳。文如司馬卿含毫，給札摛藻登天庭。得時而駕作霖雨，否則且隱南山霧。用可行兮舍可藏，屠沽耕釣安其遇。卓哉夫子清時英，襟期矯矯何可馴。抑鬱磊落歲復歲，便便腹笥難療貧。隱居不得安巖穴，奮袂還為四方役。天涯聞説盡名流，西園無忌能延客。揮手忽辭鄉國去，片帆高拂江天樹。閩中刀尺思悠悠，夢魂同到雲飛處。君不見，漢代梁伯鸞，攜手出秦關，五噫之歌滿天地，至今高節滿世間。又不見，匡廬峯，成都市，丈夫何必拘行止？溪山勝處足流連，適意便可終安矣。十幅生綃供卷舒，寫霧圖雲聊復爾。夜邀朗月鑑襟懷，晨聽流泉濯塵滓。雲山疊疊江水深，馳書千里索我吟。我非頌椒銘杖之鴻才，聊奉數語君朂哉。持身貴縝密，良玉以比德。我知君子心，其儀必如一。懷才會當有遇合，壯志豈能長隱逸？劉琨之雞祖逖鞭，願君努力時勉旃。或可致身酬夙昔，當使功名異流俗。他年拂袖歸田廬，買舟日泛西子湖。西子湖頭風景好，一丘一壑堪偕老。詩成為君書此幃，時時常得共光輝。

除夕

暮景飛騰急，崢嶸逼歲除。年華今日盡，病骨幾時舒。衰髩隨霜白，寒燈伴影孤。長眠泉下客，此夕定何如？

春日寄懷湛堂

晴煙漠漠柳絲絲，腸斷春江是〔三〕別時。千里相思兩行淚，三年光景幾篇詩。生涯似兔初營窟，蹤跡如蟬不定枝。却怪天涯久留滯，何年得遂鹿門期？

舟泊淮陰晚霽

淮陰城下郡門西，草徑荒涼客路迷。村落幾家茅蓋屋，野田一帶水平隄。櫓聲住處歌初起，樹色濃時鳥亂棲。争似故鄉風景好，兩峯三竺與雲齊。

燈下

不覺流光速，羈游情易傷。一燈空耿耿，愁與漏俱長。

秋海棠

寄跡牆陰畔，相思淚點紅。芳心無處訴，寂寞對西風。

夏日移榻讀書草堂

泠泠竹韻響南窻，六月清寒枕簟涼。不識人間有煩暑，悠然高卧近羲皇。

【校記】

〔一〕此後杭世駿《道古堂文集》（乾隆四十一年刻光緒十四年汪曾唯增修本，下同）所載此序有『今爲海豐林君鵬飛，交余厚』一語。

〔二〕此後《道古堂文集》復有數語云：『妹不宜子，兄公止一子，無可繼者。吾弟世順哀之，命子心仁主其喪，恐蹈紀人滅鄫之譏，葬畢而即撤之，權也，亦經也。妹詩二卷，手自謄寫，一以寄余，一以屬吾五弟之子友仁收弆，而未嘗輕以示人。余友吳城輯武林詩，汪啟淑選閨秀之作，皆有數篇見其集中。嗚呼，余兄弟六人，十年以來凋喪殆盡，姊與一妹皆先死，獨妹在，今又病亡。余以煢煢踽踽之身，視蔭偷息，何爲哉？雪涕爲此序，幸而傳乎，妹不死矣。』

〔三〕是：《兩浙輶軒録》（嘉慶刻本）作『欲』。

陳淑蘭 三首

字蕙卿，江蘇江寧縣人，適庠生鄧宗洛。後宗洛以失館抑鬱自沉於池，淑蘭時即欲殉，及繼子定、宗洛葬，仍雉經。著有《化鳳軒詩稿》。

《陳烈婦傳》：江寧有烈婦曰陳淑蘭，庠生鄧宗洛之妻也。祖坰能詩，淑蘭幼侍側，即學吟詠。鄧生雖才遜於淑蘭，而性端謹，床笫間搜句徵典，賓賓如兩學子然。家居萬竹園，余觀竹過之，淑蘭褰簾請見，曰：『讀先生詩，疑是古人。今幸同時，願為女弟子。』出其所作，清婉處故唐音也。居恒善繡，嘗繡兩絶句於吳綾，丐余詩序，余作駢體七百字以應。今年鄧生失授館所，意鬱紆不怡，六月四日投池死。淑蘭驚哭嘔血，夜即雉經。翁救之蘇，淑蘭亦悔，喈曰：『吾過矣！翁在堂，夫柩在室，繼嗣未定，非吾瞑目時也。』越半年，族人立嗣子霖，筮日為宗洛引輴。淑蘭有喜色，家人覺其哀減，禁防稍疎。十月二十日遣女奴瀹茗，掩扉而縊，端書几上云：『有子事翁，吾心安；郎柩既行，吾不獨生矣！』家人踢户入，硯墨未乾，爐中告天之香尚濛濛然有餘煙也。編其詩，得若干卷。

聞鐘

日落又黄昏，閉目匡床坐。聽得一聲鐘，萬古塵心破。

金陵感舊

玉樹歌殘不忍聽，六朝金粉半凋零。而今只有天邊月，曾向陳宮照後庭。

寄和會書屋

小院清香撲面來，拋針幾度立蒼苔。幽蘭亦有懷人意，素蕊微含不放開。

梁氏 一首

浙江新昌縣人，適同邑王茂芝。茂芝卒，氏矢志守節。

示志

裙釵自是一孤身，節比松筠不改真。父母豈知情誼重，願將完璧報良人。

《新昌縣志》：王茂芝妻梁氏，生一子，甫三歲，茂芝卒。氏誓死不二，父母微諷之，輒大慟。入粧閣，書衣衿云云。自是勤紡織，供姑甘旨。姑傷足痛楚，氏扶掖撫摩，揩拭臭穢，歷十餘年，姑忽起，行坐如舊，人以為孝感焉。

陳蕙芳十首

江蘇長洲縣人。能詩畫。浙江鄞縣人蔡天石遊幕吴門，慕其名，納為箆室。未及一年而寡，誓死不嫁，著《十孤詩》以見志，哭夫喪明。督學帥念祖表其閭曰『松竹雙清』。

十孤詩小序

氏系出太丘，家居滸墅。追隨蓮幕良人，嫁得中郎冷落。蘭閨薄命，悲同衛女。署紅鴛之牒，未滿三年；歌黄鵠之詞，尚賒一死。爰賦詩以見志，聊假物以抒懷。茹蘗飲冰，竊自附柏舟之作；拈毫弄墨，豈敢誇柳絮之才。

從來〔一〕聚散不勝嗟，日暮殘雲隴上斜。應是舊山歸不得〔二〕，獨留孤影在天涯。孤雲

幾許輕涼透素襟，月明庭院夜初深。人間莫嘆姮娥寡，一片清光照古今。孤月

亭亭獨立羨孤松，長向顛崖寄舊蹤。無數風霜無數雪，一生義不受秦封。孤松
歷盡冰霜節不磨，淚痕多少染湘娥。一竿截作高樓笛，吹徹陶家黄鵠歌。孤竹
流螢一點自徘徊，雨細風吹莫漫猜。猶憶緑窗人静後，與郎曾照讀書來。孤螢
故園春色已無花，瘦影匆匆日又斜。何惜抱香枝上老，向來夢不到鄰家。孤蝶
塞外秋高隻影寒，空閨愁思正漫漫。西風夜月江南路，錦瑟從今不忍彈。孤雁
繫得紅絲一縷新，半天疎雨社公春。尋巢不逐雙飛侶，為戀堂前舊主人。孤燕
夜深無語對銀釭，細雨疎風冷透窗。憑仗餘光耿相照，素帷留得影雙雙。孤燈
西風颯颯漏沉沉，歷落還聽空外音。用盡閨中如許力，更無人寄塞垣深。孤砧

【校記】

〔一〕從來：《國朝閨秀正始集》作『浮生』。

〔二〕不得：《國朝閨秀正始集》作『未得』。

袁氏 一首

浙江仁和縣人。適沈某。

責郭巨

孝子虛傳郭巨名，承歡不辨重和輕。無端枉殺嬌兒命，有食徒傷老母情。伯道沉宗因縛樹，樂羊罷相為嘗羹。忍心自古遭嚴譴，天賜黄金事不平。

《隨園詩話》：姑母嫁沈氏，年三十而寡，守志母家。余幼時即蒙撫養，凡浣衣盥面事，皆依賴於姑。姑通文史。余讀《盤庚》、《大誥》，苦聱牙，姑為同讀，以助其聲。嘗論古人，不喜郭巨，有詩責之云云。余集中有《郭巨埋兒論》，年十四時所作，秉姑訓也。

卷之七

程氏句

江蘇江寧縣人。適曹仙儔，兩載即孀，撫遺腹子成立。

句

今日呱呱當日血，寒燈孤影賦招魂。
此兒解事如能早，同穴何難速訂期。

楊錫紱《節婦傳》：程氏，江寧人。年十八適曹仙儔，未兩載而仙儔死。氏遺娠，越月誕一子。氏流涕賦四截，有句云云，聞者嗚咽酸感。氏翁死，力貧殯葬，為文祭奠，語更沉痛。曹氏無親屬，氏乃依母家，十餘年不聞言笑。未幾而孤殤，母家密為防護，氏乃得不死。今守節二十六年，年四十五歲。

王湘波四首

浙江仁和縣人，教授璞完先生之姊也。幼耽韻語。適永州司理張士箴兩銘，中年而寡。絶口不談詩文，以故著作甚妙。

萍鄉道中

水村山店總離情，愁聽千林杜宇聲。賴有不殊鄉國處，兒啼犬吠與雞鳴。

小有天園

宛似仇池愜帝心，琴臺百尺樹千尋。明湖多少承恩處，不及斯園雨露深。
處處亭臺儼畫圖，巖巒窈窕徑盤紆。若耶人遠如相對，秀色堪餐邁兩湖。
閑園寵錫嘉名後，嚴谷生輝瑞氣多。更喜羣賢賡御藻，一時秀句滿山阿。

徐氏 一首

江蘇上海縣人，徐文定公孫女，王昊之室也。

《上海縣志》：徐氏，生員王某妻，文定孫女。能詩畫。夫亡，棄簡籍，勤紡織，非祭祀不肉食。翁姑歿，足不履閫外。卒年七十九，守節五十三年。

素心蘭

國香言格不言姿，况有如冰似玉枝。我是終身端素女，相逢相對兩相知。

孔繼孟 四首

字德隱，浙江桐鄉縣人。適烏程國學生夏祖勤。青年矢志。奉旨旌表。著有《桂窻小草》。

馮浩《節孝夏母孔孺人傳》略：夏節母孔孺人，系出曲阜，世居浙江桐鄉。父康熙己丑進士，解州知州，諱傳忠，學者稱恕甫先生，余舅氏也；母宜人朱氏。節母其季女也。幼淑順柔嘉，讀書明大義。及笄，歸烏程國學生祖勤〔一〕，字稼知。稼知美秀多文，節母四德具嫺，兩姓尊長有『珠聯璧合』之譽。稼知制藝得名家風骨，視科第直俯拾地芥，一不得志，悲憤歎咤，遽致疾。節母以詠絮才怡顏柔聲，時慰解之，盡傾奩資助醫藥。疾革，籲天祈代〔二〕，而竟寡。節母年僅二十有八，生子耀曾，方五齡。呼搶號慟，瀕死數四，既而泣且起，曰：『舅姑老矣，無他子，一繦褓孫。吾殉夫死，父母及藐孤復誰之責也？』乃强自抑哀，奉舅姑倍恪順，鞠護耀曾周至。耀曾早充縣學生，文行重士林，固心谷之德教，亦半由母訓也。節母事稼知病時，徧搜閱醫家言，因粗通其術。歲癸亥，挈耀曾侍姑徐孺人赴麻城，耀曾傷寒，舟次無良醫，幾殆。節母細驗天時，探病由，察其進退，酌方飲之而愈。後耀曾屢疾皆然。從姑理內政，心谷以為能。既解組，授以家事，鉅細籌畫，皆獨任之。疾徐豐嗇，動與理協，心谷廉俸之餘無多，稍久已罄，不大形匱乏，惟節母善調劑焉。姑患風疾，侍湯藥，年餘不解帶。後先居姑舅喪，備盡哀禮。乾隆三十一年，邑士民條節孝事實，請於朝，得旌如令，年六十有四。

傷逝

腸斷思君子，悲哉逝水流。温文嫺禮樂，慷慨熟春秋。長嘯劉琨壯，深心賈誼憂。玉樓天帝召，千載恨難休。

白秋海棠

慣向西風展素粧，亭亭小立玉階旁。柔枝合綴湘妃珮，弱質羞薰賈女香。月底朦朧迷蝶夢，雨中寂寞斷人腸。更憐零落深秋裏，幾處殘叢傍夕陽。

柳絮

玉笛聲中未盡芟，尚教飛雪滿塵凡。悠悠若夢迷仙蝶，漠漠如煙鎖翠岩。散去天邊雲影合，浮來水面鏡光涵。謝庭飄颺沾唫筆，陳苑輕狂拂舞衫。嫩莢同鋪鶯亂啄，殘英共踏燕忙銜。餘情不斷離亭畔，猶自隨風送客帆。

送春

落花無跡怨春歸，寂寂空枝舞蝶稀。惟有呢喃雙燕子，殷勤依舊傍簷飛。

【校記】

〔一〕此句馮浩《孟亭居士文稿》（嘉慶刻本，下同）作『歸烏程雍正進士麻城縣知縣諱封泰號心谷子國學生祖勤』。

〔二〕此後《孟亭居士文稿》有『于歸至是得七年』一語。

周氏 一首

江蘇淮安府人，諸生周秉正女。適王啟正。詳見詩注。

題衣帶

此身無告到如今，世上人看也不禁。何如尋箇無常路，免得公姑苦掛心。

《淮安府志》：周氏，府學生員周秉正女，王啟正妻也。夫貧，變奩為生計。刲股療舅。夫大疾，藥餌無功，刲股不救。氏慟幾絶，中夜始甦，請其父殮之。夫亡後，飲食益不給，日夜針指盈案。三年服闋，請姑履墓。暮回，仍喪服，閉門縊死，留詩於衣帶云云，末附云：某物遺公姑為餬口，某物變賣為殯費。

鄭徽柔 一首

字静軒，福建侯官縣人，固安令善述女，知府鄭荔鄉先生之女兄也。少寡，守節四十餘年。乾隆年間旌表。

《福建通志》：鄭徽柔，固安令善述女。適監生陳日贊。日贊病瘵，氏割股以療。後日贊卒，矢志撫孤，苦節四十餘年。氏能詩，遭家不造，皆悲哀愁苦之音。與弟方城、方坤多所倡和。著有《芸窻蛩響集》。方坤序而傳之，時年七十有八。乾隆間旌。

賀人重宴鹿鳴〔一〕

手執異人斫〔二〕桂之玉斧，足蹈〔三〕大海駕柱之鼇頭。路傍觀者互嘖嘖，是何慘緑年少真風流！中年作宰不稱意，牛刀小試高人羞。拂衣歸里且却掃〔四〕，溪山詩酒，此外復何求〔五〕？以兹葆光養性享大壽，鬚眉如雪明雙眸。朝廷有詔待國老，大袍都紵杖則鳩。與新郎君旅進退，重聽鹿鳴之呦呦。

《香草齋詩話》：乾隆壬午，予年八十，復膺重宴鹿鳴盛典。諸戚友及四方郵寄各贈言，金薤琳瑯，盈箱積帙。予愧不敢當，而閨秀諸什，亦有可傳者。『手執』云云，鄭静軒句也。

【校記】

〔一〕此題《國朝閨秀正始續集》作『賀黄莘田丈重宴鹿鳴』。

〔二〕斫：《國朝閨秀正始續集》作『砍』。

〔三〕踏：《國朝閨秀正始續集》作『蹈』。

〔四〕却掃：《國朝閨秀正始續集》作『謝客』。

〔五〕以上兩句《國朝閨秀正始續集》作『詩酒而外復何求』。

方琬 五首

字宛玉，號少君，福建莆田縣人，諸生林樹聲之室也。著有《斷釵集》。

《蘭陔詩話》：少君博極羣書，事姑至孝。姑病，祈天請代，有詩誌感云：『代死祈兹夕，哀忱冀達天。頻將血淚拭，恐動見時憐。』年十九喪夫，冰霜自矢。青燈黄卷，自課其子，卒成名士。遺稿惜已不傳。

拜父墳

地下知還否，傷心一拜遲。積書誰可讀，生女亦空悲。草色秋霜變，苔痕春雨滋。無因攀樹哭，蕭瑟斷腸時。

戊子避亂舟中寄弟

野樹鳴蟬咽未休，蓼花蘋葉晚來秋。干戈滿眼驚殘夢，風雨傷心逐去舟。喪亂相依吾弟在，艱危無奈老親憂。更憐宿草青青塚，寒食新煙望裏愁。

寄從姊珮

為問雲中雁，新書寄若何？可憐褢褢字，已是淚痕多。永晝悲清瑟，輕寒怯素羅。一從相别後，畫閣忍重過？

春感

風雨前窻過，殘紅逐水飄。一枝春寂寂，留伴可憐宵。

看月

烏鵲驚寒兩兩過，梧桐一葉已辭柯。可憐此夜清輝滿，偏照愁人別思多。

范倩仙 一首

字貞女，湖北蘄州人。詩見《蘄州志》。

示嗣媳董氏

蘭閨獨坐轉淒涼，一縷紅絲恨未忘。今日冰心仍是昔，到頭終入女兒行。

金順 八首

字德人，江蘇吴縣人。適烏程中書汪曾裕。夫亡守節，後以哭姑嘔血而卒。著有《傳書樓集》。

【輯補】

金順《傳書樓詩稿》（乾隆五十八年刻本）雷輪序：予昔官京師，得與浙中士大夫遊，每樂道其鄉里才媛；其尤才且賢，搆攖家難死而為世所稱道者，則有吴興汪母金太安人焉。丙午夏，余奉命來守是邦，郡之名下士日相接，而嗣君静圃與予有同門誼，相知為深。備述其母夫人苦節，益信向所聞於日下者弗虚也。今母夫人下世已四十餘年矣，静圃仰承前志，飭躬敦行，尤篤念母夫人一生荼苦，輒涕隨言下。比者袖出一編曰《傳書樓詩稿》，則母夫人之所作也。受而讀之，裒集計百篇，古今體略備。蓋幼聽姆教，總角從師，觀其事雙親，友姊氏，則賢女也；觀其孝姑嫜，相夫子，以至悲失所天，支持門户，力排家難，則賢婦也。惜乎天不與年，不及見遺孤成立而德行兼備，俾後嗣克享其成，則又蔚為賢母。其他即景抒情，感懷賦物，迄未有無所為而言者，均得性情之正，豈《玉臺》、《香奩》之作所可方駕也乎？靜圃將謀剞劂，請序於余。予維表微闡幽，以之貞教維世，太守職也。如靜圃母夫人者，固當光諸史乘，流譽寰區，不徒以才媛目之，而靜圃不匱之思，亦將於是乎在。是為序。乾隆歲次癸丑荷月上澣知湖州府事西蜀雷輪頓首撰並書。

同集載鄭澐序：余於苕上陳子無軒交契垂二十年，無軒學養深粹，生平慎許可，獨時時稱其鄉之詩友汪子靜圃不置。余自黜官後倦遊燕薊，息影西泠，羅雀之庭，如聞足音，而喜靜圃違眾絶俗，訪余於僻巷之中。相見握手，歡如舊識，觀其言論風采，真氣盎然，不假雕飾，間復詩筒往來，亦且款曲備至，知其力學篤行，固深有見信於無軒者。今年春，靜圃書至，寄示其贈母金太安人《傳書樓詩稿》及其大父復亭先生所作家傳，屬為序言，弁之卷首，俾付剞劂。余受而讀之，竊歎太安人之齎志没地而靜圃之用心為不可及也。方太安人稱未亡時，靜圃尚在孩稚，族人之覬遺産而蓄陰謀者，虎視狼貪，直以寡婦孤兒為几上肉耳。太安人於憂危盤錯之際，宣鬱達情，形諸篇什，一以沉痛真摯出之。其他賦物寄懷之作，類皆發抒至性，不以妃青儷紫擅長，所謂松桂媲其堅貞，冰蘗同其清苦，令百世而下誦其詩者莫不愀然以悲，油然以感。語云：『詩三百篇，皆聖賢發憤之所為作。』意在斯乎？而靜圃以單門多艱之身揞拄承家，自少及壯，及追慕之切，搜集之勤，獨能於數十年後守其遺稿，用授梓人，以光先德。節母之生，必為孝子，天之報施善人，其理固當如是。猶憶昔年於無軒案頭偶見靜圃《菊花十二絶》、《吴興竹枝詞》，寄託自深，波瀾莫二，益信淵源有自，得之慈訓為多，以視世之墮棄先業，老大傷悲，皮父書而卒不能讀者，其於為人賢不肖何如也？序成，報書歸之，並質無軒，其亦以余為知言否？乾隆五十有八年龍集癸丑春仲下澣真州瓠園居士鄭澐謹序。

同集書末其子汪尚仁跋：嗚呼，此先太安人《傳書樓詩稿》也。太安人生有異徵，外大母夢雛鳳投懷，乃娩。幼而聰慧，師外大母族人桐溪朱價城先生，受《孝經》、《論語》、《毛詩》，咸通其義。女紅之暇，惟喜讀書。侍外大父崙圃公刊《青丘》、《清江》諸集，輒能成誦。拈題吟諷，風格老成，外大父每奇之。年十九，歸先君子中翰公。孝尊章，敬夫子，理家政，花晨月夕，間及篇章。迨先君子早世，旋攖家難，血枯心瘁，亦往往寄諸聲詩，而不欲以韻語見長。且以內言為戒，其所存者殆十之二三耳。尚仁甫九齡，即遭太安人慘變，及長知求遺稿，乃於鏡奩脂帙中集得百篇。每篇一繙誦，淚下涔涔。而尚仁年過五旬，懼將失墜，因付諸剞劂，冀垂後昆，俾知太安人以貞性至情發為詞藻，言懷托物，致孝盡慈，非漫為塗澤者所可同年語也。乾隆五十有七年壬子春日男尚仁謹識。

金順《傳書樓詩稿》（光緒四年《荔牆叢刻》本）載趙棻跋：先祖姑金太宜人《傳書樓詩稿》一卷，先舅靜圃府君屬同里陳無軒先生焯選定手寫刊行，並附以《題辭》一冊。當世士大夫為詩文以闡揚懿行者不啻數百人，唯長洲李客山先生果所撰《金孺人哀辭》，其序云：『節孝金孺人，吳之太倉人，光祿寺丞金崙圃女也，嫁烏程汪中書曾裕。翁部郎復亭，姑金宜人，即崙圃姊，愛孺人淑慎而嗜書，聘為媳。年十九歸汪，相夫以儉，事舅姑盡孝。乾隆乙丑曾裕官京師，既抱疾歸，旬餘而殁。逾年遭姑喪，舅亦邁甚。族有覬覦者獄起，孺人籲官置之理，而謀益肆。憤與毀交積，乃病。病甚，痛不能長奉舅甘旨，且悲夫姑未葬，子在弱齡，淚涔涔下也。於是族黨咸歎息以為難。』此數語簡括明盡，如騏驥一呼，萬馬皆瘖矣。至部郎府君，諱熲。中書府君，號雲溪，入都服官在乙丑，其卒則在丁卯五月。崙圃先生諱檀，雖居太倉，而籍隸桐鄉，嘗校注《高青丘集》，世所稱文瑞樓本是也。太宜人諱順，字德人，母夢雛鳳投懷而生，承其家學，故自幼能詩。方家難之興，先舅僅六歲，太宜人扃之樓上，去其梯，每飲食，必先嘗而後與之，始得免於毒害。故《病中感賦》有句云：『龍泉趨死易，虎尾立孤難。』皆《哀辭》所未及詳者。又太宜人孀居三載，卒於乾隆庚午正月，年止三十。當時以與『守節已閱十五年以上或年四十而殁者，得表其閭』之例未符，僅采其事蹟入府、縣志。迨咸豐初元，乃以新例即據府、縣志所載，得邀旌表，此則必當補書於冊後者也。詩凡九十一首，汪氏《擷芳集》、沈氏《别裁集》、阮氏《兩浙輶軒録》、陳氏《湖州詩録》俱嘗入選；《江蘇詩徵》亦選數首，以為吴縣人，誤也。咸豐癸丑三月孫婦趙棻謹識，元孫壻趙莘填諱。

寒甚

雨住風尤緊，雲陰〔一〕寒更嚴。預占天釀雪，時見雀争檐。獸炭煩〔二〕添火，蝦鬚鎮下簾。餅梅自無恙，香氣〔三〕尚留甜。

柳

細柳千絲發〔四〕，寒煙一抹生。小橋陰乍合，官道雨初晴。翠帶娟娟浄，黄鸝箇箇鳴〔五〕。撫心松柏在〔六〕，不羡爾輕盈。

題管夫人畫竹

墨妙由來數仲姬，閨房静對寫風枝。王孫若解淩霜節，合署鷗波老畫師。

梅花絶句

數點寒英雪外明，獨傳高格歲崢嶸。最宜鐵石摹枝榦，底事腸回宋廣平？

對月漫興

重簾初捲篆煙香，冷淡銀蟾皎潔光。秋月果勝〔七〕春月好，泬寥天氣夜方長。

水晶宮外〔八〕色蒼茫，七寶修成玉宇涼。徑欲乘風天際立，廣寒深處聽霓裳。

金波是處瀉盈盈，望裏煙雲畫不成。知己劇憐青女獨，寒螿更與奏商聲。

一片琉璃碧海橫，倚闌偶爾〔九〕意難平。嫦娥〔一〇〕縱使貪仙去，肯就人間竊藥名？

【校記】

〔一〕雲陰：金順《傳書樓詩稿》（乾隆五十八年刻本，下稱乾隆本）作『陰重』。

〔二〕煩：乾隆本作『頻』。

〔三〕香氣：乾隆本作『香味』。

〔四〕發：乾隆本作『嬝』。

〔五〕箇箇鳴：乾隆本作『故故鳴』。

〔六〕在：乾隆本作『古』。

〔七〕果勝：乾隆本作『勝於』。

〔八〕水晶宮外：乾隆本作『水雲鄉裏』。

〔九〕倚闌偶爾：乾隆本作『畫欄徙倚』。

〔一〇〕嫦娥：乾隆本作『姮娥』。

程天麟 一首

福建興化縣人。

任母吴太君詩

苦節人樂稱，不知苦之程。破鏡年二十，母與我同辛。鉛華夢弗御，檻竹血長凝。紡賜供甘膳，丸熊訓遺經。潔牲虔鬱祭，疊土大壙塋。飲冰到垂白，雙鶵幸知名。予嫠硃而石，母德瑶與瓊。硃石微光黯，瑶瓊寶氣榮。焰廻神顯異，澄鑒井昭靈。鄰不戒於火，焚數十家，延及太君之室。太君守兩世殯棺，不肯出，忽風返火滅。家有古井，忽清洌見底者七日。桂子看飄月，蘭孫喜列楹。繡使陳芳躅，彤庭大表旌。景行何以慰？清歌寄玉琴。

李氏 一首

湖南新化縣人。幼孤。聞兄讀書，自知向學。適吴承柴，夫亡殉節。

絶命詞

自古争稱令女賢，輕塵棲草動人憐。孤凰心已成灰久，尚忍粧臺整舊鈿？

《湖南通志》：吴承柴妻李氏，新化人。甫三歲，父亡，隨兄奉孀母楊氏附居舅氏家。聞兄讀書，氏默聽，即能成誦。舅氏異之，教以經史，悉解大義。及適承柴，事翁姑，甚得歡心。承柴病，氏百計調護，衣不解帶者數月。籲禱，願以身代。遺腹生一女，不育。翁姑欲奪其志，卒不可。歸依母氏，常繡一帕曰『吴門李氏』，密藏之。既終夫喪，竟自經死，掛繡帕胸前。作《絶命詞》云云。

沈飛霞二首

浙江桐鄉縣人，適石門吴起代。早寡。著有《繡餘殘稿》。

柳

淡淡鵝黄細細絲，舞餘時困小腰肢。隋堤春色初連水，灞岸晴光已滿枝。弱絮籠煙鶯語滑，柔條過雨燕穿遲。曉風吹醒三眠未？詎望章臺妬翠眉。

題畫

野水平橋方日暮，山人倚杖來還去。試覓春光在何處，落花茫茫鳥啼樹。

陳氏二首

湖南益陽縣人，適鄒代理。生子甫一歲，代理捐館。念兒未能斷乳，强生年餘，卒自經殉。

夜聞孤雁

深秋白露下三更，枕上遥聞一雁聲。舊侶不知何處覓，可憐清夜獨哀鳴。

絶命詞

心頭已是灰，眼底空流血。不作未亡人，與君同一穴。

《湖南通志》：鄒代理妻陳氏，益陽人。年二十二于歸。生子勳位甫一歲，代理臨危，相對涕泣，氏曰：『夫子以母老、子稚、妾少為慮耳。母老，委諸叔；子稚，托諸姑。設有不諱，妾當相從於地下耳。』代理没，念兒方待乳，未即死，而志終不改。曾於秋夜聞孤雁，賦云云，録諸靈右，抱其子朝夕泣奠。未幾，有勸之改嫁者，陳艴然曰：『我所以不死者，為幼之故。今已歲餘，吾志可行矣！』是夕自經，年二十五歲。有《絶命詞》云云。

顧瑞麟 四首

字六昭，自號甪里畸人，江蘇甘泉縣人。適任生。著有《焚餘鐫》。

張存仁《焚餘鐫跋》：《焚餘鐫》，六昭夫人詩也。夫人，邗東望族，幼能文章，工繪事，女紅稱絶，而尤長於詩。笄年歸任氏，五年而孀，撫孤又五年而殤。或恤其少，勸之改適。里中顯貴欲與締姻，夫人不但志矢柏舟，而視殞其軀，真不啻若輕塵弱草焉。平時吟詠甚富，自為未亡人，悉取存稿焚去。後三十年，幾甘心於茗香繡佛中矣。噫！有人如此，忍令其泯滅以終耶？其尊人與余友善，得未燼數章。余憫其才，傷其遇，嘉其志，敬為之梓云。夫人姓顧氏，諱瑞麟，六昭其字也，號角里畸人。

秋夜

雨過風初静，天高雲自流。砌蛩吟午夜，街鼓報三籌。寂寞空樓冷，蹉跎久病秋。何當今夕月，渺渺向人愁。

村居

門掩垂楊野岸東，小橋曲折一蹊通。青山隱隱浮螺黛，流水汕汕浸玉虹。得趣花香鳥語外，會心初日暝煙中。幽居頗與閑相適，榮落何妨付化工。

雨中荷花

空濛細雨暗重湖，翠蓋紅蕖望有無。已辦〔一〕藕香殘作粉，忍看清淚迸如珠。

秋宵有感

細雨斜風滿院秋，海棠花老戀枝柔。無情青女還相妬，砌冷苔荒總是愁。

【校記】

〔一〕辧：《國朝閨秀正始續集》作『辨』。

李氏三首

河南安陽縣人，高唐州州判李黄次女。適黄明經履平。性寬洪，喜怒不形於色。精岐黄。輕財樂施。著有詩集。

杪冬淇邑感懷

寥寥書館客中居，況值窮冬百事疎。薄枕憶家千里外，寒窻兀坐五更初。飄零木葉侵幽徑，落寞霜華滿敝廬。時繫寸心歸未得，殘鐙挑盡獨躊躇。

夜聞二子讀書

節届清和夜氣涼，蟾光皎皎映書堂。吾兒頗奮螢窻志，惜少熊丸教子方。

思親

秋風拂檻氣蕭森，兀坐紅窻思轉深。烏鳥尚然知反哺，吾生却愧不如禽。

《農隙筆談》：河南安陽縣人高唐州州判李黄次女李氏，適黄明經履平。能詩善醫。痛父無嗣，迎養十餘年。因父有軒名『得得』，遂以『繼得』名其室，以志不忘。有《繼得軒思親詠》，其詩不甚佳，然孝思可嘉，慢識於此：『孝父名齋得得連，膝前無子紹薪傳。女兒欲報劬勞德，繼得烏絲達九泉。』

許德瑗 六首 句

字素心，號竹軒，福建晉江縣人。善丹青。適何某，夫亡守節。著有《疎影樓稿》。

芍坡汪新《疎影樓稿序》：蓋聞門風綺麗，曹則大家；品藻芳華，左惟嬌女。書生不櫛，競誇名閥於汝南；才子掃眉，樂誦清芬於梱內。然而柏舟致詠，衛女傷心；黃鵠興歌，陶姬苦節。從來福命，大抵相妨。緊惟許氏，毓質儒門，鍾靈海嶠。趨庭他日，伏女則口授三墳；毀齒童年，令嫺則名高諸姊。銀釭夜熌，酷摹屈宋曹劉；繡閾春明，兼寫荊關董巨。洎乎鑾天隨宦，遲愛日於珠江；遂爾官舍齊牢，締同心於花縣。參軍新婦，喜兩美之相遭；鴻案張眉，誓百年而偕老。擘花牋兮裁句，揎彩袖兮揮毫。固知南國有佳人，居然獨立；還羨東方之夫壻，允矣比肩。夫何月不終圓，天偏多憾。共命之鳥孤棲，連理之枝忽折。鼓瑟鼓琴之會，聲斷鳴絃；淒風淒雨之辰，影沉破鏡。況復椿萱並謝，日韜彩以無暉；蘭玉旋凋，蓮抱心而更苦。啼猿盡血，淚竹咸枯。此則韓娥絕唱，聲因激楚而彌長；劉女善懷，詞以悲哀而益至也。僕觀風閩海，問俗榕城，夙仰清操，雅欽鴻製。矢貞心於冰雪，臺昰懷清；挹秀氣於門楣，風貞林下。傳來好句，足敵江南色絹之工；諷徧瑶章，盡洗百里臙脂之陋。加以劇言苦句，永歎長號，讀未終篇，淚將盈手。想屑瑟於蕭晨，吹殘故擇；尋寂寥之知己，伴結寒梅。爰綴俚詞，用題新詠。此日姬姜憔悴，片玉誰收常璩之編；他年彤管馨香，兼金定重雞林之價。〔一〕

【輯補】

許德瑗《疏影樓稿》（乾隆刻本）載林喬蔭《何節婦傳》：節婦名琛，字德瑗，別自號素心，侯官許氏女。其先世出宋狀元丞相文定公。明季有名豸者，為浙江提學，有聲。提學之子曰友，當國初時以三絶擅名，學者稱甌香先生。甌香之子曰遇，知陳留、長洲二縣。遇之子曰鼎，雍正癸卯舉人，知遂昌縣。鼎之子曰良臣，與父同歲舉，歷官廣東縣令、州牧，終澳門同知，則節女之父也。節婦幼聰慧，能詩，工書畫。隨父宦粵，許字同里何元祥之次子燧隆。何故巨家，饒於貲財，海舶往來諸夷島貿易，遇風覆舶，貲盡没，其家遂貧。元祥之妻早卒，乃挈其長子光年及媳旅食於吴，而使燧隆就婚於粵，時乾隆壬申，節婦年二十有二。燧隆素有勞瘵疾，日從事醫藥。居二年，育一女，以痘殤。乙亥燧隆卒，無子。節婦欲以身殉，為父母所持，不果。庚辰父罷官，節婦隨夫柩歸里，何氏已無宅，仍依父母以居。會光年有子二，立其次鐸為嗣。未幾父母偕殁，節婦益困，所居許氏宅東垣外小樓一間，一蓬頭老嫗應門執爨，庭植梅竹，自扁其樓曰『疏影』，日焚香觀書，間展紙作畫，自題小詩其上。先時節婦畫工花鳥草蟲，至是乃專寫梅竹及寒菊數枝，具蒼涼疎古之致，詩亦直攄胸臆，不藻飾規橅以為工，其『素心』之號亦自是始著也。今湖北布政使陳公、貴州布政使汪公、廣東瓊州守福公先後官閩，其夫人皆耳節婦名，相與禮重，結為文字相知，及去，皆厚資之，故節婦藉以自給。辛卯元祥卒於吴，又數年光年父子相繼死，鐸亦旋夭。節婦乃大慟曰：『吾所以忍死三十年，徒以翁及嗣子耳。今俱已矣。姑之柩權厝荒山已四十年，今翁柩復在吴，誰當為營抔土者？』因出諸所資贈餘金，買地治具，馳書於吴，促其姒扶翁柩歸，與姑合葬。又為燧隆治家，而虚其右穴以自待。土石之費不足，則盡鬻衣釵圖書之屬以成之。葬之日，髽絰登山，哭踊覆土，僅煢煢一弱婦。匠役及山旁居人聚觀，交口稱歎，有為之隕涕者。既復念祭掃無人，丘隴終不可保，則寫梅竹一幅，系以一詩，贈山人劉長宜，而托之守墓。詩有『竹梅聊當子孫賢』之語，見者哀之。於是節婦年五十九矣，善病，時起時卧，即詩畫亦不常作云。林喬蔭曰：許氏自提學以下，代以詩畫仕宦顯其家，七世同居。乙巳聞於朝，獲邀御製詩及御書扁額之褒。節婦之於詩畫，固濡染者深，而其能持大節，亦無愧義門世範哉！　余於許氏世有親，節婦之祖父又與余外祖為同年友，故節婦與余母相愛若姊妹，余因得以知其詳。嘗從容語今巡撫徐公，欲為之請旌，且謀置嗣。節婦聞之，愀然曰：『吾寧不抱不祀之痛哉？　顧何氏子姓凌替，孰可嗣者？　且吾為何氏婦，不及事吾姑翁，復遠客於外，吾未嘗致一日之養，又不能撫孤子以成，偷生視息，愧憾多矣，尚奚足邀朝廷盛典乎？　亟為吾固謝大人。』及聞余將為之傳，則又曰：『吾即死，瞑目矣。』嗚呼，是尤可悲也已！

記事珠

小樓獨坐，感逝傷離，不覺廢書三歎。以淚和墨，成此長歌，聊當一哭云爾。

年來閉户深存拙，半卷殘書自怡悅。偶餘一慨於所天〔二〕，歸去何年得同穴。忽驚〔三〕世態生波瀾，觸起愁懷轉嗚咽。雁鴻飛不到重泉，無限哀情衹自説。憶初隨宦嶺南鄉，萱花椿樹喜〔四〕高堂。兒來〔五〕閩海攜輕棹，官閣和鳴賦鳳凰。鴻案相隨吟二南，不諳紉組每生慚。聽君讀史添金鴨，露濕花稍月〔六〕已三。風雲世事原難測，瘦沉腰身病魔逼。海氛瘴雨不相宜〔七〕，地僻難尋扁鵲醫。魄散魂飛期有望，生離死別不勝悲。一病堪憐扶不起，煢煢此身無所倚。傳言天上玉樓成，夭折青春廿六紀。結縭屈指一霎那，變換滄桑喚奈何。玉奩劈破菱花鏡，淚血斑斑嗟薄命。今朝伯道竟無兒，四載蘋蘩莊且敬〔八〕。高堂親老鬢成絲，辜負深恩朝夕悲。三齡孌〔九〕女看阿保，靈几添香知拜禱。也知問字學吟哦，賴汝晨昏慰〔一〇〕煩惱。吁嗟作此未亡人，偷生因念畫堂親。從今寡鵠孤鸞泣，相約梅花作比鄰。阿兄有子鳳毛器，坦我東床遂所志。藉此聊消一綫愁，不料還為天所忌。如珠一女忽〔一一〕痘殤，命舛又遭雪上霜。返魂香冷空垂淚，續命絲無枉斷腸。阿兄含淚攜嬌女，為憐岑寂吾與汝。喜兒賢孝性端莊，燈前夜夜勤機杼。萍蹤東粵遇仙真，胡氏聯芳喜宿因〔一二〕。子許門楣成眷屬，又訂金蘭為手足。梅花開候月明時，花下敲詩相和續。忽聞老父掛冠遊，惆悵分羣萬斛愁。五羊城上雲遮嶺，一棹離情到福州。舅氏吴門眠食好，先姑早返蓬萊島。愁人到此斷肝腸，且侍椿萱共寒燠。何期父母又仙遊，鞠育劬勞痛未酬。每為命薄屯邅女，好景常教老淚流。病懷愁緒添悽楚，親去哀兒更失所。是因是果兩無知，哭向蒼穹為我語。嚴親宦海囊蕭索，遏末封胡窮落魄。友愛將予數畝田，略充饘粥供朝夕。為君立嗣承君後，教以詩書求益友。只愁不克負家聲，殘生深愧為君婦。不逐金釵遊翠陌，不歎花晨與月夕。布裙椎髻頗自如，靈府清虚似白璧。一椽棲止兄弟〔一三〕家，姊妹頻過坐月斜。話來舊恨添新怨，揮淚濡毫腸寸斷〔一四〕。寫此詞名記事珠，滿紙巴詞如草蔓。

歸猿洞元韻

遥望青山畔，嘗留萬疊雲。自從歸古洞，不復憶羅裙。露滴松花落，風來蕉葉紛。仙踪惆悵遠，清磬月中聞。

酬胡卧雲姊見贈元韻

年來無夢到塵氛，祇有情牽嚮卧雲。楊柳風微春試茗，梧桐月冷夜論文。莫言回首東西別，且喜聯牀〔一五〕上下分。擁卷每嗟知己少，半生深慰得逢君。

新秋書懷

世態浮雲送落暉，蓴鱸雖美與誰歸？半林暮雨蟬初噪，小院梧桐葉始飛。愁到濃時醒似夢，病來好景是還非。餘生生計知無那，漫嚮西風聽搗衣。

畫梅寄石蘭姊

傲骨生來耐歲寒，可憐零落惜香殘。當年松竹清陰好，百匝巡簷月下看。楚天望斷雁行分，消息沉沉渺不聞。詩思暗香和月冷，五更夢覺便思君。

句

文章退之筆，詩句玉溪篇。藍榜重開日，蟾宮再拜年。

《香草齋詩話》：乾隆壬午，予年八十，復膺重宴鹿鳴盛典。諸戚友及四方郵寄各贈言，金薤琳瑯，盈箱積帙。予愧不敢當。而閨秀諸什，亦有可傳者。如『文章』云云，許石泉女德瑗句也。

【校記】

〔一〕此序許德瑗《疏影樓稿》（乾隆刻本，下同）末署『甲午冬日仁和汪新題於三山試院之友清軒』。

〔二〕此句《疏影樓稿》作『忽然掩卷慨所天』。

〔三〕忽驚：《疏影樓稿》作『嗟嗟』。
〔四〕喜：《疏影樓稿》作『蔭』。
〔五〕兒來：《疏影樓稿》作『兒夫』。
〔六〕月：《疏影樓稿》作『更』。
〔七〕此句《疏影樓稿》作『海風𡼖雨不堪宜』。
〔八〕此句《疏影樓稿》作『妾奠椒漿枉莊敬』。
〔九〕變：《疏影樓稿》作『鑾』。
〔一〇〕慰：《疏影樓稿》作『伴』。
〔一一〕忽：《疏影樓稿》作『還』。
〔一二〕喜宿因：《疏影樓稿》作『有夙因』。
〔一三〕兄弟：《疏影樓稿》作『弟兄』。
〔一四〕寸斷：《疏影樓稿》作『寸寸』。
〔一五〕聯牀：《疏影樓稿》作『連牀』。

王氏四首

江蘇吴江縣人。適震澤庠生張嘉瑾。

茅應奎《絜吴囊》：宣城孝友古處克並仲兄岵瞻，亦見稱于楊園先生。節媛年少而孀，守節自誓，動必以禮，治家甚嚴。後謀葬夫，族姪受奇捐地助葬，墳成尋歿。詩雖不多，亦可追踪薄少君矣。

哭夫廿六首選四

沓沓紛紛户外傳，素車白馬盡名賢。猶疑講習如曩日，忽感存亡淚似泉。

夫歿半年連子失，每思泉下斷愁腸。幸分仁粟供朝夕，哭奠靈床詎敢忘？

兄弟傷予病勢危，詎知吾意悔亡遲。祇因未葬還偷息，窆後纔為畢命時。

憶自初旬拆鳳凰，爾時我亦病膏肓。遲廻終欲隨君去，豈肯貪生作未亡？

陳守範十二首

字静閑，浙江海寧州人，兵垣存理公長女也。適錢塘諸生顧宜曾，結褵四載而寡。能制舉文。著有《静閑遺詩》。

陳皖永《讀從姪女静閑遺詩志悼》詩：『霜霰侵凌松柏姿，那能留得歲寒枝。老人怕讀傷心句，正值愁多難理時。』『羸卧空閨病不痊，淒涼有淚日涓涓。多愁多感無從説，不欲人憐祇自憐。』『深掩孤幃泣歲華，冰霜清節共稱嗟。雪中梅尚無心看，何況春風桃李花。』『巾帨遺詩託藐孤，因憐癡小累君姑。金環珠飾緘封密，意比兼金淚比珠。』『含飴顧復定如琛，矢報恩環意自深。斷句無多留淑德，孝慈已見一生心。』『得報春暉盡孝思，倡隨二館傍嚴慈。舅姑帶水常縈念，滫瀡殷勤奉歲時。』『玉潤乘龍得幾年，東牀空後倍相憐。庭闈珍惜珠擎掌，碎比荷盤露不圓。』『玉臺佳句少人知，斷璧零璣祇兩詩。道韞清才吟白雪，茂漪妙格寫烏絲。』『名擅閨房秀絕倫，神如秋水淡無塵。于今復見顧家婦，玉映清心又一人。』『莫歎遺詩祇數行，詩成應斷九廻腸。寄言泉下休惆悵，彤史今傳姓字香。』

病中送春

帶病攜愁淚滿襟，芳春飄泊自沉吟。去隨流水無心問，別向空牀有夢尋。詩寄梨花經雨瘦，酒澆芳草和愁深。更闌無語空惆悵，簾影交横月滿林。

新秋夜登溪樓弔乩仙清揚

角聲吹漏夜涼輕，客況蕭條夢未成。紅蓼月高新燕度，黄蘆風戰戲魚驚。起開閑閣詩懷遠，獨倚危闌秋思清。千載白雲空碧落，人間何處話長生？

春思寄懷羽步

幾日春殘景愈清，滿山新翠落花輕。江風自引桓伊笛，嶺月時聞子晉笙。鄉夢不隨賓雁斷，客懷應向暮雲生。年年憔悴芳華冷，書劍天涯悵別情。

楓江舟次寄西泠錢夫人

長路關心景色凄，片雲雙鶴偶相攜。筆牀夢逐西泠路，畫艇魂消虎阜隄。山翠滿窗人獨倚，萍香夾岸鳥争啼。行囊檢點詩千首，半是西湖別後題。

村居秋夜

戢影蓬蒿厭得名，閑吟長伴草蛩聲。平溪月上魚無夢，深樹雲來鳥不驚。世慮漸消秋氣爽，山花欲放旅魂清。從今我欲乘風去，好和緱山子晉笙。

閨怨贈芳娘

雲鬢蕭疎影，秋燈慘淡容。一經離別後，針線冷餘紅。

不道腰肢減，俄驚帶縷長。當年嫁時被，悔殺繡鴛鴦。

枕冷驚秋夢，爐閑幾月香。不争南圃樹，猶得近東牆。

寄龔静照

詩狂生性與君同，遺世搜奇興不窮。見説緑窻嫺劒術，白雲深處禮猿公。

自入秋來興未闌，客窻酬和墨雲殘。壺中别有閑年月，篋裏陰符夜夜看。

秋閨

蕉窻無夢月痕低，玉簟香闌淚影凄。促織不知秋有恨，夜深偏向短垣啼。

寄翠蝶戒指與姑因作

病危朝露意難痊，撿點箱奩滴淚涓。微物一枚留作念，靡依孤稚望垂憐。

汪氏 一首

浙江蕭山縣人。適同邑王鉽，結褵五載，鉽故，矢志守貞。

臨終作

白首完貞日，青燈歸逝初。萬千難記囑，但守五車書。

《蕭山縣志》：庠生王鉽妻汪氏，年二十歸鉽。奉舅姑，得其歡。結褵五載，夫卒，遺孤洪源方四歲。膝下親授句讀，長延名師教之成立。嘗謂：『遺金滿籯，曷若傳一經以綿先緒？』乃命洪源陸續購書，至數萬卷，藏之一樓，曰：『是汝父志也。』明大義，不佞佛。於義所當為，如造石塘、施棉衣，捐貲傾筐，亦所弗恤。守節二十七載。臨終口占一絶云云。雍正二年題旌。

范景姒 一首

直隸吴橋縣人也。著有《冰玉齋詩集》。

《池北偶談》：吴橋節孝范氏，名景姒，文忠公景文女弟也。好讀書，通經史，尤工書畫。繪大士像，彷佛龍眠。有

《冰玉齋詩》若干卷。歸同邑王世德，二十而寡。年三十九卒。文忠撰墓志，見集中。

【輯補】

范景姒《冰玉齋詩草》（乾隆二十七年刻《王氏録存詩彙草》本）王實堅跋：《冰玉齋詩草》，先高祖母范太夫人所著也。太夫人爲文忠公女弟，歸高祖完初公而寡。後挈家往依文忠公于南樞，未幾抱疴歸，至清江浦而卒。蓋百有餘年矣。癸酉春，蕭山家具區，下榻家墅，語及太夫人詩已無存者，時爲惋息，堅忽憶兒時于廢帙書籤中曾見有謂《冰玉齋》者，搜之，得此卷詩一十四首，乃太夫人手書『己卯南樞署中作』也。夫以太夫人節孝能詩，海内名公宗匠，諒無不知有太夫人者，奚俟堅之瑣瑣爲？獨念詩文顯晦，類有數存。是集從太夫人歿後鼎遷喪亂，以至于今，其間故家世第，金相玉軸，寶器圖書，散爲雲煙者，何可勝數，而是集以一二存；以堅之幼孤，見而不知其爲何者又十餘載。今得付之剞劂，蓋亦太夫人在天之靈若有鬼神呵護于其間。雖寥寥數篇，而太夫人之節孝苦心，已具見矣。乾隆甲戌正月中浣元孫實堅謹識。

張雲六首

字荊素，號友煙，浙江秀水縣人。適曹廷柟，夫亡守節。著有《荊素閣詩稿》。

題畫

翠嶂煙林疊復稠，黄茅亭子枕溪流。如斯勝境知何處，讀倦焚香且卧遊。

素絲篇贈沈貞女

吴蠶出素絲，一束白於雪。紝為新袹衣，服之本自潔。誰成錦繡段，採茜復𠠝蘖。五色雖相宣，素絲有時涅。素絲有時涅，妾心終不移。髀鬢侍阿母，不搴繡閣幃。女紅勤作息，禮節遵書詩。白頭有痾癢，調護無暇時。一朝既許字，永結連理枝。羊車雖未駕，同牢百歲期。豈意雙鴛鴦，永夜竟孤宿。攬涕飾笄髽，蓬首不暇沐。登堂仍事姑，梨棗等旨蓄。慰姑得少安，依然豁兩目。長年盡婦職，白璧無點瑕。茹荼食蓼苦，堅守何怨嗟。身存貴矢志，一死焉足誇。

春感

何事停針刺繡慵，香消玉骨恨無窮。鶯歌巧囀争新緑，燕翦平蕪妒軟紅。辜負春光空望石，迷離煙景泣孤桐。含毫難寫湘妃怨，盡在啼珠血淚中。

七夕

玉露初零漢殿秋，晴空雲斂夜光浮。銀河好證千鈞誓，眉月長藏萬斛愁。天上雙星欣鳳侶，人間比翼冷鸞儔。仙蹤會合旋離别，迢遞經年恨未休。

感懷

堪慟英雄七步才，永辭鳳閣入仙臺。傷心忍棄松筠操，夜月孤燈首重回。
愁腸百折首飛蓬，頻聽鵑啼淚滴紅。静憶儀容猶在目，堪憐何處盼歸驄。
香盡金猊冷細塵，鶯歌燕語並傷神。鴛湖風景依然是，不見當年酬倡人。

許在璞 五首

字玉仙，一字企瓊，號冰壺，江蘇常熟縣人。處士許灝女。適國學生陸敘臣。著有《小丁卯集》、《茹荼百詠》。

沈宗伯德潛《小丁卯集序》略：予讀許玉仙《茹荼百詠》，歎其多丈夫之行，而志之苦尤令人悲也。初許字吾鄉陸君敘臣，時父已没，憔悴窮慼，貧女難嫁。既歸河南，而敘臣多疾，時呻吟床褥間。撫前婦二子極慈愛，而或以王祥後母搆之，卒含忍，不以自白。迨夫亡，益伊鬱無聊，乃一以詩發之。悲嚴父之見背，遡仲兄之友愛，盡夫存歿之分，畢子婚姻之重，凡孝友敬慈，一一於卷帙中見之。而生平貞潔之操，又寓意於《梅花百詠》中。標其奇格，雕琢不加；挹其清芬，繁蕪悉剪。如湘纍楚騷，一篇之中，三致意焉，而不以為複。此豈咒桃詠絮之露才者？近卷軸成帙，號曰《小丁卯集》〔一〕。

許進益《小丁卯集跋》略：吾妹禀姿明敏，得宇宙清泠之氣。讀書涉目成誦，先君子潮音公（諱灝）及母氏（姓孫氏）絶愛憐之。不幸少丁孤露，無暇殫心學問。長適國子生敘臣陸君為繼配。敘臣夙抱隱疾，頹唐自廢，不復有志進取，妹故鬱鬱不樂。既而敘臣捐館，二子皆前配所出，孑然一身，形影相吊，僅撥瘠田十畝，以供饘粥。吾妹於是歎吾生之不辰，效達人之知命，獨坐卧一小樓，不復關與人間事。禪誦之暇，時一染翰，歲月既久，篇什遂多。《茹荼百詠》，蓋特其一也。前輩黄岡王西澗先生、同里陳見復先生嘗一見之，咸擊節歎賞，謂宜登梓，以備觀風者之采擇。苦貧，不克事。今妹年既老矣，感歲月之易徂，惟没世而泯泯，於是刻減虀鹽，勤劬紡績，累銖錙，謀付剞劂。以為知妹者兄也，屬為略道其概云〔二〕。

蘇瑗《題小丁卯集》詩：斷腸吟徹氣干霄，白雪誰能强續貂。天厄奇才成獨步，性鍾宿穎見清標。蘭生空谷幽香遠，菊傲嚴霜晚節饒。一顆智珠垂梱範，更無纖翳玷靈苗。

【輯補】

邵齊燾《玉芝堂文集》（乾隆刻本）卷五《許在璞茹荼百咏題詞》：百端感憤，激揚淒戾之音；一緒縈紆，隱括平生之事。蓋艱於遇者，觸塗而成憾；深於怨者，言哀而已嘆。以其幽憂，發爲歌詠。信女子之善懷，類風人之傷己。昔人有云，窮者欲達其言，不其然乎？彼夫翡翠盛毫，琉璃藉研，歌桃紅之靧面，吟柳絮之因風。雖藻繢乎景物，匪鬱陶乎情性。語夫天籟，未宜同日。

許在璞《小丁卯集》（乾隆三十二年刻本）自序：蓋予之為詩，非受於師，襲于古，采於時者。幼承先妣訓暨母舅孫静菴先生，冬日於臨水軒對雪賦詩飲酒，予竊自低吟曰：『對窗飲酒且寬懷，霜雪淩梅不易開。山頂孤松千日月，雲凝征雁唳聲哀。』時或以女神童目之，女狀元稱之，皆同堂叔伯諸兄之戲言也。自後家日淩替，慘遭怙失之艱，謀生不給，何暇詩書，偶有所作，卒發于神，應於心，出於口，得於手，信于筆，落於紙，欣欣然規韻而成，自不知其所以然也。我固不能喻之於人，人亦不能受之於我，是以年過半百，雖老於七言五字，書成即碎而焚之，或嚙而吞之，意不欲妄傳於世者，且未嘗妨于女紅，或深夜燈前，病中枕上，至代題和韻等作，皆憑夫子傳來之意，或見黏牆標户之章，率然成句，未識其人，即如《秋燕》、《菊枕》，用沈宗伯韻可據也。間有淺鄙之言，苦被生徒成誦，訛傳謬字，將貽以為口實，予竊自窘焉。因搜竹笥，得焚嚼之餘數百篇，雖蠹蛀斷文殘簡，補續成章，百中選一，欲藉針頭微息，稍償筆底之逋。愧矣彫蟲，謬將災棗。時乾隆三十一年歲次丙戌孟春之月歸河南高陽氏自序。

許在璞《梅花百詠》（乾隆三十二年刻本）自序：予歸寧，於家見案上有明秀士張淮豫源《牡丹百咏》以及迴文，因思古之詩人俱以咏物為難，此則一韻一題，竟成律詩百首，而胸中才思未竭，餘賦迴文，串珠貫玉，韻穩題切，不窘不迫，長才若是，而其人終厄塞以酒狂，類太白捉月而逝，知才命之不兩全歟！不揣固陋，依韻戲成《梅花百首》，以效續貂。敢擅録者，百篇之中，不露一『梅』字耳。時歲次丁卯二月上浣歸河南高陽氏自序。

瓊案：《茹荼百詠》（乾隆三十二年刻本）云：『冰人議聘字河南，遺嫁年逾三十三。』又云：『相者言余五短身，眉間秀氣異凡人。』可知許氏為人矮小，三十三歲始嫁。《小丁卯集》（乾隆三十二年刻本）卷一有《丙戌三月十五日六十誕辰感賦十律》，則其生於康熙四十六年三月十五日，享年不下六十歲。

癸酉正月閉關謝世二月初三夜急病幾危晨起精神如舊因書以記之

佛力果廣大，慈悲能救苦。幽棲畏塵囂，閉關培朽腐。生死屬浮休，壽殀由天數。潔身養我志，緘口免人迕。深山路難尋，陋室門可杜。謝世息機心，孽地誠樂土。何期恰〔三〕旬日，魔頭病肺腑。氣塞雙眸昏，痛腸三復吐。夜静萬籟虛，孤燈垂一縷。孑孑影隨身，冥冥鬼為伍。神光暗裏照，邪祟不能侮。未解學參禪，先受慈雲祜。懸絲命既微，處危心自憮。笄抽高節見，火息沉香炷。至死矢靡忒，餘生亦無補。

春草

雨過勾萌漸放叢，無人行處易芃芃。因風書帶飄牆脚，就煖金絲出砌中。內苑未經容馬踐，閑堦偏自惹煙籠。綠茵滿徑休芟却，留取春歸襯落紅。

睡燕

搆壘在茅堂，安閑勝杏樑。抱雛酣午夢，翼子卧朝陽。不入劉家苑，羞窺宋玉牆。投懷徵吉兆，結社應時祥。高士檻〔四〕懸榻，清禽影落床。有時詩興發，驚醒雪衣娘。

雜感

綠窻初習幾行書，盥漱雞鳴侍起居。寒盡幽蘭方出谷，春風悞認草茅鋤。薪水關心俗累牽，不堪貧與病相連。結茅欲遠塵囂去，何處青山弗要錢？

【校記】

〔一〕此後許在璞《小丁卯集》（乾隆三十二年刻本，下同）尚有數語云：『閱之，體愈備而詞愈醇矣，真所謂窮而益工者也。曩者深自韜晦，不欲□詩希世知，今年漸及邁，惧泯泯無聞，而莫或哀其志、表其行也。因族子以乞序於予，遂書數語為誌中壘之筆云。時乾隆三十一年歲在丙戌仲秋之月九十四叟歸愚沈德潛。』

〔二〕此後許在璞《茹荼百詠》（乾隆三十二年刻本）尚有數語云：『妹名企瓊，字玉仙，黄岡先生所命也。黄岡先生老而憐才，見吾妹詩而異之，曾撫為女云。乾隆乙酉五月望日同懷兄進益德園氏書。』

〔三〕恰：底本作『洽』，據《小丁卯集》改。

〔四〕檻：《小丁卯集》作『楹』。

沈氏 一首

江蘇青浦縣人，沈本立女。字盛達三，未婚殉節。

絶命詞

嗟嗟良人，早喪厥躬。生未一面，死見遺容。松已風折，柳乃霜濃。孤身安托，地下相從。翁姑父母，撫育皆空。所幸兩家，兄友弟恭。承先好學，經史勤攻。兩親胥慰，菽水堪供。女子之道，從一而終。為媳為女，何德何功？惟求他日，猶子綿宗。九泉夫婦，啣感重重。

《青浦縣志》：沈氏，監生沈本立女。自幼讀書知義。許字庠生盛執次子達三為室。達三未婚病故，氏年十八，即奔喪誓殉。姑勸慰，父母豫防，從此茹素七年。守夫家，則孝翁姑；歸母家，則孝父母。不意清明奠哭而歸，侍婢懈防，投繯遽殉，衣帶繫有詩云云。其立志貞烈乃爾。乾隆五十一年，存年二十有四。知縣孫鳳鳴詳請旌表。

陳瓊圃四首

字閬真，號鋤月，浙江仁和縣人。司馬半江親家之第五女。適歸安費臬臺元龍第八子國學錫田，夭卒。鋤月髫年聰穎，愛讀書，解吟詠，善丹青。半江家教最嚴，不肯輕以示人。稱未亡人後，絶口不再言詩，故傳之甚少。著有《鋤月小稿》。

《水曹清暇録》：予子婦陳氏胞妹瓊圃，號鋤月，仁和縣人。善畫工詩。早寡，故絶口不以文詞示人。予於子婦扇頭見其《夏日》有句云：『時花繞砌芳迎榻，瓦枕何妨隱睡鄉。』殊有幽味。

秋仲偕藍若姊酣泉弟遊紫陽山

淡雲殘日嫩涼天，姊弟同遊興灑然。繞徑不辭苔蘚滑，拖裙恐被薜蘿牽。錢江潮湧千堆雪，鷲嶺松含萬壑煙。安得此間來結屋，徜徉泉石度餘年。

新秋

輕雲淡淡水悠悠，菊婢花繁暑欲收。明月滿庭珠露冷，一聲長笛又驚秋。

懷姊

月印寒光滿院清，一行雁字碧天横。别來無限相思淚，怕聽蕭蕭落葉聲。

秋懷

滿窻花影漾微風，幽夢還驚落井桐。舊事不堪回首憶，新愁一片月明中。

卷之八

彭氏五首

江蘇長洲縣人，康熙壬戌探花彭寧求曾孫女。適長洲諸生汪宗揚。年十九夫亡，無嗣，苦志守節，事姑盡孝，卒年三十一。

外子端求省試不遇詩以慰之

涼風自西來，疎林聲淒惻。騏驥獨長鳴，俛首無顏色。壯心欲何之，空悲在槽櫪。豈無人服馬，雜處誰能識？終逢伯樂知，羣居莫歎息。

老將

勳著麒麟閣，君王詔獨班。月明橫劒影，風勁動刀瘢。戰合麾千騎，軍行匝萬山。髭鬚今白盡，未入玉門關。

秦始皇

六國平來震百蠻，分符郡縣界河山。焚書焰令坑灰黑，戰血兵銷築骨殷。衛士後車驚博浪，祖龍沉璧返函關。會稽刻頌沙丘詔，不載蓬萊片石還。

西亭

曲岸柴門秋景疎，自疑身共白雲居。西風獨坐閑臨水，一榻清風伴讀書。

陳彩玉 一首

福建莆田縣諸生昌言之室也。

病中口占示姪

病廢機絲已一年，餘生敢望尚留延？獨憐死別高堂後，麥飯無人薦墓田。

絶命詩

結髮為君婦，十年琴瑟調。秋風隨蝶化，誓與子同凋。針刺易書卷，冀君名業新。君既塗中殞，何惜此一身？絶粒求速死，眾口與我違。姑姨苦相勸，留我欲何為？或言俟卜葬，此事不須時。同室宜同穴，山移志不移。俯仰惟長歎，捨身死若生。魂既與君俱，心同蘭水清。

《福建通志》云：陳氏名彩玉，莆諸生昌言妻。言死，陳終理喪具畢，從容辭姑及娣姒，作《絶命詩》，飲藥死。

梁氏 句

直隸正定縣人，大學士清標女孫。適四川巡撫楊霦孫畿。年十九歸畿，九月夫卒，甘貧守志。

《涿州志》：梁氏，大學士真定梁公清標女孫，四川巡撫楊公霦孫畿之妻也。年十九歸於楊，甫九月畿卒。楊雖仕族，然世以清節著，家無儋石。氏甘貧守節，請立繼嗣。翁國棟固許之，終以其年少，未敢決。適氏父彬遷固原知州來京，愛憐之，欲攜赴任所。氏拒不往。翁微識彬意，勸之行。氏以翁命不得已遂行。彬果令其改適，憤惋不欲生，隨病十餘日卒。病中有《寄翁》詩云云。其矢志不移如此。翁聞之，即為立後，迎其柩，與畿合塋焉。

句

生為楊家人，死為楊家鬼。

戴若瑛 五首

字嗛雪，浙江錢塘縣人，祈望守戴鸝亭之長女也。幼聰慧，從父授書，有二弟自家塾歸，輒相唱和，成有小集。後歸楊氏，姑早歿，委以家政，專事操作，遂焚棄筆墨，絶口不言文字。年三十有五而寡。著有《凝香書屋草》。

古劍

寶鐔燭照説何從，三尺驚看百鍊鋒。魑魅影藏秋水冷，虹霓光射冶金鎔。久埋茂苑須騰虎，偶過延津定化龍。千載曾聞天外倚，贈無知己但塵封。

家君為友人寫貍奴戲蝶圖神致生動余性愛貓而未得佳者慨然有作即題於上

坐有寒氊食有魚，吴鹽聘取浴蠶初。也知花底閑窺蝶，須向牀頭謹護書。長者鼠名形踪應早匿，女奴名字不教虛。從看寫出鬖髿影，繞竹穿莎任所如。

春日

儵然盡日掩湘簾，滌硯微吟味亦恬。乍暖乍寒春奄冉，如絲如霧雨廉纖。誰家錦簇花分樹，幾處青垂柳拂簷。眼底韶光偏易過，鏡中白髮已新添。

窗前山茶分詠

絳色曾傳鶴頂名，一枝獨發小盆罌。不因晴日花增艷，細雨濃陰眼倍明。

瞥見丹樓小院開，深紅映照入簾來。含悲記得三年事，亡女攜盆手自栽。

田氏三首

湖北漢陽府人，王文綸妻也。夫卒，投繯以殉。

熊祚永《田烈婦傳》：烈婦田氏者，漢陽田君生蘭之次女，諸生文綸之妻也。烈婦秉姿淑慧，稍長僅識字，既而解文義，因自力於詩。然深自韜晦，雖諸父昆弟，亦不輕示片紙隻字。人以是益賢之。十七適王生，克就婦道。王生遘重疾，烈婦祝天請代。王生疾劇，熟視烈婦，若將永訣者，烈婦慟謂王生曰：『君若一旦不諱，余雖不德，稍知義理，下無子息，惟君是依，敢念餘生以負君耶？君慎勿憂余也。』王生遂瞑。烈婦親為含殮，經營喪事將畢，謂母曰：『王生不幸中道見棄，臨訣之時，誓不獨生。今將踐前言，以相從於地下。生為王氏婦，死為王氏鬼，父母之門，無緣再入。』蓋是時水漿不入口者六日矣。以頭觸柱，血流滿面，而母氏知其將圖自盡，時與之偕，烈婦僞曰：『兒尚不死，母當歸矣。』其既去，猶留兩婦婢時時守之。烈婦乃自束髮紉衣，顧謂兩婢曰：『衰絰之衣，不可復脱，誰拂余心，死當含怨。』因自書《絶命辭》三首，時夜過半，守者稍懈，乃投繯而逝，年甫二十。

《漢陽府志》：田氏王文綸妻，田生蘭次女。幼愛讀《列女傳》。年十七適王。王寢疾，氏哀毁籲天，願以身代，謂王曰：『若不起，予稍知禮義，又無子息，敢背所天耶？』王卒，視含殮訖，泣與母曰：『兒已許從王郎地下矣。』母留二婢守之，氏伺婢倦，乃自束髮紉衣，書《絶命詞》三首，自縊死。

絶命詞

與君白首共為期，誰料分飛慘別離。我命豈同風絮落，矢從泉路更相隨。

辭余父母與諸昆，莫話傷心早斷魂。兒是西原陌上草，雪淩霜妬已聲吞。

冥路悠悠可緩行，君歸我肯惜微生？寧甘地下同埋玉，豈學啼鵑怨五更？

江士爃 四首

字季婈，安徽歙縣人。適同邑張用咸，早寡矢志。家徒壁立，為閨塾師以自給。著有《翠雲軒詩稿》。

秋深

秋律行將盡，園林草木踈。家家砧杵急，處處稻粱儲。雲白驚天遠，山紅落葉虛。征鴻鳴夜月，可有豫章書？時大人客江西。

夜坐

静捲湘簾坐，風來晚霧收。鄰家吹笛罷，月色滿妝樓。

聞雁

繡罷身慵坐小樓，半簾新月掛銀鈎。黄昏岑寂已無賴，嘹嚦當空字字愁。

接夫子書

西風颯颯正淒涼，忽報緘書到草堂。慢説書中無限意，平安兩字值千行。

金氏五首

浙江秀水縣人，水部徐肇森之室也。以子嘉炎貴誥贈夫人。工書畫。著有《頌古合響集》。

徐元文《金太夫人傳》： 金太夫人，十二世水部公之元配也。祖母徐氏，即府尹公次女，曰金太姑。始太姑字孝廉金公九成，家頗饒。亡何，孝廉公卒，遺孤僅十齡，即太夫人父，曰金公壽朋。族人羣相睥睨，忌有孺子在耳。太姑知之，密以公育於外王父府尹公所。其後，數有家難，司馬公又曲為調護。太姑感父兄之庇，欲令兩家親好不絶，遂締婚焉。太夫人性通敏强幹，類太姑，又習聞太姑之教，善操切家政，生殖貲產。金氏裝資故厚，稍復生敘，家益饒。水部公少有遠志，好交遊賓客，筐篚宴會，繁費不貲，太夫人輒能以時輸給不匱焉。水部公得以廣結客成名士者，蓋亦由內助力也。歲辛巳，少卿公殉難隨州，次子棅同時殉孝。水部公身任請卹，多浮費，太夫人脱簪珥佐之，產不損而事克有成。乙酉，大兵至，南都失守，太夫人賦詩云：『鼎革更新主，乾坤憶故人。』洎丙戌，水部公殉國難，太夫人哀毀幾不欲生，作《水部公衣帶銘》曰：『天載無聲無臭，君法惟一惟精。』既葬，自髡其首，習浮圖法，稍以丙舍之產授諸子，而盡出其衣食節省之餘委施佛寺，曰：『遺子孫，奚以多金乎？』卒有得佛理，嗣法靈巖，稱實持禪師云。太夫人少習書史，博通典則，知大義，有丈夫識，短章尺牘，淹雅可觀。畫入元人之室，三吴閨閣，爭傳購之。其後更工為偈頌言，有《合響集源流》頌行於世。

《秀水縣志》： 徐肇森妻金氏，幼穎慧，喜讀書，工翰墨。性至孝。母姚孺人病瘵，刲股者再，及卒，自斥腴田為父母窀穸。同母弟死，撫其二女如己出。中歲而寡，教其子嘉炎成立。有《頌古合響集》。

題山水畫

雲煙俱淨，水天一色。雁序秋光，樹疎山特。箇般妙境，天造地設。彼何人斯，拏舟坡側。箕踞嘯傲，悠然自得。此中幽趣，惟雅人識。庸庸者流，焉能窺測？

七夕

天上停梭候，人間乞巧時。登樓穿綵縷，陳菓卜蛛絲。月照鴛鴦帳，風飄翡翠帷。雙星今夕會，情緒問誰知？

甲子上巳同諸妯娌醵飲南州故里

九域妖氛偃，三吴佚事多。泰階占上曆，賓日近南訛。杓指春當暮，萱開候轉和。得親真有慶，于野更無頗。稍訝輜軿隔，專容舴艋過。乍探裴相島，羣視魯陽戈。坐覺鬻花换，肩看士庶摩。鄭風沿贈藥，晉墨寓臨珂。舉俗高絃管，斯人只澗阿。分棚營異饌，采勝息喬柯。欲浣閑憂去，終如麗景何。層軒留戲蝶，軟革憶明駝。道坦秦王輦，沙浮越女韡。神清千障入，晝迥一藤拖。曠若聯丹壁，狂堪卧碧莎。鐵腸争磊磊，霜頂半皤皤。老被微名縛，生為大造訶。敢云遊是幻，直以智為疴。玉醴心相向，銅山手自挲。隙光同度劫，盤樂易成魔。積困因文史，孤身仰切磋。飄蓬掩紫塞，冷竈卜金陀。鼓缶離將釁，藏山遯不磨。誓須偕里巷，幸甚遠萑羅。屢續攜觴會，休傳抱膝歌。擊鮮通海艓，陳瑞貢荊砮。午月觀龍檝，秋宵畫桂娥。無方醫痼疾，隨處作行窩。淑氣聊衣袷，嘉賓且佩珂。不辭與興盡，緑水映顔酡。

上元節聞有放燈之檄偶成一律

飛檄攢燈慶好時，獨憐民隱未全知。閭閻庚癸呼無濟，倉廩桁楊猛浪支。樺燭空流千點淚，踏歌翻引四郊悲。憑誰寄語傳柑客，試聽詩人賦孑遺。

立春和弟廷侯韻

又見雛黃上柳條，玉梅辭臘凍魂飄。岸消殘雪寒初盡，江縠輕風暖見招。玳瑁釵梁翻彩燕，宜春螺髻鬬銀旛。金花紅穗年年勝，衹是光陰暗裡消。

孫淡霞六首

江蘇華亭縣人。適青浦曹策彝，早寡。著有《焚餘草》。

沈大成《曹孺人傳》：孺人姓孫氏，吾郡華亭人。父廣益，諸生也，幼授以《毛詩》、《內則》、《列女傳》。迨笄，字青浦曹君策彝。年二十二，策彝來贅，既交禮，不一月而寡。歸喪於曹，生遺腹子，晬而殤。當是時，君舅懷劬先生已先策彝卒。逮事君姑顧太孺人，孺人鬈而惡笄，以婦兼子職，堂上之養，滑甘瀡瀡，左右順適。家故貧，至是益困乏。孺人綜理家政，卒瘏拮据，積針黹所入，為舅卜葢地，為姑築壽藏，而策彝亦以禮祔殯，宗鄰咸以為難。其撫嗣子鈞也，延師受學，督之甚嚴，自塾出，必課其所習勤惰。鈞篤於學，有聲黌序，思紹其先人之遺業，皆賢母之教也。孺人少工詩，既寡，間有所作，輒焚其藁。蓋孺人讀書明大義，故克盡婦道，而又自晦其才若此。嗚呼！是可傳已。

小樓對月

榔栗上高樓，長空月皎皎。乍喜出雲端，旋看穿樹杪。星斗射芒寒，園林誤昏曉。一繩度嶺鴻，幾處栖簷鳥。窻中列遠山，漠漠寒煙繞。坐久欲忘眠，憑軒豁幽抱。

送春曲

輕煙淡罨春庭畔，杜鵑愁向前村唤。不知春去幾時歸，但見飛花廻曲岸。曲岸依稀楊柳絲，蘭閨繡倦夕陽遲。眼前景物驚非昨，獨立閑階有所思。記得春來催羯鼓，百花鬬麗窻前舞。閑從花塢弄花枝，紅紅白白紛無數。我本無情情轉多，韶華彈指病中過。堆盤櫻笋餞春去，一曲清歌唤奈何。清歌掩抑情何極，堂堂一去無消息。為囑梅花須早開，浮香斜影踈籬側。獸環深掩悵芳辰，年去年來送好春。莫向紗櫺頻遠眺，落花流水慣愁人。

秋夜

深閨無意緒，涼夜起新愁。一榻空如月，千聲併作秋。金風吹樹杪，玉露滴階頭。坐對蘭釭久，茫茫百感投。

閑居

欲避囂塵此卜居，晝長添線樂何如。松窻日瘦閑臨畫，薤簟風清倦枕書。只為課兒丸苦膽，每緣繡佛品佳蔬。捲簾偶向庭前望，一角晴山落草廬。

春草

羣鶯亂舞雜花飛，草色芊眠帶雨肥。鬥罷西園香滿袖，蹋殘南陌翠沾衣。白隄客過迷春霧，青塚人愁吊夕暉。無那情根偏宜長，繞階閑步惜芳菲。

哀詞十首選一

何年華表鶴歸來，賷志徒銜百世哀。豈是玉樓需作記，世人不及鬼憐才。

浦氏一首

浙江海寧州人，查克上之妻也。

絶命詞

罔極深恩未少酬，空貽罪孽重親憂。傷心惟恨無言別，留取松筠話不休。

《海寧縣志》：查克上妻浦氏，克上因父獲罪同死，浦氏同姑史氏約自盡。史氏先縊，浦氏賦《絶命辭》四章，其一云云，遂吞金死。

陳韞輝 二首

江蘇青浦縣人，陳潤之長女也。適婁縣諸生楊超。能詩，且善鼓琴。楊生早故，撫遺腹子。家貧，備嘗艱苦，後竟以勞瘁而卒。

盆梅

芳名獨占百花端，盆盎栽來更耐觀。枝亞似從江上寄，花繁奚必嶺頭看？香分几席冰同潔，色映簾櫳月並寒。對此吟詩還啜茗，何妨久坐漏聲殘？

擬將高格寫毫端，繞座幽姿好静觀。雪後西湖香可挹，春來東閣樹争攢。窻前媚雅枝枝瘦，燈下蕭踈朵朵寒。勤拂焦桐依棐几，試操三弄曲聲殘。

李氏 一首

適徐某。詩見《舒邑詩選》。

雍正乙卯歲節孝坊落成

而今七十已過頭，回想多緣命不猶。獨葺三棺期學范，自教孤子欲同歐。黄連信未如心苦，霪雨那能敵淚流。何意此情聞北闕，得邀恩詔下南州。

陸青存六首

字若筠，浙江杭州人，徽州守戎吴孔皆之繼室也。十九而寡，守節撫孤。著有《森玉堂詩》。孔傳鐸《森玉堂詩草序》略：《森玉堂詩草》，守戎吴君孔皆繼配陸夫人之作，蓋才媛而勵苦節者也。夫人本吴中名族，質敏性端，幼嗜文翰。年及笄，吴君宦濟上，聞其賢且才，委禽締婚焉。于歸甫四載，吴君遽捐館舍，夫人年十九稱未亡人。吴君故薄宦，殁後家無擔石儲，夫人茹荼集蓼，勤十指供生計，而甘之如飴，操堅金石。焚其少作，不復常親筆硯，惟骨肉情深，至性激發，間一寄諸篇什云。

頌沙母陶恭人節孝

憶昔陶嬰明大義，歌成黄鵠能守志。貞操凜凜金石同，青史芳名垂億世。猗歟太母嗣徽音，後先清節曾何異？甫挽鹿車歸德門，桓氏賢聲真不愧。年方十七失所天，哭甚崩城苦血淚。夫魂未遠欲相從，何惜一死甘如薺。為有舅姑俱在堂，旁無妯娌主中饋。況兼遺腹屬厥身，弓冶箕裘賴以繼。始復全生稱未亡，天憐節婦誕賢嗣。永辭膏沐同毁容，先意承顔奉甘毳。舅姑幸免無兒悲，得享遐齡孝彌至。儉勤勿懈家且饒，丸熊課子成國器。膠序馳聲文行優，董醇賈茂明經貴。力謝賓興弗遠離，相依膝下娱親意。禄養何如善養高，先儒尹氏風堪儷。聖朝節孝首所崇，旌閭曠典天章賁。鄉邦因上太母行，省臣核奏容臺議。遂邀旌典下所司，烏頭綽楔雲霞麗。節衍書香門漸高，孫枝挺秀森瑶砌。策名筮仕膺天稍，馳驅五馬干城寄。旋馳鸞誥荷榮封，皓髮朱顔受冠帔。此日春秋躋八旬，神明不衰全正氣。始終一節詎少渝，末俗衰頽堪風勵。鄙人薄命等秋霜，少誦詩書略識字。結褵四載寒暑棲，一旦藁砧痛長逝。煢煢弱質依雙親，之死靡他矢寤寐。十指供養鍼紉勤，茹荼集蓼甘没世。側聞太母植綱常，節孝兩全格天地。私心仰止嚮往殷，自此益知堅砥礪。蕪詞覼縷誦高風，古今陶母真無二。

仲春日贈别家大兄

曉色侵庭樹，燈光映别卮。丈夫重志氣，骨肉惜分離。世事悲歧路，艱難感素絲。音書頻寄慰，莫忘倚門時。

偶題

世態何常且莫論，祇今隨分樂吾身。盤飧野蔌甘從儉，鬢插高簪不厭貧。親老每慚烏哺切，兒孤惟幸鳳毛新。榮枯應有循環日，識得天公意最均。

梅

瘦影臨窻古，疎香映月寒。愛渠冰雪意，坐對竟忘飡。

寄長女

西風吹淚灑窻紗，回首鄉關那是家？縱使一身貧徹骨，願留清節對梅花。

死別生離最可哀，懸懸頻望雁書回。夢魂不怕長江險，幾越瓜洲古渡來？

劉氏 句

安徽安慶府人，宣國梓妻也。事詳詩注。

句

淒風苦雨憐嫠節，白日青天共素心。

《安慶府志》：劉氏，宣國梓妻，年二十五而寡。夫兄度氏年少不能守，且百計厄之。氏遂依母鄉居，積紡績貲數十金，合葬翁姑及夫棺。一燈教子，遊於庠。氏素知書，嘗自銘座右云云。

蔡貞仙 句

詩見《華陽散稿》。

句

草草絃中曲，忙來半局棋。

史震林《貞仙傳》： 貞仙蔡氏，父無子，自教之讀書。字於同邑之于氏。年十九將嫁，夫大病，卜者曰：『迎婦則吉。』時父方殁，母難之，貞仙請於母曰：『往而吉，違之不仁，且無義也。』母然之，遂往。夫死，分所簪如意釵，簪其夫首；脱一釧，納夫之腕。哭而絶，復蘇。初聘時，夢金釧入手，斷為草質，取銀釧，復斷如初；珠翠皆成紙花。有吟云云。至是驗云。及殮，截髮納棺，縊於柩旁，救之不死。旋墮樓，勿克。夢其父示以節孝二字，於是和顔示舅姑。時姑尚未舉次子，乘其喜，常為説古今賢婦人為夫廣置姬妾獲福報者。姑從之，且使主家事。忌者譖之，貞仙辭於姑曰：『媳不才，家事非能理也。』忌者又譖之，謂其有他志，貞仙乃泣曰：『節孝寧復能兩全耶？』於是夜取所讀之書，并自書手跡與所作詩詞，泣而焚之。啟匣檢所存如意簪、手釧各一，泣玩良久，戴而復脱者三，嗚咽俯仰，悲不自勝。促老嫗先寢，更衣，對鏡掠髮，取素繩纏如意簪於髻甚固，抹釧欷嘘，顧女婢曰：『以托汝： 倘死，勿為人所脱也。』且起，襲故衣，問安於姑所，辭色和婉如平時。午侍食，既撤，入房而縊，時乾隆丁巳六月五日也。年二十有五。貞仙父字斗南，其叔字秋岩，余友也。

鄭氏一首

江蘇江都縣人，鄭茂華之女孫也。適同縣廩生閻麟生。

遺詩

結髮情意重，拋撇兒女歸。傷心千古慘，烈鳥願同飛。

《江都縣志》：鄭氏，中丞茂華孫女也。適廩生閻麟生。氏幼嫺詩書，動以古烈女為法。夫病卒，絶食者六日。夫葬，虞祭畢，遂自縊。遺詩云云。有司加旌獎焉。

陳奕珍三首

字蘊璞，浙江天台縣人。適同邑齊輝齋。夫亡矢志。著有《斷腸集》。

悼亡

所天何去若星奔〔一〕，妾淚絲絲袂有痕。一夕〔二〕陰風悲落葉，千山秋雨聽啼猿。淒涼堂上〔三〕珊瑚筆，惆悵窻前鸜鵒罇。聊寫梅花和月影，仗他香魄吊靈魂。

淚濕牛衣苦共嘗，思君昔日事堪傷。憐兒扇枕憑風力，惜燭攤書借月光。詩寄梨花香入夢，酒澆芳草洗愁腸。本期巾櫛長為侍，薄命無緣怨彼蒼。

行思坐想竟成癡，還道仙郎得返時。冥冥父期兒力學，啞啞孫望祖含飴。愁臨破鏡娥眉淡，痛檢殘詩血淚垂。太息丁荼無了苦，不如冥路早相隨。

齊召南宗伯《斷腸集序》：千古有真詩，血性是也。惟綱常倫理中，其聲為元聲，其辭為正辭，與月露風雲迥異。三百篇所録，半出婦人，漢魏以來樂府，亦多言閨閣，未可枚舉。若吾叔母陳夫人《斷腸集》，其為真詩乎？夫人異敏，自幼稟承南陔先生家學，以碧天道人自負。不幸吾叔輝齋公中道見背，夫人呼天搶地，屢欲身殉，以子女滿前，强束髮，身肩家政。《斷腸集》一卷，所謂文情兼至，堪泣鬼神，雖古所傳劉鮑佳什，何以過之？嗚呼！吾叔文學有名，志願未遂，玉樓簡促，宗黨共悲，得此編流傳人間，雖死不死，九原可作，其亦可含笑無遺憾也歟？丁丑季冬猶子召南揮淚書。

【校記】

〔一〕此句《閨秀正始再續集》（民國元年活字印本，下同）作『江雲慘淡黯朝昏』。

〔二〕一夕：《閨秀正始再續集》作『五夜』。

〔三〕堂上：《閨秀正始再續集》作『架上』。

顧氏 五首

江蘇南匯縣人，中翰昌時之女，小崖先生成天之姊也。適桃源教諭朱侶陳。著有《日茶草》。

顧成天《甘茶草序》：先伯父聖偕公，諱昌時，順治甲午舉人、內閣中翰。先姊，其季女也。髫齡親課之經書大義，即能通曉。長適桃源教諭朱君侶陳。賢淑善文，出筆清婉，著有《甘茶草》。以康熙丁未歲卒，予時公車未還，歸索其稿，室宇婢僕俱更易，不得可矣。存篋詩文數首，聊梓以見一斑。

《金管集》注：姊為先伯父聖偕公次女，歸桃源教諭朱公侶陳。詩文秀脱，居然林下風味。舅為寧鄉令，虧倉無補，傾奩以償。吴楚往返八千餘里，叔尚幼，促夫供子職，旅次不少迨。有子穎而殤，即為侶陳置側室，生子復殤，哭之慟。所作《自序》、《祭夫文》，哀怨動人。言動間，左規右矩，非尋常才媛匹也。所著有《甘茶草》。

《甘茶草自跋》：余幼承庭訓，長配朱門。納采已前，浪傳季倫步障；結褵而後，惟攜趙壹空囊。兼之芸室長依，但知素守；萱庭早逝，久歷沉痾。於時藥餌躬調，茶湯頻進，慇懃半載，舊疾全除，奉侍踰年，新肌漸長。本擬辭父母而遄返鵲巢，豈稟翁姑而難推烏屋。因茲暫留東坦，權伴西窻。折桂無緣，難遂青雲之志；拔釵相助，聊為苜蓿之謀。花落花開，屢換廿四番花信；春來春去，倏更一十二度春光。不幸覆巢無主，贅壻難依。歸空室以啟朱門，進畫堂而同白屋。詢田園似鏡花空影，經費殊難；閱倉廩如水月虛光，撑支不易。堂上有太姑之奉，室中多兒女之憐。然猶謂桂馥蘭芳，晚歲之榮華有待；豈知珠沉玉碎，中年之坷坎尤深。嚴君訃報於楚中，慈母痾深於喪次。返魂無術，空啼血淚千行；顧影自憐，徒有迴腸百結。思劬勞之未報，抱恨終天；想鞠育之無成，含愁竟日。家遭蕩析，空結那移。更驚宦海風波，深駭仕林荊棘。豪門勢佔，故產為墟；顯宦婪欺，沉冤莫雪。吴綾越錦，藏蓄者誰？楚地湘江，馳驅者屢。況囊橐已空於疇昔，家園復盡於今茲。嗟伯道之無兒，代覓小星，典完簪珥；念會元之有父，操持中饋，貨盡釵環。方期百歲承歡，何意兩期厭世。臨喪拮据，誰憐無米之炊；卜葬艱難，未見連舟之助。往者練裳竹笥，聊畢諸女之婚姻；蓬矢桑弧，還冀遺孤之成立。親生之女，門楣亦可相依；庶出之兒，箕裘還堪再紹。詎料昊天不吊，又奪新雛；薄命如斯，重垂老淚。嗟乎！一世苦衷，聊書片楮；百年永恨，惟寄纖毫。念誰聞嘅嘆之聲，但自述始終之概云爾。

《小粉場雜識》：南匯中翰顧聖偕先生季女，適桃源教諭朱侶陳者，詩文古雅，壼範端嚴，著有《甘荼草》，惜無力壽梓。其中《祟河賦》、《祭夫文》、《別燕賦》等，皆琅琅有金石聲，誠我朝之謝道韞、曹大家也。漫録其《別燕賦》於此：『惟聯翩之鳦鳥，垂雲軒以來兹。舞輕軀之俊翮，媚春日之遲遲；啣落紅之香瓣，穿芳徑而差池。應栖文杏之梁，誤壘茅簷之署。喜幽齋之可居，憎華屋而不處。伴主人之寂寞，藉時時而軟語。倏流光之易逝，欲辭巢而遠翥。動秋思於鄉關，將高飛而猶豫。若乃鬱金堂畔，玳瑁楹間，議漾莫愁之明鏡，竊窺趙后之雲鬟。井呢喃於藻井，又何羡乎綿蠻？至若紅杏林中，緑蘋池上，拂快羽以臨風，掠香泥於柔壤，翱翔於碧沼芳園，摇颺於珠簾翠幌。將千仞兮非遥，豈一枝之堪仿？　廼有孔雀羽翰之華，鸚鵡能言之慧，鴻雁啣蘆之機，翡翠服御之貴，終畢羅於虞人，難全乎隱逸之計。孰若兹鳥之忘機，乃傍門牆而無繫。爾廼栖止於衡門陋室，渾忘乎王謝雕甍。想戀此草青苔緑，抑慕乎琴韻經聲？既承眷顧於朝夕，還惜徘徊於陰晴。乍鈎簾以相送，復捲幔以將迎。愁銜煙之翎弱，憂拂雨之身輕。何金風之洊至，竟如客以長征。返烏衣之故國，慨聚散之如萍。興羈人之感歎，憶張翰之蓴羹。念黯然之別恨，又焉得而無情？乃作歌曰：玉露降兮挈侶儔，頡頏飛兮意難留。彼微禽兮得自由，嗟人生兮何遠遊？又歌曰：羡燕燕兮返故丘，悲我身兮拙於鳩。聆秋聲，心愈愁，悵王粲兮賦登樓。』

憶昔

憶昔幼齡時，愚癡無所知。每常依膝下，亦解問書詩。椿萱微哂答，汝可静聽之。毛詩三百篇，無邪以盡兹。忠孝與節義，丈夫力自持。矧夫閨閣中，尤不在文辭。所議惟酒食，無非亦無儀。静好於琴瑟，無貽父母罹。自經聞教後，佩之焉敢遺？弱質父母慰，可以作門楣。我辰竟安在，匪莪每自悲。

猶念余嚴君，文名弱冠時。壯年不欲仕，奉養盡孝思。一朝蒙主恩，徵到鳳凰池。秋風整襆被，趣裝上京師。臨行重回首，步履還遲遲。我母淚盈腮，山嶺愁驅馳。豈知一别後，邈矣斷游絲。傳聞武當遊，訪道從明師。茹齋并戒酒，幻影須臾移。乘雲不復返，三山伴紫芝。痛哉棄母女，血淚染麻衰。琴盡誰能托，鄧守惜無兒。自從返鵲巢，歸寧未有期。遣人探阿母，阿母卧牀帷。女聞心悲傷，扁舟仍相維。執手但掩淚，欷歔歎數奇。一病十年久，羸瘠無餘肌。奄然而長逝，遂為永别離。興言偶及此，涕泗亂交垂。回首瞻依日，往事不堪追。

次繡餘譜雪美人韻

渾疑虢國去朝君，新製冰綃白練裙。夢入羅浮宜結伴，飛昇月殿可為羣。曾經賦識流風態，未許香燃煖室薰。莫訝陽和消皓素，從來世事等浮雲。

重九

憶别鄉園幾度秋，登高何處有層樓。黄花未放身先瘦，白露方凝人正愁。夢裏茱萸空插鬢，面中竹葉未乘舟。何時重認横塘路，一覽吴江景物幽。

送蕭珠樓

畫舸輕帆一葉飛，垂楊掩映五銖衣。多情最是溪邊月，獨伴蕭娘短棹歸。

菊

孤高只合青山裏，移植塵埃劇可憐。傲雪淩霜甘冷淡，清幽夜月靄寒煙。

陳淑旂三首

字繡庄，浙江上虞縣人，諸生陳志學之女。適山陰戴某，早寡，以清節終。著有《繡庄詩草》。

鄭太恭人邀登大觀堂遠眺

大觀堂踞卧龍巔，何處笙歌象外傳？銀鬢朱顏光座上，玉壺金井在樓前。名花細裊深巖雨，野鳥頻呼隔樹煙。最愛日長山更静，蓬萊小憩即神仙。

初柳

水晶簾箔漾晴光，萬縷千條繞步廊。人在漢關春自遠，夢隨吴苑去何長。西陵雪後無全翠，南陌風前有嫩黄。莫向赤闌橋外望，玉鞭驕馬最難忘。

閨晚

纖體怯春寒，名花帶月看。惜花兼惜影，不忍倚闌干。

陳氏句

福建人，陳永華女。

句

昔為箕帚婦，今為罪人妻。

《福建通志》：陳氏，鄭克壓妻，陳永華女。克壓者，僞藩鄭經螟蛉子也。經西寇，委政於永華。永華引嫌，立克壓為監國。經敗東還，永華亦殁，即以國事付克壓。無何，經病亡，諸弟於喪次揚言曰：『彼非鄭氏子，孰肯為之下？』環訴於經母董氏。董氏命收監國印，幽克壓於別室。諸弟怨克壓深，夜遣烏鬼拉殺之。董氏以永華望重，猶禮陳氏。陳氏曰：『昔為箕帚婦，今為罪人妻，官民禮隔，願出居，待亡夫百日後，即往從地下耳。』許之。乃為別室以處陳氏，置克壓柩其中。陳氏旦暮號哭，如期懸帛柩側，沐浴整衣，自縊而死。

沈淑蘭二首

字清蕙，號吴興內史，浙江歸安縣人，彦章明府之女。適諸生吴方枚，僅二載即寡，守節五十餘年。著有《黛吟草》。

【輯補】

沈淑蘭《黛吟草》（康熙五十五年浣花軒刻本）載金愷序：『風』詩備十五國，女子之詩為多，其淫者不論。《二南》，德之盛也，其遇亦有幸焉；《緑衣》以下四篇，所遇艱矣，而惓惓於先君之思，何其厚歟！然早寡矢節，之死靡他，如《柏舟》之云，尤足以貫金石，泣鬼神，三百篇中，一人而已。厥後蔡文姬、李易安之屬，以風雅之才而有玷名教，論女貞者遂以才華為諱，雖有冰雪之詞，世亦無由而見，未嘗不嘆女子守節之難，守節而能白以其詩傳為尤難也。今讀松陵吴太夫人詩而哀之，且加敬焉。太夫人沈姓，淑蘭名，字曰清蕙，自號吴興內史。其曾祖、祖父各以進士及明經舉，俱至縣令。嬪於吴，則尚書公諱洪之雲孫也。二十而寡，今六十有五年矣，苦節之甘如一日也。詩凡絶句二卷，律詩二卷，詩餘一卷，皆思親、哭夫、訓子與姊妹言懷贈答之作。蓋太夫人姊妹十人皆能詩，其父縣令公尤愛之。所天多病，不二載而歿，其子景暘則遺腹孤兒也。此其遭遇不堪，逾於荼苦，而立志皎然，務以冰玉之身與古之稱高行、號禮宗者後先比烈。故其為詩也，情摯而辭嚴，音悲而節壯，雖體製不馴，寄託亦淺，要足使讀之者涕泗交頤，斂容却立。松陵故多女士，若沈氏宛君及其女昭齊、瓊章，實為之冠。然摛詞繪句，希風六朝，詞雖文，漓其質矣，恐不如太夫人之詩抒寫胸臆，欲歌欲泣，為無媿於共姜柏舟之義也。後有採風者，誠欲刊落淫哇，區明義烈，其尚舍彼而取此也夫。時康熙癸巳秋七月朔菱湖金愷撰。

同集載沈爾煜《黛吟草弁言》：學海波瀾，半分閨淑；藝林枝葉，不讓騷壇。自来才女留名，定有吟編行世。性既躭乎書史，天還付以辭華。管弦坐聽吹彈，正詩成綺閣；花鳥都供驅策，想筆落妝臺。命意題間，抒寫中腸亹亹；寄情言外，流傳眾口津津。余妹穎敏天資，幽閑女質。從師幼學，熟聞四戒班姬；卜宅芳鄰，翻笑三遷孟母。蚤痛嚴親捐館，生始五齡（妹生於壬辰冬，而先君殁於丙申夏）；幸依慈寢在堂，少余一紀（余庚辰生，長于妹十二年）。潘輿穩御，萊服均裁。敢居吴下荀龍，得半弟昆而踵接；還羨女中薛鳳，倍多姊妹之肩隨。翰墨結良緣，端由姆訓；詩書敦夙好，亦自胎生。賦燕題鶯，恰鬟雲之梳罷；嘲風弄月，方鍼線之拈殘。飛謝雪於閨中，妙詠令諸昆絶倒；放江花於筆上，微香從一夢飄來。映玉清新，共識張玄之妹；盈門絢爛，相依韓姞之家。聽瓊珮之將鳴，尚待年於既字；有鏡臺之作聘，已許嫁而未歸。曰嬪于京，漸近施衿之戒；載衣之裼，迴思設帨之期。芳齡未及二旬，好句行追八詠。厠諸姊之末座，慈親因季女加憐；攜兩兄為同行，美景與佳辰必共。柴門水抱，野渡舟横，可以讀書溪北，數椽廬舍，終焉娱老池南。十畝桑麻，披柳蔭之千條；窗臨緑渚，拂荷香之一片。簾卷清風，簫管雜聞，竹徑亂禽，聲聲上下。畫圖圍繞，蘋洲疎樹影高低。每諸女兄念母歸寧（時大、二兩姊及方與温兩妹俱已結褵，踰時必一歸），則群昆季銜杯坐話，當軒月白團圞，別有春光照席，燈紅笑語，常侵曙色。屢分題而拈韻，思極巧而窮妍。名以『黛吟』，集茲閨草。當今日侍母隨兄之暇，而花晨雨夕，已紙落雲煙；則他日倡予和女之歡，而鳳侶凰儔，必詩盈卷軸。淡淡青山兩岫，借雕龍之管以描鸞；纖纖白紵調牋，侵調粉之香於潑墨。聯詠何妨刻燭，翡翠帷旁；賭詩還恐傾茶，琉璃硯側。亦芳閨之雅事，瑶圃之餘馨也。煜武庫多疎，文園未涉，幸賈逵之有姊，詎班史之難兄。式好孔懷，曾覓茱萸之句；追歡將母，長隨華蕚之林。尋玉斧之新聲，九枝絢綵；詠香匳之麗則，五色殑英。用是綴以蕪言，弁之簡帙。豈驚飛蕤鐵，疑來池上之音；以化被鼓鐘，略識房中之奏云爾。康熙己酉仲夏兄爾煜題於琴響齋。

同集載申瑋序：誰不知人當垂不朽，然鬚眉而泯泯，古今來亦比比矣，矧欲求之閨閣中哉！第閨閣中之不朽者，卒不少。吴興内史吴太夫人者，湖州歸安縣明經授縣令諱彦章號立菴沈先生之掌珠也，進士公安令諱爾燝之妹。兄弟姊妹十人，俱以能詩文名，悉皆為天之所忌，或發而早世，或字而即孀，夫人其尤甚者也。年二十而歸於吴孝子嫡裔潞安郡守諱銘之孫增廣生與湛子方敉吴先生，唱隨不二載，先生即仙去，夫人於是時遂茹冰飲蘗，以貞其不朽。事舅姑，撫遺孤，曾不以孀而少懈，積四十餘年如一日。今老矣，即起其先夫子以相對，固可以剖其冰雪心肝而告無憾矣。於是盡出其啼鴻泣鵠之篇如干首以示其子其熿，字景暘。景暘捧而伏讀焉，竟號呼欲絶，何也？痛母氏之辛勤乃至於是也。久之，思欲售之梨棗，以存母氏之不朽，此亦子道宜爾也。因問序于予，且欲予稍加訂定焉。予思沈與吴皆與予宗有姻契，向特以予方攻舉子業，未暇修親誼而頻往復，欽太夫人之節而又知太夫人之有詩文素矣，顧不意景暘問序之時，適為予假而南還之日，予嘉太夫人之真能不朽，而又嘉景暘之能以母氏之不朽為不朽，安可無一言以附於不朽之編？因弁數言於篇首，使天下之見其詩與詞，即如見其人焉，則詩詞不朽，而其人益不朽。至太夫人之節垂宇宙，當必有邑乘家藏以紀之，予不贅。時康熙歲在甲午夷則巧前一日賜進士太史中書令申瑋拜撰。

同集載沈淑蘭自跋：嗟哉淑蘭兮生不逢辰，惜乎清慧兮命若秋雲，蘭心慧性兮虚度虚生，沉珠埋玉兮有志難伸。慈命于歸兮愿受甘貧，結褵兩載兮調瑟和琴。忽遭慘變兮鏡破釵分，永訣離情兮不克同行。斷腸致囑兮遺腹臨盆，撫茲藐孤兮強度朝昏，痘殤長子兮抱恨終身，一生不遇兮萬種傷心。煢煢寡助兮魑魅欺淩，含忿忍辱兮倏爾七旬，親朋賜顧兮愧無德能，失禮嘉賓兮負罪良深。炎涼世態兮久撇紅塵，悲歌自跋兮涕泗霑襟。辛丑菊月望後偶成。

同集載沈俊跋：丙申夏五月，歸自盛川，吴姑母以《黛吟詩草》一卷並先大人所著駢體序文一首郵寄以示，且賜以札曰：『行將梓此。』俊受而讀之，曰：『我姑母之詩之得傳於後也無疑矣。雖然，吾姑母豈獨其詩之有可傳哉！』按，先大人之序作於己酉仲夏，是時侍先王母側，姑年未及二十，尚在閨中。其所為詩，不過姊妹聯吟，而先大人之所以序其詩者，亦祇如謝家故事，賞其柳絮因風之雅韻而已。至于歸後遭慘故，履險難，仰事俯育，始終一節者，詩與序俱未之及也。夫以婦人之喪所天也，視忠臣之失其君與孝子之失其親，有同揆之符轍焉。上欲以慰在天之靈，下欲以續一綫之嗣，百端交集，煢煢孑立，人莫為援，而其間之殘薄者，更百出以見侮於淒涼寂寞之時，又益之以顛沛流離之況，不得已託之詩歌，以寫其淒悲感憤焉。此《柏舟》之什得與《蓼莪》之孝、『家父』之忠並列於三百篇之數也。我姑母嫁未踰年而寡，遺孤尚在腹，其於生死離別之際，慘已極矣。自是以後，二人之色養悉以畀焉，孤子之成立悉以畀焉。入則涕泣嗚咽，出則慘澹經營，其於是時言所欲言，發乎情，止乎禮義，其所以泣鬼神而撼風雨者，更百倍於閨閣香奩吟花嘲月之所為矣。假令我先大人之序作於今日，宣其幽憂，發其沉鬱，即悲傷憔悴之辭，而得生死不踰之操，又為之分疏事類，序次先後，知其前之為詩也易，後之為詩也難，前之為詩也著其一端，後之為詩也關乎大節，豈不炳然巾幗之所為逾於鬚眉也哉！嗚呼，序之作距今四十有八年，而吾先大人之没亦二十有八年矣。姑詩之出於二十八年之前者，見之而未及言；其出於二十八年之後者，並不得而一見。於此不禁穆乎有深悲矣。俊才識疎陋，難窺全豹，以俊之知姑比先大人之知，必有以異也。以先大人之知言姑於前，俊不能如先大人之知，而欲言之於後，夫亦何能傳我姑於萬一也？雖然，亦何敢安其愚陋而默默也哉！聊濡筆而記其卷末，以補我先大人欲言之意於今日云。侄男俊百頓首謹跋。

憶姊

强説辭家夢在家，凝粧無語髻兒斜。離情種種憑誰訴，怕見園開姊妹花。

七夕

閑持巧果獨凭闌，靈鵲橋欹織女還。莫道一年惟一度〔一〕，已看〔二〕天上勝人間。

【校記】

〔一〕此句沈淑蘭《黛吟草》（康熙五十五年浣花軒刻本，下同）作『若果一年真一度』，《國朝閨秀詩柳絮集》作『莫到一年只一度』。

〔二〕已看：底本作『巳春』，當為形誤，據《國朝閨秀詩柳絮集》改。《黛吟草》作『應知』。

于氏六首

江蘇金壇縣人，耐圃中堂之堂妹也。適休寧汪庶常燮亭。

悼亡

送君南浦正初春，驚報樓成赴玉宸。有妾可憐身後累，無兒何惜未亡人。蕭條旅櫬來燕市，縹緲靈旗傍水濱。檢點朝衣今尚在，憑棺慟絕恨難陳。

遥天鴻度倍酸辛，嘹嚦猶聞唱和音。幾點愁雲方黯黯，兩行寒樹正森森。悲君不遂斑衣志，愧我空輪纏臂金。今日典釵親奠斝，九泉應惡酒卮深。生前嘗過飲，力勸止之。

置媵非因慕淑賢，親恩婦道兩求全。銀河闊絶三千里，錦瑟抛殘廿五絃。素旐尚依柳葉渡，妾居桃花塢。靈輀頻駐雪花天。舟行阻雪。而今始悟黄粱夢，幻裏功名幻裏緣。館選未及三載，完婚甫週一年。

長日增悲隨弱線，瀛洲人杳惜華年。驅愁無奈盈千斛，却疾誰能遣百煎？堂上有年垂白髮，膝前何日繼青氈？幾回夢裏牽衣問，曾否商量一脉延？

聞道臨危珍重言，累伊辛苦主蘋蘩。北方有藥如鈎吻，為庸醫藥餌所誤。西域無香不返魂。少婦低頭甘井臼，嚴親繫念切晨昏。他生若化通靈鳥，願效慈烏答厚恩。

非戀浮生惜此身，嚴君視我掌中珍。問名後即隨老父入都。郗牀已蚤憐佳壻，鴻案無由慰老親。對鏡暗傷鸞影隻，思鄉愁聽雁聲頻。阿咸記取臨歧語，莫忘平安寄遠人。姪熙載送至吴門而别。

李芹月四首

字璧池，江西臨川縣人，直隸總制李穆堂先生女孫也。工詩古文詞。適保寧太守蔡新懦之子棨。從宦遠游，頗得江山之助。棨早卒，矢志柏舟，絶意詞華，究心史學。著有集，惜燬於火。茲從仁和周茂才襄處搆得數章。

過澠池縣

澠池好會憶當年，擊缶彈琹豈偶然？嶺樹蒸雲疑作雨，溪風激石亂鳴泉。已悲逆旅歌三陟，未息勞生卸一肩。日暮更投前路宿，故園芳草夢魂牽。

賦得風泉韻繞幽林竹

林下風來萬象幽，娟娟細篠漾清流。於今淇水猶垂釣，終古湘靈不浣愁。濕翠晨飛溥冷露，澄潭夕暎澹新秋。碧山隱約煙光遠，暮雨瀟瀟響未收。

宿汴城

籃輿千里下夷門，故國山河蹟尚存。五代精靈憑草木，三川雲雨黯朝昏。春秋彭澤空回首，燈火樊樓易動魂。懷古思鄉兩行淚，離宮芳樹夕陽屯。

偃師題壁

西來行路正威遲〔一〕，一夕秋風住偃師。此地空餘緱氏嶺，笙寒月冷有誰知？

【校記】

〔一〕威遲：《國朝閨秀正始集》作『遲遲』。

吴氏七首

江西南城縣人，適楊某。著有《悟雪草堂詩鈔》。

楊曰鯤《悟雪草堂詩鈔紀略》：母詩稿數卷，經先府君訂正。癸未，先府君殁，稿散佚。越癸卯，鯤從姊壻張昌進處抄得舊稿詩六十餘首，益以課鯤并母言懷詩七十首，列上下卷，門下生劉起鼇刊行之。庚戌成進士，觀政刑曹，諸友求母詩稿者甚衆，爰檢母手自簡存者，重授之梓。母姓吴氏，係建昌府南城縣人。乾隆九年，先大父知廣西宜山縣事，慶遠太守廣昌魏公諱運景，係母外祖，與先大父相友善。迨調任桂林後，遂以母許字先府君，始締姻焉。母性端慧，幼時從養慶遠府署中，與舅父輩讀書，即通章句、識音韻，間為詩，大為慶遠公所許可。鯤家素貧，自府君没後，家益落。母日經營，為償債計。夜課鯤書，無外傅，四書五經，皆母口授。母嚴毅，有才略，遇事旁午，不動聲色，從容部署。析事理，人不能毫忽詭，然性慈和，未嘗面叱人。遇族中姪媳輩，咸以孝義相勗。性慷慨，喜急人之急。當饑饉時，里中貧乏者多詣母，雖家儲儋石，必量酬其願，無空還。辛丑十月，二弟曰鯨殁，戚黨竊相謂：『渠家素仁厚，不應覯此。』母聞之曰：『予未仁厚耳。仁厚尚如此，况不仁厚耶？』弟生三月而孤，母鍾愛之，緣疾誤飲醫藥卒。母遂博覽醫家書，精歧黄理，環郙十數里女户單丁，負嬰兒踵門求藥，賴母全活者甚衆。母以舊宅苦囂，挈家僑寓同邑九都東山別墅。墅在山郙，多逸致，母有《東山吟》六首紀其事。

《田居隨筆》：潘邠老重九作詩云：『滿城風雨近重陽。』忽催租人至，遂敗人意。近時江西閨秀楊母吴太夫人小園觀菊口占云：『西風一夜剪東籬，曉起新看異昨時。帶露已舒幽女思，迎霜特見丈夫姿。自來未受閑憐惜，從此還應好護持。』以子曰鯤鄉闈捷聞，亦竟未續。因知喜感俗事，皆足以擾人情興也。

寄懷弟吴文山

冷過黄梅節，庭花幾度刪。艱難思弟妹，迢遞望鄉關。別味濃於酒，歸心繞若環。麻姑山下路，夜夜夢中還。

夫子之盱江肄業賦別

不敢牽衣泣，恐傷白髮親。寒雲隨去馬，落日動征塵。極目煙波遠，關心歲月新。楚天回首處，獨作未歸人。

夏日即事

蔚藍天影薄於綃，夢裏家山覺後遥。枕納曉風蚊散市，簾開初日燕來朝。悽情涼緒多方遣，愁病詩魂一概銷。只有好花芟不得，深陰新透美人蕉。

憶亡女

痛汝歸何處，蒼天不可呼。傷心堦草色，髣髴認羅襦。

一片石題辭

脈脈驚魂散未收，隨風還上舊妝樓。休言家破身無主，也占名城土一丘。
紅毹牙板按宫商，幾曲清歌足斷腸。詞客不須嗟玉碎，芳魂久住白雲鄉。
百年殘冢賸無多，四尺荒碑草一窩。何日章門維短櫂，寒漿冷酒酹湘娥。

卷之九

朱景六首

字曙雲，江蘇長洲縣人。適同邑李硯芸，十九而寡，嚼指誓節。詩見《鸞嘯集》。

韓矩《曙雲詩序》略：戊子春，友人以一編授余，曰：石湖之東，山秀而水洌，有士李硯芸者，負卓犖豪放之氣，娶於朱，名景，字曙雲，雅嗜詩。唱和切劘，宫商叶而琴瑟調，斯亦閨房之樂事矣。無何，硯芸竟賫志以没，曙芸年十九齡耳，顧影彷徨，煢煢獨守。且外無舅而内無姑，上無父而下無子，一畝之田供饘粥，所居不避風雨，蕭然徒四壁立。曙雲之母太君者，憐其遇，欲奪其志，曙雲則嚼指自誓，勸愈久而志愈堅，遂以利劒斷其吭，幸鄰嫗救而復甦。嗣後惟閉門辟纑，甕飧盡取給十指。況聞曙雲具絶世之色，待字時，有麗人名。硯芸殁，即謝膏沐，深自韜光匿影，跬步不踰户閾。間濡毫以吊硯芸，總擯去一切綺語。余開函拜讀一過，如聞午夜鵑聲，惜無人陳之於朝，表彰幽隱而出之，以見吴中正教之美也。

秋日晚望有感

隔林小犬吠籬根，遠野晴川碧一痕。乞食僧歸紅葉寺，釣魚舟繫白雲村。牧騎犢返扉將掩，突擁煙飛樹欲吞。落日荒洲蘆荻外，慢吟天問吊幽魂。

病中即事

杜鵑紅淚盡，抱病擁寒樓。風雨魚龍夜，關河雁鶩秋。藥憐名獨活，草不解忘憂。天只兼人只，傷心詠柏舟。

落花

獨步東園雨過時，落花片片滿階墀。可憐飄蕩隨風舞，那得奇方再上枝。

衰柳

斷垣荒徑柳枝垂，摇落西風亦可悲。瘦盡纖腰幽夢冷，不將青眼鬭蛾眉。

雁

風高月白凍雲開，砧杵聲中一雁哀。聞爾關河有書寄，可能為我寄泉臺？

詠琴

錦琴囊處半封塵，記得松風一曲新。欲把冰絃銷静夜，燈前不見聽琴人。

魏鳳珍 六首

字友梧，福建侯官縣人，孝廉魏瑛女弟。適廣東番禺李聯芳，年二十九，稱未亡人。著有《紅餘小草》。

韓侯釣臺

韓侯臺上秋雲陰，韓侯臺下秋濤深。英雄不遇出胯下，感恩一飯酬千金。登壇一呼楚軍竄，山河萬里全歸漢。丈夫生不為真王，欲假王名翻疑叛。君不見，狡兔死，獵狗烹，識時勢者全令名〔一〕。功高徒取殺身計，何不垂釣終平生？

武侯祠

未許隆中隱，感恩應訪求。三分籌地勢，六出盡人謀。勞瘁蠻征日，蒼涼星隕秋。莫將成敗論，正統屬炎劉。

題菊坪兄萍踪集

夜雨瀟瀟玉漏遲，挑燈取次讀君詩。澹然情致陶彭澤，秀絶丰神韋左司。名士從來困鞍馬，星霜莫歎點吟髭。青山未許長高卧，會看鵾鵬浴鳳池。

送外之粵

別當歲暮更纏綿，漫理行裝意惘然。柳色愁縈人去際，春光到在客歸前。關河君有離羣感，衣食吾無負郭田。若見嶺梅花發早，一枝先倩驛人傳。

得菊坪兄手書

小樓風雨雁聲寒，一紙書來鄭重看。作客違鄉三百里，開緘先喜有平安。

菊花次松師嫂韻

素質清姿迥軼羣，香浮籬落傲霜雰。知音惟許陶元亮，高卧南山一嶺雲。

【校記】

〔一〕令名：《國朝閨秀正始集》作『功名』。

石氏七首

號慈石老人，湖廣湘潭縣人，贈君張春泉之配，顧堂明府張力行之母也。事母以孝聞，既孀以苦節著。楊先儀《書節壽張母石孺人事》：歲屠維大淵獻春三月，同官張君顧堂過余，出乞言啟，再拜而言曰：『今年秋七月二十有五日，為吾母七十初度之辰，某將博求當代名公碩儒之文章，以彰吾母，啟之所由作也。顧厥體駢儷，竊懼文之勝而事不襮也。子其質言之，用徵信焉。幸無辭。』余於張氏舊有姻連，又與顧堂同官浙中，知太孺人壼德甚備，美不勝臚，謹節其大者書之。太孺人，石姓，湘潭人。父諱曰堅席，閥閱為名諸生，母胡太君。兄弟六人，多蜚聲庠序，仲曰養度，以明經為桂陽博士。太孺人幼慧，與諸兄從父受書，通曹大家《七誡》、劉向《列女傳》，旁及唐人歌詩。既失怙，事母以孝聞。年十七，歸贈公春泉先生。贈公隸籍成均，高才，明經術，屢躓場屋，而意氣豪上，文酒之交，趾接於閭。築燕樓三間，牣圖史其中，縱橫循覽，不耐米鹽瑣屑。君舅屺亭公，世所稱張孝子者，自居母喪廬墓下，旋依崇節祠中栗主，足不踐里閾，君姑龔太君遂以家人事畀太孺人。太孺人持簿算，典管鑰，纖鉅畢辦。贈公性倜儻，好施與，太孺人亦急義，無少悋色。有疎戚某，除夕喪其婦，家貧無殮衣，贈公欲有所賻，太孺人立啟笥檢新衣付之。或謂不祥，弗恤也。其他急義類是。初孀，子女並穉弱，又二年，而屺亭公即世。事夥費繁，太孺人憂家之中落也，飭體嗇用，而奉龔太君精洗異等。親戚饋問，一如贈公在日，而課僮奴耕畜，緩急有條理，歲入儲日用所羨，拓市田宅。垂二十年，視贈公遺産益豐。余聞諸湘潭人者如此。顧堂又言：『太孺人免身凡九，殤二男一女，育者男子四，女子二，皆躬自乳哺，慈愛曲至；而待諸子，不少假詞色。不率教，必跽之中庭，垂涕泣譙讓，或至予杖。延師傅，家塾盤槅，必手治以進。諸子夜從塾歸，必篝燈親課，偶言動失矩，曉起必命媪白師傅扑責。自某筮仕為丞，太孺人數貽書，董教如兒時。嗣某歷試為令，迎養太孺人官舍，每聽事，太孺人從屏後審察，小不愜，輒廢食嘘唏。嘗誡某曰：「若起家下吏，幸為民父母，何可不以愛民為念？人皆有父母，父母之愛其子，必無異於我之愛若。勿謂一笞一撻無傷天和也。吾聞親民官，造福不難，作孽尤易。為善無不報，不善而昌者，未之前聞。」』顧堂所至有賢聲，太孺人教也。張氏自贈公之先，五葉單傳，不絕若髮，太孺人實開厥後。三十年間，孫曾幾三十人，或小試於吏，或以儒學鄉用，彬彬日上，勢在方興。余修猶子之誼，嘗問訊太孺人於寓廬之堂，見太孺人髮小斑，步不杖，音聲清朗，耳聰目明，儼然五六十歲人。故事，孀居必三十歲以内，方與旌門之典。太孺人所為秉節以成其家者，於法得旌，而年例小踰，顧堂烏烏之私，未獲遂焉。然顧堂通籍後兩遇覃恩，敕封孺人；今且康寧壽考，老福未艾，靳以名者予以實，天之報施，當有在矣。顧堂名力行，官海鹽令，今調平湖，太孺人第四子也。

七十生辰作並序

余就養四兒力行官舍，四載於兹，今七十生朝，力行薈萃所乞壽言，歌以侑觴。老婦何幸，得為大人先生齒録，顧其辭類多侈頌，愧不敢當。棖觸余懷，若有不能自已於言者。因仿杜少陵寓同谷縣詩體，作歌七首，第七句即用其語。少陵以飄流嗚感，而余亦數十年來備嘗荼蘗之境。詞不相襲，遇若近之，吾子孫能喻此意，庶幾知所勉焉。

憶昔憶昔初作婦，鬖髿白髮娱太母〔一〕。舅扶鳩杖晨上堂，捧羹小步君姑後。秋風獵獵動地來，萱凋椿瘁養何有？嗚呼一歌兮歌已哀，孝子有後栽者培。鄉人稱先舅為張孝子。

夫子夫子天下才，興酣摇筆驅風雷。江東米價了不知，摩挲彝鼎顔為開。文章獨憎杜甫命，生死惟託劉伶栝。嗚呼二歌兮歌始放，燕樓風月秋自爽。燕樓，先夫子書室名。

秋荼秋荼味孰知，晨餐夕啗甘如飴。黄泉碧落擬相逐，留意哀此諸孤癡。良人遺恨目未瞑，覆巢欲墮須撑支。嗚呼三歌兮歌三發，容易成家力早竭。

昊天昊天生我劬，母兮〔二〕教績父授書。女子有行安得養，樓頭凝淚瞻親廬。顯揚恨非巾幗事，無瑕誓守白璧軀。嗚呼四歌兮歌四奏，保身敢忝門楣舊？

有妹有妹矢從一，女而不婦老於室。青鐙紅淚五十年，博得烏頭耿皦日。蜾蠃負子教誨勞，他年九地心堪質。嗚呼五歌兮歌正長，相思不見天茫茫。妹幼字曾氏，所事者不幸而夭，妹年才十九，誓不再適。力請於母氏，衣素哭奠曾氏子之墓，歸扃一室，勵志守貞。母憐之，予田數畝，以給其養。今妹年六十餘矣，方得嗣子，相依朝夕。悲夫！窮哉！嚮予就養力行官舍，欲邀妹，不果行。白首天涯，每一念及，輒為淚下也。

我來就養愁轉劇，鞭扑聲中簿書積。從容〔三〕肆應良復難，聖主深仁在保赤。官名父母須慈祥，家有子孫要蕃碩。嗚呼六歌兮歌思遲，筵前肴酒民膏脂！

予季鞅掌閩海邊，諸孫文戰〔四〕留湘川。人生何必麇鹿聚，所求無忝繩其先。我家祖德方緜緜，我今老健天所憐。嗚呼七歌兮悄終曲，蟾窟風香落金粟。

【校記】

〔一〕太母：《國朝閨秀正始集》作『大母』。

〔二〕母兮：《國朝閨秀詩柳絮集》、《國朝閨秀正始集》作『母氏』。

〔三〕從容：《國朝閨秀詩柳絮集》、《國朝閨秀正始集》作『循良』。

〔四〕文戰：《國朝閨秀詩柳絮集》作『較藝』。

葉慧光十首

字妙明，自號月中人，江蘇南匯縣人，中書鳳毛之長女也。適婁縣王子進之，結褵未一歲而寡。青年矢志，以詩遣其悲傷。著有《懷清樓遺稿》、《踈蘭詞》。

葉鳳毛《亡女慧光行略》：女於雍正辛亥歲生於京師。甫能行，即知拜跪之節。家有大士像，晨起必焚香膜拜，至去歲病不能拜方止，似有佛性者。四五歲諷唐人絕句，即諳其聲情。自六歲至十三，延良師教之四子書、《詩經》、小學、《左傳》，皆能通曉。余與今分司潮州王曉煙同為舍人，時王請聘女為媳，余見其子方十一齡，屹然如成人，許之。余歸後，壻以連詘於京兆，發憤過程，遂得瘵疾。是時壻年十九，女年十七。歲丁卯，壻贅余家，形體骨立，強持就禮。余診其脈，肝浮而數，腎微而代，當危於春，女曰：『命也！』館彌月，壻必欲歸郡省覲，居數餘日來，復感風寒，疾益甚。分司夫人來視，見新婦婉嫕嗟歎，嗚咽數日，壻竟卒。方其始館而疾也，晝則少安，夜則咳嗽，呻吟達旦，女摩按以遣之，憂惕盡瘁。至是投地崩號，絕而甦者再四，使夜宿於母，晝呼大婢守視，而弗能禁其晝哭。哭之慟，血隨涕唾而出。踰月，與喪俱歸。姑曲加慈愛，不責以新婦之禮。女之省晨昏，承顏色，未嘗以哀痛疾疢而缺。去年春，分司入覲，取道家門，女力疾趨見，歸而嗽血盈椀。夏，分司夫人偶恙，女正臥床，恨不得侍，日為之占筮祈禳，令婢夾持，親禱於大士。姑病瘳，而女之疾日以痼。十月初嗽甚，遂大困憊，言：『我死已久也。向之不自死，為戀父母舅姑；今天絕我，我能強乎？願任其死，毋與湯藥。』十一月，分司夫人來省視，知疾不可為，女且嗽且哭以訣。今年三月，嗽忽止，惡食，又遷延一月而逝。分司夫人臨其喪，以次君長子繼善為之嗣。女之孝恭淑慧，固其性成。孀居後學製詩詞，以疏悲憤，不為靡靡之音。後深自晦匿，與人言，若無能者。余訝其工，為刊而行之。

《清詩備采》：慧光，自號月中人，為舍人葉君鳳毛女，太學生王子興賢配。幼愛讀書，詩得家學。年十七于歸，逾年夫歿。孀居後，卧病六年而亡。平生著作多焚去，葉君偶於殘帙間得詩詞數十篇，不忍其湮没，為之付梓，題曰《懷清樓遺稿》。

《小粉場雜識》：南匯葉中翰鳳毛愛女慧光，歸琅邪王進之，甫三月夫亡，欲以身殉，中翰百方撫慰。孀居，以詩解鬱，逾四秋，終以嘔血病，年僅二十有四。其《懷清樓遺稿》才氣雄俊，不類出之閨襜。

寡鵠四章章六句

寡鵠寡鵠，集于飛蓬。既滰以雨，曰淒其風。中夜戾止，視天夢夢。
寡鵠寡鵠，言集于野。野有稻粱，亦有稷黍。將翱將翔，誰弋其侶？
寡鵠寡鵠，隻舉單棲。羣鴻徂征，曰余尾誰？警唳宵旦，愴矣其悲。
寡鵠寡鵠，爰止于木。日月常孤，豈惟予獨？星星不熸，昭昭孔矚。

題桐葉

心驚一葉墜，涼院秋風早。春華曾幾時，衰動不自保。元蟬留哀聲，白露颯清曉。惜此鳳凰枝，飛蓬其枯槁。

秋夜思

天涯莽互飛蓬卷，月照空山桂花晚。碧紗窻下起蛩聲，唤起機人不容懶。銀箏摧柱瑟無絃，雲破月來如鏡滿。空庭無人秋露涼，更闌坐怯沾衣裳。玉宇瓊樓塵不到，一絲輕骨夢銀床。

疾起作

秋氣已蕭瑟，秋光殊淡妍。捲簾涼露下，待月小燈前。遠水迎新雁，疎林墜晚蟬。今朝紈扇意，含怨屬誰邊？

七夕

曝衣樓上望天孫，河漢星高手可捫。丹鳳銜梭穿錦繡，烏鴉填水接乾坤。刀頭破鏡纔窺線，褥底涼蛩又返魂。巧拙未忘兒女意，爐香小炷拜黄昏。

蓮花瓣

纔看出水又飄殘，薄命紅顏似妾顔。待把題詩當秋葉〔一〕，恐流哀怨到人間。

與穋南論詩

才命相妨未足言，文章氣節兩難兼。可憐斑管題詩手，前有安仁後易安。

【校記】

〔一〕秋葉：《國朝閨秀詩柳絮集》作『紅葉』。

錢涓 二首

字裴文，浙江秀水縣人，舉人錢泮之女。適平湖薛雍可。著有《抱雪吟》。

裴文《抱雪吟自序》：聞之登高能賦，遇物能銘，文人伎倆，豈巾幗所有事？然性之所近，自不能已。憶予甫離繦褓，先子之教予，一如所以教子者，予遂得優游寢息於藝林。雖東觀圖書，未窮十乘；而西崑簡冊，聊見一斑。既歸薛君，奉事舅姑而外，即與校讐史籍，商略風雅，樂此不疲，忘年永日。何圖不禄，中道棄捐。伯也遼鶴游魂，未遠華表；予也孤鸞隻影，愁對菱花。間以風雨飄飖，因而破巢取子，憂心惙惙，無復好懷。自分雅宗墮地，翰墨無傳，而臭味難忘，時形詠歎。或爐煙一翦，或燈炧半篝，或雨撲窻櫺，或雞催曙旦。思以情生，情因境出，長吟短謠，予將假是為忘憂萱草焉。是用不揣固陋，從事殺青，就正大方。集成，顔曰《抱雪》，以余煢煢未亡，甘向終南陰嶺，伴老雪蛆，是又區區欲見之素心也。

虞美人歌

楚歌四面起，項王兵敗矣。項王敗兮虞何為，死王劍兮魂相隨。長夢應憐歌舞宴，月明從此照空帷。堪歎八千子弟也，終無一箇揮戈者。玉顔飛血逐東風，化作年年淮草紅。入春常帶傷心雨，至今猶自泣重瞳。

山雨

晚結陰雲日不輝，霢霢雨透濕羅衣。窻前萬緑渾如洗，坐看巒煙夾岫飛。

廖雲錦七首

字蕊珠，號織雲，江蘇青浦縣人，古檀次女也。善丹青。適華亭馬某。著有《仙霞閣詩草》。

《墨香居畫識》：　廖雲錦，字織雲，號錦香居士，青溪古檀明府之令嫒也。資性慧異，隨父任合肥，時纔數餘齡耳，書史之外，即喜畫花卉翎毛。後歸泗涇馬氏，家有肯園，錢塘畫史賀永鴻常居停焉，因更得其傅色鈎染之法。古檀歸里後，歲在壬寅，集諸名流於小檀園中，兩修禊事，錦香因以畫呈於王述菴，深加激賞，旋贈以洋紅、辰砂等物，屬臨所攜南田及清於、江香諸畫冊子。於是畫日益進，求者甚眾。然余嘗論其畫，於妍麗中自具秀骨，於粉墨間時露清姿，則固出自性靈，非尋常學力所能到。錦香所居，有讀畫樓，夫亡後鍵户焚香，或撫琴懷古，或對物寫生，或吟詠詩篇，以寄其愁寂之致，洵閨閣中雅才也。同時與錦香郵筒唱和者，有莊磐山、金翠峯、張藍生諸女史，汪職方秀峯均采入名媛集。

【輯補】

廖雲錦《仙霞閣詩草》（嘉慶間刻《峯泖閨秀詩鈔》本）載工昶序：　吾友廖古檀先生，名士也，亦仙令也。自合肥罷官歸，築小檀園於城中，以池亭書畫自怡悦，雕章琢句，詩名著於東南，蓋卅餘年而殁。子孫以衣食故，往往奔走四方，獨女史織雲能以詩世其家。織雲不幸早喪其所天，乃歸小檀園，掩關鍵户，一意於詩，以寫其冰玉之操；兼繪禽魚花竹，落筆即工，人謂管仲姬、文端容復出也。顧織雲深自韜晦，守『内言不出』之訓，雅不欲以才蓺名，而其詩瀏然以清，粹然而潔，多見道自得語。時人獲其片詞，珍爲祕寶，由是詩名復著于東南。歐陽公所謂『如金玉埋没塵土，莫能掩其光』者也。積時既久，存篋頗多，張明經虚谷雅好闡揚，將梓以行世，而屬予為序。予嘗考班叔皮之女惠昭、蔡中郎之女文姬，皆以列女載於《漢書》，然叔皮詩既不存，中郎存亦無多，獨惠昭之書、文姬之詩，久而愈新。是豈可以『内言不出』爲限制歟？且《詩》首《二南》，婦女詩什居八九，次列莊姜、共姜諸詩，而於《燕燕》、《栢舟》之什，尤三致意焉。利女之貞，聖人亟欲傳以風世也審矣。織雲雖欲靳固，安能禁其傳世而行遠乎？若夫馳聲華、習標榜，藉江湖詞客放浪以爲名高，織雲夷然不屑也。予故表而出之，以示後之讀是詩者。嘉慶己未嘉平月七十六歲老人王昶書於蒲褐山房。

同集載袁枚序：司馬子長言，詩以道性情；朱子序《詩》，亦言得其性情之正。然則舍性情無以言詩，而非正亦不足以見性情。予選十三女弟子詩，雲間織雲其一也。織雲為古檀先生愛女。先生宰合肥，予宰江寧，為同官。織雲幼隨父任，吴山楚水，過輒留題。古檀先生闢園於青溪之濱，飭廚掃徑，賓至如歸，四方名流，咸申縞紵。王少司寇述菴、王光禄西莊時主其家，開設壇坫，標映一時。先生嘗輯其詩，都為一集，今世所傳《檀園修禊詩》者是也。豐水有芑，生才不盡，織雲乃以清音孤韻，嗣響於琅璈繁會之餘，若班昭之繼父，左芬、鮑令暉之繼兄，述作斐然。蓋織雲毓於閨則孝其親，則篤於兄弟；歸於家則事嫠姑，則相賢夫。洎乎髧而當户，黽勉有無，撦拄於清門零落之餘者，垂三十年。凡其悲愉愁苦之懷，每見之詠歌嗟嘆，此豈得徒賞其詩之工歟？夫論不歸於卓犖，事不切於倫常，則雖妍辭麗句，嚼徵含商，不踰時而散為飄風燐火者不少矣。乃織雲則温温乎女也，雝雝乎其婦也，凜凜乎其節母也。巖松千尺，亭亭天表，貫四時而不改柯易葉。聖天子褒崇節孝，恩詔屢頒，綽楔輝煌，榮膺坊表。後之人景仰織雲者，將於是乎在，原不以其詩。況其詩之温麗芊綿，有以繕其至性至情；而粹然一出於正者，又足以輝前而映後也哉！予衰老無似，不獲有所贈重於織雲，乃以曾交於古檀先生，有一日之長，因屈織雲於弟子之列，初非予心之所安也。今序其詩，且喜且慙。嘉慶二年如月隨園老人袁枚撰。

同集載徐祖鎏序：乙巳秋，余司訓丹徒，渡江訪耆生李君，悉數江南北閨房之秀；我郡織雲夫人，其一焉。夫人者，古檀園中不櫛進士也。幼隨父宦，長適扶風，遽賦栢舟，寄愁彤管。蓋浮休女之《詠燭》，敬瑜妻之《題栢燕》，宋若華之著《女論語》，李充母之書《大雅吟》，夫人兼擅之矣。猶憶甲寅首夏、辛卯初秋，夫人兩過翦水山莊，與内子磐山為紅閨韻敘，晚筍新茶，桂風荷雨，燭煤炮處，晶餅涼時，更倡迭酬，每至申旦，而夫人刺笄截髮、泣鐙淚鏡之思，時時流溢於楮墨間，亦甚可悲矣。夫人素工繪事，磐山又謬以能書名，縑素揮染無虚日。余為作《聯唫圖》，蓋以紀一時之詩痕畫跡，冀垂久久也。磐山許為《仙霞閣集》作敘，未成而歿。今張州守虚谷將以夫人詩梓入《峯泖閨秀集》，而責諾於余。

噫！衰頹之老，久廢煙毫，何足為大家增重，特以夫人必傳之畫、必傳之詩、必傳之德，均不可以無述也，謬贅一言，亦以竟磐山未竟之志耳。至其詩品之幽潔深婉，蘭泉司寇及隨園老人論之詳矣，余復何贅耶？ 時嘉慶二十二年丁丑孟夏四月，織山瀨叟徐祖鎏香沙，拜書於毘陵鳴珂里公館，時年七十有九。

上巳大雪偶作

佳辰紀執蘭，峭寒失和煦。百卉開較遲，苦被愁霜〔一〕妬。雲氣低壓檐，莫辨煙中樹。須臾急霰集，淅瀝紛無數。糝徑補苔花，因風雜柳絮。瓊霙漸委積，草木悉依附。以〔二〕增桃李顏，借此飾縞素。曲水停飛觴，浮橋阻晚渡。不賡右軍篇，重吟道蘊句。此夜山陰舟，應為訪戴去。

寄贈張麗然女史女史著《讀易新解》

華宗舊溯鳴珂里，川媚山輝鬬綺靡。蘭閨秀發清淑鍾〔三〕，華萼三株看濟美。就中伯氏尤擅奇，嗜古獨得苞符理。三才萬象羅錦心，治經矻矻窮端委。七十六家義蘊該，神遊別契淵微旨。餘才抽秘呈清妍，詠絮風裁差足擬。歷遍冰霜二十年，郝鍾令範非虛紀。緣知巾幗亦儒宗，帶水迢遥徒踵企。愧我臨池筆未工，悔買胭脂務末技。側聞大雅倍仰欽，見獵怦怦輒〔四〕自喜。何當示我瑶華篇，薇露開緘拂淨几。拋磚願得引珠璣，素心神往水中沚。

寄懷建門姪〔五〕時在浙江學政石君朱公幕

白門秋老雁程分，先同恩光姪晉謁於金陵試院，分途赴浙。星使高依襲桂薰。策馬柳橋初作客，燒鐙蓮幕細論文。功名夢幻疑滄海，顧復恩多感暮雲。遥遞書郵期努力，武陵〔六〕自得抵河汾。

何母費孺人貞孝詩孺人華亭何君焕章聘室

烏襴未遂百年盟，占易偏逢利女貞。破屋繐帷焚紙夜，小窻燈火課書聲。續成夫壻生前志，争得鄉閭死後名。巾幗叢中真砥柱，冰心羡爾玉壺清。

冬夜懷眉洲弟時在齊東署中

分襟草草不言愁，短劒殘書亦壯遊。舩尾好風驢背月，人煙稠處古齊州。

親舊重逢破旅顔，衙齋如水酒盃閑。探奇愛〔七〕縛吟縢去，一角〔八〕晴明鵲華山。

蕭疎落木雁聲孤，應向天涯憶姊嬃。一盞寒檠〔九〕風雪夜，誰人煮藥為燃鬚。今歲常為二豎所困。

【校記】

〔一〕霜：廖雲錦《仙霞閣詩草》（嘉慶間刻《峯泖閨秀詩鈔》本，下同）作『霖』。

〔二〕以：《仙霞閣詩草》、《國朝閨閣詩鈔》作『似』。

〔三〕此句《仙霞閣詩草》作『蘭閨秀擅林下風』。

〔四〕輒：底本作『輟』，誤。據《仙霞閣詩草》、《國朝閨閣詩鈔》改。

〔五〕姪：《仙霞閣詩草》作『壻』。

〔六〕武陵：《仙霞閣詩草》作『武林』。

〔七〕愛：《仙霞閣詩草》作『為』。

〔八〕一角：《仙霞閣詩草》作『最愛』。

〔九〕檠：《仙霞閣詩草》作『燈』。

周氏 一首

江西安福縣人，朱攀室也。事詳詩注。

夢夫

月冷梅山照夜臺，妾身未死已心灰。十年地下無消息，愁絶西風刮耳來。

《吉安府志》：朱攀之妻周氏，年十九守節。氏通文墨，傳《夢夫》一絶句云云。乾隆二十八年旌。

汪玉珍 十首

浙江錢塘縣人。適常熟孫鍾，早寡。著有《雲芝軒集》。

哭莊儀姪女十首

霜閨晨夕笑言親，應是情緣具宿因。自恨此生真命薄，更誰相倚未亡人？
黯黯悲風向晚吹，空幃無復覩芳姿。妬花風雨何無賴，腸斷清秋桂發時。
珮環今已返層城，空有餘哀結再生。非是慧根多不壽，玉京去伴董雙成。
零落珠鈿恨未窮，畫樓人去鏡匳空。芳魂不昧生前約，彷彿還應入夢中。
消瘦秋容怯晚妝，早知惡夢本非祥。緑窻此後簷前雨，不敵空閨淚點長。
貌得芳容入畫圖，淒涼無計慰孀姑。自憐皮骨空存日，更使雙睛為爾枯。
佳壻乘龍得所天，久憐婉娩亦稱賢。那知泡影徒成幻，玉碎珠飛月不圓。
繡户争傳詠絮才，埋芳無路達泉臺。香階遺跡虚留印，蓮步塵生一寸灰。
刺繡蘭房憶往時，彩雲飄去竟何之。阿誰坐對分金線，慘淡紗窻月到遲。
寢食相依十五年，不堪花謝曉風前。持齋願禮維摩佛，乞與香奩再世緣。

張氏句

湖廣人。善畫工詩。事詳詩注。

句

不須更作田風舞，寒到蓬窻已十分。

《瀟湘聽雨録》：有張大家者，孀老且貧寒，棲江夏。善畫工詩，以筆墨自給。《雪中》云云，風況清絶。潼關楊迂谷大令鸞，僦居武昌時知之，惜不詳其里居姓字。

楊素中十一首

自號青田生，浙江秀水縣人，楊文淳長女也。適太學生劉文煋，早寡。著有《石軒詩稿》。

讀書

我愛古人書，焚香細心讀。自憐閨閤中，玩索非干禄。紅日轉如飛，繼晷常秉燭。可惜一寸陰，千金莫能贖。

習静

世事原無定，何須較短長。忘年惟木石，投老有文章。月照松釵瘦，風飄桂粟香。望中秋意滿，雲水共蒼蒼。

賦得煙雨養春姿

暖送韶華轉，清姿長養勻。花紅含雨醉，柳翠帶煙新。物阜風光好，時和造化均。秀酣金谷草，香倦玉樓人。梅影融殘雪，鶯聲囀早春。恩膏沾品彙，聖德徧陶鈞。

夏柳

春歸仍愛緑垂絲，牽綰詩腸静裏思。葉密尚聞鶯語滑，花飛曾逐馬蹄馳。輕縈鳩杖風生處，濃拂魚軒雨過時。簗箇茆堂人絶跡，炎氛不到倍含姿。

《古檀詩話》：春柳、秋柳詩多矣，乃檇李有夏柳倡和詩，閨秀楊素中詩云云。後見方芷齋又有寒柳作。一柳也，雕鎪殆盡矣。

東風

梅花雪裏暗生香，修竹扶踈月影長。寄語東風須穩重，莫教輕易到廻廊。

結廬

槿結藩籬草結廬，湖光雲影伴幽居。鳶飛碧落魚沉水，小坐南窻讀道書。

鴛湖采蔆曲次韻

采蔆深處浪花浮，一片湖光十里秋。儂愛纖纖尖角好，輕風踈雨坐船頭。
水色澄清月色浮，蔆花泛泛蓼花秋。種蔆只要年年熟，換得銀釵壓鬢頭。
一棹鴛湖曉氣浮，小姑含笑弄清秋。凝眸住手低聲喚，嫂且停橈泊岸頭。
曉色迷離白露浮，風花片片滿船秋。今年蔆比去年好，采盡南頭又北頭。

蝴蝶花

蹁躚舞處傍柴扉，静趂微風似欲飛。不藉滕王凝粉黛，輕翻嬌影帶斜暉。

張屯六首

字麗然，江蘇婁縣人。研究《周易》，工卜筮。適國學生褚念劬，二載而寡，侍姑，撫遺腹子，矢志柏舟。著有《易道入門》二卷、《自箴語》一卷，與諸女弟倡和，彙為《小華萼集》二卷。

陸夔《小華萼集序》云：《風》詩三百篇，半出自婦人女子之作，以故名閨淑媛，祖三百篇遺意，於女紅之暇，以吟事争奇。《小山》、《香茗》諸集，所由膾炙今古也。我鄉女士張夫人，為鳴璧公長女，歸節裔國學生褚公明懷；余同學雲鵬，廼夫人令嗣也。夫人生而穎慧，垂髫曉讀書，及長耽藝苑，吟哦樂府，俱出自鳴璧公口授，遠近皆奇之。特是結褵未久，鸞鏡中分，以覼其遇，亦云窮矣。夫人安義命，隱處素幃，孝事其姑，内言不出於閫，撫育稚子，丸熊晝荻，不輟書夜。問乘課讀餘閑，於《易》理諸書，探源窮委，幾堪與宋儒分席。因以靈臺餘慧搦管成章，與諸女弟交相唱和，彙為是編，得詩若干首。其集中所詠，大都寫其冰雪之心，斷機之志，奉慈姑，事父母，至情至性之所發，非如《小山》、《香茗》諸集聊自遣懷而已也。夫扶輿清淑之氣，鍾於男子，尤鍾於婦人。熙朝名姝輩出，身不越香閨綺閣之外，目不覩山川風物之奇，本其幽思，發為吟詠，而性真語摯，名流士大夫往往見而閣筆。夫人之著斯集，亦其嗣音歟？此編行世，洵足深人禮義之閑，感孝慈之念，於風教有裨焉，寧徒博彤史之流徽也哉？

條山王鼎《題詞》：『選樓風尚溯機雲，拾翠分來體不羣。曹大家今留谷水，紅餘争播藥房芬。』『天然孝友聚蘭幃，咳吐隨風珠玉飛。合繼柏舟登國史，謝庭枉許錦為機。』『圯授堂前碧草滋，年來花蕚苦離披。援琴不盡存亡感，韻咽霜横月落時。』『江渚風謡繡閣多，蘭心桂質耐吟哦。玉堂一例輶軒貢，貞怨休虞小序訛。』

張興鏞《題詞》云：『完玉牽蘿感隻鸞，春暉一寸奉親歡。詩鐫苦節貞義畫，莫作尋常詠絮看。』『心是蓮華身是梅，宿因悟及夢瓊瑰。玉臺夜夜嬋娟月，留照殘膏浄劫灰。』『姊擬光威妹擬裒，一家慧業噪瓊樓。關心最在明星爛，詩教時憑鈿管搜。』

與三妹昭四妹瑾暨雲鵬兒談易

讀易貴洗心，探索妙契默。根窟雖微奥，研思終可得。羲畫文周〔二〕彖，孔子傳辭翼。窮參造化理，天地人三極。循環轉運機，陰陽互消息。静以分翕專，動以交闢直。博施化育功，大哉乾坤德。人道即天道，貞固無邪慝。易知而簡能，崇效卑法則。居則觀其序，虚含畫前易。動則玩其占，觸類廣知識。動静天機流，在在皆著扐。進退存亡理，惟明辨順逆。悔來思補過，咎至刻自責。虚心白受采，下學謙受益。五常處五倫，知至行必力。陟遐先自邇，九仞一簣積。弗得弗措之，人一而我百。

江南曲

踈窻軋軋鳴機聲，三日織來匹未成。迴腸曲曲如絲亂，亂絲不斷腸偏斷。昨夜西風吹枕寒，夢回頓憶客衣單。江南塞北音塵隔，生死無憑憂不釋。憂不釋，填胸膈，君若堂上無老親，妾身拚化山頭石。

病起懷三妹

病後踈慵甚，秋風掩碧紗。瘦容羞淡月，孤影怯黄花。咫尺同懷遠，相思别夢賒。空閨聽雨夜，對榻憶居家。

春日寄懷三妹闇齋

病懷寥落感離羣，空對晴光錦繡文。吟罷看花應念我，夢餘步月最思君。一溪緑水同春色，數武紅樓隔暮雲。開卷每忻新有得，獨憑孤館望斜曛。

雁

落葉隨孤影，秋風萬里心。一聲霜月裏，喚起數家砧。

何母費孺人貞孝詩有序

孺人費氏，籍婁縣，華亭何君煥章聘室也。年二十，未婚夫夭，歸何守志，歷三十九年如一日，論者難之。作長歌以記其事。

我聞共姜兩髦詠儀特，貞婦山頭貞化石。孺人未婚誓柏舟，望夫那識夫顔色。生長名閨待字年，高陽舊族慕其賢。粉郎射雀争誇美，一締紅絲即所天。同心未綰絲蘿絶，鴛牒驚分方寸裂。慈親惻愴勉其生，宛轉呼天剖冰雪。母欲兒生願有家，玉可毁兮不可瑕。生願影堂事蘋藻，死願骸骨同黄沙。無妻無子哀煢獨，殤喪誰服斬衰服。有妻成家立孤嗣，寒食年年薦麥粥。母嘉其志許以歸，素車縞衣拜繐幃。恬然為婦夜不啼，夢中蝴蝶亦孤飛。嶢嶢頭玉蘭芽小，季子生兒慰提抱。孔雀東飛十指勤，萊衣代子娱親老。昔日朱顔婉孌姿，愁侵緑鬢漸成絲。嚙蘗茹荼甘若薺，氣和家瑞榮荊枝。歸寧慈母告師氏，依然乳慕嬰兒子。事母事姑同竭力，餘陰課子讀經史。孤鸞鏡破髻鬟封，縱有蘭膏誰適容。不管春華幾開落，歲寒自保後凋松。冉冉星霜四十載，艱易始終心不改。一腔血淚封姑墓，阡表揚親志有待。烏頭綽楔邀天恩，恩波澤子還澤孫。馥馥貞名垂國史，千秋共目孺人存。

【校記】

〔一〕文周：《國朝閨秀正始集》作『周文』。

沈碧桃 一首

字里未考。詩見陳簡侯《留青集》。

悼亡夫

菊老桐枯正〔一〕暮秋，閑齋獨坐暗生愁〔二〕。可憐〔三〕野鳥知人意，也向西風叫不休。

【校記】

〔一〕正：《名媛詩緯初編》作『值』。

〔二〕此句《名媛詩緯初編》作『人間夜室兩悠悠』。

〔三〕可憐：《名媛詩緯初編》作『最憐』。

金氏 四首

江蘇吴縣人，金廷珪之女。適烏程國學生董三鳳。著有《綠窻閑詠》。

茅應奎《絜吴囊》：孺人即其姑太孺人之姪女，父為州司馬天章。于歸董太學瀛洲後，眉案相莊，嬪則有聞。迨嫠居時，年未四十，而克持門户，撫三孤以教育。詩亦雅嗣遺音。第貞燕離鴻，音節淒婉，見者傷之。予與兩家俱屬舊戚，特拔其尤者，以志慨云。

次韻簾捲春風燕復來

雨釀芹泥報早春，風來東面社期新。只知壘在歸庭户，不信梁空失主人。小院開時頡頏舊，疎簾鈎處去來頻。畫堂處處多雙宿，絶少單棲失偶身。

秋夜有感

月映疎桐透檻陰，新秋悲思獨沉吟。金風吹動簷前鐵，玉軫難操石上琴。歲序遷流渾瞥眼，人生死別最傷心。往時逸興今難再，坐對清光淚滿襟。

見梅開有感

簷前疎影昔年枝，脉脉含顰伴怨思。恨煞玉樓人去遠，滿庭冰雪冷空墀。

雨中楊柳

輕風剪剪雨絲絲，無限縈情是柳枝。小閣捲簾春睡起，市橋一望總迷離。

趙雪鴻二首

號清蔭，浙江錢塘縣人，趙太守本植之女兄。適秀水潘生秀山。潘卒，欲以身殉，因有遺腹，老姑强延以代子職。

著有詩集，遷居臨平，致遭散失。

嘉樹軒初夏分賦

竹繞環扉水遶村，山川秀色萃閨門。温和如玉風姿潔，氣味同蘭雅誼敦。新得花箋賡白雪，遥思月樹酌清尊。揮毫潑墨供幽賞，富貴浮雲豈足論。

次閨友韻

平生相契問誰何，只有高人感最多。傾倒詞源推藻雪，纏綿寤寐逐春波。醒來孑孑惟存我，别後茫茫邉記佗。異地豈能真間阻，晤言常得對詩歌。

張介 八首

字筆芳，江蘇婁縣人，太守蒙泉季女。適上海沈璧璉。著有《萬花樓詩鈔》。

諸葛菜 一名蔓菁

沿階多蔓菁，一雨遂抽碧。紫花浮茸茸，緑葉蔓無隙。云可佐菜羹，芼以薦嘉客。思昔諸葛公，軍行乏禾麥。藉之為餱糧，飼馬計亦得。自古行大兵，軍儲貴籌畫。苟無芻粟資，告急何能擇。微物頗易繁，所在供朝夕。今人少種藝，嘉蔬未聞食。流傳信有之，盤餐庶採摘。寄語食肉人，此味毋輕擲。

銀瓶怨

金牌十二來軍中，黃龍不搗〔一〕中原空。上下相蒙和議定，穹廬那得歸兩宮。蘄王解柄鄂王死，百戰勳名付流水。長城失自小朝廷，偏安屈辱甘蒙恥。丸蠟潛通構陷成，銀瓶欲墜志難更。風波三字定冤獄，覆巢之下豈獨生。如花竟向井中没，冰心一片澄寒月。宋家半壁竟難支，閨中弱質餘芳烈。古甃深沉久不波，瓣香瞻禮今如何？

題王麓臺松壑流泉圖

設色染峯巒〔二〕，濤聲殷松樹。巖壑一何深，煙雲繚無路。其上飛瀑流，曲折向低赴。穿石似琤瑽，寒輝玉龍度。何當此消夏〔三〕，驅暑過停午。松泉奏清音，和我朗吟句。

白荷花

別自冠紅芳，蕭然韻野塘。沙明容宿鷺，波浄避文鴦。露重珠難定，風清氣倍涼。亭亭堪静對，恍在白雲鄉。

落葉步家大人韻

秋來何處促魂消，一望千林頓寂寥。抱樹寒蟬餘斷梗，歸巢夜鵲訝空條。聲隨鐵馬因風送，影趁蒲帆帶月飄。詞客不須頻悵悵，春來依舊綠陰饒。

賦得秋露如珠

露下中天秋氣清，十分朗湛十分明。擎來仙掌光難定，泣罷鮫人結未成。穿柳線疑穿線巧，走荷盤似走盤輕。拈來不比勻圓樣，留與閑階賺鶴驚。

桃塢

滿塢碧桃花，欲奪朝霞色。不是武陵源，漁人詎能識？

暮春之望

柳絲窣地景暄妍，紅滿園林綠滿川。檢點韶光將穀雨，輕陰正是養花天。

【校記】

〔一〕搗：《國朝閨秀詩柳絮集》作『埽』。

〔二〕峯巒：《國朝閨秀詩柳絮集》作『風巒』。

〔三〕夏：《國朝閨秀詩柳絮集》作『秋』。

卷之十

范滿珠 五首

字劬淑，安徽休寧縣人。適同邑戴邵菴。著有《繡餘草》。

無名氏《范劬淑詩序》：《詩》三百五篇，多婦人女子之作，而『二南』之篇，詠嘆后妃夫人之事。所採掇，則荇菜、卷耳、苤苢、蘋蘩；所服御，則絺綌、澣濯；所見聞，則桃夭、樛木、兔罝、草蟲。託物近，取義遠，情動於中而形於言，被諸絲管，為房中之樂，如是而已。春女哀，秋士悲；鸞鳳有歌舞之容，燕雀表啁噍之感；班姬之賦齊紈，卓女之吟溝水；塘上傷離，隴西贈別：纏綿綺靡，不失閨門本色。漢魏已還，變風變雅之遺音，猶有存者。近世閨秀之集，多於稻葦，花葉駢儷，金碧填砌，觀者瞀亂眩運，而不知所由來。其或投謁朱門，呈身綺席，膏蓬鬟以獻笑，倚漆管以救饑，輕薄之子，交口訾謷，以為粉黛山人、笄幃乞士。吁！其可傷也已。新安范眉生攜從妹劬淑詩草，就正於余。劬淑之詩，抒情託興，不出乎夫妻、母子、房櫳、門屏之間。骨肉慮歎，門户綢繆，喜則真喜，悲則真悲，無事於寵柳嬌花、裁雲鏤月，信乎其為淑姬静女之詩也。揚子曰：『女惡華丹之亂窈窕也。』華丹之飾，揚子猶惡之，況於易頭借面，並其華丹而失之乎？舉世之女子，相與揄長袂，衣方空，畫愁眉，簪墮髻，揚眉頓睫，嫈嫇細視。有一人焉，青衫裙布，縞衣綦巾，離立於其中，為女伴者，靡不笑而唾之，而其人亦將顧影羞澀，刺促而無以自置。世有揚子，惡華丹而思窈窕，其將取諸彼乎？取諸此乎？余三歎劬淑之詩，以為居今之世，疏瀹其眉目，無忘閨門之本色，庶幾可以諷世也。其將以余為老不曉事，申申而詈余，余既已知之矣。

睡燕

寂寞梨花夜色低，春風輕拂畫梁西。甘隨蝶夢穿花宿，懶和鵑聲帶月啼。織水失梭萍影合，破煙無剪柳絲迷。風簾喚醒輕輕語，猶話華胥啄落泥。

三月十九日偶成

春已闌刪蝶意疎，草間微瓣雨沾初。蛛絲為巧終成繫，螢火求輝應望餘。兩月鶯花慚五柳，十年心事夢三間。畫堂香艷憑何處，落盡紅衣燕子居。

夜坐

夏雨涼生夜，深庭人未眠。濕螢飛不起，點點墜堦前。

吴蠶曲

絲完蠶已死，蠶死竟留絲。辛苦知無悔，留絲為阿誰？

旅居

殘燈明滅亂蟲啼，展轉鄉心月漸低。夢對家人纔欲語，雞聲依舊到窗西。

陳維崧《婦人集》：范滿珠，休寧人，范眉生妹，詩才與兄相稱。《述母》一詩曰：『獨眠不禁冷風呼，摧落梨花滿地鋪。可奈壻亡留女在，那堪兒死更孫無。枕前有夢誰人伴，燈下無言已淚枯。不是彼蒼昏昧久，如何伯道暮年孤。』詩語絶痛。又《旅夜》絶句云云。淒淒楚楚，可念也。

詩名《繡餘草》。

劉氏 一首

湖南善化縣人。適諸生和鼎，二十四歲而寡。詩見《長沙府志》。

《長沙府志》：彭氏，廩生和紹中妻，善化人。年二十八夫亡，家貧，艱貞矢志。事翁姑，生葬盡禮。年五十九卒。教子鼎入庠，旋沒；遺媳劉氏，通吟詠，年二十四而寡。遂絶筆不事詞章，惟奉姑撫孤為念。姑病，典衣鬻藥，惟恐姑知，現年五十四歲。

即事

一葉隨風送嫩涼，數行雁字帶斜陽。採菱渡口歸來晚，閑步中庭月似霜。

陳玉岑 十六首

江蘇山陽縣人，許志進之繼配也。無子，守節。五十餘卒。著有《來鳳樓集》。

鰣魚

珍味誇食單，江鰣得新取。潮信起春潯，承筐貫之柳。肉芝連活玉，洗鱗忍觸手。烹飪戒廚娘，芳辛滑以滫。食指遥借箸，雋味適可口。絶勝松江鱸，合佐酒盈斗。魚箋寫新句，清興發尊卣。落花啼鳥中，春盡夏方首。江鄉魚笋樂，僕射何如酒？先生恥家食，願得操魚罶。三山風月笛，盡醉舷堪扣。長歌漁父詞，裙布偕箕帚。

南樓對月和外

一年能幾度，永夜此孤圓。清露無聲下，踈星幾箇懸。樓臺瑩似水，花樹静含煙。瀹茗焚香坐，三更人不眠。

許志進原作：天鏡掛簾鉤，凝輝爛不收。團圞當首夏，皎潔豈中秋。瞻兔青冥小，山河灝氣浮。丹心將白髮，幽興寄南樓。

桂花

移植傍朱樓，繁香一院收。托根從皓月，結子在中秋。金粟前身影，瑶林幾樹儔。清飚薦蕭爽，仙館共深幽。

許志進和韻詩：金粟滿枝頭，香多浩不收。四時全得月，一樹最宜秋。落實寧論晚，淩霜孰與儔。自緣辛辣性，老向小山幽。

白雁

驚看白雁到江城，皓月光含玉羽清。行踏雪泥留爪跡，來從霜磧帶寒聲。尺書遠繫雲霄闊，飛白橫披點畫輕。良夜叫羣天拍水，雞鳴昧旦迴關情。

庭花四首

花箭比葉長，微風裛露香。同心不無意，為植向蘭房。蘭

明妝揎翠袖，亭亭漾清泚。來摘浣晴霞，連房數青子。蓮

雪艷花田質，人間占晚妝。夢回羅幌月，嗅得枕稜香。茉莉

名重紫微垣，花映絲綸閣。相對兩忘言，紅芳自開落。紫微

題管夫人畫蘇蕙織錦圖

一寸璇璣蕙子心，帝鄉天遠恨魚沉。國風小雅鴛機字，為寄連波是賞音。

愁思封將錦字圖，管姬曾是憶蒼梧。封侯自屬英雄事，倘憶閨中萊婦無？

許志進和韻詩：『縱橫錦字三千首，好解還超朱淑真。寫入蒼梧羈客恨，靈心惟讓管夫人。』『論才得似仲姬多，記和春宵畫竹歌。君是前身蘇蕙子，嫁將松雪勝連波。』

飼蠶詞

博得春閨兩月忙，豳風七月第三章。擬將一匹天孫錦，製作黃金公子裳。

重帷篝火護蠶寒，晝永慵多午夢酣。睡起裁詩先匿笑，緑窻人自嬾於蠶。

六食三眠困欲舒，披沙布葉按蠶書。何當瑞草分園客，冰繭成來甕盎如。

先蠶鄭重説西陵，製就羅紈入市輕。周禮夏書閑檢閲，從君幸作女書生。

纍纍犢角報蠶成，預設添梯約鎖星。更為右軍儲繭紙，茂林修竹寫蘭亭。

愛看蠶蛾作對飛，抽思敢擬織璇璣。好施山甫經綸手，重補虞廷藻繡衣。

許志進和韻詩：『春閨也復事蠶忙，拂曉傾筐分女桑。簇簇蜎蠕纔食葉，焚香先拜馬頭娘。』『竟日柔桑飼一箄，深宵斗帳護餘寒。緑窻女伴多私忌，不是梳頭不肯看。』『幾夜留燈照獨眠，蠶房齋禁太常偏。軒渠借問秦淮海，箇出蠶書第幾篇？』『九日眠餘困未醒，莫教擲葉怕蠶驚。扶床笑語嬉嬌女，繭虎簪頭待繭成。』『七襄雲錦自天孫，蘇蕙璇璣且漫論。準備繅車看浴繭，元黃黼黻出三盆。』『曾染山龍上赭袍，經綸事業問蠶繅。仲山袞職吾何補，此事由來讓汝曹。』

方寧三首

安徽桐城縣人，適孫蓋臣。嫁甫數月，夫亡殉節。著有《又清閣遺稿》。

方璘《又清閣傳略》：姪女又清閣，名寧，四弟備嘗女也。生而穎慧。多病，未嘗出閨閤，喜流覽詩史。每聞里閈間有節義事，則亟稱羨之不去口，其天性然也。居常侍庭除，即景撫懷，間發為歌詠。至年踰二十，始贅孫氏子蓋臣為壻。孫故與吾家世好，博聞彊記，至行醇篤。女既卺，遵兩氏儀範，不以窶故失事人禮。親操作，愉婉恭順唯謹。越數月，壻歸省親。壻家邑北麻篤山，去郭門一舍。及歸病作，女粥簪釧，購參朮藥餌，覓人齎送不絶。已有瘳矣，忽一旦訃至。女聞，奔哭數十里不輟聲，哀感行路。女自結褵後，閱百餘日，猶未入孫門也。至是麻衣衰絰，哭泣廟見，自姑嫜以下，憐而哀之，無不淹涕失聲者。女既親含襝畢，撫棺嚙臂，誓不欲生。時方孕，壻臨殁，惓惓以遺腹為言，乃茹痛，復大歸吾弟。所孕僅八月，産一女，未幾殤。女呼天大慟曰：『吾今復何望哉！吾所以遲遲未即從夫子地下者，以孕。孕而女，女復不存，吾已矣！復何望哉！』先是，女屢哭死，皆救甦，因泣語父母辭訣，勿復救。作《絶命詞》數首，號哭屏食飲十餘日以死。死前一夕，預服襝衣，問夜何其。質明，端坐誦佛號而逝。吾弟如其言，從壻合塟於其家山之陽。

方陪翁《又清閣遺稿序》略：吾於女孫寧之得死所也，而後感天意之成之也。女孫寧，為吾兒琫女，生而穎異。稍長，讀吾祖姑節婦《清芬閣集》，愛之，時時不釋手。吾鄉有高氏女，未嫁而夫亡，矢志不字。女孫聞之，嘉歎不已。喜其得吾川真姑遺風，豈非其情性之得於天者乎？贅壻孫蓋臣甫數月，蓋臣以省親病於麻山。女聞訃，哭死奔喪。因蓋臣遺言，願存遺腹一脉，力勸忍死撫孤。視死猶生，視生猶死，豈非其志之得於天者乎？孕僅八月産女，日夕泣涕，願從夫地下，未匝月女亡。女孫告父母曰：『分定死矣！切勿復救。』因作《絶命詞》，絶粒以死，合夫塟於麻山麓。由是觀之，性之重節義者，天也；嫁數月而夫亡者，天也；生女不育，卒能遂其矢死之志者，皆天也。非天之成之也，而能若是乎？學詩亦未久，而能抒寫其志之所在，語甚悽惋。命琫録而存之，使世之君子憐其志而已。

秋夜

片片輕雲入夜流，百蟲聲裏一燈幽。窻前落葉知多少，殘月蒼蒼山自秋。

初夏

微風陣陣透窻紗，竹影横穿日影斜。倦鳥飛還深樹裏，雙雙蝴蝶遶庭花。

夜坐

遠寺鐘鳴和雁哀，斷腸聲逐淚千回。蕭蕭風透窻櫺響，疑是孤魂入夜來。

沈蒞紉 五首

字蕙貞，江蘇吴江縣人，沈高陵之次女也。年十二，即能吟詠。適諸生吴君梅，吴早卒，矢志柏舟。臨殁，謂其弟浣桐曰：『頃得詩二句：病多未得專醫肺，瘦盡何須更論腰？』惜遺稿散失，浣桐力為搜輯，僅得百分之一二焉。

春暮

重簾不捲濬房〔一〕寒，誦罷楞伽獨倚闌。桃謝柳飛三月暮，雨迎風送，春殘。鶯梭織就愁千縷，燕剪裁成恨百端。錦片韶華塵土看，茶娘慰藉勸加餐。

池塘柳影

盈盈弱態入溪煙，濯濯春姿上遠天。翻破碧濤常自舞，攪空寒夢不成眠。魚梭擲去千絲亂，水馬行來一縷牽。陶令門前零落盡，幾枝摇曳野塘邊。

月華裙

輕薄冰綃六幅寬，空階閑步玉珊珊。素娥應是憐孤寂，百道雲華護廣寒。

帙中得亡姊遺箋

倡和難尋幾斷腸，丹鉛留影黛留香。短箋題句今猶在，欲讀先揮淚數行。

詠菊

洛下羣葩媚艷陽，都將紅紫鬬時妝。自憐生性甘寥落，直待秋深一傲霜。

【校記】

〔一〕濬房：《國朝閨秀正始續集》作『曲房』。

楊涓 一首

字秋碧，浙江會稽縣人。適茂才謝某。

題冬景畫

横斜梅影拂窗紗，雲去峰頭露月華。不是羣真遥獻瑞，碧天豈肯散瓊花？

《圖繪寶鑑》：楊涓，字碧秋，會稽人，謝茂才之室。不惟能詩善畫，其貞烈當炳焰青史。畫冬景並題云云。

曾浄蓮三首

湖南新化縣人，適順天秀才趙德謹。賦性安閑，幼嗜筆墨，十歲即能吟詠。少寡，冰霜自矢，日惟閉户焚香，習誦金經。中年雅好談玄，頗有霞舉之想。

立秋日時寄居燕京

鳴蟬枝上報新秋，午夢驚回故里遊。血淚殘啼桐葉落，墨痕書遍雁行愁。萋萋衰草連雲淡，點點殘花帶雨流。晚霽憑欄無限意，鄉懷秋興兩悠悠。

登城子山

萬山山上白雲端，雨霽登臨作大觀。舉首乍驚紅日近，凝眸静看緑峰攢。飄然身寄煙霞外，渺爾神遊宇宙寬。海島蓬瀛何處覓，好居此地躡飛鸞。

詠白桃花

潔素冰華占上林，淡粧如洗脱紅塵。肯隨羣艷争顔色？只仰梅花作比鄰。

諸餘二首

字耀霜，江蘇無錫縣人，進士保宥之女。適戴參議子鉀，早寡。著有《冰心集》。

賦謝邑令莊君

衰朽何堪動大賢，孀閨未可姓名傳。侍姑有媿承歡禮，教子空懷畫荻篇。兩字文章吾豈敢，百年窮苦命應然。使君藻鑑衡今古，冰壺增光感二天。

絶句

喪父喪夫兼喪子，思姑思母更思鄉。鸞影已分羞對鏡，月光雖好莫憑欄。

《長泰縣志》：諸氏名餘，字耀霜，江南無錫進士保宥女也。參議戴榷淮關，為子鉀擇配焉。鉀善文，諸工於詩。十七賦于歸，六載而稱未亡。其苦節貞心，悲愁鬱抑，悉於詩發之。著有《冰心集》，如《絶句》云云，蓋可想見其實也。晚年，邑令莊君歆贈詩，氏賦謝云云。令先後相繼請旌，不果行。卒年八十有三。

衛琴娘二首

浙江天台縣人。

題壁

衣片鞋帮半委泥，千辛萬苦有誰知。幾回僻處低頭看，獨自傷悲獨自啼。
目斷天台旅雁長，青山緑水杳茫茫。不知憔悴中途死，魂夢何時返故鄉。

《丹徒縣志》：順治三年十一月，甘露寺有一婦人死於楊公祠內。僧啟其户，見壁上炭書字數行云：『妾，赤城弱質也，姓衛，小字琴娘。于歸三月，忽遘亂離，匝地鼓鼙，擁之北上，歷吴渡淮，欲死無所。幸以琵琶擊之，得脱虎口潛逃，破面毁形，蒙垢廢跡，晝乞窮途，夜伏青草，吞聲背泣，惟恐人知。偶登北固，江山滿目，不覺涕零，因為短吟二首。』

吴氏四首

安徽桐城縣人。事詳詩注。

詠史

六貴同朝激虎彪，横江勒馬下西州。銀鎗酒市春雙靨，玉屧蓮臺月半鈎。趙鬼西京諳漢賦，阿兄

東閣壓通侯。誰知講武旄頭入，芳樂笳聲碧麝秋。右南齊

同泰齋中拜佛囉〔一〕，壽陽千騎渡江波。金疑突向金誤缺〔二〕，蔬絶空陳雞子多。五月誰勤君父難，七官先反弟兄戈。江淮廢後襄陽促，秋草臺成放橐駝。右南梁

臨春閣上萬花妍，寶帳珠簾裊蕙煙。鼙鼓飛衝朱雀路，軍書壓損繡床邊。嫦娥入月昏銀鏡，狎客還家碎錦牋。賸有景陽宮畔井，胭脂春水咽殘絃。右南陳

江南一劍捲秋霜，半壁山河入雒陽。百尺樓空蓮葉碎，翠微亭冷鳥聲荒。臨城悽愴填宮曲，辭廟倉皇聽教坊。日夕淚痕誰洗面，錦書封恨報紅粧。右南唐

《觚賸》：桐城吴氏，年二十五而寡，以其所居有棲梧閣，世遂稱為『棲梧閣吴氏』。秉性高潔，好讀歷代羣史，而艷詞小説，屏絶弗觀。今聞其年六旬有奇，已届梳雪之辰，尚勤操觚之業。著有吟詠，蒼古悲涼，無脂粉氣。若置之《朱鳥集》中，又為閨閣另開一生面矣。余於番禺宰姚公官署，得《金陵懷古》詩八章，録其四而存之。

【校記】

〔一〕此句《國朝閨秀正始集》作『同泰一人歸佛地』。

〔二〕此句《國朝閨秀正始集》作『盟成自取金甌缺』。

楊淑貞五首

字端一，四川金堂縣人，廣西潯州知府正輔之女。適六安州諸生閻鑒。著有詩集　卷。

聞鴉喧憶親述懷

一烏樹頭集，羣烏共喧呼。老者似愛憐，雛者如持扶。老雛同依依，孝哉至性俱。物情尚如此，嗟我何其殊。憶我將字日，親悲淚欲枯。一旦遠分離，千里阻程途。荒城魚雁杳，生我却如無。恨我不為男，背親來事姑。十五年瞬耳，親容今何如？親容日益衰，親年日加諸。親容與親年，追思忽嗟吁。感此物爭鳴，誠哉不如烏。三復蓼莪詩，嘆息欲廢書。

悼亡

琪花玉樹陡凋謝，黯淡月影空庭瀉。閨闈悲啼作杜鵑，麻衣紅血暗沾藉。細訴衷腸繐帳側，君其聽諸莫悲咤。在昔我父與我翁，同官誼好結姻婭。重爾黔婁德冠羣，十六而笄將身嫁。未幾命駕一時歸，離親遠去心如炙。左朐右末奉高堂，蒼煙白雲思親舍。花時滌硯共章句，晴日倩婢勤桑柘。轉眼渾似一夢中，計今十九度春夏。去冬君病支匡牀，烹藥進餐幾曾暇。朝夕瓣香焚金鼎，苦厄繞纏祈神赦。菊泉空勞酈縣求，人壽難向籛鏗借。時過寒食竟長去，哀哉一代儒雅罷。歷歷長城哭將頹，巖巖巨石身幾化。樓頭紫簫常共吹，一旦鸞背君先跨。此去逍遥應無憂，如何彌留睛光射？似多牽懷口囁嚅，女媧愁難補天罅。平時常慨庸女流，水性東西殊堪怕。自古美玉比閨人，在人各重無瑕價。我心惟君素所知，不二靡他休疑訝。中流柏舟吟誦久，當年共姜我其亞。髽髻蒿簪畢生粧，翠羽明珠自茲卸。眉鬢永罷臨菱花，裙衫不重薰蘭麝。更何心情玩芳菲，寡鵠甘受黄鶯駡。蕭條户窓風披帷，冷寂園亭苔生榭。見君遺書盈鄴架，課兒丸熊勤中夜。兒得成名事業興，良人瞑目九泉下。

病起柬井桐汪大姊

翠冷黄添逐病容，修眉怯掃黛螺封。簟痕輕拭流波膩，幔影閑垂曲檻重。五夜燒燈挑荳蔻，三秋覽鏡減芙蓉。披衣小展裁桐葉，撩亂吟情四壁蛩。

秋夜

紗窓月透影朦朧，丹桂香飄曲院風。滿耳蛩聲秋唧唧，玉階寒露冷梧桐。

春日

輕寒欵欵逼窓紗，日影穿簾燕子斜。庭事小園春未減，一枝晴放碧桃花。

吴絲二首

字黄絹，安徽合肥縣人，總兵吴英女。適吴縣欽牧，中年而寡。三子先卒，依子壻沈佳忠，居吴縣木瀆鎮。卒年八十二。著有集。

過鶯脰湖

風光淡沱[一]晚涼天，遥望漁家夕照邊。傍岸緑陰藏釣艇，一竿秋水半湖煙。

詠梅

月上疎枝影自工，香浮綉幙半因風。春光滿目皆生意，凡卉萋萋不與同。

【校記】

[一]淡沱：《國朝閨秀正始集》作「淡淡」。

許元淳一首

字韞輝，浙仁和縣人。適王文學映奎，結褵甫數月而寡。著有《韞輝樓吟稿》。

秋閨有感

風飄黄葉滿庭飛，寂寞深閨晝掩扉。鴻雁不傳泉下信，空勞刀尺製寒衣。

李蒞七首

字天章，江蘇崑山縣人，明經葉崙生之室也。

再送真師

遠送已云再，蒲帆復此揚。禪心無去住，塵世有炎涼。足遍下峰頂，身惟一鉢囊。憑高覽天外，邈矣豈能量。

中庭早梅

庭樹垂芳凍欲消，新鶯争語未全調。曉煙淡護寒方透，夜月深籠暖尚遥。笛裏驚飛忽片片，樓中清夢漸迢迢。殘香不逐風吹去，猶自緋微伴寂寥。

寒食掃夫子厝宫

驚心烽火徹雲霄，移厝郊原恨自饒。荏苒東風三月到，凄凉南陌一盃澆。花和淚落如飛雨，江帶愁深正晚潮。似有魂來招未得，啼鴉歷亂促歸橈。

秋夕

堦下凄凄日，窗前嫋嫋風。晚來聞絡緯，啼遍百花叢。

春歸懷長女

幾聲杜宇喚春歸，無數楊花上下飛。聞道昭陽卑濕地，不知曾否試羅衣？

暮春

如豆青梅葉底垂，輕寒微雨莫春時。東風不共鶯聲歇，落盡殘紅猶自吹。

斷酒

莫為愁懷藉酒開，須知萬感醉時來。醒中悟得空王理，世上悲歡事事灰。

郝湘娥 五首

直隸保定縣人。容色麗娟。年十一，鬻於本地巨族竇眉生家。能詩弈，又善繪花草人物，遂為其子鴻所寵。尋有山陰崔仲平者，與京中大僚厚，而保定太守為崔戚屬。竇以太守故宴之，出郝相見。及崔入京，大僚欲納妾，崔以郝告。竇不允，扳入盜情，下獄自縊。郝在家，亦於是日自縊死。崔後為竇生批頰暴死。

江南採蓮曲

緑鬢紅幬映水鮮，荷香十里盪輕船。背姑撐入花深處，暗自拋蓮約少年。

採蓮乳婦小花香，羅袖新裁半臂長。為羨灘頭交頸睡，戲將荷葉罩鴛鴦。

十五吴娃慣弄潮，隔花回首向郎招。來時不用撐船訪，門對垂楊靠水〔一〕橋。

荷花如臉葉如裳，日向南湖棹小航。梳得雲窩光似鏡，更將緑水照新粧。

絶命詞

一婦何曾事二天，今朝端死赴黄泉。願為厲鬼將冤報，豈向人間化杜鵑？

《圖繪寶鑑》：郝湘娥，保定人。修眉秀髮，姿容娟麗。年十一，鬻於本地巨族寶眉生家。十六歲，能詩善弈，又工畫花草人物。後寶被人扳入盗情，自縊於獄。湘娥亦於是日縊死於家，賦《絶命詞》四首。僅録其一，其詞云云。

【校記】

〔一〕水：《名媛詩緯初編》作『小』。

林錡 句

字芳榮，福建侯官縣人，林太史澍蕃之妹。適奉天少尹陳治滋孫元煒。夫亡殉節，自焚其所著詩，故失傳。

林喬蔭《仲妹行略》：妹名錡，字芳榮。其夫陳元煒，字有美，以乾隆四十一年三月二十三日丑時卒。吾妹殉節為五月初二日酉時，年三十。其生也，吾父方官浙之山陰令。二年而罷官歸，又三年而吾父歿。時吾叔父先卒，吾方九歲，弟澍蕃四歲。吾祖母廖太安人悲痛無聊，吾母鄭太安人常令妹嬉戲左右，以娛朝夕。廖太安人尤憐愛之。廖太安人本陳氏女也，為德泉先生女弟。先生歸自奉天時，往來吾家，謂太安人欲申婚姻為永好，太安人撫妹而言曰：『此女可。』先生詳視而異之曰：『吾諸孫年多與相若者，然非此女匹也。四男之子元煒慧而愨，吾所愛，可以配之。』時吾父喪甫踰期，明年免喪，遂定聘焉。乾隆三十二年，年二十一，歸於陳。家故貧，妹獨持內政，事翁及庶姑惟謹。郎叔二人，小姑四人，皆依若所生然。次年而翁官四川，家負官錢，妹盡斥奩具，鬻從婢，以完逋。自是荊釵布服，井臼操作之事，皆身親之。未二年，而翁卒於官。多難之餘，與其二弟饑驅走四方，妹以一人拮据補苴。蓋自歸陳氏，至於死，凡十年，未嘗享一日之安也。前歲，其翁之喪始歸，妹持重服迎郊外。明年，其郎叔先後畢娶，能自立，家事略有成矣。廖太安人謂喬蔭曰：『汝妹今當稍安逸，得時歸寧，幸甚。』喬蔭亦以為然。嗚呼，豈意其卒是耶！有美故聰敏，能文章，以貧不能力於舉子業，然終不廢學。今春自建寧歸，應試復黜，遂病；病不十日，亡矣。妹撫尸一慟，數日不進漿水。吾母悲，亦不食，乃勉進數數。先成服之日，藏羅帕於懷，為人所覺，以告吾母。急索之，哭而投諸地，哭不絕。吾叔伯兄弟往唁者，誤曰：『汝喪事略畢，可歸吾家。在老人膝下，亦可稍解悲懷。』妹曰：『吾今終不復歸矣。』固知其必死也。五月初二日，聞陳家有人來，曰：『噫嘻，吾妹死矣！』問之，信。趨往哭之，面如生，目瞑若熟睡時也。其繯以白布帶。竊其意，以前所懷之羅帕非服中所宜用，故易之以此。雖死而不苟也。嗚呼，痛哉！

句

踈簾人静燕來窺。

何其瑩二首

字秋碧。所適及里居未悉。

孫貞媛詩

我亦誓完貞，孤危一命輕。冰霜堅勵節，花月淡忘情。處困辭金屋，遊仙慕玉京。細評扶鶴語，自愧未捐生。

次韻題明妃圖

情知殺壽主恩稠，感遇分明死節秋。忍抱琵琶辭故國，項王贏得美人頭。

扈氏二首

直隸北平人。歸福建鄧某。

衣帶遺詩

征塵萬里伴夫君，冷落深閨哭不聞。薄命娥眉終見妬，一縑傳送到燕雲。

飛燕伯勞此日分，斷腸無計暗消魂。願從野蝶依青草，攜手雙雙到鬼門。

《福建通志》：扈氏，北平人。年十七，歸鄧宦某為妾。嫡妬，閉氏幽室，數年不得見。鄧没，嫡乃出之。氏奠柩前，自經死。衣帶有詩云云。

徐鍾璧 一首

字賓姮，江蘇婁縣人。廩生徐允貞之女。適王豫瀍，三月而寡，矢志守節。能詩文，不肯以翰墨自炫，故流傳甚少。

《江南通志》：王豫瀍妻徐氏，婁縣人。康熙三十七年，奉旨旌表。

徐懷祖《亡妹徐節婦行略》：舍妹名鍾璧，字賓姮，先王父聖期公女孫，先考麗沖公長女也。年十九，于歸王子量遠，名豫瀍。姑杜夫人寡居，孝敬兼至。婚未匝月，會量遠家疫作，杜夫人相率避於鄉月餘，先君乃招量遠寒齋課文，半月疾作，迎姑共為調視，越七日卒。妹痛哭，欲赴井，祖等力阻之。回視含殮，勺飲不入口，至七日，欲訣別從死。先君子、家慈與杜夫人百方勸慰，乃進漿糜。已而姑遷往壻家，先君子援『大歸』義，取以歸。日與一婢刺繡紡績，雖冰天雪夕，必至夜分而後即安。時遣人問遺姑，不失子婦禮。祖兄弟各以謀生走四方，左右承歡解憂者，惟妹一人而已。迨四十九歲，杜夫人卒於壻家。妹强病往，含殮哭泣盡哀。明年，葬姑舅塋。時方沍寒，執紼之際，風回而雪霽；舉畚之時，冰泮而土解。人以為孝感所致云。妹自姑殁後，未半載又遭先君子變。復竭蹶稱貸，佐祖兄弟喪葬之費；而且三年以内，孺慕不衰，祖等有厚幸焉。妹幼時未嘗讀書，而頗好閲覽沉思。夙慧，能詩文，然終不敢自炫也。苦節三十二年，例得旌。祖兄弟、諸同學籲當事轉請，五十二歲奉俞建坊云。

憶姑

風雪連宵冷不支，藥爐茶竈鎮相隨。老姑可得猶强飯？相見無由苦夢思。

朱氏 一首

浙江海寧州庠生周靖遠妻也。靖遠卒，氏絶粒十餘日，不死。諸母强之，乃曰：『以待夫葬。』嘗作《哀詞》以見志。葬後，别老親，仍絶粒而殞。詩見《拙齋集》附。

哀詞

身雖未死心先逝，無奈偷生未葬時。血淚千行誰得拭，夢魂先遣報君知。

黄汝蕙 四首

字儷佩，號蘭舟，江蘇吴縣人。善丹青，適顧塈。著有《延緑閣詩稿》。

丁鉉《延緑閣詩稿序》略：余表姪婦黄孺人汝蕙，字儷佩，為蓄齋公孫女。少承家訓，潛心好學，冥搜雒誦，爐篝不休，家人以女博士目之。及笄，適吾表姪顧頡亭。黄本素封，孺人于歸後淡泊自甘。後頡亭偕諸父葬大父，頡亭為長孫，倍費心力，得疾而亡。孺人年三十許，痛絶至再。既念太姑及本生舅姑皆在養，繞膝投懷者七人，仰事俯蓄，惟未亡人是賴，於是茹荼飲蘗，卿哀操作，奉高堂，教子女，以至喪祭大事，皆一身十指任之。性喜唫詠，有各體詩百餘篇，寄托深遠，其音哀以思，其詞典而則。惟雅不欲以詩名，故存者絶少。至是，岱峰、亦渠諸表姪孫手録成帙，乞序於余，用即其詩以敘其生平之賢孝，用傳其人。然詩特其緒餘而已。

顧日乾《先嫂黄孺人行實》略：嫂姓黄氏，諱汝蕙，字僊佩，吴縣人。幼而警敏，嫻家訓。年二十，于歸吾兄頡庭公。時先王母黄太安人在堂，嫂為冢孫婦，克盡婦職，烹飪之事，必躬親調味而後進。雍正辛亥九月，兄與諸父經理先王父葬事，盛暑往來赤日中，心力畢瘁。事竣，積勞並發，遂致不諱。嫂哀毁骨立，三年哭不輟聲。是時諸孤煢弱，嫂為延名師，嚴課讀；自勤女紅，以佐脩脯。有不給，即脱簪珥，典衣襦，無吝色。嫂聰慧好讀書，博覽子史集，尤熟精《文選》。每歷論古今治亂之際，忠臣孝子、節婦烈女之行，輒欷歔感慨，蓋讀書明大義，不僅雕華是尚也。嘗記癸亥新正，乾北上拜别，會天雨雪，蒙贈一律云：『六出寒光照眼明，小郎何事獨長征？横雲漠漠吴江闊，飛絮茫茫燕樹平。橋號盡情誰折柳，鳥言泥滑客偏行。他年駟馬高車返，老婦無嫌匍匐迎。』蓋乾五歲時，先君以寢疾命兄嫂撫之，飲食教誨，無異諸子，故殷勤期望，見於詩篇。何期是年夏即溘焉長逝，而臨别之贈言，竟為永訣之遺訓。哀哉！嫂兼善丹青，仿徐熹、黄荃筆意，點染生動。嗚呼，嫂素慕曹大家，其閫範可以無媿，而才藝亦不讓也。

冬日雅園即事

雅園今作野〔一〕，小亭尚可望。纍石見山翠，景色何清蒼。朔風來庭際，落葉鋪池塘。松柏經冬秀，茶梅先春芳。瑞花飛六出，隨風轉翱翔。呼婢掃庭雪，烹茗還共嘗。自得澹中趣，何必傾壺觴。所以古之人，心齋學坐忘。

賦得惜花春起早

春來開徧枝頭萼，淺紫生紅鋪院落。鶯聲帶嫩露中圓，燕嘴留痕香處索。半鈎殘月入窻來，一片清光映鏡臺。睡起無心理雲鬢，捲簾先自看花開。

緑萼梅自題畫扇

貎得寒梅逈出塵，僊家萼緑是前身。半舒縞袂原非俗，微帶青鬉更可人。疎影亭亭含冷艷，幽姿淡淡見清真。須知筆底無浮艷，不負江南第一春。

送春

柳絮穿簾撲素衣，林園曉望緑霏微。堪憐花底尋香蝶，猶戀殘紅繞樹飛。

【校記】

〔一〕作野：《國朝閨秀詩柳絮集》作『荒圮』。

程慰良八首　句

字弱溱，江蘇嘉定縣人，徵士程宗傳之四女。適錢塘秀才汪繩祖為繼室，期年而寡，遺腹一女，厲志守節。著有《吾土軒稿》。

玉蘭花歌為兒離照作

東風取次吹芳妍，梅花以後誰為先？海棠雖艷桃李俗，未若蘭溪之産皎皎玉樹臨風前。予家小園春樹裏，毛斑初脱熙春天。一株挺扷不盈大，精神奮發牆東偏。主人事冗未延賞，排空玉蕊招羣仙。韶華浩蕩才綺靡，晴倚雕欄曉初起。寒光射日暖氣蒸，素面朝天碧雲咫。踏破蒼苔繞砌看，手植何時今有美。當前清麗樂少年，轉瞬崇高望伊始。生香不斷意趣賒，日對瓊枝啜茗芽。若個有田皆種玉，從今無筆不生花。

九日寄恬菴四妹

西風蕭瑟下林臯，冷氣徐侵薜荔袍。别後半年仍抱病，愁來九日罷登高。黄花滿徑添吟興，紫蟹堆盤憶酒豪。料得他鄉逢此景，也應彩筆記題餻。

送聽彝三叔之黔陽叔舅藩署

放舟江上正斜陽，遥指南天道路長。新到漫言居嫂禮，問安須代致翁旁。時舅在叔舅署。迷漫煙水飃千幅，掩映春旗柳幾行。此去壯游真不惡，蠻花犵鳥也迎裝。

秧針

穀布膏腴浸灌深，嫩秧簇簇利如針。陌旁柳線穿難定，水面羅紋刺不禁。碧毯縫成舒待日，僧衣樣好製關心。詩歌實穎鋒先鋭，記取懷新栗里吟。

楊柳詞和四弟玉樵

幾日春光到柳條，臨流細學楚宫腰。晴湖〔一〕十里桃花路，遠〔二〕送鶯聲過六橋。
不隨紅紫鬭芳菲，摇曳鷗沙傍釣磯。猶有漢宫標格在，彎環争舞鬱金衣。
無邊翠色楚江頭，葉葉絲絲總是愁。寄語凝粧遊子婦，春來莫上最高樓。
蚤是輕寒乍暖天，那堪三起更三眠。阿誰金勒隄邊過，拗得長條作馬鞭。

句

陌旁柳線穿難定，水面羅紋刺不禁。
事從悟後言皆物，詩到工時心更虚。

《隨園詩話》：杭州汪秋卿夫人程慰良詠秧針有句云云，又有句云云，真學者之言。

【校記】

〔一〕晴湖：《國朝閨秀詩柳絮集》、《國朝閨秀正始集》作『西湖』。

〔二〕遠：《國朝閨秀詩柳絮集》、《國朝閨秀正始集》作『又』。

魯氏 句

號月霞，字里未詳。適徽州程生而寡。

句

觸我朱欄三日恨，費他青帝一春功。

《隨園詩話》：金陵女徐氏，適桐城張某。夫久客不歸，寄詩云：『殘漏已催明月盡，五更如度五重關。』又有魯月霞者，嫁徽邑程生而寡，有《掃花》詩云云。陳淑蘭讀兩詩而慕之，題其集云：『吟來恍入班昭座，恨我遲生二十年。』

朱靜閒 二首

字味默，江蘇吳縣人。適鴛湖華某，早寡，棲心梵夾。閨著有集。

感懷

月轉芭蕉事事幽，不堪歸鳥集枝頭。雝雝猶聽呼雛哺，觸我思親淚暗流。

白菊

誰琢南山玉，形摹籬下黄。月中惟見影，霜裹只聞香。容較洛妃淡，興添陶令長。皎然臨户牖，把酒賞孤芳。

卷之十一

王瑶湘五首

廣東南海縣人，蒲衣子王隼之女也。適李孝先。著有《逍遥樓詩》。

《觚賸》：番禺隱士蒲衣子王隼，生而善病，癯體鶴立，結瀠盧於西山之麓者二十年。夫人潘氏，通《史》、《漢》諸書，樂貧偕隱，字之曰『孟齊』。有女瑶湘，能詩。擇壻得故人子李孝先，遂妻之。蒲衣于性嗜音，常自度曲，孝先倚而和之，瑶湘吹洞簫以赴節。雨闌更静，則聲發瀠盧中，聽者有月笙雲璈之想。未幾，孝先卒，瑶湘矢節，自稱『逍遥居士』。蒲衣爲刻《逍遥樓詩》。梁太史藥亭寄示瑶湘書云：『聞瑶湘讀書，余甚喜。余與汝祖若翁交，凡兩世矣，視汝一如己子，故甚望於汝之成也。余有女龍端，少汝一歲，頗聰慧，余授以詩，上口即能背誦，而余性嬾，不能常授，以此龍端之學不及汝。聞汝近讀漆園《南華》，《南華》之文章善幻，而其言道也必遡乎未始有道。其言物也，必主乎齊，齊而列以不齊之狀，總歸於化。善讀《南華》者當知之。又讀《禮經》，《禮經》漢白虎諸儒之所著也，二戴、大小夏侯，各師其傳，然不越天下國家朝會燕饗嘉勞贈答儀文縟節，至言閨門，則禮之節蓋謹矣。更讀《離騷》，楚臣屈原不得於君，發爲奇文，香草美人，芳蘭君子，三湘九嶷之間，左倚桂旗，右攬揭車，汝誦之，倘亦有恍焉如見者乎？余何時得來汝父西山，見汝於瀠盧，使汝將所讀書各誦一遍，俾我泠然稱善也。』觀太史書，精深雅麗，其寄示當在瑶湘未字孝先時。瑶湘非奇女子，何以得此於藥亭哉？

詠懷

僻性好神仙，學綰麻姑髻。麻姑挈我遊，窈窕雲之際。綷縩藕絲裙，旖旎芙蓉帶。滿把瓊瑤花，吹落人間世。雙鸞舞紫霞，雌雄聲噦噦。玉瑲諧鸞鳴，和以千秋歲。

濼廬雜詠〔一〕

滅燭罷〔二〕瑶琴，倚闌看月落。白露霑羅裳，徘徊〔三〕聽殘角。流雲盪幽草，松風驚野鶴〔四〕。陣陣蕙蘭香，藥圃煙漠漠。寂寂伴蟲吟，幽懷誰可託〔五〕？

秋琴

美人秋札至，貽我金徽琴。一鼓離鸞曲，誰人知此音？寒霜譜哀調，淡月洗孤心。何事王孫女，千秋遺恨深？

獨夜〔六〕

殘燈明滅裏，遥夜夢醒時。起立庭前樹，孤懷澹月〔七〕知。

擬送別

孤舟暮歸去，別路江南樹。煙外有鐘聲，故人在何處？

【校記】

〔一〕此題《國朝閨秀詩柳絮集》作『家園雜詠』。

〔二〕罷：《國朝閨秀詩柳絮集》作『撫』，《奩詩泐補》（一九五五年胡氏復寫本，下同）作『理』。

〔三〕徘徊：《國朝閨秀詩柳絮集》、《奩詩泐補》作『低徊』。

〔四〕鶴：《奩詩泐補》作『雀』。

〔五〕誰可託：《國朝閨秀詩柳絮集》作『寄閨閣』。

〔六〕此題《國朝閨秀詩柳絮集》作『獨坐』。

〔七〕澹月：《國朝閨秀詩柳絮集》作『對月』，《國朝詩別裁集》（乾隆二十五年教忠堂刻本，下同）作『明月』。

朱氏 句

字與里次俱未詳。句見《森玉堂詩草》，附注云『孀友』也。

句

晚霞斜照小樓頭。

王湘貞 一首

浙江嘉興縣人，侍郎張天植之妾。

臨終詩

自入君門乍幾年，今朝賫志下黄泉。倘逢女伴〔一〕相呼問，同是前生未了緣。

《檇李詩繫》：王湘貞，嘉興兵部郎張天植之妾。張被逮，湘貞同衆妾蘭若章蘇淑裂帛作小楷寄張以死。

【校記】

〔一〕倘逢女伴：《名媛詩緯初編》作『倘然女侣』。

鄧氏 一首

福建漳平縣人。適蔣元和，夫亡死節。

《龍巖州志》：鄧氏，漳平縣庠生鄧鯤變之女。五歲通《論語》，誦唐詩。年十二，習女紅，纂組工緻。每讀王婉容《滿江紅》詞及文山和句，濡睫潸然，蓋憐其薄命也。十九適蔣元和，未期而元和夭，哀毁忘生。夫家故貧，且無子，父母欲奪其志，紿之歸。氏度不免，即粧次服鉛粉，召庶母來，告以故，并囑其歸葬夫家，語畢而絶。蔣族舁歸，與元和同穴。

其父為之銘曰：『上歸無夫，下歸無子。不歸來歸，首丘此土。此土維何，上有篦竿，下有潺湲。篦竿之貞，潺湲之清。維貞與清，更千秋兮，以與爾幽宮鄰。』

病起

抱恙窮居久廢詩，閑窻坐對雨絲絲。簾垂忍阻歸巢燕，不許清風入户吹。

吴貞閨三首

字首良，江蘇吴江縣人。適曹村金畋。工詩善琴。守節，撫孤兩世。

秋水

港上日多雨，夜來新水生。西連洞庭曲，南過越王城。野艇二三泊〔一〕，愁人日夕行。晚風漁浪起，落日桔槹聲。

讀葉昭齊詩

願假青燈力，尋君愁恨篇。身何隨命薄，名豈受人憐。秋冷長門雁，春啼湘水鵑。如予遲暮在，心折畫屏前。

春暮

簾影漾清波，空庭鳥自過。楊花三月雨，青水緑萍多。

《蘇州府志》：生員金畋妻吴氏，名貞閨，字首良。工詩，書法遒勁，尤精琴理。年二十五，畋卒，有孽子生甫兩月，寄乳在外。貞閨親撫育之，至授室，復殀，嗣孤半歲，復撫之。守節垂四十年。

【校記】

〔一〕二三泊：《名媛詩緯初編》作『三四去』。

徐栢三首

浙江海寧縣陳湘山之妻也。年二十二而寡，撫育遺孤。貧至不能舉火。詩雖淺近，而志則可嘉。

見志詩

二十青春不見天，身穿麻絰淚漣漣。孤子生來纔週歲，公姑早已背堂前。
家貧夫死不勝悲，鬻子恩勤腸百迴。枯井汲泉來路斷，有如孤雁落荒隈。
細葉菖蒲果是稀，盆中石上立根基。人人笑我根基淺，緑葉青葱不帶泥。

《海昌外志》：陳之芳妻，年二十嫠居，翁姑早世，遺孤僅一歲。絡緯蓬户中，貧不克舉火。子長，娶婦而夭，又撫孫，為授室。所遇最屯蹇。嘗賦詩見志云云，方古《柏舟》，何遜焉？

蔣婉貞三首

字清暎，江西廣豐縣人，蔣謙之女。

題一片石傳奇

百計思量泪眼空，戰船催逼向江東。酒樓夢裏分明聽，斷碣猶存矮屋中。

數尺殘碑濕泪痕，江邊人静〔一〕哭黄昏。梨花二月城西路，似有靈旗掩墓門。

豐碑四尺倚江濱，細雨斜風墓草新。謗語傳訛今始雪，受他貞魄拜詞人。

【校記】

〔一〕静：《國朝閨秀正始集》作『盡』。

王氏一首

浙江諸暨縣人。適同邑陳賓，夫亡殉節。

絶命詞

王氏稟公婆：不孝無他志。許夫同歸去，不願在陽世。乞葬夫之傍，連理黄泉地。週氏母衣糧，結報天親意。

《諸暨縣志》：貞烈王氏，陳賓妻，年十五于歸。王固名族，陳亦詩禮傳家。女紅之暇，好以詩書質難，遂通箴管，能詞句。甫五載，夫染疾，氏奉侍惟謹。賓疾劇，囑氏曰：『爾素知大義，奈我兄弟齷齪。汝既無子，彼利我財，必不相容。請改圖以終餘年，毋使我泉壤遺憾。』氏嘿不應。適畫工傳夫容畢，氏請同譜入畫圖。既成，色喜，語夫曰：『此我同歸意也。』殆疾革，殯殮成禮，舅始議繼嗣，即前所謂齷齪者子也。氏從容步於靈筵者數匝，回顧無人，潛登小樓，投繯自盡。迨家人覺，則已氣絶矣。衣裾間有題云云。聞者莫不悲歎。

沈貞順二首

字筠操。

孫貞媛詩

紀配懷梁媛，千秋擅令名。試看貞女傳，勝讀麗人行。貞女從來有，誰同孫蕙卿。蕙卿方稚齒，干戈家國傾。一嫗獨慷慨，仗義撫遺嬰。十載藏淮浦，嬌雛羽翼成。老人恩未報，落籍來蕪城。章臺穢芳躅，花塹誓捐生。懺盡紅塵孽，乘風朝玉京。我亦歌黄鵠，因君勵赤城。

次韻題明妃圖

捲地黄沙黑霧稠，邊城日日冷於秋。漢王殺壽曾何益，依舊宫人赴隴頭。

張氏 一首

福建安溪縣人，陳孫思之室。

題壁

獨守冰霜十二秋，因將嗣繼忍身留。乾坤此際應裁決，免使貞魂劍下休。

《福建續志》：張氏，陳孫思妻。幼讀書，識大義。歸未久夫歿，即投井，家人救免，誓為立嗣。丙辰有寇患，氏呼兄與訣，題壁云云，遂投繯而死。

《池北偶談》：甲寅，閩賊作亂，有陳某妻張氏，早孀，撫孤十二年矣。賊至，題詩壁上，有句云：『乾坤此際應自訣。』遂雉經。思南守陳君某為作傳。

鈕呼魯氏 二首

滿州正白旗人，福建巡撫愛公必達之女也。適工部員外伊嵩阿。早寡，即擬身殉，大伯永中堂貴以弟妹齒幼，苦勸撫育。守節十載，待弟娶妹嫁，從容自經死。

永貴奏疏：　為奏聞事，竊臣胞姪，已故員外郎伊嵩阿，少失怙養，撫如己子，於乾隆三十六年繼娶原任總督愛必達第十女為妻。甫經二載，不幸早寡。當臣姪病篤時，臣姪婦親侍左右，朝夕無倦。醫藥罔效，乃割肉以進，未愈而亡。臣姪婦隨欲身殉，因救得免。臣彼時即同伊父愛必達諄切諭以『汝夫弱弟未婚，幼妹未嫁，前室遺有二女，諸事皆仗汝照料。汝但盡心存孤，即與殉夫無異。且汝夫臨終亦曾囑汝：　死節不難，存孤為難。』臣姪婦遂哭泣留生，誓以『數事完竣，必欲殉節』。臣留心看其十年以來，守節持家，辛勤備至。先為夫弟完婚，次將夫妹及兩女先後出嫁，料理始終，堅貞不變。凡內外親族，均無間言。今忽於三月十七日壁間留詩二首，遂完節自盡。臣身係滿州，世受天恩，不敢循例咨報部旗，以冀旌獎。謹繕摺奏聞，伏乞皇上睿鑒。為此謹奏，奉旨加恩。准其旌表，欽此。

絕命詞

數年弟妹意殷勤，恩德難酬志未伸。家事盡裁從此去，遺詩題壁別諸親。魂歸地下前因了，名在人間萬古春。取義成仁今不媿，殉夫素志始知真。

別弟妹

別却塵寰不記秋，此行聊有數言留：　一身孤孑宜加意，家事紛紜要預籌；　骨肉貧時須顧恤，姻親久後益綢繆；　承先裕後誠難事，節儉終為遠大謀。

張氏句

江蘇江都縣人，宜黄令李應高之妾也。李令卒，雉經於室。

寄父母句

他年魂返江南路，惟聽春山哭杜鵑。

江闓《辰六文集》：李小妻者何？江都張氏四妹、宜黄令李君應高之妾也。妹之父，揚州衛籍，緣鼎革，家漸落。當歲歉，石米錢二千，其家斷炊煙者已數日，妹誓鬻身以活父母。方允，志已決。適宜黄令李君，乏嗣，李父時為兩淮運判，藉友人以禮為媒，由江都載入宜黄官廨。未幾，若翁下世，李令奔喪廣陵，挈家至浦口。或勸妹從之東下，歸寧父母，妹曰：『奔喪，大故也。妾若與俱，將不畏多言，為尊君累？』李令遂赴喪，妹隨其内子徑歸解梁。已而李令扶櫬歸里。又二年，病且篤，妹誓以身殉。家人防之頗密，遂不言死，舉止自若。忽於殯李令之先一夕閉户自經，時康熙二十三年甲子十有一月二十六日，年甫一十八歲。先是，妹幼即聰慧，能默誦《女孝經》、《女訓》，亦頗知書法。既歸李令，不復言及。次浦口，始一索筆札，以寄父母書，有句云云，即是兒魂歸時也。聞者淚下。

李孟昭三首

山西翼城縣人，袁州知府李允性之長女也。適浮山張培本，張死守志。著有《懷清臺詩鈔》。《李節婦孟昭傳》：孟昭，翼城縣人，壬戌進士袁州府知府允性長女也。幼喜讀書，愛談忠孝節義事。工八法，徑五六尺，字尤奇古。歷隨父任。年廿七，始字浮山張君培本。時丁母憂，太守欲遂嫁之，孟昭曰：『衰絰行禮，吾不願為，亦不忍為。』卒終制。年三十歸張氏，不二年稱未亡人。一子及晬而殤，取姪為夫後，課讀如嚴師。居恒足不履户外，日誦宋五子《性理》、《近思録》等書。性不喜為詩，然落筆輒高妙，天機自在，筆姿離奇，闖然入漢魏之室。菊坡郎中，培本從祖叔也，出孟昭集，屬予點定，因為其傳略云。

有鳥二章章六句

有鳥有鳥，啾啾夕陽。風吹籬花，觸我心傷。為誰之傷？母兮早亡。

有鳥有鳥，啾啾夕陽。風吹籬花，蘂綻且芳。心之憂矣，車輪轉腸。

仲春遊南河花園

二月踏青去，滿園春色鮮。梅花千樹雪，楊柳一林煙。不欲把樽酒，無心聽管絃。徘徊憶古句，更詠栢舟篇。

袁杼五首

字綺文，浙江錢塘縣人。知縣袁枚第四妹。適松江韓思永，早寡，依兄枚於隨園以居。著有《樓居小草》。

袁明府枚《四妹韓孺人墓志銘》：四妹名杼，幼孤潔，避人而樓居，族黨之以膢臘來者，諸姊見，妹不見。獨嗜典籍文史，有所吟，輒端書之，丐予改削。或得古人奇句逸事，必擁髻走報，相誦説為娛嬉。嫁松江韓思永。思永遠遊，妹堊宫滌器而坐，雖奥渫所，一桉一几，驟拭之，光可以鑑。兒執玉，天稟絶異，髫年入泮，見者異目視之。未幾夭亡，妹假堥於其室。未幾思永亦亡，妹歸其喪。又未幾西鄰災，中隔長河，有火鳶從空飛燀其居，灰其器用財賄，執玉之柩燬焉。妹傫然無歸，挈一女來隨園，又未幾死，年五十六。嗚呼，妹自兒亡後，十年中災害並至，如有物焉暗齮齕之。至於再，至於三，極之於其所往死而後已。誰使然耶？誰能知其所以然耶？予聞同一地也，黍谷獨寒；同一草也，荼獨苦。邃古以來，歷萬萬歲，石可泐，金可銷，獨此一寒一苦之性，至今天不能回也。而況於人乎？況於婦人乎？余女弟二人，三妹之命之窮，業已作傳，狀其事矣。四妹之命之窮，又復如是。豈為予妹者，例定不祥哉？不然，何以至此？歿後，哀其詩若干，附素文、秋卿之後，將與劉家三妹共頡頏焉。某年月日歸妹柩，偕思永葬西湖，而哀以銘曰：行踽踽，真静女。奈其愁居懾處，非泣不語。有兄如我，而不能救汝。嗚呼命矣夫！嗚呼恨矣夫！

嚴長明《樓居小草題詞》：『謝氏庭餘蕙草芳，秋來一夕萎元霜。心香賸得無多子，欲賺清愁萬斛償。』『書堂石散竟虚論，歷刼終難悟夙因。斷紙零縑數行字，也教了却一生人。』『為還靈櫬傍湖隈，自鏡明流自寫哀。莫訝愁腸成九曲，柏舟親泝武夷來。』『移住平泉歲月長，自憐身世小滄桑。歌成黄竹怡王母，誰料翻添兩鬢霜。』『掌上珠堪抵月光，無端飛去墮清霜。傷心再世重相見，直認泉臺作故鄉。』『嬌女韶齡似左家，春風獨活影交加。零星母教都能記，一朵時簪白柰花。』『三尺秋墳寄一棺，屬君築取傍陽山。他時寒食梨花夜，定有吟魂數往還。』『小字斜行刻意搜，紙窻燈火付吟求。竹枝慘戚梅梢冷，併作殘年一段愁。』

病危作

黄泉原舊路，重證昔時因。未了三生事，公然五十春。傷心遺弱女，回首別慈親。若箇營齋奠，難兄作主人。

除夕十二韻

除夜分陰貴，關心看夕陽。西山多暮景，東壁愛餘光。擔盒家奴走，蘋蘩主婦忙。兒童尋爆竹，榾柮暖壺漿。未掃三冬雪，重添兩鬢霜。椒花明日獻，鏹綫此時藏。有意思前夢，無情撇故鄉。淒風欺紙敗，守歲慮更長。歎息平生事，低回九轉腸。射屏愁弱女，戲綵慰高堂。燭盡春寒至，星稀曙色蒼。一從鸞鏡碎，不對曉簾妝。

悼亡

曾記當年賦別情，眉窻分手説歸程。三秋有雁空懷想，兩載辭家隔死生。舊僕已隨新主去，征衣分散客囊輕。欲圖夢裏模糊見，慘雨淒風夢不成。

不寐

暉暉明月轉西廊，寂寂宣爐一炷香。替掩雙扉風作主，代翻空櫃鼠求糧。為尋古字書抽亂，多繡繁花綫放長。欹枕不須人睡穩，恐教殘夢覓家鄉。

哭子〔一〕

風摇燭影雨昏昏，死後醫師空到門。玉碎竟成千古恨，蘭枯忽斷十年恩。半生薄福吾何望，滿榻遺文爾尚存。伏枕猶憐吟句苦，黄壚無路覛殘魂。

沈大成次韻詩：蕙歎芸焚淚不禁，一封事跡繼哀吟。它時亦抱童烏痛，異地還傷庾信心。殘燭寒鐘悽客夢，破窓急雨接春陰。含毫更憶黔婁婦，若悼殤兒恨轉深。

【校記】

〔一〕此題袁杼《樓居小草》（嘉慶刻本）下有小序云：『兒名執玉，九歲能詩，十二歲入學，十五歲秋試畢病。病危，目且瞑矣，忽强視，問：「唐詩『舉頭望明月』下句若何？」余曰：「低頭思故鄉。」曰：「是也。」一笑而逝。』

江銘玉九首

字愫君，號愫齋，江蘇元和縣人。適同邑汪蘭芬，年十九，稱未亡人。著有《愫齋組餘》。

張書勳《節母江孺人傳》： 節母名銘玉，字愫君，為故太學生汪君蘭芬德光元配； 汪君本節母父諶菴公諱景帆之宅相也。君家世通顯，父輩十六人，多仕進。君欲紹其家聲，勤讀書，雖多疾，弗少休。文譽藉甚，而艱於一衿，遂援例入國學。戊午、辛酉，兩赴省闈，不遇，志益勵，疾益甚，遂鬱鬱以歿，歿年二十一。節母以十七歲于歸，至是結褵甫二載耳。琴瑟方調，遽操別鶴，撫棺長慟，志不欲生，勺水不入口者七日。舅姑既悲其志，而虞其固，乃謂之曰：『汝夫無子，將徐為似續計，藉汝撫延之。設汝又死，是重絶汝夫也。』對之大慟。於是節母知不可死，乃稍稍就飲食。越二年，德光仲兄廷準始生道盛，甫彌月，即為之後。自是而仰事俯育，萃於一身，節母愈不可死矣。體素羸，經哀毀後，益不支。始猶間進藥餌，迨舅姑相繼歿，而子舍亦既成室，且抱孫，乃時自語曰：『吾今不負吾夫矣。』即有疾，恒自諱，蓋不欲醫藥之療之者，將以從初志也。病劇，為子若婦所强，不得已進一二劑，輒麾去，不復御，至是卒。卒之日，內外上下哭失聲，莫不屈指其行事，以稱其賢。節母少知書，好吟詠，皆其父諶菴所授。在室時事父母至孝，厥後諶菴以困窮廢目，嗣子復幼，時時迎養，以終其身。所作詩曰《愫齋組餘》，能抒寫性靈，不獨為流連光景之什。其子道盛梓以行於世。

光禄王鳴盛《愫齋組餘序》： 江夫人愫君，十七而歸於汪君蘭芬，十九而夫亡，以叔之子道盛嗣，守節二十七年而卒。女紅之暇，賦詩見志，故名其集曰《組餘》。道盛謀刻，請序於余。發而讀之，其辭大率悲哀危苦者居多。斲彼女貞之木，緪以寡女之絲，彈為別鶴之操： 夫人之詩，當作如是觀。昔蕭統、徐陵所録閨幨之作，遠不具論。若唐之上官昭容、魚玄機，宋之李清照、朱淑真輩，其才思綺麗，艷稱人口，然此特紈絝兒郎搔頭弄姿者所樂稱耳。夫人於飲冰茹蘗之餘，抒性靈成吟詠，豈徒掇拾金粉作旖旎態者所敢望哉？ 可恨者，浮艷之詞易於傳播，若窮簷孤嫠，幺絃偏韻，從寒燈機絞、啼蛄吊月中吐露幽光，轉眼澌滅，螢乾蟲死，玉碎珠零，誰復揭而表之？ 元遺山《中州集》采詩為史，俾後門寒素與臺閣制作並列簡編，其法甚善。予撰《苔岑集》，附以女士，亦欲搜遺剔隱，旁見側出，以寓予意。行將録夫人之作，並登諸梓。又歎近代人筋骨脆弱，血性埋沒，見於文詞者，芒角磨泐都盡。不得已而思或奇氣鍾於閨閣者，尚可旁采，以見於文字中，稍稍增長氣色，而亦不多覯。又生長吴中柔軟地，見時下好《玉臺》、《香奩》油頭粉面語，益復悶悶，不耐絮聒。兹得夫人之作，字裏行間，帶一種霜凄雪慘狀，差快人意耳。顧予聞道盛嘗從容請為夫人乞旌典，夫人正色曰：『婦人守節，分内極平常事，安用矜張，輕瀆官長為？』吁，斯言也，士大夫見到者猶鮮，矧巾幗中人乎？夫能立節而不望旌，必能工詩而不求名。刻之者，道盛為人子之心也；選之者，予輩闡微之志也。於夫人何有焉？

讀小學

冬釭夜無寐，開卷時静對。敬讀内外篇，如聞師氏誨。豈惟為少儀，終身恐不逮。白璧疵其瑕，素絲治以纇。執玉與奉盈，書之鏤瓊珮。

報罷後作

君不見，緑綺自昔珍焦桐，良材乃出竈下爨。又不見，漆園寓言紀鯤鵬，摶風六月息者暫。會應變化自有時，無為惋憤空長歎。抱玉還聞衹再朝，明珠豈惜終投暗。賈生對策前席虚，馬援功名晚成看。從渠此日外孫山，要待他年卿子冠。正須努力加餐飯，茂陵秋雨莊鴻案。

盆松歌

掄材首標徂徠松，貞心首揭十八公。一髮緑來幾年歲，之而鱗鬣拏青空。只今盆盎見孤峻，架得虬枝轉清勁。齋前楚楚亦可憐，碧染秋煙梳月徑。春花金粉墮釵股，翠粒皴皮淩冬令。獨愁白石少茯苓，施枝女蘿無並命。稜稜骨瘦不滿肥，落落長根有本性。何時一破蒼煙開，翻濤謖謖流風回。竦身直上一千尺，為招華表鶴歸來。

禮佛

斂袵學和南，晨昏白玉龕。欲知生後果，只向静中參。別鵠應難返，茹荼自覺甘。但留方寸地，結箇小茅菴。

月夜獨吟

幽棲曲室似巖阿，最愛臨窻伴素娥。獨坐不嫌寒褚薄，孤吟唯覺楚聲多。半庭竹影和詩瘦，一縷茶煙却睡魔。惟有月明知我意，相看違問夜如何。

上塚

不多伴侶挈垂髫，豈是行春撥短橈。一水潆紆心曲曲，四山颯沓樹蕭蕭。紙錢欲與魂俱化，淚血都和酒共澆。為語孤兒休喜躍，黯然歸路轉無聊。

夜月

月入空庭映素幃，蕭蕭落葉打窻扉。不知今夜重泉裏，涼冷何人與換衣。

聞鐘聲

敲落寒窻月幾楞，機絲一段冷於冰。而今更悟聲聞諦，緣覺空來是上乘。

霜横月落病愁中，聽徹寒山曉寺鐘。早有身心清浄地，本來無覺亦無空。

薛氏句

浙江山陰縣人。適同邑祁民瞻，結褵一載，民瞻卒。氏絶粒欲死，姑勉慰之，乃矢志養姑，以清節著聞。

句

兩行珠淚同流水，一片冰心付落花。

楊錫紱《節婦傳》：薛氏，山陰薛没存女。年十七，歸同邑祁民瞻，一載而民瞻卒。氏痛哭絶粟幾死，姑再三諭以『若殉夫，如舅姑何』，乃矢志守節。後有諷改適者，氏引刀刺面，哭曰：『吾忍死，為堂上老舅姑也。肯更適，為禽獸行耶？』自是無敢言再醮者。初習針黹，度所獲不充朝夕，乃刻苦習紡績。舅幕遊東粤，氏與姑處，極孝養。少讀書，知詩，有句云云，閨閣間皆傳誦之。

范貞儀三首

字一栢，江蘇如皋縣人。適同邑貢生高纕。七歲即能吟詠。纕故，苦節撫孤。著有《愁叢集》，惜未之見。

《如臯縣志》：范氏，名貞儀，故貢士高纕妻，明經高深之冢媳也。生而敏淑，七歲即能吟詠。女紅之暇，潛心經史。及笄適纕，克佐夫子，先意承志，乃翁有女中顏、閔之許。未十年，姑死，夫死，翁死，並庶姑、長子死。遺幼叔三、幼子二，煢煢孤孑，兩世無依，疾風暴雨，不寒而慄。氏一弱女子，身任其責，亦危矣哉！氏能拮据捋荼，智以防外，嚴以肅內，喪葬婚嫁，措置得宜，課叔教子，皆得入黌序而登仕籍。是以嫂比母，以母代父，無忝厥德矣。著《愁叢集》，自言生平之坎坷，實非有意求工，而其精誠憂憤，躍躍紙上，令人感歎而欽服焉。節孝完人，無出其右。

【輯補】

范貞儀《愁叢集》（《清代閨秀集叢刊》影印乾隆三十二年刻本）載江大鋭《傳》：高孺人姓范，名貞儀，號一柏，子弘國學之女，贊兩司訓之媳，佩蘭貢生之室，而《東臯五子集》中越山、迦陵之從女兄也。孺人生四歲識字，父心異之，授以《孝經》、《女訓》，上口即成誦。既長，於書無所不讀，又與兩弟相師友，遂兼工詩詞。年十九，歸於高，九年而夫卒，絕粒自誓。父與弟曰：『上有髦舅，下有弱子，仰事俯育，婦之責也。素讀書識大義，奈何忘之？』乃勉進漿粥。先是，姑歿，夫子方寢疾，孺人襄成大事，哀禮兼盡。夫卒，亦如之。事翁及庶姑愈謹。未幾翁歿，又未幾庶姑歿，遺叔雲蔚、綾、謨皆幼。又未幾長子楷歿，憂傷哭泣，幾不自支。然經理喪事，備厝五棺，以封以樹，拮据捋荼，而事畢舉。孺人念家中落，懼先業之弗克承也，督子桐、椿與諸叔篝燈誦讀。綜理稍息，則手一編，哀吟嗚咽。故其為詩，多淒斷不可讀，叔與子往往交泣下。今雲蔚仕於越，謨入黌序有聲，子桐入成均，椿待次縣左，皆孺人之教也。嗟乎！今之言閨閫者曰：『無令讀書識字。』夫使女子第以才炫，極其美錦文，詠絮能耳。若孺人之節行，表表如是，其不以才而以德者歟？然孺人明大義，能文章，停辛竚苦，但以自鳴其孤鸞寡鵠之音，則又豐於才、厚於德而薄於命者也。誠不如不讀書識字者，轉不致摧傷若是也。孺人卒年五十有一，守節二十三年。乾隆丁亥夏杪同里江大鋭樵所氏撰。

同集高謨跋：是集將付梓，姪椿請言於余，余逡巡經年，未成一字。姪復請曰：『椿之梓母集者，非敢傳其詩句，傳其苦節耳。其不遽付梓者，俟吾叔一言，而竟難之耶？』余曰：『不然，以余叨長嫂之誨養也，長嫂之以苦心撫余輩也，有不能盡言與不忍遽言者，故伸紙再四，輒中輟。』椿泣拜曰：『唯如是，叔言愈不容已。』用是含淚濡墨，約舉其愁之大者，以明孺人之詩，孺人之至性為之也。夫余生而至今日也，亦幸矣。余於諸孤中最幼，喪父時甫七歲，失母時僅十歲，煢煢弱息，苟一失所，饑寒顛沛，安所究竟哉？孺人毅然自任，曰：『是吾先舅之遺也，何敢以艱難委？』素業無幾，慮失之易而守之難，悉心籌計，無敢濫用，故詩曰：『轑釜有羹為爾蓄，空囷無米代君炊。』攜諸孤厝五柩，其所經大喪大故，內侮外患，經營慘淡，必思各得其宜而後即安，故詩有『荊棘一庭瓊樹弱，風霜滿目玉輪寒』等句，詞有《沁園春》諸闋。此其大節攸關，人所共見。至於晦明風雨，未始暫離，疾痛寒暄，關心體恤，使余兄弟祇知撫育之樂，而無復啼號之悲，則又人所不及聞者矣。延師教督，備極嚴慎，每自塾中歸，還列坐側，所讀經史，歷歷為吾輩講誦朝夕。館課必親手披閱，稍有可觀，則喜動顏色，曰：『予一生辛苦，所以為爾曹者，庶幾其有望乎！』否則，愀然自責曰：『豈予膏火之不給歟？抑予慰勞之不周歟？』婉言飲泣，甚於捶楚矣。遇前輩老成慰問，宴會時必使出居坐隅以領教，益間令余叔姪輩拈筆墨，各言志。苟為前輩所許，則喜，詩曰：『陶分禹寸君須省，莫負春風二月初。』又曰：『惟願青雲聯袂上，愁叢人待展雙眉。』是此一集，集吾輩之愁，而叢之孺人者也。孺人之一生精誠氣節，莫不俱在，而他詩之散逸不可考者益多。孺人臨終，作辭以見志曰：『懸崖撒手吾誠願，誰補孤兒未了因。』其猶耿耿不忘也。余今者鬱鬱窮居，終年困躓，曾未能少自樹立，遙酬孺人教育之志，回憶當年家庭之整肅，氣象之雍和，如塵如夢，杳不可追，蓋自悲矣。吁！余之所能言者如此爾。

蘭塘曲

放櫂向蘭塘，共愛芳心淺。折斷藕中絲，雖長不及繭。

春日經理緑雪山房

荒館經時未啟扉，眼前煙景與心違。頻逢風雨花應瘦，久廢剛鋤〔一〕草漸肥。小閣香泥巢乳燕，短牆蛛網挂春暉。伯勞底事東飛去，春盡〔二〕年年未見歸。

對鏡

匣裡青銅久閉藏，暫時相對轉心傷。飛蓬欲化三秋草，瘦骨真成百鍊鋼。香閣夢囬山月冷，玉臺人去鶴書荒。薛媛欲寫丹青寄，天上人間恨渺茫。

【校記】

〔一〕剛鋤：范貞儀《愁叢集》（《清代閨秀集叢刊》影印乾隆三十二年刻本，下同）作『剛除』。

〔二〕春盡：《愁叢集》作『春晝』。

焦氏十首

安徽宣城縣人，諸生陸鑑明之室也。陸溺於博，貧極，將賣焦於土豪黄姓。焦知之，作《絶命詩》十章，雉經死。有司題旌，兼罰黄姓金；為置祠，而令陸生守之。

絶命詩

風雨淒淒暗感傷，鶉衣不耐五更涼。揮毫欲寫衷腸事，提起心頭便斷腸。
風吹庭竹舞喧譁，百轉憂心空自嗟。燈蕊不知成永訣，今宵猶結一枝花。
獨坐茅簷積恨多，生辰莫奈命如何。世間無數裙釵女，偏我微軀受折磨。
暗啓柴扉只自知，我今視死已如歸。傷心獨有呢喃燕，來日窻前各自飛。
人言薄命自紅顔，我不紅顔命也艱。留下青巾絹一幅，兒夫看取淚痕斑。
是誰設此迷魂陣，籠絡兒夫暮作朝。身倦囊空歸卧後，枕邊猶聽自呼幺。
焚香寶篆告蒼天，默佑兒夫性早遷。菽水奉親書教子，妾歸黄土亦安然。
調和琴瑟不相依，妾命如絲已斷徽。盼望兒夫身早出，牀頭幼子守孤幃。
滄海桑田尚變遷，人生百歲總歸泉。寄言堂上宜珍重，且莫愁哀損大年。
爲人豈不惜餘生，我惜餘生勢不行。今日懸梁永别去，他年華表敘離情。

徐幽貞四首

江蘇崑山縣人。適同邑顧秀才某。

寄兄集唐並序

寂寂窮鄉，煢煢寠室。終朝閉户，春亦如秋；永晝垂簾，日還疑夜。遑問園中樹茂，應悵寄生；何知陌上草薰，惟悲獨活。心摧天殞，曹文叔固自無兒；腸斷星孤，任子咸空云有女。鴛方泝翼，埋魂魄以沉沉；雁復離羣，就稻粱而僕僕。於是星披月戴，悵兩地之相違；蓬轉萍漂，嗟一枝其誰惜。漫作無家之別，詎逢有道之交。歷下亭邊，望齊煙而杳靄；岱宗岩畔，瞻吳馬以迷離。躑躅舟車，徒歎袍穿鳳尾；蕭條書劍，敢希炙啖牛心。空尋舊雨於東平洪州牧，生還無望；幸挹高風於武定白司馬，共醉有情。乃值名賢，實為親串。經綸內蘊，侔幼節之風流；文藻高騫，等平原之秀逸。昔資入告，翻紅藥而題詩；今以來詢，摇碧幢而建節。第恐雲泥間隔，詎接寒流；冰雪操持，那容熱客。豈意垂青斂白，餘芬不吝於齒牙；遂令泛緑依紅，小道可伸其指掌。謂藥籠之當備，俾方技以得施。從此日暖窮途，阮籍何須發慟；春回岐路，楊朱不復銜悲。雙魚正見其來遊，孤鳥已欣其安集。是堪慰矣，抑有陳焉。瓦全皆賴玉成，實感提攜之德；外樂寧望內顧，還思家室之艱。先人之馬鬣未封，伯氏之牛眠無兆。閨中膏沐，既奩罄以難容；膝下栗梨，復盤空而奚覓？嗟乎！三年不見，徒看天末之雲；千里遥思，豈識夢中之路。望衡峯之雁影，可得囬飛？聽蜀棧之鵑聲，不如歸去。但使錢留囊裏，甘作鄉人；休教金盡床頭，空悲壯士。才慙鮑女，奚堪明遠之過稱；志等班昭，竊冀仲升之遄返。倘令濯擢雲湖，發歸輿於鵲山之麓；何必傳書雷岸，示離情於蜆水之濱。無任幽悰，統希明鑒。聊繙舊帙，用寄新愁云爾。

別館春還淑氣催李憕，鶯花隨處作愁媒李咸用。空懷遠道無持贈許渾，安得好風吹汝來李商隱。
鶯聲不散柳含煙包何，鏡裏今年老去年郭勛。陌上歸心無産業耿湋，每逢寒食一潸然趙嘏。
良人早歿諸孤癡杜甫，對此如何不淚垂白居易。始覺浮生無住着李頎，慇懃為爾唱愁辭鄭谷。
白髮新添四五莖薛逢，三年踏盡化衣塵趙嘏。餘生尚在艱難日耿湋，自歎空閨夢寐頻宋之問。

李因 七首

字是菴，號龕山女史，浙江錢塘縣人，光禄卿海昌葛徵奇之妾也。能詩善畫，嘗從游宦者十五載。光禄以憂憤卒，四壁蕭然，至不能舉火，因矢志柏舟，初終弗變。躬親紡織，或時寫丹青以自給。著有《竹笑軒吟稿》。

《海寧縣志》：李因，字是菴，光禄葛徵奇側室也。善畫，名重京師。吟詠間作，有《竹笑軒集》行世。

《圖繪寶鑑》：李因，字是菴，杭州人，海寧葛御使無奇夫人。善水墨花鳥，鴛鴦尤稱得法，游翔舉集，均得其當；枝葉蕊朵，亦俱生動。

陳維崧《婦人集》：海昌女子李因，字今生，號是菴。作水墨花鳥，幽淡欲絶，王吏部嘗題其《芙蓉鷺絲畫》云：『寒入金塘花葉孤，非煙非雨態模糊。姚家女子丹青絶，寫作芙蓉匹鳥圖。』姚月華小傳嘗作芙蓉匹鳥也。李是葛光禄無奇夫人，著有《竹嘯軒集》，又以節著。

《無聲詩史》：李因者，葛無奇之侍姬也，字今生。寫花卉，柔婉鮮華，得徐、黄遺意。無奇亦善山水，曲房静几，互以圖繪為娱。無奇嘗語人曰：『山水，姬不如我；花卉，我不如姬。』其自為評騭如此。無奇，名徵奇。

《池北偶談》：近日婦人工畫者，海寧李因是菴，善畫松鷹及水墨花竹翎毛。江陰周禧，善人物花鳥；其妹祐，與之頡頏。義烏倪仁吉、秀水黄媛介，皆工山水木石。桐城方維儀工白描大士。

《珊瑚網》：李因，武林葛無奇侍御家姬李是菴，山水寫生，俱擅長。

《國朝畫徵録》：李因，字今生，號是菴，會稽人，海寧光禄卿葛無奇妾也。能詩，有《竹笑軒吟草》、《續稿》。工花鳥，得陳白陽法，嘗刻沉香為白陽像奉之。畫多水墨，蒼老無閨閣氣，名甚著。世以『因』與『鷹』相類，遂傳以為專長畫鷹，故假名覘利之徒多鷹松，迄今猶然也。陳洪綬有侍妾故浄鬘者，亦善花鳥草蟲。

【輯補】

李因《竹笑軒集》（崇禎十六年刻本）載葛徵奇序：詩文書畫，得一可霸，況以綺疏邃閣，矜飾鞶帨，而欲脩文人慧士之業，博綜兼熾，與藝苑争雄壇坫，實戛戛難之。讀古女史，如曹大家、班婕妤、徐賢妃以文著，蘇蕙、謝道韞、李易安諸人以詩著，衛夫人、楊昭容輩以書著，管道昇以畫著，上下千秋，風雅僅推數子。蓋《易》之坤貞，唯六五曰：『文在中也。』則清淑之氣，以女子身得度者，劖華匿采，未易與人世揚鑣而馳耳。國朝以文明御宇，里歌巷誦，漸被士女，歷三百年間，名媛閨彦，項背相望，自江南北以及吴越魯蜀，聲播金石，爲一代鼓吹，猗歟盛哉！吾邑朱静菴，出自名閥，能於榛莽中獨開生面。嗣後文燈詩鉢，斬焉絶響，見閨中識字者，如見不祥；若關、荊、董、巨一派，竟同夢夢，喻麋側理，賤于膏沐，風斯下矣。是菴家西子湖，資性警敏，躭讀書，恥事鉛粉，間作韻語以自適。顧家貧落魄，積苔爲紙，掃柿爲書，帷螢爲燈，世未有知者。予偶得其梅詩，有『一枝留待晚春開』之句，遂異而納之。是菴智同絡秀，亦喜得賢如梁伯鸞而事之也。遂偕與泝太湖，渡金焦，涉黄河，汎濟水，達幽燕，從游者十五載。檣影驢背，輒作驚人語，奚囊幾滿。爰縱談古詩樂府六朝三唐及宋元之變，駸駸解會。故其爲詩，清揚婉嫕，如朝露初桐，又如微雲疎雨，自成逸品，絶去餖飣習氣，即老宿鉅公，不能相下。時予方挾有畫癖，宗雲林、子久、梅道人，輒不得恒似；是菴獨摹大小米，具體而微，所謂以煙雲供養也。顧謂予有孟頫，不可無仲姬，然止風篁雨籜，嘗鼎一臠耳，盍爲白陽先生遺跡乎？遂刻沉香而事之，悉臻堂奧。每遇林木孤清，雲日盪漾，即奮臂振衣，磨墨汁升許，劈箋作花草數本，予亦各加題跋，以别贋鼎。時于花之辰、月之夕，或嵐色晴好，或雨聲滴瀝，則分鬮角韻，甲乙鉛黄。意思相合，便拍案叫絶，率以爲娱；而扼腕時事，義憤激烈，爲鬚眉所不逮。道經宿州，譁兵變起倉卒，同舟者皆鳥獸散，是菴獨徘徊跡予所在，鳴鏑攢體，相見猶且訊且慰，且抱一編曰：『簪珥罄矣，猶幸青氊亡恙！』此大雄氏所謂『無罣礙恐怖』也。于是趨授之剞劂，懼一旦投諸水火，則嘔心枯血，不又爲巾幗兒女子所笑耶？予憫其志，亟爲芟其繁蕪，選刻如干首，以代名山之藏。異日傳之女史，爲静菴後百年一人可乎？崇禎癸未秋日介龕葛徵奇書于蕪園。

同集載盧傳序：昔之女史，擅譽詞壇者多矣，未有如師母李夫人之異才奇節，掩映今古者也。夫人産于越，為西子後身。自笄期從吾師介龕先生宦遊廿餘年，風雨晦明罔間。夫人臨池染翰，全乎古人之致。且能詩，清新秀逸，讀之無不叫絶。舊有《竹笑軒》一集，大率與吾師適意時唱和之作。雖然，此特夫人之以才見一斑耳，余之所以重夫人者，則有進于是。夫人從吾師歸山後，遇兵變，顛沛流離，誓死不去。迨吾師以憂憤長逝，故園冷落，僅餘四壁，夫人矢志栢舟，守而弗變，至不能舉火，為之躬親紡績，稍暇則讀書嘯歌自若，此尤人情之所難者。茲出其《續稿》一帙，字字欲涕，一段貞襟俠氣，溢于楮墨之外。昔西子稱越之忠臣，表表千古，非僅以色傳。若夫人，從患難中來，一切衣資囊篋，棄之如屣，獨手持吾師詩稿一卷，瀕死不忍舍。余小子輩今日之得以從而表章之者，皆夫人力也，則謂夫人為吾師之功臣也可，為吾師之忠臣也可。余特拈出，以告世之有鬚眉者，媿夫人萬萬矣。江南直指使者燕人盧傳敬書於吳門之柏臺署中。

同集載吳本泰《竹笑軒吟草敘》：夫香奩取其芳艷，金荃悦其藿靡，大都粉澤勝而氣格卑，闈閤近而泉林遠。若迺班姬《團扇》、蔡琰《胡笳》、惠妃《桂枝》之篇，太真《紅渠》之詠，竝皆雕文組繡，刀尺風騷，或未唱予和女，喈喈鸞鳳，斯亦翠琯孤吹、玿華削色者矣。一日，介龕吾師出是菴夫人唫草相視，而以『竹笑』名軒，取坡僊贊文湖州語也。此其澹思遐致，豈古今笄黛能及哉！夫人冰心玉映，綺才雲蔚，案舉以齊眉，書讀其等身，薰四種之好香，濯十樣之名錦。琉璃硯匣，自足清娛；翡翠筆牀，時供雅玩。每匠意寫生，披綃滲墨，禽鳥喚擲，花竹欹疎，皆風趣泠然，冶秀獨絶，滕王蛺蝶之圖，徐熙牡丹之軸，頓令減價矣。至於五七言句，抱景叩籟，觸緒宣華，雖云彤管麗娟，特饒林下風氣。其於巖壑幽峭，雪月清映，俛仰情深，留連嘯詠，廼者出都南邁，浮舟歷境，汀花岸草，風濤雲軸，愴兵燹之故墟，吊鬼倀之殘窟，一一沉唫悱惻，感慨淋漓，斯則筆蒼調遒，神淒韻朗，鄂君擁檝，大家東征，未足方也。緊唯榮禄家管夫人，衣紫綃半臂，呼茗對酌，評點圖冊，致相彷彿。蓋先生詩亦詩，先生畫亦畫，詩與畫相發，唱與和又相發，所謂『笑笑之餘，以竹發妙，竹亦得風，天然而笑』，移以贊是菴，不亦可乎？匪直此也，夫人體抱純素，志存浄業。名因，了三世之因；菴是，識二報之是。行且薰修戒定，等觀空色，其游泳風雅，如乾闥之奏樂、維摩之散花，寧惟幃牆所不敢幾，抑亦冠紳所難企也。王子年記蓬萊山有浮筠之簳，青鸞集其上，僊人來觀，風吹竹聲如鐘磬。王儉賦曰：『翠葉與飛雪争采，貞柯與層冰競鮮。』擬義此君，頗稱玄賞，竊又以舉似焉。先生頷之不？癸未七夕吴本泰書於洳河舟中。

同集載吴本泰敘後跋：余既敘《竹笑》，已次宿州，吾師遘譁卒之難，兇鋒猋突，飛鏑如雨，白日晝曀，舟中錯愕不相顧。夫人亟走出，跡師所在，越一二艘，踉蹡而入余舟，呼曰：『主人何在？主人何在？』時被賊椎擊，叢矢創胸，且貫其掌，血流朱殷，不自覺痛。迨余遣偵師還，白無恙，夫人意始帖然，而後乃知羽鏃之及體也。夫變起咄嗟，奮身矢石之下而欲護其主，遑恤其躬，烈哉！可以愧鬚麋丈夫而棄城殞節者。坡公之贊文竹也又曰：『風篁雨籜，上傲冰雹；霜根雪節，下貫金鐵。』人耶竹耶？其受命獨也正，笑笑惡足以盡之？癸未八月哉生明吴本泰識以俟傳列女者。

黄宗羲《南雷文定》（康熙二十七年靳治荊刻本）卷十《李因傳》：李因字今生，號是菴，錢塘人。生而韶秀，父母使之習詩畫，便臻其妙。年及笄，已知名於時。有傳其《咏梅》詩者『一枝留待晚春開』，海昌葛光禄見之曰：『吾當爲渠驗此詩讖。』迎爲副室。崇禎初，光禄官京師，是菴同行。禁邸清嚴，周旋硯匣，夫婦自爲師友，奇書名畫，古器唐碑，相對摩玩舒卷，固疑前身之爲清照。暇即潑墨作山水，或花鳥寫生，是菴雅自珍惜，然脱手即便流傳。癸未出京，至宿遷，猝遇兵譁，是菴身幃光禄，兵子驚其明麗，不敢加害。光禄自是無仕宦意，琴臺花塢，風軒月榭，絲竹管絃之聲不絶，是菴以翰墨潤色其間。當是時，虞山有柳如是，雲間有王修微，皆以唱隨風雅聞於天下，是菴爲之鼎足。傖父擔板，亦艷爲玉臺佳話。亡何，海運而徙，鋒鏑遷播，光禄捐舘，家道喪失。而是菴煢然一身，酸心折骨，其發之爲詩，尚有三世相韓之痛。三十年以來，求是菴之畫者愈衆，遂爲海昌士宦饋遺中所不可缺之物。是菴亦資之以度朝夕，而假其畫者，同邑遂有四十餘人。是菴聞之，第此四十餘人之高下，不在高第者，毋使敗我門庭。其殘膏剩馥，尚能沾溉如此。吾友朱人遠以管夫人比之：其宦遊京師同，其易代同，其工辭章同，其翰墨流傳同；差不同者，晚景之牢落耳。余讀文敏魏國夫人之誌，誇其遭逢之盛，入謁興聖宫，皇太后命坐賜食，天子命書千文，勑玉工磨玉軸送秘書監裝池收藏。而是菴方抱故國黍離之感，凄楚蘊結，長夜佛燈，老尼酬對，亡國之音與鼓吹之曲共留天壤。聲無哀樂，要皆靈秀之氣所結集耳。人遠傳是菴欲余作傳，以兩詩壽老母爲贄，有『不惜淋漓供筆墨，恭隨天女散花來』之句。老母嘗夢注名玉札，爲第四位天女降謫人世，故讀是菴之詩而契焉。余之爲此者，所以代老母之荅也。

舟發滮縣同家禄勳賦

拂衣去去急，白髮半愁中。過客天涯少，行廚榾柮空。禪關山月黑，魚柵夜燈紅。松菊聞無恙，鋤書可耐窮。

秋江晚泊和豫章李夫人韻

石尤風急泊沙灣，日落寒江鷗鷺閑。秋水空明千里月，荒煙暝鎖萬重山。樵歌野唱猶行路，僧寺殘鐘獨掩關。潦倒篷窓愁客夢，漫披詩史手重删〔一〕。

鷲嶺山莊尋秋

十丈懸崖掛薜蘿，參雲風頂〔二〕見嵯峨。閑搜怪石秋林晚，獨聽殘鐘曉月過。黄葉山前人跡少，白雲〔三〕天際鳥聲多。冷泉亭下潺潺〔四〕水，不許漁舟唱棹歌。

春日家禄勳聞命南歸感懷作

欲賦高軒過，門前到者稀。楊花銜幙入，猶落故人衣。

京口道中即事

雲暗篷窻晝啟遲，緑陰新覆樹枝枝。明珠買得潯陽女，一曲琵琶古別離。

長安秋日

高樹秋聲入夢遲，夜來風雨簟涼時。季鷹自解歸來好，縱乏蓴鱸也動思。

哭介龕禄勳公

秋聲風急閉重關，淚寄瀟湘疎竹斑。莫問蒼梧多少怨，至今石化望夫山。

【校記】

〔一〕重删：《竹笑軒吟草》（崇禎十六年刻本，下同）作『經删』。

〔二〕風頂：《竹笑軒吟草》作『峯頂』。

〔三〕白雲：《竹笑軒吟草》作『白榆』。

〔四〕潺潺：《竹笑軒吟草》作『潺湲』。

汪玉英九首

號吟香，安徽歙縣人，予長女也。適同邑内閣中書洪榜，早寡。在室著有《吟香榭初稿》，于歸後著有《瑞芝室詩鈔》。

《柳汀隨筆》：新安為大好山水之鄉，其間老生宿儒，人人有集，間氣所鍾，即閨闥亦多翹楚之秀。汪駕部啟淑長女玉英，有《吟香榭初稿》。芟其枝蔓，檢厥菁英，如《春日》句云：『一縷沉煙消永晝，半簾花影漾微風。』《樓望》句云：『一繩遠雁羈人思，數點青山故國心。』《春恨》句云：『心共芭蕉渾不展，淚如楊柳鎮長垂。』《早春》句云：『晴日烘梅香意逗，春風拂水碧紋圓。』《即事》句云：『石松少土偏饒翠，盆藕無花却有香。』聲調風格，非粘脂滴粉者所可擬也。

翠香閣曉望

晨曦散嵐煙，危閣試遐矚。宿霧積山腰，嚴飈吼虚谷。飛瀑鳴高岑，巉石浄如沐。坐久豁塵心，把卷耽幽獨。

冬閨曲

朔風獵獵號窻紙，檻外寒梅初放蕊。山容待臘意蕭條，日落東牆移短晷。俄焉一鏡升中天，清光照入疎簾裏。坐看樓頭斗柄斜，丁東銀漏聲遥起。

賦得孤月當樓滿

皎皎晴空月，清輝照綺樓。鑒帷光乍滿，入户景偏幽。銀燭渾輪淡，珠簾隱上鈎。憑闌忘夜永，如到廣寒遊。

野望

縱目煙郊外，陰沉宿雨收。癡雲迷野樹，空翠撲行舟。瑟瑟寒飈勁，霏霏落葉稠。閑聽松竹裏，歸鳥語啁啾。

梅花

壓盡羣芳久擅名，冰肌玉骨信幽貞。香魂合伴林和靖，妙賦終推宋廣平。驛使傳來春漏洩，羅浮夢醒月斜横。瓊姿應是瑶池種，寄語騷人莫浪評。

寄外

三接瑤箋承遠記，發函伸紙淚滂沱。心同水荇千絲結，愁逐江楓八月波。寂寂漏長成寐少，迢迢夜永較寒多。最憐腸斷思君處，不解君情意若何。

相見時難别更難，悽情衹暗淚闌干。驚聞斷續蟬聲切，倦看參差雁影還。欹枕欲成千里夢，薄衾無奈五更寒。誰知此後相思苦，盡日羞容整緑鬟。

初堂洪榜《和内寄懷詩》：『坐詠行吟彼澤陂，芙蓉采采涉江沱。風塵回首山中日，煙水難分天際波。詩裏共稱思想久，夢中猶是别懷多。欲知彼此情何似，請看雲鴻意若何。』『舊事新情欲話難，夜深星斗正闌干。幾回尺素將書至，頻問刀頭那日還。春在絳幃應識暖，風生翠袖獨知寒。為君寄語嫦娥説，香霧何年見寶鬟。』

春陰

游絲懶不飛，春雲何漠漠。繡倦倚朱闌，時見庭花落。

秋夜

月轉廊腰露氣涼，漸移花影畫東牆。挑燈獨自焚香坐，吟罷新詩玉漏長。

卷之十二

宋景衛 一首

字茂漪，江蘇元和縣人。許字生員程樹，未婚樹卒，女矢志歸程守貞。

黃太史之雋《宋貞女詩題詞》：不為鳳凰之和鳴，而為寡鵠悲而孤雁唳，是貞女之命也。宋郡丞敷倫，以女景衛許配程司訓訒菴子樹為妻，未嫁而夫死。鄉使不死，而一以高門才子，一以世家女博士，閨房講習倡和之樂，當何如？而安得有《上父書》、《姑病籲天書》之刳肝為紙、滴血為墨也者；而安得有《吊陳烈婦百韻詩》之引六經以立鐵案、援同志以證冰操也者？唯既死而後，貞女歸其家而居其室，而後碎金屑玉，稍流傳親戚間，所謂哭者之心，豈可想也。而或因其名謂若衛共姜之節，因其氏而謂若宣文君之學，若若華、若照之才，而歎美之，非貞女意也。

丁巳春讀西河陳烈媛傳知為明檢討五經〔一〕後裔源遠流長經學不墜感賦七字韻如易卦之數慙非經生聊以所知質之冥鑒不足云詩也〔二〕

禮義廉恥四維立，綱常名教萬古植。無愧於口無愧身，無愧於心〔三〕尤汲汲。邵康節語。婦人再醮嗟〔四〕身污，若乃未婚心每惑。一身那可容二心，心失難云身勿〔五〕失。卓哉陳媛毓名閨，五經先生蘭芽茁。媛為五經先生繼之十二世孫。習禮明詩幼字林，桃夭未賦所天卒。烈女不肯更二夫，相從地下尋靈匹。見者哀號聞者悲，大吏上言採訪實。旌門表墓佇恩榮，文人詩歌盛緗帙。嗟予抱璞稱未亡，傳聞益覺增〔六〕悽惻。間嘗讀書考五經，管窺易象參彖翼。男女睽而其志通，已字未娶可推測。坤道含章利永貞，從一而終恒其德。苦節悔亡不即嗟，安節之亨甘節吉。人心道心辨危微〔七〕，精一危微中允執。動罔不凶德二三，終始惟一臻厥極〔八〕。忠貞世篤緬家聲，祖考無忝〔九〕躬自飭。先高祖巡按山東，殉節。詩經三復柏舟篇，髧彼兩髦我儀特。斯人去也矢靡它，勿慝初心矢靡慝。在室自誓首共姜，聖人取為後世則。郝鄒諸儒闡說殷，郝仲輿、鄒肇敏俱云共姜未嫁，顧麟士采入《詩經說約》。死同穴而穀異室。柏舟齊女中壘編，乍至城門衛訃急。保母請還置罔聞，竟入持喪表衛國。《詩傳》闡《邶·柏舟》云，朱子以為婦人詩，引《列女傳》為證。宣姜不淑甚矣，安知非即共姜也？按劉向本文止稱齊女，不云衛宣夫人。或後人標題之訛耳。凡未適人許嫁矣，春秋經傳標特筆。僖公九年書伯姬，何休公羊洞經術。字而笄之待成人，繫屬於人養貞一。明與未字之女殊，原貞援引曝書集。朱竹垞為高蔣氏作《原貞》，引以為論。女而不婦貞為行，盲左穀梁弗沿襲。共姬比例聖所褒，堯峯南畇說堪憶〔一〇〕。家既庭先生女字於計，未婚殉節，汪堯峯作誌，以共姜比例。彭南畇為予從伯母吳孝貞誌銘，即踵之。許嫁纓為禮記文，名以行媒遂相識。兩家齋戒告鬼神，壹與終身不改革。娶有吉日未成婚，夫死亦如壻吊泣。女服斬衰往夫門，《曾子問》注疏。未嫁服同已娶式。婦人不二斬謂何，天不二耳儀禮悉。嫁殤遷葬禁周官，謂彼生未紅絲縶。《周禮·媒氏》注謂生時非夫婦。聘則為妻納采徵，即守夫死不嫁〔一一〕律。可服可往明可從，愛人以德休姑息。舉世昧經謂過中，此旨不明道幾熄。人求盡倫安能過，五倫只恐常不及。由來夫婦比君臣，策名亦有未受職。清風孤竹師夷齊，商朝未祿周恥食。孔子稱仁記震川，自異前論分揚抑。歸震川初作《貞女論》，抑為非禮之正，後作《張貞女記》，以孔子仁夷齊揚之。推觀子弟事父兄，豈必一一親顔色。父子繼絶或背生，兄弟前後或南北。追思孝友自性成，非緣見面乃盡力。朋從尚友及神交，寧須把臂投膠漆？揆此可知婦與夫，性真相感當循率。殷勤何必同衾幬，曹植句。問名〔一二〕已定羞差忒。只知以義勿以情〔一三〕，身潔心安理亦得。幼從父母最初言，初命是遵戒私暱。不悖於理曰無違，許嫁之語由親出。弗虧其體弗辱親，立志不渝貴在必。奪則隨亡不奪存，志不可奪命則畢。愧存不若無愧亡，幾希人禽謹出入。守貞殉烈易地同，一心不二絶矯飾。卓哉陳媛大節彰，浩然正氣兩間塞。傷悲自署望門寡，門在望兮〔一四〕未許即。既云寡矣難再雙，茲言至正非偏刻。鵲甘獨宿歌三年，鳩告雙飛媒一逼。遂將性命付輕綃，僅留心事傳遺墨。視死如歸豈博名，舍生取義寧圖逸？香銷一旦折芳枝，石化千秋留勁質。維媛家學五經明，察於倫理昭作述。天經地義今古〔一五〕垂，永永幽光争日月〔一六〕。

《小粉場雜識》：江蘇元和縣貞女宋景衛，字茂漪。幼習禮工詩，許字生員程樹，未婚樹卒，貞女歸程守貞，不復輕作。遇節烈事，間一發抒。嘗作《陳烈女詩》有云：『由來夫婦比君臣，策名亦有未受職。清風孤竹師夷齊，商朝未禄周恥食。』初未歸程時，聞姑病亟，刺指血書疏，籲天請代。其節孝蓋天性也。樹字玉生，年十一善屬文，補長洲縣學生，有神童之目。以哭大父得疾卒，人皆惜之。

【校記】

〔一一〕五經：原作『五生』，與下不合，據《國朝閨秀詩柳絮集》改。

〔二〕此題《國朝閨秀正始集補遺》（道光十六年刻本，下同）作『正俗歌爲陳媛作』。

〔三〕心：《國朝閨秀正始集補遺》作『身』。

〔四〕嗟：《國朝閨秀正始集補遺》作『知』。

〔五〕勿：《國朝閨秀正始集補遺》作『不』。

〔六〕增：《國朝閨秀正始集補遺》作『心』。

〔七〕危微：《國朝閨秀正始集補遺》作『尚書』。

〔八〕極：《國朝閨秀詩柳絮集》作『吉』。

〔九〕祖考無忝：《國朝閨秀正始集補遺》作『無忝爾祖』。

〔一〇〕憶：原作『億』，形誤，據《國朝閨秀詩柳絮集》改。

〔一一〕嫁：《國朝閨秀詩柳絮集》作『婦』。

〔一二〕問名：《國朝閨秀詩柳絮集》作『商名』。

〔一三〕此句《國朝閨秀正始集補遺》作『當知勉義非溺情』。

〔一四〕兮：《國朝閨秀正始集補遺》作『也』。

〔一五〕今古：《國朝閨秀正始集補遺》作『古今』。

〔一六〕日月：《國朝閨秀正始集補遺》作『皎日』。

曹炯 三首

字重光，直隸天津縣人。及笄而卒。著有《非非集》。

面水一亭在，臨風繞芰荷。香消長日暑，色借醉顏酡。隔浦棲文鳥，方橋引素波。徘徊何限意，竚聽採蓮歌。

題愛蓮亭

遊仙

九天天路路迢迢，閬苑奇葩盡吐苞。憶得看時忘日暮，歸來新月挂松梢。

朝來洞口飯青精，晚侍金仙宴玉京。憶得昨宵松下坐，月明星朗聽吹笙。

淩存巽 一首

江蘇上海縣人。字嘉定金惟驪，未婚惟驪卒，存巽即矢志自經。

淩璿玉《家姪女貞烈傳》略：貞女，上海人，姓淩氏，名存巽，族弟康之第六女也。幼婉順，知讀書，親疾輒弗寢。年十五，許字疁邑金尚東子惟驪。丁卯春，金氏子亡。女聞訃心悲，暗泣數日，兩目盡腫。父母問之，以病目對。遂託佞佛，不茹葷，衣縞素，歷歲餘如一日。母嘗以榴花簪之，稱疾而卧，拔花置几上。蓋其用心堅苦如此。戊辰中元，有親戚為議婚者，父欲許之。女晨起禮佛，過内堂，微聞其語，女心益悲，容弗戚，飲食如平常，家中莫之疑也。俗於是日賽邑神，夜經其門，或勸女出觀，女不應。二女婢侍側，以計遣之，乃闔樓自經死，年十八，時乾隆十三年七月十五日也。

喬承頤《烈女淩存巽詩》：桃夭猶未賦，秉節非其職。而能以身殉，大義稱獨得。視死竟如歸，乃在弱女子。豈無父母念，保貞不惜死。

遺詩

鞠養恩難報，此身愧歉多。紅顔原薄命，盡瘁莫生波〔一〕。

《上海縣志》：淩存巽，父名康。幼婉順，知書。年十五，許字金惟驪。未婚惟驪卒，女聞訃暗泣，目盡腫。詰之，以病目對。遂託佞佛，縞衣茹素年餘。戚有議婚，女微聞，遂自經。歿年十八。啟遺篋，得詩數章。其一云云，可謂從容就義者。從叔如焕為之傳，旌表，祀節孝祠。

【校記】

〔一〕以上兩句《國朝閨秀正始集》作『自甘同穴去，不許井生波』。

錢氏 句

浙江桐鄉縣人。字嘉興縣某氏子，未婚。聞訃，自經以殉。

句

不隨桃李鬧春風。

朱琰《朱絲歎小序》：《朱絲歎》，為錢貞女作。貞女桐鄉人，許字嘉興某氏子。未婚夫亡，女以父老無子，誓終身不嫁奉親焉。除簪珥，去華飾，已一年矣。突有委禽者，女知父意不可回，題《絶命詞》，即以原聘紅絲自經。聞而義之，因為作此，俟采風者。詩曰：『艷艷朱絲繩，相牽始成匹。成匹亦其常，何心立奇節。奈以同功絲，不作同心結。通名未相見，一朝便永訣。』『雖未結同心，蚤以誓同穴。泣涕奉朱絲，躊躇顧白髮。相持不敢言，相依亦暫活。皎皎閨中心，明明天上日。』『心與日光明，不隨月盈闕。朱絲繫生死，朱絲寧斷絶。突來隔幔人，欲以攀枝葛。養父事不終，守義志難奪。』『背面辭阿父，報恩在專壹。緣以朱絲成，命以朱絲畢。桃李紅日蔫，朱絲未許涅。絲絲見素心，嗟哉女貞潔。』

顧季蘩句

浙江桐鄉縣人，府學生員顧漢之女也。字烏程縣學生張九彰，夫死殉節。

《浙江通志》：顧季蘩，桐鄉人。幼慧，通書史。事母至孝。許字張九彰，未婚夫故，悲號欲殉，兄時新日夜守之。適翁張廷芝來奠祖母，家人咸在喪次，季蘩遂閉户自經。理其衣，俱紉結不可解；檢其笥，得《絶命詩》等篇。伊翁目擊傷心，迎柩與夫合厝焉。康熙十一年撫院范承謨題旌。卒年二十一歲。

許濬《顧烈女詩序》：烈女名季蘩，湖州府學生顧漢第四女也。生而端慧，女紅之暇，兼精筆墨。字烏程縣學生張廷芝之子九彰。彰韶齡苦志，羸疾而卒。女聞訃驚慟，死以自矢。有所親媪强慰之曰：『幸未至張門。』女且哭且叱之曰：『我生平用一器一席，尚不欲妄更，況此身乎？』未幾，顧有大母之喪，張翁訂期設奠。女是日飭裝，若有所待。翁至，即好語給女伴出，覿翁方捧爵靈几，女已絶繯高閣矣。撿其遺篋，有《絶命詞》句云云，字字悽惋，讀者咸欷歔太息。殮之日，吊奠者數百人。兩翁遂議合葬，以成其志。殉節時年二十一歲，康熙九年三月上巳日也。

董漢策《顧貞女季蘩傳》：顧貞女季蘩者，歸安之瑶莊人也。蘩父為章，始挈家遷於桐邑之清溪。蘩幼秉禮教，勤女紅，不苟言笑。少長，從母氏授經書卒業，遂工詩賦。事母姚暨祖母沈，備極孝敬。許字平江張九彰，善病，兩姓媒始或議婚嫁，輒以病阻。今年庚戌仲春，蘗既失祖母，愈益悲。閏二月之二十有三日，九彰聞訃，顧君悲之甚。或告顧君曰：『是子病久尫矣。今捐館舍，雖痛悼，將如命何？』蘗在幕次，實聞此言，哽咽垂絶，保母曰：『夫壻雖歿，幸未成婚，不猶愈乎？』蘗乃起立，作色曰：『是何言歟！我生平坐不易席，食不更器。爾言胡為乎來哉？』蘗於是懔然若有懼也，以死自誓，哭不休。諸姊妹察其意良不善，遂晝夜與共起居。居數日，蘗稍稍霽顔色，咸謂蘗意已解，伺察者稍引去。三月三日，蘗之翁張君來致祭於蘗之祖母。初陳几筵，諸兄姊妹序事喪次，蘗退息小樓。保母侍，蘗曰：『爾盍觀彼奠？爾一一告我。』保母察蘗無戚容，遂至廳事。祭甫畢，返命，與諸姊妹偕來，俄聞有聲出簷間，如墜如壓。扣其户，扃不納；俯窺門隙，則見衣裳委於地。衆咸驚，從簷上排窓櫺以進。諦視，則蘗死矣，蓋雉經也。發其篋，得所著《薄命賦》、《絶命詩》等，皆哀惋不可卒讀。

句

憔悴緑窻人事改，寂寥簾外竹聲清。
爐煙夜半香魂斷，月魄沉餘玉色輕。

吴氏 一首

安徽歙縣人。許字叢睦汪某，夫死守貞。

《歙縣志》：吴氏，吴正通之女。許字叢睦汪某。擇吉期之前一月，汪以疾卒。女聞訃，即毁妝絶粒，登樓將墜而死，家人從後挽之得免。父母諭之曰：『兒能養親，即守義矣。何必效爾姑往事乎？』蓋女之姑亦未嫁而以烈殉夫者。

女自是決計養親終身。逾年，有媒妁為議婚者，女焚香祖祠前，盡截其髮，浮議乃息。奉親二十年，調羹視膳，不離左右。母病，刲股以進。其後父母繼歿，女哀毁骨立，屏絶葷酒。酷嗜書史，能為詩。女紅之妙，一時稱絶。卒年四十有七。

秋夜

風勁霜凝蛩語淒，月移竹影過廊西。篆香銷盡渾無寐，咿喔俄聞報曙雞。

周珊珊二首

字小玉，□□□□縣人，黄雲孫聘姬也。未嫁而殞。

獨立

忽有悲秋意，空階獨立難。愛看雲所歷，遥憶露將漙。人意三更怯，花情五夜安。歸鴉棲不定，纖月過林端。

題紅葉

何處相思字，吴江一葉楓。東流知不誤，莫使逐西風。

王氏 一首

江蘇無錫縣人。許字金兆年，夫死殉節。

絶命詞

生為金氏人，死為金氏鬼。天也不諒只，一死豈不偉！

《江南通志》：王氏女，無錫人，許字金兆年。女年十四，聞夫病歿，即投繯殉，母覺，救甦。後父母欲改字之，女大書一紙於卧室几上云云，遂投井死。

梁指妹 句

廣東高要縣人。梁鏤明孫女，周頌聘室。未婚周卒，梁以身殉。

句

身歸黄土魂猶在，骨化寒灰志尚堅。

《皇華紀聞》：梁指妹，高要人。舉人鏤明孫女，受儒生周頌聘。頌年二十，未婚而卒。妹聞訃，更素衣，為位而哭，晨昏不輟。明年小祥日，哭罷盛飾，登樓自經，留詩云云。父母歸其柩，與頌合葬。

席氏 一首

江蘇長洲縣東山人也。

《七十二峯足徵集》： 氏東山人。幼許婚郡城某氏子，貧而無行，年長不娶。所親者諷以就親山中，而此子出不近人情之語。女聞大恨，題詩數首，自經死。武山周武功記其一絶於《長青集》中。

絶句

冥判重泉路未通，萬行血淚洒西風。孤魂漂泊歸何處，宜向清風明月中。

胡秀温 八首

湖北荊門州人，胡振翼之女。許字江陵諸生張毓奓。未婚毓奓病故，胡即守貞，撫嗣子。著有《筠心閣詩》。

《江南通志》： 胡貞女，荊門胡振翼女。幼許字江陵生員張毓奓。年十八，已定婚期，奓病殀。凶問至，女絶食累日，乞往吊，遂留張宅，撫姪旋均為後。事舅姑，備極孝敬。守貞三十三年，康熙五十六年旌。

戴俊《胡貞媛傳》略： 胡氏，名秀温，江陵諸生張毓奓聘妻，荊門胡公振翼女也。夢古柏一株偃蔭庭中，生貞媛，幼即不妄言笑。伯氏作梅官太史，封君就養京邸，晤張左司馬可前，深器其季子毓奓，遂締盟。越三年，叶吉將成禮，張子竟以病卒，時貞媛年纔十八耳。訃至，投繯者四，絶粒者十有一日。父知不可强，聽往唁，匍匐於夫之墓，不肯歸。封君再三泣勸之，乃返。迨司馬致政家居，而飲冰茹蘗者已十有三載矣。司馬以猶子旋均為之嗣，撫育藐孤，喔咿聲與機杼聲相間發。著有《筠心閣詩》。

吴家騏《筠心閣詩序》略：江陵貞母張孺人，封少宗伯吴公之女。少許字左司馬張公子毓参，臨嫁参病殀，誓死不貳，服衰絰，哭於其墓。父母勸之歸，縞衣茹素，歷十三年。舅姑義而迎之，為置嗣子，恩勤教育。嗣子亡，又撫孫振鐸而教之。年五十，有司請於朝，旌表之如制。今年六十有九矣，振鐸輯其《筠心閣詩》，郵置京師，請序於余。余讀而悲焉。孺人生長名族，夙嫻詩禮，受張之聘，守從張之義。哭其夫，哭其舅姑，又哭其嗣子，遭罹變故，慘悼憂傷，卒能不移其守，以式穀其後人。其詩纏綿悱惻，皆天倫至性之所發，豈椒花柳絮之儔所可同日語哉？昔人以高明之性比伯夷、叔齊之義，流覽篇章，景行行止，採風者所當亟為採録也。

玉壺舟中勵志詩

兹山何嶙峋，兹水何澄澈。山堅不可磨，水清不可涅。嗟哉薄命人，蓬閨縭未結。忽來破鏡凶，永作死生別。微軀那復珍，拚同朝露滅。堂上特鍾情，永夜俱環列。從容顧兒言，阿兒何太決。豈謂能輕生，遂命閨中傑。張氏上有翁，暮年垂耄耋。張氏下須嗣，枯樹滋萌蘖。惟難在立孤，而易在死節。斯言豈不然，毋乃多周折。老淚日未乾，苦口日未輟。委順白髮心，匍匐臨衰絰。樽酒奠良人，肝腸寸寸裂。瑤琴絃未張，高曲已終闋。生未綰同心，死當瘞同穴。何以報良人，凜此三寸鐵。登堂拜舅姑，鬖鬖雙鬢雪。入室撫孤兒，煢煢一點血。仰事俯育間，何忍輕棄絕。甘心茹荼苦，黽勉完名烈。我聞古媧皇，雙手補天缺。

盆魚

磁斗注清泉，風皺波紋細。荇藻勢縱橫，白小於兹憩。唾影更唾香，首尾胥牽綴。含睇故窺人，飄忽争引避。尺水儼蹄涔，亦似鳴得意。安知有潛龍，飛躍無涯際。

聽伯氏蒼頭話從軍故事

風峭霜收黯淡天，饑烏啞啞聚空田〔一〕。蒼頭曾〔二〕侍將軍帳，細説先臣苦向邊〔三〕。初出居庸關外路，氊帷櫛比〔四〕儼〔五〕市廛。他鄉況味誰云苦，晨可炊兮夜可眠〔六〕。歸化西去六千里，大漠遂爾絶人煙〔七〕。終朝罕見禾麥影，經歲不聞雀與蟬。塞馬黄羊遍地走，豺狼狐豕〔八〕相摩肩。行李稍孤單，此物恣摧殘。骨骸棄草莽，肝腦飽饕餮〔九〕。黄雲慘淡白日寒，極目傷心良可歎。更值悲風動地來，白草畢偃沙漫漫。車為之折轅，馬為之盤旋。行人盡蹲伏，未敢舉目看。征夫不幸當此際，忘却生人樂與歡〔一〇〕。及渡瀚海三百里，沙深數尺車陷軌。遥遥累日絶泉脉，馬駝〔一一〕革囊囊褁〔一二〕水。一掬解渴勝金莖〔一三〕，安敢縱情厭泥滓。牛羊活剝並血吞，饑來唯覺甘如薺〔一四〕。天兵戾止似星羅，外藩臣庶胥角犄〔一五〕。獨〔一六〕憐食飲異中華，心脾失調半不起。斯時阿奴亦卧病〔一七〕，猶幸將軍身無毁〔一八〕。軍中芻糗積如山〔一九〕，麾下貔貅皆死士。飲醪恩重令更嚴，驅策真如身臂指〔二〇〕。佇看澤旺授首歸，圖畫麟閣銘清史〔二一〕。無何將星中夜落，哀聲呼號振軍壘。天柱摧兮日減光，大樹飄零軍無紀。萬里孤櫬沙漠歸，黄昏哭向角聲裏。駝躑躅，馬不前，地老天荒憾無已〔二二〕。我漫聽之悲重來，手足情切心縈哀〔二三〕。一身許國四十載，半生品望重三台〔二四〕。西清起草成珠玉，東閣招納盡賢才。寅清遐溯古人踪，講幄從容和鹽梅〔二五〕。無端小醜抗天子，居然邊庭肆無禮。鄭侯受命總儲胥，誓將不負聖君使。孤忠徒激功未成，賺得沙場長没齒〔二六〕。

拜先姑章宜人墓

稽首瞻荒草，酸心奠一觴。夜臺雖永隔，慈範總難忘。未覩羣烏集，空餘獨燕翔。没存無限恨，松柏亦淒涼。

白燕

霓裳舊舞認依稀，影掠銀河獨自飛。未許東風消雪羽，不嫌冷露透冰肌。春秋夢繞瑶臺路，出入身穿玉女機。試問營巢何處是，輸他白首老霜闈。

藕塘

一泓深且清，約略似秋浦。拾得藕如船，還憶蓮心苦。

詠史

軨車未入漢宫門，蓮勺何人識至尊。只有夏蟲差解事，青青柳葉寫曾孫。

菊花

芳菲女節燦東籬，正是三秋欲暮時。雨妬霜欺渾未怯，寒英抵死抱初枝。

【校記】

〔一〕以上兩句《國朝閨秀詩柳絮集》作『春令讀罷太常篇，廢書與僕話當年』，《國朝閨秀正始集》作『脊令讀罷棠棣篇，廢書與僕談當年』。

〔二〕曾：《國朝閨秀詩柳絮集》、《國朝閨秀正始集》作『舊』。

〔三〕此句《國朝閨秀詩柳絮集》、《國朝閨秀正始集》作『細説仗節籌遠邊』。

〔四〕櫛比：《國朝閨秀詩柳絮集》、《國朝閨秀正始集》作『比櫛』。

〔五〕儼：《國朝閨秀詩柳絮集》、《國朝閨秀正始集》作『如』。

〔六〕以上兩句《國朝閨秀詩柳絮集》、《國朝閨秀正始集》作『居人稠密不知苦，晨炊夜息皆安便』。

〔七〕此句《國朝閨秀詩柳絮集》、《國朝閨秀正始集》作『大漠一望無人煙』。

〔八〕狐豕：《國朝閨秀詩柳絮集》、《國朝閨秀正始集》作『虎豹』。

〔九〕以上兩句《國朝閨秀詩柳絮集》、《國朝閨秀正始集》無。

〔一〇〕以上六句《國朝閨秀詩柳絮集》作『驅車車欲顛，策馬馬不前。每懷靡及轉却走，進退一任風盤旋』，《國朝閨秀正始集》與《國朝閨秀詩柳絮集》略同，唯『顛』作『折』。

〔一一〕駝：《國朝閨秀詩柳絮集》、《國朝閨秀正始集》作『馱』。

〔一二〕褁：《國朝閨秀詩柳絮集》、《國朝閨秀正始集》作『載』。

〔一三〕此句《國朝閨秀詩柳絮集》、《國朝閨秀正始集》作『偶思解渴得一瓢』。

〔一四〕此句《國朝閨秀詩柳絮集》作『饑來亦覺甘如薺』，《國朝閨秀正始集》作『饑來亦覺甘且美』。

〔一五〕以上兩句《國朝閨秀詩柳絮集》、《國朝閨秀正始集》無。
〔一六〕獨：《國朝閨秀詩柳絮集》、《國朝閨秀正始集》作『却』。
〔一七〕亦卧病：《國朝閨秀詩柳絮集》、《國朝閨秀正始集》作『痾亦沉』。
〔一八〕身無毁：《國朝閨秀詩柳絮集》、《國朝閨秀正始集》作『健無比』。
〔一九〕積如山：《國朝閨秀詩柳絮集》、《國朝閨秀正始集》作『如崇墉』。
〔二〇〕以上兩句《國朝閨秀詩柳絮集》、《國朝閨秀正始集》無。
〔二一〕此句《國朝閨秀正始集》作『圖畫麒麟勒青史』。
〔二二〕以上九句《國朝閨秀詩柳絮集》作『無何中夜將星沉，大樹飄零長已矣。痛哭一聲三軍齊，陣雲無色戰鼓死。魂兮迢迢萬里歸，地老天荒恨靡已』，《國朝閨秀正始集》與《國朝閨秀詩柳絮集》略同，唯『沉』作『落』。
〔二三〕心繁哀：《國朝閨秀詩柳絮集》、《國朝閨秀正始集》作『肝腸摧』。
〔二四〕此句《國朝閨秀詩柳絮集》、《國朝閨秀正始集》作『久知公望和鹽梅』。
〔二五〕以上四句《國朝閨秀詩柳絮集》、《國朝閨秀正始集》無。
〔二六〕以上六句《國朝閨秀詩柳絮集》、《國朝閨秀正始集》作『無端小醜梗聖化，受命誓欲殲渠魁。吁嗟乎！勳名未竟山先頹，武鄉盡瘁同悲哀』。

姜桂 一首

字芳垂，一字士霜，號古研道人，山東萊陽縣人。孝廉姜本渭季女。許嫁張氏子，未婚張卒，桂遂矢志。通經善畫，人有得其片楮點墨者，珍踰球璧焉。

閨秀尹瓊華《題姜貞女畫》詩：空閨工六法，取勢入微茫。野渡漲秋水，遠山明夕陽。古心無麗藻，潑墨有冰霜。不點雙飛鳥，圖中斷頡頏。

【輯補】

潘奕雋《三松堂集》（嘉慶刻本）卷三《跋姜貞女桂寫生卷》：貞女姜氏，名桂，字芳垂，晚自號古研道人，萊陽姜如農給諫之女孫也。已字未行而寡，守貞不字，依親以居。夜夢大士教以六法，遂通畫理。山水、翎毛、花果，偶有臨撫，無不肖，兼能自出新意。士大夫俱推重之。今度香制府，給諫之元孫也，嘗以給諫《荷戈圖》索張瘦銅舍人題。時度香爲侍郎，舍人詩曰：『昔與侍郎同書塾，塾中萬朵紅薔薇。花時示我靈雨卷，雨點淚點相霏霏。作畫之人女貞樹，壓倒眼下諸芳菲。』『靈雨卷』者，貞女所作《靈雨春耕圖》。蓋因給諫並及貞女，以見奇節出于一門爲可敬也。是卷爲先贈公貢湖府君所藏，今存吾弟畏堂所。暇日過弟歸雲書舍，出以相示，遂攜以歸。明窗展閲，不獨勁節可欽，即畫亦非近人所可企及。因識數語，歸之歸雲。

題畫

暖風晴日值〔一〕良辰，窻外梅花數點新。更想林泉清淑致，山光樹色寫初春。

《國朝畫徵録》：姜桂，字芳垂，號古研道人，孝廉本渭季女，行人垓曾孫女也。父母許張氏子，聘，未婚張卒。桂時年十九，聞訃欲自經，父母許其守節，乃不死。未幾，翁姑相繼歿，無可歸，矢志於室。貞女也，通經書，善畫山水，乾筆疏秀。嘗見其小幅自題云云。又記云：『仿元人惜筆法，惟舊紙得墨，始有氣韻。佳紙難覓，大幅更罕。兹幀細潔，又平拓者再，而紙性猝難融化。

淺深濃淡，頗費經營，而筆不達意，欲貌似古人而不可得，多愧。』觀此足以知其學力有所得矣。

【校記】

〔一〕值：《國朝閨秀正始集》作『是』。

陳寶娘 句

廣東海陽縣人。字同邑黄士振，未婚夫死，雉經以殉。

句

奔喪違妾願，迅步逐郎踪。

《鹿州初集》：廣東海陽縣人，府小史陳子穎女。幼聰敏，有弟讀書，輒旁觀成誦。通《孝經》、《内則》。年十二，字邑人黄士振。士振夭卒，寶娘時在機，失梭昏仆坐地，拊膺慟哭。請奔喪，父母不許。遂絶飲食，旋自經瓜架間。雖甚雨，衣裙不霑。翼日，形神不改。於篋内得遺詩一首，有句云云。時康熙壬午二月廿有二日也。後漳浦藍鼎元、王霖為立《陳烈女傳》。

徐源 二首

字方白，號冰谷，浙江嘉興縣人。字沈某，未于歸而沈卒，遂矢志，茹荼苦者數十年如一日。著有詩集。

采芝山人招遊□園

玄絲不可染，薄命不可移。撫心出門去，歸時仍攢眉。我友特相憫，挈遊錦水湄。園後有錦帶河。名園巧營構，彷彿瀛洲奇。峰巒競俛仰，亭榭互參差。石榴照簷楹，芍藥擁堦墀。穿雲招舞鶴，踐花逐驚麇。頓忘足力倦，但覺心神怡。惟時方初夏，緑陰逗微颸。主人重文墨，恵茗索新詩。率爾遂成篇，俚鄙還自嗤。

詠艾虎次韻

詎假斑斕炫色新，靈叢變化顯威神。嘯呼有象童能甲，攫搏無心鬼自寅。應為時清離苑囿，豈因善政渡河津。五絲未縛存芳烈，獻瑞祥麟未得臣。

張静懿一首

江蘇丹陽縣人，張灝之孫女也。許同邑汪廷颺，未婚而卒。

斷腸吟

父母育我身，詎意我命劣。未賦夭桃詩，遽灑分鸞〔一〕血。景仰戴女山，時慕共姜烈。人生當如是，何分今與昔。痛欲自隕滅，親恩念罔極。長齋繡佛前，苦行甘茹蘖。翁憐我年少，我念姑半百。既失繞膝兒，願為不字媳。留得伶仃軀，聊代供子職。莫謂樂艱楚，只因惜名節。説與斷腸處，斷腸説不得。吁嗟數行句，猿聞亦涕泣。

《丹陽縣志》：　張貞女，名靜懿，郡庠生樸之女，順治壬辰進士灝之嫡孫女也。幼喜讀書，每見孝女節婦傳，輒欽慕曰：『人生當如是！』年十三，母病，女割股雜參苓飲，母病以痊。許字同邑汪廷颺，颺以父嬖妾而虐其母，抑鬱成疾，垂死。女請往永訣，母不可；欲自盡，乃許之。往視，一見而瞑，留執喪。未幾，父勸之歸。歸十餘年，復往省姑。親戚咸語其舅：『媳為若子守，宜少分與貲產。』舅性鄙而狠，溺愛妾子，反欲嫁媳，以免分財，若不能旦夕容者。女念進退俱不可，夜自經。姑寐而驚，急救甦。里黨忿其舅，欲訴之官，女告曰：『以兒故訐翁短，他日何以見其子於地下？』乃已。歸母家，歲時必設奠，望空致祭，有『斷腸』之句云云。一時紳士多歌詩以吊之。

【校記】

〔一〕鸞：《國朝閨秀詩柳絮集》、《國朝閨秀正始集》作『離』。

董氏 一首

董嵩年諱臻者之女也。字某，未嫁而卒。著有《蘭賢齋集》。

草堂月

一輪光照草堂前，萬里無雲翠作天。縱有疎星虛點染，滿庭花影倩誰憐。

張婉琛 四首

永州司理參軍張兩銘先生之女也。字李某，未婚而夭，遂守貞。日以針黹自給，筆墨消遣，然不輕易示人。

詠鐵線蓮

清姿瘦質可憐生，鐵骨偏宜君子名。寧向三春獨顦顇，不同紅紫鬬輕盈。
誰把仙家緑玉花，繫將鐵線委泥沙。移根擬傍青蓮地，九品香中未有涯。

送表妹王婉瑛于歸楚

簪花印格共南樓，忽復分擕淚暗流。從此唱酬夫壻在，不知還憶阿儂不？
東風歸雁惜離羣，柳色青青此送君。消受何郎書卷福，不須惆悵隔荊雲。

徐氏 一首

浙江嘉興縣人。大司馬徐必達之女孫。適庠生陳耆卿，陳殉父中丞公難，氏僅十六齡，截髮矢志，守節二十二年而卒。著有《孤筠吟草》。

洗心亭

萬个琅玕寫雨聲，洗心亭畔水常清。肝腸久已同冰雪，只合臨流去濯纓。

何志璇 六首

字韞潔，號琢齋，江蘇華亭縣人。字馮太學子尚賢，未婚守志。著有《幗籢存稿》、《詞話彙編》、《詞家紀事》。

《江南通志》：何貞女志璇，華亭人，字韞潔。五歲能以意識奇字。許字馮尚賢，馮卒，女聞訃，即素衣涕泣累日夕。母兄勸止之，謂曰：『雖許字，猶未嫁。無重傷老人心。』女曰：『馮之婚，父所議也。若更議婚，死我父也。』母兄遂不復言。年廿八卒。工詩詞，有《幗籢存稿》。

吴昌祺《節女何氏傳》略：節女何氏，華亭人，名志璇，字韞潔，自號琢齋。母錢孺人夢青鸞降庭而生節女，賦性超異。四歲，祖母吴太孺人口授唐人詩，輒成誦，能以意識奇字。遠宗故與太學生馮子景修有舊姻，才其仲子尚賢，以節女許字。遠宗歿五年，而尚賢補博士弟子，鋭意進取。庚午秋闈後以疾卒。訃至，秘勿告也。節女微聞之，立褫紈綺，服布素，聲不聞而涕泆瀾。母兄懼其哀瘁，交口勸止，乘間謂曰：『汝父已早世，我惟若兄妹是賴。若雖議婚，猶未聘也。別訂姻好，於義為正。何固滯若此，乃重傷吾心耶？』節女對曰：『馮氏之婚，父所議也。今而更議，死我父也。』其兄志黿，太學生，有才識，謂節女曰：『兒讀古人書，知從一而已。且兒不出閨門，奉母以樂餘年，顧不足慰母心耶？』其兄志黿，太學生，有才識，謂節女曰：『母所欲者，在妹有家。今覲妹盛年終日縞素，庸勿怦怦乎？且國家定例，未婚者弗旌，而徒虧承志，奈何？』節女曰：『吾豈為名計耶？母欲吾有家，而家亡矣。兄寧不能分片席容一妹以佐承歡，而顧思違父命也？』悲泣欲絶，母與兄皆相持而泣。其後慕義求婚者踵至，母不內聞也，兄不外許也，聞者亦相戒，不敢復請。無何而錢孺人復嬰疾沉綿，節女衣不解帶者累月，孺人愈而節女病瘵以卒，年二十有八。節女資絶慧，自工文詞，不由師授，顧往往脱稿後即棄去。搜殘缺，僅得《苗斑奴傳》一，詩餘如干首。

何志鼇《哭女弟琢齋》詩：『北堂寒夜夢青鸞，共訝瑶池下女官。忽憶西皇歸思急，電光石火片時看。』『含飴猶憶授詩篇，百首三唐字字全。吾祖痛遺循吏傳，清風佳句爾能傳。』『論才閨閣古今奇，五色廻文蘇蕙詩。爾亦停針嘗搦管，泉臺未許竇滔知。』『獻花夜夜禮金光，此日黄昏意渺茫。自古空傳少君術，海天無復返魂香。』『病來消渴喜龍芽，却暑猶欣五色瓜。桑苧漫言鴻漸事，青門休問邵平家。』『青松黄菊共秋蘭，手植空憐夜色寒。更有參差窻外竹，從今誰與報平安。』『柔惠雙鬟旦夕隨，牽絲薤露兩同悲。今朝彼此無消息，空有傷心憶悼詞。』『自憐孤弱淚同傾，朝露偏傷手足情。此日有兄能哭妹，百年無妹痛無兄。』

高不騫《題幗篋存稿》詩：『自是神仙有數才，吹簫不上鳳凰臺。但承阿母慈顔罷，一寸心隨爛炬灰。』『莫問蓬山路幾千，劉郎無分詎無緣。篋中冰雪文堪敬，碧海青天譜十年。』『鏤羽雕毛作夢端，吐音如此洵貞鸞。若操輕濁為詞律，無地能容李易安。』

聞蛩聲作

井梧已老葉繽紛，砌下鳴蛩如訴人。切切似愁時序促，淒淒應恨露華頻。秋深蕭瑟添悲氣，歲往支離餘病身。畢竟有生俱幻化，臨風為爾一沾巾。

集草堂句

落紅鋪徑水平池，寂寞鞦韆兩繡旗。燕子還來尋舊壘，黄昏微雨畫簾時。
柳梢殘日弄微晴，葉底黄鸝一兩聲。睡起愁懷何處著，手挼裙帶繞花行。
風蒲獵獵小池塘，蓮子深深隱翠房。睡起緑陰初轉午，碧綃對捲簟紋光。
謝了荼蘼春事休，煖風吹動繡簾鈎。沉吟不語晴窻畔，兩點青山滿鏡愁。
手捲真珠上玉鈎，水聲山色鎖妝樓。流鶯窻外啼聲巧，一曲闌干一倍愁。

石氏一首

湖廣湘潭縣人。字曾姓，未結褵而曾姓夭，即守貞不再字。

書伯姊張孺人七歌後

歲攝提格月在相，伯姊始生帨懸帳。即今七十聰且明，不用仙人九節杖。憶昔伶仃侍母慈，晨鍼午剪宵麻絲。繡窻閑展中壘傳，列女法戒姊示之。曲江公子乘龍壻，曰歸宜室如兄弟。誰分碧翁西北虧，提孩入户淚潸制。我生不辰姊不如，桃華方灼鸞已孤。此生未見良人面，此心欲完寡女軀。簧語華言耳不入，天乎不諒死何慴。維時阿姊獨相憐，能申大義消喋喋。姊亦宫辛年復年，桂蕊桐孫紛眼前。焜煌翟茀慶將母，庨齋御板同神仙。念我悍悍痛無告，親裁尺素慰清操。餐膳許分禄養餘，輕帆約赴禾州道。阿姊高誼世所稀，藻蘋無主難奮飛。捧書反覆涕霑臆，吳山湘水神遙馳。弄珠樓畔壽筵啟，雲璈聲沸陳百醴。傳到新詩歌七篇，就中鄭重采葑菲。嗟哉身遠心轉親，末由晉爵賡長春。可憐毫楮殷勤意，棖觸空閨薄命人。烏頭何事虛名炫，贏負有雛差自遣。姊如啖蔗老愈甜，我似凝陰宵不旦。祝嘏知不藉巵詞，綿綿情話抒我思。他年白髮歸相對，更為索句歌期頤。

徐文琳 一首

江蘇吳縣人。許字浙江海寧縣副榜陳子長，未嫁而寡。惜所著散失。

《陳氏家譜》：徐文琳，相國陳之遴夫人燦之族女也。幼許字相國季子明經堪永。堪永從父母於謫所，未娶卒。文琳賫志於母家，或勸以他適，文琳曰：『富貴而許之，患難而背之，我不為也。』越四年，燦得請歸，文琳曰：『吾今有家矣！』遂歸於陳，姪世奕嗣。

過蓮池菴訪圓明女師

精廬屈曲倚雲根，松竹〔一〕周遮不二門。頓使塵緣都洗滌，嬾將世網一評論。山花徑遶名難辨，齋磬聲沉日又昏。小衲壇前閑指點，賜旛曾沐大君恩〔二〕。

【校記】

〔一〕松竹：《國朝閨秀正始續集》作『松樹』。

〔二〕此句《國朝閨秀正始續集》作『賜旛曾得沐君恩』。

汪芹 句

浙江仁和縣人，天台縣廣文汪臺之長女也。十二歲即能背誦唐詩千餘首。十三歲因哭母過愴夭卒。

句

微風動竹林。

鴉噪夕陽月已上。

趙婉揚 六首

字茀芸，江蘇上海縣人。廣文趙旭生之女。字徐秉哲，未于歸而卒。著有《幽蘭室詩草》。

侍御曹一士《茀芸詩序》略：茀芸，余表弟趙充寓長女也〔一〕。邑中傳有五歲攻書史、九歲善吟詠者，即茀芸。余初未覩茀芸詩，余女采蘩、采荇與唱酬，成莫逆，適庭梅爛漫，姊妹相邀索題，灑灑立就，語不繁而意頗清曠閑雅。乃請録其平日所為詩，莫不可誦。邇年來，余匏繫一官，不讀茀芸作。去秋充寓便郵至，並寄茀芸卷屬删，始稔茀芸已下世，甚悲之。既而覆其詩，覺静氣凝然如其人，又如對芝蘭，香遠益清。嗚呼，茀芸真才女哉！以爾許才，不獲與尊宿争名而挺生乎閨閣；許東海佳耦，將婚而蕙折蘭摧，是愈可悲，而其詩愈不忍没矣。雖然，詩傳，人與俱傳；況其生也純孝，焉知不更作寧馨以慰厥親哉？充寓且綿祖澤於後昆矣。遂書言以復充寓〔二〕。

【輯補】

趙婉揚《幽蘭室詩草》（乾隆刻本）載陸瀛齡序：海上多右族，父子祖孫相繼成進士者，獨趙氏。余甥扶上，克紹箕裘，嶽嶽諸生間，名稱籍甚。有才女茀芸，生而穎慧，長而婉嫕，性躭書，能通大義，作爲詩詞，俱芊緜温麗，有風人之致，不獨其得諸天者優，亦其濡染于庭訓者深也。惜乎天奪之速，溘焉朝露，蕙折蘭摧，讀其詩者，至今猶悲之。予嘗謂魏有女侍中，晉有女尚書，唐宋有女學士，明初識字婦女，得舉女秀才，入尚功局。若茀芸者，生當其時，相與濡毫染翰，馳騁上下，正未知孰瑜孰亮，太史氏當以金管記之矣。扶上裒集其遺藁付剞劂，予爲識數語弁其首。旹乾隆四年己未嘉平月柳村居士陸瀛齡書。

瓊案，關於趙婉揚生平，又見本書卷四十六曹錫淑《哭趙茀芸》小序，不署年月。趙婉揚《幽蘭室詩草》（乾隆刻本）所載略同，唯序末署『雍正辛亥歲孟冬朔越三日歸平原采荇譙國氏題並序』，可補其闕。其後復有《秋夜覽趙表妹詩草追悼以成》詩云：『謝家聲調留千古，一卷情深淚未收。豈是多才成薄命，不應仙品作凡儔。瑶臺文亂思瓊質，寶砌花零嘆白頭。獨向更闌吟舊稿，月光還似去年秋。』末署『乾隆八年歲在癸亥秋七月采荇重題』。

秋夜

浮涼入小窻，連夜問風雨。落葉對幽人，相看俱不語。

和采荇曹表姊半涇雜題選一

隨意栽松竹，牽衣共笑歌。煙霞秋自在，山水興如何。花外鶯聲滑，簷端燕語訛〔三〕。聯翩新句好，閨彦本東阿。

聞雁

寒夜淒涼滴漏清，深閨寂寂雁來鳴。翩躚平野乘風急，嘹嚦長空帶月明。睡鴨香回金屋夢，隴山雲暗玉關情。更深久坐燈花落，數盡衡陽無限聲。

秋夕雜題

西風初冷碧窻紗，又見芙蓉一度花。漠漠疎林含宿雨，蕭蕭古樹集寒鴉。鴻聲遥與鐘聲亂，月影還同竹影斜。夜静徘徊闌畔立，艷歌雲外是誰家？

臘梅二首

寒香獨爾動詩神，帶月分明瘦態真。欲使平章添霽雪，異根何讓嶺頭春。

高情迥絶水雲邊，松柏同貞占臘天。密瓣丹心兩奇絶，耻從春色散芳妍。

【校記】

〔一〕此後趙婉揚《幽蘭室詩草》（乾隆刻本，下同）尚有數句云：『閨閣而才逾耆宿。自余外五世祖銀臺公，字時章，以嘉靖丙辰宴曲江，代有魁名。至余外祖觀政公，字仁山，以順治辛丑告捷。先是，研精詩古書畫，無所不通，恭逢世祖章皇帝，於丁酉鄉科後，面試亟奬，而余母弟蒼麓公壯遊京洛，輒以才稱。充寓行將光大先業，顧不早得男，先得女。』

〔二〕此序《幽蘭室詩草》末署『雍正十有三年乙卯冬日，濟寧曹一士題於燕山公署』。

〔三〕訛：《國朝閨秀正始續集》作『和』。

聞璞七首

字楚璜，浙江石門縣人。原任雲南庫大使譽彥之女。奉養父母，矢志不嫁。著有《醉鶴樓詩》。

沈大成《題石門孝女醉鶴樓詩》：『萬里滇南侍二親，棣華凋謝更酸辛。卅年不字深閨裏，此是梅花香界人。』『緑鬢完貞到白頭，寒機宿火幾春秋。遺詩字字含霜雪，何似蘼蕪寫遠愁。』

雨晴

雨過蒼苔潤，風迴院落涼。露濃秋草瘦，日薄海棠〔一〕香。愁豈〔二〕長貧集，詩緣久病荒。遣懷時小立，屋角又斜陽。

別思

景物增幽思，離懷觸目中。黃梅深夜雨，緑蔭小池封。檻外憐芳草，階前數落紅。何時仍一笑，攜手向花叢。

落花

露泣芳叢濕翠煙，淒扉風雨葬嬋娟。細飄芳艷晴波裏，亂點輕紅小院前。争繞綺筵驚舞袖，潛侵妝閣冷金鈿。不知幾許春光減，月曉風清怨杜鵑。

梅花

籬落何年共托根，脩然相對伴黄昏。一從省識春風面，十載留連月夜魂。瘦影何人憐病骨，冷懷空自惜殘痕。清詩今夕逢何遜，留取寒香撲酒尊。

書感

十年塵掩老萊衣，回首淒涼萬事非。顧影自驚鴻雁斷，傷心猶望脊令飛。支離空惜微軀在，寂寞誰憐白髮稀。唯有牽衣兩行淚，夢中灑向夜臺歸。

零落秋光滿菊叢，蕭然環堵耐西風。夜長油盡妨書課，病起窻閑廢女工。風急寒鴉時集散，霜凋蠹葉半玲瓏。斜陽寂歷荒村晚，小立幽庭數斷鴻。

春月

玩月何論秋與春，心無愁緒月常新。誰言秋月能增恨，春月何曾解悦人？

【校記】

〔一〕海棠：《國朝閨秀正始集》作『晚花』。

〔二〕豈：《國朝閨秀正始集》作『以』。

吴秀芬二首

字縷佩，江蘇華亭縣諸生吴德達長女，孝廉士超胞妹也。字婁縣沈孝廉夢松，未婚而殀。

母病述懷

母病憂惶遍合門，心期黍谷轉春温。那知藥餌都無效，斜背銀釭拭淚痕。

愁雨淙淙滴一宵，望中椿蔭隔江遥。深閨未識南塘路，依約横溪第幾橋？時家嚴下榻南梁。

沈夢松《悼聘室吴秀芬》詩：『閨中勝友望如仙，結得三生未了緣。辜負畫眉京兆筆，丹黄不到謝庭篇。』『遺句傳來僅兩章，零珠碎玉倍堪傷。墨花飛處都成血，一片丹忱繫北堂。』

卷之十三

商可八首

字長白，浙江會稽縣人，知府商盤之長女也。字同縣王生，未結褵而卒。著有《曇花一現集》。

商盤《曇花一現集序》：居士有二女：長曰可，蓋取衛公女有五可之義，故以名之；次曰芸，是歲予方以庶常散館校書，蓋取芸閣之義，故以名之。兩女繞膝，珍若雙環。未幾而阿芸殤，妻慟，予慰之以『有可在也』。可幼曉《毛詩》文義，漸獵羣書，居士課之，有『四始皆成誦，時還讀我詩』之語。其後取急歸里，江海淹留，女乃自求諸古，單詞隻句，斐然可觀，然深自閟晦，秘不示人也。猶憶勝國全盛時，培養士林，旁敷香閣。吾家冢宰公予告居鄉，一時門第園林之盛，比諸鳴珂碎錦，緑埜雕橋，不特兩孝八慈争奇競爽，而淑媛多才，如嗣音、景蘭、雲衣諸祖姑，皆緯霧經雲，方駕班、蔡，珠囊瑶軸，傳播人間。商氏閨秀，故老皆能道之，而今不可復覩矣。嗟乎！使女得天假之年，所就當不止此，而香埋玉瘞，荏苒三秋，居士既為女痛，復歎先澤清芬之繼續，蓋若斯之難也。先是，居士就職京師，時值上巳，攜女出游豐宜門外，綵索畫旗，花鑣柳策，日暮始歸。女於是夕得病，病匝月且死。死後啟舊篋中，唯存端溪紫雲硯一方、畫稾一束與詩數卷而已。女舉止端麗，有林下風；詩亦俊逸敷腴，無怨綺傷羅、刻翠剪紅之態。居士不忍其散亡，梓以問世。此女具有宿慧前因，跏趺而逝，正如優鉢曇花，時一現耳。女幼字同里王生，齒皆十六。當旅櫬之歸也，生怳惚見之，尋病終，鄉人擬諸吴苑之成煙、秦臺之跨鳳，然此事頗異，不具論，論其可述者。乾隆辛酉孟秋實意居士書於南康郡齋。

自課

齠齔初授經，傳家唯四始。和平兼温厚，頗識風人旨。貌遺留乃神，理合變其體。方員無定形，勿學塗印璽。作為冰雪詞，獨賞無人喜。何用黄金鎞，與世刮眸子。

題高且園指畫虢國夫人夜游圖追次坡翁韻

阿瞞西幸乘青驄，漁陽鼙鼓來猪龍。當時釀禍由妃子，五家甲第連離宫。八姨婏嫿如春柳，紫絲雙鞚纖纖手。璧月多情照麗人，鈿釵已化長安塵。畫師解得娥眉意，不帶南都粉黛痕。薰天貴戚原非古，西市門深芳草路。寶炬香車莫近前，丞相眈眈氣如虎。

垂簾

柔緑陰無際〔一〕，垂簾晝似年。鶯聲催午課，花氣擁春眠。向〔二〕母尋眉譜，隨兄治硯田。潛心看內則，鈔得兩三篇。

憶鏡湖和大人韻

鰕籠蟹簖柳陰邊，雙槳淩波䟫白船。著色畫圖忘不得，紅霞一抹晚晴天。

鬬蟋蟀

誰教嚄唶兩争雄，白帝餘威到草蟲。可惜旌旗兼壁壘，指揮都是小兒童。

秋柳

多情大垂手，婀娜早春時。忽漫傷憔悴，還能管别離。畫輪勞悵望，衰草共愁思。滿目金城色，攀條始得知。

題畫

雲鬟斜分玉指尖，妝成小立影廉纖。癡情細囑紅襟燕，啣取春愁出繡簾。
霧縠冰紈稱體裁，春蘭秋菊一時開。芝田館外盈盈水，蕩盡人間八斗才。

【校記】

〔一〕此句《國朝閨秀詩柳絮集》作『坐向緑陰裏』。

〔二〕向：《國朝閨秀詩柳絮集》作『問』。

李德秀句

江西贛縣人。

句

寄語雙親休眷戀，入江猶是女兒身。

《皇華記聞》：贛縣李氏，名德秀。幼讀書，能詩。年十五，為寇掠置舟中，女乘間告舟人，索筆硯寄書父母，書尾有絶句云云，遂赴水死。

黄媹三首

字宏因，安徽休寧縣人。中翰黄松之女弟。侍母不字。著有《雪窻集》。

冬夜作

向晚掩窻扉，金梭澀錦機。風尖燈影怯，雲重月光微。撥爐愁添炭，增寒怨典衣。清宵更漏永，兀坐思依依。

漁者

緑水青山春復秋，浮家漂泊却無憂。花開古渡千盃酒，風滿寒灘五月裘。豈有渾流堪濯足，衹應荊布慣蓬頭。聖朝況是寬漁稅，儘許偷閑狎鷺鷗。

人日立春

文王喻復此逢春，綵勝家家鬭樣新。最有梅花宜愛日，窗前飛片屬誰人？

許雪棠一首

直隸天津縣人。

雪中海棠

移從香國種無雙，幾見淩寒意不降。日映輕紅嬌帶淚，風扶弱質笑迎窗。朱門舊許宜春睡，冷院新看伴玉釭。却恨杜公無好句，空教十月渡寒江。

《蓮坡詩話》：余有别業在曲周，庭前海棠忽於十月間雪中盛開。大尹張若巖，桐城耆宿也，賦七律一首，甚佳。和者雖多，津門閨秀許雪棠為最，許過時不嫁，工詩文，閟不示人，傳播人間者，惟此詩而已。其詩云云。汪西灝《津門雜事詩》有云：『不櫛書生不畫眉，傳來艷絶海棠詩。

若教玉秤稱才子，壓倒樓頭舊畹兒。』正指雪棠也。

盧端四首

浙江仁和縣人，盧國雍修仁之女也。年十八卒。

武穆王次稽閣部韻

爍爍旌旗野戰酣，黄龍直抵志纔甘。力撐半壁常輕敵，節盡全家不慕簪。北塞可憐君繫二，東窗堪恨獄成三。和金誤國雖由檜，高廟何嘗不負慙。

秧針

嫩緑如莎僅寸長，天工巧琢水雲鄉。無鋩不礙閑鷗立，繡陌偏令主伯忙。貧女何能引金線，楚臣難藉製荷裳。待看玉露秋風起，滿地雲屯慶歲穰。

秋夜

蛾眉新月上林丘，月上林丘故故愁。萬里秋風歸雁急，一聲啼破海天秋。

題畫

郭外青山舊結廬，微茫野徑望中無。平生最愛煙霞趣，落木蕭蕭展畫圖。

莊九畹 句

字蘭齋，福建晉安縣人。許字廣文吴景翊子，未嫁守貞。著有《秋谷集》。

《福建通志》：莊九畹，字蘭齋，周氏女也。静慧能詩。許字詔安教諭吴應運長子暭，未婚而殤。九畹時年十四，守貞自矢。與母氏煢煢相依二十餘年，更為姑及夫營葬，春秋展墓，祭必豐潔，副使單德謨書『太璞完珍』額以旌之。著有《秋谷集》，侯官林正青、永福黄任為序。

句

早書淡墨魁時彦，老把金丹度後人。

《香草齋詩話》：乾隆壬午，予年八十，復膺重宴鹿鳴盛典。諸戚友及四方郵寄各贈言，金薤琳瑯，盈箱積帙。予愧不敢當，而閨秀諸什，亦有可傳者，如『早書』云云，吴景翊子婦莊九畹句也。

葉氏 一首

安徽黟縣人。幼失怙，母教以字。好讀書，學為詩，寡言笑。字同邑盧生顒，生弱冠得羸疾卒。女聞訃，堅請於母而往，登堂拜姑舅，即至盧生墓，再拜成禮，哀戚感人。回即登樓，奉盧生木主，三年不下樓。服闋，迎母相見，絶粒七日卒。康熙五十七年旌表建坊。

謝母詩

女身雖甚柔，秉性剛似鐵。讀書雖不多，見理亦明決。女子未字人，此身潔如雪。女子既字人，名分不可褻。幸長抱衾裯，夫婦知有別。不幸中道捐，永矢守清節。更慘未見夫，夫命悲月缺。女稱未亡人，此時宜同穴。不為慷慨死，三年俟服闋。服闋方絶粒，情激理難滅。舍生違母心，我心亦悲切。從夫赴黄泉，綱維庶不裂。

《樹密齋詩話》：江太蒼先生，名碧，李石臺先生高弟也。其《傳》略云：女聞訃，請於母，欲往盧門服喪守節，母曰：『女何不祥？此於禮無之，亦義所不出也。』女曰：『女何知禮？然禮依乎分者也，分從乎名者也。母既以女字之矣，此為何名？名正而義立，義立而分定，母所謂不祥者，大祥也。』母曰：『即如汝言，其於事甚難。』女曰：『難在志，不難在事。視事所當為，當為為之，何難之有？』武進秦龍光先生來遊新安，館於豐溪，見《傳》與詩，批云：『奇節大文。詩如經，文如史。』岫雲山人曰：成培嘗讀歸震川先生《貞女論》，謂未婚守節為非禮，心竊穎之。今觀貞女名分數言，乃釋然，因知震川立論之為過也。詩曰：『髧彼兩髦，實維我儀。』又曰：『母也天只，不諒人只。』細味詩中之意，蓋共姜亦未婚而守節者也，而聖人亟與之，安得謂為非禮乎？又江研蒼先生嘗與成培言，貞女歿之日，有靈鵲數百飛噪於室中，窻櫺皆滿，驅之不去，異香滿室，觀者皆驚異歎息云。

唐惠淑 一首

字冰心，江蘇金山縣人。唐醇女。許字金戠綬，未嫁而金卒，冰心守貞。能文章，工書畫。卒年三十一歲。

詠梅三十韻

覽遍羣英致，梅花信獨乎。圃餘分幾種，籬畔植千株。地遠心仍傲，林踈貌若殊。乍開堆碎玉，初綻結明珠。比節松差近，評香雪亦輸。苔封横銕幹，竹伴逞冰膚。冷艷三春獨，塵粘半點無。名隨妃子拜，癖與首陽俱。着雨姿凝白，烘霞蒂染朱。晴光添皓素，陰影入模糊。臘後風光占，宵深月正須。煙消妝淡淡，雲護骨臞臞。傍水原從僻，眈山豈曰迂。蝶驚垂粉翅，蜂避斂香鬚。若爾清何極，如君俗不汚。何郎慚白面，阮藉動青矑。枝挺斜還直，根蟠曲更紆。嚴冬芳獨冷，新夏葉紛敷。已奪梨花潔，堪羞桃蕚腴。瘦容擬沈約，逸品重林逋。庾嶺時多變，羅浮竟足娯。灞橋驢背穩，東閣兔毫濡。紙帳黄昏静，紗窻碧影孤。笛中聲細出，額際瓣輕鋪。幽絶淩霄漢，翛然賽畫圖。書傳驛使便，夢覺美人誣。調鼎鹽微拌，裁縑墨淡摹。嚼來寒沁腑，充去味盈壺。雅譽稱高士，新題賴石湖。江南推第一，相拜是誰乎？

李氏一首

貴州貴定縣人。張其劌聘室。其劌未婚早卒，李聞，衰服奔喪，守節。

《貴州通志》：張其劌聘妻李氏，貴州貴定縣人。幼讀書。許字其劌，未歸而其劌歿。女聞訃，悲慟欲絶，隨衰服詣夫靈所，手為文以祭焉。未幾，其母迎歸，欲令改適。女聞之，剪髮嚙指，自經者再。母知其志不可奪，議終寢。守節十年卒。預為塋於夫塚之右，遂合窆焉。

哭夫

玉折蘭摧已愴神，臨分訣别恨無因。空瞻遺像揮紅淚，可得魂來夢裏親？

施澧蘭三首

浙江錢塘縣人，施枚之女兄也。辯梨棗歲，即躭唐詩，且能尋繹箋註。年二十一，未字而歿。

春宵苦雨

瀟瀟細雨滴寒更，紙帳梅花燭半明。枕上夢迴愁思集，林間風捲怒濤行。天涯一夜生芳草，春水來朝長緑萍。更有管絃清似語，聽殘倍覺感懷生。

曉望

閑望春城倚小樓，紅輪西去暮霞收。雲依蒼隼青霄遠，風送孤帆緑水流。隱隱村橋林外隔，霏霏煙靄望中浮。天涯迢遞堪娱目，好撇愁懷且自由。

秋夕

雁度寒雲霜葉紅，一池秋月冷梧桐。天階碧落渾如畫，玉露還侵丹桂叢。

李氏三首

江蘇吴縣木瀆鎮人。字常熟縣學生員沈懋敬，尋寡。毁容截髪，矢志柏舟，孝養舅姑。課子畯，餼吴庠，為時名彦。康熙丁卯，以節孝旌門崇祀。著有《備嘗草》。

寒月

月色寒猶在，吁嗟滿地霜。舉頭天更遠，照室夜偏長。木落澄疎影，鴻飛借末光。中秋人競賞，歲晚重淒涼。

遣悲懷

結褵早歲成偕隱，從此梁鴻願不乖。豈厭清貧思鼎食，為謀甘旨典金釵。病侵腠理愁先劇，草没墳塋骨已埋。三十四年悲聚散，那堪垂淚掩空齋。

題畫水仙

冰清玉冷度芳年，一點貞心豈受憐。春去蘂闌留不慣，幽香紙上倩人傳。

覺羅學誠句

字丹奉，滿州人，大中丞雅爾哈善第八妹也。生而慧悟，啼笑不苟。矢志不字，孝養父母。博學好古，然不以才華自見，深自韜晦，故流傳甚少。著有《素言》一卷。

雅爾哈善《墓志銘》：余妹學誠，字丹奉，為先宗伯公季女。生而慧悟，啼笑不苟。繦褓時，乳媪失手墮地，傷腰背；及長，漸成疾，百療不能瘳。將卜字，乃跪而請曰：『女不幸損肢體，易啟人憎訕，曷若常依膝下，終其天年乎？』屢婉諭之，志彌堅。居恒勤於針黹，暇則愛讀書，談古今節孝事，而溫清定省之禮不少懈。宗伯公即世，哀毁骨立，親黨嗟異之。乾隆辛未，余承乏兩淛，迎養太夫人，妹隨侍偕來，益屏鉛華，去修飾，無怨無尤，甘處於廢人，聞者莫不起敬焉。次冬，患微疴，寢於牀，忽遺言火葬，攜祔先塋，遂斂衾而逝。慈幃以下，皆慟哭失聲。嗚呼，予奚能已於悲耶！妹生於雍正三年六月廿三日，卒於乾隆十七年十二月十一日。今將歸葬於京西畏吾村，爰揮淚濡墨，而為之銘曰：生也何來，死也何知。暫游塵世，幻化如遺。天彝克盡，興言足悲。用藏兆側，永慰孝思。

句〔一〕

盆有芝蘭窻有月，悠然相對可忘言。

《素言》：予不喜為詩，諸姐强之，乃作一二章。猶記一夕次韻有句云云，仍可以不必為勸也。

【校記】

〔一〕此題《國朝閨秀正始續集》作『秋夜偶吟』，全詩爲『碧天秋浄淡無痕，塵事榮華總莫論。盆有芝蘭窻有月，悠然相對可忘言』。

汪桂芳二首

安徽歙縣人，嘉興別駕曉山族伯女孫，候補州同知震川三兄之女也。許字方運判子芬，未幾芬卒。桂芳聞信，竟絶粒死。桂芳能詩知禮，然不以示人，故見者甚少。

宫傅錢陳羣《徵詩啟》：從來潛德，竊恐淪亡；自古閨貞，皆明大義。然柏舟自矢，之死靡他，恩已浹於琴瑟，情方堅於金石。或畫荻可賡，和丸可教，此固冰霜共潔、松柏難摧者。未有盟甫訂乎鸞儔，音忽傷乎鳳翽；于歸未卜，痛想像夫容言；合巹何曾，空愴魂於衾影；識全歸之在抱，愛護如珍；哀孤鵠以潛蹤，心堅似鐵，如貞孝三姑汪桂芳之甚者也。桂芳為我郡曉翁汪老公祖之孫女，省齋世講父臺之愛君。幽静夙嫺，性早篤乎純孝；柔嘉維則，儀自合乎禮宗。幼秉詩書，獨窺女史；長知經學，確嗜大家。髮始垂髫，視温凊於冬夏；衣纔勝剪，潔瀡瀡於晨昏。淡泊為懷，鄙鉛華而不御；瑾瑜知重，敦淑慎以無言。抑且井臼親操，摒擋助母；蘋蘩並採，誠敬尸齋。愛儉而無傷於廉，禮拜而不佞於佛。閨中曾子，譽早著於平時；閣下班姬，學竟傳於此日。緣生望族，應託高閎，令兩姓以問名，締絲羅而通好。迺父馳驅王事，謂兒女已結夫姻親；翁甫匐母喪，云梅摽徐待於期吉。詎意所天染疾，遺一紙於彌留；夫子云亡，願雙魂於窀穸。聞訃而背人飲泣，枯血無聲；秉義而欲赴憑棺，堅貞永矢。雖曰未亡之不幸，實抑風徽之可嘉矣。乃事有不諧，情生更愴。一言遥復，恨所遇之坎坷；兩大難酬，悽此身以何託。於是斂衾長卧，暗傷而猿裂寸腸；絶食經旬，香繞而鶴歸三島。題詞絶命，字字斷魂；書跡傳心，行行迸淚。嗚呼！恨填精衛，縱海枯石爛而難窮；怨訴蒼旻，即地老天荒以莫盡。不有旌請，曷克褒嘉？惟欲闡彰，全憑珠玉。所望大儒宗匠，錫以鴻章；碩德名賢，賜垂哀誄。庶泉下弱息，得妥芳魂；盛世真操，永留芳跡。謹啟。

同邑莊進士《采舟過蘭江見汪貞女桂芳完貞録》詩：不雕不琢葆天真，箇事傷懷合隕身。一縷貞心聯髧彼，清空差勝未亡人。茫茫世宙盼無垠，粒絶能培穀種仁。孤竹不萌些子怨，還將至性比貞臣。

絶命詞二首

深閨驚説未亡人，空負韶華十九春。一自斷腸魂不在，劬勞恨未報雙親。

脉脉無言一縷情，難將血淚泣哀聲。可憐薄命成孤鵠，待向泉臺結再生。

徐氏二首

浙江秀水縣人。許字沈氏，未婚。聞夫訃音，馳哭靈右。守節五十年。

陳梓《徐孝貞傳》：女秀水人，先世由蘭谿遷幽湖。父晨山公自幼訓以詩禮，敏慧婉嫕。長能詩，許字沈氏。父疾篤，女撤環瑱，奉湯藥。既没，哀毁不欲生。閲半載，夫病夭。女聞訃，欲就翁家執喪。家人百計阻之，女潸然曰：『我知有父命耳。女子許嫁，纓示有所屬也。若懷二心，他日何以見父地下？』遂服嫁衣，歸沈氏。翁姑重其節，拜禮之。既易衰，不哭，終日不食，大斂後乃徐進糜飲。夫叔母鄭氏故守志，喜曰：『此吾同心人也。』遂聯榻寢處，誓終身焉，時年十九。女初歸，取舊所作詩草悉焚棄。或傳其《立夏日哭父》句云：『不知地下逢今日，也有青梅佐酒無？』此外無存者。論曰：夫婦之義，等於君臣。許字而未嫁，未成乎婦也。矢志守貞，非賢者過之乎？然貞女篤孝，從父所命，死其夫，廼不忍死其親也。觀其從容就義，得之庭訓者，豈偶然哉？與世之激烈狥名者有間矣。

題夫遺照

百歲相依紙上身，仰瞻幾度淚紛紜。詩狂未獲生前見，書癖還從死後聞。樹外寒鴉翻落照，樓頭秋雁叫孤雲。一絲早繫綱常重，應許哀魂傍土墳。

立夏日哭父

細雨凝煙積翠鋪，山窻啼殺鳥聲孤。不知地下逢今日，也有青梅佐酒無？

唐冰操四首

江蘇武進縣人，唐匡九之女，明順之先生後裔也。字丹陽賀和衷，未嫁守貞。

《丹陽縣志》：唐貞女，毘陵貢生唐匡九女，先儒唐荊川順之裔孫女也。許字賀和衷。年十七，賀病卒。訃聞，日夜潛飲泣，自字曰『冰操』，微見志云。居二年，父母欲為配，氏泣曰：『女此身屬賀明矣，何得更他適！』遂歸賀。婉轉事舅姑，繼姪爲嗣，十餘年卒，有《遺筆》四章。

遺筆四首

予生且休矣，薄命屬星辰。落落誰憐我，悠悠難告人。簾垂長閉影，院冷不知春。白日懵騰過，愁腸夢裏真。

鶴溪歸棹後，何日是佳辰？骨瘦真如竹，形衰略似人。親憂經半載，女病已三春。生死原無罣，寧須辨假真？

記得殘冬日，歸迎正誕辰。傷哉不孝女，已矣未亡人。父母逡巡老，翁姑自在春。最憐膝下子，孺慕本天真。

依依縈兩地，空自負良辰。辛苦曾同弟，存亡莫問人。蕭蕭風雨夜，黯黯别離春。小院偏多事，拈毫爲寫真。

陳氏 六首

號無波居士，湖北漢陽縣人。陳龍岩之女。字儒童宋正學，未婚宋故，陳即勵志守貞。著有《遺詩》一卷。

魏楚翹《遺詩跋》略：貞媛無波居士陳氏，望族。父龍岩，以詩名家。故不貧，而貧於喜賓客暨好韻事。蓋至貞媛矢志日，其父兄生人産已揮斥殆盡矣。宅西有羣芳别墅，文酒會讌無虚日。無波，其池上亭名，貞媛署之，以勵志也。憶往與耕原交垂廿餘年，歲時過從，其大父龍岩雖卧病，猶起爲竟日歡。東川大阮，意氣照人，每花晨月夜，茗酒交戰，出其内庭暢詠之什，蓋無減謝家柳絮。況越十餘年，祖若叔相繼逝，耕原頗鬱鬱；予亦衣食奔走，歲一再晤而已。耕原東走齊，南歷豫，仍以疾劇而歸。歸則貞媛尋遂地下志，逾年耕原亦死。嗚呼，友朋三世存亡，予迭見之，回溯當年過從文酒之盛，而已不可復得矣。耕原詩律清穩，尤時為予道其貞姑之作，以為樸率有名媛風。惜歿之日，焚不欲存，故見者絶少。今所刊軼詩，由多方掇拾得之也。然予有以知其足貴者。昔人云：詩文書畫，皆以人重。章惇、京、卞，書非不佳，後人視若土苴；假顔魯公不工書，一點一畫，亦決必傳，志節之謂也。貞媛許字宋生正學，幼善屬文，未及婚夭，識者憫之。

歸舟即事

風静歸帆穩，清光滿目前。一湖沉淡月，雙槳破輕煙。奮躍魚堪羨，飛鳴雁可憐。五峯名勝地，不得久留連。

父病小愈

垂老嗟吾父，年來只閉門。苦心緣著作，多病為兒孫。常庋〔一〕東山屐，慵開北海樽。交遊近亦零落。所忻今强起，扶杖過花村。

水仙和懋姪韻

知是塵埃寄跡難，不隨紅紫傍雕闌。石溪偶試淩波襪，金盞高擎碧玉盤。應向洛濱矜冷艷，如臨湘浦怨輕寒。梅兄馨弟從他詠，只許幽窻月下看。

晚眺

夕陽西下鳥飛斜，淚眼模糊望不奢。忘却秋深楓葉老，朦朧錯認杜鵑花。

掃公姑墓

荒墳但見草萋萋，淚洒風前日欲西。不識未亡人死後，清明誰向此間啼。

暮春

草滿池塘花亂飛，門前楊柳正依依。閑庭日暮簾空捲，不見孤棲燕子歸。

【校記】

〔一〕庋：《國朝閨秀正始集》作『著』。

袁淑秀 一首

貴州安順府人，全洪圖聘妻。洪圖夭卒，袁矢經以殉。

絶命辭

君孤黄榜願，妾負赤繩緣。沉痛渾難已，相從到九泉。

《貴州通志》：全洪圖聘妻袁氏，貴州安順府人，貢生袁英之女，名淑秀。七歲，英歿，母教以女紅，兼工書史。許字生員全洪圖，未嫁而洪圖歿。淑秀時年十六，聞訃即掩户書《絶命辭》一首，自縊而死。雍正十二年知府王玠詳請題旌。

徐七寶六首

字雅閒，安徽歙縣人，邑庠生徐芳沅之女也。許字曹別駕學詩冢孫曹榜，迎娶前一日卒。平昔詩草，皆自焚毁，僅餘病中所作《傷心吟》一册。

史震林《跋》：冬夜檢篋，得曹震亨未嫁孫媳，略節數紙，不詳姓氏里居、存殁年齒。略云：女生於雍正乙卯年，其母夢仙姬送銅雀硯、龍賓墨、琅玕筆、珊瑚架、玳瑁筒、水精池、玉鎮紙，曰：『此七寶也，以供雅閒用。』次日女生，因名七寶，字雅閒。三歲能識字，五歲識至數千，並解字義。九歲熟『四書』、《毛詩》、小學，授以唐宋詩集，而性尤愛宋詩。年十有四，母病，經年衣不解帶。母殁，哀毁既死復蘇。十有六歲，秋患瘧，讀《朱子或問》，父笑之，對曰：『求明此理耳。』為詩數百首，死後散失。句有『山色有無疎竹外，詩情濃淡落花前』、『女蘿葉密全遮屋，扁豆花多半礙門』、『石界雙流横作澗，山圍一掌仄成村』、『山嘴忽明松吐月，隴頭生艷柏含霜』，此《山居》詩也。『簾放月來花影碎，雁拖雲去水紋平』、『怕雨不教蕉放葉，驗風常看柳摇絲』，此《蔚然居》詩也。『踏青路冷清明市，沽酒杯閑上巳爐』，此《春寒》詩也。『一尺短簾沽酒店，幾堆殘燒打魚家』，此《舟過梅溪》詩也。『數錢好向朱門去，貧女家惟兩卷書』，此《諭詩，蘇、陸集中不多有此佳句也。鼠》詩也。又有《憶母》詩：『樓空任掛蠨蛸網，砌壞從開蛺蝶花。』『月落孤墳煙更白，雨來空院草還青。』七寶性喜宋

傷心吟

前生疑住蕊珠宮，悟徹塵緣色色空。仙骨玲瓏都化月，春花寥寂更愁風。無才未必甘情薄，有淚應須借夢通。憔悴小梅零落後，今年不識野桃紅。

生來性冷愛山居，晝捲湘簾薄夢餘。翠袖倚歸溪上竹，雲環摘罷澗邊蔬。有詩衹贈隨風絮，無藥能醫病月蜍。却空〔一〕小樓人去後，鏡奩誰檢讀殘書？

玉臺敢説舊風存，朱鳥窻邊怨病煩。瑶草已甘遭雪虐，露桃何必乞春温。月明自鼓湘妃瑟，花影誰題崔護門。但使年年寒食墓，一盂麥飯即郎恩。

碧雲縹緲吊湘娥，花落黄陵廟裏多。閬苑忽聞催白鳳，瑶臺無復畫清螺。佳期終願歸幽室，後約還須問大羅。縱有廻文泉路錦，含淒何處寄連波。

挑盡殘燈暗復明，隔窻初斷遠村更。玉樓若使能憐我，金屋依然可唤卿。但祝鸞膠期再世，何須獺髓怨三生。吟箋檢點焚將盡，不向梅花淡借名。

寂寥人醉未調琴，誰為求凰譜好音。妝閣已拖青鏡影，夜臺應抱白頭吟。薄緣似月還同缺，舊夢如雲不可尋。廻望夕陽松裏屋，空留蒼翠萬峰陰。

【校記】

〔一〕空：《國朝閨秀正始集》作『恐』。

沈倩霞二首

名倩霞，浙江嘉興縣人。字同邑國學生陳倫敘，未婚而卒，氏矢志柏舟。事翁姑，皆極孝。

歸陳

問關未詠歎鸞孤，矢志靡他寧改圖？只是低頭辭父母，可憐縞素見翁姑。香升雲右魂何在，淚滴樽前眼欲枯。知有堂前親未老，免將溫凊答親夫。

臨終

二十餘年苦守貞，婦兼子職獻真誠。而今瞑目歸泉下，庶保生前一點名。

田玉娥一首

許字浙江山陰縣童筠，未婚而卒。

送外

錢塘相送遠，過此是杭州。月杵春鄉夢，霜砧搗客愁。渡頭千樹老，江上一帆秋。無限臨歧意，東西水自流。

《蓮坡詩話》：童筠，山陰縣人。遊毛大可檢討奇齡之門，工詩文。幼聘姑女田玉娥，未婚，而童以事北上，田送之詩云云。後童竟不歸，田以夭亡。

龍氏 一首

雲南昆明縣人。進士劉恬聘為繼室，未婚守志。

太守王文治《龍貞女詩序》：貞女姓龍氏，滇之昆明人。進士劉恬聘為繼室，合卺牽絲將有日矣。而乃公明才儁，福遂庸人；叔寶神清，相非壽者。貞女將投身於瀨水，抗跡於汨羅，上天鑒佑，已絶復甦。鄰里代為之悲，父母莫移其志。先是，劉君元配藐有遺孤，賴巾幗之程嬰，為家門之周勃。茹荼晝荻，八歷寒暄。卒以憂能損人，才不偶數，年未三十，嘔血而終。蓋卷葹之草，心本易傷；共命之禽，理無獨活矣。貞女幼通經史，善屬文，内言不出，世罕聞知。孤子平矜，頗能口誦。摹曹娥之碑版，每動悲哀；聽女嬃之砧聲，無非激楚。嗚呼！崩城哭市，或無飛絮之才；習禮明詩，或乏貞松之節。以文兼行，自古為難，攷厥遺徽，有裨風化也。

夢樓王文治太守《過龍貞女故居》詩：重門苔跡厚，一徑碧蒼蒼。里合名全節，詩曾譜斷腸。玉因含璞貴，蘭以被煎芳。寄語貞松質，無須怨雪霜。

暮春

却憑何物餞春歸，淚灑風前送夕暉。鶯舌喚將芳草暮，蜂鬚撩引落花飛。池塘夢淺隨風繞，庭院愁加〔一〕帶雨霏。已覺困人腸欲斷，不堪還對柳依依。

【校記】

〔一〕加：《國朝閨秀正始續集》作『深』。

劉應月一首

字銀蟾，江蘇上海縣人。劉夢金女。許字曹錫輿，未婚而嫠。

素蘭

便點微紅亦自芳，鉛華不洗祇尋常。誰知薄命紅顔者，血淚垂垂濺素裳。

王曇影五首

字文娟，浙江蘭溪縣人，隨父寄居廣陵。工畫蘭，善弈，精曉梵典。

《圖繪寶鑒續纂》：王曇影，蘭溪縣人，寄居廣陵。工畫蘭，善弈。許字劉生青夕，將次于歸，倏爾謝世。

閑居即事

雨後碧苔長，春歸緑蔭濃。楞嚴閑讀罷，殘日下窗櫳。

有感

梅雨正連綿，悲雲濕遠天。桐花開復落，别語竟茫然。
楊柳嫋風清，飛飛燕語輕。緣愁雙黛蹙，花落雨無聲。
簷前滴瀝雨，窗前明滅燈。幽懷獨耿耿，良夜竟何憑。

夏夜

雨向階前滴，愁從静夜多。聊傾殘茗飲，無可奈愁何。

顧鎔一首

江蘇山陽縣人也。

梅花

曲徑小橋東，輕盈綴露叢。濃妝烘曉日，醉臉笑春風。三月清明節，一枝爛漫紅。武陵溪水上，曾否賺漁翁？

沈淑孫二首〔一〕

小字招孫，江蘇吴縣人。許字紀汝備，未嫁而卒。

題畫蘭

獨坐寫幽蘭，圖成只自看。憐渠空谷裏，風雨不勝寒。

《槐西雜志》：沈淑孫，吴縣人，御使芝光先生孫女也。父母早卒，鞠於祖母。祖母，楊文叔先生妹也，諱芬，字瑶季，工詩文，畫花卉尤工，故淑孫亦習詞翰，善渲染。幼許余姪汝備，未嫁而卒。病革時，先太夫人往視之，沈夫人泣呼曰：『招孫（其小字也），爾祖姑來矣！可一相認也。』時已沉迷，猶張目視，淚承睫，舉手攀太夫人釧。解而與之，親為貫於臂，微笑而瞑。始悟其意，欲以紀氏物斂也。初病時，自知不起，畫一卷，緘封甚固，恒置枕函邊，問之，不答。至是亦悟其留與太夫人，發之，乃雨蘭一幅，上題云云。蓋其家庭之間，有難言者，阻滯嫁期，亦是故也。太夫人悲之，欲買棺以葬，姚安公謂於禮不可，乃止。後其柩附漕船歸，太夫人尚恍惚夢其泣拜云。

春閨十四歲作

苔侵幽徑艸芊芊，寂寞蘭閨晝捲簾。燕蹴落花紅片片，鶯揉垂柳緑毿毿。春深小院遊蜂鬧，日暖西窻繡線添。閑倚畫樓凝望眼，雲横遠岫黛痕纖。

【校記】

〔一〕二首：原為『一首』。底本卷二十四『卓瓈』條後，原有『沈淑孫』條，録《春閨十四歲作》一首，詩前小傳云：『沈淑孫，侍御沈懋華女孫，未笄卒。』與此條『沈淑孫』實為一人。今併入本條。

王貞〔一〕五首

字慕貞，江蘇鎮洋縣人也。馮策勳之聘室。

吴蔚光《王烈女傳》略：王烈女，太倉人，馮策勳之聘妻也。四歲而孤，依於世父。年十三，許嫁策勳。越二載夭。女聞，即矢歸。馮母察其志堅，不忍奪者十有三年。母亡，女以誠示馮之舊僕楊，使告於馮，而後歸馮。楊愿，故未告。而里中某覬女，欲娶為繼室。將納采，女詗其實，作《絶命辭》五章，遂自經。女既死矣，以救甦，絶食七日，竟死。初，女大父名之曰『珍』。及母病革，女自易『珍』以『貞』，而字曰『慕貞』。卒如其志。事詳策勳從兄偉所為《王烈女述》中。

馮偉《王烈女述》略：王烈女者，馮生策勳之聘室也。名貞，字慕貞。年十三許生，二載而殁。訃至，三日卧不食，泣血斑斑。欲歸馮，母不許。聞生且葬，堅欲往，兄曰：『爾去奚為？』曰：『吾但一見郎匶，尸其旁，彼宗人喈曰：「此吾馮氏人也。」憫其誠，得蔂蘡蠱足矣。』兄曰：『若然，且俟我死。』遂止。乃謂其同爨戚曰：『郎匶既不獲殉，獨無郎像乎？』戚為密購，烈女謹襲之，流涕益哀。母矙得之，故終母身未改字也。既母疾甚，族人謂曰：『脱有不諱，奈何？』烈女曰：『兒志決於命名矣。在昔閨行，或傳孝義，或著節烈。兒竊慕前徽，稱未亡人矣，敢有他圖？』或微諷改節，則曰：『生為馮氏人，死為馮氏鬼。』無何，母殁，烈女曰：『而今可以歸馮矣。』會里有問名者，烈女詗知之，諗戚曰：『死於聘前者，完然王氏女也；死於後，即非完人矣。』遂賦詩五章，人定後扃户縊。家人覺之，排闥救之，夜半轉甦，□然曰：『曷為而活我也？』時乾隆戊申臘月八日。遂絶粒，卧八日而歿。其夫之從兄偉在國山感噩夢歸，往奠祭，題曰：『從弟又琦聘室。』遂迎王歸。烈女性婉瘱，容不媠，耳不飾，工詩及精法。假物攄情，均寓共姜之志焉。

絶命辭五首

明遵風化暗消魂，捨舊圖新總莫論。自矢願將追伉儷，此身端不戀晨昏。衹甘腐質重泉白，豈望芳名千古存。必欲奪予從一志，惟將死報大人恩。

多難深嫌命不辰，更淪孽地置終身。久悲誤我宜家室，更憾連人擬晉秦。一與清盟遵不改，半生幽怨鬱難伸。今祈點鐵為金手，援出天羅地網人。

沉淪苦海與迷津，致使浮生揮淚頻。自昔占凰曾繫我，到頭羅鵲枉勞人。空存化石思無極，暗抱崩城痛怎伸。一紙遺容猶在篋，願從地下敘彝倫。

背義偷生總為親，此身暫且寄紅塵。痛懷哀怨誰聽曲〔二〕，彈指光陰枉送春。少日藁砧難復問〔三〕，而今蘿蔦總休論〔四〕。清風明月如相伴，一點靈臺自有真。

驚聞消息淚涔涔，寸斷愁腸痛不禁。願割微軀呈肺腑，不將弱質任升沉。家山已倒存丹志，月老能言異素心。藉報濃情眾親長，向陽葵藿不傾陰。

【校記】

〔一〕《國朝閨秀正始續集》作『王珍』。

〔二〕此句《國朝閨秀正始續集》作『填胸哀怨渾忘世』。

〔三〕難復問：《國朝閨秀正始續集》作『難問信』。

〔四〕總休論：《國朝閨秀正始續集》作『莫論因』。

卷之十四

夏惠姞三首

字昭南，江蘇華亭縣人。明吏部考功司主事夏允彝之次女。

中秋見月憶姊妹還家之約

千門夜色映晴河，萬里潮聲起白波。玉露新凋梧影薄，清風遥送桂香多。故園空有三秋約，野逕難逢一雁過。兩地相思同此恨，好憑朗月〔一〕寄離歌。

蘇堤春曉〔二〕

暖風晴日〔三〕冶遊天，柳外長堤〔四〕引馬前。掩暎珠鞭花外見〔五〕，參差錦帶〔六〕樹中還。夭桃〔七〕夾岸生紅浪，碧草〔八〕連雲起紫煙。忽憶髯翁吟笑〔九〕日，水光山色盡詩箋〔一〇〕。

二月雨雪同静維棲止曹溪並美南姊作

雲凝〔一一〕風急雁飛鳴，雨雪相從自有情〔一二〕。一帶〔一三〕遠山寒玉映，數重〔一四〕深樹夜珠明。

論心此日歡方洽，惜别他時感又生。便欲隨君愁未得，梅花香夢隔蓬瀛。

【校記】

〔一〕朗月：《名媛詩緯初編》作『明月』。
〔二〕此題《名媛詩緯初編》作『蘇堤走馬』。
〔三〕晴日：《名媛詩緯初編》作『遲日』。
〔四〕柳外長堤：《名媛詩緯初編》作『碧柳毵毵』，《國朝閨秀詩柳絮集》作『柳拂長堤』。
〔五〕此句《名媛詩緯初編》作『掩映珠衣花外出』。
〔六〕錦帶：《名媛詩緯初編》作『錦轡』。
〔七〕夭桃：《名媛詩緯初編》作『湘桃』。
〔八〕碧草：《名媛詩緯初編》作『芳草』。
〔九〕笑：《國朝閨秀詩柳絮集》作『嘯』。
〔一〇〕以上兩句《名媛詩緯初編》作『回首坡公堤上望，水聲山色竟誰憐』。
〔一一〕雲凝：《名媛詩緯初編》、《國朝閨秀詩柳絮集》作『天涯』。
〔一二〕此句《名媛詩緯初編》、《國朝閨秀詩柳絮集》作『雨雪相依倍有情』。
〔一三〕一帶：《名媛詩緯初編》、《國朝閨秀詩柳絮集》作『點點』。
〔一四〕數重：《名媛詩緯初編》、《國朝閨秀詩柳絮集》作『層層』。

姚氏四首

浙江上虞縣人，明餘姚黄尊素忠端公配也。生於萬曆間，卒本朝康熙庚申，年八十七。

詠蒲扇

挺出淤泥不染塵，虚寒徹骨世無鄰。何人採織還成扇，留取遺風被後人。

世間物性看〔一〕無定，百鍊偏〔二〕成繞指柔。何似芃蒲〔三〕經織後，能將九夏變三秋。

輕紈綵箑製繽紛，畫閣蘭堂争媚人。却愛蒲葵存素質，不隨時樣伴貧身。

矮簷溽暑來無避，輕翼蠅蚊作意驕。賴汝威風長在手，驅除令我免煩囂。

【校記】

〔一〕看：《國朝閨秀正始集》作『初』。

〔二〕偏：《國朝閨秀正始集》作『鋼』。

〔三〕芃蒲：《國朝閨秀正始集》作『蕉蒲』。

崔秀玉句

江蘇江寧縣人。著有《耽佳閣詩集》，未見。

句

恰喜花名似鳥名。

陳維崧《婦人集》： 秣陵崔秀玉，父吳門老教授，家貧，僦居雞鳴埭下，常口授秀玉書史，無不明曉。著有《玧佳閣詩集》一卷，如《詠杜鵑花》句云云，絶可想。

畢著 四首

字韜文，安徽歙縣人。適崑山王聖開。著有集，惜散失。

《國朝詩別裁集》： 畢韜文，歙縣人。隨父宦游薊丘，父與流賊戰死，屍为賊擄。眾義請兵復仇，韜文以謂『請兵則曠日，賊且知備』，即於是夜率精鋭劫賊營。賊正飲酒，兵至，駭甚，韜文手刃其渠，眾遂潰。追之，多自相踐蹈死。乃輿父屍而歸葬於金陵。時韜文年只二十。後適崑山王聖開，裙布釵荊，無復往時義勇氣矣。白首相莊以没。

又： 韜文詩稿，向見於家來遠兄處。序中有云：『梨花槍，萬人無敵；鐵胎弓，五石能關。』又云：『入軍營而殺賊，虎穴深探；奪父屍以還山，龍潭妥葬。』又云：『室中椎髻，何殊孺仲之妻；隴上攜鉏，可並龐公之偶。』時異其人。鈔録五言古、七言絶二章。來遠兄没，畢詩徧索不可得矣。存此舊録，聊以見其生平。

紀事

吾父矢報國，戰死於薊丘。父馬為賊乘，父屍為賊收。父讐不能報，有愧秦女休。乘賊不及防，夜進千貔貅。殺賊血漉漉，手握讐人頭。賊衆自相殺，屍横滿阬溝。父體〔一〕輿櫬歸，薄葬荒山陬。相期智勇士，慨焉〔二〕賦同仇。蛾賊〔三〕一掃浄，國家固金甌。

採花蜂

遍採名園萬樹芳，春風鼓鑄滿篝糧。徒勞巧醖三冬計，詎料難留百疊房。甘苦不須重借問，艱辛回憶倍堪傷。若還解得爲誰語，隨分安身是道場。

織繭蠶

柔腸輾盡纔成繭，吐織廻環費揣摩。只道括囊堪墐户，誰知胠篋竟投鍋。齊紈蜀錦從人異，女服男衣賴汝多。莫看熱湯繅後蛹，出頭有幾是生蛾。

村居

席門閑傍水之涯，夫壻安貧不作家。明日斷炊何暇問，且攜鴉觜種梅花。

【校記】

〔一〕父體：《國朝閨秀正始集》作『父屍』。

〔二〕慨焉：《國朝閨秀正始集》作『慨然』。

〔三〕蛾賊：底本作『俄賊』，據《國朝詩別裁集》、《國朝閨秀正始集》改。

黄媛貞七首

字皆德，浙江秀水縣人。知府朱茂時繼室。著有《雲卧齋詩集》。

秋窻閲史

幽懷閲古今，嘆息因何設？君心昧虚靈，孤臣恨難徹。負却精誠言，向彼炎曲舌。咸若堯舜仁，如何有興滅？林下秋來風，夙夜吹不竭。

春日行

蝶粉蜂黄春習習，無言立在欄干側。情懷不勝風日香，離别那堪楊柳色。花飛花飛飛若何，美人紅淚沾香羅。天路蒼茫不可涉，水瀼瀼兮山峩峩。

春閨詠

雲飛月落天將明，新鶯嬌囀前窻聲。琴書相向兩無賴，無端獨自愁盈盈。娥娥紅粉簾櫳裏，閑花滿瓶插香水。流蘇輕揭曉光寒，强自添衣情已矣。春風吹人人更愁，紅日未滿欄干頭。如何如何夢不在，鷓鴣啼上花間樓。

秋夜歌

寒蕭蕭兮清夜中，欄干十二留西風。西風愁人愁如此，冷蛩聲徹羅幃空。閑心更惜秋光老，總是深深結懷抱。翠被香餘繡枕單，復起燈前翻舊稿。

初秋

草木踈踈緑未乾，飄風日夕動林端。拈將針綫寧心就，理得音徽不暇彈。曉起簾櫳初退暑，晚來樓閣又生寒。衣輕扇冷無餘事，好向窻前借月看。

立秋日夢分得成字

窻前修竹洗來清，且理琴書託此生。涼到半庭分夏去，夢將一字許秋成。淩虛久接梧桐影，孤坐新驚砧杵聲。我意正悲時節易，更教重論月中情。

晚望

秋空木葉寒，日落湖雲冷。微雨滴梧桐，安知別離恨。

黄媛介八首

字皆令，浙江秀水縣人，媛貞女弟也。適同郡楊元勳。著有《湖上草》、《離隱詩》、《如石閣漫草》。

《秀水縣志》：黄媛介，字皆令，文學黄鼎妹。能詩，書法鍾王，時以衛夫人目之。

《圖繪寶鑑》：黄媛介，字皆令，楊世功之配。善古詩詞，著作甚富。楷書摹《黄庭經》、《十三行》。畫山水小景，有元人筆致。長齋事佛，有賢行。京室閨彦多師事之。客都良久，老反吴下。

《婦人集》：嘉興黄皆令，詩名噪甚，恒以輕航載筆格，詣吴越間。余常見其僦居西泠斷橋頭，憑一小閣，賣詩畫自活。稍給，便不肯作。

徐釚《本事詩》：嘉興女士黄德貞月輝有『送皆令北游』調《踏歌詞》一闋：『飛絮縈香閣，横波繞畫簾。都將煩惱意，付與别離船。白雪長安聲，價重盼遥天。』

《無聲詩史》：黄媛介，字皆令，嘉禾黄葵陽先生族女也。髫齡即嫻翰墨，好吟詠。工書畫，楷書仿《黄庭經》，畫似吴仲圭，而簡遠過之。其詩初從『選體』入，後師杜少陵，清灑高潔，絶去閨閣畦徑。適士人楊世功，蕭然寒素，皆令黽勉同心，怡然自樂也。乙酉鼎革，家被蹂躪，乃跋涉於吴越間，困於檇李，躓於雲間，棲於寒山，羈於建康，轉徙金沙，留滯雲陽。其所紀述，多流離悲感之辭，而温柔敦厚，怨而不怒，既足覩其性情，且可以考事變，此閨秀而有林下風者也。

《檇李詩繫》：媛介，字皆令，秀水文學象山之妹。與姊媛貞，俱擅麗才，媛介尤有聲香奩間。書法鍾王，人以衛夫人目之，畫亦點染有致。適楊元勳，夫婦偕游江湖，為閨塾師以終。有《湖上草》。

《國朝畫徵録》：黄媛介，字皆令，秀水人。工詩賦，善山水，得吴仲圭法。太倉張西銘溥聞其名，往求之。時皆令已許楊氏，楊久客不歸，父兄勸之改字，誓不可，卒歸於楊。乙酉城破家失，乃轉徙吴越間，賫飡於詩畫焉。嘗為新城王阮亭寫山水小幅，自題詩曰：『懶登高閣望青山，愧我年來學閉關。淡墨遥傳千載意，孤峯只在有無間。』詞旨亦雋永。竹垞《明詩綜》不録皆令一字，所録閨秀詩，悉送別皆令之作，蓋不以皆令為前明人也。時同里吴氏，字素聞，亦善山水及士女；吴興倪仁吉以畫山水聞。

《池北偶談》：禾中閨秀黄媛介，字皆令，負詩名數十年，為予畫一小幅，自題云云。皆令作小賦，頗有魏晉風致。少時太倉張西銘溥聞其名，往求之。皆令時已許字楊氏，久客不歸，父兄屢勸之改字，不可。聞張言，即約某日會某所，設屏幛觀之。既罷，語父兄曰：『吾以張公名士，欲一見之。今觀其人，有才無命，可惜也。』時張方入翰林，有重名，不逾年竟卒。皆令卒歸楊氏。

無名氏〔一〕《黄皆令新詩序》略：吾樓新成，河東邀皆令至止。研匣筆床，清琴柔翰，挹西山之翠微，望東山之畫障。丹鉛粉繪，篇什流傳，中吴閨闥，侈爲盛事。南宗伯署中，閑園數畝，老梅盤拏，柰子花如雪屋。烽煙旁午，訣別倉皇，皆令擬《河梁》之作，河東抒《零雨》之章。分手前期蹔遊小別，迄今數年往矣。今年冬，予游湖上，皆令僑寓秦樓，見其新詩，骨格老蒼，音節頓挫，雲山一角，落筆清遠，皆視昔有加，而其窮亦日甚。湖上之人，有目無覩，蠅鳴之詩，鴉塗之字，互相題拂，於皆令莫或過而問焉。衣帔綻裂，兒女啼號，積雪拒門，炊煙斷續〔二〕。古人賦士不遇，女亦有焉。噫，其怨〔三〕矣！滄海横流，劫灰蕩埽。留署古梅老柰，亦猶夫上林之盧橘、寢園之櫻桃，斬艾〔四〕爲樵薪矣。絳雲圖書萬軸，一夕煨燼，與西清、東觀琅函玉軸俱往矣。紅袖告行，紫臺一去，過清風而留題，望江南而祖別。少陵墮曲江之淚，遺山續小娘之歌，世非無才女子，珠沉玉碎，踐戎馬而換牛羊，視皆令何如？皆令雖窮，清詞麗句，點染殘山剩水間，固未爲不幸也。河東《湖上》詩『最是西泠寒食路，桃花得氣美人中』，皆令苦相吟賞。今日西湖，追憶此語，豈非窮塵往劫？河東患難洗心，懺除月露，香燈禪版，浄侣蕭然，皆令盍歸隱乎？當屬賦詩以招之。

施閏章《黄氏皆令小傳》：嘉興黄氏媛介，字皆令，同郡楊世功妻也，先世有顯者。介性淑警，聞兄鼎讀書聲，欣然請學，多通文史。既許字世功，後有大力者艷其才，將奪之。介曰：『食貧，吾命也。』卒歸楊。椎髻親井臼，間作詩畫、臨小楷，書法筆意蕭遠，無兒女子態。世功讀書不成，遂勸之偕隱。國初隨世功避兵，播遷所至，有知者時相餉遺。卞處士妻吴巖子以詩名假館留數月，爲文字交。嘗棲山陰梅市，與諸大家名姝静女唱酬，有越遊詩。還家湖上，好事者傳其筆墨〔五〕，名日起。世功用是以布衣游公卿間，持書畫片紙，或易米數石。介既垂老，傷世功無家人産，以游爲生，黽勉同勞苦，歎曰：『妾聞婦人之道，出必蔽面，言不出梱。得稍給饘粥，完穉弱婚嫁，吾守數椽没齒矣。』會石吏部有女知書，自京邸遣書幣，强致爲女師。舟抵天津，一子德麟溺死。明年，女本善又夭。介遂無子，懣甚。南歸過江寧，值佟夫人賢而文，留養疴於僻園，半歲卒。遺詩千餘篇。嘗募人剞劂，自敍其『家世中落，生蓼長荼。饑不食邪蒿之菜，倦不息曲木之陰。天既儉我乾靈，不甘頑質，藉此斑管，用寫幽懷。倘付諸蠹鼠，與腐草流電一瞬消沉，實爲悵悵〔六〕』。詞旨酸妍，讀者悲之。

王士正《觀黄皆令書扇》詩：『歸來堂裏罷愁粧，離隱詩成淚數行。才調祇應仝衛鑠，風流底許嫁文鴦。』『蕭蘭宫掖裁新賦，香茗飄零失舊章。今日貞元摇落客，不將巧語憶秋娘。』

李良年《送黄皆令歸吴》詩：『曾因廡下棲吴市，忽憶藏書過若耶。愁殺鴛鴦湖口月，年年相對是天涯。』『盛名多恐負清閑，此去蘭陵好閉關。柳絮滿園香茗圻，侍兒添墨寫青山。』

徐緘《送皆令同外渡錢塘》詩：沙頭攜玉瓶，揮手共飄零。潮落江心狹，雲歸天目青。樓船龍子國，詞賦女人星。底事陶彭澤，饑驅不暫停。

【輯補】

毛奇齡《西河集》（四庫全書本）卷五十九《黄皆令越遊草題詞》：吴門黄皆令以女士來明湖有年，既而入越，有越遊詩。其外人楊子云：『皆令渡江時，西陵雨來，沙流温汾，顧之不見，斜領乃踟躕于驛亭之間，書奩繡帙，半棄之傍舍中。當斯時，雖欲效扶風槖筆撰述《東征》，不可得矣。迨入越，而舉止稍定，始慨然懷悲，去故就新，喟情自違，酌酒弛念。於是有遺懷諸詩，顧唱醻贈答，十八九也。』予曰：『予鄉閨秀，梅市其最也。以客居之美，千里比肩，迭相賡颺，此甚盛事。當别録《梅市倡和》為一集，而存其所餘，乃為斯卷。夫越遊者，遊越者也。越多名山水，雲門、若耶，以皆令當之，應必有異，乃用貧流離，不得已而寄跡于書畫之間。既已善疾，藥鐺㴉然，減良諷也，益復為名家閨閫譚讌廢日。鄉使皆令居明湖有年，往來吴越，不以委瑣攖其心，得怡情物感，放志玄覽，嗟乎，其所撰述，吾安知『永初之有七』，非黄氏賦矣！

毛奇齡《西河集》（四庫全書本）卷六十一《梅市倡和詩抄稿書後》：《梅市倡和詩抄稿》者，閨秀黄皆令女君所抄稿也。皆令自梅市還歸明湖，過予室人阿何于城東里居。其外人楊子命予選皆令詩，而别録皆令與梅市所倡和者為一集，因有斯稿，蓋順治十五年也。既而李子兼汝已刻《梅市倡和詩》，復命予序，則此稿遂不取去，遺篋中久矣。康熙己酉，予暫還城東里居，偶揀廢篋，則斯稿在焉。距向遺此稿時約若干年，皆令女君已亡于京師也。兼汝與梅市祁子奕喜，又同時戍塞外，予亦棄家去，不復得至梅市。而其稿中所列如胡夫人，已物故，其為詩最工；若修嫣者，為王子舍人内君，聞死前歲。以視向序此稿時若何矣！陳何知狀。

鴛鴦湖

輕風貼水飛春燕，佳人宛自簾中見。向水闌干處處園，梅花草葉春香變。昨夜雲晴日影孤，中洲曲沼生新蘆。嘉興風景知何處，亂帆煙柳鴛鴦湖。

同祁夫人商媚生祁修嫣湘君張楚纕朱趙璧遊寓山分韻二首

名園多異植，花遶曲闌邊。山抱蒼潭水，林藏碧樹煙。棲烏啼月下，廻棹泊霜前。酒罷同歸閣，開奩納翠鈿。

佳園饒逸趣，遠客一登臺。薜老蒼煙静，風高落木哀。看山空翠濕，覓路亂雲開。欲和金閨句，慙非兔苑才。

旅中秋日〔七〕

憂危只有客心微，赢得湖光蔽竹扉。囊有新詩聊寄賞，家存舊璧亦懷歸〔八〕。青山斷處饒紅葉，黄菊開時少白衣。近水陰晴容易過〔九〕，忽驚〔一〇〕風雨打窻飛。

南湖竹枝詞三首

胭脂點罷拂雙蛾，换整衣裳厭麝多。争向水邊呼不住，弄鈎潛自拗輕荷。

倚屏點拂晚粧濃，膩粉中間映淡紅。墮髻不粧閑首飾，鳳釵斜插玉玲瓏。

嘉興美女慣濃粧，絶様南珠間翠璫。廣袖繡完裁四帛，外頭單罩紫綃裳。

題畫〔一一〕

懶登高閣望青山，愧我年來學閉關。澹墨遥傳縹渺意，孤峯只在有無間。

【校記】

〔一〕此指錢謙益，其序見《牧齋有學集》（康熙二十四年金匱山房刻本，下同）卷二十。《擷芳集》所引錢謙益詩文，皆隱其名。

〔二〕斷續：《牧齋有學集》作『冷突』。

〔三〕怨：《牧齋有學集》作『悲』。

〔四〕艾：《牧齋有學集》作『刈』。

〔五〕此後施閏章《愚山先生文集》（《文淵閣四庫全書》本，下同）卷十七所載此傳有『一時士大夫錢尚書牧齋、吴祭酒梅村皆稱異之』一句。

〔六〕悵悵：《愚山先生文集》作『恨恨』。

〔七〕此題《國朝閨秀正始集》作『湖中秋日』。

〔八〕以上兩句《國朝閨秀正始集》作『囊有千詩聊寄賞，家無四壁亦懷歸』，《國朝閨秀詩柳絮集》作『囊有千詩堪寄慨，家徒四壁日懷歸』。

〔九〕過：《國朝閨秀正始集》作『變』。

〔一〇〕忽驚：《國朝閨秀詩柳絮集》作『難聽』。

〔一一〕此題《國朝閨秀詩柳絮集》作『為新城王阮亭寫山水小幅並題』。

鄧氏句

安徽當塗縣人，貢生鄧世耀之女也。適同邑吴懋學。

句

文章精氣留遺篋，不共春風逝落花。

《當塗縣志》：知州吴本涵妻，寧國縣教諭楊曦女，性端婉，寡言笑。事堂上極盡孝養，每出奩資以周鄰族。其理内政，從未嘗妄有嗔怒，而婢僕肅然。臨革無恙，累贈宜人。子懋學妻鄧氏，拔貢世耀女，幼讀書，能文。叔父世杰歿於官，耀以詩輓之，未竟遽出，氏即援筆續之云云，父大異之。十九歸懋學，力修婦職。姑早逝，每忌辰必銜哀致敬，捧匜進食，如事生焉。一夕夢青衣老媪約之，遂逝，贈安人。

沈關關一首

字宮音，江蘇吴江縣人，沈寶威之幼女也。母楊氏，名卯君，字雲和，工繡佛，用髮代綫，號為『墨繡』。宮音傳其技，兼綈山水人物，更得畫家氣韻。適浙江烏程王君珹。

廖景文《養疴問記》：吴江顧茂倫，自號雪灘釣叟。同邑女史沈關關為繡《雪灘濯足圖》，題者萊陽姜如須先生、尤西堂太史、朱竹垞編修、陳其年檢討四十餘人。今藏郡中好事家。

水扉

盈盈江上落花稀，何處鶯聲到水扉。望裏青山春最近，看他出谷一雙飛。

陳何 二首

浙江蕭山縣人，毛西河先生配也。

子夜歌〔一〕

一去已十載，九夏隔千山。雙珥依然在，如何不得環？

白露收荷葉，清明種藕枝。君行方歲暮，那有見蓮時？

《西河詩話》：陳何寄《子夜歌》二章，蓋憶予作也。其序云：『外人以避仇未歸，檢黄皆令《子夜歌》，用其詞。』則是貸皆令作者。其詞云云。舊體『蓮』本隱『憐』，今借隱蓮，然亦可隱憐，以予曾自呼『阿憐翁』故也。何，予婦，無字。

【校記】

〔一〕《國朝閨秀詩柳絮集》收黄媛介（字皆令）《代毛西河太史之婦陳何作子夜歌寄外》，與所選第二首同；毛奇齡亦謂此詩系『貸皆令作』。

葉子眉 一首

江蘇揚州人。

宜溝店題壁〔一〕

馬足飛塵到鬢邊，傷心羞整舊花鈿。回頭難憶宫中事，衰柳空垂起暮煙。

《婦人集》：辛卯冬，宜興史孝廉（名鑑宗）北上，道經淇水，夜宿宜溝客舍，見壁間有數行云云。後又云：『妾廣陵人也，從事西宫，曾不二載，馬上琵琶，逐塵長去。愴懷賦此，和淚濡毫，促裝心亂，語不成章。時庚寅七夕後四日，廣陵葉子眉識。』呼主者問之，知為宏光西宫也。

【校記】

〔一〕此題《名媛詩緯初編》作『題衛輝邸壁』，全詩云：『風送塵飛到髩邊，傷心從此别鄉關。勸君莫問宫中事，楊柳回首起暮煙。』

彭氏 五首

河南鄧州人。廣西布政彭而述之女，適李生鴻儒。著有《長林》、《蝶龕》諸藁。

王士正《跋》：宋葉石林先生，每晨起，集諸女子婦，為説《春秋》。近武林黄夫人顧氏若璞好講河渠、屯田、邊防諸大政，予讀其書，未嘗不自慚須眉也。青立見示《蝶龕》，近詩如《種桑》、《問織》諸篇，彷彿《豳風》遺意，而《哭母》、《憶妹》、《課兒》之作，尤有《河廣》、《載馳》風人之志焉。因歎看峯先生之教，其被於閨閣者如此，殆不減石林；而夫人之才，亦詎出黄夫人下耶？因為論次之如右。

《池北偶談》：鄧州彭氏，布政司禹峯女。適李鴻儒，字青立，文達公裔孫，學士恒茂之子，予門人也。鴻亦能詩，而才不及婦。予嘗序其《蝶龕集》，刻之京師。如《詠白蓮》云：『月亦驕花色，風偏送葉香。』《刺繡》云：『針宜停午倦，窻喜趁新晴。』《送外》云：『山川日以遠，雨雪天將寒。』皆佳句也。又《雷家灣》云：『峯峯斜倚俯清滑，一葉孤舟亂後身。洞口白雲雞犬在，此中大有避秦人。』《金銀洞》云：『絶壁繩橋萬壑深，春風何意此登臨。安禪暫借蒲團力，坐聽神龍潤底吟。』又《謝張夫人寄芽茶》云云，《種柳》云：『繞畦煙水望迷離，種得桃枝間柳枝。好是年年芳草地，春晴須記聽鶯時。』《惜香橙》云：『幾經翦拂始成林，夏晚移牀就緑陰。却怪一朝風雪惡，惜香空負十年心。』此類數十篇，皆可誦也。

《詩觀》：昔與禹峯先生痛飲龍岡，倡和甚盛，而令嗣海翼、直上，復叨世好，時以詩文往來。不知其閨閣中驚才絶調，有長林君，直似雄奇丈夫，潑墨淋漓，而騁抉電吞霞之勝。非青立以稿授我，幾於失之。

課農人種桑示諸婦

種桑令欲稀，晨夕風露透。抽條葉以繁，筠籠日相就。繭成得收絲，織紝不敢後。辛苦分所甘，寄語諸少婦。

拜姑墓

攜有諸孫在，嬉聲想共聞。未能承婦道，徒爾拜姑墳。俎豆心先潔，蘋蘩手自薰。悽然松柏下，灑淚滿寒雲。

謝張夫人寄蘭花香

博山晴結穗雲黄，一榻春風入蕙鄉。蝶翅初回幽谷夢，只聞花氣不聞香。

課兒輩夜讀

午過涼生暑氣回，半擎燈火竹簾開。窻前莫厭參丸苦，日後甘從此處來。

謝張夫人寄芽茶

半爐松火汲清泉，浄洗砂鐺手自煎。度得銀缾香欲透，一甌先供繡幢前。

歸淑芬七首

字素英，浙江秀水縣人。適同邑高陽。著有《雲和閣集》、《百花詩》。

《秀水縣志》：歸淑芬，字素英，高文學陽室也。初居花村，晚遷香溪北，偕隱聯吟。輯《古今名媛百花詩詞》行世。有《雲和閣集》，同里王方伯庭、曹侍郎溶為之序。兼工書畫，然筆墨珍惜，購之不可多得也。

閨秀黃德貞《雲和閣詩草序》略：吾郡素英，學有淵源，博嫺風雅，近惠《雲和閣一集》詩，意度恬適，而有雋味，較諸初刻，更進一層。其詠春花，則文抽錦綺；賡朝雲，則拍按香檀；尋山水，則慷慨磊落；賦贈答，則情韞綿密。語令人心驚，字令人色飛，墨衣欲舞，筆帨將仙，非得乎詩之正宗而去夫詞之變體者哉？

村居遣興

不覺秋將半，皆因病起遲。裁雲慵折芰，吸露莫齊眉。偕隱同耕蕙，參圓各訪師。西池塵遠隔，空谷月明知。搗藥醫愁緒，飄香示晚期。探幽非遁跡，作旅暫為羈。白苧通南浦，黃花傍短籬。雖無人送酒，幸有雨催詩。窻外飛鳴雁，村深絶問奇。彈棊纔解悶，掃葉且烹葵。芋栗當年盛，田園此際虧。敲松驚鶴夢，促織動閨思。茗醉忘今古，柴關度歲時。諸鄰供異卉，勿費買山資。

寄吊王孝女和外原韻

倉皇不暇惜依資，烈熖如同赤壁時。扶櫬獨難惟自覆，傾家何必倩誰支。魂依朱鳥騰空杳，泣向黃泉訴苦遲。他日名傳青史炳，定逢旌表沐恩滋。

當年蔡順舊奇兒，角上名閨今更垂。失火三秋驚弱息，伏棺頃刻化仙姬。難留寸艸存香骨，欲殉高堂殞淑姿。烏咽蛩悲雲亦慘，花嗟猶帶淚痕洏。

謁石筍夫人廟

力掃塵蒙奕世傳，堅貞鼎立一枝連。捐生就義咸閨淑，殉節同封號順天。密密花鈿遺寶像，亭亭石筍傍菰田。兀然遠映鴛湖秀，古廟英靈無盡年。

村居看菊

養拙棲幽谷，調饑採落英。更承清露飲，何用啟柴荊。

逐魔

詩魔莫擾混禪心，懶向春前賦短吟。欲坐蒲團忘歲月，不知林外落花深。寂寂松關禮世尊，百端往事總休論。梵音如慰幽人恨，不許愁魔上蓽門。

沈媜二首

觀緣女弟。詩見《香閨流芳集》。

哭元姊

若箇是知音，愁多懶抱琴。非關情意淺，夜月亂人心。

休哉賢姊氏，行與古人同。一日如千古，真空不落空。

沈琛二首

觀緣姪女。詩見《香閣流芳集》。

哭姑母

苕水清漣繞墓門，蕭條風雨共黄昏。徒憐夜夜嫦娥照，何處追尋淑女魂。
人冷粧臺翠帳寒，曉雲飛去覓無端。傷心曾繡鴛鴦譜，指點頻教小阮看。

沈璔二首

觀緣姪女。詩見《香閣流芳集》。

哭姑母

婺星忽殞冷粧臺，物换星移幾度來。好似黄楊偏厄閏，驚聞競渡不勝哀。
勘破今生一鏡緣，郵亭無語挾飛仙。分明蒼白斯須變，煑石餐霞願執鞭。

梁孟昭四首

字夷素，浙江錢塘縣人。善丹青。茅修撰見滄之媳。著有《墨繡軒集》。

《圖繪寶鑑》：梁孟昭，字夷素，錢塘人。狀元茅瓚孫文學九仍室。畫工花鳥，字精小楷，女士中之表表者。其長短詩歌、大小墨妙，雖作手亦當讓一頭地。著《山水吟》等集。僅録其《題畫冬景》云云。

題畫〔一〕

登樓忽見山頭白，冰筯如鏤挂瑶碧。曉窻風急唤垂簾，鶴唳一聲天地窄。雪花騁豔鬬梅花，遜色輸香各自奢〔二〕。終日費人評品事，腸枯頻唤煑濃茶。

春湖

每到春湖上，看山憶畫家。松頭時遇鶴，水面或流花。南竹喧驕馬，西綾競寶車。白雲能自嬾，片片倚峯斜。

題自畫雲山

忽驚窻外遠山移，却是風將雲影欹。我道青山應有主，不因朝暮變容儀。

湖晚

西子湖頭煙滿村，山窻風雨欲黄昏。塔燈漁火參差出，為怯清寒唤掩門。

【校記】

〔一〕此詩《國朝閨秀詩柳絮集》為二絶句，《名媛詩緯初編》爲一首，題作『題四景書冬』。

〔二〕奢：《兩浙輶軒録》作『誇』。

瞿雯一首

字雲子，江蘇無錫縣人。善畫。

畫梅寄周寶鐙

格比瑶臺貴，姿如萼緑華。年年並張碩，夜夜泛仙槎。

《圖繪寶鑑》：瞿雯，字雲子，無錫人。畫梅寄周寶鐙夫人，有詩云云。

岳湘娥二首

字竹賓，浙江西安縣人。適仝邑庠生劉安世。能文，並善填詞。著有《竹間集》，身歿前一日，以為非婦人事，盡投諸火。

文奎耀表娣以風塵二律見示詩思奇雋因拈管效顰若云壓倒元白非所望也

蕭瑟庭前碧樹幽，酒帘飄處杏花柔。春傳鳥語吴宫曉，夜度砧聲漢院秋。三徑時鳴蔣詡竹，一宵穩助子安舟。天涯多少羈人耳，又送鴻聲動旅愁。右詠風。

野馬絪緼過眼頻，茫茫如爾混閑身。淩波小步微生襪，障面西風怕汚人。巖壑清幽揮麈尾，關山迢遞送車輪。杏花門巷重〔一〕來燕，蹴斷香泥别有春。右詠塵。

【校記】

〔一〕重：《國朝閨秀正始續集》作『新』。

姚淑六首

字仲淑，江蘇江寧縣人。自號鍾山秀才。能詩善書。適西蜀李長祥。著有《海棠居詩集》。

龔百藥《鍾山秀才詩序》略：鍾山秀才，非男子也，其詩則非婦人女子也。古今婦人女子之為詩者有矣，其為之而傳不傳，未可知也。其為之而傳者有矣，而觀者則曰：是婦人女子之詩也。豈非不知詩者過哉？西蜀李研齋先生為之説曰：『孔子之言詩，謂其可以興觀群怨，而事父事君焉，不徒鳥獸草木之多識也。不知而為之者，得其半，止有鳥獸草木之名而已。』善乎研齋此言，非研齋，不能有此言也。研齋既雄於文，其論詩也以清，謂詩未有不清而可以為詩者。夫質之素者鮮，味之淡者甘，得乎天者也，豈非詩家所甚難？嗟乎！乃竟為襜帷有哉？余生平最好太白詩，然以為非學可似，偶然而得之，反或有焉。今讀秀才之詩，又不覺爽然自失，倘研齋所謂詩之清者與？姚夫人仲淑，研齋之夫人，江寧人，故自號鍾山秀才。余是以序之，使天下後世之人知有鍾山秀才詩也。

送太史遊臨安

送君上扁舟，低首不能語。歸來無幾時，今又遠方去。步步望不見，何時共一處？不惜閨閣寒，但恐風煙阻。

裴公亭

昔聞裴公有亭在，今到裴公亭已壞。只見山青青入天，不盡長江空一派。古來城闕總成丘，況此孤亭幾度秋。高賢去後名偏久，年年荒徑有人遊。

海棠居獨坐

但得春風即有香，晴窻坐久覺衣涼。樓前古木高連日，山後新花艷過牆。還向河圖觀理數，早從太極悟陰陽。幽居自負書生性，却恨雲鬟是女粧。

自君之出矣

自君之出矣，悵悵〔一〕入羅幃。思君如畫鳥，有翼不能飛。

自君之出矣，日日望還家。思君如短笛，夢裏落梅花。

中秋

浮雲散盡月悠悠，半夜天涯共此秋。杯裏酒光紅似粉，幾分清露濕釵頭。

【校記】

〔一〕悵悵：姚孫《海棠居初集》（民國間吴興劉氏求恕齋叢書本）作『惆悵』。

黄曇生 四首　句

字護花，福建閩縣人，黄處安女。適同邑鄭蕉谿，癸卯進士、兖州太守方坤之母也。所著有《蕭然居集》。

劉紹攽《黄夫人傳》略：黄夫人，名曇生，字護花，蕉溪鄭先生妻也。父處安公，閩縣諸生。明末李自成破郡屠縣，感激上書，言平寇方略，召授中書舍人，遷工部營繕司主事。憤不得施行，棄去，寄情書史。是時夫人幼，日侍几案，温純大雅，不爲閨閣香艷之句。處安公喜曰：『是伏生女、曹大家流，必擇快壻。』既見鄭先生，遂受聘，年二十于歸。鄭先生故儒家，又遭耿逆，資生益艱。已先生入期社，又倡開社，賓儕讌集，往往更闌，夫人供饌具必盡歡。及先生授徒建寧，數赴公車，家無儲，三子未就傅，夫人黽勉有無，時復閉户升堂作經師。三子侍立如弟子，句讀解義，各執業退。夫人從堂上聆之，書聲盈耳，開顔，否則惘惘。三子知之，亦藉以娱。未幾，鄭先生令固安，邑近日下，濱河多旂地，滿洲河兵錯雜，擾無已時。卒得洽和，鄭先生固有道，亦夫人點劑之。期年政平，招戚友滯畿下者至署，作竟歲歡。除日，夫人剪絹成梅花，插膽瓶奉客，偶作小詩，諸子競次其韻。居久之，鄭先生罷歸，偕返。先生殁，次子先殂，長石幢、季荔鄉，皆成名，富文采。晚年病目，夜課諸孫，背燈面壁，口誦經文，漏數刻不倦。或以為苦，夫人曰：『吾正樂此。』諸孫皆恂恂守庭訓，長孫天錦，石幢子，尤秀出，聲藉甚。夫人年七十九卒。

鄭晃《蕭然居集序》略：蕉溪弟婦黃孺人，性端慧，自齠齔博極羣書。尊甫處安先生負文武略，孺人稟庭訓，操簡即戛然異人。及來歸，為儒家婦，蕉溪歲館旁郡，孺人以身總內外；歸則剪燭聯吟，極賓友唱酬之樂。迨今從宦固安，簪蒿裊布，無改舊觀，以故政績流聞，卓然為三輔最。暇則垂簾課子，講業之餘，斐然有作。然素性沉靜，雅不樂以詞章名，雖余與蕉溪同研席數十載，重以宗盟，究未窺其一鱗片甲也。頃始從諸姪偵得之，余曰：『伏女傳書，曹昭著誡，古之人有行之者。余宗人也，孺人言教即身教，獨不令書之譜中，使吾家兒女子觀法乎？』孺人再三謝，余復因諸姪固請，乃受《蕭然居集》讀之。類皆疏瀹性靈，漱芳傾潤，論古具特識，綽有良史裁。其感物懷人諸篇，則又怨而不怒，樂而無荒，渢渢乎《葛覃》、《卷耳》之遺響也。孺人則訓辭深厚，藹如蔚如，以才運學，即以學化才，使列史文苑諸人，咸將遜謝不敏，轉讀易安集，彌覺泊乎寡味矣。故序孺人集，而推本言之，庶幾導揚休美，招我管彤，則又不徒一姓一家之矜式也已。

讀夫子客吟

妾年甫十餘，許君奉箕箒。少小聞才名，父兄不置口。目下盡十行，胸中藏二酉。自從結縭來，頗稱琴瑟友。光風而霽月，誰更出君右。溢為一石才，恥作兒女喁。餘技作詩人，歌成落星斗。蕭然四壁立，寸舌為百畝。連年滯他鄉，抱璞天涯走。旅緒與閨情，孤悽一樣受。風雨寄吟哦，剖來雙魚有。檢讀頻挑燈，前後疊瓊玖。錦囊拂拭開，荼薇〔二〕露盥手。風雅有深情，牢騷亦忠厚。立言關名教，詩史堪不朽。哀號徹九霄，蓼莪再續後。亂亡傷往事，熱血紙上嘔。嚶嚶求友聲，披瀝要可久。閨房道相思，猶復勉井臼。慷慨吊古人，雌黄總不苟。膽識横千秋，九泉亦點首。一切浮艷詞，脱去如塵垢。風雲與露月，世上堪覆瓿。人羨妾有夫，妾愧非君耦。

柳腰

輕盈一搦不勝衣，誰説蠻娘又楚妃。減米未曾衹覺細，多情難遣故消圍。嬌來掌上真能舞，瘦去風前恰欲飛。想見漢宫春二月，空堦摇曳影依依。

長孫天錦入泮誌喜

桃杏争妍春日長，雛孫喜得掇芹香。江峯一曲湘靈瑟，趂此秋期再擅場。家世傳經又一時，百無長物此裘箕。分甘逸少知何處，料得相聞也展眉。

句

不辭嚴督課，家世是儒冠。

《福建通志》：黄氏，工部主事晉良女，適固安令鄭善述。循内則，族戚無間言。善述家故貧，至鬻婢供滫瀡。善述授徒建溪，三子皆氏自督課，不令就外傅。中子方旦卒，長方域、季方坤，皆成進士。晚歲病目，猶口授孫曹書，夜分不寢。孫天錦復捷南宫，嘗有句云云。著有《蕭然集》。以方坤守兖州，贈恭人。

【校記】

〔一〕荼薇：《國朝閨秀正始續集》作『薔薇』。

王氏句

江蘇太倉州人，相國文肅公女孫，編修緱山女也。適華亭都督太傅徐澹寧。著有《萬卷樓詩》。

句

金閨文作市，玉匣氣成虹。

徐大容《閫德紀略》：夫人姓王氏，太倉相國文肅公女孫，編修緱山公女也。年十七來歸。性敏毅，嗜書史，明大義，嘗榜其室內云云，以見志。太傅公官京師，一切章奏文牒，咸經手裁。遇節烈事，必擊節相勗。太傅公晉秩，夫人膺一品封，所得俸薪，輒勸散贍族人，曰：『同為祖宗之裔，我家以冢子襲職邀榮，何不可使長幼諸從輩均被皇恩也？』自是歲以為常。著有《萬卷樓詩》。

国家出版基金项目
NATIONAL PUBLICATION FOUNDATION

擷芳集校補

二

〔清〕汪啟淑 選輯
付瓊 校補

人民文学出版社

卷之十五

闞玉 一首

浙江錢塘縣人。以所適非偶，抑鬱而卒。

悲歌

父生我兮中道以逝，母煢煢兮門衰瘁。兄嫂難與居兮，抉我如目中之塵沙。伊又遘此佻巧兮，胡誑我之實多！彼六禮之或已愆兮，曾貞女之汝〔一〕從。矧要予以桑中兮，大豈其為予之匹雙？我獨有母兮，癙思泣血；我父而有知兮，怒衝髮。我兄摩娑兄〔二〕之金兮，骨肉相蔑；嫂旁睨之兮，笑言咥咥。我忽憤氣兮如雲，指漆室女以為正兮，又告夫司命與湘君曰：『予不愛一死兮，弗忍速阿母之下世。願死而有依憑兮，為凶之厲。』嗚呼哀哉！我終死兮，魂獨歸去。明告母兮，幽訴我父：『匪我夙夜兮，胡然遭此行露也？縱謂行多露兮，寧我之污也！』亂〔三〕曰：嘉名為玉，父之命兮；幽辱糞壤，終保貞兮。憂思悄悄，淚淫淫兮；蒙詆〔四〕忍詬，日當心兮！

陳其年《婦人集》：闞玉，錢塘人。甲申之歲，生十三年矣，容貌端麗，又有倍年之覺。父母從少絶珍憐之。已父亡，獨與母暨兄嫂同居。宏光時徵選采女，誤為賣菜傭所紿，竟嫁其子。日令主職爨炊喂豕，稍暇令鋤泥蒔灌。足去纏約，頭如蓬葆，面目黄黑，衣服泥污。玉悲甚，仰天痛哭而作歌，聞者莫不悲焉。未幾死。

【校記】

〔一〕汝：《名媛詩緯初編》作『䀚』。

〔二〕兄：《名媛詩緯初編》、《國朝閨秀詩柳絮集》作『傭』。

〔三〕亂：《名媛詩緯初編》作『重』。

〔四〕訛：原作『此』，據《名媛詩緯初編》改。

鄭瑜生二首

安徽涇縣人，鄭魯玉之女也。適葉漢章。

病中贈夫

一行詩就幾回愁，持贈蕭郎仔細收。他日鴛鴦雙舞處，羅幃可憶舊時儔？

寄父

思親何以慰愁眉，賴得殷勤是古詩。那更讀來淇水句，含情又向碧窻啼。

《矩齋雜記》：涇州葉漢章之妻鄭氏，字瑜生，庠生魯玉之女。性潔慧，能詩。早卒。其《病中贈夫》詩云云，又《寄父》詩云云。

秦氏句

江蘇江陰縣人。適黄姓。

句

蒲團夜坐三更月，懺悔今生未了緣。

陳維崧《婦人集》：乙酉澄江之變，士子黄姓者妻秦氏，被擄不屈。過金山，題詩壁上，末二句云云。明日投崖而殞，兵去復甦，適乳母夫過，攜歸復合。

虞浄芳一首

浙江錢塘縣人，虞德園女。所著有《鏡園遺詠》。

春日有感

燕子雙雙遶畫梁，殘紅點點落西廂。幾朝别後心如醉，長漏催更欲斷腸。

何氏 六首

山東德州人，前工部員外郎顯宗之曾孫女，故城秘王伊之室也。著有《歷亭吟稿》。

田山蕫《歷亭吟稿序》略：　夫人生而端莊，幼而穎異，長而工詩。及于歸秘室，秉家政，則聰明並用，雖牙籌縱横，而不廢吟事，有昔人經鉏賦桊之風，斯亦奇矣。迹其由來，曾無山川之助、風雅之傳、閨壼之友，而僻處荒村，一室千古，日搦擋於隃糜陟釐間，殆所謂心珠智鏡俱自青蓮慧業中來者耶？

【輯補】

何氏《歷亭吟藁》（乾隆刻光緒二十一年重修本）載謝池春《何孺人事略》：　孺人姓何氏，德水工部員外郎何顯宗女孫。讀書明大義，工近體詩，有法度。間以教子女輩，下及奴婢，皆能誦章句，有鄭氏之風焉。且其天姿穎異，目輒數行下，所作疎散沖夷，伯仲於放翁、靖節之間。其毫端藴秀，尤脱盡閨幃脂粉之氣。著有《歷亭吟藁》，采入《山左詩鈔》。自年十九賦于歸，為甘陵祁州訓導祕莘農先生嫡室，勅封孺人。先生祖諱丕笈，字仲負，康熙癸丑進士，官至光禄寺少卿、陝西提學。先生承家學，工文，兼能詩，挽鹿之後，日以吟事相唱隨。騷壇並幟，每羨鴻案之齊；　蟾窟雙枝，早徵熊丸之教。其漸漬者深，培植者久也。且孺人胞姪諱象震，字省存，自幼奉教於孺人，所作皆由孺人點定，後成雍正甲辰科進士，官至左副都御史，欽命巡按兩淮鹽政，帶管鹽運使司鹽運使。子四：　象益，廩生；　象山，乾隆己卯科舉人、天津府學訓導；　象賢，庚寅科舉人；　象英，庚寅科擬元。孫廷儀，戊申科舉人，來水訓導。曾孫鼎華，貢生，誥封中憲大夫。元孫雲書，字篆鴻，揀選知縣，歷任浙江省山陰、會稽、錢塘、仁和、蕭山、鄞縣、上虞等處知縣，累官至海防石浦同知，以勦粤匪軍功賞戴花翎，加道銜，以知府用，署理寧波府知府。雲孫兆符，賞戴藍翎即用山東汶上縣典史。孺人之遺澤孔長，正不徒待補他年蛾眉之傳，看棗梨光生已也。欽賜進士出身知故城縣事後學謝池春填諱。

同集載祕象山舊序：《歷亭吟》二十篇，吾母何孺人遺稿也。吾母性澹静，不欲以詩傳，每詩成，輒逸其稿。山等童時茫不經意，及稍長，知吾母燈火丹鉛，攻苦不易，竊存數十首，藏諸篋衍中，以不歿吾母風雅之跡，無何而吾母即世矣。嗚呼，親有善而弗知，知而弗傳，則山等之不能揚親之美也，罪復何辭！癸酉春，叔弟賢受業於小山蕫田先生，因出吾母詩稿求政。先生見而奇之，推為一代才媛，特加評序，付山等梓之。嗟乎，知音難遇，自古而然。今得先生之表揚，吾母何幸，山等亦何幸！故恭校付梓，以報吾母於地下，且以見先生闡幽之雅意云爾。男象山謹識。乾隆十八年癸酉六月望日。男象賢、英恭校。

同集載祕寶政跋：余胞叔高祖母何孺人，舊有《歷亭吟》一卷刊以行世，為小山蕫田先生所賞識，膾炙藝林已久。惜年湮漶漫，半飽蠹魚，每欲拾殘訂墜，重校付梓，以仰承先德，苦力不及。嗣因隨任漢阜，公牘勞形，不獲從心所欲，旋又教讀山左十數餘載，未暇及此。今歲春差閑無事，課子之餘，偶檢篋衍中得《歷亭吟》舊板若干，僅缺數頁，尚易補刻，誠天幸也。因急與姪孫秉鐸、秉鈞等商同措資重鋟，恭請啟菴沈父台、振南劉夫子、緒東沈少府鑒定，並丐序於諸名公，以表揚潛德，庶先世之手澤不盡泯焉爾。光緒二十一年仲春胞姪元孫寶政沐手謹識。

秋日

慘淡秋容斂，輕煙散野亭。遠山橫淺黛，歸雁落寒汀。瑟瑟涼風急，蕭蕭敗葉零。黃昏勞杼柚，解事有〔二〕流螢。

小雨

奇峯起膚寸〔二〕，雨意滿巖阿。細濕漁人網，輕沾樵子蓑。幽蘭香氣浄，修竹葉聲多。高卧西窻下〔三〕，鳴蟬伴寤歌。

初晴

熏風冉冉喜初晴，密緑陰陰一望平〔四〕。修竹映窻經雨碧〔五〕，安榴當檻照霞頳〔六〕。斜陽鴉閃高低影，遠樹蟬吟斷續聲。眼底煩襟欣爽豁，懷新禾稼也争榮。

九日有感

冉冉籬邊放晚香，一番風雨又重陽。寒砧夜急斷還續，白髮朝梳愁更長。難向深閨〔七〕覓同調，聊隨天籟發清商。竹簾〔八〕半卷悲秋日，目送聲聲北雁翔。

海棠

海棠昨夜綻東風，誰把胭脂點碧叢。彷佛華清香夢破，玉腮猶自暈潮紅。

不寐

永懷不寐數更籌，漏滴聲聲點點愁。明鏡不須來日照，恐驚白髮已盈頭。

【校記】

〔一〕有：何氏《歷亭吟藁》（乾隆刻光緒二十一年重修本，下同）、《國朝閨秀正始集》作「喜」。

〔二〕起膚寸：《歷亭吟藁》作「處處合」。

〔三〕西窻下：《歷亭吟藁》作「從吾好」。

〔四〕平：《歷亭吟藁》作「清」。

〔五〕碧：《歷亭吟藁》作「茂」。

〔六〕此句《歷亭吟藁》作「安榴拂檻照霞明」。

〔七〕深閨：《歷亭吟藁》作「藝林」。

〔八〕竹簾：《歷亭吟藁》作「蝦鬚」。

蕭菱英 三首　句

號九華女史，安徽池州府人。

和藻姑二妹韻

玄黃我馬路行遲，投宿三更月欲低。幺鳳舞聲花悄悄，一雙蝴蝶夢中飛。

馬鈴遥落山邊月，牛鐸催成枕底詩。姊妹互梳羞對鏡，燈光偏繪影離披。

敢言道韞能吟絮，却笑留題無牧之。句短情長愁萬種，吞聲不與侍兒知。

施瑮《宿舊城和壁間女子蕭氏菱英韻》詩：『方嗟策蹇去遲遲，還怯霜濃壓帽低。那禁添愁覘剩墨，憐才頓逐雁雙飛。』『博得豪名曹孟德，胡笳亦遂有遺詩。人生易作楊枝水，並蒂生來風不披。』『白鏹從來踈骨肉，鶖兒幸遇寫微之。儂茲好立雙珠傳，南燕啣將何母知。』

句

梨花初得月，柳絮欲因風。

《藿齋詩集》：旅邸見九華女史蕭菱英題壁詩，有句云云，幽秀可愛，為賦二絶：『題壁誰家詠絮才，幽香襲襲暗徘徊。願將寒夜窻前月，化作梨雲入夢來。』『繡閣才華别樣姿，梨花夢冷費相思。玉人不識歸何處，腸斷蕭娘五字詩。』

王氏十首

沈枚臣室。詩見《香閣流芳集》。

哭女觀緣

淡掃蛾眉分外妍，一生木訥是天然。嗟兒撒手西歸去，夢裏何時不往還。

九載難填哀怨詞，一輪明月伴相知。幾回欲破愁腸看，腸斷多應寸寸絲。

情債生前欠孰多，一心何故轉靡他。嬌娃身去情還熱，欲撇偏留奈若何。

一一思兒意若抽，悔教當日詠河洲。堪憐媲美如花鬘，常伴階前鸚鵡愁。

可憐珠玉委泥沙，女手摻摻學髻鴉。女手雅擅文，人（有）『玉筍』之譽。願得更生能壽考，依然向我茁蘭芽。

何物堪能返爾魂，竄香燃罷可還元。戀情嬌小無時歇，謦欬如聞泣戴盆。

腰肢渾是怯風寒，咄咄書空淚眼看。惟有愁心吹不去，一場春夢到槐安。

九年愁病却成憨，斜倚針樓食不甘。一陣花香風送至，方知春色滿江南。

甘心茹蘗幾多年，口病籧篨實可憐。收拾金釵資冥福，皈依天竺早生蓮。

兄妹何辜厄閏年，兄終妹及豈前緣。雙親擱淚何時已，日賦招魂渡願船。

熊叶飛二首

字鳳鳴，一字瑤月，廣東東莞縣人。詩見《嶺南五朝詩選》。

閨情為瑤雪作

歡愁不定意遲遲，別有幽情綠水湄。玉手折來堤上柳，結成如意寄相思。

春情

行樂芳春日正長，人情宜暖又宜涼。幽窻緑樹鶯啼處，要是情人解斷腸〔一〕。

【校記】

〔一〕以上兩句《奩詩泐補》作『無端飛過雙蝴蝶，忽動深閨暗斷腸』。

吴綃十九首

字素公，一字片霞，號冰仙，江蘇長洲縣人。通判水蒼女，適常熟進士許瑤。著有《嘯雪菴詩》。

陳維崧《婦人集》：虞山許太守夫人吴片霞，有詩才，其《梨花雙蝶》一詩，世尤誦之。詩曰：如玉雙雙透瑣幃，鏡中斜見粉依稀。西施舞罷春衫冷，道韞詩成柳絮飛。影過杏粱朝日澹，夢醒巫峽片雲歸。梨花深院無人到，不是開籠放雪衣。

《圖繪寶鑑》：吴綃，字冰仙，吴門人，觀察許瑶夫人。書工小楷，詩有刻稿。復善花卉，鈎染設色俱佳。

葉襄《嘯雪菴詩序》：吴夫人，名綃，字素公，一字冰仙。家世三讓之苗裔，歸高陽許氏，壬辰進士蘭陵之配。幼敏慧好書，丹黄不去手。善繪事，每經點綴，靈動如生。所居墳籍塞坐，吟詠清婉。吴中閨秀徐小淑能詩文，端容善畫，一時有盛譽。惟夫人兼此二長，或謂過之也。性至孝，二尊嘗有疾，刺血書禱輒愈。蘭陵多內寵，夫人撫愛如同生，時稱有鵲巢之德焉。為文磊落有俠氣。已而好仙，嘗偶遇異人，示以前因，居恒道服，不為俗世粧梳，泊如也。家有古琴，閑夜好風月時撫弄，終夕不倦，泠泠作雅操，不為繁手淫聲。尤工絲竹管絃諸雜技，靡不盡其妙。性静，躭弈，不惜玉鈿寶釧，聞者有『賭却釵頭玉步摇』之句。誠閨闈之絶才，彤管所僅見也。有《嘯玉菴集》一卷行世。

沈裕《題吴冰仙長吟圖》詩：閨中之秀，林下之風。望古遥集，寄懷無窮。緑窻棐儿，朗詠容容。語吐珠璣，韻戛絲桐。傳播千秋，是曰女宗。

《小粉場雜識》：長洲閨秀吴冰仙《嘯雪菴集》，詩多清新。尚有《梨花白燕賦》頗佳，附録於此。其賦云：有靈禽兮，變玄質而被素衣，愛庭花之皎皎，穿粉蕊之霏霏。纖鈎欲墜，輕雲乍歸。風裹斜回，拂湘簾而影疾；宵來遥認，映瓊砌而光微。散玉鈿之千點，逞纖腰之一圍。漢主幃中，照夜光於趙后；劉王帳裏，玩積雪於甘妃。李成蹊而詎此，鶴舞市而還非。一枝麋鹿臺邊，夷光獨立；並住鳳凰樓上，弄玉雙飛。漢珠燦爛，洛袖依稀。乃有瓊樹後庭，桂梁蘭室，乍裂雙綃，初逞皓質。霓裳翦翦，疑從釵上飛來；麝月娟娟，直是眉心捧出。臨旭影而不消，隱香叢而頓失。簷畔身輕，枝頭香密。青禽欲到，東方朔自許多知；柳絮虚吟，謝道韞應慙思拙。安仁大谷，蘭成小園；年芳地勝，日暖春暄。睇雕甍而擘掠，賀廣廈而翩翾。豈比啖黄花而報德，栖梓樹而含寃。涅而不淄，白非日浴。值孫和水晶，如意獺髓難求；倚滿奮琉璃，北窻蟾光空促。脉脉盈盈，森森蔌蔌，惟皚皚之相依，似余心之無欲。

【輯補】

鄒斯漪《名媛詩選》（清初刻本）鄒氏《小引》：（吴綃）長歸許文玉年翁。文玉故昇玉皇香案吏，暫下人間，而冰玉與之頡頏，吹玉簫，跨鳳凰，秦臺風月，昔屬傳聞，今為實事。顧冰仙夙具僊骨，不好作時世粧，於一切琴棋絃管之藝，無不精絶。或當花初月晚，與文玉一為之，每欲仙去，而書法精妙，直逼鍾王。尤善畫，每經點綴，靈動如生，雖吴道子、顧長康不是過。至其至性純孝，尊人嘗有疾，刺血書禱輒愈。待文玉諸姬侍，憐愛不啻同胞，遠近胥頌《關雎》之德焉。既而文玉壬辰登第，冰仙貴矣。居身清素，不異道民釋子。案頭香一罏，茶一盞，書數卷，筆幾枝，侍兒日磨墨以供揮灑。

故其為詩，清新圓浄，不着一塵，如花香，如月光，如水波，如雲態，務貴自然，尤善深入，極才人之能事。西池上元夫人、許飛瓊輩，吾不知其才調何如，量其體氣，當讓冰仙三舍，始信佳人才子，合為一人矣。予選名媛詩，首推重冰仙，顧冰仙方且事九轉丹，視文字如土苴，不欲流傳人間，落浮名障中。故詩不能多得，然光燄萬丈，即在一字一句間，在多乎哉？然則此一卷詩，不啻嫏嬛委宛之富矣。

周之標《女中七才子蘭咳二集》（上海圖書館藏舊抄本）載吴綃《嘯雪菴稿自序》：余自穉歲，僻於吟事，學蔡女之琴書，借甄家之筆硯，緗素維心，丹黄在手，二十餘年，冬之夜，夏之日，驪虞愁病，無不於此發之。竊以韓英之才，不如左嬪；徐淑之句，亞於班姬。假使菲薄生於上葉，傳禮經，續漢史，則余病未能；一吟一詠，亦有微長，未必謝於昔人也。邇年覽《墉城仙録》，見諸仙女翀舉之事，又讀陶隱居《真誥》，誦九華安妃之言，文采艷逸，鄙心慕之。雖遊神洲之五岳，泛溟海之三山，非女子之事，然睹煙霄，眄日月，不覺遠也。草衣蔬食，聊寄吾志云爾。晦日偶理故篋，見平生所作滿焉，茂苑繁華，紅閨風月，一日一夕，一言一笑，顯顯然在胸中，無遺忘者，遂寫之成三卷。人非桃李，未得無言；事異萱蘇，豈能蠲疾。投筆慨然。

同集載許士勤《嘯雪菴詩序》：昔尼父删詩，而以《關雎》正其首篇，重婦德也。古來賢媛以詩著者，則有江采蘋、李易安、朱淑真若而人；以畫著者，則有管道昇、李清照、張麗華若而人；以書著者，則有衛夫人、楊昭容、蔡文姬若而人。然能詩者或拙於畫，能畫者或歉於書，以一人而兼三善，則吾有取於冰仙。冰仙者，别駕水蒼吴公之女，家姪孝廉文玉之配也。清心玉映，綺思雲蒸，薰四種之好香，繡十様之名錦，琉璃硯匣，自足清娱，玳瑁筆牀，時供幽賞。每於風晨月夕，俯仰興懷，或即景拈韻，或觸緒宣華，所得五七言若干首。一日，余過文玉齋頭，捧詠佳什，其所寄非平章風月，則約略鶯花，調高者如黄鸝之歌翠柳，詞燦者如海棠之迷曉霧。惠妃《桂枝》之篇，玉真《紅渠》之詠，不是過矣。至於書法之妙，如瓊枝玉樹，瀟洒自如；畫法之工，如鮮靄綵霞，姣媚欲滴。豈惟粉黛所不能，幾抑亦士林所不敢企也。

雖然，更有進於是者。冰仙事親至孝，水蒼公嘗篤疾，刺血書衷，默禱於天，願損己壽，以益父齡，而病遂良已。此其誠格於天者何如哉！今將洗清脂粉，謝絶繁華，希麻姑之煉藥，學毛女之修真，結松庵於翠岫，採紫芝於碧巖矣。他年玉清詔下，旌其孝懿，跨青鸞而昇絳霄，方與董雙成、許飛瓊並侍西王母於瑶池之上，其詩集流行於世，不啻廣寒羽衣之曲、白玉霓裳之調，望而知其為仙品矣。雖欲不傳，烏得而不傳？

吴綃《嘯雪菴集》（清初刻本）載陳焯序：予選宋元明詩將成，其兩朝宫閨之什不數見，最富者莫如有明。自椒掖長門翟褘象服，以逮荊釵裙布裁雲鏤月之流，人可二百輩，詩近數千首。既廣擇而嚴取之，就其中予所心折，則姑孰鄒賽貞、遂寧楊安人、西陵董少玉、海寧朱静菴、吾桐方清芬五人而已。此外雖負盛名如《雲卧閣》之陸氏、《絡緯吟》之徐媛，皆斤斤焉不少假借。嗚呼，予豈刻視笄帷哉？蓋上世風氣醇樸，媍人女子之能言，大率自鳴其志，託類切物，時造精微。師氏采之，仲尼筆以為經，正變淑慝，咸足為世勸戒，而莫或疑之。彼無好名緣飾之意，故詞真而義永也。自采風不行，漢唐以來宫閨麗句，多好事者託為之，即蔡琰《十八拍》已入唐音，真贋俱未可問。至近代《香奩》，襲取浮譽，偶能執筆，竟引宣文女學士相誇，良由身隱曲房，無揮麈碎琹之可共見，扈芳掇採，任意搆工，卓犖詞宗，反難自別于儕輩。于是識者起而論斷之，本之賡酬以著其敏，參之格澤以觀其變，質之四庫以驗其通，廣之能事以徵其緒，必使一出于寔學而後房中之奏得登大雅，此予之亟取乎五人也。廼今又得一人焉，則冰仙吴夫人。是夫人延陵華胄，年十七歸高陽許氏，相我蘭陵。憶予弱冠讀書虎丘，楊維斗諸君口其鄉之閨秀，必首夫人，謂夫人婉慧絶倫，幼研經史，詩文書畫，不教而能，音律琹棋，動詣殊妙，予蓋心儀為好才子也。及壬辰通籍，獲于師門兄事蘭陵，將盡請夫人製作觀之而未暇。己亥北上，病止武安，始從二千石署中讀《嘯雪菴集》。於戲，惟其蓄之深，則囊括白家，埏埴諸體，而神理悉具；抒之博，則森羅萬象，氣備四時，而非一善之可名。是寧區區才子足以盡夫人乎？彼五人者，或與予生不同時，但挹篇章，景其芬馥，或幸同時同里，而年齒先後，無由即其盛壯之藻思。今夫人身處重幄，予恃蘭陵雁行，得以紈素陟鼇，時丐餘瀋，隨題屬詠，脱腕迅飛，花鳥煙雲，圖寫盡態，即下走關山之曲，進奉平章，多有賴其追琢者。則予之信五人，又未若信冰仙之為尤至也。既全録其稿，擬取少作，選入明詩，顧念蘭陵柄用方始，行參大政，潤色昇平，興朝郊廟樂章必由手定，夫人誼繫唱隨，亦應譜安世之歌，被諸管絃，如唐山夫人者，名載義熙，例有弗合。然讀乙酉以後諸什，大都畔牢結轖，引中清商，寄志神仙，嘲譏幻夢。度夫人静觀世變，固有不得其平者，紫濛蘇幕之聲，何足煩鼓瑟湘靈之手，舉以冠三百載閨媛，未必非夫人之所許也夫。由吾説以行，則好名緣飾者，究難逃有識之鑒，而繼《國風》以自鳴其志，必好學深思如六夫人而後可也，然豈獨為宫閨勸哉！ 旹順治己亥孟冬滁岑道民陳焯書于洺水麗秋軒。

同集載李瀅序： 天之所以生才，豈偶然哉！ 求才於古今難，求才於古今之閨閣尤難。余觀班大家、衛夫人、謝道韞及蘇蕙、徐淑輩，皆以才名稱于女史。然能詞章矣，未必工書法； 工書瀍矣，未必精繪事。古人所云『三絶』『六絶』，未聞稱之閨閣中也。余于吴夫人獨有異。夫人工詩，善屬文。五七言清麗芊綿，匠心獨造，奴眎西崑諸體； 長短句韶令雋永，遠勝李易安； 敘寄之文，寄情紀事，取裁蔚宗，而丰神更異； 小楷精細，仿佛王歐。尤工繪花鳥，其所點染，天葩爛然，徐熙、黄筌以下不能及也。夫女子之以才自見者，往往命薄數奇，有深宫異域幽憂離别之感。夫人生長華閥，其夫君蘭陵，早登上第，洊歷大府，令嗣貞服、念皇與東床仲書輩，咸翩翩玉立。一門之内，揚光飛文，更唱迭和，天倫之樂，無以踰夫人者。讀其集中近作，顧欲蟬蜕世事，渺然託志於清虚，而以詩勢分、矜華膴為可恥。吁！ 抑又何異也。余嘗閲《列僊》諸傳，所云服食吐納、羽化沖舉之事，疑其荒唐無據，及見顔魯公所記麻姑事，歷歷如在耳目間。夫人之夙慧毋論，又聞其事親孝，逮下慈，彈琹焚香，翛然一室，皆得神仙之上理。將來大藥可成，而蓬萊之水可幾見清淺，有不僅以才名擅千古者，余更表而出之，使後之續女史者，知所采焉。己亥餘月珠湖李瀅謹序。

幽蘭頌

青青載榮，被彼江皋。君子服之，德音孔昭。

題芙蓉圖

秋路静如拭〔一〕，木末披芙蓉。輕紅蕩曲渚，密影連芳叢。流照日色冷，乾聲天宇空。苔磯若雲綴，水澈魚相從。褵褷白雪羽，顧影蒼煙中。仙人吹鐵笛，響激〔二〕生淒風。溯洄蒹葭側，麗景看無窮。

春遊百泉

仲月春始和，遠郊阡陌静。數里聞水聲，豁然入靈境。桃李猶含萼，森肅〔三〕長楸勁。淪漣映紅玉，蘋藻浮青鏡。太行亘天末，遥瞻似雲靚。溯流尋神源，圓折紛珠迸。喁喁見魚樂，鱗鬣自適性。善病久罷歡，暫使心目瑩。至哉蘇門人，今古誰與並？

烏生八九子

秦家好門巷，團團桂樹高。雌雄雙宿桂樹間，九子相逢聲嗷嗷。阿母何處覓食哺烏子？烏子可憐被鶻捎。啄烏目，食烏腸，嘴如鈎矛翮如刀，騰身直上淩青霄。阿母歸來，不知烏子處，雌雄遶樹空勞勞。徒戀主人桂樹好，豈知此地難安巢。南山巖石多雲霧，舊居欲歸愁路遥。

秋意

相如緑綺秋絃急，霜侵樹影寒蛟立。塘水泠泠湘佩清，遥山翠澹巫娥泣。嘖嘖蟲吟四壁空，千金賦得長門宫。含毫思苦朝來渴，病骨生春蜀酒濃。

題山水圖

丹崖蒼岑玉磊坷，青雲紫霧深凝瑣。峯頭卧虎没金髀，澗底眠龍抱珠顆。瀑布虹懸千仞餘，碧溪如縠週廻邐。悠悠日月仙人家，籬邊亂落琪花朵。陰濃灌木影參差，煙深叢竹青婀娜。古寺踈踈度遠鐘，籜風葉雨秋聲夥。

春晚曲

楝花風起春如醉，海燕勞勞雲碎碎。湖頭兩槳白晝閑，莫愁深下珠簾睡。筍生斑玉柳生緜，陌上人歸草似煙。轆轤聲促銀牀冷，玉井飛紅墮碧泉。

銅雀伎

霸業山河在，三臺不復春。當時望陵處，松柏亦成塵。舞袖閑雲薄，紅顏野草新。曾聞王子敬，道此最關人。

嘯臺

魏晉已如夢，荒臺今尚存。龍蛇正交鬭，鸞鳳自高騫。避俗惟長嘯，逢人常不言。始知真隱意，何必入桃源。

題香月舫

咫尺壺中地，幽居是所宜。仙枝香藹藹，碧月影遲遲。琪樹藏鶯密，名花帶蝶移。低牆圍粉色，輕幔惹煙姿。庾信魚成寸，王恭柳吐絲。盆梅横寫影，庭草碧含滋。宛轉通闌閣，遲回繞翠墀。氤氳花氣襲，蕭瑟竹聲吹。閣小惟容膝，窻虚稱畫眉。蜀琴清素手，鄂被擁凝脂。豈止容桃葉，猶堪舞柘枝。傳籌拋小令，刻燭課新詩。西母桃留核，餘杭酒在巵。鏡鸞金披搬，箏雁玳參差。招隱還成賦，抽毫漫進辭。仙村迷不遠，洞府到堪疑。宿雨聲飛夜，朝歌欲起時。未須蘭作楫，只合繡為楣。夢繞江南處，煙雲去不知。

虞美人花

逸艷驚人一簇明，石邊池畔總盈盈。倚風啼露朱顏薄，動碧翻紅舞袖輕。春酒覺餘猶有暈，楚歌何處斷無聲。朝來恨欲成堆裏，誰喚君王舊賜名。

韓信城

乞食王孫困此中，當時跨下辱英雄。萬家淪滅丘墟改，數尺陂陁雉堞空。兵出陳倉紛逐鹿，勢窮雲夢倏藏弓。將軍不解謀身策，鍾室徒勞憶蒯通。

詠相思鳥

南粵春深〔四〕花未殘，羽衣身暖錦成團。佳名莫與離人説，綵色惟教繡女看。丹實啄來妃子咲，素枝啣去楚臣歎。霜縑擬寫相思態，應為傷心下筆難。

《三岡識略》：吴綃，字冰仙，姑蘇人，許參政之室也。幼負才藻，善詩畫。所著有《嘯雪菴集》。嘗記其《詠相思鳥》詩云云，《詠雙蝶》詩云云。讀此二詩，其才調風情，不言可知矣。

詠雙蝶

韓憑夫婦兩魂狂，來往闌前亦自忙。晴日試調粧後粉，春風新換舞時裳。餐多芳蕊鬚猶釅，睡穩花枝夢亦香。欲與何人透消息，等閑飛過宋家牆。

月夜

春生繡陌花盈路，露洗長空月滿天。碧樹錦香桃李徑，畫橈金錯木蘭舡。窻前風動常含暈，樓上霜寒幾度圓。蟾影照來千點白，桂叢生出一鈎偏。陳王歌徹人千里，陶令情多繡領邊。涼魄最宜煙冉冉，纖條惟稱蝶翩翩。冰痕透影花枝冷，小瓣沾衣月點嫣。染作素光疑粉色，熏和香氣帶沉煙。刀環消息經年在，錦段功夫逐日鮮。從此常為花下客，也知人是月中仙。

秋海棠

花發珊瑚樹，微紅著粉腮。夜深嬌不睡，須待月光來。

懷古

公子翩翩信絶倫，擬將豪舉却狂秦。不知賓客成何事，枉殺樓前斬美人〔五〕。

海棠

可似朝陽酒困時，春風乍暖欲開遲。煙啼露泣無人見，惟有紗窻明月知。

白芍藥

素面不須誇虢國，濃薰何用竊胡香。元暉階下當春見，從此令人薄艷粧。

【校記】

〔一〕此句《國朝閨閣詩鈔》作『秋露净如拭』。

〔二〕澈：《國朝閨閣詩鈔》作『澈』。

〔三〕肅：《國朝閨閣詩鈔》作『蕭』。

〔四〕春深：《女中七才子蘭咳二集》（上海圖書館藏舊抄本）作『春殘』。

〔五〕此句《國朝閨秀詩柳絮集》作『枉向樓頭斬美人』。

薛小英 一首

浙江山陰縣人。

無題

昨夜懷人緑瑣窻，燈枝如粟吐銀釭。風聲入樹驚棲鵲，月影移花閃睡尨。撫枕應知腸斷九，窺簾猶憶目成雙。玉奴不省當年約，枉乞春絲繡佛幢。

《蓮坡詩話》：半村與予交最善，相依圜土中，晦明風雨，刻意苦吟。半村嘗有句云：『狂飈無影摧花散，夢雨成陰障月昏。』又：『五夜料難成好夢，兩年應未定驚魂。』又：『塞翁得馬機先伏，楚國亡猿禍且隨。』又：『詩惟寫意隨唐宋，酒借陶情任聖賢。』蓋不衫不履，多自得之趣。及與余《無題》唱和諸作：『不緣人似梅花淡，肯繫情如春水濃。』『夜月樓臺楊柳笛，春風簾幙鳳凰裙。』則又清麗芊綿矣。半村嘗為余言，山陰女子薛小英，詩詞兼擅，以所適非偶，抑鬱而死。小英有《無題》詩云云。

陳氏 三首

章安馮元鼎妻。著有《繡佛齋詩稿》。

【輯補】

陳氏《繡佛齋草》（清初馮甦輯刻本）卷首鄒祇謨《繡佛齋詩序》： 嘗觀劉子政《列女傳》及漢魏六朝所誌列女，節烈文翰，每爾兼收，今日郡乘邑誌諸書，乃多傳節烈，而不及文翰。 載籍以來稱全人，蓋不數數焉。 豈操彤管者未必矢柏舟，夢白鳳者不致歌黄鵠也？ 抑陰陽文質之殊授哉？ 余同年馮子再來，固浙東名下士也，為詩文英絶奇踔，下筆千言不休。 僕今夏客石封，相過從者半月，善談與析，疑義相參，欣然相解也。 而馮子顧佴然如不慊者，則出其年伯母戴太夫人《孀評》一帙也，蓋二十歲而稱未亡人，朝荼夕蘖，慘疚為勞，蘊其華而以潔顯也，殆與日月争光矣。 更徐出其年祖母陳太夫人《繡佛齋》一帙，因歷敘其生平節槩。 僕乃輟而歎曰：『此固子政之所不及載，而班范之所不能盡者歟？』夫以太夫人之長自華胄，作嬪高門，偕玉鉉年伯祖朝披金石，暮纂丹黄，詎不雍然嫺雅，秀彼閨房乎？ 顧未三十而煢處也。 馬鬣既封，玉樹旋折，一門之内，蘭摧蕙焚，植微壯長，何事非荼鞠者，而太夫人獨怡然若薺也。 間以其餘發為詩歌，無體不精，無疵可擇，於以炳家乘而光國史，即三百篇奚讓？ 而戔戔漢魏之列女為？ 僕嘗私論之，太夫人明智如辛憲英，貞激如曹令女，文辭如謝道韞、劉令嫻，而燕子以翼孫也，雖歐陽氏之母，而鈕氏之祖母，何以加諸？ 況乎再來以英妙之年，出操憲典，入佐王綸，丹絲翟茀，慰孀母于金堂，瑶軸芸編，誌遺文於藜閣，則三不朽者有再來，而婺曜重光，坤文復賁也。 僕小子雖不敏，願繼子政而補列女之遺矣。 順治庚子端陽前五日南蘭陵年晚學生鄒祇謨拜撰於石封東寺。

同集卷尾馬鎮《題詠》後馮甦（再來）跋云： 嗟乎！ 再來祖母陳氏，即鎮外王父星槎同胞女弟也，皆屬故明祠部郎南衡陳公錫之孫。 再來少沐祖母教成進士，再世貞節，咸得旌表，建坊里門。 今刻陳太夫人《繡佛齋草》暨嚴慈兩大人《寒吟》、《晚香》諸録示世，可謂無忝于所生。 而鎮乃七齡即失北堂侍養，至今念星槎公暨舅氏東璧公，久矣落落，青衫謝世，顧其後責在何人，甥孫遠吏小邑，歲時伏臘，不能杯酒薦墳。至再來母夫人殁於滇南官舍，尚未克遠奠束芻，其于親故漠漠靡將，思及此，寧不感痛耶！因附志于讀晚香録之後。丁巳秋七月南埜。

同集陳氏《和伯兄星槎游滕王閣韻》詩後小注云：余少時，伯兄教為詩，輒小解其意。年十五，兄自江右歸，以《過滕王閣》詩命余和，余俯首而就，兄稱可。迄今三十年，顛毛種種，而兄已仙遊矣。追憶疇昔，猶忽忽如昨，蓋不勝神為愴也。偶得舊作載此，亦不忘伯兄之教云爾。

美人春怨

嬌歌一曲陌上花，閨中少婦怨春華。嫁得長安遊俠子，看花見月嘗成嗟。嗟儂顏貌空如玉，郎又求妻〔一〕金作屋。香銷燭落淚偏長，明月窺人羞獨宿。獨宿迢迢夜似年，鄰家秉燭夜調絃。絃聲嘹亮還淒楚，一回一聽一潸然。潸然淚洒〔二〕只長愁，世路崎嶇多忮求。君不見，籬下陶潛歸去蚤，邊庭李廣不封侯。

久不會諸妯偶聚於得月樓

鏡裏朝朝生白頭，偶逢佳會暫登樓。已曾繫縷邀春燕，且自忘機逐海鷗。明月入簾風澹澹，青山相對水悠悠。一樽喜值身俱健，世事榮華漫轉求。

曙窻

雙峰掩映小樓前，樹影窺櫨一枕偏。喚醒愁人無箇事，數聲啼鳥落花天。

【校記】

〔一〕求妻：陳氏《繡佛齋草》（清初馮甦輯刻本，下同）作『愛求』。

〔二〕洒：《繡佛齋草》作『落』。

顧文婉 二首

江蘇無錫縣人，侯漢儀之母也。

陳維崧《婦人集》：無錫顧文婉，自號避秦人，詩詞極多，恒與王仲英相倡和。詞見《倚聲右集》。

惜春〔一〕

東風吹骨試輕羅，人對梨花喚奈何。獨坐攤書聽漏永，滿庭風雨落紅多。

寒詞

小屏人静玉笙寒，一點殘燈伴漏闌。為愛焚香消夜永，滿庭明月不曾看。

【校記】

〔一〕此題《名媛詩緯初編》作『春惜』。

劉氏 一首

劉佐臨女。著有《紉蘭軒詩》。

新月

宿雨夕方歇，雲閑天氣清。星河仍欲浄，涼月復來迎。簾捲花初好，螢飛火自明。虛簷移坐久，新茗聽新聲。

商景蘭 四首

字眉生，浙江山陰縣人，商等軒先生長女，祁忠敏公之配也。有二媳四女，咸工詩。夫人每暇日登臨，則命媳女輩載筆牀硯匣以隨，角韻分題，一時傳為勝事。

《婦人集》：會稽商夫人以名德重一時，論者擬於王氏之有茂宏、謝家之有安石。

陳維崧《商夫人集序》：高柔室內，正有賢妻；荀粲房中，非無令婦。扶風宅第，惠班則才擅大家；金卯家庭，令嫺則名高三妹。冬釭夜煥，援采筆以吟椒；春陌晨鮮，展蠻箋而詠絮。固勝洛陽道上，只解採桑；非徒蜀郡壚頭，惟能賣酒。洎乎降阼，以暨同牢。張子高畫眉之暇，即事觀書；楊子幼鼓瑟之餘，便思染翰。加以姊原道韞，標名德於區中；女是左芬，扇風華於膝下。一門才媛，商雲衣獨矜秀善之稱；兩姓賢甥，祁湘君蚤得清新之譽。堦前鄭婢，並習風詩；座上濟尼，尤長辭令。篇章間作，燃脂而玳瑁千函；倡和時聞，拂素而琉璃萬軸。傅粉熏香之暇，字字庾徐；玉釵羅袖之中，人人江鮑。況復翟泉鵝出，關河之愀愴何多；陳寶雞鳴，身世之感傷不少。夜月歸寧，則太傅之池臺安在；秋風憶舊，則尚書之棨戟都非。涉緑野之空園，入烏衣之短巷。殘山剩水，頓成今昔之觀；伯姊諸姑，略説興亡之事。借班管以描愁，托銀箏而訴恨。此則韓娥蕩魄，情因激楚而彌工；衛女銷魂，詞以悲哀而入妙也。

【輯補】

《祁忠惠公遺集》（道光十五年刻本）吴傑序：吾友杜尺莊、禾子昆仲留心掌故，闡發幽潛，於邑中名賢著述，搜訪靡遺。獨惜忠惠祁公當明季南遷之日，移疾歸休，以身殉國。其成仁大節及𠟱歷中外之宏謨遠略，具載於《明史》本傳及勝朝《殉節諸臣録》。而寓山文集值兵燹散佚之餘，世無傳本，不克與同里劉忠介、倪文貞諸集同登天禄，為金匱石室之藏，及今徵文考獻者，皆以為越中闕典。因延訪故家，力為摭拾，鴻文隻字，巨細畢該，釐為九卷，而以史傳、行狀、遺事為附録一卷。又以公配商眉生夫人及二子理孫、班孫、長女德淵、第三女德瓊、季女德茝、長子婦張德蕙、次子婦朱德蓉一家眷屬之詩或詞，編於集末，都為四册，以永其傳。……道光辛卯，余官蜀中，刊行宋《趙忠簡集》十卷，近歲又公刻《忠介全書》於越中。其嚮往之志，亦猶是爾。第以在官之身，不能如尺莊、禾子搜訪之勤，使前賢遺文軼事備載於編，是則有愧於君家昆仲者也。道光十五年乙未夏五會稽吴傑撰。

瓊案，商景蘭《錦囊集》（道光十五年《祁忠惠公遺集》附刻本）商氏《五十自敘》云：『歲甲午十月，我年當五十。知命猶未能，知非正其日。』『甲午』為順治十一年，前推五十年為萬曆三十三年，商景蘭當生於是年。

送別黄皆令

徵調起驪歌，悲風遶座發。人生百歲中，強半苦離別。會〔一〕君客會稽，釜不因人熱。今〔二〕唱歸去詞，佩環攜皎月。執觴指河梁，愁腸九迴折。流雲思故島，倦禽厲歸翮。帆檣日以遠，膠漆日以闊〔三〕。索居寡蘭臭，誰當和白雪？交深多遠懷，憂來不可絕。竚立望滄波，相思煙露結。

關山月

秋月開金鏡，浮雲散碧空。風吹榆戍北，露濕柳城東。影滿驚烏鵲，光沉起塞鴻。秦關今夜色，應與漢宮同。

贈閨塾師黃媛介

門鎖蓬萊十載居，何期千里覯雲裾。才華直接班姬後，風雅平欺左氏餘。八體臨池争幼婦，千言作賦擬相如。今朝把臂憐同調，始信當年女校書。

過河渚登幻隱樓哭夫子

久厭煩囂避世榮，一丘恬淡寄餘生。當時同調人何處，今夕傷懷淚獨傾。幾負竹窻清月影，更慚花塢曉鶯聲。豈知共結煙霞志，總付千秋別鶴情。

【校記】

〔一〕會：商景蘭《錦囊集》（道光十五年《祁忠惠公遺集》附刻本，下同）作『念』。

〔二〕今：《錦囊集》作『茲』。

〔三〕此句《宮閨文選》作『山川日以越』。

商景徽十一首

字嗣音，商太傅等軒之次女也。適徐徵君咸清。著有《詠雛堂詩草》。

《西河詩話》：閨秀商嗣音與女徐昭華皆有《讀瀨中集》詩，嗣音詩云云，又云云。昭華詩云：『臙脂花落覆紅蠶，獸頸初垂火自含。坐對西河才子句，渾如秋月照澄潭。』又云：『少小曾觀白日詞，蘆中人去竟如斯。溧陽浣女空相殉，悔不先吟瀨上詩。』四詩皆絶作，惜予不敢當耳。驚人對仗，近人所少；若『蘆中』一章，則尤所刺心者。不知閨中何以能惜賢如是也。嗣音名景徽，會稽商太傅女，為上虞徐大司馬次君仲山之配，與其姊祁中丞夫人、女姪雲衣，皆能詩，有聲。後昭華尤好予詩，遂師予。時雲間張錫懌有詩云：『弟子如蘇蕙，先生類馬融。』予邑任辰旦詩云：『誰知詠絮堂前女，猶是扶風帳裏人。』張遠詩云：『甲門傾國富文華，曾向毛萇受五車。』皆指其事。餘見予《傳是齋受業記》。

美女篇

美女東城隅，紅顔華灼灼。垂垂十二鬟，一一飛金雀。初日照樓臺，春遊出宛洛。采桑攀遠揚，搴芳捋叢薄。行路何踟躕，中心諒有託。不知誰家子，白馬黃金絡。强言立道傍，翩然互酬酢。本非淇上姝，寧踐桑中約？家無薄倖兒，白頭負前諾。贈妾雙明珠，還君抵飛鵲。日暮行歸來，空閨守寂寞。

邯鄲才人嫁爲厮養卒婦

妾自承恩初，同心綰雙結。燦爛若明霞，流塵〔一〕不能涅。晨眺漳河流，夜卧叢臺月。豈知中道乖，蛾眉坐淪没。春風伴赭衣，秋霜改玄髮。鏡臺寶髻踈，羅裳暗香歇。願作巫陽〔二〕雲，朝朝反宫闕。

送觀雅二姪之襄陽合巹

三月垂楊夾岸新，畫船争送畫眉人。岳陽樓逶仙源路，鳷鵲橋通湘水濱。玉鏡影移雙鳳侣，翠幃香煖百花春。裁成博議思鄉切，須寄魚書慰老親。

子夜四時歌

蠟燭照空帷，春宵難達曙。袷衣不著綿，預識中無絮。
弄水恐湔裙，采蓮畏傷手。花欹半面妝，願得花間藕。
栖烏夜不眠，肅肅翻金井。五更霜月昏，不見雙桐影。
五彩織薰籠，爐灰皎如雪。不棄炙殘香，爲愛心中熱。

讀毛西河瀨中集作

芙蓉露下小池秋，金鴨煙消宿雨收。為讀西河新句好，都梁艾蒳滿妝樓。

彩筆翩翩映玉臺，頻將繡帙向風開。可憐杜甫驚人句，不數陳留曠世才。

吊張曼殊

覓得温柔在帝鄉，嬌花容易萎嚴霜。豐臺自此遊人絶，芍藥將開盡斷腸。

雲髻峩峩似洛神，都人争學百環新。憑他學盡新粧巧，不是才郎收淚人。

《西河詩話》：江南贈吊曼殊詩文頗少，以生死皆在京也。獨錢塘吴寶崖、徐東建叔姪、丁素涵諸君，各有輓詩。若閨秀，則會稽商嗣音四絶尚存，其首章云云，末章云云。始寧徐昭華亦存四絶，今選其二，附《徐都講詩》。

【校記】

〔一〕塵：《國朝閨秀正始集》作『霞』。

〔二〕巫陽：《國朝閨秀正始集》作『巫山』。

張氏 句

山東鄒平縣人，王吏部士禄配也。

句

海邊休恨還留滯，獨喜離鴻得共聞。

陳維崧《婦人集》：王吏部夫人張，鄒平總憲文定公之孫，亦擅詞賦。西樵官萊子時，嘗作《寄内》詩：『萊子淹留我共君，滯人春月復秋雲。巡檐幾夜頻搔首，海國鐘聲已厭聞。』夫人屬和，末二句云云。後王官國博，貧不能攜家，每詠此，未嘗不嘆其有思也。

劉運福二首

安徽宣城縣人，光禄卿楷之女也。適文學梅琢成。著有《峽猿吟》、《焚餘稿》。

沈廷璐《峽猿吟序》：《峽猿吟》者，余表弟梅子文常哭其内子劉孺人作也。孺人識大義，遇事隨力自盡。初歸文常，數日即親中饋，執婦道唯謹。出奩中資佐不足，無恡容。每戒從婢曰：『慎毋少縱恣，吾欲而壻讀書於此，可與俱，勿急歸也。』因遣人告舅姑，舅姑許之。嗣後，孺人時從文常歸省，往來於舅姑父母之間。體羸善病，姑太孺人恐其不起，常語人曰：『吾仲婦孝敬勤儉，黽勉有無，以持門户。脱不宿，將若何？』病劇，急欲返故廬，文常難之，正色曰：『及今不返，將復何待？苟不聽而令吾奄逝於此，其瞑諸？』濒行，喜形於色，曰：『其或者得假餘年，俾長操井臼乎？』平日愛買禽魚放生；人以急告，每脱簪珥周之，而尤加意於親黨失意之人。喜讀《小學》、《内則》諸書，見古賢媛，輒效慕恐後。間工吟詠，有林下風致。歲癸未，文常同余及滮起讀書靈山僧舍，孺人常貽札文常，謂『日月易邁，肄習宜勤』，其居恒儆戒相成之意類如此。

天逸閣望敬亭

名山屬望〔一〕處，霽色正當樓。野樹連天碧，孤雲繞塔浮。泉聲雙鏡落，嵐氣一窻收。素抱丹丘志，無緣作勝遊。

牡丹盛放喜大姑歸寧

魏紫姚黄舊有名，高臺綽約爛盈盈。東風微動香俱透，曉日初臨色更新。幾載離情神易合，一朝談笑樂無倫。花前良會緣非淺，緑酒清樽著意傾。

【校記】

〔一〕屬望：《國朝閨秀正始集》作「凝望」。

趙佩芳 二首

浙江仁和縣人，大司空殿最公曾孫女，適候補縣丞吴熙禄。著有《聽秋窻稿》。

春日西泠橋謁先慈墓

陰雨連朝喜乍晴，西泠橋畔奠慈親。平湖緑水生波細，遠岸輕舟喚渡頻。葛嶺争傳梅早放，蘇堤又見柳初新。眼前風景堪圖畫，何用逍遥學散人。

寄大姆

分袂于今已六春，鱗鴻有便信來頻。故園風景仍如昨，宦况平安慰老親。

鮑氏 一首

江蘇丹陽縣人也。

詠溪鐘

溪外聲徐疾，心中意斷連。是聲來枕畔，抑耳到聲邊？

《隨園詩話》：丹陽鮑氏女，自稱聞一道人，遭難流離，嫁竟陵陸黄雲，年二十四而夭。《詠溪鐘》云云，頗近禪理。昔朱子在南安，聞鐘聲，矍然曰：『便覺此心把握不定。』即此意也。

卷之十六

俞桂三首

字瓊英，浙江仁和縣人。

毛先舒《閲俞瓊英集》詩：宋玉真愁客，江淹本恨人。何當誦遺稿，霜鬢又添新。

江南古意〔一〕

江南三月花柳香，青春欲徂白日長。杏梁陰陰燕新乳〔二〕，頡頏差池弄輕羽。美人午起自結束，曳鬟垂鬟手如玉。春草滿園蝴蝶飛，金鞍少年他日歸〔三〕。

無題擬李義山

纔唱驪歌日漸曛，牽裳官道淚紛紛。紅英陌上花無主，錦翼雲中雁斷羣。玉鏡幾時還照影，金爐從此罷燒薰。聞知天上無離别，願得相攜駐〔四〕白雲。

中秋

玉鏡澄清漢，金波蕩碧流。桂枝應〔五〕欲謝，空倚最高樓。

陳維崧《婦人集》：仁和俞瓊英，名桂。詩文纔一十六篇，才思頗清綺。遇合抑塞，年二十而夭。其《擬義山無題》詩、《江南古意》、《中秋》詩等云云。

【校記】

〔一〕意：《名媛詩緯初編》作『憶』。

〔二〕燕新乳：《名媛詩緯初編》作『新燕乳』。

〔三〕此句《名媛詩緯初編》作『東家少年何日歸』。

〔四〕駐：《名媛詩緯初編》作『住』。

〔五〕應：《名媛詩緯初編》作『今』。

楊夢花 一首

江蘇武進縣人。

落梅和韻〔一〕

空閨何忍問花殘，為和新聲獨倚欄。香夢可能留玉笛，芳魂早已落詩壇〔二〕。一簾疎雨回春信，數點輕煙籠曉寒。索笑也知成往事，尚餘瘦影与谁看〔三〕？

【校記】

〔一〕此題《國朝閨秀正始續集》作『和女史陳箋落梅作』。

〔二〕落詩壇：《國朝閨秀正始續集》作『返瑶壇』。

〔三〕此句《國朝閨秀正始續集》作『秖餘瘦影月中看』。

張昊 五首

字槎雲，浙江錢塘縣人，順治庚子舉人張壇之女也。適同邑胡生大瀠。二十五歲卒。著有《趨庭詠》，在室所作；《琴樓合稿》，與胡生唱和者。

《錢塘縣志》：張昊，字槎雲，錢塘孝廉壇女也。昊生而孝且慧，喜為詩，七歲即有『白馬嘶風秋草寒』之句，壇益愛之。歸同邑胡文漪。昊詩清淒蒼遠，無閨閣粉澤氣。尤喜讀《孝經》，壯志慕學仙。已壇没京邸，昊哀痛甚，未幾亦卒，年二十五。有《槎雲遺稿》行世。

張振孫《槎雲傳》：槎雲，姓張氏，杭州人，名昊，槎雲其字也。世居城之西偏。祖蔚然，官長溪令，學者稱青林先生。父諱壇，順治庚子孝廉，卜居於毛氏園，在城北郭外，竹樹，方池，廻塘，植芙蓉、橘柚、桑柘之屬，昊樂焉。性喜讀書，覽典籍，輒知文理，且以教其二妹。花晨月夕，賦詩唱和，然不肯示人。從兄綱孫見昊一絶句，其結句云：『殘風殘雪斷橋邊。』悄然歎曰：『是妹必以詩傳，但福薄耳。』果如其言。年十九，歸胡遵仁子大瀠，勸其力學，從同里毛先舒為師，諸匡鼎、洪昇為友，以文章行，名於時。卒年二十有五。所著有《趨庭詠》。

施閏章《琴樓合稿序》：錢塘胡子文漪〔一〕，與其婦張氏槎雲，並能詩。槎雲年二十五死，胡子神傷，追刻其詩，儷以己作，是為《琴樓合稿》。論者皆悲槎雲以才夭。余觀近代吳越間，女士稱詩，不乏新聲麗製，律之《內則》所垂、班姬所誡，或無取焉。且夫男女之際，難言之。《盤中》詩好，不聞伯玉和歌；《織錦》詞工，未見連波作答。女之才多，不能必其夫。至如夫婦皆才，而卓氏有『白頭』之吟，徐淑有『人遐』之歎，蓋兩美難合，薄命寡歡，自古恨之。若胡子之與槎雲，可謂美合而相得無恨者矣。槎雲乃遂早死，余既惜其才，又多其能修婦德。聞父病京邸，刺血禱詞；已而訃至，哀慟得疾，逾年卒。今讀其《思歸》、《哭父墓》諸作，畫然有足傷者。昔歐陽公與謝進士景山交，因為其女弟希孟序詩，今槎雲故步青之女、祖望之女弟也，余嘗交二君湖上，而胡子又從吾友毛君稚黃遊，以是不能辭。然吾聞胡子繼室陸氏星浮，亦喜詩，工刺繡文，未幾復夭。何胡子之連有才配，而皆溘以盡也！

李式玉《為閨秀張昊入誌啟》：錢塘張昊〔二〕槎雲者，出自孝廉，姓來天上，名同博望，身犯斗邊。幼工柳絮之才，嫁作醻桃之句。鮑令暉之學，難乎為兄；蔡中郎之書，傳於其女。人非秦掾，空託怨於寶釵；情異班姬，常寄愁於紈扇。登大雷之岸，曾見往還；穿七夕之針，時逢贈答。馬融見而伏讀，皇甫令其裁書。所著遺編，裒然行世。琉璃作匣，不足酬其鮮妍；芰荷為裳，或可方茲雅潔。乃秦地之臺猶在，遽爾乘雲；江皋之佩徒存，忽焉奔月。不聞柳詠，誰續班書。方今搜閨閣之賢，葺郡國之誌，因思春秋之筆，猶録叔姬；江漢之思〔三〕，采及遊女。苟循斯例，於邑有光。使河北花牋，常騰衛字；扶風錦軸，流誦蘇篇。則曹氏東征，獨擅大家之號，將茂先女史，空慚博物之名矣。

【輯補】

商景蘭《錦囊集》（道光十五年《祁忠惠公遺集》附刻本）載《琴樓遺稿序》云：余七十二歲嫠婦也，瀕死者數矣。乙酉歲，中丞公殉節，余不敢從死，以兒女子皆幼也。辛丑歲，次兒以才受禍，破家亡身，余不即死者，恐以不孝名貽兒子也。未亡人不幸至此，且老，烏能文？又烏能以文文人耶？但平生性喜柔翰，長婦張氏德蕙、次婦朱氏德蓉、女修嫣、湘君又俱解讀書，每於女紅之餘，或拈題分韻，推敲風雅，或尚遡古昔，衡論當世，遇才淑媛，輒留連不能去心，不啻如屈到之嗜芰、嵇公之好鍛也。邇焚棄筆墨幾三十年，偶於兒子案頭見《琴樓遺稿》，乃武林張槎雲所作。槎雲才婦而孝女，故其詩忠厚和平，出自性情，有三百篇之遺意。反覆把玩，不忍釋手，因顧女媳輩言曰：『槎雲之才，知汝輩能之；槎雲之孝，知汝輩能之。槎雲之才之美，槎雲之孝之純，汝輩其勉之。』女媳輩曰：『以槎雲之才之孝，胡不假之年以富其學而副其德？』余笑曰：『此非汝輩所知者也。大抵士之窮，不窮於天而窮於工詩；女之夭，不夭於天而夭於多才。是蓋有莫之為而為者。使槎雲享富貴、壽耆頤而無所稱於後世，又何以為槎雲者乎？』女媳輩咸悲惋不自持。聊記家庭質語，以誌一時愛敬感慨之意。若槎雲，固自有其為不朽者，余豈敢曰能文章以表槎雲也哉！

鄧漢儀《詩觀初集》（康熙慎墨堂刻本）卷十二載張昊小傳：昊字槎雲，浙江錢塘人，孝廉張步青諱壇之長女也。孝廉苦貧，以授經糊口四方。母陳氏僅責以女紅，而槎雲喜讀書，覽典籍輒知其文理。所著詩詞及稗官小説皆工。從兄祖望偶見槎雲詩有『殘風殘雪段橋邊』之句，悄然歎曰：『是妹必以詩傳，但福薄耳。』癸卯，年十九，歸胡生名大瀠字文漪者，倡和極諧。丁未，步青赴春官試，卒于京師。訃音至，槎雲痛悼欲絶，有『孤山何太苦，變作我親丘』之句，讀者憐之。踰年，槎雲方晨起與文漪論詩，語及關盼盼絶句，曰：『詩至此，得無傳乎？』既而曉粧畢，整衣臨窓，徘徊久之，凝眺雲際，忽曰：『吾腸斷矣。』侍兒扶至牀，目已瞑。先是，槎雲夢白鶴振翮于庭，人言謂槎雲曰：『盍乘吾以歸乎？若夫婦七年之緣已儘矣。』槎雲跨鶴背憑空而起，有若神仙。及其卒，人始知爲兆云。槎雲有集名《趨庭詠》，兄祖望詳爲論次，而夫文漪爲梓之以傳。

秋夜同玉霄朝衣二女弟玩月

蕭颯梧桐下，寒風拂樹枝。蟲鳴聲寂歷，月落影參差。景色仍無恙，淒其異舊時。聊同諸女弟，握手使人悲。

秋晚

極目危樓上，天涯晚望中。雲憑荒野闊，日落大江空。露冷蟲初響，風寒葉正紅。興來無俗慮，明月在疎桐。

觀潮

風急秋江晚，潮聲落照前。遠疑千練白，高並一山懸。孝感曹娥志，忠留伍相賢。千秋遺恨在，故今怒濤傳。

和文漪登六和塔

古塔淩霄古鶴棲，憑高俯仰萬峰低。遥帆流水來何極，野樹江雲望欲迷。漠漠遠天滄海合，悠悠落日晚山齊。登臨此際渾忘返，遥聽城頭烏夜啼。

斷橋殘雪

梅花初發早春天，愛採花來緩步還。最是孤山煙雨後，殘風殘雪斷橋邊。

【校記】

〔一〕文漪：原作『文猗』，據施閏章《愚山先生文集》（康熙四十七年刻本）卷五載《琴樓合稿序》改。

〔二〕以上二『昊』字，原俱作『旻』，據李式玉《巴餘集》（康熙十五年刻本，下同）卷九所載此啟改。

〔三〕思：《巴餘集》作『詩』。

孟坤元一首

字順成，甘肅清水縣人。適狄道州吏目靖江何學海，隨官四方，足跡幾半天下。著有《紀遊》、《讀史》諸集。

滕王閣

憑高直瞰大江浮，吊古猶〔一〕登帝子樓。千載文章傳絶調，一時雅燕盡名流。落霞孤鶩齊飛晚，遠水長天一色秋。誰道閨中胸次窄，也將詩筆紀清遊。

【校記】

〔一〕猶：《國朝閨秀正始集》作「還」。

陸氏二首

江蘇華亭縣人，陸亮直女兒。適張某。著有《機杼餘音集》。

燕雛行並序

世傳燕子負親。予自小少知孝友，至於適人之後，家貧路遠，不能少遂區區之願。每自慚自怨，傷今感昔，無所控告。作《燕雛行》以自況，辭雖至陋，意實難堪。

初生未知還未識，飽却雙親口銜食。不念雙親之苦辛，兄弟同巢心悅懌。羽翼新齊知覺初，隨親上下音相和。翩翩堪樂雙親意，自信無慙反哺烏。那知一旦苦匆匆，各自飛飛西復東。或巢王謝雕梁上，或入尋常茅舍中。蓼蓼莪生方可愛，須臾一變作蒿蓬。念此中腸渾斷絶，支離淪落渝情節。天地山川尚可移，人生斯耻死難雪。

春景

日煖夭桃花欲然，依依柳色翠和煙。高樓遥憶當窻女，何處春光不可憐。

柴貞儀六首

字如光，浙江錢塘縣人，舉人柴雲倩之長女也。適黄介眉。

九日偕諸女伴遊湖上

九日悲涼候，今朝暖獨偏。殷勤共酒盞，彷佛對春筵。霜意纔催柳，晴光尚媚蓮。黄花遲不發，應解惜韶年。

遊雲護菴

攲側茅菴霧靄侵，柴門曲徑〔一〕費幽尋。千林繞屋藏山曲〔二〕，眾鳥歸巢愛竹深。嶺月夜窺華鬘相，松風幻〔三〕作海潮音。禪關不似仙源隔，莫遣桃花護洞陰。

題畫

剝啄渾無韻，翱翔若有姿。依依碧叢裏，却傍繡窻窺。

羅巾

拭去盈盈淚，攜來馥馥香。殷勤纏素手，縷縷似愁腸。

陳維崧《婦人集》：柴貞儀，字光如，杭州人也。能詩。其《詠羅巾》絶句云云，亦絶有思致。

題卧遊障子

一幅江山翠萬盤，怪來雲氣撲闌干。夢回不識自〔四〕何處，蟾月〔五〕當峯枕簟寒。

題煙江疊障圖

誰將素練染霜毫，幻作空濛萬里濤。一片征帆何處落，千峯雨色暗江皋。

《圖繪寶鑑》：柴貞儀，字如光，仁和人。茂才黄介眉室。點染花卉，以及草蟲翎毛，無不超神入室。詩亦蘇蕙之流，録一。其《題畫》云云。

【校記】

〔一〕柴門曲徑：《名媛詩緯初編》作「未尼門徑」。
〔二〕此句《名媛詩緯初編》作「千帆繞座因江曲」。
〔三〕幻：《名媛詩緯初編》作「朝」。
〔四〕自：《名媛詩緯初編》作「身」。
〔五〕蟾月：《名媛詩緯初編》作「明月」。

柴靜儀十三首

字季嫺，雲倩次女也。適同邑沈漢嘉。善鼓琴。著有《凝香室詩鈔》、《北堂詩草》。

《國朝詩別裁集》：柴靜儀詩，本乎性情之貞，發乎學術之正，韻語時帶箴銘，不可於風雲月露中求也。令子方舟，能承母教。

《小粉場雜識》：柴季嫺孺人詩，深思古韻，菁藻聯絡，絶無閨閣粉黛之氣。及讀丁葯園序，才知孺人懷抱之蕭逸也。

【輯補】

林以寧《墨莊文鈔》（康熙三十六年刻本）卷一《柴季嫺北堂詩集序》：凝香名咏，乃賢媛之初集；北堂命什，識孝子之追思。手澤如新，神已遊于碧落；音容雖杳，文可顯其素心。因檢遺笥，斷香零落，泣書成帙，藻繪繽紛。復問序于盲聾，愧乏徐陵妙筆；願略陳其梗槩，慚無玄宴高文。夫以川岳孕奇，藉斯人以闡發；性情英敏，奪造化而見尤。嗚呼！季嫺柴夫人者，系出平陽望族，于歸江左名流。授書母氏，傳壼德之幽閑；舉案良人，肅宜家之典則。體素纖柔，同休文而瘦損；德流胤嗣，繼陶母之高賢。絳帷親課，每見停機；玄亭問奇，常勞截髮。而且虛傳道韞，遜綺閣之風華；不數上官，評昆明之應制。懸針垂露，書妙楷于鸞箋；煙渚寒汀，寫丹青於玉版。敲棋花落，品玉春生。秦徐贈答，已富篇章；梁孟遺風，更多歌咏。可謂清才不世，懿德無雙者矣。嘆人師之難得，常欲委質以近朱藍；恨駒隙之易馳，每因塵事而違天分。憶自甲寅之歲，班荊聚首，永日忘餐，承顔接辭，欣時幸會，遂訂金蘭之契，還成丹雉之盟。西陵花發，聽援琴而作歌；東閣筵開，共焚香而染翰。閑吟未穩，即相示以推敲；潑墨初成，共披圖而評隲。棗栗問遺，彌歷歲年；詩歌贈答，迨無虚日。自謂深閨交契，豈雷陳之足方；中表相依，慚鍾郝之並美。豈意蕊珠之座，常虚左以相須；玉樓之文，待名媛而始作。嗚呼！沉疴不起，飛龜之散難逢；抱疾彌留，返魂之香不驗。鳳去臺空，鸞隨鏡滅，星軒隱耀，月御移輝。蹁躚芳影，空思出水之蓮；宛轉新詞，無復廻風之雪。遺編在案，每觸目而傷心；良會無期，望秋風而隕涕。初覽陸機之文，便當燒硯；況復子期已死，誰更賞音？思絶筆于將來，或碎琴于今日。特以夫人平昔，謬愛余文，何殊嗜痂，還同拜石。歌以當泣，敢復靳夫糠粃；情之所鍾，不自知其蕪穢。雖崇黄土之封，猶自悲夫宿草；佇看丹詔之贈，庶可慰其重泉。勉諸令嗣，毋徒陟屺之悲；奮躍雲程，當礪顯親之志。自足千古，何須一得。忝屬至誼，敢惜煩言。三復斯文，可當招魂之□；數言弁首，聊同掛劍之誠。

燕燕篇

燕燕何差池，相顧戀儔侶。春日方載陽，呢喃如學語。結巢在君家，本謂獲安處。啣泥而哺子，雛成大辛苦。童子亦何知，探穴敢予侮。不惜口卒瘏，傷哉無牖户。幕上與梁間，何者為樂土？

夭夭樹曲悼朱静子

夭夭一奇樹，春風忽吹折。無實亦無華，愁與啼鵑別。香冷鬱金堂，微波似淚妝。三星不成艷，月出可憐光。

琴詩有引

予年十一，父雲倩公賜一琴，名『老龍吟』，教以按指揮絃之法，早暮學習，不敢忘之。稍長，手録琴譜數帙，父為作《琴譜序》一篇，訓辭備至。迄今誦之，不勝手澤之感，因全載序文於此，而繫之詩。序曰：

古樂之能調和性情者，莫善於琴。不獨賢人高士，足以寄其恬曠之思，即閨壼者流，亦在所不廢。故余教汝學琴者，誠以幽閑貞静之音，有取乎淑懿其德也。女訓有曰：『舅姑命之鼓琴，必正坐操琴而奏曲。問曲名，則舍琴起對。小曲五終，大曲三終。』是樂之中又有禮存焉。夫彈琴必整襟以凝神，端視以定氣，和平之心與和平之聲，交相感發，即可使天地消沴致和，而況於修身宜家乎？昔蔡中郎善識焦桐，而其女亦能辨絶絃之數，雖百罹坎壈，猶憶父書。余才不逮伯喈，亦勿願爾蔡琰，惟觀汝手録茲譜，意甚嘉美，能於修身宜家、消沴致和之道，益三復余語，庶幾哉！無虚乎余教汝之心。

朗月當窻牖，淒風〔一〕正徐來。顧視壁上琴，慷慨有餘哀。我父昔知音，貽我桐梓材。幽蘭與白雪，朝朝奏庭幃。高堂莞爾笑，謂我無暫離。消沴召和氣，閨閤固其宜。白鵠翔寥廓，神龍為徘徊。聲音與天通，應感非所期。一日三摩挲，愛此軫與徽。金相而玉質，乃為女士師。

長信宮

玉臺妝罷無人見，傷心空自悲團扇。秋草偏生長信宮，春風只在昭陽殿。殿裏君王酒半醺，嬌歌雅舞争紛紛。三千錦帳飄香麝，十二長裙散彩雲。衆中别有人如玉，新妝艷艷嬌紅燭。不許寒烏帶月啼，恐驚春燕啣花宿。誰憐長夜夢難成，忽度流螢似有情。片月高高挂天漢，千秋應照妾心明。

清溪叔璵姊小影屬題漫成長句

有姊有姊年半百，井臼親操不辭力。西湖片月〔二〕清溪雲，欲往從之無羽翼。却憶當年年尚小，玉面雲鬟何窈窕。折將紅杏倚雕闌，釣得銀鱗出芳沼。猶喜二親頭未白，彩袖雙雙侍朝夕。自從于歸三十秋，經年一面翻如客。如今一面亦難得，見畫宛如見顔色。玉釵斜彈儼妝成，坐覺香風四壁生。一雙美目剪秋水，往往顧我殊有情。簾外花開淑景移，羨君言笑好容儀。堂上有姑房有妾，春風何處不相宜。昨夜烏啼霜滿野，迴首慈闈淚盈把。人皆集菀不集枯，誰復念我窮途者。君今與我最相親，惆悵扁舟隔水濱。陌上櫻桃幾度熟，關頭楊柳幾回新。柳暗花明春似酒，爲君腸斷君知否？願作蒹葭倚玉人，與君畫裏長攜手。

悼顧重楣

望望人何處，寒山起暮雲。清霜凋秀木，白日冷孤墳。佳句紛成誦，遺音杳不聞。最憐芳草色，獨似舊羅裙。

過顧圃同馮又令錢雲儀顧啟姬林亞清作

雕欄畫閣倚層空，翠樹紅霞入望中。照水雙雙看舞鶴，銜蘆一一數歸鴻。簾前夜映梅花月，筆底春生柳絮風。相過名園誇勝景，清尊喜與玉人同。

戲答林亞清

羅幃不倦坐焚香，静對殘春欲斷腸。憐我病餘都罷繡，知君愁裏不成妝。牡丹著雨還如泣，柳絮隨風底事忙？倘步池塘閑遣興，莫因幽恨打鴛鴦。

題自畫

香閣閑無事，丹青聊自娱。移將眉黛色，寫出遠山圖。

哭母 四首

白雲隱隱隔秋山，望裏松楸不可攀。一去夜臺何日返，畫圖彷彿覩慈顔。

静對寒燈百感生，繐幃深掩夢難成。最憐垂死秋風夜，含淚猶牽兒女情。

金飈玉露總消魂，衫袖生寒積淚痕。三十年來䘏罔極，可憐無日報親恩。

古木風悲咽暮蟬，傷心酹酒墓門邊。金燈夜夜光如漆，恨不相隨到九泉。

【校記】

〔一〕淒風：《本朝名媛詩鈔》作『清風』。

〔二〕片月：《本朝名媛詩鈔》作『明月』。

夏沚 二首

字湘友，江蘇無錫縣人。薛既央之繼室也。與吴蓋仙為中表戚。著有詩集。

《小粉場雜識》：無錫閨秀夏湘友，名沚，與吴琪為中表姊妹。琪五十初度，湘友手製水田衣，畫便面以寄之，規勸勿久浪遊江北，吴果失意悁忿以歸。後吴卒，湘友經紀其後事，有女俠風。惜其所著詩稿失傳。

懷吴蓋仙

癖躭翰墨費吟哦，欲寄愁心到薜蘿。江外故人青眼在，山中女伴素書多。天涯燈火誰同調，歲暮風霜〔一〕獨抱痾。彈指流光容易擲，家園歸夢近如何？

衲衣寄吴蓋仙

當年羅綺艷為裳，此日將雲補衲忙。針線不嫌燈火暗，剪刀曾近佛鑪香。常將掛體蒲團相，疊入空囊雲水裝。轉眼秋風黄葉裏，披衣耐得五更霜。

【校記】

〔一〕風霜：《國朝閨秀正始集》作『冰霜』。

俞韜玉五首

字隱情，浙江海寧州人。適錢塘徐吳昇。著有《鹿門草》。

古別離

郎留未敢信，郎去苦離別。泪下如湧泉，涓涓不能絶。

泥美人

香泥點綴現全身，體態幽閑掌上人。翠袖翩躚嬌欲舞，朱唇巧笑淡含春。蛾眉京兆難重畫，粉面何郎休再勻。更喜芳情常自斂，羞隨遊女步花塵。

雨霽

雲散煙如洗，山空接遠天。水聲猶未歇，月出見嬋娟。

梅

一枝清瘦自精神，淡蕩煙村別有真。傲骨孤芳塵不染，笑他紅紫艷三春。

玉樓春

品超萬卉是花王，金谷何須鬭艷妝。絲繡楊妃嬌欲醉，沉香亭畔試羅裳。

張氏一首

江蘇揚州人。所適未詳。

題店中壁

《自序》：乙酉六月一日，遇難寶林莊，徬徨無地，洒淚而書，以為異日訪尋之具。廣陵十七歲女子張氏淚筆書於方順橋店中。

淩波卸却换宫鞋，女作男妝實可嗟。扶上高樓愁不穩，泪痕多似馬蹄沙。

陳其年《婦人集》：賡明弟（名玉瑾）自北歸，以郵亭女子一詩示予。予為憮然。其詩云云，蓋流人羈子過之繫念矣。

朱德容〔一〕七首 句

字趙璧，浙江會稽縣人，太師朱公燮元之孫女也。適祁忠敏〔二〕次子奕禧。

【輯補】

全祖望《祁六公子墓碣銘》（清刻祁班孫《紫芝軒逸稿》附録）：　祁六公子者，諱班孫，字奕喜，小字季郎，忠敏第二子也；　其兄曰理孫，字奕慶。以大功兄弟次其行，故世皆呼曰祁五、祁六兩公子。初，忠敏夫人商氏嘗夢老衲入室，生公子，美姿容，白如瓠，而雙足重趼，頗惡劣，日堪行數百里，又時時喜跏趺。娶朱氏，故少師滇黔制府忠定公燮元女孫，都督後府都事兆宣女也。……公子遣戍遼左，其後理孫竟以痛弟鬱鬱而死，而祁氏為之衰破。然君子則曰，是固忠敏之子也。當是時，禁網尚疏，寧古塔將軍得賂，則馳約束。丁巳公子脱身遯歸，已而里社中漸物色之，乃祝髮於吴之堯峰，尋主毗陵馬鞍山寺，所稱咒林明大師者也。薦紳先生皆相傳曰：『是何浮屠，但喜議論古今，不談佛法。』每及先朝，則掩面哭。然終莫有知之者。嘗偶於曲盝座上摩其足而嘆曰：『使我困此間者，汝也。』癸丑十一月十一日，忽沐浴，曳杖繞堂曰：『我將西歸。』入暮，跏趺垂眉久之，既又張目久之，始卒。……孺人朱氏者，工詩。其來歸也，與君姑商夫人、姒張氏、小姑湘君時相唱和。商夫人字冢婦曰『楚纕』，字介婦曰『趙璧』，以志閨門之盛。公子被難，孺人尚盛年。朱氏哀其煢獨，以姪從之，遂撫為女。孤燈紙帳，歷數十年，未嘗一出廳屏也。其所撫之女，後歸杭之趙氏，是為吾友谷林徵士之母。谷林兄弟聚書之精，其淵源頗得之外家。谷林之子一清，每為予言，公子大節有光於忠敏矣，而駱丞行遯之踪，世多未諗，請為文以表之。聊據所聞志之，使勒之墓前。

送別黃皆令

青青楊柳枝，飄摇大道旁。大道多悲風，遊子瞻故鄉。執杯送行客，淚下沾衣裳。憶昔弭遠棹，明月浮景光。盃觴極良宴，歌舞開華堂。好鳥得其侶，舉翼雙翱翔。膠漆兩不解，金石安可方。分袂起倉猝，永夜生悲傷。吴山何渺渺，越水何茫茫。芙蓉憑秋波，熠耀吐幽香。採以奉所思，所思難可忘。

遊山

寂寞佳山水，樓臺薜荔間。野橋分竹路，高樓繞谿灣。徑曲留琴語，杯寬破客顔。夕陽鐘磬外，猶有暮雲閑。

上巳

桃花秋水濺春衣〔三〕，舊日蘭亭到亦稀。斷岸羽觴晴日暖，遠山横笛莫雲飛。沙棠舟落〔四〕江鷗起，玳瑁梁空瀨燕歸。尚有采蘩思未足〔五〕，不堪月色上羅幃。

採蓮曲

緑葉羅裙一色〔六〕裁，芙蓉映水兩邊開。欲〔七〕將新曲頻頻唱，恐有鴛鴦飛入來。

詠虞姬

歌罷傷心淚幾行，江山旋逐楚聲亡。貞心甘向秋霜劒，不欲含情學漢妝。

愁雨

煙雨重重宿鳥驚，惜花愁聽落花聲。只今閨閣應寥寂，還憶亭臺芳草生。

寄修嫣

莫捲珠簾對碧山，山邊孤鳥日飛還。如何百里相思路，惟有隨人月影閑。

句

曼華不落雁書稀。

《西河詩話》：閨秀朱趙璧憶夫祁六戍塞詩，有句云云。考《盛京風土記》，盛京饒桃、柳、梨、杏、芍藥、雞冠、菊、蜀葵、蓼、茉莉、番雞冠。曼華，即茉莉番名。占候云：紫茉莉因風吹落，雁皆南飛。

【校記】

〔一〕容：商景蘭《錦囊集》（道光十五年《祁忠惠公遺集》附刻本，下同）附詩、《名媛詩緯初編》、《國朝閨秀正始集》作『蓉』。

〔二〕忠敏：祁彪佳謚號，原誤作『忠繁』，今徑改。

〔三〕此句《錦囊集》附詩作『桃花新水浣春衣』。

〔四〕落：《錦囊集》附詩作『近』。

〔五〕未足：《錦囊集》附詩作『未定』。

〔六〕一色：《名媛詩緯初編》作『下樣』。
〔七〕欲：《名媛詩緯初編》作『莫』。

丁氏一首

江蘇清河縣人，潘尊賁妻也。

舟泊蕪城

流離一孤舟，魂黯蕪城路。不見折瓊花，惟聞悲玉樹。

冒丹書《婦人集補》：清河丁氏，潘尊賁妻也。幼有劉三娘之目。能詩歌，其《舟泊蕪城》云云，二十字中，乃使人居然悽惘。

徐昭華十七首　句

字伊璧，浙江上虞縣人，徐仲山之女也。適諸暨駱加采。毛西河先生女弟子。著有《徐都講詩》一卷，附刻《西河集》中。

《柳亭詩話》：吾越閨秀以詩鳴者，湘君、雲衣、玉暎後，則徐都講為最。都講者，名昭華，字伊璧，駱君加采之室也。倡隨之暇，雅好蒔蘭，因自號蘭癡。有《素蘭》詩四首，余嘗和之，而《西河集》中失載。

毛西河《觀昭華畫障》詩：吾郡閨房秀，昭華迥出塵。書傳王逸少，畫類管夫人。紫水和泥染，青山帶露皴。蝶衣聯繡褶，花片滴朱唇。閣上煙雲曉，階前草木春。祇愁頻對鏡，圖作洛川神。

【輯補】

徐昭華《徐都講詩》（康熙間《毛西河全集》附刻本）載毛奇齡序：「徐都講者，女弟子徐昭華也。昭華既受業傳是齋中，每賦詩必書兼本郵示予請益，陸續得詩如干首，留其帙，不忍毀去，遂附予雜文後，存出藍之意。獨念昭華才實高，下筆都利，如遥林秀樹，使人彌望不能却。以方前人，第不知與竇滔妻頡頏如何？其他則負此多矣。陽羨陳檢討曾就予假此本去，删如干首，錢塘吴君寶崖復删之，故予所存遂寡。如其全詩，則都講自有集，非是帙所能備焉。昭華字昭華，始寧人。其尊公仲山君與予同召試，益都相公三薦於帝座前者；其大父則大司馬亮生公也；若其母太君，則為商太傅女，有詩集。予郡閨中能詩者推商氏祁忠敏夫人，與太君為同父兄弟。忠敏夫人名景蘭，太君名景徽。予弱冠時過梅市東書堂（即祁忠敏公宅），忠敏夫人出己詩與子婦張楚纕（奕慶配）、朱趙璧（奕喜配）、女湘君四人詩，合作編摘，請予點定，競致蜜餌、餳粳、牛湩、蠏醢諸甘食，連日饜飫。迄今三十年，四人詩已流播海內，但皆片臠只臅，僅見他選中，不得全炙。且自忠敏夫人亡後，其家並弢寂，不復事此矣。閨中詩其不易傳如此。其後繼起，則昭華與商氏雲衣（即太君之姪），極稱振作；而雲衣又亡，惟昭華魯靈光巋然獨存。予歸田後重過商、祁兩家，為之悵然。昭華壻諸暨駱生加采，善文。陳檢討序云：『問其桑梓，千春西子之鄉；詢彼絲蘿，四傑駱丞之壻。』」

徐昭華《浣香閣遺稿》（道光二十七年活字本）載駱啟泰跋：「徐太君諱昭華，字伊璧，吾族祖佳采公之配也。天姿俊慧，才名震越，善畫，尤工詩。其時蕭山毛檢討西河先生見太君畫障，即作詩贊曰：『吾鄉閨房秀，昭華迥出塵。書傳王逸少，畫類管夫人。紫水和泥染，青山帶露皴。蝶衣聯繡褶，花片滴朱唇。閣上煙雲曉，階前草木春。祇愁頻對鏡，圖作洛川神。』蓋太君年幼時書畫與詩已成三絶矣，及師事西河先生，有『徐都講』之稱，乃面試以畫蝶詩，更為忻賞。曾賦七言絶句云：『四十年來老自驚，新收門下女康成。不知書面縑花好，試看階前帶草生。』又云：『深堂樺燭照啣卮，隔幔吟成畫蝶詩。不是小鬟頻乞試，那知閨閣有陳思。』復賦五言句云：『為倣徐熙蝶，閨中畫隔窻。窻前花蛺子，飛撲類雙雙。』又云：『謝女本吟絮，比來兼畫蝶。點黛作翅花，塗粉上衣葉。』又云：『繡帖拈花譜，香螺撲畫欄。莊生雖老去，如向夢中看。』時雲間張錫懌有詩云：『第子如蘇蕙，先生類馬融。』蕭邑任辰旦詩云：『誰知詠絮堂前女，猶是扶風帳裏人。』張遠詩云：『甲門傾國富文章，曾向毛萇授五車。』蓋共喜西河先生之得女高弟，而實譽太君之奇才也。自太君嬪於楓溪，吟詠不輟，著有《花間集》及《鳳凰于飛樓集》，當時名宿如陳其年、吴寶崖、曹秋嶽與其師西河諸公，各為之序，名重一時，有非蘇、謝諸才媛所能及者。惜乎家無藏板，全稿散佚，泰甚不安，遂遍為蒐輯，得詩百數十首，雖非全豹，猶幸諸體具備，嘗鼎一臠，從可知味耳。爰繕録編次，採其舊評，合為一卷，亟付諸梓，名《浣香閣遺稿》。是閣為太君吟詩處也。至太君家世及詩之所至，已詳各序中，敢復贅一詞耶？卷内所稱九娘者，乃吾族祖維尹公之配何太君也。徐太君痛其蚤逝，曾有『粧臺剩粉香雖散，篋底新詞韻必傳』之句。又族祖烜公之配胡太君諱慎儀及胡太君之女駱思慧者，並工吟詠，與當時閨秀贈答甚多，奈何名雖播聞，而詩稿同付江波。今力為訪求，共得遺詩僅一十九篇，附刊卷後，庶幾與徐太君之詩並傳於世，則珠采劍光，不至久湮沉於地下者，亦泰區區之意也。是為序。旹道光丁未十月之望，族孫駱啟泰謹識。

毛奇齡《西河集》（四庫全書本）卷三十七《徐昭華詩集序》：閨中傳詩，自三百始，顧三百多采藍伐肆、執殳弋鴈之婦。而其後班、蔡、鮑、謝，下及管、李，非名門巨閥，傳詩頗鮮。蓋閭閻夫婦，操作不暇，何暇與之言文章之事哉？獨是金閨窈窕，易於作偽，故世傳李都御史妻陳懿遺詩，半屬贗成。而近年女士黄皆令游于諸家，知閨中所作，類有藉于補鏝者，則夫閨詩之未易工也。始寧徐昭華，以詩傳人間者有年，其人慧生而産于世家。父仲山君，席大司馬公遺業，著書等身；而其母商太君，則為冢宰公愛女，稱工詩者。然則昭華之能詩，豈待詢哉？第昭華嬌穉，不屑就女傳，即隨兄弄文史，亦未嘗斤斤為學，乃驟然搦筆。相傳元夕隨諸娣觀燈曲廊，向月獨吟，遂有詩。今集中絶句所為『看燈』者是也。乃昭華特好予詩，凡繡枰鍼管、脂盂黛鬲，偶有著筆，即漫寫予詩以當散氈。故其後謬呼予師，而予得藉是數數課題面試，以驗其誠偽。嘗窺其落筆時頃刻簇簌，如弱羽之翻窠而新花之生樹。雖使鄒陽、子建强顔伸腕，猶不得與之争新鬭捷，矧詠蒲吟絮，何足相上？予故曰，如昭華者，可令班昭為後先、蘇蘭為姊姒，非諛語也。特工詩實難，雖曰閨房之文易于見傳，顧亦視其工何如耳。考《風》詩有名字者，唯《緑衣》、《燕燕》、《白華》、《河廣》諸篇，其他有其詩而亡其名。至若漢唐以後，凡史乘所載宫闈書目，自班姬、左嬪、道藴、令嫺以下合若干人，皆各有集名存于目中，多者十卷，少亦不下三四卷，乃數傳以降，殘韋斷竹，或存或没，甚至通集遺軼，有其名而亡其詩。即或統為選輯，若顔竣、殷淳諸君所為《婦人集》若干卷者，今藏書之家，亦並罕有。而《團扇》一詩，千古不蔑，則非閨詩之易傳，而閨詩而工者之能傳也。昭華亦勉為其能傳者而已矣。

同集載《傳是齋受業記》：予避人，時以詩傳人間，人争誦之，愛予者至為予鏤板使行遠。會七閩兵變，閩中造紙畚者槽廠俱廢，板為之枯。人之誦予詩，思得一印本傳觀，日貽牘走使，取索不應。予友徐仲山曾得予印本藏之家，其女昭華者好之，請于父曰：『吾讀唐後詩，不恰于心，獨是詩者，憿然若有會，吾思以學之，而不知其為何如人也？』父曰：『嗟乎！此吾友西河者也。其人窮于時，流離他方，吾方欲為文招之，而若好其詩；他日歸，吾請為若師。』女曰：『諾。』其後予歸里，而仲山貽予昭華詩。予讀其七絶，大驚，以為吾向學唐人詩時偶有得，庶幾類于是，今不能矣，而若人能之，吾不信閨閣中果有是。仲山曰：『是人已師子，故詩頗類子，而子翻未之知耶？且安見閨閣中必無是也？』未幾，越中果有疑昭華詩非己作者。聞于昭華，昭華怒，乞其父招予，請自試。予時以他往不赴，貽試題二：一《擬劉孝標妹贈夫詩》；一《賦得拈花如自生》，則摘范靖妻《詠步摇》句也。時昭華未嘗為古詩，學為之，其製效原體，而下句妍婉，與原詩埒，葢昭華天才也。乃仲山復貽書曰：『以試題遥示，是豈吾父子意哉？夫閨閣亦人耳，少苟誦讀，與男兒何異？而必謂閨閣中當有偽，向使吾家無此女，將不得復張吾門緒乎哉？顧事有實然，不可謾也。他日倘入郡，尚俟子過我，了此一案。』又一年，予入郡，過傳是齋。傳是齋者，仲山尊人大司馬公所居齋，而司農倪公贈名者也。其上為青未閣，昭華向居之，與其母商太傅女名景徽者曾為《青未閣十景詩》，流傳人間，予嘗和其二而未竟也。今齋與閣皆為仲山著書處，而予過是齋，昭華出受業，謁予為師。既罷，仲山復請試以詩。時予方就飲甬東，仇石濤在坐，會昭華為其祖從母范郡丞夫人作畫幛，予喜其畫蝶，遂命題畫蝶五絶，而以坐有甬東客，限以『東』韻。語未絶而詩至，誦之，一座稱嘆。予喜而和之，且為二絶句記其事。夫天下閨閣多矣，貧寒者既鮮誦讀，而大家帷幙，易于掩翫，且嬌稚好閟，自女師保傅外鮮肯執學；即或執學，而非女齒卑幼與通家世好如予者，則亦不足為女師夫，是以粉飾者多，而泗没者亦復不少。顧吾聞在昔唯伏生之女以傳經為晁家令師，而班氏居東觀，朝士各請受《漢書》閣下，衛夫人授王逸少書法；若韋氏宋母，則以絳幔授生徒，封宣文君者。而閨中受業，千古未有。唯予以老大陋劣為昭華師，然則予藉昭華以傳矣。昭華有夙悟，始寧山川，唯徐氏門閥，代踵偉望，而昭華尤獨擅山川之秀。仲山曰：『昭華幼不喜針刺，及問名後，其家名族也，姑遣喻昭華習女紅，略習輟去。暨歸，而小姑攜繡床令繡，曰：「不習也。無已，請小姑繡，吾學之可乎？」及成，以所學繡與小姑繡共呈其姑，令辨之，姑指昭華繡曰：「是最善。」其慧如此。予暮齒無嗣，流離還里門，其詩文荒落不足傳，而昭華枉師予，昭華必有以傳予。若夫受業，則昭華已能詩多才，予敢有所加于昭華哉？昭華兄曼倩、外君駱子佳采，皆侍予，執猶子禮，其所試數詩暨予詩已載别篇。

桃葉渡歌

可憐桃葉渡，落日行人暮。雙槳打清波，春風緩送桃葉過。只今桃葉渡頭稀，艇子江頭歸不歸？

明妃怨

一别深宫出塞垣，黄沙陣陣撲金鞍〔一〕。于闐不見花堪採，隴水由來淚未乾。寒風萬里吹淅瀝，欲掃蛾眉恨無力。環珮空教入夢魂，臙脂久已無顏色。試聽琵琶絃上聲，分明都是別離情。漢宫窈窕何所見，惟有塞垣寒月明。冰連野窖烏啼歇，月照長城馬嘶絶。更闌蘆管暗吹來，不落梅花落寒雪。故苑春花陸續生，春風吹不到龍庭。燕山萬里黄雲暗，惟有明妃墓草青。

因探親吴門同虞夫人遊虎丘

閶門日出晴鴉噪，兩槳閑尋武丘道。宿霧猶含堤上花，流雲已渡波間藻。紅欄上下傍水行，畫船歌吹來傾城。廻帆不盡摻撾〔二〕意，轉幔時聞過曲聲。斜崎山橋甫能住，香車早趁山塘去。滿街梔子未開花，幾樹垂楊自飛絮。到門知是梵王宫，臺榭連雲曲徑通。棕棚覆葉沾茶碧，漆柱遮油賣杏紅。我尋生公舊法席，褰裙一上生公石。龍剸絶壁尚留池，虎去中林杳無迹。登山四望更無山，但見山藏古寺間。繞地松楸看去密，空庭塔影落來圓。修廊詰曲幾回度，又聽歸鴉噪前路。夕陽一片寺門邊，不識真娘在何處。

贈尼御符次西河夫子韻

前身本虚照，開口即彌陀。乞食施山鳥，裝香在海螺。鄉程雲外近，别思晚來多。試看千江月，徐徐出緑波。

幾欲還慈室，無緣欵跋陀。毫分眉際彩，掌合指頭螺。贈拂留獅尾，繙經度貝多。龍宫有神女，何處不淩波。

《西河詩話》：予寓大善寺，吴尼御符為天童曉公付法，以掃塔過謁。予謂女僧不當與酬酢，遣門人徐昭華報之。瀕行，尼出摺扇乞詩，不得已，書一律云：『不信纔觀此，幡然去普陀。傳衣真是錦，剪髮尚如螺。貝葉箱中薄，蓮花水面多。阿潘方學道，相待洛橋波。』次日，越中女士合錢於國門，見摺扇，齊聲索昭華和詩，蓋借此相難也。昭華連和二首，其一云云，其二云云。

彩毫怨

榆落薊門秋，征人出塞遊。新鴻迴絶幕，孤月照空樓。拂紙千行淚，揮毫萬里愁。緘題猶未竟，重拆問封侯。

送尼

芙蓉曲岸散紅霞，送客江邊疎柳斜。蘭槳行時飛化雨，錦茵鋪處布金沙。乘杯欲渡吴閶水，拂塵曾開鑑曲花。一自水田相顧去，何年重把緑袈裟。

《西河詩話》：又《送尼》詩云云。此等純似唐詩，若落句則非白傅不能矣。予門工詩者，推盛唐王錫，然俱不及昭華，以稍解唐人法外意也。舊所寄政詩，嘗受仲山意，輒留稿，另作一帙，今散漫不能矣。因録數詩於此，為亡友中郎存一綫云。

游靈隱寺參具德尊塔院

十年曾憶舊龍宮，為侍慈親到此中。薝蔔香飛千里月，芙蓉漏滴五更風。煙籠古樹迴青雀，水滿前池散毒龍。桂子已從明月落，蓮花還向繡幢紅。迎將車馬仙壇合，到處笙簫梵唄通。午霧未開迷寶筏，暮潮初上動金鐘。飛來靈鷲依然在，何處禪關覓遠公？

題畫蝶

蛺蝶翻飛去，翩躚彩筆中。雖然圖畫裏，渾似覓花叢。

《西河詩話》：昭華又請試，會昭華畫蝶，工甚，遂命題畫蝶五絶，限『東』韻，昭華立成云云。誦之，一座驚歎。予喜，為和詩云：『滕王有遺譜，描之深閨中。羞殺東園蝶，翾翾滿緑叢。』蓋言羞時輩也。時予又為二絶，書傳是齋，誌歡幸之意。一云：『四十年來老自驚，新收門下女康成。不知書面縑花好，試看階前帶草生。』又云：『深堂樺燭照卹卮，隔幔吟成畫蝶詩。不是小鬟頻乞試，那知閨閣有陳思。』其云小鬟，則指奴將命者。後張遠首和《畫蝶》詩韻，一詩傳和，竟至盈卷。予另有四首，不和韻，亦録卷末。

塞上曲十首選四

朔風吹雪滿刀鐶，萬里從戎何日還？誰念沙場征戰苦，將軍今又度陰山。

長雲衰草雁行平，砂磧征人向月明。思婦不知秋夜冷，寒衣還未寄邊城。
蒲桃宮錦紫驊騮，走馬沙場日未休。觱篥聲傳明月夜，琵琶絃斷玉關秋。
彍騎三千出漢關，雕戈十萬卧燕山。月明近塞頻驅馬，尚有將軍夜獵還。

陳迦陵録此詩時語人曰：『閨中人作雄詞，墮小説家女俠習氣，獨昭華《塞上曲》沉情超筆，漢世樂章，忘其為唐山作也。』吴寶崖亦競稱數詩為龍標絶調。

青未閣十景選三

博山鑪暖炷沉檀，捲幔青峯郭外攢。百尺銀牆遮不住，尚留螺髻與人看。郭外青山。

螭鳳燈燃待月來，鴛鴦幙捲向池開。只憐波底珠盤影，渾似樓頭玉鏡臺。碧池朗月。

翠竹臨池碧水寒，輕煙散入玉闌干。不知昨夜黄梅雨，却道春深露未乾。新篁煙雨。

西湖竹枝詞

赤石磯邊湖就姑，長將緑髮石邊梳。妝成只怪西施巧，那便花花似此湖。

此詩本集失載，吴寶崖從陸蓋思選本中得之。其『竹枝』共選四百首，而以此冠卷。徐野君每謂是詩只拈西湖二字，便出人一地；又謂古詩『花花相對』，俚語『花花世界』，二字誰敢拈出？

句

青葱出瓦根俱豁，碧柳當窻影漸疎。捲榻已無新注帖，開箱惟有舊藏書。

山長似向空欄斷，月隙還隨小榻圓。有女媿無班氏筆，遺書萬卷續何年。

《西湖詩話》：徐昭華多哭父詩，嘗有《登青未閣撿父遺帙》七律，中四句云云。又有一首，後四句云云。

【校記】

〔一〕金鞍：徐昭華《徐都講詩》（康熙刻本，下同）作『征鞍』。

〔二〕摻撾：《徐都講詩》作『參撾』。

鄭氏二首

安徽太平縣人，鄭淑聖之女也。

寄夫

北雁南來愁欲往，東流西去繫人思。一秋橘緑橙黃日，幾度天涯夢裏時。

君在東兮妾在西，妾念君兮君不知。蓍草問殘三月信，燈花剔盡五更時。

《蠖齋詩話》：太平縣陳淑聖妻鄭氏，能詩，有才辨。其初蓋錛工女，鄰有老學究授館，女喜聞讀書聲，遂往受學。及將笄，通曉書籍。嘗與其夫論詩文，夫不能答，詬曰：『鄭聲淫。』鄭應聲曰：『陳絶糧。』陳謂：『奈何截一字？』鄭曰：『卿試於四書中别覓出成語，我當輸卿。』先君子在廣陵，見其《寄夫》詩云云，作行草書，有林下風味。先君子送陳歸里云：『綺寮應有句，把酒與君論。』蓋謂是也。其手評杜詩一册，予兒時嘗見之，後為友人攫去。

陶文柔六首

江蘇青浦縣人，天台學博陶冰修女也。適贛榆訓導葉永年。著有《白雲樓詩草》，不戒於火，故失傳。予從其孫進士葉承處得燼餘數篇。

秋日東歸夜泊

玉露傍江浮，歸帆何處洲？人疑湘水夜，月照故鄉秋。短燭消殘夢，清樽破旅愁。别離難自主，淚對白雲流。

佛手柑

合掌蓮臺畔，纖枝染額黄。禪心參妙諦，佛日護含芳。微暈金盤色，疑分玉液香。文殊應解悟，撒手萬緣忘。

九日思親

秋容澹若煙，雨氣濃於酒。倚樹泣思親，親亦思兒否？

詠菊

不向春風鬭衆芳，含英獨自傲秋霜。錦江多少芙蓉艷，何似東籬淺淡妝。

春夜嘲女伴

月明風細夜窻虚，不捲珠簾春恨餘。咫尺天涯渾是别，年年花信悵離居。

春日偶見蕙娘遺畫感悼

月暝花零思渺然，重看遺畫不勝憐。柳綿吹散朝雲斷，愁向春風聽杜鵑。

柯錦機二首　句

字錦機，浙江青田縣人也。

送夫應試

劒匣書囊自檢詳，冬裘夏葛賦行裝。西風忽送來朝別，明月休沉此夜光。見説試文容易作，須知客感最難防。莫誇司馬題橋柱，富貴何如守故鄉？

調郎

午夜剔銀燈，蘭房私事急。薰豬郎不知，故故偎儂立。

句

合線煩君申食指，拾釵為我屈儒躬。

焚香合受檀郎拜，一幅盤陀水月身。

《隨園詩話》：青田才女柯錦機，有宣文夫人之風，絳幃問字者數十人。同鄉韓太守錫胙猶及見之。誦其《送夫應試》云云，《調郎》云云。又：『合線煩君申食指，拾釵爲我屈儒躬。』《自題小像》云。

符受徵 三首

江蘇□□縣人。適金某。著有《百果詩》、《百花詩》。

汪份《百果詩序》略：　金子颺天，以其賢尊受徵氏《百花》、《百果》詩請余為序，時余方欲西走蘭州，治行匃猝，遂攜其詩就道，於是由豫入關抵蘭州。當窮陰沍寒之時，回念家鄉山茶、臘梅、茶花、水仙方争妍競秀，茲則萬卉皆枯，惟見荒山雪滿。又念家鄉黄橙金橘、香橼佛手之屬，清香撲人，邊地僻遠，無由得致，迎風忍凍，獨立庭前，愀然不能自釋。因急取所攜受徵氏詩讀之，愛其描寫物態，窮極巧妙，恍若芬芳徐來，不自知其身之寓居苦寒絶塞，執卷自娱，不能去手。會有以哈密瓜相餉者，是瓜産古伊吾地，去京師萬里，歲貢尚方，承恩稱賞，號為果中第一，前古蓋未聞也。惜受徵氏未及見而啖之，以發其妙思麗句，則又為之忽忽然若有所失。乃投瓜而起，復取受徵氏全詩，細玩其比賦之旨，而即撰述是説，敘之於前，以補集中所詠遺缺。將歸而持示颺天，以供談論，而塞其見請之意。抑余今者馬首即去蘭東向，饑驅乞米，陸走水浮，飄颻難定，約計歸期在來秋桂花開日，當於小園秋香徑中朗誦受徵氏《桂花》詩，以與花相酬接。夫不見其物而讀詠是物之詩以自解，與對此花而讀詠花者之詩以賞之，其為趣不同，而足以自怡則一也。颺天若來謁余，談論及此，當必更增歡笑。遂復藏其詩篋中以竢之。

烏梅

莫訝途窮面目黧，無邊功用漸張施。回酸觸鏹翻加白，粉骨調飴盡涅緇。幣帛未鮮需佐染，腹心不豫籍攻醫。朵頤輾轉疑羊棗，至孝應無下咽時。

柿餅

不待沉酣早卸裳，霞光内斂外凝霜。餳飴調粉争投契，橘柚充筵訝變粧。佳處豈容鮮獨占，壽多莫怪久堪嘗。柿為佳實，又多壽。朝來有客清談勝，玉屑霏霏掩映香。

白果

隨他堅白易緇磷，小玉偏能固本真。卸却黄袍心似雪，披將素甲色如銀。敢云碌碌成何事，自爾硜硜絶點塵。寄語守身勤取法，滌除舊染漫逡巡。

《水曹清暇録》：吴門友人知予選國朝閨秀詩，頃以康熙時人符受徵《百果詩》刻本見寄，只家武曹一序，惟稱金子颺天以其賢尊受徵氏詩乞序，而不詳載所適及平生事略，然詩頗佳。其詠白果詩寓規勸意，尤可取，漫録於此。其詩云云。

陳氏二首

安徽懷寧縣人也。

寄勞生

聞説乘鸞許上天，幾番臨鏡自疑仙。不知淪謫緣何事，便隔蓬山路幾千。

夢見文簫私語時，想花心事要花知。分明匣底雙珠在，不忍還君衹淚垂。

《隨園詩話補遺》：懷寧諸生勞竹如，詩人也。少年喪偶，里中有陳氏女美，亦能詩，遣媒説之。女窺見竹如，欣然願嫁。兩人已目成矣，爲里中富人强聘去。女臨行，寄勞生云云。

卷之十七

文星二首

字奎耀，浙江西安縣人。適江西金溪李光文。著有《秋蟬吟艸》。

詠風

芳郊冉冉罥遊絲，紅杏村邊拂酒旗。飽逐布帆斜挂處，亂喧山雨欲來時。鱸魚早自生鄉思，茅屋空教感杜詩。試看洛陽花國裏，吹開吹落總關誰？

詠塵

引起東風望欲迷，春城輦路雜香泥。幾年妝閣生鸞鏡，是處關河逐馬蹄。閑撲杏梁春燕舞，暗飄柳岸夕陽低。山崖水次清幽地，莫共浮雲度澗溪。

劉淑慧八首

字守拙，浙江會稽縣人，澄海令劉德基之女也。適福州司馬魯楷。著有《芝雨堂稿》。

聞蟬

何處聲偏驟，新蟬噪夕陽。驚回午夢短，吟徹晚風涼。飡露心長潔，棲高韻遠揚。千秋齊女化，聽爾亦神傷。

曉風

落葉驚殘夢，臨粧怯素羅。枝摇墮玉露，月冷漾金波。數點鐘聲遠，一林鳥語多。亭前頻徙倚，雲影淡銀河。

焚香

清晝焚香翠幙籠，静窺色相悟無窮。暫留裊裊春煙碧，漸化星星劫火紅。一縷入雲原不幻，數層浮靄已成空。箇中誰識真消息，滿室氤氳付晚風。

詠古十絶句選五

當年一縷浣溪紗，牽引興亡多少嗟。若使夷光荊布老，至今應不笑夫差。西施。

千古鍾情霸主多，美人别去漫悲歌。臙脂井上銷魂淚，灑向烏江更若何。虞姬。

辭輦風高性更幽，偶因紈扇賦悲秋。詞中已識循環理，花落花開莫漫愁。班姬。

出塞寧辭萬里遥，建功未肯讓班超。丹心不愧芙蓉面，赢得單于拜漢朝。昭君。

功成欲速返瑶京，七百間關夜獨行。十萬貔貅歸掌握，玉顔原不讓書生。紅線。

林氏二首

江蘇金山縣人，葉曼卿之室也。

棣棠花盛開有懷二妹

棣棠垂金毬，相看不忍摘。花光入户來，屏帳如金碧。思念棠棣人，一水東西隔。憶昔掃花階，同作花前客。今日倚南窻，懷君不能釋。

秋夜花下憶妹

秋高氣深爽，夜静銀河朗。花下納清涼，中心自懷想。去年花開時，姊妹同歡賞。今年花自芳，惟有清風享。誰云路非遥，姊妹難來往。母誕方歸寧，歸寧豈舊況？移舟催促行，此際誰能强？姊妹徒淚零，相送登舟上。追隨無限情，分手心怏怏。今朝南北居，憶昔同閨長。

林氏四首

江蘇金山縣人。適同邑貢生徐穎柔。著有《青蓮舫詩鈔》。

同弟輩飲桂下

臨窗老桂發，天氣乍涼時。掃石依花徑，論文舉酒卮。共憐秋易老，更悵月來遲。慢誦閑居賦，高歌棠棣詩。清風入庭院，金粟布堦墀。久坐忘時暮，衣單玉露滋。

秋日即景

薄暮秋聲起，長空來雁羣。涼風散蒸暑，落日返餘曛。水面浮新月，山腰鎖白雲。空庭梧葉落，蕭索不堪聞。

秋煙

青微漠漠遠山浮，雨霽寒林漫未收。樓伴常隨香霧遶，月邊也學亂雲流。障花彷彿佳人幔，隔水迷離賈客舟。借問有誰堪領受，荻蘆灘上一垂鈎。

偶題

竹床睡起日遲遲，薜蘚盈堦曉露滋。抱病何妨消永晝，北窻風細共題詩。

張孫儆一首

浙江山陰縣人，適訓導孟稱舜。

題和畫松〔一〕

鬱鬱虬枝映碧空，青青翠柏與誰同？雖遇歲寒無改色，畫中畫出仿真容。

《圖繪寶鑑》：張孫儆，紹興人，訓導孟稱舜室。《畫松題和》云云。

【校記】

〔一〕此題《名媛詩緯初編》作『畫松再和子温』。

董氏二首

山東平原縣人。兵部尚書董訥女孫，口北道思凝女，適同邑鄭從。

題扇頭梅花

春風一夜到梅花，開遍孤山處士家。分得一枝團扇上，濛濛香月影横斜。

題水墨牡丹

魏紫姚黄錦樣般，春風一夜玉樓寒。何如尺幅藤溪紙〔一〕，富貴常從淡處看。

【校記】

〔一〕紙：《國朝閨秀正始集》作『上』。

朱柔則 四首

字順成，又字道珠，浙江錢塘縣人。適沈生方舟，柴季嫺之媳也。著有《嗣音軒詩鈔》。《國朝詩別裁集》：方舟為紅蘭主人客，道珠遥寄《故鄉山水圖》，主人作詩，有『應憐夫壻無歸信，翻畫家山遠寄來』之句。方舟旋歸，當時傳為佳話。

【輯補】

毛奇齡《西河集》（四庫全書本）卷五十《嗣音軒詩集序》：古來談閨門之盛，無過班、謝兩家。然而班昭續父兄之史，而其夫曹壽，全無文章。即隨其子轂作陳留長，曾賦《東征》，而為之子者，並無一字傳于人間。謝道蘊與羣從唱和，及其婚江州，則天壤王郎，世當惜之。然則班、謝之所為盛，固班、謝之盛，而非昭與道蘊之所為盛也。人莫大乎有家庭之樂，而家庭之樂，尤莫大乎父母、舅姑、夫妻、子婦之相歡，故《内則》講扶侍之節。其在飲食，則臐膮醢炙，必求其精；在衣服枕簟，則衿纓鞶袠、牀梔衾褐之必求其備。甚至樂府歌三婦，或美容飾，或工織作，或援箏操瑟，以娱于丈人之前，卒未有起而談藝文者。而苟其北堂几案，長幃短榻，抽書而授牘，承頤接欬，以與寢饍相周旋，則雖三婦三息，綰銀黃而拖繡紫，亦何以過？故吾謂班氏一家，以叔皮為父、孟堅為子，而又得惠姬、道蘊輩以為之姑婦，則其為一家之文，必更有異，而惜其不然也。予向讀柴季嫺詩，嘆季為沈君漢嘉之配秦徐夫婦，鬱乎可觀。既而與其子方舟君游，則已輯為沈氏一家文，凡門庭內外，裒然成集，而柴夫人詩，則儼在其中焉。又既而讀《繡帙餘吟》一卷，則朱順成之詩也。順成為方舟之配，與柴夫人為姑婦，前後暉映。予曰：『太姒嗣徽音，此其是乎？』又既而果以《嗣音軒詩集》屬予為序。人有好友能文詞，即望衡對宇，不厭屢從，而苟或兩地相隔，則聞聲相憶，雖復千里命駕不為過。而乃近處之房室之間，以朝夕相規摩，則其為友朋之樂，已越尋丈，而況夫妻子婦之聚于一堂？此亦生人所希覯之事，而沈氏有之。予年近八十，友朋凋盡，偶有質難出門，復入門，茫茫安之。聞沈氏當日中之際，不無稍仄。柴夫人已厭世，漢嘉居窮巷，忽兩目不見物。而方舟夫婦，每侍坐談義，遇漢嘉欲有讀，輒夫婦遞讀以當目。及即漢嘉性耽書，日願十百讀，而子婦之侍坐者，亦十百讀無厭。此亦家庭一盛事矣。若夫順成之詩，則詞質而意達，有似乎杜甫之言情者。柴夫人詩多凌厲，有似太白，與順成之婉而摯各有所到。予門有徐昭華者，會稽女都講也，頗工詩；是集成，當貽一本示之。

錢塘觀潮歌

候潮門外人如蟻，午後狂風刮地起。三折〔一〕江流滾滾來，驚濤打入天門裏。天門慘淡風雲變，遠嶂重重看不見。初疑出海數片雲，又訝橫江一疋練。銀海齊傾雲山白，訇若雷鼓盤空碧。危檣大舸簸不停，勁弩强弓誰敢射？夕陽煙翠罷登樓，尚有餘波不斷流。素車白馬歸何處，一曲滄浪萬里秋。

南屏道上

我愛南屏好，香車此暫過。碧泉秋澗少，紅樹晚山多。寺近聞仙梵，川長託棹歌。風光有如此，奔走奈君何。

河渚觀梅舟泊柴氏園林

細雨雜溪聲，沿流一棹輕。舟依古岸泊，人出小橋迎。花向名園得，春隨步屧生。繞樓千樹迥，隔水數枝橫。亞竹偏多色，依松更有情。丘林容小住，心迹喜雙清。賓主元相契，壺觴且共傾。兼聞法華好，欲往惜山程。

題毛烈婦繡帽

烈婦從夫向九泉，因看遺繡一潸然。相逢記得持相贈，藏在香奩二十年。

《堅瓠集》：毛鶴舫先生女，名孟，年十三，製繡帽遺柴夫人静儀，以覆兒童頂。許字方奕昭。暨年十七，隨先生於浚儀宦邸。方子從京師來就婚，時患脾疾已劇。結褵甫三日，而方子殁，烈婦以三朝新婦，稱未亡人。墜樓不死，絶粒十有九日而卒。柴夫人臨終，以繡帽囑冢婦朱少君柔則，曰：『當藏之篋笥，以垂永久。』康熙己卯春，少君發笥見帽，作七言絶志感。閨秀遞相傳玩，以為烈婦手澤，相與倡和成帙。朱柔則順成詩云云。王元禮詩云：『一段幽貞麗管彤，鍼神還與雪娘同。開奩忽墮思君淚，洒向當年手澤中。』嚴懷熊芷菀云：『深閨昔日贈羅巾，繡出名花不染塵。篋笥頻開香未絶，至今猶憶墮樓人。』吴湘婉羅云：『花羅半幅抵千金，持贈猶憐一片心。莫遣爾翁覩遺繡，白頭悲汝恐難禁。』予得之錢塘友人。辛巳夏，先生過予齋見之，不禁泣數行下。

【校記】

〔一〕三折：《本朝名媛詩鈔》作『三浙』。

蕭氏八首

安徽歙縣人。夫柴某，别娶茂陵，十年不返。翁姑繼没，惟與小姑並處。長齋繡佛，無怨懟聲。孝廉潔菴，其兄也，偶抄松花神女《落花》詩寄之，淒然步韻，然戒勿示人，故世罕知之。

落花

半規殘月照枝空，黯黯飄零薄命同。自瀹龍芽聊當酒，碧桃花下祭春紅。
望眼癡懸駟馬橋，廻文幾度只虚挑。鏡臺左右花飛滿，時點仙郎白玉簫。
藕絲衫白鬢絲青，慵理殘粧靠錦屏。一夜宜男花又落，斷腸情緒幾回經。
雨妬風吹損玉膚，惜花人遠倩誰扶？哀紅巧絆鴛鴦線，莫嫁如兄戲小姑。
偶折殘枝上鏡臺，惜花憔悴替花哀。自憐花瘦人還瘦，人瘦争教花惜來？

渺渺殘魂耿耿眠，曉窻心事護花先。五更風續三更雨，何處藏香更有天。
落紅如雨點晴沙，髻插煙絲只柳芽。却感杜陵詩是史，滿溪花照四娘家。
錯嫁東風悔莫留，月媒還向月娥求。願為侍婢偷靈藥，不願銀河織女收。

陸令和 一首

字静偕，江蘇長洲縣人。

輓仲姊静宜

君家〔一〕嫁女勝於男，男讀詩書女更諳。一自棠梨寒食後，杜鵑啼血滿江南。

【校記】

〔一〕君家：《國朝閨秀詩柳絮集》作『吾家』。

馮氏 一首

四川邛州人，劉暌度之室也。

春日即事

閑步小橋東，黄鶯處處逢。梨花風雨後，人在緑楊中。

王士正《隴蜀餘聞》：劉道貞，字墨仙，邛人，名士也。明末起兵討張獻忠，不克，病卒於軍，妻子皆遇害。其子睽度妻馮氏，詩甚清婉。

商婉人一首

浙江會稽縣人。

贈沈磵芳

細筆猩紅絶妙辭，掃眉窻下拜名師。從來玉秤稱才子，樓上昭容字婉兒。

《香祖筆記》：會稽女子商婉人，能詩，工楷法，仿吴彩鸞寫《唐韻》，作『廿三先廿四仙』。武林沈磵芳名蓀，為題絶句云：『簪花舊格自嫣然，顆顆明珠貫作編。始識彩鸞真韻本，廿三廿四是先仙。』商本老學究女，兼能制舉文字，嘗手評沈文一卷。又贈詩云。

夏氏一首

江蘇吴江縣人。

次杜瓊枝壁間韻

妾吴江人也，以色見絶於人，攜入風沙之地。命也，天實為之。偶見前韻，不覺淚下，率筆和句，幸憐我者勿噴飯焉。

落難縈縈病不支，紅顔命薄苦流離。粧臺故國塵封久，踪跡他鄉夢未知。生死何勞啼血淚，馳驅無意和新詩。世間大半沙吒利，安肯黄金慰所思？

金如式 二首

字德真，安徽全椒縣人也。

偶成

一片濃陰翠欲連，惜春又是夏初天。其如過眼繁華盡，無那驚心物候遷。雨密暗知蕉葉長，煙晴漸逼柳花旋。青雲碧海誰能判，惟見諸峯似昔賢。

寄弟

雁字頻傳問起居，文園貧病近何如？垂楊亭子梧桐院，好耐春秋讀異書。

婁巽三首

浙江杭州人。

賦得三月三日天氣新

三月三日天氣新，隋隄祓禊有佳人。穠桃弱柳為寫真，十八鬟垂粉黛勻。遠遊文履踏陽春，羅袿冶袖繡鳳麟。搴裳持畫楫，清歌美倩朗丹脣。採蘭擢素手，隨風弄水翥燕身。飄摇可望不可親，窈窕逈出燕與秦。金屈卮盈酌縹酒，銀絲縷細膾飛鱗。鳩鳴芳樹挂酒旆，花落晴川拂釣綸。短簫横笛落香塵，遺鈿墜珥奚足珍。霧綃翠飾擬洛神，朱輪裹褭緑楊津。鷺鶿鸂鶒不記巡，芳園處處列錦茵。玄鳥上下動藻蘋，蘭亭小榻書綦巾。青裙縞袂不可倫，伊其相謔羅敷嗔。

題李太君遺照

披拂生綃望儼然，正襟危坐石峯前。穿墉昔佐山公鑒，剉薦曾聞湛女賢。陽羨春茶浮椀碧，迦陵小鳥掠花旋。他年會返遼東鶴，可識寒閨草素牋？

憶女

皎皎中庭月，哀哀孤雁聲。憶兒渾不寐，合眼話平生。

張淑貞三首

江蘇丹徒縣人。

秋思

人静燈如夢，羅衣怯晚涼。壁蛩吟草砌，梧葉下蓮塘。月影逐花動，笛聲愁夜長。倚欄無一語，心碎為思鄉。

落梅和韻

信過梅花忽報殘，驚傳題詠滿雕欄。人憑官閣月千里，簾捲江城雨一壇。舊夢園林憎薄暮，新粧天氣惱餘寒。從今玉笛休相倚，飄亂簷前不忍看。

月夜與蘭嫂話舊

五年人事幾番更，悄語搴幃夢不成。滿地霜華夜吹笛，二分明月對眉生。

周巽六首

字順吉，浙江山陰縣人。分宜令周開緒之女，適仁和諸生沈心。工書法，精繪事。著有《須曼閣小稿》。

秋夜聞笛

今夕是何夕，忽聽蒼龍吟。成連之海上，千載有遺音〔一〕。窺户〔二〕月如水，隔牆風滿林。漏聲吹忽斷〔三〕，不盡故鄉心。

鑑湖春泛

鑑湖三月好韶光，碧舫青簾逸興長。隄柳絮飄來燕子，山桃花落出魚秧。畫屏岸列千層嶂，寶鏡奩開一曲塘。佳境詩人為管領，至今人説賀知章。

晚晴仿吴體

日長無事攖吾寧，夕陽影遠簾波青。山光明浄列虚牖，樹陰濃淡涵幽庭。花間小立黑蛺蝶，雨後亂飛紅蜻蜓。欲仗佛緣離宿垢，焚香還讀貝多經。

自題畫竹二首

直節不易見，虚心自多益。寒玉影數竿，照水寫湘碧。不學管仲姬，不師文湖州。隨意落筆去，風雨一片秋。

題李是菴水墨牡丹

元輿賦裏想芳姿，玉篆牌懸第幾枝？想見深閨多逸韻，含毫不用買胭脂。

【校記】

〔一〕以上兩句《國朝閨秀正始集》作『高樓誰獨倚，涼夜有清音』。

〔二〕户：《國朝閨秀正始集》作『牖』。

〔三〕此句《國朝閨秀正始集》作『漏長吹乍斷』。

顧可貞四首

字含章，江蘇長洲縣人。適同郡胡抱一。著有《淩雲閣詩鈔》。

秋月

群峯收夕照，孤月破秋煙。一片眼空闊，幾回神寂然。光飛絶域外，影落美人前。終古離憂者，相看長自憐。

題畫

清水出芙蕖，本不事雕飾。戲移藏筆底，臨風更生色。

綠萼梅二首

遲日和風映碧苔，珊珊疑作綠衣來。須知歷盡冰霜後，始向百花頭上開。

前生料是九疑仙，謫向孤山閱歲年。贏得踈癯丰致好，月明林下自翩翩。

姜淑齋一首

字淑齋，號廣平内史，山東膠州人。順治己丑進士廣東布政使宋可發子婦。有《淑齋詩草》。

中江縣驛館題壁

清泉石上溜松風，薄受霜華葉乍紅。曲路〔一〕通村知遠近，一條竹杖萬山中。

《池北偶談》：中江縣驛中有膠州閨秀姜氏題詩云云。

漁洋《蜀道驛程記》：次中牟縣，巡行牆柱間，見膠州宋童子世勳題壁大字，方圓徑寸，勢甚飛動。東粤方伯艾石幼子在華陰見之，未及羈貫。艾石子婦姜，字淑齋，亦工撫晉人書，京師士夫得其紈素便面，多珍秘焉。

朱竹垞彝尊『題姜夫人淑齋詩卷』《太常引》詞云：三真六草寫朝雲，幾股玉釵分。彷佛衛夫人，問何似、當年右軍？鬱金堂上，青綾帳外，小字訝初聞。門掩謝池春，定書遍、雙鬟練裠。

【校記】

〔二〕曲路：《國朝閨秀正始集》作『曲徑』。

周僖齡四首

字鶴英，江蘇武進縣人，周玉燦之姊也。適同邑張繩九。著有《落花詩集》。

櫟園周亮工《落花詩序》：詩人性情，每寄託於草木山川；草木山川，無一不供詩人抒寫。故於詩人中有賢女子，於草木山川中有落花，亦猶風散蘋末、流静山溪，而偶然相遭，便湧無方綺縠耳。必謂落花詩宜於賢女子，何其隘於視詩，隘於視周子姊詩哉！雖然，一落花耳，而致詩之多，至滿三十韻，觸緒增懷，紆回盡態，於委蒼點碧之中，極辭條就影之致，覺少陵『一片花飛』，殊逕促耳。豈獨傷心零落，有風人歎息之情也哉？後之賦此題者，稽往什而及是詩，安能不閣筆歎止矣。予因玉燦而得讀其令姊詩，不猶取火於燧哉？

落花

霏霏拂拂女牆東，小鳥頻啣掠午風。亂點碧苔香寂寞，輕摇素月影朦朧。芳心欲逐啼鵑碎，深院俄教蝶夢空。最是無情長夜雨，五更流徹一溪紅。

沉香亭畔獨徘徊，傾國傾城盡屬灰。珍重幾曾緣客掃，飄零無限送愁來。崔生題句門空掩，秦女游仙鳳不回。莫向東皇頻悵恨，百年生事總蒿萊。

離愁欲語更含情，麗質甘同一葉輕。晴曳新雲猶有態，冷抛曲檻更無聲。芳塵暗逐蜂魂亂，碧萼頻敲鳥夢驚。幾欲裁詩為贈別，晚來憔悴未能成。

昨夜風姨到上林，六宫冶艷盡浮沉。徐娘老去丰姿在，湘女啼時血淚深。間寫殘箋描綵筆，欲留新樣度金針。江東日暮遥相憶，流水蒼茫何處尋。

郭㛹二首

字景曹，浙江仁和縣人。儒士郭天一女，適進士王磵松子詔三。著有《竹窻吟稿》。

寄段雨洲二妹

姊妹經年别，吴甌千里餘。啼殘襟上血，望斷海邊魚。對鏡思雲鬢，因風寄素書。書中無别意，惟悵久離居。

華蓮修二首

字大蓮，江蘇無錫縣人，費仲雪之室也。

鄉思雜詠

偶於清曉捲珠簾，好放雙飛燕出簷。忘却此身原是客，又收山色入詩奩。

遺詩六首選二有小序

抱疴彌年，今將永訣，勉占六韻，口授兒曹。氣促言蕪，聊慰生我，兼以自慰云。

思家慈

夜闌燈炧夢中歸，却喜山塘露乍晞。又被白雲遮渡口，迷離何處省慈幃？

遺夫子

利鎖名韁不自寬，名闈多少抱征鞍。如儂夫子長貧賤，半世虀鹽夢亦安。

吴氏一首

安徽歙縣人，適同里江含徵。詩見《清淚痕集》。

輓張山來淑配吴少君

吾家延陵裔，擇偶嫁張郎。風雨詩應富，昔吴娘有『風蕭蕭郎不歸』之句。蛾眉畫未央。低回憐破鏡，倏忽遂埋香。剩有雙雛在，相看淚萬行。

杜小英十首

湖南辰州府人。

絶命詞

家鄉一别已遭兵，此日含羞到漢城。忽聽將軍搜括令，從容江上畢餘生。

厭聽營兒帶笑歌，幾回腸斷嶺猿多。青鸞有意隨王母，空教人間設網羅。

骨肉輕抛弟與兄，依人千里夢長驚。歸魂若返家園去，報説雙親已不生。

照影江干衹自悲，永辭鸞鏡斂雙眉。朱門空許諧秦晉，死後相逢總不知。

遮身猶是舊羅衣，夢到瀟湘何日歸？遠涉風濤誰作伴，深深遥祝兩靈妃。

當時閨閣惜如珍，何事牽裾逐水濱。寄語雙親休悵恨，入江猶是女兒身。

小少叮嚀〔一〕畫閣時，詩書曾託〔二〕母兄師。濤聲夜夜悲何極〔三〕，猶記挑燈〔四〕讀楚辭。

征帆又説過雙孤，掩淚深深怯夜烏。寧葬江魚波底没，不留青冢到單于〔五〕。

生平曾許未簪笄，深入狂瀾嘆不齊。河伯有心憐薄命，東流直繞洞庭西。

圖史當年講解真，殺身自苦欲成仁。簪纓雖媿奇男子，猶勝王家共事臣。

《長沙府志·逆流烈女》：寶慶推官朱某之長沙，舟中見一屍逆流而西，心異之，百計拯出，則絶色少艾。衣密縫無寸隙，懷中《絶命詩》十首，裹以油紙云云。朱某子名直者，述之甚詳。善化貢生萬機作詩記之，並為請附志中，以傳其事。

《楚詩紀》：辰州女子也。甲午大兵定辰湘，敵掠難婦萬餘人。小英為兵長曹姓者所擄，屢以計紿之，攜至漢上，知不免，乃作十絕書本末，挾懷中，赴漢江死。七日逆流直過洞庭，始浮出。漁者得之，面色如生。

《觚賸》：長沙朱氏女遇吳逆之亂，盡室星散，弱質無依，遂為營卒所掠。氏志堅意決，眾莫敢犯。舟行至小孤山下，奮身投江。其屍逆流三晝夜，浮於故居水濱，夢訴於其父母。父母驚起跡之，果獲女屍，慟哭收殯，玉顏如生。解其襦，得懷間絕句十章，重緘密紉，字不沾濡。

《沅陵志》：節女姓杜，名小英，辰州沅陵人。順治甲午掠於兵，軍帥曹某欲納，女泣告曰：『吾父喪未滿，乞齋戒三月。』帥許之。將掠九江，臨發，賜以鏡。英知不免，復曰：『吾欲文祭母江上。』比至，踴身投水死。後屍逆流而上，至洞庭，數十日面色如生。詩十首，裹以油紙，繫衣帶間。

《蠖齋詩話》：蕪湖施天驊，字河釆，嘗泊舟漢江。有女某氏自洞庭來，投江死，土人瘞之。得胸前尺帛，書十絕句。

【校記】

〔一〕叮嚀：《國朝閨秀正始集》作『伶俜』。

〔二〕託：《國朝閨秀正始集》作『奉』。

〔三〕此句《國朝閨秀正始集》作『波濤向夜悲何急』。
〔四〕挑燈：《國朝閨秀正始集》作『燈前』。
〔五〕此詩《國朝閨秀正始集》作『狂帆慘説遇雙孤，掩袖潸潸淚欲枯。葬入江魚浮海去，不留羞塚在姑蘇』。

葉氏三首

浙江餘姚縣人，字寶林，遺獻先生黄宗羲配也。生於萬曆己酉年，卒於康熙丙辰。

歲暮

歲暮何多感，蒼黄日脚斜。嬌兒已去膝，竹馬尚留家。柳老風如哭，梅寒雪不花。去年除夕事，魂夢痛無涯。

避兵入城因憶壽兒

汝骸已卧千山去，汝魄猶應傍户庭。八口抛兒同避亂，空房尋我定生驚。淒涼窻隙朝穿燕，寂寞階隅夜照螢。不憤嚴城聞擊柝，難禁紅淚滴三更。

夢

夢中作夢日悠悠，究竟何曾有斷頭。槐國既無分晝夜，漆園那復論春秋。半窻月吐三更影，一枕風含萬古愁。不識有誰能獨醒，揭開宇宙豁雙眸。

劉淑秀 二首

字慎勗，江蘇江都縣人。

憶妹

自別和顏倍黯然，思維永日淚空懸。猶思刺繡西窻下，尚憶分吟皓月前。苦恨暫違春暮後，仍期相見桂花天。愚衷有此應知否，腸斷東風曉夢邊。

詠眉

鏡裏春山兩點青，由來不許俗愁侵。每逢花落春歸後，宛轉間顰不自禁。

程氏 二首

安徽休寧縣人。詩見《蜩吟瑣記》。

輓緑衣女子

甲寅，羅賊擾徽，女子被擄不屈。死之時，年十五。死時衣緑衣，人稱緑衣女子。葬大園山下。

無端烽火擁山城，白屋朱門苦不禁。露泣風飄無定所，珠沉玉碎有徽音。生前祇信心如石，死後焉知身鑄金。望斷大園山下草，至今猶染淚痕深。

斷臂投崖事可傳，忽驚嬌小倍堪憐。盈盈十五誰家女，渺渺千秋紫府仙。青塚荒涼看走兔，白楊蕭瑟隱啼鵑。於今廟祀追前烈，多少鬚眉盡赧然。

張崇桂 四首　句

字秋崖，江蘇華亭縣人。張東海太守之後，工詩善畫。適徐國學承熙。

題畫四絶

危嶺躋攀蜀道難，濕雲釀雨逼人寒。山家多少閑風月，過客多從馬上看。

白石流泉下碧潭，竹林深處有茅菴。緑陰匝地無人到，鳥啄松花上佛龕。

雲歸鳥倦晚風柔，細草蒙茸碧似油。料得繡餘人獨坐，一鈎斜月杏花樓。

山光水色兩依依，柳緑拖煙罨釣磯。憶昔曾從溪上過，渾疑空翠濕人衣。

句

留得一枝好收拾，西風無計妒紅顏。

《墨香居畫識》：張崇桂，字秋崖，東海翁裔孫女。少時，習女工外，好讀書，解吟詠，善小楷。二十歲歸徐復園，事翁姑極孝。暇則學寫花卉禽蟲、枯木竹石，筆意娟秀。生女名妙慧慶，甫六齡，日誦詩數首，愛若掌珠，丙午春，殤於痘。至秋對菊淚下，曰：『我不能見此花之復開矣。』遂對臨數花於箑上，有『留得一枝好收拾，西風無計妒紅顔』之句。後漸羸瘦，適翁卧病，勉進湯藥。翁没後，病日重，至危，大呼『妙慧慶』數聲而逝。始知抱喪女之戚，前有翁在，而不敢露也。復園為予道其詳如此。存年三十有二。有《秋崖題畫詩》一卷，未刊。

劉氏 一首

直隸奉天人。

臘盡

悶殺連朝雨雪天，教人何處覓黄綿。歲除不比清明節，底事廚中也禁煙？

《夜譚隨録》：奉天劉公未遇時，故世家子。少倜儻好客，揮霍不吝，門庭如市。忽有崔元素者，投一刺。劉接見，詢其邦族，曰：『山東臨朐秀才也。遊都門，聞公喜接納，來作食客耳。』劉與之往來，亦時濟其薪水。崔率十餘日一至，至必有所借貸。如是者二年餘。劉連遭大故，貲産蕩盡，一貧如洗，親故白眼相向，動輒得咎。婢僕逃散，僅存一老者；內則一妻一子一女。會臘盡，牛衣塵甑，無以卒歲。女能詩，戲吟云云。劉見之，笑曰：『此際玉樓起粟。』因和之曰：『今年猶戴昔年天，昔日輕裘今破綿。寄語東風休報信，春來無力出饑煙。』妻怒之以目，曰：『年近歲逼，喫着俱無，猶不少思籌策，乃合兒女子作推敲醜態耶！』

潘素心六首

浙江山陰縣人。適汪解元潤之。

【輯補】

潘素心《不櫛吟》（嘉慶五年刻本）載其父潘汝炯序：古女子多能詩；雖然，詩非女子事也。吾女素心隨宦江西，六歲授以句讀，十歲司會計，未嘗教以詩，且禁讀詩。二十歲，竊取架上放翁詩讀之，漸能詩，有『名花自合加倍植，莫使芳魂怨主人』之句，吾見而歎曰：『不可禁矣！』素心乃徧讀唐以後詩，所作亦多。如是數年，吾慮其弱也，授以《通鑑綱目》。如是又數年，詩多而行路亦多矣。乾隆丁未，吾以終養歸家，其明年，素心字錢塘汪壻。己酉，壻登賢書第一，甲寅偕往京師，至去年己未，前後二十有五年，得詩十卷，曰《不櫛吟》。吾索其稿來，汰之，存二卷，授諸棗氏，以就正有道焉。自今以往，素心可續也。吾聞桑弧蓬矢為男子而設，若夫紅樓富家女、緑窻貧家女，斯二者皆不出户庭，而素心南北舟輿，往來五萬餘里，或云勞矣。乃論詩者以為所經城郭江山風俗，皆有益於其詩，則又何也？吾因之有感矣。昔吾在江西，詩古文多散佚，素心輯録成編。其試童子也，每年正覆卷以數千計，撫州以萬計。吾衡文，素心衡詩，夜分不寐，官舍張燈，吟聲與鼓吹聲遥相答，門外白袍鵠立；素心以一垂髫女，儼然點筆而甲乙之，豈不盛哉！今吾老矣，退居故鄉，素心在京師四千四百里而遥。年有盛衰，境有盛衰，人有聚散。鑑湖田舍之中，蟲聲月色，吾序素心詩，不禁挑燈而三歎也。嘉慶五年歲次庚申九月會稽潘汝炯石舟序，時年六十有四。

同集載袁枚序：　壬子四月，余小住山陰，潘刺史石舟五十里來訪，問何以知予蹤跡，曰有女在杭州爲通消息。夫予何以受知於閨閣之賢也。既而石舟來杭，盤桓湖上，出示其女虛白詩。予視之，藻思芊綿，自成逸品，方知是謝女一流。惟其有之，是以似之，聆音識曲，非偶然已。然而女子有才，往往適非其耦，吾於家三妹詩序中曾縷述之。虛白既長於官舍，而所歸乃聽舫孝廉也，汪明府秋畬之孫，秀出班行，己酉年領鄉薦第一，此後名位，方無涯涘。虛白福與慧兼，尤爲難得。記余三十年前，秋畬需次金陵，宴飲隨園甚密，執後輩禮甚恭，今棄世久矣。余年垂八十，因游天台之便，道出故鄉，聯三世通家之誼，而又得交石舟，實有出於意外者，豈非天哉！　乾隆壬子錢塘袁枚子才序，時年七十有七。

潘素心《不櫛吟續刻》（道光三年刻本）載其子汪懷跋：　吾母自己未以後所作詩，已梓于滇，所以續外大父《不櫛吟》之刻也。厥後由滇至都，復由都至閩，凡夫道塗之閱歷、人事之變遷，以迄雲山嵯峨、江湖浩淼，不能已于言者，輒寄諸詩。故滇閩存稿，篇什較繁。丁丑冬，先大夫見背，吾母上奉重慈，下撫諸孤，家政日增，吟情日減，詩不偶作，即作亦不多。然而撫今追昔，感逝傷離，纏綿悱惻之辭、抑鬱煩冤之語，又未嘗不怦然欲動，此《劫餘吟草》之篇所由來矣。憶懷自束髮後，吾母即授以經史，比長稍學爲詩。數年來謀食四方，兼習舉子業，徒嗟荒落，未遂顯揚，終無以酬母之志，良足愧已。顧讀是詩，而吾母所遭之境遇，與自寫其性靈者，不又可見哉！　爰請于母，取平時手録者，都為三卷，署曰《不櫛吟》，亦以仍外大父之舊云爾。　道光二年歲次壬午七月望日，男懷謹識。

同集載沈峻序：　風詩所載，多婦人女子之作，蓋撫事抒懷，自鳴天籟，合乎温柔敦厚之旨，不關學力也。俗儒謂閨閣中不宜工吟詠，抑已過矣。夫漢魏深沉，齊梁靡麗，未嘗不並行不悖，要無失乎和平中正而已。此詩教之傳，巾國與鬚眉一致也。虛白夫人爲石舟潘刺史之愛女，而雨園汪宫詹之淑配也。石舟筮仕西江，夫人方垂髫隨任，官齋清暇，拈韻爲詩，久而愈工，所存《不櫛吟》，皆少作也。迨歸雨園，凡十餘稔，雨園成進士、官翰林，夫人始攜家北上，在京師與同志諸閨秀酬唱無閑。及雨園視學滇南，繼復校士八閩，夫人相伴星軺，往來數萬里，所見山川風物，與夫感景懷鄉，率形諸詠歌，皆卓然可傳者。茲集録舊製以存生平心跡，屬余點定。余自慚昏髦，筆硯都荒，何能爲役。迴憶壯年時浪遊南北，亦嘗東塗西抹，慷慨悲歌，歲久稿多散佚。歸田以後，息影銷聲，幾不辨五音八病矣。今讀夫人詩，格正意純，居然三唐氣味，所謂『發乎情，止乎禮義』，猶有『二南』之遺訓焉，豈若媲青儷白求工字句已哉？諷誦之餘，良深欽佩，兼述夫人能詩原委，讀者共誌之。嘉慶二十三年歲次戊寅三月既望，津門觀生居士沈峻書，時年七十有五。

同集載汪春序：余幼隨先君子仕仁湖，遭大故，後遊四方，與親朋相見日少。戊申舉於鄉，禮闈報罷，從趙鹿泉先生學。既而梁構亭先生撫豫，招致幕下；明年督畿輔，偕至保定。余宗人聽舫爲己酉浙榜第一人，下第後亦來遊於此，時相過從，意甚得也。其淑配潘恭人有賢德，工爲詩，聽舫常出其閨閣聯吟相示，劉樊夫婦是神仙，非食人間烟火者也。爲之嘆絶，惟以不得覩全集爲憾。會家雲壑修撰主講蓮池書院，余與聽舫往執弟子禮。殿撰詢家世，稽譜系，謂余與聽舫，當以叔事之。由是與聽舫情益密，南北往來，未嘗不偕，雖兄弟弗啻也。嗣亦散去。辛酉聚於京師，聽舫成進士，入翰林。余旋登壬戌榜，司鐸浙東，再授直隸饒陽令。聽舫已視學閩南，晉秩爲詹事，謂兩人相與之日甚長，孰知其不永年命也。既由饒陽調天津，其嗣子小舫來署，得讀恭人《不櫛吟》詩集，不假雕飾，自爲一家，向所未覩者，今始覩焉。既而小舫復以未刻詩寄示，與《不櫛吟》同一風格，而蒼老過之。發乎情，止乎禮義，徐淑、謝道韞所作，得無枝於辭與？中多愁苦之音者。青蓮云：『正聲何微茫，哀怨起騷人。』哀怨非騷人意也，時爲之耳。再三誦之，追憶曩日與聽舫聚散之跡，甚然心服，又悽然不自禁也。道光元年歲次辛巳宗人春田本序。

潘素心《不櫛吟續刻》之《劫餘續草》（中山大學藏清抄本）載其姪孫汪恭壽跋：嘉慶庚申歲，祖姑母虛白老太夫人有《不櫛吟》之刻，壽猶未生也。迨壬午刊《劫餘草》，以居里門，不獲襄剞劂役。今春應禮闈留都，館於寓齋，授《續草》一卷，命校字，蓋去壬午又十年於茲矣。太夫人嘗言之：『女子自縫紉酒漿外，所貴讀書識字者，藉以明事理通大義也。詩非女子事，而余顧爲之，亦性所近焉耳。計此十年中，境遇忽逆忽順，都非意料所及，而戚好之滄桑，又大率相類。哀樂所感，情何能遣？託詩歌宣幽滯，於風人之旨，庶有合焉。』因不欲盡刪，將謀付梓。壽曾聞諸母矣，方曾叔祖石舟公宰龍泉、信豐日，太夫人來杭，則依吾曾大父，女紅之餘，輒事吟詠，吾諸姑多得就正。蓋樂此不疲者，自少至今如一日。詩本性情，其洵然歟！今太夫人春秋六十有九，神明不衰，暇即手一編，謂非書不足娛歲月。然則所以頤養天和者，果僅在詩耶，抑不盡在詩耶？讀是編者，其有以知之矣。校成，爰贅數語於簡末。道光十二年歲在壬辰嘉平月中瀚姪孫恭壽謹識。

潘素心《不櫛吟未刻稿》之《封鮓遺稿》（中山大學藏清抄本）汪同懌序：同懌於道光癸巳冬赴任西安，先慈以久住京都，水土便習，不樂就養。每尺書遥寄，訓以官方；平日吟咏詩篇，亦必寄示。斷紙殘縑，懌均藏之篋笥，十數年來，哀然成帙。山川阻隔，雖不獲長依膝下，幸奉訓言，亦如瞻色笑。今則音容莫覯，抱恨終天，檢視遺編，不禁涕泣。爰彙録一冊，顔曰『封鮓遺稿』，以誌不忘慈訓云爾。咸豐元年辛亥仲夏之月同懌和淚書。

讀蘭韞表姒詩率題四章誌輓

皓月沉西散綵雲，返魂何處覓香焚。青天碧海迢迢路，漫道稠桑有少君。
母兮忍送掌珠埋，姊妹頻年入夢來。未得牽衣成訣絶，芙蓉湖畔雁聲哀。
零落粧臺翡翠鈿，畫眉人自感華年。傷心定比安仁切，為有遺詩三百篇。
偶思遺事恨前塵，便面曾題五字新。好護鉛黄休蠹損，從今不數管夫人。歲己酉，曾為余畫扇，並繫以詩。

寄外

瘦影新痕楊柳枝〔一〕，杏花十里送春時。須知吟詠無閑筆，那向粧臺更畫眉。

哭姊〔二〕

采筆長辭詠絮人，硯池妝閣久生塵〔三〕。瑶階明月空如水，更為何人立滿身？

《隨園詩話補遺》：潘素心《寄外》詩云云，《哭姊》詩云云，一時傳誦。

【校記】

〔一〕楊柳枝：潘素心《不櫛吟》（嘉慶五年刻本，下同）作『楊柳詞』。

〔二〕此題《不櫛吟》作『哭五姊』。

〔三〕久生塵：《不櫛吟》作『任承塵』。

卷之十八

陸幺鳳 三首

浙江錢塘縣人。

秋閨晚思

晚來疎雨過人頭，風静羅衣颺不休。漫拾亂紅題小字，暗驚新句又悲秋。
湖煙漠漠晚鴉鴉，自掃楓香坐煮茶。一帶芙蓉寒映水，那知秋思屬兒家。
翠黛宜嚬不耐嚬，病逢秋氣轉傷神。空堂莫挂疎簾起，黄菊丹花惱殺人。

陳維崧《婦人集》云：錢塘女子陸幺鳳，年十四而即善吟。嫁夫游學於外，陸頗秋思，其詩云云。

郭砎 一首

字依雲，江蘇江都縣人。

瓶中碧桃

數枝迎面屬知音，謝絶游蜂細雨侵。不向東風怨零落，幽窻片月伴閑吟〔一〕。

【校記】

〔一〕此詩《國朝閨秀正始續集》作『絳霞掩映畫簾深，謝絶遊蜂浪蝶尋。不向東風怨零落，幽窗紅粉伴閑吟』。

陳崑璧二首

字玉君，福建莆田縣人也。

悲梧鳳

有桐生崇岡，團團如偃蓋。居然琴瑟姿，已遇風雲泰。鳳時棲其上，羣鳥歌且拜。豈知千年根，中路柯葉壞。出非不得地，盤踞誠高大。天道忽難憑，一夜霜飈改。丹鳳本靈雛，哀鳴翔乎外。鴟鴞志意滿，踞巔恣吞害。有人或見之，佇立久嗟怪。予亦聞此故，悶倚無聊賴。

駐馬孟津署中習射

風塵蕩蕩馬蕭蕭，孟邑停車學射鵰。畫角鳴時諸騰肅，丹旗捲處晝雲消。軍門漸識穿楊技，閨閣何妨奪錦標。願與平陽齊偉烈，助君此日得三貂。

丘珠 一首

字川媚，江蘇青浦縣人。適巡檢符湘文。著有《織餘草》。

瑣窻感作

芳草萌新翠，疎梅逗暗香。人情如紙薄，愁緒逐年長。空作牛衣泣，徒搔鴉鬢蒼。離亭望柳色，幽恨滿河梁。

張勤淑 四首

字友琴，四川遂寧縣人。適舉人吴翀。著有《翠荇齋吟》。

《古檀詩話》：閨秀詩於妍雅中貴帶豪氣，如吴艾香孝廉翀孺人張友琴勤淑，為遂寧相國裔，《對雨懷成都鄺鳳巢安人羈寓南徐》云：『寒雨侵簾通海氣，疎鐘到枕帶江聲。』又海澄公蘇夫人又珪世璋《塞上曲》云：『莫怨君恩薄，都緣妾貌差。胡塵猶萬里，離恨訴琵琶。』《與沈宗伯明妃詞》云：『毳帳琵琶曲，休彈怨恨聲。無金酬畫手，妾自誤平生。』異曲同工，可媲美《緑浄軒稿》矣。

壽姚母

朱炎甫退深秋節，白帝司晨中無射。金飇不渝歲寒心，坤道成貞全懿哲。西泠有母操如冰，淑慎威儀四德稱。曰嬪於姚方未幾，驚鸞絶鵷忽飛昇。洵乎立志成巾幗，一片玉壺成鐵石。上承堂上慰親心，下撫孤兒淚痕積。延賓馭下咸有方，中外嘖嘖稱賢良。歲時伏臘誠祭祀，有齋季女承筐將。事業駸駸日漸起，家聲不墮資調理。庭前蘭桂挺芳芬，膝下承歡應自喜。君不見，關西合族適名楣，不矜不傲敬以期。謝庭詠絮未云貴，古來淑質如班姬。今看黄菊東籬遶，雲璈集奏音縹渺。高堂永日享長春，願頌南山恒不老。

舟次夢與竹西徐安人話舊早起欣然有渡江之想

夜静絶囂塵，離懷入夢頻。江分南北岸，月照去留人。往事真堪笑，新詩誰與論。明朝風日好，鼓棹莫逡巡。

秋杪偕孫小月喬蝶來二女史遊平山堂拈韻得懸字

岡阜高低斷更聯，堂開慶歷姓名懸。風流未墜長江畔，山色猶存古寺前。日晚芙蓉供醉眼，秋高楊柳罨寒煙。歸來月與吟鞭近，已過城西幾頃田。

對雨有懷成都鄺鳳巢安人羈寓南徐

浣花箋舞蛾眉雪，十載淒涼鐵甕城。寒雨侵簾通海氣，疎鐘到枕帶江聲。醉吟應有清新句，愁坐還添羈旅情。我欲扁舟話離思〔一〕，拍堤春水正盈盈。

【校記】

〔一〕離思：《國朝閨秀正始集》作『離別』。

唐氏二首

江蘇金山縣人。貞女唐冰心之姪女。敏慧好學，工詩，善楷書。適何昌齡。著有《翠雲軒詩稿》。

乙丑春正送二叔父如燕

東風初解春江凍，驅馬踟躕欲遠行。薛瀫暮雲增別思，盧溝曉月照離情。三秋雁若投南日，一紙書先寄苧城。莫道逢迎天下少，五侯不減鄭莊名。

晉宮詞

宮外陰陰弱柳青，誰言君性似浮萍。六宮折盡春園竹，玉輦何曾下翠庭。

黄淑窕句

字姒洲，福建晉安縣人。黄莘田之長女。適諸生游藝。

句〔一〕

接席簪裾多後輩，稱觴兒女半華顛。姓名千佛標金簡，恩禮三朝錫髦仟。

《香草齋詩話》：乾隆壬午，予年八十，復膺重宴鹿鳴盛典。諸戚友及四方郵寄各贈言，金薤琳瑯，盈箱積帙，予愧不敢當。而閨秀諸什，亦有可傳者，如『接席』云云，余女淑窕句也。

【校記】

〔一〕此題《國朝閨秀詩柳絮集》作《家大人重宴鹿鳴並誌八十大慶之喜》，全詩云：『人間一第比登天，誰識天仙又地仙。接席簪裾多後輩，稱觴兒女也華顛。姓名千佛標真誥，恩禮三朝寵大年。韻事如斯關掌故，詎徒家慶詣新編？』

黄淑畹四首

字紉佩，莘田次女也。適林生春起。

飛來寺

水色連平野，鐘聲出翠微。山僧迎日立，江鳥背人飛。古洞藏猿語，荒泉濺客衣。禺陽雙帝子，燈火照巖扉。

送姒洲姐歸永陽

離情脉脉草芊芊，樹底喧禽欲瞑天。細雨觸人花有淚，春風牽恨柳如煙。對牀共話添紅炭，剪燭分題劈彩箋。明夜太原灘上月，可能無夢謝庭前？

題杏花雙燕圖

艷陽天氣試輕衫，媚紫嬌紅正鬭酣。記得春明池館静，落花風裏話呢喃。
夕陽亭院曲闌東，語燕時飛扇底風。不管春來與春去，雙雙長在杏花中。

《榕陰詩話》：莘田二女，皆擅詩名。長曰淑窕，字姒洲；次曰淑畹，字紉佩。紉佩有《題杏花雙燕圖》云云，時人皆稱之。

葉氏 四首

江蘇吴縣人，翁駕徵之室也。

《七十二峯足徵集》：氏居革頭，南陽名媛也。知書達禮，諸姑娣姒咸奉為準則。其作詩也，不暇研鍊，衝口而出，意到筆隨，時有妙語。其季父世南嘗稱之曰：『此吾家道韞也。』

十六夜對月

昨夜冰輪滿，今宵影未殘。高懸銀漢迥，斜照玉階寒。憶遠應同望，憐秋更獨看。空庭花露濕，猶自倚闌干。

自君之出矣

自君之出矣，書卷任縱横。思君如百舌，春去自吞聲。

梅花隴

雖非金谷散香塵，手澤傳來歲歲春。一隴寒雲數椽屋，青山高卧白衣人。

戲贈席文淵翁夫人

蛾眉横秀筆花新，寫盡妝樓繡閣春。寄語緑天花月道，莫驚風雅屬佳人。

花含英三首

浙江仙居縣人。適長洲張源長。著有《鶴閑堂草》。

追和漁洋山人秋柳四首選一

瘦腰愁黛總相憐〔一〕，那有〔二〕垂絲冷暮煙？秋雨樓中三弄笛〔三〕，夕陽亭外一聲蟬〔四〕。黄花無恙辭官日，白首關心種樹年。每憶青帘沽酒處，枝枝憔悴畫橋邊〔五〕。

蟂磯靈澤夫人祠

江流石轉失吞吴，家國關心空霸圖。一自子規啼不返，月明雙淚泣蒼梧。

讀蘇髯公范增論

亞夫奇策佐江東，得鹿中原預有功。但識鴻門謀漢帝，不將弑楚諫重瞳。

【校記】

〔一〕總相憐：《國朝閨秀正始集》作『鎮堪憐』。

〔二〕那有：《國朝閨秀正始集》作『幾見』。

〔三〕三弄笛：《國朝閨秀正始集》作『誰弄笛』。
〔四〕一聲蟬：《國朝閨秀正始集》作『剩鳴蟬』。
〔五〕以上兩句《國朝閨秀正始集》作『一片離情秋黯淡，何須重問畫橋邊』。

吴蕙六首

字佩芳，江蘇揚州人。

立春風雨寄夫子僊石

何事逢佳節，輕寒逼絳紗〔一〕。風將舒柳葉，雨欲洗梅花。良宴今何在〔二〕，青燈話舊家。雷江共春酌〔三〕，曾否念天涯？

落葉

隨風陣陣打欄杆，日日園林看漸殘。徑僻積深迷舊路，山空禿盡出層巒。煙中不見千重緑，霜後還餘幾處丹。却憶吴江正寥闊，一泓澄練晚波寒。

客中書懷次夫子僊石原韻

愁心相對一燈燃，耳畔砧聲起四邊〔四〕。待月未來〔五〕聊散步，拋書無那〔六〕略欹眠。人歸大抵黄花候〔七〕，客夢〔八〕先驚白雁天。楚水吴山空悵望，幾時纔放廣陵船？

憶家大人之姑蘇

依人無奈豈忘家，想見登樓起歎嗟。計到姑蘇應一月，洞庭山上望長沙。

雨中聞笛

誰吹玉笛斷柔腸，零落梅花半夜霜。只與猿聲共淒絶，那堪風送入蘭房。

聞雁

鄉心日日淚空彈，無那秋聲入夜寒。愁絶夢中驚覺後，蕉窻細雨一燈殘。

【校記】

〔一〕以上兩句《國朝閨秀正始續集》作「黯淡逢佳節，輕寒透緑紗」。

〔二〕此句《國朝閨秀正始續集》作「綵勝翻新樣」。

〔三〕共春酌：《國朝閨秀正始續集》作「春共酌」。

〔四〕此句《國朝閨秀正始續集》作「四處砧聲到耳邊」。

〔五〕未來：《國朝閨秀正始續集》作「蕉窗」。

〔六〕無那：《國朝閨秀正始續集》作『竹榻』。
〔七〕此句《國朝閨秀正始續集》作『歸期曾約黄花候』。
〔八〕客夢：《國朝閨秀正始續集》作『旅夢』。

戴玉葧二首

字緑華，浙江諸暨縣人。適同邑諸生余蔭祖。

【輯補】

吴宗愛《吴絳雪詩集》（道光二十二年又溪王氏冰壺山館刻本）載王崇炳跋：憶前年遇諸暨余秀才於甬上，談詩頗洽，適見《六宜稿》，遂向予借抄。且言其室人亦能詩，因出小箋相示，書法妍秀。其詩云：『窄袖春衫小樣新，勞君遠寄别離身。幾回對鏡增長嘆，不是當年綺麗人。』余爲嘆絶。今年春寄其室人七絶詩四首，即題《六宜詩稿》者。余因弁其詩於集首。秀才名蔭祖，字希曾；其室人名玉葧，姓戴氏。虎文又識。

瓊按，卷首戴氏所題四絶句爲：『吐屬清華藴若蘭，仙風玉貌總珊珊。天人婥約争誰似，應是前身吴彩鸞。』『片羽由來重吉光，偶然陶寫味深長。殘膏賸粉都堪重，佳句真宜入錦囊。』『果然玉佩更瓊裾，鍾郝門風式里閭。問字有緣親絳帳，瓣香定春女相如。』『縹緲高樓號六宜，能琴善畫更工詩。才人自古稱珠樹，争及閨中色色奇。』末署『甬東女史戴玉葧』。

送外重之河北幕

一輪冰鑑滿，照見物華新。入幕君寧貴，持家我固貧。素絃揮寶瑟，清淚掩羅巾。去去還無恙，前途有故人。

謝外寄春衫

窄袖春衫小樣新，勞君遠寄别離身。幾回對鏡增長嘆，不是當年綺麗人。

倪氏 句

江蘇江都縣人。著有《鸝怨集》，失傳。

句〔一〕

已作蘼蕪離恨草，莫看菡萏並頭蓮。

陳維崧《婦人集》：江都倪氏有《鸝怨集》，其本序云：『内子爲閩中巨族，依其舅氏於白門。孟夏歸余，一病不起。客有善李少君術者，爲余招内子魂，叩生前事，歷歷如響。復作詩十數章。』本序後附《懺詞》云：『生於閩海，長於西江。』又云：『衣不曳地，七襄錦織鴛鴦；案可齊眉，六禮書連鴻雁。乃以兵戈萍散，魂驚拍裏悲笳；兼之骨肉花殘，影落天涯畫角。爰求媒妁，締此姻緣，纔詠《關雎》，忽嗟瘖馬。前端陽之一日，鈿翠埋幽；曾白氎之幾時，爐香化燼。』又云：『廿五年之粉黛，辛苦同休；十九日之牀帷，沉疴不起。』

【校記】

〔一〕全詩《名媛詩緯初編》作：『芳心無緒為誰牽，黛減容消似枉然。已作蘼蕪離恨草，莫看菡萏並頭蓮。重逢故舊應歸夢，遥憶關山正隔天。時序推移將七夕，銀河相望路綿綿。』

黄之柔三首

字静宜，號玉琴，安徽歙縣人，吴園次之室也。著有《玉琴齋集》。

園居即事

避俗聊尋勝，山園景物幽。半篙春後水，一笛雨中樓。刻竹驚棲鳥，抛花引戲鷗。還邀諸女伴，更上木蘭舟。

龔鵑紅過訪惠山次韻奉答

簾捲飛花落硯池，掃眉才子坐題詩。兩山煙雨青無限，總是雙蛾半蹙時。

寄暢園同鵑紅作

一道鳴泉繞碧亭，飛花落絮滿漁汀。自從謝女吟成後，不許人間俗耳聽。

谷氏二首

廣東南海縣人，蕭志崇繼室也。著有《鳳凰集》。

過花田偶賦

美人重憶粵江前，草色蟲聲思黯然。玉匣已凋宮井冷，土牆仍在野狐眠。一尊醇酒愁中酹，幾曲清歌夢裏傳。最惜芳魂千載後，姓名依舊在花田。

夢過司馬長卿鼓琴

夢中形影自沉沉，恍到臨邛秋已深。不見文君仍賣酒，但看司馬獨彈琴。千金尚憶當年賦，一曲猶傳此日心。醒後徘徊何處是，教人無路可追尋。

沈友琴三首

字參荇，江蘇吴江縣人。沈旋輪之長女，與妹纖阿俱工詞賦，時稱聯璧。適周鈺。著有《静閑居稿》一卷。

和汪鈍翁姑蘇楊柳枝詞

池塘最愛護黄鸝，狼籍春風日欲西。不是謝娘曾借詠，幾乎墮水又黏泥〔一〕。

靈巖

靈巖山畔緑陰稠，賦月〔二〕疎鐘歷幾秋。最是館娃人去後，梵音不散古今愁。

擬閨怨

香冷薰爐夜氣寒，塞鴻聲咽燭花殘。更長夢短渾無賴，淡月籠烟〔三〕不耐看。

【校記】

〔一〕全詩《沈氏詩録》（乾隆五年刻本，下同）作『池塘最愛護黄鸝，摇漾東風日漸西。豈是謝孃曾借詠，不教飛絮更黏泥』。

〔二〕賦月：《沈氏詩録》作『曉月』。

〔三〕烟：《沈氏詩録》作『窻』。

沈御月 四首

字纖阿，參荇妹也。適皇甫鍔。著《空翠軒稿》一卷。

秋夜

雨伴疎鐘度越溪，絲裁錦字寄關西。風燈夢斷催寒雁，片月魂驚喚曙雞。煙繞平江紅蓼晚，波摇遠岫白雲齊。畫屏香冷琵琶歇，船有潯陽商婦啼。

和汪鈍翁姑蘇楊柳枝詞三首

一生眉眼太妖韶〔一〕，又向吴宫鬥舞腰。贏得遊人多少恨〔二〕，最繁華處最無聊。

廣陵從昔緑楊多，殿脚三千唱艷歌。争似虎丘飛畫槳，銀塘弄影罩新荷。

年來澤國浪滔天，萬卉飄零不復妍。獨有柳條偏愛水，晚風斜拂釣魚船。

【校記】

〔一〕此句《沈氏詩録》（乾隆五年刻本，下同）作『鬬眉鬬眼費妖嬈』。

〔二〕此句《沈氏詩録》作『消得春風多少恨』。

盛氏十二首

安徽安慶人。

【輯補】

《國朝閨秀正始集》小傳： 盛氏，安徽桐城人，貢生潘天成室。按，天成字鐵廬，以孝行著，嘗從方有懷、梅定九、湯嘿齋講經濟之學。氏擇配逾笄，洎于歸鐵廬，年已三十八矣。相從論文，甘貧静好，鄉里稱之。

花影

落徑全無色，開門滿地花。因風摇砌石，隨月舞窻紗。歷亂江淹夢，參差杜甫家。老來何所事，於此悟空花。

釀酒

釀酒多年學，今冬得好方。晨興加麯蘖，夜起試温涼。豈似茅柴味，差同琥珀光。祖宗猶未獻，兒輩莫先嘗。

示幼女

垂幕深深坐，看兒淚雨揮。諸兄俱已娶，阿姊亦于歸。近世人情惡，衰年心事違。可憐渠最小，燈火炤相依。

高孫到家

生長不曾見，今年始到家。孫兒神氣爽，祖母鬢毛華。牽傍懷中立，攜從膝上加。因思居各處，轉覺淚如麻。

曉起

雞唱開寒柵，蟲吟住短牆。熏籠無宿火，衣架有餘香。心事誰能識，窮愁每自傷。呼兒書早讀，莫待日高粱。

兒輩到家

煙霧千層鎖翠微，衰年難倚竹籬扉。春殘雨帶桃花落，日暮人同燕子歸。負米那曾心得遂，窮途空覺淚頻揮。忙催小婢炊羹飯，忘却呼兒解濕衣。

月夜同兒女坐話

江上霜鴻叫二更，窻前兒女話生平。月明簾命奚童掃〔一〕，鐺沸茶看小婢烹。髮為愁貧容易白，詩因懷遠忽然成。閨中不省都門路，昨夜何緣夢到京？

夫子到家

俄報征鞍到草堂，迎君攜手淚沾裳。乍歸顏忽相驚老，久客鬚疑較昔長。此日聚談如夢寐，十年蕭瑟嘆炎涼。飲餘兒女歡如許，莫看糟糠兩鬢霜。

夜雨

三月江南夜雨多，草堂前後漸成河。牆垣屢促誅茅葢，其奈山童懶惰何。水灌柴扉欲到魚，挑燈起坐費踟躕。杏花林裏三間屋，喚醒兒曹怕濕書。

鵲噪

簾外蕭蕭落木聲，懷渠兩載客燕京。鵲能巧慰家人望，不是歸期也詐鳴。

秋日接書信

小小花箋印折梅，秋風客報欲歸來。一言好向黄花囑，莫謂重陽太早開。

【校記】

〔一〕掃：《國朝閨秀正始集》作『捲』。

林瑛佩 十六首

字懸藜，福建莆田縣人，林西仲先生長女也。適三山鄭郯。著有《林大家詩鈔》。

《福建通志》：林瑛佩，字懸藜，雲銘女，適拔貢生鄭郯。年十四，時雲銘遭變下獄，脱簪珥數千緡，謀贖父命。匿幼弟萬山中，身任家務，親寄饘飦。藏利刀衣袂間，以死自誓。雲銘卒免於難。母病，封臂以療，病尋愈。夙能詩，有唐人風味。著有《詩鈔》及《懸藜遺稿》二卷。

《見山樓墨話》：林孺人瑛珮，詩文清真雅逸，絶無香奩嫵媚之詞。讀張左垣太史《傳》、毛西河先生《序》，知孺人智深德粹，乃閨閣之英雄，豈特饒林下風？惜壽夭，不能廣其型範以易時俗耳。

【輯補】

林以寧《墨莊文鈔》（康熙三十六年刻本）卷一《林懸藜遺集序》：蓋聞荊山之璧，希世難期；楚畹之蘭，孤芳易歇。雖同珂里，未親琬琰之光；初結蕙纕，遽增霜露之感。此才人所同扼腕，詞客每用傷懷者也。懸藜夫人者，林下清才，海疆名媛。未經母抱，迎玉燕于繡筐；纔讀父書，度金鍼于彤管。中郎膝下，早歲辨絃；謝傅庭前，弱齡詠絮。吟成五字，裁蜀紙以晨書；賦就七襄，焚魚膏而暝寫。桃花靧面，初登弄玉之臺；梅子傾筐，即入康成之室。寄閑情于綵筆，攜手春朝；爇百和于金爐，論文子夜。秦徐伉儷，庶幾近之；蘇竇乖離，非其匹矣。方謂乘軒赴洛，定賡九奏之章；即使把臂入林，亦歌五噫之曲。胡既假以鴻文，旋復靳其鶴算。抗懷造物，實有違心。以寧族忝西河，派傳孤嶼。阮分南北，同桂林之一枝；陸異東西，等崑山之片玉。家君結綬，值重光之年；世父登朝，當著雍之歲。後先相映，球璧偕登。而且强藩弄兵之時，諸公渡江之日，彭衙路險，相依孫宰之家，蜀道未平，遂割瀼西之宅。固宜藏蘭受菹，兄事衛孃；銘菊頌椒，師資若憲。乃未將棗栗，遲良會于他年；空覓蘅蕪，反香魂于何日。池塘春草，徒勞幽夢之思；玉案金刀，翻作悼亡之句。然脂夜榻，敬序遺編；弄墨晨窻，回環寶製。慨天道之虧盈，悲同氣之摇落。有不對梁月而增悲，望鴒原而雪涕者哉！

秋夜寄夫子

獨立秋風前，細訴秋風知。一片别離情，盡倩秋風吹。吹與三山客，孤窻夢醒時。

《香草齋詩話》：侯官林瑛珮，字懸藜，杭州推官林雲銘女，適拔貢生鄭郯。聰慧能詩，有《詩鈔》、《懸藜遺稿》。嘗有《秋夜寄夫》詩云云，又有『千里夢隨閩嶠落，數行淚趁浙潮生』之句，人競誦之。

冬至夜

愁多已不堪，况復逢改序。傷心憶舊年，燈下歡相聚。今夕亦如兹，痛母歸何處。淒淒不敢啼，恐觸嚴君故。堂前暗斷腸，入房淚如雨。

登樓寄夫子

憑欄試一望，山色入樓蒼。野寺藏深樹，閑雲度遠岡。雨餘花故落，春盡燕還忙。無限登臨思，翻成離别傷。

曉發

客舟争早發，軋軋細流前。晨色蓬〔一〕窻入，山光遠水連。樵歌含嶂霧，漁夢宿江煙。何處鐘聲落，蒼茫翠裏傳。

舟中晚望

江上村村暮，扁舟野望長。遠煙浮樹白，荒日帶山黄。蟬噪深林急，人歸古渡忙。更憐孤岫外，飛鳥兩三行。

苦雨

風雨兼旬至，江城五月寒。冷煙侵翠幙，宿霧濕雕欄。燕子飛還墜，荷葉放遂殘。黄昏增悵望，大地水漫漫。

雨中新柳步官五韻

微茫春色小枝頭，隔水長堤細浪浮。青眼半窺空有淚，黛眉欲展又含愁。雁歸雲外三千里，人在煙中十二樓。雨脚絲絲同織恨，滿天離思笛初收。

秋夜

蕭蕭梧葉已驚秋，玉漏將殘思正悠。一枕夢隨千里客，半窻月照五更愁。鳴蛩露冷悲荒砌，飛雁霜寒下淺洲。無那金風喧鐵馬，聲聲偏透入重樓。

寄夫子

自君判袂數歸期，寂寞年華望裏移。短枕淚隨流水遠，深閨夢入萬山遲。孤鴻飛斷雲千疊，杜宇啼殘月一枝。最是無情窻外柳，畫眉人去故絲絲。

走馬燈

何處軍情警報來，嚴宵輕騎遶城開。無聲多是啣枚走，有檄誰堪倚馬裁。背水不如環火陣，防秋偏欲上春臺。功名已繪淩煙閣，猶戀邊關不肯回。

聞雁憶杜若妹

孤雁際天飛，思羣鳴不已。聲聲何太悲，恰入離人耳。

九日寄父

强對茱萸只自悲，雲天萬疊望中疑。閨人不識登高路，腸斷當年屺岵詩。

雪夜哭母

反哺慈烏義且高，自悲無處報劬勞。願將一片思親恨，化作江聲咽暮濤。

舟次夢同雍家姊歡笑如平日覺而無聊推篷遥望四顧寂然遠樹烏啼曉煙漠漠愈增離思口占二絶

漫言身遠即情疎，昨夜逢君事有無。夢裏可憐難耐别，分明和月到西湖。

推篷寂寂聽啼烏，曙色纔分樹半無。一片離心何處是，隔江孤雁叫平蕪。

乙丑人日感詠桃花

瑶池僊子隱真香，愛向春風淺淡粧。一種天姿人不識，浪傳流水引漁郎。

鄭郯記：懸藜彌留之時，余偶請僊乩，云係瑶池仙子暫謫人間，與余有夙緣，今當歸去。此詩原集所無，今歲仲夏，里中火，余急取藏繡囊，乃得之。味其語意，與乩判相符，若預知有今日而故示其意者。且懸藜生死及歸余，皆春月，又與次句相符，亦一奇也。

【校記】

〔一〕蓬：原作『篷』，據《國朝閨秀正始集》改。

葉舫六首

江蘇吴縣洞庭東山人。適周孔嘉。

《七十二峯足徵集》：葉孺人，諱舫，東山人。所居白雉灣，擅湖山之美。孔嘉少有四方志，効力河工，孺人操持家計，米鹽瑣屑，不廢吟詠。性喜梅，於所居之高阜築亭其上，環植梅花，匾曰『梅語』；花時瀰望，不亞眾香國也。孔嘉間歲一歸，邀名士觴詠其中。吾山觀梅，素推長圻攬勝石，自有此亭，遂為遊屐必至之所。而傳之歌詠，播為美談，則孺人之泠韻清辭，有以傾動一時也。長女蕙，亦能詩詞，早亡無傳。

古意

涼飔蕭蕭秋夜入，沉吟不語坐虚室。銀釭欲滅月恰來，同坐同看重悲泣。忍妾淚，聽君歌，歌未已，淚轉多，含情體意妾奈何！不貴此時淚，所貴終心常是初。

落葉吟有引

夫寒山一絶，百紀維新；江令片言，千秋永賞。僻居山澤，花木為羣。運錯采於霜華，文標天趣；映高山之皎月，舞韻風吟。落花固是愁端，墜葉豈非怨質？當兹搖落，想榮盛之難期；覩此飄零，益淒其之莫已。有懷難寫，聊付清吟。

年華易逐秋光老，秋聲漸促秋容槁。飄黄點絳趂流波，積徑穿巖依悴草。此聲不受王侯憐，此聲不向華筵攬。錦帳香濃總不期，蕭蕭戚戚閑庭掃。英雄帝子尚哀情，羈懷旅思何須道。最有幽衷不忍聞，驚魂咽夢心如擣。憶年十六伴秋歸，巒紆峯遶碧成幃。村羅金桂香籠谷，院列芳蘭馨染衣。景好惜從人事改，境荒誰惜菊英〔一〕微。青春每怯涼飈起，暮景何堪物候非。所慰森森松栢林，梅為素友竹為鄰〔二〕。凝霜載雪明姿態，攬勝凭高仔細吟。

看泉

雨歇風微静，流泉忽自吟。新翻幽澗曲，和就古松音。苔石浮秋潤，蘋花漾碧陰。高山誰共賞，相對一横琴。

和悵悵詩

題從北平來，未見原韻。吴中山水涯，正所謂『巴人止知下里』，故自助一笑。

悵悵聯鑣即計遊，姑蘇臺望百花洲。雲藏呦呦松間鹿，柳罨雙雙水面鷗。景遇前踪疑是夢，物因情解淡如秋。青天碧海猶生悔，未必人間有莫愁。

明妃曲和韻

回憶離親入禁時，三千佳麗擅天姿。黄龍府外關山月，曾照金門飲恨辭。出塞春光總化愁，風笳霧角集邊愁。陰山馬上琵琶怨，較勝長門賦白頭。

【校記】

〔一〕菊英：《國朝閨秀正始續集》作『落英』。

〔二〕此句《國朝閨秀正始續集》作『歲寒梅竹有同心』。

湯文玉 一首

字里無考。

司峿山

山雨初晴洗佛螺，春風幾處揭青莎。采香不倦溪邊路，多少飛紅趁襪羅。

陳其年《婦人集》：余嘗游宿遷北司峿山，有石刻女郎湯文玉游山詩云云，詞極新蒨，然與他游詩雜書一石。蓋他人為刻之，非其自書也。

陳娟 一首

江蘇溧陽縣人。

江上曉發題金山寺

揚子江邊一葉舟，無邊勝槩此淹留。煙籠塔影藏秋寺，雨帶砧聲入戍樓。丹碧幾重環〔一〕鐵甕，銀濤萬頃結〔二〕瓜洲。征帆便擬乘風去，他日天涯憶舊遊。

【校記】

〔一〕環：《國朝閨秀正始集》作『臨』。

〔二〕結：《國朝閨秀正始集》作『接』。

黄景蘭 二首

字紉馨，浙江仁和縣人。詩見《德門壽言》。

姚母五十壽

旭日上簾額，微風動綺筵。黄菊馨且秀，古松青可憐。擕將獻壽母，餐之益延年。

瞻彼泰華高，俯視淮漢深。巍巍並日月，湯湯流古今。悠哉姚母德，共此千秋心。

徐賢 一首 句

字省齋，江蘇奉賢縣人。廣文徐基之女，適貢生沈迪德。著有《續繡餘集》。

【輯補】

黃之雋《唐堂集》（乾隆刻本）卷六《徐媛詩序》：徐學博十峰先生，老於風雅者也。囊出一編詩示予曰：『是學爲詩者。』予見其思静以婉，氣秀而辭潤，曰：『是工爲詩，非徒學而已。』先生遂磨墨濡筆，授予評閲之，而不知爲何人。今年秋，將往京師，過先生別，先生出一編詩，所謂《續繡餘》者，曰：『子序之。』則前所閲詩半在焉，始知爲先生愛女適沈文恪公之孫恂夏者所作也。先生固老於風雅，配張夫人亦善詩，前殁已二十年，而所著《繡餘集》行於世。『續』之云者，其有孝思乎？古才女子，若班昭著父，謝道韞著叔，左芬、鮑令輝、劉令嫻著兄，徐淑、蘇蕙著夫，宋若昭等著姊妹，不聞其母之能文。唯前朝我郡張引元、引慶母王鳳嫺，嘉興黃雙蕙母沈紉蘭，吴江葉紈紈小鸞母沈宜修，母女皆有集，然各自名其集。若不忍忘其母，而曰續之云爾，願爲嗣音，毋爲絶響，其有孝思乎？詩言志，歌永言，徐媛之孝思，可謂永言矣。詩多近體，其於父母、昆弟、尊嫜、先後，靡不温柔敦厚，源於詩教。至如『仰視天無星，俯視月如霜。月正人影短，月斜人影長』，奚異漢樂府？『恨浮雲冉冉其將至兮，蔽皓月而不明』，奚異楚辭哉？歐陽子序謝希孟詩，謂其母好學通經，以成其女；又惜希孟不幸爲女子，無由章顯於世，有巨人重之，斯不泯没。乃其詩三卷載《宋史·藝文志》，固章顯而不泯没已。然希孟，不聞其父之能風雅也。若徐媛，既有母之續，又先生爲之父，則何必歐陽子序之始不泯耶？

絶句〔一〕

仰視天無星，俯視月如霜。月正人影短，月斜人影長。

《隨園詩話》：松江有徐媛者，十峰先生之女。黄石牧太史述其《續繡餘集》一絶云云。其母張夫人能詩，所云《續繡餘集》者，以母夫人先有此集名也。

句

江山千里恨，風雨一天愁。《龍山客夜》

春草有生色，遊子無歸期。《古别離》

丹桂暗飄香遶月，碧梧亂落影翻風。《秋深獨夜》

《奉賢縣志》：徐賢，字省齋，廣文徐基幼女，南橋人也。母張汝傳工詩，賢得其傳。自幼善吟詠，長適貢生沈迪德，字恂夏，爲文恪公孫，亦嫻韻事。夫婦相倡和，篇什頗多。其《龍山客夜》云云，《古别離》云云，《詠燭》云云，《秋深獨夜》云云，諸聯並佳。初，汝傳有詩名《繡餘集》；賢繼之，詩遂名《續繡餘集》。

【校記】

〔一〕此首原隸本卷徐少娥後『徐氏』名下，實與徐賢爲一人，今並入徐賢。《國朝閨秀正始集》題作『步月』，四句後復有『斜正豈天命，長短不自保。圓缺本天時，不過三五好。人事渾難知，中心常擾擾』八句。

孔少娥一首

字文淑，廣東歸善縣人。適劉少唐。

西湖

西湖西子兩相儔，湖面偏宜點翠洲。一段芳華描不得，月灣宛轉似眉頭。

《居易録》：『《惠州西湖志》載閨秀孔少娥絶句云云。少娥字文淑，歸善人，歸士人劉少唐。』

周定芳四首

適吳某。字里未考。

堯文甥以其婦蘭韞詩草見貽率書四首

闕閱家聲並謝王，浣花牋上寫紅粧。廿年婉娩深閨淑，六載綢繆連理芳。何限幽情傳故紙，幾多餘恨到仙鄉。知君本是蓬萊客，一曲瑶琴已斷腸。

何事蒼天慣奪才，嬌枝忽被雨風摧。啼殘黄口應增痛，夢斷萱堂更可哀。剩有丹青抒藴藉，憐他翰墨絶塵埃。瑶臺此別魂難返，明月清風任去來。我讀遺編已愴神，芳容惆悵未相親。可憐粧閣空留影，悽絶春風夢裡人。舊日青紗吟柳絮，今朝紅淚染湘筠。郎心縱莫堅如鐵，何處神洲可問津。集中《寄外詞》有『鐵打郎心』句，《辭世詩》有『眼望神洲今日到』句。碧海青天莫問情，即用集中《小遊仙》句。梅花松竹訂前盟。集中《題照》詩有『梅花松竹鶴常鳴』句。繡幃寒透鴛鴦枕，綺閣吹殘鸞凰笙。眼底百年原是幻，人間兩美孰教並。芸窻檢點春閨句，珍重書生惜短檠。集中《春閨》詩有『願教解得閨中思，黄卷青燈自惜春』之句，因以慰之。

蔣氏二首

江蘇元和縣人，元葵進士之女也。

落花

春夢無憑冷夕陽，萬花飄落最堪傷。馬嵬坡遠空垂淚，金谷樓高枉斷腸。吹去未能忘故態，飛來猶自帶餘香。東皇早去鉛華盡，蜂蝶徒勞過粉牆。

寄蘭如姊

水國重陽近，蒼涼院宇空。千林飄落葉，一雁下西風。念遠書難寄，登高目易窮。遥思故園菊，香滿小樓東。

《隨園詩話補遺》： 余與吴門蔣元葵進士爲己未同年，家業甚富，而中道零落。其子升吉，人尤瀟洒，長於填詞。余到蘇州，必主其家，其第三女猶孩也。後三十年，族侄孫鴻魁寄其詩來，讀之，不愧謝家風味。《落花》云云，《寄蘭如姊》云云。

卷之十九

曹我聞三首

江蘇江陰縣人。適丹徒縣文學張謇星。

病中歸潤州有感

病容憔悴自堪傷，簾幙初開解客裝。身似孤雲曾出岫，命如秋草恐經霜。天涯已絶糟糠念，膝下空牽兒女腸。幸喜歸來存四壁，縱教懸磬勝他鄉。

詠雪

彤雲四起雪交加，嶺上籬邊一色花。舞去豈如春絮暖，集時偏趂晚風斜。碎敲白玉明書幌，亂散珍珠響碧紗。多事庭前小兒女，學拈詩句手頻叉。

雪霽

凍雀喧喧報曉晴，朝曦紅影上窻横〔一〕。深林風定梅花瘦，老屋寒添紙帳清。吟客未歸驢背遠，旅人初發馬蹄輕。揭來小閣閑憑眺，依舊青山繞故城。

【校記】

〔一〕横：《國朝閨秀正始續集》作『明』。

李氏 一首

劉榗之室。著有《雲錦樓詩》。

陳其年《婦人集》：潁水劉公䰹比部，名體仁，寄王推官家集數種，中有《賢媛詩》三卷：一名《錦雲樓詩》，係進士劉榗妻李氏著。李氏，中丞某女孫。一名《紉蘭軒》，進士劉佐臨女著。一名《寶田堂詩》，秀才劉振女（著）。俱可誦。汝潁風流，卯金為最；孝威諸妹，有天人之譽矣。

《居易録》：潁川劉氏，閨閣皆知書。同年公䰹吏部往為予述其女姪名第五，幼工詩，兼能古文。從姪榗妻李氏，亦工詩。予壬子使蜀時，榗令洪洞李以詩卷來相質，今歿矣。第五之女姪，名令佑，嫁為公䰹甥甯擢益賢子婦，今年才二十，詩詞書迹，以至金石篆刻，皆臻妙。何巾幗之多才也！嘗為予刻二小印，欵云：『潁川女士。』

偶成

花前閑步數蜂鬚，霽色初晴小院隅。巧試金釵移日影，闌干劃處損紅朱。

張采茉四首

江蘇丹徒縣人，張譽星之長女也。適同邑文學高元。

中秋與諸姊艾衲亭〔一〕翫月

多時抱病卧深閨，且喜今宵手共攜。芳徑草衰蟲語切，碧天雲静〔二〕雁行齊。吟成新句茶初熟，話到殘更月漸低。清露濕衣渾未覺〔三〕，怪他花影過窻西。

瓶花

隔簾聞鳥語，欹枕看瓶花。病骨何時健，春光去已賒。

讀道書

繡帙霜毫久不拈，年來多病學參玄。何時九轉爐中月，碧海青天夜夜圓。

重陽夜月偶感

登高已自負新晴，萬里秋光月倍明。貧過當年陶處士，更無籬菊可餐英。

【校記】

〔一〕艾衲亭：《國朝閨秀正始續集》作「艾蒳亭」。

〔二〕静：《國朝閨秀正始續集》作「浄」。

〔三〕未覺：《國朝閨秀正始續集》作「不覺」。

張采葭三首

采茉之妹。適荊溪縣乙丑進士儲兆豐。著有《松陰閣吟稿》。

艾衲亭古松歌

眼前突兀見髯叟，屹立庭隅獨叉手。又如大壑潛虬龍，之而爪鬣寒冰封。歲華閱歷見根底，俯視羣材無與齒。長將一片碧空雲，化作清陰覆亭子。孤亭静夜如深山，寒濤飛籟相潺湲。風聲雨聲聽不辨，時有老鶴盤空還。

嚴陵灘望釣臺

極目桐江上，高臺枕碧流。乾坤傳一客，簑笠自千秋。芳樹閑中老，孤雲望裏收。歲時誰俎豆，崖下有漁舟。

中秋艾衲亭翫月和伯姊韻

良宵樂事屬幽閨，茗椀爐香恰共攜。雲影散空如水拭，月輪當午與樓齊。却憐病骨還妨倦，時姐方病起。戲較詩名不厭低。寂寂閑亭情話久，碧玲聲在畫簷西。

張成珠二首

采芣之妹，適長洲縣己卯舉人韓襲祥。

中秋艾衲亭翫月和伯姊韻

空庭月色映中閨，佳節欣逢手共攜。静夜露零衫袂冷，隔牆風送管絃齊。閑憑曲檻清吟愜，小立迴廊絮語低。凝睇忽驚秋思觸，一行征雁過樓西。

哭伯姊

拈毫慣倣簪花格，叉手曾為詠絮篇。付與多才寧福分，賦成薄命豈良緣？扶牀嬌女空牽恨，掛壁遺琴絕撫絃。痛我雁行遭首折，蕙幃月冷淚如泉。

蔡琬五首

字季玉，遼陽人。綏遠將軍毓榮女，高文良公其倬繼室，誥封一品夫人。著有《蘊真軒小草》。

張裕犖《蘊真軒詩序》：余壯而客吳楚間，與當世士大夫游，輒耳熟高文良公學術經濟，名重封疆。蔡夫人以富貴中閨媛，幼喜讀書，有過人之識，而亦間及吟詠，不以示人。比雖聞之，而莫得窺其崖略也。自入翰林，官京師，時文良公已捐館；夫人老而嫠居，不數年卒。見其嗣君繼亭昆弟，述其先夫人之淑德懿範，余始備知其詳。既又讀其詩，工雅和昶。因而知夫人不必以詩名，而人之推重敬服者，特餘事耳。蓋夫人生於世族，其始育也，有玉女投懷之兆。長而歸文良公。及文良秉節鉞，旌麾臨莅之地，皆名山大川，魚軒所至，幾半天下。而夫人事姑以孝，相夫以恭，訓子以嚴，御眾以和。至於身處崇高，動循禮法，友愛存恤之誼，不以順逆易其心，有古丈夫之風焉。暇時偶拈筆墨，聊以抒寫性靈。子姪輩一時皆列顯宦。夫人守不出閫之義尤篤，故生平所著，罕有知者。今其侄孫半木，性耽書卷，寄老煙霞，將刊其詩以傳，而請序於余。余故表夫人之大端，俾讀夫人之詩者，當求其性情行誼之所在。區區文字，奚足為夫人重哉〔一〕？

高永名《蔡太夫人傳》：太夫人姓蔡氏，遼陽舊族，綏遠將軍諱毓榮公女也。生有淑德，才識過人。比長，好讀書撫琴，尤工詩律。文良公與太夫人從兄諱珽公為同年友，前太夫人卒，文良公稔悉太夫人之家世閨範，聘為繼室。太夫人于歸，事姑以孝，相夫以賢，教子有方，御下有法。文良公由翰林視學山西，遂撫西粵，督滇、黔，歷閩、越、吳、楚，垂二十年。太夫人綜理內政，諸凡區畫得宜。暇時常與文良公分韻唱酬，為室中文學益友。於時名隨侍左右，朝夕受教良多。後文良公卒，太夫人親視含殮，經營喪葬，哀毀盡禮。兒孫婚嫁事畢，太夫人亦旋以疾終。平生孝友性成，如刲股奉姑，惠養族人，其大端細目，詳載《行述》、《墓誌》中，均可毋須再敘。惟是太夫人寢疾時，長叔早歿，二、四兩叔皆遠宦秦、閩，獨石堂叔攜名日在太夫人膝下，進事湯藥。太夫人疾革，囑曰：『余素有《蘊真詩草》，風雨晦明之詠，不足垂示子孫。汝輩不必存之，以文藻虚名為事。』洎一旦溘逝，石堂叔廬於墓側，每見太夫人之手澤，輒咽嗚流涕，悲思難置。因念太夫人一生，識見學術，具在篇章，不忍湮没無傳。方欲校刊，尋以病殂而止。既而諸叔輩又前後相繼捐館。茲嬸母以名年齒稍長，且素荷太夫人慈愛最深，備述叔之遺諭，出太夫人著作兩卷，命名較編次序，付之梨棗。名用敢勉成前志，請序於桐山張大司成。非欲存詩，以故違太夫人囑也。而太夫人之識見學術，誠有不忍令其湮没者耳〔二〕。

《國朝詩别裁集》：夫人無書不讀，諳於政治，文良奏疏移檄等項，每與商酌定稿，閨中良友也。詩集無可覓，於選本中録取四章，皆擲地有聲者。

送文淵大孫北歸

昔見汝幼時，課讀日繼夜。别來十經春，藴玉猶待價。一帆入五嶺，兩載留官舍。剪燭話疇昔，故舊驚凋謝。云何喬嶽崇，倏若江河下。念汝富才華，勖汝相慰藉。芸檟書勸持，金門策期射。今忽辭我還，歸省須税駕。孝思不可違，重負幸毋卸。志力汝所饒，歲月不我借。奮發繩武心，黽勉曾孫稼。行矣勿蹉跎，送汝淚雙瀉。

紅蘭曲〔三〕

紅蘭委露幽香滅，白頭留記青衫血。剩息仍存不了因，餘情猶有螽斯切。鄭重彌留執手時，殷勤付語爾應知。三間茅屋遮寒露，一架殘書可課兒。大義還當終所託，莫將愛索深纏縳。無奈絲絲一寸腸，千迴萬折終難脱。欲將片語寄重泉，地迥天高那得傳。聞説令威曾化鶴，歸來華表更何年？癡情欲避如逃瘧，惟有探禪是良藥。料無棺木待儂開，只把衫襠合淚著。生憎圓月對愁眠，不耐旁人説可憐。白髮自悲青鏡裏，釵梳懶撿擲金鈿。重幃深下無昏早，捲簾怕見秋光好。兀坐閑行底事難，肝摧心折誰能曉？睡魔未遣復愁魔，孤枕清燈夜若何。桐影滿階人寂寂，空庭彷彿見君過。顛倒衣裳喜相晤，五中柔碎愁難訴。執手搴衣雙淚垂，問君那得歸來路。歸來絮語意纏綿，一瞬相逢倍惘然。綆斷銀瓶三載恨，翻悲破鏡夢中圓。一聲孤雁鳴天際，殘魄驚回揮血涕。天上人間兩不知，悠悠生死空悲殪。生離死絶不由人，空裏游絲陌上塵。弱質已枯同槁木，寸心終自轉車輪。為君碎却彈棊局，拋擲香爐罷琴曲。殘局應知無見期，急絃那更憂思促。憂思輾轉復沉吟，秋月春花總不禁。消殘詠絮吟風意，剩有投淵化石心。世事浮雲難把捉，人情更似楊花逐。新浴安能不整衣，濯纓何處分澄濁〔四〕。曀曀終風一番新，誰從爨下辨勞薪。退筆不須重運腕，古音難媚世俗人。書空鎮日徒言説，止有寒蛩共淒咽。漏轉銅龍夜漸長，燒殘銀燭心猶熱。病骨伶俜瘦影隨，星星白首苦低垂。啼乾杜宇三更血，不斷春蠶萬縷絲。弱絮依風化塵土，藕花落盡蓮心苦。烈士狥名慷慨悲，成仁取義難相侮。不盡哀哀枕畔吟，暮笳拍裏斷腸音。形銷骨化成虛寂，留取丹誠貫古今。

薄暮

薄暮涼颸静，蟾光影半明。空廊蟲自語，遠塞雁孤鳴。脈脈千重意，愔愔萬里情。鐘聲遥入耳，愁聽寐難成。

鐵鎖橋

結構飛梁蹟尚存，蘚碑遺字滿埃塵。三垂鐵鎖晴虹掛，百疊江聲戰鼓沉。細柳營空雲似幕，霸陵原静草如茵。臨風一灑孤兒淚，不見題橋續後人。

書後寄妹

細雨圍窻漏正遥，短檠明滅逐魂消。却憐孤客應無寐，萬里西風共寂寥。

【校記】

〔一〕此序蔡琬《蘊真軒詩鈔》（乾隆四十四年刻本，下同）末署『乾隆三十九年夏六月桐山張裕犖撰』。

〔二〕此後《蘊真軒詩鈔》復有數語云：『太夫人生於康熙乙亥年五月初十日，卒於乾隆乙亥年十月初六日，享年六十有一。嗣男四：長恪，世襲三等男，任户部主事；次愿，世襲佐領，任福建駐防協領；次書勳，乾隆戊午科舉人，候選知縣；次麟勳，廕生，任湖北荊州府知府。書勳、麟勳皆太夫人所出。孫男四：長烺，世襲三等男；次焜，世襲三等男，任廣東肇慶府知府；次炯，現任副參領兼世襲佐領；次焌，現任禮部筆帖式。曾孫二：長垣，現任世襲三等男；次幼，業儒。元孫四，俱幼。女四，孫女四，皆適望族。曾孫女四，俱幼。墓誌已隔多年，舊載子孫，現在支庶益繁，仕宦益多，今特補誌，以見太夫人厚德所積，非偶然也。旹乾隆四十四年歲次己亥孟夏吉旦從孫永名百拜謹識。』

〔三〕此題《蘊真軒詩鈔》下有小注『病中作』。

〔四〕澄濁：《藴真軒詩鈔》作『清濁』。

桂彩霞 一首

江蘇南匯縣人。

壽陳母林太君

瑞氣遥瞻嶽降神，雙頒紫誥動坤元。瑶池鶴進南山酒，玉洞猿擎北海樽。德曜齊驅誇孟母，福星聯萼焕龍門。香傳黄菊來相慶，應借冰桃託負暄。

鄭莊範 一首

字予敬，號□□，浙江蕭山縣人。適同邑李兼汝。著有《□□集》。

贈黄皆令西歸〔一〕

欲窮名勝極扶桑，為棹蘭舟過越鄉。花鳥幽閑林下夢〔二〕，山川綺麗〔三〕鏡中光。湘湖雲暗鶯〔四〕驪曲，北榦風高勸〔五〕桂觴。明發吴門霜色滿〔六〕，應知離思共微茫。

【校記】

〔一〕此題《名媛詩緯初編》作『乙未仲冬贈黄皆令西歸』。

〔二〕林下夢：《名媛詩緯初編》作『藁上綉』。

〔三〕綺麗：《名媛詩緯初編》作『麗綺』。

〔四〕驚：《名媛詩緯初編》作『聽』。

〔五〕勸：《名媛詩緯初編》作『進』。

〔六〕霜色滿：《名媛詩緯初編》作『霜露溥』。

金法筵八首

江蘇吴縣人。諸生金喟之季女，適吴江沈六書。七歲能詩，故喟詩有『左家嬌女惜餘春』之句；于歸後遂以『惜春』名其軒。著有《惜春軒稿》。

勗諸兒

人生少壯時，旭日初升天。金花〔一〕浴滄海，照曜無中邊。致身貴及早，東隅豈遲延。惜陰計分寸，千古稱聖賢。逝者本如是，白駒況加鞭。老大有傷悲，誰為挽百川？

偶然作

灼灼庭前花，春風鬬紅紫。隨榮復隨謝，盛衰偶然爾。草木豈無情，誰能一生死？我思更如何，欲種菩提子。

新秋曉望

曉色遠迷濛，秋陰不關雨。連山薄霧中，丁丁響樵斧。牆角蕉抽心，井邊梧綴乳。卷簾一以眺，静裏生妙悟。

長門怨

漸覺清宵永，長門易入秋。井牀桐葉落，河漢露華流。妾願惟中道，君恩許白頭。不知憔悴盡，别館自箜篌。

觀雨

黯淡湖山雨氣連，鵓鳩聲裏萬家煙。直愁漠漠旁無地，不見高高上有天。石勢趂雷移隔浦，濤聲逐電落平田。凭闌萬慮捐除盡，可似身居混沌先。

送春

今日送春歸，畢竟歸何處？九十日春光，隨來亦隨去。

蘇臺懷古

綺羅人散故宫蕪，送盡春風柳半枯。欲問西施舊時事，城頭惟有暮棲烏。

悼二姪女

貫華堂畔長青苔，寂守孀閨扃不開。梁燕舊時曾作伴，不勝哀怨一飛來。

【校記】

〔一〕金花：沈祖禹《沈氏詩録》（乾隆五年刻本）作『金光』。

吴氏六首

號清華散人。

悼亡女徐滄霞

朔雲結慘悽，廣陵濤怒立。閨中一幂笄，親知盡心盡。我眼日加昏，我氣時填塞。悲哀匝月餘，與汝争一息。

夜深頻入夢，宛然舊顔色。執手娓娓言，醒來猶記憶。汝夢今已完，我夢何時畢。一燈光熒熒，萬感攬胸臆。

年年設帨辰，歙謳悦耳目。今夕云何為，哀聲撼山谷。修短固有命，毋乃太迫促。汝聲不復來，何以慰煢獨？

漢亭二兄來邗話舊誌感

蓬萊小閣叩真仙，性若能參命自延。西嶽靈桃還未實，東溟緑水已成田。雁迷午夜鄉心斷，風颭秋燈隻影憐。空谷忽來雙竹杖，老年歡聚話從前。

心跡雙清即澗阿，誅茅不向白雲窩。眼前花月勤參究，腹裏陰陽費琢磨。芝圃鋤成黍米熟，蒲團習静妙香多。休教鶴羽飛蓬鬢，挽住春光莫放過。

金瑞雲二首

山西太原縣人。

瓶梅

孤山分取一枝殘，鐵骨離奇耐歲寒。雖貯玉瓶難結實，清香留與世人看。

鐵馬〔一〕

珊珊應擬佩環輕，清徹如聞秦女筝。庭畔驚殘棲鳥夢，樓頭敲動玉關情。高垂髣髴花鈴繫，驟響依稀鐵騎行。占得一年風力健，不知吹作幾番聲。

春閨〔二〕

門掩櫻桃近水濱，青苔小徑浄無塵。一庭花氣蒸香雨，半榻春風卧美人。蝶去似憐幽夢斷，燕來如話別愁新。連朝不敢開妝鏡，淚臉難將粉絮勻。

【校記】

〔一〕《本朝名媛詩鈔》、《國朝閨秀詩柳絮集》將本詩系於張傳（字汝傳，江蘇華亭人）名下。

〔二〕《本朝名媛詩鈔》、《國朝閨秀詩柳絮集》將本詩系於柴静儀（字季嫻，浙江仁和人）名下。

韓佩　一首

字照玉，浙江金華縣人。著有《鸞音集》，與妹湘煙，人稱雙璧。

七夕

天上從教别思多，東西相望意如何？自應悔作牽牛婦，贏得年年一渡河。

韓宛二首

字湘煙，照玉女弟也。八歲能讀《離騷》，十二即作詩。著有《飲緑亭集》。

送燕

紅襟翠袖自蹁躚，最愛雙飛畫閣前。今日送君途路遠，春風相見又來年〔一〕。

七夕和姊

斜月涓涓掛玉鈎，鵲橋仙子會牽牛。雙星若使常〔二〕相合，何用穿針卜小樓。

【校記】

〔一〕來年：《名媛詩緯初編》作「明年」。

〔二〕常：《名媛詩緯初編》作「嘗」。

葉文孏十二首

字淑菴，江蘇長洲縣東洞庭人，唐屏山之室也。著有《紡餘吟》。

《七十二峰足徵集》：氏名文孏，字淑菴，居東山之白雉灣，與梅語亭主人周夫人同宗也。屋廬相望，意趣雅合，每有著作，賡唱疊和，香韻流傳。山中風雅，恒艷稱之。屏山牽車遠出，氏奉翁姑，朝夕惟謹。女工之暇，涉獵書史。體素弱，善病，常誦《金經》，以祈永年。病革，作《十辭詩》以謝世。岱心吴世章時典，稱其從釋教中來，塵緣了了，無些子粘滯。

記夢

碧天皎皎彩雲飛，月殿天香散四維。昨夜夢乘青鳥去，瑶池西畔謁仙姬。

琳宫紫府任逍遥，靈草奇葩遍地饒。心願老姑長壽考，五雲深處覓蟠桃。

十辭詩

一辭蘭室並〔一〕中堂，上有慈姑心切傷〔二〕。莫盡孝思終抱恨，一棺未蓋獨彷徨。

二辭老母暨諸親，抱德如山報未伸。若使不才成短命，遥空默佑福終身。

三辭錦帳共銀屏，寒暑相依隱病身。非是薄情輕别去，風摇花散不由人。

四辭梳具暨菱花，若待新妝事恐賒。漫説再生臨曉閣，舒眉重對舊清華。

五辭文具與花牋，彩筆攄懷每灑然。今日斷腸題斷句，自憐黄土掩青仟。
六辭玉葉並金錢，姊妹歡呼賭勝先。玩月臺前如少我，風流早續别嬋娟。
七辭彩帛並金針，補綴年年念苦辛。痛殺兒曹今失母，蘆花難免後加身。
八辭書笥與箱籠，已是年來漸覺空。助得兒夫能創業，飄然兩袖返天風。
九辭木石共書齋，几案文房手自排〔三〕。倘屬梅花思故主，風清月白我神來。
十辭六賊並皮囊，病到沉危苦莫當。欲覓仙山雲路杳，靈臺原自有西方。

【校記】

〔一〕並：《國朝閨秀正始續集》作『與』。
〔二〕切傷：《國朝閨秀正始續集》作『自傷』。
〔三〕手自排：《國朝閨秀正始續集》作『絶點埃』。

顧姒 一首　句

字啟姬，浙江錢塘縣人，顧藹雲之次女也。適鄂幼輿。著有《静御堂集》、《由拳草》、《當翠園集》，予插架向有之，為祝融奪去，俟另覓，得補選入焉。

句

花憐昨夜雨，茶憶故山泉。

《綿津詩鈔》：錢塘顧啟姬，鄂子幼輿室人也。曩於京師有句云云，一時艷稱之。

予本淡蕩人，讀書不求解。爾雅讀不熟，蟛蜞誤為蟹。

《池北偶談》：顧姒，字啟姬，杭州人，適鄂生某。康熙庚申，從其夫至京師。嘗見所著《静御堂集》，小賦詩詞頗婉麗。九日，予與同人飲宋子昭工部小園，限蟹字韻。翌日，鄂詩先就，顧代作也。其云云，予驚歎。顧善歌，所製詞曲有『一輪月照一雙人面』之句，予最賞之。

巢鱗徵 二首

字淑只，江蘇武進縣人，巢震林之女也。適文學黄初子，琴瑟倡酬，人争艷之。

春閨曉起

片月〔一〕獨愁花影細，静來香院半留春。清缸〔二〕小裊燈苞剩，墜露初抽蕙畝新。城樹遠聞鶯喚早，石苔多為鹿眠馴。晴煙曉起纔殘夢，好黛雙描拭墨勻。

歸舟即景

兩隄煙柳碧于紗，中夾茅扉三兩家〔三〕。數點睡鳧飛不去，月明溪漲白蘆花。

【校記】

〔一〕片月：《名媛詩緯初編》作『明月』。

〔二〕缸：《名媛詩緯初編》作『釭』。

〔三〕三兩家：《名媛詩緯初編》作『三二家』。

方瑛一首

字眉士，浙江錢塘縣人。

春怨

一夜梨花落滿池，西風〔一〕空自惜殘枝。消魂怕向樓頭立，況是斜陽欲暮時。

【校記】

〔一〕西風：《名媛詩緯初編》作『春風』。

錢敬淑一首

字師令，江蘇江寧縣人，談允謙之室也。

泊浦子口

殘年泊歸棹〔一〕，問酒郭西亭。雪圃芹芽白，江醪竹葉青。夕陽新別路，衰草古離情。隔岸寒山色，含悽望舊京。

【校記】

〔一〕泊歸棹：《名媛詩緯初編》作「歸棹泊」。

徐範一首

浙江秀水縣人。善小楷。

詠蟬

高柯嘒嘒日西斜，清畏人知敢自誇。孤潔素懷惟飲露，螳螂毒手底相加？

曹壽奴一首

小字山姑，生於明，國初尚存。著有《觀静齋稿》。

贈伯姊

草有並蒂花，木有連理枝。果有合歡核，豆有同根萁。魚或比目遊，鳥亦比翼隨。同功繭作綿，合巹玉為卮。我與子姊妹，願得不相離。出必同車輪，居必聯屋楣。見月每共拜，弄珠定雙嬉。子妝我掠鬢，子盥我捧匜。我衣搗子砧，子濯汙我私。機張我續織，鏡聽子兼持。子褰我衾裯，我餔子粥糜。寒輒擁子背，暑還扇我肌。子女迭相抱，帷帳恒並施。生從比肩人，歿以百歲期。

申蕙四首

字蘭芳，江蘇長洲縣人。申胤榮之女，適秀水沈姓。著有《縫雲閣集》。

《秀水縣志》：申蕙，字蘭芳，于歸沈氏。草書法孫過庭。詩蒼老，不作閨閣中語。有《縫雲閣集》，與歸淑芬齊名，世稱『二雲閣詩草』云。

鴛湖暮泛

雨過收殘照，湖光起暮煙。鷺鷗隨浪汎，蘋蓼任風牽。漁火明還暗，烏啼斷若連。歸來閣尚掩，皓月樹頭懸。

林屋洞

龍洞雲封處，千山路半迷。常年人不到，終日鳥空啼。石泐蒼苔護，瀑懸晴雪低。有懷探玉簡，一傍隔凡棲。

秋日登屏山

樹密影重重，秋聲萬壑同。不知山上月，剛到竹林東。

春睡

深院迴廊鎖緑楊，閨中午睡夢初長。只嫌春懶慵鍼線，燕落香泥汚繡牀。

楊阿緡句

陝西潼關縣人，大令楊迂谷鸞之女也。

句

月明夜打魚。

《瀟湘聽雨録》：迂谷有女阿緡，從宦醴陵，時甫六歲，於湘江舟中嘗口占云云，迂谷賞之，以為有詩情，因課以詩，頗嫻吟詠。蔗畦為作小印，題云：『迂谷愛女，屬為作名印，偶爾落筆，乃入醜拙一路，豈拈出山石句，為女郎詩增長氣格耶？』

紀瓊十三首

字蘊玉，湖北漢陽縣人。司城陳鶴汀繼室，誥封宜人。著有《繡餘草》。

陳鶴汀《紀宜人小傳》略：宜人紀姓，幼聰慧。八歲，吴孺人口授《孝經》、《女史》，輒成誦。長通文義。二十歸余繼室。逮事先君，事無巨細，皆致誠謹。李宜人遺子，訓鞠之無異己出。處妯娌諸姑和好。春秋享祀，酒漿滫瀡豐潔。性淡泊，從余游宦南北，未嘗私一綺羅釵釧；金玉器飾，皆非所尚。生子三。宜人諱瓊，字蘊玉，初封孺人，晉階宜人。年七十以壽終。著有《繡餘草》。

孫陳蘇《繡餘草序》略：《繡餘草》，吾先王母紀宜人所作也。先王母性愛書史，口吟手披，自少至老無間，尤愛陶、柳、王、孟諸集，日夕不去手，故五言古近體尤得沖澹渾穆之旨。蘇生也晚，不及侍先王母膝下，時聆訓誨；而生平懿行，自先王父所作傳外，間得一二軼事於先慈汪太君，謹附誌之。吾邑中某氏，其婦家顯宦也，婦殁而偽撰詩集，欲媚婦之父母，祈先王父介先王母校讐。先王母曰：『此欺世盗名事，得毋玷吾名乎？』先王父曰：『此亦樂與人為善之意，何害？』固强之，終不許。嘗獨坐堂上，見一婢有所挾，逡巡中門外不進，先王母即趨入先慈室。先慈愕然迎曰：『姑來何急？』先王母曰：『外廂碾米一婢自外來，負重窺探，必有所竊，故避之。』先慈曰：『盗者誰？姑不察而避之，何也？』先王母曰：『米失幾何？若廉得其實，彼終身難為人矣；且既隱其事，焉用識其人？吾家忠厚世傳，汝輩不可不體此意也。』因為詩歌四章。蘇退，筆之於書。由今思之，先王母德行學識，純粹淵深，夫豈恒人所及？本此以發為詩歌，故沉鬱而真至。所謂仁義之人，其言藹如也。

訓媳

我聞仁厚，齊家之樞。小人多怨，其可深誅？昔賢有言，水清無魚。我坐中堂，婢來庭曲。負重竊窺，逡巡其足。我不避之，進退維谷。相彼小人，寧晰禮義？懼罪包羞，貪茲小利。我如核之，終身是媿。松柏之下，可以息陰。察察為明，福豈來臨？告我後人，勿替仁心。

送別吴老夫子即大舅父

柳絮繞離思，楊花愁行客。杏壇酒初罷，江城日將夕。嗟我愚蒙資，十年侍講席。雖愧古名媛，薰陶時有獲。今當返故里，何時復請益？況兼渭陽情，憂傷〔一〕何以釋？

端陽日作

改序欣晝長〔二〕，佳辰泛華巵。熏風〔三〕吹榴樹，花影紅參差。兒女各年長，繞膝今在茲。顧視誠足樂，開軒賦新詩。

春夜草堂聽沈大姑琴

春煙暮靄〔四〕天欲暝，東南月上煙低凝〔五〕。月光〔六〕照我園中樹，枝影斜覆池西亭。亭中有客發清興，高張紫瓊〔七〕窻前鳴。調絃宛轉漸入調，抑揚頓挫長短清。潺潺澗水石罅溜，冥冥松濤萬壑傾。初彈能使庭鶴舞，再彈不覺林風生。意深思遠非凡響，聞之令我中心平。萬籟蕭然此俱寂，但見白露飛泠泠。

感春

朝來鶯語滑，臨鏡斂愁蛾。白髮不堪理，青春奈爾何。已看寒食近，漸覺落花多。回首流年疾，真如一擲梭。

重陽後一日作

節過重陽冷，情牽别緒長。愁來驚落葉，老去戀秋光。白蝶蕭蕭過，黄花澹澹香。倚欄還獨坐，誰信九迴腸。

新秋夜作

雨洗秋容暑氣藏，暫拋團扇坐藤牀。柳邊月上飛輕靄，竹裏風清送小凉。螢火暗流閑院静，水禽雙泛露荷香。七絲〔八〕鼓罷更闌寂，桐樹移陰過北堂。

詠竹

風來笑有聲，雨過淨如洗。有時明月來，弄影高窻裏。
嫋嫋復嫋嫋，隨風東西吹。但見宛轉態，貞心誰得知？

過𩿧磯謁孫夫人祠

陸遜猇亭敗蜀兵，玉顔西望恨難勝。應知絶命江頭日，悔聽虚言到秣陵。

【校記】

〔一〕憂傷：《國朝閨閣詩鈔》作『憂思』。
〔二〕晝長：《國朝閨閣詩鈔》作『長晝』。
〔三〕熏風：《國朝閨閣詩鈔》作『薫風』。
〔四〕春煙暮靄：《國朝閨閣詩鈔》作『春風靄靄』。
〔五〕煙低凝：《國朝閨閣詩鈔》作『煙光凝』。
〔六〕月光：《國朝閨閣詩鈔》作『皓魄』。
〔七〕紫瓊：《國朝閨閣詩鈔》作『緑綺』。
〔八〕七絲：《國朝閨閣詩鈔》作『七絃』。

鍾睿姑三首

字文貞，安徽蕪湖縣人。善畫工詩，兼能操琴。

陪甯師遊冶父山

筍輿重去訪名山，楓葉才紅緑未斑。自把瑶琴傍溪樹，乘風一奏白雲間。
無梁殿冷石門秋，鑄劒池空水不流。苔蘚照人心自古，滿天晴雪落峯頭。
樹裏湖光一鏡開，水精宫外有樓臺。散花不到維摩室，親捧雲珠供佛來。

《隨園詩話》：蕪湖有鍾姓女子，名睿姑，字文貞。能詩，能畫，能琴，兼工時文，受業於甯孝廉楷。陪其師遊冶父山云云。甯故宿學之士。余宰江寧時，與秦大士、朱本楫諸公，受業門下。五十年來，羣賢亡盡，而甯年八十，巍然獨存，又得女弟子以衍河汾一脈，亦衰年聞之而心喜者也。

劉淑九首

字芳愫，江西金谿縣人。歸東鄉吴秀才嵩梁。吴本世家，早負名譽。于歸後唱酬極雅，所居曰『蕙風閣』。小姑素雲，亦工詩畫，為寫《蘭蕙同芳》卷子，遂以名樹，蓋其外即『蘭雪齋』也。所著有《蕙風閣詩鈔》、《月波詞》、《同芳樹詩話》。〔一〕

秋夜

孤月忽西墮，秋高露華冷。輕雲流絳河，疎螢散金井。閃閃書帷燈，漾漾籬菊影。片葉辭高柯，棲禽時一警。

次韻蘭雪石溪看花

庭院春陰閉，湘簾晝未開〔二〕。尋詩向何處，微雨恰歸來。小榼攜珠醿，輕衫拂翠苔。好春留得住，日繞樹千回〔三〕。

閨秀金逸和韻：紅雲飛隔水，應是雨催開。游屐緣溪入，春禽喚客來。濕煙低隱屋，老樹卧延苔。幾度尋詩到，無人立一回。

寄蘭雪京師兼示素雲

鸞箋呵凍記親裁，袖裏詩篇誦百回。新緑化雲籠水檻，亂花吹雨到粧臺。離襟重疊經春淚，綵筆飄零絶世才。争及畫中雙燕子，花開一度一歸來。

詠芍藥

殿春花好放偏遲，紅到庭西第幾枝？不肯移栽粧閣畔，嫌他名字是將離。

題蘭泉先生三泖漁莊圖

轉棹尋詩傍鷺汀，鏡波面面貼秋萍。湖頭一夜風兼雨，吹落芙蓉九朵青。
歌罷采蓮歌采菱，月明多處下漁罾。鱸魚尺半酒初熟，醉倒詩人王右丞。
一代功名兩鬢銀，歸帆預想泖湖春。白鷗歡喜青山咲，認得當年結網人。
滿地江湖行路難，煙蓑雨笠夢高寒。兒家夫壻能偕隱，待與先生把釣竿。

同蘭雪晚坐

欲寫烏絲句未成，薄羅衫袖嫩涼生。紫薇花外芭蕉緑，坐愛茶煙颺晚晴。

【校記】

〔一〕此後原有《田居隨筆》一則，文字與本小傳全同，今刪除。

〔二〕未開：《國朝閨秀正始集》作『不開』。

〔三〕以上兩句《國朝閨秀正始集》作『滿身蝴蝶粉，知是看花回』。

卷之二十

陳箋 一首

江蘇高郵州人。

落梅和韻

風敲簷鐵雨聲殘，更道梅花落畫欄。夢冷衡門新竹徑，神傷水部舊詞壇。翻飛應與人争瘦，懊惱難憑笛訴寒。縱到飄零豈須怨，冰心留待後來看。

王菊枝 句

廣東人也。

句〔一〕

與孤窻雨一般聽。

陳其年《婦人集》：王菊枝工小詩，雋冷殊甚。廣東程内史名可則為余説，洵可為珠孃之絶調也。

【校記】

〔一〕此題《名媛詩緯初編》作『清風店題壁』，全詩爲：『青青柳色照人行，恨却寒燈黯欲傾。誰誦文姬出塞曲，孤窗夜雨一般聽。』

杜瑽四首

字佩玉，號浣雲，江蘇太倉州人。福建永春州知州杜昌丁女，適吴縣監生范志。著有《竹雲樓草》。

溪上觀魚和外韻

神龍巨鯤横滄溟，噴雲吹浪揚其靈。飛潛騰躍不可測，怒濤震蕩連青冥。逍遥海運忘其大，性得情安與化會。動則山傾静嶽峙，茫茫萬頃隨沾匄。凡物有分亦有時，修鯈出水光參差。香萍碧藻春意暖，飛絮落花春景遲。淺渚可潛亦可躍，得遂天機有餘樂。侈思難忘分减恩〔一〕，相羊聊借餘波托。隨羣逐隊共相安，縱逸何知江海寬。已免蹄涔乞河伯，不貪香餌避漁竿。鼓沫呴波堪假息，千里風濤寄咫尺。禹門變化且須時，川澤容身養潛德。

晚坐耕雲軒

點筆石欄前，虛亭野色連。境幽閑獨會，詩淡愛誰傳。蕉葉緑如拭，桐花香可憐。日斜風瑟瑟，秋意已蕭然。

雨夜懷三妹雪林

短檠孤照數更籌，急雨和風暗入樓。遠道懷人空對影，十年多病不勝愁。涼生枕簟難成夢，聲到梧桐易感秋。起坐無聊眠未穩，沉沉一夜滴階頭。

寄衣曲

挾纊君恩重，裝綿妾意紛。恐添關塞恨，不敢寄迴文。

【校記】

〔一〕此句《國朝閨秀正始集》作『盤餐敢冀分減恩』。

左如芬八首

字信芳，安徽桐城縣人。順治乙酉舉人鶴巖之仲女，適進士姚非菴。幼聰慧過人，讀唐詩千餘首，背誦不忘。年甫三十而卒。著有《纕芷閣詩稿》。

《龍眠風雅》：　左如芬，字信芳，郡丞鶴巖公之仲女，進士姚非菴之妻也。幼聰慧過人，讀唐詩千餘首，背諷不忘。年十三歸非菴，太夫人方操家秉，黹紩之外，益得研求書史，因從非菴學詩，出口便有林下風味，蘭閨倡和，幾無虛日。迨非菴成進士，遏選得浙之江山，單騎之官，不能挈家累，憂鬱成疾，甫及三十而歿。所著有《纕芷閣詩稿》，非菴為之授梓，而屬其世父眠樵先生序之。

【輯補】

左如芬《纕芷閣遺稿》（康熙刻本）載姚文熊序：『纕芷閣』者，予內子左信芳之讀書處也。畫檻珠簾，曲房無恙，筆床琴案，手澤如新，曾幾何時，而物在人亡，詩名『遺草』，豈不痛哉！憶余以甲寅秋仲捧檄浙東，時以一枝無地，內子不獲予從，把別之間，賦詩為祖。洎予淹留杭郡，不時遣書問訊，緘寄新詩。迨將歿之前二日，猶遣价致書，緘詩相寄。豈意傷離之句，竟成絶命之詞，至今封貯前詩，不忍開視。今子女入署，檢其遺篋，獲覩全稿，挑燈讀之，益不禁涕淚之無從矣。內子為少保忠毅公第三子鶴岩公之次女，母夫人則余之從姑也。內子少時聰穎過人，雅好讀書，翁與母皆篤愛之。及為擇壻，亦謬以快壻相期許，故延明之坐，早已內斷之于心矣。內子少余三歲，甲午秋，時當從宦嶺南，以余故特留之，隨祖母歸，蓋不欲以跋涉累余也。十三歸于余，余兩人相得甚歡，余妹視之，吾母女視之，內子亦以兄、母事余及吾母。母夫人雅愛之，仍躬理家政，亦不欲以操作累弱息，所以報乃母乃翁也。以故內子梳裹之外，益肆力於書史。從予學詩，一學即工，斯固其天資之穎異乎，亦其漸漬陶淑之情深也。嗣是每逢勝景良辰，奇花好月，輒命以詩，其間與予倡和之什居多焉。且余性善遊，遊輒經年，是以贈行懷人之句，亦復不少。但後以繼理家政，珠桂關心，偶偷暇吟哦，信筆立成，多不落稿，以故存者十僅二三，而銷沉於斷簡殘編者，且十之八九矣。雖半豹未可以抵全牛，然碎金實無慚於全璧也。其論詩喜開元、大曆，而每心折于余。每有一篇，必把玩不忍釋手，所媿余之詞藻遠遜秦嘉，以內子才華，使天少假之年，恐未必不追踪徐淑也。嗟乎！所業未成，賫志以没，天固不欲女博士擅此芳名乎？不然，何奪之速耶？內子所著作，每不以示人，輒云：『此非女子事也。』故余不令梓行，以傷夙志。今子女輩較訂全稿，固請付剞劂以問世，且請余一言敘之。夫纕芷閣之詩，非余誰能敘？然余未搦管，早已淚下沾巾，咽不成聲矣。雖勉綴數言，且不能盡意，又何有于文哉！然此特備述內子學詩之歲月，與夫學識之精勤，初未嘗旁及內則。至其嘉言淑德，兒子輩當另狀乞哀，以求大君子之表章，又非余不佞之所敢悉矣。爰是掩淚而為之序。時康熙十五年嘉平月龍眠姚文熊非菴氏題于蕭然署中。

同集載左國棅序：昔上官昭容評昆明應制之什，使沈、宋諸人俛首一時，留艷千古。吕叔和昭容書樓歌曰：『自言文藝是天真，不服丈夫服婦人。』又謝老戲象山曰：『自機、雲、抗、遜死，天地靈異之氣不鍾于男子而鍾于婦人。』則女子之奇，女子之詩，亦學士大夫所流連誦習，而不能去諸懷也。雖然，一女子耳，枕籍脂粉中，所習不過中饋蘋蘩，所見不過風花雪月，目不識陳玄卿、楮先生為何物，乃筆花墨霧，標新吐艷，成一家言，豈非巾幗一人耶？纕芷閣如芬者，先忠毅之七孫女，吾弟河間郡丞鶴崖公之二女也。幼習詩書，聰慧過人，常讀唐律百千首，掩卷不忘。余于書館中即目之為他日定是詩人。年甫十三，于歸姚子望侯，吴興簪纓世冑，冠蓋一堂，舍弟遠宦嶺南，貧不能治奩，烏芊一繫而已。女笑而不顧，雖未能如德耀之操作井臼，已似桓少君之却資裝矣。維時張太君主家政，望侯閉户潛修舉子業，女自定省問侍外，手持一卷不釋。每歸寧時，余謂之曰：『女好學博覽，欲為女學士耶？』女應之曰：『亦何不可？』雖不及沈瓊蓮名列仕籍筆墨之間，大是吾家嬌女矣。迨望侯以少年奪巍科，而始有唱和，而始成集。顧其時荊布自甘，焦勞家計，兒女繞膝，未免累人，乃刻勵愈工，宫樣轉新，蓋不減元家酬勸、少游贈答矣。望侯謁選得江山，以温衢賊亂，單騎之官，不能攜家室。女盼望烽火，憂鬱成疾，一旦朝露。嗟乎嗟乎！天之妒人，妒其尤者，絶才絶技，上界所謫，安得久居塵世也。潘岳悼亡之辭，微之遺懷之句，有其倡之，誰為和之，望侯能不痛哉！及望侯改授蕭山，余偶過訪，望侯政事之暇，含淚謂余曰：『紅顔化為白髮，虎頭健兒變為雞皮老翁，造物弄人，又何必悲？予之伉儷情深，所不能忘者，此《纕芷閣遺稿》耳。每讀一過，以當一面，欲梓以行世，其為我序之。』余讀集中諸什，强半思念望侯，次是軫惜兒女，又次則想與望侯同之官署，暫釋家累也。今者擁青紫，治花縣，兒女成行，僕婢在列，歡聚琴堂，女乃高卧荒山，寂寞泉下，狐兔為鄰，山鬼作伴。讀至此，掩卷歎息，不覺涕淚之盈盈也。然望侯存心懷舊，大非薄倖郎。他日花誥貤封，彤管標名，亦可含笑九京。即兹集刻行，自有昭容其人為之歎賞，又安見婦人女子不可以入風雅之林，鬚眉男子不大可愧哉？眠樵老人左國棅書于蕭邑江寺之流光堂。

納涼

向晚深閨静，流螢遶檻飛〔一〕。竹摇窻影亂，花落樹陰稀。帶露風初動，移雲月漸輝。欲眠愁未穩〔二〕，爐裊麝香微。

初夏

忽忽薰風度，韶華病裏過。不知春色盡，但見落花多。拈韻消長日，看書醒睡魔。晚涼新月上，清影照藤蘿。

秋夜憶夫子

送君纔匝月〔三〕，秋色又將闌。不覺流光易，偏憐久别難。夢隨江水遠，寒念客衣單。良會〔四〕知何日，離情已百端。

庚子七夕夫子應舉江寧詩以贈別

清江風静浪初平，身逐孤帆一葉輕。天上恰當懽聚日，人間偏有别離情。蛩吟〔五〕幽砌閨心碎，月落〔六〕寒汀旅夢驚。爲囑天門須〔七〕射榜，桂花香處好〔八〕逢迎。

菊月夫子北上詩以言别

强疊征裘淚暗垂，秋風瑟瑟又將離。曉天霜月常隨馬，晚岫煙霞盡入詩。野店〔九〕聞砧驚客夢，荒庭〔一〇〕落葉動人悲。欲知别後思君處，小閣殘燈夜雨時。

詠柳

帶雨拖煙拂小樓，枝枝摇曳動人愁。柔條縱有絲千縷，不向江頭挽客舟。

暮春即事

紙閣香銷午夢殘，起來無力倚闌干。桃花飄盡鶯聲老，零落春光不忍看。

秋夜夫子赴芸圃酌酣飲達旦

靜掩紗窻避晚涼，挑燈獨坐夜偏長。無情最是初生月，不待人歸上短牆。

【校記】

〔一〕遶檻飛：左如芬《纕芷閣遺稿》（康熙刻本，下同）作『傍幙飛』。
〔二〕愁未穩：《纕芷閣遺稿》作『愁暑極』。
〔三〕纔匝月：《纕芷閣遺稿》作『方數月』。
〔四〕良會：《纕芷閣遺稿》作『良晤』。
〔五〕蛩吟：《纕芷閣遺稿》作『蟲吟』。
〔六〕月落：《纕芷閣遺稿》作『雁叫』。
〔七〕須：《纕芷閣遺稿》作『能』。
〔八〕好：《纕芷閣遺稿》作『羨』。
〔九〕野店：《纕芷閣遺稿》作『野墅』。
〔一〇〕荒庭：《纕芷閣遺稿》作『荒程』。

王氏 二首

浙江德清縣人，陳尚古女也。著有《止一齋集》。

碧浪湖

浮玉雲根出，寒塘水自流。空山聞獨鳥，落日見清秋。天際孤帆動，松間一磬幽。親知何日見，定向此中遊。

早梅

微霰淩寒下，梅花及早春。孤榮盤野徑，玉質浄芳晨。疎蕊淡何艷，高花韻益新。我生歷冰雪，見汝得余真。

程瑜秀三首

安徽歙縣人。文學王宜邨室。

雨中看白蓮花

冰肌玉骨影婆娑，清艷堪邀帝子過。為愛浄根宜浄水，敢同諸女唱蓮歌。

清姿自合伴清湘，不耐尋常紅粉妝。雨過池塘新出浴，臨風何處不生香。

桃花雪

嫣然醉笑太真妃，妒惹寒花六出飛。可是東皇裝點巧，水晶屏外絳綃衣。

吴氏 一首

江蘇元和縣人。

己亥歲朝

春和雪絮到天涯，粧點池臺瑞氣加。藍尾尚堪傾竹葉，紅顔争欲頌椒花。東風漸轉銀瓶小，曉色餘寒翠幙遮。人羨今朝新景好，我憐去故獨興嗟。

沈德禎 三首

字仁英，直隸柏鄉縣人也。

九月十三日晚閑步階除仰觀銀漢月色皎然感别而作

耿耿銀河天氣晴，桂輪斜照碧窻明。風吹翠竹頻翻影，蛾滅昏燈巧弄情。落日孤雲人去意，殘更永夜雁歸聲。閑階佇立真無郙，欲寐應愁夢不成。

寄外

長河半没雁飛時，默對南征寄所思。欲倩麝煤書一語，正當腸斷讀君詩。
月暗西隅漸欲收，不曾愁處也知愁。流螢似解予幽寂，却趂風吹上小樓。

張氏二首

浙江嘉善縣人。詩見俞琰《詠物詩選》。

暢春園即景

蒼茫山色映新晴，紫氣遥瞻識鳳城。兩岸垂楊高閣蔭，一灣流水小橋横。湘簾日轉花陰細，翠幙風柔燕語輕。即此便非塵世界，三山何必訪蓬瀛。

西府海棠

似笑如颦百媚生，臨風映日態輕盈。西施舞罷添朝倦，妃子扶來帶宿酲。開處自堪誇絶世，落時誰不羡傾城。雖然一種天香少，子美無詩亦寡情。

余性淳六首

字静昭，奉天人。

寄征夫衣

紙窻風過鳴如吼，新涼清透羅衣袖。踟躕忽憶征夫寒，整衣淚湧難成就。幾番欲剪又尋思，腰圍可得還依舊？叮嚀遠寄向邊庭，製袍人比黄花瘦。

夏景

深深庭院日初長，獻水芙蕖吐異香。簾捲玉鈎朝雨散，簟鋪湘水午風涼。竹摇清影初辭籜，燕引新雛故繞梁。静坐書窻無一事，瑶琴三弄已斜陽。

秋夜

燭暗蘭閨夜氣清，長天遥聽雁飛鳴。城頭畫角隨風至，庭外霜華襯月明。葉落井梧秋有韻，露滋籬菊濕無聲。沉沉寒沁梅花幙，漏滴愁心夢未成。

宫怨

微微風送上陽鐘，昨夜輕寒睡未濃。鸚鵡不知人意懶，聲聲偏唤整花容。
樓閣崔嵬煙霧中，顰眉寄語怨東風。羊車有路皆芳草，却在昭陽第幾宫。
無奈春風送夕暉，侵階芳草更萋萋。回看梁畔呢喃燕，故向幽庭竝翼棲。

葉氏 二首

江蘇長洲縣東山人，詩見《七十二峯足徵集》。

沙嶺觀雪

積素杳無際，同雲不作陰。萬峯光皛皛，千樹玉森森。瑶島平生願，冰壺一片心。月明應更好，只恐暮寒深。

紅梅

瞥見南枝雨綻肥，退簪索笑落霞飛。賞花未醉花先醉，天遣紅兒媵玉妃。

陳士吏一首

字學恭，安徽天長縣人也。適李某。

《江南通志》：陳士吏，天長人，教授以剛女。侍父讀書即解，學字及詩文即工。後贅壻李於池州學署。母病，奉湯藥八年，不少怠。母卒，代秉家政。父善病，又悼亡，恒鬱鬱，女輒引故事，或為小詩以解之。卒年三十。

黄之雋《墓銘》〔一〕：天長陳燭門，愛其女而悲其死，哭以詩，告以唐堂。許銘其墓，遂來告曰：『礱石須矣。』燭門與予先後出孝感屠公門，稱同門兄弟，是宜銘。女名士吏，字學恭，隨父任池州府教授。工詩，精書法，能作制藝。凡燭門之所蜚聲揚光，挾持以領袖士林者，盡傳其女。匪傳之也，女慧，遂盡得其不傳者也。是故燭門欲不愛，不能也。笄而贅壻李生於池署。辭父母有日矣，而母病，則日侍湯藥、夜疏天求代者凡八年。而母死，則代母秉家政。燭門之家兄弟子、子婦，皆依以居，食指眾而宦極貧，女一切措辦當父意，忘其貧。燭門善病，窮愁悼亡，則時時引説故事，詠新詩，以釋父憂。於是燭門愈不能一日離其女，女愈不能一日離其父，以至於死。則燭門愈傷其女已嫁，而以己故，俾不得以婦道表見於李，遂溘焉以終於室也。死之日，燭門修志客金陵，則愈傷其女三十年相依以生，而不見其一朝之相訣以死也。是故燭門欲不悲，愈不能也。燭門之友荊溪任太史、昭文陈進士、桐城張孝廉，為易名曰『懿孝』。

五妹亡後一夕家大人夢其作詩一首覺後命予偕諸妹次韻

荒祠人散閉棺初，棺殯於水府祠。短燭熒熒照暗廬。風旋紙錢圍〔二〕壞砌，煙熏塵網落殘書。侍兒揾淚焚香至，乳媪傷心問疾餘。最苦生前多少恨，夢中猶覺語言疎。

【校記】

〔一〕黄之雋《唐堂集》（乾隆刻本）卷二十五所收此文題作『懿孝女墓銘』。

〔二〕颺：《國朝閨秀正始續集》作『飄』。

陳士安一首

字學莊，士更妹也。

前題和韻

把袂殷勤入夢初，喃喃相送出幽廬。花陰忽變風鈴語，塵跡空留鳥篆書。月耿斷魂猶未没，燭抛殘淚已無餘。隔窻髣髴聞行跡，一徑陰森暗柳疎。

陳士輿一首

字學純，士安妹也。

前題和韻

黄昏人静暮寒初，不見歸來入故廬。月姊肯隨泉路客，封姨應送夜臺書。墨痕在壁臨池後，綫縷粘衣刺繡餘。一度思君一惆悵，那堪梧柳夢蕭疎。

查惜 六首

字淑英，浙江海寧州人，馬思贇婦也。著有《南樓吟香集》。

《海寧縣志》：字淑英，幼聰慧，偶從父西峔步月，有『輪月自明，閨人自愁』之句。年十五，歸馬思贇，家有道古樓，藏書最富，因縱觀唐宋以來詩文。深閨唱和，以清雅為宗。有《吟香集》六卷，自為序。

《見山樓墨話》：海寧州插花山人查惜，字淑英，馬思贇之室也。思贇居龍山，家有道古樓，藏書頗富，日與淑英坐樓中，爐香茗盌，丹黃校讐，頗有趙明誠、李易安之風韻。淑英著有《南樓吟香集》六卷。

【輯補】

查惜《南樓吟香集》（康熙二十八年清遠堂刻本）載其夫馬思贇序：《南樓吟香集》舊刻於硤川西山，起自乙丑正月，至戊辰二月，得詩六十四首，已經問世。閱今一歲，復刻於邑中清遠堂。刪抹增訂，共得詩乙百零首，每體各為一卷，大約五年内詩之可存者略備矣。至舊時本子，舛僞甚多，見者幸勿置案頭。時康熙己巳年閏三月一日馬思贇仲安甫記。

同集載其母祝翼昭序：惜兒幼有慧質，授詩古文，便能了了心口間。刺繡之餘，閒弄筆墨，余喜其不染塵俗氣，故不復禁之。七絶而外，大約未得佳也。歸仲安後，今蓋四年矣。其間米鹽酒食，刀尺筥筐，觸緒紛來，即應之甚暇，亦損詩懷，吾甚虞其掛一而漏萬也。苟不爾，當亦無失邯鄲故步已耳，豈能另開生面，追蹤彤管耶？今年春，仲安以惜兒詩稿至，略展數帙，駸駸乎駕舊業而上之，古體近律，更覺軼群。余始而喜，繼而疑，疑夫東床之效東里也。不然，一弱女子胡便能頡頏衰老婦耶！故樂為之弁其首。母氏上翼下昭一字漢姝題寄惜兒，以付剞劂。時康熙歲次戊辰二月月既望之三日。

同集載祝柔嘉序：憶余六歲時受訓師氏攻詩書，九齡習女紅，議酒食，遂不知墳典為何物也。迨三十作未亡人，不言文采，日課兒輩讀書，惟俱以詩詞妨其制舉，了不留意。今老矣，間與吾妹漢姝相酬和，每樂道古名媛遺事，而於忠孝節義之行，托諸吟詠以見志。常謂妹之蘭質蕙心，非等閑可幾也，詎知姪女惜幼而慧，婦職之餘，更嫻篇什，抑至是耶！初，侄女年十五字仲安，才情兼至，聯吟於花間月下，詩文日益進。吾兒鎬與仲安昆季同事筆硯，每稱其志氣淩雲，今古文無不洞達，固皆非常士也。乃如弱女子者，亦既宜爾家室，而工於詩歌復爾爾，源遠流長，豈與世之握管者比哉？夫詩也者，發乎性情，範乎禮義，一唱三歎之下，恒足以動物感人，移風易俗，非僅為風雲月露、花鳥蟲魚之咏已也。予閱其詩，其寄懷也正，其命意也深，不以鉛華為炫，而淡而彌永，知其天分過人也。則即是編之温柔敦厚，已足附《卷耳》、《葛覃》，風天下而傳後世，寧惟是風雲月露、花鳥蟲魚之咏而已乎？是為序。時康熙己巳春三月未亡人祝柔嘉書。

同集載查氏自序：余年六歲，母氏授唐絶數章、《花間詞》數闋，每當團欒家會時，大父呼曰：『汝其咏唐。』咏畢，則賜餅餌。歲時伏臘，率以為常。至八齡，又授《毛詩》、古文，然俱口習，未嘗手習也。戊午秋夜，侍兩大人家園步月，大人命曰：『惜，吾語女：女讀書積寸，何無一吟咏？』以即景為題，余遂有『輪月自明，閨人自愁』之句，大人俱歡咲永夕。自是而後，妄自塗鴉，存諸笥中，幾幾盈帙。要皆一時誌興，未耐人思，蓋性不喜作蠹魚生活，意以詩者不過寫胸中之樂，聊以適志焉耳，安用拘拘者為？且婦人謹守深閨，初非以求聞達，為自怡悦計，而適以自苦，又何愛焉？所以回思昔日，其足供家人覆瓿者，固不少也。行年十二，從事女紅，暇日或撫焦桐，吹柯竹，彈碁、丹青之類，稍稍諳習。顧見獵而喜，又情隨事遷，略知一二，輒便棄去，雕蟲小技，無一能精，而向所習詩古文，已束之高閣，絶不復覽矣。即遇花朝月夕，與從姊蕙、姪婦婉思、侄女瑆二三人唱和，不過偶一為之，以免金谷之罰耳，豈足數哉？十五歲冬結褵後，得從仲安快讀唐宋以來詩文全集，自謂捉筆將較前俚言必有進矣，無如邇年內從姊早嫁朱氏，姪婦別居北塘，姪女流離秦楚，又將遠適維揚，求為二三唱和，渺乎不可再得。夫詩者，原不過寫胸中之樂，聊以適志耳，今乃幽居寥落如是，而欲詩之多且善也，能焉否耶？今因仲安言，詮次全稿，苦無存者，只此數首，偶於南樓敗紙中覓得之，顏之曰『吟香集』，自為之序。蓋亦存此適志，聊慰父母之心，應仲安之命而已。若云即此足窺全豹，則汗顏殊甚。歲次戊辰二月廿有一日淑英查惜題于南樓。

呈家仲安

周鼎浮洛水，龍劍出豐城。寶氣不終没，人懷萬古情。不如乘騏驥，不如駕長鯨。行游向京洛，高望凌蓬瀛。茂先勵素志，終軍請長纓。修能繼內美，特達宏家聲。

人言夫壻殊，夫壻殊文章。冥思出天地，抽筆開洪荒。高舉振六翮，梧桐棲鳳凰。德輝被天下，不與燕雀翔。谿來三都賦，紙價貴洛陽。

行路難

行路難，不在羊腸之屈曲，蜀道之巑岏。行路難，不在三峽之逆流，十八之長灘。康莊途，生荊棘，順水舟，多狂瀾。世人只知設險之為險〔一〕，誰知至險乃在平與安。濁酒頻頻進，焦琴〔二〕續續彈。賤妾歌一曲，為君竟日歡。君不見，聰明反被聰明誤，知雄守雌天下寬。

乞晴

天高億萬丈，晴豈乞能來？曠朗無時見，陰霾幾日開？緣之悟世道，兼以得心裁。立志誠須早，無為後世哀。

春望

一望頻為物候驚，高樓凭處思盈盈。鶯非選樹間關囀，花亦乘春歷亂明。緑水漲來艇子疾，青山踏去馬蹄輕。傷心偏〔三〕是王孫路，芳艸萋萋遠更生。

二月

二月江南地，風光處處春。誰家妖艷女，遮面看行人。

【校記】

〔一〕此句《國朝閨秀正始集》作『人人只知涉險之爲險』，查惜《南樓吟香集》（康熙二十八年清遠堂刻本，下同）作『世人盡知設險之爲險』。

〔二〕焦琴：原作『焦翏』，形誤，據《南樓吟香集》、《國朝閨秀詩柳絮集》、《國朝閨秀正始集》改。

〔三〕偏：《南樓吟香集》作『遍』。

王德嘉三首

字家令，江蘇武進縣人。

春恨

寂寂無聊簾半鈎，緑肥紅艷映層樓。鶯藏翠色迷春恨，蝶趂花疎惹暗愁。幾度停毫思去夢，一番花褪意如秋。輕紅片片隨風去，總抱閑情付水流。

山意

翠壑映山濃，高峯古寺鐘。不聞人語響，惟有落花風。

秋溪坐月

翠壑層層映碧空，一池秋色〔一〕浸芙蓉。清溪坐月遲歸步，睡意應知怯晚風。

【校記】

〔一〕秋色：《名媛詩緯初編》作『秋水』。

張氏句

孟亮揆翰林之配也。

句

落落秋風班女扇，團團明月竇家機。

《在園雜志》：孟翰林端士亮揆先聘張守戎之女。張官雲南，兵戈阻隔，音問不通。及孟貴，結婚世族。未期年，滇省蕩平，先聘復至。不能却謝，乃分宅而居。張美而端，善文翰，尤工詩。世族之女，祖、父、兄、弟皆貴顯。孟厚世族而薄單寒，張氏所居，屢月僅一至焉。張賦《秋閨怨》八首，内云云。其詩徧傳，孟不少悔。忽傳旨：『孟亮揆行止不端，着革職。』一時快之。

王兆淑二首

字仙琬，江蘇通州人。

秋柳和韻

春來眉展試羅衣，過眼繁華今又非。吳苑笙歌愁月盡，隋隄花草怨人稀。風吹荒岸流螢墮，葉落村墟黄蝶飛。片影涼光秋欲滴，賞心如夢肯相違？

夕陽疎影使人憐，殘恨西風冷碧煙。彭澤舉杯初漉帽，秦川罷織欲縫綿。營中畫角思歸日，馬上章臺憶昔年。最是悲涼成九辨，鵾鷄啁哳寂寥邊。

冒丹書《婦人集補》：王兆淑，字仙琬，通州人，亦和《秋柳》詩云云。二詩殊濯濯有致。

張瑩二首

安徽桐城縣人，適方合山。著有《友閣詩集》。

暮春遊王夫人園林

芳郊春欲暮，偶爾過柴關。路曲都因竹，亭高喜就山。一橋穿樹出，雙鶴引雛閑。鎮日林泉趣，塵囂忘世間。

壬子春日感懷

小園狼藉暮春闌，微雨輕風尚薄寒。遠信望過三月盡，空懷怕見百花殘。世情半在愁中悟，俗累多因病後寬。幸有圖書堆滿架，閑來〔一〕取次一開看。

【校記】

〔一〕閑來：《國朝閨秀正始集》作『消閑』。

王令聞 三首

字鳴岡，江蘇華亭縣人，王聲聞之妹也。適何鶴延。著有《雪香齋詩》。

蓮花

芙蕖高潔水為鄉，特立亭亭異衆芳。翠蓋朝承仙掌露，朱華時發令君香。風飄紅膩浮溪浪，雨浥青涼散草堂。摇曳隔簾渾欲語，美人彷彿在瀟湘。

昭君怨

白鶴黄沙萬里秋，琵琶未抱淚先流。曲中不解關山月，猶作深宫院裏愁。

秋夜話别

露下蛩吟秋氣清，芙蓉欲吐尚含情。總然未有刀環約，暫逐飛蓬對月明。

時嫺 四首

字宜幽，江蘇常熟縣人，給諫時敏之女也。適顧揆有。

次張蕙琬四時閨詠韻

九十春光一夢中，半晴天氣晚來融。淡粧不用臙脂染，夾岸桃花映面紅。

清涼無暑扇輕紗，小汎扁舟岸影斜。蓮浦風生香夢淺，月明照醒一池花。

小砌梧桐落葉殘，早傳涼信覺衣單。蛩聲逼枕難成寐，剔盡銀燈夜正寒。

故園摇落雁鴻思〔一〕，又值天寒歲暮時。閨閣不知風雪冷，却嫌梅柳報春遲〔二〕。

【校記】

〔一〕思：《名媛詩緯初編》作『悲』。

〔二〕遲：《名媛詩緯初編》作『知』。

雷健兒 四首

字芳柔，河南輝縣人。自注云，本姓姜，蘇門隱者之女也。與其妹阿淳、順倩皆能詩。著有《聯香小草》。

賦得雨後有人耕緑野

春雨知時節，田家重耦畊。一犁芳草亂，千點杏花明。密樹呼鳩返，高原叱犢行。雲殘山近遠，地闢畝縱横。蚓出鴉争聚，人歌饁自迎。三推聞盛典，躬稼九圍清。

聞蛙聲戲題

水村羣吠稻涼天，不論官私亦可憐。底事幽閑煩鼓吹，騷人窻下正高眠。
不離汙泥與水涯，濡須鬬艦漫相誇。當年誰使荊尸者，戰氣軍中百倍加。
池塘草滿雨初晴，抱子跳泥閣閣驚。絲竹從來吾畏解，此聲無解不妨鳴。

《弄閑餘墨》：壬午春，薄游武林，閱五月乃歸。適吾鄉有田姓者售易中州，附余舟西上，偶見其行篋中攜有抄帙。田曰：『此寓所鄰媪績篋中物，偶落吾手，不知何語也。』某取視，前有自敘，言其父雅好山水，卜居蘇門。兄弟兩人，姊妹三人，父皆授以詩法。女紅之暇，間以吟詠自娱云云。殘缺已過半，字畫秀媚，卷中猶有脂粉涴痕，疑是親筆所繕寫也。因驚喜，為録其尤者。

雷阿淳二首

字妙柔，健兒仲妹也。

即事書呈家大人並示健姊小妹順倩

隱居豈無事，耕鑿息其機。適志在場圃，何心論是非？微風稻花圻，新雨土膏肥。牀頭有斗酒，相勞月臨扉。

秋聲

來往響潛通，疎林聽不窮。砌蛩時共細，溪杵遠難同。簌簌斜陽外，蕭蕭落月中。秋深桐影亂，露重荻花空。斷續驚殘緑，淒清舞冷紅。且煩童子看，未問大王風。

雷順倩 四首

字静柔，健兒季妹也。

賦得霜葉紅於二月花

春花競艷漫相誇，寒點臙脂艷更賒。總是沾霜兼浥露，偏工映水與淩霞。林間酒罷顔堪對，葉上詩成錦未奢。雲白山青已奇絶，夕陽還試為停車。

水碧汀寒照影賒，煙巒似展翠屏遮。春風祇長千林葉，霜力能勝二月花。薄靄紛披青女帔，頹陽爛漫赤城霞。一帆未脱吴江冷，吟倦殷紅石逕斜。

漁父詞

緑蓑雨細無相識，鷗鷺雙雙閑對立。浩落長歌落水中，鮫珠歷亂珊瑚泣。隔岸西風誰笑語，黄蘆折葦團輕絮。滿江煙雨看多時，白鳥成行忽飛去。

蔣操十二首

字修端，江蘇陽湖縣人。著有《秋雲草》。

幽琴歎三首

吾欲將幽琴，贈與千金客。視茲守財虜，誰知深憐惜。謾道枯桐枝，可以輕棄擲。千金安足論，奈何欲相易。珍重莫浪投，寧使塵埃没。不見入林鳥，徘徊慎詳擇。

吾欲將幽琴，抱向侯門試。由來希世珍，入門衆所忌。愛多情不專，中道輕相棄。昔聞鼓琴人，難得齊主〔一〕意。縱使千萬彈，古調與時異。所以甘貧賤，十年永不字。

吾欲將幽琴，贈與儒家子。讀書多薄情，不可同生死。嗟彼臨邛客，相逢以緑綺。何當白頭吟，輕棄尚如此。我有千恨情，寄向琴聲裏。常恐俄頃間，悮落輕薄士。

悲遇

相對忽惆悵，唧悲慘不歡。回思十年事，歷歷中艱難。少小無阿母，陟屺空長嘆。入户猶傍皇，不聞勸加餐。繼遭中原亂，崎嶇不得安。骨肉散亡盡，鄉園亦摧殘。北望多旌旗，何敢尚盤桓。自憐深閨人，流落河之干。蓬室暫寧居，寸心聊自寬。轉傷垂老父，所悲形影單。豈料繼母威，令人毛髮攢。日入常苦饑，歲晏長苦寒。晨炊連夜織，操作力已殫。伶俜但見骨，肌膚無一完。偷生若朝露，聞者亦心酸。恐傷吾父心，飲此長恨端。繼母貪重貲，千金帶笑看。雖然新粧束，客顔非故丹。嫁作商家婦，終朝淚不乾。奮飛固所願，恨無雙羽翰。從此妾心死，古井不生瀾。三月新婚别，千里去邯鄲。一去無還期，塵生舊羅紈。輾轉看成敗，長恐花闌刪。人生會有時，妾身何獨難。慟哭訴彼蒼，夜夜夢更闌。夢見畫樓中，翩若一儒冠。誰知忽見契，投若膠與鸞。相逢白司馬，重將琵琶彈。一彈未終曲，愁絶摧心肝。

寒雨

疎雨下黄昏，洒窻時淅歷。空林忽怒號，風雨聲相擊。高閣若無依，凛凛摇四壁。殘燈不復明，對此更慘慼。愁人淚已盡，猶作空階滴。

送春有懷

去年離别如昨日，昨日相逢已成昔。夜半窻前疎雨過，朝來苔上没行跡。畫簾初捲來清風，垂楊拂水摇新碧。乍晴乍雨釀輕寒，芳草落花數點白。此日懷人復送春，落花故惱懷人客。春到人間花爛漫，春歸何處花狼藉。悶倚青樽君不同，斜陽欲暝愁春夕。兩處相思不相見，惜春更是人堪惜。

病起

不知春到久，病起落梅深。帶緩輕寒襲，窻虚暝色侵。清樽今夜月，歸夢十年心。芳草情難負，淒然淚滿襟。

懷鄉

誰料深閨質，飄零歷苦辛。鶯花今日淚，天地再生身。烽火驚初定，艱危事更頻。幾回思舊業，北望總傷神。

秋夜有懷

小樓人獨倚，秋色杳蒼茫。清露凝初白，寒花落更香。風吹幽夢冷，月傍旅魂涼。夜静秋偏好，悠然憶故鄉。

愁懷秋感

深閨寂寞倍離愁，歲月遷移去莫留。霜葉落時常閉户，玉簫歇後不登樓。驚魂縹緲難為夢，病骨支離易感秋。不待歌成芳草句，傷心一雁淚先流。

柳枝曲

交枝深鎖小紅樓，弄雨欺煙不肯休。只恐涼颸一夕至，瘦腰減盡舊風流。
深籠煙雨淺籠鶯，帶碧將青線未成。莫道無情長送別，顛狂飛絮更無情。

【校記】

〔一〕齊主：《國朝閨秀正始集》作『齊王』。

馬希賢 一首

浙江仁和縣人，馬柯亭女也。適山陰馮軼羣。

春夜

寂寂東風拂柳斜，漸看明月轉窻紗。蛙藏曲澗喧芳草，鳥宿繁枝夢落花。

丁白 二首

字素絲，詩見張山來《清淚痕集》。

輓吴少君

天生慧業不尋常，枉把新眉十樣妝。讀罷誄辭空有夢，何從更覓返魂香。

空懸繐帳阿誰親，哭到無聲似有神。堪怪鬚眉多薄命，半將青塚葬情人。

司馬采 二首

字于湘，江蘇常熟縣人。

和汪鈍翁〔一〕姑蘇楊柳枝詞

樓頭楊柳漸交加，翠幙成陰雪作花。好鳥一雙啼不斷，始知春色屬兒家。
偶下機來折一枝，可憐如縷復如絲。問人織得迴文否，正值檀郎耗斷時。

【校記】

〔一〕鈍翁：原作『純翁』，形誤。

吕氏 一首

浙江餘姚縣人。適張永渌。著有《旅夢集》。

華嶽和李夫人

誰從太白闢元冥，地暎空明夜較星。雲髻初開迎旭日，鐵船欲渡待春霆。晴嵐隱見紛遥蜃，天井紆回透集靈。曾記弱齡峯上過，蓮花池畔禮仙經。

卷之二十一

莊賁蓀五首

字宜三，江蘇陽湖縣人，宮詹莊澹庵之女也。適孫師儉。著有《悟香閣草》。

放園

曠野行人少，亂山青未了。閑雲度遠汀，斜日帶飛鳥。苔徑落花深，柴門流水繞。此中無世情，把卷忘昏曉。

孤山梅家大人歸自武林移植

攜自孤山處士家，愛他瘦影橫窻紗。昨夜風吹滿林雪，一枝兩枝冷着花。玉蕊瓊葩何皎潔，疑是枝頭翻蛺蝶。暗香春曉入簾櫳，空濛拂袖移時立。巡檐猶自費幽尋，盡日千回繞樹吟。浩然騾背林逋鶴，可得知心似我深？

庭梅

遶屋親栽樹已成，開時日日傍花行。曉寒人起香初動，夜静鐘殘影獨横。碧玉欄邊春黯澹，水晶簾外月分明。不須樽酒頻相賞，煮茗攤書逸興清。

園居秋興

背郭臨流搆小堂，身閑長得看人忙。白蘋紅蓼依秋水，黄菊丹楓送夕陽。隨意煙霞供笑傲，忘機鷗鳥共徜徉。年來詩思渾消盡，試墨還抄肘後方。

理琴

閑窻夜静薄寒侵，金鴨添香理玉琴。流水潺潺人寂寂，透簾殘月是知音。

陳珮十首

字懷玉，安徽天長縣人，太守陳于豫之女。適江都江昱。著有《閨房集》。

唐建中《陳夫人傳》略：　陳氏名珮，字懷玉，天長縣人，揚州江賓谷配也。父諱于豫，康熙戊辰進士，歷官兖州知府。氏生而淑慧。五歲，母教讀《内則》。七歲熟《毛詩》，識聲韻。十歲詩云：『惜花有夢疑春雨，愛月多情怕晚雲。』聞者謂其謝女類也。天長令潘，故兖州門下士，數過咨吏事，輒賞氏詩，嘗欲為覓佳壻。會江司馬岱瞻公以事至邑，潘素重其碩德，知其諸子有文，乃置酒延司馬與兗州會，兗州與司馬相得歡甚。司馬以第七子為兗州壻，即賓谷。是時年十八，歸賓谷。居常端敬柔婉，事舅姑尤謹。織紝盥濯，必躬自率作，曰：『子婦之職，烏可盡委婢僕？』〔一〕賓谷讀書，務棲逸，坐處焚香掃地，與氏相敬。一日讀《世説》，至謝公捉鼻語劉夫人，氏曰：『惜哉！』至郝隆答桓公，氏曰：『良然。』賓谷心折之。賓谷好友士，氏竊於墉隙窺之，謂賓谷曰：『今人才致，何故不及古人？正可不煩識度勝。』賓谷默然。雍正丙午，兗州既卒，舊所識官以贓繫逮，詭言籍公家，氏聞，不變容色，曰：『先大夫清白恪共，何有此？』人服其明智。其姒虞封妻程氏工詩，互相賡唱，先卒。氏嘗以在昔多名媛詩，今其人非不有，惜多散没，屬程共輯，未竟。氏詩幽艷，學晚唐，名《閨房集》，與程集俱未見〔二〕。其諸姒善其謙順，亦常並女紅焉。居苦疾，有憂生嗟，丁未夏特甚。冬，母萬孺人來，猶強言笑，作善狀，後遂不起。戊申二月一日卒，年二十二，僅為賓谷婦五年。

江昱《亡妻陳氏墓碣》：陳氏名珮，字懷玉，天長縣人，康熙戊辰進士、歷官兗州府知府諱于豫第三女。天性孝友聰明，父母絶憐之。兗州公老疾，氏兄遠官，弟幼，唯氏侍，能順意旨，不朝夕怠。公嘗語：『為女若是，後為婦，知不愧。』年十八歸余，孝敬婉娩，克承堂上歡。余性素卞急，氏於事過，輒深勸；當其時，頹然順善也。事物巨細，及進退容止，咸應儀則。其賢淑如此。生平菲弊自甘，跡近於鄙，而未嘗私有。寡默好静，遇人獨冷，而人樂親之。精茗饌，工組繡，而不自為口體。篤嗜吟詠，殫思出之，而究不以示人。其情況又如此。雍正六年二月一日，積疾卒於家，年二十二。三月〔三〕望日葬於天長縣北雁落堆，祔於祖塋之右三十步。嗚呼，人不可以無年，況女子乎？況其死而無後也？是不但短於生前之年，並死後之年亦僅矣。年之脩短，誠限於天；若夫嗣胤〔四〕，又安知予之必有後哉？故於其手纂曰《閨房集》、《雪香詞》，皆序而刻之，以吾妻而存，將以存吾妻矣。卒之日，既匄傳於大門唐太史，比〔五〕復書其略於墓。後之覽者，尚其鑒予之哀而不加毁也。

方求愉《陳夫人誄》：哀茲静女，靈毓天真。致高遺世，姿秀出塵。謝才堪媲，辛智克倫。婉而惠下，順以豫親。

迨兹占吉，乃爾贅秦。和鸞鳴侶，挽鹿驅輪。方稱佳婦，遽隕碩人。孫荊哀感，荀倩傷神。情繫緣斷，珠沉玉泯。載名女冊，重德貞珉。

《瀟湘聽雨録》：安鄉令金匱鄒君健，出其聖善倪宜人素玉字無瑕《冰壺草》詩詞，清婉不媿大家。宜人卒年三十四，子三人，長儀，次則大令也。今集乃其昆季副墨以行者。有子誠足貴哉！余室陳早歿，有《閨房集》，為吾姻許緑淨夫人敘刻，昨在長沙書肆見《别裁集》選入數首，或可掛名不没。因讀《冰壺草》，附誌之。

春日侍兩大人遊西園

暮春節氣和，鳴禽悦芳樹。良辰侍板輿，駕言西園路。短垣翠微出，曲磴羣芳聚。維時晨雨收，古藤墜香露。妙賞豁心胷，琴書博佳趣。歡宴不知罷，天真暇多娱。

同賓谷坐月

秋天淨纖雲，華月吐空闊。琴餘啜清茗，幽語雪煩渴。坐久涼風生，殘荷光露潑。人生貴適意，安所問窮達。不聽鄰家砧，聲聲怨天末。

夜過露筋祠

夜過露筋祠，明月光皎潔。祠下水瀰瀰，纖塵不敢涅。男子生而重忠孝，女子生而重節烈。當時嫂活今何存，野草狐狸穿斷穴。此祠可比懷清臺，史冊不書終不滅。

秦郵舟中晚眺

曠宇忽然晦，茫茫湖水昏。遠拖涼雨脚，時漏夕陽痕。野艇争收港，荒城早閉門。倚窻凝望久，鄉思黯銷魂。

訊程夫人病

病魔奄忽到春深，閨閣相關意不禁。半榻茶煙人寂寂，一簾花雨晝沉沉。難言憔悴非詩累，最感蔑苓費橐金。綠綺塵生知久閉，拂絃聊與破煩襟。

書室新修率題

沉沉庭户晝無譁，景況居然隱士家。滿院東風飛燕子，一欄春雨卸桃花。吟餘自愛爐香静，睡起偏宜茗味佳。安得清閑長領受，不教流水悮年華。

題賓谷味蘭圖小像

君子宜幽蘭，幽蘭宜君子。於以結同心，真味穆如水。

秋夜

中庭露氣清，香繁桂花發。孤鶴閑於人，蕭蕭立明月。

瘦菊為小婢作

瘦菊依階砌，簷深承露難。莫言根蒂弱，翻足耐秋寒。

哭程夫人

忽駕青鸞迓碧虚〔六〕，瓊花吹折〔七〕痛何如。修文應是才人盡，徵到姮娥舊侍書。

【校記】

〔一〕此後陳珮《閨房集》（清刻本，下同）復有數語云：『初，兖州病，孺人兄遠官，姊遠適，弟幼，公舉動胥藉人，乃從母氏侍，不朝夕怠，以故婦行無不中禮法，無有不當堂上意者。』

〔二〕未見：《閨房集》作『未梓』。

〔三〕三月：《閨房集》作『十年三月』。

〔四〕胤：原作『允』，為避雍正諱而改，兹據《閨房集》改。

〔五〕比：《閨房集》作『比葬』。

〔六〕此句《閨房集》作『一霎芳靈返碧虛』。
〔七〕吹折：《閨房集》作『摧折』。

錢令暉 二首

字亞芬，江蘇通州人，詩人錢五長岳之長女也。與妹令嫺唱和。著有《紉蘭草》。《五山全志》：錢令暉，字亞芬，岳長女，九嫕從孫女也。天姿秀越，穎慧過人。自幼依父誦讀典墳，婉娩聽從，一若十年不出姆教者。著有《紉蘭草》如干卷。

春日遊狼山

芳洲新綠長蘼蕪，連袂山行石徑迂。雲繞曲巖開畫閣，天連絕頂挂浮屠。松鳴彷彿人吹笛，浪卷依稀女弄珠。閑憩幽亭舒眺望，江花冉冉映紅襦。

題畫上紅白桃花

武陵春色滿城開，賺得漁郎洞口猜。道是彤雲千片裡，嵰山何處雪飛來。

錢令嫺 二首

字幼靚，錢五長岳之季女也。著有《珠唾集》。

《五山全志》：錢令嫺，字幼靚，岳季女也。性情温淑，喜吟詠，每與女兄令暉倡和竟夕，益以父、姊為師資，有謝家風範。所著《珠唾集》如干卷。

樓居偶成

一竿晴旭〔一〕上簾鈎，點點寒山翠入樓。多病懶裁鸚鵡賦，薄寒初御鷫鸘裘。香浮竹葉杯中影，吹徹梅花笛裏秋。平楚蒼茫驚欲雪，澹煙如織逈生愁。

水仙花傍竹

水仙花傍竹垂枝，緑影空濛浸月池。似贈洛神螺子黛，供他對鏡掃雙眉。

【校記】

〔一〕晴旭：《國朝閨秀正始續集》作『旭日』。

劉氏句

秀才劉振女。著有《寶田堂詩》。

句

雪飛忽滿徑，入夜合瑶天。

王汝琛三首

字瑶娟，奉天三韓人也。

斷炊日讀書

塵世渾渾兮，俗眼茫茫；乾坤浩大兮，各有行藏。至人存誠兮，不在色莊；大道昭昭兮，修之吉祥。我心自許兮，坦然順適；冰霜貞潔兮，堪比圭璋。蓮葆馥郁兮，名方君子；不染汚泥兮，豈並羣芳。誰能識我兮，於我無與；不是知音兮，於我何傷。恕人責己兮，能耕方寸；去短存長兮，何用不臧。境之不足兮，惟富與貴；志不在此兮，饑饉無妨。包函宇宙兮，人天莫測；樂我詩書兮，發其古香。

春夜與女兄張瓊瑛談禪理

林下夜沉沉，萬籟肅空境。之子欲逃禪，好參花月影。

春日即事

濛濛細雨杏花村，不解酒人幾斷魂。行過前溪更回首，一山煙色傍柴門。

顧瑩五首

字素先，號青湄女子，江蘇長洲縣人，顧潛夫之長女也。適無錫華惟蕃。著有《青湄遺稿》。

顧三典《青湄小傳》略：從祖姑諱瑩，字素先，自號青湄女子，姓顧氏，余曾叔祖潛夫公之長女也〔一〕。七歲，潛夫公授以《孝經》、《內則》，能解大義。稍長，好學，能詩文，雖襞績鍼縷，皆以筆硯自隨，凡《五經》、《左》、《國》、《史》、《鑑》及漢魏唐宋諸家集，莫不博涉。于是女紅所得，悉以購書。年及笄，歸華翁惟蕃；華翁為錫山先生季子，有聲庠序，人咸謂之佳偶云。初，潛夫公家儒旺里，距翁所居鵞湖隔衣帶水〔二〕。少曾讀書婦翁家，為秦贅。方翁之就學也，攜卷帙囊笈纍纍，潛夫公見而笑曰：『簡練揣摩，安用是？』翁曰：『唯。當手抄之。』曰：『無事矻矻也。』出抄本數十卷，筆致秀媚娟好，而行墨嚴整，若積十數年精力所書者。翁意郎君輩為之，然未之悉也。既結褵，見吾祖姑書別紙，始知曩所讀本，盡閨中筆。翁驚喜，以為奇。自是翁讀書作文，祖姑必從旁吟詠，積久成帙，然鎖鐍篋中。間為子姪輩傳寫，聞之恚甚。翁問其故，曰：『內言不出於梱也。』及華翁尊人歿，潛夫公亦相繼逝，翁攜家歸。兄梁溪先生視學黔中，乃俶裝從之黔南。是時子女俱幼，一切門户事，皆祖姑持之，日不暇給，然詩格益進。每遇春風秋雨，花晨月夕，輒形於言。其《懷遠》曰：『天涯望斷重雲合，未識何方好寄衣。』《詠梅》曰：『殷勤分付東風道，留取清香待主人。』得風人之致。絜飲膳，庀脩脯以待塾師。夜分燈火，兒女團圞，則各談書傳中故事，一笑為樂。翁歸，二子迎門，儼如成人。鄉黨歎服焉。癸未重九，忽夜夢青華府主者召赴詩會，至則樓宇非人間，且曰：『待子掌箋奏。』覺而告翁曰：『時至矣。』越九日，晨起猶誦李太白『上元夫人』之句，俄頃整襟端坐而逝，得年五十有六〔三〕。

宋吉金《青湄遺稿序》略：憶王父牧仲公移節三吴時，余以省問至署，公退之暇，輒召子孫輩環拱聽教，間言吴中多佳士，閨閣中班昭、謝韞，頗亦不乏，而《青湄》一編，其詩詞為最。余退而識之，乃徧求其集，不可見〔四〕。今年春，沈子渭梁以其兄宰沅陵，翻然來遊〔五〕； 聆其緒論，真博雅君子也。語及《青湄集》，即其外母顧夫人所著。余不禁驚喜，亟請而讀之，清新閑雅〔六〕。其感懷幽思，得詩人性情之正，閨閣中誠不多覯者，異矣。余於是集，求之十餘年不可見，卒乃見之於蠻煙瘴雨之鄉，豈非物之相值，固自有其時、有其地耶？ 沈子赴槐黃，將舉以付梓，於其行也，約數言以授之〔七〕。

【輯補】

顧瑩《青湄遺稿》（乾隆刻本）載杜學林序： 往梁溪先生視學黔中，余適司鐸黃平，因得與華君惟蕃交。華君者，先生介弟也，一見傾心，以古道相期許。迨余承乏含山，旋調桃源，以丁艱交代走吳門，與君不見六七年矣。蒙君杜顧，逆旅班荊，把臂慰勞，不勝悲喜交集。久之，君出詩詞一帙示余曰：『此余客黔陽時余婦獨居懷遠之什也。今婦亡矣，人琴之痛，實迫於懷，君其為我序之。』余憶昔君與余言，比得從兄遠遊，綜家政，持門户，訓子女，無內顧憂者，惟室人是賴。余時方頷之，以為夫人蓋賢而才者也。今誦其詩，讀其詞，似空谷幽蘭，清芬獨絶，又知夫人乃秀而文者也。夫吳中山川靈淑，文學甲天下，閨中雅多吟詠，如《考槃》、《絡緯》，指不勝僂，夫人殆後先輝映者歟！ 然以觀夫人之學，實有本原，雖含英咀華，而不以浮藻掩其性靈，以視鹵莽剽竊，兢為風雲月露之詞，誇艷于《香奩》、彤管間者，又曷可同年而語也？ 余重君之請而為之序，以決夫人之詩詞必傳于後，而並以塞君之悲云。康熙乙酉仲冬盤州棘人次山杜學林序。

同集載周長發序： 往者吾越閨秀如徐昭華、商嗣音、祁湘君諸集，風格韻令，西河毛太史序之詳矣。既聞江左女士中以能詩鳴者，所在多有，若錫山華母顧太孺人，又其最工者已。顧氏為長洲右姓，父潛夫公抱道績學，當太夫人七歲時，授以《孝經》、《內則》，能通大義，長復解聲詩。及笄歸惟蕃華先生，名噪庠序，一燈佐讀，鍼紉之暇，形諸吟詠，皆鐍藏篋衍，弗以示人。先生伯兄粱溪公視學黔中，先生以屢不得志於有司，偕之貴陽，是時子女尚幼，太孺人孱焉搘拄門户，即瓶無宿儲，而詩格日益進。其思親隕涕，則至性之所流也；其望夫寄懷，則至情之所寓也。夫詩發乎情，止乎理義，太孺人有焉。乾隆丁卯，余典試江南，得華生景歐計偕來謁，出太孺人《青湄遺稿》屬序。予念華生汲古能文，有聲藝苑，子時升亦名諸生，行且式彰慈訓，阡表瀧岡，則所以報太孺人者正未有艾也。集中詩詞委婉纏綿，莊雅流麗，顧有常、吴山掄兩先生亦既備著其美矣，以視吾越徐、商諸夫人，有過之無不及也。而余以數言弁諸簡端，重違景歐意，特其言遠不及西河毛公為可愧耳。乾隆戊辰孟夏朔會稽周長發。

同集載張予介序：大江南北，夙稱文藪，不特名賢輩出，即閨閣中英才淑媛，代不乏人，如金陵馬間卿、平江沈宛君，各樹幟騷壇，擅長風雅，余於覽古之餘，心誌焉不忘。及承乏新陽，下車後訪求名宿，進都人士而月試季考之，其間伏鸞隱鵠，繡虎雕龍，悉搜羅識拔，指不勝屈，深嘆江左多才，古人殆不予欺也。然求所謂《芷居集》、《返生香》諸篇，則闃焉無聞，竊疑巾幗賢媛，何古今人遽不相及耶？丁卯秋闈，謬司分校，得華君景歐卷，喜其文有淵源，不同淺植，亟呈主司，共相擊賞，遂允所薦。逮後華君來謁，余接席之下，温和樸茂，望而知為養到之士，因復為余覼縷世系，具道生平，並出青湄詩詞一冊，求序於余。夫《青湄集》者，華君先太翁惟蕃公客遊黔陽令，先慈顧太君獨居懷遠之所作也。余吟詠反覆，咀含意旨，實與《卷耳》、《草蟲》諸什並烈争光，非第呈其驚才絶艷而已。方惟蕃公遠遊，兩嗣君尚幼，賴太君義方之訓，卓然成立，其行事顛末，詳於顧太史《傳》，余不復置喙。今景歐青雲發軔，奮翮扶摇，足以慰先人於泉壤，然推求源本，微太君之力，不至此。是知太君之詞華，直從德性淵涵抒其藴奥，較之馬間卿輩吟風嘲月，徒以騷雅名世者，豈可同日語哉！余既慶得華君，復幸讀太君集，使余向疑為闃焉無聞者，非真古今人不相及也。爰喜而為之序。旹乾隆十二年丁卯仲冬日平原張予介書於新陽官署。

七夕

漢殿穿針夕，填橋鵲報秋。無端經歲別，有意隔年酬。淚雨銀河滴，愁心静夜流。天邊尚如此，人世又何求？

杏花

一枝紅杏映香奩，艷色欺人繡懶拈。睡去海棠嫌嫵媚，舞來楊柳笑輕纖。煙含薄霧容偏麗，雨抹新粧暈更添。莫使暖風輕扇盡，忍看紅雨灑〔八〕珠簾。

遠游黔陽言別

淚滴羅衫泣杜鵑，官亭拜别意懸懸。雲横萬里長江水，擬共愁思捲暮煙。

詠梅

瀟灑丰姿自出塵，天涯難寄一枝春。殷勤分付東風道，留取清香待主人。

夜闌

夜闌静坐小窻紗，香爐金猊蠟照斜。燭淚亦知人有怨，垂垂吐出斷腸花。

【校記】

〔一〕此後顧瑩《青湄遺稿》（乾隆刻本，下同）有『生而穎敏』四字。

〔二〕此後《青湄遺稿》有『公與華翁皆王之自出，故以女字翁，而翁因失恃』數語。

〔三〕此後《青湄遺稿》復有數語云：『三典曰：潛夫公有子號元萬，早卒，潛夫公竟無子。吾祖姑佐其寡媳奉養備至。潛夫公疾幾殆，鬻跳脱延醫，衣不解帶，及其殁，哀泣弗忍聞也。霜降露濡，必營奠以禮也。吾宗族無弗稱其孝者。今兩嗣君高達、慧珠執經于予，高達遊吴邑庠，慧珠穎悟夙成，所著有《隨州詩草》，均能讀其母詩。予因得覩《青湄》一編，益知其才華若此，故次其生平以聞于後。他弗論，論其詩獨詳云。康熙丙戌臘月庚辰進士從姪孫顧三典拜撰。』

〔四〕此後《青湄遺稿》有『迨後棲遲京邸，遊宦楚南，去吴中不下四五千里，則曩所聞《青湄集》益不可見』數語。

〔五〕此後《青湄遺稿》有『枉顧余』三字。

〔六〕此後《青湄遺稿》有『浮艷一空』四字。

〔七〕此序《青湄遺稿》末署『商丘瀟碧宋吉金題于西陽署中之藜雲精舍』。

〔八〕灑：《青湄遺稿》作『浸』。

魯湘芝九首〔一〕

字慕班，浙江會稽縣人。母即劉淑慧。適山陰孝廉劉以垂。著有《慕班詩草》。

清明書感

又是春郊禁火天，可憐芳草滿晴川。隄邊柳繫王孫馬，橋外煙迷倩女〔二〕船。昆海當時驚異俗，鑑湖此日思〔三〕華年。風塵踪跡如蓬轉，不及沙鷗自在眠。

銅人

赤帝山河蔓草蕪，無人敢問昔規模〔四〕。承光盡是金魚珮，惟有銅人血淚枯。

木馬

元機一點許誰知，木馬流行巧搆思。萬騎平原馳驟處，直將朽腐化神奇。

汪氏雙節詩

君子有老親，負米非得已。出門復入門，丁寧鞠穉子。
去去君莫顧，君心妾心知。賴有一心妾，門户當共持。
炎州飛旐還，黄泉誓相見。言念離别時，宿諾敢勿踐。
爾典耀首飾，我鬻藎篋衣。責券一一折，不驚堂上慈。
朝織夜緶纑，淚枯力孔盡。護兹掌中珠，芟彼階下棘。

幽蘭結同心，雙花吐空谷。清風一吹嘘，千載有餘馥。

【校記】

〔一〕九首：原爲『三首』。底本卷六十四『席仲田』條後，原有『魯湘芝』條，録《汪氏雙節詩》六首，詩前小傳云：『魯湘芝，字慕班，浙江會稽縣人，適劉孝廉以垂。』與此條實爲一人。今併入本條。

〔二〕倩女：《閨秀正始再續集》作『游女』。

〔三〕思：《閨秀正始再續集》作『感』。

〔四〕此句《閨秀正始再續集》作『何人重問漢規模』。

邵笠四首

字澹菴，江蘇泰州人。詩媛徐啟秀乃其庶母，故澹菴工吟詠。適黄杜若秀才，中更家難，四壁蕭然，澹菴惟爐香茗椀，静坐讀書。病中悉焚其稿，故流傳絶少。

和夫子貸米詩

莫以貧為病，吾儕本寂寥。鉼罍雖久罄，意氣不全消。張子仍存舌，陶公肯折腰？有鄰難貸米，相對慰清宵。

新柳

春雨連朝夕，開軒柳色來。纖腰猶怯舞，青眼未全開。葉葉舒新緑，絲絲挽落梅。未堪持贈遠，詩意好相催。

題美人對弈圖

偷閑石畔賭圍棋，暗卜桃夭速與遲。勝負全憑先一着，沉思頻自掠蛾眉。

題鶯鶯聽琴便面

春風隔院暗相邀，為倩絲桐代玉簫。見説畫工能畫照，琴心試問可曾描？

林文貞六首

字韞林，福建莆田縣人。適安徽宣城縣諸生王期。著有《韞林偶集》。

春遊石泉

仲月春始和，山空風色静。數里聞水聲，豁然入靈境。溯流尋神源，圓折紛珠迸。唯唯見魚樂，鱗鬣自適性。至哉蘇門人，幽懷誰與並。

寄王玉映詩

川陸鬱以紆，山陰有名媛。門閥舊金張，流風存筆硯。鐵網下珊瑚，蘭心落釵鈿。詩畫咄驚人，衣香惹紈扇。時見扇頭詩畫。揮毫金石堅〔一〕，染素煙嵐絢。彼哉冠帶雄，三舍避時彦。閨閣能幾人，四海不相見。蹇儂生下里，雙鯉乘風便。遥夢戛琅玕，澄江一浄線〔二〕。

《圖繪寶鑑》：林文貞，宣城人，適王茂才諱期者。文貞寄詩紈一握，並秋蘭數筆於王玉映夫人，其詩云云。

寄燕京

曾記燕京路，三千里又多。郎今二月去，春日等閑過。

夫人索詩漫賦絶句

蘸粉調脂江上來，緑毫紈扇重徘徊。芳名藉甚深閨裏，不遣簾前鸚鵡猜。

南國西園姓字香，風清月曉浴鴛鴦。同心鄂被餘香熱，霍玉争誇嫁十郎。

題紅拂圖

俠概情腸兩暗通，年年閣淚怨臨風。輸他一拂傳佳事，早見人間李衛公。

【校記】

〔一〕堅：《名媛詩緯初編》作『鏗』。

〔二〕線：《名媛詩緯初編》作『練』。

張蘭 一首

字畹香，江蘇揚州人，婁拱星之室也。

贈鄭玉姬

窻前初辨曉粧成，新試春衫媚自生。為見艷姿因感昔，感予年少更憐卿。

蔣永端 五首

字含章，浙江秀水縣人，適嘉興縣沈芳洲。著有《焚餘草》。

李集《焚餘草序》略：曾王父秋錦公，與丹崖先生為中表兄弟，兩家子弟歷數世交好無間。蔣子中起，丹崖先生曾孫也〔一〕。中起有妹，字含章，適禾中沈氏，余內子中表弟也，抱夙疴，不事事。含章孝於姑，善事夫子，十餘年而歿。戚黨痛之，於奩具中得詩百篇。中起緘示余，余三復之，惻愴空侯，瓏玲哀玉，可謂怨矣。怨固詩人之旨也。憶余祖姑適祝者，幼時詠雪云：『自甘潔白雲泥住，莫學楊花漢苑飛。』余祖愀然曰：『兒志可知，然何不祥也。』後果以節著。含章《海棠》詩云：『香魂縹緲頻垂淚，月魄徘徊早斷腸。』何其風調差相似耶！所謂詩讖者非耶？至其內行，則中起自為之志，予略而弗書，而述兩家詩教之略同者，以序其端。

【輯補】

蔣永端《焚餘草》（清森桂堂刻本）載其兄蔣元澄《季妹含章誌略》：季妹名永端，生而敏慧，髫龀時，先君子授以《女訓》、唐詩，即能上口。稍長專女工，詞翰非所習也。年及笄，許字繡水沈氏，沈故名族，太翁慶餘先生、翁含醇先生並為禾中名孝廉；妹壻芳洲，其冢嗣也。先君子方冀妹之得所，甫締姻，沈翁逝。乾隆辛未冬，芳洲始就婚余家，見其竟日兀兀，形色特異，叩之，始知芳洲夙遘疾，為藥物所誤，錮其心神，時或如土偶。妹謹事之，無倦容。壬申夏，隨芳洲歸里拜其姑，周旋井臼，盡典嫁時衣供爨火，繡绷紡具，黽勉有亡，以承歡朝夕，歷數年無間。獨其感憤不聊之情無可告語，則展卷摩挲，學為詩以自遣，然意不愜，輒焚棄少存者，予亦不知其能詩也。歲時歸寧，繞膝多愉色。妹固安於義命，而自兩大人相繼下世，妹沉痛之餘，病以日積。閱辛巳春，遂不起，卒時年僅三十六，無出。壬午，予襄其窆事，葬之沈氏之故原，禮也。妹亡後，兒子蘭枝蒐其遺稿於敗帙斷紈中，得詩如干首，櫛比而芟綴之。詩固無足傳，予獨慟其遇之窮，乃欲附於古之勞人思婦託吟詠以寫性情之正者，或亦大雅所勿棄也。因志其墓而牽連及之。妹字含章，行第四。南篁村農元澄識。

梅影

誰道吟梅易，尤知鏤影難。香心臨月杳，鐵骨浸波寒。入鏡寒相對〔二〕，窺窻雪未殘。江妃靈乍返，莫作美人看。

元日

懶飲屠蘇酒，生憎爆竹煙。催人生白髮，不使復青年。歲去愁難去，春還運不還。年年更節序，似我恨〔三〕綿綿。不用桃符掛，休將雞索〔四〕懸。平生無愧怍，何懼祟為纏。

詠艾虎

醫王奇術忽翻新，針灸〔五〕潛調李耳神。體藴真香羞賈午，腹無文藻愧唐寅。慣隨蒲劒驅妖魅，可佐龍舟吊水津。只恐移時終委棄，虚名徒負武功臣。

次韻題松陵女史沈關關繡小青遺照

玉骨冰姿是也非，芳魂於此得憑依。一從纖手傳神出，恍見霓裳金縷衣。別館淒涼鎖緑蕪，香銷玉殄慟仙姝。鴛針繡出婷婷影，可有人來爇畫圖？

【校記】

〔一〕此後蔣永端《焚餘草》（清森桂堂刻本，下同）復有數語云：『長余數月，余以兄事之，又同為博士弟子，每遇試事，之禾之虎林，必與偕。中起為詩歌，風發泉湧，余所畏服，蓋家遵丹崖先生訓，自齠齡時，即女子子亦罔弗熟六代三唐者。』

〔二〕此句《國朝閨秀正始續集》作『入鏡冰相映』。
〔三〕恨：原作『悏』，據《焚餘草》改。
〔四〕雞索：原作『難索』，據《焚餘草》改。
〔五〕鍼灸：《國朝閨秀正始續集》作『鍼炙』。

陸媖一首

江蘇上元縣人。適孝廉張永賢。

秋日登采石磯

今日天氣佳，涼風散林邃。憑高眺大江，雪浪浩無際。緬維李謫仙，放曠適心志。百篇斗酒間，萬言馬奇倚。力拯郭令公，醉屈高力士。呼來不上船，欲殺世所忌。訛傳捉月狂，采石魂長逝。古人既云遐，古蹟今猶在。晴鷗沙渚飛，落日山滴翠。留連憺忘歸，無窮懷古意。

湯素畹一首

字雅卿，大都吴嘯雯之室也。

丙戌除夕

病餘弱質困風煙，鬢入今宵怕説年。臘盡不知秦歲月，春來猶見越山川。何勞茂草牽鄉夢，自有梅花作客緣。眉案未輸鴻與耀，只愁時事正紛然。

《柳亭詩話》：湯氏素畹，字雅卿，大都吴嘯雯婦也。僑寓吴中，以避風鶴之警。丙戌除夕，有詩云云，筆筆藏鋒，可云哀而不怨、微而婉也。

張氏 一首

江蘇奉賢縣人。適國學莊肇龍。

感懷

停繡窻前坐，思親淚滿襟。不知春已去，猶自看飛禽。

《奉賢縣志》：監生莊肇龍妻張氏，尚書駿之九世女孫，南橋人也。善吟詠，多秀句。其《感懷》一絶句云云，人多傳之。惜不永年，篇什遂少。

沈蕙玉 一首

浙江金華縣人，江西周祖成之繼室。

憶母

河廣難期一葦杭，思親凝望樹蒼茫。潯陽江上秋潮急，直送離心到越鄉。

李淑瑩一首

字淑瑩，河南洛陽縣人。詩見《國朝詩選》。

柬外

憑几修書寄便鴻，詞箋恨短意無窮。離懷正值深秋月，紅葉青燈煙雨中。

陸瑞玉三首

字覺菴，江蘇長洲縣洞庭人，顧御六之室也。

《七十二峯足徵集》：氏名瑞玉，字覺菴，陸鳩峯先生之女。適吴門顧御六。治家訓子之餘，遊心翰墨。晚年奉佛惟謹，參究竺典，衝口成詩，類於偈者居多。

石湖與吴夫人言別

雨過晚天朗，雲邊見斷虹。船浮新漲碧，帆帶落霞紅。月自何時串，橋還八面通。含愁斟別酒，兩槳各西東。

答吴夫人

西望東峯煙水中，伊人宛在杳難同。遣愁正唱陽春曲，憶我遥緘白雪封。夢去不隨巫峽雨，飛來難趁鯉魚風。南村美景真堪羨，蓮葉如雲映碧空。

懷吴夫人

北窗時挹桂花香，籬菊茸茸又吐黄。此際思君無限意，一簾風雨近重陽。

季嫺 七首

字静娛，號元衣女子，江蘇泰興縣人，吏部主事寓庸之女也。適李長昂。著有《雨泉龕詩》。

《婦人集》：昭陽季夫人，名季嫺，游心元虚，託情道味，賦詩不多，殊復令人咨賞〔一〕，可謂德音。

《詩觀》：静娛夫人有德有言，亦儒亦釋，殫極微奥，獨綜雅南，洵女士之楷模、貴盛之儀表也。採其數詩，用垂藝苑，奚足以盡之？

陸雲龍《雨泉龕集序》：神媧鍛頑巖以成質，飛五色彩麗雲霞；嬴女託寒篠以吹音，應六律韻喈鸞鷺。唯是文心肇開，遂爾逸響相繩。虎齒發嘯於瑶池，虬偈流梵於竺國。至性嘗侈娥江，黄娟色絲，畀藻非宣雋頰；母儀亦稱荻畫，青緗彤管，芳詞不著棘心。若夫胡笳想蔡，紈扇推班。圖錦紋之縷錯絲旋，文情璀煥；讀絮詠之致悠態弱，雅思飄飆。豈直負扆清吟，金輪輝争火藻；當壚絨怨，臨邛艷鬬鷫鸘。杼就七襄，户藏天錦；吟安五字，人握隨珠。雖壺閔夢成，品題亦見鍾譚；迺昭代人文，聲價必歸王謝。昭陽静娛氏，撒鹽讓韻，蘭玉森太傅之庭；弋雁興歌，柔荑起碩人之頌。家閥閲而氣山林，身巾國而行衿士。東方千騎，喜夫壻之居高；南國一枝，羨亭馨之早占。為復詩詞夙擅，翰墨多靈，跡希太白，步恥易安。鵑聲啼夜月，疑同烏哺之篇；棣萼漾東風，莫擬鴒原之什。寫花嬌而出韻，繪月態而摹神。樂欲爽心，悲能下泣。境超玄著，脱有化工。誰曰蛾眉不讓，定知焚筆硯以相師；即令蠡測不深，亦將撫几案而稱絶。其姪廷尉清子觀察淥俱誌其集行世。

張茂枝《雨泉菴集題詞》：昔有女媧氏，天傾煉石補。五色付天孫，巧織雲錦縷。緊昔少昊氏，厥母曰皇娥。乘桴遇白帝，倚瑟著清歌。天地何無人，柱維聽其折。明璫吐霞秀，百臣咸遜列。天地何無人，文章不自詡。萬象紛杳冥，翛然辭翰祖。相傳漢大家，班姬與蔡琰。藻修令史書，筆讀中郎啖。昔有左貴嬪，名與兄思兼。昔有謝道韞，柳絮勝撒鹽。嗣美固多英，徽音不足快。今有元衣子，貌若姑射仙。寂寂澹容與，一龕對雨泉。左手持貝書，右手把漢箋。萬卷牙籤插，案頭緗帙連。淡然却榮勢，日日手一編。龕中閑詠嘯，賦就百唫篇。清言翔逸藻，柔翰響幽潺。素質參紅卉，雋姿麗芳嫣。在晉為惠連，在唐為岑參。在明方季重，友夏差足肩。母固大家子，少歲攻書傳。阿父吏部郎，阿翁大宗伯。三弟管銅符，大弟居木天。阿夫任鹺政，今年三十四。一子秀丰姿，十五登書賢。余屬通家子，承風拜蕙筵。伏閣願受書，命歸從筆硯。

【輯補】

季嫺《雨泉龕合刻》（順治刻本）載其夫李長昂序：夫古詩之作，多疾苦憂思者為之也。發源天性，借端時物，故流金石，炳日星，與有耳有目悼吊千古焉。乃至白鬢短調，舟叟皆悲；竇母迴文，寺僧亦泣。謝嫂題帳而客慙，蔡女吟琴而父服。一似巾幗中嘗多不朽之言者，余因之有感。予年十六，先宗伯見背，內子即賦于歸。先嫡母接輿甚歡，內子承順盡道，晨夕與俱。所可痛者，先慈負沉疴，內子多方寬慰，時任參朮。閱二年，病篤，囑云：『兒媳苦貧，吾不幸，後事當從薄，毋多費。』未幾而萱萎棘哀，目枯心碎，內子盡典簪珥，竭蹷襄祭葬事，無難色。余之子道，賴以少完。至先岳母生子多不育，有內弟病痘危，先岳母誓與俱死，內子遂祝佛割股以食之，冀全弟以全母。又先岳母終以無兒，居常鬱鬱不自得，未及五旬，積病垂死，內子衣不解帶，藥必親嘗，再割股以進。孝友淳篤，殆女德中不易遘者哉！余不才，暌書史而契丘園，不克大成以慰其願，內子恬然不介意。每晨鐘夕梵之暇，或誦古數篇，或閑拈數韻，以謝囂紛。因女子不宜見才，頗自珍秘，不令人知。丁亥歲，余燕遊還，見孚公、天中諸內弟已摘數首列於《復東坡集》中，余笑謂曰：『爾詩已出，此後無容諱矣。』及戊子，霖兒幸叨秋薦，偕天中北上，以十六歲兒離膝下，內子之感也何似？感彌深，詩彌積。余歸閱之，歌詠中咸具思父念母、痛姑懷弟、慰夫寄子之意。詩以言志，才也，而德見焉。孚公云：『此真巾幗中不朽者，不可以不傳。』因有《雨泉龕》兩刻，然非內子志也。數年來所著益多，予因彙已刻未刻，嚴汰之，其成此篇，以質之作者。楚易李長昂維章甫題。

同集載黃升序：余疑天下士之有無久矣，及晉謁吾母季夫人前，仰其言論丰采，而始疑其有。進而讀其詩，併得肆觀其所為文，而益信其有。因而自嘆，嘆其不有於虎觀雞林，而有於香閨繡閣，一奇也；不以綺思艷句而有之，竟以鴻材偉識而有之，又一奇也。則稱吾母者，或曰『婦而賢』，或曰『女而慧』。余曰：『此士之奇而得其正者也。』夫以女流而得稱士者，古惟班姬、蘇妹。然女子能為詩文者不一，而獨以士名二子者何也？蓋抒華摛藻，語多矯襲，而不本於性情者不傳；本於性情矣，而嘯月吟風，言不根於倫理者不傳；即以性情發其倫理，而尋章摘句，文不歸於大家風格者不傳。而班、蘇之在當時何如者？性情之真，倫理之篤，讀其文者皆知之。至其文之落落大家，人知其才之高、學之摯，而不知其父子兄弟夫婦之間，相與以有成者最深也。嗟夫！千百世上下，如班、蘇兩君子卓然自立者有幾哉？如班、蘇兩君子卓然自立，而又有叔皮、孟堅、老泉、子瞻、子由，以及世叔、少游諸君子相聚一堂者，又何可多得哉？而吾母之在今日何如者？母素貞静，不近紛華，髫年即以大名世自待，是其性情之真也；孝友媚睦，懇懇於所當事，是其倫理之篤也。以因翁年伯為之父，天中、詵兮諸君為之弟，且以余母舅維翁為之配，則其文欲不歸於大家不得；況其才之高、學之摯，迥越尋常萬萬哉！嘗思性情倫理，己之所可自必者也，人也；父子兄弟夫婦，己之所不能自必者也，天也。天人之際，吾母獨兩全之，故能機應於心，不挫於氣，而一切濟世利物、解縛破執等見，有觸於中，莫不於文焉發之，以洩其奇而軌於正。班姬之續史，蘇妹之衡經，吾母方與兩君子並驅千古，而世之論者徒引裁雲繪月與卧雪餐松輩同類而揚詡焉，此固吾母之所目笑而心夷者矣，則不名之以士不得也。《春秋》之義，大夫而巾幗者則巾幗之，巾幗而丈夫者則丈夫之，余故於《雨泉龕文集》之行於世，不贅序其所已及，而深嘆夫奇才之不易遘，賢豪之聚於一堂為尤難得，表其義以示天下女子之學為詩文者，且以示天下士之自號為詩文者。年家愚甥黃升子允拜題。

同集載陸雲龍序：大凡詩文炫爛之極歸于自然，自然固詩文絕業也。蓋姣好不足，輔以鉛華，牛鬼蛇神，可以駭一旹，而不足以傳千古。纖穠詭異，殆詩文所禁耳。況邇來騷墨之士，類倣王、楊、陳、杜之開唐，高、楊、張、徐之啟明，趨於和雅虖！昭昜李夫人有《雨泉龕稿》，靈穎新秀，予嘗序而行之。近迺心寄空王，綺語有懺，不甚捉管，然語溢于氣足，思發於情真，不假雕鏤，往往合拍，殆默有以劍氣運之，足與時流鼓歃哉！予復為品定以傳，藍田群玉，龢璧獨稱，吉光之羽，得一已足，正不在多也。旹順治丁酉歲杪錢塘七十二叟蛻菴陸雲龍題於昭昜旅次。

同集載季開生序：自余識字旹即朝夕學古，期踏遍名勝，交盡才杰，以舒古懷，以廣古懽。於今年二十餘三者，猶未一遂，徐自慰曰：『有及時具古質者，余胡為仇今？有門內槩天下者，余胡為賤足？有閨房垂雅彥者，余胡為遐盟？』憶先嫡母得子多殀，余甫誕，嫡即收焉，辛勤字育，更倍己生。余身托高深，習忘天地，及知圖報於一綫，已痛萱零於九泉。銅冷空幃，衣懸舊寢，撫我成人，聲顏安在！未能盡孝於母，而轉思致敬于所生者，則惟静姎姊。自是見吾姊，即見吾母然。以姊之賢，一割股以救弟，再割股以救母，古今所希，聖蒙共贊。長適李門，李系公輔接踵，貂蟬累席，自姊于歸，未有不嘆其事姑孝事夫義者。越數歲而姊歸寧，母正病篤，握余手曰：『吾不幸，兒與若姊當益歡。』余跪泣書紳，竟日不能仰視。暹夕母亡，姊日夕哀號，髮焦目裂，且思自決以隨母冥下游。古云『至孝近愚』，姊之謂耶？其時余含泣，即不敢見姊，乘間勸曰：『死者不可復生，而保身正以成孝。姊敏人也，何為爾爾？』由是稍悟。姊德如斯，誠可不朽，又何論文字之末哉？乃姊秀擅閨中，風高林下，書法鍾、王，禪參陶、沈，秉幽淑之性，尋筆墨之盟，故弟姊十人中，視余尤篤云。乃余不揣固陋，振袂相從。姊多病，余未能焚寇相之鬚；姊多唫，余未能嗣謝妗之雪。雖倡和日盈笥，徒見姊魚魚而弟鹿鹿耳。因請姊悉出新章，獨鏤佳句，以快耳目焉。昭昜居水靈之最，挹大海之襟，才人秀女，往往不絕，而清思巧唱，姊實冠之。異日者，余飛五色筆，拜五色絲，上報君父，其將一葦杭來，共附詞仙之楫。戊子中冬弟開生冠月子題。

季嫺《閨秀集》（上海師範大學圖書館藏清抄本）載《閨秀集序》：夫女子何不幸而錦泊米鹽，才湮鍼線，偶效簪花詠絮，而腐儒瞠目相禁止，曰：『閨中人，閨中人也。』即有良姝自拔常格，亦鳳毛麟角，每希覯見；見或湮没不傳者多矣。今自三百篇而後，由宋元以溯漢魏，女子以詩傳者幾人乎？予幼非穎慧，先慈氏頗不以蒙昧畜予，因不禁止，課以詩書。迨髫齡侍家大人宦游中州，驅馳燕邸，其間齊魯冀豫，風物多殊，舟車朅來，山川非一，所經所矚，覺喉吻間有格格欲出者，因取古人詩歌效之。迨歸昭昜李維章，傾茶摭古，更不以俗轍相羈限，而舅氏宗伯公藏書滿架，縹帙爛然，因得肆覽焉。獨取風雅者，便歌頌，懌性情也。見古人中如唐山、上官、易安、小淑，各有傳書，己心艷之。辛卯冬，淥兒旭雁之期，歸昭昜，時維章猶子映碧以予喜誦詩歌，且尤樂觀閨閣中詩也，裒所藏幾百種畀予。予繙閱之，見夫雄才灝博，雅調琳琅，奇握靈蛇，古懷犧鼎，大者百詠千章，小者零璣寸璧，非不家擅一長，人競英秀。予始嘆天壤之大，殆不乏才，誰為禁之哉！簡覽之暇，手録一編，遴其尤者，顔以『閨秀集』，用自怡悦，兼勖女婧。俱憑臆見，浪為點乙，非敢問世也。維章曰：『子既羡閨閣之多才，又每嘆傳人之絶少，曷不為諸才媛謀可傳哉？』强付剞氏，予寔不自諒矣。順治壬辰中秋昭昜季嫺静娱氏題於雨泉龕中。

河中之水歌

河中之水，滔滔疾流。汩我田苗，囓彼高丘。河魚大上，萬民以愁。我謂河伯，伊誰之羞？苕苕佚女，抱持箜篌，哀聲入雲，長歌未休。何辜今人，癲疢曷瘳？

種蘭歌

梯山曳露鋤雲根，芟艾披荊得幽節。雖然數莖花無多，已覺色香堪獨絶。窻前偶有黄磁斗，一似先為種此設。養以綺石永若芳，挹彼清泉溉其潔。蘭兮蘭兮如有知，孤標何必藏巖穴。

得天中弟訊

憐爾關山隔，書從塞北來。黄雲瀰〔二〕大野，白草遍荒臺。風勁豺狼嘯，天高鴻雁哀。登樓應有賦，何日共銜盃？

秋興〔三〕

昨夜梧桐落倚樓〔四〕，朝來園菊已生秋。風吹鐵馬聲聲急，露冷銀床〔五〕處處幽。遠寺鐘疎依澗寂，空庭香細傍簾浮。蘆花影浸江天月，不待飛霜盡白頭。

病中述懷

怨極翻忘怨，愁深不解愁。臘殘猶自〔六〕病，塵滿讀書樓。

客路

客路雞聲促曉程，暮歸殘月樹梢横。徘徊欲作思鄉賦，愁集毫端寫不成。

秋色

林木蕭疎噪晚鴉，斜風欲透小窗紗。莫憐秋影偏岑寂，紅葉飛飛似落花。

【校記】

〔一〕咨賞：原作『咨盡』，據陳維崧《婦人集》（叢書集成初編本）改。

〔二〕瀰：《國朝閨秀正始集》作『彌』。

〔三〕此題季嫺《雨泉龕合刻》（順治刻本，下同）作『秋懷』。

〔四〕倚樓：《雨泉龕合刻》作『綺樓』。

〔五〕銀床：《雨泉龕合刻》作『銀蟾』。

〔六〕自：《雨泉龕合刻》作『負』。

吴綠蘭三首

字幽芳，關東人。詩見吴吉人《名家詩選》。

立春日剪彩為花

應候天葩早，先時報好春。吳綾裁處暖，苑樹綴來新。蜂抱香非麝，鶯窺葉似茵。應知剪花女，原是散花人。

窻前梨花

春風披拂颺絲輕，枝上花開分外榮。豈有細香迷紫燕，却將絶色待黄鶯。盈盈白照西施面，淡淡嬌含虢國情。窻下莫嫌頻倚望，一年寒食幾逢晴。

茉莉

晚掠雲鬟花正開，喜看香雪近粧臺。凡葩亦有顔如玉，那得清芬撲鼻來。

任婉 六首

字静宜，江蘇揚州人。適王子莊。詩見《十才子鸞嘯集》。

韓矩《任静宜詩序》：蓋從來閨秀之詩，不過粗知聲律對仗之大意，原無甚精思實義也。一日者，王子莊讌余於庭，席甚盛，笙歌間作，日未夕，酒極酣，王子置一卷於前，亟呼其輩掖嫂夫人出，云：『子與余忘形也，雖異姓而骨肉者，俾余內子以通家之禮見子也。余內子酷喜讀子詩，寒暑晨夕，不少輟，惟嗜子之詩也深。所作欲乞子弁言。』余頷之。趨揖前，睍視衣香鬢影中，兩頰俱奕奕有光，宛然姑射之神人踏絳雲而馭輕風矣。余肅退，展其帙，讀未終篇，擊節起舞。蓋鎔鑄唐人諸大家之詩而自詣其至者也。柔克沉思，超越神警，筆挾蘭香，字飛孔翠。噫，技固至此哉！余因之有感矣。彼夫須眉丈夫之所號為詩人者，禍棗災梨，曳裾投贄，走聲名如鶩，以高視壇坫之上。一開函，塵坌滿紙，亂頭麤服之不修餙，濃點淡抹之不勻停，汗漫淆雜之無軌度，嘗竊嘆假詩人之彌塞天壤也。余雖不能詩，日取歷代詩以磨淬之，疏其源而瀹其支，出而質諸真詩人，以實其見，知未傳臨濟之一燈，終墮落野狐禪耳。人可易云詩也乎？得王夫人詩讀之，心目皆豁然洞開，恍身入波斯藏中，探木難火齊而出。王子才亦差相敵，而尚覺夫人過之。王子勉乎哉！何以轢芳競爽也。用不辭駑鈍，而為之序。

初春即事

篆靄湘簾潤，波光曲抱楹。山雲含雨氣，林鳥變春聲。茗熟琴心古，花香蝶夢清。半窻風動處，松子落棋枰。

雨中登樓遠望

遠野陰霾合，登樓入望賒。冷煙癡夢蝶，細雨醉春花。雲壓山千疊，波翻水一涯。緑楊鶯不語，枝上獨喧鴉。

上巳

省城村墅草如茵，宿雨初收曉色新。青嶂馬嘶迎社客，緑波艇戲祓除人。煙薰日煖鶯啼樹，花落泥香燕舞塵。千古蘭亭傳勝事，風流猶憶永和春。

寄黄夫人

煙昏停繡帙，倚檻憶同盟。知爾香閨裏，春星一樣明。

曉起

香魂正逐煖絲遊，篆靄濃煙擁畫樓。鶯唤曉窻春夢醒，一庭花氣上簾鈎。

胡蝶

海榴枝上獵新紅，羡爾翩翩善馭風。曾憶淡雲疎月外，嘯煙騎入蕊珠宫。

沈倩文 二首

字里未詳。

絶句

晚天移棹泊垂虹，閑倚篷窻問釣翁。為甚鱸魚低價賣，年來朝市怕秋風。

一騎漁陽飛羽檄，宫中還認荔枝來。漢宫多少如花女，不嫁單于君不知。

《隨園詩話》：唐無名氏詩云：『烈風拔大樹，未拔根已露。上有寄生草，依依猶未悟。』本朝女子沈倩文，有《絶句》詩云云。雖詩用意不同，而託諷俱妙。

孫玉貞句

江蘇婁縣人。諸生孫某女。

句

來宵樓外三更月，空照梨花一樹春。

《水曹清暇録》：婁縣諸生孫某女玉貞，工詩，十五夭折。臨歿，有句云云。同邑張茂才輿載輓詩云：『明月梨花景刹那，微之悼女淚痕多。奩遺鴛結師心巧，詩勝龍褒信口哦。閲世偏憐年歲促，遊仙半是病愁磨。他生須做紅樓客，慎莫當歌唤奈何。』

陳華二首

適朱某。詩附見於徐裕馨集。

題蘭韞詩草後

天意原如此，何曾薄女流？曩見巘舟女史詩有『天地無情薄女流』之句，特翻用之。一編花下讀，風雨自深秋。

小作遊仙夢，真成般若舟。芳型傳布遠，莫為感松楸。硯匣自隨身，丹青迥絶塵。寧知黃學士，不及衛夫人？朗苑開青瑣，神洲聚列真。也應煩作記，笑問石麒麟。

高韞珍 一首 句〔一〕

字淡仙，浙江仁和縣人，景藩觀察之女。

【輯補】高韞珍《出凡遺藳》（國家圖書館藏清抄本）卷首硃筆小注：女士為高江村士奇之妹，晚年入道，故詩藳名『出凡』云。

詠小青

朱門黃土恨年年，草掩孤山墓〔二〕可憐。消〔三〕盡紅香〔四〕如逝水，生〔五〕來薄命敢違天？梨花春夢瀟瀟雨〔六〕，柳色清風漠漠〔七〕煙。多謝檀郎能瘞〔八〕玉，芳魂〔九〕流落聖湖邊。

句

殘年已過春三日，一歲猶如話半宵。

《隨園詩話補遺》：吾杭高怡園景藩觀察之季女淡仙韞珍，詩才清妙，不愧家風。《詠小青》云云，《除夕與淡人郎君同作》云云。

【校記】

〔一〕韞珍：《國朝閨秀正始集》作『蘊珍』。

〔二〕墓：高韞珍《出凡遺藁》（國家圖書館藏清抄本，下同）作『緑』。

〔三〕消：《出凡遺藁》作『銷』。

〔四〕紅香：《出凡遺藁》作『柔香』。

〔五〕生：《出凡遺藁》作『派』，《國朝閨秀正始集》作『本』。

〔六〕此句《國朝閨秀正始集》作『梨花春雨瀟瀟夜』。

〔七〕漠漠：《出凡遺藁》作『冷冷』。

〔八〕瘞：《出凡遺藁》作『惜』。

〔九〕芳魂：《出凡遺藁》作『才魂』。

卷之二十二

許冰素 四首

江蘇長洲縣之洞庭人。著有《遜雪居詩草》。

《七十二峯足徵集》：冰素，東山許靜曜先生之女，適郡人李次文。幼承庭訓，通詩書，與乃兄宸卿、乃弟少卿相賡和。有《遜雪居詩草》。

茶熟

淡緑濃香帶露浮，竹爐響絶小窻幽。香飄翠幙連書幌，緑掩湘簾映玉甌。漫拂瑶箋消永晝，愁看雲樹上層樓。鄉心無奈連朝切，茶熟空思午夢遊。

送别牡丹

飛來瑶島仙家種，却喜還教老眼看。香影戀人新月澹，臙脂鋪砌落霞殘。太平天子千秋恨，曠達莊生一夕觀。消受自慙清福分，醉吟留得碧琅玕。

探梅

路入羅浮玉滿林，幽芳馥馥襲衣襟。瑶臺人去留真境，雪裏何妨獨自尋。

芙蓉

扶疎緑葉擁紅香，占盡秋江兩岸芳。想見浣紗溪畔態，碧波如鏡照新妝。

徐氏三首

山東長山縣人。長治令徐繼志之女，適新城縣布政司參議耿鳴世，即都御史庭柏之母也。

輓王烈婦畢孺人

烈矣王門婦，賢聲著帝京。貞心同玉潔，素質宛冰清。取義丘山重，捐生一羽輕。恩承明主詔，千載播芳名。

偶成

時近清明二月天，嬌花粉竹正鮮妍。秋千架上人如玉，溪水隄邊柳似煙。紫燕飛飛歸畫棟，白鷗點點浴晴川。年來景物還依舊，不見人生再少年。

《居易録》：吾邑耿太淑人徐氏，長山人，巡撫僉都御史以貞孫，長治知縣繼志女，陝西參議耿公鳴世之配，巡撫浙江僉都御史庭柏之母也。幼讀書，工詩，偶記數篇於此。《輓王烈婦畢孺人》云云，《偶成》云云。其篇什最多，壬午亂後，盡散佚矣。

寄子詩〔一〕

家內〔二〕平安報爾知，田園歲入〔三〕有餘資。絲毫不用南中物，好作清官答聖時。

《池北偶談》：吾邑耿侍御省亭鳴世妻徐氏，都御史華平庭柏之母也。有賢行，能文章。兵後失其集，僅傳《寄子詩》云云，有德之言，與撚脂弄粉者迥異。

【校記】

〔一〕此題《名媛詩緯初編》作『寄男廷栢』。

〔二〕家內：《名媛詩緯初編》作『兩字』。

〔三〕歲入：《名媛詩緯初編》作『豐足』。

馬淑禧 一首

號墨華子，浙江會稽縣人，瑞州知州馬維陞之次女也。適仝邑陶滖。

感懷

朝來無力倦臨粧，睡起遲遲日影長。忽報春光今已盡，含愁强步小回廊。

黃憲一首

詩見《水香園題贈集》。

題汪氏水香園

阮溪花事占春妍，臺榭差池映碧漣。黃海雪消香拂地，紫峰雲散影横天。微吟擬訪呼猿洞，清夢應隨載鶴船。管領風光依舊好，不須重費買山錢。

錢紉蕙五首

字秋芳，號清蔭居士，江蘇吴縣人。太史錢中諧女，適武平令許廷鑅。著有《清蔭閣集》。

《國朝詩別裁集》：錢紉蕙，江南吴縣人，太史諱中諧女，武平令竹素許廷鑅室。竹素以詩鳴吴中，今之魯靈光也。厥配亦高風格，趨步唐音。

度梨關

迢遞踰梨嶺，肩輿勝兩驂。雄關限閩越，幽境極東南。地暖常多雨，雲開忽作嵐。鄉閭望不極，聊復上塵龕〔一〕。

野望

偶向東郊望，蕭條物候非。雲連山一色，木落雁同飛。歲月愁中促，音書天末稀。感時情不極，惆悵返柴扉。

新安江行

乘潮渡漁浦，沓嶂夾江濆。下瞰緑波影，能令纖芥分。筏移疑入鏡，碓落自舂雲。聽盡潺湲水，灘高易夕曛。

征怨

萬里胡天斷鳥飛，年年策馬未言歸。西風吹急笳聲咽，歷亂黄沙滿鐵衣。

秋柳

江潭憔悴幾枝橫，秋雨秋風愴别情。猶擬攀條貽遠道，可憐玉笛不成聲。

【校記】

〔一〕以上兩句《國朝閨秀正始集》作『鄉園何處是，聊復上巖龕』。

吴氏 一首

安徽無為州人，侍郎吴覺庵孫女，謝鶴樵之配也。著有《梅閣小草》。

歲暮喜張鐵崖吴柳邨兩壻過我東墅村居賦此索和

烏啼霜落不知寒，剪燭傳杯〔一〕夜欲闌。冰魄〔二〕光華窺几席，水仙香味襲盤餐。村荒車馬經過少，歲迫〔三〕親朋聚會難。笑向東牀覓佳句，良宵莫作等閑看〔四〕。

【校記】

〔一〕傳杯：《國朝閨秀正始集》作『圍爐』。

〔二〕冰魄：《國朝閨秀正始集》作『月姊』。

〔三〕迫：《國朝閨秀正始集》作『逼』。

〔四〕以上兩句《國朝閨秀正始集》作『珠玉琳瑯交映處，同來莫作等閑看』。

易睞娘 二首

江蘇吴江縣人，本世家女，以所配不偶，抑鬱而死，僅二十四歲。

別父

漂泊何由返故園，桃花春雨照離魂。憑将別後雙紅袖，記取東風舊淚痕。

集唐

蚤是傷春夢雨天，鶯啼燕語報新年。東風不道珠簾隔，引出幽香落外邊。

《觚賸》：睞娘者，姓易氏，居松陵之舜水鎮。祖某以閥閲世宦累貲億萬。其父某盡散其貲，畜古名畫。環室爲香木城，城有十架，架藏百卷爲率，各以鏤金牌記之，其錦韜玉軸者爲最品。睞方四五歲，性聰良，善記誦。父嘗戲舉古人姓名，叩以所作某畫，睞即指第幾卷中，靡不悉符。父以是愛之，令其掌鏤金牌而司畫城，呼曰『畫奴』。長及齒齔，作花鳥小圖，工刀札，善吟詠。姿體絶麗，未嘗假粉脂，而浮香發艷，盈盈欲仙。星眸流離，遠黛明媚，復嫣然善睞，故其母氏更『畫奴』名爲『睞娘』。明甲申歲，海内鼎沸，兵燹所被，諸郡縣皆陸沉。秋八月，睞與父母夜飯罷，畫檻間列繡燈，圍以紫絲步帳，月光掩映簾幙，睞方研墨濡穎，手摩吴道子畫觀音像，將賽於鄰側醉香庵，施其庵之女冠。未舉筆，忽聞號呶成雷，燎火四張，外宅大呼曰：『兵至矣！兵至矣！』睞倉卒入内閣，取畫城之錦韜玉軸者，持以出，從父母走僻巷中，潛達金牛村。居金牛村三載，賣珠以綴衣，傭繡以佐饌，備旅食之困。時舜水廬室悉爲灰燼，亂稍定，睞父將埋故業，而無資可繕。睞泫然曰：『吾家世業隆大，不幸蹈於離亂，煢煢飄寄，非長策也。聞女之姑在午溪東新巷，姑以艾孀守貞，女可就訪合居，共爲晨昏。女裝中有古畫十餘卷，售之當得千金。父以其值稍葺故廬而新之，女時可從父母從容完聚耳。』父然之，爲買小舫，從一女奴曰問香，賦詩淚别云云。遂至東新巷，次於姑家。姑字倩娘，夫家姓言氏，於新巷亦豪族。倩夫以瘺瘵之病，走死亂軍，無子。倩故甚愛睞娘，視睞娘若子也。倩有表之自出潘生，緒其親，與倩乃異姓之叔嫂。生故世胄，其父母以行穢見黜於族，僦倩之側舍以居。生能詩文，然無士君子行，窺倩寡處闃寂，日以事請見，睞目哆口，歛肩攝足，以意挑倩娘。倩娘意惑焉，久而相悦。睞之卧室，去倩之卧室可百武，在東廂小紅樓，鎖簾閉幃，旦晚不下樓級。倩之事，問香稍知之，以告睞，睞嘿不應。倩之家有一園，名隔夢，景頗幽勝。時暮春初旬，倩娘辟諸女從，邀睞娘往遊，睞辭以午繡方倦，倩頻促之，乃啓隔夢門，轉曲池上小山左側，憩半峯亭。緑柳數樹，紅欄三折，茶以竹罏，碁以石磴。復轉而左，隔太湖石累丈，海棠盛開，爛如繡屏。緣海棠行數十武，一徑皆櫻桃花，一徑皆薔薇花。倩曰：『櫻桃未子而花容少媚，不若薔薇紅香足愛也。』挈睞左腕，低扇微笑，乃至薔薇架下，瞥然一聲，片花亂舞，落花滿鬟髩間，垂垂拂衫袖，有細彩流蘇貫相思子，綴以同心鳳凰結，雜花而墜，中睞之右肩。睞驚愕，隔花望見一生，烏巾倩容，凝睇於睞。問香遽呼之曰：『潘秀才從誰來耶？』倩娘曰：『潘郎從櫻桃徑來耶？郎素不識睞娘，何敢唐突西子？』生視而笑，倩亦視生而笑。遂散去。睞知倩之賣己也，赬顔不懌者累日。蓋倩娘素悦於生，恥睞之獨爲君子也，故潛生於園以俟睞之至，將市穢於睞。倩知事不可諧，於是始不慊於睞，而爲生計益深。一日睞娘曉粧方竟，綺窻無事，偶疊紅牋作細字，集唐句成一絶云云，蓋隱刺倩事也。書畢，以玉篆獅鎮紙。忽聞樓級有點屐聲，乃倩娘至。睞拾袿連屧趨迎倩，紅箋詩猶在鎮獅下，睞急取置鏡臺鎖楄內，而尾紙半露。倩出讀之，納於杏衫左袖，遽下樓級。睞止之不能，惋悒而已。倩出中堂，適遇生於梧桐軒下。倩出牋於袖，望生而投曰：『櫻桃徑上，有援琴之挑；梧桐軒中，乃無擲車之果耶？』生舒牋展視，乃絶句云云，後有『畫奴戲草』四楷書。倩曰：『畫奴，是睞娘小字。紅牋，是潘郎良媒也。』生攜牋而去。後累日新霽始涼，金風初扇，沼荷零香，庭草凄緑，睞孤坐凝眸，惘惘有思歸之意。見問香攜斑竹鎖絲籃，籃置畫金小方奩，進曰：『倩娘以爲娘午茶，少潤詩脾。』開奩視之，乃石榴子二盒，金柑四蒂。菓盡覆奩，奩衣下文錦幅尺，繡帶雙結，密緘重重。發緘而觀，則薄赫蹏也，得五十六字云：『珠樓十二夜初長，秋恨應知怯晚粧。巫水有雲通楚佩，賈牆無夢問韓香。錦絃舊瑟調鸚鵡，蘭酒新罏憶鷫鸘。落月斜廊無限意，可能流影到西廂？』篇末署云：『米在田而可實，水非米而何炊？』睞以指畫者久之，作『潘』字狀，濍焉起立，碎紙而擲於地。墜鬟拂衣，遂往見倩。時倩方坐繡裀，裁鳳花細韈。忽見睞，以睞至，意必有合，移席駢坐，爲睞整髻上墜釵。睞暈臉潮紅，嚴容噎氣。良久乃言曰：『姪以穉年，背慈就外，孤跡單心，托命於姑。以姑之惠，被以綺繡，餌以珍錯，良厚矣。乃不訓之以德，而假道於不令之生，傳以褻詞。姑縱不愛姪，獨不自愛乎？曩者以楮墨閑情，染成小句，姑掠而取之，致以穢意見誘。修筠有節，高柏有心，豈相浼也？陌上之金，尚不能亂桑中之婦，而謂紅閨流葉，乃自媒於東牆宋玉哉？姪非敢斷絶雅恩，然久安於此，實敗令名，請從此辭。』欷歔再拜而起。倩以好言固留，不許。時舜水已成小築，睞之父母將欲迎睞，睞適歸，驚喜道故。睞所不悦於倩娘者，匿不以告也。先是，生之父母爲生婚於王氏，自溺志於倩，遂背婚於王，王亦以生狂蕩無檢，字女他姓。至是，生欲因倩娘求合於睞，而不愜其願，故揚紅箋之詩以誣睞，使聞於睞之父母，因而求娶。閱歲餘，倩以他事至睞父母家，起居外，並爲睞議姻。口籌心語，未白其人，而數目睞父。睞父無忤色，因極口潘生之才，而諱其貧。又附睞母耳密語。睞父母嘿然，相顧微嘆，遂首肯之。倩歸，即爲生致六禮。睞父母擇吉，將贅生於家，而絶不以聞於睞。至宴爾之夕，銀釭斜照，黼帳高張。夜闌撤粧流盼，見此良人，則即隔夢園櫻桃花下生也。睞大號慟，絶而後甦。問香馳去，驚呼睞父母至，睞悲極不能言。良久唯曰：『倩娘誤我。』父母再四捄解。然伉儷之際，非其本情，雖勉爲笑語，而眉嫵間鎖愁駐恨，如不勝至。居又二年，生亦搆數椽別墅，挈睞以歸。生之父母窮悍極虐，素知睞之不禮生也，爲盛怒以待睞。睞拜告方畢，含啼入室，意不聊生。歲辛丑，生以不給家食，爲硯耕之謀，復隙窺館之鄰女，見黜其主。睞愈不禮生。生大愠睞，叱詈之聲，達於庭户。睞支頤語生曰：『薄命之薄，啣冤可知；狂童之狂，負心若此。何鬚何眉，無恥無禮！我死爲鬼，爾生尚能爲人乎？』語未竟，鞭楚亂下，散髮蒙面，流血被肩。維時明月入户，青燈熒熒，睞矇目嗚咽而歎曰：『命盡此矣。』令問香於故篋中取《愁鹽》一卷，詩詞若干首，及綠窻小寫百葉，皆幼時所畫花鳥粉本，悉焚之火。乃裂帛盈尺，和淚爲書，授之問香，曰：『遲明，汝爲吾送易氏爹娘。』書略云：『女不幸少逢離亂，骨肉飄依，兩地異處。況復長年羸病，自知弱蕙易殤，薄雲難壽。然從垂髫以來，溺情芸藝，散志籤圖，將謂結褵名族，執爨良家，俾慈幃二人得慰心於白髮，竊所願也。不意媒妁之欺，近在至戚。涅我素名，織彼萋計。致匹合於瑣類，終身之仰，失在一朝。怨魄不舒，愁魂欲斷，豈知有生之樂哉！女自春首分袂而後，鬱爲沉疾，嘗累日一粥，而見粒則嘔，薄飲不及蠡勺，悲苦之狀，不可殫陳。當夫蘭門暮掩，薄寒中人，簷雨淅瀝，燈花頻落，砧聲遠飄，譙鼓斷續。女於斯時，淒其淚零，倚枕竟夕，不知憂之何從也。及夫畫窻曉開，麗花笑暖，慧鳥争啼，憑欄數回，因思穉年西園隨伴，踏青始歸，泛錦瑟於芳樓，馳紅衫於細馬，匏絲稠雜，諧笑爲讙。方之今時，遂若隔世。同是一身，而苦樂頓異，命之不猶，夫復何言！今秋負心人以窺踰失意，遷怒於女，笞楚千態，垂垂待斃，無復生理。爰令丫鬟問香告情父母，即夜是命盡之次。父母一來垂視，永以遐隔。綠香帳裡，豈有冷翠零膏；紅葉窻前，莫問韶顔穉齒。將見柳眼露凝，埋春化淚，蓮心風折，劈恨成絲。明月三更，天涯草碧，還家之期，當在曉風新夢間耳。父母春秋已高，强飯自愛，無以女爲念。幸收女餘骨，覆以抔土，得以脱迹人間，銷形天下，粱黄槐綠，煙冷雲荒，遂畢此生矣。孟光同隱，未得是人；弄玉俱仙，徒爲虚語。獨念父母畜我不卒，繞膝之歡，邈矣難再。梅花猶在額乎？蓮花猶在足乎？鏡臺舊影，翠帷餘香，姍姍其來遲者，知是亭亭倩女魂也。』及晨，睞父母得書，憤駭長慟而至，則睞已縊於前軒左欞間矣。生與父母俱逃，莫曉所在。睞父母及易氏諸戚，乃棺睞於兩楹，而以問香歸。蓋睞之爲人，風神散朗，亦珊珊流雅，而幽情如緘，慧心長結，藝能窮巧，而貌若不知。咳唾生珠玉，而寡於辯給，援管成牘，而揮染必本於性。故寫愉則墨以歡露，道哀則字與淚並。蓋孝穆所謂妙解文章者也。惜紫紈無托，紅顔非耦，才豐命嗇，生短恨長。悲哉！睞生纔二十四歲。殮後數日，忽有豪士，戟髯拳髮，紅巾緑緩，跨劒躍馬而馳，後從碧眼奴背負血囊，至睞之門，排門直入。豪立馬柩前，掀髯大呼曰：『負心人已殺之矣。』從者下囊前傾，血糊糢一髑髏着地疾走，乃生之首也。其明年，午溪盜亂，倩娘虜去，不知所終。人咸以爲睞冤之所雪云。

霍雙二首

字貞秋，直隸東光縣人。詩見《國朝詩選》。

暮春

東山下林影，西閣日光殘。脈脈春風裏，幽花生暮寒。

寒食

人倚雕闌竹倚衣，女桑遥聽子規啼。陌頭楊柳休攀折，繫住春光不許歸。

趙蘭妤 一首

字夢瑤，浙江錢塘縣人。詩見《國朝詩選》。

秋日思鄉

勝跡龍山已倦游，傷心何日返歸舟。願隨潮水秋風力，飛過錢塘古渡頭。

李瓊 一首

字素華，湖北漢陽縣人。適海寧令楊璟菴。

琵琶亭詩並序

戊辰隨家夫子同赴海寧官署，舟次斯亭，登樓覽勝，兼得偏識詞壇佳構。因贅里言，以墨其處。

琵琶亭上〔一〕音聲歇，琵琶亭上多遊客。遊客羣深吊古情，可憐大半泥形跡。一曲鵾絃妙幾何，能令感激淚偏多。勞臣思婦千秋恨，好與詩人細詠歌。

【校記】

〔一〕上：《國朝閨秀正始續集》作「下」。

汪又蘇 一首

字景□，安徽歙縣人，孝廉汪昌之女。適儒士洪瑛，早卒。著有《雙桂書屋詩》。

抱小妹

小妹纔三歲，終朝抱百回〔一〕。近來初〔二〕學語，句句我能猜。

【校記】

〔一〕百回：《國朝閨秀正始續集》作「幾回」。

〔二〕初：《國朝閨秀正始續集》作「新」。

陸莘行 一首

字纘任，浙江錢塘縣人。陸圻之女，適海寧州諸生祝斐。著有《老父雲遊始末》、《樽前話舊》一卷。

【輯補】

陸莘行《秋思草堂遺集》（民國元年《莊氏史案》附刻本）之《尊前話舊》云：戊子上元前三日，陸勉旃姪迎余歸家，清和月二日，吴甥萃山復延余至宅。尊前話舊，不勝今昔之感。萃山舉觴笑曰：『往者事歷歷如在目前，第繦褓中非所知也。姨母素稱强記，能一言乎？』因書數端於左方，以識曩時所涉云。丙申七月二十六日，伯姊歸於吴，即萃山先慈也；時姊年二十歲。戊戌八月二日，姊從翁之任，姊翁父執吴公錦雯為蘇郡司李。予方七齡，與父母兄弟各有送行詩，並附於後。而姊所答諸作，年遠不復記憶，殊為悵悵。

陸莘行《老父雲遊始末》（清抄本《莊氏史案本末》附録）：吾父立意棄家，不欲人知，每至必易姓名，無從察也。後值三藩之亂，往來不通，仲兄復歷險阻，徧爲尋覓，終不能得。兄幸成進士，竟以神竭咯血而卒。吾父生於前明萬曆甲寅九月初五日寅時，歷今康熙丁亥，年（九）十有四。自五十五歲棄家，不覩親顔三十九年矣。人生之慘，有如是乎？余愧不文，略書所憶，以備家乘採擇云。康熙四十六年歲次丁亥五月朔，錢塘陸莘行纘任氏識。

送伯姊隨任姑蘇

自憐嬌小不知詩，執手臨行强致辭。盼殺天涯傳錦字，吴江楓落雁歸時〔一〕。

許良謨《海昌詩林》：纘任能文工詩。相傳七歲時，送其伯姊隨任姑蘇一絶，風致絶佳。雖生平筆墨荒湮，即此亦可得其梗概。其著述則有《老父雲遊始末》一卷、《樽前話舊》一卷。

【校記】

〔一〕此句陸莘行《秋思草堂遺集》（民國元年《莊氏史案》附刻本）作『吴江楓冷正其時』。

夏氏一首

安徽霍山縣人，適趙衡川，才美而艷。

嘯龍嶺

盡日肩輿坐，雲疑足底生。一峯盤級上，四望覺山横。鶴去亭留影，泉飛谷應聲。武皇停蹕處，落日暮煙平。

余子玉二首

江蘇江寧縣人，湖南觀察鄧偶樵配。詩見《詩觀二集》。

詢梅

凍雪繽紛爛似銀，冰心欲吐費逡巡。江南春色知多少，盼煞孤山古處人。

入夢

春去秋來邊塞雁，花開花落故園心。明明架上雙蝴蝶，怪煞醒時没處尋。

王氏句

河南宛丘縣人，周侍郎亮功之妾〔一〕。

句

小雨匀溪縠，閑花落釣絲。《溪上》

月融全昧指，煙動强名絲。《題顧繡大士像》

剔花春影膩，浣硯墨痕纖。《詠侍兒纖指》

秋心增半夜，雨氣滿孤燈。《夜坐》

牽衣憐弱女，學語問高堂。《小女牽衣問大母平安》

承花閑布席，拜月自開簾。《貝葉菴春日》

薄命憐蟲臂，全家在虎牙。《聞警》

半榻閑隨高樹葉，一林獨聽晚蟬聲。《避暑柳下》

已分殘軀同鼠雀，敢言大樹撼蜉蚍。《圍城》

脈望生前寧作蠹，蒼松化後不為樗。《哭父》

强顔一笑全無着，覿面時逢號未來。《題三姊畫彌勒像》

一夕綿綿億萬年，猶勝人間白頭死。《七夕》

《書影》：宛丘王氏，十五歸予，即能詩。如《溪上》云云，皆有思致。詩二百餘首，小詞數十首，余欲傳之，輒欲自焚，曰：『吾懼他日列狡獪瞿曇後，穢迹女士中也。』蓋自來刻詩者，方外之後，緊接名媛，而貞婦烈女、大家世族之詩，類與青樓泥淖並列。姬每言之，輒以爲恨。予嘉其志，書而藏之，不敢付梓，並其名字，亦不忍露也。

【校記】

〔一〕妾：原作『配』，據周亮工《因樹屋書影》（康熙六年刻本）卷一改。

潘楚碧 三首

字湘文，浙江仁和縣人，大令顧是室也。著有《繡餘吟》。

和劉長卿四愁詩

無端斷送好姻緣，咫尺銀河已各天。乍得新愁澆緑酒，漫將舊事寫紅箋。曉風落盡千行泪，夜月拋殘廿五絃。璧未沉淵珠未碎，延津豈易合龍泉？

夏日閑居

蟬聲驚午夢，殘照在山腰。呼婢尋寒澗，分泉灌藥苗。

詠梅

禁院寒侵集翠裘，紅窻疎影暗香浮。只添額上新妝巧，不為閨人寄隴頭。

張蕙二首

字令畹，江蘇長洲縣人。

六一泉題壁

湖邊春色似當年，芳草王孫事杳然。牧馬嘶風寒夜月，流鶯啼雨入朝煙。山川有意留環佩，桃李無情逐管絃。今日登樓强舒笑，須教王粲賦詩篇。

重到孤山拜阿青，荒榛茅棘一沙汀。煙沉古墓霜寒骨，雪壓殘碑玉作銘。幽恨不隨流水盡，香魂時逐蓼花零。勸君再禮慈雲側，莫墮輪迴作小星。

王蕙增七首〔一〕

字娥溪。江蘇常熟縣人，僉憲黃岡王材任孫女也。適徐某。著有《紉餘漫草》。〔二〕

【輯補】

王慧增《紉餘漫草》（國家圖書館藏乾隆稿本）載王戊《紉餘詩序》：余姪女娥溪，一弱女子耳，何以嫺吟詠而能詩耶？或曰：『其母瞿孺人教之也。』或曰：『孺人没後，先大夫續教而成之也。』余曰：『否否。彼男子之學爲制藝也，出就外傅之後，終日呫嗶，一有不率，夏楚隨之；及知勇猛精進，鍵户下帷，焚膏繼晷，兀兀窮年，而於雕蟲小技，尚未工穩。顧謂巾幗之詩，一教而遂能法律嚴整、詞藻秀麗也哉？』然則娥溪之能詩，謂其由於教乎？抑亦天性明敏，而可以爲教者地乎？脱令耑歸功于誘掖，而天性不與焉，吾見夫閨閣中之學爲詩者，耳提面命，而平仄未諳者多矣。即不然，而粘連訛舛者多矣；即不然，而字生句俚者多矣；即不然，而格卑調腐者多矣。而娥溪諸弊悉捐，即鬚眉男子見之，且蓄縮慘沮。或間有微瑕，要亦年青而學未博耳。倘由此精心研慮以爲之，寧不足追踪夫古作者乎？然後知娥溪之學詩得成，寔由蕙性蘭心，故瞿孺人篤之于始，先大夫董之于後，用以有成。譬之美玉韞璞，雕琢一施而輝煌潤澤，燦爛人間，此娥溪之所以得擅其能也。雖然，異日者方駕陶母，媲美敬姜，作壼内之名師，而不徒以才女嘖嘖人口，是又望娥溪之更上一層樓矣。是爲序。乾隆四年除日伯戊草題。

同集載韓芝序：王娥溪者，余世丈愚軒先生巽女也。其在家也，克敦女道；歸於徐，克敦婦道。織紝之餘，尤工吟咏，特以所著《紉餘詩艸》一冊，仰托愚翁囑余序。夫詩人，在昔吾虞特甚；嗣後人奮油素，家懷鉛筆，浮聲接響，詩道日乖。蓋不飫諸古，其腹枵；不求諸理，其靈蔽；不考諸比興，則直而無含蓄；不參諸風雅，則曲而不醒豁。氣不養則句促，神不清則筆滯。是鬯言也，人將殺之。是集也，織自巾幗，逈出鬚眉。工麗則追金琢玉，鬆快則並剪哀梨，尖雋則春鶯巧囀，奥折則諫果回甘。倘由是而更進焉，遊覽於歌《騷》以博其趣，泛觀乎《史》《漢》以廣其識，將見閨閣之中，行當樹幟吟壇。所謂巽德而利武人之貞者，此也。設此而有巾幗之遺，不適足爲鬚眉增色也哉！又何不度德，而反以此恥爲？乾隆柒年六月望前懷三韓芝序。

同集載顧謙跋：余向學詩於黃岡先生門下者也。先生引掖，循循有序，示以詩學淵源，熟讀《文選》，宗盛唐崔、李、蘇、杜，旁通諸家。自丙辰歲得親道範，浚集吟課，友聞改菴、孫伍筠輩，月以課計，日以就裁，如坐春風中，得從指授。此時即聞瓊仙世妹詠絮高才，特以大家閨秀尚未出閣，未敢請諸篇什，賞鑑才華。自丙辰至甲戌春仲，尊大人始攜《紉餘詩稿》，屬序於予。予厠足世講之末，向蒙令祖尊大人甄陶作養，備聞餘論，因敢捧讀瑶章，鏘然金玉，知淑質天才，被迪令祖大教，兼之尊慈素工章句，自然絶妙好詞也。雖然，此猶常情度之耳。今觀世妹之詩，天資既優，充以問學，耳目有博聞多識之益，庭幃有禮陶樂淑之氣，所謂『少而習焉，其心安焉』、『行而宜之之謂道』。故其一摇筆也，無事斧鑿，不勞摭拾，而用字用句，無一不雅贍典切，深中題欵，非僅藻繪粉飾，形似而不得其神似者。稿中如思慈、贈弟暨《和許姑母》章，自見一片篤摯真誠，有情誼必至之理。至於詠物諸篇，各各肖形像物，使事入化。若乃《詠桃花扇》諸詩，具讀史手眼，衡鑑人物，加以綱斷之筆，非淺學所能窺其萬一者。余讀至此，不覺擊節嘆賞，譬之牟尼珠，寶光燭照，萬象自呈，爝火不得比其明。以予管見，世妹天資穎敏，問學兼該，故其出筆也，條達脈絡，曲暢機神；且於體態莊重中，極有峻削宕逸、丰姿婉媚之致。雖古之淑媛擅風雅者，無以逾此。敢以書數行報尊大人之屬。樵雲顧謙謹跋。

孫貞媛詩

誓死貞操絶點瑕，荒墳偏傲玉鈎斜。芳心皎皎懸明月，舊夢紛紛怨落花。盡室捐軀惟有恨，一身漂泊已無家。殘碑斷碣今何在，留得完名萬古誇。

次韻題明妃圖

漢宮泣別恨紛稠，一曲悲笳塞外秋。不是丹青權倒置，那知君是女班頭。

詠梅

暗香疎影畫難傳，漠漠長含庾嶺煙。冷淡甘居羣艷外，清高合占百花前。一枝籬落黄昏月，半樹溪橋暮雪天。留待和羹他日用，莫教點額作花鈿。

次韻早秋雜興

新凉天氣减炎蒸，蕩漾扁舟興可乘。幾處蓬蒿〔三〕明績火，一叢蘆葦閃漁燈。疎桐夜雨愁更漏，衰草平原感廢興。自愧短才慚詠絮，品題風雅亦何曾。

長堤楊柳葉初凋，空對秋風倦舞腰。小院露寒蟲咽砌，官河潮上水平橋。詩書僅可供吟詠，鍼線何妨遣暮朝。最喜嫩凉宵漸永，閑吟不嘆夜無聊。

庭前已見桂舒黄，漠漠連村稻蕙香。紈扇尚摇三伏暑，羅衣漸怯五更凉。草根淒切蟲鳴露，竹影扶踈月過牆。貧淡〔四〕家風惟紡績，可能〔五〕東壁借餘光？

金風颯颯動高秋，景物牽人不自由。霽色凝煙山疊疊，湖光鋪練水悠悠。差池雁影來天外，酸急蟬聲抱樹頭。餘有詩情堪續處，數聲清唱採蓮〔六〕舟。

【校記】

〔一〕七首：原為『二首』。底本卷五十三『黄桂』條後，原有『王瓊瑶』條，實誤。據《紉餘漫草》（國家圖書館藏乾隆稿本，下同），王慧增字瓊仙，號娥溪。因改『王瓊瑶』為『王慧增』；且與本條『王蕙增』實為一人。今將《詠梅》、《次韻早秋雜興》併入本條。

〔二〕『字娥溪』以下四句，原為『王瓊瑶』條小傳，今合併。

〔三〕蓬蒿：《紉餘漫草》作『簾櫳』。

〔四〕貧淡：《紉餘漫草》作『淡泊』。

〔五〕可能：《紉餘漫草》作『可容』。

〔六〕蓮：《紉餘漫草》作『菱』。

顧志 二首

字鶴□，自號雉城女史〔一〕。

和家大兄梅花原韻

尋梅日日小樓東，應事孤山信未通。留影尚遲冰鑑月，浮香豈待剪刀風。肯教冷落春光裡，應得芬芳夜氣中。九十韶光容易去，花神莫怯數枝紅。

春園煙霧濕莓苔，第一番風取次來。入閣微吟宜早對，尋箋索笑莫遲開。愁聞玉笛樓中倚，懶學宮粧額上堆。咐囑兒童催羯鼓，殷勤先置酒盈杯。

【校記】

〔一〕《國朝閨秀詩柳絮集》作『字鶴園，江蘇如皋人，羅他山室』。

袁彤芳二首

字履貞，江蘇蘇州人。

三月三日

多情常是因花瘦，獨坐閑吟晝掩扉。好句似從天外得，春心時在夢中歸。

彩筆漫題幽曲怨，錦箋難寄辟寒香。故人為我應憔悴，我為思君泣夢長。

吳徽一首

字似音，浙江桐鄉縣人，顔祈之室也。

月夜夢歸

假寐承顔到膝前，花枝罥月話纏綿。正當絮語牽衣際，白鶴一聲悲遠天。

《觚賸》：桐鄉工部雪臞公顔祈之婦吳徽，能詩，《月夜夢歸有感》云云。工部示徽書曰：『閨閣之詠，不嫌婉弱，唐詩所選，亦無高老之什。看其用筆靈活，若「白鶴一聲悲遠天」，直可與諸姑相伯仲。』

徐淑秀一首

字昭陽。詩見《國朝選本》。

淮陰道中

昭陽遺孑謫人間，曾列龍樓第一班。楊柳折來風雨夜，芙蓉分得水雲顔。不知世上無金屋，猶説臺前賜玉環。薄命今生遥集處，傷心何地可容閑。

商采十四首

字雲衣，浙江會稽縣人。等軒孫女，適同邑諸生羅萼青。著有《花間草》、《緑窻集》。

子夜四時歌

羅帳碧如煙，空牀抱枕眠。春風弄楊柳，正在緑窻前。借問遠遊子，今行何處邊？

南風五月起，荷花滿鏡中。輕衫不改翠，羞面自然紅。鴛鴦新失伴，回船笑阿儂。

秋月白如練，明河流向西。夜烏棲不定，飛上鳳城啼。迴文纔織就，愁殺竇家妻。

寒風吹朔雪，白璧滿天山。年少輕離别，長征在玉關。誰將金錯去，鏤取兩刀環。

春曉曲

美人曉試白羅衣，玉鏡臺含明月輝。遊子不歸春已半，繚繞花香入虛幔。城南草暖蝴蝶飛，一見東風即腸斷。

春日遊西施山

扁舟尋勝地，載酒艷陽天。山色凝眉黛，泉聲咽管絃。履痕留片石，舞態散朝煙。還共姑蘇月，荒臺泣杜鵑。

落花詩

授色曾將薄命同，惜春情緒怨東風。誰憐歌舞當筵盛，不覺芳華入鏡空。海闊天空篝去路，雨沉雲散泣深宫。人間慣聽閑鵾鴂，何處雕輪駐錦叢。

走馬迴塘細草齊，有情常自逐春啼〔一〕。且教天上看成雪，敢恨人間踏作泥。紅板數條村逕杳，青煙一片酒旗低。紛紛蜂蝶還無數，翠閣朱樓路已迷。

共道韶華上已佳，一年生負踏青鞋。四垂忽見雲如幕，千尺何妨酒似淮。人號可憐偏日暮，月如無恨自天涯。金衣百囀含情甚，不為春光善遣排。

淡額〔二〕斜陽欲暮時，看花猶是惜歸遲。餘香不信全消日，瘦影重疑未放枝。草滿長堤成遠望，山圍故國剩相思。清尊短拍年年事，腸斷深閨尚未知〔三〕。

秋懷

薄暮涼生曲院幽，海棠紅綻雨初收。攜書倦卧休文病，把酒難消平子愁。花影半簾留夜月，瓊箋一幅賦悲秋。白雲迷處新亭遠，灑淚西風獨倚樓。

立秋偶作

月色當階白，蛩聲入幕幽。羅衣驚乍冷，一葉落新秋。

擣衣曲

金井梧飛一葉秋，依依北斗掛南樓。三秋閨閣砧聲動，八月交河凍不流。

昭君怨

氈帳風高朔氣清，狼山雪盡暮雲平。琵琶總是邊城樂，不忍還彈出塞聲。

【校記】

〔一〕啼：《國朝閨秀正始集》作『蹄』。

〔二〕額：《國朝閨秀正始集》作『抹』。

〔三〕尚未知：《國朝閨秀正始集》作『秖自知』。

王璐卿七首

字繡君，一字仙嵋，江蘇通州人。適孝廉馬振飛〔一〕。天資穎異，讀書過目成誦，所繪禽魚花鳥極工，間製小詩。琴瑟倡酬，伉儷極篤。著有《鴛鴦社》、《錦香堂》諸集。繡君有女弟，名兆淑，字仙琬，亦能詩。

王士正《古夫于亭雜録》：宋末浦江吴渭清翁作月泉吟社，以范石湖《春日田園雜興》為題，中選者若干人，謝翺所評定，至今人艷稱之。順治丁酉，余在濟南明湖倡秋柳社，南北和者至數百人，廣陵閨秀李季嫻、王璐卿亦有和作。後二年，余至淮南始見之，蓋其流傳之速如此。同年汪鈍翁在蘇州為《柳枝詞》十二章，仿月泉例徵詩，淛西、江南和者亦數百人。

答杏飃簡稿

滿囊文賦焕青雯，半欲珍藏半欲焚。宿有才名驚謝朓，豈非時數忌劉蕡。美人日暮懷香草，帝子中流倚碧雲。翹首纔知天自闊，滄浪歌罷酒初醺。

喜杏飃歸舍却和

君歸猶昔曰歸遲，一寸柔心千里思。江月夜棲蝴蝶夢，山花曉壓杜鵑枝。詞飛艷雪聯梅日，帶篆同心怨草時。今夕西窻重剪燭，雲煙共滌别離思。

碧霞閣

謖謖松聲數里風，深林蒼翠水煙空。嵯峩樓閣長天外，濃淡山陰遠照中。古徑落花留雀白，清溪漁火隔雲紅。梵宫夜半初鐘起，静焙非非萬法同。

試茗

殘漏無眠夜氣寒，茶煙數縷露華漙。一巵難滌愁滋味，零亂梨花冷月團。

元宵雨中作

冰輪潛彩望難晴，火樹猶粧不夜城。何事弄珠龍女出，遶庭翻作雨花聲。

絶句

青草河頭花正妍，緑莎汀畔水連天。輕舟載得春多少，無數飛紅到槳邊。

陳維崧《婦人集》：王繡君，通州人，馬孝廉之妻也。閨房唱和，時以小幅行世，風調綿整，人甚稱之。常見其一絶句云云，蓋詠舟前落花者，筆情波媚，與題頗稱云。

絶句

春寒日日雨如絲，草滿離亭水滿陂。寄語東君須着意，惜花人去未多時。

【校記】

〔一〕據《江南通志》卷一百三十一，馬振飛爲順治十四年丁酉科通州籍舉人。王璐卿《鴛鴦社草》（國家圖書館藏清抄本）卷首題『白琅王璐卿，丁酉科舉人馬振飛之配』。二説相合。

王安寧二首

名安寧，浙江長興縣人，國學王立甫之女，適東山李一心。

女綉雲受髮

無幾垂肩髮已齊，學梳雲鬟侍親闈。願天憐取孤雛在，裙布還祈換錦衣。

自嘆

兩鬢飛蓬懶畫眉，愁顔脈脈對斜暉。冰心一點無他事，衹願泉扃同穴歸。

周貞媛四首

字瑤石，江蘇泰州人。適施千里。著有《關關集》。

刺繡

黄鳥不孤飛，緑樹不亂長。孤飛失所依，亂長失所養。覩兹發長嘆，亦復豁幽想。花間繡觀音，針針絶妄想。我亦任所天，空堦一俯仰。

讀神傷解哭童幽蘭

春風秋雨幾神傷，寥落〔一〕空閨憶曉粧。亦信有才天也妒〔二〕，可憐無語骨猶香。玉簫聲咽三更淚〔三〕，銀燭光摇五夜霜。碧落黄泉皆是恨，何須猿〔四〕唳斷人腸。不知何計解神傷，幾字詩成百斷腸。香閣惟懸新繐帳，空箱猶疊舊衣裳。一燈紅影魂如在，四壁無聲漏正長。頻唤真真人不醒，夜來風雨恨高唐。

白竝頭蓮

亭亭竝立厭濃粧，枝上新凝六月霜。素質不登青玉案，縞衣常伴白頭郎。比肩如約無私語，對面相憐有異香。漫道予家留别愛，濂溪清淺已成行。

《詩觀》：瑶石詩篇妍雅，夙推閨房之秀。于歸施子千里，極有倡予和汝之樂。倪永清每向予擊節，故採登拙選，用誌聯芳云。

【校記】

〔一〕寥落：《國朝閨秀正始續集》作『寂寞』。

〔二〕此句《國朝閨秀正始續集》作『方信有才天亦妒』。

〔三〕淚：《國朝閨秀正始續集》作『月』。

〔四〕猿：《國朝閨秀正始續集》作『鶴』。

顔玉 一首

江西人也。

垂死别夫

妾年十五許嫁君，聞説君情若不聞。十七于歸見君面，春風乍拂心長戀。爲歡半載奈離何，千里江山渺緑波。未成錦字腸先斷，零落胭脂淚更多。西江浙江隔一水，天上銀河亦如此。銀河猶有渡橋時，奈妾奄奄病將死。傷心未見寧馨〔一〕育，仰負高堂愆莫贖。倘蒙垂念舊時情，有妹長成絃可續。君年喜得正英英，莫更蹉跎無所成。無成豈特違親意，泉下亡人〔二〕亦不平。要知世事皆前定，明珠一粒遥相贈。非求見物便思人，結褵來世于今定〔三〕。

《隨園詩話》：嘉興江浩然幕遊江西，於市上得一銀光箋楷書云云，後書：『政可夫君。康熙癸酉仲夏，垂死妾顔玉斂衽。』玩此詩，蓋有才女子也。第所謂政可者，不知何人耳。

【校記】

〔一〕寧馨：《國朝閨秀正始集》作『佳兒』。

〔二〕亡人：《國朝閨秀正始集》作『之人』。

〔三〕于今定：《國朝閨秀正始集》作『詩爲聘』。

蔣紉蘭六首

字秋佩，浙江嘉善縣人。適同邑錢以塏。著有《鮮潔亭》、《繡餘詩存》。

錢以塏《蔣夫人墓志銘序》略：予元配蔣氏，名紉蘭，字秋佩。十齡通經史大義，母沈太君奇愛之。機杼刺繡之餘，與姊潛心翰墨，學為詩詞，有謝庭詠絮風。年十九歸余，余以辛酉副車貢入太學，結褵甫三月，杖策入都，卒歲乃歸，宜人事太夫人至孝。余貧乏硯田，動輒大困，宜人脱簪珥，無幾微見於顔面。甲子秋，余補教習，旅食京華，戊辰登第始旋里。高堂温凊，能得舅姑歡心。暇則感物撫時，賦長短句自遣，得《繡餘集》若干首。綦縞自安，體素羸怯。有渴疾，庚午夏轉劇，遂不起，年二十有八。四遇覃恩，初贈孺人，再贈宜人，累贈夫人。生子鏊，殤。康熙戊戌葬先考妣於東雲圩，以宜人附於左。為之銘曰：幼婉順兮嫺内則，習辛勤兮五夜織，勗昧旦兮鳧雁弋。余觀光兮遊上國，代定省兮供子職。今祔子兮先人側，卜年世兮妥幽宅。

毛蕃《繡餘詩存序》：金閨雲淡，蕙閣風輕。寫柔思於紅箋，寄深情於青鏤。謝庭柳絮，彩藻繽紛；劉氏椒花，鴻文璀璨。垂大家之令則，藴嬌女之芳姿。自昔多才，於今彌著，則有彭城少婦，欒陵淑姬，秀外惠中，含華隱耀。媚若華之姆教，範史繩經；習叔皮之門風，敦詩説禮。艷神針於刺鳳，蔚彩筆於雕龍。繡陌春嬌，爰舒金線；銀缸夜暖，聿展桑根。考屬國之五言，稽柏梁之七字。裝凝玳瑁，帙散蒲萄，逮及同牢，益多密詠。月光縹緲，對虛牖以長吟；花影參差，憑曲欄而遣興。遂以吹簫之暇，參訂元音；還當鼓瑟之餘，裁成新曲。紫雲韶麗，晨露清涼。沈三已遜英華，柳七更輸香艷。既而士衡入洛，司馬遊梁。千里長征，悵關山之迢遞；三年作客，感時序之蕭寥。詩寄杜羔，書貽秦淑。風神繾綣，情致纏綿。金猊之爐未寒，武夷之荈方熟。花箋五色，並清照而争妍；錦字千行，溯若蘭以競巧。香奩標其雋逸，玉臺揭其清新。乃燕山之駕甫停，而閬苑之招旋至。臙脂零落，金粉銷殘。簾外花香，絶少染衣之秀；簷前梅蘂，曾無點額之人。奉倩所以神傷，安仁為之心悼。集荳蔻窻前之句，光景如新；檢芙蓉帳底之篇，音容難覯。偶因管蒯，辱托葭莩。披幼婦之新詞，擷蘭紉蕙；覽淑人之彤管，琢玉追金。君子有懷，應續招魂之旨；密親長慟，還成哀逝之文。謬附丹鉛，用彰才調。

秋閨

親撿綾綃為製衣，剪刀欲舉更遲遲。夢中面目雖依舊，别後腰圍尚未知。北雁未傳君旅恨，西風長動妾邊思。分離曾記梅花發，可奈丹楓滿路岐。

秋夜悼錢湘雲和祖姑曹夫人韶

玉折蘭摧恨不禁，虛窻寂寂賸殘衾。煙迷芳草花光冷，露滴疎桐月影沉。六憶裁成離緒邈，三生難覓舊情深。茱萸匣鎖長惆悵，回首當年繫我心。

秋思

殘日籠疎竹，新霜糝玉堦。夢魂隨獨雁，夜夜到天涯。

病起

紗窻落日影重重，懶把菱花照病容。成陣落紅春已去，且將心事托青松。

寄姊

静掩菱花懶畫眉，每思同氣淚沾衣。室邇心邇尋常事，何日牽裾話别離。

不寐

雲散晴空雨意收，碧梧弄影月光浮。不知玉笛吹何處，引起深閨種種愁。

孔静亭三首

名静亭，號句曲女史，退菴太僕之幼女。適王生孔翔。

寄外

一别看看數月期，孤燈獨坐淚如絲。多情最是天邊月，兩地離愁總得知。欲寫相思寄錦箋，徘徊無語倚窗前。勸君莫失芙蓉約，辜負香衾獨自眠。

殘荷

丰姿昨夜尚堪誇，開落無端恨轉加。早識今番摧太急，不如前日不開花。

《隨園詩話補遺》：句曲女史孔静亭，退菴太僕之幼女，王孔翔公子之室也。孚瑜窈窕，有大家風。辛亥春，隨其姑潘夫人來園看花，家人交口譽之。性尤愛静，工詩。記其《寄外》云云，皆性靈獨出。今年六月，忽詠《殘荷》云云，孔翔訝爲不祥。七月間，竟以產難亡。古人所云詩讖，其信然耶？孔翔哭以詩云：『怕見秋塵點鏡臺，深閨依舊綺窗開。有時忘却人長往，疑見歸寧尚未回。』

卷之二十三

席淑媛三首

江蘇長洲縣東山人，郭學山〔一〕之室也。

閨怨

康熙丙寅，都門傳題，韻限『谿西雞齊啼』，內用『一二三四五六七八九十百千萬丈尺雙半』等字。

愁絲十丈繞雙溪，二六峯前兩雁西。半夜幽情千里月，五更殘夢一聲雞。八行尺素三江遠，七月清砧萬户齊。百事縈心腸九曲，非關四壁有蛩啼。

題馬上琵琶圖

少小從征天一涯，誰憐顔色勝於花。春風馬上琵琶慣，不解宫粧學內家。

詠雞冠花

名喚雞冠賽鳳冠，一般紅紫不凋殘。庭前獨自誇秋色，還與黄花帶笑看。

《七十二峯足徵集》：淑媛，席文淵之女，適吴門郭學山。敏慧絶倫，矢口成章。髫年隨母氏翁夫人玩雞冠花，命之賦，即吟云云，時有女神童之稱。

【校記】

〔一〕郭學山：原作『鄭學山』，與《詠雞冠花》詩注不合，據《國朝閨秀詩柳絮集》改。

堵霞五首

字巖如，號綺齋，又號蓉湖女士，江蘇武進縣人。進士伊令之女，適同邑諸生吴元音。著有《三到堂稿》、《含煙閣詩》。

《圖繪寶鑑》：堵霞字綺齋，號蓉湖女士，梁溪進士伊令堵公女，同邑庠生吴元音室。善讀父書，博通經史，游情繪事，凡作花木禽魚、蟬蜓蔬菓之類，不用落墨，並無粉本，隨意點染，皆臻神妙。喜吟詠，兼工蠅頭小楷，遇得意，輒信筆題跋其上，一時求詩索畫者雜沓填閭巷，殆無虚刻。遂安毛鶴舫先生評云：『綺齋之詩，清婉韶秀，高出晚唐，有煙霞想，無脂粉氣。畫法宋人，深造徐、黄〔一〕没骨化境，而艷麗閑雅勝之。至其寫生入微處，翩翩韻致，出自天然，非優柔軟媚、鈎描形似者比，真近代所罕覯，傳世之珍玩，不意於閨閣中得之，宜乎四方推重為第一也。』所著有《三到堂稿》、《詩最分編》、《含煙閣詩詞》行世。

倪永清評其詩曰：邗江壇坫，愧殺宗工；隋苑珮環，偶來仙子。以或泣或歌之筆，運可風可雅之才。庭前柳絮，壓道韞以爭奇；指上花紋，駕天孫而奪巧。鹿車共挽，鴻案相將。間以腕底煙雲，寫彼胸中丘壑。神飛色舞，骨峭心靈。舉國詫為名家，同袍指作韻事。燕閣芳型，久已傳諸海內；龍宮明月，不妨散落人間。作者固斷腸而吟，讀者當改容而立。

【輯補】

堵霞《含煙閣詩詞合集》（國家圖書館藏清抄本）載高輿《含煙閣詩詞合集序》：古今閨中之彥，擅風雅而工掞藻者，概難數見。有漢二班尚矣，太傅一門盛稱蘭玉，而『柳絮因風』之外，亦復寥寥。嗣後或代有一二，略足繼響謝階，求其矯矯出群，專成一集，垂之久遠者，無聞焉。豈其駢珠儷玉，滴粉搓酥，墨飛温鏡臺前，筆舞韓香奩畔，天固有所靳之耶？錫山元音吴君，僑居武林有年矣，一日扁舟過訪，杯酒流連，出其閫夫人《含煙閣》一編見示，余始悔前言之失，而喜今世之竟有其人，信令《團扇》弢光、《錦機》匿采矣。其詩温雅穩愜，情景兼盡，不以纖巧騁長；長短句清新婉麗，若出水芙蓉，非同雕繢。合而論之，詩已登大曆才子之堂，詞亦不讓『曉風殘月』，但全卷半屬言愁，大有開府鄉關之感，所謂未免有情，誰能遣此者。然吾謂吴君雖不遇於時，而鹿車共挽，眉案聯吟，梁溪聖湖間，嘲風弄月，盡可偕老，其遇於家庭者，不既多歟！夫人為余常山堵師之猶女，兼工繪事，詩中畫，畫中詩，掩有眾美。茲因吴君見屬，愧無孝穆製序之才，聊識數語，以奉揚大雅云爾。甲申嘉平錢塘高輿書。

同集載冒襄《含煙閣詩集跋》：從來閨秀擅名文苑，莫著於曹大家之續史、卓文君之《白頭吟》；蘇氏《織錦》、謝女《詠絮》，艷不勝書。若兼有繪事，則王李木石，趙管竹蘭，洵足千古已。得之目覩，則余少時所見寒山趙靈之配文端容，江上周仲容之女周淑禧，海隅葛介龕年伯之如夫人李是菴，咸精書畫，當日視為得未曾有，有亦未易得也。滄桑後，會稽之王玉映，虞山之冰綃，金閶之蕋仙吴（後法號佛眉），醉李之羽生周（更名姓道人），竟以書畫行世。憶四十年前，余閨中得秦淮董姬小宛，放手作古押衙者，為虞山先生，故與柳夫人最暱。又合肥先生之徐夫人，與姬至戚齊名。故詩畫壇坫，得稱女郲莒。嗣吴、周二才女各以失偶，涉江覓緣，後遂緇衣托鉢，咸栖水繪，與小姬吴湘逸，吾門姬人蔡女羅、金曉珠，後先讀書課畫，最為二十年不可再得之盛事。今俱瘞玉黄土，染香閣上書畫復成灰燼，止存一珠蕭摵，焚硯不復拈筆墨矣。昨夜忽有蓉湖元音吴子過訪，臨邛相如令配，不待琴挑，梁鴻德妻，同來廡下，出《含煙閣詩》讀之，始知坦腹名門，為進士伊令堵公女，又為余年友濂生之從女孫。其詩之琱鎪景物，陶冶性情，大雅體裁，迥非閨閣。至寫生入微，全是徐熙晚年没骨妙境，每染一牋扇，輒令蜂蜨攢簇，花鳥深愁，視昔日之追金瀝粉者，翻為增塑，乃旅況淒寒，冬春忽度，餐冰嚼蘗，共對齋廚，花嶼竹鑪，不離藥臼，習而安焉，不見異物而遷焉。元音伉儷，可謂固窮真隱矣。愧余一世謬作原嘗，今年逼八十，范叔一寒至此，顏公乞米無從，我方『叩門拙言辭』，君誦『窮途仗友生』，則何益也？爰命跋詩，遂詳今昔，並志深感云。巢民老人冒襄戊辰清和朔日書於還樸齋。

同集載玉溪生跋：堵霞字綺齋，號蓉湖女士，梁溪進士伊令堵公女，同邑庠生吴元音室。博通經史，游情繪事，凡作花鳥，不用落墨，亦無粉本，隨意點染，俱臻神妙。喜吟詠，兼工小楷。一時求詩索畫者户外屨滿。遂安毛鶴舫先生評云：『綺齋之詩，清婉韶秀，高出晚唐，有煙霞想，無脂粉氣。畫法宋人，深造徐、黄没骨化境，而艷麗閑雅勝。至其寫生入微處，翩翩韻致，出自天然，非優柔軟媚、鈎描形似者可比。近代名媛中所罕覯也。』所著有《三到堂稿》。此本所録為《含煙閣詩詞》，特其一班云耳。時己亥花朝鹽官玉溪生跋。

渡江

行帆懸夕照，客路鳥邊賒。霧散江初浄，煙深日未[二]斜。鷗閑眠細草，燕舞蹴飛花。回首前朝水，依然走白沙。

春日感懷

蘸甲紅螺懶更傳，小樓東去柳如煙。還家只有三更夢，伏枕何堪二月天。閑展畫圖花不語，自吟詩句鳥應憐。故園女伴空相憶，春樹春雲一惘然。

春日病起次陳夫人韻

怪殺〔三〕春光不去何，畫船簫鼓又經過。藥爐茶竈相依慣，緑慘紅愁領略多。家國别來憑蝶夢，心魂病後寄蜂窠。古逃死者寄魂魄於蜂窠，鬼尋不見。篆煙裊裊紗窻静，閑接荒籬白鷺蓑。

題白華樓二首

白華樓上晚雲開，引得新涼次第來。聞道樓中人乍起，又横椽筆補南陔。

花間有客欲登樓，却説慈雲在上頭。最是孝思人不見，薰風吹遍古揚州。

【校記】

〔一〕黄：原作『寅』，據堵霞《含煙閣詩詞合集》（國家圖書館藏清抄本，下同）玉溪生跋改。

〔二〕未：《含煙閣詩詞合集》作『半』。

〔三〕怪殺：《含煙閣詩詞合集》作『争奈』。

張智殊 一首〔一〕

浙江仁和縣人，張岐然之女也。

秋夜

月夜皎無塵，閑庭碧草生。山風吹落葉，於此〔二〕作秋聲。

【校記】

〔一〕張智殊：《國朝閨秀詩柳絮集》作張智珠。

〔二〕於此：《名媛詩緯初編》作『先此』。

葛覃 七首

字文娥，江蘇長洲縣東山人。著有《還讀齋合稿》。

吴定璋《七十二峯足徵集》：先繼妣葛孺人為葛震甫先生從孫女，名覃，字文娥。素聞家學，性嗜吟詠，與陸鳩峯女覺菴、金峴亭妻陳啟淑、家柳亭二女雪嵋、冰香相唱和，詩筒來往，靡間寒暑。晚年虔奉竺典，覺菴繪《五十三參圖》為贈。孺人晨起焚香，頂禮誦《大悲神咒》四十九遍，家人進飲食，不輟也。著有《還讀齋合稿》二卷。

賦得歸雁喜青天

歸雁喜青天，排行去浩然。淩霄投絶塞，帶月過寒川。不染春朝霧，還銜野渡煙。樓頭擡望眼，白羽翠雲邊。

同女道士成姑遊岱心

誰道春將晚，岱心時正芳。櫻桃紅壓樹，楊柳緑成行。吹面松風細，迎人蝶翅香。不嫌樵徑滑，攜手上高岡。

靈巖懷古

宛轉籃輿上翠峯，浮圖鈴鐸語春風。琴臺韻冷埋芳草，脂井香消亂活東〔一〕。霸主有心存越祀，美人何意沼吴宫。興衰代謝尋常事，遮莫啼鵑怨落紅。

夏日偶成

不信人間夏日長，園林自有好風光。桐陰密密青遮屋，鳳竹娟娟翠繞廊。着雨新荷逞艷冶，穿簾乳燕學飛揚。羅衣紈扇常來往，宜酒宜詩是此鄉。

秋日懷兄客西寧

瑟瑟西風裏，長空斷雁飛。鶺鴒原上望，無處寄當歸。

遣興

燕語鶯啼午夢驚，篆煙裊裊繞簾輕。病餘不耐吟芳草，却展紅箋記藥名。

寄懷雪嵋冰香兩姪女

金風習習透窻紗，秋老蒹葭一水遐。安得長房能縮地，鈎簾同看海棠花。

【校記】

〔一〕活東：原作『名年』，據吴定璋《七十二峰足徵》（乾隆十年刻本）卷七十六所載此詩改。『活東』即蝌蚪。

荊六娘三首

江蘇丹陽縣人。適虞掛石府尹鳴球，早卒。

永訣詩

夜深風驟響庭槐，花澀殘燈半未開。寂寂蘭房人去後，空餘月色為君來。
淚染羅衾欲盡時，憐君還復惜君癡。寒梅零落春原在，紅嫩桃花又一枝。
風簾猶自響金鈎，環佩無聲月滿樓。鈿盒傷心休更啟，對君敲碎玉搔頭。

《西清散記》：荊六娘者，虞拊石妻也。温慧能詩，自恨不得為才子；得為才子婦，即貧且夭如飴。年廿一歸拊石。拊石有異才，行第二，六娘自幸屢劫修，乃今配二郎；失二郎，得仙弗願也。正月嫁，三月病，六月而死。死之夕，賦詩八首，自為序，與二郎別。誦其詩者，為拊石恨。余曰：六娘不能享才子福耳。六娘如雙卿，即不死矣。然雙卿不願不死，則願為六娘也。拊石讀雙卿詞，夜半望西而拜言：平生願一見趙闍叔，今復得雙卿，不見之，虛此生矣。六娘《永訣詩》，取其三云。

徐幼芬三首

字幼芬，江蘇揚州人。工部徐葆初女，適孝廉李淦。與叔姑季静媖夫人迭有唱和。早卒。

王阮亭《讀徐幼芬遺詩兼寄李季子》詩：自來學得謝公綦，博士風流幼婦詞。未免有情看不得，橋南荀令斷腸詩。

春日

日暖春光媚，花香燕子歸。啣泥看未厭，又見蝶雙飛。

宮怨

小苑黄鶯弄巧言，春深碧草暗長門。終朝兀坐愁心亂，怕見旁人繡綵鴛。

病起戴僧帽觀雪

厭厭病質下高樓，幸有瓊瑶可破愁。對鏡自憐同野衲，粧成撇却玉搔頭。

碩塔哈三首

滿洲人。原譯色他哈。

和白曉月題壁韻有序

右《怨别詩》，妾姊白曉月氏作也。初，姊距妾家本數武而近，以故得朝夕會。且渠凡有感觸，輒成詩，詩輒示妾，妾故知其才若貌為一時巾幗冠，雖古昔班、謝輩，弗之過。歲戊戌，姊以《中秋對月作》見示，且索和，中有『邊塞征人意，深閨思婦情』，妾亦口號成律，有『物隨秋漸老，人與月同孤』句。越明年，渠良人遠戍去。今年夏，妾夫子亦從軍徂閩。蘭房寂寞，錦帳生寒，秋月春花，徒伴一窗蕭瑟。曩者《中秋對月》句，斯其讖歟？嗟乎！通於才而窮於命，豐於貌而嗇於時者，古今來指不勝屈。妾才若貌，固遠弗逮姊氏萬一，其時命不偶，未〔一〕之稍稍上下。今讀渠壁間韻，勿禁泣數行下，因嗚咽握管，次原韻成三絕句。

帳冷衾寒怨阿誰，柳煙花雨總成悲。怕看春草當窻緑，别後珠簾盡日垂。

塞外馬嘶青海夜，閨中人動白頭悲。可憐别後庭前柳，一樣黄昏帶月垂。

領略春光今共誰，杜鵑聲裏最堪悲。香閨夢繞沙場月，曾見征人亦淚垂。

【校記】

〔一〕未：《國朝閨秀正始集》作『與』。

徐淑 二首

字景淑，江蘇吴縣人，贈太常高立菴配也。著有《三餘唱和詩》。

過蓮池僧舍同湘蘋大姆

武林閑寓日，扶杖叩禪扉。地僻忘塵俗，心閑略是非。雲山天外現，花雨静中飛。入世渾如夢，浮名漸息機。

齊兒改授臨邑令聞已之官

天涯遊子去依依，清白家聲願不違。小邑榛蕪人户少，寒林風雨瑟音希。按圖如舊連青岱，攬轡從新出紫微。聞道少陵高唱在，峼山湖畔有光輝。

方紫霄一首

浙江鄞縣人，史某之室也。詩見《天童寺志》。

登奎光樓

長日登樓對太白，山光射人娱朝夕。我今身入青山中，竹樹陰森蒼苔積。萬壑奔流赴一溪，清關橋畔水聲齊。層巒疊嶂不可數，怪石懸崖翻欲題。復有玲瓏起天半，微陰籠石迷昏旦。麗日雖舒嵩上光，明霞難向窟中燦。静坐深山息是非，攜來清景愜芳菲。故故晴春花弄色，冉冉白雲石作衣。山幽人盡尋芳去，誰得山情絶世慮。回首樓窗一片雲，適甬東史門。此中香刹歸何處？

謝瑛一首

字玉英，江蘇無錫縣人，東平刺史徐聲復之室也。著有《壽藤軒集》。

送外北上

握手臨行話别時，叮嚀腸斷淚如絲。從今憑仗〔一〕三更夢，飛繞君前不暫離。

陳維崧《婦人集》：武進徐太守，名可先，夫人謝玉英，名瑛，詩名籍甚，性簡遠蕭勝，不嬰世務。太守之官後，夫人盡斥其槖中數千金，買青山庄居之，時於橋上憑欄小立，吟哦竟日。其風味如此。著有《博依小草》。近留心禪理，並詩亦不多作云。

【校記】

〔一〕憑仗：《名媛詩緯初編》作『只靠』。

姚霞齡九首

浙江錢塘縣人，孫懋觀爽之室也。著有《晚雲樓遺稿》。

病劇留别夫子

憶昔身當垂髮時，堂前二老憐嬌癡。朝日窻間閑握管，晚雲樓上學哦詩。長成嫁作君家婦，君志四方難聚首。敢從霧裏怨芙蓉，常覺風前恨楊柳。眠沙逐浪雙鴛鴦，金瓦無情翠羽傷。君悲莫使冰徽裂，鸞膠努力還求凰。身後身前思欲絶，母亡穉女誰攜挈。含酸已矣向泉臺，白草黄沙淚凝血。

病起

幾日荒園不暫遊〔一〕，閑行幽草緑初稠〔二〕。鐘聲遠近煙中寺，樹影〔三〕微茫雨外樓。卧病心情猶〔四〕帶嬾，殘春天氣正多愁。畫梁燕語渾無緒，故向簷前絮未〔五〕休。

秋夜

花影籠階月影低，流螢明滅樹東西。沉沉遠漏聽還歇，淡淡宵雲望欲迷。别恨難憑秋雁寄，離情常遣夜烏啼。夢神今日呼無應，又使愁魂怨曉鷄。

當歸花四首

朝來輕露濕紅粧，弱態臨風又欲颺。最是命名多感觸，唤他羈客頓思鄉。

弱質柔姿怯曉風，晨妝理罷理詩筒。鑾隧半為模君態，只恐窮愁句未工。

容嬌態弱兩芳華，艷李穠桃未足誇。最是兒曹初解韻，便將拙句褻名花。

徘徊庭砌久凝眸，花力常兼風力柔。却是美人春病後，倚簾無語但垂頭。

哭母

颯颯秋林送曉悲，曈曨日影閃靈旗。傷心更洒西風淚，淚盡無由見母儀。

天竹子

絳質淩空別樣奇，經霜偏結歲寒姿。若教植向隋宫裏，遮莫珊瑚綴緑枝。

【校記】

〔一〕不暫遊：《國朝閨秀正始集》作『未得遊』。

〔二〕此句《國朝閨秀正始集》作『偶來草徑緑猶稠』。

〔三〕樹影：《國朝閨秀正始集》作『樹色』。

〔四〕猶：《國朝閨秀正始集》作『仍』。

〔五〕未：《國朝閨秀正始集》作『不』。

蕭氏 一首

江蘇山陽縣人。詩見冒丹書《婦人集補》。

絶句

花谿紅亂燕雙飛，錦水香泥春獨歸。為憶金釵樓上夜，琵琶度月下簾幃。

張季琬 一首

字宛玉，別號月鹿侍史，福建閩縣人。張洪女，適朱文炳。

題自畫蛺蝶

蘧蘧飛出宋東家，春去何心夢落花。描得滕王新粉本，小窻只當寫南華。

《香草齋詩話》：張季琬，字宛玉，別號月鹿侍史，閩縣人。新安懸河廳張洪之女，適江寧府參軍朱文炳。能詩，尤工繪事，自題《蛺蝶圖》云云。

李淑 一首

字玉山，浙江錢塘縣人。

題畫梅為姚母壽

年年籬菊綻清秋，黃鵠長歌未白頭。此日稱觴冬候早，梅花先逗暗香幽。

陳結璘 六首

字寶月，又字蘭修，江蘇常熟縣人，孝廉瞿曇谷元錫配也。善丹青，工絲竹。著有《畯喜堂集》、《藕花莊集》。

王煙客《藕花莊集序》：夫德藝相宜，要歸至道，必研深入微，乃臻具美。即圭璋特達之彦，猶戛戛乎難言之，何況閨閣笄褘者流？兹虞山瞿太君陳夫人者，以道韞林下之風，邁少君高世之行，宏覽博物，含英咀華，固已伉儷倡和、嚶鳴悦響矣。旁及繪事，又能力追宋元，出入四大家，一一亂真。而所著詩草，深得三百篇之遺意，有鬚眉才子之所不能道者。昔趙文敏公文章書畫震耀古今，與管夫人酬贈討論，正堪對壘夫人之追隨唱和，固足媲美。若夫原本忠愛，抒發性情，則曹大家且未能望其項背。惜稿多散失，僅存什之三四，壽明翰檢裒集而藏弆之，奉為世寶，於瞿氏文章忠孝之外，又傳不朽盛事。其永為子孫天球宏璧者，寧有既乎？

《圖繪寶鑑》：陳結璘，字寶月，常熟人，孝廉瞿伯申配。蘭心蕙質，畫工山水，詩有少君風味。

田園雜興四首

新晴緩屐過邨西，菜麥同青水拍堤。放鴨船歸香雪滿，聽鶯橋斷麯塵迷。滄桑任老花三徑，烽火難更雨一犂。何處芳菲堪挂眼，十年魂夢武陵溪。

嶺外輕雷暑氣蒸，茅檐翁嫗話年登。危塍雨過難容屐，狹港船歸唤起罾。虹影醮湖雲自斂，煙光鎖樹翠猶凝。休耘荷鍤橋頭立，晚市争看販早菱。

秋日郊墟喜漸涼，稻花阡陌散晴香。争梨烏雀喧斜日，踏藕兒童鬧晚塘。老樹在門〔一〕常掃葉，好山當户故低牆。悠然獨坐南窻月〔二〕，早桂〔三〕清芬白苧裳。

雲重風高暮雪天，冰條朵朵漸裝綿。蹇驢尚怯霜橋跡，羸馬偏驕紫塞鞭。茶沸竹窻挑宿火，香深松户裊寒煙。悠然更起山陰興，欲借林逋放鶴船。

雨過

雨過深庭草壓扉，霜苞初拆翠梢肥。鶯喉咽曉圓猶滑，蝶翅翻晴墮又飛。應怯露涼添素穀，最宜花氣潤金徽。朝來麥隴看新浪，小婦溪頭叫浣衣。

詠冰花

化工着意點衰叢，開落寒山萬木〔四〕中。謝豹斷魂啼夜月，春駒無夢採深紅。玲瓏巧結愁朝旭，皓白輕粧簇曉風。未比隋宫勞剪刻，依稀幾朵玉池東。

【校記】

〔一〕在門：《國朝閨秀正始集》作『傍門』。

〔二〕南窻月：《國朝閨秀正始集》作『南窻下』。

〔三〕桂：《國朝閨秀正始集》作『挂』。

〔四〕萬木：原作『萬水』，據《名媛詩緯初編》、《國朝閨秀詩柳絮集》改。

黄珮 五首

字如芳，浙江錢塘縣人。能詩，工小楷。適陳子賓維。著有詩稿一冊，卒之前數日，以為非婦人事，盡付丙丁。所選蓋附見於木菴之《牆東雜鈔》也。

王悼《哀黄少君》詩：『聽從姆教早依庭，能博慈顔眼倍青。今日衣裳猶在掛，承歡那復見歸寧。』『佳偶天生自不羣，恰看新婦配參軍。月明正在當圓夜，惱被蒼桐送白雲。』『待曉每聽雞唱無，凝粧猶自影模糊。而今冷落堂前路，更有誰來問舅姑。』『臨池愛學衛夫人，倡和詩成亦有神。寄語閨中同調侶，莫將珠玉委埃塵。』『知己天涯莫浪猜，近傳閨閣解憐才。芸香夢斷紫雲杳，悵望仙姝去不來。』

秋海棠

參差媚影倚東牆，花比人顔誰更芳？深夜月明秋色静，輸他白露洗紅妝。

寶維命詠金鯉

何事托身淺水中，金鱗掩映緑波紅。只緣未遇龍門浪，掉尾難乘天際風。

重陽寄懷寶維

重陽自是最良辰，滿徑黄花欲醉人。懶向籬前還獨坐，把杯時復憶陳遵。

題王慎旃按劍圖

壯心獨倚白雲天，霜刃磨來已十年。銀漢若教占氣象，光芒直射斗牛邊。

丹青妙手寫天真，橫佩鋃鋘最有神。莫笑酒酣思斫地，世間多有不平人。

王芝玉 一首

江蘇真州人。

題青州驛壁

滿淚〔一〕辭親北路行，可憐誰識意中情。强將紅粉隨車騎，腸斷荒雞向曉聲。

【校記】

〔一〕滿淚：《國朝閨秀詩柳絮集》、《江蘇詩徵》作「滴淚」。

朱逵 十首

字虔齋，號海昌女史，浙江海鹽縣人。適陳使君克鉉。著有《慈雲閣詩存》。

仁齋陳克鉉《慈雲閣詩存序》：恭人系出紫陽，為花溪望族。先外母祝太安人工詩文，其吟咏與《素賞樓》齊名。恭人之能詩，家學然也。性慈惠，明於事體。予任海陵，簿書鹽筴，旦夕旁午，往往佐予不逮。甲戌、乙亥，海壖饑，上官命予典賑恤，啼號甚迫，收發有期，予甚難之。恭人曰：『此既不能如趙清獻之完城寓賑，何獨無范堯夫之膽略乎？』予計遂決。迨予遷官豫晉，其相助為理類若此。辛巳姚暹渠水漲溢，衝決解家、黑龍、東禁、五龍、長樂等處隄堰，恭人深為予慮，日夜心悸，以至成疾。壬午卒于官舍，享年五十。居平甘淡泊，喜習靜，長齋繡佛，于茲已二十年矣。所作詩，成輒毁之。予欲體恭人内言不出之意，擬盡焚之。伯母董太恭人叱曰：『爾婦一生懿行，將與紫石鐫文俱彰，爾欲没之，胡寧忍矣！』鈜受命摭拾叢殘，編次成帙，以俟操彤管者進退之也。

【輯補】

朱逵《慈雲閣詩存》（乾隆刻本）載朱琰序：記室居之同里，村號朱陳；辨齒序于本宗，阮分南北。夙重文姬强識，傳遺冊于中郎；蚤知徐悱多文，配清才于三妹。當夫吾家淑媛之歸于仁齋陳使君也，揮毫擘紙，吟亦比肩；燒燭檢書，笑嘗潑茗。琴絲照髩，借巾幗以盍簪；硯匣隨身，雜縹緗以刺繡。既而淮河從宦，晉水遷官，紛紜鹽筴之中，來往舟車之内。兼之室家有願，兒女成行，纔聽錦樹之鳴鸞，又看畫屏之射雀，宜其摒擋紙墨，凌雜米鹽。而淑媛則隨意指揮，不離雕管；偶然咳唾，便化明珠。散如天女之花，織盡星河之錦。然嶺雲之起，只可自怡；優鉢之開，不容人見。疊來蓋篋，番番小字麻姑；坐向蒲團，日日長齋綉佛。身如雲葉，能參幻化之緣；室比慈航，偶證聲聞之果。所以然脂莫寫，未入選于徐陵；何圖擊缶先悲，竟悼亡于潘岳。使君則願流芳之不歇，拾來翰墨之餘；令子則傷愛日之無情，念切春暉之報。相逢日下，捧櫬偕遺卷俱來；披閲行間，詠絮記當年妙想。鄙《玉臺》豔曲，人皆稱班氏之才；纂《彤管》餘徽，我欲詩謝家之秀。乾隆三十年歲次乙酉冬十月族叔琰序于燕臺旅館。

昭君圖

茜袖啼初濕，冰絃怨欲死。畫圖去渺茫，輦路空離企。翠竹潤偏無，蛾眉長莫恃。休咎丹青人，妾命原如此。

庭前建蘭花發甚茂次東坡詠海棠韻

辛夷楣畔葯房複，鏡檻墀除迴幽獨。使君高致慕王維，手種魚魫消塵俗。不須為佩託三湘，但覺無言似空谷。黃磁古樸照青尊，綺石玲瓏傍華屋。清露微馨紫滿莖，光風徐汜紅生肉。每為羅含叢愈多，自對元畸香更足。讀罷南華吟閣閑，日捲蝦簾擷清淑。勞勞役己不為眸，悠悠養己寧為腹？緗根縹帶照我前，別有佳人倚修竹。昜君亦有竟體芳，風儀一送梁王目。石蘭芷蕙俱孤標，未肯堂前爭洛蜀。有榮何必羨青蕭，有翼還須比黃鵠。鄙意常媸霍定錢，高懷終入尼山曲。頗憶楊夔擇祿言，芳荃止合清泉觸。

臨春閣以此題課兒女輩並作一首示之

陳王高閣臨江起，複道交窻連結綺。當年吟詠擅才華，歌聲夜徹千門裏。敵國軍營木柹流，臨春詩酒未曾休。橫江旌甲如飛渡，王氣鍾山一旦收。珠簾寶帳寒無影，璧月瓊枝夜夜冷。雲散風流學士亡，後庭花落朱門静。勝地消沉喚奈何，遺基依舊接江波。春風桃李無窮恨，夜月秦淮一曲歌。

海棠

花霧濛濛春未老，蝦須簾捲明芳草。東風用意染胭脂，西府名葩開更早。數點攲枝猩血紅，止宜著雨不宜風。獨來清賞燒燈後，扶起濃粧淺睡中。濯錦江頭愁最擅，碧雞坊裏鶯難見。鬢亂釵橫不自持，華清呼起羞嬌面。吸盡紅雲只恨遲，神仙風格立芳時。漫山粗俗嫌桃李，為愛清標折一枝。

春日閑居

春光來海角，淑氣滿池頭。竹暗啼鳩路，花明乳燕樓。景供鉛筆畫，詩愧錦囊收。深院無人處，爐煙一縷抽。

樓上

夜深殊不寐，寒色望中遥。山月驚棲鵲，天風落怒潮。晴煙籠槲橄，湛露滴芭蕉。半捲湘簾起，爐香細細飄。

蝶

春駒艷艷下芳條，亦逐花籠過畫橋。東閣簾開通粉翅，南園草緑舞纖腰。桓伊笛裏風愁起，庾信籬邊雨怨飄。翠紺丁香渾不定，莊生魂斷竟難招。

運城官舍

花落青苔上，湘簾不上鈎。前山一夜雨，溪水枕城流。

寄妹二首

相思相望隔重城，雁盡天涯信不聞。閑疊吟箋收錦篋，好將清思寄南雲。
每憑燈蕊卜平安，千里音書欲寄難。悵望如眉城上月，別君二十四回殘。

周淑媛一首

字又洲，江蘇泰州人。詩見《國朝詩選》。

元日哭先大人

一夜思親淚，天明又復收。恐傷慈母意，暗向枕邊流。

余氏一首

三韓余魯山室。著有《蘭馨集》。

江上

八月清江上，西風急暮秋。鳧鷖驕過客，牛馬散高丘。但得宦情冷，重為故國謀。越山雲外好，我欲問歸舟。

蘇眉秀二首

字芳媛。里次無考。

孫貞媛詩

戎深骨肉慘無存，撫字嬌雛賴嫗恩。節傲羅敷甘自殞，禪參琴操敢同論。風清月白迎仙珮，草蔓煙荒訪墓門。剗盡雷塘田萬頃，願移香蛻與招魂。

次韻題明妃圖

幽閟深宫怨已稠，披圖况是别離秋。但能永斷邊城釁，妾命甘捐塞外頭。

程德曜一首

名德曜，江蘇吴縣人。適同邑沈香祖。居常荊釵裙布，屏絶脂粉，能耐貧苦。香祖好書史，不治生産，晨夕所需，皆仰德曜針黹綈績。宗族鄉黨，罔不稱賢。著有《學吟草》。

湘妃怨

鑾輅迢遥不可尋，二妃南渡九江深。青楓蕭颯巴陵道，斑竹嬋娟帝子心。何處揚靈聞太息，有時鼓瑟發哀音。蒼梧遺恨無人識，湘水滔滔自古今。

繆鴻莊一首

詩見《谷音傳響》。

次韻題明妃圖

塞草連天入望稠，琵琶馬上怨清秋。漢家飛將沙場死，何惜區區一粉頭。

尹氏二首

江蘇蘇州人。詩見《詩觀三集》。

題泗州之鮑集店壁并序

妾，吴門士人女也。幼嫻詩禮，曾歌柳絮因風；長奉蘋蘩，豈意桃花逐水。母也天只，但想乘龍；夫也不良，誰知煮鶴。既入宫而被妬，貌悔人知；總閉户而自傷，憐誰我見。兹者隨夫薄宦，棄母遐征。北望黄沙，聞道雄關百二；西連白草，愁瞻玉塞三十。金屋誰嬌，長門有怨。馬上琵琶，同昭君之遠適；扇頭鸞鳳，歎班氏之棄捐。浪説多情，衹應薄命，偶因旅宿，聊賦愁懷。敢寄恨於白頭，豈借辭於紅葉。壬子花朝日薄命女尹氏題。

緑楊深處暫停驂，西望關山正蔚藍。蝴蝶不知人去恨，還隨春色到江南。
雕鞍西去正深春，欸欸鶯歌〔一〕聽不真。寄語故園諸女伴，今年花柳倍愁人。

【校記】

〔一〕鶯歌：《國朝閨秀正始集》作『鶯聲』。

姚世鑑二首

字金心，浙江歸安縣人。詩人姚世鈺胞妹，適長興王豫。

春感

東風庭院林鶯語，斜日簾櫳海燕飛。九十春光今已半，行人到此也應歸。

卧病

卧病逾時歲又新，衡門兩版絶囂塵。垂簾怕放東風入，春到貧家不當春。

謝麗娟八首

字麗娟，江蘇上海縣人。

高士吴懋謙《滬上秋懷集凡例》：謝氏麗娟，從未聞其詩名，適余輩坐旅次，有人叩户，捧函而進，詢之，乃謝家僮也。及開函，别無一札，止和原韻八首。使者口述，欲入集中，且云閨閫防範，索歸原稿。湘士匆匆録之，亦不暇考其里閈。然幽思俊句，春容大雅，望而知為深閨淑媛矣。

和吴六益先生秋懷韻

落紅曲逕依窻看，菊蕊英英進夕餐。弱態不能消永晝，低眉常自畏輕寒。芙蓉香細珠簾捲，翡翠風清綺閣寬。閑傍粧臺一眺望，小亭疎雨竹千竿。

淡淡涼風樹影微，半生心事尺書稀。水亭紈扇歌新曲，秋院琵琶試舞衣。香熌金鑪銀燭冷，聲殘杜宇落花飛。莫教明月依人照，惆悵蕭郎醉不歸。

内史兵戈往事遥，白蘋紅蓼雨蕭蕭。珠袍一死功難盡，玉匣雙龍氣未銷。八月孤鴻銜舊壘，千峯落葉散秋潮。西風夜夜孤城外，我亦淒清賦九招。袁崧墓

愀然王謝舊高堂，錦石蘋花古木蒼。畫檻貂裘湘北酒，層臺翠袖嶺南香。半畦衰草依明月，一帶寒螿冷夕陽。聞説當年歌舞地，倚欄凝望浦雲長。樂壽堂

登眺還乘丹鳳梯，岧嶢飛閣與雲齊。長空白雁西風急，隔岸青蘿落日低。蛛網封梁苔蘚蝕，碑文濕露野烏啼。相傳聖母淩空去，玉珮珠衣過浦西。丹鳳樓

斜日疎籬繞澗松，朗公洗鉢可降龍。蘢葱碧瓦秋深月，縹緲旛幢夜半鐘。雨暗荒蛩經散後，燈寒酒醒夢來重。何時自禮空王座，笑指蓮花曉露封。青蓮菴

季重風流不可尋，馳驅京洛曉霜侵。濤箋九疊年年恨，銀蒜雙垂夜夜心。白鷺倦飛江畔雨，紅梨偷放暮秋陰。閨中每讀陽春調，漫寫新詩仔細吟。

汀蘆岸葦暗城東，子夜霜華靄碧空。眉黛淺深紅燭下，墨痕狼籍練裙中。梁間雪色歌難緩，指下泉聲聽不窮。誰解深閨偏學步，當年道韞有家風。

沈全寶三首

浙江歸安縣人。觀察沈榮仁女，適袁明府枚子阿遲。

寄姪女音保

與君分手忽經年，長自關心望日邊。幾欲寄書魚雁少，今朝纔得劈雲箋。

浄几明窻喜不支，曾同硯席日親師。而今遠隔三千里，憶否春風竝坐時？

即事

首夏天光照眼明，緑楊芳草雨初晴。清陰繞逕渾如畫，閑向窻前聽鳥聲。

《隨園詩話補遺》：東橋設帳永之家，教其幼女全寶，即許配阿遲者。年才十五，娟好嫺静，即已能詩。《寄姪女音保》云云，《即事》云云。

卷之二十四

宋凌雲四首

字逸仙，江蘇長洲縣人。適同邑李博。

《國朝詩別裁集》：昔銓部宋南園先生嘗向余言：『孫女弱齡即喜誦吾子詩，妝臺側時手一編也。』今將四十年，其言如昨，而逸仙已歸泉壤矣。俯仰三世，可勝慨然。

輓孫烈女

山川靈氣鍾巾幗，雲鬟月貌心匪石。一縷紅絲志不移，生前何必曾相識。傷哉吾鄉孫烈女，素嫻姆訓深閨處。書禮雍容出大家，淑慎端莊寡言語。未賦夭桃失所天，斷腸血淚灑窮泉。上堂嗚咽不成聲，哀浼萱椿乞見憐。兒身命薄因至此，于歸有期夫忽死。餘生甘賦柏舟篇，衰絰奔喪以身委。言訖垂頭掩面啼，高堂驚惋亦歔欷。勉將大義諭嬌女，情則如斯禮却非。幼年掌上相憐汝，長為辛勤覓佳侶。雖云許字未云歸，何得遽作過情舉。迢迢歲月守空幃，況值芳菲及笄時。在室宜遵父母命，他年望汝作門楣。烈女聞言心暗傷，廻身掩淚入閨房。雙親既不從兒志，曷若捐軀歸冥鄉。訂盟雖是未同衾，矢死靡他誓此心。先前永斷光鴻案，同穴還依連理林。夫去泉臺猶未久，毅然從之惟恐後。半幅羅巾委玉顔，烈氣千秋長不朽。哀哀堂上泣慈烏，九原何處覓嬌雛。內外姻親悲且敬，道旁聞者咸嗟吁。人生百年瞬息耳，烈女風期渺難企。莫遣巫陽為返魂，任躡白雲渡湘水。

偶成

天外魚書絶，征人豈念家？可憐小兒女，夜夜看燈花。

憶父

吳樹燕雲斷尺書，迢迢兩地恨何如。夢魂不憚長安遠，幾度春風問起居。欲歸未得悵空囊，兒女相思淚數行。苦憶寢門雙白鬢，朝朝扶杖倚閭望。

汪韞玉十一首〔一〕

字韞玉，號蘭雪，浙江歸安縣人。適金若川。早卒。著有《蘭雪詩鈔》。

汪淪原《蘭雪詩人小傳》：詩人姓汪氏，字韞玉，別字蘭雪，世居竹林，蓋閨秀而兼林下風者也。自幼端莊淑慎，內言不出。事父母，雞鳴雜珮，以孝謹聞。母歿，事嚴父更極誠敬；撫諸弟妹，誨養備至，巾幗中有須眉之目。年十八歸甌西金若川世講為介婦。金故望族，簪纓閥閲，翟茀魚軒，一堂之上，輝煌焜耀，詩人處之，恬如也。奉尊嫜，羹湯瀡髓，善得歡心。妯娌之間，肅肅雍雍，從無間言。至於琴瑟在御，莫不静好，鹿車鴻盌，風斯近焉。少聰穎，性耽翰墨，從季父學詩，兩月即能吟詠。其為詩也，雅不喜香奩體，吮墨含毫，字字俱從靈府中流出，而一種蘭芬桂馥之氣，撲人眉宇間。談風雅者方以左嬌、鮑妹擬之，而詩人幽閑貞静，居聽月樓中，嶺雲自悦，從不敢輕出片紙以夸耀於人。觀集中《春晝》詩云『多愁怕見東風面，一任花飛不捲簾』，其風致可想矣〔二〕。

陸錫熊《聽月樓遺草序》略： 新安汪媛蘭雪詩人，生禀殊姿，嫻内則，事父母姑嫜，盥洗雞鳴，恪修厥職。相夫子，内助有聲。幼從季父學詩，僅二月，便走筆成章，然守内言不出之戒，絶不傳播。能遠宗二南，近法三唐，得性情之正，極格律之精。其閨中倡酬也，宛乎弋鳧弋雁之音；其寄外諸作也，隱然條肄條枚之遺。抑且表章名教，卓有所見，故隻字單句，無非從飭紀敦倫中醖釀而出。間有詠物遺興，亦必裁僞體，親風雅，脂痕粉艷，一洗而空。信乎才本於德，德以才顯，彼略知拈韻，便詡能詩者，固無足論； 即藻如朱、李，敏若鮑、蘇，亦豈能與詩人同年而共語哉！〔三〕

金鑑《聽月樓遺草跋》： 唐孟昌期妻孫夫人工詩，秘不令人知，今僅傳《白燭》一篇。蓋閨閣中自道其性情，與學士文人尚才華、矜藻繪異也。余同懷弟若川妻竹林汪氏，端莊淑慎，素以賢婦稱； 其深於詩，余固未之知也。洎乎戊戌捐帷，若川哭之，且賦《悼亡》詩八章，委婉纏綿，語涉閨中唱酬之雅，余乃亟索《聽月樓詩》觀之，因令若川就正有道，以付梓人。雖然，詩自此傳矣，毋乃與作者之心相剌謬乎！ 余將與若川分職其咎焉。

吴太史省蘭《題蘭雪遺草》詩： 『鏤冰琢雪藐姑仙，林下清風度穆然。傳得無聲琴音好，泠泠指外聽疏絃。』『幾見曇華落又開，輪原無相鏡無臺。清詞獨有因風絮，且付燃脂暝寫來。』

【輯補】

汪韞玉《聽月樓遺草》（乾隆四十八年刻本）載金成璉序： 《國風》之作，大抵出於里巷歌謳，而婦人女子居其半。太史采之，以貢於天子，其粹然至善者，乃以列於樂官，用之鄉人，用之邦國，而化行天下。夫《關雎》，宫人所以美后妃也；《葛覃》、《卷耳》，又后妃所自作也。其他諸侯之夫人，大夫之妻，以及閭閻閨閣，咸有篇什。迄今誦詩者，猶然見政教之隆，性情之貞，而風俗之淳厚焉。漢魏而降，若蘇蕙若左芬之輩，緣情賦物，婉約可風。至李唐而詩教尤盛，徐賢妃之《長門怨》，張文姬之《雙槿樹》，郭氏燕翼寄夫，程氏獄中書事，微思幽致，莫不發乎情，止乎禮義，正襟而誦之，抑亦風人之亞也。甌西閨秀汪夫人，為余宗崑秀先生之介婦，舊聞其耽翰墨，工諷詠。崑秀與余交最久，數相酬和，其令似若川亦以能詩世其業，而終未嘗以夫人之詩示余，蓋夫人深自矜重，若川之不欲輕誇於人如此。歲戊戌，夫人年甫三十六，偶遘疾，且歿。若川撿其遺稿，得詩若干首，不忍聽其淪没於書蟲竹蠹間，將繡之梓，而問序於余，余乃得《聽月樓稿》而觀之。其辭正以醇，其音和以婉。其言情也，肫摯而不佻，典麗而有則。蓋澂夫人之精神凝注，堪與白首沉吟者輝映後先，於以上接温柔敦厚之旨，不誠卓絶歟？余故次其篇什而校讐之。他日傳諸遠近，以備斑管玉臺之選可也。夫人舉丈夫子二，年俱幼，已嶄然見頭角，其詩學之得於胎教若有素，將見□蘭台金馬著作之廷，和其聲以鳴國家之盛，若可於此卜之。因質諸若川，若川以為何如也？乾隆四十四年歲次己亥孟夏月東谿金成璉謹序。

同集載汪作霖跋：昔蘇公夫人嘗有『秋夜月不如春夜月』之語，而蘇公許以能詩。可見詩本性情，能道性情，則為真詩。必如後人尚藻繢，矜奇詭，以為某體出自某家，某句合於某氏，剪綵為花，雕蠟為鳳，詩幾何而不亡耶！先姊於諸家詩雖無所不讀，而其作詩絶不規規摹撫，是誠能自道其性情者也。居恒以此事為性命，不輟寒暑，且秘不令人知，以故知者亦少。今若川姊丈不欲没其一生心血，撿其遺篋中古今體詩若干首，梓以就正有道，霖因述其大略如此。嗟乎！賦傳《香茗》，不消明遠之悲；句播池塘，彌切惠連之痛。濡墨書成，不禁淚潸潸下矣。旹乾隆戊戌重九日同懷弟汪作霖謹跋。

過凝香閣看菊

百卉向秋凋，爾獨經霜媚。造物本無私，特與〔四〕高人置。當軒闢小徑，冷艷襲煙翠。瘦立淡無言，臨風想高寄。主人愛客來，煮茗助幽致。香氣日夕佳，徘徊得真意。彭澤去已久，風流此可繼。何庸酌甘泉，餐英已先〔五〕醉。

采蓮曲

霞光欲斂湖光緑，紅藕風微散芳馥。木蘭舟裏石榴裙〔六〕，櫂歌聲出横塘曲。就中有女殊〔七〕娟娟，陸離羽珮珍珠鈿。欲采不采嬌無力，停橈暗羨鴛鴦眠。鴛鴦比翼空凝佇，翠袖臨波淡容與。淚珠不共露珠晞，儂心較似蓮心苦。苦心脈脈有誰知，滿湖涼月殢〔八〕相思。彩雲天遠何由到，妾貌如花能幾時？

題攜琴看鶴圖

君不見，雕鞍駿馬五陵游，臂鷹挾彈佩吴鉤。又不見，十千沽酒蘭陵市，玉管金罍鬭華侈。人生行樂須及時，免俗未能聊復爾。名士心期獨不然，逍遥物外得林泉。栗里之琴何寂寂，西山之鶴何翩翩。琴鶴優游少塵霧，修竹幾竿松幾樹。竹露松風對異書，筌蹄妙理閑中悟。浮生夢覺即神仙，披圖髣髴丹丘路。

月上

月上碧天淨，微雲淡不收。超超千象〔九〕外，皎皎一輪秋。照地雪疑積，臨波金欲流。良宵意不盡〔一〇〕，千里共悠悠。

聞蛩

秋閨憐夜永，悽惻動鳴蟲。已〔一一〕苦當窻月，還驚落葉風。似愁〔一二〕吟不定，如語絮難終〔一三〕。無限關山意，聽來枕畔同〔一四〕。

柳絮

楊柳春情孰主張，輕風吹落絮飄颺。漫空欲混白雲影，到地却沾紅雨香。漠漠溪流悲浪逐，茫茫鴻爪恨天長。一生只有詩材好，付與東山窈窕娘。

送外之蘭陵

绿遍郊原草正肥，垂楊千縷思依依。已憐客去春兼去〔一五〕，那更帆飛花又飛。玉笛尋常吹落月，疎林容易下斜暉。勸君別後休吟苦，白雪天涯和者稀。

春晝

春晝陰陰繡懶拈，鷓鴣聲裏雨廉纖。多愁怕見東風面，一任花飛不捲簾。

秋日寄外〔一六〕

送君別浦綠初肥〔一七〕，又見〔一八〕山城木葉稀。偏是樓高先得雁〔一九〕，故書人字向南飛。

紗窗如雪月華明〔二〇〕，刀剪方閑〔二一〕已二更。纔欲天涯尋舊夢，鄰家又急〔二二〕擣衣聲。

秋夜書懷

庭院蕭疎冷桂林，懷人江上又秋深。滿階風雨三更夢，一水蒹葭千里心。卧病那堪蟲唧唧，無眠偏覺漏沉沉。攬衣中夜情何限，不把離憂訴玉琴。

【校記】

〔一〕卷五十六諸嫺之前所收汪韞玉與此卷汪氏實係一人，其名下八首詩中，唯《秋夜書懷》不見於此卷。現將此詩及陸錫熊、金鑑、吳省蘭序跋三則並入汪氏名下。

〔二〕此後汪韞玉《聽月樓遺草》（乾隆四十八年刻本，下同）復有數語云：『舉丈夫子二，昌黎所謂瑤環瑜珥，蘭茁其芽者，詩人雖秉心鍾愛，而入學就傅，必訓以義方，不少假借，有古賢母風。體素羸，去秋以夫子病，親侍湯藥，晝夜不遑假寐，焚香籲天，祈以身代。自秋徂冬，勞苦殊甚，乃夫子之恙甫痊，而詩人之疾繼作。遷延至今五月之八日而遽驂鸞以逝也。……乾隆歲次戊戌仲秋月鑰川汪淪原譔。』

〔三〕此後《聽月樓遺草》復有數語云：『詩人歿後，其夫子若川甫乃出其吟稿付剞劂氏。蘭畬汪子，詩人之族兄，斗漪金子，詩人之夫兄也，相聚都門，皆於余最密，出詩人集以請序於余，余始得讀詩人之詩，兼悉其生平行誼甚詳。方今聖天子崇文尚德，設四庫館廣輯遺書，凡古今女子之有才德能著作者，□得備採擇。余不敏，濫叨恩命，一一編纂，竊以為幸，以詩人校之，復何多讓，因不辭而為之序。行將録呈宸旒，揚之彤管，章潛德之光，樹閨儀之鵠，則斯集之傳，當直作《女箴》觀，又何《玉臺》、《香奩》之足云。乾隆四十七年歲在壬寅春二月雲間陸錫熊撰。』

〔四〕與：《國朝閨閣詩鈔》作『爲』。

〔五〕先：《聽月樓遺草》作『心』。

〔六〕石榴裙：《聽月樓遺草》作『杏黄衫』。

〔七〕殊：《聽月樓遺草》作『態』。

〔八〕殢：《國朝閨閣詩鈔》作『空』。

〔九〕千象：《聽月樓遺草》作『萬象』。

〔一〇〕不盡：《聽月樓遺草》作『無盡』。

〔一一〕已：《國朝閨閣詩鈔》作『最』。

〔一二〕似愁：《國朝閨閣詩鈔》作『暗愁』。

〔一三〕此句《國朝閨閣詩鈔》作『絮語訴難終』。

〔一四〕此句《國朝閨閣詩鈔》作『應知此際同』。

〔一五〕此句《聽月樓遺草》作『已憐春去客兼去』。

〔一六〕此題《聽月樓遺草》作『秋日寄懷』。

〔一七〕此句《國朝閨閣詩鈔》作『送君時節緑陰肥』。

〔一八〕又見：《國朝閨閣詩鈔》作『轉瞬』。

〔一九〕此句《國朝閨閣詩鈔》作『怪底高樓鴻雁過』。
〔二〇〕明：《聽月樓遺草》作『瑩』。
〔二一〕閑：《聽月樓遺草》作『闌』。
〔二二〕急：《國朝閨閣詩鈔》作『送』。

冒德娟五首

字燕婉，江蘇如皋縣人，冒無譽之女也。

《詩觀》：予與無譽，誼切葭莩，稔知其閨閣貞静勤敏，而書史獨嫺，左芬、謝韞，自爾一往風秀。採其數章，允為林下傳誦。

秋夜

飄來紅葉忽成秋，又見雙星兩地愁。階下細蟲喧不歇，簷前紫燕語難留。空庭砧杵催長夜，遠寺鐘魚逼戍樓。薄醉欲眠猶未得，綺窻遥望月如鈎。

風箏

積雨初晴天氣清，小姑含笑理風箏。擡頭忽見雙飛燕，似有參差不語情。

夏日

芭蕉深緑映疎窻，高柳蟬鳴晝景長。悶捲珠簾看日影，鴛鴦相並立池塘。

春閨

風動簾櫳春晝長，鶯聲催起整殘妝。獨行亭畔拈花朵，不覺羅衣怯晚涼。

曉起

曉來初起對窻紗，日上珠簾弄影斜。風動高枝黄鳥囀，聲聲啼向碧桃花。

張氏 一首

山東蒙陰縣人，詩人張思孺之女也。思孺客死曲阜，女哀毁骨立，尋亦夭卒。

抒懷

零針斷線總前緣，暫把閑書破晝眠。翠竹常留終歲色，嬌花且種逐時妍。未題詩句紅牆上，欲毁妝梳妬水邊。曲几焚香心字小，夜來新月故娟娟。

戴文英四首

字雪林，江蘇江寧縣人也。

暮春晚霽

雨過濤聲急，青山帶落霞。遠觀歸陣鳥，近聽隔林蛙。細細階前草，盈盈陌上花。東山初吐月，村酒不須賒。

聞雁和辰東兄韻

皎皎雙星夜未央，孤鴻嘹嚦過迴廊。差池羽帶吳江雨，哽咽聲悲冀北霜。一榻清風驚旅夢，半窗寒月憶家鄉。有書莫達邊城客，目送天涯更斷腸。

春日苦雨

連朝陰雨妬春光，閣筆當風欲斷腸。最是夜闌人静後，聲聲偏在讀書牀。

秋夜

一簾秋月晚風涼，砧杵聲隨玉漏長。静裏謾題愁絶句，怕聞蟋蟀近琴牀。

戴文蓮二首

字雪心，雪林女弟也。

春景

聲聲啼鳥夕陽天，拂面香風送管絃。幾樹夭桃飛野火，一溪嫩草吐寒煙。紛紛粉蝶花間繞，對對黄鸝柳外旋。最愛芳菲深鎖處，半灣流水正涓涓。

秋柳

縷縷牽情傍渭河，亭前寂寞唱離歌。緑條别去芳陰少，黄葉飄來瘦影多。春怨年年愁裹斷，秋思歲歲夢中過。蕭蕭萬卉無窮思，往事堪悲怎奈何！

劉煐四首

字永和，號蘭亭，浙江山陰縣人。適同里孫周若。

懺堂

語鵲風鈴静曲廊，懺堂百級曳羅裳。諸天自散曼陀雨，密地潛燒解脱香。疏尾簽名金字細，案頭留供玉釵長。剎那亦是龍華會，敢使三生石易忘。

憶外

別時鸞鏡破幽窻，去後魚書隔大江。身是瑶琴心是曲，七絃彈盡不成雙。

題亡姪女引姑遺照

珮玉珊珊海上仙，香雲作綰正垂肩。九原應滴思親淚，回首親恩十二年。

一去芳容恨莫追，空留小影似吟詩。可憐寂寂花前月，移上疎簾照阿誰。

趙嗣徽一首

詩見《谷音傳響》。

次韻題明妃圖

宫圖滿幅麗人稠，妾抱孤芳殿九秋。絶徼沉冤無訴處，愁來衹是撥雲頭琵琶名。

卓璨二首

字文瑛，浙江仁和縣人。麟異孝廉之女，歸海寧陳補思明經。著有《俯滄樓集》二卷、《詞匯》十卷。

懷故鄉詩

庭柯過雨暮生涼，此際偏令憶故鄉。繞閣雪花親屬賦，滿樓明月妹聯牀。水村歸棹煙波杳，海國看雲白晝長。自笑頻年荊布拙，鳴機何日慰高堂？

新秋坐月

清光〔一〕斜照碧窻幽，夜色堪憐最是秋。侍婢尚牽金井水，玉盤涼浸小茶甌。

《海寧縣志》：卓璨，字文瑛，仁和唐棲里人。祖彝，官左庶子。父麟異，孝廉。璨生而明慧，好讀書。年十八歸陳奕昌。昌本廣東司李殿桂之子，為伯之杰後。方璨于歸時，本生姑沈宜人慮其嬌怯，且奕昌幼善病，憐而育於所居之南宅。未幾，司李殁嶺表，璨見沈宜人門户獨支，請歸所後。尋奔父喪，歸，值沈宜人病劇，手租冊授璨，璨曰：『向以為人後，不久累姑；今姑垂殁，而受本生産乎？』丁巳葬所後翁及前姑，歸見四世數棺縱横敗屋中，泣語奕昌急葬之。所著有《俯滄樓集》二卷、《詞匯》行世。子祺、禎，俱諸生。其《新秋坐月》詩云云。康熙三十八年，學政張希良檄縣入志。

【校記】

〔一〕清光：《國朝閨秀正始集》作『月光』。

方青二首

字阿青，安徽桐城縣人，方郚鶴先生之女也。

陳珮玉《贈方阿青》詩：一門應不慚諸謝，風絮尤傳道韞佳。却愧無緣親笑語，捲簾人瘦比黄花。

哭陳懷玉

千里移家托比鄰，去秋自都下僦居於揚州。吟箋書牘往來頻。蘭言未接香空殞，永種人間未了因。

經年同病感朝昏，倏爾梨雲冷夢魂。既痛早彫行自念，滿簾紅雨注啼痕。

汪燕淑四首

字雲浣。性孝。好讀書，手不釋卷。有所著述，秘不示人，父兄問之，曰：『閨中字跡，豈宜外人見耶？』年十八卒。

送二兄之閩

登車説壯遊，有淚不敢流。珍重臨歧語，高堂已白頭。

及時謀吉壤，行役寧辭遠。只有慈母心，車輪共輾轉。

同懷亦多人，兄獨嗟行路。生女信可悲，勞勞空乳哺。

鴻雁暫分飛，故巢生事微。銜蘆須及早，莫待寄當歸。

李氏九首

號静莊，江蘇吴縣人。適山西張九成。著有《素閨雜詠》、《深柳居詩》。

汪參《素閨雜詠跋》略：三代而下，文章之變隨時而遷，識者於此，或以理勝，或以情深，卓然矯起，以振興之。求之今日，深晰此義者，公卿大夫且或難之，遑問閨閣之秀哉！往余閲《黄夫人集》、《秀亭集》、《雨花新詠》、《朱静菴集》，雖風情洒落，亦感慨寄託處，然終詞氣淺薄。意謂妝奩彩筆，不過爾爾。歲己亥，余客蒲陽署，間得閲張九成先生尊閫李夫人詩，風華掩映，迥出尋常。及予有庚子元旦之句，五疊原韻，愈刻愈新。比今獲讀全稿，高邁幽秀之氣，溢於言外，一篇雖竟，而餘情亹亹。固其功力有素，亦由天分高曠，故能吐辭命意，卓犖不羣。不禁服膺歎息曰：『是真能詞以理勝。』且以自罪聞見之不廣矣。《易》曰：『其德剛健而文明，應乎天而時行，是以元亨。』詩曰：『維號斯言，有倫有脊。』夫人有焉。捧讀至再，手不忍釋，爰書數語於卷末，用志景仰之意。

過分水坳次韻

淑景散清溪，晴波潤微雨。詩人偶然過，寓目此山水。飛練掛碧峯，雲氣隨龍尾。泉脈中底分，波光摇百卉。松連亭影長，落日明幾咫。想見昆明池，縹緲煙霞裏。

王霸

儒仲修士節，應辟亦蹔起。陛謁不肯臣，清名遍人耳。侯公遜虚位，遇毁輒復止。藜藿歸自娱，獨慚故人子。軒車既非慕，緼袍亦何恥？不有賢婦箴，安能固終始？

殘絲曲

東風無力春欲歸，遊絲摇曳百尺飛。哺雛燕子自來去，嫩緑沉煙翻柳絮。畫樓回憶芳時好，愁鎖雙蛾慵不掃。可憐只有夕陽天，芳塵澹蕩長安道。

病中偶作

忽病將危候，昏迷昧古今。半窗殘月冷，一榻暗風侵。愁聽思歸鳥，還驚遊子吟。羈魂何處著，露氣滿楓林。

燈花

不解開清晝，休疑夜合花。滋培膏澤滿，爛漫映窻紗。艷質那相並，霜姿未敢誇。閨中常作瑞，今古惜芳華。

秋閨

清秋雨過簟生寒，隔院蟬聲驚夢殘。寶鴨篆消慵鼓瑟，緑窻繡倦漫憑闌。海棠解意臨風艷，丹桂凝香待月看。景物不殊鄉國異，愁瞻雁影度青巒。

山中秋夕

一片秋光冷碧岑，暮雲深處響疎砧。歸巢野鶴初驚露，隱樹寒蟬已罷吟。風引澗聲過枕畔，月移峯影壓窻陰。幽人自領閑中趣，忘却塵囂溽暑侵。

子夜四時歌

懶上廻文機，重簾閉秋影。天際度哀鴻，夢斷銀屏冷。

蠟梅

淡黄衫子試新妝，瘦骨銷來欲斷腸。一點檀心傲冰雪，笑他桃李逐春光。

吴景桓一首

詩見《谷音傳響》。

次韻題明妃圖

計拙和親漢室稠，蛾眉斷送雁關秋。沼吴西子仍歸越，妾命終抛塞外頭。

章氏一首

浙江錢塘縣人。適同邑陳幼學。割肱療姑，惜早卒。

絶句

良人行役計饔飧，拭淚慈親暮倚門。珍重鯉魚消息早，白頭何忍負黄昏。

《錢塘縣志》：章氏，錢塘張副將斐然之妹也，歸於陳幼學。事姑以孝聞，姑徐病篤，割肱以進。年止十八而遽卒。初，章之卒也，時幼學出遊。且死，索筆題詩以寄云云。本省督周斗垣旌其廬曰：『剜肉全親。』

蘇世璋十一首

字文圭，福建漳浦縣人，蘇軍門某之女，海澄上公黄立齋夫人也。著有《瑞圃詩鈔》。

官獻瑶《瑞圃詩鈔序》：昔我夫子删詩，大雅、三頌，賢士大夫之所作也；於小雅，則閨中之詩兼存焉；於國風，則又多矣。而《鵲巢》、《采蘩》、《采蘋》，固南國夫人被后妃之雅化，長言詠歎，動於不自知者。絃而歌之，凡射鄉飲酒，皆奏之，洋洋盈耳，取其感人心，而歸於和平。此自古而已然也。夫人生長名閥，禮肅樂雝，歸嬪上公，金撚玉應，又躬逢我國家内德之懋，遠邁姜任，關雎之化，和以鵲巢，其一唱三歎，春容和雅，如志氣之交動、宫商之相叶也。美哉，始基之矣！夫子曰：『小子何莫學夫詩？』又曰：『女為《周南》、《召南》矣乎？』是夫人教公子以詩之深意，而余今日為表而出之，將必有采風之太史絃而歌焉，復譜而序焉，無藉余言矣。

林宗懋《瑞圃詩鈔跋》略：上公夫人乃前任提臺蘇公女。懋二十年前司教安溪，抵郡送考，得謁蘇公，見其沖和嫺雅，有羊叔子風度，其家法可比鍾郝，故夫人徽音著美。兹覽其集，如《風木吟》及《勗子》、《寄兄》、《輓弟》、《輓妾》諸作，具見其敦彝倫，明大義，教孝教忠。質之理學鴻儒語，不過是也。

富春渚

朝發富春渚，清晨展遊眺。定山雜雲霧，逝湍見奔峭。迢迢萬里帆，緬邈區中玅〔一〕。碕岸紛參錯〔二〕，赤亭〔三〕山照耀。洊至〔四〕殷殷雷，臨圻相唬嗷。周遭三十里，翻浪聞〔五〕叫嘯。惟抱中孚爻〔六〕，風濤詎能剽。宵濟漁浦潭，飛泉媚孤嶠。芳林搴落英，野曠沙埌渺〔七〕。中懷得昭曠〔八〕，外物何其小〔九〕。臨流發長吟，危柱音杳杳〔一〇〕。

擬陸士衡園葵

霖潦過庭除，園葵自榮滋。黄衣垂鮮澤，元景揚清輝。丹心永不滓，託質亦葳蕤。凜凜天氣清，落落卉木稀。何如長向日，淡迤曬湘幃。稱彼後彫質，詎樂鬬芳菲？

輓妾李氏

幻影真成夢，飄零逐曉風。感時傷永别，留恨思無窮。秋盡芙蓉冷，春歸杜宇紅。可憐貞淑質，寂寞夜臺中。

賦得霜催橘柚黃

南國生佳樹，初寒醉曉霜。綴林垂淺緑，應節變新黃。喜得金丸密，還因素粉涼。洞庭將急貢，蓬殿欲先嘗。遺子千頭緩，怡親兩袖忙。天公傳錫命，冬令奉維揚。

秋柳用王漁洋先生韻

秋風落木暗銷魂，颯颯霏霏下玉門。憔悴不堪縈水畔，婆娑猶自繞煙痕。獨憐繫馬思長道，何處啼烏入夜村。一曲淒涼羌笛裏，無情有緒總難論。

蕭蕭疎影度寒霜，半入斜陽半拂塘〔一一〕。草裏茱萸堪作佩，竹間雲母可為箱。眉銷灞岸思張敞，腰瘦章臺恨楚王。莫遣使君重問訊，故園西角永豐坊。

芳春作絮點宮衣，秋色蕭條漢苑非〔一二〕。陌上隄邊花事盡，星移物換故人稀〔一三〕。難憑眠力隨風起〔一四〕，惟解飄枝〔一五〕逐雁飛。曾説金城千萬縷，何堪流涕寸心違。

深秋裊裊最堪憐，一望平蕪雜暮煙。枚叔不逢空旖旎，小蠻欲別尚纏綿。將軍舊壘傷今日，帝子長堤憶昔年。為想五株陶令宅，西風摇曳夕陽邊。

《古檀詩話》：王文簡先生在濟南明湖賦《秋柳》四章，閨秀亦多和作。近有霞漳黃夫人蘇氏，名世璋，字又圭，泉南提臺蘇公女，海澄公黃立齋室也。生長名閥，雅擅詩才。讀其《和秋柳》四首，清新俊逸，不減唐人。著有《瑞圃詩鈔》，皆琳琅可誦。

勗子

禮樂詩書春復秋，韶年駒隙信難留。清泉未养童蒙德，寒雪將侵慈母頭。踵武有懷兄弟在，傳經無愧行名優。丁寧記取高堂語，更要尊師禮義周。

殘菊

素質真堪久，枝殘尚發花。最憐清影好，和月碧窻斜。

砧聲

寒衣擣盡月中聲，終古銷魂少婦情。最是離人聞不得，西風莫送到邊城。

【校記】

〔一〕此句《國朝閨閣詩鈔》作『中流歌水調』。

〔二〕紛參錯：《國朝閨閣詩鈔》作『參錯分』。

〔三〕赤亭：《國朝閨閣詩鈔》作『日落』。

〔四〕洊至：《國朝閨閣詩鈔》作『忽聞』。

〔五〕聞：《國朝閨閣詩鈔》作『恣』。

〔六〕此句《國朝閨閣詩鈔》作『但抱中孚心』。
〔七〕沙埌渺：《國朝閨閣詩鈔》作『景逾妙』。
〔八〕曠：《國朝閨閣詩鈔》作『朗』。
〔九〕何其小：《國朝閨閣詩鈔》作『共談笑』。
〔一〇〕此句《國朝閨閣詩鈔》作『湖光盡詩料』。
〔一一〕拂塘：《國朝閨閣詩鈔》作『野塘』。
〔一二〕非：《國朝閨閣詩鈔》作『稀』。
〔一三〕稀：《國朝閨閣詩鈔》作『非』。
〔一四〕此句《國朝閨閣詩鈔》作『難憑眠起隨風異』。
〔一五〕飄枝：《國朝閨閣詩鈔》作『飄零』。

陳鳳 一首

詩見《谷音傳響》。

次韻題明妃圖

塞外陰山冷氣稠，明妃馬上獨悲秋。琵琶彈出相思調，一任黄沙吹滿頭。

朱湘芷 一首

字葯房，浙江錢塘縣人。

題許氏連枝圖

雙松多秀色，忽減歲寒姿。夜雨思連理，春風怨折枝。分荊情易感，接樹術難知。無限鴒原恨，空吟一卷詩。

秦沅二首

字湘南，號蓬萊山人，安徽□□縣人〔一〕。

美人風箏步台臬使原韻

青雲有路許飛騰，如在瓊樓第幾層。弱不勝衣裁白紵，嬌難顧影倩紅燈。等閑天上來青鳥，容易人間繫赤繩。三月相將留別恨，來年可許望先登？

十二瓊樓〔二〕望不分，瑶姬何事舞羅裙？可能飛去依明月，未必行來是楚雲〔三〕。環珮有聲猶弄影，嬌羞無語亦超羣。天涯別有相思調，譜入春風次第聞。

【校記】

〔一〕《國朝閨秀正始續集》作『安徽懷寧人』。

〔二〕十二瓊樓：《國朝閨秀正始續集》作『珠闕瓊宫』。

〔三〕以上兩句《國朝閨秀正始續集》作『可能飛傍秦樓月，未必行來楚岫雲』。

吴受竹五首

浙江長興縣人。善畫。適同邑□□□。著有《萬卷樓詩鈔》。

鄧汝功《萬卷樓詩序》：我師母吴夫人，延陵貴胄，苕水女宗，族望通華，門楣清綺。《椒花》賦就，幼齡已才匹大家；《香茗》吟成，早歲更名超三妹。歸我夫子，俊及聲高，斗山望重。眉齊青案，聯室内之芝蘭；書校牙籤，實仙家之眷屬。訂訛質誤，互為一字之師；刻燭分題，競賭八叉之韻。迨夫一行釋褐，盡室之官，那矜翟茀之榮，不改詩書之素。頌福曜者，兼欽德曜；瞻文星者，並仰婺星。勉勉勤勤，雝雝肅肅。清吟滿篋，寧徒評月色於天邊；雅製盈編，何忝擅風期於林下。洵文壇之職志，亦藝苑之琳琅。所謂伉儷同心、身名俱泰者矣。

沈夫人園中即景

翠岫舒眉報曉晴，蘭閨裝罷出春城。藏身楊柳鶯喉滑，掠影桃花蝶翅輕。蘇蕙題詩吟欲徧，衛娘法帖寫初成。老人久矣耽枯寂，扶杖相隨也有情。

簾

一片輕雲下碧空，清湘摇曳畫欄東。珮聲遠識從容步〔一〕，燭影何愁料峭風。燕子乍歸春冪䍥，月光初射玉瓏瓏〔二〕。幾回欲擬閑情賦，但願長依繡户中。

歲杪雜詠

苦雨酸風逼歲除，梧鐺隨分盡蕭疎。飛揚意氣曾何用，一局殘棋百本書。

水仙花

來若珊珊望又遲，黃冠翠帔道裝時。妒他世外妻梅客，配爾明湖水畔祠。
洛浦曾聞步有塵，藐姑未許雪為神。消魂絶代娉婷影，暮雨蕭蕭水國春。

【校記】

〔一〕此句《國朝閨秀正始續集》作『珮聲不隔玲瓏月』。

〔二〕以上兩句《國朝閨秀正始續集》作『燕剪拂來春冪䍥，麝煙留住夜朦朧』。

金宣哲 八首

字太霞，安徽休寧縣人，崇仁令金渭之女也。適浙江遂安縣毛紹蘭。著有《梅軒詩鈔》。

金楹《梅軒詩鈔序》略：姊氏梅軒，幼從父受經書。姊壻遂安毛君佩芳，與予共筆研，姊氏往往發凡起例，詰難不止。生平雒誦王右丞詩、韓昌黎文，又深味乎《易》之繫詞、《周禮》之《考工記》。宜其氣茂春松，潤流秋露，有以自見也。予嘗語毛君：『君閨中得此良友，別具賞心；況吾姊氏古律諸調，體近自然，絶異邯鄲之步，使其造詣由此日精，列之古名媛中，何多讓焉？』

吴蔚光《梅軒詩鈔後序》略：　蔚光八歲時，姊隨父母入都，見姊山塘舟次。十四歲，姊父母之吉水任，偕姊與姊壻毛紹蘭過蔚光家，復見姊。二十有二年矣，不知姊能為詩也。是年春，佩芳北來，手一編示予，名章秀句，絶去琱飾。中間詠物感懷諸作，辭興婉愜，情喻淵深；而《讀易》、《示子》，則宛然女學士語，較昔班固之妹、韋逞之母，當不過爾。又與佩芳力勤守約，以其暇唱酬一室。《詩》曰：『琴瑟在御，莫不静好。』此之謂矣。聞姊詩尚多，他日或得駕扁舟，泝富春江，過嚴陵灘，登佩芳之堂見姊，悉讀姊詩，更當為姊序之。

思親

弱齡處深閨，父母最有恩。命我近筆墨，經義為講論。占易識大象，習禮明周官。詩列右丞席，文窺昌黎藩。女紅既弗責，所得惟古歡。及笄上京華，迨吉煩嫁婚。定省亦未缺，別離尚無言。自從江右廻，常隨侍吉水、鄱陽兩縣署中。人事多變遷。念父髮漸白，感母心不寬。時仲弟抱疴，而余亦以病弱煩母慮。好風西北來，百里雲漫漫。新舍在其下，舉首不得攀。生身為女子，骨肉何能完。非無孝養理，難作家庭看。伸箋寫綢繆，欲泣聲復吞。

紫宫謡

蓂緑當熊檻，花明望鵲臺。六時聞换樂，三日賜浮盃。饌品神仙致，衣香外國來。君王多暇豫，重宴柏梁廻。

病起

病起渾無力，終朝倚繡牀。親慈增食品，弟慧改醫方。雨洗梨雲淡，風摇竹露凉。齋心師導引，駐景合教長。

詠孩子

繡褓提戈歲，鳩車戲竹時。乳香猶自藴，茶具漸能持。健邁三朝虎，妍凝一體脂。指盤呼日月，畫壁像龍螭。愛剔花階石，欣扳果樹枝。倩童書鬼字，教婢唱歌詞。縛犬求長線，尋貓壞短籬。葦弓争射鴨，蒲劒共誅蚑。紅葉聯裙繫，蒼駒代鶴騎。候風抛片羽，映水捉游絲。奩粉偷丸藥，窻紗悄裂旗。客來時占座，筵上每翻匙。揖拜雖隨命，衣巾却怕媸。無勞徵世德，且任逐羣嬉。漫道驕緣寵，堪憐黠近癡。題詩聊示戒，天趣少鬚眉。

曉月

東華霞鬱幾千重，朱火宫前宿靄濃。自帶珠輝沉合浦，空飄桂子在靈峰。雞聲已叫人間露，鶴夢纔驚世外鐘。一曲紫雲聽唱去，瑶蟾何處逐仙蹤。

蠶詞和外

二月桑條緑映溪，溪邊浴種已生齊。誰家短短鴉鬟女，不輓筠籠坐短梯。

青絲為絡桂為鈎，姊妹相攜南陌頭。任他花鳥撩人甚，那有心情學冶遊。

但願吴蠶八蠒新，一年三熟濟清貧。蠶娘個個穿羅綺，方見春風被德勻。

林氏一首〔一〕

福建人。

賀黄莘田重赴鹿鳴

丹桂花開六十秋，振衣人到廣寒遊。嫦娥細認曾相識，前度人來竟白頭。

《隨園詩話》：余在杭州，杭人知作《詩話》，争以詩來求摘句者無慮百首。余只愛朱亦籛《春晚書懷》云：『春當三月原如客，人過中年欲近僧。』沈菊人一聯云：『雙雀露濃移别樹，孤螢風静引歸人。』福建女子林氏《賀黄莘田重赴鹿鳴》云云。

【校記】

〔一〕林氏詩後原有顧若憲《得黔中信二首》及《喜弟至》。其小傳云：『江蘇吴縣人，張笠亭明府之淑配也。以子貴誥封恭人。著有《挹翠閣集》，惜未之見。』與卷六十三所收顧英（字若憲）實爲一人。今將此處詩三首及詩後所録《隨園詩話》一則並入顧英名下。

卷之二十五

蘇碧虬一首

江蘇蘇州人。

題竹

閑拔金釵撥翠筠，尋春人自惜殘春。幽情無限誰能見，疎雨東風總未真。

《觚賸》：湖州白雀寺篆竹盈園，枝修節巨，有女子刻詩於上云云，後書『吴門蘇氏碧虬題』。

翁桓六首〔一〕

字少君，浙江錢塘縣人，憲副翁汝遇女，胡彦遠之室也。

《錢塘縣志》：胡介，字顔遠，幼穎異。為博士弟子，性高介，抗意而行。後隱於河渚，蓬門蘿屋，與其妻翁氏笑傲溪山間。翁故武林巨族，能詩，有賢名。夫婦唱和，欣欣自得。死後十年，淮東黄之翰為刻以行世。

【輯補】

胡介《旅堂詩集》（康熙刻本）載陸嘉淑《傳》：　崇禎之季，吾黨士汲古好學、慨然有當世之志者，曰新安程仲孚觀生、錢塘胡彥遠介，然兩人皆困頓無所遇合。仲孚晚閉户，以窮經老；　彥遠則北涉江淮、抵燕，西遊鄱陽，南入閩，所至結納其賢豪長者，其所爲詩古文日益有聲，久之乃卒。兩人皆無子，有一女。……彥遠胡姓，初名士登。其先系出安定，已遷錢塘，家世中衰。父靜庵公讀書不遇，督彥遠甚嚴。彥遠少特穎異殊常兒。年十二，以童子受知於邑令秦郵王公永吉，七試皆冠軍，遂補邑諸生。錢塘既宋舊都，山水絶勝，舟車總萃。且其時昇平久，承虞德園、黄貞父、葛水鑑諸先生後，風流標舉，士大夫徵集燕會，投轄刻燭，詩騷贈貽，絡繹道路，雲翔水會。而彥遠獨卜居城西之河渚，去城四十里，幽谷僻阻，城中人跡罕至，絶酬應賓客。久之，江上兵起，則並謝諸生，入城僦居西北偏一畝田，以教授博脩脯，供靜庵公甘旨，更其名曰介。然意獨不自得，乃遊江淮，訪萬年少壽祺於隰西艸堂。年少大喜，爲集淮楚諸名士如季貞輩十餘人，流連嘯詠者越旬月乃歸。未幾王公永吉爲宰相，招彥遠，欲屈以就試。彥遠既至，幅巾褒褏，意氣奡兀不可下，王公不敢請。而婁東吴公偉業、淝水龔公鼎孳、繡水曹公溶、大梁周公亮工，争挾刺到門，與彥遠遊，名藉甚一時。顧貧亦益甚，念無以謀菽水歡，適友人金夢蜚漸皋尹邢臺，章翊茲國佐理饒州，祝天虞文震整飭淮揚，程中玉之瓚臬閩，先後見招，分其俸入，歸而賣藥錢塘市中。自是且病，病竟不起，甲辰夏六月也。……娶同郡翁憲副汝遇女桓，字少君，未笄即愛彥遠詩，適邑令王公爲彥遠求淑媛納幣，竟爲夫婦。已偕隱河渚。彥遠嘗客閩，少君寄緘題其外曰：『久客神光寺，春歸人未歸。旅園今夜月，空炤落花飛。』『神光』，閩寺；『旅園』，即一畝田僦舍，彥遠自署曰『旅堂』。彥遠得詩，即日歸錢塘。後少君哭彥遠極哀，不二年亦卒。女蕙，季貞以妻汪定武桀，亦知書。

胡介《旅堂文集》（康熙刻本）卷二《與婦》：　僕此行之苦，家人念我以病體驅馳，雨雪載塗，盜賊滿路，叩門拙言詞，孰知僕之苦，有甚於此者。平生自惜之意、心行之微，少君所習知也。今逆行顛倒，心迹背馳至此，此僕之傷心，即妻子莫喻也。不過老父山妻，一念未能決去，幼弟未成立，龍山孤兒寡婦爲可念也。然半生自顧，到底不能倒柁隨風，依人作熱，此是骨裏帶來窮相，正恐徒負此行憔悴也。今既出門，少君便不須念我。我自出武林，此身已付之饑寒、盜賊、雨雪、干戈、人情險陰中。我且不能顧我，況念我者乎？唯少君善持家筦，謹事香火，要知幻影空花，無我戀處，電光石火，無我住時。只此十數字，大書坐右，自然萬念冰消，不容不努力也。旅人之言，如此而已，餘不足言也。

與眉媛泛渚懷旅堂夫子

殘日下林木，輕舟泛渚中。蘆看兩岸白，楓憶萬山紅。澹澹秋光迥，泠泠曲港通。蒼涼石橋畔，似與去年同。

己丑冬同郎山眉士兩夫人泊舟三橋即席分韻得西字

十年重到六橋西，衰草風高塞馬嘶。畫閣欲隨歌舞散，荒祠已共雨雲迷。舟中香細琴聲緩，水上人歸日影低。返櫂西陵黄葉下，燒燈簡取舊時題。

夫子客舊京却寄

楊花飛繞曲廊西，薊北征人隔鼓鼙。一樹海棠顛頏盡，風風雨雨鳥空啼。

重過西湖

兩高峯翠撲眉低，草緑山腰水滿隄。畫閣已傾歌舞散，不堪懷往思淒淒。

寄外

深惜饑驅苦，相依童僕羣。開書知別久，臨鏡惜釵分。春酒淹歸騎，梅花憶隱君。長安何處是，千里望寒雲。

有寄

空山蘆荻滿秋堤，客路清霜夢不迷。寒磬一聲黄葉寺，知君起舞爲鳴鷄。

【校記】

〔一〕卷七十五所收『胡介妻』，與翁桓實係一人，其小傳曰：『浙江錢塘縣人。詩見《旅堂詩選》。』名下録詩三首。現將《寄外》、《有寄》二詩並入本條；其《與眉夫人汎渚》詩與此處《與眉媛泛渚懷旅堂夫子》同，唯『秋光迴』作『秋光裹』，不重録。

龔静照六首

字冰輪，號鵑紅，江蘇無錫縣人，進士龔廷祥之女也。適同邑陳生。著有《永愁人集》。

《詩觀》：鵑紅產名閨，工詩畫，而抱天壤王郎之怨。故詩多悽斷，尤以尊君中翰懷沙之恨，每寓詩歌。遭時轗軻，無若鵑紅者。

題二分明月女子集

雲出巫峯，水分滄海。姑射呈姿，洛妃含態。朱不施丹，碧非緣黛。鬢影風前，眉痕天外。裊裊玉釵，蕭蕭羅帶。笑隱三生，眸明一睞。花號解愁，香名宜愛。似皓影兮鮮華，望碧雲兮靉靆。瑶華燦兮千里，霓裳紛兮兩隊。問遺響於玉簫，或伊人其宛在。

檀香筆格

雕琢人工巧，旃檀具質深。名應傾北海，價可溢南金。敢負香中意，承輸格外心。慨將神物贈，不與世浮沉。

落花和韻

已覺煙消暮雨殘，洛陽三月倩誰看。紅香暖日流雲散，青塜黄昏泣露寒。競逐鈿釵春未減，暗窺粧鏡淚初乾。匆匆何似休歸去，回首連天紅雨漫。

贈周寶鐙

葯房新詠氣如芬，柳絮名高自不羣。握管獨吟詩博士，畫眉争識女參軍。嬌藏金屋音猶遠，步出香塵意轉殷〔一〕。祇為天涯消息杳，幾番愁摺石榴裙。

七夕大雨夢先生限筠茵韻

天也憐人負此辰，雨沉河影浸雲茵。雙星兩地分南北，烏鵲填橋恐未真。

匝歲離多淚已盈，化為甘雨溢花茵。縱生天上猶天忌，始信人間事有因。

【校記】

〔一〕此句《國朝閨秀正始集》作『緩步香塵意自殷』。

胡瑗三首

號畹如，山東海陽縣人。適鄭於雅。

和送别原韻

一别情無限，愁心寄晚風。羡君佳句好，白雪和難工。

紅梅二首

幾回錯認杏花村，染得猩紅淺復深。不道幽香盈小院，林家當日是知音。

玉骨冰肌染嫩紅，依依低映粉牆東。莫教狼藉春泥裏，常伴妝臺鬭曉風。

錢宛鸞四首

字翔青，江蘇吴縣人。適文學貝生。

《翠樓集》：錢宛鸞，字翔青，吴縣人。美姿容，工翰墨，風流儒雅，擅絶三吴。今讀其詩，如『魂迷蛺枕三更夢，腸斷花箋一紙詩』，又『翠屏斜倚思無奈，夢捉飛花過小橋』，豈非自為寫照耶？

《圖繪寶鑑》：錢宛鸞，字翔青，蘇州人。工詩善畫。

秋霽

一雨新秋候，千林暑氣收。歸雲依落照，飛葉滿荒丘。樹杪蟬聲咽，天空雁影浮。良宵清不寐，秉燭上南樓。

無題

天涯後會豈無期，鸞鏡生憎妬影時。別緒遠依雲樹杳，音書難訊雁魚疑。魂迷蝶枕三更夢，腸斷花箋一紙詩。憶得秦樓雙跨鳳，洞簫聲咽不堪吹。

芙蓉

吹來玉露濕花光，側岸芙蓉獨傲霜。緑葉不隨楓葉赤，紅英相伴菊英黄。蜀城日照開新錦，江渚風牽醉晚妝。衹許伊人得持贈，淡煙疎雨自生香。

春恨

風雨閑庭鎖寂寥，又看春色望中消。翠屏斜倚思無奈，夢逐飛花過小橋。

錢宛蘭一首

字卉玉，宛鸞胞妹也。工詩畫，善音律。

題羅巾

宮門未入獨愁予，可歎良緣尚子虛。堤上風光春又過，全憑雙鯉一封書。

《圖繪寶鑑》：宛蘭字卉玉，蘇州人，宛鸞胞妹。適翰林吴公宏安。能詩，工畫蘭，善音律。其《題羅巾》詩云云。

黄蕙一首

浙江錢塘縣人。適洪某。

姚母五十節壽詩

家法金陵後，伊誰擅母儀？夫人垂令範，吾黨奉明師。憶昔調琴瑟，頻年效倡隨。俄驚雲聚散，忽愴月盈虧。寶鏡鸞孤舞，霜天雁獨悲。形將石並化，城為淚俱隳。但惜雛方弱，寧甘蘗似飴。不隨波汎逐，時任道推移。往往親機杼，時時奉盥匜。玉筐寒兔滿，金鼎露華滋。草聖教兒習，鍼神視女為。懷蓮心獨苦，泲柳力先疲。廬舍今如此，痛瘏詎可期。自非勤式穀，何以藉攸宜。雅譽文場溢，賢聲彤管推。黄花紛爛漫，碧草秀葳蕤。庭下江波湧，堂前綵服追。我儀璇閣裏，清影照瑶巵。

張在貞二首

字蕙琬，江蘇太倉州人。翰林張溥之女。著有《月窻詩稿》。

美人圖

緑徑朱闌薜荔牆，松風常伴美人粧。清秋月轉[一]梧桐影，一曲新聲引鳳凰。

憶姊

銀河迢遞暗螢過，數點疎星別思多。遥憶獨帷〔二〕人未寐，漏聲應促月明歌。

【校記】

〔一〕轉：《國朝閨秀詩柳絮集》作『照』。

〔二〕獨帷：《名媛詩緯初編》作『綉帷』。

梁琬二首

字玉姬。詩見《過日集》。

擣衣行

長安秋聲風瑟瑟，千家萬家擣衣急，年年寄去不寄回。君不見，北邙白骨何纍纍。

訪春

花信幾回遲，鶯聲已占枝。金皷公子勒，酒壓美人巵。簾外桃花鬢，牆頭竹葉詩。愁心催更久，春夢不多時。

吴玉音一首

浙江錢塘縣人。

踏青

蘇公隄畔畫橈停，踏去〔一〕香風百草青。自對春山看花鳥，六橋絲管〔二〕幾曾聽。

【校記】

〔一〕踏去：《名媛詩緯初編》作『一路』。

〔二〕絲管：《名媛詩緯初編》作『歌管』。

彭淑二首

字又徐，號少君，江蘇華亭縣人。孝廉彭又燕之女弟。適沈友聖。

和友聖送別友人韻

唱別〔一〕陽關正夕曛，一行哀雁訴離羣。高朋分手如虧月，遊子閑情似片雲。社裏忍違陶處士，座中曾指孟參軍。掛帆風色吴江冷，尊酒何時再論文？

寄外

闌干徙倚夕陽天，愁向銀釭照我眠。此夜斷腸君不見，秋風吹落月嬋娟。

【校記】

〔一〕唱別：《國朝閨秀正始集》作『惜別』。

張静御 一首

字里未詳。詩見《過日集》。

贈某氏女子

天山仙人玉顔膩，一雙眉目新峯翠。沉檀香暖鬢墮雲，半頰微紅餘小醉。少婦琵琶壁外彈，聲高驚起荷花睡。此時秋沼動波光，正是瞳人欲到地。口中宫徵師曠調，鳳凰鸑鷟不能驕。夷光一輩都羞殺，誰是春深鎖二喬。

陳氏 三首

浙江餘姚縣人。適順治丁酉副榜鄒侯周。夫婦倡和，相敬如賓。詩見《續姚江逸詩》。

冬曉

一夜朔風嚴，萬山浄如洗。邨遠不見人，微微淡煙起。

高樹

窻外多高樹，扶疎天與鄰。緑陰受細雨，一雨一番新。

春暮偶占

幾番好雨幾番風，舉目庭前新緑濃。沉水焚爐惟獨坐，香煙不散繞窻中。

吴淑賢二首

江蘇長洲縣東山人。詩見《百城煙水》。

香花甲和韻二首

寺前奇卉號香花，曾薦仙家與佛家。自媿深閨知識晚，也將黛筆學塗鴉。

色翠香幽自出羣，非蘭非芷獨氤氲。不因好事親求得，冷落空山伴白雲。

方氏一首

安徽桐城縣人，户部方大鉉之女也。

朔風

朔風何太急，澗户偃秋蘭。凉氣生隅坐，愁人多苦寒。砧聲村外亂，鳥語露中殘。倒影入林木，孤雲虚室看。

顧長任二首

字重楣，號霞仙，浙江仁和縣人。青浦少尹顧籥雲之女。適林以畏。著有《謝庭香詠》、《梁案珠吟》。

《圖繪寶鑑》：顧長任，字重楣，别號霞笈仙姝，仁和人。茂才林以畏室。幼時穎慧。觀讀書史，一過便了了。女紅之暇，涉音律，工染翰、弈棊，蓋其滄江公以來，祖孫皆以詩學名世，故長任得以繼武也。著有《謝庭香詠》、《梁案珠吟》。

【輯補】

錢鳳綸《古香樓詩》（康熙四十二年刻本）載《集句悼顧重楣十首》小序：顧重楣夫人爲林子寅三賢配，皆予中表兄妹也，才華並茂，琴瑟静好。重楣有《香詠》、《珠吟》二刻行世。去夏得疾不起，悲鶗鴂之先鳴，傷蘭玉之早折。表兄既悼亡不已，復彙其佳句，爲集唐之體以吊焉。表妹林亞清克閑亦有集句，錯綜變化，哀麗纏綿。予與重楣童時嬉戲，長互師友，溘先朝露，情何能已。前已有詩哭之，今乙卯八月，予歸佳北堂，問寢之暇，復與亞清討論古今，屈指賢淑，益傷重楣。如此人儻獲永年，其成就豈有量哉！亞清即索予吊章，予不敏，重燒絳蠟，細檢遺編，集得十首。嗟乎！芝焚蕙痛，其情略同，抽秘呈妍，則吾豈敢。

題美人圖次王姑黄太夫人韻戲用鳥名

翡翠牀陳紅錦褥，捲幃嬌墮鸞釵玉。斜背春風怯畫眉，弱影紅紅摇鳳燭。時添沉水裊金鳧，夜深〔一〕怕聽烏棲曲。夢殘鴛夢枕屏空，夢醒鶯花為誰緑。

冬夜大風此年十二時應聲作也

小閣月初斜，西風透碧紗。枝頭應有信，春意在梅花。

【校記】

〔一〕深：《名媛詩緯初編》作『殘』。

賀潔句

字靚君，江蘇溧陽縣人。適同邑史左臣。著有《愁人集》。

句

曉眠聞燕語。

細雨燈前句，斜陽花下巵。《即事》

掠蕊蜂鬚膩，穿花蝶翅香。《曉霽》

紅豆調鸚鵡，青綾繡鳳凰。《贈鄰媛》

團扇乍拈題欲遍，湘簾將捲倦還休。《初夏》

遶徑寒蟲吟落葉，帖天征雁襯殘霞。《秋晚》

金鈎斜掛鴛鴦帶，鈿合閑收翡翠冠。《病中偶感》

《溧陽縣志》：賀靚君，名潔。六七歲時能屬文，一夕納涼，父曰：『夜坐看螢飛。』靚君即應曰：『曉眠聞燕語。』及笄，歸庠生史事，理家之暇，唯好吟詠。著《愁人集》。其《即事》、《曉霽》、《贈鄰媛》、《初夏》、《秋晚》、《病中偶感》，警句如此，孰謂溧陽無才媛者乎？

劉若蕙 一首

山東諸城縣人。適諸生許瑶。著有《捧翠集》。

秋夜寄外 時客燕都

一片長安月，清光兩地盈。懸知千里客，不盡故鄉情。窻竹寫秋影，村砧擣夜聲。空閨愁不寐〔一〕，自語〔二〕對燈檠。

【校記】

〔一〕不寐：《國朝閨秀正始集》作「獨坐」。

〔二〕自語：《國朝閨秀正始集》作「無語」。

方静 六首

字畹香，安徽桐城縣人，明經方公默之女也。適廬江許正齋。著有《友蘭閣饋餘集》。

初春病起感懷

翠被輕寒睡起遲，春風無計可支持。雙眉懶畫因新病，一卷抛殘是舊詩。雪霽庭梅初破凍，日長堤柳漸抽絲。年來鄉思憑誰訴，獨有粧臺明鏡知。

憶舊東諸姊妹三首

少小隨肩長各方，兒時勝事尚難忘。碧紗窻擁書千卷，沉水煙籠被一床。春到樓頭人共繡，詩聯花底句生香。閑來笑語雙親側，誰解桃夭惹恨長。

却嫌井臼誤壎篪，盼得寧家慰所思。聚首渾忘男女累，歡談盡是別離辭。花憐客到香偏遠，月愛人歸影故遲。竹屋松窻差被暖，絶勝昧旦聞雞時。

和光未久忽秋陰，霜雪無端折大椿。鴻陣驚風悲失序，燕泥經雨泣殘春。即逢好會人俱老，縱使重歸跡已陳。白首不堪懷往事，詩成一字一酸辛。

寫便面花鳥祝節孝三姊宋夫人

碧玉桃開二月天，盤根錯節自年年。枝頭好鳥青鸞種，應與瑶池一樣傳。

何分幽翠與芳紅，都在春風雨露中。階下紫芽開正好，籠人香氣繞簾櫳。

《清詩備采》：友蘭方太君，吾友許君容菴之令慈也。為桐邑理學司徒公之裔，司農公孫女，明經公默先生女。同懷姊妹有四，太君居幼，皆負詩名，博通今古。太君兼工丹青，蓋夙慧有根也。前選《詩針》時，因寄遲刊竣，止附載數首。兹選特補録若干首，惜諸姊未得登珠玉。

柏盟鷗 六首

字映潭，江蘇揚州人。善丹青，工絲竹。著有《柏潭詩鈔》。

韓矩《柏潭詩鈔序》略：廣陵閨秀柏盟鷗字映潭者，乃余友沈中垣之甥。中垣因道其所自，且出其稿以屬余，謂：『吾甥女有奇氣，於技藝無所不嫻，而尤工於絃索；點染丹碧為山水，可以亂董北苑之真。至漁獵家所藏書，自四子、五經而外，以及古史、《綱鑑》、《左》、《國》、秦漢諸子史之類，一一皆洞悉其旨。旁及騷雅辭賦，無不窮微詣粹。日漸月積，有詩成帙，頗深自韜晦，不肯輕示人。』余展讀一遍，香泛齒頰，音節一以唐為宗，而取材於漢魏焉。我聖朝倘開女學士之科，不知其較上官昭容何如也？嘗閱《列朝詩》，入選者三十二人。至本朝號為女宗者，國初亦見有數家，近則武塘殳夫人與松陵之吴夫人可傳。余往來海内十數年十五國，足之所至，欲遍求奇人異士。得閨秀詩數十家，再於數十家之中，求其詩之有合於格局聲調者十家，謀鋟其版以行世。

秋夜

畫眉收鏡晚，窻下理吟箋。水漾星摇幕，雲圍月暈天。絮蟲〔一〕吟夜露，老鶴夢秋煙。樽酒誰家院，嗚嗚奏管絃。

遊法海寺

淡煙疎柳外，信步到招提。竹院閑眠鶴，蕉陰静聽棋。破雲飛紫燕，坐樹語黄鸝。鐘鼓經壇響，千山夕照移。

春日和劉夫人韻

夢回窻下理縑緗，簾捲輝輝曉日光。燕子輕風芳徑煖，杏花疏雨畫樓香。驚雷野蕨迎階秀，解籜新篁拂檻長。一樹春鶯啼不斷，粘衣蝶粉膩如霜。

題畫

樹擁津亭小，雲迷古寺深。扁舟溪上客，獨立釣湖心。

遣興

雪翻石竈煮新茶，楊柳風微紫燕斜。蝶夢已回香氣煖，小窻秋水讀南華。

小晝遣興

石榴花片落書床，蝶掠風絲過短牆。簟滑龍鬚初睡足，自調丹碧寫煙霜。

【校記】

〔一〕絮蟲：《國朝閨秀正始集》作『暗蛩』。

虞氏二首

浙江浦江縣人，虞邦珵女。適東陽縣李俊培。

始見

强意飾閨粧，今朝乍見郎。含羞無一語，却立鏡臺傍。

惜别

淹淹奉酒巵，心緒亂如絲。不道别離苦，還思相見時。

孫旭媖三首

字曉霞，安徽歙縣人。

初夏感懷

漫將針線療奇窮，九十韶光瞬息中。事遇傷心人易瘦，詩摹變體句難工。生憎柳絮因風起，不忿桐花為雨空。過眼繁華皆石火，莫將榮落怨天公。

偶作

蓬窻趺坐每移時，静裏真如若遇之。未盡五車羞作賦，已參三乘嬾哦詩。愁長那計春歸早，夢短偏嫌月到遲。針線强拈非諱疾，恐教垂白兩親知。

壽陳母

飯熟胡麻酒菊香，羣仙遥集捧霞觴。飄飄鶴髮垂雙鬢，擬是瑶池降大荒。

張貞 一首

山西太原縣人。華士弢室也。

遠遊曲

遠遊那可了，坐惜紅顔老。花開隔岸林，目斷江南草。

李雙虹 二首

詩見《孫貞女殉烈詩集》。

輓孫貞女

蘭摧玉折惜奇葩，椽筆空慚起怨嗟。遥想當時粧閣樣，名香淡粉寫梨花。
義烈真成閨閣師，花飛玉碎不勝思。人生夢幻須臾事，惟有芳名千古垂。

李彩虹四首

雙虹之妹。

輓孫貞女

矢志相從豈惜身，堅貞端合並松筠。古來名媛知多少，義烈如君得幾人。
一縷紅絲誓不移，鍾情何必定情時。芳魂疑化翩翩蝶，來去雙飛連理枝。
釵分鏡破兩無緣，結伴吹簫入九泉。誰向墓門琴獨撫，朝飛一曲付哀絃。
巾幗風裁迥不同，山川間氣萃吴中。聊拈彤管傳高節，下里巴吟愧未工。

陳氏三首

字里未詳。陝西驛道程霽巖兆麟配也。

輓張幔亭

清河季子蚤稱賢，天賦才華羨綺年。丹桂未攀成鶴夢，空留斷墨與殘篇。
一着青衫數便終，椿萱腸斷泣西風。漫嗟世上儒冠誤，文命相争自古同。
采得芹香慰老親，森森玉樹謝庭春。忽驚風雨傷摧折，繞膝承歡少一人。

黄克巽十六首

安徽歙縣人。適鄭某。以産難卒。著有《繡餘偶草》。

《江南通志》：黄克巽，歙人曰瑚女。幼聰慧，喜為詩，一字未安，即竟日忘食。歸鄭，未幾卒，年二十。著有《繡餘集》。

楊以牧《繡餘偶草序》略：潭渡黄氏夫人諱克巽之所作也。夫人為宗夏先生愛女，幼而聰慧絶世，於書無所不覽，尤喜為詩。刺繡之暇，時時拈弄筆墨，或推敲未穩，即竟日忘食。歸寧周鄭君，不幸以産難死，年僅二十耳。出其遺稿若干首示余，命為之序。竊惟古來女子能詩者，首推后妃。他若莊姜、共姜、許穆公夫人之屬，皆得見録於聖人。下自漢魏、六朝、唐、宋、元、明，淑姬才媛，何代無之？或者以為閨閣之作多怨詞焉。今讀夫人諸詩，格高而雋，句煉而新，非能言之士所能及，非直一洗脂粉之陋而已。因是而思國家治運休明，山川靈淑之氣扶輿鬱積，兼鍾女婦，而詩教之盛，於古為烈；且亦以見先生家學之美，傳於其女者，猶若此也。語云：豐此嗇彼。天縱之以才而奪之壽者，傳聞紀載，更僕難數。夫以一女子，揚風扢雅，直足上繼《柏舟》、《燕燕》諸詩，垂令名於不朽，以視庸夫愚婦，雖年至百歲，奚貴耶？先生亦以余言為然，遂書之以為序。

棄兒行

棄兒不得賣兒金，賣兒不識棄兒心。賣兒母得三日飽，棄兒但望兒得生。去年憐兒不忍賣，今年欲賣路無人。枯樹無皮草根盡，兒啼無食母亦哭。昨夜良人死空屋，阿翁今日填深谷。先死猶得飼饑烏，遲死鄰家賣子肉。棄兒與君君勿辭，但得兒生死亦足。毒哉遭此凶年苦，皇天殺人不用斧。吁嗟乎！當年得兒如黄金，今朝棄兒如糞土。

禽言

提葫蘆，提葫蘆，無錢莫向東家沽。阮生痛哭山之阿，提葫蘆，淚如梭。

公公掛鈎，下灘布網，上灘截流，海母泣兮蛟奴愁。公公掛鈎，網晒船頭，魚蝦絶影，旁及泥鰍。大者沽酒，小者换油，族類盡，網罟休，一聲欸乃江上秋，公公掛鈎。

竹簾

舒卷由人力，飄飄老此生。堂深香欲燼，風静碧無聲。薄質破難合，柔絲縮易成。回看湘水上，直節自琤琤。

野花

野花雖小草，亦復鬭青陽。儘有傾城色，殊多繞坐香。露珠凝曉泪，蝶粉拭新妝。容易春光老，芳菲亦太忙。

登虎丘

平川如掌緑侵扉，疊閣層樓護翠微。不放山光隨樹出，却教水色入窻飛。雁横浦上秋雲薄，帆轉林梢白浪肥。游罷莫尋妃子蹟，闔閭塚上草萋菲。

瓶中白荷花

紗窻静掩寂無譁，獨對亭亭出水花。翠蓋尚疑擎曉露，碧筒真擬貯流霞。已辭脂粉超凡俗，更脱汙泥絶點瑕。回憶横塘最深處，暗香十里晚風斜。

絶句

鳥啼春色曙，鷗曳水生痕。煙草迷沙逕，風花落小軒。

祝比丘尼御符四十初度

鐵壁銅牆四十年，跏趺終夕息諸緣。自從出得文殊定，水在滄江月在天。
竿頭百尺轉身輕，水盡山窮路又更。一塢白雲聽有色，千江明月看無聲。
一會龍華尚儼然，春風彈指已千年。末山可肯容靈照，親證龐家兒女禪。
即假即真研止觀，非心非佛熟黃梅。數完黑豆無消息，得得親承半勺來。
不二門中金色女，今朝合十禮真如。偶然摸着娘生鼻，驀地撩拳擣大愚。
只今冷火爇寒灰，拔楔當機切莫推。塗毒鼓撾無面目，略容擬議一聲雷。
分明一大事因緣，菊綻東籬豈偶然。不敢攢眉便歸去，從容正好印三玄。
選佛場中舊學人，今朝公案又重新。直須燒却閑文字，撒手懸崖始見真。

黄介《哭姪女克巽》詩：『淑女原無忝，才華更出塵。堪稱謝道韞，未遜衛夫人。鴻業時相敬，椿庭孝轉頻。云何天不佑，倏爾喪青春。』『女生雖外向，孝行覺無慚。雖賦桃夭詠，仍來戲彩憨。草傷亡益母，花自任宜男。何事離親逝，令人淚不堪。』

王琰 一首

字炳文，江蘇長洲縣人。副榜蘇敏淑配。

題片石孤松

凌寒松不改，終古石難摇。若識臨毫意，清風撲面飄。

《圖繪寶鑑》：王琰字炳文，蘇州人，副榜蘇敏之室也。容色艷麗，性格温柔，才而且賢，能詩善畫。其《題片石孤松》詩云云。

徐惠文四首

字素存，安徽桐城縣人。適同邑孫循徽。

歸魯拱山房

離别竟三月，思歸幸得歸。老親行策杖，弱女淚沾衣。萬木深秋瘦，千峯晚日微。白雲詩在手，終日共忘機。

春夜

片月紗窓滿，春風自搉扉。燈光焰不定，爐火暖相依。更静鳥聲怪，山空樹影稀。老親棲止處，夜夜賞清輝。

谼山漫興

十畝陰藏一逕斜，眠牛山下雨如麻。夕陽芳徑延孤座，斷崦寒雲罨幾家。儘有鳥啼將落月，杳無人問未開花。茶柯麥穗分叢綠，最愛芃芃帶曉霞。

夜

露濕花梢重，窻明新月生。山樓鳥語静，流水和松聲。

席氏句

江蘇常熟縣人。適王次岳。

句

菖蒲斟玉斝，獨泛已三年。

《隨園詩話》：虞山王次岳妻席氏，能詩。《端陽日寄次岳》詩云云。亡何，夭亡。次岳哭云：『蛾眉月易沉天際，烏爪仙難住世間。』『舊雨每來先治饌，殘燈欲炧尚論詩。』『幾夕殯宫移榻畔，還如同病對牀眠。』

徐裕馨七首

字蘭韞，浙江錢塘縣人，相國文穆公女孫也。善畫，工詩詞。適程九峯中丞之孫堯文。著有《蘭韞詩草》四卷。

盧文弨《蘭韞詩草序》略：余門人程子繹齋，故同年九峰中丞子，歲丙午，為子堯文娶徐氏女，字蘭韞，為文穆公曾孫，性端静。堯文以閨中著作質之，余偶覽數首，居然大家。袁太史簡齋過余，極道徐媛賢，述其事上接下、持己應物之間尤悉。余聞，竊神往。今春杪，忽得噩耗，始駭，既而知為適然，無足怪也。天豈惜是區區者？誠以無此，不足以表異；而習以為常，又不足貴。徐媛生名門，使其綺襦玉佩，高視簡行，貯金屋，固無愧；不則藝府舒情，寧非翩翩佳公子哉？顧乃韞櫝含章，温温然無所試，而休休焉靡不容者，此豈猶是浮遊金屋、翩翩自許者流，而庸庸者存，而佼佼者亡，何哉？女而才，異矣；才而德，益異矣；而又自忘乎德與才。是不望乎冠裳者，而忽得之巾幗，在天不過偶行其權，以顯不世之奇。而尤慮菁英發越或多，以洩造物之秘。而時而生，生固見其不愛道；時而死，死乃歸乎有常經也。則亦與連城、照乘同為間古一出之珍，固不得以恒品目之，亦安得以恒久期之也哉？余始駭，猶一間之未達，而後乃今可以涣然也。至於臨池拾韻、拂楮揮毫，其小德也。程生琴瑟好，察其意，若有不能自釋者，故以經權之道曉之。

萬福《題蘭韞詩艸》詩：『湖山佳氣接蓬萊，相國曾孫詠絮才。記得老夫年六十，瑶箋秀句寄將來。』『一卷詩傳墨尚新，蘭摧玉折悵青春。他年藝苑徵閨秀，不數東南第二人。』

陳鴻壽《題蘭韞詩草》詩：『我聞崑丘之國閬風苑，樹蕙百畮蘭九畹。琳宫紺宇縹緲中，飈輪欲駕行程斷。豈知宇宙儼凡並，龍蟠鳳翥分精英。相國門楣擅清綺，苕華琬琰嬌姿生。却縁人世有董奉，謫居本出瑶池種。十三學織成素縑，筆如花粲思泉涌。程郎示我錦瑟章，鸞箋細展詩魔降。道是頻年足酬唱，雲屏麝煗融金釭。一朝罡風肆摧折，曼陀羅花拾不得。夢斷梨雲乍有無，鸞鏡沉輝璧月缺。』『我慚殷淳著集表閨房，又媿常璩編華陽。為感安仁悼亡賦，哀絃促節神悽愴。翡翠牕南珊瑚北，銀箏斑管留芳馥。可憐簾外春風吹，不敵樓頭夜鳥哭。郎心可轉妾意纏，千行錦字愁開緘。光陰珍重期努力，簪花格在聲誰宣。況復丹青早流布，零脂賸粉充奩具。縱有青棠蠲忿難，那來元液留魂住。吁嗟乎！女媧莫補青天長，綿綿此恨無滄桑。他年彤史續鍾郝，肯輸禮法貽雌黃。』

【輯補】

徐裕馨《蘭韞詩草》（乾隆五十六年刻本）載其夫程煥《哀辭》：孺人姓徐氏，名裕馨，字蘭韞。父南賓公，為宮保文穆公孫、普安州牧敏庵公之子也。取方夫人，生孺人未週晬而公歿。孺人幼穎慧，性端静。女紅之餘，涉覽文史，間搦管，作有韻語，寸晷立就，兼習繪事，皆慈教也。丙午冬來歸於余，事舅姑惟謹，處事和厚，無疾言遽色。又念外母之伶仃獨處也，終歲往來，半寒暑以為度。中間先府君見背，敏庵公又歸櫬自閩，孺人哀痛盡禮，恒鬱鬱不自得。己酉，余有清溪之遊，每以詩寄，期慰良切。先是，孺人舉一子，未及月而殤。是秋生女，遂以得恙。明年春病作，冬益劇。余因謝館歸，而孺人已不可捄藥矣，傷哉！孺人疾革時，余為摹小影，猶倚枕作短句題之，夜聞風聲瑟瑟，起坐長嘆，忽謂余曰：『塵緣盡矣！我將歸也。』喃喃誦辭世詩二章而逝。於戲！是可哀已。孺人生于乾隆乙酉七月一日，卒以辛亥二月二十二日，年二十有七。遺詩六百餘首，今刪存四卷，付之剞劂，非敢明孺人以能詩，亦聊以誌余情之不能已也。為之辭曰：風淒淒兮落葉寒，夕沉沉兮午漏殘，望茫茫兮人不見，情悵恍兮何所安？翳六年之隨唱兮，承兩地之言歡；惟攸遂之庶無兮，乃事育之苟完。假詩書以悦性兮，笑風月之無端；知窮通之正命兮，覺天地之皆寬。感疾風之吹突兮，識膏燼之將闌；詠歸真之得路兮，戒震靈之匆凡。吁嗟乎！瑶臺傾兮鳳不盤，簾旌斷兮月不團，烏夜啼兮花亂落，黃泉碧落兮恨漫漫。堯文氏煥抆淚書。

蓮花

亭亭曲院鬬紅粧，拂面風來十畝涼。孤幹聯根欣得耦，一枝敦本暗分房。心清烈日不知暑，露結靈珠有妙香。珍重酒闌人散後，名花種種孰同芳。

雲

靉靉彌霄漢，霏霏縵水涯。籠煙疑作雨，照日似蒸霞。枝葉從風亂，羅紈帶月華。珠樓飛畫棟，玉洞覆丹砂。緑繞秦姬髪，香隨王母車。山前緣有思，天外豈無家。漫比人情薄，偏憐鵬路賒。萬重行不盡，何處問仙花？

即景

讀罷黄庭卷嬾開，静中消息費推裁。吹燈欲禁花留影，剛捲珠簾月又來。

暮秋〔一〕

寒蝶低飛月滿枝，海棠紅冷桂凋時。笑儂竟比黄花瘦，青女多情知未知？

畫眉〔二〕

柳梢枝上曉〔三〕風柔，夢醒雕欄〔四〕語未休。莫向碧紗窗畔唤，美人〔五〕猶是未梳頭。

暮春

殘紅片片卸簷前，樹有餘香蝶上憐。士女〔六〕不來芳草外，鞦韆猶繫緑楊邊。中庭風静遊絲落，繡户簾垂紫燕穿。恰好〔七〕送春詩未就〔八〕，瑶臺有妹〔九〕贈雲箋。

夜雨〔一〇〕

夜雨小窗多少，春唤子規去了。起來收拾餘花，又把五更風惱〔一一〕。

《隨園詩話》：閨秀吾浙爲盛。庚戌春，掃墓杭州，女弟子孫碧梧邀女士十三人，大會於湖樓，各以詩畫爲贄。余設二席以待之。徐裕馨，相國文穆公之孫女也，畫法南田，詩吟中、晚。《即景》云云，又《暮秋》云云，《畫眉》云云，《暮春》云云，《夜雨》云云。

【校記】

〔一〕此題徐裕馨《蘭韞詩草》（乾隆五十六年刻本，下同）作『暮秋偶成』。

〔二〕此題《蘭韞詩草》作『畫眉禽』。

〔三〕曉：《蘭韞詩草》作『好』。
〔四〕欄：《蘭韞詩草》作『籠』。
〔五〕美人：《蘭韞詩草》作『玉人』。
〔六〕士女：原爲墨釘，據《蘭韞詩草》補。
〔七〕恰好：《蘭韞詩草》作『吟得』。
〔八〕就：《蘭韞詩草》作『畢』。
〔九〕妹：《蘭韞詩草》作『美』。
〔一〇〕此題《蘭韞詩草》作『莫春』。
〔一一〕以上兩句《蘭韞詩草》作『起來拾取餘花，又是五更風擾』。

卷之二十六

湯朝七首

字蕉雲，又字椒盈，別字華嚴女子，江蘇金壇縣人。適浙江長興縣沈子慕。初以賦金鳳花著名。年五十歲卒，葬黄龍山。著有《蕉雲詩集》、《笙磬同音集》。

《湖州府志》：沈无咎，字子慕，長興人，失愛於後母。譖之父，將加罪焉。无咎不敢戀鄉井，卜居陽羨之漁莊，自痛處天屬之變，無用世意。其幽噫悲憤、嶔嵜歷落之致，悉發之詩。年五十不娶，金壇有貧女湯蕉雲，亦能詩，有為之作合者，因往嫁焉，隱居酬唱相樂也。蕉雲卒，為築『埋詩亭』於墓側。无咎亦以窮老死，返葬長興祖墓傍。邑令鮑鈐重其詩，為立碣曰：『故詩人沈无咎之墓。』以比茶山老人云。

《亞谷叢書》：長興沈无咎，字子慕，獨行士也。避地義興，所居一畝之宫，水周於屋之外，隙地皆植梅。又善藝菊，最多佳種。四十不娶。後有湯氏女歸之，頗解韻語，唱酬相得，有偕隱之志。丙申夏，忽以《夢華集》一卷見投，詩皆古體，似漢魏六代樂府，參以昌谷、東野家法，余亟賞之。閱六年，復自荊溪挐舟來訪，攜其内湯朝華嚴女子所著《蕉雲稿》相示，亦清婉可諷。

茅應奎《絜吴羹》：夢華丁履霜之戚，脱身荊溪，餬口舌耕，晚年幾斃傲弟毒手，殆天下之至窮人也。顧獨好詩，規昌谷而未純，近體則較有唐風。復值窮而好詩之湯媛蕉雲，早寡奉母，三十後學詩，頗工比興，依陽羨吕氏。兩人已相慕，吕因為作合。時方四十，又十年卒。又十四年，夢華卒，年七十七。邑宰鮑辛浦鈐故相引重，葬之，令其石交葉明經未若，篤念故友，並以兩人之詩入選云。

鮑鈖《稗勺》：　長興沈子慕无咎，少遭家難，避地宜興，晚年始娶。工詩，善製燈，性躭種菊，布衣終身。所著《夢華集》最先刻，古詩也。又《笙磬同音》，與其婦蕉雲詩合刻也。婦湯姓，名朝，字蕉雲，亦字椒盈，别字華嚴女子，金壇人，先卒。子慕即其墓上築『埋詩亭』，為之立傳。老無所歸，數年前來謁，予謂之曰：『何不竟作荊溪流寓乎？』《高士傳》中不當讓伯鸞獨絶千古也。某當割俸為君辦草堂貲。』沈首肯焉。未幾卒於鄉，余葬之於其先墓側，立碣曰：『故詩人沈无咎之墓。』以代掛劒云。

【輯補】

湯朝《蕉雲遺詩》（民國二十四年鉛印本）載王序東跋：　增著諸詩，余於辛卯前在周君楚山處曾閲過，且曰：『此女史湯蕉雲作也。』因得知名。越二載，聞歸我友夢華，詩益進。一脱稿，竊爲人傳誦，幸已付梓，不意雍正癸卯之秋忽焉謝世。後夢華窮搜敝簏，檢得零星舊稿，墨在人亡，不無餘慨。余追敘前事，勸刊入集，庶連城得全璧之觀，而合浦無遺珠之嘆矣。縱雲影難留，蕉心終不死也。　雲溪王序東跋。

同集載錢振鍠跋：　蕉雲居士詩殘刻，友人董劍厂見之滬上，不詳其人，書賈居奇，未購也。歸而叩諸趙丈少芬，少芬曰：『急追之！　蕉雲始末，於吾家昧辛先生文集見之矣。』劍厂如其言，終得之。又别得吾邑惲珠《國朝閨秀正始集》内二詩，録於後，並附《正始集》湯朝小傳及昧辛《書沈無咎》以示。振鍠讀之，頗具唐法，爲難能也。惟此本首行署云『補辛卯前詩』，蓋未適沈時作，於本集秪鼎之一臠耳。又昧辛《書》，無咎著有《夢華集》，與蕉雲酬唱者曰《笙磬同音集》，皆未見。不審尚在人間乎？　學南先生方印《乙亥叢編》，敢以質之。　武進錢振鍠。

趙懷玉《亦有生齋集》（道光元年刻本）卷十二《書沈無咎》：　沈無咎，字子慕，浙之烏程人。少工詩，性疎傲，不諧於俗。嘗以鬻魚爲業，所居有漁莊畝許，得魚後則跣足入市，所需值，不二言，人不識爲詩人也。又善結綵珠爲燈，挾燈赴廣陵求售。一日過某商之門，商人素聞無咎名，使僕詢之，果然，乃還其燈，以白金一鎰爲贈。無咎大怒，委金於地，曰：『若較賈直，吾弗怪。牧豬奴何知，而令我受此腥羶物耶！』毁其燈，不顧而去。無咎久客武進，一時士大夫多與之交。其詩劖刻造化，脱去筆墨畦徑，尤工樂府，鯨呿鼇擲，足以駴人心魄，而生平憂愁抑鬱之致，一寓之於詩焉。然不易作，著有《夢花集》。女子湯朝，字蕉雲，吾鄉吕氏侍兒也，亦能詩。見無咎所爲《夢花集》，好之，因題四律。主人以示無咎，無咎時尚未娶，因聘爲妻，於是朝詩益進。遂以所酬唱者合刻之曰《笙磬同音》行世。嗚呼！履絲曳縞之風，尚矣。有求者，雖士大夫亦納交焉，況布衣乎？無咎獨不爲習俗所移，可謂矯矯者矣。往時武進修邑乘，不得列流寓，非搜訪之闕哉！

秋夜病坐

素壁留螢影，虚窻嘆枯寂。形銷血未凝，沉痛千鈞骨。憂煎祇自知，苦淚暗中滴。魚目凜秋水，鶴夢驚秋夕。生乎何所依，死矣其誰惜！强坐客衣單，假寐涼生席。山鬼泠嘘風，屋梁空墮月。

簷冰

寒烏弄晴北風烈，鴛鴦瓦上消殘雪。寸心凝結迥絶塵，敲作玉釵貽麗人。麗人曉起粧臺倚，孤光照耀菱花裏。願簪雲髻永承恩，誰知入手翻成水。

蠶婦辭

戴勝低飛柳綿少，蠶起蠶眠添懊惱。隴無柘樹園無桑，買桑典盡衣與裳。鄰家索索繅絲響，饑蠶欲老頭空仰。蠶老苦無絲纏身，妾老苦無腸化筋。

鳳仙

寄跡蒼苔曲徑邊，芳菲已過艷陽天。丹山有侶難生翼，蓬島無名也號仙。籬菊曉風交甚淡，海棠秋月笑爭妍。若教飛上秦娥指，別有清音促夜絃。

夏夜

離情何處覓雙魚，臥病荒村嘆索居。半枕蝶魂春夢杳，一簾花影夜窗虛。蒲塘蛙吠烏啼月，綃帳蚊攢鼠嚙書。鄉使計程應到否，溪行或趂晚涼初。

盆梅

栽培也擬足三冬，書屋藏修靜斂容。風信乍傳香已透，自堪起作百花宗。謾折低枝遠渡江，丰標秖合寄山窗。寸心也似錚錚鐵，盆子從教肯便降。

張嗣謝七首

字詠雪，安徽桐城縣人，張廷瑋之女也。十歲解按聲律，從母讀《毛詩》，了了能達。適孫循紱。年二十二歲卒。著有《藺松閣遺稿》。

張廷瑋《藺松閣遺稿序》略：嗚呼！女嗣謝亡矣。女之生也以癸亥，十歲以上能按聲律，工組紃。十五而笄，二十而字，以甲申年二十有二而卒。嗚呼！以女之年，益而倍之不為永，而況其間予以敝車羸馬，日走月步，皇皇道途之間，賦離思別恨者幾何年。是女之生二十有二，而余之於女天性之恩，骨肉之愛，且十餘年不及也。方余之為秦遊也，女始十四歲。念尋常兒女子，安知所謂山地險徑、川地廣平者，而女牽裾執袂，道勞人羈士雨雪風霜之苦，淚涔涔相向，予亦為之飲泣。嗚呼！令早知女之生為長別離，雖一日弗忍舍也。女生而端莊，寡言笑。少從母讀《毛詩》，了了能達其意。余居家，間以唐人五七字課兒讀，女同受其義解，自是遂工為詩。然其於諸姑伯姊之間，道家居瑣屑外，絕口不及文墨，類愚無知者。人咸以為是女之他日福德基也。女之生，余不能撫以盡愛，歿不能撫以盡哀。惟茲筆床無恙，琴案依然，斷簡遺篇，纍纍猶在。女乃荒墳寂寞，孤塚迷離，月下啼烏，風中山鬼。撫憶懷親之什，竟成絕命之詞。吁其戚矣，能不悲哉！胠其遺篋，得所吟詠若干首，益以往來郵致之作，摭次補綴，裒為一編。非惟希蹤大雅，博身後之名，以重傷女之夙志，要不忍其銷沉滅絕，與草亡木卒者等。嗚呼，豈不痛哉！又聞女之甫亡也，家之人憫其情，憒其事，悉其素所玩弄服飾之物，取焚之而揚其灰。然則殘膏賸馥之中，安知無零紈斷墨隨之燼滅也乎？嗚呼！慘矣。酷矣！情苦矣。余其益悲也已矣！

《見山樓墨話》：桐城閨秀張嗣謝詩，格調清逸，無柔弱之態，如《立梅花樹下》一聯云：『寫愁春破影，映水月分香。』又《病蝶》詩云：『初疑著雨衣香褪，漸覺迎風氣力柔。』俱清新可誦。

晚春閑居

鎖窻春夢起，香閣罷爐煙。簾捲燕雙語，花移日幾甎。新蒲長似劍，榆葉小如錢。一夜東風雨，殘泥葬柳綿。

三嬸母召遊五畝園

花徑小樓東，油車委巷通。朱欄紅芍藥，翠幙紫蘭叢。席散鳥啼樹，天高鶴唳風。晚煙隔秋水，人在碧紗中。秋水，軒名。

夜坐

露冷一牀夢，起來聞雁過。空階和月坐，落葉苦風多。不耐蕭蕭氣，旋添薄薄羅。巡簷重惆悵，天際辨星河。

擬閨情用花名

躑躅閑庭思悄然，合歡無計衹高眠。夜殘子午迷蝴蝶，花謝長春怨杜鵑。流水空傳桃葉渡，歸人何處木蘭船。抽將碧玉簪頭鳳，卜當金錢問遠天。

病蝶

鶯鶯燕燕一春愁，葉葉翻翻到早秋。小啜緑房藏葉底，細拖紅粉上簾鈎。初疑著雨衣香褪，漸覺迎風氣力柔。料得海棠花睡去，夢中應憶舊莊周。

大龍清明

輕風斜日作清明，天淡雲閑草樹平。獨有沙棠殘照裏，紙錢灰冷杜鵑聲。

題二舅畫扇

梨花庭院月黄昏，小立花陰映月痕。應是雪消梅落後，羅浮山下美人魂。

陳氏七首

號爽軒，江蘇揚州人。適黄𢀖圃。著有《和鳴集》。

汪灊《陳孺人傳》略：孺人姓陳，別號爽軒，余齊年黄子𢀖圃配也。隨父宦海南。生而穎悟。甫九歲，從學於舅氏顧履菴，授以楚辭，不期月而覆之，不失一字。履菴奇之，遂教以詩。於名媛集中獨留意小青，每讀小青寄某夫人書，便為之欷歔掩涕。自繡一大士像懸案頭，無事時則獨坐焚香，臨池作字。又嘗得渲染法，邊鸞之雀，趙昌之花，皆隨意輒工，而最喜畫秋海棠，略施丹粉，吹氣可活。嘗改吟摩詰詩曰：『前身是畫師，今世非詞客。』殘箋剩幅，争得者若徑寸珊瑚焉。嗣後父棄官南遊，年已及笄，父母欲為議婚，而掌珠愛惜，不輕字人。康熙戊子，邑圃奉母命而聘之，迎歸於西爽軒。自是閨中音問，皆稱曰爽軒。其事母也，奉事唯謹，雖婢媵頗眾，而北堂栝棬，必出爽軒手。黄先有二子，爽軒丸熊補線，恩同毛裏，以故賢聲嘖嘖。不數年而萱草死，家務悉委於軒，軒復調劑有法。黄故豪公子也，座客常滿，軒呼兒添炭，罷繡和羹，每達旦不倦。軒自是稍疎筆墨，常笑謂黄曰：『往時書卷氣，半化作鹽醬香矣。』歲丁酉，邑圃當得官，束裝北去，軒別以詩，有『天平天子文章重，清白家聲夢寐安』之句，全不似牽衣涕泣，語刺刺不休者，但曰：『吾以「做好官」三字為君當山盟耳。』二年春，忽暴疾，自知必死，乃滴淚和墨作書並小詩數章，類皆有絶命意，郵寄燕邸。黄得書，遂兼程歸，而軒死已月餘矣。邑圃哀，文以祭之，詩以哭之，復邀道士設水六七晝夜，以冥荐之。其伉儷情深，生離死別之感，黄子幾欲依靈均故事，作《天問》一書也。卒年方三十，生一子二女。其五七言，載在《和鳴集》；其字與繡譜，惜多遺失。惟所畫秋海棠，姻眷中獨有存者。余與邑圃，兩世年誼，其耳孺人之芳聲也已久，故悉孺人之才德也獨詳。

裘璉《和鳴集序》：古來賢媛，不盡有才，而有才更難。然嘗悲夫有才者不獲良偶，其自痛自怨之懷，形於篇什，使後之覽者猶抱餘恨。豈豐此嗇彼，天之妬才使然邪？倡隨相得而有才者，自漢秦嘉、徐淑以外，未之多覯。以道韞之才，遺恨王郎，而若德曜、少君，則詩文又罕傳世。嗚呼！何其難也。楚中黄君邑圃，有賢配陳，工詩。所著有《和鳴集》，載其與夫君酬和諸作，曲盡山房之樂，然雅而不佻，婉而多風，真昔人所稱冰心玉映者矣。顧吾所謂難者，不徒吟風弄月，一洗閨閣脂紛之習，而蕭疎瀟遠中時露見道之語，如送黄君謁選有云：『非因家計貪清俸，却為蒼生要好官。』又：『太平天子文章重，清白家風夢寐安。』此豈巾幗家言耶？嗟乎！昔之所難，今兹得覩。予深為黄君幸，而轉為黄君惜也。黄君少掇巍科，鳴琴吾浙之仁邑。使夫人尚在，出其還羹却絹之操，佐理家政，而又得以其暇憑眺湖山，嘲吟花鳥，香奩佳什，當益日富，而天不永其年，黄君未貴，而先奄逝也。豈不惜哉！黄君種奉倩之情，悼安仁之賦，覽鏡撫絃，痛若初沒，用梓其集以垂世，詩傳則夫人不死。古今得良偶者，孰有如夫人哉！

採蘭

地僻少四鄰，鎮日柴門閉。薙草與栽花，生來性相契。獨有一株蘭，曉碞時相藝。今朝開幾枝，芳氣襲我袂。眷戀不忍離，割愛冠高髻〔一〕。

對鏡

熒熒寶鏡光，照我容顔舊。如何小病時，相逢似邂逅。人道鏡塵封，不是儂顔瘦。顧影自徘徊，乃知人言謬。

春日攜諸兒玩花嶺雲亭

寂寂香閨春過半，小鬟報道園花燦。何事顰眉坐緑窻，不妨相掠恣遊玩。曉簷更喜放新晴，那怕東風吹鬢亂。大兒憐香繫花鈴，幼女拾紅簪一冠。喁喁笑語且開顔，少焉璧月懸銀漢。蟾娥自是箇中人，清光的的籠花畔。

春夜雨窻有感

一夜蕭蕭雨，聽來祇自嗟。雲偷三皷月，風嫁一園花。白粲今朝盡，青蒭何處賒？愁腸無可浣，撥火自烹茶。

冬夜述懷

漏冷風尖月影微，蕭蕭木葉打柴扉。晚煙不斷迷村落，旅雁孤鳴掠釣磯。已剔殘燈翻繡譜，還燒百和襲寒衣。清貧自有清貧趣，料得紅爐煖閣希。

秋夜同醫圃坐月西爽軒

竹影摇窻碎，花光映月明。不知清漏下，祇覺素羅輕。

七夕寄醫圃

偶然一别又經秋，隔斷銀河水自流。縱使鵲橋真可架，如何渡得許多愁？

【校記】

〔一〕高髻：《國朝閨秀正始集》作「花髻」。

吴宗愛一首

字絳雪，浙江金華縣人。諸生徐明英室。

【輯補】

吴宗愛《吴絳雪詩集》（道光二十二年雙溪王氏冰壺山館刻本）載王家齊序：《六宜樓稿》一卷、《緑華草》一卷，國朝永康女史吴宗愛絳雪之所作也。觀其抽穎摛詞，耀榮振采，質有其文，華而不靡，洵所謂超異挺拔，同符君子者矣。昔孔詩十興，不廢衛姜；江體卅篇，兼取班媛。大家《東征》之賦，文姬《北歸》之詩。謝庭詠絮，陳閣頌椒。錦字新詞，玉臺雅製。閨中林下，厥風斯尚。今檢絳雪諸什，或念絳帷之舊侣，異地懷人；或隨白髮之嚴親，冷官遠宦。寄姊則卜鄰訂約，結褵而同心有歌。大都原本性情，憲章風雅，才華無忝於作者，德言允蹈乎女箴。蓋女父士騏，嘗爲嘉善、嵊縣教諭，女隨侍焉，故集中多二邑及道中之作。詩篇之外，更嫻音律，尤工繪事，六法兼精，三品獨絶。滕勝華之蟬蝶，黄要叔之花鳥，神妙天質，機奪造化，古所謂多文而曉畫者，其殆絳雪之謂歟？集未刊行，久無傳本，桐城吴君廷康爲丞兹邑，始訪求得之，持以見示，用偕夏邑李公子菘及同邑諸君葉文學景庚、王文學聘二、王文學迹、鄭文學集祥同校付梓。集後附録《同心梔子鏡箔圖並啟》，比伯玉之《盤中》，擬若蘭之機上，巧思迴合，麗藻繽紛。舊無讀法，今輒就諸君所見各以意釋者，並詮次列諸圖後。道光二十二年歲次壬寅秋八月二十五日金華王家齊序。

同集載吴廷康序：康熙時，永康有才婦人吴氏者，名宗愛，字絳雪，爲人多技能，通音律、精繪事之外，尤工爲詩。同時諸名家説部書中蓋屢稱引之，其聲聞甚遠。道光己亥，予爲丞兹邑，因獲觀其畫數幀，皆工絶，無媿所稱許。訪其詩，則久不可得。今年夏，邑人倪明經夢魁始於武義人家抄得《六宜樓稿》一卷、《緑華草》一卷來。取而讀之，大抵詞藻則清麗典雅，意致則悱惻纏綿。其謬乎以思，若遺脱世慮，翛然獨立于塵俗之表，而外物不足以爲累也；其愀乎以悲，若俯仰身世，百感并集，所遭之不偶，而無地以自容也。夫惟端本性情，以發爲歌詠，故妍麗之中不失温柔敦厚之旨。論其所造，匪惟閨閣中鮮此精詣，即求之士大夫間，蓋亦未易多覯。聞之永康父老云，去城東北三十五里，有地曰

『後塘街』，吴氏聚族居其間，凡數百家。女父士騏，以明經仕爲嘉善及嵊縣學官，女故承其家學而以詩鳴。惜乎歲月浸遠，其他軼事，無人能述而紀之。邑志既不載其詳，詩篇雖幸存於今，半皆殘缺失次。僅得此百餘首之本，且并此百餘首者，久未刊刻，尚在若存若亡之間。是則女身後所遭之尤爲不幸，足以深人感歎者也。既爲手校其脱謬，將擬與友人共付諸梓，用綜其大略，爲之序，題諸卷首。道光二十二年歲次壬寅秋八月桐城吴廷康康甫序。

吴宗愛《絳雪詩鈔》（咸豐四年古均閣刻本）載許楣《徐烈婦傳》：烈婦姓吴氏，名宗愛，字曰絳雪，永康人，嵊縣教諭士騏之女，國色也。嫁邑諸生徐明英。康熙十三年，耿精忠叛於閩，僞總兵徐尚朝寇浙東，陷處州，將犯金華。六月，游兵至永康，邑人麏竄，尚朝令人宣言曰：『以絳雪獻者免。』時絳雪已寡，聞亂，匿母家。絳雪之幼也，慧甚，多藝能。九歲通音律，十餘歲，父教令作詩，詩輒工。嘗代父與同年生倡和，服其精當，已知爲小女子作也，乃大驚。善寫生，間作設色山水，皆有致，繡回文詩鏡囊，見者嘆雙絶。既寡，猶盛年，以才故，豔名尤噪。尚朝嘗官浙東，故稔知之。至是衆議行之以紓難，勢洶洶。絳雪念徒死將貽桑梓憂，乃慨然曰：『未亡人終一死耳，行矣，復何言！』賊得絳雪喜，即出境，以兩騎翼絳雪行甚謹。至三十里坑，絳雪度賊且止營，紿騎下取飲，投崖死。或曰，其地近溪口，下有潭，絳雪蓋投潭内死云。永康故僻邑，絳雪死一百七十餘年，無能以文發之者，獨傳賨其詩畫，其雜見諸家傳記，亦目爲才媛而已。道光癸卯，桐城吴廷康爲茲邑丞，始詢知絳雪死事甚烈，懼其愈久而湮也，爲刻其《六宜樓稿》、《緑華草》各一卷，而俾余爲之傳。絳雪既死，會總督李之芳以兵扼衢州，尚朝踞金華之積道山，踰年卒破滅，不復犯永康。

同集載陳其泰《書徐烈婦傳後》：吾友桐城吴君康甫，慷慨志節士也。其爲丞永康之歲，訪得康熙時徐烈婦吴絳雪始末。既爲之梓其遺詩，而繫以許辛木農部之傳矣，猶恨未詳其年。余語康甫，傳以徵信，故疑者勿著，非略也；然考之於詩，固自有可見者，請爲補之。案，農部《傳》謂『九歲通音律』，集中《聞琵琶有感》自註『九歲從先君之秀水，於江上聞此曲』，曰『此曲』，則非汎聞其聲也，所謂『通音律』者，信矣。自九歲之秀水，至十二歲隨父移剡邑，又二年歸永康，故有『六年浪迹浙西東』句。而自註『居秀水三載，剡邑二載』，止五年者，註紀其積實之歲月，詩舉其歷年也。其在秀水時，與同姓女史素聞共筆硯。辛丑歲同作《雪意圖》。壬寅同和山陰祁修嫣女史《春閨》詩，其移剡邑，當即在是年。作《雪意圖》時，蓋十一歲。何知非十歲也？絳雪雖幼慧，素聞齒更穉，八九歲小女子，恐未辦同作也。由是順數，十四歲歸永康，爲甲辰；逆溯，九歲，則己亥矣。其嫁不知在何年。次《同心歌》於《歸家有感》之後，是歸未幾而嫁，非三五，即二八時耳。《同心歌》謂『襁抱失家慈』，其《送次姊》詩『孤墳草自春』句自註『先慈辭世已二十年』，而起云『艱難别老親』，蓋絳雪生而失母，至是二十歲，父幸健在。次年父始殁，即《聞琵琶有感》之歲也。曰『九歲從先君之秀水』，又曰『今十二年矣』，合九與十二，則二十一歲。前此有作稱『家嚴』，至是始稱『先君』，知其殁也。其詩分《六宜樓稿》、《緑華草》爲二卷。《六宜樓稿》爲居秀水、剡邑時作，《緑華草》歸永康作，次第秩然。後附《與素聞啟》並《梔子同心圖》。余因思絳雪當未笄之年，父以爲之師，素聞以爲之友，鬬聲韻，賦采色，極閨中清燕之樂。迨歌同心後，雖未輟吟詠，而身親井臼，良人常外出，老父終天年，素聞契闊，固已侘傺無聊矣。卒之所天既殞，鼙鼓震驚，而身亦隨之。然且越百五十六年之久，載乘寥落，志節不彰，微康甫，將並其斷簡殘編亦且爲蠹魚噉盡，又況其石火電光之歲月哉！悲夫！絳雪殉節之歲，爲康熙甲寅，上溯壬寅十二歲，則至是纔二十四歲耳。《緑華草》以《悼杏》詩終，夫亡而杏枯，蓋前一年寡也。壬寅爲康熙元年，絳雪正隨父秀水，其生以順治九年壬辰。而康甫示余《吴氏家乘》，謂父殁於順治五年戊子，既與詩不合，又篡取王右丞《臨高臺》、《鳥鳴澗》二絶爲乃祖時送行詩，益可笑，決爲無知妄作。余恐後之人反援《家乘》以疑詩，因並著之。余又念素聞能與絳雪倡和，亦難得。然數過秀水，訪其詩無有，獨《春閨》聯句附絳雪集中耳。絳雪《寄同心圖啟》有『一别五載』語，後署『康熙壬子』，時絳雪二十有二，似歸永康後曾復相聚。詩無可徵。《燃脂續録》摘絳雪句，多集中未見，是絳雪逸詩尚夥，姑闕疑，以俟再考云。

同集載陳其泰跋：絳雪詩，東陽王明經崇炳抄自武義一舊家者，原本分《六宜樓稿》、《緑華草》為二卷，詩僅百餘首。《燃脂續録》摘其佳句甚多，半存集中，餘皆成廣陵散矣。金華王君家齊嘗取而刻之，蕭山丁君文蔚、王君錫齡復刻一本，皆余友桐城吴君廷康贊成其事，因為之敘，而蕭山本則余所校勘也。每思評點重刻，以廣其傳，而余年來筆墨，似多田翁，耕耨甚苦，十指不得暇，乃以寄老友長安散人，彊令加墨，甯寬毋苛，並綴眉批，以醒將書引睡者之眼。散人初未應，曰：『吾已爲之傳矣。』既而曰：『吾胸中磊塊，亦正須酒澆耳。且吾曩者作傳，爲世故牽帥，頗失體，吾當改正而自刻之。』因不復辭。既告成，散人自敘重刻之意，余復為任校勘之役，而識其原委如右。咸豐四年孟夏海鹽陳其泰。

吴宗愛《徐烈婦詩鈔》（光緒元年雲鶴仙館刻本）載吴廷康《徐烈婦詩序》云：余官永康日，訪得徐烈婦吴絳雪殉節事，求名人為作傳，且播諸管絃，以表彰之。先是，邑人為余言：『吴絳雪，邑之才女也。』武義李氏藏其詩，倪明經蘭谷夢魁為余借得抄本，知為東陽明經王虎文崇炳所編輯。虎文係康熙時人，曾撰《金華徵獻略》，載女史九十餘人，而獨不及絳雪，蓋其時猶未見絳雪詩耳。此本殆其後見而録之者，故繫以兩跋，不及登諸梨棗也。夫世多以才女目絳雪，然其詩之幾就湮没且如此。況乃捐軀兵燹之中，完節荒凉之地，志乘未載，傳聞異辭，設非急爲諮訪，又安能傳信於一百七十餘年之後哉？曩者金華王君家齊刊絳雪詩，余曾為之序，亦秖稱其才，而惜其詩之僅有存者。及得聞其殉節始末，乃歎絳雪之傳，無待於詩也。夫古今才女多矣，有以才傳者，有不僅以才傳者。以才傳者，其人不必傳而翰墨可觀，則因其才而傳其人，故詩愈多，才愈著耳。若夫奇節懿行，卓然自有千古，而吟詠所寄，雖零章斷句，亦足以想見其生平，是因其人而傳其詩，其人固不僅以詩傳也。如絳雪者，有才亦傳，無才亦傳，而何必計其詩之所存者尠乎？余既傳絳雪之烈，因以傳絳雪之才，則詩又烏可以不傳？乃取王氏重刊本，屬陳琴齋孝廉校勘一過，復序而梓之。絳雪兼工繪事，其父士騏字驥良，娶邑東芝英莊應氏，故至今猶藏有絳雪書畫。余嘗從應榆亭諸生乞得《杏林春燕》畫冊，設色精絶，書法酷似董香光，其名印係仿漢銅印，蓋國初人手筆，色色皆工，不徒其詩足傳也。然皆絳雪之餘事耳，其不朽者固在彼不在此。咸豐二年歲在壬子二月下澣桐城吴廷康序。

同集載秦緗業《重刻徐烈婦詩序》：　永康徐烈婦吴絳雪，能詩善畫，早寡守節，康熙十三年殉耿逆之難。海寧許户部楣為之傳，海鹽黄大令憲清譜為《桃谿雪傳奇》，讀者可得其生平已。所為詩有曰《六宜樓稿》者一卷，《緑華草》者一卷，又《回文詩》一卷附焉。道光、咸豐間初刻於金華，再刻於蕭山，先後經兵燹，板片尸燬，世尟傳本。桐城吴二尹廷康心焉傷之，將謀重付剞劂氏，而問序於余。蓋蕭山本即為吴君所采輯，而傳奇之作亦由吴君敦迫而成者也。……同治十三年歲次甲戌仲冬之月，無錫秦緗業序。

同集載徐雨民《〈同心梔子圖讀法〉跋》：　吾邑女史吴絳雪，名宗愛，秀水教諭士騏女。曉音律，嫻吟詠，兼工翎毛花卉、人物山水，而姿色穠粹，見者豔爲天人。著有《六宜樓稿》及《緑華草》，後附寄秀水素聞女史《同心梔子圖並啟》。夫絳雪之工畫，《圖繪寶鑑》詳之矣。其嫻吟詠，則當時素聞知之，《燃脂續録》摘入佳句甚多，甬東戴玉萼女史題其稿，東陽王虎文先生記之，而惜不見其全集。及其詩之幾湮没也，則吴參軍廷康用活板傳之。既而金華王蘭汀家齊重梓於冰壺山館，詩集不至湮没矣。獨怪《同心梔子圖》，其組織工巧，不減蘇氏迴文，前雖並刊其圖，附以讀法，然寥寥數章，未盡圖妙。吾友應君菉園善屬文，工駢語，客冬將此圖反覆尋繹，昕夕披吟，讀成詩如十首、詞如干闋，讀法既工，繪圖更巧。此編成，而《梔子圖》益彰矣。翩齋陳先生鳳巢見之，襄諸同人慫恿付梓，遂顔之曰《同心梔子圖讀法》。旹咸豐元年立秋先一日澍亭弟徐雨民謹跋。

春詩

不畫雙眉向碧紗，隨從香渚補妍華。層嵐無限雲容媚，爭似春山鬢有鴉。

《圖繪寶鑑》：　吴宗愛，字絳雪，金華人，庠生徐明映室。八齡輒能畫花卉、翎毛、人物，著色山水亦佳。書法小楷，詩亦幽雋。録其《春詩》一絶云云。

王正五首

字端人，江蘇江都縣人。曾執贄於方寶臣先生。適李生若谷。著有《硯廬草》。

《國朝畫徵録》：閨秀王正，字端人，江都人。善花草，布置工穩。能詩，受業於徐少宗伯倬。後入都，馬相國齊延教其女。又三韓卞氏，大中丞永譽女，善花草，賞家稱其工。中丞好古精鑒，著有《書畫彙考》行世，宜其女之工筆墨矣。惜未之見，附録候訪。

《詩觀》：端人大家，幼功書史，長嫻詩畫，為閨閣上流。一時貴游争委禽不得，而歸吾友李子若谷。琴瑟相調，每月白風清，倡酬不輟，然秉性澹泊，其婦德尤為過人。予曾為八斷句贈之。

《弄閑餘墨》：王大家端人《題營巢圖上崔使君》云：『烏衣巷口悵斜暉，玳瑁梁空舊事非。』

荷花行

朝在水，暮在水，不染汚泥池水裏。風簾月樹雨初晴，翠袖紅翹堪自喜。採之刺礙吴娃指，返照回船歌緩起。

題破水道人梅花書屋圖

不必買絲繡，沉香日就熏。人疑何水部，我識鄭都君。皂帽青氈擁，雪窻花洞紛。傳來千載後，姓字重天雲。

繡毬花

花開不亞千團雪，香散真愁一夜風。簾外月明斜弄影，冰壺倒濯玉玲瓏。

題畫扇

連朝風片雨如絲，正是天涯雁到時。髹几文窻無一事，寫將秋色兩三枝。

雪中懷無慢妹

朔雪狂飈歲暮時，曾同弟妹夜聯詩。如今柳絮因風起，盼煞吟箋雁到遲。

茅玉媛 一首

字小素，浙江錢塘縣人。詩見《扶輪廣集》。

題扇

信手〔一〕閑將山水塗，流雲走墨任模糊。自然有箇如他處，不必披圖問有無。

《圖繪寶鑑》：茅玉媛，字小素。孟昭女。字廣文許世翼。《題扇》云云，詩句香韻，則其畫之流動可知矣。

【校記】

〔一〕信手：《名媛詩緯初編》作『信筆』。

汪氏四首

江蘇婁縣人。適沈巷何一飛。

題花卉畫冊

仙姿冷艷點香塵，閑擬筠藍滿貯春。無那吟情起幽思，却將妙筆寫花神。山茶 水仙

踈影無塵只自怡，千秋雪月擬冰肌。畫圖誰識先春迴，調得丹砂染艷姿。梅花 山茶

傾心何處遠移根，剪得紅英露尚零。譜入畫圖堪玩賞，高吟贏得九峯青。秋葵 馬蘭 石榴

名友瓊枝一樣妍，愁憐粉艷譜花箋。吟成十幅香魂杳，蝶影翩翩落舞筵。西府 玉蘭

張鴻逑一首

字琴友，浙江慈谿縣人。適姚生友望。

詠扇頭梅

分得羅浮影，仙香拂袖來。夢中容我覓，筆底讓君開。粧鏡鈿留照，江城笛謾猜。臨風誰寄贈，宛轉踏溪回。

白語生六首

字語生，江蘇江寧縣人。白仲調中秘女，婁東吴石葉配。著有《紫石吟》。

鄧漢儀《書語生詩後》：蘭次嫂夫人江夏君，讀書愛文，當兵戈饑窘之日，獨與蘭次以詩篇相慰勞。僕每過其幽居，欵留備至，必出牀頭斗酒，談讌竟日。合淝先生客邗，為予二姓講秦晉之好，而掌珠忽隕。蘭次至燕京，贈予詩，有『兩家兒女一花殤』之句。今蘭次罷吴興守以歸，宦槖蕭然，世情冷暖，寧無雲雨翻覆之歎？而予兩人懷抱，依依如故也。為點次其愛女及令媳詩，附此以志我輩交誼，並告辰六、石葉兩君子。

移家

攜手來新徑，消魂別故林。鳥知春樹换，花憶曉園深。淺户風來便，高樓月下陰。一枝欣有託，秋到好鳴砧。

夏夜

繡倦步階除，經旬雨過初。殘霞連蝃蝀，新月吐蟾蜍。爽愛迎風牖，涼深近水居。小窻侵晚坐，緑髮背燈梳。

除夜偶成

堂前分歲拜華茵，金盌初斟酒一巡。小婢添歡争守夜，稚兒帶醉帖宜春。漏長不作通宵夢，更盡都為隔歲人。收拾辛盤待天白，韶光又見一年新。

丘路道中

遠樹入殘霞，漁舟唱煙浦。忽過深竹林，化作杏花雨。

送家大人北上

行李蕭條又北遊，西風垂柳正初秋。深閨不識長安道，只認停雲在上頭。

題智珠夫人蘭譜

煙條露蕊筆生香，種入中林秪自芳。夜静挑燈頻見後，好憑幽夢到瀟湘。

彭孫婧四首

字孌如，浙江海鹽縣人，適錦縣令陳龍孫，詩人彭駿孫之女兄也。著有《盤城遊草》。

臨清舟中感懷

遠道辭家已隔年，俄驚歸雁繞河邊。黄花白草秋初老，畫舫蘭橈客未眠。默坐蓬窻看落葉，閑憑棐几理芸篇。含情無限傷心事，又聽砧聲過枕前。

天津舟次寄龍孫

憶别三眠柳尚柔，長途半載未舒憂。何時秉燭西窻話，與爾分箋寫舊愁。

濟寧月夜和龍孫韻

丹楓兩岸夾長堤，滿目征帆夜不迷。千里關河同此夜，數聲柔櫓過前溪。

夜聞絃索

寒釭挑盡已三更，何處歌聲惱客情。殘月紙窻眠不穩，照人離恨太分明。

范姝十首

字洛仙，江蘇如皋縣人，詩人范獻重之姪女也。早失怙。九歲時能詠新月，祖盟鷗先生極愛之，為擇配，以李君延公名家子，且善屬文，遂賦于歸。閨門倡和，極筆墨之樂，後以嬰家難，布衣椎髻，長齋繡佛。與名媛周羽步、吳蓝仙友善。著有《貫月舫集》。

慰延公夫子

爾我傷心事，淒其不忍言。埋名驅薄俗，把卷卧衡門。終有風雲會，休云愁恨繁。況君詩思健，相對好同論。

雨中述懷

楚江新漲後，誰可慰離顏。病極須增藥，愁多不整鬟。庭花嗟已落，林竹喜成斑。擬便隨波去，輕舟渡遠山。

燈夕懷脱塵

家園昔日玩燈時，歡笑同傾月下巵。回首恰當三五夜，斷腸真有百千思。幽窻寂寞遥相憶，細雨連綿事可悲。世態不堪多冷煖，須知爾我重交期。

新秋雨窻卧病兼懷延公

惆悵連宵雨勢淫，相思無那病來侵。草亭乍逼蛩啼急，藥餌難攻愁思深。團扇懶揮魂莫定，踈簾不捲獨微吟。勞君慰我書頻寄，何日能寬别恨心？

秋夜懷延公

誰道新秋好，何曾暑氣微。夜闌渾不寐，只是減腰圍。

輓吴湄蘭

辭却人間已一年，傷心惟見草芊芊。泉臺隔斷情難斷，夢裏相逢覓後憐。桂月年年列綺筵，花開今日最堪憐。瓊樓一别無消息，風雨青燈我未眠。

聞羽步近事感賦

樓前曾共學吹簫，雁斷衡陽夢寂寥。多少相思言不得，衹因無計盜紅綃。

次寄延公秦淮

自從人上木蘭舟，為爾新添萬斛愁。明月一簾花滿路，秦淮雖好莫貪遊。

七夕

此夕清光影半輪，樓頭花果又重陳。雙星今夜情多少，無奈深閨憶故人。

紀西清 一首 句

湖北漢陽縣人，蘊玉紀宜人之女弟也。詩見《繡餘草附刻》。

柬蘊玉陳夫人

草堂聞已築，佈置定應工。想像閑中趣，深懷林下風。新詩常到眼，遊興每難同。秋色又將老，相思楓葉紅。

句

朝來滿地雪，應是不禁春。

陳蘇《繡餘草序》：先王母為吴孺人所生，吴孺人有妹氏女，曰沈大姑，字西清，體弱形清，工詩多怨。嘗過我家，值梨花盛開，先王母吟曰：『漠漠濃香遠，溶溶粉面勻。』沈續云云。先王母愀然曰：『何為如此？』易之曰『好攜洗粧酒，澆醉滿枝春』。沈曰：『辭則典矣，韻差遜耳。』既去，先王母歎曰：『是豈久居人世者乎？文詞宜慎，況在婦人？吾少時弄筆墨，即恐涉於輕薄。

今芳春宴飲，賞花賦詩，必欲作敗意語，是無病而呻吟者矣。言為心聲，恐作梨花薄命。』沈聞而悔。未幾病，盡焚其所為詩，果卒。蘇乃益歎先王母之深於詩也。即詩知命，明若龜蓍，非造之至深，何能若此？

王氏八首

浙江錢塘縣人，忠節王德輿公起彪之妹也。適府丞戴京曾。府丞督學山左，恭人隨倡南北。詩稿盈尺，惜其後人散失。猶子自昭搜集付梓，名《王恭人詩》。

春雪

陽春應布暖，猶自舞冰花。玉蕚舒還斂，彤雲散復遮。寒威侵蔀屋，冷氣逼官衙。薄暮成牛目，憑軒發嘆嗟。

立秋

客裏憑經歲，金風又易時。悶留一杯酒，愁寄幾行詩。細數更籌寂，閑看斗柄移。坐邀蟾月爽，佳景少人知。

七夕

時經七夕暗生愁，況復金風颯颯秋。彼自有情逢此日，獨憐無伴懶登樓。雙星巧渡銀河淺，諸鵲喧闐積羽稠。惆悵飛烏如過隙，人間天上漫相尤。

甲午除夕

爆竹喧闐鬧歲除，感懷無語獨欷歔。淹留冷署風光少，偃蹇愁城筆硯踈。悶剔銀釭過夜半，笑開玉曆又寅初。俄看世事成流水，羨爾青陽得氣舒。

寄二兄

鴒原一别幾經秋，隨倡天涯不自由。寂寂薊門憐雁隊，勞勞東國望雲愁。寸心似織憑誰達，尺素初緘覓便投。決計來年庭桂發，承歡預慶鹿鳴呦。

過肥城

勞勞車輦發鳴雞，白露凝霜濇馬蹄。民瘠豈堪支過客，城肥胡為草萋萋？稱觴得遂瞻雲志，解佩從教共雨淒。大塊有情不逸我，方知人世苦難齊。

自賀新齋

新築幽庭愜素心，蕭然物外結山林。楹凭緑竹涼生袂，亭傍青蓮爽沁襟。半榻風清閑較弈，一爐香爇静鳴琴。浮名久判身無罣，莫道神仙無處尋。

詠楊妃菊

自從鼙鼓失芳姿，惆悵臨風憶玉兒。此日東籬誇艷冶，渾疑七夕倚闌時。

汪景山 六首

字逸令，安徽歙縣人。適□志林。

韓矩《汪逸令詩序》：在昔椒花製頌，摛麗采於香閨；柳絮成吟，運英華於繡閣。玳瑁之函萬軸，競説秦娥；珊瑚之什千篇，争誇鮑妹。左芬袁倩，並擷風雲；衛女班姬，俱輝月露。採柔桑於綺陌，羅敷則宛轉行吟；織錦字於機樞，竇氏乃廻環入妙。蘭香仙子，識稀聲於太乙庭前；花蕊夫人，留艷響於摩訶池上。莫不文標黄絹，曲譜烏絲。玉釵羅袖之音，恒以生新而愈巧；紅粉青衫之句，每因入化而彌工。乃者名媛，尤為絶調。十三刺繡，飛來錦上之鸞鳳；二八稱詩，現出行間之鸑鷟。青牛帳裏，霧縠凝雲；朱鳥窗中，冰綃映日。啟琉璃之寶匣，盡屬蘭苕；擘鸚鵡之蠻箋，無非吉貝。而且門風炫赫，人稱尹姞之家；品第清華，世重鍾王之範。鬱金堂盧家少婦，羨海燕以雙棲；白玉館袁氏文娥，指江鱗而對詠。舅翁則三司北部，黄正桓典午名臣；夫壻則千騎東方，何平叔永熙儁彦。秦嘉之得徐淑，同開江令之花；清照之遇明誠，各夢謝庭之草。香生並蒂，萼是芙蓉；翼共雙飛，禽名翡翠。終年洗硯，清流即濯錦之池；盡日含毫，綵穎探畫眉之筆。珠聯璧合，流逸韻於人間；綺爛霞蒸，暢閑情於藝苑。若乃從官北上，關河雨雪以驅馳；隨節南浮，雲樹江山而閱歷。盧龍孤竹，風沙迷吊古之場；金馬碧雞，巖壑適探奇之地。聽重關之虎嘯，登車而吟遍河山；聞峭壁之猿啼，擊楫而賦成泉石。三聲玉樹，盡化鴛鴦；一卷牙籤，都成孔雀。春風捲幔，對綺旭而詠葡萄；夜月傾樽，指纖阿而成荳蔻。吹簫之暇，攀桃李以言歡；舉案之餘，顧蕙蘭而適興。移商刻羽，居然巾國之庾徐；繡虎雕龍，久矣幃房之鮑謝。僕也離騷性叶，常致詠於宓妃玉女之間；洛賦情怡，遂有觸於翠輦靈旗之事。敢云名士，因愛傾城；最喜蛾眉，能兼鳳綵。從之傳於上國，豈徒艷花月之新文；行將播諸詞壇，固已極綺羅之勝事。

途中即事

車馬春風路，弓刀逐一群。好山偏媚客，活水自生雲。柳色千門合，花香兩岸分。静中多逸興，詩就夕陽曛。

送子從四兄之昭化任

羡爾〔一〕神明宰，彈琴入萬山。心隨雲共遠，官與鶴俱閑。績布輸猺女，傳經化峒蠻。謝庭諸姊妹，曾否夢相關？

蘭溪道上

鬢影隨舟蕩漾行，浴蠶時節正催耕。桃花水漲春帆疾，楊柳風微驛路晴。嫩日沙村飛海燕，煖雲煙墅叫山鷓。青青酒旆溪橋舞，漁笛灘頭亂醉聲。

京江

芙蓉樓外舞香塵，百戰蕭梁記未真。山色閲殘三國事，江聲流盡六朝人。樓臺日煖笙歌碎，燕雀風清草木新。最是鶴林仙已去，杜鵑開落不知春。

雨後望山

一雨净高空，萬木滋濃翠。蒼蒼雲氣中，夕照山含媚。

小庭

小庭雲氣撲簾鈎，一片風花滿院遊。怪煞黄鶯啼未了，玉簫吹出柳邊樓。

【校記】

〔一〕羡爾：《國朝閨秀正始集》作『喜我』。

丘恭一首

廣東海陽縣人，趙某室也。

官梅閣題詩有序

妾，鳳城趙家婦也。命薄罹難，號死未遑，旅次殘魂，哀音恨句。庶祈靈於雁使，蚤合鏡於鸞班。血洒官亭，見者憐之。

十月離鄉音已稀，愁眉生怕送殘暉。天涯破鏡知誰在，塞外悲笳去不歸。望到故山心化石，聽來杜宇淚沾衣。五更畫角城頭月，吹落旗亭促馬飛。

《潮州府誌》：丘恭，海陽人。順治癸巳，郡城陷，被掠北去，題詩於通衢驛壁。次日，小姑趙氏繼見而悲之，因用其韻，續題於後。

許心榛句

字阿秦，一字山有，江蘇長洲縣人，許竹隱之女也。與張采于為母姈，共妹阿蓴、阿蘇、阿芬，閨中唱酬甚富。惜未得見全集。

句

粧臺秋暮挑燈事，閑檢殘編到漢秦。

許心澧 一首

字阿芬，詩人許竹隱之季女也。

送慈親再到維揚

今年依舊到揚州，送母江干露氣收。廿四橋邊風色好，吹簫有意未同游。

徐氏 句

江蘇金陵人。

句

殘漏已催明月盡，五更如度五重關。

《隨園詩話》：金陵女徐氏，適桐城張某，夫久客不歸，寄詩云云。

李蘩月 二首

李蘩月，字采池，江西臨川縣人，李芹月之妹。工書，摹《聖教序》，頗得其概。適廬陵歐陽瑾子上愛。瑾素工書，總督倉場時，冗於事，有乞書者，輒令采池代之。年二十一卒。

過蕪湖

輕舟渺渺下青徐，客裏河山縱目初。一片鄉心收不得，澹煙殘月照蕪湖。

望小姑山

霧髩煙鬟向此中，小姑風態為誰容？何當覓得南崖路，澗草巖花一萬重。

王姮一首　句

字檞影，浙江仁和縣人。

嬾猫

山齋空豢小貍奴，性嬾應慚守敝廬。深夜持齋聲寂寂，寒天媚竈睡蘧蘧。花陰滿地閑追蝶，溪水當門食有魚。賴是鼠嫌貧不至，不然誰護五車書？

句

殘星天上淡將落，冷露花間滴未稀。

正值鶯啼春樹繞，那堪雨歇綠陰生。

《隨園詩話補遺》：武林女士王樨影姮，嫁虹橋居士麟徵，詩才清麗。《詠嬾猫》云云，《曉色》有句云云，《落花》有句云云。

卷之二十七

卞夢珏七首

字元文，號篆生，江蘇江寧縣人，閨秀吴巖子之長女也。六七齡時，信口即能成句。適劉師峻。著有《繡閣遺稿》。

《西湖志》：卞夢珏，字元文，太平人，吴巖子之女。落筆踈秀，有其母風。

吴偉業《題西泠閨詠序》：石城卞君者，系出田居，隱偕鼉室。巖子著同聲之賦，元文詠嬌女之篇，辭旨幽閑，才情明慧，寫柔思於却扇，選麗句以當窻，足使蘇蕙扶輸、左思失步矣。故里秦淮，早駕木蘭之檝；僑居明聖，重來油壁之車。風景依然，湖山非故。趙明誠金石之録，卷軸無存；蔡中郎虀臼之辭，筆牀猶在。余攬其篇什，擷彼風華，體寄七言，詩成四律。愧非劉柳，聞白雪之歌；謬學徐陵，敘玉臺之詠。其詩云：『落日輕風雁影斜，蜀箋書字報秦嘉。絳紗弟子稱都講，碧玉才人本内家。神女新詞填杜若，如來半偈繡蓮花。妝成小閣薰香坐，不向城南鬬鈿車。』『晴樓初日照芙蕖，姑射仙人賦子虚。紫府高閑詩博士，青山遺逸女尚書。賣珠補屋花應滿，刻燭成篇錦不如。自寫洛神題小像，一簾秋水鏡湖居。』『五銖衣怯鳳凰雛，珠玉為心冰雪膚。緑屬侍兒春祓禊，紅牙小妹夜摴蒱。瓊窻日暖櫻桃賦，粉箑風輕蛺蝶圖。頻斂翠蛾人不識，自將書札問麻姑。』『石城楊柳碧城鸞，謝女詩篇張女彈。鸚鵡歌調銀管細，琅玕字刻玉釵寒。雙聲宛轉連珠格，八體濃纖倒薤看。閑整筆牀攤卷素，棠梨花發倚欄干。』

《婦人集》：石城卞元文，名夢珏，母曰吴巖子，名山。夙擅詩歌、西曲，諸女郎能音旨者，靡不宗卞。後適廣陵劉孝廉，孝廉名師峻。

王士正《觀卞篆生書扇》詩：雙峯南北盡紅蕖，晝静瓊閨敞碧虚。鸚鵡雕籠初教賦，櫻桃小閣獨攤書。名篇綺密知難並，諸界天人總未如。若許他年尋白社，丹青簾外藕花居。

【輯補】

鄒斯漪《名媛詩選》（清初刻本）鄒氏《小引》：兒女情多，英雄氣少，此從來所以病彤管璣囊也。清炤之《漱玉》，淑真之《斷腸》，猶不免焉。惟卞家母子異是。清越澹遠，嶔嶔歷落，讀之者但見如高人，如逸民，如宿衲，如羈臣孤客，求一閨閣相，了不可得，蓋香奩粉黛一洗盡矣。彼其胄出名楣，遭遇滄桑，播遷吴越，既多霜雪風雨之感，復獲舟車江山之助，宜非尋常紈綺，足不離繡閣、手不離珠玉、耳目不離歌舞環珮者所敢望也。詩之為道，窮而後工，於卞家母子益信。梁谿鄒斯漪流綺題。

古意

廣除有虬樹，靈鳥為其巢。春華不為榮，冬嚴不為凋。挺託竟違衆，對之誠孤標。豈無敷華木，枝幹出雲霄。賦質苟不異，顔隨秋風飄。君子慎樹立，中心常寥寥。

秋漏

不借西風度，悠悠到處尋。會鐘頻入寺，接韻且邀砧。燈冷佳人思，舟孤客子吟。夜深飛玉露，點點帶寒侵。

秋眺

吟息敞層樓，秋光放眼收。雲歸山自在，江静水安流。遠樹平于草，孤村小若舟。寸心猶慢擬，聊許似閑鷗。

湖樓

一湖幽況送詩篇，畫閣初晴暮捲簾。兩岸煙嵐飛鶴點，數聲鐘磬醒鷗眠。山從虚鐘遺真影，塔向空天立自然。多少白雲分片段，悠悠竟與遠峯連。

去半塘

半塘容膝半年多，一别渾如一夢過。記得山光青似黛，肯忘水色碧於螺。邯鄲盧子留萍跡，蝴蝶莊生咲網羅。不是櫓聲鷄唱候，此身猶自滯南柯。

落梅

静夜新雷雨欲滋，無端愁爲落梅支。因追灞上初春日，轉念孤山二月時。香雪易飄風細細，飛瓊難挽柳絲絲。問梅那得情如我，祇恐桃花咲也癡。

詠六月小庭落葉

深篁蔚卉未知秋，幾葉稜稜似探幽。月檻風窻聊寄傲，石屏蘿磴謾稽留。遲歸恐值吴江冷，先遯奚慚御水流。依約曉堦迎曙色，古槐高柳鳥聲稠。

徐淑 一首

詩附見尤展成《古北平集》。

題涿州郵亭

棄子抛夫咽北風，馳驅心逐曉雲空。此身一死非難事，惟戀今生魂夢通。

晦菴尤侗《和涿州郵亭詩序》：涿州驛壁有詩云云，己丑冬日留中薄命妾徐淑題。予使車宿此，讀之黯然，漫和一絶，其詩云：『翠黛黄裙逐曉風，汾雲回首鳳樓空。只留蔡琰題詞在，那得秦嘉書信通。』『馬上琵琶彈北風，匣中半鏡舞鸞空。柳枝已折沙吒手，舊夢巫山何處通。』

陳啟淑 二首

江蘇長洲縣洞庭山人，金峴亭之室也。著有《仙掌樓集》。

《七十二峯足徵集》：氏名啟淑，有《仙掌樓集》，求之不得，僅存《和依緑園》絶句十首。録存其二，以見一斑。

鄉畦翠竹

琅玕滴翠拂青雲，三徑來看不厭勤。松下清風梅上月，虛心勁節遜於君。

環堤垂柳

摇曳池塘少送迎，枝間斷續語流鶯。怪他湖上青青者，牽惹離愁萬種生。

項佩 四首

字吹聆，浙江秀水縣人，襄毅公孫女。少作廻文詩一百韻，為人膾炙。適同邑吴統持。著有《藕花樓詩》。

《秀水縣志》：項佩，字吹聆，歸吴隱士統持。有《藕花樓詩》。書摹曹娥碑。

《檇李詩繫》：項佩，字吹聆，秀水人，文學吴巨手内子。能書善畫，喜讀書，工詩。本以貴族令淑，國破家亡，與其君子偕隱荒邨，諷詠自若。誠可謂安貧樂道、白首相莊者。著有《藕花樓集》一卷。雪灘陳太史盟為序，未刻。王端淑曰：鴛水為人文藪，吹聆具賢淑之姿、聰敏之質，為詩高老，不減三唐。

題外君卍齋

葺城遴製雅〔一〕，名卍較蕭殊。秋水盈盈碧，幽欄曲曲朱。彩分金粟字，光引日南珠。觀世悲同佛，閑家慶有儒。菲葑從説項，牛斗式躔吴。薙篆新題額，螺文舊湧膜。當軒宜獨寤，側席儼雙趺。憂國逾簪組，談空異苾蒭。床塵琴静拭，庭草鶴歸扶。解晝襄陽孟，曾師安定胡。何賓言自牖，有婦學操觚。管叶飛隨鳳，絲深隱鑿蛛。窮安君子固，疾禱眾生無。室是維摩幻，顔非子夏臞。六窻隨便應，一榻懶輕敷。經緯參前謝，風流擁大蘇。聯吟單作甫，合燭耦猶吾。啟幕明星爛，翱翔弋曉鳧。

雪後贈鍾姐姚夫人

太傅門風舊所思，新歡得繫蔦蘿絲。夫人弟真遠，才士也，有女許字易兒。女婴不詈申椒賦，道藴原嫻若柳詩〔二〕。寶髻雲光青鳳羽，羅衫花樣碧桃枝。野漁未漉山南酒，白雪遥觴女導師。

送外

已識風塵苦，經春又别離。釣船迎水去，無處不牽絲。

吊吴江陳烈婦

眼枯無復淚潸潸，一束冰綃冷夜鬟。病榻老姑驚夢起，相看猶惜舊朱顔。

【校記】

〔一〕製雅：《國朝閨秀正始續集》作『雅製』。

〔二〕以上四句《名媛詩緯初編》作『太傅華媚謝女姿，高寒不讓玉樓奇。自裁古詞陽春曲，不數他家柳絮詩』。

徐致善三首

浙江嘉興縣人，適海寧州許某。

《海昌詩林》：徐致善，精古，作詩亦脱脂粉氣。全集未見，予於其壻徐舫所藏録存數首。或曰：致善，嘉興王店人，為醫者徐鳳輝之妹云。

夜坐

草閣寒燈雨，孤村老樹秋。不眠知夜永，獨坐嘆生浮。四壁蟲全咽，空階螢亂流。那堪鴻雁起，嘹嚦過汀洲。

病中送夫子客遊

人間最是别離難，況值秋風病骨寒。幾句情懷言未忍，一聲珍重淚先彈。堂中起舞誰為拽，燈後成吟興亦闌。此際若非真爛醉，教人無奈理征鞍。

題畫

荒村寂寞少人行，只有漁舟唱月明。兩岸蘆花渾似雪，江邊紅葉落無聲。

鍾韞二首

字眉令，浙江仁和縣人，閨秀鍾山容之妹。適海寧州查崧，以子貴誥贈太淑人。著有《長綉樓集》、《梅花園詩存》。

【輯補】

鍾韞《梅花園存稿》（乾隆五十七年刻本）吴騫序：《梅花園存稿》一卷，鍾淑人眉令著。淑人名韞，為鄉前輩逸遠查先生配，悔餘太史母也。本仁和人，祖忠惠公，明萬曆中名臣，著在史傳。淑人少嫺内則，工詩及長短句，與逸遠先生唱隨偕老，彷彿鹿門之風，又能教其子以成令器。昔晉王渾妻鍾氏，乃太傅繇曾孫女，诵識古今，諸子竝擅才藻，時稱鍾夫人之禮。今觀淑人詩，澹遠饒有林下風，顧以略才名、崇學術教其子。何鍾氏女子之多賢耶！惟是太史當日以文章學業爲士林所宗仰，而此稿未之板行，以公藝苑。何歟？豈其恪守聖善之訓，以爲著诛非婦人事，而弗欲出之？抑亦知夫白雪之詞、幽蘭之調，終不與曉風殘月同其銷歇于天壤間歟？予刻海昌閨媛詩，因取付剞劂，以存一家，非遂謂足以盡淑人也。淑人有妹名筠，亦工詞翰，有《棃雲閣詩餘》一卷，皆手自編定，惜未有梓之者。乾隆壬子仲夏吴騫識。

同集書尾載查岐昌《岩門詩話》：先淑人生鮮兄弟，有女兄字山容、女弟字眉士，針絍餘閑，互相倡和，曾有《長繡樓詩集》若干卷。迨歸先贈公後，值先高祖武庫公捐館，風摇草動，百毒齊起。先贈公宏濟艱難，摧剛爲柔，重立門户，宿艾駭服，先淑人實相助之，而戹屯之歌、鉛筑之聲，惟覓知音於閨閣，一時比諸鹿門故事。贈公詩已略見《明詩綜》，淑人詩不下數十章。廻憶岐昌總角時，大父舉先淑人詩示予兄弟曰：『「才名終世態，學業有家傳」，此吾讀書栖水時曾祖母寄示之句，願汝曹亦無忘斯訓也。』嗟乎！門户頽零，箕裘欲墜，溯尋家學，深愧淵源，援筆爲之憮然。

采蓮曲

盈盈閨中女，覆髮甫及肩。家臨九江水，目極萬里船。自憐秋思多，結伴紅塘邊〔一〕。鄰女三五人，相將共采蓮。江流渺無際，明淨斂朝煙。何以蕩遥思，翠袖迎風便。何以媚新妝，好花相與妍。並舟輕出没，來往還流連。笑語〔二〕有同心，攀折私自憐。采藕斷其根，絲絲還〔三〕自牽。摘花觸荷葉，溜珠不成圓。

寄逸遠金陵

平原叢草竟何之，早夜能無聽子規。野水自添柳葉渡，東風重寄竹枝詞。人間騏驥誰能識，天上星辰暗自移。建業朱張今在否，鹿門歸計每棲遲。

【校記】

〔一〕此句鍾韞《梅花園存稿》（乾隆五十七年刻本，下同）作『結侣横塘邊』。

〔二〕笑語：《梅花園存稿》作『語笑』。

〔三〕還：《梅花園存稿》作『猶』。

鍾筠十首

字蕡若，浙江仁和縣人，鍾雪亭配也。著有《梨雲榭詩》。

西湖竹枝詞

十二橋邊花滿隄，畫船簫鼓鬧芳菲。晚來月上東風起，吹落殘紅點翠衣。
曉日初昇宿霧消，成羣騎犢徧東皋。尋春只為弓鞵窄，不敢相將過六橋。
樓頭少婦自填詞，移換宫商唱竹枝。忽見團圞山月上，沉吟閣筆幾多時。
溪上採菱不蕩舟，菱歌唱出蓼花洲。團團萍葉隨人意，争似郎行不掉頭。

姑蘇竹枝詞

女兒十五恁嬌羞，來鳳橋頭結伴遊。山塘七里逢春雨，昨日輕衫今日裘。
菡萏花開遍水灣，百花洲上管絃繁。遥思舊日尋春處，柳絮飛來又一年。
尋春遊子蕩扁舟，惜春女兒閑倚樓。樓前來去舟如葉，載得儂心多少愁。
夭桃濃李鬭晨粧，鏡裏春山嫩柳長。緐緑漸深鶯漸老，荷花蕩口又端陽。
石湖隄畔柳飛花，浪子遠行不憶家。安得東風念行客，從空催送未歸槎。
虎丘山下晚風斜，女伴踏青護淺沙。驀地無言向何處，背人自折櫻桃花。

韓韞玉一首

江蘇長洲縣人，宗伯文毅公菼幼女，適知縣顧渭熊。著有《寸草軒詩》。

《國朝詩別裁集》：前輩韓東籬太史述幼妹少讀羣書，兼工詞翰。年三十時，著述已富，病歿前盡取焚之，不欲以文采見也。渭熊從書帙中檢得十餘首，比於吉光片羽云。

詠鶴

丹頂元裳白羽輕，芝田舊日得仙名。生來雲水原天性，望裏蓬壺是去程。代遠每過千歲壽，露寒常向九皋鳴。不隨衛國乘軒隊，穩〔一〕卧松巔夢太清。

【校記】

〔一〕穩：《國朝閨秀正始集》作「隱」。

馮嫺十一首

字又令，浙江錢塘縣人，同安宰馮仲虞女也。適諸生錢照五廷枚。工繪事。著有《和鳴集》、《湘靈集》。

沈心友《和鳴集序》：吾友錢子照五，先達仙巢公之子，仲虞馮先生之賢倩也。幼隨母太夫人遊西溪，偶過馮先生山莊，先生與其夫人一見奇之。已而侍仙巢公宦遊閩、豫，仙巢公每以擇配為念，照五喟然曰：「苟不得佳偶，無寧遲之。」歲辛卯，復侍仙巢公於餘干，時餘干兵燹之後，凋殘殊甚，風塵飄泊，不遑求偶。至戊戌春，太夫人聞同里有馮氏女諱嫺字又令者，才德咸備，閨秀中無與為比，竊喜甚，即托冰人往求。馮先生暨夫人喜相謂曰：「所云錢郎，非即向垂髫時玉骨珊珊來遊吾山莊者耶？非即前己丑余振鐸清源又見於司馬署中者耶？吾兩人心屬久矣。」遂以又令歸之。又令生長西溪，鍾山川之秀，弱齡即聰雋異人，讀書過目成誦，下筆文如夙搆。照五卓犖不羣，目空一世，未嘗屑屑計細務，又令佐理家政，纖鉅畢舉，每事盡善。照五又有次公之癖，酒酣耳熱，時為不平之鳴，又令從旁慰解，無不冰釋。而且奇文相賞，疑義共析，以此為樂，歷有歲時。且太夫人春秋高，兩人朝夕不離膝前，以故定省之餘，唱和不覺盈帙。友自秣陵歸，偶出新稿示余，讀之不忍釋手，因慫恿照五並搜藏篋，彙付梓人。集成，謂錢子曰：『子之集名和鳴者，豈非有取於《周頌》肅雍和鳴之旨，謂其唱余和汝、同聲相應也耶？乃余則更有以知錢氏之後必大也。昔懿氏卜婚陳敬仲，其繇曰：鳳凰于飛，和鳴鏘鏘，八世之後，莫之與京。夫敬仲，有嬀之後也。帝舜在位，澤及百年，功烈垂於萬世，宜其有國歷三代之久。迄周之季，又大顯於齊。』今照五實吴越國王之裔孫，昔王奄有吴越，保境息民，訖五代，百有餘年，使民不被兵戈，其功偉矣，其澤長矣！後世雖不能如三代之制，求神明之後而封之，以備二恪。然歷代賓興，錢氏之後常與其選，洊歷顯秩，迄於今未艾。天若嘿相之，無以異於嬀氏子孫長有其國也。兹照五之得配又令，是亦懿氏之婚敬仲也；《和鳴》一集，是亦鳳凰于飛之兆也。天將興之，其在斯乎？且錢先大夫舉制科，典大郡，名垂史册。前徽未遠，錢子行世，其美不於其身，必於其子孫，吾亦於斯集卜之也已。爰次其梗槩，而遠引嬀氏以為之券。

林以寧《和鳴集跋》：余少也讀書，苦無所資，獨與伯嫂顧重楣稱筆硯友。不知海内名媛詩學稱最者幾人，人幾集，集幾卷，而其人之遠近、里閈之比鄰，更不遑計也。每與嫂氏言及，嫂思徧識時媛，余則以述古未遑，詞壇載書，且以俟之異日耳。歲甲寅，嫂得疾以卒，兄寅三思成其志，始命余為小啟，請海内同人為哀挽以吊焉，遂以余名達於閨媛大家。其耳余名而謬稱許，許最先者，則又令馮夫人也。一日，兄持夫人挽章來示余，觀其姓氏，善其文辭，因備考其世譜，蓋余夫子同宗嬸也。夫人第宅，去余不數里，又忝戚誼之末，而詩文翰墨，嚮余不一覯焉。四海之大，才人之眾，又安望一一能耳目之耶？遂因詩啟以得見於夫人。夫人忘其卑幼，而引與交，月必數會，會必拈韻分題，吟詠至夕。且又各推其姻婭，若柴季嫺、李端明、錢雲儀、顧啟姬，人訂金蘭，家饒雪絮，聯吟卷帙，日益月增。所恨吾嫂仙遊，不獲躬逢其盛，可為永歎。丁巳之夏，夫人彙其全稿，題曰《和鳴集》，將以授梓，問序於余。余不文，何能序？且何敢序夫人？獨是同心之雅，私切嚮慕，而不敢擬之於何人，必之於何日，乃一旦遘之於戚里間，載酒問奇，又得諸同志以為之助，不甚愉快矣哉！夫以先嫂畢生願見之誠，且又才足相當，而卒不得伸其志，默默以死；而余以樗櫟之才，夫人不棄而睨之，故述其幸覯之難，書以貽讀之人。若夫詩學之華茂，才致之淵宏，海內諸大家固已拭目久之，定評具在，非游夏之所能贊也。

《小粉場雜識》：閨媛馮又令詩，清新雋永，風調如邃谷春蘭，其《和外雨阻探梅》詩有『惜花每每因花惱，不忍梅花共春老』之句，幽雅令人可誦。

關山月

關山月，月如弦，離人對此愁不眠。關山月，月色清，此時相望〔一〕倍含情。月黯黯兮心亦苦，月溶溶兮淚如雨。明月不關人，幽懷自難撫。君不見故園月影高，啣杯讌賞醉清宵。新歌妙舞興偏豪，每虞風雨來相撓。云何對月情轉切，終夜徘徊心似結。蟾光遠近應相同，不忍邊城看圓缺。

玉階怨

夕殿沉沉夜，偏懸明月光。君恩何處空惆悵，隱隱星河漏正長。清露凝兮玉階靜，秋風吹遍羅衣冷。寂寞長門思悄然，含情獨對冰簾影。

和夫子九日擬登吳山因雨不果原韻

重九宜晴雨聲密，相望窻前秋瑟瑟。未過小圃訪黃花，恐負花期被花責。芳辰寂寂〔二〕遣情難，倦插茱萸感百端。身世浮萍空碌碌，何如秦女蚤乘鸞。憐予〔三〕夙懷林下志，幼對溪山願差遂。年來四壁聊可棲，悠然三徑有餘致。瀟瀟風雨静中聽，竹影松枝簾外青。興到豈知塵内事，煙雲間潑墨無停。

端陽偶吟

令節日方長，湖濱畫鷁揚。雨餘葵似錦，風細艾浮香。綴彩娱清晝，敲詩悼楚湘。漫言千古事，且共泛蒲觴。

吴山遠眺

為訪金仙跡，吴峯一暫停。遠潮同練白，疊巘共眸青。未許攜遊屐，聊為駕彩軿。登臨無限意，何以問山靈。

邀雲儀不至既而惠然誌喜

悵望青鸞杳，人從北郭求。情隨殘菊冷，意逐斷雲流。忽報軒車至，俄聞環珮悠。兹辰重把袂，作賦擬登樓。

和夫子述懷

李廣當年亦未侯，書生何必苦悲秋。舌存可竊〔四〕咸陽柄，志遠曾歸石室囚。滿目雲霞俱是幻，半庭松竹儘堪收。同君翰墨閑消遣，已覺身居百尺樓。

和落葉詩原韻

秋林蕭瑟近寒塘，樹樹飄殘葉上霜。幾陣因風驚蛺蝶，數聲和雨醒鴛鴦。閑堦競落依蛩響，遠渚輕飛雜雁行。最愛深宮流錦字，不教紅粉怨昭陽。

題美人擁被抱琴圖

為怯堦除風露侵，蘭房獨坐擁寒衾。流蘇帳捲燈微逗，小篆香浮夜漸深。漫卸翠翹依玉軫，閑將素袖伴瑶琴。高山流水情無限，彷彿泠泠指上尋。

和中秋夕韻

相對良宵興自綿，飲深無那易為煩。三秋此夕行過半，莫負芙蓉色滿園。冰輪初擁出雲間，香霧朦朧樹影斑。相去廣寒疑咫尺，何難人世有蓬山。

【校記】

〔一〕相望：《國朝閨閣詩鈔》作『相對』。

〔二〕寂寂：《國朝閨閣詩鈔》作『寂寞』。

〔三〕予：《國朝閨秀正始集》作『余』。
〔四〕可竊：《國朝閨閣詩鈔》作『待執』。

丁報珠一首

福建人，丁煒之女也。

越中寄父

遥望白雲飛欲廻，親幃長隔薊門隈。憑闌鄉國知何處，寂寞庭前花又開。

《問山堂集》：丁煒雁水有女，名報珠，能詩。《越中寄父》云云。未嫁而卒，雁水哭以詩云：『女美生前白傅詩，清心麗質比幽花。鳳凰未駕釵先折，寥落簫聲隔綵霞。』葉井叔謂其『情至之語，不堪多讀』。

吴吴五首

江蘇江都縣人，吴菌次太守之女，舉人江辰六配。所著有《香臺集》。

村居

凉風吹白雲，野色獨空闊。日夕掩柴關，新蟾吐林末。

曝書

黄梅初歇雨晴時，葉葉芸編趁日移。却笑金閨非七夕，貧來强學郝家兒。

喜得家宜人書

望盡停雲不見家，忽傳錦鯉到窻紗。開緘瞥見平安字，不負蘭釭一夜花。

春曉

乳燕一聲春曉天，碧窻如水緑含煙。侍兒卷幔催粧早，無數飛花到鏡前。

寄夫壻

柳絮輕盈拍翠鈿，春風憶別百花前。近來金剪渾閑却，為報山陰有誤年。

張德蕙 三首

字楚纕，浙江山陰縣人。鼎元文恭公元忭孫女，適祁忠敏公長子奕慶。

送別黄皆令

一曲驪駒送酒巵，離亭斜日影遲遲。王孫芳草歸途見，驛使梅花去後悲。秦望雲深遮客棹，吴江楓冷繫人思。遥知月照孤帆處，正是風吹懸榻時。

懷湘君

晴煙裊裊正清明，不耐韶光〔一〕滿院生。風送謝樓雙燕舞，月含〔二〕梁苑百花輕。閨中少婦春機嬾〔三〕，陌上王孫芳草平。宜有〔四〕黄鶯歌伐木，無人解是斷腸聲。

贈湘君

蘭房獨起遲，無語對羅幃。此意無人解，深閨未嫁時。

【校記】

〔一〕韶光：商景蘭《錦囊集》（道光十五年《祁忠惠公遺集》附刻本，下同）附詩、《名媛詩緯初編》作『春光』。

〔二〕含：《名媛詩緯初編》作『令』。

〔三〕春機嬾：《錦囊集》附詩作『杼機懶』，《名媛詩緯初編》作『機杼懶』。

〔四〕宜有：《錦囊集》附詩、《名媛詩緯初編》作『空有』。

祁德淵 一首〔一〕

字弢英，浙江山陰縣人，祁忠敏公之長女也。適餘姚姜廷梧。著有《静好集》。

【輯補】

毛奇齡《西河文集》（康熙刻本）載《祁夫人易服記》：姜桐音先生以疾死，其配祁夫人服三年喪畢，不易服。先是，先生易簀時，其諸子環列，先生指謂夫人曰：『以累子。』以故諸子無長少皆夫人教之。至是諸子請易服，不許；家人請于祠，不許。少京兆定庵先生，其猶子行也，拜于庭，為陳大義，謂非先王法，且先人亦莫之行。反覆論説，終不許。會鼎革既久，郡之以世家保家門者，日隆隆起，而先生席列卿後，獨家食不出。于是諸子有乞試者，屬京兆君為之請，而夫人許之。康熙辛酉，次君貢于鄉；及癸酉，長君登賢書。方是時，距先生之死已一十六年。榜帖至，家人仍有以易服請者，邀予至其家，語之夫人。夫人怫然曰：『謂此區區者，遂足以易吾心乎？』而予曰：『不然。方予之與先生交也，約四十年矣。始為患難遊，既而以文章為伯仲，又既而音容閒絶，莽莽若隔世。而夫人非他，巡撫蘇松殉難贈太傅謚忠敏公之長女也。予少至東書堂，時夫人從母商夫人學詩，而以予通家子，每出諸閨中詩，屬予點定，以故每讀夫人詩，而為之賞之。其後與先生倡和，更名《静好集》者是也。今商夫人已即世，東書堂已毀，當時所點定詩已俱散失，《静好集》已殉棺去。即夫人所授四子書及經義，諸子售後已厭晦，將抵之牀下。天下亦何事不從遷變？高門華屋改為蓬茅，滄海之波移而為塊壤，而祇此絲蒯之縷縷，而不之易。且未聞易服而即可以易心者也：世可易，心不可易也。』夫人乃忻然税服而曰：『可易矣。』遂詮次其語，而屬為之記。雖然，《離騷》云：『進不入以罹尤兮，退將復修吾初服。』夫進不罹尤，退不修服，君子之過也。初服安在？吾作《易服記》，而重為思之。

送别黄皆令

西風江上雁初鳴，木〔二〕落寒塘一棹輕。遶徑黄花歸故里，滿隄紅葉送秋聲。片帆南浦離愁結，古道河梁别思生。此去長途霜露肅，何時雙鯉到〔三〕柴荊？

【校記】

〔一〕祁德淵前原收龐畹《瑣窻雜事》七絶二首（『夫壻長貧老歲華』和『春雨春寒過落梅』），其小傳云：『字小宛，江蘇吴江縣人。適詩人吴鏘。』與卷三十六所收龐蕙纕實爲一人。二詩與龐蕙纕名下《香匳瑣事詩》略同，不重録，唯第二首『供得』二字與龐蕙纕名下詩『借得』有别，附注於此。其後所附《國朝詩别裁集》小傳數語亦移入卷三十六。

〔二〕木：商景蘭《錦囊集》（道光十五年《祁忠惠公遺集》附刻本，下同）附詩、《名媛詩緯初編》、《國朝閨秀詩柳絮集》作『水』。

〔三〕到：《錦囊集》附詩作『報』。

祁德瓊六首

字修嫣，祁忠敏公之次女也。適同邑王鄂〔一〕叔。

【輯補】

祁德瓊《未焚集》（道光十五年《祁忠惠公遺集》附刻本）載其母商景蘭序：吾女德瓊之長逝也，蓋十有二年矣。

生平吟詠，十不存一二，每一念及，輒為惘然。今春吾壻鄂叔集其遺詩，得六十六首，將付棗梨，因持示予，並請余序。予撫卷歎息，摘其警句，令諸女孫向月下朗吟，覺昔時詠絮頌椒風度恍在目前，不禁涕淚交墮。夫自先忠敏棄世以來，恃子若女相依膝下，或對雪聯吟，或看花索句，聊藉風雅，以卒桑榆。今幼子見背，弱女云亡，即香奩麗句，亦僅存片羽，予復何心，能無悲悼？且吾女自幼工詩，每得句，即為先忠敏所稱賞。今既從先忠敏遊地下，想夜臺中定多佳什，而未亡人尚延視息，勿獲相從，是益增吾痛也。年老多病，言不能文，漫書數言以誌哀感云爾。甲寅二月朔眉生氏題。

送別黃皆令

萬山寒秋月，一葦寒秋波。美人理遠棹，秋色低星河〔二〕。送君青雀舫，贈君金叵羅。別路不辭遠，別酒不辭多。良晨惜分袂，分袂當奈何。雖有千金裝，何如五噫歌。

明月

明月當空照，長河萬里秋。井梧千葉盡，籬菊一樽幽。雁度雲間影，猿啼嶺上愁。蕭蕭玉珮冷，對景怯登樓。

寓山看梅

樓敞雲陰薄，傷心花外來。風和新柳出，雪盡老梅開。香氣迎粧粉，春光照徑苔。貪看千片玉，日暮尚徘徊。

和皆令遊密園

朔氣晴開萬户煙，寒林〔三〕落日點紅泉。十年往事〔四〕悲星散，千里交情喜月圓。松徑〔五〕猶能邀令客，桃源應信〔六〕有羣仙。搴芳踏盡池塘路，泥印蓮花步步妍〔七〕。

夜坐

坐久明燈亂，寒風入綵幃。闌干七十二，何處笛聲飛？

採菱和黃皆令

採菱歌逐緑雲〔八〕飛，畫舫輕隨暮色歸。楓葉兩堤摇碧水，湖光一帶入羅衣。

【校記】

〔一〕鄂：原作『鍔』，據商景蘭《未焚集序》改。

〔二〕星河：祁德瓊《未焚集》、《國朝閨秀詩柳絮集》作『銀河』。

〔三〕寒林：《名媛詩緯初編》作『寒雲』。

〔四〕往事：《未焚集》、《名媛詩緯初編》、《國朝閨秀詩柳絮集》作『亂事』。

〔五〕松徑：《名媛詩緯初編》作『梁苑』。

〔六〕應信：《名媛詩緯初編》作『佳信』。

〔七〕姸：《名媛詩緯初編》作『鮮』。

〔八〕緑雲：《未焚集》作『綵雲』。

祁德茝 七首

字湘君，祁彪佳之季女也。適沈萃祉。著有《寄雲草》。

【輯補】

商景蘭《錦囊集》（道光十五年《祁忠惠公遺集》附刻本）附祁德茝詩前杜春生按語：春生按，忠惠公凡四女，自弢英、湘君外，次女適同邑朱子升堯日，為襄毅公燮元孫婦；三女修嫣適同里王鄂叔穀韋，著有《未焚集》。余屬沈霞西訪得其稿，並刊於後。近見桐城姚鼐《惜抱軒文續集》有《黄徵君調鼎傳》，稱調鼎洛陽人，姊為明福王世子由崧妻，早殁。世子南京稱帝，立蘇州巡撫祁彪佳女為后，而以彪佳少女妻調鼎。大兵渡江，調鼎匿山陰，依祁氏不出。順治八年，有薦其賢者，至京師，力請得已，乃歸洛云。調鼎元孫為言如此。余考祁氏家乘，調鼎妻乃忠惠再從兄應龍字修麟者孫女，其父名貞明，兩世皆庠生，有女二綬、三綬，俱以福王選婚赴南京。國變撤選，二綬適左軍都督府右都督封保安伯黄調鼎，三綬為錢謙益陷入敬謹王府。吴梅邨《聽女道士卞玉京彈琴歌》有云：『依稀記得祁與阮，同時亦中三宫選，可憐俱未識君王，軍府抄名被驅遣。』蓋紀其事也。然則黄氏子孫徒知祖妣為山陰祁氏女，而以忠惠名顯，因致傅會，且偽選婚為立后爾。附識以訂其誤。

古意

憶昔與君别，楊柳絲堪結。芳草積如煙，飛花亂成雪。數載客京華，念君遠别家。欲知遥塞雪，但看故園花。芳時處幽獨，蜘蛛網金屋。細雨昨夜零，春苔上階緑。對鏡厭孤鸞，淩雲怨黄鵠。憔悴玉臺人，腸斷珠簾曲。為憹須憶故，為衣莫道新。願持江國月，流照蘇門春。

題錢舜舉鴛鴦

柳絲織煙金縷細，緑波宛轉通春意。錦塘一曲静沉沉，下有鴛鴦七十二。交頸雙栖睡起遲，煙輕沙煖艷陽時。誰教錢選生香筆，畫出多情崔珏詩。

鷄冠花

肯把秋容讓菊花，滿堺絳幘鬬繁華。窻前談罷瀟瀟雨，坊外呼來片片霞。禁苑曉籌無復報，後庭玉樹亦堪嗟。玉樹後庭花，即壽星鷄冠。且教點染東籬脚，不隸朱家與祝家。

秋月

高樓今夜望，惟有桂飄香。秋月臨窻迴，羅衣出閣長。雁鳧雲外度，楊柳影中涼。玉砌蛩吟處，寒宵意獨傷。

送别黄皆令

畫閣聯吟恰一年，此時分袂兩淒然。雲間歸雁路何處，林裏〔一〕飛花香可憐。遠客青山皆别思，仙舟明月已無緣。懷君日後添離夢，寂寞荒村度晚煙。

憶益姐

拈來閣上黄金線，倚遍亭前白玉欄。徒憶空園懸畫板，春風一夜杏花殘。

憶修嫣姊

暮捲珠簾望碧山，山邊孤鳥自飛還。如何百里中秋月，遠近隨人照影閑〔二〕。

【校記】

〔一〕裏：商景蘭《錦囊集》（道光十五年《祁忠惠公遺集》附刻本）附詩作『下』。

〔二〕此詩《名媛詩緯初編》作『莫捲珠簾對碧山，山邊孤鳥自飛還。如何百里相思路，唯有隨人月影閑』。

程淑 一首

江蘇丹陽縣人。詩見鄧漢儀《詩觀二集》。

題吴蕊僊畫

青山青如眉，秀色如可掇。煙靄出其中，林意與之活。

孔廣芬三首

字暎左，浙江桐鄉縣人。適西寧觀察常熟縣景如柏。著有《叢桂軒詩稿》。

水中雁字

長空誰把筆如椽，書破湘江夕照煙。半幅鮫綃留鳥篆，數行神墨〔一〕展魚箋。勢工三折斜投岸，影落雙鈎倒赴淵。獨檢南華秋水外，翔鸞翥鳳試新編。

美人風箏

飛去仙乎自在身，御風隔斷綺羅塵。輕於嬌鳳辭秦闕，翩若驚鴻過洛津。半面每憑霞作暈，雙眉應借月為顰。日邊紅杏如相倚，管領東君第一春。

落梅

翠羽驚廻午夢殘，翻飛玉片點春寒。枝頭縱著青青葉，説向詩人意已闌。

【校記】

〔一〕神墨：《國朝閨秀正始續集》作『螺墨』。

鄧氏句

福建閩縣人。

句

啼鳥落花春已暮，孤燈殘漏夜偏長。

垂簾阻歸燕，開户入飛花。

《古檀詩話》：閨閣倡酬，人生樂事。錢塘顧啟姬者，鄂幼輿室也，有『花憐昨夜雨，茶憶故山泉』句。一日，幼輿遠道訪宋牧仲，宋贈詩曰：『閨中有高詠，茶憶故山泉。』似此驚人句，難為贈婦篇。畫眉君暫輟，下榻我相延。賦就滕王閣，靈風促轉船。』因憶閩縣鄧氏、山陰女子薛小英，皆所適非偶。鄧句云云，又云云。小英《無題》云：『昨夜懷人緑瑣窻，燈枝如粟吐銀釭。風聲入樹驚棲鵲，月影移花閃睡厖。撫枕應知腸斷九，窺簾猶憶目成雙。玉奴不省當年約，枉乞春絲繡佛幢。』何有才無命！

褚静貞五首

號繡餘，浙江嘉興縣人。適桐鄉儒士沈灝。

秦溪舟次

一棹入秦川，風來帆影懸。遊蜂喧菜隴，戴勝降桑田。日暖野花馥，春遲碧草鮮。微吟聊遣興，莫負艷陽天。

野眺

老樹連村緑，閑來野興長。雨餘方碓岸，蠶出競求桑。酒旆花間插，漁舟柳下藏。風光無限好，收拾小奚囊。

白荼蘼次韻

百卉叢中品最珍，修莖密葉朵如銀。梨花落後仍飛雪，玉蕊開殘獨殿春。點點檀心含永日，盈盈粉面伴佳人。莫嫌縞素無華飾，一種清芬自絶倫。

檇李懷古

幾度春光幾度秋，不堪憑吊獨凝眸。城圍萬井樓臺滿，水浸千村日夜浮。古寺有僧祠范蠡，芳洲無鶴放裴休。嘉禾墩好知何在，唯見荒煙繞陌頭。

建蘭花

秋來瀟灑滿庭香，玉骨冰肌淡雅妝。瑣影姍姍迎素月，夜深含露浄琴張。

蔣氏 一首

安徽和州人。

過昭關

潰楚復親仇，當年氣吐不？英雄知父子，臣道失春秋。山自無今古，祠誰定去留？不知經此者，又白幾人頭？

《水曹清暇録》：和州有蔣氏女，父乃縫皮匠，夫業箍桶，女却通文墨。有《過昭關》詩云云。

李赤虹 八首

字玉文，號夢蕉，江蘇崑山縣人。適徐明府楫。著有《夢蕉詩鈔》。

徐楫《亡妻小傳》：亡妻姓李氏，名赤虹，字玉文，先母姪女行也。先母去世後，會余遭元配胡氏喪，先父欲得母族為重姻，因締婚焉。亡妻少時侍先外舅、先外姑側，聰明敏達，最得父母歡心。先外姑工於詩，有《軒渠集》行世。嘗口授《毛詩》、《孝經》、《大戴記》諸書。亡妻於學習女紅外，即含毫染翰，詩盈几席間。于歸時值余家落，僑寄葑溪，懸壺餬口，亡妻十指拮据，相對晏如，昧旦鷄鳴，時相倡和。迄余遊汴梁，歷汾晉，留滯京華者數載，亡妻黽勉有無，未嘗貽內顧憂。庚辰捧檄涇川，迎養先父之官舍，諸弟及姊姒輩偕來，亡妻調羹視膳之餘，或拈題分韻，或刻燭聯吟，饒有謝庭之樂。後余罣議歸里，卜居城西。先父晚年病足，春秋佳日，扶掖出步庭中，望山光巒翠，輒矢口成吟，余夫婦不時賡和，以承老人意。及先父見背，余家貧，凡附身附棺之具，亡妻典釧鬻衣，冀無後悔。匪莪伊蒿，匪莪伊蔚，瓶罄罍恥之悲，時時相泣於中夜也。亡妻好讀書，善楷法，愛寫生。性故寬厚，能持大體。有豢養奴盜衣物逸去，歲餘困極，踵門悔罪乞憐，家人争以前事為言，亡妻控手戒之曰：『彼窮蹙來歸耳，往事不足較也。』勸余資給而遣之。其生平行事，類如此。迄今去亡妻殁已數載，余懼遺稿散佚，因編輯付梓，而為之序其大略。亡妻生於雍正八年十月初八日，卒於乾隆四十五年七月十二日，得年五十一歲。考約村公，諱博；妣宋太孺人，諱淩雲。生子二：幼寶頩，殤；長寶烜，後亡。妻殁，女一亦殤。嗚呼！追思往事，邈若山河。自顧頭顱皤然已老，筆痕墨瀋之間，亡妻在焉，呼之欲出。余蓋手訂及此，悲淚且數行下也。

李世望《夢蕉詩鈔序》：壬寅十月之望，余治裝入都，撿篋中，得《夢蕉詩鈔》一卷讀之，歎聖朝文治之隆，下逮帷帟，詠江蘋、歌芣苢者，靡不足供太史之所采，而猶以閨秀之近在吾宗為難得也。玉文女弟，名赤虹，端慧嗜學，詞翰、琴弈、繪事，無所不諳。紅餘猶精詩學，清華超逸，能窺歷代諸名家堂奥。適徐公小舟，柔嘉孝順，室無間言，暇則伉儷酬唱，攄寫幽閑。隨宦居家，筆墨嘗不輟。以雍正庚戌生，卒於乾隆庚子。雖年壽未永，而所作粹然，方之班姬、謝女，奚有媿焉？惜脱稿不甚自珍，所存無幾。曩桂門明經嘗評其詩曰：『體度明遠，韻致清和，自是閨房之秀。至於寄託遥深，風采遒上處，時合唐人命脈，不懈而及於古，傳後無疑。』洵知言。其或謂玉文之祖學使公負海内重望，父約曾公亦馳譽藝林，母氏宋太君逸僊，詩登《别裁》，其淵源有自，故詩學易成。余謂非得天獨優，雖學亦未必有濟。夫詩有别腸，如畫如弈，天勝者，人莫與争；矧詩之工而可傳，為綺窻釵釧中所學而不能至者耶？循諷再三，而穆然冷然，恍示我以性情正始，其庶幾温柔敦厚之遺乎？

西齋晚眺

我本澹蕩人，興懷寄山水。飄蓬二十年，養拙欣得此。虚齋絶塵俗，石徑紛蘭芷。修竹弄清影，幽花映素几。青史滿架堆，醁酒盈尊旨。興來理舊琴，剝啄信手指。衡門日掩關，渾忘在城市。寒暖春復秋，荏苒流光駛。獨坐開軒窻，山色浄如洗。繁霜昨夜寒，青楓半成紫。西望夕陽低，長天霞散綺。空山度晚鐘，蒼蒼煙霧起。倦鳥鳴故林，潛鱗泳新沚。時哉隨所遇，用舍同一理。星霜憶曩昔，良人為貧仕。家山不可見，長路隔千里。宦海空茫茫，風波日無已。飄然遠舊鄉，□復返本始。

春遊曲

江南三月景融融，紫陌香飄榆莢風。豪家年少曳羅綺，金銜玉勒桃花驄。揚鞭遥指紅樓笑，何處新粧花窈窕。珠簾高捲坐調筝，嬌癡不識春光好。冶遊恰是雨晴天，柳暗花明春可憐。夭桃灼灼舒紅艷，芳草萋萋籠碧煙。銷魂渡頭新月上，緑蘋香細輕波漾。一串驪珠瀉玉壺，酡顔新醉葡萄釀。薄暮將歸樂未終，遠山斜襯晚霞紅。棹歌聲裏微風起，落日樓臺一望中。

雨後江行

雨後帆初挂，江煙四望收。水兼天共遠，鷗與客同浮。誰弄桓伊笛，遥傳太白樓。歸心渺無際，日暮起新愁。

元夕即事

客路逢元夕，春江白鷺洲。帆檣燈火亂，煙靄水天浮。山斷雲横補，潮回月倒流。扁舟輕似葉，直入畫圖遊。

采石蛾眉亭和夫子韻

蛾眉亭畔大江流，極目風煙散不收。遊宦廿年雙短鬢，還家千里一扁舟。微茫遠近天迴岸，出没參差波泛鷗。惟有青山似螺黛，夕陽閑鎖古今愁。

響山

蒼翠一拳石，中含太古音。山靈愛流水，長奏伯牙琴。

美人怨

晚風庭院落花時，悄立低鬟有所思。樓畔一鈎新月影，可憐猶照合歡枝。

燕子磯

蒼翠嶙峋燕子磯，烏衣王謝昔時非。也知風景江南好，不向天涯到處飛。

卷之二十八

聞人徽音五首

浙江餘姚縣人，太守某公之女孫也。生有異質，耽書史，善吟詠。以所配非偶，憤鬱而卒。著有《樊榭詩選》。

擬孫蕙蘭閨情

鏡裏幽蘭對曉粧，簷前垂柳拂年光。慈親教婢回金剪，嬌妹嗔人坐繡牀。慣使玉釵簪茉莉，潛將羅扇刺鴛鴦。自傾瓮内春泉水，親濯階前石菊香。

中秋

初見蛾眉暎畫梁，又添穴鼻照流黃。纖阿自載清虚殿，夭繞宜承響屧廊。豈料方諸盛淚水，那堪泥甓受瑶光。高山流水無人會，待覓知音寄短章。

夢〔一〕

夢中作夢日悠悠，究竟何常〔二〕有斷頭。槐國既無分晝夜，漆園那復論春秋。半窻月吐三更影，一枕風含萬古愁。不識有誰曾獨醒，揭開宇宙縱雙眸。

黄鸝

緑遍天涯已暮春，晴絲飛絮動芳茵。黄鸝自惜花無伴，長向深閨唤舞人。

楊柳枝

飛絮紛紛御路旁，游絲牽惹落花香。王孫未必無情思，何事依依暗斷腸。

【校記】

〔一〕此詩又系於黄宗羲妻葉氏名下，見本書卷十七。

〔二〕何常：《國朝閨秀正始集》作『何嘗』。

趙璣 一首

廣東海陽縣人。詩見《潮州府志》。

和嫂題壁韻有序

兒與嫂共筆硯者四載矣。癸巳城陷，被擄至此，見壁間詩，知出嫂手。嫂乎嫂乎，兒和在斯，倘嫂一日生還，重過此地，覩兒淚筆，兒死猶生矣！

分明筆仗影依稀，驚陣啼鴉散夕暉。去國竟成千古恨，抱琴應共九泉歸。才高柳絮餘香瀋，命薄桃花卸舞衣。淚眼相逢何日事，一聲鼙鼓各魂飛。

周宗姜一首

字思媚，浙江上虞縣人，周夢尹之女也。

拈花自歎〔一〕

新粧一派奪春風，戲撚花枝自較容。相對不勝嬌欲淚，他時零落總相同。

【校記】

〔一〕此題《名媛詩緯初編》作『鏡中拈花自比』。

盛氏四首

安徽桐城縣人，溧陽潘孝子鐵廬之配也。擇壻有年，洎于歸鐵廬，年已三十八矣。後與鐵廬縱談詩文，斂衽行師弟禮，終身不敢對席。甘貧静好，鄉里稱之。

按，孝子名天成，字錫疇，號鐵廬，溧陽人。年十三遭家難，父母弟妹竄跡他郡，孝子幾斃於仇。得脱即往尋，走且哭，出入萬山叢篠中，艱苦萬狀。越三年，竟得於徽州某縣奉父母及弟妹歸，販負以養。壯從方有懷、梅定九、湯嘿齋諸先生講經濟心性之學，得其奧旨。事載《溧陽縣志·孝友傳》。

贈別有序

辛未之年，時維八月。江風清勁，鴻翔萬里之天；山月明瑩，桂吐三秋之景。余夫子掃墓瀨陽，報親恩於罔極；論文吴會，索知己於名流。此真孝子之深情，才人之壯志。特以胸羅萬卷，囊乏一錢；氣欲淩雲，家徒立壁。既無以生交遊之寵，又不能忘内顧之憂。故欲行且止，將往又留。然而徒步擔簦，纔是通儒之行；短衣提瓮，始成賢媛之名。君誠有鮑宣之高風，妾亦居少君之清操。消魂黯黯，豈敢為兒女之悲；贈別諄諄，乃以助丈夫之氣。爰疏短引，聊當驪歌。雖不必如竇滔妻織錦之辭，實欲效樂羊婦斷機之意云爾。

蘆帆江上雨初晴，帆帶朝霞一片明。含露柳枝從北折，淩風雁陣向南征。遠傳故國書千帙，浄掃先塋酒幾傾。何日扁舟隨瀨渚，蘩蘋采得潔粢盛。

君是江南一偉人，糟糠不棄得相親。志懷古道何妨傲，才過時流豈厭貧。補就寒衣腸寸結，借來村酒飲三巡。莫愁紙閣秋風冷，灰却男兒四海心。

十載蛟臺慣苦辛，為無柔骨俗生嗔。濟人金散反招怨，經世書多轉受貧。志欲衝霄成勁翮，才能破浪惜修鱗。丈夫知己應非偶，切勿輕干顯要津。

淩空秋色到柴荊，捲起蘆簾送遠旌。江上好風千里意，天邊圓月百年情。疎狂世事償書債，冷落生涯借筆耕。莫謂塵埃無別眼，應知處處有逢迎。

孔傳蓮三首

浙江桐鄉縣人，適同郡刑部侍郎馮景夏子錦，即御使馮浩之母，大鴻臚應榴祖母也。累封太恭人。著有《禮佛餘吟》。

寄夫子宜川

斯立只哦松，君今意氣雄。官為七品佐，身落萬山中。羽檄馳荒徼，徵求感大東。莫嫌勞瘁劇，黽勉救疲癃。

示硯兒三十六韻

我從于歸時，到今十二年。賦命嗟不辰，憂患重熬煎。結縭剛數月，爾父趨幽燕。捧檄喜筮仕，乃在西秦邊。古之上郡地，置邑名宜川。峰巒障白日，塵堨遮青天。適當大饑歲，黔首交顛連。丞哉秩固卑，亦乘撫恤權。親身歷村野，觸目生哀憐。生者給脱粟，死者埋重泉。宣勞苦未竣，遽為疫所纏。一病久不除，歸計頻遷延。我心驚以痛，傾橐愁無錢。售我耳畔珠，賣我頭上鈿。急馳遠付與，努力圖南旋。兒生索見父，向我衣裳牽。父住萬山中，聞言雙淚漣。兒幼時問余父在何處，余告以在宜川萬山之中，兒遂泣下。歸程知漸近，兒往迎於船。牀頭賜一榴，拜受欣拳拳。豈知病勢劇，百劑仍難痊。天倫少樂事，咫尺天涯然。我淚久未枯，微軀誠可捐。偷生有所望，靈藥逢神仙。更期汝成立，能使書香傳。當年父未病，求子心精專。中宵默致禱，再拜騰爐煙。嗣續幸未絶，又慮非才賢。有子若無子，爺娘奚賴焉？大父爵既顯，節操廉且堅。豈能厚封殖，豢爾如豚豣。詩書本素業，筆硯為良田。性靈須早濬，歲月殊易遷。懷奇足稱富，式古斯無愆。父兮得令子，或可袪沉綿。承歡一室中，慰我心悁悁。誨言慎勿忘，胸坎當鑱鐫。

虞山閨秀馬荃字江香工畫花木客有以一册與硯兒者戲題一篇

我居中閨下簾幕，不聞庭花開且落。今朝觸眼衆芳呈，光動生綃霞綺錯。寒暄異候競含胎，山水殊鄉同破蕚。横斜鋏幹綴明珠，屈曲虬枝垂寶珞。碧雲波際影亭亭，金粟月中香漠漠。傲霜逸品愛依陶，映日穠粧來自洛。素心幾點伴青君，韻最清幽姿瘦削。其餘野卉紛莫數，生態相當情性各。暖風吹樹午蝶〔一〕飛，涼露侵叢秋蟀躍。畫家好手不可遇，苦心乃出香篘作。從來剪綵色易陳，繡衫每恐輕塵着。何如染筆儼天然，鮮妍長向丹青託。緑窗日詠棐几閑，葉葉花花細商度。崔黄遺法細入神，不比粗工矜約略。我是餐冰茹蘗人，粧臺鉛粉全抛却。嗤他解語漫多情，肯背春陽躭索寞。

【校記】

〔一〕午蝶：《國朝閨秀正始續集》作『春駒』。

江蘭五首

字貞淑，湖北漢陽縣人。副憲江九同之女。適同邑主事張淑珽。著有《倚雲樓詩集》。

張汝瑚《江安人傳》：安人姓江，漢陽人，九江副憲江九同先生之女也。生三歲而譚恭人歿，十歲而副憲公歿〔一〕。《內則》、《列女傳》，皆能口誦心曉。十六歸於張，為紹興太守禹木公季婦，主政方客君令妻〔二〕。方安人之歸也，人謂安人貴介弱息，宜不任為婦之事，而安人獨肅〔三〕以肩之，不以煩二伯姒。劉恭人喜曰：『此真賢婦！』在弟娣間，居弱處後，逡逡如也。處臧獲，無厲色。於是門以內咸稱安人賢。主政君交游徧天下，賓至如歸，安人酒脯菓餡之供，靡不精好。主政君性又好施，宗族里黨有貧乏者，主政君倉出餘粟，囊出餘貲，安人應之無恡。於是門以外咸稱安人賢〔四〕。余又聞安人性不佞佛，然持素甚嚴。尤愛惜物命，非賓祭，不殺牲，羽毛螺蚌，歲鬻百億，縱之以為常。蓋慈祥仁厚，其天性也。於是闔邑遠近，聞與不聞，莫不稱安人賢。嗚呼！人知九同先生有賢子耳，抑知其女亦賢女哉！

蔡震升《江安人墓志》：安人江姓，漢陽人，累世通顯。生三歲而譚夫人歿，十歲而贈光禄公歿。贈光禄公，戊戌進士，歷官九江臬憲，世所稱九同先生也。安人蚤孤，與太常補齋先生、秋部魚依先生兄弟也而父子焉。十六歸於張，為中憲公季婦，主政君令妻。張故望族，主政君翩翩佳公子，一時謂江得賢壻，張得賢婦。中憲公己丑進士，由延長令擢南陽郡丞，繼補邵武郡丞。升先府君丙午舉於鄉，實出中憲公之門。中憲公娶林太君，生主政。林，閩之泉州府東安縣人也，蚤歿。劉恭人手主政以授王太君養。安人之事王太君也，如己母，孝謹特至，而又能委曲承順於劉恭人之前。色笑語言，皆以至性出之，憂喜先之，是以劉恭人輒嘖嘖新婦不置。而安人之心，猶以不得躬事林太君為憾。甲子，劉恭人即世，主政君與安人哭之哀，兩人形影相吊，肅肅若賓主。安人又念堂上翁春秋高，勸夫子毋以過哀傷厥考心。人謂安人幼孤少訓，長歸貴盛之家，喪殯皇遽，或未嫺於禮，而備物中節若是，可不謂賢歟？ 戊辰，武昌兵變，中憲公急避深山，主政君扶以行，又念王太君在室，奈何？ 安人促之曰：『夫子行矣。 老姑我自衛，無遺夫子憂。』安人奉太君入兩山穴，倉皇流離之際，甘旨未嘗缺。 比還家，而百口皆無恙。 嗟乎！ 安人固大孝，即其智，亦非里婦能及矣。 中憲公守紹興，六年歸里，長公鶴湄先生、次公別麓先生，皆綰綬大郡，有名於時。 主政君尚在諸生，中憲公督之嚴，令就業別墅，動輒經年。 凡家政洪纖，悉安人經理，故主政君得以肆力藝苑，詩歌、古文辭往往為學士大夫所推許。 而學士大夫過其家，則酒肴豐潔，咄嗟立辦。 人之譽主政君者，謂是家學淵源宜爾，而雞鳴警旦之時，其為助豈淺鮮哉？ 辛未中憲公捐館，太守、郡丞俱遠宦滇、粵，主政君隻身在疚，哀慟殯殮如禮，四方吊客盈門，百凡周詳，咸安人佐之，無異於喪恭人時。 比服闋，乃趣主政君束裝入都，以無廢先人遺命。 主爵者奇主政才，初試即得部曹，遂需次選人矣。 主政歸一年而安人病，越二載而安人卒，丙子年十二月十一日也。 距生於丁未年十一月初八日，凡二十九歲。 主政君私謚曰『貞淑』，蓋以安人生平知書曉大義，事姑孝，相夫子莊，處眾和，誠無愧於古之賢媛哲婦，而獨不足於壽，此主政君所以憑帷心痛而不能自已者也。 主政君諱叔珽，有《悼亡詩》六百四十言，見《絜嘯集》〔五〕。

張叔珽《倚雲樓集序》： 噫嘻！ 此余元配氏〔六〕《倚云樓集》也。 余不見元配者七年矣，今覩其集，能不泣下沾襟耶？ 憶是集之貽余於風塵奔走，未嘗貯載行笥中； 即或家居，往往瞻顧粧臺，為之淚落，寧忍披閱手蹟，以增悲感乎？ 甲申秋日，兒子坦快手捧是集跪請曰：『兒母口授《臨江仙》一闋〔七〕，彼時亦不知所云。 迨母亡後，細味其旨，蓋憶大人作也。 每一誦之，不覺淚涔涔下。 日來承命檢閱羣書，於篋中得是集，捧讀之下，知為兒母生時所作詩古文詞也。 痛哉！ 兒離母之慈顏，栖棬誌痛，矧以墨蹟淋漓，未得一為表彰。 兒罪殊難逭，敢求大人序以行之。』余曰：『唯唯否否。 余豈不念爾母之遺是集耶？ 蓋余之意，即爾母之意也。 紡織而主中饋，婦人之道則然。 拈弄筆墨，豈閨門事哉？ 況爾母生平行誼，詳余《悼亡詩》，爾宗伯父夏鍾翁有《傳》，爾世兄蔡怡〔八〕有《銘》，宇內名公誄辭詩章，幾至盈尺，即一二德媺，亦足以傳當時而流後世，烏用是雕蟲小技為也？』兒涕泗被面，跪而弗起。余因是悽然淚，黯然感於懷也，曰：『兒起。吾為爾成其志。兒試思太上立德，其次立功，其次立言，言亦豈易已〔九〕哉？況婦人而識字塗鴉，亦足洗鉛華之陋，乃能纘柳絮之遺風，步織錦之芳軌，豈不稱巾幗中女士也哉！則〔一〇〕付之剞劂，亦於義無悖也。』爰是灑淚濡毫，刪繁就簡，去其風雲月露，惟存有關壼範之旨，閱五晝夜而卒業。因詔兒子曰：『爾母心血，為我刪訂已定矣。獨是士有百行，以孝為先，孝莫大於顯親。爾祖箕裘，爾父蹉跎歲月，未遂顯揚。今爾亟亟〔一一〕母集是請，豈遂足以云孝哉？務必善體父志，手摩黃卷，足附青雲，使他日綸綍有錫，焚黃有典，學問事業，加人一等，則爾母之所為不朽者更有在，豈徒立言也哉？若夫雕蟲小技，災及梨棗，不特非爾母之志，並非爾父之志也。爾小子識之，爾小子勉之。』

【輯補】

江蘭《倚雲樓集》（康熙刻本）江蘩序：考諸古禮，男子生而懸弧束矢，女子生而設帨裼衣，則是繡刺酒漿與文章經濟不相兼也。然風詩起于房中，先王採之，聖人不盡刪焉。歷代列女之傳，名媛之集，或以德顯，或以節著，或以才稱，其詩古文辭炳爍閨閣，雖學士大夫常遜為不及，非其靈心慧性，誠有符乎坤貞者耶？余三妹貞淑，秉質幽閑，賦性靈敏，自識方名時，先嚴君即令之誦習《曲禮》、《內則》，漸涉獵經史詩賦，輒解大旨。逮長而歸世誼張子方客，方客固吾邑中名家才士也，弱冠著述甚富，吾妹相之，而伉儷克諧，內外肅穆，妹丈益得肆其力於藝苑，至譽蜚鄉國，賦重兩京，不為無助焉。自余與二弟魚依馳驅輦下，不見吾妹者幾二十年矣，每于家書中接其手札，惟勉以勤勞報國，絕不涉乎家事。余嘗笑謂諸弟曰：『使三妹為鬚眉男子，必能黼黻皇猷，吾輩反當受巾幗之贈矣。』不意天奪之算，未獲遐享，余又匏繫一官，雖欲為之煑藥燎鬚，亦不可得。追憶之，殊自痛也。今長甥坦快於梧棬抱慟之餘，搜其倚雲樓詩文，彙為若干帙，較輯手録，將授梓人，適余自都門歸，因請序于余。嗟乎！人琹俱逝，昔人所悲，披覽之下，涕泗交橫，讀之不忍終卷，尚能作序乎！且吾妹素嫻三禮，内言不出，偶拈筆墨，只以自怡，刊之棗梨，恐非其志也。繼而思之，自古女士雖不乏人，然鍾郝冠裳，未聞調羹有句；顔謝風流，惟傳詠雪一辭。□中古意，但覺兒女情長；錦上迴文，何遽兩賢相厄也。況哀笳寫怨，惟記流離，荻灰畫字，寧諳帖括，求其有合于三百篇之義者，更不少槩見。今觀集中所作，其有為承歡舅姑者，則《白華》、《南陔》之句也；為琴瑟唱和者，則雞鳴昧旦之規也；為□□酬詠者，則《葛覃》、《樛木》之遺也。兩山之記，造次不忘孝思；祈壽之疏，誠敬可格神明。課子之作，鍼砭殆過熊丸。若夫集古如出己手，填詞協乎宮商，猶其餘事耳。是集成，謂之吾兩家閫訓也可，即以為香奩鼓吹也亦可，豈同掇藻摛芳，徒矜艷麗于閨閣者哉！至所附徐瑶草諸咏，固見吾妹逮下之悳，而風華婉秀，埽去脂粉，其亦賢女也。乃竟後先繼逝，致吾妹丈鸞膠莫續，以鰥自矢，又不禁于序末三致慨云。康熙四十八年歲次己丑桂月廿又二日，愚兄虁書于退密齋中。

同集載紀瓊序：余幼居漢上，先慈之姨母兄弟文學胡公澹夫舅氏，常以余母德性端莊，令愛女大家從習閫儀。大家聰慧，即嫻禮教，有賢聲，歸江門，今都憲公之元配胡夫人也。夫人歸寧時常為余輩道江氏諸姑伯姊，皆幽閑温惠，知詩禮；其間年最少，性最敏，冰心玉暎者，尤稱貞淑姑云。嗣是胡夫人從宦京師，余亦從夫子遠宦南北。貞淑姑歸張公子主政君，伉儷甚諧，才思並美，閨房中唱和，出入於騷壇樂府，後復得徐氏姨瑶草為副箎，而唱和益廣，此《倚雲樓集》之所由成也。余愚陋無知，幸從先慈授女史，略知文義，然未敢言詩也。讀《倚雲樓集》，雖未能窺其堂奥，而心竊向往之，以為余輩閨閣中有才若此，是亦謝庭道韞、張氏玄妹復見也，能無欣慕焉？貞淑早有子，穎悟過人，長膺歲薦，有文名。女二。長適鄭侍讀之少子，余次女亦為鄭仲子婦，妯娌諧和。次女歸吾家孝廉文度君之季子，為吾陳氏賢婦。余與貞淑素忝瓜葛，而今復有兼葭之倚焉。謂自茲以往，誦其詩、親其懿範者有日矣，豈意其遽謝塵囂，遂赴瑶池之召耶！婦之有才而不壽，如男子中所稱終賈者然，此槀砧所以抱奉倩之傷，鞠子所由切皋魚之泣也，亦大可悲悼已。辭世七年後，長君思其慈親不能已，檢其遺藁，從過庭餘，請於嚴君，欲梓之以行世，且手 編索序於余。余受而卒讀之，不禁慨然曰：『貞淑可謂有子已。夫古之為人子者，母没而母之桮棬不能飲焉，以口澤之氣存焉耳。桮棬小物，且有一氣之感，矧珠璣錯落如詩文者乎？宜孝子之思慕不置，而欲以之傳世也。』夫以為貞淑之詩文，篇篇綺繡，不可不傳，況益以孝子之哀思，字字皆血淚也，更烏可不傳乎？讀其詩文者，能勿動罔極之悲也哉？長君諸渭陽公都憲司風紀，餘皆膺民社，主持教化，聞宅相之孝思若是，是亦其所樂從矣。若謂余輩閨閣中人內言不出諸閫，不宜以詩文問世，將《國風》所載，《葛覃》、《卷耳》、《草蟲》、《小星》諸章，類皆婦人女子之歌咏，尼山夫子删《詩》，且存之以訓世，況至今日，名媛嘉集垂諸梨棗者，指不勝屈乎？余固知《倚雲樓集》有不容朽者矣，僭以是為序。同里紀瓊蕴石氏撰。

同集卷二《禽言》詩後跋云：家君曰，此詩計二十七首，成于戊辰之春，劉夫人亟為贊揚，尔母屬予點訂，意欲災梨，余莫之許。先時劉夫人欲以詩問世，其尊夫子詢於予曰：『婦人之詩可刊乎？』予曰：『古之名媛，代不乏人，詩詞歌賦，烺烺在簡冊間，何不可刊？但以余思之，身後可也。當前恐冒內言不出閫之誚。』劉夫人夫婦深然之。詎五月裁兵背拳，余之家囊盡付烏有，寧獨詩集耶？迨重刊《滄□草》，遂以此為卷五，並御製閨怨體詩，用吾名刊箋行世，是亦內言不出之意也。厥後吾集復刊，此詩槩行删去，間有可用者，亦更其名矣。今删訂之下，除入吾集者不選外，止存九首，一以副尔母欲刊之初心，一以謝劉夫人贊揚之美意。刊成，持一冊向劉夫人墳頭化之，俾劉夫人得此，持向尔母一笑，而余『當前』『身後』之言，亦不爽矣。

夫子讀書九峯賦此志勗

吾聞學問道，紡績同其業。積絲以成寸，積寸以成尺。君今下董帷，妾喜安能説。無謂學既優，經史真堪繹。無謂年正少，分陰真堪惜。無謂才華高，斂氣心方愜。高堂有舅姑，無煩君切切。家事雖紛紛〔一二〕，無勞君籌畫。君讀萬卷書，妾織七襄帛。妾盡為婦道，君當令親悦。轉盼秋風迴，丹桂必攀折。嫦娥有俊眼〔一三〕，勿令笑巾幗。勉旃夫子兮，莫憂室人謫。

閨怨 溪西雞齊啼韻中用一二三四五六七八九十百千萬雙兩半丈尺等字

萬仞關山百曲溪，九迴腸斷六橋西。半緘尺牘三秋雁，一鬟千絲五夜雞。七夕兩星人未到，百年雙枕夢難齊。赤繩十丈無由繫，四塞誰憐二八啼。

梅花

芳魂脉脉羡傾城，説似詩家子細評。玉貌朱唇堆雪裏，冰肌秀骨向窻横。羅浮夢醒空惆悵，孤嶼情深自淺清。閨閣堪憐頻點額，廟廊正好藉調羹。水仙幽寄難為弟，瓊樹高標豈是兄。范曄相逢聊以贈，浩然尋閲敢言傖。慈恩獻緑神仙比，郡閣扃紅笑語驚。何事離騷渾忘却，獨教何遜久傳名。

寄劉夫人集唐

樹暵闌干柳拂堤，一封書寄數行啼。休將世路悲塵事，悔别青山憶舊溪。抱膝當窻看夕兔，捲簾愁坐待鳴雞。異花多是非時有，冷句偏宜選竹題。無數蜻蜓齊上下，忘情鷗鳥自高低。紗窻遥想春相憶，故樹荒涼路欲迷。浮世本來多聚散，故人相去隔雲泥。餘生尚在艱難日，却笑莊生物欲齊。

明妃怨

和親出遠塞，回首只長吁。莫怪毛延壽，君王亦太迂。

【校記】

〔一〕此後江蘭《倚雲樓集》（康熙刻本，下同）有『安人既蚤孤，所賴以長育而教訓之者，惟太常補齋先生、秋部魚依先生是賴，蓋兄弟也而父子焉』數句。

〔二〕此後《倚雲樓集》有『張故望族，主政君翩翩公子，一時謂江得佳壻、張得佳婦云』數句。

〔三〕肅：《倚雲樓集》作『有』。

〔四〕此後《倚雲樓集》有『中憲公與恭人晚年有疾，安人晝夜侍湯藥，雖嚴寒酷暑，不少懈。疾革，則焚香虔禱，請以身代。甲子劉恭人即世，安人一哭仆地，氣幾絶，踰時乃甦。相夫子襄事殯殮如禮，三年哀毀如一日。辛未中憲公捐館，太守、司馬二伯氏俱遠宦滇、粵，主政君隻身在疚，哀慟益甚，四方吊客如雨，百凡無失，咸安人拮据，無異于喪恭人時』數句。

〔五〕此後《倚雲樓集》有『子一，諱坦快，歲貢生，未聘。女二：一許字翰林院侍讀鄭公之諶之三子諱都，一許字壬子科經魁現任漢陽縣廣文陳公坦之五子諱丹訓』數句。

〔六〕氏：張叔廷《刱嘯文集》（康熙五十年凝和堂刻本，下同）所載此序作『江氏』。

〔七〕此句《倚雲樓集》作『兒母即世，兒纔十齡，曾記大人留滯金臺，兒母口授《臨江仙》一闋』。

〔八〕蔡怡：《倚雲樓集》、《刱嘯文集》作『蔡怡青』。

〔九〕已：《倚雲樓集》、《紉嘯文集》作『易』。
〔一〇〕則：《紉嘯文集》作『即』。
〔一一〕此處《倚雲樓集》、《紉嘯文集》有『以』字。
〔一二〕紛紛：《國朝閨秀正始集》作『紛紜』。
〔一三〕後：原作『後』，據《國朝閨秀正始集》改。

沈樹榮二首

字素嘉，江蘇吴江縣人。適葉舒穎。著有《希謝稿》。

《小粉場雜識》：沈樹榮，字素嘉，江蘇吴江縣人。沈永禎之女，能詩。又有《調寄滿庭芳·坐月》一詞頗佳，慢録於此。詞云：『宿雨全收，晚涼乍爽，微雲點綴長天。廣寒宫敞，素面露嬋娟。影浸閑庭如水，看浮動，梧竹和煙。相依處，團圞共話，人月恰雙圓。　記闌干十二，桂花叢下，分劈紅箋。許詩成次韻，學步隨肩。一向秋光隔斷，清輝好，兩地空懸。今夜永，參横斗轉，幽賞不成眠。』

關山月

一片關山月，秋來冷似霜。遥憐小兒女，夢不到遼陽。

送别

落葉楓林兩岸秋，曾於南浦動離愁。衹今一片江頭月，不照歸舟照去舟。

章韞 一首

字道菴，浙江錢塘縣人。

題畫菊為姚母壽

最愛黄花艷艷秋，侵霜耐冷傲枝頭。清標此日籬邊植，勁節他年待詔優。

吴静閨 四首

字珮典，江蘇吴江縣人，蔣良女弟也。適汝南周某。

風梅

梅花紛遶户，玉色冷蒼苔。斜影含情墜，低枝帶笑開。落疑殘雪隱，舞促暗香來。不盡相思意，窺人日幾回。

紅葉

簾映丹楓鎖暮樓，新霜點綴在枝頭。三分春色千花鬬，九十秋光一葉收。漢苑昔傳清恨去，吴江今逐冷風流。莫教吹向深閨聽，添得閑宵幾段愁。

南窻夜雨

雲暗松窻夜，殘燈雨碎聲。那堪孤夢醒，滴滴到三更。

題牡丹

窈窕還疑舊洛陽，廣陵一曲舞霓裳。緑衣天子人年少，扶醉宮中姓是楊。

丁瑜 五首

字静嫻，浙江長興縣人。適進士臧眉錫。著有《皆緑軒詩集》。

孫治《丁孺人傳》：丁孺人，名瑜，字静嫺，湖州長興縣人。為臧進士眉錫之妻，父少伯，母鄧媪。孺人性婉淑，有大體。年十六于歸，所以勸臧子力學甚至，當是時，臧子家甚貧。先是，贈公鐵崖與周太孺人念臧子幼，以家産三分之一為異日納采禮，於時少伯公即以為孺人嫁時裝，畢而畀之。孺人告臧子曰：『君家産幾何？與伯子分而獨贏，可乎？』亟白太孺人，焚舊時約，遂均析焉。於乎！晚近世風俗偷薄，自漢祖過丘嫂食聞櫟釜，而李充婦以私財求異居亟斥去。兒婦人所見，類如此矣。乃孺人引義慷慨，即質行君子，何以過焉？居無何，臧子失館餔，貧益甚。孺人出簪珥，資臧子遊學武林，讀書於南山深處，曰：『君第發憤下帷，我自奉養太孺人。君無問焉。』自成婚後七年，丙午舉於鄉，其明年成進士歸。孺人又告曰：『君幸需次，盍杜門奉母？且以閲歷典籍、考求治亂，不尤愈於割挈馬兔東西走耶？』臧子以家居震澤間多伏莽，未能也。其後追悔之。又數年，以部檄當謁選，臧子欲無行。太孺人曰：『爾不務發明先君之學，而以未亡人為戀戀，不知毛生捧檄，何也？』已得魯山令，將奉母之官。太孺人不能，姑歸，相與泣而別。

臧子下車三月〔一〕，訃聞。孺人痛哭伏枕，遂不食。新例邑令離任，交盤紛錯，不能即戴星以行。而孺人雖勺水不進，猶欲强起，先歸治喪。行九十里，至葉縣，遂病殁。嗚呼孺人，其死孝者與？孺人之未往魯山也，父少伯公與母鄧媪死，孺人哭之甚，目惛惛然，至是又死於姑。君子以為難。孺人有一子長源，自孺人在時，即以教之讀古人書，學古人行誼，今年幾弱冠，已為奇士。孺人自少能詩，然與臧子相攸也，止知誦雞鳴、駕鹿車而已。一日，與臧子言及所夢，有五言句二，臧子驚曰：『汝諳四聲乎？』曰：『然。』遂出《皆緑軒集》若干首。其詩原於《國風》、《小雅》，可傳也。孺人死，臧子哀之曰：『余鄙夫潘岳、孫綽之昵於伉儷而見譏名教也，是以世鮮知之者。』余服其閫範有古賢媛風，是以為之傳焉。若其詩，吾友毛先生稚黄則序而評之。

毛先舒《皆緑軒詩序》：自仲尼删《詩》，而十五國之風多有婦人女子之作，其後閨中篇什爛焉矣。然余觀東都士大夫如班、張、崔、蔡之徒林立，有婦人焉可以嗣響班姬者，唯徐淑而已。有明雲間陳、李網羅一代，卓然大雅，然入選者唯楊用脩夫人與高麗女子一二首。嗚呼！又何難也。間者大江南北，閨秀繽紛，動盈卷軸，可謂盛矣。然余於雉城丁夫人之作，輒有觀止之嘆，何也？夫人為吾友臧介子之伉儷，死已五稔，而介子手其遺編，屬余評定。詩皆韶秀，鮮如莖露，澹若秋菊。一首之中，多有佳句，真不妄作者。詞亦灑灑自為合格，不襲周、柳遺吻，固可貴也。吾聞夫人生平雅不欲以詩詞自見，其相夫成進士，奔姑氏之喪，哭泣不食而死，其大節不炳然彤管耶？然則夫人之可傳者，不必於詩詞，而詩詞亦自可傳。豈近今閨閣中所得仿佛耶？後有覽者，以視徐、班何如也？

西泠九日

極目江波闊，天高雁影重。晚煙迷古渡，夙霧鎖秋峯。葉落樟亭滿，溪流竹徑通。愁心寄歸鳥，何處可攜筇。

皆緑軒

寂寂空階静，蕭疎竹影横。挑燈烹苦茗，獨坐聽啼鶯。歲月愁中老，關山夢里縈。東風吹碧樹，腸斷落鴉聲。

盱眙道上

鄉園渺渺隔天涯，旅店參差日影斜。車騎風塵悲作客，蓴鱸興味夢還家。泗河曼衍驚波險，淮水蒼茫濁浪遮。到此不勝頻悵望，江南二月醉鶯花。

西湖秋感

憶别西泠悵遠游，疎煙淡月夢中留。一聲斷雁雲中落，數點輕鷗水上浮。撥草漫尋蘇小墓，挑燈重賦水明樓。東風轉眼年年恨，此日山光已破秋。

家居

木石風花結四鄰，寂寥門巷久無人。昔年燕子今重到，始信交情爾獨真。

【校記】

〔一〕三月：孫治《孫宇台集》（康熙二十三年刻本）卷十六所載此傳作『二月』。

戴嬌鳳一首

江蘇揚州人。

上元和夫子韻

澹月溶溶照碧空，千門燈火一宵中。停杯忽憶當年事〔一〕，最喜年華處處同。

【校記】

〔一〕當年事：《名媛詩緯初編》作『當時事』。

周氏一首

山東臨清州人。

無題

嬾拈簫管譜清歌，斜倚西樓望若何。一自王孫歸去後，夕陽芳草亂煙多。

姚履敬五首

江蘇徐州人，適江寧秀才余其模，貴州平越知縣余璜之母也。有賢聲，鄉黨目為女道學，詩乃其餘事耳。

寄子璜

僰雨蠻煙寄一官，休圖温飽自求安。獨居無愧時加慎，持法宜平略尚寬。封鮓史傳千古美，懸魚人重一身端。宦囊莫計輕如葉，清白吾家素本寒。

擬唐人邊庭四時怨

草滿龍沙緑滿山，故園夜夜望刀鐶。漢家雨露無中外，春色遥應度玉關。
日午中天暑氣多，三軍一似火山過。縱教汗透重重甲，猶唱南薰解愠歌。
邊塞畫角咽秋霜，辛苦經年戍朔方。回想閨中臨别語，只教努力事戎行。
黄雲圍幕雪如拳，敢望生還渡酒泉？聞道九重憐將帥，貂裘昨日賜軍前。

劉氏三首

湖北漢陽縣人，劉臬司廷璣之女，適漢軍張淵度。著有《繡餘詩》、《邃閣哀吟》。

《買桐軒集》：余同堂兄淵度，行四，繼配嫂劉氏，為劉臬司廷璣在園公之愛女。性幽静，博覽羣書，常以班、謝自命。在園公憐之甚，因擇壻過嚴，及笄尚待聘。適淵度先兄有悼亡之感，哀吟百章，頗為時流傳誦。在園公既久知其名，曾目為天下才，及見悼亡什，益重之，乃倩媒議婚。逾期年，而嫂于歸。主中饋，有荊布風，家門之間，無不敬其賢孝。暇時舉案唱酬，為閨閣中詩文友。後四兄分司兩淮，委濬泰州鹽場河，積勞病暑，卒於官。嫂毀痛不欲生，作《邃閣哀吟》數十首，甫三年亦歿。當易簀日，舉手謝諸弟姪曰：『未亡人今可謂張氏完人。』笑言訖而瞑。遺篋著作有《繡餘吟》二卷。

寄兄

無限家園思，啼痕時染衣。雲迷烏斷哺，風急雁分飛。堂上慈顏隔，庭前花萼稀。音書頻寄問，何日澣裳歸？

憶母

明珠朝夕掌中持，一旦于歸定省離。此後惟宜習勤儉，從今寧復敢嬌癡？未諳婦道時懷畏，欲慰親心强忍悲。廿日慢言音信少，夢魂夜夜繞慈帷。

即事

皎皎銀河星影踈，花香風送過庭除。綺窻鐙火慵挑繡，為愛新涼夜讀書。

嚴懷熊一首

字芷菀，浙江餘杭縣人。嚴鑊菴女，適明經吴磊。詩不多見。著有《攬雲樓詞》。

《衆香詞》：嚴懷熊，字芷菀，餘杭人。少司農顥亭公女孫，少司馬鑊菴公女，歸錢塘明經吴磊。有《攬雲樓詞》。

題毛烈婦繡帽

深閨昔日贈羅巾，繡出名花不染塵。篋笥頻開香未絶，至今猶憶墮樓人。

倪瑞四首

字文嘉，福建閩縣人。趙國俊之室。著有詩稿。

偶成

無限春來景，偏撩餘恨人。却憎花得意，獨喜月堪親。

讀書

粧罷閑來〔一〕展卷看，羣書莫比女箴難。窮經博學男兒事，也有昭儀是史官。

春盡

枝頭緑暗已殘春，亂落紅英點翠茵。此際相思無限恨，惟餘雙燕語人親。

夕陽

牆西花影覺潛移，落照微微去不知。又是一朝閑度却，可堪孤坐晚妝時。

【校記】

〔一〕閑來：《名媛詩緯初編》作『無爲』。

朱清華 一首

浙江石門縣人。

夏柳次韻

菁蔥曾掛萬千絲，漫憶蕭條寄遠思。月上蔭招孤棹泊，日斜風送片帆馳。窺來秀眼原超俗，鎖却愁眉也入時。愛煞芙蕖臨鏡發，含嬌相對弄涼姿。

呼祖 二首

字文如，湖北江夏縣人。詩見《過日集》。

《圖繪寶鑑》：呼祖，字文如，江夏人。知詩詞，善琴，能書，工畫蘭，與其姊舉齊名。或謌為胡姓，歸民部郎丘齊雲。著詩名《遥集編》。

聞丘生罷官有寄

有官亦何喜，罷官亦何悲。一官生罷去，是妾嫁君時。

題亭中安石榴

安石根孤託謝庭，合歡枝上日青青。懸知雨露深如許，結子來朝〔一〕是小星。

【校記】

〔一〕來朝：《名媛詩緯初編》作「明朝」。

吴芳華 一首

浙江錢塘縣人，文學康某室也。結縭三月，兵渡錢塘，從夫避地天竺，爲官軍所獲，挾之北去。題詩旅壁有云：

『後之過此者，爲妾歸謝藁砧，當索我於白楊青塚間也。』見者哀之。

逆旅題壁

臙粉香殘可勝愁，淡黄衫子謝風流〔一〕。但期死看江南月，不願生歸塞北秋。掩袂自憐鴛夢冷，登鞍誰惜楚腰柔。曹公縱有千金志，紅葉何年出御溝？

吴蕊仙《和女郎吴芳華題壁詩》：斷瑟分香萬斛愁，雲山漠漠水東流。邊城夜静烽煙隔，故國風生薜荔秋。緑鬢朱顔傷寂歷，白楊青塚寄温柔。于今玉貌知誰賞，衰草迷離隔斷溝。

【校記】

〔一〕以上兩句《兩浙輶軒續録》（光緒十七年浙江書局刻本）作『脂粉香殘未可收，烽煙滿目擁邊愁』。

薛瓊 一首

字素儀，江蘇長洲縣人，山人李崧之繼室也。

寒食

一樣鶯花二月天，餳簫聲裡興蕭然。三旬九食吾家事，不獨今朝是禁煙。

佘思韞二首

字謝庭。里次未悉。

孫貞媛詩

梅花為骨玉為身，倩女離魂詎染塵。芳蜕久埋三尺土，仙蹤猶駕七香輪。燕歸巷失烏衣舊，鶴降詩吟彩管新。藝苑揚芬詩已盡，不勞閨閣證前因。

次韻題明妃圖

深宮畫史恨偏稠，痛惜明妃去國秋。延壽誅來稱快事，膏鋒勝斬月氏頭。

思栢二首

滿洲人。詩見《國朝詩選》。

【輯補】

思栢、淡亭《合存詩鈔》（乾隆三年刻本）載思栢序：余嘗謂詩書不可不讀，禮義不可不知。讀詩書則聰明生，而大道以通；知禮義則性情端，而綱常以正。故敬姜有《逸芳》之訓，曹媛著《女誡》之篇。古有姆教，今亦宜然。余朝夕思維，冀得以方正賢淑之師，以嚴教其六女一子。蓋余之家務重大，人口殷繁，倘或不得其人，必致貽笑於內外，非細事也，以故精擇而慎求之。適有邗江楊母，乃海陵宮氏女也，維揚閥閱，海內名媛。年逾花甲，遠近傳節孝之風；德邁前賢，鄉里式閨闈之範。且其甲第蟬聯，女子秉訓，可謂能讀詩書而深知禮義者矣。遂晉贄恭延，三請方至。既見其人，則出類拔萃，威儀整飭，剛正可觀。左右之侍立者，無不循循然肅而憚之。旦暮相處數年之久，余竊視其學規，愈久而愈嚴，時勤而時切。更取其氣質深而且厚，志節高而且貞，度量寬而且恕，言語正而且和。從容而不迫，樸實而不浮，確然不失其為京室之夫人矣。且夫人之善教善誘，明白顯易，講論清通。未幾諸女之詩書日進，禮義漸明，惜乎年高而不能久留。老大而思故鄉，此亦人情也，誰獨無之？然余之不忍相離者，念夫人之德，出乎世俗之外，超乎羣倫之表。清賢正直，非夫人，孰能當之而不愧乎？是以愛之重之，捨此而無別求矣。所有倡和篇什，因彼此同志，聊以寄懷也云爾，敢曰詩乎？是為序。乾隆三年歲在戊午菊月長白思栢氏識。

奇悲

奇悲裂寸心，筆墨代愁吟。血淚何時盡，黄泉萬里深。

題文殊坐月圖

長此禪心定，忘機夜正清。可憐人世夢，白日是三更。

《小粉場雜志》：滿洲閨秀思栢有《奇悲》、《題文殊坐月圖》二詩頗佳，余已選入《擷芳集》中。頃聞又有《螢火》一聯云：『閑階暝去天流火，團扇招來月帶星。』惜未得見全篇〔一〕。

【校記】

〔一〕據思栢、淡亭《合存詩鈔》（乾隆三年刻本），以上二句出自《秋螢》，全詩爲：『腐草秋深得化形，隨身珠燄夜光青。平池映去天流火，團扇招來月帶星。飛遍涼風偏照耀，溼殘冷露更清熒。隋家有苑今何在，不及書傍數點螢。』

王毓貞三首

字月姝，江蘇揚州人。著有《幽蘭閣集》。

別潤城盟姊

雙帆帶霧忽東兮，載得離愁江水棲。南北地天同此恨，春秋風雨各成題。無書可倩三山雁，有夢頻驚五夜雞。恨不身輕如燕子，飛飛掠過數峰西。

柳

摇曳〔一〕章臺柳萬條，時經離別贈河橋。青青願得常〔二〕持手，收拾〔三〕榴裙繫舞腰。

賦得秋閨月夜

蘆花盡白蓼花紅，無限淒其月夜風。已是愁人聽不得，空階何事響梧桐。

【校記】

〔一〕摇曳：《名媛詩緯初編》作「摇拽」。

〔二〕常：《名媛詩緯初編》作「嘗」。

〔三〕收拾：《名媛詩緯初編》作「又拾」。

姜宜句

字玉峯，江蘇如皋縣人。

句

古木無巢雲作室，深山有伴鶴為童。

剪碎檀心雲片片，拋殘紅線夜叢叢。

楚珮分嬃女，班香續大家。

《如皋縣志》：姜觀察穎新《玉峯遺稿序》：女姪宜，字玉峯，予弟自芸女也。生而端麗清淑。六歲讀《女論語》、《毛詩》，九歲熟楚詞、漢魏六朝三唐詩，遂工吟詠。自芸善琴，宜盡得其學。又延崇川老友湯入林於家，授以墨蘭竹石，有管夫人遺法。後自芸入翰苑，宜家居，與弟恭、壽磨韻拈句無虛日。如《題幼弟文載畫》云云，又《詠秋海棠》云云，又《自題為弟壽畫蘭》云云，其清新密麗，類皆如此。及笄歸錢生標林，甫七年而宜卒。

熊澹仙五首

江蘇如皋縣人。適陳某。

【輯補】

熊璉《澹仙詩鈔》(嘉慶二年茹雪山房刻本)載曹龍樹序:如皋傳為賈大夫射雉地,故書院亦以雉水名。余宰斯邑,招諸生課,以『奇文共欣賞』為詩題,有熊生瑚者,中聯詮奇字佳,余曰:『是可與言詩者。』進而晶之,並詢所師,曰:『姊也。』余曰:『姊可為師,古真有隔紗受業者矣。』然亦未甚奇之也。彌月復課,瑚出詩賦一集曰:『此家璉姊所作。』余展閱之,思幽深而筆秀逸,有唐人音,多感且愁,殆所遇之非偶耶?時皋邑宿儒江葯船、洪修堂輩在座,同起對曰:『熊璉者,字商珍,號澹仙,亦號茹雪山人。其先世居江右南昌,祖正冠遷如皋。父大綱、叔秉綸俱能文章。璉幼慧,好讀書,作詩賦間出奇句,驚長老。長益耽之,古文、制義俱嫻。早許字同里陳遵,遵旋得廢疾。遵父不欲誤璉終身,請毀婚,璉堅不可,卒歸於陳。間歸奉孀母,勤操作,暇輒以詩賦自遣,年頃近四十矣。慕德者賢之,愛才者惜之。今擬以集付梓,乞一序以弁冊端。』余曰:『男女之情,人孰無之。當日使賈大夫不武,其妻將終憎之,況廢疾耶?澹仙以鮑妹之學,守宋女之貞,巾幗中之奇者也。其才奇,其命奇,其志更奇。茲集當作奇文共欣賞觀矣。賞其奇,自哀其奇,惡得不傳其奇?雖女子不必以文詞見長,然憂而不悱,怨而不亂,是以德繩才,奇而仍正矣。實足以風今而愧古,詩賦云乎哉!』為之序,並贈二律:『從來薄命是蛾眉,況有詞華慧業隨。病不廢婚心獨苦,才偏折福數何奇。青鸞鏡愧同栖影,烏鳥情猶得展私。此集無心矜藻采,聊憑風月遣幽思。』『自是瑶池謫降仙,心經默默解參禪。眼空塵外三千界,聰辨琴中二四弦。芳範應傳無朽日,文章足補不全天。人間好合知多少,寂寞身名究可憐。』嘉慶二年歲次丁巳仲春，星湖曹龍樹題。

同集載徐觀政序：　余從事聲韻之學以來，即耳女士熊澹仙名，特未暇徵其著述也。迨余司鹺浙省，浙固名勝區，風雅藪，落落閑曹，公事稍暇，每邀唫侶染翰於煙嵐空翠間，□有以閨秀詩示余，無不酥搓粉摘，香艷宜人。及探其底藴，非出自父師之潤色，即屬藁碪所捉刀，求其獵獵千言，□筆立就者，百不得一。因思造物生才不偶，若文君之歸長卿、徐淑之歸秦嘉，兩美必合，誠不多覯。他若李易安、朱淑貞輩，抱清雋之才，淪落憔悴以終其身者，指不勝屈。迄今讀其集，未嘗不賞其才而悲其遇也。壬子春，余引疾歸里，獲交熊子湛原明經，澹仙固熊君女姪也，因知澹仙之才之遇之難以言罄矣。澹仙幼失怙，所天又染痼疾，無以為家，故半生依母弟居，釵荊裙布，顧影淒然，雖幽憂抑鬱，而霜晨月夕，其吟詠之聲，未嘗不與哀雁□蛩相酬答也。吁！天寒袖薄，補屋牽蘿，佳人之論穵如，豈虚語哉！余家有□峰園及水東邨舍，曹星湖邑侯、黄澹人進士、□學博、秦君玉齋、宋君雲溪與同邑諸名流，清暇每過余聯咏，得一雅題，輒馳牋索澹仙句，往往詩至而羣賢之稾猶盡脱也。其辭旨清麗，水到渠成，非寢食於古人者不辦。今夏星湖先生捐俸，為梓其集，同人亦稍有傾助。集將成，澹仙索余序。余不文，即言之，又何足以為澹仙重？嗟嗟！澹仙之才，若此其富；澹仙之遇，若彼其嗇。近更遭母喪，愁病□縈，澹仙之境益覺其苦，而詩亦自覺其益工矣。以視香閨艷質，邀譽詞壇，其真偽究何如□？孰謂古今人不相及耶？至其詩詞之緣情達性，□為有目者共賞，余特□其生平崖略，以見一斑云。嘉慶丁巳新秋同里淑浦徐觀政序。

同集書尾黄洙跋：　右《澹仙詩賦詞鈔》若干首，大尹曹星湖先生敘而梓之，學博兩先生暨徐君湘浦贊成之。選録付剞劂者，則江君片石、黄君艮男也，而洙亦與於訂正之事。將竣，澹仙之弟瑚來請跋於洙。洙聞澹仙少失怙，事母至孝。弱齡受書，能文章，勝男子。既長，學益進。歸於陳，夫子傷其茟苢，兼以業中落。舅姑既下世，乃嘗歸依其母，晨夕侍養，如未出室。課弟，甘清苦，時時以唫詠自娱。性情曠達，近仙釋之旨，故詩詞多了悟語，然彌見母女相依之樂。

今年母卒，澹仙和淚以血，述母生平，為《哀輓詞》十首，洙嘗讀之而不忍終篇也。嗚呼！是其至性過人遠矣，文章乃其餘事耳。洙懼後之閱斯集者能言其文而忘其操行之篤也，爰質書數語以綴於後。嘉慶二年歲丁巳陽月揚州黄洙識。

瓊案：同集卷四《先姑忌日追慟二首》（其二）云：『煢煢子媳弱難支，雜沓羣囂占一枝。羅網自離緣避惡，螟蛉雖續等無兒。』可見其于歸後生活狀況之一斑。

見蝶

曉露零香粉，春風拂畫衣。輕紈原在手，未忍撲雙飛。

邨女

柔桑枝上聽鳴鳩，曉起提筐過翠疇〔一〕。借問誰家春夢好，半窻紅日未梳頭。

紅樹〔二〕

老樹經霜色更鮮，半竿斜日影前川。漁郎指點煙波外，錯認桃源二月天。

感舊

刺繡餘閑就塾時，也從花裏謁名師。貪看夜月憎眠早，倦挽春雲上學遲。琴案〔三〕屢吟秋柳句，錦箋頻寫落花詩。而今回憶皆塵夢〔四〕，悵望〔五〕當年舊董帷。

《隨園詩話補遺》： 如皋又有熊澹仙者，幼穎悟，妙解聲律。適陳氏，配非其偶，鬱鬱不樂之意，時形諸吟詠。《見蝶》云云，《邨女》云云，《紅樹》云云，《感舊》云云。

螢火

水面光初亂〔六〕，風前影更輕。背燈兼背月，原不向人明。

《隨園詩話補遺》： 熊澹仙女子，不止能詩，詞賦俱佳。以所天非解事者，故詠《螢火》云云。作《廣怨賦》云： 『文采遭傷，久矣人皆欲殺； 蛾眉致妬，何能我見猶憐。』《聞笛賦》云： 『三更不寐，遥知思婦情深； 十指俱寒，想見高樓獨倚。』〔七〕

【校記】

〔一〕過翠疇： 熊璉《澹仙詩鈔》（嘉慶二年茹雪山房刻本，下同）作『過碧疇』，《國朝閨秀正始集》作『上翠疇』。

〔二〕《澹仙詩鈔》未收此詩。

〔三〕琴案： 《澹仙詩鈔》作『玉案』。

〔四〕塵夢： 《國朝閨秀正始集》作『成夢』。

〔五〕悵望： 《澹仙詩鈔》作『望斷』。

〔六〕初亂： 《澹仙詩鈔》作『先亂』。

〔七〕『見高樓獨倚』五字原缺，據貴州省圖書館藏後期增補本補入。

卷之二十九

毛秀惠七首

字山輝，江蘇太倉州人。適同邑諸生王愫。著有《女紅餘藝》。

《國朝詩別裁集》：毛秀惠，字山輝，江南太倉人，諸生王愫室。愫娛情畫理，不慕榮禄。閨中人亦同素心，讀其詩，想見其幽居之樂。

王愫《女紅餘藝跋》：先外舅鶴汀先生，博洽淹貫，為藝林祭酒，畢生心力萃於詩，凡燕居對客，談詩而外無雜言。故即課女，亦以詩。余内子名秀惠，字山輝，先生之少女也。幼敏慧，誦習經史，過目不忘，試以對語，輒有巧思，先生因欲以詩授。每謂詩本性情，試觀《國風》所録，半出閨襜之作，苟有得於温柔敦厚之遺，何患不為淑媛？於是朝披夕諷，務得於庭訓者有年。適於余，余家素貧，不善治生産，讀書鄰寺，晨出暮歸，未嘗一詢家事。凡會計出入，及中饋瑣屑，經營拮据，悉出其力，不辭瘁，故不暇作詩者十有餘年。歲乙卯，余館於城北，次兒將就傅，力不能延師，内子口授句讀。課子之暇，復理舊業，偶有會心，發為吟詠。兼好六法，興至點染，輒有題句。惜所作俱隨手散失。歿後檢閱篋笥，僅存十之一二云。

【輯補】

王愫《樸廬詩稿》（乾隆三十二年愛日堂刻本）附刊《毛孺人詩》卷首沈德潛跋：孺人姓毛氏，名秀惠，婁東鶴汀先生之少女也。先生博洽淹貫，爲詩壇祭酒。孺人幼承庭訓，長諳家學，故其詩幽閑温潤，不愧雅音。曩予選刻《國朝詩別裁集》，得孺人遺詩，擊節歎賞，曾採數章刊入集内。今因令嗣廷銓欲以孺人遺詩繕付剞劂，屬予删定。予喜其筆之秀而神之逸也，復爲校點若干首，附鐫於存素遺稿後，亦兩美必合之意云。九十五叟沈歸愚跋。

戽水謡

緑楊深沉塘水淺，轣轆車聲滿疆畎。倒挽河流上隴飛，渴烏銜尾迴環轉。今夏旱久農心勞，西風刮地黄塵高。原田迸裂龜兆坼，引水灌之如沃焦。男婦足繭更流血，鞭牛日夜牛蹄脱。田中黄秧料難活，村村盡呼力已竭。

漁父圖

竹竿裊裊微風裏，失魚不憂得不喜。收綸放艇出蘆叢，白鷺横空忽飛起。江皋落日江水清，水清無復見魚行。仙源有路渺何處，雲水蒼茫無限情。

錢塘懷古

京雒煙塵棄不收，西湖臺閣作金甌。流連秋色還春色，歌詠杭州勝汴州。自願苟安增幣帛，誰抒〔一〕孤憤報仇讎？棲霞嶺畔將軍墓，只有南枝記舊丘。

偶成

玉露滴疎林，秋深夜氣清。一窻寒月影，落葉亂琴聲。

外赴省試不售詩以慰之〔二〕

新妝鬧〔三〕掃學輕盈，俗艷由來易目成。誰識天寒倚修竹，亭亭日暮最幽清〔四〕。

寒女頻年織錦機，深閨寂寂掩重扉。却憐鳩鳥為媒者，空向秋風理嫁衣。

重陽風雨滯幽齋，失意人難作遣懷。籬菊已花還覓醉，便須沽酒拔金釵。

【校記】

〔一〕抒：《國朝閨秀正始集》作『攄』。

〔二〕此題毛秀惠《毛孺人詩》（王愫《樸廬詩稿》附刻本，下同）、《國朝閨秀詩柳絮集》、《國朝閨秀正始集》作『乙卯秋八月外赴金陵省試不售詩以慰之』。

〔三〕鬧：《毛孺人詩》、《國朝閨秀正始集》作『競』。

〔四〕幽清：《毛孺人詩》作『孤情』，《國朝閨秀正始集》作『孤清』。

許權八首

字宜媖，江西九江府人，進士崔謨之室也。以不得於翁姑，自經死。著有《問花樓集》。

崔謨《許宜人小傳》： 權字宜媖，予元配也。姓許，吏部尚書仰亭公之從孫女，井陘令兩峰公之孫女也。父震皇公，為邑諸生，世紹書香，生子晚，勉效中郎故事，以傳愛女，錫名曰『權』，若曰『權為子也』，字宜媖。生而穎悟，絜上授《語》、《孟》、《孝經》等書，一再成誦，又教唐宋人小詩。七歲《玩月》云：『一種月團圞，照愁復照歡。歡愁兩不着，清影上闌干。』翁嘆曰：『是兒清貴，惜福澤不厚殷。』舅曹迪公〔一〕為予父母告，遂訂姻焉。予初魯甚，先大父激之曰：『外慚諸父，內愧閨門。』時諸父皆有詩名，而媖才華特著，故云。媖勤造作，工針刺，尤善白描法〔二〕。生三子。著有《問花樓集》。

【輯補】

許權《問花樓集》（乾隆間崔謨《灌園餘事》附刻本）載崔謨序： 宜媖死五載矣，其詩藁藏之問花樓一破笥中，曩固未之或窺，間一窺，亦潸潸終止。今六月，索陳茗破暑，其封裹，則柔媚小字詩箋也。予悲恨交集，急登樓檢眎之，已殘缺十有二三矣。詩魂有知，諒應戚戚。嗚呼，尚何言哉！ 其卷軸中有裝潢成帙者、浣花箋者、行書者、小楷書者，有一字數更者，有字跡漫滅至不可識者，塗者，乙者。其聯中有警魄勾魂者、卓犖者、幽而坳者、悲泣不成聲者，闌珊笥腹，烱烱照人。予痛宜媖十年之間，用功亦良苦矣。宜媖恒言不樂流傳人間，竊窺其衷，未見其然。間嘗悼古才人淪落，文章不偶，一再呻唫，爲之嗚咽，其情亦可見矣。宜媖平時最服膺予言，夜坐必以音律相酬答，或至達旦。每一草出，予略爲安置，罔弗印可； 即稍有未洽，亦必傍註朱墨，留爲存參之意。今閱其藁，歷歷可驗，豈不慟哉！ 故詳加删訂，編次成帙，雖不無異同，點綴推敲，亦揣其情，或不以爲妄矣。夜静朗誦一過，風乖雨集，鶴唳猿啼，方之今古名媛，不是過也。《廣陵散》於今絶矣！ 予溺愛耶，予阿好耶？ 予固不問，予亦不辭。世有讀而憐之者，零膏冷翠，可信金匱，不爾則一瓢汨没，意落人間蠢夫婦之手，其不爲覆瓶糊甕幾希。嗚呼，尚何言哉！ 旹乾隆辛酉秋月念陵謨題於夢緗草亭。

崔謨《灌園餘草》（乾隆刻本）載《悼往詩》：『皇天不語暗相摧，從古聰明是禍胎。命短恰當三十二，令人長慟女顏回。』『不聽卿言急難生，追惟一過一傷情。同根自古相煎急，日暮頻聞泣釜聲。』『幾度含冤不自支，庭闈涕泣怒顏移。一志牆鬩非關我，者是傷心絶命辭。（歿夕，但聞「非干我事」一語，後不復有聞。哀慟之音，猶尚在耳。）』『造物忌尤人所傳，故教短命屬嬋娟。果然盛色遭天毒，盛色云胡更十年。（古傳女子十三至二十三，謂之盛色；「盛色無十年」正謂此也。亡婦年三十二，而容不少衰。）』『臨殯良朋足品題，一言難犯稱深閨。敢將私謚爲貞烈，盡日看靈盡日啼。（婦歿日，予哀慟無措，周静堂至予家，撫予背慰曰：「彼以一言之故，以至於此，可謂順命矣。」燕駕部蒲南聞之，亦謂「一言難犯，不媿佳人」。嗚呼，謨婦之死，觸撥傷心，多不忍聞，得此二語，謨婦不死矣！）』

田婦行

椎髻饁田畝，其夫耕且顧。宇宙有至情，聊以娱旦暮。世有利名人，棄之如陌路。所以仝倡隨，甘心荊與布。相繼荷耒歸，村鐙照晚餔。

贈外

君子安厥命，真人息其機。舉世笑君貧，君貧不自知。天地兩大境，温飽與寒饑。人不寒饑死，定有温飽時。陰陽相倚伏，此理天不虧。痛飲劉伶酒，狂吟李白詩。終日無塵事，春風任所之。

夢天

招我以神仙之窟、島嶼之墟，乘我以丹鳳之輦、赤龍之車。下踏五嶽俯清虚，上摩日月走天衢。回首人世真渺茫，平地一抹何蒼蒼。雲山幾點海中央，我欲棄之任翱翔。忽聞空中飄鼓吹，綽約佳人御雲氣。似曾相識碧落邊〔三〕，共赴瑶池為仙吏。瑶池日敞宴初開，星娥月姊歷歷來。我時不見虎尾豹齒之神人，但細嚼流霞酒一杯。旋覺心清骨髓酥，汗透衾冷夢覺初。孤枕孤鐙無聊劇〔四〕，西風淅淅響〔五〕庭梧。

雨晴

山路忽如洗，幽禽語不休。殘風收雨脚，晚照破雲頭。柳眼猶含淚，花心尚帶愁。憑闌多感慨，春色滿晴洲。

聽雨

細雨作淒其，寒閨聽却宜。隔窻心共冷，欹枕淚同垂。殘夢剛醒後，孤燈欲滅〔六〕時。誰能拋此夜，留着領相思。

夜坐遣懷

為有羅衣掩却名，感懷心緒怕深更。柔風密竹敲難静，細雨孤燈濕不明。撥酒案頭書恨字，援琴几上結愁聲。蕭然獨坐寒閨悄，羡殺鄰姬解薄情。

曉妝

煙籠曉日集窻紗，紅粉樓中理鬢鴉。呵鏡淡雲成艷膜，倚粧倩影動情芽。纖腰欲笑臨風柳，香頰全欺裛露花。縱使春光生妒我，一鈎簾幙若為遮。

早雁

懨懨病骨怕逢秋，鎮日無言獨倚樓。何事塞鴻來恁早，西風料峭一聲愁。

【校記】

〔一〕曹迪公：許權《問花樓集》（乾隆間崔謨《灌園餘事》附刻本，下同）作『曾迪公』。

〔二〕此後張與姬《重訂梅花軒遺稿》（光緒十四年退思堂刻本）有『娭內助多賢聲，上下和睦，然不得意於予後母弟，以致翁姑弗恤，循自經死，年三十有二』數句。

〔三〕邊：《問花樓集》作『間』。

〔四〕劇：《國朝閨閣詩鈔》作『甚』。

〔五〕響：《國朝閨閣詩鈔》作『來』。

〔六〕欲滅：《問花樓集》作『未滅』。

孔嘉淑二首

字静閑。

孫貞媛詩

老父忠心烈，嬌兒傲骨香。文姬忘顧節，畢竟罪中郎。

次韻題明妃圖

芳塚青青草獨稠，美人淹忽幾千秋。何如太液承恩倖，生朵蓮花恰並頭。

陳瓊三首

字仲瑛，福建莆田縣人，訓導林藻玉之室也。

宫中

水殿漲春流，溶溶鑑眉黛。驚起兩鴛鴦，誤將新月碎。

閨詞

雲山萬里各孤城，照妾同君一月明。未必君心如妾意，月圓月缺總關情。

和催織女先期渡河詩

秋色催人憶所歡，停針斜倚月鈎寒。也知未渡心先赴，争奈天河咫尺難。

丁啟光 一首

字步孟，浙江山陰縣人，通州别駕丁承芳之女。適朱元德。

賦得紅樹美人攀

纖手折妍紅，鶯啼憔悴中。香腮春映日，白紵漾生風〔一〕。細蕊憐雙蒂，游絲繞一叢〔二〕。詰花渾不語，搔首問天公。

【校記】

〔一〕生風：《名媛詩緯初編》作『輕風』。

〔二〕以上兩句《名媛詩緯初編》作『芳草留游勒，晴絲繫碧叢』。

黄荃二首

字逸佩，江蘇太倉州人。太學奉倩之女，大參明宇公女孫也。工書善琴。適文學土路。詩多高素，不為閨房體。著有《蕉隱居集》。

春夜雅集〔一〕

碧天〔二〕如洗露華清，獨理殘粧照短檠。茅舍忽驚喧笑入，春風恰稱佩環輕。媿無鮭菜延佳客，剩有琴書洽舊盟〔三〕。相對不知銀箭急，柳梢月落各含情〔四〕。

並頭蓮

隱隱香風媚早秋，露華微濕晚粧幽。昭陽姊妹同時立，十二紅樓盡帶羞。

【校記】

〔一〕此題《名媛詩緯初編》作『春夜文琳蕙琬兩甥女見過』。

〔二〕碧天：《名媛詩緯初編》作『碧空』。

〔三〕盟：《名媛詩緯初編》作『情』。

〔四〕含情：《名媛詩緯初編》作『傷神』。

程敏坤 一首

廣東南海縣人，知府程可則女弟也。

早起

蚤起步荒院，春和風滿畦。垂垂花露重，漠漠草煙低。

胡氏 一首〔一〕

浙江山陰縣人。適大金吾吴國輔。

破船同映然子詠

竝立畫橋〔二〕景物幽，梅痕草迹逐波流。小舟一似瓇瓏〔三〕葉，漏洩春風滿載愁。

【校記】

〔一〕胡氏：《名媛詩緯初編》作『胡紫霞』，其小傳云：『號浮翠主人，山陰人，錦衣都督吴公國輔繼配。姿容端好，治家嚴肅。子理禎，文學。女祥禎，受業予門，長適翰林沈振嗣。夫人善詩，博雅愛才，篇什甚多，不以示人。其著《浮翠軒集》，惜未傳世。』

〔二〕畫橋：《名媛詩緯初編》作『畫船』。
〔三〕瓌瓏：《名媛詩緯初編》作『璘瓏』。

王静言一首

字淑蘭。

枕

繡就鴛鴦卧玉人，銀床錦帳不勝春。啼烏叫斷三更夢，斜照窻紗月影新。

張湄一首

浙江歸安縣人。

姚母五十壽詩

冰作心肝玉作姿，清風迴出繫人思。史稱朔客猶疑否，詩賦共姜信有之。雲影孤鴻堪寫照，霜楓籬菊號相知。焚香静詠明珠句，古道悠然已在斯。

李似奻四首

字華子，福建興化縣人。

古怨

君恩似明月，昨圓今又缺。儂非三五時，歡情不如絶。

春歸

松花膩蝶粉，萍葉繡魚鱗。最是春情薄，無端奚落人。

閣述

自向紗寮拭鏡奩，背人學畫小眉尖。博山那用焚龍腦，風約花香納繡簾。

次第新鴻逗碧空，碎霞鱗砌一山紅。夜來怕聽梧桐雨，枕畔蕭涼夢不工。

榮氏 一首

江西南城人。

馬上作

妾長朱門十九春，豈期今逐馬塵奔。失身無補君王事，殉節難酬夫壻恩。江浄已甘沉弱質，月明誰與吊孤魂？此生骨肉終難見，獨向西風哭夜猿。

鮑益齡三首

字洌泉。所適未詳。

次韻題明妃圖

妾心緘怨百端稠，一去樓蘭幾度秋。何處吹笳聲慘切，滿天霜月强擡頭。

孫貞媛詩

一曲遊仙月下歌，蕙心蘭質想雲娥。章臺烈魄瑶臺女，歷劫芳名永不磨。
恭迎鶴駕降遥空，聞説箕仙得句工。飄泊不堪吟柳絮，恐將白雪付西風。

胡蓮一首

字茂生，浙江天台縣人。著有《涉江集》。

東園春集〔一〕

得遂探幽計，閑雲襯屐飛。花香雜鳥韻，苔翠亂人衣。醉眼看誰是，狂歌覺我非。班荊頻未厭，相對坐餘暉〔二〕。

【校記】

〔一〕此題《名媛詩緯初編》作『春日集陳參周先生東園次韻』。

〔二〕暉：《名媛詩緯初編》作『輝』。

葉鳳威七首

字虞廷，江蘇嘉定縣人。著有《抱月吟》。

隴頭水

隴頭水嗚咽，日夜流不絶。苦哉遠戍人，久矣鄉關别。日暗沙飛揚，笳鳴心慘冽。澄濁何須分，比似征夫血。

觀美人舞劒

有美一人頎而長，春山積翠宛青揚。乍舉霜鋒腰嫋娜，轉舒雪腕態低昂。雲生電閃真游戲，花飛風捲驚鴻翔。芙蓉交映芙蓉飾，秋水並流秋水色。四方上下快盤旋，周圍進退添羽翼。漫云弱質藏雄心，詎識輕軀具勇力！丰姿磊落佩陸離，須臾變幻超神奇。鍔重威嚴密霰集，鋩寒燄透繁星披。舞者氣驕加〔一〕迅疾，觀者目眩唯嗟咨。臨陣不教武子怒，披堅破敵有〔二〕神助。

積雪

凍笋當簷掛，清光浸太空。梅花無色相，周道失西東。宇宙揺銀海，津梁卧白虹。鴉羣塗亂墨，漁火映孤紅。閃爍簾櫳透，晶寒几席通。浮塵飛不到，人在玉壺中。

詠燈花

一枝紅艷結銀釭，笑指澄涵似錦江。不夜奇花開浄几，貫珠瑞萼閃幽窻。從知閨閣添新喜，卜得離人返舊邦。獨抱丹心殊衆卉，天公幻出本無雙。

題連枝圖

花萼枝頭浥露妍，同根同氣本由天。圖中相對遥相憶，春草池塘説惠連。

雝雝雁奮雲霄翼，韡韡花開常棣枝。縱被西風驚木落，一生難忘孔懷時。

玉樹連枝繪一圖，莫嫌色相眼前殊。懸知詠罷鴒原句，幾度西風獨向隅。

【校記】

〔一〕加：《名媛詩緯初編》作『益』。

〔二〕有：《名媛詩緯初編》『若』。

孫潮五首

字月波，浙江嘉興縣人。適同邑吴柱。著有《暎雪書屋詩》。

秋夜詞二首

瀟瀟白露冷，桐乳落金井。樹暗月朦朧，一簾風弄影。

蛩咽月三更，雁銜江萬頃。獨坐聽秋聲，孤燈照夜永。

登煙雨樓

勝地春逾好，遊人興未窮。女牆飛絮白，沙渚落霞紅。衆鳥雲天外，千家煙樹中。不言歸棹晚，時復一掀篷。

菜花

幾番花信任幽探，開遍芳郊着意酣。四野雲霞騰几席，一天圖畫繪東南。風飄紫陌濃香度，日照黄金秀色參。釣得魚兒鮮可食，移樽相賞莫嫌貪。花時有菜花魚，載《嘉興郡志》。

春杪偶成

曉粧新鬢學飛鴉，小立迎風瘦影斜。家在浣紗溪畔住，春來人面映桃花。

殷鳳簫六首

字懷玉。

次韻題明妃圖

和親遠適古來稠，誰比昭君出塞秋。誤寫嬌容真恨事，此生幽憤鬱心頭。

孫貞媛詩

憶從繦褓遇烽煙，盡室捐軀不少延。留有嬌雛終折翼，獨完名節得光前。
自憐薄命斷塵緣，潔比璚花分外妍。一點貞心全不染，超然羽化尚青年。
流芳千古共相傳，襆被風塵嘆播遷。豈識登真歸絳闕，香魂縹緲托遥天。
紅粉成行綺席前，名姬落籍志逾堅。不將歌舞汚芳潔，一曲廻風笑麗娟。
歷徧艱辛意淡然，清光皎若鏡高懸。忠臣應有貞心女，九地遥知共化仙。

吴蘭 九首

字蘭儒，江蘇荊溪縣人。中書舍人吴澍之女，適庠生薛琳。子翰生、女浣香，亦能詩。著有《凝碧軒詩稿》。

採茶行

山家女兒鬟盤鴉，雨前雨後採新茶。澗水淪漪渾似鏡，淩波照見顔如花。採不盈筐長歎息，三春辛苦向離墨。擔向侯門不值錢，一甌春雪千山葉。

夏日寄母

園林消夏好，芳樹緑堪憐。細雨荷香候，新涼蛤吠天。心閑宜啜茗，思發欲題箋。應憶閨中女，懷歸一惘然。

白雁

賓鴻嘹嚦向南征，素羽蹁躚萬里程。曠野參差菰米足，平沙歷亂夕陽横。飛來月夜疑無影，宿向蘆花但有聲。欲倩林良描未得，寒煙半幅帛書横。

春日寄外

龍城滿路酒帘斜，深巷驕嘶白鼻騧。楊柳旗亭人送別，杏花春雨客思家。相看節序催寒食，且喜風光勝若耶。記得昔年當此日，閨中新試岕前茶。

西溪曲

蠶出百花開，蠶眠百花落。歲歲事春蠶，綺羅不曾着。

憶妹

明月照積雪，獨步空庭遍。樽酒暮相思，梅花落如霰。

荊溪竹枝詞

三月江南花亂開，畫溪日日水瀠洄。嵐光窈窕春遊好，争向張公洞裏來。

碧鮮庵內踏青來，古寺無人長綠苔。蝴蝶雙飛春晝暖，遊人争唱祝英臺。

萱草

欲到花前慰寂寥，春愁無那似春潮。堦前種遍忘憂草，不信儂愁尚未消。

張順娘一首

福建同安縣人。許字李生，未婚早卒。

送安妹于歸

幾番緣會阻星津，一縷紅絲悟夙因。玉杵不歸消息斷，雲翹容易作夫人。

朱椿《臨廈紀略》：郭言，同安人，娶妻張氏，名安娘。成婚半載，有姊順娘，原許李賞為媳，未嫁而故。詎賞不良，素聞安娘美而且淑，隨混指安娘為聘媳。控縣，媒證皆受其賄，袒之。郭言為人懦怯，審不能辯，縣令竟斷氏歸賞。安娘乃剪髮破面，誓死不回，乃為言作狀，瀝冤具控，並録所作《待命詩》二首。適邑廣文來見，予以二詩示知，廣文曰：『氏與順娘皆才女也。』並言順娘生時有詩箋傳誦藝林者，余即索所抄箋閲之，内有《送安妹》詩，即安娘出嫁郭言時所作也。其詩云云。余曰：『此用雲翹、雲英姊妹事也。雲翹先雲英而嫁。觀此，則安娘之為言妻已無疑。亦且其詩於順娘未死時傳誦，真不誤也。賞雖黨援眾口，未許爍金，當即批郭言控詞發縣鞫之。』賞不能逞其狡，言與安娘完聚如初。

張安娘二首

郭言之室，順娘妹也。

待命詩

琴瑟和調半載餘，同枝零落幾悲吁。移桃换李緣何事，不道羅敷自有夫。

同衾同穴死生關，恥比明珠去復還。石爛海枯情不斷，願將頸血濺人間。

陸氏句

江蘇太倉州人，曹中允仁虎配也。惜未見全集。

句

紅藕花殘風信急，碧梧葉落雨聲寒。

《古檀詩話》：曹習菴仁虎太史夫人句，見《宛委山房集》。

陳品閨七首

字筠齋，浙江海寧州人，陳克鋐之女也。適海鹽縣諸生陸揆初。卒年才二十四。

【輯補】

陳品閨《陳筠齋詩》（乾隆間陳克鋐刻《慈雲閣詩存》附刻本）卷首小傳：陳品閨，字筠齋，朱恭人第三女，適鹽邑廩膳生陸揆初肇錫，結縭二載，卒於産後，年二十四。性至孝，聰明過人。讀廿一史，凡三過，絶不遺忘。所作詩不下三四百篇，稍不愜意，即棄去，搜遺稿中僅得百餘首。兹録其尤雅者附《慈雲閣詩》後，聊存詠絮之風概云。

擬古

憂來無可語，獨向嬋娟訴。早歲失慈親，此身亦何慕。終年長苦別，骨肉暌雲路。西北與東南，惟見煙籠樹。茫茫野水長，羨此閑鷗鷺。

庭竹

不負栽培意，能令曲徑幽。三竿遲曉日，一雨覺新秋。庭户清風滿，簾櫳碎月流。歲闌成獨立，直欲化龍遊。

雨後望中條山

樹杪含殘雨，餘波瀉遠汀。煙籠松徑白，雲卷暮天青。野鶴翔沙嶼，層巒列翠屏。長風來萬里，幽絶〔一〕倚危亭。

秋夜

蟾魄流輝處處穿，槐花晴影落階前。寒蟲啼破三更夢，哀雁聲移萬里天。苔徑露濃浮濕翠，斜廊風静裊茶煙。流連好景真成癖，小立空庭看鶴眠。

秋夜

風高蟲語斷，露重羅衣冷。夜久下湘簾，蟾輝〔二〕亂花影。

題松壑雲泉圖

虚谷松風滿，秋濤破碧煙。恐汚人世濁，長作在山泉。

偶成

鷓鴣聲裡雨瀟瀟，一縷茶煙繞户飄〔三〕。高枕欲尋蝴蝶夢，隔牆吹過賣餳簫。

【校記】

〔一〕幽絶：陳品閨《陳筠齋詩》（乾隆間陳克鋐刻《慈雲閣詩存》附刻本，下同）作『清絶』。

〔二〕蟾輝：《陳筠齋詩》作『清輝』。

〔三〕此句《國朝閨秀正始續集》作『一縷爐煙篆未消』。

黄卷 五首

字冊仙，小名賽男，安徽休寧縣人，中書愚菴女也。適太學吴袖池。著有《煙鬟閣遺草》。

《清詩備采》：冊仙幼嫺姆訓，工詠吟，嘗云：『詩以道性情，閨閣中語，詎可外傳？』故姻婭罕得見之。辛未秋，袖池偶於殘帙中獲此數首，不忍竟没，示余登選。

春夜對梅

今歲梅花較昔遲，春來纔放兩三枝。月明窗外香浮動，助我新成一首詩。

洗硯

洗硯頻催小婢忙，𣽣將硯水入梳箱。淋漓一片殊堪笑，脂粉叢中翰墨香。

七夕偕袖池返須江

七月七日小舟迎，一種離思付緑醽。不信渡河今夜事，篷窗攜手看雙星。

訓婢

自是江郎夢筆花，閑吟事豈女兒家？深閨近日更功課，笑伴雙鬟夜績麻。

十五夜病中見月

浄潔無雲萬里天，一輪明月到窗前。失驚𣽣在當三五，着意圓時不是圓。

諸素真六首

字禮嫺，江蘇崑山縣人。適崇明縣諸生董日甫。

自菉溪泛舟至舅氏延陵山莊即事

日脚下平川，餘霞被林表。蒼煙遠遥曳，野水虚淼淼。啼烏澹將夕，孤艇行漸杳。長堤颭荻圍，雁陣驚寒早。試問延陵莊，漁燈出煙沼。

團團上璧月，水木披朗照。少焉徹煙光，素輝殊衆妙。浮雲斂暝色，籬火入延眺。漸聞人語喧，戚里共歡笑。

愚亭坐雨

柳影委層波，深煙鎖遥碧。花間隱小鳥，避雨時整翮。伊余坐軒窻，終日聽滴瀝。重陰連晦朔，濕氣侵几席。饑來强餐飯，不辨晨與夕。素壁畫龍蛇，半是蝸牛跡。嗟哉春畦間，積水已盈尺。野塘深瀰瀰，亂流欲何入。荷鋤蓑笠翁，仰天頻太息。回首望前邨，萬樹掩羃䍥。

雨中雜詩

濕雲低壓暗春窻，柳色垂垂拂石矼。細草映波青欲滴，野塘新漲水淙淙。

香泥三尺長春荄，緑映苔痕欲上堦。小鳥啣花飛更落，避人偷啄紫蘿釵。
幽蘭九畹冠羣芳，雅韻還堪砭俗腸。折得一枝誰紉佩，自斟明水薦空王。

張氏句

字里未詳。

句

簞食應知顔子樂，緼袍誰笑仲由寒。
花因寒重難舒蕋，人為愁多易斂眉。

《隨園詩話》：王梅坡妻張氏，能詩。幼子汝翰初上學，嫌衣服不華，張訓以詩云云。生女美絶，年十三時，皇太后駕過見之，抱置膝上，賞賜藏香一枝。

程毓芬四首

浙江□□縣人。適張某。

新柳

又見娉婷十五時，麴塵吹散幾千枝。自能宛轉飄歌扇，不勝輕柔亞酒旗。寒鎖畫塘風勒剪，夢沉香閣雨留絲。一般春色偏生妒，説與桃花尚未知。

半眠半起近香寮，十二闌干壓畫橋。檀板聲遲歌舞妙，杵腰人瘦綺羅嬌。東風草色初添路，南浦波光漸滿橈。幾日攀條數芳信，百花猶未及生朝。

柔荑一抹望來同，只隔輕陰不隔風。年少即今憐慘緑，美人生小泥長紅。海棠香國春猶淺，金粉前朝怨未通。豈是銷魂容易慣，無端牽惹別情中。

聲聲長笛只吹愁，如水年華此尚留。桃葉有人纔問渡，錦帆當日已無舟。漸教車路回香鈿，恰愛亭名署玉鈎。轉眼飛花易撩亂，人生原合及時遊。

閨秀孫畹蘭和韻詩：『縈煙惹霧正芳時，生怕封姨拂嫩枝。處士門前徐策杖，將軍營外乍搴旗。待舒燕剪憑添線，欲遞鶯梭更着絲。試向東皇問消息，倚樓人定最先知。』『春信俄看透綺寮，煙絲一一罥溪橋。未諳別緒眉猶淡，乍展風光眼最嬌。鴨緑漫縈板渚水，鵝黄漸拂秣陵橈。遊人莫便輕攀折，留取纖枝鬥麗朝。』『依依春色古今同，旋舞晴空趁暖風。芳草劇憐分淺碧，夭桃遲與間輕紅。雲籠灞岸眠初穩，煙散汀洲望欲通。花信不須頻屈指，媚情恐付別情中。』『欵欵和風散客愁，乍眠乍起足勾留。有情纔拂垂鞭袖，到處先維弄笛舟。孤館晝長低翠幕，高樓簾靜傍瓊鈎。最憐此日西湖畔，一樣丰姿似舊遊。』

鄧氏 一首

江南虹縣人。

過華陰題壁

二峯一別不知還，玉女愁容鎖玉顔。妾與王嬙同命薄，學騎邊馬度陰山。

陸素蓮一首

江蘇揚州人。

贈別

深閨獨醒起常遲，愁上眉峰有鏡知。縱使天風能解意，萍蹤吹聚又何時。

《隨園詩話》：劉霞裳之弟某，風貌遠不及其兄，而際遇甚奇。有揚州女子姓陳名素蓮者，與交好，抽簪勸學，臨別贈詩云云。

胡謝貞三首〔一〕

安徽桐城縣人，星溪胡璇之女也。

秋夜懷家大人

淅淅涼風度，羅衣自覺輕。螢光依幔冷，梧影逼簾清。夜月悲行客，秋砧動遠情。含情階下立，遥憶石頭城。

夢回

銀蒜雙垂紙帳低，夢為蝴蝶憶遲迷。癡魂欲渡寒江月，怪煞鄰雞半夜啼。

夜坐

雨過軒窻逗晚涼，流螢入户伴淒涼。無情最是初生月，不待人歸上短牆。

【校記】

〔一〕胡謝貞詩，底本無。據貴州省圖書館藏後期增補本補。

卷之三十

楊慧林 一首

字雲友，浙江仁和縣人。

冬日登隨喜菴因寫斷橋小景志喜

經年不復見湖山，重到西泠載月還。風日何如今日好，天應為我也開顔。

《名媛詩緯》：楊慧林，字雲友，湖上李漁所編《意中緣》傳奇，蓋為慧林而作也。張遂辰《悼楊姬雲友》詩：『畫樓猶咫尺，寒食去年同。草憶裙腰緑，花銷人面紅。斷橋煙似水，殘夜雨兼風。那得空離恨，埋香佛國中。』自注：『墓在斷橋智果寺。』

《圖繪寶鑑》：楊慧林，字雲友，號林下風，杭州人。工山水諸墨妙。

吴䙰 三首

字覃兮，安徽歙縣人。

送姑攜長男先返長沙

故國今初返，湘南道路長。大姑相見喜，小婦别離傷。宅第非當日，情形似異鄉。洞庭秋水闊，旦暮慎衣裳。

洒淚送行舟，滔滔江水流。今朝離此岸，明日宿他州。白髮攜孫伴，青山任客投。三湘風景處，帆掛岳陽樓。

月下煮茗喜大兄石葉至

月上兄初至，清談茗一杯。影從花裏散，茶自雨前來。小妹能知字，深閨不用才。吟成長短句，多半向君裁。

送夫子念昔遊金陵

此遊名勝地，須認舊繁華。芳草秦淮岸，斜陽燕子家。江聲無鐵鎖，渡口有桃花。多少興亡事，山陵見暮鴉。

畢静嘉二首

馮少保甥女也。

送妹柔嘉北征

令暉才美襲蘭芬，別語驚心不忍聞。正念慈幃鸞馭杳，誰知繡幙雁行分。帆前暮色天連水，馬首晴光樹拂雲。迢遞故鄉親串在，好憑青鳥寄殷勤。

離亭分首尚牽衣，此日彌思膝下依。暫別情懷吹絮亂，輕揮淚點落花飛。家非鄉井親應少，路隔河山夢到稀。同是盛年休悵遠，他時羨爾錦車歸。

畢柔嘉二首

靜嘉之妹。

辛春別姊北上

繡褓攜持女弟兄，慈顔猶及見吾甥。最憐苫塊三年後，我獨于歸到帝京。

六齡弱弟紹詩書，畫荻丸熊夢已疏。親切相看惟姊氏，春風秋雨莫懷余。

龍循七首

字素文，安徽望江縣人。適吴元安。著有《雙清閣剩草》。

吴元安《雙清閣剩草序》：甚哉！詩學之難言也。古調不彈久矣。今人麤通章句，輒主盟騷壇，縱連篇累牘，不過拾前人唾餘，以相矜尚耳。欲求有當於《三百》遺意者，蓋百不得一焉。詩發於性情，而尤關乎學問。遇事感觸，自然成文，章節之間，動與古會，『二南』雅化，女子能詩，此又風氣之熏陶，不關學問者也。自正始風微，大雅不作，鬚眉男子，半不能詩，又何言閨閣中耶？爾來女子以詩名者，大南江北，頗不乏人，逮取其集而披閱之，則名與實每不相符。甚哉！詩不著於學士大夫，而僅著於婦人女子，已不幸矣，況並此而弗之覯。甚哉！詩學之難言也。吾家姑大母《梧閣詩鈔》，洗去鉛華，直追陶、謝，予疑以為僅見。今閱《雙清閣剩草》，亦能剪雪鏤冰，不屑作巾幗吐屬，殆其亞歟？予嘗戲署其閣壁曰：『漫辭著作輸班女，媿問生疎比放翁。』非謬語也。外舅茗麓公，以詩文名海內者數十年，諸內兄皆彬彬雅雅，克嗣前徽。雙清以深閨弱質，少從宦遊，花朝月夕，奉教裁牋，故其詩無柔媚態，多雄厲風，良有以也。予少不諳家人生產計，且好遠遊，雙清以一弱女子摒擋家政。其事先贈公也以孝，待庶弟也以慈。雖貧家操作，不廢嘯歌。及索米長安，夙興夜寐，十餘年如一日，寓齋隙地，輒課小奚蒔花種菊，點綴秋光。予退食暇，每鬮韻倡酬焉。雙清為人好施予，重然諾，磊磊落落，多丈夫氣。凡有題詠，必寄托遥深，非浪費筆墨者比。大兒珠垣、次兒國耘，俱以幼沖侍母左右，誦讀餘功，即教以聲韻之學，故兩兒稍知平仄者，慈訓之淵源有自也。惜乎雙清之生不遇時，使其早歸予家，獲從梧閣老人遊，其所造就，必不止此。即不然，而家本素封，凡米鹽瑣屑事，一切不關於心，而唯肆力於文墨，吾知其所進，亦必不止乎此也。唯是離索之，抑鬱之，困頓之，勞苦之，而猶能自成一家，克自表見如是。使由是而沉浸醲郁，不懈而及於古，又何慮夫詩學之難言哉！

丁亥除夕

僉云除夕忙，我獨言無與。日非異往日，夜亦無增去。半宵即戊子，笑為丁亥慮。昔者韓昌黎，曾作送窮疏。詎耐文不靈，窮在文空著。此夕世間人，苦樂各異趣。富貴歡滿堂，貧家愁急遽。何如田舍翁，採蕨炊山蘋。甲子混泥塗，歲終喧嫁娶。抱膝對寒檠，不覺天將曙。

江水行贈八兄雙白

江水東流不回顧，千里萬里朝還暮。波濤澒洞鼉鼉驕，總是人間離別路。北風吹浪過江南，蘆荻蕭蕭雷水潭。妹家白鷺洲前住，閱盡江聲離思諳。十年才一得兄書，滿紙煩憂寫索居。郢中煙樹揚州月，雙魚欲報且躊躇。無端索米長安道，掃地焚香供笑傲。詰朝忽聞剝啄聲，喜君已買津門棹。異地相逢皆白首，破除萬事唯詩酒。持螯飽看傲霜枝，那堪更問旗亭柳。兄憶蓴鱸妹巾幗，燕雲楚樹分南北。買得五湖三畝宅，壯遊休倦淩雲翮。吁嗟乎！江水悠悠可奈何，留兄無計往來波。遥知今夕鄉關夢，暗逐霜風到潞河。

春日散步

雨過苔痕滑，風清花欲然。松高青蔽日，林遠緑依天。山鳥時來去，孤雲獨往還。微茫堪詠處，天外數峯懸。

賦得蜻蜓立釣絲

窈窕湘江竹，輕縈越女絲。落花浮淺瀨，把釣向清池。魚過萍先覺，風來水自知。荷香憐浦近，鷗夢逐波移。為有臨流興，非關結網思。蜻蜓時點點，竿影自垂垂。遠岫浮青翠，扁舟漾緑漪。應須乘月去，煙靄棹歌遲。

適意

此心久與世情疎，容膝茅齋只自如。適意幾杯棋後酒，消愁半部案頭書。看山擬畫添春色，對雨敲詩潤筆枯〔一〕。似此幽閑貧亦好，笑他名利總成虛。

竹影

獨立者誰歟，唫風心自虛。此君真似我，顧影亦踈踈。

送春

病衰那堪春又去，落花和淚點莓苔。幾回欲作留春句，無奈東風喚不回。

《清詩備采》：雙清龍太君，為雷江茗麓先生之淑媛，吴君諱元安之德配。吴君籍係桐城，寄居金陵，園有六朝松，雙清閣在其側，即太君所居，故以名集。

【校記】

〔一〕以上兩句《國朝閨秀正始續集》作『曉山入畫春無際，夜雨敲詩興有餘』。

陳三韓 一首

字拙守，陳司寇丙齋先生女也。適祁州牧石門吴寶芝。

聖因寺

金泥賜額絶飛埃，紺宇珠宫亦壯哉。幾杵霜鐘依樹遠，一聲孤鶴破雲廻。昔時絃管陪宸宴，此日幡花静寶臺。惆悵柳條依舊舞，東風猶望翠華來。

毛媞 四首

字安芳，浙江錢塘縣人，毛先舒之女也。適同郡徐鄴。著有《静好集》。

《錢塘縣志》：毛媞，字安芳，父先舒。媞年十六歸同郡徐鄴。媞有至性。母病，割股者三；鄴疾危，又自割臂，和藥少許。時年過三十，未有子，嘗自持其詩卷曰：『是我之神明所鍾，即我子也。』益刻苦吟詠。卒年四十，竟無嗣。人多悲其孝而惜其才。鄴亦能詩，為刻《静好集》行於世。

小春

小春人更倦，坐覺微寒侵。衰艸已失緑，紅梅綴踈林。沉水焚欲盡，薄酒還自斟。筒内韜細筆，壁間静瑶琴。古人於此時，凝神以正襟。誰知深閨裏，亦惕堅冰心。

雪

天涯一望茫茫白，積玉堆瓊亙長陌。興來何處子猷船，高卧誰家袁安宅。山中千樹噪饑鴉，自掃冰鱗自煮茶。不怪滿身寒起粟，只愁壓折老梅花。

西湖

十錦長塘十里開，遥看春艸緑於苔。金鞍狹路争馳驟，畫舫晴波自溯洄。日映柳梢鶯百囀，風吹花氣蝶雙來。西湖西子曾相喚，擬酹芳魂酒一杯。

秋夜

漏永銀河影漸低，樓頭明月又沉西。五更展轉不成寐，四壁蟲聲幾樣啼。

汪夢燕五首

字燕友，安徽歙縣人。著有《緑窻餘韻》。

讀史

剔罷銀釭雨漸疎，展函三復獨躊躇。青閨柔弱情何俠，紫塞烽煙怨未舒。瘦影臨池神自妙，秋風吹葉事應虛。于今日誦心當細，無使他時笑魯魚。

寄懷方素馨同社

記得西風葉落時，蛩聲唧唧響堦墀。花間緑綺迎新月，指下朱絃譜妙詞。秋水蒼葭人似玉，春山芳草色如絲。近來閨閣文章薄，寄語珠樓善搆思。

題風蘭圖

筆筆精神自有光，輕風摇曳小山房。只堪朝夕供清賞，未許閨人助曉粧。

寄外

海國西風冷素秋，一彎新月映簾鈎。寒衣欲寄心如織，縹渺雲山夢亦愁。

和芳素馨同社梅花韻

幽谷冰姿未易吟，水邊月下意偏深。若非夜入羅浮夢，何至香生錦繡心。

陳同三首

浙江仁和縣人，榆次令吴吴山之聘室也。未婚殁。與姑同名，故稱同。

彌留

昔時閑論牡丹亭，殘夢今知未易醒。自在一靈花月下，不須留影費丹青。

簇蝶團花繡作衣，年年不著待于歸。那知著向泉臺去，花不生香蝶不飛。

耶孃莫為女傷情，姊嫁仍悲墓艸生。何似女身離火宅，一棺寒雨傍先塋。

邵在均 一首

字國惟，江蘇華亭縣人，仙遊縣令邵庸濟之女也。

哭媚嫺亡妹

人生何最悲？永別最心傷。而況同懷人，寶婺忽掩光。追憶我塤篪，後先斷雁行。惟存姊與妹，斑衣侍北堂。妹也幼穎慧，德度自端莊。早擅謝絮才，頌菊句琳琅。倜儻非巾幗，何施用不臧？秉性乃至孝，承歡繞膝旁。嚴君解組還，卧病入膏肓。焚香日告天，刲股進羹湯。宗黨共驚歎，嘖嘖稱四方。迨締扶風姻，絲蘿卜其昌。于歸奉阿翁，婦職毋怠荒。痛姑背未事，致祭虔〔一〕烝嘗。琴瑟静在御，弋鳧詠翺翔。妯娌更雍睦，臭味並蘭芳。玉燕夢投懷，歸寧捧椒觴。春風拂試燈，石麟降厥祥。不吊彼昊天，二豎詎來戕。嬰疾遂纏綿，盧扁亦蒼茫。慘當彌留際，定省心不忘。叮嚀囑夫子，盡孝願顯揚。呱呱撫藐孤，見舅如見娘。瑶臺駕黄鶴，身登白雲鄉。嗚呼荊枝三，一枝又隕霜。蘭摧而玉折，那不裂中腸？隨肩宛在目，音容杳難望。作歌以招魂，涕淚聲浪浪。

【校記】

〔一〕虔：原作『處』，據《國朝閨秀詩柳絮集》改。

談則 一首

字守中，浙江仁和縣人。適吴吴山。

陳姊彌留時斷句口授妹書者歿九年後竹紙斜裂止存後半第一章首句僅北風吹夢四字末句却如殘醉欲醒時七字今補之

北風吹夢欲何之，簾幙重重只自垂。一縷病魂消未得，却如殘醉欲醒時。

陳毓嗣 三首

字官山，湖南長沙縣人。適陶氏。

送煊兒北上應安親王之徵

未曾離膝下，送子今遠行。水陸數千里，舟車日夜程。綻縫針迹密，裾絶淚痕盈。一寸癡腸在，隨兒到處縈。

燕王聞下士，重築黄金臺。何意來驃騎，先期禮郭隗。日邊花正暖，梁苑客多才。莫漫彈長鋏，持身慎自裁。

得夫子陶君五徽報云家太史翁奉詔出獄詩以誌喜

破巢已分墜深淵，力盡心枯君倍憐。豈意八行書寄我，喜云三宥意回天。從來忠義非常事，竟得生全豈偶然？痛定不堪思舊痛，剪髮鬻絹且重圓。

李蕙三首

浙江仁和縣人也。

壽姚母

膏沐相忘歷有年，操堅松柏耐寒天。敦詩説禮循閨範，班左而今不獨賢。

閨中君子秉清標，抱德韜才不自驕。誰説鬚眉媢孔孟，齊家今見女中豪。

玉樹芝蘭砌滿堦，鳳麐繞膝盡英才。願教斑綵年年舞，常詠南山晉壽杯。

謝玉娘 二首

廣東揭陽縣人。適海陽文學陳藝衡。

夫弟比之遊鳳栖禪寺有詩步韻

曲徑因峯轉，尋幽到上方。雲頭迎老鶴，天際禮空王。情借潭光潔，句欺桂樹香。莫令歸興促，回首尚斜陽。

春暮

半砌苔痕細雨侵，金猊香燼〔一〕冷鴛衾。夢魂不向花間去，畏聽春鵑一聲〔二〕吟。

【校記】

〔一〕燼：《國朝閨秀正始集》作『盡』。

〔二〕聲：《國朝閨秀正始集》作『夜』。

錢宜 一首

字在中，浙江錢塘縣人，吴吴山繼室也。

題杜麗娘像

蹔遇天姿豈偶然，濡毫摹寫當留仙。從今解識春風面，腸斷羅浮曉夢邊。

錢宜《同夢記》：甲戌冬暮，刻《牡丹亭還魂記》成，兒子校讐譌字，獻歲畢業。元夜月上，置浄几於庭，裝褫一冊，供之上方。設杜小姐位，折紅梅一枝，貯膽瓶中，然燈陳酒果爲奠。夫子忻然笑曰：『無乃太癡？觀若士自題，則麗娘其假託之名也，且無其人，奚以奠爲？』予曰：『雖然，大塊之氣，寄於靈者。一石也，物或憑之；一木也，神或依之。屈歌湘君，宋賦巫女，其初未必非假託也，後成叢祠。麗娘之有無，吾與子又安能定乎？』夫子曰：『汝言是也。吾過矣。』夜分就寢。未幾，夫子聞予歎息聲，披衣起，肘予曰：『醒醒。適夢與爾同至一園，彷彿如所謂紅梅觀者，亭前牡丹盛開，五色間錯，無非異種。俄而一美人從亭後出，艷色絶人，花光盡爲之奪。意中私揣，是得非杜麗娘乎？汝叩其名氏、居處，皆不應。廻身摘青梅一丸，撚之。爾又問「若果杜麗娘乎？」亦不應，含笑而已。須臾大風起，吹牡丹花落，滿空飛攪，餘無所見。汝浩歎不已，予遂驚寤。』所述夢蓋與予夢同，因共記爲奇異。夫子曰：『昔阮瞻論無鬼，而鬼見。然則麗娘之果有其人也，應汝言矣。』聽麗譙紞如打五更鼓，向壁停燈未滅。予亦起，呼小婢簇火瀹茗。梳掃訖，亟索楮筆紀其事。時燈影微紅，朝暾已射東牖。夫子曰：『與汝同夢，是非無因。麗娘故見此貌，得毋欲流傳人世耶？汝從李小姑學尤求白描法，盍想像圖之？』予謂：『恐不神似，奈何？』夫子乃强促握管寫成，並次記中韻繫以詩云云。以示夫子，夫子曰：『似矣。』遂和詩云：『白描真色亦天然，欲問飛來何處仙？閑弄青梅無一語，惱人殘夢落花邊。』將屬同志者咸和焉。

黄淑貞四首

江西星子縣人，侍衛胡季韶之室也。著有《繡閣小草》。

曉窻詠燕

海燕雙飛繞畫梁，窻前忽墜紫泥香。呢喃語共黄鸝囀，來往翻同玉蝶忙。似識花開歸巷口，如因春暖出昭陽。為巢不羨新庭院，只到盧家舊艸堂。

輓劉雪舫先生

禾黍離離故國門，秋風猶自到江村。鴻歸冥路心還壯，豹隱深山霧欲昏。蝴蝶夢中開鐵券，麒麟閣上憶金樽。孟城何處英魂在，萬里蕭條不可論。

虞美人

垓下西風鐵笛繁，千年遺恨付荒村。美人死後誰相見，葉葉枝枝總是魂。

遊仙曲和無衣仙子原韻

天臺玉洞散餘霞，未羨玄都觀里花。試問蟠桃曾幾熟，當年西母降誰家？

張氏五首

江蘇揚州人。其自序云：『乙酉六月二日，遇難於西溝竇林莊居。徬徨無地，灑淚口占五絕，以為訪尋之據。揮筆淚成，愧不工也。』

西溝道中淚筆

深閨日日鎖鸞凰，忽被干戈出畫堂。弱質那禁過鳥道，可憐魂夢繞家鄉。

繡鞋脱出〔一〕換宫靴，女易男裝〔二〕實可嗟。扶上玉鞍愁不穩，淚痕多似馬蹄沙。

碎環祝髮付東流，寄語河神仔細收。擬將薄命隨流水，因伴兜鍪不自由。

江山更易聽蒼天，粉黛無辜甚可憐。薄命紅顔千古恨，妾身何惜悞芳年。

翠翹金雀久塵埋，車騎轔轔野店來。憐我故鄉生死別，花枝移向别園栽。

【校記】

〔一〕繡鞋脱出：《國朝閨秀正始集》作『凌波卸却』。

〔二〕女易男裝：《國朝閨秀正始集》作『女作男妝』。

胡應佳 一首

字季貞，浙江山陰縣人。適同邑。

送别黄皆令

耳熱〔一〕芳名意暗欽，玉峯仙子下鸞音。緑窻筆墨經年〔二〕事，翠幕琴樽五夜心〔三〕。縱在龍山非久客，却歸〔四〕禾水動幽吟。病中無那花前别，一樹西風落葉深〔五〕。

【校記】

〔一〕耳熱：《名媛詩緯初編》作『慕得』。

〔二〕經年：《名媛詩緯初編》作『浮沉』。

〔三〕此句《名媛詩緯初編》作『翠幙琴絲爾我心』。

〔四〕却歸：《名媛詩緯初編》作『每懷』。

〔五〕以上兩句《名媛詩緯初編》作『病中最怕添言别，須記梧軒一樹森』。

汪氏 五首

江蘇揚州人。

和女郎張氏淚筆有序

乙酉八月廿三日，偶得張氏淚筆，暗持讀之，聲韻淒絶，恨不一見其人。深嘆予亦同此命薄，因磨淚和成五首，庶幾張氏見之，賜以筆削為幸。

悲鳴淮海只孤凰，流落秋風夢錦堂。為問近鄰同難女，誰抛骨肉去他鄉？

駝馬馳驅換婦靴，無端胸次起咨嗟。蒼天此際聊相問，埋我烽塵幾日沙？

芳年情事嘆如流，一滿金盆覆不收。身付鏌鋣為上計，老蒼何苦不儂由？

薄暮危樓風雨天，隔鄰誰弄想夫憐。昨宵夢得良人會，依舊還盟松柏年。

傷哉骨肉已塵埋，惟有清魂夢往來。寄語故鄉兄與嫂，花枝從此不須栽。

吴靄媖八首

字次成，安徽全椒縣人也。

古風

勸君莫作絲，絲成無用之。慎勿更織錦，織錦難成詩。絲雖顔色好，經年有故時。錦字多悲憤，枉自戲蛾眉。

江水正悠悠，江水清且流。妾思若江水，繞君萬里舟。君行如蕩子，躞蹀溝水頭。妾念君恩重，三顧復凝睟。寄語當努力，歲月不可留。

河間有兔絲，弱質零懷抱。緑葉動春蕪，枝莖亦自好。不附女蘿枝，焉得長相保？一旦寒霜至，依然委秋草。可憐正芳時，枯彫何太早！

十五夜候月登半山樓

碧嶂開青眼，晴雲亂晚峯。微涼松上月，清冷竹邊風。雨過螢飛定，鐘鳴鳥夢空。倚樓極長嘯，天際與秋同。

捲簾懸半户，蟾月下南樓。雲静千山曉，風涼五月秋。詩懷追白傅，仙興學丹丘。矚目天無際，迢遥見斗牛。

奉酬余夫人雨窻感懷十首即次元韻選二

四十年來擲水流，江山異地鎮相留。風帆消息牽新夢，雲樹紛披擁舊愁。月破踈櫺侵病髮，居潛僻巷少行騶。詩魂已逐家鄉外，短笛長吟盡欲勾。

水滿池塘潤緑荄，詩人風物任安排。荷能瀟洒成高志，柳亦温柔放好懷。且讓蛛絲争計巧，莫憂鸚舌向時乖。傳君城北家園勝，如此秋光肯易埋。

胭脂井

紫金山上月輪秋，猶照胭脂井內愁。玉樹不聞山笛曉，牧童吹散舊風流。

張昂 七首

字玉霄，一字玉符，浙江錢塘縣人。孝廉張步青之次女，槎雲妹也。適處士洪文蔚。文蔚遊食遠方，玉霄持家之暇，不廢吟詠。著有《承啟堂吟稿》。

張綱孫《承啟堂詩序》：從父步青先生，以名孝廉聲滿海內，諸子皆弱而才，即女弟輩亦能讀父書，閨中鍼黹之餘，學為吟詠。仲妹玉霄，詩才尤清拔，其老成高脫處，不減前人風格。豈非遵河溯源，必有所自乎？是集倘不終秘，亦可竊比孝綽之於令嫺矣。

春江花月夜

春江瀲灩春波平，春波搖月如含情。月影流光入花片，花片陰寂無人見。宛轉瀠洄縐縠紋，穿林入樹遶還分。棲香宿粉驚蜂蝶，度影回風逐岫雲。雲行遠岫三千里，月滿遥天光未已。多情明月不常圓，無賴浮雲水相似。波影涵春照落霞，可憐今夜宿誰家。生憎不盡河橋柳，慷慨空餘金谷花。路柳園花仝月影，江光海霧明宵永。古往今來月不殊，時移物換江長洄。誰家別淚湧江波，多少行人對月歌。月波江淚年年別，流水飛花處處多。樂兮樂兮心相識，悲兮悲兮久難憶。人生悲樂無常期，世事興衰有終極。撫今懷昔空躊躇，江月春花亦有初。浦口舟横漁唱杳，江皋路静客行徐。行客争超桃葉渡，離人莫問江南路。歡娱寂寞可憐宵，月移花影深深樹。

悼姊槎雲

顑頷與心傷，無言只斷腸。淚從今夜盡，别是此番長。滄海渾難問，泉臺不可將。芳魂心杳杳，何日更同行？長夢何時覺，終成不返期。寒窗朝唤鳥，孤榻夜啼兒。緑鬢遺香在，黄泉夙恨隨。春風摇白草，無以寄相思。

即事

别母時將五，辭家月近三。竹風抽嫩緑，山雨積柔藍。四野晴光暗，千門暮景含。曉鐘兼夜柝，獨聽在城南。

晚

木葉晚蕭蕭，西風正寂寥。空齋聞雁度，野圃有花嬌。雲掩孤城暗，天垂大野遥。薄衾温未得，寒氣逼長宵。

冷泉亭

此地風光自古今，落花流水任登臨。泉聲清静秋偏好，山勢巍峩午亦陰。亭牖遥看千黛染，松杉時拂亂雲侵。俗塵到此方消盡，直欲相攜上碧岑。

桃花

金谷名園一色開，柳隄風謝幾徘徊。嬌紅滴滴浥春露，艷影離離映畫臺。已笑寒梅遲葉待，為鄰穠李鬬粧來。武陵源外何多事，賺得漁人幾度猜。

趙雪華三首

吴中羈婦也。孫枚先太常過沐水季家莊旗亭，見其題壁詩，曾採入《南征紀略》。

題沐水旗亭壁

不畫雙蛾向碧紗〔一〕，誰教從馬撥琵琶〔二〕。驛亭空有歸家夢〔三〕，驚破啼聲是夜笳。

日日牛車道路賒，偏身塵土向天涯。不因命薄〔四〕生多恨，青塚啼鵑怨漢家。

驚傳朝吏〔五〕點名頻，一一分明漢語真。世上無如男子好，看他髠髮〔六〕也驕人。

《板橋雜記》：山東郯城之季家庄旗亭間題三絶句云云，末書『吴中羈婦趙雪華題』。凡此數者，皆羣芳之萎道旁者也。

錢中諧《和聲驛中女子趙雪華詩》：憔悴征塵去畫樓，平沙萬里赴邊州。可憐青塚千行淚，併作黄河一夜流。

【校記】

〔一〕此句《國朝閨秀正始集》作『不埽雙娥問碧紗』。

〔二〕此句孫廷銓《南征紀略》（清初刻本，下同）、《名媛詩緯初編》、《國朝閨秀正始集》作『誰從馬上撥琵琶』。

〔三〕此句《名媛詩緯初編》作『離亭空有歸鄉夢』。

〔四〕命薄：《南征紀略》、《名媛詩緯初編》作『薄命』。

〔五〕朝吏：《南征紀略》作『縣吏』。

〔六〕髢髮：《南征紀略》作『髢禿』。

余玥二首

浙江餘杭縣人。

姚母五十壽詩

共道籬邊菊傲霜，杯擎琥珀挹秋光。那知苦節花方潔，恰遇佳辰酒帶香。畫荻傳經推柳母，指舟作誓續共姜。茱萸進酒堪題句，願向華堂侑一觴。

帶水曾聞有女師，好將勁節比男兒。衣冠五代羞馮道，名教千秋數伯夷。鷲嶺霞丹楓染淚，蘐庭霜白菊侵巵。黄橙緑橘還相間，總表清操一段奇。

黄嗣貞一首

字玉娘，江西金谿縣人。

漁舟晚唱

網影垂檐江樹空，晴川隱映落霞紅。欲知千古滄波恨，盡在斜陽欸乃中。

郭璊三首

字璓汝，江蘇長洲縣人。適埭川顧氏。

《圖繪寶鑑》：郭璊，字汝璓，長洲人。適顧氏。畫學趙文淑，花鳥推逸品，書法二水。作詩立就，敻出三唐，曾題扇，有『葉落空山萬木齊』之句，清古秀潔，非閨閣所及。宜乎三吴之首推也。

夏日

不識愁何處，垂簾近曲廊。遠鶯啼柳碧，輕蝶戀花黄。攤卷藤床静，看雲石壁涼。却憐空日日，憔悴舊斜陽。

村居

小築編籬〔一〕傍水濱，每逢良夕月初生。寒蛩向户可憐在，宿鳥依帷不自驚。江上湘蛾愁暮竹，人間客子賦秋蘅。蕭蕭半是傷摇落，況值高天霜露清。

遊女

珊珊楚步小橋東，笑語香微花影紅。斜過柳陰人不見，白雲滿徑一溪通。

【校記】

〔一〕籬：原作『離』，據《國朝閨秀詩柳絮集》改。

朱文毓三首

字秀甫，號旦華女史，江蘇上海縣人，水部副郎朝源之季女也。適瑯琊王鈺。早夭。著有《旦華樓草》二卷，病中悉自焚化。其所存數章，皆搜取於灰燼之餘耳。

【輯補】

王鈺《旦華樓詩》（道光十六年《夢草集》附刻本）載劉樞序：余嘗見仲堅少為制藝，思議風發，得春夏氣，惜幼多病，未遂進取，援例為國子生。至性過人，敦内行，與人交，悃款誠篤。博覽史籍，有論古識。間為詩，存者若干首，所居曰『旦華樓』，因以名其詩。卒年四十。元配朱氏文毓，字秀敷，早卒，亦有詩二卷，病中自付之火，嗣於故簏檢得三首，附於後。余既次三君詩而為之序矣，至是付梓，復各書厓略於簡端，存其詩，抑存其人也。道光辛卯劉樞識。

同集載劉樞又序：人有奇才，天實忌之；人有至樂，天亦忌之。孟子曰：『兄弟無故，一樂也。』然或有其樂而不皆有其才，有其才矣，或意趣各異、静躁不同者有之，或長而宦游天各一方者有之，則有其樂而不能樂其樂者多矣。余中表瑯琊王氏，兄弟四人，皆有才而不遇。長一亭，次仲堅、萸裳、于民，余嘗讀書其家數年，見其伯仲間恂恂怡怡坐一室，不問寒暑，燭屢跋矣，將歸其卧室，猶握手不能遽去。所言多參考史傳，及徵引前哲嘉言懿行，有裨於立身制行之學者。或花晨月夕，酌酒為觴政，選韻投壺，歡笑終日，若孩提嬉戲。時兄弟而外，惟余從，余時尚幼，心慕之，竊以為此樂何極，真不知老之將至，雖鐘鼎，奚以易焉。迺歲丙寅，而仲堅溘逝。戊辰，余試自白門歸，而不復見于民，萸裳亦病廢。洎甲戌冬，余歸自京，則萸裳又奄忽矣。仲堅、萸裳皆無子，于民有子而殤。嗚呼，天之所以厄三君者至矣！既而思之，三君兄弟之樂，人所不能奪也；有三君之才而能樂其樂，人尤不能奪也。人不能奪其樂而造物者忌之，理或然歟？不然，如三君之積習名教，孝友誠篤，宜昌其文以顯其用，而天乃豐其才，嗇其遇，既夭其年，又靳其嗣，所以報施善人者，抑獨何耶？今仲堅没十五年矣，萸裳没且數年矣，一亭年六十餘，鬢髮皓白。余亦三十有五矣，衣食奔走，無所成，間一歸過其家，棖觸往事，相對惘然，各不知涕之何從也。三君之没也，同葬于吴淞之某原。九京有知，兄弟相守若平生，而其嗣子及諸姪又能搜輯遺稿，彙為一編而付之梓，則三君雖死而不死矣。令後人讀其詩，閔其遇，想見其生平孝友之行，則又天之所不欲没其實者夫。道光元年九月三十日中表弟劉樞書於清江舟次。

見甥〔一〕

母死誰憐汝，相攜更痛心。呱呱啼不住〔二〕，猶是姊聲音。

寄外

寄語平安否，新詩當八行〔三〕。朔風鳴北牖，冷月照空房。地遠魂偏繫，身單夢亦涼。勸君頻記省，柳汁染衣香。

燈花

從來榆柳原生火，花性仍憑火結胎。消息不關春氣動，榮枯終傍草邊開。縱成空質膏猶潤，莫謂無香心已灰。昨夜閨中頻問卜，預拚夫壻奪標回。

【校記】

〔一〕此題王鈺《旦華樓詩》（道光十六年《夢草集》附刻本，下同）附詩作『見甥女』。

〔二〕住：《國朝閨秀正始集》作『止』。

〔三〕當八行：《旦華樓詩》附詩作『寫幾行』。

卷之三十一

袁寒篁七首

字青湘，江蘇婁縣人，袁玉屏之女也。性孤潔，有孝行。著有《緑窻小草》。

《塘南野乘》：寒篁袁氏，為郡城文學袁玉屏女。其先本王氏，江州司馬孟明公之後，袁乃繼姓也。玉屏無子，而早喪其偶，寒篁守貞以侍椿庭。所著《緑窻小草》，一時明公鉅卿，咸推其才。焦南浦先生遷居郡城時，玉屏以其詩文就正，且令拜唐太夫人為母，而以兄事先生。先生歸浦南，寒篁嘗一再至。先生教澤及乎閨門，亦一時盛事也。

王鴻緒《緑窻小草序》：嘗聞遇窮而詩工，非窮能工詩，窮能見性也。蓋言之出於性者，其旨切，其詞哀，而仍不失和平温厚之意，所以讀者尋繹不倦。然執此以論閨中之作，則有難焉者。夫自古迄今，女才歷有。璇璣一圖，千載絶作，而所寓無非憂愁憤懣；詠絮佳句，膾炙人口，而大旨不過風流藴藉。此無論遇之窮與否，以言乎情則有之，而至性無關也。茲閱《緑窻稿》，感慨思深，詞旨幽咽。脱簪珥以侍椿闈，望停雲而思萱草，純孝之哀，淚花落處，化作筆花。至性所形，文詞自佳，非徒寓其憂思與寄其藴藉，殆超古人而上之矣。惟如是而後能處窮，亦惟如是而始信詩工也。昔人之言，真不吾誣矣。

王式丹《題緑窻小詩草》：『洗却尋常脂粉叢，倚窻詩思落秋空。海棠一曲何人聽，自向金風玉露中。』『一墮書圍欲等身，牽蘿補屋處宵晨。幽蘭標格原空谷，莫比俳紅儷紫人。』

黄之雋《贈袁寒篁·東風第一枝》詞：研粉牋光，簪花字楷，緑窻詠慣飛絮。繡傳彩筆徵君，最賞翠閨孝女。冰心蘭欬，為唐勒、梅花題句。便費却、子建吟毫，江上和填金縷。曾話向、鳳池夜雨，想讀遍、苧坡春樹。故鄉老去歸來，待拾斷紈片羽。采風名媛，厭脂黛香奩陳語。願手浣清露薔薇，細寫謝庭新著。

【輯補】

袁寒篁《緑窗小草》（嘉慶間刻《峯泖閨秀詩鈔》本）：袁寒篁，字青緗，華亭人，雍正時袁正平先生女。早悲母故，孝養嚴親。本姓王。著《淚鶴灘》、《緑窗小草》行世。焦徵君有序。

瓊案，同集《感懷》詩云：『人世浮生能有幾，茫茫心事役愁逋。琴書典盡緣薪米，簪珥捐時為藥爐。萱草凋殘椿影寂，棣華零落雁行孤。那堪又復看花月，泣月悲花淚更枯。』《有感》云：『不將脂粉學嬋娟，的是持心師聖賢。甘為詩書遭俗薄，任他時尚笑迍邅。炎威莫向冰蟲語，凓冽休從蟪蛄言。但願死為知識鬼，不求人世混流年。』其《述懷》又云：『幾番愁緒渺無涯，水有淵源木有荄。若個書香傳奕葉，空留家世本三槐。追崇欲繼箕裘志，其奈天時人事乖。莫道閨中耽筆硯，聊憑吟歎寄衷懷。』詩間小注云：『高祖王孟明公，歷官江山司馬。曾祖韭炫公，太學生。曾祖母潘孺人，系大司寇恭定公孫，水部士逢公女。袁乃繼姓也。』由此可見其心緒與追求之一斑。

遠眺

簾捲倚高樓，青山相對愁。夕陽搖酒旆，野渡繫漁舟。樹密煙光亂，江空水氣浮。斂眉無限恨，身世等悠悠。

賦得風回雲斷雨初晴

厭絶風聲雜雨聲，忽看雲散晚來晴。歸帆路遠波光直，濃樹煙開鳥語輕。山翠有痕猶黛斂，池荷餘滴尚珠傾。不知何處漁村好，掩映垂楊夕照橫〔一〕。

夜讀

夢裏淩虛詠少微，休言閨閣讀書非。貫淹今古知經世，徹悟淵源在静機。斑管每隨妝鏡匣，牙籤常列繡屏幃。斯文豈為登雲路，别有冰心似月輝。

月夜

一天風露月娟娟，兔影依稀桂影圓。此際青閨加皎潔，砑羅衫子别清妍。

自遣

療饑〔二〕自有忘憂處，樂此衡門水一灣。謾訝家貧無四壁，家無四壁好看山。

拾翠亭春晚

垂楊煙鎖畫橋西，荷葉如錢映碧溪。人立小亭花欲落，鶯聲漸老不勝啼。

秋宵

梧桐落葉集棲鴉，茉莉開餘點翠華。試問碧空深夜月，笛聲吹去照誰家。

【校記】

〔一〕横：《本朝名媛詩鈔》作「明」。

〔二〕療饑：《緑窗小草》（嘉慶間刻《峯泖閨秀詩鈔》本）作「樂饑」。

吴山 二十首

字岩子，安徽當塗縣人。適太平縣丞卞琳。幼攻筆墨，嗜詩好古。歸琳後頻遭患難，轉徙他鄉者七年。戊寅冬，始卜居於石城、青溪間，為栖隱計。無何江東亂，幾致覆巢。丁亥春，乃攜詩囊書篋附舟出關，與徐夫人智珠登金、焦，遊虎阜，後至明聖湖，縱覽孤山、葛嶺之勝，而詩篇日益富。仁和、錢塘兩令君聞其名，為分俸以給之，傳為佳話云。著有《青山集》。

魏禧《青山集序》：《青山集》者，卞君楚玉夫人吴岩子氏所作也。夫人家青山，既轉徙江淮，無常地。有《西湖》、《梁谿》、《虎丘》、《廣陵》諸集，最後彙次之，以「青山」名，夫人於是年六十餘矣。楚玉中道即世，未有後，夫人依女夫劉子峻度以老。時回首故鄉，躊躇躑躅，不勝丘首之感焉〔一〕。天下女子，能詩者不乏人。夫人於興亡盛衰之大故，篇什留連，不一而足，有《國風》諷刺、《小雅》怨誹之義。予讀之，低徊泣下。然楚玉一貧書生，夫人非有象服六珈之遇，而往往若此，則真吾所不解也。夫人以詩名垂四十年，工書法，晚更好道。得奇疾，疾作則右手自運動，日夜作字不休；或濡筆書紙上，悉成玄理。疾止，不復記憶。凡二年而愈，白髮朱顏，奕然有丹砂之色，遂不甚作詩矣。予交峻度最善，來廣陵，輒主之。夫人與其二女嘗以詩畫酬贈予內子，間屬予論定其詩，因得請見。夫人吐辭温文，出入經史，相對如士大夫。予每退而歎息云。

王晫《今世説》〔二〕：吴，青山人，為卞楚玉配。以詩名，工書法，晚更好道。得奇疾，疾作則右手自運動，日夜作字不休，或濡筆書紙上，悉成玄理。疾止，不復記憶。凡二年而愈，白髮朱顔，奕然有丹砂之色。長女玄文工詩辭，次女德基善畫，並賢能，好讀書，精筆札，先後事劉孝廉峻度，峻度以賢豪名廣陵。

《圖繪寶鑑》：吴山，字岩子，太平人，縣丞卞琳室也。詩文甚富，畫惟寫意山水，書工草楷。戊巳間曾寓西湖，諸名宿俱與之唱和。

《西湖志》：吴山，字岩子，太平人。居西湖上三年，武林名流多所推重。

阮亭王士正《觀吴巖子書扇詩》：『紈扇凝香小字斜，似聞金椀寄秦嘉。景陽宫畔文君井，明聖湖頭道韞家。』『繡閣新詞名漱玉，朱絲妙格字簪花。煙波風雨錢塘路，望斷西陵油壁車。』

吴偉業《送吴岩子卜居湖上》詩：『送春猶及柳絲風，杜宇情多繞故宫。草長六橋香欲去，花飛三月夢初逢。』『青溪煙雨知何代，後庭玉樹紛難再。啼烏應改舊朱樓，當年人影雙雙在。』『萬事飄零豈自繇，鴟彝一艇還綢繆。博山簾捲開芳詠，無數江蘭正泣頭。』『九天咳唾明珠墜，玉鈎敲醒鸚哥醉。閨閣文章事已奇，江山罨畫家如寄。』『千秋逸韻落晴湖，廡下何須更僦吴。為著風流高士傳，敢題金粉麗人圖。』

鄧漢儀《題吴巖子青山集》詩：『江湖薄梗亂離身，破硯單衫相對貧。今日一燈花雨外，青山自署女遺民。』『六朝春草盛詩名，流寓偏深廡下情。教得左家嬌女在，東平今喜嫁劉生。』『當時閨閣愛招邀，曾倚朱欄聽暮潮。可奈柳花零落盡，白頭空憶段家橋。』『繡佛簾帷懶自開，六時清磬繞香臺。紛紛女伴齊歌舞，休遺鈿車十道催。』

新霽

新霽健草木，林塘肆芬芳。拂石竹陰晚，地幽人亦涼。遠天自空静，蟬風吹夕陽。

法海寺

聞説隋家帝，於此建宮闕。種色玉鈎斜煬帝葬宮人處，年年芳草發。代往存形勝，古刹依林樾。輕風吹錦帆，今昔〔三〕一明月。

望鍾山

天氣清無霞，遠山益幽靄。凭樓縱觀眺，目與羣物會。清風自南來，竹樹生微籟。歌禽唱金縷，翠篠飄羅帶。時佳景復麗，賞心亦高邁。延竚望鍾陵，眷然悵松檜。似覺古今短，徒謂乾坤大。念昔爽鳩氏，川原鮮常在。

集不繫園〔四〕

兩峯不出雲，十里春陰譜〔五〕。水上快鳧鷗，簾前怨鸚鵡。花寒不放香，月瘦未見補。莫謂近山晴，遠煙〔六〕還是雨。

越城歌

越王城邊春鳥吟，忽思美人歌舞心。一朝歌舞向吴國，水犀軍散劍池深。姑蘇臺下草連天，鴟夷一艇何茫然。

泊舟香口

薄暮到香口，風迴即泊舟。一溪分竹進，兩岸斷江流。落日明殘牖，荒煙襲廢樓。籬邊雞犬静，寥落使人愁。

秦淮舟集同劉李諸夫人分韻

一棹輕隨柳岸斜，晚霞落日集名家。六朝風物秦淮水，三月春情穀雨茶。隔樹嵐光〔七〕青照眼，護橋煙色白侵沙。萬重樓閣闌干遶，處處籬邊著好花。

中秋

最愛寒光好處圓，今宵何事轉悽然。兩宫昔日繁華地，百代清秋水月天。鳧雁不關離黍恨，湖山寧受後人憐？聊乘一葉中流放，風露依稀咽管絃。

幽居

獨尋香處結孤茅，泉石膏肓疾未消。放鶴啟扉敧醉竹，通泉鑿石跨飛橋。露香秋老收蓮種，花雨春深課藥苗。食罷行吟循澤畔，櫂歌聲引夕陽潮。

徙倚

自傷蓬跡遠，常羨旅鴻歸。昨得家人信，青山滿蕨薇。

題畫

雪意滿前山，蒼雲落寒樹。扁舟人不歸，想在谿中住。

清明

而今何處覓桃源，風雨清明且閉門。春草萋萋歸不得，江南多少未招魂。

姑蘇棹歌

水色連山青欲流，漁人終日棹輕舟。一條古路分吴越，直到錢塘江岸頭。
水轉楓橋徑轉幽，人家緑樹映高樓。木犀秋滿山塘上，一路清香到虎丘。

寒食憶逝

去年此日買蘭橈，薄暮輕陰轉石橋。未到平山明月上，水香深處共聞簫。
三月清明風雨斜，江城花柳帶人家。春花落盡悲春去，尚有來春發舊花。

廣陵雜詠選四有序

丁亥夏日，僑寓廣陵園亭，殘紅剩碧，斷砌頹垣，觸景興思，不無銅駝玉樹之感。一簾垂永，半榻放懸，七事付奴，五言課女。澹煙踈樹，皆信手拈來；鳥語花香，欲揮之不去。念春光其未遠，悵秋色之欲來。載嘆載歌，情因感發，辭鮮緣題，間紀一時之槩耳。雖云無補，聊寫我聞。

檢點遊裝問有無，欲呼雙鹿駕柴車。一椽傍水留新句，幾擔移家只舊書。

一榻殘書兼旅思，半窗燈火與踈鐘。静看六代江南志，坐盡維揚夜雨濃。

新雨足時芳草緑，野棠開處鵓鳩鳴。只今曾閲人多少，感盡江山萬古情。

悵望遥天羨鳥歸，落雲深處曙光〔八〕微。荒階漸有蟲聲出，秋欲來時細雨飛。

【校記】

〔一〕魏禧《魏叔子文集》（清刻《寧都三魏全集》本）卷九所載此序有雙行小注云：『夫人長女玄文，工詩辭；次女德基，善畫。並賢能，好讀書，精筆札。先後事劉孝廉峻度，如劉敞、王拱辰故事。峻度以豪達名廣陵，事夫人如母，二十年如一日云。』

〔二〕本條文字係王晫《今世説》（康熙二十二年霞舉堂刻本）卷六『吴岩子』小注，《擷芳集》底本無出處，今據此本增入。

〔三〕今昔：《國朝閨閣詩鈔》作『今古』。

〔四〕此題《名媛詩緯初編》作『清明前二日社集不繫園，用「雨絲風片、煙波畫船」爲韻，各即事八首，奉和汪然明先生韻』。
〔五〕譜：《國朝閨閣詩鈔》作『普』。
〔六〕煙：《國朝閨閣詩鈔》作『山』。
〔七〕嵐光：《國朝閨閣詩鈔》作『風光』。
〔八〕曙光：原作『署光』，據《國朝閨閣詩鈔》改。

王夢鸞二首

字仙御，浙江桐鄉縣人。

姑蘇楊柳枝詞二首

家住横塘春復秋，門前楊柳數株柔。畫欄長是周遭護，不遣行人繫紫騮。
柳條風静雨初收，更罷羅衣嬾上樓。花下欲將新月拜，一鈎恰到緑梢頭。

王仙駕二首

夢鸞妹也。

姑蘇楊柳枝詞二首

絲絲低罥石欄干，擬向階前折取看。臨舉玉纖猶障袖，吹花風起覺添寒。

交枝楊柳映重門，樹色濛濛帶雨痕。繡幙不開人欲倦，只疑深閣易黄昏。

黄嘉八首

字季雅，江蘇上元縣人。

碎琴山人韓矩《黄季雅詩序》：鳳凰臺上，萬家簫管行春；燕子磯前，六代江山入畫。城闉建業，甲第連雲；水繞秦淮，鶯花作陣。芳樂苑歌鐘已歇，尚遺苔逕之釵；景陽樓羅綺雖空，猶拾蓬根之翠。夢桓伊之弄笛，韻入青冥；擷江總之吟囊，香生錦肺。玉樹後庭之曲，聽來孫楚樓頭；烏衣白祫之羣，行遍謝公墩下。歌風肆雅，競握隨珠；習禮敦詩，咸持漢璧。居斯地也，乃有人焉。四姓金張之族，交推壺内庾徐；三吴顧陸之家，盡説閨中鮑謝。甫離毁齒，搦黛管以花飛；乍即勝衣，運霜毫而錦爛。薰香之暇，便自研硃；織素之餘，偏思弄墨。而且清冰作骨，無殊落雁之安妃；白雪為神，不異淩波之江女。猩紅染靨，笑憐齲齒之工；鴉翠描鬟，蹙有蛾眉之倩。舞三眠之楊柳，居然娟秀遥臨；點半額之梅花，正是壽陽乍卧。何年竊藥，雕蟲原月殿之娥；此日吹簫，揮翰是秦樓之子。天乎帝也，空北部之胭脂；人也仙歟，壓南朝之金粉。蝦鬚帳啟，唾落紅衫；犀甲屏張，雲生紺袖。左家嬌女，竹間之蛺蝶頻來；管氏夫人，匣裏之鴛鴦不去。雲融綺旭，撲柳絮以行吟；香暖瑶巵，指椒花而作詠。櫻桃初熟，製雅什以新妍；菡萏方開，譜新詞而麗則。煙空樓榭，鳥語千聲；柳暗簾櫳，鶯啼百囀。李易安工為雋語，艷比芙蓉；謝道韞慣寫柔情，芬同薝蔔。敲簪擊鉢，時時繡都尉鴛鴦；滴粉搓酥，夜夜製丘遲翡翠。如入建章宫闕，悉皆金鎖銀鋪；似來衛尉園亭，總是珠輝玉媚。賡謡未已，披賞難忘。嗟乎！俗號詩人，略諧競病；世言名士，粗曉之無。黄初秦始以前，從未登其堂奥；武德貞觀以後，何常涉彼藩籬。詎知巾幗名篇，反勝鬚眉穢集。繞架插珊瑚之筆，多畫簾微雨之詞；盈箱積玳瑁之箋，半綺閣名霞之句。菖蒲雅製，字字流傳；荳蔻新吟，人人繕寫。國士而為國色，洵看冠冕詞壇；美人原是才人，信可笙簧藝苑。金陵花草，從此生輝；白下河山，因而增秀。披雲漢天孫之錦，桂樹扶輪；讀萬年公主之辭，薔薇作蓋。

小園

嫩日閑園爽，空階秀竹孫。亂藤穿石罅，老樹立雲根。水漾青浮榻，山涵翠到門。耽吟憐幼女，待字未成婚。

遣興

緑陰深院静，高詠倚庭梧。水煖魚吞絮，花香蝶抱鬚。婢翻吹笛譜，兒展鬬棋圖。簾幕東風軟，聲聲聽鷓鴣。

棲霞山即事

笑詠層崖疊巘中，破煙清磬響珠宫。半窻花氣晴薫日，一座香光細舞風。隔塢鶯啼空翠緑，入雲鳥帶落霞紅。登臨不盡探奇興，欲馭羲輪到碧空。

柳枝曲

青青楊柳枝，醮雨飛寒玉。咲對畫眉人，可似儂眉緑？

秋夜

暮雲扶月上簾鈎，石竈茶香沸小甌。落葉滿庭風自掃，一聲砧杵萬山秋。

遊秦淮

煖風煙柳盪雲光，笑擁笙歌醉夕陽。一碧清波流不盡，鶯花猶帶六朝香。
河房客聚酒香飄，羅綺喧闐武定橋。笛步尚留餘響在，隔江山色擁輕橈。

移竹

藥欄餘地一弓寬，移得鄰家竹數竿。愛煞清陰摇鳳尾，一庭蒼翠拂雲寒。

倪宜子二首

浙江浦江縣人，倪仁吉之姪女也。

倪仁吉《姪女宜子詩引》：宜子天姿穎異，機警靈巧，凡琴棋簫管，詩畫針繡，靡不通曉。因所天留燕，久而不歸，往從之，遂卒於邸寓。哀哉！生平著作甚富，悉皆散失。偶從敝簏中得數首，爰付剞劂，以志感云。

歸寧得家姑詩步韻〔一〕

征鴻過處得瑶箋，不見鸞軿意倍煎。澗畔尋花思舊日，林邊聽鳥俟他年。煙雲變幻山仍在，人事淒涼世已遷。擬訴睽違千萬恨，幾回捉筆淚潛然。

立秋有感

一葉梧桐大火流，如何令我蚤知秋。裴姬懷遠思裁練，蘇子羞歸欲敝裘。短篴吹來皆别恨，瑶琴弄罷盡離愁。凭闌空盼新鴻至，那有音書付與收。

【校記】

〔一〕此題《名媛詩緯初編》作『歸寧祖居得家姑心惠詩步韻』。

朱氏 六首

江蘇銅山縣人。適同邑某，賦性不慧，故氏所著，不甚愛惜，集遂散失。

秋月

漠漠浮雲斂，清光萬里同。粧臺初展鏡，戰壘乍開弓。雲魄依桐影，金精落桂叢。姮娥好珍重，秋到廣寒宫。

夏日即事

午夢初回日正長，緑陰濃處納微凉。迎風披拂龍孫舞，助雨翩翻燕子忙。一卷詩篇遮倦眼，數聲鳥語送殘陽。貧居亦有隨時樂，野蔌為羹麥飯香。

送春和韻

飛花落絮惹煩襟，無計留春强自吟。昨夜夢隨零雨斷，少年心向逝波尋。一樽酒酎斜陽暮，萬斛愁凝芳草深。最是子規知此意，更闌殘月叫空林。

移居二首

三十年來此地居，一朝遷去意難舒。蕭然行李無他物，珍重隨身數卷書。

惆悵今朝别四鄰，多情女伴各傷神。更憐來歲梁間燕，社後應尋舊主人。

古劍

利器原因錯節傳，獄中沉抑未須憐。一朝垢盡鋒鋩現，虹影長懸日月邊。

楊珊珊 一首

字珮聲，浙江山陰縣人。布衣楊賓之女，適臬使金祖静。

鄉思樓

旅寓金閶五十秋〔一〕，親年多半〔二〕老依劉。嗟予未識鄉關路，廿載空登鄉思樓。

【校記】

〔一〕五十秋：《國朝閨秀正始集》作『春復秋』。

〔二〕多半：《國朝閨秀正始集》作『多病』。

鄒溶 四首

字朗岑，江蘇吴縣人也。適洞庭西山蔡書雲。

《七十二峯足徵集》：鄒氏，名溶，字朗岑，吴郡人，適西山蔡墨濤書雲。墨濤遠宦靈武，太翁在堂，年高道遠，不克迎養。夫人雖隨任，而心切侍奉，孺慕之誠，溢於言表。至其貴而能勤，富而好禮，實稟鄉飲賓鶴峯先生之家教云。

上堂上翁

人生養兒原待老，膝下承歡免煩惱。不須鳳脯與龍葅，親手羹湯進亦好。去年隨任之靈武，翁顔遠隔心如擣。因思烏有反哺心，人豈茫然不知道？舉頭雲樹路迢遥，雁信魚音望空禱。深慙侍奉禮闕如，問安視膳不及早。期頤唯有祝長春，紫誥泥封榮壽考。

詠美人峯

一峯窈窕伴芳叢，不比巫山隔幾重。秀麗忽來靈鷲翠，端嚴如整望夫容。雲鬟半嚲花臨砌，鸞鏡初開月掛松。擬上陽臺無好夢，任他朝暮雨雲封。

讀漢書

信史偏從女弟成，漢家巾幗擅才名。等閑莫笑裙釵侶，一代人才待品評。

蒼潤樓坐月

千門人静月朦朧，蒼潤樓頭料峭風。坐久不須還秉燭，愛他花影滿庭中。

劉月卿二首

字愛蟾。里次無考。

孫貞媛詩

女子貴守貞，守貞命何惜。掠賣陷媌娥，三槐溯赫奕。感此捐軀學乃翁，一門忠烈皆精白。梅花嶺上欲招魂，丹心已化山頭石。

次韻題明妃圖

蕭瑟西風塞艸稠，漢廷遥隔謾驚秋。阿嬌空説藏金屋，恃寵何曾直到頭。

張静九首

字秋山，江蘇華亭縣人。適奉賢縣莊與偕。著有《清閨集》。

閨秀曹鑑冰《清閨集序》：余乍歸張氏時，小姑秋山方六歲，姿韻秀逸，質美絶倫，能誦《内則》諸篇及《列女傳》。稍長，嫻習女紅，針線之餘，頗躭吟韻，香奩中能脱粉黛氣。且喜限險韻，遇一題，每見泚筆立就，若宿構然。及笄歸莊氏，壻曰與偕，亦愛詞賦。故聞其奉事尊嫜、静好琴瑟之下，於花晨月夕，著作之富，更勝未嫁時也。辛卯歲歸省母疾，久之染病；迨聞父喪，哀感莫解，病苦轉劇。其間歌詠，雖云不減疇曩，而已皆言愁之辭矣。越七年戊戌，凶問北來，余為之悲痛欲絶，作《輓歌》三十章，遣星兒持往哭之。與偕留星信宿，繙笥薈萃其生前諸稿，凡詩詞共若干首，令攜歸視余，且乞一言為序。嗚呼！昔我二人學詩之始，俱屬幼齡，朱鳥窻中，微塵不著，劈箋題罷，對語喁喁。於斯時也，不知有老，遑計及死？今則死者不作，老者又何緒乎？筆墨之事，自此漸踈，而追憶當年，情難自已。因拭淚重讀，略述本末，不敢自匿其淺陋也。

莊四得《清閨集跋》：先妣著有《清閨集》若干卷，經仁和鄂夫人加評。長夏無事，鍵户曝書，得之故紙簏中，不忍散軼，因重為手抄，而謹讀之。竊念孑影承先，瞻依早失，栝棬空存，循除增感，秋霜春露，莫溯音容。兹集幾即淪埋，猶得敬展餘蹟，以想見遺徽，為足幸也。昔清河舅母曹太君嘗序先妣集，謂自少即躭吟詠，喜限險韻，偶拈一題，捷若宿搆；于歸以後，先嚴亦夙愛詞賦，每逢定省燕閑，鶯花佳日，往往積有篇章，以抒情性。當是時，沐昇平之景福，寫庭户之雍容，刻燭飛牋，留芬未沫。惜不及呵毫調墨，侍奉寢門。今始得檢尋故篋，訪輯零殘，雨蝕蠹侵，模糊脱落，其所存者，僅什之二三，為尤可感已。憶數歲時，先嚴嘗語四得云：『汝母囊所為詩，率皆清新可誦，他日或可輯梓，庶弗散亡。』後竟以門户務冗未果。假令髫齡省事，得即廣收，當不止此一編。然此一編於幾散而復集之，正屬厚幸。亟授諸剞劂，永示後人，不敢没先妣之留貽，亦藉以凜佩先嚴之提命於萬一耳。

《小粉場雜記》：張秋山静病劇時所作别舅姑諸什，皆悽惋可誦。其《别書》有句云：『那知終不如蟫蠹，死後身猶在簡編。』尤令嗜學人不禁撫膺長嘆也。

沼上

溪風吹暖波，荷葉田田起。滴露翠毛交，匀圓瀉珠子。游魚戲其間，樂意忘沼沚。一勺洵可安，江湖莫輕徙。庶幾花發時，不隨花入市。不然入於機，鷺鶴在水涘。

海棠吟

春煙冉冉侵簾箔，簾外花枝開復落。海棠一笑正嫣然，滴露垂垂姿態弱。染痕深淺隨熙陽，片陰還愛輕雲作。銀屏吹過折風枝，繡入羅衣見標格。標格翩躚不惹塵，別有深情憐婉約。懶隨頑艷競繁香，蜂蝶緣何試輕謔？

堂後新篁解籜風過翛然偶爾拈毫藉舒懷抱

簾外雨初收，新篁翠欲流。最宜風繪影，徐待月當頭。一徑延苔潤，千竿拂砌幽。旋看筠節勁，清助碧梧秋。

春雨

春雲濃似墨，移雨過園林。花徑紅初減，苔垣碧漸深。輕寒添翠幌，餘潤入瑶琴。不盡迎暄感，應知寸草心。

秋思

樓外南飛雁一聲，驀教秋思十分縈。飆風況值桐初落，過雨遥憐月倍清。幾處紗幃愁織錦，誰家銀甲戀吹笙。不堪病後精神懶，深夜空煩蟋蟀驚。

暮春

繁英亂墜粉牆頭，燕子啣將入畫樓。病起不知春已去，吟來况值雨初收。緑陰濃近薔薇架，碧漲斜添杜若洲。九十韶華纔一瞬，晚窻愁對月如鈎。

晚景

繡罷閑無事，珠簾捲夕暉。放他雙燕子，花外引雛歸。

對酌步夫子韻

緑釀新開菊正黄，君須尋醉酹秋光。人生無病無愁日，得意花前能幾場？

莊與偕原韻：叢菊初舒籬下黄，穿簾秋月漾清光。一杯還勸停針暇，相與推敲翰墨場。

別鏡

今後雖然暫積塵，知伊尚有未來因。粧樓重見奩開日，好吐清光照玉人。

姚静芬二首

安徽歙縣人，姚穆先之長女也。適浙江仁和縣翟秬原。能詩，早歿。著有《碧窻遺集》，鄭侍讀江、吴通守廷華、沈司臬廷芳，皆為之序，惜無好事者為之壽梓。

早秋病起

病起新秋候，幽窻繡嬾拈。拂匳開藥裹，就几理書籤。骨瘦涼先透，衣單晚漸添。侍兒真解事，深下北窻簾。

燈花

煙飛蘭燭傍書龕，半暗慵挑玉粟含。可惜好花開頃刻，始知無盡是空談。

張英九首〔一〕

字淑華，江蘇甘泉縣人。適江都縣學生員黄文暘。善畫。著有《雙桐館詩鈔》。

【輯補】

黄文暘《埽垢山房詩鈔》（嘉慶七年刻本）卷一《柳絮和韻》題下小注云：予少學制藝文於王一齋先生，同硯席有張丹崖者，忽以《柳絮》一詩遍索同人和章，予亦漫然和之。越日，丹崖請於師曰：『《柳絮》詩，實幼妹所作。弟子素奇秋平，而和詩又獨佳，願以妹歸之。求先生主斯盟也。』師索倡和詩觀之，欣然曰：『此誠佳話，老夫當力成之。』時予父客淮右，師乃走書索幣聘焉。于歸之日，師作《雙美行》，吴並山先生作《柳絮篇》，合書一冊贈予。吴詩中所謂『二十八字媒』者，即謂此詩也。婦原名英，字淑華，予爲易其名曰因，字之曰浄因。

張因《緑秋書屋詩鈔》（嘉慶十年刻本）載其夫黄文暘序：浄因善讀書，性尤嗜詩。父解亭先生督之嚴，誡以筆墨非女子所宜，乃不敢多作。歸予後，唱和甚樂，而米鹽間之，又索畫者多，乃至日不暇給。遂厭苦筆墨，守父誡，一意以女紅易甘旨。中年後，謂女史以梱範為重，未可有鶩，門户之習益絶；口不言詩，有慕名來訪者，輒以不識字峻辭。嘉慶甲子，浄因已六十三歲矣，予攜之游西湖。阮雲臺中丞，予舊友也，其孔夫人亦世誼，並延入署，浄因得與夫人唱和，始稍稍料理舊業。予詩為孔上公所刊，今孔夫人因亦索刻浄因之詩。予為編次，所作僅得三百餘首耳。時乙丑二月也。秋平居士黄文暘識。

張因《緑秋書屋詩鈔》（嘉慶十三年刻本）載阮亨序：予幼時即耳浄因道人名，工詩詞，善丹青，造門索畫者日不暇給。癸亥冬，道人游西湖，與予内子凝香最友善，時相倡和，詩益富。予因以《泖湖卧游圖》乞題，道人詩曰：『對之息塵心，卧看沙鷗起。』其詩懷之磊落如此。丁卯冬，道人卒，予吊以詩云：『掃垢一生偕隱老，白圭五載説詩忙。』並屬其嗣小秋、小坪等收拾遺詩，以為他日棗梨之壽。戊辰夏，道人遺詩録成，予往杭州節署，攜之以行，每當水光山色間，時一諷詠，輒有仙氣。吾兄因為之作傳，以付梓人，予並刻其遺詩入《淮海英靈續集》云。嘉慶十三年戊辰重陽日北湖阮亨仲嘉譔於小西山房。

同集載阮元《浄因道人傳》：浄因道人者，余老友甘泉秋平黄居士文暘妻也。父張堅，甘泉公道橋北湖儒者；母徐氏，北湖坦菴先生曾孫女。道人幼讀書，習詩禮，知孝義，兼工繪事。年二十五歸於黄，事舅姑以孝聞，戚黨咸呼之曰『趙五娘』，用《琵琶記》故事也，其孝可知。居士雄於文，爲里中老宿，屢不第，家貧，以館穀自給。道人常典簪珥以爲炊，或以畫易米，與居士相倡和，或賭記書籍策數典故以爲樂。舅姑殁，寫《偕隱圖》以寄意。乾隆丙午，饑甚，居士有貧友來投者，道人解衣衣其妻，而自忍凍，分米爲糜以食之。吴梅邨祭酒之孫貧餓於竹西路，居士割宅居之。其子女失母，道人撫之至成立。長官慕道人名求見其詩者，閉門謝曰：『本不識字也。』曲阜衍聖公尚幼，余薦居士往爲之師；道人與居士以《六十自壽》詩相倡和，山左盛傳之。居士長余二十七歲，余童時即見居士道人於埽垢山房。歲癸亥，邀二老來遊西湖，扁舟涉江，登虎阜，泛鶯脰湖，皆有詩。余於署中開別館居之。每二老出遊，竹輿小舫，秋衫白髮，蕭灑於湖光山色間。余内子孔，亦以詩與道人相倡和。歲乙丑歸揚州，畫《埽垢山房聯吟圖》以寄意，名士多題者。歲丁卯，居士客於外，其弟暨長子婦死，道人經其喪，勞且哀。季冬居士歸，道人以微病卒。僕婦鄰媼來，相撞而哭，感其仁賢，血滿地，不知誰喀者。道人卒年六十有七。所著有《綠秋書屋詩集》。

同集目録後載黄文暘跋：《綠秋書屋遺稿》一卷，浄因殁後兒輩所輯録者也。予每檢視，輒淚落盈襟，不忍卒讀。戊辰秋，阮梅叔上舍自杭州歸，出示令兄雲臺中丞所撰《浄因道人傳》，並屬刻其遺詩於《綠秋書屋詩鈔》之後。予感中丞之意，乃忍淚重為校編刻之，冠以中丞之《傳》、諸閨秀之輓章，而予所作《悼亡百韻》、二子《哭母詩》亦附焉。俟刻成，以其印本與予《埽垢山房詩鈔》裝為一函，生以之為伴，死以之為殉而已。哀哉！戊辰仲秋秋平老人識。

同集書尾載其子黄金跋：右先慈遺詩一卷，金于靈前泣血録成者也。音容如在，一燈黯然。回憶去歲，叔卒于春，妻卒于秋，先慈支持喪葬，精神勞瘁，遂至不起，哀禽叫嘯，抱恨終天。此後哭母思妻，慰父憐弟，無往非傷心之境矣。《綠秋書屋》前集已經刻板，今遺集，金與弟實鑾又共校梓之，冀勿湮没云爾。男金謹跋。

金兆燕《棕亭古文鈔》（道光十六年贈雲軒刻本）卷五《張淑華閨秀綠秋書屋吟稿序》：三代以前，女子無不知書，故三百篇多閨幃之作，而姓氏無傳焉。自後世德教衰，治經之士以此梯榮，而謂婦人無與乎此，故一二著作家如蔡文姬、班大家，遂若景星鳳凰之爍人耳目。至鄙學瞀儒，反有泥『攸遂，在中饋』之説，而謂泓穎之事，非閨中所宜者，則尤恂愗之見也。淑華夫人爲吾友黄子秋平之配，於詩無所不工。或以秋平之貧爲嘆，而謂夫人之命適究於詩。余曰：是何言也？秋平學古人之學，其子無假，年甫志學，而讀書等身，詩文皆驚其長老，瓜牛廬中，父子夫妻更唱迭和，肅如雍如，似集良友。揚州城中豐屋蔀家，持粱刺齒肥者，有一能如是者乎？昔王霸名在逸民，其妻别入《列女》，分耀史策，千古榮之。他日《文苑傳》中，三人同垂不朽，則天之賚之者爲何如？而區區以太夫人不忘挽鹿車時期之，抑目論矣。

《國朝畫徵補録》（道光刻本）：張浄因，甘泉公道橋人。張堅女。幼讀書，能詩善畫。年二十五歸於黄，事姑以孝聞。家貧，或以畫易米。有長官慕其名求見其詩，浄因謝曰：『本不識字也。』嘉慶丁卯卒，年六十有七。所著有《緑秋書屋詩集》五卷。

擬曹子建驚風飄白日時春堂落第無聊用廣其意

驚風飄白日，忽爾下西山。餘輝映遠木，悠悠思何繁。松柏蒼且鬱，白雲殊閑閑。中有懷貞人，曠然處其間。非徒樂山水，有志摩中天。丈夫懷遠大，應得乘高軒。胡為老泉石，空遺後世憐。相彼淩虚鶴，猶羨羽翮全。會當奮高節，芳聲播簡編。人生何所貴，所貴在無愆。襟懷自磊落，中心常浩然。流光如逝水，慎勿虚華年。明珠與美玉，藏輝終必宣。速回高尚志，眷兹芻蕘言。

題河鯉登龍門圖

懵騰斗室摇長風，壁間錦鱗思成龍。揚波〔二〕鼓鬣河當中，頭角未具鱗甲雄。龍門萬仞摩蒼穹，縱生八翼層雲封。欲跳不跳喧靊靇〔三〕，我見爲之心忡忡。鱗兮鱗兮開鴻濛，超然一躍如飛虹。雷火燒尾五雲從，萬里青霄路忽通。

雁字為春堂作

天門鳳闕總休論，鴻漸于逵八法存。畫里雲煙原有態，人間波磔盡無痕。菰蘆偶爾飛騰起，閶闔居然黼黻尊。不是衡陽偏擲筆，朱方萬里氣全吞。

送秋平赴試

落葉滿階砌，西風鳴紙窻。曉起促行色，相對兩茫茫。雖無久離別，中心自感傷。何如百里婦，扊扅炊高糧。朝餐渾未備，枵腹赴征航。細雨溼行袂，涼飆歛短裝。饑鴻唳天表，寒鶩下林塘。行李太單薄，何以禦嚴霜。執手斯須立，有淚已盈眶。丈夫富經術，憂患天所嘗。行矣勿復顧，努力事明揚。禿筆吐異彩，古墨發新香。不挾兔園冊，惟憑胸所藏。幸逢冰作鑒，慎勿輕文章。

夏夜

涼風送遠鐘，露溼桐陰薄。斜月影沉西，卧見榆花落。

春日湖上偶題

湖上春光麗，風微日正龢〔四〕。蜨隨芳草集，柳近畫樓多。鶯囀疑絲竹，花香散綺羅。誰能攄彩筆，寫出好煙波。

衰柳

搖落無心問化工，秋山秋水怨何窮。黄眉慘淡愁逢雨，青眼飄零泣向風。賸得寒蟬鳴古岸，更無殘月照離宫。斷魂草趁羌人管，又逐清商入遠空。

詠庭前緑梅

半放猶含意態殊，迷離香夢仗春扶。月明偶揭湘簾看，不是紅兒是緑珠。

疑花疑葉總難分，晴色梢頭剪碧雲。最是晚來易惆悵，數枝無語立斜曛。

【校記】

〔一〕卷五十六張因，『字淑華，一字浄因，江蘇甘泉縣人。能詩詞。適同邑諸生黄秋平。著有《掃垢山房唱隨集》。兼工繪事。』與本卷張英實係一人，名下録詩計七首，其中《題河鯉登龍門圖》與本條重，《送秋平赴試》（含）以下六首則並入本條。

〔二〕波：《國朝閨閣詩鈔》作『鬐』。

〔三〕豐霳：《國朝閨閣詩鈔》作『豐隆』。

〔四〕此句《國朝閨閣詩鈔》作『風薰日正和』。

劉世坤 一首

字同秀，湖南攸縣人。詩見《國朝詩選》。

有寄

飄零兩載動相思，記得離筵共對時。含淚未曾傾別酒，背人先已問歸期。蘭閨有夢雲山阻，繡榻無心針線遲。寄語茂陵遊冶客，莫教重唱白頭詩。

汪瑶 一首

字雲上，安徽休寧縣人。諸生書紳女。工駢體。適元和朱昂。著有《拾翠軒吟稿》及《文稿》。

【輯補】

汪瑶《拾翠軒稿》（乾隆四十三年汪祥芝刻本）載朱昂《汪孺人傳》：孺人汪氏名瑶，字雲上，同里庠生書紳公長女也。性孝謹婉淑，明於内則，言不出閫，喜不形色，有大家風範。年二十歸余，事我祖父母、我父，克盡婦道；下視婢僕，皆得其心。嘗朂余以道義，而富貴利禄，殆非其志焉。家故豐腴，被服不尚曼麗，諸姑伯姊譏其樸素，或以非禮加之，孺人怡然笑應，後乃各自媿服，以故諸姑姊妹稍稍稱其賢。初，孺人居室喜誦《毛詩》、《曲禮》，暇則吟小詩自娱，同懷女弟四人，相對討論商榷，偶閲《午夢堂詩》，輒掩卷太息曰：『山川靈淑之氣，誕兹一門，又獨挺秀於閨閣，奇矣！惜小鸞年方弱笄，不及詠《摽梅》之什，而竟先諸女兄以死，豈天奪其才耶？何若是之速也！』因題云：『多謝東風催夜雨，春林處處亂紅啼。』《午夢堂集》者，松陵葉工部紹袁妻女作也。其季女名小鸞，亡最早，諸姊皆相繼歿，孺人竊慕其人，故傷之。及歸余，間亦為詩，多類前作。余見之，頗疑慮。孺人屢病肺，外姑使人資之葠葯，孺人謝曰：『吾聞女子既嫁從夫，奚敢以是復貽母憂耶？』請辭，自後遂不復自言病。孺人從余七年，始終如一日，敬則如賓，愛則如友，幽貞閑逸，無惰慢容。病劇謂余曰：『妾自分衰薄，相夫子不得偕老，舅姑不侍養，一旦先朝露，凡依棺含斂之具，毋奢侈，此妾素志也。君當自排遣，上事老親，善視後人。』聞者咸泣下。卒之日，兩世翁姑，以至童稚，莫不慟哭。余雖薄情，悲憤不知所出，詠王武子之詩、潘黄門之句，更難為懷也。歲丁巳，孺人兩女弟皆先卒，今孺人身亦隨逝，不幾與葉氏事彷彿耶？孺人年二十七卒於吴中桐溪里，為歲戊午。子男一，士廉；女二。孺人歿已期年，余將除服，追念往事，乃拭淚為書其大略。至相依七年之久，春秋佳日，豈無閨房酬倡？此固兒女情深，事屬葑菲，蓋所以稱令德者，初不在是，以是弗之述云。乾隆四年歲在己未仲夏適庭朱昂譔。

同集卷尾汪祥芝跋：曩外大父秋潭先生著有《養雲亭詩草》，板尋散佚，存者僅鄭过谷《四家詩鈔》中兩卷而已，蓋當時倡酬之作，而吴竹嶼泰來、曹漁菴仁虎、王岱輿昶三君詩，別見《吴中七子詩選》，惟先生不顯，傳本亦罕。懼久而泯滅也，因從表兄葭漁處索得一本重鋟。於本卷後附《拾翠軒詩》若干首，外大母汪孺人作也，詳見秋潭先生所著傳中。先君嘗校録，欲付梓未果，今為補刊，成先志也。戊戌仲秋月之下澣外孫汪祥芝謹識。

同集書尾朱曾瑞跋：先大父秋潭公耽精吟詠，著作甚夥；大母汪孺人亦能詩，著有《拾翠軒稿》，藏於家。秋潭公集付梓者，為鄭迂谷先生所選《四家詩鈔》，而板已遺失，吴中印本亦尠。篋中舊存一帙，今夏汪紫仙表弟索觀，謀重付剞劂，因取《拾翠軒稿》附之後，可謂篤於渭陽之誼矣。戊戌孟秋孫男曾瑞拜識。

寒山

飛雨過羣嶺，籃輿〔一〕陟翠微。幽徑〔二〕入松際，輕風吹人衣。高士有遺蹟，想見疏鑿時。老屋就深樹，寒泉瀉平池。墓梅雙虬龍，屈鐵盤高枝。緬懷碩人軸，偕隱賦樂饑。已辭梁棟材，自遠太廟犧。一門擅文藻，淵雅良可師〔三〕。予亦慕高隱，願采商山芝。鹿門期可遂，懷古生遐思。

【校記】

〔一〕籃輿：汪瑤《拾翠軒稿》（乾隆四十三年汪祥芝刻本，下同）作『新霽』。

〔二〕幽徑：《拾翠軒稿》作『一徑』。

〔三〕此句《拾翠軒稿》下有小注云：『凡夫及子靈均工古篆，配陸卿子工詩，子婦文淑工寫花鳥。』

李美儀三首

浙江鄞縣人，李杲堂鄴嗣第四女。適林某。詩附《杲堂詩鈔》。

【輯補】

李鄴嗣《杲堂詩鈔》（康熙刻本）卷七《送女美儀適林氏十一首》題下小注云：『余第四女美儀，性篤孝，讀書知大義。余苦肺頻年，美儀在側，寢食始俱安也。今秋將歸林氏，于其行□以□。』同卷《漫題》云：『刪後詩猶六百篇，從來未有世人傳。誰教得上詞家口，編到新題戊午年。』瓊案，『戊午』爲康熙十七年，『今秋』或即是年秋。

輓吴烈婦

決明草，階前横；獨宿鳥，林中鳴。聽風悲烈烈，對月孤零零。一日死，千秋生。

奉和家大人草堂課耕元韻

高疇新雨足，布穀喚春耕。千畝迴村緑，三家結舍平。犢肥田豎喜，鳥起草人醒。惟有山翁樂，悠然候歲成。

東舍幽棲處，柴門接野田。一春滋草徑，三月釀花天。林雀喧晨霽，鄰雞報午煙。頻年收穫好，膝下得歡然。

王氏句

江蘇華亭縣人，總憲九齡之女也。

句

有風不動無風動，不動無風動有風。

《小粉場雜識》：康熙年間，華亭總憲薛瀫先生女詠扇有句云云，為時傳誦。近有邑人張興載以詩紀之云：『絶妙千秋詠扇詞，蛾眉淡掃顯丰姿。吾鄉在昔多才女，幾個楊修賞色絲？』

莫兆椿七首

號蘭芳，江西□□縣人，適吴□□〔一〕。著有《蘭芳閣淑性編》。

閨秀金漳《淑性編序》略：嘗謂言者心之聲，言之得失，即以觀人之邪正。婦人德言並重，雖不貴文，亦寧必廢文也？古來閨閣之能文者甚夥，惟班、曹少而徐、謝多，遂令香草吟皆棄如茂草鞠矣。予自壬辰、癸巳間從外氏之銀城署，耳熟吴夫人之賢且才，並悉予外氏與延陵公以世譜而附寅恭。予與夫人，從外言之，亦講誼也。因求其言，辱惠近著不下數十章，諧聲按律，諸體畢備。其性情温淑，丰範端凝，宛於謦咳間全神畢露，是以徽音而儲福履者，非夙慧，即天才。其果莫致而致、莫為而為者耶？予愛之重之，妄思藉其言以誌予心也。爰為弁言以歸之。

渡錢塘

澄江一碧煙光素，浪湧晴空衝曉霧。海門倏忽午潮生，嚴灘千里驚濤怒。商船接跡何處來，滿目秋帆無恙布。宦遊如水載輕舟，能平險阻舟如步。墨池凝露筆成花，望澤人難更僕數。移家泛宅此追隨，鼓枻憑君夕陽渡。

贈蘇世母金孺人

譜系彭城舊，眉山壺範新。不緣門地貴，早識性情真。柳絮吟風暖，椒花筆露勻。香閨遲驛使，紙帳獨愁人。

弋水波恬日，銀城月上時。一簾梅鶴影，兩地樹雲思。文墨論交永，天涯聚晤遲。相期香草贈，盥手復臨池。

賦得春水緑波

春到池塘媚，天開瀲灧波。鏡雲摇淺緑，鱗縠縐輕羅。霽色烘疑染，漣紋漾復拖。漁粧窺髻濕，燕剪趁風和。放鴨浮光遠，披簑罩影多。新蒲明夕照，清景更婆娑。

登吴山贈淡菴道姑

探奇忽向最高峯，客裏遊仙覓道蹤。菊徑秋開金鎖鑰，花臺雲捧玉芙蓉。地緣人傑新芝秀，路隔天梯斷谷封。物外相逢真不易，山深遥聽暮林鐘。

題海棠小幅

也向三春立品，偏將四瓣分姿。自是佳人難賦，休嫌工部無詩。着紙幾添紅粉，含毫數點煙光。筆下春風何恨，憐他淡色濃香。

【校記】

〔一〕《國朝閨秀正始集》作『字蘭芳，江西南昌人，通判吴興宗室』。

卷之三十二

陸觀蓮五首

字少君，號雨鬘道人，浙江嘉善縣人。適桐廬殳丹生。著有《蔣湖寓園草》。

《吴江縣志》：陸觀蓮，字少君，殳丹生妻。能詩，與丹生相唱和。女默，字季齋，七歲通《孝經》，九歲能詩。年十六歲母卒，默願隨，甫三日亦卒，時康熙丁未六月也。

《檇李詩繫》：陸觀蓮，字少君，别號雨鬘道人，嘉善石輝里人也。適桐廬殳山人丹生。山人初居吴之專諸塔右，後隱震澤之西村，草屋蕭蕭，煙火時絶，惟與道人唱和。比舍聞歡笑聲，則道人詩成，山人擊節而歌，林鳥棲宿皆驚起。子訥，女默，道人恒授書焉。山人有詩曰：『室中有高士，十年樂饑虚。』又曰：『憐渠最幼小，獻歲解吟詩。』蓋自詡也。復移住嘉興盛澤三年，最後以避水患隱嘉善蔣湖之西園，亦三年。康熙丁未，山人將攜家入九峯，道人忽病而逝；又三日，女默亦逝。山人當秋風蕭瑟中夢女為言：『大人頃在舊隱病，兒日進湯藥。』又夢道人言：『我母女以好禮斗、持佛號，蒙紫府收録更名，女曰瓊真，與羣仙遊也。』

余南史《雨鬘道人别傳》：雨鬘道人者，桐廬殳山人妻也。與山人偕隱讀書，通詩古文辭。中歲棲心梵品，故自號雨鬘道人。向從山人隱於吴之專諸塔右。山人好客，道人能佐之。山人嘗中客謗，尋得解去，而隱震澤之西村，幾及十年。唐陸魯望鬬鴨欄，即其地也；有池尚存。草屋蕭蕭，風雨經旬，煙火時絶。道人授子訥及女默書，晨夕吟詠不廢。山人嘗遠歸，囊無錢，瓶無粟，桁無衣，杯盌無酒。比舍聞歡笑聲，則道人詩成呈山人，山人擊節而歌。歌已，和之，又歌，夜中林鳥棲宿皆驚起。隱盛澤者三年，則山人已倦游矣。倣君平故事，賣卜。客至，好客如故。山人注《莊子》，道人從問《秋水》一篇，有問答數條，載山人文集中。最後以避水患隱蔣湖之西園，亦三年。山人將攜家入九峯，道人忽病，病忽劇，忽將瘳，忽逝。山人哭之哀。蔣湖人又言，其女未字，能詩，同時亦化去。事頗靈異。自有傳。初，道人母夢大士授之蓮花而生，故名觀蓮，字曰少君，蓋武塘陸氏第四女也。山人名，世多知之，故略弗書；又稱山夫氏，一曰貫齋。

殳丹生《先妻亡女權厝合誌》略：余妻陸氏，名觀蓮，字少君，別號雨鬘道人。年十九歸余，共案讀書，常至達曙。年三十七遇鼎革，余始貧困。年五十九丁未夏六月，以疾卒於蔣湖楊氏之西園，權厝北重圩之原。厝之日，女默又卒，附焉。默字齋季，小字墨姑。通書史，工詩。年十六。未許字。銘曰：我為男子，恨不識字。君乃婦人，獨知大義。處困益恭，在戹彌厲。曰歸舊鄉，終違故里。有女有女，如師如弟。地下周旋，尚寤無寐。

蔣湖寓園對月並序

夫觀千劒者能劒，觀千賦者能賦，服習衆神，豈不然哉？余少依姆師，僅通章句；長隨夫子，遂曉詩篇。柳下棲遲，未見薦禽之客；隆中高卧，誰爲友葛之人。以是同梁生之出關，深慙德曜；異少伯之辭越，不羨夷光。長與蠹簡爲親，蕭條三徑；獨向芸編爲伴，離別經年。兒既能文，女亦識字。歷冬夏以靡輟，慣饑寒而不啼。既而遊子來歸，不殊師友之對；時有高人造訪，實多贈答之辭。稍知工拙之分，略窺正變之則。荏苒數載，常如不繫之舟；留滯他鄉，盡是若浮之梗。昨因避水，來止斯園。門掩深邨，對琅玕之个个；人歸遠浦，汎雨雪之紛紛。盼望故廬，不逾衣帶；言旋舊里，終隔山河。落花與芳草相依，明月共清風自舉。顧此幼女，夙慕古人。

如左氏之有芬，才華挺茂；在荀家則爲灌，志略英蕤。朱粉不施，自是蓬門之質；丹鉛能好，居然林下之風。以此消愁，可知矣〔一〕。嗟夫！篇章耽玩，詎爲失意之悲；兒女關情，不作無家之別。況聞郗公築室，植松桂以相招；陶令卜鄰，樂晨夕而不返。輿言在邇，益復牽懷。簡棄舊篇，獨存新什。豈徒誇謝庭詠絮〔二〕、蔡閣聞琴而已焉哉？

青天挂明鏡，輝光照我牀。展轉不能寐，起坐空徬徨。徬徨亦何爲，曰思我故鄉。瓶齋舊隱處，乃在茜水陽。廿年幾播遷，渺渺天一方。回思手栽樹，橘柚徒含芳。安得生羽翼，摩天一翺翔。

念沈氏老姊

昔聞桓山鳥，四海各分飛。念我同生子，四女相因依。辛苦效反哺，力盡心亦微。仲姊久長逝，淚落不可揮。所遺我三人，戀母願空違。伯也失所天，忍死鞠孤兒。兒年近四十，與婦同分離。煢煢一孫女，遣嫁時來歸。上堂問祖母，終朝無苦饑。嗟予季與叔，相見時亦稀。撫琴彈此曲，此曲聲殊悲。

寶劍篇贈外

吁咄哉！荊卿劍術既不成，雖有寶劍徒空名。千年黯黯閉秋水，雙匣渺渺埋龍精。狐狸夜鳴風雨惡，蛟螭晝舞波濤驚。我持此劍若明月，衆星朗朗隨其行。又持此劍若白日，羣妖退走欃槍平。欃槍平，衆星没，送君贈君君莫惑。古來遇合自有時，神物出處當知之。

辰山步虚詞

鬱蕭宴罷列仙歸，彩鳳青鸞各自飛。敕賜珍珠三百斛，滿身瓔珞遶天衣。

焚香讀道書

紅窻花影自紛紛，一卷常持冰雪文。却憶夜深禮斗罷，彩雲遥送小茅君。

【校記】

〔一〕此句《國朝閨秀正始集》作『差可釋悶』。

〔二〕詠絮：《國朝閨秀正始集》作『吟絮』。

童淑七首

字一周，安徽含山縣人，童若晦之女。適同邑胡敷菴。著有《傲霜草》。

《清詩備采》：童一周為全椒學博若晦女，襄陽别駕公孫女，世居含山。幼聰穎。年十八隨祖之任所，年餘後歸里。適同邑胡君敷菴，生三子。長子錫初，早年遊泮食餼。敷菴職授州倅，不干仕進，繼以同鄉張君宦遊江西，招之偕往。甫一載，卒於客幕。一周聞訃，悲恨不已。越數年，以疾終。

送夫子入燕

此別宜珍重，臨行反默然。寸心縈岸草，隻影類飛鳶。策蹇千山矗，行囊一劒懸。相期秋色裏，尊酒坐花前。

得兒書喜聞病愈

甫得平安字，猶參疑信間。審知兒病愈，差覺母心閑。窻下頻開帙，愁中一解顔。歸期應不遠，莫恨隔雲山。

憶舊

荊楚歸來二十秋，月明時夢漢江遊。瀟湘夜雨頻澆酒，鸚鵡川晴可泛舟。冰署遺花多手植，畫梁舊燕枉窺樓。寓形本自如萍梗，過眼風光付水漚。

初秋

寂寂閑庭又是秋，夕陽西望暮雲悠。荷衣濕露含清怨，草帶牽風織遠愁。砌冷無花堪對酒，天空有月可登樓。他鄉客夢知多少，曾入香幃落照不？

佛手柑

來自衆香國，擎拳效槁禪。多因厭五濁，故結鼻根緣。

哭夫子

不堪移步立花茵，觸目驚心倍愴神。時至羣花依舊發，可憐不見種花人。深悔從前促遠行，無端風浪恨難平。他時泉下相逢日，猶怪當年太不情。

顧信芳八首

字湘英，江蘇吴縣人。翰林院庶吉士顧秉直女。適諸生程鍾。著有《生香閣詩鈔》。

盆梅盛開花前小飲

東風布陽和，瑶華散芳樹。昨夜明月中，美人自來去。香醑湛清尊，笑言足真趣。欲謝區中緣，待得象外句。

山中作

高梧半夜風，吹墮西山雨。幽室生微凉，清陰滿庭宇。朝來日杲杲，行行采芳杜。游目睇晴空，新雁横秋浦。

折楊柳送漢求弟游粤東

昨日送春今送别，津亭楊柳傷行色〔一〕。擬折〔二〕長條繫客舟，一夜東風吹作雪。朝來吾弟去鄉關，千里飢驅鬢欲斑。嶺南風土殊不惡，此去休嗟行路難。况君本是龍門客，好向懷中探白璧。男兒遇合會有時，惜别何須淚沾臆。楓江江頭楊柳青，姑蘇城上愁雲生。扁舟若過香爐峽，莫聽林間杜宇聲。

送漢求弟入都

柳色銷魂渡，離亭日暮時。送君從此去，回首不勝悲。白髮兩行淚，青山萬里思。秋風若相憶，好寄鶺鴒詩。

和雪香季妹逸園話舊韻

懷人春正好，獨坐黯神傷。遠水移蘭棹，高齋集雁行。泉烹白玉茗，酒進紫霞觴。古調傳焦尾，新詞寫硬黄。彈棊銷晝永，剪燭話更長。共惜當前景，休縈别後腸。簾開花撲硯，幔卷月窺床。養拙聊名逸，忘形半似狂。五年重聚首，三徑未全荒。但得天倫樂，神仙亦渺茫。

正月二日喜雪

誰剪冰綃六出葩，同雲萬里散銀沙。酴酥獻歲猶含凍，梅柳先春已着花。漁浦銜寒迴釣艇，溪橋覓句到山家。一甌香茗憑欄處，又聽林間噪晚鴉。

山居坐月

倚石坐空庭，巖深鳥飛静。月斜人未眠，松枝弄清影。

春陰

料峭春風透碧紗，輕寒不散樹頭鴉。晚雲閣住廉纖雨，半是催花半養花。

【校記】

〔一〕傷行色：《國朝閨秀正始集》作『不堪折』。

〔二〕折：《國朝閨秀正始集》作『將』。

沈璿 一首

浙江錢塘縣人。

壽姚母

五十逢初度，芳辰正九秋。瑶池金母現，錦帨玉巵浮。懿德光前緒，冰操裕後謀。採風從史奏，彤管竝揚休。

韓古真 二首

字月香，廣東海陽縣人。詩見《潮州府志》。

和江南閨媛巫凝黛梅花詩

寒來猶自着冰紗，泉石清泠雪影斜。月到溪頭渾作玉，笛吹樓角落無花。騎驢杳杳愁多路，放鶴迢迢憶泛槎。冷落黄昏香一片，不由人坐不知嗟。

幾回長望幾行吟，香到梅花没處尋。紙帳鴛魂侵夢冷，煙鐘月色入簾深。不因人熱冰成性，獨與琴閒水是音。試問春來松口信，定知佳句萃芳林。原注：真天祐妾，時客松口。

倪瑞璿 七首

江蘇宿遷縣人，徐起泰之繼室也。

【輯補】

倪瑞璿《篋存詩稿》（光緒十年刻本）載其夫徐起泰《繼室倪孺人行略》： 孺人姓倪氏，名瑞璿，宿邑庠生紹瓚公女也。幼孤，同母與兄依舅氏樊正錫先生於睢。舅嘉其舉止異羣兒，教之書，孺人書不再讀，輒終身不忘。為文章批郤導窾，得紙筆立就。予斷絃，館睢，託媒求聘，蒙正錫先生贊襄，遂得締婚。丙午歸於余，時年二十有五矣。隨問公姑年，予以近古稀告，適然驚曰：『如此而子與婦尚可遠離膝下耶？當同君速歸，服勤就養耳。』既歸，事舅姑有加，禮待子女若親生，家中長幼咸好之不啻口出，而彼自視□然若多所不逮者。辛亥七月，忽遘疾，廿一日疾劇。予出延醫，孺人自知不起，與公姑泣訣，隨命婢盡焚所作時藝約二百餘首，古文約百五六十首，詩約千餘首。予歸，咎之，嗚咽歎曰：『妾一生謹慎，計犯天地所忌者此耳，曷用留之以重予罪！』言訖而逝，年三十歲。遺一子，不數月亦殤。嗚呼！雹碎春紅，霜凋夏緑，傷心慘目，有如是耶！孺人死後，復得其遺草於篋，約詩三百五十餘首，急録之。雖明知非孺人意，而余惓惓之衷，實不忍聽其泯没焉耳。乾隆庚午長至夫徐起泰淚書。

同集載瞿源洙序： 古人論詩，皆云『發乎情，止乎禮義』，吾以為情莫甚於女子，大都流而不返，能止於禮義者寡矣。故《白頭吟》與班婕妤之《紈扇詞》並録，《胡笳詩》與甄后之《塘上行》並傳，而《三會寺》亦與宋江延清之《昆明池》同集。乃若李季蘭之詩豪，魚幼微之穢行，而古今詩選亦列於李、杜、韓、柳之後，豈其行雖辱身而才堪壽世耶？抑後人愛其才不必問其行耶？然則以吟風弄月之才，而勵飲冰茹荼之行，其宜為士君子之所贊揚而弗絕者，將何如哉？予觀《篋存詩》而有感焉。《篋存詩》者，宿遷女士倪瑞璿所作，吾友徐君魯璠之妻也。少好讀書，貫穿經籍，能詩文，而端方不佻，不肯以能詩名。其從徐君而歸於宜也，事舅姑，和妯娌，習女紅，口不道文史事，蓋以禮自持，不露才揚己以越閨門之範。徐君亦重違其意，不輕出其所著述，故居宜數年矣，而通邑無能詩稱。年三十而卒，卒之日盡燬其所為詩文，曰：『此天地所忌，尤為女子所忌，毋留之以玷予身後名。』徐君痛惜之，搜其篋，尚存詩三百餘首，遂名之曰『篋存詩』，出以示予。予觀其詩，絶無薰澤粉黛之色，而有風霜尚潔之象，巖巖然如對端人正士，而忘其為閨房之秀也。此直以禮義為性情，故才與行並著，其足為士君子之所稱述者，豈子長蔚宗之所紀載可同日而語哉！抑又聞之，女士博學通古今，凡經子百家、二十二史、《通鑑》、《通考》，以及浮圖、老子之説，漢、唐、宋大家之文，皆熟復而融貫之。惜也天不假年，使其老而著述，何遽不若曹大家之續《漢書》？而或隔幔授徒，亦將有文宣君之號。未展所藴，齎恨以没，宜鬱鬱不得志之徐君痛悼而急欲表章之也。遂為之序云。乾隆辛未歲七月既望石汶傭叟瞿源洙敬題。

同集載曹嘉跋：故友坤載徐君，孺人孫也，嘗謂余曰：『嘉慶初，邑修志，曾以孺人稿囑族人之在志局者備采，而其人竟忘之，並遺其稿。』嗣《隨園詩話》出，獲覩其所摘二聯，顧其書第署曰『宿遷女子倪某』，又惜孺人雖獲知音，而無能為吾邑光也。比見閨秀黄香冰吟稿，邑前輩萬薌南先生為之序，内有曰：『孺人卒時，盡焚其所作，其夫取其舅李蒼存詩為張冠之戴。』識者不禁其胡盧云。茲孺人元孫商英從余問字，余於其家廢書櫝中檢得此本，目分九卷，凡四百餘章，多殘缺失次，而完整者尚二百餘章。余僭為排纂，更定為上中下三卷。上卷孺人未字時作，中卷則贅徐而在睢之作，下卷皆歸宜後作也。中多與徐君唱和詩，又有《哭舅氏七十韻》，其為孺人手筆無疑，且其舅自姓樊，非姓李。薌南之説，未知何據。惟篋存原目似非其實，讀《擬呈九峰樓》兩詩及『人去有文傳，別自為千古』之句，孺人方切切於没世名，豈至為天地忌才之俗見所溷，盡焚其所作哉？蓋徐君壯年鋭志舉業，專攻時藝，初未知孺人所著為必可傳，任其散逸，迨所之既倦，始事搜羅，則所僅是，故飾是説以表孺人著作之富耳。至其詩之工，第觀其《論詩四章》，可知其命意遣辭，決不肯落第二義，而五古如《讀梁武紀》、《讀董子傳》、《為弟易名》、《送表弟回淮》等作，七律如《恨貴陽相》、《謁方公祠》、《望百合場》等作，長歌如《題楊妃圖》，截句如《辛丑除夕》等作，其論古卓識，儆世精言，直堪為天地立心，為生民立命，不特古今才媛所無，即古今才子，亦恐當退避三舍也。余故擬以巾幗無雙目之。而兒姪謂讀孺人詩，知孺人於伉儷情甚篤，易之則轉恐傷孺人心，遂仍其舊云。道光庚寅長至，距孺人雍正辛亥整百年，後學曹嘉麓升氏拜跋。

過淩城廟謁古戴二公忠義塚

古諱達可，戴諱國柱，同以忠勇見知於可法史公； 時史公巡撫淮揚。懷宗十四年，流寇〔一〕袁時中寇睢，古時駐宿，邀戴往擊，戰於淩城廟，眾寡不敵，俱死焉。史公隨遣使致祭，命於所瘞地刻石，立忠義塚。嗚呼二公，真烈丈夫哉！ 丁酉秋，予同母氏往過，拜其墓，深惜其事之未傳於史也。因為詩，以俟輶軒之採。

秋風鳴高〔二〕空，亂峯下斜照。老樹枝交天，蒼黃覆古廟。入門捫殘碑，太息拜遺貌。憶昔明運衰，羣盜起聚嘯。勦撫兩失策〔三〕，蠭蠆變虎豹。所過無堅城，蒼生任淩暴。二公真人豪，忠貞出天造。金鐵冶成心，冰霜厲寒操〔四〕。賊鋒〔五〕一朝逼，矢石躬親冒。官小誓捐軀，力薄那自料。慷慨互爭先，從容共談笑。燃砲擊賊人，天地為震悼。賊用魘魅法，自注：命裸婦人拜砲反震。蟻聚蜂屯到。眾寡勢不當，頭斷臂猶掉〔六〕。成仁併取義，日月爭光耀。碧血灑平蕪，賊馬不敢蹈。至今曠野中，白日常見燒。如何八十年，薦紳少憑吊〔七〕。姓氏已稀傳，父老猶相告。蘭臺事纂修，幽微須闡耀。誰為秉筆人，搜求不遺奧。

四弟懇予易其名字取文王世子語爲更名曰克昕字徵子因詩以勗

人生重賢豪，不在名字美。難以易相方〔八〕，赤將白自比〔九〕。豈遂足追配，效顰空復爾。四弟性明慧〔一〇〕，翩翩致可喜。世業下相城，生來故家子。先人早棄世，淪落來居此。家毀不謀歸，僑寓貧如洗。畫荻復和丸，提攜賴母氏。就傅勤誦讀，弱冠終軍齒。挺然才氣雄，籍甚聲華起。爾字與爾名〔一一〕，呼之有年矣。忽然厭舊稱，十呼嬾一唯。向我索更之，我特不敢諉。文取世子篇，義載大戴禮。宋郊變宋庠，飲香從此始。名氏新改初，譬若居新徙。努力事葺修，棟梁庶不圮。莫若〔一二〕江南橘，踰淮化爲枳。

戲贈山人李老

李山人，年已翁，可憐白髮〔一三〕顏猶紅。矮茅屋，是爾宮；青藜杖，是爾童。煙霞滿懷丘壑臥，夜呼骨痛朝呼餓。戚施舉步行逡巡，天意厚汝汝莫嗔。汝不見，孫臏成名無一足，苻堅快意得半人。

樊大舅客金陵有詩吊方正學先生墓次韻

金川門入北平軍，叔父周公逐嗣君。碧血一區埋十族，青山千古護孤墳。祠依忠烈緣同志〔一四〕，蘚蝕碑銘認舊文〔一五〕。樵牧那知青史事，經過也復〔一六〕吊斜曛。

閲明史馬士英傳〔一七〕

王師問罪近江濆，宰相中書醉未聞。復社怨深謀汲汲，揚州表到血紛紛。金墉〔一八〕舊險崇朝棄，郿塢多藏一炬焚。賣國仍將身自賣，姦雄兩字惜〔一九〕稱君。

《國朝詩别裁集》：王師南下，閣部告急，掩耳不聞，視賈似道之不救樊城，尤為人頭畜鳴也。

究至殺身亡家，遺臭終古，末路安可問哉？奸雄二字，曹孟德輩足以當之。予以奸而不予以雄，具有卓見。

金陵懷古

石頭天險壯層城，虎踞龍蟠舊有名。峙鼎三分吴大帝，渡江五馬晉東京。高臺鳳去荒煙滿，廢苑螢飛茂草生。往事不堪頻想像，夕陽西下看潮平。

憶母

河廣難杭莫〔二〇〕我過，未知安否近如何。暗中時滴〔二一〕思親淚，只恐思兒淚更多。

【校記】

〔一〕流寇：倪瑞璿《篋存詩稿》（光緒十年刻本，下同）作『鑛盜』。

〔二〕高：《篋存詩稿》作『低』。

〔三〕失策：《篋存詩稿》作『成空』。

〔四〕厲寒操：《篋存詩稿》作『清作操』。

〔五〕鋒：《篋存詩稿》作『烽』。

〔六〕此句《篋存詩稿》作『一死將國報』。

〔七〕此後《篋存詩稿》有『國史與野乘，記載未及道』二句。
〔八〕此後《篋存詩稿》有小注：『唐進士黄居難為詩，慕白樂天，故名居難，字樂地。』
〔九〕此後《篋存詩稿》有小注：『李赤自比李白。』
〔一〇〕明慧：《篋存詩稿》作『明敏』。
〔一一〕此句《篋存詩稿》作『茲字與茲名』。
〔一二〕莫若：《篋存詩稿》作『勿如』。
〔一三〕白髮：《篋存詩稿》作『髮白』。
〔一四〕此句《篋存詩稿》作『祠依同志猶成伴』。
〔一五〕此句《篋存詩稿》作『蘚蝕殘碑尚見文』。
〔一六〕也復：《篋存詩稿》作『料也』。
〔一七〕此題《篋存詩稿》作『讀明史深恨桂陽相』。
〔一八〕金墉：《篋存詩稿》作『金城』。
〔一九〕惜：《篋存詩稿》作『錯』。
〔二〇〕莫：《篋存詩稿》作『不』。
〔二一〕滴：《篋存詩稿》作『拭』。

殳默五首

字齋季，小字墨姑，浙江桐廬縣人，後僑居嘉興，殳丹生之女也。著有《閨隱集》。

《檇李詩繫》：　殳默，字齋季，小字墨姑，嘉善殳丹生山夫之女，母曰陸少君。姑生而奇慧，九歲能詩，山夫有《元旦家集聯句》，齋季首唱。山夫好遊，與母屏居，故詩益工。然刺繡刀尺，亦無不入妙。兼工小楷，畫摹李龍眠白描大士。年十六，未字，母死，三日亦卒。常愛管夫人《畫竹》一幅，與同卧起，並玩好、文石子十許枚、小白甆罌二器，凡零香斷墨、殘繪剩繡，山夫悉內之棺。著有《閨隱集》。

孫治《墨姑小傳》：　墨姑，名默，一字齋季，武塘殳山夫之女，母曰陸少君。姑生而奇慧，父母絶憐愛之，與兄訥同學於母氏。九歲能詩，時山夫流寓吴江，有《元旦家燕聯句》，姑占首倡，顧茂倫選入《吴江詩略》中。山夫久困厄，好客游，家人日晏舉火，或不炊，歸而聞吟誦聲則大喜，及解槖中裝，空無有也。少君必相慰勞曰：『君行良辛苦。』顧問兒子輩饑寒，姑與兄必繆辭對，山夫輒大笑。後兄年漸長，亦漸能游，獨姑與母居，窮益久，詩亦益工。母授之女紅，凡刺繡刀尺，無不入妙。習小楷，摹畫李龍眠白描大士。幼嘗觀母與兄弈，忽指示兄某劫當修，母與兄皆大驚，自此遂解弈。姑自乳抱從父母客他鄉，後返蔣湖，三年尚未一至故廬。相距幾一舍，中外之戚，不識一人。山夫攜家入九峯，未行，而姑以母病病，泣曰：『脱母不諱，兒願同往。』母頷之。母卒之三日，姑亦卒。時人異焉。姑年十六，未字。先一歲，《和辰山步虚辭三章》云：『多緣悮折瓊枝樹，謫下瑶臺十五年。』蓋詩讖也。姑容貌端麗，聲影不出於閨。十歲時，吴越間驚傳有詩禍，姑向母乞自裁，母笑曰：『此謡也。』乃止。其天性毅烈如此。愛管夫人《畫竹》一幅，與同卧起，並玩好、文石子十許枚、小白甆罌二器，凡零香斷墨、殘繪剩繡，山夫悉內之棺。後簡少君奩中，有《蔣湖寓園草》一卷，姑與母倡和之作也。出姑手録，獨存。

齋季《閨隱集自跋》略：　默三歲飄零，從二親於外郡；　十年夢想，思一返於故園。將湖以避水而來，舊廬若望洋而止。老母倚北堂而興嘆，中夜挾寶瑟以長吟。非無慰藉之詞，實多於邑之調。晨窻乍啟，瑠璃之硯匣自隨；　夕幄徒薰，翡翠之筆牀不去。以是長見笑於鄰女，不解看花；　或見誚於閨人，何知鬭艸。情繇此遺，緒以此深矣。駕言當秋，攜家渡泖。攬九峯之奇勝，髣髴金庭；專一壑之幽閑，飄飖雲嶠。精瓊靡而延佇，齊玉軑以上馳。曰父曰兄，尋采藥之赤松，旦暮可遇；為母為女，盼傳書之青鳥，閨閣非遥。爰奉命於慈幃，篇分甲乙；冀流輝於彤管，字辨宫商。庶幾染翰而成，不須石墨；含毫以待，有取香茅。

和母寶劒篇贈兄

牀頭夜半雙龍吼，光攝羣妖暗星斗。風雨霹靂一瞬間，木拔沙飛石亂走。古來神物本平常，遭時遇主生晶光。拂拭霜花將解贈，時無烈士空彷徨。空彷徨，莫太息，木蘭唧唧當户織。阿兄少年〔二〕射白額，歸來摩挲看太白。

憶震澤西郵

忽忽難忘處，西郵明月中。荷花低拂露，菱葉静含風。煙火經旬斷，音書隔歲通。茅堂知在否，應有白雲封。

和母寄父

白髮親闈百里遥，那堪風雨更蕭蕭。山中對酒愁應減，客裏看花凍未消。覓句小時追謝韞，著書他日擬班昭。夜窻彈出思歸引，阿母相依慰寂寥。

辰山步虚詞

蓬花自製碧雲巾，香案前頭慧業人。朝罷捲簾垂紫袖，高歌一曲太平春。
閶闔初開黄道邊，鳴鐘伐鼓會羣仙。多緣誤折瓊枝樹，謫下瑶臺十五年。

【校記】

〔一〕少年：《國朝閨秀正始集》作『年少』。

王碧瑩三首

山東長山縣人，太常寺少卿王楨從孫女也。適同邑趙戴庭。著有遺詩一卷。

春愁

春愁轉無賴，散步出庭闈。低首問芳草，王孫歸不歸？

聞雁

雁聲秋不斷，阿弟却無音。千里陽關路，摇摇一寸心。

寒食

芳草青青柳放芽，東風摇曳幾枝花。宵燈不乞隣家火，春月如波浸碧紗。

沈珵二首

字未男，浙江嘉善縣人。順治己丑進士工部主事丁彦元配。

《檇李詩繫》：沈夫人珵，字未男，嘉善人，順治己丑進士工部主事丁彦元配。彦妾鄒蓮午亦能詩，相繼早没。繼娶吴中燕，嘉興人，頗解文義。性高寒，放跡山水以終。王端淑謂珵詩刻畫入情處，直令物無遁形，雖少陵復起，不能過也。

即事二首

山蕚紛紛出槿紅，月窻有句向文同。鴛鴦錦下支機石，可是相如軫上逢？

睡起春慵拂曉飔，攪人幽夢是黄鸝。一竿犢鼻隨南阮，何事綿綿催畫眉？

馮愛珠四首

字掌珍，江蘇常熟縣人。

次韻題明妃圖

風沙怯見塞垣稠，腸斷邊關萬里秋。何事長門多怨思，夢魂猶攬五更頭。

夏烈婦

如皋顧琢玉之簉室也。顧病卒，大婦欲逼嫁之。夏不從，飲鹵死。

素帷同是未亡人，主婦相殘性未馴。妾是瓊花移不活，莫教重辱雪兒身。

孫貞媛詩

寶鴨香迎玉洞仙，還將坎坷話當年。孤標銷盡繁華夢，冰雪凝寒松柏堅。

符召箕壇降紫姑，争吟白雪吊仙姝。兒家留得神鍼在，繡幅雲卿小像圖。

吴氏 一首

浙江嘉興縣人也。

《檇李詩繫》：吴氏，嘉興人，銓部某之女。才色俱絕。以所配非偶，不自檢束，致訟。後流寓金陵。

舟中

一泓秋水浸羅衣，月色依舟淚滿幃〔一〕。皓魄不隨風落去，空留怨骨伴郎歸。

【校記】

〔一〕幃：《名媛詩緯初編》作『裾』。

毛柔儀一首

字嘉則，江蘇寶山縣人，諸生毛純女也。

題嫂氏吴絳衣游仙詩

丹書金札寫游仙，譜就巾箱位業篇。三十六峯來往熟，雲璈低奏閬風巔。

毛淑儀一首

字幼芬，毛純次女也。

寄表妹吴淑英

憶昔來粧閣，依依共起居。如何三載别，不得一行書？遠道雲煙隔〔一〕，相思涕淚餘。末由通問訊，西望渺愁余〔二〕。

【校記】

〔一〕隔：《國朝閨秀正始續集》作『外』。

〔二〕余：《國朝閨秀正始續集》作『予』。

歸蘭珍二首　句

陝西華亭縣人。適金某〔一〕。

蠶豆

羡煞江南是麥秋，繰絲聲裏豆盈疇。青連菜圃叢叢秀，緑綻蔬畦粒粒柔。已與鶯桃〔二〕稱契友，還同竹筍結良儔。請看無限田家樂，戴勝鳴時莢盡收。

憶兒

想汝實孤栖，風煙逐馬蹄。焦勞私自惜，誰與話悲淒？

句

白龍深洞隱，丹桂遠浮香。

竭力機杼作女工。

【校記】

〔一〕《國朝閨秀詩柳絮集》作『江蘇華亭人，余某室』，《國朝閨秀正始續集》作『陝西華陰人』。

〔二〕鶯桃：《國朝閨秀正始續集》作『櫻桃』。

閔懷英七首

字畹餘，浙江錢塘縣人。適昌化縣方祐俊。著有《蘭軒吟稿》、《猗香樓吟稿》、《畹餘小草》。

閨秀應學韞《猗香樓吟稿序》：閨人詩，柔媚者居多，而温厚清婉，即《名媛》一集，亦僅數人，由其見聞不大、境界不遠耳。同里畹餘夫人，事舅姑及父母，皆以孝聞，為吾鄉閫範。善本書插架萬卷，窮治者廿餘年。有所觸撥，輒發為詩歌，故能洗盡鉛華，獨存至性。昔歐公謂謝希孟有幽閑淑女之風，畹餘其近之矣。余慕夫人之為人與詩久已，後獲交，得親顏色。夫人不棄聾瞽，枉以古今體及綺聲千餘言示，唫諷久之，媿不及萬一。因小誌簡端，未足以盡夫人之遠者大者也。

方祐俊《猗香樓吟稿跋》：嗚呼！內人事父母，奉舅姑，勗予訓子，暨待臧獲，藉藉播姻戚間，楮難罄述，述其性所近者。自掾閫政外，躭經史，喜文章，尤以詩為最。憶予始結褵，內人深自韜諱，及予知之，則曰：『此非閨閣所宜，慎勿使家中人知也。』然體弱多病，鍼紉外無愜意者，復肆力於詩。數十年來，積累成帙，遂甄別先後，共成若干卷。先是，外父母僅育內人，朝夕依依，不忍離膝下。予家居昌邑，兩大人時命歸侍，以博歡心。岳母咨嗟涕洟，寢食屏廢。其間寧母心，抒己鬱，往往盡托諸詩。家大人鑒此衷曲，乃得卜居於杭。嗚呼！廿年來，兩地慈幃，仰承曲體，温清無缺，不聞片語齟齬，孰非內人之調護？而心力耗頓，病日不支，率由是起。故全集所載，居太半焉。內人既抱羸疾，米鹽瑣屑，日夕經心，醫診之方，實出岳父力。自丁卯秋岳父仙逝，神益慘，體益尫，淹淹枕席間，未及一載，而病遂劇。臨危向予曰：『父母恩勤，此生莫報。生平行略，日思裒集，以示我後人。母之稟本，大半久藏腹中，向以兩腕力憊，未搦管録存。父事則毫未搆集，今皆已矣，無復逮也已！』言訖，悲咽久之。嗟乎！先君子没，一生事蹟，留傳家乘，皆內人一一手敘之。閲者謂詞旨隱括，毫無掛漏，先君子得以不朽。孰意彌留之際，俾內人迄追懷父母、抱恨終天。予之踧踖不安，寧有已也哉！內人暮年與珏樓應夫人為閨中知己，倡和成集。夫人西遊後，神倍黯傷，亦懶於筆墨。年來間有吟詠，與兒女輩口述之，集中多未及載。今音容杳邈，無自追求，斯實予之大恨也。內人有《蘭軒吟稿》、《猗香樓賸墨》、《畹餘小草》、《自適齋集》，先擇一二詩詞付剞劂氏，以質諸世，非炫內人辭華，聊慰予心寸悰。至其全帙，姑俟異日云爾。

採芝行為夫子五十壽

天姆峯前千尺松，虬姿矯矯淩蒼穹。下毓紫芝秀九莖，逶迤谿谷常春風。龍飛鳳舞蟠錢邑，靈淑所鍾光燿熠。君自青年來武林，慕踏湖山採芝吸。墳典探奇邁等倫，市隱翛然魚鳥親。襟期峭直行耿介，樂尋名教率天真。攬揆此日春光懋，紫翠青葱開錦晝。竹窻病質整釵荊，手把一觥為君壽。憶昔相從弱冠年，君時風度正翩翩。兩地承歡多委曲，卜居娱侍得圖全。三十宜男花未馥，舅姑戚戚思抱犢。四旬三叶夢熊占，而今皆知辨黍菽。五十今當大衍期，羸軀猶獲侍帚箕。庭前融洩多佳氣，兒女團圞進玉巵。君不見，昔賢解組輕五斗，門前多植先生柳。田園當日暗荒蕪，鱸膾蓴羹堪憶否？湖山風月怡我情，婚嫁遣償築室耕。從此名山採芝吸，安期有棗授長生。芝山五色芝芬郁，博得靈芝歌五福。老人拍手向芝山，齊道海籌盡添屋。

月夜聞歌

紈扇斂新涼，鳴蛩訴夜長。疎星渡銀漢，淡月照蓮房。歌徹千宵外，聲流片石傍。坐聽神思逸，不覺露蘭香。

次韻寄珏樓

東望凝歸眼，煙雲嶺上生。溪流縈遠思，蟬咽訴離情。室静猊煙瘦，窻明蝶夢輕。金風吹玉露，常擬動回程。

送夫子回昌邑

梅花香煖吐清姿，正是陽回臘盡時。君念蓼莪循子職，余承蘋藻愧齋尸。椒花自進元辰頌，竹葉先分除夕巵。路過村村忙歲暮，催程莫教倚閭思。

觀書偶感

富貴浮雲若，功名春夢餘。古今同一轍，何事羡華胥？

猗香樓遠眺

東窻日上曉風輕，珠户瓊寮一望明。最愛牆頭春色現，鳥聲相雜賣花聲。

剪牡丹二枝插瓶

翠剪翩翩曳步摇，三分帶酒十分嬌。沉香亭北風流遠，此日東吴見二喬。

楊天孫八首

字雲錦，江蘇吴縣人，楊編修繩武之女。適吴縣鴻博徵君陸枚。著有《塗鴉》、《失珠》等稿。

秋霽

雨過遥空爽，孤懷易感傷。强歌聊自遣，攬鏡不成妝。老桂蕊含馥，寒蟬送晚涼。幾回成獨倚，閑煞好秋光。

午夜無寐

月落鐘沉後，驚心百感生。老姑猶淺土，愛女未成行。撩亂絲難理，新陳逋未清。桑榆催晚景，欲寐事交並。

立春

旭日朝來籠瑞煙，暗香微逗早梅邊。律回幽谷光風泛，序轉陽和淑氣宣。歲首循環推景運，雅懷酬唱記當年。不須巧剪釵頭勝，漸覺園林萬象鮮。

塞下曲

秋風吹邊塵，戰士雄心烈。漢祖白登圍，計賴陳平設。

擬宮怨三首

一入長門春復秋，花時月夕總添愁。含嬌握管題紅葉，寫就殷勤付水流。

夢魂空自戀君恩，醒後羊車寂不聞。忽聽笙歌喧別院，淚痕潛滴石榴裙。

曉來對鏡怯梳粧，恨積春山倚象牀。一自恩移辭輦後，舞衣消盡舊時香。

春睡

遲遲日影透簾櫳，細草争舒氣漸融。驚醒緑窗幽夢短，數聲春鳥唤東風。

賀桂 一首

字秋安，號竹隱居士，江西吉安府人也。著有《竹隱樓詩》，然未得見。

《吉安府志》：龍有珠妻賀氏，名桂，字秋安，號竹隱居士，士昌女。幼聰慧善記。父官滁，積書甚富，桂懷鉛握槧，居然有儒者風。歸有珠。珠任攸縣令，襄内政，卓有賢操。後偕隱龍溪，架樓曰竹隱，吟詠其間。著有《竹隱樓詩草》。子科實，領鄉薦。

獨坐

晴波如練漾秋江，日暮朱霞麗〔一〕碧窗。琴罷鴨爐香欲灺，强拈針線思難降。

【校記】

〔一〕麗：《國朝閨閣詩鈔》作「染」。

關文慧一首

浙江錢塘縣人也。

奉題蘭韞詩草後

筆底生花世共欽，青鸞何事遽相尋。香消翠幕收銀押，月掩金鋪罷玉琴。白髮泣殘寒夜夢，青燈腸斷百年心。高風德耀遺彤管，手捧瑶篇不忍吟。

張淑儀句

江蘇鎮江府人。

句

嬾妝撩髩易，私泣拭痕難。

三月桃花憐妾命，六橋煙柳夢君家。

《隨園詩話補遺》：康熙間，叔父健磐公訪戚鎮江，寓某鐵匠家，與其妻張淑儀有文字之知，彼此暗投箋札，唱和甚懽，而終不及於亂。微言挑之，則正色曰：『妾故老秀才某之女。幼嗜文墨，父亡，爲媒者所誑，誤嫁賤工，一字不識。彼方熾炭，我自吟詩，爲此鬱鬱。得遇君子，聆音識曲，使我幾句荒言得傳播於士大夫之口，足矣。至於情欲之感，「發乎情，止乎禮義」可也。』再三言，則涕泣立誓，以來生爲訂。健磐公心敬之，不忍强也。歸家後，誦其佳句云云。逾兩年，再過京口，訪之，則鐵鋪不開，全家不知何往矣。後二十年，在粤中又遇一劉鐵匠者，不能作字，而能吟詩。每得句，教人代寫。《月夜聞歌》云：『朱闌幾曲人何處？銀漢　泓秋更清。笑我寄懷仍寄迹，與人同聽不同情。』健磐公嘗笑謂余曰：『同一鐵匠也，使張女當初得嫁劉某，便稱嘉耦矣。』

卷之三十三

浦映淥 三首

字湘青，江蘇無錫縣人，世居前澗，武進黃永之室也。著有《繡香小集》。

陳維崧《婦人集》：黄比部名永，與夫人浦氏，伉儷最篤。一日，鄒大名祗謨戲比部曰：『君得毋昔人所謂「愛賢妻，有終焉之志」乎？』比部曰：『下官正復賞其名理。』夫人有《題周絡隱坐月浣花圖・滿江紅》一闋詞云：『彼美人兮，宛相對，姍姍欲下。恰此夕，月華如洗，花枝低亞。盼到圓時仍未滿，看當開半還愁謝。與花神、月姊細商量，歸來罷。　憐嫩蕊，銀瓶瀉；迴清影，晶簾掛。奈晚粧猶怯，鏡臺初架。二十餘年芳草恨，兩三更後長吁態。幾時將、絡秀舊心情，呼兒話。』附録《艾庵往事・賀新郎》詞一首：『往事卿思否，十年來、幾嗔幾喜，相偎相守。漫道悲懽如水去，提起心頭都有。卿自置一觴一缶，笑拔金釵閑指點，椿椿欲説還搖手。恐化作，皤然叟。　何妨憒憒居人後，更誇甚、筆搖千字，胸盤二酉。對酒當歌卿試舞，長袖離披紅溜。爲卿盡、先生五斗。醉看諸兒群繞膝，待長成、五岳容吾走。卿好做，尋山偶。』

湘青《繡香集自序》略：柳絮風多，敢望謝庭之句；眉山木老，浪傳蘇妹之名。然而日煖書長，燕翻鶯舞，頗弄文墨，不敢告人。近因雲孫北首燕路，寂寂家門，偶編舊集，復輯新篇。珍珠一載，羞居崇嘏之家；象管數言，或玷徐陵之選。

譴鵲

片片花飛點繡幃，强拈裙帶試腰圍。欺人最是檐前鵲，説道當歸又不歸。

呼婢

銀瓶斜插海棠花，春色朦朧護絳紗。煙裊獸爐香欲燼，隔簾鸚鵡唤琵琶。

牡丹亭

情生情死亦尋常，最是無端杜麗娘。虧殺臨川點綴好，阿翁古怪壻荒唐〔一〕。

【校記】

〔一〕荒唐：《名媛詩緯初編》作『荒塘』。

吴芳 一首

字芳英，浙江秀水縣人，吏部吴竹亭之女。適同邑貢生徐然。

《檇李詩繫》：吴芳，秀水人，吏部吴竹亭女。適同邑徐然，然字撫辰。

寄遠

東風吹就雨廉纖，殘夜無言且獨眠。翠髻未偏羅帳冷，欲憑清夢到君邊。

陳淑媖三首

號宜齋，直隸□□縣人。適孝廉于振翀。寄籍山東曹縣。著有《碧香閣小草》。

梅影

疎影横階瘦，相看獨掩扉。離魂疑倩女，畫手誤明妃。玉蝶迷香砌，冰蟾伴縞衣。羅浮清夢杳，芳躅記依稀。

燈下示兒融

澹泊長年守素風，菜根滋味讀書功。須知金谷終灰燼，千古繁華一夢中。

寄遠

秋風吹雨夜綿綿，枕簟新涼坐不眠。一紙家書和淚寫，濕雲拖雁過窗前。

李洌一首

字在中，江蘇崑山縣人。

壽姚母

淑德凝祥世澤綿，北堂秋永啟華筵。熊丸砥礪芸窗苦，荻畫恩勤梓里傳。酒泛清樽饒瑞氣，菊浮紫萼引長年。遥瞻錦帨高懸處，敬賦南山松柏篇。

陶履坦二首

字固生，號嵇散子，浙江會稽縣人。適大將軍朱騮元。

自嘆

蕭瑟秋風入敝居，飛蓬不逐鏡臺虚。生來錯認鴛鴦字，嬾覓雙魚寄遠書。

春日感懷

蕙蕊蘭芽透碧紗，含愁寂寞度年華。可憐春色無多許，簾外香塵帶落花。

陸瑶英二首

浙江錢塘縣人，孝廉陸鳴時女。適仁和諸生湯頤和。以子右曾貴誥封夫人。著有《閑窻小草》。

擬妾薄命

憶昔佳人好顔色，窈窕嬋娟號傾國。合歡雙帶結同心，錦機罷却何須織。流蘇彩帳玳瑁床，徘徊繡户明月光。翠椀共傾琥珀酒，玉爐不斷鬱金香。此際驕奢難再得，此日分飛大堤側。一朝征戍向漁陽，紫塞迢迢淚霑臆。去時鄰兒正少年，今時白骨歸重泉。落葉辭條芳草盡，手持青鏡心茫然。仰視星橋隔天漢，黄姑停織遥相看。閨人嫠婦心易悲，天涯客子思腸斷。何處城頭烏夜啼，遥聞孤雁發酸嘶。轆轤初轉墮金井，銅壺漸歇聞曙雞。胡笳羌管傷懷抱，新聲寫出關山道。西風黯慘塞草腓，征人百戰沙場老。春去秋來綺閣中，佳人脉脉閉簾櫳。莫道朱顔今未改，錦衾珊枕與誰同。

訣别

傷哉腸斷奈何天，病入膏肓豈偶然〔一〕。念我有親偏異地〔二〕，痛兒無母孰深憐。魂依夢接眉間事〔三〕，翼比枝連願〔四〕裏緣。安得超超塵外想，雨花零亂遍三千〔五〕。

【校記】

〔一〕此句《國朝閨秀正始續集》作『藥餌難將痼疾痊』。

〔二〕異地：《國朝閨秀正始續集》作『遠隔』。

〔三〕此句《國朝閨秀正始續集》作『花殘月缺愁中景』。

〔四〕願：《國朝閨秀正始續集》作『夢』。

〔五〕此句《國朝閨秀正始續集》作『水雲解脱自悠然』。

韻山 一首

天津胡孝廉捷之室也。

詠夜合花和韻〔一〕

嫣紅取次斂幽姿，正是檐牙日墮時。可惜夜長難得旦，重開不見費相思。

胡捷《芸書閣遺稿序》略：予友心穀幽羈九載，始邀矜釋，與嘉偶含英夫人，遂其倡酬之願。雨簾刻燭，花徑分箋，致足樂也。顧緑綺纔張，朱絃遽斷，拂床簟冷，搴幄香銷，泪漬春衫，情何以遣。心穀既作《悼亡詩》若干首，情深語苦，鵑鳥啼春，冷猿嘯月，使人難以卒讀。尋復裒其含英夫人前後所作，並倡和諸詩為一集。迹其集中所載，大都哀楚之致多，而愉樂之聲少。豈詩之果為人讖與？抑自知其慧福不能兼，而豫為是無涯之戚與？予嘗深夜對酒，讀之三嘆，顧謂內子韻山曰：『讀此益增人伉儷之感。』韻山曰：『生死固自有命。所恨者，歷憂患而未竟其樂耳。竊欲即其集中所詠夜合花之意，拈句吊之。可乎？』予曰：『閨中偶詠，本不可以外播，然非所論於含英夫人也。汝試誦之。』韻山遂吟云云。予為之慨然，因命侍姬媚川執燭捉筆，而為之序〔二〕。

【校記】

〔一〕此題《國朝閨秀正始續集》作『咏夜合花悼金含英夫人』。

〔二〕此序金至元《芸書閣賸稿》（乾隆八年刻本）末署『康熙辛丑年八月稽山弟胡捷』。

徐安吉五首

字子貞，浙江上虞縣人，尚書徐人龍之女也。適王玉映之弟王鼎。著有詩集。

雜詩

浮生寧有涯，性靈不可夭。適自理晨粧，遥見東方曉。初風半吹竹，寂寂聞啼鳥。地僻我亦閑，日對南山小。

山中詠〔一〕

老楓俯大谿，數枝浮水面。清風與之俱，吹落秋紅片。落日危孤峯，柴門雀喧轉。短草動夕陽，寒塘石清淺。

古意

柳色欲輕黃，朱樓人自傷。愁來無洛浦，夢去有高唐。寶鏡空懸架，榴裙驗取箱。誰書桐葉字，墳草變鴛鴦。

感秋

秋清萬點越山多，雁陣看來字若何。湖氣已經霜後白，雲光猶向日邊和。殘蕉落葉迴人夢，野菊垂花泛酒波。小膽怯愁蘇病骨，寒風相贈益輕羅。

春詞

西樓殘月子規情，幾樹梨花照水横。自抱琵琶廊下坐，含愁撥得兩三聲。

【校記】

〔一〕此詩在《名媛詩緯初編》中爲二首，前四句爲《其三》，後四句爲《其四》。

王天載 一首

字春曉，湖北黄岡縣人，曹本之室也。

海棠

啼鶯唤醒海棠枝，曉日新粧帶露時。謾説楊妃初著酒，寒來姊妹也相宜。

韓張 三首

字静菴，江蘇揚州人。

黄研旅姊丈以出塞圖索題漫賦

元龍百尺氣若虹，跋涉山坳走朔風。褎衣驄馬出塞垣，棄繻壯志真英雄。黄塵盡日飛龍沙，萬里荒涼窮大鹵。冷秋八月雪皚皚，黑霧連天瘦蛟舞。研旅先生自崛奇，文章重世芙蓉披。才華穎脱胸浩浩，眼前豪士識者誰。深閨盥手展圖看，咫尺長城見譙櫓。江南春色共迷離，鴻漸青雲勢高舉。

和書升宫甥城南觀桃

春雨濛濛水半篙，流霜終日醉仙桃。東皇解道清才詠，粧點紅衫映錦袍。

飫眼韶光錦繡中，沿溪不辨淺深紅。鶯聲似共花枝語，莫信輕埃促曉風。

李寶月 一首

江西□□縣人。

讀香匳集有賦

晝長宜睡嬾梳頭，略展菱花眉黛愁。聞道春江染新緑，傷心時一上西樓。

施璲昭 五首

浙江平湖縣人，廣文施鉉女也。適文學沈炳孚。夭卒。

《檇李詩繫》：施璲昭，廣文施鉉女。適文學沈炳孚。早年夭卒。有詩一卷，未刻。

獨坐見月

蕭蕭夜色涼，小院驚佳節。病骨不禁風，垂簾待秋月。

春日送姊

分手河橋淚滿衣，渭城三唱落花飛。那堪堤畔無情柳，摇颺東風送客歸。

秋閨二首

滿院梧桐帶翠凋，竹窻疎雨濕芭蕉。西風吹遍空閨冷，縷縷殘香尚未消。

雨過幽庭濕翠微，新涼初覺懶添衣。慵拈針線悲秋詠，幾向西風怨落暉。

早梅

點點寒霜飄未盡，朝來初見數枝開。東皇豈解愁人意，先使庭梅報信來。

李璸 四首

字玉樹，山東長山縣人，青浦知縣李某之女也。適同邑趙伯麟。著有《梅月樓艸》。

《山左詩鈔》：李璸，字玉樹，明户部尚書長白先生士翱裔孫。氏幼承庭訓，工書能詩。夫伯麟亦名家子，雅相愛重。年三十八而卒。有《梅月樓草》及《詩餘》一卷，清麗可誦。

《小粉場雜識》：山東閨秀李氏，能書善詩，字玉樹，明户部尚書長白先生士翱裔孫。氏幼承庭訓，工書能詩。外君趙伯麟亦名家子，雅相愛重。惜乎年僅三十有八而卒。所著《梅月樓草》，頗多清新之什；《詩餘》一卷，尤清麗可誦。附録數首於此。《江南春》：『風習習，水漪漪。燕來春意足，蝶舞落花遲。碧天斜日横雲斷，自在嬌鶯深樹啼。』《荊州亭》：『昨夜雨絲風片，漲滿緑槐庭院。來往遶廻廊，無數鳴鳩乳燕。　一抹寒煙青巘，望斷盈盈淚眼。横笛畫樓東，吹徹數聲清怨。』《花發沁園春》：『縠雨新晴，禁煙初過，一番另是春景。嬌鶯囀樹，蛺蝶穿花，緑遍郊原千頃。風來繡户，攪亂了、一簾花影。燕子畫梁語呢喃，雙雙共説春永。　日曬幽窻寂静，案頭碧紗，籠香噴金鼎。年年歲歲，每到春來，添上幾回清夢。正濃午睡，却被何人唤醒。牆外不住賣花聲，遶院頻呼不定。』

春閨

重門深鎖寂無塵，滿樹花開不見人。獨有畫梁雙燕子，年年相伴過殘春。

清明

又是清明雨後天，緑楊深處見秋千。無邊芳草王孫路，榆莢飛錢柳墮綿。

寄外

思君客路冒風霜，獨上妝樓望帝鄉。最是離人腸斷處，長隄衰柳掛斜陽。

春望

鳥語綿蠻度短牆，朝霞催起早梳妝。自從不上樓頭望，春色飄零到海棠。

吴雯華三首

字曇素，江蘇吴江縣人。適同郡貢生葉景鴻。著有《香匳詩稿》及《采秀閣吟草》。

【輯補】

吴雯華《采秀閣詩草》（康熙五十五年浣花軒刻本）載葉舒璐跋：閨秀林風，吴興為最，然如我舅母之早失所天，捧尊章而諳食性，撫孤穉以續書香，其姱行貞操，縱置諸古列女傳中，有過之無不及也。茲出一編示余，伏而誦之，率皆得温柔敦厚風騷以上之遺，豈直鏤雪裁紈聯鑣班謝云爾哉！余內子亦雅有吟癖，以故與舅母訂忘分交，相得甚歡。然碧海掣鯨，仍歸老手，巴歈蛩響，謬附清音，見者勿嗤點為聃非同傳，則幸矣。甥葉舒璐拜手謹跋。

瓊案，吴雯華《采秀閣詩草》附刻於沈淑蘭《黛吟草》後，葉舒璐所稱『舅母』即沈淑蘭，『內子』即吴雯華。

歸舟

歸舟傍午泛匆匆，短棹輕帆趂晚風。數點飛鴉殘照外，一聲清磬夕陽中。山光遠近和煙紫，漁火參差映水紅。閑倚篷窻遥望處，彎彎新月近垂虹〔一〕。

秋閨

庭梧葉落氣蕭森〔二〕，砧杵千家碎月明。何處小樓人不寐，孤檠相對賦秋聲。

秋日村居

自愛投閑縱所之，江村林壑漫棲遲。本無喜愠抽身〔三〕早，須信英雄種菜宜。逸興眈於黄菊候，幽情訴與白鷗知。緑楊影裏三間屋，羡殺漁人理釣絲。

【校記】

〔一〕此處《本朝名媛詩鈔》有小注云：『垂虹，亭名。』

〔二〕氣蕭森：《國朝閨秀正始集》作『影縱横』。

〔三〕抽身：吴雯華《采秀閣詩草》（康熙五十五年浣花軒刻本）作『歸田』。

施坤 二首

字資生，河南儀封縣人。適張鉅卿。著有《遏雲吟》。

詠古

仗劍出昭關，投吴秉節鉞。一出敗荊師，再起覆全越。英風震五湖，霸圖日突兀。奈何長寇讐，忠言不能入。君王賜屬鏤，臣罪當誅滅。鴟夷江水寒，天地泣壯烈。轉眼問吴宫，繁華久歇絶。青青館娃柳，冷冷蘇臺月。長嘯海天空，涼飆振林樾。

詠殘牡丹

東風吹老碧桃枝，偏爾能開傾國姿。垂首似含亭北恨，折腰如怨馬嵬時。殘香尚足驚凡卉，剩粉猶堪入品題。寄語東君好珍重，莫教風雨葬西施。

宋琴諧五首

字緑綺。里次未悉。

孫貞媛詩

逃出亂軍中，全家骨肉終。孤雛留一脉，飄蕩向春風。
淮浦芳姿長，揚州艷色誇。可憐含蘂好，飛作路傍花。
何處蒙貞潔，輕生傷永訣。森森勁節標，松幹凝寒雪。
夙具神仙骨，離塵獨超忽。姮娥可與諧，願託瑶臺月。

次韻題明妃圖

草向祁連分外稠，愁雲不比漢宮秋。錦書欲寄南征雁，明月無人數舉頭。

宋瑟諧四首

字朱絃，琴諧女弟也。

孫貞媛詩

松枝標勁直，磊落超凡植。蕙雲性孤高，拚棄傾城色。

竹初含籜出，已具淩雲節。蕙雲幼絶塵，挺作閨中傑。

梅花别有香，春寒冰雪凍。蕙雲化鶴來，不入羅浮夢。

次韻題明妃圖

怨比長門萬倍稠，塞垣嘗遍雪霜秋。君王若念顔如舊，征馬無情不轉頭。

焦氏 一首

江蘇華亭縣人，焦南浦之次女也。

題蕉

芭蕉葉，芭蕉葉，如今折，蕉聲絶。風有聲，蕉無舌，雨數點，腸千結。

《塘南野乘》：南浦先生詩集中有《兒曹剪芭蕉學書余女二郎書其上》云云，余喜其有奇致，録而和之曰：『芭蕉葉，芭蕉葉，雨瀟瀟，風獵獵。緑天壤，一小劫；緑玉箋，臨法帖。欲題詩，小敵怯。』為韻所束，顧不能奇也。按：二郎係先生長女，行二；後適明經沈中理，年二十八而卒。

佟素衡一首

奉天人，大中丞諱國器公之女孫也。適江寧汪淡菴。

勉兒勤學

庭槐漸覺影婆娑，歲月催人老奈何。晝永爾宜勤課讀，夜深余亦愛吟哦。從來自恃聞偏淺，到處心虛〔一〕識愈多。美玉琢磨終作器，分陰須惜莫蹉跎。

【校記】

〔一〕心虛：《國朝閨秀正始續集》作『虛心』。

季蘭二首

字畹芬。里居未詳。

孫貞媛詩

貞魂久不銷，仙珮何娟潔。迴思小鳳雛，歷歷遭磨折。百結蘊愁腸，盡向箕中説。瑶池歸去來，妾心古冰雪。

次韻題明妃圖

釁起苞苴自古稠，一圖遺恨閱千秋。漢王仗信安邊徼，莫惜傾城棄隴頭。

姚瑛玉一首

安徽桐城縣人。

泳園紀遊

村塢雲遮取徑斜，垂楊一帶暗窻紗。風廻樹杪驚棲鳥，水縐波紋聚落花。山色全歸殘照裏，晚煙平罩野人家。閑心共話當年事，看汲流泉煮建芽。

顏鋣二首

山東武城縣人。適陳國瑞。著有《偕隱倡酬艸》。

代外題袁魯望松菊歸隱圖

世人紛紛愛留照，閑中染景惟花草。自覺形神與眾殊，覽之幾令人絶倒。生來氣味不相似，摭列羣芳徒贅耳。況復添毫無佳手，即今畫肉比比是。惟有袁翁最奇特，生平雅尚惟高潔。超然别具世外情，觀其嗜好真殊絶。隱居淮北白洋河，所好松菊無其他。節擬蒼松操擬菊，以視世人復如何。世人俗情猶未埽，時借畫工寫懷抱。矧兹耿介拔俗士，逸情高致胡不好。苟無虎頭傳其真，誰為寫貌兼寫情。君貌不外阿堵間，君情即在好尚清。披圖令我長太息，袁翁無乃今靖節。憶得當年賦歸來，松菊猶存不改色。

夏日山居

山静偏宜暑，松風入夢清。危巖飛雨色，古樹咽蟬聲。刺繡年來課，看雲世外情。不知塵市遠，聊為證無生。

陳治筠 二首

字淇園，江蘇崑山縣人。余恒齋室。著有□□集。

《崑山新陽合志》：余澹巖妻陳氏，名治筠，賢淑，工詩，有集行世。

筆

自拜中書令，斯文獨在兹。毫裝青縷巧，管吐緑沈奇。五色才人夢，雙彎〔一〕少婦眉。惟君能領取，此外有誰知。

走馬燈

紙上孫吴善將兵，烽煙初起便長征。迴環不計三軍數，騰踔争看一騎輕。若使獻俘惟捕影，任教合戰不聞聲。莫憂饋餉難為繼，枵腹何嘗呼癸庚。

【校記】

〔一〕彎：《本朝名媛詩鈔》作「灣」。

林蕙二首

字佳英，福建泉州府人。著有《香咳集》。

飲新茶

終朝採新茶，烹之甫一甌。味同仙人掌，色與武夷儔。飲兹多異趣，耳目殊悠悠。豁然心胸間，醒睡復清眸。人云可代酒，我謂酒不侔。飲酒能亂德，啜茗復清幽。玉川與桑苧，所以意氣投。歎息兩人去，高風今尚留。

蘭

春山隨意佳，雨過香初足。美人在何許，不語倚空谷。

沈詠南 一首

字佩儀，浙江錢塘縣人。詩附見於《墨莊詩鈔》。

徵詩詠滇南四景

戊辰夏日，閑居鹿園書室。時花柳參差，筆墨在御，偶憶幼時隨先君宦遊京都、滇、黔，所過名山大川，指不勝屈。其最勝如銀壺磨盤之山，六百里松陰蔽日；洞庭彭蠡之水，千萬頃鯨浪滔天。至於風花雪月，在滇南尤甲宇內。風曰清風驛，地無纖塵，人馬飛渡，稍遲即吹去。花曰上官花，每朵十二瓣，月開一瓣，迨冬時，爛漫勝牡丹，遇閏月則開十三瓣，相傳為仙家所栽云。若夫點蒼山之雪，春夏不消；洱海底之月，朔望皆圓。倘所稱洞天非邪？余年幼，白腹空疎，未經題載，敢拜文妝，或詩或畫，惠我珠璣，詠南之幸也，初不計甎礫之妄投焉耳。

南遊千萬里，從小客天涯。山絶雲飛騎，波横龍戲楂。有心貪看月，無計便移花。風雪多奇致，觴歌乞謝家。

張汝傳六首

江蘇松江人，徐宗頊之室也。著有《繡餘草》。

王日藻《繡餘草序》略： 余二十年前聞清河氏有女才子工詩詞，所著《泥美人》、《墨兔》諸詠，膾傳人胸。居恒好柔翰，絶類儒者，蓋由天姿穎異，日漸摩於父兄之側。尊人明經止鑑先生、兄文學慧曉，皆博洽君子，人莫能及，故無俟明師善導，取益良便也。余拂衣歸里，卜築秦望之陰，不復問跫然之音，而徵詩問奇者不以余為無文，紛紛酬應，靡有已時。竊嘆詩人林立，投巨卷如薛保遜，亦復不乏。今讀《繡餘詩》，雅不欲以四始三唐泛語為序，止序其詩學之淵源、詞令之典則有超於尋常閨秀之外者，並欲與其君子歲進士徐兄宗頊倡和之作合觀之，行將俟其續梓焉可矣。若夫事父母以孝聞、事舅姑以禮聞，則許觀察、張孝廉序之頗悉，予又何容贅一詞乎？

烈婦吟

萬死捐軀豈顧生，從容白練神氣崢。昭然大義耀素雪，貞魂千古終不滅。此夕天孫會黄姑，此時烈婦亦從夫。夜臺窅渺如相見，應知不媿生前面。人間多少綺羅春，盡保紅顔那保身。傾城絶艶安足齒，惟有芳名照青史。

塘村烈婦

終古世人無超越，暮春桃李求榮發。駒隙富貴曾幾何，鬚眉頓改如修蛾。塘村女子心鐵石，釵笄未肯同巾幗。碪胸斷頸獨忘生，玉碎花飛不為名。紅顏多少埋黄土，誰能青史垂千古。巍巍廟貌亨明禋，不是龍章翟帔人。

天竹

種自西方迥不同，勻圓萬顆結玲瓏。丹枝不改三冬色，翠葉能禁午夜風。縱使未收書卷内，也曾譜入畫圖中。莫教鳥啄珊瑚墜，留占東皇第一紅。

鐵馬

珊珊應擬佩環輕，清徹如聞秦女箏。庭畔驚殘棲鳥夢，樓頭敲動玉關情。高垂髣髴花鈴繫，驟響依稀鐵騎行。占得一年風力健，不知吹作幾番聲。

秋思

霜林葉影踈，摇落感金氣。蕭瑟淡秋暉，西風吹絡緯。

早桂

日暮幽窻暑氣清，微香冉冉襲衣輕。忽聞鸚鵡籠中語，金粟如來已降生。

鄭慧瑩一首

字明湛，浙江餘姚縣人，山西僉事鄭之尹女也。適倪之覃。

答子封外君

青鸞有信孰傳愁，目斷天涯倚斷樓。東河渡口帆千片，知道君歸那一舟？

顧步二首

字佩微，江蘇青浦縣人，徐舜庭之室也。著有《絮愁集》。

題允恭姪書齋

芸窻景物不尋常，巨細安排盡有方。粉壁畫懸山色古，銀箋書染墨花香。清幽料易搜佳句，風雅還堪遣斷腸。從此咿哦須倍力，朱衣今頗重文章。

偶成

瀟灑花陰月，清光分外增。倚闌貪玩賞，一任鼠窺燈。

施菊香一首

字澹如。

孫貞媛詩

人生天地間，渺若輕塵影。弱草向秋零，最苦風霜冷。女子倚所天，宜將名節秉。杞婦崩高城，殷姬匿眢井。烏鵲感傷懷，黄鵠歌交頸。紈扇粉書揚，皮金香字炳。此身既適人，偷生因何忍。我憐孫蕙卿，更履阽危境。失怙慘初孩，殉國嚴親殞。繞膝索銀魚，宦邸烽煙警。隨姆歷迍邅，蹙蹙嗟靡騁。長大寄他鄉，嬌藏想閒靚。伉儷幾曾諧，落籍添悲哽。粧臺淚暗彈，鉛華一朝屏。但免辱泥塗，殺身亦云幸。烈婦報其夫，女貞尤可憫。松筠節早堅，中閨發深省。惜哉閲世深，良璧埋崑嶺。築臺記懷清，式廬知謚愍。綽楔佇恩旌，會藉當途請。

徐氏三首

浙江石門縣人，大學徐公行灝之女也。適化州知州承勳元。年三十三卒，贈宜人。

菊

東籬挺數枝，寒英映繡幕。豈如桃李花，深春已零落。

秋夜

月華澄徹露華鮮，簾捲高樓人未眠。萬籟無聲清夜永，如聞笙鶴在遥天。

雁字

蒹葭白露兩茫茫，欲寫離騷第幾章。若到衡陽腸易斷，廻文題罷下瀟湘。

梁蘭漪 七首

字素涵，號蓉溪，江蘇江都縣人也。著有《畹香樓詩稿》。

【輯補】

梁蘭漪《畹香樓詩稿》（光緒二十一年石印本）卷一《哭夫》題下小注云：嗚呼痛哉！予命不辰，生而多厄。慈幃見背，髮甫披肩；祖母云亡，齒纔及齔。孤煢小妹，影形相弔乎閨房；垂白老親，襆被驅馳於道路。乙丑季秋，于歸夫子。效孟光舉案，慚無賢女之風；辱張敞畫眉，頗具才人之筆。陸士龍才堪命世，的是良人；荀奉倩性本鍾情，詎非吉士。悲哉！綵雲易散，比翼分飛，十載深情，一朝永訣。五齡幼女，罔知南北東西；八歲嬌兒，未識詩書禮樂。恃而兼怙，百事萃於一身；愁也加勞，三日恒難一沐。傳經映月，恥分鄰壁之光；抱甑啼饑，羞哺嗟來之食。茹荼飲泣，開卷傷心。評花詠月，無非悽婉之章；課子鳴機，總是斷腸之句。聊弁數語，用誌悲感云爾。

同集卷二有《丙戌四十生辰自述》，可推知其生年。同卷有《廢學吟》小序云：於戲，詩能窮人耶？抑窮而能工耶？昔昌黎已言之審矣。更女子知書，疊遭奇阨，古今屈指，代不乏人。非貧即夭，非夭即孤，未有一人能享文章之福者，益信造化弄人。痛予十三齡塗鴉始，每習詩習禮，日不暇食。迄今三十年來，歷盡坎坷，至己丑歲，衣食維艱，立錐無地，生人之苦，身遍嘗之。決意棄硯廢書，學僊學佛，畢此餘生，一切文墨，總付兒曹代之。因感成詩，永為絶筆。

同集卷二有謝李葆巘詩，題云：壬辰秋，端兒歸自京邸。雖博一第，依然秋風贏馬，行李蕭條，茅屋青燈，守貧如舊。無意中謁兩淮鹺政李公，兼持予《畹香樓集》進閱，李公一見，謬加稱賞，既而歎曰：『有母如此，有子如此，而不能菽水養親，安居肄業，是誰之過歟？』隨代營南門縉紳坊數椽之地以家焉，又代謀薪水，俾得衣食無虧、風雪無愁矣。爰賦四絶以謝。

同集卷二有《謝李氏詩》，自題云：去歲蒙鹽政李葆巘大人樂育之仁，曲加勤恤，既獲寧居，兼得菽水之養，又賜『才節雙全』之額。今歲重荷公仁，又為籌畫經紀，娶媳嫁女，以次就緒，仁風惠澤，感激令人涕下。又賦長律四章以謝。

同集卷二附汪中《答叔母梁夫人》詩：吾宗有母梁夫人，早年守義矢天只。朱門羅縠化為塵，閉户長饑樂文史。日操井臼夜誦詩，彤管高文見根柢。二南小雅無凡音，哀述先人最其子。子兮為儒著儒衫，律身刻苦吾所慚。授書歲得十金入，對人氣象何巉巉。夫人有子能養志，餓死事小求人大。弟兄尚苦黄金多，五反何曾受一介。高風豈獨魯仲連，百世之師伯夷隘。中也通家餽百錢，浹旬封却尚依然。作詩霑灑及吾母，曲盡人間骨肉恩。吾母寡居窮更劇，一門風義故相匹。疊更家禍多死心，得免凶年少人色。老來力盡疾疢生，五十衰容髮已白。人生富貴無百年，苦節高名天所惜。兩家孤子各成人，反使饑寒及身迫。嗚呼！古之列女一節稱才賢，豈似夫人得百全。石渠尚有劉中壘，應入儒林卓行編。

雜詩二章

幽谷生芝蘭，不同荊與杞。本是王者香，肯隨秋艸萎。同時深谷花，出滋秋露華。一隕嚴霜後，零落道傍嗟。

南山有仙鵲，不飲復不啄。養成五色羽，沖宵淩白鶴。回視疾飛鳥，自謂翔風樂。盤空三五步，已遭金彈落。

題方婉儀白蓮圖

十里抹紅粧，一枝瑩玉骨。風定欲停雲，波横疑濯月。灼灼桃李花，春深叫鶗鴂。青青松柏枝，嚴冬凜霜雪。争如九品分，仙胎此中結。花共〔一〕人同清，人共花同潔。天地生斯文，終與塵流〔二〕别。

漁家

一舟大如葉，妻子同棲遲。垂釣滄江上，不侶輕薄兒。蓑衣薄紫綬，箬笠傲金龜。巢許為吾友，蒼旻是我師。得魚沽斗酒，妻舉案齊眉。興來歌短什，惟有蛟龍知。

即事

一春惟病懶，門外即天涯。不信春光去，空庭數落花。

杏花二首

金樽檀板鬬韶華〔三〕，絶好穠春〔四〕是酒家。深巷重門人未起，隔牆低賣一聲花。

盈盈笑色晴烘日，黯黯輕紅雨着煙。一種嬌酣濃似酒，晚粧人倚欲風天。

【校記】

〔一〕共：梁蘭漪《畹香樓詩稿》（光緒二十一年石印本，下同）作『與』。

〔二〕塵流：《畹香樓詩稿》作『塵世』。

〔三〕韶華：《畹香樓詩稿》作『鉛華』。

〔四〕穠春：《畹香樓詩稿》作『濃香』。

陸吟香 句

江蘇人。著有《窺雲閣紅餘艸》。

句

香滿玉樓春欲倦，花明金谷雨初晴。《自遣》

《綺園小録》：陸内史吟香，東鄰女也。有《窺雲閣紅餘艸》。《自遣》云云，筆致絶佳。

閔氏 一首

號半霞。

寫墨菊

籬脚斜陽淡欲無，墨雲落紙半模糊。繡餘戲借生花筆，為寫秋山偕隱圖。

《百福菴畫寄》：亡婦隴西氏，號半霞，舅氏鱸鄉公女。婦未嘗專工六法，承舅氏家學之餘，偶然弄筆，便能一洗畫工脂粉氣。曾寫《墨菊袖冊》贈余，題一截於冊末云云。

屈秉筠十三首

字婉仙，江蘇常熟縣人也。適趙子梁。著有《蘊玉樓詩鈔》。

《田居隨筆》：近時常熟閨秀婉仙屈秉筠，蘭心蕙質，聰慧人也。適趙子梁，結褵之俊，即出奩具為夫置兩篋室，悉以家事分委任焉。日坐蘊玉樓，緗簾棐几，茗盌爐香，令人望之，如倪迂清秘雲林。與同里閨秀韻芬席佩蘭，詩筒時相往來，嘗為韻芬題扇云：『妝臺强起病還餘，衹覺纖纖腕力虛。偏是翠毫拋未得，泥金扇子要親書。』可以想見其風格矣。

【輯補】

屈秉筠《韞玉樓詩》（嘉慶十六年刻本）載鮑份所作《傳》：宛僊夫人，名秉筠，宛僊其字，小名沾慶，太學生屈君洪基之女，畢節令曾發之孫女，而我之自出也。……年十九歸於趙子梁茂才。……以瘇疾卒於嘉慶十有五年之八月十九日，春秋四十有四。……嘉慶十六年重光協洽闰三月鮑份叔野甫餐。

同集載趙同鈺序：亡室屈氏宛仙，同里畢節令省園公女孫也。幼承家學，長益工詩。歸余廿年，中饋之餘，不廢研削。戚黨知之，咸屬婢媪以箋素乞書，往往流播，遂為錢塘袁隨園、同邑吴竹橋兩先生賞歎，弗獲終祕，然非其意也。自後索題詠者，日不暇給。素病肝，坐是益劇，病發時輒數月卧，墨瀋藥汁，雜漬几案間。屬纊前一夕，悉取所作鐍置一篋，命女奴畀諸火，毋留纖迹。余適自外入，匿之，紿曰：『已火矣。』烏虖，君豈以閨閣吟詠不欲示世邪？抑誠以為不足存邪？忍痛綴輯為四卷，詞一卷，付諸梓人，知非君之意也。亦聊以釋余之悲爾。嘉慶十六年中春下澣杖期趙同鈺子梁甫識。

同集載屈静堃跋：《韞玉樓詩集》，余妹宛仙遺稿也。妹名秉筠，叔父仲潛公女。生三歲而叔母鮑安人歿，越一載，叔父又歿。兄弟俱幼，妹因依祖母蔣太安人及余母曹太孺人居，授諸經子，能通大義。兼工吟詠，女紅針黹，靡弗精敏。迨歸于趙，承侍姑嫜，得其歡心。躬親操作，不自驕逸，佐理家政，井井有條。撫側出之女，逾所生。中外推賢孝焉。妹夫子梁負逸才，有聲譽，時與諸名流敲詩論文，妹供具精腆。善承夫意，有雜佩投報之風，琴鳴瑟應，雍雍静好，緑窗唱和，漱玉鏤冰，以是詩益工。每遇歸寧日，與余促坐聯床，談詩達旦，依依判袂，不忍言别。歲乙卯，余省親北沛，妹寄我便面，賦詩示意，離悰别緒，情見乎詞。尤工寫生，不著采色，嘗以白描《平安富貴圖》見贈，筆意超絶。余嘗與伯兄言，以妹才華清妙，復獲佳耦，此福真神仙不讓矣。顧素有肝疾，稜稜瘦骨，與藥為緣。今春疾益甚，中秋以後遂至不起，支離枕席，猶留心中饋纖悉之事。出所繢《芳草蛺蝶》諸圖，分遺兄姊弟姪。或勸以息心静養，則曰：『我心固無恙也。』余聞赴之下，哀不自勝。去夏一别，千秋永訣，手足之情，痛如之何！計妹一生，賢孝之行，才秀之風，雖子政之所傳，蔚宗之所紀，蔑以加焉。子梁神傷於既往，哀逝於靡窮，檢其遺稿，得若干首，離為四卷，並詞一卷，付之剞劂氏。余久廢吟詠，痛妹之賢且才，而天靳其年也。既濡淚和墨，作《哀辭》十二章，復為跋之如此。蓋情之所在，非敢言文爾。歲庚午小春月愚妹静堃拜跋。

屈秉筠《韞玉樓詩集》（上海圖書館藏清獨清仙館抄本）載孫原湘所撰《傳》：趙同鈺子梁室屈孺人，祖畢節令曾發，以實學見稱當世，亞宣城梅氏； 父國子生某，蚤世。孺人生有夙敏，甫毀齒，畢節君授以經史，略皆上口，即工小詩，所傳《柳枝辭》十五章，蓋髫鬌時作也。既嬪於趙，子梁固風雅士，閨房之內，琴鳴瑟應，人比之明誠之於清照。孺人聞之，雅不喜。余嘗過子梁所謂『易安閣』者，蓋取淵明『容膝易安』之意，余戲舉李字，以為相合，孺人遽命女奴持素箋，乞易其額，余瞿然謝過。孺人曰：『名本不佳，固思所以易之。』可以識孺人之志行矣。詞翰靡所不能，最工白描花鳥，毫柔挽勁，神致超逸，於李因、陳書外別出一奇。顧所專志篤好者，尤在於詩，於唐宋諸名家，瓣香尤在義山。與余婦席道華為詩友，嘗遺書論詩，其略曰：『詩之為道，以不著論議、自抒情感為工。顧言情必先練識，練識必先立志，擺落世事，抗心羲皇，濯魄咸池，晞髮銀潢，詩人之志也。無其志而仿竊，明貞禾黍，表潔白華，優冠學敖，隨綵翦葩，嚼徵含商，無理取譁而已。偽體別裁，么絃獨唱，振衣霞表，安目頂上，詩人之識也。無其識而挦撦，活剝江為，生吞賈島，芻狗雜陳，紫鳳顛倒，騁博騖華，愚若燕寶而已。吐棄塵芽，發露天根，碧雲獨往，素春無痕，詩人之情也。無其情而叫囂，號哀雨雪，誓心皦日，丹粉失和，金玉違節，或哭若歌，譬諸狂疾而已。』又曰：『少陵如人海迴瀾，魚龍博戲，不敢學也。太白如朱霞天半，絕人梯接，亦不能學。乃所願則在玉溪耳。』余婦難之曰：『碧城銀河，思涉幽元，楚宮聖女，詞多詭秘，璇闥貞靜，焉取乎爾？』答曰：『義山以跅弛之才，流浪書記，洊受排笮，其志隱，故其辭曲，《無題》諸什，括東方之隱迷，為秦客之瘦辭，婉而多諷，風人之遺也。至於甘露之變，忠憤填臆，冤廚車之狗，悲下殿之走，託言石勒，自比賈生，斯則《離騷》之變聲，《小雅》之寄位矣。奈何以無稽嗤譎，躋其詞於《香籢》、《玉臺》之亞乎？』孺人之論如此，即其詩可知。其死，子梁哭之悲甚，將盡梓其所作。蓋古有以色而傷神者，未有悲其才如此其摯者也。孺人名秉筠，宛仙其字。贊曰，趙氏有老媪，往來余家，嘗為余婦言，孺人事姑至謹。姑疾，孺人方病，腫脛如股，姑之患瘍也，不能枕，孺人以足搘腰際，而以手承項，如是七晝夜，不食亦不倦，脛水涔涔流，腫良已。人以孝感云。是固然無疑，然世之所以知孺人者，乃僅在詩，余故傳之如此。嘉慶十五年歲次庚午仲冬月邑人孫原湘撰。

簾鈎

繡額垂垂映曙暾，曲瓊依約傍重門。水窻輕濺勾鴛夢，花檻低懸釣蜨魂。掛斷千絲香霧景，攏殘一片碧雲痕。小鬟解事偏遲卸，待燕房櫳暮色昏。

題美人冊子

怨疊胡笳入塞歌，生還漢土復蹉跎。如何絶妙憐才事，偏出奸雄意氣多〔一〕。蔡文姬

布地金蓮寵絶倫，白門一死竟拚身。君恩自古多偏用，不愛賢臣愛美人。潘玉奴

哭錢温如妹

高門毓德性温良，佐弟蘋蘩鴻案莊。如此名媛〔二〕偏早逝，怎教人不斷柔腸〔三〕。

蘭摧蕙折恨如何，贏得啼痕滿袖羅。妝鏡空懸人不見，香閨寂寂怕重過。

去秋哭嫂淚沾濡，今日悲君眼又枯。説到弄璋成兩恨，枉緣相繼亦損軀〔四〕。去秋七月，嫂龐孺人亦因産殁，故云。

婦道年來樹壼儀，更兼孝道亦無差〔五〕。最憐含淚身亡日，正是嚴親訃到時。妹聞父觀察公訃，越三日即亡。

細雨摧花三月天，游魂渺渺作飛仙。兩年姊妹前緣盡，結得同心亦枉然〔六〕。妹與余訂為姊妹。

搖毫珠玉易成行，誰料才高命亦妨。猶記菊窻針線暇，燃香分韻賦鴛鴦〔七〕。前歲九月，菊花下同賦《鴛

鴦》各一長律。

細檢遺詩繡篋封，行行小楷墨痕濃。桃花舊詠〔八〕真成讖，第一先書薄命容。檢妹遺詩，見卷首《詠桃花》有『不信紅顔薄命容』之句。

往事追思更覺哀，歸家相見笑顔開。早知聚首剛三日，悔不當時扶病來。三月初，余患病，妹書邀數次，至十五日始得歸，十七未時妹産亡。

沉水香消冷綺籠，傷心獨自對東風。招魂無計空惆悵，再欲相逢待夢中。

小玉蘭堂月上時，挑鐙默坐悵分離。淚珠和墨謄新稿，不是聯吟是輓詞。吾家小玉蘭堂，妹與余聯吟處也。

【校記】

〔一〕全詩屈秉筠《韞玉樓詩》（嘉慶十六年刻本，下同）作『清夜胡笳疊塞歌，中郎有女感蹉跎。娥眉拌得千金贖，輪與姦雄意氣多』。

〔二〕名媛：《韞玉樓詩》作『名姝』。

〔三〕此句《韞玉樓詩》作『教人争不斷柔腸』。

〔四〕此句《韞玉樓詩》作『幾曾得見鳳皇雛』。

〔五〕以上兩句《韞玉樓詩》作『婦德全家事事宜，更兼至性少人知』。

〔六〕以上兩句《韞玉樓詩》作『枉誇姊妹前緣好，訂得同心只兩年』。

〔七〕全詩《韞玉樓詩》作『揮毫珠玉最先成，誰料才多命易傾。猶記緑窗分韻日，團香鏤雪太聰明』。

〔八〕舊詠：《韞玉樓詩》作『舊句』。

卷之三十四

于文娥一首

江西□□縣人。詩附見於歙縣吳之騄《桂留堂詩集》。

題壁

廿載韶光付水流，空將離恨鎖眉頭。琵琶夢斷雞鳴後，薄命紅顏哭未休。

吳達菴《和界牌店題壁詩序》：行經沂州界牌店，見題壁云云，後自署『西江于仲醇次女』，冀傳其父，令索之白楊青塚間。其詞有足悲者，因和之，詩云：『西江之水自東流，多少深閨哭陌頭。最惜文娥詩句好，揮毫土屋恨難休。』又：『紅顏不肯逐波流，青塚何須嘆白頭。荒草月明魂斷處，年年歸雁唳無休。』

方成培《疊嶂樓詩話》：吾鄉吳耳公先輩，行經沂州界牌店，見有題壁詩云云，後自署『西江于仲醇次女』，冀傳語其父，令索之白楊青塚間，哀其詞而和之。

李妍 三首

字安侣，江蘇泰興縣人，静媖夫人之女也。適解受滋。著有《緑窻偶存》。

七夕

耿耿銀河静，低徊漫倚屏。人間逢七夕，天上會雙星。風送輧車渡，雲隨鵲路停。輕盈乞巧女，團扇撲流螢。

懷兄任荊南

三千道里各天涯，夜雨寒燈憶别時。重鎮遥聞征戰苦，家鄉凝望雁魚遲。孀親堂上思難慰，弱妹閨中病不知。骨肉那堪江漢阻，相逢非是舊鬚眉。

病中作

無力梳頭强試粧，偏宜扶病檢詩囊。那堪消瘦長如此，清夜焚香拜藥王。

顔佩芳 三首

字芳在，號柔仙，浙江桐鄉縣人，顔雪臞之女也。適吴江周代。著有《偶葉草》。

《觚賸》：　顔芳在，字柔仙，桐鄉工部雪臞公女也。　歸我邑爛溪周氏。　所著有《偶葉草》，其《送春詩》最佳。　芳在妹宛在，綺才蘭質，不遜柔仙，以所適非偶，抑鬱而夭。

《檇李詩繫》：　佩芳，字芳在，桐鄉人。　王端淑曰：『一氣雄壯，出人意外，而靈警之句滿幅。』

【輯補】

顔佩芳《偶葉草》（上海圖書館藏清抄本）卷首鈕琇序：　蓋自媧皇煉石，天始摛華；　媯后沾筠，地能紀恨。　樓中鳳去，雲飛六琯之吹；　河上槎來，星報七襄之織。　嗣是考仙踪于璠笈，閨閣為多；　問慧業于芸編，裙笄特盛。　故班史伏經而降，世傳授簡之賢；　衛書管畫以還，代擅臨池之譽。　瘦緗斂之圍帶，原屬纖腰；　媚繡榻之懸針，仍稱巨手。　今有才妹，字云芳在，聰成天上，徽著人間。　裔出名臣，幼噉真卿之忠果；　配偕君子，長依茂叔之青蓮。　姊是令嫺，彩腕則句聯群妹；　母為道韞，綺談則解圍諸郎。　遡夫越嶠尋遊，迄于吴門結隱。　弱齡隨宦，賡官閣之梅吟；　盛鬋相莊，記書帷之茗鬪。　璇璣互製，題分礬縢之家；　縞紵交遺，編寄印脂之友。　簪花妙格，寫以烏絲；　杵月新聲，譜之紅豆。　疊近文楸之局，殆將玳瑁千函；　攜同錦瑟之絃，寧止鴛鴦兩字。　爾其啼鶯坐柳，聲到枕而逾多；　夢蝶栖蘭，香入鬟而彌永。　薤涼秋簟，助惱晨眠；　蠟燼冬檠，替傾夕淚。　有懷望遠，神獨創于哀時；　無事登高，語獨長于賦物。　詩城百雉，築自夫人；　筆陣千軍，掃由娘子。　教鸚日暇，兼留贈妓之篇；　繡佛工閑，還補施尼之偈。　至乃慈親長隔，仙侣暫離，使不達于明駝，信或違于朱鯉。　梨花别院，忽送遥思；　燕子空梁，曾聞長嘆。　麝罏裊裊，文盈側理之間；　虬箭沉沉，情罄赫蹏之上。　摹茲黄絹，硯常捧于樵青；　假彼丹唇，毫屢呵于樊素。　遠投記室，驚咳唾之珠生；　密授典籤，快縹緗之錦積。　若夫露華拂檻，調絶深宫；　金縷提鞋，事移往代。　微雨動畫簾之魄，曉風碎殘柳之心。　間發長謡，多拈小令，倚聲獨苦，協律偏精。　此又吹綿枝上，無能儷彼閑情；　滴粉樽前，未足追其麗製者也。　然而性非諧俗，才止供愁。　當蒼鷲出地之年，正青雀浮家之會。烏衣巷改，尚書之棨戟都非；緑野池平，司理之琴樽安在。兼以子纔稱驥，望千里而未歸；女本名珠，入重泉而不返。宅荒杜甫，但撫四松；道遠秦嘉，惟窺一鏡。是則草雖侵案，寧解忘憂；花總當窗，焉能蠲忿。芙蓉箋冷，粉漬淚以恒紅；翡翠床踈，黛結眉而詎緑。攬其著作，哀艷攸殊；揆厥生平，菀枯各異。昔何沃若，閉羅綺兮如煙；今乃淒其，合鈿釵兮奚日。葉寄浮生，良云偶矣；以斯命阜，旨哉言乎！聞諸陸弟（謂潘稼堂太史）將貽瘞玉之銘；請自何甥（謂畢宿宮內兄），爰綴貫花之序。旹康熙丁卯春杪玉樵鈕琇題于揖雲齋之東軒果。

同集書尾周元熙跋：書城公為子泰公之孫，君謨公之次子也，著有《凝福樓詩草》，而今不復可得矣。夫人生于名族，作配吾公。是時雖遭荒亂，而閨幃酬唱，不減謝庭。此冊偶于敗篋中檢得，敬讀之下，猶是想見當年風範。余每閱吾邑葉沈家集，嘆以為秀鍾一門，以視吾家，可謂風流相映矣。殘編遺墨，飄零殆盡，今日得見此冊，凡吾子孫，能不奉為拱璧耶！從孫元熙謹識。

送春〔一〕

豈是春歸候，憑欄意忽離〔二〕。緑酣鶯語澁，紅瘦蝶魂癡。澹泊無羣好，幽閑與古期。欠伸方欲起，風雨到窗時。

孝嘉姪過予併貽以詩同和

年來踪跡各西東，乍見翻疑是夢中。愧我能裁謝氏絮，喜君不墮庾家風。千秋事業還憑立，數載離情得暫同。正沸爐聲歸棹促，一番聚散苦匆匆。

緑牡丹次韻

掩暎難分葉共稠，誰將碧玉綴枝頭。輕盈始信能傾國，飄泊還同〔三〕欲墮樓。秀色不煩螺子黛，嬌容偏傍翠雲裘。此心正欲同松柏，肯與鉛華作一流？

【校記】

〔一〕此題顏佩芳《偶葉草》（上海圖書館藏清抄本，下同）作『春殘』。

〔二〕此句《國朝閨秀正始續集》作『無端賦別離』。

〔三〕同：《偶葉草》作『疑』。

顏晼思三首

字宛在，顏芳在之妹也。所適吴興某生不慧，鬱鬱而卒。

《觚賸》：顏芳在之妹宛在，適吴興貴公子，其性蠢愚，偏多忿忌。每出，則鍵宛在於深閨，庭涼月皓，遲暖花芳，不許一至吟玩，宛在以『苕中人』呼之。結褵而後，意不聊生，憔悴經年，遂至奄逝。余見其遺稿二絶句云云。似此愁言，讀者尚堪腸斷，況拈管之人乎？

《檇李詩繫》：晼思，字宛在，桐鄉人。王端淑曰：『蒼老靈異，識度宏遠，洗去近日蹊逕。』

題牆上薔薇

小院陰陰晝漸長，一枝掩映似窺牆。窻籠白日分紅艷，葉鎖青煙〔一〕漾碧光。半面偶憐香自遠，全身何處影能藏。誰家錦帳遮春住，莫放東風逐路傍。

絶句

秋入重門夜似年，麝蘭香燼不成眠。梧窻坐聽瀟瀟雨，挑盡殘燈獨黯然。

黛痕消減兩眉峯，强起臨粧意已慵。對鏡自疑非似我，可能描取舊時容？

【校記】

〔一〕青煙：《名媛詩緯初編》作『輕煙』。

丁愫六首

字仲蘭，號蘋坨，江蘇長洲縣人。適金文通。著有《蘋坨詩草》。

茅應奎《絜吴羹》：媛適金，金與予屬世戚，因蒙以詩並所刊集寄示。予次答云：『空谷幽芳絶代佳，蘭閨未肯讓蕭齋。清音遠遞風傳韻，好句皎于月入懷。瑣事已仝香茗播，聯芳更有蕙英偕。玉臺珍重推林下，都講昭華少匹儕。』詩饒林下風氣，且有師承，所至其可量耶！

【輯補】

丁素心《蘋坨詩草》（上海圖書館藏清抄本）載西郊麟序：詩始二南，半屬閨房之秀；史稱兩漢，續成女弟之才。蓋補天肇自媧皇，而間氣每鍾林下。左貴嬪才華獨冠，競美太沖；衛夫人書法無雙，傳心逸少。他如吐珠璣於頷下，織錦字於機中。莫不繡口雕心，敲金戛玉。然或德與才違，命因時蹇，令讀者徒驚風雲月露之奇，有識者每置牝牡驪黄之外，洵乎温柔敦厚之教，端賴女宗，幽閑貞静之風，爰歸大雅矣。乃有蘋坨賢媛，系出雙丁；鶴語僊孫，于歸小阮。賦性柔嘉，幼嫺姆教。守内言之不出，勿事丹鉛；惟中饋之修嚴，只勤繡作。無如天生穎悟，間亦頌椒；家紹書香，長能詠絮。牛衣馬磨之暇，頗著唱酬；蟹筐蠶績之餘，長親筆硯。而且勤以治内，敬以淑身。桓少君之荊釵裙布，不尚紛華；孟德耀之舉案齊眉，自然風韻。每以性情之流露，發為辭令之悠揚，集曰《蘋坨》，載其雜詠。新詞甫脱，速教老嫗聽來；彩句欲飛，須唤侍兒捉着。至若流連姊妹，不異夢回春草之詩；愴感庭闈，無殊廢讀蓼莪之痛。且緬懷祖澤，時切烏私；恭紀君恩，每深葵向。是允孝悌之根心，不獨才華之擅美。疊成小帙，索我弁言。賦月評花，總得一言之蔽；賞心樂事，無非四始之音。雖未災梨，何妨韞匱？此亦如幽蘭空谷，風來自賞心香；更有如入爨枯琴，按處都無俗調。乾隆庚午三月上巳後一日七十二翁西郊麟譔。

喜四妹得遺腹子

膠絃綺閣彈來好，一曲離鸞別中道。輾轉捐軀事不難，懷中未茁宜男草。寢苫飲痛三旬餘，皇穹錫與隋侯珠。繦褓遑論氣食牛，千鈞一縷在斯須。吁嗟我妹好維護，教訓成名耀宗祚。年來踪跡等晨星，安得肩隨話衷愫〔一〕。

造謁黄野鴻師與程對雲姊娣暨黄圭尺世妹同賦得三字

求益惟詩國，來聽講二南。褰帷延野趣，揮麈發清談。星象光呈五，鱣魚瑞應三。玷居林下末，幸不棄嬌憨。

野鴻黄子雲詩：有約因循再，諸生造請三。春風皆似玉，麗句出於藍。洗竿憐汙袖，争鬮笑墜簪。白頭有此會，杜老未曾諳。

過訪宋大家逸仙欵語竟日賦謝〔一〕

過盡黄梅日日佳，碧梧深處欵幽齋〔二〕。芳容〔三〕隔座渾如玉，秀句盈編半寫懷。燕語也隨人語密，爐香直與酒香偕。綺筵〔四〕展待情何厚，曾否桃源是舊儕？

十五腰肢太瘦生，風前摇曳若逢迎。幾行拂水疑無力，盡日含煙最有情。灞岸花飛難作雪，汴隄〔五〕葉暗易藏鶯。征人惆悵長亭路，盡把離愁付遠行〔六〕。

感懷

欲為吟詠又低徊〔七〕，燭淚流殘一寸灰。掃黛簪花無意緒，任他風月滿樓臺。

簡答程對雲

幾回好句遞相傳，雨散雲飛各悵然。跡遠情親媿明月，清光夜夜到君前。

【校記】

〔一〕衷愫：丁素心《蘋垞詩草》（上海圖書館藏清抄本）作『情愫』。
〔二〕此題《蘋垞詩草》作『柳』。
〔三〕幽齋：《蘋垞詩草》作『芳齋』。
〔四〕芳容：《蘋垞詩草》作『修容』。
〔五〕綺筵：《蘋垞詩草》作『讌筵』。
〔六〕汴隄：《蘋垞詩草》作『官橋』。
〔七〕遠行：《蘋垞詩草》作『送行』。
〔八〕低徊：《蘋垞詩草》作『徘徊』。

杜雲沚 一首

字湘若，江蘇吴縣人。

新月

吹盡濕雲澄夜碧，看殘新月挂秋空。半巖暝色依山静，坐聽孤鴻落木中。

程瓊七首

字飛仙，號轉華，又號無涯居士，安徽休寧縣人。適歙縣比部吴祚榮震生。生子醇，五歲，親授以書，即成誦；乃合諸子中語，各附史事以教之。醇死，不勝其痛，尋亦病卒。

《西清散記》：轉華夫人，即安定君歙西豐溪吴比部之内子程恭人也。名瓊，字飛仙，同郡休寧率溪人。幼見董華亭《書畫眼》一編，遂能捷悟。及長，書畫算弈，無不精敏；論事評理，微妙獨絶。其神解所徹，文字象數，皆塵秕也。玉勾詞客嘗恨情多，夫人則謂：『自古以來，有有法之天下，有有情之天下。唐詩云：「不與王侯與詞客，知輕富貴重清才。」才之可愛，甚於富貴，由情之相感，歡在神魂矣。』喜吟其句云：『新詩一千首，古錦初下機。除月與鬼神，別未有人知。不知天地間，知者復是誰。吟向無人處，恐為世所嗤。古今吟不盡，惆悵不同時。』因取中晚之詩以情役思、極情放意者，録一帙，曰：『詩以無爲有，以虚爲實，以假爲真，每出常理之外，極世間癡絶之事，未妨形之於言。衆轍同遵者擯落，羣心不際者探擬。勾新取極，不嫌殊創；聲到界破，方信情來：詩之秘也。』又謂：『寫之手馥，皆有煙香；著其氣息，即時便醉。』其論禪則言：『自古名流，樂佛智之雄誕，無非因其巧鎔罳見耳。』嘆世人批書，非唹囈，則隔搔。即貫華知耐菴未至，錢塘三婦知開辟數千年始有《牡丹亭》。顧其所批，略於《左繡》，試味玉茗『通仙鐵笛海雲孤』一絶，應思寓言既多，暗意不少，須教節節靈通。自批一本，出文長、季重、眉公知解之外，題曰《繡牡丹》，雨冷香温，爛然成帙，毫分五色，肌擘理分。大槩照依原本，將《驚夢》折『蟾宫折桂、崔徽期約』等俗字刪去六十餘字，然後言：杜麗之人，形至環秀，心至纏綿，眼至高遠，智至强明，志至堅定，習聞强鳳歸鴉，已有内決於心、不服賢文之意，休道暗隨幽媾，折莫不是『人家彩鳳暗隨鴉』一句，固已明明註出，不容等閑藉口。其云『但思莧負』者，毋本懷者鳳，而遷就者鴉也。有此僥倖者，得夢中之鳳已足，於博地之鴉無羨也。『願都是咱』者，寧與夢中之鳳偕死，不與博地之輩俱生也。

藉令夢嫁非偶，神魂亦必不從。況乎一例恒流，肯擬將身拚與？正以人生至黷難緩，而不可再之事，焉忍付之異類？『幽情誰見』，猶云紅絲繫後死生休，將佳人見耶？不佳人見耶？佳人難得，不佳人則化石人間，莫為女矣。『好無人見』，謂懷而幽怨之人，非謂人非人輩；『夢想誰邊』，先以己身化為阿壻，種種形好，視悉端正也。固非緑綺幽絃，芳年越禮，黃花妙句，晚景貽譏者所得擬焉。若乃息嬀無言，樂昌啼笑，是何説與？又作者嘗言，文章妙處皆在紋縐間。察其關捩之處，玉茗以為才貌絶世之夫，應配才貌絶世之婦，誰不謂然？然春腸遥斷，不問其他，而茫茫天涯，才貌絶世之婦，不得而知也，往往隨一例名門以去耳。『暗隨』者，又以鴉承乏焉，尤極慘已。必如杜氏，持之以志，召之以夢，懷之以死，覓之以魂，庶兩美其必合矣。春卿一生，最有造化，以貌則有水鏡之麗娘，以才又有碧眼之苗老。人所得一已足者，彼乃雙擅焉。殆亦幻戲所有，而實境所無。我佳人可以無嘆也。木為生意，人貴青春，是矣。何獨取於『柳』乎？柳枝何詠乎爾？曰：柳也者，天地之柔情也。忽眠忽起，最善抽思，縱遠飄空，一根萬緒，化為飛絮，尚偏房櫳者也。真才子也！吾獨以為，但實其節，亦可變梢雲之竹；知斂其氣，亦可以變歲寒之松也。春卿之志，誠是也。『梅』奚取？曰：雨肥紅綻，汗潮微酸，笑笑美懷，風風潤粉，舉似香肌，無能踰此。芙蓉至艷，當彼霞裳耳。木之正氣，春之正態也。既尊梅矣，又統領以牡丹，何也？梅非肯隸牡丹者也。既貪冷秀孤芳，又認嫣紅姹紫，情不已雜乎？牡丹又奚取諸？曰：身樹出於《内典》，牡丹摘自《西廂》，屬肝魂事，故有花神生之理也。識神入胎，仙聖由此，實造物者之毒人，非伉儷者之巇教也。若無牡丹，則無梅柳也，況用情於梅柳也。玉勾詞客曰：『幺荷』，其舊譜也，既已得花三昧，起色勝解，將愛水根，作香世界，則『煙絲醉軟』，『荒草成窠』，蝴蝶門安，斷紅逕接，欺人不解，誘蠹思春，犬腹羊肥。如《遊園》，觀彼但棲神一處，觸眼嘲吟，寧復顧性海歸香、鮮花供佛哉？復謂微塵妙色，現廣博圓滿之身；晉代宮妝，有衛種長白之嗜。鬢持天地，亦若生酥；人趣偏佳，莫先形肉。無奈莊姜死後，風人殉之，此後才人，但寫形肉，無不呆鈍者。脂著雨玉生煙，寫肉鮮奇，自玉茗始；蝴蝶門、牡丹亭，寫形巧麗，亦自玉茗始。古則枚皐嫚賦，魏世笑書；

今則用修鸚嘗，羨門情外。決不能含花衣粉版，甜口咋人，弄影簾中，溜音紗外，鶯圓燕剪，繪狀圖聲，而別有輕筆淺墨，可以粉碎丁香，雙描夢影，其自號為無涯浪士，有憶情生，豈不以理之所必無，情之所必有也。袁中郎云：好好色不真者，其惡惡臭必僞。玉茗詩『但念中郎思欲飛，佳人遲暮難重會』，亦急索解人之意。夫轉華之批，則多取成句代己意，出奇無窮，而轉語掀翻大藏，蓋不僅從世間文字來也。有小印曰：大心衆生，嘗手轉華嚴，見梵圖所誌，有人轉《華嚴經》以洗手水滴蟻子，蟻即命終生天。又曹溪偈：『心悟轉法華。』因別號轉華，人遂稱以轉華夫人。口熟楊升菴《廿一史彈詞》，綠窻紅燭之下，輒按拍歌之，自書名句爲窻聯云：『綠窻明月在，青史古人空。』感慨間生，救以歡喜。及歿，玉勾詞客觸事嘆曰：庸妻俗妾，妨人志節，然後知孟光之可敬也；庸妻俗妾，妨人修道，然後知鮑姑之可愛也。每念韋蘇州『性懶不及私，百事委令才。沉沉積素抱，婉婉屬之子』之詩，遂永虚主孟之位焉。吴二十，名震生，字祚榮，更字彌俄，號弱翁，至是自號爲『鰥叟』云。

題彭祖張蒼像

苦惜年光戀幻身，白頭私擅夢邊春。兒家酬酒淒然問，可有齊眉耦齒人？

集古今宮閨德容兼備者若干人題其上

艷淑如斯例作塵，相逢可即昔時人？願將彼骨吹成土，持葬兒今屢轉身。

釋牡丹亭傳奇色情難壞意

何自有情因色有，何緣造色爲情生。如環情色成千古，艷艷熒熒畫不成。

有疾豫別玉勾詞客

風流嘉慶古難均，共命同心異別親。應恨塊泥將打破，誰能再塑管夫人？

卧病坐樂軒

日日熏香禮覺王，不任操作不縫裳。誰知鹿苑無生訣，未及龍宫不死方。

疾作夢母氏孫淑人挈兒來茲不復夢矣

爲痛寧馨轉自傷，相隨却恨我無娘。更誰看等千金重，只我佳人斷繡腸。

屬玉勾生㮾外題小眠齋三字

千春萬載此沉埋，坐樂軒中只暫挨。豈可便無題額處，相煩親署小眠齋。

《西清散記》：玉勾詞客欲迎塞外姬，轉華夫人吟唐實君《賀宋侍御》詩『從今願學壽陽妝，緗勾不蹴湘裙幅』以促之。將買小侍兒，曰：『卿亦聞朝雲十二事坡公耶？』轉華以碧玉小家待年，則緩勸求舊族，稱中婦。嘗有《竹夫人》詩冣人妻，又為《湯婆子》詩訓人妾云：『君不嗔貧不妒色，熱腸偏愛伴人寒。眷屬中稱如意果，無情翻作有情看。』玉勾詞客笑曰：『古今賢婦人所難平者，妒也。君悉平乎？』轉華夫人曰：『妒者，亡國敗家之本也。夫則愧憤以滋疾，妾則鬱憂以夭年。計己之私而不欲蕃人之嗣，雖有百美，莫償一醜，何為能賢？夫富貴貧賤，强弱智愚，天之道平也，而不平莫甚於人之心。貧者妒富，賤者妒貴，弱妒强，而愚妒智，卒不能違乎天，名既毀而實亦喪焉。善妒者，適自病也。』轉華夫人深味禪説，謂：『如來住世時，無非為無情衆生説有情法耳。世人以貪嗔癡為有情，高者學佛而著於佛，學仙而避於仙，猶之貪與癡也。』有《堤上感懷》詩云：『花飛不哭哭開前，無始空花盡可憐。為眷春光也怡逸，淚江香海有情天。』輯古宫閨德容雙備者若干人，而嘆曰：『人猶花也。才情則香也，花生香在，花死香亡，花除歸土，花業難除，香滅歸空，香性難滅。今花即古花之魄，今香即古香之魂耶？』賦詩云云。玉勾詞客詩『悟得色空枯木似，百千億色奈吾何』，蓋詠澡盆也。轉華夫人因以四句釋《牡丹亭傳奇》『色情難壞』之意云云。

周慧貞三首

字挹芬，江蘇吴江縣人，周文亨女。善丹青。適嘉興縣孝廉黃婷。早殀。著有《剩玉篇》。

《吴江縣志》：周慧貞，字挹芬，尚書周用之裔。適嘉興黃某。善畫工詩。其稿沈宜修為序。

《檇李詩繫》：慧貞，字挹芬，吴江人，嘉興孝廉黃婷之室。早殀，沈宛君為之作傳。王端淑曰：『挹芬與孟畹、柔嘉鼎足三分，為一時之勝。』

對鏡〔一〕

拂鏡試新粧，無言暗自傷。但看花上露，愁斷九迴腸。

無限傷心事，朝來一照中。自憐顔色減，不似舊時紅。

七夕

雙星暗度巧雲飛，玉漏聲殘月正西。秋思不堪凝獨立，數竿風竹小窻低。

《圖繪寶鑑》：周慧貞，字挹芬，吴江人，適嘉興黄姓。病久經年，對鏡長嘆，有詩云云。挹芬與孟畹、柔嘉鼎足三分，為一時之勝。善畫工詩，風度洒然，惜年不永耳。

【校記】

〔一〕此題《名媛詩緯初編》作『病久經年朝起對鏡不覺自嘆』。

徐元象 一首

字奇孺，湖北廣濟縣人，孝廉張楚偉之室也。

送外

送君入楚江，悠悠歸路長。一去隔千里，魂夢伴瀟湘。

《居易録》：女郎徐元象，字奇孺，黄州廣濟人，舉人張楚偉字小損配。詩文有儁才。其《京口寄父書》云：『兒自繈褓，未離掌膝，江頭道别，意緒淒然。舟行，風水便利，遂達京口。江南佳麗，過眼成塵〔一〕，廣谷大川，靡能記憶。舅氏出鮑明遠《大雷岸與妹書》，與兒讀之，如賦如頌，篷窻瑣瑣，恨不能竟。所思官舍清華，几案如滌，挑燈夜坐，日起奉甘旨晨昏，戀切切耳。阿母阿爺〔二〕無恙。四時之序，成功者退，山林觴詠，幽情暢遂，何必紆拖青紫，乃稱貴乎？』又《送外》絶句云云。

【校記】

〔一〕塵：王士禛《居易録》（《文淵閣四庫全書》本，下同）卷二十三所載此文作『陣』。

〔二〕阿母阿爺：《居易録》作『阿爺阿母』。

王氏 一首

浙江嘉興縣人。

《檇李詩繫》：王氏，嘉興人。王端淑曰：『鬆雋不凡，可與言詩。』

春日

晝長門静掩，愁病自應憐。倦繡頻餘錦，焚香數爇錢。護花嫌蝶舞，聞柳愛鶯眠。偶到樓頭望，春光半已還。

邵斯貞三首

字静嫻，浙江餘杭縣人，陸進思之繼室也。詩見《西湖竹枝詞續集》。

《西湖竹枝詞續集》：邵斯貞，字静嫻，餘杭人，陸進思繼室也。

題二分明月女子集

懸想風流質，翻疑畫未真。簪花臨曉鏡，調粉滴羅巾。腸斷秦樓集，詩傳渭水濱。香名誰比似，洛浦結芳鄰。

西湖竹枝詞

錦帶橋邊荷芰香，東鄰女兒昨催粧。凌晨棹船採花去，生怕前頭逢玉郎。

未到清明土鮒肥，寺前新釀白薔薇。買得酒來魚正熟，月到湖心蕩槳歸。

吴來玉一首

字清暎，江蘇常熟縣人。

題畫梅

一尺溪橋凍不分，朔風何處雪紛紛。江南春色枝頭見，不向邊城笛裏聞。

《圖繪寶鑑》：吴來玉，字清映，未詳所適。姿才穎敏，能詩畫，善音律，書小楷。其畫梅，並題云云。

程雲 一首

字岑度，安徽歙縣人，吴丹步之室也。

池上賞荷次外韻

池水碧參差，池花紅爛漫。緑葉何亭亭，臨風吹不亂。寄語打鴨兒，莫打鴛鴦散。

李貞媛 三首

字椒雲，浙江平湖縣人，庠生李耕煙女也。適陸南香。著有《凝香閣集》。

香雪蘭

淡白開炎日，幽芳愜素心。紉堪分玉珮，香欲上瑶簪。入夜銀蟾映，臨風翠帶侵。粧臺休浪折，為爾費閑吟。

菊江晚眺

一幅丹青入望中，著霜楓樹點輕紅。平江雁寫行行字，隔浦帆飛葉葉風。黯淡纖雲斜落照，微茫寒月掛疎桐。詩人莫倚秋光好，蕭颯商飈萬木空。

夏日

臨水高樓菡萏香，閑看池畔浴鴛鴦。深閨盡日無人到，風過松梢拂面凉。

劉氏二首

湖南攸縣人。詩見《國朝詩選》。

無題〔一〕

殘風殘雨總關情，一曲平沙調不成。鏡有明心同色笑，雁無人字只聞聲。良宵月仗清樽貯，瘦骨衣圖白紵輕。莫賦湘靈思太切，一泓煙水淚千泓。

徒愛名花氣不羣，難將心事托行雲。魂當悲後銷何極，語次歡前俗亦文。薄命有誰知瘦影，黄昏無計挽斜曛。遥憐歲歲湖山畔，故寫湖山意問君。

【校記】

〔一〕此題《國朝閨秀正始集》作『寄外』。

王蓮雯一首

江蘇常熟縣人。

午日

紅顔薄命一身孤，節屆端陽事事無。倦倚闌干吟不就，閑將盂水灌菖蒲。

姚莊仁四首

號静巖，初名静仁，江蘇嘉定縣人，姚天衢之女。適嘉興縣丙辰舉人直隸雄縣知縣汪鉞。

秋夜話别贈諸姊妹

一夜西風惡，天邊雁失羣。話長燈易剪，情密袂難分。衰柳何堪折，寒砧不忍聞。勞勞亭畔路，落葉正紛紛。

次外寄懷原韻

月皎雲屏夜，蟲吟幾處秋。羞歌子夜曲，懶整玉搔頭。露滴蓮房冷，江空菰米浮。離情知萬斛，都付一扁舟。

彈琴和韻

為愛琴心愜素心，怡情更喜遇知音。徐調玉軫香籠袖，漫整冰絃月掛林。籟盡頻將消寂寞，窻虚常自伴哦吟。深閨几席無塵到，只合嵐光水色侵。

夏柳次韻

濃陰滿徑繞晴絲，飛絮池塘動遠思。羌笛一聲今古怨，鶯梭幾度往來馳。弱依芳草青青日，舞向薰風習習時。彭澤賦歸北窻卧，奇峯遥映最多姿。

殷湘英七首

字雲和。里次未悉〔一〕。

孫貞媛詩有序

名花傾國，並洽歡情；香草美人，競抒哀怨。孫氏仙姬詩傳，有美畢揚，靡幽弗闡。茲得詠物數章，匪炫芳華，特標貞潔。庶使青樓紅粉，勿汚仙姿；緣知素服黃冠，自饒花態。詞多未備，詎饜史臣采葺之心；意在相關，竊慕風人比興之例。陋深閨之寡識，恐大雅以貽譏。別有珠璣，用光典籍；自慚瓦礫，敢附棗梨。

幽蘭娟好影翩翩，絶似貞姬弱可憐。水漲湞濱誰與摘，根離湘浦幾回遷。光風轉處名堪溯，春圃銷時恨未捐。紉珮自饒芳競體，步虚迎得蕊珠仙。

朱門富貴幾家傳，簾捲芳殘怎久妍。蓬島飛花終夢幻，驪山銜鹿忽烽煙。神依北勝家何在，腸斷東風命不延。國色天香猶縹渺，金冪玉珮伴神仙。

梅花嶺上壄嬋娟，便比梅花亦宛然。偏〔二〕歷嚴寒成冷艷，獨將芳潔懺塵緣。煙鬟豈入羅浮夢，冰骨何慚姑射仙。零落春風倍惆悵，招魂須向月明天。

狼藉梨花帶雨鮮，玉容憔悴並堪憐。謝孃歌好終為妓，楊氏魂銷未必仙。巢毀烏衣留弱羽，香含白雪殞芳年。遊人寒食隋隄路，誰吊雲卿訪墓田。

丰姿出水自天然，濁淖寧汚九品蓮。雨打紅欹花冉冉，風翻緑敗葉田田。鴛鴦孤宿難成夢，翡翠驚飛已化仙。可嘆芳華易摇落，空江一片鎖秋煙。

桂花攀處〔三〕月輪圓，紫府飛昇有夙緣。雲路飄香離俗染〔四〕，天涯落魄憶當年。何須〔五〕玉斧愁人斫，底許霓裳跨鶴旋。翻笑姮娥因竊藥，至今稱作廣寒仙。

次韻題明妃圖

一女仳離苦思稠，笙歌依舊漢宫秋。當時雖殺毛延壽，未必君心記隴頭。

【校記】

〔一〕《國朝閨秀正始續集》作『直隸天津人』。

〔二〕偏：《國朝閨秀正始續集》作『偏』。

〔三〕處：《國朝閨秀正始續集》作『近』。

〔四〕離俗染：《國朝閨秀正始續集》作『在何處』。

〔五〕何須：《國朝閨秀正始續集》作『奚須』。

邵氏二首

江蘇青浦縣人，邵成正進士之女也。適汪烈。

題西湖春泛圖

斷腸風信今番幾，吹得新潮〔一〕分外青。好放木蘭艇子去，春光容易過西泠。

桃花如雨柳如煙，點染西湖亦可憐。屈指春光但九十，吴綾一幅記年年。

《峭崖雜録》：好雲易散，自古傷之。予室邵氏為植庭先生女，戚里有『針神』之譽。己卯二月，作《西湖春泛圖》，工雅不減元人，自題二絶云云。不逾月而卒，前詩殆其讖歟？

【校記】

〔一〕新潮：《國朝閨秀正始集》作『湖山』。

錢稚真五首

字西畹，浙江海寧州人也。

題山莊雪霽圖

玉龍戰罷堆鱗甲，茅屋蕭蕭縹緲中。山是晚來分嶺白，日從曉上透林紅。應知倒竹垂將起，料得飛鴻踏漸空。寄語隔溪扶杖客，不須鶴氅禦寒風。

山意

襟懷每與世相違，幽谷雲深蕨正肥。猿若聽呼堪作婢，竹當可結便為扉。饑充一鉢松花飯，寒著千針荷葉衣。年去年來無歷日，梅花〔一〕綻玉識春歸。

分竹

茅齋添得緑陰勻，開徑他年亦有因。日暮倚來情似舊，月明疎處影偏新。乍移幾度憐晴雨，深愛終朝作比鄰。養就龍雛見高節，饞涎太守忍清貧。

夜讀

抽得牙籤却起更，《離騷》纔罷又《陳情》。鄰將杼軸為酬和，婢解丹黄亦友生。冷静倍堪尋意味，辛勤端不望功名。《秋聲賦》裏歐陽子，一片冰心對月明。

雁字

迢遞關山宿水湄，乘風斜掠掃千軍。修文有路排青漢，潑墨無箋借白雲。蝸篆成書難竊比，鴉飛撲雪豈同羣。菰蘆冷落秋濤裏，待汝歸來寫八分。

【校記】

〔一〕梅花：《國朝閨秀正始續集》作『古梅』。

徐暗香三首

字畹蘭，江西南昌縣人。

重陽

又是黄花節，江城樹樹秋。雁迷雲外路，煙鎖夕陽舟。夜月鳴雙杵，高風感敝裘。閨中殊寂寞，閑理玉搔頭。

江渚芙蓉老，高天白雁飛。風霜凋玉樹，南北寄征衣。把酒酬籬菊，登高望落暉。淵明三徑好，閑坐欲忘機。

寒食

輕寒依舊逼窻紗，清曉焚芸漱紫芽。三月鶯花寒食老，五更風雨夢魂賒。青煙初賜宫中火，緑柳頻栽處士家。却恐春光歸去早，柴扉深鎖碧桃花。

范齡四首

字柏年，江蘇吴縣人。監生范志長女。著有《芳洲吟草》。

蟬

出本隨時化，高應得氣虚。賞音誰合調，寄跡自清疎。芳樹緑無際，夕陽紅有餘。孤吟声太冷，斷續正愁余。

紫藤架

古藤結層陰，紫綬垂若若。好風池上來，餘香帶花落。

山樓晚望

幾家茅屋疎林外，一徑幽花落日間。野老不知身入畫，踏殘黄葉下秋山。

樵

荷擔行歌度嶺遲，閑情衹有白雲知。仙家時日原非永，柯爛纔消一局棋。

范德三首

字恕成，范志次女，適候補主簿戴師點。著有《蓉洲詩草》。

寄京兆大表姊時隨任永春

美人隔層雲，三載傷契闊。道里且悠長，何以慰饑渴。淒涼舊游處，秋風暮蕭瑟。采采幽蘭花，孤吟望天末。

小圃初晴同芳洲姊賦得家字

薄晴景物晚猶賒，逕曲溪迴勝若耶。繞屧暗芳時引步，受風輕燕各尋家。綠楊枝上三分月，流水聲中幾片花。上巳乍逢春正好，莫因修禊惜年華。

晚步小圃

遥峯翠潤初消雪，綺陌煙輕半入雲。月在梅梢風在柳，可憐春色已三分。

吴彩霞一首

江蘇無錫縣人。

贈周寶鐙

多生定擬蕊珠仙，此日風流更宛然。幾見名姬為紫玉，欣逢佳偶即青蓮。香心似雪姿尤麗，秀句驚人骨亦妍。最喜麟兒抛棗栗，書聲共映緑窻前。

徐釚《本事詩》注：梁溪吴彩霞有《贈寶鐙》詩云云。

周姞媛五首

字室楨，廣東海陽縣人也。

春陰

刺繡坐深堂，春陰日正長。梨花猶夢雨，蛺蝶半迷香。繞户晴煙薄，開簾晚吹涼。芳菲零落盡，荷葉滿池塘。

夜雨

牀頭聽夜雨，細數不知休。洗盡千山色，難教洗舊愁。

夏日

茶竈正飛煙，棋聲驚晝眠。日長無意緒，傍水弄荷錢。

春水

碧波新漲大江頭，兩兩浮鷗傍客舟。妾意亦如江上水，紅塵不染自東流。

梅花

冰肌玉骨絶無瑕，清韻天然妒麗華。一丈粉牆遮不定，侍兒偷折比鄰花。

王瓊五首

江蘇丹徒縣人。著有《愛蘭書屋初刻》。

趙帥《愛蘭書屋初刻序》：王生柳邨以其女弟碧雲所著詩若干首質余，初覽之，疑其為柳邨詩也。柳邨七古學太白，七律學高、岑，五古律、五七絶學右丞、龍標、襄陽、太祝諸公，幾乎升其堂矣。但閑澹多，而天籟少。碧雲如『鳥語亂殘夢』、『花深有鶴眠』、『蕉雨亂鳴琴，芳草到殘春』、『寒氣侵人骨，梅花獨吐香』、『悵望口已莫，長隄上晚煙』、『鳥語半江春，春煙生林末』等語，又如『江上斜陽唱麥雞』、『且剪芭蕉學晉書』、『愁絶西風細雨天』等句，皆天機所到，非柳邨所能為。乃今而信為碧雲之詩，非柳邨詩也。余甚樂為之序，且贈之詩云：『問年纔十五，詩藉柳邨名。鮑氏難為妹，謝家亦有兄。庭鹽空自撒，香茗幾時成。海內論閨秀，從知小字瓊。』

【輯補】

《吴中女士詩鈔》（乾隆刻本）載任兆麟序：丹徒王子柳村，詩人也。往歲過余石湖書舍，出其女弟瓊所爲詩數十篇；洵曠世逸才，不亞于兄。嘗論古來兄妹以文詞著者，則有漢班氏，晉左氏，齊梁間鮑氏、劉氏，皆載在史策。宋元以下尠焉，近代間有之。柳村詩接武唐賢，尚未行世，瓊詩已二刻矣。具書質余，大抵皆清超越俗之音。昔人所謂『秋水出芙蓉，天然去雕飾』者，庶幾得之。余嘗品隲十子詩，若陸暎、江珠、朱宗淑，皆有能詩之兄。近又得三子，暨瓊而四，將續十子編後，亦極一時之盛矣。三子者，一爲汪玉軫，字宜秋，陳生昌言室；一爲金逸，字仙仙，陳生基室；一爲馬素貞，字波僊，陸生爾燮室。皆余門弟子。時乾隆歲在甲寅仲夏震澤任兆麟書于林屋吟榭。

同集載馬素貞序：詩道性情，故必以温柔敦厚爲宗。或徒填故實，至失性情，或好尚奇異，不歸于正，欲折衷于温柔敦厚之旨，不大遠乎！我朝文化之盛，無以復加，不特文人學士爲能踴躍向風，即閨閣奇才，往往究心詩學。此雖山川靈秀所鍾，要亦賴有人焉提唱之耳。余嘗讀心齋先生所輯《吴中十子合集》，或議論沉雄，或詞旨俊逸，不專一家，而究其旨歸，殆與温柔敦厚之風，其庶幾焉。今春復得碧雲王姊《愛蘭續藁》一帙，披覽之下，知其風骨渾厚，格局醇正，絶異脂粉香奩之體，與余心有深契焉。帙中佳句頗多，不可枚舉。以之鏤板行世，當亦足以信今而傳後也。余雖未嫻詩學，覩此僊才，能無雀躍？聊識數言，以質碧雲，未知以余言爲有當否？乾隆甲寅仲夏長洲愚妹馬素貞波僊氏拜題於潄石山房。

同集載季耀南跋：余内娣碧雲，幼敏慧，博涉經史，性喜吟咏。女紅之暇，輒自得句，澹雅超常，洗去脂粉，洵閨秀所難也。令兄柳村嘗以碧雲舊作請正於雷雷峯太史、趙沅茝外翰，又以其近詩請質于江寧蔡芷衫、吴江任文田二先生，均許以可傳。顧余淺陋，何足以言詩，然于其集中，亦間有唱和。兹值開雕，爰録數語，以跋于後云。白沙雲崖季耀南頓首。

北窗〔一〕

幽棲每適情，心不沾塵俗。林間聽鳥鳴，池畔看鷗浴。一榻茶香清，半窗春睡足。笛聲何處來，清韻斷還續。

大兄命號蘆中人余嘉其取意之高為作十韻

踪跡匿江濱，浮生原是寄。目覽千卷書，未嘗識一字。自覺胸次寬，全無俗物累。俯仰蘆葦間，秋來白露墜。把酒看金焦，在山不在醉。浩浩江波流，瑟瑟江風吹。對此無盡期，復有不窮意。亦與人境通，近人人自避。盈盈一水間，不聞車騎至。此中慣倨侮，何從知諂媚。

園後

塵氛都卻盡，清興獨悠然。徑僻無人到，花深有鶴眠。孤吟流水岸，兀坐夕陽天。活潑〔二〕池魚躍，生機竹放鞭〔三〕。

春雨和劍南韻

春陰漠漠暗紋紗，小雨如酥兆歲華。細草滋根沿砌緑，幽蘭津蕊傍岩花。鳩鳴滑滑催題句，泉漱涓涓待試茶。新沐遠山顛米畫，濕煙凝處有人家。

虎丘

海湧高高秀絶倫，五湖煙水望中新。蓮花池畔清思杳，白璧無雙〔四〕似美人。

掃徑

菊殘三徑嬾徘徊，楓葉飄丹積滿苔〔五〕。我正有心呼婢掃，那知風過替〔六〕吹開。

《隨園詩話》：丹徒女子王碧雲，年未笄而能詩。與其兄豫賦《掃徑》云云，頗有天趣。又『鳥語亂殘夢，雞聲送曉風』、『夕陽不在山，春煙生木末』，俱佳。夢樓侍讀之女孫也。

【校記】

〔一〕此題《吴中女士詩鈔》（乾隆刻本，下同）作『北窻和雲崖姊丈韻』。

〔二〕活潑：《吴中女士詩鈔》作『指點』。

〔三〕竹放鞭：《吴中女士詩鈔》作『在眼前』。

〔四〕無雙：《吴中女士詩鈔》作『無瑕』。

〔五〕此句《吴中女士詩鈔》作『零落丹楓積滿苔』。

〔六〕替：《吴中女士詩鈔》作『爲』。

卷之三十五

孫畹蘭三首

號愛蘭主人，浙江石門縣人。適嘉善縣孝廉陳秉元。畹蘭早殁，秉元編其詩曰《飲恨吟》。

曹復元《飲恨吟序》：愛蘭主人生長高門，素工柔翰。其尊人詡菴先生往在都下，與把臂論心，如坐春風中，旋以名進士教授嚴陵，聲藉甚。愛蘭主人胚胎前光，以故香生繡閾，湧雲驅濤，非其得諸家庭之訓益者深歟？年十八歸潁川陳生蕁坡。蕁坡，我之自出也；兼從余游。余頻歲設帳其家，稔知其事翁姑、相夫子，以逮族黨與臧獲，真宜家賢淑人也。今年春，以宿疾竟致不起。蕁坡抱奉倩之痛，不忍湮没其生平，因删存其律絶詩為一卷，付之梨棗。中多清麗之章，其《和新柳》四首，尤極匠心，正不獨使隔簾吟絮者專美於前也。

陳秉元《悼亡詩》：『一病纏綿心轉清，忍看命盡怯初更。年來辛苦人争説，那得憒卿廿載情。』『閑來餘事是微唫，每到唫成百慮侵。含淚讀君腸斷句，紅樓何處覓知音。』『愁絶春殘二月中，空於遺掛識春風。新來老僕當年婢，哭汝何堪淚也紅。』『終須零落共山丘，其奈鰥魚此尚留。若使夜臺嗟寂寞，不妨從爾話離愁。』

冬夜憶筠溪弟

冬來苦晝短，夜漏恰偏長。旋訝寒侵骨，還憐月繞廊。撿書破岑寂，顧影起傍徨。憶汝千山外，無從寄一行。

雨夜不寐

銀釭閃爍獨低徊，心緒年來强半灰。三徑有花判夜雨，五更無夢聽春雷。賦情寧許魚龍混，多病何堪燕雀猜。輾轉旋看窻送曙，思量懷抱幾時開。

春盡

風急雲昏雨似絲，銷魂最是緑肥時。可憐春去憑誰挽，静對花飛有所思。

吴朏 四首

字凝真，號冰蟾子，江蘇華亭縣人，適浙江嘉善縣曹允明。七歲能讀書，長而端静敏慧。女工之隙，靡不綜覽，雖當操作，未嘗釋卷。相夫事姑，内外咸稱其賢，不以吟詠而妨，所為詩詞皆工。允明居半畝，搆小西閣，梅花繞屋，與冰蟾嘯詠其間。尤善繪事，煙雲花鳥，筆墨生趣，人争寶之。福清魏惟度、新城王西樵，皆不遠千里郵乞其詩詞。有桓少君之風。嗣子十經文學、婦李玉燕俱能詩，一門相繼，可稱盛事。著有《忘憂草》、《採石篇》、《風蘭獨嘯》三集。

《檇李詩繫》：吴朏，號冰蟾子，華亭人，適嘉善曹允明。王端淑曰：『詩多古意，矯矯如千丈松。』

眺野

秋光瀟灑散平湖，白水明沙混玉凫。近渚風生殘芰落，遠山流翠碧雲孤。籠將物色供憑眺，好拾蒼茫入畫圖。夕照漸低郵樹隱，銀蟾一點漏疎梧。

艷曲二首

金屋暖長春，蘭階人似月。但願如月圓，不願如月缺。

贈妾紫金環，遺郎白玉玦。郎恩環不解，妾心玉比潔。

採蓮曲

弱柳繫游驄，叢花映嬌面。郎珮紫紋囊，儂從扇底見。

李琇珮一首

浙江會稽縣人，張某室也。詩見《潮州府志》。

吊陳貞女墓有序

處女陳瑞娘，鸞友未交，夜臺同赴。至奔喪而後死，允矣從容；惟從一以捐生，休哉慷慨。妾隨任抵潮，聞而驚歎，因托管城，以吊貞魂。詩成，使小鬟持掛墓門，以作丹黃之奠云爾。

泉臺方合巹，夫壻昧平生。不管生前事，焉知死後名。鴛游歡漲水，雁斷泣殘更。葬湖山雁塔石下，墓面西湖。余本柔姿者，一言慰九京。

王煒八首

字功史，又字辰若，江蘇太倉州人，太原相國之裔。善畫。適海鹽陳文學光綷。著有《燕譽樓稿》。

《檇李詩繫》：王煒，字功史，又字辰若，太倉人，太原相國之裔，海鹽陳文學光綷室。能詩善畫，有《燕譽樓稿》。與卞夫人為師弟交，得其清秀蒼韻之傳，有林下風。以世亂偕隱於婁。博學敦古，詩多名句，顧伊人稱為笄幃中道學宿儒，不當以香奩目之。如『月光臨水浄，雲氣近山多』、『開簾納新燕，移榻近高柯』，皆佳句也。太倉女子黄若從父蜀歸，以《奇花珍木圖》示之，日夕模寫，致病而歿。

題介畹陸夫人畫竹卷

自昔管仲姬，抽毫染修竹。娟娟綺石傍，琅玕照人目。獨屬閨閣才，胸中少林麓。只今介畹氏，潑墨較純熟。生綃百尺强，渭川千畝簇。初苞間枯梢，暮雨秋煙緑。筆牀螺黛殷，玲瓏戛寒玉。潛招湘女魂，碧窻伴幽獨。

冬日林居

颯颯微風雪，長林鎖白雲。曳羅山骨迥，汲澗水衣分。樹老花猶在，霜清雁不羣。誰憐搗衣者，此夕幾回聞。

春日閑居

南郊春色滿，人静鳥聲多。久雨魚苗活，微風燕子過。花飛寒食節，草緑夕陽坡。盡日無他事，援琴對薜蘿。

感懷二首

遠離阿母四年餘，百疊愁眉更不舒。眷戀庭闈惟有夢，播遷南北未成居。家園風景三更月，夫壻生涯數卷書。無限傷心歸未得〔一〕，鷫鸘典酒〔二〕對相如。

空傳錦字有才名，淚雨春來似未晴。倭墮睡殘悲數病，戾㾕炊盡送遐征。心隨吴水鄉關去，愁逐春雲晝夜生。潦倒三遷名未就，誰憐女子賦離情。

鄉思

不禁鄉思倚危樓，山色空濛海氣浮。風雨别來花半老，音書隔絶雁經秋〔三〕。林間野鶴呼幽夢，天際浮雲帶遠愁。好寄相思與婁水，門前日日有潮頭。

西泠閑詠

澄江廻抱古城斜，一片煙雲接永嘉。為愛好山聊駐足，偶依高樹便成家。湖光瀲灩侵行笈，竹影參差帶落花。聞道故人將卜隱，短衣雙挽鹿門車。

春曉

鞦韆庭院落花紅，午夜香消逐曉風。殘月半簾人未起，數聲〔四〕燕語夢魂中。

【校記】

〔一〕未得：《名媛詩緯初編》作『不得』。

〔二〕典酒：《名媛詩緯初編》作『沽酒』。

〔三〕經秋：《名媛詩緯初編》作『驚秋』。

〔四〕數聲：《名媛詩緯初編》作『聲聲』。

劉靜筠 一首

字素嘉。詩見《倚雲樓集》。

苦雨寄江夫人蘭

連日瀟瀟雨，林花豈曰宜。妾慚無好句，姊必有佳詩。拈繡慵開帙，臨粧懶畫眉。寄言江彩筆，和就給廬兒。

閨秀江蘭《和韻答劉夫人苦雨詩》：風雨連朝發，敲枰酌酒宜。池深難問渡，屋漏勉裁詩。石丈垂滂淚，花妃損黛眉。香奩來好句，急取付歌兒。

黄瓊瑶 二首

字芳佩。所適未詳。

孫貞媛詩

我慕貞姬潔，焚香讀簡編。懷清冰雪浄，抱節瑾瑜堅。恥作章臺侶，真成閬苑仙。恍疑明月夜，環珮玉階前。

次韻題明妃圖

龍堆彌望陣雲稠，塞外嬌軀刦怕秋。憔悴自憐歌舞倦，烏孫偏賜錦纏頭。

彭琬 一首

字玉映，浙江海鹽縣人。進士彭期生之妹，浙江總兵馬孟騂之媳。與妹幼玉並擅名譽，人稱雙璧。著有《蘿月軒集》。

《檇李詩繫》：琬字玉映，海鹽人，進士期生妹，浙江總兵馬孟騂媳。與妹琰稱雙璧。王端淑曰：『琬詩巧慧俊冷，不作淺浮小語。』

懷王辰若夫人

湖上煙生碧樹枝，柴扉晝掩落花時。何當得覩雙星〔一〕貌，空羨擎來道韞詩。曲逕茶香留夜月，朱欄鳥下看圍棋。三春風雨愁深淺，病骨支離無限思。

【校記】

〔一〕雙星：《國朝閨秀詩柳絮集》作『雙文』。

彭琰 四首

字幼玉，號琬姝，彭琬之妹也。適文學朱化鵬。著有遺集一卷。

陳維崧《婦人集》：海昌彭幼玉，進士孫遹從姑也。遺集一卷，最新警。王十一曾以小蜜花箋書其《銀河吹笙》一詩。詩云：『銀河吹徹玉笙遲，清漏迢迢睡覺時。巫峽雲歸俱是夢，鮫人淚滴盡成絲。霜衾抱月羞孤影，露葉驚風別故枝。』偶遺記末二句。幽思怨緒，故自使人不能終曲也。

《檇李詩繫》：彭琰，字幼玉，琬姝，適文學朱化鵬。詩不多見，而名句絡繹。王端淑稱其『才情兩足，似勝姊氏：姊惟幽艷，妹則英特而博大矣』。

懷王辰若夫人

碧草萋迷接〔一〕柳枝，匆匆良晤夕陽時。纖眉畫就春山色〔二〕，素紙裁成白雪詩。風送花香沾去袂，鳥啼竹徑冷殘棋。歸來静掩閑庭月，欲向清光寄所思。

病春

半簾垂柳夕陽斜，香冷閑窻日便賒。莫道朝來不憔悴，撩人偏恨牡丹花。

九日

鳴蟬無語戀寒枝，正是登高病起時。忙裏不知秋色老，青山紅樹夕陽垂〔三〕。佳節徒增寥落心，秋空無雨晝陰陰。年華不似愁依舊，寂寂幽庭聽遠砧。

【校記】

〔一〕接：彭琰《閑窻集》（國家圖書館戔清抄本，下同）作『暗』。

〔二〕此句《閑窻集》作『眉峯秀竊春山色』。

〔三〕垂：《閑窻集》作『低』。

潘素春 一首

江蘇上海縣沈沙港漁婦也。

雜感

簾外輕寒逗曉風，柳枝無力漾晴空。墮樓魂返珠還緑，記曲人遥豆不紅。夜半臙脂收塞北，春深銅雀鎖江東。自知不是鴛鴦侶，漫訴愁腸託遠鴻。

朱錦裳 二首

字梭雲。里次無考。

孫貞媛詩

遥識淮南有淑姬，中閨細詠表貞詩。家逢兵革都傾覆，路歷關山總嶮巇。梅潔獨先春曉謝，松高偏迄歲寒知。粧臺未讀曹娥碣，弄筆難成絶妙辭。

次韻題明妃圖

漢宫離别怨何稠，一曲琵琶萬里秋。可嘆芳容真絶世，紫臺人去不回頭。

黄氏 四首

號浣月，安徽休寧縣人也。所適未詳。著有《噴香閣稿》。

黄婧《噴香閣稿跋》：妹弟浣月，禀性幽閑，亶姿穎悟，弱齡呫嗶，長夜㕭唔。柳絮芳吟，名久傳於繡閣；椒花美頌，價頓長於香奩。人稱灌灌佳人，自信翩翩雅士。想其思致，依稀風定香微；緬彼情閑，彷彿月明人静。

同緑窻女史南樓坐雨

促膝憑欄坐，蒼茫雨一樓。四圍山霧合，幾片野煙浮。樹色添新翠，溪聲改舊流。黯然岑寂況，相對不勝愁。

與諸隣女遊春分韻得東字

春晴約伴過溪東，流水横橋一徑通。柳眼多情窺鬢緑，花顔着意向人紅。鶯聲歷亂啼閑日，燕尾高低掠好風。對景分題争絶句，豪吟翻笑屬閨中。

采桑謡

桑葉雨澆肥，提筐出繡閣。采罷急歸來，忘却金釵落。

新夏

楊花落盡草初肥，為愛晴和試夾衣。燕啄新泥營舊壘，雙雙飛去復飛歸。

黃氏 一首

號德容，浣月之女弟也。所適不詳。

題噴香閣稿

繡閣餘閑及簡編，筆垂秋露墨成煙。薔薇浣罷焚香誦，不愧閨中李謫仙。

馮履端 一首

字正則，江蘇南匯縣人，丁岵瞻之室也。

【輯補】

馮履端《繡閒草》（民國十六年《周浦二馮詩草》刻本）載其夫丁岵瞻《元配正則小傳》：髮妻馮氏，以癸未正月十三屆靈均生日生，故名曰履端，字曰正則云。杜陵慕孺公生五女，皆閨秀，而氏最長。博聞强記，嫺禮知書，詩古清以新，文詞俊而逸，真不愧五宋之若昭、三劉之令嫺也。己亥冬，年十六，慕孺公捐館舍，兩嗣子皆沖年，環堵蕭然，家徒壁立，典釵賣釧，送死良難。訃聞，余家乃為桐肆償金環，衣肆持匣玉，而氏終天之恨亦稍慰於茲矣。庚子春，余入贅，相攜花下，翠掩低紅，並坐月中，光輝虛白，掩抑風華，心腸悲楚，情性紆緬。上奉高堂，下撫弱妹，三年一日，心不稍馳。既歸余家，敬舅姑，禮伯叔，竭志力於女工，耗心思於圖史，荏苒十年，辛勤歷盡，倡隨鴻案，吟嘯牛衣而已。辛亥夏，余病，且愁生產不治，氏深憂之，亦時時病，於是決計歸田為養疴計也。壬子秋，東南陸沉，家益窘，病日甚，未幾死。死之日，年才三十耳。嗚呼！彩雲易散，芝草先枯，白首何堪，朱顏頓萎。撫斷墨餘芬，悲傷曷極；對零香剩粉，悼歎徒增。一刻關情，九原銜怨。氏殆屈大夫轉身歟？何其詩之憂鬱思幽酷似《離騷》耶！癸丑春，以其遺女來珠無人撫養，續娶其四妹瑩，為氏之高弟，亦猶屈靈均之有宋蘭也。集其殘詩，鱗次成帙，囑為之序，並次其生平。

同集載朱益明跋：吾里蕉園老人丁念莪先生，諱岵瞻，字懷庭，號綏祿，監生，邑乘無傳。丁竹村《周浦詩鈔》云：『曾伯祖性不嗜酒而好吟詠，杜門卻軌，伉儷唱和，世以趙凡夫、陸卿子稱之。』嘗於匯龍橋南新港北岸構草堂三楹，顏曰南湖，治田數畝，沿河遍植桃柳，每當春仲，挈家居焉。著有《綏祿詩草》。今歲夏仲，予得《養浩樓詩鈔》等於曲水村莊，尚完好，而斯編獨蠹，甚不可識，字細而草，不諳何人堂録，略繕以示，倬章同學復閱出若干字，乃重録而署之曰『二馮詩草』。郡邑志謂正則著《伴讀吟稿》，而以《繡閒詩》屬守璞；『繡閒』又作『繡餘』，誤矣。《周浦詩鈔》于正則遂承其誤，于守璞謂有《南湖吟稿》。《墨香居詩話》云：『己亥歸里，外舅已遊道山，後嗣不振，田宅盡為他有，無論手澤矣。』則南岑先生雖為丁氏半子，尚未獲見，此故《海曲詩鈔》、方氏《周浦紀略詩》均不注詩稿名，蓋此編散佚已久，得窺全豹者少也。而予一旦購之，足詫眼福，豈詩之顯晦固有定時歟？惜詞稿蛀殘尤甚，缺字較多之什，祇從割愛。《綏祿詩草》亦失傳，今于《海曲詩詞鈔》録其數什，附此以見伉儷之情焉。《海曲詩鈔》所載數首，集中卻未見，特補入。古之姊亡妹繼者，如王拱辰之于薛，劉公暉之于趙，皆是。昔人有『大姨夫作小姨夫』之嘲，艷則艷矣，然未聞其姊妹俱嫻吟詠，而有詩稿流傳也。何物懷庭，坐享二妙，雖羅浮易醒，仙夢難圓，得非福之絕無僅有者乎？元平江鄭允端歸儒士施伯仁，卒年三十，有《肅雍集》。孫蕙蘭年二十三，嫁傅若金，越五月卒，若金輯其詩為《緑窗遺稿》，有悼句云：『留得丹青殘錦在，傷心不忍讀迴文。』自來有才伉儷，例難偕老，況一人而兼二才女哉！不為天所忌幾希。予最愛誦鄭氏《詠吐綬鳥》云：『胸中錦繡無人識，閑向東風自吐看。』女子才華，原易湮没，然千里馬常有，而伯樂不常逢，無論閨闥矣。伯樂星亡而天下馬大貴，無論偏隅矣。今蕉園老人藉二馮夫人詩而名益顯，人益妬，當日蕉園之不幸，仍為今日蕉園之大幸也。而予以晚生末學，得執筆題此，亦非全無忝竊，感慨憑吊之餘，爰不辭詞費而樂述之如此。民國十六年丁卯七月中浣邑後學儲里朱益明識。

南湖别業呈夫子

小築幽深一水湄，青畦碧樹望參差。新豐雞犬頻來往，香茗文章舊倡隨。嬌女摘花晨露濕，奚童驅犢夕陽遲。先生倘欲逃空谷，冀缺餘風尚可思。

趙承光七首

字希孟，浙江錢塘縣人，湖南按察雲岑先生第五女也。按察有六女，幼承庭訓，自課詩書。承光儀度克端，善於應對。適語水朱公子裔三，人稱佳偶。著有《遠樓稿》。

題來仙樓

高樓山半景悠然，俗慮全消意若仙。遥望晴巒横遠黛，坐凭雲樹半參天。臨窻燈火欺新月，别浦漁舟泊晚煙。獨倚偏驚秋氣早，一時清興欲逃禪。

同姪女望月

桂花香滿小山莊，揮麈論文待月光。庭葉經風隨意落，蛩聲入夜若爲忙。滄洲遠結雲書阻，松菊空存帶草長。富貴清閑兩相負，晚臨青鏡鬢添霜。

同外題濟南文署燕室

雙飛何必羨分茅，官舍清清搆小巢。漫憶驚濤曾閱歷，且將險韻共推敲。梅花乍落蜂黄褪，柳葉方舒燕羽交。稚子若能成素志，他年偕隱碧山坳。

虎丘竹枝詞四首

春來事事漸繁華，殿閣雲深萬樹花。鶴澗香生羅綺簇，引人不獨只煙霞。
薰風池閣緑陰中，隔斷塵囂逸興濃。茉莉珠蘭香徑曲，滌煩時送一聲鐘。
桂子紛紛午夜幽，可中亭上月當頭。楓欹澗道如微醉，點綴秋光映碧流。
短薄祠前雪漸鋪，林巒粉飾畫難圖。梅枝相映山塘月，一抹寒煙共太湖。

藍燕一首

詩見茅應奎《絮吴羹》。

閨怨限溪西雞齊啼韻及一二三四五六七八九十百千萬雙半寸尺丈

六七鴛鴦戲一溪，愁人〔一〕二十四橋西。半生書斷三秋雁，萬里心懸五夜雞。蠶作百千絲已盡，烏生八九子初齊。丈人何處聽鳴瑟，尺寸長垂雙玉啼〔二〕。

【校記】

〔一〕愁人：《國朝閨秀正始續集》作「懷人」。

〔二〕以上兩句《國朝閨秀正始續集》作「誰憐方寸愁盈丈，刀尺抛殘雙玉啼」。

佘兆儀五首〔一〕

字相龐，安徽含山縣人。適夏韻軒。著有詩集。

《清詩備采》：佘相龐佘安人，世居含山運漕鎮，為吾邑夏君韻軒之淑配，夏子治廷暨弟錫五之令慈也。韻軒，里稱長者，相龐如賓相敬，有梁孟風。中饋餘閑，輒拈吟詠，持家訓子，範重鄉閭。

偶詠

粗識聖賢字，名書看幾家。破愁憑竹葉，卜喜問燈花。秋氣摧風景，霜威逼歲華。慇懃訓兒輩，耕硯是生涯。

讀武岳穆精忠傳

戎馬生郊不鑒忠，僅留餘喘駐江東。父兄恥辱千秋恨，將帥勤勞一旦空。命絶風波啼杜宇，獄分星斗唳征鴻。棲霞嶺上魂猶在，可捲螺絲巷裏風。

夜坐示兒輩

竹月當窻坐偶談，細思家道淚先含。情傷爾父雙眸眚，事在吾兒一臂擔。攻業丸須熊膽苦，讀書味本蔗漿甘。昇平歲月難輕得，莫面牆陰愧二南。

夜過漕溪

朔風吹雪白，平野連天闊。回首瞻白雲，孀親隔林末。

舟泊鳩茲就醫

篷窻遠眺江干雪，舟次閑看卷裏詩。得謝塵勞遑問病，忘機是藥不須醫。

【校記】

〔一〕佘兆儀：《國朝閨秀正始續集》作『佘本儀』。

譚素一首

詩見《谷音傳響》。

次韻題明妃圖

天山冰雪晚來稠，手執絲韁兩鬢秋。一去紫臺魂杳杳，芳名猶記舊村頭。

胡惟寧三首

字一軒，江蘇江都縣人。

對梅二首

問春庭下日遲遲，始見林端綴數枝。莫笑孤芳開太晚，江南風雪不同時。

林逋當日種湖干，倚檻高吟興不闌。我亦心期冰雪老，世人多就牡丹看。

月下同妹惟貞看菊

每到秋來對菊叢，東籬尚想晉時風。數枝清艷經霜後，連袂相看月影中。

馬士琪八首

字韞雪，河南祥符縣人，適四川晉城張應垣。著有《燼餘草》四卷。

《河南通志》：張應垣妻馬氏，祥符人，早孀，親授二子經書。長新，廩膳生；次寧，舉人。有母弟為滕縣令，觸時網，將罹不測，馬盡賣居宅以脱之。生平喜讀書，自少至老不少輟。著有《燼餘詩草》行世。新妻胡氏，事姑以孝聞。

方仰松《疊嶂樓詩話》：《燼餘詩草》識見高老，風骨沉雄，不獨巾幗中無其人，即當時以詩名世，臻此境者，亦不能多。實在緑浄老人、蠹窻老人之上，其餘脂粉之流，益不足道者矣。

【輯補】

馬士騏《片石齋燼餘詩草》（康熙刻本）載閻式鑛《馬夫人傳》：馬夫人士騏，字韞雪，蜀之西充人也。歸祥符張上舍應垣，爲給諫文光孫。夫人高祖廷用，官大宗伯；曾祖金，官左布政使；祖晉明，官太守；父雲錦，明崇禎間官江西南城令。其文章德望相紹承，聲藉累世，不以仕宦爲甲族。初雲錦令南城，迕益藩奪職，僑寓金陵。入國朝，文光參江左，爲應垣覓佳耦，人以勢位相埒議，公弗善也。既聞雲錦女才，又嘗見其詩，歎異之，因介友人柯子固爲應垣聘。給諫性嗜古，日羅致秦漢舊物如不及，既爲應垣得夫人，語人曰：『吾博古，嘗恨佗鼎尹卣不我值，茲於新婦，庶一遇也。』其稱重至此。事舅姑孝，尤以禮自持。應垣殁，夫人年方盛，輒自晦其筆墨，見者絶少。初有《漱泉集》七百餘篇，爲其媢黨女竊去，越數載，嗣集成帙，又以病革自焚，由是僅存者殘紙賸句，百不一二。詩精瑩有識力，鴻洞踔厲，籠蓋諸家，見者疑非閨閫手。然夫人性方嚴，有鬚眉氣，又嘗宦隨南北，遍歷齊、楚、燕、趙、吴、越之名山大川，而人心世道成敗得失之故，濡染亦深，故逡逡醖釀鬱積之久而一洩之詩，夫安得執巾幗以律夫人詩耶？教二子嚴，常雒誦，至午夜不休，毋敢欠伸爲倦容。族有兄弟析産者，夫人聞之，以詩勸，得『孤征自力防矰繳，鴻雁哀鳴照影來』之句，士至今傳之爲箴銘，惜遺其全集不載。給諫多古玩，輒遺夫人，夫人顧不自惜，羣從率攫之去，獨所藏夜光珠，愛之，亦卒爲叔氏索取，無恡也。弟士瓊，爲滕令，坐帑金，陷不測禍，則鬻産以脱之。其倫理惇篤類如此。晚年益嗜學，終日手一編如癡。嘗以書就食，且讀且食，食半率因書廢，家人以爲言，怒之。是時夫人昏瞀，不復爲詩，蓋十年矣。其卒也，於康熙己亥歲，年八十。子男子二：長新，有文名，爲諸生，祭酒薦成均；次寧，康熙己卯科舉於鄉，先卒。所遺《燼餘詩》五卷，鑛校刻行世，與給諫公《斗齋詩》後先輝映。同懷弟三：士瓊，康熙庚子科舉人，滕縣令；士璵，康熙丁卯科舉人；士玠，康熙辛酉科舉人，海康令。皆以詩名，少與夫人相切劘，實衆推夫人云。閻式鑛曰：嘗讀陶穀《清異録》，以謂蜀多文婦，或亦風土使然與？若是，則香茗春椒，於夫人故無足異；顧獨異其詩之雄也，夫何褎然古名媛之上而羞與伍哉！雖然，夫人敝其精神以詩豪，而身履貴胄，卒以貧死，無乃筐筥不修、樽俎是越耶？吾觀盜火迭殃，若必取所有而剗之務盡者，天實爲之矣。

同集載孫勷題辭：是帙古近體詩若干首，讀之再四，嘆其高壯悲凉，有英雄撫時及事之槩，可謂女中丈夫、巾幗豪傑。予從來所見香閨集，絶無仿其形似者。間氣獨鍾，前古後今，一人而已。莪山後學孫勷拜題。

同集載楊允讓序：風雅一道，昉於三百，沿於漢魏，至唐而稱極盛矣。宋元風微，至明而北地、信陽出，崇雅黜浮，力返唐人矩矱。無何，公安、竟陵又起而亂之。國初太親家譙明張先生以絶代奇才，振興大雅，《斗齋》一集，海宇誦絃。爾時唱和諸公，有王文安、薛行塢、彭禹峯、趙錦帆，皆中原麟鳳，繼趾聯翩，一洗公安、竟陵陋習，而北地信陽之本來面目，於焉復睹，真快事也。近則絶響矣。今年春，獲讀親母馬孺人《燼餘詩草》，見其生平所歷燕、趙、齊、魯、吴、越之名山大川，遺蹟勝槩，與夫一切可喜可愕之事，罔不目擊心摹，翰縇墨染，以寄其俯仰流連憑弔感慨，尋味彌旬，深歎其骨高格老，學富才雄，識深邃而詞光華，神潔清而氣沉鬱，不惟柔情綺語遠絶毫端，即細儒琢句鏤聲，亦且紅塵隔斷，洵近代不傳之廣陵散也。求諸古名媛，惟唐山夫人、曹大家輩，差可頡頏；降而劉氏三娘、鮑家小妹，直退避三舍矣。余既慶國朝文治昌明，而復羨譙明先生後人不墜宗風，即閨閣中猶有拔地倚天之才，嗣唐人而追踪三百如此者。嗚呼盛哉！

同集載程于蘅序：吾蜀素多才女，五代王、孟时有黄崇嘏，避难为男以自全，辟爲郡佐，器識明敏，吏胥弗敢欺。趙宋熙、豐間有史炎玉者，學博才宏，山谷老人見之屈服。余尊親劉晉仲先生繼室朱夫人，明郡王之女也，詞賦當家，爲鍾伯敬所亟稱，復工舉子業。晉仲丙子秋闈出録其所作，夫人許以必售，果冠蜀軍。晉仲以廷尉少卿終，夫人撫教兩庶子，皆有文采。余少與晉仲猶子遊，恒以己作請正夫人，夫人指示字句，不失分寸。兹者衰朽之餘，自畿甸還里，道經大梁，緣戚宜故，得讀張子銘倩尊堂馬孺人《燼餘詩草》，見其昌明精奥，博大沉雄，且多見道名言、憂時至意，居然有三百遺風，固不獨爲香閣名媛所宜頫首也。孺人籍吾鄉西充，尊人製翁先生去大宗伯五世，科第縉紳接武，崇禎時爲南城令，失藩王歡，解組寓居金陵。改革之際，孺人方四齡，南城公教之如男，十四歲以詩名。南城公捐館後，大梁張譙明先生由吏科都諫參藩江左，聞其能詩，倩故人柯子固執柯聘爲仲孫婦。每閲新製，輒擊節歎賞不絶口。中年孀居，家計貧蹙，授二子經書，不出户庭而學成。長新，餼於庠；次寧，康熙己卯舉於鄉。人咸知爲孺人之教云。孺人生爲世胄，長適名門，而性甘恬淡，不愛華飾。凡内家所尚翠羽明璫、珠玉玩好之物，視之不啻土苴。弟書湖爲滕尹，偶觸時網，將罹不測，孺人盡賣居宅以脱其險。生平惟喜讀書，自少至老不少輟。篋中著作甚富，而毁焚棄擲殆盡，所存者，百不及一耳。今春秋七旬有七，耳目聰明，孫曾繞膝，大梁諸君子公舉之，學使者劉公既旌其閭，復刊其詩，衆好之同，皆足千古。予故序其梗槩於首，以備家乘實録。旹康熙丙申閏三月同里八十二歲老人程于蘅洲生甫拜撰。

同集載張新跋：噫，詩燼矣，而猶以其餘布之梨棗，流播人世，非慈幃所願也。慈幃工詩，而不欲以詩爲人知久矣。先是，詩名《漱泉集》，七百餘首，予舅氏書湖令滕時請付梓不許，嗣於己未年爲滑令某室人竊去。所餘者殘紙賸句，什不二三。越數年，漸積成帙。遂寧呂公諱柳文者，以名孝廉來令葉，又屢欲授梓，予請之，亦不許。己卯湛菴閻君偕吾弟舉於鄉，既又結婚姻盟，嘗索讀《潄泉集》不得，輒强予述所覩記，顧予實不概見，見亦倉卒不自記憶，爲所述者一二，且字多掛漏。湛菴以爲憾，於是謀梓益力，終不許。湛菴曰：『劍埋者氣吐，鼎蝕者火熾，吾會須使人間世快覩《潄泉》一集，不徒於方流員折依稀識玉水璇源也。』予以是感湛菴不置。不意丁亥秋，慈幃偶染疾，自疑不起，遂哀己未後諸作，盡付祝融，而吾弟以病軀惋惜過甚，竟鬱鬱以死。嗟乎，豈《潄泉》一詩，天實妬之耶？予自是嘔心搜致，又歷數年，成小帙，曰《燼餘詩草》，私爲藏弆，而慈幃不知也。慈幃有作，故不肯經壼外手，而或不靳諸婦，故茲集爲閨閣所收藏者，强半集中，如《落花》、《雁字》諸篇，皆予自閩歸，而湛菴授予，蓋湛菴得之令媛而爲予姪婦者。歲丙申，學憲竇應劉公聞其事，不勝嘉予，亟下所屬，旌門曰『班謝風徽』，予始出曩所編次詩三百有奇，匄公宜王君、越千朱君並湛菴分訂而品騭之。將刊版，請之慈幃，謂出學憲意，知不可復止，聽之。適孫子未先生遊梁見詩，以爲自古香閨集所未有者，即遣其家之梓人千里來助鐫，鐫數版而予又以事如閩，不克終。今年初夏，予歸，湛菴索稿，謂將破釜沉舟，進不復退矣。而公宜、越千且奮力齊登，此舉遂勇。噫，是集之出也，匪諸公釀金洎三君子鼓舞振興，亦何克有此。至湛菴積二十年表章苦心，而終以竭蹶圖維，力自負荷，尤予所弗敢忘也夫。是爲跋。旹康熙歲在强圉作噩重陽前三日男張新謹識。

天竺寺〔一〕

三竺深始佳，妙香静空谷。無量人天供，至此心神肅。在昔聞兵火，茲山未沉陸。若非龍象力，何以感羣族。出門望層巒，回向古道場。雲日遞隱見，巖壑易陰陽。別院通危橋，澗曲聲琅琅。萬木擁寒閣，千燈照廻廊。澄懷此晏坐，攝受言可忘。

將進酒

文犀光射琥珀微，客為主壽雲懶歸。此時舉觥勝千日，噀酒使我花枝肥。夭桃未落春已老，驅車疾走揚州道。

大梁霪雨吟

濕雲壓風風無力，白日茫茫光閉塞。老龍怒吸江水渾〔二〕，三春霪霖足三月。蛟黿得志走高堤，濤翻浪湧墜天低。大河南北皆澤國，郊原一望没田畦。梁園改革稱貧蹙，比户曾無三斗穀。春麥秋禾委巨波，井煙處處聞啼哭。哭之淚盡繼以血，有司敲扑還摧裂。憂國惟知督賦租，餓莩誰慮靡遺孑。吁嗟吁嗟真可哀，驅車無計鬻嬰孩。一女千錢男五百，逢人便售敢求益？兒女悲號不肯行，阿母含愁佯加責。兒去母孤悲不止，强持兒價糴珠米。無何米盡復〔三〕思兒，將身潛縊〔四〕緑楊裏。早知兒失母難存，悔不當時一處死。我聞此語心痛酸，監門思得鄭公官。救民重繪當年像，多恐君王不忍看。君王仁聖真無極，蠲賦恒逾千萬億。減膳徹樂憂思殷，蓬萊殿上無顔色。安得彼蒼施高厚，雷霆倏易為星斗。陰陽和燮雨無乖，永令斯民歌大有。

濟寧道上

危橋浸水没，衰草與天平。空橐孤雲意，高秋萬里情。孀親欣返旆，稚子苦遐征。預卜還家後，猶多旅夢驚。

次書湖弟過禹門作

蒼然暮色欲何之，遥拜河東大禹祠。風雨會須騰赤鯉，鴻荒誰與問元夷。怒平越壑無聲處，志快揚帆破浪時。三歎神工非斧鑿，當年行水只如斯。

齊雲樓

憑欄天際盪心胸，一片雲飛〔五〕接岱宗。縹渺層檐疑結蜃，等閑高卧笑元龍。自傳家學三千眾，誰數仙居十二重。為問芙蓉樓上客，何如東海表齊封〔六〕？

淩霄花

引蔓高木巔，丹竹墜煙翠。相攀迷本根，淩霄成底事？

苦雨

堦前時復見遊魚，不斷愁霖密復疎。觸處牆傾兼屋漏，有人夜起護殘書。

【校記】

〔一〕此詩《國朝閨閣詩鈔》爲二首：前八句爲《其一》，後十句爲《其二》。

〔二〕渾：馬士騏《片石齋燼餘草》（康熙刻本，下同）作『混』。

〔三〕復：《片石齋燼餘草》作『更』。

〔四〕繇：《片石齋燼餘草》作『繫』。

〔五〕雲飛：《國朝閨閣詩鈔》作『齊雲』。

〔六〕齊封：《國朝閨閣詩鈔》作『雄封』。

何氏 一首

浙江山陰縣人。

溪屋

四野如軍閧，清流墮碧痕。溪響驚來客，誰至此孤村？

《圖繪寶鑑》：何氏，山陰人。有《溪屋》、《步流》、《村粧》、《霧帳》四絶，僅録《溪屋》一首云云。味其句，非能畫，安得此中受用？

鍾若玉 七首

字文貞，自號元圃女士，江蘇長洲縣人。善書，工丹青。適崑山縣生周範專。

《墨香居畫識》：鍾若玉，字文貞，號元圃女史，崑山周官芝溪之室。工寫墨梅，書法更蒼古，一洗閨閣纖弱柔媚之習。

月夜

西窻遲月上，風細暗香浮。夜静留花砌，更殘冷翠樓。離懷憑去雁，扶病又經秋。暗訴長堤柳，天涯綰别愁。

三女岡

古塚埋荒徑，徘徊未忍攀。悲風起長夜，明月閉幽關。衰草頻年色，吴宫此境閑。登臨憑眺處，詩思滿秋山。

牡丹

錦堆爛漫壓羣芳，不愧佳名占洛陽。艷色從來分地氣，緑雲行處識天香。穠華九十春光媚，寵愛三千漢苑妝。底用胭脂描小照，東風吹綻大文章。

春雨

模糊春雨暗湘川，緑滿長堤草色妍。點點亂飄梅似雪，絲絲倒浸柳如煙。消魂粉蝶依林戢，濕翅黄鶯掠幞穿。莫損苔痕蘭砌碧，小紅粘處艷陽天。

春日感懷

百花常擬笑春風，何事飄零一夕中。謝燕掠殘隄外柳，杜鵑啼落樹頭紅。路迷煙塞笳聲咽，雲滿山晴屐響空。形影天涯憑認取，半窻淡月斂朦朧。

秋夜雨

雨聲淅淅篆煙消，漏盡銅壺夜更遥。獨坐挑燈吟楚些，隔窻滴破美人蕉。

題赤壁圖

萬里煙波接遠空，布帆一幅掛長風。江山千古無窮恨，盡在簫聲嗚咽中。

姚汭五首

字琮娥，江蘇吴江縣人。適潘御雲。著有《香奩藁》一卷。

《七十二峯足徵集》：姚氏，名汭，字琮娥，松陵人。以中表戚歸於潘。康熙中，潘子館東山，遂移家焉。有《香奩遺稿》一卷。

冬日偶成

歲寒悲節序，日暮益淒然。隔嶺同看月，凭欄獨訴天。已拚珠淚盡，應使鋏心憐。多感梅花意，含嚬帶雪妍。

山樓遠眺

危樓極目望天涯，對景遥思感物華。雲逐征帆千片亂，風吹歸雁幾行斜。枝枝緑樹聞啼鳥，處處青山見落花。欲寫瑶箋無處寄，雙親莫是憶兒家。

晚煙漠漠五湖濱，静裡愁聽雁唳頻。幾處舟歸楊柳渡，一簾風送洞庭春。堦前花影憐閨婦，天上蟾光伴旅人。底事他鄉腸易斷，每當子夜倍思親。

雪後送别

閑雲風捲雪初晴，乍聽流鶯第一聲。正是斷腸聽不得，含嚬無語送君行。

緑楊初綻嫩晴天，紅杏枝頭籠碧煙。春色不知人去遠，空教皓月到窗前。

孔素瑛六首

字玉田，號蘭齋，浙江桐鄉縣人，聖裔毓楷之女也。兼善丹青。適嘉定金西園。著有《飛霞閣詩集》、《蘭齋題畫詩》。

《國朝畫徵録》：孔素瑛，字玉田，聖裔毓楷之女，占籍桐鄉。適烏程貢生金某。善寫花鳥，有機趣。能詩，有《飛霞閣詩集》、《蘭齋題畫詩跋》，共十三卷。

《國朝練音初集小傳》：孔素瑛，字玉田，父本聖裔，桐鄉人。同里金大令尚東寓瞟城，娶素瑛為繼室，親黨以令淑稱。善畫山水人物，畫已即題佳句，能作晉人小楷，具有三絶。以視古今名媛，氏殆過之無不及也。有《蘭齋詩稿》。

戊午縠雨招松筠看花

詞招詩請莫嫌頻，好景難逢況是春。枝上絳桃餘色艷，庭前鹿韭見華新。西京勝會憑誰紀，班女文章久壓人。不信但來觀貴客，一時翹首望龍賓。

花前即事和韻

深閨淑氣困人頻，約伴同探百卉春。宿雨乍收雲淡漠，韶光徽映瓣鮮新。容疑金屋嬌含笑，香似御爐煙襲人。對景聯吟消永日，竟忘誰主復誰賓。

夜聞雨聲蚤起賦寄松筠

朝風暮雨妒偏頻，幸得枝頭未減春。金掌微濡華色嫩，薔薇露滴蕋珠新。晨酣汗浹唐宫女，夜浴肌香漢殿人。蚤起祇因花惜甚，詩成先寄慰嘉賓。

賦謝松筠見寄重訂來游仍用前韻

蕉箋聯錫不辭頻，畫出人間富貴春。調壓清平傳唱舊，詞雕百寶賽欄新。正封佳句慚無和，解語花王應笑人。有意再來教鍊字，一盤酥餅待良賓。

和松筠來游小園見贈原韻

丰姿清比月娟娟，許向深閨締静緣。花發窻前人乍到，新詩一串似珠圓。吟情偏愛傍池亭，嫋嫋垂楊恰恰鶯。流水也知描好影，經時扶著曲闌行。

萬氏一首

江西新建縣人，裘大農曰修太夫人也。詩見《萬年縣志》。

贈洪貞女

飛仙化蝶總非真，譜入情緣亦可人。未似洪媛清淨好〔一〕，白頭猶是女兒身。

【校記】

〔一〕此句《國朝閨秀正始集》作『未似洪娥清静好』。

吳蕙貞 二首

字冠秋，江蘇長洲縣人。適陸某。

詠緑萼梅

奇花向植花宫裏，移傍高人薜荔牆。夜月猶寒珠蘊媚，春風乍暖玉生香。清標獨傲冰霜骨，冷艷中含鐵石腸。莫向九疑訪仙子，人間即此是仙鄉。

不寐

堦前蟋蟀擾人思，月白風清憶舊時。幾度欲眠眠未穩，挑燈細讀感秋詩。

沈氏 一首

浙江歸安縣人，廣西平南縣知縣作霖女，適鴻臚寺少卿戴璐。幼秉庭訓，嫻詩禮。丁歸後專心内助，不復近筆硯。故僅見其《暮春》一章。

戴璐《沈恭人傳》略：恭人姓沈氏，世居竹墩，婉娩性成。戊寅夏，于歸於予。善事尊章，米鹽縫紉諸務，無不躬自擘畫。苦持内政三十五年，叨受五次誥命。以疾終於京邸。

戴璐《哭沈恭人詩二十二首》（選六）：『支離病骨怕逢秋，果見驂鸞去不留。三十五年成噩夢，淒風苦雨不勝愁。』『聽鼓初趨水部忙，充閭佳氣悦姑嫜。半生衹此開顔笑，旋折南喬痛斷腸。』『秋風氍毹集蕭齋，助我留賓酒似淮。博得琴堂猶躑躅，更煩髩上拔金釵。』『偕老難期耀六珈，常將眉案自矜誇。而今也入安仁隊，壁掛空遺感落花。』『荼蘼花斷少吟章，雒誦多年句有香。却賴推敲成畏友，吟安一字幾商量。』『瓜果筵開歲歲供，常攜兒女聚庭中。今宵烏鵲仍三匝，梵唄淒清徹殯宫。』

暮春

數聲鶗鴂過，門巷静秋千。怕看荼蘼架，春光又一年。

馬素貞三首

字波仙，江蘇長洲縣人。適陸生爾燮。著有《漱石山房稿》。

螢

淒風吹墮入柴扉，明滅寒光影更微。偏爾夜深增寂寞，衹餘一點照秋衣。

愛蘭詩鈔題詞

仙骨珊珊迥不羣，瓣香何處薄秋雲。閉門幾費經營後，散作人間錦繡文。
捧讀瑶牋識性真，神情往復語生春。深慚玉石非同品，試問知音得幾人。

卷之三十六

朱中楣 十三首

字遠山，江西廬陵縣人，兵部侍郎李元鼎配也。著有《石園隨草》、《文江倡和》、《鏡閣新集》。

陳維崧《婦人集》：江西李侍郎元鼎，與夫人朱中楣遠山，有《文江倡酬》一集盛行於世。

《西江詩話》：朱中楣，字遠山，明宗室議汶女，少司馬李梅公先生夫人，今司農吉水公之母也。通經史大義，尤嫺吟事，與司馬日夕倡酬，瑶臺眉案，有鸞鳳鏗鏘之音焉。嘗雨餘聯句曰：『雨過天如洗，霞飛晚正晴。涼風分袂濕，花氣透簾明。已覺詩情冷，還憐酒力輕。有懷何處劇，共起故園情。』一日曉起澆水仙花，司馬見之，贈詩曰：『曉起倦晨粧，澆花有底忙？波光浮鴨緑，仙影逗鵶黄。為愛生香澹，還憐駐景長。金杯聊共偕，攜手醉春陽。』夫人立和云云。其幽情逸致，類如此。所為詩，規模韋、杜，雄渾方嚴，具有烈丈夫氣，概不徒以風韻取勝。每一篇出，藝林傳誦，稱曰遠山夫人，隱然香奩盛事云。

無名氏〔一〕序：盤根仙李，長庚新謫於人間；積慶璇源，張星舊駐於天上。媲茲嘉耦，嗣以徽音。思美人兮西方，降帝子兮北渚。陽律六，陰律六，吹鳳管以參差；前唱于，後唱喁，拊鸞歌而叶應。珊瑚筆格，緑沈之管交揮；玳瑁書籤，錦水之箋雙擘。花深網户，每刻燭以分題；燕乳綺疏，或擁書而徵事。芙蓉秋水，筆花與臉際争妍；楊柳春山，煙黛並眉間俱嫵。東吴才子，金閨傳内史之篇；南國佳人，玉臺寫令嫺之什。珠林琪樹，洵彤管之美談；金柯玉枝，實天潢之盛事。丹樓煙熸，朱邸灰飛。交語而腸斷白衣，登車則淚沾紅袖。猗與燕婉，變彼鴻休。在御之琴瑟依然，中庭之蘭玉滋長。雕軒文駟，驂玉馬以北朝；翟茀鞠衣，伴角巾而東下。水晶簾幙，鎮日焚香；雲母丹黃，千年辟蠹。輪依桂樹，無復月孤；矢激蓮花，惟應天笑。豈若敬通見扺，但對孺人；子美漂流，長隨妻子。又況衡陽飛雁，空約刀環，薊滄鯉魚，難傳錦字，望曰歸于六詔，怨其雨于三春者哉！伊余生稊之年，爰有齊牢之遇。絳雲東閣，綠窻署禁扁之新題；紅雨西泠，紫陌誦夭桃之舊句。斲斲頳尾，依依白頭。茗椀熏籠，雜居煙爨；縹囊緗帙，夾註米鹽。笑十指於懸錐，嗟滿頭之蓬葆。憐茲憔悴，覩此芳華。託副墨以歸詒，俾殺青而傳寫。願借光明於東壁，敢希嚬蹙于西家。沈香小像，庶幾得染紗熏；刻玉芳名，抑亦附垂墨會云爾。

【輯補】

朱中楣《隨草》（順治十三年刻本）載其夫李元鼎序：内子遠山，遡慶璿源，漱芳翰藻，自南州結褵以至於今，蓋十六年於兹矣。而此十六年中，從余宦燕邸者不過十之二三，此外則浮湘泛蠡，涉長江，濟黄流，往來於齊魯燕趙之間，又復寄託淮海，去而復返，真不免津梁為疲。且滄桑更易，河山曠邈，余既遭時弗造，又賦命不猶，從刀鋒劍血中萬死一生，不知凡幾，皆内子周旋而左右之。嗟乎，境遇抑良苦矣！然居嘗絶無侘傺怨懟之色，遇變復無兒女眷戀牽顧之情。蓋其幼嫺禮訓，長好詩書，每閑居相對，私與揚扢，凡朝政之得失，人才之賢否，與夫古今治亂興亡之故，仕宦升沉顯晦之數，未嘗不若燭照而數計，故余素位而行，不以險夷生死攖其心，則内子之力居多焉。今余冉冉老矣，雖故鄉在望，未獲攜手同歸，而一枝安宜，亦覺于于然適也。偶取内子十六年中所得各詩詞，再一披閱，稍加删定，大都觸景而吟，衝口而出，白雲紅樹，名山大川，或傷故國之黍離，或懷王孫之芳草，或歎時序之變遷，或感行旅之飄零。陟屺望母，挑燈課兒，而鵠首輿肩，風晨月夕，與余茗椀清尊相對，欷歔流連，此唱彼和，而其一段淵秀朗徹之神，博大淡遠之思，絶無脂粉，如列鬚眉。莊生云：詩本於情性。亶其然乎？余每欲剞劂以傳，内子曰：『内言不出於閫，盍置諸？』余曰：

『不然。至聖删詩，不遺房帷；大師采俗，尚陳閨閤。如子諸篇，以爲追班軼蔡，駕謝驅姚，當謝不敏。若此十數年，從余於波浪風濤，雲煙變幻，則可以論世，可以紀年。「隨」之時義大矣哉！倘有删詩采風者出，取而讀之，知余之廓然於夷險死生不以嬰其心者，内子之力爲多。因其詩以知其人，其人可存，其詩可存也。』順治甲午立冬日文江李元鼎偶識於安宜寓舍之譜梅閣中。

李元鼎《石園全集》（康熙四十二年刻本）卷十一《倡和初集》自序：癸巳之夏，攜家南還，患難之餘，此身飄泊，幾同擇吹，寧獨舟如斷梗，泛泛若水中之鳧哉！蓬窗卧痾，筆研幾欲焚棄，内人每拈題送韻，不爲交謫之言，多有開愁之句。古人云：休官不謀之妻子。豈其然乎？日久途長，騣騣成帙，因取從前倡酬諸詩，選付鋟棗，見十餘年懷抱之惡，不至抑鬱委頓者，得此慰藉良深耳。夫冀缺躬耕，負饁相敬，鹿門偕隱，矢志同歸，古今猶豔稱之。而况余兩人之于喁自適，金石相宜，即言之無文，不暇計矣。但余識倡，而詩多屬和，亦以見愁思要眇，書空咄咄之大槩，良足三歎云爾。乙未秋日梅道人識。

同集卷十四《隨草》之《遊天主堂序》：癸巳五月，將出都門，竹醉日同朱石者年嫂遊天主堂。時湯若望太常新拜國師之命，堂内結構精嚴，圖像靈幻，若浮出畫面數寸，凜凜生動，令人不敢迫視。西偏小有園，鑿方池一，引井水激灌其中，如趵突，如跳珠，逆沸而上，不知其從井來也。又以木置關捩汲水，要仰射數丈。其餘種種異製，皆目所未覩。是日也，雨過風清，斜陽在樹，從竹徑登崇臺，大内宫闕，歷歷指顧間。偶詠『雲裏帝城雙鳳闕，雨中春樹萬人家』之句，爲之悠然。歸裁數語，以志歲月，未可言詩也。

同集卷十八李振裕《亦園嗣響跋》：母大人生平喜讀史鑑及博物掌故諸載籍，而不肯輕有所著作。間發爲吟詠，輒於丹鉛時隨意疾書，書畢多散見古人簡册中，莫能辨。裕每心識其處，乘間搜閲，録而藏之，就所見以爲後先。自壬寅迄戊申，七年中所得詩若詞不下數千百言，而裕所手鈔者僅十之二三。躬菴彭先生見而序之，程邨、阮懷、伯璣三君子復加編定，僉曰：『宜亟授剞劂氏，俾天下知大家彤管，不與閨閣綺麗競勝，且貽之奕世，有所取則焉。』裕跽而進之堂上，大人色喜，母呼裕前曰：『是寥寥者，奚當大方？姑置諸。』裕固請，遂再拜授梓，續之《倡和》、《隨草》之後，題曰《亦園嗣響》。『亦園』者，從余家石園得名，在章門第宅之右偏，小築亭臺，環植花樹，亦如石園焉。人咸以龐公鹿門、温公獨樂方之，實爲兩尊人觴詠游息之所云。戊申七夕前一日不肖兒振裕謹識。

擬古遊仙詩

洪井尚留丹，餐霞堪綺〔二〕席。盈盈若輕舉，攬之不可得。宛擬至瓊宫，互立仙班側。倏起江海游，鮫人捧珠出。爍爛〔三〕起層霄，煇煌炯遥壁。或理鳳凰琴，或窺麟虎迹；或誦步虚吟，或促清談膝。杳靄度韶音，旖旎停雲澤。恍惚在天涯，徘徊間咫尺。忽覩避秦人，忽覩偷桃客。劈藕大如船，分脯還煮石。控鶴欲淩空，懸厓深莫測。窈窕〔四〕復冥冥，蒼蒼何鬱鬱。團露染新紅，方壺漂紺碧。月腦晦還圓，星眸炫猶逸。珍重廣成言，飛鳧酣數息。勝境可能尋，山河咸歷歷。六著恍然明，乾坤任所適。

春日熊雪堂少宰以和黄山谷梅花韻見投同梅君作

幾年偕隱同歸洛，紛紛世態春冰薄。今古長安似弈碁，惟有投閑是先着。每思登眺帝子樓，風雨靡靡滯城郭。荒園頽倚杏花村，社鼓頻傳慰恬漠。時吟佳句響琳琅，滿紙煙霞真駭愕。續貂髣穎韻難成，欲附青雲為寄託。緑波隱隱泛蘭舟，紅蓼森森羡華萼。隋堤舊院冷鞦韆，譙國新旌綴珠珞〔五〕。海棠無力怯春寒，夢破春愁愁滿橐。融和天氣正芳菲，芸窻課子差足樂。舞燕翩飛墮〔六〕碧空，流鶯宛轉驚鈴索。屈指韶光又一年，閑看花開漸花落。不關春色苦相催，但恨封姨還肆虐。澹宕輕陰潤雜〔七〕絃，良宵煮茗奴稱酪。却為聽詩減夜眠，舉案呼尊共微酌。寄語猿鶴莫漫猜，而今始踐山林約。

秋雨吟

漫鬬搊蒱金釧冷，暝煙猶綴鞦韆綆。一聲新雁動離思，叫徹雲根透纖影。翠鈿寒生秋已仲，檐敲碎玉驚殘夢。急雨初收問落花，清商暗度棲梧鳳。素娥青女意颼颼，何事深閨恨夜長。燕去燕還還復去，閑鷗依舊點横塘。

旅興

身世蒼茫裏，烽煙已數年。旅愁春候覺，歸夢草堂前。花徑迷蝴蝶，家山映杜鵑。枝頭聞鳥語，猶自説燕然。

春日感懷

青春作伴已還鄉，贏得新詩富草堂。蘇圃漫添湖水緑，柴桑難問徑花黄。荒城處處傷離黍，舊燕飛飛覓畫梁。家國可堪寥落甚，怡情何地足滄浪。

舟行晚眺

遠望清流曲曲通，孤帆幸逐芰荷風。黑雲片片歸前浦，紫燕紛紛掠短篷。岸柳乍摇新水緑，山花遥帶夕陽紅。頻聞簫鼓知村近，雨過潮平月正中。

歲杪答梅君維楊

久闕關鄉〔八〕未忍離，霏霏應值到家時。梅開芳信書憑早，夢繞江干月上遲。彭澤喜裁歸去賦，蕪城愁和寄來詩。新篘正熟思君賞〔九〕，獨坐深宵且課兒。

舟次清源和梅公韻

南歸欲覓舊柴門，何意彈冠赴特恩。三徑未成重理檝，千山遥憶隔啼猿。香侵蓼國飄紅粉，露滴荷房瀉緑尊。遠岸菁葱連雨足，閑鷗飛泛點秋痕。朝廷有道思良弼，彤管承家媿昔媛。新月含輝雲外吐，斜峯倒影浪中翻。偶來墜葉驚詩思，厭聽嚴更攪夢煩。晚泊邨宵雞喔喔，平原戍獵鹿奔奔。天涯蓬轉隨征雁，澤畔桑深卧野豚。銀漢乍迴青鵲羽，金風漸返木樨魂。知君自爲蒼生出，從古惟聞綺皓存。把酒漫同兒女醉，頻年憂患不須論。

晚秋懷里

落葉驚殘夢，秋歸人未歸。水明天一色，鴉帶晚霜飛。

舟泊鳩茲

水闊春迴接楚湘，學啼嬌鳥未調簧。起來捲幔窺紅〔一〇〕色，一抹青山帶夕陽。

聞子規

忽聽啼鵑柳外飛，聲聲相唤不如歸。人歸何似春歸易，芳草萋萋送落暉。

春晚

側側輕寒㠶㠶垂，嬌鶯初囀最高枝。枕稜畫得金釵響，為記深宵夢裏詩。

宗伯年嫂招集滄浪亭觀女郎演秣稜春

越調吴歈可並論，梅村翻入莫愁村。興亡瞬息成今古，誰吊荒陵過白門。

【校記】

〔一〕此為錢謙益《李梅公唱和初集序》，見《有學集》（康熙二十四年金匱山房刻本）卷二十。又見李元鼎《石園全集》（康熙四十二年刻本，下同）卷十一《倡和初集序》，末署「虞山蒙叟錢謙益撰」。

〔二〕綺：朱中楣《隨草》（順治十三年刻本，下同）、《石園全集》作「續」。

〔三〕爍爛：《石園全集》卷十七《續隨草》作「燦爛」。

〔四〕窈窕：《隨草》、《石園全集》作「窈窈」。

〔五〕珠珞：《石園全集》作「珠絡」。

〔六〕墮：《石園全集》作「隨」。

〔七〕雜：《石園全集》作「雅」。

〔八〕久閲關鄉：朱中楣《鏡閣新聲》（李元鼎《石園全集》卷十六，下同）作「久越鄉關」。

〔九〕君賞：《鏡閣新聲》作「同賞」。

〔一〇〕紅：《隨草》作「江」。

景班才 一首

詩見《谷音傳響》。

次韻題明妃圖

非是和親抱怨稠，金徽蕭瑟怯深秋。從來遠嫁多辛苦，絕塞無依怎出頭？

沈榛 二首

字伯虔，一字孟端，浙江嘉善縣人，明南昌司理沈德滋女。書法秀勁，得九成宫意。能背誦《綱鑑》，於古今理亂沿革，舉一得十。適乙未進士錢黯。著有《潔園稿》。

《檇李詩繫》：沈榛，字伯虔，嘉善鱗溪人。天啟乙丑進士南昌府推官沈德滋女，適進士錢黯。

紅白瓶梅

不盡南枝放，軍持入畫裝。繁英矜白雪，疎蕊點紅粧。羃䍦難分影，蕭森共一香。妒風應莫慮，春色喜先藏。

家園古藤花

循牆婀娜走龍蛇，占盡家山首夏花。鬖鬖影隨華鬘動，纍纍香貫蕊珠斜。窺園乍對疑朝彩，隔檻遥看悮晚霞。折得一枝持叩問，藤年還似九松耶。

沈栗 一首

字仲恂，榛之妹也。適諸生陳誼臣。

《檇李詩繫》：沈栗，字仲恂，榛之妹，諸生陳誼臣室也。

紅白瓶梅

曉避狂風落，宵隨竹影斜。朱顔羞剪彩，玉骨絶含瑕。漫簇參差蕊，同分濃淡花。羅浮夢何許，一為膽瓶誇。

汪嘉淑一首

字德容，安徽休寧縣人，適桐鄉明經金集。著有《剪燈吟》。

《國朝練音初集小傳》：汪嘉淑，字德容，海陽名家女。適桐鄉金明經集，從夫僑寓羅溪。著有《剪燈吟》。

呈夫子

生小長深閨，珍惜同珠玉。如何履堅冰，一步一退縮。十年從君游，千里奔林麓。敢忘昔人操，伴此寒燈讀。素卷君所陳，裙布亦我欲。日月度如梭，去者不可贖。浮生等枯骸，安知遲與速。隨時强自寬，花映尊中緑。

崔萼緑一首

詩見《谷音傳響》。

次韻題明妃圖

孤負深宫翠幄稠，離愁更值斷腸秋。穹廬忽授閼氏詔，猶是含羞新上頭。

陳芳一首

字令儀，浙江海寧州人。

姚母五十壽詩

華胄名閨自不羣，貞操早炳耐辛勤。鏡分粧閣孤鸞秀，玉出藍田雙璧芬。節孝共欽開大業，仁慈咸仰繼宏勳。欣逢設帨黄花茂，五秩芳規應上聞。

董德述一首

江蘇嘉定縣人，董宏孺女，孝廉蘇淵之繼室。

《國朝練音初集小傳》：董德述，孝廉蘇淵繼室，訓導董宏孺女。五六歲，父口授唐人截句，輒能成誦，曉意義。長遂能詩，亦不留稿。

哭長媳金氏明經金恕胞妹

佳婦于歸記昔年，春風語燕緑窗前。端期克詠宜家句，詎料旋歌同穴篇。廿載黄虀甘有素，半生紅粉淡無緣。芳魂今日歸何處，應共兒夫下九泉。

孫蘭媛三首

字介畹，浙江嘉興縣人，孫曾楠之長女也。適文學陸渭。工詩詞，兼擅蘭竹。著有《硯香閣詩》。

《檇李詩繫》：孫蘭媛，字介畹，德貞長女，適同邑文學陸渭。工詩詞，多韻語，不雜脂粉體，擅寫蘭竹。著有《研香閣詩》。王端淑曰：『介畹詩如行雲流水，在有意無意間。』

讀外君登岱詩

天下何曾小，家鄉吴觀中。外遊詩一卷，片石白雲封。

秋汎

煙拖高柳蕩秋姿，落照寒蟬故故悲。放棹歸來月初上，風吹荷葉斷殘絲。

雨夜聞梅香作

濕盡孤窻〔一〕燭冷時，梅花香破一枝枝。逋翁未解黄昏雨，清淺閑臨照影池。

【校記】

〔一〕孤窻：《名媛詩緯初編》作『寒窓』。

龐蕙纕十七首

字紉芳，號小畹，江蘇吳江人，龐承基之長女也。適同邑諸生吳鏘。著有《吐香閣集》。

《吳江縣志》：龐蕙纕，字紉芳，一字小畹，進士霦妹，諸生吳鏘妻也。性穎敏，讀書一二過，終身不忘。遍習五經，能為時藝，尤工詩善書。十二歲能書額。詩多師古人，名重一時。為人閑静，有厚德。奩有漢玉馬鎮紙，直數百金，為盜掠去，後鏘見於戚友家，歸語蕙纕，將詰之。蕙纕曰：『安知其非得於他所？詰之，將使人有盜名。失德，不如失玉也。且喪亂未已，珍玩豈能長保？不見李易安《金石録後序》乎？』遂已。年五十六卒。著有《倡隨集》一卷、《吐香閣詩詞集》若干卷。女啟湘亦能詩，字潘末，未嫁而卒。

《詞苑叢談》：吳玉川夫人龐小畹蕙纕，詩詞書法，擅絶當世，片紙隻字，莫不珍惜。有青蓮女伎小青者，色藝皆精，嘗演劇復復堂，持扇扣吐香閣乞書，夫人即調《桂枝香》一闋，有『浪萍飛絮前生果，別是傷心一小青』之句，一時傳誦。青蓮憮然自失，遂有意脱籍。

牡丹為風雨所敗賦此志惜

碧榭朱欄轉眼空，芳菲寂寞緑成叢。山蜂無計收飛蕊，粉蝶依然繞墮紅。憔悴一枝含雨露，飄零數片觸簾櫳。繁華自古誰無盡，花落花殘莫怨風。

弱質柔姿已暗消，春深風雨可憐宵。摧殘擬結三生根，零落仍含半面嬌。悵怏愁人增怨惜，多情舞蝶太無聊。最傷顏色經年別，收取芳紅慰寂寥。

紫藤花下分賦

年來愁病強支離，也向花前醉酒巵。繡閣開尊同北瀣〔一〕，金釵雅集勝南皮。錦雲夜月千層浪，紫玉春風萬縷絲。何事今朝〔二〕稱絶勝，筵前道韞總能詩。

陳維崧《婦人集》：龐紉芳蕙纕，吴江吴聞瑋婦，有《紫藤花下分賦》一詩云云。

中秋踏燈辭四首

碧天銀漢夜迢迢，幾處清歌和玉簫。一樣燈光一樣月，不妨今夜作元宵。

棚山燈火滿天街，露白風清景色佳。城上烏啼才夜半，歸來踏綻鳳頭鞋。

爇火重烹陽羨茶，一庭花影上窻紗。往來雜遝燈光裏，何不空階看月華？

墮珥遺簪滿狹斜，千門萬户影交加。粧成却向寒窻下，一盞琉璃課法華。

揚州吴園次太守寄示鵑紅二分明月新集敬酬

詩筒纔到一緘開，明月鵑紅寄得來。閨閣文人應下拜，吴興太守總憐才。

朝來窻閣曉粧遲，小婢研朱滴露時。歌吹竹西蟾月滿，餘輝多半在君詩。

徐釚《本事詩》：吴聞瑋偕龐蕙纕夫人藤花書屋，晨夕倡和於內。揚州吴園次太守寄示鵑紅

《二分明月新集》，題句云云。

香匳瑣事詩

搦管行吟宛轉思，落花庭院日遲遲。不須倩取文人筆，自和香奩瑣事詩。

春雨春寒過落梅，連宵不禁晚風催。閑園收拾殘花片，借得兒曹靧面來。

槐陰池館日偏長，碧玉清泉沁齒涼。小立不教隨婢見，緑楊深逕看鴛鴦。

贛州茉莉建州蘭，雪檻雲廊六月寒。除却繙書無箇事，仙桃自摘浸冰盤。

夫壻長貧老歲華，生憎名字滿天涯。席門却有閑車馬，自拔金釵付酒家。

即席分題仕女才，金釵雅集綺筵開。尊前也學投瓊令，一箇鮮紅酒一杯。

偕隱終年只食貧，玉為珠粒桂為薪。花鈿寶釧都零落，長裹烏雲一幅巾。

滴露然脂細討論，每愁湮没世無存。玉臺遺韻流風在，林下新詞布國門。

茅應奎《絜吴羹》：龐蕙纕以《香奩瑣事詩》二十四首著名。陳其年《吴中雜題》云：『公子牙籤書麗戢，鮑娘香茗賦清新。水晶妝閣空如水，那得人間有此人。』為蕙纕賦也。一時和者皆莫及，良足為松陵女士領袖矣。

《國朝詩別裁集》：吴鏘，字聞瑋，嘗以詩扇贈先大夫，係其夫人《瑣窻》斷句。余兒時即喜誦之，今録於此。每一吟咀，猶憶角丱見賓時也。

【校記】

〔一〕瀣：《名媛詩緯初編》作『海』。

〔二〕今朝：《名媛詩緯初編》作『金朝』。

王元 一首

字元卿。里次未詳〔一〕。

凭闌

雨迴桃葉渡，秋水碧差差。倚檻臨流處，凝眸不語時。雲與意俱遠，月於陰漸移。懶歸粧閣去，偏此觸相思。

【校記】

〔一〕《名媛詩緯初編》作『南京人』。

高幽貞 一首

字樸素，浙江山陰縣人。

嘲不識字

小小毛君重若山，兩頭倒執暗中間。及觀識字人多累，不識字人反得閑。

金鏡清 一首

詩見《谷音傳響》。

次韻題明妃圖

樓蘭一去野煙稠，風景偏殊漢地秋。便聽鐃歌心自懶，不勝清怨動邊頭。

王範 五首

字幼嫺，浙江海寧州人，王涵齋女，適桐鄉李臨皋。著有《蕉雨樓吟》三卷。

《海昌詩林》：女史王範，字幼嫺，詩有明初音響。其《久病》詩云：『頻煎藥草鑪常暖，熟寫醫方婢亦工。』與予《母病》詩：『犬不驚醫來習慣，婢能識藥病經時。』語先後同揆，真所謂肖象而搆、先得我心者也。名句如『水緑門前柳，家青江上峯』、『水涵沙月白，天逼嶺雲青』、『緑斜深徑竹，紅散曲池荷』，出語俱無雌聲。《蕉雨樓吟》三卷，孝廉祝華鼎、朱超之為之序。

和外

交交者黄鳥，相於翔鬱林。伎彼雙文鹿，啣草鳴遥岑。吁嗟我夫子，慷慨非世心。言有長卿疾，三年獨至今。觴之千日酒，進以七絃琴。一彈河漢淺，再彈楓林深。俯仰再三嘆，回顧懷知音。丈夫志四方，所感非升沉。

留春曲

春風輕，春水盈，溪花開復落，徑草踏還生。下有白石黄沙之古道，上有驂鸞駕鶴之玉京。青童引路，王母廻車，高高仙人掌上行。仙人顧我笑，粲粲啟衆妙。俯視五城十二樓，何況三山臨海嶠。我思六龍，戲遊雲端，袖中無靈藥，手内空知寒。白日苦短夜苦長，朱曦整轡薄青陽。斗柄東廻指炎方，美人臨春多慨慷。慨慷當誰告，羲御何剌促！苕華薤露如轉燭。引宫刻徵，為君彈出留春曲。安得魯陽戈，倒翻日車廻陽和。飛光勸汝一杯酒，若木長對朱顔酡。

雨

遠山擁〔一〕翠黛，雨過亦多容。水緑門前柳，家青江上峯。沈魚〔二〕唼浮藻，候鳥勸歸農。相與鹿門隱，手移三四松。

登西湖太虛閣

芙蓉列嶂湖心寺，北繞江城擁翠來。十二橋紅没花柳，三千頃碧上樓臺。殘碑煙草欣摩徧，强弩風濤極望開。指點虛無歸路杳，雲幡縹緲似蓬萊。

病起

阿難呪羅浄軍持，病起春風倦不支。繡閣湘簾垂十二，落花如夢雨如絲。

【校記】

〔一〕擁：《國朝閨秀正始集》作『含』。

〔二〕沈魚：《國朝閨秀正始集》作『游魚』。

曹玉昭 二首

安徽歙縣人。

詠梅

林下梅初放，春風遞暗香。最宜新月映，疎影傍苔牆。

望月

昨夜雪花飛似絮，今宵明月色如霜。閑庭一片清光徹，況有寒梅吐異香。

張月芬三首

字石香，江蘇青浦縣人，進士梁之孫女，華亭監生顧重蘭之室也。著有《石香詩草》。

閨秋

露濕蒼苔天漸寒，臨風無那怯衣單。一彎新月涼如水，數點微雲薄似紈。逼枕蛩吟愁夢寐，抱枝蝶粉怨彫殘。莫嫌牆脚黄花瘦，冷淡芳容取次看。

宫秋

霜落長門景物幽，曲闌斜倚思悠悠。珠簾捲却渾無語，雲鬢梳成只自愁。遥聽歌聲傳别殿，那堪梧葉報新秋。目前不盡傷心處，團扇還將五字留。

五弟自黔回稍斜陽去送别後作

扁舟一繫又銜煙，同氣分襟悵各天。數載離愁猶未訴，今宵别恨復相牽。窗前月色撩人眼，枕畔鐘聲撼客眠。從此雲山迢遞隔，難將短句寫花箋。

來雲瑛一首

浙江蕭山縣人也。

壽姚太君

九月霜飛木葉黃，賡詩介壽祝無疆。才多白雪書成頁，節比黃花晚更香。半百華年邀積慶，十千美酒佐瑶觴。從知盛世欽貞操，佇看貤封出建章。

蕭素馨九首

字淡香。詩見《谷音傳響》。

孫貞媛詩

幽蘭欲茁，春風敗之。孤芳自殞，卓彼貞姬。貞姬始孩，烽煙猝起。羸負偕逃，保母是荷。相依保母，長養淮南。身陷虎穴，目視眈眈。虎欲啌人，其害斯酷。强鬻良媛，身敗名辱。

父完忠烈，女紹家聲。包羞含垢，寧死蕪城。蕪城草穢，潔白不汚。蕪城木落，堅貞不渝。潔白其心，堅貞其節。何以似之，瑶池冰雪。年華代謝，魂魄冥冥。闡幽嘉嘆，製此芳銘。

次韻題明妃圖

馬上塵沙面面稠，燕支山外不勝秋。回思漢苑傷心切，多恐朱顔易白頭。

邵氏二首

山東商河縣人，李某室也。

閏七夕

今夕復何夕，相逢分外歡〔一〕。前言猶在耳，别淚未曾乾。天上填橋易，人間寄鏡難。秋閨千里月，寂寞倚闌干〔二〕。

秋夜

月浸疎簾静不波，輕寒料峭夜如何。為聽子夜憑闌望，紅豆花梢露幾多。

【校記】

〔一〕此句《國朝閨秀正始集》作『相離指一彈』。

〔二〕以上兩句《國朝閨秀正始集》作『果能頻得巧，不厭倚闌干』。

荊素閣 一首

浙江秀水縣人。

挽貞女汪桂芳

潛德易淪亡，蘭閨更可傷。汪家原望族，貞女本書香。甫締鸞儔侶，旋聞鳳翽殤。松筠同節操，冰雪作肝腸。感義尊高行，輕生下大荒。一絲牽舊燕，兩淚染新篁。蝶化韓生墓，魂歸陰氏堂。雙鴛悲夜月，寡鵠感滄桑。素志清泉滌，丹心旭日光。雲箋題絶命，没世永流芳。

陳玉瑛 七首

自號左芬侍史，福建侯官縣人也。適郭某。著有《蘭居吟草》。

郭雝《蘭居吟草序》：閨閣之能詩，舊矣，故《詩》云：女子善懷。而思婦之詞，采風必録，雖聖人有取焉。詎非發於不自已之情而要歸諸中正者與？叔母名家女，幼讀書，聰敏無與比，然循循姆教，敦内則，未遑詩也。自是厥後，佐吾叔四十餘年，則躬自作苦，蘋蘩魚芼以共孝養，織紝組紃以篤女紅，珩璜琚瑀以來嘉客。其勤且勞如是。今年幾七十矣。四男子卓然自樹立，冢婦介婦亦兢兢服家政，細大畢脩，中外具臧。於是始得含飴弄孫，以優游厭飫於屬聲比律之間，而自娱以老也。間出百十篇示余，每皆有感而鳴，平正通達，視乎香奩纖穠靡麗之音，遠有間矣。余更擇其尤馴者凡若干首著於篇。物有以少為貴者，精故也。嗟夫！《易》云『無攸遂，在中饋』，《小雅·斯干》之卒章曰『惟酒食是議』，昭婦職也。今叔母克殫厥職，罔有所負，逮既老乃始有事於詩，而詩之復可誦而傳也如是。雖古之所稱淑媛而善吟者，其能少過也與？〔一〕

《福建通志》：陳玉瑛，宿松同知郭起元母。有女德，能賦詩。著有《蘭居詩草》。

【輯補】

陳玉瑛《蘭居吟草》（《清代閨秀集叢刊》影印乾隆十一年刻《介石堂集》附録本）載吴芝田序：此復齋郭明府尊慈陳太夫人之遺什也。太夫人以鵰山靈氣，螺水清源，系出太丘，蚤擅秦嘉之譽；于歸有道，克諧静好之休。恩勤鞠育，啟三世之燕貽；練達機明，新百年之堂構。賢聲久溢於閩城，淑行昭垂於彤史。無煩摹繪，莫罄揄揚。廼以性耽文籍，雅愛詩篇。翡翠織簾，映春花而點筆；琉璃籠硯，臨秋水以抄書。得句與珠荔争輝，摛詞較金荃競飛。特引無非無儀之例，置諸不論不議之條。逮乎花甲已週，所歷菀枯殆遍，思中郎兮海外，望予季兮燕都。長姬殉節於柏舟，少女隨夫於桂嶺。黄塵無掃愁之竹，碧霄有離恨之天。於是孤桐片玉，響籟發而淒清；去燕來鴻，音書杳而悲愴。情根萌折，性腑纏綿，此固河梁惜别之遺，抑亦零雨懷歸之感也。若廼詠南陔之愛日花間，時御板輿；訂北堂之新詞燈下，常披古錦。和平還於性始，風雅層諸天倫。詢皆可歌可絃，有典有則者矣。至夫塵氛浄洗，逸興逍遥，登閬風而步層城，漱澗泉而搴石髮，固將皈心乾竺，證悟維摩。魚山月皎，聞梵唄之泠泠；雪地風葉，聽歌音之嫋嫋。遠追黄竹於瑶臺，近叶雲璈於蓬島矣。以使君淮澬製錦，聿余舅氏泗上歸囊。瑯函乍啟，霏霏蘭麝之芬；瓊笈初開，灼灼珊瑚之焰。籠群娥於腕底，挫波變於毫端。蓮華世界，非關裁紅暈碧之情；海墨因緣，羞作怨鳥啼花之態。以我道心，契兹仙趣，爰綴言於末簡，致私淑之瓣香，敢云後起，聊誌前徽云爾。芙蓉江上女子吴芝田謹跋。

菊

黄菊傍東籬，蕭蕭晚自持。情幽兼露浄，容淡獨霜知。翠向佳人鬢，香飄酒客巵。臨風還掩映，秋老若為悲。

次韻遥贈太平驛題壁女子

征塵青鬢强輕粧，幽恨纔披墨瀋香。蝴蝶夢歸江草合，杜鵑啼切海雲長。愁深桃葉三春渡，曲斷梅花九折腸。煙路蒼茫人已去，空餘惆悵驛亭涼。

秋晚寄懷有序八首選四

四女元琛，遥在粤西，睽違七載，靡日不思，心緒亂紛，魂夢顛倒。況當秋杪，情見乎辭。語多重疊，篇不詮次，匪云雪詠，聊代鴻書云爾。

重樓對月倚闌干，秋色横空灑淚看。野寺疎鐘催露早，遥村紅葉擁霜寒。拂箋托意詩添瘦，當檻還愁菊易殘。忽見飛鴻向東去，聲聲倩寄報平安。

平安欲寄片雲遐，望眼靈巖淚轉加。七載書稀疑過雁，五更夢斷隱啼鴉。憑將離緒題桐葉，忽動新愁賦菊花。回首當年吟絮日，可堪惆悵遠悲笳。

一望歸期路轉長，茫茫煙樹對殘陽。牢愁滿抱紛如草，短鬢經年盡化霜。半枕迷離蝴蝶夢，尺書寥落雁鴻鄉。未知别後能無恙，極目江天幾斷腸。

望眼悠悠落月遲，登樓寂寞憶秦池。承歡官閣千峰迥，繞夢家山兩地悲。日近青陽催歲老，風飄白雪黯離思。何年梅報春消息，萬里人歸故國時。

喝水巖

湧泉寺外石痕開，一喝長留萬古猜。曲澗蒼茫雲欲渡，重巖空翠碣〔二〕餘苔。水無宿處煩龍咽，山〔三〕到窮時却鳥廻。頓覺此生真幻寄，好將白髮任徘徊。

【校記】

〔一〕此序陳玉瑛《蘭居吟草》（清初刻本）末署『辛丑春正月望日夫姪書禪雍拜書於卧湖竹屋』。

〔二〕碣：陳玉瑛《蘭居吟草》（《清代閨秀集叢刊》影印乾隆十一年刻《介石堂集》附録本，下同）作『字』。

〔三〕山：《蘭居吟草》作『亭』。

程碧霞二首

字碧霞。里次未詳。

看菊有懷

幾日别知己，看花又一年。雖然隔幽谷，長自念岑川。雲落天光静，山空鳥語圓。何人如菊淡，惆悵晚風前。

秋月

羣峰收夕照，孤月破秋煙。一片眼空闊，幾回神寂然。光飛絶域外，影落美人前。終古離憂者，相看長自憐。

尹瓊華 四首

字秉貞，江蘇吴縣人，國學生卞培基之室也。惜年不永。著有《自珍集》。

菖蒲生花

縷縷香苗不盈尺，密節盤根布沙磧。牛頂虎鬚品不同，殊形呈秀類劒脊。煙靄蒼茫何處求，古澗清泉漱雲液。春初移植來谽谺，瓷盆浸水藏山家。忽抽緑莖氣芬烈，滲滲四出如松花。功克引年先百草，神仙服食咀英華。曾聞文王嗜菖歜，聖世應瑞敷奇葩。化工靈萃不易得，紛披細葉尤堪誇。在昔東坡與子由，菖蒲生花同賡酬。詎知千載猶比美，試覓新句懷芳休。

賦得微雲淡河漢

河漢騰光氣，當秋一角橫。紛紛涼月落，冉冉白雲生。掩映天衣薄，飄翩蟬翼輕。詩人澹百慮，觸景句初成。

盆松

霜根絡石更精神，白盌苔封占古春。項斯詩：『緑杏搖風占古春。』老蓋千年偃麈尾，疎柯四面走龍鱗。濤生几席輕陰合，雲映軒窻積翠新。詎似淩寒忘歲月，貞心正可伴吟身。

謝道韞

謝家寶樹滿庭階，道韞尤稱未易才。詠雪巧思隨口出，因風妙句自天來。山遊獨擘寰中秀，雲搆如從筆底開。為有濟尼傳令譽，王郎不啻入蓬萊。

呂玉 一首

字以修，浙江□□縣人。

花影

亭亭玉立影纖纖，不藉丹青畫藁添。偶露幽姿風捲幔，自留清韻日窺簾。暗驚鳥夢扶頭起，易誤春陰信手拈。澹對未忘真態好，曳鈴空外獨巡檐。

石學仙二首

江蘇如皋縣人，戊辰進士石為崧之女，適章又文。著有《冰蓮繡閣詩鈔》。

過故居

風迴玉笛夕陽斜，誰傍山陽譜落花。喜得春回梁上燕，不曾飛到別人家。

答吴門女子感懷

蘭思蕙怨惺惺語，柳絮春風字字新。自古傷心同此病，深愁多付有才人。

《隨園詩話補遺》：如皋女子石氏學仙，戊辰進士石公爲崧之女也。適彰德太守沙公次子又文。善書畫，工琴棋。皋邑剪綵貼絨花鳥，自學仙始。著有《冰蓮繡閣詩鈔》。《過故居》云云，《答吴門女子感懷》云云。

王蘭若 一首

湖南慈利縣人。詩見《國朝詩的》。

出谷亭

仙凡咫尺鎖樓臺，偶放孤亭出壑來。松頂鶴飛常帶雨，窟中龍吼恍聞雷。石凝鐘乳當筵墜，露浥瑶花掛壁開。坐愛水天如鏡裏，清風時至掃蒼苔。

金兑 二首

字湘芷，江蘇長洲縣人也。

秋日雜興

無事柴門識静機，初晴樹上掛蓑衣。花間小燕隨風去，也向雲霄漸學飛。

秋來只有睡工夫，水檻風涼近石湖。却笑溪邊老漁父，垂竿終日一魚無。

《隨園詩話補遺》：蘇州桃花塢，有女子姓金名兑字湘芷者，諸生金鳳翔女也。年甫十三。有人録其《秋日雜興》云云。

国家出版基金项目
NATIONAL PUBLICATION FOUNDATION

擷芳集校補

三

〔清〕汪啟淑 選輯
付瓊 校補

人民文学出版社

卷之三十七

王端淑 十一首 句

字玉映，浙江山陰縣人，王季重之次女也。工詩善畫。適宛平丁睿子。著有《吟紅》、《玉映堂詩》、《留篋》、《恒心》諸集，所輯有《名媛文緯》、《詩緯》等書。

《圖繪寶鑑》：王端淑，字玉映，號映然子，山陰王季重先生季女，文學丁睿子室。自幼博通經史，楷法二王，畫學倪、米。所著《吟紅集》、《留篋集》、《名媛詩緯》行世。

《西皋外集》：閨秀多有帶英氣者。王季重先生女《題藺相如傳》有『七寸小臣刃，五步大王頭』之句，一時稱其豪拔。

《國朝畫徵録》：王端淑，字玉映，號映然子，山陰人，遂東先生思任女也。適錢塘丁聖肇。博學，工詩文，善書畫，長於花草，疎落蒼秀。順治中，欲援曹大家故事延入禁中教諸妃主，映然子力辭之。卒年八十餘。著有《吟紅集》。

陳維崧《婦人集》：山陰王端淑，字玉映，意氣犖犖，尤長史學。父季翁，名思任，常撫而憐愛之曰：『身有八男，不易一女。』

徐釚《本事詩》：映然子，即王玉映端淑，季重先生之女。適貢士丁聖肇，偕隱青藤書屋。少時夢隨羽客陟廣寒園，曰青蕪，因作《青蕪園記》，而係以詩曰：『颻如沖舉逅黃冠，引入青蕪曰廣寒。丹草芃芃新月映，雙鬟隊隊白雲攢。幽游一晌歸春杳，謫落三句解俗難。敗葉聲敲清夢遠，荒雞啼徹曉鐘殘。』又夢坐宋安妃畫舫，遂有《玉真閣》二絶句。

自號暎然子。工詩，善楷書。選《詩緯》、《文緯》行世。越中毛甡有《贈女士》云：『當年曾說秦嘉婦，此日方知伯玉妻。詞賦舊傳遐海上，樓臺近向小橋西。書縈蕙帶雙縑薄，釵壓桃花兩鬢低。昨夜天孫聞有約，隔河先聽汝南雞。』亦為暎然子而作也。

《小粉場雜識》：玉暎後居徐天池青藤書屋，故予舊有詩云：『破礎頹垣已足悲，我來況值禁煙時。傾城名士都銷歇，只有青藤似舊垂。』

《見山樓墨話》：王玉暎之詩，無美不臻，時而奇蔚，時而靈警，時而淡遠沈峭。江右秀靈，鍾於巾幗，良然。

無名氏〔一〕《贈王大家暎然子詩》：『季重才名噪若耶，縹囊有女嗣芳華。漢家欲採東征賦，彤管先應號大家。』『劫火燒焚玉不如，鮫人啜泣總成珠。居然掩轂垂羅女，寫入長康舉案圖。』『越絶何人說掃眉，於今才子是西施。採蓮溪畔如花女，齊唱《吟紅》絶妙詞。』『臨河殘帖妙通神，放筆能開桃李春。傳與山陰王逸少，王家自有衛夫人。』『鏡中金粉倩誰知？鏤月裁雲是畫師。西子湖頭貌西子，才看點筆已迷離。』『晚妝墮髻步遲遲，懷古巡簷自詠詩。忽漫漏天風雨急，青藤舊館哭天池。』『過雨溪山潑墨濃，清琴徐拂半牀風。那知淺絳輕綃裏，身在陶家畫扇中。』『雙蛾橫黛遠山偕，引鏡雲霞蹙髻釵。指點剡中眉眼在，老夫何用辨青鞋。』『老病傴衣再拜難，錦帷初捲珮珊珊。如何省識春風面，博一金錢便與看。』『雲容月魄許題名，健筆難詩老更成。拂拭霜紈憑授簡，敢將平視抵劉楨。』

曹爾堪《贈暎然子詩》：閨中才子望如仙，曾記珠宮下降年。漢苑針神西蜀錦，衛家筆陣剡溪箋。詩文月旦歸彤管，山水風光入畫船。自挽鹿車偕隱去，同心嘗結鵲橋邊。

陳玉璂《贈暎然子詩》：客舍無端喚鷓鴣，聖湖風物杳難圖。他時試覓吟紅處，梔子枇杷伴碧梧。

徐緘《贈玉暎詩》：久病復他鄉，韶華減昔粧。枕函紅淚滿，裙帶細腰長。夢秤方無敵，傾城瘦不妨。從來謝道韞，天壤恨難忘。

【輯補】

王端淑《名媛詩緯初編》（康熙六年清音堂刻本）載王猷定《王端淑傳》： 王端淑，字玉映，山陰人，禮部右侍郎思任公季女也。公元配楊淑人無子，娶姚孺人，生二子，皆夭折。越三年，生女靜淑，不懌，禱于東嶽之神。辛酉秋七月八日，感神夢，誕端淑，生而容姿婉麗，性聰慧。週餘見乳母患乳瘍，不食，日啖以粥，體弱，付母左右。四歲觀劇演善財，効之，以母為觀音，叩拜不已。六歲聽父講古今忠孝賢媛諸故事，輒記憶不忘。喜為丈夫粧，常剪紙為旗，以母為帥，列婢為兵將，自行隊伍中拔幟為戲，父見而笑曰：『汝曷不為女狀元乎？』是時，諸母皆生了，遂從諸兄弟就外傅，授四書、《毛詩》，過目即成誦。自書『先師孔子位』，每食必先祭。七歲許聘丁文忠公乾學第五子聖肇，時文忠為魏忠賢所搆，被害京師，家人不知，端淑哭向母曰：『爺死矣！』母以為妄，掩其口。已而訃聞，截瓜為瑠頭，持陌刀砍之，罵不休。佈痘幾殆，母搏顙發愿，進香普陀，尋愈。母詰之曰：『偕女往南海，懼乎？』曰：『心誠何懼？願隨往。』明年二月，薙髮僧服，從母之寧波，登舟出蛟門，蓮華洋颶風大作，濤浪接天，舟人咸震恐。母使人擁坐篷檻，覽舟山、招寶諸勝，了無怖色。晚隨眾念《金剛經》諸咒頌，一一熟記。至落伽山謁大士，老僧萬緣挈遊茶山、小西天、紫竹林，適周皇后遣中貴齎香南海飯僧，坐中見小沙彌端好趺坐，詢知某某，咸嘖嘖稱異。……性孝。姚孺人常心痛，患頭瘋，時時哭，以手撫母，使人遍覓良方，卒得之，其病遂瘳。甲戌隨父之九江署，值寇警，公嬰城自守，遣子鼎起偕姚孺人、端淑歸越，端淑泣曰：『吾母子寧從父死賊，豈偷生求活耶！』既賊平，公嘆曰：『卓哉，女也！』亡何，公解綬歸。姚孺人病且革，籲天，願以身代。先是，公以千金授孺人為女備粧資，孺人彌留，囑二女：『我死，毋妄費。』端淑泣告姊曰：『母死，我寧獨生？何未忍恡所藏不以救母乎？』盡取篋金付姊，以供祈禱。不効，姚孺人卒，公詰婢金，多所疑貳。端淑曰：『兒不忍坐視母亡，散金救母，無責婢，重兒痛也。』居喪跬步不離母棺，哀號勺漿不入口，公泣勸，乃強食。十六歲，聖肇自燕入贅越。居二年，端淑請于父曰：『兒當侍膝下，顧業為丁氏婦，兩老姑依閭念切，俾夫子久廢定省，非孝也。』遂北行。至都門而聖肇生母李孺人果病，端淑入拜牀下，解繡帔覆姑體，姑熟視，掩淚而嘆，俄蹶然起，曰：『吾勿藥矣！』自是晨夕恪勤，奉兩姑甘旨。如是者五年。會李孺人歿，歲大祲，盡傾奩中物以佐喪事，推布操作，哀毀不苟言笑。其至性如此。己卯聖肇以恩貢保舉題授推官，□□薊遼，總督趙光抃取用軍前監紀。既奉簡命，端淑曰：『寇亂方劇，朝廷破格用人，受事諸臣以欺罔應。君歲路未強，度膽識實能辦賊否？不若奉母櫬南還，與君偕隱，毋悞封疆大事也。』癸未還會稽，聖肇尋以總憲李□□特薦，擢衢州府推官。甲申國變□□□□□□□□□端淑隨聖肇□□□□□□□倉卒乏騎，以所乘騎□□□烈日行崎嶇山谷中三十里□□□□夜解幃帳□□□德之，賞賜有差。時狂風蔽野，星隕如雨，抵定海關，人心震盪□□□□□□□□□。端淑哭告聖肇：『諸臣忘□至此，吾儕未知死所，妾父老，願圖歸計！』聖肇□□□□□□□□□□□□□歸行兵燹中，備極險阻□□□□□。九月，聞父不食死，哭之哀。蹤居天池山人青藤書屋，絅衣蔬食，泊如也。讀書自經史及陰符老莊內典稗官之書，無不流覽淹貫。工詩賦，間為古文，書學鍾、王小楷。著述亂後半逸去，今所輯有《歷代帝王后妃考》、《名（媛）詩緯》、《文緯》二編，并《吟紅集》、《留篋集》、《無才集》行世。

同集孟稱舜《丁夫人傳》：夫人名端淑，字玉映，別號映然子，越山陰人，王季重先生季女，而丁文忠公子婦也。季重先生元配楊夫人無子，其如夫人者數人皆禱而生子。夫人母姚氏禱於神，夢神錫以彩管，一寤而詹之，曰：『此錫蘭毓麐之祥也，異日且以文章名天下。』及產而得夫人，母心不懌，曰：『世間安得真有女狀元乎？』夫人賦質敏慧絕倫，狀貌頎皙，亭亭有玉樹當風之致。甫四齡，偕諸昆弟就外傅，遇目輒成誦，屬對不凡。先生深器異之，曰：『惜也，其身不為男子；使身為男子，必以文章第一蜚聲翰苑間。然中郎墳典不託之子而託之女，吾其為蔡中郎乎？』丁公自豫章典試返越，為其第五子睿子聖肇委禽焉。丁公報命入都，中為魏璫所搆身斃。時夫人尚幼，聞之泣下，曰：『我翁以殉忠卒斃，翁則歿猶榮矣。而邦國不造，奈何？』既而懷宗皇帝御極，殛璫，贈公禮部尚書，謚文忠；季重先生亦起官按察司僉事，駐九江。夫人從之官，流氛荐至，家人驚怖，思返越。夫人曰：『父處危難中，吾輩獨謀安，可乎？』後先生得解綬歸里，丁子自北來結縭，兩人皆弱鷇，而夫人講賓敬禮甚至。丁子有兩母，俱在北都，欲偕夫人北去，諸母兄嫂憐其年少遠行，繾綣不忍離，夫人慨然曰：『婦之事姑，猶子之從父。千里奔命，固其分與願也。』往事兩姑，曲盡孝謹，咸曰：『新媍真善事我！』已而兩姑相繼歿，哭盡哀，作詩誄之，見者俱為下泣。時中原板蕩，而北地猶濱危殆，夫人曰：『此雖帝都，然猶燕巢之在幙也。古曰：狐死正首丘。其盍歸乎？』乃與丁子謀南轅，依季重先生居，並為丁子置側室，娣畜之，終無忮言。既而南北分類，丁子膺簡命，司理三衢。未幾王師渡江，丁子解官歸隱彭山之陽，半廛不蔽風雨。而季重先生以節死，棲遲無依，丁子常引觴自遣，而夫人則為吟詠以佐之。集成，名曰《吟紅》，志悲也。語曰：春女怨，秋士悲。不懷春而悲秋，夫人其猶秋士之心也。夫鏡水光寒，霜葉花紅，騷人逸士，對之則增其樂，遷客茕人，見之則生其愁。此《吟紅集》所以作也。後丁子偕夫人徙居青藤書屋。青藤書屋，昔徐文長寓居處也。屋外有青藤□倔蜿蜒，偃若蒼龍，似是數百年物，故文長舉以自號。其後章侯陳之居之。夫人繼居此室，著有《留篋集》，集內有《青藤為風雨所摧折歌》，蓋深悲文長、章侯兩人失志於時，抑鬱以終，於己而將三之也。以遇言，則才人不偶，正略相似。而以詩言，則夫人與文長殆相伯仲；畫視章侯別為一家，而娬壻過之。……夫人近選名詩文，曰《文緯》、《詩緯》，又常作《黃庭》、《洛神》諸楷，俱為神肖。夫人以七月八日生。歲在戊戌，當甲子之半，婭黨內外皆進詩為壽。卧雲子客游金陵，不及以詩壽。歸而丁子以詩示之，並令為傳。

同集王端淑所撰凡例：『茲選始於己卯年冬十月，迄於甲辰年秋九月，凡廿六年。』

同集卷四十二丁啓光評：啓光曰：閨閣中偶有吟詠，輒稱逸才，此恕閨閣之語也。玉映博極群書，湛深理學，居然有儒者之風。故其所為詩無不春容博大，嚴謹整飭，對之穆然。玉映嘗謂余曰：『詩貴體格，而學識濟之。』余閱《詩緯初編》，其所評選諸詩亦往往近是。昔人云：具才學識三長者可以作史。故惟曹昭一人足與玉映比倫，今人罕見其儔。海内盡知玉映，而猶謂有過於玉映者，豈真知玉映者哉？余唯唯退為游夏而已。

王端淑《吟紅集》（清刻本）載佚名《刻吟紅集小引》：夫古今著作亦多矣，其傳之後世者，必見之當世。乃當世之人，恒見之而不惜，及見之而興嫉，作者無以自屈于當世，散失湮没于衰草寒烟，不可紀述。因而期識者於後世，無論一詩，太史有然。悲夫！當世有曠才異調，幽吟絶倫，當世不知之，而期識者于後世，吾竊爲當世者陋之。余越閨秀王子映然，善讀父書，爲詩空異，落筆飛烟，真不愧古之作者。吾輩竊嘆當世之才不鍾之輪菌之士，而鍾之粧鏡之窟，相與閣筆驚異。但南北囊空，蕭條琴帶，金露冰螢，枯桐咲菊，能無抑鬱消阻之思乎？雖有作者，傳之無人，非作者之罪，而不見知者之罪已。是不願責之後世，而竊以責之當世，則又深有厚待于當世之士也。剞劂之役，敢共勷之。毋俾後人之議當世之士棄才于前、忌才于女子！

蓬門

骨傲豈隨俗，寧攀山鬼鄰。舒雲聊作帳，集葉戲爲茵。鳳嶺知難效，鹿門且耐貧。殘篇任意讀，不羨騎轔轔。

病中喜新月

促織頻催懶，寒衣猶未成。起牀忘骨瘦，著履覺身輕。青帝飄飄散，姮娥冉冉情。秋懷無所處，共月結新盟。

貧病有感

纔已行貧運，偏增新病魔。鐙花虚擬結，鵲語幾番訛。針指能生睡，詩篇强自哦。寒風吹瘦骨，酌茗亦陽和。

代睿子懷玉尺弟

凋殘花蕚失芳叢，嗟爾天涯我孰同。鴻雁序離悲夜月，鶺鴒詩就泣東風。縈牽夢隔西江杳，淪落音難越水通。景物觸懷思切切，何時攜手嘆飄蓬。

鄰婦

鳥聲初囀墮花春，静女幽粧采落蘋。臉映芙蕖嬌且艷，眉修清月淡無塵。一泓秋水留西子，半幅輕綃寫洛神。秀色共餐饑可樂，不才忝已在東隣。

雨中桃花

寒風微透入淒清，過雨夭桃色易傾。鶯濕羽衣憐艷冶，苔傷花影譜心旌。飛煙乍掩爐峯失，新草萎殘曲徑縈。拾得落雲天已暮，遠林遥聽墮春聲。

吴巖子徵和起句原韻

榻占西湖第一樓，垂簾落影咽雲流。含香燕入歌聲裡，避月花飛點案頭。鷲嶺青來描錦字，蒹葭碧處繫春舟。阮公清嘯江生筆，贏得輕煙紙上幽。

明妃夢回漢宫次浮翠軒吴夫人韻

一自明粧出未央，空留遺恨在昭陽。琵琶曲盡關山淚，環珮聲歸塞上霜。宿雁殘更移曉幕，依人落月下空牀。舊時縱有三秋怨，不及穹窿此夜長〔二〕。

送茹仔蒼公車北上代睿子詠

長堤梅格漸生香，疊入奚童舊錦囊。離緒征帆寒雁遠，移文秀筆淡山光。花含碧玉裁清珮，雲映芝眉剪緑裳。解得苑鶯調柳色，束紅凝目望華章。

爲龔汝黄題黄皆令畫

孤亭秋樹色，即是雲深處。寫此數峯青，倒逐扁舟去。

宮怨

長門春鎖月溶溶，繡柱金鋪翠自封。忽聽馬蹄〔三〕驚欲曙，多年不候景陽鐘。

句

王嬙未必無顏色，怎奈毛君筆下何。

《蓮坡詩話》：毛西河選浙江閨秀詩，獨遺山陰王氏。王氏有女名端淑，寄西河詩，有句云云。

句

慎持千載筆，切勿恕雲鬟。

《西河詩話》：王玉暎有乞予作序一詩最佳，在《留篋集》中。又一首乞予選定其詩者，落句云云，亦最佳。然集中不知何故，竟無此詩。

【校記】

〔一〕此詩為錢謙益作，原題為《山陰王大家玉映以小影屬題敬賦今體十章奉贈》，見《有學集》（康熙二十四年金匱山房刻本）。

〔二〕全詩王端淑《映然子集》（清初刻本）作『斷玉分香出未央，空餘幽韻在昭陽。琵琶曲盡彈殘淚，環珮聲歸帶曉霜。衰柳乍懸青塚月，寒□春透縷金床。舊時憔悴三秋怨，不及穹窿一夜長』。

〔三〕馬蹄：《名媛詩緯初編》作『烏啼』。

華芳蕙 一首

字小英，江蘇長洲縣人。

秋閨

秋雁新來落淺沙，夕陽樓上望將斜。西風亦念江南好，偏自狂夫不憶家。

查氏 一首

浙江海寧州人也。

題驛壁

薄命飛花水上遊，翠蛾雙鎖對沙鷗。塞垣草没三韓路，野戍風凄六月秋。渤海頻潮思母淚，連山不斷背鄉愁。傷心漫譜琵琶怨，羅袖香消土滿頭。

《柳南隨筆》：海昌查某，以誹謗罹國法，其女亦徙邊塞。女故工詩，途次題驛壁云云。吾友汪西京沈琇嘗次其韻云：『弱息憐教絶域遊，魂飛何只似鷩鷗。覆巢卵在漂流際，薄命人丁瑣尾秋。綺閣低迷空昔夢，邊笳淒切咽新愁。伶仃歷盡崎嶇苦，儘爾青春也白頭。』

王静紈二首〔一〕

字文琳，江蘇太倉州人，文學王惠常女也。適張汝上。與繼父張天如之女在貞璇閨唱和，人艷傳之。著有《月窻合草》。

春晚

無聊晝起不勝嗟，又見紗窻日影斜。緑暗小枝春欲盡，杜鵑啼落滿山花。

秋閨

長夜蕭蕭金井〔二〕寒，深閨寂寞漏聲殘。紗窻月轉燈猶在，羅帳人愁淚未乾。

【校記】

〔一〕《本朝名媛詩鈔》等均作『張静紈』。《名媛詩緯初編》小傳云：『張静紈，字文琳，太倉人。本姓王，文學惠常女，太史張公溥内姪女也。張撫爲己女，從張姓。適儀部張公采子汝上。』

〔二〕金井：《名媛詩緯初編》、《本朝名媛詩鈔》作『玉井』。

朱素瓊一首

字里未考〔一〕。

閲鴛鴦塚詞記

一本新詞字字真，窻前一讀一傷神。此情囑付梁間燕，寄向天涯何處人？

【校記】

〔一〕《名媛詩緯初編》小傳云：『朱素瓊，鄧州人，生天啟壬戌。靈淑多姿，工筆札詞賦，然自負高邈，韞玉獨貴，于是問津者乏選勝好奇之士，下此勿論矣。嗣流氛寇中州，挈家而逃，泛巴陵，家長沙焉。其所批閲，文古詩詞，靡不流矚，獨于越中孟子塞新編《鴛鴦詞》作緣。其詞序大旨爲情種最深。晚綉一齣，涕泗交集，已骨立矣。後藍山盜起，或言溺湘，或言爲賊掠，俱不可問。其親周元亮先生頗能話其生平。』

王珩七首

江蘇嘉定縣人，王又白之女也。適陸定武。工丹青。著有《蕙窻》、《寫意》二稿。

《國朝練音初集小傳》：王珩，父又白，畱城人，僦居吴門，授女以詩學。聰慧絶倫，嫁陸文裕公族子。有《蕙窻》、《寫意》二草。

黄之雋《女士集》：閨媛吴慧鏡序皖方夫人如耀集，謂善文之人，即佛人；善文之心，即佛心，不作男子女人相。

而如耀評吴媛徐小淑詩，謂吴人好名無學，不獨男子為然。然使如耀生於今，見女士集而誦之，當不復用此為譏議也〔二〕。女士，吴人也；未嘗好名，名且歸之。孰謂方夫人之言也信？集二卷，曰《蕙窗》，曰《寫意》，令子筠屬予論而序之。乃今而知筠以妙年兼文行、工書繪者，由擩染於母夫人之教深矣。

盆梅

尺土滋瓊樹，孤標不作林。得藏冰玉質，仍見雪霜心。影澹星泓水，香凝焦尾音。偶移清鏡畔，如有月輝臨。

訓婢

盤丫須趁曉光時，灑掃閨房課有期。繡架琴牀揮鼠跡，菊盆蘭盎去蟲絲。爇香毋縱焦煙出，浴硯休教宿墨遺。莫謂連朝閑暇少，幾家夜績尚朝饑。

曉涼

乍啟閑窗露氣侵，新晴院落曙光深。紅魚唼藻浮缸面，白鶴梳翎立樹陰。拂檻清聲飄竹籜，淩簷潤色展蕉心。不須團扇能無暑，寫罷烏絲更理琴。

晴窗小憩

春院新晴啟緑紗，静中景物自清華。纖纖柳動撩鶯語，習習風吹落杏花。竹徑冰融初見筍，蘭缸玉潤更添芽。小鬟知有吟詩興，浄洗羅紋便煮茶。

除夕

頻聞爆竹漸黄昏，共話團圞樂事真。簾外雪花寒送臘，堂中爐火暖生春。喜將棗栗分童子，更把屠蘇進老親。更鼓漸催冬夜盡，雞聲忽報歲更新。

春雪

簌簌幽窻玉屑侵，峭寒添火鴨爐深。小瓶思折梅花供，欲揀開枝無處尋。

聞鼠

香燼燈昏夜寂然，倚牀把卷未成眠。夜蟲誚我囊空久，故作奇聲學數錢。

【校記】

〔一〕據黄之雋《唐堂集》（乾隆刻本）卷七《女士集序》，此後復有數語云：『嚴儀卿以禪喻詩，謂詩有别才，非關學也。三百中婦人之作，可謂善文者矣。彼詎嘗編摹墳索，點竄謨誥，講肄卦畫，改削版簡，誦皇娥《倚琴》之歌、王母《白雲》之謡，以儲聲採、矜奥博哉？感其時物，攄其性情思慮之所及，而緦乎温柔敦厚之旨，則周天子陳而觀之，尼山聖人録之而不刪矣。安問其學不學矣？女士毓於王則孝其親，則篤其弟妹；嬪於陸則事嫠姑，則相賢夫，則教佳兒、佳婦，以曁其家静好整肅悲哀愉樂之懷，一發之於咏歌嗟歎，得二南之遺，而不繆於風人。其學也如是，是故温温乎女也，雝雝乎其婦也，煦煦乎其爲母也，不爲寫經繡佛之閨習，而其詩若禪悟超聲辟支而上之。俾慧鏡見之，必又夸詡之以佛心而非女相，可知已。』

張學雅 四首

字古什，山西太原縣人。張佚七女皆工詩，第五女學象節婦，此其長女也。流寓蘇州，許配金壇于給事中沚。年二十二，未嫁而卒。女弟學儀集其遺稿成十卷，名曰《繡餘草》。

張拱端《學雅傳》略：女生之日，其母金夢道人鐵冠鶴氅，入坐中堂，呼語曰：『上帝散花玉女誤碎御瓶，今謫汝家，宜善視之。』寤而坐草，果生女。女幼不食葷血，聰慧過人，嗜讀書。十餘歲能屬文，作《月賦》。尤工詩。予多難，流離播遷，家貧窶甚，至紙窻破損，不能補。學雅每端坐一室，了無介意，攤書籍滿牀几，吟詠往往徹夜。當卧病，猶持《黄庭經》、《準提咒》强起；洗硯濡毫，賦詩尚日有一二十首。一日，其母又夢前道人來云：『玉女謫限滿矣。』果於是日正午端坐而逝。逝之日，手未嘗釋卷也。

閨中閑詠

榴花紅吐映踈簾，睡鴨閑將龍腦添。滿架亂書誰去整，可憐終日病懨懨。

竹院蕭蕭人語空，夜來風雨太匆匆。侵晨獨倚欄杆角，閑數池蓮幾點紅〔一〕。

春去須臾夏又來，愁懷百結幾時開。烏棲樹静黄昏後，殘月依依照鏡臺。

蕭蕭松竹凄涼夜，寂寂雲煙慘澹天。斗帳麝寒思欲寢，侍兒扶到繡床邊。

【校記】

〔一〕幾點紅：《國朝閨秀正始集》作『幾朵紅』。

張學魯 一首

字古史，張佚次女，古什之妹也。適湖廣沈某。著有《倡和集》。

秋閨

窻前松露滴空階，玉漏沉沉兔影斜。忽聽數聲新雁唳，頓牽鄉緒淚如麻。

張學儀 一首

字古容，張佚第三女也。適金壇于給事。著有《滋蘭集》。

曉起漫興

簾開梁燕覓泥忙，冉冉薰風欲倦粧。苑柳垂絲籠繡户，風桃飛片點書床。修眉不整因傷别，碧檻慵欹怯曉涼。不耐城東吹畫角，聽來渾欲斷人腸。

張學典五首

字古政，號羽仙，張佚第四女也，與第五女學象孿生。能詩文，善丹青。適吳門楊易亭。著有《花樵集》、《倡和吟》。

《江南通志》：楊無咎繼妻張學典，字羽仙，吳郡徵君拱端女。工詩詞。十歲作《採蓮賦》。兼精繪事。與無咎窮居偕隱，日手經史，教二子繼光、繩武皆成名。所著有《花樵集》十餘卷。同母姊妹七人，皆各有集。

《吳縣志》：張氏學典，字羽仙，徵君拱端女。十歲為《採蓮賦》。兼工繪事，經名家王忘菴武指授。年十七，歸楊無咎為繼室，撫前室子女如己出。與無咎窮居偕隱，日手經史相辯証，為閨中良友。教二子繼光、繩武皆成名。繼光以積學為明經，繩武登康熙癸巳進士，官編修。兩女芝、芬，女孫錦，皆工詩，每母女祖孫一堂酬唱聲常出金石。四方賢士大夫與繼光、繩武交者，登堂拜母，間以詩文請質，氏或訂正一二字，無不折服。著有《花樵集》十卷。年七十五卒，太倉相國王公掞題曰『今代大家』，華亭相國王公頊齡題曰『宣文遺範』。氏姊妹七人，人人有集。與第五妹學象孿生，尤相愛，詩名亦相埒。學象中歲而寡，貧不能自存，氏常分宅居之。芝亦早寡，依母以居，與學象並以苦節旌。芬詩有《瑤華集》，錦詩名《□□草》。芬適歸安侍御沈懋華，錦適吳縣廩生陸枚，枚亦名士，雍正間曾舉國博。

蓮浦謡

谿水溶溶魚唼唼，初上鳴橈木蘭檝。雪羽襹褷映倒光，晴光泛艷蒼波闊。翦斷春綃碧似煙，花垂兩岸濃相連。澄明鏡裏紅粧淺，菡萏新容出水鮮。風飄羅袖紅絲蹙，山碧添愁眉半曲。悠悠玉浪浸春雲，無窮柳色前隄緑。

寄書

欲把音書寄，躊躇向筆端。恐添離别恨，難使旅懷寬。蘇蕙機中字，秦嘉鏡裏鸞。迢迢憑一紙，何以慰加餐。

江南曲

落日乘潮去，荊歌戲採蓮。相逢嬌不語，佯笑墮花鈿。

宫詞

内苑繁華柳放絲，御溝流水漲胭脂。欲將心事題紅葉，未識隨流付阿誰。

詠霞

冉冉長天散麗輝，韶姿染就媚春暉。光凝畫閣鋪文綺，彩映晴空曳舞衣。傍水更明添潋灩，因風欲碎轉霏微。晚來至竟歸何處，一片俄驚上錦機。

張學聖二首

字古誠，張佚第六女也。適金壇于廷機。著有《瑶草集》。

曉景

搔首見殘月，幽然曉色嘉。迎風抽草帶，挹露落瓊葩。是物含春意，何方駐歲華。只宜傾緑醑，尤勝試香茶。海氣騰寒旭，江煙作早霞。數聲聽漸遠，争起噪羣鴉。

春暮

萋迷春晚心，日暮鳥歸林。一點花纔落，空庭草已深。

張學賢二首

字古明，張佚第七女也。適金壇于星暐。著有《華林集》。

閑望

開窗看落日，還似曉遲遲。波動風來後，花殘雨過時。幾回聞乳燕，懶去折芳枝。惟對初生月，清輝共映池。

春暮

階前草漸碧，獨坐惜殘花。蛺蝶雙飛去，疑春在别家。

林氏 一首

福建人。詩見周櫟園《閩小紀》。

晚春

抛却銀針到小庭〔一〕，遺情無奈獨傷情。高低别院鞦韆影，遠近人家笑語聲。黄鳥曉寒藏翠柳，緑苔春盡點紅英。一年好景人〔二〕孤負，堪嘆嫦娥老此生。

【校記】

〔一〕庭：《名媛詩緯初編》作『亭』。

〔二〕人：《名媛詩緯初編》作『仍』。

陶婉儀 一首

字令則，江蘇上海縣進士陸鳴珂曾菴配也。早卒。著有集。

雄縣馬之驦《輓陶孺人》詩：『閨秀林風絶代姿，緑窻模範女中師。如何蘭蕙芬芳歇，無數嬋娟掩淚思。』『林家妙玉揆文章，甲第高名屬女郎。嗣美有人今不在，九原何處玉為堂。』『新塚荒岡幾徑松，月明風動一聲鐘。平時笑疾今能否，愁絶雲間陸士龍。』『傷心聞説檢香奩，一束遺詩只自拈。讀罷夜深魂欲出，姍姍風露滿疎簾。』

九日登高憶芳兒

有意登高去，遥看江水環。長江連合浦，何日舊珠還？

陳維崧《婦人集》：陶令則，雲間陸進士名鳴珂夫人也。有《九日登高憶芳兒》一詩云云。

袁鑾一首

自署古循薄命妾。詩見鄧漢儀《詩觀二集》。

題壁

蛾眉薄命逐征塵，渡吴渡越勞此身。舉目風霾難笑語，空廊低首暗傷神。滔滔不盡循江水，日夜飄流何所止。黄河終不向南洄，一鰈沙灘總枯死。妾有夫，妾有姑，三歲兒，好頭顱。一朝烽火烈，姑抱阿孫君攜妾。金革聲揚鳥獸駭，分離頃刻肝腸絶。毡房毳帳沓沉沉，親戚殊方渺無音。聞君子母復相守，感君追覓一片心。君居今何處，妾歌大路〔一〕傍。終日盼君君不見，夜夜獨坐暗思量。思君顔色如桃花，思君長袂帖紅紗。桃花顔改君莫改，紅紗今寄阿誰家？雁單叫，燕孤飛，願淚化作長江水，三尺浮槎載妾歸。

【校記】

〔一〕大路：《詩觀二集》（康熙間慎墨堂刻本）附《閨秀別卷》作『大道』。

張瓊如二首

字赤玉，浙江錢塘縣人。

《居易録》：甲戌閏五月廿五日，慈仁寺市上得女史瓊如擘窠大書李白《登華山落雁峯》云云，凡三十三字，筆勢飛動，不類巾幗粉黛中人。末題『瓊如』二字，小印朱篆文二字，不知何許人也。

得錢夫人書

苕水度魚書，東田矚望餘。清霜幽徑滿，涼月小窻虚。繡圃秋無恙，元心晚自如。菊花堪薦酒，惆悵隔郊居。

龍井

縹渺幢旛緑樹低，山門斜路夕陽西。古壇危磴千層嶂，細水遥通九曲蹊。松際谷聲清磬合，竹間雲氣小樓迷。禪心已與塵緣斷，不礙孤猿午夜啼。

倪氏二首

福建人。適江都某生。早夭。著有《鸝怨草》。

《鸝怨草序》：內子為閩中巨族，依其舅氏林公於白門。孟夏乃歸余，無何一病不起。檢遺藁，囑余曰：『鐫此以志不朽。夫子之恩，廿日即百年也。』客有善符水者，為予招內子魂。叩生前事，歷歷如響，復作詩十數章，令續於卷末。

偶成

芳心無緒為誰牽，黛減容消似枉然。已作蘼蕪離恨草，莫看菡萏並頭蓮。重逢故舊應歸夢，遥憶關山正隔天。時序推移將七夕，銀河相望路綿綿。

魂作答夫

得邀仙路與君逢，只恨相逢路不通。無限離愁難盡訴，空餘惆悵月明中。

白浣月二首

號蓮仿，江蘇吴縣人。

任丘旅店題壁有序

妾白浣月，號蓮仿，家住半塘。幼失雙親，寄養它姓。姿容略異，慧業不同，非敢擅秀閨中，願效清風林下。豈意我生不辰，所適非偶。日彈琴之相對，百恨纏綿；時捲幔以言征，一時〔一〕哽咽。余爰題之驛亭，人各〔二〕憐之黄土可耳。

吴宫春深怨别離，風塵慘憺雙蛾眉。鵑啼月落寸腸斷，香消芍藥空垂垂。流黄未工機上織，生小殷勤弄文筆。新詩和淚寫郵亭，珍重寒宵誰面壁？

《堅瓠集》：吴門女子白浣月題任丘旅店壁云云。康熙丙辰三月廿日，商丘宋牧仲犖北上過此，挑燈細讀，感慨係之，因隱括原詩爲《調笑令》曰：『面壁淚痕濕，想見含毫燈下立。風鬟雨鬢吴宫隔，芍藥香消堪惜。明妃遠嫁歸何日，一曲琵琶淒惻。』康熙戊辰，宋公為江蘇藩憲，有惠政，陞任江西巡撫。

馬上思家

薄命關河氣息微，霜天强把玉鞭揮。客燈一盞難梳鬢，鄉淚千行盡滴衣。夢裡情懷猶未改，眼前風景不如歸。幾時得向吴閶路，重見新花照板扉。

平山張時泰《書吴門怨婦白浣月題壁詩後》：春風□□摧百花，一枝芍藥迎風斜。國色無端委泥土，拾得殘英亦何補。花怨春風風不知，風剪落花無已時。人間萬事盡如此，可憐不獨雙蛾眉。

【校記】

〔一〕時：原作『詩』，據徐釚《詞苑叢談》（《文淵閣四庫全書》本，下同）卷九所載改。

〔二〕各：《詞苑叢談》作『共』。

程再乾一首

安徽休寧縣人也。

寄懷方大表姊筠雪

相逢猶恨晚，別後更悽然。寄語雲間鶴，今年又幾年。

方成培《樹密齋詩話》：再乾，休寧之草市人。程氏自明至今與余家世為婚姻，再乾於余為表妹行。余程氏姊於乾隆辛未歸新安，與再乾相聚甚歡，明年又之松江，而再乾賦此寄之。詩雖祇四句，而情意真至，韻味甚長。惜其詩不肯示人，不得多見。

蕭紅一首

詩見《谷音傳響》。

次韻題明妃圖

瑟瑟楓林落葉稠，傷心最是雁賓秋。當時畫徧宮中女，若箇金徽在眼頭。

曹鑑冰九首

字葦堅，號月娥，江蘇金山縣人。適婁縣張殷六。張貧，鑑冰授學徒經書以自給。能書善繪，造請者咸稱葦堅先生。著有《清閨吟》。

《清詩備采》：葦堅曹太君，為茸城十經先生之嫒君，申浦張君殷六之德配。工詩詞，善丹青。惜張君之不遇時，半世青毡，而太君和氣怡怡，同賡偕老。其詩詞皆清新婉轉，直媲美古人。雖近世鬚眉宿學，有遜謝不敏者。

送春

鶯歌凄惋燕飛忙，似送東風過柳塘。翠葉有情眉黯淡，粉花無力意悠揚。茫茫塞北關山遠，漠漠江南道路長。猶幸睽離非隔歲，相逢擬待臘梅黃。

秋日漫興

柳經秋老不藏鴉，景物因時莫浪嗟。一卷楚騷忘午倦，數聲齊女咽殘霞。榮華心已沾泥絮，冷淡情猶濕雨花。倚遍曲闌難自遣，瓦瓶汲水獨煎茶。

摇落何辭兩鬢蓬，自開竹牖引涼風。倉皇蟻陣秋苔裏，擾攘蜂衙曉霧中。世事久知同夢鹿，人生須信易沙蟲。分明静處真仙境，休憶蓬山問路通。

柳煙

濃抹千條緑，春殘未肯收。楊花輕撲處，漠漠使人愁。

花露

春露落花房，花如向曉粧。紅珠千萬粒，無粒不生光。

竹雨

欲折亭亭節，斜侵苦莫饒。不曾留一點，惟覺韻瀟瀟。

松風

飄入巖松裏，紛紛分外清。縱非陶宰相，聽去亦怡情。

送愁次秋山韻

乘人閑處即相纏，緊壓雙眉太可憐。不是無情送君別，再留惟恐損春妍。

柳

撩煙拂雨畫橋邊，日送行人劇可憐。更恨西風斜照裏，摧殘猶帶一聲蟬。

茹芝十首

字紫秀，浙江德清縣人也。

奉和依緑園十詠

移來乘醉帶湘雲，洗翠刪青不厭勤。蘭有香兮松有操，了無俗韻只稱君。薌畦翠竹

竹裡籠開見雪衣，孤山庭院唳清暉。他年王母瑶池宴，好駕詩仙碧落飛。梅谷仙禽

錦纜三千粉黛迎，隋堤人去不聞鶯。閑居留得靈和種，張緒風流可隔生。環隄垂柳

春到溪頭未擬回，桃花萬樹對門開。劉郎家本天台住，塵世虚傳採藥來。隔浦夭桃

碧艷紅流曙色明，海棠枝上鳥呼晴。聽來悟徹天公巧，一樣春風百樣聲。曉林鳥韻

夭矯龍身聳碧霄，愛看顔色歲寒朝。梧桐葉落空庭寂，雲外時飛早晚潮。幽壑松濤

朱闌曲曲水粼粼，避釣魚潛接葉蘋。驀地翠禽飛過處，圓紋一點起金鱗。香簃垂釣

突兀形傳竺國尊，百花香裡卓雲根。綵旛不敵封姨妒，砥柱東風七級存。山坡石塔

結構林端穩巧亭，坐來分得萬山青。詩心會遠知何極，直逐孤鴻度杳冥。飛霞遠翠

花如銀海湧瓊樓，寫向毫端冷艷浮。却笑衝寒驢背上，苦吟抵死覓清幽。凝雪寒香

莊循之句

江蘇武進縣人，錢孟鈿弟婦也。句見《浣青詩草》。

詠梅

為報春消息，疎枝强奈寒。

俞浚二首

字安平，浙江仁和縣人，鄭慕韓之室也。著有《平泉山莊集》，惜未得見。

《杭州府志》：俞浚，字安平，仁和縣人，俞潔存姪女，詩人鄭慕粹之室。著有《平泉山莊集》。

蘇隄懷古

風過長隄颺緑楊，如絲如線媚春光。越王霸業今何在，剩得眉山惠澤長。

偶招

翻尋李苦擲桃甜，往事重思轉恨添。心事難求詹尹卜，無言鎮日蹙眉尖。

鮑之蘭 二首

字畹芳，號□□，江蘇丹徒縣人，詩人鮑皋之長女也。適桂橋何澧。

【輯補】

《京江鮑氏三女史詩鈔合刻》（光緒八年刻本）載戴燮元序：　吾鄉鮑海門徵君與余江干、張石帆齊名，沈文慤嘗稱為『京口三詩人』。徵君諱皋，字步江，號海門，由監生舉乾隆丙辰博學鴻詞不就，著有《海門詩鈔》。徵君夫婦皆能詩，故其子女多工詩。子諱之鍾，字論山，號雅堂，由召試舉人內閣中書登甲科，官户部，典試黔粤，才名藉甚。長女諱之蘭，次女諱之蕙，三女諱之芬，皆以詩名一時，如王夢樓、程蘅帆諸名公多重之。一門風雅，迄於今猶首推鮑氏焉。蘭字畹芳，歸我外曾王父何桂橋先生，著有《起雲閣吟藁》，外王父昆仲刊行於世。蕙字茝香，歸同里張舸齋先生，著有《清娱閣吟藁》，亦刊行；　燮元幼時嘗受而讀之。芬字浣雲，歸同里徐秀亭先生，著有《三秀齋詩鈔》，迄未刊行。迨吾郡兩遭兵燹，書籍散佚，外家諸舅父及諸中表展轉遷徙，相繼淪亡，詩板亦久已蕩然無存。己巳奉吾母之粤省，吾父於廣州偶於市肆見有《起雲閣吟稾》二帙，亟購歸。……己卯官浙中，適舸齋先生之孫馨山通守廷梁亦官於浙，以《清娱閣》全藁見贈。明年庚辰，徐秀亭先生之孫韻生大令維城由黔改官來浙，相見敘姻婭，乃知《三秀齋遺藁》至韻生官貴筑時始付刊，遂舉以見贈。珠聯璧合，此其中蓋有天焉。燮元於是有合刻之議。……工既竣，爰述其顛末如此。韻生聞之，當亦必驩然色喜也。光緒八年歲次紀元黓敦牂十月丹徒戴燮元和甫氏序於嘉禾榷局種菊延秋之舫。

鮑之蘭《起雲閣詩鈔》（光緒八年刊《京江鮑氏三女史詩鈔合刻》本）載鮑之鍾序：　先徵君以詩名江左，先太恭人亦工吟詠，故蘭、蕙、芬三妹皆能詩；　而蘭妹之學尤先著。其詩才清麗，洵天性也。憶髫齔時中秋分韻，有『若非今夜月，虛度一年秋』之句，王夢樓、程衡帆諸名公皆傳誦之。居嘗於花晨月夕闔韻聯吟，妹所得句往往非予所能及，益信詩之有別才矣。妹至性謹樸，勤於女紅，結褵後尤專事井臼，操作弗倦，時有餘暇，即手擷一編，每晤予，輒相詰難，以故所藝日進。顧嘗謂文詠非閨閣事，有所著，不以示人，遂多散佚。今集中若干首，不及生平手著十分之一，皆妹諸子所竊藏，以時編輯，私自寶貴，而妹不知也。予嘉諸甥能珍母氏著作，一鱗半甲，收自散佚之餘，區區苦心，妹宜勉存之，以徇諸子意。他日，《課選樓合稾》中凡妹所著亦宜附太恭人編次，以為二妹、三妹倡者，何吝焉？嘉慶戊午正月既望論山漫叟兄之鍾書。

同集載鮑文逵序：方宜人之歸何氏也，居柳溪之雙梧館，舅翁為素菴先生，有園亭竹樹之勝，而宜人躬操井臼，克盡婦道，未嘗以宴嬉自適。既而家道中落，兄公季叔舉其宅而鬻之，姑父桂橋先生復北遊燕代，宜人挾子女五人，流離轉徙，僦屋三兩楹，不蔽風雨，恃十指為存活計。其艱苦之狀皆逵之所目擊，實有他人所不能堪者。然而宜人知諸子之足以有成，雖饑寒交迫而意氣自若，毅然以振興門第為己任。手勤針黹，口誦詩書，深夜一燈，所以督課諸子者不遺餘力。其抑塞牢落之感則一以寓之於詩，如是者十數年，而仲君遠獲游庠序，長君通、季君遵相繼殖業，皆賢能有局幹，又數年而生計益裕。易居爽塏，軼其舊而過之，且以長君職得邀褒贈。此無故，惟宜人之識足以濟其才也。惜乎心力交瘁，僅享中壽而卒。通、遠昆季蒐輯蓋篋，得詩若干篇，編為四卷，而屬序於逵。……嘉慶歲在旃蒙大淵獻秋九月姪文逵頓首拜書。

同集載戴燮元跋：右《起雲閣詩鈔》爲外曾王母鮑太宜人作。太宜人之詩、之才、之學、之識，論山先生暨鴻起先生序中言之綦詳，至與《清娛閣》、《三秀齋》詩鈔合刻之緣起，燮元亦列於前序矣。外曾王父諱澧，字桂橋，生子三人。長曰通，字臚卿，家雪農叔祖《停雲集》中有《送何臚卿之長沙》詩一章。嗣子文玉，殉粵匪之難，燮元請於京師忠義局，奏蒙旌卹。孫二人：長汝金，能詩，曾游登州，與燮元酬唱方壺，燮元擇其尤者載之《聽鸝軒同聲集》；次金魁，官浙江府照磨。次曰遠，字劍雲，郡增生，即燮元之外王父也。有聲庠序間，工詩，觀集中《秋柳柳花聯句》之作，略見一斑。子四人：長出嗣，次文元，三文彬，次文然。孫一人：振庚。同治十二年恭遇覃恩，燮元請於朝，贈外王父為中憲大夫户部雲南司郎中加二級如燮元官，外王母張太君為太恭人。三曰遵，字芷沅。子一人，文鎔，官浙江布理問，精於醫，嘗繪《採芝圖》，命燮元題以詩。孫七人：長肇榮，官浙江巡檢；次森榮，官福建縣丞；三振瀛；四振淦；五傳烈，官浙江典史；六肇琪；七肇瑩。今惟金魁與振瀛、傳烈、肇瑩等兄弟存耳。其謹守先人之詩教毋斁，因附識於簡末云。光緒八年歲次壬午孟冬之月外曾孫戴燮元謹跋。

登木末樓有作

狠石千年指舊名，孫劉霸業若何成。平原牧馬秋遊獵，古木驚風夜整兵。天際帆檣沙嶼迥，雲中臺殿暮煙輕。微生有幸恣遊覽，木末樓高坐晚晴。

久不得都中書

簾帷風暖暮春初，與古相親與俗疎。幾帙殘篇塵短榻〔一〕，半峯晴翠落衡廬。愁同溪水流難定，心似窻蕉卷未舒。沙鳥羣飛空惹恨，何時釣得錦鱗魚。

【校記】

〔一〕此句《國朝閨秀正始續集》作『幾卷殘篇陳短榻』。

鮑之蕙十首

字仲姒，號茝香，鮑皋之次女也。適同邑張鉉。

《水曹清暇録》：夢樓王太守文治聞予選國朝閨秀詩，頃以同邑茝香鮑之蕙詩一卷見寄，頗有健句。略載數聯於此。其《詠晚煙》云：『度水一痕疎復密，隨風千縷斷還連。』其《詠柳絮》云：『輕於粉蝶飄無倦，細若冰花暖不銷。』其《深秋夜坐》云：『簾影高低分燭影，漏聲迢遞襍蟲聲。』其《遊平山堂》云：『千尋松落雲中籟，十里波明鏡裡天。』其《春暮閑居》云：『午院柳煙迷夢蝶，晴窻花氣醉遊蜂。』皆清俊可誦。

《隨園詩話》：鮑雅堂之妹，詩人步江女也。名仲姒，工吟詩。金棕亭贈云：『續史正堪兄作伴，工吟恰好父为师。』

【輯補】

鮑之蕙《清娱閣吟稾》（嘉慶十六年刻本）載李錫恭序：京口張舸齋先生與尊閫鮑夫人茝香並擅詩才，閨中聯詠，已見之袁簡齋前輩所撰《清娱閣合刻詩序》，為一時佳話矣。庚午歲，夫人辭世，其子澂輩搜輯遺稾，思付剞劂，別為一集，以志弗忘。郵寄至都，讀之，凡集中流連光景、憑眺山水諸作，無一語涉香奩體，無一字染脂粉氣，和平渾雅，化雕鏤之跡，而一歸自然，固已卓然名家矣。至於敘同氣之情，悼長兄之逝，則語語從至性中流出，愷惻動人，雖古大家不是過。昔論山先生以詩古文辭流播藝林，膾炙人口；今讀茝香夫人作，乃歎江左風雅，萃於一門，洵不愧參軍之後也。……時嘉慶辛未仲春日婁江李錫恭撰。

同集載鮑之鍾序：《清娱閣吟稾》，予仲妹茝香作也。妹幼聰慧，善吟詠，卷帙紛披雜羅於妝臺奩具間，儼然弟子員也。自歲乙酉，先徵君捐館舍，戊子春予服闋，補官京師。逾年謀迎養，是時大妹畹芳已出閣，茝香偕季妹浣雲以壬辰五月奉太恭人至京邸，歡聚一室，吮毫含思不輟。予退食餘閑，與之徵引掌故，討究法律，賡倡迭和無虛日，於是妹之詩已日進。及笄適同邑張舸齋司馬，舸齋性倜儻，工詩，喜游覽，素淡宦情，而以閨門相屬和為樂。屢以詩郵示予，予嘉其有秦嘉、徐淑風。戊戌，丁先太恭人內艱歸里，讀妹詩，已裒然成集，欲序之，未遑也。其後匏系於官十餘載。嘉慶丁巳，請假省墓歸，遂得與舸齋、茝香朝夕過從，乃置酒張筵，鬮題角藝於清娛之閣。斯時諸甥皆成立，俱能詩，擅家法，每於酒闌燈灺，搓熱掌熨醉眸，纔一篇成，而和篇旋盈案矣。予笑謂茝香曰：『妹苟處芬芳豐足之中，而無虀鹽澹泊之致，必將為世情俗務攖其心，撓其志，烏能相夫教子，使風雅萃於一門乎？又烏能專門名家，使噪時閨秀望風而靡乎？妹之樂，妹之福，豈可與華榮炫赫者同堂而語？』妹傳人也。此稾淵雅沖和，深情逸致，具有六代三唐之遺韻，其必傳於後也奚疑？獨予既貧且老，以宦為家，不獲與吾妹多相唱喁以抒暮懷；而清娛之樂，又不知繼之於何日？是足歎耳！爰撮其梗概以為序，而付之梓。嘉慶辛酉二月既望，論山漫叟兄之鍾書。

同集載鮑桂星《後序》：《清娛閣吟稾》六卷，古今體詩四百餘首，族姑茝香夫人作也。夫人為海門公中女，農部雅堂先生妹；姊畹芳，妹浣雲，皆工詩，擅家法。夫人適張舸齋先生，才調相儀匹，閨閣中鳴宮應徵，有秦嘉、徐淑風。農部官京師，桂星以從子禮見，因得誦夫人詩。舸齋先生以庚申游黃山，相見於歙。丁卯，夫人遣其子瀓北上從予遊，益以知夫人詩法之詳。昨冬，桂星視學來楚北，瀓方落解，聞其急裝馳返，潤心訝之。頃得書，乃知夫人已厭世。瀓與諸弟忍淚寫遺詩為《清娛閣吟稾》如前數，郵楚乞桂星一言。桂星受而讀之，律細而神超，辭文而旨遠，澹乎其清也，藹乎其和也，莊莊乎其雅正也。溫柔敦厚，導源於三百篇，而奄有六代三唐之勝，豈獨尋常閨秀所不逮，抑操觚握槧、號聲律專家者所遜謝不如也。夫古今女子能詩者眾矣，然吾家參軍僅傳女弟，劉家三妹惟徐悱妻最清拔，然悱先卒，閨中唱和罕聞焉。若夫人者，以海門、雅堂兩先生為之父若兄，以舸齋先生為之偶，以瀓兄弟為之嗣，璇源一本，淑儷雙璧，諸子人人有集，隋珠卞璞，照灼於軒墀庭廡間，江左門才，夐乎稱獨步矣；又況其詩之必傳於世不疑乎。然則修短存亡、今昔俯仰之感，皆無足言；而舸齋先生琴瑟之悲與澂兄弟桮棬之痛，亦可因吾言而少慰矣。爰謹書其後而歸之。嘉慶辛未孟陬族姪桂星拜手序。

同集載諸家評跋：

袁枚：夫婦能詩，古今佳話，近今如張舸齋之與鮑茝香，尤其傑出者也。……五七古公然老手，今體音節清蒼，兼饒神韻，閨中之白太傅也。

王文治：深穩中時露佳句，古體安章頓句俱有成法，近時名家所難，不意於閨秀得之。歎服。予嘗謂夫人詩律細於令兄，令兄不服。今細玩尊稾，益覺予前言不謬。

王嵩高：閨秀詩總有習氣，非調脂弄粉，翦翠裁紅，失之纖小，即粧臺鏡閣，刺刺與婢子語，俚俗尤多。讀茝香世妹大著，巾幗中乃有名儒，真大家以後一人。……時乙卯秋九月。

洪亮吉：予與論山交二十年，欲作一詩輓之，讀茝香夫人《寒食志感》一篇，為之閣筆。論山每誇諸妹才筆，信不虛也。他若《老至》、《示兒》等篇，沈鬱真摯，豈特無脂粉氣習，恐經生為之，亦無此獨到耳。丁卯人日訪梅樵山，與舸齋劇談竟日，因暇讀此，以志欽挹。

王芑孫：詩於淵静之中自出生新之致，比來閨閫中好句至多，然取境真而寫意到，則未有如是者也。乙丑歲暮假寓江深草閣，遂過飲緑山堂，辱示此編，因識。

陳超曾：閨閣詩字字清雅，如讀端人正士之作，為自來名媛所未有。

胡翔雲：茝香夫人大著純乎唐音，其揣摩於長慶諸大家者多矣。

茅桂芬：集中佳處，妙在從性情中來，深得三百篇旨趣，迥非時流俗派嘲風嘯月者所得窺其堂奧。

鮑之鍾：從性情中流露，而書卷之氣盎然，深得詩人温柔敦厚之遺。七言古詩沈鬱頓挫中更兼妥貼排奡，具有杜、韓之長，真傑作也。

鮑之蘭：吾妹質性端謹，和平渾雅，故所為詩適以肖其為人。集中詠物詩多有寄托，而文有内心，渾含不露，絶不以尖刻纖巧之語取勝，此養福之徵也。詩本性情，所以可貴。近人多以華縟為富，堆垛為博，艱深為古，空廓為雄。謂清折者近於弱，淡遠者近於淺。情韻勝者，謂其聲調不高；格律細者，謂其町畦未化。持此論詩，而性情汩没多矣。集中賢夫婦相倡和以及與兄妹從子輩贈答往來之作，俱從至情至性中自在流出，清而能腴，淡而彌旨，渾脱超妙，名貴高華，兼擅六代三唐之勝，為近今名家所難，蓋其性情有過人者矣。

鮑之芬：情真則其言有物，法老故圓轉如環，可知胸中無所云云而勉强以求佳構者，難矣。醖釀深醕，定推名手。

鮑文逵：詩本性靈，又須資以卷軸，乃能比附濬發，盡意而止。姑母中年以前未持家政，手不釋卷，凡課選樓、清娱閣兩家藏書，繙閲殆遍，誠如昔人朝經暮史、晝子夜集以自立課程者。四十以外，披覽日疎，然閲歷既深，則書卷之氣合同而化，見道極大，入理極深；至於運用渾脱、比擬確切，特其餘事。其根柢深厚有如此者。

瓊案，據《清娱閣吟稾》（嘉慶十六年刻本）袁枚序，鮑氏詩曾於乾隆五十七年與其夫張舸齋詩合刻。嘉慶十五年，鮑之蕙去世。次年，其子張澂將其詩别為一集，再次刊板，是為《清娱閣吟稾》。

清娱閣晚眺懷佩芳妹〔一〕

空階微雨過，高閣銷煩暑。虹影駕長橋，崩雲亂煙嶼。畦蛙閣閣喧，歸鳥喈喈語。徘徊動遠情，尺素經年阻。憶昔垂髫時，深閨日爲侶。欣看案上書，倦織窻間杼。細字寫紅蕉，新詞題白苧。星霜催髩髮，聚散消時序。悵望竟何如，落霞際沙渚〔二〕。

題賞雨茅屋圖〔三〕

江南五月黄梅熟，梅雨朝朝灑茅屋。買春細酌快評詩，留客清談看懸瀑。峯巔驚墨潑遥空，林際疑珠傾百斛。冥冥靉靉暗復明，霎霎霖霖緩還速。有時雨止獨憑高，但見流雲縈遠麓。迷漫溪水没菰蒲，杳渺秧畦飛野鶩。幽情此際共誰知，好鳥間關鳴翠竹。閑人不是等閑人用句，偷得餘閑是清福。

贈閨秀王玳梁並賀出閣之喜

江左風流自昔誇，芳閨今更〔四〕茁蘭芽。丰姿應許同仙侣〔五〕，雅範〔六〕真堪接大家。摩詰天機傳没骨，右軍標格擬簪花。秦郎正好相酬唱，江上春回共泛槎。

仙卉圖成絶點埃，前身合是〔七〕住蓬萊。十三已奪鍼神巧，二八人知女中才。争羨輕螺共妙腕，定資博議出新裁。樓頭寶鏡明於〔八〕水，雙照鴛鴦戲玉臺。

晚煙

夕陽纔下遠峯巔，漠漠平蕪起暮煙。度水一痕疎復密，隨風千縷斷還連。花間襍霧迷歸鳥，柳外和雲鎖客船。最是滄江收釣處，溟濛無際晚晴天〔九〕。

春分日得笙山兄手書同舸齋聯句代柬

霪雨經旬薄霽餘，故人貽我數行書鉉。憶當去日鴻賓候蕙，瞬屆分春燕到初。芳草一痕重極目鉉，緑波千里正愁予。西窻剪燭期難定蕙，南浦登樓興每虛。岑寂旅懷諳爾許鉉，支離雁影復何如。詩裁良夜慵窺月蕙，水滿春江欲問魚。分袂豈知成久客鉉，盼歸尤勝乍離居。看雲雷岸鄉音迥蕙，詠絮池亭雅集疎。渺渺舊山縈夢遠鉉，毿毿新柳向人舒。待將別意題箋寄蕙，幾度臨風未可攄鉉。

湖上雜詩

傳柑節過雨初晴〔一〇〕，隄上〔一一〕春光照眼明。梅萼乍開香雪浄〔一二〕，湖冰消盡水風輕。

假山高下幻雲巒，間柳遮梅欲畫難。應識繁華藏静地，畫樓〔一三〕深處鎖春寒。

細草成茵蕨有芽，緑波翻縐〔一四〕鴨羣譁。更宜〔一五〕曲岸廻舟處，柳外湖光一道斜。

夾岸樓臺十里湖，繁華今古擅東吴。輕橈攬遍琉璃水，過眼春光勝畫圖。

【校記】

〔一〕佩芳妹： 鮑之蕙《清娱閣吟藁》（嘉慶十六年刻本，下同）作『浣雲妹』。鮑之芬，字佩芳，一字浣雲，鮑之蕙妹。

〔二〕全詩《清娱閣吟藁》爲『高梧過秋雨，虛閣消煩暑。開軒覽夕暉，奇雲尚容與。紛紛林鳥歸，淒淒候蟲語。今夕獨關情，天涯渺何所。有妹十年别，尺素經年阻。不念雁行單，翩然事高舉。憶昔垂髫時，深閨日爲侣。偷翻案上書，夜促窗前杼。細字寫紅蕉，新詞題白苧。兒女逼人來，歲月蹉跎去。汝自甘别離，安知别離苦。長安在日邊，相去復幾許。天高雁不來，日暮空延佇』。

〔三〕此題《清娱閣吟藁》作『題賞雨茅屋圖伯翁此亭公命作』，全詩云：『江南五月黄梅熟，濕氣蒸雲暑彌酷。先生快雨招朋儔，茅屋三間敞深竹。玉壺買春春滿巵，主人勸客客不辭。殷雷動處雲墨色，飄瓦已覺非絲絲。俄驚銀竹落無迹，散作飛湍瀉崖石。長風駕海走天中，欲爲人間普膏澤。虚檐奔溜淺階碎，尺水茅堂瀠向背。灑然心地頓清凉，綵筆能開風雨晦。先生雅尚繼司空，人品詩品將毋同。妙境猶嫌看不足，命客揮毫入横幅。要令赤日黄埃中，九夏甘霖常在目。』又作『清娱閣看雨』，全詩云：『江城五月晴難卜，梅雨朝朝灑茅屋。買春一斗滌煩襟，竟日開軒看懸瀑。催詩非鉢富千篇，到耳疑珠傾百斛。鋪成濃墨雲如海，織出斜紋斷還續。金蛇電影掣江天，玉虎雷聲震巖麓。迷漫溪水没荒蒲，浩渺秧田飛野鶩。家家濕烟罨黔突，處處村農叱黄犢。幽情此際有誰知，剝啄無聲儼空谷。斷虹掩映入殘霞，好鳥間關語深竹。倏然自謂羲皇人，能得餘閑是清福。』

〔四〕今更：《清娱閣吟藁》作『又見』。

〔五〕此句《清娱閣吟藁》作『丰神不肯儕凡豔』。

〔六〕雅範：《清娱閣吟藁》作『儒雅』。

〔七〕合是：《清娱閣吟藁》作『應是』。

〔八〕於：《清娱閣吟藁》作『如』。

〔九〕以上六句《清娱閣吟藁》作『深鎖花魂金谷裏，暗飄香篆玉樓邊。寒生白屋催鴉返，濃罨青溪失鷺眠。最是滄江收釣處，溟濛無際落霞天』。

〔一〇〕初晴：《清娱閣吟藁》作『新晴』。
〔一一〕隄上：《清娱閣吟藁》作『出郭』。
〔一二〕此句《清娱閣吟藁》作『梅萼開初香雪小』。
〔一三〕畫樓：《清娱閣吟藁》作『綺樓』。
〔一四〕緑波翻縐：《清娱閣吟藁》作『波翻嫩緑』。
〔一五〕更宜：《清娱閣吟藁》作『最宜』。

鮑之芬五首

字佩芳，號季姒，鮑皋之三女也。適秀亭徐彬。

【輯補】

鮑之芬《三秀齋詩鈔》（光緒八年刊《京江鮑氏三女史詩鈔合刻》本）載姚元之舊序：徐生韻生，余甲午主試京兆所得士也。其人翛然塵表，有鶴立雞羣之致。嘗以詩賦就正，華實相宣，歎為超宗，殊有鳳毛。生因奉其王父秀亭刺史、王母鮑宜人遺集，請為弁言。余展轉覽觀，《海天萍寄草》格律謹嚴，聲情温粹，雅近中唐；《三秀齋詩》莊雅清淑，夢樓侍講評為『卓然成家，不獨閨閣所難』，非溢美也。余嘗往來京口，覽山川之奇秀，宜其生斯土者人多瑰異。夫人有詩古文詞一集以傳，自不乏人；而求其伉儷多才、子孫嗣響者，蓋鮮。抑又聞小山司空云，刺史内行純篤，晚官令牧，勤民事，勵清節，循聲卓著畿輔間。宜人孝敬淑慎，不以文字自衒，其德宜風尚固有出於尋章摘句之外者。生其嗣徽繩武，勉申不匱之孝思，有餘力，則以學文也哉。道光庚子六月姚元之序。

鮑之芬《三秀齋詩鈔》（光緒四年徐維城刻本）内封刊語：　先大母詩詞遺稿，維城謹藏數十年，幸克梓行。因摹詩集中禹卿太守墨跋，乞畢君倬僧影書一通，鋟於卷首。倬僧謹書，因力不佳，未得神妙，而精采姿韻，故似小減。他日東歸，當重覓蕭張妙手□□□□云。光緒戊寅端一日維城坿識於黔陽數竿竹寮。

同集書尾王文治跋：　細讀諸作，卓然成家。七言古尤雋上，不獨閨閣所難。近日士大夫以詩名家者，亦罕能臻此。能無歎服？　夢樓王文治跋。

瓊案，鮑之芬卒於嘉慶十三年，生前詩集無刻本。道光二十年（一八四〇），其孫徐維城（字韻生）『奉其王父秀亭刺史（徐彬）、王母鮑宜人（鮑之芬）遺集』，請姚元之作序，但並没有立即付刻。此後又『謹藏數十年』，直到光緒四年（一八七八），也就是鮑之芬去世七十年後，徐維城終於將《三秀齋遺稿》與徐彬的《海天萍寄勝草》合刻板行。

秋夜聞笛

風薄湘簾露氣侵，碧雲滿地散桐陰。高樓倚月誰家笛，客館驚秋此夜心。塞雁清音應共聽，江梅舊韻不堪尋。中宵引領渾無寐，況有蕭蕭萬井砧。

簾鈎四首

眉痕掩映霧綃空，曳影拖煙近綺叢。一角斜牽犀劃水，半規疑墮月留弓。莫驚魚鑰傷春後，鎮鎖蝦鬚病酒中。誰見杏花〔一〕欄檻裏，徘徊欲上怯東風。

分明劈破玉連環，釵股還敲〔二〕玳瑁彎。有意參差邀半面，無心舒卷仕雙鬟。空閨似擲流黄速〔三〕，禁院頻窺屈戌閑。不鎖芳香偏鎖恨，一聲驚恐隔蓬山〔四〕。

輕籠象眼瘦裁筠〔五〕，牋詠桃花坐晚薰〔六〕。銀蒜條條懸素魄〔七〕，珍珠面面控青雲〔八〕。藏時却訝波心露，響處渾疑步底聞。徙倚闌干〔九〕嫌露重，玉纖斜挽醉三分。

瘦影頻侵玉女窻，寒虹乙乙釣湘江。珊瑚網斷蛛絲串，翡翠分開燕尾雙。梧館蕭森傳落吹，簷鈴淅瀝鬬金腔。無心莫怪驚香夢，解和琴心入夜缸。

【校記】

〔一〕杏花：《三秀齋詩鈔》（光緒八年刻《京江鮑氏三女史詩鈔合刻》本）作『後堂』。

〔二〕還敲：《三秀齋詩鈔》作『誰敲』。

〔三〕此句《三秀齋詩鈔》作『空閨獨伴流黃晚』。

〔四〕此句《三秀齋詩鈔》作『聲聲清韻出花間』。

〔五〕此句《三秀齋詩鈔》作『欄迴卍字上苔紋』。

〔六〕薰：《三秀齋詩鈔》作『曛』。

〔七〕素魄：《三秀齋詩鈔》作『皓魄』。

〔八〕青雲：《三秀齋詩鈔》作『晴雲』。

〔九〕闌干：《三秀齋詩鈔》作『涼宵』。

卷之三十八

侯蓁宜二首

字儷南，江蘇嘉定縣人，侯文節之女也。適龔元侃。著有《宜春閣草》。

《國朝練音初集》：侯蓁宜，字儷南，侯文節岐曾幼女。適龔文學元侃，家貧，氏操作以贍饔飧，亦不廢吟詠。其《遣懷》詩云：『三旬九食賢人厄，麥飯蔥湯婦道乖。剩取苦吟磨鐵硯，空留蓬鬢憶金釵。』詞致清婉可誦。有《宜春閣草》。

病中述懷

秋風策策雁來遲，病況纏綿强自支。有藥難醫貧到骨，無錢可買命如絲。燕臺夢隔三千里，槐枕腸回十二時。兒女關情誰判遣，聊憑一紙寄君知。

記原大兄邀看桂

紅衣半褪憶蓮塘，又報秋香一樹黃。不待折來心已醉，年年花下為開觴。

侯懷風四首

字若英，江蘇嘉定縣人，明通政侯峒曾女。

秋閨

桂華香霧鎖迴廊，水閣沉沉秋夜長。月轉梧桐翻瘦影，風摇菱荇蔽清光。子卿自得歸鄉國，定遠何當老朔方。望斷衡陽飛騎杳，側身懷古一沾裳。

感昔

黄河流水響潺潺，當日腥風戰血殷。大地盡抛金鎖甲，長星亂落玉門關。居延蔓艸縈枯骨，太液芙蓉失舊顔。成敗百年流電疾，蒼梧遺恨不堪攀。

秋懷

秋氣憀憀不自持，幽蘭小檻暗香披。千原煙雨迷禾黍，一水蒹葭隱鷺鷥。開衮不知金爐冷，揮絃更雜遠鴻悲。班姬紈扇清商發，蘇蕙璇璣白晝遲。風剪梧桐黄鵠舞，月窺楊柳緑絲垂。魂驚箄箕蕭關道，淚盡琵琶凝碧池。征婦裁衣憑玉尺，美人汲露下冰墀。轆轤不斷千家井，何似閨中夢裏思。

少年行

章臺蹀躞紫驊騮，繡轂雕鞍翡翠裘。歌舞不知銀箭急，日高酣卧在青樓。

侯承恩 十一首

字孝儀，號思谷，江蘇嘉定縣人，侯旭之女。工詩詞，善琴弈。著有《松筠小草》、《盆山詩》。

《國朝練音初集》：侯承恩，字孝儀，別字思谷。早慧，父旭所鍾愛，織紝之暇，教以詩書。攻詞翰，旁通琴弈。《盆山詩》七卷，中多愁紅怨緑之句，讀者悲其志云。

侯棠《松筠小草序》：天地秀靈之氣，往往發於山川草木，以及飛鳥游魚；而其全者，則獨鍾於人。然蚩蚩者無論矣，即士林中能工詩詞賦物寫懷者，亦什不得一焉。至求之粧樓翠幌、繡閣重幃，則又千不得一矣。惟我汰私族兄之季女字思谷者，夙禀異姿。方髫齒，輒落筆驚人；未及笄，而詠吟成帙。其佳句名言，不可勝數，如『愁生明月夜，人瘦落花天』等語，久為詞家所傳誦。甫中歲，共得詩古文詞若干卷，可謂富且工矣。然思谷生平豐於才藻，而嗇於福履，是以發為詩歌，類多窮愁感憤寥落興嗟之況。所謂『詩言志，律和聲』，適得其為思谷之詩而已。嗟乎！思谷亦不幸而托身巾幗耳。使思谷之才而為男子，必能奮跡天衢，遭時遇合，膺金馬玉堂之選。即不然，亦必為騷壇名宿、藝苑宗工，其聞見之所經、聲名之所播，當更遠矣。奈何以思谷之才而為女子乎！甚矣，思谷之受阨於造物不淺也。然思谷雖為女子，既工於詩若詞若文，又精於七絃妙旨，即士林中亦不易見矣。豈非得於造物者其靈秀獨優哉！毋曰絀於福履也。今而後握管攄詞、撫絃動操之際，亦可無恨於懷矣。

【輯補】

侯承恩《松筠小草》（康熙六十一年刻本）載張詩序：《松筠詩草》者，吾邑上谷閨秀孝儀氏之所著也。孝儀之生，婉娩聰明，其尊人始旦公鍾愛之，織紝組紃之暇，教以讀書識字，一覽輒能成誦。髫歲便耽於詩，出入三唐宋元明之間，積三十餘年，共得數千首，淘汰揀擇，拔其尤者，擬付之梓以傳於後。孝儀與吾家有中表戚，其姊子仲儒匡侯又余門弟子也，因屬余言為之序。余惟詩之所以可傳者，以得其性情之正也。人之性情，每因其遇之窮通，以相感發。遇之通者，其言和平淡泊，不失其正，猶易易耳；而苟處乎窮，率多自寫其不平之鳴，往往流於勞愁怨懟而不自禁，而欲以追三百篇之遺音，難矣。夫《谷風》之友朋，《柏舟》之夫婦，《小弁》之父子，非不幽憂沈堙，激昂慷慨，令讀之者欲歌欲泣，而卒不得謂之不正者。以其發乎情，止乎禮義，為隄之防而不為波之流，故足傳也。孝儀端静純一，動皆合禮，有古賢媛風，故志意高亮，義命自安，凡有感發，寄之吟詠，時亦自寫其不平之鳴，而饒有温柔敦厚之致。試觀其詩，凄乎其似秋，復融乎其似春也，悄乎似塞垣之哀笳，穆乎亦似清廟之鳴球也。其志潔，其辭微，有似湘纍之行吟澤畔；而其心平，其聲希，又似乎瓠巴之琴，游魚出而飛鳥翔也。所謂『發乎情，止乎禮義』者非耶？若孝儀氏之詩，可以傳矣。余固窮于遇者，間以其不平者寄之詩文，勞愁怨懟，時露於豪間，能保性情之不失其正否？夫是以讀孝儀之詩而爽然失也，故為序之如此。康熙癸巳陽月何菴張詩譔。

同集載侯氏自序：余幼時惟以女紅是務，未嘗讀書，但性喜沉寂，每至夜分，輒篝燈静坐，摹擬古人意旨，覺未易探也。蓋余家本詩書傳世，家君更耽於詩，竊耳聆而神會之。年十三，仲兄病故，家君思憶成疾，余侍左右，調治湯藥，或烹茗焚香之暇，教以琴棋，大旨為排遣法。家君偶有詠吟，余竊和之。迨庚午小春，家君週甲，諸同社以詩介壽，家君亦有自壽之作，余隨和一律。方書畢，家君見之喜，謂母氏曰：『此兒幾時讀書，乃能作詩寫字！』因詢及平日所作，乃撿呈《詠懷》、《詠梅》詩廿首，家君沉吟良久，喟然曰：『雖屬兒女俚言，而絶無脂粉氣，似有滿懷塊壘，更多憂抑淒涼之況，恐此生福薄，奈何！』因呼之為『再來人』，訓誨無間。孰意西山景薄，落日難留，七載沉痾，溘然見背。余肝腸寸裂，幾不欲生，雖托庇慈幃，而回想曩時天倫之樂渺然，即林泉風景，亦不可復得矣。然春來秋去，信口言愁，偶有所作，怠不知孰為詩而孰為詞也。夫文以托辭，詩以明志，故三百篇中，寓情比興，千百世下，言者無罪，而聞者足戒。自顧纖塵之末，何敢井底窺天，妄言翰墨，然嘗觀騷人韻士，牢落不堪，往往抱膝長吟，寄其抑鬱。至於閨中弱質，懷珠抱璞，代不乏人，如曹大家、衛夫人，其最著者也，降而蔡文姬《胡笳》寫其哀怨，蘇若蘭《織錦》寓其幽思，信乎才與命之不相偶也。二十年來，棲止一廛，見聞所及，觸緒縈懷，聽鳥聲而情深一往，覩草色而黯然神傷，輒自寫幽愁，秘之篋中，俟身盡而愁盡，愁盡而蕪詞隨盡，終不欲世人之聞而見之也。壬申冬，吴門殷警齋先生選刻名人詩及《閨秀彙征集》，向余兄力索先人所著，遂以《岔山全稿》並余《小草》授之，不使余知，編為《閨秀偶刊》，傳布遐邇。余聞之，不禁媿悔無及。蓋詩乃千秋之事，窮工極致，尚有推敲，況以荒詞俚句，混入縹緗，能免續貂效顰之恥乎？然前刻已流露人間，剩有拾草拈花、舒悶遣愁之作，復彙成一帙，閱者諒其心而恕其拙，是余之幸也夫。康熙壬寅三月嘉定侯承恩孝儀自序。

輓節烈張氏

卓哉張烈婦，世俗鮮其比。于歸正少年，雍雍諧伉儷。上孝於翁姑，婦德靡不備。相莊甫歲餘，良人忽捐棄。柏舟自矢堅，冰霜凜彌勵。詎操同室戈，勢欲鋤其志。隱忍無片言，慷慨了身事。徧束嫁時衣，命畢羅幃裏。生不愧蒼旻，歿當傳青史。

漫興

立身重意氣，黄金何須有。富貴非本願，山林宿所耦。清肅峻門牆，箴規日謹守。閑或理琴書，健還操井臼。衣須裁稱意，食惟期適口。栽菊取晚香，種松因耐久。煎茶委小婢，澆花必自手。樂在可忘憂，事簡無取咎。翻覆任世情，是非休深究。

記夢

理罷絲桐月色瑩，小窻無語黄昏静。銀燈挑盡夢初成，飄然似入蓬萊境。蒼松古柏若龍盤，瑶草琪花滿三徑。玉洞瓓瓏路漸深，青鸞白鶴聲相應。娉婷仙子笑來迎，謂予到此遊何勝。俄而引至玉樓中，笙歌齊奏方開飲。麟脯瓊漿取次供，冰桃雪藕還貽贈。須臾筵散步層巒，舉頭四望如明鏡。峯廻路轉近林泉，丹桂香清風露冷。塵寰回首隔千重，山水蒼茫不可竟。方擬躡雲天上游，鄰雞喔喔旋驚醒。窻前月色尚微微〔一〕，四壁寒光浸孤影。

秋夜

露白銀河淡，庭虚皓月融。寒蛩吟破壁，哀雁叫長空。鳳閣簫還咽，湘靈曲未終。緣知腸斷處，不待五更風。

吊貞娘墓

昔屬風流話，今茲寂寞岡。路傍人往返，壟畔艸芬芳。百歲誠難殁，千秋亦不亡。斯靈如未泯，往事實堪傷。皓月雲邊翳，明珠暗裏藏。盟真似山海，志直凜冰霜。絶粒捐孱質，投繯廢巧粧。寸心能誓日，隻手可提綱。幽怨明慈母，鍾情為玉郎。生前多阻隔，死後自徜徉。永守鴛鴦塚，長居清静方。我來增感慨，欲去轉傍徨。坏土成名勝，幽魂豈渺茫。荒年〔二〕兼絮酒，魂在自歆嘗。

遣懷

萬事於今付子虚，何時却把好懷舒。一年花信春將暮，半世光陰病未除。不愛繁華休入夢，但能清静便攤書。青箱世業家風在，手澤猶存樂自餘。

春閨

邇來多病起常遲，嬾對青菱理鬢絲。簷鐵乍驚幽夢〔三〕覺，心情惟恐落花知。江天雁斷書千里，庭樹春深緑滿枝。風景惱人禁不得，倚欄聊復試題詩。

梅花

冷艶原無異，孤高自不同。羅浮明月夜，香徹夢魂中。

林下誰爲伴，冰霜只自知。生成貞潔性，紅紫不同時。

曉起

淡淡爐煙薄薄霜，曉寒夢斷竹匡床。生憎杜宇花間語，喚起新愁上海棠。

春晝

楊花撩亂麥風涼，深掩重門白日長。睡起臨窻無一事，摘將梅子打鴛鴦。

【校記】

〔一〕微微：侯承恩《松筠小草》（康熙六十一年刻本，下同）作『微明』。

〔二〕荒年：《松筠小草》作『荒言』。

〔三〕幽夢：《松筠小草》作『好夢』。

徐瑗一首

字逸仙。

壽蔣禹培

時序清和勝，壺觴燕喜開。青禽啣帖至，白鹿引車來。怡養耆年事，豪華壯歲才。膝前多令子，簇簇彩衣裁。

戴淑貞一首

江蘇吴縣人，文學殷季修室。其詠物諸詩，工麗獨絶。

詠菊

淡淡凝霜静，踈踈帶露妍。種因處士貴，名借大夫傳。香艷嬌空谷，繁黄斷遠煙。更將秋晚節，掩映謝庭前。

陸言四首

字鸚仙，浙江平湖縣人，閣學雅坪公長女。適沈南疑。

沈南疑《槜李詩繫》：予婦陸孺人，閣學雅坪公長女也。年十七歸予，連遭先母喪，夲敬執勞，靡有倦節。繼以羣侮交作，孤苦煢煢，予唯呫嗶下帷，孺人亦有卧薪嘗膽之槩焉。迨生齒日繁，家道中落，予復奮策入都，朋遊日盛，孺人縮食減衣，而勿傷大體，以是得不困。其訓子女，慈而能整；御婢僕，肅而有恩。鏤翦針織，罔勿精工。稍嫻文墨，以非婦道之常，偶吟而已。乙亥十一月病作，自言必死，凡家事，手撥口囑，無一遺失，危坐而逝，若有道者。先是，癸酉，予宿天姥峯下，夢一嫗曰：『汝前身白雀童子，汝婦則緑鸚仙也。』遂占一詩曰：『偕隱何年志頗同，前身忘却俗緣中。夜來天姥渾猜著，是緑鸚仙白雀童。』

夜游虎丘

賞心一片石，秉燭我來遊。月黑松無影，苔青露欲流。剷雲新石斷，飛錫舊泉留。柳色將舒翠，帆開憶虎丘。

哭鹿女

握珠入海杳難尋，痛極渾如萬鏃侵。覆翼六年成曉露，埋香一夢委秋衾。風翻落葉依新塚，月照歸鴉認舊林。追憶膝前歡笑處，兩行血淚濕羅襟。

詠丁香

小院沉沉欲暮天，閑階獨步影娟娟。驚看密葉添青色，却愛繁花吐紫煙。拂檻叢叢疑線綰，映簾蔌蔌借絲纏。愁心欲訴花先結，可惜重來二十年。

秋日遊金鼇玉蝀

九鈴殿宇倚青霄，碧樹紅亭白玉橋。我欲一帆歸去也，御河波静不通潮。

翁珠樓二首

號静如，江蘇長洲縣洞庭山人，周五瑞之室也。著有《珠樓集》。

《七十二峯足徵集》：周五瑞妻翁氏，幼喜翰墨，好樓居，吟詠成帙，題曰《珠樓集》，其父景華，即以珠樓名之。中年奉佛，因自號静如。當其歸五瑞也，姑葉孺人在堂，家法動遵古禮，嘗曰：『婦人無能是德。女紅中饋之外，不當拈弄筆墨。』氏守姑訓，不作詩者二十餘年。幼子祖鳳，七歲入家塾，塾師喜吟詩，恒以五七言句課童子屬對。久之，祖鳳竊效其吟哦聲於母前，自詡能作詩。氏咲曰：『詩豈易言能哉？汝果知好，亦可喜。吾當教汝。』遂間有所作，亦不令人知也。没後詩卷散逸，搜羅於敝簏敗壁間，得若干首，乞中表翁琢山序而藏之。女月貞，亦能詩。

【輯補】

翁静如《珠樓餘草》（乾隆刻本）載韓光曾序：周子蓮州，居吾鄉之洞庭山，往來天邑，僑寓與學舍相近，嘗至余署，或投以詩，余知其為風雅士也。今復以其母夫人翁氏遺詩問序於余。讀其詩，無俗韻，無巾幗態，真能上下唐宋而追蹤漢魏者與！近日選刻名媛諸篇，獨高一格，顧又恠所存者何以若是之少也。及觀翁子所為序，始知其顛末。蓋自其幼遵姆教時，已能讀書，漸自三百篇而歷漢魏以下，以及唐宋諸家，無不畢覽，遂工於詩。及為周氏婦，又秉姑訓，專女工，弗事吟詠，故終其姑之世，束書弗寓目，亦不敢有所著。姑没後，以蓮洲喜章句，間有指示，暇則復為之。未幾以失所天，哀痛迫切，相繼辭世。蓮洲兩兄既不獲從事於此，而蓮洲失恃，年甫十四，弗得常侍其母，故詩無多，而存者愈少。殘書破壁之間，間有留焉，蓮洲彙而集之，共得若干首。嗚呼，余觀翁子所為序，而知母固不僅為才女，為賢婦，又為賢母也。篇什俱在，有採風者，方將載諸青史，録之彤管，以垂永久，而顧疑其詩之少哉！是為序。時乾隆歲次庚申七月，長洲韓光曾書於天長學署之心遠堂。

同集載翁志琦序：先姑母静如孺人，先叔祖景華公女。幼善詩文，針指之餘，即好讀書，自《春秋左傳》暨歷代書史、屈子《離騷》與晉魏詩集，無不畢覽，閑多吟詠，彙名《珠樓集》，先叔祖因以『珠樓』稱之。及歸我姑夫五瑞甫君，太姻母葉老夫人家法整嚴，動依古禮，婢僕雖賤，不許交語嬉笑，子女雖幼，不許共處遊戲。常云：『婦人無能是德，女工中饋之外，不當拈弄筆墨。』姑母遂焚其所集，不敢吟詠，終葉老夫人去世，後猶謹守姑訓，不摹一字，不作一詩，故妯娌子姪俱不知其能詩也。蓮洲表弟，姑母之幼子，七歲就傅，師喜作詩，時吟詠，蓮洲竊効之，每自誇能作詩。姑母聞之，曰：『汝能詩固佳，然詩之理，奥妙無窮，老於詩者，尤不得其精微，豈易言哉？汝幼知好，亦可喜，試作幾首，吾當教汝。』因自嘆曰：『古者歐陽、蘇母俱能教子成學，我遵姑訓，不敢違二十餘年，今將老矣，其或以此傳之後人乎？』遂復間有所作，然亦不令人知。宅之東有小樓，環山面水，四時之景俱備，最愛居之，奉白衣大士於中，朝夕虔禮，因自號為『静如』。教子女外，登樓獨坐，焚香烹茗而已。嘗有言曰：『假我數年，得訓幼子成立，可遂吾志矣。』嗚呼，昊天不弔，不使淑人得享壽考。未幾，以姑夫五瑞甫君卒，痛哭成疾，相繼辭世，年五十有三。而蓮洲方十四歲，亦在病中，諸表兄弟皆習經營，不能兼事詩文，連喪接踵，昏憒散亂，遂遺廢無蹟，及蓮洲漸次求覓，已不可得矣。至今歲壬子，蓮洲徙卧房於東樓，塵封滿壁，帚拭去之，見有詩二十餘首，零落不全，乃姑母之遺筆也。蓮洲悲痛涕泣而言曰：『我母之詩，不獲覩將二十年，意謂此生終不復得矣。今其得之，復又何恨？雖所存僅百分之一，然勝於一無所見。』遂併將幼時所記數首，録以示我。我幸姑母之遺墨不湮，而又喜蓮洲之能遵母教也，因為序以誌之。時雍正十年歲次壬子夏仲，内姪志琦頓首百拜撰。

夏日

遶屋參差竹，當窻屈曲松。泉聲琴韻合，扇影月光融〔一〕。粉滴香蓮雨，涼生細柳風。園林無暑到，長夏與秋同。

東樓初秋

暑收爽氣透簾櫳，翠竹〔二〕青梧映碧空。鎮日樓頭看不厭，荷花香雜木樨風。

【校記】

〔一〕此句翁静如《珠樓餘草》（乾隆刻本，下同）作「月影扇歌通」。

〔二〕翠竹：《珠樓餘草》作「緑竹」。

荀夢倩 一首

字里未詳。

和白曉月題壁韻

新吟為我舊吟誰，姊妹遭逢一樣悲。絶勝金閶樓上女，蘭芳名與蕙芳垂。

王蓀 三首

字蘭姒，號秋士，江蘇長洲縣人。適常熟薛孝穆。著有《淥水倡酬集》。

春初送夫子之幕府

香閣停針後，尋思總不堪。執鞭君正苦，奉帚我多慚。雲竇應知墐，風程慎莫貪。依依兒女態，争遣上眉嵐〔一〕。

除夕

剪燈拈韻每逡巡，此夕論文意更親。鏡聽新詞憑到處，夢吞丹篆屬何人。須知斗酒猶藏臘，且喜盆梅已報春。從此園林風日好，莫嫌香逕往來頻。

人日即事

預訂芳辰罷掩關，依君屐齒過西灣。亦趨水閣看新築，並入山堂認舊顔。綴樹無花徵婦嬾，貼屏有勝學兒頑。道衡詩思尊前發，欲效顰時未許閑。

【校記】

〔一〕嵐：《本朝名媛詩鈔》作「尖」，後有小注「尖字失韻。」

余珍玉二首

字席人，福建玉田縣人，進士起潛孫女也。

樓居

窻前曲澗泛觴流，幾葉荷花幾度舟。漁父夜歌斜月照，牧童晚唱夕陽收。人情宛似山中鳥，心事渾如水面鷗。載酒涼風隨客掃，白雲同我共登樓。

話別

窻前踈雨淡煙清，吟罷多憎惜別聲。山静樵歌日半午，水寒漁唱月三更。雲邊野店花同宿，天外孤身鳥伴行。君去長亭回首望，一江秋色晚霞横〔一〕。

【校記】

〔一〕横：《名媛詩緯初編》作『晴』。

余尊玉 一首

字其人，席人妹。父兆昌早亡無嗣，母陳氏即以其人為子，幼令服男子衣冠，延師與姊讀書。俱聰慧，能文章，善詩畫。後適崔氏。著有《綺窻逸韻》一卷。

《圖繪寶鑑》：余尊玉，字其人，幼服男子衣冠，延師與姊珍玉讀書塾中，未幾能文。善詩畫。年十二，學益進，四方聲氣賢士大夫皆與之定交，才名藉甚。欲出應試，或尼之曰：『黄崇嘏雖作狀元，何益？不如學班大家擁百城書，使海內賢豪皆北面也。』遂止。許字崔氏，亦閩巨族，仍服男子衣冠，不復接見賓客焉。著有《綺窻逸韻》行世。

【輯補】

周之標《女中七子才蘭咳二集》（上海圖書館藏舊抄本）載黄永《余其人紀略》：余尊玉，字其人，福建玉田人也。

姊名珍玉，字席人，長尊玉二歲。其祖文龍，字起潛，號中拙，登萬曆辛丑進士，起家衡陽令，歷任江西贛州太守，有能聲，所著《史臠》、《史異》行世。父兆昌伯鼇，由天啟丙寅葛屺瞻先生司閩學正，補庠諸生，援例入太學。母陳氏，係孝廉陳肇曾妹。陳氏以夫伯鼇早亡無嗣，遂以尊玉為子，幼令服男衣冠，延師與姊珍玉讀書塾中，俱聰慧。不數載，能文章，善詩畫。順治七年歲庚寅，尊玉年十二，學益進，能應對賓客，凡四方賢士大夫及往來聲氣之士，皆與定交。明年辛卯，予同門友雲間宋轅文司閩學政，時尊玉才名籍甚，欲出應試，或尼之曰：『黃崇嘏雖作狀元，何益？不如學班家大姑，擁百城書，使海內豪賢皆北面也。』其母亦悟，遂止。是歲即許字某，亦閩巨族，服男衣冠如故，不復令應對賓客矣。至珍玉，則許字已久，與妹齊名。閩中人士咸慕之，不可得而見也。適辛卯七月，鄒子連山自閩歸，為述其事，遂詳紀之。

雁字迴文

風敲竹影鳥穿籬，寂寂秋聲草色姿。叢菊茂開偏映水，艷花嬌吐自臨池。東樓舞葉觀琴弄，北塞飛鴻對笛吹。空寄遠書傳雁去，融光〔一〕淡月落浮巵。

【校記】

〔一〕融光：周之標《女中七子才蘭咳二集》（上海圖書館藏舊抄本）作『融融』。

王瑞貞 三首

江蘇嘉定縣人，諸生王紱之女也。

偶感

小窻無伴日悠悠，幾度拈針嬾復休。試問梅花何事瘦，臨風應帶去年愁。

病中至日

西風弱草委泥塵，律轉陽回萬物新。願得天公起枯梗，也隨紅紫鬬芳春。

臨歿口吟

似人似鬼病伶仃，非道非僧剩一身。無女無男剛半世，何年何月了前因。

錢潔四首

字瑜素，江蘇常熟縣人。雲南龍氏土司繼女，暨陽陳鐵肩繼室。著有《青螺稿》。

哭嫂

風雨蕭蕭可奈何，瑶琴絃斷淚痕多。金閨人往餘釵鳳，寶鏡塵封剩黛螺。艷質可憐人世絶，才魂應向玉樓過。董雙成去無消息，誰索蕭郎畫翠蛾。

輓周松筠夫人余氏

縹緲西歸紫氣叢，赤虬飛駕入瑶空。梁公案冷三秋月，孟母機虚五夜風。萱寢方啼空蕙帳，雲車已笑入珠宫。却憐鳳去簫聲咽，環佩珊珊月影中。

贈蘭姑新粧

春色盈盈立畫樓，不修宫樣已風流。况兼雙翠雲肩上，學得新梳燕尾頭。

春曉

曉日初臨曉鏡開，曉窻半啟曉山來。雙雙乳燕銜花入，多半尋春去復回。

許飛雲五首

字天衣，江蘇吴縣人。適同邑諸生王又溟。著有《燕遊草》、《浮家集》。

謝别觀察夫人

自憐生薄命，荊布一娥眉。何意雲天誼，深承禮數知。别時增繾綣，歸日更支離。回首秦淮水，悠悠寄夢思。

庭草

茸茸細縷軟如茵，點綴幽窻別有神。風過湘簾分翠色，雨餘苔砌藉香塵。好隨蓂莢千年秀，長伴桃花玉洞春。一自王孫相別去，至今寂寞倚窻人。

新月

遠望雲山暮靄浮，初生纖魄掛南樓。樹頭宿鳥驚弓影，水面游魚怯釣鉤。淡淡畫眉微有恨，深深學拜便含愁。廣寒風動銀河淺，羅襪新裁夜出游。

渡曹娥江

臨池曾識孝娥名，豈意萍蹤歷此程。姓字已隨天不朽，貞魂直與地為英。蕭蕭枯竹思親淚，漠漠寒濤泣女情。我亦昔罹風木恨，至今汗漫媿閒行。

瓶中丹桂

西風蕭瑟透芸窻，金粟凝香吐嫩黄。祇恐秋光易凋絶，膽瓶深護一枝芳。

李源十首

字星鍾，湖南茶陵州人。適陳綺若。詩見《鸞嘯集》。

韓矩《李源詩集序》：近於茶陵得一稿，乃陳夫人季嫻者。其夫以他累戍邊，夫人以病未從軍，於悲哀涕泣之餘，作為詩歌以見志。余篝燈繙閲，真氣直游行楮背，大抵祖禰於少陵而沐浴於茶陵、茶村者，格高調響，法老機圓。吾代千秋，居然一席，以是知楚風之勁也。如此人，亦不必藉口於竟陵矣。

法華菴即事

龍象宗風豎，香風滿院輝。樹摇空翠入，簾捲斷雲飛。小閣千花散，枯僧一麈揮。齋心祈大士，戍客幾時歸？

秋夜即事

撲簾霜氣重，隱几一哀吟。鼓角寒窻月，關河獨夜心。愁敲紅燭冷，夢斷白雲深。隔院誰家笛，因風送好音。

長沙城下偶成

眼底孤城夕照紅，離騷哀怨楚人風。山光浄盡江流慘，王氣消殘霸業空。衛尉縱横羞割據，懷光跋扈豈英雄。可憐白骨高丘壟，猶有啼鵑憶故宫。

病

獨卧空房擁藥爐，愁中病骨苦〔一〕難蘇。薜蘿門巷〔二〕荒秋草，砧杵江城叫夜烏。萬里夢回千嶂冷，寸心愁對〔三〕一燈孤。欲成仙去隨雞犬，不識能尋塞上無？

綺若行矣忽忽秋殘愴惻於懷以淚洗面賦成六律用寫離憂選四

夕陽踈掛亂煙深，忼慨悲歌咽寸心。碧海雲沉天醉博，青山石爛地愁吟。空堦楚水千山月，獨夜酸風滿院砧。連理枝頭花落盡，雙雙怕見繞梁禽。

畫眉京兆謫蕭關，策杖慈親鬢已斑。知母藥攜愁日短，望夫石化恨猿頑。黑雲殘角關前戍，白草嚴霜塞外山。從此〔四〕莫將螺黛染，朝朝有淚洗紅顔。

佛香初爇篆煙薰，檢點巾箱束舊文。合浦雙珠難再返，樂昌一鏡已平分。怒風烏鵲啼寒樹，亂嶂星河散曙雲。隱几支頤長憶後，半疑沉夢半疑醺。

秋中病骨苦難支，木石啣填怨海遲。激楚歌聲諧象拍，廻文錦字織機絲。關河雁唳燈殘後，風雨龍喧瓦擊時。地老天荒哀絶處，傷心那得聖人知。

題畫

破霧千山秀，披煙萬木幽。有人雲外立，扶杖夕陽秋。

雨

一片苔痕緑到門，爨煙低壓小窻昏。瀟瀟細雨因風響，不到清宵已斷魂。

【校記】

〔一〕苦：《國朝閨秀正始集》作『恐』。

〔二〕巷：原作『卷』，據《國朝閨秀正始集》改。

〔三〕對：《國朝閨秀正始集》作『到』。

〔四〕從此：《國朝閨秀正始集》作『此後』。

黄淑媛 一首

字瓊妹，安徽休寧縣人也。

詠蘭

落落原香祖，亭亭本秀英。朱門休誤入，幽谷足全生。

董氏 一首

江蘇嘉定縣人。適諸生金肇泰。

《國朝練音初集》：董氏，其昌從孫女，諸生金肇泰妻。夙諳風雅，然深自韜晦，肇泰從書簏中撿得一絕句，詢之，知氏手筆。

對月

深閨寂寂玉蟾知，伴我含豪賦小詩。花影漸移簾半捲，曲欄杆畔立多時。

郝文瑢 一首

字冰潭。里次未詳。詩見《水香園集》。

題汪氏水香園

水香深處隔天涯，黄海春歸隱士家。三十六峯晴雪夜，夢中攜鶴訪梅花。

金氏 九首

中書舍人秉樸之長女也。適國學生懷紹宗。著有《蘭玉軒稿》。

昭度姪女許嫁塘棲卓氏未婚而壻早世聞訃欲絶願以身殉父母力阻因而銘旌迎娶過門後繼姪為子克盡大義宗族奉為女箴詩以紀異

天地鍾靈秀，艱貞出故常。素幃陳錦幔，奠爵替歌觴。氣減山川色，心争日月光。聖朝崇德化，閭里表幽芳。

送春

倦整金針罷女工，無聊獨倚小樓東。煙迷芳草連天碧，雨逐殘花滿地紅。飛燕已成新築室，遊蜂猶戀舊花叢。那堪好景年年負，無限閑愁一望中。

悲秋

倦向粧前整瘦容，欄干倚遍恨無窮。黄花總是愁中老，楓葉都應淚染紅。入户小蟲驚冷露，歸巢孤燕怯秋風。幾回欲把寒衣整，未舉金針意已慵。

秋夜感懷

風透紗窻夜正悠，涼生几簟早經秋。孤鴻叫斷三更夢，鐵馬鳴成一種愁。明月去來人自老，彩雲聚散水空流。誰家玉笛聲如咽，也訴幽懷弄未休。

梅花

寒香寂寂繞幽窻，肯並羣芳鬬艷粧？春雨春風渾不受，願隨冰雪共争光。

聞三兄遠行因寄

向愁帶水難長晤，此别關山道更長。欲寄一箋陳數語，更無飛雁到衡陽。

秋思

浮雲散盡碧天空，明月高懸白晝同。欹枕夢殘嫌漏永，玉堦斷續又鳴蛩。

秋日寄妹

秋來無事不傷情，憶却同枝感自生。欲識相思何處切，夜深殘月半窻明。

茉莉

玉容皦皦掩餘芳，夏日能消午夢長。不是冷香清到骨，錯疑六月又飛霜。

方筠雪四首

安徽歙縣人，太學方澍長女也。適海陽程光勳。著有《鶴汀餘草》。

賦得鳥散餘花落

春晚花稀處，新禽倦故枝。初聞聲格磔，忽覩態迷離。振羽危紅下，鸞霄斷粉悲。紛紛隨墮毳，細罥遊絲。陵亂時相值，翩翾影乍移。魂驚鸚鵡夢，香返燕巢知。風澹飄來緩，陰濃過去遲。來朝好飛去，啣汝向瑶池。

桂花

隴首何妨不復春，西風叢桂最芳辰。莫言怨女眉邊葉，祇是嫦娥額上塵。冷露濕衣真絶世，天香和月更無倫。也知肯負丹霄種，折向人間贈郤詵。

秋蛩次韻

玉繩低轉漢西傾，四壁蛩聲短燭昏。細逐寒砧驚旅夢，清將秋思入吟魂。苔花砌縫緑初變，豆葉籬根露乍翻。因憶故園曾聽處，疎林遠火出遥村。

秋日村居和後巖舍弟韻

黛園千嶂入晴空，一水縈洄到處通。書帶滿簾秋後翠，垣衣射眼雨邊紅。索居得句超黄絹，習靜雙丸笑轉蓬。生計抱琴兼抱瓮，世人誰識漢陰風。

姚閒一首

字月静，江蘇崑山縣人也。詩見王蒼璧《松筠堂題詠》。

題崑山王氏松筠堂

幽居遲日絶纖塵，門掩花飛二月春。竹色深來如鳳尾，松身老去有龍鱗。鶯啼翠幕留佳客，燕繞雕梁識舊人。試問題詩何處好，玉峯圍繞草堂新。

楊道含十首

字德載，浙江仁和縣人。見《德門壽言》。

壽姚母

内言出梱禮無之，敢寄人間祝嘏詩？道韞當年時重姊，含情欲達見乎辭。

小語深閨聲日低，歸寧姊暇即分題。從夫父命分纖手，弱妹常憐在水西。
父詠皇華母没時，聯牀燈火步常隨。十年姊長提攜切，誨迪肫肫類我慈。
曾兒撫育記當年，瓊脆相看著意憐。不為下殤情即已，至今憶及淚漣漣。
未亡人慘廿三年，百福今看事事全。家業未成子未娶，苦衷見妹即垂憐。
寡鵠歌哀眉未舒，士風林下世無如。不徒健婦持門户，訓子和熊讀父書。
持籌不輟計田園，室患飄摇口不言。窀穸躬親支幾世，舅姑掩淚慰多番。
訓垂從儉不從奢，無已恩施日有加。豈但脱簪親必與，待炊鄰里幾人家。
苦荼味獨百般嘗，慘淡經營骨傲霜。蔗境老來知以後，黃花晚節共舒香。
騷客詞人日舉觴，長吟短詠各揄揚。即看鳳誥從天下，苦節兒孫理自昌。

羅松節 一首

詩見《谷音傳響》。

次韻題明妃圖

悲風四起亂雲稠，吹角難禁塞草秋。薄命自憐君寵絶，夢魂猶入漢宮頭。

徐素蘅六首

江蘇江都縣人。

四時閑詠

歲朝雪影透房櫳，小院春回爆竹中。親點元宵佛前供，團圓歲歲願郎同。

裊裊爐煙結篆微，蘭馨蕙馥膩羅衣。護香欲放簾垂地，奈隔雙雙燕子飛。

盈盈人在暮春初，欲起還眠柳不如。何物深閨堪破嬾，背郎詩句學郎書。

紅是櫻桃青是梅，今朝立夏撥新醅。身輕欲試稱花稱，才約羅裙女伴催。

關心殘桂莫輕拋，落指濃香帶露敲。金粟願常留色相，琉璃瓶貯越羅包。

連日輕陰不下堂，偶來菊圃見晴光。廻頭笑指檀郎問，誰似黄花耐久香？

陳彬四首

字雲硯，浙江仁和縣人，半江陳親家之長女。適丙午孝廉原任四川彭水令歸安戴炳之子邑庠生禮。著有《雲硯樓小草》。

立春

青帝始司晨，欣看歲序新。雪消殘臘凍，梅占隔年春。暖氣回暘谷，和風拂渚蘋。才維慙詠絮，未敢負良辰。

西湖看桃花分韻得芳字

春風湖上好，結伴泛雕航。白傅流風在，蘇公遺韻長。山容深淺翠，花氣重輕香。十里繽紛色，千株爛漫芳。探幽攀峭壁，尋勝俯層岡。塔影波中見，亭名碣上詳。紅牆圍古寺，緑草襯疎裳。盛世遊民感，時聞頌太康。

元日呈兩大人

頌椒兼致祝堯天，冰署春光喜正妍。千疊祥雲籠瑞日，萬家淑氣綰晴煙。陽和乍轉風微煦，梅柳初華色更鮮。惟願椿庭添鶴算，親慈子孝樂豐年。

秋興

四時皆可樂，秋爽更翛然。翠縷凋牆柳，紅衣謝渚蓮。小窻邀月伴，半榻枕書眠。素性無他好，心閑即是仙。

卷之三十九

周月貞七首

江蘇長洲縣洞庭山翁德和之室也。

《七十二峯足徵集》：月貞與乃兄祖鳳同學詩於母氏，句多新穎。適翁德和，僑居雲間。病卒，德和悲憤，盡焚其藁以殉。今所存五七絶一十八首，附於母氏《静女遺草》後者，乃月貞寄兄而祖鳳收存之筆也。吉光片羽，猶得耀人耳目，亦不幸中之幸矣。

詠史

八千兵散楚歌中，一曲虞兮淚下紅。伏劍若非能報主，美人名姓等飄蓬。

執鋭披堅遠事戎，劬勞圖報意無窮。誰云弱質不堪使，羞作男兒碌碌庸。

百尺深淵拯父沉，但知有父不知身。弱齡純質天生孝，千載曹娥第一人。

寶劒森森坐卧攜，此身皎皎出淤泥。校書可惜聰明誤，同出忠良志不齊。

看秋海棠

海棠嬌艷奪三春，花内秋容絶比倫。曾説斷腸千古恨，開時偏對斷腸人。

寄蓮洲十兄

楊柳依依緑染絲，江湖掩映暮帆遲。歸津有渡愁難渡，地遠天長念别離。
長憶秋林霜滿枝，一山黄葉日吟詩。而今兩地無消息，秋聽征鴻叫月時。

方福容一首

詩見《谷音傳響》。

次韻題明妃圖

宫闈女伴小星稠，薄命偏臨薊北秋。寂寞穹廬曾未慣，息媯無語只低頭。

雙卿十九首

不詳其姓，綃山農家女也。適周氏子。

史震林《西清散記》：雙卿者，綃山女子也。世農家。雙卿生有夙慧，聞書聲，即喜笑。十餘歲，習女紅異巧。其舅為塾師，鄰其室，聽之，悉暗記，以女紅易詩詞誦習之。學小楷，點畫端妍，能於桂一葉寫《心經》。有鄰女嫁書生者，笑其生農家，不能識書生面也。雍正十年，雙卿年十八，山中人無有知其才者，第嘖嘖艷其容，以是秋嫁周姓農家子。其姑乳媪也，賃夢覘舍，佃其田，見田主稱官人。其夫長雙卿十餘歲，看時憲書，强記月大小字耳。夏四月，余避暑綃山耦耕堂，懷芳子段玉函至，與之望晚山，雙卿方執畚户外，已復攜竹籃種瓜匏於橋西岸，眉目清揚，意兼涼楚。明日得其詞，以芍藥葉粉書《浣溪紗》云：『暖雨無晴漏幾絲，牧童斜插嫩花枝，小田新麥上場時。　汲水種瓜偏怒早，忍煙炊黍又嗔遲，日長酸透軟腰肢。』又以玉簪葉粉書《望江南》云：『春不見，尋過野橋西。染夢淡紅欺粉蝶，鎖愁濃緑騙黄鸝。幽恨莫重題。　人不見，相見是還非？拜月有香空惹袖，惜花無淚可沾衣。山遠夕陽低。』爲詞嘲懷芳子，懷芳子怒。雙卿聞之，曰：『妾生長山家，自分此生無福見書生，幸於散記中識才子，每夜持香線望空稽首，若籠鳥之企翔鳳也。』於是向隅而歎曰：『田舍郎雖俗，乃能宛轉相憐，何忍厭之！此生不願識書生面矣。』乃爲《濕羅衣》云：『世間難吐只幽情，淚珠嚥盡還生。手撚殘花，無言倚屏。　鏡裏相看自驚，瘦亭亭。春容不是，秋容不是，可是雙卿？』懷芳子悔，填詞十數首索和，不答。偶見雙卿於門，容色慘離，殊異疇昔。懷芳子望空遥拜，别時拜夢覘爲倩工畫者寫其容。爲留别詞，苦其索和。乃以小緘圓裹，題封甚密，屬懷芳子于路無人處拆視之。欣然袖而去，余與夢覘不知也。明日，使婢問之，雙卿微笑，吟《白羅》詩曰：『多情竟有癡仙子，又累書生半晌猜。』

又，綃山老人告余曰：雙卿性瀟灑，而意温密，飄飄有淩雲氣，無女郎瑣窄纖昵態。以才自晦，往來雙卿家者，不見其筆墨痕也。嫁村夫貧陋頗極。舅姑又勞苦之，不相恤。雙卿事之善，意雖弗歡，見夫未嘗無愉色。饑倦憂瘁，言笑猶晏晏也。

【輯補】

賀雙卿《雪壓軒集》（《清代閨秀集叢刊》影印民國十六年北京文化學社排印本）載張壽林序：楓林秋信，零雨其濛，壽林還自上谷，卜居京華；所校賀雙卿《雪壓軒集》，裝卷初就，展而重讀，不覺鬱悒。於戲！啼紅萬古，飲恨安窮？化碧千年，埋愁何許？如雙卿者，託跡田家，屈身鄉閭，幼而才情綽約，妙解文章，長而風度蹁躚，尤工詩賦。

顧廼蒼昊忌才，締失其偶，上頭夫婿，無趨府之清標；野里姑嫜，多椎床之怨怒。花原嬌怯，豈禁飆風？鏡本空明，劇憐鸞影？疾苦已夙，藥裹為緣。沉憂入骨，楚宮無可瘦之腰；深慮縈心，永巷多欲彈之淚。遂廼寫綺懷於楮墨，寄幽怨於新詞。慧質蘭心，纏綿悱惻。此則杜宇欲化，猶振哀音；春蠶作絲，僅餘愁緒者已。嗟乎！謝鉛華於盛年，委芳心於長夜。命同秋草，淚漬紅冰，寔命不由，吁可傷矣！壽林年躋作賦，恨類文通，覽彼遺篇，增余悼惋，敢為校印，藉廣流傳云爾。歲在丙寅，中秋前一日，壽縣張壽林序於京華浮翠室。

同集載張壽林《校後記》：賀雙卿所為詩詞，世無傳本，惟于史震林《西青散記》中見之。徐乃昌《小檀欒室彙刻閨秀十集》，有《雪壓軒集》一卷，録《散記》所載雙卿各詞，而詩則卒無刻本。賀氏有《雪壓軒集》之説，不見《散記》，始自黄韻珊《國朝詞綜續編》，而不知其所本，疑出後人之所題。雙卿詞據徐刻《雪壓軒集》，凡十有六闋，稽之《散記》，僅得十四，案其所誤，要有二端：《望江南》詞譜本有單調、雙調，雙卿『春不見』至『山遠夕陽低』一詞，本為雙調《望江南》一闋，徐氏析為單調二闋，此其所以誤者一也。《太常引》一詞，顧頡剛先生以為描語拙劣，不類雙卿之作；案《散記》録此詞云：『戊申臘，余同家卓人弟訪闇叔不遇，為《太常引》一詞云：「玉人愁道遠行難，風雪怕衣單。日落到到姬山，先去看、梅花倚蘭。　新詞半卷、淚痕淹透，來與趙郎看。何忍便空還？第一夜、孤枕最寒。」』則非雙卿詞明甚，而徐氏不查，誤入《雪壓軒集》，此其所以誤者二也。舍此二點，校之《散記》，殊無僞謬。今茲所刻，即以為據。惟《二郎神》一詞，據詞譜凡兩調，均與此字同句異，則姑以肊見點定。又或此本作甲字，而別本作乙字，則於甲字下注『某本作乙字』，既存兼收並校之益，且存此本之真也。其詩則鈔自《散記》，而零章斷句，未足成篇者，俱所不録，都凡二十四首。惟世無刻本，難以校讎，魯魚之誤，恐或弗免。雙卿作品之風格韻緻，已詳篇末《賀雙卿及其詞》一文，茲不復論。丙寅孶朝，壽縣張壽林校竟記。

同集載何子荊跋：客歲在京，讀家藏《藝海珠塵》，中有董東亭《東皋雜鈔》，讀至『雙卿』一條，而喜其詞之真情流露，悲愴絶世，且嘆其運之蹇也，掩卷悽然，不忍復讀。適書簏中有舊購《欠愁集》，敘雙卿事極詳，蓋沈宗疇姬人拜鴛女史録自史震林《西青散記》者，因覓得《散記》共讀之。《散記》敘事詳贍，文詞亦美妙可誦，蓋與有明張宗子《陶庵夢憶》同長。時妻弟壽林亦從廠肆購得《欠愁集》及《西青散記》，頗讚雙卿之作非凡品，為文彰之。乃先後各録其詩詞，裒然成帙，共議剞劂，與世同賞。繼以措資無從，荏苒至今。昨壽林弟來，談次始悉渠稿已付梓人，殺青有日，實用欣幸！第有憾者，雙卿生年未悉，而董東亭又謂為『張慶青』。董説繆荃孫先生《雙卿詞序》（見《藝風堂文集》）曾辨其偽，謂為傳聞之誤。然詞名『雪壓軒』，始自黄韻珊，亦苦不知何據。竊謂雙卿事蹟，記之者或不僅《散記》與《東皋雜鈔》兩種，如能考之《散記》所記諸人如曹學詩（字震亭，有《香雪文録》）等之著述，或可得其麟爪。繆小山序雙卿詞曰：『其詞清絶，幽絶，如橄欖，如檳榔，細味之而佳愈出。不特閨秀罕見其儔，即《散記》中所載詩詞，亦不能不讓其獨樹一幟，此其所以可傳也。』兹録之，以餉愛讀雙卿詞者。丁卯秋日丹徒何子荊文坻跋。

惲寧溪為題浣衣圖因步其韻

月魂滴艷綃山側，細切霞膏噤冰臆。紅粉蒸爲窈窕雲，青天盡變芙蓉色。
家住華陽第八天，舍西流水舍南田。手撚香絲嫩如雨，欲繫鴛鴦問可憐。
妾容憔悴郎顔老，小庭土白塵難掃。牡丹貧賤不成花，却將富貴輸芳草。
曾記桑陰學種瓜，與郎消渴餉郎茶。夜涼帶病開窗坐，放月吹燈夜績麻。
書生漫負憐才癖，妾在田家静安帖。雨後黄鸝乍一聲，春愁唤上青青葉。
雪意陰晴向晚猜，牀前無地可徘徊。縱教化作孤飛鳳，不到秦家弄玉臺。
斜羅仄布零星片，自綻寒衣費針綫。白煙遮夢抱梅花，繁霜夜洗佳人面。

《西清散記》：石鄰張輔蒼至綃山，繪《雙卿種瓜圖》爲二卷，乞雙卿自題，一寄懷芳子，一自藏焉。前懷芳子去時，雙卿與之圖緘如指，令中途開視。懷芳子入野祠，洗手於溪，以唾潤封處，徐徐拆之，不忍少損。讀之大愠，既而笑——蓋雙卿剪葉爲蝶，兩翅間書《浣溪紗》二首，嘲懷芳子。懷芳子乃造澹園，託王月虬倩石鄰來圖其像。六月朔，石鄰辭澹園，方曉，月虬著高屐候籬門，石鄰曰：『久晴，何屐也？』笑曰：『偶然耳。』摘李食之。至綃山，欲見雙卿，不可得。將晚，雙卿浣柳下，側窺之；過其前，平視之，雙卿避。石鄰曰：『得之矣。雖然，風致淡冶，可描也；淒隱之意，在有無中，特難耳。』圖成，示雙卿，雙卿題《玉京秋》一詞於上。既而悔之，不肯還，曰：『此乃戲雙卿也。』

題秋海棠葉

更曬秋衣就晚晴，好山照處病容驚〔一〕。離魂附草為螢火，幽恨如冰化水晶。燕後新鴻連復斷，雨邊殘月〔二〕死還生。小窻夜色從來淡，便為燈花坐到明。

《西清散記》：時夜已半，反宿舟中，月明露重，闇叔步堤上，踟躇往來，問雙卿家安在。明旦入耦耕書院，周視山水，登高踞石，西玩句曲、方臺、髻山，東指洮湖、大涪，南望銅官、琅玕、仙人、巧石諸峯，北問横山、鶴渚、思湖，撫膺而嘆，握夢覘手言曰：『錦崖繡浪，靈草慧禽，青幽碧秀，繚繞無際，固應特産佳人，絶世而獨立也。』當是時，雙卿病新起，井臼炊蒸，兼事饁餉；病後早勞，復得痁疾，惟日飲米汁數盃。姑與夫詬誶交至，强起執爨，坐竈間，不能踰閾。闇叔往來户外，朗吟雙卿詞。有卧柳，坐其上，著白絹衫，執羽扇，高歌長嘯，激楚流連，而雙卿終不可識。乃為詩曰：『自憐新瘦怯輕羅，燈影希微病與和。睡去可知還是別，夢寒秋雨刪聲多。』玉函填《燭影搖紅》詞云：『柳色陰濃，伊人遥在春煙裡。天涯別後雁魚修，回首魂消矣。密撿新詞舊葉，怕吹散、粉香花氣。蠅頭細楷，似暗如明，亂愁提起。一夢無邊，淚痕深漲門前水。青山相對夕陽低，照影臨流睇。獨我心中眼底，遍猜你、近來何似？憐才誰是，萬詠佳詞，他生還記。』雙卿捲其詩詞於袖，俱無所言。將暮，雙卿出浣，元綾裹鬢，弱不勝衣，闇叔攀柳朗吟其詩。浣畢，俯首安行，闔扉而入，未嘗一廻眸也。夢覘婢以金鳳花一朵至，花上粉字，細不可見，有絶句云：『淡寫涼紅叩玉皇，碧雲吹下斷腸霜。嫩愁細印黄金粟，一夜花神又費忙。』復得七言律詩於秋海棠葉上云云，時八月二十日也。

又，九月初，雙卿瘧未已，時乃穫稻，復强自登場，濕秉僵穗，落之揚之，載垣載積，力疲目眩，則籍草而坐，方定旋起。鄰婦勸止之，泣曰：『吾夫腰鐮早出，跣足履霜，裂趾破踵，以勞於田，安忍坐視之？姑老矣，尚親涖場事，況薄命人，敢效富貴女畏風日、避塵沙耶？』鄰人婦皆為之悲哀。雙卿著故青衣，捲素袖，鮮浄如雪。掃場時，袖開，遺紙於地，童子齡拾取，則『燈影稀微病與和』之句也。意慽慽無聊，每出入，俛首垂眸，不復他視。偶挑菜橋西，罥筐柳下，綰雙枝成結，笑曰：『此慈悲樹也。』

和乩上白羅仙女韻

未許焚脩閉小庵，冰心無皺似澄潭。泥遲枉怪饑時燕，繭薄誰憐病後蠶？

和夢覡韻

風吹細雨濕柴扉，十畝溪田事業微。歲旱木棉花未發，杼寒梭冷倚空機。
今年膏雨斷秋雲，為補新租又典裙。留得護郎輕絮暖，妾心如蜜敢嫌君？
細紉麻鞵線幾重，采樵明日上西風〔三〕。乍寒一夜風偏急，莫向郎吹盡向儂。
冷廚煙濕障低房，爨盡梧桐謝鳳凰。野菜自挑寒自洗，菊花雖痛奈何霜？
命如蟬翼媿輕綃，舊與鄰娥一樣嬌。阿母見兒還認否？苦黄生白〔四〕喜紅消。
浸透春酸一點心，病中疎夢易銷沉。鏡釵已賣酬方藥，自削楊枝照水簪。
四屏山影遠如臺，郎負寒薪下幾回。歸後勸郎晨晏起，日高私禁外人催。
家雞雙宿笑棲鸞，比翼齊眉〔五〕並紫冠。燈暗結花光變緑，竈稜堪倚勝闌干。
妾住衡門傍緑樓〔六〕，夜香吹下隔簾愁。袖開落盡秋紅句，衰草殘陽夢遠游。

題蕙花上

柳絮多情已化萍，素魂紅怨淡無聲。似聞燕子三更語，月過花梢又不明。

《西清散記》：夢覘婢取蕙花兩朵至，上題詩云云。閨叔佩之，花乾而句已失也。於是繞行徬徨，手持雙卿書，攢眉俯首而步，時誦『仙郎一字，勝懷不夜之珠』，欲為之死。婢見雙卿而笑之，雙卿曰：『彼誤耳。仙郎者，吾夫也。吾夫不識字，燈下教之，已識十餘字。他人識萬字不為異，吾夫識一字即為寶，故云不夜珠也。妾何必羨徐陵哉？吾夫不能寫字，捧其手描之，能點畫矣。豈復思逸少哉？』書云：『夕陽輾轉，甘墮蘭岑；暮雨丁寧，苦沾蓀浦。氤氳未斷，自衍殘魂；剪剪難禁，尚支微力。髻方梳而遽挽，衣臨浣而聊穿。百舌素能言，罵海棠而變啞；子規原善笑，哭芳草以成癡。病餘之午倦如棉，夢裏之曉寒似水。情倉艷庫，領鎖鑰於東皇；媚檄嬌籤，勒胭脂於西子。褒英貶萼，且修芍藥春秋；降葉升枝，漫擬牡丹封誥。鴛慚繡枕，麝畏沾衾；香滿花心，紅情愈緊。愁堆柳眼，緑意偏鬆。欲語憐聲，未忍輕穿俗耳；將行惜影，可拚略印凡身。燕披闇淡之衣，重逢依舊；蝶護淒涼之粉，細驗還新。綵雲締五色姻緣，白玉結連環恩愛。餂淚痕於香頰，舌洗相思；摩汗澤於酥胸，腕醫心痛。仙郎一字，勝懷不夜之珠；月姊千齡，敢竊長生之藥。捧珊瑚而架筆，豈羨徐陵；進玳瑁以裝書，何知逸少。願抒幽韻，懇駐清輝。采緑終朝，空悲一菊；踏青半晌，誰惜雙卿。』十七日，別綃山，澹園贈夢覘詩曰：『踐約欣復晤，恩義益以深。豈止耳目好，切切芳菲春。人生貴適志，況子友愛肫。不憚道路遠，萃止於良辰。須竭視聽娛，寸陰逾千金。未知自茲別，後會何如今。』夢覘後索澹園詩以贈，及三詩示之云：『與世愧悖謬，介處壤蒿榆。寸晷不自薄，覆載一浩舒。茗欸覆英落，鳴禽與之俱。曖曖影晝白，荒青入霄虛。則茲蜜柯下，幽芬隱風餘。晤對無迂文，耕鑿羲皇愚。』十九日，夢覘致書，附絕句云：『薔薇香暖蕊全開，風剪無聲夜滿苔。拈取亂紅鋪碧簟，月窻燈細夢微來。』是時，夢覘省虚舟先生於無錫，將從東湖問閨叔，勸其無復悲雙卿也。

【校記】

〔一〕此句賀雙卿《雪壓軒集》（《清代閨秀集叢刊》影印民國十六年北京文化學社排印本，下同）作『好山能照病容清』。

〔二〕殘月：《雪壓軒集》作『殘葉』。

〔三〕西風：《雪壓軒集》作『西峯』。

〔四〕白：《雪壓軒集》作『面』。

〔五〕齊眉：《雪壓軒集》作『齊肩』。

〔六〕緑樓：《雪壓軒集》作『綵樓』。

孫慕貞一首

詩見《谷音傳響》。

次韻題明妃圖

傾國傾城漢苑稠，獨來沙漠不禁秋。黄金便把蛾眉贖，憔悴真同畫上頭。

張瑛 二首

字玉英，江蘇泰州人，張符驤女弟也。詩見朱觀《歲華紀勝》。

午日吊屈原

汨羅千古恨深深，此日靈均何處尋。角黍徒充饞鬼腹，蒲觴不醉怨臣心。洶騰海浪翻風雨，慘怛愁雲變古今。澤畔行吟人不見，離騷讀罷淚沾襟。

中秋

旱潦〔一〕何堪兩事並，縱當好節亦愁生。花經暴雨如相妒，月避寒家不肯盈〔二〕。肴核自成荒歲景，酒漿猶費老人情。莫嫌〔三〕此夕無佳讌，尚有饑民乏菜羹。

【校記】

〔一〕旱潦：《國朝閨秀正始集》作「旱澇」。

〔二〕盈：《國朝閨秀正始集》作「明」。

〔三〕嫌：《國朝閨秀正始集》作「言」。

田玉燕 二首

字雙飛，浙江錢塘縣人，田子藝蘅〔一〕女。著有《玉樓草》。

風

春山為捲白雲飛，繞樹花飄香點衣。蘋末摇青度珠箔，柳邊分翠透羅幃。

夜柳

依依柔態不勝飄，幾度東風拂露條。何事嫦娥偏妬影，却教暗裡舞纖腰。

【校記】

〔一〕藝蘅：原脱『蘅』字。據《名媛詩緯初編》小傳改，傳曰：『田玉燕，字雙飛，湖州人，博士田公藝蘅女。適徐文學元舉，生三子胤翊、胤翀、胤翹。著有《玉樹樓遺草》行世，雲間陸應陽爲之作序。』

陸湘水 一首

字秋濤，湖北漢陽縣人。適李文焕。著有《林下吟》。

煮茗

晝長寂寂蓬門静，石盌香生午夢高。桑苧只今惟有陸，羲皇隨地不須陶。煙廻南苑驚棲鶴，風送東山響細濤。會見清陰來拂幌，悠然相對獨由敖。

李楊五首

字未詳，江蘇江都縣人。方樸士《環翠軒詩集》，並鄭破水《梅花書屋圖贈言》，皆附其詩。

題破水道人梅花書屋圖

夫子尚書裔，蘭閨素仰欽。丰標温似玉，聲價重於金。高士山中趣，佳人世外心。披圖欣載見，一展一沉吟。

月夜芭蕉次韻

孤光叢影引，一院緑滋豐。的的生幽色，摇摇動遠空。隔簾秋水似，映几碧天同。不盡舒懷思，蕭條林下風。

邗江七夕

每到秋來詩思多，雙星此夜又經過。只知人世沉情海，不信天工戀愛河。過去韶華毋歎息，當前好景莫蹉跎。閨中笑我何能巧，敢向雷塘也漫哦〔一〕。

蔣夫人招泛舟風雨忽至

北郊槐柳遶林園，曲調陳隋處處喧。花葉一湖飄斷續，隨風隨雨到青樽。今朝應是洗花妝，好景幽人恰恰當。多少丰姿俱約略，從來不識有鴛鴦。

余雯《次閨秀楊李雨中泛舟詩》：『西城百雉繞林園，傀儡場中日日喧。最少能詩如李冶，素琴彤管共清樽。』『芙蓉開久似殘妝，急雨斜風孰可當。應是仙妃舟傍處，吹來片片化鴛鴦。』

【校記】

〔一〕此句《淮海英靈集》（嘉慶三年小瑯嬛僊館刻本）作『空向雷塘弔玉娥』。

林以寧十八首

字亞清，浙江錢塘縣人。錢石臣配。著有《墨莊詩鈔》、《鳳簫樓集》。

林西仲《墨莊詩鈔序》：學士家動言詩文，至謂巾幗能從事彤管，則未始不詫為異。然《記》稱四德，婦言次之，詩文乃其言之精者耳。故十五國風，婦人篇什尤甚。惟是職在中饋，凡一切蠶織縫紉諸務，皆可以紛奪其心；且跬步不踰帷薄，無登涉曠觀以為激發，較之學士家倍難。西泠錢子石臣杭來，出示其夫人所著《詩鈔》，其古風則濃艷刻劃中饒有清折渾成之致，近體則峭拔整雅中兼有豐腴綿邈之姿。蓋緣早歲嗜學，復得石臣相資取益，而從宦關中，曉角暮笳，所由激發，以故能集漢魏三唐之長。雖使學士家按題經營，未能過此。則夙具異禀，所得於天者厚也。余長女瑛佩、仲女芳佩，頗穎慧知學，與余室蔡孺人自相師友，各有所著。今一没於閩，一没於燕，余甚惜焉。使其生前寓浙，以根系之誼得觀摩劘切於亞清，其所造詣，當不止此〔一〕。嗟乎！人生百年，總屬朝露，余甚惜之〔二〕。

【輯補】

林以寧《墨莊文鈔》（康熙三十六年刻本）卷一《贈言自序》：夫木生于山，珠沉于淵，唯良工大匠，乃能知之而顯于世；伯樂過冀北之野，而馬價增千金。夫馬猶是也，木與珠猶是也，而或則焜耀乎廊廟，或則委棄乎荒野。世之所謂知己，顧不重哉！余閨中弱質，無可知之才，亦鮮知稀之嘆，豈與世之卑鄙下士逐逐時名者競其毫氂分寸哉！而汲汲集贈言，紀酬和，固自有説。余少從母氏受書，丸熊畫荻，無間曉夜，若忘為女子子者。少間，則取古賢女行事，諄諄提命，而尤注意經學。嘗曰：『吾願汝為大儒，不願汝為班、左也。』歲壬寅，丘嫂重楣來歸，老母命為師友，于是始學詩。初下筆，嫂深器之，遂有『天地英華氣磅礴』一篇為贈。此余贈言之始也。己酉之歲，余年十五，從父宦關西，遂濟伊洛，臨盱眙，涉淮泗，登熊耳大華之顛，曠觀宇宙，可謂勝遊。而壻石臣時出錦囊佳句，屬和于余。余自顧綫才庸陋，負此山靈，徘徊弄玉之樓，深歎古今人不相及也。數歲歸，而嫂氏病卒，徵名媛為挽歌，遂得又令、季嫺、端明諸子，相與定交，倡和之什，較多於嫂氏。今丁巳五月望後六日，為余初度，因思廿有三載以來，浮沉世俗，即探討載籍中，曾不一殫聖賢之旨，以孤母氏望，而幸辱數子之知，謂可竊附藝林。因輯而録之，為若干卷。歸而獻諸堂上，諒必有以解母氏之顔，而因自文其固陋也。若謂以是詡於人，而求知於世，余竊心鄙之，弗爲耳。

水仙操

蹈彼海濱兮以居以處，撫瑶琴兮誰與語？天風起兮蛟鼉鳴，海波揚兮何虧何盈〔三〕？我神何棲兮于彼太虚，物我兩忘兮不聞其聲。

夢遊桃花源

理楫石瀨口，洞壑極深窅。白日翳層壁，倏然露林杪。初行不見人，仄徑礙飛鳥。忽逢林木盡，水竹四環遶。茅屋三兩間，雞聲出雲表。主人聞客來，攬衣起相勞。筍蕨爲我設，秔粱供我飽。白鶴翔天風，遊魚戲清沼。宛若素所歷，遏來胡不早。悵惘塵世事，朗徹愜懷抱。高丘誰沉淪，阿閣孰傾倒。魏晉不復知，以下更何道。歎息武陵人，悠悠竟終老。

贈宛瓊女史

月中仙人結璘子，銀海回風漾空翠。廣寒青桂生紫芽，冰蟾蝕作鴛鴦字。清光獨夜照三吴，采香涇畔多名姝。日射簾旌金鵲尾，春窻睡足紅氍毹。蜀紙新裁鸞鳳帖，同心重綰菖蒲葉。玉寒手擘荔枝漿，燈紅酒暈芙蓉頰。風剪春英碎粉霞，幻作衣間雙蛺蝶。緑雲鬟髻黄金璫，方空半臂凝脂香。瑶島承恩夕宴罷，寒星亂落參差〔四〕光。

獨夜吟

蕉心未展桐花老，春社纔臨燕聲小。屋角陰雲凍天色，雨脚斜侵砌草纖。暮寒壓夢夢不成，耳邊哀角嗚嗚嗚。幽房鬼逼蘭釭凝，牀頭玉盞敲紅冰。斫桂燒雲老不死，夜烏啼殺曉烏起。獨繭抽絲結繡襦，儂心未卜郎心似。開簾蠟樹煙依微，海燕賓鴻相背飛。孤吟起坐各無賴，昨夜鄰家夫壻歸。

錢塘觀潮

氣以三秋肅，江因九折名。海門環鳳闕，斗曜拱神京。舟楫三都會，魚鹽百貨盈。涼飆隨舵發，新月傍船行。共指潮生候，争看霧氣横。篙師屏息待，漁子放舟迎。海外千山合，江邊萬谷鳴。蜃樓驚變幻，鮫室忽晶瑩。魚沫翻珠佩，腥涎噴水精。玉山高作壘，雪浪儼如城。似有馮夷鼓，長驅掉尾鯨。前茅從赤鯉，後隊亦青旌。自可吞溟渤，何煩洗甲兵。蛟宫圖廣袤，蟻垤敢争衡。久欲尋天漢，頻思訪玉清。乘槎常不達，浮海竟無成。近覩三江險，方知六宇平。奇觀書短韻，尺幅海濤生。

秋蟬

昨夜涼風屆節初，園亭景物漸蕭疎。高枝墜露堪承飲，深樹微雲可卜居。秦女支砧秋半急，衛娘小鬢夜來梳。遐情自足傳霄漢，不逐金梧下玉除。

秋暮讌集願圃分韻〔五〕

早起登臨玉露瀼，畫樓高處碧雲涼。池邊野鳥啼寒雨，籬外黄花媚曉粧。斜倚紅闌同照影，閑揮綠綺坐焚香。溯洄他日重相訪，一片蒹葭秋水長。

寄啟姬雲閒

泖上浮家小結廬，水軒竹檻稱幽居。問人新借簪花帖，教婢閑抄相鶴書。螘子避潮緣硯席，蝌奴沿月上堦除。清閨事事堪題詠，刻玉鏤冰恐不如。

穀雨

鏡臺流影射窻紗，風到簷前柳脚斜。竹架整書除脉望，春池洗硯亂蘋花。桑濃蠶子猶懸箔，日暖蜂王早放衙。童子佩壺尋澗水，滌甌明日試新茶。

草草深閨度歲華，生平不解問桑麻。沿籬野豆初牽蔓，繞砌山桃半欲花。細雨漬成楊柳色，暖風催放牡丹芽。村姬結束新螺髻，傍曉比鄰喚採茶。

得夫子書

經年別思多，得書纔尺幅。爲愛意纏綿，挑燈百回讀。

落花詩六首

雨濺春泥葬碧桃，晚煙愁鎖斷魂勞。黄鸝對對枝頭立，罵殺東風似剪刀。
寂寞春林覆碧塘，杜鵑啼徹月昏黄。長門有淚無由達，化作飛紅入未央。
小園風雨夜來添，賸得殘枝手自拈。只恐芳華零落盡，收將餘澤在香奩。
酌酒看花送晚春，殘紅宛轉逐芳塵。碧闌干外蟾光滿，却埽胭脂作錦茵。
春酒醒時人寂寂，落英飛處月纖纖。壘巢燕子雙銜入，細語呢喃喚捲簾。
黄鸝潛踏護花鈴，驚斷春魂欲化萍。昨夢靈香遠相訪，月光如水漾空庭。

初春

百合名香手自焚，雪晴天際尚停雲。寒梅才被東風坼，釀得春愁已十分。

【校記】

〔一〕以上兩句《墨莊詩鈔》（康熙三十六年刻本，下同）作『其所至當不止此』。『詣』原作『誼』，據康熙本文意改。
〔二〕此序《墨莊詩鈔》末署『康熙丁卯歲季冬臘月八日晉安宗末雲銘西仲氏題於西泠旅次』。
〔三〕何虧何盈：《墨莊詩鈔》、《本朝名媛詩鈔》作『何濁何清』。
〔四〕參差：《墨莊詩鈔》作『參茬』。

〔五〕此題《墨莊詩鈔》作『秋暮讌集願圃同季嫺又令雲儀啟姬分韻』。

陳奇芳 二首

字蘭佩，江蘇吴縣人。適孝廉時敷五。

秋風

乍覺商飆動，園林色漸非。井梧吹欲墮，梁燕送將歸。延爽開羅幙，迎涼捲紵衣。漢宫藏扇者，安命掩金扉。

梅影

東風吹夢入煙村，月地雲階印淺痕。竹外横斜空色相，水邊隱約認香魂。一枝欲寄人難折，三匝無依鳥自喧。顧我清癯憐共瘦，瑣窻徙倚向黄昏。

李氏 五首

浙江歸安縣人。適同邑潘某。

述懷

數載飛蓬首，幽窗不盡愁。詩從静裡得，淚向暗中流。課女憐嬌稚，思兄悵遠遊。蒹葭何日返，重與話三秋。

南樓春望

窗外西山翠黛横，遊人逐隊趁春晴。紅連野樹鳴禽集，緑映垂楊新水生。畫舫衣香聞細細，錦城笛韻聽聲聲。艷陽天氣風光好，一度登臨眼望明。

憶遠

咫尺東西路阻賒，相思長似各天涯。管城書破烏絲格，蠟炬燒殘紅豆花。孤月窺人移帳幕，曉風暗地透窗紗。忽聞杜宇聲聲唤，最苦離人也憶家。

寄懷

封姨無復石尤來，一葉飛帆唤不回。離别樹邊春萬里，斷魂橋上酒三盃。長途風雨客衣單，料得征鞍行路難。不忍重衾遮獨宿，為郎分受五更寒。

吳爾貞 一首

字静軒，宫坊太沖女也。幼有詩名，兼工點染。適陳石齋孝廉。

碶石道中

殘照下漁汀，歸舟柳外停。雪消留半白，嶂遠落空青。佛火林間寺，春風塔際鈴。濁醪非我好，撿點讀茶經。

孫文嫺 一首

浙江仁和縣人，孫可堂之長女也。適嚴知方。早卒。

隨父至玉泉省母墓

歡喜相隨過玉泉，松林一拜轉淒然。生平纔識西湖面，追想慈顔淚暗懸。

梅仙 三首

字林月。

孫貞媛詩

皜皜雲間鶴，孤飛迥絶塵。翻憐彈射早，鎩羽墮江濱。

歌吹揚州地，貞魂獨此留。隋隄千萬柳，攀折不禁秋。

王謝庭一首

字林風，浙江秀水縣人。

次韻題明妃圖

三千粉黛滿宮稠，獨去邊城兩地秋。悮信畫工恩寵絶，休將破鏡問刀頭。

張瓊娘四首

江蘇武進縣人。適同邑段玉函。家貧，勤女紅，避邑居鄉，庭宇湫隘，題其軒曰『憐影』。著有《憐影軒集》。

集唐

月林散虛影，照取寸心看。天上秋期近，清風晝省寒。

詠姑惡和玉函韻

池塘春草淡生煙，瘦影如君兩自憐。殘日半輪回望處，粉紅雲色玉藍天。

史震林《西清散記》：段玉函，號懷芳子，自刻小印曰『情癡』，與婦瓊娘詩詞相倡和。家甚貧，瓊娘勤女紅。夜常不眠，坐幼兒于側，親授之書。玉函游，數月不返，歸則攜空橐，瓊娘笑相慰，未嘗言有無也。庭宇淺隘，避邑徙鄉。玉函出，則終日扃户，稚子獨嬉戲庭下，拾花弄草，啼笑聲罕聞。自題其軒曰『憐影』。著《憐影軒詩集》。慰玉函曰：『君遊，幸無念我，但見人詩詞及自題詠者，必寫之以歸。探囊中得佳句，勝黄金也。』玉函自横山唤渡，過樊川，聞姑惡聲。入破菴，無僧，累甎坐佛龕前，俯首枕雙膝聽之。天且晚，題詩龕壁而去。姑惡者，野鳥也。色純黑，似鴉而小，長頸短尾，足高，巢水旁密篠間。三月末始鳴，鳴自呼淒急。俗言此鳥不孝婦所化，天使乏食，哀鳴見血，乃得曲蟺、水蟲食之。鳴常徹夜，煙雨中聲尤慘也。詩云：『樊川塘外一溪煙，姑惡新聲最可憐。客裏任他春自去，陰晴休問落花天。』瓊娘和云云。

大水壞西圩漂屋

潰岸衝堤水拍天，千村無火雨生煙。饑兒苦唤人聲亂，不住荒雲湧目前。

萬頃秋田化作湖，破舟如葉棹聲孤。夜深月影微相照，一片愁心問有無。

水月迷漫駕小舟，淒涼夜色冷於秋。故園空後家何在，飄蕩如君處處愁。

《西清散記》：玉函曰：自孟河歸金壇，道百里，涉水二十餘處，淺上膝，深踰胷。澹園所居，水束之，僅如螺耳。余居西圩，圩埂卑狹，旱久多裂。夜雨甚，水漸及門，雨中聞櫓聲急疾，忽大呼舟覆。一呼即已，聲如萬雷，西山之水破圩而入，當其衝者，陵阜為陷。雨益暴，電光如血，雷鳴水底，輪輪然不絶。水灌民舍，乃登牀；牀浮，登案；案浮，則梯梁掣椽登屋。瓊娘舍頗高，水浸席，遂定。夜黑門闔，室四隅水，有聲如沸，牀後積薪，勃窣不已，擊火照之，垂梁繞柱，皆巨蛇也。初雨，瓊娘望余歸，賦詩云：『蛟山水瀉如潮急，白滿城西望玉郎。』雨五日，圩破，抱幼子徙平岡。時長男偶他往，次男年十五，扶母行泥中。幼子五歲，雨擊額淋面，閉目呼爺娘，喑嗚哽咽。瓊娘賦詩云云。

高凉 一首

字紈潔，浙江海寧州人，硤石沈孝廉端配也。嫻於內則。著有《聚雪樓遺稿》。

夏夜

菡萏銀塘露氣滋，水晶簾外納涼時。玉繩漸轉明河迥，冰簟頻移夜漏遲。扇集鷺翻玳弱羽，裳疑金縷貴纖絺。炎天幽賞誰堪似，姑射高寒碧落垂。

魏鸞音 一首

詩見《谷音傳響》。

次韻明妃圖

百萬生靈戰骨稠，雁門一出斷腸秋。明妃尚是和戎女，燕頷將軍雪滿頭。

沈佩桂 五首

字紉英，江蘇上海縣人。著有《秋綺軒吟草》。

秋日述志

高梧散秋籟，商聲流玉琴。感兹時序變，庶以勵我心。髹几何皎皎，圖史静愔愔。左列子政傳，右披茂先箴。徘徊千載下，令名使余欽。

題石田翁秋山飛瀑圖卷用東坡煙江疊嶂圖韻

白波倒捲吞秋山，雲勢倏挾山中煙。煙雲繚繞不可辯，惟見一角浮蒼然。澗屑中束落晴雪，千尺下擲鳴流泉。懸崖注竇悉奔赴，琤琮側出為平川。三椽老屋安川口，如坐飛瀑之梁前。松聲作龍半空吼，夭矯拔起升青天。石田老翁畫事絶，遠勝枯槁為清妍。上有煙封之古洞，下有瑶草之閑田。我欲移家便躍入，夢想靈境今幾年。即思仙苑亦如是，豈真蓬島争聯娟〔二〕。林屋洞天可逕到，不煩縮地壺中眠。晴窻清絶思泱起，淩霞抱氣追真仙。一丘一壑性所得，此生不結塵間緣。卷圖投筆風雨至，他時定有招我桃源篇。

題觀海圖

鯨波萬里接滄洲，東極冥冥碧漲流。海色一杯胸際合，神光三島望中收。潮來地轉魚龍動，浪蹴天低日月浮。準擬排雲淩八表，披圖蜃市散高秋。

雲間懷古

江鄉何處訪遺傳，二陸臺荒没晚煙。不見仙人吹鐵笛，曾聞海叟跨烏犍。九峯圍繞山如髻，三泖淵涵水似天。白苧城頭秋月好，一聲柔櫓夜行船。

新秋夜坐

月華如水露華明，桐樹濃陰分外清。涼夜銀河高不捲，一窻絡緯作秋聲。

【校記】

〔一〕以上兩句《國朝閨秀正始集》作『十洲三島意彷彿，豈真仙苑争聯娟』。

黄楨一首

字雅宜，浙江□□縣人。適袁龍文。

燈花

銀釭奪月吐光華，影入窻櫺透碧紗。未忍輕挑私問汝，不知何喜報吾家？

《隨園詩話補遺》：俗稱女子不宜爲詩，陋哉言乎！聖人以《關雎》、《葛覃》、《卷耳》冠《三百篇》之首，皆女子之詩。第恐鍼黹之餘，不暇弄筆墨，而又無人唱和而表章之，則淹没而不宣者多矣。家龍文弟婦黄氏雅宜、香亭箠室吴氏香宜，俱有窈窕之容，同居一室，互相切磋。黄《詠燈花》云云。

趙性成四首

號桃源主人，江蘇丹徒縣人，廣文錢柯茗之德配也。

秋興

好秋知落阿誰邊，鐵笛横吹海上天。過眼水山縈夢裏，驚心草木想春前。坐聽白閣僧敲磬，行見青帘婦數錢。風動木樨花正放，閑隨鷗鷺過前川。

還攜皓月過林東，幽興偏生杖履中。一逕晚香歸砌菊，半橋寒色上江楓。山猿語亂巖花落，塞馬聲悲野草空。雲薄天高清夢斷，絶無消息下郵筒。

送子紫芝赴選

漠漠晴空雁陣還，秋風行李損愁顔。鞭絲遥指斜陽裏，萬里黄沙一片山。

有書須解頻頻寄〔一〕，回首離亭意轉哀。若憶〔二〕倚閭人望久，得官兒便早歸來〔三〕。

《名媛詩話》：丹徒趙南廬夫人《送子紫芝赴選》云：『鞭絲遥指斜陽裏，萬里黄沙一片山。』又云：『若憶倚閭人望久，得官兒便早歸來。』前首雄偉，次首真摯，豈剪紅刻翠家所能辨其隻字也？聞夫人詩集甚富，余僅見十餘首，為足惜也。夫人諱性成，字桃源主人，廣文錢柯茗室，明府紫芝母。

【校記】

〔一〕此句《國朝閨秀正始續集》作『平安音信須頻寄』。

〔二〕憶：《國朝閨秀正始續集》作『念』。

〔三〕此句《國朝閨秀正始續集》作『除書落枕即歸來』。

張氏句

句

年來不到貞孃墓，紅豆青衫吊磬兒。

《心齋筆記》：姚磬兒，秦淮女郎也。隨一舉子之吴中，旋殤，葬之山塘。沈進士清瑞為作傳。余妻妹張安人紫蘩有《竹枝詞》云云。

吴綺霞五首

浙江會稽縣人，庚辰進士金川殉難吴璜之女。適山陰王鑒源。

端午寄妹

榴花刺眼潑紅鮮，綰艾心期兩地然。偏我不堪情黯澹，絲絲疎雨熟梅天。

三年雁影悵分行，每怨秦關道路長。今日吴山連越水，相思依舊恨茫茫。

渡漳河寄妹

離家三日勝三秋，一里行來一里愁。從此燕梁勞夢寐，心隨漳水共悠悠。

題美人冊

欲寫離衷寄遠人，黐嫌楮墨欠精神。靈心真與天孫匹，織就廻文錦樣新。蘇蕙

父欲從戎女服勞，兵戈得静解弓刀。歸來夥伴猶驚咲，十載裙釵著戰袍。木蘭

吴静娟 一首

綺霞之妹。所適未詳。

次韻答姊端午見寄

清詩詠出劇新鮮，聽雨情懷我亦然。記取芙蓉江上發，横空雁陣碧雲天。

泣别臨岐淚數行，秦關越水路偏長。廿年聯袂尋芳草，往事追思悵渺茫。

卷之四十

吴坤元二首

安徽桐城縣人，詩人潘蜀藻之母也。著有《松聲閣集》。

【輯補】

潘江《龍眠風雅續集》（康熙二十九年刻本）卷四附吴坤元小傳：吴氏坤元，字璞玉，一字至士，吾友潘江蜀藻之母也。曾祖方伯菲庵公一介，祖明經賚宇公應寰，父文學鶴灘公道謙。少承父祖詩禮之訓，讀書識大義。父病革，封股肉進。母張夫人無子，友愛庶弟德音，至老不衰。適九莖先生，事祖姑湯、孀姑陳，以孝稱。九莖公不禄，喪祭殯葬盡禮。邑乘謂其不臨鏡修容，年七十猶髽而椎髻，蓋實録也。教子孫以孝友多讀書慎取友爲訓，毋汲汲富貴。所著有《松聲閣》前後三集、續集行於世。尤工書畫，寫大士像。年八十以壽終，守節凡四十餘年。所司上其狀，大中丞爲之聞於朝，禮部案驗不妄，請得表厥宅里，制曰：『可。』以康熙辛酉建坊於居宅之左，烏頭雙闕，旌門有閌，邑里榮之。其孀姑陳太君，亦盛年賦柏舟，矢節四十九年，吾友蜀藻恒以未被旌典爲恨。婦夏，年廿三苦節，未及四十而終。三世節孝，萃於一門，吾以卜其後之熾而昌也。母爲前水部函雲先生之從女，故蜀藻屬予小子節録其詩數十篇，附於先生之後，而爲敘其崖略如此。同里通家子許來惠敬識。

吴坤元《松聲閣集》（民國二十六年鉛印本）載錢澄之《書松聲閣集後》：吾友潘子蜀藻母吴太君有《松聲閣集》，

余既爲序之，今太君殁，蜀藻捧其集，悲泣不勝，屬余更書數語於後。余嘗見歐陽公爲謝景山女弟希孟詩序，言景山母夫人好學通經，自教其子，不獨成其子之名，又以其餘遺其女也。然景山母氏詩不傳，徒因景山與希孟而知其母氏決能詩。若太君自有詩傳世，不必藉蜀藻傳者也。或曰，詩非女子所宜，《小雅》云『無非無儀，惟酒食是議』，女德如是而已。然古所謂教於公宫者三月，其曰『教以言』，言非文耶？衛莊姜、許穆夫人皆德女也，皆能詩，其詩皆爲聖人所録，則聖人之不禁女子之爲詩也審矣。太君既善詩，又能於古今詩之體格氣韻一一定其高下，嘗以余詩在杜、白之間。余每入城，蜀藻輒延致於所居石經齋，太君盡出笥中稿，屬余爲之點訂。所愛方氏壻殁，徵輓詩，顧得余詩爲重，謂余詩之必傳也。嗚呼，其可感也矣！間過女家，久不返，蜀藻見余至，喜曰：『今晨食指動，子來，吾母必歸，當得善飲食。』已而果然，於是率以爲常。蓋太君好苦吟，詩成，一字未穩，數自改易，經余訂而後信以爲穩，蜀藻不能贊一詞也。太君之知余如此，是故太君殁而余有知己之慟焉。觀斯集，即微蜀藻屬余，余亦泫然不能已於言也。錢澄之。

同集載錢澄之《松聲閣續集序》：夫受命於天，惟舜獨也正；受命於地，惟松柏獨也正。冬夏青青，莊子以舜與松並稱，孟子亦曰：『孳孳爲善者，舜之徒也。』則知舜固正人之總名也，松亦木之舜耳，木固無正于松者矣。惟其正，故歲寒不凋，而四時常有聲也。吾邑有吴夫人，則吾友潘子蜀藻之文母也。孀居一閣四十餘年，纂紉之暇，不廢吟詠，于是以『松聲』名其閣，以『松聲閣』名其集。吾嘗謂《柏舟》、《碩人》之篇，皆詩人以誦美其共姜、莊姜者，而二姜未嘗有詩，此松而無聲者也。若卓氏之《白頭吟》，蔡琰之《悲憤詩》，下及六朝以還諸幽情閨豔之作，又皆聲而非松者也。松之聲，蓋天地之正聲也，非忠臣節婦之吟，不足以名之。吾邑閨媛之比節於松、比詩於松聲者，蓋有數人，若紉蘭閣，業從夫子殉節于山左矣。未亡人則有清芬閣、澄心堂，併松聲閣而三，皆松聲也，亦猶正者之皆爲舜也。吾將與蜀藻合刻之以公諸世，使四方聞其聲，知吾邑尚有後凋者在閨閣也。同里錢澄之飲光氏題。

同集載王士禄《松聲閣三集序》：往予有《燃脂集》之役，輯古今女士譔著，蒐羅略備，揄揚彤管，猶慮見聞未廣，告諸四方同志，佽予弗逮。曾與姚子注若抵掌論文，□及閨詠，姚子爲予言，里中有潘母吳夫人者，其細君之王母也，所著有《松聲閣詩集》若干卷。其言曰，夫人生長華族，幼佩母訓，十歲知屬文，覽經史，輒通大意。執饋而後，經營家秉，不違文事。嗣以所天捐館，形諸咏嘆，久而成袠。今嫠居三十餘年矣。雖夫人雅不欲以文鳴，然吾里壼內言風雅，以《松聲》暨《紉蘭》、《清芬》並稱鼎峙者垂三十年。予聞而異之，亟采以入集。姚子又爲予言曰，夫閨閣之以文鳴者，大率采華擷秀，争妍字句，稱爲才女子則得矣，以語聞道未也。夫人則不然。其事尊章也以孝著，其相夫子也以順稱，其撫子若孫曾也以慈惠聞。然孝而不倦，讀其詩有風木之悲焉；順而能敬，讀其詩有羊機之義焉；慈惠而不暱，讀其詩有荻畫之教焉。蓋夫人多讀書，明大義，故言成圭璋，動叶璜瑀，吾里之言鍾禮郝法者，必歸之，固不僅騁鬬翰墨之場、雕鏤香奩之詠而已。即其詩天真爛熳，漸歸平淡，爲笄幃中别開生面，亦豈俗下庸豔可及哉？姚子語未終，予爲之矍然起曰：『有是哉！吾以文求，而子且及其行誼之纍纍卓越者如是，是向者《燃脂》之所未及而吾子之佽我者更在乎詩與文之外也，不亦大乎！』頃之，夫人令子蜀藻持其三集來質予，因序以歸之，併以告天下之才女子，其無亟事聲詩之末，而于古先王內則垂訓之旨蔑焉弗講哉！康熙十年歲次辛亥夏五，新城王士禄拜題于燕臺署中。

同集載陳焯《松聲閣三集序》：吾里之有松聲閣潘夫人也，其通才朗識，述作斐然，見於吾詩文者屢矣，夫人許不敏之能質言也，適詩集三刻成，屬爲其序，吾雖欲嬋媛更端，亦何以易鼂之所云哉？然展卷挑燈，未嘗不嘆夫人所就之難也。古今香奩之什，一知半解，小語吟吟爾。夫人則宏肆演迤，波瀾層疊，體該四始，義藴百家，響金石而振扶桑。一難也。玉臺清唫，三絶罕著；李衛書聖，六法罔聞。夫人於捶琴擊鉢之餘，翰墨間作，楷書繪事，出入顔、柳、顧、陸間，鉤畫勻圓，神光隱躍，博涉成趣，衆美相宣。二難也。夫瀾長汋消，雅俗之殊途，亦已久矣。騷壇無兔園之冊，貨殖異文學之科，乃吾邑以研蠡心計，屢致千金，則又首推夫人，當其手口兼營，聰明竝用，牙籌縱横，不礙唫事，有昔人經鋤賦槊之風。三難也。惟此三難，其流傳於世者，亦大異鄭夫人嘗訓六一矣，程夫人嘗訓子瞻矣。二公均仰慈教，然韓國成國，未聞以撰著稱也。今蜀藻蔚爲雅宗，夫人之詩戛擊交鳴，先後闉鞈，則母子而擅詩名，實自夫人始矣。嘗慨才華易盡，女子爲尤，其感時惜別，秀句名章，多屬少壯之歲，良繇大道罕聞，胸無陶泳，往往筆花與鉛粉同刊。天畀夫人以才，併錫以難老之福，而夫人早耽竺典，空視塵氛，詩思憚心，湛如止水，宜乎渟泓澹蕩，探取靡窮，則詩人之老而聞道，卷帙愈繁，號爲女中香山者，又自夫人始矣。夫人其可及乎哉？今《松聲閣》三刻具在，和平悱惻，雅非一音，要皆典朴清真，無柔曼綺靡之習，後有鍾嶸次第詩品，則長留天地間可也。矧夫人見道日深，所就更日新無已乎！呂和叔云：『不服丈夫勝婦人。』當憑是集爲閨閣吐氣。衛武公曰：『毋以老耄而舍我。』惟夫人篤學，庶幾似之。是則吾之所以知夫人者也。康熙壬子閏七月下浣同里姻姪陳焯敬題於三應亭。

同集載張英《松聲閣三集序》：潘姊夫人《松聲閣集》既刻而行之矣，其子蜀藻復裒輯其壬寅以後詩爲《松聲閣三集》，命予爲序。姊夫人之母，予姑也；蜀藻，予友也。外家姊弟而重以若母吾母之誼，其何能辭？庚戌六月，方趣裝入都門，攜之行笥，長江浩渺、黄淮奔流之中，輒扣船而歌姊夫人之詩以爲樂，思欲爲數語以報之而不能也。舟次淮浦，適阮亭王公以督榷清江來予舟，阮亭方有事于河内閨閣詩人之選，遂相與縱談吾里清芬閣及家伯母紉蘭閣已畢，阮亭曰：『吾習見夫女子之爲詩者矣，大約操柔翰，拈彤管，以寫兒女子之態，其人多不足齒，如班姬謝女之流，而其詩亦不足備風人之采。獨子之鄉所謂紉蘭閣、清芬閣者，皆能明大義、炳大節之人。紉蘭佐汝伯父登顯仕，復以歷城之死，使忠臣烈婦炳爍史冊。清芬未二十而爲未亡人，且未有子，清風高節，獨居六十餘年。故二夫人者，其爲詩類皆清剛磅礴，絶無所謂靡曼女子之習。蓋在天地爲正氣，在海内爲女宗，在家庭爲母儀，故其人足傳，其詩傳也。』予曰：『然而更知吾里所謂松聲閣者乎？』阮亭曰：『予習讀夫松聲閣之詩矣，願於子聞其詳。』予曰：『即吾子之所謂紉蘭、清芬者，又其大概也。夫人出延陵，歸九莖潘先生，爲太史宗一先生之從女孫，爲司馬石乳先生之冢孫婦。幼嫻于禮訓，事姑、事祖姑皆能孝。九莖先生弗禄，飲冰茹荼，以治其家，卒教其子蜀藻爲海内聞人，内外孫數人，皆夫人提命而督誨之，以克有成，今且七十矣。吾里之姻婭族黨皆奉夫人爲閫內之則，與清芬閣相鼎峙者數十年。故其爲詩，皆敦尚孝友，以勉其子若孫。間亦詠歌其織紝纂組之勤苦，與夫室家荼蓼拮据之狀。時或追念其舅姑夫子，而發爲醇仁感惻之吟，使聞者莫不肅然而起敬，悠然而長思，一如感發于三百篇之遺音者。間以其暇繪大士羅漢像，則又與紉蘭、清芬之所作，先後相髣髴。此吾里之嘖嘖于三夫人無異詞，皆謂其大節卓有可觀，可以風人倫而登國史，不等于女子之弄柔翰以自命爲閨閣之才人也者，子知之乎？」阮亭肅然而起，索所謂《松聲閣三集》者卒讀之，相與詠歎，往復于篷窗之下，曰：「誠有如子之所云也。」予曰：「子欲表章閨閣之才人，孰有過於松聲夫人者哉？」阮亭敬受之而去。次年蜀藻入都云，將刻是集以行，吾愧夫久而無以報也，遂書所以語阮亭者序之。愚表弟同學姪張英拜題。

同集載潘光泰《松聲閣集序目》：十世祖母吳太安人《松聲閣詩》，有初集、二集、三集、續集，又文集一卷，皆十一世祖木厓公校刊。木厓公詩文雜著，共四十餘種，均載《江南通志》，乾隆四十五年被禁，板印胥燬於火。先贈大夫於灰燼之餘檢收《松聲閣詩》三集、續集，並文集一卷。其初集隻字無存，二集缺五、七古二類。而木厓公著作，則十不存一，今吾子孫至無能舉其名。吁，可痛也！道光甲辰十二月拱辰重為裝訂，因記其殘缺之由如此。七世孫光泰敬識。

同集載潘田《松聲閣集序目案語》：先十世祖妣吳太安人《松聲閣集》校刊及殘缺之由，詳具先曾祖遵義府君識語，茲不復述。考《木厓續集》卷十四載寧都曾青藜傳燦所選《過日集》中，采《松聲閣詩》頗夥。其集今不可得，而建德（今為至德）王爾綱《名家詩永》卷十五、同縣徐璈《桐舊集》卷四十一所録《松聲閣詩》，又皆在二集、續集及《龍眠風雅續集》中。惟《風雅》所録五、七古為三集、續集所無者各五首，今據以補入。然不能知為初集抑二集之詩，故統為《松聲閣集》。《風雅》原有小傳，並附祭文及木厓公識語，亦並録焉。又考《木厓文鈔》卷二《先妣行略》稱《松聲閣集》，序之者同里中丞方公孔炤、學士何公采楚黃、高士曹公大濩。又據《龍眠風雅》卷十六《方維儀傳》，維儀亦曾為《松聲閣集》序。今何、曹及維儀序均佚，僅從方中丞《環中堂文集》卷四録得序一篇，然亦不知其序初集，抑序二集，故録於所輯

五、七古之首。又錢先生澄之《田間文集》有《書松聲閣集後》一文，原刻無之，今亦録於續集之後。至二集、三集皆各體自為起訖，不分卷，今仍其舊而稍變其式為銜接，並增編目録於前，俾便尋檢云。民國廿六年七月，十世孫田謹識。

仲春送方壻井公之和州

湖山煙水尚悠悠，豈是蕭郎愛遠遊。却為劉蕡猶下第，遂令王粲又登樓。三春楊柳催行色，隔岸桃花莫繫舟。屈指絳帷休暇日，可知少婦亦知愁？

閣下薔薇大放苦為風雨摇落晨起亟唤青衣邀二三親故惟恐花枝不相待耳

折竹為籬〔一〕景獨清，依檐傍樹最怡情。落紅帶露胭脂濕，細雨霑泥粉黛輕〔二〕。曉日忽催西閣曙〔三〕，重陰時轉〔四〕北窻晴。愛花只恐花飛〔五〕去，徒倚愁聽杜宇聲〔六〕。

【校記】

〔一〕籬：吴坤元《松聲閣集》（民國二十六年鉛印本，下同）作「牆」。

〔二〕粉黛輕：《松聲閣集》作「粉蝶驚」。

〔三〕西閣曙：《松聲閣集》作「東壁照」。

〔四〕時轉：《松聲閣集》作「自轉」。

〔五〕飛：《松聲閣集》作「歸」。

〔六〕此句《松聲閣集》作「況復連朝杜宇聲」。

俞若耶五首〔一〕

字若耶，福建莆田縣人。詩見林少威《風雅同時》。〔二〕

對花

穠緑殷紅競一時，妒人風雨漫離披。玉顔回首須珍重，零落難教再上枝。

擣衣

玉樓人去幾時還，夜夜寒砧不放閑。最是烏啼天欲曙，一聲殘月滿關山。

弄笛

玉笛淒清枕簟涼，摩挲重按舊宫商。含情更莫吹楊柳，萬里關山客路長。

欹枕

殘夜漫漫月一鈎，悶欹孤枕動離愁。幾回漏轉思拋却，錯繡鴛鴦在兩頭。

睡起

朝朝睡起不勝春，强倚闌干托此身。暗數落花渾是恨，容華消損為何人？

【校記】

〔一〕俞若耶：原作『俞氏』，小傳云『字若耶』。五首：原為『三首』。底本卷六十『莊氏』條後，原有『俞若耶』條，録詩三首，與本條『俞氏』實為一人。其中《擣衣》一首與本條同：《欹枕》、《睡起》併入本條。

〔二〕『詩見』一句，原為卷六十『俞若耶』條小傳，今合併。

吴長庚 一首

字修月，浙江錢塘縣人。

壽姚太夫人

千古湘林染淚圖，歌傳黄鵠遍西湖。心隨去鳳腸初斷，夢到飛熊淚已枯。挺出龍蓀新義竹，哺成雛羽老慈烏。莫嫌鏡裡秋霜滿，看取堦前綵服娱。

沈氏 一首

號畹亭，江蘇震澤縣人，孝廉倪學涵配也。著有《畹亭集》。

朱進士笠亭《題震澤閨秀沈畹亭遺稿》詩：翠羽明璫暫游戲，銷除有計去春風。吟魂應向吴江畔，化作長天一段紅。幾行疎柳仍殘照，不盡涼雲散遠坰。潘令獨愁秋色裏，蕭蕭一雁下寒汀。

詠秋

疎柳明殘照，涼雲起遠坰。蕭蕭蘆葉響，一雁下寒汀。

王素音三首

湖南長沙縣人。

王阮亭贈王素音《減字木蘭花》詞：離愁滿眼，日落長沙秋色遠。湘竹湘花，腸斷南雲是妾家。掩啼空驛，魂化杜鵑無氣力。鄉思難裁，楚女樓空楚雁來。

琉璃河館題壁有序

妾生長江南〔一〕，摧頹冀北。螳螂當轍，强從毳帳偷生；鼠鳥同居，何啻將軍負腹。悲難自遣，事已如斯。因夜夢之迷離，寄朝吟之哀怨。嗟乎！高樓墜紅粉，固自慚石崇院内之姝；匕首耀青霜，當誓作兀术〔二〕帳中之婦。天下好事君子，其有見而憐予乎？許虞侯可作，沙叱利終須斷頭陷胸；崑崙客重生，紅綃妓不難衝垣奮壁。是所願也，敢薄世上少奇男；竊望圖之，應有俠心憐弱質。

愁中得夢失長途，女伴相攜聽鷓鴣。却是數聲吹去角，醒來依舊酒家胡。
朝來馬上淚沾巾，薄命輕如一縷塵。青塚莫生殊域恨，明妃猶是為和親。
多慧多魔欲問天，此身已判入黄泉。可憐魂魄無歸處，應向枝頭化杜鵑。

《堅瓠集》：順治初，有長沙女子王素音題良鄉琉璃河館壁詩云云，和者甚衆。蒼書叔父次韻哀之云：『楚山行盡總征途，誰向黄陵唱鷓鴣。煙火不禁愁日暮，江鄉還憶煮雕胡。』『紅淚糢糊白練巾，封侯夫壻陌頭塵。弓刀隊裏羊裘畔，祇恐題愁筆墨親。』

陳維崧《婦人集》：長沙女子王素音，為亂兵所得，題詩古驛有云：『可憐魂魄無歸處，應向枝頭化杜鵑。』見者莫不憐之。

【校記】

〔一〕江南：《國朝閨秀正始續集》作『湖南』。

〔二〕兀朮：《國朝閨秀正始續集》作『金將』。

宋婉 一首

字玉馨，號蘭齋女史，浙江臨安縣人，太常謝騏配也。

題畫梅花

雪谷冰崖質自幽，不關漁笛亦生愁。春風何事先吹綻，消息何曾到隴頭。

《圖繪寶鑑》：宋婉，字玉馨，自號蘭齋女史，臨安人，太常謝騏妻也。有姿色，工詩畫。《題畫梅花》云云。

王淑卿 四首

字僊琬，江蘇通州人。著有《嵐墅吟》。

春日園居

綠遍山園櫻筍生，不寒不暖近清明。閑刪密翠松三徑，熟讀離騷月一更。流水斷橋芳草嫩，白雲茅屋柳絲輕。春光療我看花癖，點綴幽禽上下聲。

秋夜

紈扇綃衣濕露華，疎林時有一聲鴉。三更夜色清於水，抱兔嫦娥宿桂花。

春雪

茅亭古木噪棲鴉，一徑輕風入碧紗。新雪乍香花滿樹，白雲籠屋盡梅花。

瓊瑶皎皎積村溪，天際山頭一碧齊。野鶴歸來巢細認，半林松火白雲迷。

陸素一首

江蘇吴縣人，諸生張經畬室。著有《唾絨小草》。

遊虎丘

踏青期有約，畫舫泊山塘。花草叢荒墓，笙歌沸廣場。月來人影散，風過麝生香。白傅經行處，翻嫌飛絮忙。

丘紹英二首

字少雲，號伴航，江蘇長洲縣人。著有《伴航集》。

送少微遊廣陵

漫折垂楊柳，留牽去日情。片帆辭澤國，孤夢繞蕪城。江月依人遠，山鐘入夜清。可憐芳草意，偏向故園生。

遣懷

人生大抵寄郵亭，巾幗鬚眉豈徑庭？脂粉習消詩有力，煙霞病痼藥難靈。春慵秖費香供睡，露冷方知鶴伴醒。自笑深閨風景易，橫陳書卷對疎櫺。

丁瀠一首

字素涵，浙江仁和縣人。

從征美人燈詩和王玉映

不須脂粉自容輝，束素腰身掛鐵衣。豈是烏孫初欵塞，何來神女突重圍。鳳尖紅映桃花色，犀帶香吹柳葉飛。悄竊銅符行海上，鮫宮新捧夜珠歸。

姚鳳翽二首　句

字季羽，安徽桐城縣人。適方雲旅。著有《賡噫集》，惜未之見。

方雲旅《悼亡詩》：『尚書小女掌珠憐，誤認王郎締好緣。薄命自傷如是了，半生期望總徒然。』『昵歡曾畫曉粧眉，鬭艷還聯刻燭詩。只擬窮通偕白首，那知中道遂分離。』『豈獨才華秉慧姿，胸中經濟勝須眉。可憐鬱鬱何曾展，空剩香奩一卷詩。』『同氣都為富貴人，絶無攀附自甘貧。歲時羅綺諸親會，笑傲渾忘荊布身。』『幾番分手約歸時，最久無過歲越朞。悔煞嶺南三載別，到門已是骨支離。』『孤兒八載儼成人，香楮靈輀奠夕晨。衰絰扶來還客拜，越知禮數越酸辛。』『夢中執手贈詩篇，覺後餘音在枕邊。應是情根能解脱，故將恩愛一齊捐。』『送別綢繆盼信頻，歸來剪燭話風塵。從今漂泊天涯路，若箇關心念遠人。』『那忍青山骨便埋，特留孤櫬守魂來。晨昏上食呼難應，淅淅悲風颺紙灰。』『元相孫郎善寫哀，哀情難盡寫無才。吞聲細向靈幃讀，和淚摧燒寄夜臺。』

復齋客羊城

辛苦年年慣別離，鸞箋無復寄相思。近來新受觀空戒，花月情深不賦詩。

不識雲山幾百盤，經時空盼雁書難。堪憐八口啼饑苦，敢怨三冬枕簟寒。

句

窻管月明開不閉，簾因風急捲還垂。

催寄遠書雙去雁，驚回好夢一聲蟬。

無錢可買歸時卜，有恨難傳别後詩。

何處金樽花下飲，誰家玉笛月中吹。

近日鯉庭親杖履，經年鴻案冷糟糠。

薄田收儉徵呼急，病骨愁深經理難。

花月自饒詩酒興，晨昏閑課子孫書。
影摇紅燭横窻起，香逐銀缾入酒來。
强分梔子同心結，空寫梧桐别怨詩。
柳顰翠黛愁難放，花抱芳心凍不開。
金釵半付舟車費，綵筆多題離别篇。
山前虚詠滿頭句，席上空吹落帽風。
難染丹霞千尺色，徒凝玉露五更寒。
有意長同人繾綣，多情不逐世炎凉。
露濯新粧臨寶鏡，風翻翠袖拂華筵。
流入凍雲和梵唄，飛來寒雨雜松濤。

張芸 句

江蘇崑山縣人，諸生吉如女。適葉虞部第四子直，子官寧州都閫。

句

女牛猶待明朝别，姑媳偏從今夜分。
江左陰晴應不異，庭闈寒到可加衣。

朝陽百尺非無意，珍重須教待鳳凰。
畫槳雙浮流水急，珠簾半捲遠山低。
社來社去憑雙翼，度海衝風總不嫌。
計程應到魯，尺素不歸吴。
煙濃雲氣白，風定燭花紅。

張柔嘉二首

福建侯官縣人，惠來令張應良女。適中書舍人林佶。

《福建通志》：林宜人張氏柔嘉，惠來令應良女，中書舍人林佶妻也。少通經籍、女訓。于歸後舅姑年高，凡謹候視、庀滫瀡，悉稱微指，佶得專志讀書。喜蓄奇書，以力綿莫致，柔嘉脱簪珥購奉。佶出遊四方，己卯舉於鄉，丙戌直武英殿。上奉二老及喪葬之事，下訓子孫誦讀，皆其力也。嘗率二子入都，二子侍佶同纂《圖書集成》，時名士翕集，盤餐修潔，人共賢之。佶於雍正癸卯旋里，即捐館舍。長子正青佐鹾小海場，告歸奉壽。五世　堂，年九十七卒。

雨夜

支離病榻苦無眠，夜雨燈昏倍慘然。雖有遺書生計薄，淚痕濕盡枕函邊。
遠漏風迴報四更，寒秋悶擁對孤檠。思量家事方愁絶，檐溜那堪遞楚聲。

湯萊六首

字萊生，江蘇丹陽縣人也。適興化李大來。著有《憶蕙軒稿》。

過淮揚〔一〕故居

卜宅曾留此，重門今又開。緑鋪〔二〕荒徑草，紅冷小窻梅。鼠跡盈塵案，蛛絲遍石臺。相迎惟老嫗，笑問幾時來。

平山堂懷古

隋苑荒臺峙，高樓〔三〕盡梵宫。草遺螺黛碧〔四〕，花隱合歡紅。清夜何人曲，黄昏幾處鐘〔五〕。更憐歌舞地，古墓冷江楓。

江村晚眺

餘霞斷岸隔長天，衰柳殘楊鎖翠煙。目送故鄉高下路，帆懸落日往來船。牧人驅犢歸茅舍，釣客收竿换酒錢。寂寞荒郊情黯淡，寒鴉幾點暮雲邊。

賦得蝶弄美人釵

何事尋芳只暗隨，想因唐苑放來時。緑雲香靄牽情重，紅粉嬌痕惹恨癡。裊裊幾從花鈿落，飛飛却共步摇遲。回頭偶觸風前影，疑是蓬鬆鬢墮絲。

詠牡丹

年來兵甲未全收，避地湖干得勝遊。幸有名花堪作供，暫攜濁酒自消愁。錦堂霞映千層麗，香閣脂凝一捻柔。遥憶洛陽春色好，誰憐姚魏姓名留。

有感

盡道江南好，江南是妾家。故鄉歸未得，空自記年華。

【校記】

〔一〕淮揚：《國朝閨秀詩柳絮集》作『維揚』。

〔二〕鋪：《國朝閨秀正始續集》作『平』。

〔三〕高樓：《國朝閨秀正始續集》作『高岡』。

〔四〕此句《國朝閨秀正始續集》作『草鋪隨意緑』。

〔五〕以上兩句《國朝閨秀正始續集》作『簫韻虛凉月，鐘聲送晚風』。

黄媛宜七首

字素安，小字有家，安徽歙縣人也。著有《環繡軒詩稿》。

詠史

武皇稱尚儒，所行非尊道。空罷申韓學，用法喜張趙。王父公孫輩，相見恨不早。仲舒漢純儒，棄之若腐草。誠如葉子高，但知似龍好。

海蜻舞不下，玩者未忘機。微物識去止，人而胡不知。是以古達士，所貴惟知幾。美哉魯穆生，流風良可師。道存身與俱，道亡禄可辭。去就惟視道，豈為醴一巵。悲彼申與白，空受浮丘詩。

秋陰

四野秋陽斂，天低隱泬寥。莫嫌桐葉暗，最耐海棠嬌。黯淡山容瘦，溟濛雨意饒。清宵難待月，陰靄覆經橋。

繡毬花

留得盈盈一段春，碧欄杆外弄新晴。午風葉底雲偏聚，夜雨枝頭月自明。粉蜨乍窺疑欲笑，夕陽低映暗含情。梅花無數初攢就，不受江樓玉笛聲。

秋夜分韻

山浄敞秋原，微雲自來去。緩飲惜餘輝，清尊月方吐。

小遊仙詩

一拳翠結水雲隈，仙客曾藏酒百杯。附薜攀蘿求始得，須防又有歲星來。

十二雲樓變夕霏，真妃偶出憺忘歸。是誰偷把瑶琴奏，引得欄邊鳳亂飛。

宋氏一首

浙江鄞縣人，宋僉憲公儒之長女也。適仁和縣陳輔。

訣夫

崑山片玉本無瑕，女子生來願有家。豈料中途妾薄命，莫教兒子着蘆花。

錢芝玉二首

字侣蘭。

孫貞媛詩

精誠漫道仙凡隔，麻姑曾降塵寰宅。滄海桑田數變更，惟有貞心堅鐵石。南郭迎鸞迓蕙卿，脉脉憑箕敘前跡。貞媛生向侍郎家，青瑣門楣常列戟。戎兵搶攘破燕京，老父捐軀血凝碧。相隨乳媪走風塵，可憐骨肉一朝坼。山水奔馳敢憚勞，避地淮王城最僻。十年撫鬻勝親恩，易姓何嫌棄宗祏。白頭驀地赴黄泉，惆悵嬌鬟更遭厄。黠少居奇索價昂，脂坑粉塹調為惜。自入平康百恨生，舞衣歌扇都拋擲。鴇母威淩詈辱加，貞操不受相促迫。呼天之死矢靡他，丹心一點穹蒼格。蓬山有路豈渺茫，特勅貞魂證仙籍。兹事相沿歲月深，臨壇訴與煙霞客。紛紛桃李笑春風，勁質淩寒剩松柏。

次韻題明妃圖

琵琶聲裏怨偏稠，麗質空淹塞草秋。蘇武丁年容易老，節旄猶禿海西頭。

郭純 二首

江蘇上元縣人，秀才蔡元春芷衫之室也。

書望雲閣詩後

誰傳天外步虚聲，姨是蘭香姊智瓊。冰雪一編吟未了，碧雲縹渺過江城。

幼從母氏歷艱辛，勉學哦詩寫性真。此日輸君猶繞膝，人生難得是依親。

趙貴珴 二首

字茗香，江蘇常熟縣人，鹽山縣嗣孝之孫女。適邑庠生曹汝鰲。

耘芝席表姐貽水墨仙圖喜成長句奉酬

仙姿神采出尋常，病起新看耀眼光。朗潤無瑕顔似玉，鉛華勿御墨生香。疎慵媿乏瓊瑶報，珍重思將玳瑁裝。拂几幾回頻玩賞，不勝衫袖染餘芳。

妙搆奇思迥絶塵，得心應手筆如神。泉清石秀天然古，樹静雲閑自爾清。見説太虚能愈病，始諳摩詰是前身。從今素壁生文采，檢點熏爐對美人。

黄修娟 三首

字娟清，浙江錢塘縣人，黄汝亨之女也。適沈侍郎延甫子希珍。著有《娱墨軒詩》。

《仁和縣志》：黄修娟，字娟清，江西督學汝亨季女。十五適侍郎沈光祚之子希珍。性嗜書，七歲能彈琴，八歲能詩，汝亨嘗撫之曰：『此吾家道韞也。』所著有《娱墨軒詩集》。年五十而卒。叔姒錢如玉，亦能詩，與氏相倡和，其夫希畢嘗比之為鮑照妹。甲申，父母相繼暴卒，悲痛不絶聲而死，年三十九。

《娱墨軒遺詩敘》：予客西陵，兄事沈子朗思，出示所作《兄嫂黄夫人傳》，既介其嗣子叔竑奉夫人《娱墨軒遺詩》，請予敘之以行。夫人諱修娟，字媚清，江西督學貞甫先生季女。十五而適沈君羽文，性嗜書。羽文習業之暇，輒就夫人論書史。室後有小竹林，為羽文讀書處，夫人亦時相就，鼓琴自娱。嘗同羽文泛舟西湖，留連累月日，夜月循蘇堤至南高峰，隨地觴詠，人望之若神仙。叔姒錢氏如玉，亦能詩，夫人與酬唱，情好甚密。竑，其仲子也，因以嗣夫人。而甲申後夫人勸羽文罷棄舉子業，更喜讀《離騷》、《九歌》、《九章》激楚之音。與羽文、叔竑及諸從子月課為詩，然少不當意即棄去，故存者少。予所見又僅五言古詩近體也。夫人詩氣韻清古，無少有俗下，非閨人，其能無傳乎？予内人亦粗通筆墨，年少相歡得，既以不舉子善病，二十年間，恒轉床第，而予十年又以授徒、好訪友，恒客外。今二年且未返山，覩夫人倡和詩，閨房之際，於心不勝戚戚然。夫人亦達矣哉！夫人七歲能彈琴，八歲能詩，貞甫先生嘗撫之曰：『此男也，吾門其大矣！』《傳》又稱夫人晚讀《論語》、《孟子》，輒有悟，又好讀顧宗伯《史約》。年五十而卒，葬南山。其生時為羽文三置妾，及諸慈孝事，並詳《傳》，不具論云。

楊夫人招飲家園即席口占

秋色名園好，涼風落葉多。蟬聲鳴曲徑，鳥語雜清歌。斜日穿庭柳，晴溪映岸莎。躊躇愁欲暮，分手意如何。

湖上曉望

湖光朝望迥，霽色散春陰。芳草縈堤緑，飛花夾徑深。風輕遲擊汰，樹密亂鳴禽。山景隨時異，臨茲懷賞心。

登吴山絶頂

一上胥山路，疑登霄漢邊。江雲連越塞，斗宿畫〔一〕吴天。潮帶千峰雨，城含萬井煙。居高堪縱目，覽古思悠然。

【校記】

〔一〕畫：《名媛詩緯初編》作『盡』。

洪寶一首

廣東揭陽縣人。詩見《潮州府志》。

詠黄菊

淡淡秋容渾似金，清香不斂滿書林。何須踏遍東籬下，晚節芳菲自可尋。

吴文柔一首

字昭質，江蘇長洲縣人。詩見《二分明月女子集》。

題二分明月集集句

別館新成足宴遊丁鶴年，朱欄六曲倚高秋薩都剌。文章海內無雙士李之儀，花月淮南第一樓趙孟頫。覽鏡開簾常得燕楊億，據床吹笛不驚鷗剡韶。鬟深釵暖雲侵臉晁仲之，自是神仙未解愁劉基。

葛宜十五首

字南有，浙江海寧州人。適日觀山人朱爾邁。喜讀書，以筆墨自娛。著有《玉窻遺稿》。

《海寧州志》：葛宜，字南有，歸朱生爾邁。性嫺静，喜讀書，日坐小樓中，筆墨自娛。康熙辛亥年以疾卒。有《玉窻遺稿》二卷。

朱爾邁《葛孺人行略》：細君宜，明己卯孝廉臞菴公女，吴孺人所生第三女也。甫二年，伯母曹孺人愛之，撫為己女。癸未八月十有八日，侍曹孺人觀潮海濱，時吾母亦挈余至，俱憇龍王祠下，二母遂締姻好。余年十有一，細君方八齡耳。越歲，天步維艱，仳離痞嘆，余侍二大人歸桃源故里。乙酉，賊少平，細君歸邑居。明年余侍大人走越國者二年。戊子奉大人命歸，起居外舅于玉樹堂，時外舅、孺人之愛余，正如吾母之愛細君也。己丑十月，始就甥館。婚禮成，因知細君狀。細君幼而警敏，長而省静，遇事明曉，處之不煩，能達觀寡營，儉於處己，不為私藏焉。一切米鹽碎務，更未數數然也，如女紅針紝之事，即為之極其工，都無屑意。初八歲，授小學及《明心寶鑑》，纔半年，避亂中止，輒能明其大義。方余之館於葛氏也，適披覽明詩，細君每質所疑，見頗了了。一日，別母于歸，題詩云：『深閨一夜別，小女十年情。』余見而異之，因日事吟詠無輟。初慕家静菴之為詩，自稱静媛；既而曰：『婦以德尚。』因自名曰宜，字南有。大抵自述其向往〔一〕專一之思，略仿《周南》所有，是謂詩志，亦見淑慎之概云。憶自庚寅來歸我室，其事姑也，一如其事母；其為婦也，一如其為女。辛卯，曹孺人不禄，細君哀痛幾不欲生，遺簪墮履，絶不顧而問焉。親黨尤戞戞乎難之。越癸巳初夏，蛇嚙之禍作。嗚呼！此今日死之所由基乎？蓋蛇之所傷，僅在一指，而毒氣所中，竟至絶粒。於是有以草藥進者。故方取草汁升許，加酒一升同飲，其如細君量不勝勺，僅取草汁飲之，蛇毒稍解，而寒痰盛作矣。不一月而痰厥，死而復蘇者三四，治之經年良已。歲丙午，大人宦蜀六載，余將趨庭，輒恐傷其意。俯首曰：『行哉，行哉！奈何以妾身故致君缺定省歡耶？』戊申，余奉大人歸自萬里，未數月而疾亟，自分必死，已而復蘇。庚戌歲始親家政，一切米鹽零雜，静治而已。余方開顔久之，九月，先壟不戒，理於官，留會城者久。細君忽病瘵，絶不介相聞，且囑兒輩曰：『不共之讐，期在必克。勿以余病分其心。』及余歸，而病且不救，猶談笑相慰勞，謂：『死生有命，焉能相强？』其達觀也如此。命肩輿邀本生母吴孺人及諸弟子崧、子嵩話别，命兒輩並繞膝前，女芬坐之牀側，載笑載言，揚揚如平常。既而吾母至，以手加額曰：『吾姑大人，行轍以相累。』此外一語不及於亂。蓋辛亥正月二十有三日丑初也，奄然就逝。嗚呼痛哉！自結褵以來，二十三年耳，而病居其十九，燕爾之懽無幾。孤鸞掩映〔二〕，命也何如！〔三〕

【輯補】

葛宜《玉窗遺稿》（乾隆三十三年海寧吴氏耕烟館刻本）載徐燦題辭：吾家南有，名亞左芬，才同道韞。八齡成誦，蚤通黄絹之辭；十五能文，雅擅蘭臺之札。春椒獻頌，秋菊留銘，固足扇林下之清風，踵庭前之麗則者矣。況乃秦嘉徐淑之綢繆，伯鸞孟光之燕好。花窺鏡裏，本是同心；魚托書中，果然比目。既而東西南北，夫子之蹤跡長遥；風雨雞鳴，深閨之歲時偏永。溯錦江之眇眇，織並迴文；望秦樹之盤盤，情周四角。殘月如初月，玉關之雁孤飛；新秋似舊秋，金城之楊半落。是以玉女窗開，頻移柔翰；秦樓鳳引，迸入清歌。花管將翡翠為床，香函倚珊瑚作軸。倍多贈答，彌切留連。余也浦柳前衰，渚蒲蚤落。稱詩説禮，殊媿班姑；聽曲知心，頗憐白媪。方期歸軒蘅薄，春風拾翠山頭；返櫂蘭汀，秋月采菱溪畔。爾乃遽辭華表，忽去玉臺。撫雄劍而孤鳴，對悲鸞之獨影。迹餘翰墨，安仁所以悲妻；流覽篇章，太沖因而愛女。方斯為近，痛如之何！茲以瓊瑶在御，梨棗載陳。嬌女惠芳，手訂魚魯之誤；群兒玉樹，親承柳絮之吟。望珠玉之後輝，忝秕糠之前導。倘異日者，魂歸月下，墨香拂夜火以如迎；鶴返松間，筆彩散行雲而弗去。時康熙辛亥中和月花朝是菴李因題於竹笑軒。

閑居

清風滿徑，緑樹重陰。數聲啼鳥，庭院深深。

明月照高樓

明月照高樓，皎皎多光輝。上有蕩子婦，凭高獨徘徊。徘徊復何如，灑淚沾裳衣。思君不能語，忽忽如調饑〔四〕。朔風吹庭樹，賤妾將何依。願作高山鳥，飛向君懷棲。君懷不我顧，嗚聲悲以悽。四海抑何曠，分飛東復西。

燕歌行

別日苦促會日稀，雲山阻隔鴻雁飛。懷君永夜漫淒其，憔悴蘭房悵別離。妾只含情獨掩扉，君留他鄉胡不歸？欲語不語還低眉，撫琴一彈心傷悲。再彈不覺淚連絲，明月爛爛無光輝。牛女咫尺河間之，斗轉參橫夜半時。

昭君怨

疋馬舞〔五〕金闕，銜寒拂玉鞭。蛾眉邊月苦，翠袖朔風單〔六〕。書斷還窺雁，愁深罷撥絃。誰言明鏡裏，猶是漢宮年。

寄陳氏姊

揮手驚雲散，春風幾度思。臨花知巧笑，對月想蛾眉。遠道書難寄，閑窻夢獨遲。何年歸故苑，晨夕共題詩。

雨泊皋亭山

雨色分高岸，皋亭作客年。宿雲封野店，微火辨漁船。對酒山長暝，題詩人未眠。空嗟前路遠，處處接風煙。

九日懷遠

此日金陵客，登高何處臺。江寒鴻雁下〔七〕，霜老菊花開。書札人千里，風塵酒一杯。莫因青草歇，不遣馬蹄回。

湖上聽雨

一簾風雨送春殘，徙倚樓頭〔八〕興未闌。落落野鷗窺別浦，依依檣燕語回灘。高低樹色連天暮，遠近湖光入座寒。為憶故園花放早，此時飛遍玉闌干。

卧病懷遠兼示兒沖溥洵及女芬

卧病經年春復過，晝樓寂寞竟如何。山桃雨後花争放，溪柳晴邊葉故多。嬌女臨窻鋪薄繒〔九〕，癡兒弄筆譜新歌。東風日日吹愁去，飛度關前白玉河。

自君之出矣八首選二

自君之出矣，明月炤羅裳。思君如江水，萬里正茫茫。

自君之出矣，日月馳奔駛。思君如亂絲，頭緒不勝理。

九日

黄菊蕭疎放，重陽風雨哀。登高何處是，白雁故飛來。

閑居

春來盡日雨，門外少經過。惟有鶯無事，閑啼到緑蘿。

月下有懷

梧桐月落夜闌時，萬里清光兩地思。鴻雁一聲秋色裏，懷君客路益淒其。

初月纖纖映竹扉，秋風蕭瑟動羅衣。不堪羌管横吹處，一夜霜天葉亂飛。

【校記】

〔一〕向往：葛宜《玉窗遺稿》（乾隆三十三年海寧吴氏耕烟館刻本，下同）作「宕往」。

〔二〕掩映：《玉窗遺稿》作「掩耀」。

〔三〕此後《玉窗遺稿》復有數語云：「細君生子三，女一。子沖，壬辰生，娶裴氏；子溥，甲午生，聘陳氏；子洵，乙未生，聘祝氏；女芬，庚子生，未字。悲痛之餘，命兒輩搜録遺藁，粗為詮次，並志其行略云。時康熙歲在重光大淵獻日在營室下浣日觀山人朱爾邁記。」

〔四〕調饑：原作「周饑」，據《國朝閨閣詩鈔》改。

〔五〕舞：《國朝閨閣詩鈔》作「辭」。

〔六〕單：《國朝閨閣詩鈔》作「竪」。

〔七〕下：《國朝閨閣詩鈔》作「過」。

〔八〕樓頭：《國朝閨閣詩鈔》作『樓臺』。
〔九〕繒：《國朝閨閣詩鈔》作『錦』。

王湘藻二首

字南蘋，江蘇宜興縣人。

祝姚母壽集唐

何以似徽音，殘燈與素琴。明月高秋迥，平生一片心。
過庭多令子，落筆邁羣英。光射潛虬動，人今佇一鳴。

卓燕祥二首

字雙成，浙江錢塘縣人也。

題二分明月集

花裏丰標鏡裏人，傾城傾國與誰倫。鸞簫協處曾諧呂，鳳卜和鳴道〔一〕姓陳。松栢西陵憐小小，畫圖南岳喚真真。東君着意深持護，不使琪花委路塵。
綽約新妝自出羣，砑紅衫子石榴裙。徽歌解識秦樓月，開卷頻疑楚峽雲。鏡厭孤鸞羞照影，花憐並蒂半含熏。從今明月團圓好，占斷春光二十分。

【校記】

〔一〕道：《國朝閨閣詩鈔》作『恰』。

梁頎 二首

字秀中，號袖石道人，山東安丘縣人。適同邑韓朋桓。早卒。

山邨夜坐

俯仰空庭四宇清，浮雲掃盡晚煙輕。梨花皓月原同色，風竹流泉不辨聲。深谷人閑春亦寂，短牆水近冷先生。却思城市喧闐處，簫鼓樓頭聽二更。

答何徵室 時避兵海上

晚羞明月曉羞花，弱質萍飄泛海涯。萬疊雲中千里樹，不知何處是吾家。

王士正《古夫于亭雜録》：安丘女子梁頎，字秀中，號袖石道人，歸韓生。頗能詩，常自有句云云。早卒。

陳文鸞四首

浙江錢塘縣人也。

和先慈花家山避暑四首

如荳青鐙燼飽油，夜深琴罷倚山樓。而今響絕無人續，竹影摇簾月半鈎。

唫情大半寄孤篷，小槳頻移湖寺東。賞遍鶯花留百詠，品題應在郭楊中。先慈於避暑時著有《西湖百詠》，殁後為諸前輩序而付梓。

草没頹垣柳弄風，遠峰雙髻尚葱蘢。閑來小憇攤書坐，蟬曳殘聲咽舊叢。

卜築湖濱曾納涼，眼前風景去堂堂。六橋聯袂成虛語，方芷齋名媛題先慈《百詠》，有『若教未返瑶池去，應擬聯吟過六橋』之句。何處返魂有異香？

沈氏二首

周中翰青原室也。

思歸

東風吹恨幾時消，春樹〔一〕連天又長潮。自嘆不如梁上燕，一年一度也歸巢。

初晴

晚霞紅映碧窗開，雁字摇空入鏡臺。漸遠不知何處去，化為雲氣過山來。

《隨園詩話補遺》：周中翰青原娶沈氏，爲蓮花廳沈司馬之長女，常來隨園看花，貌明秀，而性和婉，不愧名家女，不知其能詩也。殁後，其子之桂從故篋中檢得其《思歸》云云，《初晴》云云。

【校記】

〔一〕春樹：《國朝閨秀正始集》作「春水」。

席佩蘭 六首

字韻芬，號浣雲，江蘇昭文縣人。適孫太守鎬之子孫子瀟。所著有《長真閣詩稿》。

吴蔚光《長真閣詩稿序》略：孫子瀟夫人韻芬席氏，實伉儷焉。嘗觀夫秦士會之婦淒怨，則詩為五言；蘇伯玉之妻奇巧，則書周四角。蘭開桂吐，鮑妹寄行之篇；蝶戲鸝鳴，劉娘答外之作。斯可謂兩美必合，異曲同工矣。至如新婦未配參軍，幾若才人或嫁廝養。布衣椎髻，獨運期以為賢；歷齒孿耳，緊登徒之所悦。左貴嬪才雖入選，陋寢不升；卓文君色故忘饑，淫奔難免。喬松施蔦，彩鳳隨鴉，自古迄今，不其然乎？爾乃胚秀洞庭，靈威竊書之所；毓貞山海，慧車得道之鄉。述祖德則孝廉有船，從姆教則進士不櫛。冬繡刺五紋之線，還仿簪花；曉妝收百寶之奩，尚吟拜月。赤繩暗繫，佳人才子之因緣；緇服前修，信女善男之變相。静好而琴瑟在御，和鳴而鳳皇于飛。並如竟體之蘭，吹成芳思；兩是比肩之玉，雕出清辭。攜手同車，行役詠古來之雪；雙心一袜，思親望天上之雲。頌椒酒為姑履元，祝桃花與兒靧面。驪愉不難于愁苦，率易皆工；臭腐可化為神奇，飜新必妙。聰明絶世，精細過人。早雁初鶯，託旖旎纏綿之意；輕螺淺麝，寫芬芳悱惻之情。其於子瀟也，以漆投膠，誰能離別；為花與葉，自相對當。《長真閣集》所由名已。或者謂葉公好龍，罕從空下；齊國求鼎，嘗以贋行。娘子軍出而愈奇，陣中多假面之戴；夫人城長而難下，牀頭有捉刀之雄。豈必無之，焉能及此？抑又粗知寫韻，略解成章。矜詡風標，已在針黹米鹽之外；流連光景，不過昆蟲草木之間。未足為小郎解圍，青綾設障；已竊比太君教授，絳紗作幃。繡褓文衣，倩人抱乳；明璫翠羽，慵自梳頭。傅粉閑游，短詠則琉璃匣研；熏香獨坐，微哦則玳瑁裝書。作金屋以寵阿嬌，貽彤管而煒汝美。雖閨房之秀，匪林下之風也。茲則詩為餘事，歌以永言，處滿弗驕，在素能淡。拔金釵而行酒，仰紅葉以添薪。燈前紡七月之棉，未衣先煖；門內種四時之菜，有饍皆鮮。懷順賡歌，少賦而多比興；忘勞抒愫，舍頌而取風雅。其德功也如彼，其言容也如此。僕私效太師之采，忝居丈人之行。勝道韞之見劉惔，畫圖省識；異左思之得玄晏，詩卷長留。夫婦即是友朋，我竟擬元之與白；郎君倘為弟子，人反道青出於藍。

【輯補】

席佩蘭《長真閣集》（光緒十七年刻本）袁枚序：字字出於性靈，不拾古人牙慧，而能天機清妙，音節琮琤，似此詩才，不獨閨閣中罕有其儷也。其佳處總在先有作意，而后有詩，今之號稱詩家愧矣。《和希齋尚書在軍中札來》云：『每得隨園片紙隻字，朝夕諷誦，虔等梵經。』老人每得韻芬詩句，亦復如斯。隨園老人枚讀。（佩蘭嘗乞序於隨園先生，蒙諾而未與。未幾先生歸道山，如求成連海上之琴，但聞海水汩没，山林窅冥，百鳥悲號而已。謹録先生所題拙集數語，即以弁首，以明學詩之所得云。嘉慶十七年五月道華席佩蘭識。）

夫子報罷歸詩以慰之

君不見，杜陵野老詩中豪，謫仙才子聲價高。能為騷壇千古推巨手，不得〔一〕制科一代名為標。夫子學詩杜與李，不雄即超無綺靡。高唱時時破碧雲，深情渺渺如春水。有時放筆悲憤生〔二〕，腕下疑有工部鬼。或逞揮毫逸興飛，太白至今猶未死。豐茲嗇彼理或然，不合天才有如此。今春束裝上長安，自言如芥拾青紫。飄然幾陣鯉魚風，歸來依舊青衫耳。囊中行卷錦繡堆，呼鐙展〔三〕讀紗窻底。燕晉山河赴眼前，春秋風月藏詩裏。人間試官不敢收，讓與李杜為弟子。有唐重詩遺二公，況今不以詩取士。作君之詩守君學，有才如此足傳矣。閨中雖無卓識存，頗知乞憐為可耻。功名最足累學業，當時則榮殁則已。君不見，古來聖賢貧賤起！

聞砧

今夕是何夕，涼風動遠砧。敲殘天外夢，擣碎客邊心。韻雜秋霜冷，聲催曉月沉。深閨高卧穩，猶自怨孤衾。

蟬聲

涼颸送孤響，不定是何枝。斷續成三弄，纏綿引一絲。小樓清夢覺，老樹夕陽遲。莫更看明鏡，先防鬢影衰。

上袁簡齋先生

慕公名字讀公詩，海内人人望見遲。青眼獨來幽閣裏，縞衣無奈浣妝時。蓬門昨夜文星照，嘉客先期喜鵲知。願買杭州絲五色，絲絲親自繡袁絲。

深閨柔翰學塗雅，重荷先生借齒牙。漫擬劉惔〔四〕知道藴，直推徐淑勝秦嘉。解圍敢設青綾障，執質〔五〕遥褰絳帳紗。聲價自經椽筆定〔六〕，掃眉筆上也生花。

南極文昌應一身，幸瞻藜杖拜星辰。十年早定千秋業，片語能生四海春。詩格要煩論〔七〕僞體，畫圖何敢秘丰神。願公參透拈花旨，可是空王座下人。時方以《拈花小影》乞題。

【校記】

〔一〕得：《隨園女弟子詩選》（道光刻本，下同）作『待』。
〔二〕生：《隨園女弟子詩選》作『聲』。
〔三〕展：《隨園女弟子詩選》作『轉』。
〔四〕劉惔：《隨園女弟子詩選》作『劉公』。
〔五〕執質：《隨園女弟子詩選》作『執贄』。
〔六〕定：《隨園女弟子詩選》作『寵』。
〔七〕論：《隨園女弟子詩選》作『裁』。

卷之四十一

王芳與四首

字芬從，一字芳若，浙江餘杭縣人，侍郎嚴沆之室也。著有《紉餘集》、《玉樹樓詞》。

嚴沆《紉餘吟序》：竊慨才淺難真，德容易著。故蛾曼眉睩，自古傷神；青史彤碑，于今哆口。然而桃穠蕣美，人或諱玉帳之妍；蘩采葛榮，例必勒金徽之誦。懿規難問，煒管無徵。即使筆珥母儀，乘尊壼範，不若留芳柔翰，播采清風，傳閨德於紅香，吊遺芳於素粉，為可信而可傳也。或謂青綾步障，不免含愁；團扇流黃，時聞唳怨。夜月琵琶之調，有恨常飛；春風繡嶺之悲，無花不落。何如蓬頭失禮，睞錦字於芸奩；椎髻無文，期青門於白首哉！矜才未實，矧嘆其難，三復斯言，重增所慨。我內人王氏，幼嫺禮訓，長好詩書，性本清恬，習尤寧澹。驚焦桐之穎識，不待笄年；推林下之朗神，克傳家學。結褵十五載，亦留寶釵明鏡之書；現卮四三年，每見落葉寒砧之什。方謂鹿車期老，鳳軫偕歡，而玉骨驚秋，幽魂泣露。香山月明之夜，望斷簾旌；安仁悼亡之詞，長思翰墨。嗚呼已矣！惝怳如何？遺篋難翻，痛殘脂之膩紙；餘音未絕，憶素手之留痕。想其芳緒時牽，未能自抑；而傷心所寄，不欲多留。吹緑為煙，挹紅成淚。非風雅即招窮之具，明慧亦引恨之媒也。惟是弱易縈愁，貧難辭怨。既鮮瑶花琪艸，遠取閑情；自非朱户雲樓，坐搜奇字。只于珥脱簪空之後，兒號女哺之餘，藥爐茶竈之傍，送別望歸之際，言懷紀病，紙斷箋零。手展椒花，恒如搖落之感；魂銷芍藥，偏多躑躅之懷。鏡幙晨開，織錦之紋未改；爐香夕暖，搗衣之詠還留。斯即才歉於玉臺，亦當管貽於家乘者也。嗟乎！斷腸有花，返魂無艸。簫聲長歇，徘徊簇蝶之裙；石履虛傳，惆悵舞鸞之鏡。叩蒼不沓，蕊宫增魄死之文;斫地徒哀,玉簡重芝摧之痛。僅此一函篋奏,半軸珠輝。不使姑射之魂化為瑶艸,猶見心香之字長印桐床。所云百齡影徂,千載情在。其係是也,又何怨乎?獨是林間翡翠,還依故主之花;筆底珊瑚,永斷同心之調。依回日月,孫子荊之情文;俯仰衣釵,元微之之涕淚。指香已冷,幅彩如新。傳德容於千古,徒彷彿於一編。憂從中來,不可斷絶云爾。

《翠樓集》:王芳與,太史嚴子餐配也。詩才高妙,堪與乃夫匹。想六橋三竺之秀所獨鍾耶?

憶子餐山齋

高雲欲落山情寂,竹影滿庭書幌〔一〕密。杯底吟成午夜歌〔二〕,幾經螢舞揺殘月。筆花散作湖南瀾,瀹茗煑香非所急。君有雄心寄墨池,妾將絲繡伯勞詞。燈花合落〔三〕春愁結,瘦影疎窻兩不知。

憶子餐留鴛湖

柳瘦輕煙際,迎風引緒長。有愁難寄酒,無淚不沾裳〔四〕。芳艸遲歸棹,遥山待好粧。問君湖畔宿,幾見好鴛鴦?

題畫

江静漁〔五〕鈎冷,煙深鳥夢柔。空林無月到,野艇為誰留?

春晝

游絲似欲織愁腸，兩兩黄鸝叫夕陽。好問新苔為誰緑，東風空自惜花香。

【校記】

〔一〕幌：《名媛詩緯初編》作『嚮』。

〔二〕午夜歌：《名媛詩緯初編》作『夜午過』。

〔三〕落：《名媛詩緯初編》作『共』。

〔四〕沾裳：《名媛詩緯初編》作『闗裳』。

〔五〕漁：《名媛詩緯初編》作『水』。

葛氏四首

江蘇長洲縣人，吴永頤配也。詩見《七十二峯足徵集》。

和外中秋家宴以秋宵花月為韻

曠懷舒嘯坐岑樓，月色花光分外幽。共道繁華春似海，一年清景最中秋。

花影迷離罨畫橋，秋聲蕭瑟夜迢迢。酒闌未忍言歸去，拚對銀蟾坐一宵。

碎剪金秋萬點葩，茸茸碧葉映瑶華。靈根信是蟾宫種，三品天香壓衆花。

高樓簾捲遲明月，玉匣新開光艷發。人在影娥池上遊，鶴鳴子和神飛越。

吴永順原倡：『桂子天香一片秋，老來還作少年遊。新詩吟就妻兒和，絃管人家有此不？』『琥珀頻斟香細燒，莫教孤負可憐宵。清詞麗句宫商協，好倩紅兒譜玉簫。』『輕雲片片彩交加，蟾窟中宵正吐華。玉宇瓊樓開頃刻，要看天女散瑶花。』『空庭露下商飈發，世界琉璃懸碧月。美景良辰共賞心，詩成金谷何須罰。』

周蓮裔 一首

直隸順天人。

戲詠虞美人

盈盈態欲飛，含笑逗春暉。清露匀嬌面，輕風試舞衣。羣葩不敢媚，艷質復何依。惆悵韶華暮，楚宫魂不歸。

金紉蘭 三首

名紉蘭，號翠峰。詩見《檀園修禊吟》。

檀園展褉

載筆芳塘意有餘，屐苔重印彩霞虛。臨風遥羡閨中秀，冰玉無煩待祓除。向慕織雲内史琴畫樓筆墨。

一片春光兩度巵，滿江紅唱晚風時。偶然拾得吹來句，黄絹真看幼婦辭。承示藍生女史《滿江紅》詞，故篇中多及之。

女史鋪張上巳辰，展修褉事紀壬寅。那知詩債多於酒，握管重逢癸卯春。臘月杪得讀佳詠；拙句呈政，又值春初，故云爾。

蘇弱妹二首

山東人。

即墨周衷愷毓直《和壁間詩序》：行任丘西關，店壁得二絶句，後書『山左女子蘇弱妹題』，蓋失路而為塞北之行者。詞甚酸楚，因録其詩，次韻和之。

被難題任丘店壁

馬上披殘紅粉香，故園東望淚千行。路人不識心中苦，猶自争誇改舊妝。

風吹哀雁近關門，此日重離倩女魂。夢到家鄉淒絶處，寒煙野水苧蘿村。

吴巽 九首

字道嫺，浙江嘉興縣人。適竹磵鄭聯。著有《聽鴻樓詩稿》。

鄭聯《聽鴻樓詩稿序》略：《聽鴻樓詩》，余亡妻吴氏道嫺所著也。道嫺性穎異，七歲即代母作書寄父，稍長耽吟詠。余兩親聞而心喜之，為余聘焉。逾笄歸余，克修婦職。寡言笑。讀書嘗徹夜不寐，遇古人慷慨激烈事，輒掩卷出涕；見者笑其迂。道嫺自謂：『使我為男子，多情負氣，當更勝也。』自漢魏六朝三唐兩宋，上遡騷賦暨三百篇，苦未能盡讀，節取其心所好者，日夜手録之。積久成帙，寢食與俱。治家復井井，戚黨異其能，遇事之持兩可者，咸咨決焉。道嫺曰：『余非有過人智識，祇以詩理通之耳。』嗟夫！戀親之至性，衍宗之大節，固已流露於詩矣。乃不謂其平日居家纖悉，養生送死，無不得之於詩三百篇之旨。其為詩，一洗香奩故習。不欲聞之於外，唯《聞雁》等作流播人間；又《族譜》中附刻古今體詩二十七首，人因見之。昨秋，道嫺歿，戚好過我，必索讀遺稿，惜其才而傷其壽，咸勸余付剞劂，而未暇即行。然念其平生閫德孝行半寓於詩，倘歸銷滅，是其德其行亦並歿矣。奚忍哉？今摘録集中詩一百七十二首，並詞七闋，以答戚好之慫恿云。

詠古

昔日渭濱釣，皤然一老叟。誰識帝王師，身與漁樵偶。一朝號尚父，得展平生負。救民水火中，撥亂等反手。開基八百年，偉績成不朽。後來王佐功，無能出其右。

冬日村居讀靖節先生日月依辰至句遂演成一律

日月依辰至，村居歲欲殘。補衣朝旭暖，織素夜燈寒。節分於陵苦，貧偕孺仲安。囊空忘羞澀，不用一錢看。

鴛鴦和韻

宛似雎鳩在水湄，人間不信有分離。蘋香浴並紅翎處，莎暖眠交翠頸時。魄認韓朋鳴故塚，才傳崔珏賦新詩。行行止止恒相共，桂櫂蘭房各費思。

詠橘

隔圃懸金何燦，過江化枳亦奇。剖處忽逢兩叟，懷時恰稱小兒。

偶成

簾捲春風罷曉粧，半窗紅日緑陰藏。硯傍蕉葉初裁得，戲學蘭亭墨數行。

題木蘭圖

洗妝代父鐵衣新，今古無雙畫裏人。却笑明妃辭漢闕，琵琶馬上去和親。

過南村舊廬感作

三湘何日放歸舟，頭白關河未息遊。寂寞梅花谿上屋，絶憐春到亦如秋。

南湖歸櫂

湖光瀲灩水風生，薄暮言歸一櫂輕。桂樹未花秋未半，篷窻喜見兔華明。

緑牡丹和韻

平臺冉冉黛初勻，不逐鄰園鬬麗春。金谷荒涼成往事，風前猶想墜樓人。

秦玉梅 一首

字里無考。

芍坡吴綬孫《和伏波巖題壁詩序》：巖在桂林府城東北，其上有漢伏波將軍廟，故云。國初邊藩不靖，王師西討，平之，俘其家屬，械送京畿。女子夜泣廟中，題詩壁上；次早舟發前途，遂自沉於湘潭。至今墨痕猶在。

題伏波巖壁

薄命渾如原上花，隨風飄絮遍天涯。紅顔半向愁中老，緑鬢多從病裡華。過目江山皆永訣，同心姊妹落誰家？兩行珠淚灘頭水，日暮悲聲處處笳。

西泠吴綬孫和詩：『日瘦風威掃落花，忍教狼藉度天涯。巢傾那復思完卵，腸斷何堪憐歲華。曾抱衾裯維我特，敢將歌舞向誰家。山河入眼都非昨，古寺荒涼促暮笳。』『春風豈是妒春花，薄命生成逗海涯。凡物有情懷故宇，庶人不樂赴京華。若憐容貌堪傾國，見在裙釵已破家。静夜欲從何計是，啼猿斷續又悲笳。』『旦夕翻飛上苑花，如花姊妹各津涯。顧名自分梅和潔，劈鏡憑他月再華。蔡琰倖生慚漢士，緑珠拚死謝崇家。寄言三五同心侣，只聽今宵折柳笳。』『空空色相鏡中花，寧葬江魚生有涯。玉骨料難歸里社，芳心略雪播中華。向來幾墮英雄淚，更莫輕看紅粉家。遺跡讀殘今古恨，灘聲凄楚類寒笳。』

周禮一首

字寄文，江蘇長洲縣人，工部葉紹袁之妻也。

春閨

玉管聲從何處吹，東風無力燕來遲。為吟〔一〕新月成佳句，自愛停雲起夢思。開徧桃花人不見，啼歸杜宇意常〔二〕悲。情長欲作春閨賦，只恐雙飛蛺蝶知。

【校記】

〔一〕吟：《名媛詩緯初編》作「憐」。

〔二〕常：《名媛詩緯初編》作「嘗」。

孟思光 三首

字仲齊，浙江會稽縣人，訓導孟稱舜之女也。

較蘭雪集三章章四句

馨者文耶，潔者節耶？ 亦馨亦節，蘭耶雪耶？

采荼采荼，誰識予苦？ 識予苦者，維此鸒鵡。

異室同穴，不泣而歌。和予歌者，維彼二娥。

楊氏 句

福建漳浦縣人，進士蔡而烷室。善琴工弈。著有詩集，惜散佚。

句

徑留殘夜月，簾透落花風。《曉起》

《福建通志》： 楊氏，漳浦進士蔡而烷妻。幼聰慧，善弈，旋學琴，初布指，便入精勝。及長，工詩，曉星算。嘗與其夫夜分讀史，有所得，輒見諸倡和。倦則小步庭前，窺星躔，占風雨；或紡車軋軋，坐對雞鳴，至懽也。有《曉起》詩句云云。每一詩成，而烷有愧色。惜其詩散佚，但存碎金，不得見全璧矣。

朱靈珠 三首　句

江蘇華亭縣人。適青浦廖明府景文。著有集。

《古藻堂詩話》： 才媛必配名流，而後得唱和之樂。我松朱孺人靈珠，善詩，歸廖明府古檀，其才庶幾相匹，惜以辛未冬病歿於宣化府署。古檀在居庸道中作《哀辭》十二首，詞甚淒婉，中如『合昏花瓣委輕塵，風雨邊城不見春。苦憶小樓扶病起，香殘粉褪寫遺真』、『拈得松煙和淚磨，病中端不廢吟哦。而今錦字飄零盡，箱篋空存長恨歌』、『一樹相思久欲枯，三生重見總模糊。憑他精衛能銜石，填得愁心似海無』、『迦陵共命宿南枝，鎩羽罡風可奈吹。賸有阿灰酸鼻句，黄昏微雨畫簾垂』，情至語真，不堪卒讀。予跋數語於後云：『春風鬢影，閑消山館羈魂；夜月釵痕，半繫瓊樓清夢。大都才子，情比絲蠶；偏是佳人，命同磨蝎。慣倚維摩病榻，旋歸兜率仙宮。遂使白髮淒涼，淚灑紅蓮之幕；黄腸寂寞，神依青豆之房。嗟乎！蟲本可憐，草偏獨活。賸旃檀之遺像，呼琬琰之芳名。香冷蘅蕪，歌殘蒿里。譜潘郎之舊句，如聞峽上猨啼；讀孫子之新詞，恍對雨中鈴響。』

閨學劉石庵墉《題花月雙輝圖遺照》詩： 伯勞春燕各西東，千里猶同月明中。不奈芳華成荏苒，尚留遺態寫朦朧。分題昔日箋裁碧，入夢終宵臉斷紅。剩有心香清供在，漫隨雲彩盼飛鴻。

青琴閣即景

翠袖薄寒侵，臨風思不禁。書聲良夜永，月影小樓深。芳樹垂紅豆，幽花吐碧潯。誰家少年婦，辛苦搗清砧。

秋懷

小園煙景曉參差，吹到西風葉自知。弱羽扇摇殘暑日，薄羅衣試早涼時。書成淚滴紅蘭露，夢斷魂驚翠竹枝。自是金閨愁易感，不因人遠在天涯。

《古檀詩話》：悲哉！秋之為氣，黯然别之，銷魂别意，當三秋而愈切。朱孺人靈珠，自予入都，寄詩極夥。其《秋懷》一章，最為蒼涼，其詩云云，殆字字帶商聲也。

聞雁

萬里清霄月似銀，數聲嘹嚦寄情真。不知多少金閨女，斜背寒燈憶遠人。

《古檀詩話》：詩以神到為主。朱孺人靈珠，有《聞雁》句云云。身在局中，翻同局外，極寫出空幃思婦無限深情。

句

欸乃一聲秋水碧，廻風常帶桂花香。

《古檀詩話》：樹色山光，妙與翠鬟相映。曩挈朱孺人靈珠赴京，道經虎阜，一登千人石，乘小艇，鼓棹半塘左右。時煙雨迷離，孺人隨所至輒口賦一絶，有句云云。予《居庸道中哀吟》云：『雨餘牽袂虎丘山，兩罨花香拂翠鬟。他日半塘舟泊夜，可堪聞笛緑楊彎。』悼孺人作也。

鄭鍾美三首

名鍾美，自號玉虚子，安徽歙縣鄭村人。適同邑張潭張美功。著有《玉虚子集》，貧未付梓。

看海棠

無聊弄棋枰，窻外鶯聲巧。且看海棠花，今歲開多少。花開雖含嬌，花落仍欲掃。試問賞花人，應校前番老？

秋夜

蛩聲唧唧驚孤枕，閑房夜午羅幃冷。柳梢斜月一鈎新，剔盡殘燈未能寢。寶鴨閑看颺篆煙，冰絃悶撫調琴軫。輕寒測測怯衣單，堦前梧葉飄金井。

晏起

垂楊裊裊映紗窻，紫燕調雛語畫樑。睡起忽驚亭午候，梨花風送滿庭香。

儲翠英一首

詩見《谷音傳響》。

次韻題明妃圖

遥辭豹尾驛程稠，風捲沙飛野色秋。手抱琵琶心自懶，淚珠頻滴只垂頭。

瞿珍四首

字若婉，江蘇常熟縣人。雅好舟居，嘗輕舠蕩槳，往來鸞溪虎阜間。硯匣筆牀，青琴柔翰，闤闠儒林，傳為韻事。鄒流綺贈詩云：『慧似文姬與謝妹，艷非趙姊即楊姨。』縱曰過譽，然足當斯語，亦可想見其人矣。著有《月吟》等集。

題鄒流綺鷺宜齋

伊人何處是，遥望碧霄間。幽恨題芳草，閑情畫遠山。晚風吹月上，孤鳥帶雲還。願作幽棲伴，論詩韻自閑。

晚感

冉冉煙霞夕照中，玉窻倦繡結詩筒。春機織就雙鴛錦，粉淚抛殘薄露叢。落日寄情隨去鳥，遠山迷恨隔歸鴻。雲箋香滿人何處，一段離愁斗帳空。

早起

晝眉魂欲斷，織錦縷難成。小立誰憐瘦，臨粧暗自驚。

春雨

宵來春雨褪桃花，滴破輕羅浸碧紗。眠柳垂頭拖粉淚，參差紅緑映波斜。

陳麟端五首〔一〕

字若蘭，浙江海鹽縣人。著有《緑窻閑詠》。

《蓮坡詩話》：海鹽陳若蘭《閨詞》一百首，吟詠之佳，可以並美花蘂矣。有集一帙，名《緑窻閑詠》。

閨詞

垂柳依依緑影生，芰荷亭館設楸枰。局中彈出縱横勢，笑問檀郎若箇贏。

春閨三月養吴蠶，南陌攀桑滿竹籃。為避行人回步急，不知髻上墜牙簪。
女伴相邀織綺羅，纖纖素手弄金梭。晚來尋取紅牙尺，較得工夫若箇多。
閨中喜作道家粧，雲錦裁成緑羽裳。學戴星冠簪日月，侍兒齊綰髻雙雙。
一自檀郎赴玉京，殘燈挑盡淚盈盈。黄昏又值芭蕉雨，不管人愁滴到明。

陳維崧《婦人集》：海鹽陳若蘭，著有《閨詞》一百首，中有云云。如此吟詠，去花蕊夫人何遠？

【校記】

〔一〕端：《國朝閨秀詩柳絮集》、胡文楷《歷代婦女著作考》作『瑞』。

戴璽三首

字閨韞，安徽休寧縣人，戴邵虞之女也。著有《荊山小草》。

燈下吟

樓上初生月，寒窻已上燈。隔牆人語静，夜氣恰初凝。

讀隋史

翠輦隨君别地遊，宫娥相侍到揚州。佳人剪綵争新寵，一瞬繁華萬古愁。

冬日避兵

倉皇何日作家居，歷盡窮途歲迫除。滿目干戈時未息，誰人能寫太平書？

湯淑英五首

字畹生，或云畹素，江蘇長洲縣人。適休寧吴嘯雯翻。著有《繡餘軒稿》。

陳維崧《婦人集》：湯畹生淑英，長洲人。適休寧吴翻。工詩善弈。年三十六卒。

秋日登虎丘

淺淺此丘壑，引領却深邈。窮目上高層，反若衆山小。半壁住煙蘿，奇淡在秋杪。春風多笙歌，幾令失幽悄。

重寓湖上

重過層樓燕壘陳，向時楊柳幾番春。意中芳草依然緑，眼底明湖只自新。畫艇橋邊鶯語接，晚鐘堤上馬嘶頻。鳧鷗似識當年面，招我孤山就隱淪。

閨意

畫帷屏繞鵲香温，側側輕寒晝掩門。燕子不來春又暮，滿庭紅雨落黄昏。

亂後初歸聽雨

亂後歸來景物移，短窻疎雨夜凄其。微軀自嘆關何事，也向人間歷盛衰。

旅思

月明人倚小欄斜，苦是相思夢裡家。悄立苔堦看秋色，西風瘦盡海棠花。

張潮一首

廣東番禺縣人也。

遭兵被挾北渡黄河題驛壁

朝雲東去暮雲西，淚滴殘花和作泥。願逐黄河流活活，何時青塚色萋萋。魂隨夜雨飛羊石，風亂寒笳送馬蹄。杜宇不知歸不得，天津橋上向人啼。

方蒙章跋：乙未過河南郊路，見殘壁上字縱斜數百行，立馬觀之，書法婉妍，如有顰笑；其下和者數十輩，不復讀也。誰堪見此，矧我同鄉。悵然和之：『東風吹恨數行西，古驛荒牆舊燕泥。蔡琰拍成秋慘慘，王嫱曲半草萋萋。天生薄命共狼狽，春斷芳紅逐馬蹄。為拾愁心憐故國，粤王臺上夜烏啼。』

盛鏡鸞二首

字影娘，江蘇甘泉縣人也。

芙蓉花下送秋

明日冬來螢苑空，一番清瘦畫樓紅。芙蓉是〔一〕面愁含雨，楊柳為腰怯帶風。疊疊長年黄稚子，滔滔流水白頭翁。浮雲竟與秋相若，安得淹留少醉中。

詠十琴齋冬蘭花

動琴九畹味幽然〔二〕，十月猗蘭分外妍。好夢無妨深夜裏，妙香還喜小春前。曲江金購花叢遠，寒谷風來蝶翅偏。自是時光生較晚，相看霜雪不孤緣〔三〕。

【校記】

〔一〕是：《國朝閨秀正始續集》作『如』。

〔二〕此句《國朝閨秀正始續集》作『撫琴静對味幽然』。

〔三〕此句《國朝閨秀正始續集》作『任教霜雪逼殘年』。

余桂 一首

字瑞香，河南登封縣人。詩見《徐楞香集》。

題陳摶書福字祝邑令徐公壽

輪囷大筆勢紆徐，鶴鹿龜形會意初。受此祇應今邵父，歛來真合古周書。帝天呼吸求之易，德望崇隆載有餘。百尺穹碑仙跡在，好分瀋澤到蓬廬。

霍素娟 一首

詩見《谷音傳響》。

次韻題明妃圖

黄沙白草朔方稠，歷盡間關滿目秋。貌寢君王甘棄妾，中原雖好不回頭。

盛氏二首

本名家女，適安徽桐城縣方若玒。嫻於婦道，暇攻吟詠，桐邑女士争延為師。詩見《龍眠風雅》。

寄方姑

柳盪千村緑，桃開滿院紅。水流抛夜月，山静拂春風。鳥宿枝忘倦，雲飛天欲空。故人百里外，常在夢魂中。

秋夜

别怨驚花夢，離愁斷月魂。砌荒蟲怯冷，窻外泣黄昏。

秦臺鳳四首

字簫音。詩附見《孫貞媛集》。

次韻題明妃圖

嬌姿領袖六宫稠，恃色偏沉雁塞秋。性傲始終羞賄賂，文姬歸國合蒙頭。

吊香娘子

姓王氏，鹽販船養女也。有殊色，與母行不類。轉賣與湯為養媳，僦居單店，十載食貧，無怨言。夫出，賈有惡少，夜犯之，大呼，鄰嫗赴救乃免。夫尋歸，告之故，卒自經死。湯鬻香為業，人呼為『香娘子』。死年二十四歲。時人與彭娥、夏氏稱為『通州三烈』。

柳巷何堪暫寄身，得歸白屋脱紅塵。遠憐芳氣招狂蝶，帶累仙花落早春。

孫貞媛詩

孤負芳姿覺黯然，天涯到處遇屯邅。璚花本是無雙品，漫逐春風化冷煙。

奮身早已絶塵緣，獨勵清操羡潔蠲。翻訝韓憑妻化蜨，尋香猶自到花前。

鄒淑二首

字清窈。里次未詳。

題美人小照

渟渟秋水扶涼玉，煙痕一抹遥山緑。若遠若近情何依，麝蘭香粉拂羅衣。呼之欲見花魂下，可奈又隨東風嫁。凝粧回矚當語誰，無數温存只自知。

初夏村居即事

閑影消清晝，幽懷寄遠空。香疎紅動鳥，涼滿緑含風。片枕谿光隔，孤村畫意同。敢希名媛躅，翻自擬牆東。

袁九淑 五首

字君嫕，江蘇通州人，方伯袁隨女。適諸生錢良胤。〔一〕

【輯補】

王端淑《名媛詩緯初編》小傳：袁九淑，字君嫕，通州人。錢良胤之妻，四川布政隨公女。少讀經史，尤深内典，詩文精麗，書法遒媚。良胤故世家，好文，家有絳雪樓，九淑之所棲，供具精良，几榻妍寂，中懸所繡大士像，玉毫紺目，□□儼然，左右圖史，誦讀移日，清晨夜坐，焚修習静，每自謂『易遷宫中人』也。歸良胤一年而卒。所著有《伽音集》，屠隆爲之作序。

袁九淑《伽音集》（《羅氏雪堂藏書遺珍》影印明抄本）載屠隆序：子卿婦之答外，五字陸離；竇玄妻之寫懷，四言淒絶。奕奕左芬，晉宫標秀；翩翩劉嫺，梁代蜚聲。攬玉臺於徐陵，不乏畫眉之才子；按香奩于韓偓，固多繡口之佳人。要皆單篇寥寂，擅名一時；未有九體縱橫，俯視百禩者也。海陵袁君嫕氏者，余友錢王孫配也。珥貂韞姿，錦綺儲質。隴山鸚鵡，生而能言；丹穴鳳皇，夙含靈采。奇穎徵之繦褓，婉約見於孩提。夢中畀秤，豈是凡兒；暗裏辨絃，知為異物。心慚纂組，日披圖史於緑牕；性愛綈緗，時吐珠璣於雪繭。笄而出閤，爰歸才子。文人室爾宜家，共羨聯珠合璧。鬬采毫於竹下，小擘菖蒲之牋；舉玉案於花間，遞飲葡萄之釀。藻詞綺思，甯論沈氏之晨風；雲蔚霞蒸，不數包家之明月。任是孝標三妹，方駕何堪；即使貝州五姬，當云自失。盈盈六卷，灑灑萬言。嫵媚則新豐之弱柳縈煙，秀靚則太液之芳蓮裛露，清貞則風蜩振音於木末，淒惋則霜蛩流響於庭除，奇巧則冰繭抽絲，瑰麗則山雞吐綬，鮮潤則灼灼雨中紅藥，穠郁則娟娟天際綠蕪。易遷洞章，盡羅胞腹；蕊珠鴻寶，爭湧毫端。是堪秋苑前茅，奚獨香閨樹幟。奕奕靈媛，咄咄逼人。年命不長，悼惜何既。雕鏤萬有，盡洩大塊之奇；礫裂元精，甚乎真宰之忌。庭飛白蝠，讖已兆夫黃壚；駕控斑麐，神自歸乎紫府。鸞孤金鑑，蟲罥珠扉。雨昏楊柳之樓，時墮侍兒之淚；月鎖梨花之浣，空銷夫婿之魂。玉殿掌書，想見雲霞縹緲；鍾陵寫帖，何年環佩歸來。東海珊瑚，世共寶其秀色；西方伽鳥，人欣聽其僊音。身同朝菌須臾，名與芳蘭不化。吾女湘靈有集，亦曰留香，比之君嫕斯篇，徒然覺穢耳。萬曆甲辰長至後一日，東海屠隆緯真甫撰於如如閣中。

同集載其堂兄袁九皋序：《伽音集》者，余妹氏君嫕之所著也。妹氏爲吾仲父竹溪先生愛女，仲父由蜀左轄致政歸，夢慶雲入室而生吾妹。妹生而秀惠婉嫕，淵静孝謹，性好圖史。幼同余諸弟讀書，自《女則》、《女誡》、《二南》、《孝經》而外，凡左、馬、漢魏、三唐、二氏之書，罔不涉獵焉。復警敏彊記，纔一入目，輒琅琅成誦。工聲詩，含毫組思，必獲奇句。書灋精楷，不習而能，仲父竊見，沾沾私喜，益憐愛之。笄而歸同郡文學錢王孫，王孫冲齡雋才，驤子龍文，異時當一日千里，余私謂吾妹得所依云。自余牽纏宦途，久與妹別，會余奉上命按三晉，妹嘗賦詩送余，有曰：『鴈去此時瞻落日，烏啼到處有輕霜。』聞者嘖嘖稱美。余尋轉視兩浙醝政，迨事竣過里，則妹已溘先朝露矣。嗚呼，伽鳥隕於鷇中，蘭菹□於萌芽，可勝痛哉！居亡何，王孫手一編泣示余曰：『汝妹所遺也。汝妹才賢蚤世，托以不朽者，庶在此耳。丐公一言以傳。』余覽之悽然，鮮華陸離，可當班、蔡雁行，清夷玄暘，亦不讓三劉、諸宋，真不愧吾家門風，余兄弟寔不逮也。噫，妹不死矣！昔謝傅倡雪，道韞『柳絮』一詠，諸兄爲之奪氣；鮑姬藻思清巧，明遠對宋武曰：『臣妹才自亞於左芬，臣才不及太沖耳。』余於吾妹亦云。 万曆己亥穐日袁九皋君鳴甫撰。

同集附録載其夫錢良胤（字王孫）所撰《亡妻袁君嫕傳》： 亡妻袁氏，諱九淑，字君嫕，爲吾外舅竹溪先生第三女云。 辿不穀讀外氏譜牒，袁故姚虞之後，胡公孫莊伯轅，生濤塗，以字氏，後去『車』爲袁。 漢興，有袁生隱居河洛間，沛公破楚，實從其策。 及司徒安父子起家，四世五公，而汝南之族益蕃。 後世世伊洛，珥貂蟬聯，名士接踵。 魏晉六代間最表著者，則有太尉掾閎、郎中令煥、給事準、黄門侍郎恪之、左衛率淑、東郡守宏、丹陽刺史粲、左常侍炳、尚書令昂。 唐宋五季，代有聞人。 宋南渡，遠祖壽寧以避兵自洛來海上，愛吾通五山之秀，因家焉。 閲八葉而爲曾大父孝廉悱、大父貢士淮，皆以仲子貴贈如其官。 父即仲子竹溪先生隨，蚤以南宫高第，累官至四川左布政使。 先是，方伯公與先府君爲孔禰之交，雅相推重。 迨兩家宦成歸，結社林下，文酒逍遥，二公復約爲婚。 君嫕寔先余生數月。 始母陳夫人將誕時，方伯公夢空中鼓吹聲，五色雲冉冉墮室内，旦而舉君嫕，幃幌間香氣郁烈，公大異之。 亡何不穀良胤生，越數日，公與客來赴湯餅，一見詑曰：『是兒啼聲清越，他日亢厥宗者，必是兒也。』時公之從子，今侍御君君鳴，從傍伸前盟，公首肯之。 先府君遂爲余委禽焉。 君嫕生而婉娩娟秀，容範莊靚，自皃時已然。 稍長識字好文，同諸兄弟讀書内閤中，凡經史漢魏六代三唐百家諸子之書，種種寓目，而於蕋宫竺國之文，尤精究焉。 且也天資穎異，書入目輒記，經耳不忘。 臨池學書，端妍有則。 間爲詩若文，清婉高華，語多霞外之致，絶不露香奩脂粉習。 把示諸兄，歎不及也。 君嫕雖雅好翰墨，而身持《女誡》惟謹，居恒閑静寡言，足不踰閾。 奉兩尊人恪恭孝謹，能以色養。 他日陳夫人病脾幾殆，君嫕遶榻悲啼，夜搏顙扣群望，請以身代，感大士見夢，旦乃刺腕血，和藥進母，母尋起。 君嫕發願持長齋三年，以答神明，齋畢遂厭絶羊豕葷穢諸味，方伯作色强之，自是略食小鱻鮭菜而已。 踰一年而方伯公捐館舍，君嫕哀毁絶粒，慟不欲生，居喪一循古禮，聞者嘖嘖企羨。 歲丙申，不穀奉兩大人命受室，卜吉迎君嫕歸，甫廟見，輒屏去金翠，躬御布素，忘其爲綺紈子也。 事兩大人恪恭孝謹，一如事其兩尊時。 待姒娣和婉有禮，馭臧獲不肅而嚴。先府君嘗私謂家夫人曰：『新婦沖年賢孝爾爾，無忝吾故人家聲矣。』性復柔順，知大體，喜愠罕見。一日往視家夫人晚餐，會弱婢幽蘭留室中，余心悦之，君嫕歸而掩户却走。比見余，怡然一笑而罷。他日諸姒詰之曰：『某事余聞愕然，卿顧寘不問耶？』君嫕咲諭之曰：『卿輩坐不稽古耳。婦人敗行，妬居一焉。豈未見女宗之揚芬史冊耶？且長卿有茂陵之聘，連波有關中之孌，文人故態，逹逹如此。余雅欲爲王孫置篷室，以其年甚少，且壓於二尊勢，不敢耳。不者群媵奉奔走，故自佳。』詰者愧之。自適余，無他嗜，惟墳素之癖，昕昔加焉。日與余相對伊吾，揚扢今古，契若椒蘭。每當風月清淑，雪霽花晴，撫景分題，倡余和汝，矜奇吐秀，咄咄偪人，余驚怖其言，謂何物笄幃者流，作易遷宮中語。昔劉氏三媛皆有文，而徐敬業妻尤屬清拔，卿豈其後身耶？余嘗赴試遊吴陵，尋再遊白下，君嫕敘別寄懷之什，不知凡幾，皆一一情愫妍亹，藻思陸離，置之班、蔡之間，無愧色也。君嫕文采華贍，既無忝古人，而女紅精好，跡近代罕及。嘗倣宋人繡大士像，瓔珞華鬘，玉毫紺目，纖悉畢具，裝成奉絳雪樓中，左奉龜臺金母，右以具圖史。無事登樓習静，翺翔逹詰間，非定省家夫人，不下也。丁酉秋杪，先府君不禄即世，君嫕悲泣盡禮，一如喪其先方伯時。家夫人茹慟沉憂，寢食俱廢，君嫕掩涕侍榻前，每日自晨至酉，不敢少違，手捧湯藥，家夫人少啜，不忍置也。又嘗與不穀對泣燈下，悽切酸楚，舉家長幼，聞之皆號。已收淚相謂曰：『余少孤，卿又文弱，賴以不即隕越者，堂上具慶耳；今又天奪吾翁，吾兩人復何怙耶！』益汍瀾久之。自秋徂冬，日漸羸削，遂淹淹床笫間。一日慘然謂余曰：『吾自幼嘗夢遊僊都，昨又夢一繡衣女僮持節召余，殆其期至耶？』余恠其語不倫，君嫕慰勉余曰：『王孫卿不達乃爾，人生修短有數，生寄死歸，奈何纓情於此？余自檢平生澡行好修，無甚讎戾，雖不敢遽覬昇濟，或不至墮諸苦趣耳。』乃索筆賦二詩別余，今載《伽音集》中。踰午遂昏憒不食。明旦神情復爽，亡何呼具浴，余猶難之，君嫕摇手曰：『符篆已至，那得復住？』浴畢更服據床，時陳夫人與家夫人暨不穀良胤環泣床畔，君嫕悉温言慰撫。已含涕攬余手曰：『吾於世間無所繫，獨吾姑與吾母皆斑白，又皆煢然孤嫠也，吾不得終兩母養，子道婦道皆有虧爲恨耳，卿善眎之。篋中殘稿，幸毋災木，恐非婦女家事。金玉勿以爲殉，無益也。』言已遂瞑。比斂，肢體猶温輭，顔色嫵媚如生。是夜余倦寢櫬側，夢天樂隱隱從東北來，幢蓋輿從，紛沓蔽空，八女降於中庭，君嫕與焉。余遍拜就坐，君嫕離席謂余曰：『身是上清書僊，偶以微過被譴，太上愍余玄善，召還敕居蓮花洞；彼七人，一時同召者也。』秘語娓娓，誠不得洩，尋與衆登輿南邁。余遂驚寤。噫，亦奇矣！是爲萬曆丁酉十一月十四日，距其生庚辰七月初十日，住世十有八稔，爲余婦僅一年有奇。嗚呼痛哉！

秋日樓居

高樓一騁望，秋林何冥冥。金飆颯然來，拂拂吹軒欞。嚴霜凋蕙草，竹根沙雞鳴。落日淒以黃，照此朱槿榮。房櫳鬱窈窕，芳樹紛蒽青。低枝觸錦瑟，泠然激清聲。境寂意自愜，慮淡心寡營。因悟静者遠，而多遺世情。

感夢

大道本鴻濛，神化亦叵測。恍然夢境中，千里自頃刻。初遊化人居，穹窿洵異域。青林抱遠岫，巖竇轉深黑。行行倏開朗，咫尺紫霄逼。仙卉鬱葳蕤，幽禽炫五色。靈妃笑相引，來往山之側。飲我沆瀣漿，啖以天廚食。投贈碧琅書，璀璨不可識。臨别示元秘，拳拳戒努力。妙理貴希夷，葆真在靡慝。神氣誠不虧，紅顔生羽翼。共返上清轡，庶幾吾念息。

送四兄君鳴侍御按三晉

鳴笳疊鼓上河梁，紫陌争看鐵面郎。雁去此時瞻落日，烏啼到處有輕霜。龍門山接青驄色，白馬津摇繡斧光。春日采風汾水上，幾人猶憶舊宫牆。

春遊曲

小姑愛游冶，日向清溪沚。前林聞馬嘶，驚避百花裏。

寒食

禁煙時節柳如煙，病起梳頭小閣前。謝豹暗啼春色去，滿窻紅雨杏花天。

【校記】

〔一〕底本原作『袁九嫕，字君淑……適諸生錢良允』，詩人名、字相混，其夫名『胤』改爲『允』，以避清世宗諱。今據袁九淑《伽音集》（《羅氏雪堂藏書遺珍》影印明抄本）改正。

陳學鍾五首

湖廣祁陽縣人，相國文肅公之女。

望雲歌

臥看白雲如堆雪，隨風變幻真奇絶。一如彈絮鋪薄棉，又似高峯窈窱，陡壁懸厓，不可形容，難以向人説。吁嗟乎！人生天地間，浮雲太虛耳。萬事都如之，過眼而已矣。儂年五十始歸寧，前輩兒童多不識。沉者已沉浮者浮，此即如雲渺無極。

浯溪懷古

秀水奇山天地擘，漢篆唐詩滿石壁。漫郎愛此結茅居，今日尋無漫郎宅。漫郎漫郎知我乎，儂亦蓬山跨雀客。

登瀟湘

每到瀟湘寺，瀟湘最可憐。禪門深閉月，秋水静沉天。夏日榴荷艷，春明桃李妍。冬來景不惡，紅葉滿山巔。

索兄畫

一別吾哥二十年，每從圖畫見佳篇。詩如元白多奇句，畫似房山學米顛。
妙繪可能容易購，煩君寄我兩三張。身閑也學遊山者，好向圖中問故鄉。

高氏一首

浙江仁和縣人，汀漳觀察高景蕃之女。適汪某。

詠蠹魚

品似知書性似靈，族仝鱗介恰分形。出經入史聊餬口，摘句尋章不識丁。破盡殘編供涉獵，嚼來碎字總零星。饒他翰墨充腸腹，到底文名總覺腥。

《小粉場雜識》：汀漳觀察高公景蕃有女能詩，嫁汪某，琴瑟不調，女賦《蠹魚》詩嘲之云云。又《詠菊》後四句云：『如何金粟為前輩，或者梅花是後身。一別東籬陶處士，至今絶少意中人。』

陳蘭徵一首

江蘇上海縣人。適國學生曹承烈。然未見全集，詩附《繡餘小草》。

詠雪

敲窻片片大於葉，朔風怒吼庭堆雪。天際濃雲凍不流，山頭歸鳥飛應絶〔一〕。訪友溪邊棹自攜，衝寒驢背花親折。樓臺金碧景全迷，惟有青松頂不滅。登高望遠空茫然，四射寒光驚電掣。亂飄砌石没泥途，隱入窗紗簇花纈。孫家小令謝家詩，當日形模總纖屑。此時相賞耐嚴寒，却恐流光去如瞥。眼前清景〔二〕不可失，痛掃陳言非臆説。古人白戰號出奇，我亦何嘗持寸鐵。

【校記】

〔一〕此句《國朝閨秀正始集》作「山頭飛鳥歸應絶」。

〔二〕景：《國朝閨秀正始集》作「影」。

金逸 一首

詩見《虎阜志》。

【輯補】

金逸《瘦吟樓詩稿》（嘉慶刻本）載袁枚所撰《墓志銘》： 蘇州有女士曰金纖纖，名逸。生而明慧端麗，幼讀書，能辨四聲，愛作韻語。年甫笄，歸同里陳生竹士。結褵之夕，新婦煙視媚行，一小婢手研紅箋出，索郎詩催粧，竹士適適然驚，幸素所習也，即賦詩十章索和。從此琴鳴瑟應，奩具旁煙墨鋪紛，不數日變閨房為學舍矣。纖纖事尊章謹，不以文翰自矜，一切煩攔衣圭燂瀹秩膳事，罔或不涓。當是時，吴門多閨秀，如沈散花、汪玉軫、江碧雲等俱能詩，俱推纖纖為祭酒。一日者遇諸女士於虎丘，日將昳矣，偕坐劍池旁，相與談《越絶書》、《吴越春秋》諸故事，洋洋千言，此往彼復，從旁聽者縉紳先生或不解所謂，咸憆憆也。有識者喟曰：『《山海經》稱帝臺之石，上帝所以享百神也。昨千人石上，毋乃真靈會集耶？』其為鄉里所欽挹如此。纖纖論詩，於唐宋諸名家靡不宣究，尤酷嗜余詩。得《小倉山房集》，伏而誦之，盡四書夜畢，寄書諄諄乞為弟子。余感其意，今春往訪，則病已篤，强扶起，呼先生，再拜。余旋往西泠，逾月歸，則纖纖死矣！將死，語竹士曰：『吾與先生一見，已足千秋。所悁悁而悲者，聞先生來，即具門狀招十三女都講，作詩會於蔣園，畫諸者已九人，而吾竟不得執筆為諸弟子先，此一憾也。我有書中疑義，欲面質先生，而今亦復不及，此二憾也。欲釋此二憾，須先生憐我，肯銘我墓，則我雖死猶不死也。』余聞而泫然。余閲世久，每見女子有才者不祥，兼貌者更不祥，有才貌而所適與相當者尤大不祥。纖纖兼此三不祥，而欲久居人世也，不亦難乎？余三妹皆有才，皆早死；女弟中徐文穆公之女孫裕馨最有才，最早死；其他非寡即貧。今纖纖又死，方知吉耦永諧人間庸福，天所靳惜也，其又奚言？纖纖所著有《瘦吟樓詩》四卷。生於乾隆三十四年八月十五日，卒於乾隆五十九年四月二十九日，年二十有五。嘉慶某年某月某日葬於某鄉。

同集載陳文述《小傳》：金逸，字纖纖，吴之吴趨里人，家竹士秀才之淑儷也。母夢明星入懷而生，生而慧麗。數齡即辨四聲，讀書一過，輒了了上口，能舉大義，諸兄弟或不及也。及長，喜為韻語，綴五七字，皆有遠致，詩囊硯匣，羅列玉臺繡牀間，唾絨脂盝，雜以丹墨，躭吟嗜學，出於天性，識者知為班昭、左芬之亞矣。竹士素以詩名吴中，結褵之夕，垂髫婢捧砑紅綃，以新婦命索郎君詩催粧，竹士刻畫羅燭半寸許，賦宫體詩十章乞和；迨和成，詞意兼勝，蠟花纔一翦耳。自此之後，月生花落，香暖茶温，鼓宫宫應，鼓商商應，酬倡日多，而竹士詩學亦日進。當是時，錢塘袁太史枚僑寓金陵，以詩文獎掖後進，騷壇一席，雄長東南石城、東冶間，海内之士，若羽附鳳，大家名媛，亦多執釵鈿請受業，世所稱『隨園女弟子』是也。纖纖論詩極嚴，於時賢心折尤罕。竹士嘗問字太史之門，一日攜全集歸，纖纖盡數書夜讀之，作而起曰：『古人言「詩原本忠愛」，當即指性靈言之，而格律才藻，經緯其中。儂素操此論，無所印證，讀太史集，温柔敦厚，詩人之詩，真吾師也。』因援徐昭華于毛西河故事，奉書乞為弟子。時江左女士，瓣香隨園稱都講者，二十餘人，無出纖纖右者。吴門故多閨秀，纖纖與沈散花、汪玉軫、江碧珠數人尤友善，一日邂逅虎丘，坐劍池石上，縱談《越絶書》、《吴越春秋》，弔紫玉埋香之蹟，雪西子泛舟之誣，纚纚千言，見者咸心駭目瞠，疑真靈會集也。顧體弱善病，居恒忽忽抱不永年之戚。一夕病中恍惚至一園亭，畫闌修竹，隱隱聞詠詩聲，寤而得詩三首。翌日，竹士自吴江買藥歸，言昨夕同人為扶乩之戲，有稱女仙胡桂娥者，贈三詩。出示之，與纖纖所作韻悉同，集中所存『紙樣羅衣秋樣瘦，那能禁得水天凉』，即此時作也。性嗜茶，喜自煎，每貯清泉冰磁甕中，以石瓢漉至千數日，水性潤下，非此則輕清之氣不升也。尤善弈，女兄某亦工此藝，兩人相對，可竟日不終一局。嘗見其手批《弈理指歸》一書，五色筆作蠅頭書，四邊皆滿，惜余於此事頗疎，未能知其妙也。同里吴太史雲乞假家居，與同人為詩酒之會，竹士與焉。薄暮以八人詩乞纖纖第甲乙，並請和，而留竹士不使歸，蓋座客或疑其捉刀也。漏初下，徧和諸作，出諸人右，品題亦悉當，諸人始心折焉。初，竹士婚未匝月，嘗同夢至一處，浪花無際，樓臺隱烟，仿佛有人告之曰：『此秋水渡也。』二人因聯句，醒而纖纖秖憶『秋水樓臺碧近天』七字，各心異之。歲甲寅，纖纖病母家，竹士日往視疾。一日，竹士方就山長試，適病小間，屬是日弗往。及試畢至家，則纖纖已歸。詢之曰：『儂殆不起矣。儂昨夜夢女伴數人，邀登一舟，若有所待，曰：「俟九日解纜矣。」問所往，曰：「秋水渡。」夢兆若此，儂殆不起矣。』閱十二日而卒，則乾隆五十九年四月二十九日也。纖纖性至孝，事舅姑如事父母，御婢媪皆有恩。死之日，内外哭失聲。無子，以沈散花女鳳珍為假子。以某年某月葬於某地。遺詩三百篇，陳雪蘭、楊蕊淵、李紉蘭三閨秀為刻於京師。

同集載李元塏跋：余年十四五，麤解聲韻，即躭吟詠，每見人佳詩，輒手録之，腕脱手胝，弗恤也。聞同里陳子竹士學詩隨園，甚有宗法，其佳偶金纖纖女士才尤佚麗，乃留心搜輯，積録數十篇，時時誦之。因侍祖父官京師，里居日少，未得窺全集，恒悵悵焉。歲甲寅，里中人來言，女士死矣。余聞而深嘆惜之，惜其有才無命，造物與弱女子且然也。癸亥夏，竹士來京師，因得訂交，以《瘦吟樓全稿》見示，時女士殁已十稔矣。余受而讀之，纏綿悱惻，温厚和平。寒潭古月，不足為其清也；晨霞暮雲，不足為其超也；嚼蕊吹花，不足為其韻也；歌離吊夢，不足為其淒也；嬰雲小海，鴻衣羽裳，不足為其空靈幽渺也。鍾嶸云：『辭旨清捷，怨深文綺。』司空表聖云：『素處以默，妙機其微。』得一為難，矧乃兼之，斯殆絶無僅有者歟？竹士為言，其事姑章以孝，遇事持大體，不媿古列女，則又非專以才見者。余女兄紉蘭讀而愛之，懼其散佚，因與陳雪蘭、楊蕊淵兩女士校定，壽諸棃棗。余既多女士之才，又多三人之愛才，有椒蘭桂茝之好焉，皆不可及也，因贅數言於簡末。至其里居處月，互見誌傳，不具書。

山塘春泛

青山圖畫裏，雙槳溯中流。野水沿春市，晴峯壓酒樓。雲埋神劒古，花近美人愁。落日篷窻下，高歌起鷺鷗。

陸素心 八首

號蘭垞，浙江平湖縣人。適徐生雪廬。著有《碧雲軒詩鈔》一卷。

陸耕南《碧雲軒詩鈔序》：長女素心，九歲失母，予繼室朱氏授以《孝經》、《論語》及《毛詩傳》。比長，皆略通其義。嘗録唐宋元明詩為數冊，手自丹墨，窮日夜不倦。其所吟詠，亦時有新意，積歲既久，有《碧雲軒詩》三卷。壬子春，徐甥〔一〕熊飛録其清遠有神韻者數十首，付諸梓。夫婦人雖不以詩重，有能發乎情、止乎義禮，温柔敦厚而不愚者，固采風之人所不廢也。吾女由此進，窮其所以然，弗以是為女紅之餘焉可。〔二〕

【輯補】

陸素心《碧雲軒詩鈔》（嘉慶二十年刻本）載其子徐金鏡跋：先妣見背時，金鏡年甫三歲，不復記憶言語動作，惟口授唐人小詩數首，猶成誦不忘。及長檢閲薹篋，見所著《嬰蘭館詩》二巨冊及八韻小賦十餘首，勾乙塗改，手澤如新。嘗欲録為浄本，乞家君授諸梨棗，以困於衣食，未果也。《碧雲軒詩》一卷，多半待字時所作，結褵後鬻其玉搔頭，雕版平湖，為遠近所稱許。一時選輯，若《名媛繡鍼集》、《擷芳續集》、《兩浙輶軒録》、《羣雅集》、《閨閣同音集》諸書，皆采録多篇，稍述梗概。顧原版散損，不能授墨，家君命金鏡重録付梓。金鏡繦褓失恃，欲述母德而無由，徒從叢殘遺藁中想像聲音笑貌，而又不能盡搜所撰，畢傳於世。校録是卷，不禁罔極之悲也。繼母來歸，金鏡年才十四，視之無異己出；先妣在時，嘗與往來唱和，因請所藏藁，録得什一，並梓而存之。時嘉慶乙亥正月男金鏡謹跋。

美女篇

戴勝忽飛來，蘼蕪碧如水。美女行采桑，提籠緑陰裏。雲鬟軃金爵，羅帶囚風起。窈窕揚光輝，娉婷見衣履。好義若為求，守貞良有以。君看松與柏，空山歷年紀。奈何桃李花，陽春開不已。草木有同羣，請謝彼姝子。

東湖曲

白鷺鷥飛秋水斜，東湖女兒出浣紗，水邊十里芙蓉花。芙蓉花，開不已；寄相思，一雙鯉。

漁父

滄江漁父蜻蜓舟，滄江漁婦操罛罶。得魚沽酒酌明月，灘邊十里蘆花秋。短蓑醉脱拍銅斗，笑看江水東南流。

居山和外君〔三〕

林雨霽新緑，白雲飛滿庭。松聲千樹寂，山色一樓青。風渚多鮭菜，銅阬有茯苓。相將對泉石，共讀羽人經。

嘉興道中

野芳一碧正芊綿，三月江南春可憐。垂柳空濛晴有絮，遠峯青峭淡生煙。夕陽飛鳥亂歸樹，春水行船欲上天。日暮長亭晚風急，殘紅如雨落尊前。

題高晚香畫蝶

金粉飃零夕照寒，江村別業野〔四〕漫漫。貞魂化作孤飛蝶，撩亂春蕪〔五〕不忍看。

碧花紅穗舊茅茨，風蝶離披裊折枝。誰向粧樓搜賸稿，砑羅重寫斷腸詩。晚香為文恪公曾孫女，聞有遺稿未刻。

秋閨辭

金井梧桐一葉黄，露華清冷月微茫。流螢不省人離恨，飄瞥隨風入畫堂。

【校記】

〔一〕甥：陸素心《碧雲軒詩鈔》（嘉慶二十年刻本，下同）作『壻』。

〔二〕此序《碧雲軒詩鈔》末署『乾隆五十七年春二月父耕南題』。

〔三〕此題《碧雲軒詩鈔》作『山居和外韻』。

〔四〕野：《碧雲軒詩鈔》作『草』。

〔五〕蕪：《碧雲軒詩鈔》作『紅』。

卷之四十二

王元禮八首

字禮持，浙江仁和縣人，王松壑之女。著有《梅笑軒詩集》。

汪淑婉《梅笑軒詩集序》：原夫詩道性情，性情則盡人有者矣。沈隱侯云：『志動於中，歌詠發外，禀氣懷靈，理無或異。』而説者以閨閣之中，獨可置之。余嘗笑此，謂非通論。洵如其説，《葛覃》、《卷耳》、《芣苢》、《草蟲》，早為尼父所删；而婕妤《紈扇》、蘇氏廻文，又何以見賞風騷、流誦人口耶？西陵禮持王夫人，松壑先生愛女也。先生與先少司農稱石交，以詩文主壇坫者五六十年。先少司農歸田後，欲輯平日詩文盡付剞劂，未及畢而歿，而先生自丙子從京師歸，校訂詩篇，登之梨棗，即今家隋珠而人荊璧，所稱《蕭遠堂詩集》者也。夫人向有《梅笑軒》詩刻，久膾炙人口，今復輯所著，附《蕭遠》之後。其詩宛轉清便，如流風廻雪，視先生全集，固已具體而微。昔王筠謂：『安平崔氏、汝南應氏，並累葉有文才，第未人人有集如吾門者。』嗟乎！筠謂人人有集，猶未聞有閨閣中人耳。以今視昔，弄墨帷房，風開林下，王氏之盛，不更熾哉！

屋漏歌

朔風密雨生寒色，黛色浮雲樹杪側。村村宿鳥雜歸飛，渺渺霏煙滿荊棘。河干四顧陰風多，隔岸舟人着蓑笠。苦思緑酒解愁顔，偏向囊中看羞澀。茅屋夜漏無乾處，癡兒頻跳青鞋濕。大女如癡小女拙，卧啼門東索菓栗。怒駡不應反挽肩，家貧憐汝安能叱。九日泥濘一日晴，遥望山林轉蕭瑟。

和季嫺柴夫人白梅花

不知梅與雪，望裏自嫣然。真色原難學，高情豈受憐〔一〕。臨流孤影瘦，映月數枝妍。憶爾横斜處，翩翩儼似仙。

傾國瓊姿種，江南幾處栽。與松成冷節，共竹傍蒼苔。嶺度仙人跡，詩傳水部才。羅浮曾入夢，還擬美人來。

湖上同柴季嫺朱順成

向暮遊人絶，同君步曲塘。有山盡秋色，無水不荷香。雅調傳金軫，閑情寄筆牀。誰言閨閣友，相得在詞章。

暮秋家大人攜杏村並滄孝兩弟遊定慧寺虎跑泉同和東坡先生原韻

秋光寂寂晚生香，雲染衣裳石徑涼。孤岫夕陰嵐氣重，高松晝暝籟聲長。清流觱沸鳴幽壑，遠磬微茫隔上方。素有林棲偕隱志，甘泉應不厭頻嘗。

飛花

獨坐春閨中酒，呼童掃葉煎茶。檻外村村流水，簾前處處飛花。

渚蓮

芰荷深處綠紛紛，歷亂飛鳧點水紋。一似吴宫歌舞散，可憐芳草映紅裙。

題毛烈婦繡帽

一段〔二〕幽貞麗管彤，鍼神還與薛娘同。開匳忽墮思君淚，滴向當年手澤中。

【校記】

〔一〕受憐：原作『愛憐』，據《國朝閨秀正始集》改。

〔二〕一段：《本朝名媛詩鈔》作『一代』。

朱穆八首

字月軒，江蘇華亭縣人，朱式文孫女。適同邑姚興宗，甫三月而亡。著有《面浦樓遺稿》。

太史顧成天《面浦樓遺稿序》：内甥孫女朱月軒，予内兄周冰持之外孫女，僚壻朱式文之孫女也。朱自岾思先生後，詩禮之傳不替。冰持兄驚才絶艷，髫齡時沖口成吟，長而博洽揮灑處，名噪藝林中，世比之機、雲昆仲。月軒綽有祖風，少喜拈弄筆墨，不由師傳，居然得林下風致。然弱不勝衣，母氏懼荃蘭之不任霜雪也，戒之曰：『女子豈宜以才見耶？』由是有所作，輒毁去不復存。予偶至其家，詢之，亦未嘗見也。既適姚君淞廬去，合巹未幾，已脱然輕舉。姚慟之，檢奩中所存草若干首梓之，以志不忘，而留其名於人世，因乞片言於予。為略書其概如此。

姚培謙《面浦樓遺稿跋》：余長女適周浦朱氏，數月來寧，述其夫菜山姊月軒有德性，奉母孝；女紅之餘，兼好翰墨。淞廬姪聞之，託良媒求婚焉，方三月而月軒病亡。啟篋，得詩一卷，和平温雅，頗有大家風範。余妹月浦，亦工詩，年未四十而亡，遺有《容與》、《樵樓》諸稾。嗚呼！天與以才，而不與以壽，閨中之秀，往往早夭，良可哀也夫！

夏日同六妹觀荷

長夏尋遊地，同看池畔花。亭閑樂魚鳥，檻静對煙霞。日映紅顔醉，風吹緑蓋斜。坐來忘溽暑，細品一甌茶。

七夕

秋月掛牆隅，徘徊影伴余。碧天雲翳散，鴛瓦露華湑。耿耿雙星會，沉沉午夜餘。橋應烏作架，衣想翠為裾。綵仗臨風整，鈿車駕霧徐。屏間銀燭燼，爐内寶香舒。天巧誠難乞，微忱定不虚。試題紈扇上，新詠復何如。

元日立春

爆竹聲聲報太平，熹微漸覺日初升。新春恰與新年至，樂意還期樂境增。柏子焚餘香色繞，桃符換處瑞光凝。百年聞道稱難遇，惟願時和歲屢登。

盆中緑萼梅

劇憐霜雪日相加，移近紗窗瘦影斜。減盡胭脂真是雅，獨存風骨最堪嘉。整齊幾試園丁剪，開放寧由羯鼓撾。相對奩前無倦意，呼鬟添火再烹茶。

于歸渡浦

似諒牽衣惜别悲，揚舲欲渡故相羈。風因境僻偏加疾，潮為寒凝欲上遲。回首家園曾未遠，得瞻城郭是何期。荒村斷岸聊依泊，繫我萱幃無限思。

雞冠

一徑彩雲生，參差倍有情。籬邊池上種，堪結九秋盟。

薔薇

緑肥紅瘦正堪憐，祇剩薔薇一架鮮。莫更相逢風雨妒，幾回凝睇倚窻前。

秋海棠

娉婷弱質稟來柔，不語低徊似帶羞。香色相看俱拔俗，開時豈與眾芳儔。

陳廣遜 八首

號静齋，廣東順德縣人。善丹青。適何文宰。著有《静齋小稿》。

李文藻《静齋小稿序》略：順德陳君次文，司訓海陽，與予為同官，數相見論詩。予將他遷，羈芊城，君忽寄其女《静齋詩》一卷屬序。其古體縱横有搘柱，近體清峭，絶不類婦人。讀而異之。既從其里人張君葯房聞静齋事翁姑甚孝，與夫子何君文宰閉户相倡和，有偕隱之風。葯房併見何君詩，氣格與静齋迥異，何其難也！予鄉李易安，才絶高，其父文叔、夫趙德甫，皆博學能文章，予輯歷城、諸城志，兩為易安作傳。其學出於母王氏，實拱辰孫女。今讀集内《憶羅太孺人》詩，益知其能詩之有自，與易安同；而淑行則過之矣。予嘗謂女子詩易傳而難久。明人所采閨媛之什，或多假託，何如静齋之詩一無所依傍，且為賢婦，為令妻，其將傳於後無疑也。葯房又云，静齋工畫梅竹，不恒以示人。其殆惡世俗之名者與？〔一〕

張錦芳《静齋小稿跋》略：《静齋小稿》一卷，静齋，吾邑陳次文女，何君勤良室。予亡友胡同謙與何君有舊，嘗為予述静齋送其尊甫詩有云：『欲隨父母去，恐别舅姑難。』共歎賞，以為於風人之旨有合。同謙寄何君詩，有『瀹茗澆花伴著書』之句，謂静齋也。同謙没後四年，予始得交於勤良，因出此卷相示。讀之，其思幽以閑，其旨淡以遠，視昔之所聞有進焉。吾粤閨秀詩，在唐則七歲女子有『所嗟人異雁，不作一行歸』之句，明代則郭貞順《上俞指揮》一篇，一寨賴以保全。他如王司綵振響宫掖，馮汝白幾於知道，秀水朱氏皆采入《詩話》。自是厥後，作者寂不聞，豈近世閨閣以才為諱，其一二工吟詠者，恒不肯出以示人耶？抑能留意聲律、剔去鉛粉如静齋者尠邪？女子言情寫物，與丈夫子同，而於學恒苦無師資。今静齋原本庭訓，于歸後與夫子相倡和，為閨中良友，食貧操作，曾不戚戚，而更有自得之志，其詩進而益工，有由然邪？然予有異焉。卷中詞筆縱横，迴句不乏，而同謙向所擊賞而為予誦之者，顧獨在于是。意静齋之可傳者，尚有出於詩之外，而同謙為知之最深邪？〔二〕

【輯補】

陳廣遜《静齋小稿》（《清代閨秀集叢刊》影印乾隆間潘氏刻本）載陳次文序：乙未歲，予將之官海陽，過壻家，女廣遜出見，欲侍行，以姑老留，悵然别去。念無以為老人歡，遂輯所為詩一卷，附予行篋，業呈潮陽李南澗明府為之序。因憶予僑居芊城，而廣遜以生甫數齡，喜弄筆墨，讀書聲琅然，予與先室羅顧而樂之。稍長，學拈韻為詩，先室欣然指授詩法，用是解聲律焉。□予以親老，挈家歸里，而廣遜年十二矣。性益嗜書，予因為之講解經義及《史記》、兩漢文，聽受若有所得，然予生計支吾，筆耕外出，亦不遑數數口授矣。未幾歸，何門君舅古巢公以詩學傳家，間命賦詩，輒擊鉢而就，以故得古巢公歡心。暇則偕壻彈琴飼鶴，嘯傲林泉，詩頗多，一二名流索觀者，或謬見推許，而老友潘君景最尤，有昌歡之嗜。今年冬，潘君慨然謀付梓，而廣遜以近名為辭，書來請命于予。予謂女子詩如《紉蘭閣》、《清芬閣》諸集，皆有專刻，今廣遜詩固不敢希蹤古人，然潘君雅意，亦何容負？予年老矣，回思壯時，身世勞勞，凡廣遜賦詩及理琴作畫，皆先室親為督課。繼予司訓香山、東莞、歸善，攜壻及廣遜行，所學得不荒。今廣遜年踰三十，所作詩藉潘君力，始克有成書，而先室不及見矣。予又遠隔海陽，不獲長相見，不知廣遜所學，有進于昔否？廣遜其毋卻潘君請，以志母訓，且益為予老人歡也。丙申臘月老父博堂書于海陽學署中。

跛癱行用王應奎先生箬包船紀事韻

邑中兒年十一，爲姦人誘去，縛桎之，踰年成跛癱，後挈至近邨，索錢於市。義士梁某廉得其情，縶鳴縣令，未置之法。鄉人上愬大吏，始盡殲其黨。與王詩事相類，用其韻，作《跛癱行》。

邑中有行乞，挈兒隨所之。轉徙渾不定，舟居無茅茨。動思飽貪壑，來泊前溪湄。指兒爲己出，稱疾不能醫。號呼徹蒼旻，冀或哀烝黎。旁觀問且難，夙本誰家兒。瞠視若有省，轉瞬仍昏迷。飲恨江漢深，欲訴無能爲。箝掣其唇舌，拘攣其體肢。不須豪俠流，見此皆好施。居人不遑詰，行客不致疑。奇貨真可居，厚利收中逵。此輩所由來，殘酷其天資。百計紿羣穉，梏拲加箠笞。踰時成廢人，續命無一絲。同爲父母身，瘠人求自肥。朝灌以斗醋，夕餔以粥糜。一身無完膚，慘毒傷肝脾。大則爲鼎鑊，小則爲鍼錐。備歷諸楚酸，不死即疲羸。烈士抱義憤，卒見生嗔訾。霽顏導兒言，噉以酥與飴。兒訝夢初覺，心圖歸祖祠。盡言告烈士，涕泣思瞻依。烈士髮上指，振袂若揚旗。縛凶赴訟庭，命同待烹犧。胡爲執法者，不肯暴其骴。怨聲已載道，長官寧不知？未洩羣兒冤，痛哉泉下屍。所賴上府明，冰鑑能窮治。除凶既務盡，拔根仍芟枝。從此邨落安，保赤徵仁慈。爲惡無倖免，天道儘堪窺。即事足垂戒，用賦跛癱詩。

黃節婦歌

節婦適倫教邨周某。周觸法遣黔，婦與俱，育三女一男。周死，負骸攜兒歸里，行乞養姑。有司旌其孝義。予聞而作歌。

鳳山之北倫溪水，奔流清澈無可比。曾經柱石產名流謂梁侍御元柱，邇來更出奇女子。嫁郎年少共糟糠，承歡菽水侍高堂。外事操舟内紡績，兩年比翼作鴛鴦。運乖倏作囚徒偶，夫遣窮荒妻疾首。偕行忍辱志彌堅，蕣華竟擬寒梅瘦。去矣棲棲大道旁，三千里外飽風霜。施秉縣中竝操作，艱難萬狀摧中腸。三女一男幸産育，呱呱忍見投懷哭。三旬九食冷炊煙，可憐藜藿充枵腹。忽傷逝水去滔滔，孤鸞落日求其曹。仰天一慟城隅崩，千山草木皆呼號。蒼黃營殯已踰月，力護孤兒志何決。平生惟有一冰心，獨向黔中鬬寒雪。夢歸翻憶白頭人，廿年缺養長酸辛。南還上訴幸得請，邑宰亦念遐方民。檢束殘骸自茲始，鄉國茫茫何處是。數口嘑從驛路中，一肩挑向寒山裏。婦歸時，擔圓筥二，一置夫骸與次女，一置子與幼女。穹蒼上格見精誠，四山無雲天宇清。關河不隔歸飛翼，舊巢空盡餘柴荊。入門姑在翁先没，眼中秖有斑斑血。遺孤雖得故園歸，阿郎已作重泉别。孑身養老及全孤，乞食比鄰終不輟。吾聞共姜貞且賢，作詩上列三百篇；又聞王凝之妻有奇節，不受纖汚臂堪折。自古貞風何代無，所貴蛾眉表丈夫。今之黃氏繼賢姥，十九年中倍〔三〕孤苦。嗚呼！安得千仞石壁置我前，勒君奇節留千古。

答閨秀梅顏芳見寄

南國瓊枝秀，飄然迥出塵。未春芳信早，異地夙心親。獨抱孤高意，相期冰雪辰。何當同索笑，林際坐花茵。

老儒

壯志消磨奈若何，窻前潦倒足悲歌。非關筆硯生涯拙，總為文章厄運多。變化鯤鵬空有夢，遷流歲月恰如梭。好憑著作成高隱，莫負青山聳髻螺。

卜居北郊

杜陵佳句耐冥搜，真覺江郵事事幽。一沼綠波供滌硯，半竿紅日照梳頭。已忘世態同蕉鹿，得少詩情對鷺鷗。習氣消除渾不盡，明窻點筆畫滄洲。

木蘭

從戎氣如虹，思親淚成血。十年鐵裲襠，凛凛藏冰雪。

秋日奉懷家大人海陽

金風新透緑荷裳，曉日登樓樹有霜。片片白雲滄海去，不知何處是潮陽。
昌黎道範杳難攀，教澤重敷海澨間。何日省親還訪古，飽看韓水與韓山。

【校記】

〔一〕此序陳廣遜《静齋小稿》（《清代閨秀集叢刊》影印乾隆間潘氏刻本，下同）末署『乾隆丙申臈日益齇李文藻序』。

〔二〕此跋《静齋小稿》末署『丙申除日葯房張錦芳跋』。

〔三〕倍：《國朝閨秀正始集》作『備』。

黄埱一首

字肅倩，浙江仁和縣人，沈叔培之室也。

春閨怨別

離別纔三月，紅顔消〔一〕鏡中。晴光摇晚翠，乳燕落輕風。芳艸自然緑，庭花隨意紅。誰憐明月夜，不與故人同。

【校記】

〔一〕消：《名媛詩緯初編》作「老」。

葉蘭谷三首

字又芬，江蘇崑山縣人。適胡秩亭。著有詩集。

寄書城姊

佳致清談久不聞，只憑青鳥慰離羣。深知咫尺無多路，似隔重城不見君。常憶連牀曾話雨，何時剪燭共論文？聊歌下里非無謂，欲乞毫揮白練裙。

閑步

風捲湘簾日半斜，幾竿修竹影交加。雕闌徙倚渾無事，閑看雙鬟掃落花。

與書城姊話別集唐

與君相見即相親，相別那能不愴神？今夜不知何處泊，詩成當作獨吟人。

魏月如十三首

名月如，字恒卿，號金波，又號西園女史，浙江桐鄉縣棲鳳里人。精繪事，兼工楷法。適海鹽選拔生陸以謙。

自題花卉畫冊

芳草爲蘭瑞草芝，芝蘭臭味總相宜。閑中寫出芬芳意，幽谷無人只自知。芝蘭

緑葉如帷護碧紗，數苞仙艷吐紅霞。倚欄莫與戎葵校，此是人間第一花。牡丹

金英玉股小庭幽，却共皋蘇可療愁。試覓紅羅金剪細，一枝又報漢宫秋。萱花剪秋羅

玉粽争彎小角弓，蘭湯蒲酒對薰風。家園記得天中節，五色戎葵一丈紅。戎葵

平池十畝芙蕖冷，水榭空明好納凉。清夢乍回殘月墮，曉風吹送隔簾香。白蓮

趺坐曾來繡佛前，妙香聞處識因緣。憐他小草生籬下，也學閑參白足禪。僧鞋菊

紅雲一片壓秋波，獨拒嚴霜不改柯。木末搴來調粉墨，龍香原是此花多。木芙蓉

三徑蕭疏澹夕曛，孤標不與衆芳羣。祇宜飲罷東籬下，手把茱萸對此君。菊竹

淩波仙子記相逢，蘭友梅兄一笑中。賴爾歲寒知己在，焚香閑對玉玲瓏。水仙

自題山水畫卷

雙崖突兀碧谿頭，磵道茅亭景物幽。一片涼雲飛不斷，緑陰深處泊孤舟。

寂歷江天欲暮時，笭箵斜掛放船遲。高人倚閣渾無事，閑看漁翁理釣絲。
山色蒼茫雨氣收，煙沙漠漠水悠悠。松窻睡起拈殘墨，寫出江南一段秋。
雪後荒齋擬縛茅，凍痕澌歷上松梢。推窻却怕寒風入，自撥紅爐煮小巢。

景左嬌 一首

詩見《谷音傳響》。

次韻題明妃圖

誤寫芳顏惹恨稠，氈城一日似三秋。蛾眉欲把黄金贖，那得烏生肯白頭。

張蘋 二首

字采仙，江蘇吴縣人。

《圖繪寶鑑》：張蘋，字采仙，吴縣人，某某之室也。最善花鳥小景，設色雅淡趣勝。

題二分明月集

春夜沉沉對玉釭，歎君才思却無雙。新篇何處堪頻讀，雪月梅花共一窻。
深閨誰復步香塵，聞道丰儀迥絶倫。幾度臨風吟好句，令人腸斷竹西人。

張蘩八首

字采于，江蘇吴縣人，張天一之女弟。適吴士安。著有《衡棲集》。

尤侗《衡棲樓集序》：秦樓弄玉，瑶島飛瓊。鈿車偶出人間，簫管疑來天上。姓隨北斗，頡頏星翼之中；名在南風，掩映藻蘋之上。曉粧向月，便擬容華；夜雪因風，如聞道韞。織天孫之錦，宛轉廻紋；劈雲母之箋，參差疊韻。乃眉梢楊柳，借煙黛以增妍；臉際芙蓉，照筆花而並艷。固當早窺宋玉，貴倚王昌。裝金屋以藏嬌，入畫堂而行樂。乃猶浮沉綦縞，憔悴蓬茅。牽蘿補屋，翠袖方寒；落葉添薪，金釵自典。於是忘情綺閣，矯志衡門。追高躅於蒿藜，寄幽懷於翰墨。文君寫操，不無淒切之吟；朱淑填詞，時有斷腸之句。然而仙姿迥秀，彩藻交飛。緑沉湘管，應架珊瑚；青瑣芸籤，宜鐫琰琬。不遺菅蒯，謬屬丹鉛。欣覩蘭畹之才，愧乏玉臺之句。庶幾中郎帳裏，秘傳幼婦之辭；逸少池中，竊仿夫人之字云爾。

岑巘《衡棲集跋》：《衡棲全集》，朗潤清華，觸處拈來，纖埃點絶，真如玉女淩波，仙韻天然，自不得以五銖之閬風，擬六幅之湘水也。《選》詩云：清如玉壺冰，燦若春林葩。斯二語堪為斯集作頌。

《江南通志》：吴詔妻張蘩，字采于，吴縣人。幼通文史，工吟詠。有《衡棲集》，清平和婉，得風人之遺。子岳，通經術，詩亦工，蘩所指授也。

擬古三十韻呈大兄

憶昔承歡年最小，舞彩堂前競梨棗。春花秋月盡嬉游，緗帙牙籤學搜討。綵線閑臨綺閣前，阿兄素志留青氈。針傳薛指人爭羨，筆吐江花名占先。馬氏眉峯推共白，左家才藻叨同述。璞碎終懷玉石疑，伯樂未逢甘伏櫪。潦落俄驚幾度秋，相看霜髮忽盈頭。敢憎世上炎涼態，莫問人間青白眸。造化茫茫真莫叩，積德始知能裕後。玉樹森森繞謝庭，一枝已奪天工秀。杏苑堪誇早着鞭，洛陽年少方翩翩。榮封姓字題黃絹，清要聲華著木天。錦堂風月真無及，曲譜新翻奏瑶瑟。翠袖看嬌畫裏人，斑衣笑舞階前色。我本悲歌感慨流，相逢喜語偏綢繆。歡極每懷怙恃淚，情深須念鶺鴒愁。數奇昔共嗟難遇，此日雲泥境殊異。但能教子習書香，豈憚丸熊與削柱。早譽咸稱似舅賢，操觚稍解攻芸篇。化鵬弱翅慙無力，願藉吹噓送上天。

早春寄女

梅向南枝發，堪思寄隴頭。春風催繡帙，曉日蕩簾鈎。惜別猶餘淚，談禪未解愁。何時一尊酒，剪燭話西樓。

舟行不寐有懷兩從子舍

遥憶相招日，欣逢鵲駕臨。銀河猶耿耿，玉漏莫沉沉。暑氣潛消簟，涼風漸透林。愧無文乞巧，笑指月穿針。甚矣吾衰老，賢哉爾意深。幽閑修女則，貞静熟閨箴。滌器烹新茗，添香理素琴。捲簾分樹蔭，移榻就花陰。嗜好皆投璧〔一〕，論交可斷金。含愁佯整袂，囑別更沾襟。握手當年約，相思此夜心。敲詩燈屢剪，撥悶酒頻斟。兀坐閑欹枕，忘眠倦展衾。村荒多吠犬，山遠少棲禽。暮景偏蕭索，孤舟倍寂岑。何時雙鯉寄，爲我達知音。

初夏喜大人到舍

屏迹多年與世違，偶貪〔二〕花信到柴扉。典衣不惜沽春釀，掃石何妨待月輝。芍藥斂粧紅欲瘦，芰荷出水碧初肥。相看莫使花枝笑，沉醉休辭酒力微。

戲爲外子撥悶

失意休教苦自煎，為君把卷論前賢。兒頑自笑同王霸，婢鈍何須學鄭玄。滌器當罏情更洽，操春舉案志猶堅。久藏賴有牀頭醞，莫負梧桐月正圓。

《國朝詩別裁集》：『奴愛才如蕭穎士，婢知詩似鄭康成』，向推劍南佳句。得其意而翻用之，以高隱重，不以才藻鳴也。家風敦樸，於茲可見。

依緑軒新霽

積雨初晴景色宜，緑波新漲小庭池。砌花帶露含紅淚，徑柳籠煙斂翠眉。稚子折荷擎碧蓋，老農剪竹插疎籬。蕭然長晝憑書枕，一榻茶香午夢遲。

柳

御苑千行遠接天，碧如輕浪細如煙〔三〕。只愁春去花如雪，幾度臨風倍黯然。

漢宮

西風寂寂冷長門，紈扇秋來有淚痕。但得君心同月色，清光何處不沾恩。

【校記】

〔一〕投璧：《本朝名媛詩鈔》作『投辯』。

〔二〕貪：《本朝名媛詩鈔》作『探』。

〔三〕此句《本朝名媛詩鈔》作『碧於輕浪細於煙』。

金瑤臺五首

字西池。詩見《孫貞媛集》。

孫貞媛詩

貞女生何地，平原舊有村。隨宦燕京去，城陷千軍屯。貞女逃何所，蕭蕭公路浦。親亡嫗養成，痛被强人賣。貞女塋何鄉，邗溝水清潔。回首嘆捐生，淚滴杜鵑血。苦盡登仙籙，塵埃不受侵。卓哉貞女操，悲哉貞女心。

次韻題明妃圖

離愁百結亂絲稠，絶塞雲凝慘澹秋。知道君心今悔否，望鄉頻上隴山頭。

陳素 五首

字雲有，浙江海寧州人。適同邑查硯北。著有《花角樓吟鈔》。

虞山名媛蔣季錫《花角樓吟鈔序》：雲有陳君，本海昌望族，為汝南查公子硯北德配。秉性柔順，夙嫺姆訓。既歸於查，門以内肅肅雍雍，鄉黨之言婦道者，首推焉。憶昔相國文簡公，以愛女繼於余，後歸司農蔣姪，因得頻聚京華，每於暇日，道古論今，間事酬唱，曾語雲有之才為不可及。蓋慧質天成，復好經史，於風雅源流，探之有素，得其指歸，故所著實能登古作者堂，殆與徐賢妃、謝道韞，有堪後先輝映者也。余未識其面，而心乎愛之。今年春，寄示《花角樓吟稿》，並乞弁言。爰卒讀其詩，托興成章，咸本乎性情以抒懷抱，全無纖刻之弊，亦無餖飣之習，斐居大雅；即題鳥品花，要皆有深意於其間，非苟焉而作。温柔敦厚，流連三復，不禁為之歎絶。有德者必有言，于以徵雲有之德，直媲美於《關雎》、《葛覃》，世勿以彤管芳徽等諸傅粉熏香之餘事耳。他日者得相把晤，結吟壇於香閣，使余繼聲其中，以慰蒹葭之思，不大愉快哉！用綴數語，以塞其請，且為誦詩者先導云爾。

查歧昌《花角樓吟稿跋》略：邑中閨秀，詩文之最著者，推陳相國夫人徐燦《拙政園詩》，暨姪女皖永《素賞樓集》。吾宗則先曾祖母鍾淑人《梅花樓詩存》，曾為王西樵先生徵選；族祖姑惜《吟香樓詩稿》六卷，亦膾炙人口。於是海昌名媛詩，自朱静菴而後，稱極盛焉。叔母陳，歸吾叔硯北，素耽詩，兼工小令，殆本家法而能嗣徽音者，至幽閑之性，往往發杼毫楮。讀其詩者，當自得於妃青儷白外也。時叔母初喪，叔出《吟草》示予論定，予謂季叔母錢孺人方裒選閨秀詩詞行世，桐華閣中又添花角樓一番嘉話矣。

暮春憶外

小庭昨夜東風惡，滿架薔薇盡吹落。殘紅片片逐春歸，空有濃陰如翠幄。春來已是惹人愁，春去重教恨未休。柳外高樓空望眼，花間攜手記前遊。前遊頓覺成輕别，易水燕山渺天末。水繞山圍幾萬重，夢中有路應難識。衡陽歸雁幾時來，擬把征衫着意裁。肥瘦不知近何似，欲持刀尺轉徘徊。

春歸

惆悵春歸促，凭闌百感生。亂紅鋪曲徑，小雨弄新晴。園筍多成竹，楊花盡作萍。韶華還一瞬，愁思倩誰平。

蘆花和夫子韻

繁花如雪滿汀洲，摇落江潭處處秋。遠共白雲催暝色，長隨皎月泛東流。片帆影外輕鷗起，柔櫓聲中遠客愁。蕭瑟不堪回首處，年年飄泊五湖頭。

端陽

雲卷晴空過雨絲，宜男花放滿庭詩。誰云爾是忘憂物，翻使牽情怨别離。

除夕

千門列炬散林鴉，爆竹聲聲餞物華。豈曰無衣嗟卒歲，且教兒女誦椒花。

汪學昭二首

字静嫺，號斯馨居士，江蘇上元縣人，河南汝州知州泌之女也。適江蘇武進縣禮部侍郎莊存與之孫雋甲。幼年從父宦遊，女紅之暇，即好筆墨，有《春草》詩為時傳誦。所著《花福樓詩集》，惜未得見。

春草

柔姿吐處染東風，滿地清芬點露叢。臨水時兼團扇緑，隔簾遠襯畫衣紅。西塘夢斷斜陽裏，南浦魂消細雨中。屐過園林休印破，青青一道曉煙籠。

朝擁晴嵐碧帶痕，六朝如夢恨猶存。悠悠依樹沿山路，寂寂含雲鎖華門。隨意遠過桃葉渡，放情斜繞杏花村。空憐月逕風廊下，自古難銷萬縷魂。

王演之六首

字覺菴，行二，浙江分水縣人，壬午副車王洄女弟也。適張萬策。著有《雕華稿》。

竹書張萬策《雕華稿序》略：繼室王氏覺菴，雅耽吟詠，與其姊偕嫂詹夫人緑窻斑管，積有篇章。予早歲風塵奔走，竟未知香閣詞人近在中表。丙子冬，歸自楚中，前室蔡氏悭若時手唐詩一編，恬吟密詠，瀟灑出塵，頗多病，不能苦思，因述王氏姑嫂唱和韻事，蓋心慕而竊效焉。庚辰，夢徵炊臼，先孺人以中饋不可久虚，即訂婚於王氏。時予浪游閩中，書來，悲喜交集。丁亥，王氏于歸，始見其《雕華詩》冊，風神秀朗，一洗脂粉之氣。乃瑶草不榮，瓊枝易謝，星期乍卜，便悼釵分，塵封繡閣，至今長鎖。葳蕤今年，喜表弟玉泉編校遺詩，屬予鏤版。翰墨有餘跡，悵怳如或存也。又念悭若瘞玉埋香，十三寒暑，而覺菴儀容潛翳，亦已三度秋期。悵望星河，臨風重讀，潸潸淚下，寧惟是鏡奩絃柱之感耶！

《農隙筆談》：浙江分水張萬策繼室王演之字覺菴者，所著有《雕華集》。《午日》詩云：『燕語呢喃晝已長，輕紈徐動竹風涼。桃符細結千秋縷，艾虎斜簪兩鬢香。傍午榴花紅笑日，當階草色緑侵裳。百年有幾端陽節，好為菖蒲一舉觴。』頗覺妥貼。又有句云：『岸柳梳風翠，江花泫露紅。』『蕉上詩成開鳳尾，竹邊茶熟碾龍團。』則清新而兼工麗矣。

賦得一枝風物便清和

一枝梅漸放，春色便清和。疎影常憐瘦，幽香不覺多。暄妍晨露滴，微笑十風過。正覺閑無那，含毫仔細哦。

罷繡

薄暮停針線，翛然致出塵。爐深知火細，窗矮愛紗新。山外天連樹，樓邊月近人。黄橙與緑橘，真箇畫難匀。

水仙

誰剪瓊瑶向曉芳，娟娟冷露洗新粧。檀心映日金盃淺，碧葉當風翠帶長。隔檻惺忪光乍濕，近簾欹側影難忘。小盆添水重簾護，幾日宣爐罷炷香。

納涼聞荷香寄姊

白藕生花漾碧池，陂塘秋意解催詩。漫鋪湘簟抛紈扇，添取輕衫壓瘦肌。却愛風清因坐久，更憐香好欲歸遲。分明同玩疎窻月，涼影無端擾夢思。

春日

小閣焚香倚曲屏，碧紗珍重護窻櫺。今朝忽見南山色，煖翠分明幾朵青。

即事

一春無事愛焚香，繡罷深閨覺晝長。解得安閑是清福，疎簾人静燕飛忙。

常氏句

滿洲人。

句

但願同凋並蒂蓮。

《隨園詩話》：明將軍三娶名媛，皆見逐於姑，有放翁之恨。最後娶都統常公季女，伉儷甚篤。征緬時，夫人送行詩云云。公果死節，而夫人亦自縊。

曹錫堃四首

字采藻，號□□，江蘇上海縣人，曹黄門一士之次女也。適同邑陸孝廉秉笏。

和人遊豫園原韻

聞得西園樂事多，東風戀客興如何。花深竹徑春留夢，人度河橋影入波。少壯隨行尋勝去，老年扶杖踏青過。一門仁孝天然福，坎止流行樂太和。

羣從徘徊英氣陳，當年萊子戲娱親。詩傳彩筆難為句，道遇良朋倍有神。傑閣層樓雲影麗，喬松翠柏露華新。自來清切溪山地，不放飛花點俗塵。

人生彷彿夢華胥，苦樂榮枯本似虚。別洞煙霞藏亦古，一江花月興偏餘。疎籬引翠當山窟，曲檻迎風到草廬。幽賞幾人自昕夕，落霞城角日光舒。

甥舅往來氣意連，妹兄兩地忽歸仙。謂外與歸隴西姑也。慰人親串猶今日，老我心情幾换年。課讀南軒娱漏永，外曾館隴西課諸甥。閑吟北苑供花妍。欣看伯仲連芳處，楊柳春旗拂畫騈。

周星薇四首

名星薇。詩見於《䕷香詩草》。

閨秀李含章《哭次媳周星薇》詩：好月不常滿，好花不常紅。賢婦豈易得，少女占乃凶。方汝未嫁時，婉嫿昭儀容。上堂拜姑嫜，鳴玉聲璁瓏。柔嘉叶娣姒，温惠孚奚僮。汝德淑且慎，汝貌頎而丰。去年春正月，汝夫試南宫。汝為檢行裝，兩頰如丹楓。告余昨病肺，唾壺無時空。無乃近虚瘵，百年恐不終。謂是偶疾耳，豈遂災其躬。如何未逾歲，骨立成枯桐。夫豈藥不靈，抑亦醫之庸。病中索金環，尚言須良工。環成人不見，遽焉歸泉封。窗前緑衣鳥，秋來斃金籠。汝見涕雙垂，哀歌和清蛩。怪汝言不祥，謂汝情偶鍾。豈知是妖讖，從此捐詩筒。長沙二妃廟，峩峩東城東。旅櫬依靈旗，繐帳懸霜鐘。朔風記初冽，逝將歸吴淞。挈汝木蘭舟，千里揚短篷。江湖豈不險，故山多喬松。哀詞一招魂，燈火昏房櫳。

悼鸚鵡詩四首

羽毛纔就慘青霜，敲斷銀環恨渺茫。連日誦經知有意，昨宵説夢已非祥。緑衣原擬藏金屋，丹詔何年下玉皇。應伴飛瓊充鳥使，綵霞〔一〕深處任迴翔。

謝爾多年伴畫樓，唤茶聽雨太綢繆。也知羽化空千劫，可有魂來轉十洲。金鎖敲殘深苑月，錦籠長閉故宫秋。不堪回首雕欄畔，紅豆青樱一片愁。

曉日樓臺寶鏡開，玉兒何處唤難回。洲邊芳草年年恨，渡口琵琶事事灰。定是皈依憑有佛，不須待嫁悔無媒。從茲緘口成癡鈍，莫倚聰明說再來。

憔悴秋來已十分，相拋誰伴鬱金裙。梨花舊怨留新月，稻粒餘香散冷雲。未必驚鴻同入夢，欲銘瘞鶴竟無文。紅閨自此聞風雨，愁對花陰一撮墳。

《隨園詩話補遺》：方伯次媳周星薇，亦工吟詠。少年早夭，以故詩多失傳，僅録其《悼鸚鵡》云云。

【校記】

〔一〕綵霞：《國朝閨秀正始集》作『綵雲』。

卷之四十三

黄德貞六首

字月輝，浙江嘉興縣人。適同邑文學孫曾楠。著有《冰玉》、《雪椒》、《避葉》、《蕉夢》諸稿及《劈蓮詞》。

《槜李詩繫》：黄德貞，字月輝，嘉興文學孫曾楠室。少工詩賦。與歸素英輩為詞壇主持，共輯《名閨詩選》。二女蘭媛、蕙媛，俱能文。子渭璜，亦名下士。著有《冰玉》、《雪椒》、《避葉》、《蕉夢》諸稿（及）《劈蓮詞》。

歸淑芬《贈孫太夫人黄月輝並令女莊夫人孫静畹雙節詩》：盈盈秋涇渚，淑秀偕深處。酬唱倚梅花，詩篇錦囊貯。昔日效齊眉，青案時時舉。天何忌才高，竟使分鴛侶。皎皎如冰霜，堅貞示令女。令女歸桐村，聚首幾寒暄。鸞鶴不久和，一朝喪王孫。柏舟自矢志，矯矯忽同萱。禾城有雙節，聞之皆悲切。憂懷真莫寄，相慰吟白雪。蕉夢極悽愴，愁餘眉似結。展卷一咿唔，夜半烏啼咽。哀歌達空山，猿鳴腸斷絶。皜如明月光，静如止水潔。秋來增惋悼，凜凜具嚴操。深閨各撫孤，貽丸子有造。他日顯揚名，榮封鸞紫誥。旌獎定女宗，頹風一為埽。

芙蓉石

鬱林曾詫翠瓏瓏，榷署光凝拄笏雄。半壁煙嵐矜玉立，一簾香雨罥花叢。筠依夕影寒生碧，苔掩秋稜色〔一〕印紅。自是珠宮分蕊出，堅貞應與使君同。

悼亡

陰雲慘淡月無光，鐵骨寒飛六月霜。秋水倒流鶯化石，溪煙不動怨鳴螿。緱山鶴馭空迴首，巫峽猿聲總斷腸。薤露疾摧庭畔草，悲風吹夢到池塘。

題頊吹聆卍齋

卍格靈光透，奇文月脇開。牆東飛翠近，清影上吟臺。新築幽齋潔，仙標古處香。臨池莖草現，紆折曲闌旁。

新秋坐月

夜静鳴蛩到處聞，碧天如洗絶纖雲。忽飄一葉添愁思，獨坐閑庭每憶君。

學繡灣

行人猶是説西施，歌舞當年刺繡遲。香骨只今何處所，雲迷荒草曉風吹。

【校記】

〔一〕色：《國朝閨秀正始續集》作『澮』。

邵婉四首

字秉淑。里次未詳。

次韻題明妃圖

黄雲如幙四圍稠，回首空悲故國秋。手抱琵琶無限恨，聲聲苦調咽心頭。

孫貞媛詩

表節詩成翰墨林，開編如見玉人臨。芳閨也盥幽蘭露，聊寫雲卿一片心。
七寶修來月未圓，維揚奄忽小嬋娟。浮生閱盡風霜苦，贏得貞心湛碧天。
超出塵凡百劫除，珠沉玉碎莫憐渠。仙蹤馭鳳今何在，王母前頭作校書。

胡雲英五首

字小霞，號耶溪拙女，浙江會稽縣人。適山陰趙連城。著有《環梅小住遺草》。

趙連城《耶溪拙女小傳》：拙女名雲英，字小霞，越郡胡公石帆女也。世居若耶溪，自號耶溪拙女。少穎異，聞誦讀聲，輒欣然忘食。石帆公寄籍京師，又嘗奔走滇黔荊襄間，小霞綜覈家政，條理井井，母夫人甚倚任之。督課諸弟尤篤。年二十四歸予，事舅姑，處妯娌，僉中乎禮。戚婭貧不能婚姻者，解簪珥為助，無吝容，亦無德色。舍側孫氏死莫殮，小霞典臂中條脱以賻。余偶於軒袂偵知之，初不以告予也。性好吟詠，每斜陽花暗，空庭月淡，咿唔危闌仄徑間。亦善粉墨，一枝片羽，生氣遠出，得意時輒題其上。余嘗静夜擁鼻，小霞亦喃喃賡之，大都如病花霜草，見之令人酸楚。望秋而殞，詩果有讖耶？歲戊寅七夕病劇，口占一絶：『何年織女嫁牽牛，黯淡銀河映素秋。烏鵲橋頃千古恨，穿針休上曝衣樓。』越十九日卒，年四十有一。吾越素多才媛，昭華徐氏受業西河，陳迦陵曾序其稿，好事者珍擬拱璧。夫女子擅場，此其最盛矣。惜乎小霞遺草，觸手流散，掇拾無幾存者。卒後一載，搜奩篋，獲殘箋寸許，中有哭韓夫人斷句：『無情最是三春雨，滴碎殘紅鑑曲飛。』前後俱漫滅不可讀。余自丙子後，窮愁潦倒，鬱鬱難支；而琴瑟之樂，頗兼朋友。今小霞仙去，擘耑飛箋，倏焉闃寂，孤燈永漏，倍難為懷，豈特如孫子荊、潘安仁之痛已哉！

趙連城《效元微之雜憶絶句》詩：『香魂夢逐彩雲遲，銀豆抛殘紫燕泥。憶得春閨天氣好，雙雙飛燕繡裙低。』『孤燈破壁照黄昏，白雨蕭蕭攪夢魂。憶得夜深同倚檻，花梢一捻尚留痕。』『寒梢萬丈掃鵞溪，露壓煙籠三兩枝。憶得吴興天聖寺，管夫人寫此君時。』『繡幃人倦倚珊瑚，脂粉頻調小玉呼。憶得揮殘金便面，花魂鳥夢總成圖。』『月明槐影散空庭，燭淚燒殘冷畫屏。憶得瑣窗刀尺放，蝦鬚蟹眼讀茶經。』『垂陽三月弄輕舠，夾岸啼鶯詩思豪。憶得渡東橋下路，金釵笑解换郫醪。』『環梅小住古梅開，攜手花間數舉杯。憶得膽瓶斜折處，羅浮疑向夢中來。』『杜蘭香駕五雲車，腸斷三年淚有涯。憶得清明啼血痕，北邙開遍杜鵑花。』『沉疴三載卧劉楨，左右扶持病骨輕。憶得藥爐添活火，一鈎殘月向窗明。』『登高休倚舊妝樓，滿眼黄花匝地愁。憶得去年重九日，茱萸斜壓玉搔頭。』

課熙兒夜讀

綆斷殫極幹，溜穿泰山石。枕籍金匱書，漁獵名山冊。閲卷第一義，危微尋道脉。六經既幽遠，三史亦陳迹。此心何塊然，鄙之賢博弈。爾梁胡弗懸，爾股胡弗刺？惡卧焠其掌，殘燈焰吐碧。晨雞咿喔鳴，善利分舜跖。勗哉君子儒，寸陰競尺璧。

詠牡丹次韻

爛漫流霞檻，春光第一窠。花稱富貴好，人奈賤貧何。出水芙蓉早，翻階芍藥多。妝臺金盞酒，微暈醉顔酡。

秋夜坐雨答環梅主人

譙鼓鼕鼕漏暗傳，評詩讀畫不成眠。一燈聽雨愁如海，半榻分秋夜似年。此日尚埋和氏璧，幾時先着祖生鞭。梧桐窻外雞聲咽，滴破銀壺〔一〕倍惘然。

夜坐〔二〕

寶鴨篆煙消，呼奴理茶具。泥影〔三〕人未歸，陣陣紗窻雨。

柯亭觀競渡

鬖髻雲鬟別樣嬌，輕搖蘭槳渡紅橋。分明洛水淩波女，羅襪生塵學弄潮。

【校記】

〔一〕銀壺：《國朝閨秀正始集》作『芭蕉』。

〔二〕此題《國朝閨秀正始集》作『誠婢』。

〔三〕影：《國朝閨秀正始集》作『飲』。

洪曇慦二首

安徽歙縣人。適雙橋鄭氏。著有《夢蓮繡閣剩》。

和姪女湘筠贈别原韻

鸞鶴分飛燕失羣，柳絲無力繫斜曛。沾衣不覺鮫珠賤，寄意應憑雁字勤。花下獨憐孤弄影，夢中相約共裁雲。斑筠擘汝湘妃竹，清韻宜人滯此君。

贈湘筠姪女

不倩新粧競畫圖，吟花昨夜醉流酥。黄鶯喚起嬌無力，半嚲香肩小玉扶。

吴璧一首

江蘇丹徒縣人。

壽姚母

玉質冰心世所師，高風何處着姸辭。女箴一帖從頭讀，盡為夫人表令姿。

吴瑩 一首

璧之女弟也。

壽姚母

鴻文麗什滿高堂，綺閣争思學頌揚。來日五花官誥裏，還能一一闡清芳。

張玉音 三首

福建侯官縣人。適楊發浩。卒年尚少，故詩流傳者稀。

盆中白菊

幾朶亭亭立，高標壓衆芳。幽姿憐夜月，冷艷逼秋霜。淡抹何郎粉，輕偷素女粧。微風花裏過，筆硯帶清香。

茉莉

簾動微波茉莉香，小鬟摘供鏡臺傍。揀來嫩蕊珍珠串，簪向閑庭納晚涼。

夜來香

柔條密葉布長廊，纍纍〔一〕開時趁晚涼。最是小庭明月夜，閑來風送一簾香。

【校記】

〔一〕纍纍：《國朝閨秀正始續集》作『翠朵』。

徐紛吾三首

江蘇華亭縣人。適同邑袁時。

春詞集曲牌名

手折紅英上小樓，小樓連苑曉春幽。真珠簾外風光好，滿路花香憶舊遊。

驀驀山谿刮地風，雨中花落小桃紅。淡黃柳底雙雙燕，似訴園林好景空。

《古檀詩話》：徐紛吾，唳鶴灘女史袁寒篁之嬸也。有《春詞》二絕，中集曲牌名云云。與夫袁時食貧倡和，乃閨閣中錚錚者。

詠雪

坡陀曳白耀銀沙，耐得清寒是我家。不信天孫也紡織，竹弓彈下木棉花。

無名子《詩話》：閨秀徐紛吾《春詞》，集曲牌名二絶。與良人袁時食貧倡和。又《詠雪》一絶。時姪女寒篁，亦工詞。

黃賢 一首

詩見《谷音傳響》。

次韻題明妃圖

漢家嬙媛塞花稠，冷落誰憐獨夜秋。一幅寫成真面目，色衰還似舊宫頭。

姚益鱗 七首

字竹筠，號繡巖，浙江烏程縣人。適嚴兆蓀。著有《吟香樓遺草》。

沈春煦《吟香樓遺草序》略：表弟嚴子林溪，手出一編示余，曰《吟香樓遺草》，乃伊婦姚孺人所作。孺人系出名家。歸嚴子八載，房中唱和，生平無它嗜好，秋蟀春鵑，惟耽情於風月。不幸今春病歿。未歿之前，悉舉其藏稿付火。

茲所存者，煨燼之餘也。余惟詩之為道，性情風雅，缺一不可；然非性之所近，則為之不工。音韻天然，無假修飾，蓋文人學士之所難，而今以女子得之，豈非慧業夙成、不關學問者乎！昔紀伯紫女弟有『栖鴉流水點秋光』之句，漁洋賞之，至見於《秦淮題詠》。是編所載，雋語絡繹，今古體並倜儻不羣，視夫蘇蕙才思、左芬麗句，何多讓焉。先是，余里中前輩競尚詩學，樹人敦行，咸推為大雅，取宗風簾月檻，務以此相切劘。雖姑姊妹偶聚，不廢歌詠。孺人於余家為渭陽，耳聞目見，濡染少成，加以資性明慧，宜其成就若此。語云：青出於藍。惜乎中道飄零，詎造物者亦忌才女耶？而所恃以不泯者，遺音金玉，縱極諸骨冷魂銷，不能磨滅，必有賢之於一時，而傳之於後世者。嚴子其亦可以無憾也夫！

高文照《題吟香樓遺草》詩：『季蘭不作淑姬死，粉墨凋零痛道昇。吟遍香奩三十首，風流今又屬吴興。』『花落東風孏下樓，謝家才調幾人優。如何少婦深思曲，一例垂楊綰別愁。』『自譜新歌學竹枝，桃花流水繫儂思。笑伊瀾浪煙波叟，只解斜風細雨詞。』『椀茗爐熏逈絶塵，琉璃硯匣鎮隨身。新詞脱手傳鈔遍，辛苦然脂學步人。』『攜手蘋洲花又開，分飛有恨斷難廻。水天日暮蕭蕭影，可是吟魂踏草來。』『花如寶靨草如裠，回首城南日暮雲。今日傷心同寂寞，何人澆酒到孤墳。』『檀箋私字疊鴛鴦，零亂殘脂儘斷腸。賴是六丁收不盡，一編擎出返生香。』『凝香夢讖梅華句，陀利芬流白雪篇。從此芳名應鼎足，中閨衣鉢更誰傳。』

題留香書屋

一椽小築，花蕚香浮。重簾不捲，真是香留。破我寂寥，語燕鳴鳩。就中得趣，於外何求。

春日寫懷

南湖煙澹浪花低，東浦雲深鴨緑陂。曾憶俊遊聯畫艇，頓驚芳事上階墀。半天風柳鶯啼後，滿地平蕪雨霽時。鎮日闌干閑竚立，幾回步起又遲遲。

初夏

緑陰成幄悵春辭，滿眼雲光又一期。水閣風廻銷晝永，梅窻雨過逗涼遲。條條柳線迷芳岸，點點荷錢破碧池。簾捲西軒閑坐久，譜將清景入新詩。

病中口號

卧病已經旬，花光惱病身。東風如有意，留待一枝春。

意欲勸加餐，情話不可恃。檢點舊書囊，强去尋醫旨。

歲月催人急，風光委逝波。不知青鏡裏，瘦却幾分多。

寰宇仙無境，心閑便是仙。誰知沈病裏，反得迪真詮。

黄氏 一首

江蘇上海縣黄家角人，黄素之女也。適同邑張熙世。

白蘭

小窻有我為伴，深谷無人自香。月下風情同淡，雪中形影渾忘。

黃氏 一首

黃素次女。適同邑曹錫朋。

秋海棠

淚痕化作此花枝，不似春風睡足時。千載斷腸人在否，秋香徑裏認殘脂。

許燕珍 十首

字儼瓊，一字静含，安徽合肥縣人，龍溪縣令許其卓之第三女也。適無為州諸生汪鎮。著有《鶴語軒集》、《黹餘小草》。

汪鎮《黹餘小草序》略：予性魯鈍，不勤事書史，先大人常曰：『學殖荒落，獨不慙爾新婦乎？』蓋未結褵，即知燕珍之工吟詠云。丁丑春，偕予歸濡江，温清之暇，間一作五七字，輒清俊可喜。然不樂存稿，隨手散去。予常彙而録之，編次成帙，珍笑曰：『是作可傳耶？何必作石灰布袋隨處留跡也？』常嘆古才人淪落不傳者，往往悱惻唏嘘久之，竊窺其意，亦可見矣。予所居曰松窻，修竹數竿，名花羅列，不塗不斲，圖史具在。每當清風拂几，淡月透簾，賭茶雅謔，不出户牖，而所樂存焉。昔張敞云：『房帷之私，有勝於畫眉者哉！』然而輕綃捧硯，小玉看題，紅豆記歌，烏絲綴句，一洗脂粉之習，亦未肯少遜京兆也。將付剞劂氏，非予阿好，以閨閣無師之學，不妨就正士林諸君子。敢望方諸班謝？讀之者以此知非人間蠢夫婦足矣〔一〕。

《見山樓墨話》：許燕珍《黹餘小草》，頗多健句。尚有《念奴嬌・詠新柳》詞甚佳，附載於此：『橋邊陌上，看如畫、一抹層層緑綺。輕暖輕寒時最好，蕩颺碧波新水。嫩葉梳煙，軟條掠雨，細細絲難理。瘦腰半捻，如何載得春起。　愛伊柔態纖盈，向人綽約，摇曳欺桃李。寒食未過剛二月，小似簸錢年紀。别館休攀，離亭莫折，留取東風裏。誰吹羌笛，有人愁正無已。』

【輯補】

許燕珍《鬵餘續草》（嘉慶九年刻本）載黄鳴傑序：　詩以理情性，温厚和平，能成一家言，斯爲難；　得古人之性情，爲尤難。夫古今人同此天地萬物，同此聖賢書文，宜其無不同矣，而詩獨日新而不一同，何也？　蓋人之氣稟特殊，時世各異，故天地萬物一新，而詩體一變。三代以前，其氣不同，是以變風變雅，而漢魏淳厚，六朝藻麗，至唐而極盛，宋、元、明又各變其體。然則得古人温厚和平之旨，能自成一家言，此中三昧，正未易得解人□□。姨母世承家學，襁褓隨先外祖宦遊八閩，七歲就家塾，即能成誦，十一則深閨不踰閾矣。每當先外祖公餘退食之時，訓諸舅氏，侍立竊聽，久則有得，一旦豁然貫通，以耳聞而非以目治也。長適先姨父，歸須江，井臼之暇倡和，几案幾滿，性復不愛繁豔，傾奩千金以奉姑，贈小姑，亦不甚惜，豈泛同巾幗哉！　傑服官禮曹，不克時聆教誨，雲天遥隔，悵望徒勞。去秋姨母以《鬵餘續草》郵寄示傑。前讀《鬵餘小草》，以爲柳絮雁行，未足多讓；　今復捧讀續集，所謂甘鼎烹者，復得脯鸞膾鳳之奇，被文綺者，又得冰蠶火鼠之異，益信淵源有自，而涵今茹古，所以詣其精而窮其變者，又自有道也。付諸剞劂，以公同好，度美玉不韞于匵中矣。傑不揣譾陋，敬弁數言于簡端，亦希附《鬵餘續草》以並傳云耳。是爲序。嘉慶九年歲次甲子仲春月，賜進士出身禮部祠祭司主事前翰林院庶吉士愚甥黄鳴傑拜譔。

白紵舞

華堂玳瑁歡喧嘵，珠簾捲起流蘇縧。雪兒嘈管紅兒簫，碧玉桿撥黄金槽。秉燭炤耀干青霄，天名不夜忘昏朝。花奴羯鼓聲疾敲，美人擁出芙蓉嬌。小憐二八春風妖，緑鬟彩袖盤翠貂。氍毹却立環蕩搖，大垂小垂争蹁嫖。湘裙百折魂為消〔二〕，香風宛轉蘭麝飃。歌珠掩抑隨弓腰，滿堂流盼飛鴻招。翩然舞罷丰態標，恍疑姑射來塵囂。四筵讚語吺且叨，纏頭一霎堆紅綃。樽罍不盡神不饒，起視脉脉冰蟾高。

烏夜啼

露華洗天明月〔三〕孤，庭柯夜夜啼栖烏。秋深霜冷氣如水，空房少婦心踟躕。良人重利離鄉故，腸斷迢遥無尺素。當户唧唧織寒衣，寒衣織成寄難去。幾回無語空淚垂，烏啼啞啞增人悲。

春江花月夜辭

金陵月，碧如玉，團圞夜照春江曲。後庭歌闌煙塵生，不見花紅見草緑。楊家阿摩居九重，繁華却逐迷樓中。翡翠珠被美人語，玉容可惜呼崆峒。踏土不如踏浪好，軸轤十丈錦帆繞。零星兩岸珠鈿明，緑楊影裡風嫋嫋。廿四橋頭歌管徹，無雙亭上飄香雪。蒼龍飛天喚不廻，六宫離離土花碧。艷簇香圍悲一瞬，長夜茫然憐孤影。後主荒宫杜宇啼，莫嗤獨泣胭脂井。

晚晴

小院初晴後，鈎簾四望賖。白雲殘雨散，青草夕陽斜。花媚迷新蝶，林高噪晚鴉。最憐幽絶處，鼓吹聽鳴蛙。

不寐

香爐金猊冷，燈昏欲二更。雲天孤雁影〔四〕，霜月半簾旌〔五〕。木落秋聲勁，衾單夜氣盈〔六〕。柔腸愁百結，併作一宵情。

熱甚思閩南荔子漫賦二十韻

執熱當三伏，炎蒸火傘張。何從尋積雪，那得覓招涼。玳椀思甘露，金盤憶玉漿。遥憐在閩嶠，曾記住遐方。百顆飡丹荔，連珠種絳囊。環園圍綵葉，滿眼綴霞裳。歷落重垂檻，參差低倚牆。星攢妃子笑，雲簇美人粧。並蒂迎風舞，叢枝耀日光。色深如躑躅，質大擬檳榔。傍樹嬌愁墜，攀柯嫩易傷。摘來珠的的，看去錦煌煌。欲剖寒先沁，頻含味更長。解煩疑醴酪，消渴賴瓊瓤。菱潤初離水，橘鮮乍着霜。心歸蓬島境，身入水晶房。一別三千路，誰傳十八娘。層山煙漠漠，峻嶺霧茫茫。崒嵂嵯巒地，崎嶇阻瘴鄉。紅塵無驛使，空轉九迴腸。

桂花

霓裳舞罷月輪圓，冷露無聲秋正妍。雲影千層浮綺閣，天香萬斛落華筵。移來金粟應非幻，栽向蟾宮即是仙。我欲驂鸞吹玉笛，乘風飛過畫樓前。

初夏書懷

一縷香浮畫閣東，疎窻面面捲簾櫳。雨殘槐蔭迎人緑，風亞榴花潑眼紅。貧澀孟郊詩未減，居閑潘岳賦猶工。閉門情性原違俗，問取〔七〕深閨孰與同？

春閨

無語立堦下，低頭弄素衣。怪他花上蝶，偏作一雙飛。

有懷

月明簾影欲黄昏，香燼慵添半掩門。落葉滿庭聞雁過，有愁那許不銷魂？

【校記】

〔一〕此序許燕珍《黹餘小草》（乾隆三十三年刻本，下同）末署『時乾隆三十三年歲著雍困敦六月三日汪鎮書』。

〔二〕消：《國朝閨閣詩鈔》作『銷』。

〔三〕明月：《黹餘小草》作『圓月』。

〔四〕孤雁影：《黹餘小草》作『孤雁唳』。

〔五〕旌：《黹餘小草》作『明』。

〔六〕盈：《粛餘小草》作『清』。
〔七〕問取：原作『向取』，據《國朝閨閣詩鈔》改。

趙藴素一首

江蘇長洲縣人。

書望雲閣詩後

令暉詞翰左芬才，更喜冰心比季隗。聞道賣珠因易米，早知擁髻共循陔。虀鹽旨蓄三冬足，刀尺針神五夜裁。經卷藥爐還自愛，春風定為草堂開。

朱瑛一首

詩見《谷音傳響》。

次韻題明妃圖

塞外煙塵怨疊稠，琵琶聲裹鬢雲秋。憑高欲望昭陽殿，須到陰山最上頭。

張佛繡十二首

字抱珠，江蘇青浦縣人，行人司張梁之女也。適金山縣國學生姚惟邁。著有《職思居詩鈔》。

《青浦縣志》：閨閣詩亦有淵源。曹黄門一士、張行人梁，均善詩。曹公女采蘩《秋夜》云：『破夢砧聲敲落月，喚愁蛩語咽殘更。』張公女職思《落葉》云：『詩思飄零三徑雨，别情撩亂半窗風。』洵克承家學。

王永祺《張孺人傳》略：孺人諱佛繍，姓張氏，癸巳〔一〕進士大木公諱梁之幼女〔二〕，上舍惟邁之配也。敏淑性成，無俟姆教〔三〕，大木公負士林重望，而襟尚沖淡，往往調琴自娱，孺人因受琴數闋。他日侍坐於庭，手揮《鶴舞洞天》之曲，忽有雙鶴自空中來，飛鳴應節，人咸異焉。閨閣奉慈氏法者居多，顧率談因果、拈香飯僧耳。孺人獨契幽元常，誦《金經》累萬遍，曰為親祈福。只此區區，其孝敬之無地不形也如此〔四〕。年二十歸吴興，而翁已先十二年辭世。其奉姑也以孝，相夫也以順，處人以厚，御下以寬，自奉甚約，日御荊布，一洗鉛華習。吴興君善病，為調劑燠寒，屏當藥餌，晨夕罔懈。暇則披文史，手録漢魏三唐詩成帙，興至拈題，每同小姑分韻酬倡，為吴興閨中益友云。幼子二，未就外塾，即教句讀，端氣習，不以初舉不育少存姑息。教二女，如教子法。又以一亭公後止上舍一人，每勸置妾，益似續焉。卒年僅三十有三〔五〕。余與吴興羣季篤世好，雖相距數十里，而歲時郵使不絶，得悉其詳。聞孺人疾革時，神明不亂，喃喃誦《心經》而逝。咸謂萬緣都空，脱然生死之際，不知其惟恐傷長幼環視心也。此其不言之隱與？著有《職思居詩鈔》二卷。〔六〕

姚惟邁《職思居詩鈔序》略：昔先子與大木公為同年友，稔閨中孝行。既來歸余，凡所以事上接下，無不一一合宜。始固相忘於淑慎，今思之，胡可得也？嗚呼，其賢也夫！余體素弱，時慮疾至，春怯花風，秋卧窗月，岑寂之中，互披卷相遣，不言而愁思共安，幸静好之得偕也。疾作時，則調藥餌，視飲食，曲體冷暖，無一刻稍懈厥心。或喜余疾止，輒輟女紅，呼小姑拈題分韻，相與賦詩，每一篇成，便授余，間屬和焉。余誦至佳處，為快然忘百憂，率以為常。季弟偶攜以出户，則曰：『無非無儀，女子是則。閨閣中流連景光之作，不足示梱外也。』其謹持大體又如此。歲月既多，積稿成帙。其已録者曰《職思居草》〔七〕，為重校一過。回念平時温經穿線，風雨同燈，餘暇矢吟，用娱旦晚，節序日更，而人

事非故，數餘年倡酬之槃，渾如一夢，潸焉不覺涕泗之交於頤也。〔八〕

秋日雜詩

秋氣入我樓，西風報初寒。郊原過微雨，景物肅以閑。澄泓泛遥波，蒼翠浮重巒。草荒露華白，林媚楓葉丹。海燕去不息，落木紛江干。榮瘁有代謝，節往獨無還。自非達觀人，誰能弭憂端。

夏日池上

小亭涼氣多，一榻掃煩燠。四面環清流，閑坐豁心目。曲徑轉危橋，古藤蟠老木。山光當晝寒，竹色上衣緑。時有薰風來，荷氣自芬馥。幽鳥啼深林，踈花落棊局。終日遠塵氛，蕭然似空谷。

擬謝玄暉郡内高齋閑望答吕法曹

郡齋亦清曠，俯仰窮幽深。澄川映踈牖，孤峯秀前林。風清獨鶴唳，日隱饑鼯吟。不醉樽中酒，空對窻間琴。思君安可極，朝夕勞中心。幸藉精神通，惠我良書音。何時慰延頸，嘯傲淩高岑。

寄懷愛庭四兄

端居寡物役，遥夜屏紛慮。罷琴坐西軒，朗月〔九〕出高樹。念我同生親，迢遥隔雲路。誰禁慕遠懷，偏與清景遇。關山無窮極，滄波安可渡。喜接良書音，春風三月暮。離思落花前，紛紛已無數。瞥眼又殘秋，芳草委繁露。寒蛩牀下鳴，鴻雁雲端度。良會豈無期，歲月不肯駐。俛仰何所言，怳然傷幽素。

十二月九日雪用聚星堂韻

小樓香氣消銀葉，日暮江村正飛雪。穿林入隙自悠揚，衣袖輕沾亦幽絶。捲簾閑望不知寒，得句欲書兔毫折。黯靄山尖翠影沉，模糊徑曲人踪滅。岸旁漁舍煙不起，風際青帘凍難掣。爽如秋氣滌襟懷，光若朝暾眩眼纈。試煮牀頭新漉酒，鑪炭紅餘一寸屑。憶得前年呵凍吟，堪惜韶華成一瞥。此時歡樂比屋同，來歲豐穰互相説。夜深清響落風篁，夢破重衾冷於鐵。

遊横雲山莊〔一〇〕

一徑穿林入，雙扉面水開。有山都抱屋，無砌不封苔。雲氣縈衫袖，嵐光落酒杯。到來塵境隔，何必問蓬萊。

地僻松杉古，寥寥人跡稀。寒花含宿露，紅葉舞斜暉。山鳥閑催句，溪風冷透衣。笑言深樹底，相對憺忘歸。

倚檻〔一一〕徘徊久，遥巒起夕陰。桂香傳道氣，梵唄印禪心。遠寺寒燈小，虚窻皓月深。一篙秋水闊，何日重〔一二〕相尋？

秋霽偶成次小姑〔一三〕韻

野塘波冷落紅蕖，茅屋蕭然涼〔一四〕雨餘。一桁山光圍〔一五〕几席，半簾松翠濕圖書。遣懷詩句乘閑寫，愛月心情爲病除。負却滿前秋意好〔一六〕，素琴三弄樂清虛。

春霽

檐聲向曉初斷，一半春過夢中。花笑林梢旭日，鳩鳴屋角東風。溪光暖漾清淺，草色晴連遠空。晝永煙消寶鴨，閑情聊寄焦桐。

曉起

捲箔延輕涼，槿花嬌欲吐。一鳥忽驚飛，蹴落花稍〔一七〕露。

暮春

鳩婦催晴三月天，東風無力雨簾纖。翻書啜茗消長日，滿院飛花不捲簾。

【校記】

〔一〕癸巳：張佛繡《職思居詩鈔》（乾隆三十二年刻本，下同）作『康熙癸巳』。

〔二〕此後《職思居詩鈔》有『陝西觀察副使一亭姚公諱培和之子婦』一語。

〔三〕此後《職思居詩鈔》有『五歲就傅，受《孝經》、《內則》，矢口即成誦，解叩字義，舉止不苟。稍長，偕姊氏習女紅，相愛甚篤』數語。

〔四〕此後《職思居詩鈔》有『一亭公與大木公同年友善，遂締姻焉』一語。

〔五〕據《職思居詩鈔》，此句為節略語，原文為：『歲丙子，遭大木公喪，盡哀盡禮，後遭母王夫人喪，其毀瘠亦然。噫！以孺人家室咸宜，才與德並至，詎不足以膺冠帔、享期頤，乃年僅三十有三以卒，命為之耶？何豐於修者嗇於報耶？天既厚其生而旋促其算，其亦有不克自主者耶？』

〔六〕此後《職思居詩鈔》有『以其敏淑性成，溢為溫柔敦厚之遺，故非凡為閨秀比也。異日炳彤史、垂久遠，或不致嘆於人琴俱亡。余於詩之必傳決之。噫！詩足以盡孺人詩，果足以盡孺人乎哉』數語。

〔七〕此後《職思居詩鈔》有『亡後累月，偶檢左右舊篋，見針黹與故紙猶叢雜宛然。其漫滅不全，或蠹侵題字不可辨憶者，姑置之，抄得二卷』數語。

〔八〕此後《職思居詩鈔》有『生前重王孝簡先生品學，嘗質以詩。既亡而先生為之傳，且嗟賞其詩，謂不失《芣苢》、《雞鳴》之遺，異於尋常矜詠絮才者。無何，先生亦歸道山，許益以序，未果，為尤可感也。新秋病起，適剞劂工竣，余因撫簡含淒，撮綴數語，不復求序於他友云。時乾隆丁亥歲閏七月朔日金山姚惟邁書』數語。

〔九〕朗月：《職思居詩鈔》作『明月』。

〔一〇〕此題《職思居詩鈔》作『秋暮偕女妹遊橫雲山莊』。

〔一一〕倚檻：《職思居詩鈔》作『不覺』。

〔一二〕重：《國朝閨閣詩鈔》作『更』。

〔一三〕小姑：《職思居詩鈔》作『小妹』。
〔一四〕涼：《國朝閨閣詩鈔》作『恰』。
〔一五〕圍：《職思居詩鈔》作『明』。
〔一六〕此句《國朝閨閣詩鈔》作『不負窗前秋意好』。
〔一七〕花稍：《國朝閨閣詩鈔》作『花梢』。

莊重二首

詩見《孫貞媛集》附。

孫貞媛詩

吟箋為譜地行仙，題到雲卿思惘然。絶似投崖傳烈行，清風嶺上泣嬋娟。
貞魂仙去恨偏長，尚憶髫齡苦徧嘗。記得當年遊虎阜，懷清從此薄真娘。

江鴻禎八首

福建□□縣人。著有詩一卷，梁太史上國所授予者。

擬古

松柏有晚翠，蕣華無朝榮。人生匪金石，年歲安能貞。何不舉高足，超身遊赤城。霓衣謁天姥，挹袂參飛瓊。下視浮雲飛，因風濯塵纓。

壽朋舅有詩贈鴻禎作此誌感

弱齡甘抱拙，稍與經史親。豈敢弄柔翰，希踪追古人。欣茲先達譽，清製如席珍。立辭自有指，反己參其真。慚無詠絮才，何以當斯言。所賴薰陶力，教誨常諄諄。元亭載酒從，問字希先民。

王右軍書曹娥碑搨本歌

古來奇節誰卓越，曹家女兒擅名獨〔一〕。捐軀殉父赴長流，石破天驚此奇絶。上虞江頭風倒吹，靈旗搶抑寒鴉飛。邯鄲意匠洵巧妙，黄絹幼婦銘豐碑。烏衣公子王逸少，晉代才人兼墨妙。黄庭神仙樂毅忠，書法于人有深肖。細書此本尤精微，筆筆鋒神見孝思。直將格地通天意，幻作簪花倒薤奇。

管夫人畫竹

圖書東壁列鼎彝，丹青滿堂輝陸離。裝頭錦贉束千卷，中有管夫人竹枝。夫人畫竹世所稀，披圖一覽神離迷。濃雲潑空掃寒碧，金敲玉戛摇清漪。清如洛濱出遊女，煙波倘仿疑延佇。又如楚娥泣瀟湘，風雨横天聞對語。吴興當代真才子，紫府清華佩蘭茝。寫生妙手自天成，配得夫人欣兩美。想當深閨搦管時，閨香浥露話相知。分枝置葉動指示，消受清福誰能期。古來閨彦名所獨，五百年來仰芳躅。渭川千畝藴胸中，揮掃時時弄寒玉。

寄家兄

膝下長居好，依依惜遠行。身隨征雁去，愁逐晚潮生。岸闊雲山寂，江空夜月明。更深不成寐，應念倚閭情。

秋夜讌集奉侍諸大人

亭臺月色轉清寒，煮酒論詩到夜闌。前輩衣冠存古度，高堂笑語樂承歡。東籬有信秋光艷，銀漢無聲冷露溥。最羨庾公有清興，登樓此日曠奇觀。

聽述善舅彈琴

千載鍾期不可尋，一彈三歎有遺音。松風謖謖生虛閣，澗水潺潺瀉遠岑。東海蒼茫成底事，竹林瀟灑有遐心。更於絃外尋幽韻，蕙炷香消燭影沉。

春日偶題

紫燕飛飛翡翠帷，綠窻一帶日遲遲。無聊午後耽濃睡，簾外清風過不知。

【校記】

〔一〕獨：《國朝閨秀正始集》作『烈』。

陸貞八首

字佩璠，江蘇長洲縣人，小謝女孫也。適同邑□□□。著有《繡餘草》。

張鳳孫《繡餘草序》略：丙戌冬，余之官邵武，表妹出《繡餘草》見示，中多和平静婉之音，詩之正風也。及余銜恤歸里，讀其近作，其音愀以悲，有變風變雅之遺焉。蓋聲以思遷，思因境易，而總不失乎性情之正也。昔謝庭有詠絮之篇，劉室有頌椒之句，著美閨幃，艷稱千古，然徒標其才藻而已。如吾表妹，慈孝根於心，温恭表其德，動容中禮，出言有章。觀其《思親》、《寄遠》、《戒子》、《示女》諸什，義必衷諸聖人，詞皆足以立訓，以視曹大家、宣文君之儔，曾無多讓。至《述哀》四百字，情詞悽愴，如讀黔婁之誄，又豈後世吟風弄月僅誇雕繢之工者所可同日語哉！外祖小謝先生，論詩以原本性情、維持世教為宗，吾母太恭人與從母陸安人，並能紹承斯緒，每有賡倡，應若塤篪。表妹為陸安人長女，及聞庭訓；尊嫜金太君又素嫻風雅，寢門佐饋之餘，晨夕濡染，宜其詩之有典有則，可泣可歌，合乎興觀羣怨之旨若此也。理甥為母請序甚懇，爰述其淵源以告之。壬辰長至日書。

三姪未及十齡特以孝請作此示之

兩儀既定，至理成性。百行靡他，勿乖乎命。矧茲順德，尤非外倩。至誠而和，至愛而敬。勞爾彌喜，苛爾彌惴。伯奇履霜，子騫衣葦。先意而承，本難容詭。嗟彼世人，心違貌馴。籠以虛文，置以荊榛。父母曰孝，黯然神傷。憐汝慧早，厥孝維討。願今自懲，願古自考。我復何言，毋忘繈褓。

秋夜

秋風入庭樹，落葉催寒螿。皎月鑒羅幃，鳴雁應清商。離憂不能寐，攬衣起徬徨。仰視青天高，遊子渺何方。室遠心自邇，明德敢暫忘。皋蘭含露滋，蘤桂吐芬芳。韶華易消歇，顧影徒自傷。安得雙飛翼，因風覩容光。

撲蝶詞

濛濛香霧銀屏冷，曉院碧桃然露井。繡閣佳人春恨長，睡起雲鬟渾未整。蛺蝶翻飛亂落紅，故將雙影惱春風。因呼小婢持團扇，翩翩忽過院牆東。東家姊妹亦多感，莫向樓頭飛冉冉。年來夫壻覓封侯，殘紅滿地門常掩。

秋日覽鏡

忽忽離懷慘，朝開明鏡看。粉憐釁日溅，光訝近時寒。金氣乘秋滿，朱顏欲駐難。不勝遲暮意，相對淚闌干。

納涼

團扇頻揮覓晚涼，空庭殘照墮銀床。松陰久坐人望暑，蓮萼初開月有香。蝙蝠負箕争上下，流螢帶火自輕狂。吟餘佇立渾無語，風促緗裙翠帶長。

春陰有感

濕雲縈柳曉煙微，料峭輕寒動袷衣。滿院落花簾不捲，一池芳草燕來稀。因憐庭靜增苔蘚，自覺愁多減帶圍。杜宇亦知離客恨，聲聲祇喚不如歸。

素蘭

十年曾夢杜蘭香，今日重看出素妝。一曲瑶琴簾幙静，此心相對兩相忘。

春夜聞雨

燈暗更殘春雨生，蕭蕭淅淅夢難成。愁人怯向窻前聽，送盡殘紅是此聲。

卷之四十四

楊守閒五首

字禮持，浙江海寧州人，中允中訥之女，檢討陳世仁配也。著有《貯月樓集》。《海寧縣志》：楊孺人，名守嫻，字禮持，檢討陳世仁配，中允中訥女也。中允固風雅之宗，孺人幼承庭訓，擅文詞，嫻吟詠，不事雕繢，天然高秀。迨歸於陳，手不釋卷，篝燈佐讀。有《貯月樓詩稿》行世。陳斐《貯月樓集跋》：余生不辰，幼而失恃，王母查太夫人憐之，躬親撫養，嘗命之曰：『汝母為吾婦，我有所屬，未嘗不慊吾意。汝王外母之歿也，汝母時已病，聞之哀毀甚，然我每視病，未嘗不强起歡笑慰我也。』王母每言，輒愀然者移時。及余既長，則出一編以授曰：『此故汝母所作，汝見之，如見汝母之音容及其為人之孝謹也。』余受而藏之，不敢忘。蓋自歸於苕霅，及從宦粤晉，奉以周旋，幸無墜失。顧中間多事，未遑刊也。今年夏，余弟其玉來省余，命之編次，以付剞劂，因記所從受於王母者，以見吾母之聖善。至其為詩，知言者當自辨之，無俟余之私言矣。

秋夜

秋宵漸覺長，病體難安睡〔一〕。照徹小闌干，月色清於水。沉疴詎肯痊，積恨何從委〔二〕。四顧寂無聲，長嘆燈花墜。

春閨詞

畫眉樓上三竿日，花影重重啼百舌。樓中有女睡正濃，數聲驚醒嬌無力。無力逡巡欲起時，却嗔侍女熨衣遲。妝成衹向窗中坐，窗外海棠千萬絲。

記夢

卧近梅花夢亦清，暗香疎影月三更。森沉庭院紅塵迥，宛轉簾櫳翠影横。閬苑想應無別景，羅浮未許獨留名。平生愛煞虛無境，化蝶何妨寄素情。

迎秋詞

碧梧凋翠暑全收，疎雨霏微景物幽。向晚鈎簾閑試望，好風涼月已迎秋。

殘蝶

舞風倦態欲何依，忍見枝頭葉漸稀。幾度徘徊欄檻外，泥香錯上美人衣。

【校記】

〔一〕難安睡：《國朝閨秀正始續集》作『和愁睡』。

〔二〕以上四句《國朝閨秀正始續集》作『月色射窗紗，照徹清凉地。沉疴痊自難，積恨來偏易』。

胡瓊五首

字佩清，江蘇長洲縣人。適朱友倩。著有《小秦臺詩草》。

遊仙行

昔年侍宴瑶池宫，銀牀金井窺新桐。飛瓊笑語何雍容，往來趨走胥女童。玉釵醉墜〔一〕兩鬢鬆，飄然下謫塵寰中。本來骨格幸未蒙，不妨訪道至崆峒。上登絶頂帝座通，乞得靈丹五色紅。撫琴揮絃風入松，隸名金母馴獰龍。

蘇臺懷古

可憐歌舞地，滿目盡蒿萊。誰使繁華歇，空教麋鹿來。烏啼亡國恨，花發故宫哀。剩有吴山月，淒然照舊臺。

賦得風動荷香散曉絃

天家曉氣清，方曉奏鳴琴。風送荷香繞，涼飄湛露侵。高山彈古調，解愠暢幽襟。不逐鸞笙隊，偏宜鳳閣陰。天顔欣曙色，仙樂遜元音。玉軫嬌紅對，金塘弱質臨。紫宸多樂事，歡賞慊皇心。

寄雲間女史袁青湘

思君常亦為君愁，何日扁舟擬共遊。心逐雲飛三泖上，夢和月落九峯頭。緑窻句詠吴江冷，金屋人分長信秋。閑倚危欄頻極目，斷雲落日掩重樓。

蘭

靜日深閨裏，幽蘭獨自開。清芬時復發，相對絶塵埃。

【校記】

〔一〕墜：《本朝名媛詩鈔》作『墮』。

陳蘊齋 四首

河南張掖縣人，丙父明府之女。適程介亭。著有《承歡集》。

徐德音《承歡集序》略：予生七年，先清獻捐館，歸里即聞女才子蕉園詩社之名，購得《凝香室詩》讀之。及歸太岳，夫壻庚辰成進士，官西清右史，隨宦京師，晤林夫人亞清、錢夫人雲儀，貽《墨莊》、《椒花》二集，定縞紵之交焉。及歸寧，道經武丘，又遇顧夫人啟姬，出《未窮集》商榷，分韻酬吟，同舟於山水之涯。嗟乎！數十年來，嚶鳴雲散，輕塵短夢，能不感懷？癸酉秋日，宗姪徐賡載來邗，手出一編云：『此繼起蕉園小才女《在璞堂詩》也。景慕予之同里宿學，致詩寄呈。』自是常通尺素。神交八載，始得其造敝廬，盃酒言歡，共抒懷抱，而别出手抄稿，乃有閨秀陳藴齋唱和詩。藴齋于歸介亭程君，與許為劉盧舊好，乃因從堂姪，用附致其《承歡集》。讀之，吐詞芳潤，思味深長雋永，而仍歸平淡；温柔敦厚，兼而有之。予文雖不逮皇甫士安，喜而泚筆為序。集名『承歡』，識其孝思也。

馮元《承歡集跋》：藴齋為丙翁先生長媛，閨中待字，素未操觚。後侍先生，自中州來武林，定省之暇，即事女紅，亦未嘗以詩自見。庚辰冬，伯兄玉持奉檄役西陲，道經張掖，張掖為先生故里，藴齋作小詩贈其行。首句云：『此去他鄉是故鄉。』先生色喜，以為雖工詩者亦不過是。藴齋因此知先生樂以詩自遣也。日課數篇以為娱，詩遂益工。積久成帙，今之《承歡集》是也。先生少年登賢書，宰百里，胸次灑然，不矜小節，罷官後益肆力於聖賢之學。性喜書，凡有所感，一於書發之。間為歌詩，因寄所托，非漫作者。殆古所謂風流人豪者歟？藴齋侍庭幃，久當必有感發於不自知者，況至性本過人者乎！雖然，藴齋非得先生為之父，即有過人之性，亦未必有所感發成就如斯也。

喜雪

覆瓦穿簾正復斜，飛瓊屑玉遍天涯。行來蓑笠皆堪畫，望去雲山總被遮。小院未春飄柳絮，書窻無月失梅花。夜深茗椀釵頭細，煮得冰泉味更嘉。

和芷齋寒柳

西風無復小蠻腰，依舊亭亭傍六橋。記得春和眉占盡，旋經秋冷黛全銷〔一〕。湖邊落日遊人少，溪畔閑雲去雁遥。只待陽回〔二〕新氣候，等閑煙翠徧柔條。

秋葵

素衣正倚玉闌干，嬌額塗黄露未乾。不共三春桃李艷，秋風獨向日中看。

蝴蝶花

叢叢疑是滕王畫，葉葉争如莊夢迷。草露高眠雙翅穩，東風不趂過牆西。

【校記】

〔一〕以上兩句《國朝閨秀正始續集》作「記得春初眉似畫，旋經秋後黛全消」。

〔二〕陽回：《國朝閨秀正始續集》作「陽和」。

葛浣一首

詩見《谷音傳響》。

次韻題明妃圖

依然寵幸滿宫稠，不遇偏嘗驛路秋。此去閼氏封有日，莫嗔傀儡女牆頭。

沈蕙玉七首

字畹亭，江蘇震澤縣人。適倪文學弁江。著有《聊一軒稿》。

編修倪嶧堂《聊一軒稿序》略： 姪婦緑莊，名家女，以賢孝著。間製古今體詩，沈鬱頓挫，忼慨和平，得性情之正。

孝廉紀復亨《閨秀沈蕙玉傳》略： 表姊聰秀端默，尤以孝聞。姑亡，欲殉不得，遂遘心疾。明年母卒無子，竟以哀慟死。少不讀書，十歲後能析章句，喜選唐宋詩，遂能自鑄偉詞。纏綿感激，悉寓於詩，惜得疾，焚其大半焉。

《國朝詩別裁集》： 讀沈蕙玉《四箴》，可補班氏《女誡》。惜年命不永，而弁江績學，旋亦淪亡。評閱時，欷歔者久之。

【輯補】

沈蕙玉《聊一軒遺稿》（乾隆刻本）載倪嶧堂序： 詩不從摯性流出，雖絺章繡句，雕繢滿眼，終無當於風雅之旨。若其閨閣幽姿，濡毫染翰，祇以粧點雲烟，塗澤香粉，此兒女子柔媚猥褻家當，更何足掛通人齒頰乎？ 余姪弁江，少孤露，母氏以長以教，克自樹立，有聲士林，娶沈緑莊，名家女，婉娩聽從，素嫺姆訓。洎來歸，孝於姑，和於娣姒，宜於諸姑伯姊。賢哉，婦也。絡緯蕭蕭，篝燈佐讀，不以貧窶累夫子心間。於女工餘閑，製古詩近體數十百首，沈鬱頓挫，忼慨而寓和平，清華不涉纖豔。其《哭姑》、《痛母》兩章，純是一腔至性，拂拂從十指間出，斯豈易得之巾幗中者耶？ 客歲甲子，秋闈報罷，弁江抑塞不自得，既而有母之喪，悲號思慕，門人爲廢《蓼莪》。不數月，復遭安仁悼亡之戚，窮愁寥落，轉益無聊。檢校遺篋詩稿，僅有存者，未免覩而神傷。余謂之曰： 『古來淑媛，不必盡以詩名，然《詩》三百篇，聖人獨取《葛覃》、《卷耳》、《采蘋》、《草蟲》諸什冠諸風始，非以其得性情之正，爲王化所見端歟？ 《聊一軒》詩詞，真純懇測，非若世俗搓玉團香，争勝于紛紅駭緑之場者，存其一二，亦足以明志矣。』其中表弟紀君心菴編次成帙，併爲傳其生平心跡與作詩大旨，余故不復覶縷云。乾隆乙丑冬十月下浣嶧堂師孟書於南郃梅圃。

同集載《例言》：晼亭所作詩稿，積有數百首，自甲子遘疾，多所焚棄，救存者十之二四，藏之篋衍。家太史公見之，稱其流于至性，謂可播厥芳音，因屬妹壻紀元穉爲釐訂之。余内戚暨門下諸子彙付剞劂，非與閨媛角勝，聊爲孝婦宣幽。然閨跡流傳，殊非逝者之志也。晼亭學無師授，于歸後遇事感心，悉形篇翰，緣質弱多病，詩句頗有出入，然作者自寓深情，概不爲潤色。詩餘已焚燬無存，兹從他處得遺稿數首，意欲刊去，元穉曰：『此焦尾遺音也。』故附梓于後。集中古近體詩不分甲乙，蓋隨其先後所作，庶有以跡其事而悲其志，故統爲一卷，默寓編年之意。荊公《詠吐綬鳥》詩：『樊籠寄食老低摧，組麗深藏肯自媒。天日清明聊一吐，兒童初見互驚猜。』按，『吐綬』一名『孝雉』，生而反哺；集名『聊一』，應取諸此。晼亭没後，承親友輓弔，詩詞不下百首，近猶有千里郵寄者，因先後不齊，故先梓本集，餘俟續刻。乾隆十年冬十二月陶門主人識于耡經學圃。

同集載紀復亨《傳》：姊沈氏，名蕙玉，字晼亭，太學聞遠公之仲女子也。幼而聰秀端默，尤以孝聞于閭里。所居葭溪一曲，垂楊碧藻，與小樓澄映，姊焚香静處其中，非定省，未嘗窺户。年十六，歸倪弁江。弁江知名士，家貧，聚徒授經以養母。姊以孱弱新婦，佽助于荒烟老屋中，上營甘旨，下親澣濯，纖悉靡不周至。姑少不當意，閉户私涕泣自責，必俟懽悦乃已。御下寛簡，或以爲言，輒謝曰：『豈有老姑在堂，而敢以詬厲聞乎？』嘗誦衛玠之言曰：『人有不及，可以情恕；非意相干，可以理遣。』嗟呼，推情待物，人世所難，至度量超然，不留芥蒂，俾獷戾者無所施其技，嚚陵者有所愧於心，叔寶風流，藐焉罔覿。姊以一女子，而三復於此，九原可作，我誰與歸，如晼亭者，可易測哉！故平時喜怒不形於色。甲子秋，姑莊孺人卧疾，姊中夜籲天請代，未幾病革，哀呼欲殉，家人晝夜守之，得不死，然自此亦遂遘心疾矣。先是，姊舅雪崖公尚厝淺土，及喪姑，弁江謀欲合葬，苦無資，私自嘆息。姊病中蹶然起，曰：『事寧有急於此者耶？

我與若室居，而親或露處，身豈得安？　且大事當爲則力爲之，寧論貧窶，日因循則日畏葸耳，我固知所費不貲也。』遽起索鑰，啟奩中粧畀付，曰：『是豈不足相助什一乎？』弁江欣然受之，遂得葬其先人于小帶。蓋其明于大義如此。姊無兄弟，有姊妹，俱早卒，與母相依爲命。姑歿之明年，母董孺人卒，姊呼曰：『兒今得侍我姑我母于地下也夫。』歸視殮畢，一夕竟以哀慟死，年三十有六。姊少時未嘗讀書，十歲後稍稍從人問字，已能辨析章句。久之，喜《文選》及唐宋人詩，殫心雒誦，遂能自鑄偉詞。其天性纏綿及一切憂愁感激，悉寓於詩。過其室，芸籤筆架，故苦落寞之態，無異寒儒也。丙辰後，精神衰薾，其家禁其爲詩。及遘疾，忽焚前稿，以泯其迹，救存煨燼中，得詩若干首，其家太史嶧堂先生爲序而行之。季與沈爲中表親，余復婚倪氏，數相見。姊嘗從容語余曰：『我異日累子作傳，非子無知我胸臆者。』余既不敢負向日之言，而又重悲其以孝殞身也，故述之如此。

同集載倪弁江跋：　晼亭事迹，詳述妹壻紀元穉《傳》中，可無庸多贅，顧余尚有不能忘情者。余故貧窶，老屋三間、破書一架外，蕭然無長物，晼亭生於素封，能處之怡然。歸余二十年，朝夕惟謹，從無疾言遽色，所謂能敬以和者，晼亭有焉。外父無子，晼亭嘗中夜涕泣，或私自祈禱，迨不幸無子以没，而晼亭之心已苦矣。外母年老獨處，晼亭自恨非男子，不獲親侍膝下，愛憐愛搔捬之聲，時時聞諸夢囈。其事我母，尤極周至。余被饑驅，或暫離左右，晼亭維持調護，備歷辛勤。蓋有時母病未瘳，而姑疾復作，姑疾甫愈，而母病復歸，彼此刺懷，往來奔命，寒燈湯藥，暑雨道途，驚悸勤勞與憂愁感激纏綿五臟，遂成心疾。至姑没母亡，如土崩川潰，向時沈痾，一時並作，不能自主，亦不可救藥，一夕竟以哀死。嗚呼傷已！　茲特梓其遺稿如干首，非以闡微，聊以慰厥幽魂。當世大人先生倘有采及葑菲者，則存殁感且不朽。陶門主人識。

同集載沈錦幬跋：　夫閨房之秀，代不乏人，顧往往居安樂，則鏤月裁雲，題花詠草；　不得于中，則幽憂鬱結，徙倚傷神而已，要未必其出于至性而于義有當也。亡妹晼亭，生而孝友，讀書曉大義，不幸仲父聞遠公即世，又不幸而同懷姊妹並早逝，畹亭常有不懌于衷者。其歸于倪也，妹壻弁江負雋才，顧寡兄弟，老姑在堂，亟思抱孫以娛朝夕，而畹亭善病，未有以慰其意，愈忽忽不自得。故其為詩，淒婉幽咽，多感傷之詞，然于情之發，固皆本于孝友而當于大義，故使人誦之，不覺沁入心脾，而與世之纖微憔悴魄兆心聲者自別。畹亭之詩，蓋難能而可貴哉！憶甲子歲，畹亭歸寧，其時群從姑姪少長六人，相與分題拈韻，而豊占弟之幼女年止十齡，尤能下筆驚人，未幾既登鬼籙，而畹亭亦于是秋哭姑成病，明年春以奔母喪而歿也。豈不痛哉！畹亭卒後，弁江裒其詩付諸剞劂，屬予一言諗于後。嗚呼，吾序畹亭詩，亦惟道其詩之所以能如是而已。至其蕙心蘭質，文藻葩流，則夫人共見也夫。乾隆十年冬十二月槐塘兄錦幬跋。

贈小姑

美人坐遥夜，虛窻横素琴。迢迢泛餘韻，清露溥衣襟。起看藤蘿月，庭階垂緑陰。

擬少陵七歌

有母有母山中居，丹楓苦竹交門閭。猩猩啼煙山鬼嘯，頻歲寄我艱難書。我欲從之路梗塞，罡風吹斷雲中車。嗚呼三歌兮歌斷腸，生女不如棄路旁。

有妹有妹愁飄零，年未三十長冥冥。諸孤繞牀索梨栗，繐帳風颯燈熒熒。白頭老母數歸日，荒溪無復重揚舲。嗚呼四歌兮歌倍愕，西望苕溪波浪惡。

茅應奎《絮吳羹》：媛詩蒼涼磊砢，殊無巾幗氣，惜年止三十六。古詩尤多遒勁，不克多録；與二內姪女紉蘭、纕芷聯長五古亦佳。纕芷甫十歲遽殤，有彩雲易散之感。予用進退格賦《輓媛》

云：『秀句傳朱閣，遺詩賸緑窻。孝應同吐綬，徤欲壓啼螿。高唱中俄斷，和鳴天不雙。更憐沅芷歇，只剩澧蘭芳。』

遣興

小徑依蘭圃，幽齋枕水涯。留賓窺阮籍，封札報秦嘉。斜月臨衣桁，名山出畫叉。東鄰諸女伴，步屧屢看花。

過虎丘追和堯峯韻

七里紅闌路，依山儼翠屏。畫裙飛蛺蝶，釣艇集蜻蛉。岸坼〔一〕苔埋碣，橋縈市傍汀。微茫煙樹外，想見可中亭。

讀明紀殉難諸臣傳

勸進紛紛逐後塵，倒持手板拜黄巾。中原只數劉中翰，信國當年有後身。

雨窻夜坐

香爐熏篝小睡醒，殘燈起坐暗銀屏。不知誰唱吳娘曲，寒雨蕭蕭徹夜聽。

【校記】

〔一〕拆：原作『拆』，據《國朝閨閣詩鈔》改。

何蓮魚四首

浙江錢塘縣人。詩見周得生《吟稿》。

次韻和周得生悲秋四首

蛩聲笛韻兩相和，菊綻荷凋秋半過。漸覺輕羅寒瘦骨，那禁清淚溢横波。閑中積恨元無數，病裏尋歡曾幾何。竟日高樓成獨坐，開簾怕受晚風多。

辭巢元鳥鄙愁居，作伴殘編聚蠹魚。曉鏡慵窺眉曲曲，秋窻愛看竹疎疎。常疑天上河難渡，未信人間雁有書。擬借蓬萊山一片，萬松陰裏結茅廬。

經霜秋葉半林黄，曉閣迎寒愛日光。刺繡不須思巧妙，凭闌只許見淒凉。雙飛彩鳳有無事，十斛明珠曾否量。每恨紅顔招俗累，至今貽笑苧蘿鄉。

夢裏依稀到玉京，醒來欹枕結幽情。撥殘爐火甘無事，焚盡詩箋怕有名。籬菊秋榮風色冷，井梧夜落月光晶。自憐寂寞添愁緒，敢怨鄰家砧杵聲？

虞姚一首

詩見《谷音傳響》。

次韻題明妃圖

沙磧茫茫白草稠，琵琶哀怨訴清秋。儂家不是忘名節，奉詔和親紫塞頭。

梁青夠八首

字芳白，江蘇無錫縣人。著有《紅雪樓集》。

秋夜接女伴書

涼月照空階，悲風撼庭樹。芙蓉落秋水，美人渺煙霧。啟户見雙魚，千里將尺素。采采瓊瑶枝，持以申積素。願借西南風，吹夢江東去。

感事

曾母素識子，終受謗者欺。申生稱孝友，卒為父妾危。昔賢尚如是，今人焉足期。猗彼松與柏，鬱鬱挺奇姿。匪石亦匪席，矢志無遷移。才人惜名譽，志士重綱維。大雅雖不作，吾道自扶持。悠悠千載上，耿耿繫我思。

喜小素弟自秦中歸

薊北秋光早，人歸落葉先。論心孤檻外，敘别短燈前。我自同鳩拙，伊終擬鳳騫。回頭北堂上，白髮已盈顛。

舊縣渡河

暝色驅車疾，搴簾望眼空。河凝沙渚白，山入夕陽紅。野圃人嬉歲，荒原雁落風。不禁回首望，燕樹暮雲中。

雪夜

迴風飛舞太迷離，邃閣潭潭息晚吹。竹葉閑傾今夜酒，梅花將發亞門枝。剡谿有客思良友，灞水何人覓好詩。自譜新詞彈一曲，冰心千載淡相期。

杏花

二月江南暖逼簾，小樓昨夜雨廉纖。數枝艷拂當壚袖，十里紅飄賣酒帘。幾片片飛春已半，一聲聲破夢初甜。踏青好是清明節，扶醉前村月滿檐。

春日晼香樓偶成

東風吹雨浥輕塵，芳草芊芊色漸勻。十二欄干春似海，倚樓愁絶未歸人。曉粧初試杏衫輕，簷外初啼宛囀鶯。愁裏不知身是客，冷煙疎雨又清明。

張氏一首

福建南平縣人也。

庚申季秋題垛莊驛舍序云閩嶠名家夫死被掠

燒痕獵獵北風哀，細馬氈車去不回。紫玉青陵嗟已矣，泉臺應有望鄉臺。

梁希曜二首

字眉莊。所適無考。

孫貞媛詩

緑水雙鴛鴦，巢在芙蓉側。宛頸相和鳴，名姝輸比翼。便令打鴨驚，芳心豈終抑。吁嗟命不辰，世網固難測。兵戈幼未亡，又被煙花逼。

小青廣陵女，含憤歿錢塘。華亭蕙雲氏，流落葼維揚。一怨為人妾，一恨為女倡。為妾遭妬嫠，為倡被辱亡。絶代兩佳人，怛然使心傷。

湯蕊四首

江蘇宜興縣人。

題望雲閣詩集

秦關西望動愁思，小閣裁成絶妙詞。珠玉為心冰雪句，不吟紈扇學班姬。
厭同女伴鬬鉛華，空谷佳人設絳紗。斑管笑拈新得句，烏絲小拂寫簪花。
望雲獨自倚闌干，暮雨瀟瀟翠袖寒。閑向碧窻攤素卷，粉痕依舊墨痕乾。
脈脈遥憐一水間，江南江北隔雲山。冰心玉貌空凝想，秀句須知見一斑。

沈真如三首

字金粟，□□南蘭人也。

征車怨

羽蓋臨南，雲鬟擁北。何如桃葉停橈，只在江南；未似楊枝掛帆，不離越水。長堤千里，撲面黄沙；斗室一燈，寓書粉壁。睠爾惜春之鳥，憐予並蒂之花。偶然飛入宫牆，或且放歸煙水也乎！

傳呼約束内家妝，扶上征車淚幾行。回首畫橋飛燕子，可憐隻影度寒塘。

燕語鶯啼悔未藏，舞衫歌袖更淒凉。小年解誦唐人句，為愛蘆簾著孟光。

未免有情誰遣此，不曾真箇亦難忘。知他後會題詞客，粉墨尋思百和香。

《古檀詩話》：山東苦水舖壁間有《征車怨》三首，乃南蘭十五歲女子沈真如金粟氏題。有序云云，詩云云，殊覺楚楚有致。

張鑑 三首

號秦餘山人，江蘇長洲縣人。適徐筠齋。著有《望仙樓稿》。

寄長女

已效于飛去，餘香剩繡幃。高堂有白髮，凝望淚雙垂。

重處

一别江村已七年，重來風景覺淒然。畫樓雙燕今何在，惟見哀鴻度遠天。

七夕先姑忌辰

天上相留嘉會夕，人間正在斷腸時。晨昏未遂承顔願，節序空餘罔極悲。渺渺形容何處即，依依栖惓不勝思。泉臺有路嗟難赴，淚灑西風酒一巵。

徐明霞三首

字成綺。詩見《孫貞媛集》。

孫貞媛詩

隨姆星奔命苟延，嚴親堪嘆殞烽煙。華亭夢隔家千里，淮水嬌藏屋半椽。思歸愁絶不成眠，淚滴深宵聽杜鵑。江水茫茫何處渡，隋堤落籍喪青年。為頌貞操託錦箋，卿家忠節孰争先。雙旌他日邀恩詔，彤管揚芬太史傳。

楊芝一首

字淑秀，江蘇長洲縣人，楊維斗之女也。詩見《花樵集》。

輓葑溪吴烈女

月墮空閨星斗寒，從容殉節似君難。本期白首眉齊案，豈意青年鏡掩鸞。三載誓書今始見，千行血淚幾曾乾。孤貞自是同熊女，烈烈清風並日看。

楊芬 四首

字瑶季，楊維斗季女也。適侍御沈懋華。著有《瑶華集》。

茅湘客《絮吴羹》：宜人母本晉人，兼工詩畫，姊妹俱傳其業。芝光鼓盆後遊吴中，以詩作合，雅相得也。迨館選後數年，别娶燕姬，宜人雖入都，殊有白頭錦字之嘆，頗賴詩畫自給。孀後三年卒。予得《花樵》一卷，因併嗣子所寄録之。

【輯補】

沈廷芳《隱拙齋集》（乾隆刻本）卷四十八《沈母楊恭人墓誌銘》：歸安有吾宗賢母曰恭人楊氏，諱芬，字瑶季，長洲人，明殉節孝廉皋里先生諱廷樞之孫，清故隱君子貞孝先生諱無咎之子，翰林院編修名繩武之妹，監察御史公諱懋華繼室也。御史公娶吴氏卒，二子幼，求能母其子者，聞恭人賢有學，遂就昏焉。恭人性靖逸，善事父母。既嬪，撫二子如己子。夫婦更相得若師友。時翁贈公篤老家居，恭人在吴，弗能侍養，歲時饋問。繩至公才高而屢躓鄉舉，恒相對泣，恭人作《感懷詩》以慰。會兄入翰林，乃贊公入京，甫成進士，而贈公殁。恭人奔喪歸安，喪葬具如禮。迨公官檢討，改禮部郎，擢御史，進階四品，恭人三膺封矣。而布素處中閨，蕭然如貧家婦。暇即相莊事文翰。凡喪葬昏嫁事，雖窘，不以累公心。乾隆九年，公以事左遷刑部郎，越三年卒京邸，貧無以斂，卒拮据奉匶歸。又三年，於乾隆十四年八月二十日終於長洲，年六十有七。子樹楠、樹梧，吴恭人出，先卒。樹相，國子生，有學行，恭人出。樹梓，庶出。孫榮德、榮興、榮震。吾家與歸安爲遠族，御史公分尊而齒少，嘗兄事先大夫。余在諫院，復追從久，其卒，爲襄其喪。熟知恭人好讀書，善詩畫。所著《瑶華集》，高潔清遠；畫亦秀潤有法。然於婦道，弗重也。惟一生處順而履艱，廼所爲能悉當乎理，蓋爲女、爲婦、爲母，罔不盡其責焉者。噫，賢矣！是宜銘。於其祔，因樹相之請，謹銘曰：胚於忠節，克賢而孝。事姑不逮，相夫以道。賸賴君仁，子倚母教。令儀永章，女宗有耀。凡百淑媛，是則是傚。

鴛鴦

春煖池塘煙草齊，彩毛初浴浄無泥。眠沙聊借莎為褥，戲水還將浪作梯。繡上〔一〕羅衣相對舞，織成錦帳一雙棲。芰荷香處深深隱，一任虞羅障碧溪。

寓感

灼灼牡丹枝，天香世所珍。托根非其所，零落委埃塵。

題維揚張烈婦傳 揚州城破時積薪自焚死

一朝鼙鼓動軍行，破鏡抛殘悵各方。玉質自甘投烈焰，姓名好並宋姬芳。

由來節義重乾坤，留得丹心永不湮。其子於灰燼中得大赤心。多少衣冠迎馬首，負期何必笑西鄰？先與鄰嫗約同死，至期，嫗逃去。

【校記】

〔一〕繡上：《國朝閨秀正始集》作『繡出』。

王素娟 一首

字冰蟾，四川蒲江縣人。著有《鏡閣秋聲》。

和雪君見示之作

香飛金粟一枝枝，正值劉綱偕隱時。怪我病魔偏作敵，憐君書癖又成癡。松庭花影驚風片，竹檻茶煙亂雨絲。五字聯吟聊共賞，深閨誰道不相宜？

陳端敬 四首

字玉田，江蘇吴縣人，徵士陳汝楫女。適貢生韓騏。著有《合杏樓稿》。

【輯補】

韓騏《補瓢存稿》（乾隆二十三年刻本）卷三《題内人照》：『展圖憶前事，廿載如夢中。盛顏曾幾何，衰鬢忽已逢。

因君鑑我形，我亦成老翁。兒女不會意，秖論繪事工。笑指畫中人，宛是阿母容。阿母亦微笑，似識吾隱衷。無論後來面，且喜今時同。』『卓犖君家翁，誦讀稱名儒。雖非金紫貴，令聞揚石渠。尔性亦恬雅，詩禮拾唾餘。尔身若爲男，定能讀父書。即今章婦順，良由家法殊。勤慎奉高堂，劬勞育諸雛。中外皆曰賢，吾意常晏如。』『嗟余老農圃，累汝無能爲。蕭然荊布身，珠翠諒不宜。丹青假尔顏，彷彿瑶池湄。明璫與玉珮，肅穆生光儀。須知超世心，不炫人間奇。水飲瓊液甘，蔬食麟脯肥。百歲相獻酬，願言壽無期。』

七月初九夜園中納涼

簾卷星河淡，園空竹樹蒼。亂螢低夕露，華月近秋涼。天應高樓笛，風疏野草香。此時宜酩酊，一為倒壺觴。

合杏樓夜述次筠圃

渺渺長空雁影斜，月寒風冷興偏賒。篇章豪邁真無敵，井臼風光幸有家。深院愛聽琴疊韻，閑窗喜對燭生花。情懷莫為窮愁減，容易他年兩鬢華。

賦得殘月如新月

帶魄臨樓角，啣星落曉山。深閨常誤拜，猶恐怯秋寒。

桃源

一谿四面繞青山，欲問桃源斷往還。但見野花迷石畔，不聞雞犬到人間。

沈蘭三首

字蘊貞，浙江嘉興縣人。著有《繡餘遺筆》、《雪齋詩餘》等稿。

和芳姊遷居韻

心不沾塵俗，何妨廛市棲。鳥鳴春樹裏，花落小橋西。文采超今古，風流〔一〕借品題。於斯堪寄隱，奚更羨林溪？

釣鼇磯觀水

此是釣鼇磯，鼇隱無從釣。悵望水瀰漫，坐久餘清照。

梅花

幻出羅浮月下春，離披瘦影獨傷神。芳魂應識誰知己，宜數樓頭作賦人。

【校記】

〔一〕風流：《本朝名媛詩鈔》作『風光』。

楊克恭十一首

字德基，江蘇江都縣人，少傅敬莊之孫女。適德清抑齋徐志巖，封誥宜人。著有《蘭藻閣詩》。

病餘對雪用蘇公北臺韻凡五疊得十首

一陽初轉力猶纖，滕六司權令肅嚴。松偃正窺披氅客，竹欹渾灑引車鹽。小鬟忍凍敲虀臼，野雀愁饑絮畫檐。無奈畏寒常攏袖，焚香暫露指雙尖。

病懷消遣愧塗鴉，好借清光映五車。搜索枯腸依險韻，迷離老眼炫空花。窗蕉靜對維摩畫，椀茗還憐學士家。此際漁翁歸艇子，醉眠蘆絮閣魚叉。

寶鼎焚香幾縷纖，修持入靜誦華嚴。薄田收息分薪水，冷署牽愁計米鹽。已釀屠蘇催鬥盞，尚遲梅曆莫巡檐。年來霜鬢無膏沐，不用呵毫畫黛尖。

瑶天點破數行鴉，苦憶羈人遠道車。侍女敲冰煎藥汁，雛孫騎竹戲瓊花。煙迷巴峽猿啼影，香冷孤山鶴守家。閑裏匆忙緣底事，梅斜竹壓倩扶叉。

生疎病腕字痕纖，詩律難如戒律嚴。家瓮且嘗花露酒，官羹疑拌水晶鹽。護持緑萼盆供案，收拾紅薔架入檐。欲附吟壇鏖白戰，閑愁不上兩眉尖。

鏡裏新更兩鬢鴉，漫嗟歲月轉輪車。如何示寂維摩室，又見飄空天女花。剡曲興闌應返棹，灞橋吟苦未歸家。阿儂蝟縮寒如許，腹稿吟成手嬾叉。

避寒不染俗塵纖，作惡狂飈着意嚴。共慶白頭和水乳，却愁赤足問虀鹽。窻疎屋老月侵案，雲慘天低冰掛檐。欲寄平安書兩字，怪他凍結彩毫尖。

依棲玉樹噪昏鴉，盼斷江南腹轉車。往事回思如嚼蠟，浮塵不動幸拈花。爐温活火香留篆，庭積寒輝犬吠家。自笑綺羅餘習氣，續貂深愧步尖叉。

身似秋蟬飲啄纖，那堪半月苦寒嚴。無心世事泥沾絮，有意禪機火着鹽。花凍銅缾開蠟蔕，風喧鐵馬過冰檐。自憐歷盡艱難境，已陟浮屠到合尖。

早歲人同覓食鴉，近來嬾拽老牛車。心燈已悟繁華夢，意蕊還開冷淡花。煮朮焙參偏廢日，蒲團經卷自成家。好憑慧劍删煩悶，培植靈苗無樹叉。

抑齋《和内詩》：『斜斜整整復纖纖，吹落閑庭冷更嚴。野竹莖疎抽玉筍，絳梅花綻吐紅鹽。風聲淅瀝寒侵幕，月色迷離影掛檐。最好白頭誇白戰，輸他京兆綵毫尖。』『一片同雲捲暮鴉，水凝作柱雪成車。隨風吹撲無香瓣，着樹開成没骨花。莫怨牛衣嗟往事，且烹鳳餅學詩家。辭榮北郭饒真趣，扶杖相將手屢叉。』

讀唐書李白傳

汾陽微日無人識，獨有青蓮賞最真。再造唐家緣救免，可知卓見出詩人。

丁文鸞四首

字鳴和，浙江長興縣人，知洧川縣丁檞女。適海鹽沈燮文。著有《倚雲樓詩稿》。茅應奎《絜吴羹》：孺人爲李倩香山元配小姨，故知之最悉。性至孝，年十四時，父入都赴選，母王氏病篤，刲股救愈。選桂陽宰，中道卒官，孺人扶櫬歸，即於水北建莊，延師訓諸遺孤，勤儉持家，黽勉婚娶，嚴督諸子力學，以紹祖考遺緒。幼即能詩。伉儷恒相倡酬。中年嫠居，以丸熊代終，可尚也。詩亦雅合，絶去脂粉氣。今第六子鍾岳遊庠，亦工詩。

晚春

漲水連堤碧，籬花滿院香。流鶯啼老樹，戲蝶過高牆。舉目春將暮，驚心日漸長。開簾雙燕入，猶自補巢忙。

丁酉九日和韻

九日登高足勝遊，相從眉案遡名流。今來古往閑中意，紅樹青山望裏秋。如我漫窮千里目，請君更上一層樓。當年不敢題糕字，留與詩人作話頭。

次韻

紅葉西風霜徑秋，黄花籬落動人愁。嫣紅且喜亭亭立，獨自空庭晚艷留。

芙蓉館示兒輩

蓉桂秋香滿院清，東籬黃菊欲舒英。此間亦等城南勸，莫墮南宫祖父名。

康瑶玉 一首

名瑶玉，江西吉安府人。適李秀才清。著有《梳雲閣集》。

《吉安府志》：鄉舉李清妻康氏，名瑶玉。其父若生為名孝廉，氏幼讀父書，通翰墨。清應鄉試，氏虔繡魁星一幅，題詩其上，為清祈名，清以康熙壬午鄉舉，一時傳為佳話。所著有《梳雲閣初集》、《二集》、《三集》。

客次

孤館蕭條客緒煩，萬端心事與誰言。同堂姊妹皆凋謝，空遺愁魂返故園。

王雙鳳 一首

江蘇金山縣人，高士王光承女。適中書楊幨。著有《玉縈草》一卷，惜未得見。

《奉賢縣志》：王雙鳳者，高士王光承女，中書楊幨妻也。光承善詩而無子傳其業。雙鳳侍几案久，遂解吟詠。父見之，喜甚，稍為指授，而所作遂工。著《玉縈草》一卷。

寒夜

歲籥云殫百感攢，爐灰撥盡淚頻彈。殘燈落莫燃孤夢，空館荒涼奈苦寒。鄰舍歡呼矜得意，兒曹誦讀喜還安。傷懷幾許憑誰述，且擘蠻箋强自寬。

陳德貞六首

號月嬋，浙江海寧州人。

和王梅影觀察天台雅集詩韻

仕版星移互主賓，河防槖籥重煩頻。嘉勳寵拜彤廷錫，專郡新頒兔刻銀。
五馬函關擁節秋，椿庭承乏此淹留。分明記得深閨裏，茶熟香清詠案頭。
東山儸從盼東歸，天許徵還换繡衣。可惜葭莩遽摇落，未承椒樾蔭餘輝。
江左風徽振宇寰，政餘簪屐訂迴還。可知泰岱東南望，不隔三神海上山。
嫁得吴清跨鶴遥，漫餐仙骨躡風飄。與君兄妹蘇程誼，何日來遊輞水橋？
韻軌揚芬少小知，展圖長繫蓼莪思。莫繙後集規前集，淚咽滋蘭琢玉時。

李氏 一首

江蘇人。

答人

三寸弓鞋自古無，觀音大士赤雙趺。不知裹足從何起，起自人間賤丈夫！

《隨園詩話》：杭州趙鈞臺買妾蘇州，有李姓女貌佳，而足欠裹。趙曰：『似此風姿，可惜土重。』土重者，杭州諺語脚大也。媒嫗曰：『李女能詩，可以面試。』趙欲戲之，即以『弓鞋』命題，女即書云云。趙悚然而退。

戴若芬 四首

字蕊仙，號月邨，江蘇長洲縣人，丙辰解元汝寧太守戴植三女孫也。工詩善畫。適寧波王太守紹曾之子景高。

聞蟬

暮霞遥抹碧羅天，蟬韻悠揚落照邊。咽月屢驚青草夢，吟風欲破緑楊煙。影分鴉鬢憐輕翼，聲曳宫槐噪晚絃。回憶故園曾聽處，音沉幾度思淒然。

絡緯

積雨初晴萬籟清，蕭蕭絡緯應秋鳴。玉堦人静聲偏切，綺閣燈殘夢屢驚。撩亂旅懷傷別緒，勾留芳草動鄉情。劇憐機杼終宵急，其奈寒衣織未成。

秋夜雜題

空庭人静思依依，桂蕚香清月影微。坐久不知銀漏斷，金風凉透薄羅衣。

蕭疎竹籟和蛩吟，一枕秋聲百感侵。撩亂鄉情歸夢杳，雲山迢遞雁書沉。

錢林 一首　句

字曇如，浙江錢塘縣人，錢方伯嶼沙之女也。

偶成

獨坐西窗下，蕭蕭雨不成。芭蕉三兩葉，多半作秋聲。

句

覓路乍迷三里霧，含情如怨五更風。

《隨園詩話補遺》：錢林，字曇如，吾鄉璵沙先生之幼女也。年未笄，《偶成》云云，《落花》云云，皆佳句也。曇如生時，家中夢有嚴大將軍來，及墜地，娟好妍静，兆乃大奇。

卷之四十五

李國梅九首

字芬子，號韞菴，江蘇興化縣人，解舉鼎室。著有《林下風清集》。

李驎《林下風清集序》略： 韞菴年九歲賦落花詩〔一〕，即有『鶯聲喚轉夢中人』之句，知其宿有根器，而非塵俗所得累矣。然好自匿，而不肯出視人。籀史先生，其父也，負高才而博於學，識鑒卓犖過人，素為諸父所推服。見韞菴時時作吟哦聲，知其有所搆，索觀而韞菴不肯出，即指庭前鳳仙花，命之詠，且曰：『詩若不成，吾即焚爾所讀書矣。』韞菴立成一絕句以進。先生閱之，喜甚，書一聯揭諸其寢閣曰：『題詩雲起珊瑚架，作字煙飛鸞鳳箋。』蓋深予之也。時韞菴年十二耳。及笄適解氏，事上待下，咸得大體。吾邑以厄於水，舊家皆中落，而韞菴安於困約，處貧如未嘗貧。治家事稍有暇，即操筆為詩。詩多高簡沈實，無閨閣〔二〕脂粉之習。古今之才女子，能為詩者多矣，然使人讀之而不知其出自女子手如韞菴者，豈易得哉！〔三〕

方嶟《李太君集跋》： 李太君，諱國梅，字芬子，一字韞菴，揚州興化人。女兄弟行三，前相國李文定公五世孫女。父諱瀚，字籀史； 兄諱國宋，字大村，康熙甲子江南鄉魁。父兄皆海內名碩。父載《興化邑志·隱逸傳》，著有《嚴菴詩稿》； 兄著《嬴隱詩集》，皆刊行於世。太君幼承家學，凡史漢諸子，過目成誦，能通識大義，兼事吟詠。適同邑解諱舉鼎，字峙九。夫婦偕隱，相莊如賓，有德耀伯鸞之風。事孀姑劉氏以孝聞，飭躬慎行，宗婣率推以為法。雍正癸丑，年八十有八，後峙九先生一歲卒。生子四。長諱櫂，明經，著有《仍菴詩稿》，年七十，先太君九月卒。次名樽，雍正癸卯舉於鄉，著有《老息齋詩》。𪸩問業於明經者最久。雍正甲寅，適孝廉君攜太君詩集見示，遂爲之開雕，以廣其傳焉。

初夏憶母

鶯啼四月天，花落蝴蝶飛。南風吹繡户，暖日照罘罳。徘徊出羅幙，步履臨堦墀。梨花香小院，柳條拂清池。梁燕引雛返，慈烏歸故枝。感彼禽鳥情，悽然觸我思。念我失所恃，六載慈顔違。音容已隔世，罔極報何時。諸兒戲我側，顧之心愈悲。哽咽不能言，淚似連珠垂。汝曹俱有母，我何獨無依！回思鞠育恩，肝腸如亂絲。

擣衣篇

金閨寂歷金風起，極目關山幾千里。誰家少婦顔如花，夜擣征衣月明裏。親擣寒衣寄遠客，萬水千山幽思積。嘹嘹征雁逐行飛，渺渺流螢當户入。銀河秋冷夜無光，幾點疎星明復滅。風吹砌草泣寒蛩，露滴井梧凋敗葉。閑雲片片任東西，砧聲斷續高復低。此時相望情何已，此際寒烏夜半啼。含情擣罷嬌無力，抛杵攬衣長嘆息。依稀記得别君時，於今幾度秋花碧。躊躇獨立意如何，淚痕點點羅襟濕。

將進酒

朝吟薤露歌，夕進新豐酒。黄鵠舉翼四海窄，鷦鷯齷齪夫何有？樽前有酒盤有餐，請君秉燭遊夜闌。我聞人生不滿百，何用行憂坐嘆凋朱顔？君不見，漢家丞相富貴時，賓客傾蓋如雲馳；片言不合下詔獄〔四〕，折辱翻遭小吏欺。又不見，田蚡竇嬰相傾奪，公卿半屬門下客；一朝勢盡歸武安，魏其筵前誰避席？人情反覆多如此，世路羊腸宛相似。周公大聖有流言，鄒衍遭讒誰見理？高牙大纛專城居，不如閑行隴上把耕鋤；鳴鐘列鼎食萬户，不如閉門安坐酒一壺。流光駒隙亦易過，咄嗟身勢徒丘墟。試看紛紛行路者，覆車折軸將焉如？

遊曼園

曲岸循芳徑，人家帶薜蘿。斷橋敧石磴，荒樹枕山阿。翠羽銜煙疾，蜻蜓掠水多。忽聞漁唱起，雙槳月中過。

幼女

幼女聰明甚，真堪娱暮年。愛書頻問字，聽曲故搊絃。襌袖肩如削，修蛾日並妍。吟詩矜阿姊，嬉戲小窻前。

文丞相祠和家兄大邨

丞相祠堂歲月深，蒼松翠柏蔭森森。門開舊是宵奔路，日落空餘古殿陰。赤社已知無寸土，黄冠猶自繫歸心。零丁剩有孤臣影，柴市忠魂不可尋。

亡姊忌日作

雁影分飛已可憐，那堪永別去窮泉。榴花照眼猶争艷，明月窺窻秖自圓。病妹重逢悲短夢，老親相見話當年。盈盈一水揚州道，沉慟無由拜墓田〔五〕。

竹西亭

煙雨揚州路，遊人説竹西。春風餘蔓草，日暮鷓鴣啼。

明妃怨

漢廷遠嫁事堪悲，一曲琵琶雙淚垂。異日空留青塚恨，從來薄命是蛾眉。

【校記】

〔一〕據李驎《虬峯文集》（康熙間刻本，下同）卷十五《從妹韞菴詩序》，此句前有數語云：『天地春夏之氣涣發，而秋冬之氣斂肅。予蓋□天地秋冬之氣者也，生平質直，不事緣飾，往往與俗忤。吾族號稱蕃盛，群從事詩書者甚眾，而知予者惟大村，此外殆寥寥焉，何況女子？韞菴獨深知予，蓋其所得乎天地之氣同也。』

〔二〕閨閣：《虬峯文集》作『閨壼』。

〔三〕此後《虬峯文集》復有數語云：『昔人有言曰：芳蘭所生，其草皆香；美玉所積，其山有光。韞菴有籀史先生爲之父，又有大村爲之兄，宜乎其能詩如此也。生子五，皆才。直章、虎觀食餼於庠，試輒先其儕伍，爲吴門宋既庭先生所深知，嘗爲韞菴刻詩若干首，名曰《林下風清集》，既庭先生跋之。然特其一斑耳。兹彙其全詩視予，諸體無一不備，蓋亦無一不工。其中《哭子百絶》，傷少子之殤亡也，尤爲悽愴感人。予性好任自然，而不喜作僞，韞菴與予同。予爲詩好真僕，而不喜俊詭，韞菴與予同。至於側詞豔句，予素所不屑爲，而韞菴亦未嘗爲。雖三從兄妹，而志槩彷彿不啻同父。比年予遷郡城，韞菴時時作詩寄予，多蒼凉慷慨之音。及予暫歸相過，必堅留深坐，啜茗論詩，所好大略多同。故予謂其亦得天地秋冬之氣者，此也。然而有不同者存焉。予惟儒行是守，而韞菴則深喜二氏學。觀其《詠鳳仙》絶句曰：「百卉牡丹尊，仙花更出群。閨人戲作鳳，靈意欲升雲」，則其嗜慕方外，不自□已見其端歟？」

〔四〕下詔獄：《國朝閨閣詩鈔》作『詔下獄』。

〔五〕墓田：原作『暮田』，形誤，據《國朝閨閣詩鈔》改。

周氏二首

浙江烏程縣人，周孚成之女也。適□鈞。早卒。誥封安人。

惜花春起早

竟夜不能寐，尋春早出房。名花偏易落，無事忽成忙。

聽雨

簾纖小雨不曾停，纔睡仍醒伏枕聽。不是侍兒驚告我，錯疑梧葉下虚庭。

孫鳳臺五首

字儀九，江蘇崑山縣人，詩人孫大登女，佩餘先伯之女甥也。適吴宗萬。著有《水南繡餘草》。

杜詔《水南繡餘草序》略：東安賢媛，延陵淑配，名鳳臺、字儀九者，水南塏桴孫先生之愛女，文學宗萬吴君之德閫也。塏桴先生，篇詠媲美三唐，篆隸埒秦漢。嫦娥膝下，竟得瓣香，深閨刺繡之餘，每多著作，兼擅八分書法。與其兄允明頡頏，邑里稱之，閨門媦戚中購其詩，不容終秘，先出其如干首，將付剞劂。儀九之母支夫人，與余先太安人為女昆弟，余與儀九為兄妹，故得觀其詩，而屬序於予。余竊惟少君孟光之懿範，古今艷稱，而文詞不少概見，往往以德掩才。今儀九賢而好禮，能敬事姑嫜，孝養孀母，安於澹泊儉素，以相夫子，恒希少君孟光之風，而工於吟詠，其與世之樸遬少文者，相去奚啻什伯？其所為詩，發抒性情，詠歌欣戚，庶幾釵笄自然之雅韻於茲未墜云。

新婢

母氏纔離却，依然兒女情。遲回來任事，羞怯出膺名。移土花難咲〔一〕，依人鳥不驚。勿違文史側，應侍鄭康成。

對雪

點點迎風雪，輕飛度畫欄。吟成湘管冷，坐久墨池乾。酒盡金誰點，箱空絮亦難。漫云銀世界，簾捲總慵看。

燈花

銀釭吐蕊艷纖埃，巧借蘭膏向晚開。繡被餘香凝畫箔，寶鈿争艷鬬粧臺[一]。玉京暗悵鄉書隔，金屋遥占好信來。一點分明應共識，曉霜寒漏未成灰。

除夕

病鬼貧魔擾一年，今宵甘分竈無煙。枯腸饑後如冰冷，瘦骨寒餘似鐵堅。且爇爐香延永夕，何須杯酒斷愁緣。兒曹好學謀生計，只種心田與硯田。

瓶梅

向暖初開第一枝，折來粧閣綴軍持。横斜疎影紗窻上，畫出孤山處士詩。

【校記】

〔一〕此句《國朝閨秀正始集》作「遷地花難笑」。

吴珏一首

雲陽人。

壽姚節婦

掃眉才子錢塘住，早擘鸞釵亦愴情。荼苦我曾經百折，剪裁君自到三更。力持門户青槐蔭，庭訓兒孫綵翮成。耐可江鄉路迢遞，衍波聊為寄飛瓊。

王倩玉一首

浙江錢塘縣人。

《香祖筆記》：武林女子王倩玉，貌甚美而工詩詞，已字人矣，悦其中表沈生遹聲而越禮焉。母家訟於官，杭守戈珽斷離，鬻於駐防旗下。沈百方贖婦，復歸沈，生一女而死。傳其寄沈《長相思》一闋云：『見時羞，别時愁，百轉千廻不自由，教奴怎罷休？　懶梳頭，怯凝眸，明月光中上小樓，思君楓葉秋。』雖淫奔失行，其才慧亦尤物也。

春半

韶光九十將過半，積雨漫空密似絲。香草滿前疑有夢，梅花開後欲無詩。將雛燕喜堂依舊，妮客鶯嬌日漸遲。笑倚熏籠燒柏子，無心與柳鬥腰肢。

月簃二首

江蘇松江人。詩見程庭《停驂隨筆》。

涿州旅邸題壁

寒雞初唱已中宵，獨擁銀釭耐寂寥〔一〕。一月不將奩具理，侍兒猶道黛痕嬌。

密意深深人未知，自將新恨寫新詞。郵亭多少題詩客，誰是當年杜枚之？

《停驂隨筆》：初三日，六十里，涿州。城郭崔巍，橋梁逶迤，車哼哼，馬騰騰，往來者林林總總，闤闠喧闐，市貨駢集。皇都華麗，先於此地略窺一斑矣。二十五里，琉璃河。《金史》作『劉李河』，蓋因劉、李二姓居之，河以是名，今訛曰『琉璃』。橋旁立一鐵柱，半浸水中，似為鎮壓水怪而建者。居人相傳為王彥章所用鐵鎗，言之鑿鑿，甚可笑也。午刻飯於涿州之北城旅邸，見壁間有《絶句》詩二首，乃一女子所作。摽梅之怨，悉露毫端，良可念也。其詩云云，後書：『家君宦留京邸，氏同母入都，旅館淒涼，有感書此。雲間月篠題，時年十七齡。』余是夕宿竇店，計去涿四十五里。途間接汪子周士、馬子植公手札，云舍館已代定於蔴線衚衕。汪子更為余置器具全備，約余共寓。余不勞而坐享其成，是又出於望外者也。

【校記】

〔一〕耐寂寥：《國朝閨秀正始集》作『伴寂寥』。

周志蕙 一首

字解蘇，浙江錢塘縣人。適諸生陳仲衡。

柳

歲歲逢春春可憐，争禁三起又三眠。絲絲愁緒隨風亂，濯濯丰姿著雨妍。古渡欲牽遊子棹，離亭留贈旅人鞭。一聲長笛河橋晚，回首蒼茫幾樹煙。

張氏 二首

湖北潛江縣人也。

絶句

病廢機梭老廢蠶，牙籤緗帙興猶耽。唐詩元曲多收捲，日向紗窻讀二南。

留侯

子房稱病藏機早，只待功成辭漢家。已復韓讎無所事，此心原自在煙霞。

《居易録》：張氏，潛江人，能詩。有《絶句》云云，《留侯》詩云云。

陸茜娘一首

字月漱，江蘇吳縣人。少小失依，為人賺出，題詩旅壁，自序云：『小技頗工，姿容不俗，一種芳情，未付題橋司馬。』

東阿題壁

傷心淚和梧桐雨，一樣聲聲滴枕邊。

許蕉二首

廣東海陽縣人。詩見《潮州府志》。

送洪娘歸里

繡閣聯吟興未休，侍兒何事促歸舟。半天孤雁生離思，滿地黄花入望愁。

秋閨

江上何人獨感秋，無端月明上西樓。風前黄菊香猶在，水上芙蓉影不流。

黃素芳 二首

字廻文。

孫貞媛詩

貞完女志父完忠，弱穉孤留慘路窮。清潔獨誇梅嶺雪，蕩摇多恨柳池風。兵戎殉難家憐盡，鬻字勞恩嫗倚空。迎迓客庭聞降鶴，更殘照月淡煙籠。

次韻題明妃圖

漢室和戎女亦稠，邊城誰遺泬寥秋。琵琶解釋中途怨，何獨昭君泣馬頭。

閔氏 一首

江蘇上海縣人，閔鈺女，同邑黃知彰之室也。

題畫菊贈外

籬脚斜陽淡欲無，月中留影半模糊。白衣金紫無高下，同上高人水墨圖。

蕭鶴娘五首

字瓊宜，直隸順德府人也。

燈花

誰催羯鼓入簾中，幻得春光徹夜融。銀粟静驚梅萼紫，金英炎吐木犀紅。連根不費栽培力，並蒂偏偷造化工。憶自青藜燃閣上，遺來一點蕊珠宫。

秋聲

疑是胡笳怨未工，瀟瀟繁響亂高空。寒砧搗落樓頭月，短笛吹殘户外風。何處空堦吟蟋蟀，幾家芳苑到征鴻。低徊不盡空窻聽，無限淒涼曉露中。

聞鳥

涼風動庭葉，細雨欲迎秋。静坐聞啼鳥，新吟若唱酬。

吟詩

整罷新粧向小帷，營營終日為躭詩。拈毫想到忘言處，落盡梨花總不知。

鶴

玉羽迎風冷，昂藏向水涯。每從明月夜，清韻到空階。

勞純一 三首

字安岐，浙江石門縣人，勞心齋先生長女。歸仁和玉峯劉君，迭為倡和。著有《絶塵軒稿》。

除夕即事

誰賣癡獃繞屋呼，好持椒酒慰親姑。誠知歲已愁難已，只恐年殊運未殊。鬢改怯教除舊曆，才踈羞見易新符。遥思天畔長征客，此日行蹤得定無？

書寄外書後

南枝初放故園花，屈指行人到海涯。欲折一枝憑驛使，恐勞幽夢屢還家。

除夜思親

無端爆竹又催年，惱亂愁心夜不眠。遥想吾親千里客，寒燈旅館正淒然。

卜氏句

號四香居士，石城丁雄飛配。先雄飛卒。

句

百年夫壻春無限，怕讀君家腸斷詩。

丁雄飛《蝶語》：細君卜，號四香居士。《經》云：『不亂財，手香；不淫色，體香；不誑語，口香；不淫害，心香。』每學吟小詩。曾於奩中得其二語云云。

方筠英二首

安徽歙縣人，同學方成培之女兄也。適同縣孝廉胡賡善。所為詩秘不示人，故知者甚少。

送姊

惆悵聞離别，鶯聲和棹歌。天邊驚夢斷，雲散惹愁多。細雨朝移岸，輕風唁度河。春寒侵翠袖，回首重如何。

往來何忽忽，世事總艱辛。楊柳牽新恨，桃花亂舊津。一帆從此去，幾載更相親。迢遞春江水，灣灣愁殺人。

《農隙筆談》：方筠英，環山方成培之女兄也。適郡城胡孝廉賡善。能詩，然以為非女子事，不肯示人。賡善乃予壻胡棠之叔兼受業者，因徵得其《送姊》詩二篇，漫録於此。

邵思六首

字媚嫻，江蘇華亭縣人，仙遊令邵庸濟女。工書，兼精帖括。適婁縣馬夢蓮，結縭僅十七月而卒。夢蓮緝其詩，名《承雲樓剩稿》。

大中丞胡寶瑔《承雲樓剩稿序》略：馬君照菴，與余夙有世好，自余宦京師以來，判袂久之，暮雲春樹，時時相望也。今年春，蒙恩給假，一返敝廬，照菴惠顧言歡，已而郵詩一編來，並寄語曰：『此亡媳邵氏所為。憫其賦性温淑，生平恪謹無過，而於翰墨粗通，不幸早卒，擬以此稿壽之棗梨，倘得稍留聲影於人世。惟先生幸而賜之以序，以冠其端。』余受而閱之終卷，歎其才致斐亹，誠不易得之閨閤中；而所尤難者，至性過人，立言有體，戀椿枝以嗚咽，送姑氏而綢繆。其他或即景言懷，或詠古見志，靡不麗而有則，婉而可風。夫女子誠不必以能詩為貴，然而靈慧内含，篇什時作，性情意趣間，苟有可觀，已足使人流覽欽嘆，而況工妙如此編者，聽其湮没，是國風不得存婦人之詩，而古來一切才女摛文綴辭粲粲史籍者，皆可以置而弗道也。然乎哉？爰題數言，用塞照菴之請，且促其早付剞劂氏，無使蘭芬玉藻墜軼而不章焉。

馬夢蓮《題亡室邵氏遺照》詩：『想像餘徽渾似夢，剎那光景逐飛仙。人言緣分三年淺，那得三年日月全。』『黽勉常如歌牽初，青燈掩映夜窻虚。三更月落人聲静，刀尺侵寒伴讀書。』『憶來言笑尚依稀，不接音形焂幾時。遺掛蒼涼猶在壁，雙飛羽翼竟差池。』『夙志遊仙厭俗塵，華芝手攬鹿依人。瑶池翠水君歸去，獨對空房百卉新。』『至性閨幃孰與方，曾經刲股進高堂。十詩哭父聲悲咽，展卷秋猿叫夜霜。』『婦職循循謹一門，問安視膳切晨昏。女紅餘暇拈篇什，詠雪誰知有雋言。』『每覩遺容輒惘然，天生弱質慣剩煙。華年却憾隨流水，不寐鰥魚暗自憐。』『可是他生還得遇，即今一去已難招。彩雲漫向空中盡，賸有丹青久未銷。』

和夫子春園即事

地隔紅塵若箇知，板橋斜壓柳如絲〔一〕。偶思清味閑鋤筍，試〔二〕採新茶自汲池。羣鳥〔三〕喚晴風細細，名花争笑日遲遲。晚窻何事添幽致，衣袖籠香拜月時。

賦得自君之出矣

自君之出矣，堦下蒼苔緑。斂容出閨房，啟户還躑躅。

幺鳳

紅嘴翠衿如畫，穿花入竹增妍。得得收香則甚，捉來對影堪憐。

寄贈周氏女史

已覩簪花格不羣，更吟佳句挹清芬。一床圖史春風裏，想對爐煙細似雲。

詠鴛鴦

同宿同飛不異心，池塘浪暖共浮沉。別離應有人添恨，輸與雙雙水面禽。

羅敷曲

南陌採桑去，羅敷正少年。負心比金石，不受使君憐。

【校記】

〔一〕如絲：《國朝閨秀正始集》作『絲絲』。

〔二〕試：《國朝閨秀正始集》作『爲』。

〔三〕羣鳥：《國朝閨秀正始集》作『好鳥』。

楊端順 一首

浙江錢塘縣人。

壽姚母

閨中知大義，勁節古為徒。教子安姑舅，全軀報丈夫。勤勞綿世澤，艱苦振遺孤。大德天垂祐，邀榮信不誣。

董雪暉 八首

江蘇華亭縣人，幼失怙恃，撫於葉氏。後適姚廷鑾。工書畫。著有《飛霞閣詩草》。

女史曹錫珪《飛霞閣詩草序》：姊之母，予之姑兄弟也。姊行二，則中表女兄也。早適姚氏，婉順宜家，予幼而聞焉。歲在庚戌，予于歸南陽。越一載，隨任常山，道經郡城，始獲覯止，恨相見晚。憶兒時喜文翰，侍先黃門，聆緒論，略知聲韻，與吾妹相賡和，自謂閨中樂事，不意夫家又得吾姑妹也。而同堂仲姒，故太原貞女，來侍伯姑，亦能詩。花晨月夕，三人者接膝連吟，懽相得也。誰謂古今文字知交不在吾輩耶？則又若女中師友也。姊家于郡，距筍里一日可達，而中間申浦，乘潮汐，越風濤，每歸必浹旬月。別去惘惘，常恨帶水盈盈，惟詩筒往復，不厭報贈之頻數也。今編次所作付諸梓，屬仲姒及予弁其首，因質言其情好之實如是。

南樓寫懷

聿聿歲云暮，登高望渺然。玉梅纔馥馥，翠竹尚娟娟。老樹棲饑雀，空城裊冷煙。人情多齟齬，世路盡迍邅。活計惟蠶績，傳家但蠹編。眉消愁積日，影瘦病連年。慵性幾忘我，癡情漫學仙。清琴閑處韻，彤管靜中緣。惜福遺兒女，擁書樂聖賢。流光如逝水，更代任星躔。

馬貞孝女詩

馬氏香閨貞孝女，舊在張涇堰口住。吾嫜於姬為內姑，幽光潛德知之素。自昔雙鬟婉孌時，訓遵詩禮嫺閫儀。諸兄六人弱女一，父母掌上羅英奇。稍長行媒擇門户，跪向高堂淚如雨：『兒有微志乞親憐，兒有夙心今一吐。大兄海隅依外父，三兄淪落天南路。就食鄉城悲兩昆，五兄貿易他方去。同胞星散為饑驅，晚景桑榆垂日暮。依依弱息娱晨昏，揮淚思子常沾巾。一旦許作他家婦，形影孤危益斷魂。嫂氏遺留惟一子，生孩七月病不起。莞簟彌留親托孤，耿耿數言猶在耳。八十風光仗此孫，繩武教誰延血祀。人去盟寒魂亦號，此心負義不如死。』二老垂涕哀其衷，轉移女志須從容。真姬〔一〕立志不可奪，保赤奉親力惟竭。膝下藹藹釀春和，空閨冷冷照秋月。撫姪成人纔樂泮，辛勤廿載髮如蒜。繡佛長齋已半生，人天道隔精誠貫。大孝終身輟珮環〔二〕，承歡菽水怡親顔。北宫有女嬰兒子，至行同炳天壤間。那知心耗芳年促，芳華四十身就木。僊裾飛入月宫寒，老幼幽明同一哭。一生貞孝一生悲，苦志深情待告誰？南望秦峯翠欲滴，芳魂隱現雲迷離。

曉窻

窻下覺寒峭〔三〕，曉粧羅袖輕。遠鐘敲落月，清沼點踈星。猶睡花房蝶，將啼樹杪鶯。晨光淡天末，已映緑紗明。

病中送春

酥雨甜風春暮天，送君春去落誰邊。黄芽未鍊仙無分，紫餌時投病作緣。鶯語一聲驚曉夢，柳絲萬縷拂殘煙。阿誰能買韶光住，浪費空庭榆莢錢。

春日病中懷諸姊

病累年年不自持，愁懷併入鬢邊絲。踈梅銜冷香生骨，新柳含嬌緑暈眉。曉鏡羞開憐瘦影，春花懶折憶連枝。隔籬笑語誰家伴，水遠山遥我獨悲。

戊辰春暮重過王園有感

舊跡重遊路未迷，寒煙漠漠草萋萋。一灣流水花初落，幾處垂楊鳥亂啼。訪竹每憐幽徑曲，看雲不厭晚山低。當年舊侶今何在，倚遍琱闌日又西。

溪邊古梅

讀書梅花下，溪光照人冷。暗香何處尋，淡月空潭影。

秋夜懷二嫂暨表妹

蒼茫煙水各天涯，清露如珠濕桂花。妒煞苧城城上月，清光遠照到君家。

【校記】

〔一〕真姬：《國朝閨秀正始集》作『貞姬』。

〔二〕珮環：《國朝閨秀正始集》作『珥瑱』。
〔三〕悄：《國朝閨秀正始集》作『峭』。

金蘂 一首

字含芳。里次未詳。

輓曾如蘭

孱然閨秀禀剛腸，三載淒其淚未亡。斷臂閑曾傳往哲，殉身重見振頹綱。名因死後香猶烈，人在生前事已揚。今日魂歸何處所，雲山江水共蒼蒼。

方紫元 三首

小名五順，字自然，安徽歙縣人。適仝邑張某。

新燕出巢和漢江女子韻

來往翩翩日影稀，呢喃終自戀庭幃。止隨畫棟雕梁轉，未敢穿花趁蝶飛。機巧疑諳常遠物，羽毛將滿不忘歸。辛勤阿母啣泥倦，時集柴門舊板扉。

秋蛩次韻

大火西流夜氣清，滿堦幽咽語黄昏。為誰振羽迎風葉，底事臨機動客魂。野逕蕭條霜月白，虚堂寂寞露珠翻。此時最愛茅簷外，燈影追尋過遠村。

夢歸偶成

昨宵魂夢暫回鄉，今日幽思覺更長。翠鎖雲山如萬里，秋風梧葉斷人腸。

沈瑛五首

字彩琳，號冰方，江蘇華亭縣人。著有《鍼餘草》。

納涼

輕風淡蕩月娟娟，迢遞深林起暮煙。翠篠影摇驚鳥夢，緑波紋細穩鷗眠。已知爽氣侵羅袖，漸有微涼寂晚蟬。此際冰心更何似，玉壺清露净涓涓。

新篁

新篁一帶緑成陰，留得輈輈好鳥音。擬闢幽齋坐相對，與君永結歲寒心。

雨絲

釀成半雨半晴天，密織斜篩斷復連。最是空濛堪入畫，柳條山色盡含煙。

春日

花事闌珊草色芳，一春鶯燕為誰忙。晚來閑倚闌干立，已逗簾櫳新月光。

夏日偶成

庭槐密覆緑陰涼，茗椀爐香日正長。檻外碧池波渺渺，清風微送白蓮香。

謝湘冰二首

湖廣祁陽縣人。

梅花次韻

花在西溪月在東，香閨不與俗情同。静涵池水疎疎影，動拂寒香淡淡風。逐日徒勞刺繡力，一春韻事識天工。他生願付羅浮女，身在梅花錦帳叢。

開遍園林白間紅，初春天氣粲方曈。最難古柏神仙侶，復有奇篁氣味同。若使微之償酒債，也教居易滿詩筒。阿姨贈我梅花句，句句清新詠物工。

朱文英一首

浙江秀水縣人。詩見《采菱歌》。

采菱歌次韻

北來南去任波浮，娱老尊賓一樣秋。起早自嫌蓬緑鬢，撥開菱葉照梳頭。

顧氏五首

江蘇南匯縣人，太史顧成天姊。適同邑朱學博之棟。

寄承哉良哉兩弟

文藻雙輝已亢宗，義門還繼古人蹤。敷榮棣萼花争發，爛漫荊枝色並濃。畫閣聯珠銀管共，香閨詠絮錦篇重。竹苞松茂應傳頌，盡道雲間有二龍。

何幸叨居雁序中，堪憐奮翼未能同。蘭臺擬即邀恩露，鵬翮應還待好風。華國文章相討論，名山事業共磨礲。天倫雍睦由來重，遠慰親心孝行隆。

典石壻篋中有二弟見懷詩步韻誌感

夢到家鄉未是歸，難逢竹葉畫中飛。别懷宛轉吟高韻，離思縈廻念式微。衰鬢漸驚添白髮，敝裘每訝化緇衣。故園三徑荒蕪久，冷署何堪又歲饑。湯湯淮水向東歸，難寄愁懷欲奮飛。猶想江淹黯别緒，謾思元亮恨熹微。隙駒倏忽斜紅日，蒼狗須臾改白衣。願學神仙能辟穀，餐霞何患有荒饑。

蘭

幽芳本愛生空谷，不共春華鬬麗濃。最惜負薪人未識，鋤將香草雜蒿茸。

陳瓊茝六首

字芳余，浙江仁和縣人，真定司馬半江親家之幼女也。性穎慧，喜涉書史，工畫蘭。適徐溝縣知縣周寬之子襄，結褵五載而卒。

春閨

春晝杳如年，春閨静可憐。微風摇竹影，遲日裊茶煙。燕乳雕梁上，花飛錦幔前。無端感幽恨，罷繡不成眠。

秋暮送家姊還菱湖

把袂無多日，歸帆掛碧空。曉風催晝鷁，暝色下霜鴻。别緒盈樽酒，離情隔浦楓。白蘋洲宛在，笑語若為通。

螢

幽叢月不到，螢火逗新涼。着露沉豐草〔一〕，因風度短牆。數來光不定，撲處龄難藏。小立香堦畔，時時點芰裳。

春暮感懷

一春春事夢中過，眼底韶光賸幾何。嫩緑上堦屧印少，殘紅滿地鳥啣多。臨粧舊恨兼新恨，對酒長歌續短歌。碧盡故園芳草色，遥情無處託微波。

經魯吊西楚霸王墓

滿眼風塵黯落暉，停驂憑吊重歔欷。關中逐鹿心常在，垓下乘騅事已非。古墓松陰鼯晝嘯，平原麥秀雉朝飛。繐幃羽帳紛銷歇，薄暮樵人壟上歸。

夏夜

烈暑全收夜色清，夢回鴛寢不勝情。螢輝書案燈初滅，鼠齧琴囊紘乍鳴。紅汗漸融冰簟膩，緑鬟半軃玉釵横。慵來不耐揮湘筆，唤啟文窓看月明。

【校記】

〔一〕豐草：《國朝閨秀正始集》作『芳草』。

卷之四十六

馬福娥七首　句

號蘭齋，浙江秀水縣人，沈宏略之室也。著有《斷釵集》。

《檇李詩繫》：馬福娥，名家女，適禾人沈宏略。所居之室扁曰『蘭齋』，因以為號。詩名《斷釵集》，里人王庭、俞汝言序之。

喜雨

曉起日猶赤，雲低雨驟來。枯池重積水，老石更生苔。農務多時苦，天心此日回。綠窻無一事，蕉影亦悠哉。

春霽偶成

微日初開涼氣生，强扶病起怯徐行。階前嫩草籠煙睡，簾外新花帶雨迎。溪淡晴光浮碧綴，風摇葉色半窻横。爐香茗汁時時换，頻聽黄鸝樹底聲。

人日卧病

晴光轉處盡知春，多病依然此一身。塵世久知家是客，年華又見日為人。愁看曲裏梅花落，驚對庭前彩勝新。沉水香殘茶汁冷，薄寒無那透重茵。

春懷

日煖閑庭草色明，傷春綺閣伴茶鐺。吹簫自作秦樓想，詠絮羞傳謝女名。睡裏花香遲婕夢，静中窗紙聽蜂聲。曰歸惆悵跂予望，却羡翩翩燕羽輕。

雪珠

乍聽投簷響，俄驚遶砌團。明珠如有意，留作掌中看。

惜春

何處堪惆悵，紅殘雨後春。一雙衣袖濕，知是折花人。

漫興

風吹滿樹葉蕭蕭，睡起珠簾影動摇。却怪深閨天易晚，藥爐煙重濕芭蕉。

句

分手莫言無限恨，金環留贈後人看。

《嘉興縣志》：馬福娥，字蘭齋，沈宗良妻，平湖司農紹曾之妹。生而敏慧，能詩。性至孝，父封君嘉標卒，哭之至墮孕，遂得疾。而歿一日前自知不永，與宗良訣，以指上金環貽之，且吟一詩，有句云云。生平所著詩甚多，别有刻。

楊氏 六首

江蘇江都縣人，昭武將軍捷孫女。適華亭静巖王公。著有《父書樓稿》。

蠟梅

黄梅初放蕊，晴日映簾櫳。正色何須白，幽香不在紅。種從真蠟至，瓣與蜜脾同。却笑黄山谷，題名意未工。

燈花

篝燈明几上，點點映窻紗。有穗能生焰，無根亦放花。雖然香寂寞，也覺色芳華。喜事明朝至，先來報閨家。

讀蘇武傳

當時蘇武得生還，嚙雪忠貞信史傳。歸作中朝典屬國，夢驚胡地舊烽煙。憐無妻子娱垂老，只有旌旄記昔年。自古功高原不賞，封侯端合讓張騫。

秋日登金山

扶笻浮玉興悠然，一片秋光到眼前。宛轉曲欄圍水面，嵯峨高塔鎮山巔。銀濤瀉海看今日，鐵鎖沉江憶昔年。六代茫茫何處是，風流且自話坡仙。

夜坐

深夜蟾光白，階前露氣清。一天明似水，林外動秋聲。鴻雁南來急，遥空散月光。新寒多入夜，漠漠桂含香。

佛手

朱欒形似葉尖長，金色分來散寶光。千手雷同誰是佛，指頭拈得有真香。

蘇小鸞 一首

字里未詳。詩見古愚朱觀《詩選》。

閨怨 限谿西雞齊啼 一至十百千萬兩雙半丈尺字

關河四塞阻山谿，萬丈絲難繫日西。十二時光雙淚眼，百千愁緒五更雞。八行一紙兩空寄，七尺孤衾半不齊。九月才過三月暮，六橋煙鎖杜鵑啼。

陸鳳池 八首

號秀林山人，江蘇上海縣人，副使陸振芬女，太史一士之繼室也。著有《梯仙閣餘課》。

《青浦縣志》：陸鳳池，字元宵，自號秀林山人，惠潮兵備道陸振芬之女。少授《詩經》、四子書；及長，熟《離騷》。歸曹一士，嘗私語曰：『余愛《楚辭》悲，此生亦當不得意也。』詩詞皆有風致。尤工於刺繡。年三十二病亟，語一士曰：『箱中存博古圖衫，一針一線，皆我心血，他日以示兩女。殘稿數十幅，在西房几上，善藏之，如見我也。』既卒，一士料檢詩作，都為一卷，名《梯仙閣餘課》。

焦袁熹《梯仙閣餘課序》：《梯仙閣餘課》者，上海諤廷曹子繼室陸夫人之所作也。夫人名家女，夙禀慧性。生二十七而適曹，又六期而卒。其夫子悼之甚，乃掇拾其餘遺墨蹟於篋底若壁間，手録之，得詩如干首、詞如干首，攜以視余曰：『吾妻之命，可謂至薄，今且化為異物，不留聲影於人世矣。所僅存者，此耳。將付諸梓，惟先生賜之片言，俾觀者憐憫而嘆惜焉。不亦可乎？』余應之曰：『此非夫人志也。抑吾子之情所不能已者，其又安可得已乎？古婦人之作，如《柏舟》、《緑衣》諸篇，遭遇至為不幸，而能引古義以自喻，不失温柔敦厚之旨，故其詞意愴惻，千載之下讀之，猶有餘痛。今夫人但早夭爾，初無此等事也。女功之暇，偶弄筆硯，不必多，亦不必工，宜其然矣。然而性情德行之淑慎温懿，辭氣之間，亦自有不容掩者。夫人之賢如是，雖夭，壽也。若其不爾，雖壽，夭也。是刻也，夫人其不死乎！』曹子於是破涕而笑也。〔一〕

【輯補】

曹一士《四焉齋文集》（乾隆刻本）卷八《先繼室陸氏事略》：先繼室姓陸氏，名鳳池，以正月十五日生，大父蘭陔先生呼之曰『元宵』，因以爲字。蘭陔先生中順治己丑進士，以從征功補惠潮兵備道，歸搆園於秀林山之陽；氏年十三，隨父往遷，故又字『秀林山人』云。舅家以訟事中落，逋官租數千，兩子日奔夜營，辦猶不給。氏夏月不能具帷，取裂布四圍張之，冬藉稻草以寢，日夜率羣婢刺繡，給父母薪水費，十餘年無倦。初，外母顧宜人教諸婢子繡，氏過眼立省。比長，自出新製，精巧異常工，於是秀林陸氏之繡名郡中，歲得數十金以上。氏夜坐，常至雞鳴，兩手龜坼，目近視，背微□，皆繡故也。年二十七歸余，時歲丙戌，余父方謁選入都下，氏奉姑惟謹。姑意稍不懌，退慄慄然不寧，終夜反側思之，俟姑色喜，乃亦喜。戊子余母隨父之莆陽，留余視門户，氏慎守中饋事井井，曰：『君一意讀書，家事無以累君。』越二載庚寅，父罷任歸。余家故貧，父以宦游益貧。氏恬然安之，曰：『我故儒家女，君教書，我作繡，布衣糲食，豈不可？』始氏歸余後旋率婢設機張繡，余憂其體羸，戲引剪刀斷其幅，乃止。至是稍稍聽之，則酷暑嚴寒不少輟，如在家時，而體遂病矣。冬十月患有若隱疹，不以介意，已而偏體皆是。辛卯正月三日歸寧於山中，十八日旋里，患彌甚。醫無識者。一老嫗曰：『此名蛇纏，早治之，三日可愈，今少淹耳。』如其言良已。未幾變膚腫疾，更十數醫，言人人殊，無效者。氏益厭苦之，歎曰：『可惜此一雙手與滿腹字耳。死生，命也。若輩無苦我。』乃却藥勿進，指畫身後事，纖悉畢具。既而聞青浦醫某專門治此疾，延視，曰：『晚矣。』服其丸，數日竟嘔血卒，六月十一日也。倉卒無以斂，衣裳皆取之質庫。悲哉悲哉！以氏之賢且勞，而得此疾，婉轉牀第，備極痛苦，而後迄於死也。果何罪於天乎？氏適余之六日，頻顣言曰：『夜夢神語余：汝與曹某，夫婦止六年。』嗣後意忽忽不樂，每嗚咽述少時事，即曰：『果早世，君爲我作墓誌。』嗚呼！冥冥中果有主者，則氏之死，尤不可解已。余始娶於張，賢而早殞，甫一載餘也。今繼娶，又賢而早殞。貧賤，士之常分，余獨求爲貧賤夫婦，相守以終其身，不可得，則余之窮，尤可悲也已。氏幼讀書，曉大義，作詩詞，清婉可誦，既而曰：『非女子事。』輟不爲。歸余後，間爲之，題曰《梯仙閣餘課》，閣即秀林山中刺繡處也。

陸鳳池《梯仙閣餘課》（乾隆間《四焉齋詩集》附刻本）載曹一士序：余婦少時從族叔祖受四子書、《毛詩》，皆讀集注。迨長，熟《離騷》，歸余十日，從案上取誦之，朗朗不誤一字。侍婢私語曰：『主所誦，何與在家時無異！』余因贈句云：『幽意閑情不自知，碧窗吟遍楚人詞。添香侍女聽來慣，笑説書聲似舊時。』嗣復時時讀之，則自笑曰：『予愛屈子辭，此生亦當不得意。』性卞急而爽，偶有拂意，輒恚甚，已而釋然。外舅家閨室皆攻詩，婦幼于夢中得句，因學為之，下筆輒有風致。會得吐疾，日閉閣諷唐人句及宋人詩餘不休。顧孺人教之曰：『兒不聞乎「磨穿鐵硯非吾事，繡折金鍼是我功」也？』遂一意於繡，閱寒暑無間。婦之讀《離騷》也，兄錫山實教之。錫山於詩最工，至是賦其事曰：『何時償盡金針債，不與他人作嫁衣。』蓋憫之矣。顧其詩終未嘗令錫山見之。歸余後間有作，嬾自收拾。暇時喜閱李九我《綱鑑》，復不能終卷。自謂每事未了，意輒闌珊，當非久於世者。病亟，日念母氏，思一見，道遠不可得。從容語余：『箱中存裘一，博古圖衫一，針鍼皆我心血，最生平所自愛，他日以示兩女。殘紙數十幅在西房几上，善藏之，如見我也。』余吞聲不能答。亡後之半月，不得已將往句曲，因料檢君前後所作，都為一冊，攜以自隨。嗚呼！戀庭幃，託景物，離憂傷懷，騷人之致，君天性近之矣。作雖不多，且不事雕刻，然固足以存也。辛卯六月二十五日泖浦生一士書。

同集書尾其姪曹錫黼跋：黼自幼時聞吾母言，陸恭人賢而才。比之外庭，又聞先黄門悲恭人之賢而夭，手掇其遺詩詞，録而藏之，以志不忘。顧嘗從《國朝詩品》中見一二斷句，餘俱未之見也。今年夏，編訂黄門遺集，從陳篋中得而讀之，韻高而旨遠，《雞鳴》之勸戒，《葛覃》之孝思，《采蘋》、《采蘩》之克勤内職，盎然流溢于楮墨間。讀其所作，而恭人之賢可知已。宜吾黄門之不能忘也。恭人雅不欲以才見，黄門所録，僅得之壁間案頭，什無二三。四十年來，風雨朽蠹，又多殘缺。黼恐其愈久而愈失也，因與莪衣兄、企南弟、芝涇姊壻重加較輯，共得詩五十五首，詩餘十一首，附刊黄門《四焉齋集》後。乾隆戊辰仲秋從子曹錫黼識。

詠大姒簪素菊

寒凝嶺上霜，皚若山中雪。淡淡舒幽芳，亭亭抱高節。比梅梅未清，比蘭蘭未潔。歲寒堪結伴，永與春風別〔二〕。

春日梯仙閣閑眺

風團花氣沿溪煖，暗雨明霞紅不斷。燕掠汀洲人語稀，畫橋煙薄蘆芽短。日景曈曨殿閣攢，簫聲縹緲水雲寬。遊船散去烏飛絶，向晚山光撲鬢寒。

夜坐待歸

隱隱花間漏，沉沉隔院聞。梅梢新挂月，松幹半封雲。呵凍毫頻染，拈香手自焚。歸來茶正熟，好為解微醺。

寄外

忽見燈花落，更闌人乍眠。小窻風雨急，吹夢到君邊。

偶成

畫樓晴日捲蝦鬚，風細常凝香滿爐。一卷《離騷》再三讀，等閑放却〔三〕繡工夫。

丙戌冬日寄外

浦面輕帆泛木蘭〔四〕，寒風殘雪惜〔五〕衣單。客裘自着江邊雨，莫作臨行淚點看。

白荷花和四弟韻

碧水池邊雅淡妝，一般菡萏色如霜〔六〕。錦江無數紅蕖艷，羞對亭亭玉色芳〔七〕。

秋夜

遥望青山〔八〕接九峯，誰將心事寄秋蛩〔九〕。無端幽思難成夢，忽聽〔一〇〕疎林遠寺鐘。

【校記】

〔一〕此序陸鳳池《梯仙閣餘課》（乾隆十三年刻本，下同）末署『康熙壬辰四月南浦焦袁熹敬題』。

〔二〕此後《梯仙閣餘課》有小字云：『姒蚤歲守節。』

〔三〕放却：《梯仙閣餘課》作『妨却』。

〔四〕此句《梯仙閣餘課》作『煙水迢迢泛木蘭』。

〔五〕惜：《梯仙閣餘課》作『怯』。

〔六〕此句《梯仙閣餘課》作『一般六月却凝霜』。

〔七〕玉色芳：《梯仙閣餘課》作『比玉芳』。

〔八〕青山：《梯仙閣餘課》作『青雲』。

〔九〕秋蛩：《梯仙閣餘課》作『寒蛬』。

〔一〇〕忽聽：《梯仙閣餘課》作『又聽』。

江文焕 六首

安徽休寧縣人。適無為州黄耕乎。

《清詩備采》：補菴先生以詩招讌，庾死京邸，文焕隨夫耕乎發遣灤州，為旗下蘇翁、蘇母所眷顧，格外相待。耕乎善畫，兼以醫名。文焕開設女館，工詩畫，復精小楷，衣食頗饒，創成家業。路遥，著作不獲多覯，僅録向所見者若干首。

暮春禁中有感

蜀葵花發困人天，未識春蠶第幾眠。深禁閉門忘節令，離家對月已三圓。

隔牆竹影滿階橫，深綠重重巧囀鶯。野外無由看種穀，空聞小鳥插禾聲。

柳絮風輕尚嫩寒，偷生何故强加餐。自慚安命圜扉裏，但覺雙銀約指寬。

禁中不寐

響柝鳴鑼鬧夜長，同眠嬌女夢顛狂。虎頭門内歌聲切，慘入愁人淚兩行。

憶故園窗外柳

幾番風雨正三眠，踈影離離自可憐。最是傷心窗外柳，還舒青眼度流年。

臨池傍水曉煙輕，檻外柔條影更清。遥憶渭城新雨後，陽關曲度兩三聲。

趙淑 七首

字艷貞，浙江錢塘縣人，趙菊坡之妹也。詩見《鸞嘯集》。

韓矩《趙艷貞詩序》略：近有閨秀詩之選，偶於武陵得一稿，乃吾友趙菊坡之妹名淑字艷貞詩。新警秀潤，探賾索隱，思穎機靈，雖錢、劉、高、岑之不踰矣，何有於易安清照乎？越近今而接國初，遥與沈宛君、龐夫人輩同抗行。讀之，竟爽然自失。又慮豐於才者嗇於貌，亦扶輿之缺陷也。偶往訪菊坡不見，見艷貞喚小童買花，籬門半掩，朱霞四射，嫩柳新篁之間，映帶玉人如畫，丰姿綽約，神色飛動，應轢夷光而二之，嫱、甄知望而短氣。夫以十餘歲之弱女子，其詩之精詣如彼，而貌之妍也又如此。余因序其詩，並序其容，以見德容工貌四者之備具，誠窈窕之好逑也。周南之《關雎》，必有首為之詠者。

午睡

午夢鶯驚斷〔一〕，粘衣絮一牀。泉流蛙徑活，花落鳥巢香。山影摇春色，茶聲沸夕陽。緑陰絲柳外，新月已沉光。

春日遣興

曉夢初回嫩日含，年來心性未除憨。愛書小字抽金管，為按新歌斷玉簪。亂噪松枝占鵲喜，細馱花蕊笑蜂貪。空閨静掩梨雲瘦，桑緑鄰家已育蠶。

遊上清觀

煙靄江天夕照醺〔二〕，洞門深處少塵氛。空青瀉出巖間乳，積翠飛來掌上雲。花徑泥融新燕嘴〔三〕，苔根蘚蝕舊碑文。道人擁褐燒丹竈，自掃階前柏子焚。

題山水便面

青山淡似眉，緑水濃于酒。落日荷鋤人，獨步溪橋口。

行飯

飯後遶廊行，風蘇襟亦快。看山入苦吟，蛛網牽衣帶。

鶴

緑陰深院小庭中，獨立苔階啄碎紅。忽馭風尋玄圃去，一聲長唳海天空。

花下小飲

夕陽深院酌流霞，碧樹雲晴噪晚鴉。一曲清歌鶯暗囀，微風吹落紫藤花。

【校記】

〔一〕鶯鶯斷：《國朝閨秀正始集》作「鶯啼破」。

〔二〕醺：《國朝閨秀正始集》作「曛」。

〔三〕燕嘴：《國朝閨秀正始集》作「燕子」。

曹錫珪九首

字采蘩，初名椿齡，江蘇上海縣人，工科給事中曹濟寰之長女也。適知常山縣葉承。著有《拂珠樓偶鈔》。

《古檀詩話》：閨閣詩亦有淵源。我松曹黃門一士、張行人梁，均善詩。曹公女采蘩錫珪《秋夜》云：『破夢砧聲敲落月，喚愁蛩語咽殘更。』張公女職思佛繡《落葉》云：『詩思飄零三徑月，客情撩亂半窗風。』洵乃克承家學也。

閨秀雪暉董氏《拂珠樓偶鈔序》略：三泖如鏡，九峯緲綠，崑陰谷水之區，多修竹怪石。芳塘曲澗，幽鳥奇花，構數椽，聚古今女史名媛詩刻及香閣錦箋畫片，環植嘉卉，護以疎籬。思得一閨中良友，晨夕共之，則拂珠樓主人。是主人，天才濬發，洗六朝之迷，抉三唐之奧，思入風雲，言皆珠玉，有目共賞，茲不具論。論〔一〕其主饋南陽，奉先卹族，一賢人也；隨宦常山，決機贊務，一才人也；賜玦遄歸，囊垂橐空，而恢張舊業，一智人也；讀書偶暇，描鸞刺鳳，窮極工巧，一慧人也；隨吾弟歷江浙，山阿水湄，代多名勝，而吊古拈毫，徘徊弗去，則又一韻人也。香閨淑質，得其片紙隻字，嘖嘖嘆為詩人。噫！詩人特其一耳。雪暉愚且拙，時叨〔二〕主人瓊瑶之贈，如集中代書三十韻見寄是也。兩人莫逆，申浦間之，隔一二歲，主人時以扁舟見招，歸石筍里，相與坐玉壺室，步心如堂，啜佳茗，評名花，拈小詞，論卷帙中逸事，獲益於主人良多已，如置身峯泖間。而峯泖間選勝移居之志，究未得遂云。今以是集置之案頭，焚香展閱，我師乎！我師乎！〔三〕

【輯補】

曹錫珪《拂珠樓偶鈔》（乾隆間曹一士《四焉齋詩集》附刻本）載葉承點序：吾嫂固女中人傑也，獨能詩哉？丈夫不能創立艱難，徒席先人遺業，斤斤保守弗墜，未獲稍益分毫，便稱克家令子；否則困苦饑寒，及身不免，寧論再世，雖曰天命，抑亦人事未盡善也。吾因是益歎吾兄之得賢助也。吾兄雖成進士，中歷宦海風波，家徒壁立，乃赤手經營，一切喪葬婚娶，咸得以次就緒，至今恢復先疇，聊可承先啟後者，固吾兄筆耕之力乎？而回憶流離顛沛時，抑亦吾嫂克勤克儉黽勉有無以相之也。世徒以其餘事，謂得黃門師家教，亦末矣。且即以詩論，情深而義摯，一掃閨閣綺習，又非女中人傑也哉？乾隆戊辰月沂川葉承點拜手題。

同集卷尾王芸跋：譙國，故才藪也。七步八斗，著於漢；三愁四怨，稱於唐；競病詩、秋波集，傳於南朝、北宋。盛矣，美矣！惟是求之巾幗中，秖大家壻妹豐生號有才，外不數數見。若拂珠樓主人，其駕累代，而上踵西京者與？主人，夫子姊也，而實爲家君同年松亭先生淑配。芸幼時侍先夫人，歸寧石笥村，與拂珠樓密邇，夙耳主人名。自隨宦於燕雲嶺海間，卒卒未得一覯。癸亥歲，家君爲芸相攸譙國，始得親領懿訓。其後夫子出　冊示曰：『此姊所著《拂珠樓詩》。』吟諷再四，但覺唾盡成珠，章皆爲錦，於是裹以緗囊，藏之枕中。近夫子較鍥先集，屬繕寫成帙，公之絜庭。芸其敢秘諸？獨念主人之才斐美若是，而芸也魯人也，豈能窺其堂奥乎？兒子洪頤寄撫主人，冀其異日讀是編而有悟，庶幾漳水洋洲之家聲不墜，亦重有賴焉。己巳人日苧西女史王芸謹識。

懷二妹

幽蘭發華渚，春草没池塘。感遇傷離別，憂思迫中腸。念爾久相憶，愁我滯他鄉。分飛忽易歲，人事苦難量。風波山水隔，貧困道路長。何時共明月，終夜獨徬徨。迴看梁上燕，和鳴共頡頏。

代書三十韻寄二姑

憶昨逢君日，龍潭春色遲。芝蘭沾臭味，文采接丰儀。玉樹叨三葉，鴛行沐兩姨。江皋欣邂逅，驛路載驅馳。折柳縈離思，拈花訂後期。山川違白苧，雲樹隔江蘺。明月孤征棹，斜陽獨立碑。六橋懷白傅，七里吊嚴祠。岸草葳蕤秀，林花爛漫奇。鄉音殊閩粵，風俗自衝疲。官舍清風嶺，人家渌水湄。山禽依户牖，野鼠走階墀。饋饍炊紅粟，和羹採〔四〕緑葵。思鄉愁鬱結，感別淚漣洏。節序更相促，星霜漸轉移。素琴聽雅治，冰鑑看衡持。玉性經燒潔，人情履道危。蘭芳遭霰歇，花秀遇風萎。水暗波翻復〔五〕，山藏路險巇。風塵多蹭蹬，消息幾參差。心緒憑誰訴，衷懷衹自知。淒涼千里客，寂寞四愁詩。坎壈歸心切，貧窮旅跡羈。頓看時改易，幾見月盈虧。顧我慚無報，蒙君屢惠詩〔六〕。情牽雲曖曖，夢繞雨絲絲。穉子嬌癡長，慈姑動履怡。加餐祈自愛，珍重莫予悲。孤館三更後，荒城二月時。封書無限意，因使寄相思。

西園即事應姑命

步屧繞芳叢，南陔霽色融。命題香徑裏，問字玉壺中室名。嫩草連波緑，新花映日紅。不堪呈拙句，幸沐謝家風。

秋望

一天雲雨〔七〕望中收，山翠陰沉遠黛愁。江岸荻寒鴻過浦，畫簷泥落燕辭樓。清砧擣破千林月，蟋蟀吟殘萬户秋。獨坐幽窻詩思静，桂庭香繞暮煙浮。

詠愁

曲闌干外小樓頭，芳艸青青逝水流。明月黄昏人乍別，落花簾幙雨初收。張衡詩就金刀暗，潘岳吟成玉鏡秋。最是好風吹不到，五侯亭館野人舟。

寄外

別思縈千縷，驚魂怯二年。歸期常恐錯，不敢卜金錢。
念極偏多慮，書來嬾遽開。平安數行字，一字一徘徊。

病起懷茀芸趙表妹

花外流鶯囀柳枝，一春消瘦懶吟詩。病餘不忍登樓望，芳草萋萋異別時。

寒食

禁煙時節正東風，蝶舞鶯嘂戀落紅。一寸廻腸十年事，都來夜半雨聲中。

【校記】

〔一〕論：曹錫珪《拂珠樓偶鈔》（乾隆間曹一士《四焉齋詩集》附刻本，下同）作『特』。
〔二〕叨：原作『叩』，據《拂珠樓偶鈔》改。
〔三〕此後《拂珠樓偶鈔》有『蓋晨夕晤對焉。飛霞閣主人雪暉書』一行。
〔四〕採：《拂珠樓偶鈔》作『烹』。
〔五〕復：《拂珠樓偶鈔》作『覆』。

〔六〕詩：《拂珠樓偶鈔》作『詞』。

〔七〕雲雨：《拂珠樓偶鈔》作『煙雨』。

曹錫淑十三首

初名延齡，字采荇，江蘇上海縣人，給諫曹一士之次女。適同邑孝廉陸秉笏。著有《晚晴樓詩稿》。

陸秉笏《曹宜人行略》：繼婦姓曹氏，名錫淑，字采荇，工科給事中濟寰公諱一士次女。三歲失恃，祖母趙太宜人撫育之。八歲入家塾，讀四子書、《毛詩》、《孝經》、《列女傳》，輒通曉大義，給諫公奇之，示以漢魏唐宋詩學源流，即能心解，下筆如夙搆。婦之作詩，自此始。年十四，伯母朱孺人教以女紅，習家政，厥後綜理一切，措置咸宜。著作甚夥，侍講顧小厓先生見其詩，詫為異才。給諫公《寄示次女七首》中有『誰言生女不如兒』之句，又有『休向謝庭貪詠絮，滯人福命是才名』二語。初，婦之佐余也，正值饑荒，我父入都纔三月，遽罹先母張孺人之變，百務倥傯，為余經紀喪事，幸無曠禮。迨後我父息遊旋里，婦侍奉維謹，余子職有缺，賴婦以匡。己未歲榜後，婦商於余曰：『君自弱冠遊庠，躓南闈者十餘載，今勉赴京兆試，何如？』辛酉仲春，同婦從弟鴻書上長安，婦為余治裝，洴澼縫紉，即寸絲尺布，必開粘篋中，以備檢點。京闈揭曉，我郡獲雋者三人，余與鴻書同出房考編修劉介亭夫子門。婦喜賦長句，緘寄至京，中表前輩董比部五峯先生向余亟贊之。壬戌春，將應禮部試，作截句寄勗云：『遊子天涯侍奉難，書來幾度勸加餐。成名無忝趨庭訓，勝似親承甘旨歡。』又云：『努力功名少壯時，東風早寄上林枝。丸熊應憶當年事，卜得佳城慰所思。』見者謂其愛親之念，流溢楮墨。榜發，余遭點額，隨季父己酉孝廉宏山公策蹇而下。一日，前外舅遣伻札余曰：『昨夢我亡女攜一嬰兒作出門狀，訊以何往，云送兒至壻家。』是年，果舉兒子錫熊。己未冬，前外舅捐館舍，尚平事未畢，婦為擘畫，務期得大體，前外母吴孺人每嘉納之。熊兒晨入館，稽察甚嚴，常密令乳媪從門外偵其心之專否。晚則責閱《通鑑》，親授以古今各體詩。間搦管，得一聰慧語，喜形於色；否則痛切訓誡，甚則箠楚，不以幼穉無知存姑息念。長女惠涵方六歲，亦送之就傅，燈前月下，教以誦詩，彌留時猶喃喃不絕口，以讀書成名為囑。婦愛才甚，有表妹趙苐芸，酬唱無虛日，年十九卒，詩以哭之。山陰女史朱舜絃，僑居邑之北城，婦耳熟其名，投贈往來者屢焉。比舜絃甫嫁而卒，具冥資、繕輓章以奠。自後語及兩閨秀，有不能釋其悲憶者。同母姊采蘩，幼撫於從叔中翰公淞濱先生家，適葉進士名承，亦工詩。從叔母劉孺人常招婦至五畝園，分題鬮韻，流連匝月。自姊氏同外宦遊，婦多寄懷之作，今載入《晚晴樓詩稿》中。

閨秀蔣季錫《晚晴樓詩稿序》：《晚晴樓稿》，曹太史女所著詩也。太史為兒子興吾同年友，以翰墨為勛績者數十年，六籍百家，獨闡精奧，世稱名儒。宜乎親承庭訓〔一〕者若左嬌、徐惠，蔚然為閨中之秀也。顧所作不輕示人，謬以余為知詩，郵寄都門，欲一言弁其端。余聞王化始於閨門，故孔子刪詩，先列二南。《關雎》為宮人所詠；至《葛覃》、《卷耳》，則后妃親製焉。乃後世每以才思非閨閣之事，其亦未聞聖人之教歟？抑東萊氏所謂『不以理視經，而以經視經』者歟？余讀茲集，見其味腴，搴芳璚，敷玉藻，則妙造自然也；絺句繪章，爛然有次第，則與古為新也；高乎如日星，遠乎如神仙，則遇之自天，泠然善也。至其或念父母，或懷姊娣，孝悌之性，溢於行間，羽翰乎教化之聲，獻酬乎仁義之醇，所以感發其中正和平者，又呂氏所謂『胸有全經』者歟？余幼承家訓，縫績之暇，時流覽墳籍。見古來女史所載，不乏取青媲白之流，而獨有取於扶風大家。以彼其才足以淩轢今古，而漢氏秉筆之臣，於文藝之外，更以法度稱之，人倫之至，感動人主。迄今讀其詞，嚴正之氣，令人肅然起敬。茲集其有遺風歟？風之正也，太史其採於家，俾天下驛其聲而吟之可矣。若夫詠絮頌柳〔二〕，恐無關於宗經之意；即推名媛，不敢與諸曹齒。〔三〕

唐堂黃之雋《題晚晴樓稿》詩：『吾友吟壇舊往來，久聞嬌女在瑶臺。魏家父子多風雅，却少閨中繡虎才。』『半涇佳話昔流傳，曾攬名閨桂杏篇。今日重看題目在，回思老鳳一潛然。』『寄興花光與月華，性情流露德柔嘉。牋毫不數班彪女，才媛豐生是一家。』『給事當年遲鳳雛，早教璚閣產雙珠。父書能讀先諸弟，粉黛塤篪世所無。』『梯仙慈課渺音容，玉潤仍歸陸士龍。幼婦色絲誇不盡，兩家文燄射重重。』『掃眉才藻擅春江，佳儷遥知玉一雙。著得國風詩首卷，墨花次出緑紗窻。』『細林傳示此琳璆，四百餘篇一一搜。却傲玉臺新詠敘，昔賢未睹晚晴樓。』『平昔塗雅每敘詩，耄年無復騁妍辭。薔薇浣露題新句，無愧真同有道碑。』

【輯補】

曹錫淑《晚晴樓詩稿》（國家圖書館藏乾隆抄本）載其夫陸秉笏跋：亡内幼頗聰慧，性好讀書，尤熟習《昭明文選》及徐孝穆文集。女紅之暇，專事吟詠，積稿甚夥。後有自定繕本，刪存四百餘首。宫允黄唐堂先生序其端，而宗伯沈歸愚先生亦稱歎之。抄録凡數帙，俱為遠近友人攜去。邇者都門索寄，幾無以應，爰就篋笥中遺賸者隨手裒集，僅得古今體詩二百四十餘首，此外散軼者尚多，行將搜羅補入。至駢體襍著，亦有殘稿，俟薈萃成卷，並質當世也。歲在庚寅閏五月五日葵霑陸秉笏書於茸城館舍。

同集卷尾曹錫端跋：《晚晴樓詩稿》者，余姊采荇氏之遺帙也。姊夙慧，鹹嵛外好讀書，工於詩。前母張宜人以難產卒，繼母陸宜人生女二，次即姊氏。初免懷抱，陸宜人即世，迄今母劉宜人遲之舉。余先大人既艱胤嗣，課女猶兒，親自指授，絶鍾愛之。今母劉宜人亦視如己出。八歲受經，博涉群書。習詩，通漢魏唐宋源流。與長姊采蘩氏、表姊趙茀芸、山陰女史朱□絃輩，晦明相倡和。其隨先大夫秉鐸雉臯也，地故多閨秀，率有唫箋往來，顧小崖、黄唐堂、董五峰諸先生亟賞異才。繼母陸宜人向有《梯仙閣詩詞》行世，咸謂得之胎教云。余甫襁褓，先大夫從仕於外，踰十齡失怙，不省庭訓，賴姊氏提撕。自五歲就外傅，退舍授讀歷朝詩，示以宗派。遵先大夫所誨，作夜分餘課。比效諸體，輒從釐正。數年來，友愛如一日。無禄，齡終卅五，遽以疾終。姊歸舊戚平原氏，不辭挽鹿。辛酉姊丈以北闈獲雋，方幸旋膺翟茀，天竟忌其才而奪之筭。嗚呼哀哉！先大夫未成童遊庠，名聲滿海内，垂艾魁京兆，又五載成進士，直承明，出入諫垣，中道而殞。世都云造物忌才，故至此。嗟乎！才誠爲造物忌，遂乃及於女子耶！姊氏富著述，雅不喜聞於人。顧豹文弗爲深山匿，久經採入《國朝詩選》，近復見徵於浙西才女吹蘭錢氏。歿後姊丈收拾散軼，彙爲一編，將以留示諸甥。嗚呼！優於才者絀於命，自古而然；然優於命而絀於才，其傳幾何？惟立言者可以不朽，造物縱忌才而奪之筭，豈能忌才而滅其名？則姊年雖短，亦得藉是以不泯也夫。會剞劂工竣，聊志數言於後。至集中品格所際，簡端蓋詳，不更贅。旹乾隆九年歲在閼逢困敦孟陬月下澣弟錫端菘畦氏拜跋。

同集陸秉笏所撰《行略》與《擷芳集》所録者頗異，兹録於下：繼婦姓曹氏，名錫淑，字采荇，殁於乾隆癸亥八月二十卯時，距所生康熙己丑十月廿七丑時，得年三十五歲。雍正庚戌庶常歷任工科給事中濟寰公諱一士次女，繼配陸宜人出。宜人為余族祖順治己丑進士惠潮道蘭陔公孫女，伯徵君錫山公康熙癸巳舉人淳川公胞妹。工吟詠，著《梯仙閣餘課》，焦南浦、儲六雅兩先生序於卷首，年三十有二，以體羸抱病卒。婦曾王父贈侍御公，大父戊午舉人莆田公，與我平原自昔爲中表親。重以給諫公少時又與我父交誼最深，雍正癸卯同受知侯官鄭都憲，得選拔貢。余髫齔學爲文，執弟子禮，從給諫公遊。兩家世好，歷有年所。余初娶於張，兵部職方司主事平圃公諱宸嫡姪孫女，邑諸生瞻廬公諱大中長女。三黨共稱其賢。歲壬子，會余赴秋試，患痢夭亡。越明年冬，締姻於給諫公，婦歸焉。婦三歲失恃，祖母趙太宜人撫育之。八歲入家塾，讀四子書、《毛詩》、《孝經》、《列女傳》，輒通曉大義。給諫公奇之，示以漢魏唐宋詩學源流，即能心解，下筆如夙搆。婦之作詩，自此始。年十四，賜金旌節恩撫伯母朱孺人教以女紅，習家政。厥後綜理一切，措置咸宜，得之提命爲多。婦稟承庭訓，縫績之暇，著作甚夥。侍講顧小厓先生見其詩，詫爲異才。給諫公《寄示次女七首》中有『誰言生女不如兒』之句，又有『休向謝庭貪詠絮，滯人福命是才名』二語。愛之乎深於慮之也。今天子龍飛踐祚，給諫公以摺奏稱旨，擢諫垣，甫及期，患嗝噎症。今外母劉宜人屢命郵信至京，勸之假歸暫餋，圖報聖恩。未幾訃音至。婦呼天搶地，血淚幾枯，饘粥不進者累日。至是又爲失怙之人矣。初婦之佐余也，正值饑荒疲敝後，摒擋萬狀，藾苦難支；兼以我父入都纔三月，遽罹先母張孺人之變，百務倥傯，手足莫措。爲余經紀喪事，幸無曠禮。迨後我父爲今廣西方伯莪邨唐公延訓喆嗣，繼爲今冢宰鐵崖史公偕之赴楚。今川陝制府邵亭慶公，浙閩制府義文那公，先後招入兩江督署中。余以舌耕在外，家居日少，婦減衣縮食，淡泊自甘，親串賓朋之至者，治酒食，咄嗟立辦。我父劇憐之。先王母徐太孺人未營窀穸，我父夢寐不寧，婦仰體翁意，促余延堪輿家審新阡二十四向。戊午春諏吉告窆，拘日者説與長兒沖礙，婦曰：『豈可因細故而誤大事耶？先靈安，子孫自無不安。何用疑爲？』先王父故妾童氏，停厝别室有年，婦曰：『入土以棲魄也。子速圖之。』爰就祖塋之旁卜地舉殯，成翁志也。我父息游旋里，婦侍奉維謹，衣稍薄，曰：『寒否？』膳稍遲，曰：『飢否？』先意承志，冀得愜親心而後安。洎館姪倩李主事柳溪家，相距不越數百武，起居飲食，朝夕遣詢，每聞風聲簌簌，則令穉子齎衣以進。余子職有缺，賴婦以匡，歷久如一日。己未歲校後，婦商於余曰：『君自弱冠遊庠，躓南闈者十餘載，今勉赴京兆試何如？門户事，我能任之，無煩内顧。』余唯唯未決，再四慫慂。援積貯例，辛酉仲春同婦從弟鴻書上長安，婦爲余治裝，洴澼縫紉，即寸絲尺布，必開粘篋中，以備檢點。瀕行以詩送余，復叮嚀曰：『君家文裕公以辛酉發解，學憲封公以辛酉列鄉薦。茲行也，毋忘祖武。』是秋京闈揭曉，我郡獲雋者三人，余與鴻書同出房考編脩劉介亭夫子門。婦喜賦長句，緘寄至京中，表前輩董比部五峰先生向余亟贊之。先是，九月十三夜夢余中式三十五名，詰朝語妹聟臨川，自謂誕幻。越二日，題名至，與夢適符。一時驚以爲異。壬戌春，將應禮部試，作截句寄勗云：『遊子天涯侍奉難，書來幾度勸加餐。成名無忝趨庭訓，勝似親承甘旨歡。』又云：『努力功名少壯時，東風早寄上林枝。丸熊應憶當年事，卜得佳城慰所思。』見者謂其愛親之念，流溢楮墨間。比榜發，余遭點額，隨季父己酉孝廉宏山公策蹇南下。婦復解曰：『功名有定數，子毋鬱鬱以重貽親憂。』其懇切真摯類如此。余元配早世無出，婦甚憐之，祭享必親拜奠，遇朔望亦如之，不以冗雜忘。前外舅嘗嘆曰：『邨落人家，媟嫚前氏之父母子女者，不足論；外飾旁人耳目，其居心若秦越人之肥瘠者，亦所在多有。給諫公，余道義交也，訓誨深，故能敦古道，命名以淑，洵克副矣。』一日，前外舅遣伻札余曰：『昨夢我亡女攜一嬰兒作出門狀，訊以何往，云送兒至壻家，因卜壻今年必得子。』時懷娠方兩月，近侍未有知者，已早爲之兆，平日誠敬感之矣。是年果舉兒子錫熊。邑諸生沂光、岷山兩君，爲前氏之同懷兄弟，時相慰問，有事必就商，婦以正言告，兩君頓首稱善。己未冬，前外舅捐館舍，尚平事未畢，婦爲擘畫，務期得大體。前外母吴孺人每嘉納之，聞病劇，命岷山至，得揮洟永訣云。熊兒晨入館，稽察甚嚴，常密令乳媪從門外偵其心之專否，晚則責閱《通鑑》，親授以古今各體詩。間搦管，得一聰慧語，喜形於色；否則痛切訓誡，甚至箠楚，不以幼穉無知，存姑息念。長女惠涵方六歲，亦送之就傅，燈前月下，教以誦詩。聞有鬻詩書者，不計值購之，反覆披閱，非深得其意，不釋手。嘗謂『此非閨閣事，我不過以此規訓兒女耳』。彌留時猶喃喃不絶口，以『讀書成名』爲囑。御臧獲，整而有恩。微有失，必加譴呵，事過即已，無難近色。僮僕患病，親手製藥，及時遺遺之。暇率羣婢紡木棉花，雖兩手龜坼，不辭勞勩。語余曰：『我豈藉此佐瑣屑費，正欲磨鍊筋骨，使若輩自食其力，無貽後悔。』諸如和妯娌，敬師長，厚宗黨，睦戚里，人之稱婦者，非一二事，不能悉爲覼縷也。婦性卞急而爽，胸中不肯留一語，凡大義所在，輒正言不諱，因此有憚其直者。聞人善，敬之羨之，極口稱揚之；不善，多方以勸諭之。遇事無不爾爾。婦愛才甚。有表妹趙茀芸，酬倡無虚日，年十九卒，詩以哭之。山陰女史朱□絃，僑居邑之北城，婦耳食其名，投贈往來者屢焉。比□絃甫嫁而卒，具冥資，繕輓章以奠。自後語及兩閨秀，有不能釋其悲憶者。同母姊采蘩，幼撫於從叔中翰公淞濱先生家，適葉進士名承，亦工詩。從叔母劉孺人常招婦至五畝園，分題鬮韻，流連匝月。自姊氏同外宦遊，婦多寄懷之作，今載入《晚晴樓詩稿》中。生平喜讀《楚詞》，徐孝穆、李義山文集，旁及佛典星卜諸書，悉為研究。苦家事繁擾，每於夜分會計畢，始開卷温繹，率以為常。偶拈題搆思，達旦不寐。余怪其勞心太過，婦謂『自幼習慣，君無患焉』。邇者手輯新舊稿，丐序於中允黄厝堂先生，得代序詩八首寄至，婦已抱沉疴，正在支離床褥時，不能展卷解顔矣。今年夏，我父授石埭教諭，大中丞檄令詣謁，給部憑之任，余於中元後隨侍至吴，八月七日抵家，婦患瘺十二日，氣逆痰壅，默不發聲。醫者云，表症未散。

復投鬆肌之劑，癵瘲並見。方幸進以藥餌，日就痊可，無如元神久耗竭，滋補莫及。以婦之勤女職，執婦道，嫺母儀，而又刻苦績學，迄無怠心，天不陰相之以永其年，忽焉賫志短折，是余之德凉命舛，有以累及之。婦近體斷句如干首，久刊入《國朝詩選》中行世。今搜遺篋，將剞劂一二，用敢詮次婦行顛末，伏冀立言君子賜之序，系以傳，俾異日兒子稔母德，且以備家乘採録，則存歿感甚。乾隆八年歲次癸亥菊月展重陽日陸秉笏抆淚書。

秋夜懷大人書寄常邑大姊

草木摇落秋光老〔四〕，涼飈淅瀝來山阿。初聞蟲韻咽東壁，復聽雁聲度〔五〕西河。感時傷别起太息，盤桓天地寧無極？百結何能繫轉蓬，明月皎皎助寒色。況自思親耿耿懷，閑情幽夢渾難測。思及親應白髮增，玉堂恩重留神京。瀟灑詞文滿都下，興來可有故園情？仰望白雲千萬里〔六〕，擬是離愁同爾爾。仙令〔七〕城頭青鳥馳，書應報我天涯鯉。一夜西風思不眠，萬户寒砧〔八〕搗秋水。

秋夜無寐口占

夜静獨無寐，秋空月倍明。梧桐今夜落，蟋蟀去年聲。幽院少人過，空堂鬭韻清。搗衣當此際，抽思復含情。

送大姊之常山

極目煙霞遶夢遲，一樽别酒話離思。琴堂應可彈明月，絮院何堪折柳枝。莫吝雁書傳美政，且從燕語寄新詞。知君此去風光好，勝似河陽花放時。

初晴

一派嵐光映綺窻，小園雨霽擬尋芳。陰成濃葉春將暮，風惹遊絲日正長。蝶粉乍粘飛絮暖，燕泥將帶落花香。煙霞滿眼吟情暢，伸紙濡毫樂未央。

惆悵

惆悵不因連夜雨，相思經得幾秋霜。河陽花信連愁發，洛浦明珠帶病妝。樓上燈青聞鼓角，嶺頭月白度笙簧。月輪偏照神千里，燈影還籠詩半章。潘岳鏡中頭易白，江淹筆底恨何長。春歸堤柳黄鶯老，秋到籬花粉蝶忙。即景可憐情縷縷，沾襟惟有淚浪浪。長門流落一篇賦，幽谷沉埋九畹香。但得朱絲能繫日，何須三萬六千場。

宫怨

墀冷緑苔深，花開春復春。長門憔悴質，羞見鏡中人。

哭趙茀芸有序

趙表妹，名婉揚，字茀芸。穎慧異常。性純孝，日以女紅佐菽水，表叔母憐而止之，終不輟。

居恒喜置書，雖典衣不惜。好作詩，落筆雋妙有古風。儀質端重，言笑不苟，相對竟日，淡然而已。常語余夢一異人授句云：『瓊肌玉骨掌書仙，謫下人間十六年。』語竟淚下，曰：『斯兆予非永年者。不幸具此慧性，終為造物所忌。第念父母，無兄弟承歡，奈何！』余為寬慰久之。至前歲，余私慶曰：『表妹初度後，兆期過矣。』不意越三載，遽遭斯變。嗟哉！一旦天奪我知音，痛也何如！余從幼時相契者，影蓮朱表姊，才情兼擅而夭折，曾詩以哭之，逮今猶戀戀於懷。再識表妹，自謂有緣，不意其亦早訣。余何不幸耶！憶表妹幼時，才名已籍籍於邑。余由家姊相知，家姊撫從叔父家，叔母即表妹之姨母也，因是往來契合。每一倡酬，敏捷過人，家大人見其詩，輒奇之。余時私慕不已，投以詩云：『何時花前期握手，唱酬得似謝家風。』詞聞於叔母，乃設一文會，召余及表妹曰：『使汝輩握手談文也。』時戊申仲春之月，桃李爭芳，芝蘭奪秀。名園攜袖，片時遂訂同心；即席分題，瞬刻譜成佳話。拳拳乎燈窻之雅愛，相敘經旬；依依乎臺榭之風光，分離隔歲。然而彩鸞雲墮，不時惠我佳音；素鯉波浮，旋復申君舊好。回思昨事，相違祝壽之堂；忽駭今秋，獨向修文之闕。嗟乎！鳳凰樓上，不待吹簫；鶯燕庭前，徒傷倚户。惟餘郢曲，文藻彌深；本屬仙蹤，塵緣宜淺。余也遥悲雁影，隱憶琴心。彩毫慘淡而無華，雲斂三更之月；香霧微茫而忽散，風哀千杵之音。夢中焉繫，浮生香魂縹緲；身外獨留，清句玉律娉婷。若夫家姊隨宦天涯，消息恐驚旅況；余且凝思鶴馭，低徊何以忘情。重展瑶編，摛辭吮淚；聊書簡末，和墨添悲云爾。

詩酒交情擬歲寒，終宵筆硯一燈看。追思無限臨歧語，聲咽西風淚欲乾。

楊柳依依桃杏芳，惠然顧我入書堂〔九〕。而今獨向經行處〔一〇〕，星落秋風見雁行。

流水高山記昔年，不堪重結聽琴緣〔一一〕。與君同榻〔一二〕西樓月，今夜冰輪依舊圓。

去歲同君把壽巵，匆匆那及話愁思。風流雲散成虚語，舊夢難尋春艸池〔一三〕。

本是瑶臺舊掌書，玉樓消息費躊躇。珮環聲絶紅塵夢，一片浮雲度碧虚。

帝子湘君邈所思，闌干紅冷月明時。巫咸不降秋宵寂，空賦招魂泣〔一四〕楚辭。

新鶯

出谷鶯雛巧囀新，和風嚦嚦向芳晨。可憐不遇知音聽，緑盡垂陽又暮春。

【校記】

〔一〕庭訓：曹錫淑《晚晴樓詩稿》（國家圖書館藏清抄本，下同）作『庭誥』。

〔二〕柳：《晚晴樓詩稿》作『椒』。

〔三〕此序《晚晴樓詩稿》末署『壬子夏五中浣蔣季錫書』。

〔四〕秋光老：《晚晴樓詩稿》作『寒露過』。

〔五〕度：《晚晴樓詩稿》作『動』。

〔六〕千萬里：《晚晴樓詩稿》作『三千里』。

〔七〕仙令：《晚晴樓詩稿》作『明宰』。

〔八〕寒砧：《晚晴樓詩稿》作『砧聲』。

〔九〕入書堂：《晚晴樓詩稿》作『讀書堂』，下有小注云：『己酉春，表妹赴約來此。』

〔一〇〕經行處：《晚晴樓詩稿》作『經遊處』。

〔一一〕此句《晚晴樓詩稿》作『不堪重到畫樓前』。

〔一二〕同榻：《晚晴樓詩稿》作『連榻』。

〔一三〕以上兩句《晚晴樓詩稿》作『焉知此别成長恨，轉眼西風菊滿籬』。

〔一四〕泣：《晚晴樓詩稿》作『哭』。

程璋二首

字弱文，安徽歙縣人也。適同邑方元白。年二十一而卒。

寄外

楊柳葉青青，上有相思紋。與君隔千里，因風猶見君。

柳葉青復黄，君子重顔色。一朝風露寒，棄捐安可測。

羅坤《程弱文傳》：弱文程氏，名璋，歙人程某之女也，其母夢吞花葉而生。幼極穎慧，九歲即好翰墨，工詩文，日摹《曹娥》、《麻姑》諸帖，書法尤稱精楷。性復喜植花，更愛花葉，能於如錢蓮葉，熨製爲箋，書《心經》一卷。及笄，適里人方元白，伉儷甚歡。元白偕友人吴某，作客廣陵，弱文憂形顔色，不能自已。嘗作詩文緘寄元白，元白開緘，輒閉户欷歔，悵惋累日。一日，平頭復持緘至，友人伺其出，私啓視之，乃製新柳葉二片，翠碧如生，各書絶句一首。又有《染説》一篇、《原愁》一則寄元白，文情綿惻，媚楚動人。年二十一而卒。著有文集數卷，歙人有傳之者。元白傷悼過情，終不復娶，亦不復作客，遂入天台山中，爲名僧焉。

《柳亭詩話》：新安有方元白，其妻程氏名璋，字弱文。方久客不歸，程以楊柳葉題二絶句寄之云云，宛是齊梁聲口。又倣退之《原道》，作《原愁》及《染説》諸篇，惜無傳之者。

張芝庭 一首

字春山子，江蘇吴縣人。

茅應奎《絮吴羹》：孫青峙云，張芝庭性慧學博，評論如老手，有《梧桐一葉落賦》、《石榴賦》、《紅顔薄命賦》，皆典雅工麗，與詩俱十五六歲時作。表弟沈西塘客淮浦時録示，惜不多見。

春日懷芳林姊塘棲

三月桃花水正肥，每逢春去倍依依。光風楊柳鶯兒囀，細雨棠梨燕子飛。煮筍人家供午膳，焙茶天氣拆綿衣。憐君却隔兼程遠，不逐西烏背日歸。

林雍宛 一首

字月嶼，福建人。

祝姚母

紡績親甘旨，和熊佐讀書。孝慈誰媲美，奕世大門閭。

陳氏句

江蘇常熟縣人也。

句

一春羞見雙飛燕，五漏愁聽三唱雞。

《柳南隨筆》：陳典，字玉先，邑人也。善畫牡丹，一時推重。生一女，頗能詩，嘗作《閨怨》一首，以『溪西雞齊啼』為韻，而以『一二三四五六七八九十百千萬丈尺兩雙半』十八字，運入八句中。其第二聯云云，好事者至今傳之。

孔蘭英六首

浙江桐鄉縣人。工詩善畫。適同邑汪聖清。早卒。著有《愛日軒草》，未梓。

喜親病愈

孤寒天不佑，天究佑孤寒。母睡今朝穩，兒心此夕寛。祇愁衰邁近，未覺夢魂安。日給休教慮，羅襦繡早完。

題漢宫春曉扇

銀箭收殘漏，深宫鬭麗妝。御香浮太液，紅日艷朝陽。歌入鶯聲細，春隨柳綫長。長門殊未曉，猶自夢君王。

汪聖清和詩：不寫長門怨，羞吟團扇篇。綺羅寧入夢，玉貌若為憐。舞轉瓊樓影，花迎御座煙。篋中留片月，終道忍相捐。

秋懷

紛紛木葉舞廻廊，自酌香醪破悶嘗。遠道短書勞悵望，比鄰長笛助悲涼。閑愁易亂如衰草，女伴難留似夕陽。獨有寒蟾非世態，照人沉醉坐蘭房。

病後試筆

藥罏茶竈小樓東，一月清閑罷女紅。常爲貪眠憎百舌，每因多病怕春風。才非詠絮人終俗，詩不言愁句未工。短什還教鄰女解，知音只合在閨中。

題燕姬出獵圖扇

霜氣冷征衣，秋原雉兔肥。燕姬當十五，挾彈勢如飛。

汪聖清和詩：自是閨中傑，含毫意氣雄。心慚圖倦繡，人擬賦驚鴻。皓腕舒燕角，纖腰縱玉驄。更看詩筆健，豈料綵雲空。

病中

簾間雨過羅衾冷，枕畔風來藥鼎香。為惜殿春花正放，教移小榻到前廊。

徐氏三首

江蘇崑山縣人，司寇公孫女。適山東馮别駕愿。著有《霜黛軒詩稿》。

次韻十六夜望月

百頃風潭上，銀濤夜半看。此時人寂寂，猶自影團團。露重蛩吟楚，風清鶴唳寒。竹窻孤寂影，瀟洒上闌干。

和外春郊

澹蕩和風拂曙煙，柳顰花笑自嫣然。清溪漾漾拖銀練，緑野漫漫染碧天。遍植桑麻崎徑僻，高歌樵牧遠村連。鶯聲不住啼殘照，催得春歸又一年。

園中亭臺頹敗不勝今昔之感

繡幙華堂何處尋，惟存荒圃柏森森。可憐世事同流水，今日空彈淚一襟。

袁蘭貞一首

字湘佩，江蘇吴江縣人。

春閨

數竿修竹傍溪栽，零落殘紅帶雨開。正是春愁無奈處，賣花聲過小橋來。

《隨園詩話補遺》：有人抄吴江三女詩來，其一袁湘佩蘭貞《春閨》云云。

魏氏一首

字里未詳。詩附見於《悟雪草堂詩鈔》。

悟亭夜坐聯句

定省情深千里餘魏，相看不作囊欹歔。天涯應醒迷魂蝶吴，客裏須忘過隙駒。月色膧膧寒玉露魏，漏聲點點滴銅壺。到來休話銀溪事吴，解得關山意也無魏？

莊文鸞二首

字鳴和，江蘇奉賢縣人。適華亭國學金鼎寧。

章蟾《莊孺人傳》略：孺人姓莊氏，奉賢望族，華亭國子上舍隘亭金君之德配也。以乾隆五十年八月初八日終，存年四十有一。故儒家子，明經書，旁涉詩詞。凡針組烹飪紡織，靡不習勞忘倦。年十七歸金君，事舅姑以謹，處姊姒以和，接親族以誠，待妾媵以恕。隘亭善病，孺人盡心調治。其暇也，以弈棋自娱，或與姊姒商酌庶務。遇佳詩文，必與隘亭共讀。讀竟，各掩卷朗誦；有誤，出瓜果為罰。間有吟詠，隨作隨棄，蓋其從姊磬山噪詩名於茸城，自顧不及，故不輕以示人也。

落花

笑日迎風事已非，枝頭葉底見應稀。關情繡閣紅顔老，極目花驄緑蔭肥。燕壘有香春寂寂，蜂衙無賴雨霏霏。高樓羌篴多哀怨，忍見園林歷亂飛。

燕巢奉姑命作

社雨蕭蕭冷碧磯，空梁營壘託身微。無心賀廈居隨好，有地雙棲願不違。晝補飛花辭衛幙，夜懷故國夢烏衣。連雲甲第今誰主，王謝門前怨夕暉。

卷之四十七

胡慎儀四首

字采齊，號石蘭，直隸大興縣人，胡玉亭女兄也。生有夙慧，及隨祖父宦遊嶺南江表，識解益進。後適諸暨駱生炟。著有《石蘭詩鈔》。

王槐植《紅鶴山莊詩鈔跋》：卧雲姊采齊駱夫人，亦善詩，其附於集中數首，又見選於菊莊《不薄今人》本中者數首。有《賦得惜花春起早》云：『一番花信五更風，那管春宵夢未終。起傍芳叢頻檢點，夜來曾否損深紅？』《愛月夜眠遲》云云。《掬水月在手》云：『長空皎皎夜光寒，倒浸清波影未殘。偶近金盆濯素手，姮娥驚向掌中看。』《弄花香滿衣》云：『小苑紅深緑未肥，獨攀嬌蕊弄芳菲。雙雙粉拍穿花蝶，何事隨人上下飛？』諸詩與卧雲實難兄難弟，惜其頗少，未能為之合刻云。

客途新柳

金縷毶毶舞態新，額黄初試正宜人。參差灞岸含朝露，掩映章臺報早春。青眼慵舒還是夢，修眉未展畫難真。風流綽約誰能似，張緒當年最得神。

侍蔣太夫人滕王閣小宴

章城何幸遇仙儔，會向江樓紀勝遊。一片夕陽紅蓼岸，數聲漁笛白蘋秋。西山雨過煙光碧，南浦風翻雪浪浮。自愧暫依喬蔭下，敢同蘭桂占先籌。

懷菊莊即用見寄韻

春滿章城日正遲，片帆何事促分離。客中每羨江淹筆，篷底猶吟杜甫詩。別後風光空過眼，年來愁思倍攢眉。何當遠遍淩雲句，海國欣沾翰墨滋。

賦得愛月夜眠遲

銀蟾朗徹有餘光，靜坐庭軒寄興長。地僻不知更漏永，瞥驚花影過東牆。

胡慎容七首

字玉亭，號卧雲，又號紅餘，采齊之妹。簡静嫺雅，精工篆隸，絲繡剪綵，黏貼花卉，臨摹法帖，莫不臻妙。適會稽馮生炟。著有《紅鶴山莊詩鈔》。

蔣士銓《紅鶴山莊詩鈔序》略：夫人姓胡〔一〕，名慎容，字玉亭，本山陰産，以遷直隸〔二〕，遂為大興人。早孤，負宿慧。方六七歲，未識字，即能信口為韻語。稍長，伯父富言先生授以書，一過即成誦。歲餘，乃自購經傳及韓歐曾蘇文，讀之不倦，既而復取唐宋人詩涵泳〔三〕之。于時祖官於粤，遂以夫人締姻馮氏，舅亦山陰人仕粤者也。夫人從兩家宦遊四方，歷覽名山大川，俯仰憑吊，所作動盈束，第不自珍惜，多隨手散佚。其在嶺南時，才名籍甚，風雨一燈〔四〕，擁殘書數十卷，寢食其間，刻苦如書生，視人世華膴，一切無所欣戚；及對江山清遠處，又依依若有所繫戀〔五〕。嗟乎！男子力學數十年，口談道義，胸次齷齪者紛紛矣；夫人以閨房之秀，顧能高淡若是。夫人簡重，寡言笑，雖生長閥閲，布裙椎髻，不肯為艷裝〔六〕。其門内知己，惟姊氏二人：伯采齊，仲景素，皆才媛也。景素遠適，又早寡。惟伯姊贅駱氏，同侍母夫人，故偕處不少離，花朝月夕〔七〕，友愛之情，如鶺鴒對語於碧梧翠竹間。東坡云：『四海一子由。』夫人姊妹，庶幾似之。歲丙子，將隨母姊赴伯父元城官署，僑寓江右，因以母事我太夫人，故余從太夫人得其品概學問為最深。采齊詩如光風蘭蕙，舒展自如，兼工為詩餘，姿致楚楚，在《金荃》、《蘭畹》間。景素詩，惜未見也。昔劉孝綽三妹皆有文名，今夫人與二姊清裁輝映，足追芳躅，他日列國朝詩中，信為一代〔八〕列女之冠。惜羈旅江城，閉門蕭摵，無名媛往復，僅偕君子，撫諸雛，依依慈母之側，且身又善病，藥爐茗椀，屢空晏如。值吾母北行，離别之感，益難已已。《經》曰：『出涕沱若，戚嗟若。』其品〔九〕概可知矣。〔一〇〕

【輯補】

胡慎容《紅鶴山莊近體詩》（乾隆二十二年刻本）王金英序：卧雲馮夫人，與余中表裘氏女爲妯娌，向聞其能詩，而未得見也。夫人母氏與夫家皆宦族，而皆□乙亥、丙子間羈旅江右，頗窘。夫人善爲堆帛屏景，以此資贍日用。余友蔣茗生之母太夫人，得其所作《秋水麗人圖》，且詢知能詩，蓋重焉。是時余偶冒寒，茗生來視余，未問疾，遽誦其《古廟》及《吴元戎墓》詩，曰：『子以爲誰作？』余聞之，霍然起曰：『目前能作是語者，非子即韋雲耳。』茗生以夫人告。余大驚，然尚不知即與裘氏爲妯娌者也。又閲月，茗生已北上，馮君公諸以裘氏故來謁，攜其夫人《紅鶴山莊詩》，屬余校訂。余展卷，見茗生所誦詩，則又大驚曰：『即若人耶！』馮君因述其故，且曰：『向以閨閣無師之作，恐貽笑大方家，不敢出以就正。今既爲蔣君所賞矣，君與蔣齊名，願幸教之。』余遂爲之點次畢，作而言曰：『『二南』爲風化之始，其詩過半出於閨門，蓋上而后妃媵御，下而庶婦處女，或感遇以出，或觸物而動，莫不各以其忻戚離合之情，發而爲纏綿篤摯之語，使人讀之而油然以興，肅然以敬，悠悠然與之化而不自覺，故曰：人而不爲『周南』、『召南』，由正牆面而立也。説《關雎》者曰：『情欲之惑，無介乎儀容；燕私之意，不形於動静。』於戲！此豈獨《關雎》爲然？凡『二南』，莫不皆然。三代而下，此風邈矣。或德不稱才，或遇不稱德，於是乎有淫泆之辭、悲怨之什，豈古今人不相及，雖女子亦然歟？何醇風之難覯也。今《紅鶴山莊詩》，温而不狎，柔而不弱，穠而不纖，麗而不佻，有光明正大之情，無抑鬱怨尤之意，使人欽其德并忘其才，服其才並忘其遇，蓋庶幾得『二南』之雅化者矣。余遭逢淪落，其於吟詠，雖不敢過爲激昂，然如陳子昂所云『前不見古人，後不見來者。念天地之悠悠，獨愴然而涕下』，蓋時時見之。以視夫人，其安於義命何如也？夫劍埋地下，非劍所得自主也，而牛斗之間，隱隱若有光氣，豈劍之急於表著，亦自然而不可掩耳。於是友人金霞牖、宗人殿邦閲之，皆歎詫以爲異，因取付梓，曰：『吾將以弁冕千古名媛，豈獨一時哉！』卧雲兼攻詩餘，敏妙莫與敵，他日當向公諸索全稿讀之，當更有可觀者。乾隆丙子長至日，江寧王金英菊莊居士書於章江客邸之雙桐亭。』

同集卷尾王槐植（殿邦）跋：余宗人菊莊君，以白下才人流寓豫章，然自弱冠遊京師，居豫章日實少。兹以守制來歸，將歷二載，於是一時能詩者，皆與之遊。菊莊以才爲命，嘗裝潢小卷，取杜少陵『不薄今人愛古人』句書卷首，見佳什則録之，凡文人學士、山林墨客、方外名媛，無所不有。余每過，輒縱觀焉。一日出《紅鶴山莊詩》示余曰：『此卧雲女史馮夫人作也。』余接而誦之，奇思仙句，絡繹獻珍，令人應接不暇。聞夫人本山陰産，真詩如其地矣。菊莊曰：『余欲先梓此卷，以公宇宙，而力有不給，子能爲我助一臂乎？』余曰：『諾。』時金君霞牖在座，亦讀而喜焉，因相與共成之。嗟夫！女子而能詩，難矣；能詩而工如夫人，則尤難。使不表而出之，其何以答造物生才之心？卧雲姊采齊駱夫人，亦善詩，其附於集中數首，又見選於菊莊《不薄今人》本中者數首。有《賦得惜花春起早》云：『一番花信五更風，那管春宵夢未終。起傍芳叢頻檢點，夜來曾否損深紅？』《愛月夜眠遲》云：『銀蟾朗徹有餘光，静坐庭軒寄興長。地僻不知更漏永，瞥驚花影過東牆。』《掬水月在手》云：『長空皎皎夜光寒，倒浸清波影未殘。偶近金盆濯素手，姮娥驚向掌中看。』《弄花香滿衣》云：『小苑紅深緑未肥，獨攀嬌蕊弄芳菲。雙雙粉拍穿花蝶，何事隨人上下飛？』諸詩與卧雲實難兄難弟，惜其頗少，未能為之合刻云。乾隆丁丑穀雨後五日新城王槐植殿邦氏跋。

同集卷下《憶别鄉里》題下小注云：余祖越人，業於燕時生余，後宦遊粤海。余年九歲别燕地，出郡東關，見酒旗日影，不覺掩泣不止。今果十數年矣，未知何日返故土也。

胡慎容《紅鶴山莊二集》（乾隆三十二年刻本）王金英跋：玉亭少喜為詩，有家後善病，時其祖為大埔令，署後山多柏，每晨就飲露，病差，遂廢吟。舊稿多焚散，迨偕夫氏寓豫章，以姻戚故謁先太孺人，僅搜集若干詩就正於余。余為驚異，付剞劂氏，於是吴楚之間莫不知有玉亭者。丁亥秋，予北上，玉亭亦之南粤，如雲隨風，萍逐水，不可復聚。然有作則必寄余，益攻為詞，前後共得若干首，余皆珍襲藏之。癸未，玉亭棄世，其姊采齊以輓章來報。痛好音之不再，恐美玉之終捐，爰彙為二編，更梓以行。……玉亭詩蒼秀雄麗，人温文如士夫，先太孺人甚愛之。今予復來豫章，則先太孺人亦見背。……乾隆三十二年孟冬既望菊莊王金英書於豫章客邸。

望廬山

奇勢環吴楚，崔嵬迥不羣。峯從天上現，泉借日邊曛。翠色濃堪摘，嵐光秀可分。紫煙縹渺處，只許卧層雲。

秋雨憶別

雲暗重門掩，煙深鎖畫樓。故人千里夢，涼雨一天秋。別淚灘頭水，離魂江〔一一〕渚流。悶來誰共語，獨自下簾鉤。

題望江樓

江上危樓翠靄間，當簾白鳥影翩翩。雲堆東嶺千峰現，月掛西窗一鏡懸。蘆葉捲風聲似雨，浪花翻雪色如煙。遊人莫倚〔一二〕闌干望，無限山川意渺然。

春殘

堂堂春已背人歸，檢點餘光付品題。曲徑愁鋪芳草路，小橋橫斷落花溪。無情夜月能相照，有恨流鶯莫亂啼。贏得詩人多少意，碧桃空老雨淒淒。

畫蘆雁

沙石明霜月，秋風起雁羣。含蘆照湘水，一字映歸雲。

秋夜

白露澄清夜，遥空月似盤。庭階流素影，玉户不知寒〔一三〕。

蘆雁

横江片影一聲秋，楚岸湘波事事愁。同是水雲鄉裏客，歸心空悵荻花洲。

【校記】

〔一〕據胡慎容《紅鶴山莊詩鈔》（乾隆二十二年刻本，下同），此前有數語云：『離象文明，而備位乎中女；女子之有文章，蓋自天定之。然離者，麗也；必有所附麗，而其文始著。彖曰：「柔麗乎中正，故亨。」其不待師傅講習，能自疏瀹性靈，汩汩而出，終克幾于有成，又豈尋常香奩所有哉？余遊海内三十年，所見婦人詩或有佳者，亦不過雕飾軟美、穠麗纖巧而已。今誦馮夫人《紅鶴山莊詩》，排奡縱横，淩空超曠，卓然有丈夫氣。中間哀樂互形，皆得性情之正，所謂《國風》、《小雅》支流者非耶？』

〔二〕此句《紅鶴山莊詩鈔》作『以祖還直隸』。

〔三〕涵泳：原作『涵詠』，據《紅鶴山莊詩鈔》改。

〔四〕此句《紅鶴山莊詩鈔》作『幾爲戚黨中忌者所窘，因廢吟詠數載，然風雨一燈』。

〔五〕此後《紅鶴山莊詩鈔》有『低徊不能去』五字。

〔六〕此後《紅鶴山莊詩鈔》有『恬然若將終身』六字。

〔七〕此後《紅鶴山莊詩鈔》有『比肩酬唱』四字。

〔八〕代：原脱，據《紅鶴山莊詩鈔》補。

〔九〕品：《紅鶴山莊詩鈔》作『由來』。

〔一〇〕此後《紅鶴山莊詩鈔》有『吾母視夫人不啻所生，命士銓以女弟視之，且序其詩。恭承命而弁於首。夫人一字卧雲，又字紅餘。伯姊名慎儀，仲姊名慎淑，並識以見胡氏多才云。乾隆丙子九月晦夕，鉛山蔣士銓雁沙居士書於章江舟次』數語。

〔一一〕江：《紅鶴山莊詩鈔》作『滙』。

〔一二〕倚：《紅鶴山莊詩鈔》作『凭』。

〔一三〕不知寒：《紅鶴山莊詩鈔》作『不勝寒』。

呂熙四首

字壽姜，三韓人。詩見《水香園集》。

題水香園

雪月分光照碧漣，一園春色冷争妍。扁舟棹入黄山路，水底香生别有天。

緑油春漲繞亭臺，十二朱闌裏嫩苔。寄語遊人須載酒，東風吹送好詩來。

夕霧朝嵐滿水窻〔一〕，已鄰陶令近軒皇〔二〕。松枝拾〔三〕取煎龍井，不獨茶香水亦香。

樹色連雲接翠微，阮溪迢遞繞荊扉。六朝裙屐人多少，戀着琴尊不忍歸。

【校記】

〔一〕水窻：《國朝閨秀正始續集》作『碧窗』。

〔二〕軒皇：《國朝閨秀正始續集》作『羲皇』。

〔三〕拾：原作『恰』，據《國朝閨秀正始續集》改。

陳坤維 一首

浙江人。所適未詳。詩見《樊榭山房續集》。

丁巳又九月九日廚下乏米手檢元人百家詩付賣以供饘粥之費手不忍釋因賦一律媵之

典及琴書事可知，又從案上〔一〕檢元詩。先人手澤飄零盡，世族生涯落魄悲。此去雞林求易得，他年鄴架借應癡。亦知長別無由見，珍重寒閨伴我時。

樊榭厲鶚和詩：姓字深閨豈易知，偶傳紙尾賣書詩。難追寫韻仙家事，應共牽蘿絶代悲。彤管更添高士傳，墨卿别注有情癡。回腸似共縑緗往，惆悵令人展卷時。

初觀許大綸和詩：典及琴書事可知，淒其忽其賣書詩。班姬合抱縹緗癖，清照還深散佚悲。善本代炊良足惜，妍詞作媵未嫌癡。誰何攜去資漁獵，腸斷春纖檢付時。

穆門周京和詩：人世艱辛百不知，賣書忽覩女郎詩。漫將斷楮留多怨，拋却遺編自可悲。乞米何妨生事拙，典釵那復有情癡。豪家姊妹休相妒，見抱青箱掩淚時。

【校記】

〔一〕案：《國朝閨秀正始集》作『架』。

徐澧仙二首

字里未詳。其詩係親家洪篠洲所寄者。

寄孝女孫曉霞

緑窻前後鵓鳩聲，小夢難忘説與鶯。何處是家空拜月，幾時無淚莫長生。豈知藥草翻添病，已送梨花不願晴。憔悴只宜隨孝女，杜鵑相對哭雙卿。

生小玲瓏福未圓，枉拋心力教嬋娟。花神舊感東皇贈，貶詔新頒燕子宣。布穀採桑愁證候，夕陽春雨病因緣。江南薄命知多少，第一佳人第二泉。

熊湄一首

字碧滄，江蘇長洲縣人。適許爛石。著有《碧滄道人集》。

【輯補】

熊湄《映閣詩草》（國家圖書館藏道光七年雪樵氏抄本）雪樵氏識語：閨秀熊湄，字滁庵，又號碧滄道人，國初時人。其詩雖未必盡佳，然中間警醒之句亦頗不少。原本朽污不堪，余又閑居無聊，因而重録，備以案頭觀玩。時道光七年丁亥中秋日也。南園古稀老人雪樵氏識。

寄遠

幾回聞雁憶燕然，天末遥將錦字傳。萬里飄流羈遠客，十年迢遞阻廻船。浮雲目斷蒼山外，落月魂消洱海邊。何日刀環遂初約，免教暗卜擲金錢。

范淑鍾五首

字秀林，安徽休寧縣人。

隨夫子至茗塘

盛世樂丘園，幽居避市喧。碧蘿蒼蘚宅，紅樹白雲村。入手枯藤杖，傳家老瓦盆。兒孫圍膝下，榾柮地爐温。

夫子有作率爾奉答

蒜押犀簾貼繡櫨，金荷光閃夜冥冥。花龕同拜氍毹紫，錦幄雙棲翡翠青。裁綺蹙成蠶母像，搓酥製就雁娘形。雁娘，膏神也。月中更把清泉汲，引得銀蟾入夜缾。

乘龍佳壻即吾師，香璧檀心手自持。繡罷花前教舊什，吟成蕉上寫新詩。箏閑金雁慵移柱，枰冷文犀罷賭棋。只欲冥搜佳句得，粉脂叢裏占芳蕤。

琅玕妝閣碧於苔，搗盡玄霜夙願諧。割肉縱無方朔炙，如泥還免太常齋。棊裁素紙閑描局，步穩青雲還寄鞋。見説詩腸須酒飫，雲鬟親拔九鸞釵。

送夫子之鳩江

征鞍落葉打離披，忍淚臨風餞一巵。夕照漸低人漸遠，斷鴻聲裡立多時。

歸湘二首

字溶溶，江蘇常熟縣人。

春日郊居

竹翠沙平〔一〕迥絶塵，澄江〔二〕荇暖鴨知春。門前車馬應嫌僻，鏡裡鶯花不笑貧。幾陣疎風開柳絮，一番瘦雨浄苔茵。年來種得桃千樹，偷倣仙源學避秦。

碧紗摇緑印芭蕉，花底烹泉捲素濤。昨夜雨深催芍藥，連朝日麗熟櫻桃。柳絲拂路緑陰亂，麥隴翻雲翠浪高。一曲洞簫良夜静，清風朗月〔三〕任逍遥。

《柳南隨筆》：歸湘，字溶溶，吾邑閨秀也。有《春日郊居》四首，頗傳誦一時，今録其半。

【校記】

〔一〕平：王應奎《柳南隨筆》（嘉慶刻本，下同）作『明』。

〔二〕澄江：《柳南隨筆》作『清江』。

〔三〕朗月：《柳南隨筆》作『明月』。

凌結緑 二首

字崑生，安徽歙縣人，封刑部主事凌璿玉之女。適同邑文學方成垣。

《樹密齋詩話》：余堂嫂凌氏，生於貴富，及歸覲薇大兄，食貧作苦，未嘗一日有愁歎之色。事上極孝敬，接下以慈，持家以儉，宗族稱之，以為有桓少君之風。零璣碎璧，至今讀之惻然。

題照

無德無才愧此身，感君為寫鏡中人。雙兒已死教誰祀，空展音容累老親。

贈外

且莫愁多歎索居，古今窮達竟何如。梅花瘦徹猶冰雪，窻外亭亭伴讀書。

陳蕊珠 二首

字逸仙，江蘇丹徒縣人。適同邑步江鮑皋。著有集，惜未之見。

【輯補】

陳逸仙《課選樓遺詩》（民國七年鮑長敘刻本）載《丹徒縣志・列女傳》：陳蕊珠，徵士鮑皋妻。八九歲能誦父書，久之通經傳、《文選》，尤工詩。年十五失母，日傭鍼黹，得錢市餻糜撫弟妹，夜則左右挾之以寢，人皆賢之。及歸皋，皋嘗客於外，陳孝事孀姑，兼撫幼叔，手持刀尺，授二子詩書。暇則詮定皋詩草，今世傳《海門初集》，陳編校居多。長子之鍾以詩賦應召試，擢第一，成進士，由中書歷部曹。嘗迎陳就養京邸，居一載，念姑不置，囚中秋對月焚香賦詩，遂歸。三女之蘭、之蕙、之芬皆善吟詠，倡和成集，題曰《課選樓合藁》。陳以之鍾貴，封恭人。

同集書尾鮑之鍾跋：右先慈遺詩四十九首，不孝鍾輯而録之，不敢妄有所增補。嗚呼！我先慈幼嫻詩禮，耽書成癖，稍暇即涉筆作小詩，率以蠅頭片紙寫之，置箱篋中，不輕以示人，亦不復自整理，故中年所作，多有零落。洎後女弟輩漸長，亦知弄筆，稍稍檢得篋中所存。續以隨侍北行，往返途次所作，始共得若干首。嗚呼！昔戴復古少孤，訪其父敏才詩，僅得十首，至今傳之。我先慈詩雖不多，猶數倍於戴，而比興深婉，獨得性情之正，即平生慈孝梗概，亦略見於詩。後之搜羅風雅者，其得以少而忽之乎？庚戌花朝忌日孤子鍾涕泣謹誌。

同集書尾鮑長敘跋：先太高祖妣遺詩一冊，為乾隆庚戌伯高祖農部公手録，《家傳》稱與三女詩都為一集，名《課選樓合稿》，蓋農部公志也。今考三高祖姑詩集先後梓行，農部公皆未及見。光緒甲申，戴少梅表伯推不匱之思，復彙刻於浙中，題曰《京江鮑氏三女史詩鈔合刻》，顧家藏《課選樓遺詩》則緣百年以來屢遭時難，迄未剞劂。丙辰秋，謹以付梓請於諸叔父，咸蒙嘉許。昨復渡江謁慕僑表伯暨幼僑兄，獲假浙中彙刻全板，合併印行，用符合稿名義。初冊內《曉起》一律，舊抄各本均闕末韻。將開鐫，楝弟偶檢房族副冊，內夾存太高祖妣傳稿後附是詩，獨四韻俱全，遂成完璧。是知潛德幽光，有時而發，未始非先世靈爽所式憑也。其庶無倍於農部公之初志乎？歲在丁巳孟夏中澣來孫長敘謹附識。

新秋

幽蘚迷階壁，輕陰覆井桐。薄涼來枕簟，細雨入簾櫳。殘暑辭紈素，新秋添雉紅。懸知書館客，剪燭聽秋蟲。

登木末樓晚眺

柳青橋畔柳煙輕，人士嬉春照水行。幾樹斜陽摇絶壁，半天歸鳥落孤城。南山勢接江濤闊，北固雄臨海氣平。六代銷沉俱似夢，白雲深鎖古今情。

李倩荏六首

浙江錢塘縣人，柳漁張業師之甥女也。適陳玗石。著有《西湖百詠》。

柳漁夫子《李倩茬傳》略：女甥倩茬，姓李氏，妻於陳，倩茬其字也。生而敏妙，方五六歲，即能背誦詩書；性最豪邁，無㖃嗄兒女態。及笄後嬰寒疾，日益癯弱，若弗勝衣，然忘懷得失，器度豁如，喜怒不形於色。家居城北，屋四圍多隙地，因闢為小屋，廣植竹梅，明潔可愛，略無纖塵，池中蓄繡蓮數本，紅瓣而黃緣，結實味甘如飴。余嘗過其家，會暑雨初晴，好風徐扇，臨池點筆，課以短吟，有云：『碧波清瑩葉田田，珮冷衣香韻可憐。若使臨風能解語，應羞脂粉涴金仙。』其嫺雅之致，可想見也。迨歸陳子玗石，玗石為名諸生，襟期曠達，絶異世儒，得倩茬，倚如良友，閨闈酬倡，共喜為黄老之談。親長咸盡禮敬，得其歡心。人有急難，不恤解衣飾以賙之。故歿之日，戚黨莫不隕涕，即臧獲等亦擗踊號呼，哭聲達於里外。其德之感人，有若此者。事父母至孝，歲常歸寧，宛轉膝下，別去則間日一遣人省視。雖遇事倥偬，不少忘。去冬，吾妹倩李君綸如客遊廣陵，倩茬思之甚，夜見於夢，作《悵悵詞》一首，情韻幽切，由其純篤出於性成也。往余巡視臺灣，倩茬寓余書，論古今成敗，洞中窾要，儼如古名人策略，非所稱女有士行者耶？昨歲，倩茬送吾父木主入廟，來余家相聚數日，吾母沈太夫人見其形神清減，亦深憂之。臨分，執手依依，期今春再至。詎謂別未兩月，方簪勝迎年，而噩耗遽及。闔門片言，意成永訣，悲哉！

沈房仲《題女史李倩茬西湖百詠兼慰陳玗石》詩：『鐵笛騷壇選竹枝，風流腸斷已多時。金牛勝境邀清賞，重唱香閨絶妙詞。』『綺窻依舊一燈青，妝閣淒涼淚欲零。知否月圓風静夜，芳魂仍歷十三亭。』

曲院風荷亭

檻外湖流夏月涼，風來虛室簟生香。等閑莫把花吹動，防有鴛鴦葉底藏。

九里松亭

蒼翠千株夾道清，雲垂似蓋半陰晴。植松人去寒鴉怨，都向西風作雨聲。

龍井延恩衍慶院

山遮古殿野梅香，石井飛濤繞曲梁。二老風流今已逝，空林何處覓閑堂。

報國講寺

蕭條石徑古闌斜，白塔平蕪�落霞。春樹不知興廢事，年年猶發壞宮花。

千人洞

避世曾來築小廛，如今碧磵草芊芊。雲迷洞口疑無路，那識山中別有天。

青林巖

理公巖榻冷秋霜，磵外青峰到處黄。却怪林前春不去，萬株寒木獨蒼蒼。

吴淑 四首

自號伴梅女子，安徽休寧縣人，汪碧園之室也。詩附見於《森玉堂詩草》後。

暮秋夜話

夜深燈火淡香篝，宋玉多情又感秋。落落長貧那易老，珊珊瘦骨不勝愁。煙消寶鴨寒侵鬢，月轉高梧影上樓。閑話西窻霜氣肅，相憐惟有敝貂裘。

思母

强拈銀管寫雲箋，病裏思親倍可憐。欲寄斷腸書一紙，無情北雁滯南天。

竹夫人和韻

寂寞湘妃出水濱，裁成尤物伴君身。未知夢破秋風後，還憶新人是舊人。

酬夫子見懷韻

涼生羅袖入新秋，燈下微吟火欲流。窻外無端風雨過，懷人江上起離愁。

許孟昭二首

字景班，江蘇元和縣人，武平令許廷鑅之長女。適明經沈之源。

寒夜曲

金剪生寒夜漏長，玉人纖手嬾縫裳。素娥偏耐秋光冷，來照鴛鴦瓦上霜。

越女詞

一曲菱歌韻碧瀾，耶溪歸櫂日將殘。情多自易含惆悵，不為秋深玉露寒。

許楚畹四首

字蘭滋，江蘇元和縣人，武平令許廷鑅之女孫。適明經沈開楙。著有《鏤雪吟草》。

對雪

柳絮因風句，長誇道韞才。謝庭人不見，積雪冷蒼苔。

寒夜曲

沉沉夜永漏聲添，倚户蕭條對彩蟾。青女不知幽院冷，還吹霜氣入重檐。

閏七夕

卷縠停梭事未遥，鍼樓重上望青霄。誰言天上佳期少，已見雙星兩渡橋。

望遠曲

征人十載戍龍堆，笛裏關山曲更哀。夢斷沙場路難識，相思空上望夫臺。

方敷六首

字澗濱，安徽桐城縣人，四川孝廉高繼允之母也。

挽陳懷玉

鵑聲哀怨痛如何，一種才華謝綺羅。粉膩蓉牋詩博士，香熏繡佛女維摩。瓊花夜夜空明月，霜鬢年年感逝波。今日高樓數行淚，隔江愁絶暮雲多。

五日以也將白水蘸菖蒲書為起句寄龍素文有序

歲維荒落，節届天中，半户榴風，一簾梅雨。無錢沽酒，任他長晝閑閑〔一〕；有艾驅愁〔二〕，肯使佳晨寂寂。偶閲現成之句，也將白水蘸菖蒲；竊移見獵之情，爰用綵毫揮楮葉。因成七字，賦得五篇；請政雙清，以供一粲。自知呈醜〔三〕，得無布鼓之譏；倘不余嫌〔四〕，乞賜松陵之和。

也將白水醮菖蒲，肯使佳晨興暫孤。一樣〔五〕艾絲懸破屋，不教酒肉污荒廚。一瓢顔子知遥慰，獨醒靈均喜有徒。醉竹半窻書數卷，細焚蒼术聽啼鴣。

甑有塵封盤少蔬，也將白水醮菖蒲。友〔六〕遺角黍堪充腹，自寫新詩可當符。槐樹緑浮閑繡榻，榴花紅映破羅襦。侏儒今日休相笑，幽趣由來讓餓夫。

人逢時節儘歡娱，陋巷蕭條賴有吾。雖乏紫茸酬益智，也將白水醮菖蒲。池多芳草蛙聲集，簾捲濃陰燕子雛。深閉柴扉消永晝，獨揮琴韻振花鬚。

隔岸龍舟鼓競枹，一天嫩暑上簾珠。黄迷倦蝶萱英脆，緑帶殘鶯柳綫麄。不有青錢沽竹葉，也將白水醮菖蒲。蘭湯浴罷神情爽，玉柄輕摇任嘯呼。

薰風掩映芰荷疎，梅雨陰晴布穀呼。何處齊紈吟戌削，誰家楚葛醉醍醐。捕蟾興覺多闌散，鬭草人今半有無。自笑未能全免俗，也將白水醮菖蒲。

【校記】

〔一〕閑閑：《國朝閨秀正始續集》作『愔愔』。

〔二〕驅愁：原作『軀愁』，據《國朝閨秀正始續集》改。

〔三〕此句《國朝閨秀正始續集》作『自慚卑格』。

〔四〕此句《國朝閨秀正始續集》作『倘有同心』。
〔五〕一樣：《國朝閨秀正始續集》作『依樣』。
〔六〕友：《國朝閨秀正始續集》作『鄰』。

鄭鏡蓉六首

字玉臺，福建晉安縣人，鄭方坤之長女也。適閩縣陳道敷。著有《垂露齋聯吟》。

秋雨用蘇岐亭韻

更漏響沉沉，銅壺滴金汁。遣興與裁詩，含毫紙欲濕。似云石燕飛，哀祈辛一得。潭底起乖龍，如奉律令急。蛙鼓亦齊鳴，唼喋亂鵝鴨。陣陣勢傾盆，縷縷煙垂幕。離披蜀葵黄，狼藉雞冠赤。净洗六街塵，水碧復沙白。茅屋頓涼生，微香吹衣幘。一雨一犁金，貧民免啜泣。從此慶豐年，禾黍盈無缺。原野景色新，能遣悲秋客。且暫解焦勞，小榻呼觴集。

夏日抄書小窻如炙念家嚴遠出捕蝗率彼曠野炎蒸百倍因用家嚴送有鄰弟返里原韻示諸妹

煩暑正流金，長日當季夏。姊妹小窻閑，時作喃喃話。雙丸去如梭，倏過端陽假。楸枰已嬾彈，對食却盃斝。石鼎響如潮，茶煙看繞舍。榴火復薇花，景物遞相迓。蛙鼓不停聲，令人幾驚咤。白汗如雨揮，黄沙將人射。雖罷火傘張，那得清涼夜。太守同民憂，詎有案牘暇。昔歲厄陽侯，氾濫吁可怕。今幸茁其苗，轉眼納禾稼。胡天不悔禍，鳩鵲未蒙赦。蟲豸迭爲災，撲面火雲下。大地真如爐，短後衣難卸。返署未浹旬，又促星言駕。雖滅旋復興，吴越若争霸。宦海嗟茫茫，何時守桑柘。爾輩尚童心，嬉笑還怒駡。我心耿耿然，好懷那得借。因思官閣清，松蘿高插架。更有秋水篇，千載人膾炙。早晚涼信來，煩憂暫可謝。能息數朝間，好把歸鞍跨。蛩聲荒砌吟，螢光腐草化。掃地更焚香，襟期古人亞。此事難預期，欲言先嘔啞。八閘未云遥，時家大人駐韓庄閘。遠隔如滻灞。蟲口有餘糧，俗云：蝗蟲口内有餘糧。諺語堪慰藉。薪米慶豐年，無憂珠桂價。

夏曉

緑樹環庭外，荷含晨露〔一〕深。軒窻不受暑〔二〕，水竹自成陰。隙月窺殘夢，疎星動曉禽。碧嶰風遠送〔三〕，涼氣逼衣衾。

新秋

淒淒砌裏有蟲吟，漏盡聲聲韻轉沉。人入夢時初過雁，月當圓處正聞砧。風微菡萏浮平沼，雨霽梧桐落遠林。此夜幽閨偏耿耿，悲秋爲感楚騷心。

思歸憶諸弟妹兼以寫懷即用秋羹姐韻

久驚同氣似參商，遠道書來篋衍藏。離恨各天渾未補，女媧無乃太匆忙。

二豎迷藏豈有因，歸寧無計慰雙親。同懷若問年來況，百丈愁城困此身。

【校記】

〔一〕晨露：《國朝閨秀正始集》作『曉露』。

〔二〕不受暑：《國朝閨秀正始集》作『常愛浄』。

〔三〕遠送：《國朝閨秀正始集》作『遠近』。

鄭雲蔭三首

字綠苔，方坤次女也。適福清嚴應棨。著有《垂露齋聯吟》。

夏夜乘涼限韻

乘涼凭畫闌，螢飛頻仰視。解渴何所需，冰盤浸瓜李。便敵曹公梅，差亞陳家紫。星斗挂疎林，柳枝拂棐几。忽然起驚風，亂颭芙蓉水。明月皎皎光，直照深潭底。何處碧荷香，沁入金尊裡。

賦得滿階梧葉月明中

蘭芳籬菊秀，涼氣襲香篝。落葉蕭蕭雨，寒砧陣陣秋。隔林鴻影杳，逐水荻花流。讀罷歐陽賦，蟬聲韻徹樓。

新柳和韻

金穗含煙紫陌春，綻黄摇緑色初匀。淚凝嬌眼知添恨，舞因纖腰妙入神。灞水風柔臨遠道，章臺雨暗送行人。相思最是三眠後，幾許遊絲落錦茵。

鄭青蘋二首

字花汀，方坤第三女也。適閩縣丙子孝廉翁振綱。著有《垂露齋聯吟》。

題表姊璧佳遺像

林下饒姿致，人誇幼婦詞。淒風吹玉貌，淡月想蛾眉。莫返瑶池馭，空悲騎省詩。銀屏感遺掛，蛛網結絲絲。

賦得緑樹陰濃夏日長

學飛乳燕遶迴廊，出水芙蕖冉冉香。曲院花凝晨露潤，小窻人耐晚風涼。鶯梭亂織〔一〕千條柳，蛙吹時喧半畝塘。欹枕横斜書數卷，了將清課日初長。

【校記】

〔一〕鶯梭亂織：《國朝閨秀正始集》作『蟬聲亂噪』。

鄭金鑾二首

字殿仙，方坤第四女也。適閩縣林守良。著有《垂露齋聯吟》。

蓬萊閣觀海和韻

高閣層巒上，滄溟那有垠〔一〕。射工迎落日〔二〕，颶母類奔雲。縹渺來三島，高寒到十分。登臨餘感慨，漁笛不堪聞。

梨花限韻

三月園林草徑荒，一枝晴雪簇東牆。冰姿差後寒花發，縞素渾如貧女粧。艷惹夜蟾光處白，淚含春雨冷時香。空庭寂寞無人迹，引得遊蜂陣陣忙。

【校記】

〔一〕那有垠：《國朝閨秀正始續集》作『耀夕曛』。

〔二〕此句《國朝閨秀正始續集》作『波臣疑噴雪』。

葉氏二首

江蘇元和縣洞庭山人。詩見葉蒼舒《國雅》。

夢

夢深嫌去速，夢淺怨來遲。未訴衷情盡，翻成覺後癡。

題梅語亭

窻前風細月痕香，嫩蕊參差出短牆。幽夢只尋仙子對，羅浮消息語偏長。

易慕昭三首

字淑班，安徽歙縣人也。

窻外早梅

萬木凋零暖未回，春光先漏近窻梅。嬌羞不解迎人笑，冷艷何曾畏雪摧。最愛素妝臨月下，好移疎影上簾來。天公自是憐清潔，故遣瓊枝歲首開。

除夕

强將華燭延殘臘，喜得承歡聚膝前。欲望兒成欣改歲，却愁姑老怕添年。梅花已報三春信，爆竹全消五夜眠。韻事何妨閨閣效，也將巵酒祭詩篇〔一〕。

輓陳佩

自是瓊花絶世姿，春風何事殞芳枝。閨闈空感文通賦，閭巷争傳道韞詩。手訂遺編方女史，心通大體勝男兒。虚生半百知音少，老眼憐才淚若澌。

【校記】

〔一〕此句《國朝閨秀正始集》作『也將杯酒酹詩篇』。

張淑二首

江蘇上海縣人。

輓孫貞女

月眉雲鬢正青年，玉碎花飛事慘然。白練從容昭大義，香魂應不化啼鵑。
清河公子召修文，痛折人間鸞鳳羣。百輛未迎甘殉節，名標彤管永流芬。

華明慈一首

浙江鄞縣人，檢討華夏之女，解州知州王朱旦之室也。著有《化碧樓集》。

示弟儼思

功成一劍擾韓城，奇俠何妨竟滅名。却笑姊來多涕淚，不如長嘯入青冥。

富夢琴七首

字隱蘭，江蘇江寧縣人也。適無為州邢蒼友。著有《繡巖暇草》。
《清詩備采》：隱蘭姓富氏，名夢琴，世居江寧，祖與父俱登仕籍。隱蘭自幼從父宦遊江西，逾十年始歸。隨適吾里邢子，以世家女為貧家婦，安命安貧，製女工以佐中饋，暇則寄情吟詠。其詩深自韜晦，不肯輕以示人。陸君晴嵐，與邢子為鄰，故得見其所作，晴嵐轉以示余登選云。

詠蘭

茸茸百草蘋，乃有幽蘭在。分明王者香，樵子不知愛。

紡績婆

荳蔻籬邊秋肅肅，秋蟲徹夜鳴相續。咿啞故作紡車聲，似為寒衣特催促。有時嘈雜〔一〕疑急雨，有時淒切〔二〕若私語。暗逐清風韻抑揚，隔窻驚起貧家女。抛梭悵然無限情，碧紗皓月〔三〕動愁聽。機中空〔四〕織百尺練，枉為他人作針線。可知造物甚不均，逸者逸兮辛者辛。富兒安坐衣滿〔五〕篋，等閑聞之曾寒心。

秋夜

花影婆娑罩碧紗，柴門深閉静無譁。空庭風落數聲葉，老樹霜棲幾點鵶。爐近疎簾煙細裊，詩吟殘夜月方斜。坐深曷盡鄉園感，欲拂吟箋起歎嗟。

讀楊忠愍公集有作

彈奸刻本最堪傷，自序生平益慘愴。宇內綱常照烈烈，人間生死聽蒼蒼。丹心皎似千秋日，鐵面堅同百煉鋼。閨閣也知欽節義，一披遺囑涕沾裳。

讀公詩已淚潸潸，遺囑何心忍再看。自詠洵同霜柏勁，彈奸直作劍光寒。蚺蛇手却膽成鐵，枷鎖風吹香比蘭。大節千秋昭宇內，可憐國步彼時難。

藕絲

潔婉瓌瓏幾丈絲，饒他冰雪亦相宜。漫言埋没汚泥下，心孔從教白不緇。

夜坐聞秋聲

西風颯颯快如刀，東院高梧漸已凋。愁緒挑燈言不盡，朝來題在美人蕉。

【校記】

〔一〕嘈雜：《國朝閨秀正始集》作『嘈嘈』。

〔二〕淒切：《國朝閨秀正始集》作『剌剌』。

〔三〕碧紗皓月：《國朝閨秀正始集》作『月明露冷』。

〔四〕空：《國朝閨秀正始集》作「定」。

〔五〕滿：《國朝閨秀正始集》作「盈」。

王氏 句

江蘇蘇州繆孝廉之惠室。

句

死有千金骨，生無一顧人。

天有風雲常欲暮，山無草木不知秋。

《隨園詩話》：蘇州繆孝廉之妻王氏《詠馬》云云，又《慢興》云云。

汪玉軫 六首

號宜秋小院主人，江蘇吴江縣人。適陳昌言。著有詩一卷。

無名氏《詩鈔序》：汪玉軫，號宜秋小院主人，江蘇吴縣人。父蓉亭，雖賈人，而頗好文墨，有子五人，皆愚不可教，惟此女慧甚，遂鍾愛之。嘗得古琴而缺其軫，乃以玉軫名其女。五六歲時，輒抱置膝上，教之識字，未嘗課以女紅也。十歲，父没，乃習針黹。然稍暇，輒喜觀書，而家苦無所藏，四書之外，惟李笠翁《十種曲》、蒲留仙《聊齋志異》，顛倒反覆，悉可背誦。年十九，適吴江陳昌言。家故貧甚，夫又闒茸無能，日取奩中物供其揮霍，未幾斥賣浄盡，敝衣藿食，為人縫紝，得錢以易薪米。一室之中，惟諸兒女啼饑號寒聲，所天詬誶聲耳。所居與其表弟朱春生鄰，時時過從相慰藉，春生亦不知其能詩也。一日，偶翻其針綫篋，得吟稿一紙，怪而問之，赧然曰：『曩過君家，見架上元人詩一冊，竊攜以歸，俟家人熟寢後，燈下默誦，為之心開，學作數語。自知鄙俚，未敢示人。』春生於是悉取所藏名人詩稿借與之，且極慫恿作詩。惜其饑寒累心，卒卒無暇，故兩三年來，所得衹如干首。又皆於枕上微吟得之，或口誦，不復存稿，存亦不自收拾，故不署題集名也。

【輯補】

汪玉軫《宜秋小院詩鈔》（嘉慶十六年刻本）載朱春生《汪宜秋女士小傳》：余於表姊宜秋女士之亡，既索得其遺詩與詞，編次都為一集，又念其生平遭遇之厄困、志行之艱貞，非余莫能詳也，乃為之傳，以弁簡端，俾讀其詩者並想見其人焉。姊姓汪氏，名玉軫，所居曰『宜秋小院』，因以為號，余姑之女也。幼而明慧知書，諸兄弟皆莫之及，父母嘗有恨此女不為男之歎。長適陳氏，故宦裔，然淩夷矣。于歸後，知家貧，即質簪珥以佐朝夕，舅姑亟稱其賢。久之，舅姑没，而壻逋蕩不事事，日取奩中物耗之，檢括且盡，漸不能給其求，屢加楚毒。既而盡斥賣其室廬什器，偕所狎遠去，竟漂泊不返。姊無所棲止，時母家亦中落，兄弟莫可依者。先君子聞而悲歎，割宅旁一椽舍之，移來家具零落僅存，缾中固無隔宿儲矣。姊女紅極精，刺繡文售且速，而幼兒女四人及小叔一人並賴姊衣食，以是困甚。值儉歲，日或不再食，吾母每呼姊共飯，姊不時至，遺以不飥粔籹，猶必報餽，先君子謂：『甥女良苦，抑何介也？』姊遜謝而已。無何，其小叔病死，棺衾殯葬，皆十指所出也。甲寅之秋，先君子見背，未數日，吾母與余皆得危疾，家人不知所為，姊每日過存，約束婢僕，主張醫藥，不避嫌怨。凡兩月，余始杖而能起，入室省母，向姊申謝，姊曰：『疾病扶持，至戚固應爾；矧吾夙藉舅氏庇蔭，恨未効纖毫報，子何謝為？』姊暇即教諸子讀，而次子差慧，通曉文義，比長出為人句讀師，餘皆入市習會計，己亦教授女弟子，境稍寬矣。乃輒有持券向其子索逋者，謂『而父當時所貸，經數年，子本當倍蓰也』。姊聞愕然，及視券，良是。乃與為期約，而積課誦及針紉所得次第償之。久之，逋畢償。會有愛其次子，願以女妻者，姊喜，拮据為婚娶，賃屋遷居。自幸室家纔立，而未幾遘疾不起，以嘉慶十四年四月□日卒，年五十二。先卒數日，神氣惝怳，語不能達其意，醫者謂心血枯竭，形神已離。嗚呼，即是而平日之劬勞可知矣。余初不知姊能詩，偶繙其案上書見之，以誦於同社友人，莫不歎賞。或以卷冊索題，而同時諸女士聞之，亦寄詩相贈答，由是吟詠漸多。然姊終日作苦，未嘗以詩為事，又不自存稿，往往取敗帋背面書之，故多散佚。今所存詩二百首、詞二十首，强半從諸人卷冊中彙而録之也。姊生平茹荼如薺，絶無怨尤，詩中間有斯饑之歎，終不明言其故；而余乃詳著之於篇，殆非姊意。然古風人皆忠厚，而『德音無良，終風且暴』，亦既明言之矣。存余此傳，謂補其詩之所未及可也。嘉慶十四年七月下澣表弟朱春生鐵門甫撰。

同集書尾嚴炳跋：炳幼侍先君子，嘗命鈔録詩稾，見有《次吴門女士金纖纖韻》二首，未知女士之詩何如，不敢問也。後讀袁簡齋先生文集，有《纖纖墓誌》，乃知為長洲詩人，陳竹士室，高才而早世，因求得其遺稾讀之。稾中每有同時閨彦贈答之作，而吴江汪宜秋女士酬唱尤多。時炳方從朱鐵門夫子遊，夫子於宜秋為中表，嘗録其詩見示，然未得窺全豹也。今歲需次袁江，值夫子來遊，行篋所攜，有兩女士遺詩一冊，則宜秋亦於前年化去矣。讀夫子所為《宜秋小傳》，其困厄終身，較纖纖之盛年殀殁，更為可悲。至其詩，實有與纖纖異曲而同工者。蓋一為琴瑟静好之音，一為婉孌斯饑之什，所遇不同，而詩之可傳則一也。纖纖之詩，外間傳抄甚多，然時有偽謬；而宜秋之詩別無副本，又恐失亡，因從夫子乞得此冊刊板，以廣其傳，而敬跋數語，用誌景慕，亦私幸得附名簡末云。嘉慶十六年花朝後一日錢塘嚴炳識。

遣悶

一翻疎雨一番風，聲入秋窗曉夢空。自是愁人聽不得，莫將蕭瑟怨梧桐。

睡起無心對鏡奩，紙窗紅透未開簾。熏爐尚有微微火，沉水拈來且再添。
夜涼池館雨初晴，雲影微茫月影清。坐久不知風露重，柝聲忽已報三更。
花初破萼柳纔青，寒食時光微雨零。妝閣有人愁不寐，挑鐙無那隔簾聽。

偶成

夜静更闌猶未眠，熏爐香燼不生煙。推窗且看中庭月，影過東牆第幾磚？
風飄柳絮雨飄花，多少新愁上碧紗。借問過牆雙蛺蝶，春光今在阿誰家？

《隨園詩話補遺》：近有人抄寄吴江三女詩來，其一宜秋汪玉軫有《偶成》云云。

卷之四十八

程屺媱二首

江蘇長洲縣人，黄子雲之女弟子也。詩附見於《長吟閣集》。

黄子雲《贈閨媛程屺媱》詩：戚屬叨居杖者流，短筇旬日一來遊。闕疑卷帙盈盈問，細作羹湯欵欵留。詩思百端期入室，風光二月愛登樓。吴中得播房中曲，文雅江南第一州。

納涼水明樓與黄師聯句

欲挹西郊爽雲，疎簾向晚褰屺媱。荷香風細細雲，竹影水漣漣屺媱。小閣三杯酒雲，斜陽一樹蟬。尊嚴馬融帳屺媱，沖淡素娥絃。秀句傳芳歲雲，高山仰大賢屺媱。眼前舞雩隊，轉更説嬋娟雲。

抱疴秋夜奉懷黄師

腰圍瘦減鬢鬅鬙，欲報新詩媿未能。簷雨滴階秋卧病，薄帷半卷對殘燈。

黄子雲《和程媛抱疴秋夜見懷韻》：三秋知爾常多病，柳絮清吟定不能。諷詠報章娟秀甚，老人何幸有傳燈。

陳書句

號南樓老人，浙江秀水縣人。適海鹽錢贈君綸光，以子宫傅陳羣貴誥封太夫人。能詩善畫。

《國朝畫徵録》：陳書，號上元弟子，晚年自號南樓老人，秀水人，太學生堯勳長女，適海鹽錢上舍綸光。善花鳥草蟲，筆力老健，風神簡古。翁鶴菴先生嘗嘆曰：『用筆類白陽，而遒逸過之。』間作觀自在、關壯繆、吕洞賓像。上舍家貧而好客，夫人典衣鬻飾以供。嘗賣畫以給粟米，雖屢空，晏如也。課子嚴而有法。長陳羣，康熙辛丑進士，入翰林，今官通政、北直學政。次峯，廩生，早卒。次界，寶雞縣知縣，亦善花草。夫人以陳羣官誥封太淑人。卒年七十有七。

宫傅錢陳羣《敬題先慈所畫出海觀音像》詩：萬里波濤萬里平，萬年自在萬年清。十方善信同瞻仰，無縫天衣一筆成。

【輯補】

錢陳羣《香樹齋文集》（乾隆刻本）卷二十六《誥封太淑人顯妣陳太君行述》：太淑人諱書，姓陳氏。自宋相國文僖公諱康伯，以護蹕南渡功賜第于郡城之春波門外，遂爲秀州人。文僖公四世孫諱彦斌，爲浙江廉訪使，有異政，杭人爲之立廟祀。七世孫諱俊民，明洪武中任貴州右方伯，安輯苗疆，撫民有法，謚曰簡。十一世孫諱憲，嘉靖戊戌進士，太淑人曾祖也。祖諱懋義，邑庠生。生先外王父諱堯勳，太學生，以善行著于鄉。所居屋傍有梓潼神像，歲久毁壞，守僧數募里民新之，歲餘莫有應者。夜夢神語曰：『陳善人來，當新吾像爾，何得他請耶！』明日外王父果至，僧具以告。即鳩工修葺廟宇，並裝演神像。外王母錢有娠，將娩身矣，外王父夢神降其家，已而生太淑人，乃二月三日，世傳梓潼誕日也。太淑人幼沉静寡言笑。生八歲時見同祖諸昆從學舍歸，輒問所讀何書，促口授，默識之，不遺一字。外王母錢恭人相遇甚嚴，每令學女紅，頗不許習柔翰。曾就王外父齋中見壁間名繪，取紙筆倣之，無不神肖，外王母怒而撻焉，乃止。一日，外王母夢神語曰：『我昨遺汝女筆，他日當以翰墨名天下，汝何得禁之？』自是延師授經，歲餘便通曉大義，曰：『讀古人書，當學爲古人耳。』乃取女史孝行諸實事，圖于所居室中，躬傚爲之。外王父鍾愛特甚，每歎曰：『惜乎女也。若男，亢吾宗矣。』外王父需次入京，行至天津，暴疾卒于舟中。旅櫬歸，太淑人死而復甦者再。自是奉外王母益謹。時家計中落，外王母孀居貧乏，舅氏孤露，太淑人縫紉給饘粥，仍句讀經書，以授舅氏。先王父誥贈中大夫孝廉公，與外王父有舊，適先府君賦悼亡，聞太淑人賢，請以繼室。不孝前母蔡太淑人賢而不壽，先府君思念逾節。太淑人仰承意旨，結褵三日後即洒掃淨室，懸蔡太淑人小影于其中，朝夕供蔬酒如生。歲時饋問蔡家賓客，如蔡太淑人在也。寒族自七世祖臨江太守公諱琦，六世祖太常公諱薇，同弟永州太守公諱芹、禮部公諱萱，世居邏村，子姓繁衍，衡宇相望。太淑人于歸甫旬日，見所居樓外有少年責佃户償逋，逋者不遜，毆之殆斃，咯血不止。時大雨雪，雪沾衣皆赤。須臾逋者之家聞之，率黨戚相報，勢甚猖獗，少年無所措。太淑人遣蒼頭問少年爲誰，則先府君兄子也。母鍾方寢疾，哭泣不能制。太淑人曰：『吾當治之。』乃舁逋者于煖室中，急令蒼頭延醫診視，給其母米二斛、錢二千，仍縛少年跪而受杖。衆大感悟，遂散去。逋者之家償租值如故。先王父率先府君上冢歸，聞之，驚歎狂喜曰：『新婦若此，吾無憂矣！』先王母曹太淑人屢遘沉疴，太淑人衣不解帶，目不交睫者浹旬，羹糝藥劑，出太淑人手者，食之必甘。先王父德望，族人素所矜式，行序亦長，每歲時必集族人于家廟，反覆告誡，數十年中，族子弟相率不敢爲非。將之官，信安族人置酒取別，且請曰：『誰可代翁長吾族者？』曰：『吾新婦陳，至孝且慈。吾觀其舉措，家政當出吾右。』族人以爲然。時族世母文學介亭公夫人葉，贈觀察公卓公夫人俞，皆以望族砥礪名節，訓子有法，與太淑人相處親愛無間，率以勸善規過，相爲酬答，族人咸取則焉。先府君性慷慨，樂善好施，于學無所不窺。從父半完老人父子，文學子玉、介亭兩先生，同居鄉里，頗爲時論所推。一時碩學，如少宰彭羨門先生、竹垞朱先生、華隱徐先生，今閣學俞穎園先生兄弟，並以志術相尚，裾屐紛披，連檣投轄。家故貧，不能具飲饌，太淑人脱簪珥以供。太淑人幼有倫鑒，聞賓客中有以浮華相尚者，必婉頰勸，令遠之。丁卯，同村幼穉患痘殤者數人，不孝兄五歲，亦殤。不孝甫二歲，瀕死者數矣。太淑人謀于先府君，乃屬不孝于外王母，曰：『是兒若保，其婆所留乎？』外王母乃盡去襁褓，解所衣單衣裹之，抱與俱歸。外王母年過四十，孀居將十載矣，乞鄰婦乳喂之不得，則按方書取藥作乳以飼。太淑人亦時寄衣襪餔飦等物。不孝年九歲，外王母以所居里中無讀書者遣還，令太淑人教，時不孝弟峯已七歲，弟界已四歲矣。不孝復患鼠瘡，熾甚，百藥皆試，僅以骨立，太淑人撫育備至。比歲歉收，里人乏食，太淑人指所居屋質于郡中富家，糴米以濟。又嘗捐資施棺。戚族有以急難告者，無不竭力以應。于是貧益甚。先王母抱病信安官舍，太淑人聞之，跪禱于神者七晝夜。先府君過江省視，將行，謂太淑人曰：『吾親老，不能咫尺離膝下。諸子學業成敗，由汝矣。』太淑人慨然引爲己任。聞里中有陶先生者，躬耕績學，不干外務，具禮延致。陶先生熟精經學，獨不工舉子業，且又多病，辭不就。太淑人固請曰：『以先生品行純素，故敢相托。經學果通，何患不能成舉子業耶？』每夜必手録不孝日課，彙寄先府君，令壹志親側，勿以兒輩爲念。不孝少居鬧市，習嬉戲，讀書不能沉潛，又自恃資性，輒事强記。繼而陶先生即世。所居讀書處有樓三楹，太淑人在樓下，紡織聲相答，或聞讀書聲輕浮，嘗潛登梯級覘之，則不孝弟兄俱越席以嬉，讀成誦書塞責也。于是大撻至流血。數月又如之。一日召不孝于家廟中跪，竟日不令飲食，太淑人亦痛哭自責，絶食者兩日。不孝泣曰：『請母毋自傷，兒自是當攻苦讀書矣。』乃手録朱子讀書法數則，榜于座隅，置《字彙》等書于紡車傍曰：『是吾師也。』並命不孝課兩弟。不孝每夜讀《易》一卦，據所見疏之，太淑人手自披閲。夜分不寢，借篝燈餘輝，躬自紡績，晨遣蒼頭入市易米。而先世所遺義田、祭田，歲按所入分給族人，以本身及不孝等應支米數積之，以周貧乏。……少習繪事，山水人物花卉，各造極品，寸箋尺幅，人争寶之。所著有《復菴詩稿》三卷，不孝曾請付梓，則曰：『吾未能自信，焉敢問世耶？』太淑人生于順治十七年庚子二月初三日，卒于乾隆元年丙辰三月初七日，享年七十有七。乾隆元年恭遇覃恩，晉封太淑人，晉贈中大夫通政使司右通政提督直隸等處學政加三級紀録二次廉江府君繼室。子三。長不孝陳羣，康熙辛丑科進士，由日講起居注官翰林院侍讀學士，提督直隸等處學政加三級紀録二次，娶俞氏，誥封淑人，吏科掌印給事中諱之琰公孫女，日講起居注官翰林院編修諱長策公女，進士諱鴻慶公姊；繼娶俞氏，誥封淑人，候選州同知諱爾望公女。次不孝峯，廪貢生候選訓導，娶任氏，候選州同知□□公女。次不孝界，陝西寶雞縣知縣，題署隴州知州，娶徐氏，江西瑞昌縣縣丞諱□□公女。女一，适舉人候選知縣馮巨欽。孫五。汝誠，監生，聘思南府知府史諱瑗公女，户部尚書諱貽直公妹。汝恭，儒業，聘内閣學士沈諱涵公孫女，甲午科舉人諱杜臣公女。汝愨，儒業，聘甲辰科順天南元馮諱巨欽公女。汝隨，幼，俱不孝陳羣出。汝鼎，恩蔭生，娶甲辰科進士屠諱□□公女，不孝峯出。孫女三。一許户部員外程諱亮祖公子，一許翰林院編修蔣諱恭棐公胞姪，不孝陳羣出。一適文學裴接三公子，不孝峯出。乾隆元年三月望後二日謹狀。

句

賣幅青山佐讀書。

《香樹齋續集》注：臣母善繪事，山水人物，花卉翎毛，俱臻神妙。訓羣兄弟讀書。夜則紡績，畫則隨意作畫，曾有句云：『賣幅青山佐讀書。』每有畫經進，輒蒙天筆題識。

吴淑英 一首

江蘇姑蘇人。詩附《柳漁詩鈔》。

題崔莊驛壁

輭紅塵裏小雙鬟，萬里憑誰望賜環。腸斷東風聞杜宇，一齊灑淚向青山。

柳漁張業師次韻詩：荒雞催理緑雲鬟，冷墮茅櫚月似環。馬首琵琶能作語，好憑萬里訴家山。

錢慧 四首

字性聰。里次、所適未詳。

次韻題明妃圖

一幅圖成萬恨稠，蛾眉去國獨悲秋。幽姿至竟埋荒草，何必青青壟上頭。

孫貞媛詩

忠節貞操克兩全，千秋大義一庭傳。南園召鶴多題詠，底許嘉名琬琰鐫。
生向華亭逝廣陵，中間飄泊悵懷增。逃回兵燹煙花斃，老嫗空勞竭股肱。
緱山鶴去影蹁躚，特勅貞魂入洞天。若遇靈香問前事，為言辛苦誤芳年。

王松清 四首

安徽無為州人。著有《松清偶詠》。

《清詩備采》：王松清，余故友王君聲聞之長女。幼嫻姆訓，從父學詩。及笄，歸我族弟詞章，居敬食貧，女工助給，暇則拈韻以遺懷。

燈花

不同百卉待栽培，特為良宵報喜來。嫩蕊直從三昧吐，疎花止借一莖開。靈光未許狂蜂採，明艷寧容粉蝶猜。笑彼朝榮多夕萎，好將赤焰壓朱梅。

蝴蝶

身輕翅薄態偏狂，慣向花陰暗竊香。春色滿園堪入夢，飛來飛去為誰忙？

贈富隱蘭

聞説才華迥出塵，丰儀未覩意先親。金陵勝地奇花種，移向芝山幾度春。

神交久慕蕊宫仙，强學塗鴉寄短箋。莫令才華羞賜和，須知同病更相憐。

吴瑛三首

字雪嵋，江蘇長洲縣洞庭山人，吴柳亭之女也。適席允成。著有《玉壺集》。

《七十二峯足徵集》：氏名瑛，字雪嵋，吴柳亭之女。柳亭無子，有二女，長雪嵋，次冰杳。柳亭愛之如掌珠，少小教之諷詠詩書，涉獵翰墨，皆以能詩名。雪嵋尤工小令，適席允成，性不耐俗，琴瑟失調。雪嵋令其置妾，以抱衾裯。自居虚室，焚香啜茗，繙閱書畫，研弄筆墨。或與允成相見，真如賓也。未幾，允成中讒，時有終風之暴，氏鬱鬱不得志；又家計日落，境益窮蹙。有姑母許孺人居吴城，哀其遇而憐其才，延為女孫師，閱歲始歸。及姑母卒，氏無所依，竟憔悴以殁。著有《玉壺集》，憂傷怨誹之詞居多，令人不忍卒讀。

春歸

觸目關情不自由，鞦韆庭院等閑休。低佪瘦影羞臨鏡，料峭輕寒怕上樓。午夢欲成憎燕語，閑愁如約聚眉頭。金刀彤管渾疎却，難挽韶光片刻留。

秋思

殘暑全消已半秋，亭臯木脱景逾幽。涼飆又妒夫人扇，皎月徒添思婦愁。幾度聽蛩臨玉砌〔一〕，多時盼雁倚紅樓。近來也似黄花瘦，莫笑安仁易白頭。

落葉

雪染楓林一片秋，黄於籬菊絳於榴。相看莫當無情物，曾載宫詞出御溝。

【校記】

〔一〕玉砌：《國朝閨秀正始續集》作『碧砌』。

吴琇三首

字冰香，江蘇長洲縣洞庭山人，吴柳亭次女也。適席大業。

《七十二峯足徵集》：席大業妻吴氏，名琇，字冰香，吴柳亭次女。工詩詞。子紹雄，女蘭、蕙、芬、芳四人，皆有著作。

初夏

荷錢透水日初長，燕子穿簾語畫梁。體倦試聽花漏短，停針豈是妒鴛鴦。

七夕

名香夜静爇金爐，院落風敲竹韻多。漸覺入秋蓮漏永，幾人不寢望銀河。

曉林鳥韻

風微日暖綺窻明，滿院羣芳媚曉晴。妝罷青閨無箇事，玉階小立聽鶯聲。

周仲姬八首

字淑和，號二如，福建海澄縣人，明經周彬之女。適龍溪縣諸生李堯封。著有《二如居詩集》。

周正思《二如居詩集序》：夫策馬陟砠，為閨思之祖；伐條采苢，見王化之成。婦人之詩，莫不協聲律而用邦國矣。後代採風不及，太史不陳，而幗國之操觚染翰，猶多雅製，引重藝林。此以知女子善懷，能發乎情止乎禮義者，亙古以來，不可廢也。余族姓散處霞城，秋間謁先忠愍公祠，至吾兄質先之家。質先故名宿，文稿行世已數十年，延姆教女，歲靡脯脩，因出其奩中近詠相示。覆按之下，喜其清微淡遠，能自為詩焉。夫詩者，自然之音也。女子之詩與男子異，而吾質先之女又與諸名媛異，何也？女子無間關僕馬之勞以歷其境，無炎涼悲喜之雜以窮其變，無南皮西崑沿襲之體以蔽其聰、錮其習。不勞則逸，不雜則幽，繡幄薰香之上，縟苔芳樹之間，復相與徵事抽函，分題授簡，幾於圖書有篋、針線無箱，則天倫之中自為恬雅者，亦遠勝於盤中索句、錦上廻文之什矣。質先請予序而刻之，予為道其梗概如此。

《古檀詩話》：龍溪閨閫中，能詩者寥寥。近周仲姬著《二如居集》，頗多警句。令嗣李孝廉威，刻稿行世，豐州王君炯以二律題其後，中一聯云：『文傾繡閫才人筆，句譜香奩學士心。』

李離明《題二如居集》詩：『婦言不踰閾，葩經乃户喻。于詩揚其風，禮從示以度。長言叶正聲，德立以之附。嫂氏閨儀修，不但炫辭賦。』『當其寫惠音，淵淵出元愫。傑烈與淒戾，沙汰浄毫素。流連倫物間，悲愉與節赴。襟抱甄春和，天亦潤其遇。』『帷房徹堦堂，吟誦迫晨暮。以斯知家修，淑問良有故。煌煌邑史編，銀管勞記注。豈惟志乘光，用卜吾家祚。』

葉詩《題二如居集》詩：『輶軒客自武夷廻，搜得江東謝女才。月下水邊吟未足，暗香微逗隔溪梅。』『睡鴨香鑪結片雲，閑披閨集續回文。狂夫若慕璇璣手，乞把金針度細君。』

王炯《題二如居集》詩：『元禮交情昔共推，三山講席幾追陪。文壇已識風騷將，綺閣争傳錦繡才。』『儒雅一門同趙管，淹通萬卷等封崔。深閨自得良師友，看抒瑶篇埒玉臺。』

詹恒《題二如居集》詩：『才人筆墨學人心，掃室焚香仔細尋。讀到攄懷忠愍句，碧天月静斗牛沉。』『天倫誰不有深情，誰似情從禮義生。却笑易安居士稿，空將打馬賦流名。』『唫風弄月亦何妨，最愛清言吐韻香。真趣元非關學問，看來還是學為長。』『曾於藝苑識梁鴻，蘭社招邀刻燭紅。為報孟韓何處覓，良師益友在閨中。』『輶軒采獻古風謡，周召南中可共標。女史即今存邑乘，名山千載未應銷。』『果是抽毫東觀才，閑將餘緒托新裁。莫言風教歸吾黨，應讓香奩讀玉臺。』

許晏《題二如居集》詩：『居然巾幗一詞宗，何必詩人窮始工。潔並冰壺欺粉白，艷同花簇綻春紅。倡隨却喜為供奉，博雅應推作侍中。此日騷壇誰執耳，二如詩草出羣雄。』『此志將言合有詩，章章句句駉之思。篇中不少風雲態，卷裏終多禮義詞。兩詠先忠垂誌乘，一班粉紅獨鬢眉。裙釵每作香奩格，半是風流亦可嗤。』

雨晴

遠望清江上，西風薄素天。野苔經宿雨，岸柳帶晴煙。雁迴孤雲際，帆飛碧水邊。曲廊初瀉影，和月那堪眠。

山村

遠眺寒山麓，平雲接暮村。歸鴉迷落日，殘杵動黃昏。月迴依林樹，川廻繞石門。重看城郭外，亦自有乾坤。

《龍溪縣志》：龍溪邑閨閫中，能詩者寥寥。近有諸生李堯封妻周仲姬，著《二如居集》，頗多警句。五言如《植竹示兒子》云：『虛心能破石，轉眼已淩雲。』《秋雲》云：『微意橫孤嶂，輕陰住碧空。』《山村》云：『歸鴉迷落日，殘杵動黄昏。』《月圓》云：『輝光萬里共，不盡此時情。』七言如《雙節廟》云：『為厲欲殲生吊眼，捐軀纔信死齊眉。』《秋晚》云：『誰家玉笛吹來急，更唱關山曲未終。』絶句如《寄妹潤玉》云：『碧梧漏下秋霜影，猶是當年舊月陰。』工整俊逸可詠也。

母氏忌日

薄暮風蕭雨又狂，北窻兀坐動淒涼。新花濺淚年年似，舊物驚心處處傷。反哺難成烏鳥志，關情悵望白雲鄉。追思往事頻回首，一度韶光一斷腸。

讀忠愍公傳

不謂行危言亦危〔一〕，幾回抗疏起瘡痍。殊勳早定浮梁日，大節非關就獄時。後死七人無復恨，先生千載有餘悲。盛時若遂歸田志，海國應多墮淚碑。

《海澄縣志》：漳中閨媛，能詩絶少，省志僅載漳浦李氏女《汲水》一絶，風韻嫣然。澄金沙周氏淑和、仲姬，明經周彬女也。閨教夙嫻，皆工吟詠。淑和既適人，早世。仲姬適龍溪諸生李堯封，著有《二如居集》。嘗讀忠愍公傳，有詩云云。其慷慨論古，絶無柔靡脂粉之習，真可謂女士矣。

秋晚

晚景斜暉映碧空，堦前月色漏梧桐。蕭蕭肅氣催殘杵，淅淅秋聲度遠鴻〔一〕。幾點寒花開老圃，滿林落葉逐西風。誰家玉笛吹來急，更唱關山曲未終。

聞砧

夜静砧聲急，空庭月色幽。寒衣何處搗，斷續使人愁。

寒江坐月

寒江夜静數星稀，摇漾金波湧月輝。忽見宿鷗驚浪起，渡頭雲影已微微。

送春辭

風風雨雨競霏霏，遠望東皋心事違。燕子巡簷忙太甚，無人知道是春歸。

【校記】

〔一〕此句《國朝閨秀正始集》作『言行何堪一意危』。

莊嚴 一首

詩見《谷音傳響》。

次韻題明妃圖

遥憐水疊與山稠，萬里雲愁出塞秋。到底明妃輸一著，不曾殉節漢宫頭。

郭安貞 一首

江蘇上元縣人。

望雲閣詩題詞

自是天葩吐異芬，蘭言吹氣散氛氲。那知卧閣嘲香霧，但解登樓望白雲。雪入謝庭皆見玉，霞横蘇錦盡成文。閑吟我亦憐同調，早慧如君孰與羣。

吴年 八首

字古春，號雪庭，浙江歸安縣人。適烏程縣董啟埏。著有《雪庭遺稿》。

吴蘭庭《雪庭遺稿序》略：《雪庭稿》者，家姊遺詩也。姊諱年，字古春，適烏程董啟埏，著有《雪庭稿》一卷。姊之言曰：『詩本性情，自輶軒之使不行於郡國，而文人學士乃獨以其詩鳴。蓋里巷之詞，由茲絀焉。且女子之詩，更獨有難焉者矣。人當偃處一室，瞻卷石之山，臨尺波之池，嘯歌俛仰，自謂適意。及與之登岱宗，歷太行，浮舟江淮，東臨碣石，以觀滄海，則耳目之間，倜倜然遠矣。昔人謂太史公周行天下，故其文有奇氣；張燕公謫岳州以後，詩思清婉。得江山之助，理有固然，無足怪也。女子擁蔽其面，送迎不出門，見兄弟不踰閾，思慮拙墆，無所觸發。其或遊覽所歷，亦嘗登山涉水，而拘而不化，蔑以流暢其機。澤雉畜乎樊中，神雖王，不善也。此其難者一也。《易》曰：「麗澤兑，君子以朋友講習。」《論語》曰：「就有道而正焉。」言孤陋之難成，而親炙之足貴也。學者日侍先生長者之前，耳提面命，講貫習復，退則密友良朋，倡予和汝，奇文共賞，疑義與析。更或負笈從師，千里命駕，求當代之偉人，與之上下其議論。彼學成名立者，誠有如是之博交而廣益也。女子言不出梱，偶有所得，自吟自賞，不敢輒以示人。亦有賢人之妻，名家之女，中郎羣從，皆我師資，而逸倫絶羣，或未遑也。矧其為渺焉寡和、懷獨行之憂者乎？此其難者二也。詩有六義，比興居多，往往言盡於彼，而意通乎此。故雞鳴風雨，跡類鶉奔，關雎琴瑟，刺興珮玉，其稱名也屢遷，欲加之罪，非口舌所能勝也。《詩》不云乎：『士之湛兮，猶可説也；女之湛兮，不可説也。』嫌疑莫重於男女，廉耻莫大於閨闈；風雅關乎性情者甚微，而聲音發於男女者易感。此美人目成，左徒之所以志潔行芳也；梅花作賦，廣平之所以鐵石心腸也。若乃身為女子，評花問柳，語苟涉乎微嫌，即噤口摇手，相戒而不敢出。仲尼曰：「言以足志，文以足言。」不言誰知其志？「言之無文，行而不遠」。此其難者三也。夫樹曲木之表者，不可規以直景；徙莊嶽之里者，不可責以南音。具此數難，求其盡善，上哲有所不能，況望諸中材以下乎？古今來女子多矣，或不暇為詩；幸而暇矣，或不能强以所不樂；而此之暇焉樂焉者，又束於一定之局，窮年畢世，不克盡其所長。此固千古巾幗之羞乎？夫亦大造生成之憾也。夫物之不能勝天，久矣；而或且起而爭之，則亦徒見其信道之不篤爾。』蓋姊之自序如此。死年三十三。又七年，其子錕懼其稿之散軼也，請為哀而次之，得若干首。觀其自序，即其詩可知矣。

賈生

漢文有道主，賈生王佐才。千載幸一遇，惜不究所懷。年少倏超遷，同列相抵排〔一〕。一斥不復收，野鳥言其災。志大不易副，名高世所猜。刱建出非常，往往成禍胎。不見東市上，安劉晁氏危。

古釵

陰丸墮地桂枝折，雨花洗盡青虬血。千年土精吹暗塵，玉妃夢散幽踪絶。樓臺日暖春悠揚，簾鈎欲透珊瑚光。粉奩寂寞聞歎息，靈蛇不語鸞無腸。

桃源圖

仙源迢迢隔流水，風塵不入幽人耳。谿邊何事種桃花，尋踪却引漁舟子。詰朝返棹重踟躕，風景依稀清夢徂。重來不復記其處，未知桃花猶在無？披圖歷數煙中樹，人物衣冠俱古素。商山亦有采芝翁，安車乃為安劉去。

秋至

秋至愛明月，清宵引興長。半窻描素影，一徑逗微涼。歲序仍摇落，關河更渺茫。羇愁非我事，望遠却霑裳。

梅花

鍊就人間冰雪魂，不須獨立怨黄昏。疎欞欲透香無界，澹月相參夢有痕。臭味宜從塵外賞，飄零休向曲中論。江南好憶垂垂發，淺水荒籬占小園。

畫眉鳥

眉嫵風流在，瓊枝定借棲。遠山春自好，何事盡情啼。

觀鬭草

摘葉拈花佐勝遊，殘春狼藉倩人收。劇憐康樂池塘句，剩有吟髭賭錦籌。

雪眺

風刀刻雨欲成花，漠漠從教望眼賒。一樹槎枒身入畫，更宜人意是棲鴉。

【校記】

〔一〕抵排：《國朝閨秀正始集》作『詆排』。

徐暎玉十一首

字若冰，江蘇崑山縣人，適孔青崖，沃田沈大成女弟子也。著有《南樓吟稿》。

《水曹清暇録》：徐媛（暎）玉，字若冰，吴縣閨秀，為沃田沈大成詩弟子，有《南樓集》。且兼學佛，臨殁，神識不亂，起坐説偈云：『來從梅花來，去向蓮花去。去來本無心，無相亦無住。』

《學齋隨筆》：馮定遠有女弟子董雙成，毛西河有女弟子徐昭華。近日香溪閨秀徐若冰問詩於沈師沃田，亦稱弟子，畫《南樓授詩圖》，題者甚夥，惠徵君定宇序之。沃田贈詩云：『漂泊湖山快論詩，酒邊燈伴幾心知。絳紗弟子徐都講，也是西河老去時。』若冰名映玉，與錢塘方芷齋、青浦許虚清唱和，著《南樓吟稿》。《七夕》云：『一宵要話經年别，那得工夫送巧來。』筆致殊清越。

沈大成《徐媛傳》：徐媛名暎玉，字若冰，蘇之崑山人〔一〕。媛嫁孔氏，從良人僑居浙。久之，遷吴，徙香溪上。年三十有五，以尫卒。媛幼警〔二〕，喜讀書稱詩，巧鍼縷〔三〕，佩服櫛珥必修潔。長而愛梅，每風雨至，顧而泣，若有傷於心者，家人竊怪之。父善弈，媛旁觀，覆不失一。學琴得虞山指法，既嫁，曰：『此非婦人事也。』遂輟不為。其父母以無子依壻居，媛奉舅姑，處娣姒，遇宗黨姻戚，内外無間言〔四〕。甲戌春，余遊武林，見媛《梅花詩》，偶為更訂數字，媛見之，喜曰：『此真吾師也！』遂來問業，稱弟子〔五〕。余往來吴中，館其家，嘗留惠徵君松厓飲，媛入廚治具，或以為腆，曰：『吾重惠先生之經學也。』它日，戚有為縣者飯其舍，或又以為儉，曰：『若徒知取科名耳，安得儕惠先生哉！』烏嘑！世惟崇勢位、趨財利矣，媛一女子，能審輕重若此，其識豈不出於尋常萬萬哉！媛自學於余，《漢書》、楚辭、《文選》、古樂府歌辭，皆成誦，能通其義。間問偏旁，調反切，習筆算。每見余行篋善本書，必借得，挑鐙校勘〔六〕。然其生平多愁善怨，俯仰太息中，鬱鬱不自得。用是疾作，更三稔滋劇。將死，泣顧父母曰：『兒命薄，死無憾。惟吾親之養不終，銜恨入地耳。』烏嘑！其可哀也已〔七〕。其所為詩，有《南樓吟藁》若干卷。

王昶《南樓吟稿序》略：昔吾郡楊鐵崖以詩名聞天下，製《西湖竹枝詞》〔八〕，獨薛氏蘭英偕其妹蕙英，以為東吳自有竹枝，因作詩十章，單行側出〔九〕，迄今垂五百年，風流標舉〔一〇〕。吾友青崖孔君之配徐媛若冰，夙嗜吟詠，所撰《南樓詩》若干卷，選事必新，攷詞必雅〔一一〕，殆繼蘭蕙聯芳之風而興起者與？雖然，薛氏生長東吳，所見諸詩者，山則虎丘，宮則館娃，臺則姑蘇，稍寥遠者，亦止太湖、洞庭、笠澤焉爾。若徐媛，從其良人僑居西泠鳳林〔一二〕，春秋佳日，煙篷雨櫂，延緣遊覽鐵崖《竹枝》所歌之風景，博聞而習觀之。既歸於吳，凡薛氏所見諸詩者，又靡不徧歷焉〔一三〕，宜其詩之工也〔一四〕。豈如薛氏之僅以姊妹共倡和者與？過於薛氏遠甚〔一五〕，乃不欲單行側出，而雅托於繼飛〔一六〕，是余所得，較鐵崖有多焉者〔一七〕。鐵崖之題薛氏詩卷也，曰：『好將筆底春風句，譜作瑶箏絃上聲。』讀《南樓》之集者，亦當於此焉求之已矣。

《歸愚詩鈔》注：媛生時，母夢寒梅一枝墮於庭。性甚孝，生平愛梅。《南樓吟稿》中，詠梅詩甚多。歿之日，庭前所蒔梅多凋落，符母夢也。

王鳴盛《書徐若冰傳後》詩：『嫫母衣錦西施貧，石上浣紗行負薪。寒女機絲徒作苦，邯鄲廝養寧良姻。中郎阿大羣從盛，新婦懊惱無參軍。桑榆失身李清照，柳梢寫怨朱淑真。』『固知才是不詳物，男子猶然況婦人。徐家女子師孔叟，撚脂麗句能為鄰。少年淪落寄賃廡，相隨夫壻如浮雲。緯蕭漚麻洴澼絖，蓬首縞袂拖青裙。』『餘光分取鑿破壁，句壓成哀追昭莘。彼哉何人被繡翟，畫閣傳粉名香薰。饑來有字煮不得，窮乃自取因多文。生前愛梅吟樹底，死時樹亦凋清芬。』『天寒翠袖何處倚，嶺頭玉雪招香魂。我恨山妻乏好語，花飛釧動誰同論。尚愛都官宛陵句，與婦對飲勝俗賓。因悲徐媛還自幸，廿載挽車仍少君。』

丁敬《徐媛哀》詩：『蕙折蘭摧劇可哀，休嘲挽筆久徘徊。真成天意饒惆悵，反覺神明佐不才。』『清唱悠悠留綺閣，瓊姿定定返瑤臺。忍看窻下寒梅樹，悵望嬋娟黯自開。』

王廷魁《題徐若冰南樓吟稿》詩：『雁宕河邊有謫仙，才高詠絮妙天然。玉臺句子家風在，又見南樓白雪篇。』『在璞詩傳浙水灣，蜀岡吟嘯更誰攀。於今妙詠簪花格，秀絶吴中面面山。』『詩中投報盡仙才，弄墨撚脂尺素裁。吟思已超椒茗外，瓣香原自溉湖來。』

【輯補】

徐暎玉《南樓吟稿》（乾隆三十年刻本）沈大成序：古之女子類能詩，蔡人妻之《芣苢》、周南大夫妻之《汝墳》、申人妻之《行露》、衛宣夫人之《柏舟》、定姜之《燕燕》、莊姜傅母之《碩人》、伋傅母之《二子乘舟》、息夫人之《大車》，見諸傳記，與『雅』、『頌』並垂。然皆憂懷嗟歎，傷心感疾，懽愉之辭少，而愁歎之音多，哀思慘戚，有令人不忍卒讀者。夫天既生是人，豐其才而屯其遇，當時悲之，千百世以下共悲之，是獨何為者耶？豈所謂命耶，抑數使之然耶？天亦不得而自主耶？吾觀世之蓬頭攣耳、齞脣歷齒之屬，手未觸書史，目不辨朱碧，擁金玉矣，被褕狄矣，育子姓而饗壽考矣。彼所謂茂美嫻篇章者，非嫠即獨，非寒下即窶甚，且愁病困躓，以至於蚤隕。是詩者，不祥之物也。徐媛若冰，余弟子也，性慧，喜稱詩，善病多愁，年三十五而死。死之日，以遺稿數百篇屬爲刪定。往來奔走，卒卒無暇，今春始得刻於廣陵。蓋存者什之四三焉。若冰才雖不及古人，而嗜詩則篤。其生之不辰，命之不長，未必非詩有以致之。是詩者，果不祥之物也。然彼富貴壽考者，卒與草木同腐；而貧病蚤死若徐媛，幸有所遺之詩，庶幾竊附於《芣苢》、《汝墳》之義。論世之君子，當不以此而易彼也，則吾之悲，其亦藉以少紓也夫！乾隆三十年旃蒙作噩之歲日在翼雲間沈大成。

同集載仙嵯老人徐鏞序：烏嘑！此吾姪孫女若冰之遺詩也。吾姪錦川祇一女，倚以送老，中道而殞。聞其没者，無不悲之，況至親若余，把其詩而思其平生乎？若冰性慧而才敏，幼喜讀書，女紅婦事之餘，即拈翰苦吟。後在西泠，會雲間沈沃田先生來遊，見其詩，録為弟子。自得指授，格律一變，駸駸乎窺作者門庭矣。惜其體羸善病，年僅三十餘而卒。苟天假之歲月，益得肆力於篇章，其所造當不止是。豈造物者故靳之與？何予之才而奪之壽與？若冰臨没，寄其所為詩乞先生選刻。今年春始刻於廣陵，而寓余序之。余哀姪孫女短折無嗣，賴此數十篇之詩尚存人間，使後世知有徐氏女，而尤感先生義高，不欲死其弟子也。烏嘑！草封淺土，魂氣安之？香泠叢編，音徽未沬。念白髮之無依，歎紅顏之何往。傷哉悕矣！聊題數語，以復先生，並慰錦川云。乙酉中秋前三日仙嵯老人書。

誦芬樓詩用謝康樂登池上樓韻

高樓縱夐攬，微風送遐音。漉漉圓景浮，依依斜陽沉。主人蕭且閑，羣雅婷以任。安排琴尊具，遊戲翰墨林。幽興出八表〔一八〕，良時快一臨。江流既明瑟，山態亦岑嶔。卉木媚深秀，煙雨冐層陰。容與起汀鷗，回翔下皋禽。往來多勝引，遠近有清吟。願以作者意，仰窺静者心。詠絜慚似昔，誦芬請從今。

戊寅元旦

上日啟芳辰，曈曨曙色新。卷簾呼倦婢，酌酒獻慈親。虚壑冰將解，方塘草漸勻。不知留滯客，可憶故園春？

秋月奉和六叔祖〔一九〕

高空懸一鏡，相望可憐生。翠簟渾無暑，青梧似有聲。坐看清影轉，不覺曉鐘鳴。夜色真幽絶，堪吹子晉笙。

代柬〔二〇〕寄外

一自分飛後，終朝鎖黛眉。每嗟生計薄，無那病魔隨。翠管何曾搦，菱花幾去窺。三時常伏枕，經日不搴帷。未卜鶺鴒穩，難逃斥鷃嗤。世情蛇退嶺，塵路馬當祠〔二一〕。莫雨蕭蕭候，寒風瑟瑟時。淒其添感慨，岑寂倍愁思。旅況知侘傺，羈懷定鬱伊。安心宜淡泊，舉足慎嶔崎。變態由人幻，周防懍自持。粗酬身事了，歸議鹿門期。

夏日閑居

鏡檻渾無暑氣侵，幽居却喜似山林。松窻閑寫夫人帖，蘭閣還調中散琴。新竹娟娟横翠影，疎蟬嘒嘒曳清音。曉來幾陣迎涼雨，滿院荷香襲素襟。

代寄女兄

屋角雪花寒漸積，枝頭梅蕊暗生香。擁鑪分韻無蘭契，剪燭論心憶雁行。楚水吴山雖尚隔，停雲落日豈能忘。兟書每惜韶華駛，念别偏嫌歲月長。却喜高堂强健在，但愁遠道信音荒。遣愁賴有琴三疊，撥悶聊憑書一床。拈就新詞遥寄姊，荊南煙樹永相望。

次蘭畹顧姑丈秋登月滿樓頭

滿眼宵光〔二二〕倚小樓，欲邀月姊話閑愁。坐看青鏡〔二三〕飛珠箔，好擘香牋詠玉鈎。衣杵一城驚斷夢，風煙萬里入高秋。茫茫東去胥江水，極目銀濤起白鷗。

閨緒

貼罷花鈿整繡衣，閑攜女伴踏春暉。小姑穉齒嬌癡甚，遶徧闌干撲蝶飛。

嫋嫋東風透碧紗，牡丹已吐十分芽。廻闌亞字閑憑徧，手汲歕壺自灌花。

懨懨倦理繡花絨，撲面温馨三月風。分得新題閑覓句，朱絲斜暎鎖窻紅。

臨罷黄庭理素琴，淥波一曲托冰心。閨中誰是中郎女，解識鸞音與鳳音。

【校記】

〔一〕此後徐暎玉《南樓吟稿》（乾隆三十年刻本，下同）有『父錦川翁，始還郡城』一語。

〔二〕此句《南樓吟稿》作『媛幼警慧，柔嫕静莊』。

〔三〕鍼縷：《南樓吟稿》作『緘縷』。

〔四〕此後《南樓吟稿》有『不以親在夫家為嫌也』一語。

〔五〕此後《南樓吟稿》有『蓋至於今十年』一語。

〔六〕此後《南樓吟稿》有『祁寒盛暑勿恤也』一語。

〔七〕此後《南樓吟稿》有『媛有一女，蚤夭。生雍正戊申三月十一日，没乾隆壬午十二月晦。既斂，庭梅及盆盎所蒔者，一夕萼盡脱，家人驚歎，以為平時顧而傷心者，蓋預徵也』數語。

〔八〕此後《南樓吟稿》有『和者凡百餘家』一語。

〔九〕此後《南樓吟稿》有『鐵崖見之，至為咨嗟吟賞不置』一語。

〔一〇〕此後《南樓吟稿》有『既尠鐵崖之好事者，而閨襜名淑遺徽頓盡，亦可以尚論而興嘅也已』數語。

〔一一〕此後《南樓吟稿》有『泓然瀏然，不苟為柔橈靡曼之習』一語。

〔一二〕此句《南樓吟稿》作『從其良人僑居西泠藕花之居，放鶴之亭、鳳林之寺環映左右』。

〔一三〕此後《南樓吟稿》有『間以其暇，鉤簾漬墨，標新鬥異，六橋之煙柳，與夫三百六十之紅闌，綠浪交發，並見於名章秀句之中』數語。

〔一四〕此後《南樓吟稿》有『豈薛氏所敢望與？今海内閨襜之以詩稱者，於維揚則許太夫人《淥浄》，於武林則方夫人芷齋。芷齋之詩之刻於吳中也，屬余為其校定，而許太夫人亦嘗以《淥浄》前後集見示。顧皆於徐媛題衿結契，為文字之交，長箋短詠，詩筒雜遝』數語。

〔一五〕此句《南樓吟稿》作『余曩日偶倡為《山塘雜詩》，海内名雋争相屬和，徐媛亦和詩六章。以余之檮昧，不足擬於鐵崖，而徐媛之詩又過於薛氏遠甚』。

〔一六〕繼飛：《南樓吟稿》作『繼聲』。

〔一七〕此後《南樓吟稿》有『猶可幸也』一語。

〔一八〕八表：原作『人表』，據《南樓吟稿》改。

〔一九〕六叔祖：《南樓吟稿》作『仙嵯六叔祖』。
〔二〇〕代柬：《南樓吟稿》作『代書』。
〔二一〕以上兩句《南樓吟稿》作『飄零頻閲鏡，消瘦强吟詩』。
〔二二〕宵光：《南樓吟稿》作『清光』。
〔二三〕青鏡：《南樓吟稿》作『明鏡』。

許元潔三首

字雪芳，浙江仁和縣人，適國學生施錦。著有《耘古樓詩草》。

秋杪破曉遊湖上

月落西風緊，扁舟獨往還。山巒煙霧裏，樓閣水雲間。霜樹棲烏鵲，沙汀起白鷗。蕭晨遊客少，清静一開顔。

西湖晚眺

煙波如畫杳溟濛，幾杵鐘聲出梵宫。遠樹漸迎新月白，扁舟遥泛落霞紅。樵歌隱隱千山晚，漁笛嗚嗚兩岸風。何處湖樓燈火早，望中依約見歸鴻。

詠梅

盡洗鉛華不受塵，冷香清韻伴黄昏。一窻畫影三更月，疑似羅浮夢裏魂。

趙倩一首

字徽懿。詩附見於陳素素集中。

題二分明月集

丹青一幅麗人圖，描出新粧絶代無。玉貌盈盈臨玉鏡，秦樓明月照姑蘇。

姚棲霞七首

江蘇吴江縣人，布衣姚岱之女。幼聰穎，能辨四聲，十齡即解賦詩。年十七夭卒。著有《剪愁吟》。

《農隙筆談》：閨秀姚棲霞所著《剪愁吟》，佳句甚多。填詞亦秀雅可誦，有『詠牡丹』調寄《滿庭芳》云：『問人間富貴，誰復如君。但恐荼蘼開後，風流褪、誰共芳樽。添愁恨，紅粧淚灑，無語暗銷魂。』為世所傳誦。

【輯補】

姚棲霞《翦愁吟》（道光元年刻本）朱春生序：姚棲霞女士遺詩一卷，其父冷巖為之序而名之曰《翦愁唫》，吾里周雲豪先生家藏本也。冷巖居里之東偏，教授村塾，其館寄多在鄧尉、西蹟間，挈家而□故里，人罕知之者。晚歲始歸，雲豪偶見其詩，奇賞之，遂與訂交。没後為之蒐輯遺藁，並見《翦愁唫》，乃知其有此能詩之女。時袁樸村先生方選《松陵詩徵》，録其父女之詩各數首，而原藁仍藏雲豪家。雲豪身後遺書散佚，此本為其族子某所得。余從之借抄，諦視，即雲豪手書，然與《詩徵》所選稍有異同。又《詩徵》小序中言棲霞兼善填詞，有詠牡丹《滿庭芳》一闋，今亦無有。大率為雲豪刪存之本，至冷巖詩藁，則不知歸於何處矣。觀其所為《翦愁唫序》，簡質古雅，知所長亦不僅在詩，乃竟為村夫子以没世。生平著作又不獲流傳，惟此一序，反附其女之詩以見，可勝太息。微特此也，雲豪當日為里中尊宿，文名籍甚，方謂冷巖父女可藉以傳，而身没未幾，手澤散亡略盡。余搜訪久之，僅得其近體詩十數首而已。寂寞千秋，彼此一轍，獨棲霞以十七齡女子尚有此一編流布人間。迄今見者莫不斂衽贊述，相提而論，不可謂非厚幸矣。今歲余客杭城，篋中偶攜《翦愁唫》，蔣再山少府見之，取以付梓，乃敘所由來，以弁卷首。至其生卒，計當在雍正、乾隆間，蓋冷巖卒於乾隆二十年之前，年六十餘，棲霞則其三十後所生女也。道光元年歲次辛巳春正月下澣吴江朱春生序。

姚棲霞《翦愁吟》（上海圖書館藏乾隆五十七年抄本）載其父姚岱序：　閨門之訓，《内則》備矣，而獨不聞文章歌詠，著為姆教之常，誠以女子之所當務者，在彼不在此也。然自班氏續史，謝庭詠絮，世傳閨秀，代不乏人。編遺《彤管》，集號《香奩》，則又由來遠矣。吾女棲霞，生性端淑，質猶聰慧。五六歲時，教之識字，輒辨四聲，女經閨訓，略皆上口。然以貧家之女，荊布操作，是其本分。未及十歲，即命勤習女紅，不復以誦讀為事。兼之余妻善病，家無婢僕，炊汲縫紉，一身百為，益無暇他務。詎料吾女酷嗜書卷，未肯終廢，見余案頭有唐宋諸家詩選本，稍有餘閑，即私取默誦，每至夜分不寝。余知而禁之，不能止也。間與講貫義理，頗有會心。如是久之，乃自以意為五七字詩，即已楚楚有致；當其合處，居然醇粹，余亦不能增損一字。私心竊喜，又竊異之。於是花晨月夕，相與較論風雅，商榷古今，或當風雨閉門，窮愁歷落，困頓無聊之際，分題限韻，唱和聯吟，以父女之情而兼師友生之樂，自謂人倫之快事，亦藝林之佳話也。

不幸天奪之速，年僅十七，遽以瘵疾殞。檢其遺篋中，得詩數十首，略加淘汰，編次成帙，即摘其詩中『燕剪剪春愁不剪』之句而名之曰『剪愁吟』。每當思憶涕零，一展閲之，恍見吾女，非敢信為可傳，亦聊以存女之跡而攄余之哀，且以志吾女之淑德天成，慧心夙具。倘天假之年，則所存當不止寥寥一編而已也。悲夫！冷巖姚岱書。

姚棲霞《翦愁吟》（上海圖書館藏民國四年抄本）載蔣成跋：往讀郭頻伽先生詞集，有《鳳凰臺上憶吹簫》一闋，乃題吴江女士姚棲霞《翦愁吟》者，詞中之意，傾倒甚至。先生平日不輕許可，想其詩定有可觀，恨未得一見之也。後閲袁子才先生《隨園詩話》，最取數聯，窺豹一斑，稍慰心目。然《詩話》中所録閨秀詩甚多，其間亦有全稿流布人間者，取而讀之，往往所見不如所聞。竊意閨閣稱詩，究非專門名家之比，天機所觸，偶成一二佳構，而其餘多不能相稱。《翦愁吟》之作，或亦猶是，遽已不復置念。今歲需次杭城，偶過嚴子通表侄，案頭見有抄本《翦愁吟》一帙，乃其師朱鐵門先生手録，蓋即頻伽當日所題之本。喜而閲之，甫及一二首，即為拍案叫絶。終卷凡五七言近體四十八首，雋思麗句，幾於一字一珠，覺隨園所摘，殊不足以盡其長。讀至《病中絶筆》，不禁為之泫然涕下。似此奇才，乃鍾於一弱女子，而又使之髫齡夭逝，如曇花之一見，天意真不可測識。既又觀其父冷巖老人所作序，可想見其茆簷蔀屋中拾薪供爨，壓綫縫裳，日不暇給，稍有餘閑，則篝瓦燈以觀書，倚繩牀而覓句。較之繡閣名姝，焚香啜茗，啟琉璃之研匣，含玉兔之霜毫，寫閑情而摛麗藻者，難易何翅倍蓰。此如幽谷之芳蘭、窮崖之芝草，天然秀出，不藉滋培。幸為有識者所見，自當掇拾出之，不可聽其終閟於空山者也。然數十年來未登梨棗，傳抄之本亦甚寥寥，久之恐遽亡失，爰亟取而付之梓人，以祈不朽。此一編也，於古可繼《漱玉》、《斷腸》二集；擬之今人，則《長真閣》、《生香館》諸家，亦庶幾焉。一時同人各有題詞，皆同頻伽先生之調。余不能填詞，乃為之跋尾，自述所以刊此詩之意如此。道光二年歲次辛巳春正月下浣常熟蔣成跋。

同集載蔣瑞藻序：《翦愁吟》一卷，吴江姚棲霞女士之所作也。始余讀《隨園詩話》，見女士斷句，則已好之，恨無從覓其全集，養養然夢寐以之者有年矣。清宣統庚戌冬，過族人家夜飲，忽得之於敗篋中，蓋我宗再山先生初刻本也。篝燈疾誦，擊節不置，抑余重有感也。女士詩宛轉深切，似學北宋有得者，而乃得諸閨閣，其傳世也必矣。顧女士年十七耳，而呻風喟雨，繚繞筆端，如怨如慕，如三峽啼猿，如日薄虞淵聽鄰吹笛，如聞燕趙之悲歌，蛾眉之曼聲，窮塗之哭，荊山之泣，展卷呻吟，往往令人不怡。碧玉年華，而侘傺噎鬱，至於此極，固宜其為不壽之徵也哉！昔王子安作秋日登滕王閣餞別序，多感慨身世語，墨瀋未乾，溺死南海中，説者謂言為心聲，勃之短命，已於一序見之。若女士者，殆亦氣機所至，有不能自主者在邪？冷巖老人曰：『儻天假之年，所存者當不止寥寥一編。』余謂篇什之多寡，亦何足云。果寬以歲月，其所造正未可量，決不至此而遂止也。紅顏命蹇，才人福薄，女士蓋以一身兼之，豈不痛哉！余既喜其詩，又重悲其人。慮夫年祀綿遠，知者日鮮，又不能如元相所言，繕寫樵勒，衒賣於市井，將蕩為雲煙，散為灰燼焉。乃謀之王君蓴農，刊入《婦女雜誌·文苑》中，庶乎同好之士，傳寫之，諷誦之，以垂於無窮。嗟乎！玉光劍氣，理不久藏，有詩如此，夫豈真待人之刻之布之，而行之始遠者？特女士遺稿，秖此一帙，吉光之裘，雖片羽，亦足珍惜耳。女士而有知，當不訶其好事也。是集都凡近體詩四十八篇，先後次第，概存其舊。《游仙》詩末五首，《病中不寐口占》末一首及《秋夜》斷句，則余所補録，蓋得之於吴文溥《南埜堂筆記》云。民國四年乙卯夏諸暨蔣瑞藻孟潔父序。

早梅

乍賞東籬菊，俄探北隴梅。水邊孤影動，嶺上一枝開。不待春風逗，何勞臘雪催。疎燈明紙帳，昨夜美人來。

書懷

空閨何所嗜？琴詠自相將。覓句終宵健，調絃盡日忙。竹憐霜後色，梅愛雪中香。瘦骨躭閑慣，無心學艷妝。

哭祖父

晚年作客力摧頽，雪裏鄉關抱病回。龐老安閑曾未得，嵩山拄杖忽相催。百年家累雙蓬鬢，千古窮愁一土堆。腸斷悠悠風木恨，哭聲長聽二親哀。

柳

緑暗山村與水村，千絲萬緒鎖煙痕。陌頭綰盡離人恨，一度春風一斷魂。

朝朝送客在河橋，折盡長條與短條。一曲驪歌鶯語澀，緑眉愁鎖不堪描。

寒夜不寐口占

半庭殘雪暮寒生，榻近梅花病亦清。冷夢未成燈自滅，疎鐘畫角一聲聲。

夜永〔一〕窻紗月下遲，無眠起坐〔二〕强支持。意中多少難言事，盡在低聲喚母時。

【校記】

〔一〕夜永：《國朝閨秀正始集》作『永夜』。

〔二〕起坐：《國朝閨秀正始集》作『坐起』。

陳氏四首

貴州貴筑縣人，觀察陳法女。適周生承元。

謝廷薰《陳氏遺詩序》略：陳氏，貴州貴筑縣人，原任直隸兵備道陳公名法字定齋公季女。方八歲，定齋公課以小學、五經。十三歲，教以李、杜、韓、蘇諸家詩，氏潛心力學，出筆清腴秀麗，風雅宜人。定齋公顧而色喜，因有『絮沾嬌女臨池筆，衣污曾孫繞膝飴』之句。後十七歲，氏胞兄工科掌印給事中慶升公主試西蜀，闈畢歸里，兄妹疊相酬答，里中傳為盛事。十九歲，于歸原任粵東直隸連州周公名儒之子承元。承元性靈聰敏，嗜詩詞，其時所得師資者，杭公世駿、陶公愈隆，皆其父儒公同年也，是以日承講論，而風格亦有根源。既得陳氏佳偶，益精法律，而唱予和女，夫婦而兼良友，隨補博士弟子員，屢鄉薦未售。人雖知為令先君儒公教育所成，蓋亦獲內助砥礪，而學始深也。予因採輯氏遺之詩，僅獲數十首，並為之序。俾閨門錦繡，燦布詞壇；巾幗芳聲，宏昭藝苑。此則予之志也夫。

絳桃花

桃夭原足詠，色絳蕊愈豐。光耀離南位，輝騰赤帝宮。名隨緗核重，號比紫文隆。片片朱衣錦，枝枝鶴頂紅。雲霞分冶艷，瑪瑙遜瓏瓏。逈與銀花合，還將火樹同。敷榮宜暖日，裁剪愛春風。定是瑶池種，移來小院中。

月季花

蟾娥裝滿月初圓，緑鬢紅顔次第鮮。含淚微嫌春雨打，懷嬌一任朔風牽。頻來舞蝶終朝醉，閲過羣芳幾度娟。自昔色空花是幻，争奇鬬勝獨堪憐。

詠燈籠

絲絲入扣盡文章，圇圇中涵太乙光。代日頻教星退舍，濟人頓使霧收藏。十分虚鑑通千里，一點丹心照四方。普渡慈航何處問，好當静夜細思量。

思鄉

閬苑蓬山道路長，海天愁思正茫茫。迴腸一似桑乾水，萬轉千盤繞故鄉。

查蕙芳三首

浙江海寧州人，諸生會昌女。適許立夫。著有《枕濤莊焚餘草》。《海昌詩林》：查蕙芳自幼工詩詞，長篇短章，時時間作。及適立夫，詩愈工而境愈窮。後因夫亡子折，又兼病骨支離，乃盡焚其手稿數卷，致使壺德不傳。惜哉！予遍訪之，得其在家所作詩三首，及《蝶戀花》詞兩首，真吉光片羽也。存之。

秋日送兄

一入開陽幕，頻年不抵家。暑消殘夏日，凉引早秋花。煙樹迷鄉曲，雲山隔使車。遥遥三載别，猶未見歸槎。

暗水流花徑

日落煙波暝，紆廻幾畝花。空濛沉樹色，瀲灩挹香葩。疎影摇空碧，幽香落淺沙。名園春正好，領取在詩家。

剪秋紗

誰將快并剪輕紗，細細裁成白玉花。纖巧宜人恣刺好，數枝雅淡映秋華。

陸秉佳一首

江蘇上海縣人，己酉孝廉陸瀛亮之長女也。適同邑梧州守李公宗袁。

登衡州晴江亭時攜子婦及兒輩

敲枰消永日，局罷更傾壺。澄水晴涵碧，遥岑望若無。桃經含露潤，柳欲倩風扶。為踐登臨約，同人興不孤。

卷之四十九

張似誼八首

字鸞賓，安徽桐城縣人，兵部尚書僖和公女，主事姚文燕配也。工書，善畫。著有《保艾閣詩鈔》。

吴坤元《保艾閣詩鈔序》略：吾里姚母張夫人，與余有中表之誼。猶記十年前，吾姑母過予小閣，語予曰：『吾有季女，頗夙慧，知畋漁詩篇，區明雅俗，又蚤夜吟諷，敏而能勤。他日含宫咀商，其庶幾步松聲之後塵乎？』予唯唯，謝不敢。嗣是綺閣鬭柳絮之吟，畫堂獻椒花之頌，夫人詩日進，而與予音問亦少踈矣。甲寅春，偶晤其長愛，索予後先諸刻，兼以夫人《保艾初集》見貽。予受而讀之，益嘆吾姑母之期許為不虚也。予老人，年垂大耋，惟日課梵唄數聲；風雅一道，久庋高閣，寧復能唱予汝和，步夫人之後塵也耶？去年秋，得與夫人道故，越旬日，手録二集，屬予為序。予一再披閲。其追惟先烈，則風木之餘悲也；其恪襄外政，則眉案之遺徽也；其篤愛同氣，則沖、芬之唱和也；其眷念弱女、告戒姬侍，則曹大家之女誡，而宋宣公之家學也。猗與休哉！非濡染典故，規橅昔賢，原本於司馬、工部之教，而鑪錘以紉蘭、清芬之學，焉能詘拊摶升，令人一唱三嘆而不能已耶！予老矣，無能為序。願夫人出風入雅，日進無疆。異時麟趾振振，八座起居，太史採風，以夫人全集上之樂府，則夫人之詩傳，而序夫人之詩者，亦與之俱傳。是則予之厚望也夫！

初夏曉窻

啼鶯驚曉夢，强起未成粧。覽鏡驚容瘦，看書喜日長。簾踈風燕舞，徑静露花香。不覺流光易，枝頭杏子黄。

偶讀大兄留别四章依韻和之

莫謂韶光速，深閨自覺難。家鄉雲外隔，姊妹夢中歡。愁極翻無淚，思多欲廢餐。阿兄歸甚急，長恐累豬肝。

夭桃紅已綻，弱柳緑如斯。見此春容好，難禁淚暗垂。合昏花早種，並蒂果誰貽。一縷茶煙裊，書窻聊自怡。

小徑蘭初茂，花開見並頭。芳馨那忍折，蜂蝶若為謀。身似忘機鳥，心如不繫舟。鄉山頻極目，何日可無憂？

春日移居有懷夫子十韻

斗室堪容膝，翛然借一枝。安居聊避俗，閉户好吟詩。荊布頻年慣，蘆簾此日宜。静中延弱體，江上動遥思。薄宦愁誰諒，窮途恨獨知。危疆需保障，冷署重栖遲。遠道鄉心切，深閨别淚垂。離情無寄處，歸夢有醒時。歲暮憂懷抱，風霜入鬢絲。小園春色近，花發是歸期。

寫梅

為愛亭亭姑射仙，小窻淡墨寫雲煙。神如大庾峯頭得，香似孤山頂上傳。傲骨儘教風雨妒，冰肌不受雪霜憐。酸心幸有垂枝子，他日調羹獨占先。

雨窻遣悶

纖纖微雨洒窻前，悶倚熏籠倦欲眠。書卷豈能抛白日，愁懷不敢怨蒼天。雙蛾懶畫從教淡，高髻慵梳亦任偏。書至阿兄分貢茗，且温爐火煮新泉。

月夜憶夫子

霜風月影透窻紗，香冷金猊燭〔一〕吐花。料得寒侵孤枕客〔二〕，相思應有夢歸家。

【校記】

〔一〕燭：原作『獨』，據《國朝閨秀正始集》改。

〔二〕孤枕客：《國朝閨秀正始集》作『孤客枕』。

萬藻六首

字季齋，一字掞齋，浙江鄞縣人，太史萬經季女也。長沙周運判宣猷之繼室。著有《掞齋詩鈔》。

《杭州府志》：萬藻，字季齋，本鄞人，家於杭，康熙癸未翰林萬經之季女。經精漢隸，藻聰慧，善記誦，幼嘗侍几硯間，得其隸法。會稽魯太史曾煜題藻書軸曰：『古隸書，程邈始，誰其傳者萬太史。太史經學兼字學，傳之男子又女子。』一時有才女之目。長適鹾司周宣猷為繼室，周故長沙名進士也，閨中唱和。有《西湖雜詠》。年二十一卒。

周宣猷《萬安人傳》略：萬安人，諱藻，字季齋，一字掞齋，浙之甬東人，家於杭，世以經學顯。父授一先生，以翰林督學黔中，書法為儒林模楷。安人，其季女也。幼聰慧，常侍几硯，得傳其隸法。詩偶為之。所著《掞齋詩鈔》，回禄後遂不復撿拾，今僅存十餘篇。其組織纂紉，見即能工。性純孝，篤於友于之愛。年二十歸於余，每述父母鍾愛之情，及兩兄遠宦殊方，輒嗚咽不能已。視粧奩服物財帛，不以屑意。惟求良筆精紙，日從事秦漢法帖，辨其體裁，究其指畫，他無所好也。撫兒女，恩義交至，教繡課字，日有常規。太夫人偶患瘧，禱於天，祈以身代。兒女病，必親煮湯藥，和而進。平生不喜僧尼，而好談仙。每月白風清，露涼夜坐，飄然作淩雲想，曰：『人生如寄，安得化男子身，向五嶽三山間叩玄修乎？』余竊疑其非久留塵世者矣。嘗囑其書《感應篇》、《文昌訓》。諾之而未就。忽一日，晨起把筆肅書，至夜分，焚膏以繼，凡三日而畢。字大如棋，神致飛動。其遺墨，今竟不可多得，紳士如全謝山、厲樊榭諸君爭題詠之。舉一女，産后偶失寒暑，醫者悮投以參劑，遂不起。卒年二十一。乙亥歲歸蕤於長沙之大明寺側，遵其遺囑也。

七桂堂中秋呈家太史

高秋三五夜，皓魄十分圓。金粟香初放，瑤華露正妍。風回遲玉笛，坐久〔二〕拭芸箋。最是趨庭樂，蟾光落几前。

翫月

蕭踈梧院静，人影伴青蛾。露下寒初覺，樓高得更多。雲山長不礙，風笛暗相和。自悟浮生理，流光捲白波。

登樓寄外

走馬樓空月吐煙，聽鼉更静坐忘眠。銀河影落虚窻外，玉宇光浮綈几前。離緒經風吹不斷，宦塵如海浩無邊。遥知一棹鴛湖曲，覓句還傾藥玉船。

酬外見贈原韻

官衙蕭散類僊居，退食從容細檢書。風送花香簾影静，筆床相對韻魚魚。自是陳思八斗才，酒樽棋局放衙回。新詩草罷秋蘭馥，九畹知從湘澤來。腹笥便便馬鄭倫，公餘詠事倍精神。三年桃李門牆客，可賦荊州第一人。時分校甲子浙闈。

【校記】

〔一〕坐久：《國朝閨秀正始續集》作『露坐』。

金至元十一首

字載振，一字含英，直隸河間府人，諸生金大中之女也。適宛平查為仁。早夭。著有《芸書閣賸稿》。

趙執信《芸書閣賸稿序》：在昔先王之世，太史陳風，凡所採於田野里巷間者，多閨闥房幃之作，若《伐桑》、《采葛》、《髦笄》、《膏沐》及二姜、許穆夫人諸詩是也。下至名姓不登史冊，其事亦無特異，如《草蟲》、《雞鳴》、《静女》諸詩，亦皆甄録不遺。要以志風俗之汚隆、民情之好尚，使誦之者油然而知所感發耳，則洵平房中之詩之足録也。含英金孺人，爲查君心穀德配。少嫺姆訓，織紝組紃外，博習諸書。長工聲韻之學，清麗孤秀，無綠窻綺靡諸病。心穀不忍聽其湮滅，哀其賸稿若干首，謁予序之。或顧以篇帙寥寂爲嫌，予謂在唐蔡省風編《瑶池新集》，所録能詩婦人自李季蘭至程長文一十三人，詩僅一百十五首。以此方之，不啻倍屣，又何必存見少之意哉！即不逮李、程諸名媛之詩數，反覆是編，而温柔敦厚之旨，有深契三百之遺者，是又足傳於後無疑也。予舊史官也，微心穀請，予敢後彤管之書哉！〔一〕

《天津府志·金孺人傳》：孺人金氏，名至元，字載振，一字含英，河南府學生金大中女，適宛平查君為仁。夙嫺《內則》，不苟訾笑。性極孝，事父母及舅姑，皆得其歡。幼讀書，通大義，穎慧絶人。女紅之外，書筭琴管，無不精擅，尤工於詩。著有《芸書閣稿》，清拔孤秀，不染粉黛習氣。平素閟不示人，既殁，世争誦之，濟南趙宫贊執信為序以傳。

王時鴻《芸書閣賸稿後序》：含英金夫人，予同年查君心穀淑配也。少工吟詠，有蘇媛、謝女之目。查、金兩姓，交最厚，因申以婚姻之好。夫人甫笄，心穀以事陷於獄，越九年邀釋，始成嘉禮焉。已而兩人追溯往事，破涕為笑，各出詩卷相慰藉，此倡彼賡，評花賭茗，聞者艷之。時予婦尚無恙，熟夫人名，時時欲冀一見，願未得遂。今歲首二日，婦遽去世，予從悲苦中作為行略以寄心穀。夫人見之，亦以不及一見予婦為憾。庸知二月下浣，夫人亦復驂鸞天上耶！在予以三十八年之糟糠，歷久而彌悲；心穀以未期之伉儷，促迫而較慘。予之悲也，以貧賤；心穀之悲也，以患難。娘死腹痛，予兩人詎獨身知之與？今中元日，予為亡婦修齋蕭寺，心穀郵其悼亡詩並芸書閣唱和諸作見示。申紙雒誦，悽愴傷懷。樂天詩云：『賴是心無惆悵事，不然争耐子絃聲。』余顧瞻孑影，惆悵實多，哀絲脆竹，讀未終卷，不自禁淚之涔涔盈睫也。聊書數語於卷首以歸之，且以誌予兩人之同病云。〔二〕

【輯補】

金至元《芸書閣賸稿》(乾隆八年刻本)載查爲仁跋：嗚呼！此予亡婦金含英孺人之賸稿也。孺人少習《孝經》、《論語》、《内則》、《女誡》諸書，無不通曉。稍長誦唐賢詩，遂工韻語。然不輕作，作亦匿不示人。既歸予，索視至三，偶出數首，旋復毁去，曰：『吟詠非婦人所宜，聊以攄一時之懷抱耳。』其自矜重也如此。歸予十月而殁。計十月中，迫於予請，間有酬倡。既殁，鐍置香匳，塵封蛛網，不啟視者十年於兹矣。首夏曝書，從叢帙中檢得零縑斷楮凡若干首，亟録以附予《蔗塘稿》後。嗚呼！吉光片羽，孺人豈求世知？予之存此者，蓋不忍孺人之淑慧能文，竟以夭折，終泯滅而無傳也，亦藉以寫予哀於萬一也。嗚呼！其可悲也。雍正辛亥年二月蓮坡查爲仁。

古意

倚薰籠兮倦繡，日遲遲兮春晝。步亭除〔三〕兮延竚，折花枝兮獨齅。鶯百囀兮將闌，柳飛花兮欲殘。恨流光兮難綰，掩羅袖兮汍瀾。

夜坐

夜闌人獨坐，簾外露漙漙。静愛鳴蛩細，涼宜攤卷看。水沉留篆久，蘭燼受風殘。虬箭城頭轉，羅衣怯薄寒。

春日

午窻寂歷聽啼鶯，澹沱春光畫不成。坐擁熏爐寒尚峭，旋移花墢雨初晴。鈎簾乳燕多尋壘，隔巷吹簫已賣餳。忽見侍兒來插柳，始知節物近清明。

初夏

柳葉毿毿覆屋低，緑陰初滿小軒西。沿階碧草茸茸長，坐樹黄鸝恰恰啼。須識人生皆有定，自來物理本難齊。紅閨久誦班姬誡，未敢拈毫著意題。

催粧詩次韻

句好如仙絶點塵，青蓮原是謫來身。詩傳彩扇歌偕老，籍記丹臺署侍晨。《松陵集》注：執蓋侍晨，仙官貴侣。四照花開融瑞氣〔四〕，九微燈颭締良姻。牽蘿補屋休嫌陋，得貯珠璣敢道貧。

百和香濃結綺筵，雲璈如奏大羅天。龍泉那肯豐城掩，冰彩依然桂殿圓。此日授綏休論晚，他時委畚計當先。試看歐碧鞓紅種，留取春光分外妍。

夜話和蓮坡主人韻

人生大抵遊仙枕，已出邯鄲君莫疑。世事浮雲無定著，流光劫火漫尋思。試香午院宜煎茗，鬭墨晴窗好賦詩。終卧牛衣吾不悔，只憑清課愜心期。

彈琴

擬將幽意寄金徽，拂軫無言送落暉。我有千愁彈未盡，一聲新雁碧天歸。

庭花

滿逕苔痕清晝長，枝枝葉葉鬬幽芳。嫣紅姹紫知何限，爭似踈梅淺淡粧。

春盡日

九十春光劇可憐，難追羲轡夕陽邊。桃花不識東風换，猶弄妖紅幾點〔五〕妍。

夜坐寄蓮坡主人時客都下

瀟瀟細雨暗階除，坐倚屏山慵檢書。如豆一燈光〔六〕欲滅，最傷懷是别離初。

查為仁《答內子見寄》詩：　離情無計可消除，三百郵程一紙書。寄語昨宵孤館夜，不堪雨滴酒醒初。

【校記】

〔一〕此序金至元《芸書閣賸稿》（乾隆八年刻本，下同）末署『康熙壬寅年十月益都趙執信』。

〔二〕此序《芸書閣賸稿》末署『康熙辛丑年七月華亭弟王時鴻題於京邸之半樂軒』。
〔三〕亭除：《芸書閣賸稿》作『庭除』。
〔四〕瑞氣：《芸書閣賸稿》作『瑞色』。
〔五〕點：《芸書閣賸稿》作『朵』。
〔六〕光：《芸書閣賸稿》作『明』。

方氏二首

安徽歙縣人。適同邑曹應鵰。詩集散逸不傳。

古意

掃瓦厭苔積，莫傷苔下根。試看松葉裏，已具鴛鴦痕。

幽香亭貽外

庭前端正樹，對夕起寒陰。不許生紅豆，恐傷持贈心。

《弄閑餘墨》：曹僧白先生，歙之巖鎮人，能詩，以豪俠名，詩文藁零落少存。其夫人方氏亦能詩，某嘗見其遺楮，今録於此。《幽香亭貽外》詩云云。

秦影娘二首

字里未詳。詩見茅應奎《絮吴羹》。

題旅壁

故園今日已難歸，欲覓鄉音聽亦稀。石在山頭原有恨，雁無人字只空飛。笠簑乍學羞歌扇，荊布誰憐换舞衣。從此黄昏沙磧月，擬將青塚伴明妃。

暮雲捲盡雁行斜，何處天涯是妾家。去國夢來〔一〕魂乍冷，裂肌風入袖難遮。情知泥裏沾飛絮，敢向風前怨落花。誰是江州舊司馬，漫拋紅淚泣〔二〕琵琶。

【校記】

〔一〕夢來：《名媛詩緯初編》作『夢成』。

〔二〕泣：《名媛詩緯初編》作『濕』。

閔氏一首

江蘇上海縣人，閔瑋女，黄素之室也。

蟬

一響開晨曙，羣聲亂夕陽。高居新脱濁，熱性亦追涼。碧檻濃陰合，炎天晝漏長。西風紈扇罷，求汝在何方？

應世婉四首

字淑君，號蓉江，浙江仁和縣人。適吴明府玉墀。著有《漱玉亭稿》。

詠菊

三徑叢荒後，寒英試晚香。葉踈凝瘦影，花冷淡秋光。甫里當時詠，淵明此日觴。傲霜吾夙羡，蜂蝶為誰忙？

湖上餞秋〔一〕

無奈秋光又欲歸，水邊林下每依依。紅涵湖影秋蓉老，黄滿山頭落葉飛。涼吹尚驚新雁陣，殘煙猶繞舊漁磯。詩人不盡徘徊意，把酒旗亭詠夕暉。

暮春

曉來小雨浥芳塵，綠樹陰濃碧草勻。正是江南三月暮，落花飛絮已愁人。

暮春和韻

百花開過草如煙，月色窺簾分外妍。獨倚闌干延佇久，不禁清露濕鞋尖。

【校記】

〔一〕餞秋：原作『饑秋』，據單士釐《閨秀正始再續集》（民國元年活字本）改。

郭愛一首

詩見汪思白《詩倫》中。

京邸病革自哀

修短有數兮，不足悼也〔一〕；生而如夢兮，死則覺也。先吾親而歸兮，獨慙余之不孝也。心悽悽而不能已兮，是則可悼也。

《樹密齋詩話》：至性達識，古調獨彈，得之女子奇矣，得之屬纊之際尤奇。吾鄉汪思白先生云，能脱然於死生之際，在女子尤難，恩愛獨鍾於怙恃，至性不可滅也。

【校記】

〔一〕此句鄭文昂《名媛彙詩》（泰昌元年刻本）、趙世杰《古今女史》（崇禎間問奇閣刻本）、鍾惺《名媛詩歸》（明末刻本）、王端淑《名媛詩緯初編》作『不自較也』，惲珠《國朝閨秀正始續集》作『不足弔也』。

桂蘭玉五首

字韞輝，江蘇南匯縣人。適鮑秀才彬。著有詩稿。

秋夜偶筆

雲收天際碧，新月掛銀鈎。遠笛驚歸夢，吟懷訴晚秋。金風催葉剪，沙雁逐煙浮。良夜毋孤負，書聲徹滿樓。

暮春即景兼懷大兄

斜陽綠樹隔溪明，花媚閑庭細雨晴。小港柳眠風乍轉，叢祠春草夢初成。畫堤人醉聯金勒，江店雲深叫暮鶯。那惜懷人三月候，游絲牽恨不勝情。

盆秧

犂雨鋤雲别樣新，輕翻勺水也精神。月斜簾角絲絲影，風逗籠紗剪剪匀。不向桔橰聲裡活，却來鐵馬韻中春。一蓑漠漠滄江老，未識曾經得問津。

立春日雪和閨秀曹采荇韻

青旛節届〔一〕頌年華，撲面寒光春欲賒。不是藍田皆種玉，非關瓊樹盡開花。烹茶味美傳陶宅，詠絮才高憶謝家。驢背垂鞭吟客少，隴頭早放一枝斜。

秋海棠

柔紅軟緑嫩秋光，為怯西風傍粉牆。可是玉人初睡起，嬌顔無語理紅妝。

【校記】

〔一〕青旛節届：《國朝閨秀正始續集》作『青逵升震』。

杜瓊枝 一首

字里未詳。

題浦城壁

風雨瀟瀟正早春，從軍〔一〕萬里起清晨。芳姿不慣天涯旅，弱質何堪海角塵。紅袖即今〔二〕多有淚，翠衾從此懶時熏〔三〕。鴛鴦舊夢如還在，幾怕鸚哥〔四〕會喚人。

【校記】

〔一〕軍：《名媛詩緯初編》作『車』。

〔二〕即今：《名媛詩緯初編》作『只今』。

〔三〕懶時熏：《名媛詩緯初編》作『懶將薰』。

〔四〕幾怕鸚哥：《名媛詩緯初編》作『只怕鸚鵡』。

顧諟 一首

字天秀，浙江平湖縣人也。適侍御董文驥。著有《顧天孫詩》，又附見《吾亦愛吾廬詩鈔》。

水晶貓

雕鎪方寸儼成行，上品還須豢玉堂。幾度壓箋窺翰墨，曾經伴繡惱鴛鴦。猙獰狀裏鬚眉活，朗徹神中牙爪光〔一〕。好似月臨庾樓上，一泓秋水浸寒芒。

陳維崧《婦人集》：玉峯顧文康小女，名誽，亂後歸蘭陵董侍御。一日與弟姪輩讌集，小有唱和。顧因笑謂阿寧曰：『着紅罽衫，弄虎丘浮圖甎，爲《捉搦歌》，新婦不如賢從；風日清佳，作曲室中語，爾時濯濯，賢從應亦不如新婦也。』侍御循環音理，大加撫掌。

【校記】

〔一〕光：《名媛詩緯初編》作『張』。

姚靜閒七首

字月浦，江蘇華亭縣人。姚培謙之女弟。著有《容與集》。

擬魏文帝公讌詩

今夕良宴會，鳴笳來西園。朗月照華茵，羽觴横晴川。燦燦羣英集，尚談薄蒼天。析理實罕匹，摛辭亦空前。夙昔欽賢性，得傾樽俎間。中原欣掃蕩，睇覽雲物鮮。懽愉此無極，疇復追神仙。願言永相保，慶泰終百年。

平山兄以夜讀詩見示感賦此篇

吾生雖愚柔，怠荒詎所安。力學隨諸兄，無間暑與寒。迄今十載餘，困苦非一端。至堅不可攻，如鑽鑽石磐。至高不可上，如鳥摧羽翰。平山獨早慧，習尚掃綺紈。燃脂供暝寫，弄墨忘晨餐。年齒未逾立，拔幟登文壇。示我夜讀詩，言言出肺肝。浮名未足矜，用博慈親歡。家聲冀弗墜，刻厲寧敢寬。會當乘海運，九萬鵬飛摶。

雨中白秋海棠

幾點廉纖雨似絲，朝來特為洗燕支。風前不作酣春態，雨後偏驚沃雪姿。倚檻秋融光淡淡，點苔霜染影枝枝。園花莫漫開如錦，正是離人腸斷時。

破窗

網户經年紙僅餘，空齋瑟瑟伴幽居。蜂聲每聽穿欞入，花影時邀到枕虚。白室自應無障礙，碧紗猶恐讓蕭疎。夜深挑盡殘燈燼，斜透蟾光照讀書。

秋夜

一簾殘月影，脉脉照愁心。何處驚寒早，風前急暮砧。

春殘

瞥見楊花似絮飛，倚闌顧景更依依。東風不管人惆悵，偏送殘紅點繡衣。

蛺蝶花

錦翅斜欹芳草邊，枝枝鬭淡鬭春妍。曉窗不入莊生夢，付與佳人伴翠鈿。

蘇菉八首

字梅友，浙江錢塘縣人，蘇月槎之女也。適許廣文大綸，閨幃唱和，閨極伉儷。朞而大綸即夢炊臼，甚傷悼之，集其遺稿，藏諸篋中，惜貧未能付梓也。

許大綸《感舊詩序》：亡室蘇菉，字梅友，為錢塘名宿月槎先生愛女，敏慧能詩。憶戊寅春，余就姻婦家，至己卯秋，即以病歿。余悲慟不能已。向有悼亡長句八首，歲久散失無存。今於舊簏中檢得婦遺稿，手迹如新，讀之悲從中來，復追悼，得七斷句。情鍾我輩，割棄為難，縱以余為老而癡，又奚恤焉！『夢斷音徽五十年，遺編散佚倩誰傳。空箱檢得銷魂句，一種柔情尚宛然。』『髫齡失恃我堪憐，泥汝相依慧且賢。記得湖莊同拜母，一盂麥飯泣靈前。』『鶼被鴛幬一載餘，清羸標格每愁予。秋窗一病奄然逝，絮絮盟言付子虛。』『愛君清妙躭文史，針綫停拈示我詩。如此吟朋良會短，河陽那不鬢成絲。』『真成春夢了無痕，花落鵑啼晝掩門。幾度望仙橋畔立，不知何處覓芳魂。』『君為天上驂鸞女，我作人間落魄身。結髮難忘空學佛，梨花寒食倍傷神。』『悄悄倀倀覓舊蹤，少君神術渺難逢。他時共穴雷峯下，伴汝閑聽百八鐘。』

螢

幾點牆陰逗，微輝暗復明。曾娛狂帝子，也照腐書生。閃閃棲衣桁，飛飛遶畫楹。小鬟閑撲得，掌上任游行。

詠懷次初觀韻

逝水韶華又幾旬，綺窻贏〔一〕得兩閑身。移花自是關心事，覓句生憎敗意人。春夢無憑成一笑，世情提起即長顰。與君且進杯中物，坐待西軒月色新。

秋夜小飲步家嚴韻

桂玉艱難思不禁，燈前父女互論心。劉伶渴甚常求酒，杜甫愁多不廢唫。斷續蛩聲寒惻惻，迷離花影夜沉沉。一杯且博團圞樂，莫笑歸鴉戀舊林。

秋日重過南屏山庄即事

籃輿得得記春游，重過湖庄又杪秋。無數好山青抱寺，幾株垂柳緑遮樓。雙松古肖阿羅漢，一塔頽如老比丘。幽景如斯殊可戀，夕陽深處且遲留。鄰菴有羅漢松二株，最奇古，蓋千百年之物也。

同初觀詣南屏掃墓作

浄慈門外藕花居，極目晴湖畫不如。白白紅紅誰氏女，碧桃花下駐香車。

痛君年少喪慈親，拂拭靈輀互愴神。儜弱自憐非健婦，懸知地下兩眉顰。

縹渺鐘聲警客思，皇妃塔下日遲遲。茹蔬禮佛平生願，祇樹林邊憩少時。

水仙花

粉靨檀心占早春，娟娟小朵絶埃塵。臨風掩抑如惆悵，彷佛陳思賦裏人。

【校記】

〔一〕羸：原作『嬴』，據《國朝閨秀正始集》改。

李韞玉三首

江蘇長洲縣人。與女弟馥玉皆有詩名。適雲間天馬山周亦何。

歸寧

重此相攜倚畫欄，桂花香裏儘盤桓。萱庭霜至驚衰老，荊苑風和敘笑歡。酒泛紅螺春復暖，煙銷金鴨夜初寒。新粧顫有釵頭鳳，忍向慈烏鬪羽翰。

春日苦雨

一溪春雨緑浮堤，落盡紅英碧草萋。庭砌積陰牆蘚合，溜簷凝濕瓦松齊。煙籠瘦蕊花鬚迸，雲滯柔枝柳眼低。終日垂簾愁獨坐，隔窗遥聽雨鳩啼。

喜晴

漠漠輕煙鎖柳堤，池塘深草碧萋萋。荼蘼帶濕香猶淺，芍藥凝寒花未齊。試採奔蜂窺樹隙，學飛新燕語簾低。晴窗添得多詩思，乍動微吟鳥亂啼。

李馥玉八首

字復香，韞玉之妹。適華亭諸生徐同叔。工詩畫，尤精駢體。著有《沁園集》、《紅餘小草》。

《小粉場雜識》：李馥玉，字復香，華亭諸生徐畝室。工詩畫、駢麗之文。嫁時年十六，今年二十，以自寫小照囑葉退人中翰，題云：『瑶臺綺靡嬋娟，蛾眉曼睩嫣然。家在百花洲上，門臨香水溪邊。游藝工詩工畫，讀書希聖希賢。直是班昭在世，奚止羅敷少年。』其所著《沁園集》中，《採蓮歌》一首最工，『少』字雖嫌出韻，無損其佳也。姊韞玉，適周氏，亦工詩。

《墨香居畫識》：李馥玉，字復香，吴門人，歸郡人徐同叔。寫花鳥甚工雅，並善吟詠。著有《沁園詩鈔》。其姊韞玉為周氏次室，亦工畫，而稍遜於妹。

《見山樓墨話》：閨秀李馥玉能詩，筆氣流麗，絕不類女郎。又有《秋雨賦》頗佳，漫録於此。其詞曰：『景逢秋夜，静稱閑居。蘭閨闃寂，蓮漏紆徐。於是四香居士，方爇龍涎之繚繞，品鳳餅之清虚。縹緗千帙，涉獵三餘。忽焉雲翻墨浪，風駛靈車。飄落葉於露井，聽折莖於芙蕖。雨瀟瀟而驟至，溜點點而非疎。黯兮淒涼，動歐陽之歎息；悲哉蕭瑟，添宋玉之欷歔。爾其色暗幽房，涼侵高廡。和簷鳥以齊鳴，撼流蘇以亂舞。燈曖昧而不明兮，綺寮集夫萬弩；

爐煙没而不香兮，瑶琴張而疇鼓。竹鏦鏦以摇蕩兮，松濤吼而如怒；雁哀哀以羣過兮，蛩聲咽而難吐。冰簟冷而不安兮，攢秋氣於肺腑；思往事之歡娱兮，倏駒騁以如古。得萲草兮無以舒其懷，結丁香兮未足喻其苦。夫焉能不蒿目於淒風，焦思於零雨。是蓋遇緣境改，念逐時殊。大家隨征，仰朔風而心喟；長門望幸，溯皓月而形枯。響徹檐牙，莫禁湘妃之淚；寒生翠幄，還生息女之吁。聽淋淋兮腸欲斷，流娟娟兮愁與俱。草木忽其歷亂兮，憶遼西而願徂；衾枕覺其孤單兮，夢岱北而驚呼。彼淒其之所觸兮，何問玉杯與金壺；視前世而皆然兮，豈余今之獨向隅。念離别兮馳百里，望家鄉兮隔三吴。神怳怳兮拋綵線，意遲遲兮據槁梧。若乃露凋巫峽，客況無聊；楓落吴江，旅懷如惄。絃摧窈窕之箏，曲弄關山之笛。高峯迢遞，嵐滚滚以摇杉；遠水蒼茫，霧漫漫以翻荻。雲迷秦嶺兮，馬首不前；波渺洞庭兮，扁舟奚適。守篝火兮無眠，叩篷窻兮長寂。感勞生兮何休，傾淚珠兮如滴。嗟濃陰之接地，仍密注以亘空。聲淙潺以競瀉，勢曠漭以交訌。丹桂飄殘，譜出淋鈴之曲；秋蟲吟苦，停來絡緯之工。嫋嫋竹竿，堪鼓白頭於膝上；蕭蕭蘆岸，宛聆轉軸於舟中。警羅袂之新涼兮，何滂潦之無窮；鬱予懷之莫開兮，蜷局處乎簾櫳。將超世以離俗兮，遡閶風與板桐；寄幽情於斑管兮，附寸箋於長風。庶天公之愍此下人兮，勅蓐收而破冥濛。』

王永祺《紅餘小艸序》略：謂詩必學而後能乎？則文人學士宜無不能詩，而卒不必盡以詩見長也。謂不學可能乎？則詩必錯比興、融情景、傅聲律，以燦然而成章。問律非易，居然可知。是則不學可能，與學而後能，豈各為一説，了不相通哉？大抵天性能詩，則學焉愈工，其非然者反是。古來論詩之家，標立宗旨，雖遇前人流傳傑構，可否無所違〔一〕，獨不甚求備於閨閣之作。即如竟陵鍾氏《名媛詩歸》一選，蕭蘭無辨，玉石不分，殊不類平日之持論。何也？得毋以詩出閨閣，自難求備，不欲糾繩太過，以揜其不數見之美歟？讀馥香徐夫人，思清韻雅，格峻神閑，如青松在壑，掩暎可愛〔二〕，挹其芳華，鮮不激賞流連，而吸風飲露、攬茹佩芷之神情，自可想見於煙墨毫素之表，有不敢以尋常女士相品目者。若乃五七言外，賦篇儷語，亦復一一出入風雅，唾納珠玉。吾因以知其學焉愈工者，由天特賦以含宫咀商之能事，非性所弗近而强以為之也，灼灼明矣。

【輯補】

李馥玉《紅餘小草》（清刻本）載曹錫珪序：《紈扇》之詩、柳絮之詠，才矣，而未必遇；龍門之從游、京兆之畫眉，遇矣，而未必才。兼人所不能兼，而皦然足以信今傳後者，其唯吾復香居士乎？予屏居荒邨，尠見寡聞，歲柔兆赤奮若，居士緘其所作視予。予受而誦之，歎其筆格瀟灑，風骨老成。越三載，積詩又若干首，氣格進而益上，迺合所作騷賦刻之，而問序于予。予唯閨閣之詩有二敝：奉香山之宗瀼者，不得其陶鎔之功、自然之趣，務樸直理質以為高，其失也俗；捨西昆之餘唾者，排比字句，彫鏤摭拾，譬之翦綵為花，真趣不存焉，其失也靡。嗟呼！性情之不存，而言于何有？如復香居士，可謂不囿于俗者矣。蓋居士生長名門，又得才人為偶，而以其聰明智慧探討乎風雅，固宜其所造之工若此也。盤龍之塘，春浦注焉，園林風月，深静恬逸，花開鳥鳴，筆精研良，倡詶其間，致足樂矣。居士勉乎哉！學日富，功日深，卷帙日盛，品格日進，漸至于古之頌鞠銘椒者不難。吾老矣，尚能為君序之。歲在祝犂亶安莫春望日半涇女史曹錫珪序。

採蓮歌

乘風香泛若耶溪，貪採紅芳濕短衣。約略梳頭顫金釧，翠鈿斜嚲緑雲低。輕橈欵欵衝遥渚，争度新歌還笑語。驚起鴛鴦去不回，花深葉密無尋處。回身忽折並頭枝，殷殷如對六郎時。自咲情絲絲似藕，纏綿無盡獨心知。今年採花花同好，來年花好妾應老。花到來年花再開，妾老來年不再少。舉棹歸來欲暮天，對花脉脉傷懷抱。

新秋夜雨

繡閣人初静，凄其雨不休。窻紗飄淅淅，砌葉響颼颼。涼入燈花暈，宵添簟竹秋。漏聲相斷續，取次動閑愁。

賦得花脚野蚊撩亂飛次韻

暑氣蒸林野，幺麽布陣多。草叢潛結侶，水國密成窠。雨外攢堤蓼，風前隱壁蘿。翼輕紗細剪，嘴利劒新磨。攘攘羣相逐，嚶嚶略似歌。排頭貪飲血，跂脚解穿羅。下上無時定，東西幾處過。頻思遊竹幄，不肯歇蓬科。詞客難開卷，閨人欲罷梭。坐衣花掩映，囋體粟摩挲。詎善消酲病，偏能遣睡魔。霧紛迷野馬，市罷上姮娥。似蟻屯長岸，如蜂擾曲阿。紅櫻看腹綻，白鳥辨名訛。惕志曾聞猛，含譏好繼坡。揮之殊不去，松麈奈勞何。

秋日雜感次韻

深深庭院絶塵囂，寶瑟閑調不自聊。碧砌蛩寒聲漸咽，金爐鳧冷篆初消。忘憂久擬栽萱草，耽病還思種藥苗。不信添來多逸興，悲秋詩句特相饒。

秋夜有感

梧葉飄殘暑氣平〔三〕，閑庭蕭瑟弄秋聲。涼侵翠幙更初永，露洗花階月倍明。長笛誰家驚好夢，踈砧何處搗鄉情。生憎一一淒涼況，偏逐深窻夜坐生。

製裙有感〔四〕

抱剪思殷殷，腰圍減舊裙。昨將梅比並，還瘦兩三分。

新月

虛弓絃未上，光淡曲如鈎。試捲筠簾望，纖眉相對愁。

絡緯次陳夫人韻

絡緯蕭蕭織月明，終宵半縷却無成。殷勤不及蜘蛛意，牽就璇璣不出聲。

【校記】

〔一〕違：李馥玉《紅餘小草》（清刻本，下同）作『依違』。

〔二〕此後《紅餘小草》有『明霞在天，光景動人』一語。

〔三〕平：《紅餘小草》作『清』。

〔四〕感：原作『成』，據《國朝閨秀正始續集》改。

汪蕙三首

字蘭英，號雪窗女史，浙江海寧州人。適諸生許良謨。著有《斗室遺草》。

汪鍾曰：三姊幼嫺文義，於《女訓》、《內則》、《孝經》、《小學》諸書無不通了，旁及史傳稗乘，悉具精蘊。針紝暇，即與弟輩角碁拈對，以為諧謔。年二十二，歸姊夫許雯莒。姊夫才名噪雞林，詩宗有宋蘇、陸及本朝六家也。吾姊慧心所格，默為熏染，遂能吟詠。所居小樓三楹，垂繡簾，爇名香，清几浄案，呼婢研墨，舒箋以消受閑中光景，真韻事也。積而成帙，惜姊以詩非女士所宜，秘不示人，遂致泯没不傳也。閲四年，以羸疾卒。姊夫憫焉，檢其入格者數首，載入《花溪志》中。甲辰之春，嘗感之詩云：『吴綾剪就漾輕紗，陌上閑歌五度花。憂恨一簾傷往事，殘書零亂寫琵琶。』蓋紀寔也。二姊名巧，尤慧而工書，亦早世，詩軼不傳云。

與諸弟鬭碁偶作

吾生無適意，愛此春光暖。呼婢拂楸枰，奩匣子中滿。消閑會有時，遣興每憑算。子來我則往，我強子則悍。二人本同心，勝負各毋緩。勝如鯨虎吞，負為鳥獸散。聊以兵家事，一警閨中嬾。弟輩爾何爭，偏各生憤懣。

詠鏡

一片圓靈望影微，空明長似月臨帷。清光不照人間事，而況心中閑是非。

夜坐

瀟瀟寒雨到窗紗，閑撥紅爐自煮茶。小婢不知懷遠信，漫憑詩硯弄燈花。

吴正肅五首

字静嫺，號僑楊女史，江蘇江都縣人。善畫。適歙縣黄履岳。著有集。

吴珏《題豐溪女史吴正肅秋山讀書圖》詩：『滿林黄葉翳柴關，遥見林端一角山。合着伯鸞居此地，蘆簾長對孟光閑。』『歸去無嫌挽鹿車，牽蘿補屋稱幽居。秋深夜色凉如水，自爇名香讀異書。』『舊識吾宗女畫師，墨痕蕭瑟自矜奇。十年為寫西泠隱，應笑羈人一舸遲。』

燈下看白菊和外韻

亦是延年種，能將玉勝金。喜從燈下看，宜向月中尋。傲乃成貞骨，香能愜素心。亭亭清白影，相對坐更深。

夏日泛舟平山堂賦呈夫子

竹樹樓臺繞蜀岡，南薰吹送滿遊航。昔年縱目思慈訓，此日淒懷失義方。余歸君家廿餘年，未嘗遊湖，惟翠華三幸日，侍奉先姑，曾一歷覽焉。隱隱山光橫翠黛，田田荷葉擁紅粧。歸來賴有消愁法，兒女燈前絮語長。

題畫

垂柳沿溪合復分，重重樓閣礙歸雲。結廬水複山迴處，飽看朝嵐與夕曛。
泉聲隔岸響潺潺，秋樹蕭疎水閣閑。喜有素心乘興至，扁舟同看夕陽山。
花正敷榮柳裊絲，春風淡淡水漪漪。扁舟載酒尋詩客，為愛谿山返棹遲。

周澧蘭五首

字素芳，江蘇長洲縣人。西寧縣知縣周兆熊女，適同邑李大楨。善書能詩，潘農部奕雋之詩弟子也。著有《浣雲樓詩草》。

待月

待月臨書幌，涼風拂素襟。不知滄海遠，翻訝白雲深。小院桐陰薄，銅壺漏滴深〔一〕。試看懸玉宇，還勝夜珠臨。

芭蕉扇

宮樣輕羅舊著名，何如一葉晚風清。似嫌朱户繁華習，故學蓬門樸素情。種處自緣風露冷，裁來還供月華盈。只愁燭燼香殘後，減却西窻夜雨聲。

春遲

青帝無心逐暖回，淒風特地送愁來。似憐紅紫飄零恨，不遣繁華爛熳開。蝶夢經寒迷碧草，花光和雨鎖瑶臺。煙波易動離人思，短笛誰家奏落梅。

病起

斗室垂簾日影遲，藥鑪煙裊細如絲。病來妨却看花眼，開盡棠梨總不知。梨花風雨水潺潺，為怯餘寒日閉關。且喜小窻清晝永，半酬詩債半酬閑。

【校記】

〔一〕深：《國朝閨秀正始集》作『沉』。

卷之五十

梅芬四首

字素娟，號雪香，江蘇吴江縣人。適同邑明經陳自焕。著有《緑筠軒詩草》。

周慎《緑筠軒詩草序》略：《緑筠軒遺詩》，吾友家修陳先生淑配梅孺人所作。古來才媛，類工吟詠，竊謂有意於工而工焉者，不若無意於工者其工爲獨至。思以文章擅名，則又病其才多。今讀梅孺人詩，不禁展卷而三嘆也。方其相夫起家，親操井臼，適然感觸，灑翰成章，初非有意於詩之工者，而工乃若是。且又深自韜晦，以予與先生少同里閈，辱爲忘年交，予從兄暎山歲時往來，稚聞孺人好讀書能詩，而三四十年來，未嘗獲睹隻字。迨今孺人歿已踰年，然後得見是集，餘於才而蓄之以德，視彼沾沾挾其所長而惟恐人莫己知者，相去懸絶。孺人之賢，其尤可敬也已。夫以孺人之賢且才，早歲作嬪君子，琴瑟静好，宜多『雞鳴』、『昧旦』之篇，而不自珍惜。中年後情傷手足，愁苦之詞倍於歡娱之作。邇歲連喪伯仲兩才子，點筆醮墨，莫非淚枯腸斷之音。孺人竟以此損年，僅得中壽。豈真詩能窮人，有後世之傳者不盡享生前之福耶？以予爲通家世好，屬爲題引，予既重孺人之賢，又感令子之孝，不揣固陋，謹書末簡，呈於家修先生，亦欲稍解安仁悼亡之戚云爾。〔一〕

陳毓秀《梅孺人行略》：先妣孺人姓梅氏，名芬，字素娟，號雪香，國學生愚哉公諱璠次女也。少聰慧，讀書明大義，工詩律。時電揚、辰章兩舅氏學舉業，延先王父息存公於家。王父口授經義，孺人數從舅氏叩所聞，間有質問，輒出意表。王父聞而異之，為吾父結婚焉。及來歸，貲裝豐厚，孺人弗以自矜，攜書數百帙，示吾父曰：『吾所好在此耳。』

先王父早衰多疾，先繼王母目疾，久不愈，中年後竟失明，孺人敬事舅姑，承顔順志，曲盡婦道。有瘠田半頃，奉菽水常恐不給，時時鬻奩資以佐朝夕，吾父以是少紓内顧憂，客授於外者二十年，凡家事，悉委孺人。向明而起，井臼親操，助力者惟一爨婢。時伯兄尚幼，仲兄僅襁褓，仰事俯育，辛勤萬狀，而勞肄如故也。先後遭舅姑之喪，哀敬襄事，心力交瘁。在室時遭母喪，哀毁骨立；于歸后孝不衰於事父。生平待人厚而自奉薄，飲食粗糲，衣服壞敝。有為孺人勸者，曰：『一身得飽煖，幸矣。當為兒孫惜福。』親族有不給，恒脱簪珥贈之。愛不孝兄弟，未嘗手加撻責。每日自塾中出，問先生所授講義若何，有未會，輒細為剖悉。家務稍暇，博涉詩書，丹黄甲乙，不釋手。所著詩詞，虞山見復夫子謂可傳世，選訂序之。孺人因操作過勞，致肝疾。丁卯夏，仲兄毓德亡，鬱鬱不樂，疾更劇。又二年，伯兄毓賢暨伯嫂踵殁，孺人淚枯腸斷，幾不起。不孝百計醫禱，稍間，然而形神益槁矣。夏五，秀倖列弟子員。秋試，以孺人病，不欲往。孺人曰：『汝得一衿，遽自足耶？兩兄發憤力學，俱未獲報，天或厚汝，未可知，宜及時上進。』家大人亦命行，乃不得已就道。試畢遄歸，孺人喜兒早還，自言病如前，無大害。詎意越兩日，驟不起〔二〕。以吾父歲貢授訓導，待贈孺人。著《緑筠軒詩稿》若干卷〔三〕。

【輯補】

梅芬《緑筠軒詩草》（乾隆三十一年刻本）書尾陳毓秀跋：《緑筠軒詩草》，先母梅孺人未定稿也。母少嗜書，耽吟詠，博覽唐宋諸名家詩，最愛《長慶》、《劍南》二集，手摘一編，丹黄甲乙，不以女紅輟也。中年以家事不復措意，繼而手足傷殘，鶺鴒抱痛，仍托詩以寫憂思。園有老梅數株，時借詠懷，蓋以梅為己姓，且品骨清高，故常取自況也。邇年伯、仲兩兄相繼淪喪，伯嫂又没，悒悒成病，終歲床褥間，血淚枯而詩思索然矣。間有所作，大抵傷家門淩替，骨肉凋亡，觸緒縈愁，成輒棄稿，毓秀拾而存之，非母意也。去夏方謀付梓，就正虞山見復夫子選定敘之，不幸忽遭變故，不及見斯集之成也。天乎痛哉！不孝哀子毓秀謹記。

梅芬《緑筠軒詩草》（上海圖書館藏民國吴江柳氏抄本）載顧我鈞跋：嵩生謀刻此藁久矣，請之母氏，輒不許，曰：『詩文非婦女事，吾不欲其出於梱也。』嵩生意未已，一日私以質余，余曰：『是不盡然。詩本性情，巾幗、鬚眉一也。柳下之《誄》，自哀其夫；大家之《誡》，自訓其女，而談著作者重之，其言有物而一軌於正故也。自夫敦厚衰而靡曼作，季蘭、易安，世推才女，而詩遂為婦女詬病。向使二人不識一丁，正復奚益？苟概之以内言不出，將《終風》、《柏舟》，豈容埋没鏡奩而已乎？』嵩生躍然以去，固請得之。旋以遭喪，因循四年矣，今乃刻成。讀之，喜其不尚靡曼而一軌於正。余言若有先見者。會嵩生索序而無以應，姑録前言，以誌其緣起云。乙亥春三月髮千顧我鈞跋。

同集梅芬《哭辰章二弟五絶》小序：予同懷五人，兄姊妹皆不永年，存者惟辰章一弟，往還訊問，頗盡手足之樂，兼可想見吾兄若姊與妹焉。孰知天未悔禍，復奪之算，先嚴慈所出，僅存予老病一身而已。悲從中來，作此當哭。

春暮偶成

門掩春深候，池塘日影斜。魚浮還滌硯，鶴睡更烹茶。教婢扶新竹，呼童掃落花。晚來無箇事，獨坐數歸鴉。

觀蓮節龐山湖賞荷並觀競渡

一片清波鬭〔四〕鏡光，飛凫〔五〕輕泛往來忙。旌旗欲掩〔六〕紅蕖色，蘭麝分和雪藕香〔七〕。畫舫笙歌遊子醉，棠舟〔八〕羅綺美人妝。却憐此日〔九〕湘江畔，可有行人奠一觴〔一〇〕？

王明君〔一一〕

氊廬〔一二〕風景異中華，彈徹琵琶滿面沙。舊日紅顔消落盡，單于猶道妾如花。

喜晴

雨收雲散日穿簾，牆外梅花影更纖。徐步未愁香徑滑，苔痕不覺濕鞋尖。

【校記】

〔一〕此序梅芬《緑筠軒詩草》（乾隆三十一年刻本，下稱乾隆刻本）末署『壬申中秋日眷世教弟周慎拜書』。

〔二〕此後乾隆刻本有『嗚呼痛哉！孺人生於康熙己巳年七月初一日，卒於今乾隆庚午年八月二十三日，享壽六十有二』數句，可知其生卒年月。

〔三〕此後乾隆刻本尚有數語云：『子三：長毓賢，娶朱氏，歲進士候選訓導玉汝公諱珩女；次毓德，上庠生，娶王氏，邑庠生敕封儒林郎周燦公名尚文幼女；次毓秀，縣學生，娶吴氏，明刑部尚書訒菴公諱山裔孫女，太學生元良公諱植慎幼女。孫男一，兆詵，毓秀出。嗚呼！不孝毓秀生也晚，孺人一生懿行，未得詳悉，家大人又不忍狀吾母，輒含毫而罷。用敢將幼所見聞者，略述一二。神志昏憒，語無倫次，伏冀大人先生錫誄銘，以光泉壤，不孝秀死且不朽，亡兄毓賢、毓德亦死且不朽。不孝哀子陳毓秀泣血稽顙謹述。雍正癸卯科會試中式舉人乾隆辛未欽取經學特賜國子監司業宗人祖范頓首拜填諱。』

〔四〕闕：乾隆刻本作『似』。

〔五〕飛鳧：乾隆刻本、梅芬《緑筠軒詩草》（上海圖書館藏民國吴江柳氏抄本，下稱民國抄本）均作『龍舟』。
〔六〕欲掩：乾隆刻本、民國抄本均作『直掩』。
〔七〕此句乾隆刻本、民國抄本均作『蘭麝微分碧藕香』。
〔八〕棠舟：乾隆刻本、民國抄本均作『蘭橈』。
〔九〕此日：《國朝閨秀正始續集》作『今日』。
〔一〇〕此句乾隆刻本、民國抄本均作『可有遊人奠酒漿』。
〔一一〕明君：《國朝閨秀柳絮集》作『昭君』。西晉爲避司馬昭諱，改『昭君』爲『明君』，又稱『明妃』。
〔一二〕氈廬：乾隆刻本、民國抄本均作『虜庭』。

方婉儀六首

號白蓮居士，安徽歙縣人，聯墅方石村宗伯之孫女也。善畫梅竹蘭花。適江都羅聘。著有《學陸集》、《白蓮半格詩》。

羅聘《白蓮半格詩序》：閨中人方氏婉儀，字曰白蓮，幼承家學，即工半格詩。及歸于室，舉案之暇，一切綺語屏而不爲，梁間燕子，簾額游絲，亦未嘗作緑窻兒女之言，寫入毫素也。時觀余畫寒天梅竹，從硯旁指畫，頗通逸趣，一枝半葉，便能點染墨池，有出塵之想。春秋佳日，清盥而起，粉奩脂盒，乃復鄙夷不事。同里許太夫人，亦目之爲女弟子云。

太史杭世駿《題白蓮女史詩》：『每疑詠絮無全什，又怪簪花少畫名。親見夫人擅三絶，居然不櫛一書生。』『欲賦梅花大欠詩，何圖林下有風期。不知雪椀親濡筆，瘦影疎香寫幾枝。』『浄業修從九品臺，八功德水養根荄。與參妙法蓮花義，合有清涼世界開。』『瘦格烏絲小筆森，更欽新製唱仙音。若教唐韻開軒寫，一字應輸一餅金。』『詩參三昧畫通神，玉雪羅郎迥絶塵。不是月泉吟社客，如何修到比肩人。』

沈大成《雨中遇朱草詩舟次方婉儀韻》詩：『短筇倚壁即呼茶，急雨衝衢水没車。自媿衰年空學佛，無能樹意説蓮華。』『摶土烝沙漫作型，老猶爲客誤浮名。衆流截斷無它屬，香到梅花始是清。』

金農《題白蓮半格詩》：『謝家才女詩門第，嫁得王郎好夫壻。不但能詩詠絮工，能畫能書妍且麗。』『七言巧合冰鐙歌，時塗雲母春梅多。紅絲小硯簪花筆，一螺豈屑抽雙蛾。』『今年六月是生辰，蓮塘瀲灩華精神。無滓無塵清可比，風裳水佩證前身。』

【輯補】

沈大成《學福齋集》（乾隆三十九年刻本）卷六《方婉儀半格集唐詩序》：集唐之製，始於明季，浙東吴下，組紃間出。至聖朝而鉅公耆宿若秀水朱氏、新城王氏集杜諸作，渾然天成。先師黄宫允公後起争霸，所撰《香屑集》無體不備，無篇不佳，集千狐之腋，刻三年之楮，讀者望洋，驚爲觀止，幾於偃師束手，天孫遜巧矣。廣陵女士方媛婉儀，來從問詩，余以《香屑集》授之，未半載，凡有所作，輒擬爲之，所謂『半格集唐』是也。余語之曰：夫為中天之臺者，必起於寸壤；穿九曲之珠者，必由於毫芒；行萬里之塗者，必發於跬步。善致力者，苟爲之而不止，則雖中天之高不難成，九曲之幽不難徹，萬里之遠不難至。若一從焉，一違焉，即寸壤、毫芒、跬步，亦不可幾也。今婉儀之半格詩工矣，於先師之集唐，得其一而未得其全也。使守故而不變焉，自畫而中輟焉，是淺嘗而不嚌其胾也。以婉儀之聰明好學，豈願其詩之止於是者哉？吾之所望於婉儀者，亦豈願其止於是哉？善爲藝者不以一長名，善爲丅者不以一器貴，婉儀亦勉焉而已矣。婉儀之王父實村先生為時正人，其尊府酌圃有名江表，良人羅君兩峯又才彦也。在室有谢庭家集之盛，爲婦得閨中倡和之樂，一門之内，皆尚风雅，此尤世之所罕者也。婉儀初刻《白蓮半格詩》，武林杭太史堇浦實爲之題。是役也，余繼之，衰旄無學，媿乏藻翰之文，竊附他山之義云爾。

羅聘《香葉草堂詩存》（嘉慶刻本）之《八月三日萬華亭自揚州來京師云予内子已于五月十九日去世聞信之後悲不能已作長篇以當哭云》：作欣良朋至，旋使我心悲。道我室中人，永與君别離。因思出門日，遲遲復遲遲。執手話床第，泣涕交相垂。枕畔見墨痕，集句成别詩。達生寓詩意，死以秋爲期（集句云：自知死亦人間事，多是秋風摇落時）。會面那可必，予已先有詞。月缺有圓夜，花落有開枝。爾死無生理，我出有歸時。欲歸予未得，縱歸爾不知。

記得

記得當時攏髻年，春宵坐月百花前。謝家小妹王家姊，手弄窺窻白玉錢。

題馬守貞雙鈎蘭花卷

楚畹幽蘭冠眾芳，雙鈎畫法異尋常。國香零落空流賞，太息金陵馬四娘。

期諸娣姒茶話

舊家門巷草新生，歲歲春風不世情。已辦月團三百片，好來同聽煮茶聲。

生日偶吟

平簟〔一〕疎簾小閣晴〔二〕，朝來池畔〔三〕最關情。清清不染淤泥水〔四〕，我與荷花同日生。

梅摹魏國夫人畫，字倣楊家妹子書。一盞真茶消永晝，玉漿犀液較何如？

次韻題明妃圖

塚畔青青草色稠，芳名史冊著千秋。畫師若把黃金囑，老守長門到白頭。

句

花香窻隔度蜂針。

桃花水胖鱖魚頭。

茶苦泉渾嗔婢嬾。

鼠婦窺燈碎玉蟲。

方婉儀《學陸集跋》：閨中無事，素愛吟詠，多半格體，而嬾於律。兩峯與予有《聯句詩鈔》一卷，專務對仗，嚴整新巧，亦倣放翁所作，蓋誘余學律也。今不知其稿遺置何所，所可記者，如『草長門荒煩燕剪（兩峯），花香窻隔度蜂針（白蓮）』，又如『楊柳風尖蠻鳥舌（兩峯），桃花水胖鱖魚頭（白蓮）』，又如『茶苦泉渾嗔婢嬾（白蓮），詩緣韻險笑妻分（兩峯）』，又如『狸奴翻瓦探檐鵲（兩峯），鼠婦窺燈碎玉蟲（白蓮）』，惜全首皆不復記憶耳。

【校記】

〔一〕平簟：《國朝閨秀詩柳絮集》作『冰簟』。

〔二〕晴：《國朝閨秀詩柳絮集》作『明』。

〔三〕朝來池畔：《國朝閨秀詩柳絮集》作『池邊風景』。

〔四〕此句《國朝閨秀詩柳絮集》作『淤泥不染清清水』。

郭芳五首

字素媛，浙江仁和縣人。適司馬胡筠亭。著有《濬真遺詩》。

章鑣《胡母郭宜人傳》略：同年郡司馬公天都胡筠亭先生，宰竟陵十年，入覲歸來，喪其良匹郭宜人。予頃自宜人喪前唁太夫人，太夫人誦之矣；出與乃季語，乃季又誦之矣。則節略有不備而得於其家者，並以補之。宜人姓郭氏，能語授《毛詩》。稍長，讀《女論語》、《女孝經》、《女誡》，凡《女訓》、《女鑒》、《女箴》、《女記》、《內訓》、《娣姒訓》，以至《女則要録》、《貞潔記》、《貞順志》，皆槪觚義類，靡不宣暢，而性嗜學問，遂及史子古籍，資其蘊藉，尤精《通鑑》。其歸司馬，司馬故儒，素躬操作，常以鍼工助家匱乏。夜一釭膏，左則卷籍縱横，右則刀尺金縷交錯，旁設茗爐，每讀倦繡殘，從容論古，間發疑義，交有啟益。已而司馬補博士，登賢書，宜人不自暇逸。逮夫司鐸贛榆，庭椿已謝，太夫人憶贈公而悲，司馬泣禄不逮養，百求所以奉老人者。而太夫人素怖雷，中夜霆發，宜人亟起秉燭，呼寢門曰：『婦來侍姑！』入則摩挲按抑，太夫人寢酣，輕步以出。至今太夫人曰：『吾亦知渠疾不可救，勉自節哀，顧念此事，輒中宵酸鼻。』宜人艱於子，乃密求莊静女子，拓旁室而舍之，因得浩，則如君龔所出也。嘗苦痘毒，宜人置諸懷，旬日未嘗釋衣交睫，而浩始安。司馬曰：『是兒直母腹生之也。』蓋感之深矣。卒得瘇疾以隕，無大小皆慟絶。宜人工詩，顧不肯輕作，鮮或見者。

今司馬集殘紙，尚得百餘首，並見和平莊雅一斑云。

程體彰《澹真遺詩跋》略：右詩，邑侯陞郡司馬胡筠亭夫子德配郭宜人所著也。夫子以彰辱在門下，招入衙齋，爲世兄浩指授句讀者兩年，謂彰知母生平最悉，爰授讀之。竊念母之懿行，傳中紀載已詳，彰僅復述其卓卓者。母德本宜男，慳於天賦，樊女薦賢，切切爲夫子言不已。夫子篤於伉儷，不忍也。卒獲薦龔孺人，生浩，母大喜，副所願。然浩危於痘，母護救之，幾與俱殞，卒以得全。捧誦遺詩，字字剩馥零瑶，宜其爲夫子所寶惜而登之也。

螢火

薄暮度簾櫳，西飛又復東。竹深光閃爍，月淡影朦朧。破壁難爲用，投囊暗助功。待看天欲曙，星在有無中。

讀武侯傳

南陽三顧識賢臣，數載功成漢室尊。一片孤忠齊日月，兩師遺表在乾坤。祁山遺恨難吞魏，瀘水多謀自定番。天意亡劉非可挽，故教管樂不長存。

新柳

濃于煙草淡于金，濯濯丰姿嫋嫋陰。乍茁方可眉黛淺，未長已恨別離深。風來東面須春轉，月到梢頭覺夜沉。惆悵吴宫千万樹，亂鴉疎雨正難禁。

七夕

蟋蟀階前報早秋，暮蟬頻噪柳梢頭。清風滿院來三徑，明月當窻尚一鈎。直笑齊諧傳度鵲，可會漢使問牽牛。神仙若也傷離别，塵世如何得解愁？

落花夜憶亡姊

無限傷心憶未休，强將詩句解閑愁。如何昨夜東風急，斷送殘紅逐水流。

張淑貞一首

四川銅梁縣人。適吴縣庚午孝廉吴翀。

寄外次韻

中歲功名似酒闌，憐君何作少年看。春風鳳管雙吹〔一〕好，秋雨牛衣對泣難。棄路頻年嫌李苦，和羹有日要梅酸。底須千里勞鄉夢，為報荆妻竝竹安。

【校記】

〔一〕吹：《國朝閨秀詩柳絮集》作『飛』。

楊瓊仙 一首〔一〕

詩見《谷音傳響》。

次韻題明妃圖

百戰樓蘭白骨稠，烽煙未斷漢家秋。和親免得邊陲釁，甘抱檀槽赴隴頭。

【校記】

〔一〕楊瓊仙前原有張涵妻『劉氏』一條，實與卷五張淵度妻劉氏為一人，已將其《秋夜迴文》七律一首及殘句並入卷五張淵度妻劉氏名下。

吳繡硯 四首

字繡硯，安徽歙縣人，翼堂吳太史之女弟也。適同邑易田洪封君琰。著有《蕙櫺小草》等集。

吳華孫《洪母吳恭人墓誌》：余甥洪梧，奉父命葬母於里之鳳形山，卜有日矣，來乞銘。余泫然曰：『吾何忍銘吾妹耶！』梧固請曰：『知母莫如舅。』乃含淚而爲之誌。恭人吳氏，系出先司徒公後，爲五世孫女，贈資政大夫通政使司通政使竹齋府君之第三女也。先公晚年始生，先妣程太夫人鍾愛篤。年十二失怙。越數載，余奉慈命爲相攸洪源。又二年，余在史館，請假遣嫁，爰適太學生今封中憲大夫洪君琰。此兩姓之好所由始也。恭人福相端重，面如滿月。幼習詩禮，兼通文藝，與姪綬詔、恩詔同塾。其歸洪氏也，洪故巨族，闔門數百口，鐘鳴鼎食，恭人以謙儉在其間，雍雍如也。

太公太母治家嚴，每旦子婦請問起居，恭人聞啟户聲，趨而入，常先諸姑姒娣，重闈相謂曰：『真讀書人家女子！』其稱譽如此。嗣是而後，身任家政，於兩世舅姑，喪盡其哀，祭盡其禮，親賓庶務任其勞，曩稱賢内助者，更稱賢母也。世俗相矜財利，子弟多令習賈，洪氏科名仕宦，本不絶聲。恭人在室，即聞諸父兄庭誨，羡慕之。先後舉三子，俱穎慧，恭人毅然擔負，以教子爲己任。相夫子課讀，冬不爐，夏不扇，人謂『洪氏子在塾讀書有已時，在家讀書無已時』，蓋實録也。不數年間，所生三子咸以奇才異能召試大科，發軔徽省。既而伯子成進士，督學江漢，典試湖湘。其既也，任秋官，擢臺省，洪氏駸駸光顯於時，皆由恭人之能教其子，以親見其成也。不寧惟是，世家大族，得才子難，得賢子尤難。伯子爲人耿介，嚴氣正性，出守畿郡，劾罷墨吏，震動朝野。仲子温良和厚，譽流鄉黨，雖未就職，負公輔之望。伯仲隕逝，士人傷之。季子才名更越兩兄，有獨肩急難之誼。上塞歸來，佐尊人負土葬其高曾，以三四世於旬月之間，能人所不能，可謂偉男子矣。恭人生於雍正癸卯二月二十一日，殁於乾隆甲辰五月五日，年六十有三。初封宜人，晉封恭人。恭人所生子朴，乾隆辛卯科進士；榜、梧俱召試中書，梧兼軍機處行走。子婦三人：一候補道程公天健女，一兵部職方司郎中汪公啟淑女，一封太僕卿江公長進女。女子四人：徐士義、閔道恂、方椿，其壻也；一字朱光達，未嫁。孫二人：方回，榜出；昭回，朴出。孫女一人。皆幼。昭回生母吴氏，能教子，例得備書。

《農隙筆談》：同邑親家易田洪國學琰，詩筆高古，然不耐場屋困，經歲村居。生三子，咸穎慧。夫人吴繡硯，乃吴太史華孫胞妹，詩亦雋永，遇花辰月夕，家庭角韻，極天倫之樂，人艷稱焉。予已習聞。今年冬，與予既定朱陳之好，易田因見貽其夫人詩一冊，各體皆工，而《晚春》及《贈兄翼堂太史納姬》三章，更俊麗可誦，故録於此。全稿名《蕙櫺小草》。

古硯歌

谽谺巨壑態百變，清溪峭壁垂飛練。霧含露洗日月胎，鍾孕千秋生寶硯。血痕豈是秦皇鞭，彩色曾由女媧鍊。幾時得受師涓知，神工鬼斧開生面。田田蓮葉散青霞，淡淡松花滴瓊霰。棗心椒白各擅名，尤物非常幾曾見。嵌凸熒熒鸜鵒睛，星芒亂射如流箭。雙虯隱隱起當中，時騰風雨盤空戰。我聞墨水浸黃丸，奇珍貢入唐王殿。陶公好事剖魚死，剝損至寶驚雷電。誰留此石福文人，玉質金光莫矜衒。摩挲倘使神龍知，挾去天東化雲片。

晚春偶興

無塵草色接湖湄，幾片殘花帶雨飛。蝴蝶有聲啼不出，杜鵑枝上夢應稀。

三分芍藥望朝晴，絮聒留春百囀鶯。疎雨送花多繾綣，斷雲暈月費經營。

贈翼堂太史兄納姬

梅多秀韻竹多風，憶昔聯吟畫閣東。今夕月邊聽唱和，愛他小鳳倚高桐。

邢順德 六首

字蘭圃，行四，□□縣人〔一〕，邢普田之女也。適同邑康太學魯瞻。著有《蘭圃遺稿》。

邢普田《蘭圃小傳》略：余女名順德，字曰蘭圃，行四〔二〕。天性孝謹，先大人尤鍾愛之，因名之曰順德。時以官閑多暇，日課諸女孫讀，自《女誡》、《小學》、《四書》、《毛詩》外，旁及子史諸書〔三〕，諸女孫亦時請業焉。而順德尤酷嗜吟詠，先君子見而奇之，曰：『詞意閑雅〔四〕，能得唐人瓣香，其殆學女學士乎？然讀書以明理，涵養性情之助〔五〕，男女當不異也。』迨先君見背，余偕弟及諸女侍先慈於家，日佐其母周旋於茶鐺釜竈間，稍閑，則理女紅，而讀書吟詠，不少輟也。及笄，歸於邑太學生魯瞻康君，頗知敬順，又善事其孀姑，佐其夫葬四世之喪，暨叔姑婚嫁諸事〔六〕。生二子一女，俱幼。體素清羸，又遞遭大故，廢寢廢食，以故四肢虛腫，痊而又作〔七〕，猶力疾賦《絶命詞》三首，其一謝予夫婦，其二則別其夫君魯瞻者也〔八〕。

李基圻《蘭圃遺稿序》：邢氏甥女第四者，名順德，字曰蘭圃，余胞姊所出也。蚤負夙惠〔九〕，尤喜騷雅〔一〇〕。祖静園公授以古詩及選唐諸編，一目舉能了悟。自是刺繡之餘〔一一〕，形爲吟詠，如初日芙蕖，風致絶佳。余嘗覽其《華清宮》、《長門怨》及《歸雁》、《蟋蟀》諸作，清思遠韻，饒有唐人遺意〔一二〕。然工於詩而不欲以詩名，嘗曰：『閨閣中以韻語外播，非所宜也。』余每嘉其遠見卓然拔俗〔一三〕。及笄歸余康甥魯瞻，伉儷甚相得。繇是相夫子，事孀姑，代理內政〔一四〕。又數年，遞遭大故，勞憊日深〔一五〕。然伏枕之餘〔一六〕，時復寫意以自遣。故生平所作，於詩尤多。當彌留之際〔一七〕，猶力疾賦《絶命詞》三首，以謝父母及其夫君〔一八〕，情至之語，令人不忍卒讀。嗚呼！居平孝謹婉順〔一九〕，故其詩皆有真性情流貫於中，非同拾人牙慧者之所爲也〔二〇〕。

賦得好句有情憐皓月

皎皎蟾光滿，秋暉〔二一〕萬里同。梅花來遠笛，桂子落香風。林静鳥啼夜，山深鶴唳空。徘徊情不盡，詩思渺無窮。

下絃

依稀昨夜月，形魄不相同。誰使如梭影，胡然躍碧空？微離滄海上，漸轉小樓東。帝女分鸞鏡，嫦娥掩兔宮。殘雲猶靄靄，香霧尚濛濛。莫惜憑欄望，良宵未易逢〔一二〕。

隋堤春柳

隋堤春暖柳參差，嫋娜東風未定時。嫩色曾添梁苑恨，輕煙淡掃漢宮眉。影浸〔一三〕流水空搖曳，花落浮萍任轉移。多少黃鸝終日語，應憐故國動愁思。

慰夫君

生死人常理，無勞過自悲。試觀天地化，榮謝本相推。

歸雁

一聲嘹唳下芳洲，水色天光萬里浮。澄練依稀留篆影，蕭蕭飛過洞庭秋。

中秋

碧天無際月當空，秋色平分此夜中。姊娣異鄉同一照，音書杳杳滯歸鴻。

【校記】

〔一〕《國朝閨秀詩柳絮集》作「山東陵縣人」。

〔二〕此後邢順德《蘭圃遺稿》（乾隆刻本，下同）有『自孩提從先大人任故城學博』一語。

〔三〕此後《蘭圃遺稿》有『靡不句解口授』一語。

〔四〕此後《蘭圃遺稿》有『氣味穠郁』一語。

〔五〕此句《蘭圃遺稿》作：『然讀書以明理，吟詩以達情，皆可為修身齊家涵養性情之助。』

〔六〕此後《蘭圃遺稿》有『至此而筆墨之事疎矣』一語。

〔七〕此後《蘭圃遺稿》有『至正月二十七日，口已喃喃不能言』一語。

〔八〕此後《蘭圃遺稿》復有數語云：『至廿九日而溘逝。生于雍正己酉年九月，卒于乾隆二十五年正月，得年僅三十二歲。惜哉！生平所作，嘗請正于余兄弟間，亦或面質于伊母舅倬甫李君，從不令外人見也。檢其遺稿，率多不存，伊叔父、兄弟等以為其畢生精力多在于此，不可没也，于是搜而輯之，並《絶命詞》，得若干首，授之梓，曰：「他日吾陵閨閣中有好學而能文者，必將因其詩以考其人，即其人以論其世，將女之詩可傳，而女之行亦與之俱傳。」父普田氏書。』

〔九〕此後《蘭圃遺稿》有『方八九齡時輒解書史』一語。

〔一〇〕騷雅：《蘭圃遺稿》作『雅騷』。

〔一一〕此後《蘭圃遺稿》有『披誦不輟』一語。

〔一二〕此後《蘭圃遺稿》有『非特香奩之所絶無，抑亦騷壇之所僅有耳』一語。

〔一三〕此句《蘭圃遺稿》作：『余每嘉其深識遠見，卓然拔俗，視世之簸弄虛聲，邀名閨秀，以自詡為能詩者，奚啻霄壤耶！』

〔一四〕此後《蘭圃遺稿》有『詩思亦漸減矣』一語。

〔一五〕此後《蘭圃遺稿》有『而病以作』一語。

〔一六〕此後《蘭圃遺稿》有『覽物增感』一語。

〔一七〕此後《蘭圃遺稿》有『口已喃喃不能語』一語。

〔一八〕此後《蘭圃遺稿》有『愴惻淒楚』一語。

〔一九〕此後《蘭圃遺稿》有『家庭倫理間靡不曲盡』一語。

〔二〇〕此後《蘭圃遺稿》有『今其人已逝矣，為之父兄者不忍令其湮没無聞，搜得如干首，欲付梓刻，屬余為評隲。余誼忝渭陽，爰序其梗概，含毫濡淚，蓋不勝蘭摧蕙萎之感矣。乾隆二十五年歲次庚辰清和月中浣鶴亭李基圻書』數語。

〔二一〕秋暉：《蘭圃遺稿》作『清暉』。

〔二二〕此後《蘭圃遺稿》有評語云：『此乾隆戊寅秋作也。時已抱病，故觸景傷情，竟成詩讖，可悲也夫！ 叔汝梅記。』

〔二三〕浸： 原作『侵』，據《蘭圃遺稿》改。

歸宜 一首

詩見《谷音傳響》。

次韻題明妃圖

冷落昭陽怨思稠，婕妤團扇亦傷秋。 憐卿拋擲單于壘，猶得班行踞上頭。

應學韞二首

字珏樓，號蒿軒，浙江仁和縣人。適同邑□際盛穆堂，以夫貴封孺人。著有《自娱草》。

遣興

木落長空雁字飛，小樓獨坐思依依。香銷金鴨鑪煙冷，翠鎖朱門好夢稀。萬里關山千古恨，五更風雨一燈微。原頭衰草連天白，目斷遥天淚滿衣。

蟲語

三徑蕭條碧草生，秋來添得碎蟲鳴。淒淒切切渾如訴，説盡人間冷暖情。

汪亮十首

字暎輝，號采芝山人。安徽休寧縣人，僑居浙江桐鄉縣。善書畫，工琴棋。適費秀才南喬，杜門著書，璇閨倡和以爲樂。著有《□□集》。

《國朝畫徵録》：汪亮，字映輝，號采芝山人，柯庭孫女。幼喪父，聰穎好學，多藝能，留心典籍，善詩，尤好六法。私淑清輝老人，輕雋秀潤，設色淡雅。其一种清逸之致，頗覺出塵自得。適吴興費氏，今移家嘉興。

《金粟逸人逸事》：甲申冬大雪，逸人過秀州，遇故家子披敝絮，縮項袖手，蹣跚道上，攜古法帖數十种求售。逸人憐之，欲應而囊已空矣。乃招之同往典中，脱羊裘質錢，不足。躊躇間，遇費秀才雨坪，急止之。歸述於采芝山人，山人出釵環典金以佐。

次韻錢香樹司寇對弈詩

籛鏗商柱史，可企〔一〕不可見。射潮頌武肅，狂瀾一手援。彭城苗裔賢，清望領六館。側聞母訓嚴，郝鍾世所羨。傳經復敦詩，朝野仰韋幔。紅餘寄繪事，妙筆誰能先。亮也樗散材，守拙任天分。行踪鵠〔二〕繞簷，生計蟻施陣。近遂卜築心，俗情不教慁。衡門樂太平，匪曰躭嘉遯。展卷大樹陰，清凉遠塵坌。先生臯夔侶，養疴類閑散。晚棲履道坊，舊侍玉皇案。煙霞酒興濃，冰雪詩腸浣。偶為名勝遊，春蚓題痕遍。嗜好殊酸鹹，卷軸足珍玩。摳趨賜杖傍，精力喜强健。敬聽玉屑霏，如珠一一穿。遣興捲疎簾，手談助茗戰。彈琴或遇鍾，抱璞無嗟卞。丁丁落子時，金井互變換。談笑解重圍，清風泠然善。兩局較盈絀，微茫止〔三〕争半。轉憶王積薪，聞響再覿面。葵榴照眼明，活水茶鎗煎。對景發豪吟，午橋日未旰。啟箧揚仁風，墨華雲錦爛。

香樹錢司寇《與采芝山人對弈》詩：昔登太華峯，玉女不可見。中道訪衛博，崖谷絶攀援。側耳仰雲中，棋聲閉仙館。謂當松下逢，招手揖佺羨。倦來坐幽磴，假寐攬霞幔。空際聞落子，姑婦各争先。自慚頑鈍根，小數且無分。一從病免歸，寄興時布陣。逃暑避橘中，外喧更何慁。兹豈可藏身，聊以托肥遯。家纍仍攖寧，塵事况相坌。山人名家女，幽秉慕蕭散。結廬枕春波，躭隱莊鴻案。學畫師僧繇，俗派多盡浣。愛讀老夫詩，朗誦日幾遍。願執弟子禮，稍稍贄文玩。兩拜列後堂，談鋒亦雅健。試以架上書，答問頗貫穿。幼女拂楸枰，對局請一戰。吾衰猶技癢，既駛復躁卞。山人不假思，隨勢自轉换。雙鬟報局終，神色有餘善。一再互勝負，輸子各相半。因之記昔遊，垂老始此面。時節晝方永，輕風散甲煎。斂容爲推枰，寧前日未旰。翻笑采樵人，手中柯已爛。

夏柳次韻

南陸風輕裊緑絲，含煙帶月儘堪思。高枝落照蟬吟促，曲院移陰駒隙馳。營際軍閑消永晝，陌頭婦嘆憶芳時。炎光不減王恭韻，猶繼春來濯濯姿。

胥山八詠

歷覽興衰感慨多，胥山好景費吟哦。疎枝晛晥吹香雪，似效吴宫舊日歌。梅園鶯囀

敲殘百八見曈曨，記得淵明訪遠公。不悟攢眉歸去意，那知寄傲上人風。德院晨鐘

漠漠煙村晒網時，漁家聚族任棲遲。英雄若解逃名趣，不獨扁舟有子皮。胥江漁泊

延平躍去漫徘徊，轉憶當年智勇才。蒼翠無言長日月，空留巨石護莓苔。苔封劒石

離離樹色晚風凉，雲斷岡巒透夕陽。剩有詩人遺世意，緩吟隨影到山莊。東巖夕照

一抹寒雲淡欲無，長林瑟瑟點青膚。歸鴉自覺棲枝穩，不似驚鴻宿渚蘆。古木歸鴉

長堤渺渺暮煙生，雲漏清光月漸明。古渡飄然浮小艇，劃波摇曳櫓枝輕。山塘晚渡

高懸皓魄照菩提，境是蓮臺不染泥。安得觀心常似月，生生莫使俗塵迷。蓮臺夜月

【校記】

〔一〕企：《國朝閨秀詩柳絮集》作『想』。

〔二〕鵠：《國朝閨秀詩柳絮集》作『鴿』。

〔三〕止：《國朝閨秀詩柳絮集》作『各』。

李潮音 一首

詩見《谷音傳響》。

次韻題明妃圖

心薄羣姬賄賂稠，圖成便是别離秋。須知買禍都由命，不爲無錢潤筆頭。

彭貞隱 一首

字鋏君，浙江平湖縣人，陸文學垣之室也。

汪氏雙節詩

覆以雙鸞翼，雛成鎩羽翰。流黄中婦織，麥飯少君摶。荼檗同分苦，松筠竝耐寒。九疑南望淚，愁

絶楚雲端。

嚴氏句

江蘇常熟縣人也。

句

一庭紅雨送春歸。

佳句費推敲。

無心坐杏壇。

《柳南隨筆》：康熙間，吾邑崑城湖之濱，有塾師某者，聚徒於家，好出句命對。一徒於暮春來從師，即出句云：『四野綠陰迎夏至。』徒憮然，次早就塾，對云：『一庭紅雨送春歸。』知其倩筆，詰所自來，云：『吾姊也。』詢其年，及笄矣。紅餘輟，觀書作字，無間寒暑。師云：『效爾姊用功，自善屬對。勉之勉之！』是晚散館，復出句云：『好書勤誦讀。』次早對云：『佳句費推敲。』師不識其訕己，擊賞不置。翼日，鄰友招師看桃花，欲攜對句以往，誇徒聰俊，晚又出句云：『有約探桃塢。』次早對云：『無心坐杏壇。』師欣然攜往。鄰客有黠者，見之匿笑。師察其故，大恚，誓不復命對，事遂絶。女姓嚴氏，貌殊嫺麗，後以所字匪人，鬱鬱病瘵，未嫁而卒。父本賈人，不知書，女殁後，著作悉歸埃化。女所居近汲古閣，汲古主人毛惠公氏為吾友汪西京沈琇述之。

西京曾悼以四絶句，次章結云：『單辭隻句空千古，不雜人間梨棗香。』末章結云：『此去九泉求雅伴，精魂好傍白雲飛。』白雲者，謂江上女子洪夢梨。洪亦工詩，蓋嘗自署為『白雲道人』云。

陳九蕙一首

字素心，浙江桐鄉縣人。

采菱歌次韻

曾過南湖畫槳浮，花開花落幾番秋。年年溪女依然采，可借風光一轉頭。

孟重光一首

詩見《谷音傳響》。

次韻題明妃圖

披撥琵琶苦調稠，潯陽江上荻花秋。何如當日明妃怨，萬里淒淒馬上頭。

吕仲嫻四首

名仲嫻，江蘇武進縣人。適明府錢維喬。著有《静涵賸稿》。

錢維喬《吕孺人行略》： 孺人姓吕氏，世爲毘陵望族。父太學生，諱如岡，母莊孺人。年二十有四，歸維喬爲繼室。時先府君鑄菴公、先母吴太夫人俱衰病，子婦惟孺人侍左右。歲壬辰，維喬以公車留日下，府君遽捐館舍，孺人調藥餌，視斂襚，哀禮兼盡。太夫人躓傷足，艱于卧起，孺人每奉楲窬，與牀平，乃得溲下〔一〕。丁酉，維喬捧櫬越中，迎太夫人至寓就養。太夫人殁，附身附棺，孺人靡弗躬親。維喬見孺人之事太夫人于飾終如是，知其事府君亦然，彌自媿也。先妻汪孺人亡後，遺一子中釩，甫七歲，一女甫五歲，俱善病。維喬每歲飢驅出門，家無長物，孺人撫字之甚周。以貧不能延師，遣中釩就莊氏塾，雨夜偶暴寒，脱所著絮襖，篝燈改爲童子服，視窻色明，亟遣老僕持付，乃就枕。女患瘄劇，幾喪明，孺人自舐之，女得無恙。故子女之事孺人如所生。孺人旋舉一女，相友愛亦無間。孺人自來歸十八年，力肩〔二〕家政，不惜勞瘁，又念外家凋落，中夜恒輾轉。今中釩幸娶婦有子，女已贅壻，即孺人姪，亦覓屋數椽，俾成室家矣。孺人性卞急，而柔和能忍，深知以順爲正之道。遇有所怫鬱，不出諸口。其待戚黨有恩誼，爲人謀必盡忠，雖纖悉事，處置必計及久遠，宜乎得壽者。然體素孱，且慮事過周密，心力交耗，病卒以不起。人或以未永其年爲孺人惜。嗟乎！夫婦人之行不踰梱，非有經緯大業，日新而月盛也。今孺人事舅姑，存具菽水，殁營葬祭，拊前孤俱成立，弱女髪可挽，亦已字人。維孺人享年四十有一，而一生婦職克完。其隱念所躊躇而惟恐不克爲者，皆次第舉行，無所遺憾矣。就令再延十年，或二十年，不過閉門舉案，含飴弄孫，爲自樂計耳。然又烏知此十年二十年中，維喬當何若耶？且夫血肉之軀，常人所争，聖哲賤焉，故朝聞道，夕可以死。天下豈無庸庸之福，綺紈金翠，白首閨幃，迄一旦溘逝，求其一善之足述而無有，不得已塗飾銘傳，掇拾内則賸語以示人，人卒漫視之，而無所動者。吾知孺人之必有異於彼也。孺人性穎慧，頗知書，謬以維喬能詩，欲北面師事。維喬以才非女子所宜，輒誡止之。殁後檢其篋中，得近體如干首，附録於後。維喬無文名，復不敢以伉儷故詞有溢美，特敘其梗槩，以備女史之采擇焉。

戲詠橘燈

誰將枝上果，幻作案前燈。剩有霜顔好，應憐俗焰蒸。檢書甘共剖，映室綍初凝。影落銀釭裡，幾疑海日昇。

玉蘭

蘢葱一樹玉無瑕，未透青枝先吐葩。不共梅開争雪月，肯隨桃艷鬥繁華？靈禽但覺初辭葉，粉蝶何知已試花。旭日凝香誰是侶，只應瑶島見横斜。

野望

煙籠遠樹夕陽低，雲岫參差一望迷。愁殺往來江上客，數聲長笛子規啼。

鳩

幾回啼苦動人思，冒雨迎風只自知。薄霧旋開重見日，始教安穩上林枝。

【校記】

〔一〕據錢維喬《竹初文鈔》（乾隆嘉慶遞刻本，下同）卷五《亡婦吕安人事略》，此處復有數語云：『而體羸瘠，器堅，苦之。一日偶就溺，覺坐處柔甚，捫之，則安人以兩手承其旁也。太夫人色動，嘖嘖以告戚屬。蓋事甚細，而安人之孝於姑可知矣。』

〔二〕肩：《竹初文鈔》作『庀』。

徐蕙田 一首

湖南祁陽縣人。

瀟湘晚眺

怪石聳城頭，瀟湘起畫樓。池河連泮碧，石塔接雲浮。城市人家密，江村菓木稠。昨宵山雨足，車灌歇耕牛。

鄒筠碧 一首

詩見《谷音傳響》。

次韻題明妃圖

浪説宮闈寵愛稠，蕭蕭獨赴紫臺秋。妾家骨肉居三峽，尚認承恩漢殿頭。

方壽 四首

字蓬客，號芝仙，山東歷城縣人。善丹青。適長青縣庠生潘可宗。著有《芝仙小草》。

方昂《芝仙小草序》：姊氏芝仙，幼從從父授《論語》、《孝經》，粗通大意。稍長，博涉《女誡》諸書。偶拈筆爲韻語，輒工。然不自收拾，皆隨手散去。年及笄，適長清諸生潘君。時舅姑春秋已高，薄田百畝，僅給饘粥。姊氏卒勤井臼，每暑月，傭農佃治田，數十人飲饌，咄嗟立辦，汗淋漓衣袖間，不自言勞也。性篤於子女之愛。次甥已成童，女甥將嫁，相繼殀殂。含酸茹痛，不能自禁，一發之於詩。悲凉古直，使人讀之，如聽三峽猿啼，柔腸欲斷。時或縱筆所之，溢爲花草，亦超逸具有天趣。庚戌春，寓其近作，命昂爲序，且曰：『骨肉天涯，讀此當如覿面矣！』昂憶自丁酉葬母後，脂車北上，與姊別。僂指已十四年，宦海漚浮，一官蓬轉，視人間世味如嚼蠟，行年五十又一。姊長於昂五歲，昂所守饒治距鄉土遠在五千里外，追念古人奉姊湯藥、火燎眉鬚故事，輒怦怦然心動。大抵人過中年，哀樂易傷，而天倫至性，久廼逾摯。序姊詩，不覺棖觸百端，益增我以身世茫茫之感也。

寄三弟婦楊恭人都中

米貴長安居大難，相思愁見月團團。貧無錐地眉常展，旦戒仙郎漏正闌。井臼操持欽德曜，文章聲價屬都官。誰知粉署含香侶，依然鹽虀十載寒。弟官刑曹，十餘年不遷。

思親

秋牕點滴雨連綿，也似思親淚未乾。一夜蕉梧聲斷續，教人輾轉不成眠。

海棠花

含煙泣露小樓東，脉脉無言媚晚風。好似沉香亭畔醉，闌干十二倚嬌紅。

《水曹清暇録》：閨秀方壽，字蓬客，號芝仙，比部坳堂方君昂之女兄也。能詩畫，善丹青。頃於比部案頭見其《芝仙小草》，中有《詠海棠》一絶云云，甚有風致。

雪霽

快雪初晴月乍明〔一〕，碧天〔二〕無際透疎櫺。香生薝蔔心如水，閑展黄庭一卷經。

【校記】

〔一〕乍明：《國朝閨秀正始集》作『滿庭』。

〔二〕碧天：《國朝閨秀正始集》作『清光』。

沈持玉六首〔一〕

字佩之，號皎如，江蘇長洲縣人。所著有《停雲閣詩稿》。

閨秀尤澹仙《停雲閣詩稿序》略：論詩者輒曰『效法三唐』，夫豈然哉？為此説者，蓋不知詩之本也。凡人蘊其所有，而欲因言以宣之，大抵抗懷今古，俯察品類，而形諸歌詠，弗能自已。蓋根於心，發於辭，三百之經具在，果何所效法耶？沈君持玉，吴中女士也。性静淑，好讀書，與余為婣婭姊妹，常得相聚論詩，頗有同見。或分題吟詠，或尚論古昔，即有聞而笑之者，余二人卒莫之顧也。君事親至孝，定省視膳，婉容愉色，以承親之志。且素無兄弟，能令親顧之而忘膝下之無兒者，是非嬰兒子後之一人乎？余讀其詩，重其人，蓋自有足以不朽者在，豈特區區韻語而已？雖然，即其舒寫情性、體物比類，彼規規焉效法前人者，亦孰能至於此？〔一〕

得清溪夫人詩却寄

緑陰曉如水，孤館延微凉。風静裊細篆，簾明曖初陽。清景已如此，一編適惠將。洗心冰雪寒，襲人蘭蕙芳。開卷吟未已，恍惚侍君旁。所嗟在離居，朝夕永相望。

春曉曲

春陰黯黯催鶗鴂，緑窗人起曉開匣。病慵無力識新粧，凭闌風惹羅衣怯。旭旭朝陽銜未吐，一碧煙光籠芳樹。曉寒庭院落花忙，却倩游絲爲綰住。

落花和江碧岑姊韻

笛裏誰家怨，吹來總斷腸。六朝春夢短，終古别愁長。天地老煙景，江山空夕陽。尋芳歸路晚，贏得馬蹄香。

月夜有懷吟榭諸姊

湘簾高卷碧闌干，翦翦春風拂袂寒。不識吴城今夜月，幾人同倚畫樓看。

題心齋先生簫譜後

空江一曲參差起，誰家吹出情何已。聲清韻遠碧天高，片片梨花墮雲裹。十二珠簾漫上鈎，閑庭寂寂夜悠悠。縹緲隨風斷復續，幽人殘夢醒樓頭。樓頭夢醒還起聽，碧雲如水流花徑。林際澹煙濕不飛，巢中烏鵲棲難定。此時灑然百慮空，侵衣漠漠秋寒重。弄玉不來神女逝，那知今夕重相逢。桐里先生發遐想，製成簫譜示以象。憶昔所聞偶贅言，一庭明月猶遺響。

詠王昭君呈心齋

琵琶一曲怨春風，萬里飄零逐塞鴻。最是多情毛畫史，不教傾國老深宫。

【校記】

〔一〕六首：原為『四首』。本書卷五十八『梅麗春』條後，原有『沈氏（名持玉）』條，録詩五首，與此條『沈持玉』實為一人。其中《得清溪夫人詩卻寄》、《春曉曲》、《落花和江碧岑姊韻》三首與本條同，字句略異；《題心齋先生簫譜後》、《詠王昭君呈心齋》併入本條。

〔二〕據沈持玉《停雲閣詩稿》（乾隆五十四年刻《吴中女士詩鈔》本），此序末署『乾隆己酉孟夏寄湘愚姊尤澹僊敘』。

李心蕙一首

字雲芝，江蘇上海縣人。梧州太守李宗元次女。適南康太守錢汝豐。

題二餘詩草

姊妹聯吟久，存亡廿載身。素箋祇自劈〔一〕，彤管與誰論？蠹卷空前跡，清才續後塵。蘭閨談永夕，回首覺傷神。

【校記】

〔一〕劈：《國朝閨秀詩柳絮集》作『擘』。

吴筠五首

字□□，浙江錢塘縣人，吴熙禄之女。

步澹渟大弟遊虎阜韻

爲尋名勝出城西，金埒偏宜簇馬蹄。七里山塘春事早，一湖煙水夕陽低。古來遺址留題徧，囊裏新詩倩僕攜。何事鐘聲催客去，茂林深處路幾迷。

澹香樓詩鈔題辭

姬篷余伯氏三年，因其隨侍於吴，未嘗見也。辛亥小春，余歸寧過蘇，敘談片刻，朗若披雲。春林先生《澹香樓詩序》稱其『儀静體閑，心柔志皎』，尚不足以盡之也。方幸閨閣中添一良友，乃别後二月，姬即云亡。余重姬之才，又重姬之爲人，而獨惜姬之不壽。落英逝水，深用愴懷，恨不能詩以吊之。因讀其遺稿，見有『除却蓬萊莫寄身』之句，忽有所會，爰集其句，成七絶四首。

鉛華洗盡見丰姿，潑墨掃成淡更宜。握管生香憐翠袖，燈花吟落晚窻詩。

也留青塚向黄昏，杯酒空澆濕墓門。不信紅顔偏薄命，滿天風雨葬春魂。

波影山光到處新，夕陽芳草認題珉。瑶池欲赴元君約，除却蓬萊莫寄身。

此後相思幾上樓，閑庭夜永月華流。肯教青鳥傳芳訊，試問腰支似舊否？

邵齊芝二首

字季蘭，號畹生，江蘇昭文縣人，其先本休寧籍。翰林邵齊烈、齊燾、齊然之女弟也。適庚子翰林吴蔚光。所著有《同心室小詠》。

秋夜

風細雲輕月已斜，半庭花影上窻紗。愛郎夜讀聲如玉，手舀天泉爲鬻茶。

對花

似笑如羞又若顰，鮮紅嫩翠四時春。深閨自種名花看，不學鈿車陌上人。

卷之五十一

宋玉音四首　句

江蘇華亭縣人，宋尚木女孫，張澤忻之繼室也。著有《紅餘稿》。

《奉賢縣志》：宋玉音，知府徵璧女孫，生員張澤忻繼室也。徵璧爲詩家巨擘，玉音濡染有素，故自少即工吟詠。其斷句有最傳人口者三首，語皆悽惋可誦。著有《紅餘稿》。

夏日即景

月下抛書倦，憑闌聽晚鐘。燈前棋局罷，紈扇怯摇風。

寄姊

久别誰能不憶家，斷腸羞對合歡花。樓前柳色依然處，幾度憑闌數晚鴉。

遣懷

一簾微雨一簾風，透入雲屏十二重。和淚出門相送處，斷人腸在畫橋東。

村居

緑楊流水一溪寒，畫舫輕橈出小灣。燕子乍來如舊識，簾前飛去又飛還。

句

秋增野鶴三分瘦，老比孤松一片苔。

《蕉窗詩話》：華亭張澤忻繼室宋氏玉音，詩人宋尚木之女孫也。著有《紅餘稿》。其《寄姊》、《遺懷》、《村居》、《斜川》句，俱清新可誦。

梁瑛 十八首

字梅君，自號穀梁氏，浙江錢塘縣人。黃松石樹穀之繼室。善詩，尤工集古。著有《字字香》，林亞清夫人所題也，壽門金農書籤。

《西清散記》：松石繼娶梁氏，名瑛，字梅君，能詩，有《梅花集句百首》，震亭序之。姊玉有才思，適張情田，松石與情田賦黃梅，因字之也。其妹適康石舟。松石館揚州吳軼容家，梅君寄《梅花集句》一帙，題曰《字字香》，附懷松石詩。玉勾詞客題其集：『古松奇石冷黃昏，一卷氤氳袖出雲。字字沁心春透骨，夢中和月拜香君。』『德耀當年既嫁梁，梁家新學孟家粧。玉山頽向梅花雪，十万羞纏鶴背黃。』亦以名媛希有，如優曇花，凡所聞見，必歡喜讚嘆，蓋惜松石遠遊，負梅花而汲汲爲買山錢也。玉勾詞客曰：『夫堅抱鶴背黃者，蜣螂之化身也；梅君其唾之哉！』

黃慎《字字香跋》：豐溪吴砥瀾之婦汪，嘗刻梅君夫人《集古詩》之百一於歙州；三原袁果堂之婦李，又刻其十一於揚州。予將使綠雲歌之，爲閨中慶得朋焉。

閨秀徐德音《題字字香集》詩：『玉骨冰肌秋水神，天然標格比佳人。琉璃硯匣簪花筆，組織寒香絕點塵。』『万斛明珠字字珍，鐙前不惜百迴吟。何須吹裂柯亭竹，恍覩飛花點翠茵。』『放鶴亭邊記倚闌，明河目極路漫漫。可憐桃李飄零後，只有苔枝保歲寒。』

梅花用詩字韻十首

消息惟愁探得遲，一年佳處早梅時。及今畫史無名手，報答春光只有詩。宋張道洽、胡澹菴、陸放翁、尤延之

梅花一夜遍南枝，歷徧冰霜不記時。嗅得寒香只如舊，袖中日日有新詩。唐劉文房，元中峰、李好問，宋黃山谷

月上梅梢最上枝，自橫疎影照清池。此時此景真堪畫，見此争無一句詩？元葉天民，宋雪巖、白玉蟾，唐白香山

欲詠無才是所悲，夜窻喜對出塵姿。也知餘子十分俗，不要人間俗子詩。唐韓偓，宋陸放翁、万巨山，元吳草廬

莫教門外俗人知，直似遺賢遯迹時。欲識此花奇絕處，此花之外更無詩。宋曾南豐，元中峯，宋陳與義、張實齋

貞心惟有老松知，政是寒陰慘淡時。獨凭闌干意難寫，清香和夢結成詩。唐戎昱，宋張澤民，唐崔櫓，宋孔平仲

歲寒心事欲深期，寧被嚴霜勁雪欺。珍重歲寒心事在，生綃畫就復題詩。宋陳簡齋、雪巖，元許有壬、王逢

寄語東風莫漫吹，獨搔蓬鬢繞殘枝。西湖處士風流遠，自續西湖處士詩。元劉秉中、劉伯序，宋張澤民、陳簡齋

不御鉛華亦自奇，冰霜爲骨玉爲姿。吾生也似梅花淡，爲見梅花輒入詩。宋北澗，元許有壬，宋陸放翁、林和靖

憑欄欲去立多時，開遍南枝與北枝。却是梅花無世態，半供明月半供詩。宋張澤民，元王竹齋，唐戴幼公，宋邵棠

閔華《題梁梅君集古梅花詩後》詩：山寒袖薄倚欹斜，知是仙人萼緑華。一束霜毫一丸墨，天衣如衲補梅花。

玉照樓下早起

自掩屏風護曉寒，飢來忍把落英餐。門前流水清如鏡，花似垂頭照影看。宋陸溶，元許有壬、王庭筠，元惟則

題小姑奂之畫梅

自香自色自精神，照影西湖自寫真。不比世間紅粉態，只將顏色媚時人。元中峯、皇甫訪，宋王十朋，元王竹齋

讀奐之寄來詩

數枝梅萼一銅瓶，歲晚相看眼共青。好箇通家女兄弟，詩來吟詠有餘馨。元虞集、蒲道源、元好問，宋周必大

題林亞清太夫人畫梅

絶似林逋處士家，數枝清瘦少尤佳。久之不動方知是，鐵線圈成个个花。元劉伯序、趙昌父，宋樓攻媿，元陶宗儀

松石命題西溪梅圖

一溪流水遶門斜，雪岸聞香不見花。争得共君來此住，也勝羇旅走天涯。宋鄭億翁、戴石屏，唐皮日休，宋劉克莊

病中慰梅

病眼雖昏看亦真，疎枝猶帶舊精神。主人歲歲常爲客，松石依依當主人。元中峯、薩天錫，宋陸放翁，唐王季友

冬夜

幾首殘詩旋補成，不妨冷極不妨清。銀蟾亦似無聊賴，直照梅花到五更。宋楊萬里、劉克莊、山谷，元李雲松

懷端凝妹

月十分清更著梅，團圞空繞百千回。階前一片澄泓水，曾與如花並照來。元吴草廬，宋林和靖、徐賁，唐羅鄴

王素心八首

字佩蘭，江蘇長洲縣人。所適未詳。

題畫

半塘秋色映雙峰，一逕丹陵霜色濃。更羨蓬萊清淺處，仙姿偏數玉芙蓉。芙蓉

獨耐寒霜透晚香，幾經風雨展重陽。逢人共趁秋光好，争説稱觴森玉堂。金菊

高節凌霄拂遠空，停巖梳月映丹楓。一竿擬畫鵝溪絹，又選孫枝挺籜龍。石竹

秦碑漢篆聚函關，吏部稱觴更舞斑。只有壽萱詩萬首，吴山直得比華山。壽萱

武林門外半塘紅，一水盈盈仙氣通。每到秋來紅樹好，綺筵長進錦堂中。丹楓

勁節須知歲月深，可堪相擬歲寒心。他年驄馬兒孫事，上有靈禽送好音。翠柏

空谷傳芳春復秋，蘭荄茁茁種逾幽。清風獨愛都梁好，倍有氤氳香氣浮。秋蘭

朝來誰捧麻姑酒，須是當年萼緑華。令子文孫階下舞，繽紛香氣滿梅花。緑萼

趙邠十二首

字周初，號藕莊居士，浙江仁和縣人。適家上林。著有《蘭閣遺詩》一卷。

家上林《亡室趙孺人行述》略：孺人名邠，字周初，自號藕莊居士，姓趙氏。父諱澂，州同知，母蔣氏，有子一，曰杲，國子學生；女子二，孺人其次也。孺人生有至性，五歲失怙，哭踊如成人。隨兄、姊入家塾，讀書數行俱下。年十三，許字余。來歸一年，吾母以春秋高，因以家事畀之孺人。幼故有瘀疾，幾死者數矣。母夫人憐之甚，女紅中饋之事，不甚督責之。孺人性復湛然，未嘗以能自炫，至是驚嘆為不可及。初孺人之從師學也，僅授經傳古文，而未嘗及詩，比來歸，見余案上有唐宋諸名家集，時取閲之，耽詠不倦，遂學為詩，頗有天然風致，故所存才數十篇。孺人識見過人，遇難處事，輒為余陳説利害，辨析疑似，議論精密，過於丈夫。居常寡言笑，動作不苟，尤勇於見義，有以亟告者，雖力不及，必勉應之，無悋色。御僮僕輩軌範森嚴，而矜恤之意，未始不歸於厚，故人遵其約束。孺人體既多疾，丙子產後忽患骨蒸，繼以咯血，遷延至戊寅二月二日，竟卒。春秋二十有七。

田園樂二首

《田園樂》者，余與晴初述志之作也。晴初雖寄迹名場，而游心物外，談論之暇，常慨然有隱耕

之志。余曰：『子之志則高矣，然内有垂白之老，而外無負郭之田，未易云隱也。當努力一第，博禄養以盡子職，然後買山歸老，共挽鹿車，余亦請從此逝耳。』晴初拍肩而笑曰：『能如是乎？』夫婦歡然者久之。余因作《田園樂》二首，以寄情焉。

溪上三間屋，門前二頃田。春聲〔一〕亂流水，樹色接遥天。覔句朝耕後，繙經夜績邊。庭無索租吏〔二〕，飽飯好安眠。

鄰居三五户，小小亦成村。俗儉忘貧富，情親似弟昆。羔羊朋酒會，笛鼓賽神喧。此外身無事，耕還書掩門。

春草四首

和風披拂到陳根，斗覺青青遍古原。南浦愁添春水色，湘皋煙雜晚山痕。慣縈謝客池塘夢，空伴明妃月夜魂。寄語天涯浪遊子，楚騷千載怨王孫。

幽芳滿眼不知名，嫩緑柔香到處縈。塞北牛羊千里合，江南花鳥一川平。離披帶雨迷荒谷，綿蔓連雲上古城。更愛遍生窮巷内，依依如有故人情。

春來無處不芊芊，帶露含煙態倍妍。長傍麥畦渾莫辨，生當柳岸訝相連。山頭獵騎遺金彈，陌上香輪没翠鈿。忽聽前村一聲笛，牧童歸去夕陽邊。

繞庭嫩緑映疎簾，一種幽情逈出凡。低襯落花紅點點，偶黏蛺蝶粉纖纖。長門砌畔遮應滿，名士窻前蔓不芟。有客惜君還自惜，春來依舊濕青衫。

春晚書懷

微雨初晴小院幽，晚窻獨自捲簾鈎。落花有露空凝淚，淡月籠雲合帶愁。迢遞已悲千里別，等閑又送一春休。遥思今夜長安客，乘興醉吟何處樓？時春榜將發。

春陰

細雨暗於塵，濛濛積花蕊。嬾蝶夢未醒，黏枝飛不起。

四時閨怨次晴初韻

春愁滿目踏花歸，倦倚闌干淚濕衣。安得將身比楊柳，漫天作絮逐郎飛。

斜日暉暉映緑楊，蟬聲聒耳引愁長。北窻徙倚空岑寂，孤負松風一枕涼。

落葉蕭蕭霜滿天，征衣裁就不成眠。秋懷别緒憑誰見，寒月窺人到枕前。

雲暗關河雪壓灘，行人此夕渡桑乾。憂煎似火難消却，鴨冷燈殘不覺寒。

【校記】

〔一〕春聲：《國朝閨秀詩柳絮集》、《國朝閨秀正始集》作『春風』。

〔二〕此句《國朝閨秀詩柳絮集》、《國朝閨秀正始集》作『催租人不到』。

沈柔則 一首

字德嫺，江蘇吴縣人。

汪氏雙節詩

心如古井斷波瀾，辛苦相依節竝完。宵漏催晨機自軋，庭陰欹午突猶寒。一身直欲兼三美，見白居易《元夫人墓誌》。同室真應號二難。生死榮哀〔一〕千古事，烏頭〔二〕雙矗浙江干。

【校記】

〔一〕哀：《國朝閨秀詩柳絮集》作『衰』。

〔二〕烏頭：《國朝閨秀詩柳絮集》作『烏題』。

殷柏 六首

字侶松。

次韻題明妃圖

遮斷征鞍苦霧稠，鵾絃彈出泬寥秋。美人望遠鄉關隔，一雁南飛過嶺頭。

孫貞媛詩

兵臨万户絶炊煙，隨姆偕逃命緩延。異地淹留鄉信隔，聲聲杜宇泣窗前。
獨向塵寰懺俗緣，梅花香冷早含妍。春風欲動愁摇落，腸斷紅顔没少年。
忠臣烈女總堪傳，鐵石心腸豈變遷。莫道飄零魂魄杳，罡風遥送大羅天。
貞操自具雪霜前，節傲青松秉性堅。閨閫幾人能殉節，凌寒獨讓小嬋娟。
一片冰心特皎然，玉壺澄澈冷光懸。若無寶篆臨壇訴，紫府誰知冊女仙。

張小禺 一首

字無考。浙江紹興府人。詩見《潮州府志》。

題陳貞女墓次嫂韻

未識藁砧面，阿誰肯捨生。一時鸞墜影，千載史垂名。藕斷絲還結，花凋色不更。墓門紛吊客，應使達瑶京。

徐瑶 三首

字佩玉，江蘇常熟縣人。適周采山。著有集，因貧未能梓行。

陳祖范序：　周生采山與余居鄰比，素相識，側聞其家雖貧，極有禮法，言不出梱，為女師和而莊，然未聞其能吟詠。予次男湛延采山為西席，時采山新賦悼亡，形容悽慘，出一編，則厥配徐媛平日所為詩也。夫翰墨非閨中急務，然古之賢淑，鮮有不通於翰墨者。蘇子瞻與人書云：『一生坎坷牢落，正賴魚軒賢德，能委曲相順，適以忘百憂。此豈細事？不爾，人生豈復有佳味乎？』此真實語也。閱詩而想見作者性情，采山之領得佳味，可知矣。噫！　奈何其不永年也。余生平連喪偶，中間二三十年，亦復領此佳味，而不獲偕老，故尤不能無慨於心焉。

周采山《亡妻傳略》：　亡妻姓徐氏，名瑶，字佩玉。祖隱逸，父處士，藍田業，擅岐黄，嗜詩成癖，母氏平太孺人，治家嚴。亡妻少敏慧，長而慎静寡言，佐母氏操作，日益以勤。性好潔，恭而有禮，雖溽暑祁寒，不廢脩束。歲庚申，有漢石徐丈者為余執柯，因委禽焉。辛酉歸余，秋風茅屋，四壁蕭然，絶無幾微怨色。事舅姑謹，撫婢寬。余遠塾未歸，空樓岑寂，間詠大刀，婦兼子職，雖倦極，無忘女紅也。丙寅春，舉天壽兒，尋外姑卒，孺人哀毀成疾。急歸，而謂予曰：『妾不起矣！　幸君自愛。壽兒善撫之。』余曲慰淚下，醫藥祈禱，百計罔効，執手彌留，藍橋路斷。嗚呼！　將余之不德，不能庇其伉儷而致然耶？　高堂灑淚，稚子號咷，我辰安在，乃至此耶！　而詩槀幸存，什襲藏之，使嬌兒成立，得見母氏之手澤焉。

石竹花

一簇緑森森，芳時絳色深。名花偏勁節，號竹不虚心。玩賞猶斟酌，閑評費朗吟。紛繁如碎剪，唯恐雨來淋。

漁家

七里灘頭晝掩扉，臨流垂釣坐苔磯。白蘋洲畔眠鷗穩，紅蓼汀前振鷺飛。萬頃蒼茫蘆荻老，一潭深碧錦鱗肥。晚來歸向蒹葭浦，箬笠欹斜雪滿衣。

芭蕉

芳心常捲月寒天，緑燭無煙火未〔一〕然。只恐夜深彈細雨，莫教移植繡窻〔二〕前。

【校記】

〔一〕未：《國朝閨秀詩柳絮集》、《江蘇詩徵》作『自』。

〔二〕窻：《國朝閨秀正始集》作『牀』。

江峯青五首

字半嵐，號槑谷，湖南衡州府某縣人。適羅某。閨著有集，惜未之見。所選數章，蓋與芍坡四兄任永郴觀察時所和芷齋嫂夫人者。

戍婦

楊花如雪送君行，又值秋蛩應候鳴。古驛霜華悲曉角，斷垣草色動邊城。聽砧空有還鄉夢，化石猶懷望遠情。製得寒衣填篋笥，可憐馬革慟西征。

紀夢

添香晝永〔一〕小遊仙，路入蓬壺別有天。洞口雲深無犬吠，山頭鶴嬾伴松眠。棊閑静對餘花落，果熟新偷異味鮮。留得清音鸞嘯在，一回吟賞一逌然。

白榴花

水晶簾外影菲菲，雲作肌膚雪作衣。玉骨不沾凡雨露，冰盤齊剖細珠璣。輕盈莫把紅巾蹙，綽約争看白鳥飛。須識托根銀漢畔，還同歷歷碧榆歸。

楊柳枝詞

遊絲香暖麴塵天，陌上花飛似去年。殘月曉風人未起，棲鴉啼破一林〔二〕煙。

至今水調怨歌頭，玉笛無聲人〔三〕倚樓。白傅退閑樊素老，東風曾綰小蠻〔四〕不？

【校記】

〔一〕晝永：《國朝閨秀正始集》作『永晝』。

〔二〕林：《國朝閨秀詩柳絮集》作『溪』。

〔三〕人：《國朝閨秀詩柳絮集》作『客』。

〔四〕小鑾：《國朝閨秀詩柳絮集》作『一鑾』。

嚴曾杼五首

名曾杼，小名蘩，浙江仁和縣人，嚴顥亭之女。善丹青，工弈棋。適錢塘沈長益。著有《素窗遺詠》。

沈長益《嚴孺人傳》略：君姓嚴，名曾杼，小字蘩，系出禹航，都諫顥亭愛女也。歲丁亥臘月六日酉時乃舉君。先朔夜，外母夢神告云：『素娥青女采蘩來，念言必得生女如君賢。』及是生，爰命曰蘩，隨作詩以誌其異，有『蘋藻尋常事，他年好自思』之句。因相聞予家，予家即行問名禮。君生而穎慧，百凡不俟數習而能。女紅之事，裁一經目，已能自出機杼。詩書略一上口，輒能背記會悟。嘗拈韻為小詩。工弈。又嘗侍外父筆研，見作字及花草煙雲，亦小點染，間遺諸姊妹，宛若外父。舉止端淑，自處閨閣及就室，無不以禮法自持，蓋備得女貞婦順之全者。歲癸卯歸予，事兩大人克恭且敬。待妯娌，接姻戚，謙和而婉。御臧獲，有仁恩。其居室也，雍容中時自矜莊，恒以立身行世、繼武前人相勉勗。性厭囂躭寂，常茹素，虔奉大士。餘閑恒爇香煮茗，或鼓琴以自適，曾不以珠玉玩好介其心也。

皋園納涼

曉粧初罷獨凭欄〔一〕，無語臨池相對看。瘦影自憐波影澹〔二〕，移時脈脈覺無端〔三〕。

每苦炎曦漸減餐，素窻無意展書看。閑過水榭芙蓉發，葉下鴛鴦睡正安。

澗石巉巖激水聲，桐陰映緑晚風清。小亭幽静無塵雜，我亦微躭高隱情。

病中步時晉韻

飛花片片小堦添，引恨遊絲故逩簷。病骨驚心詩意減，推窻同望遠峯尖。
乍晴欲雨熟梅天，百囀流鶯似管絃。但得愁魔和病減，瑶琴一曲對君前。

【校記】

〔一〕此句《國朝閨秀詩柳絮集》作『晚粧初罷獨凭欄』，《國朝閨秀正始續集》作『曉妝初罷拂齊紈』。
〔二〕澹：《國朝閨秀詩柳絮集》作『冷』。
〔三〕此句《國朝閨秀正始續集》作『含情脈脈倚闌干』。

申元善一首

字清修，江蘇上海縣人，桂能之室也。

楊花

似雪如花一色迷，隨風飄蕩各東西。只愁着地無歸處，陌上人來踏作泥〔一〕。

【校記】

〔一〕此句《國朝閨秀正始續集》作『玉糝街頭踏作泥』。

席蕊珠 四首

字月襟，江蘇昭文縣人，席寶箴中翰之孫女也。初生之日，牀前忽長靈芝數莖，故小名瑞芝。善畫蘭，自號佩蘭。幼穎悟。能詩。適同邑孫原湘〔一〕。著有《傍杏樓調琴草》。

月夜送行

恨自閨中長，天涯未許從。君行無萬里，我意已千重。燈穗寒金剪，菱花暗玉容。秋風思舊約，記取月溶溶。

送春日餞別

匆匆又見夕陽收，君與春光兩不留。鳥太無情催客去，花如有意替人愁。黄鶯閣外啼青柳，紅雨樽前落素甌。一語殷勤牢記取，歸帆早挂尚湖秋。

題少陵集後

劍外聞軍破洛陽，歸來鬢髮已蒼蒼。可憐離亂經天寶，博得荒凉一草堂〔二〕。

讀北齊書

鼓角無端夜自鳴，儀同雄略過〔三〕羣英。馭人如馬尋常事，一慟歸心六鎮兵〔四〕。

【校記】

〔一〕孫原湘：原作『孫源湘』，據孫原湘《天真閣集》（嘉慶五年刻本）改。

〔二〕此詩席蕊珠《長真閣集》（光緒十七年刻本，下同）題作『讀杜少陵入蜀詩』，全詩云：『滿地干戈隔故鄉，容顏老瘦鬢毛蒼。賊中辛苦歸來日，賸得乾坤一艸堂。』

〔三〕過：《長真閣集》作『邁』。

〔四〕以上兩句《長真閣集》作『手持魏武朝天笏，一慟能歸六鎮兵』。

沈品輝二首

名品輝，浙江嘉興縣人。翰軒沈維岳文學之女。適秀水盛生樹屏，結褵十載而卒。

新秋

瑟瑟金風拂翠樓，桐飄知是報新秋。珠簾起處凉初至，畫閣開時色正幽。蓮落紅衣鷗眼冷，柳搽翠黛客心愁。一輪明月天高朗，清露沾濡火自流。

哭妹

我妹俄聞忽殞身，慟思離别劇傷神。已分同氣團欒坐，矧作重泉隔世人。旛旐淒凉悲夜月，繐幃寂寞泣長春。拈香空向靈前拜，欲慰椿萱掩淚痕。

姚允迪七首

字藴生，江蘇金山縣人，觀察姚培和之次女也。適崑山戴明府鳴球。著有《秋琴閣詩鈔》。

姚念曾《亡妹戴孺人傳》略：妹名允迪〔一〕，藴生其字，先伯父觀察公諱培和次女。上有兄諱惟邁，字漢生。妹生三歲而孤〔二〕，苦病目。稍長，端謹如成人，從女師受四子書畢，即謝去，習女紅。年十四五，多病，病間取架上唐人詩繙閱，恍然有得，甫成誦，安章宅句之法，已了然心目，不待指授也。漢生兄娶張進士諱梁女，素嫻聲韻，妹因效吟〔三〕。漢生兄愛妹甚，慎擇配，逾笄始歸崑山鳴球戴君。君諱元夔，乾隆辛巳進士，先婚於金，子女有三。娶妹時已選得延安定邊令，因憑限迫，先馳赴陝，而以迎養事屬妹。妹奉姑徐太夫人之任所，在途體察飲食，寒燠必慎必恭〔四〕。太夫人以水土不宜，病旅店中，妹帶不解、睫不交者二十餘日。稍愈，達署數日復病，遂不起〔五〕。辛卯秋，扶兩柩歸。奔馳六千里，困躓萬狀，道傍人有見之泣下者。歸擇地葬翁姑與夫及金孺人，拮据盡瘁，不以貧乏稍殺於禮。踰年漢生兄卒，病中念妹在崑山無倚，觀察公有别業在所居東，遺言迎妹暫棲止，以撫育子女。先是，妹在室時性耽禪悦，日誦《金經》一二卷，喜談《周易》、《毛詩》，能析奥理，星數、醫卜、雜學，俱一一津逮。從嫂張受琴數十曲，月霽花明時，每撫之；又善鑒别古書畫玩物。從〔六〕歸後常慘慘不樂，一切屏棄，爐香茗椀，獨對終日。幸子向學，頗用以自慰。丁酉冬得痁疾，已愈。己亥夏孤子殤〔七〕，朝夕飲泣，病遂發，增劇。至今年庚子正月卒，年僅四十有一〔八〕。

元日〔九〕同諸兄分韻得潔字

朝陽破雲翳，朔氣變華節。簾櫳鳥語新，石鼎香初爇。堂前拜嘉慶，長幼咸欣悦。柏酒次第斟，盤蔬隨意設。風暖景物佳，檐梅拆晴雪。過午山齋静，琴書自閑潔。相將茶一甌，拈韻擘綵纈。諸兄富文藻，顧我慙薄劣。興到亦長吟，遑計工與拙。且遂今日歡，歲月任更迭。

苦熱

碧空高高火雲厚，溽暑著人如中酒。斗室渾同深甑蒸，當檐恨不栽榆柳。竹牀筦簟卧不得，長箑何曾暫離手。況逢久旱禾苗乾，桔槔戽水鳴前灘。農家婦子汗流血，足繭皮焦力已殫。我廬正與田疇接，默坐思之心惻惻。安居尚畏炎威逼，天生烝民皆食力，勤者辛勞惰者逸。願得飈風驅雨來，比屋俱變清涼域。

樓中即目次大姪女韻

斷虹收宿雨，野色捲簾浮。風起孤村暮，煙深遠樹秋。山光明日脚，帆影破潮頭。想得憑闌處，吟情一倍幽。

春雨

織煙凝霧一絲絲，灑遍東風緑野滋。弱柳縈愁低翠黛，落花無力濕燕支。涼生深院燕歸早，潤逼熏籠香散遲。苔色滿堦簾不捲，午餘銷倦獨吟詩。

納涼

流憩竹林中，翠影濃於幛。幽禽不見人，飛過低枝上。

雨後

飛雨颯然至〔一〇〕，一峯天外青。荷花香不已，涼透水心亭。

夜來香

一架延緑引蔓長，淡煙微靄弄新涼。夜深欲摘渾難辨，葉底風來忽有香。

【校記】

〔一〕此句前姚允迪《秋琴閣詩鈔》（清刻本，下同）復有數語云：『予同祖兄弟十有二人，而予最幼；女兄弟十有五人，而蘊生妹最幼。以兄呼予者，惟妹一人。今妹死矣！』

〔二〕此後《秋琴閣詩鈔》有『賦質弱』一語。

〔三〕此後《秋琴閣詩鈔》有『不一月即能與之角。暇日徧展經史，性聰穎，一兩過目，久不忘。常與兄嫂指物隸事，以決勝負為樂。憶辛巳歲，予偕諸兄分題課詩，妹亦與焉，往往宵分燭跋，紙墨淋漓，不知倦。今妹死矣』數語。

〔四〕此後《秋琴閣詩鈔》有『抵涇洲』一語。

〔五〕此後《秋琴閣詩鈔》復有數語云：『方病篤時，太夫人執妹手，顧妹壻而欷歔曰：「吾逝矣，無以祝新婦，顧杏林他日娶婦如新婦，吾目瞑矣。」杏林者，金所生男，德馨小字也。太夫人泣，眾皆泣，妹獨制淚，作歡言以慰之，恐傷姑心也。比居喪，擊心爵踊，哀戚逾禮，邑人頌焉。是時戴君已因毀致疾，又以歸無資，求助僚友間，憂勞並迫，閱半載卒於長安旅次。妹在定邊，初聞訃，欲身殉。既而奮然曰：「姑與夫柩未還，且夫衹一子，我死，長育誰任其責？」因茹痛作苟活計。甥常為予泣而縷述之。妹自夫亡後寠甚，悉鬻衣襦簪珥。』

〔六〕從：《秋琴閣詩鈔》作『徙』。

〔七〕此後《秋琴閣詩鈔》復有數語云：『妹哭謂諸兄及予曰：「我前不即相從地下者，徒以有此子耳。今此子不育，我尚可以偷生乎？」』

〔八〕此後《秋琴閣詩鈔》復有數語云：『嗚呼！妹一女子耳，而資性精純，識解超絕，天若過優之；幼孤，少多病，嫁未久而稱未亡，徧歷艱辛，卒之遺孤夭折，己身又不永年，天若過阨之。然古今來卓卓自立，能肩大事者，皆從憂患阽阨中來，則阨之殆所以優之耶？妹今死矣！其畢生刻勵艱苦，不以閨閣中人自恕，寧忍使其泯泯也？予故不避親，而為之傳；遺詩二卷，予為刻之。曰「秋琴閣」者，仍其舊所自名云。』

〔九〕元日：《秋琴閣詩鈔》作『甲申元日』。

〔一〇〕至：《秋琴閣詩鈔》作『過』。

李繡春一首

詩見《谷音傳響》。

次韻題明妃圖

和親偏是漢家稠，一畫長辭鳳闕秋。寄語明妃休怨艾，上方已斬嬖人頭。

陳立四首

字止君，江蘇上元縣人。著有《合簫樓集》。

曉起

積慮一宵事，展轉不成眠。開軒出户庭，踏葉到林泉。時當白露後，昴畢正中天。霧氣四野開，東方紅霞鮮。山嵐横曙色，秋水澄涓涓。羣鳥散高樹，一雁横雲邊。我有八口累，困厄逢餓年。守道懷幽憂，逍遥思神僊。蓬瀛路渺茫，浮生朝暮緣。朝暮等幻泡，萬事猶紛然。獨向溪頭立，潺潺會可捐。

胡公墓志一百韻有序

余夫子胡公諱培，字參一，號簫卿，金陵舊族也，即故明勳臣東川侯海洋公十七世之孫也。公生於康熙辛丑三月十九日，卒於乾隆甲午六月十八日，年五十有四。門生故舊，爲立傳數篇，皆不足知公之平生。余慨然思柳下展禽之妻之言，知夫子者二三子，莫如妾之知之也。因援筆爲長句，並志於墓碑云。

嗟嗟一胡君，茫茫天地中。苦學負異質，遂以得奇窮。揣摩極簡鍊，採摭皆精通。經史百家義，縱横遊心胸。愛物孜孜誠，推心得昭融。不喜莊老言，不行修養功。吟詩多好句，鏗鏘氣若虹。性剛情高潔，幾非人所容。慷慨好大義，豈小丈夫雄。小儒莫窺測，機巧用相攻。豈知古人道，論自歸至公。嗟嗟一胡君，飄蓬遂西東。早即喪慈母，飢寒仗阿翁。弟妹皆弱齡，燈下各忡忡。撫諸弟妹恩，友愛天所鍾。未壯父殁世，復以弟夭從。嘔血至數升，親鄰憂傷衷。二妹繼于歸，棄産慮不豐。二妹悦且慰，憐兄竭己躬。艱難自茲極，矢心指蒼穹。一身將何依，浩然乘長風。琴劒來白下，栖栖訪本宗。公本金陵世族，於曾祖始還家於鳩江。余族世與婣，殷勤敘異逢。余之曾祖姑即君之曾祖母。先君重其人，價與瑚璉同。不惜千金子，珍重於斯終。憶昔伉儷初，教以渾天儀。分宮並起舍，纖毫竟不移。垂髫愛文字，更識有奇書。於今廿五年，受益良非欺。宿昔齊眉好，清晨荷鋤隨。春風嫋嫋來，飄飄衣帶吹。開樽發清理，揮毫生妙思。洗竹於西林，種藥於東菑。煮茗白日長，焚香待弈棊。柳陰月未上，蟬聲流晚颸。沈布冬雲密，雪意方垂垂。日月不我借，鹿門可栖遲。君子不我荅，其志非我窺。丈夫處盛世，貧賤羞所居。愛物心方切，能甘牖下隮。君本重然諾，家計皆慵持。解衣即衣人，因以竭奩資。二十遊齊魯，三十燕冀馳。陵谷暮煙霧，嵩嶽朝崎嶇。山川既鬱鬱，冠蓋相飛追。腥羶滿道路，憔悴君膚肌。衾上芙蓉皺，裘敝不勝披。蹇驢逐泥濘，惟攜一杖藜。四十泛海回，暫爲匹婦嗤。困頓青雲志，蹉跎髮已絲。既無買山錢，萍踪何所之。秋雨傍蘆汀，春寒旅館羈。因成詩酒癖，或比高陽兒。顛連時命哉，歸來守故籬。日積甑上塵，常虚近暮炊。敗絮只自擁，安知兒女飢。短褐嘯空山，富貴浮雲兮。一瓢斯足矣，孰能復低眉。少年至白首，秋月沉潭姿。幾載民病疫，鄉里共相推。聊試九折臂，日救千人危。不受一文錢，昂藏丈夫私。學道四十年，僅僅見於斯。吁嗟今已矣，人盡稱公奇。前月犯少微，門人私顧悲。憂來發感歎，斯文誰繫辭。重泉今閉矣，千呼竟不知。兒女環哀號，慟哭青天摧。雖不及溝壑，終同草木萎。惟餘黔婁被，爲君露足施。用擬蘭作羹，仍將菊作虀。湛露和瓊漿，爲君奠一巵。冰桃承琥珀，雪藕貯琉璃。傷君熱肺肝，冷骨今相宜。卜葬棲霞傍，最高峯對茲。君子所素尚，庶幾無憾遺。朝光現晴嵐，霞彩入漣漪。深宵動靈籟，清楚引招提。長松合墓田，古柏當路岐。白雲流澗底，青山四面埤。歸此桃源境，應休元圃基。霓旌飄桂香，鸞歌繞繡旗。左領杜氏妹，右引董家姬。青童邀白羽，玉女進新詞。湘靈鼓瑟導，元鳥翼雲麾。珊珊珮寶璐，明月交參差。或以青虬驂，或以乘白螭。九州任遨遊，閬苑待娱嬉。君子已長逝，捫天將告誰。迴風傷蕙艸，芳歇及江蘺。登堂誰托孤，厚禄故人辭。孿涕獨徙倚，欷歔入空帷。鞠躬惟盡瘁，無死可支持。往者已滔滔，後來方無涯。千古直一日，大化同此時。太息述一章，涕淚横交頤。三兒業未成，遑遑怨遭罹。二女一襁褓，嬌怯稚情癡。爲此一繫腸，塵網復牽維。他日終其事，報君九原期。

乙未春三月僮夫人枉駕過訪見余憔悴枯槁知窮愁有甚者嗟嘆竟日爲不樂而返感激之下因成四韻夫人乃協鎮僮公妻

寥落荒園春晝遲，重陰拂户艸離披。午廚寂寞情非懶，親故稀疎義可知。驚耳入門車馬至，笑聲穿樹珮環移。殷勤攜手還終日，珍重傷懷嘆久離。

秋日懷鮑夫人

日落高樓秋氣清，水雲遥映暮山横。閑吟只怪詩難就，誰信思君别有情。

曹洪珍 句〔一〕

江蘇上海縣人，侍御曹錫寶之長女也。適海寧州陳氏。詩惜散佚。

【輯補】

曹錫寶《古雪齋文集》（民國二年鉛印本）載《歸陳氏女哀辭》：嗚呼！吾不見吾女幾日矣。自吾一飯一寢時，猶恍然疑汝之侍於吾側，豈其顧之而無有，求之而莫與從，然則汝竟逝而不返，吾乃今而後不得復與汝相見也。嗚呼悲矣！汝生十一年而喪母，育於王母張太恭人，未三歲而王母又没。吾既自痛爲鮮民，而又使吾女失兩世之恃。天之於吾家，何酷也！吾以丁丑秋奉太恭人喪歸，以卜葬時時外出，爲汝迎外王母與之居，汝始得所撫。然察其意，常戚戚有不可忍，特不欲重吾之悲，而陽爲愉怡以自晦，則其飲痛，爲尤酷也。始吾與海寧陳先生鐵巖舉鄉解同歲，其後往來益熟，相得無間，是有婚姻之約。是時汝才四歲，後十六年而歸於陳。吾方與鐵巖偕官於朝，居止接近，每過汝家與鐵巖語而樂，顧汝夫婦而又樂，汝或歸寧，依依於吾，而益以樂，喜汝之得所適，免於嚮者煢煢之戚也。然予未幾奉使視學山西，既又督山東糧儲，而鐵巖亦請告南返，汝與壻相率以去。予以女之去吾久而道逾遠也，數馳書召之。比至而予適解去，當復官於京師，因遂挈汝以來，將資以待老，而孰謂汝之遽止於是哉！嗚呼悲矣！自汝之往汝家，吾不見其居室若何，然汝舅與吾語及，以書相聞，常自道其居閑處約之狀，未嘗不以汝能任内事，曰是善事吾。陳之族姻有過予者，亦未嘗不賢汝也。汝與壻居吾家八年矣，視其室，必潔以肅，而未始聞嘻嘻之聲。汝壻應舉，連不得志，但常聞汝和聲斂氣，曲意相寬譬，而無一語之怨歎以亂其心。吾以是喜汝之宜其家也。吾需次於此久矣，歲無絲粟之入，而家之食指以百計者且七八，外則僕賃之償、慶弔之禮，環相迫責，而吾之筐篋，枵然罄然，日無以給。吾雖不以自累，而不能一無所動於中，其能退而宴處，施施然忘其憂者，以有汝爲吾娱也。吾繼娶趙恭人，汝之始見，輒能得其歡。越二十幾年，而母子之恩，日益加篤。趙既困於吾家之貧，而又善病，不堪其煩，惟汝奉湯藥，供饍羞，則母病若爲之減。有妹與弟，皆倚汝提抱以長；兩人者，樂與姊處，造次若不可離。吾又喜汝老老幼幼，各適其理以能如此也。遇下有恩，不以意爲喜怒。家僕沈天成，年五十無子，汝閔其將衰，輒輟使婢以賜，汝之垂没時方就蓐。兒始生而汝已亡，而沈氏婢者，適以次日得一男子，遂能分乳以食汝兩日之孩。家人皆驚歎，以爲佛氏説因果，理固如是。豈其信有之耶！嗚呼！汝於爲婦爲子，及爲人長之道，其庶幾矣。其稱在人，死而莫有忘者，吾於汝宜亦無憾矣。然猶惜汝年不及中壽，而少遭閔凶，長更辛苦，勤勤抑抑中之自刻者，畢其生而無一日之適。吾何能不爲汝痛也！吾去冬病困，汝早夜侍奉，不以爲瘁，顧其體貌癯然日削，吾固知汝之將病，然無錢財厚爲汝衛，多市貴重藥，起汝於疲羸，是直坐而視其死爾。嗚呼！此吾之内恨於心，所由爲汝滋痛也。汝又早慧，嘗從母受書，亦頗攻文史，學爲吟諷。吾以此非女子所急，常置不顧。然汝每見吾有所作，未嘗不讀之而喜，或賡其韻，嘗和吾《詠月中桂》，有句曰：『萬古此秋色，一天生異香。』内外之姻，見者咸稱其才，比於謝庭之詠絮，然汝未嘗以是自喜。逮其既没，壻陳慤檢其遺草而悲，思欲次其行事，藏於其家，以訓其後嗣。會予有哀女之辭，壻讀且泣曰：『是矣。使逝者而有知，其真足慰矣。』乃以告於其妻之靈，且將質於夙所親善者。吾皆不能止也。女於乾隆十年十月十八日生，而以四十九年二月十九日，年四十以卒。子三人：曰蔭香，曰蔭慶，俱尚幼；曰蔭樾，最後生，而吾女遂以是死。嗚呼悲矣！復何道哉，復何道哉！

句

万古此秋色，一天生異香。

曹錫寶《二餘集序》：予長女洪珍，適海寧陳氏，幼亦稍知聲律，時學爲詩。猶憶戊子《擬鄉試月中桂》詩有句云云。予嘗愛其落落大方，無婦人女子態。今去世已七八年，詩皆散佚無存。予既不能教之使有成，復不能收拾其殘編斷句以貽其子，此予之所爲深有媿於硯畬，而不禁凄然長嘆也。

【校記】

〔一〕曹洪珍前，前期印本（如國圖、北大、浙江省圖藏本）尚有魯鳳藻詩，小傳謂其『安徽安慶人』，正文收其《題壁》詩二首云：『昨與鄰舟姊妹逢，香風煖處話從容。低頭怕有漁郎至，不看蓮花只看儂。』『灘頭漠漠起炊煙，折罷蓮花正暮天。却怪鴛鴦不解事，偏依儂艇並頭眠。』又收《有贈》詩一首云：『擕得芳枝返故村，悔將玉貌共花論。低聲還向小姑囑，阿母跟前莫要言。』詩後引《隨園詩話》二則以實之。

卷之五十二

葉楙一首

江蘇崑山縣人，都閫道子葉公女。得母張淑人教，遂能詩文。適永州刺史許竹隱第三子心扆。著有《擁翠軒倡和詩集》。

孤雁

一聲淒切度河梁，不訴離羣也斷腸。寂歷寒沙眠鎩羽，空明霜月照分行。無心避患銜蘆荻，肯戀餘生逐稻粱？聞道邊庭尚征戍，孤鳴幸勿〔一〕到遼陽。

【校記】

〔一〕幸勿：《國朝閨秀詩柳絮集》作『曾否』。

李金娥句

里次未詳。

句

折取一枝城裏去，教人知道也春深。

《隨園詩話》：閨秀李金娥《詠路柳》句云云。湖州高氏女有一聯云：『也知春色歸人早，鄰女釵邊有杏花。』

趙柔二首

江蘇長洲縣人。適進士陳玉瑾。

【輯補】

陳玉瑾《學文堂集》（康熙刻本）載《掃眉集序》：世之論詩者，莫不恕于婦人，故一脱口，往往輒可傳。然有謂才非婦人所急，故《易》言『無攸遂，在中饋』，《詩》亦言『無非無儀，唯酒食是議』，蓋謂婦人之道，如是已足也。然觀十五國風，孔子之删而存者，婦人之詩十居六七，豈孔子昧二經之所云？古者自工商婦人無不讀書識文字，故詩亦婦人常事，與中饋等耳。或曰：孔子縱不廢婦人詩，意必婦人有奇節者，借詩以傳其事，乃所録皆求桑采芣苢、雜佩蓄旨諸細事。此平常無奇，凡爲婦人者可能，似無關於教化，豈孔子尚取婦人之能言乎？不知婦人之能言，孔子所取也，于能言之中，勿悖乎二經之旨，則孔子用教之微權。蓋平常無奇，婦人之常道；以奇節自見，即爲婦道之變。故當世如共姜者，當不乏人，而孔子僅存一共姜，亦不欲多載其事，使後世争效之也。予向聞姑蘇趙氏女能詩，辛亥秋歸予，得盡閱其藁。近與予唱酬，又得若干首，合之，題曰『掃眉集』。氏能佐内政，凡絲麻酒食、米鹽凌□，莫不井井有調理。其于詩也，亦止如雜佩蓄旨，細事居多。性不喜香奩詩，愛岑參、孟浩然、李白諸家；詞則宗陸放翁、辛稼軒。嘗薄李易安爲人，因不習其詞。先是，有豪家投金百鎰計，令背予約。氏不可，旋威脅其父，禍幾不測，氏截髮以誓乃免。氏爲人大略如此。氏詩好深匿，嘗曰：『婦人詩即傳後世，多置緇流羽士之末。欲如孔子列于經，固不可得，奈何處非其地若此！』予願今之選詩者，于婦人寧不用昶，弗使並緇流羽士，貽巾幗羞也，因並載其言爲序。時壬子閏七月三日。

雨

苦雨聲聲滴寒縟，溪南溪北水泂濮。産蛙沉竈不忍看，舟楫如今上人屋。農夫有力空嘆嗟，無食無衣向誰哭。已愁飢饉絶炊煙，況慮追呼受笞辱。嗚呼！江南卑濕自古聞，胡爲愁雲慘慘連日閉朝昏。

春閨用韓致光無題十四韻寄椒峯外君客梁谿

繡閣簾櫳静，輕飈拂細塵。梅圓鎔雪夜，柳裊畫眉晨。攏罷金蟬顫，裁餘翠袖新。披圖心自賞，違俗性偏真。憐影衫嫌重，工愁黛覺顰。世間欺歲月，腹内轉車輪。雀腦燒銀葉，魚書送錦鱗。午餘剛對雨，臘盡又逢春。篆體難摩漢，簫聲孰仿秦。行舟休失路，去夢那知津。茶鬭他山味，蓴滄異地珍。嗅花心萬疊，拭鏡淚雙勻。過雁應逢客，新寒最惱人。倘詢連日事，祇結研爲鄰。

潘本温七首

字虹衢，號茹芝山人，浙江□□縣人。進士潘汝龍之女。適嚴芳園。著有《桐韻詩删》、《夢花小草》。

嚴似曾《輓虹衢潘氏嫂文》略：天之忌才，豈獨風雅之士已哉？不櫛進士，忌之尤酷。屈指古今，何可勝數〔一〕。獨是幼好文詞，長宜家室，中壽而卒，良可哀也〔二〕。同祖兄芳園元配之嫂，乃進士椒漁潘公女，名本温，字虹衢，自號茹芝山人。生而奇慧，讀詩書，明禮義。瘵父仙遊〔三〕，牽衣而飲泣天昏，憑棺而吞聲地裂，吊者咸爲動容。越數載，弱弟本松卒，既痛其殀，又慟其才，悲從中來，此玉折之繇一也。年二八，賦夭桃，早識梁鴻，牛衣共對，安貧而不怨尤，織紝助爨，恨翁姑已早世，祭祀必豐潔。一索得男，五歲而死，慘怛之中〔四〕，此玉折之繇二也。子女漸多，貧益難支，時胞伯汝誠知山東濮州事，囑夫壻往依。孰意在外者未歸，而在家之稚弱天花忽現，動云險逆，不得已典簪珥，貰衣裳，聘名醫調治，而市廛適又罹火，雖有智者，莫能借箸，然而百計經營，痘固無恙，而廛亦成，此玉折之繇三也。乾隆壬辰，胞兄本泰下第南旋〔五〕，忽抱痼疾，知而歸寧，終無所濟，拊膺濺血〔六〕，形神俱毀〔七〕，越數日，奉母同歸壻家，意欲慰母而已，無如日對老母，悲兄之念轉深，此玉折之繇四也。有是四者，人非木石，烏能久延，安得不謂爲有天意存焉者乎？〔八〕因檢《桐韻詩存》並《夢花小草》殘稿讀之，信乎詩能窮人〔九〕，斯非天之忌閨秀更酷於風雅士乎？〔一〇〕

【輯補】

潘本温《桐韻詩刪》（乾隆刻本）載嚴似曾《徵桐韻詩刪啟》：雕龍繡虎，螢窗不乏鴻才；剪翠裁紅，粉黛還多錦字。鬚眉工律吕，尚垂雅號于儒林；巾幗解推敲，尤屬詩壇之韻事。有虹衢潘氏者，余兄芳園之元配嫂也。敦詩習禮，幼嫺季女之風；賦菊頌椒，長擅大家之譽。春炊以供鴻案，僅十九年；丰姿忽赴玉樓，纔卅五歲。堪惜蘭心早萎，妝臺遺白燭之吟；須教鳳字長存，梨棗誌絳紗之語。伏冀詞家名客，廣惠歌章；更希金閣才媛，同頒珠玉。庶使謝庭詠絮，未可專美于前；還看江管生花，應許同傳于後。旹乾隆四十一年丙申夏五，苕上漁父嚴似曾謹啟。

同集書尾載嚴彩跋：彩年十二，慈母見背，所遺賸稿殘篇，不克窺夫微奧。凜承嚴君庭訓，幸列宮牆，第詩教温柔敦厚，猶茫然未有得也。乾隆辛丑夏，外伯祖潘榕堂諱汝誠，即母之胞伯，告歸林下。越歲壬寅春，彩以《桐韻》、《夢花》兩詩稿為母請序，初不意外伯祖攜至雉城，未幾壽終書院。因檢叔父禮園先後所成文啟，同付梓人，俾母之畢生事略亦見一斑，庶與栝圈長存，妥霧爽於泉臺已爾。男彩百拜識。

夏日

長夏南窻卧，風來枕簟凉。遠聞鳩語鬧，近看燕歸忙。碧沼荷錢小，幽亭榴萼芳。漆園飛蝶夢，好句覓池塘。

賦得梅花大庾嶺頭發得梅字

庾嶺生春意，枝頭乍發梅。色連深谷月，香散落莓苔。映雪衝寒吐，臨風向暖開。奇姿依崒嵂，疎影冠崔巍。竚望冰容麗，遥看雲岫栽。陽回敷帝德，好占百花魁。

柳線

堤上依依千萬條，十分纖麗自飄颻。梳風軟弱慵開眼，織雨辛勤懶展腰。緑草平鋪添緑錦，紅霞晚落襯紅綃。樓頭少婦愁相見，淚灑廻文機上挑。

題天聖寺管夫人畫竹

仲姬善畫竹尤工，影寫無塵殿壁東。簇簇筠生資腕力，亭亭玉立奪天功。葱蘢能耐凝霜夜，蕭瑟真宜〔二〕在梵宫。筆勢縱横枝勁直，墨痕濃淡葉玲瓏。便娟不礙龍飛柱，秀媚還須月半櫳。掩冉銀牆疑映雪，紛披金錯恍摇風。看來今日成陳跡，想見當年運慧衷。縱使缺無承旨補，此君已是妙難窮。

紅梅

見説春風似酒濃，南枝沉醉影重重。笑他冰雪羅浮女，也點胭脂上玉容。

紙上美人

靚妝艷服入時新，疑是陳王賦裏人。避却紅塵遺小照，相看枉自喚真真。

午日

燕雛待哺語雙雙，日影輕移過小窻。堪笑菖蒲空作劍，高懸難使睡魔降。

【校記】

〔一〕此後潘本温《桐韻詩刪》（乾隆刻本，下同）有『或蕩檢踰閑者，或瑣尾風塵者，或遭禍而不善終者，均無足論』數語。

〔二〕此後《桐韻詩刪》有『享年不長，固委之天命，終其身以憂愁，見之吟詠，亦有天意存焉，試於死之後，而揆生之日，必非無繇而短折，吾於同祖兄芳園元配之嫂信之』數語。

〔三〕此句《桐韻詩刪》作『年十二，察（嚴也）父仙遊』。

〔四〕此後《桐韻詩刪》有『女工不廢』一語。

〔五〕此句《桐韻詩刪》作『胞兄本泰，已登壬午賢書，下第南旋』。

〔六〕濮血：《桐韻詩刪》作『瀑血』。

〔七〕此後《桐韻詩刪》有數語云：『或譏之以過慟，答曰：青年而卒，懷才未試，已足痛矣。上有老母，年近七旬，兄又無嗣，能不心慘？』

〔八〕此後《桐韻詩刪》有數語云：『否則明姿秀世，天韻風遐，縱使賦性多愁，猶幸洞明禪理，何至年僅三十有五，而竟珠沉玉碎也。嗟乎！青綾步幛，雅辯猶存；錦字流黃，新詩尚在。桃花白雪，不讓崔姬；明鏡寶釵，堪追徐淑。《禮》有云「內言不出於梱」，則吟詠似不足述矣。試思「采采卷耳」，周后徽音；「籊籊竹竿」，衛女雅韻。「澣衣」乃寫怨之源，「飛蓬」實抒懷之祖。大聖人察性考情，亦存而不刪。』

〔九〕此後《桐韻詩刪》有『古來淹博之名士，大抵少達而多窮；而貞静之閨媛，動多短壽而薄命』數語。

〔一〇〕此後《桐韻詩刪》有『謹賦短章，附録簡末，聊以誌悼已爾。功服季叔似曾拜手述』數語。

〔一一〕真宜：《桐韻詩刪》作『真疑』。

計氏 一首

江蘇上海縣人，計漢帆女。適同邑張永皓。

庖厨 婦工四箴之一

織紝之餘，庖厨有俶。酒漿籩豆，膳飲饘粥。烹飪必親，勤率婢僕。衣食之原，艱難用勗。淡泊安分，所以養福。

嚴宗光二首

號餐霞，浙江長興縣人。適沈某。詩附見於《桐韻詩刪》。

題嫂潘虹衢詩稿〔一〕

春花秋月共評章，剪燭西窻擊鉢忙。婦德女工長自抑，最虛心〔二〕處是羹湯。

風流争羡秀閨房，珠玉篇成錦繡腸。不櫛無慚呼進士，頻教人憶舊行藏。

【校記】

〔一〕此題《國朝閨秀正始集補遺》作『題媳潘本温桐韻詩刪夢花小草卷後』。

〔二〕虛心：《國朝閨秀正始集補遺》作『煩心』。

沈玢一首

字珺英，號翰仙，江蘇長洲縣人。著有《繡餘草》。

清明日和如英甥女韻

妝成雅素謝青紅，學畫春山向鏡中。初試羅衣寒尚怯，隔簾深避落花風。

潘冷香四首

浙江烏程縣人，□□太守之女孫也。適同邑某，幕遊久客不歸，冷香鬱鬱，惟以詩詞自遣。著有集。

柳絮

麴塵風起欲何之，水北花南弄影時。擬託微波驚蝶夢，半和紅雨惹蛛絲。乍添別思飛難定，旋引歸心落故遲。癡絶嬉春小兒女，匆匆捉向手中吹。

辭却林塘空際漫，倦來霏屑一團團。應嫌仙蠹生衣桁，不見鮎魚上釣竿。紫陌風暄春漸老，翠樓人静淚初彈。狂夫何事輕離别，輸與纏綿繞畫闌。

榆莢拋殘剩緑條，淡雲漠漠雨瀟瀟。愁聯汴渚參差樹，夢逐邗江上下潮。爾日心情同客醉，異時踪跡亦萍漂。最憐舞入吟窗去，好爲幽人破寂寥。

東風作絮自紛然，畫出江南三月天。野店撲殘輕似霰，蠶村綴却白于綿。餘情未了隨流水，一點相親在别筵。記取木蘭舟上見，絲絲金縷染汀煙。

高潔三首

字清修。詩見《谷音傳響》。

孫貞媛詩

荼苦甘如飴，蚤歲多漂泊。待字甫及笄，何又置身錯。
烈女花前殞，仙踪月下招。清寒堪自訴，橋畔品瓊簫。

次韻題明妃圖

別來故國淚偏稠，一女遥臨萬里秋。此去盧龍終不返，馬前敲斷玉搔頭。

張玉珍五首

字藍生，江蘇華亭縣人，張夢喈之第三女也。適婁東刑部副郎金垣子翀。九歲即工詩。著有《得樹樓稿》。

【輯補】

張玉珍《晚香居詩鈔》（嘉慶八年刻本）載其弟張興鏞序：　余第三姊韞山，曩就外傅，課餘偕伯兄悔堂學為詩，先君子嘗見而點定其稾。時余甫七齡，竊亦效為五言，然自知不如，秘不敢出，但樂與之拈題檢韻而已。及笄，習女紅，宵分必約兄或二、四兩姊翦燭賦詩，余稍稍與焉。姊詩敏而工，舅氏姚友硯先生至，則録稾以正，舅氏恒向戚黨誇之。歲戊戌，歸婁東金綺園翀。綺園雅嗜詩，由是唱和殆無虚日。婁東距我松百里，一月不得書，余兄弟必寄詩相問。計自戊戌迄壬寅，此五年中時居婁東，時歸松。姊之遇惟是最閑，詩故此時最多。婉而深，麗而正，有言外之音。耆碩中如袁簡齋、沈沃田、王述菴、錢竹汀、吴白華、竹橋諸先生見其所作者，論東南閨秀皆必推焉。歲癸卯，君舅比部君赴補入都，命綺園隨侍，並肄業成均，不歸者五年。姊寄衣緘札，猶寓諸詩。丁未，比部君歿於京，綺園亦以毀卒。喪歸，姊有君姑及孤熙泰在，未敢殉也。然幼故多病，至是復得咯血疾，歲必發，發必殆。猶出嫁時衣飾，襄兩世葬；老屋一區，亦聽夫弟售去，而奉母以還。不得已，攜熙泰依余家，晝令從諸舅讀，夜則自課。熙泰性聰穎，稍長究心聲律，姊稍慰，始檢舊稾授之。遇有試題，手製以示，然語多悽楚，讀之每不能終篇。熙泰尋補弟子員，有聲。既授室，移居余園東偏。屏當粗定，稔我姊者咸謂姊今而後喜可知矣。辛酉秋，熙泰浙闈報罷而病，遽卒，姊痛不欲生，一夕命婢取所著詩詞稾，悉投爨下，余濳取歸，置諸篋。今年夏，余罷會試，出都游汴梁歸，傷足杜門，發諸稾閱之，感喟不已。默念姊長於余五歲，今春秋四十有六矣，守節撫孤，垂十餘年。未食其報，既貧而多病，子復才而夭。子婦汪賢而早寡，幸舉遺腹，他日苟克成立，欲識其大母食茶茹蘖之苦心，舍詩詞奚考焉？爰刪存為《晚香居詩》四卷、詞二卷，謀付諸梓，而敘其顛末如此。不敢令我姊知也，不忍令吾姊知也。嘉慶七年歲次壬戌七月既望弟興鏞拜手撰。

夜坐

簾開夜氣涼，庭院雨初足。蛩聲一何悲，幽咽鳴牆曲。輕風出〔一〕遠林，微月淡深竹。心清境〔二〕自閑，身暇意不俗。寂坐此燈前，復理殘書讀。

白杜鵑

謝豹花明玉砌前，買來應費沈郎錢。三更鳥喚胭脂盡，一樹妝成縞素妍。露欲融時香弄影，月初斜處淡無煙。鶴林仙子今何在，開遍江南穀雨天。

夜雨

捲簾涼樹驅塵囂，銅壺箭急〔三〕金徒驕。夜深冰簟不成夢，打窻猛雨風瀟瀟。此際離懷向誰道，欲寄相思拾香草。明朝試起看庭前，落紅萬點和愁掃。

和天台雅集韻選二首

主是谿山游者賓，盍簪贏得去來頻。花閑争詠飛仙句，月滿平坡路似銀。

仙山從古忘春秋，前後何妨兩度留。澗水斜飛玄鶴舞，桃花應笑客科頭。

《龍山詩話》：予友張參軍玉壘，博學工詩，喆似輿載亦善唫詠其詩，余俱遴入《盍簪集》中。玉壘嘗邀余賞梅塔射園，酒次謂余曰：『予長女玉珍，性嫺静，嗜讀書，閨閤之中，日以吟哦爲事。』遂以其詩見貽。予攜歸，篝燈閲之，見其氣清調逸，味餘酸鹹，頗有孟山人遺意，因録之以爲徒事鉛粉者勸。《初夏》云：『境静塵偏少，人閑興不窮。梵聲古寺外，鳥語夕陽中。荷葉新抽碧，山榴乍放紅。眼前風景好，留取醉詩翁。』《送春》云：『無計留春春欲回，陰陰新緑漲山隈。鶯將落蕊穿林去，燕掠香泥入户來。多病每愁時節改，傷心又恐夕陽催。匆匆行脚知何處，遥向風前餞一杯。』《新燕》云：『俊影迎風乍解飛，紅襟翠羽耀斜暉。低窺繡栱軀還小，輕掠銀塘力尚微。春老千秋芳信杳，煙凝三徑緑陰肥。謝家門巷休迷却，日暮鈎簾待爾歸。』又《詠螢》一聯云：『微微依草耀，點點趂風低。』《秋夕》一聯云：『虚庭初滴露，曲徑乍飄桐。』

【校記】

〔一〕出：張玉珍《晚香居詩鈔》（嘉慶八年刻本，下同）作『漾』。

〔二〕境：《國朝閨秀詩柳絮集》、《江蘇詩徵》作『身』。

〔三〕箭急：《晚香居詩鈔》作『漏滴』。

張毓真六首

字幼嫻，江蘇華亭縣人，張夢喈第四女也。適諸生朱光耀。

和天台雅集韻

駕鹿乘雲世外賓，烏衣佳話後先頻。筵開一片蟾光皎，水緑山青盡化銀。
王謝遺墟冷暮秋，何人屐齒爲遲留。仙風重引今朝會，流水桃花滿澗頭。
玳瑁梁間燕子歸，花香偏撲玉人衣。悠悠仙曲風前度，那數霓裳步月輝。
無邊佳境信仙寰，莫怪劉晨去不還。飯煮胡麻尊玉液，横枰即是爛柯山。
洞天清曠足逍遥，樹影參差花露飄。恍入廣寒原有路，不勞公遠架仙橋。
小住蓬瀛世共知，雲軿去後繫人思。官清便是真仙客，莫話天台羡昔時。

張慧娟四首

字静山，遜亭張鳳喈第六女也。字吴用槐子以晉，尚未于歸。著有《生香閣詩草》。

對月

簾外添清景，窻中暗短檠。倚欄遥送目，一片雪霜明。不見姮娥老，先看桂樹生。宵深露盈袖，疑向畫中行。

中秋集詩牌

曉霧遮斜逕，風回爽氣迎。放吟耽下釣，停繡愛茶聲。剩竹銜樓静，餘蟬隔浦鳴。紅輪才墜遠，闌外映蟾清。

秋海棠

低倚牆根瘦不支，淚成紅血染枝枝。背人欲向西風折，腸斷空階月上時。

中庭寂寂露華妍，翠羽明璫艷若仙。一種幽情描不得，秋風吹汝又今年。

錢復十首

字吹蘭，浙江嘉善縣人，查香雨開繼配也。

查香雨《桐花閣話別詩序》：將離都尉，感每甚於河梁；賦別江郎，情自深夫閨閣。況乎三年鴻案，薄有倡酬；千里燕臺，暫辭伉儷。雖狂生彈鋏，恥爲遊子之顏；抑織婦鳴機，不悔封侯之計。然而一樽桂酒，六尺蒲帆。别寏下之唫椒，企天邊之仙桂。望白雲兮紅樹，未免有情；對黛管與彤奩，誰能無累。離亭折柳，偶成七字以攄懷；内子吹蘭，旋集十章而作答。且喜别離之際，不忘倡和之思。聊授棗梨，合藏笥篋。敢冀傳彼好事，得教寶軸裝成；庶幾嗟我懷人，長展玉臺新詠。

送香雨赴試北闈

溪上扁舟繫緑蘿許渾，朝聞遊子唱離歌李頎。好攜長策干時去譚用之，擬占名場第一科劉三復。

摇鞭休問路行難王初，金絡青驄白玉鞍萬楚。詞藻世傳平子賦皇甫冉，君行當得遠人歡權德輿。

黄金瑞榜絳河隈李嶠，遠聽明君愛逸才張説。想到長安誦佳句竇叔向，氣衝魚鑰九關開沈佺期。

清都草木總榮芬張説，樹發寒花禁苑新鄭愔。聞有故交今從騎楊凝，封名直進薛蘿人王建。

休憐柳葉雙眉翠張祜，莫慮功成不拜侯章孝標。鴻鵠羽毛終有志李紳，丈夫不合等閑休楊牢。

知君到處有逢迎高適，馬上題詩卷已成法振。惟有深閨憔悴質薛逢，不知何處是前程趙嘏。

雪照南寏滿素書許渾，起挑殘焰獨躊躇黄滔。竇家織婦慚詩句李紳，欲報瓊瑶愧不如司空曙。

日暮風吹山女蘿戴叔倫，無由縮地欲如何元稹。遥知别後西樓上白居易，雁引砧聲北夢多李紳。數郫殘照半巖陰許渾，行矣關山方獨吟李商隱。今夜月明何處宿許渾，只應偏照兩人心劉禹錫。對君衫袖淚痕斑岑參，庭竹疎森玉質寒王叡。此别更無他事囑吴融，銀鈎數字莫爲難崔峒。

龔靈香一首

詩見《谷音傳響》。

次韻題明妃圖

别殿笙歌寵幸稠，一般璧月照三秋。如何棄妾金沙路，匹馬長征不轉頭。

汪璀五首

字催弟，浙江烏程縣人。適德清國子監助教徐以坤。著有《修竹吾廬詩》。

從苕返德清

秋思入寒砧，帆飛度遠林。溪分前路合，桑密晚煙深。白髮慈闈夢，青年昧旦心。孤城遥在望，烏外見雲岑。

懷舍弟都中

上苑棲枝後，春風又一年。雁行悲斷續，雲路戒騰騫。母老憑余侍，門衰仗汝賢。家庭爲政好，早放潞河船。

嘲柳

却笑陶彭澤，空傳五柳名。看他風過處，腰折善逢迎。

答夫子

飄飄詞賦欲凌雲，健筆誰人得似君。齒冷兒曹能食肉，舉肥只合讓紛紛。詩籤藥裹間茶鐺，方丈維摩得坐忘。我是散花成法喜，鹿車挽處共徜徉。

胥貞静二首

江蘇江寧縣人。

題望雲閣詩後

幽情吟遍付飛鴻，迢遞慈幃有夢通。目送白雲千萬頃，幾年樓閣鎖春風。

新詞落紙盡珠璣，把卷相看識異姿。從此三秋涼月夜，小齋遥唱謝家詩。

梁素書 二首

名素書，浙江仁和縣人，直隸□□縣梁夢善明府之女也。

秋草

零露瀼兮秋可憐，醒頭誰取作花鈿。石欄濕共涼苔雨，金谷疎隨暮柳煙。不穩蛩藏吟夜夜，幾番螢化惜年年。湘裙六幅全收拾，鬥草無由見麗娟。江南婦女春夏取草為飾，名醒頭草。

為多憔悴感芳華，往昔曾經櫬〔一〕落花。淒惹寒煙籠蟋蟀，冷和明月葬琵琶。無名江岸凝空翠，有影池塘蘸淺霞。未忍薙除留砌側，亂隨墮葉滿山家杜詩『無名江上草』。

【校記】

〔一〕櫬：《國朝閨秀詩柳絮集》作『襯』。

林桂娥 一首

詩見《谷音傳響》。

次韻題明妃圖

欲撥琵琶怨更稠，玉關何地不傷秋。天南漢闕分明在，却恨黄沙罨馬頭。

李嫩 四首

字婉兮，詩人李漫翁其永女，江蘇吴縣人。適諸生陸昶。著有《琴好樓小製》。

懷清溪任夫人

楊柳澹春陰，池塘過疎雨。所思人〔一〕不來，悵悵徒〔二〕延佇。洞庭〔三〕看落花，花落已如許。好鳥自嚶鳴，不解離情苦。

送梅垞之白下

踟躕江畔别愁深，落月蒼蒼曙色侵。笑我秖堪謀斗酒，憐君惟有載囊琴。秋風矮屋三條燭，夜雨寒窻十載心。想到歸期真可負〔四〕，桂枝香裡細聽吟〔五〕。

春閨

春寒料峭病懨懨，愁到眉峯兩碧尖。妬煞呢喃雙燕子，尋巢依舊入風簾。

題梁溪孫旭英峽猿集

花落江城水亂流，繡餘一卷獨悲秋。分明風雨嘉陵夜，腸斷三聲在嶺頭〔六〕。

【校記】

〔一〕人：《國朝閨秀詩柳絮集》作『期』。

〔二〕徒：《國朝閨秀詩柳絮集》作『空』。

〔三〕洞庭：《吴中女士詩鈔》、《國朝閨秀詩柳絮集》作『閑庭』。

〔四〕歸期真可負：《吴中女士詩鈔》作『歸期真不負』，《國朝閨秀詩柳絮集》作『歸來真不負』。

〔五〕細聽吟：《吴中女士詩鈔》作『細聯吟』，《國朝閨秀詩柳絮集》作『共清吟』。

〔六〕此句《吴中女士詩鈔》、《國朝閨秀詩柳絮集》作『三峽哀猿萬古愁』。

屈鳳輝七首

字梧清，浙江平湖縣人。適胡之垣。早卒。著有《古月樓詩鈔》。

胡德炘《冢媳屈鳳輝小傳》：屈氏名鳳輝，字梧清，上舍餐霞子長女。歲在壬辰，歸垣兒爲室。至其伉儷之重，相愛亦相敬，實有逾於古人所云者。所居樓三楹，當夫月夕花天，秦簫互答，真令人有天際乘鸞想。方謂宗祧永賴，慰我夫婦暮年，不意涉秋遘疾，醫禱罔效。殁之後，老姑長慟，廢寢食者累旬，幾難可以解憂。此雖大過乎情，然益可知其平昔已。自女紅鍼指外，尤酷嗜吟詠，拈弄筆墨，每肄習所業樂府古今體詩，至午夜不輟其音。余嘗戲語諸少子曰：『汝曹似嫂之用功深，不早收效遠耶？』之垣痛悼之餘，忍淚點檢篋衍，得古今體詩若干首，稍爲節汰，以付剞劂氏云。

屈宗到《古月樓詩鈔跋》略：余妹梧清，幼而性慧，好事仙佛，髫齡即工吟詠。長字胡君湘雷，結褵後析疑問奇，相得無間，而紅窻繡户，唱和無虚日，蓋其素好然也。己亥七月，忽染時疾，以湘雷赴省試瀕行，强起梳櫛，嗣復力疾寄書，言已漸愈。屬纊前一日，莫菴弟至，呼之前曰：『爲我謝慈親，天明當即去爾。』天既明而果逝。嗚呼！此豈無夙因而能然耶？梧清少嘗奉列仙像，求所謂真訣者矣。既而清齋繡佛，更似深得浄理。則其於死生之際，脱然遠引，類非無夙因而能然。湘雷又奚悲焉？

晨起

夢覺一燈淡，晨光動前楹。余亦自此起，推窻知天晴。巾櫛雜花氣，活火〔一〕烹茶聲。好風東南來，山鳥時一鳴。日出照樹杪，露葉含餘清。坐觀羣動象，因知天地情。

憶妹

高樓見歸雲，悵焉不能語。思我同懷人，胡爲謝儔侣。却立既屏營，臨妝復延佇。豈伊川塗闊，無乃音塵阻。冥鴻不速回，天風淡容與。夕烏一聲來，翻飛下平楚。

月下吟

明月當空照高閣，皎潔青天雲淡薄。兩部蛙聲歷亂啼，金螢翻覆簷前落。沉沉冷露滴疎林，宿鳥一聲煙漠漠。聽盡殘更夢未成，燈花不動明珠箔。人生百歲幾多時，誰是朝朝瓊樹枝。君不見，南國春江留艷曲，只今唯有月明知。

人日喜晴

碧海起朝暾，靈辰絶雨痕。年光猶臘尾，生意動天根。玉蝶梅舒萼，紅螺酒滿樽。草堂吟詠後，春色爛平園。

洋雞

也有啼聲出苑牆，攜來毛羽話殊方。短籬小試籬中翮，五夜寒驚海外霜。莫倚花冠争飲啄，敢從金距鬬文章。可憐舊侶今何在，萬里波濤是故鄉。

《水曹清暇録》：閨秀屈鳳輝，字梧清，浙江平湖縣孝廉屈宗到之妹也。所著有《古月樓詩鈔》，工於詠物。其《洋雞》詩云云。其又《詠美人蕉》詩云：『冷翠捎窗月影通，珊珊弱骨不禁風。芳情萬縷深如海，併入柔心作碎紅。』皆清新可誦。

夜深

夜深露氣透廻廊，季女花開逗晚香。斜月半簾殘酒醒，越羅衫薄峭生凉。

中元有感

秋風慘淡雨蕭條，漸聽鄰家哭寂寥。我有童烏傷逝淚，暗窗無語自魂消。

【校記】

〔一〕火：《國朝閨秀詩柳絮集》作『水』。

汪韶 六首

字井桐，號倩君，安徽六安州人，原籍歙縣。適詩人洪尋。卒年三十有四。著有集。

和楊姊端一病起原韻

錦鯉傳書尺半長，來時分破水煙蒼。知君病比黃花瘦，贈我詩真白雪香。讀向緗奩醒倦眼，和拈彤管索枯腸。碧泠似與西風約，細聽琮琤在畫廊。

静室無塵境是仙，花枝茗椀總清妍。閑敲玉局銷殘暑，忽憶金臺隔遠天。對月何心揮綠綺，思親有淚滴紅牋。幾時蓮步過蓬户，共檢華陽士女編。

春柳

春雨春陰二月天，萬條臨水碧于煙。小蠻腰樣依然在，漫舞東風瘦可憐。
金絲斜拂玉欄干，珠露初收淚眼乾。偶向粉紅簾下立，春風吹面不知寒。
長日三眠夢醒遲，深情不許燕鶯知。銀牆低處風梳掠，未綰雲鬟緑萬絲。
近日眉痕畫也羞，空勞摇曳傍妝樓。新詩欲寫東風縷，一縷東風一縷愁。

顧啟坤 六首

字順貞，浙江仁和縣人。適徐昇。著有《鳳臺草》。

落花

花落溪水中，水流花不住。寄語水中花，莫向前村路。

雁

愛暖隨陽至，乘春背北棲。尺書難自托，藉爾寄金閨。

新柳

幾枝翠柳灞橋東，新緑依依映玉驄。忽見垂條低漢苑，不教飛絮出隋宮。章臺日落人初別，羌笛催春曲未終。且喜蛾眉今尚淺，莫令腸斷拂西風。

垂釣圖

泉聲曲澗映斜暉，散髪垂綸暮不歸。地異廬山能避俗，心同渭水可忘機。桃花片片浮春浪，楊柳依依拂翠微。莫説臨淵多所羡，身閑原與世相違。

送東建夫子北征

君去幽燕山外山，行裝檢點淚斑斑。頻看京兆香螺筆，閑殺蛾眉月半彎。

桐葉

窻外梧桐一葉飄，早知秋色漸蕭條。攜來題就新詩句，擲向江頭趁晚潮。

陸易遷一首

名易遷，江蘇上元縣人，指揮徐大年之室也。著有《緑窻偶吟》。

題漂母圖

古今多少明眸客〔一〕，不及青山〔二〕老婦心。一飯豈殊黄石履，淮陰只解報千金。

【校記】

〔一〕明眸客：《國朝閨秀正始集》、《國朝閨秀詩柳絮集》作『憐才客』。

〔二〕不及青山：《國朝閨秀正始集》、《國朝閨秀詩柳絮集》作『誰似河干』。

曹淑英三首

字華玉，安徽歙縣人。適尹山程怡堂。

秋夜偕夫子小飲

灝氣宵來爽，明河耿欲流。有懷常不寐，薄醉〔一〕暫消愁。砧響千家月，蟲吟〔二〕四壁秋。家貧爲婦易，斗酒幾曾謀？

對月

細雨初收露彩蟾，碧雲如洗影澄鮮。南樓凭遍闌干夜，半可愁時半可憐。

秋海棠

冷艷疑經雨，嬌羞欲避人。牆陰閑自媚，榮落不知春。

【校記】

〔一〕薄醉：《國朝閨秀正始集》作『薄飲』。

〔二〕蟲吟：《國朝閨秀正始集》作『蛩吟』。

陳貞媛 一首

江蘇通州人。適馬錦林。

雪屋吟

凍雲壓屋倒城根，龜手兒啼血裂痕〔一〕。儂是寒鷄常抱卵，任他風雪只關門〔二〕。

【校記】

〔一〕此句《國朝閨秀詩柳絮集》作『爐火銷紅酒乍温』。

〔二〕以上兩句《國朝閨秀詩柳絮集》作『我似蒼松偏耐冷，滿天風雪不關門』。

劉蘭馨五首

名蘭馨，號綺石，江蘇淮安縣人。適聶皓。著有《嵩餘偶得》。

聶皓《嵩餘偶得序》略：內子綺石，難女也。年未笄，遭家變，攜老婢跋涉南北風塵間，卒能脱母於禍。事寢歸余，隨瀕及焉。又復轉輾保護，越五年，其勞瘁憂思，幾無片刻安。蓋並古今之愁城苦海，所謂墮入羅刹國中者，余與內子共嘗之。內子幼喜讀書，雖冰礉中，未嘗一日廢。至是以抑鬱慘怛之忱，不得已而託之謌詠，皆從肺腑中流出，不自知爲詩也。間嘗從諸君子後，聞教於三百篇，大半孤臣孽子勞人思婦之什居多。吾內子處人世不堪之境，竊願見之者哀其遇、悲其志，破無知之口，發不平之氣，使一點靈臺，不致泯滅，是則余兩人之厚幸也矣。

袁明府枚《嵩餘偶得題詞》：閨閣吟詩，最易傳播，況作者藻思夙具耶？加以精進之功，將使劉家三妹，不得擅美於前。

有感

花信風催春已暮，無情密雨頻相妒。院局雙扉復下簾，苔滋生綠無人顧。裊裊鑪煙一縷輕，閑推簿上三生悟。展卷翻添舊日悲，斷腸愧讀曹娥賦。夜夜離魂繞芍陂，三更怕聽子規時。何年荊樹花重發，空念親幃淚暗垂。幽閨回首路迢迢，綠竹欹斜伴寂寥。攬鏡自驚雲鬢改，晚妝誰復翠眉描。歡容最怕愁中劇，況本生來慣愁處。演到《關雎》歌燕爾，十朝羽檄催人去。悲歡離合皆常事，珍重別時休注意。忠信曾聞厲呂梁，天真那怕讒珠薏。語罷陽關聲斷也，幽懷懶拂雲箋寫。眼底忽驚素雪飛，一望銀川迷四野。琴書冷落聊爲伴，故鄉杳渺音書斷。欸户乍驚內客來，連宵廊約埋空館。一陣諠譁笑語聲，紅裙作隊覺風輕。投機無語難相洽，勉整殘妝出户迎。到此嗟吁真無那，老嫗入坐斜如卧。燭盡茶乾星散後，侍兒呼起掃餘唾。幽思輾轉夜將闌，百折柔腸欲話難。雙丸如駛空虚度，滄海桑田不易看。静讀《離騷》空憤恨，緑蕉人事寧須問。夜深好句寄梅花，枯枝雪裡偏丰韻。買山有愿知幾時，墮我紅塵去意遲。拂亂有何大任來，彼蒼生我欲奚爲！

夜雨

漏盡爐煙裊，殘燈總不明。瀟瀟魂欲斷，點點夢難成。舊恨同雲障，新愁觸緒生。無情惟夜雨，和淚到三更。

水仙花

水石生平性，清芬綴幾枝。黄冠新受籙，翠帶乍低垂。蘭葉争春早，梅花破凍遲。丰標全在眼，莫漫憶陳思。

贈義俠嵐峯邵人〔一〕

青天碧海恨茫茫，幽怨難教話短長。涉險履艱寧己事，披星戴月為誰忙？古心發處人如學，浩氣生時道合剛。自昔草茅多節俠，安能國史盡評章〔二〕？

挑燈

挑燈閑坐到更殘，擊柝頻聞夜向闌。雲破小窻明月上，滿庭花影壓欄杆。

【校記】

〔一〕人：《國朝閨秀詩柳絮集》作『八』。

〔二〕評章：《國朝閨秀詩柳絮集》作『平章』。

張浣江三首

字蓮芳，江蘇吴縣人。適府庠生朱德垣。

詠螢

點點流光獨暗飛，入簾掩映夜珠輝。鳴琴乍覺飄來冷，開卷還驚聚處稀。溪畔迎風輝澗水，簷前怯露坐人衣。臨空亂影渾難定，月下依微度翠幃。

送春

九十韶光驀地催，花飛一片點蒼苔。春風情似秋雲薄，百囀流鶯喚不回。

牆外東風力已微，留春無計思依依。多情最是尋香蝶，戀著殘紅不忍飛。

余玉簪三首

江蘇維揚人。

贈吕生

萬丈愁絲一寸心，暮雲庭院冷花陰。縱横玉筯燈前淚，怨亂霓裳月下琴。紫燕巢孤春寂寂，青鸞信杳夜沉沉。上宫獨處東鄰老，命薄神傷自古今。

絶句

郎莫牽紅絲，妾莫題紅葉。媒妁倩滕王，畫爲雙蛺蝶。
消恨桃花紅，忘憂萱草緑。翻焉憂恨多，結在相思木。

《耳食録》：吕生者，名並柏，維揚人。少貧而孤。有中表余高甫，其妹玉簪者，國色也，且善屬文，與生同歲。兩人自幼相處，為兒嬉戲。玉母嘗笑曰：『好一對能言鸚鵡！』十二三歲，便各能詩，唱和酬答之間，每有多情語。年十五，玉父母約之甚嚴。生至其家，不使復見。兩人之怨自此始。屢托媒者致辭，而余氏以生困弱，堅不許。積半載，生以文會過高甫。玉徘徊簾下，乘間以函書投。生於密處拆視之，其略曰：『自二年來，會絶踪疎，眼中千里。每恨歲月淹馳，妹將笄而兒且冠，不復如垂髫時旦夕左右，形影無猜也。向使此身常童年稚齒，則相見相依，亦何至避若仇讎，視同行路。豹以文章而深隱，翠以毛羽而高飛，吾兩人者，何以異此哉！乃者臨風獨嘆，向月孤吟，吊影無端，賞音誰是？詩思逐槁木同枯，人面與落花俱瘦。回憶簸錢堂下，總髻床前，言笑宛轉之時，殆恍然如隔世矣！使妹而虎頭麟角，便可訂筆硯之交；兄而蟬鬢蛾眉，亦可作閨房之侶。安見韓張不可並稱，而莘昭不可嗣響乎！奈何勢異松蘿，嫌防瓜李，天實限制，夫復何言！彼讒言間北山之鳥，精衛填東海之波，亦何以喻此懷抱也，願與有心人共鳴之。小妹玉簪斂衽言。』生省書揮涕，亟具回牋。其詞不記，大約以徐圖之言相慰喻，而淒激之音，亦復形露腕下也。後屢以詩詞自簾下擲遞。其家微覺之，防愈密。生不得意，怏怏而歸，而玉乃自此病矣。生聞之，愈增愴切，臞鶴哀鴻，強支風日。托故造余氏，訪其病狀，則已沉睡衾帷。生悲惻之情，形於顏面，而玉父母兄弟頗厭之。於是晦跡不復去。聞有秋心山人者，善君平之術，因往卜之。山人曰：『三日後待於某村佛寺，玉當以禱病而來，可得一晤。此後即長別耳。』生如言，果見玉。已而傳玉訃音至，不覺撫膺大慟，乃力疾攬筆，書《憶秦娥》一闋，投筆而絕。兩人贈答之詩，不能盡記，今録其數章。玉贈生七律云云，生和之曰：『嬌鶯啼亂惜花心，日轉西樓落晚陰。艷曲未調風月笛，朱絃欲斷鳳凰琴。那堪路遠天難問，祇覺情深海可沉。懊恨十年空倚玉，豈知遼闊似如今。』玉五絕二首云云，絕筆七言斷句云：『芙蓉凋謝可憐秋，一霎西風下土遊。認得舊時王母鶴，來迎侍女返瀛洲。』又有警句，如『花緣才子落，月向美人殘』、『佳句兼愁寫，深情倩夢傳』、『鬢絲燕草亂，眉黛楚山攢』、『世間大恨歸兒女，天上飛仙怕別離』、『心似沉檀爐內火，人如桃李鏡中花』云云，皆可喜。

卷之五十三

屠菃佩一首

字瑶芳，浙江秀水縣人。適孫渭璜。著有《咽露吟》、《鈿奩遺詠》。

《檇李詩繫》：屠菃佩，字瑶芳，德貞子婦，文學孫渭璜室。著有《咽露吟》、《鈿奩遺詠》。其小詞情思婉約，不讓乃姑。

觀沈氏諸姬演劇

梨園喜見屬紅妝，三五娉婷出洞房。檀口鶯聲歌細細，柳枝蝶態舞將將。冠簪雅步參軍度，粉墨塗顔傖父行。底事〔一〕酒闌人未散，月明照徹錦雲裳。

【校記】

〔一〕事：《國朝閨秀正始續集》作『是』。

黄桂三首

字斌英，安徽休寧縣人，黄中翰松之女弟也。適嘉興何某。著有《吟窻集》。

走馬燈

八駿如環結陣行，元宵飛渡寂無聲。枚當銜處軍中令，戰欲酣時紙上兵。汗馬不嘶秦塞月，嚴裝猶憶亞夫營。華堂此際燒春宴，武備分明賀太平。

庭梅

花信初番暖尚微，一枝瘦影倚柴扉。瓊姿只合生幽處，不許時人問是非。

憶兄

鄉書欲寄鴻難托，何事秋歸兄未歸。兩見重陽人寂寂，菊花叢裏對斜暉。

程珮一首

詩見《陳氏旌節録》。

賦頌新陽陳母張太君

寡鵠歌殘百感增，天留弱息振家聲。卅年介節全宗祀，千古徽音繼父兄。間氣至今原不死，苦心當日忍餘生。雲中佇見飛鸞誥，竇婺星光徹太清。

周淑英四首

字畹芳，浙江山陰縣人，周雪溪之次女也。適同邑宋秀才西椒。工繪事，能詩詞。著有《藏香閣詩草》、《江行紀事》。

周洪《周孺人行略》：孺人姓周氏，爲候選縣佐西椒公德配，太學生雪谿周公女也。嫻内則，通書史。母朱太孺人疾，亟刲右股以進。岸舫公聞孺人賢，遂訂絲蘿。于歸後，孺人則孝舅姑、相夫子，巨細家政，靡不親操。既而岸舫公以司馬借署掌教須江，孺人則一一措置，凡賓客之奉、米鹽之徵、臧獲之用，悉合於度。岸舫公課弟，勤著述，每夜燭跋未休，孺人則刺繡，具肴酒以候。迨岸舫公遘疾，孺人刲股和藥以進，服之而愈。閱三年復病，孺人仍刲如前，因創重大潰，家人始知之。及歿，經營喪祭，咸合於禮。既歸葬，家益貧，西椒公入都謁選，母丁太宜人已高年，孺人奉盤匜，潔瀡瀡，晨夕承歡，如是六年。西椒公需次銓曹，惟返空信，孺人則宵晝紡績，悉鬻衣飾以供甘旨；時值溽暑，質牀幃而不顧。太宜人八十有三，老年嬰痢，孺人侍藥之外，穢必親滌。丁太宜人歿，治喪一如在須，宗黨僉稱孝婦。先是，西椒公無嗣，孺人于歸逾一載，即勸公納妾，勿允。遂自娶華氏女與公，久亦不娠。公抵金陵，相偕於寓，孺人不謀於公，再聘荊溪國學生夏介人次女爲副，即今德本生母也。公至七十，連舉六子，孺人撫之，一如己出。孺人綺歲善繪畫，工吟詠，有《藏香閣草》、《江行紀事》諸編。孺人名淑英，字畹芳，少西椒公一歲。

和夫子原韻

女誡嚴從一，琴心笑兩娛。非關矜楚璞，祇恐混魚珠。萋錦讒無益，葵丹矢此區。幸成嘉禮後，白首永相俱。

宋晟《初婚示内》詩：舉案休嫌晚，兩心聊自娱。延津無逝劍，合浦有還珠。舊業書千卷，清貧花一區。鹿門能共隱，與爾笑相俱。

送夫子之江南

非關兒女學牽衣，爲念高堂近古稀。記取故園梅信早，一飄侵曉渡江歸。

讀白頭吟

求凰一曲見奇才，誰遣私奔夜自媒。莫賦白頭嗟薄倖，有人泉下早心灰。

詠梅

一枝疎影倚東牆，獨抱貞心對夕陽。桃李漫誇凡艷好，高山流水自然香。

王芸 一首

字香窻，號莩西女史，江蘇華亭縣人。

題駢枝萱花

一本靈萱簇五莖，聯輝直欲媲娥英。便方桂苑應無讓，況擬蘭林倍有情。慈母堂前看作餅，小姑厨下許嘗羹。緑窻笑逐陽春後，取琰於崐想已傾〔一〕。

【校記】

〔一〕以上兩句《國朝閨秀詩柳絮集》作「緑窻笑向花神問，果否宜男踐舊名」。

衛學漪 一首

詩見《谷音傳響》。

次韻題明妃圖

買賦長門費自稠，阿嬌重入漢宫秋。畫工不諒閑妃苦，尚索餘金納袖頭。

朱景璧 一首

名景璧，江蘇華亭縣人，隱士景輔之妹也。所適無考。

何母節孝詩

何協妻王氏。協客死，王事翁姑極孝，撫子成立，廿年備嘗辛苦。

箜篌聲裏路漫漫，腸斷天涯八節灘。辛苦海山銜木盡，漂揺風牖徹桑難。小樓績火蓬雙鬢，寒夜書聲膽一丸。孤塚北塘芳躅在，苔碑誰拂舊書丹。

葉金支 四首

字秀華，江蘇南匯縣人，葉中翰鳳毛之次女也。適上海曹國學錫宸。著有《效颦集》。

賦得夏雲多奇峯

燃石火雲升，撫時當盛夏。水中龍氣嘘，天上鰲山駕。渾疑似三神，或道是九華。縹渺夾日飛，蔚薈補天罅。千里目不窮，百變人争詫。削成非人工，鞭走屬造化。何當無春秋，常此竟朝夜。願爲興霖雨，膏澤普天下。

留春詞

春光未至憶春生，宜春貼額將春迎。春光漸隨鶯燕〔一〕至，春愁黯黯〔二〕傷春情。望春常願春光好，當春却怕春光老。憐春愛春春莫歸，春歸何事今偏早。春去春來無盡期，春來春去最相思。明年更遇春光好，願得春憐住少時。

題大人水竹居

止水疎篁裏，蝸牛一小廬。栖遲忘歲月，娱樂有琴書。户外潤芳襲，階前林雨餘。閑雲無去住，日夕對清虛。

秋閨

砧杵聲中暑乍收，露華清共碧雲流。寒生羅袂停紈扇，月滿湘簾掛玉鈎。楊柳亭前煙漠漠，芙蓉江上水悠悠。含情不語愁今夕，目斷關山鴻雁秋。

【校記】

〔一〕鶯燕：《國朝閨秀正始續集》作「春燕」。

〔二〕黯黯：《國朝閨秀詩柳絮集》作「點點」。

戴韞玉八首

字西齋，浙江烏程縣人，觀察戴卯君先生之長女也。適司馬陳淞。早卒。著有《西齋遺稿》。

周壎《西齋女士傳》：女士名韞玉，字西齋，苕水觀察使戴卯君先生長女，光林孝廉姊，陳半江孝廉内子也。歲丁酉，觀察配沈淑人夢晉太傅謝公女遺紫玉半玦，遂生女士，因名焉。女士生有異資，鞶絲初卸，輒嗜書，涉文翰。其尊人由詞館遷侍御，旋秉臬晉陽，調江蘇，女士得偕仲弟侍所生，足跡半南北，所至攬山水勝概，故不以閨氣囿。先是，錢塘學士陳緘菴先生之嗣君磷哉太守，與卯君觀察同領辛卯鄉薦，篤譜誼。會丁酉浙闈不戢，太守罹冤案，罪瀕死，桎梏獄中。觀察往與晤，義不易死生，訂以己女字其子。時皆在襁褓，聞者奇之。已而大獄息，陳得無恙，而家且罄如矣。女士閲覽益博，詩益工，半江文名益盛。丙辰春，兩人年俱二紀，當奠雁，即就婦翁署成禮。凡十年，前後舉三子一女。半江以先業凋落，砥志名場，而南戰屢斥。女士亦甘虀茶，脱簪鈿為良人負笈助。歷戊午、辛酉，京兆復不利。甲子與女士弟光林北上，光林捷而半江又躓。以書寄女士，蓋已作焚舟計矣。是歲也，觀察謫守潯州，女士不能從，又不獲大歸於陳，廼僑寓錢塘之復園，得書憤惋。又半江每一落解，輒殤一子，至是無遺雛。女士窮孑無生趣，作《長歌行》幾千言，述往歎今，聲淚俱迸。復作書達潯，有『恨不為男，更恨慧根識字』之語。大約數益奇，志益激，而詞益怫捩不能平。卯君觀察懼其以憂灼戕生也，覆札規之。尋郵資都門，招半江來潯。歲乙丑，半江歸自杭，乃挈女士入粤，自臈閲丙寅夏四月抵潯，中間逾嶺涉海，所在多倡和。然女士素病噎，今且以憂鬱委頓艱劬之軀，處之蠻煙瘴雨間，至潯甫閲月，病棘，遂不起，時年止三十也。明年丁卯春，半江攜女士櫬歸，厝於明聖湖庄，檢遺篋，得《西齋詩詞》若干首，都為一卷。秋復走京師，始登賢書，而女士已不及見矣。因出所遺詩卷，乞誄於都下名公卿。見者皆太息，投詩盈帙，疑為道韞後身云。

戴文燈《西齋遺稿序》：《西齋遺稿》者，亡姊韞玉之所作也。姊幼而嗜書。年十九，歸於陳子半江。中間隨吾父之晉之吴官舍。迨後寓居苕水，而半江方奔走於幽燕豫章之間，常怫鬱不得志。姊之心重以悲，悲無所托，廼悉寄之於詩，故多感憤無聊之語。若逐臣之放廢江潭，若故侯之仰天扣缶，抑塞磊落，觀者殆忘其爲巾幗也。其亦可傷也矣！嗚呼！以彼其才，視世之擁魚軒、膺褕翟者，亦復何限，而區區者曾不之畀。且即不豐於所遇，亦當優游於歲月，不益工其所作乎？而年不過三十，集不過一卷，竟以是卒業也。悲夫！悲夫！余自丙辰以後，三踏省門輒報罷，幽憂之疾，寓之於詩，姊見之，未嘗不稱善，方之申申之詈，殆有勝於古人，而故帙依然，砧聲已杳，魂兮歸來，徒招諸要荒之外，尚忍言哉！存日拈筆甚多，恒不自藏弃。今其遺者，爲半江所掇拾，故有未經點定者。余謂存其真，乃所以存其志。其志有耿耿不忘者，將使後之人廻腸蕩氣，知當年之辛苦如是，而半江之所就，更進乎今，益以深其華屋山丘之感也。不亦可乎？

朱大紳《西齋遺稿跋》：　吾友陳子半江悼亡之明年，始捷北闈，爲余言，輒掩面流涕，哀孺人之不及見之也。比讀《西齋遺稿》，詢之，乃其孺人戴氏生平感遇之所爲作。節哀音短，骯髒激越，大抵憫半江之不遇，思激發其志氣以成其名，蓋雞鳴昧旦，有《三百篇》之遺意焉。當夫三鳳初殤，一椽僑寄，留武林而不得，望苕水以難歸，嚴親有柳州之謫，夫壻抱劉蕡之傷，往省潯江，遠踰嶺嶠，關河修阻，經途幾千，有若逐臣放廢、孤子流離，悄焉傷懷，詩以見志，其可悲也已！迨幽憂而卒，尋以櫬歸西湖邊，香魂不返。半江六年賦悼，至今猶有餘悲，是固情之所鍾，千古同歎也。

阿文端公題詞：『我愛閉門陳正字，風流儒雅足人師。攜來一卷西齋艸，都是齊風雜佩詞。』『深閨何事問青天，習禮明詩不永年。寄語悼亡潘騎省，千秋彤史足流傳。』

雲巖公相桂詩：『白雲嶺外望將穿，紅豆詞成倍黯然。收拾珠璣零落後，空庭夜月聽啼鵑。』『巾幗何嘗少丈夫，揮毫翻恨是名姝。健翎縱使凌雲去，贏得青青草滿湖。』

陳世倌題詞：　阿咸幼躭書，高志切霄漢。射虎上南山，騎鯨游滄瀚。赤幟樹文壇，何止走三戰。嗟伊閨中友，黽勉牛衣畔。紙筆或聯吟，寄遠時濡翰。至情所深鍾，繩武入東觀。詎意發軔初，幄裏餘香散。縹帙空復存，徒增悼亡歎。悼歎亦何爲，努力償宿願。遺徽應未遥，依舊明星爛。

汪由敦題詞：『斷粉零瓊幼婦辭，凌雲高格陋燃脂。槐花秋冷深閨夢，蕙草春闌遠道思。』『十載鏡奩遺藻在，千秋彤管賞音知。最憐憔悴南交守，腸斷庭前詠絮時。』

梁詩正《西齋遺稿題詞》：『秀齋往日留芳躅，今日西齋又繼踪。自是太丘家盛事，女宗盡合作詩宗。』『閨中孝道兼柔道，筆底長歌續短歌。閑眺青雲增悵悵，不關新樣學元和。』

陳邦彦題詞：『馬嘶駝走千輪鳴，軟紅十丈填南榮。案頭忽遺詩一卷，三復蘧廬無俗聲。』『閨人自是苕溪秀，説禮名家次仲胄。清宵織素阿翁偏，才華詠雪阿兄右。』『作配我宗小阮來，顔巷蕭條綴紫苔。早晚食貧操井臼，倡酬拈韻增瓊瑰。』『西山南浦空相憶，峒花犵鳥情何及。藁砧未列佛名經，滿腔塊壘誰消釋。』『一朝鑑缺桂輪殘，寂寞西齋白日寒。孤嶼風吟淒翠竹，斷橋水澀咽朱闌。』『宵來婺女光慘淡，長安此日詩爭覽。定知格異王臺詞，我欲攜之鐫琬琰。』

紀昀題詞：『孤墳葬去一枝紅，煙艸年年泣曉風。恠得詞人多命薄，香閨也被作詩窮。』『硯匣琉璃鎮日隨，含情空付斷腸詞。珠樓翠箔王侯宅，羅綺春風屬阿誰。』『長歌一曲寄幽情，鬱鬱埋香意不平。彈劍爲君歌慷慨，悲風夜半捲孤檠。』『苕溪流水越山青，煙雨霏微入杳冥。應有詩魂銷不盡，黄昏梅雨影亭亭。』

汪存寬題詞：『窗裏研朱共校讐，簪花筆格舊風流。銘椒賦菊難重見，珍重西齋一卷留。』『高堂遠宦悵分攜，翹首吴山望欲迷。盥手作羹空抱願，芳魂應繞鏡湖西。』『長向金臺望眼穿，秋風秋雨倍纏綿。裁成錦字憑雙鯉，一語叮嚀意萬千。』『鵬飛夙識摶風遠，雞唱猶傳戒旦頻。此日九京堪慰藉，果知夫壻不長貧。』

凌應曾題詞：『詠絮才華織錦心，試拈斑管淚痕深。都因伯玉長安市，幾度秋風欲碎琴。』『露浣薔薇佩紉蘭，娟娟修竹倚天寒。最傳秀句蠻雲白，紈素飄零墨瀋殘。』『短調長歌雜羽聲，依然健筆意縱横。也同精衛思填海，棋局中心自不平。』『莫嘆秦嘉上計違，天香攜得一枝歸。何因報與金泥帖，門鎖葳蕤冷繐緯。』『却披明月憶前塵，我亦曾傷奉倩神。題罷江南斷腸句，相看留得苦吟身。』『西齋一帙伴君回，行到西湖問劫灰。近説麻姑有消息，曾經三度淺蓬萊。』

休洗紅

休洗紅，洗紅紅滿水，鴛鴦錯認錦機絲，驚開雙宿還雙起。君不見，昔時顔色勝朝霞，數遍紅榴未足誇。東家買來嫁小女，新樣粧成嬌伴侣。比花翻酒能幾時，脂光褪盡不我與。蒙塵涴路誰復憐，從此空箱永棄捐。人生榮落亦如此，何堪貧過桃李年。又不見，田家女兒衣布帛，辛苦織衣良不易。一澣再澣涅不緇，爲絺爲綌心無斁。人能富貴視危機，荼可食兮絮可衣。手把殘紅擲流水，從今願化雲煙飛。

長歌行

甲子外君下第長安，余避迹園居，蕭條無狀，因憶往事，恍如昨日，作長篇以誌之。

對人未語愁先至，擁髻爲君談舊事。兒家本住白蘋洲，水抱城圍金屋邃。門前垂柳緑參天，窻外桐陰青覆地。阿父平生好交情，交情爲重黄金輕。太丘裘馬豪公子，蕊榜同登交結始。金谷春深挾彈遊，紅樓日晏踏歌起。追隨暮暮復朝朝，忽爾風風還雨雨。公無端作楚囚，含沙射人難自由。獄中片言訂姻婭，丈夫一諾如山丘。盆冤洗雪從戎去，故人平步登瀛洲。白簡紫泥名姓録，全家盡食千鐘粟。東垣西驛拜殊恩，三晉兩江平讞獄。蘭閨女長性躭書，十年不動窺園足。偷隨阿母額塗黄，悄學姬人眉畫緑。高堂愛惜比掌珠，縷衣新様映羅繻。也道民飢當食肉，不知菜苦更名荼。彩衣鎮日舞翩翻，一朝忽謝北堂萱。憔悴羅兒成骨立，更依王母到鄉園。幽閨寂寞思沉沉，病魔詩債如相尋。帶水能通武林棹，漁人常入桃源深。玉釵忍負生前約，百感從茲碎此心。固知君家日凋敗，好家居被孅兒壞。蕭蕭四壁甑生塵，琴書不抵門前債。雖然不共渴與飢，背人起卧時長喟。還幸郎君好讀書，人道姿容侔衛玠，霄漢飛騰翻掌間，我聞斯言愁少解。花開花落對閑窻，荏苒標梅期已届。黄姑催嫁駐河梁，却向天臺訪阮郎。寶帳香濃花歛霧，雲屏春暖燭生光。雙飛未幾治行李，忽忽送君遊帝鄉。葡萄美酒酌玉盌，勸君飲醉衝風霜。慷慨送行强忍淚，中腸沉痛如沸湯。仙桂何曾在平地，達人那顧怯空房。人生豈願離别苦，風雨恐被朱顏誤。寧知天不祚衰門，李廣難封緣定數。當時捷徑是終南，今日終南成大路。三戰何期三敗北，薄言唯有呼天訴。日月尚且有盈虧，草木猶能霑雨露。我得何罪竟沉淪，想因識字天還嗔。龍馬能行常汗血，翡翠因羽遭殺身。古言養子願愚魯，聰明自來慣誤人。父兮父兮詎知兒，支離憔悴非當時。別多見少不足論，老大無成洵可悲。杜郎欲歸須近夜，年年被放脩蛾眉。更欲掌刀剖吾腹，何事寧馨多不育？三摘空憐抱蔓歸，枕邊不盡吞聲哭。寒燈影裏更思鄉，扶牀姪已就家塾。天涯骨肉悵離羣，比聞阿弟冠南軍。我先著鞭誇祖逖，憐渠下第比劉蕡。彼蒼何得太厚薄，同氣倏爾雲泥分。百舌告天天不語，愁對長空月如水。觸寒征雁向天南，肯將書寄庭闈否？鑾方謫守已經年，欲識慈顏從夢裏。嗟嗟我身若雞肋，不是無家歸不得。昂昂昔日歸故鄉，踽踽今難轉舊域。暫與羅含借宅居，姓名不願人前識。打窻寒葉驚獨眠，燈前形影相周旋。曉角聲聲隨落月，暮林處處帶踈煙。醉後揮毫思草聖，静中繡佛想逃禪。閑尋舊恨眉峯蹙，歌成一字愁千斛。廻黄倒緑難預猜，失馬寧知非是福。丈夫變化會有時，寒威退盡陽回谷。尊前有酒且盡歡，世事從來徒碌碌。

照影曲

春波壓壓春衫輕，對花比妾還邀卿。風簾水檻時依約，芙蓉下上玻璃明。玻璃明與鏡光似，雲剪雙鬟眸剪水。珊珊相對静忘言，軟紅塵裏無纖滓。

對雪

飄瞥渾無際，迷濛半日餘。光凝千樹曉，色映一窻虚。槲葉吹村釀，梅花淡草廬。謝庭清思發，何必灞橋驢。

春日有感

戲蝶憨鶯異樣狂，本來無賴是韶光。春苔過雨青青破，社鼓聯街燕燕忙。傲世誰能如北阮，傷春自古怕東皇。送人作郡渾閑事，鬼縱揶揄亦未妨。

遠眺

日落岸逾闊，江清望轉賒。亂山紅紫艶，錯認故園花。

外君有寄次韻

四海丈夫志，離情敢怨傷。秋風憐瘦骨，羅袂濕成行。

半江主人原唱：無限相思字，臨封神暗傷。重憑飛燕寄，三五恰成行。

擬瑶瑟怨次外君韻

殘粧半卸怯輕寒，漫〔一〕剔銀鐙刺彩鸞。恔煞侍兒都睡去，獨留明月照闌干。

半江主人原唱：冰簟悽清不耐寒，閑尋繡譜畫雙鸞。回身鏡影仍驚隻，惹起新愁又若干。

【校記】

〔一〕漫：《國朝閨秀正始集》作『暮』。

朱宗淑 六首

名宗淑，字德音，號翠娟，江蘇長洲縣人。朱雲驤女。著有《修竹廬吟稿》、《德音近艸》。

任兆麟《修竹廬詩稿序》：翠娟朱媛，清溪子表甥女也。幼承尊甫衡帆先生之教，好歌詩，出入唐宋間。今春以近稿相質，風格遒上。《烈婦行》一篇，直造古人堂奥矣。清溪録其尤者若干首，列《女士》編中。考漢時女子，能傳父業者有濟南伏氏、扶風班氏、陳留蔡氏，然伏、班不聞有詩名，蔡則詩歌外不聞他有著述，洵乎兼才之難也。衡帆以詩名吴下久，邇年覃心經術，嘗與余論易卦，極精覈，可謂當世經師矣。余願翠娟進詩而譚經，則又兼前人所不能兼者。人第知衡帆有女，而余獨幸翠娟有父也。爰題數語於卷首，並質衡帆。〔一〕

登靈巖

揞策上高峯，峯峯濕煙靄。山勢空嵯峨，繁華竟何在。坐久寂無人，飛鳥白雲外。

烈婦行

嘉定鄭烈婦朱氏，事姑孝謹。繼因小姑搆讒，同夫出居於外，食貧居賤，艱苦備嘗。未幾夫喪，以柏舟自矢，攜其子歸，子又殤。遂無意人世，不食而死。余聞而哀之，作《烈婦行》。

妾命薄兮奈何，託君子兮絲蘿。洗手作羹兮事姑，姑色不喜兮婦心獨苦。回問小姑兮姑意云何？哀哀逐子，中心孔憂，維妾之故，罹此讒尤。嗟哉！徒有子婦，欲侍堂上靡由。庭前樹，一朝枯，秋風急，啼棲烏。君一去兮妾身孤，忍死兮為此呱呱。天降禍兮孰知其端，巢既覆兮卵不完，静言思之摧心肝。妾不能事姑，又不能撫子，偷生何為？餓死相從地下耳。白雲悠悠，清泉泚泚，妾心苦兮誰知，妾命薄兮如此！

聽鶯曲用韋左司韻

輕煙不散雲冥冥，雙柑攜酒殊堪聽。流鶯往往如梭織，柳色初青憶鳳城。出谷欣值新晴候，和鳴早得春風情。一聲兩聲花外嬌，絮語丁寧舌漸調。深黃數點誰能及，韻入簫韶不虞澀。上林紅樹映朝暾，嚦嚦清圓息眾喧。此時金衣露猶濕，絶勝椹熟來田園。獨不見，繫絲孤燕聲偏促，紛紜百舌啼新緑。何似如簧鳴林間，砭針俗耳清且閑。百囀枝頭尚未了，重陰不放游絲裊。捲簾香霧襲人衣，彷佛蘇堤正春曉。

月夜聞笛懷清溪夫人

天寒露重不勝情，遥夜披衣坐月明。何處樓中還弄笛，落梅如雪滿江城。

詠蘭

空谷無言亦自芳，笑他桃李媚春陽。紉來詎羨騷人佩，好補南陔第一章。

春日

近水桃花爛漫紅，隄邊楊柳舞春風。欲知二月韶光好，只在鶯聲細雨中。

【校記】

〔一〕此序朱宗淑《修竹廬吟稿》（乾隆五十四年《吴中女士詩鈔》刻本）末署『己酉閏五月望竹素閒書』。

孔昭蕙四首

字樹香，浙江桐鄉縣人。適諸生朱萬均。

夏日自遣

涼風不可得，炎日爍簾帷。雙燕窺繡户，一蟬鳴高枝。欹枕北窻卧，閑吟消夏詩。此時農家婦，二蠶方成絲。繅絲猶未畢，攜飯田間馳。畏日苦難避，流汗凝膚肌。愧我深閨內，晏息猶云疲。

思親

落日晚生寒，無聊倚畫欄。白雲天外渺，明月座中看。對酒愁難遣，思親淚未乾。寸心還自慰，賴有妹承歡。

黄鶯

雅擅芳名到處揚，清音婉轉日初長。遷於喬木陰陰碧，點入垂楊裊裊黄。繡户曉來驚遠夢，璚窻静裡助詩腸。交交織就三春景，遍引遊人醉羽觴。

秋夜懷月波沈表妹

轉瞬秋光又一年，紅蓮落盡桂華鮮。離心欲寄天邊月，常照佳人玉鏡前。

程雲五首

字友鶴，號梅衫，安徽歙縣人，汪文琛之室也。著有《緑窻遺稿》。

吴珏《古歙詩存》：程雲，字友鶴，號梅衫，汪文琛室。有《緑窻遺稿》。其五言如『猛雨聲歸樹，輕波緑到田』，寫景甚工；『簾捲月斜來』，有六朝風味。

小寒食前一日春園小集分韻

冷雨愁無歇，今方見好春。梅花香已老，楊柳色初新。水際啣泥燕，橋邊覓句人。來朝小寒食，煙火斷比鄰。

晚秋

漏静〔一〕難成寐，惟聞蛩語催。窻開風悄入，簾捲月斜來。夜色渾如水，秋心絶點埃。行吟清露下，不盡意徘徊。

偶作

夢到幾時覺，愁從何處來。推窻見花影，明月滿空階。

春柳

連宵微雨潤柔條，濃淡春煙縷縷飄。青影乍垂芳草路，流鶯啼過小平橋。

暮春寫呈鵬妹

綠柳陰籠白碧桃，賣餳聲比賣花高。年年好景多如此，偏覺春深感二毛。

【校記】

〔一〕静：《國朝閨秀正始集》作『盡』。

顧韞玉十一首

字絳霞，江蘇崑山縣人，翰林院待詔顧芥亭女。適彭主政希涑。著有《芸暉閣吟草》。

顧芥亭《芸暉閣吟草序》略：吾女甫羈〔一〕，端重若成人。八齡就傅，塾師為歲進士朱子静先生，尤鑒賞之。晨起課書畢，即令熟習唐人法七十二筆，月餘盡得其秘，結字遒整，酷肖其師。迨蓄髮，專習女紅，暇即静坐，時或手一編，餘弗問也。余嘗誦白傅《琵琶行》、《長恨歌》等篇數過，他日女記憶不遺一字。余曰：『汝未嘗誦，何以有此？』則曰：『吾耳熟焉故也。』久之，余偶與同人唱和，戲謂曰：『汝能學吟否？』但見其端坐凝神，數刻後脱稿，則清新穩愜，乃如慣家。余心訝之。厥後賦物寫懷，有觸輒成詠。自十齡失恃，時時掩泣，既長有憶母詩，猶聲淚俱下。及于歸隴西，吟詠絶少，意在職中饋，以相夫子讀書成名，雅不欲以此見長角勝也。《易》曰：『婦道無成。』《詩》曰：『無非無儀。』彼知事姑孝謹、相夫敬禮而已。嗚呼！於其不以才顯，余不得不嘉其德矣〔二〕。丁未春，蘭臺甥赴公車，女歸寧。初猶以歡聚加餐，閱月病劇，容貌整飭如常度，父女相依纔六十日，竟爾永訣。無問遠邇，聞之驚歎悼惜。蘭臺哀其遺稿付梓。聊敘顛末，以誌慰之耶？誠痛之也。〔三〕

彭希涑《亡妻顧孺人傳》略：孺人姓顧氏，名韞玉，字絳霞，芥亭公女。舉止莊重，無脂粉習氣，訥然不自見其才。丁未，予自都應試歸，而孺人已於三月二十日卒，從予者凡八年。孺人世爲崑山望族，外舅耽文章，工書法。孺人年十二失恃，爲外舅所鍾愛，每導以筆墨之事，若夙習者然。臨池摹寫，取法歐陽；又喜吟詩，粧臺側，時手一編也。二十一歲歸予，事吾母至謹。予性耽書籍，孺人日執卷助予咿哦，棐几長榻，圖史縱橫，每欲撿某事，則孺人先已取某書某卷呈予前，以故甚覺讀書樂也。每謂余言：『吾不願富貴，但得靜室幾間，香一爐，水一盂，枯坐其中，勿聞户外事，足矣。』嗚呼！以孺人聰慧過人，性情肫至，彌留時亟亟以治心爲務，去來之際，不昧前因，宜可以無憾。然予之悲孺人者，卒無以解也。

【輯補】

顧韞玉《芸暉小閣吟草》（乾隆五十三年刻本）載蔣元益序：詩原於《三百篇》，《二南》為《國風》之首，維旹化行俗美，閨門之内，類皆嫻吟詠，道性情，作為歌詩，渢渢乎可聽也。自時厥後，女子之賢而才者接跡而興。至漢晉間，若西京之班婕妤、東都之曹大家，以及左芬、謝韞之屬，莫不名重當時，徽流後世。六朝三唐而後，詩教大行，掃眉才子、不櫛書生，更昭昭焉不可勝紀。有明之季，吾吴閨房之秀萃於一門者，首推松陵葉氏宛君諸女暨其姻婭，俱以詩鳴，唱酬贈答之章，裒然成集，而郡城之陸卿子詩名，論者稱其突過凡夫，此尤大彰明較著者也。近世矜言郝鍾禮法，謂才華非婦道所先，不復措意；間有作者，往往秘而不宣，舉古所稱賢媛才女，判若兩途，亦風會使然也。以余所聞，惟葑溪彭孝廉之配顧孺人，其殆合而一之者與？孺人為玉峯甲族，幼明悟，從姆教，女紅之外，最喜哦詩，又延名師訓之，遂兼工詞翰。琉璃硯匣，翡翠筆牀，未嘗一日釋手，蓋性之所近，樂此不疲也。迨及于歸，孝於姑，和於妯娌，主中饋井井有條理，賢聲達於里黨。篝燈佐讀之餘，呻哦不輟，博覽群書，並通內典，業日以進，篇什亦日以富矣。顧優於才而絀於算，午秋方得傳喜於粧臺，丁年尚盼泥金於芸閣，乃宿疾復作，歸寧無幾，病遂稱篤。雲軿遽駕，鸞馭遄飛。臨殁猶朗誦佛號數聲，一無掛礙，吉祥而逝，時年未三十也。洎孝廉失意南歸，鏡掩餘春，壁留遺挂，不勝安仁之痛，因檢其存稿之什一，付之剞劂，而問序於余。余諦觀所作，温柔敦厚之意，呈露於筆墨間，深有合乎風人之旨，所謂脂粉氣，一洗而空之。孺語或涉禪機，乃慧業夙因，有不期然而然者。孝廉憶事懷人，悼亡諸什，情文相生，足增伉儷之重，而揚彤管之芬。孺人雖蕙蘭摧折，未膺翟茀之封，而金石流傳，奚啻期頤之歲。後之傳列女者，讀其詩，殷然有餘羨焉。孺人洵可媲媺古來女史，而含笑於青蓮淨域中矣。是為序。乾隆五十有三年戊申夏五，同里八十一老人舊史氏蔣元益拜撰。

登虞山作

迤邐琴川春色好，海虞山翠堆襟抱。幾折嶙峋入杳冥，石屏千仞神工巧。我欲摳衣攀絶巔，天風朗朗鳴流泉。幽崖盡處開圖畫，波流淼渺山娟娟。平楚煙蒼縱遐矚，全吴掉尾海門東。覽盡東南岩谷〔四〕奇，蕩心眙目茲山獨。我來不爲踏青游，靈踪勝迹憑冥搜。巫咸不作虞仲去，青山千載雲悠悠。

風雨中望孤舟

征帆風雨際，渺忽一鳧趨。濕霧迷山翠，迴波響渚蒲。遠踪隨鳥盡，孤影與雲俱。莫訝舟行險，風濤何處無？

小春詠菊

籬邊佳種晚煙籠，傲骨稜稜小圃〔五〕東。風送寒香侵座榻，月移清影入簾櫳。駐將秋色煙霞外，謝却時粧錦繡中。珍重霜壇留笑口，自君開後百花空。

秋日游玉峯

羃䍥秋旻氣象清，翠微爽色望中生。潮廻山郭孤峯迥，雨洗人煙一塔明。好泛扁舟移夕照，每臨古蹟動遥情。籃輿幾度穿林麓，寂寞祠堂落葉横。

題畫

古屋依寒林，遥村隔深塢。客從板橋來，衣帶前山雨。

四時佳景詩

滿目紅英似錦，一溪弱柳如煙。香暖佳人羅袖，花陰深處秋千。

水閣晚凉初霽，荷香入座生風。雲外輕雷漸遠，一鈎新月朦朧。

翠袖煙含宿雨，露叢風遞幽香。滿地月明如水，半窻竹影摇凉。

嶺上寒摧楓葉，庭前香遞梅梢。昨夜紙窻風緊，朝來雪滿晴郊。

立秋

露井梧桐昨夜飄，長空極望碧雲遥。一天秋意誰先覺，暗換商聲葉底蜩。

白燕

銀剪輕風送曉寒，穿來飛絮訝春殘。那知暫向林間宿，猶作枝頭霽雪看。

《隨園詩話》：彭希涑孝廉之妻顧韞玉，能詩。早卒。《詠白燕》云云。

【校記】

〔一〕此前顧韞玉《芸暉小閣吟草》（乾隆五十三年刻本，下同）復有數語云：『自古賢媛才女，指不勝屈。其好拈弄翰墨，寄情吟詠，此才女所以用其才，非賢媛所擅也。其才思不滅，非惟不掩其德而已，且賢淑孚於家庭，而宗戚鄉黨無間於閫内之言，不圖於吾女見之。』

〔二〕此後《芸暉小閣吟草》有『歲丙午秋得疾』一語。

〔三〕此序《芸暉小閣吟草》末署『乾隆五十有二年五月既望功服芥亭氏拭淚書』。

〔四〕岩谷：《芸暉小閣吟草》作『崖谷』。

〔五〕圃：《芸暉小閣吟草》作『院』。

袁杰 一首

字□□〔一〕，浙江仁和縣人，袁明府枚之堂妹也。

【輯補】

袁枚《小倉山房文集補遺》（嘉慶二十六年刻本）卷一《從妹胡恭人墓誌銘》：妹名杰，字賽英，季父健磐公之長女。季父遊桂林，娶於繆氏，生妹。妹性孝，父病，刲臂和藥。嫁胡君書巢，以進士出宰什邡，遷濟寧知州，再知東昌府，妹皆隨任。當是時，書巢以才受知諸上遊，矜寵甚盛；性又儻蕩，謂功名可氣力取也。散俸購書，交海内英豪。妹助之，施無吝色。及罷官後，屢起屢躓，運蹇力竭，一簪不得著身。妹坦坦如常時，無怨言。書巢無子，妹飾四姬以進，生丈夫子四。妹尤愛護官，與同卧起；護官或啼不食，妹亦不食。護官死，刻木作兒狀，抱持之，哭泣哀惋。生瘍于腰，三年不痊，以至于亡。嗚呼！余今年七十有二矣，諸同氣彫落殆盡，惟一老姊及妹尚存。今年四月，妹又化去。然則我與姊，又可恃耶？恐去者之安，較勝于存者之危也。悲夫！當書巢全盛時，妹陰托余購屋，置數椽于金陵之城北。癸卯春，妹從山左歸，朝夕過從，竟終此屋中，數若前定云。年六十四。與書巢合葬于江寧瑶坊門外。

奉和簡齋大兄見貽原韻

地隔鄉關夢鮮〔二〕通，忽來詩訊自南中。宦遊結宅鄰江令，歸隱名墩屬謝公。江總宅、謝公墩，皆南都勝迹。舊約未忘聯舍月，新吟頻憶對床風。只應歲晚相依樂，剩許追陪玉局翁。

【校記】

〔一〕字□□：袁枚《小倉山房文集補遺》（嘉慶二十六年刻本）卷一《從妹胡恭人墓誌銘》作『字賽英』，《國朝閨秀詩柳絮集》作『字淑英』。

〔二〕鮮：《國朝閨秀詩柳絮集》作『解』。

吴蕙姬 句

安徽歙縣人，吴太史以鎮之女。適錢袖海。

句

白雲紅葉青山裏，雙隱人間讀道書。

《隨園詩話》：吴涵齋太史女蕙姬，善琴工詩，嫁錢公子東，字袖海，伉儷篤甚。錢善丹青，為畫《探梅小照》。亡何，錢入都應試，而蕙姬亡，像亦遺失。錢歸家，想像為之，終於不肖。忽得之於破篋中，喜不自勝，遂加潢治，遍求題詠，且載其《鴛鴦吟社箋詩稿》。《贈夫子》云云。後入夢云：『已託生吴門趙氏，郎可以玉魚為聘。』錢因自號玉魚生，賦詩云：『可憐女士已成塵，翻使蕭郎近得名。聽説秖今吴下路，歌場人説玉魚生。』

歸懋儀 八首

字佩珊〔一〕，號□□，江蘇常熟縣人。適上海岳州守李心耕之子學璜。著有《繡餘小草》。

曹錫寶《二餘集序》略：　而欲母與女之繼繼承承、擅美閨閣者，則莫若隴西李氏。李氏與吾宗世篤姻好。硯畬之大父鶴洲有隱德，與先祖麓蒿公爲莫逆交。嗣柳溪，種德力學，不墮其緒，兒女一堂，稱極盛。其長女心敬，歸常熟觀察；　而常熟之女懋儀，實硯畬女甥，又歸其長子學璜。母女皆嫻禮法、工吟詠；　今所謂《二餘詩集》者，則其母若女之所作也。予嘗反復披覽《蠹餘詩》，中規合矩，情深文明，尤喜其無巾幗氣。惜早世，所傳篇什無多。至若《繡餘》〔二〕，則天才超越，加以沉酣六義，藉非稟山川清淑之氣，而又迪之以前光，澤之以墳籍，曷克臻此？〔三〕此硯畬憫其姊之不永年，而又樂其子婦之克繼厥美，彙而梓之，以貽嘉話於藝林、垂家範於奕禩，誰曰不宜？

【輯補】

歸懋儀《繡餘續草》（道光刻本）戈載序：　予聞三十年前袁隨園太史、任心齋徵君皆有女弟子。太史擇能詩者定『十八女學士』之稱，徵君則為刊《吳中女士詩鈔》，共十餘家。余生也晚，僅一見太史，不得躬逢其盛。徵君則去年顧訪家君，予始獲晤，年七十外。近勤於經史，不復談前事。是一時之流風雅韻，固已蘭枯香滅，無有人慕而道之矣。而琴川有佩珊夫人，巋然獨存。始本不在袁、任之門，年老遊倦，為吳中女師，猶日吟詠以自遣，生平為詩不下千餘首。金壇段右白丈選其尤者付梓，名《繡餘續草》，後附《聽雪詞》一卷，並為序云：『詩詞調逸而語醇，其至處卓然有風人旨。』予本不識夫人，右白丈以集示予，命作序，因細讀之，洵如右白丈言。嗟乎！文人墨士握管咿唔為詩詞者，甚多其人，而名不能盡著，獨夫人以一女子負盛名數十年，久而彌重。豈非以人才之難，古今同慨，才而在女，難中之難，故共相矜貴而不忍湮没與？因思前此諸女士皆奉人為師，身為弟子，而夫人則儼然垂教，不為弟子而為師。且又女子教女子，授受親而性情洽，其理更順，宜乎信從者眾，而詩詞遂得以流傳也。他日質諸心齋徵君，以為然否？時道光癸未斗指丁三日吳縣戈載拜序。

同集載陶澍序：　余頃過安亭，宿震川書院，詢及先生後人，無知者。或云常熟女史歸氏佩珊，即其裔也。佩珊名懋儀，爲上舍李學璜之室，以詩名數十年，窮老且病，吟咏不輟，間爲人延請教閨秀，皆井井有法度。所著《繡餘草》、《聽雪詞》，皆有刻本。茲所見《繡餘近草》，其續著也。余惟婦德不出閨門，詩非所急。然古女子皆嫺詩，如《關雎》、《雞鳴》等篇皆出於宫人之手，而《葛覃》之章，妃所自作。其詩曰：『言告師氏。』知古女子皆有師長，而猶敬禮焉。漢唐以來，如曹大家、宋若憲姊妹，皆以博學多聞爲女子師。然則歸氏之以其學教□於閨閣，方之於古，爲有徵矣。近日閨秀，如蒙城張參戎之女襄號雲裳者，其父與夫家與余皆有香火緣。襄天才亮拔，有聲吴下；參戎病時，割股和藥以進。長适湯公子，爲時名雋，閨門之内，若金玉計，所遇有勝於佩珊者。然佩珊得名尤早，其詩則先後勁，未易瑜亮也。昔人云：　覩名賢之功烈，慨然思識其子孫。吾訪震川先生子孫未獲，而得悉其後有才女，亦足慰榛苓之思也。爰灑筆而爲之序。道光戊子花朝安化陶澍。

同集載吴其泰序：　其泰初夏來滬，未一旬，而復軒上舍以佩珊夫人詩編見示。讀之饒有古大家風，其氣渾括，其情豪邁，其識卓越，不類閨閣人口吻。薔浣莊誦，久有刊集廣播之意，今同人志合，付諸剞劂，既重女史之才，又嘉上舍之行，因援鶴以先頒，共集狐而成製。道光壬辰冬日蘇松太兵備使者固始吴其泰題。

同集載魏文瀛序：　道光壬辰秋，余權知上海，與邑中諸君子采訪孝貞節烈，請旌於朝。時上舍復軒李君出示其夫人常熟歸佩珊《繡餘續草》，驚彩絶豔，難與並能。簿書之暇，去其重複，釐爲五卷。觀察吴公、大令温君先後助資，因付剞劂。其評隲詩品，羅舉世系鉅公，序之甚詳，茲不贅云。是歲十月之望雲和魏文瀛苻汀記。

鶴飛來

維海湯湯，三山居其中。鼎足以立，貝闕而珠宫。仙人翺且遊，其樂不可窮。誰其從之？二八白鶴，往來西復東。一解。山之高矣，有石斯崧；鶴之潔矣，有羽斯豐。引吭乎皎月，而振翼乎清風。醴泉芝草供飲啄，倏不知春夏與秋冬。二解。鶴之鳴矣，徹於九重；鶴之止矣，間世一逢。銜來丹棗之實大，與安期同得而食之，壽偕天地無時終。三解。

五人墓

千古人心終不死，吴中義激五男子。貂氛肆燄朝野昏，翻手勢欲傾乾坤。印綬纍若〔四〕不知數，鞠躬俯首聲復吞。平居持議徒雄壯，袖手委蛇誰〔五〕奮往。翻將文墨飾奸貪，捫心內愧曾無狀。五人生不讀詩書，位不列簪裾，但以善惡爲毁譽。當其攘臂共赴難，義勇直欲淩鱄諸。嗚呼！名敗身殃餘賄賂，穹碑峻宇等朝露。松柏青青耐歲寒，冶遊人奠山塘路。

夜起

不效劉琨舞，聞雞乍起時。月移花外影，句續夢中詩。香燼金猊冷，風清玉漏遲。宵深憐袖薄，蘭露濕階墀。

白菊

煙霞咲傲幾重陽，逸態偏宜淺淡妝。不藉鉛華標晚節，肯將顔色媚秋光？月明老圃枝逾瘦，霜壓疎籬葉未黄。恰稱素心人〔六〕送酒，陶家三徑好傾觴。

春院

閑庭晝暖日偏長，小立東風撇繡床。空際遊絲兼絮舞，階前瑶草競蘭芳。流鶯隱樹窺疎檻，粉蝶隨人繞曲廊。信步不嫌花逕滑，一篙新緑漲池塘。

柳

密葉〔七〕籠隄暗，長條着水輕。春風一披拂，無限玉關情。纖月破輕煙，枝頭鳥語妍。灞橋歸路晚，別思總堪憐。

暮秋憶諸弟妹

城角秋笳起暮愁，一天涼月照南樓。西風雁影人千里，黄菊清尊又晚秋。

【校記】

〔一〕佩珊：原作『佩環』，據歸懋儀《繡餘續草》（道光刻本）改。

〔二〕繡餘：原作『秀餘』，實指歸懋儀《繡餘小草》。

〔三〕『澤之』以下至此，原作『澤之以墳』，文氣不通，據曹錫寶《古雪齋文集》（民國二年鉛印本）載《二餘詩鈔序》補。

〔四〕印綬纍若：原作『印纍綬若』，據《國朝閨閣詩鈔》改。
〔五〕誰：歸懋儀《繡餘小草》（乾隆五十六年李心耕刻本，下同）作『孰』。
〔六〕素心人：《繡餘小草》作『素衣人』。
〔七〕密葉：原作『蜜葉』，據《繡餘小草》改。

卷之五十四

葛氏句

江蘇崑山縣人，龔煒之母也。

《巢林筆談》：先夫人雅好文史，每於不孝等昏定時，講論亹亹。嘗謂漢昭烈雖未一統，賢於高祖；孫仲謀稱臣於魏，有愧父兄；司馬懿陰賊更深於操。又言大美終之實難，唐文皇爲世英主，猶有十漸之累，天寶昏憒，不足論矣。又稱開國母后莫不賢明，獨吕雉以妒悍稱制，外戚之禍，漢為最烈，貽謀可不慎歟！如斯正議，雖儒者無以異也。歲月如流，慈訓久邈，每讀史傳，輒為涕零。

句

塵世多般無了日，到頭畢竟望西遊。

《巢林筆談》：先妣葛孺人，虔奉佛氏，乙巳之春，偶不懌，作《净土》詩以自廣，有句云云。明年春，遂棄不孝等。嗚呼，此其為泰山梁木之兆歟！

方芳佩十四首

字芷齋，又字懷蓼，號鳳池，浙江錢塘縣人，滁山方宜照女，編修杭世駿之高弟也。適家方伯新。著有《在璞堂稿》。

沈業師德潛《在璞堂稿序》：往予過維揚，謁淑則許太夫人。夫人故錢塘人，博學多聞，尤長吟詠，顧常道其鄉閨秀方芷齋不置，余已心識之。及老友翁霽堂徵君自武林來，出芷齋《在璞堂稿》見示，則許太君之序言在焉。觀其詩，流連景物，清而不靡，如水仙一囊，湘梅半萼，嫣然薄冰殘雪之外，於是嘆芷齋之能詩為不可及，而許太夫人之推獎為不虛也。芷齋居西泠，六橋三竺，映帶左右，皆足以助詩境，有蕭閑清曠之懷以抒寫之，而又詩筒往來，得許太夫人切磋之益，因以力追風雅，一掃綺麗，謝道韞所謂『穆如清風』者，芷齋其庶幾焉。

方德發《在璞堂吟稿跋》略：余於乙卯歲為姪輩延師，令兩姪女暨小女同學〔一〕，獨小女與書卷有緣，性喜涉獵。戊午秋，遷居東城，老友胡且安，經師也，館課之餘，邀至書齋，為之講解『四書』，課誦《詩》、《禮》。庚申春，黄筠村表弟來舍，傳寫先代遺像，始教以臨帖作詩。甫半年謝去。是時翁霽堂徵君在中丞幕府，屢蒙枉顧獎掖，殷然童年，益覺鼓舞。癸亥夏，移家鳳山之麓，杭堇浦太史挈眷同居，素托通門，辱收子女之列。親炙未久，旋即遷喬。戊辰歲，鹿田朱太守自蘇門歸，以戚誼招致門牆，時相過從，憐其體弱，戒以勿多用心。余素不工詩，兼之筆耕遠出，不遑督課，又婦道首重女紅，餘力方一握管。渌浄許太夫人負海内鉅望，己巳春，藉友人寄呈一冊，蒙賜弁言，遂稍出以就正有道，詎可灾棃問世哉？顧徵君獨切嗜痂之愛，間歲必買棹惠臨，厚加期許，諄切懇至，久而愈殷，攜稿吴門，捐貲付梓，係王鳳喈孝廉選定，未暇校讐，尚有遺漏，業經刷送，無從增補矣〔二〕。爰備述顛末，使〔三〕覽者知小女有志向學，余則無力栽培，根底未厚，《吟稿》原不足存，而徵君一片嘘植盛心，始終罔替，豈惟愚父女永矢勿諼，即聞者亦應志感耳〔四〕。

《古檀詩話》：『瑶林秀樹』，毛太史稱其女弟子徐昭華詩者。今武林汪給諫夫人方芷齋芳佩，著《在璞堂吟稿》，《初夏書事》云：『雨歸雲外樹，人語竹間樓。』《題春篷聽雨圖》云：『潮迴兩岸白，煙斂萬山青。』《山居》云：『閑分鳥跡尋花徑，曲引泉流灌藥苗。』《移居》云：『新分修竹堪聽雨，舊種蒼松不記年。』《西湖山房》云：『山連空靄雲飛近，人到忘機鳥語親。』倘遇西河太史，亦當以『瑶林秀樹』目之。

王鳴盛《題方芷齋在璞堂吟稿》詩：『掃眉不櫛有誰如，香茗春椒灑翰初。試仿簪花裁妙句，寸縑堪敵百硨磲。』『西子湖頭面面山，書牀鏡檻鎮長閑。最憐吟思清如許，翠袖天寒修竹間。』

金志章《題在璞堂稿》詩：『妙詠真堪儷玉臺，左家嬌女擅清才。綠窻晝静閑吟罷，喚取珊瑚架筆來。』『五色胸中具錦機，抽思軋軋妙通微。任渠香茗誇才調，不數當年鮑令暉。』『粉膩脂香浣盡空，天然秀色少人同。他時寫入然脂集，應遣蕉園拜下風。』

孫謙《題在璞堂稿》詩：『左艷班香絶代殊，鳳皇山下卜幽居。寫來新樣簪花後，織就迴文賦雪餘。』『奩畔有山皆載筆，牀前無架不堆書。結璘十二詞工妙，多少才人愧不如。』

【輯補】

方芳佩《在璞堂吟稿》（乾隆刻本）載徐德音序：吾鄉閨媛能詩者，惟蕉園五子，更倡迭和，名重一時。迄今六十年來，風雅寖衰，良可慨也。頃讀方芷齋名媛《在璞堂吟稿》，其修辭琢句，清真沉鬱，不類弱女子爲之。加以博覽羣書，進而益上，則蕉園替人，捨芷齋其誰歟？愚雖占籍西泠，幼隨先大夫宦游，長而歸許氏，遂老於揚，其間拜墓歸寧，□數十年三度而已。翻視故鄉爲逆旅，得不令湖山笑人耶！即如芷齋之才且賢者，亦不獲一修良覿，快吐胸中所欲言，豈天限我乎？詠歎不已，爰識數語於簡端，用爲他日相見之資云。乾隆己巳夏四月上澣同里許徐德音漫書，時年六十有九。

同集載杭世駿序：余與滌山方兄有香火之約，削迹南還，滌山高郈伯割宅之誼，築抱經亭，爲余研經之地。愛息芷齋，夙有靈解，從余指授詩法，微吟短詠，時露秀穎，爲當今巾幗中所僅見。余嘗戲謂滌山：撒鹽空中，真是笨伯。厠道韞於封胡遏末之後，不愈於謝家蘭玉乎？江陰翁徵君霽堂、長洲沈宗伯歸愚，見芷齋詩，獨相稱許，爲之序而刊之。夫西泠閨詠，遠有端緒，十子才名，照焯寰宇。然《墨莊》一集，猶復借才閩海，屈指名媛，九人而已。遺徽未沫，以芷齋參措其間，復何媿焉？余棲心經窟，景迫崦嵫，異日成一家之集，芷齋即西河之徐都講也。援固陵之例，輒爲撫掌，以復於滁山，知棲遲頽放之一老，亦隱藉芷齋爲重云。乾隆辛未長至日秦亭老民杭世駿。

同集載王鳴盛序：庚午春薄遊吴門，以詩就霽堂翁先生是正焉。辱先生有知己之言，過從甚歡。一日，出名媛方芷齋詩垂示，且謂曰：『吾與方氏通家世講，今芷齋年方待字，性躭佳句，有林下風。吾將為鋟諸木，子其刪定而序之。』予不敏，何足定芷齋詩。然以先生憐才若渴，搜遺剔隱，旁及閨闈，何敢藏其固陋，虚先生之盛心。遂以意爲抉擇，得尤雅者百十餘篇，都爲一卷，而復於先生曰：聞之詩靡於陳隋，盛唐諸公力振之。然李翰林有云：『聖代復元古，垂衣貴清真。』蓋詩本性情，真則性情見；詩尚風骨，清則風骨遒。反是而吞腥啄腐，塗澤襞積以爲工，雖富豔，弗善也。故唐賢復古之功，以清真爲至。而予求之流輩，罕遇其人，若得諸閨闈中則尤難。今芷齋之詩，剪刻明浄，欲以幽好避羣。言志之篇，宛轉而纒綿；體物之作，秀發而瀏亮。譬則秋蘭叢菊，嫣然風露之外。雖卷帙無多，性情風骨俱見焉。信乎其可傳已。西陵向多女士，近代如紫氏静嫻、顧氏若璞尤著。芷齋堪與後先輝映，而又得先生以廣其傳，非藝林勝事乎！予所録未得爲知言，聊述區區别裁之意，未識先生以爲何如也？嘉定王鳴盛。

方芳佩《在璞堂詩三刻》（嘉慶九年刻本）載吴錫麟序：余壬戌乞養歸里，值芍坡先生已捐館，夫人老年摧惻，過期而哀，每檢囊編，愴懷太息，俾令子農抄撮藏之，因編為三集。……嘉慶九年夏六月愚姪吴錫麟拜撰。

同集載方芳佩自序：余少躭吟詠，硯匣筆牀，無時離手。年長以來，隨夫子宦游四方，意與歲馳，此事遂廢。顧以結習未忘，偶覓小句，散棄之餘，什不存一。乙卯秋仲，夫子奉命駐楚，留辦軍務，屬余攜累南下。衡闈閑寂，取所作覆視，感事故之變遷，悲親串之零落。撫今追昔，記憶宛然。因稍加整比，命兒子抄而藏之，非欲梓續前稿也。噫！白頭老婦，隻影自憐，睠念遠人，神魂飛越，自兹已往，恐不復能成聲矣！嘉慶二年冬月在璞主人識。

同集書尾程瑶田跋：今吾師膺封疆重寄，天子方大用之，以股肱心膂，屏翰王家，節制閫外，於鑠奏膚，而太夫人以軍旅旁午暫歸家園，今年年七十矣。瑶田恭至武林，躋吾師之堂，為太夫人壽。因出近稿，令瑶田次第之，以為《在璞堂詩稿三刻》。……嘉慶二年歙門生程瑶田撰，時年七十有三。

雨中看山

連朝掩扉卧，襟懷殊怏怏。重陰晝亦昏，遠色潤書幌。忽聞山雨飛，簷溜送清響。開簾得奇觀，林木何蒼莽。豈徒眼界新〔五〕，足使神情爽。擁鼻一微吟，揮毫技復癢。横斜字半攲，聊以誌〔六〕幽賞。絶愛羣鴉雛，銜煙自來往。

杭世駿太史和詩：窮陰洩寒雨，枯坐轉鬱怏。誰調丘中琴，竟掩煙際幌。接檐兩高松，作意逗清響。山形既朦朧，風勢更蒼莽。羃愁如頑雲，焉得遂豁爽。一披謝女詩，快若抓背癢。看山復聽雨，永此茅屋賞。明將理青鞋，因汝遂孤往。

西湖打魚歌

明湖浩渺萬頃秋，荻花紅蓼縈汀洲。朝霞散彩旭日上，嗚榔棹出千漁舟〔七〕。招呼齊起布巨網，迴旋水面風颼飀。錦鱗潑剌駭欲遁，亂拋玉尺驚眠鷗。漁人生小江湖慣，拍天翠浪相沉浮。長笛一聲煙際起，笑歌歸去笭箵收。雲峯不動卧寒碧，浴鳧飛鷺還悠悠。

初夏書事

日永無塵事，山居境轉幽。雨歸雲外樹，人語竹間樓。春去寒仍淺，花殘蝶解愁。晚窻茶未熟，一縷翠煙浮。

立秋前一日

轉瞬流光速，臨風易作愁。芙蕖還暎水，蟋蟀已鳴秋。愛静居山境，迎凉上小樓。井梧如解事，為我少遲留。

寄懷渌浄太夫人

久奉南豐一瓣香，獨憐弱質未升堂。姓名早入殷淳集，著述羣推徐淑章。老去清標儕竹柏，閨中令望重珩璜。絳幃終擬從韋母，先託雙魚達八行。

閨秀徐德音《和芷齋寄懷原韻》：蕉園舊社重凝香，作手今推在璞堂。清氣應知餐沆瀣，雅音還想戛琳瑯。蒼葭白露人千里，楚水吴山天一方。欲騐神交相憶處，鏡中吟鬢盡凝霜。

春興

幽居恰喜近山城，樂意相關境轉清。雙蝶蹁蹮林外去，一鶯晛睆樹間鳴。盧醫不療煙霞疾，高士還深丘壑情。精舍日長閑不得，苔錢數遍繞階行。

僻處城南一草堂，高情自愛水雲鄉。臨池每困生花筆，得句旋投古錦囊。山送晴暉來畫閣，樹分濃翠覆吟房。凭闌莫訝韶光淺，春事遲回到海棠。

菊枕

頗愛山林事事幽，擷來黃菊一囊收。空齋香滿憐高卧，冷夢花深作晚秋。身世不期成逸客，人間且莫笑方頭。醉中往往魂疑蝶，只記東籬見[八]舊遊。

閱書有作

一年彈指又經秋，雲物淒涼歲月遒。自昔佳人皆有恨，由來名士盡工愁。班姬失寵難成賦，趙嘏無聊但倚樓。莫向殘編動惆悵，可知容易白人頭。

山居

市遠山深興自饒，數椽聊得避塵囂。閑分鳥跡尋花徑，曲引泉流灌藥苗。户外何知有雞犬，閨中亦復樂簞瓢。幽窻喜與秋江近，欹枕長聽上下潮。

次答筠圃夫人寄懷原韻

本欲乘間問起居，病魔紛擾未全除。荷憐弱質躭書卷，特草新吟託鯉魚。夜月懷人勞輾轉，秋風伏枕更躊躇。開緘忽誦蒹葭詠，良會雖疎意有餘。

閨秀杭澄《聞芷齋抱恙旋喜勿藥過後方知不得走使起居念而且愧詩以謝之》：伏枕寒窻歎索居，年來世事久蠲除。寸心不盡傳雲樹，尺素難教覓鯉魚。舊雨時時徒夢寐，新愁渺渺轉躊躇。聞君感疾知方晚，問訊頻疎愧有餘。

西湖雪

湖水莽無痕，雲峰失故態。猗與苧蘿女，遽爾施粉黛。

初春即事

淨几明窻淡欲仙，落梅風細裊茶煙。徘徊更愛梨花月，料峭春寒人未眠。

秋夜

繡枕垂雲夢乍醒，侍兒憨睡觸銀屏。搴裳〔九〕欲問更深淺，露濕紅衫〔一〇〕月半庭。

【校記】

〔一〕此後方芳佩《在璞堂吟稿》（乾隆十六年刻本，下同）有『但期略知内則、閨訓，初不望其能文也。丙辰被累後，無力復延，姪女遂廢去』數語。

〔二〕此後《在璞堂吟稿》復有數語云：『辛未三月，徵君偕渤海相國扈蹕來杭，又取去近稿數紙，復付金閶鈔胥。欽奉召試，馳赴江寧，適疾作，未及與考。歸詢梓人，已訂就數百本，益多差訛倒置，承先後分送於燕趙齊魯及大江以南，而梓里親友來索，媿無以應。重九前，徵君攜板見擲，囑將差訛者改正，遺漏者續編，倒置者工不能施，仍之。』

〔三〕使：原作『便』，據《在璞堂吟稿》改。

〔四〕此後《在璞堂吟稿》復有數語云：『堂名在璞，蓋取未雕未琢之意，非敢擬之玉藴山輝也。時乾隆辛未陽月朔日滁山方德發附識。』

〔五〕新：《在璞堂續稿》（乾隆刻本，下同）作『清』。

〔六〕誌：《在璞堂續稿》作『記』。

〔七〕漁：《在璞堂續稿》作『餘』。

〔八〕見：《在璞堂吟稿》作『是』。

〔九〕搴裳：《在璞堂續稿》作『搴帷』。

〔一〇〕紅衫：《在璞堂續稿》作『紅蕉』。

金綺　一首

字宛霞，號霞軒，江蘇吴縣人，翰林院待詔揆方之女，顧中翰宗泰配也。著有《香樓詩》。

月滿樓書懷外韻

銀蟾初上映層樓，錦字書勞寄遠愁。花影團來偏作障，簾波漾去不勝鈎。清輝却望長安道，香夢還憐江國秋。何日刀頭歸棹穩，芙蓉溪上伴閑鷗。

曹若木 一首

浙江秀水縣人。

夏柳次韻

暑雨初消裊翠絲，納凉亭畔引詩思。分開青障吟鞭度，印出紅霞夕騎馳。一曲笛聲人静後，兩堤蟬噪月來時。寫生更有邊鸞手，爲畫風流夏日姿。

吴端 一首

字令儀，安徽歙縣人。吴達菴孫女。適仝邑曹學詩别駕乃孫曹枚。嫁僅踰歲即卒。詩稿惜散失。

送春步韻

難留二十四番風，不信三春夢是空。依舊明年花信至，窻前仍見滿園紅。

陳素安 五首

字定林，浙江仁和縣人。掌科陳鴻寶之女弟。適錢塘沈觀察世燾。四十一歲即卒。著有《生秋閣吟稿》。

沈觀察世燾《繼室陳恭人傳》略：陳氏名素安，字定林，歸余為繼室。余以喪元配周恭人，而所遺子幼，聞陳女柔順知書，嘗刲股以療父疾，遂納禽焉。陳氏之生，外舅暨外姑潘太恭人鍾愛之。授以《女訓》、《毛詩》，然秉慧而多疾，坐卧一小樓，不下樓者十年。鍼紉之暇，輒事吟詠，珍諸篋笥，諸兄彊索之，已積帙矣。蓋風雅之性，固由静壹而深，亦其夙成者歟？星垣先生既没，從其兄寶所給事，奉母京師。會余官西曹，請婚，潘太恭人許之。結褵以後，每念舅姑未迎養，我子在南，不得主中饋以操井臼，唏嘘仰嘆，蓋幽憂不適志。庚寅遭先大夫喪，望南哀涕，舊疾頓作，不能偕歸，留邸三年。依其慈母，則思我母；追其先父，則哭我父；見其兄嫂之子女，而自傷未有所生，則冀我子之一見也。由是復奄卧床蓐，不可起矣。壬辰冬，服闋補官，奉吾母太恭人攜我子至京師，喜且泣曰：『吾得見姑及子，更無所恨。雖然，吾不能久侍姑若我子何！』又曰：『吾容狀若此，不且傷姑之心耶！』太恭人憫之甚，時以骨肉完聚為之慰。夏秋間脾泄，藥罔効，竟卒，年四十有一。乾隆三十六年，以聖母皇太后萬壽覃恩，得封恭人。有《生秋閣小稿》二卷、詞一卷。

沈太守清任《生秋閣吟稿序》略：余弟杏雨觀察之繼室陳恭人，余同年友寶所給諫之女弟也。寶所兄弟姊妹，無不能詩，一時唱和，有謝庭内集之雅。恭人適杏雨，年已三十餘，抱數載宿疴，猶勤供婦職不少懈，甫七年而卒。其詩藴藉深厚，卓然成家，惟其爲不櫛諸生，故所著止此。人皆以恭人抱病結褵未數載而早逝爲憾，余獨謂恭人得坤貞之道，有黄裳元吉之象焉。故黻佩之榮，既享於生前，而藻翰之光，又垂於不朽。以視夫山人之瓢、居士之屩若滅若没於天地間者，其榮辱得失爲何如？若必以蘭摧玉折之傷爲恭人致慨也，其猶未離乎目論者矣。

陳掌科鴻賓《書亡妹素安生秋閣遺稿後》詩：『生秋一卷對寒燈，落葉哀鴻感不勝。謝女樓頭飛絮盡，琉璃硯匣夜凝冰。』『深閨弱歲已耽書，花竹娟娟映綺疏。一自工文兼善病，人間真有女相如。』『猶記搴幃問字頻，一編相伴慰慈親。須知夙慧由天性，説到門庭語最真。』『春椒香茗費才華，環珮音沉歲月賒。一度看詩一悽惋，阿兄頭白眼昏花。』『郎伯專城氣象恢，書來腸共錦文廻。俸錢不用營齋奠，爲刻遺詩告夜臺。』

與嫂別後經旬頗無意緒賦寄此章即用自遣

惜別河橋秋，秋雨離人淚。解纜且北行，欲挽苦無自。君去重踟躕，我居徒慘悴。曉起書橫牀，夜吟燈吐穗。窻前舞風葉，摵摵半已墜。草間泣露蟲，啾啾竟何爲。感此坐長歎，不飲渾似醉。卧病幾寒暄，川途知險易。孤帆正汝愁，二豎偏吾累。惟幸白髮人，健飯天所賜。凝睇望長安，好達平安字。

食笋

南山雷動急雨飛，林中戢戢龍孫肥。曉來和露劚紫泥，錦綳脱出脂凝肌。銀刀乍截白玉版，漫與禪老參圓機。朱門粱肉頗厭俗，非君秀色難療饑。逢春善病兼中酒，堆盤大嚼其庶幾。

小園

小園秋欲盡，寂寂掩柴扉。瘦竹雙禽語，疎花一蝶飛。雲晴敞虚閣，水碧護苔磯。愛此清幽境，長吟送落暉。

旅夜書感

衡門底事失棲遲，却向天涯借一枝。繡户已無人獨卧，寒燈欲照夢何之。惟應月落烏啼處，常憶梁空燕去時。封就離家千點淚，倩他雙鯉爲傳知。

秋日酬寶所家兄湖上之作

湖上題詩記昔遊，十年孤負野橋秋。何時共喚扁舟去，問訊沙邊舊白鷗。

劉素一首

里次未詳。

詠白鸚鵡

怪來雲一片，飛過隴頭春。夙慧疑才子，前身豈美人。自矜黄裹貴，寧妒緑衣新。任爾山雞笑，平生不染塵。

駱思慧二首

浙江會稽縣人。本姓馮，父坦，母即胡慎容。幼撫於母姨胡慎儀，遂從駱姓。髫齡負才名。適洪洞劉少宰秉恬。

【輯補】

駱思慧《繡餘吟》（乾隆二十九年刻本）載劉秉恬《繡餘吟序》：詩之爲義，上原風雅，不獨文人學士流連景物，陶寫性靈，即閨閣名媛，亦往往按節循聲，抒思逸響。故不必盡有卷軸之輔，江山之助，而迨其爲之既久，好之篤而資之深，其博綜典要，曠覽方輿，雖文人學士，莫或過焉。是蓋以自適者瀹其天和，非復强而赴之，遂能猝有所獲也。余亡室馮夫人，少隨其先人宦粵東，遂家嶺表。母胡太君博學工詩，舊有《紅鶴山莊》之刻。夫人自其六七歲時即解音韻，太君授以經，兼及史事，夫人朝夕手一編，吟詠弗輟。年十九歸余，歸八載，以甲午夏卒於京。余時于役，駐蜀西徼外，家問不以聞。嗣戎事凱旋，還成都，適司馬徐芷堂以秋海棠唱和徵詩海内，卷中閨媛十六人，夫人遺稿四首與焉。余既爲之引其端，惟念夫人生平日不廢吟，篋中所藏甚富，久思點訂向所存本，以公事忽忽，且十年未暇及。今夏兒子寶筏抄録全集，請定正，爲刪其半，將付剞劂。因思古昔名媛不乏人，跡其所傳詩，皆發乎情，止乎禮義，然則今兹之有是刻也，非敢謂夫人之詩希宗風雅，第披誦之餘，其澄思逸致，即方之文人學士卷帙中，實有不可磨滅者。凡以夫人承母訓，具夙因，卷軸輔其性靈，而五嶺風煙，三江勝概，往來於扁舟帆影間，故有渺然於塵俗之外者矣。惜乎天之不永其年，則又以才奪之也。閱竟，爲之泫然。乾隆甲辰仲秋之月，竹軒劉秉恬書於滇南使署。

秋山瀑布

劈破高峯最上頭，玉龍直下隱潭湫〔一〕。横空百丈銀河瀉，挂壁千尋素練浮。濺雪噴雲楓葉冷〔二〕，穿崖度壑翠巒秋。誰來濯足飛泉裡，洗盡紅塵一泳游〔三〕。

雁來賓

征雁相呼度畫樓，叫雲音咽楚江秋。影沉寒渚他鄉夢〔四〕，聲斷衡陽故國愁。接翅真憐兄弟苦，書空不作稻粱謀。弋人那識青冥闊，争看沙痕爪印留〔五〕。

【校記】

〔一〕此句駱思慧《繡餘吟》（乾隆二十九年刻本，下同）作『玉龍噴吼下潭湫』。

〔二〕此句《繡餘吟》作『濺雪飛雲楓葉老』。

〔三〕一泳游：《繡餘吟》作『萬里流』。

〔四〕夢：《繡餘吟》作『水』。

〔五〕以上四句《繡餘吟》作『幾陣遠臨紅蓼岸，一行横掛白蘋洲。翺翔万里長爲客，北去南來不自由』。

李汝瑛 一首

直隸任丘縣人，工部虞衡司員外李中理之孫女也。適湖南鹽驛道紀淑曾之子琛。著有《金剛經注》及《詩鈔》。

題釣臺

臺尚高高在，江仍浩浩流。嚴光好男子，志不願封侯。

黃卣 一首

浙江□□縣人。

愁 一字至七字體

愁。旅館，重樓。閑處惹，冷相勾。曲傳心孔，重壓眉頭。鵑啼黃葉雨，鈴語白楊秋。篳篥軍中按拍，琵琶江上停舟。金釵暗卜人千里，玉杵敲殘月半鈎。

陳淑姜 一首

詩見《谷音傳響》。

次韻題明妃圖

和親逐北恨紛稠，馬上哀絃泣素秋。怨魄化爲原上草，至今青塚在邊頭。

張埍 一首

字素書，浙江桐鄉縣人。

夏柳次韻

長條觸熱舞輕絲，春去還縈舊日思。上苑影濃鶯罷織，章臺花落馬空馳。熏風低拂魂消處，凉雨横拖夢醒時。好句依依堪覆詠，妍詞豈是逞丰姿。

廖淑籌九首

字壽竹，福建侯官縣人。工詩畫。適儀部郎許均。著有《琅玕集》。

《福州府志》：廖氏名淑籌，長洲尹許遇之子婦，禮部郎均妻。氏婉嫕天成，事舅至孝，羞膳不假手庖人，宵衣袞爨門屏間者恒二十餘年。舅宦陳留，官署災，先擁護小郎小姑，而後及其子。舅卒，從夫宦京師。夫奉使維揚，脱簪珥以資行李。夫卒於官，同仕有所賻贈，婉却之。歸家，貧困，幾於無以自存。淑籌工詞翰，間寫花竹，皆極精緻。陳榕門相國以爲不減管道昇、趙文淑風味。著有《琅玕集》。

《十硯軒隨筆》：吾閩閨秀多能詩，更有結社聯吟者，若廖氏淑籌、鄭氏徽柔、莊氏九畹、鄭氏翰蓴、許氏德瑗，及余女淑宛、淑畹，皆戚屬。復衡宇相比，每讌集，各拈韻刻燭，或遣小婢送詩筒，無不立酬者。士女樹壇坫，亦一時韻事也。廖爲余中表許考功雪邨婦，字壽竹，兼工繪事。鄭爲明府石幢太府荔鄉姊，余之表姊，字静軒，少寡，今年九十。莊九畹字蘭齋，余妻族女，許字廣文吴景翊子，未嫁而守貞。翰蓴字秋羹，石幢女，山陰明府林培根妻。德瑗字素心，州牧石泉女，適何氏，亦少寡，無子，與莊皆以節著。余女淑宛字姒洲，適游壻諸生藝；淑畹字劒佩，適林壻春起。

《硯史》：『端溪璞玉夜珠色，探向驪龍頷下得。吴趨孀女女媧手，煉石如泥工剪刻。蚌形琢出月初圓，秋水澄江練一幅。案傍亦有玉蟾蜍，對此垂涎敢吞蝕。鏤肝刻腎玉川子，箋奏天公枉費墨。何如研露寫烏絲，翠袖佳人勤拂拭。

壬寅九月九日雪邨居士題。』余與雪邨，同館閣者三年。内子廖，則來齋舅氏女也。詩翰繪事，色色精工；魏國仲姬，未多讓也。雍正丙午臘月，大雪，予過訪雪邨，圍爐擁酒，掃梅花大幅，雪邨發榦，表姊氏圈花，筆墨清潤，極閨房之韻事。《詩》所云『滴露烏絲，翠袖拂拭』，予皆目覩其事。兹歲薄宦京師，故人長謝，回首曩年文酒縱談、月斜燈灺時，有如隔世。己未九月二日，與涪雲五弟夜坐守餅齋，談都門舊事，展册題記。古梅謝道承。

吉侍讀夢熊《琅玕集序》：閩中閨閣能詩者，如謝景山之母暨其女弟、陳述古之女、黄銖之母，並皆賦性幽貞，吐辭清雅，爲當世大賢所重。至於春笋秋波之什、梨花繡户之詩，才之鍾於情者，不可勝數。若宋比玉之傳徐氏、黄氏，方孟式集序於鄭氏、吴氏，名媛接迹，亦風雅所漸，習俗使然也。歲丁酉夏，侯官許生作霖來謁，出其祖母廖夫人《琅玕集》，請爲其序。許生，予所選拔士。夫人爲儀曹郎許雪邨之配，本林來齋女，繼廖氏者。來齋好古名蹟，作《金石考》，又拓昭陵碑石文字，翕然成集。夫人胚胎前光，所爲詩，其志和以莊，其音亮而婉。予最愛其課許生兄弟讀書詩『清時絃誦重，簾吏子孫難』之句，竊謂清白傳家，一經垂教，此二語括之殆盡。許生勉乎哉！夫人工詩，又工畫。其寫花竹，則相國陳文恭以爲『不減管道昇、趙文淑風味』，見於郡志；其與月鹿夫人張季琬合畫，則中丞潘敏惠以爲『冷香寒翠，冶南雙璧』，書之於册。夫人手蹟，爲名賢激賞如此，而況於詩乎！夫人之詩，情文相生，止於禮義，當與謝家母女、陳、黄諸淑媛並傳於後無疑也。

寫歲寒圖壽黄十硯表兄八十重宴並紀以詩

鬱彼虬蟠松，傑特盤蒼顥。寒梅間其中，幽芳永自保。何可無此君，千尋挺晴昊。人生重歲寒，靡靡安足道。卓哉十硯翁，辭源波浩浩。雄幟樹騷壇，功名亦已早。宫允舊家聲，直接藴文藻。憶昔先夫子，外家聯夙好。明月暗揚州，惄然竟如擣。翁時領綏江，浮雲急煩惱。一官等鴻毛，道德自濯澡。

非不歷艱辛，興趣無潦倒。君子固貞窮，穆穆舒懷抱。夫人謝家風，兒女繼香草。公著有《香草齋詩話》。陶潛五柳君，白傅香山老。皂蓋日式廬，宛必瞻三島。惟翁慎丰裁，亦不嫌紵縞。巍巍元禮門，容膝皆俊造。今年重宴期，蟾宮又再到。更喜大耋齡，康寧長壽考。囑我繪斯圖，不受霜雪槁。百年曰期頤，爲君善頌禱。

黄十硯表兄八十重宴詩以賀之

人生所難在早達，悠悠莫就題名席。人生所難享大名，寂寂誰是文章伯。早達大名遠近傳，簪花又上皚皚白。卓哉黄翁富文藻，弱冠才名已膾炙。維時射策棘闈中，便向沖天舉健翮。英年文采足照耀，從此聲華彌藉藉。中年領綬出綏江，三載賢勞簿書役。維翁不喜爲折腰，高懷遠媲陶彭澤。一官棄擲輕鴻毛，翠羽明璫咸擯斥。宦橐蕭蕭清若秋，歸舟惟載端溪石。歸來閉户自夷猶，風致依然舊裙屐。有時縱飲發高謌，如鶴一聲松千尺。維翁磊落得天真，怡養沖和若壯昔。盤中甲子相轉環，六十星霜似駒隙。回首蟾宫紀舊游，秋風兩度重來客。領袖羣英一代尊，天與精神誰能獲。從兹里巷有新聞，争看嘉賓舊風格。

《香草齋詩話》：乾隆壬午，予年八十，復膺重宴鹿鳴盛典。諸戚友及四方郵寄各贈言，金薤琳瑯，盈箱積帙。予愧不敢當，而閨秀諸什，亦有可傳者。如『人生』云云，廖恭人句也。

爲素心姪孫女畫梅竹並示以詩

篔簹谷口孤山麓，時有幽人日往復。問渠何事故栖栖，却爲尋梅與問竹。我生癖亦愛守真，作畫輒欲肖其人。慘澹經營集腕下，須求臭味出風塵。素心知我匠心苦，一幅生綃屬我補。我爲含毫思悄然，不寫穠華到園圃。屏藍暈碧謝裁紅，蘭窻習習生清風。伴梅共竹立欄東，冷香勁節將毋同。

雁字和韻

欲覓子卿信，西風見幾行。遥天開麗藻，秋水煥文章。霜落斜飛白，沙明帶草長。雲羅任揮灑，不獨賦瀟湘。

南旋度仙霞嶺

嶺路鄉關近，危峰高接天。地虚編竹補，山斷借雲連。客思驚秋至，歸心趂雁先。籃輿間小憩，身在翠微巔。

新雁

銀床初落報秋桐，塞北驚寒一使通。幾字横來湘水闊，數行斜去楚天空。江樓影過燈初暗，蘆荻棲遲月正中。仗爾年年寄消息，往來珍重避長弓。

畫竹示孫作屏

寫此淇園種，漪漪寄興深。他年徵有斐，原只在虚心。

畫梅竹寄石泉三姪並示以詩

粉牆南角畫欄東，送響飄香曉夜風。記得三廳清似水，玉琅玕伴玉瓏璁。

秋日琅玕書屋限韻

丹楓如染接簷齊，高捲疎簾一雁低。幾陣好風深院過，秋聲多在樹林西。

江順 一首

浙江秀水縣人也。

夏柳次韻

無奈花殘剩碧絲，拈毫索句費尋思。悠揚幾惹心旌動，宛轉還牽意馬馳。賦罷暑消風好後，詩成涼覺竹香時。遥知緑老難重少，猶望春來發舊姿。

顧冰心一首

詩見《谷音傳響》。

次韻題明妃圖

漢苑回思感嘆稠，雁鴻南去尚知秋。邊關淚盡和戎女，都尉何堪塞外頭。

沈氏二首

號芳谷，浙江仁和縣人。

題閨秀汪連珠墨蘭

繡閣芳容不可追，空餘楮上畫蘭蕤。披圖省得幽閨意，恰與清芬韻正宜。
由來名淑更多才，宛似盈盈素手栽。妙墨還教存老眼，可憐人已在瑶臺。

毛蕚華二首

字竹君，江蘇寶山縣人。海客毛思正之女。適嘉定國學生王賓之。

寄家書

父母分南北，相逢知幾時。碧天秋渺渺，雙淚背人垂。

聞蟬

雨過空林逸響清，蕭疏碧樹寄寒聲。何因長占高枝上，每向風前嘒嘒鳴。

《水曹清暇録》：寶山閨秀毛萼華，詩人海客之女也。《聞蟬》詩云云，頗有寓意。

蘇蘭仙一首

號蓉城女史。

祝某壽

白首同諧慶古稀，一堂三世戲斑衣。修齡不老商山皓，壽祝長生閬苑妃。自有庭前仙鶴舞，招來雲外彩鸞飛。華陽德重賓盈座，金鳳摇紅燦玉扉。

席蕙文十首

名蕙文，字蘭枝，號耘芝，江蘇吴縣人。席紹元女。著有《采香樓詩艸》、《自怡集》。

【輯補】

席蕙文《采香樓詩集》（乾隆五十四年《吴中女士詩鈔》刻本）江珠序：吴中女史，以詩鳴者，代不乏人。近得林屋先生提唱風雅，尊閫清溪居士為金閨領袖，以故遠近名媛詩筒絡繹，咸請質焉。惟昔西泠閨詠有『十子』之目，清溪欲步其風，乃以先後酬贈篇什採集一編，為十子詩抄。夫以諸子才華，靡有軒輊，所可愧者，余一人而已。席君耘芝，十子之一也。余讀其詩，雕刻雲煙，搜抉花鳥，要不失閨人本色。至《蜀中》諸作，沉雄蒼老，即雜之杜陵集中，幾幾莫辨。嗟乎！以耘芝之才，足為我閨人吐氣矣。抑余讀皎如妹序曉春詩，謂『識字為女郎之害，工詩乃當世所譏』，神傷心戚，若有憾焉。竊意古云：『雕蟲小技，壯夫不為。』豈其固宜於女子？以是解之，將無譏矣。耘芝以余言語諸皎如，當啞然失笑，且以為何如也？乾隆己酉秋日碧岑愚妹江珠拜書於涉趣亭。

擬謝朓晚登三山還望京邑作

客心繫天末，瞻望有所思。浮雲馳白日，京室儼參差。蒼煙沉暝色，芳樹含華滋。幽花發深蹊，歸鳥喧高枝。倦行慨以慷，良會復何時。懷哉正無已，引領空躕躕。

夜坐

古砌咽草蟲，幽人愛清景。空林落疎葉，淡月澄秋影。寂坐生微涼，露滴芙蓉冷。

横塘曲

芙蓉露滴秋水香，田田翠蓋映羅裳。蘭橈畫槳泛横塘，風吹紅袖驚新涼。徘徊花底雙鴛鴦，欲采蓮子愁空房。愁空房，心悄悄，目送斜陽波渺渺。郎情如月不長圓，妾貌如花不長好。含情折花暗斷腸，回首西風顔色老。

秋思

雁唳長空迥，晚來獨倚樓。煙銷紅蓼岸，露濕白蘋洲。萬户踈砧冷，一堤芳艸愁。關河頻極目，行客最悲秋。

武侯祠

森森古柏翠煙浮，獨向祠堂謁武侯。國定三分成鼎足，圖荒八陣咽江流。天心何事終亡漢，臣節真能再造劉。畫壁靈旗風雨黯，夜深應挾鬼神遊。

杜陵艸堂

萬里橋邊結伴遊，艸堂景物倍清幽。斜陽衰艸成荒徑，老樹寒鴉變暮秋。放棄半生悲患難，文章千古擅風流。先生遺址誰題句，憑吊頻教旅客愁。

秋日偶成

踈林落葉響飀飀，景物淒涼怯倚樓。明月故人千里夢，關山新雁一聲秋。獨憐荒徑猶開菊，自許閑情可伴鷗。漫道讀書生計少，居然坐擁抵封侯。

虎丘竹枝詞

畫舫珠簾競麗華，玻瓈巧代碧窻紗。吴歈宛轉香喉滑，小調新翻剪剪花。

平波如鏡漾輕漣，正是山塘薄暮天。競把花籃簪茉莉，隔簾抛與買花錢。

樓臺照水影層層，隔岸波光午夜燈。小艇一聲歌欸乃，半湖明月采紅菱。

孫雲鳳 四首

號碧梧，浙江仁和縣人，觀察令宜之女也。

【輯補】

孫雲鳳《湘筠館遺稿》（嘉慶十九年刻本）孫顥元跋：右湘筠館詩詞各二卷、駢體文二首，先從兄春巖廉訪長女碧梧著。碧梧生而端淑，穎悟過人。既長，工辭翰，兼解音律。嘗從父宦遊滇、蜀間，所至斐然成詠，多清新可誦。自先從兄解組歸里，碧梧長依膝下，花晨月夕，與其妹仙品相酬和以為樂。後仙品之嶺南，鄭重言離，百端交集，故卷中憶妹之作居其半焉。碧梧詞愈於詩，佳者絶似南唐、北宋人語，而音多淒婉，其所遇然也。頻年善病，不廢吟詠，間及繪事，亦楚楚有致。予每一過從，必出近作相質，其虛衷好學，有足稱者。今秋九月二十一日卒，年五十一。其弟廣宇謀刊其遺藁，予愴然為之編次而綴數語於末。嘉慶甲戌日長至花海孫顥元識於異撰齋。

媚香樓歌〔一〕

秦淮煙月板橋春，宿粉殘脂膩水濱。翠黛紅裙競粧裹〔二〕，垂楊勾惹看花人。香君生長〔三〕貌無雙，新築紅樓喚媚香。春影亂時花弄月，風簾開處燕歸梁。盈盈十五春無主，阿母偏憐小兒女。弄玉雖居引鳳臺，蕭郎未遇吹簫侶。公子侯生求燕好，輸金欲買紅兒笑。桃花春水引漁人，門前繫住遊仙棹。奄黨纖兒想納交，纏頭故遺狡童招。那知西子含顰拒，更比東林結社高。樓中剛耀雙星色，無奈風波生頃刻。易服悲離阿軟行，重房難把臺卿匿。天涯從此別情濃，錦字書憑若箇通？桐樹已曾棲彩鳳，繡幃〔四〕爭肯放遊蜂？因愁久已抛歌扇，教坊忽報君王選。啼眉擁髻下粧樓，從今風月憑誰管？柘枝舊譜唱當筵，部曲新翻燕子箋。總爲聖情憐靦覥，桃花宮扇賜簾前。天子不知征戰苦，風前且擊催花鼓。阿監〔五〕潛傳鐵鎖開，美人猶在瓊臺舞。銀箭聲殘火尚温，君王匹馬出宮門。西陵空自〔六〕宮人泣，南内誰招帝子魂？最是秦淮古渡頭，傷心無復媚香樓。可憐一片清溪水，猶向門前嗚邑〔七〕流。

《隨園詩話》：閨秀少工七古者，近惟浣青、碧梧兩夫人耳。碧梧詠李香君媚香樓云云。碧梧即孫雲鳳，和余《留别》詩者。

和簡齋夫子自輓詩

今春湖碧山縈緑，問字車來傍林麓。丁令才欣化鶴歸，剡溪又悵回舟速。小病先徵輓句看，先生懷抱海天寬。淵明歌與司空墓，曠達千秋鼎足觀。玉堂宴罷歸山早，著書萬卷傳梨棗。我是門牆聽講人，殘膏剩馥沾多少。幾番魚素逐江潮，知往〔八〕鶯花廿四橋。春酒不曾辭酩酊，玄言方且賦逍遥。才人物外多遊戲，自云化蝶遥傳示。欲為今日眼前歡，預借他年身後事。自有人間不朽文，下為河岳上卿雲。即今絳帳攀轅者〔九〕，筆當戈揮返夕曛。

和袁明府枚留别杭州四首選二

撲簾飛絮一春終，太史歸來去又匆。把菊昔為三徑客，盟鷗今作五湖翁。囊中有句皆成錦，閨裏聞名未識公。遥憶花間揮手别，片帆天外掛長風。

未曾折柳倍留連，縱得重來又隔年。遠水夕陽青雀舫，新蒲春雨白鷗天。三千歌管歸花縣，十二因緣〔一〇〕屬散仙。安得〔一一〕講筵為弟子，名山隨處執吟鞭。

《隨園詩話》：杭州孫令宜觀察，余世交也。女公子雲鳳，幼聰穎，八歲讀書，客出對云：『關關雎鳩。』即應聲曰：『嗈嗈鳴雁。』觀察大奇之。和余《留别杭州》詩四首，今録其二云云。

【校記】

〔一〕此題孫雲鳳《孫碧云稿》（光緒二十一年臨海葉氏蔭玉閣抄本，下同）下有小注云：『媚香樓，明末秦淮妓李香君之粧樓也。香君初為歸德侯生聘妾，被選入宮，媚香樓竟廢。』

〔二〕粧裏：原作『粧裏』，據《孫碧云稿》、孫雲鳳《湘筠館詩》（嘉慶十九年刻本，下同）改。

〔三〕生長：《孫碧云稿》、《湘筠館詩》作『生小』。

〔四〕繡幃：《孫碧云稿》作『花放』。

〔五〕阿監：原作『附監』，據《孫碧云稿》、《湘筠館詩》改。

〔六〕自：《湘筠館詩》作『見』。

〔七〕嗚邑：《孫碧云稿》、《湘筠館詩》作『嗚咽』。

〔八〕往：《孫碧云稿》、《湘筠館詩》作『住』。

〔九〕攀轅者：《湘筠館詩》作『攀轅客』。

〔一〇〕因緣：《孫碧云稿》、《湘筠館詩》作『姻緣』。

〔一一〕安得：《孫碧云稿》作『應有』。

孫雲鶴 二首

字蘭友，號□□，雲鳳女弟也。

《隨園詩話》：孫雲鳳有妹蘭友，名雲鶴，亦才女也。詠指甲作《沁園春》云：『雲母裁成，春冰碾就，裹住蔥尖。憶綠窻人静，蘭湯悄試；銀屏風細，絳蠟輕彈。愛染仙葩，偶調香粉，點上些兒玳瑁斑。支頤久，有一痕鈎影，斜映腮間。　摘花香露微粘，剖繡線，雙虹掛月邊。把霓裳暗掐，代他象板；藕絲白雪，掐個連環。未斷先愁，將修更惜，女伴燈前比並看。消魂處，向紫荊花上，故逞纖纖。」

湖樓送別

才向西湖來，又別西湖去。置酒湖上樓，搜索閨中句。遂令負笈人，也逐吹竽數。極目渺綠波，持杯對春樹。冥冥暮雨時，青青芳草路。掉首歸倉山，扁舟入煙霧。

輓高氏女

由來情種是情癡，匪石堅心兩不移。倘使化魚應比目，就令成樹也連枝。紅綃已結千秋恨，青史難教後代知。賴有神君解憐惜，為營鴛冢播風詩。

《隨園詩話》：仁和高氏女，與其鄰何某私通。女已許配某家，迎娶有日，乃誘何外出，而自懸於梁。何歸，見之大慟，即以其繩自縊。兩家父母惡其子女不肖，不肯收殮。邑宰唐公柘田，風雅士也，為捐資買棺而雙瘞之，作四六判詞，哀其越禮之無知，取其從一之可憫。城中紳士，均為賦詩。余按，此題著筆，褒貶兩難。獨女弟子孫雲鶴詩最佳，詞曰云云。後四句，八面俱列，尤為得體。

卷之五十五

汪鳳芬四首

字雪徵，江蘇華亭縣人。善丹青。適休寧縣雪漁後裔何一裴。橋居青浦縣沈港鎮。著有《棲枳閣小集》。

楊花聯句三十首選四有序

困寄天涯，思飛不得；潛棲谷水，宛客遐陬。愁當雨夕風晨，惟托酒瓢詩箧。楊花落硯，幾疑華彩縱横；舞絮淩箋，却訝文瀾翻覆。憑闌悵望，頻傷駒隙飛流；撫景興懷，却恨鵑聲啼徹。緑窻春曉，晴開枳棘之樓；紫陌煙浮，寒鎖瓊瑶之案。情天漠漠，愁地茫茫。搦管聯吟，挑燈拈韻。雖不必敲金戛玉，相共驚人；亦可作牧唱農歌，聊為噴飯云爾。

天外紛紛點翠微雪徵，晴空作雪鬭芳菲。流風入座翻歌扇杏村，和月當軒逐舞衣。階下亂將青草色〔一〕雪徵，巖邊斜並白雲〔二〕飛。川原寰海無涯際杏村，輕挾春光何處歸雪徵？

繡簾窣〔三〕地護輕寒雪徵，誰把新棉隔院彈？漠漠悠悠春爛漫杏村，疎疎密密夜闌珊。驚風亂颭鞦韆院雪徵，著雨斜粘芍藥欄。飛唱驪歌送青帝杏村，子規啼徹恨漫漫雪徵。

非關潘岳散河陽杏村，遊遍人間翰墨場。不共蘆花衣孝子雪徵，豈隨梅瓣飾宫粧。隔簾亂舞愁容淡杏村，撲面斜侵笑語香。絶向東風訴恩怨雪徵，又隨粉蝶過鄰牆杏村。豈是吹葭氣候灰杏村，只憑風信點蒼苔。無邊疎影霏霏下雪徵，不盡長江滚滚來。曾掛柔情和雨露杏村，又馳離緒逐塵埃。朝飛暮捲閑庭院雪徵，別有愁容日九廻杏村。

【校記】

〔一〕此句《國朝閨秀正始續集》作『階下暗將青草糝』。

〔二〕白雲：《國朝閨秀詩柳絮集》作『白雪』。

〔三〕窣：《國朝閨秀正始續集》作『垂』。

鮑詩 九首

字今暉〔一〕，浙江平湖縣人，張鐵珊之配也。著有《鶴舞堂小稿》、《吾亦愛吾廬詩鈔》、《吾過集》。

《國朝畫徵録》：鮑詩，字今暉，平湖人，別駕怡山次女。怡山有四女，皆知書、善畫、能詩。徽州老諸生程立巘名之廉者，善山水花草，來游東湖，姊妹從之，專學花草，傳白陽法也，今暉筆尤長。適余族姪徵士雲錦。有《鶴舞堂小稿》一卷，在家時作；《吾亦愛吾廬詩鈔》二卷，乃與徵士倡和詩。造句幽秀。攸縣彭湘南采入《國朝詩選》。

擬曹思王植美女篇

美人住空谷，灼灼顏如花。胸羅錦繡文，質毓芝蘭葩。惠中而秀外，嬌嬈詎足誇。阿母幼相惜，瑣窗護碧紗。秉性慕幽貞，素心謝紈綺。羞作入時粧，不解待年旨。香草紉騷人，明珠贈君子。含笑謝蹇修，托身慎厥始。

擬陳伯玉題山水粉圖

碧雲兮滿天，香風兮載塗。信仙居之奥曠，儼員嶠與方壺。鶴廻翔兮峯碧，魚戲躍兮波白。瞻瑶臺兮層層，數琪樹兮歷歷。諒玉京兮可通，冀婉姈兮相逢。申之兮欵曲，佩之兮珠玉。陳雪藕兮冰桃，進延年之醽醁。

錢塘江觀潮歌

煙非煙，雲非雲，錢塘江上潮紛紜。婆留當年騁霸業，强弩曾挽三千軍。怒如雷霆吼，攫如龍虎鬭。環環玉帶一痕白，海門直下水忽立。君不見，妒婦津，孝女江，精英聚處驚波撞。何況鴟夷千古冤莫訴，白馬靈旗舒一怒。

黄梅花歌

君不見，黄梅花開破寒沍，開時恐被東風妒。一枝低亞賽額黄，却似美人怨遲暮。金丸密綴鵲乍探，蠟淚初緘春半吐。從來此花三種分，獨有磬口品不羣。檀心巧樣冒冰雪，蜜房花氣流氤氲。銅瓶折供近彌好，宛擬宫人初入道。鞠裳梔貌金縷衣，黄昏也逗春情到。憐渠清瘦貌還同，新詩愧乏繼涪翁。爛漫飽看風格異，横陳對嚼色相空。南枝北枝本一脉，巡檐先駐阮孚屐。漫道奇芬品最尊，正色還看壓紅白。

于忠肅公墓

羣小謀何熾，功臣死可哀。擎天空赤手，埋骨剩青苔。石馬嘶風立，靈旗捲雨回。誰居喉舌地，燕雀永無猜。

雨聲

空堂夜寂灑來初，點點聲聲葉上疎。打亂荷盤南浦近，滴殘蕉扇北窻虚。收綸興托孤篷底，對榻吟聯斷夢餘。曾記巴山同話處，燭花重剪聽階除。

杏花

蠣粉牆頭乍見時，輕舒笑靨淡胭脂。小樓影裏停遊轡，横笛聲中認酒旗。上苑和風誇宴早，江南細雨憶歸遲。寫生最愛休承筆，一燕新飛花兩枝。

珠樓吟

湘簾試捲認微茫，磨洗青銅待晚妝。還是珠來還是月，一湖秋水弄寒光。

題荷花小景

垂柳垂楊罩鷺鷥，紅荷花底水差差。分明東浦橋邊見，一抹斜陽弄影時。

【校記】

〔一〕令暉：《國朝閨秀詩柳絮集》、《國朝閨秀正始集》作「令暉」。

張錦雲一首

詩見《谷音傳響》。

次韻題明妃圖

苦霧愁煙是處稠，青娥斷送紫臺秋。欲思繫帛傳心事，未必鴻飛落箭頭。

陸楚玉一首

字雲濤，浙江平湖縣人，袁鎮室也。

遊弄珠樓

輕雨輕煙蕩小舟，踏青晚上弄珠樓。柳摇隔岸揉絲輭，花落晴波濯錦流。風遞寺鐘聲歷歷，月隨漁棹影悠悠。前人比擬原多事，芳草萋萋鸚鵡洲。

顧端十首

字昭華，江蘇金匱縣人，甘凉道顧光旭之女。適諸生王相英。著有《昭華詩草》。

尹某《昭華詩艸序》：婦女不宜作詩，作詩不宜行世，世儒言之稔矣。予獨不以爲然。《周南》之詩，十有一篇，婦女所作居其九；《召南》之詩，十有四篇，婦女所作居其十。彼都人士，出言有章，胡不數覯？廼以《關雎》爲首，《葛覃》、《卷耳》次之。聖女倡於上，而遠邇興歌，見於《樛木》、《螽斯》、《桃夭》、《芣苢》、《汝墳》，遂有麟趾之徵。《鵲巢》、《采蘩》、《草蟲》、《采蘋》，皆公侯夫人敘陳家人之事。自《行露》，以及《殷靁》、《摽梅》、《小星》、《江氾》、《野麕》諸篇，聞於朝野。然則風化起於閨門，詩教成於女士，斷可識已。是以周公制禮，首列正風，被之筦絃，以爲房中之樂，達於鄉黨，推之邦國，莫不謳吟而諷誦之。蓋以風化天下，而使凡有修齊治平之責者，皆當於此取則也。予嘗與經生發揮大旨，罕見旁通。惟觀察顧公，相視莫逆，且以愛君所著《昭華詩草》見示。觀其四言古體，實得温柔敦厚之意，而和外諸篇，想是『厭厭良人，秩秩德音』之雅，所謂『琴瑟在御，莫不静好』也。其隨時詠物，無非《采蘋》、《采蘩》之遺。《詩》云：『辰彼碩女，令德來教。』又云：『景命有僕，釐爾女士。』敢爲王郎誦之，請以禮見，王郎固辭。予曰：《小雅》不云乎，『彼君子女，謂之尹吉，我不見兮，我心苑結』。今以通家世好，年逾耆艾，見亦何疑？既見君子，綢直如髮，益慰景行行止之懷。竊謂《詩草》不可韞諸房中，所宜達於邦國，以裨風化，亦猶行古之道也。百爾君子，不知德行，慎勿囿於眾稱之説，而爲善善女子所哂歟！

【輯補】

顧光旭《響泉集》（乾隆五十七年刻嘉慶增刻本）卷尾顧端《敬次畢大姑母題家大人響泉集原韻》：空翠難强名，橫雲忽成嶺。古樂久不作，羽籥硯人秉。悟茲静心妙，往往超人境。女子託深閨，蘭生類幽屏。大家續班史，振筆蓬山頂。寥落無嗣音，千秋復誰並。海上真仙姿，著作與身等。顧慙蓬藋中，照井見其領。景星爛簷端，先覩實厚幸。憶昔髮覆額，阿母勗貞静。阿父整豸冠，倏忽彈指頃。有扣如撞鐘，弱女持寸莛。是時畿輔災，鵠面慘瘦瘠。流潦漲都邑，破屋竄蛙黽。懷襄堯心憂，溝壑禹力併。自古乏奇策，何以救殑殑。阿父閉閤坐，手疏立陳情。皇皇小兒女，乍聞若深憬。帝曰汝往哉，水火惟汝拯。阿父攬轡心，夙夜自娸奵。歸訂可耕稾，賑行條目整。出守甫及朞，道路無遺梗。無何歲大祲，痌瘝益清鯁。猾吏不敢奸，威惠寬濟猛。每聞鴻雁哀，有若露鶴警。春温死灰起，逢秋穫雙潁。始知精白心，可以祓災眚。編詩曰風草，庶以嘉師靖。監司鎮五涼，天山日月奇。提劍入巴蜀，籌筆心耿耿。陳臬歷三載，山立照江迥。其詩曰叱馭，濟險王尊肎。入官廿五年，所懷缺定省。及此紅旗明，豈曰慕箕潁。在蜀富篇帙，不詠薛濤井。試觀吳船集，江程多即景。龜山無斧柯，漁燈澹笭箵。一息不敢放，一筆不敢逞。當其在臺端，獨步開蘭省。半日讀書齋，青藜夜常炳。默識若天開，得意或歌郢。每謂三百篇，其辭不馳騁。曹劉□李杜，揚帆入滄溟。古今有遞降，且欲其旨永。其源泉上來，畫粥啜苦茗。至今吾廬外，松風白日冷。鴻筆蒙賜題，聚觀駭扛鼎。寡女歎垂老，欲汲悲斷綆。操管知和難，擱筆洗頭頸。甕牖天光來，疎疎看簾影。

幽思詩

酌彼流泉，碧柳含煙。雁行斜度，春色延綿。掃徑鋤雲，細草平田。人生幾許，丹藥求仙。寒水冷光，古木春香。净心如雪，風動清商。汎彼樓船，水淥吴閶。喈喈黄鳥，集于苞桑。停軫夜清，野鶴吟聲。天台何處，雲物關情。陟彼南山，采采芝英。石泉無底，瓢飲曲肱。

雪後和外

舉目皓已潔，庭樹復嬋娟。娟娟前山月，曖曖墟里煙。煙月自無際，與雪相新鮮。烹雪沁牙齒，坐月消塵緣。萬物一時静，焚香如味禪。山川同積素，我心殊邈然。回軫調玉琴，此意師成連。

王相英原倡：寒宵廣庭寂，屋角月娟娟。遥山墮冷翠，叢竹生淡煙。冥冥羣動息，澄澄夜色鮮。平生躭静趣，每與清境緣。茶甌澹忘寐，得意寧須禪。無言坐超忽，此心常湛然。俯仰念身世，終夕心流連。

雨坐

靄靄層雲起，蕭蕭暮雨侵。簷花燈下落，芳意坐來深。暗水流紅葉，新凉襲素襟。悠然心跡爽，欲賦更沉吟。

立秋

小樓傍晚散餘霞，暑氣初消静碧紗。風影忽驚梧葉落，夕陽乍見雁行斜。褰帷已覺羅衣薄，置酒應添飲興賒。麈慮因秋濯流水，不知砧杵是誰家。

菊

小院凉秋籬菊新，近來虛室欲回春。霏霏冷艷摇燈影，脉脉幽情避俗塵。静夜隔紗嬌不語，清香入座澹於人。如何泛此忘憂物，孤負檐前月似銀。

金石堅二首

浙江湖州人。所適未詳。

寄題望園白牡丹次韻

和煙和露雪披香，姚魏參差遜晚芳。最是月明人静後，半開雲幙舞霓裳。
葡萄浸碧露光圓，疑是瑶臺月下仙。别有異香攜滿袖，不教紅粉點清妍。
煙籠淡月月籠紗，此是人間一品花。花開一朵。李泌生平最瀟灑，白衣宰相本山家。

輓貞女汪桂芳

徵詩一紙到苕川，繡閣欽君孝且賢。讀罷哀詞腸欲斷，淒風寒雨泣啼鵑。遥憶鴛湖汪淑姑，從容就義世間無。我儕不幸爲巾幗，羨爾居然烈丈夫。

鄭湘筠 句

安徽歙縣人，洪曇蕊之姪女也。

卧梅書舫聯句

梅影猶龍畫舫開曇蕊，書香屬我女嬰孩湘筠。清琴弄月浮雲净曇蕊，好鳥啼花午夢回湘筠。登眺不知身欲去曇蕊，悄行秪許蝶隨來湘筠。自疑相對如圖畫曇蕊，日日新詩共剪裁湘筠。

書舫梅開月下聯句

梅正開時月正圓曇蕊，眼中人是畫中仙。銀山有色雲疑雪湘筠，玉樹無塵地即天。未引琴聲先落雁曇蕊，欲移步影已生蓮。瓊欄倚徧猶攜手湘筠，也似嫦娥愛少年曇蕊。

梅花聯句

一樹寒梅倚夕陽曇蕊，光浮引月月浮光。裁雲尚惜雲無色湘筠，詠雪尤奇雪有香。玉潤相忘紅艷曲曇蕊，冰寒欲改壽陽粧。風情占斷誰爲比湘筠，瑩潔曇筠浴影凉曇蕊。

薛娟三首

字浣香，江蘇荊溪縣人。父琳，母吴氏。幼即能詩。歸郡生朱超；朱素有詩名。著有《杏花樓唱和集》。

別嫂

分手河梁上，茫茫感百端。柳絲牽别恨，花氣釀春寒。話久舟猶艤，吟遲墨未乾。相思如蛺蝶，夢繞碧闌干。

春柳

踠地長條綰别情，緑陰如海障層城。馬嘶南陌三春暮，人倚西樓百感生。流水棲鴉殘月落，斷橋飛絮曉風輕。誰將羌笛相思引，寫出陽關第四聲。

得兄揚州手書却寄

韶光淡浥上征騑，社後寒輕紫燕飛。十里珠簾隋苑路，杏花如雪糝春衣。

梁小玉五首

字玉姬，號瑯環女史，浙江錢塘縣人。七歲即能依韻賦《落花》詩；八歲能摹《大令帖》；長而游獵羣書，嘗作《兩都賦》。著有《瑯環集》三卷。

雜詠

松響翻虚籟〔一〕，泉聲浣俗塵。白雲堪贈客，皎月〔二〕解留人。

賦得落花

佳人笑立宋家東，一夕驚離五柞宫。紅粉飄零緣薄命，不須惆悵妒花風。

無題

的的殷紅拭未乾，兒郎偷剔燭花看〔三〕。年來無數梨花夢，一夜春風破悄〔四〕寒。

琥珀枕

仙苓千載赤脂殷，雕琢移來湘簟間。從此不須沾小艸，長陪清夢白雲閑。

篆章

揮灑霞箋寄隴頭，雙鈐題處紫雲浮。兒家曾掌司花印，總領曾城〔五〕十二樓。

【校記】

〔一〕虛籟：《名媛詩歸》（明末刻本，下同）作「清籟」。

〔二〕皎月：《名媛詩歸》作「明月」。

〔三〕以上兩句《國朝閨秀詩柳絮集》作「如粉濃雲壓畫欄，眼看蝴蝶簇成團」。

〔四〕悄：《國朝閨秀詩柳絮集》作「峭」。

〔五〕曾城：《國朝閨秀正始續集》作「層城」。

畢汾九首

字晉初，號素溪，江蘇鎮洋縣人，畢大中丞沅之女弟也。

【輯補】

畢汾《梅花繡佛齋草》（南京圖書館藏清抄本）載諸世器序：　詩三百十一篇，出於閨中者十二三，强半皆憂愁抑鬱不得志者之所為作也。予外妹晉初，年及笄歸沈君禮存，未二週禮存故。晉初攜一子依兄中丞公，北渡江淮，歷齊魯，抵燕趙，復西經嵩華，過孟津，踰秦嶺而西，蹤跡萬餘里。夫抱磊落不羈之才，當憂愁抑鬱不得志之遇，而又所經者皆名都大會，四瀆五嶽，周覽其勝，故見之於詩，鬱之為頓挫，溢之為怪奇，如空山鶴唳，心脾欲絶也，如午夜猿啼，嗚咽不勝也。時而甘雨和風，時而奔雷掣電，一種悲壯淋漓不得抒之氣，時拂拂流露於十指間，倘所謂『古之傷心人別有懷抱』者耶？　即起《栢舟》、《燕燕》諸詩人於今日，當必相悲也，已而相樂，莫逆於心焉。　歲己丑，予西至秦中，每與晉初挑燈話舊，為撫然者久之。　及先後歸里，晉初今已抱孫矣，因集其生平所著詩，委予決擇。　予蓋重晉初之才，悲晉初之遇，而又不能不羨晉初遊歷之廣也。　近聞晉初有佳婦之喪，豈天之阨晉初者猶未盡歟？　抑無端變故盡人時有不足為憂戚歟？令子夢龍從學於予，其倜儻昂藏，必能有以振家聲而慰母氏之恩勤者。　晉初不能得志於其大，自能得志於其子，故予序晉初詩而及之，以之吊晉初，遂即以之慰晉初云。　乾隆丙申三月下浣愚兄諸世器書。

同集載息圃老人序：　素溪甥女神清而腴，生有夙慧，工唫詠，吐句欲仙，殆不食人間煙火者。　嘗為予言，丁亥之秋，景師邸舍夜漏方永，夢若御飈而行，至一廣庭，庭有大桂樹，徙倚其下。　望見宮闕巍峨，皆白玉妝成，無數素衣仙子，隱隱在水晶簾內往來嬉笑，不知主者誰何。　顧見一兔，霜毛雪距，馴伏於旁，有女伴亦素衣者，指而言曰：『我輩有三十六人，各掌一兔，此即爾所掌也。』言次覺衣袂盡濕，寒氣逼人，不可久止。　第聞重簾之內琳璈齊作，聲韻鏗然，意謂是殆人間所傳《霓裳羽衣》之曲，欲終聽焉，而憬然悟矣。　審之，則素溪之生有自來，而其境處冰霜，性甘淒涼者，天實命之，有不自知者也。　戊戌新秋，省母兄於青門節署，倩黄翁髣髴夢中景，繪為小照以誌之。　昔記稱天上有修月户，今司兔者當名何户？　擾之何用？　桂有幾尋？　得斫者吴剛外有幾人？　可轉相持贈否？　主者果竊藥而犇之姨，今在何所，亦復有『碧海青天夜夜心』否？ 歸去定知還向月，素溪他日其為我問之。 息圃老人記。

題三秋圖畫扇寄錢浣青

清芬容〔一〕易列仙墀，秋入無聲蝶未知。 澹白鏡中來寂寂，輭紅簾外去遲遲。 傾心向我非今日，灑淚緣渠異昔時。 采葛三章深意在，如何解作懼讒詩？

輕雲〔二〕淡淡日悠悠，凉到銀屏思轉幽。 爲點彩毫能駐景，却緣丹粉倍添愁。 户扃秋影妨開鎖，箔隱花光嬾上鈎。 風度廣寒香繞屋〔三〕，須知不是小瀛洲。

亞欄掩映本相親，況值秋來結浄因。 艷冷幾時沾薄露，姿清何處著纖塵。 問天漫道炎凉異，入手方知離別新。 底事西風吹不盡，瑶壇閑煞散花人。

並向天公乞冷香，並依虛幌〔四〕並迎凉。 清緣有分裁〔五〕詩補，別思無端倩畫償。 收與羅衾添夢寐，散將瑶砌立風霜。 雲階月地低徊處〔六〕，肯信流光爾許長。

題蔣夫人慧珠采芝養鶴圖

商山靈秀屬鍾山，只長瓊芝不長蘭。 枉煞纖纖調鶴手，折來偏認大還丹。

三秀無緣種玉堂，愁來何處問滄浪。 風光不度稠桑驛，清俸難將鶴料償。

蘭摧空谷菊猶開，肯信同岑有異苔。 一隔洞庭天樣遠，幾曾相識散花來。

華嚴劫後晤遺容，意氣心香不可蹤。 渺渺白雲招未得，生涯畢竟誤癡龍。

青田翠嶺倩誰探，異日看停月下驂。修到梅花應有分，孤山依舊在江南。

【校記】

〔一〕容：《國朝閨秀詩柳絮集》作『客』。

〔二〕輕雲：畢汾《梅花繡佛齋草》（南京圖書館藏清抄本，下同）作『輕寒』。

〔三〕此句《梅花繡佛齋草》作『一種閑情入圖畫』。

〔四〕虛幌：《梅花繡佛齋草》作『書幌』。

〔五〕裁：《梅花繡佛齋草》作『將』。

〔六〕此句《梅花繡佛齋草》作『雲堦月地徘徊處』。

鄭翰蓴 句

字秋羹，福建晉安縣人，鄭石幢太守之女也。適山陰林明府培根。

句

歌罷鹿鳴更天保，九如齊唱兩三章。

《香草齋詩話》：乾隆壬午，予年八十，復膺重宴鹿鳴盛典。諸戚友及四方郵寄各贈言，金薤琳瑯，盈箱積帙。予愧不敢當，而閨秀諸什，亦有可傳者。如『歌罷』云云，鄭石幢太守女翰蓴句也。

楊鳳姝 十四首

字蘋香，號茸城女史，江蘇吴縣人，楊大琛農部之女也。歸上海李太守心耕。著有《鴻寶樓詩鈔》。

楊大琛《鴻寶樓詩鈔序》：吾鄉翁琢山，詩人也，集中有《答女口號》詩云：『左家嬌女秉夙慧，把卷問耶欲學唫。耶窮正緣苦唫累，爾何學吟費苦心？不聞郝鍾禮法重大義，婦德何嘗在識字？』沈文慤宗伯極賞之，以爲正論不磨。余謂識字而大義益明，雖學唫何累？抑琢山自因己之潦倒不偶，而感慨言之耳。吾輩致窮之由，政坐病嬾，或迂疎不曉世事，敢盡諉諸吟癖哉？癸巳五月，避暑息園消夏，適長女鳳姝從都門郵寄新詩一帙至，讀竟，爰寄語之曰：『相夫報國，課子讀書，此汝當盡之婦職也。職盡矣，以餘事學詩，詩中何嘗無禮法在耶？如必於椒花柳絮間争一位置，誠不免琢山之所訶矣。』〔一〕

李心耕《鴻寶樓詩鈔跋》：余與恭人締婚襁褓，十六歸余，詩已成帙。恭人家本吴中，生京師，歸海上，歸寧遊越。既又隨余官京師，出守楚南，歷寶、岳、衡、永，轍迹幾半天下。暇則劈箋而書之，又以其餘為懷人詠古之章，小閣風廻，閑庭月散，低徊斟酌，意澹如也。壬寅冬〔二〕，將欲授梓。余謂恭人曰：『子性與詩近，第詩無止境也。余方宦遊，名區勝蹟，供點筆者何限？而牢籠潄滌，視乎其人，其亦進而益工乎？』恭人笑而頷之〔三〕。

秦錫揆《鴻寶樓詩鈔題詞》：太湖汪洋三萬六千頃，支硎靈巖諸峯環繞争雄奇。其中文士慧而秀，誰知女士才藻下筆蟠蛟螭。恭人詩法來有自，古香著作人争師。況乃彩筆本天授，雄詞麗句繽紛絡繹羅瓊瑰。新詩一編見恨晚，摩挲百過窮探窺。千秋俯仰多成敗，萬里山川開眼界。啟卷若教掩姓名，疑是天禄奇才乘酣騁雄怪。我乘扁舟訪洞庭，逍遥坐對君山青。恭人賢聲達上下，郝鍾禮法垂模型。豈知更有耽吟癖，玉硯松煙常自適。燕寢香凝錦瑟横，翠屏花放紗窻碧。夕陽鸞袖倚闌干，搜句如求雙白璧。編成字字爭星芒，椒花柳絮今擅場。豈惟一時紙貴徧衡陽，更令吴中山水生輝光。

【輯補】

楊鳳姝《鴻寶樓偶存詩鈔》載楊氏自序：余幼不敏，輒喜塗鴉，于歸後爨湯井臼，婦職多虧，未暇重理舊業，而觸景寫情，間亦拈韻，以為酧倡，人謬以余能詩稱，每滋愧焉。庚子秋，隨任楚南，郡中多勝蹟，偶詠數章，翁閲而政之，轉索餘稿，已多散失。命余就所存者録付梓人，余固請藏拙，翁復笑而謂之曰：『予豈因詩以誇佳婦乎？抑汝豈借詩以博虚名乎？古者《采蘋》、《采苢》諸篇，多出女子，曷不存之，以免日久遺亡？』因檢稿，就各體抄呈數十章，親承刪定。倘果鎸之梨棗，竊恐識者見哂，徒作覆瓿已爾。

同集載陳基德序：蘋香甥女幼即能詩，尤長於古。余在京時，每出新詩就正。及余僕僕風塵，跡睽南北者有年矣。癸卯冬，從岳陽寄《偶存詩鈔》刪定。余非詩人，第覺觸目琳琅，倍勝於昔，略加評點，未足盡詩中之玅藴，用是滋愧耳。愚表舅陳基德拜識，時年八十有二。

鳴鳥行

文德遠被，威鳳來翔。昔巢阿閣，今憩高崗。一解。百鳥咸寂，一鳴歸昌。遨遊天際，誰與頡頏？二解。維樹有梧，植山之陽。維竹有實，生河之梁。三解。顧爾周觀乎大皇，戢翼乎明堂。德輝下覽昭嘉祥，燦然華國以文章。四解。休哉泰運，邁虞軼唐。和氣所感，帝篤之慶。五解。來傳帝命，其聲鏘鏘。祝我聖祚，萬億年長。六解。

月夜

蛩吟攪殘夢，靜室生虛白〔四〕。開窻一長望〔五〕，皓魄光盈席。懷人屬良夜，獨坐泛瑶瑟〔六〕。銀潢淡無痕，花影透〔七〕窻隙。雲際落清音，征鴻度空碧。

代簡寄二妹並懷兩大人

聚久且相憶〔八〕，矧我同懷人。經年不得晤，使我愁思盈。君不見，碧桃花傍芙蓉渡，春風吹入秦川去〔九〕。本是同枝離樹飛，東西南北〔一〇〕渺何處。憶昔承歡日下來，團圞夜讌幾回開〔一一〕。隨肩聯袂〔一二〕兩情厚，同胞不愧閨中友。古槐清影〔一三〕落屏風，鬬茗敲棋佳興同〔一四〕。日麗北堂花影亂，月移南苑露華濃。拈針度繡迷清漏，剪燭分題待曉鐘。雨散星離中道隔，夢魂常繞碧雲峯〔一五〕。昔如待哺雛，棲息共巢中。今如辭幕燕，分飛〔一六〕各西東。鴻泥印爪時驚異〔一七〕，人生聚散如萍寄。我歸海上君吴中，長使親心兩地繫。曉來殘夢到瞟關，薄暮離愁托江際。祇留弱妹伴慈幃，瞬息他年又異地。澣裳時擬賦歸寧，高堂無奈虛中饋〔一八〕。春寒秋燠費周章，調護兼之兒女累。一廻延望一逡巡，往來恨乏雙飛翅。去歲乘春鏡水遊，古杭山色最清幽。晨昏得遂瞻依願，手足兼消契闊愁。榴花開後芙蕖放，十里炎雲催畫舫。離緒纔舒旋別離，美人天末空懷望。闌陵佳醞武源桃〔一九〕，介壽〔二〇〕寧辭歸路遥。漫擬清秋浮畫槳〔二一〕，轉緣微疾滯蘭橈。玉梅夾道環元墓，東風爲我曾留住。明年春日賦歸來，輕帆早拂吴門樹〔二二〕。

西子曲

吴王愚，句踐拙，兩國之命懸一妾。憶昔夫差痛父讐，吴中直奮金門戟〔二三〕。當時衆志尚成城〔二四〕，旌麾〔二五〕到處皆驚辟。夫椒一戰越爲俘〔二六〕，焚器燔妻亦〔二七〕何益。剩有孤臣種與蠡，此弱彼强計偏譎。女貶〔二八〕姓兮男作奴，孤注不教輕一擲。浣紗有女顏如花，千金購得歸鸞掖。下臣稽首前致詞，君王一見生憐惜。特筑新宫號館娃，朝共歡遊夜專夕。雀屏花擁燭摇紅，薇帳香濃月籠白。金壺漏盡紵歌殘，笙簫猶滿芙蓉席〔二九〕。詎知烏喙怨方深，卧薪嘗膽心如鐵。巨魚縱壑奮朱鬐〔三〇〕，鷙鳥離條振霜翮。會稽山下〔三一〕戰鼓來，姑蘇臺下舞衣歇。十年牛聚計近迂〔三二〕，哀哉吴王真没没。爲虺弗摧將若何，猶逞〔三三〕雄心藐强越。黄池歸馬未停嘶，六千君子臨城闕〔三四〕。瞑目空慙死者知，甬東直與江東埒。誰令牽羊肉袒人，轉爲秉鉞揮旄客。可憐甲士五千餘，不及當時一女謁〔三五〕。女謁熾，國乃滅，東門抉目臣志竭，胥濤空捲千堆雪。嗚呼！愚者真愚拙非拙，兩國之命懸一妾。

雨夜昌兒誦孟子詩以勗之〔三六〕

入夜細雨如絲懸，擁衣據案品玉泉〔三七〕。吟肩雙聳夜不眠〔三八〕，稚子侍坐〔三九〕温芸編。諄諄訓囑學古賢〔四〇〕，式穀願爾〔四一〕一經傳。典策具在貴精研，性拙端藉勵志堅〔四二〕。古來〔四三〕亞聖起一廛，千秋絶業獨仔肩。知言養氣著真詮，守先待後道脈延。齊梁歷聘豈偶然，要使聖道常昭宣。狂瀾砥柱千萬年，功媲神禹孰後先。遺示來學在茲篇，至今鄒魯陳嘉籩。汝曹志氣凌雲煙，持己〔四四〕勿忘墜冰淵。學古秖欲性分全〔四五〕，誦讀〔四六〕無爲逞詞妍。平地一簣志獨專〔四七〕，美哉始基盍勉旃。芝蘭並處茅化荃，深愧賢母能〔四八〕三遷。五經腹笥早便便，此身應置青雲邊。小窻雨過景色鮮，書聲琳瑯〔四九〕月正圓。

拜范墳

路轉峯回處，高祠景物幽。終身期後樂，萬笏正難酬。春雨巖煙碧，秋風墓草愁。應多神鬼護，千古鬱松楸。

晚坐偶吟

小閣纔停繡，閑庭春色〔五〇〕蒼。竹延三徑月，荷散〔五一〕一池香。翠袖經秋薄，金風入夜凉。洞簫何處奏，逸響度横塘。

奉懷兩大人代簡寄杭

違侍庭闈又閱年，武陵衣帶隔雲天。人生自古多離恨，湖上於今結舊緣。賸有新詩〔五二〕傳去雁，慚無幻術〔五三〕學飛仙。遥知此夜西泠月，半畝塘中滿白蓮〔五四〕。

寂寂空階月到遲〔五五〕，白雲深處寄遥思。只因畫閣瞻依切，倍識高堂憶念時。紅藕緑藤湖上景，吴山越水夢中詩。擬將桂苑飄香後，一棹歸來奉玉巵〔五六〕。

楊大琛《次韻寄答》詩：『鏡水蘭橈又一年，清詩似雪寄炎天。遊餘未減湖山興，綉罷翻添筆墨緣。爲戀庭闈縈夢寐，得依笑語即神仙。相期重泛秋江棹，采遍芙蓉勝采蓮。』『伏雨闌風〔五七〕暑去遲，新凉雲樹倍關思。憐渠繡閣懷親夜，是我書寮憶女時。料理病身勤服散，摒擋家務少耽詩。歸來應喜椿萱健，楓葉園林酒一巵。』

遊金山步外元韻

空江極目色驚秋，吴楚煙雲一望收。龍氣騰疑拔嶺逝，濤聲怒欲捲山流。青嵐屏立孤帆遠，激浪中分片石浮。身到蓬瀛第幾閣，詩成逸興渺滄洲。

硯畬李心耕元韻：蛟螭環鎖暮江秋，百萬奇峯眼底收。破碧片帆飛白下，點青拳石鎮中流。濤翻龍窟聲疑撼，浪捲山根勢欲浮。倒影梵宫落魚背，何須海外更瀛洲。

渡江

一天秋似水，萬里碧無雲。此夜乘舟去，濤聲枕上聞。

月夜舟行

遥看蟾影漾空虚，一片青山畫不如。柳陌菱塘人寂寂，數聲欸乃卸帆初。

詠園杏

園柳陰垂弄夕妍，小樓聽雨句爭傳。數枝紅罨青林外，畫出江南二月天。

憶外

漫捲湘簾放月來，小窻停繡獨徘徊。知君千里遥相憶，故遣燈花夜夜開。

【校記】

〔一〕此序楊鳳姝《鴻寶樓偶存詩鈔》（道光二十三年刻本，下同）末署『退士老人題』。

〔二〕壬寅冬：《鴻寶樓偶存詩鈔》作『癸卯冬』。

〔三〕此序《鴻寶樓偶存詩鈔》末署『硯農居士識』。

〔四〕此句《鴻寶樓偶存詩鈔》、《國朝閨閣詩鈔》作『虚室忽生白』。

〔五〕此句《鴻寶樓偶存詩鈔》、《國朝閨閣詩鈔》作『披衣展綺寮』。

〔六〕以上兩句《鴻寶樓偶存詩鈔》、《國朝閨閣詩鈔》無。

〔七〕透：《鴻寶樓偶存詩鈔》、《國朝閨閣詩鈔》作『摇』。

〔八〕此句《鴻寶樓偶存詩鈔》作『聚久苦相别』。

〔九〕秦川去：《鴻寶樓偶存詩鈔》作『秦川路』。

〔一〇〕東西南北：《鴻寶樓偶存詩鈔》作『天涯海角』。

〔一一〕以上兩句《鴻寶樓偶存詩鈔》作『憶昔承歡在燕臺，團圞幾度笑顔開』。

〔一二〕隨肩聯袂：《鴻寶樓偶存詩鈔》作『肩隨晨夕』。

〔一三〕清影：《鴻寶樓偶存詩鈔》作『清蔭』。

〔一四〕此句《鴻寶樓偶存詩鈔》作『坐對良晨樂事同』。

〔一五〕以上兩句《鴻寶樓偶存詩鈔》作『一自于歸分袂後，煙波祇藉夢魂通』。

〔一六〕分飛：《鴻寶樓偶存詩鈔》作『寄跡』。

〔一七〕此句《鴻寶樓偶存詩鈔》作『雪中鴻爪難留滯』。

〔一八〕此句《鴻寶樓偶存詩鈔》作『循陔難久虛中饋』。

〔一九〕武源桃：《鴻寶樓偶存詩鈔》作『武陵桃』。

〔二〇〕介壽：《鴻寶樓偶存詩鈔》作『祝嘏』。

〔二一〕畫槳：《鴻寶樓偶存詩鈔》作『桂櫂』。

〔二二〕此句《鴻寶樓偶存詩鈔》作『扁舟帆卸吴門樹』。

〔二三〕此句《鴻寶樓偶存詩鈔》作『三年忽奮勾吴戟』。

〔二四〕此句《鴻寶樓偶存詩鈔》作『申胥華登簡服成』。

〔二五〕旌麾：《鴻寶樓偶存詩鈔》作『水犀』。

〔二六〕越為俘：《鴻寶樓偶存詩鈔》作『越人俘』。

〔二七〕亦：《鴻寶樓偶存詩鈔》作『復』。

〔二八〕貶：《鴻寶樓偶存詩鈔》作『賅』。

〔二九〕以上四句《鴻寶樓偶存詩鈔》作『迴廊屧響燭摇紅，曲徑香生月籠白。長洲花發鬭雞回，玉床醉擁芙蓉席』。

〔三〇〕朱鬠：《鴻寶樓偶存詩鈔》作『風鬠』。

〔三一〕會稽山下：《鴻寶樓偶存詩鈔》作『禦兒山下』。

〔三二〕計近迂：《鴻寶樓偶存詩鈔》作『計何迂』。

〔三三〕猶逞：《鴻寶樓偶存詩鈔》作『日逞』。

〔三四〕以上兩句《鴻寶樓偶存詩鈔》作『黄池歸櫜猶火荼，梧宫秋雨驚飄葉』。

〔三五〕以上四句《鴻寶樓偶存詩鈔》作『誰令屬鏤死虎臣，轉教石室成歸客。陰符秘計總荒唐，祇藉當時一女謁』。

〔三六〕此題《鴻寶樓偶存詩鈔》作『璜兒夜讀孟子勖之』。

〔三七〕此句《鴻寶樓偶存詩鈔》作『移檠就几展雲箋』。

〔三八〕此句《鴻寶樓偶存詩鈔》作『枯腸索句兀不眠』。

〔三九〕侍坐：《鴻寶樓偶存詩鈔》作『侍側』。

〔四〇〕此句《鴻寶樓偶存詩鈔》作『高山在望景昔賢』。

〔四一〕爾：《鴻寶樓偶存詩鈔》作『汝』。

〔四二〕以上兩句《鴻寶樓偶存詩鈔》作『戰國策士誇利權，蘭陵著書疵未捐』。

〔四三〕古來：《鴻寶樓偶存詩鈔》作『是時』。

〔四四〕持己：《鴻寶樓偶存詩鈔》作『臨履』。

〔四五〕此句《鴻寶樓偶存詩鈔》作『涉古衹欲葆性全』。

〔四六〕誦讀：《鴻寶樓偶存詩鈔》作『博覽』。

〔四七〕此句《鴻寶樓偶存詩鈔》作『為山一簣志貴專』。

〔四八〕能：《鴻寶樓偶存詩鈔》作『有』。

〔四九〕琳琅：《鴻寶樓偶存詩鈔》作『琅琅』。

〔五〇〕春色：《鴻寶樓偶存詩鈔》作『暮色』。

〔五一〕散：《鴻寶樓偶存詩鈔》作『剩』。

〔五二〕新詩：《鴻寶樓偶存詩鈔》作『尺書』。

〔五三〕幻術：《鴻寶樓偶存詩鈔》作『雙舄』。

〔五四〕以上兩句《鴻寶樓偶存詩鈔》作『何當侍坐西樓月，看盡横塘十里蓮』。

〔五五〕此句《鴻寶樓偶存詩鈔》作『香篆沉沉午漏遲』。

〔五六〕以上六句《鴻寶樓偶存詩鈔》作『懷親頻入中宵夢，憶我應同繞膝時。山色滿庭閑課讀，濤聲萬樹壯吟詩。清秋擬泛吴淞艇，介壽重傾堂北巵』。

〔五七〕闌風：《鴻寶樓偶存詩鈔》作『蘭風』。

邵貞 一首

浙江湖州人。詩見《二如居詩集》。

題二如居詩集

詩才懷道藴，史筆憶班昭。望古空文藻，風流今已遥。聞道龍江有女士，雲水娟娟隔千里。郵筒示我瓊瑶篇，一日三復不能已。想見金堂綉幄中，古香不斷轉春風。墨研仙掌三更露，琴弄龍門百尺桐。奇思雕華故無匹，閨幃興寄滄洲逸。裁紅暈碧徒紛紛，對此才情各自失。豈但風雲月露形，詩中有史見儀型。唱酬未必慚鴻案，詩禮無難效鯉庭。側身南望思名媛，碧色黏天春草遠。於今自有女相如，從遊已覺十年晚。我躭佳句不遑閑，舊稿經年手自删。生涯甘逐蠹魚盡，詩卷欲留天地間。三十春光都一瞬，猶恨我斯未能信。君方樹幟登詞場，敢以偏師臨筆陣。爲拈斑管寫新篇，書格簪花誰與傳。肯以嚴詩編杜集，何辭迢遞寄魚箋。

潘懷燕 一首

詩見《谷音傳響》。

次韻題明妃圖

幽憤還和别淚稠，琵琶絃斷斷腸秋。生來薄命多遭劫，一畫終身困隴頭。

周登望 二首

字從之，浙江錢塘縣人。周徵君京之女。適諸生翁初在。著有《天香樓外樓吟草》。

《小粉場雜識》：春日，穆門周徵君京，與季女從之弈，從之連負三局，復以象戲決勝。其長孫女桐君方十齡，在旁，徵君戲謂曰：『汝能此不？』對曰：『女固未能，第不解前則愈着愈多，今又愈着愈少也。』徵君曰：『此晉人清言，不意於鬈髦得之。』乃大笑。後從之適翁初在，早歿，所著《天香樓外樓吟草》散佚不傳。

早春晨起

料峭寒生破曉時，已看旭影漸遲遲。東風今日初傳信，開得梅花第一枝。

湖庄晚春

雨後鶯簧取次調，一行垂柳碧迢迢。好憑晛睆留春住，未忍桃花着地飄。

王馥 六首

字少昭，江蘇太倉州人。適同邑胡栩然。家貧，栩然遠館。無子，煢煢空閨，以詩自遣。著有《伴臼草》。

【輯補】

胡栩然《卧山詩鈔》（乾隆十年刻本）卷首載王馥《先夫子胡夢園事略》：夫子諱栩然，字夢園，號卧山，先朝大海胡公後也。少岐嶷，比長多疾病。九歲失恃，大父母相持護焉。舅端文公、姑周氏遭家難，挈三少叔俱爲方外人。時夫子年弱冠，家貧拓落，衣食嘗不給，晏如也。後館盛氏，課餘躭書淫詩，雖嚴寒盛暑，而吟詠之聲不輟。有勸其就舉子業，則喟然歎曰：『子以功名豢我耶？我將爲方山子矣。』其洒落不羈如此。平生好交遊，往來悉婁水豪士，酬倡無虚日。客至則典衣沽酒，極歡而罷。退謂未亡人曰：『吾蓋合伯鸞、朱家爲一人者也。子將何以佐我？』未亡人曰：『能如是乎？與子偕藏。』夫子爲之色喜。初，先嚴建初公與來珍先生皆以詩名世，而先嚴持身少可多否。夫子挈詩稿相訪，一見如故，遂以未亡人許焉。其年館於吴門，閱二載入幕府。甲辰冬，先嚴病革，遂入贅我家。猶憶先嚴呼夫子而謂之曰：『汝才情浩瀚，可繼詩宗，恨我就木有期，不能益汝爲可悲耳。』夫子亦泣下交頤。居無何，先慈亦逝；閱四月，舅又壽終。夫子慟絶再四。後柱翁姑丈邀夫子同赴江西幕府，慨然曰：『江南山水窟，江西風月窩。大丈夫有志四方，今日之遊，足以吐我奇矣。且我聞子長生平好遊，故其文嶄絶峻拔，不可攀躋。我將盡天下之大觀，以助我氣，三千客路，何足惜哉！』故公餘之暇，盤桓山水，笑傲煙霞，作詠懷詩千首。庚戌秋，自杭歸家，染病數月，至冬又有建康之行。辛亥春，長女夭亡，復歸家，忽容顔慘澹，迥非昔比。親戚交遊，勸勿復往。夫子愀然曰：『行矣！退休之計，非今日事也。待予頭半童，齒少豁，然後營山田廿畝，茅屋數椽，左抱琴，右挈妻，作一南陽耕夫，以終我年，顧不快耶！』遂趣裝就道。抵蘇，没于嚴氏姑丈家，年三十有六。嗚呼！蘭桂秋摧，蕙芝春折，玉環永缺，豐劍長埋。慘極呼天，嗟百身之莫贖；悲惟搶地，誓一死以相從。痛憐姑老悲傷，諄諄泣勸；追念夫子遺詩盈篋，没没不揚。用是苟延殘息，彙聚遺編。敢丐當代宗工，加之檢選，贈以品題，不特先夫子感佩重泉，即未亡人亦銜結不朽。略陳大槩，淚與筆俱。未亡人王馥拜述。

同集載釋真靖跋：此先兄夢園遺詩也。兄幼習舉業，一再試不售，遂謝去，乃專力於詩。及冠，詩鳴里中。滄江詩叟建初王先生見而愛之，妻以女。我嫂承父教，亦解比興。于是夫婦酬倡，翁壻聯吟，甚樂也。然而家貧甚，幾無以自存，乃襆硯出遊，館江右者數載，曠觀山水，博覽物情，而詩益工且富。然平生心血，幾盡矣。辛亥春，自建康歸，手足一聚，未幾又應武林之聘，便道至金閶，宿嚴氏姑家而病作，竟不起，年止三十六，雍正九年三月十六日也。嗚呼痛哉！痛吾宗之無繼也。扶櫬歸，嫂慟哭悶絶，悲良人無後，欲以死殉。老母曰：『勿悲。栩然死，其詩盈篋，足傳；詩傳，則無嗣而有嗣矣。』靖感母言，手録兄詩若干首，請虞山竹鄉孫先生選得十之三，柳南王先生復選三之一。兩先生當今詩老，一經品題，得付剞劂，先兄可以含笑地下矣。刻將成，爲附數語於卷末。乾隆乙丑元日虞山東墖釋弟真靖謹識。

寒夜思親

狂風捲雲盡，新月照殘雪。痛哉父與母，音容一年别。寂寂空堂上，肝腸幾回裂〔一〕。夜臺不能知，淚下成冰結。

感懷

自小承慈訓，俄驚二十春。聊能知大義，故不厭清貧。客憶青衫壻，衰憂白髮親。少君與德耀，井臼亦高人。

梅花

一枝香似雪，冷淡報春知。莫道無顏色，江南獨占時。

冰肌與玉骨，不共俗人知。傲氣天然在，看宜明月時。

懷程氏姑

憶昔樓頭看月明，夜凉人静話離情。不知何日能相見，目斷黄山雁一聲。

雨夜

作客他鄉五月餘，一枝樓上獨閑居。終宵風雨心還碎，抱女懷中望遠書。

【校記】

〔一〕幾回裂：王馥《伴臼草》（乾隆間胡栩然《卧山詩鈔》附刻本）作『幾欲裂』。

宋右妍句

浙江仁和縣人。適徐金粟。

句

殘溜積來頻洗硯，爐灰撥去屢添香。

《隨園詩話》：吾鄉宋笠田明府女，名右妍，能詩，有句云云。嫁壻徐金粟，亦少年能詩。《七夕》云：『一灣河漢影，萬里女兒情。』《晚坐》云：『風帶殘雲歸遠岫，樹摇餘滴亂斜陽。』

林馨四首

字静傑，江蘇儀徵縣人，優貢生照之女。適江都增貢生孫瑜。幼從父兄學詩，然性好奇俠，每讀昔人慷慨悲歌之作，幾欲泪下。及于歸後，自以筆墨非閨閣本分，遂悉焚舊稿，謝去筆墨，故流傳甚少耳。

汪棣晤《孫冠存述其母孫孺人詩因贈四絶句》詩：『婚友空過畫閣東，甫傳逸藻蕙蘭叢。草書即可烏絲楷，悵不當時索婦翁。』『姑八十兮兒二十，尊卑之際匪伶仃。人間風月咸堪詠，却有清才自謝庭。』『門户終難似舊時，幽窻那得不憂思。斂藏几研閑成句，娣姒年深尚未知。』『何限清芬出繡闈，悲歌慷慨櫛巾稀。料因史熟經貞處，誦到沉酣意興飛。』

晚晴

晴光開薄暮，草色緑芊綿。雨歇凉侵枕，天空月破煙。晚花嬌宿蝶，老樹咽新蟬。寂寞荊門〔一〕閉，詩成一惘然。

呈唐三無先生

襟期恬淡笑春風，道念堅持萬慮空。璞玉何因藏匱內，芝蘭原自愛山中。經綸小試三邊策，吐納終成七返功。聞説詩篇驚四海，知名却只在雕蟲。

病中示喬兒

浮生漫擬老柴關，期望須知豈等閑。如此襟懷情少慰，絶無根脚命多慳。更誰任重能分力，見爾愁容亦解顔。得失古今休可否，行雲流水自廻環。

菜花

桃花零落菜花香，曾有微名説味長。可惜如金顔色好，一生榮落總尋常。

【校記】

〔一〕荊門：《國朝閨秀正始集》作『荊扉』。

孫廷楨 一首

字繡墨，浙江仁和縣人。

寶石山莊送袁簡齋夫子還山

才得謁高賢，愁逢餞別筵。山光環几翠，花影拂釵妍。絳帳明朝遠，驪歌此夕編。媿儂無彩筆，也共試吟箋。

狄織素 二首

字星橋，號侍香仙史，江蘇溧陽縣人也。適孫生旭初。

夜聽琵琶

寶鼎香濃更漏長，無端掩抑逐風揚。鬱輪袍是當年譜，一曲嬌歌武媚娘。
新調彈來徹錦城，倩誰擊節聽幽情。分明翻出蕤賓曲，莫認昭君出塞聲。

卷之五十六

郭芬二十首

字芝田，安徽全椒縣人，家履基孝廉配也。著有《望雲閣詩集》。

何飛雄《望雲閣詩集序》：《望雲閣詩》者，汪存南夫人郭芝田之所作也。以『望雲』名者，蓋取狄梁公『望雲思親』之義以名其閣，因以名其詩也。夫人之父官東粤，父卒，其兄官西安，夫人之母隨以往。夫人日夕思親，有『陟屺』之感。其爲詩，起於晨昏定省之缺，流連花月，觸緒紛來，若千條萬派之朝宗，必明其本志而後已，非若世俗浮游靡定之詞共相矜尚也。予嘗論古今名媛之作，其失有三：踰閑蕩檢者，無論已；能者不過兒女閨房贈答之什，燈火喁于，戹匨繾綣；又其黠者，故爲剛厲之言，以别於閨秀，往往自失其情。孰若夫人銜華佩實，麗藻穠芳，一歸準則，詩人所謂止乎禮義者，庶幾焉。予閲其詩，篇端即述祖德，《春感》則曰：『當窻忽有傷親處，只爲思親見白雲。』《紀夢》則曰：『漫説夢中難識路，分明夜夜到西安。』可以見其情矣。存南高才博學，于夫人若篔篪琴瑟之相應，所示夫人詩多幼小之作，檐梅階藥，有倡斯和，其業進而未已，于以希風班姬、謝女，無難耳。或謂道藴詩有曰：『非工復非匠，雲構發自然。』于夫人名閣之義，有隱相合者，然則夫人之詩寄意深遠，又烏可一端測哉？

鮑之鐘《題望雲閣集》：『十年浪跡江湖上，傳得芝田句共誇。雅稱詩名同左妹，更憐夫壻得秦嘉。』『望雲有閣傷春草，詠絮無心和落霞。却笑一燈重把讀，秋風客夢又京華。』

許惠《題望雲閣集》詩：『中表稱英媛，芝田我素知。西安生遠夢，南粤有餘悲。倚閣看雲起，揮毫寫孝思。波瀾老成處，不似女流詩。』『豈獨閨中秀，還多林下風。目收山水滿，心與古今通。對竹凝思静，看花得句工。費才胡不惜，重贈白頭翁。』

施學濂《題焚香試筆圖》詩：『總向紅牋寫自隨，碧欄杆外繡簾垂。綺琴白雪無心弄，織得廻文幾首詩。』『焚香宴坐晚窻深，一度相思一度吟。爲問蓬萊舊消息，碧雲初斷信沉沉。』

葉芝《題焚香試筆圖》詩：『秦關望渺白雲岑，簾對秋風盡日吟。豈向鴛機誇錦字，愛從華黍譜清音。』『寒衣頻逐征人夢，色線難忘慈母心。寫出林巒萬重思，披圖凝睇總情深。』

長相思擬李太白

長相思，在漢陽，庭院蕭條草木黄，寒風颯颯露為霜。空房徒倚愁欲絶，開帷對景徒悲傷，美人迢迢寄他鄉。上有高山之巍巍，下有流水之湯湯。山高水深不得見，夢魂欲度隴阪長。長相思，思斷腸。

陌上桑

朝採桑，暮採桑，朝朝暮暮泣路旁。蠶老繭稀，中心彷徨：兒欲作母衣，何以充官糧？阿母呼兒勿彷徨：今年盛蠶桑，幸可充官糧；免吏來催，形如虎狼。兒跪啟阿母：兒心彷徨，念母寒無衣。臘月重嚴寒，雨雪霏霏。阿母無衣，霜風割肌。新婦得聞知，仰面向天啼：願身化繭繅成絲，一半充官糧，一半作姑衣。微軀不惜盡，但願無已時。

山居秋暝

空山微雨歇，秀色晚來昏。涼意泉中静，秋聲林外喧。漁歌歸遠浦，樵唱入孤村。對此清幽趣，窮通休更言。

暮春山莊率題

地偏人事少，瀟灑興何長。郊外滿春水，門前多緑楊。静觀忘物我，緬古到羲皇。心與歸雲寂，悠然坐草堂。

秋日懷母

底事天涯久滯留，梧桐落盡已深秋。白雲多事偏當户，明月無情又上樓。吴地風霜孤鳥怨，楚天煙雨暮猿愁。憑欄漸覺朱顔改，況復高堂已白頭。

春日感懷寄外

郊園〔一〕遥望錦成堆，又是江南落早梅。舊恨不隨雲際散，新愁翻向雨中來。柳因寒重絲常結，雁識春歸語自哀。太息年年當此日，寸心那忍便成灰。

採蓮曲

莫唱採蓮曲，曲終心自悲。怪他沙畔鳥，生小不相疑。

玉階怨

夕殿捲重帷，葉落秋聲發。中夜不成眠，坐看星河没。

擬齊梁雜詩并引

芬八歲隨先君入粤，時略解吟事，間有紀詠，了不成語。抵灌陽半載，背誦《三百篇》粗畢，先君舉郭茂倩《樂府》中齊梁小詩，日課數紙，蓋以粤俗謡歌，多近鄙褻，互相喁于，惑人心志，反不如六朝人婉而不失其正也。針箱餘暇，聊擬一二，大抵不離《國風》之旨近是。逮先君奔太宜人喪歸里，不數年即下世，家母西征，芬亦無意吟詠久矣。兹因庚辰之夏與諸姊妹檢粤行敝簏，忽得此本，傷心慘目，泣下數行，回憶先君口授之年，春秋十一周矣。意欲付之灰燼，又念先君親爲點定，手澤尚存，不忍棄之。且太姒遺徽，尚傳《卷耳》；令暉清操，亦代沙門。或亦古人所不禁歟？倘妄爲口實，以此致戒淫思，古意之謂何，若而人者，殆亦不知詩矣。

子夜歌

攣枕心悲咽，夢回轉自迷。郎心與妾意，宛轉似蠶絲。

自君之出矣

自君之出矣，無復當窻織。思君如落花，時時減顔色。

子夜變歌

郎心春江水，波瀾自不淺。妾心雙車輪，一息千萬轉。

古意

天寒河漢高，夜静秋聲發。思君君不歸，倚門望山月。

夜宿近郊書屋

秋來情緒有誰如，霜月淒清竹影疎。孤館夜深殘夢醒，滿階黄葉雁來初。

暮春偶成

珠簾高捲翠雲浮，天氣陰晴似早秋。日暮小桃花下立，亂紅吹上玉搔頭。

補禽言

自家母赴西安，惟卧起望雲閣，焚香讀書，無事詠詩而已。時聞鵲語，忻然以喜，因嘆微物有知，悲歡不一，人苟能盡通之，其飛鳴正自有謂。復憶古作家『補禽言』一體，戲爲仿之，遂得六首，不無譏刺勸諷之微言，亦欲告世之不曉時務者，有人不如鳥之嘆。

稽古

稽古，爲人不讀書，語言如糞土。

行不得也哥哥

行不得也哥哥，東設網，西張羅，殺人不見干與戈。行不得也哥哥。

得過且過

得過且過，寒忍凍，飢忍餓，咬得菜根百事可做。到底鳳凰不如我。

麥黄不割

麥黄不割，風又狂，雨又惡，今日花開明日落。

咄咄怪

咄咄怪，東家少婦真狡獪：手中不理機與絲，身著朱衣加錦帶。咄咄怪。

割麥插禾

割麥插禾，割麥插禾。今不勞力，後當如何？

【校記】

〔一〕園：《國朝閨閣詩鈔》、《國朝閨秀詩柳絮集》作『關』。

盧御鎮二首

字静宜，江蘇奉賢縣人，朱象春室也。

書堂納涼次外子韻

疎雨晚初歇，書堂景色幽。清言不着暑，涼意正如秋。竹鄔蟲微響，蓮塘螢暗流。新詩吟未了，茗椀此淹留。

管正吉 一首

詩見《谷音傳響》。

題秋窻夜讀圖

碧梧池館卷簾旌，颯颯涼風秋有聲。夜午一編人獨坐，不知蘿徑月華明。

姚瑶琴 一首

直隸人，鄞縣王朱旦之繼室也。著有《芸軒集》。

次韻題明妃圖

來日陰山草正稠，西風忽值雁聲秋。邊庭遠嫁歸期絶，老將生還只虎頭。

銅雀臺弔古

白日照荒臺，涼風吹薄暮。笙歌不復來，西陵皆塵霧。

曹穗 一首

詩見《谷音傳響》。

次韻題明妃圖

奉勅和親怨獨稠，秦關漢月不勝秋。殊方風景增忉怛，坐困穹廬不出頭。

許茗玉 一首

字琬華，江蘇長洲縣人也。

大隄柳曲

楊柳垂千縷，年年繫遠愁。長亭七十五，拂作一天秋。別緒留枝上，閨情滿陌頭。何人見春色，尚忍覓封侯。

諸嫺三首〔一〕

浙江仁和縣人。諸匡鼎之女。適同邑王德宏。著有《鴛幃小稿》，歿後惜皆散失，所傳僅數篇耳。

戍婦行

朔雪吹花深院冷，哀鴻嚦嚦心耿耿。愁來欲寄一行書，尺素裁成終不忍。玉門關外路三千，賀蘭山北住幾年。黄沙磧裏燐為伴，白草原頭戰骨纏。玉帳風霜驚歲晚，金閨顔貌那如前。今人多説封侯好，豈料終年戍遠邊。遠邊悽慘誰為訴，深閨目斷天涯路。中宵獨立倚欄杆，月色團團形影顧。悲哉今夜妾思君，夢見金微正點軍。紅旗掩映青驄馬，馬上持弓帶夕曛。雞唱忽驚殘夢醒，斷腸淚濕鴛鴦枕。遥思當日美少年，未及歸來頭白甚。君不見，去年南國蝴蝶飛，而今北嶺梅花盛。吁嗟乎！春去冬來無盡期，空對孤燈悲薄命。

西湖春日

六橋芳草正萋萋，風暖花香燕語低。繞岸游人臨鏡影，棹歌漁父逐鷗棲。湖心日射金波湧，松頂雲披翠黛齊。桃柳兩隄仍似舊，幾來林下聽黄鸝？

初月

新月初升處，纖纖若畫眉。清光秋夜潔，高閣最先知。

【校記】

〔一〕諸嫺詩前原有汪韞玉詩八首，前有陸錫熊《聽月樓遺草序》略、金鑑《聽月樓遺草跋》、吴省蘭《題蘭雪遺草》三則。其小傳云：『字潛輝，一字蘭雪，安徽休寧縣人。适同邑金潮。早殁。著有《聽月樓遺草》。』實與卷二十四所收汪氏（字韞玉）爲一人。現將三則序跋及《秋夜書懷》一詩並入卷二十四汪氏名下。

馬鳳笙一首

自署秦淮女郎。

題焦山霹靂石

漠漠江上雲，纍纍水際石。何意金粉姿，覩此煙霞迹。

步江鮑皋《題馬鳳笙詩後》：石上輕雷隱釧聲，煙霞金粉未忘情。女郎詩句君休薄，五字秦淮馬鳳笙。

王叔姬句

浙江東陽縣人，蒼梧兵備道王嘉忠之女也。適盧懋鼎。

句

好語無人道，寒衾獨自知。

《東陽縣志》：蒼梧兵憲嘉忠女，長伯姬，適太學盧洪芳。少穎慧，授之書，過口即成誦。稍長，刺繡外廣記博覽，於父所蓄架上書無不窺也。父令賦詩，矢口得句，不待習而律已嫺。兼工小楷及山水花卉諸小畫，得之者若拱璧。所著有《倡隨集》、《緑窻彤管》、《古今文致》等編，多有載入者。晚乃栖心禪學。年六十，端坐而逝。生一子懋廉，有文行。廉之叔某，側出。先是，姑欲不舉，姬力請，且繼以泣，乃育之。事其夫，數十年言笑不苟，或究論古今典故，如賓如友，備形静好。蓋鄉黨奉爲母儀，不徒以文藝稱也。其姑仲姬，副使乾章女，亦能詩，適義烏虞姓；叔姬，姬女弟也，亦適盧，爲建昌兵憲懋鼎配，生一子，而鼎宦遊於滇，四十年不歸，至死無怨詞，但寄詩云云；才亞伯仲，而隱德過之矣。

金畹四首

字佩芳，號紉秋，江蘇崑山縣人。吴縣國學生范宏羽繼室。著有《吟香榭小草》。

春雪

蕭蕭春意減，風雪逼殘釭。積素未盈砌，暗聲時灑窻。香含梅寫影，夢冷鶴棲雙。小閣清吟夜，呼兒倒玉缸。

荷風

瀲灧湖光映曲塘，秋風輕度碧雲鄉。紅衣粉墮枝枝舞，翠蓋珠傾點點香。湘女鏡摇煙浪細，吴姬歌罷越羅凉。莫教一夜蕭踈響，驚醒鴛鴦曉夢長。

曉步

淩晨步前園，颯然秋氣冷。林端露浮香，烏啼殘月影。

雨窻偶作

一片煙光冷碧苔，鶯聲啼罷雨聲催。花開花落尋常事，未解愁從何處來。

虞静娴 一首

浙江海寧州人。

姚母五十壽

厚德坤輿粹，能貞情信芳。柔嘉悲偶拆，巾幗振彝常。嗣立雙金〔一〕貴，筵開晚節香。始基賡五秩，人瑞屬蘐堂。

【校記】

〔一〕金：《國朝閨秀詩柳絮集》作「全」。

徐懋蕙四首

字畹香，江蘇華亭縣人。適同邑鄒如岡。著有《綺窻遺詠》。

王祖慎《綺窻遺詠序》略：瑶溪鄒氏，余世戚也。今冬欒三鄒子攜其太君《綺窻綺稿》問序，受而讀之，慨然如見性情之忠厚而悱惻，心氣之中正而和樂也。迹夫鄉關入夢，存殁紆懷，風飄申浦之雲，鵑泣茸城之樹，良自傷已。而歌思而泣懷者，父子兄弟夫婦之間，情深文明，終和且平，亦何間於順成和動之音作而知慈愛者耶！其去幽憂鬱促操離鸞别鵠之節者，奚可以逕庭計！雖曰其遇使然，亦何非温柔敦厚根於性生者有獨粹耶！信乎大雅之不墜有如此耶！吾見光芒所藴，不可掩遏，將有不脛而走者，謹識之以備異日輶軒之採可。

陳邦直《題綺窻遺詠》詩：「文壺詞華發秘藏，玉臺遺卷耀珠瑯。幽懷賦就閑情什，卒性裁成貞吉章。」「秀毓泖峯生蕙質，價高側理在江鄉。不教柳絮專前美，竚看庭芝續後芳。」

王永祺《題綺窻遺詠》詩：浦城一片月，飛照谷陽秋。幽絶叢蘭徑，抒華作彩流。名閨有學士，彤管寄騷愁。誰譜綺窗奏，簫聲咽晚樓。

徐薌坡《題綺窗遺詠》詩：『好是前身閬苑來，香閨千古擅奇才。謝家飛絮江南遍，賸有風流續玉臺。』『蘂珠仙去感何如，寂寂蒼苔小閣虛。留得一編遺墨在，簪花細字衛孃書。』『碧梧深院掩罘罳，晝永紋窗日上遲。料得吐絨春繡倦，棗花簾底寫烏絲。』『琉璃硯匣鎮隨身，鏤玉雕璚字字新。記取唱酬粧閣裏，也應妒殺畫眉人。』

早梅

寒宵多寂寞，冷艷吐芳忱。東閣鉤詩句，南枝茂玉林。孤標宜素月，雅韻逐瑶琴。未藉新春管，先迎小歲斟。耻隨桃李鬬，那許蝶蜂侵。映雪光尤潔，凌霜香更深。高人堪作伴，美女不勝簪。籬落橫疎影，相看繞樹吟。

園池白荷花

細浪頻摇翠蓋重，水妃擎出玉芙蓉。朝霞乍籠光尤潔，暮雨初晴香更濃。楚客踪遥徒自惜，東林夢斷爲誰容。素姿每被鉛華掩，真賞從教物外逢。

冬夜不寐

宿雨初晴後，殘燈欲滅時。霜天夜半月，照徹幾人知。

春暮苦雨

積雨階前滿緑苔，閑看雙燕入簾來。春光已逐羣芳去，珍重荼蘼莫浪開。

許氏二首

安徽歙縣人，吴參軍蘗孫配也。參軍爲光禄覲陽先生第三子。

方岫雲《樹密齋詩話》：吾鄉吴參軍娶陳姬降綃，客平江，久不歸。許安人作《閨怨》、《示兒》詩，語雖不甚工，意極樸至，怨而不怒，勵嬌兒以青雲，幸老姑之憐愛，可謂發情止義者也。姬見之，題其後云：『賤妾空悲鸞鳳儔，白頭吟罷復添愁。主人不解牛衣事，風雨一蓑隨處留。』『隻影離離在水南，彼猶如此我何堪。幾回枕上潛垂淚，千里含情握髮三。』蓋參軍數遠遊，不常在平江，故姬云云以自明。

示兒

自我於歸十七年，辛勤婦職有誰憐。幔前絲惹無端恨，膝下兒離未穩眠。九折回腸三浙水，孤鴻寄語六花天。青雲有路來余慰，願死甘心在九泉。

閨怨

向來煙月被愁牽，明日春來夢渺綿。懷怨一生無處訴，幸儂堂上有姑憐。

楊翠疇四首

號虛崖，江蘇甘泉縣人，貴陽太守楊文鐸次女也。適李渟園司馬。著有《虛崖逸草》。

聞雁

淒淒冷露濕蒼苔，旅雁初聞清夢回。雲浄長天横影去，窻虛短燭送春來。深閨寂寞寒砧斷，古戍淒凉畫角哀。此際不堪盈耳畔，一番嘹嚦一徘徊。

送别父妾顔姨

僂指相依三十年，春來話别一淒然。情知聚散原無定，説到分離便可憐。從此相思憑夜月，莫教音問斷江天。叮嚀握手千珍重，練達還須忌占先。

簾内見月

湘簾寂寂夜凉時，滿砌花陰被月移。想是嫦娥理針綫，清光分作万條絲。

詠扇頭菊

冷香闇淡墨淋漓，誰寫陶家菊數枝。一自秋風留恨去，驚從扇底見霜姿。

袁瑞英 一首

字素如，浙江嘉興縣人。

《檇李詩繫》：袁瑞英，字素如，嘉興人。見《西湖倡和詩》。

集傅園

傷心不敢上高樓，滿目關山使妾愁。腸斷意中人去後，鵾絃斜整淚先流。

周琇 一首

詩見《谷音傳響》。

次韻題明妃圖

風沙漠漠塞雲稠，傾國應悲異地秋。天際孤鴻驚影落，漢宮何處更回頭。

徐宜芬 六首

字宛如，浙江海鹽縣人。著有《三曾堂詩稿》。

夏日

日長人避暑，徐步過池塘。清露飄葵艷，凉風拂芰香。鷗眠依曲岸，蟬噪隱斜陽。晚景流螢度，升沉紈扇傍。

遶鐘庵

深逕柴扉静，松林少客行。爐煙高座裊，燈火上方清。曉磬隨風響，疎鐘出樹聲。徘徊花雨下，頓使悟無生。

晚凉

緑槐影亂晝初長，閑捲湘簾趁晚凉。落日横山猶閣雨，暮霞棲樹欲廻光。蘭閨人寂摇輕扇，荷榭風來送暗香。閑向階前收茉莉，滿懷清氣暑渾忘。

婕妤怨

草滿宫門永巷幽，紅綃寂寞下簾鈎。驚聞梧葉飄瓊砌，怕見飛花點翠樓。却輦恩消渾一夢，裁紈恨動積三秋。月光處處皆同此，故作淒凉長信愁。

七夕答外

聞道飛鴻送遠音，半憑曉夢半沉吟。那堪此日憐同病，愁鎖煙波兩地心。
草草題毫繡榻前，幾回欲語又難傳。誰言天上成佳會，遥指銀河正杳然。

周秀山 一首

字雲亭，江蘇崑山縣人，周範專之女也。

題陳花南畫蘭

髣髴猶含玉露華，何紅潘紫漫相誇。祇應綺石黄磁斗，留供明窻映碧紗。

王幼貞 十首

名幼貞，字皎月，號明蓮，浙江秀水縣人。幼年失怙，由外祖母教以詩書。適同邑江鰲。著有《愁源隨艸》、《緑窻三友》、《嘯隱孤吟》諸稿。

陳濬《嘯隱孤吟序》： 幼貞王氏，字明蓮，爲余長姊之季女。幼年失怙，家計蕭索，賴余姊苦節操作，撫育諸孤。甥女酷嗜詩書，日事女紅，惟於吾母及余前問字討探，別無師授。稍長，家益式微； 賦性孤傲，即懷出世想。已受江氏聘，諸所不得意、不得志，皆發之於詩詞，故著作甚富，集名不一，有《愁源隨艸》、《緑窻三友》、《明蓮詩艸》、《嘯隱孤吟》、《夢華便艸》。甲辰春，回新城省姑，適逢痘疫，數日間夭殤子女三人。當斯時也，無論其己身痛悼欲死，即道路者咸咨嗟傷歎。余聞之，深爲惋悼。是秋郡侯恒太守聞其名，差人索詩，甥女病中即以苦況成篇及《緑窗三友》稿呈之，大蒙歎賞。仲冬復舉一子，余歲暮歸往看，甥女仍欷歔泣下，悲不自勝，因慰之曰：『已矣乎！弗悲爾。甥之志雖未能伸，甥之才賢名已洋溢乎遐邇。毋自苦，天應不負汝苦心。撫是子長，必能成爾志者。慎毋灰意自摧耳！』

述懷次韻

生來非慧亦非憨，性癖詩城佞佛龕。散誕何能〔一〕如傲吏，遨遊誰得似狂聃。吟憐俊逸思唐句，語愛新奇想晉談。細弱誰憐閨裏質，時風世味略知諳。

詠絮瑶章讀更貪，梅花共嚼味猶甘。滿城風雨重陽近，一幅琳瑯秀采涵。賡和自嫌荒謬甚，神交無負素心婪。蛾眉同調應同志，悵惜襟裾不作男。

梅花三十首選八

踈踈清影曲欄東，傲骨冰心孰與同。待得嚴寒諸卉盡，獨將芳韻照春風。

本是孤高出世姿，何緣塵網又羈遲。只因閬苑推魁秀，署作春風第一枝。

寥落根荄志澹如，偏將青眼向寒舒。東皇不負冰心苦，留取調羹足慰渠。

冷韻幽情寄玉壺，素懷如握辟寒珠。清芬似與吟魂洽，瘦影依依倩月扶。

清心脉脉向寒開，粉淚無聲滿玉顋。花也只如儂命薄，荒園寥落伴蒿萊。

耿耿清宵玉宇寒，冰魂無語傍琅玕。相依相對能忘倦，但有新詞寫素紈。

庭院冰融雪未消，瑶葩争發短長條。蕭踈别具超塵致，千古清風豈浪標。

春歸庭院似瓊林，照眼琪花曠素心。性癖不辭長夜坐，寒霜冷月伴孤吟。

【校記】

〔一〕何能：《國朝閨秀正始續集》作「可能」。

尤澹僊七首

字素蘭，號寄湘女史，江蘇長洲縣人。著有《曉春閣詩集》。

任兆麟《曉春閣詩集序》：余于小寶晉耳寄湘尤媛詩名久矣。今春寄湘偕其外妹沈媛皎如，録所作詩相質，遂與清溪締交，入吟榭焉。余得一媛詩，而嘆才之生於世爲不可量，才之見於世則又不偶然者。集中如《讀武侯傳》、《讀吴志》、《聽琵琶》、《落花》諸篇，即求之前世名家，已不多覯，況閨人耶？抑今茲襜帷，雅續閨襟，同聲合志，固有應時而見者耶？不然左鮑之倫，千百年何落落也？近世閨閣中不少親師取友之輩，若昭華之於西河，素公之於定遠，采于之於西堂，若冰之於松崖、沃田，芷齋之於霽堂、堇浦，其尤焯著者〔一〕。以余學識譾陋，萬不敢附諸君子之末塵，而閨閣之以詩文質者，至數人之多，且所作或較前人有過之無不及焉。此亦事之可異而余絶不異者，信其神氣非凡、靈淑間出也。寄湘性尤超曠，常有出塵想，直是飛瓊、方明儕偶，洵稱其名矣。平居癖在書史，操觚之暇，焚香默坐而已。余年十六七，得神仙口訣，嬰疾乃却人事紛擾。流光忽忽，頃晤西莊王光禄丈，亦謂前年得修真密語，極欲從事而未果也。余以口訣相印，丈嚮往之心躍躍不自已。他日當尋赤松子於茅蓬積翠之巔，倘授我以瓊函珠笈之秘者，寄湘即其人乎？

余故樂敘其詩，而並及此，以作異時左券云。〔二〕

田家雜興同蕙孫沈姊作

微雨溪上來，斜陽澹茅屋。平原一以眺，良苗靄如沐。鳩鳴杏花紅，村暗榆陰緑。野老善識時，相勉還相祝。膏潤貴及時，秋稔已可卜。

雨窻遲竹士不至

積雨生薄寒，孤館愜幽賞。抱琴一以彈，時有出塵想。暝色結樹陰，苔痕上簾幌。之子竟不來，虛聞蠟屐響。

春夜喜山人送梅

寒林漠漠春無影，欵扉有客來銅井。折得梅花遠寄將，一枝猶帶溪雲冷。我亦羅浮謫下仙，相逢此夕豈徒然。狂呼明月伴我飲，世人那識三嬋娟。

讀武侯傳

經世推王佐，伊周共瘁勤。君才能一統，天意定三分。飲血承遺詔，攻心靜徼氛。英雄終古恨，淚洒出師文。

夏夜

玩月憩池塘，獨把瑶琴弄。清風漾荷珠，打破鴛鴦夢。

夢母

腸斷慈親却早違，伶仃弱質痛何依。那堪夢裏相逢處，猶道兒寒須着衣。

讀吴志

三分割據大江東，霸業居然繼父兄〔三〕。臣服魏廷緣底事，始知先主獨英雄。

【校記】

〔一〕『若昭華』至此：尤濬僊《曉春閣詩稿》（乾隆五十四年《吴中女士詩鈔》刻本，下同）作：『若昭華（徐媛昭華）之於西河（毛太史奇齡），素公（徐緩綃）之於定遠（馮文學班），采于（張蘩）之於西堂（儿太史侗），若冰（徐媛暎玉）之於松崖（惠文學棟）、沃田（沈徵士大成），芷齋（方媛芳佩）之於霽堂（翁國子照）、菫浦（杭侍御世駿），其尤焯著者。』

〔二〕此序《曉春閣詩稿》末署『時維乾隆己酉之歲日長至晴川樹書』。

〔三〕父兄：《國朝閨秀詩柳絮集》作『父功』。

吴淑慎 一首〔一〕

字静遠，浙江錢塘縣人也。

寶石山莊送簡齋夫子還山

寶石山莊綺席開，行旌又向白門回。同人競寫簪花句，繫我慚非詠絮才。路遠未能依絳帳，情深不惜罄金罍。明年湖上春歸日，魚鳥還期杖履來。

【校記】

〔一〕吴淑慎前原收張因詩《送秋平赴試》、《夏夜》、《題河鯉登龍門圖》、《春日湖上偶題》、《哀柳》、《詠庭前緑梅》（二首），共七首。其小傳云：『字淑華，一字净因，江蘇甘泉縣人。能詩詞。適同邑諸生黄秋平。著有《掃垢山房唱隨集》。兼工繪事。』實與卷三十一張英爲一人，詳見張英『輯補』第一條。《題河鯉登龍門圖》兩見，其餘六首俱並入卷三十一張英名下。

李學濂 四首

號蓮舫，江蘇上海縣人，岳守太守李心耕之長女也。

詠桂

露凝金粟暗流芳，月窟分來傍繡房。小摘一枝清水供，風前想像素娥粧。

題繡餘小草

幼歲共看申浦月，長年同對洞庭雲。碧欄紅袖江天暮，煙雨樓頭獨憶君。
幾度披君憶我詩，離情脉脉兩心知。花前亦有懷人句，巴曲難酬白雪詞。
影娥新詠乍成編，十紙遺珠溯往年。共羨玉堂花管麗，謝家句法本薪傳。

卷之五十七

吳苣婈七首

字淑洲，江蘇華亭縣人，中翰吳南林之次女也。適婁縣王同知祖慶。著有《蘭谷集》。

王祖慶《蘭谷集序》略：　內子延陵淑洲，中翰南林公次女也。幼習毛傳，深有契乎風詩正始之義，因以淑洲自號。戊戌冬歸余，後每兢兢以婦道自砥礪，不欲以尋章摘句炫詠絮才，又不以神情散朗矜林下風，惟日坐起一小閣，女紅之暇，焚香鼓琴，左圖右史，嘯詠其中焉耳。余時肄舉子業，於聲律之學未暇講求，每篝燈誦讀，輒搦管以佐咿唔。閱數載，見余屢困棘闈，因相勗曰：『詩寫性情，與文章同揆。苟得詩之風雅，而文詞益宏藻繢，非特發皇環瑋已也。』余聆其言而神會，遂紬繹唐宋諸名選，從此春絃夏誦，秋蛩冬雪，拈題賡韻，竟成閨中詩友。甲子春，余謁選都門，旋復參政漳郡。先後十年，遠隔里門，雖常以詩筒郵寄，簿書碌碌，什不慰答一二。壬申秋，攜眷屬抵漳，手出篋中一編曰《蘭谷集》；　讀竟，方知彙平日所作，訂成一帙。其中沈公德潛傍加批閱，許公堯衢序於前，舅兄苧村相嵐跋於後，不無過爲詡揚。屬余亦敘一言，以道其實，因爲之略綴生平梗槩，以誌靈淑之真，不失風人情性之正也云爾。

吳廷昭《蘭谷集跋》略：　家嬃笄之年，余甫髫齡，先大人拈小詞，佳其慧；　間自閑居，觸物遺情，迭相唱和，已多篇什。弄月幽懷，吟花媚思，續以鴉之塗、鵠之刻，覺我形穢耳。戊午秋，遊西泠，余適羈白下，弗獲隨藍輿度俚詞，歸而爽然。坡公云，湖比西子，濃淡皆宜。乃波珠黛翠，悉屬蛾眉，良堪妒矣。癸亥初夏，抵姑蘇，又以塵紲不克挾筩從焉。吳中佳景，揮毫洒墨，以攬其勝，盡入香閨繡囊中。抱膝書幃，長吟牖下，彌媿不如已。茲録成帙，付諸剞劂。規其品格，敢謂工倖道韞、巧擬若蘭，而持衡鑑者，惜柔心，矜婉韻，搜珠求玉，倘嚴而採焉，愈以見熙朝之雅化云爾。

海棠曲

海棠一抹胭脂色，簾幙垂垂紅欲滴。邀勒輕寒不肯開，春風澹蕩嬌無力。寶几煙消睡鴨香，橫斜花影月昏黃。紅雲漠漠迷鶯夢〔一〕，不倩銀燈照晚粧。華清仙子馬嵬死，剩粉殘香寫春思。曉窻一曲雨零鈴〔二〕，滿院芳魂招不起。

上巳日集蘭亭序同苧村弟作

流覽春云暮，遊觀樂未終。室幽臨竹静，水曲抱山崇。寄跡林亭異，娱情今古同。每欣相契者，蘭坐引和風。

姑蘇懷古

金閶佳麗冠南州，吴主繁華土一丘。響屧玉殘應有恨，梧宫人去爲誰秋。蘇臺瓦礫煙蒿合，碧澗寒泉夜月流。獨有青山依舊在，年年寥落送行舟。

虞美人

楚帳歌殘韻渺茫，緑愁紅慘識新粧。舞腰不爲春風瘦，淚粉還餘垓下香。月曉有魂招未得，雨昏無語恨空長。可憐零落湖山下，羞向江東鬬晚芳。

新秋曉卧和鳳翎姪

宿雨蕉窻静，深深小閣眠。嫩凉生角枕，淺夢逐爐煙。鵲警初沉月，蟬鳴欲曙天。梧風輕淅淅，蘭露浄淵淵。世慮疎鐘外，秋情古塞邊。晨光凝院落，曉色動簾前。室陋神怡爾，屏虚意灑然。簟清猶搦扇，衾薄未裝綿。隴鳥偏知偈，貍奴亦解禪。晶瑩華日迥，砧杵一聲傳。

晚宿青溪

青溪曲曲抱山城，一片輕帆夾岸行。獨坐小窻新雨後，清風朗月聽蛙鳴。

西園

簾捲清風午夢凉，錦屏深惹玉爐香。侍兒不解心情嬾，報道西園放海棠。

【校記】

〔一〕鶯夢：《國朝閨秀正始集》作『鶯燕』。

〔二〕雨零鈴：《國朝閨閣詩鈔》作『雨淋鈴』

陳德五首

字如璋，浙江嘉興縣人，雪崖鄭羽達之媳，沃田沈大成女弟子也。著有《西溪集》。沃田沈大成《夜讀陳媛如璋稿題後》詩：遠札簪花格，新詩吟絮詞。五言今獨步，一字找慚師。殘月依深樹，春流滿曲池。小窻梅影瘦，可以況清思。

秋月

秋月照窻明，秋燈入夜清。庭前雙桂樹，冷露濕無聲。

挽徐姊若冰

數我同門受業時，才高柳絮讓清詞。可憐却被東風妒，吹折瑶林第一枝。
玉質何堪多病愁，芳魂歸去夢悠悠。從今泉路音塵絶，秋雨春風淚迸流。

東風

梅花雪裏暗生香，修竹扶踈月影長。寄語東風須穩重，莫教輕易到廻廊。

野望

綠堤芳艸遍平沙，茅舍青帘賣酒家。晝永喜看風日暖，可堪到處有飛花。

洪南秀六首

安徽歙縣人，予女壻洪榜之女兄也。適同邑監生徐士義。著有《初月吟》。

西湖雨霽和謝芷仙韻

一竿殘雨半蓑雲，山漸玲瓏日漸曛。遥望亭臺無忽有，近聽歌吹合還分。梅從石丈身邊墮，香自花神背後聞。拈得詩情摹畫意，迷離煙景乍逢君。

雷峯露處雨初收，短槳閒萍緩緩游。翠鳥倦飛杭葦去，銀鱗作隊唼花浮。松梢餘滴鳴紗扇，石角孤霞帶綺樓。濃淡粧成都不及，女仙何事説瀛洲。

題嵐園

高樹横雲截，危峯見石尖。偶來清夜坐，聽月一心恬。

天遠雲何淡，陽斜樹倍濃。無心花與蝶，緩緩自相逢。

作字與梅花，相煩鸚鵡寄。步入石林西，幽蘭路青翠。

竹上紀新游，蕉陰尋舊句。白雲來遠空，濃淡成仙趣。

吴氏六首

浙江錢塘縣人，明經吴西庚之季女也。適予族兄孚遐。著有集，惜無力壽梓。

秋夜聽帶星二兄鼓琴

虚室漸生白，日夕風露盈。凉月在高樹，逸響浮三更。夜迥林籟發，悠然有餘鏗。

覺羅東鄂氏殉節辭並序

故將軍東鄂氏之女，適中丞雅公之族弟某，未及一週，父兄繼亡，公子以哀毁致疾而殀。滿俗：夫死者，婦截髮；以身殉者則否。氏蒙首痛絶，家人泣勸，不顧，乘間遂投繯而殞。中丞公有啟徵詩，感而賦此。

王孫秀發宗潢胄，屺岵失依心負疚。蓼莪荼苦鶺鴒悲，玉葉林殘墜窈岫。入門新婦嗟未期，疾風吹折連理枝。鬢雲不截塵青鏡，節烈本自將軍性。舉家環泣俱驚猜，委宛難移識力定。仰無堂上親，為夫侍昏朝。俛無繦褓兒，為夫保宗祧。一身四顧何偪仄，一死等若輕鴻毛。手提約髮咽復慟，旗人以帕蒙首，謂之約髮。白日無光天地痛。星沉雨絶無還期，夜臺茫茫叫孤鳳。史臣再拜述金冊，遺徽彤管千秋重。

紫陽洞天

一逕陟嶙峋，幽巖閟古春。石床松露滴，丹竈雨苔新。不返遼天翮，空留太室真。棲神超物外，何在遠囂塵。

賦得秋露如珠擬試帖體

玉宇横銀漢，金莖接太虛。擎來廣寒裏，墜處夜光如。肯落懷川媚，還疑照乘儲。但能含桂粟，未許綴華裾。九曲絲難貫，三株葉有餘。摩尼堪共寶，薏苡不同車。圓滴青荷轉，凉垂結穗初。絶勝珠撒殿，帝德頌甘醑。

春日閑居

衡門深掩草芊芊，日誦南華第一篇。文砌苔侵滋宿雨，芳林春煖欲浮煙。病懷無緒非因嬾，老境時尋自在眠。吟興已知頻減却，年來幾負落花天。

除夕

紙窻風逼静無聊，殘雪延籬凍未消。折得梅花清自供，不知春色在來朝。

陳秀貞五首

廣西臨桂縣人，榕門陳相國之女也。適浙江陸宗伯少子之燦。事翁姑以孝稱。卒年僅十九。詩多散佚，惜未編集。

□□《陳秀貞傳》：秀貞，桂林榕門相國女也。年十四，適武林rowan川陸宗伯少子之燦，能執婦道，以孝稱。杭粤距數千里，歸寧不易，每思念其父母，事其舅姑益力。或叩其故，則泫然痛曰：『吾始來歸時，吾父誡吾曰：「乃父暨阿翁俱領雍正元年鄉解，為同年友垂五十年，情並骨肉，故以汝託也。今汝去，必念父母，然汝能孝舅姑，乃所以孝父母耳。不則念何為哉？」吾志之不敢忘也。』居平不事飾御，雖生長紈綺間，而襟懷曠淡蕭然，有荊布風。性尤喜讀書，雅善吟詠。著作甚富，而不出於梱。其妯娌、姑姊妹多言詩者，亦絕不以相耀，而自能於其間據一席焉。丙申春，之燦謁選京師，雁行諸女伴亦先後各從宦遊去，陳獨奉老姑於家。明年丁酉秋，以疾卒，年止十九。

菊影

分身老圃繪秋容，真相依稀色是空。落日移從霜徑裏，疎燈送入錦屏中。終將不老隨宵月，直以無香傲晚風。悟却浮生歸去也，白雲揮手謝陶公。

雪集即事

小鬟輕曳錦幃偏，報説平明雪滿天。起擲繡鞋床下卜，遠人身上合添綿。
香匳移傍碧窻紗，小鼎焚香自煮茶。高捲疎簾看不足，犯寒親手掬梨花。

紅鑪高宴列中堂，子姪傳鬮共舉觴。無奈阿姑教强飲，清樽微試鬱金香。
萬花飛舞錦成團，晚上紅樓作大觀。直被天公迷望眼，不知何處是長安。

韓夢香 二首

里次未詳。

登虎丘作

晚紅將墮爲誰留，重禮觀音上虎丘。不及東風能喜拾，盡捐花片供春愁。
修得花神誤此生，蝶情如夢未爲情。仙娥偏慕傷春淚，添向琉璃夜倍明。

史震林《與玉勾詞客書》：伏處華陽，迭逢飢饉，性復疎拙，恥於干人。詩云：『失學從兒懶，長貧任婦愁。』少陵贈我於千載後哉！自惠山登虎丘，見女郎韓夢音詩云云，憔悴人洵多有哉！

徐錦 六首

字珠村，浙江秀水縣人。明《易》，工《詩》。適同邑朱秀才辰應，安貧苦志。著有《紅餘小草》。

朱辰應《亡妻行略》：妻徐氏，名錦，生而聰慧。少治女紅，即能於燈火下坐觀書史。為婦頗諳大義。會予女弟將出嫁，先大母焦勞奩具，妻念大姑年老，不忍以此傷其心，請以己所有者佽之。予失館家食，而先大母即世。予方周章無所措，妻出飾首彰身之具，盡售之，以供喪費；　時予寢處靈右，妻獨抱兒子入席。盛夏不具幬帳，蚊蚋噆膚，兒啼不可止，妻持敗扇，徹夜為驅撲，至困不能支，始一合睫。予嘗館於外，家惟一被，攜以去。至冬，妻擁敗絮，有覆無薦。每日之夕，伺兒女熟睡，即篝燈操作，漏三鼓，瓶火熸滅，兩齒相搏，矻矻有聲，則繞室環走，令暖氣自內出，即又操作如故。既解衣，兒女體若冰結，哺以乳，輒惡嘔，以故兒女都不能長養，而妻亦以此彌年疢疾縈其身。妻能爲詩，中年獨好潛玩《大易》，嘗手書卷尾云：『宇宙間吉凶消長，常相倚伏。故夫需血，何莫非出地滅頂，寧遽爲咎占？臲卼有悔，動乃引吉；　習坎心亨，行亦有尚。是以君子順受其正。』又嘗拈房壁云：『人未能樂貧，且須安貧；　未能安貧，且須耐貧。能耐貧，須常念「死生有命，富貴在天」二語，反覆思維，理不可易。』今年春，精氣益耗，謂予曰：『予殆不能久矣。』因誦『春蠶到死絲方盡，蠟炬成灰淚始乾』句，黯然而罷。秋初，幼兒又墮河死。自是悲傷勞苦，內外交攻，病骨不能支矣。疾篤，細數家事，有條不紊，已又竊自歎曰：『造化勞我以生，逸我以死。十七年辛勤，於茲已矣！』予復泣謂：『猶有言乎？』少間還語曰：『君夙以古文自許，能為我識數語，幸毋致飾。』言已，斂衾而逝。妻產四男曰休復、休成、休文、休治，及二女；　今惟休成獨存。

閨秀嚴蓉拒霜氏《紅餘小艸跋》：　先夫子有族姊，爲朱氏婦，生時未嘗相識，没後始得其《胥山八詠》讀之。愛其風骨遒峻，不類閨閣中語，亟招其子，索全稿閲之，遺意敷詞，一一皆超然獨運，迥出尋常畦町之外。而其夫君所著《行述》一篇，尤悲痛，不忍卒讀。蓋其歷境困瘁如此，而高情朗韻，曾不因之少挫，其中所自得者遠矣。因爲摘取若干首，付之剞劂。付誌數語，用申予向往之志云。

《農隙筆談》：　秀水閨秀徐錦，字珠村，適同邑朱秀才辰應。甘貧味道，吟詠不輟，著有《紅餘小草》。其《題朱翁子墓》有句云：『大道惜未聞，得禍不之悟。』其識見可欽。又《詠盆松》詩云：『自經剪拜別華峯，白鶴青鸞不復逢。屈抑貞心雖困守，正全高節避秦封。』『欄下窻前聊自安，於今誰作棟樑看。任他挫折淩霄志，勁節依然傲歲寒。』其襟抱可知。又《病中寄夫子》詩有句云：『瘦影羞窺鏡，寒簾怕上鈎。』亦細膩工緻。有才無命，良可歎也。

錢陳羣《紅餘小艸題詞》：翰林不作處士死，鉅製流傳孰問津。後輩多爲章句誤，詩名從此屬閨人。

張雲錦《紅餘小艸題詞》：『園中窈窕信賢哉，筆硯晨昏侍老萊。肯似他家論家計，長聞室有勃豀來。』『不知大道嗤翁子，能秉孤忠重伍員。信是有才兼有識，流傳佳詠比蘭薰。』『詩卷長留藉拒霜，能將遺墨表幽芳。雲英不是人間有，閨傳裁成淚萬行。』

胥山伍大夫祠

拳石傍溪隈，俯仰發清嘯。遐思伍大夫，靈兮獨炳耀。屯兵吊遺踪，怒劍擊隱豹。忠孝秉奇節，悽愴餘廟貌。鼎俎薦焄蒿，日落松林照。

秋日舟行

野塘脈脈菱花繞，略彴横空櫓聲杳。白蘋紅蓼相間生，自去自來沙際鳥。夕暉高掛帆影寒，一片秋光在林杪。

西施粧臺

霸國因時變，孤臣淚未休。存亡一眉黛，風月五湖舟。玉鏡寒雲没，羅裙蔓草留。依依臺畔柳，攀折不勝愁。

即事

老屋寒多況雪霜，菊花猶自抱秋香。疎籬寂静蟲聲杳，僻徑蕭條草色黄。剩有西風翻亂帙，還留夜月照空梁。駒光荏苒心期永，忍凍孤吟刻漏長。

題畫瓶蓮

鸞鵲昌花活致鮮，銀塘翠蓋正田田。磁瓶直作優曇鉢，幻出瑶池十丈蓮。

送春

芳徑殘英掃地空，風車雨馬太匆匆。年年愁病當三月，柳絮梨花一夢中。

吴學素 一首

字位貞，江蘇婁縣人。適長洲顧偉權。著有《蔭緑閣詩草》。

閨怨限韻限字

百尺樓頭花一溪，七香車斷五陵西。六橋遥望三湘月〔一〕，八載空驚半夜雞。風急九秋雙燕去，雲開四面萬山齊。子規不解愁千丈，十二時中兩兩啼。

【校記】

〔一〕月：《國朝閨秀正始集》作『水』。

牟珠 一首

詩見《谷音傳響》。

次韻題明妃圖

草色萋萋牧馬稠，一聲吹角便成秋。嬌軀未慣風霜酷，不到天山已白頭。

陳蔚文 二首

浙江海寧州人，陳盈素之女也。

詠梅花

踈花鐵幹自芬芳，歲暮侵寒發草堂。月底珮環傳幻影，風前旖旎散奇香。何慚謝雪分新詠，不愛姚家作晚粧。繡閣護持還自愛，夜來村落有微霜。

舟中

帆掛清江迥，天連秋水長。煙波千萬里，何處是瀟湘。

游合珍 一首

福建晉安縣人。

賀外祖重宴鹿鳴

喬松[一]標格鶴精神，白髮簪花作瑞人。六十年來典型在，新嘉賓拜舊嘉賓。

《香草齋詩話》：乾隆壬午，予年八十，復膺重宴鹿鳴盛典。諸戚友及四方郵寄各贈言，金薤琳瑯，盈箱積帙。予愧不敢當，而閨秀諸什，亦有可傳者。如《喬松》云云，余外孫女游合珍句也。廖恭人復爲余寫《歲寒圖》，亦蒼勁有致。

【校記】

[一]喬松：《國朝閨秀詩柳絮集》作『松筠』。

陳穀十首

江蘇南匯縣人，程觀察霽巖配也。著有《寓書樓遺稿》。

錢陳羣《寓書樓遺稿序》略：表弟程子敬宜編次太夫人詩集，而屬序於予，曰：『吾母歿久矣，生平大節懿行，於詩可見。子於吾母，甥也。吾母之遇子者最厚，而子之知吾母者最深。子其爲之序。』陳羣承命，不敢辭。太夫人幼受庭訓，嫺詩禮。其歸於程也，霽巖先生歷官中外，著蹟循良，太夫人實左右之。霽巖先生性慷慨好施與，不顧流俗毀譽，太夫人實能贊成之。霽巖先生之殁也，家中落，遘危難，奸人乘隙而起焉。太夫人搘拄艱難，卒能保門户，而教子以立名。太夫人之德，不待詩而傳也。況所爲詩，風骨樸古，又實有可傳哉！陳羣少時，極被太夫人賞識。陳羣每來笥里問起居，太夫人輒引陳羣坐中堂而飲食之、教誨之。既成進士、入翰林，太夫人以詩寄吾母曰：『異時勳業名臣傳，少日文章大雅宗。』陳羣蒙天子知遇，官卿貳，夙夜兢兢，每念太夫人之言，未嘗不感激而自勉也。表弟敬宜，負命世才，顧不樂以功名自見，歸而課其諸子，有聲庠序間。天之所以報太夫人者，方未有艾，所爲序太夫人之詩，而欣然以慰也。

貞松篇

鬱鬱南山，淒淒朔風。貞松孤生，蟠霄摩空。有深其根，有堅其心。不炫物華，式諧清音。龍吟颼飀，鳳翼軒翥。俯蔭幽泉，仰承清露。桃李修容，豈伊不媚。歲聿其寒，莫固其志。勁節不改，正氣斯存。維霜與雪，亦天之恩。明明如月，含英揚輝。我撫素琴，白雲孤飛。

阮步兵詠懷

落日斂虛牖，微風激松林。天清白雲遠，獨坐彈瑶琴。仰視孤鴻飛，俯視幽泉深。朱火既徂謝，凋落方自今。松柏有本性，梧竹弄清音。守正養太和，穆然寫我心。

休洗紅

休洗紅，洗多紅色變。浮沉失光輝，慘淡絶眷戀。人情反覆無失身，昨日富貴今日貧。

景陽樓

瓊枝璧月當春曉，高樓阿閣東風嫋。玉闌金井百花香，遥望飄飄若蓬島。睡鴨爐煙入户來，揮箋狎客把尊罍。山名桃葉乘船渡，閣映臨春揖月開。官家那得聞鐘起，隱囊置膝深宫裏。香濃夢醒畫眉初，曉粧試汲銀河水。拊膺鳥語青龍飛，倉皇入井黯斜暉。至今空聽秋蟲語，當日寧知落葉悲。自古危亡起安樂，聚鐵六州難鑄錯。燕支石脉水悠悠，覆轍猶傳百尺樓。

喜錢甥香樹至

獨坐紅梅閣，微吟緑酒杯。風扶黄鳥舞，人共白雲來。契闊思前事，飛騰見逸才。經時魚雁杳，昨夜燭花開。

荔枝

海外傳丹實，風前試絳囊。由來尊異品，未肯變真香。味信含甘露，膚原量截肪。千房争旖旎，六月益清凉。種自莆田縣，名留著作郎。端明遺譜在，次第爲平章。

潤州

落木風高氣欲秋〔一〕，嗚嗚吹角古城頭。荒煙夜拂藏春塢，殘月虚涵望海樓。百戰餘威存故壘〔二〕，六朝遺恨咽寒流。當杯惟有三山色，吞吐雲霞萬古留。

秦淮水榭吊古

冰紋水簟近黄昏，舊院繁華忍復論。豈有凱歌傳幕府，猶聞法曲習梨園。湘簾依約遥山影，宫柳纏綿淡月痕。最是憑闌愁絶處，寒煙遠接杏花邨。

題畫

一棹載春風，白雲涵古渡。日出不逢人，鳥語花深處。

春望

燕語鶯啼二月春，桃花欲落柳枝新。笙歌乍歇蘭橈緩，更有盈盈拾翠人。

【校記】

〔一〕氣欲秋：《國朝閨秀正始集》作『冷素秋』。

〔二〕故壘：《國朝閨秀正始集》作『古壘』。

楊素華二首

浙江秀水縣人，楊芥堂文淳第三女也。適山陰王德昭。著有《香雪樓吟稿》。

初晴

連朝風雨喜初晴，處處芳菲好景呈。幾樹桃花紅映水，萬枝楊柳綠遮城。濡毫體物吟偏澀，啜茗看天興更清。此際一塵都不染，儼然身世泛蓬瀛。

清明

浮雲捲盡雨初晴，不奈倉庚深樹鳴。花片柳絲春未老，餳簫粥鼓正清明。

楊素書十一首

自號種竹人，楊文淳第四女也。蒔花種竹，具林下風。適會稽竇德輝。著有《茗香樓集》。

濮祖型《題種竹人詠物詩集》詩：體物緣情妙色絲，蟲魚爾雅著今時。隨心結撰傳神幻，觸手紛披繪影奇。名掩鷓鴣矜麗句，才多蝴蝶寄清思。香閨彩筆連珠和，不數當年詠絮詞。

詠弈

三百六十著，變化無終極。取勢貴斜飛，佈局在整飭。奇正兩迴環，勝負分頃刻。失不生憤心，得亦無矜色。譬如登射堂，於此可觀德。

題閨秀吹簫圖

月瑩秋露桐花香，瓊簫低弄雲漢長，翩然攏袖戲河梁。摇風紈扇凝雪霜，藐姑仙人白玉堂。珠簾高捲天微凉，心如止水夜未央。

茶

採得靈芽月夜烹，松煙細細碧雲生。味甘舊説鵶山品，香遠新傳龍井名。穀雨低沉花乳白，麥風輕泛露華清。冰甌雪椀閑消遣，濡潤詩腸倍有情。

秋夜思親

景物蕭條秋已闌，清霜逼户送新寒。風來水面吟邊悟，月到天心静裏看。錦字難從蘇蕙織，琴音不用伯牙彈。家書未報嚴親信，千里荒凉聚筆端。

塞外初來雁幾行，東籬又見一枝黄。西風匝地秋無賴，淡月流天夜有光。酒不澆愁空五夜，詩還和淚過重陽。嚴親若肯歸來早，執卷參疑問短長。

柳枝詞

煙籠驛路曉津迷，遠拂城樓近拂堤。似雪飛花無著處，隨波流入小橋西。

濃淡籠煙欲雨天，三眠三起畫樓前。杜鵑啼苦春將去，剩有飛花搭繡簾。

鴛湖采菱次韻

紅菱青蔆處處浮，南蕩北蕩一樣秋。風來水面香盈袖，纖指鈎來不斷頭。

鴛鴦湖畔蔆花浮，煙雨樓前萬象秋。滿目風光都不管，姑姑妹妹總低頭。

小小蓮舟花上浮，湖光月光秋復秋。採蔆作飯年年慣，忍耐輕寒露指頭。

兩兩鴛鴦水面浮，飛來飛去南湖秋。姊愛清風儂愛月，優游絶勝畫樓頭。

楊素英三首

文淳第五女也。適山陰錢景超。著有《墨香閣詩》。

小園

夕陽小圃又東風，杏蘂桃葩次第紅。半榻無塵書磊落，一簾有影月朦朧。海南香潤焚清夜，太古琴高響碧空。最愛曉來零露後，一天如洗峙雙桐。

臨帖

景色偏憐春晝長，桃花處處映垂楊。鶯聲睍睆簾櫳静，閑寫黄庭筆硯香。

烹茶

西風微動逗新凉，活火旋烹雀舌香。鴻雁北來秋露白，重陽節近菊花黄。

張蘊四首

字桂森，江蘇長洲縣人。孝廉張曾彙女。著有《别雁遺草》。

病中聞雁感懷

風飄哀雁墮晴皋，欲剪寒衣懶尺刀。聞道鳳城霜雪早，誰憐范叔贈綈袍。
紅閨玉鏡漸生塵，不念江東雉尾蓴。欲賦錦書隨雁去，忍將離思惱離人。
井梧摇落鬢凋殘，病卧牛衣不耐寒。青塚已將埋白骨，雁書空自問平安。
微生一縷似春蠶，挽鹿丸熊志自慙。從此窮途如有淚，便鴻不必寄江南。

沈轄珠 五首

浙江海寧州人，進士沈嵩士孫女。適仁和州佐顧爲新。著有《閨中閑唱》。

木香

蔓引春光長，頻添牆角陰。夜香披粉頰，朝日暈檀心。密葉難通蝶，柔條不受禽。登樓望新翠，星點小屏深。

香櫞

盧橘羞同亞，霜柑笑易殘。素花開細細，芳實影團團。色擅中央貴，香牛十月寒。綺窻清供好，合貯水晶盤。

揚州

茫茫六代不須論，建業東來揚子門。潮汐聲連名士渡，煙花香散美人魂。劫殘水調遺羌笛，仙去蕃釐剩草根。惟有玉鈎斜畔月，二分猶照舊黄昏。

牡丹

艷色濃香孰比倫，春光爛漫鬭時新。酡顔那及花容好，日夜沉酣一撿身。
春光如海伴花光，酌酒吟詩遣興長。紅紫成團同錦繡，誰人不愛及時粧。

張宛玉三首

江蘇婁縣人。

獻問官

五湖深處素馨花，誤入淮西估客家。得遇江州白司馬，敢將幽怨訴琵琶。

詠枯樹

獨立空庭久，朝朝向太陽。何人能手植，移作後庭芳。

呈山陽令

泣請神明宰，容奴返故鄉。他時化蜀鳥，銜結到君旁。

《隨園詩話》：古閨秀能詩者多，何至今而杳然？余宰江寧時，有松江女張氏二人，寓居尼菴，自言文敏公族也。姊名宛玉，嫁淮北程家，與夫不協，私行脱逃。山陽令行文關提。余點解時，宛玉堂上獻詩云云。余疑倩人作，女請面試。予指庭中枯樹為題，女曰：『明府既許婢子吟詩，詩人無跪禮；請假紙筆立吟，可乎？』余許之。乃倚几疾書云云。未幾，山陽馮令來。予問：『張女事作何辦？』曰：『此事不應斷離，然才女嫁俗商不稱，故釋其背逃之罪，且放歸矣。』問：『何以知其才？』曰：『渠獻詩云云。』馮故四川人也。

周琴八首

字雲和，浙江嘉興縣人。適歲貢生鍾駕鰲。

立夏

病久懶新妝，愁多消永晝。忽驚節序移，梅子青如豆。

乙酉秋外赴省試薦而不售作詩慰之

秋來何事最銷魂，看遍槐花踏省門。知己得來應不恨，買絲繡作趙平原。卷係會稽舒蔗堂明府呈薦。
不同穠艷鬬新裝，丁屈空教號擅長。料得平生不佞佛，故將如意付姚萇。
風急盤鵰落故林，重陽閉閣罷登臨。鋒銛雖折雄心在，好向窻前理浄琴。

春日憶亡弟遇梁四首

花放俄驚散遠空，臨風淚灑杜鵑紅。春來夢去無詩句，青草離離照殯宫。
繐帳風寒薤露悲，那堪伯道竟無兒。病前向我衷腸訴，誰道翻成永訣辭。
同氣連枝兩弟兄，君生骨格最孤清。泉臺去後今知否，哭汝高堂已喪明。父因哭弟，一目失明。
詠絮芳櫳共倡酬，落花時節棹歸舟。早知才子修文召，恨不當時且逗留。余歸家數日，即接凶問。

王德宜九首

江蘇華亭縣人，王紹曾之女。適錢塘欽賜舉人汪農。著有《黔中吟》。

西莊王鳴盛《黔中吟序》略：予門人王衣聞子軼群來晤，攜其仲姊汪夫人雲芝《黔中吟》，乞為評閱。披覽之餘，穆如清風，好句似仙。王氏門才之盛鍾於閨閣者，又復如是，洵〔一〕難得矣。《黔中吟》者，雲芝之君舅方伯汪公官於黔中，因偕夫壻侍奉以行，述道塗所經、衙齋所感而作也。雲間王氏，奕葉貂蟬，人人有集。雲芝所適又貴介，其姑則方太夫人芷齋氏，詩為當代閨秀第一。雲芝為其子婦，得其指授，詩之工，固當然與？太夫人之未歸汪也，方伯公一舉子耳；自于歸後連取科第，駸歷中外，位已二品。然則太夫人脩慧而兼之以脩福，誠爲希有。雲芝相其夫子，亦當由科目進。雲芝吟格之妙，象服之榮，爲太夫人繼，亦意中事哉！四十餘年以前，予曾讀太夫人吟稿，如《詠硯》云：『琢來山骨臞然瘦，貯得寒泉分外清。』又如《湖墅即景》云：『人語静於山僻處，谿聲清在屋西偏。』嘆爲非塵凡中人吐屬。今雲芝句如『舟行明鏡裏，鳥掠翠屏間』，又如『漁艇煙中聚，斜陽竹外明』，其應嗣響太夫人無疑。予年將大耋，吟力已退，但自幼躭玩，結習未忘。不幸目成雙瞽，已爲廢人；豈料古稀珠還合浦，又能見細書小楷。喜衣聞子女之並擅高才，遂從而詩嘆之如此。〔二〕

【輯補】

王德宜《語鳳巢吟藁》（嘉慶二十三年刻本）載沈颺序：夫詩發乎情，止乎禮，宗乎風雅，三百篇中，古之閨人思婦，柔情悱惻，觸景抒懷，比比皆是。今人何獨不然？汪宜人雲芝，余舊雨雲間王衣聞太守仲女也。衣聞簪纓世族，器識超群。乾隆戊子夏，以名翰林來守四明，有惠政，民愛戴焉。與余訂莫逆交，旋赴滇南軍營，臨岐泣別，不三年而齎志以終。余嘗痛之。今雲芝以《黔中吟》索余序，余雖不文，不敢辭。雲芝適竹飲駕部，為中丞芍坡先生之子婦，芷齋太夫人是其姑也。中丞遠宦黔中，趨承膝下，凡山川所經歷，古鎮所憑吊，以及花鳥蟲魚，俱發為有韻之言。平昔醞釀，固由天資之靈秀、家學之淵源，而又未始不得力於君姑時雨之化，而相與有成也。觀集中妍詞絡繹，雅意纏綿，如《憶往》諸作，格律均造自然；《江上》諸作，真力彌滿，筆尤豪放。其餘思親憶弟，詠懷投贈類，皆淒清酸楚，聲有餘淚，宛然獨運匠心，頓使鬚眉增愧。而如余者，亦烏能讀其詩而測其所至哉！然余既賞雲芝詩學之工贍，而益歎良友之早亡，未及一見其詠絮才若此之美為可惜耳。回憶官齋聚首，翦燭論文，忽忽五十年，存没之感，其能已乎！嘉慶戊寅六月上浣眉峰沈飇書於春豫草堂，時年政八十。

同集書尾其子汪鈞跋：戊寅之春，母宜人手一編示鈞曰：『此余所作詩也。汝其都為四卷，為余鈔之。且汝曹亦知余之為詩乎？余自初羈時，侍吾母張太恭人，命女紅之暇，間習吟詠。迨于歸後，幸得從君姑方太夫人講求聲律，始稍稍窺見唐宋門户。嗣復侍宦黔楚，凡山川之經涉，人事之變遷，隨所歷以詩紀之，先後三十餘年，鈔積浸多，蓋無日敢忘太夫人、太恭人之殷殷訓誨也。』翼日，鈞蚤起，即敬謹手録，閱五朝而始畢。因念母之詩，丙子歲王桂山内兄曾選鈔一卷刊於松浦，久已見賞宗工，傳誦人口。今裒然成鉅集，益將墨諸板以壽世。是集先經王西莊光禄、沈眉峰太守兩尊丈鑒定有年，續得詩若干首，母宜人復命鈞録請魏春菘世丈、方稚韋表叔商定之。維時鈞將北上，乃取副墨授之梓人，而始成行。頃自京師旋，適剞劂已先斷手，因出前所抄本恭校一通，並謹紀刊集始末於簡後云。嘉慶己卯立夏日男鈞百拜恭跋。

同集王德宜《憶往》詩其一云：嗟予生不辰，幼遭家不造。椿庭歿王事，失怙在少小。持户無長兄，弱弟亦繈褓。摒擋賴慈親，松節臨霜矯。女兄將及笄，結褵憐嫁早。兩度賦葛覃，戲綵開懷抱。惡風摧連枝，泣血呼蒼昊。予時甫六齡，惟知索梨棗。辛勤哺兩雛，母心惄如擣。晝荻夜課嚴，姜案恣搜討。十載共青燈，黄卷映緗縹。秋月與春暉，聯吟失昏曉。

將之黔留别嗣徽畹妹〔三〕兩女姑

閨中抱至性，欲别意彌親〔四〕。亦篤金石交，豈類兒女仁〔五〕。製錦鬬女紅，剪蔬商調羹。風什偶託情〔六〕，摛藻任天真〔七〕。閑當花月時，共奏山水音〔八〕。近别尚慘容，況乃萬里行。淚下空漣洏，行矣難爲情。

花滿羣鶯飛，江南三月暮〔九〕。折柳江之皋，水碧傷南浦。前歡未云畢，後感已尋緒。譬如東軒月，團圓歲幾度〔一〇〕。誰見雲之停，惟傷别如雨。眷眷未忍辭，耿耿不得語。明日勞相思，征帆渺何處〔一一〕。

滕王閣〔一二〕

帝子今何在，春風蝶夢闌。空餘江上閣，猶作畫圖看。歌舞催人易，文章閲世難。登臨思往昔，落日半江〔一三〕寒。

草萍

路出金鷄驛，蒼茫失遠村。屏山楓作障，茅舍竹編門。酒力饒風色〔一四〕，衣斑漬〔一五〕雨痕。荒田喧鳥雀，信有稻孫存〔一六〕。

春雨

雨香狼藉海棠魂，玉蝶慵飛晝掩門。寒食東郊初潑火，緑波南浦漸添痕。鶯衣金濺桃腮淚，酒旆青沾柳線村。一桁晚山遮欲斷，畫簾垂地又黄昏。

遊觀音閣

松柏青青倚澗隈，一峯影轉畫圖開。雙虹倒向天心出，亂瀑争從木杪回。未免溪山躭視聽〔一七〕，若無人我是如來。了然莫作非非想，翠竹黄花總誤猜。

秋夜書懷

空將別恨寫霜縑，異地常悲歲月淹。燕子先人作歸計，秋風初勁莫開簾。
人静宵殘鼠上檠，單雲冷卧聽寒更。嗟余藥裹緣何重，空讀嵇康論養生。
非關窻外有芭蕉，心緒絲棼坐徹宵。一任玉臺生網迹，意圖雙喜見蟰蛸。

【校記】

〔一〕洵：原作『詢』，據王德宜《語鳳巢吟藁》（嘉慶二十三年刻本，下同）改。

〔二〕此序《語鳳巢吟藁》末署『乾隆壬子西沚王鳴盛題』。

〔三〕畹妹：原作『畹妹』，據《語鳳巢吟藁》改。王德宜爲湖北巡撫汪新子婦，汪紉（字畹妹）爲汪新次女，二人爲姑嫂，故有『女姑』之稱。《國朝閨秀詩柳絮集》亦作『畹妹』。

〔四〕意彌親：《語鳳巢吟藁》作『先屏營』。

〔五〕以上兩句《語鳳巢吟藁》作『交誼篤金石，夙昔懷真誠』。

〔六〕情：《語鳳巢吟藁》作『興』。

〔七〕任天真：《語鳳巢吟藁》作『抒心聲』。

〔八〕此句《語鳳巢吟藁》作『鳴琴弄餘清』。

〔九〕暮：《語鳳巢吟藁》作『雨』。

〔一〇〕歲幾度：《語鳳巢吟藁》作『能幾許』。

〔一一〕以上六句《語鳳巢吟藁》作『依依照影寒，戀戀清輝苦。披襟坐中宵，攜手不能語。明發渺天涯，一聲煙際艣』。

〔一二〕此題《語鳳巢吟藁》作『重過滕王閣』。

〔一三〕半江：《語鳳巢吟藁》作『大堤』。

〔一四〕此句《語鳳巢吟藁》作『酒薄欺風力』。

〔一五〕漬：《語鳳巢吟藁》作『積』。

〔一六〕稻孫存：《語鳳巢吟藁》作『稻生孫』。

〔一七〕此句《語鳳巢吟藁》作『悟到禽魚皆佛性』。

曹貞秀 三首

江蘇長洲縣人。

澮香樓題詞

青元宮裏悟前因，六甲靈飛拜玉真。跨虎不來同寫韻，去隨南岳魏夫人。

姊妹花間買一鬟，明妃生長問鄉關。鏡中眉翠濃如許，月子彎彎句曲山。
曼殊小宛盛題詞，淮海新編又一時。何日九龍封墓版，我當書誌葬西施。

卷之五十八

杜芳英四首

號菊隱，江蘇新陽縣人。適常熟殷國學崑蘭。三十一歲卒。著有詩集。

梅溪杜羣玉《亡妹芳英小傳》略：余妹芳英，自號菊隱，叔父蘭軒公長女也。生而静秀端莊，性復聰慧，讀書過目成誦，塾師甚異之。比長，益肆力於學，工吟詠。雨雪之朝，風月之夕，咿唔不輟，觀者以爲有古風人遺意焉。年十九，適太學殷崑蘭。殷本琴川望族，而崑蘭為人，尤極温厚謹飭，以故伉儷之間，藹如也。妹至性過人，于歸後恨不及事翁姑，歲時祭祀，必誠必潔，歷數年如一日。本生翁姑，亦無失禮，其家人常稱道不置云。方蘭軒公之繫身請室也，叔母葉偕妹寓居於杭，睘睘羈旅，艱苦備至。余隨草亭叔父至杭探視，晤妹於西湖之雪庄，見其狀貌慘戚，欲效緹縈故事，心竊憫之。既而蘭軒公慘被奇禍，妹號慟幾絶。叔母欲以身殉，妹念諸弟妹尚幼，極力勸慰，乃相與扶櫬歸里。蓋叔母之得以生全者，實妹之力居多。嗟乎！以弱質女子而匍匐於吴越數百里間，身經愁慘之事，因候致宜，補苴籌畫，有爲衣冠所不及者。是可重已！體素弱，兼處境多逆，故頻年抱恙，鬱鬱不樂。月初偶染時證，遂致不起。妹生於乾隆辛酉年五月初一日，卒於辛卯年四月十一日，歷年三十有一。著詩詞若干首，俟他日梓之以問世。

讀先姑張太君節孝傳

節孝倫常重，清河秀特鍾。未違親懿範，空自仰遺容。刺血回天意，全身保大宗。獨憐虚廟見，長使淚沾胸。彤管留題處，芳名奕葉香。高堂扶兩代，哀禮盡三喪。鞠育恩何極，勤劬報未償。蘋蘩慚婦道，展卷一茫茫。

剪春羅和韻

織來曾不待拋梭，開向東風艷意多。欲作繡衣裁不得，空傳金剪剪春羅。

寄梅溪兄

湖光山色碧于油，二月春風好放舟。不是詞人金粉筆，六橋煙景倩誰收？

錢珍一首

詩見《谷音傳響》。

次韻題明妃圖

霧捲沙飛滾滾稠，賺他蘇李氣橫秋。誰知內苑金門女，也受磨礱遠塞頭。

沈琳仙四首

浙江歸安縣人，榜眼樹本之女，編修棨仁之妹。適諸生吴丹峯。

梅魂

玉蕊何容色相窺，精神只許會心知。窻前明月相思夜，笛裏疎風腸斷時。一片桃花憐倩女，十分柳色憶紅兒。曾經吟到横斜句，字底香生呼欲痴。

白秋海棠花

朱莖翠葉已堪憐，媚色偏從淡處傳。露冷秋風腸欲斷，月凝霜砌淚初濺。平分素萼冰成片，一點檀心珠似圓。誰把繡毬花掐碎，紛紛散落晚窻前。

漢宮秋

誰將〔一〕佳卉屬劉家，縵爛〔二〕空教物有華。金屋夜沉宮盡草，雁門人去漢無花。虞兮解舞愁如結，桃葉能歌興已賒。往事不堪秋色裏，謾〔三〕攜紈扇近窻紗。

老少年

小園秋卉幻春妍，片片朱霞葉上鮮。紅藥翩翻花正綻，青藜瀲灧火初然。美人連袂風捎頰，征雁一聲霜滿天。楊柳易凋桑易落，還童羨爾欲神仙。

【校記】

〔一〕誰將：《國朝閨秀正始集》作『誰家』。

〔二〕縵爛：《國朝閨秀正始集》、《國朝閨秀詩柳絮集》作『爛漫』。

〔三〕漫：《國朝閨秀正始集》作『漫』。

錢蕙四首

字凝香，江蘇吴江縣人。適同邑榆邨徐爔。著有《蘭餘小草》。

徐爔《錢凝香小傳》略：錢蕙，字凝香，別駕公珍南之女，候補理問徐爔之室。其家有眺湖閣，凝香十二歲時有『亂帆投極浦，征雁落斜陽』之句。珍南異之，遂延名師，教以詩。其生平有古近體詩數卷，自顔曰《蘭餘小草》，秘不肯輕示人。並工繡人物，以髮代絲；繡古佛像，儼如圖畫。性愛蘭，故自取諱字云云。年三十九歲。臨殁，猶執蘭，手題《絶筆》云：『含情淡素慵無力，人與名花一樣愁。』並令以蘭煮水，漱口拭體，怛然化去。此豈仙家所謂夙具慧根、來去灑然者耶？蕉園先生云：《蘭餘小草》得詩之正，絶無香奩之致。此閨閣真儒，勿以尋常才女目之云。

採蓮曲

美人家住滄洲道，翠蓋紅妝似蓮好。舊歲花開與郎別，郎不歸兮花顔老。十里清香日過午，采蓮蕩槳過南浦。采花莫並蓮子摘，蓮子絲牽妾心苦。花謝花開總是空，妾情一片水流中。從今抛却傷心事，一任芙蕖颭晚風。

題草橋驚夢圖和榆邨韻

一盞長亭酒，恩情忍竟空。煙雲隨去住，車馬各西東。幽恨江橋月，悲凉野店風。迢迢魂夢裏，何處晚妝紅。

吴山别墅漫成

竹籬三徑遠塵氛，澗柳垂垂挂夕曛。詩思閑中多健句，蘭芽午後發清芬。窻臨青嶂留寒月，路繞丹崖入亂雲。山野不知名利事，笑人車馬自紛紜。

閑居

楊花點點撲窻紗，回首驚看歲月賒。芳草天涯春寂寂，小樓吟罷夕陽斜。

穆蕙香 一首

浙江秀水縣人。

夏柳次韻

長堤依舊弄青絲，老去芳心繫客思。濃覆溪頭漁隱渡，陰遮橋畔馬縈馳。一林梅雨停梳處，半枕熏風解舞時。何事蟬聲鳴不住，春歸惆悵好丰姿。

寧古塔瑩川 四首

字瑩川，正黄旗人；世居寧古塔，因以爲氏。適少詹世襲恩騎尉鐵保。著有詩集。

【輯補】

寧古塔氏《如亭詩稿》（道光十年刻本）載楊懌曾序：師母如亭夫人，亦字竹軒，寧古塔氏，内閣侍讀學士巴克棠阿公之次女也。幼穎異，仁孝性成。自歸我梅菴夫子後，始讀四子書及唐宋人詩，喜大草書《十七帖》。素師自敘，帖日不離手，興酣揮灑，極有天趣。性曠達，識大體，凡婦人可喜可愕之事，俱不經意。每發一議，即練習時務、通達事體者，皆不能及。及門進謁，時援古證今，談論娓娓不倦，實閨閣中所未曾聞。而心氣和平，持己以儉，與人以寬厚。吾師任瀋陽、江南、山左時，俱隨之任，師母實襄贊有力，相敬如師友焉。《吟餘習射圖》自敘云：夫人素善病，弱不勝衣，而性特壯闊。喜作小詩，不求甚精，適意而已。夫婦德婦功，固不以翰墨文字顯，今讀師母詩，凡孝敬之忱、慈愛之衷，無不流露於楮墨間，即山海之雄闊、關塞之奇壯，莫不身親其境，而發為歌詠，抒以性靈。昔吾師論詩有云：『天地變化不測，隨時隨地，各出新意，所過之境不同，所陳之理趣亦異。』讀《如亭詩稿》，益令人憬然悟也。蓉塘世兄編輯付梓，屬懌為之序。謹受而讀之，用誌數語，以揚清芬於不朽爾。道光十年歲次丁亥秋八月既望門下士楊懌曾謹序。

同集載馮元錫序：座師鐵梅菴夫子，以蓋代之才，富名山之業，所著《詩鈔》及《惟清齋全集》傳播海內，又得師母如亭夫人為之配，以故中外服官，馳驅萬里，無內顧憂，德業相成，實資佐助。吾師謂為『閨中良友』，不虛也。師母天姿純淑，敏達過人，治家有禮，言動有則，洞明大體，神識沖遠，女紅而外，兼習騎射，尤嗜翰墨，書法繪事，並風格高古，希跡前賢，無纖毫巾幗柔弱之習。嘗作小詩，隨時寄興，而孝敬忠愛之忱，敦厚慈和之意，溢於毫素。凡所游歷，涉筆成詠，花鳥發其清新，海天助其壯闊，律諧音朗，不求工而自工，蓋性情之所蘊獨深矣。容堂世兄編輯成帙，將付剞劂，錫受而讀之，僾然如奉母儀於不墜也。昔吾師嘗選輯八旗詩為《熙朝雅頌集》進呈，末載閨秀諸作，後有繼者，師母之詩當必增輝於史冊也已。時道光七年歲次丁亥秋九月既望門下士馮元錫謹識。

同集載鐵瑞元跋：先大夫予告後裒《年譜》，已未刻；詩文為《惟清齋全集》，元謹刊之以傳於世。先母夫人內政之餘，間及詩翰，題詠和酬，儷徽媲美，存稿甚多，顧未嘗編以成集，元竊有散佚之懼焉。《記》曰：『父沒而不能讀父之書，手澤存焉爾；母沒而杯圈勿能飲焉，口澤之氣存焉爾。』先大夫經世之遠猷，立身行己之大德，足以光史乘而昭來禩，固不惟文章報國者，本不待刊集以傳。元之勤勤從事，以明章手澤之重也。先母夫人同德相佐，敬如師友，從於服官中外數十年所贊成德功並立言垂不朽者，雖元有勿能盡知，知之有勿能盡言。惟和風善氣，常著於家庭；懿範慈儀，永貽為內則。而詩之發抒性情，自然流露，猶是手澤也，猶可想見襄助先大夫之遺徽而不可以不並傳者也，豈徒杯圈之餘口澤，無敢失墜已乎！謹詮次為二卷，凡三百五十二首，以附諸《惟清齋全集》之後。至先母夫人為詩之善，先大夫《年譜》詳言之，元不敢贅。道光八年三月上巳日刻既成，男瑞元謹誌於後。

曉起

夢覺蘭閨静，春寒破曉輕。瑣窻通紫燕，綺樹囀黄鶯。花影蝦鬚亂，茶香蟹眼明〔一〕。海棠開未盡，階下露盈盈。

閑居

排遣紛囂日閉關，案頭獺祭每開顔。一旗香泛〔二〕甌中月，半抹青分枕上山。得意〔三〕偏愁花落去，無心常見鳥飛還。劇憐吟興連朝夕，鎮日偷閑却不閑。

畫梅

素几焚香畫老梅，槎枒鐵幹異羣材。影思庾嶺峯頭見，魂想羅浮夢裏回。意蕊巧舒微雪後，筆花忽逗小春來〔四〕。幽姿寫出憑誰識，付與東君作意開。

書天寶遺事選四

月冷岐宫〔五〕静不紛，竹林片玉戛寒雲〔六〕。無端繫得占風鐸，一夜秋聲到處聞。

金屋妝成侍宴來，海棠初覺酒盈腮。芳心不用寒香沁，親向花陰吸露回。

一騎紅塵驛使忙，宫中齊唱荔枝香。黄裹義髻皆零落，玉食無勞進上方。

鈿盒金釵兩不留，憑誰御氣到仙洲。太真院裏傳私語，猶向人間誓女牛。

【校記】

〔一〕明：寧古塔氏《如亭詩稿》（道光十年刻本，下同）作「清」。

〔二〕泛：《國朝閨秀詩柳絮集》作「嚥」。

〔三〕得意：《如亭詩稿》作「切意」。

〔四〕此句《如亭詩稿》作「筆花輕逗早春來」。

〔五〕岐宫：《如亭詩稿》作「宫門」。

〔六〕寒雲：《如亭詩稿》作「涼雲」。

詹城 八首

字碧存，浙江分水縣人，壬午副車王沺配也。早夭。著有《紅餘稿》。

王沺《己庚留瓣序》略：室詹氏城，字碧存，年十八歸於余。妹演之，字覺菴，年二十九爲張子竹書繼室。己丑春杪，庚寅夏初，相繼奄逝，榮華逐飄風，恍然駒馳電謝矣。竊念文章靈氣，有不隨弱草輕塵零落都盡者，因取兩人遺稿，擇其尤雅，彙而梓之，目曰《己庚留瓣》，慰芳魂而拭紅淚也。余少時氣盛，頗以輕俠伉健自喜，梱内殊少履跡。而碧存日與吾女弟輩紬書問字，授簡分題，怡怡未嘗頃刻舍。既而第三妹治之歿，長妹洽之嫁，獨與覺菴相依，知契更深。覺菴於丁亥出閣，明年竹書幕遊江右，又明年覺菴死。死之前一日，碧存聞耗，尚爲走謁文昌閣下，伏地虔禱，迺遽感疾，逾期亦死。比上臘，竹書旋里，則距碧存之亡，又將改歲矣。嗚呼！卒卒二十年，廻思姑嫂勝緣，真成臭蘭連璧。于今玉盤迸淚，錦瑟驚絃，雖竹書與余楚囚相對，泣下沾襟，其爲興平酥之煎也幾何！而欲持此一瓣斷香，謂兩人者果能藉以常留也耶？然猶幸其襲簾櫳而不墮坑厠，則理紀于己，斂更于庚，即以是編當護花鈴也可。

王汩《悼亡詩》：『虚名浪説住東牆，廿載齊眉比孟光。君是謝家吟絮子，獨慚天壤嫁王郎。』『藥爐聲沸繡簾遮，坐對侵晨到日斜。釵鏡無勞將贈處，尚餘一事勝秦嘉。』『絲喘才勝飵一匙，酸鹹口味怪難知。自嗤病想真顛倒，感得劬勞阿母慈。』『般若波羅誦未休，妙蓮有願早須酬。誰知凈土天宫好，不得花開號並頭。』

玉華泉

乳竇山圍裏，流傳第一泉。日烘珠漱液，春暖玉生煙。花落燕支膩，苔侵石黛妍。竹爐清供好，火活茗初煎。

芍藥

分得揚州種，宜人雅淡妝。曉滋金掌露，夜透玉盤香。苔面輕沾翠，甌心淺弄黄。春深堪賞處，婪尾獨芬芳。

曉春

閑園潑火雨初晴，偶向珠櫻樹底行。生碧裙拖芳草色，退紅霞抹遠山青。煙光自鎖千條弱，風意驚傳幾點輕。怊悵三春彈指過，好將詩句答浮生。

寄外

經年病肺怕春寒，無那閑愁强自寬。玉鏡臺高鸞影瘦，筠籠香減覺衣單。一亭柳暗常垂箔，滿院花開不倚闌。七字吟成斷腸句，錦箋鈔了寄君看。

古意

自君之出矣，孤夢却難成。多少芭蕉雨，淒淒滴滴聲。
自君之出矣，無事只添愁。縱把金釵卜，金釵不上頭。

畫樓

迷離花影隔簾櫳，冉冉幽香裔裔風。不信春光也無俚，青山啼遍杜鵑紅。

焚香

不隨時世儉梳妝，春向深閨特地長。鵓鴿樣青瓜樣緑，剪他銀葉試甜香。

吴若雲九首

字絳衣，號香城，江蘇嘉定縣人。適寶山毛州倅思正。思正遠客京師，家貧親老，藉香城支持焉。著有《吹蘭詩鈔》、《罷繡偶吟》、《香城詞》、《無皋雜説》。

春日曉起

夢覺鷄初鳴，披衣起盥漱。開門見殘月，清露泫苔甃。悠然萬籟微，風花襲衣袖。冉冉流雲飛，初陽上巖岫。黄鳥花間來，忽作笙簧奏。眷此簾閣幽，焚香坐清晝。

題畫

煙霧開層嵐，秋空正蕭爽。蒼蒼山色幽，鬱鬱松陰廣。石磴寂無人，白雲自來往。

流鶯曲

曉寒簾幕花如簇，何處流鶯鳴斷續。忽見枝頭羽乍低，旋聞樹上聲相逐。飛飛南陌又東城，一點深黄最有情。宛轉羽喉疑按曲，悠揚宫舌似調笙。金衣更與烏衣共，兩兩嬌音樓外送。百囀春殘上苑春，一聲驚破深閨夢。夢起闌干日影低，亂紅滿徑草萋萋。惜春偏惹傷春恨，莫向東風不住啼。

落花篇

一百五十陽春融，繁花競秀芳園中。鳥信無端忽催散，紛紛墮紫還飄紅。雨妒風欺竟誰惜，煙光黯淡無顔色。香車誰復駕紅妝，寶勒何人遊紫陌。轉眼繁華隨逝波，可憐對景愁懷多。鵑啼老樹催歸去，鶯囀空枝唤奈何。空枝老樹何堪數，漫自淒涼對荒圃。緑珠雲散墮危樓，紫玉煙消埋浄土。嗚呼良時不再來，青春難買殊堪哀。今日殘花落空蒂，明年始得花重開。花落花開人易老，玉顔零落誰能保。我歌此曲思最深，花時莫負春光好。

憶兩大人

憶别庭闈久，妝成暗自啼。可堪雙白髮，遥隔暮雲西。見雁書難寄，臨風意轉迷。尚憐吾妹在，眠食好扶攜。

關山月

一樣天邊月，關城影倍明。高懸青塚鏡，流照黑山營。角苦旄頭落，風寒雁陣横。誰家蕩子婦，永夜搗衣聲。

送外赴行省試

三十無成感歲華，重傾别酒送仙槎。帆開楊子人千里，夢落秦淮月萬家。幾陣天風飄桂子，一番秋雨踏槐花。麻衣脱却歸來早，莫使高堂望眼賒。

月夜

憑闌看月華，滿地梧桐影。風露夜深多，漸覺衣裳冷。

詠紫薇花

濃姿輕點碧天霞，坐對空庭月影斜。記取絲綸高閣下，燃藜夜照紫薇花。

毛思正《次閨人詠紫薇花》詩：暎砌窺窻炫彩霞，一鈎涼月照横斜。憐余未入金華省，羞對庭前紫綬花。

吴鳳儀九首

字淑英，號香楣，絳衣之妹。適同邑諸生朱綿生。著有《吟香楣小草》、《四十五日餘詠》。

幽居即景

結廬塵市近，却喜絶諠譁。深樹聞鳴鳥，輕風颺落花。巷依彭澤柳，溪暎武陵霞。獨坐書齋裏，香烹玉露茶。

紅梅

枝枝瘦影散芳菲，輕點胭脂色轉緋。一夜春風薰粉骨，滿天艶雪映茅扉。紅羅亭裏歌新曲，玉照堂前換絳衣。自有歲寒丰格在，認桃辨杏總皆非。

山房即事

山窻緑樹影參差，柳絮飛飛點墨池。把酒送春春去後，數聲啼鳥落花時。

歸舟即景

芳草萋萋緑，花飛春鳥啼。扁舟歸去晚，古渡夕陽西。

小坐

日夕遠林青，繡餘坐芸閣。忽忽清風來，空階花亂落。

無婢

門巷淒清絶俗譁，蠹魚窠袖〔一〕寄生涯。不堪三逕將蕪没〔二〕，常自抛書掃落花。

【校記】

〔一〕袖：《國朝閨秀正始集》作『裹』。

〔二〕没：《國朝閨秀正始集》作『後』。

金淑 六首

字純一，號慎史，浙江嘉善縣人。善書畫。適江蘇婁縣文學沈錫章。著有《得樹樓集》。

題自畫山水

尺素煙霞起，孤峯户外斜。隔溪翠微裏，猶〔一〕有幾人家？

《墨香居畫識》：金淑，字純一，號慎史，嘉善太學生金澳女，婁邑文學沈錫章室也。幼秉庭訓，明詩習禮，言動静穆，舉止端莊。喜畫山水人物。金氏本舊家，多藏名人手蹟，慎史性地明慧，習見臨摹，動多神似。兼工吟詠，嘗見其《自題山水》一絶云云，風格甚佳。所著有《得樹樓集》。

【校記】

〔一〕猶：《兩浙輶軒録》作『知』。

周昭素 一首

字雪君，江蘇江陰縣人。

汪氏雙節詩

結願期偕老，何圖生不辰。同心憐小婦，勵節報良人。並瘁恩勤力，終全道義身。懸知恩詔下，脈脈轉傷神。

曹碧仙 一首

浙江嘉善縣人。

夏柳次韻

垂楊垂柳萬千絲，難挽春風一種思。碧合章臺人已往，濃披隋苑鳥空馳。移葭隨蔭非今日，緝簡書經異昔時。別有追涼吟詠客，更翻新調舞芳姿。

陶善 六首

字慶餘，號月溪，江蘇長洲縣人，歲貢生陶寄軒之女。適彭主事希洛，期年即故。著有《璚樓吟稿》。

彭希洛《亡妻陶孺人事略》：陶孺人名善，字慶餘，蘇州府學歲貢生寄軒公長女也。幼聰穎，好讀書。年十四，成《百花詩》，即見賞耆宿。侍庭闈，婉愉承志，曲盡儀節。年十六〔一〕，大父為希洛締姻。越八年，始歸予。事吾母，甚得歡心；與妯娌處，無間言；馭婢僕，寬嚴合度；自奉尤儉樸。予性素剛躁，及孺人歸，遇事輒以寬慈相勸；予亦深自克制。去年秋試前，孺人勸予勤學，代理家務，予得專心習科舉業。及試，薦而不售，孺人復以義命相慰。是時孺人方有娠，起居食息，每以古人胎教為法。臘月初，藴輝生，臨蓐甚安，孺人謂予曰：『姑尚無孫，得此可慰慈懷矣！』詎意半月後忽感時邪，延及新正，竟成永訣。悲哉！孺人年九歲即喜茹齋，稍長從二親聞出世法。讀佛書，信解通利；手書《報恩》、《金剛》、《彌陀》諸經，楷法端整。及見予季父所撰《無量壽經論》、《居士傳》諸書，遂回向浄土。日有常課，晨起妝洗畢，輒誦佛號及諸經呪。憫吴俗宰割太奢，印吴江沈氏所撰《慈心寶鑑》千本以施。嘗著《慙愧吟》六十首，季父評之曰：『大好根種大好信，願努力修行，不妨現大家身而爲説法。』其爲季父心許如此。〔二〕

彭紹升《瓊樓吟稿序》略：庚子仲春月既望〔三〕，二林主人從役南還，見諸兄子，問瓊樓陶氏之疾，則已先二旬而逝矣。爰以白水一盂、梅花一瓣，爲文而祭之。既而檢其遺帙，得往歲和予《閉關》詩十首。予讀而歎曰：『異哉！此迦陵音〔四〕也。西方佛土七寶林中，和鳴哀雅，演出念佛念法念僧之聲，其在斯乎！』乃盡發其生平所爲詩，刪而存之，得九十餘首，仍其舊題曰『瓊樓吟稿』。瓊樓始爲詩，寓意風花，陶情山水〔五〕；稍長讀聖賢、佛祖書，漸知刊落詞華，鞭迫近裏。其有意於古之爲己之學者與？至十首之作，通達法源，浄諸疑惑，多生根力，迸露毫端，非猶夫淺智小根所能測識者矣〔六〕。

採桑行

朝採桑，採桑南山頭，纖纖攀長條，宿露清淺流。暮採桑，採桑南山下，日落思悠然，柔緑堪盈把。

山頭山下桑林密，朝朝暮暮提籠出。春風淡蕩春有無，春雲縹緲春山孤。太平不識漁陽夢，但願新絲滿轆轤〔七〕。

讀書

空山落葉深，返照入松樹。掃石欲何爲，讀書聊自娱〔八〕。此中味亦殊，日日换佳趣。回顧一泠然，新月峯尖吐。

松

寒風鳴萬壑，片月掛東峯。烈烈撑天榦，森森拔地容。寧高君子節，肯受大夫封？羣木都消瘦，虬枝緑轉濃。

鸚鵡

隴山逸格鬬新妝，悮入天涯小玉堂。一夢唤回唐社稷，千秋留得漢文章。斜樓〔九〕學語春風細，曲檻呼茶曉篆香。蕭瑟羈愁何處慰，鞦韆影裏落花旁。

山居

春風吹桂樹，落葉滿庭除。誰會幽人意，無言對古書。

荔支

白玉爲膚蜜作丸，何年飛騎進長安。那知一笑成長恨，譜出君謨不忍看。

【校記】

〔一〕年十六：原作『年十歲』，誤。陶善《瓊樓吟稿》（乾隆四十八年刻本，以下称『乾隆刻本』）所載此文作『年十六，大父為希洛締姻，越八年始歸予：長予二歲，時年二十三矣』，年歲相合。今據改。

〔二〕此後乾隆刻本復有數語云：『臨終一月前，謂予曰：「吾與君，不過一載姻緣耳。吾死，君勿悲。吾恨不能終奉姑；君若念吾，望慰吾姑，並無忘吾父母，吾之願也。」病劇時，外舅姑親來診視，惟曲為安慰而已。臨終，朗誦佛號數聲及往生咒，曰：「大和尚自西而來，吾去矣。」遂瞑。嗟乎！遺掛猶新，妝臺忽掩，回首前塵，真如一夢。在孺人夙具慧根，去來之際，了無滯礙。第念予童年失怙，顧影自傷，今復以喪偶之悲，上累北堂，重增鬱悒，又安能托達人之高論，忘獨旦之餘哀乎？用是略記始末，以附於家乘，俾後之人有所考云。孺人生于乾隆二十一年二月二十二日，歿于乾隆四十五年正月二十三日，年二十有五。子一，蘊輝。不杖期彭希洛述。』

〔三〕既望：陶善《瓊樓吟稿節抄》（光緒二十一年金陵刻經處刻海天精舍弟子節抄本）作『幾望』。

〔四〕迦陵音：彭紹升《一行居集》（道光五年刻本，下同）卷三《瓊樓吟稾敘》作『迦陵頻伽音』。

〔五〕此後《一行居集》有『吐屬清遠，不染塵垢』一語。

〔六〕此後《一行居集》有『讀瓊樓詩，一以爲才子，一以爲高士，一以爲道人，而瓊樓者，如空中華，如水中月，不一不異，非我非渠。作如是觀，謂瓊樓即今長住可也』數語。

〔七〕轒轤：陶善《瓊樓吟稿》（光緒九年刻本，以下稱『光緒刻本』）作『轆轤』。
〔八〕聊自娱：光緒刻本作『安我素』。
〔九〕斜樓：光緒刻本作『畫樓』。

李重文 一首

浙江平湖縣人。

夏柳次韻

翠煙高籠一絲絲，勾引熏風倍可思。隱現蓮塘還綽約，低徊客路倦駈馳。從征人別愁生處，罷釣舟横月上時。願得炎威常不到，扶疎終日漾清姿。

楊瓊華 一首

號長白女史，漢軍□□旗人，楊重英之女也。適伍佑場大使明新。著有詩集，惜未得見。

【輯補】

楊瓊華《緑窗吟草》（道光刻本）載其子姚德豫等《先妣太宜人行狀》：太宜人姓楊氏，正白旗漢軍少保湖廣總督蒙賜騎都尉世職崇祀賢良祠謚清端諱宗仁公元孫女，廣東巡撫諱文乾公曾孫女，太子太師東閣大學士兵部尚書仍管雲貴總督諱應琚號秋水公孫女，江蘇按察使諱重英號山齋公女，侍衛兼公中佐領楊諱長齡號鶴圃公姊。……乾隆丁亥歲，來歸先大夫春巖府君。先大夫姓姚氏，諱明新，號春巖，隸內務府正白旗漢軍，敕贈文林郎，晉贈奉直大夫，乾隆戊子科舉人，揀選知縣，兩淮伍佑場大使署泰州分司運判。先大父諱永泰，歷官江寧布政使兼江寧織造護理、湖南巡撫，升任泰陵總管、內務府大臣兼禮部侍郎，因失官物未奏，被議下部，籍没貲產，家遂中落，貧無寸椽。先大夫與先叔父諱明華輪日省視。太宜人在家，日夕焚香祝天，以祈宥罪；時在先大母左右勸慰。先大夫與太宜人皆當華膴之後，驟歷艱辛，百計支絀，惟侍省視之下傭書獲值，敬奉甘旨。太宜人調羹視膳，必潔必精，雖身受凍餒，不敢使先大母聞知。先大父已得恩旨，無他虞。先大夫遵先大父命，就官兩淮鹽場大使，初署伍佑場，奉使督餉入都。未至，聞先大父諱奔喪，哀毀盡禮。服闋仍赴兩淮，署東臺場大使，調補掘港，復任伍佑署泰州分司運判。時淮南北頻遇儉歲，捐貸賑之事，先大夫固不辭勞瘁，太宜人從中贊襄之，全活甚眾。太宜人侍先大母張太夫人在署，奉事惟謹。先大母花甲以後，雙目失明，百藥無效。太宜人日夜焦勞，聞古人有舐目重明之事，慨然曰：『神明自有靈，恨人不能精誠以達之耳。』遂率媳蔡氏輪流舐目，不稍懈弛，數月後漸生微明。太宜人知人力之有效，神靈之足憑也，益舐不輟，漸久漸明，豁然目光遠視，反勝於未病時。此德恒等所親見者也。五十五年，先大母見背，先大夫與太宜人率德恒等扶櫬歸葬。先大夫負痛積勞，至五十七年二月漸至不起，病亟時諄諄以持家教子為太宜人囑，遂捐館舍。太宜人痛不欲生，俯念諸孤，銜哀視事，持家嚴肅，內外秩然。因祖塋已無隙地，先大夫將卜窀穸，太宜人令德恒等必擇地於先塋旁近之區，使冥冥中得依先人於地下，孝思不匱，無間幽明。後卜吉於平房郮之兆，新舊佳城，引領可望。太宜人甚慰。德恒等賦性愚魯，每從塾中歸，必課所業，訓督綦勤。德恒等不敢不勉承親志，幸掇科名，皆太宜人畫荻丸熊之力也。德恒、德豫於乾隆甲寅、乙卯先後舉京兆鄉試。德豫於嘉慶三年揀選兩浙鹽大使，太宜人以詩示之曰：『應思將母情殷切，莫使貧民徙故鄉。』及今思之，言猶在耳。補授嘉興批驗所，即迎太宜人來南。德恒到浙省視北歸，適亦以鹽大使分發兩浙，得侍寢闈，每事稟命而行。嘉慶十年，德豫荷蒙薦舉引見，奉旨往浙江，以知縣補用。德恒業已歷署鮑郎、長亭等場大使，補授杭州批驗所。德豫由常山調任江山。德豐履任兩淮鹽運司知事，更相迎養。太宜人誕生於先外大父通州分司運判署中，嗣先大夫歷官兩淮，與太宜人俱往。迨德豐迎至邗江，適兩淮節相菊溪百公，先大夫之同年友也，旌麾過境，素欽太宜人孝慈大德，書贈『三至堂』額，以爲光榮。嘉慶二十五年，德豫署會稽，兼署山陰，迎太宜人板輿至浙。德豐署篆蕭縣，復迎至蕭邑。時蕭境修築河隄，集夫不下數十萬，類皆貧無衣食，預貸雜欵以資力作，工竣後負累未清者數萬人。案吏抱券請追，太宜人聞之曰：『是皆蕭境子民也，連年荒歉，凋敝已極，力役求生，至於逋累，其貧無立錐可知。官檄一出，必且有破家室鬻子女者矣。即有所償，徒飽胥吏，於事無益，不如破産補苴。我一家雖累，而數萬家皆可保全，毋以家貧爲我慮也。』德豐遂即毁券，遣人回京售産，代清公項，宣諭太宜人德意，咸使知之。是以出蕭縣奉迎至豐縣之時，老幼男女擁太宜人輿呼號哭送者，百里不絶。德恒銓升貴州銅仁縣知縣，太宜人以貴州地瘠民貧，尤兢兢以撫綏爲誡。道光四年，德豫已復任江山以及調任烏程，署篆慈谿，皆迎養太宜人在署。江山接壤閩嶠，故多開箱之案，往往在閩胠篋，竊取金帛而遁，而土著之夫反遭拘繫。德豫復任後察出實情，不分畛域，陸續破獲。視膳時偶言及之，太宜人即以無干者速當省釋爲教。烏程糧賦甲天下，積欠累十餘萬，德豫蒙上憲以繁調繁，恐負知遇，憂懼成疾。太宜人憐之曰：『國課所關，正當亟圖報効，豈可徒憂？善催科者，當從撫字而出也。』德豫益於緝捕聽斷，勉力加勤，除莠安良，不避嫌怨。兩年間，民情知感，踴躍輸將，積欠一清。……太宜人好讀書，著有《緑窗吟草》，爲先外大父被陷緬甸，流言傳播，先母舅繫獄未釋，時時見諸吟詠，以志哀痛。並以先外大父精忠亮節，可矢天日，每日焚香呼籲，禱祝生還，二十餘年始終不輟，竟遂所願。德恒等因數請詩集授梓，太宜人不許，每曰：『我遭家之難，受國厚恩，偶形吟詠，不欲播於閫外。汝父出以示人，已非吾意，況剞劂以傳耶？汝父之詩，已蒙采入《欽定熙朝雅頌集》中，文字之榮極矣。婦人無非無儀，乃爲盛德；詞翰之末，不足稱也。惟汝外祖忠貞苦志，徧歷艱辛，蒙天子鑒察，御製《蘇楊論》褒之，恐未能家喻户曉，是固不可不考實詳記耳。』……太宜人詩集中多因緬事感頌聖德，《羣雅集》中已多選入。德恒何敢湮没，故謹以付梓。

豫等並遵查事實，附記卷尾。太宜人自奉儉約，常以所蓄贍濟親族中之孤寡貧乏者，故親黨中咸頌太宜人之德不衰。先叔父去世，有女未嫁，一子德晉，年未成丁。太宜人體先大夫友于之意，在京遣嫁姪女，攜德晉至德豫嘉興任所，撫如己出，不幸早殀，遂以幼子德觀爲先叔父嗣。德觀以縣丞分發湖南，亦早世。媳固太宜人姪也，挈遺孤斌祥仍依太宜人膝下，現已學業觕就，角藝秋闈。太宜人顧之色喜。孫斌椿、斌桐等每屆大比之期，太宜人輒於數千里外賜書勗之，期望甚切。道光乙酉，斌桐獲雋賢書，斌椿薦而未售，太宜人喜曰：『孫輩雀起，但得共相砥礪，報答天恩，吾願足矣。』道光壬辰，德豫署理事同知，政務稍暇，得遂定省；德恒、德豐亦常得到浙省視。太宜人入春以來頤養歡欣，日臻康健。方思晨昏隨侍，菽水盡歡，豈料于五月初二日巳時壽終杭州理事同知德豫任所內寢。棄養前一日，猶率諸孫男女，談笑竟夕，次辰無疾趺坐而逝。……太宜人生於乾隆十五年八月二十六日丑時，壽終於道光壬辰五月初二日巳時，享壽八十有三。敕封太孺人，晉封太宜人。……道光十二年六月，男德豫、恒、豐謹狀。

同集載袁枚舊序：今戊申冬，春巖出夫人《緑窻吟》見示。其氣清，其筆秀，風格高整，洵閨中女士哉！當國家征緬甸時，節相秋水公大功不遂，山齋被虜，楊氏一門流離。夫人抱荀灌娘救父之心，慕李文姬撫弟之義，計無所出，盡託之於詩。故其字里行間，深情紆鬱，宜也。及今緬子投誠，山齋還國，天子下詔以蘇武比之，可謂榮矣。奈未至京師，中道而殁。夫人陟岵之思、蓼莪之感，其又將曷極耶！……隨園老人袁枚序，時乾隆五十三年歲在戊申冬十月。

戊申七月緬甸送家嚴還朝蒙恩旨垂獎有駕蘇武而上之諭恭紀一首〔一〕

廿載棲遲寄緬僧，纍臣〔二〕心跡玉壺冰。九重明詔稱蘇武，萬口訛言説李陵〔三〕。地坼金沙雲盡瘴，天開銅壁銕為繩。銕繩，橋名。白頭辛苦蜻蛉驛〔四〕，痛哭迎親恨未能。

八月八日聞長靈弟蒙恩釋獄〔五〕

乍聽〔六〕金雞下赦竿，廿年今始脱南冠。淚凝狴犴傷公冶，血灑弓衣愧木蘭。絶域丹誠生馬角，九重雷雨洗忠肝。遥知多病垂衰母，應為嬌兒進一餐。

【校記】

〔一〕此題楊瓊華《緑窗吟草》（道光刻本，下同）作『戊申八月知緬甸送家嚴還朝蒙温詔褒嘉恭紀』，下有小序云：『時接鶴圃舍弟手書，備述家嚴被羈緬甸，始終不屈。今緬國長投誠，祗送還朝。此皆仰賴皇上德威遐播、神明呵護之靈，使陷没孤臣復瞻天日。皇上有「聞重英在緬甸求死數次而不得，若復無娶妻生子之事，是較蘇武為優矣」等諭，見於《御製詩》。按，又恭讀上諭：「楊重英到阿瓦後，總在僧寺寓居，並無娶妻生子之事。欽此。」伏念家嚴二十一年艱難險阻，臣節無虧，從此可大白於天下，伶仃弱息，又得仰見慈顔，喜極而悲，悲極而喜，情難自已，敬賦長律恭紀。』

〔二〕纍臣：《緑窗吟草》作『孤臣』。

〔三〕以上兩句《緑窗吟草》作『競傳明詔稱蘇武，快雪浮言説李陵』，後有小注云：『二十年來，頗有訛傳，率多出于讐口。』

〔四〕蜻蛉驛：《緑窗吟草》作『青蛉驛』。

〔五〕此題《緑窗吟草》作『八月八日聞舍弟長齡蒙恩釋獄』，下有小序云：『恭讀上諭：「楊重英之子楊長齡現在刑部監禁。今查明楊重英並無從順緬甸情事，是楊重英係無罪之人，伊子楊長齡，著即行釋放。欽此。」感恩之至，更覺哀痛之深，敬賦。』

〔六〕乍聽：《綠窗吟草》作『聞道』。

吴湘 九首

字筠仙，浙江石門縣人。適嘉善諸生許錫曾。著有《貽清閣詩稿》。

邵豐城《貽清閣詩稿序》略：梅亭許君元配吴孺人者，延陵望族，語水名門。郙傳黄葉，芳華之世胄非遥；閣號貽清，麗藻之仙才莫匹。弱鬢弄墨，即解銘椒；盛鬋抽毫，偏能頌茗。隨嚴君而遠宦，問奇字於椿闈。依慈母以同居，受異書於萱寢。迨至鳳占協吉，鴻案相莊。才擅風華，爲東牀之妙選；家傳月旦，是南國之英流。裁紫玉以聯吟，秦簫待譜；展烏絲而學字，唐韻輕描。每佐讀於三更，亦窺書於二酉。方謂天長地久，允符比目之魚；何期月缺花殘，頓坼同心之苣。是以潘令成悼亡之什，荀郎抱嘆逝之悲。甲帳繡襦，此日之流芳未杳；零珠碎璧，當年之賸馥猶存。

題李龍眠五百羅漢圖

君不見，吴道子，松窻潑墨雲煙浮。又不見，顧虎頭，傳神妙手誰能儔。龍眠居士擅絶技，揮毫寫出天人流。鵞溪一疋好東絹，窮形盡相筆力遒：或駕黄花騮，或騎青毛牛；或袒右臂坐修竹，或杭一葦凌滄洲；或爲降龍或伏虎，或驂文豹從青虯；或搏象罔擒水怪，或持衣鉢倚松楸；或扶筇杖登高丘，或撐兩掌舒雙眸。五百尊者多變態，紛紛俱向圖中收。昔聞李君作此畫，太乙下瞰神鬼愁。披圖諦視駭心目，虛堂冥晦風颼颼。語溪守拙堂，寶之十世能久留。珍藏玉匣逾拱璧，欲使神物永遠傳千秋。

烏夜啼

流蘇斗帳垂紅羅，碧窻掩霧相思多。桐花緑到畫簾前，雪兒舞罷紅兒歌。倚瑶瑟，鼓雲和，香殘荳蔻翻銀荷。淚落沾瓊袖，愁來壓翠蛾。春風何處至，吹縐一池波。

夜坐

淡月隱疎竹，小庭花影深。美人隔天末，貽我朱絃琴。一彈還再鼓，斯世誰知音。鍾期既云杳，嵇康亦難尋。中夜坐長嘆，千古白雲心。

夏日雨後

微雨過梧桐，清風來碧篠。屋角斷虹明，雲影散歸鳥。凉意滿户庭，遠樹蒼煙繞。獨立愜幽情，荷香披曲沼。

晚眺

薄靄〔一〕村村合，荒原噪晚禽。寒煙圍遠樹，斜照落疎林。沙岸漁舟聚，霜天雁影沉。無邊蕭瑟意，悵觸發孤吟。

杏花

碎錦坊前點綴新，微開半吐鬬芳辰。日烘藍水千株艷，煙繞銅陵一望勻。細雨欲迷村店酒，春衫曾醉玉樓人。風流小宋傳佳句，贏得紅牙拍暖塵。

漢高帝

泗上真龍起，還鄉歌大風。既然封項伯，何故殺丁公？

擬採蓮曲

雨過銀塘夜色涼，摘來蓮子怕空房。幾回欲採還停手，爲有鴛鴦葉底藏。

陶彭澤

掛冠歸去閉衡門，三徑蕭疎松菊存。識得先生胸次闊，人間到處是桃源。

【校記】

〔一〕薄靄：《國朝閨秀正始集》作『薄暮』。

金柔姑二首 句

江蘇華亭縣人，金炳如女也。

錢學綸《金柔姑傳》略：戈復科，字經捷，華陽人。性儒雅，善文翰，有聲藝林，而端默寡言，絶無時俗浮夸氣，是以人鮮識之。里有金炳如者，與生爲中表親，有女曰柔姑，肌豐態嬈，兼通翰墨。生以親故得嘗見之，心竊慕焉。年少寡識，忸怩出口；時女見生韶秀，亦悦之。會有米姓者，於兩家俱親舊，見門第相若，爲蹇修。金父母曰：『戈郎愚而懦，料無他能。』遂辭之。還報，不懌者纍月。越二載，生漸長，名亦漸噪；而女家家事日落，始欲申前議，因浼戚田姓通好。戈母怒曰：『曩者金以吾子不才拒不允，今何乃爾？』因置庚帖不問。生終怯於年幼，不敢吐一言。金女聞之，亦惟竊歎而已。後一年，生已弱冠，補博士弟子員，别聘鄰邑于氏女。戈母旋於姻家見金女：時年及笄，尚待字，舉止嫺雅，迨莫能比；至其風態綽約，隱隱動人。心頗悔。及夜，與戈母同榻。時天寒，先暖衾以待母寢，切切語曰：『兒以夜寒，恐冰母體，先温被而待。』戈母聞之，心益動。然于氏之幣已納，勢不可回。悔更甚，至不能寐。明晨亟歸，惘然自失者累日。生聞，亦甚恨之，遂走京師謀幹，得選鉛山縣尉。生父母趣生歸娶，不得已强歸完婚；人雖艷稱之，而生實非本志也。金女知之，益悒鬱靡甚，輒有所詠，以寄幽憤，秘不示人。未幾失身，非命早夭。其夫其父母檢其遺篋，得詩若干首。生覓得，讀之，慟哭至再。人咸惜女之亡，而終鮮知女與生之隱衷者。會生所歡某姬一日閑窻偶談及，生憮然不覺墮淚；姬驚問之，生述其故。姬亦感傷，因尤生曰：『爾時以爲君無此念；既有之，即不可致者，猶當竭力爲之，亦至易之事，乃不復一言，而乃致成兩家兒女之恨！』各咨嗟惆悵，掩袂而起。既歸，憶前事，悔恨痛悼，益復無聊，爲詠《無題》詩九首以自傷，且誌恨焉。其詩云：『奚堪往事細推求，鷄肋形骸那慣愁。説與傍人渾不信，年來有淚暗中流。』『兩心相印兩情諧，誰把鴛鴦兩拆開。空負此生偕老願，可憐無夢到泉臺。』『豈是良姻難措謀，只須自怨復何尤。癡人那識題紅葉，沉落佳音隔御溝。』『梅花零落不成鈿，腸斷憑闌憶往年。地下苦無通信處，一緘幽恨倩誰傳。』『九十春光悶裏過，此生佳遇意如何。有言不敢分明説，相慰無人相怨多。』『暖衾温枕意何親，不惜肌寒護老人。到得悔時嗟已晚，白頭含淚説前因。』『斗杓斜指月如鉤，一水盈盈隔女牛。莫怪佳期惟七夕，人間七夕竟難求。』『静嫺態度世無儔，跨鶴乘鸞願已休。非是等閑偏有錯，翻教薄福誤温柔。』『何須鎮日意如癡，底事當年見獨遲？齒冷旁人親戚笑，果然情薄是男兒！』詩成，恒忽忽不樂。又于女不仁，夫婦甚不相得，其《自恨》一絶云：『日多絮聒與喧嘩，擾得情懷亂若麻。不識倡隨何等事，算來夫婦是冤家。』遂棄職毀行，放浪淮海間。親故有出遠地者遇之，勸其歸，卒不聽。後竟歿於逆旅。

無題

髫年相見即相憐，誰道紅絲別處牽。信是元稹能補過，會真有記足留傳。

傳聞

傳聞今日締良姻，獨對銀釭撫此身。君已乘龍妾未嫁，不知薄倖是何人！

句

不得早諧鸞鳳侶，總然薄命復何尤。

梅麗春 一首

字玉英，浙江石門縣人。

采菱歌次韻

一鏡光摇�面浮，隨他鄰婦盪凉秋。今年菱采鴛鴦水，還待蓮時采並頭。

吴喬喬 一首

字里未詳。後巖方成培所寄者。

立秋後五日隨父滿任潮府回藉路過西湖與阿嫂登六如亭題壁

三謫蠻邦老鬢華，浮雲得壻復何嗟。金剸不懺生前夢，青塚猶開死後花。豈必紅顔緣薄命，翻憐白璧每招瑕。從來流落人間有，遠嫁文姬未到家。

駱綺蘭 七首 句

號秋亭女子，江蘇句容縣人。適金陵龔某。

【輯補】

駱綺蘭《聽秋軒詩集》(《清代閨閣詩叢刊》影印嘉慶間金陵龔氏刻本)載袁枚序：庚戌之秋，京江駱夫人佩香走幣來曰：『蘭幼讀先生詩而愛之，且學為之，顧私淑不如親炙之益也，先生其許之乎？』余念孺悲無介，而闖然以至，殆奇女子耶？已而果嚴粧款門，王母容顏，殆三十許矣。出所為詩，才理清新，藝林中袍而弁者，無此人也。嗣後余過京江，輒主其家。佩香司脩瀡盥⿰石賣，脱肉作魚，事罔或不涓，雖孝息之事其所生，無以過也。余因請之曰：『今之詩流，往往文而不采，有聲而無音，殊非惻隱古詩之意，惟京江夢樓先生論詩與余意符，居與汝鄰，盍往學焉？』佩香從之。從此思愈清，才愈雋，所存若干首，皆先生所删定也。目論者動謂詩文非閨閣所宜，不知《葛覃》、《卷耳》首冠三百篇，誰非女子所作？『兑』為少女，而聖人繫之以『朋友講習』；『離』為中女，而聖人繫之以『文明麗乎天』。詩之有功於陰教也久矣。然而言者，必之聲也，天機戾則律吕不調，六情和則音節自協。以余觀於佩香，媞媞然淑慎其身，溺苦於學，其高識遠見，視大男子，裁如嬰兒；而且赴義若熱，能為人之所不能為。假使戴尺五皂紗，學荀灌娘救父於危城，學韓蘭英獻《中興頌》於齊國，何古人之不可及？而生命不辰，嫁未多年，所天不禄，僅課一螟蛉女，以代蠶織而遺餘年。吁！其可悲也已。然《春秋》二百四年中，守節者寥寥，只共姜《柏舟》一篇，與《清廟》、《生民》詩並垂千古。彼夫身坐魚軒，受泥封而衣翟茀者，無慮萬萬數，而大概生時則榮，歿則已焉，能如佩香之名聲若曰諸名公卿題詩遥贈者，有幾人哉？余今年八十矣，明知佩香之學問後進無涯，而余則暮景頹光，前途有限，故勸其板而行之，以及於吾身親見之也。即書此意以序其卷端。乾隆六十年六月望日隨園八十叟袁枚撰。

同集載王文治序：歐陽公嘗謂詩必『窮者而後工』，豈獨丈夫為然？即女子亦多有之。《聽秋軒詩集》，女弟子駱綺蘭作也。駱氏居句曲，世業儒，綺蘭少通典籍，能吟咏。適金陵龔氏子世治。龔氏故多名宦，其君舅如山官粤東，攜子世治隨任。綺蘭性厭喧雜，不欲偕往，家居輒手一編，華膴之處皆弗願至。世治自粵東歸，挈之遊廣陵，因卜居焉。綺蘭好為詩，世治兼好為詞。廣陵繁華之地，綺蘭與世治獨日夕閉門相倡和，然終厭其喧雜，旋遷居丹徒之西郊外。不幸世治早世矣！門巷蕭然，食貧自守，顧所為詩益工。今所存之詩多世治逝後作也。綺蘭讀書明大義，具卓識，無世俗兒女子態，亦不沾沾為資生計。親族間有大事，羣謀不決，綺蘭一言而眾輒伏。家雖貧，常能以財賄緩急人，扶危濟困，有烈士風。所為詩伉爽高邁，丈夫之雄傑者不能過也。嘗受業錢塘袁子才太史及予，謂予二人之詩非世間餖飣常語，故愛之深且願師之。予每與論詩，輒心解其義；或有所彈擊，尤悅服不可言。噫！士夫言學問者，往往存自是之心，一聞貶斥，即赬顏不欲聞，予不能面諛人，故從遊者甚寡。綺蘭一女子耳，獨能虛懷受學如此，此豈易得者哉？顧其詩益進，其境益窮，白屋孤燈，夏日冬夜，塊然煢處，與物無求，古所稱固窮之君子，不意於巾幗中遇之。至於遊歷山川，流連景物，意之所適，寢食輒忘，窮之中又有通者存焉，殆非有得於中者，弗能也。抑綺蘭少時，即愛静坐，近復稍稍從事於釋氏安心之法。果如是，將心之所處與身之所歷悉超然於窮通得喪之外，而詩之工與不工，又何足較耶？予序其詩，亦欲兼以著其為人也。乾隆六十年乙卯夏五月既望，丹徒舊史王文治撰並書。

同集載駱綺蘭《聽秋軒贈言序》：東坡先生云：『人生識字憂患始。』非謂字之不可識而世人之憂患每從識字而生也。然東坡以中朝人傑，直道而行，往往為人所排，故不免於憂患。若乃藏身闤闠之中，偶涉縹緗之帙，擬之古人，不過粗辨之無而已。乃遭家不造，夫子先亡，伶俜乏嗣，人生拂逆之遇，一身兼之，因嘆東坡之言，未盡出於奮激也。蘭自念無奇才異節可以稱述，猥蒙當代先生大人投贈詩篇，謬加褒許，歷年以來，或白首耆英，高軒親過；或玉堂宿彥，千里貽書。余讀而藏之，卷如束筍，雖珠玉連篇，語多溢美，而用意之厚，亦何可忘？頃者寄意空元，罕事吟詠，每風雨之晨，皎月之夜，取名流卷軸，裒而輯之，付諸剞劂，以詩之先後為次序，俾藥爐經卷之旁，日手一編，幸才人鉅筆，略得窺見一斑，用破岑寂，殆猶不免弄墨然脂之舊習云爾。嘉慶元年十月望日句曲女史駱綺蘭撰。

同集載駱綺蘭《閨中同人集詩序》：女子之詩，其工也難於男子；閨秀之名，其傳也亦難於才士。何也？身在深閨，見聞絶少，既無朋友講習以瀹其性靈，又無山川登覽以發其才藻，非有賢父兄為之溯源流，分正僞，不能卒其業也。迄于歸後，操井臼，事舅姑，米鹽瑣屑，又往往無暇為之。才士取青紫，登科第，角逐詞場，交游日廣，又有當代名公巨卿從而揄揚之，其名益赫然照人耳目。至閨秀幸而配風雅之士，相為倡和，自必愛惜而流傳之，不至泯滅；或所遇非人，且不解咿唔為何事，將以詩稿覆醯甕矣。閨秀之傳，難乎不難？且難之中又有不同者。蘭自幼從先君學詩，垂髮時即解聲律。及長適龔氏，值家道中落，與夫子輟吟詠，謀生計。繼又以孀居持門户，從揚州僦居丹徒之西，老屋椽，秋燈課女，以筆墨代蠶織，固食貧者之常也。厥後索詩畫者日益衆。或見蘭之詩而疑之，謂《聽秋軒稿》皆倩代之作。蘭賦性粗豪，謂於詩不能工，則誠歉然自慚；謂於詩不能為，則頗奮然不服。間出而與大江南北名流宿學覿面分韻，以雪倩代之冤，以杜妄人之口。師事隨園、夢樓兩先生，出舊稿，求其指示差繆，頗為兩先生所許可。世之以耳為目者敢於不信蘭，斷不敢不信隨園、夢樓兩先生也，於是疑之者息，而議之者起矣。又謂婦人不宜作詩，佩香與兩先生相往還，尤非禮。蘭思三百篇中，大半出乎婦人之什：《葛覃》、《卷耳》，後妃所作；《采蘩》、《采蘋》，夫人命婦所作；《雞鳴》、《昧旦》，士婦所作。使大聖人拘拘焉以『内言不出』之義繩之，則早删而逸之矣，而仍存之於經者，何哉？隨園、夢樓兩先生蒼顔白髮，品望之隆與洛社諸公相伯仲，海内能詩之士，翕然以泰山北斗奉之，百世以後猶有聞其風而私淑之者。蘭深以親炙門牆，得承訓誨為此生之幸，謂不宜與兩先生追隨贈答，是謂婦人不宜瞻泰山、仰北斗也。為此説者，應亦啞然自笑矣。夫不知其人之才而疑之者私，明知其人之才而議之者刻；私與刻，皆非醇厚君子之用心也。蘭年四十有二矣，近日流覽内典，遊心虚無，作《歸道圖》以自勖，毁譽之來，頗澹然於胸中，深悔向者好名太過，適以自招口實。但結習未除，每當涼月侵簾、焚香默坐時，於遠近閨秀投贈之什，猶記憶不能忘，披誦一遍，深情厚意，溢于聲韻之外，宛然如對其人。因裒而輯之，以付梓人，使蚩蚩者知巾幗中未嘗無才子，而其傳則倍難焉。彼輕量人者，得無少所見多所怪也？ 蘭編是集，既自傷福命不如同人，又竊幸附諸閨秀之後而顯矣。 嘉慶丁巳秋句曲女史佩香駱綺蘭識。

過隨園呈簡齋夫子

柴門一徑入疎筠，為訪先生到水濱。 絶代才華甘小隱，名山從古屬騷人〔一〕。閨裡〔二〕聞名二十秋，今朝纔得識荊州。 匆匆問字書窗下，權把新詩當束脩。

秋燈

獨坐影為伴，閑窗對短檠。 照人雖冷澹，觀我自分明。 焰小知風急，光寒避月盈。 欲挑還住手，無語聽殘更。

句

暑消新雨後，人困晚涼天〔三〕。

《隨園詩話補遺》： 余今歲約女弟子駱綺蘭同遊西湖，余須看過梅花方出行，而綺蘭約女伴先往，及余到，湖樓則巴先一日歸矣。 見壁上題詩，詠秋燈詩云云。 又《秋扇》句云云。 余愛其清妙，即手録以歸。

遊西湖

渺渺平湖漠漠煙，酒樓斜倚緑楊前。南屏五百西方佛，散盡天花總是蓮〔四〕。

春閨

春寒料峭乍晴時，睡起紗窗日影移。何處風箏吹斷線，飄來落在杏花枝。

雲根山館題壁

寂寂園林日未斜，一庭紅影上窻紗。主人難免花枝笑，如此開時不在家。

對雪

登樓對雪懶吟詩，閑倚欄干有所思。莫怪世人容易老，青山也有白頭時。

《隨園詩話補遺》：句容駱氏，相傳為右丞之後，故大家也。有秋亭女子名綺蘭者，嫁于金陵龔氏，詩才清妙。余《詩話》中録閨秀詩甚多，竟未采及，可謂國中有顔子而不知。辛亥冬，從京口執訊來，自稱女弟子，以詩受業。《遊西湖》云云，《春閨》云云，《雲根山館題壁》云云，四首一氣卷舒，清機徐引，今館閣諸公，能此者有幾人？

【校記】

〔一〕騷人：駱綺蘭《聽秋軒詩集》（《清代閨閣詩叢刊》影印嘉慶間金陵龔氏刻本，下同）作『詩人』。

〔二〕閨裡：《聽秋軒詩集》作『閨閤』。

〔三〕此題《聽秋軒詩集》作『秋扇』，全詩云：『入夏頻持玩，經秋思悄然。暑消新雨後，人困晚涼天。撲蝶遲花徑，當歌謝舞筵。雖同明月好，無奈物情遷。』

〔四〕以上兩句《聽秋軒詩集》作『忽來一陣催花雨，錦帶橋頭盡泊船』。

邵琨 二首

江蘇青浦縣人，邵正成之女，適諸生汪烈。

題自繡西湖春汎圖

斷腸風信今番幾，吹得新潮分外青。好放木蘭艇子去，春光容易過西泠。

桃花如雨柳如烟，點染西湖亦可憐。屈指春光但九十，吴綾一幅記年年。

国家出版基金项目
NATIONAL PUBLICATION FOUNDATION

擷芳集校補

四

〔清〕汪啟淑 選輯
付瓊 校補

人民文學出版社

卷之五十九

莊燾 七首

號磐山，江蘇奉賢縣人。適婁縣徐訓導祖鎏。著有《剪水山房詩鈔》。

王文治《剪水山房詩鈔序》略：昔人謂詩本性情〔一〕，性情之弗治，雖富於漁獵，工於雕鏤，去詩人之旨益以遠矣。孺人治經史於閨閫之中，幽貞閑静，於世味無所營，於得失利害無所感，一若宇宙間清淑之氣唯集於孺人之心胸者然；發而為詩，宜其名貴檢束，沖和恬適，自得其性情，而非漁獵雕鏤之所能及也。男子束髮受書，稍知章句，即盡力於制舉之文，以求一第。得失勞其心，富貴貧賤攖其志，求其如昌黎所云不懈而及於古，其觀於人不知非笑之為非笑者，百不得一焉。至於所學稍有成就而性情之汩没者，蓋已多矣。孺人之讀書，無所干求；其作詩，亦無所希望。興至而書，不必其篇幅之多也；率意而成，不必其聲名之暴也。其格孑然以高，其聲戛然以清。反復諷詠，不必其有大異人之處，而能使人自得其性情而無所歉。此真詩人之詩也夫！〔二〕

徐祖鎏《剪水山房詩鈔跋》略：歲己亥，繼室莊氏磐山歸余；余時年四十有一，磐山亦已逾三十矣。婦功之暇，手不釋卷，已廼出舊所為詩眎余。余故不能詩，然觀所作，皆抒寫性靈，無脂粉塗澤氣〔三〕。余前司鐸吴中，同人中有傳其能詩者，向余索觀，謬加歎賞，慫恿付梓。去年冬，署丹徒學事，偶攜其所製小楷詞扇，為王侍讀夢樓先生所見，必欲盡觀全稿，遂録以就正。侍讀為作弁言，而同人又皆贊余付梓，因綴數語，以誌緣起〔四〕。

陳廷慶《題剪水山房詩鈔》詩：『玉臺風調替吴歈，迢遞雲鴻錦段輸。更説絳紗經術富，共研香露課雙珠。』『璇璣圖樣手親裁，賦茗簪花不易才。兼讀南華齊物旨，一簾秋水映琴臺。』『太常齋課自年年，苜蓿盤餐共一氈。贏得聯吟官舫夜，昌亭楊柳碧於煙。』

徐堂《題剪水山房詩鈔》詩：『骨妙天成氣自清，拈來淡語亦深情。幽蘭吟卷曾無恙，陟屺重看山月橫。』『露滴毫端水湧思，小郎猶記解圍時。離羣無那衡寒雁，聊當江梅寄一枝。』

胡鼎衡《題剪水山房詩鈔》詩：『珊瑚架筆發謳歙，萬頃詞瀾足灌輸。試問推敲誰解定，蘭閨先已獲驪珠。』『天機無樣擅新裁，解悟華嚴證辨才。細轉輪珠通妙諦，心葩萬朵茁靈臺。』『攻苦真同應舉年，宵燈何惜伴寒氈。耽吟也似書生癖，小字蠻箋寫麝煙。』

【輯補】

莊燾《翦水山房詩鈔》（乾隆五十年刻本）趙帥序：拙稿頗多，尚待細檢，未敢徑刊，邇並敘人之詩，亦兢兢慎之。惟坦然不勞顧慮，操筆樂弁數語於其左方者，閨秀詩也。夫其梱閫之中，吟風弄月，即事言懷，雖罔知忌諱，而要無所營求，無所感慨牢騷，致涉違礙，可不展卷而信其有合於温厚和平之旨，若磐山女史詩集是矣。初薌沙寅兄見贈摺箑，得悉廼嫂詩字並工，遂索全稿，付小胥抄之，時時把翫不置，因口占貽薌沙云：『坐對梅花讀二南，一奩風韻小窗含。先生福分怎消得，低首香閨也自甘。』蓋傾倒之至，非謔詞也。因勸急買舟迎之來署，當不獨金焦、北固、鶴林、招隱、獅窟、蓮洞諸勝有幸，即拙稿亦將藉以就正焉。無何，竟不果來，余嘆曰：『此余之不幸也。』磐山詩，其必傳者也。茲謀剞劂其集，屬余敘，余喜曰：『此又余之幸也。』拙稿雖多，將不傳可矣。請質諸薌沙，以為何如？偉堂寅愚弟趙帥拜手。

擬感遇詩三首

山中有奇樹，芬芳垂緑陰。雖無三春姿，自抱歲寒心。美人來何方，聞風悦素襟。灌以滄浪水，娱以緑綺琴。歲宴含光澤，雨雪何森森。願因清風來，贈子以好音。

志士重名節，結交慎所擇。意氣一相傾，握手見心迹。然諾如丘山，慷慨輕七尺。素襟各自喻，千里匪云隔。顧念人間世，倏若寓影客。少年不可留，雙鬢倏已白。不爲知己死，寶劍良可惜。

路傍〔五〕桃與李，無言笑芳晨。落英覆緑苔，結實中有仁。嘉賓式燕喜，用佐席上珍。莞彼薔薇花，灼灼開〔六〕鮮新。紅芳徒笑日，零落不成春。枝蔓紛鈎衣，芒刺徒傷人。樵斧雖不及，終與荊棘鄰。

憶春曲

薰風吹緑江南樹，紅紫紛紛葬殘雨。晼晚春光去不歸，擷芳人散長堤路。屈指春歸纔幾時，簾前景物已如斯。芭蕉緑暗勾新夢，垂柳花飛别故枝。春到衡門偏我厚，年年歲歲期相守。我對東風贈百篇，東風勸我飲一斗。酒盡樽前罷艷歌，人生哀樂如驚波。青山相對不肯笑，華髮一來將奈何！

題聽松圖

空際濤聲起，疑登万壑巔。蒼鱗寒嘯雨，幽客坐忘年。謖謖流清月，泠泠瀉夜泉。不須彈緑綺，會意在無絃。

幽居

小院棊聲静，高樓春晝長。催花風乍定，絲雨一簾香。

虞美人

楚王霸業已成空，留得花枝舞曉風。垓下歌殘紅淚濕，從來兒女即英雄。

【校記】

〔一〕本句前莊燾《翦水山房詩鈔》（乾隆五十年刻本，下同）復有數語云：『去年冬，雲間徐君薌沙署吾邑儒學司訓事，余所居與學宫近，得暇輒相過從，因獲知君之配莊孺人績學工詩，欲得其平昔所著述而悉讀之。至是，君以孺人《翦水山房集》示余，且徵序焉。余披閲既竟，歎曰。』

〔二〕此後《翦水山房詩鈔》有數語云：『抑吾聞孺人于歸甚遲，故能寬閑其歲月，以成其學。易曰：歸妹愆期，遲歸有時。殊可為男子讀書而躁於進取者勸。乾隆五十年歲次乙巳夏六月舊史官丹徒王文治頓首拜譔。』

〔三〕此後《翦水山房詩鈔》有『叩其由來，曰：方七齡時，戲題畫二十九字，先君子見，頗許可。嗣後凡遇可賦之題，輒命作詩。秘之篋中，不以眎人也』數語。

〔四〕此序《翦水山房詩鈔》末署『旹乾隆乙巳之秋七月既望金山徐祖鎏香沙父書於丹徒官舍』。

〔五〕傍：《國朝閨秀正始集》作『旁』。

〔六〕開：《翦水山房詩鈔》作『門』。

俞玉英 一首

浙江嘉興縣人。

夏柳次韻

入夏深深幾樹絲，池塘摇曳繫人思。腰隨燕剪翻成舞，眼看鶯梭疾似馳。滿岸迎青風定候，一隄慘緑雨濃時。高才謝女吟曾借，更有何人比妙姿。

吴師韞 一首

字慧荐，江蘇如皋縣人，吴方邨之女。適武林施槃。著有《蕉雨軒集》。

芭蕉

天賜詩人緑玉箋，臨池清拂墨池煙。每於風雨瀟瀟下，長送秋聲到枕邊。

金松 七首

字翠嬌，號壽芝，浙江嘉興縣人，金永成長女也。適仝邑諸生孫志鎔。著有《瑞雲樓初稿》。

静夜曲

秋來風月清，幽蟲鳴四壁。夜漏正迢迢，憑欄轉愁寂。

隋堤柳

君不見，隋家堤上垂楊柳〔一〕，觸眼晴光〔二〕起樹頭。蕩漾千條牽錦纜，輕盈兩岸夾龍舟。龍舟飛渡黃河畔，一路揚帆穿柳岸。望裏枝枝别有春，煙波撩亂送佳人。佳人如花多窈窕，新妝争把蛾眉掃。風流天子倚欄看，青絲紅粉相縈繞。可憐去後少鶯啼，轉眼風光絮落泥。三千佳麗今何處，惟有蕭蕭柳遍堤。

題楊妃春睡圖

守宫夜落胭脂臂，玉堦草色蜻蜓醉。花氣隨風出御牆，無人知道楊妃睡。青綃帳底絳羅委，一團紅玉秋沉水。畫裏猶能動世人，何恠當年唐天子。欲呼與語不得起，走向簷前打鸚鵡：爲問華清日影斜，夢裏曾飛何處雨？

傾脂河

耶溪有女號西子，抛却浣紗來醉里。天慶橋北水瀠洄，胭脂傾處流塵滓。河畔人家争效顰，淡妝濃抹驕羅綺。不知歌舞誤蛾眉，一代佳人尚如此。

春雪

幾日煙將禁，還看雪舞空。入簾風黯淡，着樹絮溟濛。繡幙凝寒峭，花堦積素同。農歌徵有慶，三白報年豐。

詠蚊

白鳥名何取，羣飛起草萊。向人求血食，投暗集庭隈。喙毒尖如蠆，聲繁聚似雷。蒲觴初薦後，戒爾不須來。

月下同妹觀梅

暗香浮處月光寒，雅淡偏宜静夜看。清興動人忘睡思，玉欄干外共盤桓。

【校記】

〔一〕垂楊柳：《國朝閨秀正始續集》作『柳絲柔』。

〔二〕晴光：《國朝閨秀正始續集》作『青光』。

鄧碧玉 一首

湖南祁陽縣人。

望月

月光光不全，陽光照半邊。天文註：月本無光，借日之光爲光。踈星淡河漢，尾宿似鈎懸。桂馥發林端，移影倍娟娟。年年深閨月，曾見幾回圓？

余小娥 一首

字希謝，浙江會稽縣人。適諸某。

汪氏雙節詩

汪家節婦吾母姨，深閨婉娩諸女師。于歸先有姬在室，生兒頭角非凡姿。良人薄宦淇水右，五年官閣相追隨。賢哉姬亦閨中傑，不愁緑裏淆黄衣。御瑟抱衾和且肅，浮雲忽掩星月輝。送君南浦不復返，伶仃家事肩兩嫠。上養白頭下黄口，風巢雨户憂離披。如影依形臂使指，蓼荼同齧情熙熙。旌門詔下姬早逝，獨對孤兒涕漣洏。回首二紀偕執苦，手尚餘胼髮如絲。貞名曾不判存殁，天教老福娱含飴。恩勤不私腹出女，反哺何必親生兒。宣聖録詩首樛木，申言厥報編螽斯。短轅長麈供齒冷，請看汪家婦與姬。

朱蕙 四首

字静芳，號紉齋，江蘇婁縣人。適同邑國學生錢世徵。生而聰穎。能詩文，工書筭。著有《繡餘小草》二卷。

《水曹清暇録》：婁縣國學錢雲樵世徵，其室人朱蕙，字静芳，號紉齋。事姑以孝聞。雲樵赴試順天，留京十五年。家貧，無力延師，自課其子及姪，皆有成。

雁字

閑庭雨過晚秋天，信雁南來篆影懸。月下縱横垂露筆，風前揮洒亂雲箋。寫來文映窻東月，讀罷襟沾塞北年。字勢聯翩渾未定，珠璣遠散碧蘆邊。

舍弟移居賦此賀之

日影初長臈杪天，陽回喜遇谷鶯遷。好尋故業詩兼酒，却愛新居石與泉。林静只嫌啼鳥亂，庭深惟覺翠苔鮮。窺園探得春將近，牆角梅花欲占先。

露杏紅初坼和二妹韻

杏報花開露尚涵，短牆春色好教探。一枝最是堪憐處，正在輕紅蕊半含。

詠金絲桃

形類桃花別様鮮，絲絲金色動人憐。美觀可有芬芳至，不及籬邊鐵線蓮。

盛秋錦一首

浙江秀水縣人。

汪氏雙節詩

剪紙招魂粤海邊，千鈞重負一身肩。危宗似綫孤兒藐，同臭如蘭仲氏賢。影傍寒檠機對擁，家丁多難淚雙懸。卅年盼到泥金帖，辛苦真堪質九泉。

沈纕十四首

字蕙孫，號散花女史，江蘇長洲縣人，教諭沈起鳳女。著有《繡餘集》、《翡翠樓詩文集》、《浣紗詞》。

任兆麟《繡餘集序》：戊申冬，蕙孫沈媛以《繡餘詩集》相質，並乞序。余時方輯《毛詩通説》未卒業，參考同異，書籍鱗比几席間，顧卒卒不暇也。獻歲望，過碧岑居士齋，碧岑出示近作《媛詩題詞》，因論集中古今體制並工，古體尤卓絶，類非唐宋以下諸家所克逮。又謂《田家》諸什當推壓卷，與鄙意亦契合。近世名媛，海寓業推松陵沈宛君夫人母女輩；《午夢》一集，藝林埻的。媛系故出松陵，豈扶輿秀淑之氣有特鍾歟？抑其濡染家學有由也？往余先執果堂徵君嘗彙梓《吴江沈氏詩録》；是集允堪嗣孅前徽，且令人有後來之歎。與碧岑別習静涵漪閣，書此以報之。

讀騷

江水流不息，落日秋風勁。漁父誠知言，千載悲獸醒。瓊佩終不渝，芬芳自輝映。微詞莫能顯，感物托其性。風詩固一變，聲哀義彌正。願鼓湘靈瑟，高歌發清聽。

田家雜興和林屋山人作

一夜響春泉，微雨濕茅屋。驅犢出門去，平疇靄如沐。禾黍自懷新，生意何彧彧。昨停桔槔聲，無人雀争啄。陽和共歆羨，遠風轉濕燠。黽勉事芸耡，有年從此卜。

向晚羣動息，杖策來東菑。鄰舍多好懷，往還無厭時。平生守直道，詎假智慮為？辭拙意彌真，禮踈情不移。古風轉淳樸，徒為薄俗嗤。

東風昨夜來，不知草木長。曉起荷鋤出，眺此平原廣。牆頭桑葉白，屋後春泉響。節序時迭更，風光正駘蕩。野老散雞豚，相逢時倚杖。

穹室競熏鼠，歲晚百務閑。踪跡遠城市，陶然西疇間。新酒可介壽，園蔬供夕餐。不惜三時勤，獲此終歲安。貧賤瘁筋力，貌苦心亦歡。衣食幸自周，苟免饑與寒。

寄贈清溪夫人集唐

山翠借廚煙，松雨時復滴。閑卧觀物化，溪雲〔一〕澹無色。我心素已閑，興來亦因物。佳人曠無期，離恨應難歇。何如一尊酒，相看慰朝夕。白雲心所親，隱者自怡悦。

楊太真華清宫上馬圖

野鹿銜花宫禁悄，沉香侍宴歸來早。念奴報道宿酲消，果下名駒韉初好。春風扶困上雕鞍，娉婷仙骨何珊珊。杏子褢遮金埒暖，鴛紋袖籠玉鞭寒。香塵暗逐飛花外，半響鸞鈴摇月佩。邀得君王帶笑看，生憐冠絶風流隊。郴知銕騎起漁陽，鼙鼓驚殘歌舞場。無奈六軍皆不發，馬前宛轉殉紅粧。

方正學畫竹讚心齋先生家藏

方先生，性正直。靖國難，躬戮力。族不辭，死何惜？剖吾心，割吾舌。身可烹，心難折。炳今古，耀史冊。展畫竹，淚痕濕。兩三竿，五六尺。挺貞姿，效貞節。踈喬枝，翻密葉。歲寒松，同春柏。起英風，淩霜雪。顧此君，人悲切。

獨夜聞笛懷清溪伯姊

秋色淡如斯，誰家玉笛吹。一聲人静後，千里月明時。莫辨關山曲，空悲楊柳枝。秋風如可托，為我寄相思。

阻風黄浦和孟韓韻

帆影落波光，迢迢水一方。潮聲飛雨白，風色挾沙黄。海月生蓬島，江蘺裛楚裳。騷人無限意，高詠獨蒼茫。

秋寺和碧岑姊韻

秋寺寒煙濕，支笻望不迷。石林殘雨響，樵逕亂雲低。落葉埋人跡，疎鐘送馬蹄。我來參大乘，斜日下招提。

書中乾蝴蝶

此身未肯没蓬蒿，翰墨鑽研志趣高。早竝蟲魚登爾雅，自尋香艸到離騷。憐他金粉躭緗帙，寫爾芳魂托綵毫。一卷南華憑夢醒，始知栩栩亦徒勞。

采蓮曲同婉兮姊作

紅蕖十里曉風涼，露滴儂家翠袖香。橋畔盈盈雙髻女，隔溪相喚渡横塘。

小立新涼掠鬢絲，畫樓吹罷玉參差。紅衣墮處無人見，月白風清子夜時。

【校記】

〔一〕溪雲：《吴中女士詩鈔》（乾隆刻本）作『浮雲』。

彭玉嵌三首

浙江海鹽縣人。善琴。適平湖庠生陸烜。

秋夜寄外

真向山陰道上遊，曰歸何日詠刀頭。吴歌聽徹煙江月，楚簟凉生水閣秋。嵊縣東廻難著屐，剡溪南下不通舟。尺書未寄寒衣薄，莫眺天邊風露樓。

春夜彈琴

杜鵑聲裏一燈昏，感舊思鄉不可論。獨取焦桐横膝上，夜寒彈月下花邨。

杪春和虹屏韻

又是新篁解籜時，東風二十四番吹。碧紗窻展看春雨，剩有殘花一兩枝。

陳詩一首

字芷仙，江蘇吴江縣人，諸生秦寅繼室也。著有《□□集》。

感懷

咿唔閨閣畏人知，章句曾經奉母師。一自慈顔相背後，小窻無復讀書時。

張瑾英一首

浙江歸安縣人。

汪氏雙節詩

怫鬱〔一〕情懷各自知，中衰門户共支持。寒裳對月縫來澀，香稻春芒炊得遲。一母先酬歸室志，廿年偕續汎舟詩〔二〕。同行同志〔三〕前無古，彤管新編女士規。

【校記】

〔一〕怫鬱：《國朝閨秀正始集》作『拂鬱』。

〔二〕汎舟詩：《國朝閨秀正始集》作『柏舟詩』。

〔三〕同志：《國朝閨秀正始集》作『同願』。

張玿英五首

瑾英妹也。

汪氏雙節詩集唐宋元明

一夜嚴風結素波，寂寥生計奈愁何。歲寒心事期相守，知是長松挂女蘿。韓維、金涓、張弋、蘇軾。

三更趨役抵昏休，竝是閨房第一流。回首舊游真似夢，紫簫吹鳳月當樓。孔平仲、孫曉、趙節婦、王之明。

千山萬壑暮猿吟，鬼見揶揄豈易禁。明月有光生夜白，只應偏照兩人心。徐禎卿、蘇舜欽、王士熙、劉禹錫。

愁中相向展愁眉，看盡林烏返哺兒。文字一牀燈一盞，秋風丹桂長新枝。羅鄴、黃庭堅、文同、元好問。

淚染衣巾不自知，西窻相對鬢如絲。休將彤管閑題句，貞石曾留幾處碑？王安石、劉永之、李俊民、郭從義。

江珠十一首

號碧岑，一字小維摩，江蘇甘泉縣人；僑居吴縣。著有《小維摩集》。

【輯補】

江珠《小維摩詩藁》（嘉慶十六年刻本）載其夫吾學海序：　室人江氏，名珠，字碧岑；　以多病，又號小維摩。乾隆二十九年甲申生。幼而聰慧，偕其兄鄭堂受經於汪大紳先生。期年先外舅秋莊公延余師余古農館其家，余與碧岑同塾焉。比年十一，承嚴命就吴夫人學鍼黹事，今山東道監察御史玉松先生之配也。年十五，家大人為余求婚於秋莊公。十八歸於余。事舅姑以孝聞，處妯娌無間言，待臧獲以恕道。遇事通達，能見其大。凡米鹽井臼瑣屑之務，裁之井井各有條理。暇則授余弟子藩、用之及兒女輩書；　手披口講，寒暑無間。碧岑復性躭經史，常夜半猶手一卷。以是得寒嗽疾，久成勞瘵，以嘉慶甲子八月十七日卒。卒之前一夕，夢一童賣卜，碧岑因拈一『理』字，就而問疾，童子應聲曰：『理字之首畫為「一」，離其一畫則字為「埋」兆，殆為隔一日便埋也。』厥明，乃泣告吾母曰：『舅姑行自愛，珠病殆不起，勢不能待夫歸矣。珠以不得終事舅姑為恨。』言畢遂逝。嗚呼！予以家貧之故，浪游四方，父母老矣，饘飴酒醴，方賴碧岑為予盡仰事之事，乃竟抱疾而殞。至使視含未親，遺掛徒攬，十年以來，如夢如昨，一經追感，衹益悽惋耳。碧岑嫺於吟詠，殁後檢其遺稿，彙為一編。碧岑平時每以詩歌非婦女事，常緘默，寡所吟詠；　惟有介余及鄭堂索句者不能謝絶，故卷中酬應之作居多。余恐其日久散佚，今將付諸梓人。是豈碧岑本心哉？特予不忍恝然于碧岑之零牋瀋墨也。嘉慶十六年正月，半客吾學海讎校既畢，用述顛末於後。

同集載陳燮序：　女史詩集，始於顔竣、殷淳，唐人《才調集》輯閨秀一卷，宋元以降，選家類不見遺，《静志居詩話》詳哉言之，而以濟南王考功《然脂集》為善本。沈歸愚宗伯輯《國朝詩》，採擇亦精，凡以得情性之正、合風雅之旨而已。吴門吾子半客，以雅才客遊四方，其配碧岑夫人，江子鄭堂之女弟也。曩與鄭堂交，聞其才，未讀其詩。十餘年來，官圯上，則與江鄉諸舊雨日遠，不復言詩矣。嘉慶庚午引疾歸，少間為白下之遊，半客出《小維摩詩藁》以示余。余讀之終篇，又繹半客所為後序，則知夫人固以德勝，又躭經史之學，而詩其餘事。然集中諸作，皆如其鄉荊山居士孟淑卿『脱凡化質』之論，而七言古詩之縱橫捭闔，得唐人遺法，則尤林下所少也。余質性迂鈍，論詩亦然。故所見女史詩不多，篋中所存，惟法梧門學士母韓太夫人《帶緑草堂遺詩》，此外尚有合河女士康畹滋《留夢閣詩鈔》、雉皋熊璉《澹仙詩鈔》，然畹滋早逝，澹仙以所天痼疾，無以為家，半生依母弟居。若小維摩之遇半客，有古梁孟之風，雖病且死，而所得為已多矣。後之採風者倘得竹垞先生其人，必以此稿為女史正宗，而青黄雜揉、真贋交錯者，豈可同日道哉！理堂陳夔拜序。

同集載歸懋儀序：余聞碧岑夫人之名，將二十載矣，欽之慕之，而不得一見為憾。辛未初夏，半客先生貽外子書，並《小維摩遺稿》一帙，特屬予綴弁言，始知夫人已賦仙遊。嗚呼，天何吝我兩人一見乎！憶前者屢欲買舟相訪，未果；及余來吴下，而夫人已先我而去矣。昔海上康起山孝廉曾拜夫人於青綾帳下，盛稱夫人之才品有名士風，無巾幗氣，實當代閨中之名彦。今讀夫人之詩，清真淡遠，媲美前人。半客先生，吴中名士，當代鉅公争相羅致，壯遊日多，夫人事舅姑，操井臼，井井有條，設宣文之帳，鳴蘇蕙之機，吴中名媛受經執贄者不一而足。夫人善屬文，通經學，半客先生客遊，常課諸郎，慈母若嚴師然。並喜博覽載籍，晨夕不倦，卒以此致疾。夫人之遇，與余大概相同，集中有『斷無貧賤可長生』語，讀之泫然。夫人本不欲以詩名，半客先生傷其早逝，彙而梓之，俾閨中林下奉為典刑，留為佳話，以垂不朽也；先生亦可稍慰哀忱已。琴川愚妹佩珊歸懋儀拜序。

遊白雲泉

入山路盤紆，中有〔一〕容膝屋。此中秋色佳，檻外雲峯逐〔二〕。看山務看骨，方識真面目。山骨清且空，泉乳滿其腹〔三〕。涓滴石竇間，注以雲根竹。泠然悦人〔四〕耳，夜半鳴琴筑〔五〕。咒鉢乳花浮，無猜鳥投啄〔六〕。烹泉試新茗，冽齒留芬馥。斯僧定何許，坐消此奇福。老樹不礙雲，危石約可束。猿鳥自去來，野草隨意緑。登嶺試一呼，芬千峯應空谷。不畏饑腸鳴，鼓腹雲泉足。歸來失清境，是夢良難續。

次清溪女史閑居詩原韻

花木深三徑，神幽境亦虛。研經探至理，考古嗜奇書〔七〕。清夢鶯啼破，殘梅鳥啄餘。謝家風韻好，晏坐賦閑居。

幽棲塵事絶〔八〕，斗室貯空虛。户外新栽竹，閨中伴著書〔九〕。聯吟〔一〇〕消永日，力學課三餘。愧〔一一〕我殊堪咲，年年蠹穴居。

怡然無俗慮，山色一窻虛。行藥閑哦句，挑燈夜勘書。勞生從我拙，拾唾愧人餘。詩病誰訶訐〔一二〕，蕭疎歎索居。

翹首雲天望，神仙住碧虛。清新雙鳳管，揮灑五車書。桃李春如許，琴尊樂有餘。論文雖有約，何日過蓬居？

送半客之上江兼訂來春偕往之約

長江滚滚路漫漫，九月西風作意寒。骨相痴屯隨分好，性情簡樸入時難。仰人乞舍知非計，審膝求容亦易安。話到分攜須命酒，一鈎殘月促延歡。

青山列座酒盈觴，病待春風好去鄉。兩口累身殊可厭，一瓢行脚更無方。艱辛涉世緣饑迫，慚愧勞生試藥忙。只要此心澄似水，人間何地不清涼。

題王子乘所藏惜花圖

努力春風好護持，小桃紅欲破顏時。西天稱意花誰似，消受香嚴只一枝。
鬟雲縹緲翠鬟低，未許栖紅逐絮泥。認取雙鈎檀暈處，一彎新月〔一三〕度花西。
麤俗閑桃品未工，開圖依約識春風。較他懵懂仙人夢，猶勝懵騰霎眼中。
寫月摹雲費剪裁，唾成紺碧泣成瑰〔一四〕。生嫌醴面誇紅白，不放天花墮劫灰。

【校記】

〔一〕中有：《吴中女士詩鈔》（乾隆刻本，下同）作『結搆』。
〔二〕雲峯逐：《吴中女士詩鈔》作『雲相逐』。
〔三〕其腹：《吴中女士詩鈔》、江珠《小維摩詩藁》（嘉慶十六年刻本，下同）作『山腹』。
〔四〕悦人：《小維摩詩藁》作『越人』。
〔五〕以上兩句《吴中女士詩鈔》作『聽之洗人心，泠然奏琴筑』。
〔六〕投啄：《吴中女士詩鈔》作『争啄』。
〔七〕以上兩句《小維摩詩藁》作『研經温舊學，展卷讀奇書』，《國朝閨秀詩柳絮集》作『到門無俗客，好古有奇書』。
〔八〕此句《小維摩詩藁》作『擯闢塵事絶』。
〔九〕以上兩句《小維摩詩藁》作『醫俗千竿竹，堆胸萬卷書』。
〔一〇〕聯吟：《吴中女士詩鈔》、《小維摩詩藁》作『拈毫』。

〔一一〕愧：《吴中女士詩鈔》、《小維摩詩藁》作「顧」。
〔一二〕訶訐：《小維摩詩藁》作「訶斥」。
〔一三〕新月：《小維摩詩藁》作「眉月」。
〔一四〕此句《小維摩詩藁》作「唾成絳碧淚成瑰」。

吴柔之三首

字小裴，浙江錢塘縣人，吴明府玉墀之女。適狄小同。

題袁簡齋隨園雅集圖

高名齊洛社，雅集繼西園。詩酒論交地，秋風白下門。
一老昔同白傅，羣公孰是坡仙。耆舊尚存今日，風流想見當年。
先生别却西湖去，駘蕩曾經躡屐還。偏是秦淮拋不得，九秋煙雨六朝山。

蘇繼蕙三首

號披雲女史，江蘇華亭縣人。父爲蒙師，嘗攜繼蕙之鄉塾讀書，遂嫻吟詠。裙布荆釵，眉目如畫，鄉農争來求娶。父母皆不之許，後竟未字而夭。

沐堂和楓溪女史韻

妍辭若箇寫禪堂，才似三劉字二王。想像拈毫濡墨處，煙雲揮灑一行行。

遠鼓蘭橈乍出遊，避人奚暇轉雙眸。有心徧攬巖巒勝，更挈鄰娃上小樓。

艸没僧寮香火稀，塵凝佛座梵鐘微。詩成遥憶人如玉，西望楓溪漾夕暉。

錢學綸《跋蘇繼蕙詩》：桃花陌上，慣引香車；楊柳隄邊，能邀畫艦。乘一天之煙景，肯負韶華；攬四面之嵐光，寧忘登陟。含毫覓句，得諸鐙龕佛座之間；即景抒懷，尤在泖碧峯青之際。惟西佘之南麓，遺古蹟於沐堂。爰遇仙姿，偶題新什。吟同起絮，謝道藴之才華；書擅簪花，衛夫人之手筆。問姓則譜從安定，名並蘭芬；家居則地接淞苕，谿留丹色。而乃披唫月下，屬和三章；擊節花前，合成雙美。亦藍田之秀質，稱許國之名姝。小字雙鈎侍宴，披香苗裔；廻文百轉傳書，織錦宗盟。竊以武功望族，舊託葭莩；白雪名詞，今誇珠玉。仰後來之王粲，翰墨云蕪；比閫内之青蓮，篇章獨勝。貯得半囊春色，即事多欣；生來兩腋清風，逢場偶戲。願附黃鐘之響，寧慚白璧之瑕。

何采九首

字若霞，浙江山陰縣人。著有《繡佛閣集》。

游仙詩一首

海外有飛仙，千載鍊形骨。記曾手七寶，修治古明月。無名羣真班，不住金銀闕。游戲乘緑雲，來往甚飄忽。昨夜東南風，吹我向西北。西北乃何處，彷佛衆香國。道傍盎大花，折之簪鬢側。相逢鸞佩人，一笑不相識。

題寒山別墅

寒山載邑乘，云始凡夫住。鑿澗泉乃通，洗土石方露。至今垂百年，名榜入山路。之子著肥遁，曾比考槃賦。此身焉用文，著書已爲誤。立説況紕繆，茫如墮雲霧。徒以資排斥，轉自累箋素。此意與誰論，泉石漫如故。空傳偕隱踪，依然有人慕。

食蟹

蜀薑臼裹搗乍停，名酒新壓開雙瓶。雕盤滿疊赭衣爛，捧出燭下光熒熒。玉酥香凝雜琥珀，背筐未揭先流馨。二螯八跪次第擘〔一〕，爬剔肯使遺零星。一盡數箇飽俊味，屢浮大白人〔二〕翻醒。從來嗜此已成癖，買得不辨紺與青。江鄉況無鑿冰苦，緯蕭半里横寒汀。年年秋全漁市鬧，便須飽啖終我齡。興來搜句傲天柱，底用按拍歌瓏玲。因嗤〔三〕吾家老措大，食單去此存猶腥。天生左手總難負，鮦陽之語爲堪聽。閉關頌酒亦巾幗，此態莫便嘲忘形。文章横行更休論，問誰有夢來郵亭。只愁蟛蜞易相誤，欲檢殘燭箋遺經。

中秋無月

閑街多少宵遊隊，衣上香塵浮䩄䙊。姮娥不耐與人看，匿影千山萬山外。卧病高樓倍可憐，峭寒飛到枕函邊。隔窻聽得風篁韻，暗減秋心又一年。

散花樓即事

對此幽居好，疎疎景物殊。蟻行穿樹腹，蝶睡壓花鬚。石漏雲長貯，庭方月滿鋪。還多書借讀，心目足清娱。

雨中雜題

騷騷自聽攪林聲，客裏懸知感易生。底事重陽都過了，依然風雨滿秋城。

鮑妹詞華門内推，賦成香茗見清才。謂若雲。然脂自愧塗雅似，要學裁書寫大雷。

茶香清興肯闌珊，説虎談天笑語讙。好與異時留話本，西窻剪燭忍宵寒。連夕邀幼清姊夜話。

雨色漫天不肯休，閑人殊嬾理薰篝。詩情差勝潘郎老，一卷烏絲紀雅游。

【校記】

〔一〕擘：《國朝閨秀正始集》作『劈』。

〔二〕人：《國朝閨秀正始集》作『神』。

〔三〕嗤：《國朝閨秀正始集》作『思』。

范章史一首

字淑雲，江蘇婁縣人，貢生范巖東女。蚤亡。著有《吟雪閣詩鈔》。

冰玉山房緑萼梅

曾探舅氏到山房，初見梅移自上方。拂砌渾疑雲弄影，巡檐始覺月流香。明珠十斛誇金谷，紈袖三千妒壽陽。如許風神誰得似，好憑妙筆寫華光。

余蘭素二首

字畹香，浙江會稽縣人。

汪氏雙節詩

從一真庸德，時窮節亦奇。不知湘竹淚，何似小星詩。

白鶴雙童路，松楸表故塋。里人傳負土，猶述兩孀名。

莊素磐 六首

名素磐，江蘇武進縣人，太守莊鈞之女也。幼聰慧，十二歲即解韻語。適崔生景儼。著有《蒙楚閣遺詩》。

洪亮吉《莊孺人壙志》略：孺人姓莊氏，諱素磐，濟南府知府敦坡先生之季女，今杭州府水利通判曼亭先生之子婦也。自其幼時，最得大父末夫公歡，稍長隨其父濟南君歷官五州。年十八，歸於通判君次子景儼。通判君妻崔恭人，故尚書錢文敏公之女也。馬芝之行，附見辭宗；左芬之篇，光於藝苑。自孺人之歸，而扶風子婦，作讚大家；河東孝娥，續編閨範。几硯日親，文筆益進。是時通判君左遷泣郡，全舫移家。訪孤山之雪，則姊姒偕吟；觀廣陵之濤，則婦姑並賦。吴江楓落，有吾宗之逸篇；陌上花開，尋外家之故事。仕宦之地，有神仙之望焉。松方悦柏，中道而彫；月不舒華，上弦遽隕。以乾隆五十二年八月遘疾，卒於鄖鎮官署，年二十三〔一〕。有子二：曾慶、懷荊；女一。

崔龍見《蒙楚閣遺詩序》略：子婦莊氏，爲末夫舅氏女孫，又我之自出也。年十八，歸予次子景儼。性孝謹，嫺於禮則。自其未嫁時隨其父濟南君歷官五州，凡所過名勝及春秋佳日，濟南君輒命爲詩紀事；六七年中，積篋中者至百首。其議論所至，輒不似閨閣中語。濟南君以是奇愛之。自歸景儼，以婦道在秖順而已，遂絶不復作；即景儼强之而不可也。余嘗艶明代四明屠氏、松陵葉氏，其子婦息女，莫不能詩；史臣至列之傳中，詫爲僅事。自婦之歸，時余方補官杭州，官閣甚閑，湖山多勝，而内子又酷喜吟詠。方自喜門内唱酬不乏，而婦遽膺疾以卒。嗟乎！豈一門諷詠之樂，天亦若靳之，必不使繼美前人耶？

即事

東籬初放菊，寒氣玉堦生。雨洗塵埃浄，煙收原野清。捲簾窺夜色，攲枕聽秋聲。萬籟何曾寂，深閨夢未成。

蟬

亦解悲秋意，齊宮女化成。吟風雙翅薄，飲露一身輕。古木曾遺蛻，高槐每弄聲。超然羣物外，獨得氣之清。

侍祖父夜話

西風微動正黄昏，一室追隨祖與孫。簾外牽衣邀玩月，燈前繞膝索開樽。留連轉覺精神健，繾綣應知笑語温。坐久竟忘歸繡閣，小鬟倦向玉堦蹲。

水仙

綽約居然冰雪姿，亭亭獨立暎寒漪。宓妃洛浦淩波日，漢女江臯解佩時。每喜春陰籠翠幄，好斟清露浥金巵。名山若使尋仙侶，姑射神人可最宜。

文君

只爲兒時即好音，致令變却柏舟心。王孫但恨當壚恥，不悔從前教學琴。

新月

簾捲西風小院門，玉階涼動近黄昏。蛾眉一曲横天半，疑是嫦娥指爪痕。

《隨園詩話》：吴中多閨秀，崔夫人之子景儼，娶婦莊素馨，能詩，早卒。夫人〔二〕爲梓其《蒙楚閣遺草》。《詠蟬》云：『吟風雙翅薄，飲露一身輕。』《新月》云云。洪稚存爲志墓云：『景儼感逝既殷，傷心屢賦。十二時之内，欲廢黄昏；《三百篇》之間〔三〕，竟删《蒙楚》。』

【校記】

〔一〕年二十三：原作『年二十』，脱誤。洪亮吉《卷施閣文乙集》（光緒三年洪氏授經堂刻本，下同）卷五所載此序作『年二十有三』，與下文崔龍見序相合。今據改。

〔二〕夫人：原作『大人』，形誤，據《隨園詩話》（乾隆十四年刻本）改。

〔三〕間：《卷施閣文乙集》作『簡』。

宋素梅 二首

山東德州人。乾隆十六年南巡，素梅年只十二，迎鑾獻詩。

迎鑾

海晏河清代，堯天舜日時。不辭川路遠，肯慰士民思。紫氣欽皇輦，黄雲護聖騎。迎鑾來獻頌，萬壽浩無涯。

應詔作

山左羣情切，江南望幸頻。九重深保大，五載舉時巡。浩蕩韶光麗，葱蘢物色新。彩雲晴有象，瑞靄静無塵。淑氣迎仙仗，祥風繞御輪。衢歌擊壤偏，共祝萬年春。

趙同曜四首

字洵嫺，江蘇常熟縣人，適同邑邵廣融。著有《停雲樓詩稿》。

邵齊熊《孫婦趙同曜小傳》略：孫婦姓趙，名同曜，字洵嫺，余孫廣融之婦也。生而機警，讀書過目不忘，而外若了不經意。七八歲時，見諸姑奉佛，遂喜浮屠氏。自讀《論語》攻乎異端章，即悔曰：『向者以為西方聖人，乃竟鑄成一大錯也。』年稍長，刺繡餘閑，繙閲唐宋人詩，若有所會，學為近體詩，清機徐引，婉約可喜。曾戲作諸婢妾小詞，聲音笑貌，無不曲肖。已而得袁簡齋、王西莊、趙甌北詩集，始知詩須各出機杼，自此偶作一題，必有寄託。在室時，家人有違言，不以告母，懼箕帚誶誶。及來余家，彌復謹謙和順，唯就余問字如女弟子，間出一詩請正，亦不多作。嘗論西莊之才富而甌北之識高，小倉山房則諸體兼備。庭前花發，輒徘徊其下，似有含意未申者。身多疾病，一月卧床蓐者過半，余竊竊然憂，恐不耐勞苦也。明年六月中，生男淵映，時當盛暑，室中婢嫗，人氣薰蒸，卒中暑熱，毉者誤投藥劑，遂致不起。

嗚呼！何德之優而年之促也。歿後，裒集遺詩，僅得一帙，為可悲已。

袁枚《停雲樓詩稿跋》：讀松阿所作《趙夫人小傳》，知夫人詩才出於天授，年僅二十餘，而評論禮堂、雲崧、隨園三家詩，以隨園為最。余知之，且感且慚，因記祝芷塘給諫亦有句云：『我讀君詩如讀史，能兼才學識三才。』正與夫人之言相合。然芷塘本老作家，而夫人一少年女子，亦復聆音識曲，尤難得哉！以娩難亡，余深為惋惜，特采其長篇短句，鐫入《詩話》中，可稱『知我一言，報卿千古』也。嗚呼！

《田居隨筆》：常熟閨秀趙同曜，字洵嫺，有《織婦》詩云：『年少田家婦，辛勤不下機。經營成布後，賣作別人衣。』又《采桑女》詩云：『誰識鄉村苦，蠶時日日忙。寄言城郭女，珍重綺羅裳。』絶似唐聶夷中《田家》、『鋤禾日當午』詩也，於閨閣中尤屬難得。

七夕

拜罷雙星後，穿針上畫樓。一鈎今夜月，萬象此時秋。玉露閑階濕，金風小院幽。更深人未卧，何處笛聲悠？

對鏡見影戲贈

曉粧日日與君親，怎奈〔一〕相逢隔月輪。對面不妨原是我，回頭欲問更無人〔二〕。漫疑笑眼還相笑，只恐顰眉便〔三〕效顰。絶頂丹青無過此，周旋形影孰為真？

柳

陌上春風好，長條緑似煙。舞腰誰敢鬭，應得楚王憐。

春日閑居

輕風剪剪日遲遲，深院簾垂獨坐時。燕子欲來春正好，杏花初放兩三枝。

【校記】

〔一〕怎奈：《國朝閨秀正始集》作『可奈』。

〔二〕無人：《國朝閨秀詩柳絮集》作『何人』。

〔三〕便：《國朝閨秀詩柳絮集》作『絶』。

卷之六十

陳婉芳一首

江蘇嘉定縣人也。

《國朝練音初集小傳》：婉芳陳氏，侯鳳阿開國之外孫女也。

歸瞟感懷

青春未去鬢先絲，境到難堪秖自知。帶淚逢花羞對鏡，含愁望月强成詩。已拚金釧隨時盡，翻怪羅衣換米遲。重過家園一回首，穿簾燕羽自差池。

劉氏二首

號菊窻女史，山東德平縣人，虞城令劉加隆之女，孝廉李圖南繼室也。著有《緋雪編》、《菊窻吟稿》。

《山東通志》：劉氏，舉人李圖南繼室，濱州虞城令劉加隆女。生而夙慧。讀書曉大義，喜吟詠，工水墨花卉。自號菊窻女史。著有《緋雪編》、《菊窻吟稿》。年二十九卒。

獨坐

柳含宵雨潤，花怯曉風寒。力疾窻前坐，春愁海樣寬。

春曉

枕溪小閣倚晴空，水色山光入望中。春曉憑闌吟眺好，酒旗摇曳杏花風。

金闓傑 一首

詩見《谷音傳響》。

次韻題明妃圖

愁雲青塚怨詞稠，共惜佳人出塞秋。一畫釀成千古恨，遺容那忍掛樓頭。

王德音 二首

浙江山陰縣人。適同邑金岳山。

西湖漫作

湖山勝處足勾留，桂子樓臺望正幽。一棹西風歸去晚，澹黄煙柳幾層秋。

秋夜過亡姊舊居

夜漏沉沉思悄然，水光秋影夢無邊。碧欄待月清唫處，只有梧桐似往年。

陳敬十二首

字端寧，號髻儒，江蘇婁縣人，陳虞在之女。適周忠炘。二十六歲卒。著有《繡餘雜詠》、《紉蘭草》。

黄之雋《山舟紉蘭草序》略：余敘女子詩，一為徐廣文女，一為陸太學母；皆生存，而其父若子乞言以章之。晚而敘周君誠閑集陳氏端寧之詩，則年二十六〔一〕死矣。周為贅壻，而從師遠方，故詩多怨思之什。既盡哀於舅殁，而盡瘁於父病以死。惜哉！其才而殀也。我朝文化，媲美成周。無論海内，即我郡士女，若張汝傳之《繡餘》、王雙鳳之《玉縈》、袁寒篁之《綠窻》、何韞潔之《幗篋》，皆見其雕本，斐然有作，盛矣。世無采風刪詩之人，幾何而不泯泯也。余葺《通志·烈女傳》，增入孝女、才女：若端寧，可不謂孝且才哉！〔二〕

周忠炘《陳氏行略》：余妻陳氏，名敬，字端寧，又號髻儒，婁太學虞在陳公女也。舉止莊重。年六歲，受四子書；十三通經史，旁及針黹書算。陳公晚得頭暈疾，遇繁冗，輒不能勝，余妻每代為運籌。是時三姊俱已于歸，兄就學外傅，往來筆墨會計，以及賓朋之事，一身獨任。以故父母賢之，不欲一日離左右，因命余贅居焉。所處室曰『蘭香』，圖書琴硯之外，别無長物。雖居恒飲食之微，未嘗或先於余以適己意也。丙辰夏，生一男，以微疴為醫所殺。會陳公疾，奉命歸寧，妻竭情奉侍，廢寢食，躬勞瘁者週歲，而陳公病彌篤。晝夜悲戚，陡患脾疾，遣奴以書聞余。余往延醫胗視，醫曰：『此七情之證，無可為矣。』而妻亦知己之不能須臾也，謂余曰：『余為君家婦五年，既不能事舅姑，又無以佐君德，余為不孝婦矣！君其勉旃。』嗚呼痛哉！妻生於康熙辛卯年六月十二日酉時，没於乾隆丁巳年七月二十五日辰時，生年二十七歲。所著有《繡餘雜詠》一卷，于歸後著有《山舟紉蘭草》、《倡隨集》各一卷；《古今名媛考略》一編，其未竟者也。

汪宜耀《陳髻儒傳》：婁邑鄉進士周誠閑妻陳氏，名敬，號端寧，又字髻儒。幼而淑慎，至性過人，家人骨肉間，咸有飲醇之致。事父母退然静默，而承順意志，無不曲中，以故鍾愛尤甚，不能一日離。雍正癸丑，特開甥館，請誠閑爲贅壻。誠閑尊人介文先生聞而喜曰：『父與夫，皆天也；事父母與事舅姑，皆孝也。爲女如此，爲婦可知。』遂從其請。無何，介文先生卒。倉卒奔喪，哀慟幾絶；時尚未能共挽鹿車也。父虞在公，素善病，後乃轉劇，髻儒偕其兄步青奉侍湯藥，夜以繼日，形神並瘁；雖親得少瘥，而身患内傷，已不可爲矣。平時閲書籍，遇孝女節婦志行卓拔，輒爲編葺，往復留連，勃勃然巾幗而有鬚眉之氣。獨至親疾，則恐懼憂傷，如不能終日，蓋其天性篤摯，不自遏抑有如此。束髮解吟詠，深自韜晦，未嘗角勝於同堂姊妹間。既合巹，始略備諸體，大抵皆思其君子之作。親黨以其賢而夭也，競欲一觀其翰墨，以慰令德之思。誠閑乃刻其《山舟紉蘭集》二卷，凡一百七十八章。雲間閨秀頗多，而唐堂黄太史賢之而序之者不過三人，髻儒蓋其一云。

《古檀詩話》：雲間女士，若張汝傳之《繡餘》、王雙鳳之《玉榮》、袁寒篁之《緑窻》、何韞潔之《幗箴》，皆有雕本。後之能詩者，無過周明經誠閑尊閫陳端寧，著有《紉蘭集》。五律云：『待看弦似月，不分雨如絲。畫舫遠何際，煙村淡欲無。』七言云：『歸雲擁樹迷山岫，落葉隨風墮客船。』『西窻聽雨三更燭，南浦乘潮八月舟。』『三更雨雪論消復，一别雲山成古今。』居然高響。誠閑尊人介文公士彬有《山舟學詩草》。摘其佳句云：『題詩憶上青龍塔，把釣思過白鶴江。』『梅窻攲枕堪尋夢，竹檻移尊且就閑。』『光風軟舞王孫草，香靄輕籠帝女桑。』『匹馬天涯尋舊侶，一尊行色對斜陽。』高才碩學，爲世所宗。公與紅泉家伯賡融丙子同年，隱天馬山，未仕而卒。

《墨香居畫識》：陳敬，字髫儒，干山周亦何之室。能寫花卉翎毛，並工詩詞。所刻有《紉蘭遺集》，黄中允之雋爲之序，董均又選入《國朝詩備採》中。

董均《題少君紉蘭集》詩：想像鈿車下紫冥，朅來人世佔娉婷。椒葩元日榮粧閣，雪絮三冬滿謝庭。筆底花輕螺黛染，盤中字帶水沉馨。青鸞底用催歸急，阿母新宫要勒銘。

【輯補】

陳敬《山舟紉蘭集》（乾隆十八年刻本）載其夫周忠炘序：少君頗好吟詠，處室時所著有《繡餘雜詠》，于歸後有《山舟紉蘭集》、《倡隨集》。丁巳病亡，余取《紉蘭集》，屬家太史靄峯大兄選定付梓；親戚之來唁者，各贈一冊。於時《繡餘雜咏》及《倡隨集》皆託大兄次序評閲，大兄以從游日盛，課程益繁，委置案頭，未暇寓目。鄉城睽隔，會面甚稀，間往取索，每以異日爲期。歲辛未，大兄下帷，見三舍弟齋中，歲時把盞，輒與言及此事。兄不能辭，一有間隙，即爲吟玩。一日給還原本，且告曰：『我於去取之間，頗能不苟。子宜速登梨棗，以成全璧。今而後遲延之咎，在子不在我矣。』壬申季夏，大兄不幸捐館，而其去取，甲乙丹黄尚新。若仍留之篋底，以飽蠹魚，微獨掩抑少君，並負大兄叮嚀之意矣。大兄嘗言，閨閣著述，不必誇多。故所選甚少。《繡餘》、《倡隨》二集皆不能成編，因附刻於《紉蘭集》中，分爲上下二卷。嗚呼！少君之詩，或得藉大兄之評定而傳，而其淑慎婉娩，究非詩之所能盡。校閲之餘，爲之於邑。時乾隆十八年歲在癸酉蒲月望後之三日亦何周忠炘識。

有所思

朝亦有所思，暮亦有所思。所思固非遠，奈何同天涯。相思不相見，相見還相離。德徽良可慕，非傷離別私。秋風振疎林，寒蟬鳴枯枝。驚心看物候，含愁莫我知。

遠行吟

大風忽起欲拔木，中宵不寐起燃燭。亦知風雨事尋常，無奈愁人亂〔三〕心曲。狂風吹妾妾憂君，今夜扁舟何處宿？

春郊即目

效原春色麗，時已過清明。堤柳籠煙濕，林禽哢曉晴。草薰遲日暖，蝶趂惠風輕。慚愧求桑女，提筐陌上行。

白秋海棠

院落新秋冷，花宜雅澹妝。低回遲玉佩，彷佛試霓裳。露重凝脂濕，風柔膩粉香。素心塵不染，漫説斷人腸。

十五夜月

試呼小玉上簾鈎，放取凉蟾入畫樓。色混水雲千頃碧，光生榆桂一天秋。誰家砧杵遥相和，幾處笙歌夜未休。此景人間難得遇〔四〕，不辭袖冷爲遲留。

重九前二日晚眺

泬寥寫〔五〕出九秋天，極目蒼茫起暮煙。幾點鷗翻輕浪裏，數聲雁唳夕陽邊。歸雲擁樹迷山岫，落葉隨風墮客船。回首又看佳節近，東籬把酒一年年。

中秋寄夫子

少女推雲喚月魂，鄰家歌管動黄昏。風微院落香凝靄，露重階除草帶痕。獨抱閑愁垂繡幙，漫將離恨對芳樽。遥知人病清秋夜，孤館輕寒早〔六〕閉門。

送夫子

欲别猶未别，離愁已不勝。知君今夕影，何處對殘燈。

雨窻寄二姊兼寄四姊

州里鄉關夢，十年離別情。那堪風雨夜，嘹嚦雁來聲。

湖亭夜坐

碧山静對無事，午夜凉生水軒。聽露和松子落，看風入藕花翻。

春日即事

盡日霏微雨織絲，春寒惻惻繡簾垂。獸爐裊斷殘煙炷，覆得閑窻一局棋。

海棠

嬌紅初綻一枝枝，嫩色凝香力不支。却似太真新睡起，夜凉私語玉闌時。

【校記】

〔一〕二十六：陳敬《山舟紉蘭集》（乾隆十八年刻本，下同）作『二十七』。

〔二〕此後《山舟紉蘭集》復有數語云：『不幸早殁，其夫君誠閑刻其所著《紉蘭草》。其夫兄比部郎靄峯先生敘之，復介其中表魯望范君來曰：「必先生一言，而論乃定。」余見其詩備衆體，咸工緻可録，固不待余言章之。顧不能默而已者，深惜之，惟恐其不章矣。七十翁黄之雋撰。』

〔三〕亂：《山舟紉蘭集》作『縈』。

〔四〕難得遇：《山舟紉蘭集》作『難可得』。

〔五〕寫：《山舟紉蘭集》作『瀉』。

〔六〕早：《山舟紉蘭集》作『静』。

張佳六 一首

詩見《谷音傳響》。

次韻題明妃圖

三千宫女似花稠，獨往堪憐紫塞秋。馬上離情彈一曲，依稀朔雪點釵頭。

吴月娟 一首

浙江舟人婦。

即席送别〔一〕

飄泊誰憐落葉身，天涯去住漫依人。感君青眼燈前注，一夜寒潮别淚新。

黄輅次韻詩：可是雲英掌上身，那堪零落更依人。憐他舊恨還如舊，又惹新愁别様新。

方芬次韻詩：未接丰姿意自親，詩中彷佛見才人。牙檣錦纜遥相憶，江上秋風得句新。

【校記】

〔一〕此題《國朝閨秀正始續集》作『即席送别方采芬女史』。

莊氏六首

江蘇華亭縣人，與寶訓堂王氏親。著有《澹仙吟》。

蠟梅

蠟梅雖異梅，體質真奇絶。開當歲迫窮，正色凌霜雪。風致何瀟灑，寒香溢清冽。孤山千萬株，未許稱同列。凡花香固多，安得此高潔。何當奏東皇，封作萬花傑。

聞笛歌

晚山幾縷殘霞映，澹澹春江波乍定。誰家横笛恰臨風，何處憑樓多逸興。笛長音急宛轉吹，商聲嘹喨羽聲悲。夜雨刁騷翻槁葉，曉煙蕩漾嫋遊絲。隔渚飄來斷更連，令人曠感生遐思。此時滿山下夕露，眉月臨溪弄輕素。露清月白雲不飛，三弄依稀猶未住。宛如湘女微步洞庭波，緑綺朱絃傳怨慕；

又如弄玉驂鸞鳳女祠，裂石穿雲出煙樹。噫嘻！此曲誰能裁，真宰上訴天爲哀。愁雲慘澹悲風起，離鵾別鶴相毰毸。戛然餘音落何處，蒼茫延佇空徘徊。

小雪

微風入疎竹，小雪應時飄。淅瀝寒聲細，霏微冷色饒。菊花猶剩傲，霜木未全凋。節物看多態，清吟破寂寥。

菊

百芳摇落更鮮明，佳色娟娟别衆英。耐此風霜高晚節，任他蒿艾伴幽情。騷人對酒成孤賞，詞客餐英號獨醒。縱被春蕘笑遲暮，吟窻饒得是餘清。

寒夜

庭樹當軒瘦，風寒落葉枯。三更霜月白，驚起夜棲烏。

月夜

佛燈松月夜昏黄，小閣微吟坐正長。犬吠前村當四静，賣餳人踏板橋霜。

高掄印 六首

號菊泉，浙江□□縣人。詩附見於《桐韻詩刪》。

桐韻詩刪題詞

好俟新吟儷玉臺，故教天女謫蓬萊。掃眉才子春風永，進士何妨不櫛來。

淒絶清裁鮑令暉，曉風殘月冷珠圍。當年輓鹿人何在，不見香車緩緩歸。

學自文江迥出羣，肯垂纖手織廻文。遥知詩篋封題日，金縷裙餘不忍焚。

池草生春入夢遲，左芬才調太沖詩。年來繼赴修文約，博士風流溯墨池。

苕溪秋水閉門居，閨友難逢共檢書。灑向重泉荀粲淚，少君無計慰鰥魚。

空色非關佛乘超，多才自古福難消。荻灰未散香魂逝，忍聽兒郎讀楚騷。

杜若 四首

字耀眉，號默蹊，江蘇金匱縣人。適諸生雷咸。著有《牛衣唱和稿》。

幽居雜興

明月滿空山，深林白雲鎖。雲外有幽人，攜琴向雲坐。

題畫仕女

半卷湘簾〔一〕立，飛英染繡鞋。恐驚芳蝶去，不敢下苔階。

春曉

一枕梅花曉夢醒，晨光蒼莽逗前楹。却憐小婢貪昏睡〔二〕，自啟紗窗聽早鶯。

白鶴花

曉苑風吹玉露香，瓊枝飄忽散銀塘。仙娥宴罷瑶池去，鶴馭輕翻一院霜。

【校記】

〔一〕湘簾：原作『湖簾』，據《國朝閨秀詩柳絮集》改。

〔二〕昏睡：《國朝閨秀正始集》作『春睡』。

郁坤儀一首

詩見《谷音傳響》。

次韻題明妃圖

誤寫殘妝飲恨稠，飄零異域獨傷秋。未央前殿團欒月，偏爲離人照隴頭。

張元珠 六首

自號不櫛書生，江蘇嘉定縣人，流落揚州。所著詩秘不示人，故知者絶少。錢塘張賓鶴遊平山，得其和盧都運詩四章攜歸，爲同邑晴江翟外翰稱賞，書以壽梓。雖吉光片羽，其清才逸思，亦可概見矣。

俠客劍

延津有秘寶，俠客最相投。未作青蛇吼，先令白帝愁。深沉披聶膽，磊落借樊頭。匣底飛何遠，剛風裂九洲。

鳳凰臺

鳳去臺空在，高懸明月光。吹簫思弄玉，引領望鳴岡。幾許煙霞態，無邊草木香。帝廷殊未遠，似欲一回翔。

和盧都運雅雨紅橋修禊原韻

一從雲仗擁龍舟，駘宕春風任逗遛。佳景頓開新勝面〔一〕，遊人莫認古揚州。玲瓏臺榭皆堪賞，奇秀山川豈易酬。賴得明公添逸興，儘教收入筆峯頭。

不讓蘇堤占昔年，故將靈棧起峯前。風穿密柳分紅日，雲擁喬松鎖翠巔。畫鼓聲聲喧水閣，朱橋曲曲繫蘭船。勝遊却喜開新社，搔首高歌月正圓。

恍若仙源有徑通，可憐嬌鳥自西東。名花顧我將微笑〔二〕，斜月鈎簾待好風。曲水荷香煙漠漠，長堤柳暗霧濛濛。獨來放眼危亭末，憑仗雲山識箇中。

十里湖光照眼明，沉沉夾岸管絃聲。山餘翠黛呈新色〔三〕，水泛紅霞襯晚晴。望裏有花能解語，坐中何物可傾城。四章高調驚三復，壓倒吟壇孰敢更。

【校記】

〔一〕此句《國朝閨秀正始續集》作『得句又逢新水部』。

〔二〕此句《國朝閨秀正始續集》作『名花繞檻含微笑』。

〔三〕呈新色：《國朝閨秀正始續集》作『迎朝爽』。

汪全璧一首

詩見《谷音傳響》。

次韻題明妃圖

刮地風沙滿目稠，隻身獨赴雁關秋。中原千古如花女，爾獨魂銷塞外頭。

方京七首

字彩林，廣東番禺縣人，進士方殿元女，廣文金綖之室也。以子祖静貴誥封恭人。著有詩集。

侍郎錢維城《方恭人傳》略：方太恭人諱京，字綵林，嶺南番禺人，九谷先生女也。九谷以詩名嶺南，起家郯城令，後為上元令，因家於蘇。兩女皆字蘇城金氏，恭人其仲也。恭人幼好書史，女紅薄不屑為。其為詩，一稟庭訓，長於漢魏樂府；近體宗盛唐，不讀中晚以下。年十七，適蘊亭先生。先生之詩，浩瀚排奡，凌邁一切，與恭人持論每不相下；然其渾穆嚴肅，若集中《白開行》諸什，即蘊亭先生，無以過也。城年十九，就婚於金，為恭人女孫壻；時恭人年六十餘，望之若三十許。性嚴重，不苟言，喜愠不以見於面。日手一編，咿唔若寒士，而尤好琴。城嘗聽之，澹而無味，其音落落而不相屬，曰：『恭人之琴，聽者俱欲寐而好之，何也？』曰：『有明之琴有三派：曰吴、曰越、曰嶺。吴、越之琴，繁音促節，世俗好之。思陵之末，吾嶺有抱琴而死海上者，或以爲節義，或以爲神仙，故琴之派，嶺爲正聲。音之道，通乎人心，達於政事，故太音希聲，宗廟之瑟，朱紘而疎。越琴之爲聲，有木，有絲，有肉。重則傷木，輕則傷肉，輕重半傷絲；傷于一，非音也。吾音一，而絲、肉、木三之，乃成耳。吾之始作也，徐氣而深息，以吾之情游於琴之中。其繼也，洋洋焉，灑灑焉，琴之音與吾之情若游魚之銜索而出，喜以徵喜，戚以徵戚。是謂不以手鼓，而以心鼓，浩乎天風明月，照之太古以上，吾將見之。且吾非不能爲繁音促節，若世俗之所好然，顧眉山蘇氏先我洗耳矣。』誠聞之大駭，汗微矣哉！〔一〕恭人之論琴，而豈徒論琴也？其性情德行與所爲詩，皆是也。恭人又工書，城藏其尺牘數紙，字類鍾太傅；近日之號為能書者，殆不及也。恭人年八十餘，神明不衰，乾隆二十二年正月十一日卒。生子二，以長子定濤貴封太恭人。定濤公即城之外舅，諱祖静，原任山東運河道。次子諱祖昌，辛未進士。庶子二：祖苾、祖芬，恭人視之如己出。

沈德潛《綵林集序》：廣南方九谷先生以詩鳴，後家於吴。長君萁朔、次子東華，亦以詩鳴吴中，與予定交；知其古體必宗漢魏，近體必宗盛唐。繼得交九谷女夫金學博藴亭；藴亭並宗九谷。最後知九谷次女金夫人歸學博者，亦能守九谷家學。夫人詩工比興、善寄託，尤惓惓語；凖諸前人，得茎衡蘭蕙、虬龍雲蜺、有娥二姚遺意。蓋以其重良貴、輕人爵，本性情之敦厚貞正者發而爲詩。昔歐陽文忠序謝景山女弟希孟詩，謂其隱約深厚，守禮而不自放，而原其自來，得乎母夫人好學窮經之教；今夫人之詩隱約深厚與希孟同，守禮與希孟同，而有得於九谷先生之遺訓者，亦復好學窮經、耳濡目染。九谷向有專集《萁朔東華遺集》既相繼雕刻；今夫人嗣君會川農曹復欲鐫母氏詩集，以繼九谷之後。一門風雅，此又謝氏當日所未聞者也。夫人名京，字綵林，誥封孺人，以子貴也。又有女兄歸金文學者，亦能詩；農曹正求其集。

《國朝詩别裁集》：恭人承家教，古詩宗漢魏，近體宗盛唐，故所著無宋元氣味。

薤上露

薤上露，日出晞。朝槿花，日暮萎。微物轉瞬間，人生諒如斯。彭祖帝堯民，亦復同所歸。服食求神仙，仙成竟何時？守道以待終，令名庶可垂。

送孟調大姪南還

相對疑夢寐，言别百愁生。孤飛易為感，使我心魂驚。聚散人生常，此别難為情。爾我本一樹，相期共枯榮。爾今折枝條，芽肄何時萌？沾潤我本懷，老耄願難行。爾今返吳中，閉門守硜硜。勉哉崇令德，努力以揚名。取法不在遠，祖父有遺型。周親我老矣，垂淚重丁寧。

安山望雪

雨聲颯颯北風烈，何緣窻外光皎潔？乍起披窻寒氣入，乃見千山萬山雪。東皋阡陌俱遠没，曠野連天同一色。何須鶴氅令人疑，此中原是神仙宅。

秋夜

新月滿前樓，迢迢一望秋。桂香隨徑遠，桐影入簾幽。機石誰能轉，銀河自不流。浮雲如有意，千載共悠悠。

渡江

金焦相對遠浮空，直溯隨波望未窮。雲霧氣封千嶂雪，榜歌聲散一江風。潤州城隔春將滿，揚子潮平日正中。憶昔頻經誰共語，秖將情緒付絲桐。

示長媳楊珊珊

十年為婦蓼莪餘，蔬水家風樂自如。宛似舉場勤苦士，妝成惟對古人書。

蘇臺懷古

吴宫春到醉西施，妙舞嬌歌正此時。麋鹿不知何處所，空留花草使人悲。

【校記】

〔一〕『吾將見之』至此：錢維城《茶山文鈔》（乾隆四十一年眉壽堂刻本）卷十一《方太恭人傳》作『吾將見之微矣哉』。

葉佩芳一首

詩見《谷音傳響》。

次韻題明妃圖

丹青被棄負寃稠，萬死甘心玉塞秋。一誤不堪仍再誤，羞他蔡琰苦回頭。

葉佩芬一首

詩見《谷音傳響》。

次韻題明妃圖

紫臺人去塞塵稠，纔怨春光又怨秋。遥想六宫歌管夜，誰憐妾在玉關頭？

方荃二首

安徽歙縣人。適同邑巖鎮曹應鵬。

古意寄外

掃瓦厭苔積，莫傷苔下根。試看松葉裏，已具鴛鴦痕。

幽香亭貽外

庭前端正樹，對夕起寒陰。不許生紅豆，恐傷持贈心。

《疊嶂樓詩話》：僧白先生夫人，培嘗得其遺楮，有五絶兩首。先牛、夫人皆嗜佛，窮究内典，日以禪誦爲事。後俱預知逝期，奉别親友，談笑而逝，真高人也。

唐嫣絃一首

詩見《谷音傳響》。

次韻題明妃圖

南天一望塞煙稠，鬱鬱金微幾度秋。漢使遥臨思問訊，奈他毳幕隔前頭。

陸怡祖 一首

字芸所，江蘇上海縣人，副榜陸秉紹之女也。

秋夜

夜色沉沉星漢稀，不禁寒透六銖衣。荷花落水生蓮子，絡緯催人把杼機。

黄鳳 二首

字絳雲，安徽蕪湖縣人。適同邑陶明經時雨。著有《瞻雲閣詩草》。

《水曹清暇録》：族姪文亭頃以蕪湖閨秀黄絳雲詩囑選，尚有憶外詞一闋，附載於此。《調寄如夢令》：晝永心愁如病，望斷天涯歸信。薄倖慣飄零，空把金錢卜盡。愁聽，愁聽，人道重陽時近。

瞻雲閣即事

輕風剪剪透窻紗，小立瞻雲日已斜。簾外柳絲新放緑，滿堤春水映桃花。

清明

吹面初酣柳陌風，賣花聲裏雨濛濛。遊人漫蠟尋春屐，春社于今有落紅。

姚益敬 九首

字元吉，浙江烏程縣詩人玉裁之女也。適乾隆辛未進士董豐垣。著有《芬陀利居小稿》。

《小粉場雜識》：烏程姚君玉裁，品學冠士林。有女益敬，字元吉，承其家教，兼通書史，然不欲葩藻自矜，專事內行。幼時偶值歲凶，母倪夫人借飯啖之，曰：『母未餐，不忍獨飽也。』父旅病，刺血禱天。氏不自言，知者莫不太息。詩意新雋婉約，特餘事耳。年二十七而卒。所著有《芬陀利居小藁》。

樊榭厲鶚《芬陀利居遺稿序》：《芬陀利居遺稿》一卷，吾友歸安姚君薏田愛女益敬字元吉之所作也。薏田中年無子，止生元吉，性明慧，奇愛之。惜其非男，但教以《孝經》、《女誡》等，使通大義；以文翰非女子事，未嘗教以詩。而元吉從父吟詠之餘，竊學為詩，詩即清婉，殆歐公目謝希孟所云『有古幽閑淑女之風』者。薏田終以非女子事，未嘗輕出示人也。及笄，許配南潯董子暨之，猶不欲出。適館甥於家，未幾以免身歿，年僅二十有七。薏田悲悼不已，從暨之索其遺稿，曰：『今而後，吾女之詩，不忍使其湮没矣！』乃屬余序其大槩而傳之。

姚世鈺《哭女》詩：十歲言詩有性靈，木蘭愛説替爺征。黃泉不是黃河水，聞否爺娘喚女聲？

夏日雨後對月坐池上呈母

幽齋一雨過，草木醒枯槁。新月竹間明，涼風池上好。閑吟忘溽暑，静話開懷抱。豈必白栴檀，始能除熱惱？以白栴檀塗身，能除一切熱惱，語出《嚴華經》。

冬日同三嬸母夜繡

愁寂深閨歲向闌，繡牀坐對一燈殘。頻添綵線知宵永，漸澀金針覺指寒。楚楚花枝香滿袖，娟娟霜月正當欄。幾回飲罷還相謂，晝短工夫促較難。

歲暮大雪書懷

富家無儉歲，貧室少豐年。何用徵先兆，吾心只泰然。

兀坐

兀坐覺宵沉，蕭騷竹風發。雪意到殘燈，虛窻半明滅。

題自繡瓊林醉歸圖

上苑花開爛漫枝，醉欹烏帽颺鞭絲。馬蹄疾處紅將遍，寫出春風得意時。

客中值夜

小窻雨過動吟情，鄉思欺人睡未寧。剪燭擁衾閑坐久，冷風吹月墮圍屏。

夏日戲作蓮莊圖

人家多在藕花中，枕水窻開面面風。日暮輕雷遞前浦，冷香和雨入簾籠。

除夕

椒盤進罷夜猶賒，小琢詩詞報物華。莫道寒多春未轉，近窻雙燭已生花。

春日病中對落花戲成

簷外東風春日斜，紛紛紅紫墮窻紗。蕭齋不是維摩室，天女何因爲散花？

曹坤元一首

詩見《谷音傳響》。

次韻題明妃圖

遥辭故國恨偏稠，目斷天涯泣素秋。紫塞黄沙驚撲面，新妝難整漢宫頭。

于素安四首

號蘭窻，江蘇金山縣庠生于暄女。適婁縣太學生王鋆發。

初夏偶成

離離原上葬殘紅，春盡江南一望中。鸎鵡夢迴簾幙雨，梧桐花颭井牀風。烏飛西日繩難繫，鴃操南音舌易窮。自是拈毫無好句，且將舊草檢詩筒。

雪

灑到寒窻冷倍加，尋梅高士興還賒。人間落盡千林葉，天上飛將六出花。賦就梁園瓊作管，帆歸剡曲玉爲槎。袁安從此休高卧，樂歲歌來遍萬家。

遊仙詞

聞道仙家破寂寥，花開瓊館會春宵。歸來遥把紅雲指，又恐清都誤早朝。

秋熱

豳風七月火西流，底事空堂暑尚留？不是三更桐葉響，幾疑今夜未曾秋。

方氏一首

安徽桐城縣人，問亭方敏慤公之妹也。

題自畫牡丹

菊瘦蘭貧植謝家，愧無春色繪年華。剩來井底胭脂水，學畫人間富貴花。

《隨園詩話》：方敏慤公三妹能詩，自畫牡丹題云云。公《詠清涼山桃花》云：『傾將一井胭脂水，和就六朝金粉香。』似襲乃妹詩，而風趣轉遜。

張佩蘭三首

字質書，江蘇江都縣人，工詩能畫，即女史張因之侄。適真州汪文錦。著有《□□集》。

涼夜曲

空庭露浸羅衣薄，月碎簾波殊綽約。池上流螢飛漸多，閑堦風細桐花落。

柹

細籢籠香滿，君遷性可兼。如金寒有色，帶雪味仍甜。覆蓋羞皮相，承恩叶夢占。未甘同漆化，紅紫晚逾添。

課兒夜讀

機杼深更伴未眠，不辭辛苦對青氈。看他把卷能忘倦，未免私心半愛憐。

戴佩蘅一首

字蘊芳，浙江歸安縣人，編修閔惇大之淑配也。夫亡，一哭而殁。詩多散失，予僅見此一篇。

送菔塘叔赴京

晏歲衝寒指帝京，菰蘆思慰倚閭情。編排梨棗謀遺集，時商刻《静退齋詩集》。孝養陔華急遠征。臺閣大儀綿世德，風流水部繼詩名。鞭絲帽影匆匆發，到及春明聽曉鶯。

錢珍五首

字温如，江蘇長洲縣人，適屈保鈞。早夭，屈生梓其《小玉蘭堂遺草》。

屈保鈞《亡室錢孺人傳》略：孺人姓錢氏，名珍，字温如，長洲人。自高祖中諧由進士舉宏詞，授翰林編修，世以能詩名其家。父觀察使葵園公，益負文望，然弗子，繼娶陳太恭人，始生女子二。孺人行居長，性又敏慧，公餘親誨之，嘗謂『是兒若弁，必能讀父書』。余祖母蔣太孺人與錢有親誼，憐余孤露無父母，求繫援于觀察公，遂以孺人歸余。當孺人之入門也，余未離于塾，太孺人以老疾静攝于房，一切家務，雖能者猶憚焉，孺人顧一以身任之。且其時孺人亦日偃仰薰爐茗盌、筆床硯匣之間耳，而已精會計，嚴管鑰，經營出入，黽勉有無。當晨昏定省，逐事敵陳，太孺人往往喜動顔色，間問以舊學，輒袖中出一篇，則與我姊婉仙聯吟唱和之什也，太孺人益顧而喜。亡何，太孺人疾益篤，湯菂之奉，弗敢惰也；及卒，顔色之戚，弗敢僞也，而孺人之體頓矣。自是恒忽忽不樂，猶督理家政，不使余紛心。惟間作一詩，則淒音楚響，卒讀不忍，然不料其遂至于殞也。未殞前三日，觀察公訃至，家人匿不以聞，孺人微偵之而傷之疾，于是遂革。嗚呼！孺人之疾，以憶祖姑而深；而孺人之殞，則又以傷父而速也。痛哉！孺人於乾降三十五年庚寅三月初六日戌時生，生十七年而歸余，越三年己酉三月十七日未時殁，年二十歲。孺人之没也，凡宗黨姻戚以暨臧獲，無不墮淚，則以孺人平日待之忠敬也。

錢琳《小玉蘭堂遺草序略》：詩三百篇，女子之詩並列于《國風》；漢晉以後，如左芬、鮑令暉諸作，傳誦于口。蓋古人能詩，非獨學士大夫，即閨閣中亦無不工篇章，擅吟詠。若余妹，有可嗣焉。妹幼敏慧，習楷法。比長，先叔授以《内則》、《女箴》，尤喜學為詩，詠絮吟椒，時與刀尺聲間作。年十七，歸臨海貽石妹倩，居恒總理家政，勗妹倩以勤學。性孝謹，先叔病時，妹以懷妊，不果歸，憂思殊切。先叔辭世甫三日，而妹亦溘焉長逝。嗚呼！以妹之才且賢，不幸而中道夭折，其為痛悼，可勝言耶！妹素嫻于詩，于歸後唱和尤多。既亡之逾月，妹倩出一編示予，謂將欲付梓者。媿余非太沖、明遠之流，而妹之才思敏贍，藻韻天成，幾欲與左芬、鮑令暉後先輝映。今即未能釆之太史，播之輶軒，其或不至等于幺弦孤響，轉眴澌滅，則固猶是不没余妹之志也。爰識數語于卷端。

閨秀屈秉筠《小玉蘭堂遺草跋》略：昔吾虞高陽夫人，詩才温雅，為一時閨閣之秀，年三十餘没，遺製滿篋，邑先輩馮定遠序而行之，世所傳《冰仙集》是也。自高陽没，欲求閨閣中操翰墨，工吟詠者，殆不數覯。吾弟姒錢孺人，不可謂非高陽之苗裔也。丁未冬來歸，女紅之暇，邀余倡和，余媿弗如也。嘗戲之曰：『高陽自長洲歸虞，今妹亦然；且高陽之父罔卿，妹之父亦觀察也。雖其婿許文玉後為副憲，而當其婿高陽時，翩翩公子，不異吾弟。今日固宜妹與高陽並以詩才輝映乎？』妹愀然曰：『正恐中道淪没，將亦如高陽。』余曰：『不然，《冰仙集》特温雅耳，妹詩較清警有骨，當不至是。』嗟乎！孰知清警有骨者之亦遽淪没哉！高陽殁，遺集隨刊。今吾弟亦不忍妹之亡而詩之日以散佚也，搜得若干首，為之付梓。余既詠悼妹詩十絶矣，又為綴跋于後焉。

憶父

誰料歸田日，猶非得弟時。東山攜屐久，南國毓麟遲。掌上珠徒媚，囊中經孰貽？父書殊可讀，恨不是男兒。

孤雁

志不隨行入，翩飛義獨分。蘆江空對影，蓼岸慣無羣。永夜孤同月，連朝隻破雲。聲聲悲欲咽，嫠婦莫教聞。

詠雪美人

飛璚天上降，位置傍瑶臺。表裏原同質，清虚别有胎。扇宜將月鏤，衣稱把雲裁。常恐脂融口，何須粉污腮。似花空色相，非玉辟塵埃。綃帳同甘坐，教人費浪猜。

燕剪

畫棟香泥補舊壘，暖風遲日漫徘徊。尾開雙影穿花去，剪得春光一片回。

七夕

一鈎新月映窻紗，夜静風清散彩霞。瓜果筵前争乞巧，不知巧落在誰家。

胡珏珏一首

浙江金華人。

贈衣附小詩

相見便相憶，雙眉何日開。不因父母命，那得授衣來。

《藝餘耳語》：胡珏珏，婺中望族，太守公女。年十五，好詩畫，解音律，豐容靚飾，握管緑窻下，宛天人也。先是，恭人臨産前夕，夢得白玉四件，生珏珏，因名之，小名四寶。太守有甥某，雲夢世家子，弱冠成均，奉母命省舅氏。謁見太守、恭人後，請珏珏見，初以疾辭。太守曰：『此汝三姑之子周表兄，無須遠嫌。』久之，三四緑鬟導引而來，恭人向珏珏曰：『某兄才學過人，汝常云無師，暇日可執弟子禮見之。』某以不學辭遜，兼稍以詞導之，珏珏不答，雙臉斷紅而已。自是某頗屬意於珏珏，行忘止，食忘飽，無由致其情。某每日早至內室請恭人安，常與珏珏相遇，兄妹稱謂外無他言語，某愈眷戀不置。時屆嚴冬，某無皮衣，珏珏向父母曰：『某兄遠道而來，似未帶皮衣，誼在骨肉，理合照應，請以父衣給之，未知可否？』父母允之。珏珏以狐裘著小婢送去，題詩一首，藏於袖內。某見衣，初不受，婢以小姐命，某存之。婢去，某曰：『似此，非忘情者也，何見面居居然？』試衣，於袖中得詩云云。某私心竊喜，和云：『易識相識字，難逢笑口開。未知氤氳使，何日遣教來？』用烏絲紙繕就，意欲乘隙交之。次早某至內室，謝惠皮衣，恭人曰：『若非汝妹子提及，幾忘吾甥身冷矣。』珏珏在旁，端莊如初，終不得一言犯之，仍袖和詩而出。某夜半兀坐，口吟『不因父母命，那得授衣來』之句，窻外一人云：『此頗得三百篇之旨，詎非胡珏珏詩乎？』某駭然，啟門凝目，一女子飄然而入，年約十六七許，丰姿綽約，輕盈笑語曰：『知郎君多情，來此共破寥寂，莫認私奔文君，羞慚人也。』某曰：『自分何人，荷蒙枉顧，蒼苔露冷，得毋「踏草怕泥新繡襪」乎？』女曰：『「子惠思我，褰裳涉溱」，何畏「零露瀼瀼」也？』某以出言有章，與之剪燭談天，女有時議論橫生，作英雄語，手舞足蹈，如力可拔山狀。俄而薦枕，則玉膚柔膩，吹氣如蘭，使人有不忍摩挲者。女聽雞鳴，匆匆辭去。每夜必至，匝月餘，某終不知何許人。忽以女貌似恭人婢，欲借通武陵棹。夜半女來，某作愁狀，女曰：『郎君愁眉不展，思授衣人否？』某以珏珏事洒淚相告。女慰之曰：『當竭力圖之。但珏珏貞順自保，不可以非語相干，幸有綈袍之贈，似非忘情於子者，何不喻情詩以挑之？』某以莊不可犯對，女曰：『我傳遞之。』索詩箋而去。不移時，婢請某至內室，則太守夫婦咸在，珏珏指《毛詩·將仲子》章索某講，某窘甚，遂請《緇衣》三章，珏珏皆笑低吟曰：『豈敢愛之，畏人之多言。仲可懷也，人之多言，亦可畏也。』某講《緇衣》章罷，太守稱善，珏珏乘隙向某曰：『知口開矣，其如所問非所答何？』某曰：『父母之前，更可畏也。』一笑而散。

卷之六十一

李檀五首

浙江平湖縣人，高觀察衡之室也。著有《生香樂意齋稿》。

李集《生香樂意齋稿跋》略：少宗伯高文恪公，與先曾大父秋錦公交最契；其後族尊叔祖稔鄉太守以長女歸文恪之孫，即觀察枝山先生也。太守擅詩歌，著有《瓦缶集》行世。觀察弱齡能詩，既長益博覽家藏圖史，尤長五言古體。予固稔知之，而吾祖姑之能詩，則未之知也。甲辰冬，從叔寬夫自當湖歸，攜一編示予，曰：『此吾姑遺墨也，臨歿時手是編授諸孫曰：「性情所寄，信筆作稾，汝等善藏之。」』今將授諸梓，因屬予爲序，予始知祖姑之能詩也。古者南雅之樂，始自庭闈；迨漢以後，或失之纖佻。祖姑之詩，不事彫飾。自觀察公以部曹起家，及督儲閩中署臬事，所在有循聲。祖姑綜理內政，餘事爲韻語，所存纔十之一，皆至性流露，不失敦厚之旨。觀察以風雅世其家，而閨中唱酬，一歸醇正，傳之奕禩，足備當湖之文獻也已。

遊陸氏園

掃墓回舟晚，重經陸氏園。曲藤遮小院，密竹遶長垣。花落飛紅點，魚遊動碧痕。尋幽留半刻，古塔已扃門。

七夕

寶鼎香飄透碧天，嬌花佳果供嬋娟。華筵玉液中宵飲，綵線金針少女穿。天上雙星經歲度，人間塵夢幾何圓。願祈我佛青蓮瓣，流入銀河化渡船。

雨聲

一天煙雨暗層樓，灑向西窻點點秋。的瀝遥聞蕉葉裡，蕭疎猶愛竹枝頭。錯疑珮玉風徐動，細聽霖鈴淚欲流。最是天涯多寂寞，寒燈孤館使人愁。

盆梅

疎花隱約色如銀，徑尺横斜小盎陳。可惜栽培人不見，枝頭依舊鬭芳春。

元日陰雨

元宵陰雨怯春寒，燈市蕭條更漏殘。月掩重雲終有現，人歸長夜再逢難。

曹柔和七首

字荇賓，江蘇上海縣人，曹泰之女。適同邑黄學博文蓮。著有《玉映樓吟稿》。

劉大櫆《玉映樓稿序》：余數從吴趨友人爲漫浪之遊，竊見篋笥中往往有七子詩卷，爲令宗伯沈公所論次。『七子』皆吴中名儁，多顯而在位者，其一人則上海黄子星槎也。宗伯以詩名海内，其持論頗嚴，而黄子特見褒評，固知黄子之超越儕流。讀其詩，渢渢乎大雅之什，鏗金石而燦琳瑯，心悦之而無由相見。其後余爲博士於黟，而黄子亦司諭在歙，間以公事聚晤，則締交甚密。一日飲酒既酣，黄子出詩一編示余，而匿其姓名不告。余讀之未竟，矍然曰：『何其似吾星槎也。』星槎曰：『非是人之學星槎，而星槎之詩學於是人也。』猶不告以姓名。久之，乃復欷歔太息曰：『此吾亡妻曹氏之所作也。今已矣，無與爲詩者矣！』蓋曹氏世爲松江巨族，星槎之母夫人亦曹氏也。當是時，星槎上事其母，備極甘旨；夫人上奉其姑，又能先承其志意，姑婦相敬愛無已。而星槎與夫人時時作爲詩歌，鳴一家之豫順，以上承堂上之歡。其天倫之樂，固有貴遊所不及者。夫人之亡，豈獨星槎之不幸，抑亦夫人所共憐惜也。昔在王駿、管寧，願學曾子，終其身而不欲更娶，其不以此也歟？余觀夫人之詩，麗而不雕，濃而不膩，温和而愷至，一束於禮法之中，而不敢稍有放縱華靡之習；雖漢之班昭、蔡琰，無以過焉。惜其年之不永，其所存者止此，而又不得賢有力之人爲之揄揚，徒使其殘剩之篇章，傳誦于吾徒不遇者之口也。豈不悲哉！

《古檀詩話》：『紅藕花殘風信急，碧梧葉落雨聲寒』，曹習菴仁虎太史夫人句，見《委宛山房集》。黄芳亭文蓮孝廉夫人工詩，句云：『芳草緑波人别後，小樓紅雨燕來初。』真皆閨閣之秀。按，曹與黄同王西莊鳴盛、蘭泉昶、錢辛楣大昕、趙璞菴文哲、吴企晉泰來，爲『吴中七子』；沈宫傳選刻其詩，盛行於時。今皆翔步玉堂，所謂『和其聲以鳴國家之盛』也。

芳亭黄文蓮《悼亡詩》：『結得同心十五春，薺甘荼苦共前因。黔婁今日貧逾甚，無復牛衣對泣人。』『梧葉蕭蕭玉映樓，樓頭蟾月近中秋。可憐簾影清如水，雙笑何人控玉鈎。』『秦嘉上計悵飄零，小别生前兩度經。最是一尊揮手處，江南江北短長亭。』『夢殘燭暗漏將除，每憶彌留腹痛餘。兒女蘆花君莫慮，此身已分作鰥魚。』『家園幾度板輿游，酒熟茶香笑語稠。依舊東風萱草碧，北堂那得更忘憂。』『溯濂亭畔夜更遥，茗椀薰爐共寂寥。今日獨來人不見，海棠花落雨瀟瀟。』『紅閨寂寂晝慵開，彔曲闌干上碧苔。腸亂紙錢飛燼處，當時曾拂翠裙來。』『兒女分飛重慘悽，阿侯乳姐慎提攜。知君泉路還回首，夜夜魂歸翠閣西。』『影堂別酒駐斜暉，營奠營齋計已非。後夜孤舟風更雪，何人辛苦念無衣。』

【輯補】

曹柔和《玉映樓吟稿》（乾隆五十二年刻本）載其父曹泰序：余自束髮受學，即喜為詩，雖才力不逮，未能窺見六代三唐作者之堂奥，而本性求情，聊以抒寫其所得，頗亦沾沾自喜。年來倦攖世網，厭近市之囂塵，爰於故居之東結草堂三楹，為菟裘投老之計。蒔花移竹之暇，間為兒女輩條舉詩義；景物所感，輒復分題拈韻以為樂。而治之專而好之篤者，則以次女柔和為最。柔和頗具夙慧，既笄，歸黄子芳亭。芳亭天才英博，作為詩歌，久已為藝苑識志。明遠寄妹之書，韓卿答兒之什，日有倡酬，卷帙遂夥。歲一歸寧，必呈其所作，詞意清婉，視前有加。使為之不已，進而益上，則《玉臺》、《瑶池》之編，或不為採風者所廢矣。昔謝傅家居詠雪，道韞有『柳絮因風』之句，至今傳為佳話。又嘗以中年傷於離別，須絲竹陶寫，唯恐兒女覺之，損其歡樂之趣。若余放跡菰蘆，溪朋田父日相招，要未嘗有間，又數姓自為婚姻，不出閭巷，既無別離之感傷其懷抱，而平生嗜好，雅與絲竹不親，則藉以自樂者，惟在乎詩，正恐兒女之不知其樂，而柔和更能有以自樂。此老人所為樂得而序之，而才之不如道韞，固無瞢也。乾隆癸酉陽月東巘泰漫書於葭水村莊。

同集書尾載其夫黄文蓮《後序》：昔王右丞妻亡不娶，孤居三十年，唐書載之。顧集中無悼亡之什，其妻姓氏亦不傳。右丞果篤於伉儷歟？抑念茲無生，專事清静者歟？余以丙子秋喪偶，是冬北上，瀕行賦《悼亡詩》見志。匪直廑兒女蘆花之慮，而孺人之賢且才難為繼也。孺人為太孺人再從姪女，長予二歲。壬戌于歸，性婉娩，佐理家政，頗井井，得堂上歡。癸亥，先君子疾作，同予奉侍湯藥者五載。先君子喜吟詠，疾稍間，時命治具，延趙晴川先生（諱紳，升之尊人）、外舅東巖先生暨趙二升之（名文哲，號璞菴）、張二策時（名熙純，號少華）為詩文會，每拈一題，孺人亦脱稿呈閲，先君子佳其清俊。丁卯後，予不暇復事佔畢，孺人嘗夜分手一編，吟誦不輟。予詢之，曰：『憂來無方，惟藉此稍得消遣耳。』癸酉，外舅取其詩，選若干首，作序一篇，未及付梓，而外舅尋歿。越四載，孺人亦亡。壬子予秉鐸古歙，惟時桐城劉君耕南（名大櫆）負海内重名，司教於黟，與予訂忘年交。見予《述懷詩》第二首，謂予曰：『子何情之深也？』比見予《悼亡詩》，笑曰：『子年未强仕，或未必終作鰥魚。顧烏絲遺篋，能畀予一展卷否？』因出示之。劉君歎賞不絶口，加以評點，力勸謀梓。予鹿鹿未能也。念予九歲學吟五字詩，因從事帖括，未暇致力。稍長師事晴川先生，結褵後謁外舅，頗得津梁，復與升之、策時諸君互相唱酬，漸知名於時。其間切劘之益得諸師友者固多，而閨中良友之助亦不可没也。孺人自述，幼讀小學後，外舅即教以詩，誦漢魏歌行、唐古今體及宋元明人作，最喜《高青丘大全集》，力為仿效。遇花晨月夕，與諸姊妹分題拈韻，呈其所作，外舅輒為許可。予詢其得力之由，則曰：『幼無嗜好，手拈鍼綫，口輒誦詩，意有所觸，得一二句，不忍割棄，必續成之。凡有題詠，思致稍窒，則取所誦古人詩三復之，徐有得焉，然後下筆。間有一字一句之未安，又且廢寢忘食，求愜心而後止。』予曰：『子之為詩，可通於制藝矣。』孺人曰：『否。詩之為道，取陶寫性情，蘄合於古而已，未始有得失之見亂於中也。』噫！孺人之用心也静，其致力也專，故其為詩，有合於古。甲戌以後詩稿散佚。丁未冬，舉外舅所序，刻於唐州，去孺人歿時較右丞孤居多二年矣。「半死梧桐老病身」，不禁撫遺編而淚下霑臆也。乾隆丁未仲冬星槎黄文蓮芳亭氏書於西淮官署。

上元夜對月聯句三十韻

首春結陰霾芳亭，槎枒浩呼洶。連村積雪深荇賓，衝簷暴雨凍。蕭條越靈辰芳亭，孤吟鼻微擁。鬱儀忽飛輪荇賓，萬里破霜霿。老梅競新妝芳亭，好鳥發晴哢。已覺寒氣微荇賓，乍見春光縱。須臾懸鼓沉芳亭，冰蟾上高棟。玉盤無纖瑕荇賓，銅鏡出新礱。上下一碧中芳亭，潑眼如流汞。于時夜禁弛荇賓，暗塵逐遊鞚。星橋百丈懸芳亭，火樹千枝烘。海上移六鰲荇賓，雲中下雙鳳。廣厍角觝喧芳亭，小部笙歌哢。卜繭傳東家荇賓，鬧蛾偏西庰。我家一二樓〔一〕芳亭，面面簾鈎控。床頭發舊藏荇賓，春雲欲浮甕。造芋聞擽釜芳亭，傳柑喜盈籠。吳鹽點化猪荇賓，越糟糝冰鰒。食單恣駢羅芳亭，觴政任喧閧。八叉詩已成荇賓，百罰飲須痛。賞心及良辰芳亭，故事費甄綜。昔聞劉子政荇賓，燃藜夜吟誦。又聞禰正平芳亭，鼓作漁陽弄。偉哉狄武襄荇賓，夜半金笳動。入關奏凱歌芳亭，賓筵酒未中。懷古情慨慷荇賓，感時意傯倥〔二〕。金盆漸西傾芳亭，仰視天宇空。瓊樓縹渺間荇賓，高處寒偏重。倚曲舞清虚芳亭，鈞天儼如夢。聯吟一笑粲荇賓，庶續椒花頌芳亭。

採蓮曲

橫塘露下殘暑收，千枝菡萏波中浮。誰家窈窕沙棠舟，朱唇皓齒兼明眸。臨風舉袖揚素謳，鳷鵲鸂鶒紛中流。攀條欲折更遲留，瑤華寄遠嗟無由。人生歡樂寧有極，紅顏勝人須自惜。一夕西風墜粉稀，涉江腸斷孤吟客。

趙忠毅公鐵如意歌同芳亭作

我家草堂葭水灣，圖書彝鼎安如山。中有三尺鐵如意，照眼古色何斑斑。黃白曣嗢作雲氣，革匱緹巾煩位置。日星河嶽儼〔三〕遺銘，高邑尚書有題識。尚書嶽嶽垂朝紳，曰鄒曰顧稱三君。良心〔四〕

剖露再上疏，一時臺閣推名臣。平生苦心在祭典，巢耳蟲絲任成繭。想像篝燈獨坐時，如意揮來奮雙腕。群狐白晝競吹脣，頭白可憐戍雁門。莊浪永昌去萬里，臨風一慟天為昏。吉祥之樓味蘗室，一篋殘書銷歲月。觚稜回首隔浮雲，擊節應教唾壺缺。只今奸骨已灰消，十三陵樹總蕭條。惟公大節照青史，蒼巖白石争岧嶤。十年漆室憂偏切，遺物摩挲重嗚咽。永作草堂席上珍，不祥可祓同桃茢。

關山月

明月當三五，迢迢掛碧空。關山千里隔，涕淚幾人同。雲鬢侵香霧，征衣度朔風。不堪雙照斷，緘意向飛鴻。

即事

東風簾幙鎮低垂，小閣凝香日影遲。乍起乍眠中酒後，不晴不雨釀花時。窻前芳草長於帶，樓上春山曲似眉。看取宵來明月好，相攜同弄玉參差。

自君之出矣

自君之出矣，春色到空閨。思君如芳草，處處逐征蹄。

懷芳亭

江皋木落起微波，悵望瑶華奈遠何。聽遍南樓新雁過，瀟瀟寒雨暗關河。

【校記】

〔一〕一二樓：曹柔和《玉映樓吟稿》（乾隆五十二年刻本，下同）作『十二樓』。

〔二〕偬倥：《玉映樓吟稿》作『倥偬』。

〔三〕儼：《玉映樓吟稿》作『儷』。

〔四〕良心：《國朝閨秀正始集》作『肝膽』。

湯素琴 一首

詩見《谷音傳響》。

次韻題明妃圖

篳篥聲高怨思稠，馬蹄踏遍萬峰秋。漢宫回首停鞭望，一片雲凝天盡頭。

徐淑瑩 一首

名淑瑩，河南洛陽縣人也。

柬外

憑几脩書寄便鴻，詞箋恨短意無窮。離懷正值深秋月，紅葉青燈煙雨中。

錢孟鈿 十三首

字冠之，號浣青，江蘇武進縣人，錢文敏公維城之女。適辛巳進士乾州牧山西崔龍見。著有《浣青詩草》、《鳴秋合籟》。

管世銘《浣青詩草序》略：余屢遊京兆，嘗寄食錢尚書文敏公邸第，禮遇甚深。入後閣謁金夫人，於戚誼爲吾母外妹，則猶子畜之；家事曲折，無不悉。女弟浣青氏，以孝慧稱，文敏公屢見之詩文，珍惜出兩公子右，若恨其不爲男子者。已又獲交於浣青季父竹初，爲余道浣青能詩，兼熟史事。余心誌之，而浣青已從其夫子漫亭崔君官秦中，未嘗聞問也。乙未春，余計偕北行，以族叔校禮闈，格不與試；竹初旋亦報罷，將省浣青而歸。時漫亭已有令子五人，遺書屬延一館師，竹初乃邀余往，且曰：『崔郎賢主人，兄女亦巾幗中士流也。』因治裝偕行。既抵頻陽，長日多暇，竹初倡舉爲詩；時外弟楊子與岑及竹初兄子味莪先在，益相與張之。每刻燭分題，浣青輒命兒子景儀録韻以入座，未畢賦而浣青詩出焉，必有幽敻之韻、挺特之識，不類尋常閨閣者之所爲。益信竹初前言，而余十數年周旋文敏公門下，猶愧知之不盡者。何浣青之善自韜匿，不欲以工詩著也！乃從竹初乞其全稿讀之，自三唐兩宋以及近代作者，無不出入沾溉，如吴綾越紗、蜀錦西絨，各自成疋，而一軌於性情之正。蓋浣青幼爲文敏公鍾愛，詩法多經口授；其與竹初齒相若，時從問字；漫亭以弱冠登進士，覃心簡籍，夫婦相切劘，亦如賓友然。浣青既擅奇慧，而自在室以迄甥館，其獲益皆不出家庭，可不爲厚幸哉！又：浣青，金之自出。廉使定濤先生之太夫人、方淑人楊，皆有詩集行世，浣青之外曾祖母、外祖

母也。杜詩『内外名家流』，浣青之謂耶？其所從來遠矣！〔一〕

袁枚《題浣青夫人詩冊》：『絶妙金閨詠絮才，一生詩骨是花裁。分明擁髻揮毫際，别有心從天外來。』『尺五真疑戴皂紗，風裁不似女兒家。也因乞得江山助，簪盡秦關蜀嶺花。』『已隨夫壻綰銀黄，更見嬌兒步玉堂。天爲佳人破常例，清才濃福兩無妨。』『而翁南下賦歸歟，適我新婚北上初。水面匆匆通數語，懷中正抱女相如。』『重提春夢最消魂，老去尤驚日易曛。難得相思竟相見，宣文君與武夷君。』

曹仁虎《題鳴秋合籟詩》：緑窻清韻儷幽蘭，瑄奏昭華屬和難。掃盡粉奩脂盝習，獨開風格向詞壇。

楊庚《浣青詩草題詞》：百草含春風，幽馨自蘭茁。鸜鵒非不語，鳳鳴叶九韶。由來歌泣即天籟，響欲肆應毋乃勞。譬之五絃合建鼓，濁之則鬱清則燋。君家絶調江峯碧，湘靈鼓瑟通神力。絲竹東山接麈談，我亦向充座上客。當時絮詠掩繁花，玉簫吹落江梅白。偶向春池得瓣香，留題不藉紅箋擘。青禽一日忽西去，十載秦關復相遇。新詩示我半鄉愁，風木餘悲更如訴。人生著述非偶然，浮榮五萬空買鞭。壯夫幾許競塗澤，過耳凋歇同寒蟬。大家續史足千古，錦機綾帳何足數。好持彤管散朝霞，天際眉連作仙侶。

錢維喬《浣青詩草題詞》：青禽墮海上，啼與凡鳥殊。璆玉雖未雕，扣之含清虚。大音不在世，拉雜多笙竽。折揚歌皇華，里耳何其愚。腰鼓喧春雷，鐘以二缶孤。所以彭澤軫，不絃返厥初。吾家一雛鳳，乃是昭蕙餘。時時吐幽吟，俗籟悉屏除。夕露散秋篠，不忍爲敷腴。我如柯亭椽，雖奏情嗚嗚。見此感歲光，三唱爲之吁。洛水有倡聲，羊何和無徒。手攜九靈管，與汝遊天衢。

【輯補】

錢孟鈿《浣青詩草》（乾隆刻本）載其父錢維城序：家之興替視所生：男慧女鈍多興，女慧男鈍多替。孟鈿生十數日能笑，甫能言即解人意。七歲就家塾，不半年而止，然而好讀書，有至性，喜綴小詞。予以為不可學，因讀《史記》、《通鑑記事本末》，頗多記憶，往往撫掌談故事，娓娓可聽。余又以香山詩授之，纔一閱，曰：『此殊不難。』試為之，思致清潤。歲庚午，余大病，私剪臂肉療予，秘其創，其母察其色黃瘠，始知之；時余疾良已。年十九，歸博陵崔莒坪，崔郎亦好學，夫婦日相唱酬。壬午，余視學浙江，偕崔郎來省予，與諸昆弟結浣青詩社，余亦偶與其事。余嘗語孟鈿曰：『汝不事女紅，而好吟詠，汝性慧，而兩弟俱鈍，讀書未成，此非余所願也。』己丑秋，寄詩數卷，請余評定，並弁言其首。適余有黔中之行，孟鈿亦偕崔郎赴南鄭任。忽忽三年，秋夜偶於案頭見其詩，念二十年婉娩予膝下者，秦關燕月，迢遥千里，人生幾何，聚散如此，如之何其弗思也！因書數語題其集，並示中銑、中鈺：予雖恒言不稱，今五十有二矣；汝等皆壯，有室家，所成就者何如哉？毋使予言之卒驗也。乾隆三十六年歲次辛卯九月上澣茶山識。

同集載錢維喬序：蓋聞玉潔蘭馨，斯無濁韻；素琴明鏡，爰有報書。雖博士不尚夫珩璜，而女則何嫌于簡牘。自風雲月露，氣且短於壯夫；彼刻翠翦紅，習安嗤乎弱翰。不脂粉而亦陋，如山河以良難。緊今日之大家，有吾家之小阮。早歲誦詩，愛清風之句；中年織素，翻錦字之文。中郎之賜書，洛下能讀者過四百篇；孟堅之作史，禁中待續者積十六帙。乃分大歷之藻采，以儷亭伯之聲華。吾兄詩酒湘靈，則曲疊數峯；之子風流秋浦，則人聯似玉。孟德耀舉案之下，輒有新歌；張子高畫眉之餘，兼酬顥韻。加以高攀正始，在龍標、供奉之間；即或旁錯西崑，亦玉溪、昌谷之派。是以思縈桂帳，秦嘉多贈婦之章；竊恐藁襍香奩，韓偓有嫁名之什。僕也情忝裏言，句慚幼婦。因風柳絮，東山之內集頻時；作縷金釵，容華之新粧實見。恨非男子，未能稱汝麒麟；便字夫人，亦足佳吾子弟。阿宜都遜此香豔，太沖合珍以璆瑯。若品風格于濟尼，定知君才無兩；或訪牢落之王湛，尚云臣叔不癡。戊子中秋前三日竹初居跋。

瓊案，同集劉紹攽序云：『乾隆庚午，年九齡，依依少司寇錢稼軒先生膝下。』『庚午』為乾隆十五年，以此推之，錢孟錮當生於乾隆七年。《浣青續草》載《江上阻風作》云：『我生周甲子，鬢已集霜霰。』可知其享年不下六十歲。

錢維喬《竹初文鈔》（嘉慶間刻本）卷一《茝坪詩草序》： 崔郎曼亭者，予姪壻也。就甥館後五年，從都門歸，始相偕于武林鎖院，登臨蠟屐，出入吟眺，往往同之。越三年，退處里中，亦然。又四年，曼亭謁選，得南鄭令，攜家遠去，四千里蹤跡，遂相隔。又六年，予南宮報罷，視曼亭夫婦于頻陽，見而剪燭話舊，惝恍如夢寐。時予已三黜，頗假詩酒自豪。姪女孟錮，亦好吟詠，每內集分題，必至午夜。惟曼亭或以公事留長安，不得與；或並坐，甫握筆，而案牘沓至，中敗其興，詩恒後成，乃歎仕而後學，誠古人所難也。曼亭有俊才，弱冠登第，以未獲致身石渠、天禄，頗自悒快。及官秦中，所至屢有政聲。孟錮雖女子，能讀書，知大義，談説史事，歷歷若指掌。放衙之餘，舉案啜茗，相與上下古今，旁及風雅，如嘉賓然。人生至樂，奚過是矣！孟錮有詩數卷，予既爲掇拾成編，因及曼亭作，則以一行作吏，恐不得與于此事爲辭。予謂不然，昔高達夫五十始爲詩，卒膺節旄，名位大顯，爲一代作者。今曼亭年才三十五，才思藻拔，不亞前賢，性復耽嗜簡策，瀏覽不倦，如是以往，安在龔黄卓魯中無文苑嚆矢哉！所恨予以謀食走四方，骨肉聚散，動便間歲，不能偕賢夫婦久相琢磨，以各底于成也。爰爲刪次如干首，聊識數語而歸之。

同集卷一《姪女孟錮紉秋詩草序》： 蓋聞玉潔蘭馨，斯無濁韻；素琴明鏡，聿有報書。雖博士不尚夫緗篋，而女則何嫌于彤管。自風雲月露，氣且短於壯夫；彼刻翠裁紅，習安恠乎柔翰。不脂粉而亦陋，如山河以奚從。翳今日之大家，乃吾家之小阮。早歲誦詩，愛清風之句；頻年織素，翻錦字之文。中郎賜書，洛下能讀者過四百篇；仲堅作史，禁中可續者恒十六帙。爰分大歷之藻采，儷我亭伯之聲名。吾兄詩酒湘靈，則曲繞數峯；之子風流秋浦，則人聯似玉。孟德耀舉案之下，輒有新歌；張子高畫眉之餘，兼訓清響。況夫上攀正始，在龍標、供奉之間；即或旁錯西崑，亦昌谷、玉溪之亞。是以思縈桂帳，秦嘉多贈婦之篇；竊恐藁雜春閨，韓偓有嫁名之什。僕也情忝裏言，才慚幼婦。因風柳絮，東山之內集頻偕；作縷金釵，容華之雋吟實見。恨非男子，未能稱汝麒麟；便作夫人，亦足誇吾蘭樹。阿宜都無此香豔，太沖合珍以琳瑯。若品丰格于濟尼，定知君才無兩；或問牢落之王湛，尚云臣叔不癡。

同集卷一《鳴秋合籟小序》：乙未之秋，同人萃頻陽官廨。大火既落，清商載馳，朱華歇池，白露圍竹，歆萮岑之忽合，撫琴酒而在御。于時窗列秦岫，襟含越情。淮南叢桂，紛其來思；灞岸折柳，鬱彼在矉。爰作內集，各操土音。人不越金谷之觴，詠可兼玉臺之匣。遠則陳跡供其憑弔，近則節物寓以雕鎪。譬諸晨林奏風，條異而響協；亦有宵弦應律，情均而指殊。發四愁于平子，舍我其誰；合八詠爲休文，微君之故。送將歸而憭慄，蹇不行兮夷猶。且以永日，知毫素可希古人；寧不嗣音，庶雲山尚多來者。分題七人：管子世銘、崔郎龍見、楊子庚予，及兄子鍇、女姪孟鈿，即歸崔郎者。其一崔郎子景儀，爲最幼云。

始皇塚

驪山高復高，落日霾荒臺。西風吹白道，下見幽宮開。秦政昔亂紀，刑殺如霆雷。鯨吞六國盡，聲色非仙才。童女不復還，龍戰飈輪摧。寄言鎬池君，英武〔二〕安在哉！千人競謳唱，運石清渭隈。築之崇三墳，下錮泉水來。黃金作天地，日月為樽罍。銀海停〔三〕不流，人膏燦無灰。飛蠶三十箔，一一紅玫瑰。知埋幾皓齒，何論萬匠哀。可憐閉衰草，虎視斂寸坏。雖令地成市，難買青陽回。作使天下傾，何待長城摧。楚炬與牧火，雨赭無遺煨。寶玉不在土，死增骸骨〔四〕災。徒聞古丈夫，霞舉登蓬萊。

古別離

嗚咽清渭濱，紛披灞橋柳。今古傷別離，揚鞭各揮手。

漢通天臺銅人歌

武皇歲起雲陽宫，高臺屹與雲漢通。欲求真訣鍊顔色，紫瓊之露飛濛濛。青霄不下兩皇子，十二仙人一夜死。文成五利不及一少翁，能使香魂望如水。淒淒茂陵月，玉盌埋苔碧。難聞舍人壺，空羨方朔戟。當途代漢逾百年，銅人之淚流作鉛。移經灞水亦傷别，迴頭立盡東關煙。君不見，古今興廢皆陳跡，金石有情悲過客，化為銅駝卧荊棘。

中秋待月以平分秋色一輪滿分韻得色字

重簾燭暗露華白，桂樹凝寒掩瑶魄。爲恐人間感别離，飈輪不轉纖雲織。幾家弦管盼清輝，何來匹練澄空碧。影娥池冷鏡奩塵，天外徒横秋一色。銀漢無聲不記年，瓊樓有夢空成夕。迴頭容易參商隔，今日當筵須共惜。越鳥南飛未有期，秦山西去猶爲客。願留光景十分滿，莫使深盃等閑擲。

蠹簡

欲悟神仙理，何辭筆舌殘。消磨因久庋，辛苦在忘餐。三絶編猶在，千迴誦未完。便教成缺略，依舊悮儒冠。

斷碑

野火焚猶在，裝池見宛然。數行銘瘞鶴，幾葉搨輕蟬。完損神難合，摩挲癖可傳。較他嗤没字，片紙亦前賢。

憶梅和韻

淡煙漠漠護重陰，思入羅浮夢已深。對月應憐清夜影，懷人空寄歲寒心。雲橫渭北家千里，春到江南雪一林。誰向天涯問消息，好從孤管寫餘音。

寒山無恙隔層雲，一縷相思爲爾深。夢後何人同載酒，花時有客獨關心。飛來晴雪春留影，相送前溪月在林。官閣吟成應寄興，不教空谷誤跫音。

殘荷

一片秋心〔五〕近水殊，空庭爲惜雨聲枯。曾含夕露衣同冷，及聽清歌夢已孤。幾幹紛披隨敗籜，半塘摇落並殘蒲。薰風不與留顔色，翠佩江皋再見無？

青門柳枝詞

渭城風物又經春，嫩緑初齊客思新。記向大隄和雨折，泥他青眼盼行人。

花未飛綿葉剪藍，風吹無力起眠三。舊遊最有難忘處，一路依依近漢南。
折贈誰家悵別難，藏鴉時節絮初殘。何當繫艇揚州郭，一種青青雨後看。
花落〔六〕江潭客未歸，輕陰漠漠拂簾衣。那堪煙雨催春去，深巷人家燕子飛。

【校記】

〔一〕此序錢孟鈿《浣青詩草》（乾隆刻本，下同）末署『乾隆乙未九月韞山管世銘拜跋於富平官舍』。
〔二〕英武：《浣青詩草》作『英雄』。
〔三〕停：《浣青詩草》作『渟』。
〔四〕骸骨：《國朝閨閣詩鈔》、《國朝閨秀詩柳絮集》作『毛骨』。
〔五〕秋心：《浣青詩草》作『秋聲』。
〔六〕花落：《國朝閨秀正始集》作『緑遍』。

李冰 一首

浙江富陽縣人。

汪氏雙節詩

日黯珠江不復春，同餐桂蓼共含辛。柔甘曲慰占烏望，襁褓悲看肯構人。劫盡殘棊重理局，帆將到岸復分津。百年至竟生如寄，枯菀雖殊譽竝新。

金佩蘭一首

詩見《谷音傳響》。

次韻題明妃圖

飲馬長城敵勢稠，圖成恰值請和秋。漢王若是真憐色，姜女從遷也並頭。

宋芳斌二首

福建□□縣人〔一〕，湖州同知宋萬略女，鞏昌知府林煇章室。誥封恭人。

秋閨迴文

笳落暮天遠憶郎，雁聲寒色野茫茫。雅飛玉鏡窺新黛，鳳舞珠釵墜澹粧。斜樹夜迷城月白，暗沙秋入塞雲黄。花依冷草青閨静，遮帳殘燈怨夢香。

對月

學練初團扇，如眉亦照人。長干兒女夜，秖有月相親。

【校記】

〔一〕《國朝閨秀詩柳絮集》、《閩川閨秀詩話》作『莆田人』。

沈氏句

浙江歸安縣人。適生員錢嘉徵。

句

一朝脱却塵緣去，直駕祥雲到帝前。

《歸安縣志》：國朝沈氏，適生員錢嘉徵；兩姓皆望族。性純孝，依母同居，飲食寒暑，曲體親心，長齋奉道，祈求母壽。後母亡，庶弟少，喪祭俱身任之。事舅姑，尤極孝養，居喪盡禮。壽至五十二。死之前，夢仙真言：『汝篤孝，已證仙品。』臨終作詩誌之，以待彤管之採擇云。

錢性聰一首

詩見《谷音傳響》。

次韻題明妃圖

夢裏君王寵愛稠，誰知被遣玉關秋。畫工舞弊由延壽，出塞分明怨有頭。

蘇芳濟 一首

福建□□縣人〔一〕，康熙中布衣俞孫侃室也。

長春花

春風融和〔二〕日影斜，巡簷小立惜芳華。長春初點臙脂色〔三〕，開向東風奪晚霞。

【校記】

〔一〕《國朝閨秀詩柳絮集》、《閩川閨秀詩話》作『莆田人』。

〔二〕春風融和：《閩川閨秀詩話》作『淑氣初融』。

〔三〕此句《閩川閨秀詩話》作『莫疑點染胭脂色』。

張密 一首

浙江烏程縣人，太史張映斗之女。適總憲金檜門之子忠澤。

題汪連珠閨秀墨蘭

妙絶生花筆，前生字若蘭。自來幽意愜，不道素心寒。虚室清芬在，高情幻影看。春風思畹畝，宿草已成團。

張安一首

密之胞妹。適秀水中書汪鶴桴之孫運司經歷汪璉。

題汪連珠墨蘭

玉砂文盎護天真，小筆通靈迹未陳。省識翛然林下意，多生即是此花身。

彭啟芷二首

字浣嗷，湖南攸縣人，詩人彭廷梅之長女也。

月夜

玉魄娟娟照碧軒，憑闌吟對爽心魂。漏殘移影鬟催寢，猶把金釵劃記痕。

徐淑則年祖母示題大癡山水圖即席奉和元韻

子久畫水兼畫山，五日十日見筆端。用意直從畫之先，似乎下筆了無關。山能嶔崎水能灣，一堆亂石一層灘。灘邊森森數竿竹，流水小橋隔茅屋。長年太古風氣淳，此中居人尚樕樸。有時策杖通來往，不言耕鑿不言禄。展圖披讀忘昕夕，秋燈掩映雙瞳緑。詩耶畫耶清如菊，空香採之費摩挲，吟詩記取御河曲。時余省家大人於泊署間，年祖母自都買棹南還，相晤舟次，故及。

沈瑞貞一首

浙江海鹽縣人也。

夏柳次韻

千條弱柳挂晴絲，回首春歸動遠思。雲暗緑陰煙冪䍥，月澄碧浪影奔馳。依依蘸水迎凉候，裊裊垂隄借蔭時。此際賞心殊不淺，願攜尊酒濯丰姿。

吴墜三首

字粉蓮，安徽歙縣人。適蘆溪汪亦卿。

理粧紅葉忽飛入簾偶成

粧成獨倚欄，風葉入凉幕。慵多未題詩，枉向深閨落。

題聽竹軒

竹響摇虚籟，茅齋結搆幽。雨來聞戞玉，風動夜鳴秋。翠色侵書幌，清音繞畫樓。此君真不俗，瀟灑緑雲稠。

秋閨迴文

輕花落盡酒瓶空，燕燕歸時幾樹紅。明月霜堦桐弄影，晚蟲鳴破夢忽忽。

趙飛雲一首

江蘇婁縣人。

錢學綸《趙飛雲傳》：趙飛雲者，婁村小家女也。年十四，眉目姣好如畫，性喜淡漠，從鄰塾讀書，能詩，不欲以村女自居也。同里諸生康麟見而悦之，欲通殷勤。女怒不允，因厚賂其母，百計挽飛雲。飛雲感其情，始從母命。許他日備位作小星，而飛雲父以獨女故拒之。適生往吴門，女父竟别許陳留氏。女欲從母命不得，忿而不食者兩日，以未見生故，强延之。未幾生歸，聞前事，甚悵惋。以非飛雲意驟往見之，則四目相視，嗚咽不能成語。已乃作《待月詞》以訂生。

詞云：『姮娥有約漫徘徊，幾度埋光不肯開。一自暮雲俱散去，好依花影上窻來。』是夕生往，牽袂而泣，謂生曰：『妾非自賤，反以七字邀君，因念向日之不遂君意者，欲留此完身，以爲他日洞房證驗耳。今不能矣！身先許君，即君身矣。豈敢自衒以拂君之情乎？用是相邀也。』言已，聲嗚嗚甚悲，其母亦哭。生揮淚曰：『卿勿言。我固知卿與卿母之心也。卑人焉有福屈卿作小星？倘天假之便，得常往來，即謂永傍香肌可耳。又誰尤乎！』自是厭露之行，春秋兩易。後爲父所覺，即賦于歸。飛雲號咷不欲生，截髮自誓，繫之以詞。生得之，痛甚，刺血作書，曉以父命，勿徒作苦，傷卑人心也。飛雲自歸夫家，防閑既密，會晤愈難，間隔多端，惟有晨昏慨喟而已。

截髮寄康生

一朝截髮爲君贈，誰曉粧臺寄意深。從此願君嘗看取，須教妾罷白頭吟。

金荷 六首

字品蓮，號小紅，浙江嘉興縣人，金永成次女也。未字夭卒。著有《吟香閣遺稿》。

春晴

雨霽開春景，風和日正遲。持盃花勸酒，把管鳥催詩。社下燒錢候，寵家上塚時。兒童争折柳，遍插一枝枝。

晚步池上

風來踈雨過，晚步立池旁。柳色凝煙暗，荷衣拂水凉。緑莎延古井，飢烏下空廊。遥望林梢月，娟娟欲露光。

詠青菓

海國來嘉果，堆盤碧色添。三秋凝翠露，一夜落紅鹽。破肉微嫌澀，烹茶不貴尖。一枚聊止渴，回味憶香甜。

詠燕

不借深林枝上棲，差池慣逐畫樓西。風來小院簾初捲，花掩重門夢欲迷。柳外斜飛輕剪雨，梁間絮語補巢泥。停看哺乳匆匆處，草滿平蕪煙滿溪。

對月

獨攬清輝好，團欒有幾何。晚妝留作鏡，不用倩人磨。

題畫

疊嶂高飛瀑布，流泉響合松濤。領得此中幽趣，定然滌盡塵囂。

朱淑明 一首

字淡吟，江蘇元和縣人也。

詠綠萼梅

爲愛南窻第一枝，寫將冰玉入新詩。移來禪窟塵都凈，開向書巢春較遲。上掌明珠和月暈，廻身翠帶任風吹。珊珊並受東皇寵，淡粉輕脂莫漫施。

余如花 一首

江蘇松江人，余守一之女也。

錢學綸《余如花傳》：彭生者，名成，世爲東里人。年弱冠，棄儒爲商。能詩詞，善應對，性雅貌美，無市俗態，故文士樂與之交。時貿易嘉湖，還寓，同里余守一家待售。余本富族，房屋深廣；生居之，恬如也。余有女曰如花，嬌好柔順，殆稱其名。居恒喜静，惟日坐一閣治女紅，足跡罕至堂屋。如花父早亡，惟母女與婢春嬌相處；有兄，各母出也，多外視之。會生卧室，與女止隔一垣。中夜人静，恒聞私語歡笑聲，心漸動。時因月夜，啟窻微吟曰：『不褰簾額通聲福，可隔牆頭和句詩。』蓋前人所作，欲使之聞之云。如花聽之，果私語嬌曰：『誰家子閑詠，遂達內閨也？』嬌以生對，女嘿然。一晚，又當月下，獨步庭外，仰見閣中火光微射，遂吟舊句曰：『隔牆花弄影，疑是玉人來。』女聞，連喚春嬌；不應，遂啟窗遥語曰：『夜闌人静，獨不畏春寒乎？』生亦遥謂曰：『誠然，卿何處我？』於時神魂飛越，躡垣直上；女驚，急起掩窗，而生已入室矣。女羞澀，不能發一語。良久始曰：『向以君知書，偶通片語，遽作市儈態耶！令人心悸。』生曰：『某幼承庭訓，素惡非爲。以一念情深，遂爾唐突。將欲高追蕭史，安敢自比市儈哉？竊謂緑綺紅綃，閨中當有其人耳。』於是宛轉之間，遂諧衾枕。比曉言别，如花含淚謂生曰：『妾雖愚弱，豈昧聲名；爲悞情癡，致蹈非禮。郎惟始終，勿負永托終身！』生唯唯。既而獨坐幽齋，恍忽疑夢，乃作一絶云：『兩情相合意相偕，肯把良宵孟浪挨。曾記落紅春去後，幾回笑覓鳳頭鞋。』至晚復申前約，再訂姻盟。生曰：『卿意良厚，第恐不才難預東床之選，是以未敢遽允。』女怒曰：『若然，君果何心哉？必相負，有死而已。』言訖大慟。生亦慟曰：『奈尊兄何？』女曰：『妾有阿母主，兄何爲耶？』因告以年庚，使生推算，由是恩倍於前。余氏上下頗聞之，不知者惟兄而已。未幾，家人漏言，兄恚甚，隱不即發。生亦不自安，急謀旋里。將别之夕，相對而慟，如花囑以『急倩蹇脩，毋使妾有白頭之嘆；脱有言，當遣李嫗報郎』。李嫗者，女之乳媪也；其事頗知之，故云。明晨，故辭兄抵家，議婚之舉，卒難出口。後半載，余母病疾，亟執女手而言曰：『兒事，吾知之。彭郎薄倖，不及吾在而成之；吾死，事不諧矣！如之何？』痛極惟哭，母執女手而亡。生聞，驚仆者再；及斂，僅柩前一拜，不能交片言。喪畢，即挽所親求女庚，兄辭之。既而余氏之族及兄親串力求之，辭益堅，而女亦曲意事兄，冀回其意，竟不可得。生計窮，恨益甚，所賴李嫗通音耗，不致隔絶。然不特巫峽雨雲徒成懸想，即欲親半面，復罄一言，不可得矣。

無題詞

莫恨沉沉漏正遥，去年記得此良宵。合歡有願同鴛枕，分袂何堪憶翠翹。自昔佳期偏易阻，即今好夢也難邀。銀釭剔盡添惆悵，幾度無言魂暗銷。

又絶句

行雲巫峽是耶非，堪嘆年來夢亦稀。最是有懷忘不得，麝蘭香透幾重衣。

葉兆木一首

字時春，浙江秀水縣人。

采菱歌次韻

鴛鴦湖内鴛鴦浮，煙雨樓前煙雨秋。人道采菱無限樂，儂今幾日不梳頭。

張芬五首

字紫蘩，江蘇長洲縣人〔一〕。著有《兩面樓詩》。

閨秀尤澹仙《兩面樓詩序》：裁冰鏤雪，思深即以傳情；流水止山，心寂自堪悟道。張君紫蘩者，清河世裔，茂苑芳姝，學溯淵源，人尤瀟灑。議論則蘭閨潘陸，才華則繡閣庾徐。秋水芙蓉，格剪六朝之綺；春風紅豆，詞穿九曲之珠。而且姊皆道韞，傳詠絮於庭前；交有濟尼，善譚經於室裏。謝鉛華而靡事，悟空寂以返真。麈尾揮而參禪，良有以也；花枝拈而微笑，豈徒然哉！仙也弱偏善病，素只工愁，愧此菲才，蒙君雅契。庚晨細詠，青抽寶鼎之煙；午夜長吟，碧散螢囊之火。色艷品梅之什，魂銷别雀之編。允矣大家才調，洵哉學士風流。爰綴里言，用題佳製。敢曰文詩紫石，竊深附驥之思。亦云誼託金蘭，庶效投桃之雅〔二〕。

【輯補】

張芬《兩面樓詩稿》（乾隆五十六年刊《吴中女士詩鈔》本）載任兆麟序：月樓女史張氏，名芬，字紫蘩，清溪從妹也。少從常熟許冰壺夫人遊，冰壺門徒數十，月樓偕其姊桂森，最契賞者也。自清溪結詩社，月樓以詩相質，每分題聯詠，構一作，儕輩咸推服；清溪尤倚重之，以為張吾清河氏軍也。今秋，盡檢其篋中所作貽清溪，清溪乃以示余，余方纂《虎阜志》，蒐羅文獻，未暇甄定。今峻事矣，特發而觀之，大都斟酌三唐，發源選體，匪徒襲其貌似而已。蓋月樓夙慧業，又偕寂居、碧雲諸子參禪論學，由其性真所發攄，而不類句櫛字比者之為，是契無上乘者。昔劉家三妹並擅詩文，月樓當不減令嫺矣。月樓詩已載汪駕部啟淑所選《擷芳集》，今續録若干首入女士編，俾海内揚扢焉。冰壺名在璞，著《小丁卯集》、《茹茶百詠》，適國子生陸敘臣；陸早亡，守節三十年。桂森名蘊，適交河縣佐蔣某，早卒。寂居出太倉王氏，為尼，名悟源，善書能詩，今住益壽庵。碧雲名瓊，丹徒人。王氏，蘆中人豫之妹，年十五，有《愛蘭詩鈔》行世。乾隆五十六年十二月望虎阜山樵任兆麟書於東溪之草志精廬。

端午村居

荒村無競渡，極目野煙昏。欲奠盈樽酒，空悲繞膝恩。五絲難續命，一賦獨招魂。何以酬佳節，菖蒲緑映門。

秋草

一片淒迷亂鬼燐，斷腸休問昔如茵。王孫已破天涯夢，遊女還傷陌上春。野岸帶煙昏曉月，暗蛩和雨絮愁人。誰尋幽徑寒林下，吊古空悲蕭瑟辰。

輓燕

越海還山願已違，隔簾嬌語是耶非。好憑釵影傳遺照，獨伴花魂葬石磯。一壘香泥閑畫棟，幾宵春夢别烏衣。可憐吟客斜陽裏，淚墨盈箋招不歸。

七夕詠

晚涼無復舊時粧，欲罷金梭益自傷。莫笑離多偏易别，久將〔三〕離别作尋常。

和皎如沈妹見懷原韻

香消紅袖晚粧殘，月下懷人倚曲欄。想得吟情幽絶處，滿庭風露玉釵寒。

【校記】

〔一〕《國朝閨秀詩柳絮集》作『江蘇吳縣人』。

〔二〕《吴中女士詩鈔》（乾隆五十四年刻本，下同）所載此序末署『乾隆己酉閏五同學愚妹尤澹僊拜手』。

〔三〕久將：原作『久時』，據《吴中女士詩鈔》、《國朝閨閣詩鈔》、《國朝閨秀詩柳絮集》改。

駱秀芝二首

字麗山。所適未詳。

題吴静嫻秋山讀書圖

道子丹青絶世無，深閨又見輞川圖。細看書屋秋山裏，配得文簫人姓吴。

後輩何能望比肩，羨君詩畫墨痕鮮。雲山重阻添惆悵，披覽斯圖亦有緣。

凌嫺一首

字静宜，江蘇長洲縣人，庶吉士西涇之女也。適候補經歷許時泰。

耘芝席表姊題贈拙稿次韻奉酬

親知爾我氣如霓，十載離情兩處題。秋水伊人尋蝶夢，春山彼美聽鵑啼。蓼莪感痛君同淚，蘭玉凋零我更淒。郎誦采香高格調，便教東野也頭低。

金佩芳二首

號瓊圃，浙江黄巖縣人。適同邑韓明府修鳳。著有《□□集》。

菽塘戴璐《題金瓊圃詩卷》詩：『香茗詞華冠玉臺，應緣仙骨自天台。琉璃硯匣隨身慣，不數當年詠絮才。』『秦雲隴樹擁魚軒，吟遍關山興未闌。今日邯鄲重覽古，琴絲共聽閣中彈。』

白菊

雪質冰肌淺淡粧，臨風獨自傲繁霜。一叢皎潔依瑶砌，數朶分明映玉堂。粉蝶夢迷侵月冷，白衣酒送隔籬香。悲秋杜甫登高日，簪去偏宜兩鬢蒼。

海棠十六韻

含情摇曳出東牆，花裏神仙呈艷粧。絳帳〔一〕漫圖春睡足，瓊腮合〔二〕傍曉風凉。楊妃醉後嬌無力，合德來時體自香。曾吸紅雲〔三〕侵酒盞，好燒銀燭暎華堂。凝煙細罩胭脂雪，笑日輕勻琥珀光。應洗啼痕扶弱質，耐看淑態占羣芳。唤回空谷鶯聲巧，宿罷深枝〔四〕蝶影忙。濯錦江頭堪折贈，畫眉樓上許端詳。因思舊夢初生怨，莫問秋容解斷腸。記取呼名欽杜母，安排傅粉妬何郎。饒他貯汝成金屋，遜我憐卿奏露章〔五〕。幽院欣傳靈鵲噪〔六〕，嬌姿偏數碧雞坊。嵐輕淡抹柔條媚〔七〕，浴困斜憑紫蠟長。點筆却教添意緒，鈎心新學剪衣裳。佳人撩鬢鞦韆畔，詞客攜壺翰墨場。最愛海橋題柱句，爲留清韻伴甘棠。

【校記】

〔一〕絳帳：《國朝閨秀正始續集》作『寳帳』。

〔二〕合：《國朝閨秀正始續集》作『宜』。

〔三〕紅雲：《國朝閨秀正始續集》作『絳雲』。

〔四〕深枝：《國朝閨秀正始續集》作『低枝』。

〔五〕露章：《國朝閨秀正始續集》作『緑章』。

〔六〕此句《國朝閨秀正始續集》作『吉語欣傳靈鵲院』。

〔七〕此句《國朝閨秀正始續集》作『巢深輕拂紅絲媚』。

王青翰二首

字□□，號□□，浙江仁和縣人。

澹香樓題辭

雪作精神玉作膚，掃眉才子重三吳。燕蘭好夢終成杳，一夕寒泉落掌珠。

薄命飄零已半生，竭來空自了前盟。燈殘風冷樓頭月，愁聽天邊去雁聲。

卷之六十二

凌瑞珠 一首

浙江歸安縣人，南部縣凌夢曾之女也。隨宦蜀中。年甫十二齡，即有詩聲。

石谿亭

小桃齊放舊梢青，㛪嫿遥嵐敞翠屏。約略百花潭畔見，畫橋紅影落谿亭。

《隆昌縣志》：石谿亭在縣南石橋左，有堊書一絶句云：『桃花依舊放山青，隱几焚香對畫屏。記得當年春雨後，燕泥時汚石谿亭。』不著名氏。閨秀凌瑞珠和詩云云。

殷雲和 一首〔一〕

詩見《谷音傳響》。

次韻題明妃圖

漢王割愛恨何稠，迢遞寒雲出塞秋。留得龍城飛將在，畫圖不到隴西頭。

【校記】

〔一〕《國朝閨秀正始續集》作『殷湘英，字雲和，直隸天津人』。

雷氏 二首

陝西郃陽縣人，諸生史繼魯之室也。著有《彌清閣集》，惜未之見。

雁字

熏風無奈祝融火，寒雁一聲天地清。不羨上林傳漢信，羨他筆筆寫孤貞。

元宵哭夫

去年燈火共元宵，爲我窻前拂翠翹。佳節依然人不見，一輪明月冷迢迢。

《宰莘退食録》：雷氏，生員史繼魯妻。聰穎，博涉書史，工八分書，能詩。著有《彌清閣集》，暮年盡焚棄之，曰：『詩文非婦人事，播之於人，非所宜也。』今存其詩二、古文一。

汪佛雛 一首

浙江錢塘縣人。

寄香南君子

百花過後緑陰新，小别無多又一旬。也有月明偏寂寂，縱教夢去亦頻頻。蹉跎生計憐為客，繾綣深情記踏春。儘有釵鈿供小飲，等閑切莫悮芳辰。

楊文偕 一首

字紹儷，江蘇江陰縣人，盧學士文弨之繼室也。

示婢

學抱衾幬〔一〕念汝恭，不教憔悴困泥中。徵蘭知有宵來夢，行見森森茁謝叢。

【校記】

〔一〕衾幬：《國朝閨秀正始續集》作『衾裯』。

王兢 一首

浙江山陰人。詩見《雙節堂贈言集》。

汪氏雙節詩

婦道夫爲天，從一妻妾同。或乃失其性，所奇斯在庸。堂堂淇縣尉，二婦鍾郝風。當其初寡日，蒼顥若夢夢。廉吏無長物，蕭然環堵宫。俯仰憂不給，下策偏火攻。因之叢閔侮，圭璧遭磨礲。未亡寧惜死，姑老兒童蒙。相對時哽咽，堅白圖永終。永終良不易，執苦忘春冬。迢迢三十載，依倚如駏蛩。苦心天鑒格，赤手扶危宗。危宗既以立，詵瀗歸肅雝。孝烏嗁啞啞，哀音徹宸聰。城山峯崒崒，湘湖水溶溶。岌岌雙節坊，石闕蟠虬龍。乞言章母德，玉屑霏閨中。斂衽一再讀，流涕霑衣胸。我母冰雪姿，綺歲丁天窮。鞠孤矢不二，芳匹二母蹤。蘭牙忽摧萎，否塞何由通。埋没隨荒草，安望石窌封。生女不若男，屬句心懥懥。庶幾牽連書，母氏標管彤。

金鶴素五首

字松師，江蘇長洲縣人，貴州臬司金祖静之女姪也。適吴縣魏國學潛。著有《杼餘集》。

閲列女傳

夜來罷繡紅，展帙一披對。緬彼諸女宗，芳名垂百代。豈惟婦道全，才美亦兼備。或則安貧賤，或則殉節義。或擅忠孝名，或工蠶績事。境遇雖不同，易地皆一類。但願閨中人，誦讀如師誨。今人視古人，安見不相逮？

酬藁砧索酒詩

嘗聞青蓮獨酌思邀月，伯倫狂飲每荷鍤。古人縱酒得真趣，借酒爲名寄曠達。吾夫愛飲又愛吟，日與詩酒共生活。今朝籬菊花盛開，覓醉無由向閨闥。幸藏斗酒待君需，貧家那有金釵拔？

隨父解組旋里夜泊峽江有作

入峽風濤險，孤舟泊夜闌。林深山鬼嘯，霜重月華寒。久宦計非得〔一〕，還鄉夢亦安。親年已七十〔二〕，肯戀一微官？

春日病起即事

幾日春寒雨釀花，一春多病負韶華。紅鋪石砌夭桃落，緑映紗窻嫩柳斜。展卷有時欣得句，望雲無際苦思家。垂簾怕看東風燕，對語喃喃興不賒。

白菊

風疎三徑秋，月浸一籬雪。秖緣抱素心，天地存高節。

【校記】

〔一〕計非得：《國朝閨秀正始續集》作「謀終拙」。

〔二〕此句《國朝閨秀正始續集》作「故園松菊在」。

白又鑾 一首

詩見《谷音傳響》。

次韻題明妃圖

天爲中原冶麗稠，故教邊塞占千秋。夷光不入姑蘇地，便老耶溪不出頭。

陸瑛 三首

號素窻女史，江蘇吴縣人，諸生陸昶之女。適諸生羅康濟。著有《賞奇樓吟草》、《蠹餘稿》。

【輯補】

《吴中女士詩鈔》（乾隆五十四年刻本）載張芬《賞奇樓詩題詞》：東都淑質，挹蘭蕙之清芬；南國名姝，秉珩璜之美德。紹家聲於雛鳳，叶雅韻於關雎。史林續筆，不亞乃兄；繡帙分題，常攜嫂氏。夢斷杜鵑春漏，愁隨紅雨同殘；吟成蟋蟀秋聲，人與黄花俱瘦。覩此珊珊詩骨，想見珮環；知夫楚楚神情，詎沾脂粉。洵香奩之綺藻，擅吟榭之風流。芬也誼附蒹葭，妄評佳什；才慚蒲柳，勉譔菲詞。己酉七夕同學愚妹張芬拜題於桐孫書屋。

秋夕懷婉兮清溪諸同學

吟罷殘編獨倚樓，一天風露月當頭。那堪多病逢長夜，況復懷人值暮秋。鴻雁有聲雲漠漠，蒹葭無際水悠悠。徘徊不隔當年景，滿目湖山是舊遊。

題松陵任夫人吟稿

掃眉才子鯽魚多，每展吟篇喚奈何。今日一編銀燭下，鉛華洗盡筆如戈。一珠一字極圓勻，初日芙蓉色澤新。從此玉臺傳絶唱，瓣香争拜任夫人。

周慶芝五首

字蘭偕，浙江仁和縣人，明府嘉猷女也。適湯某。

馮園小飲

為愛名園好，攜樽着意看。一叢新草碧，幾處野花丹。巧鳥迎人語，枯藤倚樹蟠。酒闌歸去也，落日掛層巒。

春景十詠選四

天邊霧斂碧雲横，葉底争春鳥亂鳴。小苑尋芳驚夢蝶，一鞭走馬聽啼鶯。青青宿麥抽新穗，拍拍輕鷗弄晚晴。返照柴門添景色，從扶殘醉踏莎行。春晴

隔窻啼鳥唤朝眠，小院春光正藹然。竹裏圍棊消永晝，花間酌酒讀新篇。日移紅影横階下，風度幽香過檻前。燕子歸巢天欲暮，一鈎斜掛柳梢邊。春晝

清波新漲浪花顛，畫舫人遊欲到天。兩岸柳陰黄鳥語，一陂沙暖白鷗眠。萍浮曲沼溶溶色，月映長江淼淼煙。細草渡頭歸小艇，釣絲猶帶水痕鮮。春水

一池凍解已回陽，來往園林竟日狂。常向階前摇細草，每從隄畔拂垂楊。薰傳綺陌遊人倦，香透芳塵戲蝶忙。寄語風姨須着意，莫教花落遍東牆。春風

郭静蓮一首

詩見《谷音傳響》。

次韻題明妃圖

愁心不獨漢宫稠，朔漠難禁冷澹秋。夜夜單于偏好獵，歸來月落五更頭。

朱明 一首

字應莒，號西崖，江蘇吳縣葑門人。

錢學綸《朱西崖傳》：朱氏，名明，字應莒，號西崖，蘇州富門金鷄河灘人。能詩詞。歲己丑三月，男裝至松江。一日，題詩文廟牆垣，欲赴水死，爲巡兵偵獲，解送華亭縣。時岷江高公辰以内翰出宰華，詢之，云：『産自青浦。親喪家貧，欲覓館無就而死耳。』問其『能詩乎？』曰：『能。』高指庭柏爲題，援筆立就。高憐之，給錢五百，令朱胥名耀斌者覓坊廂寺院測字爲活，慰而遣之，不知其爲女子也。胥家披雲門，攜之歸；女急，遂實告朱婦。朱夫婦大駭，即陳縣再訊，始服女子服。進署又訊之，云：『實洞庭山人。幼喪父，依母於女庵。曾與同窻吕生名少白者有終身之約，後各分散。今訪至蘇而遇焉，生已有室矣。令先往松江尋寓暫居，徐爲之地；不意候久弗至，且將爲居停主窺破，故情迫而死耳。』公曰：『若然，吕已有妻矣。汝寧更爲其婦乎？』曰：『願爲其妾。』曰：『期而不至，是棄汝矣。奈之何？』曰：『有死而已。』高惻然，仍命回朱胥家。前後凡五訊，而女辭終不易，遂欲成其志。乃令胥賫文牒詣太湖廳關女母，且將招吕生，而女實非産洞庭，竟弗得。朱胥雅重文憐才，故往返需費，不之怨，且螟蛉之。吕生者，蘇人，字少白；美丰姿，擅詩文，風流跌宕人也。家故貧，幼與女有密約；會家多故，而女亦許字於葉，非女志也。絀於勢力，無如何。雖聘妻，實未婚，亦非其願也。而葉更無賴，女益弗樂從。以故兩心嘗耿耿。至是，女竟欲以放誕成夫婦，而生實逡巡不敢許。遣之松城，非紿之，蓋欲去留，勢不可也。旋以詩札通問於胥，且寄其《次庭柏韻》謝高公云：『古柏森庭午，清風遠被揚。持心齊鐵石，挺節自冰霜。德邁棠陰芾，情高松籟長。鳴絃欣賞處，歲晚益蒼蒼。』又《謝宥女疊前韻》云：『鳳池名久著，雉陌績新揚。趙父誠冬日，鄒生詎夏霜。鳧飛雙舄遠，鶴唳一琴長。南拜恩何極，悠悠仰昊蒼。』越三月，女母覓女至松，固女道士也。相見各泣下，欲攜之去，不可，再陳於官。高命與母俱來，究其母得實，問欲何爲，曰：『願攜之去。』高召女詰之，女慙服，惟叩首。問何從，曰：『願從阿母歸，而祝髮以事梵王。』公曰：『如否？』曰：『如否，死而已。』高責之曰：『本縣以五番庭訊，一何不吐真情？致使徒返，迄無實際。女既知書，何容背禮？夫女不逾閾，禮也。以煢煢弱質，遠出閨闈，不問而知爲姦盜矣。獨不可加之以刑乎？顧念醜聲易播，名節攸關，一念憐才，遂爾心存廻護。豈果反爲兒女子所紿乎？言念及此，情殊可惡。今欲起文關會，逐縣遞回；必若是，則女聲名蕩盡矣。凡婦人之道，從一而終。設不幸而委身庸俗，亦命也。夫何尤？且生既有室矣，婚者婚，嫁者嫁，各循其分，以安其天，不更愈於貽羞父母、里閈交譏乎？女既知書，女其識之！』女感極，惟泣，終不能措一語。乃命其母仍攜之歸；時六月朔日。女寓松凡三閱月，所爲詩甚夥，不能悉載。

題華亭縣庭中柏樹

庭上青青柏，高枝風送揚。自能超直幹，端不畏嚴霜。鶴唳清宵警，琴鳴秋水長。有心標勁節，松竹共蒼蒼。

許寶善《摸魚兒》詞序：憶數年前，有洞庭女子改丈夫裝尋其所歡，泊跡茸城，爲邏者所偵，送至邑庭。邑宰試以庭前古柏詩，應聲而賦，居然名作。因令老嫗送歸。辛丑冬日，在歸德署中述其事，吾友吴松崖感慨久之，遂與同賦。

吴絳霞 一首

詩見《谷音傳響》。

次韻題明妃圖

美艷全勝進御稠，披圖無奈請行秋。商於負約尋常事，漢主誠孚雁塞頭。

李學温 六首

字蘭貞，小名紺珠，直隸任丘縣人，翰林學士李中簡之長女也。適同邑拔貢香河縣教諭舒其紱。卒年僅二十九。著有《麗景樓詩》二卷、《香雪閣詞》一卷、《宜家瑣語》一篇。

無名氏《麗景樓詩序》：蘭貞之父文園學士，與余締交二十餘載。昔在京師，視其女子子猶子也；既而宦遊於外，天各一方，不得見矣。余承乏東藩二載有餘，常思故人共事，不可得；洎調甘藩，而文園督學齊魯，山以東，陝以西，雲樹萬重，末由覿面。當是時，蘭貞寧親至再，錦囊佳句，所得已多，而余未之聞也。余往蘭山，見顧觀察女昭華《詩草》，穎異絶倫，因倩題《十美圖》，並梓其秀句，傳於寰區，以爲掃眉才子獨出冠時。甲午之夏，余内選廷尉，而文園亦以是年冬任滿回京，話舊之餘，廼知蘭貞詩詞已裒然成集矣。亟出《十美圖》，命之題。蘭貞詩成，婉約有體制。余方竊喜北方之閨秀堪與南國競爽，何意三載之間，前題遽成絶筆。可勝悼哉！

李中簡《亡女墓誌銘》：女名學温，字蘭貞，小名紺珠，行一。少時，吾妻恐其不育，使與義姊齒，故行九。己丑二月，適同邑荊南舒觀察次子，乙酉拔貢、香河教諭其紱爲繼室〔一〕；年二十一。凡九年，丁酉三月七日病卒京師，年二十有九〔二〕。初，余教諸女識字，女長，尤慧，讀《論語》、《國風》、《列女傳》、《女誡》、小學諸書，能通其大義。爲詩文，婉約成體；既又好爲小詞。予素不喜詞，然以其性〔三〕所近，又所作往往不戾風雅，故勿禁也。女有至性，念無胞兄弟，故其教諸妹如兄；於余身家事，無所不竭力。其婦於舒也，姑舅繼歿，事本生姑，和諸小姑妯娌，有賢名。初隨壻來京從余學，久之歸；一再省余於山東學署。余卜居邑中，女助其壻爲余買田起屋，經營歲餘，事乃集〔四〕。女多病，自知不壽，數勸壻置媵；壻勿許。嘗夢遊野外荒僻地，忽得句云：『三年草樹認孤墳。』覺而惡之。丙申春，重偕壻來京與依，買宅沙土園，去余居二里許。知余妾張有身，喜溢顏色，朝夕爲調治藥餌。既余舉子，又殤。女深痛之，謂壻曰：『聞釋氏説「再來人」，信然。吾願得早死，重爲吾父兒矣。』未幾竟死，夢如二年之數〔五〕。所爲《麗景樓詩》二卷、《香雲閣詞》一卷〔六〕、《宜家瑣語》一篇，藏於家〔七〕。

【輯補】

李中簡《嘉樹山房文集》（嘉慶六年刻本）卷四《適舒氏長女學温哀辭》：嗚呼！吾不意汝之聰明孝淑，一旦夭折，昨猶共我笑語，今已化爲異物。修短之故，夫安可言説！汝姊妹五人，汝長最賢，率先諸幼，以慰我晨昏。楷書規橅《樂毅》，論詩兼古近體意，爲短長樂府，往往出塵。古文章句，下筆亦能成，《宜家瑣語》一篇，尤裨雅化，破俗情。凡此弄筆，固非婦職之常，惟汝以餘力及之；吾方樂其有文，而遑恤其不祥。歲己丑，汝歸於舒，距今丁酉九年耳。多病寡娱，中間兩罹大故，除服再期，舉一雛，又七月而汝殁。計汝身世，可謂粗了朝菌蕣華，生意何草草。汝以吾無子，常感於心。去年隨壻來京，吾適罷官卧病，汝拜牀下，涕涔涔。吾舉子旋殤，汝痛尤深，私謂汝壻，願得早死，更爲吾丈夫子，以報罔極。嗚呼！汝竟死矣。三生之説，其果可必也耶？假令汝能重來，吾未敢知，見汝成立，如何如何！徒令我腸斷眼枯，而覿面永隔。嗚呼！汝非吾子，吾與汝母視汝如子，汝諸妹仗汝如兄，汝壻敬汝如賓友。念汝生平，致有神理，類能乘化去來，蟬蜕濁滓，胡爲現疢病苦厄，與衆生同，使夫人有過情之哀，而不知者以爲哭死。嗚呼痛哉！系曰：有女非男兮聊勝無，汝爲吾女兮尤殊。愁余破兮悟汝領，婉纏綿兮脱穎。萬族相比兮非因非緣，忽爲父子兮良偶然。惟淑慧兮所鍾，悲剡剡兮攢胷。待後身兮知惑，魂無不之兮得。余不得兮使汝早摧，刮垢滌愆兮祝汝再來。

濟南學署秋日歸寧夫子字問歸期敬答十二韻時甲午季秋

高城秋色深，瑟瑟寒飈至。侵曉倚〔八〕南樓，青天來雁字。節序〔九〕過授衣，黄菊驚離思。展矣懷君子，卓犖才未易。昨日拆緘封，宛轉深情致。上言秋雨多，窻蘭向憔悴。下問歸來期，循諷潸制淚。人事多〔一〇〕乖舛，關山隔迢遰。雖無帷車來，空愧寶釵寄。欲行還躑躅，暮野憂魑魅。時東郡有逆匪之變。長吟感蕭颯，浩歎悲陰曀。眺望連日夕，反側不能寐。轉蓬離本根，飛揚滿天地。岡松與澗石，歲晚同心契〔一一〕。

春水

春光何處好，溪水緑煙生。蘸柳偏多態，浮花最有情。泥融知燕喜，風静覺鷗輕。為問桃源路，漁舟小渚横。

落葉

西風方勁葉黄時，寒影蕭蕭作意吹。曉月不遮砧響院，晚煙猶戀鵲巢枝。忽驚似雨敲窻急，惟愛如花掃徑遲。剩有幽窻小横幅，春林無恙碧參差。

賦得霜葉紅於二月花得花字

寒山一帶景無涯，霜染楓林葉作花。望去乍疑春在眼，坐來何惜晚停車。千枝艷影迴歸雁，幾片明姿駐落霞。照水似烘憐朵朵，墮風如謝惜些些。仙源可許尋漁路，行客應從問酒家。落月芳魂知有未，東風人面認非耶。評量韶景雖堪賞，瞻眺秋光劇可誇。青女愛妝多意緒，殷懃點綴好年華。

春景

竹亭春草緑，小雨引花香。燕子來何處，啣泥鎮日忙。

秋蛩

晚風淅瀝雁流初，促織微吟在壁隅。碎剪秋聲無覓處，淡煙横草露如珠。

【校記】

〔一〕『己丑二月』至此：李中簡《嘉樹山房文集》（嘉慶六年刻本，下同）卷四《適舒氏女學温壙志》作『己丑三月二十四日，適同邑拔貢生候補香河教諭舒子行九其紱爲繼室』。

〔二〕此句《嘉樹山房文集》作『距生於乾隆己巳六月二十五日，得年二十有九』。

〔三〕性：《嘉樹山房文集》作『才』。

〔四〕此後《嘉樹山房文集》有『余性卞急，每怒甚，女徐一言以解。爲余訓撫妾張氏，欵欵周至，聞者爲感泣』數語。

〔五〕以上兩句《嘉樹山房文集》作『至是竟死，夢如三年之數』。

〔六〕此句《嘉樹山房文集》作『所爲《麗景樓詩》一卷、《香雲書屋詩》一卷、《詩餘》一卷』。

〔七〕此後《嘉樹山房文集》復有數語云：『子石麟，生甫七月。女以旅寓，夫家無他眷屬，殁之夕，適左氏第三妹實親含殮。之月之二十一日，柩旋邑第，其壻將卜吉，合元配張氏葬於城東石村祖塋之次。張於姊妹行亦第九，異哉！銘曰：命也夫，其又奚咎？他年兒成，能慕母。』

〔八〕倚：《國朝閨秀正始集》作『傍』。

〔九〕節序：《國朝閨秀正始集》作『節令』。

〔一〇〕多：《國朝閨秀正始集》作『非』。

〔一一〕同心契：《國朝閨秀正始集》作『心同契』。

李學慎十首

字以漪，李學士中簡之次女也。適滄州太學生左善洵。著有《麗景樓集》。

【輯補】

李中簡《嘉樹山房文集》（嘉慶六年刻本）卷四《適左氏女學慎壙志》：余生五女，皆成立，爲人婦。丙申，余年五十有六，一歲中長、幼皆夭，余銘之。今年六十，又銘第三女。諸子女下殤，弗論也；老病，生意無籍可知已。女名學慎，字似漪，小名良童，行三。余親教三女學，女於兩姊差少，所業能肩隨之。今所遺《麗景樓詩》二卷、小札七，文理粗可觀也。貌端重，性質直，女工整緝，見者皆以爲宜有後福者，然竟不驗。余舊善滄州左仲諧，余視學滇中，仲諧京兆試方被黜，偕之行。時女八九歲，余知仲偕有長子善洵，同歲生，議爲婚姻。時仲諧尊甫永圖先生官粵西，仲諧以未稟命爲辭。未幾仲諧聞母喪，奔父任所，遂以疾卒。余馳書弔之，且理前説，先生復書，亟稱古道，遂訂姻焉。又十年，余視學山左，善洵就婚。先是，永圖先生已下世，左氏中落，善洵就學于余，遂與女依余。居九年，余爲善洵納糈爲國子生，治舉業。女以余無子，手寫《金剛經》十餘通，晝夜誦之，爲余祈，而余舉子又殤，女深痛之。女有子如如，生五年，亦以痘殤，先女卒二十日耳。初，女雖隨婿依余，不以爲樂。歲時間關數百里，省其孀姑，病中延來，相守數月乃去。病既革，猶切切以不能見姑爲恨。女病閲三載，百方療之弗愈，瀕危者數矣。今年其叔公季穎、叔某鄉試來京，女猶及見之，問訊周摯，越二日而歾。豈其誠結於中，能忍死以相待耶？女卒於乾隆四十五年七月二十三日，距生於乾隆十八年月日，得年二十有七。無子，一女宜孫，方七歲。八月之杪，將於漕河附舟南旋，葬日未卜，余囑善洵屆期爲刻石而納諸壙。銘曰：汝讀《金剛》習其辭，未識其旨，露電夢泡，如是如是。

題十美圖

雕弓金羽學男兒，十載從戎百戰歸。錯認昭陽陪幸者，輦前一笑墮雙飛。

蕉簟清涼珊枕明，涼侵玉骨醉初醒。緑雲一朵西風裏，低襯仙裙上畫屏。

絶世天姿出自然，碧苔階畔曉風前。相看似欲盈盈下，石上三生證夙緣〔二〕。

將飛未舉態嬋娟，誰識瑤臺自在仙。見説漢皋虚解佩，流風回首悵長川。

金屋羣推絶代名，淡妝臨鏡轉亭亭。化身却入丹青裏，莫訝蛾眉鬬尹邢。

自從辭輦掩長門，舊事淒涼不可論。團扇曾牽懷袖影，幾回相對憶君恩。

漢宫明月照邊關，馬上啼紅去不還。非是琵琶解愁思，玉顔容易到天山。
東觀書成帝用嘉，能將事業洗鉛華。閨中韻事從頭數，幾个名姝號大家。
輕盈無迹踏青塵，十二金釵一可人。玉笛聲中金谷晚，誰將小幅為傳神。
霓裳妙舞對花叢，一曲山香扇底風。可是羊家張静婉，小垂手態似驚鴻。

《水曹清暇録》：直隸任丘縣文園李學士中簡，詩禮傳家，諸女皆能吟詠。惟學温、學慎所著得見，餘尚未徵有。慢識於此。

【校記】

〔一〕夙緣：原作『鳳緣』，據《國朝閨秀詩柳絮集》改。

李瓌四首　句

字繡雲，又字靈玉，號柔香，江蘇蘇州人。

錢學綸《李繡雲傳》：李繡雲，名瓌，字靈玉，又號柔香，姑蘇良家女。性慧，知文，幼孤，鄰嫗撫為女。笄年才色美麗，人罕及焉。時松陵夢香生負才落拓，嘗賦《落花》詩，傳誦吴中。繡雲見之，歎曰：『婚姻恨非女子所主；苟可，必此人而字之，方無憾。』會某内翰置妾，嫗利其金，竟歸之。婦妬，繡雲益怏怏。内翰旋去世，婦謀於媒嫗，必得俗物遣之，嫗曰：『松陵某匠俗甚。』婦以夢香紿繡雲，遂適焉。詎知其為皤然目不識丁之某匠也。蓋繡雲嘗語夢香於所親，故婦得肆其欺云。於是憤不欲生，繼而歎曰：『天賦我以才華，安可嘿嘿而死？詩書墳典，足娱歲月。』時夢香贅於周，遇益蹇，設教東關徐氏宅。無何，太湖水發，松陵俱入巨浸，惟東關去河遠，房屋不壞，而繡雲亦避水賃居徐氏。夢香室周氏過之，繡雲答訪，假得《艷異編》，見首葉有『夢香逸史』私印，始知其在，為墮淚曰：『素愛慕者，不謂今得為鄰！』遂感賦一絶置卷中，命婢隨風還之。自是書札詩句往來，凡數十次，女終不許。夢香寄以詩云：『文園多病惜青春，緑綺緣誰拂暗塵。縱使卿心堅似石，也應翻作點頭人。』繡雲因是不能無動心。生復寄書，訂以『今晚月明人静，事在可諧』。繡雲得書不報，生逡巡莫敢徑赴，不意繡雲實有待也。比曉，隨風至，詰生，生以未有回書對。隨風笑曰：『斯何事，必顯然報可也？』至晚，隨風出引生，遂得進。相見之際，各喜極，不能出一語。自是往來繾綣者三四載。而夢香妻以産難亡，將歸海上，以詩詞别繡雲。繡雲亦作詩送别。生讀之悲咽，日惟設奇仗俠，欲出繡雲為念。越二載，館貞豐，繡雲訪知之，寄以書。夢香答之，然絀於勢力，終不能脱繡雲於樊籠而置於金屋。買舟過訪，凡三次。後夢香復館茂苑，再往候之，而繡雲已亡。詢於隨風，隨風曰：『主母思先生，病瘵而亡。家人惑俗見，焚其櫬，今惟骨在郊外。』夢香聞之大哭，遂親捧其骨歸葬周氏之傍，慟絶者再，左右勸之止。然自是而後，無日不以繡雲故而扼腕欷歔，泣數行下，終其身亦不再娶云。

惜春次夢香韻

風雨催朝夕，園林奈若何。柳粘眉上色，花讓筆端多。倚閣閑針綫，穿階懶襪羅。韶華已消歇，好事尚蹉跎。

雨窻與夢香聯句

夏雨生凉後夢，鄰門閉夢時。特穿蒼蘚滑繡，准踐石闌期。談儘一番暢夢，情傾幾度思。瑟琴無不好繡，詩酒總相宜。徑馥凭花檻夢，窻明捲月幃。星移旋到户繡，露下暗侵衣。逌顧鴛鴦冷夢，翻教蝴蝶疑。良宵已在我繡，清漏且遲遲夢。

梅花

品在凡花上，開先萬卉叢。一庭分月白，滿樹洗春紅。逸韻瑶琴裏，清香紙帳中。可憐摇落處，魂遶夜來風。

閱顧珮徵近詠

林下芳名擬易安，吟成新句壓詞壇。却憐松柏同心結，也值芙蓉並蒂殘。一種幽香來紙上，數行清淚在毫端。教人惆悵音容杳，欵語論心事甚〔一〕難。

送别

曉霜殘月慘離顔，相送臨風墮鬢鬟。解得登樓凝望意，行鞭莫遽外青山。

【校記】

〔一〕甚：《本朝名媛詩鈔》作『正』。

丁抱蟾一首

詩見《谷音傳響》。

次韻題明妃圖

畫工何故宿冤稠，惆悵明妃遠別秋。延壽智昏原爲利，蛾眉乃欲覓蠅頭。

楊氏一首

江蘇甘泉縣人，觀察楊開鼎女姪。適候選巡檢高曠。

卧病夜感

卧病經旬久，妝臺燈半明。支離憐瘦骨，憔悴戀餘生。静裏觀空色，愁中惡柝聲。閑身如木槿，幾日得朝榮？

譚静閒一首

詩見《谷音傳響》。

次韻題明妃圖

離緒愁腸萬種稠，佳人北去雁南秋。憐伊手抱龍香撥，妙響空傳塞外頭。

周蘭秀二首

字弱英，江蘇吴江縣人。適嘉興諸生孫愚公。

曉起

曉看疎柳挂樓西，霧合秋窻半欲迷。衾冷不堪重索夢，黄鸝飛向隔花啼。

輓昭齊表妹

三生石上指空彈，讀罷楞嚴静裏觀。塵土何堪埋玉樹，梨花小閣又春寒。

沈氏二首

號岫雲，山西□□縣人也。裴中丞之子婦。聞著有《雙清閣集》。

途中日暮

薄暮行人倦，長途景尚賒。條峯疎夕照，汾水散冰花。春暖香迎蝶，天空陣起鴉。此身圖畫裏，便擬問仙家。

送翁柩歸

丹旐秋風返故鄉，長途悽惻斷人腸。朝行野霧籠殘月，暮宿寒雲掩夕陽。蝴蝶紙錢飄萬里，杜鵑血淚落千行。軍民沿路還私祭，豈獨兒家意慘傷。

《隨園詩話》：裴二知中丞巡撫皖江，每至隨園，依依不去。舉家工琴，閨閣中淡如儒素。其子婦沈岫雲能詩，著有《雙清閣集》云云。讀之，不特詩筆清新，而中丞之惠政在滇，亦可想見。余方采閨秀詩，公子取其詩見寄，而夫人不欲以文翰自矜。公子戲題云：『偷寄香閨詩冊子，粧台詳問目稍嗔。』亦佳話也。中丞名宗錫，山西人。

王錫蕙 一首

字樹百，號□□，江蘇吴江縣人，高士錫闡女弟也。適□□□□□□□□□□。

纖阿表妹抱恙寄懷

曉起驚聞損翠娥，支牀猶自愛吟哦。愁情雖藉吟情遣，只恐詩魔接病魔。

舒暎棠六首

字静娟，浙江仁和縣人。適錢塘丙子孝廉泰州知州李英。著有《□□集》。

題達摩祖師像

釋迦弟子名摩訶，拈花花葉現微笑。廿八傳至達摩師，歷授衣鉢參心妙。祖師性真本了空，面壁九年成元功。一葦渡來海以北，隻履浮出江之東。四大圓靈無户牖，六根虚寂脱塵垢。以故不立文字禪，撒手皈依示何有。當時慧可符真傳，厥後曹溪徒解詮。若如我輩但合十，那省毘耶空萬緣。

重過虎跑寺

為愛祇園勝，重尋舊徑遊。泉聲猶〔一〕帶雨，樹色又〔二〕含秋。山鳥如相識，溪雲亦解留。菩提心事在，長此樂林丘。

齋居

葛天門巷静無譁，檻外雲屏薜荔斜。夾道新槐舒兔目，黏泥嫩笋透龍牙。松陰欲轉方留夢，花影纔移已試茶。獨坐漸看明月上，滿園煙柳帶棲鴉。

題雲栖山亭

泉穿青嶂出，鳥拂翠屏飛。坐愛松雲晚，蒼蒼影襲衣。

觀蠶婦繅絲

條桑上箔麥秋時，辛苦蠶功嬾畫眉。不是秦川機上女，繭兒那得自成絲。

四月清和絡緯新，繅車轉處白於雲。人人盡説蠶兒巧，未識村娃午夜勤。

【校記】

〔一〕猶：《國朝閨秀正始集》作『疑』。

〔二〕又：《國朝閨秀正始集》作『盡』。

張瑾四首

字韞僊，屯之妹也〔一〕。遭父母喪，哀毀而卒，時年僅二十一。著有《雪香書屋吟草》，自以不工，臨没焚之。詩見與女兄唱和《小華萼集》中。

雨後納涼

雨後涼生竹，閑談聚小齋。步隨諸姊後，歡慰老親懷。温翠迷煙徑，晴波浸蘚階。藕池花正好，清賞素心諧。

荷花

涼雨過廻塘，芙蓉試晚妝。紅情紆曲岸，翠蓋罨斜陽。蘋動游魚戲，風來宿鷺翔。夜闌嬌欲醉，水暖月蒸香。

即景

疎雨灑窻過，微風生遠林。病情如水淡，吟興入秋深。

苦雨

濕雲擁樹晝冥冥，睡鴨香銷冷曲屏。扶病遺懷聊把筆，冷風悽雨那堪聽。

【校記】

〔一〕張屯，字麗然，江蘇婁縣人。詳見本書卷九。

張婉三首

字雲僊，江蘇婁縣人，張屯之妹。未字而卒。

水軒即景

歇繡翻鑪篆，軒窻暮色閑。春風吹雨過，燕子掠花還。静水漾新月，輕雲出遠山。凭闌窺瘦影，渾異舊時顏。

柳

煙柳絲絲拂畫橋，一溪花雨蘸柔條。陶家門外鶯初囀，謝氏庭前雪未飄。臨水有情窺瘦影，倚風無力舞纖腰。征人怕聽離亭笛，馬別章臺魂欲銷。

暑夕

荷風十里澹，松月半輪孤。此際讀書好，情專暑便無。

沈玉貞 四首

浙江□□縣人也。

絶句

收拾多愁多病身，安排永作下泉人。來宵樓外三更月，空點梨花一樹春。
泉路何須嘆渺茫，古來玉骨盡埋香。獨憐未報劬勞德，夢醒瑶京倍斷腸。
垂死叮嚀弟輩聽，休將我語認無憑。黄昏常繼書窻火，勝點幽冥一盞燈。
無數青鬟繡閣中，羨他未遇妬花風。洵知夭壽前生定，十五年來一夢空。

姜素英 六首

江蘇常熟縣人。未嫁而夭。所著有《静婉〔二〕齋詩》。

金樝《静婉齋詩序》：虞山，神區也；泉延谷響，樹接天碧。都人士女，競爲遊觀。檀板朱絲，金尊玉斝，粉黛不絶於目，而風雅無聞焉。豈山之鍾秀，固有限耶？彼姝者子，居山之麓。問其氏，已殊憔悴之倫；問其名，更有芳馨之遺。去彼鉛華，受兹毫素。《竹枝》〔二〕之什可以風，《懊儂》之歌可以怨。非神靈篤生，寧若斯耶？乃長才未騁，芳容早凋，豈不悲哉！焚餘之草空存，抱柱之思靡已。若使墓地有封，荒榛未没，當必奠以椒漿，欷歔欲絶者矣。

瑞安毛明經紹蘭《題静婉齋集》詩：月姊駕瑶蟾，人間不能住。吹簫紫煙中，儻逐秦女去。秋蛩泣怨魂，病葉思春樹。題詩遺芳馨，孤悰待誰訴。

古意

妾有青銅鏡，照君千里形。君形何所似，曉露華亭亭。妾比蒲柳姿，望秋已先零。遲君一來折，悲風起夕汀。

懊儂歌

春花莫芳馨，芳馨來蝴蝶。花落蝴蝶飛，不復思病葉。

蘇臺竹枝詞

汝墳湖上煙草春，汝墳湖中水鱗鱗。所懽已共扁舟遠，沙鳥雙飛故向人。

黄魚時節楝花飛，吴女廚中雪刃揮。分貯瓦盆贈同舍，郎從海口販鮮歸。

真娘墓上草如煙，正是清明三月天。女伴相將踏青去，阿誰遺却翠花鈿。

日暮笙歌動四鄰，燕釵垂髻紵衣新。只今佳麗惟吴郡，却恠西施是越人。

【校記】

〔一〕婉：原脱，據下文金楹序及《國朝閨秀詩柳絮集》補。

〔二〕竹枝：原作『行枝』，以姜素英有《蘇臺竹枝詞》，據改。

金娘句

字里未詳。

寄吴郎

殘淚未消和影拭，舊書重展背人看。

《隨園詩話》：余作庶常時寓年家花園，同年吴自堂與其兄飛池借寓園中。飛池與吴女金娘有三生之約，畏妻不敢聘，金寄詩云云。詩既佳，書法亦秀媚。

唐畹芳一首

字心如，江蘇常熟縣人。

落花〔一〕

狼藉殘紅過短牆，風前還逐蝶飛忙。點機欲助迴文思，入户頻窺半面粧。金谷苔錢埋艷魄，馬嵬繡襪拾餘香。劇憐鶯語藏新緑，小閣重簾鎖夕陽。

【校記】

〔一〕《國朝閨秀詩柳絮集》將此詩隸於貴州貴筑陳淑秀名下。

葉氏三首

浙江仁和縣人，葉宛西之女。適國學生趙贊元。著有《友琴軒稿》。

蘇堤行

西陵渡口騎驎驎，油壁香車多麗人。橋灣柳緑酒帘颺，王孫恣意嬉青春。昔年〔一〕蘇公築堤好，今日長堤徧芳草。花落花開能幾時，山色湖光終浩浩。君不見，女牆石礎苔痕没，千年華表鼯鼪穴。賈家秋壑岳家坟，滄桑閲盡三更月。

憶妹

徘徊不語久尋思，追憶當初聚首時。閨閣曉窻同對鏡，園亭月夜共吟詩。經年闊别頻增感，每日空懷强自持。閑坐窻前數歸雁，海棠深院雨絲絲。

採蓮曲

楚腰纖弱淡衣裳，日落移舟趁晚凉。低唱吴歌輕蕩槳，並頭蓮下宿鴛鴦。

【校記】

〔一〕昔年：《國朝閨秀正始集》作『昔時』。

吴藹芳七首〔一〕

字苣佩，江蘇華亭縣人，孝廉吴士超之胞妹也。

《陶園隨筆》：華亭張澤吴藹芳女史，曩予聘室秀芳妹也。秀芳抱才蚤逝，予悼之以詩，有『辜負畫眉京兆筆，丹黄不到謝庭篇』之句。伊妹甫垂髫，性聰穎，從外父春江先生授五經四子書及《左》、《國》、《史》、《漢》，俱能通其文義。間為韻語，吐屬清雅，脱盡脂粉宿習。其兄籍亭孝廉司教景山時，以詩筒相唱和，不減明遠之有令暉也。予嘗買舟過浦，外父出其近課相示，知學有淵源，異日定為吾郡蘭閨生色云。

登樓春望

樓高憑檻望，天氣恰新晴。柳襯花間色，鶯翻樹裏聲。遠峯堪攬秀，曠野正敷榮。潑眼春光好，遥聞已賣餳。

賦得金螢照晚涼

獨坐乘涼候，深庭見晚螢。飛飛迎薄露，點點耀疎星。過水常流影，穿花間隱形。偶來燈下暗，忽去檻前熒。曾入賓王賦，還窮車允經。多情依玉砌，閃爍透窻櫺。

花朝

花朝風信暖，次第百花開。觸景饒幽興，尋詩步緑苔。

竹陰

一徑歊蒸淨，蕭蕭聽有聲。色侵書幌緑，凉逼畫簾清。

暮春即事

散步園林看落暉，香雲繞徑緑初肥。遊絲也解春將去，故繫殘英不放飛。

鳳仙花

庭畔翩然趁曉風，芳標摇曳態玲瓏。一叢五色丹山彩，朵朵分明翠葉中。

綽約仙姿映翠苔，露珠點綴數枝開。愛他艷繞朱欄外，正值斜陽返照來。

【校記】

〔一〕吴藹芳詩後前期印本有王玉瑛《舟過丹徒》詩云：『幽行已百里，村落半柴扉。隻鳥時依樹，孤螢不上衣。月高人影小，潮定櫓聲稀。沿水星星火，歸驚宿鷺飛。』又有四斷句云：『户低交葉暗，徑小受花深。』『研墨汚羅袖，看魚落翠鈿。』『蟲依香影垂簾網，蛾怯晨光墮帳紗。』『一院露光團作雨，四山花影下如潮。』詩前引《水曹清暇録》云：『毘陵孫孝廉星衍，詩才敏捷，而室人王玉瑛，名采薇，吟筆古峭，學長吉，頗得三昧。著有《長離閣詩》，惜未得見。友人傳抄數篇，頗有健句，如《春眠曲》「怨土成雲葬玉京，虚簾燕落相思淚」，《次韻答季逑》「夢聽啼鳥亂，愁與落花深」，《離居曲》「一聲凉破楚天碧，去雁叫影思離鴻」，《山空》「鶴隨雲到户，蟲與葉棲亭」，《夜坐》「五更霜月欺燈影，一樹風鴉續雁聲」，《三月三日》「吹夢夜風先到樹，弄愁寒雨不妨花」，《山夕》「月滿無人地，鐘殘有雁天」，皆清新，不蹈前人窠臼，可喜也。』詩後引《隨園詩話》云：『毘陵王藝山明府女玉瑛，字采薇，嫁孫星衍秀才，伉儷甚篤。年二十四而夭，秀才求予志墓。其《舟過丹徒》云云，其他佳句云云，皆妙絶也。秀才後中丁未榜眼，采薇竟不及見，悲夫！』其小傳云：『字采薇，江蘇□□縣人。適榜眼孫星衍。早夭。』與卷六十四所收王薇玉實爲一人，爲本校補所據上師大藏後期遞修本删除。附記於此。

卷之六十三

孔繼坤七首

字芳洲，浙江桐鄉縣人。適嘉興人黃縣知縣高士敦。善畫。著有《聽竹樓偶吟》。

送復哉北上

珍重復珍重，别緒何茫茫。臨風理素篋，遊子整行裝。八繭乏吴綿，五紽愧羔羊。春風吹客衣，雨雪霏道旁。出門幾回首，一顧一徬徨。男兒多意氣，安用戀故鄉。黽勉事行役，弗縈兒女腸。何以解我憂，詩酒恣徜徉。何以慰我心，德音頻寄將。白頭有老母，黄口多兒郎。君職我當代，我言君莫忘。窮冬氣蕭索，萬象寒無光。豈無三春時，燦燦桃李芳。願君知此意，奮志期飛揚。不見黄鵠舉，千里任翱翔。

薔薇

花信到薔薇，園林春事稀。一庭紅雨亂，滿架緑陰肥。似濯文君錦，還拋蘇蕙機。小窻開正好，吟望最依依。

病起

徙倚紗窻意惘然，芳春常伴藥鑪邊。絶憐病卧經三月，孤負韶華又一年。蛺蝶飛來渾似夢，柳花飄盡不成綿。風光滿眼增惆悵，賸有離情付小箋。

竹林漫興

室有琴書掌有珠，不教俗事到吾廬。風將松子敲棊局，雨遞荷香拂座隅。垂柳數株陶令宅，琅玕一徑輞川圖。狂吟莫咲詩腸澀，郫釀沽來也勝無。

月夜

獨夜寒蛩吟，西風起林樾。爲憶故鄉人，還看故鄉月。

海棠

真妃夢破曉粧新，倦倚東風鬬好春。燕子不來天又雨，幾回愁絶捲簾人。
幾枝點染竹籬新，一咲風前獨殿春。秉燭豈愁花睡去，微吟還有未眠人。

錢侣蘭 一首

詩見《谷音傳響》。

次韻題明妃圖

別憾真同亂髮稠，邊城冷淡怕逢秋。胭脂山近添顔色，掃黛何曾繫念頭。

莊氏 一首

江蘇武進縣人。適諸生朱藕塘。

周公瑾祠

少年儒將佐江東，祠草萋萋夕照紅。大帝偏安由赤壁，小喬無恙謝東風。能令故友情如醉，豈許巴人曲未工。不必怨天生葛亮，三分均在黍離中。

韓守荊 一首

詩見《谷音傳響》。

次韻題明妃圖

錯繪芳容怨思稠，琵琶抱出玉關秋。單于一見應相訝，也道娉婷勝畫頭。

吴蕙 四首

字蘭質，江蘇吴江縣人，漢槎女孫也。適諸生費定烈。著有《庾樓吟》。

歸來艸堂有感

自註：時兄弟俱亡，惟存寡嫂孤姪。

寂寞空庭冷，淒涼舊迹存。乾坤埋傲骨，風雨吊游魂。翠色滋階草，苔痕封樹根。秋風肅户牖，獨立向誰論。

柳花

和煙幾樹陌頭斜，飛絮悠揚遍水涯。繡閣不知春已暮，紛紛還認落梅花。

鳳仙

遶砌名葩影徹簾，一時朱紫總纖纖。侍兒不管花憔悴，收拾猩紅上指尖。

秋日寄懷蓼洲弟

一夜砧聲楓樹凋，離亭風雨欲魂銷。便鴻南向應無數，好寄新詩慰寂寥。

王德輝一首

浙江仁和縣人，金陵吴式如室也。

于忠肅公祠

倉卒羌人襲大同，獨排和議繕兵戎。不聞幣帛輸仇敵，曾見徽欽返故宫。復辟但知酧眾賞，無名竟自殺孤忠。英魂地下從容笑，徐石何嘗得善終。

顧英十一首

字若憲，號蘭谷，江蘇長洲縣人。適青浦張明府之頊，以子鳳孫貴誥贈安人。著有《挹翠閣詩鈔》等。

陳文恭公宏謀《顧安人傳》略：安人姓顧氏，名英，字若憲，亦號蘭谷。父小謝，名安，以主事需次京邸〔一〕。安人幼温敏，天性孝愛；既就傅，耽書籍，解吟詠，或時講説故事，以博親歡〔二〕。先是，小謝未有子，中年生安人，愛之篤，被以男子服，間出揖戚友，吐辭驚長者。年十三，始珥環綰髻，習針黹。小謝性豪，喜賓客，聲名藉甚。解組歸園林，鐘鼓之盛，甲於吴會。四方冠蓋旁午，議婚者日以至，小謝概弗許。青浦張君之頊，松南先生德純子也。小謝素重松南，見張君而器之，以安人許字焉。小謝遘疾，安人焚香誦經，徹晝夜不倦，猶刲其臂，糜湯以進。逮卒，衰服如禮。後視其母疾，再刲其臂。哀母喪，亦如其父。安人之于歸張氏也，松南家世故儒素，儀節簡率，小謝家臧獲輩往往耳語掩笑。安人伺知之，遂一屏諸焜耀繁飾，椎髻綀帬，雍雍肅肅；凡酒漿醯醢，必躬飭後獻姑。黄太君色喜曰：『此真吾家婦矣！』後數年，張君父松南先生令常山，因公罷逋帑數千金，安人傾嫁時奩中貲以償，幾微無悋色。張君以教習出令印江，舊事牽連，禍且不測。安人念二老在堂，則瀝血詞，遣其子鳳孫徒步詣闕請代。鳳孫不避艱險，哀籲營鍰金萬狀，事竟，得釋。於是京師翕然有張孝子之稱。而張君連年父子相繼去官，公私交迫，家道益落；日亭午，或爨煙闃然。安人雖舉家嗷嗷，必脱簪典衣，致一味之甘，爲翁姑進膳。雪夜凝沍，與新婦、女孫三世共擁一絮，抱一火甕，聽寒鷄喔喔，了無嗟嘆聲；見翁姑，猶好言相慰。衣單，不欲作寒狀，懼傷老人懷抱。安人之佐夫養志多此類〔三〕。張君父子廣交遊，安人每從閨闈中遥斷曰：『某也端士，可久處；某非正人，宜遠避，否且受其累。』後乃一一皆驗。居常食指至三百餘，妯娌間一體無異，視有搆釁者，訶之曰：『果爾，何不面言？』其人慙而退。歲時伏臘，恒親事刀俎。内外一人不偏食，安人不嘗食。長夏無事，手事擘績，以率子婦女孫。於僕隸，則不事苛察，而人亦不忍欺也。安人於書無不讀，尤熟於史事；言古今成敗得失，不爽毫釐。作家書，信手千言，文法古峭；張匠門先生見之曰：『古文高手也。』松南嘗著《易緒》，闡抉精微。張君時當憂患，手父書，安人亦多所啟發，滴露研朱，爲推五行生剋之理，夫婦相對，陶然也。工詩古文詞，兼精書法。所著有《挹翠閣詩》。安人素少疾，中更憂患，辛苦萬端。暮年經舅姑兩大喪，每撫棺一慟，嘔血輒滿地，兼慟仲子麟孫蘊逸才而殁，遂有肝氣嘔逆之症。乾隆戊辰，年六十二，鳳孫迎養黔中，是年冬卒貴陽官舍。節使以下躬莅其喪，子黨同袍戚友之在黔者，會吊皆哭失聲焉。生平性沖澹，無一物粘滯。父嘗析産萬金，辭不受。卒時〔四〕金珠充溢，未嘗展視；散去，付之一笑，曰：『身外物也。』惟父小謝〔五〕所佩良玉一片，鐫『懲忿窒慾』四字，斯須不去身，臨殁獨囑其夫若子以爲殉云。

宏博沈廷芳《顧安人墓誌銘》：張安人長洲顧氏，主事諱安之子，常山知縣諱德純之子婦，印江知縣名之項之妻，貴定知縣鳳孫之母。累封如彝典。以乾隆十三年十二月初八日終貴陽官舍，年六十有二。越二年十二月十五日，鳳孫御匶歸葬於吴山之頂，即安人所營生壙也。按狀，安人諱英，字若憲，號蘭谷。幼即温敏孝愛，母授書史，已能詩，時述前賢事娱其親。主事府君所交皆賢士，敦槃之會甲吴中，安人習女紅外，佐中饋，事無弗集。侍府君疾，晝夜不輟；疾革，猶刲肱，糜湯以進。母疾暨喪，亦如之。初主事府君與常山府君善，器印江君，遂以安人歸焉。常山家故儒素，安人屏華飾，荊釵練帬，躬飭井臼。及常山府君罷後，逋帑莫措，則傾奩中資以償，幾微悋色。印江君出宰，以舊事牽連，禍且不測，安人瀝血遺鳳孫詣闕急父難，事得解。張氏累世清白，家道益落，或不能舉爨，安人必致饘酏滫瀡，以奉二老。身備勤苦凍餒，嗣經兩大人喪，每慟，輒嘔血。其相夫而篤於養生送死類如此。安人教子有方。鳳孫就塾，則以牘書『作聖之基，自孝弟始』。嘗問：『先儒中欲學何人？』曰：『韓文公。』曰：『須學其大節不可奪處。』後舉宏詞不第，兩副賢書，因就職黔中。或惜其遇，則曰：『通塞，命也；且受恩如負債，亦非佳事。』及官貴定，又曰：『毋騖虚聲，毋急近功，本躬行以爲治，庶幾克如古循吏。』印江君承家學，宿研於《易》，安人每多啟發。尤熟嫻於史事，爲文古峭。所著詩名《挹翠閣集》。方鳳孫之急父難也，奔走四方，衣履俱敝，形容結轖，若不終日，卒出父於刑部籍。余既與鳳孫交，後同舉詞科，常山府君又先大夫執友，三世世舊，悉安人之德範深且久，烏敢以不文辭，因爲誌其大者而銘之。

業師沈公德潛《挹翠閣詩鈔序》略：吾友張君少儀，仁孝士也。庚午冬，承尊人印江君命，葬其母顧太安人於吴山。將之京師，應經學徵召，出《挹翠閣詩》示予，曰：『此吾母遺稿也。我母不欲以文辭顯，然爲子者何忍使其湮没？子爲我序之。』讀之，識之高，殖之富，韻之遠，品之超，性情之温厚貞静，俱於古今體中傳寫而出。即間及小詞，亦俱清疎朗潔，脱去一切肥膩之習，可謂立言有則者矣。古來女子以學問傳者，指不勝屈，然必推班大家、韋逞母爲最。班長於史，能補《漢書》諸志；韋長於經，傳其業者並知述聖，不止争長於文華麗藻間也。太安人嫻史事，論往古成敗興壞，具有特見；於身世事，一以論史之識斷之。又，張氏世傳《易》學，印江君值窮困，於吉凶悔吝，抉摘微奧；太安人闡天人變易不易之理以佐輔之，卒能處憂患而適安其常。根柢如此，則夫見之韻語者，應有自得於對偶聲律之餘者耶。又與張氏比鄰而居者，述太安人晨夕課誦，吟詠之聲時出蘚垣蘿屋中，隆冬盛暑不輟。予時以女學士目之，今讀其遺詩，如《詠懷》、《送遠》、《勉仲叔》、《榜後訓子》諸作，其尊天爵、重行己、敦孝行、安命俟時以行其素者，有丈夫子所不能見及者也。予推本作詩之源，以應少儀之請者如此。若其家學之深，刲股之孝，芥萬金而能辭，處窘迫而不悔，印江君有難，遣其子備歷艱險以脱父於危者，於志傳中備書之，茲秪序其詩云。

《青浦縣志》：顧英，字若憲，亦號蘭谷，長洲人。少慧，父安愛之。安遘疾，英焚香誦經，徹晝夜不倦。疾革，刲其臂糜湯以進；逮母疾，再刲之。其篤孝如此。顧氏本素封，園林賓客，以豪侈相尚。英年十九，歸於張之頊，屏繁飾，椎髻練帬，凡酒醬醯醢，必躬飭而後獻。姑喜曰：『此真吾家婦矣！』後數年，舅德純罷歸，常山令逋帑數千金，英傾嫁時貲以償之。之頊爲印江縣知縣，以舊事牽連，禍不測，英遣子鳳孫詣闕請代，且營贖鍰，乃得釋。連年多故，家道益落，或亭午爨煙闃然，英脱簪典衣，爲翁姑進膳。雪後凝沍，與新婦、女孫三世共擁一絮，抱一火甕，了不聞嗟嘆聲也。子鳳孫舉博學鴻詞未第，兩中副榜，授貴州貴定縣知縣。人或惜之，英曰：『人生通塞，自有定命；且受恩如負債，亦非佳事也。』英喜讀書，尤熟於史事，工詩古文詞。著有《挹翠閣詩詞》。年六十二，終於貴陽官舍。

秋夜

秋風入庭樹，落葉催寒螿。皎月鑒羅幃，鳴雁應清商。離憂不能寐，攬衣起徬徨。仰視青天廓，遊子渺何方。室遠而心同，明德敢暫忘。皋蘭含露滋，籬菊吐幽芳。韶華易銷歇，顧影徒自傷。安得雙飛翼，因風覩容光。

少年行

聞道長安游冶者，雕鞍寶勒青驄馬。揚鞭朝獵小平津，暮宿紅樓醉玉斝。千金不惜買新聲，花底鴛鴦葉底鶯。俠骨佻佻自矜詡，一擲百萬誇豪英。不念閨中顑頷婦，荊釵裙布甘荼苦。長夜漫漫憶遠人，手剪征衫淚如雨。

鳳兒入泮詩以勉之

世澤承餘蔭，兒郎正少年。趨庭欣克肖，爲學貴精研。莫折幼輿齒，期先祖逖鞭。傳家有清白，賴汝鳳毛賢。

飛花追和文衡山韻

避風臺畔燕飛忙，金谷樓前春渺茫。殘粉羞沾潘鬢老，亂紅遥度賈簾香。低隨落日迷江樹，緩逐遊絲遶苑牆。人去漢江環珮冷，欲留儷影倩鸞腸。

新篁迸土已成叢，香逕煙消片片紅。細草一川收宿霧，斷霞千縷颺晴空。巫娥力弱禁春雨，飛燕身輕倚晚風。正是離人愁寂處，杜鵑啼斷綠楊中。

庭竹

不改此君色，凌霜翠轉幽。託根真得地，莫更羨丹丘。

病起

西風蕭颯雁飛遲，病骨秋來不自持。藥裹茶鐺消受盡，那堪更詠杜陵詩。
曉怯新涼試袷衣，瑤琴寂寞賞音稀。閑情輸與花間蝶，猶趁輕風自在飛。

得黔中信二首〔六〕

黔中驛使到，腸斷血沾襟。絕域懷歸意，頻年憶女心。不曾虛藥物，猶為寄華簪。悽絕離亭語，迢遥遂至今。

官舍千山外，飄飄丹旐懸。望雲空白髮，繞膝待黃泉。猶有清吟在，應教彤管傳。阿兄歸日近，負土在明年。

喜弟至

千里迢遥客乍回，相逢歲盡笑眉開。廿年髮逐梅花白，一夜春隨爆竹來。誰料異鄉逢雁序，細談舊事劃鑪灰。殷勤傳語司更者，漏箭城頭莫浪催。

《隨園詩話》：仁和沈椒園庭芳，查聲山學士外孫也。其尊甫麟洲先生，宰文昌，被累，戍寧夏。母查太淑人留居嘉善，不從行。椒園每歲南北省親，極行路之苦。有詩云：『秋生紅豆辭南國，春到青銅赴朔方。』『青銅』者，寧夏山名。又：『雲影有心隨望眼，淚痕和綫綻征衣。』爲厲樊榭孝廉所賞。沈歿後，張少儀有詩哭之，云：『塞上草枯雙淚白，瀛州雲淨一襟清。』『草枯』，用裴子野事，蓋紀實也。觀察尊甫笠亭先生，宰印江，與沈同戍。觀察徒跣萬里，號呼求救，卒獲安全。嗚呼！三君皆與余同舉詞科，而沈、張兩觀察又同舉詩社於李玉洲先生家，往來尤狎。今皆先後化去，追思六十年中升沉聚散，音塵若夢，可爲於邑！張母顧恭人若憲，即畢太夫人母也。有《挹翠閣集》，與武林林以寧、顧姒齊名。隨宦牂牁，卒於官所。太夫人有《得黔中信二首》最悽惻，詩云云。其後，尚書迎養秦關，少儀自滇中解組來署，白頭兄妹，唱和終朝，太夫人又作云云。

【校記】

〔一〕此句陳宏謀《培遠堂偶存稿》（乾隆刻本，下同）卷九《張母顧太安人傳》作『嘗舉鴻博科不就，以主事需將京邸，康熙丁卯生安人』。

〔二〕此後《培遠堂偶存稿》有『父嘗執其手歎曰：興門之男，衰門之女。以汝之賢而女也，門祚之不幸已』數語。

〔三〕此後《培遠堂偶存稿》復有數語云：『尤有遠識。子鳳孫偉才篤行，名傾一時，諸公以第一流相推，爭欲與交。舉鴻博科未第，兩中副車，就職黔中，人咸惜其遇。安人曰：「人生通塞，自有定命。且受恩如負債，亦非佳事。」』

〔四〕卒時：《培遠堂偶存稿》作『早時』。

〔五〕小謝：原作『小時』，據《培遠堂偶存稿》改。

〔六〕此詩二首及以下《喜弟至》一首（含附録《隨園詩話》一則）原隸於卷二十四『顧若憲』名下，今並入此卷顧英名下。顧英，字若憲，非有二人。

繆寶英 一首

詩見《谷音傳響》。

次韻題明妃圖

孤塚青青草色稠，龍沙埋玉幾千秋。憑誰繪出和戎女，可似當年畫上頭。

袁機 七首

字素文，行三，浙江仁和縣人，簡齋袁太史枚之女弟也。適高某。著有《素文女子遺稿》。

《國朝詩別裁集》：袁機，字素文，浙江仁和人，太史子才之妹。幼許字如皋高氏子。後高以子有惡疾，願離婚，素文曰：『女從一者也。疾，我侍之；死，我守之。』卒適高。高躁戾佻蕩，傾奩具爲狎邪費，不足，扑抶外，至以火燒灼之。姑救之，毆母折齒。既欲鬻妻以償博者。不得已，始歸母家；長齋素衣，孝養母氏。高氏子死，哭泣盡哀，血淚盡，越一年亦死。女子中苦行，無逾此也。檢篋笥得手編《列女傳》三卷、詩一卷。

袁枚《素文女子遺稿序》略：袁枚第三妹曰機，字素文，小字三姑。幼侍枚讀書，枚從塾師講歸，語妹，妹領解若素所聞。既長，益習於誦，針衽之餘，縹緗盈積。祖母柴太夫人春秋高，妹具滫瀡，搔疴癢，能曲順老人旨。康熙五十七年，先君佐高公清宰衡陽，至相得也。高公豪於施，事上游，傾庫以供。先君驚曰：『吾爲而子孫憂；必若此，請簿籍而印識之，爲日後脱禍計。』高公從之。雍正元年，高公卒。先君幕遊於吴，聞高氏虧帑四萬，妻子繫獄，慨然曰：『固我料也；非我往，則難不解。』遂具行李，歷洞庭而南，與其弟高八持印簿訴制軍。制軍者，大學士滿丕也，素善先君，兼知高公之冤，為平其事。命按簿償，出高氏於獄。當是時，簿中貴人陰探高氏孤稚，無能為，謀寑其事，具三千金，使人要先君曰：『先生胡然持是歸，足矣。』先君怒而叱之。高八聞之，益感謝，臨别泣曰：『無以報。聞有愛女三姑未婚，其妻方妊，幸而男也，願為公壻。』已而果然，因寄金鎖為禮。先君自楚歸，復之粤、之滇、之閩，高八補陝西富平邑丞，音問遂絶。乾隆七年，高八以書來曰：『某子惡疾，不可以婚，願以前言為戲。』先君猶豫未決，妹侍側，嘆曰：『女子從一者也。疾，我侍之；死，我守之。』持金鎖而泣。以其言復高氏。高八歿，其兄了繼祖又來曰：『壻非疾也，有禽獸行，叔杖死而蘇；慮以怨報德，故辭婚。賢女無自苦！』妹聞之怡然，竟適高氏。高渺小，僂而斜視，躁戾佻險，非人所為。見書卷輒怒，妹自此不作詩；見女工又怒，妹自此不持針綫。索奩具為狎邪費，不得則手搒足踆，燒灼之毒畢具。姑救之，毆姑折齒。妹隱忍不言。輸博者錢，將負妹而鬻。妹見耳目非是，告先君。先君怒，訟之官而絶之。妹歸家，與老母同卧起。母體微不適，妹徹夜侍，衣不解帶。又能記稗官雜史、國家治亂、名臣言行、神仙鬼怪可喜可愕者，數稱説歌唱，為老人娱。枚入定省，聞所未聞，學為之博。自離壻後，長齋，衣不純采，不聞樂。遇風辰花朝，輒避人而泣。如皋人至，必出問堂上姑安否。寄贈衣食甚謹。前一年，高氏子死，妹聞大慟，意忽忽不樂。今年十一月，妹死，年四十。死時枚在揚州，聞病篤，奔歸，氣已絶。殮以常服，惟繫玉玦一枚，所以表其德，傷其離也。女印官弱言，一切人事器物，不能呼而能書，指形摹意，皆母教也，想見妹之苦志云。檢篋得手編《列女傳》三卷，詩若干首。〔一〕

袁枚《哭三妹詩》：五枝荊樹好，忽隕第三枝。最是風華質，還兼窈窕姿。令儀宜協吉，論齒未應衰。情以隨肩重，喪因在室悲。鶺鴒飛竟斷，手足夢重追。弄藥爭花日，將笄未弁時。金籠擒蟋蟀，竹馬逐鄰兒。各踞長松鍛，同分野竈炊。書燈裁紙照，學舍隔簾窺。呵手圖清雪，當盤筭劫棋。鬪殘春草緑，舞罷《柘枝》攲。貧不争梨栗，懂能詠豆萁。非魚常作隊，似雁不差池。擬續蘭臺史，堪刊紫石碑。阿兄試京兆，小妹倚門楣。望信頻穿眼，登科代展眉。分襟長戚戚，聚首更怡怡。至性醇無比，多情略在斯。一聞婚早定，萬死誓相隨。采鳳從鴉逐，紅蘭受雪欺。踏摇囚素髮，衇摘損凝脂。瑱珮嬰兒撤，犂鋤健婦持。贅餘添姊禍，嫁後失爺慈。捨宅棲蘭若，長齋伴濟尼。當官懲壻惡，合族笑姨癡。婦棄仍歸矣，天高不鑒之。已經分破鏡，長自奉慈帷。紛帨辛勤侍，羹湯宛轉吹。呼盧老親伴，問字舉家師。有女空生口，無言但點頤。方形勤指矩，圖象强摹規。水色雲沉閣，山光樹囀鸝。避人常獨坐，對影輒漣洏。豈戀終風暴，常懷其雨思。冰心明月見，春恨落花知。寂寂芳華度，奄奄玉貌移。九廻腸早斷，一日病難治。自覺傷心極，臨危作遠離。家貧投賤藥，膽壯誤庸醫。白下巫陽至，揚州蕩子羈。魂孤隨夢速，江闊送終遲。路上錢猶卜，靈前帳已披。承衾摩瞑目，搜篋理殘詩。欲止高堂慟，先教私淚垂。蒼茫惟有恨，啼勸兩難為。苦憶連年瘧，頻勞徹夜支。今朝偏送汝，他日更呼誰！殘雪敲窻户，悲風動酒巵。浮生千古幻，哀輓幾行辭。盼斷黄泉路，重逢可有期？

閨秀許燕珍《題袁素文遺稿詩》：『花落空庭春暮天，一回開卷一悽然。讀書争羨多才思，説道多才便可憐。』『彩鳳隨鴉已自慚，終風且暴復何堪。不須更道參軍好，配得王郎死亦甘。』『腸斷東風寸寸灰，情傷金鎖若爲開。此心匪席君知否，也是三生石上來。』『脉脉依依恨不勝，清才玉貌兩無憑。瞿曇頃刻花開謝，合證菩提最上乘。』

【輯補】

袁機《素文女子遺稿》（嘉慶刻本）載袁枚《跋》：妹少時唫咏極多，陳燭門先生《國朝詩品》中存十之七。嫁後，良人戒詩，稾亦散失。茲檢其歸寧以來之作，付之開雕，贏存梗槩，聊志哀痛云爾。兄枚再跋。

鏡

我有秦宮鏡，清光欲上天。近看花獨立，遠望月孤懸。菱角何時鑄，盤龍不記年。無人來照影，抛擲井闌邊。

燈

添盡蘭膏惜寸陰，煎熬終不昧初心。孤檠柄曲吹痕淡，細雨更殘背壁深。有燄尚能争皎月，無花只可耐孤吟。平生一點分明意，每爲終風恨不禁。

春懷

二月清明柳最嬌，春痕紅到海棠梢。寄聲梁上雙飛燕，好啄香泥補舊巢。

送雲扶妹歸揚州

江城花落滿溪煙，送汝于歸二月天。一路暖風琴瑟好，春聲都在木蘭船。

此去蘋蘩慎所司，西湖花鳥莫相思。同懷姊妹憐卿小，珍重初離膝下時。

水榭風燈廿四橋，乘鸞月夜好吹簫。雙魚切記勤芳訊，莫負春江一夜潮。

清風林下説才華，久有詩名重謝家。學罷杭州大梳裹，又彎新髻插瓊花。

【校記】

〔一〕此序袁機《素文女子遺稾》（乾隆刻本）末署『乾隆二十四年十二月十五日兄枚拉淚撰』。

袁棠六首

字雲扶，號秋卿，行四，簡齋太史女弟。適汪孟翊。著有《繡餘吟稿》、《盈書閣遺稿》。

汪孟翊《繡餘吟稿序》：內子秋卿，為存齋太史之妹；太史兄弟能詩，秋卿耳濡目染，發口成音，其所由來者遠矣。于歸後孝尊章、慈子女，閨闥之內，穆如清風。益信聖人之教為不可誣，而詩之有益于婦道者果深也。昔徐淑、秦嘉，互相倡答，佳話遂傳千載。今秋卿誠似之矣，而余以半商半士之身，風塵奔走，含毫邈然，其能上繼古人否耶？聊弁數言，以志吾愧。

又《盈書閣遺稿跋》：內子秋卿，歸余者十四年。其為我事堂上也，生則盡養，死則盡禮；其為我撫子女也，既綿其鞠育，更完其婚嫁，至一切摒擋家務，黽勉有亡，助余之不逮者，不可更僕數。少時餘閑，拈題分詠。其所為詩，皆發於至情至性，無香奩氣。余竊喜內助得人，兼得閨中文字友，洵足樂也。不意以產厄而亡。嗚呼！余衰且老，孑然而鰥，遺掛在壁，觸目悽絶。不得已，輯其遺稾，伏而讀之，讀竟則痛，痛極復讀，雖不得見秋卿，讀其詩，如見秋卿也。續付諸梓，以附於《繡餘吟》之後。〔一〕

袁明府枚《繡餘吟序》：《繡餘吟》者，女弟雲扶所作也。占《歸妹》之爻，生逢第四；學《玉臺》之體，才竟無雙。用志不紛，開卷有得。凡金鑾《紫石》之文，元日《椒花》之頌，南陽《寶鑑》，徐惠《小山》，靡不姸手争華，偏絃競響。爾乃灕江璧墜，早喪靈椿；合浦珠還，來依棠棣。揚舲帝子之渚，弭節龍女之堂。萬重山翠，寫入雙蛾；一口紅霞，嚼成九轉。珮瑱而浣，答子貢之三挑；踞轉而歌，笑丁娘之《十索》。或懷兄楚戍，或送姊夔關。叩徵苦生，彈宮甘發。韻語與機聲相續，燈花共綫影齊清。團扇風開，鳳尾雲藍之紙；金星裝罷，蘭熏粉澤之書。集號繡餘，私附針神末座；歌成郎罷，庶幾女史同箴。亂眾芳於五風，比華星於一字。可謂掃眉之才人、不櫛之進士矣。更喜姬姞耦新，藁砧憐重。三商却扇，便磨寶鏡以試秦嘉；五日采藍，更詠《盤中》而寄伯玉。壽酒則結褵侍獻，瓊花則抗手同看。東廂夫壻，既步步以成行；魯國叔姬，每雙雙而俱至。豈非緣隨性善，福與慧兼者與？所望箧襁毋忘，榑椸得所，澤髮懷順，傅粉道和。珠多而首飾有光，學大而心聲作采。此時步障，替小郎解圍；他日蘭臺，爲阿兄續史。將見吾家詩事，六宮傳大捨之名；海內女宗，十哲配宣文之享。

又《盈書閣遺稿序》：辛卯〔二〕夏五，女弟秋卿以娩難亡於汪氏。兩家以為大戚，凡姑姆餘須扈養輩，亦俱走位哭，充充如有窮〔三〕。蓋其居恒制行字而敬德，而度有以孚人之深也。逾年，妹壻楷亭屬序其詩。予不禁紊欷洵涕，而百〔四〕墨其前行曰：嗚呼！吾忍序吾妹也夫！吾忍不序吾妹也夫！妹為叔父健磐公第四女，生長粵西。余歸叔喪於杭，始見妹；妹莊姝愔嫕，牙牙學語，心雅憐之，不知其能詩也。居亡何，讀《中秋》、《七夕》等作，愛其清絶，色然而駭，亟餉一釵以劼毖之。妹竊喜，自負益奮，從此以詩名噪於時。既婚汪氏，得尊章歡，恩前室〔五〕孤如實出己。治家循整，朡畜偪縱，罔或勿韣。暇則咿唔聲與鍼衽間作。汪故巨族，人繁而囂，聞妹賢且才，争來窺觀；或寄卷冊丐題，或呈所作求唱喁削改。妹推奩具坐，肆意酬答，藻思坌湧，靡不鎖頤伏嘆有林下風。余過揚州視妹，妹事余謹甚。一浣濯，一膏餍，必躬辦〔六〕治。知余嗜淳糜，雖漏盡歸，霜燈熒熒，輒〔七〕蘊火奩盂以俟。探刺余少休，便亶亶然捧艸稾出，拭几磨墨，眣余而笑。余戲曰：『女弟子又索診詩耶？』應聲曰：『阿兄之聰也。』嗚呼！此情此景，曾幾何時，而今不可再矣！妹詩淵雅，志絜而情深，繽乎其猶模繡也。因念遂古來哲人偉士，得一卷書傳後，死猶不死。妹雖一女子，雖死，有可傳者存，夫復何悕！獨是余年届大董，妹纔三十八耳。例以曹大家為孟堅續史故事，妹當序余，余

不當序妹。乃忽反其局以相將，天道茫昧，一至於此！嗚呼，命矣夫！〔八〕

哭步蟾三兄

昔我于歸辭故國，別母牽衣留不得。三兄送我向江南，錦浪桃花同一色。姑嫜堂上愛兄賢，代作冰人贅陸宅。一家親作兩家親，月夕花朝秋復春。同看瓊圃花連蒂，醉踏平山月一輪。二兄春赴瓊林宴，花磚日影摇金殿。銅章墨綬出都城，遠別京華赴洛縣。洛縣有花花滿署，正是板輿迎母處。臨安雁字至維揚，整促行裝從此去。辭儂歸去奉高堂，薰風縈紆道路長。地接函關幾千里，勞損精神從此始。一家花萼聚中州，金盞琴堂屢唱酬。彩衣正要娱親側，天上來催赴玉樓。前年五弟先摧折，今日兄為泉下客。連理人分次第亡，刀鋩一夜生胸膈。從今怕見廣陵春，回首天涯倍愴神。羨殺世間嬉戲者，荊花成隊是何人。

幽居

欲識蓬門境，荒苔草色深。疎籬穿犬道，巧語雜春禽。慢效阮君淚，還憐鍾子心。琴書今古意，流水豈知音。

秋夜懷兄

寂寂秋聲思不禁，繡簾微動晚風侵。闌干影轉千家月，砧杵聲移兩地心。手足情懷頻悵望，詩書燈火費追尋。紅箋欲寄何由達，千里江南少雁音。

賦得春風扇微和

春風能扇物，淑氣媚晴和。蕩漾迎春轉，飄摇〔九〕拂面過。暖吹〔一〇〕桃蕊綻，輕遞柳梢多。助蝶翻新翅，傳鶯弄巧歌。有聲來竹逕，無影動池波。玉律廻芳節，清暉映遠坡。

春興回文

沉沉緑柳和風暖，艷艷紅桃曉日晴。深苑春鶯啼舌巧，林花亂蝶舞風輕。

秋夕

雲鎖秋光夜氣濃，半窻花月影重重。不知誰弄桓伊笛，黄葉蕭蕭下晚風。

袁明府枚《送四妹雲扶于歸揚州》詩：『江城春暮水漫漫，送汝揚州作季蘭。十日新婚隨壻別，二分明月待誰看。貧家奩贈新詩好，世上賢名後母難。記取張華箴女史，莫教離恨目波瀾。』『秦樓挽手正登臨，底事雙飛去不禁。族大争看新婦貌，夫憐暗慰阿兄心。嘔啞江上三更櫓，安穩沙灘兩睡禽。早采瓊花寄芳訊，舉家翹首白雲深。』

又《哭四妹雲扶》詩：『看罷瓊花十四年，無端荊樹起寒煙。分明一个投懷燕，化作金棺下碧天。』『白頭夫倩寄哀詞，惹我汍瀾淚不支。何苦生前太賢淑，一家人夫兩家悲。』『幾番邗上偶揚舲，乍入門先笑滿庭。兒子稱慈姑道孝，一齊誇與舅家聽。』『久諳食性羹還問，才脱衷衣浣已終。寒夜歸來一甌粥，累君立盡滿廚風。』『謝家詩筆最幽清，性喜推敲學更成。偷眼阿兄閑坐處，捧箋旁立女門生。』『端陽時節手書來，爲賜華姑小玉釵。今日寄聲乾阿嬭，教他持服更持齋。』『開眼誰爲骨肉親，連年手足又傷神。自憐老淚無多少，偏作人間後死人。』

【校記】

〔一〕此跋袁棠《繡餘吟稿》（乾隆刻本，下稱乾隆本）末署『汪孟翊楷亭甫題』。

〔二〕辛卯：　袁枚《小倉山房文集》（乾隆刻本，下同）卷十一所載此序作『庚寅』。《小倉山房外集》卷七《汪君楷亭墓志銘》云：　『君娶余季父第四女爲繼室，伉儷甚篤。三十六年，妹以娩難亡，君神傷不已，烈火生牙，呼謈年餘，殰潰而卒。』袁棠卒年當以乾隆三十六年辛卯爲是。

〔三〕充充如有窮：　《小倉山房文集》作『三曲而偯』。

〔四〕百：　《小倉山房文集》作『爲』。

〔五〕室：　原作『寶』，據乾隆本改。

〔六〕辦：　原作『辨』，據乾隆本改。

〔七〕輒：　《小倉山房文集》作『猶』。

〔八〕此序乾隆本末署『壬辰三月兄枚子才氏抆淚序』。

〔九〕飄揺：　袁棠《繡餘吟稿》（嘉慶刻本，下稱嘉慶本）作『飄然』。

〔一〇〕吹：　嘉慶本作『催』。

董夢月 一首

江蘇華亭縣人，董五峯之長女也。適毘陵錢名世之子某。

送春

芳春歸去也，人嬾似蠶眠。花雨飄紅淚，雲山鎖翠煙。韶華成黯黯，愁緒自年年。鎮日紗窻閉，由他撲柳綿。

朱坤貞 一首

詩見《谷音傳響》。

次韻題明妃圖

屈抑都由賄賂稠，負他才貌易傷秋。漢王選色遺珠玉，合作龍城女狀頭。

錢珂 一首

字擷芳，江蘇吳江縣人，寧武牧之青女。早夭。著有《擷芳艸》。

臘日

氣暖陽初動，花枝漸入春。故園梅自發，不待未歸人。

鍾月英 一首

浙江嘉興縣人。詩見《采菱歌倡和集》。

采菱歌次韻

天光下暎水光浮，處處同聲慶有秋。采罷蓮花菱又老，相將那得不回頭。

蔣佩玉 五首

字湘紋，江蘇長洲縣人，兵部侍郎元益女。適鎮洋縣諸生王洲。著有《湘紋吟草》。

秋夜

銀魄動秋光，淡淡雲輕護。夜静獨凴欄，徘徊時坦步〔一〕。清露濕羅衣，商飈來〔二〕遠樹。河漢碧迢迢，微茫星斗布。叢桂影婆娑，廣寒疑有路。

籬菊呈家大人

秋光何澹蕩，黄菊滿籬東。瘦影安排静，幽香點綴工。霜華延冷色，晚節傲清風。獨有陶彭澤，吟詩逸興同。

春日放舟

花塢紅初暈，春江翠欲流。煙光凝畫檻，歸思繞雲樓。桃浪紋如縠，蘭窗月滿舟。天台疑有路，訝共阮郎游。

志雅齋偕引妹乘凉

蘭湯浴罷憩空庭，雅愛凉風透畫櫺。漫取綵絲穿抹麗，閑攜紈扇撲流螢。玉階朗照三更月，銀漢高懸萬點星。對景吟詩並酬唱，芸窗檢點一燈青。

題畫

幾點青山杳靄中，柴門臨水帶煙籠。結廬誰在幽篁裏，半貯朝霞半晚風。

【校記】

〔一〕坦步：《國朝閨秀正始續集》作『緩步』。

〔二〕來：《國朝閨秀正始續集》作『襲』。

張瑶瑛 六首

名瑶瑛，字巘舟，浙江仁和縣人。適王生健菴。著有《繡墨齋偶吟》。

袁明府枚《繡墨齋偶吟序》：余已鐫三妹詩行世矣。亡何，王甥健菴袖一冊來曰：『此甥婦張瑶瑛作也，舅爲理而存焉。』余讀之，才思清鮮，不在吾家三妹之下。因思閨閣多才，其淹没而未彰者，不知凡幾。健菴雖不工詩，然能知其婦之能詩，不遠千里，手録交余，視昔時之天壤王郎，固已賢矣。且三妹年俱不永，遺稿僅存若干；瑶瑛則方届中年，其造詣尚無涯量。余爲梓其尤者，附於吾家三妹之後，不幾使三妹不孤，兼使瑶瑛知知音有人，將勉而益進之也。

秋齋閑詠和健菴

風吹雲影散，斜日上花梢。雨霽蛛營網，林踈鵲補巢。舊衫歸日澣，新句暇時鈔。待月閑情永，渾忘禁鼓敲。

春晚漫興

落日轉窻紗，炊煙接暮霞。新苔鋪徑淺，細柳趁風斜。催雨鳩呼樹，營巢燕掠花。繡餘無箇事，閑步聽鳴笳。

秋閨即事

小窗蕭瑟袷衣凉，寶鴨爐熏百和香。繡線拈時還掩帖，古書繙却復投囊。寒塘秋老鳴蟬絶，空谷風生石燕翔。静聽秋聲已如許，愧無好賦續歐陽。

晚春

寂寂閑庭花影移，朝來微雨濕鶯衣。曲欄杆外輕風過，紅減枝頭緑漸肥。霽色才過小雨餘，濕雲飛盡捲簾初。閑中不識春將去，風捲楊花過綺疏。

繡墨齋

繡墨齋中别洞天，裁紅暈碧〔一〕四時鮮。興來酒醉詩狂甚，錯被人呼女謫仙。

《隨園詩話》：國初逸老某《贈妾》云：『香能損肺熏宜少，露漸沾花採莫頻。』王健菴妻張瑶英《示兒》云：『教兒寶鴨休添火，龍腦香多最損花。』瑶英有《繡墨詩集》，余已為刊刻矣，兹再録其佳句。《送健庵》云：『縱無多路情難别，須念衰親遊有方。』《病目》云：『豈為愁多清淚落，却緣煙重午炊遲。』《偶成》云：『無夢不愁雞唱早，有書只望雁飛過。』『荒院草删三徑闊，破窻風入一燈危。』『蛛知網濕添絲急，月待雲開到檻遲。』

【校記】

〔一〕碧：張瑶瑛《繡墨齋偶吟》（嘉慶刻本）作『緑』。

沙石貞 一首

號東皋，江蘇甘泉縣人。

題吴静嫺秋山讀書圖

山氣蕭森墨瀋香，蘭閨佳手詎尋常。衛書月暎簪花格，管筆煙生近水篁。眉嶺露華清古帙，輞川風景覺新凉。一爐沉水虚齋静，遊遍高林野趣長。

周暎清 八首

字皖湄，浙江歸安縣人，周玉音女。適湖南布政使葉佩蓀。著有《梅笑集》。

【輯補】

周暎清等《織雲樓詩合刊》（上海圖書館藏清抄本）載崔龍見序：乾隆己卯，龍見遊京師，為武進錢文敏公壻，以公命從聞沚葉先生學為制舉之文。先生為公甲戌所得士，方官駕部，學問經濟，公素所器識。余遂從先生假館横街邸舍，退食之暇，相與講貫評隲，受益最深。先生以公故，退然修昆季鈞禮，未嘗以師道自處。嘗請見周夫人，長君琴柯舍人方在抱，其女兄淑君亦始扶牀。夫人訓課子女有法，又嫻吟詠。余時年幼學淺，未敢乞稿卒讀，後即辭去。未幾周夫人下世。先生服官中外，聲績爛然，而龍見以薄宦差池，不獲侍函丈。迨癸卯秋，以果州守謫官需次，謁先生於宣南坊寓。先生與余皆鬢髮星星，低徊話舊，悲喜交集，復請見晉寧李夫人。時舍人已偕令弟書馨同舉京兆，其室人為錢塘陳句山先生女孫，讀書工詞翰，有謝家林下風。而舍人女兄淑君于是年即世。回憶見周夫人于橫街邸第時，則已星紀兩周矣。先生邃精易理，所著《易守》，發漢儒者未發之蘊，以餘事為詞章，浩瀚兼衆有。閨門之內，嚴禮節，敦躬行，恪奉先生教，暇則擘箋拈韻，渢渢乎三百篇温柔敦厚之義。至今讀兩夫人遺稿，清深渾潤，德音愔愔，而《花南》、《繪聲》二集，亦皆風歸麗則，足以嗣美而無忝。益想見先生閑家有範，而舍人之善承家法以綿於忽墜者，皆可師而可傳也。今先生歸道山有年矣，龍見以老門生學殖荒落，無能為役，何敢贅述一言。惟敘次從游顛末，以及三十年來聚散存没之故，不能無慨於中。即以是為《織雲樓合刻》跋語，舍人其許我否？永濟崔龍見拜手謹跋，時乾隆辛亥正月八日也。

瓊按，周暎清《梅笑集》（乾隆五十六年刻本）有《庚辰七夕三十初度復用義山韻》詩，『庚辰』為乾隆二十五年，上推三十年爲雍正九年，周氏當生於是年七月七日。

古意

美玉出〔一〕崑岡，千載埋幽壑。一朝出塵坌，光氣耀重薄。剖璞得良匠，拂拭事礱錯。晶瑩無纖瑕，素質秉磻礴。急投非其意，韞櫝甘淡泊。忽逢席上聘，觀者盡錯愕。璠璵遇有時，珍重葆堅確。

東山有佳木，上棲白項烏。晨昏戀舊巢，歲暮猶將雛。雛成刷毛羽，振翮遊上都。朝飲蓬池水，夕宿瓊苑株。亟歸思反哺，豈謂身已孤。繞樹三百匝，空使尾畢逋。哀鳴白雲端，蒼昊不可呼。

渡揚子江望金山

江天淡蕩朝霞紅，澄波萬頃流瀜瀜。舟人解纜渡江去，漸覺帆腳生微風。蒼茫遠樹失京口，舉頭忽現青芙蓉。奔流直下走東海，金山突兀當其中。樓臺明滅晃金碧，有如蜃海浮琳宫。晴煙縹緲飛鳥絶，但見古塔撑青空。我聞此水貫楚蜀，北江下注連南東。天留片石作屏障，直與底柱争穹窿。坐攬奇景豁胸臆，敢燃犀角窺蛟龍。收帆瓜步一回首，江南千里青濛濛。

憶梅

最憶巡簷際，瓊林送暗香。薄寒人料峭，無語月昏黄。羌笛休頻吹〔二〕，瑶華秖自傷。春來菱鏡裏，憔悴壽陽粧。

雁字

秋風吹影落瀟湘，乍似臨池更渺茫。遠岸空江千萬點，淡雲微月十三行。分明鳥迹摹飛白，豈是雞碑榻硬黄。萬里蘇卿書未寄，空傳五字怨河梁。

家雞野鶩忽成羣〔三〕，書破澄江白練裙。誰識啣蘆來絶塞，依然畫荻亂浮雲。風前草草驚行斷，水面人人惜影分。憐爾書空無限恨，天涯何處吊湘君。

移居粉坊琉璃街

辛苦天涯未有廬，閑坊僦屋即安居。傍人莫笑無家具，針線琴書共一車。

橫街東畔數椽偏，風雨幽居近五年。官舍也知非我宅，爲他梁燕更留連。

【校記】

〔一〕出：周暎清《梅笑集》（上海圖書館藏清抄本）作「産」。

〔二〕吹：周暎清《梅笑集》（《清代閨秀集叢刊》影印嘉慶二十三年《織雲樓詩合刻》本，下稱嘉慶本）作「弄」。

〔三〕忽成羣：嘉慶本作「豈同羣」。

卷之六十四

王薇玉八首

字采薇，號玉珍，江蘇武進縣人，王光燮之第四女也。適同邑孫太史星衍。著有《玉珍集》。

王光燮《王薇玉小傳》：薇玉，字采薇，自號玉珍，余第四女也。其母夢月旁一星，光彩熠熠，或告曰：『此四女星也。』欲手摘之，倏不見。及生，姿質清弱。八歲許同邑句容教諭孫君名勳之長子星衍。既長，性柔婉，躭文史，手不釋卷。小楷絶工，尤好吟詠。雅愛潔静，每明窻浄几，讀書臨帖，煮茗供花，翛然物外。繙道家書，志神仙，余切戒之則止，而夙根靈慧，時有出塵之思。性至孝，得嫡母白孺人歡心，迄於既嫁，猶依戀不舍。余愛比掌珠，每有拂抑嗔怒，對之輒解。竊以爲吾家嬌女，雖大家左芬，不是過也。年十九，贅星衍於家。次年星衍遊庠，有以喜稱賀者，女曰：『冠而衿，奚喜爲？』星衍聰穎，工詩，倜儻不羈，與邑中名儁錢維喬、洪履吉、楊倫、趙懷玉、黄景仁、吕星垣等唱和，時有『毘陵七才子』之目。甲午秋闈被放，女頗抑鬱，從星衍之句容，謁太姑及舅姑，俱稱美之。而女以乍離膝下，又有其姊之戚。其姊即余三女適吴者，與女異母而齒相若，友愛甚篤。三女亡，女悲慟欲絶，自憐孱弱，亦恐壽命不長，居常悒悒。乙未九月生女阿靈，得嗽疾，體漸尫怯。丙申七月歸寧，病益劇，竟於十月二十三日卒，年二十有四〔一〕。殮時顔貌如生，手足温軟，似乎解脱者。今年春，星衍乩仙，云是董雙成下壇，稱女已歸仙位，住忉利東宫，掌上界書三百架，不暇回家。有《寄外》八絶，託其代致詞，多密語；惟星衍知之〔二〕。

《吴會英才集》：武進王采薇玉珍，孫季逑妻，才慧早世，袁簡齋太史爲之墓志，稱其詩『哀感頑艷，丁當清逸』。

【輯補】

王采薇《長離閣集》（嘉慶二十三年刻本）載孫星衍《誥贈夫人亡妻王氏事狀》： 夫人姓王氏，名采薇。父光燮，乾隆元年進士，宜黄縣知縣，贈奉政大夫兵部主事； 生母黄氏。弟五人，姊三人，妹一人； 一弟一妹同母生。夫人少以資質端麗，尤為父鍾愛。外舅之擇壻，必推年命當發科與否。或以予生年月日告，外舅推而善之，亟介戚好言姻事； 時予生數齡，家君遠出，大母許通聘。以乾隆三十六年冬十二月年十九成婚于甥館。越四年，隨余歸句容學舍。四十一年以疾歸寧，卒於十月二十三日，距生乾隆十八年得年二十四。凡生二女，後皆殤。始外舅之在令廨，以文學飾吏治，不延幕僚，事皆辦，多燕閑。其教女，一如教子，嘗自言：『吾女慧或過于男。』故夫人姊妹俱識字能書。既婚數日，夫人屬余填詞，並約圍碁，余皆未學，頗心媿之。後遂爲小詞酬夫人，而卒不能對弈。夫人終日持一編書，在室教其幼妹。時時臨帖，好虞永興楷法； 或爲余録詩，至今有存篋中者。嘗言唐五代詞率可倚聲被之簫管，春餘夜静，輒取李後主『簾外雨潺潺』詞，按篴吹之，令余審聽，至『流水落花人去也，天上人間』，聞者欷歔。其後寫夫人遺影爲『落花流水圖』，以此。既歸句容，時余大母在堂，兩親愛子息，無苛禮； 定省之暇，不事鍼黹。夫人好絜除几席，余每陳書滿案而出，比入室，則夫人爲整齊之。偶得許氏《説文》，與余約，日識數十字，久之予遂通小學。山齋有桐桂古柏，冬寒月皎，對影蕭瑟，或出户閑吟，或焚香開卷，論説史事，俱有神識。不信佛書邪鬼之語，不視裨官小説。既得疾，終夕嗽不止。又痛其姊先卒，自疑。以産致疾，將不起，爲詩詞多淒楚音。有詞云：『歸夢到江南，緑遍天涯，不認門前柳。』又爲詩云：『五更霜月欺鐙影，一樹風雅續雁聲。』余驚以爲不祥，乃起對落英歎曰：『人常惜花早謝，紅顔出世，不勝衰積耶？』病甚，急歸母氏，因送之至里門，遂不起。臨殁遺言：『勿厝棺佛寺。』故余亟擇地鄉郡之横塘鄉，權葬焉。越十二年，余以翰林改官尚書比部郎，例贈宜人。及嘉慶元年，余出官山東兖沂曹濟道，例贈恭人，皆請貤贈先世。今年以予官督糧道加三級，贈夫人夫人。卒時余曾爲事狀，年久失其稿。有袁太史爲夫人墓志，已屬粱侍講同書寫刊于石。頃因整理家乘，復記憶遺事，撰次大概，以示後人云。孫星衍狀。

同集載龔慶《跋》：伯舅淵如先生配王夫人，才慧早世。曾刊《薇閣偶存》一卷，得詩詞雜著三十八首。畢秋帆尚書刊《吴會英才集》，復於伯舅《雨粟樓詩》後附録夫人詩，名《長離閣集》，較舊本增損不同，蓋選時各有去取耳。今年春，慶為伯舅蒐輯遺集，自夏徂秋，編成付梓。將有中州之行，外舅南麓先生更囑編次《長離閣集》，乃以《薇閣偶存》及《吴會英才集》所選者互相校訂，合為一編。凡詩詞雜著七十八首，附刊《冶城遺集》之後。袁簡齋太史為夫人作墓志，稱其詩『哀感頑艷，丁當清逸』。王萟山先生爲作小傳，並摘佳句。有《寄父》云：『饑猶厲學憐諸弟，弱未酬恩厭此生。』《詠木蘭》云：『男兒封侯妾何有，要取黄金自懸肘。』《步月》云：『隻鳥時依樹，孤螢不上衣。』《秋夜》云：『五更霜月欺鐙影，一樹風鴉續雁聲。』《春陰》云：『離愁作霧凝沈水，曉病如煙盡著山。』《悼姊》云：『把書尋淚色，掩幔想衣聲。』《春夕》云：『一院露光團作雨，四山花影下如潮。』《七夕悼姊》云：『愁年不共生年短，死日方知别日佳。』《舟次》云：『隔浦葉多飛似鳥，入林鐙小遠於星。』《有感》一律云：『不見畫釵處，驚看過月痕。簾斜生鳥影，屏小貼花魂。鳳瑟埋塵冷，鮫綃溼淚温。石牀苔掩鬢，黄蝀欲棲門。』皆已載入集中。又《有感》云：『名香一縷當簾出，故札千函向月開。入夢已迷前度草，返魂惟有去年梅。』惜首尾不全，集中未載，姑附録於簡末焉。伯舅號季逑，一號薇隱，茲編題内或稱季逑，或稱薇隱，皆依原本。夫人喜讀漢晉書，尤工小楷。嘗見夫人爲伯舅手録詩草一册，絶似永興家法，因題句册後云：『手寫新詩墨細研，永興楷法尚依然。名山各有千秋業，偕老何須説百年。』以誌景仰之誠，且紀實也。嘉慶戊寅秋七月從子壻龔慶謹識。

同集載葉觀國序：閨閣而工吟咏，事之韻者也。緑窓名藁，伽音著集，風雅之家述焉。然大致不外賦草題花，抽青媲白，非必有驚人之句、超詣之作。鄭貞懿云：『近世婦人女子作詩，率皆纖艶委靡。』桐城方夫人云：『偶爾識字，堆積齷齪，信手成篇。』由斯以論，亶其然乎？余觀王孺人《薇閣偶存》詩，有異焉。其思幽以沉，其言超以雋，揚激楚之清音，役精空之妙手，蓋雖苦吟，雅宗之士，有所不逮，可謂體絶香奩、才雄巾幗者已。聞孺人端麗明慧，熟漢晉書，工楷法，多才藝。顧年僅二十四而化去，屠氏湘靈，袁家君嫕，折玉埋香，古今同歎。其詩尚有二百餘首，尊人蓺山先生索之未至，玆所見者才三四十篇而已。蓺山先生將以授梓，屬余爲點定，爰弁數言於簡端云。閩縣葉觀國。

曉起效徐陵體

春鏡動春煙，春林緑半天。簾低壓枝卷，窻迥對禽眠。書帳蠅彈紙，琴牀風觸弦。辭衾惜香在，掃徑待花蔫。研墨汚羅袖，看魚落翠鈿。誰云厭長日，終是惜馳年。

望夫石

妾顔初如花，妾心已如石。定情雙妍姿，不忍君歸見衰色。妾顔將〔三〕彫心不移，妾身亦化君始知。冰為肌，草為鬢，山頭無人寄君信。妾意淺，君心深，恐君復化填海禽。海禽〔四〕來銜石方動，不作巫雲入君夢。

曉步

曉色凝不來，鵶啼去何許。茶煙生溟濛，孤桃索人語。幽林〔五〕無人拓窻徧，一桁碧山低未見。日氣如煙聚水心，雨光滿地流花片。

春眠曲

篁梢壓户簾紋細，空色湖光著山膩。鶯眠樹杪弄垂絲，蜨上花鬚〔六〕醉芳氣。琉璃隔香香暗流，薇帳夢醒聞輕鈎。空闌盡日無人影，日炙落紅蔫不收。

得季逑書〔七〕

尺幅吟牋照淚眸，半窗斜日夢孤舟。愁如天遠還窺帳，病與雲親不下樓。濕翠雨收侵硯匣，落紅風颭上簾鈎。青山到處應相憶，除是征人醉裏游。

次韻答季逑〔八〕

香霧斜横帳，衣緜重壓衾。夢聽啼鳥亂，愁與落花深。易盡千行札，難分一縷心。相如情若固，何用白頭吟？

夢起

夢醒空階〔九〕望翠微，幽苔染影上羅衣。寒天細竹人孤倚，斜日空檐燕對飛。碧嶺疊來鄉路斷，玉梅枯盡舊顔〔一〇〕非。夜堂疏磬疑禪寂，冷水閑雲照合扉。

向夜

樹影入清漢，蟬聲動小樓。凭闌弄清笛，微月在釵頭。

有感

名香一縷當簾出，故札千函向日開。入夢已迷前度草，返魂惟有去年梅。

【校記】

〔一〕據王采薇《長離閣集》（嘉慶二十三年刻本，下同），此句前有『距生癸丑九月十九日得』十字，後有『先是八九月間，余謁選都門，知女病，竊憂之。然以其貞静閑淑，冀可不致夭折。自冬徂春，不得家書，心瞀亂，若有所失。今年二月初得惡耗，計殁時適百日矣，壻已于十一月中葬女于横塘鄉新阡。余不獲撫棺一慟，情何能已』數語。

〔二〕此後《長離閣集》復有數語云：『余自庚寅歲適許之次女亡，甲午三女繼之，今四女又繼之。七年之内，連喪三女，哀何如也！前明吴江葉太常天寥兩女昭齊、瓊章，皆以才殀，太常作《窈聞記》傳其事，閲者哀之。余三女似昭，四女似瓊，近聞乩仙事，又適相類。女所配既得才士，而天不永其年，奚忍令其湮没無聞，與流螢落葉同歸澌盡也？殁後檢故笥，得詩詞雜著若干首付梓，伏冀大人先生矜其蹇薄，錫以輓誄，使幽泉弱息得言而傳，則鄙人之哀，亦以少釋云爾。武進王光燮菽山氏和淚筆於京邸。』

〔三〕將：《長離閣集》作『當』。

〔四〕海禽：《長離閣集》作『冤禽』。

〔五〕幽林：《長離閣集》作『幽亭』。
〔六〕鬟：《長離閣集》作『鬢』。
〔七〕此題《長離閣集》作『得薇隱從金陵寄一書』。
〔八〕此題《長離閣集》作『答薇隱復次前韻』。
〔九〕空階：《長離閣集》作『思家』。
〔一〇〕顔：《長離閣集》作『魂』。

茅紉蘭四首

字秋佩，浙江長興縣人，茅應奎次女也。適同邑文學李志廣。著有《緑窻集》。

戊申五日憶楚中無信

苦雨來蒲節，蒲觴漫共陳。空庭三載内，長憶吊湘親。

燕至

越燕雙雙壘畫梁，和風庭院日初長。深閨莫羨簾前舞，秋去春來易斷腸。

憶父二首

楚越迢遥江路長，繡床底事細思量？薰風盡日吹蓮葉，蘭芷還應繞膝香。

蚓笛聲清涼夜幽，思親飛夢楚山頭。空懸千里殊方月，底日承歡話別愁？

張茂岑 三首

號質書，江蘇江都縣人。適文學汪文錦。

題方采芝詩稿

少小能詩叶鳳鳴，落花依草最多情。性靈虛道如秋水，遠浦珠明老蚌生。

臨窻初染眉梢淡，握管偏工花月吟。好語膩人歌欲醉，可知絃外有清音。

憑他翰墨供揮灑，亦有鶯花爲解愁。漫道書生原不櫛，輸君占得女班頭。

方芬《步韻謝張夫人》詩：『自慚蟬噪與蛙鳴，勗語深勞眷注情。想得蘭閨多妙句，二分明月對眉生。』『誰似謝家工詠絮，教人恥作等閑吟。還求見示金針訣，俾我龕知正始音。』『數首蕪詞承謬獎，髫齡學語最堪愁。何時親接班姬訓，又勝題詩在上頭。』

方芬 六首

號采芝，順天大興縣人，嘉善縣丞方維翰之女。適國學生程□□。著有《綺雲春閣詩草》。

國博金兆燕《綺雲春閣詩草序》略：閨秀方采芝，爲吾友方君溝塘之女，年甫及笄，已窺古人堂奧。今其叔父介亭筮仕湖南，將兄弟挈家以往。采芝自幼隨官，東南名勝之區，題詠殆徧，今又將以洞庭之波、衡岳之雲大昌其詩。其所遭何其幸歟！余比年來薄宦都門，與二方結莫逆契，每敝車羸馬自官曹歸，輒望二方之廬作中道憩，采芝有所作，必以示余。茲且隨侍遠去，余亦齒落髮白，逝將歸老田間。他日班姬之史、韋母之經，采芝所以自有千古者，應愈進而愈上，而余老人寂莫蔣廬，遷延趙蔭，尚可於郵筒往來快覩其全豹。吾知其不以有所爲而爲者，必無所爲而不臻其極矣。於其行，姑書此於詩卷之端，以爲之券。

又《題紅蕊山窻學吟稿》：『女牀山下聽鸞鳴，雛鷇仙音倍有情。他日班姑賡唱處，曹家何自得豐生。』『天南從宦踰閩嶠，硯北揮毫有越吟。少小閨中成絶唱，教人何處嗣徽音。』『好學頌椒憑納吉，莫教吟絮只工愁。韋家經帳陶家髻，富貴相期到白頭。』

【輯補】

方芬《綺雲春閣詩鈔》（咸豐六年古歙程氏刻本）載程如棣序：吾母太孺人，氏方，為皖江望族。外祖父諱維翰公，文學甲於一鄉，筮仕浙西金華郡司馬。太孺人為外祖父所鍾愛，幼穉時即教誦讀；年長，於書無所不窺，尤好吟詠。其時叔外祖父諱維祺公知處州府事，太孺人隨之任，閨閣鍼黹之餘，益肆力於詩。幕中全椒金棫亭、宜興儲玉琴兩先生皆一時名宿，為吟壇主伯，太孺人從之學。年十七，歸家君。家君習舉子業，頻困場屋，後以縣佐分發陝西，授咸寧縣丞；道光八年見背。太孺人於嘉慶乙丑年以疫疾不起；時如棣甫七齡。今倏忽五十載，貧無所資，從事於筆硯為生活計。自恨不能揚名聲以顯母，每念劬勞恩，終夜彷徨，撫心自咎。恒念家君臨危時諭如棣曰：『汝母詩稿，藏篋已久，檢出待刊，即瞑目黄泉，見汝母，亦無憾矣！』如棣謹敬收藏。暇時捧讀，手澤如新，音容永隔，傷心慘目，悔不可追。乃積歲脩所入，梓而行之，庶幾贖愆於萬一耳。男如棣謹識。

同集載司徒照序：前明方君静廷尉，以學術氣節擅名當代，其子少司馬孔炤、孫檢討以智俱負海內重望，兩女孟式、維儀並有婦德，篤志詩書。時稱大家者，必首推二方夫人。孟式為張含之方伯之配，雞鳴昧旦，以忠義相勖，卒能共垂千古。次歸於姚，秉節含貞，研究文史，刪古今宫闈詩什，刊落纖佻，區明風烈，迄今誦其《出塞》等詩，撫時傷亂，感慨係之。蓋皖桐方氏功名德業，學問文章，流播藝林，比肩接踵，雖壼内亦積習風教，越數百年猶未艾也。余幼時隨侍來秦，偶過從於程約泉先生處，時德配方孺人已先歿，而習聞其言動有則，尤工吟詠，以督部之女孫、郡丞之女公子，濡染家學，自迴異乎裁雲鏤月、妃紅儷紫之倫，凌班轢謝，有自來矣。兹余承乏陝藩，適小泉二兄哀刻孺人遺稿。清詞麗句，咀雅含風，《綺雲春閣》幾與《紉蘭》、《清芬》二閣後先輝暎，其傳於後無疑也。小泉為魚門先生之孫，祖硯猶存，孫謀勿替，所負荷者甚遠且大。是編之刻，特以展孝思之一端耳。咸豐丙辰仲春端州司徒照謹識。

金兆燕《棕亭古文鈔》（道光十六年贈雲軒刻本）卷五《閨秀方采芝詩集序》：文章之道，不可以有所為而為之也，況於詩者所以道性情乎！唐以詩取士，宜乎應制舉者家蘇、李而户沈、宋矣，而所傳試律多萎薾不足觀。是何也？青衿之子，非盡天姿卓犖、軼倫超羣之才。其豐腆者，有外誘之紛；其觳素者，有饑寒之累，求知温卷如寢關曝鬜之不遑，雖有聰明，日以蔽錮。及幸而弋獲，又以為筌蹄而棄之矣。豈非有所為而為之，而為之終不至歟！若閨中之秀則不然。無科名之歆羡，無官職之希冀，無交游聲譽之馳騖於此，而有負異稟、承世業者出焉，必能滌慮澄思，有鵠袍舉子所萬萬不及者。既無計功謀利之心，則宇泰定者，天光發焉。嗚呼，是安得而不工乎！采芝為吾友方君蘤塘之女，垂髫時，余讀其詩而異焉。年甫及笄，已窺古人堂奧。今其叔父介亭筮仕湖南，將兄弟挈家以往。采芝自幼隨宦東南名勝之區，題詠殆遍，今又將以洞庭之波、衡岳之雲大昌其詩，其所遭何其幸與！余比年來薄宦都門，與二方結莫逆契，每敝車羸馬自官曹歸，輒望二方之廬作中道憩，采芝有所作，必以示余。兹且隨侍遠去，余亦齒落髮白，逝將歸老田間。他日班姬之史、韋母之經，采芝所以自有千古者，應愈進而愈上。而余老人，寂寞蔣廬，還延趙蔭，尚可於郵筒往來快覩其全豹，吾知其不以有所為而為者，必無所為而不臻其極矣。於其行，姑書此於詩卷之端，以為之券。

晚行過昭山時隨任醴陵

長沙西去水驛長，季冬不覺江風凉。昭山對面挹秀色，龍口飛渡波茫茫。斜陽縹渺入林去，岸風吹送梅花香。山頭古寺鳴鐘起，噌吰鏜鞳和鳴榔。松聲撼撼復入耳，須臾明月浮清光。眼前景物動吟興，千態萬變非尋常。

阻風敬步伯父原韻

大風徹夜舞狂漪，正是扁舟繫纜時。兩岸霜楓縈遠夢，一帆寒雨亂鄉思。江間白浪青山動，天外黄雲畫角吹。寄語石尤須早息，揚舲穩渡莫教遲。

《水曹清暇録》：大興閨秀方芬，號采芝，予友種園方維翰之女也。幼即聰穎，十一齡時《阻風》曾有句云：『江間白浪青山動。』著有《紅蕊山窻學吟稿》。

夜來香

花與葉同色，開時有妙香。月高清夜静，芳氣襲衣裳。

留春

韶光九十憐將盡，送别匆匆强欲留。春去也知留不住，低徊花逕思悠悠。

讀杜少陵詩

為愛新晴開卷宜，小窻静讀〔一〕少陵詩。分明國史同家乘，一洗人間月露辭。

題美人春睡圖

春風先到美人居，倦繡心情畫不如。試遣鶯兒輕喚醒，午窻重與讀《關雎》。

【校記】

〔一〕静讀：《國朝閨秀正始集》作『細讀』。

席仲田 三首

字養卿，江蘇常熟縣人。適同邑屈焕發。著有《緑窻小詠》。

李繩《緑窻小詠序》：海虞屈君友叔，輯其元配席孺人所作詩詞一冊，名《緑窻小詠》，乞予弁語。予聞孺人爲景溪舍人幼女，性淑慧。舍人擅詩名，得外祖〔二〕宗派。孺人幼從父課詩，成五七言近體，閑雅有則；舍人最鍾愛。歸屈不三載而殀，傷已！昔《元詩選》有蕙蘭孫氏工詩，歸傅汝礪五月卒；汝礪不忍聽其湮滅，裒成一編，題曰《緑窻遺稿》。以今方昔，何啻一軌！抑聞孫氏當日勤操作以養，謂吟詠非女子事，故篇帙寥寂；孺人有孝行，亦不欲以詩著，其所詠甚尠，多屬憶親懷姊，無粉黛習氣。嗚呼，幽静之德，殆於斯可覘歟！片金零翠，餘光弗黯。他日採國朝閨秀詩詞，此草當屈一指矣〔二〕。

【輯補】

席仲田《緑窻小詠》（乾隆三十八年刻本）載其夫屈焕發跋：《緑窻小詠》，詩廿三首，詞十五闋，予前室席孺人遺稿。孺人為景溪先生次女。先生躭吟詠，假告居籍，課兩女讀，隨授以唐人詩句。孺人穉而婉，尤憐愛，每與伯姊相酬唱，人以謝家擬之。年二十歸予，嫺内則，甚得堂上歡。間命賦詩，然不多作，作亦秘不示人，輒自毁去。踰三載，生子培基，不兩月而孺人卒。予悼甚，於奩篋中檢得遺草若干。古湫先生謂宜付梓，予以閨閣詠吟外播，非孺人本意，爰裒一小集，録存鐍置，幾十年矣。今秋繙出，泫然悲孺人之淑慧而殀，恐零縑斷素，久將湮没而無傳也。乞長洲李耘圃先生弁數語，授兒子培基藏之。維時夜闌燈炧，寒幄香消，檢閱遺編，蓋不勝『西州馬策』之感云。時乾隆癸巳年長至前一夕闇齋屈焕發記。

七夕燒香

今夕彎環月，秋光射翠屏。穿針臨水閣，乞巧在凉亭。露點金猊冷，風摇銀燭熒。佳期逢七七，瓜果賀雙星。

聞笛

月照高樓夜，遥聞玉笛吹。梅花愁落盡，無處寫相思。

詠燕

秋去春來來去忙，千言萬語似商量。杏花深處雙棲好，誰識將雛意思長？

【校記】

〔一〕外祖：席仲田《緑窻小詠》（乾隆三十八年刻本，下同）作『外祖梅村先生』。

〔二〕此序《緑窻小詠》末署『乾隆三十八年小春下浣長洲弟李繩耘圃氏題于琴川之耕石齋』。

畢慧五首

字智珠，江蘇鎮洋縣人，大中丞畢沅之女也。許字楓崕陳光禄子□□。

憶梅和韻

記得孤山竹外陰，橫斜水畔徑深深。南枝夢斷空明月，東閣詩成見素心。臘雪乍添新艷采，春風仍到故園林。冷香得句愁難和，合付金徽托遠音。

青門柳枝詞

風際游絲澹蕩春，畫橋低亞柳條新。流鶯百囀清陰裏，喚起芳郊拾翠人。

晴波倒暎漾柔藍，最好風光三月三。羌管一聲縈别恨，漫教吹徹望江南。
不同桃李駐顔難，一色長條春未殘。簾外子規啼不住，紛紛紅雨凭欄看。
榆莢争春春暗歸，緑陰滿逕染苔衣。嫩煙酥雨年年事，莫趁東風作雪飛。

戴素蟾十一首

字柔齋，别號魏塘内史，浙江秀水縣人也。適同邑某。

胥山八景

老幹經霜玉蕊匀，閑園數畝净纖塵。林間殘雪初消盡，已有流鶯報早春。梅園鶯囀
寒夜敲鐘動曉星，上方清韻落煙汀。幾人塵夢能驚破，只恐朝朝夢裡聽。德院晨鐘
怒捲江濤雪作堆，漁燈點點傍溪隈。蘆中窮士知多少，却有何人物色來？胥江漁泊
山骨嶙峋撥草搜，平岡永鎮已千秋。莓苔緑遍精芒冷，猶憶虹光貫斗牛。苔封劍石
東巖樹色隱迷離，樵牧歸來日暮時。回首殘陽無限恨，半竿猶照伍胥祠。東巖夕照
霸業千年尚在耶，滿山松柏翠交加。軍容如火都消歇，剩得寒林一陣鴉。古木歸鴉
一葉飄然泛五湖，采蓮歌罷已亡吴。亂霞人語山塘路，好幅空江待渡圖。山塘晚渡
金蓮寶座傍空山，鐘磬寥寥意獨閑。一片吴宫舊時月，清光終古照禪關。蓮臺夜月

題觀梅遺照

姑射仙人縹渺姿，生涯冷淡日題詩。寒窗一樹梅花下，想見亭亭獨立時。
臘後巡簷索笑頻，東風又是一番新。畫闌春色年年在，不見陽關送別人。
冰雪聰明絶點埃，香魂只合住瑶臺。廿年一瞬粱家案，髣髴羅浮夢裡來。

覃光瑶 六首

字玉芳，湖南武陵縣人，曹縣令覃偲宸之女。七齡即能詩賦，質秀敏，操觚立成，且好讀書，非徒以纖媚見長。乾隆庚寅，玉芳于歸，其兄光暐為刊其詩卷，置奩具中以贈行，亦藝林閨秀中之佳話也。

【輯補】

覃光瑶《玉芳詩草》（乾隆三十五年覃光暐曹南衙署刻本）載姚其旋序：予與覃君偲宸，誼屬盧李，偲宸宰齊東時，以其長君曙浦暨曙浦女弟玉芳，並請業焉。時玉芳甫九齡，已能染翰操觚，作驚人語。每拈韻令賦，擊鉢成篇，讀之如出水芙蓉，倚風自笑，蓋夙慧也。越明年，予公車赴闕，旋膺揀發，承乏金山，不讀玉芳詩者，於今十載。適家人自曹南來，曙浦以玉芳近作百數十篇，屬綴一言，以為宗主。反覆披閲，見其根柢深厚，波瀾老成，喁喁緑窗中，豈易有此！而愛好既篤，久而益勤，由是而之焉，進乎道矣。向聚處時，見其纂組女紅，一一精善，但意有不屬，卒事而已。至於一卷之奇，一篇之美，微吟默識，罔間晨昏。尊府或靳之，不可止，宜其詩之工也。國家文運郅隆，粧樓繡閣之間，猶嫺詞賦，此事宜傳。予碌碌簿書，舊學高閣，何能更效劉季緒摭拾利病，貽笑方家，惟逢人説項而已。昔者伏女傳經，曹昭續史。中郎筆訣，得自文姬；逸少書名，本之李氏。可知閨門識學，亦與吾道有相為維繫之時。玉芳勉之，後未可量也。書此以復曙浦，且致咫宸，他日分其清俸所餘，付之梨棗，即以是為弁言可也。時乾隆己丑仲冬月健齋姚其旋書於金山官舍。

同集載羅德霖序：歲丙戌，偶客東皋，讀《玉芳詩草》而異之，因譔數語，筆之簡端，且倩楮公作介，極與言詩。聞其篤嗜，因以進之也。玉芳尊人不以余為固陋，束脩請益。後雖南旋，郵筒中往返商正。玉芳之於詩，可謂勤已。其伯兄曙浦亦從余遊，因余北來，盡出其女弟所作，屬為評點。余略加刪次，仍不欲以竄易失其本真，竟而還之，因再誌數言如右。乾隆己丑秋九月孝感羅德霖龍岡書。

同集載覃光暐序：家大人宰齊東時，嘗於簿領之暇，授光暐以對偶聲律之學。蓋由我朝文治璽隆，制秇之中，兼試韻語，故亟以唐人應制諸帖手攜面命，俾識法程。是時女弟玉芳甫七齡，家大人置之座隅，示以句讀，不再歲輒已竟所授業。兼能搦管為五七字句，叉手成章，率有意義。暐蓋歎處宗之雞，生公之石，信而可徵，而光暐一知半解，已不免家君詞費矣。丙戌夏，龍岡先生自南來，閱所著詩，教之屏棄試體，益授以太白、義山、樂天、王孟諸集，而於五言四韻，則歸宿於艸堂。自是而氣槩規模，為之一變。家大人以為綠窗弄筆，無裨女工，頗申抑戒，而性所篤者，卒不可止。暑雨祁寒，咿唔佔畢，一鐙熒熒，常漏下四鼓不倦。家大人於是遂亦莫之禁也。察其所為，雖未能機杼成家，與往昔名媛抗手，而□好之誠，與其黽勉之意，蓋亦有未可没者矣。顧所詠唫，多隨手散棄，於其有行，紙槖中得詩詞共百數十首，擬欲甄抉若干篇，刊為横幅，聊志苦心。家大人不之許，龍岡先生宏奬風流，如將允及，既並惠評點，且樂為家大人言之。因梓而付之奩笥中，以湊别□云。旹乾隆庚寅清龢月上澣兄光暐曙浦題於曹南官署之柳風書屋。

昭君怨

此去玉關道，君恩何日歸。愁心對漢月，顧影空歔欷。紅顏變黃土，環佩無光輝。乃知舊圖畫，好醜未全非。天子重和親，妾身誠細微。不惜妾身遠，但傷君心違。安能〔一〕生羽翼，高逐秋鴻飛。

賦得春鷗嬾避船

碧水含煙暖，鷗閑嬾避舟。如何忘患害，依槳泛波流。機息神偏静，江春物自幽。風帆看漸遠，隨意宿芳洲。

極目

地接黄河險，城連秋色深。寒雅廻極浦，斜日上高林。巷口牛羊亂，人家煙火沉。凉風傳急響，幾處動疎砧。

賦得秋蟬鳴樹間

樹裡如聞奏管絃，秋聲何處不堪憐。江天斷續漁村外〔二〕，塞草凄清野戍前。密抱枯枝〔三〕吟冷露，亂吹落葉下寒煙。昆蟲也解乘時令，憑仗高柯雅韻傳。

人影

默默溶溶共一身，百年行止鎮相親。愁容淡掃〔四〕全無力，幻態輕描欲逼人。我自疎狂遭俗薄，君忘形跡獨情真。燈前月下同來往，歷盡浮囂不染塵。

從軍行

烽火照邊秋，寒雲起戍樓。征袍何日至，長笛〔五〕喚人愁。

【校記】

〔一〕安能：覃光瑶《玉芳詩草》（乾隆三十五年覃光暐曹南衙署刻本，下同）作『誰能』。
〔二〕外：《玉芳詩草》作『裏』。
〔三〕枯枝：《玉芳詩草》作『寒枝』。
〔四〕掃：《玉芳詩草》作『寫』。
〔五〕長笛：《玉芳詩草》作『羌笛』。

王芬八首

號蕙田，江蘇婁縣人，香溪之女，諸生唐壽椿室。著有《十燕巢閣遺稿》二卷。

自題小影

鮮雲蕩虛薄，月上雙梧陰。徘徊眷良夕，秋淡聲可尋。蕙風入瑶軫，寫以幽澗吟。世乏女鍾期，安能範黄金。假爾清影癯，託我遥情深。罷琴桐葉落，碧露沾衣襟。爾爾復我我，妙悟同無心。

書趙文敏書巴陵女子韓希孟殉節詩帖後

嗚呼鋏騎蹴巴陵，轟天飛礟江濤崩。男兒解甲都惜死，能死翻憐一女子。嚙血詩留白練裙，忠憤之氣沈湘雲。日貫天昏託夢請，大都承旨傳豪潁。不特感人詞義炳，波磔秀勁藏精英。玉食深宫謝道成，簽名降表可憐生。

題崑山閨秀徐若冰南樓吟稿

卓爾絲難繡，胡然玉易埋。鹿城春水外，眇眇感予懷。撲硯溪雲活，横窗梅月佳。論詩延二老，豔事典金釵。

林下擅風流，閨襜鮮與儔。有才偏促壽，無字不關愁。煙嫋藥爐夕，蟬吟〔一〕翠鬢秋。形神還彷佛，摇筆倚南樓。

木棉布

吉貝誇工織，江鄉婦業多。潔能欺雪練，輕欲比雲羅。絲曳蜘蛛細，機鳴蟋蟀和。千行經轉軸，一縷緯縈梭。腕底飛雲合，窻前急雨過。不知落翦後，市價短長何。

晚晴

鵁鶄啼散一溪煙，纔放春晴景便妍。斷嶂截雲拖剩雨，垂虹銜石架遥天。徑紅香印尋芳屐，岸緑痕移把釣船。偏是倚闌吟未了，月輪騰湧隔林圓。

題竹道人畫

人語淡秋煙，邨醪載畫船。插江峯一角，醉抹菊花天。

秋蓮

月斜雲淡寫新涼，碧沼秋蓮晚更芳。欲折一枝看轉惜，爲伊心苦獨生香。

【校記】

〔一〕吟：《國朝閨秀正始集》作『鳴』。

周玉琴五首

字桐君，浙江錢塘縣人，穆門周徵君京長孫女也。適仁和大理寺典簿湯垣。

有懷先墓感作

春祭思抑鬱，徂冬憂更長。不祀已終歲，晝夜空徬皇。坐立若有失，悵望吁可傷。輪蹏紛東郭，悲風起白楊。有妹聞卧疾，有弟寄遠方。弟掌綸游學江左。此身滯京國，遥奠酸衷腸。安得邯鄲枕，引我置墓旁。

夜寒

不信寒如此，冰壺凍起稜。打窻疑折竹，瞬眼付挑燈。酒薄三蕉淺，更嚴五漏乘。負暄差可樂，朝旭看東昇。

雨雹

黑雲翻墨送春忙，驀聽鏘鳴雜佩璫。初挾震霆開草木，好從稷雪辨陰陽。花飛褭褭偏餘骨，豆剖盈盈尚有漿。正是農時催布穀，膏流應比雨珠强。

竹影

月引新梢上小窻，一枝枝影漾清光。何當滅去蘭膏燄，試看琅玕幾許長。

津門食刀魚作

江鄉風景忽當前，照眼波光欲接天。日日留魚有溪女，白如切玉不論錢。

張昭 三首

字閨齋，江蘇婁縣人。適同邑葉啓升。性賢孝，質明敏。卒年僅二十四。著有《紅餘集》。

秋夜過女兄洗心齋即賦

秋風吹我裾，皓月招清賞。相攜入小齋，並座倚書幌。景物一何清，夜氣一何爽。晤對開愁顔，殷勤慰勞想。食我鮮鱸魚，酌我鬱金酒。問我曾歸寧，親闈近安否；幼妹病如何，幾時同執手。示我新著書，積壘漸富有。閲我雜吟稿，句法面傳受。起行玉露階，幽蘭正舒秀。聆我同心言，信果如芳嗅。

春晚分韻

日暮啓朱扉，煙霞靄夕輝。暖風吹緩帶，香露濕羅衣。雨後春光淡，花殘吟興微。離居情落寞，回首企庭闈。

曉窻

柳色侵簾幙，花光照硯池。梳頭猶未了，竹外鳥催詩。

陳仰巖一首

湖南祁陽縣人，前知嘉定縣事陳率祖磨厓山人次女也。隨父寄居鴻鶴山庄，終年種竹養魚，科桑洗竹，與兄弟輩論詩儷事。閨門之內，頗稱風雅。

閑庭即事

環碧樓高接翠微，池塘新水鯽魚肥。停針院落松花午，掃却蛛絲護蝶衣。

陳發祥二首

磨厓山人三女也。善寫水墨花卉。

題畫山水

出筆源於老米，重重疊疊家山。泊舟一帶茅屋，明月隨水灣環。

題自寫梅花山茶

芳香暫假兔毫傳，玉骨冰肌本自然。既有茶花爲侍女，不需天竹也清妍。

程芬三首

浙江嘉善縣楓涇人。

遊古沐堂

曲徑紆回到沐堂，閑將心事禱空王。還欣地僻無人過，粉壁聊留字一行。

生長深閨未出遊，而今始得豁雙眸。任他簫鼓沿塘沸，愛看山光獨倚樓。

尚書舊衲認依稀，古寺危樓聳翠微。最是晚鐘催客櫂，一天芳草帶斜暉。

袁淑娟四首

字翠英，號臨池小媛，江蘇婁縣人，袁吉人之女也。詩見錢學綸《續虞初志》。

錢學綸《袁淑娟傳》略：袁翠英，名淑娟，號臨池小媛，浦南人。袁本浦南世家，名書古帖，藏極富；父字吉人，名吉，更老宿也。以故淑娟幼攻文墨。同里梅氏子，名仁，美丰姿，通詞翰，善騎射，好自脩飾，衣馬麗都。每操弓挾彈，出入閭里，人望之，渺若神仙。與袁爲中表姻。女少生一歲，幼時憑蹇脩訂婚。梅早孤，梅母曾以他故廢議。其年娟已十五，輕盈艷冶，畫屏中人也。家有園池，一日紅蕖正盛，娟方憑闌支頤，看文禽並宿，梅以親故得入內，潛至園，躡足其後；娟注視方濃，猶不知也。遂以紅豆擲之，回顧見生，微笑曰：『何用相驚，作此不韻事耶？』雙頰暈紅。生心神俱炫，遽散去。嗣後結念愈深，屢欲一晤，輒為他阻。明年夏六月，復遇於池上之北軒，遂得敘衷曲，互及幼年姻事，不覺相與悽然。因思去夏觀荷，倏已一載，感時光之易逝，悵佳景之難留，生因吟曰：『曾記去年今日事，緑窻紅豆打鴛鴦。』於是宛轉之間，獲諧歡好。生為賦定情詩云：『繾綣復綢繆，閑身此寄留。鴛幃春意滿，繡被瑞香浮。盟誓堅山海，恩情貫斗牛。各將枕上事，默默記心頭。』娟亦贈生詩帕、香囊等物，訂約終身焉。既而生以博士弟子員赴金陵鄉試，文戰不勝，逗遛金陵。越一年，生南歸，娟以父命許字武陵，而梅母亦為生別婚他族。生家居無聊，躍躍動長行之念。有戚作宦嶺南，治裝赴廣，往辭娟。娟牽衣而慟，生亦甚悔，而行色已莫可挽矣。自此兩地相思。生在嶺南二載，及歸，娟已歸夫家。著有《詠香集》。

獨坐

寂寞閑軒獨坐時，低徊無語細尋思。忽然想到情牽處，無限愁腸秖自知。

自恨

傷心懶整翠雲鬟，幾度相思淚暗潸。惟恨三生差訂約，終朝無語嘆紅顏。

寄梅生

自嘆紅顏更獨愁，堪憐薄命幾含羞。無緣箕箒操君側，惟願來生賦好逑。

送別詩

欲別君宜飲此杯，問郎南去幾時回。天涯到處生芳草，須記魁春雪裏梅。

潘畹芳一首

江蘇吴江縣人，太史潘耒女弟。適諸生陳鋐。

梦隨先母至平川故居

四十年前事已非，朱甍華屋淚空揮。夢中不意家園廢，猶傍慈親入舊闈。

葉定十二首

字帶華，浙江秀水縣人。適許生殿芳。著有集，無力付梓。

梁鴻緒《孝貞二女小記》：葉定，字帶華，秀水香仲女也。自幼聰慧，長而能文，爲父鍾愛。適許生殿芳，琴瑟和諧。迺父緣事被謫山左棠城，羈縻十載。彼時予亦在山左，目覩帶華時寄銀物，已知爲女中之克盡孝思者，莫與倫比。迨後香仲棄世，隨即遣壻遠奔扶櫬，並迎取邁母歸家，養生送死，無忝子職。香仲可謂無子而有子矣。適予遊幕來禾，慕義往訪，得見其平日懷親各詩，更覺篤摯出自性成。爰索全集，復見伊女甥徐源字方白者彼此倡酬積盈帙，具悉守貞奇媛。孝貞二女，並萃一時，且共一地，良非偶然。用是選録成帙，以竢採風者纂輯表揚，垂之不朽云爾。

自題小影

青襬兮縞裳，椎髻兮微霜。爾貌兮果粗陋，爾坐兮還端莊。何對我兮不語，令我覩兮迴腸。莫是兮吾魂之離，超越兮慈雲之傍。寫袖倚桌，桌上有供大士像。敢比兮魍魎問影，擬許兮應真反揚。夫至道之精兮，昏昏默默；達人之性兮，了了忘忘。嘆神舟兮有涯，況紙偶兮豈長？幸我夢兮未覺，今懸爾兮茅堂。且薦之兮好羞，更上〔一〕之兮真香。知他日兮，若敖必餒；即斯爲〔二〕兮，嗚呼尚饗！

懷方白賦得以棠品梅恨不同時歌

霖鈴一夕扶桑曉，粧點秋棠心悄悄。庭陰質弱發枝低，難被青陽廿伍草。却訝梅花香韻絶，挺節稜稜殉冰雪。原來清極不知寒，那怕剛風吹鐵骨。君不見，井上桃花光曄曄，日暖風和開笑靨。鶯歌燕舞滿枝頭，不惜紅芬憑啄蹀。一朝青女司霜旻，桃花葉落飄江津。梅正結胎棠正吐，請君比較誰天真。梅棠禀賦非一轍，凡姿自媿虧昭質。遼闊分明君與儂，恨阻窮冬品難協。君似離鸞暮棲梧，儂如獨雁朝飛孤。素懷不作揚州思，但願日坐春風隅。

與方白論詩偶占

海內騷壇事，如何梱閣專？秖因從我好，不是被文牽。且與操斑管，何曾棄紡塼。古來言志者，多半託詩傳。

謝佛手柑

正色藏冰雪，纖纖更儼然。散花舒玉指，鈎弋握檀拳。謾許拈絲竹，能教指地天。時移香不改，輕却獸爐煙。

蘆花鞋步韻

暖於柳絮軟於麻，漫把遊山謝屐誇。經緯有紋仍似浪，針工雖巧莫添花。履霜堪譜陽春曲，渡海何勞奉使槎。從此秋風飄不得，衹偕舄舄入雲霞。

松毬限魚字

翠蓋含蕤聳碧虚，奇瑰百琲映香渠。抛殘金粉懸鈴後，飼老仙蠶繡繭餘。樵徑月留燈彩亂，禪扉風落彈聲徐。夷峰遥望松雲〔三〕合，白石舟邊藻啖魚。

柳帶限真字

旖旎修蛾擬未真，如條似佩更疑紳。珠抛月露晴絲貫，翠刻風蘭雨線紉。畫架廻波縈舞袖，花溪拂水縛遊輪。堤邊無限容璣態，曾媚章華約素人。

竹粉限侵字

湘篁籜解玉抽簪，想象縷鉛帶淚涔。抱節尚多巾幗事，干霄須耐雪霜侵。露沾蝶翅黏芳膩，月逗梅魂拂素陰。韻戞霓裳仙子曲，一林女伴理瑶琴。

榆錢限尤字

圜府通神滿樹流，買春不駐〔四〕伴春遊。隨風戲擲萊蕪砌，着雨愁鋪介子丘。帶草緑摇廉更甚，薔薇紅笑冷相尤。園林自此添蕭索，一片韶光變素秋。

銀薇花和韻

仙卉疑從銀闕開，何年流落絳塵來。漫移上苑浮榮處，秪合唐昌觀裏栽。

囊香籠玉逐風摇，百日芳菲氣自豪。耐久固宜君子友，休憎不著紫羅袍。

柳絮因風滾作團，是誰懸向翠林端？玉堂夜半銀蟾起，還當花看當月看？

【校記】

〔一〕上：《國朝閨秀正始續集》作『焚』。

〔二〕為：《國朝閨秀正始續集》作『為壽』。

〔三〕松雲：《國朝閨秀正始續集》作「雲陰」。

〔四〕駐：《國朝閨秀正始續集》作「住」。

汪桐音三首

字琴生，國子監典簿汪端光之妹。適甘泉文學潘逢元。

題吴静嫻秋山讀書圖

展卷首唸慈母什，傷心不覺淚潸然。憶從膝下看佳製，彈指于今二十年。

衡門近喜接芳鄰，況復兒曹筆硯親。何日好香傳一瓣，絳幃得拜老詩人。

丹青何必羡荊關，閨閣煙霞不等閑。我亦有心偕隱去，可能潑墨寫秋山？

馮蕙二首

字雲莊，浙江仁和縣人也。

寶石山莊送袁簡齋夫子還山

六橋一望柳煙拖，花到荼蘼春奈何。一自詩人湖上過，畫船無日不笙歌。

人人争説魯靈光，筆底長虹萬丈狂。將欲停車來問字，驪歌聲起隔天望。

陸誦芬八首

字心香，江蘇青浦縣人，從父伯琨認爲繼女。適同邑諸生蔣士銘。著有《清閨集》、《花韻閣詩稿》。

送夫子葵園之湖廣

瀟湘風景話清幽，襆被從今選勝游。寄語良人無別事，吟詩先上岳陽樓。

春日

春林風暖〔一〕試鶯梭，杏子梢紅蘸碧波。多少畫樓簾不捲，雨絲風片惱人多。

杜鵑花放與素娟小敘各賦一律

渾疑血淚染成堆，爛漫臨軒記手栽。騷客乍愁芳信歇，仙人爲剪絳綃來。莫嫌入夜啼魂苦，恰好吟詩刻燭催。自笑難成風雅句，澆花也共倒香醅。

七夕與外坐話

雙星隱現彩雲間，乞巧樓頭月一彎。烏鵲不辭終夕苦，青鸞應向此時還。銀河眇眇遲仙駕，玉露團團濕翠鬟。相對夜闌思往事，鐘聲沉寂漏聲閑。

西湖竹枝詞

四時百景好芳辰，愛到西湖結伴陵。小有天園門外路，紅裙緑襖鬧遊人。

遠近山光接水光，芳菲百卉應時香。踏青三月花神廟，無數濃粧與淡粧。

喜晤閨友蕙卿

別後相思悵若何，吴程楚驛緑楊多。春風江上歸來好，一片雲帆萬頃波。

題邵丈西樵照

讀書不求甚解，摻縵豈曰知音。撫孤松而盤薄，宕放鶴之胸襟。

【校記】

〔一〕風暖：《國朝閨秀正始集》作『日暖』。

蔣繡徵三首

字蕙芳，江蘇華亭縣人。適湖南常德經府經歷陸長庚。所著有《澣心處詩鈔》。

送兄金蘭之廣西

畫角聲殘酒半酣，張鐙小市駕行驂。堂前菽水毋多慮，客裏風霜苦未諳。路轉東吴勞遠夢，驛經西粤辨鄉談。清貧自信傳家慣，不待臨岐話再三。

詠海棠

燒鐙酣賞話年年，一度東風一惘然。繁艷重逢含露日，輕陰最記養花天。劇憐分席三春晚，易負開簾二月妍。猶有屏山題句在，嫣紅宜對折枝鮮。

鐙花

獨對孤鐙坐綉幃，閑看鐙燼有餘輝。侍兒笑指銀釭問，明日遠人歸不歸？

吴篔一首

字□□，號□□，浙江錢塘縣人。

題澹香樓詩鈔

勝地多佳麗，清芬出衆英。摽梅方迨吉，采葛正鍾情。素抱冰霜質，翻為風雨傾。曲終湘水碧，夢斷楚雲橫。妝鏡飛花影，歌樓滴漏聲。最憐燈火夜，殘帙映孤檠。

卷之六十五

朱錦 八首

字秀文，號琴軒，安徽無爲州人。適同里吴元桂。著有集。

吴元桂《清詩備采》：拙荊幼雖學詩，律體懶於屬對，只能作短調小詞並絶句。其往年所作自不愜意，悉焚去，僅存數首，竊附諸女士之末，未免貽笑大方也。

庚戌小春喜蜀中書至並接詩六首

驚接函中數首詩，沉吟無語轉如癡。題詩者與看詩者，兩地遥情只自知。

辛亥秋杪紫山自蜀到家

風吹落葉響庭階，忽訝人從天上來。山鵲故聽今早噪，燈花怪向昨宵開。

哭冢媳

方經半月兩離分，姑媳相逢夢裏情。老病那知翻哭汝，眼枯無淚只吞聲。

自汝于歸年十六，朝朝依傍未相離。於今四十纔加一，運限如何是死期！

紫山七十初度口占侑觴

閑庭幽雅闢春華，淑氣融融萃一家。歷盡冰霜度芳景，相知窻外有梅花。
多愁多病兩相憐，瘦骨同支老更堅。憶讀微之悼亡句，停杯曾泣夜寒天。
行役風塵十載多，歸來幸得養天和。膝前幾許牽衣者，好借含飴發嘯歌。
裁成百句寫生平，健筆真堪横古今。愧我不才詩律暗，效顰聊作口頭吟。

楊藍韞七首

號玉煙，江蘇□□縣人。

檀園修禊

上巳春光好十分，蘭亭故事見遺文。檀園此日重修禊，千古風流續右軍。
柳陰深處净無塵，紅板橋横碧水春。聞道主人能愛客，一時吟詠盡詩人。
舟過青溪一曲深，定施裙幄坐園林。倘逢道韞歸寧日，把袂聯成柳絮吟。

遊知止山莊

松花細細落飛檐，九點青山半露尖。聞説貓頭春筍好，爲參玉版訪西崦。

共道園亭壓辟疆，晴巒鬱鬱繞迴廊。小橋流水通花徑，花下扁舟泊柳莊。

邐迤行來磴道紆，曾將山色飽看無。歌堂舞閣應迷路，花醉雕闌蜨共扶。

隔簾仙樂妙聲便，鳳管鸞簫聽孰先。我欲買舟恣游賞，蘭橈蕩破半溪煙。

蘇蘭畹 八首

字紉九，號香嚴，浙江仁和縣人。適同邑諸生倪一擎。著有《閨吟集秀》、《坤維正氣録》。

《杭州府志》：　蘇蘭畹，字紉九，號香嚴，諸生倪一擎配。少至孝。嫺詩文。設塾里中。撰《坤維正氣録》及《閨吟集秀》。

倪一擎《蘇孺人傳》略：　先室蘇氏，名畹蘭，國學近隅公仲女也。性沉静淑順，不苟呰笑。幼齡授《内則》、《女誡》，隨母氏綜理家政，布指井井。年十三，刲股愈母疾。十八歸於余。執先妣成太君喪，克盡哀戚。仰奉尊鍾，肅而彌慎。先考與余授徒里門，一切米鹽零雜，概不以慁；　衣敝食淡、爨濯鍼組之事，皆親爲之。設家塾經蒙，脩脯所入，佐中饋之不逮焉。嘗緝明以來烈婦奇蹟見於傳記者，成《坤維正氣録》十卷。集古名媛詩，著《閨吟集秀》六卷，《香嚴詩文》二卷。體素弱，善病，棲心内典，因自號香嚴居士。

《閨吟集秀》香嚴自序：　三代之興，窈窕妃媛，有蓋世文才，搦管揮毫，馳騁於法度之中，爲世所傳，以興内教。近代以來，少習文章，六藝之奥，湮没無聞；　發華絾而思飛，嗟林下之風致，不及遠矣。茲者幸遇聖明，尚慕往哲，每獲一書，嗟其出羣，即日勘校，悦目怡心，當分明記之耳。積有歲時，謬蒙深拾。於是詠萱草之喻，用寄幽懷，十年以上，具知委曲。獨念漢宮有水，情係無違，薦夢尚遥，思心成結。頤道家之秘言，察天下之珍妙，固可觸憂釋疾，目玩意移，縱心所欲，一一從其消息而用之。羣華競芳，筆如神助，亦謂生有餘幸矣。妾自省愚陋，弄文舞字，非婦人所便；每爲一字，若不由規矩，虚費精神。因吐其胸中，割所珍以相助，纔記姓名，兼亦載吾姓名。相對展玩，雖失高素皓然之業，使知音者讀之，其間有稍異常流，當見其志；我勞如何，頗亦自適。吾反覆念之，家素貧儉，室無雞黍之餐，無香薫之飾。每感篤念，隨時而作，誠知微細。何得動而輒俱，而面牆術學，神假微機，以達往意，獲我心焉。聞之前志，觀者勿以婦人玩弄筆墨爲誚焉，則足矣。

漫興

歲寒心事有誰知，總向紅箋寫自隨。花落碧苔閑白晝，楞伽静展一題詩。萬氏、薛濤、潘氏、姚氏。

家住錢塘山水圖，柴扉花嶼接江湖。庭前亞樹張衣桁，午夢驚回落井梧。金麗卿、曹組、魚元機、楊太后。

屏棄囂塵事簡編，紅樓自信有清緣。題殘紈扇光疑月，起捲珠簾看翠煙。朱淑真、馬守貞、王微、潘氏。

照人清夜欲如何，愛寫黄庭不換鵝。竹影書中猶有字，幽窻軋軋度寒梭。朱淑真、陳德懿、王微、蒨桃。

游仙

晚霞初壘赤城宫，駕鶴驂鸞意已同。莫道穹天無路到，輕雲嶺上乍摇風。薛濤、葛氏女、順聖太后、楊貴妃。

浄掃瑶臺揖上仙，飄風散蕋媚晴天。忽聞青鳥傳消息，廻矚霜原玉作田。許景樊、薛濤、邵氏、上官婉兒。

天香晴拂碧階泉，夢繞銀河槎上眠。羞解明璫尋漢渚，同躋靈嶽訪真仙。許景樊、馬守貞、龍城貴主、順聖太后。

翡翠爲裙芍藥裾，日中吹笛宴麻姑。飛瓊姓氏垂丹籙，肯教霓裳一曲無？陸卿子、許景樊、徐媛、羅愛愛。

沈梅林 二首

字梅林，江蘇吴江縣人，上舍沈澍之女。性嗜梅花。適杏林錢楷章，一夕各賦梅花詩三十餘首，一時傳爲佳話。著有《學吟稿》。

春雨

蝶懶暫停飛，鶯藏咽不語。濛濛煙靄深，寒食梨花雨。

九日懷歸

佳節懷歸黯自傷，茱萸插鬢又新妝。昔年姊妹登高處，贏得慈親淚幾行？

倪端淑 六首

字幼端，浙江仁和縣人，倪一擎之長女。適石門吴某。性孝，懷母成疾，夭殁。

觀家信有感

一紙家書到，開緘涕淚零。慈親纔早逝，弱妹更伶仃。誰與歌棠鄂，空懷賦鶺鴒。不堪淒切處，搔首步中庭。

看荷有懷

風吹菡萏水生紋，對景關情日易曛。麯院乍飄千點雨，野塘低映一池雲。艶疑紅粉凌波立，静愛清香滿室聞。安得故園兄妹共，擘箋酬唱到宵分。

寒食語溪道中

輕橈容與出沙灣，人在溪山罨畫間。回首皋亭斜照外，餘霞染得緑陰斑。

水複林紆景若何，漲痕吹緑皺輕羅。蒲帆好趁塘棲去，又聽煙中市語多。

一篙漁蘸浪泠泠，斷續餳簫遞晚汀。百五春光看又老，原田芳草恨長生。

高低雉堞水雲遮，詰旦遥歸季子家。更喜板橋門外路，好風吹動白荷花。

倪貞淑四首

字幼貞，一擎之季女也。適同邑范氏。亦早歿。

溪漲

泠泠清淺水，漾漾金碧流。朝來三尺雨，忽作波上秋。遠煙共迷漫，野色交沉浮。梅信任鬱蒸，吾將棹扁舟。

跋父親大人新輯煙草小志後

老人緝柳與編蒲，日注蟲魚興不孤。欲補神農經未載，擘箋先志淡巴菰。

縷縷春絲細細乾，荷筩漫試破驕寒。平生不學餐霞術，亦把奇書盡日看。

陪小迂家兄印元幼文二姊文淑分賦秋蟲得絡緯

冰絲戛柱響同清，斷續頻教懶婦驚。最是晚涼風乍急，豆花棚底一聲聲。

方可 五首

字青君。著有《白沙翠竹集》，茯田沈大成爲之序。

松徑

長松一逕交，幽陰互挐攫。静聽松風吹，響疑松子落。人跡且不到，炎氣〔一〕何處著？

四月八日清齋禮佛

晨興肅盥漱，象設空齋陳。夙聞調御氏，降生及兹辰。寂滅向千劫，皈依尚如新。香燈增晝静，蔬果具時珍。匪獨資願力，固已忘根塵。新篁映風牖，微雨過池蘋。永日但趺坐，結此清净因。

題文待詔手書詩冊

先生工清吟，篇章留匪一。即此手跡遺，直追唐宋律。詩稱後代師，人亦蓋代傑。觀其辭寧聘，凛凛義不失。行同魯連清，心等伯夷潔。歸田翰墨娱，幽懷何超絶。煮茗更焚香，咳唾霏玉屑。當時景高踪，此日諷吟筆。山齋共展觀，使我神發越。風流溯未遥，悠然仰前哲。

老柳

年深復蝨損，偃卧此沙汀。條短曾工舞，綿稀亦化萍。隄邊桃灼灼，江上草青青。憔悴休相咲，終能應列星。

瑟居

懶慢心情稱瑟居，日高鶯囀夢回初。起來盥漱無餘事，閑對梅花讀道書。

【校記】

〔一〕炎氣：《國朝閨秀正始集》作『炎氛』。

林枝秀 一首

字松石，浙江平湖縣人，陸垣配。

春日懷蘭姊兼憶湖中風景

去年曾記共登樓，一望平原景色幽。萬里雲山銜日月，幾番風雨送春秋。新鶯啄翠垂條轉，古塔凌空倒影流。分袂那堪經此地，夢魂渺渺共扁舟。

李心敬 八首

字一銘，江蘇上海縣人，梧州守宗袁女。適常熟歸觀察朝煦。著有《小窻雜詠》。

【輯補】

李心敬《二餘詩集》（乾隆五十六年刻本）載曹錫寶序：硯畬李君刻其亡姊及子婦《二餘詩集》成，而丐序於余。余維吾邑閨秀之以詩鳴者多矣。予所見者，余兩從女兄，一適葉進士松亭先生者，曰錫蕙；一適余同年陸孝廉葵霑封翁者，曰錫淑。又有徐紹虞進士原聘趙氏婉揚。一時競秀，詩皆裒然成帙，卓有可觀。其他之或以一兩聯顯，或以一二詩傳者，指不勝屈。而欲母與女繼繼承承，擅美閨閣者，則莫若隴西李氏。李氏與吾宗世篤婣好。硯畬之大父鶴洲封翁有隱德，鄉里稱善人，與先祖麓蒿公為莫逆交。嗣柳溪先生種德力學，不墜其緒，兒女一堂，稱極盛。其長女心敬歸常熟歸觀察，而觀察之女懋儀實硯畬女甥，又歸其長子學璜。母女皆嫻禮法，工吟詠，所謂《二餘詩集》者，則其母若女之所作也。吾嘗以為，山川清淑之氣鍾於女子與鍾於男子者不異。然女子之性静，静則易於領會；女子之心專，專則一於所業，而他事不得以相間。既静且專，而又有其資，有其力，有名父師為訓迪，俾得肆力於風雅，以深究夫古今源流正變之故。由是作為詩歌，彬彬郁郁，不隨人步趨，而自足以媲美於文人，而流徽於彤管。今《二餘集》之詩，其皆得氣之全者哉！予嘗反復披覽《蠹餘》詩，中規合矩，情深文明，尤喜其無巾幗氣；惜早世，所傳篇什無多。至若《繡餘》，則天才超越，加以沉酣六義，五、七各體，無美不臻；與其姑楊恭人所著《鴻寶樓詩刻》工力悉敵，洵可並垂不朽。藉非禀山川清淑之氣，而又迪之以前光，澤之以墳籍，曷克臻此？硯畬憫其姊之不永年，而又樂其子婦之克繼厥美，彙而梓之，以貽嘉話於藝林，垂家範於奕禩，誰曰不宜？抑余有感焉。余長女洪珍，適海寧陳氏，幼亦稍知聲律，時學爲小詩。猶憶戊子《擬鄉試月中桂》詩有句『萬古此秋色，一天生異香』兩語，予嘗愛其落落大方，無婦人女子態。今去世已七八年，詩皆散佚無存。予既不能教之使有成，復不能收拾其殘編斷句以貽其子，此予之所爲深有媿於硯畬，而不能不淒然長嘆也。辛亥春劍亭曹錫寶序，時年七十有三。

同集載李心耕序：余幼偕一銘長姊，同師外伯祖陸柳村先生；余姊嗜吟詠，先生每嘉其頴異。後與余室人迭相酬唱，《鴻寶詩刻》中曾縷述之。余姊殁後十五年，女甥懋儀來歸。懋儀亦善吟詠，從姑講論聲律。余喜其有一堂授受之樂，而轉悲余姊之不及見也。庚戌春，姊壻歸梅坡欲刊余姊《蠹餘遺草》，寥寥數紙，不復成帙，因擇懋儀作中粗可者附其後。余重悲余姊之早世，而又喜懋儀之善繼母志，彙而編之，亦何啻母女之授受一堂耶？夫修短不可必，而淵源之紹，初不盡係乎存亡，余於是且轉悲而為慶也。硯畬李心耕識。

李心敬《蠹餘草》（嘉慶間刻《峯泖閨秀詩鈔》本）卷首小傳：夫人為贈翁李宗袁之女，適山東布政使歸朝煦，其女懋儀又適李學璜宗袁之孫寶慶，知府心耕之子。

李心敬、歸懋儀《二餘詩草》（上海圖書館藏民國常熟丁氏淑照堂抄本）書尾跋：李一銘女士，梧州知府上海柳溪宗袁女，吾邑山東運河道歸朝煦室也。女佩珊，適其姪學璜；姑陸氏，亦善吟詠。一門風雅，兩邑稱之。歸氏譜載，一銘著作，尚有《小窗雜詠》，不得見。佩珊《繡餘續草》，前年從吴江諸氏鈔得，至此始成完本，他日當並梓而傳之。壬戌首夏初園記。

送外入都〔一〕

別路三千里，相思兩地心。情同金石固，誼等海波深。不盡徘徊意，聊題送遠吟。常須托鴻雁，時慰我佳音。

寄外

申江樹色曉陰陰，別恨離情兩不禁。好景每從愁裏過，新詩多向夢中吟。裁成錦字傳千里，漫托魚箋訴寸心。一望天涯渺無際，思君空有淚沾衿。

宫詞選四

西宫〔二〕花落日偏長，御路青青柳半黄〔三〕。獨按銀箏不成曲，忽聞歌吹在昭陽。

寶鴨香沉冷畫樓，催花風雨未曾休〔四〕。生憎梁上〔五〕雙飛燕，不捲珠簾上玉鈎。

内侍傳宣候駕迴，紫陽宫裏御筵開。後宫粉黛如雲列，未信恩深為愛才〔六〕。

偷閑獨向御園遊，愛放桃花漾淺流。回首忽驚官使到，心忙斜墜玉搔頭〔七〕。

雨後舟次昭平〔八〕

雨餘隔岸草如煙，雲湧峯頭翠色添。何處溪橋隔流水，影隨花片入疎簾。

秋夜

葉落閑堦蟋蟀鳴，輕風遥送晚鐘聲。露凝菡萏香中溜，月照梧桐疎處明。寂寂夜窻星斗曙，霏霏暮靄遠山晴。捲簾愛看秋旻迥，一道銀河分外清〔九〕。

【校記】

〔一〕此題李心敬《蠹餘草》（乾隆五十六年李心耕刻本，下同）作『寄外』，全詩云：『客路三千里，相思一寸心。帆隨春浪駛，情寄海雲深。未遂青山約，聊題紅豆吟。征途慎寒燠，雙鯉慰佳音。』

〔二〕西宫：《蠹餘草》作『玉堦』。

〔三〕此句《蠹餘草》作『鸞輅音沉輦草黄』。

〔四〕以上兩句《蠹餘草》作『寶鴨香消花事休，九華帳冷鳳鸞裯』。

〔五〕梁上：《蠹餘草》作『畫棟』。

〔六〕此詩《蠹餘草》作『衡士誰持玉尺來，昆明試罷綺筵開。纏頭慣賜千端錦，未信恩深為愛才』。

〔七〕此詩《蠹餘草》作『温泉浴罷御園遊，紅杏緋桃春意稠。簪得一枝香滿鬢，穿花蝶上玉搔頭』。

〔八〕此題《蠹餘草》作『雨後舟次潯江』，全詩云：『雲湧匡廬翠靄添，雨餘隔岸草如煙。飛流遥想增千尺，為弔當年玉局仙。』

〔九〕此詩《蠹餘草》作『風定蘭堦落葉輕，隔牆遥度晚鐘聲。絮空殘柳鴉初宿，枝浄疏桐月漏明。傍水亞闌珠斗墜，對山小閣翠屏横。乘槎欲訪支機石，天際銀河分外清』。

沈畹二首

字振蘭，浙江桐鄉縣人。適吴雋。著有《餘香詩艸》。

獨上

獨上層樓强賦詩，晝長清影減腰支。草深舊緑羞殘黛，花放新紅憶故枝。愛極翻教分手易，思深偏訝得歸遲。莫愁何物人間有，抛却春光總未知。

春閨怨

芳草萋萋望遠迷，斷腸晴色在樓西。子規也解憐幽獨，故向春風不住啼。

沈瑞玉二首

字希光，江蘇吴江縣人。適上舍顧銘。著有《繡餘吟稿》。

暮春詞

殘紅滿徑花狼藉，淡淡春風正無力。芳樹流鶯漸染黄，漫天飛絮初飄白。美人愁坐嘆蹉跎，望斷天涯芳草多。有恨欲言言不得，纖纖素手彈雲和。林塘煙暖晴明候，鳥語間關似相鬭。誰道春光足解憂，春光翻使雙眉皺。

偶成

雲鬟鳳凰釵怕整，此情此意無人省。有誰常伴我愁吟，日照一簾花弄影。

姚中淑四首

浙江仁和縣人，桑水部弢甫孫媳，庠生桑雲柯之室也。

題蘇香嚴夫人閨吟集秀

詞成璣璧繞雲煙張引元，屏棄囂塵事簡編朱淑真。草草池塘初夢斷朱淑真。夫人哲弟早殁，中郎遺業有人傳張引元。

板橋頭是讀書堂花蕊夫人，風静簾虚月一牀徐媛。中有縱横詞賦客薛素素，紫簫聲徹晚天涼朱静菴。右《漫興》。

雲氣如銀拂面來葛亞兒，昔隨王母上蓬萊鄭允端。麻姑牓有煙霞骨梁玉姬，手散曇花徧九垓陳德懿。

夢繞銀河槎上眠馬守真，金絲聲揭翠微顛順聖太后徐氏。玉簫欲盡霓裳調葛亞兒，静掃瑶臺揖上仙許景樊。右《游仙》。

顧氏一首

江蘇吴江縣人，處士顧有孝之姊。適蓬萊令沈自南。

夏日偶吟

千竿修竹繞幽溪，清影蕭踈入户低。好是午餘殘夢後，緑陰深處有鶯啼。

徐妙清二首

字雪軒，浙江海鹽縣人，學博徐二高之女。適國子生彭鶱曾。詩見彭孫貽《茗齋百花詩》内。

【輯補】

彭孫貽《茗齋百花詩》（康熙刻本）卷二《次閨秀新柳韻》附録：從兄學博二高公長女，名妙清，字雪軒，能詩，事親甚孝。歸國子生彭騫曾，即余表弟也。雪軒病革，遺語曰：『詩詞非閨閣中所宜，不可流傳于外。我死，悉焚之。』彭不忍棄，檢遺帙，僅存《咏柳》二詩。附而傳之，或海内詞人編之彤管焉。徐兆扈識。

新柳

輕顰含怨寫靈芸，淡掃新蛾瘦一分。紫笛嫩寒吹暮雨，紅亭小蝶舞春雲。燕姬雙帶香初結，蠶妾三眠草易熏。應是陌頭多惹恨，畫眉夫壻故殷勤。

鴨緑池塘草正齊，碧雲剪剪暎長堤。流澌破緑冰堪織，梅乳含酸眼欲迷。拾翠玉人矜鬭草，踏春倡女衒留題。風流才子章臺畔，纔唱青青黛已低。

閔慧媛五首

號韋樓，江蘇□□縣人。著有《韋樓吟稿》。

閨秀蘇畹蘭《韋樓吟稿序》：吾杭自和知老人刱興壇坫，而閨閣之能詩者更迭噪起，一時如『蕉園七子』錢雲儀、馮又令、柴季嫻、顧啟姬諸秀，皆負間氣，擬奇英，與鬚眉男子分樹旗幟。而其間尤以亞清林氏爲首出，蓋林處家庭清燕之會，鼓瑟酬倡，有飲茗鬭藝之樂，宜其寫景寄懷，暢發聲籟，無入而不自得也。客歲冬初，韋樓以堇兩大人來杭，過我問業，出官邸遊覽諸作，請弁數語。余維序閨閣詩，世動引《三百篇》爲冠冕；吾儕弱質，何敢妄希風雅？第韋樓以清淑之姿，佐理簿書，暇即拈弄筆翰，而纏綿悱惻，孝敬温厚之意，尤奕奕流露，固非徒效絺章織句爲也。韋樓好學下問，余不能測其所至。今將行矣！漁歌欸乃之時，必有感邂逅之蘭言而以寫殷憂者。獨惜余抱疴焚研，於韋樓復理故業，乃忽焉判袂，遂使『蕉園七子』之盛獨有千古。韋樓行矣！方天子崇尚詩教，輦轂之下，首被化澤；將『蕉園七子』之盛，於今復見，不亦遐邇同風、後先濟美哉！

閨秀汪際會《韋樓吟稿跋》：古人云：『婦人女子，在德不在才。』蓋分輕重於其間，若曰『德爲首，才次之』。而後世無才者，往往藉口斯言，以爲藏拙之地。然非才詩製錦，則其爲德也不光，故才與德交相爲用，不可判然區別爲兩途也。曾光斗先生上達德配夫人閔韋樓，幼嫻閨訓，長習女儀，于歸以來，孝敬端莊，儉勤淑慎，又最躭書史，每於相助克家之餘，時復拈弄筆墨。乃以光斗先生薄宦燕南，繁劇酬應，刻無寧晷，其家居日用細微，以及文移柬答，皆賴韋樓一人佐之。暇時偶寫性情，效《三百篇》之遺意，僅得近體詩如干首。近因歸寧於浙，與武林閨秀往來唱和者又如干首。余喜其德可相夫，才能吐藻，勸其授梓。韋樓以詩不滿百章，恐以韤線之才，出諸喁喁之口，未足以問世。余曰不然。大海長江，固呈綺麗；片金碎玉，實毓瑰奇。將以付諸剞劂氏，並繫數語於冊末。

靜夜集六朝人句

逸響迴秋氣張載，虛堂生夜陰江淹。詩書敦夙好陶潛，山水有清音左思。勝迹今能選謝朓，瑶庭路已深謝莊。解眉還復斂沈約，何用慰吾心陸機。

蠟燭凝花影梁元帝，霜歌落塞鴻鮑照。調梭輟寒夜梁武帝，羅帳咽秋風范雲。高舉尋吾契陶潛，孤芳豈自通沈約。暢哉人外賞王維，斂性就幽蓬謝朓。

烹雪試蒙山茶

雪水調金鼎，蒙山試早春。忍能高酒價，爲許供茶人。沫起魚鱗碎，香流月魄新。陸龜蒙《茶甌》詩：『圓似月魄墮。』又『乍見魚鱗起』。清風生習習，長伴苦吟身。

渠陽春夜鄉思

杳杳渠陽寄此身，銅壺漏急聽更頻。冰輪千里今同夜，花影天涯不隔春。静籟已能清俗慮，閑愁偏易到離人。重城咿喔聞雞唱，腸斷江鄉限海濱。

秋雨

西風冷送菊花天，金井飄桐旅夢牽。多事吟秋蟲唧唧，暗和淒雨到燈前。

吴瑛七首

字若華，浙江平湖縣人，少宰吴樹屏先生女也。適同邑屈恬波。精通經史，兼善帖括，惜天不永其年。著有《芳蓀書屋存稿》。

吴嗣爵《芳蓀書屋存稿序》略：余元配徐淑人〔一〕，生子一，名瑍；女一，名瑛，即若華也。若華四歲失母，號痛狂呼，哭無常聲，朝夕惟祖母是依。余時官吏部，辰入暮歸，若華追隨遶膝。歲壬戌，余視學楚北，若華年八歲，偕之任，始就傅，受經於余從兄再襄。讀書成誦，善於求問，嘗疑湯武非聖，與東坡之論暗合。歲乙丑，若華隨余任之閩，浮長江，涉錢塘，踰仙霞嶺，歷波濤魚龍之險。是時若華年十一歲，才思充發，初學為詩文，遍誦六經，而於《左氏春秋》、《文選》諸書，尤為精熟。迨余官淮陰，移鹺使，若華年十有八矣。酷嗜吟詠，每一稿成，輒請正於余。為人言咲不苟，有貞静之風。事祖母、繼母以孝；敬兄愛弟，人無間言。適平湖屈生恬波，閨門之內，以敬以和。成婚甫數月，以疾卒於揚州官署。適余有役吴門，其兄瑍為母營葬歸武林。若華歿之日，俱不及見。余聞之，痛悼不能自已，爰檢其遺篋中所作詩文授梓，以志不忘，且以志余之不忍云爾。〔二〕

《小粉場雜識》：平湖閨秀吴瑛，字若華，係樹屏臬憲之女。不特擅詞華，兼制義。適屈生恬波，不數月即卒。尚有詞稿一卷，亦清新可喜，漫録一闋於後。其《詠鷓鴣調寄憶真妃》詞云：『齊飛錦翅啼春，戲煙津。一曲幾多清怨，唤離人。湘水闊，荒祠冷，吊黄昏。翻羡縷金雙影，綴紅裙。』

【輯補】

吴瑛《芳蓀書屋存稿》（乾隆十八年刻本）載沈德潛序：有明閨閣，最多能詩，而越中為盛，若長興之陳懿德、鄞之屠瑶瑟、嘉興之桑貞白、秀水之項蘭貞，至會稽商景蘭、山陰祁德淵，尤以忠節聞，此固山水之秀有以鍾之，亦漸摩家庭之教者深也。吴氏若華，越産也，父運使樹屏先生，舊以文章名世，若華耳濡目染，以詩書為飲食，與兄閬夫並以清才好學稱。曩過樹屏署，出若華詩示予，披讀數章，婉而多風，知得於庭訓居多。又聞近日每成一詩，輒質之江都許太夫人。太夫人博綜群雅，女中靈光。若華與之上下其議論，自必擴充才華，研精學問，他日追蹤班昭、宣文君、鮑令暉諸人，為閨閣通儒者，必若華也。乃不數月，而若華歿矣。樹屏痛愛女之亡，思梓其遺集，遺閬夫遠道過吴，乞序於予。因得盡觀若華詩，脱凡化質，雅贍清華，一掃鉛粉氣；小詞規撫淛西六家，賦亦流便有唐賢風。嗟乎！若華具此才華，而天偏厄以年，猶芳蘭在谷，秋風摧之，良可慨也。又讀其所作制藝，織紝文史，而理法不失，使得角勝文場，應不在名諸生下。相傳仁和孫尚書鏞母楊夫人，善帖括，尚書録會試文呈母夫人，母笑曰：『淡墨雖書第一，未免齧筆似魚，非文絶品。』時謂精於斷決。然太夫人之文，罕有見者，豈若若華卷帙之富哉！予聞若華天性肫篤，事父孝，少失母，言及輒慟哭，思兄憶妹，卷中三致意焉。仁慈者多壽，若華而夭，此又理之不可解者也。雖然，存而無聞，何如殁而不朽？若華之詩文傳，當與越中諸閨閣先後媲美，而其名長在人世間；壽其名，不更勝壽其身乎？爰題數語，俾予惋惜，以慰樹屏之悲悼云。若華適屈生恬波，亦能文。乾隆癸酉春日長洲沈德潛。

同集載唐思序：若華女甥為吴姊夫元配徐夫人所出，徐夫人早殁，若華方四齡，偕六齡兄瑍相依祖母，隨父宦遊。幼敏於資，默識《左傳》、《文選》、子史諸書，悉解意義。十二作帖括之文，清真典雅，涵古茹今。十四能詩賦，多秀麗刻畫語。庚午吴公由淮陰郡守改觀察使，招余在署，喜見若華幽貞聰慧，有大家風；亦竊虞琉璃質脆，無復金石堅也。顧余放浪湖山，久荒學植，若華偏篤信懃拳，倡和研窮者一載，益諳格律、嚴氣體。昨歲吴公移鹾使蒞揚，仍留余榻官舍，與若華論詩，思深旨遠，菁英含蓄，漸入唐人堂奥，余遜謝之。初秋歸當湖屈氏恬波，少年才富，共較書朱樓，濡毫酬答，為若華幸甚。嗚呼！凡人血氣侵犯則傷，以薄弱之軀專心考古，寢食幾廢，一旦疾作，青囊寡效，而垂死從容，語言慷慨，略無兒女情態，三日蓋棺，形神弗易，凜凜有生色焉。咸為若華痛者，父因公之吴，兄以葬母歸浙，並不及見七旬祖母。數月，夫婿嚮哭失聲，聞者酸鼻。余謂夭壽在名不在齒，老彭未必賢於顔子，而修短逕庭，至今觀之，同成曠世，名不與齒俱殁也。彼夫恣睢暴戾，終於壽考，寔商子耳。自昔裙釵流輩，以文章德性著者，歷數幾人？若華甫越加笄，幽貞聰慧，閨幃僅覩，音容雖渺，楮墨餘香。噫！可以傳矣。吴公收拾亡女遺稿，各體僅存若干首，付之剞劂，屬余序云。癸酉孟春月韓江舅氏唐思。

芍藥殘

三月春光滿，寂寞了花事。畫樓啼鴂聲，姚魏同掃地。廣陵棼尾春，獨向春風醉。綽約有温香，欲與左花比。紅白鬬新妝，雨師生妒忌。曉看醉西施，啼痕亂粉膩。寶髻泣二千，玉龍飛十二。陳輔良《芍藥》詩：『玉龍十二蓬山頂〔三〕，寶髻三千漢殿中。』怨春去難留，悔託春光媚。今朝存半面，轉眼悲全墜。不須怨春歸，濃華易憔悴。濃華罷〔四〕衆芳，憔悴復何異？不如溪上草，春去依然翠。

芳蓀書屋

官舍營新屋，芳蓀雅稱名。窗前香暗度，簾外佩無聲。粉壁揮毫滿，牙籤題字清。金爐煙靄細，石硯墨花新。漏水銅壺響，侵階碧草生。迎眸殘月照，入耳曉禽鳴。幽静疑山谷，囂喧近市城。詩書吾宿好，終日倚軒楹。

新磨鏡

寶鏡朦朧減舊清，一朝磨洗倍光晶〔五〕。雲開夜月秋毫見，雨過菱花色相明。閱世興亡疑有眼〔六〕，辨人好醜總無聲。玉臺妝罷時時拂，莫使浮塵又暗生。

即事

焚香張素琴，盡日金閨内。旋旋積雪殘，鳥啄苔痕碎。

秋夜

閑對幽蘭遣素懷，流螢飛上鳳凰釵。沉沉深院更初永，坐聽蟲鳴滿玉階。

留别淮陰道署

三載依依玉鏡前，舊梳妝處最相憐。不知今後紅窻裏，又是何人點翠鈿。

秋風

滿耳蕭騷夢〔七〕不成，殘雲掠月〔八〕夜淒清。等閑吹落長林葉，亂入〔九〕千家擣練聲。

【校記】

〔一〕此後吴瑛《芳蓀書屋存稿》（乾隆十八年刻本，下同）有『殁于乾隆戊午年四月，歸余纔六年耳』一語。

〔二〕此序《芳蓀書屋存稿》末署『乾隆癸酉三月澹軒書』。

〔三〕頂：原作『項』，據《芳蓀書屋存稿》改。

〔四〕罷：《芳蓀書屋存稿》作『霸』。
〔五〕光晶：《芳蓀書屋存稿》作『晶瑩』。
〔六〕此句《芳蓀書屋存稿》作『垂匣彩光知有氣』。
〔七〕夢：《芳蓀書屋存稿》作『寐』。
〔八〕掠月：《芳蓀書屋存稿》作『冷月』。
〔九〕亂入：《芳蓀書屋存稿》作『雜入』。

申玉環 一首

湖南祁陽縣人。

憶梅

緑蕚曾經手自栽，廧東應有數枝開。沉沉院宇月華冷，香細忽從風裏來。

金氏 一首

江蘇吴江縣人。適諸生周杭。著有《繡餘詩集》。

遥夜不寐眷懷慈親

兒病母扶持，病安别母來。所隔惟一水，杳如在天涯。悠悠我心愁，愁向西南隈。惱殺窻外風，故把庭葉吹。吹醒不吹夢，燈影照空幃。豈獨兒念母，母豈不憶兒？遥知枕函畔，搔首長嗟咨。

汪纘祖五首

字嗣徽，浙江仁和縣人，家芍坡方伯之女也。家承芷齋庭訓。既適同邑湯秀才燧，閨中切磋，學益日進。著有《侍萱吟》。

風雨過廣信和夫子韻

行盡家鄉路，西江第一程。酒旗風影亂，蘭槳雨絲輕。城郭寒煙遶，沙鷗掠水迎。湘南何處是，旅夢喜還清。

秋風

幾日秋風發，刁騷律應商。草間驅積暑，葉底送新凉。張翰思歸切，班姬惹恨長。庭中雙桂樹，應候散天香。

晴江亭次韻晴江亭在湖南衡州府

江亭小築枕清流，乘興閑登景物幽。斜日片雲依遠岫，長天秋水送行舟。千枝衰柳寒鴉集，幾處炊煙斷岸浮。倚著欄杆無限思，澄鮮爽氣望中收。

秋夜玩月

皎潔秋中月，清光滿鏡奩。夜凉憑檻坐，竹影上疎簾。

久雨

連朝風雨正瀟瀟，静坐閑窻嘆寂寥。濃緑乍舒迷望眼，出牆新透一林蕉。

舒淑娟四首〔一〕

字佩芳，浙江仁和縣人，金壇縣丞舒偶王次女。適同邑潘明府本智。

荷亭避暑

日午抛書卷，閑亭俯碧波。樹高蟬噪急，風定雁聲和。暑掃千竿竹，凉生半浦荷。捲簾憑檻立，脉脉採菱歌。

春日晚起

玉漏殘時曉氣升，碧天疑雨乍疑晴。桃含宿霧將成笑，柳帶輕煙最有情。風舞落花飛片片，鳥鳴遠樹一聲聲。莫將朝景凭閑過，好把新詩仔細評。

詠紫牡丹

芳菲輝映紫羅裳，傾國名花綴錦堂。和露倍迎朝日麗，羨他風韻勝姚黄。

一枝分得魏家春，富貴由來耀紫辰。似此洛陽風景好，聯吟應倩玉樓人。

【校記】

〔一〕舒淑娟前原有吴筠詩《步澹渟大弟遊虎阜韻》一首，已見於卷五十同名詩人名下。其小傳云：『浙江錢塘縣人，候補縣丞吴熙禄之女。』顯係同一人詩先後重出，今刪除。

方端容一首

詩見《谷音傳響》。

次韻題明妃圖

宫禁幽拘百感稠，玉階金屋各悲秋。鵾絃彈出關山月，勝聽笙歌别殿頭。

徐氏句

江蘇武進縣人，徐書受女弟也。

句

念深他日淚，只望尺書頻。《别兄》。

徐月華 一首

字彩雲，浙江嘉興縣人。

采菱歌次韻

鮮葉叢苞香正浮，小舟采盡滿湖秋。羅裙却趁菱花水，待賣菱錢取染頭。

許蘭似 二首

江蘇□□縣人，錢塘盧抱經太史長媳，庠生盧省齋慶貽之配。

題蘇香嚴夫子閨吟集秀 廻文

眉掃春山遠世趨，賞心興慣擷詩腴。知誰累日長吟苦，窺得幾微探頷珠。右《漫興》。

煙霞長護彩霓旌，錦字新裁要主盟。絃管和餘聲細細，仙羣重見許飛瓊。右《游仙》。

高氏句

浙江湖州府人。

句

也知春色歸人早，鄰女釵邊有杏花。

《隨園詩話》：閨秀李金娥《詠路上柳》云：『折取一枝城裏去，教人知道已春深。』湖州高氏小女亦有一聯云云。

李含章七首

字蘭貞，雲南晉寧州人，兵部侍郎李因培女，湖南布政使葉佩蓀之繼室也。著有《蘩香詩草》。

【輯補】

瓊案，李含章《蘩香詩草》（乾隆五十六年刻本）有《送大女令儀還武林》、《哭長女令儀》等詩，可知李含章為葉令儀之母。浙江錢塘人葉佩蓀元配周瑛清、繼室李含章，以及其女葉令儀、葉令嘉，兒媳陳長生、周星薇，皆詩人；又與當時的其他女詩人往來唱和，頗有影響。

秋夜露坐

火雲秋未收，商氣夕乃至。凉飈動木末，梧葉蕭蕭墜。廣庭延佇久，月影半在地。銀河淡無波，疎林皎初霽。軒南最幽曠，竹露灑寒翠。清陰下藤蘿，餘香冷荷芰。披襟愛晚凉，枯坐意忘睡。夜久鐘漏沉，流螢在衣袂。

黄陵廟懷古

君不見，湘山高高湘水碧，淚痕染徧琅玕色。雪浪朝連青草浮，愁雲暮向蒼梧合。當年帝女下璇宫，潙汭曾聞禮秩隆。已傍松雲開貳室，旋看日月麗重瞳。鼓琴衣袗天家樂，星軒雙曜明珠幄。阿閣都緪素女絃，鈞天盡按皇娭曲〔一〕。一從刻玉下南天，翠輦金輿不復還。漫比蟲沙〔二〕沉漢水，還同弓劍〔三〕慟橋山。橋山一去成千古，九疑天遠留靈瑣。玉軑難乘懸圃〔四〕風，明璫空望涔陽浦。涔陽江浦總魂銷，更駕飛龍逐晚潮。帝子揚靈江上瑟，夫君愁思洞庭簫。瑟希簫歇人何在，里俗傳芭猶不改。貝闕珠宫事渺茫，蘭橈桂枻空煙靄。千秋哀怨起騷人，懷古同傷遠别情。薜荔秋風山鬼泣，鷓鴣暮雨客船聽。竭來倚棹尋遺躅，古木蕭蕭堦蘚緑。廟火青熒鹿角磯，寒潮嗚咽巴陵郭。屈賦成時書未焚，書生臆論總紛紜。願將北渚江頭水，一灑高唐峽裏雲。

萬固寺

山寺不知路，忽聞流水聲。溪隨巖石轉，塔與碧雲〔五〕平。古木上無際，幽禽時一鳴。松根堪小憩，試汲石泉〔六〕清。

署樓秋望

洞庭聞木落，古意入疎襟。竹漬英皇淚，江流屈賈心。離憂無嗣響，解愠有餘音。試聽迎神曲，村閭樂事深。

秦始皇

金虎宮鄰〔七〕事可憐，漫疑鶉首賜鈞天。終令六國還三户，空使諸生笑九泉。車載轀涼山有鬼，舟行縹緲海無仙。傷心萬里長城在，依舊扶蘇伏劍年。

陝州道中

車鈴響入暮煙中，去路蒼茫接遠空。官樹陰迷鴻雁月，長河怒捲鯉魚風。亂山積雪千層白，古塔燒燈六面紅。異地不堪愁思積，千家砧杵正悤悤。

夏晝

午樓風暖試輕紗，語燕聲中日未斜。滿地緑陰簾不捲，游絲飛上蜀葵花。

【校記】

〔一〕曲：原作『由』，據李含章《蘩香詩草》（乾隆五十六年刻本，下同）改。

〔二〕蟲沙：《蘩香詩草》作『膠舟』。

〔三〕弓劍：《蘩香詩草》作『遺劍』。

〔四〕懸圃：《國朝閨閣詩鈔》作『元圃』。

〔五〕碧雲：《蘩香詩草》作『白雲』。

〔六〕石泉：《蘩香詩草》作『碧泉』。

〔七〕鄰：原作『憐』，《國朝閨閣詩鈔》、《國朝閨秀詩柳絮集》作『幃』，妄改；《蘩香詩草》作『鄰』，甚是。『金虎宮鄰』指小人比周而進，與君相鄰，堅如金，惡如虎。

陳長生 六首

字嫦笙，號秋穀，浙江錢塘縣人，陳太僕兆崙孫女。適內閣中書葉紹楏。著有《繪聲閣初稿》。

【輯補】

陳長生《繪聲閣續稿》（嘉慶二十三年《織雲樓詩合刻》本）載其《憶舊詩序》：屏燭銷紅，驚回昔夢；硯花寫緑，吟入新秋。長生家本西泠，生依北闕。憶自探奇蜃海，低鬟而甫勝金釵；索句魚城，轉扇而始調緑綺。既則維揚聽月，白下看山，歷齊晉之關河，繪瀟湘之煙雨。或慈闈問字，癡争詠絮之名；或官閣奉觴，輕試調羹之手。固已花間翠閣，處處粧樓，水上紅旌，年年畫舫矣。迨夫虎林遄返，問寢依然；雁里言歸，承歡不再。遂乃重辭鄉國，三上京華，結廬于紅杏坊頭，貰酒于緑楊市上。琴書四座，細熏郎署之香；刀尺三更，代聽金門之漏。今者班清玉筍，君换頭銜；座拂菱花，儂驚鬢影。金隄塵土，認他馬跡重重；錦瑟華年，數到魚鱗六六。撫今追昔，似露如煙，寫我清襟，借兹彩筆云爾。

秋江晚行

落日下江潯，暝色〔一〕在高樹。漁燈生遠岸〔二〕，歷亂不知處。微聞柔櫓聲，又繞蘆洲去。

花朝曲

去歲花朝花已落，十丈殘紅飄綉幕。今歲花朝花未開，春風不到蛾原來。蛾原已作經年住，欲覓春花無覓處。空餘芳草緑萋萋，愁説王孫從此去。王孫〔三〕欲歸歸得無？孤燈深夜聽啼烏。此時却憶故園柳，緑到門前第幾株？遥知柳緑無人折，都為年年不知别。今朝洒酒酹花神，定祝春花堆似雪。春花似雪不歸家，却看他鄉雪作花。莫怪花神無賴甚，不移春色到天涯。

觀音門舟夜

落日金陵渡，輕帆此暫停。水流三楚碧，煙鎖六朝青。漁火殊明滅，滄波入杳冥。夜長人未寐，篷底漏疏星。

春園偶賦

賣餳聲裏日初長，春滿閑庭花事忙。樓外軟風鶯夢暖，籬邊疏雨蝶衣涼。碧桃重似垂頭睡，紅藥殘如半面妝。看盡韶光應不倦，題詩長倚小迴廊。

黄陵廟

蒼涼古寺俯明湖，芷屋椒堂事有無。未辨芳魂來澧浦，空傳清淚灑蒼梧。花深紺殿飛蝴蝶，月冷青山叫鷓鴣。莫向汀洲尋翠珮，湘南到處長蘼蕪。

長干曲

儂住長干里，離愁動隔年。生憎門外柳，不繫九江船。

【校記】

〔一〕暝色：陳長生《繪聲閣初稿》（嘉慶二十三年《織雲樓詩合刻》本，下稱嘉慶本）作『溟色』。

〔二〕岸：陳長生《繪聲閣初稿》（乾隆刻本）作『影』。

〔三〕王孫：嘉慶本作『離人』。

卷之六十六

張允滋五首

字滋蘭，號清溪，又號匠門女史，江蘇嘉定縣人。適吴縣心齋任兆麟。著有《潮生閣詩稿》。

任兆麟《清溪詩稿序》： 清溪女史幼禀家訓，嫻禮習詩，嘗以韻語質香溪徐夫人，香溪亟賞之。所居潮生閣，爲曾大父匠門太史讀書處，居常卷帙不去手，聲琅琅徹牖外。夜則焚蘭繼之，每至漏盡不寐，鐙火隱隱出叢樹林； 過之者咸謂『此讀書人家』，初不知為女子也。時與瓊樓女史講説學藝，所造益進。繼以二親見背，歲辛卯，伯舅父賓田師為主姻事，遂歸予。偶檢其奩篋，所有者，張氏九世詩文一編，益稔知淵源有自也。家事摒擋，習鍼黹事，雖嗜詩，不多作； 間有作，不可意，輒焚棄。邇年又與硯雲夫人訂道義交，詩筒往還，殆無虚日。因録其所作，請予决擇。徐誦之，頗見清超之致，碧岑女史所稱為唐人格調也。並示硯雲，閲定一卷，先付梓人。而香溪《南樓》、硯雲《貞樹齋》、瓊樓《山居》、碧岑《小維摩》諸集，將次第選存續出，以俟采風者。〔一〕

宋林《清溪詩稿跋》： 自古巾幗中以詩名者，夥矣。吾吴襟帶太湖諸水及東西洞庭之勝，山川靈秀，鍾毓尤奇； 即閨閣中類能諧聲協律，不名一家。表嬸母系出清河，曾大父匠門先生推文章鉅手，母陸孺人所著《唾絨詩草》載《虎丘志》。嬸母生累代詩禮之門，秉母氏之教，抽毫拈韻，出雅入風，淵源洵非無自也。逮歸我表叔心齋居士，倡隨之暇，益工聲律； 又得研雲顧夫人爲閨中良友，一吟一詠，此倡彼和，如電掣風追，各擅其勝。於是妝臺繡榻之旁，不啻樹之壇坫矣。積久成帙，將次第付梓。林受而讀之，清夐不羣，略無香奩軟媚習氣，乃知禀承有在，得諸巾幗爲尤難。爰敘其緣起，以志欽服之意〔二〕。

龍鐸《題清溪詩稿》詩：聞説潮生閣，中吴望族推。詩文傳九世，閨閣更多才。著録參金石，新詞麗玉臺。惟應任公子，鬢影日追陪。

【輯補】

《吴中女士詩鈔》（乾隆五十四年刻本）載任兆麟序：戊申冬，選録清溪詩藁竟，攜質吾師竹汀錢先生。先生許其詩格清拔，爲正一二字，亟寓書仁和汪訒菴兵部，編入《擷芳集》矣。清溪曰：『滋素不善詩，實藉同學諸女士之教。其可弗彙萃一編以行世乎？且志一時盛事也。』因檢篋衍中先後惠示並酬贈之什，於吴中得九媛，各録一卷，請余閲定焉。聞諸《禮》，女有四德，言居其一。是以三百篇不少女子之作，聖人删之，以列于經。傳曰：『温柔敦厚，詩教也。』又曰：『發乎情，止乎禮義。』詩以言乎持也。茲所采集，清藻若《選》，古腴若陶，近體則不減唐賢。《玉臺》、《香奩》之頹波，掃滌殆盡。或以女子真面目當不若是，余爲莊誦李白氏之詩曰『聖代復元古，垂衣貴清真』。宋元以後，詩格日趨卑下，何獨女子結音摛藻，剪截浮靡，始見詩之真面目耳？烏得以女子爲宜有異也？此庶幾乎先聖以詩立教之指。世之女子從事于斯者，讀三百篇後，當繼唐中葉以上諸名家作徐誦之。時乾隆五十四年歲在己酉閏五月朔日桐里艸堂書。

題桂庭秋晚園為織雲女史賦

小院覺秋深，疎窻浄叢碧。美人冰雪懷，獨倚瓊闌夕。曲徑小山幽，天寒桂花白。何如林下風，一訪西池宅。

秋夜懷心齋

雨霽銀燈夕，纖雲入莫天。芙蓉還寂寞，秋水自嬋娟。寒雁聲疑斷，虚窻夜不眠。思君在高閣，清夜撫冰絃。

憶婉兮陸夫人並柬令姑素窻夫人

不滅三年字，長留一卷詩。那堪重省憶，又是菊殘時。婉兮嘗出其夫子梅垞遺槁，屬心齋選存。不盡高風慕，吟壇屬一家。新詞令絶妙，香艷發寒葩。素窻詩詞並工，著有《蠹餘稿》。

題姜貞女畫

綺石標孤秀，瓊葩吐異馨。夜深人獨立，淡月上疎欞。

【校記】

〔一〕此序張滋蘭《潮生閣詩稾》（乾隆五十四年《吴中女士詩鈔》刻本，下同）末署『乾隆戊申陽月既望東溪有竹居書』。

〔二〕此跋《潮生閣詩稾》末署『乾隆戊申季秋望日廣平表姪宋林拜手謹書于傳經堂』。

張秉彝二首

字性中，浙江仁和縣人。適周某。

題蘇香嚴夫人課讀圖

博觀女史姆師崇，設帳傳經繡閣中。勤學捲簾愁日暮，月鈎明處詠清風。
晝永揮毫翰墨香，集成璣璧遠流芳。頻看師弟雙題錦，釵韻書聲繞畫梁。

鍾坦一首

湖南祁陽縣人。

詠茶花

胭脂淡抹綠疎扶，一本茶花色頗殊。移與鏡前人共對，却教阿姊笑吾愚。

陸少默一首

字紹珠，浙江平湖縣人，戴吴茗配。

登弄珠樓

繫纜湖隄晚，飄蕭一夕秋。微雲猶戀樹，孤鷺欲横洲。小立觀題壁，閑吟待倚樓。弄珠何處是，圓月漸當頭。

金纕七首

字紉蘭，號翠峯，江蘇華亭縣人。適太學生雷朝榦。著有《翠峯吟稿》。

秋夜

亭前秋欲老，林外雁初飛。水碧天開鏡，山空月作衣。愁多蟲語近，木落夜聲微。悶坐無餘事，殘燈静掩扉。

河亭夏日即事

蘋末清風起，河亭夏日凉。檻低横水影，窻淺瀉波光。睡鴨沙堤見，歌鶯溪樹藏。蜻蜓分草色，翡翠納荷香。到眼蒲痕碧，關心柳葉黄。消閑無一事，繡線滿詩囊。

賦得清水出芙蓉

水面荷争艷，池開碧縷清。微風嬌欲語，初日迥含情。冉冉紅衣舞，亭亭翠蓋擎。鏡分千影浄，月照萬妝明。曲院香俱入，高軒凉自生。聞喧新雨到，亂落玉盤聲。

茉莉花

清幽芬馥透櫺窻，日轉廊陰茉莉芳。擷點新茶盃共潔，折留高枕夢餘香。瓊枝月映珠簾捲，磁斗風來冰簟凉。寒浸空庭渾不夜，曉看紅袖更添妝。

蕉雨

驚碎半窻夢，庭前蕉雨聲。不堪新舊恨，淅瀝到天明。

春日偶成

深閨寂寂晝焚香，草緑風和日影長。庭鳥無言春自静，花開花落爲誰忙？

織雲閨友貽畫

天將韻事付毫端，色色描成秀可餐。留取畫樓新稿在，思君一度一回看。

王蘭蓀一首

字慧珠，江蘇華亭縣人，觀察王應烈孫女。適南匯諸生程德班。善帖絨花卉。著有詩集。

題陳花南畫蘭

誰向晴窻染素紗，枝枝葉葉倍妍華〔一〕。好憑張璪生春筆〔二〕，却寫徐熙落墨花。空谷多情香氣展〔三〕，閑階無語露痕斜。若教攜入宣和譜，妙手應推第一家〔四〕。

【校記】

〔一〕倍妍華：《國朝閨秀正始續集》作『點春華』。

〔二〕此句《國朝閨秀正始續集》作『疑將顧愷傳神筆』。

〔三〕展：《國朝閨秀正始續集》作『潤』。

〔四〕以上兩句《國朝閨秀正始續集》作『白陽家法參三昧，不愧江南老畫家』。

方氏一首

安徽歙縣人。適河南夏邑縣孝廉王鍾玘。

寄外

鍾情無限隔天涯，轉瞬流光變物華。小閣風凉憐客冷，長安日遠憶途賒。惟知蓬矢成初志，不信夭桃願有家。千里塞鴻憑寄取，來春又放上林花。

周佛珠二首

字二喬，號研雲，江蘇長洲縣人。適顧秀才後藝。

讀清溪詩稿

静夜步簷下，明月照我懷。微風動簾幌，梧竹森幽階。清光當此際，美人期未來。疇昔夢容輝，渺矣天之涯。孤吟冰雪編，佇望空徘徊。

秋夜和韻

静夜新寒重，虚窻落葉輕。伴人愁不寐，殘月亂蛩聲。

金士珊七首

字雪莊，浙江錢塘縣人。適王陶軒。著有《紅餘草》。

金甡《紅餘草序》：大姊諱士珊，字雪莊，長甡十二歲。幼時先太夫人日課誦詩，至『竹爐湯沸火初紅』句，輒笑請曰：『湯已沸矣，火猶始紅耶？』比長，則女紅之暇，時有吟詠。及歸王氏，與我姊夫陶軒倡和，倍相得也。陶軒爲綏山前輩文孫、蓴園先生令子，家故饒裕，園亭之美，小山叢桂，清池湛然，陶軒讀書游息其間，不問家人生産。尋以名場失意，感慨遠遊，嘗歷年不返。陶軒出，而家計驟落，於時仰事俯畜，惟吾姊是賴，蓋獨持門户者將十年。既而陶軒游道大通，家業重得振起，吾姊幸獲息肩云。其集名《紅餘草》，吾姊所自爲標目也。甡小時所及見者，略能誦之；迨奔走四方，一官匏繫，姊弟遂不復見，其遺藁不暇問矣。

【輯補】

瓊案，金甡《静廉齋詩集》（嘉慶二十五年姚祖恩刻本）卷七《哭姊》云：『久矣無兄弟，遥憐老姊存。七旬方設帨，千里遽招魂。祇覺除喪急，何曾煮粥煩。謝庭觴詠趣，舊事與誰論？』其題下小注云：『己卯十二月初四日歿，庚辰。』『己卯』爲乾隆二十四年，時金氏已滿七旬。

偶詠寓意

亭亭千尺松，枝幹摩雲霄。蒼皮漬苔蘚，逸響和簫韶。下有幽人居，蕭然抱孤標。琴書樂朝夕，歲寒終不凋。

寄遠

終朝碌碌前生孽，半生辛苦同誰説。釵荊裙布自甘心，幾曾游賞春時節。那堪薪桂米如珠，愁絶徒將淚偷咽。嬌痴兒女已齊肩，上有高堂髮如雪。願君努力振英聲，莫向鄉關傷遠別。

山居即事

獨坐境愈静，暫聞幽鳥鳴。山高不礙月，路僻少人行。細草沿溪緑，閑花繞砌生。白雲來往處，時遇一峯迎。

送春

纔見春來又欲歸，階前景物與時違。紅添崖蜜枝頭熟，緑剪絲蓴水面肥。細雨潤時〔一〕苔色長，和風吹後〔二〕落花稀。小窻晝永爐香静，閑聽呢喃説是非。

詠梅

銅爐香篆消，苔痕雨猶滴。膽瓶貯寒梅，聊以伴幽寂。

月夜獨坐

小閣沉沉玉漏長，閑焚螺甲坐昏黄。湘簾半捲邀圓月，疏影横斜識暗香。

春日

雲鬟初綰曉風寒，欲换羅衣又怯單。獨倚熏籠愁不語，雙雙燕子話雕欄。

【校記】

〔一〕時：《國朝閨秀正始續集》作『含』。

〔二〕後：《國朝閨秀正始續集》作『送』。

宋湘 一首

字秋塘，江蘇長洲縣人，申蠡槎室也。

題虎丘

芳塘新漲碧迢迢，似海春光七里遥。最愛黄鶯聲囀處，杏花疎雨酒帘飄。

袁巧鶯 一首

詩見《谷音傳響》。

次韻題明妃圖

零落朱顏飲恨稠，玉關孤負月明秋。漢王選色宫中妬，到此甘心讓一頭。

沈蕙端一首

字幽馨，江蘇吴江縣人。精於曲律。適嘉興諸生顧必泰。

雙燕

雙雙燕子入庭來，杏葉深深浥露開。為語東風莫吹散，一簾花影任徘徊。

陸雲八首

字衡機，浙江海鹽縣人，河南光州知州陸時明之女也。適壬午科孝廉沈勤垣。著有詩集。

挑燈杖次韻

物微不可輕，樂與長宵共。銀釭耿素壁，顯晦由操縱。吾人之所須，纖屑亦資用。返景薄虞泉，然燈破昏霧。曾佐二女績，又益三餘誦。蘭膏或黯淡，有恃而無恐。名分太乙藜，功爲操觚重。殷勤藉斯杖，繼晷勿蔽壅。

題寒林圖爲采芝閨友賦

乙未閏冬月，扁舟凌曉發。言念同心人，再訪蒹葭客。明窻示我寒林圖，恍如置身在冰壺。煙霞逸興詩中畫，霜顏雪幹貌清癯。豈乏蕙蒨姿，雅尚歲寒質。胸羅五嶽形，筆彙千巖色。高人襟懷何磊落，文章突兀動寥廓。蝸蠅富貴視浮雲，更愛一丘兼一壑。丘壑丹青妙入神，層巒疊嶂鬱嶙峋。疎林蒼蒼饒古意，含毫默與造化均。肅容拜觀愜心賞，董巨荊關奚足讓。謝庭更有繼箕裘，高山景行時欽仰。

題采芝閨友元墓探梅詩後

吾生素志躭丘樊，塵鞅羈絆今未得。時時愛觀名山圖，欲賦深慚才劣拙。早春却泛檇李船，蒹葭一水宛神仙。淋漓大筆示我元墓梅花詠，令我對之心泠然。采芝山人煙霞癖，畫筆詩情皆俊絶。拈毫寫出吴山篇，彷彿青蓮夢遊越。玉爲骨兮冰爲神，宜與寒梅作友人。莫怪襟懷多冷淡，藐姑冰雪是前身。三山五嶽歷應徧，子晉雙成今再見。羅浮疏影浄纖埃，能與暗香鬬生面。鄧尉峰頭若可望，秦元塚畔存遐想。他時乘興或探幽，攜筇添我同還往。

秋日和采芝韻

景爽高秋日，常懷靖節籬。開緘思舊雨，泛棹趁晴曦。渚冷澄明鏡，峰遥列畫眉。載欣前路近，不覺會情移。

鯤鵬運天海，斥鷃渺籓籬。雅調鏘鳴玉，高懷朗曙曦。嘉筵歡既醉，快論喜伸眉。披對傾心素，花堦晷影移。

雨窻讀書

寂寞閑居客，蕭然首夏時。微凉生户牖，零雨濕茅茨。漸近黄梅候，先愁甲子期。香消金獸火，琴漫爨桐絲。着屐尋幽懶，臨窻把卷宜。陳編聊假日，散帙是吾師。曠達參齊物，淒凉讀楚詞。志吟方自得，凭几或深思。窺案新禽語，催詩晝漏移。殘紅形黯淡，濃緑影離披。舊雨何由見，疎簾盡日垂。徒歌子桑户，碧蘚暗階墀。

偕采芝方白遊小園

良遊何幸得追陪，臺榭參差徑曲廻。水月幽期饒我輩，溪山真意逼人來。會心濠濮臨澄沼，悦目松篁蔭碧苔。此日園林殊勝賞，遲遲不覺夕陽催。

蘆雁

寒雁渡沙洲，蘆花兩岸稠。並將江上景，點綴十分秋。

沈飛香二首

江蘇蘇州人。

錢學綸《沈飛香傳》：沈飛香，蘇州山塘柳河頭良家女。父爲村學究，飛香幼時得隨父鄉塾，故長而知書。父亡，母盛氏，兄爲估遠出。飛香幼字城西，未婚夫亡，遂依兄母並老嫗爲活。時有花生者，名栩，字夢蝶，漁塘秀士也。性喜脂粉，花場柳館，輒一顧從。凡有屬意，詩詞與纏綿並施，故平康中識其面而傳其句者什有七八。慕姑蘇佳麗，操舟尋浣紗石、響屧廊、琴臺諸勝。返棹虎丘，泊舟塘下，吊貞娘墓，惟有青苔緑草、殘雨飛花，因題一絶云：『當年脂粉為誰留，緑草殘花一片愁。憑吊芳魂何處是，色香寂寞伴荒丘。』復信步行過小橋，見夕陽斜照，夾岸垂楊數株，一老嫗汲水河頭，門内雙鬟掩映，年可十八九，姿容俊雅。一見神往，偽以迷路，問老嫗，並得知其姓。明日，移舟泊柳下，將詢其實，忽見前嫗復出，顧而微笑，詢生姓氏居址。互語移時，遂得悉其名字閨行，更知其工於吟詠云。語竟，嫗入去。良久，則有雲鬟翠袖隱現於門罅者；視之，即昨女郎也。趨而前，扉遽闔，殊敗意，怏怏歸舟，胸次蓬蓬然。冀設一策，以圖再晤，不可得。正懊悶間，見老嫗踏月光來，手持一函授生；啟視之，乃《竹枝詞》二首。生得之，甚喜，即附書達意。俄而，老嫗出，引生入，留連數日。臨别訂後期，許明年秋至，爲賦詩云：『初計何嘗作遠遊，銷魂楊柳若相留。風懷易結愁人夢，月色偏明蕩子舟。一片情思無限恨，三年心事幾曾休。他時重到山塘路，應笑潘生已白頭。』明年，生赴試金陵，果再往探，而女以思生故，抑鬱成疾；聞生至，扶病而出會。以同舟人所迫，計不得留。既而文戰不利，歸再訪焉，辭世已三日矣。

竹枝詞

門前楊柳淡煙籠，夾岸桃花樹樹紅。却喜出門南向望，郎舟繫在小橋東。

淡著羅衫春暮初，與儂相見贈瓊琚。郎來行盡山塘路，緑水橋頭是妾居。

吴氏一首

浙江安吉縣人，徐磐錫妻也。詩見《安吉州志》。

村居上元夜

玉宇澄澄皓魄圓，銀花火樹太轟闐。一龕燈禮三生佛，厭聽兒童唱采蓮。

吕畹蘭七首

字韻玉，江蘇武進縣人，山西汾州府同知吕暄亭之女。適同邑謝上舍榕。喜讀史，善丹青。著有《畹蘭小草》。

送庶堂二兄之任滇南

春江送别離人愁，春水無邊起客憂。春雨連宵春漲急，春風吹去木蘭舟。木蘭舟中客澹蕩，襟懷真摯兼高曠。抗志真如薄漢天，懷才寧肯隨風浪。一行姑作風塵吏，五斗折腰貧所致。不然霧隱滯三年，何愁不破青霄去。殊方風土治應難，循節家風幼慣看。暇日同人閑吊古，新詩題遍碧雞關。只愁道遠嗟行役，暫時小受鸞棲棘。酒盞當筵漫勸酬，荊花照眼驚離别。九月秋高鴻雁哀，先期萬里寄書回。憑將十幅蠻箋紙，細寫南天風雨來。

秋月

一輪全似水，秋老思彌深。玉笛愁元髮，金閨泣素琴。十年江上客，萬里故鄉心。已覺傷懷抱，況聞清夜砧。

春郊雨霽

四野平疇碧，殘霞漾晚晴。杏花沾雨潤，楊柳帶煙輕。燕掠層波皺，雲生遠岫明。小橋春漲滿，曲水自盈盈。

金陵懷古

建業何年王氣收，鍾山灰劫古今愁。千秋霸業沉江底，一代雄圖數石頭。剩有楊枝憐舞態，難尋桃葉囀歌喉。六朝舊恨憑誰訴，嗚咽秦淮水自流。

秋宵雜感

萬里長空一雁橫，蕭蕭木落氣澄清。那知春去愁偏住，不覺秋來感易生。世路有岐傷客意，暮雲無際薄交情。東籬黄菊經霜信，尚阻歸期半月程。

月如萬派瀉銀濤，風捲疎林漸愁號。金井生寒秋色淡，玉樓入夜碧天高。潛形赤豹憐文彩，顧影山雞惜羽毛。盡日書空頻太息，論心千古定誰豪。

龍蛋硯

九種生來種未成，煙雲觸石助心耕。墨池總乏凌霄志，或與僧繇試點睛。

潘湘芷二首

字葯房，浙江仁和縣人，太史潘庭筠之女。適海鹽朱生。病卒京師。

題畫黃梅花和韻

一枝瘦影道粧新，冬日暄暄漸是春。豈與尋常梔貌比，芳香竟體玉含神。

冰骨姿容月地因，不隨凡卉鬬芳蘋。歲寒好蕊呈新瑞，封得泥金報玉人。

于氏句

江蘇金壇縣人。適中丞徐嗣曾。早卒。句附見於《浣清詩草》。

句

願從公子志，不作女兒悲。

錢孟鈿《吊徐恭人詩序》：恭人姓于氏，賢而有才。父故金沙宿儒，農部徐嗣曾幼孤，負笈於其門，相攸及之，而慮其貧，弗當女意。一日，授《左傳》重耳、齊姜事，令詠之，恭人口占曰：『願從公子志，不作女兒悲。』父喜，甥館乃定。歲辛卯，農部視學秦中，恭人力疾隨莅任，不旬日而殁。諺云：『甘井先竭，良木先伐。』其恭人之謂歟？因賦此唁之。

王蕙珠四首

字□□，江蘇婁縣人，工部尚書儼齋公後裔。

除夕立春

瞬息經除夕，驚聽爆竹催。臘隨蓮漏盡，春逐柳梢回。未獻椒花頌，先傾柏葉杯。流光人共惜，燭跋尚低徊。

新秋

宵來一葉井梧投，暑退凉生大火流。差喜微雲滋薄爽，頓教弱骨健新秋。池荷漸落餘殘馥，梁燕將歸動別愁。坐炮鑪煙眠不得，閑吟月午尚憑樓。

納涼

幾度清風送晚涼，羅襟團扇意悠揚。縠紋簾影如秋水，月轉�廊逸趣長。

元宵對雪

小閣簾疎見雪飄，空閨獨坐冷蕭蕭。閑吟敢説酬佳節，爲有梅花伴寂寥。

王素珍二首

字□□，王蕙珠女弟也。

初冬即景

朝來小閣倚新晴，塞雁書空遞楚聲。向暖早梅初蓓蕾，耐寒晚菊尚精英。重簾罨户餘香細，皎月窺窻浩氣清。節序駸駸誠可惜，且將筆墨寄幽情。

桃花

粉面匀成傍水偎，柳翻翠袖共徘徊。嫣然莫倚風前笑，記否傷春人姓崔？

王如圭五首

字淑英，王蕙珠三女弟也。

晚凉

庭虚凝雨後，一望暮雲横。斷續蟬聲碎，蒼茫山色明。疎簾炎暑逼，高樹晚凉生。最好披襟坐，悠然忘世情。

燕

何處紅襟燕，春來處處飛。隔年如有約，應候解先歸。豈慕新華屋，還尋舊竹扉。栖常憑畫棟，家本住烏衣。試剪經魚沼，啣泥下釣磯。亂穿楊柳岸，斜拂綺羅幃。辛苦營巢亟，呢喃學語微。卷簾相待久，對爾思依依。

夏夜病起

炎夜餘熏夢未安，挑燈起坐漏聲殘。池荷沐雨香浮檻，窻竹摇風影灑欄。玉笛誰家雲外渺，金徽聊向月中彈。自憐小病恣吟興，銀漢茫茫怯露寒。

舟中偶成

緑陰如幄雨涼天，閒倚篷窻逸興偏。四顧空濛堪入畫，柳條山色盡含煙。

不寐

燈燼香殘夢不成，中宵起坐待鷄鳴。閒移小硯敲詩句，不覺窻前曉日横。

汪紉九首

字畹姝，號香隱，浙江仁和縣人，家方伯芍坡公之次女。適江蘇金山縣王給諫交園公次子諸生王御。著有《轂音集》。

舟次寄家慈

江水碧侵岸，桃花紅映村。思親無限淚，對景倍銷魂。謹念庭規語，勤將婦職論。櫓聲驚曉夢，猶記問晨昏。

春日和育民弟韻

應律東風暖，陽回晝漏遲。韶光添逸興，淑景動吟思。池柳垂金縷，園桃綴錦枝。芸窻須勉力，莫負此芳時。

樓眺憶父

厭聞塵事擾，凝眺倚高樓。雲擁千山暗，風傳萬樹秋。雁行斜復整，笳韻咽還流。滴淚思嚴父，寒邊獨宦游。

詠螢次育民弟韻

竹根艸底幻身微，有焰能于暗處輝。燃碧雨昏才子案，流黄夜永美人機。飛疑星隕梧桐井，宿訝珠懸薜荔衣。莫詠少陵霜重句，空中色相會空歸。

久雨

無多韶景已殘春，作態癡雲故惱人。帶雨梨花妃子面，拖煙楊柳小蠻身。鶯喉愁濕聲全老，蝶翅凝寒粉未勻。但恐淋漓傷隴麥，非關兀坐惜芳晨。

春草碧色和申之女姪韻

綿綿芳草碧，一望浄如勻。莫道生離恨，中含自在春。

憶弟

有弟京華去，迢迢半載餘。空流千點淚，不見一行書。

春晓即事

紙帳筠床絶點埃，夢回初日上窻來。薰衣侍女頻催起，咲説園桃已盡開。

雨餘聞笛

風謝紅英小院幽，晴鳩啼起雨初收。誰家三弄梅花篴，一片閑雲滯不流。

汪繡祖三首

字静妹〔一〕，浙江仁和縣人，家方伯芍坡公之季女也。幼字刑部員外郎王踈雨長子嵩壽。生而聰慧，雅好書史，每執卷花前，風飄袂舉，見者咸以爲神仙中人也。年十有二夭殁。

對鏡

不受〔二〕鉛華染，梅花認舊身。一奩秋水冷，寫出阿儂真。

春日

笛聲催賦餞梅詩，夢雨愁風意若癡。輸與紅襟雙燕子，尋春先占杏花枝。

碧落溶溶漾玉壺，海棠香睡影扶蘇。御風我欲棲蟾窟，試問姮娥可許無？

【校記】

〔一〕静妹：《國朝閨秀詩柳絮集》作「静姝」。

〔二〕愛：《兩浙輶軒續録》作「愛」。

汪坤九首

字順哉，浙江仁和縣人，秀才汪繩祖之長女。適同邑顧生。

寒食書懷

依依嫩柳未成絲，一夜如膏雨及時。芳草迷離翠為毯，夭桃爛漫錦成枝。閑中景序匆匆過，静裏春宵夜夜遲。寒食小窗初罷繡，暫偕諸妹學吟詩。

春艸碧色

嫩緑侵書幌，窻前碧草新。不除生意滿，大地徧陽春。

山居

山居無事起常遲，不斷溪聲雨過時。最愛學飛新燕子，簾鈎低拂影差池。
一簾新緑影遲遲，坐見村煙欲午時。啼徧山禽春晝永，慗抛針黹去臨池。

消夏

静夜無眠對鏡臺，欄干倚徧曉雲開。遥憐隔院荷香好，時逐薰風冉冉來。
朝霞如繪望無涯，又見初陽射小階。犀押蝦鬚常貼地，不教炎影入深齋。
纔過亭午碧雲空，静向松軒待晚風。一枕羲皇眈北牖，數聲蟬噪夕陽中。
珠簾半捲意悠悠，邀得冰輪上玉鈎。為愛小池閑掬水，碧筒漫作醉鄉遊。
流螢幾點綴蒼苔，碧草幽花繞院栽。今夜月明真似水，好風還向竹邊來。

汪妕 一首

顺哉女弟也。

和母過松石間韻

蘭閨侍母曉粧徐，緩步閑庭意自如。皎日穿窻飛野馬，平池貯水數游魚。風回玉笛梅應放，句覓雕闌思轉虚。幾度簾前看艸色，幽情管領咲談餘。

《隨園詩話》：杭州汪秋御夫人程慰良有二女，皆能詩。長女妽《和母》句云：『松留石下千年藥，雨引池中二寸魚。』次女妌云：『皓日穿窻飛野馬，平池貯水數浮魚。』

王玉燕三首

字玳梁，江蘇丹徒縣人，夢樓太守文治之女孫也。能詩詞。工畫蘭，多積草緑爲之，婉麗可喜。秋帆畢制府沅《題玳梁女史畫蘭》詩：去年曾作沅湘遊，西岸寒泉咽不流。染翰欲題香草句，幽情遥寄一江秋。夢樓王太守《題女孫畫水仙》詩：玉性能支冷，冰姿偶寫真。金徽滄海曲，羅襪洛川神。

鮑菃香大家贈詩次韻奉酬

俊逸才名奕葉誇，鳳生雛鳳玉生芽。成書他日收〔一〕為史，新詠今看自立家。謝絮吟來千里月，濤箋揮處一庭花。戲詢天上張公子，夙世應乘織室槎。

蘭香方許脱塵埃，德曜惟堪隱草萊。每對牙籤慚失學，乍拈斑管敢言才。瓊瑶過尺原難報〔二〕，錦繡盈機豈易裁。安得化身成脈望，常餐奇字侍〔三〕粧臺。

題自畫蘭爲某夫人壽

砌草原從謝氏栽，清芬和露泛霜杯。人間春蕋開千遍，侍宴蘭香宴甫回。

【校記】

〔一〕收：鮑之蕙《清娱閣吟稾》（嘉慶十六年刻本，下同）附詩作『傳』。

〔二〕原難報：《清娱閣吟稾》作『難爲報』。

〔三〕侍：《清娱閣吟稾》作『近』。

戴㑌二首

字筠珍，江蘇常熟縣人，閨秀席蘭枝長女也。

畫眉鳥

長日閑庭院，粧成訝許同。妬鶯争巧韻，避客入幽叢。豈倩張郎樣，應憐卓女工。樓頭有思婦，幸勿過牆東。

暮春

苔痕浮翠草含煙，一瞬流光劇可憐。蝶粉嬌沾金雀尾，燕泥香墮玉琴絃。斜陽簾幙催花雨，隔院秋千撲絮天。人自惜春春自去，幾回慵到晚風前。

戴俶三首

字聯珍，席蘭枝次女也。

小遊仙

鳥語聲聲透碧紗，晴窻清簟夢餐霞。青山帶雨鋤芝草，曲徑和雲埽落花。已識蓬萊原有路，何須滄海更浮槎。相逢一咲三生約，記得前身蕚緑華。

懷趙絮庭表姊

疎簾月影夜〔一〕遲遲，畫閣挑燈有所思。最是令人忘不得，相看欲別未行時。

胥江江水緑沄沄，喜得君來又送行。却憶昨宵清夢裡，小窻攜手話離情。

【校記】

〔一〕夜：《國朝閨秀正始集》作『上』。

葉令儀五首

字淑君，浙江歸安縣人，湖南布政使葉佩蓀女。適國學生錢慎。著有《花南吟榭遺草》。

葉紹楏《花南吟榭遺草跋》：女兄淑君，適同邑錢粟頤上舍慎。歲丁丑，先君子官南選曹署，女兄方六歲，隨周太夫人居都門。十一即嫺吟詠，穎妙若夙習。丙戌，侍李太夫人之先君子衛州官署，由豫入晉。于歸後居錢塘，三載還吴興，吟帙滿奩篋。壬寅得羸疾。癸卯夏，病益劇，力疾取舊稿數冊，手自刪削，十存其一，甫逾月下世，年三十有二。未卒前半月，為長甥方寅〔一〕納婦，成七律一首，又《别詩》二十八字。粟頤於枕函中得之，茲附兩太夫人稿並刊焉〔二〕。

硤石旅次

石屋依危峰，三更坐清絶。人語悄不聞，開門四山月。

送琴柯弟之河中官署

不敢留行楫，高堂望爾回。全家蒲坂隔，一棹秣陵開。弟迂道過金陵。歸夢雲千里，離愁酒一盃。昨宵風雨夕〔三〕，樓外雁聲哀。

杏花

鶗鴂聲中春事疎，紅芳一樹映吾廬。賣花深巷鶯啼後，賒酒孤村燕到初。寒雨思歸虞學士，春風得句宋尚書。瓊林別有蓬萊種，穠李夭桃定不如。

汴梁旅次

多謝征途半月晴，雪消東汴馬蹄輕。戍樓落日陳橋驛，野草寒沙博浪城。寥落故宮〔四〕荒蔓合，淒涼戰壘暮雲平。禹王臺畔頻回首，渺渺〔五〕長河萬古情。

梁宮詞

夜深甘露下空庭，齋素長祈佛有靈。春罷不知宮漏盡，背人猶誦净名經。

【校記】

〔一〕方寅：葉令儀《花南吟榭遺草》（乾隆刻本，下稱乾隆本）作『孟和』。

〔二〕此跋乾隆本末署『弟紹椎識』，葉令儀《花南吟榭遺草》（嘉慶二十二年《織雲樓合刻》本）末署『辛亥仲秋弟紹椎識』。

〔三〕風雨夕：乾隆本、葉令儀《花南吟榭遺草》（上海圖書館藏清抄本）作『風雨惡』。

〔四〕故宮：《國朝閨秀正始集》作『古宮』。

〔五〕渺渺：乾隆本作『一片』。

葉令嘉 一首

字淡宜，葉佩蓀次女也。

寄淑君姊

蛾原〔一〕分手隔天涯，風雨連床願尚賒。兩地空煩詩代簡，三春同有〔二〕夢還家。病多漸識君臣藥，別久愁看姊妹花。他日相思勞遠望，五雲多處〔三〕是京華。

【校記】

〔一〕蛾原：《國朝閨秀正始集》作「鴿原」。

〔二〕同有：《國朝閨秀正始集》作「衹有」。

〔三〕多處：《國朝閨秀正始集》作「深處」。

葉令昭 一首

字蘋渚，葉佩蓀三女也。

【輯補】

葉令昭《浣香詩鈔》(道光七年刻本)載葉紹本序:《浣香詩鈔》一卷,余姊蘋渚主人所作。姊少穎慧,最爲先方伯及周太夫人所鍾愛。及長而侍李太夫人,作詩課,擘牋染翰,俊語紛衡,太夫人尤愛憐之,親賜酬倡,備極天倫之樂。于歸河南,隨姊壻芷房方伯游宦南北,摒擋中饋,吟詠稍稀。肰望遠傷離,及一時緣情體物之作,亦俱清麗婉約,有唐人風格,無纖穠脆弱之習,均可附兩太夫人詩以傳。會余奉命屏翰晉中,恐庋之行笥,慮有遺失,乃汰其繁蕪,付之剞劂,以備玉臺之選。姊依余官舍十餘年,康彊綰綽,雖久踰周甲,而暇時輒以筆墨自娛,他日續有所作,行當再緝爲一編,文宣紗幔之風,庶幾見之。時道光七年歲在丁亥秋九月,弟紹本拜敘于桂林行省治事之西齋。

寄淑君姊

繡閣當年共理妝,傷心此日各分行。寄書已過櫻桃節,惜別休聞芍藥香。曉月鳴雞驚昔夢,夕陽歸雁感殊方。平生舟楫偏無分,枉説江南是故鄉。

卷之六十七

郝秋吟一首

吴中大家妾也。

題壁

西子非我願，紅綃豈易才？虎關逃命去，龍窟問名來。

《隱居放言》：郝秋吟，吴中大家妾也。大家殉國難，收其家而逮秋吟；吟爲兵營長所劫。吟欲死，恐其孤不利也，不得已而從長；長狎之。一日從外飲，醉扶馬歸，大戲吟，與其子語曰：『爾母爲我妻，爾襲我職，富貴當未艾也。』復命庖人具酒食，醉，與吟相調謔。夜半就卧寢，大鼾睡。吟起視，對月仰天嘆曰：『某氏世家，一旦澌滅，家勢衰微，無繇得報。妾豈能隱忍辱乎？赧面事讐人之顔，而終棄舊恩之渥者乎？』遂拔長佩刀，斷其頭，攜子夜奔，題其壁曰：『我報讐矣！』又題一詩云云。遂與子投水而歿。

柳是 九首

字如是，初名隱，又名因，字蘼蕪，浙江嘉興縣人。桃葉名姬，後歸一貴人。著有《戊寅草》。

顧苓《河東君傳》：君初名隱，更名是，字如是，為人短小，性機警，饒膽略。適雲間某孝廉為妾。孝廉能文章，工書法，教之作詩寫字，風氣奕奕。顧倜儻好奇，尤放誕，孝廉謝之去。遊吴越間，格調高絶，詞翰傾一時。嘉興朱治憪為某宗伯稱其才，某心艷之，未見也。崇正庚辰冬，扁舟相訪，幅巾弓鞋，着男子服，口便給，神情灑灑。某大喜，留連半野堂，文讌浹月。既度歲，與為西湖之遊，刻《東山唱和集》。君至湖上別去，過期不至，某使人搆之，乃出。定情之夕，在辛巳六月初七，年二十四矣。某賦《前七夕》詩，屬諸詞客和之，乃於半野堂後築絳雲樓貯焉。頗能制御某，甚寵憚之。乙酉之秋，力勸某死；某不能，乃自奮身欲沉池水中，持之，不得入。丁亥二月，某有急徵，君挈一囊從刀頭劍鋩中，牧圉饘橐惟謹。庚寅絳雲樓燬，久之不自得。癸卯秋下髮入道。明年五月某捐館，族人求金，要挾蠭起，自經死。某之子與壻爲之訟冤，邑中士大夫謀爲君喪葬焉。

徐芳《柳夫人小傳》：柳夫人，某愛姬也。慧倩，工詞翰。在章臺日，色藝冠絶，一時才儁，奔走枇杷花下，車馬如煙，以一厠掃眉才子列為重。或投竿銜餌，效『玉皇書仙』之句，紙啣尾屬。柳視之，蔑如也；即空吴越，無當者。獨心許某，曰：『隆準公即未敻絶古今，亦一代顛倒英雄手。』而某亦雅重之，曰：『昔人以遊蓬島、宴桃溪，不如一見温仲圭，可當吾世失此人乎？』遂因緣委幣。柳既歸，相得歡甚，題花詠柳，殆無虚日。某句就，遣鬟矜示柳，擊鉢之頃，蠻箋已至；風追電躡，未嘗肯地步讓。或柳句先就，亦走鬟報賜，畢力盡氣，經營慘淡，思壓其上；比出相視，亦正得匹敵也。某氣骨蒼峻，虬枀百尺，柳未能到；柳幽艷秀發，如芙蓉秋水，自然娟媚，某時亦遜之。於時旗鼓各建，閨閫之間，隱若敵國云。某於柳不字，凡有題識，多署『柳君』；吴中人寵柳之遇，稱之直曰『柳夫人』。某生平善逋，晚歲多難，益就窶蹷。嗣君孝廉某，故文弱，鄉里豪黠頗心易之；又嗛某牆宇孤峻，結侶伺釁。丙午，某即世，有衆驟起，以責逋為口實，噪而環門，搪撞詬誶，極於虓辱。孝廉魂魄喪失，莫知所出。柳夫人於某易簀日，已蓄殉意，至是泫然起曰：『我當之！』好語諸惡少：『某寧負若曹金？即負，固死者事，無與諸兒女！身在，第少需之。』諸惡少聞柳夫人語，謂得所欲，鋒稍戢。然環如故。柳中夜刺血書訟牘，遣急足詣郡邑告難，而自取縷帛，結項死柩側。旦日，郡邑得牘，又聞柳夫人死，遣隸四出，捕諸惡少，問殺人罪。皆雉竄兔脱，不敢復履界地；搆盡得釋。孝廉君德而哀之，為用匹禮，與某竝殯某所。吴人士嘉其志烈，争作詩誄美之，至累帙云。

陳其年《婦人集》：某納河東君，築『我聞室』以居之。常於鴛湖舟中作百韻詩以贈柳，中有云：『河東論氏族，天上問星躔。漢殿三眠貴，吴宫萬縷連。瑶光朝孕碧，玉氣夜生元。』又云：『纖腰宜蹴鞠，弱骨稱鞦韆。天為投壺笑，人從争博癲。』又云：『凝眸嗔亦好，溶漾坐生憐。薄病如中酒，輕寒未拆綿。清愁長約略，微笑與遷延。』君之風神才藝，概可見矣。

徐釚《本事詩》：河東君名柳是，字如是，又號河東，松江人。工詩善書，輕財好俠，有烈丈夫風。某自茸城新納河東君，賦詩志喜，和者甚衆。嘉興沈德符景倩云：『何來烏爪蔡經家，狡獪人間歲未賒。唾受紺來頻展袖，淚凝紅處恰登車。廻文詩就重題錦，無綫衣成自剪霞。贈内偶拈相謔句，始憐芍藥異凡花。』常熟馮班定遠云：『一朶名花色最深，章臺長帶漫垂陰。紅蕖直下方連藕，絳蠟纔燒已見心。秪取鵶雛爲鬢樣，閑調鳳語作笙音。琉璃鴛瓦香泥地，嬌屋重樓費幾金。』

《三岡識略》：柳是，字如是，吴人，初名楊影憐，流落北里，姿韻絶人。某一見惑之，置為妾，號曰『河東君』。為人風流放誕，某愛之深，不甚拘束。捐館後，族人羣起攻之，柳自繫死。予偶遊拂水山莊，賦詩吊之曰：『山頂流泉入屋中，回廊曲曲閉春風。鄰侯書去空存架，惟見江梅繞砌紅。滿壁丹青寫舊辭，朱闌碧樹尚參差。燕樓寂寞佳人死，不枉當年賦柳枝。』王勝時澐和云：『逋客歸來負朔風，草堂依舊北山中。山中花柳還相笑，不見長條見落紅。』『河畔青青尚幾枝，迎風弄影碧參差。叛兒一去啼烏散，贏得詩人絶妙辭。』二詩具有深意。予以為既以身殉，不必苛求可也。

《觚賸》：河東君柳如是，名是，一字蘼蕪，本名愛，柳其寓姓也。丰姿逸麗，翩若驚鴻。性獧慧，賦詩輒工，尤長近體七言，作書得虞、褚法。年二十餘歸某，而河東君始著。先是，我邑盛澤歸家院，有名妓徐佛者，能琴，善畫蘭草，雖僻居湖市，而四方才流，履滿其室。丙子春，婁東張西銘以庶常在假，過吳江，泊垂虹亭下，易小舟訪之。佛他適，其弟子曰楊愛，色美於徐；綺談雅什，亦複過之。西銘一見傾意，攜至垂虹，繾綣而別。愛於是心喜自負，謂：『我生不辰，墮茲埃壒，然非良耦，不以委身。今三吳之間，簪纓雲集，膏粱紈袴，形同木偶；而帖括呫嗶，倖竊科第者，皆傖父耳。唯博學好古，曠代逸才，我乃從之。所謂天下有一人知己，死且無憾；矧盛澤固駔儈之藪也，能鬱鬱久此土乎！』遂易『楊』以『柳』，而『是』其名。聞茸城陳卧子為雲間繡虎，移家結鄰，覬有所遇。維時海內鼎沸，嚴關重鎮，半化丘墟，虎旅熊師，日聞撓敗，黄巾交於伊雒，赤羽迫於淮徐。而江左士大夫，曾無延林之恐，益事宴遊。其於征色選聲，極意精討，以此狹邪紅粉，各以容伎相尚，而一時喧譽，獨推章臺。居松久之，屢以刺謁陳。陳嚴正不易近，且覷其名紙，自稱女弟，意滋不悦。而某與陳齊望，巍科贍學，又於陳為先輩，因昌言於人曰：『天下惟某始可言才，我非才如某者不嫁。』適某喪偶，聞之大喜，曰：『天下有憐才如此女子者耶？我亦非才如柳者不娶。』門多狎客，往來傳致，迄於庚辰冬月，柳始遇某。為築『我聞室』，十日落成，促席圍爐，相與餞歲。柳有《春日我聞室》之作云：『裁紅暈碧淚漫漫，南國春來已薄寒。此去柳花如夢裏，向來煙月是愁端。畫堂消息何人曉，翠幙容顔獨自看。珍重君家蘭桂室，東風取次一憑闌。』蓋就新去故，喜極而悲，驗裛之恨方殷，解珮之情逾切矣。辛巳初夏，結褵於芙蓉舫中。簫鼓遏雲，麝蘭襲岸，齊牢合巹，九十其儀。於是三泖薦紳，喧焉騰議，至有輕薄之子，擲甎彩鷁，投礫香車者。某吮毫濡墨，笑對鏡臺，賦催妝詩自若。柳歸某，目為絳雲仙姥下降。仙好樓居，乃枕峯依堞，於半野堂後搆樓五楹，窮丹碧之麗，扁曰『絳雲』。大江以南，藏書之家無富於某。至是，益購善本，加以汲古雕鐫，輿致其上；牙籤寶軸，參差充牣。其下黼幃瓊寢，與柳日夕晤對。所云『爭先石鼎搜聯句，薄怒銀燈算劫棊』，蓋紀實也。某吟披之好，晚齡益篤，圖史較讐，惟柳是問。每於畫眉餘暇，臨文有所討論，柳輒上樓繙閱，雖縹緗浮棟，而某書某卷，拈示尖纖，百不失一。或用事微有舛訛，隨亦辨正。某悦其會解，益加憐重。國初録用前朝耆舊，某赴召；旋罣吏議放還，由此專事述作。柳侍左右，好讀書以資放誕。登龍之客，沓至高閭。有時貂冠錦靴，或羽衣霞帔，出與酬應。否則肩筠轝訪於逆旅，清辨泉流，雄談鋒起，即英賢宿彥，莫能屈之。某殊不芥蒂，曰：『此我高弟，亦良記室也。』常戲稱為『柳儒士』。越十載庚寅，絳雲樓災。時移居紅豆村莊，良辰勝節，必放舟湖山佳處，留連唱和，望者疑以為仙。其間唱和篇什，不盡載。生一女，嫁毘陵趙編修玉森之子。康熙初，嗣子孝廉君迎某入城同居，而柳與女及壻仍在紅豆村。踰二年而某病，柳聞之，自村奔候。未幾捐館，柳留城守喪，不及歸也。初，某與其族素不相睦，乃託言某舊有所負，梟悍之徒，聚百人交訌於堂。柳泫然曰：『家有長嫡，義不坐受淩削。未亡人奩有薄資，留固無用，當捐此以賂凶而紓難。』立出帑千金授之。詰朝喧集如故。柳遣問曰：『今將奚為？』宗人曰：『昨所領者，夫人之長物耳，未足以贍族。長君華館連雲，腴田錯綺，獨不可割其半以給貧寠耶？』嗣子懼不敢出。柳自念欲厭其求，則如宋之割地，地不盡，兵不止，非計也。乃密召懿親及門人素厚者，復糾紀綱之僕數輩，部晝已定，與之誓曰：『苟念舊德，毋渝此言。』咸應曰：『諾。』柳出廳事，婉以致辭曰：『妾之貲盡矣，誠不足為贈。期以明日，置酒合讌，其有所須，多寡惟命。府君之業故在，不我惜也。』眾始解散。是夕執豕炮羔，肆筵設席。申旦而羣宗麕至，柳諭使列坐喪次，潛使健者闔其前扉，乃入室登榮木樓，若將持物以出者。逡巡久之，家人心訝，入視，則已投繯畢命，而大書於壁曰：『並力縛飲者而後報官。』嗣君見之，與家人相向號慟。紼綷之屬，先一日預聚於室，隨出以盡縛凶黨；門閉，無得脱者。須臾，邑令至，窮治得實，繫凶於獄。以其事上聞，置之法。夫河東君以泥中弱絮，識所依歸；一旦遭家不造，殉義從容，於以禦侮，於以亢宗，詎不偉歟！

《蓮坡詩話》：某之於柳是、龔合肥之於顧横波，同類燕人之惑易，惜無蘭湯以洗之。宣城梅耦長有《題顧梅生畫蘭》云：『半幅雙鈎楚澤春，南朝舊部總傷神。蘼蕪詩句横波墨，都是尚書傳裏人。』托諷遥深，亦屬實録。耦長刻有《漫與集》。

《柳南隨筆》：柳如是居絳雲樓，唱和甚得。閨秀一集，皆柳所勘定也。為人性機警，饒膽略，頗能制御某，极寵憚之。己酉五月柳勸某死，謝不能。柳奮身欲沉池水中，持之不得入。是時長洲沈明倫親見之，嘗以語人。見某门人長洲顧苓《傳》。

《續詩乘》：如是本姓楊，柳蓋其託姓也。如是豪宕不羈，晚年殉家難，故士林稱其晚節云。

【輯補】

柳是《戊寅草》（崇禎刻本）載陳子龍序：余覽詩上自漢魏，放乎六季，下獵三唐，其間銘煙蘿土之奇、湖雁芙蓉之藻，固已人人殊，而其翼虚以造景、緣情以趨質，則未嘗不歎神明之均也。故讀《石城》、《京峴》、《採菱》、《秋散》之篇，與《寧墅》、《麻源》、《富春》之詠，是致莫長於鮑謝矣。觀《白馬》、《浮萍》、《瑟調》、《怨歌》之作，是情莫深于陳思矣。至巉巗駿發，波動雲委，有君父之思，具黯怨之志，是文莫盛于杜矣。後之作者，或短於言情之綺靡，或淺於詠物之窅昧。惟其惑於形似也，故外易而内傷；惟其務於侈靡也，故貌麗而神竭。此無論唐山班蔡之所不逮，即河朔漢南之才，雕思而多蒙密之失，深謀而益擬議之病，亦罕有兼者焉。故有媛遠之略，而失在於整栗，此其流逸之患矣；有割曳之姿，而失在於壯溟，此其輕脱之患矣。夫言必詭以肆，氣必傲以騁，文必奔騰而湧瀏，義必澄泓而取寂，此皆非其至也。然可語於學士大夫之作，不可論於閨襟之什焉。乃今柳子之詩，抑何其凌清而瞷遠，宏達而微恣與！夫柳子非有雄紗窅麗之觀，修靈浩蕩之事，可以發其超曠冥搜之好者也。其所見不過草木之華，眺望小不出百里之內，若魚鳥之沖照，駁霞之明瑟，嚴花肅月之繡染，與夫淩波盤渦，輕嵐晝日，蒹葭菰米，湅浦叢庵煙火之嫋嫋，此則柳子居山之所得者耳。然余讀其諸詩，遠而惻榮枯之變，悼蕭壯之勢，則有旻衍漓槭之思；細而飾情於潴者蜿者，林木之蕪蕩，山雪之倏阻，則有寒澹高涼之趣。大都備沉雄之致，進乎華騁之作者焉。蓋余自髫年，即好作詩，其所見於天下之變亦多矣，要皆屑屑，未必有遠旨也。至若北地創其室，濟南諸君子入其奧，温雅之義盛，而入神之製始作。然未有放情暄妍，即房帷亦能之矣。迨至我地，人不逾數家，而作者或取要眇。柳子遂一起青瑣之中，不謀而與我輩之詩竟深有合者，是豈非難哉！是豈非難哉！因是而欲以水竹之渺濛，庭階之薈翳，遂可以伏匿其聲援，而震怵其意氣，此實非矣。庶幾石林淙舍之寂，桂棟葯房之黯，天姥玉女、海上諸神山之侈以巨，使柳子遊而不出焉者可也。夫靈矯絶世之人，非有以束之，固不可；苟天下有以束之，亦非處子最高之致也。則意者挾滄溟之奇，而堅孤棲之氣乎？夫道之不兼，斯遇之不兩得者也。故舍飆馳而就淡漠，亦取其善者而已。使谿是焉，寰中之趣，其亦可眇然而不睹也夫！陳子龍題。

鄒斯漪《名媛詩選》（清初刻本）載鄒氏《小引》：予論次閨閣諸名家詩，必以河東為首。『花非花，霧非霧』，不足為其輕盈也；『玉佩來美人，朱絃彈緑綺』，不足為其和麗也；『秋菊有佳色，蘭艸自然香』，不足為其芳韻也；『楚江巫峽半雲雨，枕簟疎簾看奕棋』，不足為其清遥也；『無情有恨何人見，月白霜清欲墮時』，不足為其幽怨怡悵也。蓋閑情澹致，風度天然，盡洗鉛華，獨標素質，而又日侍騷雅鉅公，揚扢古今，吐納珠玉，宜其遺眾獨立，令粉黛無色爾爾，豈止琉璃硯匣，終日隨身，翡翠筆床，無時離手而已哉？夫令暉容華，不聞喆耦；嵒卿羽僊，終成怨婦。即香山之樊素，東坡之朝雲，得所依矣，然讀『春隨樊素一時歸』與《六如塔銘》，輒為黯然魂消。且不聞二姬當日以紅香視艸、素粉題箋見重二公也。河東之遇儷于二姬，而才復遠過焉。然則其冠冕閨閣諸名家，豈獨茲集而已哉！梁谿鄒斯漪流綺題。

柳是《我聞室賸稿》（中國社會科學院藏清抄本）附録顧苓《河東君傳》：河東君者，柳氏也。名隱，更名是，字如是，為人短小，結束俏利，性機警，饒膽略。適雲間孝廉為妾，孝廉能文章，工書法，教之作詩寫字，婉媚絶倫。顧倜儻好奇，尤放誕，孝廉謝之去。遊吴越間，格調高絶，詞翰傾一時。嘉興朱治憪為虞山錢宗伯稱其才，宗伯心艷之，未見也。崇禎庚辰冬，扁舟訪宗伯，幅巾弓鞋，著男子服，口便給，神情洒落，有林下風。宗伯大喜，謂天下風流佳麗，獨王脩微、楊宛叔與君鼎足而三，何可使許霞城、茅止生專國士名姝之目？留連半野堂，文讌浹月。越舞吴歌，族舉遞奏；《香奩》、《玉臺》，更唱迭和。既度歲，為西湖之遊，刻《東山酬和集》，集中稱河東君云。君至湖上，遂別去，過期不至，宗伯使客搆之，乃出。定情之日，在辛巳六月初七，君年二十四矣。宗伯賦《前七夕詩》，邀諸詞人和之。為葺絳雲樓於堂之旁，龕古金石文字、宋刻書數萬卷，列三代秦漢尊彝環璧之屬、晉唐宋元以來書法名畫、官哥定州宣城之磁、端溪靈壁大理之石、宣德之銅、果園敞之髹器牣其中。君於是乎儉梳靚粧，湘簾棐几，煮沉水，鬭槍旗，寫青山，臨墨妙，考異訂偽，間以調謔，略如李易安在趙德卿家故事。然頗能制御宗伯，宗伯甚寵憚之。乙酉五月之變，君勸宗伯死，宗伯謝不能，君奮身欲沉池中，持之不得入。其奮身池上也，長洲明經沈明掄館宗伯家，親見之；而勸宗伯死，則宗伯以語兵科給事中寶豐王之晉，之晉語余者也。是秋宗伯北行，君留白下。宗伯尋謝病歸。丁亥三月，捕宗伯亟，君挈一囊從刀頭劍鋩中，牧圉饘橐惟謹。迨事解，宗伯用蘇子瞻《御史臺寄妻》韻賦詩美之，至云：『從行赴難有賢妻。』時封夫人陳氏尚無恙也。宗伯選《列朝詩》，君為勘定《閨秀》一集。庚寅冬，絳雲樓不戒火，延及半野堂，向之圖書玩好略盡矣。宗伯失職，眷懷故舊，山水間阻，有《雞鳴》之風焉。生一女，既婚。癸卯秋下髮入道，宗伯賦詩云：『一剪金刀綉佛前，裹將紅泪洒諸天。三條裁制蓮花服，數畝誅鉏穲稏田。朝日妝鉛眉正嫵，高樓點黛額猶鮮。横陳嚼蠟君能曉，已過三冬枯木禪。』『鸚鵡疏窻晝語長，又教雙燕語雕梁。雨交澧浦何曾濕，風認巫山別有香。初著染衣身體澀，乍抛穠髮頂門涼。縈煙飛絮三眠柳，颺盡春來未斷腸。』明年五月二十四日，宗伯薨。族孫錢曾等爲君求金，要挾蜂起，以六月二十八日自經死。宗伯子曰孫愛及壻趙管爲君訟冤，邑中士大夫謀爲治喪葬。宗伯門人顧苓曰：嗚乎！今而後宗伯語王黄門之言，爲信而有徵也。宗伯諱謙益，字受之，學者稱牧齋先生，晚年自號東澗遺老。甲辰七月七日書於虎丘之真孃墓下。

《國朝閨秀正始集》：如是本姓楊，名隱，柳蓋其寓姓也。性機警，而志豪宕，有俠烈風。初慕陳卧子名，欲依以終身，乃持女弟帖往訪。卧子弗納，始適錢牧齋，號『河東君』。

西泠

西泠月照紫蘭叢，楊柳絲多待好風。小苑有香皆冉冉，新花無夢不濛濛。金吹油壁朝來見，玉作靈衣〔一〕夜半逢。一樹紅梨更惆悵，分明遮向畫樓〔二〕中。

次韻汎舟有贈之作

誰家樂府倡無愁，望斷浮雲西北樓。漢珮敢同神女贈，越歌聊載鄂君舟。春前柳欲窺青眼，雪裏山應想白頭。莫為盧家怨銀漢，年年河水向東流。

春日我聞室作呈外

裁紅暈碧淚漫漫，南國春來正薄寒。此去〔三〕柳花如夢裏，向來煙月是愁端。畫堂消息何人曉，翠帳容顏獨自看。珍重君家蘭桂室，東風取次一憑闌。

劉夫人移居金陵賦此奉寄

釣魚溪畔賃茅茨，負戴風流近可追。雒涘潘安居舊築，荊州宋玉宅新移。門前一水如臨鏡，天外雲山與畫眉。桃葉渡頭雙槳在，清溪莫過小姑祠。

寒食雨後

紅綃蛺霧事茫茫，不信今宵鳳吹長。留得春風自憔悴，傷心人起異垂楊。

湯泉次外韻

素女千年供奉湯，拍浮渾似踏春陽。可憐蘭澤都〔四〕無分，宋玉何由賦薄裝。浴罷湯泉粉汗香，還看被底浴鴛鴦。黟山可似驪山好，白玉蓮花解捧湯。睡眼朦朧試浴身，芳華竟體欲生春。憐君遥㯋香溪水，蘭氣梅魂暗著人。旌心白水是前因，覰浴何曾許別人。煎得蘭湯三百斛，與君攜手袚征塵。

【校記】

〔一〕靈衣：原作『靈長』，據柳是《湖上草》（明末汪然明刻本）、《名媛詩緯初編》改。

〔二〕畫樓：《名媛詩緯初編》作『畫圖』。

〔三〕此去：《名媛詩緯初編》作『此處』。

〔四〕都：柳是《我聞室賸稿》（中國社會科學院藏清抄本）作『多』。

陳碧雲九首

江蘇長洲縣人，朱珩璧之家姬也。通文墨，兼工絲竹。

《七十二峯足徵集》：碧雲，陳姓，朱珩璧家姬。與紫雲俱善歌舞，精絲竹，而碧雲尤通文墨，珩璧鍾愛之。後珩璧遣嫁諸姬，碧雲歸廣平路安卿，惟紫雲願終身於縹緲樓。碧雲歸廣平後，遥寄一書，以謝故主，集唐二十絶句，致其惓惓。康熙間，其侍兒王六娘者，年已六旬矣，猶記憶數首，爲知者誦之。

寄縹緲樓主人集句

春寒惻惻掩重門，窻外禽多杜宇魂。敲斷玉釵紅燭冷，一簾疎雨滴黄昏。

閑愁閑恨日偏長，懶爇金爐百和香。自是離人魂易斷，不堪端坐細思量。

落花流水兩無情，送盡東風過楚城。雲鬢半偏新睡覺，一場春夢不分明。

熟梅天氣半晴陰，鳳折鸞離恨轉深。惟有關山今夜月，只應偏照兩人心。

柳色參差掩畫樓，依依殘月下簾鉤。淚痕不與君恩斷，忍到黄昏枕上流。

斜倚熏籠坐到明，碧天如洗夜雲輕。自慚不及鴛鴦侶，雙宿雙飛過一生。

八月霜飛柳遍黄，獨眠人起合歡牀。相逢空有刀鐶約，風月應知暗斷腸。

芙蓉帳小雲屏暗，架上塵生翡翠裙。鬢向此時應有雪，夢來何處更爲雲。

相見時難別亦難，樓前獨自倚闌干。遠書珍重何由達，青鳥殷勤爲探看。

張曼殊五首〔一〕

小字阿錢，直隸大興縣豐臺人，蕭山毛檢討奇齡之侍姬也。

《艮齋雜記》：毛大可姬人曼殊，養病墳園，晚春花落，雙扉晝掩，比鄰刺梅園老尼過之，讀壁間所懸詩軸二絶云：『河外人家郭外村，金鞭玉勒走王孫。墅橋東畔迢迢路，芳草斜陽晝閉門。』『畫樓高處故侯家，誰種青陵五色瓜？春滿園林人不見，東風吹落海棠花。』相與吟歎良久。尼曰：『讀此詩，倍覺此地凄涼。此何人詩耶？』姬曰：『舊懸此庭，不知誰作。』因流涕久之。詩易感人若此。後於摩訶庵中道之，有識者曰：『此《蕉林集》中詩。「蕉林」為真定梁司農所居，其詩乃《春郊即事》十首之二也。』老尼遂從司農乞一本去。老尼亦知書，係明季宮婢，當時所稱『菜户』者；崇正甲申後，出為尼。其事載大可《詩話》。

毛奇齡《曼殊别誌書磚》：曼殊，豐臺賣花翁女。生時，母夢鄰嫗以白花一當寄使賣。其鄰，奶奶廟也。後鄰錢氏，疑昔者乃錢氏嫗，因名阿錢。阿錢慧甚，能效百鳥音。京城販兒推貨車行叫賣，嚶嚦不可辨，阿錢遥聞，便知之。十歲，前村學針線，把剪便能刻花種人獸，不構譜，儼熟習者。客有以千錢購蓄繡旛燈於前村家，阿錢方學繡，立應之去。既長，色白，目有曼光，十指類削玉，黝髮委地可鑒。才攏頭，作十種名，最上以髮弗綰作連環百結蟠前，名『百環髻』。顧性貞静。十二從廟歸，路人觀者嘖嘖稱好，姑則大愠，歸不再出。予來京師，益都夫子為予謀買妾，有以阿錢言者，豫遣二世兄往視，不許。先是，阿錢病，西山尼師過其門，諮嗟曰：『阿錢不年，不宜為人妻。』或曰：『為小妻即免。』遂決計作妾。然往請者，率驕貴，深不自願。及二世兄往，謂猶是相公家也。越數日，予親往，詢予甚喜，且有謬譽予善文者。是夜，予夢大士取盎中花手授予，次日插戴。其母兄與其母疑予年大又貧，且相傳婦妒，欲悔之；阿錢不然。及娶，檢討陳君就予飲，更名曼殊；曼殊，佛花也。曼殊既歸，執贄願從學。取書觀，有悟，把筆即能畫字。其字每類余，見者輒謂予假為之。嘗為予書刺，早起呵凍，連作十餘刺，心痛遽罷。予生平好歌，至是酒後歌，每歌必請予復之，三復則已能矣。按刌度節，絲黍不爽。尤喜歌真定夫子《祝家園》詞。第苦無彈者，不可已，呼盲女街前琵琶，聽數曲，諦視其攏撚剒撥，遂能彈。顧得奇病，初書刺心痛，謂脘寒也。既謂傷肝，輸東風，木揚，春作而秋止。又既謂中濾，有瘕癖在胃傍，氣積不行。歷數載，審候，終不得其要領。每疾作，遍體若焫，使婢按摩之，不足；以帔作兜，負之行，又不足。縋筐而坐之，東西推挽，若鞦韆然。嘗夢鄰廟奶奶喚歸去，一日攜兒至，曰：『汝本吾家物，我擠眼，汝當隨我行。』其兒曰：『家去罷！不去，奶奶幺喝。』醒乃刻桃木為偶人，飾之衣，被以生平所梳百環髻，流涕送廟間。乃復圖其形，名《留視圖》，而題詩焉。初，予婦將至，徙居南西門壙園；慮不容也。益都夫子憐其窮，强予開閣，而曼殊難之。其後有假予意逼遣之者，曼殊死復活。至是病轉劇，嘗曰：『令吾小可者，吾當為尼懺除之。』既而謂予曰：『向阿三病時，予藉其園居，邀君日來以為幸。今君將南行，而予以病殘留尼寺中，其能來乎？』泣曰：『他日君歸者，吾請以尼隨君行，唯君置之。』既而病發死。死羸甚，及斂，面有生色，坐而衣，骨節緩澤如平時。初，陳檢討孺人死，索余為墓銘，而貽余以絹。絹淺黃色，為製裘而喜，囑曰：『假使貽絹有桃暈紅者，當復製一裘。』越四年，無有貽者。既斂，乃賣金槽，裁一裙納柳棺中。

《西河詩話》：予娶曼殊，京師多贈詩，曼殊手書之成帙。及死，或竊之去，則手書誤之也。曾記同館袁編修杜少四詩中一云：『薄飲梨花春，微弄蘭香豆。不逢燕趙姿，但誇東南秀。』京師沽酒，最下名『梨花春』，予日酤八錢，佐以豆，此實録也。後張學士圃翁見曼殊狀鏄，吊以詩，次章亦云：『典衣沽酒不知貧，一盞梨花相對春。』正指其事。但事頗秘，且狀鏄亦未之及，在杜少或以游數見知；學士甫還朝，從龍眠里間來，何以得此？

蒼巖梁清標《題毛大可姬人曼殊小照》詩：百朵雲光綰髻斜，焚香小坐澹鉛華。畫圖展向春風裏，好護豐臺第一花。

《堅瓠集》：曼殊病中嘗夢奶奶喚之去；奶奶，北人呼觀音通稱也。在鄰廟中，日攜孩至曰：『汝本我家物，我擠眼，汝當隨我行。』其孩云：『家去罷！不去，奶奶吆喝。』北人每發願捨身，以他兒代之，有替僧替尼之例。曼殊因倣其言，琢偶人為己像，施平生所梳百環髻，被以繡衣，手捧一花，侍奶奶旁，流涕而送之。又乞畫師畫己像，名《留視圖》，題詩云：『為送還家去，雙螺綰百鬟。且將妝鏡影，留視在人間。』然曼殊卒不起。此等風致，亦絶可憐人也。

閻潛丘《吊張曼殊》詩：錢塘蘇小不足論，君有鄉親傾國人。得來越客千絲網，歸去湖波一片塵。誰知轉眼幾千載，再現豐臺花裏身。君爲尋花過臺畔，嫣然一笑花皆顰。

【輯補】

毛奇齡《西河集》（《文淵閣四庫全書》本）卷九十六《曼殊葬銘》：曼殊小妻，張姓，京師豐臺人。十八歸予，能食貧，人謂之糟糠之妾。既而大婦至，徙居右安門墳園，累病不可解。嘗夢隣廟阿母喚之去，牽予衣不忍。醒而惡之，飾桃梗貌己送廟間，若代己者。乃復圖其影於幛，而自題之，名《留視圖》。觀者哀焉。先是，曼殊將歸，時相國馮公，予師也，為予擇娶之，而憐其慧，視若己女。至是公將致政歸，謂曼殊曰：『本以毛生無子故娶女，今三年不身，而大婦忽南至。汝自料能安其身否耶？且毛生年大，家故貧也；蕭山去此遠，貧不汝鞠。家去此遠，則叵測；年大，棄汝早。黃鵠口噤，則其摧挫有難言者。汝曷不請去？』蓋公愛是人，并愛予，以為計無過於是也。曼殊聞其言大驚，反覆泣謝，執不可。且曰：『本謂公教以禮義，不謂其出此也？獨不聞女不嫁二夫耶？』當斯時，有婦辮而坐于傍者，笑而曰：『有是哉？誰則以妻汝，而夸謾若是？』顧曼殊曰：『毛先生非汝夫也。』曼殊乃大恚，號咷呼曰：『天乎！人不以我為妻，斯已耳；乃謂我無夫，不如死。』攫身擲于地。公急止之，曰：『賢哉！』嘆而起。曼殊歸謂予，予曰：『然，惟公亦為予言之。汝試思，予豈欲去汝者？特為予汝計，無出此便，獨需汝自決耳。』曰：『吾決之矣！君果遺予，則予請先死君前。不然，尚憐予而終收之。』言訖，詘雙膝箸地曰：『以乞君。』既而有戚媪居京師者，假予言遺之。初不信，重强之，以為果然，哭踴氣絶。一婢持抱之，不得死三日。高郵葛先生力救得活。然嗣是氣匱，血上壅，涎液結轖不可下。嘗泣曰：『吾死固分，獨不能為君生一兒。』指婢曰：『俟此子長，可當夕，吾無憾矣。』又曰：『吾病不可耐；病小間，吾當從阿潘居尼寺中。雖然，君南行時，其能掩面一揮手耶？君毋嫌予，他日願以尼從行。』康熙二十四年五月二日病發卒，年二十四。初，曼殊有二婢，一名金絨兒，即予師馮公所遺媵也；一名來子，光禄王君買贈者。後以乏食，賣來子，惟金絨兒存。至是金絨兒年十七，曼殊所稱『俟此子長』者是也。前一月，金絨兒亦病。及聞主母死，不能起，匍匐出，伏苓牀下叩頭哭，越七日亦死。初予將塟曼殊于豐臺張氏之阡，黄門任君謂予曰：『生不忍相離，而死棄之？』予曰：『然。』遂攜櫝歸蕭山，將附于藏予之地。

元宵後三日贈陶三

元夕逾三日，天花傍一枝。二更纔上月，翻恨見來遲。

二怕詩

羅帳掛金鈎，薰爐香霧收。起來紅袖冷，獨坐怕梳頭。
日色滿窻紅，鴛鴦睡枕同。披衣將欲起，又怕隔簾風。

《西河詩話》：顔吏部修耒《吊曼殊文》有云：『賦《二怕》以代《十索》。』《二怕》，曼殊詩也。其一云云，其二云云。二詩本二時所作，後見詩中皆有『怕』字，遂紐作《二怕詩》。曼殊詩不多，且可傳者亦少，此亦未盡其技。然『日色滿窻紅』五字，每誦及，恍然當日偃卧繩榻間，亦佳句也。

無子自嘆

春到園林草盡芽，夭桃何事不開花？曉來對鏡臨妝坐，羞見朝陽上碧紗。

《西河詩話》：陳檢討孺人死後，其房中人陶三自南至，以予與檢討親厚，願一見曼殊。曼殊往，陶三爲不食累日，曰：『南中無此人也。』時元夕後三日，曼殊作五字詩贈陶三云：『元夕逾三日，天花傍一枝。二更纔上月，翻恨見來遲。』以十八日月下相别，故云。陶三乞檢討代爲答詩甚佳，今不存矣。曼殊死前一日似豫知期至者，遍憶諸舊事，語絮絮，忽語及陶三，泣曰：『陳太史亡後，恐其人不能無恙在也。吾甚思之。』及死，相遇檢討仲弟於李少宰師席上，詢之，愀然曰：『陶三故義興王氏家人，王氏以籍没，名連陶三，州縣官捕逮，按名點解，計留之不得，今已在旗作官奴矣。』或曰：『似隸内務各局，如浣衣者。』此甚可感事，惜不令曼殊早聞之。然曼殊真有神，即濱死，猶知識乃爾。曼殊作《無子自嘆》詩，有『夭桃何事不開花』句，流傳人間。其後吴寶崖贈詩有云：『夭桃莫怪遲遲放，應爲人間有曼殊。』任黄門挽詩亦云：『一自夭桃新詠罷，奄然不復念關關。』其云『夭桃』，用本詩也；秖『關關』，世多不解。是時曼殊好誦《毛詩》，每日誦三葉，後以卧病罷誦，故云然；亦曼殊狀鏄所未及者。

題留視圖

爲送還家去，雙螺綰百環。且將妝鏡影，留視在人間。

《西河詩話》：阿錢乞京師畫師畫己像，名《留視圖》，題詩云云。予時爲和曰：『假别留金釧，他生記玉環。五年千萬恨，總在畫圖間。』嗣後題畫者不計，自梁司農夫子後，凡若干首。阿錢自爲序，有云：『予病中屢夢鄰廟阿母來喚家去，一日攜孩至，曰：「汝本吾家物，我擠眼，汝當隨吾行。」其孩曰：「家去罷！不去，奶奶幺喝。」因念五年間，死而復蘇者八九矣，孽緣未盡，尚視人世，乃斵木貌，予飭予生平所梳百環髻，流涕而送之。遂留此影，名《留視圖》。觀者亦有以哀予意焉。』時病劇，强起伏枕函親筆書畫幛下方；雖手顫不及格，然工整如故。

【校記】

〔一〕張曼殊前原收王氏詩十二句，詩後附録周亮工《因樹樓書影》一則。王氏小傳作『河南宛丘縣人，櫟園周侍郎亮工之妾』，與卷二十二所收王氏實爲一人，詩及附録亦皆相同，故悉删除。

秦曇十三首

字曇筠，江蘇無錫縣人，觀察卞公側室。著有《友梅齋剩稿》。

《詩觀》：自昔閨媛負麗姿殊質者，莫不憔悴飄零，有薄命之感，而況嫻書史、擅歌吟，唾語成珠、掞詞若錦者乎？

其能享長年，膺厚福，殆必無之事矣。秦氏好女，曰嬪觀察，其訂連理之歡、成白頭之約，固然。而綺歲華年，倏乘鸞背，洵彼蒼之善妒，果好物之難堅。生平賦詠，凋落罕存，迨其殞身，始爲收輯。其斷縑殘扇，剩句遺篇，與碎粉零香同雜亂於匳篋，可念也。令公先生遠以相寄，予因重其才而傷其福命之薄，採録數章，用垂彤管。

夏日有懷

炎天晝景長，觸緒又思鄉。琴瑟自静好，衣裳亦芬芳。難報怙恃恩，展轉不能忘。奮飛恨無翼，耿耿獨悲傷。

令公夫子篤嗜古玩為作長歌

卞君自是真豪傑，意氣淩雲才敏捷。含香粉署早知名，五斗折腰殊不屑。茅齋静坐樂清幽，博古藏珍事購求。飛鳥出林驚落葉，硬黄搨得寫銀鈎。董巨荊關饒畫理，尺幅江山勢千里。有時懸挂滿室中，鎮日卧看呼不起。瓷半官哥爐盡宣，心乎愛矣弗論錢。嗜茶彷彿盧同怪，拜石依稀米芾顛。閑窻羅列矜争妙，翡翠硃砂相照耀。赚得蘭亭真本歸，跌靴拍案飛狂嘯。儂欲問君君試聽，古人已往今無存。墨跡誰人辨真贋，徒稱賞鑒人趨奔。古董箱中貯何物，經營件件皆心血。癖古何如且癖錢，吾思頂補錢神缺。頓將好古變時趨，勿嫌寶玩悉斲除。學得燒香不貴好，臨池潑墨何妨草。從此白頭同嗜好，願藉此歌作媒保。

七夕

喜逢佳節暑初收，獨卧芸窻抱却愁。未信行雲勞織女，空煩乞巧祀牽牛。碧梧墜井金風淡，烏鵲填河玉露浮。聞説别離仍有淚，人間天上豈同流？

苔痕

燕子歸來春晝長，院門深鎖碧苔香。應憐不及王孫草，印却霜蹄日逐郎。

麥浪

掠面風寒麥秀天，浪花滚滚蹴平田。只疑真有滄桑事，欲向煙波買釣船。

山園梅花盛開徘徊其下不忍遽歸

去春花事遜今春，一刻蹉跎亦往因。果信百年同草木，此花或許是前身。

題楊妃春睡圖

玉人午倦背花眠，鬆盡雲鬟墮鬢蟬。侍女也知春夢好，不教鸚鵡近窻前。

梅豆

枝頭摘得嗅還思，止渴流酸事較遲。擲向郎懷郎不醒，分明苦味要郎知。

燈下讀離騷

銀釭懶剔旋成花，解讀何妨識字差。只恐離憂銷未得，欲勾新夢過長沙。

閱鄰姬舊稿

天生一種有情癡，慣味春閨絶妙詞。病後不曾拈隻字，香奩惟有哭花詩。

春海棠

迎風浥露遠含葩，銀燭高燒射晚霞。莫讓阿環稱解語，須知解語是空花。

讀牡丹亭劇有感

十二煙鬟出錦幃，水沉香透碧羅衣。韶光總向眠中擲，滿地榆錢贖不歸。

自憐

從來薄命屬多情，命薄情多兩湊成。但遇才華天所忌，故流血淚答今生。

陳素素九首

江蘇揚州人，與姜學在定情。著有《二分明月集》，吴園次爲之梓行。

《虎丘綴英志》略：陳素素，江都人，自名二分明月女子，萊陽姜學在之姬。美而艷，能畫，又善度曲。名流吴園次、毛西河、余淡心諸公，俱有詩；好事者至有譜其事爲《秦樓月傳奇》，即此詞也。

龔静照《二分明月集跋》：人所不易得者情，情之不易得者真。偶閲維揚女子與天水先生倡和諸什，如春蠶吐絲，悽惻纏綿，信乎青樓有人，黄閣無人。得不令章臺柳、薛校書專美於前，一時侈為奇遇，千載傳為佳話。余慨焉羡之，寄語天水先生，宜速置之金屋，毋令久困花營，負此有情物也。

【輯補】

陳素素《二分明月集》（康熙間文喜堂刻本）載王端淑總評：深情宛轉，幽意纏綿，如讀江淹《恨賦》，使人自然淚下，的是小青一流人物。至其《吊真》一闋，久已傳誦人間，則又當與西陵蘇小之句並垂千古矣。讀竟歎服。女士王端淑書。

述懷

妾本貧家女，少小在蕪城。十三學刺繡，十五學彈箏。亂離不自持，非意失吾貞。百年一遭玷，誰復憐我誠？傷哉何所道，棄擲鴻毛輕。

題古繡鏡囊

鏡囊出自何人手？陸離彩色非常有。盤龍倒鳳在香匳，一片清暉玉指拈。莫恨光明為君掩，團團〔一〕許共佳人見。請君休買五色絲，天上月明心自知。

七夕戲爲織女催妝

見説雙星會，歡娱在此宵。文鸞初待駕，靈鵲已成橋。掩扇人疑笑，支機路不遥。相逢漫相别，莫似我無聊。

病中自訂詩稿

寒蛩不自覺，秋到偶成吟。的的彈紅淚，蕭蕭寫素襟。誰憐離後意，都作夢中音。相賞知誰是，難為千古心。

劍池

池水深不極，池邊芳草亂。我欲覓魚腸，割得閑愁斷。

吊館娃宫

娃宫特搆爲春城，艶舞嬌歌百媚生。直使水犀兵盡散，苧蘿人亦太無情。

和天水先生見贈韻

臨邛曾愛酒家圖，得見相如果甚都。豈惜琴心通一笑，不知曾聘茂陵無？猛聽鸚哥唤客聲，褰裳〔二〕一笑已含情。玉郎可奈清狂甚，夜合花前問姓名〔三〕。

天水《贈素素》原韻：『碧水朱欄比畫圖，繁華自古羨江都。阿儂家近蕃釐觀，一樹瓊花絶代無。』『聽盡鸞簫月下聲，當年杜牧最多情。不知飄泊今何似，慚愧青樓説姓名。』

送天水遊西湖

離心一片逐扁舟，送别寧如往日愁。見説西陵有蘇小，勸君莫過六橋頭。

天水《留别素素》詩：姑蘇城外送行舟，無數雲山動客愁。最是五更紅燭下，起扶殘夢看梳頭。

【校記】

〔一〕團團：陳素素《二分明月集》（康熙間文喜堂刻本，下同）作『團圞』。

〔二〕褰裳：《二分明月集》作『褰簾』。
〔三〕姓名：《二分明月集》作『小名』。

吴湘 一首

字漱玉。著有《續香草》。

悼亡

一自修文赴玉樓，苦無青鳥渡瀛洲。看花曾戀千金黛，倚檻誰添半臂鞲。醉掩綺疏魂夢斷，吟殘幽閣粉香愁。憐君不及多情月，伴我盈盈到白頭。

《三岡識略》：延陵吴氏，名湘，字漱玉，年十六七，姿態艷麗，蚤有風流放誕之目。為某妾，庸奴其夫，邂逅唐生，遂越禮焉。某訟之郡守，守命賦枷詩，有『最新聞，風流刺史，獨卓宴紅裙』之句。守大稱善，判歸唐。未幾，唐死於兵，湘被擄，後宛轉歸清河氏。時逾四十，穠艷如舊，寵之專房，竟至喪生。所著有《續香草》，大抵皆綺麗之語。其《悼亡》詩云云，臨風懷舊，情緒堪憐，但不知所悼為何人耳。

陸眷西 一首

字初月，浙江仁和縣人，余懷之側室也。

憶西湖

記得〔一〕西湖六月天，藕花如錦斷橋邊〔二〕。至今夢裡猶來往，聽得錢塘喚渡船。

【校記】

〔一〕記得：《國朝閨秀正始集》作『曾記』。

〔二〕邊：《本朝名媛詩鈔》作『連』。

趙艷雪句

居里未詳。詩見查爲仁《蓮坡詩話》。

《蓮坡詩話》：空谷山人佟蔗村鋐，家世貴顯，不樂仕進，僑居天津尹兒灣，以詩酒自娱。有妾亦能詩，蔗村築樓居之，名曰艷雪。蔗村詩各體擅場，而尤精五言。一日傅閬林、王露請假南旋，路由津門，余邀張眉洲坦及蔗村，同遊王氏依緑園。蔗村詩云：『折簡呼溪叟，攜童上野航。閑情抛筆硯，老興逐杯觴。短棹辭塵境，名園問醉鄉。到門秋正好，花竹滿軒廊。』『許傍文星座，雄談酒共傳。柳摇秋水浪，花醉夕陽天。修竹寒高館，殘荷對綺筵。丹青圖雅集，人似飲中仙。』『新月初浮水，潮平影似鈎。溪邊猶鬬酒，燭下未登舟。風露吹衣冷，星河入夜流。小留鷗鳥狎，詎是戀糟丘？』

《津門雜事詩》注：佟鋐，字蔗村，長白人。家世貴顯，獨脱屣軒冕，放情詩酒山水間，僑居津門西郭。外妾趙氏，字艷雪，色藝兼擅；築樓貯之，名艷雪樓。鋐早年詩學蘇、陸，一變而入大歷、貞元之室，惜稿散佚無傳矣。

句

美人自古如名將，不許人間見白頭。

《蓮坡詩話》：辛丑仲春，余遭炊臼之痛，同人和悼亡詩甚多。中有佟蔗村姬人艷雪七絶更佳，其結句云云，用意新異。

吴湘 二首

字若耶，一字婉羅，江蘇江都縣人。參軍范崑崙副室也。琴棋書畫，逈絶時流。

《西湖志》：吴湘，字若耶，江都人。嫁高士范生，居湖上。善鼓琴，作畫爲士林鑒賞。

西泠詠

不解嫺刀尺，隨時好看山。檐牙香篆字，湖面翠生斑。静亦琴中福，勞因詩未删。古人悲莫見，椎髻望躋攀。

《圖繪寶鑑》：吴湘，字若耶，江都人。工詩畫，善撫琴。困於貧，歸參軍范崑崙，客寓西湖，有《西泠詠》，今寓吴門偕老云。

題毛烈婦繡帽

花羅半幅抵千金，持贈猶憐一片心。莫遺爾翁覩遺繡，白頭悲汝恐難禁。

葛秀英七首

字玉貞，江蘇長洲縣人。母夢吞梅花而生，故性愛梅。秦鏊之箑室。所著有《澹香樓詩》二卷。

閣學錢大昕《澹香樓詩序略》：葛氏玉貞，少時有比丘尼顧而目之曰：『此青元宫道貞女也，不能久留人世，盍從我學佛？』父母怒不許。年十七，歸秦君澹園為箑室，與玉貞倡和，甚相得。甞同游西泠，扁舟泛月，忽愀然曰：『疇昔夢游大海中，樓閣嚴麗，榜曰「青元之宫」，空中聞人聲曰：「兒宜歸矣。」』因嗚咽泣下。玉貞之生也，其母夢吞梅花，性又愛梅，故以『澹香』名其樓。卒時年甫十九耳。昔東坡述同安君言：『春月可愛，秋月使人愁耳。』以為真詩人語。玉貞西泠之夢，與秋光照斷腸之意宛相符合，顧同安未有詩流傳於世，而澹香樓詩詞哀然成帙，誰謂古今人不相及也？自古女子之多才者，多促於壽，蓋造物予齒去角之理，固不能兼；禪家所謂『優鉢曇花，偶然一現』者，是耶非耶？當問之青元宫主者。

秦鏊《葛玉貞傳略》：姬句曲人，父賈吴門，遂家焉。敏悟過人，工詩善奕〔一〕。歲己酉來歸。姬性淡泊，持家儉且勤〔二〕。暇坐小樓，焚香讀書，間作詩，時出新穎。自題其樓曰『澹香』。庚戌秋，余遊西泠，姬從。中秋夜與姬泛小艇，盪槳湖心，云〔三〕：『曩日之夕，夢遊大海，虚無縹緲間，見樓閣參差，榜曰「青元之宫」，空中忽聞人喚曰：「兒何久住紅塵？兒宜歸矣。」以此測之，妾殆不久人世也。』輒嗚咽淚下〔四〕。姬事母至孝，病革時握余手曰：『曩日之夢驗矣。妾薄命人，死亦無所恨，惟母老無依，君憐而養之，妾目瞑矣。』〔五〕姬，葛氏，名秀英，字玉貞，卒年十有九。著有

《澹香樓詩鈔》二卷、《詩餘》一卷。

王鳴盛《題澹香樓集詩》：『人間福慧每難兼，薄命多情恨事添。貌得崔徽行看子，但和吟卷貯空奩。』『華陽洞畔舊妝臺，茂苑浮家碧水隈。塵界未容仙久駐，飈輪一夕返蓬萊。』『争詩名士悦傾城，俊眼憐才不世情。交頸聯吟未三載，司花底事苦相迎？』『抹雪披風二九餘，椒花柳絮句誰如。郎君情重難輕捨，粉指痕中泣故書。』

馬春田《澹香樓詩題辭》：有美一人，為君子篋，匪蘭斯馨，匪菊斯秀。娟娟秋水之波，靄靄春雲之岫。邈遺世之仙姝，實靈鍾之勾漏。胡豐於才，而嗇於壽？維苕有華，風則隕之；維崑有璧，火則燼之。宛其在矣，美人之寢；翩其反矣，美人之影。呼之不來，淚縻如綆。采采衣服，化為白雲；珊珊環珮，委為黄塵。夢而來思，載笑載顰；寤而不見，是吟是呻。何江之渚，何漢之濱，願言追止，駕彼風輪。返魂者香，不可求思；續絃者膠，不可謀思。花落紛紛兮，滿君之洲；月出皎皎兮，照君之樓。寄我哀詞，以寫君愁。

【輯補】

葛秀英《澹香樓詩草》（乾隆五十七年刻本）載尤維熊序：閨閣之内，不以才名，然果靈心慧性，雅進超詣，則間有流傳，足資披詠，豈真清淑之氣獨鍾于男子乎？《國風》所陳尚已，降此漢魏六朝，宫闈淑媛，里巷閨英，亦時有鉅篇短製，與名俊並傳。唐宋以來，厥風漸靡，至殷氏《婦人集》所收，都近鄙瑣，無足稱焉。近世勦襲讕言，謬附風雅，類無能自出新意，徒禍棗梨。故余嘗謂，近時之閨閣斷不可以才名者，非謂閨閣不宜有才，謂足當才之目者難也。葛姬秀英，嘗刻其《澹香樓詩》一卷，余誦之，清微淵雋，迥不類近日閨秀所作。洎知夙胎蓮性，妙有智源，本非尋常女子。孝穆所云『天情開朗，逸思雕華』者，姬實有之；如姬者，又安能禁其不以才著乎？姬之篋余友秦澹園室也，僅三年即蜕去，年僅十九，有才而短折，亦可悲已。澹園悼惜前緣，惻焉感逝，續檢香篋遺詩若干首，併初刻重雕焉。余嘆姬之能真有才，復重澹園之不忍死其姬，而將有以永之也。爲姬悲，且爲姬幸矣，於其刻之將竣，弁數言于卷首。長洲二娱尤維熊拜撰。

讀曲歌

看月莫看花，花開容易謝。怎如一鉤月，年年照清夜。
愛鏡莫愛月，盈虧易更變。那及瑶臺鏡，朝朝相見面。

白猿峯呼猿洞

奇峯障日何崔巍，傳説飛從天竺來。仄徑迴沿翳蒙密，呼猿一洞峆岈開。洞口有猿億千萬，理公呼來智公飯。飯猿猿飽入西山，山山啼出巴東怨。猿父死，僧智一養猿山間，時人謂之『猿父』。猿苦饑，千年不見孫團彌。寺僧呼猿曰『孫團彌』。天風巖石動水樂，猶似哀松韻發時。

立秋

久苦炎威逼，欣逢夏令終。秋來梧葉裏，人醉藕花中。玉露漙清曉，羅雲澹碧空。甘霖顒望切，坐待滿秋風。

新柳

東風喚醒百花魂，又到錢塘蘇小門。幾曲畫欄添舊影，一灣流水蘸新痕。輕盈半倚桃花岸，旖旎全遮芳草邨。寂寞翠樓人獨倚，陌頭哀怨總難論。

送春

晴江翡翠見蘭苕，幾樹蒸紅遍小橋。正是江南好時節，妬花風雨夜蕭蕭。夢餘芳草絆池塘，嫩緑初肥日漸長。燕子不知春已去，銜泥猶帶落花香。

《田居隨筆》：無錫秦澹園鏊副室葛秀英能詩，夭卒，澹園梓其《澹香樓詩》。中有《送春》二絶信佳，其詩云云。女子有才，多薄福也。

【校記】

〔一〕此後葛秀英《澹香樓詩草》（乾隆五十七年刻本，下同）復有數語云：『遭父喪，家中落，諸姊或嫁或夭，惟四姊元秀與姬未字，姬獨以養母自任。居平尤不苟言笑，以禮自持，有以千金啗其母者，將聘之，姬曰：「是銅臭兒，敢犯我耶？」友人徐近齋者，與姬同里閈也，知姬特詳。余室人善病，勸納妾為嗣續計，因偕近齋訪求之。初以元秀年長，有宜男相，遂訂元秀，會擇吉而元秀遇暴病卒。先是，余之求元秀也，母廉余貧，有難色，姬謂元秀曰：「人生貴識人。夫，夫也，豈長貧賤者？與其隨紈綺子入醉夢鄉，何如捧硯司花，清受文人清福？」力贊其母以成。及元秀病篤，泣謂姬曰：「汝言郎君非長貧賤者，其如我命薄何？我當囑母效歐九故事以報汝。」既卒，母不忍違。』

〔二〕此後《澹香樓詩草》有『余雖貧，頗好客，十數人饌，率咄嗟辦。客不知余之貧，余亦不知姬之能如是也』數語。

〔三〕云：《澹香樓詩草》作『曰』，且有數語云：『是時遊舫盡歸，人聲寂然，惟見皓月當空，浸入水底，與諸峰浮翠，出没於非烟非霧之中。余四顧，嘆此景待未曾有，因謂姬曰：「天下大矣，汝試思閨閣中，或遠離，或死别，或遭禍患，因之對月生悲者，不知凡幾。即金屋名姬，亦止從羅綺蘩耽癡福耳，如我兩人之載酒名山，當此月地雲階，清光萬頃，絶無掛礙者，不知天地間尚有幾人。古人云，浮生若夢，為歡幾何？安得長如今夕乎？」姬忽泫然曰。』

〔四〕此後《澹香樓詩草》復有數語云：『余曰：「妖夢不足憑。」嗚呼，孰知竟為死讖哉！姬體素弱，時有肝疾。辛亥秋有孕，竊自喜曰：「幸舉丈夫子，得慰郎君，妾當繡佛長齋矣。」仲冬之月，孕忽震，繼以肝病，竟不起。悲夫！姬之初歸也，余屢困場屋，因從事簿牒間，落拓自放，姬曰：「窮困者，奮發之基。君既不得志於功名，正宜深自淬礪，何竟以難得之歲月，悠忽置之耶？」余斂容，以畏友目之。會有以非理事挾勢相干者，且曰：「不爾，當中傷之。」姬曰：「事必審乎理；理苟正，勢何懼焉？彼以勢挾郎君，郎君懼其勢，竟如所求。設彼復以理之必不可行者，更用其勢以挾郎君，郎君能盡如所求乎？盡如所求，君先自處於非理；不盡如所求，君終不免於中傷。苟終不免於中傷，何如以理自持之為得耶？」余善其言，事遂解。姬嘗以梨板鏤百花之形，遇群花盛開，即摘花片，搗蔗霜印之，如梅片，即印梅花，香色俱備。見者歎羡，謂絶勝牛酥煎牡丹。其他慧巧，率類是。』

〔五〕此後《澹香樓詩草》復有數語云：『死之日，空際時聞異香，屍經再宿不變。嗚呼！姬歸余，未滿三載，其中侍巾櫛，躬井臼，固婦人之常；即拈韻校書，亦閨媛中所時有也。至其獨具卓識，辯論是非，於閨房静好之時箴言規戒，無一不出於正，非惟巾幗所難能，即良友亦不數覯也。乃卒以早夭。天乎人乎，夙世之因，庸可詰乎？再生之緣，安所冀乎？悲何極矣！』

鄒淑芳句

字蕙祺，江蘇吴江縣人也。常熟嚴煒之妾。

句

洗手自憐十指甲，何因又長兩三分？

《炙硯瑣談》：吴江鄒蕙祺淑芳，常熟嚴伯玉煒妾也。能詩，有句云云。『十』字自注『平聲』。按，陸游《老學庵筆記》云，十字轉平聲，可讀爲『諶』：自樂天詩『緑浪東西南北路，紅欄三百九十橋』，宋文安公《宫詞》『三十六所春宫館，一一香風送管絃』。

沈氏一首

江蘇長洲縣人，紀侍郎昀侍姬也。

臨終詩

三十年來夢一場，遺容手付女收藏。他時話我生平事，認取姑蘇沈五娘。

《槐西雜志》：侍姬沈氏，余字之曰『明玕』。其祖長洲人，流寓河間，其父因家焉，生二女，姬其次也。神思朗徹，殊不類小家女。常私語其姊曰：『我不能為田家婦；高門華族，又必不以我為婦。庶幾其貴家媵乎？』其母微聞之，竟如其志。性慧黠，平生未甞忤一人。初歸余時，拜見馬夫人。馬夫人曰：『聞汝自願為人媵，媵亦殊不易為。』斂衽對曰：『惟不願為媵，故媵難為耳；既願為媵，則媵亦何難？』故馬夫人始終愛之如嬌女。嘗語余曰：『女子當以四十以前死，人猶悼惜；青裙白髮，作孤雛腐鼠，吾不願也。』亦竟如其志。以辛亥四月二十五日卒，年僅三十。初僅識字，隨余檢點圖籍，久遂粗知文義，亦能以淺語成詩。臨終以小照付其女，口誦一詩，請余書之一絶云云，泊然而逝。方病劇時，余以侍直圓明園，宿海淀槐西老屋，一夕恍惚兩夢之，以為結念所致耳。既而知其是夕暈絶，移一時乃蘇，語其母曰：『適夢至海淀寓所，有大聲如雷霆，因而驚醒。』余憶是夕果壁上掛瓶繩斷墮地，始悟其生魂果至矣。故題其遺照有曰：『幾分相思幾分非，可是香魂月下歸？春夢無痕時一瞥，最關情處在依稀。』又曰：『到死春蠶尚有絲，離魂倩女不須疑。一聲驚破梨花夢，恰記銅瓶墜地時。』即記此事也。

卷之六十八

徐珠淵 四首

字善懷，江蘇江都縣人，施愚山先生之側室也。卒年僅四十。

施彥恪《施氏家風述略續編》：庶母徐氏，名珠淵，字善懷，廣陵人。十三歸先君。前一月，有北官過邗，車服甚都，欲納徐。其母將許之，遂泣曰：『彼富貴累葉，殆紈綺習也。兒何歸乎？兒願得侍文人，爲東坡之朝雲足矣。』先君聞而憐之，遂聘焉。四年，舉一女弟，殤，後即不孕。歲己未，先君改官殿講，庶母寄詩，有『老天若解妾心苦，北地風霜盡轉南』之句。繼母李宜人命淳兄奉之入都，曰：『燕薊苦寒，得以煖老。』又三年，先君疾，不知人；兄適咯血歸，予亦南還就□，庶母則焚香籲天，刲股和藥以進，且誓於神曰：『主翁生平，德積於躬，縱必不起，亦延待其子一訣乎？否則，以儒林偉人，死妾婦之手，非惟主目不瞑，賤妾亦永為泉下厲鬼矣。』因長號達旦，如是者三晝夜。丙夕，白光如匹練，自屋上落，俄奇香起榻前，先君忽甦，自是始能粥食，癸亥三月二十七日事也。予聞報奔侍，五月初始至，又七十日先君歿。庶母朝夕哭奠如生，五年猶一日，卒悒鬱以死，遂與先君合葬於螺螄沖。庶母粗能詩，每自焚其稿。死後撿得數首，附見《學餘集》。

施潤章《學餘詩集序》：姬人徐氏珠淵，小字善懷，江都人也。初略識字，間竊誦余作，亦能爲五七言句。予善病，嘗累月宿別館，相值如客，都無怨色。生一女殤，不復乳。余憐而遣之，輒以死誓。藥餌飲饌，必手治以進。事余廿餘年矣。余應召改官，南人卧不習炕，衰體不温。既而老妻遣送來侍，固止之，不得，曰：『聊以煖老。』於是暑則異榻，寒則同衾。牀笫之間，邈若千里，而柔謹有加，曰：『君好自愛，妾得爲侍書女史足矣。』性厭葷血，强半清齋，家居或薄飲數杯。既來京邸食貧，間三五夕不沽酒，茗飲歡然。予不爲太常之齋禁，難遣白傅之楊枝，未盡忘情，笑示二詩：『敢言天女伴維摩，忍背春風奈若何。倘似〔一〕朝霞隨玉局，頻年活計藥爐多。』『偷鈔詩句上羅巾，甘擲紅顔逐老身。猶勝經年一相見，隔河牛女可憐人。』

《小粉場雜識》：讀施愚山先生集，見其孫瑮跋徐孺人刲股作羹療愚山先生疾事，在侍姬而操志如此，誠爲可敬。及讀孺人詩，句語清真，絶無脂粉之態，尤爲難得。

【輯補】

施閏章《學餘堂詩集》（《文淵閣四庫全書》本）卷五十《戲示徐姬》詩後施瑮跋：庶祖母徐孺人，生而端莊淑慎，事先大父，始終一循乎禮。其侍疾刲股一節，尤堪感泣。先大父纂修《明史》，積勞四載，遂至成疾，於癸亥三月疾大作。孺人時從侍邸舍，飲食藥裹，手為調奉，每夜必潛自焚香籲天，願以身代。如是者匝月，疾愈殆。孺人自念曰：『豈天故不鑒予，抑予誠未至也？』廳中故有關帝神像，靈赫素著，孺人於夜分時戒小婢持燭至神前，默祝哀禱者久之，出利刃割左股寸許。小婢在旁驚眎，惟見神廚内諸像森森欲動，簷楹及墻角四週亦若有人林立俯視。家人外舍巡宿者遥睇，悉如是。孺人昏仆於地，恍聞神語曰：『汝之誠虔已至，但數不可易。吾當為汝假百日期可耳。勿過自苦。』孺人乃嗚咽驚寤。退舍，以所割和羹進，而人固弗知也。　是為四月初三夜。自是先大父疾漸瘳，且强飦如平日。人皆為之稱慶，孺人顧隱憂不釋，恐神語或驗也。閏六月之十三，先大父忽以微疾棄世，逆計其期，適百日耳。嗚呼！痛哉，異哉！始家人弗覺，嗣小婢亦稍稍語人。或詢之孺人，孺人惟漫以應之，嫌自張也。瑮幼孤，蒙孺人恩育，凡朝夕居處，悉隨孺人。一日從外塾聞客頌兹事歸，遂詳叩所以，且固請之。孺人悲不語，良久乃摩瑮頂，泫然流涕曰：『汝孺子，奈何必欲知此？顧吾不忍汝諱也。』爰屏左右，詳詔如前，且出示左股，創痕宛然，復持瑮大慟。迄今追憶之，其情事猶歷歷在目，真為凄絶一時也。天不我佑，孺人於歲丁卯方稱四十觴，遽棄瑮長逝。嗚呼痛哉！孺人於先大父，事之竭誠盡禮；而瑮于孺人，無毫髮報稱。抱恨寧有涯乎！孺人故精文墨，吟咏甚多。原稿瑮皆謹藏篋衍，編次成帙，行乞當代大賢弘筆，序以授梓。今集中附載者，不過吉光片羽耳。不肖孫瑮拉淚謹識。

寄北

風緊牽離別，燈殘人未眠。此身無羽翼，安得到君邊？

愚山《寄和徐姬珠淵》詩：莫怨經年别，天寒耐獨眠。老夫魂欲斷，夢不到君邊。

北寄小鏡

六月扁舟别故山，勞勞旅況幾時閑。傷心不啟〔二〕匣中鏡，千里依依伴客顏。

愚山《和姬人珠淵寄小鏡》詩：白頭相許伴青山，天意驅人不放閒。寄到菱花將錦字，斷腸獨自照離顔。

懷北却寄

雨滴梧桐秋不堪，憶君誰共接清談。老天如識妾心苦，北地風霜盡入南。

愚山《得姬人珠淵寄詩憐而和之》詩：少難離别老何堪，錦字傳來淚一函。莫爲天寒愁北客，夢中夜夜在江南。

春日望北信

九十春歸感嘆生，黄梅時節乍陰晴。香閨有淚無人見，且倚欄干聽鳥聲。

【校記】

〔一〕似：原作『以』，據施閏章《學餘堂詩集》（《文淵閣四庫全書》本，下同）卷五十《戲示徐姬》改。

〔二〕不敢：《學餘堂詩集》卷五十《和姬人珠淵寄小鏡》附詩作『不似』。

周炤 三首

字寶鐙，湖北江夏縣人，李雲田以篤之側室也。

陳其年《婦人集》：周炤，字寶鐙，江夏女子。湘楚中人傳其丰神纖媚，姣好如佚女。性敏給，知書，歸漢陽李生。生固慕炤，既得當炤，則益大喜過望也。然家先有大婦在，炤眉黛間有楚色。李又愛客遊，嘗攜炤殘箋數幅以示友人，人無不色飛者。生篋中又藏炤自寫《坐月浣花圖》，雙鬟如霧，烘染欲絶。圖尾有小傳一：一曰絡隱；或曰炤，又字絡隱云。

董以寧集：周炤，江夏周某女也。某官山東按察司僉事，遇闖難殉節死。炤哀之，作《悼懷賦》，略曰：『俯江流之浩浩兮，吊禰衡與屈平；彼填江而不溢兮，何以抒其憤盈？草參差而並生兮，孰辨其爲杜蘅？鳥之嚶咿，亦各有所謂兮，而人孰知其情？』讀之，如聽三閭大夫姊嬃吟也。

《詞苑叢談》：江夏女子周炤，字寶鐙，丰神娟媚，兼善詞翰。歸漢陽李生雲田。李固好遊，篋中藏炤自寫《坐月浣花圖》，雙鬟如霧，髣髴洛神。廣陵宗定九題《風流子》詞云：『梧桐庭院下，黄昏後、又復捲簾鈎。見花影一天，蟾光如晝。太湖石畔，煙裊甆甌。新涼也，畫屏閑冷簟，蘭蕊正嬌秋。低唤碧鬟，戲持銀甕，露珠輕瀉，細潤香柔。漢宫人似否，簷前月、偷看灩灩含羞。寧讓海棠春睡，宿酒初收。縱花愁婉娩，禁寒賺暖，浣花人見，更惹閑愁。何日雙攜畫卷，同玩南樓。』或云，寶鐙又字絡隱，某觀察女，為雲田副室。年十九，所至雖謹自蔽匿，人得窺見之，炤蓋天人也。

《瀟湘聽雨録》：漢陽李雲田以篤，太倉牧世龕孫也。負才不遇，縱遊吴越，所至追歡買咲。姬人寶鐙，婢曰掃鏡，相與博弈飲酒，詠詩鼓瑟，樂而忘反，自號老蕩子。合肥龔文毅爲賦《老蕩子行》，一時名流皆有作。其冊漢口王櫟門得之，余嘗獲觀前輩手翰，信可珍也。以篤子序韓，寶鐙出，字原漢，以丹青擅名。

徐釚《本事詩》注：丙午秋，僕遇雲田於虎丘之竹亭山，示寶鐙小影，雲鬟霧鬢，髣髴雒妃，而雲田齒齲牙落，語寶鐙刺刺不休。今録是詩，益憶湘皋神女。雲田李以篤寄周寶鐙詩云：『爾誠絡秀彦，致令從我姓。事與翾風異，曷忍以相命？』

梁谿吴彩霞《贈周寶鐙》詩：多生定擬蕊珠仙，此日風流更宛然。幾見名姬爲紫玉，欣逢佳偶即青蓮。香心似雪姿尤麗，秀句驚人骨亦妍。最喜麟兒抛棗栗，書聲共映緑窗前。

王士禄《寶鐙怨》詩：『門栽武昌柳，槃膾武昌魚。妾是武昌女，只愛武昌居。』『儂子勝阿侯，儂心異桃葉。郎若來相迎，折却篙與檝。』

擬古

鴛鴦固友禽，鸜鵒亦珍鳥。屏欄與池塘，哀樂各昏曉。鸜鵒語鴛鴦，飛鳴何繚繞。情多恐不祥，怨重將毋擾。我聞太息之，衾裯正微渺。淒然欲向誰，彼姝矜窈窕。

次林文貞韻寄王玉映

夫子南歸後，永夜述名媛。生小貯金屋，弱齡弄玉硯。海桑失廬畝，竹素易釵鈿。感爾瑶華贈，時時動紈扇。芰荷綴鴛翠，天真寫素絢。詠絮謝女匹，織錦蘇娘彦。儂是小家女，畏令仙人見。注目倚鏡閣，因風寄方便。所恃一片心，的的託澄練。

閨外將歸

茶花梅蘂自紛飛，小圃身如坐翠微。不定陰晴天欲倦，何方燕雀晚知歸。王孫歲歲懷芳草，侍女朝朝倚繡幃。見説畫眉人且近，湘山如黛未應稀。

張介瑶一首

江蘇江寧縣葉某妾也。

題畫扇

舟中人被利名牽，岸上人牽名利船。江水悠悠渾不斷，問君辛苦到何年？

《在園雜志》：國初江寧葉某者，曾任明末太守，有宗室觸其怒，既難加刑，怒又莫解，乃使人曳於赤日中而曝之。鼎革後隱於醫。時人戲贈一聯：『一敗一成，郡守改為國手；九蒸九曬，天潢變作地黃。』其妾張介瑶能詩善畫。昔先大父任江藩時，介瑶以扇獻之先大母，上畫官舫，岸人曳縴。題云云，詩句超脱，但不似女子口吻耳。

楊琇十一首

字倩玉，浙江錢塘縣人，柳亭沈遹聲之側室也。著有《遠山詩鈔》。

《西湘竹枝詞續集》：楊琇，字倩玉，錢塘縣人，歸沈遹聲。

朱柔則《閲楊倩玉遠山遺集》詩：宏農一麗人，涕淚十三春。久别能相待，于歸若有神。合歡憐歲短，遺詠見情真。彷佛香魂在，含愁翠黛顰。

秋夜

秋夜一何長，閨人思斷腸。耿耿不遑寐，蟋蟀鳴空堂。孤燈照羅幃，西風吹我裳。迢遞牛女星，河漢遥相望。憂來將如何，撫弦發清商。淒然訴危柱，悠哉我心傷。

古别曲

送子玉關行，山海幾超忽〔一〕。長途馬蹄穿，遠行車輪折。塞上天氣寒，北風何凜冽。層冰高嵯峨，荒林積霜雪。一望無人煙，肝腸為斷絶。邊塞隔中州，骨肉渺天末。人生能幾何，歲歲苦離别。

楊柳曲

西湖春日春風和，好鳥相喚春聲多。垂楊垂柳生路側，長條短條弄春色。月中裊裊淡疑煙，風裏絲絲細如織。美人樓上理新妝，珠簾低捲映朝陽。鏤玉彩蛾飛鬢畔，泥金紫燕舞釵梁。陌頭望望征人遠，朱顏明鏡傷春晚。廻文錦上淚斑斕，尺素書中情繾綣。可憐游子唱陽關，相對青青不忍攀。握手徘徊斜日暮，迢遥不見長亭路。斷腸河畔斷腸花，銷魂橋畔銷魂樹。别有冶游輕薄兒，章臺走馬故遲遲。牽情處處廻青眼，飲恨時時鎖翠眉。數聲啼鳥催歸去，漫天撲地愁飛絮。幽居空自憶陶潛，風流誰復思張緒。灞岸隋隄秋復春，舞臺歌榭總成塵。惟有浮萍流不盡，溝水東西愁殺人。

夜坐

獨坐不知久，樓高夜氣清。銀河垂曠野，珠斗下層城。花月春前病，雲山夢裏程。歸心正無賴，一雁又南征。

納凉

晚凉初過雨，小徑獨徘徊。雜樹雲廊繞，重簾水榭開。荷風隨倚枕，松月照銜杯。漸覺絺衣薄，山中秋早來。

秋感

昨夜秋聲入翠幃，高樓徙倚到斜暉。連雲城郭青山起，傍水亭臺碧樹圍。籬菊開殘人卧病，井梧落盡客忘歸。空江日暮風蕭瑟，欲採芙蓉淚滿衣。

夕霽

伏雨初收天氣晴，斷虹斜日上高城。半江返照入簾静，一樹野蟬當户鳴。獨坐閑窻披翠帙，不教侍女掃紅英。晚來詩思清于水，更向南山待月明。

班倢伃

容華秖自惜，不敢望君憐。薄命同紈扇，秋風應棄捐。

西湖竹枝詞

斷橋西去竹間廬，不道山孤人亦孤。嶺上梅花知妾是，水中萍葉似郎無？

《城東雜録》：女郎楊琇，字倩玉，家東城之羊市。明慧娟靚，雅善篇詠。有《西湖竹枝》云云，人皆傳誦之。後歸沈遹聲為妾。遹聲《浣溪紗》云：『一帶高城蕭寺東，遠山映水入簾空，箇人凝立畫屏中。衣褶暗藏花露濕，領巾斜沁粉香融，怎禁往事意惺忪。』為倩玉作也。蓋其初曾慕才越禮云。

小語

小語銀屏月正圓，輕風不動繡簾前。莫教情薄輸團扇，不待秋來便棄捐。

塞下曲

白草蕭蕭塞馬秋，濃霜入夜冷征裘。玉關不鎖長安月，萬里隨風度隴頭。

【校記】

〔一〕超忽：《國朝閨秀正始集》作『迢忽』。

徐横波三首

字眉生，一字智珠，又字眉莊，本姓顧，江蘇上元縣人也。後歸合肥龔尚書鼎孳，誥封一品夫人。著有《柳花閣集》。

《板橋雜記》：顧媚，字眉生，又名眉莊。妍靚秀雅，風度超羣，鬢髮如雲，桃花滿面，弓彎纖小，腰肢輕亞。通文史，善畫蘭，追步馬守真，而姿容勝之，時人推為南曲第一。家有眉樓，綺窗繡簾，牙籤玉軸，堆列几案，瑶琴錦瑟，陳設左右，香煙繚繞，簷馬丁當。余嘗戲之曰：『此非眉樓，乃迷樓也。』人遂以『迷樓』稱之。當是時，江南侈靡，文酒之宴，紅粧與烏巾紫裘相間，座無眉娘不樂。而尤艷顧家廚食，品差擬郇公、李太尉，以故設筵眉樓者無虚日。然艷之者雖多，妒之者亦不少。適浙來一傖父，與一詞客争寵，合江右某孝廉互謀，使酒罵座，訟之儀司，誣以盜匿金犀酒器，意在逮辱眉娘也。余時義憤填膺，作檄討罪，有云『某某本非風流佳客，謬稱浪子端莊。以文鸞彩鳳之區，排封豕長蛇之陣；用誘秦誆楚之計，作摧蘭折玉之謀。種夙世之孽冤，煞一時之風景』云云。傖父之叔為南少司馬，見檄，斥傖父東歸，訟乃解。眉娘甚德余，於桐城方瞿庵堂中，願登場演劇為余壽。從此摧幢機矢，脱風塵矣。未幾，歸合肥龔尚書芝麓。尚書雄豪蓋代，視金玉如泥沙糞土，得眉娘佐之，益輕財，好憐才下士，名譽盛於往時。客有求尚書詩文及乞畫蘭者，縑箋動盈篋笥，畫款所書『橫波夫人』者也。歲丁酉，尚書挈夫人重遊金陵，寓市隱園中林堂。值夫人生辰，張燈開宴，請召賓客數十百輩，命老梨園郭長春等演劇，酒客丁繼之、張燕筑及二王郎、十娘、王卽娘皆在焉。時尚書門人楚嚴某，赴浙監司任，逗遛居樽下，褰簾長跪〔一〕，捧巵稱：『賤子上壽！』坐者皆離席伏。夫人欣然為罄三爵，尚書意甚得也。余與吴薗次、鄧孝威作長歌紀其事。嗣後還京師，以病死。斂時現老僧相，吊者車數百乘，備極哀榮。改姓徐氏，世又稱徐夫人。尚書有《白門柳傳奇》行於世。

又，顧眉生既屬龔芝麓，百計求嗣，而卒無子。甚至雕異香木為男，四肢俱動，錦綳〔二〕繡褓，顧乳母開懷哺之，保母褰襟作便〔三〕溺狀，内外通稱『小相公』，龔亦不之禁也。時龔以奉常寓湖上，杭人目為『人妖』。後龔竟以顧為亞妻。元配童氏，明兩封孺人。龔入仕本朝，歷官大宗伯，童夫人高尚，居合肥，不隨官京師，且曰：『我經兩受明封，以後本朝恩典，讓顧太太可也。』顧遂專寵受封。嗚呼！童夫人賢節，過鬚眉男子多矣！

陳其年《婦人集》：徐夫人識局明拔，尤擅畫蘭蕙，蕭散樂託，畦徑都絶，固當是神情所寄。

《詞苑叢談》：龔定山尚書，與橫波夫人月夜泛舟西湖，作《醜奴兒令》四闋，自序云：『五月十四夜，湖風酣暢，月明如洗，繁星盡斂，天水一碧。偕内人繫艇子於寓樓下，剝菱煮芡，小飲達曙。人聲既絶，樓臺燈火，周視悄然，惟四山蒼翠，時時滴入杯底。千百年西湖，今夕始獨為吾有，徘徊顧戀，不謂人世也。酒語清恬，因口占四調以紀其事。子瞻云，何地無月，但少閑人如吾兩人。予則謂何地無閑人，無事尋事如吾兩人者，未易多得爾。』詞云：『一湖風漾當樓月，涼滿人間。我與青山，冷澹相看不等閑。　藕花社榜踈狂約，緑酒朱顔。放進嬋娟，今夜紗窻可忍關？』又云：『木蘭掀蕩波光碎，人似乘潮。何處吹簫，輕逐流螢度畫橋。　白鷗睡熟金鈴悄，好是蕭條。多謝雙篙，折簡明宵不用招。』又云：『情癡每語銀蟾約，見了銷魂。爾許温存，領受嫦娥一咲恩。　戲拈梅子横波打，越樣心疼。和月須吞，省得濃香不閉門。』又云：『清輝依約雲鬟緑，水作菱花。蘇小夭斜，不見留人駐晚車。　湖山符牒誰能管，讓與天涯。如此豪華，除却芳樽一味賒。』

《觚賸》：合肥宗伯所寵顧夫人，名媚，性愛貍奴。有字烏員者，日於花欄繡榻間，徘徊撫玩，珍重之意，踰於掌珠。飼以精粲嘉魚，過饜而斃。夫人惋悒累日，至為輟饍。宗伯特以沉香斵棺瘗之，延十二女僧，建道場三晝夜。

《圖繪寶鑑》：徐眉，字横波，金陵人，合肥龔尚書芝麓夫人。長齋事佛。畫蘭石山水，天然秀絶，氣韻在筆墨之外。又善詩詞小令，有唐宋風味。

《蓮坡詩話》：某尚書之於柳是、龔之於顧横波，同類燕人之惑易，惜無蘭湯以洗之。宣城梅耦長庚有《題顧眉生畫蘭》詩：『半幅雙鈎楚澤春，南朝舊部總傷神。蘼蕪詩句横波墨，都是尚書傳裏人。』托諷遥深，亦屬實録。

《湖船録》：龔孝升宗伯嘗同顧姬横波寓湖上，於夏夜繫艇樓下，小飲達曙，月明如洗，天水一碧，樓臺燈火，周視悄然，惟四山蒼翠，時時滴入杯底。作《醜奴兒令》云云。藕花社，蓋舟名也。

《國朝畫徵録》：顧媚，字眉生，號横波，龔宗伯芝麓妾。工墨蘭，獨出己意，不襲前人法。眉生本伎女，芝麓納爲妾。芝麓仕國朝，當得封典，妻童夫人曰：『我於前朝已受封誥，今讓於顧氏可也。』眉生遂受封。

朱彝尊《題顧夫人畫蘭》詩：眉樓人去筆牀空，往事西州説謝公。猶有秦淮芳艸色，輕紈勻染夕陽紅。

王綱《酬顧夫人畫蘭》詩：不倩胭脂落落成，素縑一幅重連城。有時滴露人難吸，無數臨風葉不鳴。紅燭高燒宜晚睡，緑蕪細點傍春生。酒深歌罷木蘭去，花史寧將品第輕？

詠醉楊妃菊

一枝籬下晚含香〔四〕，不肯隨時作淡粧。自是太真酣宴罷，半偏雲髻學輕狂。

舞衣初著紫羅裳，別擅風流作艷粧。長夜傲霜懸檻畔，恍疑沉醉倚三郎。

海月樓坐雨

香生簾幙雨絲霏，黄葉為鄰暮卷衣。粉院藤蘿秋響合，朱欄楊柳月痕稀。寒花晚瘦人相似，石磴涼深雁不飛。自愛中林成小隱，松風一榻閉高扉。

【校記】

〔一〕跪：原作『春』，據余懷《板橋雜志》（康熙刻本，下同）改。

〔二〕綳：原作『網』，據《板橋雜志》改。

〔三〕便：原作『更』，據《板橋雜志》改。

〔四〕香：《國朝閨秀正始續集》作『芳』。

袁倩 七首

字蝶仙，江蘇長洲縣人，顧益齋側室也。著有《蝶仙遺詩》一卷。

韓矩《蝶仙遺詩序》：金閶袁倩蝶仙者，余友顧益齋之寵，曾於催粧時請見，見其幽閑貞静，殊不類傭兒家女。久又稔其精藝能，尤酷好畋獵書史。月下一琴，花前一笛，淺斟低唱，麈談茗戰，凡閨秀，無不艷服。從來尤物，不出世，天必令魑魅以殃之。果然墮羅刹國中，遂怏怏感憤成疾，私鍵其稿，以授弟，撫床痛哭，囑之曰：『此嵇康《廣陵散》也。余幼讀《小青》一傳，恨其稿爲大婦焚。余才雖不逮小青，不幸遇與小青等。薄命飃零，夫復何憾？倘後之風流秀士出，憐其命而憫其窮，亦似我今日之悲小青者以悲我，庶我雖死於鳩盤茶之手，終不死於千百世以後之人心。』噫，姬之言，誠哀矣哉！後姬疾幸愈。余與其弟交最密，故以姬稿授之。余取瀏覽終帙，感憤不自勝。其寫怨言愁，真墨和淚染，而幽思元語，在筆前意外。跋燭劈箋而序之。忽夜烏號散，林木飈飃，颼飃風起，呼濁酒連沃數觥，準擬夢入，奈何天踼翻鈌陷世界也。

曉起遣興

半床初睡足，抱日倚簾斜。鵲占巢争樹，蜂馱蕊鬧衙。山光分野墅，春色到鄰家。心事憑誰語，啣盃細啜茶。

夜

薜蘿庭院静，小鼎炧殘香。風急斜穿壁，衾寒獨倚牀。昏燈延入夢，淡月引飛霜。纔聽孤鴻去，鐘聲又過牆。

偶成

清宵有淚只啼紅，獨抱衾裯冷院中。子母鴉聲嫌玉項，雌雄烏乳妒金籠。魂銷竹塢三更雨，夢斷雲窻一笛風。執拂自安余薄命，雙眸那解識英雄。

病

小閣朱扉不下關，一春銷盡舊時顔。夢中簫鼓蘇臺月，病裏鶯花茂苑山。細檢詩筒雙匣滿，亂堆藥裹半床閑。劉安雞犬原仙種，好駕雲遊碧落間。

題墨牡丹圖

墨痕輕染素綃長，展向風前别露光。厭煞沉香亭上曲，不將脂粉媚三郎。

枕上口占

銀河難倩鵲爲橋，巫峽行雲夢已遥。戍鼓聲中聞短笛，銷魂人度可憐宵。

暑

小院風微扇舞頻，半床粉汗濕紅巾。驕陽只解施炎虐，不念空閨病肺人。

鄒蓮午一首

浙江嘉善縣人，進士丁彦副室也。

《檇李詩繫》：鄒蓮午，嘉善人，進士丁彦妾。其繼妻吴中燕，不能容，入空門焚修。

即事

初裁白袷立梧庭，瘦骨徒憐病葉零。酒潑紅酥猶帶冷，三三五五見疎星。

張粲十首

字疎影，江蘇江寧縣人，農部許承欽妾也。秀眉目，鬒髮玉膚，性慧而静。年十五歸農部，攜歸武林，處玉壺冰軒中。窻外雜花繞闌，姬爇香烹茗，日宴坐其中。復同抵燕，僦居弊屋，塵沙雜遝，怡然自安，茶瓜蔬酌，賴以永日。姬初不解詩，農部暇即誨以音律，旬日遂能中程度。著有《適燕吟》。卒年僅十八。

樓居偶成

一竿晴旭上簾鈎，點點寒山翠入樓。多病懶裁鸚鵡賦，薄寒初御鷫鷞裘。香浮竹葉杯中影，聲徹梅花笛裏秋。平楚蒼芒驚欲雪，澹煙如織逈生愁。

舟中立秋

金井梧桐墜，輕寒漸中人。妾心如落葉，回首惜青春。

信至

門前綦履跡，閣外咲談聲。怪得銀釭裏，燈花夜夜生。

七夕懷武林諸姊妹

烏鵲橋邊夜度秋，穿針記共上高樓。那知萬里銀河水，瀉入南天盡是愁。

對鏡憶冰綃姊

昔年牕繡對青江，倚檻廻看玉一雙。今日鏡中惟瘦影，含情不忍向寒窻。

聞鄰家撫箏

誰家銀甲弄春陰，絃上深情指不生。彈到斷腸渾不住，應憐漂泊在京城。

晚春

春事闌珊鎮日陰，客中消盡〔一〕斷腸吟。妾心正似橋頭柳，不遇東風恨不深。

弄簫

小欄閑品玉參差，偷眼嬌花綻幾枝。曲罷巡檐聊騁望，秦樓煙雨正迷離。

夢秦淮别業

曾登快閣看嬌紅，轉眼春光入夢中。安得翩躚同燕子，隨風吹過大江東。

秋夜與漱雪夫子對酌

數杯菊露暈紅潮，入體春風恨暫消。怕引鄰家聽别調，慰郎低唱滯人嬌。

【校記】

〔一〕消盡：《國朝閨秀正始集》作『消息』。

華浣芳五首　句

江蘇長洲縣人，華亭張訓導榮之妾也。著有《挹青軒稿》。

張榮《挹青軒詩稿序》：己丑歲，予至吴，寓半塘。是時浣芳年一十有五，父蚤喪，同老母、幼弟居白馬橋側。予聞其能詩，倩媒氏李媪者將舊作數篇送閱。浣芳把玩不釋，愛慕無已。母笑曰：『盍事諸？』浣芳良久不語。媒曰：『四愁子正欲登堂拜母。少從容，俟相見時定奪。』翼日造訪，面試《睡鞋》一絶，知其天分過人，可與言詩者矣。於是納禮定婚，同歸雲間。暇日予問其學詩之由，對曰：『妾九歲時夜夢朱衣人引至殿上，殿上坐一王者，云是唐朝太宗皇帝，問予曰：「兒欲學詩否？」予茫然不知所謂。未及答，但聞「宣一代詩人上殿」，隨見玎璫玉佩者約百計，趨謁畢，太宗因命諸人各授一篇。醒時亦不復記憶。嗣後，出口每多五七字語。或曰：「此詩也。」於是覓唐人詩讀之，覺如逢舊識。女工之暇，竊傚顰焉。然初未嘗知詩，幸先生有以教我。』數年來，造詣益進，凡諸詞曲，亦有可觀。方期教學相長，豈料因産病亡，舍我而去也。亡後六月，檢其遺稿，珠玉盈箱，傷心慘目有如是耶！各體略録數篇，使世之閲是集者，共歎紅顔之薄命、好物之不堅牢也。是浣芳雖死而常存。歷年二十有三。安知不為千百世之美談耶？〔一〕

《空明子雜録》：十月既望，夜將半，睡中見浣芳自外至，顧我而笑，倚樹而歌曰：『乘彩鳳兮差池，跨蓬萊兮採紫芝，欲歸華表兮杳無期。』予聞歌驚惋，急欲問之，步至簷下，陡然而覺。明晨，起坐殊覺悶悶，因又拈前調，以當哀輓云爾。亦録於此：『滴醋投江，撮鹽抛海，神仙難辨酸鹹。醉殘泥我，脂粉尚粘衫。誰知一去無消息，似天上乘槎駕彩蟾。猶記夜深握管，寫盡汀花岸草，嶺檜岡杉。飛燕輕盈，小語憶呢喃。豈料瑶池貪赴宴，忘前緣，都付浪潺潺。』

【輯補】

張榮《空明子文集》（康熙刻本）卷四《華姬述》：　華姬者，行四，自號曰浣芳居士。家本梁溪望族，四世族遷於姑蘇，因寄籍焉。九歲喪父，同母氏居彩雲橋下。性喜書，尤工鍼指。幼時有尼僧見之，曰：『是兒早慧，恐福薄，奈何？』母曰：『正合我意。且不願爲富家妻，得爲才人婦足矣。』迨年一十有五，予因喪子至吳。有媒李媪者，好詼諧，每呼予爲『四愁子』，素善姬，約予往聘。予曰：『未可唐突；矧予老矣，恐未得當。』因邀李媪偕往。既入門，曲廊偏廡，紅闌碧甃，不事雕飾，而潔浄可愛。庭內辛荑盛開，春蘭並茂，古梅三四本間植。天燭堂上，趙凡夫題『思齊堂』三字匾額，中懸唐子畏山水一幅，兩楹對聯鐫王煙客八分書，獸爐內餘香猶裊裊不絶。廊下雙扉半啟，湘簾斜捲，緑鸚哥時時高喚『客到』。登堂拜母，少敘寒暄，坐定後典茶竟，忽見桌上有新製睡鞋一隻，工巧絶倫。李媪把玩良久，正欲啟齒，母曰：『客來急避，未及收藏，是小女子物也。』李媪誇獎不已。予先聞姬能詩，意欲試之，隨取斑管，於薛濤箋上題一絶云：『柔情脉脉暗聞香，洛浦凌波合斷腸。金縷一彎弓樣窄，可憐長夜伴空牀。』倩李媪遞進索和。姬微笑曰：『談何容易！況男女有别，恐不應爾也。雖然，畫眉郎高年人矣，庸何害？』即於箋尾作小楷一行云：『裁成三寸麝蘭香，刻玉鏤金枉斷腸。點點輕塵沾不到，半鈎新月照牙牀。』予見之，不覺嘆賞。固請，遂締姻好，同歸雲間。明年攜之武林進香，一路談詩品酒，以消岑寂。及至錢塘，命輿人緩步，領略六橋花柳，蘇長公點綴佳處。姬忽得句，賦《菩薩蠻》一詞云：『柳絲煙鎖濃於織，東風褪盡桃花色。鶯□不禁憐，相看春暮天。　湖光一片好，摇颺蘇堤草。窄襪印香泥，盈盈歸路迷。』予亦和之云：『西泠橋畔人如織，韶華催老紅顔色。得意不須憐，長歌澹蕩天。　春光何處好，一抹遥山草。那惜醉如泥，天台路不迷。』姬曰：『若不拋磚，何由引玉？』予亦曰：『陽春白雪，難爲和矣。』登舟返棹，吟詠不輟。囑曰：『此非兒女子所宜，幸爲妾秘之，弗使儔輩笑我是小青一流人物。』未幾困於病，纏綿枕蓆者動輒經旬，藥石罔效。常向予曰：『宜男之信，無復望矣。』甲午歲，萬氏姊舉一子，撫之，不啻親生，喜溢眉宇，賀予曰：『君有子矣！』越三載，丁酉春，姬年二十有三，病稍間，忽有夢蘭之兆，顔益解。豈料九月中先室遭變，姬感恩戴德，哀苦不勝。至十一月望後，予往筠溪，經營塋事，至二十四日抵暮歸家，忽聞姬於是晨産難身殞。嗚呼，惜哉！又二十日，忽入夢告予曰：『妾本蓬山仙史也。控鶴朝元，叨陪侍側，殿前一笑，謫墮塵凡。九載追隨，姻緣不淺。匆匆歸化，話别無由，欲見良難，私心未泯。君嚴氣正性，元神大旺，三度相探，卒不可近。特懇道祖，假我寶鏡一枚，今夕始得達君寢所，以罄餘情。妾有《如夢令》一闋，爲君歌之。』歌曰：『你也道儂如夢，我也道儂如夢。今日看將來，真個一場如夢。如夢，如夢，仙去依然如夢。』予隨和一闋云：『昨日還疑非夢，今日纔知是夢。一晌細思量，到底是真是夢。是夢是夢，不是巫山好夢。』因泫然淚下。姬曰：『君達人也，奚爲慟？窮通，命也；生死，天也。緣聚則合，數盡則散，理之常也。花開花落，寧復知有愁苦之態乎？妾弟履仁，幸善視之。勉旃，强飯，珍重珍重。』含笑而去。予恍然披衣急起，但見殘缸猶焰，斜月微明，哀雁横空，晨鷄鼓翼。嗚呼已矣！誰復有如姬之聰明而柔順者？因略舉其始末，而述之如此。

憶遠曲

一鈎新月如眉黛，梧桐弄影簾櫳外。真箇可憐哉，征人何日回？

君馬黄

君馬黄，我馬青，聯騎謁卿相，聲華滿帝京。叱咤風雲變，一諾千金輕。揮鞭斥權佞，疾惡恐不勝。盛名每爲世所忌，一朝蹉跌涕淚零。看君馬，仍錚錚，黄金絡頭八寶鞍，貂蟬珥耳見者驚。我馬垂頭若喪氣，空庭夜月常悲鳴。安得凉飈颯颯至，助君一戰舒不平。

虎丘後山

陌上遊人亂，輕煙裊緑隄。桃魂應慘澹，柳魄正萋迷。流水廻波急，山花影不齊。落霞飛古渡，日暖燕含泥〔二〕。乍見修修竹，還聽百鳥啼。平原聊極目，春色正堪題。

閑吟

何處流泉韻最〔三〕清，片雲籠日照孤城。一枝有鳥花常落，四野無人草自生。竹暗遠山含夕景，風回曲水弄春情〔四〕。小窻自許真閑絶，莫管人間蝸角争。

和空明先生睡鞋原韻

裁成三寸麝蘭香，刻玉鏤金枉斷腸。點點輕塵沾不到，半鈎新月照牙床。

句

龍頭本是木來雕，黄口孩兒奪錦標〔五〕。

《挹青軒自怡録》：午日同先生看龍舟，先生命賦一絶句，予應之云云。先生見之，笑曰：『更不許作第三句。』

【校記】

〔一〕此後華浣芳《挹青軒詩稿》（康熙間《空明子全集》附刻本，下同）復有數語云：『嗚呼！予四十九丁亥年，喪我能文之子（名壎，字允諧，年十六歲，學大成而夭）。今五十九丁酉歲，又奪我能詩之妾（即浣芳）。胡天降凶一至於此？此天殆不欲以予之詩文傳世，使予左右乏人，聞見不廣，僅同於蠢蠢之細氓也。是予之命也夫，是予之命也夫！時康熙五十七年歲次戊戌清和月雲間空明子張榮景桓氏題於聽松書屋。』

〔二〕含泥：《挹青軒詩稿》作『銜泥』。

〔三〕最：《挹青軒詩稿》作『獨』。

〔四〕情：《挹青軒詩稿》作『晴』。

〔五〕此句《挹青軒自怡録》（康熙間《空明子全集》附刻本）有雙行小注云：『龍舟頭上立一踏龍頭孩子，裝飾殊麗，手執錦標。』

邵梅宜三十首

字雪友，又名飛飛，字扶摇，福建閩縣人。後爲羅密側室，不得其所，悒鬱而死。

无名氏《邵飛飛傳》：邵飛飛者，字扶摇，三山西湖女子也。幼孤，其季父授村童句讀，飛飛隔牆聞讀書聲，過耳輒成誦。七歲遍記《學》、《庸》、《論》、《孟》、《毛詩》，常闇誦於室。季父奇之，教之識字，一目了然。稍長即通大義，垂髪以才貌聞。里中求之者，阿母皆不許，蓋欲售顯者，以圖富貴也。閩寇伏誅，姚夏菴總督閩南。幕員有羅密者，道經其居，見飛飛浣衣湖畔，艶羡不已，復知其能文，遂殫力圖之。乃託辭續娶繼室，以千金餽母，又厚賄其季父，即歸之。居五載，秩滿還京師。其婦悍妒且虐，不能容，遂以飛飛配閽人。乃作《薄命詞》二十絶句、《燕臺詞》十絶句，以寄其母而死。

薄命詞 有序

妾邵姓梅宜，小字雪友。幼育名門，長嫻經史。家業凋零，相攸無復門楣之望；父母凍餒，憔悴俄成側室之稱。不料河東獅子，嘵哮於四畏堂中；可憐渭北楊枝，催殘於永豐巷内。硬配司閽，不啻郭悍鞭屠之慘；勒令薙髮，何殊柳妒弃麋之髡。見失足而難悔，欲回首以何由。淚添九曲，徒增不死之魂；夢斷八閩，難成絶命之句。蔡文姬之笳奏，前既有之；王昭君之琵琶，今亦宜爾。但燕子樓中，鴛鴦零落；因緣簿内，魚雁銷沉。霧鬢雲鬟，長埋塵土；斑毫湘帙，永作煙銷。啼馬上之紅，尤堪心惻；飲帳中之酪，那禁神傷。況孽魔未斷，空傳叱判之雄；業障猶存，便少曹公之舉。永墮異域，長辭故鄉。三十韻之初心始作，千万年之遺恨無窮。技乏吹篪，敢辭擯落之苦；歌非團扇，聊爲寫怨之聲。一言未就，千淚先垂。既屬紅顔薄命，難望君子矜憐。遂爾工拙之不計，又何嗤我之足云。

韋韝仍是紫臺宫，馬上琵琶曲未終。嫁得傖夫雙足健，報人佳壻好乘龍。

煙樹關山幾萬重，殘粧零落為誰容。如何的的親生女，只愛金錢不愛儂。

疎風冷雨對銀釭，心自酸辛淚自雙。高壘愁城堅似鐵，酒兵十萬總難降。

荻簾日影上遲遲，亂綰烏雲不畫眉。羨殺隔鄰誰氏女，金錢閑擲買胭脂。

鶼鶼比翼兩相依，文彩蹁躚世所稀。不料風濤生洛浦，鎩翎更〔一〕逐野雞飛。

自傷薄命更誰如，蘭蕙當年竟被鋤。回首五年成底事，風流好似夢華胥。

無端遴壻慕金珠，堪慟雙親一樣愚。寄語故園諸姊妹，荊釵裙布好歡娛。

白雲飄渺望中迷，獨倚南窻掩面啼。萬里飄零親念否，碧梧不是鳳凰棲。

積雨汚泥已没階，行行濕透小弓鞋。遥思多少侯門女，指點青鬟對對排。

騾車陣陣響如雷，門外風吹百尺灰。可惜春蔥纖似玉，自生爐火簇煙煤。

土屋茅簷撲面塵，可憐觸目也傷神。看他赫赫司晨牝，端坐華軒常帶嗔。

炎天斗室穢難聞，蒜蒜葱葱盡日薰。記得故園風景好，白羅紗襯石榴裙。

獅子容他吼獨尊，却將奴去嫁司閽。兒郎薄倖真堪恨，不記添香枕畔温。

憶昔雙雙倚畫欄，名花曾對並頭看。何期棄置如秋葉，忍把琵琶别調彈。

哮言狺語聒〔二〕多般，翻道吴儂〔三〕鴃舌蠻。悵望夕陽芳樹外，嬌聲嘹嚦語家山。

挑燈含淚疊雲箋，萬里函封報可憐。為問生身親父母，賣兒還剩幾多錢？

淡淡春山楚楚腰，菱花自對亦魂消〔四〕。如何願食鶬鶊婦，相見誰憐竟不饒。

奈爾鳴鳩居鵲巢，啄將紅蕊出枝梢。堪嗟薄命愁如織，却與詩人作解嘲。

自悔當初望太高，今成明月水中撈。風箏本是無情物，莫怪絲絲綫不牢。

鮫綃染血蹙雙蛾，搔首呼天怎奈何。俗子不知人意懶，燈前只管唱燕歌〔五〕。

想後思前恨轉加，悮人多是浣溪紗。既然負却當年意，何必尋春到若耶？

良宵無奈酒人狂，雨怨雲愁總斷腸。一枕難成鄉國夢，淒其殘月照空梁。

丰韻全消病已生，人人猶道妾傾城。郎心何似春江水，一任桃花逐浪萍。

蜀魄啼殘不忍聽，斷腸最是雨淋鈴。紅顔千古同悽惻，我又如斯慟小青。
豕圈雞棲暑氣蒸，嗡嗡滿屋鬧蒼蠅。有人水閣珠簾裡，猶説今朝熱不勝。
十里湖西憶舊遊，而今無復泛蘭舟。孤山曾吊真娘墓，此日相思泣素秋。
不須重賦白頭吟，入骨憂煎死易尋。贏得芳魂歸去好，一丘黄土百年心。
柳色依依逐漢南，樹猶如此我何堪。輸他鄰婦無思慮，碗大葵花滿鬢簪。
北地元冥〔六〕風太嚴，滿天飛絮壓茅簷。炕頭不是金爐火，馬糞如香細細添。
褲腿郎襠短短衫，金箍頭髻更巉巖。教奴依樣更粧束，滿漢平分道不凡。

《蘆中集》：邵飛飛，福州府人，色藝俱絶。康熙中，耿精忠反，有旗下羅御史者，隨王師入閩。羅見而説之，賄媒氏佯爲欲娶繼室，其父母得千金焉。既嫁，隨羅北歸，其大婦妒悍，以飛飛配一奴。飛飛作《薄命詞》三十首，流傳京師。有謀欲娶之者，飛飛旋死。

【校記】

〔一〕更：鄭方坤《全閩詩話》（乾隆刻本，下同）作『又』。
〔二〕聒：《全閩詩話》作『侉』。
〔三〕吴儂：《全閩詩話》作『奴儂』。
〔四〕消：《全閩詩話》作『銷』。
〔五〕燕歌：《全閩詩話》作『秧歌』。
〔六〕元冥：《全閩詩話》作『玄溟』。

卷之六十九

秦昭奴 二首

自署燕人。詩見鄧漢儀《詩觀二集》。

題壁

奴燕人也，少育於表兄李中官，因被選掖庭；倏以疹疾被出，遂爲豫章黄孝廉取充側室。雖愛有所鍾，而分制於嫡，夏日冬夜，徒有歸室之感。驅南千里，不如無生，偶成二絶句。秦昭奴淚墨自書。

車馬長程又短程，風沙涴煞舊真真〔一〕。無端燈盡空〔二〕村夜，卧聽霜天人吠聲。

不是長門恨裏人，辭他燕月問江濱。稗官那管紅顔惱，傳有人間妒婦津。

【校記】

〔一〕此句《國朝閨秀正始續集》作『軟塵繚繞客愁縈』。

〔二〕空：《國朝閨秀正始續集》作『荒』。

徐簡 五首

本名簡簡，字文漪，浙江嘉興縣人。休寧吴璵之側室也。著有《珮蘭閣艸》、《香夢居集》。

《檇李詩繫》：徐簡，字文漪，嘉興人，新安吴于庭副室。吴遊粤，留文漪於吴門。或曰後歸楊中翰。著有《香夢居集》。王端淑曰，其詩『輕清宛轉，無一率筆』。

和元微之生春詩

何處生春早，春生錦幔中。香吹金篆火，夢警玉鈎風。緑鬢〔一〕堆鬟膩，紅酥壓酒融。小窻遲日照，花影隔紗叢。

宫詞三首

看春偶立幔亭東，天語呼名内殿中。敕與司香薰雀尾，御衣旋覆象牙籠。

紅樓昨夜醉春懷，玉導當場勝賭牌。却被簾鈎輕觸損，聖恩重賜九鸞釵。

沉香亭子玉鈎欄，植遍名花按月看。第一莫栽紅芍藥，此花開後又春殘。

寄外

夾岸垂楊捲落花，春風咫尺是天涯。重門深鎖樓中燕，獨有王孫不在家。

徐釚《本事詩》云：簡簡字文漪，嘉興人，吴璵小妻也。其《寄外》詩云云。于庭吴璵《答閨人徐簡簡寄懷詩》：東風妝閣敞檐牙，春鎖重扉樹樹花。自是王孫歸未得，漫隨芳艸到天涯。

【校記】

〔一〕鬠：《名媛詩緯初編》作『髮』。

林秋香 一首

小名奴兒，江蘇人。詩見《過日集》。

題畫扇答訊

昔日粧臺舞細腰，任君攀折嫩長條〔一〕。如今寫入丹青裏，不許東風再動揺。

【校記】

〔一〕長條：《名媛詩緯初編》作『枝條』。

張秀 四首

字惠中，湖廣□□縣人，德州通政參議孫勷側室。著有《落霞堂存草》。

《古夫于亭雜録》：張秀，字惠中，能小詩，獨居於汴。暇與孫檢討子未相唱和，遂歸之。其在中牟，有和予三絶句。

《水曹清暇録》：湖廣閨秀張秀和阮亭三絶句，乃《雍益集》（之）《板橋》、《官渡》、《墊巾亭》三絶句也。惠中《薄命詞》三十首，爲時傳誦，内有『記得新恩明似鏡，曾梳高髻插金簪』之句。

初秋村居漫成

昨夜峯頭雨，飛流壯怒濤。翠微傷遠目，秋色入平皋。蕭瑟臨渦水，悲凉論楚騷。蘭臺當日事，千載欲爲曹。

秋閨怨

葉落空庭冷露垂，無端雙淚濕脂頤。平生恨絶花肥瘦，半世愁生月滿虧。夜静鴻聲偏入耳，秋深蛩語更攢眉。窻前颯颯風揺影，好夢頻驚怪竹枝。

登荊塗漫成

直上層巒雲氣低，滿巖花落草萋萋。春山杜宇千聲血，疑是荊人抱璞啼。

峭壁登臨覓徑痕，白雲深閉老僧門。當年執玉人何在，形勝還餘禹會村。

盛麗珠三首

字川媚，江蘇長洲縣人，新安鄭元蒼之側室也。

偶題

怪來窻上月，瘦影幾枝横。窻外梅新植，臨風自有情。

江月

冰輪湧出金波〔一〕潔，照耀乾坤光〔二〕不竭。笑指長江風浪平，嫦娥倒現波心月。

庭梅

風塵絶色今誰是，世外佳人僅有他。聞説孤山風景好，亭東遥睨〔三〕復如何？

【校記】

〔一〕金波：《本朝名媛詩鈔》作『清光』。

〔二〕光：《本朝名媛詩鈔》作『明』。

〔三〕睨：《本朝名媛詩鈔》作『擬』。

汪是 六首

字貞菴，安徽歙縣人，六安州廣文吴之騄室〔一〕也。好讀書，解吟詩，然甚韜晦。將死之前一日，以《梅影樓詩》及《伏枕吟》屬之騄訂定，附刊《留桂堂集》後，總名《餘香草》。

【輯補】

吴之騄《留桂堂文集》（清刻本）卷七《婦元配汪氏傳》：汪氏，歙潛水人，吴子之配也，名是，字貞庵，一號梅素。父學詩公，長者；母洪氏，孝謹稱於鄉里。汪氏乙酉生。年十四適余，余欲教之識字，及叩其所學，獨不辦制舉藝耳，他經史詩賦頗成誦，不相下也。嘗讀《内則》，至『婦事舅姑如事父母，毋私貨私畜私器，不敢私假私與』，慨然歎曰：『是皆兒意中事，先王緣人情而制禮，豈有所强耶？』又讀《司馬温公傳》，至『生平無不可告人言』，離席請曰：『妾願持此以終身，可乎？』余笑曰：『固非女子所及。』婦曰：『妾雖不敏，願終勉之。』性好樓居，言不踰閾，踵不出户，即婦人罕窺其面。治家嚴肅，五官並用，人不敢欺。然不以能自專，事無鉅細，必請於夫，得請則行，不得請則必不行。或余出外，亦必忖度余意，往往所見略同。騄數從父於真州，凡蘋蘩事先，菽水將母，雜佩以通戚娌，咸於婦是賴。母氏仁慈好施，急人之難，不顧身，致數困，婦以勤儉濟之。蓋嘗三脱簪珥：一為余母完諸負；一為余置兩妾；最後從宦華陽，復力助建啟聖公祠。母近同父居儀，嘗憶婦，病不食，婦晝夜泣，促余迎歸，勿藥而喜。所娶夏氏生啟兒，絶愛之，啟兒亦奇當人意。五月夭，婦一慟竟絶。姑號泣拜曰：『天乎天乎！奈何奪吾孫，並奪吾孝婦。』婦良久甦，開目熟視，曰：『姑幸無恙，兒何敢死？』然哭泣不少輟，病已入其膏肓矣。生二女：長秀文，早慧，六歲不育；次女嬪同郡許氏。余在華陽，拮据獨任，病日益劇。甲子仲冬，天兒生，婦頓愈，親洗兒繃抱，屬乳母，病復如初。時騄將赴公車，仍奉母出儀，惓惓未果行，婦曰：『親老在堂，郎何顧戀兒女？往矣。』既別，泣曰：『妾忝為吳家婦，有妾生子，有女出室，所生父母歸土，豈不可死？曩病呼郎，郎歸，輒又愈。今姑去真州，郎去長安，三千里計程，數月不得，與郎永訣，豈非天耶？』未幾余下第歸華陽，婦命輿櫬以從，曰：『妾死郎前，雖死不憾。』康熙乙丑六月，學宫有並蒂蓮忽遭傷折，又大士前瓶蓮一夕結實，別見《蓮異説》。婦因猛省，力疾求佛度脱，語余曰：『可住便住，不解做官何為者。』其誡女曰：『母有汝父，曾不能少戀，好丈夫亦是幻緣。』生死事大，遺命斂用婦人，毋厚葬。為留別詩數章。及八月朔，婦病小愈，呼諸婢急具湯澡身，易浄衣服，午後將謝人世。至未刻，覺煩懣，索茗飲之，氣遂絶。不瞑，余命持湯為澡身易衣，目乃瞑，喜顔如生。所著有《梅影樓詩》及《伏枕吟》。其絶句云：『郎身是妾身，死者真不亡。』則絶命詞也。《伏枕吟》大都口占，不能作字，余哀之，為改名《餘香草》。死之日，華陽人士涕泣，居里中諸姆張氏、方氏皆寡，有節操，哭之尤哀。舅姑俱寓真州，聞訃傷悼，謂勤儉持家，可稱健婦，如喪一丈夫子焉。

病中送郎北上

戎途亦已久，登車亦已遲。願君勉行邁，莫為兒女羈。慨念堂上人，努力恐後時。血淚點君袖，大義斷情私。霜雪委關河，夢魂尚追隨。但指青雲路，知無白首期。牽衣忽慟絶，死生争別離。君當復來歸，我當長相思。

古體留別

結髮事夫子，日月如轉轂。婦職豈云供，中宵聊佐讀。但惜別離苦，倡和多悲曲。宦遊近故鄉，幸得侍盥沐。艱難歷三歲，有無供饘粥。二竪久纏綿，餘生真桎梏。君貧妾復病，天意亦何酷！疲軀難自持，冉冉待空木。松柏誇歲寒，恩情乃愈篤。奉君不克終，冥報可能續？

古人皆已死，匪我獨哀鳴。自分在鬼籙，慟哭還跪陳。憐君抱奇氣，尚友古爲鄰。雞鳴忽長嘯，披衣不及晨。窮鳥寄寒枝，栖栖鬱不伸。食少更幽思，健忘如老人。丁寧重自愛，中饋誰復親。驅車上太行，世路何時平。不忮與不求，守道即守貧。公正莫發憤，明哲保其身。

高樹成美蔭，春暉發陽和。事姑如事母，依依廿載多。豈期各天涯，江風水層波。螽斯常逮下，憔悴真靡他。歸來幸無恙，一笑愈沉疴。會合日苦短，迢遞復關河。誰爲作羹湯，好自勸撫摩。此生那得再，涕泗空滂沱。

女死復有女，兒死復有兒。泉下我所愛，膝下君所知。嫁女如未嫁，歸寧常及時。兒年未一歲，少可奉君嬉。願君語新人，成立須提攜。金釵與繡襦，是妾所留貽。鉛華非我御，裙布遂我私。慎勿作無鹽，濃粧委塗泥。千秋倘同穴，薄葬豈不宜？君心已無餘，安因〔二〕長相思。但憐妾病苦，日夜向君啼。

夢敔兒

形影相爲命，蜉蝣生事忙。五更時入夢，百種意難忘。啼咲猶盈耳，悲思已斷腸。黄泉應待我，病骨好扶將。

【校記】

〔一〕室：原作『側室』，據吴之騄《婦元配汪氏傳》（詳見『輯補』）改。

〔二〕安因：《國朝閨秀正始集》作『安得』。

戴凌濤 三首

字文姬，或曰文淑，江蘇江都縣人，蔣塞翁之側室也。著有《綠窗遺稿》。

吴藹《次蔣曠生悼亡姬戴凌濤》詩：『底事風摧異樣花，香魂應返玉鈎斜。樊川腸斷揚州夢，月下猶疑響鈿車。』『時世難留淡淡妝，鏡奩零落膩遺香。最憐病減西風夜，依舊詞成吊海棠。』『石上相逢是舊緣，金蟬鈿雀故依然。當時一笑渾閑事，懊惱長教憶往年。』『出來誰不爲情癡，況復多情那自持。暮雨朝雲皆是夢，縱聞紅豆莫相思。』

尋梅

破臘開偏早，尋芳徑轉幽。新詩探驛使，香夢到羅浮。欲著看花屐，應來載雪舟。臨風一檢點，春意在枝頭。

渡江

嬌姿生長在蘭房，問渡江干上野航。南北連雲真浩瀚，水天一色盡蒼茫。金山粉黛凝微點，瓜步牙檣列兩行。一自扁舟吴下去，不禁回首舊家鄉。

倚闌看月

碧漢迢遥夜氣清，倚闌看月十分盈〔一〕。何時飛入蟾宫去，長伴姮娥弄玉笙。

【校記】

〔一〕十分盈：《本朝名媛詩鈔》作『倍分明』。

孫玉娥一首

廣西融縣人，知縣范天泰之妾。

邊庭曲

承恩一日戍金微，沙塞年年裹鐵衣。無定河邊撫戰骨，白頭終羨子卿歸。

葉文三首

字素南，江蘇吴縣人，善畫蘭，武林張賁孫副室也。

《圖繪寶鑑》：葉文，字素南，松陵人。善畫蘭，亦工詩。丰姿綽約，如飛鳥依人。幼配嚴姓，困於貧，流落吴門。後歸武林張繡虎爲副室。

寄鄒流綺

幾度黄昏後，懷君怯上樓。娟娟松外月，偏照别離愁。

雨餘

連朝積雨洒窻紗，遥聽枝頭噪晚鴉。為問年來惆悵事，晝長休上七香車。

春寒夜雨

羅袂春寒斗帳空，夢殘芳草怨東風。隔窻雨洒聲聲急，狼藉庭前一夜紅。

徐如蕙 九首

字瑶艸，湖北漢陽縣人，張叔珽之副室也。著有《丆樓詩》。

江蘭《丆樓詩序》：徐妹瑶艸，年方二八，聰穎過人。方初來也，女工而外，一事不知。余教之以識字叶韻，不半年而字能書，音能調矣。又教之讀書屬對，頗能會意；教以作五七言絶句，竟能成章，余心愛之。又教以作詩餘，而體用平仄、換聲改調，有如夙構。噫，異矣哉！〔一〕花晨月夕，固足以娱藁砧，而風雨晦明，實吾閨閣之良友也。夫子命名曰『如蕙』，余以『瑶艸』字之。積久詩詞盈帙，顔以『丆樓』。丆樓者，其樓最小，沿山而上，有似巖丆；徐妹嘗吟詠其中，故以此名集云。〔二〕

和嫡夫人江貞淑賦得拙踈性集句

賦得拙踈性，千憂不上眉。捲簾通燕子，汲水得魚兒。竹籠秋收果，燈窻夜覆棊。山川閑世界，俯仰愜心期。

賦得拙踈性，縱横書亂堆。風蟬聲不定，野蝶晝還來。春事初移柳，林香尚有梅。好花如可折，强插滿頭迴。

賦得拙踈性，尊前且醉歌。鳥聲穿户去，山色上樓多。世俗輕瑚璉，家山足薜蘿。興來棊一局，不必上三峨。

賦得拙踈性，悠然卧曲肱。相親惟白水，耐久是青燈。艸木開還閉，溪雲暗復興。荒凉自有趣，聊亦記吾曾。

暇日同嫡夫人和夫君雜興

欲領園中趣，更衣代啟扉。久無人跡到，翻覺鳥聲稀。臨水魚窺影，登樓燕故飛。縹緗書滿架，即此可忘機。

奉和嫡夫人

暮煙夕照景重重，嬝嬝婷婷繡幕封。月映朱顔都不識，煙窺緑鬢只如慵。纖腰淡蕩春風柳，寶髻堆盤玉女峯。莫是徐妃妝半面，得毋許婦乏奇容。如卿何必堅迴避，巫峽瑤池幸再逢。

千葉桃

疊錦堆霞艷，楊妃賴助嬌。上林春色好，獨爾更夭嬈。

雀

玉羽金衣不計年，一沖嘹唳輒聞天。蓬萊消息君知否，九轉還丹賴汝傳。

哭嫡夫人

檢點愁腸付水漚，誰人能保百年不？身前富貴三生定，死後才名萬古留。

【校記】

〔一〕此後江蘭《倚雲樓文選》（康熙刻本，下同）有『以蓬蓽之女，似可追彼學士大夫，亦奇矣哉』一語。

〔二〕此後《倚雲樓文選》復有數語云：『余卒業，手授而謂之曰：婦人之道，以德為主，才次之。三百篇類多婦人女子之什，而漢、唐、宋以來，大家□姬輩，未易指數也。他如錦心繡口，多戛玉之宏篇；藻思鴻才，剩敲金之秀句，那堪殫述？然要之一本于德。若夫桑間濮上，並附《關雎》，聖人原有深意，蓋以示勸懲也。今汝以妙年，手録口誦，他人患其才少，我正患其才多。夫才者，天地之所忌也。古今才士文人，往往顛沛流離，不得見用于世而淹没以老者，比比矣。即如我夫子，十三應舉，迄今尚未一第，豈才之不足哉？或亦有物焉以忌之也。語云：士不幸而有才，女不幸而有貌。汝之貌，既不幸矣；又加以不幸之才，豈如男子僅厄其不第已哉？吾願汝斂才靜氣，善事夫子，佐余不逮，螽斯振振，余之厚望於汝者，在此不在彼。若夫拈弄筆墨，特餘事耳。請以質之夫子，其以余言為何如？』

柳聲 四首

字紫畹，江蘇華亭縣人。

《翠樓集》：柳聲，字紫畹，華亭人。少穎異，淪落平康，色藝不羣。昔寓維揚，今適天長王君矣。友人致慨詩有云：『楚峽雲歸芳夢散，邗溝月在故樓空。』真不勝風流雲散之感。

《圖繪寶鑑》：柳聲，字紫畹，松江人。善歌，工詩畫。歸天長王野倩，不逾年而殞。時甚惜之。

採蘭

深深一片心，小閣未梳春。戲剪雙頭朵，慇懃贈箇人。

風蘭

香魂摇曳不勝愁，珍重攜來上小樓。分付封姨莫相妒，空山誰肯惜清幽？

月蘭

花香月浄正相當，不學繁枝引蝶忙。夜靜影移春砌動，淒涼和夢到書床。

雨蘭

踈欞滴瀝雨摧花，一串芳心九畹斜。西子廟前迷杜宇，莫愁湖上濕盧家。

冷玉娟 四首

字姍姍，山東萊陽縣人，吳川知縣膠州宋某側室。著有《珂月集》、《硯爐閣集》。

【輯補】

冷玉娟《硯爐閣詩集》（《清代閨秀集叢刊》影印胡文楷抄本）載重潤序：厥初恒性，情志生焉；厥後有詩以滌盪其情，有敘以紀綱其志，即小大為差，舉焉皆可觀。故琴流而入户，酒出而當壚，不鄙燕私，傳為韻事。腐公固重其才歟？矧綺窗捧硯，芸閣侍書，昭榮絶代者耶？柳莊小鬟玉娟，能為《硯爐閣詩》，余其最晚知。平原乩之，廣平繼之，一朞朞，一刺刺，余唯唯否否，乃煩折簡來。廣平曰：『嘻，掌人唯唯否否，謂余不信乎？大娟未易材也。五言古，直漢《十九首》，即魏晉無倫；兩絶，殆青蓮、龍標一輩。《秋興》八首，真杜曲良朋，《謝琴》一章，尤濟南畏友也。咄咄，娟可易材歟？』余曰：『嘻！』亟索披讀，洵不誣。猗嗟乎含風笑日，呪桃怨柳，詩女之恒，娟乃軼《香奩》、《玉臺》，賦情十三，賦事十七，竄身於古忠臣孝子、勞人怨女間，而曲肖其生平。甚至筆摇岳，氣淩滄，女而士，可忽乎？緊，吾於此得三奇。娟生叢棘間，無蘭桂資，乃感時知興，遇物能鳴，一奇也。才矣，又加學，游中丞梱奥，繙萬卷而丹黄之，使古道照顔色，二奇也。主人老矣，能深情，淡乎情，以八體四聲迪，勤勤若良師，卒不汚我私，全其璧付良人，三奇也。而且人去矣，不遐遺，彙其句而梓之，日置硯爐上晤對焉。為之友者，又三薰三沐，拜啟而反覆之，曰：『天之鍾情，實在我輩。

玉娟何幸乎！而況有其有者，貯黄金屋，坐白玉牀，藉以香屑，濯以桂露，内於柔衾之中，置諸薰籠之上，更為栽培而調護者若何也，而故主弗之知矣。雖其室則邇，其人則遠。然緑綺在室，白雪在樓，廣陵一散未佚乎，黄絹重題，吾且終問諸海濱矣。』戊午上元七十五歲老人清河滄溟甫重潤題於其所居。

同集載周西園《弁言》：余家婢子名玉娟者，字姍姍，初受管絃，藝既成，不樂；又受歌曲，藝既成，尤不樂。迺長跪請余曰：『向所受，賤藝，竊恥為之。且彼歌曲者，何人所作？是不可以學而能乎？』余心奇其語，謬曰：『是非汝女子所能。』既示以等字翻切法十餘日，試之，應對無誤。余召之曰：『汝可教也。今之所為歌曲者，皆古詩三百篇之支流。古今閨媛以詩名世者，指不勝屈，汝顧未之聞耶？』娟欣然頓首曰：『願受教。』遂以絶句授，次近體，又次古歌行，漢、魏、晉、唐、明詩之成誦者，無慮數千篇。初效顰，無俗致，久之間出警語，命題捉筆可立就，雖不能工，亦無甚苟且弊。綴稿幾盈千，非其學力，蓋有天分焉。丙辰冬杪，適膠西宋子。終始厥業，底於有成，全不敢知。玆就其稿選二百五十篇，彙為一帙，存之以識婢子天分之敏如玉娟者，蓋不多見云。西園主人題。

同集載冷玉娟《自敘》：人間業者冷氏女，自齠齡為周衙侍兒，命名玉娟。主母憐兒慧，不以掃除役，得親楮墨，學塗鴉。花晨月夕，命題吟和，凡剩箋斷簡，揮灑不計，前後三數年，為張、趙、劉三先生所裁削者，悉藏廢簏中，並未敢以示諸窗姊。今及笄，將適膠西，主公索新舊稿，命繕成頁，未敢以詩名也。亦主公憐天籟之鳴，不負三先生郢削之迹云爾。

擬古

園中桃李花，灼灼向春陽。春露澤我色，春風揚我香〔一〕。枝枝相掩映，葉葉相扶將。何當秋風起，荏苒飛嚴霜〔二〕。繁華一銷歇，故園無留芳〔三〕。吁嗟盛時去，歡愛永相忘。

秋晴

霽色明高樹，東山帶曉霞。鶩飛雲外雁，錦字落〔四〕誰家？

塞下曲

雁門西去即〔五〕龍沙，明月高懸不見家。欲攬鐵衣雙淚落，邊聲夜夜咽秋笳〔六〕。

春夕

一片明霞依緑樹，東風吹徹碧雲開。多情惟有天邊月，還〔七〕向愁人院裏來。

【校記】

〔一〕香：冷玉娟《硯爐閣詩集》（《清代閨秀集叢刊》影印胡文楷抄本，下同）作「芳」。

〔二〕此句《硯爐閣詩集》作「白露變為霜」。

〔三〕以上兩句《硯爐閣詩集》作「繁華會枯槁，落木亦凋傷」。

〔四〕落：《硯爐閣詩集》作「付」。

〔五〕即：《硯爐閣詩集》作「是」。

〔六〕以上兩句《硯爐閣詩集》作「無限鄉心憑短笛，寒風一夜動胡笳」。

〔七〕還：《硯爐閣詩集》作『偏』。

汪静宜 二首

字穉嫺，江蘇江寧縣人，劉吏部公㦸之副室也。

京邸作

長信不知君意切，相思猶隔兩重雲。不須更買長門賦，但畫蛾眉以待君。

六月高風振海吹，遥遥親舍白雲陲。誰知天上芳菲淚，濕却新愁似斷絲。

《池北偶談》：劉公㦸吏部姬汪氏静宜，字穉嫺，金陵人。有詩云云，康熙丁未在京邸作也。踰年歸潁，至青縣覆舟死。

王琛 一首

字洛珍，浙江烏程縣人，文學沈宋圻之副室也。

落花

小園春色已將闌，細雨微風吹更寒。花濕欲飛情似怯，綴來蛛網暫偷安。

陸燕燕二首

字孟珠，又字緑珠，自稱紅衲道人，江蘇吴縣人也。陳其年《婦人集》：陸姬孟珠，或曰暆城大家女，曾爲侯門寵伎。侯裁於法，妓悒悒不得志，流落江海間，悽然擁髻，有東京夢華想。著有詩一卷。

次韻答某〔一〕

十五吹簫暈粉腮，舞衫一半已蒙灰。聞郎爛醉燕支館，可踏青青塚上來。

名園莫訝墜樓稀，鸚鵡無情恨是非。為問永豐坊畔柳，雕簷春色傍誰飛？

原唱：『辭漢金人淚滿腮，西園東閣已成灰。莫嫌烏爪麻姑少，曾見滄桑幾度來？』『剩水殘山花信稀，瑣窻鸚鵡舊籠非。儂家十二珠簾外，可有尋常燕子飛？』

【校記】

〔一〕此題《名媛詩緯初編》作『酬牧齋宗伯』。

董白二首

字小宛，號青蓮，秦淮名妓，後歸如皋冒辟疆。著有《奩艷》，極爲王士禄所稱賞。

陳維崧《婦人集》：秦淮董姬，字小宛，才色擅一時。後歸如皋冒推官名襄，明秀温惠，與推官雅相稱。居艷月樓，集古今閨幃軼事，薈爲一書，名曰《奩艷》。王吏部士禄撰《朱鳥逸史》，往往津逮之。姬後夭，葬影梅菴旁。張明弼揭陽爲傳，吴綺兵曹爲誄，詳載《影梅菴憶語》中。

《板橋雜記》：董白，字小宛，一字青蓮，天姿巧慧，容貌娟妍。七八歲時，阿母教以書翰，輒了了。少長，顧影自憐，針神曲聖、食譜茶經，莫不精曉。性愛閑静，遇幽林遠澗，片石孤雲，則戀戀不忍捨去。至男女雜坐，歌吹喧闐，心厭色沮，意弗屑也。慕吴門山水，徙居半塘小築河濱，竹籬茅舍，經其户者，則時聞詠詩聲或鼓琴聲，皆曰：『此中有人。』已而扁舟遊西子湖，登黄山，禮白嶽，仍歸吴門。喪母，抱病賃居以栖。隨如皋冒辟疆過惠山，歷澄江、荆溪，抵京口，陟金山絶頂，觀大江競渡而歸，後卒為辟疆側室。事辟疆九年，年二十七歲以勞瘁死。辟疆作《影梅菴憶語》千四百言哭之。同人哀辭甚多，惟吴梅邨宫尹八絶，可傳小宛也。

《蓮坡詩話》：龍眠方復齋先生為江南望族，行七；余年二十，復齋已六十九矣。方氏諸名宿，往來水繪園最久，故復齋談冒氏掌故最詳，所有同人贈答詩文，多有本籍他書所不載者。辟疆有姬人董白，字小宛，金陵人，善書畫，兼通詩史，早卒。辟疆作《影梅菴憶語》悼之，一時名士，吴園次綺以下，無不賦詩以贈。温陵黄俞邰〔一〕虞稷二絶更佳。冒見之，哀感流涕。其詩曰：『珊瑚枕薄透嫣紅，桂冷霜清夜色空。同坐愁人多不寐，不關天末有哀鴻。』『半床明月殘書伴，一室昏燈霧閣槭。最是夜深淒絶處，薄寒吹動茜紅衫。」

《古檀詩話》：名作不可失傳。董小宛白，常居半塘，經其户者，時聞詠詩聲、鼓琴聲。隨如皋冒辟疆過惠山，歷澄江、荆溪，抵京口，陟金山絶頂，觀大江競渡以歸，後爲辟疆側室。事辟疆九年，年二十七死。辟疆作《影梅菴憶語》哭之，同人哀辭甚多。吴梅村有十絶，黄俞邰更佳，冒見之流涕。

張明弼《董小宛傳》略：小宛，名白，一字青蓮，秦淮樂籍中奇女也。七八歲，母陳氏教以書翰，輒了了。年十一二，神姿艷發，窈窕嬋娟，無出其右；至鍼神曲聖、食譜茶經，莫不精曉。顧其性好靜，每至幽林遠壑，多依戀不能去；若夫男女闐集，喧笑並作，則心厭色沮，亟去之。時有冒子辟疆者，名襄，如皋人也，父祖皆貴顯。其人姿儀天出，神清徹膚，余常以詩贈之，目為『東海秀影』。己卯應制來秦淮，吴次尾、方密之、侯朝宗咸向辟疆嘖嘖小宛名。辟疆曰：『未經平子目，未定也。』而姬亦時時從名流讌集間聞人説冒子，則詢冒子何如人，客曰：『此今之高名才子，負氣節而又風流自喜者也。』比辟疆同密之屢訪，姬則厭秦淮囂，徙之金閶。比下第，辟疆送其尊人秉憲東粤，遂留吴門。聞姬住半塘，再訪之，多不值。一日，姬方醉睡，聞冒子在門，其母亦慧倩，亟扶出相見於曲欄花下。主賓雙玉有光，若月流於堂户，已而四目瞪視，不發一言。蓋辟疆心籌，謂此入眼第一，可繫紅絲，而宛君則内語曰：『吾静觀之，得其神趣，此殆吾委心塌地處也！』顧其母曰：『異人！異人！』辟疆旋以三吴壇坫争相屬，淩遽而別。閱屢歲，歲一至吴門，則姬自西湖遠遊於黄山白嶽間者，將三年矣。此三年中，辟疆在吴門，有某姬亦傾蓋輸心，遂訂密約，然以省覲往衡嶽，不果。辛巳夏，獻賊突破襄樊，特調衡永兵備使者監左鎮軍。時辟疆痛尊人身陷兵火，上書萬言，干政府言路，歷陳尊人剛介不阿、逢怒同鄉同年狀，傾動朝堂。至壬午春，復得調。辟疆喜甚，疾過吴門，踐某姬約。至則前此一旬，已為竇霍豪家不惜萬金劫去矣。辟疆正旁皇鬱壹，無所寄託，偶月夜蕩葉舟，隨所飄泊。至桐橋内，見小樓如畫，闃閉水涯。無意詢岸邊人，則云：『此秦淮董姬自黄山歸，喪母，抱危病，鐍户二旬餘矣！』辟疆聞之，驚喜欲狂。堅叩其門，始得入。比登樓，則燈炧無光，藥鐺狼藉。啟帷見之，奄奄一息者，小宛也。姬忽見辟疆，倦眸審視，淚如雨下，述痛母懷君狀，猶乍吐乍含，喘息未定。至午夜，披衣遂起，曰：『吾疾愈矣！』乃正告辟疆曰：『吾有懷久矣！夫物未有孤産而無耦者，如頓牟之草、磁石之鐵，氣有潛感，數亦有冥會。今吾不見子，則神廢；一見子，則神立。二十日來，勺粒不霑，醫藥罔效；今君夜半一至，吾遂霍然。君既有當於我，我豈無當於君？願以此刻委終身於君，君萬勿辭！』辟疆沉吟曰：『天下固無是易易事。且君向一醉晤，今一病逢，何從知余？又何從知余閨閣中賢否？乃輕身相委如是耶？

且近得大人喜音，明蚤當遣使襄樊，何敢留此？』請辭去。至次日，姬靚妝鮮衣，束行李，屢趣登舟，誓不復返。自此渡滸墅，游惠山，歷毘陵、陽羨、澄江，抵北固，登金焦。姬著西洋布退紅輕衫，薄如蟬紗，潔比雪艷，與辟疆觀競渡於江山最勝處。千萬人争步擁之，謂江妃攜偶踏波而上征也。凡二十七日，辟疆二十七度辭。姬痛哭，叩其意。辟疆曰：『吾大人雖離虎穴，未定歸期。且秋期逼矣，欲破釜焚舟冀一當，子盍歸待之？』姬乃大喜曰：『余歸，長齋謝客，茗椀爐香，聽子好音。』遂別。至八月初，姬復孤身挈一婦，從吴舟江行，逢盗，折舵入葦中，三日不得食。抵秦淮，復停舟郭外，候辟疆闈事畢，始見之。一時應制諸名貴，咸置酒高宴。中秋夜，觴姬與辟疆於河亭，演懷寧新劇《燕子箋》。時秦淮女郎滿座，皆激揚歎羨，以姬得所歸，為之喜極淚下。榜發，辟疆復中副車，而憲副公不赴新調，請告適歸；且姬索逋者益衆，又未易落籍，辟疆仍力勸之歸，而以黄衫押衙託同盟某刺史。有某先生者，不唯一代龍門，實風流教主也，素期許辟疆甚遠，而又愛姬之俊識。聞之，特至半塘，令柳姬與姬為伴，親為規劃，債家意滿。時又有大帥以千金為姬與辟疆壽，而劉大行復佐之，公三日遂得了一切，集遠近與姬餞别於虎疁，買舟以手書並盈尺之券，送姬至如皋。又移書與門生張祠部，為之落籍。八月初，姬南征時，聞夫人賢甚；入門後，智慧絡繹，上下内外大小罔不妥悦。與辟疆日坐畫苑書圃中，撫桐瑟，賞茗香，評品人物山水，鑒别金石鼎彝。閑吟得句，與采輯詩史，必捧研席為書之；意所欲得，與意所未及，必控弦追箭以赴之。即家所素無，人所莫辦，倉猝之間，靡不立就。相得之樂，兩人恒云：『天壤間未之有也！』申酉崩坼，辟疆避難渡江，舉家遁浙之鹽官，履危九死，姬不以身先，則願以身後：『寧使兵得我則釋君，君其問我於泉府耳。』中間智計百出，保全實多。後辟疆雖不死於兵，而瀕死於病。姬凡侍藥不問寢食者百晝夜。事平，始得同歸故里。前後凡九年，年僅二十七歲，以勞瘁病卒。其致病之繇與久病之狀，並隱微難悉，詳辟疆《憶語》、《哀辭》中。

吴綺《董少君哀辭序》：少君名白，字小宛，桃葉名姬也。姿濃轉玉，品貴埋金。鶴失意於離羣，鴛有懷而慕侶。

吾友辟疆，聞聲晉渡，覿面蘇臺。燈下團沙，醉眼曳留仙之帶；　江邊畫槳，同心借續命之絲。乃雅韻難諧，情波更折。三生有石，遂堅匪石之心；　離恨無天，欲作問天之想。轉車輪於午夜，瘦盡燈花；　駕艇子以秋風，來逢月樹。遂使當時才子，競著黃衫；　命世清流，爲牽紅線。玉臺重下温郎，信是可人；　金屋皆歸汧國，遂爲佳婦。閑心向月，並囀紅簫；　巧笑作花，同臨碧鏡。香分博士，貪燒鷓鴣之斑；　書學夫人，戲問鴛鴦之字。扇松風於林下，静影如吹；　咒桃雪於庭前，天心自浣。新橙未擘，纖手訝其香留；　弱蕙初承，小唾疑於花亂。斯可謂獨秀青閨、恒芳彤管者矣。爾乃樓通西閣，琴調夫婦之心；　饁進北堂，羹諳老姑之性。過華亭而聽鶴，亂中存趙氏之書；　入皋廡而依鴻，病裏伴龐公之坐。十年織錦，巧在絲前；　五夜彈箏，韻流絃外。而驚鸚鵡之夢，果有不祥；　葬鸞鳳之身，于焉速化。死而可忍，彌留椒蕊之筵；　去必有歸，恍惚蓮花之國。某偶遊射雉，恰值騎鸞，見奉倩之神傷，爲安仁而氣盡。雲高巫嶺，不遮傷折之心；　雨入巴山，盡是悼亡之淚。展銀鉤於遺墨，覩舊日之鈔書。省瑶佩於生綃，見春風之出畫。聞其語矣，爲之泫然。媿乏八叉之才，聊代七哀之賦。青牛帳裏，想入夢以氤氲；　紫玉墳邊，當歌聲而宛轉。其詩云：『憔悴春衫杏子紗，潘郎二月葬梨花。愁能無淚天將老，死到多情月不華。拋散珍珠思闊掃，丟殘鐵撥在琵琶。莫言臘燭因灰盡，想到當年油壁車。』『麻姑去後小姑閑，獨剩雙成又早還。此日若教居海上，當年何事降人間？青絲有結寬腰帶，白玉無心認指環。地下果容長見憶，也應愁損舊眉彎。』『帳中環佩望遲遲，腸斷春蠶死後絲。兒女何能知古處，英雄誰信不時宜。支離白月長生語，零落紅箋小字詩。莫怪東陽新病枕，十年吾亦爲花癡。』『月露雲階信渺茫，愁人夜起合歡床。嬌心欲盡原非福，薄命無才或可長。雕玉枕沾桃瓣粉，縷金箱疊藕絲裳。癡魂不逐梨雲去，肯向巫山魅楚王。』

冒辟疆《影梅菴憶語》：　壬午清和晦日，姬送余至北固山下，堅欲從渡江歸里。余辭之力，益哀切不肯行，舟泊江邊。時西先生畢今梁寄予夏西洋布一端，薄如蟬紗，潔比雪艷。以退紅為裏，為姬製輕衫，不減張麗華桂宮霓裳也。偕登金山，時四五龍舟衝波激蕩而上，山中游人數千，尾余兩人，指為神仙，遶山而行。凡我兩人所止，則龍舟争赴，回環數匝不去。呼詢之，則駕舟者，皆余去秋浰回官舫長年也。勞以鵝酒，竟日返舟。舟中宣磁大白盂盛櫻珠數升，共啖之，不辨其為櫻為唇也。江山人物之盛，照映一時，至今談者侈美。

梅村吴偉業《題冒辟疆家姬董白小像詩序》：夫笛步麗人，出賣珠之女弟；雉皋公子，類側帽之參軍。名士傾城，相逢未嫁；人諧燕婉，時遇漂搖。則有白下權家，蕪城亂帥，阮佃夫刊章置獄，高無賴争地稱兵。奔迸流離，纏綿疾苦，支持藥裹，慰勞羈愁。苟君家免乎，勿復相顧；寧吾身死耳，遑恤其勞！已矣夙心，終焉薄命，名留琬琰，跡寄丹青。嗚呼！鍼神綉罷，寫春蚓於烏絲；茶癖〔二〕香來，滴秋花之紅露。在佚事之流傳若此，奈餘哀之惻愴如何！鏡掩鸞空，絃摧雁冷，因君長恨，發我短歌。詒以八章，聊當一慨。詩云：『射雉山頭一笑年，相思千里草芊芊。偷將樂府窺名姓，親繫雲璈第幾仙。』『珍珠無價玉無瑕，小字貪看問妾家。尋到白堤呼出見，月明殘雪映梅花。』『念家山破定風波，郎按新詞妾唱歌。恨殺南朝阮司馬，累儂夫壻病愁多。』『亂梳雲髻下妝樓，盡室倉皇過渡頭。鈿盒金釵渾拋却，高家兵馬在揚州。』

王潢《爲辟疆盟兄傷宛姬詩》：博山篆冷爐煙歇，苔階履跡香塵絶。綺閣空留錦字詩，繐幃淒引疎窗月。廣陵公子五陵豪，停盃顧影何蕭騷。爲問傷心者誰子，娉婷知是董嬌嬈。嬌嬈家住秦淮側，文心慧質兼殊色。九載纏綿漆與膠，一朝蘭玉成摧折。由來名士悦傾城，惆悵佳人難再得。佳人名士真希有，不是尋常奉箕帚。搦琴誰更覓知音，長嘆閨中失良友。昔爲連理枝，今作單栖鳥。自是情鍾我輩多，莫訝安仁頭白早。君不見，虎丘山下塚纍纍，真娘墓上萋芳草。又不見，西陵松柏結同心，風流千載歌蘇小。

周永年《贈董較書》詩：石墨雙丸筆一牀，不教添作遠山妝。正逢桃李當春月，倍覺芳蘭竟體香。眉帶輕顰歡未劇，頤含微笑恨翻長。破瓜時過千金意，碧玉廻身肯就郎。

紀映鍾《爲冒巢民賦小宛》詩：屧響輕風送過廊，爲看白石坐溪光。花沾夕露連心静，玉抱秋橙具體香。女伴懶要雙陸劇，硯山頻倣十三行。閉門夫壻兼師友，深翠堂中仔細商。

書悶

獨坐紅窻悶檢書，雙眉終日未能舒。芳容銷減何人覺，空費朝朝油壁車。

緑窻偶成

病眼看花愁思深，幽窻獨坐弄瑤琴。黄鸝亦似知人意，柳外時時送好音。

【校記】

〔一〕俞部：原作『俞邵』，黄虞稷，字俞邰。

〔二〕茶癖：原作『茶避』，據吴偉業《梅村集》（《文淵閣四庫全書》本）卷十八所載此序改。

李如秀 四首

字小蘇，浙江錢塘縣人，徐吴昇之側室也。著有《芳菲草》。

春雨

原野青如積，園林翠欲垂。桃夭含密蕊，柳嫩壓柔枝。宿霧晨偏合，浮雲晚不移。山光終靉靆，芳草轉迷離。

婕好怨

自失君王寵，紅顔秖自憐。惟餘團扇影，長伴綺窻前。

山中

日日入山中，林深不知暮。幾處起炊煙，斜日懸高樹。

題畫

雲裹青山山裹雲，石橋流水半空聞。此中結就煙霞伴，花落半開芳草薰。

唐在東一首

江西南昌縣人，思州知府餘姚陳元之側室也。詩附見《滸山集》。

答陳太守見寄

一曲驪歌歌未已，征夫雨雪三千里。三千里路未云遥，妾夢同釣西江水。

安香句

字里無考。

句

寧爲才子婢，不作俗人妻。

史震林《西清散記》：闇叔少孤，遘家難，隨某氏讀書蘭陵園。才情宕軼，同學妒之，侮其貧。遂自斂抑，敝衣垢面，博覽經史，晝夜不眠。某有侍兒安香，殊色自愛，日一至書室浣花洗茗，富貴子爭飾衣履，擲釵珥，冀以悅安香。安香正色拒之，弗假以言笑。而心獨知闇叔，私問闇叔安否饑渴，請湔滌衣襦；每視闇叔垢敝類庸愚，輒淚焉。然善自避嫌，未嘗爲富貴子疑也。一日，闇叔獨坐海棠下，安香奉茗來；與之言，無所應，第垂首視胸纈，以指撚衣帶，淚懸兩腮，滴於袖，終不能吐一辭而去。去旬日，不見安香來，蓋不飲不食者三四日，卧猶未起也。闇叔爲詩云：『海棠艷冷心微熱，忍暈禁吹春不洩。豈如秋草斷腸魂，欲語嬌持咽淚痕。』『柔情昨夜輕煙裏，香重羞多頭不起。銀燈微照蝶回時，只恐厭厭病少支。』『紅輕力薄難勝醉，況有幽懷寄濃睡。春風那得怨飄零，相思點點胭脂碎。』安香嘗對海棠云云。後富貴子買以五百金。富貴子置妾已七人，自知惡劣，恐見憎嫌，以威脅美人。察美人色稍不和，則鞭之。安香年三十，多病色衰，不事容飾，自繡大士，長齋稽首，懺悔業緣也。

蘇月兒 句

淮徐觀察劉廷璣家青衣。

句

還疑畫眉客，果否姓張人。

劉埥《片刻餘閑集》：姊有婢蘇月兒，亦能詩，隨嫁於張。初合巹時，見淵度不工文翰，竊吟短句。張有家童李姓者，少年俊品，月兒屬意焉。張亦許之。越二三年，未果行，頗懷怨望。從侄永銊，亦姊之胞侄，賦一詩寄淵度：『繡閣鸞箋待有時，笄年二十已當期。公門桃李曾相許，莫負能詩蘇月兒。』張得詩，即為成婚。

王玉如 一首

名玉如，雲南人也。

喜弟至

既見翻疑誤，凝眸各審詳。九年雲出岫，一夕雁成行。別後滄桑換，途中歲月〔一〕長。舊容驚半改，鄉語歎全忘。對月秋垂淚，聽猿夜斷腸。逢人問消息，覓便寄衣裳。剪燭心方慰，回頭意轉傷。自余離故土，賴爾奉高堂。感逝餐應減，思兒鬢恐霜。弟能支菽水，妹可致〔二〕温凉。聞已調琴瑟，曾無弄瓦璋。當年送我處，今日遇君場。彼此皆如夢，依依兩渺茫。

《隨園詩話》：孫春巖觀察，滇南娶姬人王氏，名玉如，善畫工詩。與女公子雲鳳、雲鶴閨房唱和，有林下風。《喜弟自滇至》云云，此詩置白太傅集中，幾不可辨。

【校記】

〔一〕歲月：《國朝閨秀正始集》作『日月』。

〔二〕致：《國朝閨秀正始集》作『護』。

吴荔娘 六首

字絳卿，福建莆田縣人。幼敏慧，隨父誦讀；稍長習韻語。性好潔，室內無纖塵。終日不出户限，女紅外，焚香默坐而已。著有《蘭陂剩稿》。

【輯補】

王肇奎編刻《陳氏聯珠集》（嘉慶七年刻本）之陳蔚《梅緑詩鈔》後附吴荔娘《蘭陂剩稿》一卷，其卷端小傳云：吴荔娘，字絳卿，莆田人，青陽陳明經蔚副室。著有《蘭陂剩稿》。

秋日有懷

澤國秋陰重，凉浮小院東。池喧荷葉雨，簾漾桂花風。覓句因寒蛩，裁書憶遠鴻。遥知湖海士，獨坐興應同。

落花

小苑微風起，飛花拂面來。丹砂盈玉砌，紅雨降瑶臺。絶艷偕鶯去，餘香引蝶回。殷勤林下祝，重向早春開。

春日偶成

曈曈旭日映窻疎，荏苒韶光一枕餘。深巷賣花新雨後，閑門〔一〕插柳嫩寒初。鶯兒有語遷喬木，燕子多情覓舊廬。那用踏青郊外去，芊芊草色上階除。

《隨園詩話》：莆田有吴荔娘者，庖人之女也。性愛潔而能詩。豹章聘爲旁妻，未二年卒。豹章爲寫其《蘭陂剩稿》，有《春日偶成》云云。又『深院不知春色早，忽驚牆外賣花聲』。

題吴興女子嚴静聯字及墨竹〔二〕諸生西墅女

繡閣遥鄰墨妙亭，開簾煤麝動芳馨。晴窻書破洪兒紙，誰識金鑾未十齡。

琅玕嫋嫋影縱橫，千尺寒梢一筆成。媿我未能工水墨〔三〕，此君風韻却輸卿。

賦茗才華總角年，揮毫風致自翩翩。他時理棹苕溪上，共結香閨翰墨緣。

《水曹清暇録》：莆田庖人女吴荔娘，字絳卿。幼敏慧，好潔，女紅之暇，焚香默坐。閩人多事鬼，室中每供奉諸神像，歲時伏臘，絳卿惟拜其祖先。年十四，有《題吴興嚴静墨竹》三絶句，其詩云云，殊不惡也。

【校記】

〔一〕閑門：《國朝閨秀正始集》作『開門』。

〔二〕此題《蘭陂剩稿》（嘉慶七年王肇奎編刻《陳氏聯珠集》附刻本，下同）作『吴興九齡幼女嚴静工書兼善畫竹』。

〔三〕此句《蘭陂剩稿》作『我看丹青先比較』。

緗琯 二首

江蘇江陰縣人。善繪事，能詩詞，滸溪洪生某納爲篷室。

題並頭蓮

水雲鄉裏見温柔，多少癡娃蕩畫舟。江上孤鴛勞寄語，背花飛去莫迴頭。

題洪君遺畫

澹紅香白滿欄干，一段春光畫裏看。展向秋窻渾不似，梧桐庭院十分寒。

《諧鐸》：緗琯，江陰貧家女。工詞翰，兼好讀相人書，決人禍福多奇中。年及笄，母氏將字之，緗琯曰：『兒相薄，不宜主人中饋。母誠愛我，但賦小星可矣。』母以其言多中，許之。而争聘者，日踵於門。母氏令從簾隙以窺，俱不當意。母曰：『癡婢，眼太高。若輩中寧無一有福兒郎耶？』緗琯曰：『非此之謂也。』母詰之，淚盈盈欲下，遂置不問。滸溪洪生，才士也。愛君山之勝，客於江陰。聞緗琯名，登堂求聘。湘琯適簸錢屏角，望見之。入謂母曰：『堂上客，真兒偶也。』母出見，諾之而去。繼問曰：『是子相若何？』緗琯曰：『氣清骨秀，非紈袴中人也。然太清則薄，太秀則削，恐不永年耳。』母愕然曰：『彼既不壽，汝何獨有取也？』緗琯泫然曰：『兒昨攬鏡自照，柳眉侵月，梨靨添渦，三年後必合孀居。郎相不利建寅，是真短緣適合，違之不吉。母氏幸勿憂也。』繼而洪别營金屋，擇日以禮迎之。結褵以後，相得甚歡。洪善繪事，長箋短幅，酬應不遑。甫一脱手，緗琯即題詩其上。猶記其《並頭蓮》一絶云云，傷心之讖，見乎詞矣。一日坐花下，折短箋作觴政，有並蒂花、並頭花、連理花、葉底花諸名色。拈得者，道《葩經》兩句；合意者，酬以香茗。否則駢兩指擊腕為罰。緗琯拈得並蒂花，曰：『庶幾夙夜，妻子好合。』洪昵而笑曰：『夜合一語，妙出天然，真慧心人也！』繼拈得並頭花，洪曰：『宜爾室家，男子之祥。』緗琯曰：『宜男有慶，彼此同之。如卿言，亦復佳耳！』復拈得連理花，緗琯曰：『道阻且長，春日載陽。』洪曰：『長春兩字，連理成文，亦巧合矣！』又拈得葉底花，洪曰：『伐木丁丁，其香始升。』緗琯笑曰：『木香固登花譜，君何以第二字聯合？』洪笑曰：『此乃所謂葉底花也。』已而問曰：『卿前言並蒂花，不知三百篇中尚有幾許？』緗琯曰：『駕彼四牡，顔如渥丹。朝宗於海，蔽芾甘棠。想盡之矣！』洪曰：『我尚有一聯。』緗琯請問其説。曰：『亦孔之將，彼黍離離。』緗琯愀然曰：『花花偎倚，歡會正長，何至説着將離？』倚欄凝立，凝眸欲涕。洪方温言勸解，而家中催歸符至矣！迫於父命，不獲已，草草束裝而別。緗琯自洪之去，粧慺長闔，粉匣都收，終日對鏡沉吟，自觀氣色。一日，擲鏡大哭，急呼母氏為製縗絰。母曰：『兒癡矣！洪家郎去後，且無一紙病書，何以決其必死，而作此不祥之物？』緗琯曰：『以兒氣色徵之，斷不爽也。』母終不許。易以練裙素服，而箇中日夕惟以眼淚洗面而已。不匝月，訃音果至。毁容絶粒，幾不欲生。有客將洪父命，憐其少寡，卹以數百金，勸令改適。母商諸女。緗琯艴然曰：『是何言！我報郎於生者日短，報郎於死者日長。且我之為孀歸，於相信之；我之為節婦，亦於相信之。世有面冷如霜，心寒於雪，而作東風别嫁者哉？』客驚嘆而去。述諸洪君之父，大韙之，遂買舟具乘，迎歸於家。妯娌間有乞其談相者，緘口不道一字。族中子弟知其能詩，競出素縑索句，俱以病辭。曰：『女子有才，終歸無福；舊時結習，懺除盡矣！』惟小鬟竊其《題洪君遺畫》，傳示其侄詔恩，得二十八字云云。此雖吉光片羽，而讀之者，亦可哀其志矣。

姚秀英 五首

字雲卿，號□□，江蘇吴縣人，蘊山謝觀察啟昆之簉室也。

郡齋看桃花

何須種核海邊求，錦浪掀空艷欲流。緑綻枝頭風乍暖，紅垂簾外雨初收。仙源只許劉郎問，佳實寧容曼倩媮。頮面他年作光悦，花前暗囑一樽酬。

遊百花洲

小苑牆低弱柳長，綺羅香散緑池塘。花洲一曲吴江夢，仿佛風迴響屧廊。

姑蘇上塚

不到山塘一五年，舊時女伴話依然。雙親奠酹悲泉路，一弟零丁又各天。

清江即事

碧雲暮合望儂來，官舫銀燈驛路催。底事多愁兼善病，探春嬾上禹王臺。

不信前身是月華，浮雲夫婿宦為家。廿年行遍江南路，又看淮壖雪作花。

《隨園詩話》：甲辰春，余過南昌，讀謝太史藴山《題姬人小影》詩而愛之，已采入《詩話》矣。忽忽八九年，先生觀察南河，余寄聲問安，并訊佳人消息。先生答書云：姬姓姚，名秀英，字雲卿，吴縣人。生而婉嫿賢淑，持家之餘，兼通書史。《維揚郡齋看桃花》云云，《遊百花洲》云云，《姑蘇上塜》云云，《青江即事》云云。

卷之七十

李受祺 一首

字遥穀，浙江平湖縣人，沈琨側室也。

秋日擬遊弄珠樓不果作

聽説珠樓外，波光九派通。漁歌生遠漵，橋影卧長虹。山上月初白，岸傍楓乍紅。何當浮小艇，領取一欄風。

邵巧娘 六首

江蘇江都縣人，小名巧娘。

遣懷

漫隨俗務日營營，兩字釵裙負此生。織就廻文空自賞，彈成絶調有誰評。謾懷螽羽千年計，未得終風半日情。且呌兒童學孟母，嬾將雛鳳待時鳴。

題刺繡織女渡河圖

織成雲錦杳難摩，暗擲金針學弄梭。怪爾牛郎同牧豎，天孫羞卻渡銀河。

題繡鍾馗嫁妹圖

滿把于腮盡落胸，連騎慚愧步儇踪。臨題偏羡乘龍客，繡在瓊樓十二重。

題繡善財拜觀音圖

花容玉面見慈心，寶筏横空隱竹林。南海有津誰渡我，刺成童子拜觀音。

題繡維摩弄珠圖

病卧緣何不誦經，吐吞如意似流星。人間空有雙珠在，恨少維摩一顧青。

題繡天女散花圖

作隊佳人錦一圍，名香散去鬬芳菲。狂郎不識春風面，迷亂眼花片片飛。

姚學甲《半塘閑筆》：巧娘者，揚之江都人，姓邵氏。乾隆甲子七夕，母夢流星入懷而生，因小字巧娘。年八歲，從父學書；能詩，好爲律句。十二三學女紅，穿花飛錦，別有精思，兼能繡諸天佛像、及人物、花卉、翎毛之屬；巨家皆愛而寶之，非重價不可得。嘗爲父刺一小照，鬚眉宛然，畫師無其工也。年至十六歲，姿態綽約，美冠一時，巨家富商争求婚，媒氏踵相接。巧娘欲嫁一才人，羞澁不欲明言；父母推重富貴，竟許字鹺賈之子。女私曰：『先賢有言：女子有家，必待父母之命、媒妁之言。我父母重富貴、薄貧賤，使金玉下混瓦礫。紅顔多薄命，此言益信。』及于歸賈子，初時亦相愛憐，而粗暴少文，女心厭之，業已無可奈何。越三年，舉二子，賈子漸遊蕩於外，妓女優童，多所狎暱。女益鬱鬱不樂，惟以繡像吟詩自遣。詩多訕笑乃夫，其《題刺繡織女渡河圖》詩云云，其《題繡鍾馗嫁妹圖》詩云云，其《題繡善財拜觀音圖》詩云云，其《題繡維摩弄珠圖》詩云云，其《題繡天女散花圖》詩云云。此類甚多。後二子漸長，賈子絶不入內，花街柳巷，沉溺忘返，與女幾不共語。女閉門教二子，亦不問外事。嘗有《遣懷》詩云云。又數年，二子成立，女忽若病聞空中人語曰：『小星可歸班矣。』女睜目曰：『吾天孫侍兒也。一念之誤，遂纏業障，歷盡惡姻緣，復何心人世耶！』遂作偈曰：『迷戀凡心，熏染濁氣。萬緣空虛，三昧遊戲。偕貓鼠以同眠，合雲泥而一致。咦！仍然返卻斗牛宫，坐看紅塵浮濁世。』偈完，端坐而逝。二子亦相繼殤。揚州孝廉趙廷煦説。

王竹素 四首

字寄巖，江蘇吴縣人，掖縣趙琳之側室也。著有《玉蘭軒藏稿》。

寄石寅夫子

夜夜梅花夢裏香，半春清瘦倚迴廊。前期總驗他時好，屈指流光亦斷腸。
佛龕香篆誓如初，茹素恒甘嫩甲蔬。烽火隔江魚雁少，淚痕濡墨答君書。
杜鵑啼歇又倉庚，逝水年光暗裡驚。幾度青春拋擲去，真成薄命負今生。
孤燈低焰晚風輕，漸漸書窻雨二更。此際有心同葉碎，小芭蕉上一聲聲。

《研北隨鈔》：竹素能詩，與名人唱和。生於七月八日，石寅贈句有云：『巧讓天孫方一夜，明當玉兔漸圓時。』竹素大咨賞。時方新寡，遂委身從之，未幾而卒。其詩散逸殆盡，獨存《寄石寅》絶句。

春桃 一首

安徽歙縣人，洪曇蕊侍兒也。詩見《弄閑餘墨》。

答乩仙琳韻仙姑見贈之作

菩提無樹豈開花，香襲雲衣也是瑕。優鉢肯容桃影泊，自應拈獻梵王家。

計雪香四首

字梅檐，浙江錢塘縣人，衛輝知府雲間黄圖珌之副室也。夭亡。著有《梅檐遺稿》。

黄圖珌《計雪香行略》：予妾計氏雪香，字梅簷，錢塘人也。其在母家，呼為大姑。少多疾病。年十二失父，家即寒落，備極苦楚，幸外大父憐而教育之。既長，欲與議婚，悉不得允，乃用冰人言，歸於予。時年十五，德容全備，才藝相兼，誠閨中之秀也。予室陳宜人，亦甚為之憐愛，教以禮節，授以針繡，皆能婉娩聽從，若母女然。乙丑仲冬，予奉檄赴常、開二邑巡察賑務。時陳宜人猶在任邸，雪香能自處於斗室中，打稿描花，聊以適興，非存問，足跡絶不輕出户庭，惟一小鬟爲伴。深慮予性好直言，不合時事；及予公旋，得謝無過，方始色喜而稱慶焉。居常衣不求新，食不擇味，不私擲一無益之錢，不輕棄一有餘之物。樂聞善事，惡聽匪言。雖寒暑而莊坐益恭，任忙閑而肅容尤敬。此予所以惋惜而不能自已也。去歲夏四月，失調致病，曾夢一老媪以懷抱嬰兒與之，遂接受。已而問己之享年幾何，曰：『有十九春。』不意是時果已坐妊一月矣。至十九春者，已越丁卯歲立春之一日，解脱而登遐也。又烏知其夢之驗邪？雪香生於雍正七年十一月十一日，没於乾隆十一年十二月二十六日，存年一十八歲。子一，即撫育之山龍也。

水閣夜吟

草閣臨流築，芸窻向日開。山花香作串，溪竹翠成堆。坐久雲遥起，眠遲月正來。清吟應不倦，深夜自徘徊。

除夕

今夕知何夕，松盆守歲時。寒消開柏葉，暖帶入梅枝。妾擬呈新頌，君當祭舊詩。傾壺聊達曙，盡醉也無辭。

看月

前宵彎似梳，今夜圓如鏡。恰得助晚粧，冰玉相輝映。

偶成

倦描眉黛嬾梳鬟，吟罷新詩學寫山。豈欲女中稱博士，多應生性喜幽閑。

歐瓏七首

字白神，江蘇江寧縣人，金山湯雲開之副室也。著有《瓊仙零翠》。

湯雲開《瓊仙零翠序》：妾姓歐，名瓏，白神其自字，金陵右族女，隨父母流落雲間。十八歸余，余固知其能詩，恐矜才，禁勿作。既生子寂，栖南樓，日以針指自役，有悵觸，竊吐露短章。常謂余曰：『堂上椿萱並茂，君又前程方大，惟善培書種，妾身不足惜。』此其爲人處境，亦大略可覩。庚辰而忽疾咯血，自知七情中傷，必不久世，出所著屬余删潤，未竟，已於辛巳上巳日死矣。爲余妾十年。憫其夭，摘録以存聲影。妾素好學仙，余嘗呼瓊仙以戲之，遂署曰《瓊仙零翠》。

有感

寂寞棲幽閣，悠悠眺遠天。信遲岐路雁，夢繞暮春煙。骨肉書誰寄，容顔鏡自憐。不堪吹短笛，腸斷已多年。

賦得玉池荷葉正田田

田田泛浪碧盈池，亂葉吹風颺弱枝。圓滴露珠翻玉倚，滿浮萍影倒雲披。妍凝槳蕩香飄遠，態弄鱗廻翠落遲。仙水有花開酷暑，川前眺望曉吟詩。

憶妹

風雨蕭蕭夜，遥天落雁聲。相思泊何處，有妹石頭城。别我猶嬌小，年來定長成。前車真可鑒，遠嫁最傷情。

奉酬家長定情詩二首

漂泊天涯嚲朵雲，蘼蕪草緑淡朝曛。何當花燭生春暖，一幅新詩六幅裙。

玉茗風流海内聞，牡丹亭角燕釵分。從探枕秘書千卷，睡鴨香消辟蠹芸。

憶金陵即送家長應試

巧泛銀河問渡時，秋風渺渺繫相思。當年月姊殷勤在，不放天香老一枝。

吴秋音一首

字桂粟，號飛鴻，廖景文明府之側室也。著有《春翠屏集》。

題畫梅

酸鹹氣味更誰親，影入西窗瘦有神。粉本東皇留不盡，淡煙微月隔江津。

《古檀詩話》：畫梅形似易，而傳神難。予姬吴秋音學梅於李築夫巖，以神韻爲法。有《自題梅花》詩云云。予和其韻：『玉照堂開迥絶塵，珍珠簾捲幾分春。畫梅不畫空枝榦，直展冰綃寫美人。』覺月明林下，髣髴神來矣。

汪佛珍六首

江蘇婁縣人，張夢喈側室也。教子成名，閫範頗嘉。著有《貽孫閣集》。

王鳴盛《貽孫閣詩序》略：女子能詩者難，能詩而得歸詩人者尤難。遠不具論，唐三百年詩人二千二百餘家，傳詩凡四萬八千九百餘首，而名媛不過二三十人，成章者甚少。惟吉中孚爲『大歷十才子』之一，而妻張夫人有詩，可云佳偶。然吉、張詩，傳者亦甚寡。宋代文學有名之士，其閨人能詩者，獨一李易安，而晚節不終。元則惟傅汝礪妻孫氏，有詩傳世。吁！屈指千年，女子能詩而得歸詩人者，寥寥如此，亦可云難矣。吾友張玉壘先生，自少以詩鳴，風調氣骨、色澤詞華畢備。其副室汪孺人，亦工韻語，觀其稿，得入格者凡若干篇。以唐宋之所難，而於先生兼得之，非藝林一嘉話與？張氏門地甲於吴會，彷彿河北崔、盧，過江王、謝，而荊璞隨珠，多擅著述，不徒以閥閲勝也。司寇文敏公爲先生之從兄，太史東亭公則先生之同懷兄，進士幻花公則先生之叔父，皆詩人翹楚，獨先生以諸生老。嗣子興載年少，復有聲庠序，生即汪碩人出也。不幸以癸卯九月辭世，年四十有三。先生畫傷於心，既爲之傳，興載乃奉遺稿來，再拜而泣請余序之。余固耽吟事，有妾陳氏，延師課以唐詩，而質鈍，未能領會，惟性勤儉，生子賢請自乳，與汪碩人同耳。予示以句云：『居貧合唤糟糠妾，入道真成法喜妻。』如是而已。今序汪碩人之詩，而不勝艷羨焉。先生福慧雙脩，殆不在吉中孚、傅汝礪下矣。

張夢喈《汪孺人小傳》略：次室汪氏，名佛珍，本浙右舊族。父某，庠生，以詿誤僑徙雲間，早卒，無子。生三女，氏居長。年十五適余，娟婉柔順，無疾言遽色。事先母至孝，出入扶持，飲食必親檢以進。先母亦愛倚之，晨夕不暫離左右。十七舉男興載。四歲，余課以字，氏在旁，一過目輒不忘。甫兩月，而點畫盡嫻，並曉文義。性極簡儉，子女多自乳，或自提抱，婢媪輩往任其勞，則授之，不然終不呼召。舉幼子時，年已三十五，余慮其過瘁，令僱乳媪，則曰：『治生實難，知人非易，無庸也。』初，内子舉一男，聰穎，八歲而殤，余賴氏得以有嗣。後内子患病褥寢，余別居一室。氏勸先母更爲余置薛氏簉，復舉三男，視同己出。氏自曉文義，後朝夕研究，漸能屬辭，最愛觀唐宋人詩。至經書，尤留心講貫，務明大義。兒女未就塾，先自課；師不在，亦代爲約束之，並教以保家之道、處世之方。二子雖幸入泮，常勗無染紈綺習；女亦知書算，勤操家，皆不敢忘其諄切云。歲庚辰，因侍先母病積勞，遂得胃疾，每發必危殆。内子寢疾，不任事，一切家務甚紛賾，咸付主持。喪葬婚災，次第佐余經理，豐儉合度。帷閫有煩言，以靜默鎮之；奴婢有過失，則婉言以誡之。周卹困乏如不及，親串間每服其有過人之量焉。體素柔弱。癸卯夏，百病交作，猶强營雜冗。入秋鄰里被盜，中夜驚起呼婢，遂患痁，不能自支，更以胃疾遽逝。檢箱篋，衣飾寥寥，遺有自書詩稿一小帙，半爲余所未及見。嗚呼，其不欲稍自衒耶？或聊以寄其跡耶？然其所謂不可泯没者，固不在粧臺筆墨間矣。

秋日貽孫閣坐雨

織女織錦成，素絲倦抛却。隨風飏虚空，散爲雨點落。强起卷簾看，綿綿秋意薄。粉消蝶抱花，灰潤香霏閣。何處晚鐘鳴，響答檐前鐸。

烏生八九子

烏生八九子，乳哺多劬勞。朝飢互啣食，夜宿同守巢。一雛學飛過林去，老烏兀立巡高梢。霜天月黑風震谷，倉皇覆翼悲聲交。八九子，一彈指，養成毛羽連翩起。但得相依護舊巢，巢無恙，老烏喜。

初夏即目

莫訝陽春謝，清和景亦奇。殘紅嬌點砌，嫩緑密攢枝。卷幔煙光暖，紬書晷影遲。引雛憐舞燕，鎮日羽差池。

落花

山香一曲舞庭墀，老矣春光此一時。已落半隨新漲去，乍殘更怯晚風吹。紫臺人遠鴻書斷，金谷樓空燕壘移。料得瓊窻晨起客，掃紅重譜惜花詞。

病中遣興

病掩窻疏百事慵，團圞粧鏡軟塵封。攜柑何日聽鶯去，高館人稀柳蔭濃。
文杏夭桃次第紅，十分冶艷占東風。憐余獨少看花福，冷落春韶小極中。

陳玉一首

安徽休寧縣人，僑居長洲，歸光禄卿王鳴盛爲側室。課以洪氏《唐人絶句選》，遂能作韻語。有《散花室學吟》。

送外口占

送郎送罷立沙灘，只見帆兒〔一〕不見船。轉眼連帆多〔二〕不見，奴身欲化望夫山。

【校記】

〔一〕帆兒：《國朝閨秀正始續集》作『風帆』。

〔二〕多：《國朝閨秀正始續集》作『都』。

陳絳綃八首

字彩霞，江蘇長洲縣人，自號平江女史，同邑吴虆孫之副室也。著有《香閣吟稿》兩卷。

方岫雲《樹密齋詩話》：絳綃女史八歲能詩，年十三歸某氏，未婚矢節，絶口不吟者几載。一旦姑見他嗣無依，思奪其産與之，力逼女史改字延陵，待至七年始就聘。自述有『已往愧稱冰雪質，于今羞誦柏舟篇。遭家不造皆由命，授室多艱也任天』之句，讀者哀其志。乙亥季夏，參軍族姪月坡手《澹香閣吟稿》示余，余激賞不已，題一律云：『陳家小住最天人，花草吴宫不復春。送遠催歸情獨絶，微風細雨句尤新。梅紅敞閣攤緗帙，水緑横塘采白蘋。却妒靈巖舊時月，夜深猶爲照芳塵。』陳小住，吴興女子，爲竹垞太史畫雙頭蓮者。女史送行詩最工最豔，若《漫成》云：『詩酒何妨連作社，煙霞原不礙遊人。』《秋草》云：『極天山色餘殘日，帶薄寒光入暮年。』《西湖》云：『燒香長是二三月，打槳春波去復還。』皆佳句。至於『夢來燕子鶯兒畔，人在微風細雨鄉』，使阮亭諸名公見之，亦當擊節也。

韓彦曾《秋草詩跋》：黯然銷魂，悲哉秋氣。捲黄沙於塞外，野燒連天；零白露於閨中，寒蛩咽砌。王孫寄恨，轉益凄凉；詩客牽情，更增憔悴。此《秋草詩》之不能已於作也。歙州吴世講雪圃，有麗人陳絳綃者，簪花詠絮，幼擅吴門；硯匣筆牀，長隨朔塞。紅箋數首，堪步馬蹄鷹眼之詞；斑管一揮，不減南浦六朝之句。何須誇許，且次韻以成章；自爾芬芳，盡倚聲而入選。請施布幛，代小叔以解圍；願對紗幮，向大家而問業。

烏夜啼

烏夜啼，聲淒淒，高樓繡婦傷別離。征人此夜宿何處，月照羅幃深閉户。東鄰歌舞人不聞，啞啞獨遶空閨樹。

秋暮送外遠遊

葉落空庭冷，愁深夢易驚。蕭條客千里，寂寞月三更。忍泪閨人意，哀鳴逆旅情。風清眠未穩，欹枕聽秋聲。

和外寄懷昆季並呈里門之作

華萼樓邊分手時，一囊風雨寄新詩。幾年流水虛琴匣，何處飛花點硯池。紅冷殘荷思舊夢，綠深垂柳想前期。外於前夏別里門。蘇臺遠隔黄山路，乞寫長箋慰別離。

春日次偶步滄浪亭韻

清遊偶步到滄浪，縱不吟詩意已長。如雪楊花征路冷，和雲芳草馬蹄凉。夢來燕子鶯兒畔，人在微風細雨鄉。翡翠簾櫳春不捲，幾枝垂柳水中央。

秋草次西泠梁孝廉韻四首選二

黄葉飄零行路稀，關山瑟瑟未曾歸。寒蛩咽露悲秋老，舊燕尋巢感昔非。厲鬼荒原餘戰鬬，旅魂孤冢泣征衣。迢迢古道催鄉思，霜落蘼蕪四牡飛。

裙腰憔悴可人憐，曾記探春拾翠鈿。故國魂銷吴苑水，行人腸斷越溪煙。極天山色餘殘日，帶薄寒光入暮年。一自西風摇落後，明妃冢上月娟娟。

送外

爲貧今日別，血淚染征衣。寄語西湖水，催君及早歸。

挹碧亭

蝶癡蜂嬾識春殘，點點花飛怯曉寒。欲老流光無計遣，惹人愁倚碧闌干。

沈彩 七首

字虹屏，浙江長興縣人，善畫工書，兼擅絲竹，平湖縣庠生陸烜側室也。著有《春雨樓集》。

【輯補】

沈彩《春雨樓集》（乾隆四十七年刻本）載其夫陸烜序：虹屏本吳興故家女也。年十三歸余，清華端重，智慧聰俊，荊妻玉嵌即授以唐詩，教以女誡，稍知文義。流覽書史，過目不忘；學右軍書，終日凝坐，常至夜分。故書與詩皆能入格，小文亦有佳致。蓋女人心思專一不分，加以勤敏，事半功倍矣。十年以來，文翰遂多。內言不出於閫，禮有明訓，故外人未曾見片紙隻字也。今已兒女粲行，良友過從，漸不可隱，微露一二，業已詩傳日下，書達海陬。藉彩鸞之筆札，堪佐清貧；資絡秀之摻持，益光令譽。爰索命其刪訂篇章，傳諸藝苑，知我虹屏冰雪淨聰明也。乾隆四十四年五月十五日梅谷題。

同集卷十《與汪映輝夫人論詩書》：彩斂衽再拜，致書汪老夫人粧次。彩以凡資下質，謬學聲韻，比於鶯簧蛤鼓，自鳴其春秋已耳。乃辱蒙過奬，謂『閨閣僅見』，且謂『不惟雋永，抑且博洽』，令彩愧汗無地。而彩更頻動目軒，欲伸一説於夫人之前者，則來札謂『再得蒼老高古，一洗綺羅香澤之習，則竿頭更進矣』。竊以爲此語猶有可商也。夫詩者，道性情也；性情者，依乎所居之位也。身既爲綺羅香澤之人，乃欲脱綺羅香澤之習，是其辭皆不根乎性情；不根乎性情，又安能以作詩哉？故如《關雎》之淑女和悦，不能爲《終風》、《緑衣》之怨也；《谷風》之思婦愁苦，不能爲《桃夭》、《草蟲》之樂也。故君子居廊廟則有《鹿鳴》、《振鷺》之音，居山林則有《考槃》、《伐檀》之音，居兵戎則有《車鄰》、《駟鐵》之音。是皆所謂蒼老高古者也。如使其出於采蘋之夫人、抱衾之衆妾之口，則爲怪與誕孰甚，聖人必無取爾也，必取夫若所謂『于以采蘋，南澗之濱』、『嘒彼小星，三五在東』者也。且如『手如柔荑，膚如凝脂』、『副笄六珈』、『鬒髮如雲』、『衣錦褧衣』、『裳錦褧裳』、『角枕粲兮，錦衾爛兮』，是莫非綺羅香澤之言也。惟其言之稱，聖人且有取，而又惡可盡洗也？夫詩至三百篇足矣，乃欲求多於聖人之經，不亦過乎？彩聞之矣，禪學貴脱而不貴粘，貴空花而不貴素位。故自唐以來，儘有名公臣卿可以賡雅歌頌者，乃逃於鬢絲禪榻，所言皆綺羅香澤，此如飾須眉以巾幗，傅脂粉之優伶，是則可盡洗其醜者也。乃於文人學士則以爲有口無心，於婦人女子反欲其改頭換面，是亦陰陽易位之一端也。顧今之評婦人詩者，不曰『是分少陵一席』，則曰『是絶無脂粉氣』。洵如是，以偎紅曳翠之姝而唱鐵板大江東，此與翰音登天、牝雞司晨何異？其爲誕且怪孰甚，尚安得謂之詩哉！詩哉！三春桃杏，紅豔爲妍，乃責桃杏曰：『爾胡不爲松柏之青蒼？』是不能也。言爲心聲，猶自寫照，乃自寫照而顧揣摹他人之面目，不亦可笑矣乎？故彩竊以爲詩者，惟本乎性情，必思無邪，素其時位，求聲成文，有興觀羣怨之風，而不失乎温柔敦厚之旨，斯可矣，他則非彩所知也。恃其恩私，盡言無隱，惟夫人優容而更有以教誨之。不宣。

夜讀

被服紈與綺，流覽聖與儒。豈爲榮名計，簡編自堪娱。棲烏中夜起，明月臨前除。皓皓清露冷，蕭蕭竹影踈。我思英皇女，千載不得俱。復觀曹大家，八志續《漢書》。伊余慕前淑，汲古期有餘。譬如月桂影，而欲窮根株。終當事蠶織，私好徒區區。

芙蓉曲

芙蓉花發秋江渺，翠袖佳人對清曉。愛看花是拒霜姿，不比三春零落草。妾貌可比芙蓉花，應如邢尹相咨嗟。把酒問花花不語，漁舟撐出平灘沙。欲采芙蓉隔江水，鯉魚風吹羅帶起。

湖上次主君韻

偶然臨眺處，花笑鳥能吟。曲水流青草，遥山映碧林。燕來雙剪冷，雲去半湖陰。徙倚風前柳，柔情共爾深。

初夏遣懷

春光了不粘，瓜熟景初炎。紅雨過明鏡，青山對捲簾。多時拋綫帖，隨意檢書籤。流水看終古，名花笑偶拈。蘭開魚子妙，茶試鳳團甜。幽賞方如此，高吟興轉添。輸人霏玉屑，聊自譜香奩。盥手薔薇露，船衣翡翠襜。有瑛充耳畔，無黛鎖眉尖。才弱難言絮，功荒愧織縑。大廬觀蝶化，小盎玩鯈噞。却抱簪裾樂，生涯已屬厭。

芳草

江城無處不霏霏，膩雨膏煙染更肥。南陌踏來香印屧，東風吹上綠侵衣。幾回春共斜陽老，一片愁連玉笛飛。流水鈿車塵土盡，獨留青塚吊明妃。

新涼

咽咽殘蟬天蔚藍，平鋪湘簟夢江南。新涼幾日風和雨，開到庭前白玉簪。

倦繡

重簾不捲晝愔愔，玉剪初停褪臂金。斜搭繡床看蛺蝶，一庭花雨正春深。

周月尊四首

字漪香，江蘇長洲縣人，畢大中丞沅之側室也。

憶梅和韻

迢遞南枝悵水陰，每逢春到寄情深。月牽晼晚三更夢，玉斲玲瓏一串心。雪海香留應作國，雲衔手植定成林。他年繡佛皈清梵，藉爾孤芳伴凈音。

青門柳枝詞

春來折盡更逢春，幾見長條拂地新。灞岸年年縮離别，今年不見去年人。

遠峯涵碧水拖藍，纔放新青春已三。無那縈愁復縈恨，曉風殘月憶江南。

彳亍誰嗟行路難，紅塵掃盡緑枝殘。天涯半是傷春客，飄泊煩他青眼看。

蔣氏一首

直隸長垣縣人，王均之側室也。

明妃紙鳶

誰爲明妃訴不平，敢將薄命與天争。馬辭白草黄沙路，人傍青雲麗日行。當日若非顔色悮，至今難占畫圖名。飄零莫恨毛延壽，漢帝曾無一線情。

朱輕雲六首

字露香，號一捻紅，江蘇長洲縣人，華亭王觀察興堯侍姬也。

《墨香居畫識》：朱輕雲，字露香，王觀察梅影之姬人也。畫山水，喜用焦墨，並工詩。嘗見其爲錦香居士寫小冊，自題一絶云：『繞園春樹影重重，高閣窻涵翠黛濃。借得梅花菴主筆，圖成小樣第三峯。』

和天台雅集韻

清真瀟灑好鵝賓，雅會公餘觴詠頻。曾向花間調律吕，摻摻腕玉撥箏銀。
侍奉西游華嶽秋，鳳皇臺上我經留。吹簫秦女風徽渺，贏得飛凫到嶺頭。
芳宴重開喜復歸，後圖怎不繪青衣。可知仙子蓬瀛裡，金屋新增五色輝。
急流勇退謝塵寰，載得東山明月還。君釣鱸魚兒作膾，興來攜客上皆山。
山中歲月樂逍遥，爛漫金蕿鶴羽飄。阿母窻前桃正熟，不須再度石梁橋。
回首花源路莫知，黑珊姊妹繫儂思。毘陵猶見華亭月，賴有東山訪舊時。

袁孟蘭一首

江蘇長洲縣人，袁繼安之女。尹某納爲簉室。

次韻酬成學士見題所繡香囊

幾度停針待月明，廻文織錦巧難成。永懷蘭秀心無數，獨玩梅花夢亦清。豈是夜來傳絶技，漫勞學士播芳名。使君自有如君在，應樂綦巾共愛卿。

警齋成策《題袁孟蘭所製繡囊》詩：姑蘇女子特聰明，手製佳囊一夕成。福蔭芝蘭期並茂，壽聯梅竹祝雙清。秖聞倩女才無敵，未見樊娘巧著名。雜佩隨身知鄭重，良緣夙結羡名卿。

張雲二首

字春山，號黛仙，江蘇江寧縣人，顧中翰星橋之側室也。

月滿樓書懷次夫主韻

髣髴秦淮孫楚樓，渡江桃葉逐春愁。花前半臂消銀管，月下疎簾引玉鈎。子夜羅衣常永夜，杜秋金縷似傷秋。窻西也伴吹簫侶，清泛寧同水上鷗。

夏柳和韻

薰風吹浪颺晴絲，摇曳隋堤惹恨思。水國凝煙粧鏡啟，河橋拂翠錦韉馳。先生宅畔朱明候，太尉營前溽暑時。碧玉何殊松柏色，渾忘張緒昔年姿。

蘇若蘭一首

直隸人，文欽明侍姬也。

柳枝詞

含煙浥露一枝枝，半拂闌干半映池。最恨年年飄作絮，不知何處覓相思。

《古今詩麈》：横塘居士文欽明思，其先高麗人，國初入京師，兩傳而富峙陶、頓。居士賦性脱略，任意揮霍，凡人間服食、居處、子女、玩好、狗馬之奉，無不窮極其願。往往於歡場樂地發露清機，視同脱屣，殆具宿根也。與蓮坡爲羣紀交，往來大江南北，取道津門，必盤桓旬日而去。一夕招蓮坡飲，出歌姬百餘佐酒，粉圍香陣，心目眩蕩，而諸姬色藝，互相角勝，絲竹迭陳，竟達曙。中有雙鬟，歌一絶云云。詢之，即蘇若蘭自製《柳枝詞》也。蓮坡爲之擊節不置，居士即欲以此女贈蓮坡，固辭乃已。後數日若蘭遂卒。居士歎曰：『不知此女與蓮坡僅有一面之緣。』蓮坡聞之惘然。

胡佩蘭八首

字畹芳，號國香，江蘇太倉州人；原籍休寧。幼攻經書，能小楷。十五歸予，教以畫蘭竹，習聲詩，移時即工。舉一子。著有《國香樓詩鈔》。

吴鈞《國香樓詩鈔序》：歲丁亥，新安汪訒菴駕部尚未筮仕，延予訓其子繩武輩。其如君胡孺人，名佩蘭，常時與訒菴倡和，訒菴亦時出稿囑予點定。越十九載乙巳，予復館駕部家，於是駕部歸里已二年矣。碩人之詩，居然成帙，駕部因屬予序之。予惟世之序婦人詩也，往往首引二南以爲口實，不知後世之詩與夫子所删，不可同日語也。後世之詩，凡頌禱與詆諆與男女之詞，皆所必删，而政夫子之所取；流連光景，刻劃事物，依韻贈答，此古所無，而政後世之所尚。且古人之詩，不學而能；後世之詩，學且未工。古人之詩，可被管弦；後世之詩，徒供吟詠。此雖學士大夫皆然，而況於婦人乎？且今之作婦人傳者，亦可異矣。孝必刲其股，貞必毁其面，而又恥其詩之少，必稱焚棄之餘。碩人則不然。安常處順，不以瑰奇之行見長，而身居簉室，事上接下，曲合乎宜。間以短翰小篇，抒其情性，清腴温雅，言言可誦，令人一望而知其爲名閨淑媛之詩。又何必遠引《葛覃》、《卷耳》后妃夫人之德，作此不切之喻哉？孺人能畫墨蘭，工絲竹。是編原本二百餘首，予删其十之六，即命孺人所生子繩祖録而藏之。是爲序。

《條山雜録》：我鄉善墨蘭者，前明朱都尉蔚之工整、周高士裕度之蕭疎，皆所難得。近世王香雪詒燕之亂頭粗服，短幀小幅，亦不讓前明諸公。近日閨秀胡佩蘭，新安汪訒菴之如君也，曾偕寓雲間，予嘗見其畫箑條幅，多以秃筆掃就，亦楚楚有致。

山齋夜坐

嫋嫋商風來，閑坐涼侵骨。夜分覺衣單，碧窻浸斜月。流螢耀熹微，殘燈影蕭瑟〔一〕。熏爐炧龍涎，蟲語猶未歇。

春日

霽色開煙景，朝霞擁日生。柳深鶯語巧，簾卷燕飛輕。蝶睡應耽夢，蜂喧似喜晴。誰家吹玉笛，流韻正淒清。

獨坐

快雨驅殘暑，清風送晚涼。閑來窻下坐，金鴨試甜香。

寒夜

寒夜圍爐坐，當窻玉鏡明。金猊香欲炧，何處逗鐘聲。

寄訒菴夫主

珍簟生凉感別愁，閑聽風竹滿庭秋。惟應團扇情相似，空對山樓月一鈎。

王光祿鳴盛《蛾術編》：吾友汪訒菴啟淑側室胡佩蘭，寄訒菴詩云云，此詩用意甚巧。予曾客旌德縣，秋日夜雨不寐，寄妾陳氏一律云：『青燈明滅冷香篝，木落凫山嘆滯留。夜雨暗驚千里夢，秋蟲獨伴一人愁。流黃蜀錦緘清怨，慘緑商聲變素謳。聽盡寒更更正永，幾回心折大刀頭。』陳氏因胡詩予嘗選入《苔芩集》，遂取其意，呈詩答予。落句云『團圓惟願如團扇，只恨蟾光缺一鈎』，雖云脱胎，而語自别。

秋晚

窻外疎蟬噪晚霞，風牀書卷正横斜。蘭閨自愛秋容淡，閑看中庭洗手花。

繡餘遺興

風約花香入繡簾，緑窻午倦線慵拈。輕呼小玉燒金鴨，笑把烏沉細細添。

初夏

燕乳榴紅暖日遲，迎梅雨足水平池。緑窻午倦抛針線，閑倚熏籠賦小詩。

【校記】

〔一〕蕭瑟：《國朝閨秀正始續集》作「飄忽」。

莊璧一首

字月波，江蘇婁縣人。父本清客，在家即工算法、音律、弈棋。己卯秋歸予，教之讀書。越三四年，見胡姬佩蘭與予倡和，心竊羡之，私偕楊姬麗卿亦學爲有韻語，然不肯示人，故留存者少。

即事

可喜東風次第來，晴陽銷盡豆萁灰。閑呼小婢南枝探，試看今朝幾朶開。

柔卿二首

夢樓王文治太守姬人也。

和成公子

生小原無落雁容，秋風偶覺病身慵。挂帆公子金陵去，望斷青青江上峯。

《隨園詩話》：王夢樓太守，精於音律。家中歌姬輕雲、寶雲，皆余所取名也。有□柔卿者，兼工吟詠。成嘯厓公子贈以詩云：『侍兒原是紀離容，紅豆拈來意轉慵。一曲未終人不見，可堪江上對青峰？』柔卿和云云。

病起

卧病深閨欲浹旬，晚來强起怕傷神。秋心自是人先覺，不信黄花瘦似人。

《水曹清暇録》：柔卿本夢樓王太守文治家女伶，色藝皆工。後長成，夢樓養爲己女，許配士族。曾見其《病起》一絶云云。

方大英句

江蘇人，學士春臺妾也。

句

户閉新蛛網，梁空舊燕泥。

《隨園詩話》：學士春臺曲試福建，過吴下，買妾方大英，美貌能詩。以南北地殊，服食不慣，
雉經而死。其遺稿有句云云。

陶氏二首

江蘇人，袁明府枚之篷室也。

新年

新年無處不張燈，笙鼓元宵響沸騰。惟有學吟人愛静，小樓坐看月高升。

無心閑步到蕭齋，忽有春風拂面來。行過小橋池水活，梅花對我一枝開。

《隨園詩話》：余屢娶姬人，無能詩者，惟蘇州陶姬有二首云云。生女，嫁蔣氏。姬年三十
而亡。

沈綺琴一首

江蘇江陰縣人，王兆魚家青衣也。

答慧師問

饑來喫飯困來眠，悟得傳燈第一禪。散盡天花渾不着，豐干饒舌已多年。

《諧鐸》：蓉江沈綺琴兆魚，王公家青衣也。幼從閨中伴讀。年十五，工吟詩，兼喜填北宋人小令。如《送春詞》中『一溪花瓣水聲長，誰知即是春歸路』，南樓徐若冰夫人採入《燃脂雜録》。其《題施寔君詞稿》，有『自傷不作書生耳，酒市茶牆，讓柳七郎君奉旨』之句，風流倜儻，略見一斑。繼掃除綺業，一歸佛教，鏡奩粉匣旁，《楞嚴》、《涅槃》諸經典，燦然堆積。時戒律僧慧公從浄慈來，卓錫隨光東院。綺琴往投座下，乞參三昧法。慧公曰：『欲參三昧，先斷六根。』綺琴曰：『諾。』慧公趺坐蒲團，高聲提唱曰：『如何是無眼法？』曰：『簾密厭看花並蒂，樓高怕見燕雙栖。』『如何是無耳法？』曰：『休教擫笛驚楊柳，未許吹簫惹鳳凰。』『如何是無鼻法？』曰：『蘭草不占王者氣，萱花莫辨女兒香。』『如何是無舌法？』曰：『幸我不曾犁黑獄，干卿甚事吐青蓮。』『如何是無身法？』曰：『慣將不潔調西子，謾把橫陳學小憐。』『如何是無意法？』曰：『只為有情成小劫，却因無礙到靈臺。』慧公曰：『六根已浄，八垢須除，再為汝下一轉語。何謂念煩惱？』曰：『誤將濁水濺蓮葉。』『作何除法？』曰：『奪取鋼刀殺藕絲。』『何謂不念煩惱？』曰：『一任飛時沾柳絮。』『作何除法？』曰：『再從繫處解金鈴。』『何謂念不念煩惱？』曰：『春蠶作繭全身縛。』『作何除法？』曰：『蠟燭成灰徹底銷。』『何謂我煩惱？』曰：『未出岫雲偏作雨。』『作何除法？』曰：『不開花樹本空枝。』『何謂我所煩惱？』曰：『底事急流争鼓棹。』『作何除法？』曰：『好憑順水再推船。』『何謂自性煩惱？』曰：『鑽榆取火還燒樹。』『作何除法？』曰：『凍水成冰不起波。』『何謂差別煩惱？』曰：『磨將子墨猶嫌白。』『作何除法？』曰：『買得臙脂便是紅。』『何謂攝受煩惱？』曰：『痛看西子心頭捧。』『作何除法？』曰：『癢倩麻姑背上搔。』慧公曰：『是兒可人。吾為汝説九根之法。汝能一問一答，便許傳第一妙諦。信根何在？』曰：『龍牙打板。』『精進根何在？』曰：『石鞏架箭。』『念根何在？』曰：『丹霞選佛。』『定根何在？』曰：『華林縛虎。』『慧根何在？』曰：『雪峯趯毬。』『慈根何在？』曰：『白鹿掛袋。』『樂根何在？』曰：『達摩授鉢。』『捨根何在？』曰：『如來痛背。』『意根何在？』曰：『天龍豎指。』『如此畢竟作麼生？』綺琴拍掌而吟云云。慧公曰：『汝真佛門種子。但以文字釋經，未免墮口頭禪耳！』以座上蒲團授之曰：『待此物破時，廼汝證盟候也。』綺琴合掌拜謝，歸而静坐一室，終日不言不笑，似學天竺菩提九年面壁者。後聞蒲團未破，紅粉先埋。豈導師之誑語乎？抑金棺雙足，將現迦葉身而得度也？姑記之，與葉小鸞參禪一案，並為詞壇佳話云。

鍾秋穎 二首

字筆花，江蘇松江人。詩見廖景文《齊雲吟》。

次韻答廖明府景文

千里書廻雁帶雲，嗤予醉態異予聞。斜川不飲東籬酒，只恐黄花也笑君。

冰心一片玉壺齊，老矣寧因婉孌迷。寒夜雪霜宜煗足，雙姬耐可錦衾擕。黄庭堅詩云：『小姬暖足睡。』又劉兼詩云：『夜擁雙姬暖似春。』

廖景文《寄鍾姬》詩：爐煙一縷裊成雲，流水高山欹枕聞。十五年氷琴酒伴，女鍾期最可憐君。一枝濃艷粉香齊，慧眼常因酒盞迷。老我家園行藥穩，鳩頭贈與醉時攜。

吴香宜二首

名香宜，袁龍文之簉室也。

詠梅

為受春寒花放遲，遊人偏採未開時。儂心恰愛天然好，不忍臨風折一枝。

春晴

細雨連宵濕軟塵，今朝晴放一窗春。柳絲低舞花添笑，都似風前得意人。

《隨園詩話補遺》：俗稱女子不宜為詩，陋哉言乎！聖人以《關雎》、《葛覃》、《卷耳》，冠三百篇之首，皆女子之詩。第恐鹹鹾之餘，不暇弄筆墨，而又無人唱和而表章之，則淹没而不宣者多矣。家龍文弟婦黄氏雅宜、香亭簉室吴氏香宜，俱有窈窕之容，同居一室，互相切磋。吴《詠梅》云云，《春晴》云云，皆清妙可誦。

卷之七十一

靜照六首

字月士，順天宛平縣人，俗姓曹，前明宫人。李自成犯闕，隨内監劉至南京。乙酉後祝髪爲比丘尼。順治初尚存。著有《宫詞百首》。

宫詞選六

到面〔一〕東風只自知，燕花牌子手中持。椒房領得金龍紙〔二〕，勅寫先皇御製詩。

一樹寒花冒雪開，幽香寂寂映妝臺〔三〕。女官争簇傳呼近，知是鸞宫選侍來。

寶妝雲髻鞸金衣，嬌小丰姿傍玉扉。新入未諳宫禁事，低頭先拜段純妃。

口勅傳宣幸玉熙，樂工先候九龍池。裝成〔四〕傀儡新番戲，盡日開簾看水嬉。

閲遍司農水旱書，君王減膳復齋居。御廚阿監新承旨，來日羹湯不進魚。

儉德慈恩上古稀，他方織錦盡停機。赭黄御服重經澣〔五〕，内直才人著布衣。

【校記】

〔一〕到：《名媛詩緯初編》作『掬』。

〔二〕金龍紙：《名媛詩緯初編》作『新龍紙』。

〔三〕妝臺：《名媛詩緯初編》作『樓臺』。

〔四〕裝成：《名媛詩緯初編》作『粧成』。

〔五〕澣：《名媛詩緯初編》作『滌』。

再生（姚媽俞）四首

江蘇長洲縣人，俗姓姚，名媽俞，字靈修，詹事姚文毅公希孟女孫也。著有《再生遺稿》。

《練音續集》：姚媽俞，字靈修，姚文毅公希孟女孫。言笑不苟。詩文一本家學。嫁侯文學演。演從父死，遂祝髮爲尼，改字再生，學出世法，終老於佛燈經几間。著有《再生遺稿》。

早春即事

煙鎖虛窓展素緗，微風吹到落梅香。孤懷待月惟枯坐，餘恨添眉却晚粧。舊事不堪重省憶，新詞漫自費平章。黄粱一夢從今覺，願息塵機禮法王。

不寐

殘燈一點爇孤檠，門外蕭蕭落木聲。風動庭梅踈影亂，露凝修竹暮寒輕。支離瘦骨惟供病，牢落愁懷豈為情。此夜酒醒魂斷處，半簾明月夢無成。

仲春十五夜大人山中言旋即别寫懷

白雲天末和愁低，無限離懷怨曙雞。煙柳河橋殘月小，踈鐘古寺曉風凄。百年幻影花枝老，二十〔二〕浮生草路迷。一葦江頭如可折，竺乾西去待相攜。

寒夜書懷

寂寞青燈夜未闌，半生心事獨盤桓。煙波縹緲魂非遠，人事悲涼歲欲殘。素志應同明月皎，離情還共白雲漫。良宵剪燭歌行露，松竹蕭森起暮寒。

【校記】

〔一〕二十：《國朝閨秀正始集》作『廿載』。

德容（朱又貞）十三首

本姓朱，名又貞，浙江嘉善縣人。性極孝，訾笑不苟。十六適張我樸，閨中賡唱，聞者艷之。嗣值張君爲科場被分房所累，全家發配，又貞上疏捐軀贖罪，少延姑舅殘年。後爲尼。著有《璇閨詩》、《猗蘭》、《幽恨》、《歸雲》等集。

泣懷四言詩

魏里我朱，世稱名德。父舉孝廉，儀型南國。先慈割股，善為內則。八兄二弟，甲科聯捷。猶子繁衍，勤書晨夕。父半百年，始生又貞。弱女非男，訓護慰情。稍讀經史，志古閨英。十五而笄，清河于歸。十五遵教，姑嫜是隨。操持佐饋，夙夜無違。熊羆三夢，今始一垂。緑林不靖，湖渚鋒鏑。囊為盜齎，牛衣相泣。良人砥志，下帷屏跡。瑶章珠賦，聲動都邑。戊子之秋，幸宴鹿鳴。長歌遠寄，鄭重前盟。壬辰登第，筮仕廷評。繼美釋之，張先後稱。丁酉維夏，泛舟來都。相敬未暖，旅魂乍蘇。忽令分闈，校檢羣儒。維我夫子，能文有耻。秉矢公明，冰寒立志。上嚴功令，下畏多士。勤慎勿懈，月餘竣事。豈知同寀，貪心敗類。庸違象恭，實懷狂悖。羣凶飛語，如霾如彗。緹騎在門，去不及訣。五毒倍至，百喙莫雪。事若風影，罪不例律。嚴行示懲，西市引決。禍起黨同，古今一轍。余念致命，割血流裾。九閽間隔，囚安上書。七人同盡，遑辯真虛。家産寥寥，雞犬盡没。桑榆老親，亦旦暮活。相逐邊塞，念此神奪。求榮反辱，遂付剃髮。繡衣永訣，袈裟相接。拔幽報存，叩金經力。嗟乎薄命，家鄉萬里。身獨羈囚，飢寒泣涕。南望白雲，淚零待徙。不如鳥雀，去來迤邐。我思刑書，國之鉞斧。虛實按情，輕重有故。雷霆振聲，頃刻雨露。同罪諸臣，悉蒙恩宥。嗟我所天，先受刑苦。聖人刑法，萬世則祖。雷不崇朝，豈忍終怒。用法有律，手足仍措。皇皇百執，矯矯直臣。一夫不獲，亦疚于心。有此沉冤，充耳不聞。折檻回天，祐我後昆。夫縱有罪，死即平允。老親煢獨，周文所憫。茫茫塞北，坎坎艱屯。行同飄蓬，到亦顛殞。枯窮至此，死之安忍。

惜籠中鳥自喻

千里朝凰唱和遥，誰憐孤鶩禁樊牢。貞心甘守籠中日，再世齊鳴共九霄。

梅花

蝶夢三春淚落花，風飄餘粉謝鉛華。天生玉色菩提片，踈影幽窓獨自誇。

茉莉花

冰姿玉骨浄塵煙，南國攜來種自妍。花史高名空第一，只今〔一〕誰識藐姑仙。

對良人小像泣感

對影依稀恍若君，欲言不語況慇懃。稱觴舉案惟形筆，賴是相逢畫裏人。

七夕二首

玉露金風報素秋，穿針樓上獨含愁。雙星何事今宵會，遺我庭前月一鈎。

織女牽牛送夕陽，臨看不覺鵲橋長。最傷今夜離愁曲，遥對天涯愈斷腸。

秋色有感二首

征帆濕淚帶秋風，客路愁思旅況同。無限憶君傳織錦，有情長寄白雲空。
昨別離魂不覺愁，鐘催殘月憶悲秋。思君空館應無語，南望多情似水流。

憶母

拜別慈幃一月餘，堪憐弱質遠驅馳。北堂萱草今安否，但願棠荊好護持。

憶兄

蛾眉愧不列鬚眉，未得吹篪洽古徽。況復孤舟人萬里，脊令原上白雲飛。

憶姊

姊妹花開種繡房，徐娘空復字秦郎。愧從四女祠前過，膝下而今少一行。

憶兒

坐憶雛兒淚滿裳，天涯一望水茫茫。臨行珍囑休懸念，多識之無字幾行。

【校記】

〔一〕只今：《國朝閨秀正始續集》作「至今」。

安生三首

江蘇洞庭山水月菴比丘尼。善鼓琴。二十而殀。詩見《七十二峯足徵集》。

詠蠶

甕繭空傳異，人衣豈誑天。只應方老病，放翁詩「衰病今如作繭蠶」。未合喻參禪。《傳燈録·坐禪》「蠶吐絲自縛」。死去悲絲盡，甦來羨翼全。本無鱗角勢，雪覆亦徒然。

朱夫人惠碧螺春

緑潤涵靈氣，清芬帶露華。翠微新雨歇，雲竇古根斜。沸鼎看魚眼，擎杯吸乳花。多君緘贈我，應自勝流霞〔一〕。

挽旃那

玉容從此謝空華，小閣遊絲護碧紗。宛轉曾遮松下扇，清幽誰供佛前花。蒲團初撤憐春月，貝葉空遺映晚霞。幾處香温悲手澤，青鞋倚壁冷袈裟。

【校記】

〔一〕全詩《國朝閨秀正始續集》作：『緑潤含春色，清芬帶露華。一緘雲外信，兩串雨前芽。沸鼎湯翻雪，擎杯乳泛花。滌煩頻啜處，應自勝流霞。』

吴氏 一首

山東濟寧州人。

辭世偈

風捲雲霧散，明月碧團圓。了然無罣礙，池内現金蓮。

《現果隨録》：媪吴氏，濟寧人，隨夫唐某至松江。初性極剛暴，獨好佛。年四十三，歸依冰鎧禪師，遂持長齋，晝夜持誦《金剛經》，不下小樓者六載。至四十九，忽告人曰：『吾某日去矣！經云：金剛不壞身。吾去後，可留身三年。若果不壞，經方靈驗。』遂説偈云云。遂命削髮，趺坐而逝。越三年，啟龕，果不壞，頂髮長半寸。提督梁公遂為漆身建庵供養，額曰『坐化』。今在府學宫側。

上鑒（吴琪）十首

號輝宗，俗姓吴，名琪，字蕊仙，號佛眉，江蘇長洲縣人，方伯挺庵先生之孫女也。蕊仙生而穎悟，五歲過目成誦，髻齡而工詩，及笄而能文章，尤精於繪事。一時女郎脱簪解佩求其片紙者日相望。適管君名勷字宇嘉者。管固貴公子，且時彦也。嗣是繙書賭茗，掃黛添香，二十年如一日。居無何，夫死於官，室家了不可問。蕋仙以一女子，支離因頓於荊榛豺虎之交。然時與二三閨友撫絲桐而弄筆墨，意殊慷慨，不作兒女態也。慕錢塘山水之勝，乃與才女周羽步爲六橋三竺之遊。晤慧燈禪師（爲故大夫若青公季女），蕋仙遂洗心皈命。於是大張蘭若，慧燈令之薙髮，命名上鑒，蓋不復問人間事云。著有《香谷焚餘草》。

陳維崧《婦人集》：茂苑吴蕋仙，名琪，才情新婉，當其得意，居然劉令嫺矣。與飛卿著有《比玉新聲集》。蕋仙尤好大略，精繪染，飛卿贈詩云：『嶺上白雲朝入畫，樽前紅燭夜談兵。』蓋實録也。

《圖繪寶鑑》：吴琪，字蕋仙，善畫。有《女中七才子集》行世，琪其一也。蔡含師之。

《西皋外集》：閨詩多有帶英氣者。王季重先生女《題藺相如傳》，有『七寸小臣刃，五步大王頭』之句，一時稱其豪拔。管宇嘉從洪承疇軍，其妻吴蕊仙送之一絶：『萬里從軍急，孤身倚劍遊。家園落日裏，莫上最高樓。』亦有英雄氣色。後管卒，設帳授女徒，終於尼。

王士正《題吴蕊仙畫》詩：曉畫文殊淺様眉，幾丸螺墨碧參差。儂今自作簪花格，不是當年衛茂漪。

【輯補】

鄒斯漪《名媛詩選》（清初刻本）鄒氏《小引》：予寓吴門，熟知蕋僊以能詩名。時蘇臺女流之云詩者肩相望也，而要以蕋僊為詞壇巨擘。蕋僊名家女，歸予友管予嘉，瀟灑淑郁，有林下風致。工繪事，精八法，故其詩中往往有遠山數峰、遥青靄翠，與煙飛霧結、美女簪花之格，亦墨苑之三絶、香奩之獨步也。蕋僊性不喜塵俗，驚才艷采，曠致高襟，輕錢刀若土壤，尤博極古今書，兼善絲桐。每當月朗風和，與二三閨友鼓流水之清音，奏高山之絶調，真天人也。生平雅好

《桃葉》、《竹枝》之詞，幾於『黄金散盡教歌舞』。近其詩多蕭閑澹宕語，豈所謂『寂寞道心生』耶？予嘉磊落性成，不作閨閣婉戀態，蓝僊屏居一室，焚香啜茗，撫今吊古，發為詩歌，悲感淋漓，淒清宛轉。聽哀猿於静夜，月凍三巴；落飛雁於高秋，雲平九塞。間作和平之奏，亦多冷艷之辭。……梁谿鄒斯漪流綺識。

山中早梅雪後喜閨友任歸見訪

與君别江樹，十年滯行跡。忍使田園蕪，可憐秋水碧。道遠夢何繇，雁促音難繹。一朝顧柴關，白雲驚艷客。澗松青若故，野人貧似昔。午飯供新葵，晚香論周易。早梅覆屋紅，積雪映峰白。一溪鳥語溶，四壁琴書澤。任運有虚舟，放閑無火宅。相對緑樽開，起舞南山石。

題畫

江樹迷離鷗自浴，江雲飄盡春山緑。渡頭小艇賣魚歸，月映斜扉滿籬竹。讀書樓静倚欄杆，一望煙霞碧落寒。奇嶂插天藏古寺，危泉懸壁露巖灘。玉笙聲斷鶯啼處，狼藉落花飛不去。將身欲置畫圖間，相與神仙覓往還。

送别

雪意滿芳洲，屏山引去舟。霜花吹客夢〔一〕，笳月起邊愁。萬里從軍急，孤身倚劍游。家園落日裏，莫上最高樓。

幽居志興

戢影衡門下，悠然物外身。擇林知鳥異，藏尾識龍神。山静雲光活，溪閑草色新。廢琴兼病鶴，相與得天真。

村居

貧家風物厭鉛華，波影浮來盡落霞。夢裏青山閑歲月，鏡中人面想桃花〔二〕。秋燈病後惟餘硯，春水愁多未浣紗。枕上片魂誰唤起，夕陽煙樹幾歸鴉。

西山訪隱

人遠山深雲景新，青溪石落晝煙晴。飄殘絮影遥知柳，啼遍桃花不見鶯。沓嶂開天春一線，危崖飛瀑雪千層。野猿見客如相識，為叩松關鶴自迎。

感懷

鶴煮琴焚事已賒，不堪回首數年華。愁來有句留殘葉，夢去無人問落花。鳥惜晚香窺檻鏡〔三〕，婢憐新病鎖窻紗。柳枝剩有蘇臺曲，未審春風憶若耶。

閨友見訪感舊

蓬門來訪碧山秋，别久相逢話更幽。紅葉隱燈踈雨亂，白雲堆榻晚風留。自埋書劍新篁寺，誰倚琴樽舊畫樓。料得百花洲畔月，年年長照水空流。

寄龔静照

詩狂生性與君同，遺世搜奇興不窮。見説緑窻嫻劒術，白雲深處禮猿公。

秋蟬

咽柳鳴槐較恨多，一聲聲送夕陽過。朱樓盡是笙歌地，不解悲秋奈若何。

【校記】

〔一〕此句《國朝閨秀正始集》作『霜風醒客夢』。

〔二〕想桃花：《國朝閨秀正始集》作『悟空花』。

〔三〕檻鏡：《國朝閨秀正始集》作『鏡檻』。

行剛一首

號祇園，浙江嘉興縣人，處士胡日華女。出家，居梅會里之伏獅院。著有《語録》。

《槜李詩繫》：行剛，號祇園，嘉興人，處士胡日華女。嫁諸生常公振，未期而寡。中歲出家，爲僧通乘弟子，住嘉興梅會里伏獅院。有《語録》。

孟夏關中詠

百結鶉衣〔一〕倒掛肩，飢來喫飯倦時眠〔二〕。蒲團穩坐渾忘世，一任塵中〔三〕歲月遷。

【校記】

〔一〕百結鶉衣：《國朝閨秀正始續集》作『破衲隨風』。

〔二〕此句《國朝閨秀正始續集》作『洗心自結静中緣』。

〔三〕塵中：《國朝閨秀正始續集》作『紅塵』。

王微 四首

字修微，江蘇揚州人，號草衣道人。自傷七歲嚴父見背，眉嫵間常有恨色。適太僕寺許譽卿，後爲女冠。著有《遠游篇》、《閑草》、《期山草》。

許豸《修微道人生誌》：道人居無住著，常輕舟載書畫，往來五湖間；居西泠者，其偶也。客有言匡廬奇秀甲天下，道人遽命駕往，自冬徂夏，盡三楚三岳而歸。自言月下從開先寺看青玉峽，道遇虎不怖；至棲賢橋，題字金井上，白雲卷之飛。已參清大師，受無生法。傷樂天草堂圮，解衣倡葺，爲設誓竹林伽藍而去。采芝天柱峯頭，三觀日出，五龍一花，披膚見髓。尋入朱陵，謁魏華存，聽北寒玉女彈九氣璈，受八素訣，蓋飄飄然仙也。道人常築室，思以文杏爲梁、雲母爲幄，規連珠樹，矩洩瑤泉，然後瓊笈萬卷，薰以龍腦，襲以法函，碧琱截硯，琉璃貯匣，硯中銀水，滴則成押。又欲製一船，合元真子舴艋，皮襲美五泄，陶峴、孟雲卿三舟爲式，布帆桂檝，浮沉域外。猝遇傖父，即廻橈避之，然踪跡猶未離人間世也。曰：『使我仰擲雲輪，手攜霄轡，守胎靈而思録氣，逐毛女而追飛猿，不若凌波化酥，逢巒剪翠，伐木許許，鳥鳴嚶嚶，樂哉丹丘，亦在尋常來往間耳。』道人夙敦然諾，急人之困，揮數千金，無所恡惜。最好金石彝鼎，盤匜甗鬲，硃凸斑剝，珪璧斷繡，間亦隨手乞人，不復留意。性至孝，不沐浴，不奉母飱。幼失父，不知瘞處，涕泣皈命，長齋繡佛，刺血書諸品經，皆以父故。飯千僧於維揚，作水陸大會，卒感異夢，葩而得骨，人人以爲孝感。道人生平如此，世之知道人者，淺者以其詩，深者以其俠，而不知其有鴻黄窈窕之學、絶類離羣之行。或曰：『道人固文弱女子也，安能卓絶如是？』噫！使道人不女子者，無其詩，無其俠，無其卓絶之高行矣，一片巾幗，世界反髽視此異人哉？道人築生壙大橋之間，意不欲與蘇家松柏近。予笑曰：『安之北武穆、南忠肅，其近之也，亦既久矣。』乃敘述爲誌，而系以銘。銘曰：錦纖俗，青塚枯。五陵豪，皆屠沽。三生石，亦樵蘇。闔虎豹，役鷗鳧。劍氣中，玉煙多。誰可比，天爲徒。趙臺卿，司空圖。彼女子，此丈夫。

《五茸志逸》：王修微從西子湖入雲間，才子慕之，輻輳兩涯之間，修微拂曙峭帆泖塔矣。因訪眉道人於白石山寮，燒燈市魚，詩酒以外，不暇及也。此來如鴻飛雪中，莫可踪跡。作《點絳唇》一詞記之云：『凉雨初晴，放舟獨坐遊三泖。寺門僧少，一點鴻來攪。　返入空山，竹底柴門小。杯兒倒，燈前句好，雪裏留鴻爪。』『仙翁笑倒，用志如君少，有甚風吹來了？日月忙，乾坤小，利名擾擾，還是閑人好。不妬不貪不老，醉薰薰，没昏曉。　洞門深杳，樵牧何曾擾，一片野雲縹緲。白的猿，青的鳥，山圍水遶，圖畫天然巧。寸寸異花香草，地無塵，松枝掃。』

【輯補】

周之標《女中七才子蘭咳集》（清初刻本）載陳繼儒《微道人生壙記》：修微姓王，廣陵人，自幼有潔癖、書癖、山水癖。自傷七歲父見背，致飄落無所依，眉嫵間常有恨色。已奉竺乾古先生之教，刺血寫小品經；間讀班馬孫吳書，人莫得而狎視也。嘗行靈隱寺門，見白猱坐樹端，迫之，展翅疾飛去。包園夜半，有兩炬炷射窗縫上，諦視之，虎也，修微挑燈吟自若。其詩詞娟秀幽妍，與李清照、朱淑真相上下；至於排調品題，頗能壓倒一座。海內客慕翰墨者，輻輳案前，如農訴水旱，修微攢眉應之，擲筆出避西子湖，避鄧尉山，避廣陵。尋獲兄指其父埋骨處，仆地哭失聲，延僧作水陸道場，凡十五日，以薦父靈。笥中綺繻環瑱，隨手立盡矣。修微飯蔬衣布，綽約類藐姑仙；筆床茶竈，短棹逍遥，類天隨子。謁玉樞於太和，參憨公於廬阜。登高臨深，飄忽數千里，智能衛足，膽可包身，獨往獨來，布帆無恙。既歸，出《楚游稿》示余，冰雪凈其聰明，雲霞汰其粉澤，抑名山大川之助乎？修微曰：『自今伊始，請懺從前綺語障，買山湖上，穿容棺之墟，茆屋藤床，長伴老母，豈復問王孫草、劉郎桃、蘇小小，同心松柏哉！』予曰：『今君才貌兩艷，人間所羶，出世之盟，將無太早？』修微曰：『嘻，是何言！孔雀金翠，始春而生，四月而凋，與花萼相衰榮，每欲山栖，必先擇置尾之地，然後止焉。禁中綴之以為帚，蠻中采之以為翣，甚有烹而為脯為臘者，色可常保乎？鸚鵡馴擾慧利，洞曉言詞，官家奇愛之，或教詩文，或授佛號，而未免閉於金籠，搏于摯鳥，則韻語又可常恃乎？』予嘆曰：『常情仕諱歸，年諱老，而修微少不諱死，死不諱墓。昔者淵明自祭，樂天自銘，司空圖引平時故交，痛飲生壙中。三君子以後，鮮有嗣續高風者，修微達視死生如晝夜寒暑之序，女史乎，女俠乎？一變至道矣。』生壙成，諸名士為彈孔雀經一卷，供鸚鵡舍利十餘粒，並穴置其詩稿百餘言，眉道人為之記。

同集載王微自序：余學詩十餘年，實未知詩，亦何敢言詩。詩者，志之所之也；志之所之，而嗟嘆之，詠歌之，即不知詩，何詎不可言詩？余生不辰，早歲失怙，生非丈夫，不能掃除天下，猶事一室。惟參誦之餘，一言一詠，或散懷花雨，或箋志水山，不違天籟之叢，獨應無人之野，每懷少文之言，輒有天際之想，喟然而興，寄意而止，妄謂世間春之在草，秋之在葉，點綴生成，無非詩也。詩如是，可言乎，不可言乎？雖然，昔人有恨古人不見我者矣，我遂不得見古人，亦何以詩哉？吾焚吾硯已爾。艸衣道人書於樾館。（瓊案，此序後有周之標附言云：『此修微序其《閨中草》，而未嘗行之世也。原刻七十四首，似是焚餘所留，而余選僅三十八首，竟刪其半，較之《遠游篇》、《閑草》、《期山草》，反似嚴汰，正以其詩境愈老，詩情愈深，詩律愈熟，不得不更苛於昔也。嗟乎，如脩微者，豈特女中崢崢哉，始可云盛明詩人矣！』）

重過雨花臺望春江有感

春恣静東岑〔一〕，雲影結遥燦。坐覺高臺空，不知翠微半。落花自古今，啼鳥變昏旦。撫花〔二〕良易遷，即事聊成玩。況乃晴江開，緑波正拍岸。

舟次江滸

一葉浮空無盡頭，寒雲風切水西流。蒹葭月裹村村杼〔三〕，蟋蟀霜中處處秋。客思夜通千里夢，鐘聲不散五更愁。孤踪何地堪相託，漠漠荒煙一釣舟。

冬夜

獨坐渾無語，含顰應有思。私心自不寐，何事倩君知？

秋日閑賦

露寒殘月上蒹葭，近日離魂未有涯。寂寞經年人不見，空房夜夜數歸鴉。

【校記】

〔一〕此句《女中七才子蘭咳集》作『春姿静遠岑』。

〔二〕花：《女中七才子蘭咳集》作『化』。

〔三〕杼：《宮閨文選》作『杵』。

維極一首

浙江仁和縣人，卓錫於雄聖菴。著有詩文、語録，惜已失傳。

《仁和縣志》：雄聖尼菴在義同坊，女僧維極卓錫地也。極以童身嗣法於雪竇石奇雲和尚。順治丙申，應侍郎嚴沆儀部丁澎請，爲開戒説法。一日，貴家靚粧而來，極曰：『何來？』曰：『拜佛。』極大喝曰：『汝家有佛！』諸女言下頓悟。康熙壬子秋圓寂，建塔龍居塢，丁澎爲撰碑銘。嗣法超越，爲武昌郡丞林杞女，能繼法，廣纂極詩文、語録傳於世。

《詞苑叢談》：姚江女師維極，幼歲棲真，頓悟元妙，微言清雋，尤工詩詞。其《詠梅》云：『春來了，鶯來了。凍解霜枝，小蕚新姿巧。』《聽雁》云：『擣衣聲起家家，聽不盡，西澗芭蕉送雨。』丁葯園嘆其涉筆蕭踈，自是蓮臺上品，度《繞佛天香》一曲贈之云：『茅菴小築，踈梅幾樹，能伴幽獨。無生悟速，長齋繡佛，前身是金粟。經翻貝葉，清磬裏，蓮根似浴。微笑拈花，儼然是，先生天竺。染翰恣湘竹，慧業文人更清福。坐老蒲團，空階秋草緑。映不染塵心，一枝芬郁。誰道仙子塵凡，料兜率蓬山任歸宿。花雨吹煙，團成香玉。』

題蓮花

幻出是毫間，休作愛蓮説。花叶不沾塵，從今莫饒舌。

無垢（陈潔）九首

俗姓陳，名潔，號石香，江蘇通州人。適同里孫太學安石，家饒裕，不善持籌，遂中落。以潔無子，不相得，挈妾婢異居。潔乃歸母家，久之落髮，即其祖舊業所謂鴻寶堂者事焚修，然不廢吟詠。晚而益貧，至併日食，隱忍而病，數月不起；起覆水窻前，脱手墜樓而死。著有《茹蕙集》。

《五山全志》：陳潔，字無垢，少司寇堯元孫女，世祥女兄也。神情散朗，有王夫人林下風。爲詩輕清秀雅，亦不下『柳絮因風』之作也。適孫氏，無嗣，久之乃還母家，下帷著述，語益悽惋。著有《茹蕙集》四卷。

陳維崧《婦人集》：通州陳潔，字無垢，幼時學詩文，絶工。著有《繡佛齋集》。常作《閨怨》五言詩，有『夢去不關愁，曉來心自惡』之句；從叔文起見之，屢形吟賞。

書懷

青翠入簾櫳，永日駐幽閣。愁縈芳草生，静覺桐花落。匳鏡網蠨蛸，庭柯巢烏鵲。夢去不關愁，曉〔一〕來心自惡。獨坐只書空，微雨益蕭索。

雪後登山

滕君似妒青山翠，萬里峰巒鋪玉碎。蒼涼四望野雲低，江天静與茅亭對。此時誰是景中人，王恭寉氅難為繪。我愛江天積雪幽，朗吟雪賦寄中流。長江寂寞魚龍没，坐向孤寒月影浮。

揚州早雁

纔離塞北忽江東，嶺岸蕭疎樹未紅。數點雲間誰繫帛，一行天外自書空。安棲邗水猶鄉土，遠過迷樓感故宫。别有孤鳴沉别浦，高風欲借起泥中。

秋柳

弱不禁風素自憐，黄昏細雨斷疎煙。樓頭指冷誰吹笛，塞上身單欲寄綿。一任啼烏翻子夜，直須飛雪送窮年。攀枝信墮英雄淚，殘照蕭條灞水邊。

悼小婢素梅

年只十齡餘，幽花色亦如。憐伊明慧甚，獨遣理琴書。以疾性逾潔，時時拂卧床。猶然覓芳卉，斜插髻雲旁。每識予悲嘆，温言慰寂寥。深期共朝暮，何事彩雲飄。

玩月

秋氣晚餘寒，清光萬里寬。天風如可惜，吾意欲乘鸞。

春閨

院冷梅花玉剪流，晚風偏助落花愁。侍兒知我無情緒，不把珠簾上玉鈎。

【校記】

〔一〕曉：《國朝閨秀正始集》作『晚』。

道元（王氏）一首

俗家姓王，陳留人也。

冒丹書《婦人集補》：王氏道元者，亦女冠也，陳留人。其《禪坐書懷》一律，最流麗；清句如此，可謂女中惠休矣。

禪坐書懷

碧雲静鎖梵王宫，猶似明霞拱禁中。玉樹舊枝歸浄業，內家新調擅宗風。三千里外腸堪折〔一〕，十二年前淚暗紅〔二〕。欲悟無生何處是，禪燈移照鏡臺空。

【校記】

〔一〕腸堪折：《國朝閨秀正始續集》作『髩絲白』。

〔二〕淚暗紅：《國朝閨秀正始續集》作『淚點紅』。

德隱（趙昭）七首

俗姓趙，名昭，字子惠，吴郡寒山隱君宧光之女也。適平湖馬班。精翰墨，能詩文。好葛衫椎髻，不屑世俗梳裹。會馬氏丁難破家，遂更名入空門。著有《侣雲居遺稿》。

《檇李詩繫》：趙昭，字子惠，吴郡寒山隱君女。祖母陸卿子、母文端容，俱擅詞翰之席，子惠能嗣其美。適平湖文學馬仲子班。性好煙霞，嘗葛衫椎髻，自擬道民。仲子强之，不克。會仲子父難破家，子惠遂入空門，更號德隱，結葊於洞庭西山中香林，匿影二十餘年，亦吴越間一奇女子也。有《侣雲居遺藁》。

新秋晚眺

山中多晚涼，清風厲秋節。遥瞻四五峯，壁立皆奇絶。修竹傍林開，喬松倚巖列。黄菊散芳叢，清泉凝白雪。對此懷素心，千里共明月。願保幽貞姿，歲寒雙皎潔。

種竹歌

南山南，北山北，其中有竹人不識。托根數莖臨〔一〕嚴霜，虛心願並幽溪柏。秋深草木零落盡，此竹亭亭終不易。

春日泣懷先慈

蘭閨儀範廿年餘，德耀神葩玉不如。坐帳每教吟五字，遺奩親自繪雙魚。最憐辛苦懷蘭佩，猶憶提攜載鹿車。風木有情腸欲斷，夢中空自學牽裾。

當湖文園聞已填茂草慰外君

遥望殘陽落故墟，更傳烽火遍州閭。緑沉渭畝臨溪竹，香散文園滿架書。釣艇蒼茫浮少伯，琴臺寂寞憶相如。多君腹笥依然在，詞賦翩翩好似初。

祀寒山先墓

一天風雨倍傷離，回首寒泉曲澗西。伯道祠邊猿獨唳，中郎墓上烏空啼。塵飛臺閣書還在，雪壓松筠鶴自棲。從此素絲憑世染，漫憐志與白雲齊。

皆令黄夫人過寓山閨即事

吟得新詩子夜殘，銀釭點點照花欄。須臾小婢來相報，深竹烏嘑月滿灘。

美人

眉鎖春山鬟點鴉，莫將桃李鬬芳華。無心去逐風流隊，閑向雕闌數落花。

【校記】

〔一〕臨：《國朝閨秀正始續集》作『凌』。

超越（林氏） 一首

浙江仁和縣人，武昌郡丞林杞女，雄聖菴維極法嗣也。

憶維極師

冰雪家風古，蕭然丈室中。當年親教誨，數語發愚蒙。生死恩難報，箕裘愧未工。妙峯還掬土，道範邈何窮。

元端（盧御符）一首

字御符，江蘇嘉定縣人也。俗姓盧。

《國朝練音初集》：元端，字御符，南城盧氏女。年十二，祝髮於堯峯女師。後受天童山曉和尚法，開堂於杭州之明因、嘉興之伏獅兩寺。

書齋偶詠

榻寄閑窻下，相攜話昔遊。烹茶成雅集，開卷足清修。宿雨花生潤，微風鳥自謳。留將殘照影，静拂素絲幽。

石巖（蔣薞英）六首

浙江仁和縣人，俗家姓蔣，名薞英。琴棋書畫，莫不臻妙。初爲鉅室侍姬，後祝髮於辟支菴。

韓鉅《石岩詩序》略：西泠蔣薞英石岩，係某鉅室小星。幼讀書警悟，凡技藝，一一涉獵，而於琴尤得絶調。書法酷摹董文敏，尤精於斯、邈篆隸，亦時作蘭竹小畫。文則工六朝麗體，詩絶似義山、飛卿。惜齒稚懵無知識，悮爲狂且所誘誤，有溱洧、桑中事。度爲比丘，遂深自愧悔，澡骨薰心。余於浴佛日遊辟支菴，彼方在講壇受偈，光艷動人心目。余於是戲詠成語二句云：『阿難一咲花偏著，合向楞嚴覓導師。』余意其志猶未堅也。及聞諸老嫗云，菴之住持智賢者，世族之老婺婦也，誓苦守維摩戒律，惟恐雛尼有失德，每朔望興誓詞於大士前，願出戒者趣其裝。於是去而之他者數矣，薞英獨毅然請留。是亦善於變者乎？但惜其詩多綺語，恐冬烘兔園生之見責也。然三百篇有鄭、衛，《詩》固不廢變風；文君《白頭吟》，尚膾炙千古，亦不以其失節而置不傳也。余固存蕣英之詩，以備言情之一體。

燕

滿院晴光好，穿簾小燕紛。數聲驚午夢，雙剪碎春雲。戲水香泥濕，銜煙夕照曛。參差頻上下，紅嘴掠青芹。

春夜與閬音師詠月

皓月輕飛處，經堂寂不譁。碎光穿竹罅，圓影架松叉。露濕巢喧雀，風梳草亂蛙。與師清課後，相對理袈裟。

曉起遣興

風掃殘雲霽色開，松根馴鶴舞蒼苔。蟻拖榆莢緣牆去，蜂抱花鬚撲檻來。一雨緑盈分竹院，四山青壓鼓琴臺。悠然獨立斜陽下，結陣烏鳶噪古槐。

憶夢

蕉團穩坐好安禪，炯炯金燈法座燃。慧鳥鳴來深樹裏，亂山飛入小窗前。雲鎔碧海摩晴日，露洗空天散曉煙。記得夢中參我佛，色空空色悟真詮。

答蓝仙六姊

巫峽行雲夢已遥，不須禪棒與詩瓢。白雲深處青山裏，一箇蒲團萬慮消。

題達摩像

折葦江流疾似帆，九年枯坐向寒岩。静中悟得言詮妄，笑把如來大藏緘。

妙慧（馬如玉）一首

本姓張，家金陵南市樓，從假母之姓姓馬，名如玉，字楚嶼。熟精《文選》、唐詩，善小楷、八分及繪事。心獨厭薄紈綺，品題花月，指點溪山，名流頗企慕之。後受戒於棲霞法師，名妙慧。

飲雨花臺賦落葉

登眺臺千尺，論心酒一尊。青霜〔一〕侵樹杪，丹葉舞江村〔二〕。逐浪同浮梗，隨風欲斷魂。榮枯何足嘆，此日幸歸根。

【校記】

〔一〕青霜：《國朝閨秀正始續集》作『清霜』。

〔二〕此句《國朝閨秀正始續集》作『紅葉媚江村』。

性道人（周瓊）十一首　句

俗姓周，名瓊，字羽步，一字飛卿，江蘇吴江縣人。少警悟，工詩。適一士人，爲縉紳某所中，陷囹圄，自度不能脱，命羽步往江北避其鋒。經年篋中金盡，所居陋甚，破窻頹壁，不蔽風雨。然羽步意致翛然，喜縱觀古史書，愛吹彈，時作數弄以遣興。人以詩寄贈者，羽步即依韻和答，無閨幃脂粉態。不得志，遂歸空門，改今名。

陳維崧《婦人集》：周羽步，名瓊，一字飛卿，詩才清俊。居如皋冒先生深翠山房八閱月，吟詠頗多。如《贈范洛仙》云：『黯淡消魂獨倚樓，登山臨水又逢秋。簷前垂柳絲千尺，只繫柔腸不繫舟。』『蕭騷越客獨淹留，汗漫西風柳岸秋。安得東風解我意，好吹此恨到揚州。』極似唐人絶句。所著有《比玉新聲集》。

和韻留别

易水興歌淚欲彈，孤舟殘燭夢闌珊。蓬窻寥落憑誰慰，歧路蕭條强自寬。碧艸寒煙江上畫，野蔬村酒客中餐。更憐此夜溪前月，愁殺離人不忍看。

秋懷

朔風哀角起孤城，强就東籬對菊英。俠氣驅愁存傲骨，詩懷借酒出奇兵。碧雲黄葉清秋色，蒲枕青燈旅館情。擨葛何堪當此際，新涼漸向永宵生。

秋夜感懷

風淒霜重葉初稀，孤客無家雁亦歸。往事易悲休記省，壯心難遂且忘機。深秋小院人愁坐，澹月踈林鳥亂飛。遠戍城高殘角冷，砧聲處處理寒衣。

贈冒巢民

天涯浪跡幾年春，此日何期青眼頻。贈藥為憐司馬病，解衣應念少陵貧。慚非駿骨逢知己，羞把蛾眉奉路人。聽雨不堪孤館夜，感今追昔倍沾巾。

留別吴莚仙

一身飄泊御風遊，嶺上閑雲水上鷗。錦字怕隨江雁斷，詩魂還逐曉鶯流。野塘孤棹黄花晚，香谷寒窻雜樹秋。只恐重來仙路迥，煙迷露阻武陵舟。

春居

小榻參差竹影斜，衡門芳艸鎖煙霞。稜錚傲骨詩為友，淡泊禪心畫作家。暖日不須來燕子，春風争肯逐桃花。凭闌細雨瀟瀟夜，慷慨悲歌撫鏌鋣。

清明感懷

積潤侵堦碧艸生，杏花寒食半陰晴。一簾細雨迷歸燕，幾日東風度老鶯。淚眼看花如有恨，旅懷中酒似多情。何時十畝偕賢侶，箕踞空山嘯月明。

將歸江南次答鄧孝威

揚袂狂歌歸去來，五湖煙月冷蘇臺。遥憐竹屋分題處，花落重門艸似苔。

懶向人間道可憐，古來傾國盡嬋娟。花飛不煮胡麻飯，静裏閑參柏子禪。

野艸菰蒲一徑通，短篷江上趂春風。亂鴉驚起投巢去，人在遥林落照中。

幾許關心總不平，飄然湖海託餘生。閑雲好伴孤帆去，祖道何人唱渭城。

句

滄海鍊身猶竦骨，鹿蕉夢覺更清狂。

《蓮坡詩話》：冒巢民晚築一室，曰匿峯廬，西泠女史周瓊題句云云。周繼高有句云：『秋月湧波翻屋影，西風隔岸碎人言。』龔芝麓尚書有《匿峯廬七月十六夜即事》詩云：『露華滿地竹風低，起坐閑吟到曉雞。絡緯亦知秋月好，五更枝上盡情啼。』

妙惠（范氏） 一首

江蘇長洲縣人，俗家姓范。適西人李峙岩，年餘，李故。父母勸其改適，堅志不渝，作《柏舟操》以自矢。父母繼没，遂祝髮於葑溪之般若菴，女徒從學者甚夥。年八旬餘，無疾而化。著有《曇花軒艸》。

般若招提曉坐

夜雨洗山岩，朝來翠獨濕。趺坐學觀空，清風滿香積。正因字本無，而我好翰墨。心即等死灰，未了人間孽。窻竹皆虚心，庭松多勁節。體此長青樹，原不在虚實。何況鐘魚間，梵理更無得。坐久聞妙香，慈航如可接。

悟源（王寂居） 一首

江蘇太倉州人，姓王，名寂居。

書懷柬紫蘩女史

花鈿翠袖久蠲除，經案繩牀意自如。性懶已忘憍慢習，家貧猶惜舊藏書。談空有弟窮禪理，適興從親學蠹魚。更喜蕭疎塵慮少，草衣木食足安居。

字荊隱，江蘇華亭縣人，吏部考功司主事夏允彝之長女也。善琴工弈。適嘉定縣文學侯洵。初名淑吉，字美南。侯生蚤卒，美南遂祝髮。國初尚存。著有《龍隱遺艸》。

神一（夏淑吉）五首

《嘉定縣志》：夏氏名淑吉，考功允彝女。適諸生侯洵，太學生岐曾仲子。洵卒時，節婦年二十一，忍死撫周歲孤檠。後岐曾兄峒曾及子演、潔俱被難，允彝亦自沉淞塘，兩家第宅皆成瓦礫。先是，節婦避兵結廬曹溪、龍江間，兩姓奔命，賴以棲止。演室姚、潔室龔，咸來從居，所謂『東園歲寒亭』也。已而岐曾復以故人株連被逮死，母龔太恭人赴水死。節婦夜艤舟潛往棺殮，兼收庶姑劉氏屍，舁置祖塋旁，隨遣人間行，求其舅屍於雲間。初，峒曾季子瀞亡命，有司名捕之，岐曾季子泓挺身以代，其妻適死於上洋，節婦稱貸營救，抱其子檠撫之。事稍平，孤檠才而殀。節婦曰：『吾數年來，三百六十骨節，交付太虛空，更無繫戀矣。』節婦中表妹盛氏韞貞，峒曾嘗爲瀞求婚焉，父母許之，實未聘也。已而瀞不知所終，盛著《懷湘賦》以自見，禮節婦爲師友。姚、龔二節婦，形影一室。至康熙壬寅，節婦疾終，姚、龔亦後先没。盛乃次其生平，私為立傳。盛守節三十年，與三節婦合葬圓沙之阡。

冒丹書《婦人集補》：女冠龍隱，姓夏氏，華亭人也。常因六姊孫儼簫没於丁亥家難，為賦一詩云：『憶昔于歸紈綺叢，郎家聲譽擅江東。肅雍自叶房中樂，散朗仍歸林下風。日暖畫樓彤管麗，春深珠箔麝蘭通。綵雲散後空憑吊，野哭荒郊恨幾重。』又《閨思》一律云：『碧天明月影遲遲，翠袖輕寒香露滋。海內風塵勞客夢，江東羅綺擅文辭。頻驚桂棹廻前渚，時整花鈿立小墀。子夜明燈猶未寢，魚箋珍玩感婚詩。』詩句清綺，豈獨君家《大哀》一賦獨擅才子耶？

悼亡

蕭蕭鑒元夜，幽室生微涼。眷言念君子，沉痛迫中腸。音徽日以杳，翰墨猶芬芳。靈帷空蕭條，齋奠直荒唐。舉聲百憂集，泣涕不成章。

夢遊天臺

石梁飛度接花茵，殿閣經行覲勝因。香氣入衣初不觸，鐘聲到耳迥無塵。木童石女賓中主，翠竹黄花覺後身。憶憶臨風三歎息，碧潭朙月影磷磷。

二月雨雪同静維招南樓至曹溪忽得瞾城家信即事感懷兼寄再生

尺素頻傳慰艸萊，謝庭非復舊池臺。彤雲未許蛟龍奮，琪樹寧辭鸞鶴來。黄竹歌聲遥彷佛，玉壺風色好徘徊。落梅深處無人到，脉脉心期更幾回。

憶王菴舊游寄再生

人生聚散本浮漚，回首蒼茫感昔游。曉露未收花力重，午陰欲定鳥聲幽。聞香小坐忘塵世，步月清言掃舊愁。梅影横斜應似畫，殘英滿地有誰收？

重過橫雲山懷靜維

翠竹丹崖倚碧流，輕橈重撥意悠悠。山靈未許同招隱，畫棟飛雲鎖上頭。

静諾（林氏）十一首

號自閑道人，浙江仁和縣人，江夏太守林彝白之女也。居西溪雄聖菴。著有《息肩廬詩草》。

林璐《息肩廬詩草序》：余族祖姑曰静諾師，先曾叔祖彝白公之幼女也。先王父抱沖公，與彝白公同齒、同學、同經，同舉於鄉，同出一座主，皆先曾王父教子及弟成名。余年七歲入家塾，彝白公摩余額，呼師持棗栗授余，是時師長余五歲，即聞負詠絮才。遭時不偶，托足空王者垂三十餘年。六旬老衲，話啟、正年間事如昨日，而余亦摧挫以老，羣從叔父少時同游家塾者，又止余尚存。嗚呼！師以巾幗大賢，得悟乾若之學，大江以南，一時閨中耆舊來受佛法者，常數百人。何其盛也！師嘗息肩河渚，結茅爲廬，每至萬樹梅花，千灣萩雪，呼余共載，自謂此中有真悟處。出床頭詩一卷示余曰：『宗門不立文字，今老矣，尚戀戀敝帚，不又多乎哉！』余笑謂：『師天半霞飛，雪中鴻爪，是耶非耶，多此一念，急須懺悔。』師笑以爲知言。是爲序。

幽居静坐

幽居惟自適，一編聊自遣。白晝一何長，安不自黽勉？古人雖往矣，微旨亦須闡。空簷滴長漏，爐香生寶篆。每當興會嘉，雙手不釋卷。嗟哉世俗子，不解親墳典。

歲暮作

時序自推遷，忽然驚歲暮。舉目見寒鴉，悲鳴如欲訴。太陽慘不舒，同雲四野布。朔風時北來，哀號滿庭户。翹首望陽春，陽春不我顧。居諸如隙駒，剝啄有定數。況我世外人，浮雲已如故。園有數株梅，結伴儘堪度。

古梅歌

閬苑瓊姿不記年，屈曲古榦如龍盤。大庾萬枝只如此，廻旋曲折空山裏。吐萼枝枝色正妍，移來小艇泊流泉。斜枝倒侵冰魂化，狂呼遊客添盃斝。我欲攜筇過隔溪，竹林主人遠相迓。莫謂韶光還久留，人生適意多偷暇。

過永慶寺逢牡丹作

東風習習春將夏，寶馬香車如放假。夾道松杉滿徑陰，黄鸝坐語春風下。偏反綽約逞嬌顔，徘徊終日不知還。花王似殿東王令，好鳥枝頭笳鼓競。莫言花落不如人，人老能如花更春？惟有青山常對峙，年年花落路傍塵。小鳥欲答忽飛去，宛轉如歌昔時句。但使衰年無病侵，歲歲花前常小憩。

夏日晚晴

窗白雨將去，猶存一帳寒。神清無俗夢，心定不生瀾。紅濕知蓮苦，聲遲識漏殘。畫梁新燕小，窺棟語般般。

舟泊姑蘇

扁舟今夜泊，遥對闔閭城。霞落浦雲晚，鴉眠山月明。片帆歸路遠，千里客心驚。鼓柮不成寐，蕭蕭何處聲？

詠秋蘭

長林衆艸入秋荒，獨有幽姿逗晚香。每向風前堪寄傲，幾因霜後却留芳。名流賞鑑還堪佩，空谷知音品自揚。一種孤懷千古在，湘江詞賦奏清商。

河渚初夏

石枕藤牀萬慮忘，蹣跌不逐世間忙。風生蒲扇人情冷，竹映紗窗月影涼。隨地可消清夜永，無心嘗戴野荷香。門迎流水塵聲遠，檻外松濤入耳長。

贈楊夫人

一種高風迥絶塵，何緣邂逅覺生春。青蓮堪證無生法，紫誥仍輝現在身。性潔自甘泉石操，談元喜與法王親。金陵風物稱殊絶，道左流連話轉深。

春宵即事

野藤花氣暗隨風，狼藉春光一半空。斜倚石欄頻望處，滿庭明月有無中。

閱楞嚴經

青蓮自是出淤泥，在處明心更不迷。寄語學人須著意，本來無染即菩提。

僧鑒二首

江蘇寒山莽比丘尼，兼工絲竹。

《七十二峯足徵集》：僧鑒，寒山莽比丘尼，絲竹俱精，談諧入妙，世傳其《戲詠選秀女》詩云：『笙簫鬧月走如風，花燭烘天萬户同。只恐美人争嫁盡，更無人入未央宫。』即此可見一斑矣。

秋海棠

紅甲垂垂白露姿，薜蘿牆下最相宜。不教鸚鵡呼肥婢，肯與蓮花作侍兒。幾處閉門秋雨後，何人立月晚香時。愁腸欲斷非關汝，續命無煩葉底絲。

初夏

落盡紅芳入夏初，槐陰遶屋竹扶疎。輕風一室閑鐘磬，疎雨幽窻自看書。

静維（盛韞貞）七首

江蘇華亭縣人，俗家姓盛氏，文學慶遠之女。許字嘉定縣文學侯瀞。侯父子殉節，静維祝髮空門。著有《寄笠遺稿》。

《練音續集》：盛韞貞，字静維，華亭人，夏氏中表妹也。許字峒曾季子瀞，未嫁而瀞亡命以死。著《懷湘賦》以見志，來歸上谷。旋斷髪，禮夏氏爲師。夏氏殁，氏爲之傳。

秋宵對月

夜静天地涼，憑樓獨凝眺。煙樹色離離，雲山望中杳。萬籟寂無聲，數螢流木杪。青燈照羅幙，殘葉鋪池沼。悲哉今古情，乾坤徒浩渺。憂懷自蒼茫，至意漠難曉。姮娥知我愁，流影來相照。當持金石心，千秋同皎皎。

題春草堂

謝公遊眺地，春草已無根。夕巷牛羊下，空簷鳥雀喧。可憐盱盼盡，徒有簡編存。淚洒西州路，何人酹一樽？

十載重游地，孤城帶落暉。西園迷舊跡，北渚長新磯。玉樹人俱盡，金庭事已非。何須聞短笛，獨立自沾衣。

《三岡識略》：寄笠道人者，姓盛氏，名韞真。幼爲練川納言侯公第三子所聘，未及于歸，納言父子殉節。遂誓不改嫁，薙髮入空門。道人讀書，能吟詠，曾題納言春草堂詩云云，亦可感也。

贈聖幢師

自是閨中秀，超然遠物華。心能同水月，骨自帶煙霞。翠長真如竹，黄開般若花。寄言劉鐵磨，應識趙州茶。

夜坐

殘燈照簾幙，樓閣有餘情。落葉堆蛩砌，涼風吹雁聲。暮蟬愁裏聽，河漢望中横。獨坐悲秋夜，疎櫺淡月瑩。

村居雜感

春山斜遠郭，淥水滿晴川。白鳥孤雲外，青林返照邊。風波何處少，耕鑿此中偏。莫作窮途歎，聊同鹿豕全。

碧海

碧海風濤静不飛，淩霄高閣敞雲扉。擁書千卷無人到，剪燭三更有鶴歸。漢殿香消青鳥去，緱山秋冷玉笙微。劫灰辨得餘悲愴，獨向人間寄衲衣。

傳正（繆氏）一首

浙江仁和縣人，俗姓繆氏，倪昭素之副室也。出家於萬善菴。

辭世偈

五十餘年似夢中，今朝四大各西東。了翢性海無生法，更有何言説苦空？

《仁和縣志》：萬善尼菴在東里坊，女僧傳正，俗姓繆，爲文學倪昭素副室。昭素連喪子女，及娶繆，得子超燈，絶嬖愛之。乃傳正力辭出世，遂捨身萬善，日夜坐蒲團，八年如一日。嫡王氏化其真誠，撫其子若己出。昭素殁，嫡與其子無所依，傳正迎養，送其子於藥師菴。又能開示善類，如文學沈希珍妻黃氏、觀察沈循妻陸氏，皆師事之。康熙甲寅，年五十四，留偈云云，語畢，端坐逝。子超燈能述其志。

智生（黃埈）四首

本姓黃，名埈，顧若璞之女孫也。浙江仁和縣人。受同邑陸文學鈁聘，未婚而病既篤，遂皈依於雲棲石上人大瓊，命名智生。

顧若璞《孫女埈兒往生紀實》：余最厭世人作妄語；至於諛墓之辭，欺死罔生，益用凜凜。乃吾女孫埈，以童女身，證往生果，有非耳目所覩記者，其敢虞世人不信，而遂湮没不傳乎？爰紀其實，以俟録往生者采焉。女孫名埈，予次子諸生煒之長女；母曰鮑氏，侍御餘杭赤城鮑公女也。受仁和陸仲子文學鈁聘。女以崇正乙亥十月廿一日午時生，生而端凝頎碩，具滿月相。母鮑絶愛憐之，令乳媪抱置帷中，不使觸風日者二三月，肌膚玉雪可念，然晝夜不釋手，人氣蒸鬱，致右目微有飛白，若輕雲之蔽月矣。予從先夫子東生公皈戒雲棲，自先夫子捐館舍，予旦晚事持誦；女兒時即喃喃誦佛號，恭敬禮拜。年十四，母鮑去世，女益静重不佻。日有恒課，經則《金剛》、《藥師》、《心經》、《普門品》，呪則《大悲》、《準提》，不以庶務稍間。比丘尼、優婆夷或以事至，輒深自引匿，曰：『閨閣中自有修持，此輩不必多與作緣也。』聞人出家，則欣躍企慕。至禮俗夫婦子女，人所稱慶者，恒顰蹙曰：『此熱惱場，業根苦海，輪廻何已？』歲癸巳，病在臟腑，呻吟床第間，非扶掖，不能轉側。一日忽告我曰：『女決意出家矣。幸爲謝陸氏。』余婉轉語以恩愛之難割、澹寂之難守，女微笑曰：『此自五六歲時即有定志，誓願以童女身受持正法。歷十二三年，中履境多矣；如石之貞，如水之清，未嘗稍移。過此以往，固可保也。』因命舁佛像至榻前，蹶然披衣起，稽首哀求懺除無始以來積業，發廣大願，普度衆生。意甚懇切，語畢仍復呻吟。煒兒曰：『汝既已致心皈佛，宿疾當頓除，何尚不能減此痛苦？』女曰：

『金鎗、馬麥，定業難逃，大人獨不聞之乎？且女特身痛耳，心無所苦。可惜者，出家已遲，不能振救世人耳。』適漁似尊人大上先生來問疾，予戒煒兒宜婉語之，毋驚其聽。兒略爲引端，大上先生曰：『嘻，異哉！此固已動神明矣。當吾兒八月時以科名事祈夢兆於于忠肅公，所見門户喧雜，若戒庖人者語吾兒曰：「爾所聘黄氏女，不久且出家。」兒驚寤。不意其應之速若此也。此自有天焉，違天不祥，翼日當令吾兒一見決之。』女曰：『男女有辨，未可遽見也。幸爲我延石大師於虎跑，使我皈依受戒，然後見之耳。』石大師者，予母弟也。二十日，石大師飛錫至。因舁之中堂，如法説戒，命名智生。女歡喜聽受已，隨大聲呼曰：『陸居士苦海無邊，回頭是岸。生死事大，大限已至，不能久留。陸居士亦宜發願出家，毋久戀迷途也。』予痛之甚。女曰：『祖母學道有年矣，何尚不能斷情愛？無明火燒，何處迴避？』遍集諸姊弟兄妹，而告之曰：『我諸眷屬中，豈無大根器人？而愛網糾纏，不能跳脱，宜猛自努力；略一失足，無救無依，如我今者，追悔何及！』引鏡自照，見面目黧瘠，欣然曰：『如此乃可著壞色衣、持無漏戒矣。我雖暫去，即當復現僧相、回入娑婆耳。』女病久，氣息微弱。至開示法語，及念佛持經，則清朗哀激，若唳鶴啼猿，悽感心脾也。日將午，急求披剃。石師金刀三剪，女郎大稱清凉，合掌三謝。囑以用龕火化，翛然坐脱，踰時頂氣猶照照上蒸。惜予泥於俗見，抑而就寢，時癸巳十一月念一日午時也。得年一十有九。吾兒與陸仲子，因爲圓比丘尼相。次日沐浴更衣，湯氣所沃，隨發異香。殮時紅光灼灼眉頰間，得未曾有。見聞讚嘆，向嘗以往生無徵，今乃徵之也。吾家故世有善緣。自吾先夫子焚香爇燭，吉祥而逝；長子燦婦丁，既結念觀音，死無警怖；次子煒婦鮑，亦翹勤懺悔，臨終剃染。若夫破除惑惱，打徹牢關，先説法以度人，旋現瑞而驚衆，則女尤獨出矣。至其嚴持家秉，雅愛琴書，從伯氏學詩，亦有雋句；勤於紀録，時帷燈伏枕，手書成帙，所存《金剛經注解》及古今詩歌若干卷，可考也。于往生事不相涉，故不具紀。

【輯補】

顧若璞《黄夫人卧月軒續稿》（順治八年刻本）載顧若羣《武林黄氏童女智生髮塔記》：　智生者，余甥黄仲維韞煒女子子也，名埈。曾王父學憲寓庸先生，外王父侍御赤城鮑公。埈生而雋慧，長失恃，依王母顧夫人，即余姊也。讀書學詩，兼禪誦。余姊少稱未亡人，持家秉嚴，雖信心悟解，鍵一閣獨修，庭無尼媪跡。埈寡言笑，處諸弟妹間，群聚為兒嬉，察其色，肅然有以自持。顧不知何所聞見，知出世道，又知人間五欲患，必脱離之而後快。曰：『吾安得長有此童女身，不以外侵内，若藐姑射仙人哉？』年及笄而病，病在臟腑間，呻吟徹晝夜者累月，俄而若絶無病苦者。時陸郎鈁方委禽，王母與父俱從媒妁議，埈聞之不喜，力求出家。病且篤，呼弟妹踊身床上，膜拜稽顙，自陳宿願，譙訶弟妹兒嬉，不知出世道，遠離火宅。語甚厲。且謂祖母學道多年，愛根不斷，不能如妙莊嚴王净德夫人聽我出家，他日大火所燒，如何躲避？　諸眷屬聞者竦然。已而力懇予出山祝髮。予姊夫人有難色：　即病起，如陸氏何？　陸郎聞病，亟亦趨候。拒不見。于是請予就中堂，嚴設佛像，易新净衣，拭面澡手，侍兒舁一榻面佛，合掌聽余授皈戒。命名『智生』，猶冀其得生，不意竟乘是往生也。求鬀髮，予姑頷之，既曰：『俟而病起，設齋如法剃度，奚草草為？』埈于是抗聲呼：『陸居士，爾來前，自今以後，姻緣斷絶，勿復往來。苦海無邊，你也該回頭纔是。』聲朗且厲。王母與父聞之，且喜且悲。『陸居士』三字，舉衆意想不及，余亦愕然驚，為留一昔。次早求予誦大悲，以净水徧洒室中。埈聞誦呪聲，歡喜曰：『清涼清涼！』稍垂睫，已亟呼王母與父，求鬀髮，曰：『吾今而後得全童女身，長齋事佛，願畢矣。』已又曰：『惜未能度人。』求剃髮甚亟。予時欲還山，謂姊夫人曰：『事未可知也，姑以金刀三剪塞其請。』姊夫人曰：『惟命。』于是就榻前設香案，維韞肅衣冠，向予三禮，代埈殷勤致詞，王母南，父北，扶掖西向，予東面執刀，埈喜形於色，合掌西向揖者三，南向揖者一，北向揖者一，殊不似彌留景也。余舉金刀，偈畢，為三剪，髮落三縷，瞪目上視，竟脱矣。猶合掌倚坐，肢體柔軟，各含淚助念佛。陸郎聞訃趨至，予姊夫人曰：『吾不即聽，為爾也。今至此，盍成其志？』陸郎亦含淚曰：『唯命。』遂以水徧灑其頂，髮盡落，脱帽覆之，儼然尼相矣。常所御金鳳釵一股上予，雙耳環分餉兩侍者。予為易米虎跑飯僧，方予還山，維韞請以髮隨，初意瘞髮虎跑，會先大師滅度四十年所，予從虎跑入雲棲主法席，遂以髮入雲棲。予昔剗草為小浮屠于寺之陰，擬累石附焉。……撿遺篋，得詩數篇，雖初學語，亦見才致。伯維恭呈吏部吴先生鑒定，刻附王母《卧月軒稿》以行。……卒癸巳十一月二十一日午時，距生崇禎乙亥十月二十一日午時，得年纔十有九耳。藏髮某年月日。是為記。

祖母命題菊花

簾幙暗生香，奇葩勝艷粧。不隨秋草萎，獨立傲蘩霜。

春日風雨

何事催春去，殘紅逐雨飛。飄風無處所，來歲可能歸？

宮詞

長信宮中侍宴來，玉顔偏映夜光盃。銀筝彈罷霓裳曲，又報西宮侍女催。

夏詞

炎威天氣日偏長，汗濕輕羅倚畫窻。蜂蝶不知春已去，又啣花瓣到蘭房。

德日（蔣葵）十二首

本姓蔣，名葵，字冰心，江蘇泰州人，炤之女弟也。生而聰慧，甫識字，即能解大意。爲詩無師承，輒工。父爲擇配過高，徘徊未有所就。迨父故，而歸陳，恒多悒悒。然于歸後一切内外家政，咸處之以和。午夜蘭房，一燈熒熒，咿唔之聲不絶，家人咸以女書生目之。或時爲女伴書箋，字畫婉媚。内庭讌集，冰心飲酒高論，殊有名士風，而閨幃間尤爲得體。其贈小星詩，有『嬌癡我見猶憐爾』之句，足以知其德量矣。後歸空門，改今名。著有《鏡匳十詠》等集。

詠新柳

嫩軟新枝不受肥，小蠻醉舞比腰圍。欲舒青眼情難寄，但説蛾眉事總非。纖巧鶯梭輕拂縷，翩翻燕剪欲裁衣。隨風婀娜春無限，銷盡吟魂好句稀。

暮春苦雨即事

年來惟有感傷多，九十春光總浪過。鏡裏容顔空自老，夢中詩句為誰哦。飛花滿院銷銀蠟，細雨空簾鎖黛蛾。可惜繁華零落盡，香殘酒冷奈愁何。

雨中新柳

深黄淺緑雨中新，纔倚雕欄更損神。翠色最宜侵少婦，柔條未可贈離人。衣沾清淚時時濕，眉染濃煙故故顰。無力舞風飛更歇，由來腰細不勝春。

夢醒聞雁却憶女弟

依稀蓮步夢中來，忽聽孤鴻意自哀。爾為失羣予憶妹，煩君寄淚到粧臺。

新燕

穿逕啣泥漾好春，翩翩鬬舞羽毛新。暖風吹入昭陽殿，妬煞輕盈趙美人。

雨窻有感

梨花零落事堪悲，訴與孤窻夜雨知。静坐幾回憐命薄，顰蛾正是斷腸時。

茉莉

一笑風前盡吐香，摘來幾朵倍芬芳。瓊姿馥馥羞珠翠，留與嬋娟助晚粧。

月下梅影

輕籠淡月異濃粧，欲賦慙無白雪香。却到夜深人静後，一枝移向碧紗窻。

聞鄰女哭聲

閑看征雁立花陰，處處西風落葉驚。我為相思腸欲斷，不堪又聽斷腸聲。

初秋三首

蕭然一葉下梧桐，初覺涼生小閣〔一〕風。暑氣潛〔二〕消人意爽，卧看新月到簾櫳。

涼夜西風枕簟清，鐘聲送月傍柴荊。寒蛩也識秋光到，砌下窗前處處鳴。

輕煙冷露染衣寒，無數流螢繞畫欄。睡起悄然時悵望，秋聲一片在林端。

【校記】

〔一〕閣：《國朝閨秀正始集》作『院』。

〔二〕潛：《國朝閨秀正始集》作『漸』。

德月（蔣蕙）十四首

本姓蔣，名蕙，字玉潔，江蘇泰州人，葵之女弟也。後亦歸空門，改今名。

閨怨限溪西雞齊啼韻並一至十百千萬兩雙半丈尺字

十丈情深四遶谿，風光二月六橋西。八千路遠三秋別，百萬愁驚一夜雞。白璧五雙盟尚在，青絲七尺結難齊。半生兩處成孤夢，九折柔腸烏夜啼。

雨夜夢與冰心女兄話舊醒來拈韻

孤窻閑卧不勝愁，夢逐嬌痴舊地游。繡閣牽衣欣聚首，粧臺倚膝倩梳頭。驚魂夜半蕭踈雨，分袂更殘寂寞樓。枕上傷心無數淚，曉來寧忍一舒眸。

送花女兄

遥想娉婷態，曉粧梳裹鮮。玉英三四朵，送綴緑雲邊。

秋夜聞蛩

蛩音唧唧最關情，無限秋光映畫屏。銀燭高燒更漏永，不堪聽處總成吟。

香奩和姊氏韻

無聊月下獨焚香，暑氣微消漸覺凉。徙倚花前頻悵望，何時重見玉人粧？

小院涼生落葉風，天街玉露濕花濃〔一〕。懷君涙筆難題句，瘦減腰圍總病中。
小閣閑凭遠緒生，香茶獨啜不勝情。遥思月下吹簫態，料對乘龍跨鳳人。
夢裏相逢涙似波，雲煙共滌對君多。秋聲驚起愁人恨，悵望遥天横玉河。
攜愁帶病强吟哦，自恨紅顔薄命多。一夜詩成無數涙，從今休想對君歌。
多病傷神力不支，一彎新月照愁思。昨宵魂夢牽衫袖，拈韻依稀賦别詩。
貪看新月不成眠，彷佛清宵對玉娟。詩思君家推絶調，吟成白雪却非鹽。
新詩賦就更添粧，散步廻廊轉畫堂。多病慈親欣執手，愁中對月且流觴。
凋零門户不成家，骨肉相看空自嗟。愁到夜深渾欲寐，杜鵑啼破緑窻紗。
鏡中小影豈無雙，琴鶴看來衹自芳。鎮日陶情詩共酒，雀屏無意選東床。

【校記】

〔一〕濃：《國朝閨秀正始集》作「叢」。

熊菴尼 一首

里次未詳。

輓曾如蘭殉烈

大事皆歸結，纔知死可安。性何堅似鐵，名不愧如蘭。碧血三年淚，黄金一味餐。寄言諸窈窕，莫作等閑看。

宛仙（石氏） 一首

江蘇長洲縣洞庭東山比丘尼也。俗家姓石氏。

《七十二峯足徵集》：宛仙，東山石如玉之女。許字某氏子，其子貧而喪檢，宛仙祝髮空門。有詩一首，張素中載之於集。

彛中寫懷

禪關晝掩絶塵踪，前有修篁後有松。野鶴去時人少伴，曉雲起處壁〔一〕添峯。當時自識塵緣淺，今日誰知道味濃。千里赤繩從此斷，超然何用講三從。

【校記】

〔一〕壁：《國朝閨秀正始續集》作「筆」。

翁氏二首

浙江仁和縣人，祝髮爲尼。著有《息肩廬詩草》。

松鼠

炯炯雙眸狡，如梭繞樹枒。長公曾有賦，貞女刺無牙。性癖猶眈果，情頑不息花。行藏那可問，穿穴是生涯。

緑牡丹

一枝嬌艷殿春開，疑是芭蕉分影來。雲鬢漫勞秦女挽，宫紗須趁曲江裁。輕盈自可藏幺鳳，綽約偏宜映古槐。回首梁園他日事，不禁花下幾徘徊。

曙光（朔朝霞）一首

江蘇上元縣青樓也，俗家姓朔，名朝霞，善歌舞。每當夕，徐徐而行，前雙鬟導以明角燈，二後侍婢以二羽扇障之，遠望若洛川凌波。後爲女道士。著有《紅于詞》。

無名子《秦淮水閣逢朔曙光較書》詩：『黄閣青樓盡可哀，啼粧墮髻尚低徊。莫欺烏爪麻姑少，曾見滄桑前度來。』『一夜紅箋許定情，十年南部早知名。舊時小院湘簾下，猶記鸚哥唤客聲。』

送人

秋風江上送君舟，落葉江楓總別愁。解纜不知人去遠，凭欄猶倚夕陽樓。

素月 句

羅浮女道士。嘗募種梅樹千本於梅花村。雅能詩詞。

句

玉女峰頭人笑冷，杜蘭香去嫁人間。

法鑑 一首

自署西泠比丘尼。詩見冒辟疆《同人集》。

丁未仲冬攜鉢渡江喜過深翠山房巢民先生出小影索題賦贈

人龍文虎玉精神，寫出當年抱膝身。李郭久知天下士，衛荀重見六朝人。花藏僻巷車常滿，竹引仙齋鶴自親。最愛白雲無世態，我來亦為一通津。

智圓（殷湛然）三首

字湛然，俗家姓殷，江蘇常熟縣人。

孫貞媛詩

月皎皎，風瀟瀟，貞魂跨鶴翔雲霄。霧鬢煙鬟人不識，一炷栴檀默與招。旃檀香遠飄如篆，環珮初過廿四橋。橋頭有客迎仙馭，相對箕壇夜泬寥。靈符輒感蕙雲女，不比人間花木妖。蕙雲秀毓吴淞里，烏衣貴族珥金貂。父掌銓衡作卿貳，忠心貫日壓班僚。明師動地烽煙起，鼙鼓喧闐至正朝。大廈傾頽燕雀盡，剩有孤雛逐絮飄。孤雛賴嫗相犇竄，襁褓呱呱魄蕩摇。避秦難覓桃源渡，且向珠湖撥短橈。漂母祠邊僑寄穩，一枝棲息同鷦鷯。家鄉尚隔長淮水，回首燕都路漸遥。世亂初平疇庇倚，羞澀空囊命不聊。飲蘗茹荼總酸楚，淒涼暮暮還朝朝。流光迅速驚馳駛，轉眼盈盈羨阿嬌。養就嬌嬈真可羨，花枝如靨柳如腰。更憐殘喘溘然逝，空閨獨守心憂焦。自分門庭久零落，春風無意歌桃夭。强暴侵淩畏多露，誰知惡客盜紅綃。掠賣揚州守貞女，向訴無人怨未消。泪凝朱袖憑珊枕，鏡掩青樓棄翠翹。自此繁華竹西路，歌吹從他意氣驕。妾心好比瓊花冷，誓死泉臺志獨超。往事沉淪四百載，精靈未散廣陵潮。聞卿已證仙班久，琳宫翠水瑩芳標。願和湘女彈瑶瑟，不伴秦姬弄碧簫。臨壇帶淚敘疇昔，松柏寧隨衆卉彫。丈夫節概當礌落，烈行偏從巾幗昭。留得表貞詩百首，輶軒佇望采風謡。

吊彭娥

娥，南通州人。夫貧甚，欲彭鬻乳以活。彭不從，自經死。

匹婦得成名，寒門志甚貞〔一〕。乳雛〔二〕憐燕羽，逐婦惡鳩聲。智以窮愁短，身因激烈輕。寸膚如可鬻，涇渭不分明。

次韻題明妃圖

遥辭漢殿淚痕稠，沙漠淒淒雁陣秋。到此畫工忘故我，也驚愁緒鎖眉頭。

【校記】

〔一〕以上兩句《國朝閨秀正始集》作「乍可饑寒死，彭娥節苦貞」。

〔二〕乳雛：《國朝閨秀正始集》作「將雛」。

素侯 一首

女冠也。里次未悉。

寄明真子

一見芳春恨不禁，百端愁緒漫相侵。無情碧艸牽新翠，多事黄鸝弄好音。自信到今成薄命，更憐何處寄傷心。殘陽斜送人歸去，不覺沉吟又夕陰。

超一（殷氏）二首

江蘇揚州人也，俗家姓殷。

遺詩

静中無箇事，反復弄虚空。地老天荒後，魂飛魄喪中。有詩開道統，無法度愚蒙。忽底虚空碎，夕陽依舊紅。

看花

土來澆灌水來栽，顛倒工夫任我來。滿院春風花自語，不將顔色向人開。

《池北偶談》：超一子者，廣陵殷氏女，早寡。學道三年，一朝坐化。遺詩偈一卷云云，又《看花》云云。

妙霓（江氏）一首

江蘇吳江縣人，俗家姓江。

春夜

新篁風韻夜窻幽，好夢驚回惹舊愁。一瞬春光歸去也，子規啼月下西樓。

《觚賸續編》：貞姑妙霓，字静韶，我邑江髯翁之仲女也。情忘衿褶，道悦苾蒭。堅守不字之貞，妙解無生之諦。以是口誦青蓮，虔皈摩竭；手裁紫鳳，巧邁因衹。售針絶之文章，廣施貧子；假貝多之歲月，永侍高堂。迨乎塵勞欲息，禪悟已深，預示冥期，遂遊净域。若非玉扆之偶謫，豈到人間；此蓋金粟之再來，應還天上。爰吟長句，用誌奇踪。詩曰：『天香飄處雁來時，太息人間失女師。文熟五千通妙覺，儀蠲九十見維持。組紃功為慈雲積，滫瀡心唯孝笥知。慧業净因誰得似，千秋空説寧馨兒。』

明修（高可尚）四首

字可尚，號東悟，江蘇常熟縣人，俗家姓高。生時，母夢神語，云有夙根。長而祝髮維摩寺，得戒於吳門怡賢寺超源老和尚。中興五泉寺。歷朝峨嵋、普陀、五臺諸名山。著有《鑒雲留跡》。

蔣漣《東悟語録序》：《法華經》言，如來知見，廣大深遠。今石梅之智林法苑東悟和尚，承福巖費隱禪師之第四代，係臨濟正宗三十四世，能以婉娩柔姿爲淨住子。自維摩得法，所至之處，無不備歷苦行，立淨業於塵埃之外。自朝五臺進香而歸，過京師，出其所著《語録》一卷示余。余句讀而誦之，知其明通了徹，實有超出凡常者。且能發爲詩章，遇有應酬題詠，下筆立成，不肯蹈襲前人窠臼，而自具一種瀟灑活潑之致，不必尋章摘句始見其佳也。智林和尚之母可大師，因智林之皈依淨土，年已六十，亦立志剃髮，與智林共證如來。是固母氏之好善敦修，實其女之志心淨業，有以潛乎而默感之。余又因其母氏之持衆德而證菩提，而益以見智林之濟拔衆苦，偕受清涼，自有大慈悲、大願力，舉三萬八千恒河沙世界，凡有志心男女，無不可共登彼岸也。故因披閱其《語録》詩稿，而弁以數言云。

佟門那拉氏《鑒雲語録序》：東悟禪師，吴下人也。少聰穎，好讀書，賦性至孝。生時，母夢神語云：『此女大有宿根，足爲爾家傳宗。』故母心深爲鍾愛。且伊母篤信佛教，遂許女以出家云。是以師亦恪遵母命，矢志不字，托跡空門，以奉養老母。其平素之齋慄小心，事親儼如事佛。至母殁之後，每食必設几具，饍必作謹侍勸飡之狀，迄今已歷久靡倦殆，可謂以聖賢之行兼菩薩之心者也。因朝峩嵋，回衆皆請參訪。曾游普陀，歷九華，朝五臺，四過京師。凡所至之處，如摩尼圓照，自令人傾倒。即王公大人，亦莫不心折禪宗，令卓錫於齊化門外靈官菴。蒲團静攝之暇，間爲吟詠，以寫性靈。其出句大抵多恬淡自然，即擬之方外名媛，如魚玄機者，正堪把臂入林也。至若師之道行深淺，世有禪悦者，自能識之。余不復多贅，第迹其孝母之一端，即謂諸巾幗中之聖賢也可。

合江

合江山色好，耐可雨連綿。欲覓峩嵋路，須憑般若船。雲峯呈曉景，仙樹帶秋煙。咫尺翹瞻處，將登第一天。

送親禮師登戒

幻途無處不朝真，從此休言涉世塵。陟屺正堪慈月好，登堂又喜覺華新。三遷教子緣方得，六十耆英道正親。此去報恩兼利衆，坦然顯現法王身。

示衆

妄談般若妄談宗，誤引羣聾學我聾。夙契心源形實相，事隨世理顯虚空。人因有執機皆塞，物為無情道盡通。可是箇中真的處，太陽西去水流東。

泊舟

漁火村燈兩黯然，暮雲空隙見長天，波平江面光微動，瑞靄輕揺不是煙。

心中六首

河南濬縣大伾山人也。

和天台雅集韻

年來覲道禮三賓，清夢神游法界頻。今識仙源渾不遠，傳將鐵筆盡鈎銀。

南池旌旆建高秋，又看移來豫北留。昨日大伾山下過，恩光先被鷲峯頭。
玳筵珠履客争歸，公暇朝衫换氅衣。從此安昌成朗苑，衙齋花軸又增輝。
家住桐廬水石寰，隨親游幕未南還。髫齡失怙傷孤露，十載踟趺洛下山。
學和陽春逸興遥，吟餘花雨雲風飄。瑶池未許蓮池匯，何處慈航度法橋。
棠蔭淇源故老知，王公路柳繫人思。而今繡斧清霜肅，正是繩徽式轂時。

曹素侯 一首〔一〕

江蘇長洲縣人。

秋日

梧桐一葉〔二〕早驚秋，鶴夢留人塵夢收。情逐綺雲飄玉宇，心隨碧露蕩銀鈎。浪遊清院難消日，偷上層樓未敢愁〔三〕。空憶舊時衣帶緩，不勝遥夜淚重流。

冒丹書《婦人集補》：女道士曹素侯，故蘇人。曾有《秋日》詩云云。據此才思，或亦魚玄機一流也。

【校記】

〔一〕据《名媛詩緯初編》，曹素侯與本卷所收『素侯』係同一人，《秋日》詩乃其《寄明貞子》其二。附此存疑。

〔二〕一葉：《名媛詩緯初編》作『一夜』。

〔三〕未敢愁：《名媛詩緯初編》作『未散愁』。

吳靜婉 一首

江蘇金壇縣人，蘇州木瀆女道士也。

別思

西崦雨未收，東崦風又作。留住綠蓑衣，莫與篙師著。

孫氏 句

句

針透紙窗香一線，杯量明月影三分。

《炙硯瑣談》：無錫孫氏女，忘其名。母病目失明，無子。女因矢志不字，綉佛養母二十餘年。有詠梅句云云，一時傳誦。母卒後，遂出家爲女道士。

摩淨 一首

江蘇震澤縣人，任兆麟之母也。居素奉佛，在家修行。著有《桐里詩草》，中年悉焚棄，不欲留傳，於《虎丘志》中僅見一絶。

經武丘

鹿走蘇臺春寂寂，江花江草傷心碧。行人不見古今愁，指點青山王珣宅。

圓實 一首

山東高平縣人，薙髮雲泉菴。

以繡履貽文生

親製飛鳧寄點情，口含密縷莫嫌輕。花宮夜試淩雲步，別個無人識履聲。

《柳崖外編》：　圓實，高平縣之雲泉村女也，母棄為尼，居雲泉菴。既長通梵書，有陵川文生名价堂者，讀書菴之西鄰，善吟詠，或曉至暮不輟。圓實聞書聲輟，以梵音和之。一日，生聞梵音，踪跡至菴，則見一幼尼摹生讀書狀。老尼來，叩生姓字，知即西鄰讀書者。少頃，有請老尼作佛事者，生因問之，以『圓實』對。生曰：『子玉貌如瓊，何不字以「飛瓊」乎？』圓實微哂。自此圓實請於師，號飛瓊。數日後，瓊忽至，生喜，瓊以花箋一幅、舄一兩委地去，花箋小詩云云。生即於是夜着履往，瓊啟菴納之，蓋老尼適他出也。各道慕悦之意，欲狎，則却之。自是生或間夕至，至則唱和小詩，勉以讀書為急，而不及于淫。無何，生歸陵川，有無賴子窺瓊美，欲以利啗老尼，為之動。語瓊，瓊持刀欲自砍其面，老尼怒，逐之去。瓊有母，不能自存，於是擇近村之碧梧菴居焉。是後己卯、壬午，生俱不舉，鬱鬱歸訪之，瓊曰：『我無顏見子矣。不第，勿再相見。』生歸家，讀益力。乙酉拔於學，丙戌赴都，復訪之，令其母以紙一方，上書『圓光』，遺之曰：『此菩提心鏡也。勤讀則圓光明如鑑，少間則暗如鐵。』生持入都。至戊子，復報罷，生忽憶『菩提心鏡』之説，啟看『圓光』，真黑如鐵，大驚。閉戶揣摩，以圓光貼面前，積一月，光退一線，功加倍；半載後，光退三分。績功至庚寅七月，其圓光黑處，僅一綫耳。而生於是科秋闈果得售京兆試，愈自奮功，靜視圓光，澄徹可鑑。次年聯捷，授外職，歸省，入蘭閨，見一女子梳髮，艷光四射，驚問為誰，妻曰：『此即雲泉菴舊相識也。妾已告翁姑，聘至家矣。』問髮，曰：『新蓄也。』問雙鸞，曰：『瓊妹未削髮時蓮瓣已成，向與郎見者，皆假相也。』生狂喜，謝夫人，以所繪『圓光』懸中堂，光芒瑩照，輝滿鄰里。

卷之七十三

沈隱二首

字素瓊，江蘇揚州妓，僑居錢塘。順治三年，杭城破，殉夏生死。

題樓壁

清風習習月離離，香吐花暈孰得知。有恨人〔一〕嗟琴在室，空留〔二〕野調寄情癡。

遊孤山寺

梅影横斜露晚花，丰容冷落許誰誇。自憐澹素無人問，浪托林逋處士家。

《隱居放言》：有妓沈隱者，字素瓊，維揚人。偕母遊西湖，見山水秀麗，欲將終身焉，遂卜居於樓外樓。初至其地，賦詩題壁；及遊孤山寺，殘梅開晚，觸物興情，題詩自況。二詩俱貼齋中。有慕其名而造訪者，雖盛其車馬，翩其衣服，盃觴殽列，金玉燦陳，瓊卒不屑視也。嘗讀《青陵臺》詩，中夜嗟嘆，出語人曰：『但得真才士，不復作樓中人矣。』既而泛西泠，尋蘇小墓，見一士箕踞橋陰。瓊竊偉其爲人，即而詢之，蓋新安夏生也。遂訂交，同往其居，晝夜唱和，相得甚歡。後即許以歸。未幾，國勢已去，生負性豪俠，不欲立身天地間，遂痛飲傷肺而死。當其病支牀褥，瓊日殫慇懃，承顔色，餌藥饋膳，不離寢卧。及臨訣，撫屍舉聲一號，後即臨妝臺，盛容飾，沐浴自潔，人竊疑其變志也。至夜宿柩旁，發夫書篋，遂撫棺哭曰：『夏郎才人，汝志埋青塚中，妾能生紅絲上乎？』因賦詩投地，自經柩側。時清風一過，而魂已隨夏郎去矣。衆驚視之，乃知瓊已死紅絲上也，因索得《絕命詩》三首。拈其《檢書篋》詩曰：『千里從君命不猶，十年騷賦倩誰收？長卿一死鷫裘敝，堪笑當年詠白頭。』拈其《臨妝臺》詩曰：『對鏡臨妝貌不同，空憐黄菊萎秋風。樽前痛飲人何在，血染籬東點點紅。』又拈《泣紅絲》詩曰：『芍藥摧殘葉亦悲，東風何事妒花奇。無端霪雨來相謔，欲折名園第一枝。』其爲人俠烈如此。又嘗自著詩，名《幽憤言》，題序曰：『隱少貧賤，擲身花柳間，厭苦不得蟬蛻，一生初志，幾付之煙水雲波，自以抱琵琶仰人向人而已，怨且悒焉。及依母氏遊西湖，遘夏郎於西泠，謂從此終矣，豈知薄命，憔悴爲郎，寄身名山水間。郎也，青燈鐵硯；妾也，土銼寒煙。閑居無事，楮墨自娱，但以閨詞無補世風，閒論恐譏大雅，故累葺累焚，芟夷半盡。胡天不惠，喪亂頻加，儒素寒流，復遭鼎沸。脯酒傷人，病深杜陵之肺；奚囊易老，天摧長吉之年。浣花溪上妾招魂，白玉樓中郎作賦。士既蘭摧，妾獨無情同柳折乎？但令青史無私，行從紅絲，永訣矣。集未成，身先殁焉。』

【校記】

〔一〕人：《名媛詩緯初編》作『還』。

〔二〕空留：《名媛詩緯初編》作『當留』。

王麗玉句

江蘇金陵舊院人，王青霞之女也。

句

每憶西樓腸欲斷，今朝猶恐夢中逢。

徐岳《見聞録》：尤汝厚，閩南知名士也。飽經史，下筆有神，爲學者所敬仰。數奇不偶，屢抑場屋，僅中副車，以恩拔游金陵。舊院有名姝王青霞女，名麗玉者，色藝俱絶。尤頗顧之，情好日篤。值鼎革，倉猝南還。事定，玉委身於立勳大將。順治中，尤覓官燕都，暇日遊西山，入蕭寺，忽逢車輿甚盛，中一美人，褰裳顧尤而顰，曰：『每憶西樓腸欲斷，今朝猶恐夢中逢。』視之，乃玉也。訪之，厚遺閽者，冀圖良晤，杳不可得。玉寄詩若干首，與尤永訣，竟投繯焉。詩甚纏綿哀怨，爲時傳誦。尤即拂衣歸，一意空門，不復以名利關心。老禪宿德，莫不降伏皈依。噫！變亂中佳人，没入沙叱利者，何止一麗玉耶？禁不遣歸，致紅顔頽於尺組。于司空、韓晉公，益令人傳誦千載下，然尤以不得玉逃禪，定證真空，則崔郊、戎立，因此羈絆一生，又幸中之不幸矣。

尤瑛 四首

字鍾玉，舊院角妓也。國初尚存。著有《春水舫殘稿》。

《春水舫殘稿自序》：心所欲快之境，值事無必格之理，則人世無恨矣；意所難名之鬱，幸手有可訴之筆，斯古今有言矣。嗟乎！恨矣，又何言？余生不造，如斷萍，如落葉。嘗自嘆何不如香煙，始如縷，繼如篆，究結如閑雲，杳没不可復見。不值人世恨，又何知古今言哉？而無如境愈幻，遇愈奇。於是嘗怪人恨而有言者，今轉自信言而不足以寫恨哉！嗟乎！不知人世之恨者，又何知古今之言乎？

吴文堂《跋》：舊院尤鍾玉詞草稿一卷，蓋余得之金陵市肆間者，雖殘落過半，而點畫妍媚，思理清發，視同時趙今燕、朱無瑕輩，當無不及也。其《有感》一首，申情息慮，托旨堅冰，顧出之此輩中，更爲難得。又有小箋數番夾稿中，云『春秋多佳日，須旦暮淵寂其心，好處歷歷在吾性情内矣』；又『雲肥月瘦，寒不甚嚴，大好天氣』。闕。又『楊柳夜烏，爲我心惻』；又『清陰似重九』；又『此君裝冠作蓋，喬扮脚色，甚無謂也』；又『香爐茗椀，無空水死灰，新治舍如野航，治地如彈丸，茶煙與草花相暎發』；又『夜氣沉，寒星光燦，滴霜欲下而風徐，水將凝而冰肅，犬吠不静之人聲，燈照無形之夢寐』；又『梅花在手，蜜蜂與之俱來』；又『月魄依微漾水，山影挾樹遡霧氣中，星光灼怒，漁舡宿葦葭深處，夜寒逗羅衣矣』。因稍爲編集，付之梓人，以傳諸好事者。

贈張先生曼曼

按，張名曼，字允叔，華亭諸生。

高樹落霜月，孤清竟一園。小凉添白袷，大業借青尊。瘦影分山寺，流光照海門。應憐天下士，各抱一無言。

朝來

朝來剩得好春陰，芍藥屏花歲歲心。解作流連是啼鳥，一行茅屋緑陰深。

清明

桃花雨過菜花香，隔岸垂楊緑粉牆。斜日小樓新燕子，清明風景好思量。

秋思

日昃牆陰粉蝶回，一雙新綈海棠開。芊芊細草休重緑，秋遍天涯人未來。

宋蕙湘四首

江蘇金陵人。詩見《説鈴》、《三岡識略》、《詩觀》、《翠樓集》諸書。

陳維崧《婦人集》：秦淮宋蕙湘，教坊女也。被軍兵掠去，題詩郵壁，悽然有去國離家之痛焉。

《三岡識略》：亂離已來，東南閨閣，間關戎馬，情殊可憐。金陵宋氏蕙湘，題衛州旅店云云。香粉流離，紅顔薄命，讀之悽然酸鼻也。

晦菴尤侗和詩：『管絃未散鼓鼙催，金粉飄零寶鏡開。好似明妃出塞去，幾時桃葉渡江來。』又云：『青樓夢斷杳如煙，懊惱郵亭一夜眠。回首長干天外隔，洛陽別有斷腸天。』

伯調徐緘《客有述秦淮女子宋蕙湘題壁詩感而有作》：何處黃金北斗傍，胡笳拍拍斷人腸。若無海水添成淚，莫話尊前宋蕙湘。

吴蕊仙《和金陵難女宋蕙湘》詩：『城頭萬騎截飛鴉，燐火無聲濕露華。帳下紅顏悲薄命，夜深馬上聽吹笳。』『香燼爐寒猶裊煙，殘鐘敲斷不成眠。可憐此夜看明月，各抱單情別一天。』

釋居易《和秦淮征女詩》：瘦軀不耐野風催，馬上頻經曙色開。明識故園零落盡，痴心猶俟雁書來。

題衛源邸舍〔一〕

風動江空羯鼓〔二〕催，降旗飄颭鳳城開。將軍戰死君王繫，薄命紅顏馬上來。《詩觀初集》

廣陌黃塵暗鬢鴉，北風吹面〔三〕落鉛華。可憐夜月箜篌引，幾度穹廬〔四〕伴暮笳。《說鈴》

春花如醉綺如煙〔五〕，良夜知心畫閣眠。今日相思渾似夢〔六〕，算來可恨〔七〕是蒼天。《詩觀初集》

盈盈十五破瓜初，已學〔八〕明妃別故廬。誰散千金同〔九〕孟德，鑲黃旗下贖文姝〔一〇〕。《三岡識略》

《板橋雜記》：宋蕙湘，秦淮女也。兵燹流落，被擄入軍。至河南衛輝府城，題絕句四首於壁間，後自跋云：『被難而來，野店露宿。即欲效章嘉故事，稍留翰墨，以告君子，不可得也。偶居邸舍，索筆漫題，以冀萬一之遇；命薄如此，想亦不可得矣。秦淮難女宋蕙湘和血題於古汲縣前潞王城之東。』潞王城，潞藩府第也。

【校記】

〔一〕此題《名媛詩緯初編》作『鄴城題壁』。

〔二〕羯鼓：《名媛詩緯初編》作『戰鼓』。

〔三〕面：《名媛詩緯初編》作『雨』。

〔四〕穹廬：《名媛詩緯初編》作『荒廬』。

〔五〕此句《名媛詩緯初編》作『春風如醉草如煙』。

〔六〕此句《名媛詩緯初編》作『暗想百年渾似夢』。

〔七〕可恨：《名媛詩緯初編》作『可怨』。

〔八〕學：《名媛詩緯初編》作『作』。

〔九〕同：《名媛詩緯初編》作『齊』。

〔一〇〕此句《名媛詩緯初編》作『慇懃遣使贖文姝』。

喬容二首

字雲生，江蘇上元妓，有聲北里。素質嬌波，修軀高髻，風度爽朗。著有《落霞詞》。

步韻答所贈詩

憔悴妝前夢未消，春風處處傍君軺。自憐弱質和花瘦，且喜同心向月標。未許白頭吟司馬〔一〕，豈堪紅袖舞雙喬。巫雲一片江干遠，留却愁眉不忍描。

瞬息年華莫浪消，感君魂夢繫輕軺〔二〕。已知燕子樓頭冷，秖願麒麟閣上標。秋淡〔三〕湘蘭差比晁，春深銅雀愧稱喬。可憐碌碌煙花裏，敢效微顰也待描。

【校記】

〔一〕司馬：原作『駟馬』，據《名媛詩緯初編》改。

〔二〕輕軺：《名媛詩緯初編》作『君船』。

〔三〕淡：《名媛詩緯初編》作『冉』。

陸瑤仙三首

浙江平湖縣人。後歸關中孫氏。

寄所知

料峭春寒夜，相思寐不成。鳥聲如話舊，花影最關情。密意憑誰寄〔一〕，閑愁逐草生。願君早憐取，相與訂深盟。

寄遠

思君時起望夫山，相隔難親淚各潸。夜静雨聲腸欲斷，數竿疏竹盡成斑。

日永憑闌憶楚臺，深閨無計遣愁懷。路旁桃李勤須念，移入家園一處栽。

【校記】

〔一〕憑誰寄：《國朝閨秀正始續集》作『臨風寄』。

馮湘 一首

字静容，江蘇崑山妓，居銷金橋。善歌舞，名冠一時，與尤晦菴諸名士倡和。爲海寇所殺。《圖繪寶鑑》：馮静容，蘇州人，武進相國侍姬，今寓西湖。善演劇，畫工蘭竹。晦菴《訪馮静容校書》詩：『曲巷低迷油壁車，旁人争指小憐家。湘江香草傳青管，巫峽行雲隱碧紗。有意抱琴歌宛轉，無緣滅燭醉乂斜。閑情久作沾泥絮，又逐東風楊白花。』《留别鏡容詩》：『無計消停青鈿車，布帆容易便歸家。紅紅歌串抛朱豆，灼灼啼痕點絳紗。南曲關心人去後，西風回首雁横斜。還期九月秋江上，載酒扁舟看荻花。』『是處羅裙載滿車，偏教倩女别無家。旌旗楚峽歸行雨，簫鼓吴宫葬浣紗。蘇小墓前雲半吐，青姑祠下月初斜。紫荊紅蓼年年老，争似西園短命花。』

次韻答西堂尤太史

掃眉才子忽停車，鸚鵡傳言到妾家。三日名香留坐褥，五雲彩筆照窻紗。青山肯惜紅顔薄，翠袖容扶烏帽斜。珍重春風數相訪，小庭新樹枇杷花。

徐釚《本事詩》：静容，江上名姬也。意度瀟灑，風韻不減徐孃。嘗登場演劇，一座傾靡。有和晦菴詩云云。

陸幽光二首

字孟珠，一字娥璽，江蘇人，陸某之女也。奔於義興，值義興敗，幽光遂轉徙江湖間。後陷囹圄，又入侯門，又鄰北里，又托空門，蹤跡怪異。所至人輒嬰禍，洵亡國之妖也。近從《江山集》得其二絶。

書懷即事

自憐仙骨絶塵殘，手掩星光待夢闌。但有文章堪墮淚，何妨永夜一燈寒。

十二峯前渾夢殘，乍收鴛被覺香闌。相思此去何時盡，忍見飛鴻帶月寒。

徐翾五首

字雪翾，浙江嘉興縣青樓也。

《檇李詩繫》：徐翾，字雪翾，嘉興妓人女，小字阿佛。性慧能詩，隨母遷吴江盛澤，遂著聲青樓間。每同當湖、武原諸公遊，然心厭穠華。常與一士有所約，不果，因作《秋怨》詩寄意。後歸貴介周某。

秋怨五首

獨處善懷，凉秋易怨，兼以病骨支離，而永好中絶，彤管在御，聊代蘐蘇，以寫幽憂云爾，非敢擬《盤中》作也。

自許恩情百歲同，哪堪棄置任秋風。開簾見月還羞月，似笑齊紈笥篋中。露華點砌舞衣單，人在空房怯倚闌。記得與歡相傍處，夜來風雨不知寒。枕接啼痕兩自知，空牀無語只疑癡。鸚哥不量伊人遠，只管窻前喚畫眉。錦簟孤棲燈灺青，薰籠斜倚漏三更。西風欲破人愁寂，吹入芭蕉作雨聲。蕭瑟還同落葉蟬，輸他吸露飽風煙。乍拚身試相思味，檢點腰肢足可憐。

朱泰玉三首

字無瑕，江蘇江寧妓。幼學歌舞，長通文墨。秦淮建大社，會集天下名士，泰玉詩出，人皆自廢。著有《繡佛齋集》。《林雲鳳集》：過朱校書攖寧館，酒間出雙錦鞋，貯杯以進，作《鞋杯行》。詩曰：『君不見，楊廉夫，狂吟豪飲天下無。又不見，何元朗，風流文采猶堪想。鞋盃之事久寂寥，誰能狎作煙花長。秦淮艷女字無瑕，爲余笑脱乾紅鞾。酒間突出華筵上，短窄纖新纔一緉。平生每恨舊裙低，今日分明見弓樣。緗約碧繶香塵生，鳳頭鸞尾花盈盈。玉壺瀉處偏宜滿，翠袖籠來不奈輕。杯行到手翻成哂，兩頰紅蓮初著粉。暮雨朝雲釀已深，春風秋月斟應盡。何須更築糟丘臺，尊中自有葡萄醅。何須更學邯鄲步，尊前便是巫山路。一掬雙灣嬌自持，千巡百罰醉休辭。絶勝飛蓋西園夜，不羨凌波南浦時。人生快意在行樂，且向青樓買歡謔。寶劍徒合老仲升，金門未必容方朔。醉卿恰喜傍温柔，莫問城頭夕陽落。』

花燭詩爲董月生作

芳樹成連理，名花本並頭。將雛歌鳳侶，對鏡舞鸞儔。未貯金爲屋，先看玉作仇。雙星天上麗，夜夜映簾鈎。

芭蕉雨

滴破愁中夢，聽殘葉上聲。新詩題未得，偏送別離情。

閨夢

秋霜飛急漏聲遲，遥夜孤幃憶别離。幽夢欲乘蟾月去，却憑何處照相思。

宋娟 一首

浙江杭州人。以亂被掠至清風店，題詩於壁。後歸嘉善曹太史。

《檇李詩繫》：宋娟，杭州人。以亂被掠至清風店，題詩於壁。後歸嘉善曹太史。王端淑曰：『哀憤似蔡琰，而情思纏綿。』

宋犖《清風店口號》詩：淒風苦雨不勝悲，獨宿清風店裏時。一夜幾番添蠟燭，牆頭細讀宋娟詩。

題清風店

妾命如朔風，飄然振落葉。不入郎羅幃，乃逐塵沙陌。妾本良家兒，流落平康劫。十三工秦箏，十五好筆墨〔一〕。武林遇公子，知心不徒悦。忽爾天地崩，干戈作長别。塞馬嘶寒風，皴肌冷如鐵。誰謂文姬哀，猶得過漢闕。誰謂明妃怨，猶能封馬鬣〔二〕。而我薄命妾，終當染鋒血。胡不即就死，心為公子結。公子爾多情，豈忘西湖月？公子爾多智，豈不諒我節？公子爾任俠，忍妾委虎穴？公子爾多交，交豈無豪傑？媒妁扇上詩，顛沛不忍撇。忍死一相待，悲酸難再説。又聞洞山方，風流當世杰。爾既善顧郎，何不一救妾？

【校記】

〔一〕此後《名媛詩緯初編》復有四句云：『尊前柔聲歌，淚濕江州褶。人謂妾顏好，妾謂前生孽。』

〔二〕『忽爾天地崩』至此八句：《名媛詩緯初編》作：『忽爾天地崩，遂令山川别。一爲俗子羈，再爲干戈紲。哼哼破車中，塵土滿髩髻。塞馬嘶寒風，元冰真慘裂。披擲一羊裘，皴肌冷如鐵。晝則強懽笑，夜則潛哽咽。誰謂文姬哀，文姬猶返闕。誰謂明妃怨，猶能封馬鬣。』

朱雪英一首

江蘇吴縣人也。

題涿鹿旅邸壁有序

妾雪英朱氏，古吴人也。先君起家墨綬，進秩黄門，誤事權奸，驟登清要。不謂冰山難恃，春雪易消，志雖切於緹縈，法難寬於少正〔一〕。其時旅櫬南歸，煢煢母女，堂虚棲燕，庭可張羅。又以伯氏梟獍，横加慘毒。始則假當道之虎威，貽譏里閈；繼乃效中山之狼狠〔二〕，造禍蕭牆。遂致六旬孀母，抱恨黄泉；及字孤兒，失身翠館。嗟呼！白楊衰草，難呼怙恃於九泉；路柳牆花，空伴王孫於錦帳。此情此境，慘矣苦矣〔三〕！而鴇母奸貪，取償無厭，遏嫁武弁之手〔四〕，時遭妒婦之拳。我生不辰，一至於此！兹者奉詔南征，途經涿鹿，中軍起塞外之聲，閨閣譜曲中之調。少舒幽恨，薄賦短章。此閨人訴怨之辭，非騷客摛文之詠也。時丙戌季冬五日。

吴地紅顔舊〔五〕世家，自憐薄命滯天涯。含羞懶倡青樓曲〔六〕，拭淚悲聽〔七〕紫塞笳。不及曹碑傳古石，漫同〔八〕章柳集〔九〕寒鴉。當年粧閣〔一〇〕今何在，萬種傷心付落花。

《三岡識略》云：予友瑯琊氏，計偕北上，於涿鹿旅店見一女子題壁。附録於此，以貽好事者。

【校記】

〔一〕少正：董含《三岡識略》（清抄本，下同）作「正卯」。

〔二〕狼狠：《三岡識略》作「狼狽」。

〔三〕此句《三岡識略》作『苦矣愴矣』。
〔四〕手：《三岡識略》作『子』。
〔五〕舊：《名媛詩緯初編》作『本』。
〔六〕此句《名媛詩緯初編》作『含羞曾唱秦樓曲』。
〔七〕聽：《名媛詩緯初編》作『看』。
〔八〕同：《名媛詩緯初編》作『聞』。
〔九〕集：《三岡識略》作『宿』。
〔一〇〕粧閣：《名媛詩緯初編》作『閨閣』。

林雪 一首

江蘇上元縣舊院人也。

畫蘭贈友

屢結騷人佩，時飄鄭國香。郎心能永念，幽谷自含芳。

《圖繪寶鑑》：林雪，南京舊院人。畫蘭扇贈友云云。

史嬌英 二首

湖北武昌縣人。多才不偶，誤落煙花。

酬客留別

一樹郵亭柳，春風着意吹。感君憐愛甚，終是路傍枝。
贈我明月珠，着我繡襦裳。使君情固重，妾是野鴛鴦。

鍾清 二首

字素娘，江蘇儀真青樓中人也。後歸吴生鹿源，嗣是舞裙歌扇，絶不染指，勤治經營，彬彬有法；暇以筆墨爲娱。年未三十而卒。

贈吴生鹿源

紅豆教歌似館娃，可憐今日在天涯。郎船若打真州過，八字橋邊妾有家。
傍着桐陰種緑蕉，望江樓下曲欄招。他時閨閣無人見，好譜新詞吹玉簫。

鄭如英 六首

字無美，小名妥娘，金陵妓也。與前明馬湘蘭、趙今燕、朱泰玉齊名。國初尚存。

《詩集小傳》：如英，字無美，妥小名，十二行也。金陵舊院妓，首推鄭氏妥娘。韶麗驚人，親鉛槧之業。與期蓮生者目成，生寄《長相思》曲，用十二字為目，酬和成帙。冒伯麐集妥與馬湘蘭、趙今燕、朱泰玉之作，為《秦淮四美人選稿》。伯麐稱，妥手不去書，朝夕焚香持課，居然有出世之想。有《述懷詩》寄伯麐云：『浪説掌書仙，塵心謫九天。皈依完夙願，陌上亦前緣。』良可念也。

《池北偶談》：金陵舊院，有頓、脱諸姓，皆元人後没入教坊者。順治末，予在江寧，聞脱十娘者，年八十餘尚在，萬曆中北里之尤也。予感而賦詩云：『舊院風流數頓楊，梨園往事淚霑裳。樽前白髮談天寶，零落人間脱十娘。』又鄭姬無美，順治中尚無恙。某贈詩云：『閑開閨集教孫女，身是前朝鄭妥娘。』

答潘景升寄懷

投我以明鏡，照妾如蓬首。報以凝桂脂，餘膏染君手。遺我屑金墨，報君芙蓉紙。含毫若有懷，應念人千里。

秦淮別怨詩贈期蓮生

秦淮二月新柳黄，折柳貽人人斷腸。可憐嬝嬝秦淮柳，今朝又上離人手。離人手把柔條看，柔腸低拂紫騮鞍。紫騮一嘶人落淚，誰當此際猶能醉。綢繆執手問前期，蓮子花開是到時。但恐見蓮君不見，令人空憶桃花面。青青草色長干道，偏使離人顔易藁。秦淮上流即豐溪，我心隨水不復西。請看不斷秦淮水，有心寧不相思死。

雨中送期蓮生

執手難分處，前車問板橋。愁從風裏長，魂向別時銷〔一〕。客路雲兼樹，妝樓暮與朝。心旌誰復定，幽夢任摇摇。

送劉沖倩

我欲留秋住，寒衣不忍裁。歸期何用速，尚有小桃開。

春日寄懷

月露西軒夜色闌，孤衾不耐五更寒。君情莫作花梢露，纔對朝曦濕便乾。

沉沉無語意如癡，春到窻前竟不知。忽見寒梅香欲褪，一枝猶憶寄相思。

【校記】

〔一〕以上兩句《名媛詩歸》、《名媛詩緯初編》作『愁從風雨長，魂爲别離消』。

紅蘭句

姓無考。句見赤崖孫暘集。

句

情淚好隨潮水去，送君雙槳到姑蘇。

孫赤崖《贈紅蘭詩序》：偶遊天津，與紅蘭遇，蘭能詩，善調笑，本浙東名家女。余歸江南，贈詩云云。余有留别數首，僅憶其一：『天津橋北酒家胡，白板扉迎丁字沽。近水桃花開竝檻，隔簾人影坐當壚。留髡醉月歌楊柳，送客乘橋倡鷓鴣。珍重旗亭尋後約，紅巾小字淚模糊。』

顧娟娟 一首

浙江嘉興縣妓也。

贈别

南國相思子，西番篤耨香。留君充雜佩，休賭紫羅囊。

頓繼芳 一首

江蘇上元縣舊院人也。

畫蘭贈友

采采不盈掬，昔以紉君裳。君裳歷九秋，馥郁時在傍。相思即相見，從此罷新妝。

《圖繪寶鑑》：頓繼芳，南京舊院名妓。畫蘭贈友，其詩云云。

張喬三首

字二喬，廣東廣州府妓。工詩善畫。著有《蓮香集》四卷。

《楚庭稗珠録·花塚》：在白雲山麓梅花坳，粤妓張喬葬處也。張喬，字二喬，美而工詩。陳文忠復結南園社，集名流十二人，喬每侍公，弄筆墨賦詩，善畫蘭。公嘗爲題云：『谷風吹我襟，起坐彈鳴琴。難將公子意，寫入美人心。』其眷之如此。喬詩清皎，有風致。年二十一，病垂危；彭文學孟陽以數百金贖之，喬竟不起。孟陽葬之，諸名士暨送者數十百人，下至緇黄，人詩一章，植花一本，以表之，號曰『花塚』。凡吊喬詩，及喬傳、墓志，孟陽集爲一編，載某人栽某花，而刻喬遺像其上，字畫最精麗。是時嶺表安樂，富貴風流裘屐少年，各尋勝事；老子於此，興復不淺，故文忠巍然領袖其間。豈意梟獍下於鹿臺，講肆荒於馬隊，而相國太僕，俱授命行間，南園遺芳，已風流雲散，不可復識，況美人之黄土哉？喬之墓銘，則黎太僕作也。誌中傳喬夢河伯來聘，辭之不得。噫！河伯鮫色，乃越境耶？喬有《蓮香集》四卷。

【輯補】

張喬《蓮香集》（乾隆三十年刻本）載梁釪《重刻蓮香集序》：《蓮香集》者，前明彭孟陽先生爲麗人張二喬輯其遺稿暨諸名流□□傷悼之什也。自兵燹後□□□□□迄今，百有□載，騷人逸士□□覽其芳□，因偕同好爲之重開生面，未始非千秋韻事也。夫二喬，一薄命女子，乃以幽情冷韻，厠席□□，玉屑香飛，傾心大雅，使□□慷慨義俠之士，批心贈肝，死生不二，而諸先輩亦皆倜儻非常，敦氣誼，重情愫，或爲他日仗節死難臣一時聞闖見見淋漓酣歌，感動奮發，相與嗟歎於生前，而悲悽於死後，若嗟□其名之不傳，傳之不遠，顧竟使沉没於荒煙蔓艸間也，當亦有心所同悼耳。且麗人詩□□，觀其處己之高，用情之正，□□想見其爲人乎？又曷怪當日諸名流之傾倒若斯也。遂手録之，付諸剞劂，以告天下後世之有心者。乾隆歲次乙酉孟夏浴佛日順德梁釪澧隅甫書。

同集載美道人《詞者張麗人墓誌銘》：麗人姓張氏。母，吴娼也，以能歌轉買入粵，生麗人。體瑩潔，性巧慧，小即能記詞曲，尤好詩詞，每長吟唐人『銅雀春深』句，因自命『二喬』，以其本吴女，流滯於粵，蓋以自況云。又喜作吴粧，調笑操吴儂語，時而弄鏡問影，婉轉自憐，嫣然不自持也。客或謂二喬，雙稱也，不如以小喬呼之。即應聲曰：『兼金雙璧，名有相當。』因指鏡而笑曰：『此亦一喬。』于是張誕二喬之名，雖城市鄉落，童叟男女，無不豔稱之，以得觀其歌舞爲勝。喬既長，母欲擇優贅焉。顧喬志存文雅，思得詞采有心之人，永相屬和，時時虞人見奪。間有覬爲落籍者，每婉轉托辭，謂以聲色悦人，亦復何所自好？奈吾母鍾愛，不能暫離；且委身人妻，蜨粉可汙，燕巢終在，不聊勝於入他人手，吼獅換馬，又隨風漂泊哉？是以粵三城多豪華子弟，以三斛珠挑之，復計買其心，堅不爲動，甚至設機械、張畢羅。喬惟舞眉，冷哂而熱嗔之。無已，則向大人先生之風流雅望者，使爲祝解。于時文酒之會，則喬必在，脱珥佐觴，張燈拂席，三城詞壇，遂爲名花之藂，媚□之淵，避鸇獺乎？顧亦能爲小詩，善觴政操縱，雖一花半茗，清歡無疲。雅善鼓琴，往往人静夜長，忻然而弄。好博塞呼賭，輒盡輸其金釵珠璫，未嘗肯稍負責於人，然亦未嘗以小頓肯易心向金夫也。麗人可謂加人一等矣。余學道人也，每社事相期，呵筆捧硯，不能不悲其爲意。往歲元宵在都門，于諸公席間傳聞麗人死，争相與□詩弔之。比遍晤黄子逢永，談麗人死事，甚奇。蓋時在新秋，麗人隨諸優于村墟，賽神爲戲，宿於所謂水二王廟者，夜夢王刻期聘之爲妃。醒語其母，泫然悲歎，或歌或吟，皆昔人淋鈴比紅諸句，果以其時小疾而逝。嗟乎！予往知麗人故不屈於勢者，王何繇致之？豈甄后凌波，乃符銅雀之讖耶？若夫粉黛何假，美人何真，豔色等空，春花易謝。後之過者，知爲麗人埋香處，明月爲鏡，清風引簫，好鳥和歌，蛺蝶自舞，徘徊思之，亦可以知生死之無常。或有聞唱，不因柳毅傳書恍然而悟者乎？麗人生于萬曆乙卯年三月十六日酉時，卒于崇正癸酉年七月廿五日午時，爲年僅十九歲。先是，喬母子彳亍多故，余友彭孟陽居中調護，用是知己之感，相得最歡。傷其逝也，編遺稿，集挽章，賦《蓮香詩》百什首，婉悼備極。偶堅忍上人爲彭子道意於穉恭蘇先生惠，□勝地，卜以乙酉閏六月丙午之吉葬焉。是舉也，則石閭何長者，與其從子景瑋氏，實董厥成。賵贈臨送，則黄君虞六、蔡君元友、陳君喬生、梁君漸子、姚君穀符、何君文茲、蕭君繼六、羅君子開、胡君沃宸、蘇君忍木、何君景奭、楊君□□、梁君懋修、吴君惺蓮、彭君聲木，暨丽人閻趙璧、何文秀、王楚生、江澹仙、郭清如、汪一生、陳荊玉、趙素雲、栢雪松、陳冰肌、徐秋輪、錢文如、施碧霞、汪妙姑、余月生、沈奇翠、郭崑秀、施秀芝、周群芳、曹娟娟、李若仙、陳翠容，皆一時倜儻慕義者也。地在三城之北，去花田不百□，蒼松古石，依枕禪棲，遠帶流泉，下臨湖水，蓋庶幾吴真娘墓云。囑余爲誌，以告後人，是不可無銘。銘曰：艷如火，水之妃，是耶非耶？噫嘻嗟乎！麗人之不朽者乃在斯。

同集陳上善《張麗人紀略》：夫人之能自永者，惟情爲不死。古今名義俠烈，居常游處，雖饒生韻，然事平境順，庸人里婦，與國士名媛，亡以異也。逮夫途窮見誼，之死見情，然後錯出其端，爲千秋繫。讀《蓮香集》，重有感焉。《蓮香集》者，彭子孟陽爲麗人張二喬編也。二喬標格，具詳美道人《誌》中。所未悉者，彭子從痡酒破愁時爲予略言，麗人生有天艷，好古俠女傳，讀情艷詩環廻離魂斷腸之句，掩抑弗勝。性不入俗，與群輩處，嘈唼滿前，兀坐凝睇，似都不涉，機鋒一及，隨變應酬，故逼謔之者，終亦無可加。與彭子遊也，始遇於蓮香清泛間，遂相傾慕。尋爲横暴所排，母子瀕於險，彭子力爲拯援。用是盟心知己，日益見親，雖遠道間出，必紆馭欸扉，快談片晌始去。暇則留連累日，瀹茗煎香，劈箋滌硯，怡如也。芳晨佳夕，或吟咏小詩，翻書弄筆，惟意所如。彭子他之，則入還自内，調琴較弈，分併女紅，柔和恭順，不惟家人宜之，而喬亦有安焉之意。東洲臨别，彭子沉病，視候罔間。瀕行之日，從外塞博，解所獲，爲湯餌需；扶孟陽起，櫛亂髮，進新茗，從其内假簪珥釧鐲行别。無何，亦以病聞。彭子垂絶中，裁《詢病詩》寄之，有『將因爾病憐予病，却恨朝潮隔暮潮』及『病骨强支烏鵲夜，明河虚負漢槎秋』之句。麗人三復泫然，遺函相報，備極惋惻。委蜕先一夕，漏下五鼓，朗然起坐，取所寄《訊病詩》，呼燈感詠，嗚咽長歎。浣中散飲之，繼取名箋四握，與所借簪珥釧鐲，並紅綃詩，共爲緘縢。遲明，屬其母曰：『凡此，人家物也。即不起，無以治喪窘迫，因而破費，宜終逜還。』母頷之。餘則疏條細事，如遠行者之囑其家然。尋乃啟吻微吟，昏頹就臥，太息遽逝。訃聞，彭子驚昏愴悼，遣僕馳賻從厚，敦事報還，於手押緘中得所訣詩札，捧視汍瀾，幾爲委頓。扶病哭以輓詩，宣悲抒恨，一字一紅冰也。繼而情思所觸，魂夢所交，遂成百詠。友人黎子輩感其事，綴以篇什，勒以誌銘，積久成帙，因編遺稿，彙諸詩合刻之，以告天下之有情者。嗟夫！世之負才淪落，傷心失志，盡可憐也。麗人才品若此，天假以年，成立豈洴國下哉？乃蚤慧無命，開落如春英，徒餘香艷，令人遥挹耳。然不死者情，《蓮香》一集，千古深情也。奚論當日，更百世下，感其事，讀其詩，猶依稀神遇於聲韻之中。麗人端不死矣！《情史》有言：『缺陷世界，可憾寔繁。即令古押衙、許虞侯，精靈不泯，化爲氤氲使，亦安能嘿嘿而陰洽之？』所貴生逢知己，死得其所而已。麗人得彭子，而世没名稱，骨香韻遠。微麗人，無以致彭子深情；微彭子，無以彰麗人于不朽。情如彭子，亦可謂不負麗人矣！古吴陳上善元者撰。

送黎孝廉美周

春雨潮頭百尺高，錦帆那惜掛江臯。輕輕燕子能相逐，怕見西飛是伯勞。

送李山人煙客

子夜徵歌特底忙，奈何花月是離觴。春江千折牽遊舸，若个津頭柳線長？

香作飛塵玉作煙，輕寒微月養愁天。梅花本是江南弄，一疊關山倍可憐。

《古檀詩話》：美人能詩，聲價十倍。張麗人喬《送黎孝廉美周》、《送李山人煙客》諸詩，皆清婉多風，得詩人比興之旨。

王羽仙二首

字冰齊。詩見冒辟疆《同人集》。

詠並蒂茉莉

魂棲連理枝，夢學鴛鴦語。花開花謝時，兩心惟自許。

花亦解相思，幻出同心侶。明月晚香來，伴郎誰共汝？

張婉二首

字小青，一字婉仙，江蘇華亭縣人。後居西湖。

漢玉鴛鴦枕〔一〕

綠陰庭際影重〔二〕涼，風韻何如半野堂。深入睡鄉猶未足，應躭玉枕是鴛鴦。

嘉文錦薦

朝來雅集喜隨君，冰簟鮫綃映水雲。一卷湘紋輕似練，因懷捧硯待書裙。

【校記】

〔一〕此題《名媛詩緯初編》作『甲午夏日偕鄒流綺先生過朱萼堂予時倦暑汪然明先生因設檀牀玉枕文席香山清供具備有詩紀事步韻和之』。

〔二〕重：《名媛詩緯初編》作『生』。

王賔儒 一首

字蕊梅，江蘇上元縣人，居舊院。善詩畫。

梅花

虚名每被詩家賣，素艷嘗遭俗眼嗤。開向人間非得計，倩誰移上白蓮池〔一〕？

《圖繪寶鑑》：賔儒，字蕊梅，南京舊院人。好文墨書史，吟詠詩畫，皆所究心。有志相如，終以不遇爲恨，究竟與委身蔓草者不同。觀其《梅花》詩一絶云云，寓意甚深。

【校記】

〔一〕白蓮池：《名媛詩緯初編》作『白龍池』。

周文六首　句

字綺生，浙江嘉興妓。體貌閑雅，儼如士人。後失身廝養，卒悒鬱而死。朱竹垞先生猶及見之。

【輯補】

沈季友《檇李詩繫》（《文淵閣四庫全書》本）卷三十四《伎人周文》： 文字綺生，吴門良家女，流落為嘉興妓所得，遂為嘉興人。聰敏有殊色，能詩，善小楷。與姚士粦、楊瑞枝交好。檇李縉紳好文墨者，每召綺生即席分韻，以為風流勝事。綺生微辭，多所譏評，有押池韻用習家池者，綺生笑曰：『無乃太遠乎！』諸公拂衣而起。綺生嘗有詩曰：『掃眉才子多相忌，未敢人前説校書。』蓋自傷也。新安王太古，詞塲老宿，見綺生詩，擊節曰：『薛洪度、劉采春今再見矣！』李本寧流寓廣陵，與陸無從、顧所建結淮南社，太古攜綺生詩，詫諸公曰：『吾能致綺生入淮南，以張吾軍。』諸公大喜，相與買舟具裝，各賦四絶句以祖其行。太古比及吴門，松陵一元氏者已負之而趨矣。綺生既屬身養卒，敝衣毁容，重自摧廢。晨夕炷香于佛前祈死，不復為詩，時作小詞寓意，一元氏以五七言迴環讀之，迄不得句，綺生乃開顔一笑也。嘗有句云：『侍兒不解春愁，報道杏花零落。』知者咸傷之。後歸沈同和，沈素不好文，色衰見棄，遂杜門茹素以終。沈千秋寄綺生詩，有『空餘屐齒斜陽裏，記得春心楊柳邊』，王端淑謂綺生『有文心而無慧眼』、『失身瑣類，悔何及哉！』

遊韜光菴與沈千秋分韻作

轉徑白雲近，回風清磬殘。霜花欺客眼，江雁怯秋翰。片石泉聲細，千峯日影寒。煙深鳥不語，歸路已漫漫。

中春道中送別

酒香衣袂許追隨，何事東風送客悲。溪路飛花偏細細，津亭垂柳故絲絲。征帆人與行雲遠，失侶心隨落日遲。滿目流光君自惜，莫教春色共差池。

秋日過吴門感舊

香殘帶緩不勝愁，又見蕭條一片秋。身到故鄉翻是客，心惟〔一〕明月許同舟。數聲新雁凌江下，幾點寒鴉逐水流。遮莫平生多少恨，閑吟欹枕更悠悠。

暮春

曾共看花發，無端又落花。春歸君亦去，誰與惜年華？坐起愁如織，空齋但寂寥。不關風雨妒，春色爲誰凋？

贈友赴南都

西風一夜白門秋，萬里那知人倚樓。寂寞漫憐桃葉渡，管絃能起故鄉愁。

句

掃眉西子多相忌，未敢人前説校書。

【校記】

〔一〕惟：《檇李詩繫》（《文淵閣四庫全書》本）作『隨』。

洪夢梨二首　句

字蕊仙，號白雲道人，江蘇江陰人。卒後，家西京收拾遺詩編之，題曰《白雲遺稿》。

我我齋賞梅同汪西京作

愁來萬事壓眉端，忽覩梅開意自歡。我欲問花花問我，相逢夜半不知寒。

送西京還虞山

亂頭粗服送君行，分手難爲此際情。願向生前拚一死，好從死後訂三生。

句

湖橋煙月浮空碧，琴水山城入半青。
有限光陰丁噩夢，不情風雨妒梨花。
可有風情依碧柳，未須顏色借紅蕖。
花糝碧苔三月暮，酒潮紅頰十分春。
茶釅碧香浮雀舌，酒清黄色借鵞兒。
雙尖聳塔排空碧，一澗噴泉倒立銀。
妝罷桃笙尋獨見，夢回茉莉入通中。
山黛染成眉入翠，火榴簪得鬢初然。
碧紅初泛盈缸酒，黄白新標插架書。
結成舊恨兼新恨，嫁得蕭郎是漫郎。
簟碧琉璃三伏冷，綃輕煙霧一身浮。
風生蓮渚擎紅墮，雨罨茶煙暈碧深。
山雨嵌空籠黯淡，柳煙横翠入霏微。

《柳南隨筆》：洪夢梨，字蕊仙，號白雲道人，江陰女子也。才色雙絶，往來多名士，而尤與吾友汪西京沈琇暱。吟社諸君以西京故，間以詩與道人相倡酬。記壬寅春，亡友吴静川理招同人集三影軒，分韻賦詩以寄。道人各依韻和之：和王露湑謽昌『青』字，和孫陶庵鎔『花』字，和周以寧楨『藻』字，和許南交永『春』字。又是歲之夏，西澗先生招同人集尊道堂，分韻賦詩，再寄道人。道人亦各依韻和之：和西澗『兒』字，和露湑『銀』字，和陶庵『中』字，和孫麗明『然』字，和侯秉衡銓『書』字，和陳亦韓祖范『郎』字，和西京『浮』字，和静川『深』字，和予『微』字。此數十句，皆秀麗可誦。又《我我齋賞梅同西京作》、《病中送西京還虞山》，此二詩亦佳。道人在近代，蓋馬湘蘭、王修微之流亞也，不幸年未四十而歿。西京收拾遺詩，僅得數十首，編成《白雲遺稿》；好事者争傳之。

范璣一首

字舜華，江蘇揚州妓。姿容窈窕，名噪雷塘。

真州看桃花

江柳風中亂，桃花已暮春。扁舟迎紫燕，帆影逐青蘋。載酒龍門會，清歌洛水濱。武陵從此渡，片片溯前津。

沙宛在四首

字嫩兒，自稱桃葉女郎，江蘇上元妓。與姊遊蘇臺，卜居半塘，名噪一時，人皆以『二趙』、『二喬』目之。後歸叱利，鬱鬱而死。著有《蝶香閣閨情百首》。

曹溶《贈嫩兒·滿庭芳》詞：艷似陶金，清還碾玉，怕人唤作風塵。溪邊送約，落雁故頻頻。漫説愁來醉卧，趂波陀，高下鋪勻。疎狂處，量他一斛，捻就小腰身。　隨輕浪滚，蓮花步暖，輭盡無痕。當年叱利，假借堪嗔。今日誰能拘管？恒河自有仙真。情何限，千堆白雪，占穩鳳樓春。

閨情選四

白燕雙雙入幕頻，梨花香遍雪為茵。夜來縱有遊仙夢，不作烏衣國裏人。

小至時欣雲氣祥，玉階漸見琯灰揚。不知邊塞征人婦，可有閑情驗綫長。

朝來報道牡丹開，拚取紅紗護錦堆。癡蝶貪香尋不得，遶兒衣袂百千回。

從來月蝕最愁予，繡佛龕前誦佛書。凡世不知天下事〔一〕，嫦娥意念更何如？

【校記】

〔一〕此句《名媛詩緯初編》作「凡夫不知天上事」。

王蕊珠一首

字里未詳，名姬雪梅之女。善詩畫。

題畫扇

閑年漫訝久無詩，獨立蕭條月上時。故把一尊相憶處，梅花爲放兩三枝〔一〕。

《圖繪寶鑑》：王蘂珠，或疑即寊儒，名姬雪梅之女。《題畫扇送人》云云。

【校記】

〔一〕兩三枝：《名媛詩緯初編》作『向南枝』。

卷之七十四

范雲二首

字雙玉，又字玉公，江蘇甘泉縣名妓。

王士正《秦淮雜詩》：北里新詞那易聞，欲乘秋水問湘君。傳來好句紅鸚鵡，今日青谿有范雲。

徐波《贈范校書》詩：『秦淮春水流碧玉，雙鴛自覆煙蘅宿。水引香魂漸向吴，繁花開盡摇空緑。』『芳草沿門古岸横，相招吴語最分明。深簾度曲家家雨，小閣嘗茶樹樹鶯。』『耽遊年少看成隊，來往燈陰花影内。新衣窄襪索人憐，感夢馳情向誰在。』『桃李徒教蜂蝶忙，幽蘭自愛谷中香。聲名不用量珠價，詞賦須闚宋玉牆。』『言甘體澤人思嗛，秖向圖中偷半面。齊梁格調未嫌卑，惆悵詩成獨不見。』

泛湖

輕橈沿碧渚，泛泛得幽尋。欸語微花笑，新涼薦夕陰。歌從鄰舫至，酒向故人深。莫訝歸徐晚，前溪月滿林。

答許介壽

碧水簾邊過玉騆，柳枝深閉竹枝斜。惟君細認門前路，多種秋紅是妾家。

吴娟娟五首

字糜仙，廣東石城縣人。本名家後裔，流落不偶，卜居金陵。善畫，工小楷尺牘。著有《萍居集》。

宏濟寺

翠巘何年削，丹崖此日過。江流澄夕霽〔一〕，梵唄雜樵歌。界接人天近，光涵水月多。登臨殊未已，前路有巖阿。

遊牛首歷祖堂獻花巖

漸覺雲煙幻，還看法界奇。巉巖翻秀靄，庭樹弄幽姿。天女花香散，融公石跡遺。掲來初地息，山月影離離。

雨花臺

風日今朝勝，煙霞此地偏。因尋芳草約，且喜故人連。林靄叢幽壑，江光澹遠天。亭皋棲木末，鴣鵠倚雲邊。苔設龍蛇碣，香遺翡翠鈿。蘢葱浮灝氣，繚繞麗晴川。游俠黄金勒，名流白雪篇。徘徊歸路暝，片月帝城懸。

題自畫水仙

綽約來姑射，凌波自絶塵。近從詞賦裏，描〔二〕出洛川神。

《圖繪寶鑑》：吴娟娟，字眉仙，南直清溪人。與閩中林茂之厚，娟畫水仙，茂之爲作《水仙賦》，今爲石城陳宗來所藏。自號羣玉山人。題自畫水仙云云。

仲春社集梅塢遥有所和

東郊霽色故撩人，藉草分題興較真。只恐仙郎遥惱亂，青衫暗濕玉林春。

【校記】

〔一〕夕霽：《名媛詩緯初編》作『夕照』。

〔二〕描：《名媛詩緯初編》作『貌』。

李蕚句

字文如，湘南名妓，後歸李孝廉。妒婦不容，其母攜蕚仍歸青樓。蕚茹胎素，時念佛自懺。素多病，風晨月夕，雨窻雪案，每對客，惟以琴棋爲娱。著有《流霞閣集》，惜未得見。

句

無端幽恨憑誰説，惟有山鵑伴妾啼。

趙彩姬 四首

字今燕，南曲中能詩妓也。與馬湘蘭齊名，『秦淮四美人』之一。國初猶存。

中秋對月〔一〕

月從今夜滿，秋向此時分。莫惜金尊數，清光喜共君。

燕來

獨坐掩羅幃，愁看雙燕飛。思君不如燕，一歲一來歸。

送沈嘉則遊廣陵

秋風吹送木蘭舟，處處青山待隱侯。莫向青山歌玉樹，揚州花月使人愁。

憶故居

柳絮春泥玉壘封，珠簾深鎖暮煙濃。分明記得雙棲處，夢繞香樓〔二〕十二重。

【校記】

〔一〕此題周壽昌《宮閨文選》（道光二十六年刻本，下同）作『中秋對客』。

〔二〕香樓：《宮閨文選》作『青樓』。

花妥二首

字友鶯，江蘇上元妓。爲方樓岡學士賞識。著有《麝迷詞》等稿。

絶句

蒲柳庸姿也鬬春，何緣逐隊入風塵。章臺有客心相向，裘馬翩翩絶少人。

牆桃原不是天香，怕惹尋常蜂蝶狂。但使仙緣欣有託，漫云劉阮盡仙郎。

方樓岡和詩：『學語鶯雛始識春，沾泥柳絮不飛塵。使君莫作鴛鴦羨，知是羅浮夢裏人。』

『深房雜坐酒卮香，莫笑淳于老更狂。偷眼燈前誰是主，桃花原自認劉郎。』

袁蘭婉 一首

四川眉州妓。

書扇

一枝逐浪到長沙，閱盡秋冬春夏花。自恨身輕不如燕，差池廿載未歸家。

吴媛 一首

字文青，號梁溪女史，江蘇無錫縣人。善畫。與華亭妓倩扶，並爲吴祭酒東山勝侶。

《國朝畫徵録》：倩扶，華亭人。善花草，多寫意。工詩，有集。嘗口占一絶《調善書者張星》云：『年少翩翩客，風流弱冠初。能將畫眉意，悟入折釵書。』同時有吴媛和詩云云。媛字文青，無錫人，自號梁溪女史。亦善畫，有《墨荷圖》、《設色菊花扇》。兩人並爲東山勝侶。後蘭陽有豐質者，字花妥，妙音律，善演劇，而性度閑雅，焚香鼓琴。好畫墨蘭，學王覺斯法，花葉舒暢瀟灑，絶無拘滯修飾，不得以風塵筆墨忽也。寓居睢州，名甚重。陳其年柬侯六叔岱詩云：『聞説睢州女校書，春愁纔妥上頭初。今朝人卧梁王苑，歌板糟牀只欠渠。』忽了悟，即於睢州從一貧士，勤苦作家。卒年三十。

和倩扶調友

風流京兆勝當初，昨夜娥眉入夢餘。每看晴山渾黛色，倒拈斑管不成書。

張慧玉 一首

山西汾州妓也。

徐釚《本事詩》注：汾州妓張慧玉，年十五，色藝雙絶，工小詩，巧伺人意。與笏山定情，臨别出紅綃半縷，賦詩相贈。所書小楷，學衛夫人。亦成都薛濤校書之流也。

雷珽《汾陽别妓張慧玉》詩：一從塵外問春光，頓減羈懷老更狂。静苑鳥聲慚白雪，流杯鑑影出紅妝。尚含暮雨花容潤，欲綰浮雲柳帶長。愁見峪南明日路，遊蜂紛逐馬蹄香。

詠蝶

尋芳浪逐賣花聲，終日迷花太瘦生。露濕縞衣憐粉褪，風扶弱翅學身輕。

巧娘 三首

廣東海澄縣名妓也。

春日冶遊雜詩 選三

賣餳聲裏夕陽斜，挾彈王孫訪若耶。纔過清明天氣暖，鵶鬟多插木棃花。

載酒尋春上海航，銀盤先送喫檳榔。南人真是多情種，不惜纏頭脱鷫鸘。

海港晴明水蔚藍，落花如雪過春三。登筵不用銀絲膾，敬客先須佛手柑。

衛融香九首

字紺雪，江蘇長洲縣人。悮落煙花，然羞作倚門。與韋子甫有終身之約，後歷險阻，不負初心。

韓矩《紺雪詩序》略：今年春，友人爲余言衛紺雪之奇，余始徒步一訪之。出婁關之外四五里橋西，有屋數楹，當門老松輪困立。剝啄啟雙扉而入，修竹蒙密護樓閣，鸚鵡喚茶，栗留罵客；院内則假山甃池，庭中列尊彝圖史，始悟天台武陵，近在人世間也。紺雪出肅余，年可十五六，舉止大雅不羣，髮潤肌香，且毫無脂粉習氣。與談詩，則上自建武、黄初，以及建安、永嘉、開元、天寶、元和，歷歷統晰其源流，似讀酈道元《水經》，莫不貫穿周悉。字則學簪花小楷，畫博採南北兩宋，間以己意出之，多生動活潑之趣。問其弈，曰：『黄新安可以讓二子。』篆靄香清，甌翻茗熟。爲撫琴，操《風入松》之曲。移時抽匣中雙劍起舞，令人目駭色戰，欻然若驟馬之廻坡，而飈風之撼樹也。暨能經鳥伸、黄牙白雪之説，亦遊戲略涉。其指情既洽，酌余釀，撥鵾絃，嫋嫋而歌，乃自製《四時宫怨楚江情》一套，其歌喉婉轉柔媚，信可敵秦青、桃葉。與唱和數律而返，忽忽神喪者屢日。逾二年，遇錢扶南於章江，出紺雪近稿証余，併記其事甚悉云：『本名家之女，賣身救父，遭小人，悮墮苦海。能以智術全其身，得韋子甫，定情焉。韋子辭，索米他去，紺雪即閉户。假母數强之，屢拔劍，欲斷其頸。幸以繪事易錢，日可積金奉假母。假母利其有畫資，又畏其能劍術也，亦聽之。惜韋生彈鋏他鄉，落魄，不能歸遂願，數寄書，令其他適。紺雪堅完璧以有待。有大帥欲得之，壓之以薰灼之勢，紺雪先以死辭之。無何，避地而遠遁。今竟不知其在天之涯、地之角也。』錢子之記如此。余恨不能作古押衙，成章臺千古佳話，而海内豪俠絶種，併崑崙奴亦息影，又安所得郭解、劇孟等輩乎？既序紺雪之詩，兼傷韋子不遇；又幸韋子不遇，以成紺雪之詩也。

夏日即事

萬緑陰濃處，空庭日正長。汗融冰簟滑，粉漬翠屏香。小鼎雲生篆，輕甌雪露光。畫簾低不捲，燕子戲穿梁。

午日

强向庭闈聚，尊前醉碧觴。心隨人共遠，愁與日俱長。燕引雛歸幕，榴含子笑房。寸心〔一〕多恨事，蘭芷吊三湘。

雪中偶成

人去天涯遠，重門雪又深。幽光浮短劍，冷韻上孤琴。日月陰能掩，樓臺勢又侵。空閨愁對爾，把茗一哀吟。

春日遣興

暮山微染黛痕輕，一片煙絲撲短楹。説盡春光梁上燕，唤殘午夢樹頭鶯。方塘雨足香芹嫩，曲徑雲和夕照晴。瀹茗朱樓尋好句，月明猶聽賣花聲。

病

心事無端觸絮長，蕭騷眼底又春光。鶯花二月人千里，風雨三更病一床。破夢行吟鑽故紙，休糧合藥得新方。會須縮地蓬壺去，笑擁王喬醉碧觴。

秋日懷韋生

江城秋氣入蕭森，碎盡相思兩地心。歲月無情催黑髮，關河有淚哭黄金。薜蘿争亂芙蓉色，絡緯愁兼蟋蟀吟。寄語君平情未斷，章臺楊柳尚陰陰。

題畫

山雲静不流，翠滴煙中樹。野水斷橋人，抱琴疑問渡。

寒食

春來日日枕愁眠，不到清明早禁煙。知爾他鄉傳好句，東風御柳詠江天。

夜雨

空階爛葉擁苔深，罵樹寒禽亦厭陰。不管人間眠不得，一聲聲總滴愁心。

【校記】

〔一〕寸心：《國朝閨秀正始集》作『寸衷』。

沈雅二首

字倩扶，江蘇華亭縣人。黠慧，有殊色，善畫工詩。與無錫吴媛，並爲吴梅邨東山勝侶。著有集，惜未之見。

冒襄《己巳端陽詩序》：戊午，丁藩臺爲余移家江南，以飛仙官舫假余，住沙盆潭，自午月朔至端陽，凡五日夜。畫船簫鼓，珠簾翠幄，傾城士女，上下遠近，廻繞過來。自余短視觀之，人人絶代，得未曾有也。余擊鉢成詩，兩姬推窻，作蒲榴花鳥；時有詩妓沈倩扶日摇小舟來，乞詩索畫，屢日不去，皆勝事也。

《今世説》：雲間諸乾一、董蒼水，於重陽後作神山之會，即彭仙人棲神處也。時婁東吴梅村在坐，連遣覓女郎倩扶，必不得。夜分，滬上張宏軒刺史來赴。投刺後，吴命以己車迎入。使者傳覆需兩車，人頗訝之。及至，則挾一衣冠少年，光艷暗射，若薄雲籠月。人各却步，且不敢詢姓氏；及移燭燭之，則倩扶也。一座譁然。

《海上詩鈔》：倩扶居吴淞江，性慧能言，有殊姿，爲時名士所悦。吴梅村《細林夜遊送别》詩云：『遠翠入顰眉，輕寒袖半垂。花生神女廟，月落影娥池。深竹微風度，晴沙細履移。回看下山路，紅燭爲誰遲？』朱奭天錦《贈倩扶校書》詩：亭亭不讓杜韋娘，扇底歌聲繞畫梁。莫道才人偏愛色，最銷魂處轉波光。

調張星

年少翩翩客，風流弱冠初。能將畫眉意，悟入折釵書。

《國朝畫徵録》：倩扶，華亭人。善花草，多寫意。工詩，有集。嘗口占一絶《調善書者張星》云云。

題破水道人梅花書屋圖

閑憑烏几耽幽僻，想見高人静坐情。窻外梅花窻内月，與君心事一般清。

沈稚一首

字偏紅，倩扶女弟也。詩見鄭破水《梅花書屋贈言集》。

題破水道人梅花書屋圖

春天小閣梅開日，繡幙輕風月上時。想見滿身花月影，夜扶殘醉起題詩。

嚴慧娘二首

順天大興縣人，誤落煙花。性巧慧，嗜文墨，復善自韞晦。

和夢筆山人贈别元韻二首

自愧塵埃蒲柳姿，投桃深感贈新詞。黄鶯也識春風好，其奈殘花不受吹。

好事從來多別離，郎心如醉妾心癡。他年名占清華籍，豈但紗籠黄絹詞。

夢筆山人《留别慧娘元韻》：『宛轉鶯喉絶妙姿，碧闌小立唱新詞。春風不競花無力，只向章臺着意吹。』『十幅烏絲寫别離，蕭郎端是有情癡。他時重讀消魂賦，會記卿卿紅豆詞。』

文娥 二首

江蘇華亭縣人。詩見《檇李詩繫》。

賦答沈上舍南疑

幾縷爐煙蕩晚風，斂衣閑立小庭東。生憎蝴蝶偏多事，拂落山櫻滿地紅。

緑窻無事懶搊箏，小捲蝦簾坐聽鶯。客到不勞鸚鵡報，隔溪吹送〔一〕踏歌聲。

【校記】

〔一〕送：《檇李詩繫》作『到』。

方裕清 四首

自署笠津孽女，青樓中人也。

題姚莊驛店壁有序

風塵飄泊，忽忽言旋。爲念鍾情，恐傷岐路，留汚旅壁，代簡陳衷。倘再駐車過此，或念及鄙私，更望南轅返轍也。

桂花開後話離懷，柳嚲鶯嬌約再來。鶯老柳殘消息杳，今年又見桂花開。

無端憔悴負春光，膏沐慵施廢曉妝。極目雲天空悵望，碧欄杆外淡斜陽。

三春無賴又三秋，落葉何心逐水流。薄命自憐還自慰，不堪回首不堪愁。

臨岐留語淚紛紛，幾度思量幾斷魂。君若再來須記取，柴門依舊苧羅村。

吴綺二首

字繡君，浙江嘉興妓。與孝廉朱治潤甚暱，遂棄其妻娶之。本朝初，從宦東粤以終。

自題蘭石

清影留紈素，疎香隱石苔。風微無所著，濃淡有由來。

冬日畫蘭便面

幽意隨有得，呵凍聊寫生。真堪紉作佩，霜霰不勝情。

王梅英 一首

吴中名妓。

絶懽吟

春來朝氣爽，花氣接禽歌。霧起園林好，春山横翠螺。閉户望君君不見，登樓忽見山開面。春來萬木趁晴陰，坐對芳菲心閃閃。踏春何處尋，芳淚灑羅襟。野花含笑竹籬短，野草連天陌雨淫。牆頭柳拂迷人眼，牆外鶯聲綴字吟。春日晴，花正明，去年雪阻梅花信，今年晴逢桃李新。相思不見空投贈，塚滿荒郊何處尋？

《隱居放言》：　韻婦王梅英，吴中名妓也；　性喜梅，因字梅英。嫁楚宦，宦死。武林估客陳姓者娶之，攜歸里。陳估性鄙吝，與韻婦不叶，婦因茹齊，習佛事。性喜吟詠，架上日置《花間集》、《草堂詩餘》、《唐人百名家詩》各一部；　焚香静坐，念佛之餘，間吟詩幾首，聲揚户外。鄰有劉尼者，亦善詩，結菴梅花下，愛婦才，友事之。時武林一宦欲延師訓女，尼薦之。宦居湖北，婦居湖南，與宦宅相望。凉秋九月，湖光明麗，婦偕尼散步至宦館，道經北山下，忽遇一生。覰之，生，宦之年家子也。窺婦才，心艷之，置一詩袖中，見婦過，揖而投之。其詩曰：『葩經三百授高徒，風始關雎美且都。讀得鄭風投芍處，恐教師姆也糊塗。』婦得詩，含笑藏之。一日歸，適其夫往吴門，生訪其家，遂以詩與婦通慇勤。未幾，估從吴返，生不得往。於時梅花將放，婦念生不已，手書一賤，遂命小僮訂生晤於尼菴之中。其詞云：『賤妾庸流，得交君子，詩句行媒，托身有日矣。不謂一天良月，陡起愁雲；人隔天河，無由得面。憶情腸裂，念舊心酸。幸有鄰居近地，菴傍梅花，乃我密交尼獨居處也。園深且僻，可停君子之驂；徑曲而幽，不致漁人過問。況有書在架，帶草儘可娛情；無鳥竊窺，寒香皆能助韻。雖蜂多妒蝶之能，而鵲有架橋之技。無憂意外，願續前歡；早望惠臨，慰我遐盼。英泣拜。』生得書，如約而至，於時雨雪纏綿，梅含木吐。估在家，婦不能出。生候婦已久，抱悶而歸，呵凍作長歌一章，名曰《望梅行寄答梅英》。其詩云：『陌上晴梅梅氣鬱，凍雲作雨煙光拂。行行緩渡北山頭，坐對愁雲意如蝟。將心却事事仍前，長悼山阿何太愾。失路迷津欲問蒼，橫溪曲澗路羊腸。淒淒細雨凌巾角，披濕拖襟步履蹌。陌上梅，何太晚，信寄予來來復返。空尋不得折花歸，只恐花開雪又損。』婦得詩，含涕不已。時而寒冬已去，而春風又來矣，湖開新面，山解愁容。婦屢以書招生不至，鬱極成病，亦草一歌，名曰《絶憔吟》，復囑小僮投生。生得詩，終不報。婦憤恚死，生負才終老不第。

小娟 一首 句

廣東妓也。

題洋奩

膩滑無塵跡，輕圓渡海來。從郎索脂粉，珍重莫頻開。

句

宿墨恐隨烏鰂化，舊詩重和寄雙魚。《寄懷吴鏔》

《古檀詩話》：珠江徵歌度曲，半在花船。其居水榭者曰薇仙，居翡翠篷者曰小娟，均善詩。有《寄懷吴梅里鏔》三十韻佳句云云。凡樂羣諸社友詩成，每屬兩校書訂可，傳爲韻事。

蔡瑞雲 一首

浙江□□縣人。

贈賀生

何事求漿者，藍橋叩曉關。有心尋玉杵，端只在人間。

《聊齋志異》：瑞雲，杭之名妓也，色藝無雙。年十四歲，其母蔡媪，將使出迎客。雲告曰：『此奴終身發軔之始，不可草草。價由母定，客聽奴擇。』媪曰：『諾。』乃定價十五金，逐日見客。客求見，必以贄：贄厚者接一弈，酬一畫；薄者留一茶而已。餘杭賀生，才名夙著，而家僅中貲。素仰瑞雲，固未敢擬同鴛夢，亦竭微贄，冀得一覩芳澤，竊恐其閱人既多，不以寒酸在意。及至相見一談，而欵接殊殷。坐語良久，眉目含情，作詩贈生云云。生得之狂喜，更欲有言，忽小鬟來白『客至』，生倉猝遂别。歸而吟玩詩詞，夢魂纏擾。過一二日，情不自已，修贄複往。瑞雲接見良歡，悄然謂：『能圖一宵之歡否？』生曰：『窮蹙之士，惟有癡情可獻知己；一絲之贄，已竭綿薄。得近芳顔，意願已足，若肌膚之親，何敢作此夢想？』雲聞之，戚然不樂，相對遂無一語。生久坐不出，媪頻唤以促之，生乃歸。心甚悒悒，籌躇徘徊，左右皆難，由此音信遂絶。

湘煙 一首

江蘇上海縣妓，後從良以終。詩見《海上詩鈔》。

《海上詩鈔》：湘煙居邑城，意態高雅，不狎俗人。每文士宴集，使行酒，則滿座盡歡。中年從同里吴副車爲妾。

送别

丹鳳樓頭新月明，黄龍浦口暮潮生。贈君一掬無痕淚，常作紅蕤枕上聲。

郝奎鳳 二首

江蘇上元縣名妓。

詠古美人

一帶紅樓緑柳遮，珠簾捲處是兒家。清波門外春如許，腸斷香風油壁車。蘇小

梅自初花春自催，人如姑射瘦如梅。珍珠已謝官家賜，知是樓東寫怨來。梅妃

紘達二首

姓失傳。詩見《夢餘詩話》。

崔樓

夢回紅日滿窻紗，亂挽烏雲鬟未鴉。梳洗正忙人語沸，隔江來送蠟梅花。

後湖

旗亭貰酒不論錢，可意人兼是妙年。殘月曉風楊柳外，秪應教唱柳屯田。

《夢餘詩話》：校書紘達，有詠物詩若干首，久膾炙人口；今舊板已失，不可復得。嘗記其《崔樓》、《後湖》二詩，紘達自恃才華，風流倜儻，讀此可略見一斑矣。

李秋蓉三首

江蘇吴江縣人，舊家門第，流落煙花。早世。詩不多傳。

鏡緣子《李秋蓉傳》：李姬秋蓉，吴邑名家女。性聰慧，詩文圖畫，靡不畢覽。年及笄，椿萱繼謝，姬故家貧，生計日迫，因售身營葬其父，輾轉誤入煙花。然以金屋掌珠，厠足平康，本非素志，以故恒抑鬱；傖父俗子，百計揮金，終難買當筵一笑也。癸未春，余探花鶴市，聞姬名重北里，至則弱質臨風，亭亭玉立，修眉鑠黛，楚楚可憐。腸非鐵石，能禁繞指三匝耶？時日方卓午，戲以鏡光偪姬：『此鏡中花，汝知否？』姬笑曰：『當是鏡中緣耳。』因相與流連終日。偶撿案頭，見有《浣塵草》，姬製也。余曰：『以子口厭珍羞，身嫌羅綺，温柔鄉意頗不惡，何所作悲怨乃爾？』姬曰：『優孟衣冠，當場涕笑，豈本懷耶？薄命女只此慘澹數行，倘得情見憐，庶不隨鏡光掩没。』因泣訴巔末被陷事甚悉。余爲動容首肯，遂交，贈玉釵金鏡，共訂同心。孰意好事多磨，再至則重門晝扃，籠中鸚鵡，莫得簷前一喚矣。無端媒孽，莫測風波，苟有深情，安能永隔？方思蹈危險覿姬，一剖離恨，且圖後計，而翩然燕使，早集庭間。啟視之，則姬自繪《敲斷玉釵紅燭冷》照，並題詩三絶，百計寄余，以堅舊志者也。蓋姬自余别後，坐卧一小樓，名公俊士，禮幣踵門，拒弗接。以是攖狂且怒，玉釵誤折，猶朝夕拈斷簪，矢以生死無異志。乙酉秋，獲奇策，始脱網羅，得遂冰操焉。余憐其情之篤、志之真，爲填《鏡光緣》傳奇，以紀始末。嗟嗟！蓮種汚泥，芳心不染；玉埋瓦礫，皓質無虧。世有鍾情，不惜齒頰餘芬，錫以詠吟，異日傳之藝林，當亦風流雅話云。

《古檀詩話》：癡情翻成韻事。虹亭太史曾孫徐榆村爔，風流跌宕，悦吴門一妓李秋蓉。秋蓉工韻語，洞庭春波，魚信往來，皆詩筒也。揮千金購之，不可得。後爲有力者攜之北去，望遂絶。乃於太湖濱買隙地，築石起小冢，繪己及秋蓉像，貯一銅匣中合葬。冢上表石碣曰：『秋蓉李娘之墓。』墓旁多梅竹，游春者輒過訪之。秋蓉懷榆村佳句云：『敲斷玉釵紅燭冷。』摘以繪圖，遍索名人題詠。凡賦詩者，贈墨二錠；其墨上刻秋蓉小像。此一段可補入君家本事詩中矣。

又吴江費濱葭有《題李秋蓉小照》云：『晚粧慵卸倚西窗，燭影低摇鬢影雙。憶得前宵殘夢裡，春帆一水到吴江。』

題自繪敲斷玉釵紅燭冷照

支頤寂静數更籌，薄薄輕寒掩翠樓。紅燭半殘香夢杳，思君空擊玉釵頭。

湖山迢遞隔天涯，泣寄愁容半幅紗。展卷漫嫌憔悴甚，秋蓉本是斷腸花。王百穀有『芙蓉號作斷腸花』句。

破鏡寒光一片愁，飛花忍逐浪花浮。他年化作啼鵑去，願瘞吳江土一抔。

鏡緣子和韻詩：『訪得名花第一籌，江煙千里鑠秦樓。瓊釵漫使和腸斷，鏡裏虛緣合並頭。』『離愁兩地憶無涯，欣得芳姿寫素紗。一自臨風展卷後，庭前怕見玉簪花。』『盼斷巫陽暮雨愁，夢魂空逐楚雲浮。欲知情種千秋恨，他日遺香半土抔。』

黄馥清十首

字馥清，廣東番禺縣人。

哀楊生

煙花流落幾經秋，賣笑門前滿面羞。檢點豪華貴公子，多情只有韋蘇州。

記得相逢二月天，合歡盃罷賦新篇。陽春白雪誰能和，押得錢錢深受憐。

何人丰度最蹁躚，一見蕭郎意惘然。莫謂風塵遊蕩子，箇中亦自有神仙。

連夜樽前酒極歡，方期長此共盤桓。天心人事真難測，消息傳來鼻欲酸。

能書能畫復能詩，制府垂青眾所知。料得顯榮君有日，因何膽識窄于絲？

肝膽知交世所稀，酒杯兄弟事全非。君今與世成長別，却有何人淚滿衣？

有無儘可着儂知，隱隱心頭類屬癡。縱使千金求不易，何妨爾我共躊躇。

自君之出首飛蓬，少婦情濃夢欲東。誰料封侯成絶望，却將何計慰閨中。

僊旌飄摇蕭寺空，我來哭奠淚垂紅。幾時移櫬歸南去，消受孤兒一陌通。

多情人即薄情人，十首詩成何益君。從此幽明成隔絶，休言暮雨與朝雲。

許玉筠 五首

字畹珍，號玉峰女史，江蘇崑山縣人。本儒家女，嫁非其人，以至身不自主。著有《花晴閣吟草》。方少尹塘《花晴閣吟草序》：嘗讀王廣文次回《疑雨集》、朱竹垞供奉《江湖載酒集》，均有贈曲中女郎詩詞。廣文所昵者曰左阿瑣，供奉所昵者曰晁静憐。其詩註中云：『阿鎖問：則天是何處姊妹？猶然笑之。』是阿瑣不通文史矣。其詞中云：『行四曲中人定識，秖莫問，謝三娘。』註又云：『静憐行四。「謝三娘不識四字」，唐時童謡。』是静憐目不識丁矣。至如近日武林友人墨莊氏所昵者，曰周瑞貞，其初晤時值寒夜，擁衾而坐，瑞貞云：『奴有詩二句：與奴同下淚，秖有鏡中人。君爲足成之。』墨莊爲足『曉起臨粧孏，連宵夢遠頻』十字，亦復佳，未能終篇，並未能成集。甚矣！間氣鍾於婦人之難，鍾於曲中女郎難之難也。今觀《花晴閣吟草》，雖僅僅斷句一體，詩餘又一體，然已裒然成集矣。或者疑暱之者爲捉刀，英雄細譯之，縱脱却脂粉習氣，而一種婉孌藴昧意態，時時流露於行間字裏，其爲玉筠自製，奚疑？不意姹女工數錢中，乃有此未易才。彼瑞貞者，固當終身北面；若阿瑣、静憐輩，直宜署爲粧閣隸，調鉛殺粉，掃地焚香，服終身役耳。

清明

掃盡梨花獨掩門，深沉院落坐黃昏。小樓厭聽紛紛雨，不是行人也斷魂。

蟹

橫行公子笑無腸，郭索江邊覓稻粱。珍重華筵陳鼎鼐，畢家吏部愛持觴。

梅花

暗香疎影句難題，品本無雙孰與齊。千古花魁君獨占，瓊瑶踏碎灞橋西。

端午

競渡龍舟次第開，喧天金鼓鬧蘇臺。水嬉士女人千萬，誰讀《離騷》吊屈來。

蘭

谷處巖棲幾許時，春風援引上烏皮。相看不羨宜男佩，但臭同心便贈詩。

姚婉兒一首

江蘇江都縣人，僑寓白門。工絲竹小詩。

壽陳東橋

懸旛重為祝年華，南國才人擁絳紗。渴疾未能消沆瀣，離情誰擬賦琵琶。雕梁白燕菖蒲院，珠館青衫薜荔家。寄語蕭郎勤掌故，難忘最是上林花。

蔡閏 一首

字小秋，山西代州妓。

送別

銀燈燄短金罍歇，欲語離情舌如〔一〕結。今夜蕭蕭一陣霜，明朝〔二〕馬上看黃葉。

《水曹清暇録》：山西代州妓蔡閏，字小秋；以閏七夕生，故名。與一守汛武職交好，其人移駐他處，同人餞別，分韻，閏得『葉』字，有詩云云。

【校記】

〔一〕如：《國朝閨秀正始集》作『若』。

〔二〕明朝：《國朝閨秀正始集》作『來朝』。

陳翠雲一首

江蘇無錫縣人。

呈座客

小駐華軒日欲斜，論心且盡一杯茶。多君情似桃潭水，可肯殷勤載落花？

《田居隨筆》：予薄遊金閶，客有詡陳姬翠雲能詩，拉同訪之。至則小軒曲檻，瓶花茗盌，楚楚有致。及接見，淡粧素服，絶不類倚門賣笑之輩；進茗亦極精妙。相對寒暄數語，見予慨直，遂以原委見訴，始悉本無錫老學究女。學究無子，開門授徒，女時竊聽講藝。學究教以詩書，遂能作有韻語。字非其人，誤落煙花，眉睫間常有愁態。予叩以詩，佯推不知，客勉强之，始云：『平日所作，隨手棄去，存之何益？』命婢重煎芽茗，弄筆移時，出一絶云云。予隨走筆次韻云：『忽漫相逢在狹斜，如何誤吃曩時茶。憐才惜别情難遣，愁看庭前日暮花。』一笑而别。

高蘭玉一首

直隸留智廟妓。

别綉貞妹

簾裏餘光馬上明，玉釵倒插且長征。砑羅裙畔秦箏曲，變作關山笛裏聲。

《諧鐸》：沙河站至平原二十里鋪，土倡流寓者，動以千計。予客鄭州時，曾作《北地胭脂譜》，序中有『白茅蓋屋，曾無燕子之樓；黄土為床，絶少芙蓉之帳。泥漿半勺，馬長卿消渴之茶；鬼火一星，宋子京高燒之燭』等句，蓋醜詆之，以為狎遊者戒也。偶於商家林見旅店壁上有《贈妓地栗兒》一詩曰：『芳名未許近花叢，家住蓮塘東復東。應是前身鄭家婢，至今猶自辱泥中。』《贈妓黑丫鬟》一詩曰：『幾度粧成照墨池，烏衣巷口弄嬌姿。梨花深處渾難覓，立到黄昏月上時。』詩筆婉麗，惜所贈非其人耳。後來都中，述諸金進士梅，金笑曰：『何地無才，君勿下眼相覷。記在北留智廟，見里中有高蘭玉者，姿貌端秀，能誦崔國輔小詩；吐氣如蘭，居然有劉采春、李秀蘭一輩風度。』予疑其詭，回南時便道過訪，已為大腹賈以千金購去。其妹繡貞，出《留別》詩示予，其詩云云。因喟然曰：『傾國佳人，本生北地，自與粗釵坌粉為伍，幾至湮没不彰。則漿家餅肆、狗屠釣客中，抱才未遇者，不知凡幾也！』書此非為煙花生色，亦俾求才者，不狗於俗云爾。

卷之七十五

吴中閨秀 一首

贈宫婉蘭

雲鬢偏宜試晚糚，石床苔潤恰新涼。採蘭愛向花前立，贏得羅衣滿袖香。

陳維崧《婦人集》：吴中閨秀《贈海陵宫婉蘭》一詩云云。婉蘭，宫進士名偉鏐女，歸余友冒無譽，曲室唱酬，才情朗暢，伉儷之篤，亞於塤篪矣。婉蘭尤工畫墨梅，雪葉風枝，翛然有偃蹇瑶臺之思。

郫女 一首

答范生

蝴蝶雙飛陣陣來，何如采石作天台。勸君莫學胡蜂採，結蜜招殃繫柏臺。

《隱居放言》：科場關節盛行。江南一范生者，家種德致富，其孫幼聞市人言買科，心艷之。

寓鷲峰寺，見一白鬚老，持筆來賣，告生曰：『蟾宫筆爾，欲售耶。售吾筆者，必折桂手，他日步蟾宫、近嫦娥也。』生聞之，笑曰：『爾筆之妙，一至是乎？』老應之曰：『君少年，貌奇偉，何患嫦娥不得近也？君信我，當爲君作嫦娥媒。』生又笑曰：『嫦娥在月中，古語也，豈今時可得耶？』老又笑曰：『嫦娥在人間，君固不求耳；求則得之矣。』生戲之曰：『爾能爲我作是媒，當以百金報。』老莊然正色告曰：『某村有一女，吾鄰也，年十六，貌賽嫦娥。父新喪，其母欲贅一少年，多有不合意者。以君才貌，適足當之。君願，此立可爲也。』生笑曰：『果有此乎？』老曰：『吾鬚已白，豈有造妄欺少年者？所告乃實語，非謔辭也。』生異之，即囑老爲媒。老同生買一舟，直抵采石磯。其地果有一女，年十六，丰姿奇麗。先是，老已至其家賣針，許與作伐，訂三日回話。届期老果至，其母在門候，見同一書生翔徉而來，母大喜曰：『當是吾家壻矣。』留書生在室，細詢之。書生亦求見其女，隔簾望顔色，真如嫦娥在月中也。生以金珀墜、玉雙環爲聘，母納之，遂許婚。生念科場近，訂以場後求贅；母不允，即囑是老爲儐，椎牛烹羊，召親友成禮焉。越半月，生猶恨機會之失也，心念之，作詩別女曰：『一入仙源會再來，阮郎何必戀天台。鹿鳴鼓瑟催人去，且別粧前玉鏡臺。』女答云云。生悟知關節不可爲也，遂不往。其年買關節者皆中式，後獲禍。生得免，具告其父，備語白鬚人狀，父大異曰：『即爾祖也。』

鴛湖女子四首

和某生詩四首

文士非無行，其如薄命何。今空思化石，昔悔〔一〕不投梭。紅葉詩猶在，青春日易過。自憐憔悴甚，嬾復畫雙蛾。

多病腰肢瘦，年來減幾分。奩餘螺子黛，箱疊石榴帬。悮解江妃佩，羞迴織錦文。屢憎春夢惡，相見尚慇懃。

追憶從前事，空閨漫自評。君何曾薄倖，妾愧負多情。書記人千里，燈挑夜五更。别留衣帶字，磨滅不分明。

踐盟原不易，況值世情涼。自分姻緣短，空嗟歲月長。簫聲孤彩鳳〔二〕，燕語傲彫梁。共訝癡兒女，無端涕滿眶。

《檇李詩繫》：女子，楚人，明末隨父官白門。南都失守，父殁於任，有母黨宦浙，欲往依。同母舟過嘉興，遇中表某生，亦避亂寓此，一枝暫憩。生亦才貌俱優，女私與訂盟。未五月而郡城復破，生爲兵虜，挈以歸燕，勢不能還，寄詩通問。女子得詩感和，隨病而亡。念女初未字，與改節不同，卒至死不貳，與守貞何異？其偶存四詠，亦非《白頭吟》、《胡笳拍》比。時遇兵燹，遷徙無常，亦恐墮家聲，秘勿敢語，故鮮有知之者。竟陵江楚望，爲女之至戚，出詩以示人，並述其由。有雪溪放翁者，梓之以傳。

【校記】

〔一〕悔：《國朝閨秀正始續集》作『恨』。

〔二〕此句《國朝閨秀正始續集》作『鳳鳴孤玉琯』。

夢兒 句

句

惆悵佳期不復還，有似銀缾墜眢井。

陳維崧《婦人集》：陽丘道上盧氏店中，曾有女子，於七夕題絶句壁上。前一小序，末署云：『天孫渡河之夕，夢兒書。』夢兒，蓋其名也。詩後二句云云，餘不復記憶矣。

東海閨秀 句

句

爲愛南山青翠色，東籬别染一枝花。

龔煒《巢林筆談》：東海一閨秀作《藍菊》詩云云，佳句也。予以『别』字尚硬，爲去其側刀，人稱爲『半字師』。

平陽烈婦三首〔一〕

不詳姓名、所適。

唐城邨題壁

紅顔何事盡成灰，棄女拋兒逐馬來。夫面不知何日會，妾身此去幾時回。兩行珠淚頻偷滴，一片愁眉鎖不開。今夜清風天上月，存亡二字苦哀哉。

古滱能分濁與清，妾身怎肯墮風塵。孤兒未許從他姓，烈女何曾事二人。白練自懸心似鐵，黄泉有恨骨如銀。深山鶴淚猿啼處，過客聞之亦慘神。

又絶句

血淚春山染碧紗，哭聲直入河東家。樓前記得孤身死，願作來生並蒂花。

《彭禹峯集》：女因姜帥之變，没於兵，自縊定州北唐城村，炭書四絶。此壁改作，土人不能全記。予乙未八月至其地，尋墓吊焉。秋樹蕭槭，香骨澤畔，封不及尺，蓮房在左。有一諸生云：『女年可二十許，豔甚。兵兒鼾睡，雉經柳枝。馬蹄既遠，居人埋玉。十餘日後，乃見文昌閣壁字痕，所書日月是訾屯所至女子死期也。女不書姓。』噫，傷已！

《山西通志》：平陽烈婦，不詳姓氏，亦不知何許人。姜瓖之亂，被掠行至定州唐城村清水河側帝君閣下，以柴頭書《絶命詞》於壁，自縊而死。定州王知州具棺殮之，致祭立墓，殮於閣後，勒詞於石豎之閣下。其題壁云：『妾，古晉平陽名門之女。因姜瓖作賊，為所掠，百般逼辱，抵死不從。行至古滱中山，陶唐故地，回首家鄉，歸期永斷，涉水登山，何時是止？思父母不得見，想丈夫不能睹。時庚寅四月十五夕也。明月在天，清水在傍，願自盡於此。上不愧於父母，次無慚於夫壻，庶幾與水同清、與月同明而已。』

【校記】

〔一〕平陽烈婦前原收胡介妻《與眉夫人汎渚》、《寄外》、《有寄》詩三首。其小傳云：『浙江錢塘縣人。詩見《旅堂詩選》。』實與卷二十五翁桓爲一人。《與眉夫人汎渚》與翁桓名下《與眉媛泛渚懷旅堂夫子》同，其餘二首並入翁桓名下。

農婦 句

句

蜘蛛也惜春歸去，網著殘紅不放飛。

《巢林筆談》：傳聞吴縣有農婦，素不識字，見蛛網飛花，忽得句云云。姑誌之。

關西女子 一首

詩見登封高貢生一麟《矩菴詩質》中。

旅邸題壁

萬里風塵何日回，思君無計遣愁懷。離情不似東流水，纔去心頭却又來。

容湖女子二首

本良家女，爲宦室婦。詩才敏妙，篇什甚多，特以外君戒其吟詠，故姓字不傳，所見只此二首。

春夜讀史

城頭更欲起，鳥息樹常幽。遠月生虚夢，澄天洗舊愁。樓高春露重，花瘦暮煙稠。慷慨前朝事，青燈〔一〕照水流。

別曲

長短亭前水自流，絲絲弱柳送行舟。君舟好載青山去，免使蛾眉相對愁。

【校記】

〔一〕青燈：《名媛詩緯初編》作『明燈』。

琅玕二首

德州人也。

旅店題壁

《自序》：妾家齊右，歡是吴儂，玉樹其人，紅葉贈我。既見君子，信緑綺之可媒；我思古人，願紅拂以為友。佳人久嗟薄命，好緣肯俟來生？苦海斯離，多露勿畏。寶馬踏來剛半夜，老崑崙焉所用之；彩鸞飛去向天邊，莽叱利從兹逝矣！聊題短句，用示情痴。

何須押衙妙手，五更暗度香鞍。誰續奇女子傳，小名喚作琅玕。

昨宵紅拂深閨，今日高唐去矣。自憐身似楊花，願向天涯情死。

陳其年《婦人集》：女子，濟南德州人也，曾有詩云云。字數不多，讀之居然悵惘。

揚州女子句

姓名遺失。句見《揚州府志》。

句

江静猶堪沉弱質，月明誰與吊孤魂？

《揚州府志》：揚州女子，遺其姓，聞兵至，投入河中死。遺詩一首，有句云云。

鄭端媳句

句

尺綃從報命，便是百年情。

《江南通志》：鄭端媳，某氏，江寧人。端聘媳，未迎，子病没。媳聞訃，題絶句二首，有句云云，遂闔户自縊。

萬里女郎一首

青羊店題壁

獨抱寒衾憶夢眠（第二句失）。馬啼得得行何已，歸雁提提又近年。

陳維崧《婦人集》：郟平西青羊店逆旅中，有女子題壁者，自署「萬里女郎」。詩云云，蓋和唐人韻也，亦宛轉可誦。

湖東孀婦一首

贈人

二月春光好，堤邊柳始花。吟詩千萬首，當贈阿誰家？

《隱居放言》：西湖二月桃花節，有一書生放舟湖上，舟中置杯酌甚精，硯墨皆唐宋法物，隨舟所至，每題詩自況。過湖東，遘一孀婦，才甚佳，貌甚美，家亦甚饒。其夫歿已踰三年矣，訪婚媾，無適意者。一日，坐湖樓望春，竊睹生儀容閑雅，心異之，遂題詩一絶，密令侍女投舟中貽生。其詩云云。生得詩，駭之，即移舟樓畔，隨命侍兒復婦。詩答曰：『客子遊來倦，何曾敢戀花。抱琴人有意，解渴問伊家。』婦得詩，留意書生，密報一字，命其繫舟湖岸。夜半與生會，所贈寶玩衣飾最富。人有覺者妒之，首於錢塘令。令以風俗事關吏治，命差出拘生。生出語狂放，令怒，欲申文督學。生笑曰：『奈何以風流殺才士？』令曰：『生才何長？』生曰：『文章而外，頗善詩賦。』令即以今日事爲題。援筆立就，曰：『桃拂春風柳拂鷺，騷人何處不留情。當年不作揚州夢，今日何人説杜生。』令曰：『詩雖佳，孀婦非妓也。』生又賦詩獻曰：『偶爾相逢蜀道濱，相如不是薄情人。豈知琴意能挑鳳，惹得王孫怒氣嗔。』令奇之，釋還。

婁江女子 一首

答人

荒樓何處忍吹簫，寂寞燈前涕淚遥。忽看病中書信至，却傷今夜是元宵。

陳維崧《婦人集》：婁江女子《燈夕寄答》一絶，清怨迢迢，耐人尋味，詩云云。閨閣中有如許思理，惜已軼其姓名。原唱係襄陽年少所作，有『一行清淚了元宵』之句，辛楚欲絶，亦不知誰家年少，殊可惜也。

舟中女一首

詩見《國朝詩選》。

贈蝶

蛺蝶翩蹮何處來，酴醿花下日徘徊。狂風無賴生吹去，花爲含愁不忍開。

湘揚女子三首

【輯補】

朱中楣《隨草》（康熙四十二年刻《石園全集》本）之《次湘揚女子韻序》：辛巳之夏，余隨任北上，道過新城，夜宿旅館，覩壁間塵土漫滅中小楷數行，拭而讀之，乃湘揚女子感憤而作也。爲詩三首，冠以小序。其詞哀而不怨，益可見其人矣。小青之遇，流恨千古；會稽女子郵亭一詩，過客爲之憑弔欷歔，争屬和焉。而此女此詩，以野店荒落，遂無有物色及之者，尤足悲也。因次其韻三首，以代表章云爾。

題新城三家店旅壁

家本維揚，系出湘楚；幼弄章句，長嫻詩辭。感公子之情重，矢白首以同歸；懷彼婦之肆讒，竄綠衣於異域。茹荼嘗蘗，曾刺血寫經，願結來世之緣；歷暑徂寒，惟孤燕征鴻，共續中宵之怨。宛其心碧，死亦宜然；時見葉紅，生則徒爾。乃幸鶬羹之什，化彼閨中；豸使之章，得專閫外。殷勤驛使，正值折梅；猝猪僕夫，欣如御李。偕予父母，骨肉而三；及彼朋從，男婦共七。盼都門在即，慰此悸魂；感往事關心，深予縻淚。但得安小星之常數，即已荷夫人之深恩。遠非托小青氏之荒唐，近竊羞會稽女之怨懟。庶幾君子憐我，不知穢陋之章；風人有心，採入金閨之秀云爾。

記得當年别後粧，楚天一帶水茫茫。春容消盡渾閑事，怕向籬邊摘海棠。

經年不斷佛頭香，願祝夫人壽未央。不敢專房稱冠寵，開箱惟取舊衣裳。

情識郎非薄倖郎，其如無計覓鸝鶬。幾番鴻雁臨時字，韻骨柔心帶刃鋩。

朱中楣和詩云：『旅店無心理舊粧，春回秋去只茫茫。清風一度驚殘夢，羞把愁容對海棠。』『君郎真似虎林郎，加意何勞更覓鶬。願得夫人憐窈窕，翻將鍼線化刀鋩。』『悠然筆墨有餘香，細讀殘吟夜未央。惆悵不堪勞夢寐，依稀如見舊紅裳。』

富翁女 一首

字里無考。

題桐葉上

新桐初引人皆好，少頃婆婆秋漸到。何如早得賞心人，幾葉題詩相贈報。

《堅瓠集》：有一富翁女，自幼聰俊，能作詩詞。父母欲擇一佳配，殊難其人，以致年十九而未嫁，終日抑鬱。一日見梧桐落葉，遂題詩其上云云。父會其意，即擇一富厚者嫁之。詩能感人如此。

邯鄲女史一首

字梅姿，直隸天津人。詩見《國朝詩選》。

送沙白岸

風雨離筵燭淚傾，柔腸斷盡幾吞聲。此生應是前生債，休令他生更此生。

無名氏一首

隨外北征

夢寄車塵馬足中，依稀綺疏夜燈紅。無端野鶴鳴寒柳，驚起愁心對曉風。

陳維崧《婦人集》：濟南東王舍莊壁，不著姓名，題詩云云；後小字旁注『隨外北征』。

萊陽女子句

句

淡處是山濃是樹，雨晴鎮日不分明。

《國朝山左詩鈔·冷玉娟傳》附載云：同時萊陽亦有才女，姓氏未詳，嘗有句云云。忘其全首，附載於此。

陳典女句

字未詳，江蘇常熟縣人。

句

一春羞見雙飛燕，五漏愁聽三唱雞。

《柳南隨筆》：陳典，字玉先，邑人也。善畫牡丹，一時推重。生女，頗能詩，嘗作《閨怨》一首，以『溪西雞齊啼』為韻，而以『一二三四五六七八九十百千萬億丈尺兩雙半』十八字，運入八句。其第二聯云云，好事者至今傳之。

姑蘇女史句

句

銀釭燒盡心還熱，畫鼓金樽〔一〕月已西。

陳維崧《婦人集》：耕塢老人為余言：予壬寅過鄭州，見驛亭有姑蘇女史芳芸詩，猶記其末句云云，最為清麗。其全首録藏敝篋，曾舉似映然子，即采入《名媛詩緯》。王考功所載，亦余言之也。予閨人亦有和韻。

【校記】

〔一〕樽：《名媛詩緯初編》作『鉦』。

石門驛女子一首

姓氏不詳。詩見汪浩然《燕遊彙草》。

題石門驛壁

雲鬟風鬢亂曉妝，淡雲孤月影微茫。可憐薄命同秋草，戎馬鞍中困海棠。

汪浩然和詩：『由來薄命怨紅妝，渭北江南信渺茫。最是柔魂消不得，合歡無復贈青棠。』

『柳色青青泣路妝，咸陽何處恨茫茫。假饒得遇韓夫子，豈折長條碎海棠。』『盤珠串珥學新妝，夢斷深閨路杳茫。馬上琵琶休訴怨，肯留青塚亦甘棠。』『枉自當年炫靚妝，于今傳恨總宜茫。若教鎖却梨花院，誰許春風嫁野棠。』

西江怨婦 二首

詩見登高一麟《矩菴詩質》中。

金陵女子 一首

姓氏未詳。

題雄縣旅壁

新作盤頭卸漢妝，銀環換却小明璫。風塵改盡當時面，不敢逢人説故鄉。

寇盜西南未伏誅，深閨紅粉有何辜。君王倘若求民隱，應使生還合浦珠。

答人

失翅青鸞似困雞，偶隨孤鶴到江西。春風桃李空嗟怨，秋水芙蓉强護持。仙子自居蓬島境，漁郎休問武陵溪。金鈴掛在花枝上，不許流鶯聲亂啼。

《堅瓠集》：金陵一女子新寡，丰姿艷冶，性敏善詩。豫章賈人以厚貲娶歸，其卧室傍鄰樓。鄰士以簪刺破窻紗，投以詩云：『金簪刺破碧紗窻，勾引春風一線長。螻蟻也知春色好，倒拖花瓣上東牆。』女得詩大怒，亦作詩，裹以瓦礫，擲之云云。

阮翁婦一首

詩見《西清散記》。

題土壁詩

花落山苔春復春，古鏡未磨塵復塵。夢長夢短身復身，白雲如舊人復人。

史震林《西清散記》：冬日同夢覞遊西崦，北望茅峰，南望髻嶺，連岡起伏，轉而愈幽，歎曰：『此景須以澹園五字寫之。』夢覞曰：『歸即邀澹園續此遊也。』至山村，有石如伏虎坐其背，為《高陽臺》詞云：『三徑枯蓬，雙溝淺水，避人聊共徘徊。陋巷閑門，風旋葉聚成堆。野田驚起鴉羣亂，帶夕陽、閃閃飛來。望山頭，餘火穿林，燒盡寒柴。　　壟頭宿莽堪哀，有青青細草，禁得霜摧。凍蕊含香，梅根葱翠生苔。澹園竹老桑枝瘦，想故人、晚步誰陪。夢魂中，昨夜相逢，今夜難猜。』暮借宿阮翁家，呼少婦捧茶出，年二十餘。余問：『此翁女乎？』曰：『妻也。』余曰：『翁齒高矣，娶女妻乎？』曰：『婦柔順，忘余老也。』土壁間有詩云云。翁指曰：『婦所題，余未讀書，不知何語也。』既歸，再訪之，其室已虛。鄰人言徙南山中矣。

滄溟女子六首

浙江嘉興縣人。

錢陳羣《滄溟女子詩序》略：女子，不知何許人也。美容色，寡言語。少學女紅〔一〕，窮師氏術；好讀書，博獵經史，尤喜弄柔翰，無粉黛習氣。里媒奇之，一日謁女子，若私有所請者。女子不答，輒白眼相視〔二〕，遂終身不嫁。所居瀕海之北，自號曰『滄溟女子』。滄溟爲瀛洲津涯，神人之所遊化，靈仙之所窟宅。女子以時登樓〔三〕，翩然有遺世絶粒之思。讀《列仙傳》，慕毛女之仙也，而作詩以況之。因略序名媛，俛仰悲歌，凡得詩三十首。其詩未嘗示人，人亦無從見其詩者。楚睫巢子，女子之姪，余年輩友也〔四〕。余嘗詣睫巢，座間得讀女子詩，並得女子狀〔五〕，感謂睫巢曰：『女子不嫁，於禮未適。然而《詩》曰「不從」，《易》云「不字」，當踰牆窺穴。時得一女子，可以風矣。』〔六〕睫巢然余言，請於女子。女子曰：『是細行也，是拘方也，是所謂天之刑人也〔七〕。曾何足掛士林之餘頰，而隸風人之末議乎？願謝爾友，毋汚我耳！』明日，睫巢復以告余。諒其志之無他，而竊笑里媒之請爲唐突也。遂爲序〔八〕。

詩選六

水晶簾捲翠樓空，蝶影飛香入鏡中。自摘梨花壓〔九〕緑鬢，愛春風又怨春風。

爲愛孤鸞顧影飛，金針嬾作嫁時衣。妾心一片清涼石，不與天孫支錦機。

水樓寂寂夜何如，露冷雲香風影疎。能照妾心惟有月，清光濕透白芙蕖。

細細涼風送寂寥，月光如水夜迢迢。梧桐樹上多幺鳳，不敢輕吹碧玉簫。

欲消情孽煉虛形，學誦蓮花妙法經。楊柳枝頭春意盡，願爲大士洗空缾。

脫却湘裙著道衫，不思仙子不思凡。欲隨毛女同飛去，飲澗餐松棲碧巖。

【校記】

〔一〕女紅：錢陳羣《香樹齋文集》（乾隆刻本，下同）卷十二所載此序作『女經』。

〔二〕此後《香樹齋文集》有『如是者有年，里媒請絶』一語。

〔三〕此後《香樹齋文集》有『遐睇風雨，出没晨夕異景』一語。

〔四〕此後《香樹齋文集》有『就選人需于吏局，徜徉郊畿，間與余往來甚密』一語。

〔五〕此後《香樹齋文集》有『甚悉。其詩似諷似嘲，似怨似慕，大旨守孤芳之獨賞，而悲以色事人者之不可長久也。余讀而感焉』數語。

〔六〕此後《香樹齋文集》有『使其詩傳于世，將見怨妃棄妾讀而思之，蛾眉能讓人矣；老女少嫠讀而思之，遲暮其何傷矣』數語。

〔七〕此後《香樹齋文集》有『彼節如巢由而談濟時者，外之隱如荷蓧而遊聖門者，譏焉。是區區者』數語。

〔八〕此後《香樹齋文集》有『以傳之』三字。

〔九〕壓：《國朝閨秀正始續集》作『簪』。

黃夫人二首

黃子才之室。詩係徐廣文祖鋆所遺。

待燕

隨處紛飛自有緣，秋風一片又經年。韶華已過人間社，踪跡何留海外天。紫陌春深花正好，玉樓聲静日初偏。漫因黄氏金釵擲，消息沉沉故久延。

春風

東風幾度繞簾鉤，爲怯春寒不倚樓。曳動柳腰醒舊夢，拂開花面賣新愁。有香難定雙飛蝶，無雨能斜一片鷗。何處引人堪静聽，夕陽遥送笛聲柔。

周汝梅次韻詩：簷前戛戛響銀鉤，知是東風入翠樓。暗送暖香留暖圃，輕吹春色鎖春愁。珠簾斜颺抛梭燕，錦浪層翻浴水鷗。一片鶯聲何處好，夕陽摇拂柳枝柔。

采香女史一首

遊石鉢菴

羣峭摩霄漢，春雲碧似煙。筍輿閑裏到〔一〕，粥鼓静中緣。已悟無生理〔二〕，羞參杜撰禪。憑闌凝睇好，梅竹劇嬋娟。

《水曹清暇録》：丙寅春，予薄遊吴門天平山石鉢菴，登一小閣，壁間有采香女史題詩云云，墨痕未燥，書法纖媚。詢之菴僧，云：『頃有大家内眷數人來遊，曾索筆硯，想必題詩也。』惜無由考其姓氏。書中偶檢得舊抄，漫録於此。

【校記】

〔一〕到：《國朝閨秀正始續集》作『興』。

〔二〕無生理：《國朝閨秀正始續集》作『真如諦』。

郭姓妻 一首

答夫

碧紗窗下啟緘封，尺紙從頭徹尾空。應是仙郎懷別恨，憶人全在不言中。

《隨園詩話》：郭暉遠寄家信，誤封白紙。妻答詩云云。

竹林女子 一首

鐫竹上

春風吹動海棠花，妾在花西第幾家。家下清溪溪上屋，朝朝開户浣輕紗。

《海昌詩林》：戊戌之春，予拉數知遊妙果山，側徑紆廻，迤邐入山後桃花林，穿林過小方池，拜有明尚書徐公墓。時適於墓間見竹上以磁鋒鐫詩一首，後署『竹林女子戲題』。蓋不知其爲何里人，並姓氏爲何如也。予愛其詩詞雋雅，歸而記此。閲一年，復至其處，竹已爲人伐去，詩蹟亦不知消歸何處矣。載筆之下，爲之悵然。

宦家女句

句

蕉心死後猶全捲，蓮子生時便倒含。

他生願作司香尉，十萬金鈴護落花。

《隨園詩話》：余宰沭陽，有宦家女依祖母居，私其甥陳某，逃獲。訊時值六月，跪烈日中，汗雨下，而膚理玉暎。陳貌寢，以縫皮為業。余念燕婉之求，得此戚施，殊不可解。問女何供，女垂淚云：『一念之差，玷辱先人，自是前生宿孽。』其祖母怒甚，欲置之死，余以卓茂語再三諭之。笞甥，而以女交還其家。搜其篋，有《閨詞》云云，亦詩讖也。隔數月，聞被戚匪胡丰賣往山東矣。予至今惜之。嘗為人題畫冊云云。

竇店女子一首

題壁

極目蕭蕭易水聲，一腔幽恨最難平。燕丹已是無家別，枉指歸期馬角生。

《水曹清暇録》：頃聞菔塘戴主政璐見示，己卯春時隨休寧金公谿南學幕，晚駐竇店，壁間見有女子題詩六首，筆墨柔媚。惜乎漫漶，姓名剝落，不可辨識。僅有一首，尚爲完美，其詩云云，詞意淒惋，急録而藏之篋衍。及至秋末回京，重經此店，則店壁已重粉矣。

無名妓句

句

臨岐幾點相思淚，滴向秋階發海棠。

《隨園詩話》：有妓與人贈別云云，情語也。而莊蓀服太史贈妓云：『憑君莫拭相思淚，留着明朝更送人。』説破轉覺嚼蠟。

竹筠女子一首

宮詞

中官宣詔按新箏，玉指輕彈别恨聲。恰被東風吹散去，君王乍聽未分明。

《隨園詩話》：竹筠女子早卒，自焚詩稿，僅傳其《宮詞》云云。高東井題云：『叢殘私字疊鴛鴦，零落殘脂儘斷腸。賴是六丁收不盡，一編擎出返魂香。』

未亡人一首

遣悶

雁陣聲寒欲雪天，挑燈獨坐思淒然。米珠薪桂吾何慮，堪痛夫亡子病癲。

《小粉場雜識》：頃從錢塘門外湖濱見一小童，手持片楮遊嬉。閲之，乃詩稿也；自稱『未亡人』。詢其根由，童云：『得之鄰家，不知姓氏。』其詩云云。漫録於此。

江陰女子句

寄語路人休掩鼻，活人不及死人香。句

《隨園詩話》：本朝開國時江陰城最後降，有女子爲兵卒所得，紿之曰：『吾渴甚，幸取飲，可乎？』兵憐而許之，遂赴江死。時城中積屍滿岸，穢不可聞，女子嚙指血，題詩云云。

某婦句

君且前行莫回顧，高堂有妾勸加餐。句

《隨園詩話》：余最愛言情之作，讀之如桓子野聞歌，輒喚『奈何』。某婦送夫云云。

西泠女史二首

名右卿，攜妹小卿同舟赴楚，路出皖城，維纜大觀亭下。右卿登亭題詩，小卿卧病舟中，聞而屬和，並粘亭壁，因流傳焉。

題大觀亭

入楚才逢此壯觀，春雲樹杪見朱闌。空亭啼鳥山花早，古殿無人暮雨寒。正苦浮家泛湘水，那堪分淚寄長安。小喬况復愁欹枕，每憶登臨放眼難。

晚泊蓬萊江上寒，高亭煙樹雨初殘。今宵萬壑雲中見，昨日孤舟天際看。小病支離空悵望，何時風月倚欄干。片帆西去重回首，寄語青山興未闌。

失名十首

三兒繩祖從都門攜歸，云得之於友人處。

閨怨十首以霜飄枝結淚花落蝶含愁拆字爲題

雨滴空階落井梧，木蘭枝上歇啼烏。目中愁見清秋景，霜染楓林落葉枯。霜

西窻斜倚蹙雙眉，示我寒秋製素羅。風透妾肌思萬里，飄霜應到客途多。飄

木樨花發奈秋何，十幅鸞箋寄恨多。偶向紅闌閑處立，枝頭風露濕輕羅。枝

絲蘿未固各東西，士子當初羨紫泥。口許歸期今不踐，結成癡景打黄鸝。結

水晶簾捲罷看書，户内人眠綉幌虚。犬吠籬中驚午夢，淚沾紅袖暗嗟噓。淚

艸生紅檻碧於煙，人影衣香盡可憐。憐燕多情憐伴綉，花殘滿地聽啼鵑。花

草深池榭碧芊芊，水色盈眸又一年。各有人來空問訊，落釵虛自卜金錢。落
蟲聲唧唧伴黄昏，世景淒其欲斷魂。木葉蕭條悲往事，蝶衫猶認舊啼痕。蝶
人傳郎度白龍堆，之子言歸尚費猜。口唱刀環情脉脉，含愁無語怯粧臺。含
禾黍離離鬢怯梳，火雲西斂憶當初。心憎鄰女持花贈，愁奈簪人正索居。愁

明湖妓 一首

絶句

一夜瀟瀟雨，高樓怯曉寒。桃花零落否，呼婢捲簾看。

《灤陽消夏録》：益都朱天門言，甲子夏，與數友夜集明湖側，召妓侑觴。飲方酣，妓素不識字，忽援筆書一絶句云云，擲於一友之前。是人覩訖，遽變色仆地，妓亦仆地，傾之妓蘇矣。後徧問所親，迄不知其故。

梅田女史 一首

題永安寺壁

靈妃齊駕玉龍回，留得清陰滿緑苔。來歲春風一相待，囊琴便約嬾仙來。

《隨園詩話》：永安寺壁上有梅田女史題詩云云。

某氏女句

句

千古綱常在貞節，女兒原不是門楣。

《見山樓墨話》：松江某氏女，字人未嫁，夫死殉節，作《絶命詞》數首。友人傅耒傕記二句，雖近於俚，然能知大義，殊可嘉也。邑人張茂才興載，有輓詩云：『鴛鴦相望願雙飛，惡耗傳來志竟違。緣會他生休再卜，人天此日總同歸。』『菱花劈破衷情苦，錦字留題血淚揮。難得貧家着貞孝，九原心尚眷庭幃。』

慧兒句

句

關心兩字是鴛鴦。

《廣新聞》：虞山生某，年弱冠，貌韶秀，性甚佻達。因父母相繼没，依舅氏某家。某居蘇城，有女慧兒，年及笄，曼麗無偶。幼嘗讀書，能吟詠，兼工小令；黄九秦七，意頗自許。某愛同掌上珠，爲築小樓居之。樓三楹，四圍都植花木，如梅，如桃李，如桂，如荼蘼、紫藤之屬；花時嫣紅膩碧，芳臭襲人。中列文具、棐几、湘簾，無不精雅脩潔。生居逾月，未得一見慧兒，心甚慕之。日見某徘徊於庭，有憂色，生詢之，曰：『爾妹偶有小疾，是以煩耳。』曰：『妹有疾，甥當愈之。』生固不省醫藥，妄爲是言，冀得見慧兒。某聞言大喜，遂引生登女樓。女不可風，隔幔出腕，令生胗。生以不識廬山真面目，意殊怏悒，遂囪囪診罷出，僞爲某曰：『妹觸微病，一劑可愈。』於是腸角竭蹶，撮成一方。女飲之，及明果愈。某甚稱其能。生意某必令女出謝，而某殊澹然。及晚盛設肴核，酌酒揖生曰：『忝居親串，一杯水恐不足報橘泉惠也。』生不得已，盡數盞辭出。獨坐不寐，見微月印窻紙，竹翠摇動，生乃出户小步。忽聞吟聲，心異焉。尋聲而至，落紅一逕，餘香拂來，架上薔薇花矣。偶舉首間，覺已至樓下，隱隱吟聲，仿佛如天際吹落。生意吟者慧兒無疑，側耳牆角，音漸不可辨，但聞末後云云。生得此句，一夜不能成寐。天甫曉，即步至樓下。良久，慧兒起，推窻理曉粧。生窺自樹影中，枕印猶紅，鴉雲半欹，洗盡鉛華，得見美人本色。生自耀神迷，意不自生，遂倉皇出。一日，某因事赴浙，委生庀家務。生竊喜，出入自由，漸與慧兒近。暇輒挽慧兒論詩，慧兒意少所可。生笑吟曰：『鴛鴦于飛，何如？』慧兒若不省，曰：『亦秖平平。』生曰：『此詩特佳，妹自不關心耳。』慧兒意有所覺，面微赬，不語，低首拈帶而已。生欲犯之，女叱曰：『男女相慕，人情也；踰牆相從，非禮也。』生曰：『非敢孟浪，余慕卿色，亦愛卿才。敢乞墨瀋餘香，作曲流紅葉，則願兩足矣。』慧兒唯唯，即舉筆寫《如夢令》一調與之，末後有『惆悵惆悵，芳草天涯人往』兩句。生惡其讖，慧兒已入室矣。及某返，慧兒令生請於父，生諾之。越數日，慧兒又促生，生曰：『余所不遽白者，蓋有區區在也：余一介書生，身無立錐地，家無擔石儲。母舅愛卿，豈肯令作貧家婦耶？』慧兒問需若干，生曰：『非千金不可。』慧兒如數與之。越數日，生托故辭某去，陰告慧兒將歸營室宇，而遣媒議事焉。生歸，有無賴子數輩拉作狹邪遊，日事狂蕩，不半載囊已罄矣。慧兒日望其至，杳然無音耗。一日有虞山客來，慧兒竊喜必議婚者，伏屏後聽之，乃知爲生族叔，並不談及婚事，具言生自往歲歸，不知何處得來千金，浪擲迨盡矣。女聽之，大驚，知爲生所惑，悔恨無及，又恐父廉其事，遂一慟而經。女之死，生猶戀紅樓好夢也。忽見二鬼卒持票拘生，言爲慧兒所控。生問：『控何神？』曰：『控本處土地。』生曰：『奈何？』鬼卒曰：『汝具牲酒獻事，可緩。』生醒，訪慧兒耗，已自經死。大懼，乃即具牲酒禱於神。越數月，生卒無恙。一日生獨坐，見女闖然入，詈生曰：『負心賊！始賺我，終棄我；既取我財，又速我死。狗彘不食汝餘。今我控上帝，敕關聖施行，豈汝豚蹄奉所能乞免者？』言訖，女遂不見。忽雷電交震，將生攝空，屍裂而墮。是日，土地、鬼卒亦爲雷擊。

富室女一首

詠虞美人花

虞兮歌罷恨難沉，草化菁英直至今。風動未能忘楚舞，露零猶似泣垓心。根憐赤帝炎威逼，花濺烏江劍血深。縱使重瞳愁盡釋，也應開不到淮陰。

《廣新聞》：維揚某生，望族也，父宦於京師。生幼聰穎，美丰姿。年十四，即領芭庠，凡試輒先登，邦人士俱有乘秋鵰鶚之目。其母尤愛憐之，每欲得佳婦以爲配，然窺生意鮮所當可者，因未果。鄰有富室女，少生一歲，緑髮覆額，娟好如玉人，能吟詠。生偶於複道間望見之，遂屬意焉。恃愛達於母，母曰：『是女吾雖未見，然吾家婢某曾過園折虞美人花見之，並傳其《詠虞美人花》

詩一首，雋雅可喜，是誠佳配。然此事必汝父主。』因書達於父。父怒曰：『牧猪奴乃欲與吾結秦晉耶？不可。』生得書，悵懊無已，因作詩託母婢通於女。女覽之，淚涔涔下。蓋是女亦心慕生，如生之慕女也，因作詩覆之。自是雲箋錦帨，日相往還。然富室多奴僕，重門嚴扃，無由作合，況事已無可奈何，女遂鬱鬱以死。生聞其棺寄城外蕭寺，因請於母曰：『棘闈在邇，家中多俗事相擾，意欲於城外僧舍作攻苦計。』母從之，令二童子偕往。生留其一至寺中，即於停柩之東廂寓焉。朝夕焚香設食，夜讀至人靜，鮮有不飲泣失聲者。一日童子偶歸，生忽不見，至三日杳然。生家疑僧之或有他故，而遂至死之也，訟之官。官又得其父書，逮僧，至拷掠無完膚，竟誣服。然屍未得，終成疑獄。適張真人因朝覲歸，過其地，僧之徒往曰其冤。真人曰：『是不難。可於汝寺中擇淨地結壇，余當親往。』僧因悉召其兩家父母來，法官賫青詞作法者三日。至四日午後，真人自入壇，焚香展拜。是日，觀者如堵，俱相視竊笑其無驗。言未已，忽於天高日晶中雷震一聲，眾俱駭愕伏地，若有一物甚大，擲於臺前。眾視之，乃女柩之蓋。遂群至停柩所，視之，見二屍在焉。顏色如生，作橫陳狀，動之，固結不可解。兩家父母遂卜地合葬平山堂西偏，厚贈其僧。康熙二十幾年事。真人，吴門韓太史壻。韓氏言之甚詳。其所詠虞美人花詩，附録於後。

平泉女兒七首〔一〕

怨詞

蕢舒九葉未成旬，桂蕋東堂簇正新。苞綻臨風增悵惘，探花不是月中人。

生成嬌怯亦堪悲，有口難言是女兒。叵耐能言親父母，也因謇訥誤佳期。

玉鏡臺留事有無，温郎形向鏡中摹。只今蔽面應須哭，不信王郎勝老奴。

芙蕖花發碧荷池，葉底鴛鴦動所思。謾道羨他交頸好，須知文彩兩相宜。

青塚空留土一堆，生前心事永難灰。君王縱殺毛延壽，可奈明妃贖不回。

成也蕭何敗也何，成成敗敗總由他。故教鴉雀棲梧老，那得喬松施蔦蘿。

如渠豈合作冰人，顛倒姻緣信可嗔。多恐日融冰解後，墜淵難免飽江鱗。

《柳崖外編》：平泉女兒，談者失其姓字，才色俱麗，虔奉觀音。有南陽某生，僑寓宅舍之左，多才，美丰儀，女心慕之而未言。女父亦艷其才，將囑鄰某達意。適鄰某忌南陽生，且新喪耦，謀自聘，因謂女父曰：『是生狂且貧，非東床令選也。』女父惑之。後知自謀不可得，乃慫恿俾歸一尤姓子。尤子斜一目，而性復粗陋。將婚，女兒自傷薄命，為《怨詞》云云；南陽生有和章，今失其稿。女作詩罷，禱於觀音，願保此身潔白，終不為尤氏子之所辱。後成婚，雖同榻，尤每欲就女時，輒覺有柳枝一堆，不得近。

【校記】

〔一〕平泉女兒前，前期印本收徐焕龍媳『風動春衣欲化雲』一句，後引《炙硯瑣談》曰：『徐右雲焕龍，荊溪名孝廉也。其子婦某，吴人，工詩，早卒。有句云云，一時傳誦，比於迦陵「人在東風二月初」云。』後期印本刪除此人。

題壁女五首

題壁

紅蕊幾枝斜，春深道韞家。枝枝都看徧，原少並頭花。

向夕對銀釭，含情坐綺窗。未須憐寂寞，我與影成雙。

門掩花空落，梁空燕不來。惟餘雙小婢，鞋印在青苔。

久已梳粧嬾，香奩偶一開。自持明鏡看，原讓趙陽臺。

咫尺樓窗夜見燈，雲山似阻幾千層。居家翻作無家客，隔院真成退院僧。鏡裏容華空若許，夢中晤對亦何曾。侍兒勸織回文錦，懶惰心情病未能。

《姑妄聽之》：朱秋圃初入翰林時，租横街一小宅，最後有破屋數楹，用貯雜物。一日偶入檢視，見塵壁彷彿有字跡，拂拭諦觀，乃細楷書二絕句云云，墨迹黯淡，殆已多年。又有行書一段，剝落殘缺。玩其句格，似是一詞，惟末二句可辨，曰：『天孫莫悵阻銀河，汝尚有牽牛相憶。』不知是誰家嬌女，寄感摽梅。然不畏人知，濡毫題壁，亦太放誕風流矣。余曰：『《摽梅》三章，非女子自賦耶？』秋圃曰：『舊説如是，於心終有所格格。憶先儒有一説，云是女子父母所作，是或近之。』倪餘疆聞之，曰：『詳詞末二語，是殆思婦之作，遘脱輹之變者也。二公其皆失之乎！』既而秋圃揭換壁紙，又得數詩云云，則餘疆之説信矣。後為程文恭公誦之，公俛思良久，曰：『吾知之，吾不言。』既而曰：『語語負氣，不見答也亦宜。』

碧雲女子 一首

贈尼

仙子傳來古雪篇，步虛聲裏絳雲仙。遥知静對梅花月，鶴聽禪經立晚煙。

《隨園詩話補遺》：遊南明寺，見歸愚先生有對聯云：『瓶添澗水盛將月，衲掛松梢惹得雲。』未知是成語，或先生所撰耶。是夕，風雨暴作，樓柱盡摇。余有句云：『樓摇松樹頂，人卧海潮中。』京口有尼能詩，王碧雲女子贈詩云云。

卷之七十六

陽明堡女子 一首

不詳姓氏。詩附見於施璟《剩圃遺集》。

題陽明堡旅舍壁

妾住桃花塢，何由晉地過。春衫漬淚濕，青鏡瘦容多。目斷重雲嶺，妝留薄命歌。雁門今此去，青塚吊明娥。

施璟《陽明堡旅舍和壁間女子原韻》詩：出塞原饒恨，紅顏爾又過。真憐生命薄，翻悔賦才多。憔悴桃花句，淒其寶鏡歌。夜闌一相和，蕭寂念嫦娥。

江都女句

句見赤方顧景星集。

句

死媿鴛鴦塚，生非燕子樓。

顧黄公《無題》詩註：江都某氏女，有國色，爲高平營將所得，復流轉入北。其主從軍，留姬江左，以禮自閑，而悲怨時時見於吟詠。有句云云，亦可悲矣。

潘仲徽室人一首

福建人。

寄夫

暮雨沉沉不肯休，知君今夜宿誰樓。遥知楚水吴山外，旅況閨情一樣愁。

《香草齋詩話》：閩進士潘仲徽室人《寄夫》詩云云，足以伯仲水國《蒹葭》之什。趙仁甫有二女，皆能詩，而才情不甚合作。

浙江人三首

適湖州潘生。

述懷

數載飛蓬首，幽窻不盡愁。詩從閑裏得，淚向暗中流。課女憐嬌稚，思兄悵遠遊。蒹葭何日返，重與話三秋。

寄遠

長途風雨客衣單，料得征鞍行路難。不忍重衾遮獨宿，爲郎分受五更寒。兩岸垂楊掛落暉，青青曾染阿誰衣。臨岐有約元癡甚，不是成名不許歸。

湖廣女士（畹蘭）二首

名畹蘭，姓未考。

悼會稽女子

驛舍題詩今尚存，斷煙荒草鎖重門。多情況有千秋月，夜夜牆頭照墨痕。碎璧沉珠最可憐，牆頭題恨墨猶鮮。芳魂欲問歸何處，不化鴛鴦化杜鵑。

海鹽士人妻一首

絶命詞

可憐無計住塵寰，生寄原知死是還。怕作青楓根下客，不留軀殼在人間。

鮑鈖《稗勺》：近歲海鹽一士人妻，美而文，嘗與其友以詩私通。一夕，留《絶命辭》二首於几上而奔焉。其一云云，士人疑爲蹈海死耳。未幾，爲其友之妻鳴於官，事始敗露。

邗關女子句

句

咫尺帝城愁更切，入門何以御摧殘。

徐釚《本事詩》：甲申以後，燕南趙北，郵亭驛壁間，粉香狼藉。壬子僕自北歸，宿任丘旅店中，牆上有句云云，自題『邗關女子趙氏』。其全首漫漶不可讀。僕和云：『滿庭霜月浸闌干，腸斷題詩上玉鞍。毳帳自隨沙草去，蘭閨猶憶露桃寒。只愁緑鬢顔須改，無那青衫淚易乾。多恐書生同薄命，休將紅粉怨摧殘。』

垛莊女一首

字未考，江蘇人。詩見《國朝詩選》。

送別

送別人人酒與詩，妾無詩酒贈花枝。花枝插在郎頭上，一路花香一路思。

邗江女史一首

姓字不傳。浙江西湖大佛寺樓柱，有南州狂士題詩其上，旋有一邗江女史和之。未幾，狂士又題，女史又和。繫以『南州』，豈以徐孺自命耶？徐浴咸鐫其詩傳之。

和倚醉樓韻

咫尺雲山未是遥，豈期仙棹竟迢迢。詩邀采石磯邊月，墨灑慈恩寺裏蕉。自恨千金難買賦，誰能百輛肯迎嬌。欲知不慧家何在，只在邗江第一橋。

裴氏女一首

福建閩縣人。

珍珠塔

巍然先相舊遺風，古剎斜陽思不窮。細草漫留苔印碧，芳村是處野花紅。臨高轉怯春衣薄，忍病還憐逆旅中。怪殺杜鵑啼不住，那堪回首怨飄蓬。

采蘗女郎句

句

桃花縱嫁東流水，不比楊花便化萍。

陳維崧《婦人集》：向於董二書舍見倭箋數幅，寫《會真》詞曲，字法婉逸，如花臨風，後有題云云。全詩殊耐尋味，相其印識，爲『采蘗女郎』。云得於童子手中，以餅炊易之者。

無名氏一首

詩見方成培《弄閑餘墨》。

梯山觀桂花偶作

織素能多暇，淹留向小山。香從風近遠，花覆石孱顔。幽意如秋潔，芳心與客閑。林兼雲馝馞，影亂水潺湲。空谷人同賞，清宵月一彎。忽驚金粟夢，攀折欲忘還。

《弄閑餘墨》：梯山屬海陽，地方有老桂，大蔭數畝，花時遊者坌集。有垂髫女子乘藍輿，數胡奴騎而從，至花下觀玩良久，書此詩石上。主人詢其姓氏，不答而去。

廣寒遷客一首

字里未詳。

詠梅和韻

栽遍山中不記年，却於松竹有深緣。寒香和月來窻外，疎影因風到水邊。細雨微濛珠有淚，斜陽黯淡玉生煙。初無緑葉侵書幌，亦有紅英入硯田。曾向羅浮尋舊約，會從姑射見餘妍。千秋高潔淩瑶島，一片空明漾碧川。玉貌瘦來骨更冷，冰魂斷處夢初圓。心期澹静孤臣節，標格清癯處士禪。醉後漫將茶共嗅，吟餘可與雪同咽。廣寒桂樹差堪侣，閬苑瓊枝未是仙。樓上乍驚吹笛韻，囊中猶剩買花錢。呼童折向幽房去，紙帳三更照獨眠。

《堅瓠集》：順治乙酉，楊維斗先生廷樞隱居光福，詠梅花十二韻，和者甚多。有女子自稱廣寒遷客，肩輿過門，亦投和章。急出詢之，已遠逝矣。

張家婢句

姓名未知，華亭張榮之青衣也。

句

團團轉轉幾多回，一絲一絲牽出來。

《挹青軒自怡録》：小婢紡木棉紗，口中咿啞不已。予問曰：『何故？』答曰：『我亦在此做首紡紗詩。』予笑謂之曰：『試念我聽。』小婢云云，下便再做不出。請續之，予曰：『何不云「織成大布知辛苦，莫使裁縫任意裁」？』

延平女子四首

題壁

妾閩嶠名家，延平著姓。十三織素，在家賦嬌女之詩；二八結褵，新婦獲參軍之配。何異莫愁南國，得嫁阿侯；庶幾弄玉秦樓，相逢蕭史。方調琴瑟，頓起干戈，夫死於兵，妾乃被掠。含羞辭故里，魂銷劍浦之津；掩面彊登輿，腸斷西陵之路。茲當北上，永隔南天。爰題驛舍數言，聊破愁城百疊。嗟乎！昔年薰香染翰，粉印青編；今日滴血濡毫，綃封紅淚。秋墳鬼倡，哀似峽猿三兩聲；青塚魂歸，恨擬《胡笳十八拍》。

野燒獵獵北風哀，細馬氈車去不回。紫玉青陵悵已矣，泉臺當有望鄉臺。

那堪驛舍又黄昏，華燭三條照淚痕。想像延津沉故劍，相期青塚一歸魂。

昨夜嚴親入夢來，教兒忍死暫徘徊。曹瞞死後交情薄，誰把文姬贖得回？

不道臨時死亦難，彊為歡笑淚偷彈。同行女伴新梳裹，皂帕蒙頭壓繡鞍。

《觚賸》：郵亭旅舍，好事者往往贋為巾幗之語，書以媚筆，以資過客傳誦，多不足信。沈公子二聞夜宿垛莊，所見延平女子題壁詩，騎塵未遠，墨痕猶新，小記短章，淒惋可誦。惜其依違寡斷，閱者不無『夫人少商量』之嘆也。後書『庚申季秋延平張氏題於沂水縣垛莊驛舍』。

絡珠四首

不詳里氏。詩附見於武進楊笠乘《待熄集》中。

題銅城驛店壁

千點楊花碾路塵，生來遊冶不知春。從今省得魂歸處，揉碎心腸結可人。

拚守春風十載餘，舊愁新恨兩消除。杜郎重過東山道，憐取吴兒是絡珠。

生不相逢誓不休，可知紅淚咽心頭。憑誰爲我埋香骨，静鎖春風燕子樓。

劈頭新句費相思，應向章臺折一枝。今夜妾來君已去，悮人偏是落花時。

武陵難女三首

雄縣旅店題壁

生小盈盈翡翠中，那堪多難泣途窮。不禁弱質成囚繫，衣自瓓珊首自蓬。

垂垂紺髮未瓜期，錦帳羅幃夢已稀。魂化杜鵑應有日，壁間先寫斷腸詩。

一絲殘息向淹淹，淚落衣裳血色鮮。謾託禿豪空寫怨，有心人見定相憐。

《堅瓠集》：壬子夏五，予北上，夜宿雄縣旅店，見壁間武陵十五齡難女三詩，和者甚眾，擇其佳者録之。年久散失。昨檢敗笥，原韻尚存；紙尾並存和者越人傅庸菴名，而詩已不全矣。

無名氏二首

詩附見胡旅堂集。

答季貞燈夕見寄原韻

荒樓何處忍吹簫，獨坐燈前涕淚遥。忽看病中書信至，却傷今夜是元宵。

答季貞送別

艙口喧喧眾豎桅，草厓不動布帆開。晴煙滿望飛雙蝶，人領斜陽獨馬回。

慧車道姑三首

感懷

赤繩平遺繫麤官，畀命尤慳李易安。睡鴨殷勤焚鵲腦，相思鳳紙附青鸞。

月下星壇禮玉真，山河誓信願長春。蓬瀛只在闉都外，一水盈盈抵兩塵。

夙世風流子晉身，不然蕭史亦佳人。分明鸞鶴知音者，處處笙簫步步親。

《農隙筆談》：王家營旅店壁上，有慧車道姑《感懷》五絶句。起末二首漫漶不可讀矣，中間三絶奄豪放誕，素蘭、小玉之儔與？字體瘦勁，似法虚舟王丈者。

錢塘女 一首

詩見《詩觀三集》。

邯鄲客舍題壁

獨坐幽齋夜氣清，可堪風雨作秋聲。典釵沽酒偕君醉，揀史燒燈快我評。事業到來〔一〕都未是，英雄當下只争名。自慚弱質非男子，閨閣沉埋愧此生。

徐起霖《和邯鄲客舍女子題壁詩序》：壬辰，予北上，同胡葵菴太守、沈渭濱廣文邸宿，見室隅殘墁間有女子題詩云云：『妾錢塘人也，因離亂隨征，詩不敢怨，情見乎詞。』三人讀之，蓋沉婉悲壯，字法亦質秀。而屬和者寡，且姓氏不留，又安望後來者之和之也？因代爲之抒怨：『客窻夜雨氣凄清，曲寄琵琶寫漢聲。蔡氏無金空憶贖，班家有史只心評。愁從北塞施新粉，恥向西湖說舊名。古壁半欹香字斷，浪痕猶漬碧苔生。』

【校記】

〔一〕到來：《國朝閨秀正始集》作『到頭』。

江西難婦一首

題徐州驛壁

望斷鄉關行路難，可憐春色已摧殘。兒家夫壻長安道，止恐相逢不忍看。

《獲齋詩話》：康熙丁巳，余友劉緝生見徐州驛壁題云云，末署『江西難婦』四字，無邑里姓氏。相傳建昌某孝廉之妻，不知後能贖回否？

知命氏一首

直隸寶坻縣人，江蘇南匯縣尹劉翿之室也。

遊梅野

衡門咫尺近荒衙，一棹東流處士家。夾岸和風吹柳綫，繞林香雪落梅花。三年隨任官情冷，二月探幽野趣賒。最是嫂賢能待客，欵留直到日西斜。

蓉郎女史八首

姓里無考。詩附《雙節堂贈言集》。

汪氏雙節詩集元人句

長短亭中送別時，人生那盡百年期。寸心誓比南山石，未必山前白鷺知。李俊民、袁易、陳旅、黄溍。

秋菊春蘭各自芳，十年回首事堪傷。濃愁深似三江水，天上秋風月底霜。虞集、劉因、鄭洪、元好問。

燭影秋房恨不禁，傳家那有橘千尋。玉簫聲斷孤鸞曲，萬緒千端總上心。袁桷、鄭洪、貢師泰、郝經。

晚煙原上鶺鴒寒，懷抱幾曾得少歡。忍死休離老鄉土，此身何處不平寬。郭鈺、李俊民、鮮于樞、劉因。

庭闈白髮夢相牽，復指番禺路幾千。江水總流兒女淚，儘將書冊教鐙前。鄭洪、范梈、鄭洪、迺賢。

階前萱草可忘憂，隨分齏鹽萬事休。老屋破窻鐙欲死，咿啞機杼隔林幽。柯九思、元好問、馬臻、虞集。

歲寒冰雪久相親，潮落西陵渡口春。應有二妃魂尚在，並分血淚染湘筠。劉永之、柳貫、宋無、柳貫。

攻苦食貧三十年，是非猶記劫灰前。孤生長滴思親淚，金榜承恩自九天。潘純、趙汸、周霆震、柯九思。

華亭妓一首

姓氏不詳。顧桐村未遇時遊雲間，與之密好，約三年後娶之。顧落第，遂愆期；過其家，已祝髮爲尼矣。

答顧桐村

三年刻骨苦相思，鎖入空門總不知。自是蓮花貪結果，不愁難斷是荷絲。

東海名姝句

句

綠窻晝永停針線，花影無人自上階。

黄子雲《長吟閣詩集·春閨詞序》：往歲於郡城有東海名姝，年十六，嫁爲傖父妾。後見其作《春閨詞》一截，首二句只記以『鞋』字叶韻，至末二語云云，怨而不悱，風致嫣然。予往來於心久矣，竊恐人詩俱謝，不獲登名媛之選，補和詩什以表之：『何幸蠻箋傳錦字，每尋苔逕費芒鞵。洞花弄影春無主，不顧仙家怨玉階。』

失名一首

桃花口旅店題壁

紅粉飄流懷舊恩，深燈占袖話黄昏。來朝又作天涯別，殘夢依依月到門。

吴蘭庭《題詩後》：禪榻茶煙淨客魂，風懷左右不須論。無端又過桃花口，却向青衫檢淚痕。

農家婦 一首〔一〕

别夫

當年二八過君家，刺繡無心只枲麻。今日對君無别語，免教兒女衣蘆花。

《江南通志》：大場鎮農家婦，舉止修整，嫣然閨中秀也。夫貧蠢，婦毁裝佐之。日與村姑里媪輩習田間勞苦，無難色。間有親戚憐其貌者，執手作慰藉語，則斂容謝曰：『兒樂此不疲，且非是無以奉我尊嫜也。』如是者十餘年，有子矣，以竭作故瘵死〔二〕。死前一日，忽向其夫索筆硯。夫不識一丁字者，詣鄰家假至，婦見之，嘆曰：『謝此緣久，何期今日遂成長别耶！』起題一絶云云，語意淒婉。其生平曉義命，雅自韜晦，恥炫鬻，尤卓卓可傳云。

【校記】

〔一〕『農家婦』前原有『横塘姬人』《柳枝詞》一首，並附《蓮坡詩話》一則。小傳云『姓字未考』，實與卷七十横塘居士文欽明妾『蘇若蘭』爲同一人。唯其詩末句『覓』字，於此作『繫』。所附《蓮坡詩話》與卷七十所録方起英《古今詩麈》意同而略簡。今並删除。

〔二〕瘵死：《江南通志》（《文淵閣四庫全書》本）卷一百九十五作『病瘵死』。

蘿村女史一首

過滬城西園作

静掩蘭閨不染塵，松雲蘿月是前身。扁舟忽問春江渡，暫作天涯羈旅人。
花落鶯啼緑滿林，年年三月送春深。柔情如水嬌無力，怕向芳園緩步尋。
客窻夢斷曉慵粧，翠幰移來伴雁行。蘭質不隨香絮落，春風愁殺冶遊郎。

李夫人句

粤東孝廉李紹祖室。

句

此去不須縈内顧，高堂有妾勸加餐。

《古檀詩話》：閨閣詩，不必盡濃艶也。《霞光集》稱，粤東佛山李孝廉紹祖著《鳴秋閣集》；其夫人亦善吟，互相倡和，真閨幃中樂事。李公車北上，夫人贈以詩云云，自是立言有體。

涿州女子句

句

靜鎖春風燕子樓。

馬位《秋窗隨筆》：曾於涿州旅舍見土壁上閨秀題詩云云，筆法纖媚，惜不記其全首。

香雲六首

姓與里居不詳。或云孝廉硯傭之妾，硯傭病，家人尤之，故遣去。香雲作詩泣別，人因傳誦。

别郎主

我病君應夢，君來我病瘳。不如爲織女，尚可會牽牛。妾已歌長恨，郎猶唤莫愁。江淹知有賦，何不賦登樓。

我夢郎偏覺，郎眠我夢醒。隔君千萬里，少爾十三齡。中酒非關醉，爲詩但乞靈。雪衣今已放，不敢更梳翎。

郎今羞妾妾羞郎，無復君歸燕燕忙。百八牟尼愁不見，逢人漫説女兒香。

莫道無花空折枝，麝蘭香褪夢歸遲。可憐命薄如春燕，借爾雕梁住幾時。

燕趙空名敢自儔，郎今不許抱衾裯。洞庭風雨相催甚，從此香雲過别舟。

誓君一劍有餘恩，巾上春冰滴淚痕。年少盧郎空有幸，不堪兩地共聽猨。

瑯琊長女二首

小字仙御，浙江桐鄉縣人。

和汪鈍翁姑蘇楊柳枝詞

家住横塘春復秋，門前楊柳數株柔。畫欄長是周遭護，不遣行人繫紫騮。

柳條風静雨初收，更罷羅衣嬾上樓。花下欲將新月拜，一鈎恰到緑梢頭。

瑯琊小女二首

仙御妹，小字仙駕。

和汪鈍翁姑蘇楊柳枝詞

絲絲低罥石欄干，擬向階前折取看。臨舉玉纖猶障袖，吹花風起覺添寒。

交枝楊柳映重門，樹色濛濛帶雨痕。繡幙不開人欲倦，只疑深閣昜黄昏。

某氏 一首

江西人。

寓楚清明祭夫作

荒郊極目暮雲低，緩步行來失舊蹊。縱使紙灰能作蝶，應知飛不到江西。

方成培《疊嶂樓詩話》：江西有嫠婦，色美，能詩，精青烏術。康熙初，偕其弟來楚，爲人相墓。有蟻者於壙頂開一孔，有水者旁疏小溝，以皮扇搧之，蟻水盡出。另作羅垣，改其向指，莫不化凶爲吉。或人卜兆，亦先以皮扇搧其地。請視地，必偕其婦女同往，否則不可。女之弟云，婦幼羸弱，讀書，聰慧；患頭痛，遇一道人，以壺蘆枕之即愈，授以堪輿之術數頁，又皮箑一柄，曰：『好女郎，惜福薄耳。持此，一生吃着不盡矣。』詩不輕作。漢陽令王凝齋《秋燈叢話》載其《祭夫》一絶，亦可誦，惜不多見也。

竹香女史 二首

姓里莫詳。詩見《雙節堂贈言集》。

汪氏雙節詩

雙閨貞節本刑于，仙尉清風久不渝。啜水早甘從宦日，嫠居那復苦秋荼。
鵷雛雲路藹孤騫，入甲坊題表節門。聞説老姑垂死祝，兩窮賢孝福兒孫。

高麗妓 句

字無考。

句

疎雨秋兼漏日飛，回潮晚帶斜陽落。

《西河詩話》：康熙壬戌元旦侍班，先候午門外，高麗使見予手所温張銅薰器，以爲奇，嗾其羣來觀。予意欲與之，一朝士沮之曰：『不可。朝臣豈宜與外國使通贈遺者？』予遂止。次日，其使遇於途，終就予索之去。當使就予時，遍詢朝臣知名者，兼能道同官徐菊莊詞。予戲問：『其國女士多知書，果否？』曰：『然。豈惟女士？曾就一妓，見其洗妝，漱頮脂於水，水帶紅色，令賦之。應聲云云。豈非佳詩？』

正紅旗閨秀句

句

昨從玉蝀橋邊過，荷葉香來不讓花。

《水曹清暇録》：滿洲正紅旗閨秀，有句云云。成孝廉桂爲予所述。

玉臺女史八首

福建人也。

秋興追和杜工部韻

流光似箭，造物爲爐。夜月傷神，孤雁寒蛩之泣；秋風憶舊，敗荷衰柳之容。海當東北，略同王粲思鄉；聲自西南，頗憶歐陽作賦。四愁九辨，一日三秋。落霞孤鶩齊飛，蒼狗白衣善幻。余作木石之人，對此茫茫，不能自遣，學步杜韻，以寫愁懷。

楚韻錚錚響遠林，煙霏雲劍氣森森。一聲新雁收殘暑，幾點棲鴉散積陰。漁唱幽溪鬪客夢，猿啼隔塢動鄉心。清商簌簌吹窻隙，又送誰家斷續砧。

半簾月色趁階斜，縷縷愁心擲歲華。水接秋山留霽景，天垂星漢泛靈槎。踈林葉落催歸鳥，遠塞風高咽暮笳。畫出蕭條青女節，莫尋菡萏一陂花。

怪底紗窻淡夕暉，風吹陡覺動襟微。寒煙羃樹紅花落，冷露盈塘白鷺飛。遠事依稀孤淚盡，歸思飄渺寸心違。光陰冉冉如流箭，清照何勞賦緑肥。

人世猶如一局棋，高山流水更堪悲。蘆笳畫角鳴孤響，清簟疎簾感昔時。何處吟秋蛩唧唧，可堪長夜漏遲遲。斷腸最是泉臺路，憶夫子。蒲柳先零繫百思。

閑雲出岫過前山，影動星河縹渺間。百尺轆轤鳴石井，一行鴻雁渡松關。藥欄落月當遥夜，紈扇驚秋失舊顔。却憶年時懷抱好，茶煙裊裊雨班班。

辭巢歸燕不回頭，金氣浮天幾度秋。藥裹隨身還賦恨，琴書懷古强驅愁。半窻涼露滋紅葉，百頃晴波渡白鷗。十載悠悠渾似夢，故鄉何處滯他州。

四序平分造化功，炎涼盡在轉移中。芙蓉颯颯三更雨，楊柳踈踈一笛風。湯沸竹罏煎活水，燈挑棐几剔殘紅。因嗟塵土奔馳客，不及牆東避世翁。

碧海愁多路逶迤，高樓氣爽接西陂。江鄉似已抽蓴菜，詞譜將無唱桂枝。寶鼎灰寒香欲燼，青楓魂繞夢頻移。病容自嘆成憔悴，怕對空階月影垂。

《農隙筆譚》：曩於王明府見川衙齋，見一條幅，書法娟秀，乃玉臺女史和杜工部《秋興八首》詩也。其詩云云。初頗訝其何不自量，及細讀之，詩頗蒼老，因抄以歸。詢其字里，明府亦僅知爲同鄉。頃偶檢得，附録於此。

孫姓妾一首

詠緑牡丹

雲衣花貌殿春殘，秋水凝妝國色寒。薜荔牆邊煙漠漠，藤蘿石上月團團。扶持肯惹黄裳妬，富貴長留青眼看。最是垂楊低覆額，蕊珠仙子碧霞冠。

《水曹清暇録》：曲阜孫國學四木，偕友同賦緑牡丹詩，次日交卷云云，味頗雋永。同人疑而詰之，知係侍姬代作，一時傳誦。然孫堅不使人知其姓氏，殊可歎也。漫録於此。

吴女句

句

量淺酒痕先上面，興高琴曲不和絃。

《隨園詩話》：余長姑嫁慈溪姚氏。姚母能詩，出外為女傅。康熙間，某相國以千金聘，往教女公子。到府，住花園中，極珠簾玉屏之麗。出拜兩姝，容態絶世。與之語，皆吴音；年十六七，學琴、學詩，頗聰穎。夜伴女傅眠，方知待年之女，尚未侍寢于相公也。忽一夕，二女從内出，面微紅。問之，曰：『堂上夫人賜飲。』隨解衣寢。未二鼓，從帳内躍出，搶地呼天，語啾啾不可辨；顛仆片時，七竅流血而死。蓋夫人賜酒時，業已酖之矣！姚母踉蹌棄貲裝，即夜逃歸。常告人云：『二女，長者尤可惜，有《自嘲》一聯〔一〕云云。』

【校記】

〔一〕《自嘲》一聯：原作『自一嘲聯』，據袁枚《隨園詩話》（乾隆十四年刻本）乙正。

客中女子一首

絶句

扁舟一夜情如雪，無限嬌癡羞不説。東風何苦又天明，抵死催人江上别。

《瑣言約紀》：此家凌青客中女子所賦詩。甲子春，凌青遊鳩江，客小舟。鄰舟一女子倚篷窻而哦，顧凌青，似舊相識，悽絶不言。挽所繫青羅帶，題絶句於上示凌青。頃移舟，記於案。第二句憶略訛；『羞不説』三字，意補之也。青婦余賢，食貧若素，是冬卒，其兆耶？

失名句

句

朝朝梳洗臨江水，一路芙蓉不敢開。

世間未有無情物，蠟燭能癡酒亦酸。

《隨園詩話》：某公子惑溺狹斜，幾於得疾，其父將笞之。公子獻詩云：『自憐病體輕於葉，扶上金鞍馬不知。』父爲霽威。所惑者，亦有句云云。

青谿女子句

絶句

西風獵獵入疎林，落葉蕭條思不禁。一樣秋光動吟詠，箇儂容易是傷心。

誰言命薄似秋雲，更比秋雲薄幾分。不信但看天外岫，因風歸去尚紛紛。

不堪蕭瑟白榆秋，水碧山青憶舊遊。秋月秋花都好在，讓他紅翠倚南樓。

稽首慈航懺夙因，不如人處是清貧。來生享盡今生福，嫁得才人勝貴人。

《小粉場雜識》：頃賀秀才熙見寄清谿女子詩八首，云從秣陵得來，然不詳其所以。詩雖未能盡善，頗有作意，固選其半。詩云云，似爲宦家箎室，而怨其所天也。

扛鼎婦句

句

江上潮回沙舊白，海邊秋老草新黄。

《廣新聞》：會稽杜浦江，即曹娥江之下流也。江邊地名黄草瀝，有廟祀海神張侯，最靈異。廟有巨鼎，下置石座，雖大有力者不能舉。康熙六十年九月，有四婦人駕扁舟來，年可二三十餘，澹粧素服，飄若仙姝。入廟焚香，展拜訖，徘徊庭宇，讀柱間一對曰：『平生忠義，今日風波，素患難，行乎患難；舟楫顛危，魚龍出没，叫一聲，立應一聲。』對係徐文長先生集陳洪綬先生草書。

四婦讀畢，各言某句出某處。一婦曰：『江上潮落矣。』一少婦曰：『江上潮回沙舊白。』一少婦應聲曰：『海邊秋老草新黄。』又一婦指鼎曰：『鼎上鎸字，重三百六十斤，能舉之乎？』一少婦笑曰：『姑試之。』微纏小袖，緩步至前，兩纖手執鼎耳，移置地上，神色不動。一少婦曰：『鼎焚香不絕，豈可立地中耶？』遂舉一手扼鼎足，還置石座正側，不溢一黍。二少婦顧謂二婦曰：『往常謂我二人力怯，今日何如？』二婦曰：『如我兩人，則連座舉之矣。』相與歡笑出廟，歸舟而去。

山陰女士二首

客舍題壁

深閨羅素不禁秋，扶病來尋古寺遊。看到紅蕖縹渺處，又添新恨上扁舟。
一望孤帆入遠天，柔腸空斷白雲邊。湘波有盡情無盡，兩地相思載滿船。

《炙硯瑣談》：旅店壁間，多有閨人題句，率皆文士贋託，如吴漢槎詭名『金陵女子』、『王倩娘』之類，詩格一望可知。近見武林客舍題壁云云：『庚子八月五日山陰女士題。』詢之主人，的係弱腕，惜不知其名。

題壁婦句

句

休言砌草如麻亂，校我愁心亂更多。

《田居隨筆》：己酉春，予埽祖墓歸婺源，道出休陽黄茅邨，假宿旅店，晨起瞥見東壁有字數行，頗秀媚，迫視之，則女史題壁一絶也。惜前二句已漫漶，惟存後二句云云。署款乃某某女史，亦半不可復認矣。

陳學洙室 句

句

一鈎新月照愁顔。

《國朝詩别裁集》：陳學洙詩自註：『内子幼好吟詠，繼以非婦人事，盡毁之。頃檢舊簏，於紙尾得此句，為之一慟。』

缺名 一首〔一〕

江蘇人，長洲裘氏之戚。

送子出遊

入世投時媿未能，零丁面目況堪憎。欲知步步防荊棘，須遣心心就準繩。四代單傳惟汝在，一門雙寡更誰憑。北堂最苦桑榆短，努力雲程及早登。

【校記】

〔一〕『缺名』後原有『鳩江女子』《題青羅帶》詩一首云：『扁舟一夜燈如雪，無限深情羞不説。東風何苦又天明，抵死催人江上別。』後附《隨園詩話》一則云：『真州張嘯門遊鳩江，遇鄰舟一女子倚蓬窗而哦，與語，悽絶不言，但見其《題青羅帶寄人》詩云云。』與本卷『客中女子』《絶句》詩幾乎全同，疑爲一人，唯其詩略有異文。今删除其人，附記其詩並《隨園詩話》，以備參考。

卷之七十七

何淡玉二首　句

武陵妓也。十八歲卒，降乩毘陵莊芑燕家。尤侗、施閏章俱有詩紀其事。

春風舞歌

春風舞，春風舞，吳姬紫玉飛作煙，越艷西施化爲土。

七律（失首句）

□□□□□□□，數曲琵琶絶妙詞。看盡青衫惟有淚，燒殘紅燭不成詩。半簾梅影無君瘦，千古情人是我癡。可惜臨岐分付語，至今湖水哭相思。

句

亡年纔十八，死托杜鵑根。

酒鄉過一世，花苑活三生。

悔菴尤侗《春風舞歌序》云：予客江上，交毘陵莊芑燕。芑燕爲人豪蕩不羈，工詩賦，兼善扶鸞，因爲予言乩仙何澹玉：武陵妓，才色雙麗，年十八卒，故有句云云。其人放誕風流，可見又一律，忘其首句。此首最佳，而芑燕憶之不全，惜哉！芑燕嘗作別院，書『武陵何澹玉神主』，以炷香供之。他日，其紙爲旋風吹起，繚繞爐煙之上。視之，有小影焉，約掠湘鬟翩躚，舞袖如片月離雲，疑欲乘風飛去；至今跡稍滅，猶髣髴可圖也。然澹玉竟以是日辭去，乃賦詩吊之，即以《春風舞》命篇。其詩云：春風舞，朝舞雲，暮舞雨，飛雨散風無處。昔日錦屏人，長短鴛鴦譜；今日夜臺客，冷煖胭脂土。吴宫姬，越溪女，素衣如夢玉如煙，千載重逢斷腸侶。美人窈窕楊柳年，趙瑟秦箏手解語。枇杷花下醉紅裙，燕子樓中歌白紵。一朝深葬青楓根，荒壟年年啼蜀宇。誰知天下有情人，離魂猶作芙蓉主。鈿車游戲到人間，張郎幸遇湘江杜。黄子坡頭詩句新，白鶴飛來歸何許？只今片影畫留仙，舞袖弓腰削翠羽。相思無路唤真真，霧髻風鬟爲誰嫵。君不見，蘇孃家住錢塘滸，犀簪唱徹黄金縷。又不見，青孃墓築孤山墅，春山血點紅顏簿。風流宜與何孃伍，三生一笑相爾汝。他年載酒賦招魂，舉杯澆遍西陵浦。

施閏章《春風舞歌序》：何淡玉，武陵伎也。嘗作歌曰：『春風舞，春風舞，吴姬紫玉飛作煙，越女西施化爲土。』既早死，又數憑乩，有『亡年纔十八，死托杜鵑根』之句。吴門尤展成紀以長詩，予亦悼歌，仍目篇曰《春風舞詩》云：春風舞，春風舞，風舞花飛落何所？昔爲掌上身，今作泉下土。月明環珮魂啾啾，猶寄人間斷腸語。自言死托杜鵑根，三生艶質纏辛苦。悲歌促節有遺音，珊瑚碎折西陵浦。君不見，廣陵十萬女如雲，一朝零落同秋雨。江南薊北天茫茫，夢魂寧識吹簫侶？但使春心吹不斷，年年化作春風舞。

温姬句

句

淒風冷雨滿江城。

《聊齋志異》：嘉平某公子，風儀秀美。年十七八，入郡赴童子試。偶過許娼之門，見内有一麗人，因目注之。女微笑點其首，公子喜，近就與語。女便問：『寓居何所？』具告之。問：『寓中有人否？』曰：『無。』女曰：『妾夕間奉訪，勿使人知。』公子諾而歸。既暮，排去僮僕。女果至，自言：『小字温姬。』且云：『妾慕公子風流，遂背媪而至。區區之意，深願奉以終身。』公子亦喜，約以重金相贖。自此三兩夜輒一至。一夕冒雨而來，入門解去濕衣，罥諸椸上，已乃脱足上小鞾，求公子代去泥塗。遂上牀，以被自覆。女曰：『妾非敢以賤務相役，欲使公子知妾之癡於情也。』聽窻外雨聲不止，遂吟曰：『淒風冷雨滿江城。』求公子續。公子辭以不解，女曰：『公子如此一人，何乃不知風雅，使妾情興消矣！』因勸令肄習，公子諾之。往來既頻，僕輩皆知。公子有姊夫宋氏，亦世家子，聞其事，竊求公子一見温姬。公子言之，女必不可。宋隱身僕舍，俟女至，伏窻窺之，顛倒欲狂。急排闥，女起，逾垣而去。宋嚮往殊殷，乃修贄詣媪，指名求之。則果有温姬，而死已多年。宋愕然而退，以告公子。公子始知為鬼，而心終愛好之。至夜，以宋言告女，女曰：『誠然。顧君欲得美女子，妾亦欲得美丈夫。各遂所願足矣，人鬼何論焉？』公子以為然。

試畢而歸，女亦從之。他人不見，惟公子見之。至家，寄諸齋中。公子獨宿不歸，父母疑之。女歸寧，始隱以告母。父母大驚，戒公子絶之，公子不能聽。父母深以為憂，百術驅遣，不得去。一日，公子有諭僕帖置案上，中有錯謬：『椒』訛『菽』，『薑』訛『江』，『可恨』訛『可浪』。女見之，書其後云：『何可浪，花菽生江。有婿如此，不如為娼！』遂告公子曰：『妾初以公子世家文人，故蒙羞自薦。不圖虛有其表！以貌取人，毋乃為天下笑乎！』言已而没。公子雖愧恨，猶不知所題，折帖示僕，聞者傳以為笑。

修榆才女一首

絶句

陌上紛紛掛紙錢，家家寒食禁炊煙。一杯絮酒無人奠，叫斷空林有杜鵑。

徐星譽《目中録》：西里修榆别業，池館蕭閑，乙酉有才女赴水死。一士人僦居其内，寒夜聞窻前風竹聲，口吟云：『竹竹殘枝傍砌敲，疎影横窻緑。』吟未就，微聞窻外續云：『夜半陰風刮地寒，爺娘不見吞聲哭。』生異之。一夜將近清明，又聞微吟一絶。啟户，月光熒然，見一姝掩袂而去。

娼娘一首

薄倖郎曲

薄倖郎，牽馬洗春沼。人聲遠，馬聲杳，江天高，山月小。掉頭去不歸，庭中空白曉。不怨别離多，但愁歡會少。眠何處？勿作隨風絮。便是不封侯，莫向臨邛去！

《聊齋志異》：萊州諸生彭好古，讀書别業，離家頗遠，中秋未歸，岑寂無偶。念村中無可共語，惟丘生者，是邑名士，而素有隱惡，彭常鄙之。月既上，倍益無聊，不得已，折簡邀之。飲次，有剝啄者。齋僮出應門，則一書生，將謁主人。彭離席，肅客入。相揖環坐，便詢族居。客曰：『小生廣陵人，與君同姓，字海秋。值此良夜，旅邸倍苦。聞君高雅，遂乃不介而見。』視其人，布衣潔整，談笑風流。彭大喜曰：『是我宗人，今夕何夕，逅此嘉客！』即命酌，歡若夙好。察其意，似甚鄙丘。丘仰與攀談，輒傲不為禮。彭代為之慚，故撓亂其詞，請先以俚歌侑飲。乃仰天再咳，歌『扶風豪士之曲』，相與歡笑。客曰：『僕不能韻，莫報陽春。倩代者可乎？』彭言：『如教。』客問：『萊城有名妓無也？』彭答云：『無。』客默然良久，謂齋僮曰：『適喚一人，在門外，可導入之。』僮出，果見一女子逡巡户外。引之入，年二八已來，宛然若仙。彭驚絶。客曰：『貴鄉苦無佳人，適於西湖舟中喚得來。』謂女曰：『適舟中所唱《薄幸郎曲》，大佳，請再反之。』女歌云云。客於襪中出玉笛，隨聲便串；曲終笛止。彭驚嘆不已，曰：『西湖至此，何止千里，咄嗟招來，得非仙乎？』客曰：『仙何敢言，但視萬里猶庭户耳。今夕西湖風月，尤盛曩時，不可不一觀也。能從遊否？』彭留心欲覘其異，諾言：『幸甚。』客問：『舟乎，騎乎？』彭念舟坐為逸，答言：『願舟。』客曰：『此處呼舟較遠，天河中當有渡者。』乃以手向空招曰：『船來！船來！我等要西湖去，不吝價也。』無何，彩船一隻，自空飄落，煙雲繞之。衆俱登，見一人持短棹，棹末密排修翎，形類羽扇。一摇則清風習習，舟漸上入雲霄，望南游行，其駛如箭。逾刻，舟落水中。但聞弦管敖曹，鳴聲喤聒；出舟一望，月印煙波，游船成市。榜人罷棹，任其自流。細視，真西湖也。客於艙後，取異肴佳釀，歡然對酌。少間，一樓船漸近，相傍而行。隔窻以窺，中有二三人，圍碁喧笑。客飛一觥向女曰：『飲此送君行。』女飲間，彭依戀徘徊，惟恐其去，蹴之以足。女斜波送盼，彭益動，情要後期。女曰：『如相見愛，但問娟娘名字，無不知者。』客即以彭綾巾授女，曰：『我為若代訂三年之約。』即起，托女子於掌中，曰：『仙乎，仙乎！』乃拔鄰窻，捉女入窻，窻眼數寸，女伏身蛇遊而進，殊不覺隘。俄聞鄰船曰：『娟娘醒矣。』舟即盪去。遥見舟已就泊，舟中人紛紛並去，遊興頓消。既而客言，欲一登崖，略同眺矚。纔作商榷，舟已自攏。因而離舟翔步，覺有里餘。客後至，牽一馬來，令彭捉之。即復去，曰：『待再假兩馬來。』久之不至。行人已盡，仰視斜月西轉，天色向曙。丘亦不知何往。捉馬營營，進退無主，振轡至泊舟所，則人船俱失。念腰橐空匱，倍益憂惶。天大明，見馬上有小錯囊，探之，得白金三四兩。買食凝待，不覺向午。計不如暫訪娟娘，可以徐察丘耗。比訊娟娘名字，並無知者，興轉蕭索。次日遂行。馬調良，幸不蹇劣，半月始歸。方三人之乘舟而上也，齋僮歸白：『主人已仙去。』舉家哀涕，謂其不返。彭繫馬而入，家人驚喜集問，彭始具白其異。因念獨還鄉井，恐丘家聞而致詰，戒家人勿播。語次，道馬所由來。眾以仙人所遺，便悉詣廄驗視。及至，則馬頓渺，但有丘生，以草韁繫櫪邊。駭極，呼彭出視。見丘垂首棧下，面色灰死，問之不言，兩眸啟閉而已。彭大不忍，解伏榻上，若喪魂魄，灌以湯酏，稍稍能咽。中夜少蘇，急欲登廁，扶掖而往，下馬糞數枚。又少飲啜，始能言。彭就榻研問之，丘云：『下船後，彼引我閒語，至空處，戲拍項領，遂迷悶顛踣。伏定少刻，自顧已馬。心亦醒悟，但不能言耳。是大恥辱，誠不可以告妻子，乞勿洩也！』彭諾之，命僕馬馳送歸。彭自是不能忘情於娟娘。又三年，以姊丈判揚州，因往省視。州有梁公子，與彭通家，開筵邀飲。即席有歌姬數輩，俱來祇謁。公子問娟娘，家人白以病。公子怒曰：『婢子聲價自高，可將索子縶之來！』彭聞娟娘名，驚問其誰。公子云：『此娼女，廣陵第一人。緣有微名，遂倨而無禮。』彭疑名字偶同，然突突自急，極欲一見之。無何，娟娘至，公子盛氣排數。彭諦視，真中秋所見者也。謂公子曰：『是與僕有舊，幸垂原恕。』娟娘向彭審顧，似亦錯愕。公子未遑深問，即命行觴。彭問：『《薄倖郎曲》，猶記之否？』娟娘更駭，目注移時，始度舊曲。聽其聲，宛似當年中秋時。酒闌，公子命侍客寢。彭捉手曰：『三年之約，今始踐耶？』娟娘曰：『昔日從人泛西湖，飲不數卮，忽若醉。朦朧間，被一人攜去，置一村中，一僮引妾入，席中三客，君其一焉。後乘船至西湖，送妾自窻櫺歸，把手殷殷。每所凝念，謂是幻夢，而綾巾宛在，今猶什襲藏之。』彭告以故，相共嘆咤。娟娘縱體入懷，哽咽而言曰：『仙人已作良媒，君勿以風塵可棄，遂捨念苦海人。』彭曰：『舟中之約，一日未嘗去心。卿儻有意，則瀉囊貨馬，所不惜耳。』詰旦，告公子，又稱貸於別駕，千金削其籍，攜之以歸。偶至別業，猶能認當年飲處云。

清華君二首

詩見史震林《西清散記》。

降乩

琅玕消息近來聞，玉冷空山墮小雲。滄海西頭裙自浣，翠微深處被親薰。人離月殿分鸞守，草滿芝田付鶴芸。香篆若能通御座，萬枝真降一齊焚。

鶴語丁寧夜漸分，樓臺一半濕秋雲。人間來訪深憐我，夢裏相逢枉見君。螻蟻有情長寂寞，鳳凰無事亦紛紜。斷腸詩就天應悔，下土何須獻疏文？

《西清散記》：上元之夜，茅山道人請仙，洮湖仙至，稱震林爲弄月仙郎。曰：『爲清華君也，謫司琅玕，將歷千年，空山無人，椒莫乏主。郎君以靈繡之思，揚窈瀹之音，沐品題者，靡不衰蘭振澤、遺珠躍彩。敢叩松使、禮淬妃，求染翰焉。』曰：『神君之祠，曷爲而見毀也？』曰：『昔朝金母於閬風之臺，聽清琳之瑟音，意哀怨涕泣，不能自勝；金母恐余含淚歸灑琅玕，浥爲香玷，留宴三日，歸且三百年矣。土人以祠久無靈，遂毀之。上訴於帝，以遠遊曠職，更謫千年；煙駕飄飄，靡所棲泊。君故玉清侍史也，願爲文章以告土人，俾知所饋祀焉。』曰：『神君將卜居何所也？』曰：『縹碧之垠，鬱藍之野，珊瑚之圃，琅玕之社。小妹名紅，幼姬氏冶，月魄常明，鴆媒不惹，雯錦親裁，琳書自寫，爲君殫述，可乎？』將去，求詩。其詩云云。趙闇叔聞之，賦《嫩霞詩》，願爲神女建祠於姬山，以伴蘭陵公主云。詩曰：『嫩霞銜斷紫光連，又值鴛紅鏡水前。波黯風幽煙動月，夜魂如霧立青蓮。』

姚玉 一首　句

字守貞，小字娟娟，武林人。詩見《西堂雜組》。

降壇詩

經年憔悴到梅花，木瀆寒風石徑斜。記得相思明月下，爐煙縹渺認兒家。

詠桃花句

一自夕陽憔悴後，五更風雨葬西泠。

《悔菴年譜》：　春至崑山，即往太倉，寓隆福寺。予於丁未年嘗寓此，已十載矣，樹老僧亡，不勝今昔之感。太守高蒼巖暐使君署中，有女仙降乩，云是前太守妾娟娟，揚州人，工詩詞，爲同輩譖死瘞此，遇破雲仙師，授以真訣，名隸仙籍，令主木瀆，爲水神。降壇詩云云。因云：『妾幽寃未白，願得尤悔菴先生作一佳傳，死且不朽。』太守殷勤致語。予感其意，爲著《木瀆仙姬傳》，重贈十截句。娟娟喜甚。

緑天仙子 一首

西湖賈平章半間堂後古蕉之妖也，現美人身，曾降乩沈名蓀之館。

降乩

才散笙歌罷緑幺，冷風踈雨上輕舠。問予名字真消息，曾向王維雪裏描。

《香祖筆記》：礀芳嘗與友人汎西湖，未幾雨作，座有請乩仙者，至則書一絶句云云。叩之，自云：『緑天仙子，賈秋壑半間堂後植蕉百本，予乃其中之得靈氣者，現美人身，侍書於中峯洞天。』翼日跡之，果有巨蕉一本，樵牧不侵，遂醵金構精舍其側〔一〕，自後數降乩，與諸生倡和云。

【校記】

〔一〕此處原衍『自後數其側』五字，據王士禛《香祖筆記》（《文淵閣四庫全書》本）刪。

柳妖 一首

不著姓氏。

贈别

仲冬二八是良時，江上多緣與子期。今日臨岐一盃酒，共君千里遠相思。

《堅瓠集》：狐能幻化，往往變為女子，艷容巧慧，情愛惑人。楚士汪明遇曾遇之，一日泣别，贈詩云：『鉛華久御向人間，相對鉛華更慘然。縱有青青今夜月，何因重照舊雲鬟？』柳妖答贈詩云云。

楓亭荔怪 一首

詩見《莆風清籟集》。

贈王修伯

來看月色等瑤池，咫尺凉生冰去聲玉肌。欲識生前託化地，漢宫扶荔貯嬌姿。

《蘭陔詩話》：順治中，王修伯步月楓亭溪上，遇女郎贈以詩箋。比明視之，惟荔葉一片而已。

惠哥 句

書壁

侯門似海久無踪尚秀才，誰識蕭郎今又逢惠哥。袖裏乾坤真箇大尚秀才，離人思婦盡包容惠哥。

《聊齋志異》：鞏道人，無名氏，亦不知何里人。嘗求見魯王，王賜宴坐，便請作劇，道士曰：『臣草野之夫，無他能。既承優寵，敢獻女樂，為大王壽。』遂自探袖中，出美人，置地上，向王稽首已。道士命扮《瑤池宴》本，祝王萬年。女子吊場數語。道士又出一人，自曰『王母』。少間，董雙成、許飛瓊，一切仙姬，次第俱出。末有織女來謁，獻天衣一襲，金彩絢爛，光映一室。王意其偽，索觀之。道士急言：『不可！』王不聽，卒觀之，果無縫之衣，非人工所能製也。道士不樂，曰：『臣竭誠以奉大王，暫而假諸天孫，今爲濁氣所染，何以還故主乎？』王又意歌者必皆仙姬，思欲留其一二；細視之，則皆宮中樂伎耳。轉疑此曲非所夙諳，問之，果茫然不自知。道士以衣置火燒之，然後納諸袖中；再搜之，則已無矣。王於是深重道士，留居府內。道士曰：『野人之性，視宮殿如藩籠，不如秀才家得自由也。』每至夜中，必還其所；時而堅留，亦遂宿止。輒於筵間顛倒四時花木為戲。王問曰：『聞仙人亦不能忘情，果否？』對曰：『或仙人然耳；臣非仙人，故心如枯木矣。』一夜宿府中，王遣少妓往視之。入其室，數呼不應，燭之，瞑坐榻上。摇之，目一閃即復合；再摇之，齁聲作矣。推之，應手而倒，酣卧如雷；彈其額，硬迕指，作鐵釜聲。返以白王。王始刺以針，針弗入。推之，重不可摇；加十餘人舉擲牀下，若千斤石墮地者。旦而窺之，仍眠地上。醒而笑曰：『一場惡睡，墜牀下不覺耶！』後女子輩每於其坐卧時，按之以為戲，初按猶軟，再按則鐵石矣。道士舍尚秀才家，恒中夜不歸。尚鎖其户，及旦啟扉，道士已卧室中。初，尚與曲伎惠哥善，矢志嫁娶。惠雅善歌，絃索傾一時。魯王聞其名，召入供奉，遂絶情好。每繫念之，苦無由通。一夕問道士：『見惠哥否？』答言：『諸姬皆見，但不知其誰何。』尚述其貌，道其年，道士乃憶之。尚求轉寄一語，道士笑曰：『我世外人，不能為君塞鴻。』尚哀之不已。道士展其袖曰：『君必欲一見，請入此。』尚窺之，中大如屋。伏身入，則光明洞徹，寬如廳堂；几案牀榻，無物不有。居其內，殊無悶苦。道士入府，與王對弈。望惠哥至，陽以袍袖拂塵，惠哥已納袖中，而他人不之覩也。尚方獨坐凝想，忽有美人自簷間墮，視之，惠哥也。兩相驚喜，綢繆臻至。

尚曰：『今日奇緣，不可不誌。請與卿聯之。』書壁上云云。書甫畢，忽有五人入，角冠，淡紅衣；認之，都與無素。默然不言，捉惠哥去。尚驚駭，不知所由。道士既歸，呼之出，問其情事，隱諱不以盡言。道士微笑，解衣反袂示之。尚審視，隱隱有字跡，細裁如蟣，蓋即所題句也。後十數日，又求一見。前後凡三入。惠哥謂尚曰：『腹中震動，妾甚憂之，常以緊帛束腰際。府中耳目較多，倘一朝臨蓐，何處可容兒啼？煩與鞏仙謀，見妾三叉腰時，便一拯救。』尚諾之。歸見道士，伏地不起。道士曳之曰：『所言，予已了了。但請勿憂。君宗祧賴此一綫，何敢不竭綿薄。但自此不必復入。我所以報君者，原不在情私也。』後數月，道士自外入，笑曰：『攜得公子至矣。可速把繃褓來！』尚妻最賢，年近三十，數胎而存一子；適生女，盈月而殤。聞尚言，驚喜自出。道士探袖出嬰兒，酣然若寐，臍梗尚未斷也。尚妻接抱，始呱呱而泣。道士解衣曰：『產血濺衣，道門最忌。今為君故，二十年故物，一旦棄之。』尚為易衣。道士囑曰：『舊物勿棄却，燒錢許，可療難產，墮死胎。』尚從其言。居之又久，忽告尚曰：『所藏舊衲，當留少許自用，我死後亦勿忘也。』尚謂其言不祥。道士不言而去，入見王曰：『臣欲死！』王驚問之，曰：『此有定數，亦復何言。』王不信，強留之。手談一局急起，王又止之。請就外舍，從之。道士趨卧，視之，已死。王具棺木，禮葬之。尚臨哭盡哀，始悟曩言，先告之也。遺衲用催產，應如響，求者踵接於門。始猶以汚袖與之；既剪領衿，罔不效。及聞所囑，疑妻必有產厄，斷血布如掌，珍藏之。會魯王有愛妃臨盆，三日不下，醫窮於術。或有以告尚者，立召入，一劑而產。王大喜，贈白金、綵緞良厚，尚悉辭不受。王問所欲，曰：『臣不敢言。』再請，頓首曰：『如推天惠，但賜舊妓惠哥足矣。』王召之來，問其年，曰：『妾十八入府，今十四年矣。』王以其齒加長，命徧呼羣伎，任尚自擇，尚一無所好。王笑曰：『癡哉書生！十年前定婚嫁耶？』尚以實對。乃盛備輿馬，仍以所辭綵緞為惠哥作妝，送之出。惠所生子，名之秀生；秀者，袖也。是時年十一矣。日念仙人之恩，清明則上其墓。有久客川中者，逢道人於途中，出書一卷曰：『此府中物，來時倉猝，未暇璧返，煩寄去。』客歸，聞道人已死，不敢達王，尚代奏之。王展視，果道士所借。疑之，發其塚，空棺耳。後尚子少殤，賴秀生承繼，益服鞏之先知云。

碧蘿生五首

姓名不著。乾隆辛巳歲，降乩於江南甘泉江恂夫家。

降壇

孤雲碧宇晝沉沉，藕色輕衫淺復深。偷過海西來小築，梧桐院落話秋心。

和江子恂夫秋興原韻

朝捧鸞書過紫薇，蒼凉旭日淡暉暉。天街入望平如水，一色輕雲帶露飛。
禁門松日碧萋萋，森立無聲辟水犀。乍響金環天女出，瑶函一卷囑親攜。
玉暖階前吐紫芽，水晶簾捲薄于紗。殷勤天語方垂問，月殿扶疎進桂花。

流杯傳宴在清溪，仙馭繽紛片刻齊。水咽冰絃雙調脆，風間花定一禽啼。

阿音十二首

寄碧夜仙娥

霽色薰梅樹欲空，雪痕香片綴蘭叢。春前領得秋光起，浪算花神第一功。

春風無力杏花遲，細剪春旛掛好枝。阿母勸添元夜酒，半春還是未醒時。

暖輕寒重勒花天，喜着單衫又着綿。荒草漸肥人漸瘦，一分酥雨二分煙。

小字銀屏淡墨題，背簾重束繡裙低。踏青夢冷忘頭尾，翠閃紅扶怕軟泥。

曉枝圓露滚花尖，舊懶新慵事事嫌。匀遍畫橋楊柳色，候池鶯語勸人甜。

三尺元綾裹鬢雲，嫩寒衣袂戀爐熏。洞房夜鎖天香暖，暗與多情燕子聞。

海天誰認路悠悠，燈暗江南細雨樓。蝴蝶身邊紅最濕，滿衣新月曬春愁。

自掃西階待落花，午陰無縫匝天涯。飄零不敢嫌風雨，願葬觀音水月家。

夢裏生前事易忘，惜春誰似阿音忙。夜深雨過郎酣睡，潛起挑燈照海棠。

香重柔梢翠玉彎，蜂喧人静乳鶯閑。一池春水東風皺，亂灑胭脂滿鏡斑。

晝永庭空遠恨微，半階遲日掩雙扉。小梅生葉花成子，好趁新晴自浣衣。

陌頭芳草細吹香，社後春濃是緑楊。飯插桃花忘帶酒，鷓鴣墳上祭鴛鴦。

《西清散記》：四維女子言，碧夜仙娥奉團圓餓、歡喜酥，爲阿音壽。阿音爲書，附詩寄碧夜云：『杏邊紅減，柳上青添，雨繞江南，一夜落花泥徧。安得嫩日烘乾，軟風呵醒，倩蜂娘蝶女，招盡芳魂，使怨粉長生，啼珠巧笑。普願蓬蒿懺悔，諷念彌陀；荊棘慈悲，皈依大士。草離顛倒，花慶團圓，方是阿音歡喜時也。洞天別淚，雙落人間。元夜承恩，重煩笙鶴，華燈焰歇，錦帨香存，感至悲生，醉於心腑。所恨青天乏土，莫種忘憂；明月無梯，難奔薄命。乃致鶴遺丹粒，饑餐蝡蟻之糧；鳳失醴泉，渴飲蜉蝣之水。雖嬌情半是，而柔韻全非。更不須夜惜蘭芬，嫌郎木偶；一任彼曉鶯梅艷，疑妾花妖者也。猶憶碧夜樓前，與夫人坐評淑女，笑取阿音，顧阿音嘆曰：「痛汝身似珊瑚，將被俗人敲碎。」阿音聞言嗚咽，暗祝東皇，冀遣情魔，希逃艷劫。不意堆花成獄，竟鎖朱蛾；編柳爲圈，遂枷黃鳥。曷維其已，何日忘之？旬日以來，心神淒隕，記三訛五，握兩尋雙，就暖非温，嘗甘每澀。恭承嘉惠，私饋芝丸。凡夫見之，强取吞嚼，化爲堅石，毀齒穿唇。此皆凝骨無香，頑胎有穢，縱使瓊漿灌頂，瑶草薰心，終是泥中漆箸耳。煙氛滿目，費我春華，墨與愁研，牋隨恨展。意擾而詞兼狼藉，心慌而書帶蟬聯。雲魂之不斷空生，月魄之重蘇未死。秖嘆迷樓十二，亂牽妄想微緣；欲界三千，苦結相思大會。新詩無次，幽緒所宣，莫訴與傷春人也。』

樓上女祟 一首

姓氏不詳。

偶題

禁鼓初傳時下打，虛過清風明月夜。眼如魚目幾時乾，心似酒旗終日掛。銀漢低垂星斗斜，院宇空寥燈燭卸。西樓瀟灑有誰知，獨自上來獨自下。

《堅瓠集》：常彥温，少不羈，落魄京師。偶閑步，見一宅樓，有女子靚妝麗服，倚欄凝佇而歌。彥温屢見之，稍玩，乃踰垣而入。見門户四闢，寂無人跡，遂登其西樓。但見積塵滿几，上有一幅紙，字墨尚新，題一詞云云。彥温愛其詞調，乃名之曰《倚西樓》。

何氏 一首

號散花仙女，江蘇上海縣浦西人。國初嫠婦，無子，孝養翁姑。後年七十餘，一日聞空中鸞鶴聲，有女伴招之，遂辭親串，端坐而逝。乾隆癸酉春，降乩曹錫黼家，自述其事如此。

賦得夜色朦朧月亦香次韻

和靖先生去復來，孤山山上廣寒開。但看蕚緑歸瑶島，豈必朝雲對鏡臺。琥珀醅濃浮玉椀，琉璃燈暗墮蘭煤。返魂須覓山河影，空費揚州東閣才。

杜麗春 二首

字未詳。詩見《蓮坡詩話》。

降壇

風淒月苦夜泠泠，幾點霜華上鶴翎。猶有茶煙飄颺處，何人窻下讀黄庭？

海天詞

每因封事到瑶池，池上桃花開幾枝？俯瞰江河流影細，何人劈下兩莖絲？

《蓮坡詩話》：康熙丙申重九，余作《賞菊》二律，同人和詠成帙。天壇道士董守素白，善扶鸞術，有水仙杜麗春降乩，和二律而去。又有降壇詩云云。至丁酉七月，江西杜道周葉湑邀守素於盤山張青城道士光壁之栩栩亭，麗春復降，備書家世始末，且録《海天詞》十首。今記其一云云。青城《方外載筆》記其前後靈跡甚詳，詩不備録。

南池女子 一首

贈向闕生

濟水流長未盡歡，小山招隱月初圓。好留顔色重相見，再向南池贈〔一〕舊緣。

徐岳《見聞録》：向闞生，東魯任城人也。弱冠擅文譽，就有司試，輒高等。讀書南池傍，遇一女子絶姣，與之狎；既久，人皆知之。舉止應對，宛然閨秀。詢所從來，曰：『妾天上謫仙，當與子爲夫婦。』其戚友咸以妖魅疑之，請道士驅遣。絶無懼色，曰：『毋逐妾，第恐緣盡分首、再合期遥耳。』幾及三載，出一編授生曰：『妾與君有宿世之緣甚久，今當暫歸。此編乃修錬工夫，君可習之，另圖良晤。』贈以詩云云，倏忽不知所往。生思慕成疾，幾至不起，因簡習編中工夫〔二〕，漸愈。亂後隨一武弁客淮上，娶南氏女。視之，與前所遇無纖毫異。詢以前語，則惘然。『好留顔色』、『再向南池』，一一皆驗。『小山招隱』應娶南氏於淮上；合巹在十五，應『月初圓』。非謫仙而何？

【校記】

〔一〕贈：徐岳《見聞録》（乾隆十七年刻本，下同）作『續』。

〔二〕工夫：『夫』字原脱，據《見聞録》補。

翩翩 一首

倚歌

我有佳兒，不羡貴官。我有佳婦，不羡綺紈。今夕聚首，皆當喜歡。爲君行酒，勸君加餐。

《聊齋志異》：羅子浮，汾人，父母俱早世，八九歲依叔大業。業為國子左廂，富有金繒而無子，愛羅若己出。十四歲為匪人誘去，作狹邪遊。會有金陵娼僑寓郡中，生悦而惑之。娼返金陵，生竊從遁去。居娼家半年，牀頭金盡，大為姊妹行齒冷，然猶未遽絶之。無何，瘡潰臭，沾染牀席，逐而出。丐於市，市人見輒遥避。自恐死異域，乞食西行，日三四十里，漸至汾界。又念敗絮膿穢，無顔入里門，尚趑趄近邑間。日既暮，欲趨山寺宿，遇一女子，容貌若仙，近問：『何適？』生以實告。女曰：『我出家人，居有山洞，可以下榻，頗不畏虎狼。』生喜從往。入深山中，見一洞府，入則門横溪水，石樑駕之。又數武，有石室二，光明徹照，無須燈燭。命生解懸鶉，浴於溪流，曰：『濯之，瘡當愈。』又開幛拂褥促寢，曰：『請即眠，當為郎作袴。』乃取大葉類芭蕉，剪綴作衣；生卧視之。製無幾時，摺疊牀頭，曰：『曉取著之。』乃與對榻寢。生浴後，覺創瘍無苦，既醒摸之，則痂厚結矣。詰旦將興，心疑蕉葉不可著，而取審視，緑錦滑絶。少間具餐，女取山葉呼作餅，食之果餅；又作雞、魚烹之，皆如真者。室隅一甖貯佳醖，輒復取飲，少減，則以溪水灌益之。數日創痂盡脱，就女求宿。女曰：『輕薄兒！甫能安身，便生妄想！』生云：『聊以報德。』遂同卧處，大相歡愛。一日，有少婦笑入曰：『翩翩小鬼頭快活死！薛姑子好夢幾時做得？』女迎笑曰：『花城娘子，貴趾久弗涉，今日西南風緊，吹送也！小哥子抱得未？』曰：『未。又一小婢子。』女笑曰：『花娘子瓦窨哉！那弗將來？』曰：『方嗚之，睡却矣。』於是坐以欵飲。又顧生曰：『小郎君焚好香也。』生視之，年廿有三四，綽有餘妍，心好之。剥果悮落案下，俯假拾果，陰捻翹鳳。花城他顧而笑，若不知者。生方怳然神奪，頓覺袍袴無温，自顧所服，悉成秋葉，幾駭絶。危坐移時，漸變如故。竊幸二女之弗見也。少頃酬酢間，又以指搔纖掌。城坦然笑謔，殊不覺知。突突怔忡間，衣已化葉，移時始復變。由是慚顏息慮，不敢妄想。城笑曰：『而家小郎子，大不端好！若弗是醋葫蘆娘子，恐逃迹入雲霄去。』女亦笑曰：『薄倖兒，便直得寒凍殺！』相與鼓掌。花城離席曰：『小婢醒，恐啼腸斷矣。』女亦起曰：『貪引他家男兒，不憶得小江城啼絕矣。』花城既去，懼貽誚責，女卒晤對如平時。居無何，秋老風寒，霜零木脱，女乃收拾落葉，蓄旨御冬。顧生肅縮，乃持襆掇拾洞口白雲為絮複衣，著之温煖如襦，且輕鬆常如新棉。逾年生一子，極慧美，日在洞中弄兒為樂。然每念故里，乞與同歸。女曰：『妾不能從。不然，君自去。』因循二三年，兒漸長，遂與花城訂為姻好。生每以叔老為念，女曰：『阿叔臘故大高，幸復強健，無勞懸耿。待保兒婚後，去住由君。』女在洞中，輒以葉寫書，教兒讀，兒過目即了。女曰：『此兒福相，放教入塵寰，無憂不至台閣。』未幾兒年十四，花城親詣送女，女華妝至，容光照人。夫妻大悦，舉家宴集。翩翩扣釵而歌云云。既而花城去，與兒夫婦對室居。新婦孝，依依膝下，宛如所生。生又言歸，女曰：『子有俗骨，終非仙品。兒亦富貴中人，可攜去，我不悮兒生平。』新婦思別其母，花城已至。兒女戀戀，涕各滿眶。兩母慰之曰：『暫去，可復來。』翩翩乃剪葉為驢，令三人跨之以歸。大業已老歸林下，意姪已死，忽攜佳孫美婦歸，喜如獲寶。入門，各視所衣，悉芭蕉葉，破之，絮蒸蒸騰去，乃並易之。後生思翩翩，偕兒往探之，則黃葉滿徑，洞口路迷，零涕而返。

淡粧人一首

降乩

袖拂煙光見月鈎，晚凉吹面嫩幽幽。人間剩得愁多少，一概收來貯小樓。昔邪瓣梗秋磚濕，渴紅生斑古蟲泣。屋朽長元蠘蟶飛，竹枯久白蜻蜓立。繡被焚香未忍眠，燈前題恨字娟然。輕羅襯腕嫌金串，淡墨如煙不滿箋。山阿土卸孤泉滑，雌熊抱樹頭披髮。墮羊聲啞嘶半明，石毛濺血刀難刮。月影穿簾夢恰醒，玉笙哀怨隔花聽。香津熖潤檀郎筆，倩把春容畫素屏。厠旁野柩灰堪掬，紙人衣破貓猶哭。裸身相遇君莫驚，骷髏錚錚響金玉。自揀良辰自剪衣，愛穿水碧厭紅緋。滿山金粟秋衫影，静念觀音禮翠微。松杈鼠穴填槐葉，土神不靈瘦無頰。雨氣陰陰細菌生，蘚中紫蛹成黄蝶。清漏綿綿夜漸央，素娥齊著白衣裳。瑶妃醉坐長生殿，笑進延年雪藕漿。缺唇黑媪蝦蟆癩，塚頭夜習妖狐拜。削樟刻柳呼已靈，啾啾鬼語藏裙帶。偶向瑶臺望彩霞，美人須借月爲家。恐還帶卻春愁去，又在青天怨落花。牆圍亂竹螢光聚，荒臺有腥蟻争據。軋喳軋喳啼水烏，電東電西照歸去。

史震林《西清散記》：夢覘爲《早禾》詩曰：『早禾争秀細芬菲，露重秋山月漸低。冷語不成蜻蛚少，碧玲聲在桂花西。』夢覘曰：『人間之詠，無以浣煩。』是夜設乩，而仙不至。將撤，社神來言：『有過土山之巔者，若神非神，若仙非仙，皎如白玉，蒙彼蒼煙。』試往延之，良久乃至，題七言古風一首云云。問其姓名，不可得。問社神，社神曰：『淡妝人耳。』

楊筠湄鬼妻一首

口占

中舉中進士，做官做御史。督學在山西，巡撫江南止。

《觚賸》：宜君楊筠湄素蘊，締婚中部劉氏，未娶而劉殀。筠湄年方弱冠，書齋夜讀，有垂髫女子，碧襦紅裳，含笑欵户，曰：『妾即君之婦劉氏也。良偶未諧，早歸泉壤，然誼託絲蘿，理無幽顯。故不憚遠叩書幃，以成委身之願。』筠湄性本清狂，遽近擁之，衾裯繾綣，貞體宛然。自此及夕即來，踰歲乃絶。將離之辰，掩泣流連曰：『君福位遠大，尚期勗之。』筠湄因詢以科名爵禄之事，遂口占四語云云。其後一一皆驗，果由安慶中丞遷楚而卒。

弄玉一首

降乩

寒事將了了，梅音有分曉。明月何多情，輕雲忽淡掃。醉卧石牀飛，高吟過蓬島。流水撫松枝，憑虚逐歸鳥。邂逅李端端，企仰蘇小小。而以相思琴，報得同人好。極目眺平蕪，青門盡芳草。願寄《長干行》，緑雲人未老。

《在園雜志》：壬子、癸丑冬春間，有淛東單友遊京師，能爲扶鸞之技。余適無事，延之書齋者數月，頃刻畫沙，詩詞不下數百首，頗多佳句，有出人意表者。爲時已久，散失居多，今就其僅存篋笥者數十首鈔之。

西園女怪 一首

絶句

春花成往事，秋月又今宵。回首巫山遠，空將兩鬢凋。

《續齊諧》：杭郡周姓者，與友陳某游邗上，主某紳家。時初秋，尚有餘暑，所居屋頗隘。主人西園精舍數間，頗幽静，面山臨池。二人移榻其中，數夜安然。一夕，步月至二鼓，入室將寢，聞庭外步屧聲，徐徐吟曰云云。兩人初疑主人出游，既而語氣不類，披衣竊視，見一美女背闌干立。兩人私語：『未聞主人家有此人，且裝束殊不似近時，得毋世所謂鬼魅者，此乎？』陳少年，情動，曰：『有此麗質，魅亦何妨？』因呼曰：『美人何不入室一談？』庭外應聲曰：『妾可入，君獨不可出耶？』陳拉周啟户出，不復見。又呼之，隨呼隨應，而人不可得。尋聲以往，若在樹間；審視之，則柳枝下倒懸一婦人首。二人駭極大呼。首墜地，跳躍而來。二人急奔避入室，首已隨至。兩人闔門，盡力抵之；首齧門限，咋咋有聲。俄聞雞鳴，首跳躍去，至池而没。兩人迨天明，急移住舊所，各病瘧數十日。

某氏 一首

題號壁

芳魂縹緲已經年，今日相逢矮屋邊。遲爾功名污我節，當時錯認作良緣。

《養疴讕語》：乾隆戊申科，江寧棘闈某字某號生，進場後於初九日忽發狂疾，自題詩於號壁云云，後書某氏題。題畢，叫呼徹夜，若有物憑之者。

元墓女鬼 一首

綉帕上

細刺文綾記別言，殷勤留寄白門軒。□針點點傳愁緒，線筆行行隔淚痕。除却贈人桃葉渡，任憑貰酒杏花村。他年崔護如相憶，香冢持來招怨魂。

《秋燈叢話》：金陵沈某，慕吴下山水之秀，買舟往遊。一日，至元墓幽僻絶勝處，流連忘倦，而燥渴思飲，見道旁茅舍數椽，門庭雅潔，花木交暎，有老嫗倚門立。沈前揖求飲，嫗詢姓名居址，延入，餉以果茗。覺竹屏簾幕間彷佛有麗人行走，沈問：『室中何人？』嫗曰：『一小娘子，爲老身所乳養，性厭城囂，故伴居此耳。』沈欲一見，嫗頷之。未幾，環珮琤琤，香風習習，一女郎盛服而出。沈瞻拜神馳，罔知所措。嫗詢知沈未授室，謂女曰：『老身閲人多矣，無如此郎。小娘子亦有意乎？』女含羞不語，嫗曰：『好姻緣，豈宜錯過？』乃置酒成禮，指心誓日，期以永偕。沈遂移寓元墓小菴，每夕往女家就宿。後沈以應試歸，荏苒將度歲，忽一人自姑蘇來，投書於沈。拆視之，綾帕一方，有詩云云。沈覽詩，悲疑交集，往蘇訪故處，僅見荒墳二塚。詢之，乃吴下十七歲才女，死葬於此；旁一塚，乳娘也。

絳衣人句

句

草香侵曉袂，花露滴春衫。

《水曹清暇録》：曩年同社鸝亭戴廷熺下榻余開萬樓時，一日早起，謂余曰：『夜夢遊一靈山，遇絳衣仙女，極娟麗，吟詩一章。』爲余誦之。適有客至，未即寫出。頃記憶，僅得一聯云云，漫録於此。

狐仙句

句

鳥啼春有淚，花落月無聲。

《秋燈叢話》：雩化李司馬家居池館林泉，擅一時之勝，顔其額曰『亦園』。夏月晨興，偕友人散步，聞鼾聲隱隱，跡至書舍，有狐卧榻上，大如犬，毛黝然而光。令僕潛入持之，狐醒，作人言曰：『我向居城北古塚，被酒誤入。祈赦餘生，感且不朽。』客有議皮爲冠者，狐哀鳴雨泣。李憐其能言，謂之曰：『今赦汝。吾郭外有山莊數椽，頗幽僻，假汝藏身。勿謂入謁，此地不得再至也。』狐點頭，作叩謝狀。乃釋焉，倏不見。莊側爲張氏別墅，名『可園』，風亭月榭，與亦園相頡頏。張有西賓高某，遇園中梅花盛開，獨酌月下；更餘興未闌，徘徊庭除。見一女郎自花叢中出，淡妝雅服，丰韻嫣然。高驚諤，未及問，女曰：『我狐也，前蒙李公宥，令我安居此院。聞梅花爛熳，特來遊賞；且與君有夙緣，幸忽以異類相訝。』高性素豪放，復中酒，遂攜入室。後每夕輒至。狐頗通翰墨。高嘗出其詩詞，質諸同人。衆以高夙不嫻聲律，詢得其故，傳聞遠近。能詩者競趣訪之，狐每與唱和。其警句云云，膾炙人口。雩邑好事者咸藏其稿。

韋阿娟 一首

即景

紅梅正馥白梅芳，無賴東風趁蝶狂。只説清芬堪殢汝，誰知韓壽慣偷香。

韋阿秀 一首

即景

月光如幕草如茵，無事紅螺點絳唇。未死會須行樂事，忍看入室有他人。

《夜譚隨録》：令狐韓樾子〔一〕，雖世為賈人，而丰姿姣媚，善賦，能詩詞，尤工絃筦。弱冠遊京師，獨乘駿騾，出井陘道上，值雨，見一少年婦，色絕艷，跨蹇驢，或前或後，與韓同路行。晡時，雨愈洪，道旁適有壞屋數椽，空無人居，韓暫入避之，婦亦踵至。韓頗不自安，然無如之何，姑聽之。既而駿驢見騾羸，厥勢昂舉，聳鼻而鳴。婦視韓，掩袖而笑。韓心動，不可遏，陰念日暮人稀，效魯男子若何為？固挑之曰：『驢猶如此，人何以堪？小娘笑厥物之不雅觀耶？抑之更有甚如此者？』婦怒之以目曰：『我自笑其可笑耳，不謀與汝扳談！』韓跪而擁之曰：『念此邂逅，實天假之緣；途中傾慕之私，卿喻之否？』婦粲然，曳之令起，曰：『兒苟無意於子，何為履子之跡，入此頹圮之地乎？兒家即在直北喬木處，去此僅十餘里。然不欲與子偕歸者，猥以舅姑性〔二〕嚴，良人及伯叔亦皆正靖。母家匪遠，盍枉駕見辱？雖險不足慮也。』韓為搖惑已久，不復三思，遂控羸隨之以往。行入萬山中，跋履迍邅，約數十里，始達其處。千峰環抱，萬木森羅，靠澗依山，得一巨宅，四面別無人居。韓疑之而未發，婦已知之，笑曰：『子疑兒家無鄰比乎？蓋祖父辟世者也，居此近百年矣。凡人罕得至此，正可與子盤桓，勿忖度也。』亟棄鞍，以馬鞭撾門，有二婢出應，雙髻垂髫〔三〕，色麗齒稚，婦以『小紅』、『小緑』呼之。登堂，輪奐之美如王侯。婦易衣而出，錦裙繡袂，綽〔四〕約如仙子，與前策蹇冒雨時，什佰增色。又為韓易衣履，亦極鮮華。韓西向拱立，請尊人拜見。婦曰：『兒幼孤，失怙已十年矣；更無兄弟，唯一姊一妹，各適所天。此間為兒獨居，無可見客者，子勿復以禮自拘。』乃相攜入閨闥。閨中位置精奇雅潔，又為改觀。几案皆檀楠，爐瓶悉金玉，北設鈿榻，南列屧窻，東壁懸古畫，西壁懸合歡圖也，聯為董思白書。几上置金猊，爇異香，地平如鏡，不染纖毫塵翳。婦捺之使坐，小婢瀹茗，茗尤香美，一旗一槍，不識何名。韓問何姓、適何人、青春幾何，婦笑曰：『瑣瑣根究，得毋誌之以告所歡耶？』韓笑曰：『予雖為客，而年甫二九，華柳之事，實所未諳；且賦性孤清，守如處子，今與卿眷戀，亦發軔之始。所以瑣瑣瀆詢者，欲心銘弗諼也。何事見疑？』婦曰：『勿面急，聊以相戲耳。』因言：『姓韋氏，字阿娟，行二，年二十。初適阜平元氏子，三年前，元不謹於行，闔門為仇家所殲。兒從間道逃歸，僅以身免，孀居於此。同胞一姊，字阿姸，嫁上黨。妹字阿秀，嫁靈丘，與了同庚，今將往探之，不意遇子，非夙緣，烏能若是？』韓曰：『然則舅姑性嚴、諸昆正靖之説，胡為而云然也？』娟笑曰：『亦飾説也。』韓亦笑曰：『卿尚有一毫誠實哉？相聚纔半日，誑語已足夠一車矣。』二婢亦笑。有頃，珍異畢陳，觥籌交錯。娟則嬌癡宛轉，耎輢輕偎；韓則熨貼慇懃，凝注傾倒。俄而三星在户，移燭登牀。至於衾裯枕席間，其事不可竟究〔五〕矣。娟善吴歈，每發聲，音響靡靡，而發阮〔六〕和之，兩心如醉。居匝月，不離跬步，日惟劈箋鬭酒，坐月茵花，温柔鄉景味，備細領略。一日，娟復往探其姊，韓獨倚檻觀魚，適小紅送茶至，韓戲捻其腕，紅微笑睨之曰：『小娘甫出門，郎君便爾放浪耶？』韓抱持之，曰：『古人謂秀色可餐；若卿者，可以療饑矣。』隨探手於懷，肌膚膩不留手，胸乳椒發，情不能禁，遂與綢繆。興未闌，小綠猝至，不及掩飾。綠却步含笑，佯作採花。韓知其可狎，以手招之，綠齒尤稚，反走欲逃。韓置紅追之，將及，忽聞院外笑語聲，嚦嚦如鶯燕。綠且走且回首笑曰：『郎勿嬲，小娘歸矣！』韓亦斂步，尋聞叩環聲。綠徐徐理髩納履，啟扉視之，笑而揚聲曰：『秀姨何久不臨貺，玉體得勿少郗耶？』小紅繼至，問小綠與誰語，綠曰：『紅姐不亟來起居耶？靈丘秀姨來矣！』紅兩頰紅暈，再拜曰：『小娘往上黨，未克言旋，秀姨可居此以候之。』韓隱玉蘭花下偷窺，則一靚粧少艾，扶一女奴，冉冉而入，冶容麗色，不可正視。韓目炫心摇，知為阿秀。無計迴避，不得已徑前揖之。秀驚却羞澀，引袖遮面，細語問小紅：『郎君係阿誰？』紅無以對。韓輒應之曰：『猗氏韓樾子也。』秀曰：『那得在此？』曰：『令姊〔七〕之所招致。』秀作色曰：『姊孀居三年矣，院門以內，雖五尺之童，未嘗側足；汝異鄉他姓，穉齒韶年，既非周親，又非故舊，貿焉戾止，意欲何為？』韓皇遽，自投於地曰：『小人罪當死，乞秀姨寬宥之。』秀曰：『因誰為汝姨？會須縛而鳴諸官，嘗試桎梏。第汝云二姊招致，故舍之，待其歸而面證。』韓頓首謝。秀立迴廊下，把茗盞，召韓問曰：『居此幾時矣？』韓曰：『月餘矣。』曰：『終日何所事？』曰：『無所事事。』秀哂曰：『無所事事，豈以汝作木偶人看哉？我觀汝精滿、氣足、神旺，苟非為入幕之賓，焉能若是？汝之事，我知之矣。』韓俛首不言，小緑嗤嗤笑。秀目視小紅，紅頗有赧色。秀移步入室，呼小紅耳語良久，紅頷之，掩笑出户，點首招韓，曰：『來，與郎君語。』韓隨至西軒下，紅握手密告曰：『適秀姨慕郎君温文韶秀，今夕欲留此與郎君一敘。囑兒致意：異日小娘回，切勿洩！』韓聆之，驚喜欲狂，曰：『敢不如命！』紅反命，旋聞房中嘻笑。日纔落，便見小緑秉燭，女奴捧盤〔八〕盛酒肴，往返數四。小紅即出邀曰：『可以入矣。』韓汲水灩面濯頸，易新衣。及階，小紅啟簾，秀迎，笑曰：『適間戲作恐嚇語，亦有懼心否？』韓應曰：『初亦甚懼，既察卿之色不惡，且自念亦未嘗獲罪，遂不復恩。』女笑而睨之曰：『子真佞口！亂人閨壼，尚不伏罪。』韓請以酒自罰，小緑從旁謔之曰：『郎惡醉，輒强酒耶？』小紅低語曰：『想試周時，但拈得酒盃耳。』小緑曰：『寧獨酒盃，更撚得小紅睡鞋矣。』紅面赤，不復置喙。秀與韓皆笑，各賜以酒。是夜並宿娟榻，秀肌膚滑膩似娟，而柔媚淫蕩遠過之。韓不勝其憊，日上八甎，猶擁衾卧。秀先起，臨鏡曉粧，忽女奴迅走入報曰：『娟姨歸矣。』韓枕上聞之，手足失措，白身下床，倉皇不知所避，仍匿帳中。秀顔色不少變，調脂弄粉如故。俄而娟入室，徑坐椅上，軒眉瞋目，憑几支頤，怒不可犯。紅、緑屏足簾外，股戰臂摇。韓屏息鴛幃，齧指聽察。一餉時，秀粧罷，盥手理裳，緩步至前，撫娟背，含笑問曰：『姊歸乎？聞往省姸姊，彼近況奚似？妹與姊契闊久，故來一望。胡相見不作一寒暄語？豈其有所開罪，而姊芥蒂於心乎？』娟哂曰：『自作事，寧不自知？乃故故問人耶？』秀曰：『然則姊所芥蒂者，妹知之矣。得毋為幕中人乎？幕中人，妹何由識？實姊所羅而致之者。妹不幸與之相值，帷薄之醜，事往心傷，悔且無及。姊〔九〕之牆茨，滋蔓及妹，姊之罪也。方謂慰藉之不暇，乃翻以忿氣見加乎？』言訖，掩面而泣。娟氣平，亟起，為拭淚以安之曰：『妹若大，尚不識耍，嬌癡如在母側時耶？姊與妹如一人，又何間焉？姑試之，日久便知矣。』秀始破涕成笑。娟出韓於帷，猶白身未袴，涕痕滿面。娟、秀相顧而笑。久之，始整衣盥漱，載笑載言。韓一旦獲兩美姝〔一〇〕，朝暮騰歡，誠荒淫無度。留連半載，倏忽春來，不復念身爲何如人，亦不念身有何所事，不減朱威武以宣府為家裏也。會春雨初霽，月色滿庭，偕娟、秀飲於木香亭。酣暢間，秀不〔一一〕避侍婢，噙酒哺韓，韓即以哺娟，曰：『挹彼注茲，其樂何如？』娟曰：『樂則樂矣，無乃太褻〔一二〕！古士女雅會，未必如此。子亦雅人深致者，盍舉觴政，或逞吟懷？即婢子輩效而尤之，亦可繼康成佳話。』秀和之曰：『姊每於極樂忘形處，輒下勉功，以為節制，此妹素所心儀者。請分韻為小詩，以承姊命。』於是女奴拭硯，小緑裁牋，小紅左右其間。吮毫濡墨，娟、秀之詩同就。韓一見輒嘖嘖曰：『即此兩幅《洛神賦》小楷，已足珍如拱璧矣。』娟詩云云，又秀詩云云。韓持兩詩，三復而讚美之。娟愠曰：『子太無分曉，彼作詩罵人，尚兩可其間，毫無定評；使子入場衡文，必致人文顛倒。』秀笑曰：『勿聽姊語，姊詩亦寓諷刺，何獨怪人？』韓兩解之曰：『詩人多謔，親姊妹無介意也。若謂諷刺之意，二卿自思，亦難回護，我亦將擱〔一三〕筆費平章矣。』娟、秀乃各解顔。韓詩既成，娟、秀争欲先觀，花牋紛紛粹碎，合之不復成文。韓笑曰：『適足為魏公藏拙。』遂焚之。夜闌始罷。次日，復讌於亭。韓偶見燕子將雛，陡憶萱幃，不禁廢然思返。以語娟、秀，娟、秀色變，如失左右手。良久，秀掩袖而泣，娟獨淒然嘆曰：『此子之孝思也，即不欲行，尚當勸駕，況敢阻撓？特再面無時，離别之悲，誰能遣此？』因相對欷歔，終宵不寐。三人目盡腫，紅、緑亦泣涕不自禁。戒途之日，娟、秀各有所贈。韓亦各有所貽，且慰之曰：『暫歸省母，約三兩月可復相聚，無太自苦。』娟曰：『前期未可定也。行矣，幸自愛！』秀哽咽，不能出一語，但極力握手而已。韓飲泣而别，仍跨故贏，星夜還家，至則母死已數七矣。韓自慟不克送母終，又思娟、秀不置，鬱鬱成疾，半載始瘥。及服闋，復治裝出井陘，循路入山，重至其處。風景如故，第宅無存，但見怪石寒泉，亂雲紅樹，空山寂歷，幽鳥啼鳴，四顧茫茫，杳無人跡。徘徊向夕，大慟而歸。韓表兄王姓者，為布客於都中，傳屬國與之相善，每聞其述之如此。為狐為鬼？為鳥獸草木之妖？無有能辨之者。

【校記】

〔一〕子：原作『千』，據《夜譚隨録》（《叢書集成三編》本，下同）改。

〔二〕性：原作『姓』，據《夜譚隨録》改。
〔三〕垂髫：原作『雙髫』，據《夜譚隨録》改。
〔四〕綽：原脱，據《夜譚隨録》補。
〔五〕究：原作『突』，據《夜譚隨録》改。
〔六〕阮：《夜譚隨録》作『吭』。
〔七〕姊：原作『妹』，據《夜譚隨録》改。
〔八〕盤：原作『拌』，據《夜譚隨録》改。
〔九〕姊：原闕，據《夜譚隨録》補。
〔一〇〕美姝：原作『世姝』，據《夜譚隨録》改。
〔一一〕不：原作『下』，據《夜譚隨録》改。
〔一二〕褻：原作『藝』，據《夜譚隨録》改。
〔一三〕擱：原作『格』，據《夜譚隨録》改。

柳小姐 一首

七夕

曝衣樓上望雙星，銀漢初斜斗轉丁。涼露滿庭時獨立，踈籬瓜蔓起流螢。

《廣新聞》：郫城西數里，有古塚，相傳爲未字女，不知何時葬此地；故寬暢。方春和時，百花競艷，時士女連臂踏青，多憇息墓門。瀆川生某，年未及冠，美丰儀，温雅能文，讀書虹橋親串家，往來必道過焉。一日他出，歸已晚，見道旁有巨第，生訝此處素無高門大族，徘徊間，一老嫗遽出，謂生曰：『郎君來，何暮也？』挽生入，登堂，則錦屏翠幄，華麗如天上宫闕。俄擁一女郎出，雲鬟霧髩，絶世麗姝，向生拜，生亦拜，致禮甚殷。生遂詰女氏族，女言柳氏；女亦問生庄，告之。嫗在旁曰：『然則小姐與郎君爲中表兄妹也。』遂以兄妹稱。少選，引生達内寢，設饌，女與生對席飲。生本不勝杯勺，且又心醉，麗人僅舉一蕉葉，早頽然不自知也。及明日，生起，嫗早伺門外，見生道温凉，欵曲備至。生問女家何並無他人、嫗與女相依幾時矣，嫗方支吾，而女已起。生遂置不問，坐奩側，觀女理曉粧。勻粉調脂，聊爲膏沐，簪牽牛花一枝，衣翠羅衫，曳湘裙細縺訖，挽生歷遊亭院。少疲，則偎坐桐陰下小石闌。嫗以玻璃盞瀹香茗進，味甘冷，沁人心脾。女笑謂生曰：『能復飲乎？』生曰：『相如素病渴，得此足潤枯腸，更勿脱裘貰酒也。』間爲雙陸蹴踘，時或作小詩相倡和。曾記女一絶云云。由是生與女形影相隨，刻不可離。無何，跡生者麕至，遍訪不可得。偶過其地，聞笑語聲從塚中出。詢爲無主墓，亟發之，則生方裸卧棺側，見人猶作癡憨態。載而歸，扃不令出。女亦尋至，每夕燕昵語喃喃絮聒，至夜分不休。生父恚甚，禁之不可。一日從户外入，見生方裁芙蓉錦作幛屏，謂女二十初度，製四六序壽女也。由是與生言諦姻事。生守燕尾生約，屢梗。父命强委幣於郡城某氏，擇期成禮，皷樂至而生暈絶。生父哭之慟，尋見生巾箱中《續會真記》一首，又《秘辛詳考》十卷，遂怒曰：『不肖兒死且晚矣！』聚焚之，不復哭。生没後且數月，虹橋戚某夜坐，聞吟哦聲，啟户視之，於月影下見生挾紅裙女，從東南冉冉而去。

紅裳女子 二首

絶句

白月塵生暗鐵星，漆床孤卧夜冥冥。都曇荅臘無消息，腸斷花奴空淚零。

聞道蕭郎愛細腰，齊娘薛妲顫聲嬌。自憐不及雙飛鷺，猶伴行人宿麗譙。

《耳食録》：常德有士人，客滇中歸。一僕負擔以從。一日向夕，不及旅店，過一小村，向村人假宿。村人曰：『此地他無館舍，惟一古廟，然素有妖怪，不敢宿客。』士人度日暮途遠，不得已，乃曰：『吾不畏。』乞以一几一鐙，為達旦之備。村人與之。士人入廟，下榻一室，命僕宿其耳房。因張燈讀書，並取行篋中硃筆硯，陳於几。澄心息慮，以待其變。二更之後，僕已熟睡。有紅裳女子，年可十八九，婀娜而來，顧之而笑。士人揣知妖魅，殊不顧。女乃延佇而歌曰：『昔伴笙歌隊，今居土木旁。銅丸埋漢殿，誰是定陶王？』低昂斷續，音節頗妙。既畢，笑曰：『郎識之乎？』士人答言不識。因復少近，曰：『更有新歌，敢獻于君子乎？』士人曰：『第歌之。』女乃拂袖搴裳，斜睥敧足，緩聲而歌，柔曼纏綿，夭媚百出。其一章云云，二章云云。歌罷，立近几旁，含情欲發。士人取筆濡硃，戲書其頰。女大驚，失聲而走，遂不復至。次日，以狀告村人。窮其跡遍，殿角一敗鼓，朱書宛然。遂破之，得血數升及人骨若干，魅遂絶。

縊鬼一首

降乩

薄命輕如葉，殘魂轉似蓬。練拖三尺白，花謝一枝紅。雲雨期雖久，煙波路不通。秋墳空鬼唱，遺恨宋家東。

《姑妄聽之》：多小山言：嘗於景州見扶乩者，召仙不至。再焚符，乩摇撼良久，書一詩云云，知為縊鬼。姑問姓名，又書曰：『妾系本吴門，家僑楚澤。偶業緣之相湊，宛轉通詞；詎好夢之未成，倉皇就死。律以聖賢之禮，君子應譏；諒其兒女之情，才人或憫。聊抒哀怨，莫問姓名。』此才不減李清照；其『聖賢兒女』一聯，自評亦確也。

卷之七十八

琅玕神女一首

和白羅天女

妾家新住水仙菴，十萬青蓮碧玉潭。自織藕絲衫子嫩，可憐辛苦赦春蠶。

史震林《西清散記》：壬子客絹山澹香堂，張生夢覘曾學扶乩於茅山道人，閏王月朔，與其弟仁趾問秋闈事，乩運如環，云是阮生生也。未喻，題云：『白羅天女阮生生，自畫雙眉下太清。』更題云：『也只紅塵事可哀，雪衣無暑爲君來。多情竟有癡仙子，又累書生半晌猜。』自和九首原韻，其一云：『生生仙子白羅菴，自買鴛鴦放紫潭。刪盡亂霞留一朵，海西籠袖看紅蠶。』越七日，琅玕神女和云，句多哀艷，不盡載也。

常氏二首

江蘇揚州女鬼也。

方成培《疊嶂樓詩話》：揚州有友人設壇召鬼，鬼至，自云：『姓周，名甫，字虞國。殁，爲鄉約。』衆請詩，答云：『我不能詩，吾妻常氏稍知詩律。』少頃，常氏降，題詩云云。

即景

秋雲陣陣壓低簷，明月清風雨淡然。最是淒凉垂柳下，雁飛啼散夕陽煙。

雨中歸平山次趙夫人韻

秋雲晝夜淡煙微，一片愁心對夕暉。莫道世情無冷暖，更須明月共相依。

瑶宫花史三首

小名月兒，姓氏不著，山陽富家女也。赴水死。詩見《西堂集》。

降壇

片片落英飛羽客，翩翩獨向風前立。緩行徐過小橋東，只恐春衫香汗濕。

尤侗《和花史詩》：芙蓉城主金釧客，雲中飛舞風中立。散花來到折花歸，一枝擎雨衣香濕。

湯傳楹《和花史詩》：花神聯隊迎佳客，風幢不動雲幢立。微吟吹墮口脂香，散作江南紅雨濕。

寒夜

樹頭落葉舞天衣，蕭瑟風篁吟露晞。青火半銷殘月繼，黃鐘初罷曉星稀。新寒剪到羅帷急，愁淚彈來香息微。消遣夜深惟有夢，巫山攜得片雲歸。

太華行

登峰當登第一山，婆娑屹立不可攀。巨靈贔屭崒為掌，雲氣時流十指間。蒼龍玉馬隨風步，黃冠鶴羽皆童顏。半壁飛泉珠雨散，水天相對乘時閑。爾乃坐青蓮，游玉田，金鼎石室篆如煙。團團握麈成清談，鐵笛一聲江天寒。玉女乘鸞相接引，葡萄火棗列嘉筵。歌一曲，樂萬年，進一酌，成百篇。松風枕上聽流泉，陶然醉倒不知還。呼吸三光應列斗，巍峩兩山一畫剖。少陰令德合秋成，氣含金爽據丁酉。伊古少昊君此都，蓐收別館稱中阜。何若淩虛此一遊，憑風羽化飛飛走。視昔登顛發狂號，垂書作別真堪嘔。仙兮仙兮不可及，髣髴斯遊不竟口。我向瓊宮索記書，大文千言若蝌蚪。

尤侗《瑤宮花史小傳》：歲癸未，予讀書王氏如武園，偶為扶鸞之戲，得遇瑤宮花史云。花史何氏？小名月兒，明初山陽富家女也。年十六，獨在花下摘花，為一書生所調，父母怒而譴之，遂赴水死。王母憐其幼敏，録為散花仙史。此掌文真人唐孫過庭告予云。初降壇，作詩云云，其標韻如此。花史年少，放誕風流，既為情死，眉黛間常有恨色。性善諧謔，既與予狎暱，嘲戲百出，一座閧堂。間以微詞挑之，輒不對，或亂以他語，久而憮然，不知情之一往而深也。寒夜嘗與予聯句云云。自後相對，多作斷腸哀怨之語。予戲以尺素貽之，是夜遂夢花史冉冉而來。年可十八九，頭上百花髻，戴芙蓉冠，插瑟瑟鈿朵，著金縷單絲錦縠，銀泥五暈羅裙，鴛鴦襪，五色雲霞屧。妝束雅淡，神姿艷發，顧盼妍媚，不可描畫，搴帷微笑，若有欲言。予胸次忽為一物填壓，又似鬼手來捉人臂，驚呼而覺，但見殘釭明滅，紙窻風聲條條，若有彈指而泣者。詰朝問之，云：『吾夜間到君牀頭兩次，君為五臟神所守，覺則退耳。』予問：『五臟神誰何？』花史云：『凡人一身，皆有神守：耳目手足，有神外守；五臟魂魄，有神內守。有緣者神與之親，無緣者神不與之親。吾與子情深矣，奈三生石上無一笑緣何！』因泣下欷歔。既而言楚江事。楚江，花史侍兒也，與幼婢小紅，皆端麗明慧，日侍香案。花史云：『楚江前世與君為鄰，兩情眷眷不遂，病死。君作一柬，焚告楚江云：「三生如不斷，願結未來緣。」君舉孝廉，亦早逝。迄今二十年，可續前盟矣。』遂請於王母，許於甲申二月降生趙地，賜以玉璫一事，翠鳳屧一雙。花史賦《鷓鴣天》詞送之，云：『整束簪環下碧霄，教人腸斷念奴嬌。曲房空剩殘香粉，獨對瀟湘憶翠翹。　尋別話，酌清醪，盈盈徐送小紅橋。從今不伴煙霞客，愛向風前鬬柳腰。』楚江和云：『朝飡風露暮淩霄，不羡金閨貯阿嬌。却恨柳絲牽月線，強移花色點雲翹。　情猶戀，意如醪，依依不舍舊藍橋。東君可許歸攜伴，暫向風塵學楚腰。』然自楚江下世，花史意致黯然，不復如前日歡洽矣。王母聞其以䚡詞贈答，切責之，命遊神巡察，不許私至，且曰：『尤生不患才少，花兒獨坐情多。倘涉幽期，恐有山魈木魅之疑也。』自爾蹤跡遂絶。予嘗覽《杜蘭香傳》，乃湘江三歲女子，為阿母青童攜去，後駕鈿車詣包山張碩，言本為君作妻，以年命未合，小乖，太歲東方卯，當還求君。此與楚江事絶類。而予淪落不偶，無室家之樂，幽婚如夢，忽忽忘之。然每策蹇往來邯鄲道上，秦樓日出，遊女如雲，恍然若有所遇，卒無有鼓瑟而至者。而予亦已老矣！豈仙人固好食言耶？抑塵心未盡，負此蹇修也？花史詩詞甚多，其最著者，《太華行》一篇。先是，甲申元日，真人同湘江諸侶游太華山，樂甚，命予兩人作長歌記之。予走筆急就，而花史詩故作蟲書，亦狡獪伎倆也。真人笑而譯之，其辭云云。

泐大師 一首

不著里氏。

邨婦艷

西施住盡黃金屋，泥壁蓬窗獨剩儂。寄語梁間雙燕子，天涯可有好房櫳？

《堅瓠集》：泐大師，現女人身説法者，附乩作《村婦艷》詩云云。

横水鎮鬼 句

句

殘魂摇遠夢，弱骨冷空山。

金刀斷織韓香事，千載啣冤泣月明。

王士正《蠶尾續文集》：王璵似，字魯珍，益都諸生也。康熙元年，省父保寧太守，王生歸次鳳翔横水鎮西，迷失道。時方五月，暍甚，遥見山麓屋宇，隱隱出林表。策馬赴之，可五六里。至則古木參天，藤蔓糾結，漸入陰翳，不見曦景，蜩伏鼠竄，栖鶻磔磔，驚起叢薄間，心悸欲返。更誤入敗垣北，得一亭，蒿藜没徑，闃無人跡。繫馬堦楹，轉入東北隅，有堂巍然。堂後素壁上題詩，滅没不完，有句云云。方吟諷，然疑之頃，忽牆下窸窣有聲，一巨蛇出草間，拔刃逐之，乃引至别院。一室類祠廟，室中有塑像緑衣少年，衣冠甚古。東西正黑如夜，西北隅微茫有物如床几，不敢近，稍以刃穴壞牖土石視之，天光穿漏，則一敗柩耳。睇其中，豐鬢纖足，女子也；雖衣花成土，而依稀可辨。胸壓匕首，剪刀出左脅。憶壁間詩云云，其殆以此。以土覆其身而出。紆廻林木間，日已將夕，僕馬方徬徨道左，乃覓路東行。恍忽見一女子，拊心行馬前，既而形隨目矚，化身百千億。投逆旅，倦而假寐，夢女子云：『荷君厚意，後十三年再得相見。』比覺，問店主人，云：『後魏鄭刺史祠也。闖寇已來，久為豺虎之窟，欲焚之而未果也。』然十三年後，竟無所遇。王生，予門人，自述如此。

絳雪一首

次黄生韻

連袂人何處，孤燈照晚窻。空山人一箇，對影自成雙。

《聊齋志異》：勞山下清宫，耐冬高二丈，大數十圍；牡丹高丈餘，花時璀璨如錦。膠州黄生築舍其中而讀焉。一日，遥自窻中見女郎，素衣掩映花間。心疑：『觀中烏得有此？』趨出，已遁去。由此屢見，遂隱身叢樹中以俟其至。無何，女郎又偕一紅裳者來，遥望之，艷麗雙絶。行漸近，紅裳者却退，曰：『此處有人！』生乃暴起。二女驚奔，袖裙飄拂，香風流溢。追過短牆，寂然已杳，愛慕殷切，因題樹上云：『無限相思苦，含情對短窻。恐歸沙吒利，何處覓無雙？』歸齋冥想，女郎忽入，驚喜承迎。女咲曰：『君洶洶似强寇，使人恐怖。不知君竟騷士，無妨相親。』生略叩生平，曰：『妾小字香玉，隸籍平康巷。被道士閉置山中，實非所願。』生問：『道士何名？當為卿一滌此垢。』女曰：『不必。彼亦未敢相逼。借此與風流士長作幽會，亦佳。』問：『紅衣者誰？』曰：『此名絳雪，亦妾義姊。』遂相狎。寢既醒，曙色已紅。女急起，曰：『貪歡忘曉矣。』着衣易履，且曰：『妾酧君作口占，勿笑也：「良夜更易盡，朝暾已上窻。願如梁上燕，棲處自成雙。」』生握腕曰：『卿秀外慧中，使人愛而忘死。顧一日之去，如千里之别。卿乘間當來，勿待夜也。』女諾之。由此夙夜必偕。每使邀絳雪來，輒不至，生以為恨。女曰：『絳姐情殊落落，不似妾情癡也。當從容勸駕，不必過急。』一夕，女慘然入，曰：『君隴不能守，尚望蜀耶？今長别矣。』問：『何之？』以袖拭淚，曰：『此有定數，難為君言。昔日佳什，今成讖語矣。「佳人已屬沙吒利，義士今無古押衙」，可為妾詠。』詰之不言，但有嗚咽。竟夜不眠，早旦而去，生怪之。次日，有即墨藍氏，入宫遊矚，見白牡丹，悦之，掘移逕去。生始悟香玉乃花妖也，悵惋不已。過數日，聞藍氏移花至家，日就萎悴。恨極，作《哭花》詩五十首，日日臨穴，涕洟其處。一日，憑吊而返，遥見紅衣人揮涕穴側。從容而近就之，女亦不避。生因把袂，相向汍瀾。已而挽請入室，女亦從之。歎曰：『童稚之姊妹，一朝斷絶！聞君哀傷，彌觸妾慟。淚墮九泉，或當感誠再作。然死者神氣已散，倉猝何能與吾兩人共談笑也？』生曰：『小生薄命，妨害情人，當亦無福可消雙美。曩頻煩香玉，道達微忱，胡再不臨？』女曰：『妾以年少書生，什九薄倖，不知君固至情人也。然妾與君交，以情不以淫。若晝夜狎暱，則妾所不能矣。』言已告別。生曰：『香玉長離，使人寢食俱廢；賴卿少留，慰此懷思。何決絶如是！』女乃止，過宿而去，數日不復至。冷雨幽窻，苦懷香玉，輾轉牀頭，淚凝枕簟。攬衣更起，挑燈命筆踵前韻曰：『山院黄昏雨，垂簾坐小窻。相思人不見，中夜淚雙雙。』詩成自吟，忽窻外有人曰：『作者不可無和。』聽之，絳雪也。啟門内之，女視詩，即續其後云云。生讀之淚下，因怨相見之疎。女曰：『妾不能如香玉之熱，但可少慰君寂寞耳。』生欲與狎。曰：『相見之歡，何必在此？』於是至不聊時，女輒一至。至則宴飲酹唱，有時不寢遂去。生亦聽之，謂之曰：『香玉吾艷妻，絳雪吾良友也。』每欲相問：『卿是院中第幾株？早以見示，僕將抱植家中，免似香玉被惡人奪去，貽恨百年。』女曰：『故土難移，告君亦無益也。妻尚不能終從，況友乎？』生不聽，捉臂而出，每至牡丹下，輒問：『此爲卿否？』女不言，掩口笑之。適生以殘臘歸過歲，二月間，忽夢絳雪至，愀然曰：『妾有大難！君急往尚得見，遲無及矣。』醒而異之，急命僕馬，星馳至山。則道士將建屋，有一耐冬，礙其營造，工師方縱斤矣。生知所夢即此，急止之。入夜，絳雪來謝，生笑曰：『向不實告，宜遭此厄！今而後知卿矣。卿如不至，當以艾炷相炙。』女曰：『妾固知君如此，曩故不敢相告。』坐移時，生曰：『今對良友，益思艷妻。久不哭香玉，卿能從我哭乎？』二人乃往，臨穴灑涕。至一更向盡，絳雪拭淚勸止，乃還。又數夕，生方獨居悽惻，絳雪笑入曰：『喜信報君知：花神感君至情，俾香玉復降宫中！』生喜問：『何時？』答云：『不知，要不遠耳。』天明下榻，生曰：『僕為卿來，勿長使人孤寂。』女笑諾。兩夜不至，生往抱樹，搖動撫摩，頻喚絳雪，久之無聲，乃返。對燭團艾，將以灼樹。女遽入，奪艾棄之，曰：『君惡作劇，使人創痏，當與君絕矣！』生笑擁之。坐方定，香玉盈盈而入。生望見，泣下流離，急起把握香玉。以一手捉絳雪，相對悲哽。已而坐道離苦，生覺把之而虛，如手自握，驚其不類曩昔，香玉泫然曰：『昔，妾花之神，故凝；今，妾花之鬼，故散也。今雖相聚，君勿以為真，但作夢寐觀可耳。』絳雪曰：『妹來大好！妾被汝家男子糾纏死矣。』遂辭而去。香玉欵愛如生平，但偎傍之間，髣髴以身就影。生悒悒不歡，香玉亦俯仰自恨，曰：『君以白蘞屑，少雜硫黃，日酹妾一杯水，明年此日報君恩。』亦別而去。明日往觀故處，即牡丹萌生矣。生從其言，日加培溉，又作雕闌以護之。香玉來，感激甚至。生謀移植其家，女不可，曰：『妾弱質，不堪復戕。且物生各有定處，妾來原不擬生君家，違之反促年壽。但相憐愛，好合自有日耳。』生恨絳雪不至，香玉曰：『必欲强之使來，妾能致之。』乃與生挑燈出，至樹下，取草一莖，布裳作度，以度樹本，自下而上至四尺六寸，按其處，使生以兩爪齊搔之。俄絳雪自背後出，笑罵曰：『婢子來，益助桀為虐耶！』牽挽併入。香玉曰：『姊勿怪！暫煩陪侍郎君，一年後不相擾矣。』自此遂以為常。生視花芽，日益肥盛，春盡，盈二尺許。歸後，亦以金遺道士，使朝夕培養之。次年四月至宫，則花一朵含苞未放。方流連花所，搖搖欲拆，少時已開，花大如盤，儼然有小美人坐蕊中，裁三四指，轉瞬間飄然已下，則香玉也。笑曰：『妾忍風雨以待君，君來何遲也！』遂入室。絳雪已至，笑曰：『日日代人作婦，今幸退而為友。』遂相談讌賡和，至中夜，絳雪乃去。二人同寢，欵洽一如當年。

後生妻卒，遂入山不復歸。是時牡丹已大如臂，生每指之曰：『我他日寄魂於此，當生卿之左。』兩女笑曰：『君勿忘之。』後十年餘，忽病。其子至，對之而哀嘆。曰：『此我生期，非死期也。何哀為？』謂道士曰：『他日牡丹下有赤芽怒生，一放五葉者，即我也。』遂不復言。子輿擡而歸，至家尋卒。次年，果有肥芽突出，葉如其數。道士以為異，益灌溉之。三年，高數尺，大拱把，但不花。老道士死，其弟子不知愛惜，因其不花斫去之。白牡丹亦憔悴，尋死。無何，耐冬亦死。

紫姑神 一首

字里不著。

詠蠶繭

一窩春意自温純，巧奪天工物象靈。抽吐絲綸三萬丈，纏綿家國十千齡。始終有跡機雲錦，端緒無窮補衮針。保障繭絲君自識，天花亂墜陋廻文。

《堅瓠集》：郡有迎紫姑神者，一士請詠蠶繭，乩即書云云。

連瑣 句

句

元夜淒風却倒吹，流螢惹草復沾帷。

《聊齋志異》：　楊于畏移居泗水之濱，齋臨曠野，外多古墓，夜聞白楊蕭蕭，聲如濤湧。夜闌秉燭，方復悽斷，忽牆外有人吟詩云云。返復吟誦，其聲哀楚。聽之，細婉似女子。疑之。明日視牆外，並無人跡，惟有紫帶一條，遺荊棘中，拾歸，置諸窻上。向夜二更許，又如昨。楊移杌登望，吟輒止。頓悟其為鬼，然心向慕之。次夜，伏伺牆頭，一更向盡，有女子珊珊自草中出，手扶小樹，低首哀吟。楊微嗽，女急入荒草而没。楊由是伺諸牆下，聽其吟畢，乃隔壁而續之曰：『幽情苦緒何人見，翠袖單寒月上時。』久之寂然，楊乃入室。方坐，忽見麗者自外進來，斂衽曰：『君子固風雅士，妾乃多所畏避。』楊喜，拉坐。瘦怯凝寒，若不勝衣，問：『何居里，久寄此間？』答曰：『妾隴西人，隨父流寓。十七暴殂謝，二十餘年矣。九泉荒野，孤寂如鶩。所吟乃妾自作以寄幽恨者，久思不屬，蒙君代續，懽生泉壤。』楊欲與歡，蹙然曰：『夜臺朽骨，不比生人，如有幽歡，促人壽數，妾不忍禍君子也。』楊乃止。又視其裙下雙鈎，女俯首笑曰：『狂生太羅唣矣！』楊把玩之，則見月色錦襪，約綵線一綹；更視其一，則紫帶繫之。問：『何不俱帶？』曰：『昨宵畏君而避，不知遺落何所。』楊曰：『為卿易之。』遂於窻上取以授女。女驚問何來，因以實告。女乃去線束帶。既翻案上書，忽見《連昌宫詞》，慨然曰：『妾生時最愛讀此，今視之，殆如夢寐！』與談詩文，慧黠可愛，剪燭西窻，如對良友。自此每夜但聞微吟，少頃即止。輒囑曰：『君秘勿宣。妾少膽怯，恐有惡客見侵。』楊諾之。兩人歡同魚水，雖不至亂，而閨閣之中，誠有甚於畫眉者。女每於燈下為楊寫書，字態端媚。又自選宫詞，與楊手談。不則挑弄絃索，作『蕉窻零雨』之曲，酸人胸臆；楊不忍卒聽，則為『曉苑鶯聲』之調，頓覺心懷暢適。挑燈作劇，樂輒忘曉，視窻上有曙色，則張皇遁去。一日薛生造訪，值楊晝寢。視其室，琵琶、棋局俱在，知非所善。又翻書得宮詞，見字跡端好，益疑之。楊醒，薛問：『戲局何來？』答：『欲學之。』又問詩卷，托以假諸友人。薛反復檢玩，見最後一葉細字一行云：『某月日連瑣書。』笑曰：『此是女郎小字，何相欺之甚！』楊大窘，不能置詞。薛詰之益苦，楊不以告。薛執卷挾之，楊遂告之。薛求一見，楊因述所囑。薛仰慕殷切，楊不得已，諾之。夜分女至，為致意焉。女怒曰：『所言伊何？乃已喋喋向人！』楊以情告，女曰：『與君緣盡矣！』楊百詞慰解，終不歡，起而別去，曰：『妾暫避去。』明日薛來，楊代致其不可。薛疑支托，暮與窻友二人來，淹留不去，故撓之，恒終夜嘩，大為楊生白眼，而無如何。眾見數夜杳然，寖有去志，喧囂漸息。忽聞吟聲，共聽之，悽婉欲絕。薛方傾耳注神，內一武生王某，掇巨石投去，大呼曰：『作態不見客，甚得好句？嗚嗚惻惻，使人悶損！』吟頓止，眾甚怨之，楊恚憤見於詞色。次日始共引去。楊獨宿空齋，冀女復來，而殊無影跡。踰二日，女忽至，泣曰：『君致惡客，幾嚇殺妾！』楊謝過不遑，女遽出，曰：『妾固謂緣分盡也，從此別去。』挽之已杳。由是月餘，更不復至。楊思之，形銷骨立，莫可追挽。一夕方獨酌，女忽搴幃入。楊喜曰：『卿見宥耶？』女涕垂膺，嘿不一言。亟問之，欲言復忍，曰：『負氣去，又急而求人，難免愧恧。』楊再三研詰，乃曰：『不知何處來一齷齪隸，偪充媵妾。顧念清白裔，豈屈身輿臺之鬼？然一綫弱質，烏能抗拒？君如齒妾在琴瑟之數，必不聽自為生活。』楊大怒，憤將致死，但慮人鬼殊途，不能為力。女曰：『君如誠心相愛，來夜早眠，妾邀君夢中耳。』於是復共傾談，坐以達曙。女臨去囑勿晝眠，留待夜約。楊諾曰：『如命。』因於午後薄飲，乘醺登榻，和衣偃臥。忽見女來，授以佩刀，引手去。至一院宇，方閤户語，聞有人挾石撾門。女驚曰：『讐人至矣！』楊啟户驟出，見一人青帽青衣，蝟毛遶喙。怒咄之。隸横目相讐，言詞兇謾。楊大怒，奔之。隸捉石一投，驟如急雨，中楊腕，不能握刀。方危急間，遥見一人，腰矢野射。審之，王生也。大號乞救。王生張弓急至，射中隸股；再射即殪。楊喜感謝，王問之，具告之。王自喜前罪可贖，遂與共入女室。女戰惕羞縮，遥立，不作一語。案上有小刀，長僅尺餘，而裝以金玉，出諸匣，光芒鑑影。王讚不釋手。與楊略話，見女慚懼，乃分手去。楊亦自歸，越牆而伏。於是驚寤，聽村雞已亂唱矣。覺腕痛甚；曉而視之，則肉皮赤腫。亭午王生來，便言夜夢之奇。楊曰：『曾夢射否？』王怪其先知。楊出手示之，且告以故。王憶夢中顔色，恨不真見。自幸有功於女，復請先容。夜間，女子來稱。楊歸功於王，遂達誠意。女曰：『將伯之助，義不敢忘，然彼赳赳，妾實畏之。』既而曰：『彼既愛妾佩刀，刀乃妾父出使粤中，百金購之，妾愛而有之，纏以金絲，瓣以明珠。大人憐妾夭亡，用以殉葬。今願割愛相贈，見刀如見妾也。』次日楊申致此意，王大悦。至夜女果攜刀來，曰：『囑伊珍重，此物非中華所有也。』由是往來如初。積數月，忽於燈下笑而向楊，若有所語，面紅而止者三。生問之，答曰：『久蒙恩愛，妾受生人氣，日食煙火，白骨頓有生意。但須生人精血，可以復活。』楊笑曰：『卿自不肯，我豈故惜之？』女曰：『交接後，君必有二十餘日大病，然藥之可愈。』遂與為歡。既而着衣起，又曰：『尚須生血一點，能忍痛以相愛乎？』楊用利刃割臂出血，女仰卧榻上，使滴臍中。乃起曰：『妾不來矣。君記取百日之期，視妾墳上有青鳥鳴於枝頭，即速發塚。』楊謹受教。出門又囑：『慎記勿忘，遲速皆不可！』乃去。越十餘日，楊果病，腹脹欲死。醫投藥，下惡物如泥，浹辰而愈。計至百日，使家人荷鍤以待。日既夕，果見青鳥雙鳴。楊喜曰：『可矣！』斬荊發壙，見棺木已朽，而女貌如生，摩之微温。蒙衣舁歸，置温處，氣休休然，細於屬絲。漸進湯酏，中夜而甦。每謂楊曰：『二十餘年，如一夢耳。』

四維女子 一首

詩見史震林《西清散記》。

降乩

紅是相思緑是愁，春情如水向君流。含香嫩蕊供饑雀，再勸荼蘼一世脩。

史震林《西清散記》：百花生日雨，即阿音生日也，夢覘以藕絲連理麵祝之。是夜茅山道人來設乩，仙降，題詩云云，自稱『四維女子』。

狐妖 二首

託姓管，字里未詳。

答諸公見寄

一去西南數百秋，幾回風雨變中州。山河如故人民異，此夕因君憶舊遊。

代管女答阿蘭那行者

喜贈王郎常解珮，羞同卓女學當壚。幾番夢繞陽臺上，暮雨朝雲定有無。

《曠園雜志》：王太微子，年二十餘歲妻喪，夜獨眠一室，壁上有光，漸如白晝，見二女子，不知從來，大小如姊妹，並綽約可愛。大女逡巡登床，求與合歡，王懼不敢近。比曉方去。自後無夜不來，手一壺，可二寸許，如時製匙箸餅之類，凡衾裯及動用之物，皆探取其中，未常困匱。架上書籍，悉能展誦。遇婚媾事，輒嬉笑譬喻之。一夕，小女持札至，大女細讀，沉吟曰：『事未辦〔一〕，奈何！明日，須汝自行。』次夕，小女即不來。其字如蝌蚪，王不能識也。客有犯之者，必遭棰楚。程正夫紀其事，目爲狐妖。其友多作詩寄之。此康熙癸丑初夏事也。更異者，女子有《答諸公見寄》詩云云，後云：『余先世乃管仲之女，嫁與鮑伯子讓，世無知我者。五百年而爲管幼安之妹，與幼安躬耕於野，爲黃巾管亥逼與聯宗，幼安逃之遼海，余不食而死。又五百餘年，爲管夫人，則趙子昂之妻也。老而入道，今又將五百年矣。皓首辭家，今則紅顏愈妙，自在飛行，來遊故國，撫新感舊，嘆息不置。我知諸君亦皆前賢化身，用敢傾布腹心，奉酬雅愛。幸少秘之，勿被世人傳作風流話柄也。』然則，女子誠妖狐哉！余聞狐必五百年而化爲妖，彼已明言其故，特不爲大祟，又工詩，是可紀耳。又有《代管女答阿蘭那行者》詩云云，不知爲何人作。

【校記】

〔一〕辨：原作『辧』，據吴陳琰《曠園雜志》（康熙間刻説鈴本）改。

洛陽花神一首

詩見褚學稼《堅瓠集》。

酬李中書暎

金譙漏盡玉樓開，舞罷霓裳下楚臺。更憶人間秋色好，五雲縹渺一重來。

《堅瓠集》：洛陽李中書暎居郊外，流水谿橋，廣植花卉。偶秋雨乍晴，輕涼襲袂，閑步門外，見雙鬟冉冉而來，高髻靚粧，色甚殊艷，迎謂暎曰：『娘子傳語郎君，特來相候。』俄而青衣持茵席帷帳，陳設堂中，珠玉輝映，異香滿室。暎愕然。忽繡車一乘，一美人年可十六七，丰姿綽約，降車入門，與暎相見。暎甚疑懼。美人遽命從者設饌，陳杯皿食物，皆非人世所有。酒再行，語稍欵洽，暎因問：『女郎何來？』美人笑不答。固請之，曰：『吾洛陽花神耳，謁紫宸妃歸，見此地多名花，欲與君作半日清玩耳。當此雅敘，何惜一詩？』命雙鬟進碧羅箋，暎即賦曰：『花深竹塢傍幽蹊，葉上秋光濕露低。歌舞留人天半月，玉真何事楚雲歸。』美人詠云云。詩畢，美人顧暎嘆曰：『良會未幾，後期無日，人天路殊，睽隔何似。今兹一見，固是夙緣，無煩想念也。』遂命引燭升車。暎送至門，未數十步，車輿人物，恍惚而没。暎玩其詩，出以示人，未嘗不嗟惋云。

謝氏九首

號碧夜仙娥，江蘇長洲縣人。

降乩

月無清痕水無愁，不到紅塵又五秋。今夜有心尋舊影，花魂如夢上西樓。

和白羅青華韻

曾向觀音借小菴，木香村外橘花潭。春絲已斷秋蛾冷，顛倒三生笑緑鬘。

紅粉秋來化彩雲，西風吹淡石榴裙。嫦娥不是藏明月，一夜相思瘦似君。

補清香債幾千重，領得青螺髻子峰。金碧滿天雲瑣碎，萬花遮路不知濃。

猶記堆金起洞房，鳳兒初長便求凰。忍拚夢裡三更雨，要換眉梢九月霜。

解珮空含勉强心，一杯甘露醉沉沉。香肩左右從他倚，不弄金環弄玉簪。

鴛鴦江上浣生綃，萬劫修成第一嬌。造次東風春誤嫁，冷妍寒媚病來消。

喚取多情玉鏡臺，病中時照兩三回。從今不費天心妒，淡盡春紅雨又催。

烏鴉無淚泣青鸞，金匣重開剩寶冠。一笑上元前稽首，海心來凭玉欄杆。

《西清散記》：閏五月廿四日，浴後，出澹香堂西，晚方霽，碧山如鏡，霞彩甚繁。夢覡凝睇空翠，擬見仙鬟，自恨蜉蝣之年，未得遽攀鸞鶴，爇通華九液靈香，以叩三神主者。久之，書一句云：『花魂如影出西樓。』余曰：『此五載前在茅山七月十五碧夜仙娥降乩詩也。是夜趙闇叔在蘭陵，亦詠「夜魂如霧立青蓮」之句，自謂靈韻遥通，往往憶之。今復來耶？前詩首句已忘，下則云：「小別紅塵四五秋。今夜有人尋舊夢，花魂如影出西樓。」仙子自記，此乎？』乩遂題云云。自云謝氏，世居虎丘木香之里，幼失父母，育於老尼。尼笑曰：『是兒仙骨亭亭，非空王弟子，他時必升離恨天。』因緑鬟如故，兼習詩詞。及笄，才色爲蘇臺第一，嫁後抑鬱而亡。玉女捧絳節，引至上元夫人座前，夫人曰：『兒情魔甚重，宜自遣之。蓬萊宫近修仙史，校書偶闕，兒補其員。仙史成冊，汝爲明晨侍郎。』乃以嘉靖七年治峉山，爲洞天主者。三百里内入道女子，先至洞天明晨西院，以次陞華陽易遷宫也。洞天方六十里，中有夜明臺，高三十仞，以夜明玉爲之，玉光燭二百里，洞天未及其半，光故不溢而倍明也。洞天晝夜皆玉光所照，氣清甚凉，但晝稍紅而夜差緑耳。臺西北有觀音海，海心爲碧夜樓；繞樓琳宫十二，皆玉女司之。近時天台龍女來習琳書，容華韶秀，不可名擬，人間絶世，仙處無雙，此其信矣。特以負宿緣，不久下婚塵土，千日爰返，玉身將玷，女因自傷，淚花淒淒，時在雙袂也。

公孫九娘 二首

追述往事

昔日羅裳化作塵，空將業果恨前身。十年露冷楓林月，此夜初逢畫閣春。

白楊風雨遶孤墳，誰想陽臺更作雲。忽啟縷金箱裏看，血腥猶染舊羅裙。

《聊齋志異》：于七一案，被誅者，棲霞、萊陽兩縣最多。一日，俘數百人，盡戮於演武場中，碧血滿地，白骨撐天。上官慈悲，捐給棺木，濟城工肆，材木一空。以故伏刑東鬼，多葬南郊。甲寅間，有萊陽生至稷下，有親友二三人亦在誅數，因市楮帛，酹奠榛墟。就稅舍於下院之僧。明日，入城營幹，日暮未歸。忽一少年造室來訪，見生不在，脫帽登牀，着履仰卧。僕人問其誰何，合眸不對。既而生歸，則暮色朦朧，不甚可辨。自詣牀下問之，瞠目曰：『我候汝主人，絮絮逼問，我豈暴客耶！』生笑曰：『主人在此。』少年急起，着冠衣而坐，極道寒暄。聽其音，似曾相識，急呼燈至，則同邑朱生，亦死於于七之難者。大駭卻走。朱曳之云：『僕與君文字交，何寡於情？我雖鬼，故人之念，耿耿不去心。今有所瀆，願無以異物遂猜薄之。』生乃坐，請所命，曰：『令女甥寡居無耦，僕欲得主中饋，屢通媒妁，輒以無尊長之命為辭。幸無惜齒牙餘惠。』先是，生有甥女，早失恃，遺生鞠養，十五始歸其家。俘至濟南，聞父被刑，驚慟而絕。生曰：『渠自有父，何我之求？』朱曰：『其父為猶子啟櫬去，今不在此。』問：『女甥向依阿誰？』曰：『與鄰媪同居。』生慮生人不能作鬼媒，朱曰：『如蒙金諾，還屈玉趾。』遂起握生手。生固辭，問：『何之？』曰：『第行！』勉從與去。北行里許，有大村落，約數百家。至一第宅，朱叩扉，即有媪出。豁開二扉，問朱：『何為？』曰：『煩達娘子，阿舅至。』媪旋反，須臾復出，邀生入。見半畝荒庭，列小室二。甥女迎門啜泣。室中燈火熒然，女貌秀潔如生時，凝眸含涕，遍問妗姑。生曰：『具各無恙，但荊人物故矣。』女又嗚咽曰：『兒少受舅妗撫育，尚無寸報，不圖先葬溝瀆，殊為恨恨。舊年，伯伯家大哥遷父去，置兒不一念；數百里外，伶仃如秋燕。舅不以沉魂可棄，又蒙賜金帛，兒已得之矣。』生乃以朱言告，女俯首無語。媪曰：『公子曩托楊姥三五返。老身謂是大好；小娘子不肯自草草。得舅為政，方此意慊。』言次，一十七八女郎，從一青衣，遽掩入；瞥見生，轉身欲遁。女牽其裾曰：『勿須爾！是阿舅，非他人。』生揖之，女郎亦斂衽。甥曰：『九娘，棲霞公孫氏，阿爹故家子，今亦「窮波斯」，落落不稱意。旦晚與兒往還。』生睨之，笑彎秋月，羞暈朝霞，實天人也。曰：『可知是大家，蝸廬人那如此娟好？』甥笑曰：『且是女學士，詩詞俱大高。昨兒稍得指教。』九娘微笑曰：『小婢無端敗壞人，教阿舅齒冷也。』甥又笑曰：『舅斷絃未續，若箇小娘子，頗能快意否？』九娘笑奔出，曰：『婢子顛風作也！』遂去。言雖近戲，而生殊愛好之。甥似微察，乃曰：『九娘才貌，天下無雙，舅倘不以糞壤致猜，兒當請諸其母。』生大悅，然慮人鬼難匹。女曰：『無傷，彼與舅有夙分。』生乃出。女送之，曰：『五日後，月明人靜，當遣人往相迓。』生至户外，不見朱。翹首西望，月銜半規，昏黄中猶認舊徑。見南向一第，朱坐門石上，起道曰：『相待已久，寒舍即勞垂顧。』遂攜手入，殷殷展謝。出金爵一、晉珠百枚，曰：『他無長物，聊代禽儀。』既而曰：『家有濁醪，但幽室之物，不足款嘉賓，奈何！』生撝謝而退。朱送至中途，始別。生歸，僧僕集問，生隱之曰：『言鬼者，妄也。適赴友人飲耳。』後五日，果見朱來，整履搖箑，意甚忻適，纔至户庭，望塵即拜。少間，笑曰：『君嘉禮既成，慶在今夕，便煩枉步。』生曰：『以無回音，尚未致聘，何遽成禮？』朱曰：『僕已代致之矣。』生深感荷，從與俱去。直達卧所，則甥女華粧迎笑。生問：『何時于歸？』朱云：『三日矣。』生乃出所贈珠，為甥助粧。女三辭乃受，謂生曰：『兒以舅意白公孫老夫人，夫人作大歡喜。但言老耄無他骨肉，不欲九娘遠嫁，期今夜舅往，贅諸其家。伊家無男子，便可同郎拜也。』朱乃導去。村將盡，一第門開，二人登其堂。俄白：『老夫人至。』有二青衣，扶嫗升階。生欲展拜，夫人云：『老朽龍鍾，不能為禮，當即脱邊幅。』乃指畫青衣，置酒高會。朱乃喚家人，另出肴俎，列置生前；亦別設一壺，為客行觴。筵中進饌，無異人世，然主人自舉，殊不勸進。既而席罷，朱歸。青衣導生去，入室，則九娘華燭凝待。邂逅含情，極盡歡昵。初，九娘母子，原解赴都。至郡，母不堪困苦死，九娘亦自倒。枕上追述往事，哽咽不成眠，乃占兩絶云云。天將明，即促曰：『君宜且去，勿驚廝僕。』自此晝來宵往，嬖惑殊甚。一夕，問九娘：『此村何名？』曰：『萊霞里。里中多兩處新鬼，因以為名。』生聞之欷歔，女悲曰：『千里柔魂，蓬遊無底，母子零孤，言之愴惻。幸念一夕恩義，收兒骨歸葬墓側，使百世得所依棲，死且不朽。』生諾之。女曰：『人鬼路殊，君亦不宜久滯。』乃以羅襪贈生，揮淚促別。生淒然出，忉怛若喪。心悵悵不忍歸，因過拍朱氏之門。朱白足出逆，甥亦起，雲鬟蓬鬆，驚來省問。生怊悵移時，始述九娘語。女曰：『妗氏不言，兒亦夙夜圖之。此非人世，久居誠非所宜。』於是相對汍瀾，生亦含涕而別。叩寓歸寢，輾轉申旦，欲覓九娘之墓，則忘問誌表。及夜復往，則千墳纍纍，竟迷村路，歎恨而返。展視羅襪，着風寸斷，腐如灰燼。遂治裝東旋，半載不能自釋。復如稷門，冀有所遇，及抵南郊，日勢已晚，息駕庭樹，趨詣叢葬所。但見墳兆萬宅，迷目榛荒，鬼火狐鳴，駭人心目。驚悼歸舍。失意遨遊，返轡遂東。行里許，遙見女郎獨行丘墓間，神情意致，怪似九娘。揮鞭就視，果九娘。下騎欲語，女竟走，若不相識；再復近之，色作怒，舉袖自障。頓呼『九娘』，則煙然滅矣。

蘇小小一首

降乩

此地曾經歌舞來，風流回首即塵埃。王孫芳草爲誰緑，寒食梨花無主開。郎去排雲叫閶闔，妾今行雨在陽臺。衷情訴與遼東鶴，松柏西陵正可哀。

《堅瓠集》：王雪村善召箕仙，每吟詠有窘阻，則叩仙續之。一日，與馬鶴窻泛湖，鶴窻因請召之。箕既動，鶴窻問仙何名，即書曰：『有事但問，問畢告名。』鶴窻曰：『有句云「捧瑶觴，南國佳人，一雙玉手」，久未有對。』箕即書云：『趺寶座，西方大佛，丈六金身。』箕運如飛。復成一律云云，後書『錢塘蘇小小敬和鶴窻疇昔湖橋首唱』。已而，寂然不動，二人稱賞久之。

夢中女郎句

句

翠墨秖供紅袖搨，遊絲稱寫白頭吟。

鮑鈔《稗勺》：春夕，夢一女郎吟詩云云。既而引視庭下詩板，云是宫中物，不知何謂。

余氏四首

江蘇揚州女鬼也。

《疊嶂樓詩話》：余氏者，揚州趙秀才之妻也。先是，吾鄉周右賓攻詩，善扶鸞術，有别業在揚，曰『流香書屋』，有樓曰『揖山』，每致蓬島諸仙，與相酬倡。乾隆癸酉，復設一壇召鬼，有周常氏降，作一絶甚工。因問：『鄰近亦有女鬼能詩者乎？』常盛稱趙余氏之才。請邀同來，許之。少頃，余氏至，自言家在新城百子觀音菴旁，以愁病死，死纔三年。衆問：『常氏稱夫人善詩，儘可消遣，何至傷生？』曰：『何事不可愁？心中事，難與諸君言也。』賦詩極悽婉，有『處處皆荊棘，半刻盡難安』之句。問：『生前何事，抑鬱至此？』曰：『以貌陋，不得翁姑與夫意耳。』『趙君既讀書，豈不愛才，而徒以貌取人？』曰：『讀書而不明理之故。』『近能記憶夫人否？』曰：『今已續絃。生尚不記，死更可知。』『夫人可記憶趙君否？』曰：『不記也。』『毋乃薄情乎？』曰：『非我薄情，薄情者更自有人。』『可能文否？』曰：『文之一道，精而且微，惜未能學，殊爲恨事。』後每來，輒賦詩，或與常氏倡和，多可觀者。一日，泛舟紅橋，常、余同至。周曰：『今日風雨，遊殊不暢。』答曰：『晴日游人衆多，不脱囂塵之氣，何如静聽葉吹鳴禽之樂也？且郊原蕭瑟，賴此煙雲如幄，爲之蔽虧，令人逸趣横生。諸君正宜賞之以酒，毋以風雨爲苦。』其言雅有林下風致如此。右賓爲詩贈之曰：『造物無端賦此身，虚過三十可憐春。誰云魚水情偏重，自怨參商命不辰。畫閣裁吟辜雅韻，夜臺酬倡有芳鄰。相嬉共醉平山月，勝對生前薄倖人。』

揖山樓即影

濤聲枕畔愁無賴，滚滚流光夜不眠。莫道高情人未遠，曉鐘長到繡簾前。

帝業已沉空舊迹，滿城雲雨濕煙生。試問當年花盛處，夕陽斜照幾多情。
新月溶溶轉畫欄，長空白玉鑿成盤。東城一片光如雪，應識姮娥午夜寒。

月夜

天空雲影淡，林静月如霜。不識嫦娥冷，寒光透地凉。

紅衣娘二首

絶句

眼如魚目徹宵懸，心似酒旗終日掛。月光照破十三樓，獨自上來獨自下。
十三樓愛十三時，樓是樓非那得知。寄語藕花洲上客，今宵燈下是佳期。

《新齊諧》：劉介石太守，少事乩仙。自言任泰州分司時，每日祈請。來者或稱仙女，或稱司花女，或稱海外瑶姬，或稱瑶臺侍者，吟詩鄙俚，不成章句；説休咎，一無所應。署後藕花洲上有樓，相傳為秦少遊故跡。一夕，登樓書符，乩忽判『紅衣娘』三字。問以事，不答，但書曰云云。太守見詩，覺異，請退。次夕復請，又書：『紅衣娘來也。』太守問：『仙屬何籍？詩似有怨。且十三樓非此地有也，何以見詠？』又書曰云云。書畢，乩動不止。太守懼，棄盤奔就寢榻，見二婢持緑紗燈，引紅衣娘冉冉至矣。拔劍揮之，隨手而滅。自是每夕必至，不能安寢。數月後遷居始絶。

汪氏二首

浙江錢塘縣人。

題壁

寂寂花時鎖院門，綺窻風破月黄昏。海棠開落春無主，誰惜亭亭倩女魂。

草草春風十七年，漫嗟紫玉竟成煙。他時卻扇重相見，珍重蕉窻話舊緣。

《秋燈叢話》：錢塘章明玉娶妻汪氏，色美而才，琴瑟最調。章客楚中，夢抵家，杳無人迹，惟見壁間題二絶句云云。覺憶詩句不祥，急束裝歸，而妻已物故。章哭之慟。搜箱篋，得絶命詩二章，正夢中所見。屢議婚未偕，後官粤東從化令，始續絃李氏。卻扇時，而龐酷有前妻，審其生辰，即汪之逝日也。細話前事，適窻外微雨，芭蕉淅瀝可聽，屈指歲月，已十有七載矣。

翠霞仙史一首

絶句

蕊珠同侍玉皇前，曾結三生一咲緣。勸子勤修功與行，他時重會大羅天。

《農隙筆談》：吴姬化去，予過傷悼，遂至舊痾忽發，奄奄無緒，爰浮歸櫂。暮秋一夕，忽夢青衣女子，紗籠絳蠟，來相召唔，隨行。未幾，至一院落，雕甍碧檻，頗極華美。俄一麗姝出迎，雲裳蘭珮，飄飄若仙，咲謂予曰：『奴翠霞仙史也，曩時與子偕侍玉皇香案，曾結一咲之緣。同遭謫譴，原可復位，而子昧前因，任性殘生，復獲罪戾，須遲三十五載。今奴將返瑶京。』乃展泥金緑羅小柬見示，中一絶句云云。俄焉仙樂齊鳴，似迎妹者，猶惓惓相顧不忍别。忽曉雞一聲驚醒，予悵惘久之。

泥美人 一首

贈人

妾家生長在姑蘇，飄泊如今未有夫。竊恨生辰纏水土，還憐身世入泥塗。何緣珍重藏金屋，秖可淒其伴鴨爐。一自畫眉人去後，消磨脂粉孰重敷。

《秋燈叢話》：餘姚富翁某，延師訓子，館中圖書玩物畢具，復有山塘泥美人一座，神采生動，置几旁。師一夕坐讀，忽有美人來，服飾艶麗，向師調笑。師驚喜出望外，遂相燕好。美人善吟詠，嘗賦七律以贈師，淒清婉麗，師寶藏之。其詩云云。美人屢囑師毋外洩，而主人訝師精神恍惚，固問焉，不告。一日，師外出，主翁至館，翻閲所讀秘本，詩牋在焉。方諷誦間，師已至，主人睨几上美人，笑曰：『得非此物爲祟耶？』美人衣裾，栩栩欲動，頰上似有慙色。擲而碎之。後師夜讀，無復美人來矣。

葉佩纕八首

號錦屏女子。

冥中八景

灰盡羅衫夜不温，亭亭碧月照離魂。滿身風露渾難着，卻怪梨花尚有痕。《鬼門關望月》

淚滴煙波别恨長，也催雙槳出横塘。桃花莫逐春流去，怕到人間魅阮郎。《奈河橋春泛》

六曲闌干何處憑，夕陽臺閣勢崚嶒。始知身似秋來燕，飛過瓊樓十二層。《望鄉臺晚眺》

月夜魂歸玉佩摇，解來鑪畔執香醪。可憐寒食瀟瀟雨，麥飯前頭帶淚澆。《孟婆莊小飲》

腥風一陣晚涼生，血滿羅襟暑未清。記得豆花棚下戲，輕囊小扇捉流螢。《剝皮亭納涼》

金鈴小犬水聲間，羅襪無塵任往還。女伴相邀鬭芳草，春光不度鬼門關。《惡狗邨踏青》

萬家碧血引成渠，染出琴高赤鯉魚。釣得竿頭還棄卻，腹中怕有故鄉書。《血污池垂釣》

佛鼓齋鐘午後聞，散花壇上雨紛紛。為儂懺悔生前業，布施還拚殉葬裙。《點鬼壇飯僧》

《諧鐸》：錦屏女子葉佩纕，有夙慧。七歲就傅讀書，通妙解。嘗謂師曰：『古人造字，會意象形，而有時亦多誤處。』師詢其指，曰：「「矮」字明係委矢，宜讀如「射」。「射」字明係寸身，宜讀如「矮」。今顛倒字義，豈非古人之誤歟？』師奇之，語其父曰：『童烏九歲，能預元文。今女公子慧性，當不亞草元亭令嗣也。』父愀然曰：『童烏蚤慧，未幘而夭。恐如意珠亦不能長擎掌上耳！』年十六，驟病而殂。瘞於後園碧梧樹下，青蟲千百，攢集葉上，嚙作細字，讀之多成妙句。有《冥中八景》詩云云。其他詩詞，不能備載。一日，作書別其父母曰：『兒以稚齒，見愛親庭，罔極深恩，糜軀難報。猶憶疏窻雨後，小閣花時，問字呼爺，梳頭覓母，牽衣索笑，嬉不知愁。方謂楊柳春長，梨花命永，撤環至老，比附嬰兒。何期噩夢驚心，瓊華墮劫，丘山罪重，憂及高堂。謝別以來，燕已辭巢，鶯猶戀塚。春蠶死後，尚解抽絲；蠟燭灰餘，不忘吐燄。魂吟夜雨，鬼唱秋墳，未免有情，短歌代哭。昨來故閣，遥望慈顔，椿茂萱榮，慰知無恙。小鬟阿黛，喜已垂髫，數載紅閨，添香捧硯。望開兒舊篋，揀點殘膏，釵股雙封，繡巾一襲，小作嫁資，留為紀念。兒近蒙王母徵作司書，種福無媒，生天有路，玉樓舊例，聊以解嘲。但一旦形分，千秋影隔，綿綿長恨，此意如何！惟望努力加餐，虔心採藥。倘罏頭火熟，竈下丹成，則不硋城邊，長生會上，未必無相見時也！弱水無魚，蓬山少雁，一言永訣，萬劫難忘。臨別匆匆，佩纕百叩。』父母得書大慟。後園中青蟲盡渺，梧葉上不復作字矣。

楊秀姑三首

東田郎

春雲一朵趁風來，有意無心罨碧苔。既有閑情能作雨，何如舒卷上陽臺。

疊前韻

坐待春雲出岫來，東牆月已上莓苔。外家兄妹休廻避，例有温嶠玉鏡臺。

送別田郎

愁對空庭月影斜，涔涔別淚恨無涯。他時相訪應如夢，認取棠梨一樹花。

《夜譚隨録》：太原布客田轔，美姿容，工吟嘯，少失怙恃，兄弟皆故，一身僅存。年二十，煢煢落魄，親戚多不齒數，頗無聊賴。乃盡鬻田宅，獲百金，入都營運。半年，子母幾相等，因思歸娶。攜裝策蹇，將出廣寧門。適過菜市口，值秋決，刑人於市，阻不得進。田故少年好事，挨擠稠人中，延頸跂足，以看殺人。良久，覺腰間頓輕，用手捫搎，則腰纏盡失，蓋已為劙囊者攜去矣。瞠目結舌，手足無所措。幸餘一驢，牽之入市，並鞍轡售得五金。歸娶之念頓息，獨坐逆旅中，輾轉無策。忽憶其姑母嫁衛輝，盍往就之？於是負囊就道，將至順德，日已曛暮，四顧曠埜，渺無人煙。方追程盲進，瞥見林間燈火閃爍，自北而南，心稍定。急趨赴之，則一垂髫婢，提白葵花燈，導一女郎，緑衣紅裠，蓋十八九，絶代姝也。田踵之以行，相去尺有咫。女回顧見之，促婢速行，田不少卻。女且行且顧，若甚恇怯者。因循里許，女揮汗且喘，止步謂婢曰：『且稍停，讓渠捷足者先行。無事追隨，成何光景？』其聲歷歷，如微風振簫。田聆之，神出於舍，趨向路側，以揖之曰：『小人失路，茫茫無所之，欲從小娘子覓一宿，未卜可肯假一席地否？』女以袖障面，側身底笑，向婢小語曰：『孟浪人有如此者！』婢亦吃吃笑不已。良久，女始忍笑應曰：『家有母氏為政，兒凡百不與聞。姑至舍，試為汝告白，去留聽再決也。』田諾諾，復從之。行又里許始至，門户整潔，居然富家。婢扣門，一媪出啟扉，絮絮怨女何歸之晚。女曰：『為阿孀所糾纏，不容擺脱。若非婢子矯娘命，幾不得歸。路上又遇一失路人，再三求住，聒聒不休。不曉今日出門，向着甚底凶煞，令人𡟰惱竟日！』媪曰：『何物失路人，擅與人家閨秀借宿？若使遇着老身，當擠卻渠兩窖丸，問渠尚敢佻達向人否？』女齧袖而笑，回眸睇田曰：『聞之否？設想已左，不知及早之他，勿得詬誶。』田逡巡欲去，媪止之，舉燭審照曰：『頸以山而癭，齒以晉而黃，水土使之然也。視小郎面白髮濃，腳大腿長，大類山西人。郎豈山西人耶？』田曰：『然。』媪曰：『然則鄉里也。何難下蝸居一草榻，暫屈一宵，乃可峻拒乎？』亟引入，設酒相款。問何姓，曰：『田。』媪曰：『老身母家亦姓田。亦太原籍乎？』曰：『然。』曰：『十八都田布商同譜乎？』田欠身曰：『小人之祖也。』媪愕然，曰：『老身之父也。汝父何名？』曰：『終畝。』媪大駭，起握田手，熟視其面，曰：『汝真田十二之子耶？老身去家時，十二弟纔十三歲，猶未議婚。音問梗塞，近四十年矣，不謂阿咸如此成立。老身為汝父胞姊，汝之姑也。汝雖後生，豈不聞汝有三姑母，嫁為衛輝楊家婦者乎？』田驟聞之，悲喜交並，趨拜膝下曰：『姪實將往衛輝，投托姑母，不意邂逅於此！』媪曳之起，且泣曰：『老身移此十二年矣，非天假之緣，焉能相遇之巧。汝父母無恙乎？』田亦泣曰：『侄七八歲時，皆已下世矣。二兄一弟，亦相繼病歿。生業凋謝，孤子至今。』媪太息感傷者久之。又問曰：『兒年歲何矣？』曰：『二十。』媪謂女曰：『汝表兄也。』女拜，田答拜。媪曰：『姑無兒，只生汝妹一人，取字秀姑。嬌養慣，一事不關心，年十八，尚爾憨跳。汝姑父歿後，家中更無男子。幸兒來，足以把持門户，留心為汝妹覔一人家，則老身之事畢矣。」田曰：「表妹秀慧如此，無慮不歸世族。」言訖，以目睃女。女羞暈兩頰，默然俯鬟拈帶而已。媪曰：「兒娶乎？」曰：「未聘。」曰：「有姑在，兒不憂無好媳婦。兒嚮日作麼生？」田曰：「嚮在京作小經紀，頗獲利息。不意失盜，一身之外無長物。竊言姑為骨肉至親，必不以姪為冗人，是以千里相就。」媪嘆曰：「咱家世代貿易，從無坐食者。至兒不幸，罹此閔凶，致先人之業中斷，殊慚繼紹。遲日會當摒擋蓄資，兒仍作布客，争似遊惰過日。兒細思維，諒不以老身之言為河漢。」田敬諾。至三更，辭不能醻，姑始呼婢斂具，即於廳之東廂下榻。秖候者即前提燈婢，年十六七，極慧黠。問其名，曰：「秋羅。」乃以秋姐呼之。因詰之曰：「向於路上挑燈者，非子也耶？」曰：「是也。」曰：「何所之？夜深猶犯草露。」秋羅曰：「親戚往來，郎君何必知之？」既而設衾裯，下簾剪燭，趨事頗殷勤。良久猶倚几不去。田曰：「秋姐勞碌，此間無事，可以入内矣。」秋曰：「上房尚有春羅姐，兒奉主母命，專侍東廂。」田曰：「雖然，夜深矣，予亦欲寢，秋姐亦合少歇。」秋始含笑舉步，將啟簾，復停步回眸曰：「苟有所需，幸相聞也。」言訖，再瞬而去，意頗欣屬。田心為之蕩。翌日，媪以管鑰付田曰：「老身有未了事，久欲之彰德。恐去後，一門細弱，受侮强暴，故遲遲至今。今可以往矣。兒諸事可任，勿庸多囑。但耐心半月餘，老身卻回也。」田曰：「姑年高，彰德路遠，恐獨往不易。」媪曰：「兒莫為老身慮，速多備糗腊，明日早發也。」田以目視女，女雖無言，而顏色甚適。因思姑去，可以浸潤矣，遂亦不復諫阻。詰日，媪展軨就道，唯一僕媪從。女送母去，呼春羅、秋羅亟闔扉，謂田曰：『娘遠出，家中更無人。梱以內，兒主之；梱以外，兄司之。勿致不謹，辜負老人囑託。』田曰：『第恐韓壽在室，自防不密耳。』女佯若不聞，斂笑入內。田知其可動，及歸房，神魂喪失。冥想間，適秋羅送茶至，田啟小篋，出縐紗紅帕送之。秋羅辭不納，田捉其臂，强納袖中。秋笑曰：『郎君莫恶作劇，强以賄賂啗人，豚蹄視滿篝，蚯蚓餌連鰲，何其所持者狹，而所欲者奢！』田笑曰：『物雖微，意則良厚。子非不知濡猛者，奈何故作顢頇，令人踏跼？』言次，闖擁之。秋嚶嚀作欲泣聲曰：『從未見恁底一冉弱郎，靦腆不翅女子，何作事乃爾，蠢蠢然，雜霸若此！』田曰：『霸者以力服人，子可請盟矣。』捺之床而謔之。秋故含苞，大為鑿枘。與未闌，倏見一人啟簾入；驚視之，春羅也。卻立閾外，點頭斜視，笑向秋羅，以指畫頰，口啣啣作羞之之狀。田錯愕愧悔，無地自容。頃之，春羅始入室，笑曰：『秋妹，娘子喚汝矣。』秋徐徐整衣理髩，與春俱去。田癡坐，不敢出聲，但側耳以察動静。一餉時，聞裙履聲，不覺心頭鹿撞。至則秋羅也，而故作嗔態曰：『幾害死人！兒死，汝豈安心獨生耶？際此時嚇得面白如紙，兩眼似敗霸者之民，驩虞如也，恐未必如是。』田曰：『勿複相嘲，請問春羅洩之否？』秋袖出一紙囊，擲几上，曰：『不洩漏，此物奚其至哉？速閱視，娘子待回話矣。』田不測何物，心殊揺揺，顫手拆之，則錦牋一幅，上書小楷數行，字體秀媚，如美女簪花。誦之，得詩一絕云云。田玩索再四，驚喜若狂，謂秋曰：『的是娘子睞我者否？』秋曰：『言語愈出愈奇矣。非娘子，疇能為此？』田曰：『然則子稍待，便攜和章去。』乃吮毫蠕蠕，磨墨隆隆，搜索枯腸，勉成即就，以次其韻，曰：『春雲一朵趁風來，故意氤氳罨碧苔。白日有情先作雨，夜間打點上陽臺。』詩付秋羅，並以實告，浼其從中調劑，當有厚報。秋曰：『自己一身赤貧，脱布衫黑似皂羅袍，尚不能一易，乃妄口許人。事至急處，不過仗胯間物，作醜態向人耳！』田方欲戲之，已笑而脱去矣。去則不復更來，茶飯皆停。田疑念復萌，起坐不定，漸至漏下，秋羅始出，仍送一詩牋。秉燭展閲，猶疊前韻云云。秋羅且告曰：『娘子致聲郎君，可即入矣。』田喜愜過望，澡頸漱齒，整肅以隨。甫入院門，即見女倚闌而待，把握極懽，布筵對酌，各述傾慕。從此依倚閨中，不離跬步。女性好動，喜吟詩，多幽怨。田勸其節制，恐致不詳，女雖是之，而吟詠不輟。一夕方對談，忽春羅揚聲户外曰：『主母歸來矣。』二人驚怔，未下床，媪已入室。見之，大怒曰：『男女受授不親，促膝可乎？』田惶恐投地，願甘責罰。媪瞋目視女，女淚縈兩頰，媿而不懼。媪哂曰：『留親下榻，竟成揖盜入門！為是自家姪子，且似謹願，非儇薄者，故坦然付託，出外不疑。不意親骨肉，纔半月之久，何以草創便爾，禽處獸愛？今之所謂少年老成者，尚可信哉？第事已舛謬，姪之肉亦不足食。今與姪約，領老身資本二千金，往山東販貨，須志如伯翁，勿為康樂。苟能獲利三倍，即當以秀姑妻汝。否則無相見也！』田崩角稽首，額為之墳。遲數日，姑出金斗一隻、玉瓶一枚，付田曰：『持此去，售之，善價可得二千金。明日當去。途間如遇相識，但云先世所遺，無吐實也。』田唯唯受教，歸室束裝，而拳拳懷思，如蘗之苦。夜漏二下，秋羅導女潛出，相持嗚咽，各有涕洟。秋在旁亦啜泣，助二人悲哀。女脱臂上紫金條脱為贈，更送別以詩云云。田卷而懷之，報以白玉指環，並和其韻以留別，曰：『話別匆匆月已斜，無端分手向天涯。癡情不比浮梁客，珍重東風撼落花。』女見詩，淚零如雨。未及再言，春羅倉皇來告曰：『主母已起盥櫛，將送田郎上路。』女悲不自勝，拜而送之曰：『行矣，勉之，强飯！苟富貴，無相忘！』言次大慟，二婢扶掖之而去。雞再鳴，媪出，祖於庭，戒田曰：『姑鐘漏俱歇，惟此一女。汝既污之，理無他適，勉為之。俗云：「三卵兩成。」汝兄弟四人，惟汝在矣，詎可復瑕乎？姑舉眼無親，今傾囊付汝，一以免盜賊窺伺，一以俾汝克紹先業。他日歸來，倘失於記憶，但於近村諮詢衛輝楊氏宅，應無不知之者。』田謹誌之，强進數觥，再拜泣别。媪掩面而哭嗚嗚，女隱身屏後，相對汍瀾。田不敢請見，負囊出門，心忽忽不知所從，步步回顧。約半里許，殘月如霧，高樹如山，煙草迷離，門庭已不可復見矣。宿食至齊魯間，易金市瓶，置貨行賈，自夏徂春，獲價十倍。竊喜有以報命，好合可期，乃盡以其資易黄金，輕裝簡載，乘健騾星夜馳歸。比至故處，但見春林草茂，風景依稀，第宅門庭，杳不可得。憶姑臨别所囑，亟往村中問之，咸曰：『此間但有衛輝楊氏墳，葬已二十餘年矣。不聞有衛輝楊氏宅也。』田大驚，重至其處，果有二塚。塚前各樹短碣，半没土中。拭拂讀之，一題『河南衛輝府楊門田氏之墓』，一題『衛輝府楊氏女秀姑之墓』。墓側有棠梨樹，花已半卸，樹後數武，又有小塚四五，知為秋羅等瘞處也。田癡立良久，拊膺大慟，始悟所遇，即其姑及表妹之鬼也。不肯負姑之恩、妹之情，遂僦居村中，鳩工百人營建墓道，植松柏，築垣墉。復想像舊宅，如式建宅一區，買僮蓄婢，即居然為墓道之主。終身誓不娶婦，但納妾生子，以繼田氏。每逢節序，必厚奠慟哭而祭之。恩茂先有田數頃，隸順德，時往徵租，與田氏子相交，誠恂恂儒雅之美少年，而為隱君子者也。茂先下榻其家，因得吊女之墓焉。其唱和之作，皆録歸以示所親，予因得寓目。茂先有詩贈田，極温厚，得風人之旨。具稿中，茲不具載。

無錫縣女鬼一首

絶句

香粉飄零蛾緑稀，年年明月照幽幃。白團紈扇傷心事，一曲清歌淚滿衣。

《廣新聞》：無錫縣署，書樓一楹，祟於鬼，不可住。雍正九年胡湘州廷琦作宰時，有丘姓友素負膽略，獨卧樓中。正直秋夜，月光在户，忽見少年美婦，羅衣畫裙，翩然而至，吟一絶云云。吟罷，漸近床下。丘大聲喝之，應響而没。後不復見。

絳衣娘二首

絶句

鎮日無言憶玉京，天台明月是前身。芳聲孤負襄陽賦，偏讓靈和殿裏人。

為誰消恨助誰嬌，紅雨丹霞自寂寥。惆悵劉郎并阮客，斷魂翻在灞陵橋。

緑衣娘一首

志幸

小院春愁聽子規，風前舞斷小腰肢。韓郎忽走章臺馬，煙散紅樓月上時。

《耳食録》：吴生杰，字士冠，豫章人。僦居沈氏别業。院有小池，池上桃柳各一株。淡日微風，吟詠其下，悵然有碧雲日暮、佳人未來之思。一夕，鏡月初懸，遥見人影徘徊桃花下。促視之，乃一麗人，雲鬢霞臉，衣淺繹衣。見生，欲避去，生引其裾曰：『天風吹來，復任其吹去耶？』絳衣曰：『妾西鄰某氏之女也。愛此夜景彌佳，故來游賞。』生求與俱。至室中，絳衣曰：『妾非能無意宋玉者，然此時羞顔所不能及，且恐家人見跡，當俟諸他日。』生不得已，與之盟而縱之去。自是日掃榻整裀，以待佳期矣。越三日，夜初，有扣鐶聲。急啟門，一女郎徑入，緑衣翠袖，並非前之所期者，面容態冶豔不相下。生訝之，方欲考問，而女郎遽駭曰：『此非阿姨之家耶？吾誤耶？』即欲去。生持之，咲曰：『誰為卿阿姨？即此是也。』女且怒且笑曰：『此真冤苦。』生閉門迫之，女不得已，從焉。謂生曰：『妾家去此伊邇，因阿姨遣婢相召，悞至君所，殆亦夙緣。今當赴阿姨招矣。』生請後期，女答以伺便當至，遂送之出門。時生僦居未久，且足跡不甚出門户，固未悉鄰氏之誰何也。但覺餘情賸馥，描寫中懷，竟不成寐。少頃，又聞扣鐶聲，竊意緑衣複至，喜而納之。映燭而觀，則宛轉低鬟，絳衣長袖，向者之花下人矣。生益喜，私心竊謂一時頓得兩玉人，從容撫之曰：『待卿已久，今夕乃來，然真信人也。』絳衣不語，而眉黛間微有愁怨之色。即之，亦不言，終宵而去。次夕，緑衣者復至，曰：『昨得侍君子，歸而心醉，因成拙詩一首以志幸，可呈教否？』生狂喜索觀。緑衣袖出一碧牋，字畫端麗，有詩云云。生讚賞不已，笥而藏之，若獲至寶。是夜綢繆繾綣，倍覺風流。緑衣臨去，謂曰：『妾父母頗不戒，得恣往來。然恐過擾君子，當定期而至。』生正念兩女頻來，必且相值，豈得晏然？乃訂以越宿一至。次夜絳衣復來，妖嬈諧謔，不復如前之緘默，而舌鋒銛利，多含譏刺，若知有緑衣之事者。雖百端隱秘，終不釋。將曉，臨去，亦請期。生陰幸其言，因偽請連夕，而女不許，遂亦訂以越宿，蓋奇日也。而緑衣之約乃偶日，故偎紅倚緑無虚夕，而竟不相值。生一日晝坐無聊，出緑衣詩觀之，即于紙尾屬和。既畢，壓置硯匣下。是夜絳衣至，談次屢繙閲案頭書册，復玩弄其筆墨不休。生曰：『美人亦解吟詠乎？』絳衣曰：『誠恐貽羞大雅，然鄙人之志，不可默也。』遂索牋，書二絶云云。生覽之，雖覺諷己，而驚其才藻，乃亟贊曰：『雅艷名芳，真掃眉才子矣。』絳衣哂曰：『謬賞所不敢當，第比章臺柳何如？』生愕然曰：『何謂也？』絳衣即于硯匣下取緑衣詩讀之，曰：『謂此耳。』生不勝慙，遂告之，且求相容。絳衣曰：『非有他意，直以此賦詩者非人耳。恐傷郎君，宜遠之。』生猶未信。忽有排闥而入者，乃緑衣也，指絳衣罵曰：『汝本妖妄，乃間我乎？』絳衣亦罵曰：『顛狂婢子，只合向長安道上牽行人衣袂，何得撞入武林源調人漁郎耶！』緑衣曰：『吾先人九烈君好獎士類，曾以藍袍贈李秀才，李遂登第。詞人學士往往稱之。即清風亮節如陶彭澤，猶心折焉，安所謂「顛狂」，為汝輕薄隨流者口實也？且即有是，於汝何與，而妒若此。豈猶謂阮宣之婦劍鋒不利耶？』是時生意驚魄駭，莫所知云，但曰：『不佞之罪，不佞之罪。』二女爭辯殊不息。久之，乃相謂曰：『郎君何罪，皆汝我之孽。既已言洩，安可復留？自後當相戒絶跡；再王者，宜嘗斧刃。』生淒然曰：『二卿何相軋之深也，鄙人方圖聯芳，乃遽作此斷腸語，吾將何以為情哉！』二女曰：『君勿戀，緣盡矣。世間繁華，無不撒手，而况嬌花弱絮乎？』遂趨出，倶失所在。後微叩鄰人，並無所謂二女者。但見桃花帶雨，狼籍殘紅，柳線含烟，飄摇慘緑，尚有灑淚含顰之態，二女殆桃、柳之精也。歎息永日，禱請終宵。每當淡月微風，雙影摇動，輒疑嬌魂麗魄翩然而來，卒亦無有搴簾而入者，而生亦自此病矣。思念之誠，至於心死，乃賦《醉春風》一闋以自傷云：『柳外倉庚唤，花間蝴蝶散。東風吹老豔陽天。歎，歎，歎。前度劉郎，當年張緒，一般淒斷。獨倚雕欄畔，情根誰剖判？相思相見定何時？算，算，算。除是來生，現身花柳，纔完公案。』久之，移疾歸。

麗人 一首

示高生

夜半銀釭照玉膚，妾身雖異化羅敷。風懷終憶魯男子，雨賦不煩宋大夫。何處鳩媒能締結，此生鶴夢想模糊。龜山阿母應相笑，求士元無如意珠。

《螾蛣雜記》：高定之，淄川人，談狐祟則心惴色變。未合卺，無間色。新婦真氏女歸寧之夕，高獨宿齋榻，方清興自愜，旋有麗人立于榻前曰：『願我良人，無棄奔妾。』高蒙被卧，不應，雞鳴而去。五日又至，高振衣起，麗人曰：『横陳不御，毋乃忍心！』高正色曰：『神仙本為其無，妖魅必言其有。僕庸才也，何敢涉幻想？』麗人遥坐，高或驚其艷，急自惕云：『是戴骷髏而拜月者，何美耶？』又五日而至，解襦登榻。高逸出，麗人曰：『何見絶之深也？』牽而入，引臂同枕，執高手捫膚，香膩殊甚。高瞑目呼痛，麗人竟無如之何。後真氏婦還室，高語之苦，真叱曰：『妖物敢欺郎懦耶！再至，當伐其毛耳。』語未竟，麗人縱體入衾矣。高夫婦并力推墮，聞涕泣曰：『氤氲使一言自求其牡，何為逢怒，棄置下塵，不直草芥！命也。』遂不見。高嘗寒夜飲鄰家酒，二鼓還内寢，兩妻一枕，眠鼾聲相應，駭絶，一呼，齊緊襦起，睡如未足海棠，非一樹嬌。燭之，難辨真僞。兩妻互抵，並護高。高潛識真氏女有痣一點在尻際，審其無者逐之。後一夕，夫婦共一枕，高夜起，覺左右妻各一，燭其痣，又復同之。輒念蝤蠐之領，不堪一搦，當痛楚以覩其號，遂雙扼其吭，真氏痛欲死，而假者遁去。自是高不敢擁真寢，孑然獨寐，聞窗外細吟云云。高叱之，遂絶。

卷之七十九

黄花女兒 一首

姓王氏。

偶題

忘不了對攏雙袖，忘不了佳期月下偷。忘不了柳遮花映黄昏後，忘不了羅帳綢繆。忘不了紗窗風雨清明候，忘不了多病心情懶下樓。

《堅瓠集》：吴士召乩仙，署曰『黄花女兒』。問其氏族，曰：『金閶王氏。』生時與黄生歡好。一生愛插黄花，人呼『黄花女兒』。問：『卿是夭逝耶？』曰：『年十五而殞。』問：『黄生安在？』曰：『相繼亡矣。今與同寢處，若人間伉儷也。』衆乞詩，遂題數語云云，風流藴藉，字有餘香。

陳氏 一首

天長人，陳士吏之女弟也。殁後託夢於其父，並作詩一首。見《國朝詩的》。

呈父

江天十月作寒初，千里羈魂戀故廬。舊篋香餘紈扇粉，殘燈昏照緑窻書。恩深乳哺三年後，夢阻鄉心四載餘。諸父永辭諸姊隔，霜梧衰柳夜蕭疎。

珊瑚夫人（朱昭遠）一首

本姓朱，名昭遠，字無忌。

偶吟

金殿不勝秋，月斜石樓冷。誰是相憐人，褰幃吊孤影。

《堅瓠集》：有人於昭應寺讀書，見一紅裳女子吟詩云云。叩其姓氏，云姓朱，名昭遠，字無忌。上祖在漢時，因宣揚釋教，封長明公。唐天寶中，帝為貴妃建設經幢，封為珊瑚夫人，賜珊瑚帳居之。自此巽郎蛾子，不復為暴矣。言訖，恍惚入經幢而隱。乃詳味其詩與所言，蓋經幢中燈也。

錢月娘四首

字蓮仙，江蘇上海縣人，元末錢鶴皋之女也。青浦陳佑道經其墓，題詩吊之，遂以情感，相與倡隨。詩附見《金理詩集》。

次韻答陳咸元

江上旌旗去不來，可憐紅粉伴荒荄。一朝家國悲離黍，滿目山川剩夜臺。九轉丹虛沉怨骨，三生石爛遇仙才。憑君莫話當年事，添得樽前亡國哀。

示陳郎

留得當年桂子漿，盈盈親泛紫霞觴。釵垂琥珀蘭閨静，帳捲流蘇仙漏長。銀燭不垂今夜淚，金爐重檢舊時香。莫辭醉聽歌金縷，難得天台是阮郎。

送别

整束簪環泣送君，依依難向小橋分。他年不斷情緣處，盃酒還澆壠上雲。

金理《錢月娘傳》：錢月娘，字蓮仙，上海富人錢鶴皋之女也。元季鶴皋起兵，月娘年甫笄。鶴皋掘土爲隧，下建宫室，置三年糧，使月娘居之，上爲墳焉。囑曰：『三年中，我破士誠，乃出汝。』迄今時移世换，蓋歷數百年矣。青浦陳佑者，字咸元，於康熙壬辰秋自上海還，路經其地，知爲鶴皋故墟也。有上馬石、宅池、箭臺、三橋諸遺址，而小娘墳在宅池西北百步許。小娘者，其俗處女之稱，即月娘也。登覽憑吊，第見白楊衰草，流水斜陽，有二石亭相對墓門，微露一角。有感於中，遂吟一律以吊之曰：『此地曾經紅粉來，漆燈長夜作荒荄。千年血灑虞姬草，萬里心戀鳳女臺。華表不歸遼左鶴，雄圖每恨浙東才。貞魂空抱亡家痛，寒食何人麥飯哀。』不自知其情之一往而深也。徘徊間，時近黄昏，忽見雕牆峻宇在林影中，有雙鬟出而邀客。佑不欲入，强而後可，則堂廡宏暢。佑心益疑，而絳紗燈已導一麗姝至矣。年可十八九，頭上白花髻，戴芙蓉冠，插瑟瑟鈿朵，神姿焕發，顧盼婀媚，不可描畫。笑而言曰：『夜深矣，君欲何之？不妨少盤桓耳。』既而設饌，極水陸之奇；美人紅袖纖指，殷勤相勸。酒微酣，佑叩其爲誰家女，美人春山微蹙，起而謝曰：『妾頃者蒙君賜詩，潤及枯骨，使妾數百載埋没之幽魂，一旦復昭於光天化日之下，君之德厚矣。故敢留君，欲以一杯爲報耳。』並賦詩云云。佑讀罷，愕然欲起，美人曰：『郎君無懼，妾非山魈水魅，爲禍於君。』乃使紫衣二女郎作廻風之舞以侑觴。舞畢，美人微笑曰：『舞衣空疊，已幾百年，不意今日爲君復試。』又吟一律云云。佑知其意涉於私，低首佯醉，美人潸然泣下云：『妾非欲效桑間濮上，爲淫奔女。以郎君情重，故不禁依依耳。』佑即起爲别，美人攜手相送，至小橋邊，復吟一絶云云。佑亦泣下沾衣，珍重而别。行數武回顧，則荒草茫茫，月殘斗轉，身在墓門亭角邊；向之華堂高峻，已不復見矣。惆悵久之。

梨花

一度花開一度空，玉樓人起問東風。舞殘白紵玲瓏月，有影無言似夢中。

倚闌美人 一首

短歌

明月滿空堦，梧桐落如雨。凉飔襲人衣，不知秋幾許。

《哀黍離編》：遼王晚抱異疾，不能親女色，後宫中往往有抑鬱致死者。今沙橋門外官人斜，即羣姬埋香處；每陰寒晦黑，過者聞紅愁緑慘之聲。近有少年子乘醉踏月，迷入空宫，經素香亭下，睹一美人，霓裳練裙，倚闌而歌云云。歌竟，杳然不見。

蘭畹香 一首

字畹香，江蘇上海縣人。國初諸生王某室。乾隆癸酉春，降乩曹錫黼家。詩見《海上詩鈔》。

無題

香奩開處畫眉時，門外春光已滿枝。鳥愛雙棲多比翼，蠶憐自縛爲牽絲。桃花紅借朝霞暈，柳葉青含暮雨滋。芳草王孫空太息，任他姊妹笑情癡。

徐谷 一首

字雲平。詩見閩中林野《居易堂詩集》。

詠梅

亭柯偏有葉，素手出高寒。不共路人語，招尋出遠巒。

《居易堂詩集》注：嘗夜宿嵩廬，夢有倩女，被服淡雅，自言姓徐，名谷，字雲平。以詩箋相示曰：『此吾詠梅詩也。』〔一〕

【校記】

〔一〕林垐《居易堂詩集》（崇禎十七年刻本）載《紀夢》詩序較詳，其文曰：『歲辛巳仲冬十有一日，夜宿嵩廬，夢居小舍，中設卧榻，盤膝其上。舍中空無他物，左列小几，几前侍高臺，燃燭甚明。忽有□女從右側出，被服閑淡，自掇小凳，近榻對坐。余問其姓字，曰：「徐，名谷；雲平，吾字也。」□□其韻，曰：「子豈能詩者？」曰：「然。」因語余曰：「子前兩日所閲友人某詩文，不滿於中者二。吾知之。」余曰：「子試言。」女言其一，果予昔所蓄以爲纖而未工者也。因起與偕。起行出門，則臨山野，日將暮矣。天若新雨，過山皆繆雲沉沉未起而露半黛者。余指戲之曰：「此雲平也。」相將徐步甚遠，余曰：「子其有家乎？」曰：「適行已過。」余心尤其不語，曰：「路微艱耳，且顧往往則田溝中水，㶁㶁難度。手翼余而過。」至一處，屋三楹，如人家廳事轉向者。從後側門以入，堂之左有廂，踈櫺頗落，掩閉甚密，右殊飾。女曰：「子姑坐，吾入取吾詩來。」余仰見懸燈甚麗，正以手擎，不可及，而女出右廂，有笑容，以一箋擊掌，曰：「恰好吾詩在扇！」余急取讀之，起云「亭柯偏有葉，素手出高寒」，不知所詠。正在擬議間，女執一緑梅條撲扇上，予心悟其詠梅也。亟贊之曰：「佳甚，李羣玉『素手亭亭指夕陽』，竟纖耳。」女撫予背曰：「子知言者。」遂寤。豈梅魂耶？足其語成詩。』

白衫女子句

句

拾得殘紅微笑，輕掐一痕彎小。

史震林《西清散記》：甲辰讀書滆湖之西，距趙闇叔家十餘里，時蓋未相識也。四月初七，夜夢白衫女子升於北陵，歌云云。明日登北陵，得芍藥花片，面有指爪痕，隱透花背，露色尚熒熒也。

胡淑貞一首

向在吴門，骨董濮士崑扇頭曾見淑貞一絶句，筆法遒媚，相傳是狐仙詩也。疑其僞託名者。頃閲《宜興縣志》，始悉確有其事，因録之。

絶句

閑題麗句寄瑶臺，邀取飛瓊駕鶴來。遲日暖風煙景媚，碧桃花下共持盃。

《宜興縣志》：康熙二十一年正月十二日，有許丹遇狐仙於道，相視而笑。後數日至丹家，成夫婦禮。自言姓胡，名淑貞，與丹同在宋真宗宫，約轉世爲夫婦，因墮狐胎，遂七百年不相值，今了夙緣耳。見丹祖可覲，執禮甚恭。以故事問之，無不悉言，禍福俱驗。閲數月，生一女，名緑陰。遣婢素娥、秋鴎迎丹至其所，皆精舍也。製衣履贈丹，甚工緻，不復與丹狎。二十三年春，辭往崑崙，不知所終。

俞家橋女鬼一首

絶句

黄昏淒絶雨如煙，小立東風弄翠鈿。一段傷心傳不得，梅花開滿墓門前。

《見山樓墨話》：許鵬飛，秀州人，予同筆研友也。曩時曾告予，因探親，薄暮過小俞家橋。時微雨，遥覩一麗姝從林中出，飄飄然絶不類村野人，忽微吟云云。鵬飛因而心悸，疾聲叱之，乃不見。頃於舊卷中偶得鵬飛手書，追憶其事，因筆之。

林四娘二首

明衡王舊宮嬪也。林西仲先生以爲莆田人，庫官之女，姑俟博雅者正之。

陳其年《婦人集》：王十一爲余説林四娘事，幽窈而屑瑟，蓋《搜神》、《酉陽》之亞也。四娘自言故衡邸宫人。

林雲銘《林四娘記》：晉江陳公寶鑰，號緑厓。康熙二年，任山東青州道僉事。夜輒聞傳桶〔一〕有敲擊聲，問之，則寂無應者。其僕不勝擾，持槍往伺，欲刺之。是夜但聞怒詈聲，已而推中門突入，則見有鬼，青面獠牙，赤體挺立，頭及屋簷。僕震駭，失槍仆地。陳急出，訶之曰：『此朝廷公署，汝何方妖魑，敢擅至此？』鬼笑曰：『聞尊僕欲見刺，特來受槍耳。』陳怒，思檄兵格之。甫起念，鬼又笑曰：『檄兵格我，計何疎也！』陳愈怒。遅明，調標兵二十名守門。抵夜，鬼卻從牆角出，長僅三尺許，頭大如輪，口張如箕，雙眸開合有光，蹩躠於地，冷氣襲人。兵大呼，發炮矢，炮火不燃。檢韔中矢，又無一存者。鬼反持弓回射，矢如雨集，俱向衆兵頭面掠過，亦不之傷。兵懼，奔潰。陳又延神巫作法驅遣，夜宿署中。時臘月嚴寒，陳甫就寢，鬼直詣巫卧所，攫去衾毡衣褌。巫窘急呼救。陳不得已，出為哀祈。鬼笑曰：『聞此神巫乃有法者也，技止此乎？』遂擲還所攫。次日，神巫慙懼辭去。自後署中飛礮擲瓦，晨昏不寧。或見牆覆棟崩，急避之，仍無他故。陳患焉。嗣余有同年友劉望齡赴都，取道青州，詢知其故，謂陳曰：『君自取患耳！天下之理，有陽則有陰。若不急於驅遣，亦未擾擾至此。』語未竟，鬼出謝之。劉視其獰惡可畏，勸令改易顏面，鬼即辭入暗室中。少遲復出，則一國色麗人，雲鬟靚粧，嬝嬝婷婷而至。其衣皆鮫綃霧縠，亦無縫綴之跡，香氣飄揚，莫可名狀。自稱為林四娘，有一僕名實道，一婢名東姑，皆有影無形。惟四娘，則與生人了無異相也。陳日與歡飲賦詩，親狎備至，惟不及亂而已。凡署中文牒，多出其手。遇久年疑獄，則為廉訪始末，陳一訊皆服。觀風試士，衡文甲乙，悉當。名譽大振。先是，陳需次燕邸，貸京商二千緡。商急索，不能應，議償其半，不允。四娘出責之曰：『陳公豈負債者？顧一時力不及耳。若必取盈，陷其圖利敗檢，於汝安乎？我鬼也，不從吾言，力能禍汝！』京商素不信鬼，笑曰：『汝乃麗人，以鬼怖我。若果鬼也，當知我在京廬舍職業。』四娘曰：『廬舍職業，何難詳道？汝近日於某處行一負心之事，說出恐就死耳。』京商大駭，辭去。陳密叩商所為，終不洩。其隱人之惡如此。性耽吟詠，所著詩多感慨悽楚之音，人不忍讀。凡吾閩有訪陳者，必與狎飲。臨別輒贈詩，其中庾詞，日後多驗。有一士人悦其姿容，偶起淫念。四娘怒曰：『此獠何得無禮！』喝令杖責。士人欻然仆地，號痛求哀，兩臀杖痕周匝。舉坐為之請，乃呼婢東姑持藥飲之，了無痛苦，仍與歡飲如初。陳叩其為神始末，答曰：『我莆田人也。故明崇禎年間，父為江寧府庫官，逋帑下獄。我與表兄某悉力營救，同卧起半載，實無私情。父出獄，而疑不釋。我因投繯，以明無他。烈魂不散耳。與君有桑梓之誼而來，非偶然也。』計在署十有八月而別。別後陳每思慕不置。康熙六年，陳補任江南驛傳道，為余述其事，屬余記之。

即事

静鎖深宫憶往年，樓臺簫鼓遍烽煙。紅顔力弱難爲厲，黑海心悲只學禪。細讀蓮花千百偈，閑看貝葉兩三篇。梨園高唱□□□，君試聽之亦惘然。

《池北偶談》：聞陳寶鑰，字緑崖，觀察青州。一日，燕坐齋中，忽有小鬟，年可十四五，姿容甚美，搴簾入曰：『林四娘見。』陳驚愕，莫知所自。逡巡間，四娘已至前萬福，蠻髻朱衣，繡半臂，鳳觜鞾，腰佩雙劍。陳疑其仙俠，不得已，揖就坐。四娘曰：『妾故衡王宫嬪也，生長金陵。衡王昔以千金聘妾，入後宫，寵絶倫輩。不幸早死，殯於宫中。不數年，國破，遂北去，妾魂魄猶戀故墟。今宫殿荒蕪，聊欲假君亭館延客，固無益於君，亦無所損於君，願無疑焉。』陳唯唯。自是日必一至。每張筵，初不見有賓客，但聞笑語酬酢。久之，設具讌陳，及陳鄉人公車者十數輩咸在坐；嘉肴旨酒，不異人世，然亦不知何從至也。酒酣，四娘敘述宫中舊事，悲不自勝，引節而歌，聲甚哀怨，舉坐沾衣罷酒。如是年餘。一日，黯然有離別之色，告陳曰：『妾塵緣已盡，當往終南。以君情誼厚，一來取別耳。』自後遂絶。有詩一卷，長山李五絃司寇化熙有寫本云。又程周量會元，記其一詩云云。

絶句

玉階小立羞蛾蹙，黄昏月映蒼煙緑。金床玉几不歸來，空唱人間可哀曲。

王太史《林四娘歌小序》：晉江陳君寶鑰，分臬青州，入署之夜，堂上忽聞樂作，空中隱隱呵殿聲，如貴人騶從至。至則燿燎輝煌，杯饌羅列，賓客雜沓於堂上，徘優、廝養奔走於堂下。胥役大駭，走白陳君。君固已心異矣，因率衛卒呵禁之，不止；挾弓矢，操而射之，不止；持轟天雷諸大炮擊之，復不止。越數日，陳方爇燭坐小齋，而風雨聲有自遠至者，齋中窸窣如人行聲。少須，雙鬟褰簾入，唱曰：『林四娘侍兒青兒啟事：娘子願謁使君。』陳惝恍未答，而美人翩然至矣。妖質雪瑩，繡紋花映，修娥自斂，斜紅半舒。揄袂以前，向陳而拜，拜畢就坐，徐徐啟曰：『某金陵林四娘也。幼給事衡王，中道仙去。今暫還舊宮，竊見殿閣毀於有司，花竹淪於禾黍。某故有宫中儔侶，話舊情深，停車無所，敢假片席於使君之堂。某固無能有德於使君，然亦非有害於使君。今與使君為方外交，可乎？某有小酒食，願同醉飽，並及從者。微有薄犒，幸毋深訝焉。』陳雖疑且畏，然度無可如何，遂偕行。及下筯，則珍肴也；引杯，則良醞也。從者視其犒，則朱提青蚨也，始稍稍定。後則夜分必來，更闌即去。數入內與陳夫人姬媵締交，若娣姒然。陳之客過臨淄者，或請接見，無不歡好。即席酬和，落紙如飛，詞中憑吊故苑、離鴻別鶴之音為多。噫嘻，此胡為者耶？又謂四娘貌本上流，妝從吴俗，秀鬋鬒髮，峩如遠煙，覆以霧縠，綴以珠璧，身縈半臂，足躡翠靴，錦縧雙環，環懸利劍，冷然如聶隱娘、紅線一流。婢東兒、青兒，皆殊麗，恒侍左右，人亦無敢調者。居三月，一夕别陳君欲去，且以青兒為託。把酒賦詩，臨歧悵别，聳身碧霄，踪影頓絶。青兒後一二來，久亦不至矣。異哉！曾記其一詩云云。

【校記】

〔一〕傳桶：為方便傳遞信件和內外通話，在官衙大門所開的小洞；原作『傳誦』，形誤。據林雲銘《挹奎樓選稿》（康熙三十五年刻本）卷六《林四娘記》改。

仙妃一首

降乩晉江縣黄淑畹家。詩見《綺窻集》。

答閨秀黄紉佩

只因大雅兩相期，不記城頭漏盡時。自是悔教依几席，累人吟詠夜眠遲。

劉碧鬟四首

江蘇蘇州大中丞署中女鬼也。生前似爲人妾。詩稍佳者選出，餘見記中。

降乩

十年幽夢在牆陰，一夕無端碎玉琴。萬種春愁人不識，彩毫飛處墨華淋。

細雨花魂冷，荒園草夢迷。杳無蝴蝶舞，惟有杜鵑啼。麥飯湌風耳，椒漿吸露兮。最憐愁絶處，日暮下雞棲。

答問姓氏

聞雞起舞媿雄才，曾向元都觀裡來。標格冰清誰與竝，阮郎攜我入天台。

步石頑原韻

風摶竹籟千聲碎，月浸梨花一片迷。孤影懶隨遊蝶舞，幽吟只共亂鶯啼。魂過楚澤悲時也，詩羨曹風詠婉兮。已許松銘題姓字，不知何處是予棲。

金閶卷石子《劉碧鬟記》：於越西椒子、默存子、蕉窻子，金閶怡亭子，西湖雪鴻子、石頑子，三韓静庵子，同余下榻於平江之『來鶴樓』東。時當春暮，偶有客談及此樓昔有乩仙，叩事甚驗，因設乩試之。俄爾乩果動，有詩云云。『吾碧鬟也。請問何事？』衆以軒外木香花盛開求題，立成《如夢令》一闋云：『不比梨花娟倩，不比楊花輕賤。棚底弄清芬，引得蜂狂蝶戀。堪羨，堪羨，吹落珠璣萬點。』蕉窻子廼以《聽鸝小照》請題，甫展卷，即題云：『一望蓊蘙暑氣清，火雲從不到茅棚。此中有客科頭坐，静聽幽禽三兩聲。』又請再題一詞，復題《踏莎行》詞云：『薙草誅茅，編成小築，森森古木參天緑。幽人兀坐聽分明，禽聲上下翻新曲。一井濃陰，掃除煩燠，閑揮羽扇胸襟拓。相隨羨殺小奚奴，共君消受清涼福。』題畢遂去。衆皆訝其敏捷，初未詳其爲鬼爲仙也。迨次夕，鬟又臨乩，有詩云云。叩其姓氏，答詩云：『玉碎珠沉事可憐，忍將名姓説人前。羣芳譜裏無雙女，來鶴樓中第一仙。』又問是否姓劉，有答詩云云。復請其詳書出處，答詩云：『我家原住隋隄曲，阿父相攜戍鴨緑。十二十三學秦聲，十四十五教絃索。裁得鸞箋寫硬黄，吟成小句藏笥腹。亭亭二八入侯門，可憐匝歲塵埋玉。多情腸裂淚偷彈，床頭濕透芙蓉褥。夜雨鈴聲泣馬嵬，秋風草色悲金谷。詞名簷鐵付飄煙，瘦蘭十卷誰來讀。姻緣會合紅蓮客，妥我何日山之麓。』

由是方知其爲金屋羈魂也。緣詩中有『簷鐵』、『瘦蘭』之語，求其録示，鬟曰：『《簷鐵詞》乃記來鶴樓中事，未便浪播人間，俟選録呈政。《瘦蘭集》皆閨中所作，自知兒戲，足可笑人，須俟月夕録出。』併題二絶句曰：『夜雨青燈太寂寥，風吟簷鐵伴秋宵。斷腸曲子無多闋，只有零星淚數瓢。』『幾載懨懨倚枕中，春蘭消瘦怯東風。吟來都是淒涼語，寫向鸞箋字字紅。』又叩來鶴樓創建之由，答曰：『黄金爲縷玉爲茵，占得盈盈十五春。腸斷多情瞻鶴馭，千秋悵望李夫人。』味其詩，似即其藏嬌之所。第未詳所天之名位，叩之不言，惟答詩云：『絮語勞勞問可憐，前生疑摘並頭蓮。深藏金屋憐嬌小，翠繞珠圍十七年。』又叩其亡年係在何時，答詩曰：『琴亡不必記春秋，但得青山築一丘。墮淚有碑千載説，啣環何日寸心酬。』詢其遺骸現存何所，答曰：『東牆之下，詳予前作。諸君有意憐予，當思妥我。』併繼以詩曰：『高冢如山牧馬牛，唐陵漢寢幾曾留。敢望千年石寶塔，但教一箇土饅頭。』西椒子聞之，矍然曰：『余客此久矣，舊聞屋之東牆角有埋骨一具，得無是與？』偕至其所，適有雞塒在，憶其詩，有『日暮下雞栖』之句。遂呼童撤去，即見一甖，啟視，則玉骨瑩瑩然如新脱屍者。衆咸嘆息，因謀購地，爲遷葬之。

碧篠道人 五首

自署姑蘇人。

降乩

碧窗紅樹影纖纖，午夢初回怯捲簾。斜倚欄杆愁不語，動人秋思一聲蟬。
紅日初移碧樹陰，遥看雲海思沉沉。青樓客醉無人見，没殺山頭化石心。

玉簪花

琢玉鏤冰助晚粧，可知性不耐風霜。牆陰托足原無色，月下簪頭剩有香。問卜豈能憐小玉，採蓮惟解引檀郎。枕函敲處難成韻，未敵秋宵雨意長。

秋海棠

秋雨無端滿蓽門，等閑生長破苔痕。石頭淚漬清風嶺，樓畔心依金谷園。此日共憐思婦意，當時誰惜斷腸魂。莫言草木無情物，亦解人間紅粉冤。

邯鄲才人嫁爲廝養卒婦

從無新婦配參軍，薄命原歸紅粉身。廝養若成偕隱願，應知天下負才人。

蠹窻張令儀和詩小跋：此壬寅早秋清河諸昆季請仙於修堂，有女仙降壇，自書姑蘇碧篠，作詩數首，有問者，亦不甚酬對，但書索蠹窻主人和，予何人，斯乃蒙仙靈見知，讀其詩意，沉鬱悲思，似不得志而没者，因感其意，謬和五首，他日焚諸壇下，尚求其筆削也。

蕭紅一首

降乩

香絲欲斷渺牽衣，認是君家恐尚非。月榭語生鸜鵒瘦，雪屏春膩牡丹肥。花孫自媚何須笑，鳳乳初嬌未肯飛。薄命三千輕被謫，有情無怨玉人稀。

《西清散記》：蕭紅者，蘭陵女子也。降時嫌乩重不潔，賦七言律一首而去，詩云云。言娟娟仙子，乃梅花之神，姓唐，名夢娘，居太湖西。有牡丹公主者，夢娘畏之，明潔乩語君也。越三日，蕭紅至，曰：『百花皆有神掌之。花之有香艷者，神皆美女子；無香艷者，男子所司也。西王母以江南梅花三萬樹封夢娘，世人少愛梅花者，而花數百闕，存萬餘株耳。夢娘負花稅，乃自傭牡丹公主家。凡花皆有稅，而牡丹獨富貴花，神乏償者，每貸於牡丹公主家也。有重樓二十，使夢娘爲灑掃。灑掃善，則賜之桐雨露；弗善，飲以蓼紅漿。夢娘廢梳洗，經旬乃得遍也。閑時又使之鼓琴，夢娘自製新曲，曰「夢徘徊」，極哀怨，音動人心。』又曰：『前夜焚廢字於爐，家童棄之穢壤，夢娘懼焉。世人謂紙焚則字滅無有，不知鬼神視之，歷然見也。字有魂魄，焚時煙上騰爲魂，天神驗之；灰下墜爲魄，地祇察之。惟沉諸水，及瘞於土，則灰滅而字無迹矣。叢霄清律云：「欲生智，當惜字；欲增禄，重五穀；欲延壽，物須救。」夢娘前身喜放生，雖微命，必活之，以此得仙。世之愚鈍、寒餒、夭折、無後嗣者，不行此三善故耳。冥中設靈彙司，糾拾棄字，查證遺灰；其律甚嚴，罪不可逭。惜世人未知者，特言之。』

會稽女子 一首 句

句

幽恨草萋萋。

嘉興高承埏《和會稽女子詩紀夢序》：余從征軺塵影中，爲會稽女子録成，悤裝滄洲，擁絮就夢：余若俛眉披傳，時方云『會稽女子，莫詳姓氏』，恍惚有向余而唱者，云：『本姓李，幽恨草萋萋。』聲甚清麗。余矍然遽寤，耳邊猶嚦嚦可聽。意者會稽女子不忍終於晦，翩其來告乎？非煙非霧，豈獨古有李夫人？特余操三寸不律感之，笑少君之符，不免多事矣。呼燈志異，並係以詩：『彤管留詩説會稽，郵亭姓字已淒迷。小窻夜半滄洲夢，鸚鵡能言是隴西。』『譜韻吟香高達夫，感魂得似少君符。李花笑指來千里，愁殺霜痕惹襪無。』

徐石麒《吊會稽女子詩》：『越水名花絶點塵，花煙摶作苧羅身。自從一嫁燕兵後，歲歲年年不復春。』『寶屧香泥舊日游，花塵紅起不知愁。無端誤入豺狼徑，生折瑶釵雙鳳頭。』

白溝河題壁

黄沙漠漠渺關山，千載明妃去不還。休抱琵琶訴心事，悞人多是爲紅顔。

明霞二首

降乩

誰云富貴即爲良，想到癡肥欲斷腸。薄命紅顔今已矣，泉臺尤愛讀書香。

生長臨清十九年，偶隨車馬過苕川。知心惟有墳頭草，月夜臨風泣杜鵑。

《述異記》：德清蔡崑暘先生長君字麟武者，戊午歲召仙預問功名，焚符之後，其乩忽動，題詩云云，後寫『苕溪十景塘明霞題』。好事者尋至其處，果有石碑，題『才女明霞之墓』，蓋明季某太守之女，死葬於此。詳味其詩，必所配非偶，抱恨而終者也。

夢中美人一首

詩附見孟次微集。

贈孟次微

別去情無限，巫山夢易過。人生貴知己，繾綣欲如何？

孫蕙雲一首

本姓王，江南華亭人。父晞，字林屬，爲元侍郎。明師破燕，順帝北去，侍郎舉家殉節，蕙雲方四齡，乳媪孫負之以逃。後南徙楚州七年，而孫遘疫故，被黠少年掠入廣陵煙花中。蕙雲潔白自守，備極撻楚。而卒時年十七，委之揚州新城郊外。乾隆辛巳秋，曾降乩於甘泉江恂夫家。

次韻酬江子恂夫

碧玉瑶宫列衆仙，虚窻學展緑雲篇。開函檢得瓊箋在，回首塵凡便惘然。

白羅天女九首

詩見史震林《西清散記》。

降乩詩

吹笙夜過碧蘇菴，洗珮還臨玉女潭。家住洞天渾似藹，滿懷絲緒學春蠶。
玉殿朝真駕紫雲，百花春帔九華裙。抄成天上逍遥事，好待秋風訴與君。
銅官山色翠重重，蝦虎城邊第五峰。洞裡三千花姊妹，娉婷都是不如儂。
珠爲簾幌玉爲房，築得秦樓鎖鳳凰。夜半方諸清有淚，太湖千里月如霜。
芍藥無情自有心，鬱金宫殿碧沉沉。瑶池昨夜陪王母，乞得飛瓊軟玉簪。
琳窻自剪白鮫綃，月下穿來色更嬌。曾在青蓮花下立，至今香氣未全銷。
手梳雙髻下瑶臺，梅子江南熟幾回。私抱月魂亭上宿，夢酣又被曉風催。

會仙巖上控飛鸞，重整連珠百子冠。惆悵碧天時獨倚，暮霞盤屈似闌干。

琴譜新翻十二樓，仙家無事只多愁。太清夜召彈神雪，恩賜人間一度遊。

《西清散記》：甲辰讀書溣湖之西，距趙闇叔家十餘里，時葢未相識也。四月初七，夜夢白衫女子升於北陵，歌曰：『拾得殘紅微笑，輕掐一痕彎小。』明日登北陵，得片藥花片，而有指爪痕隱透花背，露色尚熒熒也。是月十有二日，蔣嗚宇爲兒疾設乩，叩仙，稱『白羅天女』，賦詩九首，其後書云：『前夜過姬山訪蘭陵公主，不意復見君也。圃後古陵，即公主夜臺。中置魚燈七碗，自梁以來，悉成緑燄；三年一添玉膏，故今未滅耳。君前生每來玩此，公主薦乳玲糕，記之乎？』乃茫然也。其詩云云。神雪，天上琴也。

通判女（哈什氏）一首

姓哈什氏。詩見袁枚《新齊諧》。

絶句

三更風雨五更鴉，落盡夭桃一樹花。月下望鄉臺上立，斷魂何處不天涯。

《新齊諧》：徽州府署之東，前半爲司馬署，後半爲通判署，中間有土地祠，乃通判署之衙神也。乾隆四十年春，司馬署後牆倒，遂與祠通。其夕，署中老嫗忽倒地，若中風狀。救之甦，呼饑；與之飯，啖量倍於常。左足微跛，語作北音，云：『吾哈什氏也，為前通判某妾，頗有寵，為大妻所苦，自縊桃樹下。縊時希圖為厲鬼報仇，不料死後方知命當縊死，即生前受苦，亦皆數定，無可為報。陰司例：凡死官署者，為衙神所拘，非牆屋傾頹，魂不得出。我向棲後樓中，昨日袁通判到任來，驅我入祠，此後饑餒尤甚；今又牆傾，傷我左腿，困頓不可耐。特憑汝身求食，不害汝也。』自是嫗晝眠夜食，亦無所苦，往往言人已往事，頗驗。先是，司馬有愛女卒於家，赴任時置女靈位某寺中，歲時遣祭，皆嫗所不知。司馬見其能言冥事，問：『爾知我女何在？』答曰：『爾女不在此，應俟我訪明再告。』翌日，語司馬云：『爾女在某寺中甚樂，所得錢鈔，大有贏餘，不願更生人間。惟今春所得衣裳太窄小，不堪穿著。』司馬大駭，推問衣著之故。因遣家人往祭時，所製衣途中為雨毀，家人潛買市上帋衣代之故也。未幾，新通判蒞任，方修衙署，動板築，嫗曰：『牆成，我當復歸原處，但一入，又不知何年得出。敢向諸公多求冥錢，夜焚牆角下。我得之，賂衙神，便可逍遥宇內。』司馬如其言，焚之。次日，嫗有喜色曰：『主人甚賢，無以為别，我善琵琶，且能歌，能飲酒，當歌一曲謝主人。』司馬為設醴，置琵琶，嫗彈且歌云云，音調悽惋。歌畢，擲琵琶，瞑目坐。衆再叩之，蹶然起，語言笑貌，依然蠢老嫗，足亦不跛矣。內幕崔先生常與問答。其言饑時，崔云：『此與府廚近，何不赴廚求食？』答云：『府署神尤嚴，不敢入。』其言袁通判見驅時，崔云：『袁通判上任大病，爾何必避？』答云：『他雖病，未至死，將來還要陞官，我敢不避？』袁通判者，余弟香亭也。

碧香句

句

皎月伴憑闌，衣單怯夜寒。潦均秋漲碧，霜染晚楓丹。

《疊嶂樓詩話》：予薄遊金華，因抱采薪，路經睦州，養疴神廟。時當秋晚，病起無聊，廟有山園亭榭頗勝，興至即遊。一夕更餘，月色甚皎，似夢非夢，至一枕江小亭中，有女郎微吟一律云云。扣之，自云吴人也，名碧香。頗娟秀。寤而取火，亟爲録出，而已亡其半矣。

李蕙娘一首

降壇詩

石榴紅綻冠芳羣，一種撩人夢也醺。在昔相親濃似酒，至今屬想艷於雲。生從南國原傾國，移入沙門亦冠軍。慚愧愚忠非報國，可莊西舍又逢君。

《小粉場雜識》：可莊，族姪玉岑湖上别業也。一夕與友扶乩，忽有李蕙娘者降壇，作詩云云。叩以功名諸事，不答而去。詩尚不惡，慢録於此。

趙桃 句

字小紅，浙江杭州人也。

句

不入三春夢，全憑一點心。《詠冬蘭》

《香硯居隨筆》：趙桃，字小紅，自云唐時杭州女子，今主巫山十二峯。《詠冬蘭》句云云，語甚工雅，信其爲唐時女子也。

夢中女 一首

贈金郎

佳偶豈易尋，奪郎如奪彩。幸虧下手强，爭先得為快。

《新齊諧》：蘇州金秀才晉生，才貌清雅；蘇春厓進士愛之，招為壻，婚有日矣。金夜夢紅衣小鬟引至一處，房舍精雅，最後有圓洞門，指曰：『此月宫也，小姐奉候久矣。』俄而一麗人盛粧出，曰：『秀才與我有夙緣，忍捨我别婚他氏乎？』金曰：『不敢。』遂攜手就寢，備極綢繆。嗣後每夜必夢，歡好倍常，而容顔日悴。舉家大懼，即為完姻。蘇女亦有容色，秀才愛之如夢中人。嗣後夜間，酉戌前與蘇氏交，酉戌後與夢中人交。久之，竟不知何者為真，何者為夢也。其父百般穰解，終於無效。體本清羸，斵削逾年，成瘵疾而卒。與夢中女唱和甚多，不能全録，但記其《贈金郎》一絶云云。

金娥 一首

短歌

日侵削兮三尺土，山川已改兮衆余侮。

《新齊諧》：金娥墩在無錫縣城東南六十里，故南唐李昱妃墓也。娥工詞翰，進忠言，昱甚愛之。越數年，昱發兵晉陵，挈娥同行，遇吴越王兵，不得進。娥道死，因葬於此。乾隆初年，居民耕地得磚，上篆四字云：『唐王寶印。』至今墓間尚多。更可異者，每當風雨之夕，常有女鬼見形，且泣且歌，歌曰云云。

趙碧雲 一首

臨淮人也。

降壇

欲雲欲雨朔風生，漠漠浮陰不放晴。蕊珮忽驚天外鶴，飄然仙馭落江城。

《香硯居隨筆》：女仙趙碧雲，自言唐臨淮人也，今來主新安黄山大都峯白嶽洞。又云仙姑以歙人周柳窻爲『扶松使者』，此名甚雅馴。有《降壇》詩云云。又有《滿庭芳》詞，後結句云：『君看取，庭前梅朵，仙府帶來春。』

張氏 一首

書牆壁

小婢偷金去，私藏瓦上溝。今朝冤始雪，我恨亦全休。

《續新齊諧》：新安趙天如，授徒黄氏。酷暑畏熱，夜不成寐，向居停請易卧室。居停為指數處，皆不當意。惟一樓院内多花樹，清風徐來，趙喜之，黄似不可。趙疑切近内室，黄曰：『非也。上有鬼魅，故未敢令先生居。』趙云：『無妨。』遂移榻焉，秉燭以待。夜半忽聞梁間有聲，覩之，則弓鞋雙垂而下，年二十許之美人也。凭欄望月，取粧奩作梳沐狀。復行至廂樓，揭起覆瓦數溝，取出白鏹六封，攤瓦上展玩歎息。仍復包裹藏瓦溝中，覆蓋如故。轉身至趙榻前，將掀帷幕。趙下榻叱逐，直至樓下，入後園竹林中而没。窺之，内有新厝棺，心知即此祟。明日晤居停，問曰：『後園之鬼，得無自縊者乎？為君家誰？』黄不覺泣下，曰：『死者為吾愛妾張氏，性最敏慧，掌出納銀錢。一日收某處租三百兩甫交，未幾及吾急需，則烏有矣。予一時盛怒，以污蔑之言罵之。詎知渠忿，竟尋短見。』趙曰：『是君暴急之過，然其事可得終明乎？』曰：『未也。』問：『有子否？』『則現拜門牆者是也。』趙曰：『請為白其冤。』拉黄登樓，揭瓦溝取金出，果然原物也。其夜，見鬼復下，如前作梳沐狀，取筆題詩於牆，向榻前再拜而去。詩曰云云。自後，此樓安静矣。

夢中女子四首

絶句

極目秦樓月，悵然思遠人。誰云好事近，辜負洛陽春。

細滴芭蕉雨，嬾傾荷葉杯。憐憐薄命女，寂寞看花回。

佩解丁香結，愁看霜葉飛。滿庭秋月夜，不見阮郎歸。

踈影横窻瘦，梅含瑞雪濃。何來月下笛，撩得髻雲鬆。

《秋燈叢話》：膠州諸生周雲赴歲試，夢遊一處，水碧山青，迥非凡境。眺矚間，忽聞環珮鏗鏘，一女子飄然而過，貌甚都。周尾之而行，迤邐至竹林中；株盡，露甲第一區。女緩步入，周亦隨入。門宇深邃，悄然無人，室内圖書滿架，陳設皆非耳目近玩。女據牀几坐，指几上雲牋，謂曰：『妾有詩四章，願質高明。』周取閲，詩云云。周反覆披誦，擊節歎賞，忽然而寤，時乾隆辛未三月二日夜也。

胡阿笋一首

謔董如彪

鶼鶼比翼鳥，一夕忽分單。夜静更深後，鶴行鷺伏前。雪膚依草薦，玉掌𣎴蒲鞭。俛首無生氣，郎當犢鼻邊。

《夜譚隨録》：嵩陽董桓，字建威，以參將褫職家居。年四十餘，財雄一鄉。性好武勇，所交遊悉射皮飲胄、飛蒼走黄之二。艶妾六七人，争妍鬬媚，以悦一人。第宅復閎壯，園亭之勝甲一邑。園中有池，可容刀。繞池緑樹千章，就中構軒五楹，顔曰『萬緑』，極虚敞便夏，日與其儔類講武其中。其父禁之，弗悛也。父殁，愈不自戢。生二子，長如彪，年十八，次如虎，年十六，皆出側室。而如彪稟賦與父殊，秀外慧中，尤喜篇什，馳馬試劍，非其所好，以故失父愛，雞肋常遭老拳。家有老僕葛封者，質樸憨直，好强諫，董稍憚之。封有子印兒，亦年十八，為彪、虎館僮，韶秀慧黠，一家之所鍾愛。適秋高馬壯，董率二子及僮僕三十餘人，負弩肩槍，呼鷹嗾犬，往獵於山。自辰至申，獲禽甚尠，興盡將返。欻一大黑狐竄出草中，董逐射之，連發不中。狐突至如彪馬前，逡巡欲遁。董急呼如彪射之，如彪但束手笑，狐遽逸去。董叱曰：『懦弱子，何顔甲至此！不畏奴輩笑耶？』如彪曰：『家中羊豕甚多，豈必獵食？』董大怒，曰：『小子生為男兒，毫無丈夫氣，豈復董建威子耶？汝欲食羊豕，我偏以汝飼虎狼。』遽喝下馬，奪其弧矢，但與一火槍，曰：『留汝於此，不得狐，無相見也！』言訖回馬。葛封棄鐙投鞭，涕泣叩馬而諫曰：『大郎所言，非無理。主人奈何逞一時之怒，輒一之萬山之中而不顧乎？且為人之父者，教子於義方，弗導於邪。凡邪嬖之事，無足為子孫效法者。主人自為之則已矣，何必戕賊大郎，欲其濟惡，而不欲其幹蠱也哉？』董怒曰：『汝病狂耶？胡為悖逆至此！』對曰：『老奴不悖，主不自知其非耳。夫人之所以修身齊家者，仁也，孝也，慈也，悌也。今主日以殺獸從禽為樂，不體上天好生之心，可謂仁乎？父死未葬，爰及田遊，可謂孝乎？棄弱子於荒山，以餍麋鹿，可謂慈乎？二郎旁觀，不發一言勸止，豈教之以悌之義乎？使大郎有罪，主人且當分謗；矧其無罪，棄之何名？』董怒發如雷，馬箠亂下如雨。封頭面皆破，流血滿衣，釋手而退。董遂縱轡出山，衆人畢從。封大罵衆人助桀為虐，一何喪心。乃呼印兒而囑之曰：『汝其追隨大郎，生死與共；吾耄矣，無能為役。俾大郎得狐而返，不致他變，則汝亦當如漢帝列侯，得狗功矣。不然，即此永訣耳！』欷歔上馬，連促令去。印兒踴躍而往，見如彪於岩下，方倚槍而泣，印兒慰藉之。如彪得伴殊慰，相與覓狐，杳不可得。既而蒼然暮色，自遠而近，漸無所見，四山清寂，繁星滿天，樹響水鳴，狼奔鴟叫。二人蹲伏石畔，恇怯殊深。久之，月出峯巔，煙籠澗壑，依稀有數人循仄徑來，相去一矢地。諦之，非人，夜叉也，敦肱血拇，齒巉巉如鋸，鵲行鴨顧，目光睒閃，氣息烋烋。如彪戰悚俯伏，屏息不敢動。印兒低語曰：『怪物非一，此間非藏身所，不如升彼高樹，庶幾免患。』如彪曰：『素未嫻習，焉能升樹？汝速自為計，明日收吾骨焉。稍遲回，即成兩斃，轉非汝父付託之意。』印兒不得已，潛登一巨松濃密處，垂首下觀，歷歷皆辨。一夜叉行至石畔，驀見如彪，遽滾地風旋，良久始定，拊膺而踊，若甚驚怪，作聲嗚嗚，餘者聞聲畢集。一夜叉蹲地上，聳其背，一夜叉提如彪腰胯，置其上，負之而去。印兒心胆墜地，急下樹密覘所向。歷數嶮巇，卒至一破廟前。有夜叉甚夥，皆拱立廟側。廟後數大樹皆參天，印兒復緣其上。隱隱見廟中有二人，一左一右，正面坐；又有數人列坐，衣冠奇古，身軀偉岸。趨蹌其下者，又不下數十人，皆不作夜叉形。又見諸野獸，如虎豹，如熊羆，如豺狼、麞鹿、狐兔者，紛紛廟外，何止千百頭。夜叉置如彪於階下，蒲伏而出，似極震懾。右坐者曰：『董桓恣虐不仁，冥報在邇，今乃忍棄其子，亟當先殺之，以抑衆怨。』列坐一人曰：『不可！董桓雖惡，其子無罪，且一言梗父，有止殺之心。罪人不孥，不肖子猶將宥之，況如彪賢子乎？』右坐者曰：『然則將何以處之？』列坐者曰：『不如釋之，上以體上帝好生之仁，下以行明公恤刑之惠。至於報德報怨，自有主者，非吾曹事也。』左坐者曰：『參軍之言是也。』命夜叉仍負之去，置故處。夜叉方舉趾，即有一老人跪階下啟曰：『適承明諭，謂報德報怨，自有主者。董如彪與臣有恩，請主之。』右坐者曰：『可。』老人叩謝，負如彪而出，蹣跚東去。印兒下樹尾之，越險履巉，崎嶇數里，抵一洞口。老人欲入，忽回首見印兒，訝曰：『爾何為者？』印兒曰：『偶迷路，欲覓一宿耳。』老人曰：『此間非子所宜至，宿愈不可。』印兒曰：『主人被負至此，予將安歸乎？』老人熟視曰：『得無見誑？』印兒曰：『如其不然，予縱好事，亦不當深山暮夜，涉險紿人。』老人點首曰：『此説大有理，不復汝疑，但從我行，保汝主僕得噉飯處。』因同入洞，洞中黝暗，頗不易行。凡數折，忽大開朗，平衍廣闊，雖戴石履土，而回廊曲室，無所不備。男女數十人，聚候於庭，見負如彪至，蔑不欣慰，争來扶掖，安頓榻上。飲以硃砂湯，如彪神氣始復，雙眼微開。印兒遽前，擁之泣曰：『大郎甦矣，勿驚。』如彪見印兒，矍然起坐，問此何地，豈其夢中耶？印兒哽咽告之。老人曰：『此洞天也，隔絶人世，不知其幾由旬，欲歸不得矣。如止此，無徒悲。』如彪拜問出處。老人自稱胡叟，『兒女頑劣，不計利害，非子仁者開一面之羅，則此時肝腦塗地矣。』如彪故穎悟，便知即日間所縱之狐也。自念既有施於彼，住亦無患，密語印兒。印兒亦恍然，遂相安，不以為異。日漸慣熟，雖閨人，亦不相避忌。叟二女，長曰阿笋，身小而潔白如玉，媚曼雙絶，為九姻所重；次曰阿嫩，脩眉細目而微麻，婉妙殊勝。叟議以一女妻如彪，而莫決誰可，胡媪曰：『盍效法古人，以紅絲繫女腕，而棼其頭緒，令董郎隨意牽其一，為寶窻之選。』叟曰：『是或一道也。』阿笋止之曰：『董郎有大恩於妹，以妹嫁之，情理兼盡，誰曰不宜？』叟拊髀曰：『此不易之論也，夫復何疑？第如汝之能讓，亦有足多者。』笋含羞而退。於是以嫩歸如彪。舉艷羨，以為玉蘂瑤英，天然嘉耦也。笋酷好詠吟，時過如彪夫婦，相與談詩，或分牋拈韻，共相唱和。如彪嘗盜小婢，為嫩所執，戲令長跪，而批其頰。諸婢傳以為笑。笋謔之以詩云云。如彪見詩笑曰：『阿姨可謂揣摩到家矣，然而尚有未盡處，試為足之。』乃和而返之曰：『垂成事忽敗，肘膝赴床前。方寸癡如醉，雙腮熱似燃。夜深孤鳥動，春老一蠶眠。不殺刑尤酷，飛鳧壓兩肩。』笋展誦一遍，銜袖而笑。嫩怒之以目，曰：『子無伎倆偷香，奈何以我解嘲？』如彪曰：『句句實，字字真，詎有虛假？』嫩曰：『字經三寫，烏焉成馬。況事已隔日，汝等詩人更多附會，往往誣妄好人，那足為憑！心正何怕眼斜，一任汝曹喋喋！』笋曰：『妹以閫威自鳴得意，妹夫又口有雌黄，皆非兒所當究。但借此作一詩題，聊以破淡耳。』嫩戲拍其肩曰：『姊好此奇服，便强使人削趾適履。獨不念魄膜之詞，傳之悠久，徒為亂真之贋乎？亟當自懺，勿洩於人！』笋笑曰：『妮子包羞矣。既出軟語，姑置之。』遂裂詩，於燭上焚之，歡笑而散。自此與如彪相狎，無所不至，但不及亂耳。一日，姊妹同往舅家，翁央印兒為御。笋於碧紗中見其韶秀，歸製《如夢令》辭曰：『擲果潘郎風味，傅粉何郎風致。底事不同車，忍作執鞭之士？留意，留意，留意詢伊名字。』既而出户，疎於防檢。適嫩攜如彪來，得辭競觀。嫩笑曰：『兒今日又得詩題矣。』遂擘牋和之曰：『漸識石榴滋味，驀見蓮花標緻。有女正懷春，誰是誘之之士？留意，留意，留意印兒名字。』如彪方欲捉筆，笋已歸室，過窻下，聞窻内折紙戢戢，磨墨隆隆，猛憶詩牋未收，急入視，嫩已睨之而笑矣。笋羞澀，無以自容，嫩曰：『知姊又得一詩題，故來相賀。』因以和詞示之。笋大慚，二人戲語間雜，良久始去。叟風聞，笑曰：『婢子下流，乃悦及輿夫耶？吾不可效王鄭之所為，致兒女子憔悴以死。』即蠲吉以印兒贅笋。居久之，叟謂如彪曰：『子二人可以歸省矣。』如彪慮父不容，叟曰：『雖欲不容，豈可得乎？二女任攜之去，第無所贈，實為可媿耳。』是日置酒為餞。唯一小駟駕巾車，命四人乘之，行甚駛，轉瞬已失洞之所在。並無執轡者，而小駟不借鞭策，循路委折，直抵家門，宛若熟路。四人下車，小駟自返。入門，一家皆驚，以為鬼物。又見二女之艷，彌各詑異。印兒備述顛末，家人始定，争為泣告曰：『大郎在外二載餘，豈知家中一敗塗地。主人自棄大郎，歸來三日，即捐館矣。二郎病癲癇，接踵而歿。唯葛封於一月前，自云上帝命為某山之神，是夜無疾而逝。房中諸姨，皆已改醮。奴婢之所以不致星散者，徒以有大郎生母在耳。』如彪大慟，登堂拜母，引罪自傷。母曰：『兒見棄於父，罪不獨歸也。今得婦而返，殊慰老身。』又念葛封之忠，印兒之義，養為己子，更名如麟。二女事姑極孝，家貲十倍於昔。各生一子一女，親故知為狐育，無肯結婚者；男娶女嫁，皆求之於遠方。後十餘年，母死。殯葬之禮，哀祭皆盡。既服闋，如彪悉以田宅分屬二子，同如麟復從二女入山，遂不復返。其親故多言狐女别無異人處，唯衣不更新，亦不舊敝，面貌常如十八九歲人，喜食雞肉，嗜火酒，為可異耳。又言其姣媚處，見之者無不狂惑失志。所遺子女雖美，然較其母，百不能逮也。

風氏園鬼二首

絶句

人道冬夜寒，我道冬夜好。繡被暖如春，不愁天易曉。
郎似桃李花，妾似松柏樹。桃李花易殘，松柏常如故。

《如是我聞》：豐宜門外風氏園古松，前輩多有題詠。錢香樹先生尚見之，今已薪矣。何華峯云，相傳松未枯時，每風静月明，或聞絲竹。一鉅公偶游其地，偕賓友夜往聽之。二鼓後，有琵琶聲，似出樹腹，似在樹杪。久之，小聲緩唱云云。鉅公叱曰：『何物老魅，敢對我作此淫詞！』戛然而止。俄登登復作，又唱云云。鉅公點首曰：『此乃差近風雅。』餘音摇曳之際，微聞樹外悄語曰：『此老殊易與，但作此等語言，便生歡喜。』撥剌一響，如有絃斷。再聽之，寂然矣。

許氏五首

贈別

永夜孤靈返故廬，堦除歷歷想當初。妝臺久廢蛛縈鏡，繡閣長封蠹食書。廿載光陰原是幻，三更魂夢總非虚。生前亦解雕蟲技，慚愧于今格律踈。
盡説潘郎半似愚，歲時修潔在盤盂。心傷不及調姜橘，腸斷何堪饗酒脯。好影徘徊徒自悵，孤踪飄泊倩誰扶。愁顔宛似庭前葉，一到霜來漸漸枯。

搖落桐花入紫泥，鳳雛猶見一雙棲。趨庭不少慈雲護，涉屺終傷遠霧迷。此日熊丸難付與，他年雁陣好修齊。青燈深夜床頭坐，面命還能及耳提。

七十慈姑慕景佳，陰陽何啻隔天涯。曉風逐浪敲修竹，夜月含情照古槐。菽水已離中饋職，晨昏難上北堂階。一枝雖謝千枝好，庭樹根深百尺埋。

欲賦歸寧度嶺梅，征程迢遠卻遲徊。曾聞三鳥銜寒去，未見雙魚入座來。駿骨已枯誰肯惜，灰心到冷莫啣哀。羣鳥還是多情輩，號血時時傍夜臺。

《廣新聞》：無錫秦孝廉，名湘，室許氏，琴瑟敦好。庚戌科，孝廉赴都會試，許以產歿。孝廉聞信，星夜馳歸，每日撫棺慟哭。一夕夢婦冉冉來，執手嗚咽，慰藉如生平。因問曰：『子何舍予之速，今輪廻何地？』婦曰：『余非人也。前生爲瑤臺花瓣，色相未空，隨風墜落，與君因到而來，緣滅而去。聞君悲慘，不覺情障復生，聊作一度歸耳。』臨行贈詩五首云云。孝廉醒後和之，其一曰：『幾載香魂守敝廬，相逢只在五更初。枕衾細認當年錦，筆硯重揮此夕書。夢短不嫌泉路濶，情長寧學世途虛。知君本是星躔降，到得天明跡便踈。』二曰：『一點微忱不是愚，每遵先嗜奉銀盂。若敖有鬼常愁餒，德躍無兒詎返餔。半畝青山貧未賣，百年黃土好相扶。正逢臘盡春光逗，不信花榮我意枯。』三曰：『院鎖深空落錦泥，呢喃雛燕失依棲。萱枝未見蘭枝茂，桃葉常思薤葉迷。隻影鏡中留不住，雙眉筆底畫難齊。何堪賦出離鴻怨，往事重重近日提。』四曰：『堂上慈雲五色佳，護花乏術恨無涯。凄凄繡閣香生草，寂寂雕欄緑滿槐。經卷幾曾佛可庇，參苓不道厲爲階。朱絃易改情難改，雅奏無聞錦瑟埋。』五曰：『乍覺春濃見落梅，羅浮枕畔獨徘徊。珠江水煖魚非少，玉樹花殘鳥不來。鱷浦韓碑懷舊澤，鹿車梁苑載餘哀。年終説起家常事，長夜堪爲避債臺。』

燈上美人二首

絶句

宛是相逢洛水濱，葯娥飛下絳都春。尊前唤起歌瓊樹，不覺梁間散玉塵。

燭釦屏風隱翠娥，霓裳三疊奏雲和。彩蟾影裏分明見，春向侯家分外多。

《廣新聞》：中吴張姓，富貴甲族也，元夕張燈甚盛，徹夜縱人觀玩。三更人寂，有書生某，過門至廳事，但見燈火大半隱滅，有二美人立於明燭下。生不敢近，注目視之，一吟云云。二美人回顧見生，躍上花燈。生趨視燈上所畫美人，極艷麗，乃知吟者，燈上美人也。

乩仙五首

降乩

舊埋香處草離離，只有西陵夜月知。詞客情多來吊古，幽魂腸斷看題詩。滄桑幾劫湖仍淥，雲雨千年夢尚疑。誰信靈山散花女，如今佛火對琉璃。

子夜歌

歡來不得來，儂去不得去。懊惱石尤風，一夜斷人渡。
歡從何處來，今日大風雨。濕盡杏子衫，辛苦皆因汝。
結束蛺蝶裙，為歡棹舴艋。宛轉沿大堤，淥波雙照影。
莫泊荷花汀，且泊楊柳岸。花外有人行，柳深人不見。

《姑妄聽之》：汪主事厚石言，有在西湖扶乩者，下壇詩云云，衆知為蘇小小也。客或請曰：『仙姬生在南齊，何以亦能七律？』乩判曰：『閱歷歲時，幽明一理，性靈不昧，即與世推移。宣聖惟識大篆，祝詞何寫以隸書？釋迦不解華言，疏文何行以駢體？是知千載前人，其性識至今猶在，即能解今之語，通今之文。江文通、謝元暉能作《愛妾換馬》八韻律賦，沈休文子青箱，能作《金陵懷古》五言律詩。古有其事，又何疑於今乎？』又問：『尚能作永明體否？』即書四詩云云，蓋《子夜歌》也。雖才鬼依託，亦可云儁辯矣。

卷之八十

明晨君十二首

降乩維揚，作《幽居》詩三十首。程貢士大諄録寄，因選其半。

幽居

雲繞閑階月繞樓，水晶簾幙控瓊鈎。試將絶句題紅葉，放在銀河一派流。

機杼終年怨七襄，牛郎空自羡劉郎。沙邊拾葉驚奇字，欲倩長虹架彩梁。

博望仙槎空自回，帶將頑石落塵埃。小兒未解東方朔，僅向昆明認劫灰。

漢武何曾肯好奇，不騎大馬到瑶池。誤將金掌千尋露，認作人間續命絲。

樓船原是避嬴秦，海國逍遥自主臣。浪説返魂香可得，至今望煞李夫人。

鶴背遥遥望太虚，愁心如有復如無。侍兒未解情深淺，秖訝秋來貌更癯。

十幅紅綃夢境迷，斜欹支枕墜金篦。天家有詔過瑶島，鸞彩匆匆又向西。

玉砌巍峩百尺階，冠簪袍笏盡仙儕。瑶琴一鼓仙靈集，簾外傳呼賜寶釵。

侍輦隨班入禁園，承恩新上近紅軒。風前乍覺銖衣薄，皓臂生寒未敢言。

碧玉波心舞瘦蛟，粉紅一瓣墜蓮梢。私扶小步過煙島，奪得鮫人素玉綃。

一幅生綃落墨遲，倪嫌疎淡米嫌癡。遠峯缺處孤雲斷，恰恰能容一絶詩。

誰歌弱水公無渡，乞得金華一葉舟。絳節青幢看未了，天雞聲裏别瓊樓。

成容若妻句

句

銜恨願爲天上月，年年猶得向郎圓。

長白成容若德《沁園春詞序》：丁巳重陽前三日，夢亡婦淡妝素服，執手哽咽。語多不復能記，但臨别有句云云。婦素未工詩，不知何以得此也。

涂霞舫一首

雲海辭

攢峯何極兮，紫翠杳冥。煙雨忽其離合兮，勢若將而復迎。蓮花天都崔嵬而浮動兮，白雲滃然其未平。容容瀉出於兩峯間兮，狀浩瀚而有聲。杲日照耀千里兮，羌曠覽而飄凌。瑶草秀而無名兮，嘯侣擷而懷别。漱石泉而結蕙兮，神縹渺其飛越。云誰思兮美人，抱千古兮明月。

《弄閑餘墨》：甲申九月，復與妻兄王魯峯、吴紹中、右淇暨家星巖兄遊黄山，信宿文殊院。余欲作《雲海歌》，苦吟終日不就。夜夢一美人曰：『妾常撰此辭，試爲卿誦之云云。』余驚覺，則白雲縷縷，自窻隙入，縈衾當枕，拂之不去，而東方向明矣。思之歷歷可記，僅忘其數字，急索楮墨，録示諸人，並詳言夢狀。紹中笑曰：『此自君作詩，精思所致，匪足云異。』晌午偕同人登紫玉屏，石壁間，其辭在焉，墨暈苔葩，駁錯如繡，後署『玉壺仙史涂霞舫』。乃相顧大驚，知夢之非妄也。

緑衣女 一首

倚歌

樹上烏臼鳥，賺奴中夜散。不怨繡鞋濕，衹恐郎無伴。

《聊齋志異》：于生名璟，字小宋，益都人。讀書醴泉寺。夜方披誦，忽一女子在窻外贊曰：『于相公勤讀哉！』于驚起視之，緑衣長裙，婉妙無比。于知非人，固詰里居，女曰：『君視妾當非能咋噬者，何勞窮問？』于心好之，遂與寢處。羅襦既解，腰細殆不盈掬。更籌方盡，翩然遂去。由此無夕不至。一夕共酌，談吐間妙解音律。于曰：『卿聲嬌細，倘度一曲，必能消魂。』女遂以蓮鉤輕點，倚牀歌云云。聲細如絲，裁可辨認，而静聽之，宛轉滑烈，動耳搖心。歌已，啟門窺曰：『防窻外有人。』遶屋周視，乃入。既而就寢，惕然不喜，曰：『生平之分，殆止此乎？』于急問之，女曰：『妾心動；心動，妾禄盡矣。』于慰之曰：『心動眼瞤，蓋是常也。何遽云此？』女稍懌，復相綢繆。更漏既歇，披衣下榻，方將啟關，徘徊復返，曰：『不知何故，只是心怯。乞送我出門。』于果起，送諸門外。女曰：『君竚望我；我踰垣去，君方歸。』于曰：『諾。』視女轉過房廊，寂不復見。方欲歸寢，聞女號救甚急。于奔往，四顧無跡，聲在簷間。舉首細視，則一蛛大如彈，捕捉一物，哀鳴聲嘶。于破網挑下，去其縛纏，則一緑蜂，奄然將斃矣。捉歸室中，置案頭。停蘇移時，始能行步。徐登硯池，自以身投墨汁，出伏几上，走作『謝』字。頻展雙翼，已乃穿窻而去。自此遂絶。

亦園美人 二首

書扇

琪花一徑入煙蘿，上有清池賽影娥。洗竹漸看山色近，呪桃偏愛月明多。霓裳翠羽從閑戲，神馬尻輿肯再過。邂逅那知青鳥使，倦還偷喫玉山禾。

煙月長春好自娱，小桃催句着花疎。飛奴閑引諸雛戲，遲寄瑶臺索和書。

《弄閑餘墨》：予嘗夢至一處，石山萬仞，紺壁緗嵐，蟠結三十餘里，秀削不可名狀。逶迤而上，繞徑盡蛺蝶花，花始半開。山頂有飛泉，轟雷濺雪於雲霧之間，流而爲澗，渟而爲池。曲折下山而去，俛視山半，則疎籬曲落，與畫棟雕甍參差掩映於桃花林中。約數百步，芳霧冥濛，相錯如繡。正凝眺間，忽聞衣香笑語聲，隱隱有人，若遠若近。余驚問何地，有答者云：『此亦園也。』丘壑池館之勝，于今獨絶。夢中極愛之，下而復上者再。覺，紀以詩曰：『志在雲山寤寐存，胸中原自一乾坤。春風瑶草疑穿逕，流水桃花笑掩門。』『不歎無錐歎薄俗，忽驚有地越塵樊。鏡湖博士如相問，甚欲移家向亦園。』乾隆丙子四月事也。後數年，復夢至其處，桃花千餘株盛開，中構亭，榜曰『笑疑』。亭中拾得泥金小楷扇子，有詩八首。旁一小姬指謂余曰：『此笑語人所書也。』俄驚而覺。僅記其詩兩首云云。復作詩紀之曰：『玉桃花下不曾秋，卻許閑人兩度游。芳霧朦朧漫悩悵，一枝知似汝風流。』

皮八仙一首

祝鞋

新時如花開，舊時如花謝。珍重不曾著，姮娥來相借。

皮水仙一首

前題

曾經籠玉筍，著出萬人稱。若使姮娥見，應憐太瘦生。

皮鳳仙一首

前題

夜夜上青天，一朝去所懽。留得纖纖影，偏與世人看。

《聊齋志異》：劉赤水，平樂人。一夕被人招飲，忘滅燭而去；酒數行，始憶之。急返，聞室中小語，伏窺之，見少年擁麗者眠榻上。宅臨貴家廢第，恒多怪異。心知其狐，即亦不恐，入而叱曰：『卧榻豈容鼾睡！』二人逞遽，抱衣赤身遁去。遺紫紈袴一，帶上繫針囊。大悦，恐竊去，藏衾中而抱之。俄一蓬頭婢自門罅入，向劉索取。劉笑要償。婢請遺以酒，不應；贈以金，又不應。婢笑而去，旋反曰：『大姑言：如賜還，當以佳偶為報。』劉問：『伊誰？』曰：『吾家皮姓，大姑小字八仙，其卧者，胡郎也；二姑水仙，適富川丁官人；三姑鳳仙，較兩姑尤美，自無不當意者。』劉恐失信，請坐待好音。婢去，久之復返曰：『大姑寄語官人：好事豈能猝合？適與之言，方遭詬厲，但緩時日以待之。吾家非輕諾寡信者。』劉待之。過數日，渺無信息。薄暮，自外歸，閉門甫坐。忽雙扉自啟，兩人以被承女郎，手捉四角而入，曰：『送新人至矣！』笑置榻上而去。近視之，鼾睡未醒，酒氣猶芳，赬顔醉態，傾絶人寰。喜極，為之捉足解襪，抱體緩裳，而女已微醒。開目見劉，四肢不能自主，但恨曰：『八仙淫婢賣我矣！』劉狎抱之。女嫌膚冰，微笑曰：『今夕何夕，見此涼人！』劉曰：『子兮子兮，如此涼人何！』遂相懽愛。既而曰：『婢子無恥，玷人牀寢，而以妾换袴也。必小報之！』從此無夕不至，綢繆甚殷。袖中出金釧一枚，曰：『此八仙物也。』又數日，懷繡履一雙來，珠嵌金繡，工巧殊絶，且囑劉暴揚之。劉出誇示親賓，來觀者皆以貲酒為贄。由此奇貨居之。女夜來，忽作别語。怪問之，答云：『姊以履故恨妾，欲攜家遠去，隔絶我好。』劉懼，願還之。女云：『不必。彼方以此挾妾，如還之，中其機矣。』劉問：『何不獨留？』曰：『父母遠去，一家十餘口，俱託胡郎經紀。若不從去，恐長舌婦造黑白也。』從此不復至。踰二年，思念綦切。偶在途遇女郎，騎欵段馬，老僕鞚之，摩肩過；反啟障紗相窺，丰姿艷絶。頃，一少年後至。曰：『女子何人？似頗佳麗。』劉極贊之。少年拱手笑曰：『太過獎矣！

此即山荊也。』劉惶愧謝過，少年曰：『此何妨。但南陽三葛，君得其龍，區區者又何足道！』劉疑其言。少年曰：『君不認竊眠卧榻者耶？』劉始悟為胡。敘僚壻之誼，嘲謔甚歡。少年曰：『岳新歸，將以省覲。可同行否？』劉喜，從入縈山。山上故有邑人避亂之宅，女下馬入。少間，數人出望，曰：『劉官人亦來矣。』入門謁見翁媪。又一少年先在，靴袍炫美。翁曰：『此富川丁壻。』並揖就坐。少時，酒炙紛紛，談笑頗洽。翁曰：『今日三壻並臨，可稱佳絕。又無他人，可喚兒輩來，作一團圞之會。』俄，姊妹俱出。翁命設坐，各傍其壻。八仙見劉，惟掩口而笑；鳳仙輒與嘲弄；水仙貌少亞，而沉重温克，滿座傾談，惟把酒含笑而已。於是履舄交錯，蘭麝熏人，飲酒樂甚。劉視牀頭，樂具畢備，遂取玉笛，請為翁壽。翁喜，命善者各執一藝，因而合座爭取；惟丁與鳳仙不取。八仙曰：『丁郎不諳可也，汝寧指屈不伸者？』因以拍板擲鳳仙懷中，便串繁響。翁悦曰：『家人之樂極矣！兒輩俱能歌舞，何不各進所長？』八仙起，捉水仙曰：『鳳仙從來金玉其音，不敢相勞；我兩人可歌「洛妃」一曲。』二人歌舞方已，適婢以金盤進菓，都不知其何名。翁曰：『此自真臘攜來，所謂「田婆羅」也。』因掬數枚送丁前。鳳仙不悦，曰：『壻豈以貧富為愛憎耶？』翁微哂未言。八仙曰：『阿爹以丁郎異縣，故是客耳。若論長幼，豈獨鳳妹妹有拳大酸壻也？』鳳仙終不快，解華妝，以鼓拍授婢，唱『破窑』一折，聲淚俱下。既闋，拂袖徑出，一座為之不懽。『婢子喬性猶昔。』乃追之，不知所往。劉無顏，亦辭而歸，至半途，見鳳仙坐路傍。呼與並坐，曰：『君一丈夫，不能為牀頭人吐氣耶？黄金屋自在書中，願好為之。』舉足云：『出門匆遽，荊刺破複履矣。所贈物，在身邊否？』劉出之。女取而易之。劉乞其敝者。輾然曰：『君亦無賴矣！幾見自己衾枕之物，亦要護藏者？如相見愛，一物可以相贈。』出一鏡付之，曰：『欲見妾，當於書卷中覓之；不然，相見無期矣。』言已，不見。悒悵自歸。視鏡，則鳳仙背立其中，如望去人於百步之外者。因念所囑，謝客下帷。一日，見鏡中人忽現正面，盈盈欲笑，益重愛之。無人時，輒以共對。月餘，銳志漸衰，遊恒忘返。歸見鏡影，慘然若涕；隔日再視，則背立如初矣：始悟為己之廢學也。乃閉户研讀，晝夜不輟；月餘，則影復向外。自此驗之，每有事荒廢，則其容戚；數日攻苦，則其容笑。於是朝夕懸之，如對師保。如此二年，一舉而捷。喜曰：『今可以對我鳳仙矣！』攬鏡視之，見畫黛彎長，瓠犀微露，喜容可掬，宛然在目前。愛極，停睇不已。忽鏡中人笑曰：『「影裏情郎，畫中愛寵」，今之謂矣。』驚喜四顧，則鳳仙已在座後。握手問翁媼起居，曰：『妾別後，不曾歸家，伏處岩穴，聊與君分苦耳。』劉赴宴郡中，女請與俱；共乘而往，人對面不相窺。既而將歸，陰與劉謀，偽為娶於郡也者。女既歸，始出見客，經理家政。人皆驚其美，而不知其狐也。劉屬富川令門人，往謁之。遇丁，殷殷邀至其家，欵禮優渥，言：『岳父母近又他徙。內人歸寧，將復。當寄信往，並詣申賀。』劉初疑丁亦狐，及細審邦俗，始知富川大賈子也。初，丁自別業暮歸，遇水仙獨步，見其美，微睨之。女請附驥以行。丁喜，載至齋，與同寢處。檽隙可入，始知為狐。言：『郎無見疑。妾以君誠篤，故願托之。』丁嬖之，竟不復娶。劉歸，假貴家廣宅，備客燕寢，灑掃光潔，而苦無供帳；隔夜視之，則陳設煥然矣。過數日，果有三十餘人，賫旗采酒醴而至，輿馬繽紛，填溢街巷。劉揖翁及丁、胡入客舍，鳳仙逆媪及兩姨入內寢。八仙曰：『婢子今貴，不怨冰人矣。釧履猶存否？』女搜付之，曰：『履則猶是也，而被千人看破否？』八仙以履擊背，曰：『撻汝寄於劉郎。』乃投諸火，祝云云。水仙亦代祝云云。鳳仙撥灰云云。遂以灰撚柈中，堆作十餘分，望見劉來，托以贈之。但見繡履滿柈，悉如故歟。八仙急出，推柈墮地。地上猶有一二隻存者，又伏吹之，其踪始滅。次日，丁以道遠，夫婦先歸。八仙貪與妹戲，翁及胡屢督促之，亭午始出，與眾俱去。初來，儀從過盛，觀者如市。有兩寇窺見麗人，魂魄喪失，因謀劫諸途。偵其離村，尾之而去，相隔不盈一矢，馬極奔，不能及。至一處，兩崖夾道，輿行稍緩；追及之，持刀吼咤，人眾都奔。下馬啟簾，則老嫗坐焉。方疑悞掠其母，纔他顧，而兵傷右臂，頃已被縛。凝視之，崖並非崖，乃平樂城門也；輿中則李進士母，自鄉中歸耳。一寇後至，縛斷馬足而縶之門。李執送太守，一訊而伏。時有大盜未獲，詰之，即其人也。明春，劉及第。鳳仙亦恐招禍，故悉辭內戚之賀。劉亦更不他娶。及為郎官，納妾，生二子。

逸仙素素十四首

附見張山來《心齋詩集》。

美人八詠和韻有小序

嗟嗟！駒影難留，客愁易感。白髮多情，司馬已追杞國之車；紅顏薄命，楊妃難覓香山之唾。我思正在，君意先行。千古同心，一朝契志。辛酉初冬，小春三日，偶隨鶴馭，來過文堂。張道契山來，以《美人八詠》索和。其間寄興，原不關於美人；即美人亦何有於八物也？大約意中情景，不可見於意外，仍不可定於意中，吾故懸筆直書，倒韻屬和。知爲噴飯，聊用書懷。幸閲我意中，更知我意外，則是十六首之大旨耳。

和畫美人原韻

誰描嬌艷十分春，半幅香雲玩處新。花落苔痕雲淡淡，月移簾影夢真真。虎頭一線無人識，鳳閣千秋有客親。慢説丹青綴顔色，題詩欲候再來人。

倒用前韻

點綴芳容雲外人，可能燈下意相親。因憐國色慚西子，爲把丹青寫太真。十二樓頭名已舊，三千界裏影還新。如今覺得非非想，展玩齋間片片春。

和泥美人原韻

已認巫山是夢鄉，故教捏就伴更長。西風翠袖誰爲拂，明月寒衣孰寄將。默坐自憐無配侶，雙飛徒有晚春妝。幾年塵跡芙蓉老，反惹王孫暗忖量。

倒用前韻

嬌姿無處可思量，春去秋來一樣妝。嬾向鏡臺分影過，卻隨花榭寄魂將。誰尋青鳥通心熱，只伴紅燈納夜長。木偶謾勞頻笑我，天涯咫尺是家鄉。

和堆紗美人原韻

新妝雅稱美人容，剪綵裁霞衣帶鬆。繡閣自能藏艷質，玉樓何處散遊踪。雙眉巧畫神原淡，兩眼微濛思若濃。腰細不知魂在否，風流未許貼酥胸。

倒用前韻

誰説無心定有胸，漫勞蜂蝶往來濃。月明樓上曾留影，芳草溪頭不寄踪。作俑何人雲鬢好，返魂空望縞衣鬆。如今錦繡層層媚，休認霞仙是玉容。

和繡美人原韻

芳魂曾繫海棠絲，針線誰人構巧思。畫閣看來雲片片，銀燈照去影遲遲。分明圖繪天然媚，不用端詳自在姿。縷縷挑成真面目，擬於添刺五紋時。

倒用前韻

只見停針不語時，意中摹寫畫中姿。誰憐遺照春花後，定肖芳容夜月遲。風過難吹衣摺亂，蝶來還作畫圖思。丹青何必調脂粉，秖費香閨幾縷絲。

和蓮草美人原韻

香蘅爲骨芷爲裳，面目依稀似靚妝。曾共緑溪隨野蓼，也陪芳岸對長楊。柳輕誰耐燈花落，肌瘦還憐秋水香。可恨遊人偏不愛，空留形影伴斜陽。

倒用前韻

已謝東風遠夕陽，倩誰點綴骨肌香。遊蜂過處尋苔蘚，紫燕飛來問緑楊。半日工夫成窈窕，三分影像説新妝。休言品格無多重，猶勝裁雲作舞裳。

和象牙美人原韻

曾經陶冶遠飛塵，面目崢嶸縞帶新。幻影已知無住腳，儀容何必問芳鄰。依然玉琢疑非璞，定是冰涵可類珉。若向水晶宫裏覓，也應無計問江濱。

倒用前韻

素肌何必自珠濱，大冶銷磨骨似珉。不怕絶糧憂入蔡，也堪擲果混歸鄰。一春好處吟都盡，半世餘因緣未新。金屋貯來應自笑，暫隨士女踏芳塵。

和玉美人原韻

擬採飛霞當曉飡，底因無語倚琅玕。千金欲買應非易，一笑能傾料也難。蓮步未移原藹藹，霓裳不舞亦珊珊。玉郎好配冰肌女，休共泥磁一樣看。

倒用前韻

水晶宮裏月中看，致自飄飄韻自珊。骨傲欲求應不易，神清問字定知難。好隨明月梅花影，直托秋風竹翠玕。卞子荊山當再泣，我分餘淚當朝飡。

逢春華二首

有懷贈鏡川

違時卷道鏡川翁，窮地遺身半匿踪。訓子耀名華玉牒，誘婭勒伐洪金冊。雖憾昔世以陸沉，偏鄙斯地而獨黜。有生之歡偕棣萼，資父大義箴駒客。飛辯騁辭凌瓊巘，解疑釋結運金液。廻鸞昨舞謝家山，不禁撫茲而憶昔。

示韓鏡川

燒煉工夫瘁更辛，靈鉛抛去合沉泯。何緣得遇烹金客，着意維持煆液娠。惟覯窮途多白眼，遂憐真藥没紅塵。致言非教誇名譽，好護三生通慧神。

方成培《逢春華傳》：江念蒼先生，名尚濟，黟縣人。於家君爲同年友，老而好學，平生不妄語。嘗與培説渠表叔韓鏡川遇仙女逢春華事甚奇，因敘次爲傳曰：韓崑山，號鏡川，忘其名，黟北韓村人。有族人賈於江右，雍正初因游學往依焉。其人有别業在省城外東偏，構爲草堂，水木明瑟，頗極幽勝，韓昕夕讀書其中。一日獨處，忽有麗人，不知自何而至，年可十八九，銖衣雅飾，真天人也。又有女伴五六人從之，皆國色。韓驚起欲避，麗人曰：『故人别來無恙？妾非禍君者，避匿何爲？』韓怪其言，延坐，問所以。自言：『姓逢，名春華。受金母命，治武陵源，今得給假三年。君前生與某同師學道，最相契者，故乘暇造訪，無他意也。』韓視其貌若春松秋菊，秀絶寰宇，而静穆端嚴，又有一種不可犯之色，心甚敬異之。與談論，多及金丹鉛汞之秘，不能盡解。迨暮辭去，後間數日復來。來則賦詩爲文相酬答，或縱語天人之奥，以暨經史、諸子百家、醫卜、書畫之流，靡不出人意表。後族人微知之，疑爲花月之妖，欲另賣别業，遷韓於城中。念之而未發，春華先已知之，謂韓曰：『盛族欲賣屋絶我，何不知我也！』韓以告，族人驚而止。一日閉户早寢，春華適至，謂之曰：『君士人，當焚膏繼晷，手不停披，奈何甘以朽木自棄，如此良夜何！』手爲燃燈，無火而燈忽明，退至草堂以俟。韓亟束帶起見之，語次偶問：『某將來名利何如？』對曰：『人生於財，絲粟一皆前定，任之而已。至於科第，但當盡其在我。若於二者，信不及，豈不孤負「讀書」兩字邪？』韓斂容謝之，因出讀書。功過格示韓，大約言舉業不宜單讀時文，必根柢諸經史；一日不讀經書，是虚擲一日也。當爲幾過，使以自考。其言率平正通達如此。一日，謂韓曰：『尊夫人患病，庸醫悮藥之幾殆；我適爲暗易兩味，下咽即安，可無慮矣。』韓未之信，後家書至，如其言。因與論醫。撰《脉訣》兩卷授韓，以王叔和爲主，參以新得，而痛斥高陽生之謬；韓至今寶藏之。他日，同坐草堂，談諧甚暢，忽見階下鬼使二，猙獰可畏，鐵索牽一獸，豹首虎身，獅尾而黄色，請春華發落。韓大驚，戰慄失色。春華見韓之怖也，顧而笑之，叱二鬼曰：『去，姑俟明日。』二鬼亟曰：『唯。』遂不見。又常大雷雨，有老人跪而請救，春華使隱案下，以身蔽翼之。少頃，雷雨遽霽，老人謝而去。其靈異多類此。於詩文，口占立就；爲制義，亦疎秀可觀。詩則間有晦澁弗可解者，韓詰之，笑而不以告。諸從者稱春華爲『主人』，稱韓曰『家主人』，進退侍奉惟謹。嘗爲詩贈韓曰『燒煉工夫瘁更辛』云云，顧侍女，使録之，後題云『欽謚温柔通善臣戴懿娘代書』，『書』字下又注『無訛』二小字。問『欽謚』六字之義，云是懿娘官銜。此紙現存江處，嘗出以示余，結體勁媚，有晉人風度，極似張藐姑尚書筆法也。又有『達時卷道鏡川翁』一首，後誌云『家主人有懷題贈鏡川詞壇戴秋英代書』。又一侍女，賦《淫雨妒春》詞曰：『冷落踏青心緒，拋卻鬬草工夫。終朝扃户試提壺，錯寫雨淫春妒。』惜失其姓氏，並亡前半闋矣。唱和甚多，不能悉記。後三年，珍重欷歔而別，且言後必復會云。念經乾隆戊子，韓年七十餘尚在，自遇春華後，神氣清健，未嘗有疾。凡往來三年，終無一語及於亂，此足徵其所遇誠異人矣。余方浼江作書寄韓，求鈔其《脉訣》、詩文，因爲此傳。

瑤池侍女四首

下壇詩

斑龍九色趁香來，點點殘紅淡染腮。不是蟾宮頻降跡，素雲何得在塵埃。
柳絲幽思共低徊，細雨微風撥不開。忽見芙蕖聯並蒂，悔教生小在瑤臺。

擬秋閨怨

淡薄雙眉對藕塘，露珠殘月泣紅香。詩人秘識春閨怨，那管秋來憾更長。

和汪讃園韻

唧唧蟲聲似語訛，澹雲微雨更相和。新詩寫盡當年怨，半偈難消此日魔。字印香心長暗轉，碧憐幽草不成窠。何時得晤牽牛客，每歲秋涼一渡河。

小春氏二首

下壇詩

久困璇宮理素琴，無端觸景染塵心。十年多少傷情淚，柳浪黏天未是真。

題藼園秋江返棹圖

扁舟返棹意何如，爲愛沿江夜讀書。明月在天杯在手，一襟秋爽水窗虚。

《樹密齋詩話》：歙西稠川，有花圃曰『修園』，水竹花木亭臺之勝，甲於一郡。里人汪藼園等，每讀書會文其中，暇輒扶鸞賦詩爲戲，積至一卷許。然多幽思怨抑，無出塵之致，可觀者甚少。余爲遴取六首於左，亦足覘其大凡矣。

雲英一首

太液燈波

題燕臺八景，與劉晨、青蓮、蕭史衆仙分賦。

芙蓉池水碧於煙，秋夢偏長最可憐。紅鏡欲飛鴛黛嬾，翠翹深鏁鳳臺懸。相思鏤月酬團扇，冷韻敲風泣暮蟬。放下水精端正綺，輕描蓮幕唤飛仙。

雲翹一首

下壇詩

雲姨月黛小紅兒，三箇仙鬟去采芝。我欲梳頭朝上帝，洞門不鎖等多時。

《在園雜志》：古乩仙詩，傳者固少，佳者亦不多見。兹十中存一，首首見奇，句句標新；抑且每命一題，言纔脱口，業已乩運如飛，詩詞序跋，應手告成矣。即使宿構抄謄，亦不應其速乃爾。雖神仙游戲，自異塵凡，然當蕭史、弄玉、徐福時，五言未創；淮南王、關夫子時，何來近體？豈謝康樂亦解作《如夢令》耶？心竊疑之，恐非神非仙也。或才鬼遇符而至，托以示幻，亦未可知。偶謁大司空朱公之弼，一見即詢：『君近何爲？』答曰：『閉户讀書，爲應試地耳。』朱公曰：『是大不然。吾人讀聖賢書，正大光明，必體氣充裕；今君滿面陰氣，何也？』余驚懼，諾諾而退。遂毁其乩壇，止志其詩詞之佳者。

如意仙六首

贈麻商

曲中每唱傜麻郎，配得醜奴殊不妨。郎面於今羞妾面，花紋批碎木檳榔。

贈瘦商

皺皮柴骨平難捫，學向平康撞寡門。輸與狙公閑作戲，鑼聲喧處弄猢猻。

贈黑商

面目生來已若斯，施臙傅粉或相宜。錯將黑墨塗花臉，似浴王家洗筆池。

贈髯商

滿把于思口外斜，森森四出自堪誇。分明一幅鍾馗畫，留在人間唬鬼邪。

贈肥商

粗較雄腰大一圍，壓殘玉體怯深闈。緑林如遇當年寇，烹割應輸若箇肥。

贈矮商

長無三尺可如何，滋味个中一樣多。檀口香腮難對照，合應玉乳一摩挲。

姚學甲《半塘閑筆》：漢口人煙稠密，商賈輻湊。乾隆初年，忽來一妓，天姿國色，媚態橫生，自號『如意仙』，實狐也。攜一蓬首婢，僦大宅居焉。富商聞其名，多輸金與之。時而賓客盈座，各作鄉談，仙對答，悉合土音。北商雅好粗曲，仙能歌之；南商尚崑調，仙按拍合腔，宫商悉協。聽之者神迷意亂，以故聲價愈高，度宿非十金不接也。居故多房，房各設帳幔、棹椅、茶酒具，仙一身酬應，口答目注，手指足鈎，見之者骨酥肉麻。以次賺商歸寢，仙以化身陪之：或披衣挺杖，或着裳筐管，吹吸之，輒變己形，隨商狂蕩，狐實一無所染。抵明，先後送商去，商不覺也。商臨去，必贈一絶句詩扇，多因商貌以示輕薄。詩不甚佳，而可資笑柄，多不能載。衆商不之怪，反以爲榮。居三年，積數千金，皆散與乞丐貧人。一日，告人曰：『吾非倚門賣笑人也，秖緣商賈損人利己，刻薄致財，吾於有餘者損之，不足者補之，裒多益寡，所以代天地節宣道應爾也。』一夜攜婢去，不知所之。後有客遊揚州，見一妓，彷彿如意仙，問前事，不知者，或者其貌似焉。河南周明經鶴田說。

盛氏二首

浙江秀水縣梅湖人。

絶句

尋君方半載，卻喜遇文場。生不能同室，還期附穴傍。

窮通有命不須憂，莫道功名類楚囚。一二三三金剋木，青雲得路縱雙眸。

《小粉場雜識》：乾隆戊申科，棘幃有秀水縣諸生孔姓，覯其聘室盛氏見形。次曉繕文未畢，昧然不自知覺，録二絶句於卷。其詩云云，蓋鬼附於身之所作耳。緣其聘室身故，允迎櫬而後期之所致也。

鬱羅夫人十首

詩見方成培《弄閑餘墨》。

梅花十絶追次東坡和楊公濟原韻

香凝古雪見天和，千樹江頭未覺多。近識有詩皆剩語，用心何苦學陰何。

碧山斜合小池臺，臨水軒窻面面開。四望不知花早發，但驚香氣沁蒼苔。

漫飲芳春酒一樽，月明香暗凍雲昏。廻身卻酹疎疎影，恐是風流水部魂。

照水棲苔未着花，已攜新句賞横斜。于今更愜看花眼，到處春風到處家。

影漱山泉帶月開，城頭孤角莫頻催。板橋昨夜輕冰合，小勒寒香遲我來。

纔見梅花萬慮輕，傍山如雪水空明。未吹桃李先開汝，真箇春風異世情。

雙鵲争枝去復回，隔軒如報數花開。春懷澹蕩呑雲夢，那得纖塵入眼來。

浮溪春水滑如肌，亂插繁花露萬枝。若厭肺肝塵未掃，試來相對我能醫。

雪壓江籬静不飛，叩關有客曳筇枝。此時閑適誰能畫，畫出孤山放鶴時。

仙雲馝馞有人家，掩映寒山石逕斜。清絶横枝新譜曲，曉窻驚落數枝花。

鄧昭華 一首

賦得緑篠媚清漣 得漣字五言八韻

娟娟沉净碧，瑟瑟愛清漣。影動依明縠，波廻澹翠煙。函光相掩映，妙色兩澄鮮。工善貞堪比，虚心樂可傳。緑雲臨鏡静，蒼雪點空妍。蕩漾風霜表，扶疎藻荇前。渭川留夜月，淇水倒晴天。嘯詠誰爲主，閑吟謝客篇。吴照人云，『影動』、『緑雲』兩聯，雙關水、竹，備極巧妙；『函光』二句，有盛唐人風味，尤爲絶唱。

聶瓊蘂 一首

賦得夏雲多奇峯得多字五言八韻

朱明鞭白日，雲勢極嵯峨。照野峯巒幻，隨風彩翠多。玲瓏非玉葉，瘦透類青螺。遠岫翻無色，修眉學轉訛。奇分芳藹字，自注：用五朵雲故事。秀遏采蓮歌。濯錦迷春水，飛霞落絳河。臺邊應不異，嶺上較如何。燦爛誰能繪，天孫有鳳梭。

《弄閑餘墨》：乾隆癸未孟春，客有以扶鸞術見者，與同人會於静勝山房。設香茗試之，煙縷縷上，即大書《法駕導引》二闋曰：『風細細，風細細，蕊佩起煙霞。歸路未窮鸞翅倦，五雲深鎖碧桃花。樓觀翠微賒。』『香縹渺，香縹渺，彈指現珠宮。人静露華凝碧奈，月高衣冷玉簫風。絳節紫雲重。』衆請書名，曰：『鬱羅夫人。』『適自蓬壺來邪？』曰：『否也。卧小有之煙霞，慕大好之山水。鵷鸞縹渺，時游放於人間；水木清華，偶羈留於玉軸。』爾時階下山梅盛開，因乞和坡公十絶句。乩運如飛，頃刻而就。詩曰云云。衆皆不解『横枝』兩句，批云：『問方子自知。』余不覺愕然。蓋余有詠梅詞一卷，擬唤曰『横枝』，而未嘗以語人；又余里自宋時名寒山，至明初改稱環山，外人亦鮮知者。而詩皆及之，可異也。又謂余曰：『卿黄海游興甚高，天都之陟，百餘年來勝事；《登蓮花》諸詩絶佳，亦曾覽一過。』余慚謝。又曰：『他日晤司馬子徽於廣漢間，當爲卿誦之也。』時友人擬《緑篠媚清漣》、《夏雲多奇峯》試帖二詩未就，因以爲請。答云：『侍兒鄧照華、聶瓊蕊頗學爲詩，試命作之。』詩成，衆皆歎服。乩曰：『此遊戲，未足爲詩。』復極言黃海之勝，雖圓嶠方丈無以過；惜乎遊人性情與山靈浹洽者，未見其人也。間及釋老之秘，以《陰符》、《妙覺》爲宗，而出入於《中庸》，歸宿於《大易》，不執有爲，不落頑空，纚纚數十言，甚爲微妙。茲不能具録，記其梗概如此。時上元前二日，同會者爲吴子莘田、照人，余兄覲薇，弟侶范，偕紀，共六人。

郎玉娟 二首

字國香，行五。本漢軍，後出旗籍。

蔡綬《花仙傳》略：花仙姓郎，名玉娟，小字國香，行五。其祖本國朝勳閥之裔，以防禦出鎮浙江，世襲至乃父，由甲科歷官江左，奉詔出旗籍，遂家杭州。其母于夫人，佞大士虔甚。一日謁天竺，過湖上花神祠，西廊一紅粧仙子執蘭者，娟艷無匹，因戲曰：『何修得如是女郎！』既歸遂孕，是時夫人已四子四女矣。仲子蠡湖，性至孝，慮母晚育，禱大士，爲建橋，利濟保産。橋成，夫人喜甚，坐月下，恍惚於嬋娟玉闕之中復見紅蘭仙子，而不知夢也。次日子夜，花仙生。有宿慧。弱齡就女傅數年，尤熟《昭明文選》。小楷學《靈飛》、《麻姑》，端秀工麗。善花卉，或以鍼代穎。諸兄悉雅善歌吹，花仙娱母，和以笛，或朱絲紅牙，不唯合拍，皆絶響。鐵馬之聲，哀怨感人，而花仙自幼喜聞之。無何，夫人病，彌留時諭諸子曰：『五妹慎得才壻，否則非孝子也。』蠡湖泣受命。奉母喪歸，設奠西湖之上。錢江内戚相吊者，見花仙素粧哀艷，如白衣大士，莫敢迫視。許桐柏孝廉之配，亦在座中。歸而謂桐柏曰：『適舟中欲為小詩狀其美，覺飛燕瘦而玉環肥，皆不足比，僅得「坐立成圖畫」五字而已。』桐柏躍然曰：『衢州太守之弟舒香郎，少負異才，予曾見所著文辭，驚歎納交。如玉山寶劍，與花仙殆雙絶乎！』檢行篋，得香郎自書《鐵馬辭》一軸為之媒。蠡湖讀之喜。天台別駕方耦堂，名士也，爲蠡湖至戚，偕桐柏寓書於香郎之兄霎亭太守，陳其故於太恭人。悉大喜慰，命香郎泛舟如杭，與蠡湖、藕堂會飲於桐柏山房，遂盟姻好。一時名下士競為之記，而鐵馬蹇修之聲，不翅秦樓簫管矣。時將迨吉，香郎之母忽病瘧甚篤，遺書召之。倉皇謁天竺，乞身代，遂歸侍疾。花仙竊憂之，嗽愈篤矣。元旦猶艷粧，倩扶相賀。五日立春，得句云：『莫恨春歸花始發，可憐花落在春前。』翌日，命畫師圖其病容，拜兄嫂而進之。言次忽曰：『菩薩來！』遂歿。諸姊環哭之。約兩時許復蘇，不復能言，但自解兩臂金釧，交仲兄蠡湖，以目示意。蠡湖大哭曰：『吾當以圖釧諸物手付舒香郎也！』丙午春正月六日申時仙去，距生年二十有三。是日，香郎客衢州，相去千里，即夕夢前六年竹林貽釧之人，錦粧蘭佩，相語曰：『君韋馱也，曩年如天竺謁觀音大士，與君涉溱洧，嫌壞浮屠法，彼此墜落，故罹此苦。感君孝義，業經先事指迷矣。』香郎急問故，答曰：『來月今日當自知。』遂覺。無何，花仙訃至。凡郎氏姻婭及閨秀之識花仙者，聞其異，無不涕零，或祭拜於花祠殯室焉。

方維翰《花仙詩序》略：花仙者，余姊壻郎公蠡湖之女弟。其全於四德，故知之最悉。因蘭仙入夢而生，號之花仙。余嘗謂蠡湖曰：『今豈復生潘宋者？花仙將誰與爲偶哉！』且夫余固不知香郎爲何許人也，初且不知桐柏爲何許人也。乙巳春，因蠡湖交桐柏。蠡湖爲治太宜人葬事來武林，時余判台州，膺濬湖之役，六月暑溽，嘗得近憩。一日見几上置小軸，異而視之，爲香郎賦鐵馬七解。玩其文辭，覺耳畔凜凜有風起水湧、甲兵交擊之狀。蠡湖告余爲桐柏之友舒夢蘭也。花仙見此文，亦曾有太白再生歎。余聞之，慊焉若狂。世果有若而人者，殆天之所以偶花仙也。遂以執柯自任，速桐柏遺書致之來。桐柏召余與蠡湖會於其家，即席與蠡湖定盟。識花仙者，爲花仙幸得偶；識香郎者，爲香郎幸得偶。抑知天生兩人爲之偶，亦可相交幸也哉！

舒夢蘭《悼亡詩》：『涉世務深入，我獨游其樊。與運爲委蛇，成見安可存。意念若草木，著地無非根。芟之以秋風，蕭蕭歸元門。二儀雖狡獪，萬化同一源。高居瞰其極，方寸羅乾坤。生死各須臾，夭壽何足論。唯是有志者，不能無煩冤。基田十萬頃，亦皆人子孫。遑云祖考哉，勞勞猶宦婚。然即勿宦昏，亦將安所奔。仰首喝造化，爾何無一言！』其二：『人苟無死，寧復樂生？事苟無敗，寧復樂成？人既必死，偷生何益？事既必敗，速成何濟？人之生也，幻影空花。隙駒之中，各私其家。聖賢慈悲，作爲禮法。準情合理，安上全下。揖讓征誅，非得已也。作福作威，非爲己也。養生送死，一世萬世。世俗何知，誣爲好事。聖人天子，以天爲心。中和位育，垂裳鼓琴。薰風南來，解愠阜財。爲今之人，豈不快哉！先民有言，安命聽天。無媿君親，可以永年。』

降乩

三生石上舊根芽，故作空中頃刻花。寄與香郎莫惆悵，西風南苑是誰家？

慰舒郎

我與香郎共千古，生爲上國香之祖。青山緑雲無盡時，紅顔草草埋黄土。香郎奈此良夜何，晚風吹落明河波。

新昌少女句

句

鳥飛雲影度，山斷樹魂連。

《秋燈叢話》：溧陽西門外有新昌村，延塾師教諸弟子。師年三十餘，只解句讀訓蒙，此外無所長。一夕短檠相對，忽有少女來奔。師悦其美，不遑詢所自，留之宿，纏綿備至。朝去暮來，不爽晷刻。有時女攜酒果至，與師暢飲。醉後倩師聯句，師曰：『聯句是何事？』女嘻笑曰：『君未解，吾當獨吟。』作書殊秀逸。每擬一題，頃刻而就；吟畢，圖點品評，俱出自一手。然不肯少留墨跡，將就枕，輒焚之。師性遲鈍，不能盡記。所記《野望》詩句云云，真佳句也。嘗歎世無知音，又言不久當别，别後數十年重來瓦屋山，作終焉之計。瓦屋者，新昌近地山名。後一去絶不再至。今四十年矣，而瓦屋之言杳如。

薛瓊枝 二首 句

號蕊宫仙史，湖廣湘潭縣人。

懷湘君

數行征雁起平沙，暮雨江寒杜若花。欲撥空舲迎帝子，濕雲封處竹枝斜。

答黄素水

歸真猶許住蓬萊，回首前塵亦可哀。莫問問花樓外樹，六朝金粉已成灰。

句

片雲同我墜，明月向誰多。

春日媚楊柳，野風香菜花。

《耳食録》：乾隆癸卯春，金谿楊孝廉英甫為扶鸞之戲，有女仙降壇，署曰『蕊宮仙史』，自敘為宋祥符間人，齎願早逝，游於閬風之苑，獲遘上元夫人，命居蕊珠宮，掌玉女名籙云云。為詩詞，操筆立就，淒豔絶倫。叩其生時事蹟，終不肯言，固請再三，輒書曰：『噫！』篆煙燈穗中，隱隱有彈淚聲。繼有黄素水者至，亦女仙也，於仙史為中表姐妹，並有文藻，遂雜書仙史閨中軼事數十條，皆雋異可喜。予從兄木虛，手録成帙，惜不盡記憶，今紀其略云：仙史姓薛氏，名瓊枝，湘潭人。年十七，才豔絶世。隨父某守杭州，遂家焉。所居曰『問花樓』，俯臨西湖，雲樹煙波，凭檻可接。性愛蘭，手植千百本，衣袖裙衩，皆喜繡之。或畫為冊卷，花葉左右，題句殆遍。嘗謂人曰：『此花逸韻幽香，自是我輩後身，當倍加珍護，毋令與衆芳伍也。』閣中置書數百函，竟日靚粧，焚香展對。風日清美，輒命畫舫造萬花叢中，吟賞忘倦。既恐有踪跡者，遂於清夜易裝，紫衣烏帽，乘白雪駒，侍女數十人，皆緑衫短劍，累騎從行。於時芙蓉秋放，笙管暮停，鏡水澄鮮，佳月流素。徙倚湖亭，自製新曲，聯袂歌之，聲振林樾，鷗鷺驚翔。興酣，更拔佩劍起舞，陸離頓挫，與歌聲相應。於是劍光月光，花光水光，交相暎發，湖中一草一木，皆有歌舞之態。萬舟如蟻，集觀亭外，寂然無譁。翌日，争傳以為真仙下臨，皆莫知其為太守女也。久之，從湖上得畫卷一，旁有題句云：『夢裡胡山是也非，向人楊柳自依依。六橋日暮花成雪，腸斷碧油何處歸。』惘然神傷，遂不復出。每當踈雨垂簾，落英飄砌，對鏡自語，泣下沾襟。疾且篤，强起索筆，自寫簪花小影，旋即毁去。更為仙裝，倒執玉如意一柄，侍兒旁立，捧膽瓶，插未開牡丹一枝。凝視良久，一慟而絶。著有《問花小稿》四卷，今無傳本。降壇詩甚多，余尤愛其絶句。《懷湘君》詩云云，《答黄素水》云云，又有句云云。仙乎仙乎！此篇得於吴君蘭雪，余絶愛之，并録於此。

狐女 一首

題窗上紙

深院滿枝花，只應蝴蝶採。嘤嘤草下蟲，爾有蓬蒿在。

《槐西雜誌》：趙太守書三言：有夜遇狐女者，近前挑之，忽不見，俄飛瓦擊落其帽。次日睡起，見牕紙細書一詩云云，語殊輕薄，然風致楚楚，宜其不愛紈絝兒。

柳依依 一首

絶句

歸去虚空踏月行，五銖衣重白雲輕。自從飲得銀河水，吐向毫端一色清。

《隨園詩話補遺》：柳依依者，乩仙也。自言維揚女子，歸方氏，年才十八；遇亂被虜，絶水漿七日，誓死全貞，竟得脱免。書《黄金縷》一闋云：『身裹絮棉難著枕，淡月補窗，亂寫飛花影。莫怪青春歸步緊，枝頭杜宇聲聲請。』又書一絶句云云。

婉姑二首

絶句

棠梨花老杜鵑殘，玉磬淒涼翠袖單。不耐瀟瀟連夜雨，斷腸明月又添寒。

紫玉多情忽化煙，曲中誰唱想夫憐。鏡臺長挂葳蕤鎖，小小眉彎畫不全。

《耳食録》：龔生者，年二十餘，讀書開元寺。先是，某典史一女死，殯寺中，與龔隔院，有二門通焉。女名婉姑，能詩，年十六，未嫁死。龔聞而慕之，憑其棺，戲謂曰：『生為有情人，死亦有情鬼。柳生麗娘之事，寧不可嗣徽音乎？』寺僧笑之，而龔不顧也。他日又戲之曰：『卿青春佳麗，寂處泉臺，寧可無郎？又寧不念鰥魚永夜乎？』是夜挽抽空階，微聞隔院嬌歌，生傾聽久之，乃吟詩耳。時微風貫耳，字字清越可辨，龔愀然曰：『噫！安得此淒惻之音也？』又聞吟詩云云，龔太息曰：『詞愈好而心愈怨。』忽陰氣砭肌，見一女郎由牆角旖旎而前，畫頰仙龐，亭亭玉立，笑謂龔曰：『屢蒙相憶，今來矣！』龔失驚，急唾而奔，女亦踵逐。龔大呼，寺僧盡起。燭之，見龔仆地上，口中呼『婉姑』不止。急告其家，載之歸。癡情魔語，逐日而增。其家恐甚，召道士作符呪，不治；召醫師進湯藥，不治。龔氣息奄奄，猶言：『我與婉姑百年情好，但求為我作鴛鴦塚可矣。』其友人白雲生，善屬文，聞其故，乃作書焚於婉姑之柩，龔數日頓愈。

李無塵一首

降壇詩

策策西風木葉飛，斷腸花謝雁來稀。吴娘日暮幽房冷，猶著玲瓏白苧衣。

《姑妄聽之》：黄小華言，西城有扶乩者，下壇詩云云，皆不解所謂。乩又書曰：『頃過某家，見新來稚妾，鏁閉空房，流落自其定命，但饑寒可念，棖觸人心，遂惻然詠此。敬告諸公，苟無馴獅調象之才，勿輕舉此念，亦陰功也。』請問仙號，書曰『無塵』。再問之，遂不答。按，李無塵，明末名妓，祥符人，開封城陷，没於水。有詩集，語頗秀拔。其《哭王烈女》詩曰：『自嫌予有淚，敢謂世無人？』措詞得體，尤為作者所稱也。

後記

二〇〇八年夏天，爲完成二〇〇七年度全國高校古籍整理項目『黄秩模《國朝閨秀詩柳絮集》整理』，我到北京調查資料，第一次看到北京大學圖書館所藏《擷芳集》的乾隆末年增訂再印本和國家圖書館所藏的乾隆末年增訂三印本，書中極爲豐富的詩人生平資料，使我很震驚，遂産生了整理這部書的念頭。當時《國朝閨秀詩柳絮集校補》正在緊張進行中，無暇他顧。到二〇一〇年十月《國朝閨秀詩柳絮集校補》的全部書稿交人民文學出版社之後，我纔騰出手來，啟動了《擷芳集》版本的調查和蒐羅工作。爲完成这项工作暨二〇一〇年度國家社科基金項目『明清時期唐宋八大家散文選本研究』的資料查閲工作，我在二〇一一年相繼到八個省市的十六七家圖書館查閲資料。大規模的資料查閲工作結束後，即開始了具體的整理工作，其間也曾偶爾外出補查一些材料。經過幾年的努力，到二〇一四年八月完成了《擷芳集》原書的電腦録入和文字校對，以及部分校補工作。在那個時期，大約每天四點半起床，五點開始工作，十點多結束，午休後往往又增加幾個小時，爲確保每一天都有相對穩定的進展，旅遊、聚餐、與朋友拉家常之類的活動，幾乎刪削净盡，也没有什麼星期六或星期天，每學期的上課也壓縮到不能再壓縮的程度。

二〇一四年九月，我由江西財經大學調入浙江財經大學，到這年的年底就得了一場不大不小的病，元氣大傷，志氣隳頽，輕重然疑之間，情緒時起時落，一些答應過的事情，如郭英德先生囑辦的《唐宋散文研究文獻集成》，廖可斌先生和陳小林先生囑辨的《徐文長尺牘選》，蔣寅先生囑辨的《陳兆崙年譜》，以及已經做了很長時間的事情，包括國家級和省部級項目的前期準備工作，都有始無終，半途而廢，猶如一座座爛尾樓，續建無力，拆除非易，一任其風吹雨蝕，鏽跡斑斑，成爲經營不善的物證和任人指點的談資，每次想起或從此經過，都如萬箭鑽心，而莫可奈何。唯有《擷芳集校補》的書稿，百數十萬餘言，記録了數年的熱情和辛勞，不忍見其功敗垂成。到二〇一五年底終於下定決心，收縮戰線，撥棄冗雜，抖擻精神，再度發力，迄今已經完成了全部書稿，猶如十月懷胎，一朝分娩，雖然疲憊不堪，當嘹亮的嬰啼聲傳入耳畔的那一刻，仍禁不住燦然一笑，久違的輕鬆感和幸福感撲面而來。

給我帶來這種感覺的，還有本書前言的脱稿。汪啟淑的生平資料及大量著述，是我近幾年查書的重點之一，但苦於没有突破性的資料發現，一直没有動筆，對寫作的框架也没有滿意的構思。近半年來，在研讀已得材料並爲汪啟淑行跡加以編年的基礎上，對汪啟淑的複雜心跡和突出癖性形成了較爲成熟的看法，確立了將《擷芳集》的編選動因和整體特色放在汪啟淑一生中加以考量的基本思路，力求用綿密的針線補綴散碎的細節，尋繹其心跡和癖性在《擷芳集》中的映射，由此呈現《擷芳集》背後令人動容的人格力量。

十年來的校補工作，得到了許多同仁的幫助。國家圖書館古籍部杜海華副研究館員，爲我複製並郵寄了國圖所藏《擷芳集》乾隆末年增訂三印本，並爲我提供了國圖所藏清代女詩人别集的全部目録清單，其高情盛誼，體現了她對清代女詩人的揄揚和對本校補的厚望，令人動容。本校補所用的底本爲上海師範大學圖書館藏《擷芳集》乾隆末年增訂四印本，我多次查閱此書，得到了該館領導和工作人員的熱情接待，石曉玲博士還應我的請求不時發來需要覆查的部分頁面。貴州省圖書館、上海圖書館、浙江圖書館、北京師範大學圖書館等許多單位，都爲本校補的完成提供了方便。

我做事的特點是力大心專，不計代價。早年在山東平邑縣的第七中學和實驗中學教高中英語時，就有人説我是『拼命三郎』，其實就是『力大心專』和『不計代價』兩種意思的混合表達，不過略帶幾分揶揄而已。一九八八年的夏天，平邑七中一個叫曾現法的同學很不解地問我：『這麼熱的天，你還在晚自習的時候給我們上課，又没人給你加班費，你到底圖什麼呢？』我一時語塞。後來這個毛病並没有因爲他的善意規勸有所改觀，到二〇〇一年跟章培恒先生讀博士以後似乎更加嚴重。大約是入學後的第二個學期，章先生找我談話，希望我繼續寫關於徐渭研究的論文，但他突然轉移話題，冷冷地問我：『你是不是幹什麼，就覺得什麼最重要？』我楞了一下，很慚愧地回答説：『是的，我有這毛病。』出乎意料的是，章先生不僅没有批評我，還一下子變得温和起來，似乎微微地點了點頭，這使我受到極大的鼓勵。先生不僅看出了我『拼命三郎』般的做事風格，還看到了形成這種風格的近於癖性的做事態度——幹什麼認爲什麼最重要；只要能辦成，付出多大努力、付出什麼代價都願意。大約章先生認爲，學術研究正需要有這種癖性的人。《擷芳集校補》之所以能夠完成，實在由於這個癖性。

古人云，校書如掃落葉，隨校隨生。這句話對於校書人，似乎是一種安慰，但我卻因此而感到心驚膽顫。説過的話，空口無憑，可以矢口抵賴；講一番什麼道理，人言言異，允許自圓其説。而校過的書，白紙黑字，有底本爲證，倘若硬傷纍纍，是无法矢口抵賴或自圓其説的。有鑒於此，我是懷著惴惴不安、如履薄冰的態度完成了這項工作，但全書體量較大，個人識見不廣，水平有限，錯誤之處，所在多有。人民文學出版社周絢隆先生和徐文凱女士識見通明，心細如髮，以極爲嚴謹的態度後先通校全書，大大減少了本書的錯誤和疏漏。

本校補相繼得到了二〇一〇年度江西省高校人文社會科學專項委託項目、二〇一五年度全國高等院校古籍整理研究工作委員會規劃項目、二〇一八年度國家出版基金項目的資助，謹在此一並致謝！

付瓊

二〇一九年六月二十六日記於浙江財經大學人文與傳播學院

詩人姓氏音序索引

A

B

C

＊ 姓名後數字，連字符前爲卷碼，後爲頁碼。

F

H

J

K

L

M

N

O

P

Q

X

Y

Z